本书列入上海文化基金会2022年度第一期资助项目

丁景唐研究丛书三种

丁景唐诗文集（1938—1949）

丁景唐 著
丁言模 编

复旦大学出版社

丁景唐研究丛书序

孙　颙

（上海市新闻出版局原局长、上海市作家协会原副主席兼党组书记，图1）

丁言模先生编撰的《丁景唐研究丛书》，三卷，二百多万字，应是上海现代文学研究的补缺项目。丁景唐先生早年的文学创作和编辑出版活动，以及与此相关的左翼文化工作等内容，我们了解得很少，认知模糊。读此厚厚三卷，顿有豁然开朗的感受。

我是景唐先生的后辈学人。1982年，我加入上海文艺出版社。不久，即参加景唐先生主持的《中国新文学大系》第二辑的编选工作，得以就近获得他的教益。1985年，景唐先生获准离休，蒙各方爱，我又接手他留下的工作，担任上海文艺出版社社长。不过，我所了解的景唐先生，范围不宽，大体是他作为出版社领导的担当和智慧，包括他宽容厚道的长者之风。上海文艺出版社属老社大社，自有不少资深编辑，对于景唐先生，议论起来，交口赞誉的多，偶有批评，也属于出版工作、文化见解等方面的分歧。不过，几乎没有听到谁聊起景唐先生的历史，特别是他年轻时候的轶事，只知道他曾经参与左翼文化工作，具体如何则不甚了了。现在回想，大约是景唐先生低调，不愿意回味青春年华的风采。

现在，由于丁言模先生的辛勤发掘，大体揭开了景唐先生前期几十年尘封的人生历史，我们得以欣赏景唐先生青年时代丰沛的诗作，全面了解他步入文坛之时在出版、编辑、治学领域的耕耘，也能够知晓他与众多文化名人的并肩作战，在那时的黑暗里发散自己的光和热。作为景唐先生的后辈学人，我感谢丁言模先生，他做的工作不仅足以告慰父亲，也是对填补文学史料空缺的奉献。

有此三卷，足以展现景唐先生早年风貌，加上丁言模先生详尽的第三本书的综述和后记，我不必再作评价。借此作序的机会，写一件旧事，所叙内容与景唐先生早年的文化活动有些因果关联，并属于我对景唐先生的个人观感，为难以忘怀的情景做个记录。

我1982年由华东师大中文系毕业，进入上海文艺出版社做编辑。在母校的四年，徐中

图1　赵家璧八十寿辰
（左起：孙颙、赵家璧、丁景唐、聂文辉、江曾培）

玉、钱谷融、许杰等诸多老先生是我们仰望和敬重的师长；施蛰存先生，虽然也是中文系的老先生，只知道他曾经被鲁迅先生批判过，却从来没有读到过他的作品，领略过他的文采。参加《中国新文学大系（1927—1937）》第二辑的编选，按景唐先生的要求，必须在二三十年代的报刊中寻找首发作品，因此，我们在徐家汇藏书楼泡了大半年，分工寻找散乱于旧纸堆里的优秀作品。施蛰存先生早年的小说，《将军的头》等所谓新感觉派作品，就是在那时初次见识，并深深为之震撼。小说组的几位都觉得大系应选他的作品。不过，鲁迅先生批判施先生，那时还被认为是文学史中严重之事，如果选收施先生的作品，肯定有风险。再说，景唐先生历来尊崇鲁迅，他可能同意吗？谁也没有把握。

某日，知道景唐先生要来编选组走走，我们决定冒昧当面请示。那天，景唐先生听了我们详细的申述，有一会儿沉默无语。我们担心他会生气，呵斥年轻人的无知。未料，在沉闷的气氛中，他忽然淡淡地笑了笑，带着浓重的宁波口音说出一番话："施蛰存的小说，你们想选，就写出道理来，也不是不可以。不过，我想嘛，鲁迅他们的小说总要选得多些，施蛰存的只好少选一点。"几十年前的事，景唐先生的原话我难以回忆得不差分毫，但大体的意思不会错，因为那些话当时强烈地震撼了我。那大约是1983年年尾的事，在书店里诸多出版物中，还没有见到施蛰存先生早年的各种作品。拍板选入如此重要的大系,主持工作的景唐先生需要文化担当的气度。平日里,他一副随和的无争的模样,这当口,却显示了杀伐决断的魄力。至于他随口说出的"多些""少选"的词语,又体现了他历经沧桑后的智慧。那件小事让我知道,景唐先生洞穿世事的淡然仅仅是外表,内心则是柔中有刚。

几年前,我写了一部小说《风眼》,以出版业为舞台,书中有一位令人敬重的老社长,雷暴来袭,他敢于为年轻人遮风挡雨。小说出版后,有些老同事好奇地问:"你是在写老丁吗?"

坦率地说,小说只是小说。书中的老社长,其人生故事,比如地下工作年代催人泪下的爱情经历,与景唐先生毫无关联。不过,那位老社长的风骨,当得起高山仰止的精气神,并非空想臆造,确实脱胎于诸多如景唐先生这样的文化前辈。

再忆丁景唐先生

陈思和

（复旦大学文科资深教授，图2）

丁景唐先生仙逝后，我已经写过两篇纪念文章：一篇是应丁言模之邀写了《纪念丁景唐先生》，收录在他主编的《丁景唐纪念文集》中；第二篇是应丁言昭之邀，为其所写的《播种者的足迹——丁景唐传》作序。现在写的是第三篇纪念丁先生的文章，也是对老丁的第三遍从头细说了。之所以还要这么写下去，主要原因还是被言模兄的至诚至孝所感动；次要的原因则是，这三种"丁景唐研究丛书"的出版，与我也是有一点间接的关系。

"丁景唐研究丛书"三种，属于资料性的考辨之书，分作三本：《丁景唐诗文集（1938—1949）》《丁景唐编辑文艺刊物（1938—1946）》《丁景唐文学评传（1938—1949）》。丁景唐先生早年参加中国共产党，从事地下学生运动，那时候他是一个父母双亡、靠姑母抚养求学的穷学生，凭着自己的努力，从中学读到大学，不断追求进步。他喜欢文学，积极从事文艺创作，更钟情于编辑文艺刊物，如果没有参加实际的政治工作，他也可能成为一个思想进步、颇有才华的文艺工作者，最有可能的是成为像叶圣陶、夏丏尊那样的新文学作家兼资深编辑，或者成为像赵家璧、李小峰那样的出版家、编辑家，造福于新文学事业。但是因为日本侵略军铁蹄的蹂躏，他奋起投入救国运动，成为党领导下的一名抗日战士。他年纪轻轻肩负重任，周旋于上海沦陷区的几座教会学校和教会组织之间，领导学生爱国运动。然而，又因为天性爱好文学，他领导学生运动、启发学生觉悟的主要方式，则是通过文学创作和办刊来唤起学生的爱国热情，鼓励他们走上革命实践之路。当年与他一起工作的战友、合作者及莘莘学子，后来都走上了实际的革命道路，有的牺牲了年轻的生命，更多的则在新政权建立以后成为各行各业的专业人士或领导干部。他们之中直接参与文学创作并显露才华的并不多，但文学艺术确实滋乳他们将革命、浪漫的情怀投诸实际工作。（丛书中收录的著名报人成舍我之女成幼殊与丁景唐先生的诗词唱酬中，我们略可见其当年的革命情谊。）丁景唐先生在1946年以后因为身份暴露而一度流亡他乡，但他没有放弃对文学及学术的学习研究，一路上

图2　陈思和、王观泉、丁景唐

采风编辑民歌、研究古典文学和民间文艺,还公开出版这些成果。我认真读着这三本研究系列著述,跟踪前辈走过的那一段艰难岁月,心里却不断地疑惑着、感叹着:丁景唐先生是如何能够将个人习性嗜好与严酷历史环境看似绝不相容的两个对立元素,如此无缝对接起来,还取得了积极的美好的结果?我觉得这几乎是一种功德圆满的道德呈现。

当然,这只是我在阅读三本书过程中恍然获得的一点幻觉。在事实上,青年丁景唐的文学梦并没有那么圆满地实现。证据之一,也就是这三本研究系列所揭示的:丁景唐青年时期所编辑的文艺刊物,不管用了宗教还是校园的旗号为掩护,都没有能够长期办下去,都是初战告捷而偃旗息鼓,并没有产生长远的影响;也就是说,在沦陷区,他的文学创作和文学编刊的才华都没有得到充分展开。1949年以后,丁景唐几十年担任上海宣传口的领导干部,以及出版社社长,在文学编辑这一领域做出了骄人的业绩,但是在文学创作领域依然没有突出的发展,一支激情写诗的笔转而成为学术拓荒的犁,他写出了研究鲁迅、瞿秋白、左联五烈士等一批成果。也许是现代文学研究学者、出版大社社长的身份遮蔽了曾经的上海沦陷区诗人的身份,以至于他在40年代创作的大量诗文没有引起新文学史研究者的关注,也没有进入沦陷区文学研究的学术视野,除了诗集《星底梦》以外,其他创作几乎被湮没不闻。20世纪80年代,现代文学研究领域掀起新一波的史料整理高潮,关于上海沦陷区文学、孤岛文学及中国共产党领导下的红色文艺等都不乏有人研究和整理出版，老丁自己也在出版界策划过许多现代文学研究的选题，但是，我在书中却读到丁言模写的这么一段话，忍不住生出苦涩之感。他写道："父亲是以'歌青春'诗人的身份出现在上海沦陷区文坛的，处女作是一本薄薄的自费出版的诗集《星底梦》。父亲晚年流露出几许遗憾，因为七十多年来从未有机会重新出版一本完整的《星底梦》。"（见《丁景唐诗文集·后记》）据梳理，《星底梦》是在1945年以"诗歌丛书社"的名义自费出版，收录诗歌29首（准确地说，应该是31首诗，其中《桃色的云絮》包含了三首小诗：《夜雨》《朝雾》和《阳光》），以及相关序跋、附录等文章。后来一直没有机会重版。1986年，诗人周良沛为湖南文艺出版社策划的"袖珍诗丛·新诗钩沉"丛书问世，内收《星底梦》。新版《星底梦》因体例所限，抽去了13首，只剩下18首，也删去了原版的两篇序跋。丁先生可能对这个版本不甚满意，特意写了一篇"备忘录"《〈星底梦〉的出版本和重印本》，着重强调：重印本的诗行"未经我过目，代表选者的眼光，并不代表本人的选诗标准"。这些"备忘录"都是丁先生随手写下的短文，仅作备查用，不曾公开发表，现在经过言模兄的整理，都以附录形式收录在研究系列中，这样我们得以了解丁先生为何为"七十多年来从未有机会重新出版一本完整的《星底梦》"感到遗憾了。言模兄这次也终于有机会整理出完整的《星底梦》的新版本，连诗带文全部收入《丁景唐诗文集》，这是丁先生在天之灵应感到欣慰的。从《星底梦》的出版故事中，我想引伸出一个令人思考的话题：丁先生在出版界德高望重，经他之手出版了这么多的图书，为什么他自己喜爱的一本薄薄的新诗集，就无法在他生前以满意的形式得到重版？这似乎有点不可思议。我觉得除了丁先生本人严于律己外，与其政治身份、社会角色的转变以至于造成对早年创作成果的遮蔽，可能有一定的关系。

其实我在20世纪80年代就系统阅读过丁先生在40年代发表的文艺创作和编辑的文艺刊物。那时候我与丁言昭合作，打算撰写一系列现代编辑家研究的文章。第一篇是写吴朗西先生的编辑生涯，第二篇就计划写丁景唐先生，我们一起在图书馆查阅旧报刊，翻阅了全套的《女声》杂志，以及丁先生主编的刊物，如《联声》等，搜集丁先生的早期诗文。我第一次被丁先生早期诗作所打动，不是《星底梦》里的诗篇，而是像《远方》《一个以色列民族英雄的死》等借用宗教题材暗喻反法西斯斗争的长诗，这在沦陷区文学里是很少见却有特色的，值得从文学史角度给予充分肯定。我们写成了一篇两万字篇幅的长文《希望之孕——记丁景唐编辑生涯五十年》，发表在1992年的《新文学史料》上。我现在也记不清了，这篇写于1987年的稿子怎么会积压五年之久才发表出来。大概就是因为发表不顺利吧，我与丁言昭合作的计划就此松懈下来，后来我们都转移了学术研究的兴趣，我偏重于文学史理论的关键词研究，言昭偏重于传记写作，都没有把丁景唐先生在沦陷区的诗文创作继续深入地研究下去。这当然是有点可惜的。

现在进入了新世纪的第三个十年,距离我们写《希望之孕》已经有30多年了。丁先生哲嗣丁言模随之进入了这片待垦的处女地。他怀着对父母的纯孝之心,研读父亲生前留下的大量"备忘录"的片言只语,潜心于旧报刊之中,按图索骥,发掘大量不为人知的丁先生早期诗文作品。现在收录在研究系列的,有诗歌60多篇,各类文章百余篇,另外还有许多应用文(宣言、启事、公开信等),计40多万字。言模兄不仅把这些作品蒐集编册,而且在细读文本的基础上,考证辨析,写导读,做注释,补材料,添附录,使丁先生早期创作全貌得以完美呈现,其功莫大焉。——是为《丁景唐诗文集》。言模兄在阅读大量文献资料的基础上,再联系上海沦陷区的时代背景,细心分析文艺刊物,尤其是丁景唐主编或参与编辑的文艺刊物和学生刊物,给予逐卷逐期的介绍评价。丁先生是编辑大家,尤其是他后半生的编辑生涯,波澜壮阔,泱泱大观,然而在上世纪40年代所编辑的刊物,就像是一道道溪水涓流,汇合前行,百川归海,唯有两段人生结合起来,才能呈现丁先生完整的编辑生涯。——是为《丁景唐编辑文艺刊物》。在呈现早期丁先生文学创作和文学编辑的基础上,言模兄再攀峰峦,对丁先生早期人生进行深入追踪、探索和提升,进而描绘上海沦陷期间中共地下党的各种活动、学生运动的方方面面,以及他父母居住上海西区的各种人文景观。——是为《丁景唐文学评传》。三种研究系列,三个书写视角,分别在创作、编辑、人生三大领域各有侧重,相对独立,但联系起来又构成一幅整体性的巍峨叠翠的群峦之图。

这套达二百万字篇幅的"丁景唐研究丛书"得到上海市图书出版专项基金的资助,有望顺利出版。言模兄要我写几句话作为序言,我想首先是要对丁言模兄表示祝贺。丁景唐先生仙去五年,丁言模兄精神上似未摆脱失怙阴影,他沉浸在对父亲的思念中,一边敲打电脑键盘,一边与父亲精神对话。五年来,他夜以继日拼命工作,接连完成了《丁景唐纪念文集》和《书香传情——丁景唐藏书考辨》两种文集,现在又完成了"丁景唐研究丛书"三种,每一本都是沉甸甸的厚重之书,每一页的文字都浸透他对父母的思念之情。他似乎是要以这种忘我的工作精神来证明,他能够担当起"子承父业"的重任,他要以自己的工作实绩来告慰父亲在天之灵。关于这一点,读者只要读一下三本研究系列的后记,即知我所言非虚。我读这三篇后记,非常感动。我想,丁先生确实可以笑慰后继有人了。

其次是关于丁景唐先生在20世纪40年代文艺创作和文学编辑的评价。《希望之孕》里有一段论述,我觉得至今也没有过时。现录于下,文字上略作修改,权作本序言的结尾:

> 孤岛失陷以后,丁景唐所编辑或领导的几家刊物,都不是文坛上地位很重要、影响也很大的刊物。异常恶劣的客观形势和严格的地下工作纪律都不允许他放开手脚,在心爱的文艺领域大显身手,因此那些刊物都只是地狱边上的小花、荆棘丛中的小草,但它们的出现给我们今天研究上海沦陷区文学一些相当重要的启发:

第一点，我们过去在谈论沦陷区文学时，由于资料很少，中国共产党直接领导下从事文学工作的当时人很少书写回忆文章，所以比较为人们了解的只是柯灵编《万象》杂志，以及姜椿芳等人在时代社编辑出版的《时代》和《苏联文艺》等进步刊物，而对于敌伪刊物及商办刊物或旧派文人主编的刊物，则关注极少。丁景唐的编辑生涯和他的写作都证明了这种复杂现象是存在的——有些肩负特殊任务的共产党员，如著名的新闻记者恽逸群、左翼女诗人关露等，打入敌营，他们办的报刊，很自然地利用特殊条件来吸收外来内容健康的投稿。即使敌伪刊物要在社会上产生影响，也不得不采用外稿，这样，中国共产党领导的地下人员和积极分子就有机会利用空隙，有意识地揳入敌人宣传阵地，甚至利用日本人的名义办起了自己的刊物。也有不少有才华的作者虽然没有革命的使命，但他们从各个不同方面，在敌伪报刊上写过一些内容较好的作品，给新文学增添新的内容。有些旧派文人这时期利用通俗文学的形式，也写过不少受到民众欢迎的作品，这是我们研究新文学史必须重视的。丁景唐曾经领导过的党员青年作家，如袁鹰、董乐山、史亭、陆以真、陈联等，以及他联系的一批青年作家，如林苹（王姝）、徐开垒、施济美、程育真、石琪、沈寂、郭朋等人，有的后来长期坚持写作，如徐开垒、沈寂，也有些改行搞其他工作，如石琪，现在是天津市相当有成就的医生。但他们在当时所创作的一批作品，给污浊的沦陷区带来了清新的空气，同样是值得重视的。

第二，丁景唐的编辑工作为我们研究沦陷区时期中国共产党在上海文艺界的工作提供了新的内容。丁景唐原是属于中共地下"学委"系统领导的，他与"文委"系统的萧岱、王楚良等人积极配合、互相支持，一起通过出版刊物来团结作者，如《译作文丛》就是"学委"与"文委"两个系统的党员合作搞起来的产物。

第三，丁景唐所有工作都与学生文艺有关，通过对他的编辑生涯的研究，我们可以接触到一批过去从未注意到的青年作家队伍。这为我们进一步了解新文学史上的校园文艺提供了新的材料。中国五四新文学运动中，学生是最积极的力量，当时北大、清华的文艺社团，天津南开大学、上海复旦大学和暨南大学的文艺刊物和剧社，都为新文学输送了大批的优秀作家、演员。校园文艺可以说是新文学一个极为重要的组成部分。抗战爆发以后，延安有鲁艺等单位的文艺团体，大后方有复旦、西南联大等一批学府的文学青年，都为新文学做过重要贡献。唯独沦陷区的各个学校，在敌伪奴化教育的控制下，进步文艺活动并不繁荣，但丁景唐的编辑生涯与革命工作填补了这一空白，它揭示出在侵略魔爪的阴影下，党所领导的沦陷区的校园文艺（特别是教会学校）并未停止，它在那块贫瘠的土地上依然结出了令人可喜的果实。

2023 年 11 月 5 日于海上鱼焦了斋

目　录

凡例 …………………………………………………………………… 1
谈谈我的笔名及其他 ………………………………………………… 1

第一编　诗　歌

第一章　叙事诗 ……………………………………………………… 3

一个以色列民族英雄的死 …………………………………………… 3
远方 …………………………………………………………………… 7
他死在黎明——悼念一位失去了的伙伴江泖 …………………… 13
　　附录　丁景唐回忆江泖——函请郭沫若写一墓碑 ………… 17
一个少女冲喜的故事 ………………………………………………… 18

第二章　讽刺诗 ……………………………………………………… 22

慈善家 ………………………………………………………………… 22
糊涂堆 ………………………………………………………………… 24
先生，我问你 ………………………………………………………… 27
奔马草：我问我自己 ………………………………………………… 29
别看错我是个女子（讽刺诗） ……………………………………… 31
上海小姐古怪歌 ……………………………………………………… 33
一张广告的作法 ……………………………………………………… 35
豪门的狗（寓言诗） ………………………………………………… 36

第三章　抒情诗 ……………………………………………………… 37

给 ……………………………………………………………………… 37
哦，上海联呀！你，你是我们的母亲——献给上海联廿周年 …… 39
迎春曲 ………………………………………………………………… 42

1

十二月的夜街	43
毕业行——为某女校一九四五届作	45
雨天——赠一群女孩子们	47
新生代进行曲	49
旗手——"上海联"新生之献	50
太阳又从东方升起	52
有寄	53
诗的纪念日	54
笑容	55
欢迎的期待	56
嘉陵江畔的悲剧	60
春雷	62
她们愉快地走着	64
灯下小集	65
生命颂	71

第四章 新格律诗 … 72

池边 … 72
  附录 池边倩影有诗情 … 74

第五章 新民谣、说唱、打油诗 … 76

讨汪谣 … 76
打落水狗歌 … 78
看戏有感 … 79
戏迷赞 … 80
穷夫妇过年 … 81
四季相思 … 83
清乡兵 … 85

第六章 新儿歌 … 86

颠倒歌 … 86
新儿歌——咏汉奸二首 … 88

一只小小的蜜蜂 …………………………………………… 90
　　给孩子 …………………………………………………… 92

第七章　诗集《星底梦》……………………………………… 93
　　有赠(代序)——呈一切爱好诗歌的友人 ………………… 93
　　　　附录一　《友情草》编辑小语 ……………………… 95
　　　　附录二　南风 …………………………………………… 97
　　　　附录三　金沙 …………………………………………… 98
　　　　附录四　金色年华,迎来晚霞满天 …………………… 99
　　星底梦 …………………………………………………… 103
　　在南方 …………………………………………………… 105
　　西子湖边 ………………………………………………… 106
　　当春天踅近我的身旁 …………………………………… 108
　　江上 ……………………………………………………… 110
　　五月的雨 ………………………………………………… 112
　　雁 ………………………………………………………… 113
　　秋 ………………………………………………………… 114
　　　　附录　飘落在银杏巷的梦片 ………………………… 115
　　寒园 ……………………………………………………… 117
　　窗 ………………………………………………………… 118
　　瓶花 ……………………………………………………… 119
　　我爱 ……………………………………………………… 120
　　鸽铃 ……………………………………………………… 122
　　向日葵 …………………………………………………… 124
　　囚狮 ……………………………………………………… 126
　　　　附录　后设 …………………………………………… 128
　　塔 ………………………………………………………… 129
　　春天的雪花 ……………………………………………… 132
　　异乡草——给石琪 ……………………………………… 134
　　生活 ……………………………………………………… 136
　　开学 ……………………………………………………… 138
　　病中吟 …………………………………………………… 140

乡恋 …………………………………………………… 142
桃色的云絮 ………………………………………… 143
敏子,你还正年青 …………………………………… 146
　　附录　敏子,你还正年青(原诗) ……………… 149
红叶——纪念一位北国的姑娘 …………………… 151
初夏夜之风 ………………………………………… 154
风筝与小草——献给童年时代的幼小者 ………… 155
弃婴 ………………………………………………… 159
　　附录　弃婴(原诗)——小小的生命 ………… 162
秋瑾墓前 …………………………………………… 164
跋一　《星底梦》读后 ……………………………… 167
跋二　青春的歌手 ………………………………… 169
青春之歌——略论歌青春的诗 …………………… 171
　　附录　赠丁景唐诗一首 ……………………… 177
读了《星底梦》 ……………………………………… 178
《星底梦》,我的第一本书 ………………………… 181
《星底梦》的出版本和重印本 …………………… 186
续谈诗集《星底梦》 ………………………………… 188
　　导读　《星底梦》"面面观" …………………… 193

第二编　诗　　论

我的自省 …………………………………………… 205
　　附录　《女声》"信箱" ………………………… 209
诗与民歌 …………………………………………… 211
　　附录　民歌与诗 ……………………………… 215
诗放谈 ……………………………………………… 218

第三编　小　　说

春天 ………………………………………………… 223
控诉 ………………………………………………… 226

我为什么要逃课 ………………………………………………… 231
三男跟一女——一个女学生的手记 ………………………… 234
生活在孩子群间 ………………………………………………… 243
　　附录　秋天，你分开了我们——生活在孩子群里的故事 …… 247
一场争辩 ………………………………………………………… 251
阿秀 ……………………………………………………………… 254
"读书救国"和"唯才"论者 ……………………………………… 262

第四编　散文及其他文章

第一章　散文 …………………………………………………… 269

"上海联"中学夏令营杂零 ……………………………………… 269
"三八"那天 ……………………………………………………… 273
我们的李先生 …………………………………………………… 277
介绍你一位寒假的良伴 ………………………………………… 282
"你们是世上的盐" ……………………………………………… 285
主要复活 ………………………………………………………… 288
春天的忧郁 ……………………………………………………… 291
纪念自己的生日——"五四"青年节 …………………………… 294
南洋华侨 ………………………………………………………… 300
生活（一） ………………………………………………………… 305
　　附录　生活（二） …………………………………………… 307
沉默 ……………………………………………………………… 308
橄榄 ……………………………………………………………… 309
青春 ……………………………………………………………… 311
烛光 ……………………………………………………………… 313
目疾记 …………………………………………………………… 315
改卷散记 ………………………………………………………… 321
谈人生 …………………………………………………………… 326
暖房以外 ………………………………………………………… 329
荒塚 ……………………………………………………………… 332

故人 ………………………………………………… 334
　　灯 …………………………………………………… 336
　　王任叔 ……………………………………………… 338
　　宁波东钱湖纪游 …………………………………… 341

第二章　其他 …………………………………………… 350

　　《蜜蜂》编辑后记两则 ……………………………… 350
　　集体讨论：民主自由与学生生活 …………………… 353
　　稀奇吗!? ……………………………………………… 361
　　走投有路 ……………………………………………… 364
　　社会和我们开玩笑 …………………………………… 369
　　小鸟儿·寄生草·红花瓶 …………………………… 375
　　恋爱纠纷 ……………………………………………… 379
　　又要读书了 …………………………………………… 382
　　你交得出 Report 吗？ ……………………………… 386
　　出蒙馆看万花筒——"大世界"观光录 …………… 392
　　提倡自由研究——继承"五四"精神 ……………… 398
　　别［被］牵着鼻子跟人跑 …………………………… 401
　　认识大上海 …………………………………………… 404
　　怎样过暑期生活 ……………………………………… 408
　　创造性之想象力 ……………………………………… 412
　　几个人的几种看法——社会是什么？（一） ……… 415
　　浪子回头的故事 ……………………………………… 419
　　这不只是女同学的一个悲剧 ………………………… 421
　　稻草人与时辰钟——社会是什么？（二） ………… 423
　　武侠·侦探·行劫 …………………………………… 426
　　职业病（Professional Disease） …………………… 428
　　关于重行举办"大、中学学生征文"的话 ………… 432
　　风雅的说教 …………………………………………… 433
　　学生文艺奖金的启端与希望 ………………………… 437
　　从女子二十四孝谈起 ………………………………… 440
　　逃避与等待 …………………………………………… 442

关于教育复员 …………………………………………………… 445
重庆文化出版界近况 ………………………………………… 447
上海文坛漫步 ………………………………………………… 450
上海诗坛漫步 ………………………………………………… 454
关于茅盾的几本著作 ………………………………………… 457
妇女"三八"特号——上海女青年会编印 ………………… 459
"得分的唯一希望" …………………………………………… 461
巴金作品的语文研究 ………………………………………… 464
迟暮——改卷随感 …………………………………………… 470
"梦"与"泪"——由朝露的诗所想起的 …………………… 472

第五编 古 典 文 学

《诗经》中反映的妇女生活·恋爱·婚姻 ………………… 477
中秋谈月 ……………………………………………………… 486
"不祥"与"祸水" ……………………………………………… 490
红叶诗话 ……………………………………………………… 493
从"子见南子"谈到儒家的妇女观 ………………………… 497
红叶题诗的故事 ……………………………………………… 504
出妻史话 ……………………………………………………… 510
朱淑真与元夕词 ……………………………………………… 521
人面桃花及其他 ……………………………………………… 533
美人迟暮 ……………………………………………………… 536
六朝的民歌(南方篇) ………………………………………… 540
杏花·春雨·江南 …………………………………………… 544

第六编 民 间 文 学

妇女与文学——《从关于女性的文艺讲到妇女》读后 ………… 549
　附录一　从关于女性的文艺讲到妇女 ……………………… 553
　附录二　再论女性的文艺跟妇女 …………………………… 558
　附录三　导读：一场"借题发挥"的论争 …………………… 562

孟姜女传说的演变 ……………………………………… 566
民间文学和民间文学的研究者 ………………………… 569
征求歌谣 …………………………………………………… 572
旧历年与歌谣 ……………………………………………… 573
"颠倒歌" …………………………………………………… 576
叫花子的歌 ………………………………………………… 580
怎样收集民歌 ……………………………………………… 585
　　附录　谈民歌的收集 ………………………………… 592
谈民歌的鉴定、歌谣体创作——从《愤怒的谣》想起 ……… 594

第七编　翻译、编译

第一章　翻译 …………………………………………… 603

五十岁学吹打（*I Went to College at Fifty*） …………… 603
透过了紧密的云雾 ………………………………………… 607
女性中心的蚂蚁 …………………………………………… 613
"世纪的花园"——日本（自 *House Beautiful*）………… 616
三次战争的回忆 …………………………………………… 619

第二章　编译 …………………………………………… 627

在卐字旗的阴影下 ………………………………………… 627

第八编　存疑诗文

流动诊所 …………………………………………………… 639
人人可为福尔摩斯 ………………………………………… 643
星 …………………………………………………………… 645
完得慢来去得快（滑稽对唱）……………………………… 648

后记 ………………………………………………………… 652

凡　　例

（1）本书主要收录1940年5月至1949年初十年间经考证为丁景唐所作或与他人合作的诗文，作者待考辨的诗文暂且归入"存疑诗文"中。丁景唐的《犹恋风流纸墨香——六十年文集》（上海文艺出版社，2004年）及其续集（上海文艺出版社，2015年）已收入的诗文，除了诗集《星底梦》的部分诗歌和几篇文章之外，其余不再收入本书。

（2）本书收录的诗文分为八类：诗歌（含诗集《星底梦》）、诗论、小说、散文、古典文学、民间文学、翻译和编译、存疑诗文。有些大类，如诗歌、散文等，再细分若干小项，以便查阅。

（3）除了诗集《星底梦》按照原版编排外，本书收录的其他诗文均按照发表时间的顺序编排。如果在一期刊物上发表数文，则按照原刊物排版顺序编排。文后有原载刊物及其出版日期。如原诗文有落款时间，均按照原文引录。

（4）根据当时报刊发表的原文校勘，校正错字、衍字及明显有误的标点，原文遗漏的文字在"[ ]"里补出，保留部分原文中的着重号等特殊符号及格式。

（5）有些诗文的标题做了适当的改动，并在文后注释里予以说明。

（6）本书收录的每篇诗文末均有导读和注释，有些还添加附录资料，以便读者鉴赏和研究。如有同一诗歌的不同版本，则放在该诗歌后面的附录里。

（7）文中有关刊物、历史名称重复出现时，在注释里说明其最初出现的位置，以便查找。

谈谈我的笔名及其他

(丁景唐遗文)

1983年春,我应上海社科院文学研究所陈玉堂同志[1]之约,为他写过一篇《谈谈我的笔名》。玉堂同志有几十年专研书籍版本目录的丰富经验,对近百年来人物的笔名、别名搜集用力尤勤。在他的"百盂斋"里,环壁皆书架,抬头见百盂,左倚百叶屉,右盼绮藤影,书友惠然而来,乐在谈笑声中。

《谈谈我的笔名》这篇随手写下的材料原是为陈玉堂同志搜集笔名做参考的,写过以后,我也就淡忘了。一年以后,南京师范大学编印的《文教资料简报》(1984年第6期)刊出《谈谈我的笔名》,我才知道原来是陈玉堂同志介绍过去的。这次,我收到《中国作家笔名探源》的编者来信,信中开列了内容要求等项目。今年(1988年)是我参加革命和从事文艺编辑工作五十周年,回顾一下,留下一些雪泥鸿爪,既以自励,也省却关心我的友人费力探考。现在依照写作内容的要求,增加了主要经历、参加社会学术团体的社会职务和一些笔名的内涵,并适当举出以该笔名在报刊上发表[作品]的事例,比五年前写的材料增加了许多篇幅,遂改用"谈谈我的笔名及其他"的题目。此为这次撰文的题前语,以下转入正文。

我原籍浙江镇海(今宁波市北仑区),1920年4月25日(农历三月初七)生于吉林。父亲(丁方骏)原为成衣匠,母亲(胡彩庭)是农家女。在我出生之前父亲闯关东,当吉林殖边银行的小职员,以是我出生于松[花]江边的吉林。两岁时,父亲失业南归,蛰居镇海乡间。六岁丧父,几年后,母亲服毒自尽。

1931年夏,我到上海依叔父(丁继昌)、姑母(丁瑞顺)为生,从此定居上海。姑母是小学教员,代替我生母的责任,抚育我成长。小学读书时,接连发生日本帝国主义侵略我国东北的"九一八"事变和上海"一·二八"战争。不幸的童年被民族大灾难的阴影笼罩。中学时,爱好文艺,进而阅读救亡刊物和马克思主义启蒙读物,并对现代革命文献资料、新文学图书版本目录产生了广泛的兴趣。1938年11月,加入中国共产党,任上海青年会中学支部书记;1939年秋,任东吴大学支部书记;1939年至1944年,在东吴大学、沪江大学、光华大学读书;

1944年夏,毕业于光华大学中文系。

"丁宁"是我最早的一个笔名,它有双重含义:第一,我是姓丁的宁波人;第二,我幼失父母,由姑母抚养长大,她曾参加过1927年宋庆龄在武汉主办的妇女运动训练班,给我以开明的熏陶,我常记得她的叮咛——做一个有作为、有益于世的人。1938年秋,我和同学王瑞鹏(王韬)筹办一份取名"蜜蜂"[2]的16开32页的文艺刊物,由我用"丁宁"的笔名向租界的工部局登记为发行人,于1938年11月25日和12月10日出版了两期,这已是我入党以后的事。我的第一位领导人俞沛文同志也爱好文艺,但为了开辟党的群众工作,他说服我回校内搞好支部工作,自动将《蜜蜂》停刊,动员王韬去[参加]新四军。后来,我发现别人也用"丁宁",就不再用,但以"丁"为姓的笔名、别名也曾用过几个,如[在]党内用过"丁文辉";别名兼笔名有"丁英",是1944年夏大学毕业后进联华广告图书公司任《小说月报》编辑及参加社会活动时所用,直到1950年出版《南北方民谣选》后停止使用;"丁卫理",是1947年到1948年被国民党当局列入黑名单,流寓香港、广州时所用;还用过"丁行""丁勤"的笔名。

1938年11月入党以后,为地下工作需要,用过"萧扬""丁文辉"的党名。当时对外单线联系地下党员时,也曾临时用了别的党内姓名,已记不起来。

1939年夏,我在《联声》(上海基督教学生团体联合会会刊)用三个笔名——"金子""唐突""姚里",为中学夏令营生活写了三篇散文——《迎着太阳》《夕阳会》《夜会》。严格地说,这是我在公开刊物上第一次发表作品,登在《联声》第2卷第1期(1939年9月20日)。三篇文章用了三个笔名,带有少年人的好奇,含有"偶然在中学夏令营里像金子一样闪了一次光"之意。

是年秋天,我任东吴大学(抗战后从苏州迁沪)支部书记,曾编过学生刊物《东吴团契》[3],用多种笔名写作,现在只有一个"蒲柳"还能记得起来,其他都已忘掉。"蒲"和"柳"都是普通植物,有较强的生命力。

1940年至1941年秋,我在《联声》上用"黎容光""黎琼""芳丁""媒婴""洛丽(黎)扬""江水天""莫怀芳""葛丽亚""柳子春""乔起""方雪飞""程远"等十几个笔名写过六十多篇各种体裁的文章,包括论文、杂文、散文、诗和科学小品等。起初是约稿写作,后来参加该刊的编辑工作,继王楚良任主编,直到1941年9月10日出满4卷4期自动停刊。这些笔名都是应付"孤岛"时期的特殊环境而选用的,同时也反映一些教会学校学生的特点。

"黎容光"是因钦佩东北抗日联军的朝鲜籍师长李红光(1910—1935)而取的。他曾在吉林度过少年时代,牺牲时年仅25岁,而吉林是我的出生之地。同时,"黎容光"又有青春年华、容光焕发的内涵。这个笔名用于写论文,直到1950年春,我为上海《大公报》写一篇关于生产力的文章,还署了"黎容光"的笔名。

芳丁是法国大作家雨果《悲惨世界》中的女主角,我大一在东吴大学读英文时,读的就是英文本《悲惨世界》，教英文的是一位刚从清华大学英文系毕业的姓周的年轻女教师。我对芳丁充满了同情，认为年轻的女教师对芳丁也极同情。于是，就用"芳丁"的笔名写关于女学生生活［的文章］，也用它写过一首讽刺诗，讽刺发国难财的豪门官僚。

还有一个"洛丽（黎）扬"的笔名，是从美国好莱坞著名女明星、主演《农家女》的洛丽泰·扬的名字衍化来的。我的爱人看过这个电影，但我却没有看过，她向我谈起时，我正在写作，就拿来作为一个新笔名。这个笔名中的"扬"是英文 young 的谐音，年轻的意思，也合我意。我用这个笔名写诗和抒情性散文。年轻时，我爱谈诗，也喜写诗。我没有用诗编织爱情的花束献给我的恋人（我们是大学里的同学和同乡，无须用诗作为媒介），而是抒发了我对集体、对青春的爱恋。写得较好的一首诗是写于1941年太平洋战争爆发前三个月的一百几十行长诗《远方》，以《圣经》中《出埃及记》故事为题材，寄托了我对［在］抗日战火中煎熬的人民的顽强求生的愿望，战胜异常困难，直向"横着蜜和流乳的远方"。我把这首诗列为1941年9月10日《联声》自动停刊一期（第4卷第4期）的首篇，作为向读者的告别。这首诗的署名是"洛丽扬"。

抗日战争胜利后，我帮助老作家魏金枝编《文坛月报》，在第3期（1946年5月10日）上用"洛黎扬"写了一首诗《笑容》。在袁鹰编的上海《联合晚报》副刊上写过诗《一只小小的蜜蜂》、杂文《"得分的唯一希望"》。在我主持的上海文艺青年联谊会会刊《文艺学习》第1、2、3期（1946年4月、6月、7月）上写过《［上海］文艺青年联谊会的诞生和成长》《上海文坛漫步》《上海诗坛漫步》。1947年到1948年，我流寓香港时也用它在香港《华商报》写《谈民歌的鉴定、歌谣体创作——从〈愤怒的谣〉想起》。在叶以群编的《文汇报·世纪风》的诗专辑（1946年10月6日）上写悼念一位青年共产党员之死的诗《他死在黎明》。此诗在我看来写得蛮有感情的，署名也用"洛黎扬"。从这个笔名还衍化出"黎扬"，写过《祥林嫂——鲁迅作品中之女性研究之一》和发表在《时代·文艺》第2期上的《胜利的节日》[4]。由此可见我用来写诗的笔名主要有两个：一个叫"洛黎扬"，一个叫"歌青春"。

1941年12月7日太平洋战争爆发后，日军全部占领上海租界，结束了"孤岛"的特殊政治局面。在异民族的法西斯军事统治下的敌占区，一些身份比较暴露的党员和积极分子撤退到抗日根据地或外地，我和一些同志按照党在敌占区的方针，坚持地下斗争。我们自己不能办刊物，就有组织有计划地分散向敌伪控制的报刊或商办刊物开展投稿工作，搜入敌伪宣传阵地，写一些有意义而不暴露自己的文章，以抵制有毒的文艺作品，进行散兵作战。我和我领导的一些党员，用散兵作战的投稿方法，在关露同志编辑的《女声》上发表的文章最多。

回顾敌占区的地下工作，我们以极大的敬意深深地怀念关露同志[5]，她是1932年入党，在1940年接受党的决定深入敌阵，做出特殊贡献的著名左翼女诗人。她凭着非凡的眼力，选用了不少年轻共产党员的稿件。我们那时都不再续用"孤岛"时的笔名，另起别的笔名。

我在1943年至1945年8月上海被日军占领期间，用了"微萍""歌青春""戈庆春""辛夕照""秦月""乐未央""乐无羔""包不平""丁大心""丁英""王淑俊"等笔名，在《女声》《小说月报》《译作文丛·谷音》《诗歌丛刊》《飙》《碧流丛书·九月的海上》《莘莘》等刊物上发表诗、散文、杂文、小说和学术性文章。

"微萍"原是我的战友锺恕的笔名。1941年，她编学生刊物《海沫》时，曾写过长篇小说《密斯脱罗贵福》（未完）。她是我们中间小说写得最好的一位同志。1941年12月8日后，她为《万象》写过小说。我们在向《女声》投稿之前，先由她用"微萍"的笔名写了一篇小说《春色的恋》，试探该刊是否采用外稿。《春色的恋》隔期（第1卷第6期，1942年10月15日）就刊出了。于是，我也借用"微萍"的笔名写了小说《三男跟一女——一个女学生的手记》，在《女声》第1卷第8期上刊出，时间是1942年12月15日。以后其他党员也用笔名分散投稿，很快刊出。1949年后，我了解到别的系统的地下党员也曾向《女声》投稿，发表过不少作品。

"歌青春"是我在这一时期用得最多的一个笔名，主要是在《女声》上写诗。我在《女声》上写诗总计26首，其中23首用了"歌青春"的笔名，篇目如下：

《敏子，你还正年青》（第1卷第9期，1943年1月15日）；

《弃婴——小小的生命》（第1卷第10期，1943年2月15日）；

《春天的雪花》（第1卷第11期，1943年3月15日）；

《春日杂诗：当春天楚近我的身旁》（第1卷第12期，1943年4月15日）；

《桃色的云絮》，包括《夜雨》《朝雾》《阳光》组诗（第2卷第1期，1943年5月15日）；

《风筝与小草——献给童年时代的幼小者》（第2卷第1期，1943年5月15日）；

《生活》（第2卷第2期，1943年6月15日）；

《江上》（第2卷第2期，1943年6月15日）；

《乡恋》（第2卷第2期，1943年6月15日）；

《我爱》（第2卷第3期，1943年7月15日）；

《五月的雨》（第2卷第4期，1943年8月15日）；

《在南方》（第2卷第4期，1943年8月15日）；

《开学》（第2卷第5期，1943年9月15日）；

《病中吟》（第2卷第5期，1943年9月15日）；

《向日葵》（第2卷第6期，1943年10月15日）；

《雁》（第2卷第6期，1943年10月15日）；

《星底梦》（第2卷第8期，1943年12月15日）；

《寒园》（第2卷第10期，1944年2月15日）；

《囚狮》（第2卷第10期，1944年2月15日）；

《西子湖边》（第3卷第4期，1944年8月15日）；

《别看错我是个女子》（第3卷第9期，1945年1月15日）；

《有赠》与洛风（我东吴大学同学郑建业）的《南风》、金沙（成幼殊，著名报人成舍我之女，圣约翰大学学生）的《金沙》三首诗编为组诗《友情草》（第3卷第11期，1945年3月15日），《有赠》一诗后收入《星底梦》诗集中，列于卷前，移作序；

《雨天——赠一群女孩子们》（第4卷第2期，1945年7月，也就是《女声》的终刊号）。

我用"歌青春"的笔名，还在《太平洋周报》上写赠给青年作家石琪的诗《异乡草》，在《文友》上写过《红叶》《十二月的夜街》和《初夏夜之风》。在青年诗友办的《诗歌丛刊》第1辑《蓝百合》上写论文《诗与民歌》，在第2辑《抒情》上写诗《池边》（前者出版于1945年3月1日，后者出版于1945年5月15日）。在我领导的唯一党员自办的学生刊物《莘莘》月刊第3期（1945年5、6月合刊）发表一首为启秀女中毕业班而作的《毕业行》。

我用"歌青春"这个笔名主要是写诗，但也写过两篇散文：《目疾记》（《女声》第3卷第1期，1944年5月15日）、《杏花·春雨·江南》（《女声》第3卷第12期，1945年4月15日）。在《女声》第3卷第6期（1944年10月15日）上写的一篇学术论文《诗人秋瑾》，是我认为当年写的既有史识又充满激情的一篇作品。

在《女声》第2卷第8期（1943年12月15日）以回答读者问的方式，化名"戈庆春"（从"歌青春"谐音而来）写过《我的自省》，谈诗的创作问题。

1945年3月，我用"歌青春"的笔名，自费出版了诗集《星底梦》，诗歌丛刊社印行。选入我用这个笔名和"丁大心""秦月"的笔名于1943年至1945年初写的几十首诗中的28首诗，并代序《有赠》一首，还附录了我写的《诗与民歌》一文。由诗人萧岱（戴何勿）和友人王楚良作跋，前者化名"穆逊"，后者化名"祝无量"。关露同志以笔名"梦茵"在《女声》第4卷第2期（1945年7月15日）写的《读了〈星底梦〉》，给了我鼓励，她说："在近来惨淡荒凉的这片诗领土中突然看见这本小小的册子《星底梦》，好像在一片黑寂的大海里看见一只有灯的渔船一样。《星底梦》虽然装订很小，页数很少，但是仍然发生了'诗'的力量……好像渔船虽小，仍旧是一只船；星星的光虽然不强，仍然能够把宇宙照亮。"王楚良同志在新创刊的我俩和萧岱同志三人合办的《译作文丛》第一辑《谷音》上，也以"古道"的笔名为《星底梦》写了评论文章。关露、萧岱、王楚良三位同志在日军占领下的上海，给我以亲切的关怀，是难以忘怀的。

如上所述，我主要用"歌青春"的笔名写诗，但还用过"秦月"在《女声》第2卷第12期（1944年4月15日）发表过组诗《三春抄》，含《鸽铃》《瓶花》《窗》三首诗，关露同志约一位青年女画家绚子画了插图。也用"丁大心"的笔名在《飙》创刊号（1944年9月）和《碧流丛书·九月的海上》（1944年9月5日）发表过诗两首：《塔》和《秋瑾墓前》。

我年轻时，取的笔名大都随手拈来，具有青年人心理的特色，偶然也有从古人诗词中衍化出来的。"秦月"就是读唐诗人王昌龄《出塞》——"秦时明月汉时关，万里长征人未还。但使龙城飞将在，不教胡马度阴山"——寄托一些感时的深意。按说，《出塞》诗中的"秦""汉"是互文，不能拆开来解释成"秦时的明月，汉时的关"，应合起来解释作"秦汉时的明月，秦汉时的关"，但化为笔名"秦月"自然不涉是否互文了。

我取不同的笔名，赋予不同的分工。我用"歌青春"写诗，另用"乐未央""乐无恙"写妇女问题和学术性文章，用"辛夕照"写散文和小说，用"包不平"写杂文。姓"乐"的两个笔名，既是"孤岛"时期笔名"洛丽扬"的谐音，又含有"夜未央"——夜尚未尽，在敌人的黑暗统治下要警惕，不可麻痹——的意思。

署名"乐未央"在《女声》上发表的文章写得都较长，如《〈诗经〉中反映的妇女生活·恋爱·婚姻》（第1卷第11期，1943年3月15日）、《她的一生——从民歌中看中国妇女的生活》（第2卷第1、2、3期连载，1943年5月15日、6月15日、7月15日）、《从"子见南子"谈到儒家的妇女观》（第2卷第7期，1943年11月15日）。

用"乐无恙"［在《女声》上］写的文章有：《陆放翁出妻事迹考——关于一个被迫于母遣去爱妻的悲剧》（第2卷第4、6期，1943年8月15日、10月15日）、《中秋谈月》（第2卷第5期，1943年9月15日）、《出妻史话》（第2卷第8、9期，1943年12月15日、1944年1月15日）、《朱淑真与元夕词》（第2卷第10、11期，1944年2月15日、3月15日）、《人面桃花及其他》（第2卷第12期，1944年4月15日）。

"辛夕照"系取自作诗《星底梦》中诗歌句"星光下的梦，／会在未来的日子中'开花的'"之含义：我们生活在黑夜里，依旧有晶亮之星（辛）照着我们。主要写抒情散文，在《女声》上发表的有：《青春》（第1卷第11期，1943年3月15日）、《烛光》（第2卷第1期，1943年5月15日）、《妇女与文学——〈从关于女性的文艺讲到妇女〉读后》（第2卷第3期，1943年7月15日，这是一篇与关露商讨的文章）、《生活在孩子群间》（第2卷第4期，1943年8月15日）、《"不祥"与"祸水"》（第2卷第6期，1943年10月15日）、《红叶诗话》（第2卷第6期，1943年10月15日）、《红叶题诗的故事》（第2卷第7期，1943年11月15日）、《女性中心的蚂蚁》（第2卷第10期，1944年2月15日，这是从英文翻译小泉八云的散文）、《美人迟暮》（第3卷第2期，1944年6月15日），也与光华大学的同学唐敏之（笔名"胡生权"）合作写过一篇宁波姑娘到上海走单帮的小说《阿秀》（第3卷第4期，1944年8月15日）。

"包不平"专为受压迫、受欺凌的妇女打抱不平，［在《女声》上］写过杂文三篇：《一场争辩》（第2卷第5期，1943年9月15日）、《风雅的说教》（第2卷第10期，1944年2月15

日)、《从女子二十四孝谈起》(第3卷第8期,1944年12月15日)。

1944年夏,我从光华大学中文系毕业,用"丁英"的别名进联华广告图书公司编辑《小说月报》,参加社会活动,也用"丁英"作为笔名写稿。与萧岱、王楚良合办《译作文丛·谷音》(1945年7月),由我公开用"丁英"的别名出面任编辑兼发行人,写了《六朝的民歌(南方篇)》,并为基督教青年会文学团契做辅导,为男、女青年会合办的暑期文学讲座讲课。

1945年8月抗日战争胜利后,继续用"丁英"的名字从事文化工作和社会活动。协助魏金枝先生编辑《文坛月报》(1946年1月、4月、5月出版第1、2、3期),主持上海文艺青年联谊会,出版《妇女与文学》[6](1946年2月)、《怎样收集民歌》(1947年)。用"丁英""洛黎扬""黎扬""黎容光""芜菁"等笔名在《新生代》《时代·文艺》《时代学生》《文坛月报》《前进妇女》《妇女》《文艺学习》《文汇报·世纪风》《新诗歌》《世界晨报》《联合晚报·夕拾》《茶话》上写诗、散文、杂文、民歌研究和论文。

为《文坛月报》第1期(1946年1月)写《灯》(散文),署名"丁英";在第3期(1946年5月)上写《笑容》(诗),署名"洛黎扬"。

为《新生代》第1期(1945年8月)写《新生代进行曲》(诗),署名"黎扬"。为《时代·文艺》第2期(1945年10月5日)写《胜利的节日》(诗)。为《时代学生》第2期(1945年11月1日)写《关于教育复员》,署名"丁英";为第3期(1945年11月20日)写了一篇《"读书救国"和"唯才"论者》的讽刺文章,临时取了"碧容光、蓝石华合作"。

为《前进妇女》第2期(1945年11月)写《祥林嫂——鲁迅作品中之女性研究之一》,署名"黎扬"。此文后收入以"丁英"署名的《妇女与文学》(1946年2月),激发南薇、袁雪芬改编越剧《祥林嫂》,促进了越剧的革新,这是值得一提的史实。

为《妇女》月刊写《新女性的典型创造》(论文),署名"洛黎扬",还写过诗《嘉陵江畔的悲剧》。后来该刊编辑、我的老战友杨志诚替我取了"芜菁"(上海俗称"大头菜",是一种富有营养的蔬菜)的笔名,署在诗《她们愉快地走着》旁。

为《新诗歌》第2期(1947年3月15日)写《歌谣中的保甲长》《歌谣中的官》,署名"丁英"。[7]

为《文艺学习》第1、2、3期(1946年4月、6月、7月)写《上海文艺青年联谊会的诞生和成长》《上海文坛漫步》《上海诗坛漫步》,署名"洛黎扬"。

为《文汇报·世纪风》(1946年10月6日)写《他死在黎明——悼念一位失去了的伙伴江沨》,署名"洛黎扬"。

为《世界晨报》写茅盾和王任叔的作家剪影,署名……[8]

为《联合晚报·夕拾》写《一只小小的蜜蜂》(诗)和《得分的唯一希望》(杂文),署名"洛黎扬"。

《茶话》为我公开职业所在单位(上海联华广告图书公司)的消遣性综合性刊物,我写了《宁波东钱湖纪游》(第7期,1946年12月)、《旧历年与歌谣》(第9期,1947年2月)、《叫花子的歌》(第11期,1947年4月),署名"丁英"。

1947年4月间,我因被国民党当局列入黑名单,出走宁波镇海乡间,旋即去香港、广州。在浙东隐蔽时,广泛搜集一批民歌和唱本,积累一批民间文艺材料,编就一本《浙东民歌》(《新编宁波歌谣初集》,待出版),后选取一小部分编入《南北方民谣选》(署名"丁英")。用"于封"的笔名为上海《时代日报》投寄鲁迅佚文《关于鲁迅论〈万古愁曲〉的一封信》,刊于1947年9月19日《时代日报》。流寓港穗时,曾为香港《华商报》写《谈民歌的鉴定、歌谣体创作——从〈愤怒的谣〉想起》,署名"洛黎扬";为《周末报》写讽刺诗,署名"于封";为上海《茶话》写香港通讯《香港的侧面》,署名"卫理";为《妇女》月刊写《香港的"阻街女郎"》,署名"芜菁";为《宁波时事公报》投寄从英文重译的法国作家左拉《三次战争的回忆》,1948年6月至7月连载数次,署名卫理。

1948年夏回上海,以"丁景唐"的本名在沪江大学中文系教书,曾用"郭汶依"(我教大学E班国文,谐音国文E)、"丁宗叔"的笔名在《沪江校刊》《沪江文艺》上发表散文和连载的《巴金作品的文法研究》(未完)、《民歌研究》(《谈民歌的搜集》)。半年后,调宋庆龄主持的中国福利基金会工作。

1950年1月初,调中共中央华东局暨上海市委宣传部工作,历任市委宣传部文艺处处长、宣传处处长、新闻出版处处长,1961年5月任上海出版局副局长,直至1966年。十年内乱时期,备受凌辱。1976年10月粉碎"四人帮"后,参加审查、处理"文革"中出版的书刊。1979年,出任上海文艺出版社社长兼总编辑和党组书记,1985年改任名誉社长。

1949年后,偶尔写诗,如1965年在《收获》上发表《小石子赞》。主要从事鲁迅、瞿秋白、左联五烈士和左翼文艺运动史的研究,兼及民歌研究,绝大多数文章和编著书刊都署"丁景唐"本名。编著方面,除1950年新华书店华东总分店出版的《南北方民谣选》署名"丁英"以外,都署"丁景唐"的本名,计有:《怎样开展工人业余文艺活动》(文化生活出版社1954年初版)、《学习鲁迅和瞿秋白作品的札记》(新文艺出版社1958年初版,上海文艺出版社1959年、1961年、1962年再版)、《瞿秋白著译系年目录》(与文操合编,上海人民出版社1959年1月初版,10月再版)、《左联五烈士研究资料编目》(与瞿光熙合编,上海文艺出版社1961年7月初版,9月再版,1981年1月增订版)、《学习鲁迅作品的札记》(上海文艺出版社1980年5月初版,1983年12月增订版)、《诗人殷夫的生平及其作品》(与陈长歌合作,浙江人民出版社1981年8月出版)、《殷夫集》(与陈长歌合编,浙江文艺出版社1984年2月出版)、《瞿秋白研究文选》(与陈铁健、王关兴、王铁仙合著,天津人民出版社1984年9月出版)、柔石《为奴隶的母亲》(选注本,天津百花文艺出版社1986年12月出版)。

1949年后,我还用过"于奋""雨峰""丁行""鲁北文""余逸文""于一得""景玉"等笔名写有关"左联"史料,鲁迅佚文,柔石、殷夫、阿英的史实等。记得1955年5月《展望》周刊的某一期上刊出我用"卫真"(保卫真理)笔名写的关于国际形势的六七千字文章(《谈谈目前国际形势中国的几个问题》)……有一个时期,我中断了写作,写作的积极性大降,写得甚少。

粉碎"四人帮"后,与三女言昭合作,曾以"胡元亮"的笔名撰写有关鲁迅的研究文章。我的母亲姓胡,是一个不识字的农家女,她年纪轻轻就辞世了。"胡元亮"为"父女俩"的谐音。八十年代前后,又曾恢复使用"于奋"的旧笔名,"于奋"就是"我在努力奋进"。"景玉"是取我和老伴名字中的各一字合成,以示我们几十年携手共[度]艰危、互敬互爱之情。我还请几位工于篆刻的高手,如钱君匋等,铸刻几枚"景玉""景玉共赏"和"景玉共赠"的印章、藏书章和赠书章。

1981年12月,我参加以创造社老诗人、文艺理论家黄药眠为首的中国作家团,出访香港,在中文大学召开的"中国四十年代文学研讨会"上,宣读论文《四十年代上海的鲁迅研究概述》,后收入上海文艺出版社1983年出版的《学习鲁迅作品的札记》(增订本)。此次结伴同行的团员,尚有唐弢、柯灵、田仲济、林焕平、王辛笛、楼栖、叶子铭、吴宏聪、理由、刘锡诚诸位作家,是当时出访香港人数最多的一个作家团。与会的学者、教授,有来自美国、法国的,也有香港中文大学的客座教授余光中先生。这次盛会让海内外学者相聚一堂,互相切磋,增进友谊,真如我给香港一位友人的题词中所说:"友情长共诗情在,一片文心两岸连。"对我个人来说,这次访香港,与我1947年到1948年间流寓九龙,倏忽卅余年,自然更有许多感想。可惜,我久已告别诗坛,没有用笔写诗,却把它记在心间。

1983年起,主编《中国新文学大系(1927—1937)》20卷本、1 200万字的大型套书,请周扬、巴金、吴组缃、聂绀弩、芦焚(师陀)、艾青、于伶、夏衍分别为文学理论集、小说集(包括短篇、中篇、长篇)、散文集、杂文集、报告文学集、诗集、戏剧集、电影集作序。为了配合《大系》的出版,我们编印了一本图文并茂的《手册》,有文坛前辈叶圣陶和八位作序的作家的照片、手迹,以及各卷的内容介绍;我和赵家璧也写了编纂感想的短文。第二个十年《大系》的出版,引起了海内外学者的广泛关注。我也为自己经历了五十年文艺编辑生涯,还能为参加这一中国现代文学重大工程做了一些搬砖运瓦的劳动而深感荣幸。

1949年后,我参加过下述的社会学术团体的职务:初为中华全国文学工作者协会上海分会会员,华东作家协会成立时,转为华东作家协会会员;六十年代初,为中国作家协会会员、作协上海分会理事、上海市历史学会理事;第二、三、四次全国文学艺术工作者代表大会代表;1979年后,又为国际笔会上海中心会员、中国鲁迅研究会理事(1984年为顾问理事)、中国现代文学研究会理事、中国民间文艺家协会上海分会副主席、中国出版工作者协会理事、上海出版工作者协会副主席、上海市编辑学会副会长;1981年起,受上海社会科学院聘任为文学研究所特约研究人员；1982年12月，受上海市人民政府聘任为上海市高级科学技能、专业干部技术职称评定委员会文学艺术学科评审组成员。

导读：

  此文为手稿，未刊登，按照新的体例，即"依照写作内容的要求，增加了主要经历、参加社会学术团体的社会职务和一些笔名的内涵，并适当举出以该笔名在报刊上发表[作品]的事例"，是一份研究丁景唐写作活动的必备资料。其中提供了许多重要线索，便于进一步搜寻他的诗文篇目，也是本书诸多注释的"导师"；特别是关于笔名的来源和内涵，饶有趣味，且是探寻他的写作心理和审美情趣的一把"金钥匙"。因此，很有必要将此文作为本书的导语。

  文中谈到"别名兼笔名有'丁英'，是1944年夏大学毕业后进联华广告图书公司任《小说月报》编辑及参加社会活动时所用，直到1950年出版《南北方民谣选》后停止使用"。经查找，1939年4月5日、4月14日《力报》第3版先后刊登《关于难民职业介绍》《怎样办完善的报纸和刊物》两篇文章，均署名"丁英"。斟酌一番，发现疑点不少，只好不予收录。还有署名"丁英""芜菁""包不平""彼得"等的一些文章，也因各种原因，最终放弃。

注释：

〔1〕原注：陈玉堂同志，自号"百盂斋主"，取"积水成渊"之意，广览博收，对近百年来人物别名、笔名及传记资料的搜集用力甚勤。编著有《中共党史人物别名录》（红旗出版社，1985年11月）、《中国文学史书目提要》（黄山书社，1986年8月），正在编写的有二百万字的《戊戌以来人物大辞典》。

抄者按：《戊戌以来人物大辞典》后定名为《中国近现代人物名号大辞典》，浙江古籍出版社1993年5月出版，续编本于2001年12月出版，全编增订本于2005年1月出版。

〔2〕原注：1986年10月，上海社会科学院出版社出版的《上海"孤岛"时期文学报刊编目》第442页有王韬、丁宁主编的《蜜蜂》半月刊的两期目录，在该书附录的《"孤岛"时期文学刊物出版概况》也有关于《蜜蜂》半月刊的介绍。

〔3〕1939年秋天，丁景唐进入东吴大学后，与他人一起新创办校刊《东吴团契》，由青年会研究部负责印行，创刊时间大概在1939年9月下旬或10月上旬，成为当时《东吴通讯》《法学杂志》《英文法学季刊》《东吴法声》《东吴团契》五大校刊之一。《东吴团契》的基本内容包括：该校宗教委员会的指导工作、青年会的部署、各团契开展丰富多样的活动等。《东吴团契》停刊应在1941年12月上海沦陷、东吴大学停课之前。

  丁景唐时任东吴大学地下党支部书记，主要利用团契丰富的活动形式，开展学生工作，并将《东吴团契》作为载体，引用《圣经》的语录，讲述其故事，以耶稣基督的名义，宣传必须支持正义的事业——抗日救亡。丁景唐之后在《联声》上发表的许多诗文，都是出自类似的构思。1940年12月，丁景唐等人准备"大加改革"《东吴团契》，但是情况突变，发生"警报"，丁景唐不得不停学。因此，《东吴团契》改革计划被扼杀在萌芽之中。

关于《东吴团契》最初筹备情况、《东吴团契》每期的具体内容，以及丁景唐用笔名"蒲柳"等发表了哪些文章，都待找到该刊后才能有所了解。丁景唐时任东吴大学地下党支部书记，接替何人、他的接替者又是谁、如何开展工作等问题，尚无法得知。丁景唐关于东吴大学的自述比较简单，也从未有人进行专题采访，加之其他各种因素，形成了《东吴团契》、地下党支部的两大难题，也是东吴大学校史上的空白。（详见《丁景唐编辑文艺刊物》第二编）

〔4〕《时代·文艺》第2期发表一组三首诗歌《胜利之歌》《诗的纪念日》《打落水狗歌》，总题为"胜利的合唱"，作者分别是蓝漪（余阳申）和黎扬、蓝石华（丁景唐的两个笔名）。

〔5〕原注：关露（1907—1982），1932年入党，1933年5月丁玲被捕之后，续任"左联"创作委员会的负责人。著有诗集《太平洋上的歌声》、中篇小说《新旧时代》《苹果园》、散文集《都市的烦恼》，还创作了著名的电影《十字街头》的主题曲《春天里》的歌词，翻译《邓肯自传》、普希金的诗集。"文革"中受到残酷迫害，在党中央为她平反之后，于1982年不幸逝世。

〔6〕丁景唐主编的《文艺学习》创刊号上曾刊登一则书讯：

《妇女与文学》（丁英著）

内收《歌谣中的妇女生活》《鲁迅作品中的女性研究》《新女性的典型创造》等论文十篇。作者以热情的笔触，描画出被压迫的女性大众如何经历艰苦的路程。在同类著作寥落的中国，本书的出版是每个关心妇女文学者所乐闻的。优待会友及读者，谨收七百元，请径函本刊。

〔7〕《新诗歌》第2期（1947年3月15日）刊登《歌谣中的官》，署名"丁英"（见丁景唐：《犹恋风流纸墨香——六十年文集》，上海文艺出版社，2004年1月）。同期并未发表《歌谣中的保甲长》，可能刊登于其他刊物，或者未刊登。

经查找，臧洛克写有《论歌谣中的乡保长》，载宁波《春风》第3卷第6期（1949年1月1日）。该刊第3卷第8期（1949年2月16日）发表臧洛克的《南北朝的民歌》，不妨认为是丁景唐此前写的《六朝的民歌（南方篇）》的"续文"。丁景唐与臧洛克是宁波镇海同乡，曾委托他协助宣传民歌社《征求各地民歌启事》，民歌社是丁景唐等人发起组织的（详见丁言模：《"紧急撤离"前留下的〈怎样收集民歌〉》，载《书香传情——丁景唐藏书考辨》，上海文艺出版社，2020年11月）。

〔8〕此两文分别为《关于茅盾的几本著作》（乐生），原载1946年9月14日《世界晨报》第3版；《王任叔》（洛黎扬），原载1946年10月3日《世界晨报》。此两文已收入本书。

第一编

诗 歌

第一章　叙　事　诗

一个以色列民族英雄的死

一粒麦子不落在地里死了,仍旧是一粒;若是死了,就结出许多子粒来。

(《约翰[福音]》第12章第24节)

夜
　　拍着黑色的翅膀,
停留在
　　客西马尼果树园上。
门徒们
　　(除了那个出卖人主的
　　加略人犹大)
忍不住倦劳,
　　睡倒在地上。
耶稣,
　　他,
　　做完了祷告,
起来说:
　　"时候到了,你们总要警醒祷告,
　　免得被人迷惑。
　　看哪!
　　[出]卖我的人近了。"

小径上闪着凌乱的人影
　　夹着疏密的火光,

走来了
　　领路的犹大,
　　　跟着祭司长、
　　法利赛人的差役
　　　和兵士。
加略人的眼角里充满着畏缩,
　　近拢来和他亲嘴,
还说:
　　"请拉比[1]安。"
但他却瞧出他的欺诈,
　　"你用亲嘴的暗号
　　出卖人主吗?"
这简直是一把锋利的刺刀,
　　插入犹大的胸膛。
"拿撒勒人耶稣在哪里?"
带着刀棍的敌人一齐喊叫。
　　他用手指一指自己的胸脯——
"他,就是我!"

天一亮,

长老祭司长和文士
　　聚会在大祭司的屋里，
把他绑在柱旁，
用鞭子抽打，
轻蔑地吐唾沫在他身上，
还商量如何弄死他的勾当，
有一个文士贡献一条恶毒的计策，
"我看，还是借手罗马巡督的好，
　　这样死掉，
　　　同老百姓也有话可讲，
　　因为要处死他的，
　　是那罗马的彼拉多[2]，
　　我们，
　　我们就可回答不知道。"
大家点点头，
　　都觉得巧妙，
命令兵士推他
　　到彼拉多面前去受审判。

外邦人翘起脚坐在高位上，
　　摸着胡子打官腔：
"哼！拿撒勒人，
你真好大的胆，
　　妖言惑众，
　　说什么犹太的弥赛亚[3]，
　　说什么折毁恺撒[4]的殿宇，
　　　在三天内又造起你自己的，
你，
　　岂不是想造反！"
祭司长和长老心中
　　开了一朵朵的花，
连忙野狗般地乱叫：

"钉死他，
　　钉死他，
把他快快
　　钉在十字架！"

为了残杀一个
　　替真理做见证的革命木匠[5]，
法利赛人的文士、
　　祭司长大老爷，
　　　外加
奴隶总管的希律王，
　　不管他们平常也闹
　　　意见，现在却连成了一家，
叫声罗马爷爷，
无非想消除黑暗中的一点光亮。

　　又是一阵鞭打，
　　又是一阵嘲笑，
　　彼拉多吩咐
　　　兵士把他的衣服剥掉，
用荆棘的冠冕
　　给他戴上，
跪在他的面前大笑庆贺——
　　"恭喜犹太人的王啊，
　　你要救人，
　　　却自己也救不了？"
原野的风吹起了哀歌，
　　云彩也皱起了愁眉，
妇女们淌下眼泪，
　　但也有人在奸笑。
四枚长钉把他钉死在髑髅地[6]
　　的十字架。

他，
　　　以色列民族英雄，
死的罪状是这样：
"耶稣，犹太人的王。"

落日失去了光辉，
黑暗统治了世界，
只有那狂风
　　　在怒吼，
要冲破黑暗的世界！

原载《联声》[7]第3卷第11期(1941年5月16日)，署名：保罗。

导读：

丁景唐回忆说："在我主编刊物不久，江南爆发了震惊中外的皖南事变，由于刊物的性质不允许编者正面揭露国民党这一罪恶行径，我就以春秋笔法，一连写作了散文《'你们是世上的盐'》《主要复活》和诗《一个以色列民族英雄的死》，曲折地表达了反对内战、反对分裂的义愤之情。"(丁景唐《我的文艺编辑生涯》)

诗后原注[5]提到的张仕章，被称为中国基督教社会主义的代表人物，对基督教社会主义有着自己的理解和定义，发展成了独特的耶稣主义。这期《联声》后面书籍广告介绍《耶稣的故事》，署名"彼得"，其中写道："这本书就是告诉你，他(基督)也是一个人，一个民族的英雄。"

《一个以色列民族英雄的死》是丁景唐写的第一首叙事诗，是根据张仕章的《革命的木匠》和张文昌翻译的《耶稣的故事》等改写的。

诗中描写耶稣临刑前遭受的残酷折磨，交织成一幅黑暗中群魔乱舞的场景，狰狞的嘴脸、凶残的鞭挞、挑衅的羞辱、狂笑的动姿，形成一种强烈的视觉冲击力，令人惊悚、震惊、骇人听闻。

"你要救人，/却自己也救不了？"敌人无耻的挑衅，喧嚣尘上，骄横跋扈，不可一世。"原野的风吹起了哀歌，/云彩也皱起了愁眉，/妇女们淌下眼泪，/但也有人在奸笑。/四枚长钉把他钉死在髑髅地/的十字架。"爱憎分明，疾恶如仇。"愤怒出诗人"，矛头指向一手制造皖南事变的国民党顽固派。

此诗开头用诗歌常用的象征表现手法，"夜/拍着黑色的翅膀"，预示着这是一个惨痛的悲剧。结尾怒吼的"狂风"，象征着强大的正义形象"要冲破黑暗的世界"。此诗形象化地诠释了周恩来题写的诗篇："千古奇冤，江南一叶。同室操戈，相煎何急？"

此诗引用了不少《圣经》的典故和有关历史名词，因此，丁景唐特地在诗后添加了六个注解，如"髑髅地或翻'各各他'，基督钉死十字架之处"。而且诗的开头引用《圣经》上"一粒麦子"的经典之言："一粒麦子不落在地里死了，仍旧是一粒；若是死了，就结出许多子粒来。"

犹如画龙点睛,以便广大读者更深入地理解该诗的内容和弦外之音。

注释:

〔1〕原注:拉比,教师。

〔2〕原注:彼拉多,罗马的巡督。

〔3〕原注:弥赛亚,指先知。

〔4〕原注:恺撒,罗马的统治者,为前三英雄之一。

〔5〕原注:革命木匠,引张仕章著《革命的木匠》,耶稣曾为木匠故。

〔6〕原注:髑髅地,骷髅地或翻"各各他",基督钉死十字架之处。

〔7〕《联声》是"上海联"(上海基督教学生团体联合会)会刊,1938年11月26日创刊,先为月刊,第3卷起改为半月刊,后来因故常为不定期刊物。在上海沦陷之前,《联声》出至第4卷第4期,之后自动停刊,其间共出4卷36期。抗日战争胜利后,时任"学委"委员的陈一鸣负责联系恢复活动的"上海联"(此后成立上海学生团体联合会,简称"学团联"),《联声》得以复刊,出至第4期(1945年11月),先后共出版40期。

《联声》是一份综合性、文艺性的学生刊物,主要面向大、中教会学校学生,开设栏目甚多,撰稿人大多是教会学校师生和社会名流,是上海"孤岛"时期进步学生刊物中存在时间最长的一份刊物。最初由社会名流后代、教会大学学生俞沛文、顾以佶、陈一鸣等创刊,发挥了启蒙、团结、教育、激励广大教会学校学生的历史作用,在推动全市学生抗日救亡工作方面影响比较大。(详见《丁景唐编辑文艺刊物》第三编)

这期《联声》还刊登丁景唐的讽刺诗《先生,我问你》。

远　方

　　在所向的远方,是横着流乳和蜜的国土。　　　　　　　　(伦支《在沙漠上》[1])

　　六十万以色列人从埃及出亡到迦南,是纪元前民族迁移的史诗,在《旧约》[2]的《出埃及记》《利未记》《士师记》中都有着记载。

　　当时以色列人在埃及受到法老的种种欺凌,经过了烈火的锻炼,在征途上克服了不少困难。

　　饥饿、烈阳,动摇的人们受不了,落后的便倒在沙漠里死了。但是最后,他们在迦南建立了自由的乐园。

　　七月,辉煌的日子,写在中华民族的历史纪程碑上最灿烂的一页。虽然在今天还有着"我们不去了"的人们,但是我们相信在克服了更多的困难以后,像以色列人冲破黑暗一样,我们一定有一个光荣的明天。

　　我们相信,只要奋斗下去,流着甜蜜和乳的乐园是不远的了。

苦　难

岁月是一棵枯树,
　苦难是一根鞭子,
在以色列人的面前,
　所有的日子,
　　都织成了愁丝。

这年头,
　法老皇宫里的一只耗子,
　　抵过以色列人的几条生命,
新王约瑟还施行命令,叫:
　"凡是以色列人生下的男孩子,
　都要丢在河底淹死!"
法老的积货城

几乎要刺破了天的脸皮,
但是以色列人的血汗流不尽,
　重重的苦工和着鞭子,
　这也是约瑟的仁政,
　这是以色列人命运的注定!

生命直像随风打转的飞尘,
　人祸、天灾,一双离不开的爱侣。
泥河干得像一块破裂的瓦片,
　露出了灰白的肚子,
　　仅是向着天边的一圈火焰。
跟着大旱,来了
　沙土似的虱和苍蝇,
　　死亡的路上连接了瘟病的桥梁,
所有的牲畜,

马、牛、驴、羊和骆驼，
　　　都走向死亡的桥梁。
一阵冰雹打过，
　　又遇到了满天的蝗虫飞扬，
黑暗的影子遮没了太阳，
　　皱纹深深地刻入了人们的眉尖，
树林、菜蔬、谷物、青草，
　　田野间望不见一点绿芒！

奔　流

全埃及泛滥起饥荒的狂涛，
　　死亡展开了翅膀。
再也容忍不下
　　法老的欺凌，
　　再也不能留在这里，
　　　等待死亡的降临。
以色列人要活命，
　　以色列人再也不愿
　　做埃及的奴隶。
欺凌也够了，
　　忍受也够了，
以色列人要做自己的主人，
　　以色列人是要去建立自己的乐园。
埃及人的杀戮，
　　增加了被压制者的勇气，
地底下埋藏的火焰
　　也有爆发的一天，
千万年遏制了的怒火，在
　　以色列的民众间已经燃起。
"到远方去，
　　到横着蜜和流乳的远方去！"
这呼唤传遍了埃及的大地，

这呼唤鼓励着和埃及人去作战！
以色列民族的战士，摩西，
　　他把反抗的旗帜举起，
就在逾越节的晚间，
　　六十万雅各的苗裔，
　　　（带着老人、女人、孩子、羊羔，
　　　还有无酵饼、葡萄和牲畜）
结成了一支饥饿的奔流，
　　向着远方的乐园行进！

追　兵

辽漠的天，
　　辽漠的地，
在天与地之间，
　　爬着以色列人的流。
黑夜换了白天，
　　白天又换了黑夜，
远远地，在旷野的后面，
　　滚着法老追兵的尘烟，
　　（在阳光下闪着刀枪的乱影）
以色列人如苍鹰翅膀下的小鸡，
　　全都失去了主意：
"难道在埃及没有坟地，
　　摩西，你却要把我们
　　带来，死在旷野里!？"
"回去吧，
　　还是苦一些地活下去吧！"
小鸡们是落在
　　恐惧和迷惑的海里。
头顶着火的太阳，
　　摩西站在众人的中间，
　　（那个长满了须髯的蜡脸、

焦露着紫铜身子的壮汉）
立刻用一颗颗坚定的子弹扫住了
　　人们的惶惑惊忧：
"以色列的兄弟姊妹们,
你们还记得雅各写下的光荣史？
　　　你们回去,再忍受法老的欺凌？
不!
　　雅各的子弟们不能回去!
不要怕!
　　凭着拳头臂膀,
　　　　我们一定会胜利。
不要怕,
　　趁着潮退的时候,
我们渡过红海去。
　　　看哪,前面就是流着甜蜜和
　　　　乳的
　　　　　天国!
来! 我来打头,
　　让我们渡过红海去!"
被恐怖凝住了的巨流,
　　又活动了起来,
　　像一条受惊的巨蟒,
　　　游向海的对岸去。
但是,法老的追兵,
　　来迟了一步,
　　才踏在红海的半途,
　　　潮水爆发了怒吼,
　　　　喷出了浪涛,
　　几十万埃及的追兵,
　　　跟着马匹都变成了食料,
　　　　送进了大海的嘴巴。

荒　漠

旷野是旱海,
　　瞧不见飞翔的苍鹰,
　　　也找不到野兽的迹印,
　　风已折断了翅膀,
　　　沙地躺着只会抽挛喘息。
无数的人落后了,
　　都变成了沙粒倒在沙砾上,
但是饥饿的奔流还是向前,
　　向前,
　　　向前,
　　像沙漠中的走兽,
　　　驮着倦怠与创伤,
　　　　爬着向前!
时光是无息止的河流,
　　吃掉了牛羊、饼饵、葡萄,
　　　又把驴马杀了分掉,
　　谁又能忍得下口渴的威胁呢?
　　　没有,就只好喝着牲畜的尿和血。

天上烧着一团烈火,
　　脚下烙着铁的沙砾,
　　　在角笛的悲鸣里,
旷野间又添了人们的哭声：
"究竟是谁给我们吃肉喝水?
　　我们还记得在埃及吃过的
　　　香蕉、黄瓜、葱韭、大蒜!"
"流着乳和蜜的国土,
　　一定在'鬼门关'的那边,
摩西,你要带着我们
　　去见'撒旦'不是?

我们要回埃及去!"

"回埃及去!"

"还有葡萄园与田地,

　　岂不是在地狱的深渊?"

"我们不去了,不去,不去。"

(但是"不去了")

　　岂不是也要死在归路上边?

真的,摩西是对的,

　　葡萄和田地就在

　　　　不远的迦南边。

让不去的人倒了吧,

　　以色列民族优秀的子孙

　　　　是要挣扎到明天。

看哪!

　　荒漠的尽头不就是乐园!?

无数的人落后了,

　　但是饥饿的奔流还是向前,

　　像沙漠中的走兽,

　　　　爬着向前!

远　方

现在的日子不再是一潭死水,

　　生活结成了淙淙的水流,

　　　　向着广阔的大地,

　　　　奏唱出生命的喜悦。

白天换了黑夜,

　　黑夜又换了白天,

　　　　恐怖、饥饿、忧虑,

　　　　跟从年岁的足迹消逝,

　　孩子们,新的人物

　　　　全在死难中茁壮生长。

明晃晃的粒沙,

　　洋溢着希望的光彩,

以色列的民族忍受着

　　饥饿的火焰,顾不了

　　　　太阳的煎逼,

　　　　炙焦了背脊,

　　　　烧穿了肠子。

这一支饥饿的奔流,

　　驱除了

　　　　荒漠里的寂寞和黑暗,

望见了明天,

　　走向流着甜蜜和乳的迦南美地。

在那里,他们要建立起天国的乐园,

　　有紫的葡萄、绿的田地,

　　　　每个人都要劳动,

　　　　每个人都是乐园的主人!

　　　　　　　　　　一九四一年七月

原载《联声》[3]第4卷第4期(1941年9月10日),署名:洛丽扬。

导读:

　　丁景唐主编的这期《联声》终刊号只有20页,封面上刊登目录(没有目录页),注明:"长篇史诗《远方》,洛丽扬作。"

　　《远方》除了开头说明,长达190行,分为五部分:《苦难》《奔流》《追兵》《荒漠》《远方》。犹如一出悲壮、热血、瑰丽的传奇多幕剧,心潮逐浪,猛然推向全剧的高潮。这是丁景唐在《联声》上发表的最长的一首诗,也是他一生诗歌创作中最长的一首叙事诗。

多年后,丁景唐回忆说:"写得较好的一首诗是写于1941年太平洋战争爆发前三个月的一百几十行长诗《远方》,以《圣经》中《出埃及记》故事为题材,寄托了我对[在]抗日战火中煎熬的人民的顽强求生的愿望,战胜异常困难,直向'横着蜜和流乳的远方'。我把这首诗列为1941年9月10日《联声》自动停刊一期(第4卷第4期)的首篇,作为向读者的告别。"(丁景唐《谈谈我的笔名及其他》)

此前,丁景唐看了鲁迅翻译的小说《在沙漠上》(伦支原作),联想到抗日救亡的严峻形势,激起创作诗歌《远方》的强烈愿望。此诗成为他对一年多来诗歌创作的一个小结,也是他告别《联声》之言。

丁景唐在《联声》第2卷第7、8期上发表第一首诗《给……》,《远方》与之相比较,在内容和形式上都跃上一个新台阶,这是一首"中国化"《圣经》的文学作品、诗史般的长篇叙事诗,将叙事与抒情、哲理相结合。诗中始终流淌着不可遏制的情感,波澜起伏,迂回转折,瞬间喷发,形成一首场面宏大、气势磅礴、回肠荡气的史诗,努力向高标准攀登。其特点如下:

其一,视野大为扩展,从关注自我及周围生活的小圈子里跳出。以诗歌体裁改写《出埃及记》的难度比较大,既不能违背史实,又要再现几千年前的"饥饿巨流"的陌生场面,以及描绘那个特定时空中众人的言行举止、心态变化等。这需要能够掌控政治和历史的宏观大局,需要插上丰富联想的翅膀,还需要善于驾驭丰富内涵和韵味诗句的出众能力。

对此,年轻有为的丁景唐敢于自我挑战,不满足亦步亦趋的现状,毅然跳出创作小圈子,大胆地创造一个前所未有的新天地。这来自他坚定的信念、创作的胆魄和灵活的思维,以及多年学习的心得体会和已有的写作经验。他伺机寻找一个突破口,尝试付诸写作实践,留下一个值得永久纪念的青春足迹。

其二,汇总了作者一年多来尝试的各种艺术手段,可谓是集大成之作。除了继续较好地运用阶梯式诗的形式,采用多种抒情方式,如直抒胸臆、借景抒情、寓情于景、情景相生等之外,较多地采用了各种表达方式,如动静结合、虚实结合、点面结合、正反结合、远近结合等,多角度、全方位地描写,不时夹叙夹议,构成一个悲壮、惨烈的诗史画面。

"旷野是旱海,/瞧不见飞翔的苍鹰,/也找不到野兽的迹印,/风已折断了翅膀"。这是虚写的宏大的场面,充满着死寂、窒息的氛围,接着画面上出现一条蠕动的"饥饿巨流",在烈日下艰难地挣扎着,镜头逐渐推近。"沙地躺着只会抽挛喘息。/无数的人落后了,/都变成了沙粒倒在沙砾上"。倒下、枯干、死亡,但是沙漠上依然留下歪歪斜斜、大大小小的挣扎着前进的一连串脚印。他们全靠坚定的信念、顽强的意志苦苦地硬撑着,低着头、张大嘴、艰难地向前、向前,"走向流着甜蜜和乳的"乐园天国。

其三,此诗的题材、改写、阶梯形式等,生动地显示了丁景唐大胆突破自我、挑战自我、勇于创新的精神。对于现代诗擅长运用的象征、暗示、借喻、夸张、变形等艺术手段,该诗本身就是一个美丽的诠释,给广大诗歌爱好者留下无限想象的巨大空间。

其四,此诗反映了丁景唐迅速提升的审美情趣和审美价值观,尤其在人物勾勒上。诗歌中的摩西成为浩浩荡荡60万"逆反"大军的精神领袖,在最艰难、最关键时刻,挺身而出,振臂高呼,唤起信心和勇气,成为丁景唐笔下勾勒的第一个历史英雄人物。"那个长满了须髯的蜡脸／焦露着紫铜身子的壮汉",颇有"力拔山兮气盖世"的气概,彻底摆脱了"英雄救美""才子佳人"的传统审美情趣。虽然未能进一步描写摩西的举止,仅凸显了他大声呼吁的几个特写镜头,但也做到了适可而止,毕竟《旧约》中摩西的形象绝不能轻易改动。

瑕不掩瑜,诗歌中难免留下一些稚嫩或不成熟的斧凿痕迹。

注释:

〔1〕伦支的《在沙漠上》共分十节,收录于鲁迅编译的短篇小说集《竖琴》,鲁迅指出:此小说上半部取材于《出埃及记》,下半部采用《民数记》的第25章。伦支是受基督教影响的俄国"同路人"作家,崇拜西欧文艺,自称为"不可调和的西欧派"。

〔2〕《旧约》是《圣经》的第一部分,内容包括律法书、叙事著作、诗歌、先知书四部分。其中律法书有五卷,即《创世纪》《出埃及记》《利未记》《民数记》和《申命记》。犹太教、基督教传此为摩西所作,故又称"摩西五经"。

〔3〕《联声》,见本书第6页注释〔7〕。

他死在黎明

——悼念一位失去了的伙伴江沨

现在我坐在窗前,
思索着怎样给你写首纪念的诗,
恍惚一年前你活着的时候,
我坐在你靠窗的病床边,
你用发烧的手指着铅笔的草稿,
以粗哑的嗓子朗诵,
因为你是喜欢诗的!

多年的痔漏病使你烦扰,
在你能够起床的清晨,
你带着笔携着书,
踱向邻近的儿童公园,
有时和江静[1]在一起,
但更多的时间我见到你
却在和陌生的邻居聊天。
就像花丛间终日采蜜的蜂,
你不信天才和骗人的灵感,
只管一字一行地写诗。
你还爱和孩子做朋友,
给幼小者说故事和编歌,
做她们玩跷跷板的评判,
因此你变成他们中间的一个。

你也是个天真的大孩子,
你有颗赤子的心,
你为不幸的聋哑的友人,
深夜里改卷修稿,

在你辛勤的栽培底下,
诞生了《聋哑》[2]的新芽;
当我欣然从你的手中接获
那份你们勤劳的产物,劳力
而你便为自己的收获显露了笑。

你也曾陪我打开蒙尘的小屋,
站在那间学生刊物的编辑室中,
"你瞧,
蜘蛛在屋角撒网,
破旧的椅桌摆得斜歪。"
有时你为办公的友人失约,
便独自坐在桌前焦急,
把手中的书放下,
从窗前跑到门槛,
又从门槛跑回,
朝窗外张望。
对于疾病,
你是个无畏的战士,
以如此忘我的工作精神,
向它做顽强的斗争。

每次我们亲眼见到,
在敌人的军营前日本狼狗,
横着上刺刀的枪大声吆喝,
像赶畜生一样,向中国人,
投出兽类的恶毒的眼光。

愤怒在我们的心头生根，
这根也深深地栽植在
被束缚的土地的人民心中。
每天每天，
在户口米、封锁、警报的交响下，
人们像给烈日煎熬的野草，
仇恨的根须遂愈益在
泥土下牵连相通。

"要死的为什么不死？
要来的为什么不来？"
你病着，
以发焦的嘴唇吐着火样的话，
还亮着眼在地图上细心寻找：
那站立在伏尔加河畔
希特勒党徒给自己掘下墓坟的
英勇的斯大林格勒城堡，
那燃烧着第二战线烽火的诺曼底半岛，
那蹲伏在太平洋中的小黑点、
日本军阀的葬身巢穴——
下着火箭弹雨的硫磺岛。
于是，你的眼前展开一幅
同盟国胜利进军的图画；
于是，你坐起来发出孩子的笑，
指着天际闪亮的银翼：
"来了，来了！"
轰雷在近郊爆炸，
浓烟的柱子自地面竖腾，
随后，警报的鸣声才像受创的鬼子，
在都市的上空嘶叫；
随后，我们知道久久地期待着的
希望开花的节日一天天

向我们走近来了。

强大的苏维埃军队，
终于击溃了远东的狼狗，
解放的旗帜飞遍松花江畔长白山旁。
"八一五"的战后晚上，
你在发烧的晕眠中，
得知日本宣布投降，
立刻如同瞎眼重见阳光，
兴奋地走街道，
忘掉结核菌已穿透你的肠膜！

胜利直似一阵神怪小说中的罡风，
它卷走了日本法西斯皇军，
吹来了天上地下的英雄。
"房子、条子、
醑酒、女人，
还厚脸说什么廉义礼耻，
这批吮血的臭虫，
比异种的狼狗还要凶狠！"
怀着海样的愤恨，
流着疼痛的泪和汗，
你在病床打滚呼诉，
黑暗依旧霸占着这东方的海港，
曙光照不到你阴沉的三等病房，
结核菌疯狂地啮蚀你生命的根，
在一个早春的黎明时分，
你走尽了短促的人生的路，
以廿岁的年龄永别了一切亲人。

现在，我坐在窗前，
仰望着辽空的黄昏星，

夜已启程而来，
我也应该和你告别：
"要死的终必死去，
要来的已经到来。"
当夜颠顶地爬越最后一个漆黑的峰巅，
它将咽气倒向十月的河边，

黎明的步伐就愈益健捷。
安息吧，年青的伙伴，
如今因为你的离开，
我们将加倍地战斗，
在可诅咒的地方击毁可诅咒的时代！

一九四六年八月

原载《文汇报·世纪风》[3] 1946年10月6日，署名：洛黎扬。

导读：

丁景唐回忆说："我在上海青年会中学读高二时，因在青年会少年部的墙报上写的一篇杂文中引用了鲁迅的话——'在可诅咒的地方击退了可诅咒的时代'，被指责为'不轨'。"（丁景唐口述、朱守芬整理《八十回忆（1920—1949）》）

对于此诗，丁景唐回忆说："（此诗）给叶以群同志，在他编的《世纪风》文艺副刊上发表。"并认为"写得蛮有感情的"。

《他死在黎明》为120余行的叙事诗，是丁景唐继《远方》之后的又一首诗歌力作。

丁景唐写的《远方》是根据宗教故事改编的，凭借丰富的联想，天马行空，恣意飞扬，淋漓尽致地发挥，既可以造成史诗般的气势，也可以塑造传奇色彩的英雄人物。《他死在黎明》写的则是现实生活的普通小人物，又是身边熟悉的青年诗人，反而有很大的局限性，容不得任何虚假，否则玷污死者的名声。因此，塑造现实中小人物的难度，在某种程度上超过塑造《远方》中的"群体"。

《他死在黎明》较好地处理了这个难题，将琐碎的事例转化成诗，将抽象的情感寄寓其中，展现了一个具有鲜明个性的年轻诗人形象，刻画了他的真、善、美——一颗纯洁的童心，执着追求美好的前景。该诗凸显了主人公强烈的爱国热情，对侵华日军的野蛮、残酷暴行的刻骨仇恨。当他听到抗战胜利的消息时，"立刻如同瞎眼重见阳光，/兴奋地走街道，/忘掉结核菌已穿透"肠膜。

"在一个早春的黎明时分"，主人公被凶残的病魔吞噬了生命，年仅20岁，正值青春年华的岁月，令人扼腕痛惜。"安息吧，年青的伙伴，/如今因为你的离开，/我们将加倍地战斗，/在可诅咒的地方击毁可诅咒的时代！"这最后一句化用鲁迅的名言，原话为："世上如果还有真要活下去的人们，就先该敢说、敢笑、敢哭、敢怒、敢骂、敢打，在这可诅咒的地方击退了可诅咒的时代！"（鲁迅《华盖集·忽然想到》）

诗中的江枫是上海沦陷时期众多爱国青年的一个缩影，可亲、可信、可爱。由于环境的限制，无法点明江沨是一名年轻的共产党员，但其中暗喻丁景唐等人在上海沦陷时期以笔为武器的特殊经历。因此，此诗既是纪念"黎明前"（抗战胜利前夕）不幸离去的年轻战友，也是丁景唐等人铭刻的历史纪念碑文之一。

注释：

〔1〕江静，江沨的妹妹。

〔2〕《聋哑》，江沨同志帮助一些聋哑少年编的油印刊物。

〔3〕抗战胜利后，姚溱为中共上海宣传委员会书记，其中成员有陈虞孙、艾寒松、郑森禹、王楚良等人。姚溱、陈虞孙为复刊后的《文汇报》重振旗鼓，起了很大的作用。（详见唐守愚：《"秦上校"姚溱》，载《姚溱纪念文集》，国际文化出版公司，2000年9月。）

这期《文汇报·世纪风》为诗歌专版，同期刊登了默之的《地中海旋歌》、洛黎扬（丁景唐）的《他死在黎明》、向阳的《哦，你这南方的城市》、江朗的《向日葵的故事》、路夫的《宿店里》、雪武的《静静的运盐河》。

继柯灵之后，叶以群主编《文汇报·世纪风》，每周四、周日出版。该报每期都有不同的副刊：逐日刊登《笔会》《文化街》（星期四、星期日停）和《读者的话》，星期一《中国农村》，星期二《史地》，星期三《工业》《半周画刊》，星期四《世纪风文艺半周刊》《图书》，星期五《妇女》《教育阵地》，星期六《演剧》《新生代》《半周画刊》，星期日《星期谈座》《世纪风文艺半周刊》。（《本报副刊周刊》，载《文汇报·世纪风》1946年9月5日）

《文汇报》副刊主要是文艺性的，以《世纪风》《笔会》等大型副刊为代表。也有些副刊内容面广，时事性强，且紧密联系实际，以影响最大的《读者的话》为代表。

《文汇报》最早的副刊诞生于1938年1月25日，发表《关于八路军的话》《中国红军十年史》《平型关一役兴奋的回忆》《叶剑英将军素描》等。同年2月11日，即《文汇报》遭暴徒手榴弹袭击次日，大型副刊《世纪风》创刊，开始连载史沫特莱作、美懿（梅益）译的《中国红军行进》。

上海"孤岛"时期，在中共江苏省委下属的"文委"和进步文艺界的大力支持下，《世纪风》在活跃文艺运动方面发挥了积极作用，作者队伍中有很多共产党员和进步作家，如巴金、郁达夫等。

1945年9月6日，《文汇报》正式复刊，《世纪风》同日再生，发表编者柯灵的《复刊词》和芦焚、唐弢、丰子恺等人的作品，开始连载曹禺翻译的莎士比亚名作《铸情》（《罗密欧与朱丽叶》）。

1946年7月，文艺副刊《笔会》创刊。几个月后，《世纪风》因内容与其存在重复而停刊。

附录　丁景唐回忆江沨
——函请郭沫若写一墓碑

　　江沨,是一位爱诗的青年共产党员。1943年夏,我负责组织一些党员秘密印发评蒋介石《中国之命运》,时江沨亦调来参加工作。那时,他是一个辍学在家养病的中学生,团结一批聋哑青少年编油印刊物《聋哑》,也写一些诗作。1945年2—7月,[在]党的地下组织"学委"领导下办《莘莘》月刊时,他也参加。

　　1945年8月,抗日战争胜利后,我负责主持学生刊物,团结一批爱好文艺的青年(学生和职青)于1946年2月成立上海文艺青年联谊会,请郭沫若、茅盾、叶圣陶、许杰、赵丹等演讲,还举办文艺晚会,出版《文艺学习》,开展各种文艺活动。江沨也参加一些活动。印象较深的一次,是他通过一位姓黄的聋哑女青年,借到她父亲任职的中南银行(经理或董事长,已记不清)的经理室,下班之后,由小黄出面接待我们去开会,会后我陪小黄回家。她家在西爱威斯路(今永嘉路)祁齐路(今岳阳路)口的一所花园洋房(似即现在徐汇区结核病防治所)。1946年初夏,江沨不幸去世。垂危之际,他嘱妹妹江静转托我,请郭沫若先生为他写一墓碑。我满怀激情,用上海文艺青年联谊会的名义,写了一信给郭老,交梁达(曾任《人民日报》副总编的范荣康)面呈郭老(郭老住在四达里群益出版社楼上,梁达住对面马路的留青小筑)。郭老看信后即在一张宣纸上写了"江沨之墓"四个大字(有碗口大),可惜在"文革"中也遭劫,连墓碑都被砸掉。真不知何罪之有!

1991年1月27日追记

一个少女冲喜的故事

又是石榴花红妈
五月的天气
却是这般的凄迷
姊姊
江南的风
拂得你墓上的草
也已碧绿生青。

昨夜我不能安眠
看着月亮的上升沉落
你少年的弟弟
充满了天真
还以为月亮里有你的倩影
可是,那亲切的语音
浅浅的笑,如今
只能在梦中相寻。

姊姊
曾记得菖蒲绿时
乡间演着白蛇传的社戏
你为我讲述了
一个名叫素贞的少女
钟爱着一个名叫许仙的卖药郎
给爱管闲事的法海和尚
活生生埋葬在雷峰塔底
和尚是专制的化身
雷峰塔是封建压迫的象征
好心的少女做了旧时代的祭品

你的眼睛闪亮着愤恨光焰
姊姊的话感动着少年人的心
我紧紧地捏住你的手
为人世的不平
我要举起反抗的旗旌。

然而,五年前的夏天
当榴火红焰
雷峰塔的悲剧搬演到我的眼前
这个做祭品的却轮着了你——
为我讲述过反抗与挣扎的故事的姊姊。

这犹是拿生命开玩笑的儿戏
你因为未婚夫的病
奉了婆婆的命令去冲喜
舅母给你送上了新衣
在后面哭着送着你
十七岁的女郎
[从]此拖入了封建的魔掌。
丈夫明明是给痨病缠死
却要你来担负克夫的罪名
从此你带上贤惠和贞节的锁铐
像一朵鲜艳的花
葬殉在污泥的潭底。

这二年
榴花萎落
我在家乡为你

流下晶莹的泪
满江的水不能容盈我的伤感
姊姊,你少年的弟弟
仰天紧握住空拳
你不是最后的末一个送殡者
我要向不幸的时代抗议。

早前,在荒野的渡口畔
红晕的夕照映着
那白石砌成的贞节牌坊
常使我起崇穆的遐想
可是现在,我站在它的面前
似乎听到在这石柱的下面
有这世纪女性凄惨的呻吟。

去年的秋季
春表哥成亲
原本是欢喜的事情
可是老人的心
却煎熬得难受。
舅爹拍拍我的肩
"你姊姊活着多好!"
唉,姊姊,如果你活着多好!
晚上睡时
舅妈替我拿棉被
我好像看见她的眼角边
淌着莹莹的泪滴。

乡里中的人
都对你有太多的好感
你聪敏
慈慧又和善

胖胖的脸儿
堆满着笑靥
如今王大婶她要说
　　"没有人再和我聊天"
明康嫂
　　做花也找不到伴侣。

从你死去
我就少来
我怕看见舅爹舅妈的悲容
也因为不能再见到姊姊的面容

河畔
绿桑树长得多高
春天里我们玩蚕
到桑葚发紫
我们嬉笑树梢
如今我来了
王大婶碰见我
"外甥孩劝劝你舅爹爹
劝劝你们舅妈也不要再悲伤
人已经死了
哭着也没用场。"

姊姊
今朝又是榴花红了的季节
可是你已死去了三年
三年的岁月是倍外的悠长
五月的榴花萎谢了又开
只有你
却永远也不再回来。

原载《妇女》[1]第 8 期(1946 年 10 月 10 日),署:玄衣原作,丁英改。

导读:

此诗为曹予庭(玄衣)、丁景唐(丁英)合作。曹予庭,见本书第348页注释〔1〕。

此为百余行的叙事长诗,浸溢着凄惨、悲伤、无奈的情感,几乎淹没了几许抗争的微弱呼声。几千年封建意识沉淀在浙东乡民集体无意识的心底,无形的镣铐冷漠地锁住了"冲喜"的少女,她的身心无情地被死死地拴住了,不敢有逃跑的念头,生怕触动了三纲五常的法网,使全家及其亲友遭到无妄之灾。最终,女孩被迫投潭殉道。此悲剧发生在20世纪一个17岁花季少女身上,更是令人震惊,激起读者的愤恨和反思。如今重读此叙事诗,依然触目惊心,难以释怀。

此诗比较成功地塑造了悲剧女主角,主要以弟弟的眼光进行审读,这个构思可以扬长避短,既有小说、散文舒卷自如的特点,集中笔墨述说所熟悉的姊姊短暂的17年人生的生动情节,也回避了其所不知的姊姊的事情,恰巧应验了选择和提炼生活的创作理念。

此诗呈现了鲜明的民歌特色,句式较短,清新、明快的节奏贯穿始末,首尾呼应,犹如隔山对唱,再现凄凉、悲哀。诗歌以石榴花鲜艳的"红嫣"与枯凋时的"萎谢"比拟形象,凸显悲喜两重天,构成巨大反差,由此开掘诗歌悲剧的深刻主题。

姊弟对话犹如即景对唱,起初充溢着天真、欢愉的气氛,后来则是如泣如诉,充满悲怨、忍辱、无奈。加上愚昧、屈辱的父母——几千年封建思想集体无意识奴化的牺牲品,还有未露面的道貌岸然的公婆"当仁不让"地充当"刽子手",振振有词地逼死了17岁的花季少女,这些形象同框,展现了互为衬托的不同人性——善与恶、真与伪、美与丑,犹如柔石《为奴隶的母亲》移化为叙事诗的形式出现。远离现代文明社会的花季少女的悲剧故事,可凄、可悲、可怜、可叹、可恨,真所谓"哀其不幸,怒其不争,恨其不为"。

注释:

〔1〕《妇女》月刊由上海中华基督教女青年会编辑部主办,丁景唐的老战友陆以真(杨志诚)时为该刊编辑。丁景唐曾辅导基督教青年会文学团契,为男、女青年会合办的暑期文学讲座讲课。(详见《丁景唐编辑文艺刊物》第十二编)

刊登本诗的这期《妇女》月刊为妇女特辑,其中有雷洁琼谈论婚姻问题的文章、风子的《从交友说起》、陆以真的《自由·恋爱》等文。陆以真时为该刊编辑,1939年加入共产党,她是丁景唐主持的上海文艺青年联谊会的成员,曾一起采访茅盾。这期编辑的《我们的话》写道:

虽然我们不能同意托尔斯泰所说过的一句话——"世上最大的悲剧莫过于床第间的悲剧",因为我们觉得恋爱只不过是人生的一部分,除这以外我们的生活有更重大的意义,世上发生的事也还比这种悲剧惨痛千百倍,但是我们不能不承认,在今天确有许多姊妹们陷在恋爱或婚姻的痛苦中。在这女子被歧视、男性中心的社会里,我们是有痛苦的,而旧势力有形无形地也在以不平等、不自由的恋爱或婚姻来束缚我们,我们的思想感情也残存着屈辱和软弱。这些常阻碍了我们生活中更重要的一面——我们造福人群的事业,叫我们女子屈服,站不起来。所以为了使我们生活得更好、更有力,我们需要重新反省我们对恋爱婚姻的态度,了解我们的苦闷,发掘痛苦的根源,追究改正的途径,来获得生活的快乐,来增进生活的活力!

详见丁言模《丁景唐等人与〈妇女〉月刊》。

第二章 讽 刺 诗

慈 善 家

慈善家坐在暖室中打盹，
　　因为午后的阳光实在太好了。
　　　（太阳下睡息最是醉蒙蒙）
慈善家，
　　他是海上的闻人，
——剪彩需要他，
——开幕需要他，
——募款需要他，
——女明星需要他。
　　　（叫他作干爹）
慈善家，
　　他又是创造家，
——他创跳舞可以健身的学说，
——他替经济学增加一条原理：
　　　　救难可以当进账！
——他又替幸福的人们创了个先例，
　　多雇几个新闻记者替自己捧场。
慈善家，
　　他真的是慈善家！
——他自己家里堆了米，
　　　（那里的老鼠有三尺长！）
　　还替人家去呼吁：
　　　　米价不能再高涨！

——灾童院，
　　他是院长，
　　可是捐来的钱，
　　哪里去了……
　　　…………？
慈善家醒来了，
　　他揉揉眼睛，
　　张开口又笑了，
　　因为今天的报上说
　　米价又涨了！
慈善家把窗口的蒸汽
　　　　用绣巾（不是手巾）
　　　　　　揩去一块，
　　眯起双眼向外瞧，
　　"哼！这还了得，
　　叫花子也敢在我的墙角睡觉。"
　　他用胖手赶快揿起电铃，
　　跌跌撞撞管门老总来了。
　　他叫老总用桶冷水，
　　往叫花子的浑身直浇，
　　为了警戒玩忽职务，
　　老总的工钱扣了二元大洋。
慈善家，

他现在怨天了,
要是来个雪花飞天,
那就好了,
因为街头的
　　老枪[1]、
　　小瘪三,
一个个活像
　　黑土蟆

淹没在雪堆里
　　睡不醒了,
那么,
这些讨厌的东西
　　可以去掉不少,
而慈善家也可以
　　做他的慈善事业,
好捞些钞票!

原载《联声》[2]第3卷第6期(1941年1月25日),署名:洛丽扬。

导读:
　　这是丁景唐发表于《联声》的第一首讽刺诗,由此开拓了其创作诗歌的思维空间。
　　此诗塑造了一个典型的讽刺对象——伪善、狡诈、无恶不作的奸商"慈善家",即官商勾结的"闻人"。此诗口语化、通俗化、生活化,鲜明犀利,明快有力,或用排比句的跳跃式纪实,或用夸张的手法,却又破例注重人物的举止细节(一般的讽刺诗并不重视),平中出奇,渲染意境。其中有不少精妙诗句,刻画细节时带有散文诗的痕迹。
　　本诗尝试运用阶梯式诗的形式(受到苏联诗人马雅可夫斯基的影响),诗行的排列有规律地错落成为阶梯式。
　　《联声》发表此诗时,夹登了著名诗人穆木天的《怎样学习诗歌》中的两句话:"只有真实的情感才能够动人。""只有用严肃的态度,才能把真实的情感在诗歌中抒发出来。"这也是丁景唐学习写诗的标杆。

注释:
〔1〕老枪,指久吸鸦片者,穷困潦倒沦为乞丐。
〔2〕《联声》,见本书第6页注释〔7〕。

糊 涂 堆

春野的蛙在
　　　屋内闹翻了,
"哇哇"如夏天的
　　　骤雨,
一声声的鸣叫,
一阵阵的喧闹,
模样实在真忙碌。
一个个的头
　　　像麦浪在骚动,
一个个的人
　　　紧贴一个个的背,
像商量要事
　　　却又不像,
像吵架
　　　又为何这样文雅,
哦,原来
他们
在窗槛前
找到了一个
　　　蚂蚁窝!
他们嚷叫:
　　　"一只黑蚂蚁进洞了!"
　　　"看呀,
　　　一只红蚂蚁在拖苍蝇!"
　　　"……"
哗啦啦,
　　　铜板、蜡纸
　　　都躺在地下,

书架翻天,
　　　人们也管不了,
纸片在脚底下做了纸鹞,
　　　在室内飞飘,
书籍、印刷品
　　　像街头的枯叶,
　　　无人照料,
　　　随它去掉。

于是,
　　　阳光斜照了,
　　　　　人们也倦了,
　　　　　蚂蚁窝给捣了,
我们的人,
　　　也就做事了!
诗人用轻巧的手,
打开桃红的记事册
　　　写了:
"是紫丁香的忧郁哩!
十二月的季节风,
　　　驮载着我的
飞着的灵魂,
　　　在那百叶窗畔的
　　　　　蚂蚁背上。"
胖子抹着弥陀脸,
淌着汗,
　　　又在喘气——
"真真无聊,

时光又去了!"
他倒在太师椅[上]睡着了。
小矮子见了直跳,
　　这情形太混账之极,
然而他又管不了,
　　还是剥着栗子吃一饱,
　　别回到家里饭又吃不到。
"等一等,
我要同密斯们说几句话。"
负责人怎么也忙不了。
　　Speaking、
　　Smiling、
　　Sitting、
　　Eating[1],
一个人
　　摇摇头,

又叹气了——
"小姐们,真是吃不消,
一点点的事,就要
　　大哭小叫,
又来问我,
　　叫我怎么得了?"
可是姑娘们不睬他,
她们管她们说话:
"玛丽·璧克馥[2]可惜早没落,
还是琴逑·罗杰斯[3]不差!"
…………

这现象——
　　乱七八糟,
要是事实,
　　那真是糊涂王国!

原载《联声》[4]第 3 卷第 6 期(1941 年 1 月 25 日),署名:黎明。

导读:

　　此为讽刺诗歌,与同期发表的《慈善家》有相似之处,都是从不同角度来刻画丑角形象,但是题材不同。丁景唐熟悉教会大学里某些纨绔子弟的言行,以及学生团体首领的无能腐败作风,将围观"蚂蚁窝"的细节作为切入点,把广大师生所厌恶的这些小丑嘴脸公布于众,入木三分,淋漓尽致,大快人心。

　　难能可贵的是诗歌中出现的四种形象分别采用了不同的艺术手段进行刻画,如同欧洲的古典舞台诗剧。诗歌中首先登场的诗人仿佛莎士比亚笔下的浪漫人物,以"优美"的欧化诗句包装自我,显示不凡身份,却反衬出低俗无聊。最后一个团体负责人,作者干脆以一系列英语进行时的名词点缀其高傲、无能、空虚心理的形象。中间两个胖子、小矮子形象,则是以生活化的诗句刻画,绘声绘色。这需要较高的艺术表现力,把握好度,否则失之油滑,只是鼻子上涂个白粉,呆板、浅薄。这四个形象将整首诗歌的节奏推向高潮,具有画龙点睛之妙。

　　诗歌的结尾"那真是糊涂王国",锋芒毕露,指向管理混乱的教会大学领导层,暗喻作为大背景的黑暗社会。也正是如此,标题减弱了辛辣味,采用中性的三个字——"糊涂堆"。

此诗比丁景唐的第一首讽刺诗《慈善家》又有所提升,寓意丰富,富有哲理。《糊涂堆》诗句短促,节奏紧凑,层次分明,流畅无阻,代表了丁景唐那时创作讽刺诗的水准。

注释:

〔1〕Speaking,演讲;Smiling,微笑;Sitting,开会;Eating,用餐。

〔2〕玛丽·璧克馥(Mary Pickford),美国早期的电影明星,曾被誉为全世界最美、最富有、名气最大的女人,也是联艺影业公司的创立成员之一,1929年以《卖得风情》一片获奥斯卡最佳女主角奖。

〔3〕琴述·罗杰斯(Ginger Rogers),美国舞蹈演员,曾获第十三届奥斯卡最佳女主角奖。

〔4〕《联声》,见本书第6页注释〔7〕。

这期诗歌特辑共刊登四首诗歌,丁景唐有三首,即《糊涂堆》《迎春曲》《慈善家》,另一首《小马》署名"戈群"。《糊涂堆》下面补白说:"诗人是人类的灵魂师,诗歌是大时代的呼号。"

先生,我问你

> 倚靠钱财的人进神的国,是何等的难哪。骆驼穿过针的眼,比财主进神的国,还容易呢!
> 　　　　　　　　　　　　　　　　　　　(《马可[福音]》第10章第24、25节)

先生,
　　我问你,
你说——
　　你是耶稣的信徒,
你可曾翻过《圣经》,
　　说是:
　　　　"二十万万大洋该揩油?"
先生,
　　我问你,
　　　　有一位小姐,
　　　　　　听说是你的"令媛",
　　　　带着钢琴飞欧洲,
　　　　　　每到一地奏一曲。
　　　　因为失了恋人,
　　　　　　她很伤心。
先生,
　　你何不早些替她讨门亲,
　　　　欲害她如今这般怀情。

对不起,先生!
　　哦,你原来是想
　　　　把她嫁给外国名裔,
　　　　和睦邦交好讲亲善!
我想,或者是你,
　　二十万万大洋无从花去!
先生,
　　你,
　　　　戴起金边眼镜,
　　　　瞧不见人家死去,
　　但你也该知道耶稣说:
　　　　"去变卖你的,分给穷人!"[1]
　　敢是你信了教,
　　　　骗人还是骗自己?
先生,
　　我问你,
　　　　"你翻过《圣经》没有?"
　　耶稣,他说是:"二十万万大洋
　　　　该揩油!?"

★某大员,自称为耶稣信徒,而大发国难财二十万万。其女因失恋赴欧游行,随身载一钢琴,每到一地必奏一曲以解闷。其行动侈奢、人格腐化若此,而自诩信徒,实吾基督徒之大羞辱也。[2]

《圣经》上说:"你们富足的人有祸了!"[3]因感而为此诗。

　　　　　　　　　　　　　原载《联声》[4]第3卷第11期(1941年5月16日),署名:芳丁。

导读：

  这是根据有关报刊消息即兴写下的讽刺诗，具有强烈的讽刺性和幽默性，以其矛攻其盾，即抓住"某大员"信奉基督教一事，质问他是否翻过《圣经》。此诗开头特意引用《圣经》经典之言："倚靠钱财的人进神的国，是何等的难哪。骆驼穿过针的眼，比财主进神的国，还容易呢！"其中包含了比拟象征的手法，增添此诗歌讽刺的辛辣味。

  此诗更多地运用苏联未来派诗人马雅可夫斯基的阶梯式诗歌形式，努力扩展诗句的内涵与外延，引发深思，饱含哲理，亦深亦浅——"发国难财"的国民党要人仅仅是一人，数额巨大何止"二十万万"？

注释：

〔1〕〔3〕均出自《马可福音》第 10 章第 17 至 31 节，是关于耶稣遇到一个年轻富有的官，与门徒等人谈话的内容。

〔2〕此为诗歌附录的一则新闻报道，原出处暂未找到。某大员，可能指孔祥熙，他在山西就读教会学校时，信奉基督教，曾在日本担任华人基督教青年会总干事。其女，可能指孔祥熙二女儿孔令伟（"民国第一假小子"）或大女儿孔令仪，她俩都学过钢琴，孔令伟曾在上海钢琴比赛中获得第三名，弹钢琴对于孔令仪则是一个梦魇。

〔4〕《联声》，见本书第 6 页注释〔7〕。

奔马草：我问我自己

我问我自己：
　　"吃饭睡觉，
　　　每天照例的节目，
　　　这样的日子，
　　　　你倒能熬得下?!"
谁说我熬得下？
　　真的没有法儿，
　　夏天的太阳热得
　　　　连地皮都要发烧，
　　　就是坐在家里，
　　　　我也热得"吃勿消"！
为了热得"吃勿消"，
　　我想还是早些开学，
　　虽然，心里也实在明白，
　　　拿起书本又要
　　　　望它快些开学。

　　　＊　＊　＊　＊

我问我自己，
　　这可怎么得了，

昏昏沉沉，
　　睡醒了又要
　　　开始吃的节目！
啊哟，怎的忘记了，
　　"上海联"的牛医生、牛博士了。
我，我，我……
　　据 Dr. 牛说
　　是生了夏季性的懒惰病了，
这，这，这……
　　那可不得了。
"噢……你，
　　你一定包我医好。"
"什么？……什么？
　　只要这样一张单方。"[1]
请——到——夏令营
　　8月11—14［日］女中
　　8月17—21［日］男中
　　8月27［日］——大学
　　地址：惠中及梵皇渡［路］

原载《联声》[2]第4卷第3期(1941年8月10日)，署名：赖大重。

导读：

　　此为自由诗体，阶梯格式，风趣活泼，读者看到最后才知道原来是预告夏令营，颇有新意。此短诗署名"赖大重"，宁波话谐音"懒惰虫"，是丁景唐即兴取的笔名，与此诗的风格吻合。从整体上来看，此诗集诗歌、美术、编排于一体，扩展了讽刺与幽默的外延和内涵。

注释：

〔1〕以下文字是一则夏令营的预告，四周有黑色细框，一旁还有一幅漫画，画着一男子在淋浴喷头下洗澡。

〔2〕《联声》，见本书第6页注释〔7〕。

别看错我是个女子(讽刺诗)[1]

别看错我是个女子
以为有了钱就可以轻易获取
对不起,你高贵的公子
　　你有那么多的空间
　　装饱了肚子
　　紧跟在女人的背后
像雄狗一样的垂涎无耻。
但你可没曾睁开眼珠
用镜子照一下你
　　自己的一副脸嘴!

我不是没有眼睛的瞎子,
　　我又不是
用糖粒可以骗得的孩子,
哪个傻瓜不晓得你这花花公子,
谁又不知道你糟蹋多少的女子。

嗨,少爷,
　　请别看错我是个女子,
你用死来威胁,
　　那你尽管请便;
自杀原本是极简易的一回事
——黄浦江、来沙尔[2]、安眠药,
统统随你自己的心意选取!
终不成,为了可怜
路旁的一只雄狗,
我就将幸福丢弃,
　　一如你丢弃你曾亲近过的女子

同样的轻易!

嗨,少爷,
　　请别看轻我是个女子,
——爱情岂是慈善,
　　青春也可廉价出售?!
你,生长在臭铜堆里的公子,
难怪你把钱崇拜作万能的皇帝
以为女人如今全是商品
可拿钞票购取她的自由。

你灵魂都发了霉的少爷
干什么这般忸怩装腔
莫不是玩腻了舞女
又想另外换换口味!

看看路旁吧,少爷!
那个跪在路街旁的"老枪"[3]
就是你明天的榜样,
昨天的他还不是跟你一样?

嗨,少爷,
　　你,大爷的公子啊!
你有那么多的空间,
　　装饱了肚子,
紧跟在女人的背后
　　像雄狗一样地垂涎无耻,
何不用镜子去详细地

照一下你自己的脸嘴,　　　　　　错看我也是个女子!

可别没睁开眼珠,

原载《女声》[4]第 3 卷第 9 期(1945 年 1 月 15 日),署名:歌青春。

导读:

　　此讽刺诗一气呵成,首尾呼应,标题甚佳,运用形式逻辑的反证法,将其意贯穿始末——"别看错我是个女子",展现了觉醒女性的刚烈性格,代表广大妇女勇敢地站在现代法庭上,严辞训斥被告——怙恶不悛的"少爷"。此讽刺诗借此喷发平时积压的不平之气,不吐不快。看似嘲讽玩弄女子的纨绔子弟,其实是影射反动、腐败当局,包括无恶不作、骄横跋扈的侵华日军和趋炎附势的汉奸等,警告"昨天的他还不是跟你一样"。

　　此后,丁景唐将此讽刺诗演变为大众文学作品,更为接地气,如本书收入的《打落水狗歌》《新儿歌——咏汉奸二首》《一张广告的作法》《穷夫妇过年》等。

　　如今"商潮"凶猛,拜金主义、灵肉交易等腐败之风大肆侵蚀各个角落,如果将《别看错我是个女子》改编为新说唱,那会刺疼哪些"大腕"的麻木神经呢?

注释:

〔1〕"讽刺诗"三字为发表时原有。

〔2〕来沙尔,消毒剂。1947 年 10 月 13 日下午,27 岁的筱丹桂("越剧皇后")不堪忍受被诬陷、辱骂,服用来沙尔饮恨而死。死前写下绝命词:"做人难,难做人,死了。"

〔3〕老枪,见本书第 23 页注释〔1〕。

〔4〕《女声》创刊于 1942 年 5 月 15 日,16 开,为综合性妇女月刊,每 12 期为 1 卷,每月 15 日出版,出至第 4 卷第 2 期(1945 年 7 月 15 日)终刊,共出版发行了 38 期。

　　《女声》是一份以文化为主题的综合性妇女杂志,设有"评论""世界知识""妇女与职业""修养""卫生""文艺""娱乐""家政""戏剧与电影"等栏目,推介有益妇女的诗文,声称:《女声》有三大意义,一乃妇女呼声,二为妇女而声,三由妇女发声","关于论文只限于妇女切身的问题",提高妇女社会地位。

　　该刊作为上海沦陷时期的妇女刊物,从不同侧面展现部分妇女的生活状况,以及探讨不同历史阶段的妇女问题,具有不可忽视的史料价值。

　　日本女作家左俊芝(田村俊子,本名左藤俊子)担任社长兼主编。关露(胡寿楣)接受地下党组织委派,打入敌阵,担负秘密使命,公开身份为该刊编辑。其他编辑有方媖(凌大嵘)、赵菡(赵蕴华)。方媖毕业于复旦大学,主要负责采访稿的写作,采访了各行各业的妇女典型。赵菡主要负责"儿童"等栏目的编辑,1943 年 6 月她离开《女声》编辑部。(详见韦泱:《一言难尽话〈女声〉》,载《出版史料》2009 年第 4 期)

上海小姐古怪歌

一

稀奇夹古怪,
苍蝇咬碗破。
脚头金子打,
锁链宝石镶;
蔻丹揩[1]在脚趾上,
奶油烫辣[2]头发上,
跳舞是其必修课,
花钱赛过水片过。
鸳鸯颠倒西装着,
大学文聘嫁肚押[3]。

二

稀奇夹古怪,
尼姑要花戴。
开口谈影星,
闭口夸 Darling[4],
上海小姐要学美国样,
学煞学死学勿像,
学到恰有三分像,
美国早已变花样。

三

稀奇夹古怪,
猫见老鼠怕。
恋爱讲"斤头"[5],
"亲善"约街头,
双脚生来不走路,
出出入入有人扶,
尼龙旗袍玻璃袜,
忘恩负义哈罗琼[6]!

原载《联合晚报·夕拾》[7]1946年11月14日,署名:丁英。

导读:

此诗仿照宁波特有的"颠倒歌"(详见本书收入的《颠倒歌》)形式创作,借以讽刺上海滩十里洋场的时髦女子,由此揭示灯红酒绿的畸形时尚都市之一斑。

注释:

〔1〕揩,沪语,"涂"之意。
〔2〕辣,沪语,"在"之意。
〔3〕肚押,沪语,意同"大肚便便",指富豪、权贵。
〔4〕Darling,英文,亲爱的。

〔5〕斤头,沪语,原指一种郑重的食物礼品,这里用以讽刺一味追求丰裕物质、抛弃爱情的女子。

〔6〕哈罗琼,洋泾浜英语,这里用以讽刺时髦女子。

〔7〕《联合晚报》副刊《夕拾》编辑为袁鹰,他是丁景唐的老战友,著名作家,后担任《人民日报》文艺部主任。

一张广告的作法

本店择吉开张,业经登报在先。
减价日期已过,自难过限展期。
现因敝董提议,请求延长日期。
本店向抱薄利,是应从长计议。
兹特特别放宽,限到本月月底。
顾客尽速购选,机会错过难遇。
逾此宽放期限,兹难通融办理。
本店货真价实,样样包君满意。
依照零钱数目,新旧一律无欺,
唯因外汇关系,支票贴水面议。
倘使错过最后限期,俾搭强货[1]后悔莫迟!

原载《联合晚报·夕拾》[2]1946年12月4日,署名:洛黎扬。

导读:

此诗借鉴新格律诗的形式,注入新民歌、民谣的某些元素,既有经营买卖的术语,又巧妙地融进沪语方言,讽刺年底各个商家不择手段,拼命兜售生意,希冀"捞一把",或为挽回经营的亏损。丁景唐时在联华图书公司编辑部(上海市宁波路470弄4号)工作,靠近外滩的黄金地段,每天上下班都经过各个商铺,因此创作了此首打油诗,描写了都市年底光怪陆离的"生意经"。

注释:

〔1〕俾搭强货,沪语,即不买这些便宜货。
〔2〕《联合晚报》副刊《夕拾》,见本书第34页注释〔7〕。

豪门的狗(寓言诗)

豪门的客厅中豢养着一群狗类，
有佩着勋章的猪狗，
有爪牙锐利的狼狗，
有向着空气狂吠的看门狗，
有颈项挂着响铃自信力很强的落水狗，
有被太太们牵着好玩的哈巴狗，
也有被教师爷从街头物色来的野狗……

它们天天叫嚣，

它们天天演习，
它们也为着一根骨头、一杯残羹，
自伙淘里[1]动武式吵架，
但只要主子的司蒂克[2]挥动，
或预先嗅到主子的脚[步]声，
立刻会[像]绅士那样的有礼貌和驯顺，
它们是动物园中的贵宾，
它们装饰了豪门的客厅。

原载《联合晚报·夕拾》[3]1947年3月3日，署名：洛黎扬。

导读：

此寓言诗(标题中的"寓言诗"三字为发表时原有)讽刺辛辣，通俗易懂，无须多余的解释。此诗抨击的各种走狗，都是广大老百姓所憎恨、厌恶的，借此为老百姓发泄心头之恨。

鲁迅写"乏走狗"的名言道："凡走狗，虽或为一个资本家所豢养，其实是属于所有的资本家的，所以它遇见所有的阔人都驯良，遇见所有的穷人都狂吠。不知道谁是它的主子，正是它遇见所有阔人都驯良的原因，也就是属于所有的资本家的证据。即使无人豢养，饿得精瘦，变成野狗了，但还是遇见所有的阔人都驯良，遇见所有的穷人都狂吠的，不过这时它就愈不明白谁是主子了。"(《二心集·"丧家的""资本家的乏走狗"》)《豪门的狗》寓言诗由此受到启发，构思草拟而成。

注释：

〔1〕自伙淘里，宁波话，指在自己人中，此句话意为"窝里斗"。
〔2〕司蒂克，英文 stick(拐杖)的译音。
〔3〕《联合晚报》副刊《夕拾》，见本书第34页注释〔7〕。

第三章 抒情诗

给……

疾风已起了,让风暴掀得更劲吧!
"个人的眼泪向着虚空的愤恨是应当结束了。"
　　对的。
我不能再歌唱。
　　"哦!漫漫的长夜呀!永远的风暴!"
我不能老是向着空虚,
　　望着遥远的地域,
　　　　那里有太阳,有热力,有光明,
　　　　更有年青人活跃的生命的恋歌!
　　　　　　　　青春的恋歌!
我不能老是的瞧不起人家,
　　忍耐在暗夜里伸出我的手,
　　在星月下,无数次织着我的梦寐,
　　　　梦着大海、草原、田野、人群。
"战斗呀,为了未来的春天!"你说,
在这个人间,我从来也不曾获得人类的温情,
　　除了你的瞳子的闪烁。
看!雨,雨,雨,暴雨!
　　风,风,风,狂风!
听!暴风雨中不是有晓鸡的啼声!
像海燕在风暴中的搏斗,
　　让我们为光明而歌唱,
　　　　一同向着太阳挺进吧!

疾风已起了,让风暴掀得更劲吧!

二九年春天[1]

原载《联声》[2]第2卷第7、8期(1940年5月2日),署名:苏里叶。

导读:

1985年9月16日,丁景唐回忆说:

> 有文章可做证的,我在1940年5月2日出版的上海基督教学生团体联合会(简称"上海联")会刊《联声》第2卷第7、8期上发表的《给……》是我的第一首诗。这首诗的题目不著[于]目录,见于第17页的下角。[若]不是这次整理上海"孤岛"时期学生运动史料,因此为《联声》和《海沫》写回忆琐记,翻了一通旧杂志,[怕]是早已从记忆中消失。今抄存,备查。

此诗是丁景唐在《联声》上发表的第一首诗,也是他正式登上上海"孤岛"诗坛的一个"宣言"。此诗激情四射,斗志昂扬,真挚地表达了一个年轻共产党员的心声和誓言:"疾风已起了,让风暴掀得更劲吧!"

该诗具有散文诗的元素,也有现代自由体格律诗的某些特点,更有模仿高尔基著名散文诗《海燕》的痕迹,同时受到基督教文学赞美诗格式的影响。诗中的"暴风雨""海燕""春天""光明""太阳",是抗战时期诗坛流行的象征和寓意,因此,此诗是丁景唐集大成的处女作。

值得注意的是该诗中的"青春的恋歌",以后演变为丁景唐的主要笔名之一——"歌青春"。他以此敲开了"孤岛"诗坛的大门,灵感不断喷涌,创作了众多令人耳目一新的诗歌。虽然其中依然时而出现"春天""星月"等词语,但更具有韵味,如本书收录的《红叶》等。

"无数次织着我的梦寐",也成为丁景唐第一本诗集《星底梦》的"初心","歌青春"和《星底梦》之路还在延伸,他的诗作灵感不时闪烁。1949年后,丁景唐因故停止了诗歌的创作,虽然也有少量的诗作,但是未有新的突破。

注释:

[1] 二九年春天,即1940年春天。

[2] 《联声》,见本书第6页注释[7]。

哦，上海联[1]呀！
你，你是我们的母亲

——献给上海联廿周年

山野，寒夜，
吠声里，旅人走过荒漠的山地。
冬天，雪山在溪流的上面，
　　有时有冰裂开，
　　是走过了野兽的脚步。
冬天，终日终夜，
　　旷野里降大雪，
　　村庄被云掩盖了，
　　溪流停止了歌唱，
　　还有那道路呢？
　　　　只是茫茫的一片。
　　白，白色的大地间，
　　　　找不到罗盘针。
而你，上海联呀，
　　却惯于赶夜路的庄稼人，
　　望到天明，冲破黑暗的包围，
　　那刻印在白雪上的，就是——
　　你那熟识的脚印，
　　引导着旅人的行进。
阴沉天，一连串黯淡的日子，
没有春天，也找不到星星的闪眼，
土裂，河干，
是太阳的季节。
黄昏，蝙蝠飞满了天，
在崎岖的山地上摸索的人们，

　听着海边风的叹息，
切心希求可以安顿的住所，
切心希求可以润润喉肠的清水。
而你，上海联呀，
　　却如高岭上的灯盏，
　　带给旅客的热力，
　　鼓动起人群的希望，
　　要在黑夜里穿过去，
　　溪畔的蛙鸣为之奏乐，
　　萤火儿点点飞舞。
"久远的年代里有个故事，"
说故事的人这样说，
"再也没有比黑暗中的一瞬间更长了，
那时节天狗吞没了太阳，
人们生活得如秋水边的白鹭，
　　看白云、寒水的流去，
　　沙汀有时这么孤寂，
抑郁呀，单调的生活，
　　单调似撒哈拉沙漠的歌曲，
人们憧憬于大海边涯的远方。
分不出白天、晚上，
孩子再也没有如往常的嬉笑，
低弱地诉说童稚的警恐：
'妈，我怕，我怕那
　　黑夜里狼嗥鸮叫，

妈,我怕,光明会忘掉了我们,
　　光明离得那么远,
　　　　哎,远远的又如望不到边岸的大海,
　　今宵,月姊姊呢,哪儿去了,
　　　　还有星弟弟?
　　妈,你说呀,太阳要起来吗?'
'宝贝莫着急,
　　那夜,就要过去,
你瞧呀,那边不就是……'
不久,
天狗给人群的奔流赶跑了,

三月里冰溶了,
　　山家变黑了,
　　　　布谷鸟又在河畔唱歌,
　　　　杜鹃花开得多绚红呀,
希望的日子来了。"
故事完了,说故事的人又说:
"那母亲,就是希望。
哦,上海联呀!
　　你,你就是我们的母亲!
　　你,
你是我们的希望!"[2]

原载《联声》[3]第3卷第2期(1940年11月16日),署名:洛丽扬。

导读:

　　自从丁景唐在《联声》发表第一首诗歌《给……》一年多以来,写作水平提高得很快,以上这首《哦,上海联呀!你,你是我们的母亲》便是一个比较突出的例子。

　　此诗的题材是常见的贺喜之事,很容易陷入俗套的表达方式——程式化,千篇一律,令人生厌。此诗却呈现了比较新颖的构思,采用迂回周转、欲扬先抑的手法,不动声色地描绘了一幅幅跳跃性的画面——寒夜、荒漠、土裂、河干、黄昏,甚至是崎岖的山路等,看似与庆贺并无关联。最后一幅温馨的画面——母亲的鼓励、孩子的害怕,对话引出故事,由此点明主旨。母亲、希望的丰富内涵寓意于"上海联",一根红线串联起前面一连串跳跃性的铺垫画面,顿时鲜活起来,如同电影中的蒙太奇镜头展现在读者面前,继而细品、回味一番,愈发感到余音绕梁,多日不息。

　　此诗中的喜、怒、哀、乐与表示时间、梦、相思、寂寞等的抽象词语,井然有序地出现,转化为形象化的表达,载体便是一幅幅跳跃性的画面。丁景唐消化和吸收了中国古典诗词关于形象化表达的各种方式,并结合丰富的联想,尝试驾驭不同寓意的诗句,运用现代派自由体诗的形式和格律,注入自己所理解的庆贺内容和旨意。

　　《哦,上海联呀!你,你是我们的母亲》是庆贺"上海联"20周年之作。"上海联"让早年失去父母的丁景唐深切感受到"家"的温暖,诗中的母子温馨对话,既是一个传说——他热切向往的梦中一幕(延伸于他的诗歌代表作之一《星底梦》),也是他联想到加入共产党组织之后的深切感受,借此诗述说肺腑之声。因此,本诗的内涵丰富、深切,并非仅仅是一首表层意义上的庆贺之诗。

　　俞沛文是丁景唐入党后的第一个上级领导,自《联声》创刊号(1938年11月26日)起,他以真名和笔名"歌罗茜""罗西"等发表多文。《联声》第3卷第2期(1940年11月16日)"上海联"20周年纪念专辑上,他发表两篇文章,即《什么是"上海联"》《上海联是我们的摇篮》。他还写了《庆祝上海联二十周年纪念——上海联的故事》,收集了过去在《联声》上发表的有关文章。这期《联声》最后刊登该书的预告:"《上海联的故事》,歌罗茜著,实价每本三角。这是二十年来上海联的史实;告诉我们它是怎样长成的,给予了我们更多的经验与教训,提示了今后的路途。"

　　这期《联声》除了俞沛文的两文之外,还有《风雨飘摇的二十年》(永)、《上海联与世界学运》(丁光训)、《永不忘怀的画面》(斯文)、《巴金和青年》(星星)、《我和上海联特辑》等。这期《联声》刊登的诗歌除了丁景唐的作品外,还有《上海联是我们的》(莫泯)、《献给上海联廿周年》(阿芳)、《新生的友》(曹岑)等。

注释:

〔1〕上海联,即上海基督教学生团契联合会,加入的学校有沪江大学、东吴大学、之江大学、圣约翰大学、交通大学、上海医学院、清心女中、清心中学、惠中中学、裨文女中、崇德女中、中西女中、沪江附中、麦伦中学、圣玛丽亚女中、工部局女中、复旦大学、浸会联中、景海女师、启秀女中、青年会中学、圣约翰附中、华东联中等25个学校。(详见《敬告读者》,《联声》1939年第1卷第3期)此后,"上海联"的加入者增加为30个学校,即"上海代表大会代表着三十个学校聚集在一起"。(详见《上海秋季代表大会给各校同学的公开信》,《联声》1940年第3卷第2期"上海联"20周年纪念专辑)

〔2〕此诗最后四行字体为黑体加粗,发表时如此。

〔3〕《联声》,见本书第6页注释〔7〕。

迎 春 曲

我把手插在裤袋里，
温暖的光照在胸膛，
踏着轻快的脚步，
向枝头的新芽丢个微笑。
梅花犹含红苞，
鸟雀在墙头吱喳，
电线上的和风
　　像孩子在奔跑，

初春的云
　　在和太阳逗笑，
小草也从石阶中
　　探出头来，
　　和春光答礼：
"欢迎呀！
　　春天，
　　　你又来哩！"

原载《联声》[1]第3卷第6期(1941年1月25日)，署名：路太。

导读：

此诗标题没有出现在本期《联声》封面的目录上。

此诗轻快、欢愉，充满了年轻大学生的勃勃朝气，犹如一支春天的小曲，在校园里飘荡，萦绕在学生的耳旁，友善地提醒：一年之计在于春，请脱下厚重的冬衣，深深地吸口气，伸展有些麻木的肢体。啊！春天属于我们年轻人的。此诗风格截然不同于同期刊登的讽刺诗《糊涂堆》《慈善家》，在两首讽刺诗的沉重基调之间抹上一道明亮的色彩，这也是这期诗歌特辑编排的需要。

收入本书的诗歌《当春天踅近我的身旁》中有与本诗开头相似的表达——"我把手插在腰际，/在三月的街头打着呼哨：/'春天里来百花香，/郎里格郎里格郎里格郎……'"

注释：

〔1〕《联声》，见本书第6页注释〔7〕。

十二月的夜街

十二月的夜街
消失了街车的声响。
高楼有灯火,
紧锁了门墙,
淫荡的乐调,
放浪的欢笑,
是夜都市中,
　　高贵的人们在作乐!

十二月的夜街
消失了街车的声响。
严寒的风在吹起胡哨,
惨黯的街灯撑不住疲惫,
　　已是睡眼欲眠。

而午夜的寂静,
突为饥饿的哀号所撕裂,
如郊原的狼嗥,
使人心颤!

十二月的夜街
消失了街车的声响。
高楼有灯火,
紧锁了门墙;
街头有哀哭,
突破了午夜的沉寂。
高昂的门墙,
隔绝了两个世界!

原载《文友》[1]第2卷第3期(1943年12月15日),署名:歌青春。

导读:

此诗是丁景唐第二次投稿给《文友》,是《初夏夜之风》的续篇。与《初夏夜之风》相比,《十二月的夜街》画风突然一转,如同凌厉的寒风,发出尖厉的呼哨声,无情地撕开上海沦陷区所谓的繁华面纱,暴露出侵华日军刺刀下的真实场景——巨大的贫富反差,"而午夜的寂静,/突为饥饿的哀号所撕裂,/如郊原的狼嗥,/使人心颤"。

此诗犹如一首歌词,分为三段,三叹回转,节奏分明,富有民歌高亢回转的特点,余韵绕梁。

注释:

[1]《文友》半月刊,1943年5月15日创刊,1945年7月15日出至第5卷第5期,总第53期终刊。该刊每月1日、15日出版,编辑及印刷发行人为郑吾山,发行所位于上海威海卫路255号,发卖所为每日

新闻分馆文友社。《文友》为综合性文艺期刊,内容庞杂,包括政治、经济、战争、教育、人物、书画、漫画、文学作品等,文学占据较多篇幅。

该刊与《华文大阪每日》上海版有密切关系,被称为"上海的日伪杂志的代表之一"。该刊前半部为汪伪政权服务,以鼓吹"大东亚"作为首要任务,每期的时政类文章编排在前面,占据显要位置。其余篇幅为文艺之作,有众多文章与汪伪政权无涉,撰稿作者也并非汉奸文人,因此有学者称之为"有汪伪背景的文艺刊物"。

毕　业　行

——为某女校一九四五届作

我们来自不同的方向，
我们来自不同的家，
像小河的水汇集浩瀚的海洋，
我们投奔慈母的门墙。

智慧的灯照亮我们的路，
友情的苗随着岁月茂繁；
当熏热的风烧灼榴焰融融，

我们就将像带翼的种子，
　　载着歌笑向四方播送。

莫辜负青春的年华，
莫看轻自己的力量，
迎接着锦绣前程，
我们要为新中国的女性争荣！

原载《莘莘》月刊[1]第1卷第3期(1945年6月5日)，署名：歌青春。

导读：

此为可唱的诗歌，正如丁景唐在《诗与民歌》中所说的：要医治诗歌的"哑症"，"恢复它的健康的生命的歌唱"。此歌词充满青春活力，激励莘莘学子砥砺前进。歌词通俗易懂，朗朗上口，易于传播。

据丁景唐生前介绍，此诗是为上海启秀女中毕业班写的。当时，丁景唐应沪江大学中文系同学陈嬗忱(1942年毕业)之邀，到启秀女中讲授写作课，受到欢迎。于是1945届毕业生陈休徵邀请丁景唐为该届毕业生写此诗，后被谱曲作为校歌。

启秀女中始建于1905年，1938年建立了中共地下党组织，中国职业妇女俱乐部主席茅丽瑛烈士曾就读和任教于该校。现该校改名为启秀实验中学，是一所具有深厚人文底蕴的百年老校，地处思南路，毗邻孙中山故居、复兴公园。

当时，沙寄生前来向丁景唐约稿时取走《毕业行》诗稿。沙寄生化名吴年，时为大同大学学生，写的散文发表于《莘莘》月刊。"文革"后，他还从南京写信给丁景唐，回忆起当年参加《莘莘》《时代学生》工作的青春伙伴。

1995年12月1日，丁景唐写信给南京的老友沙寄生，并附有毛笔书写的七言四句诗《虎儿献诗贺双亲》："玉箫和鸣唐伶舞，西窗剪烛话五九。韦陀献杵四海乐，琅琊欧公叩小楼。"此诗是丁言模所写，并非严格按照七绝格律，用以呈给到滁州休养的父母(丁景唐、王汉玉)。

其中的含义无须赘言。如今此诗和信件在网上拍卖,丁言模才回想起此事。

注释:

〔1〕《莘莘》月刊是一份文艺性、综合性的学生刊物,32开64页,每期约五万字,1945年2月创刊。原为月刊,后有变动,第2期为3、4月合刊,第3期为5、6月合刊。7月5日出版第四期后,因响应当时准备配合新四军解放上海、迎接抗日战争胜利而忙于别的工作,不再继续出版。(详见《丁景唐编辑文艺刊物》第六编)

雨　天[1]
——赠一群女孩子们

在雨天,那所昏暗的屋子里,
我找到久久地遗失了的童心。
少年的友情是可感谢的,
我似一滴小雨点投入你们光的乐园,
你们是星,
　　在阴沉的教室内闪亮着眼,
即使没有携来烛光[2],也已够劲。

★　★　★

钟声结束了我的讲演,隔窗看
你们并列地牵手在走廊里玩。
"怎么,不唱了,怕羞吗?
为的,我是个陌生的客人。"
这样的酷苛,竟不让
　　我也享受少年人片刻的欢乐;
好吧,天已晚,我也得走了。

★　★　★

"歌唱呀,你们幸福的少女,
　　你们是这世界的主人!"
悄悄地我推开了门,
带着祝福冲向雨阵。
在雨的街头——
　　草原在招手,
　　太阳在笑,
　　海一般汹涌的人群,
　　结合着笑的歌声。
像凯旋的英雄骑上骏马,
飞驰……飞驰……飞驰……
我的心跟随车轮跃进,
今晚上,我遂又寻获一个年青的梦。

一九四五年五月

原载《女声》[3]第4卷第2期(1945年7月15日),署名:歌青春。

导读:

　　前面两大段是写实,追寻天真无邪的童心,暂且安抚抗战多年来压抑、沉闷的心理。最后一大段则是积压的情感猛然爆发,"带着祝福冲向雨阵",即将迎来艰苦卓绝的抗战胜利,视野豁然开阔,"草原在招手,/太阳在笑,/海一般汹涌的人群,/结合着笑的歌声"。
　　在这首诗中象征手法的旗帜高高飘扬,诗人将自己美好的憧憬融入神州大地一片欢腾的海洋。最后一句"今晚上,我遂又寻获一个年青的梦",呼应前面两大段,走出昏暗的教室,大为开拓了追寻天真无邪童心的美好含义。

注释：

〔1〕据丁景唐回忆，当时他应邀去上海启秀女中讲解文学写作问题，此诗与《毕业行》的创作都是在"苏军攻克柏林之后，写的是迎接胜利的愉悦心情"。听众是一群女学生，由此触发此诗创作的灵感。

〔2〕原注：教室因为雨天过暗，学生们带烛灯燃点上课。

〔3〕《女声》，见本书第32页注释〔4〕。

这期《女声》刊登诗歌《雨天》之后特地刊登丁景唐的第一本诗集《星底梦》的广告："歌青春诗集《星底梦》现已出版，每册特价三百元。"这期《女声》刊登关露写的《读了〈星底梦〉》一文，并且在《编后记》中指出："歌青春是一位目前难得的青年诗人，我们在这里介绍他的《星底梦》，并非因为《星底梦》当中好些诗都是为我们写的，而原因是他的诗很有青年的气息，很能吸引我们来看。"

关于《星底梦》，详见本书收录的《续谈诗集〈星底梦〉》等文章。

刊登诗歌《雨天》的同一版面上，还发表了周作人回忆之文《佐藤女士的事》。佐藤俊子是《女声》的主编，不幸车祸身亡，上一期《女声》（第4卷第1期）推出纪念佐藤俊子的专版。丁景唐曾与佐藤俊子交谈，受到鼓励，听从其"嘱命执笔为文"的建议。（详见丁景唐《目疾记》）

新生代进行曲

我们歌唱,歌唱胜利的节日来到,
我们歌唱,歌唱祖国新生的光芒。

我们行进,行进在广阔的街道,
我们行进,行进在大地的胸膛。

法西斯蒂d[1]强盗已被打倒,
希望开花的良辰已经来到。

民族解放的旗帜灿烂辉煌,
快把苦闷彷徨的情绪赶跑。

新生代的战士英勇健壮,
在战斗的行列间,迎接——
诞生在火花中的曙光,
把民主、自由、平等的新中国创造。

原载《新生代》[2]创刊号(1945年8月28日),署名:黎扬。

导读:

终于,我们胜利啦!"希望开花的良辰已经来到",丁景唐和战友们欢呼雀跃,放声歌唱,尽情地宣泄多年来对抗战胜利的渴望。《新生代进行曲》响彻神州天地间,满腔激情倾泻于每一行诗句里,奏响阔步向前的豪迈旋律,甚至标点符号都溢出喜悦。大家不约而同聚集在一起,憧憬着美好的明天,"把民主、自由、平等的新中国创造"。

注释:

〔1〕原文如此,"d"意即"的"。

〔2〕《新生代》是16开4页小报型刊物,于1945年8月28日创刊,是中共"学委"系统最早迎接抗日战争胜利而出版的刊物,刊有《创刊辞》、《我们应该做些什么?》(凌敏)、《自由法兰西的灵魂——地下军》(洛汀)、《从黑夜到天明》(史青)、《新生代进行曲》(黎扬)等诗文,内容是为配合新四军解放上海而作。不久,由于中央决定新四军不进驻上海,所以《新生代》出版一期就停刊了。(详见丁景唐《我的文艺编辑生涯》、丁言模《〈新生代〉:迎接"天亮运动"》)

旗　　手

——"上海联"新生之献

不会忘记你
就如不会忘记
辛苦的母亲

在苦难的日子里
我怀念你,上海联
你的光辉的往昔

大地终于翻了身
你又来到我们面前
上海联,你真理的旗手

你率领着年青的行列
有千万个伙伴跟着
向前,向前,永远向前!

原载《联声》[1]复刊第 1 期(1945 年初秋),署名:江水。

导读:

　　此诗反映了丁景唐的一番感慨,既有对抗战时期的艰难困境和曲折复杂的战斗岁月的回顾,又有抗战胜利的无比自豪、扬眉吐气的兴奋之情,与全国人民一起欢欣鼓舞,充满了美好的憧憬;既抒发了对"上海联"的深厚感情——融入党组织母亲般的温暖怀抱,又有自我鞭策,继续奋斗,"永远向前"。

　　诗中称"上海联"为"辛苦的母亲",可参见本书收录的《哦,上海联呀!你,你是我们的母亲》一诗的导读。

注释:

　　[1]《联声》,见本书第 6 页注释[7]。

　　《联声》是上海"孤岛"时期进步学生刊物中存在时间最长的,1938 年 11 月 26 日创刊。1940 年春,丁景唐第一次在《联声》第 2 卷第 7、8 合刊期上发表诗歌《给……》,此后成为忠实的作者、读者。他接手主编《联声》第 3 卷第 4、5 期合刊(1940 年 1 月中旬),直到第 4 卷第 4 期(1941 年 9 月 10 日),因局势紧张、经济困难等原因,奉命暂时停刊。四年之后,在举国欢庆抗战胜利的歌声中,《联声》复刊了,出至第 4 期(1945 年 11 月,目前暂查到这四期),之后可能转为其他刊名。

　　这期复刊号无时间,理应在 1945 年初秋开学之际,仅有四页,编辑部地址为威海卫路 638 号基督教女青会"上海联"办事处。这时新成立的《联声》编辑部由陈一鸣("学委"委员)负责联系,成员有袁鹰、陈联(后为黄浦区卫生学校负责人)等人。

这期《联声》要目有:《上海基督教学生团体联合会筹备恢复阶段临时组织办法》、《复刊词》、《介绍旧友——上海联》(穆斯),散文诗《基督》(屠格涅夫原作,嘉尼译),短论二则《胜利之后》(米羊方)、《论大国民风度》(溶),一组短诗《旗手》(江水)、《吼叫吧,上海》(萧风)、《第一百朵花》(杨帆)。

太阳又从东方升起

跋涉过漫漫的长夜
看黎明送来了曙色
太阳又从东方升起

长夜有崎岖的山路
摸索于山路的行人
曾为野狼嗥鸣震悸
失足于万丈的深渊

长夜没有一颗星星
希望是心头的光明
在夜行者面前引路
就如一盏不灭的灯

太阳又从东方升起
回头看坎坷的长途
乃惊讶自己的韧辛

原载《联声》[1]复刊第2期(1945年9月15日),署名:江水。

导读:

如果说《联声》复刊第1期刊登的短诗《旗手》是"急就章",那么这期发表的《太阳又从东方升起》则是经过一番思考的作品。虽然没有《旗手》那样的激情昂扬,但是思想内涵进一步深化,诗句冷静、含蓄、委婉,关键词"又从""韧辛""失足"等,促使人们反省。全诗的形式整齐,前后呼应,但又有变化,首尾两段为三行,中间两段则是四行,并不显得突兀、生硬,反而余味绵长。

注释:

〔1〕《联声》,见本书第6页注释〔7〕。

这期刊登丁景唐的散文《荒塚》、随笔《暖房以外》和诗歌《太阳又从东方升起》《有寄》。

有　　寄

踯躅着霜似的月光　　　　　　　生命实蕴着太多的思索
让遐想野马似的奔驰　　　　　　风暴卷开了相聚
记否月色给我们　　　　　　　　从此给生活拖下了陷坑
披上清皎的外衣之夜　　　　　　遂以沉默替代热情激昂
你吹起生命的口哨　　　　　　　寂寞里开出清香的花朵
和奏着律韵的步伐　　　　　　　伴一束诗之苦吟
织成一支轻快的小夜曲　　　　　献给遥远的你了。

原载《联声》[1]复刊第 2 期（1945 年 9 月 15 日），署名：方晓[2]。

导读：

此诗也具有丁景唐同期刊登的诗歌《太阳又从东方升起》的"画风"，以象征手法追忆昔日"孤岛"时期同学之间的友情，以及共同编辑《联声》的难忘日子。如果翻看丁景唐写的《中学夏令营杂零》一组三篇散文（《迎着太阳》《夕阳会》《夜会》）和垠川的《仲夏曲》"三部曲"等文，那么便会理解这首诗歌的追忆之情。

上海"孤岛"沦陷后，"风暴卷开了相聚/从此给生活拖下了陷坑/遂以沉默替代热情激昂"。丁景唐根据党的关于敌占区的工作方针，自己不能办刊物，就组织有关作者投稿，"揳入敌人宣传阵地，写作一些既不能暴露又有内容的作品"（丁景唐《八十回忆》）。他以"歌青春"等笔名投稿给《女声》等，采用曲笔述说心声，"寂寞里开出清香的花朵"——丁景唐以诗集《星底梦》"献给遥远的你"。

注释：

〔1〕《联声》，见本书第 6 页注释〔7〕。

〔2〕方晓，含义多元。此时恰逢丁景唐父亲丁方骏去世 20 周年，不妨认为"方晓（小）"意即丁方骏之子。此说尚待佐证。

诗 的 纪 念 日

雄伟的筑物道旁峙立,
广亮的路面上车辆飞驰,
汽笛在河上急切叫啸,
行人的步伐节奏轻捷。

荒僻的乡土烟囱矗立,
像森林般举起了手臂。
无星的黑夜已经消失,
曙光中诞生一个诗的纪念日。

原载《时代·文艺》[1]第2期(1945年10月5日),署名:黎扬。

导读:

此诗与同时刊登的《打落水狗歌》风格截然不同,参见第78页导读。

此诗没有涨红脸的激情呼喊,也没有将政治术语直接输入诗行里,而是将跳跃性的形象事物串联起来,在意象的引领下,赋予每行诗句含义,促使读者结合自身的心理、想法、情绪反应,产生丰富的联想,展现出一个万众雀跃欢庆抗战胜利的宏大场面。丁景唐曾说:"诗不是实物的写生画,它张起想象的翅膀,让写诗的人加以时空的自由调动,抒发美的情操,引发读者美的共鸣,聆听青春年华的乐章。"(陈漱渝:《池边倩影有诗情》,《新民晚报》2019年7月23日第A16版)

注释:

[1]《时代·文艺》,详见《丁景唐编辑文艺刊物》第十一编。

这期《时代·文艺》发表一组三首诗歌,总题为《胜利的合唱》,分别是《胜利之歌》(蓝漪)、《诗的纪念日》(黎扬)、《打落水狗歌》(蓝石华),后两者署名均为丁景唐的笔名。

蓝漪,即圣约翰大学学生余阳申,他是张朝杰、董乐山的大学同学,住在白克路(今凤阳路)同春坊里。1945年3月至10月,余阳申等人办了一份《上海诗歌丛刊》,先后出版三辑,即《蓝百合》《抒情》《自由火炬》,注明蓝漪编辑、争荣出版社,地址为"凤阳路同春坊廿五号"。丁景唐与王楚良、萧岱合办的《译作文丛·谷音》刊登过《上海诗歌丛刊》的广告,因为《谷音》也是以《上海诗歌丛刊》的名义出版的。

笑　容

给苦难深深地刻蚀成的皱纹，
难得展露出一丝笑容，
当沸腾的爆竹震撼了市井，
卖饼的老媪也抑不住喜欢。

她梦见久别的孩儿戎装凯旋，
她祈祷面粉会像雪片那样低廉，
希望的花开在枯涩的心田，
她颤巍巍地在人群中挤。

每一辆驰飞的军车载走了她的渴望，
喃喃的默语随着庆祝声消逝，
酷寒的北风卷起阵阵的落叶，
淹没和冻冷了老媪的热心！

一九四五年十二月

原载《文坛月报》[1]第1卷第3期(1946年5月10日)，署名：洛黎扬。

导读：

上海的大街小巷响起了欢庆抗战胜利的爆竹声，凯旋的军队陆续开进上海滩。这时丁景唐诗兴大发，眼前闪过几个画面，焦点却是一位卖饼的老媪。多年艰苦的抗战终于胜利，给广大民众带来太多的期望，"团聚""幸福""安定"等温暖词语，时时诱惑着老媪和其他民众。但是，残酷的现实无情地击碎了老媪的美梦，她始终没有看到儿子的身影，"酷寒的北风卷起阵阵的落叶，/淹没和冻冷了老媪的热心"。

丁景唐以"洛黎扬"的笔名发表的《笑容》，写于1945年12月，正值新年来临之前，但标题与内容形成一个巨大反差。此诗所采用的欲抑先扬手法，类似于散文《灯》的手法，展现的一些流动画面和瞬间定格的特写镜头，清醒地告诫广大读者：欢庆胜利的鞭炮带来的并不都是玫瑰色的理想，很可能是黑色的噩梦。

注释：

[1] 抗日战争胜利后，丁景唐开始考虑在新形势下办刊物。他设法争取联华广告图书公司经理陆守伦的支持，不再复刊《小说月报》，改出《文坛月报》。丁景唐与王楚良、林淡秋商量，推荐老作家魏金枝担任主编，丁景唐负责具体事务。该刊物因故仅出三期便停刊了。（详见《丁景唐编辑文艺刊物》第五编）

这期《文坛月报》还刊登丁景唐的另一首诗歌《欢迎的期待》，已收入本书。

欢 迎 的 期 待

我怀念着这个朋友；他的名字，
是写在××边境的农民的心上……

夜愈深
狗吠声愈狂乱愈响

而你的工作的开展
你的战队的威力
却就在这一阵
颤抖和惊慌的
恶狗的吠声里
急速地壮大
成长起来……

★ ★ ★

你正直的人
从城市转战到山村
你知识分子的苍白的脸
起始在风和太阳里变色
你穿过袜子的双脚
起始在脚趾间
粘上黑色的泥粒

在那些可怕的贫困的土地上
农民们播撒食粮的种子
你播撒斗争的种子
并且预言收获的季节
必能刈取生命光辉的果实

众多的农民
便从苦难里伸直腰杆
同你一起
举起旗帜了……
于是
在那些煊赫的文告里
你便被戴上狞恶的"匪"的帽子
　　那帽子
　　是用罪恶和说谎的草茎
　　编成的
　　只需一星火
　　一星人民觉醒的火呵
　　就会将它烧毁的！

★ ★ ★

现在
你并没有远远地丢开那支笔呵
只不过当你在写着
人民们愤怒的宣言的时候
你的另一只手
在紧扣着枪的扳机

★ ★ ★

荒山的冬夜是寒冷的
冰花凝绽的时候

有脆裂的声音

但你从不把自己的头
安稳地平放在枕上
你的缺睡的
发红的眼睛
灯一样亮着

你和这铁的队伍一起
不踢响一块石子
流动在山峦和疏林之间

在现实残酷的斗争里
你学习游击战争的科目……

★ ★ ★

北方的荒山
已经垦殖
而且已经开花
北方的窑洞
有春天的风
有阳光
有歌声和笑

而你
留在江南的山地
像留下一颗种子

而你
挺走在比北方更荒凉的荒山上
坚持着一个堡垒阵地的战斗

你把农民武装了
农民也武装了你
同是创造人间的伊甸
但你的工作是更艰苦的

★ ★ ★

而我呵
却遗落在一个窒息的城市里
像一匹勒着缰索的马
踯躅地行走

路是长的
脚步是缓慢的
而我的心
不惊怔于阴沉的夜色
只急切地向天体
找寻那大熊星座的
一颗指北的星辰

我的怀念
喷泉一样涌着
它激冲成一条溪流了
绕着崎岖的山路
流向你那烧着篝火的
野营的旁边
使你能亲切地听到
我露魂的至诚的祝福……

★ ★ ★

有时我工作得很迟
窗外是风是雨
风雨的喧哗

在宣告黑夜的溃灭

这时候我却更振奋了
便对着苍暗的天
焦灼地
这样想——

有一天我们碰面了
在一个盛大的欢迎会里
像两注电流的相触
我紧紧地抱住你

那时
我不是惶乱地昏厥
而是满腔的一朵朵心花
全都笑开了

因为我拥抱着你
就像拥抱住
我们人民的
良心!

原载《文坛月报》[1]第 1 卷第 3 期(1946 年 5 月 10 日),署名:莫洛。

导读:

　　丁景唐的《欢迎的期待》与他两年前写的抒情诗《红叶》主旨相似,都是向往北方,即革命圣地延安,暗喻中国共产党及其领导的武装力量。

　　这两首诗产生的背景不同,《红叶》写于国际反法西斯战争趋向胜利之时,《欢迎的期待》写于中国抗日战争胜利之后。前者犹如报春鸟,"你一定会回来,/你将伴着春天一同归来",期盼着抗战胜利的旗帜高高飘扬;后者则进一步向往民主革命胜利的明天,"在一个盛大的欢迎会里"欢聚一堂。两者都充分显示了作者坚定的信念、乐观的精神、殷切的期待。

　　《红叶》的副标题是"纪念一位北国的姑娘",《欢迎的期待》则是怀念在北方战斗的挚友,都显露出较好的构思和深刻的寓意。然而,两首诗风格不同。《红叶》是一首充满了浪漫主义色彩的诗歌,抒情与色彩、画面与寓意、友情与象征、变幻与哲理结合得较好,抛弃了过去象征派诗人的颓废没落的灰色形象,而是展现了大块油彩般的绚丽色调、鲜亮壮美的诗歌画面。

　　《欢迎的期待》没有华丽诗句的堆砌,也没有象征派的冷僻奇奥的比喻,凸显的是冷静的现实主义。质朴的语言及长短自由的诗句中的自然节奏,犹如清澈的泉水,"绕着崎岖的山路/流向你那烧着篝火的/野营的旁边"。诗歌由此插上丰富联想的翅膀,载着强烈的怀念之情,飞越风雨的时空,对着苍茫大地大声宣告"黑夜的溃灭"。如此震撼世界的非凡胆魄、气壮山河的誓言,代表了中国共产党领导广大人民奋勇向前、势不可当的时代潮流。

　　此诗呈现了一幅幅水墨画面,重叠,交叉,互为衬托,相得益彰,形成强烈对比——

北方的挚友一手执笔,一手持枪;"我"在南方,在"窒息的城市里","像一匹勒着缰索的马/踯躅地行走"。

"北方的窑洞/有春天的风/有阳光/有歌声和笑";南方的窗外是喧哗的风雨,"路是长的/脚步是缓慢的"。

"你和这铁的队伍一起",战斗在"山峦和疏林之间","你播撒斗争的种子/并且预言收获的季节/必能刈取生命光辉的果实";"我"急切地"找寻那大熊星座的/一颗指北的星辰"。

一北一南,一前一后,一明一暗,一张一弛,一动一静,一幅幅色彩反差强烈的画面,牵连不同时空、地域的思念情感,瞬间猛然爆发——我们终于胜利啦!"我拥抱着你/就像拥抱住/我们人民的/良心!"诗歌演绎了跌宕起伏的旋律,最后迅猛地推向高潮,澎湃高涨之际却奏响了华丽、明亮的终结音符,戛然而止,余音绕梁,飘向远方。

注释:
〔1〕《文坛月报》,见本书第55页注释〔1〕。

这期《文坛月报》同时刊登了丁景唐的另一首诗歌《笑容》,也是现实主义的画风,表明眼下还不是陶醉于庆祝之际,战斗还将继续。历史进程果然如此。

嘉陵江畔的悲剧

嘉陵江,在那些多难的日子里,
你也曾为火焰中的祖国掀起汹涛,
如今却为何满载着热泪呜咽地流。
是那批可敬的人们贪污的斑痕
　　耻辱了你光荣的声誉?
还是给生活榨压得骨棱棱的
　　可怜的人们引起你的同情?
呵,你是替一个平凡的悲剧倾诉愤恨!

嘉陵江,满载着愤恨向前流奔,
饥寒这皮鞭在两岸无情地抽。
有一个匍匐于这皮鞭下的女人,
为了不忍再加予穷教员的丈夫
　　千钧的负重,
　(他已经憔悴得偻佝了身)
她只好在苛酷的生活前认输。

她,一个也曾受过知识的女性,

懂得可敬的人们不曾钦赐温存,
她关切丈夫饥寒的厄运,
脱下那件温暖的绒线衫,
想用那件遗下的绒衫,
去温暖丈夫包围在冷酷中的心胸。
她以中国女性的崇穆的传统
舍身来减轻丈夫的苦痛,
就在十一月晓寒的清晨,
她和黎明的光芒同葬在嘉陵江的波
　　浪中。

呵,嘉陵江,你为何郁缩地凝住不动?
是因为被迫于生活的女人,她的葬殉,
曾使你胸怀激起一阵不平的波涌。
嘉陵江! 愿你将这平凡的悲剧向人间
　　申诉!
呵,嘉陵江,愿你冲破顽固的岩崖,
载着生之波涛向前流奔!

原载《妇女》[1]第 9 期(1946 年 11 月 25 日),署名:丁英。

导读:

　　此首抒情诗融入叙事诗的元素,颇为新颖。
　　此诗大概根据真实事件有感而发,十分同情苦难的女性。诗中的投江女性不同于昔日殉情的烈女,而是受过教育的知识女性,却被贫苦生活逼迫"殉道",以死抗争黑暗社会。而她希望留下一件"温暖的绒线衫","温暖丈夫包围在冷酷中的心胸",这也只是天真、幼稚的美丽幻想。
　　投江的女性虽然不同于《一个少女冲喜的故事》中的少女殉道,但是为何女性仍要做出如此的牺牲呢？几千年传统的三纲五常依然严密地控制着女性的身心。此诗指出,"她以中国女性的崇穆的传统"舍身维护无意识中的男权,天经地义,而酿成悲剧的社会根源则是万恶的"吃人"旧社会制度。作者忍不住大声疾呼:"呵,嘉陵江,愿你冲破顽固的岩崖,/载着生之波涛向前流奔!"

注释：

〔1〕《妇女》月刊,见本书第 20 页注释〔1〕。

这期《妇女》月刊还刊登了丁景唐的《颠倒歌》,已收入本书。

春　雷

今晚，
在睡梦中
被春天启程的信号所惊醒，
有春雷响自远方的地缘，
近来——
轰然的一声，
又隐隐地远去。

电光劈开黑暗的天角，
闪烧起一串火花，
接着帘际涌来千军万马，
似怒海在呼啸，
似战旗在摇撼。
屋脊掀起千丈的浪涛，
是山岳在倾覆？
是土地在转侧？

狂风像匹脱缰的驽马，
撕裂着进军的旗帜刺刺。
于是，
暴雨吹奏凯旋的喇叭：
底底！……打，打！
地上的生命，期待着
这一朝的终于来到。
蛰眠的从死荫里复活，
蜷伏在深渊下的得获重生。

草根从黑土中萌芽，
河水从冰雪的囚掌中挣脱，
大地的鬈发缀遍鲜花，
年青的孩子懂得什么叫作快乐！

今晚，
我从睡梦中醒来，
眼前挂着电光闪射的火花，
倾听人类春天启程的信号，
从漠北隆隆而来，
近了，平地的一声春雷，
轰隆！
这是大地甩着虎跳在翻身，
这是奴隶获得解放的呼声。
风呵！雨呵！
让苦难的祖国早些度过阵痛的生辰，
用你们的手洗净世间的愁脸。

地下的生命期待着！——
这一天的来到；
待南风一阵，
柴花染红天宇，
明朝另有一番新的景色。

春雷呵！
应了你的召唤，
如今，年青的孩子，
都充满了信心和喜欢。

1941年旧作，1947年改

原载《四明周报》[1]第14期（1947年3月23日），署名：丁英。

导读：

　　1947年4月，丁景唐因上了国民党的黑名单，离沪到宁波镇海乡下躲避。此诗反映了丁景唐一种悲愤的心情，渴望"平地的一声春雷"，渴望解放全中国、成立新中国"这一天的来到"！

　　此诗气势磅礴，激情昂扬，犹如冲开积压多年情感的闸门，喷涌而出，势不可当。此诗与昔日抒写小我的诗歌《五月的雨》等相比，截然不同。如果存有此诗的原稿，那么颇有研究的价值。

注释：

　　〔1〕宁波《四明周报》，由麦野青主编，该报第12期（1947年3月6日）注明：宁波仓水街126号，浙东新闻社出版，孔祥辉为发行人。这一期刊登了麦野青的《编辑三年》，落款为"1947年2月4日"。

　　麦野青，真名胡育琦，宁海人，浙东左翼作家。1946年春，他与新婚妻子李瑞华一同到上海，结识了丁景唐，被吸收为上海文艺青年联谊会会员。同年10月，麦野青返回家乡，仿照上海模式，联络了《宁海民报》协理竺仁静及旅外同乡胡敦行等17人，筹备组织宁海文艺青年联谊会，他主编《文谊》旬刊，作为会员发表园地，但被国民党政府查禁。他在《宁海"文谊"结束宣言》最后写道："我们希望各爱护文化、关心桑梓的同人们都能以过往精神，继续予我们以支持，与可恶的黑暗势力斗争下去！"

　　此前，麦野青应《宁海民报》社社长胡慕青邀聘，担任主编。后应奉化中学校长毛翼虎之邀，担任校长室秘书，其间主编出版奉中校刊《芒种》。宁海文艺青年联谊会被查禁后，1946年11月3日，宁波《四明周报》社经理孔祥辉聘他为该报主编，《四明周报》后因言论过激，被当局明令停办。此后，麦野青进入四明山"三五支队"根据地，参加革命队伍。1962年2月，他在家乡老屋里含冤病逝。

　　详见《丁景唐文学评传》第三编。

她们愉快地走着

她们三个在土径上走着，
淘气的风
　　在麦垄间跳跃藏匿，
一畦一畦肥嫩的苗芽，
像娃儿
　　静静地沉入睡乡。
铁犁在土地上愉快歌唱，
新耕的泥土翻松，
　　沐浴着阳光。

她们三个在泥路上走着，
顽皮的风
　　戏弄着她们的头发，
一行一行挺立的松柏，
披着青翠的制服
　　列队迎迓。
布谷鸟在天空自由飞翔，
她们三个并肩在路上
　　愉快地歌唱。

一九四七年三月一二日，江湾归来

原载《妇女》[1]第 2 卷第 3 期(1947 年 6 月)，署名：芜菁。

导读：

丁景唐与三位女子自"江湾归来"，心情愉悦，乘兴赋诗。此诗行间洋溢着青春的活力，流淌着轻快、流畅的韵律，令人暂且忘却了尘世的烦恼。

发表此诗时，丁景唐因上了国民党的黑名单，离沪避难。丁景唐的老战友陆以真(杨志诚)时为该刊编辑，临时为他取了"芜菁"的笔名，丁景唐欣然接受，并认为：芜菁，上海俗称"大头菜"，是一种富有营养的蔬菜。其实，此前已经有人使用"芜菁"这一笔名，在报刊上发表随笔。

注释：

〔1〕《妇女》月刊，见本书第 20 页注释〔1〕。

灯 下 小 集[1]

灯　下

独坐在灯下,默默地。

我怀念白日的消逝,有无言的悲哀!

面对着一盏微弱的灯火,我默诵着我的誓言。

我爱过白日,在白日里我有过美丽的痴想,和镀金的梦……

虽然一长串的白日已成为过去,只要自己有一颗自信的心,而另一个白日亦即将在眼前展现。

我脸红于昨夜在灯下写的苍白的故事:

——那个故事里的人物是没有眼睛、没有生命的行尸;我承认,我是在造谣,在欺骗自己的良心,虽然故事给装饰得很美,而仅是一片美丽的谎言……

我早就应该忏悔的了!

面对着这盏灯,从明天起,

我的笔必须忠实真的欢乐和真的眼泪……

星　星

"你也爱星星吗?"

我的一个朋友最近又写信问我。

我记得不止一次回答过他,说我也是一个星星恋者,我曾和他说过。

一个生命能在黑夜的太空放亮那才骄傲!

我又说过:

星星多像一颗颗节女的心,和无数只童贞的眼睛……

我的朋友却这样地回答我:

"不,星星像一串高贵小姐颈上的钻链,那多美!"

是的,我的朋友与我的看法是会显然不同的。因为我和他的思想的距离太远。

今夜,星星在窗外的夜海发着光,确实美!

我想,我和朋友的看法都是愚蠢的……

憎　恶

由于不安的心情吧!

我对于生活中许多的形象难言的憎恶。

人生,本来像在一条长堤上散步,四季的风光使你认识了各色各样的山水,使你幸福,也使你苦恼。

据说,情感的放纵能够使人生永远骄傲;

而理智却往往冲淡了许多绮丽的幻想……

也许我将人生估价得太高,我觉得在我日常所见到的脸孔,都是带着几分愚蠢,我所听到的声音,简直像最恶劣的唱片那样庸俗……

我爱固执地,

希望每个人都是好人!

人的社会将是无限美的社会!

因为人,始终不是禽兽!

因此,我憎恶自私!

憎恶战争!

憎恶无底的恶毒和阴谋!

寄　　语

请别用仇视的眼睛盯住我,好吗?

你究竟还有什么不惬意的地方呢?

真害怕! 你那双深沉的眼睛!

只要是我的过错,我不能不接受你得责备。

当然,我们相交并不久,但是我的性格,你也许知道。我们同样年轻,同样坚强,在那一段时间我们的确也曾了解过……

今夜,面对着这盏灯,

瞧着结满了花球……

于是我的心是愉快的,

因为我的心也在开着光明的花。

相信你的朋友吧! 只要我们能在同一的路上工作、生活,我们更深的了解就从此开始。

眼　　泪

我自己很明白:

"流泪是脆弱的!"

然而我有太多的痛苦。

第一,我很寂寞,我能向谁去作尽情的倾诉呢?

因此,眼泪似乎成了我唯一的、最欢迎、最表同情的恋人。

今天,读到一个朋友的短简:

"假若我们陷在痛苦里的时候,

还能流得出一滴泪,这就是幸福!

你知道,多少人,连最末的一滴眼泪也掉落了……"

你说得不错,是的,我很幸福!

因为我还能有眼泪的骄傲!

怀　　念

很久没有得到你的来信,我有难言的怀念!

然而我相信你是幸福的。

本来人都是在无边的海上漂泊,谁又能知道自己的明天,会停泊在哪一个港湾呢?

好久好久以前,你写信来说:

"我就要回到故乡了!

那熟悉的,而且发香的故乡!"

多叫人羡慕呀!

哪一个漂泊者不怀念自己那块发香的土地呢?

今天,正是仲秋节,这是一个更使人"思故乡"的节日,幸好今夜只是满城的风风雨雨。

是因为没有见到月光呢?

还是因为这风雨在心里飘落?

我的心啊,有浓厚的忧郁……

希　　望

无论是人,抑或一株植物。

他们都有一个向阳的希望!

希望,是一朵幻想的花,开在每一个人的心里,开在每一株植物的根茎上。

希望,支持了许多垂死者的生命。

希望,给予了多少生命战斗的最初的勇气,和最后的毅力。

无论是巨石下面的一株小草,

或者是巨人脚下的子民……

希望,是一面多彩的旗,

在有阳光的高空向我们招展!

爱　情

爱情,多甜的蜜啊!

然而我与土地的爱情却有难言的痛苦。

诗人说:

"小孩子在土里洗澡。

爸爸在土里流汗。

爷爷在土里埋葬。"[2]

这使我想起三张多可爱而善良的脸孔[3],

他们对于自己的土地有沉深的爱,我感动得流泪了!

是的,我与土地的爱情是痛苦的,痛苦得几乎不敢说一声:

"我爱你!土地!

我多么厌恶战争啊!土地!

我在为你的不幸而哭泣……"

明　天

一个生活在痛苦的今天的人,他是会常常想到自己的明天的。

于是"明天"

一个新的憧憬、新的向往,变成了他今天痛苦的支撑……

明天!这是多么熟悉,

而又是多么陌生的日子呀!

多少奇香的花朵,在明天幻想的花园里盛开着,有普蓝色、朱红色和淡紫色的,香芬而且鲜艳。

明天,我像在什么时候见过:

说像天上的孔雀的彩尾,闪着金光耀目,又像是哪天雨后黄昏,天边燃烧着变化万千的颜色……

明天,真的这般美吗?

我相信而又怀疑。假如说:

"今天总会过去,明天总会来。"

那么,对于这位太乐观的论者,我只得无言了。记得一位感伤诗人曾经用半透明的诗句告诉过我:

"明天吗？朋友！

你今天也不就是你昨天的明天吗？

明天，不是你的，也不是我的！是属于那些才呱呱落地的初生的婴儿的。"

原载《春风》[4]第3卷第2期(1948年11月1日)，署名：未央[5]。

导读：

　　丁景唐早期诗文创作凸显创新、灵活的特点，他的形象思维往往在诗与散文之间自由穿梭。他写下这组散文诗《灯下小集》在情理之中，这是他一生创作活动中唯一一组散文诗，填补了他"二进沪江"初期写作生活的空白。

　　1948年秋天，为了躲避国民党追捕，丁景唐在远离市区的沪江大学执教。新学期开学不久，恰逢中秋节，丁景唐触景生情，回想起一年多来与妻子王汉玉辗转南下避难，颠沛流离，煎熬度日，共克艰难，现在他与家人又不得不分开，孤身过节，思绪万千，便挥笔写下这组散文诗。每节短小精悍，灵活多变，不拘一格，或一个情景，或一个事物，或一个片段，或一则短简，或一首小诗，联想翩翩，寄托了丰富的情感和远大志向。

　　《灯下》对自己前半生进行反思，"默诵着我的誓言"，串联起《向日葵》之"在风雨中，它喜爱逗斗"，象征着共产党人的光辉形象和坚定信念。《星星》怀着童贞情结，让人联想到《星底梦》，纯真唯美，超凡脱俗，决不容许被庸俗的观念玷污。《憎恶》爱憎分明，叠加《弃婴》中美丑颠倒的画面、生死交错的镜头，无情地撕开畸形繁华都市的面纱。终有一天，"人的社会将是无限美的社会"！《寄语》述说真挚友情，希望发展为志同道合的挚交，与《有赠》心声相通，"我也将你歌唱而祝福"，"因为我的心也在开着光明的花"。《眼泪》先是痛苦、忧郁、无助和焦虑，突然调子升高，变得乐观、奋起、坚强和韧性，哲理寓于其中，"我还能有眼泪的骄傲"！《怀念》中团圆的中秋节并未团圆，思念涌上心头，浓缩为一句话："幸好今夜只是满城的风风雨雨。"《希望》"是一面多彩的旗"。丁景唐曾以不同视角、不同方式表述"希望"，也曾借古喻今写作叙事诗《远方》——"我们相信，只要奋斗下去，流着甜蜜和乳的乐园是不远的了。"《爱情》并非描写才子佳人，而是"我爱你！土地"。浓烈的情感浓缩为21个字，深情地追念外祖母和父母。《明天》中昨天、今天、明天之间的辩证哲理，归结为"呱呱落地的初生的婴儿"——创造新的生命、新的世界、新的未来。

　　这组散文诗达到了散文与诗相结合的预期效应，既有《红叶》等诗作抒情与色彩、画面与寓意、友情与象征、变幻与哲理相结合的特点，也有散文《暖房以外》等的冷峻的特写镜头，更有多元的表述形式——在穿越与憧憬、浪漫与现实、追求与斗争中，以象征、暗喻等多种现代派表现手法，较好地袒露了诗人的心愿。总之，这组散文诗不妨视为丁景唐前半生文学创作的一个小结,以小见大,呈现博采众长的特点,融入个性化创作,开拓了文学新空间。

注释:

〔1〕《灯下小集》为丁景唐创作的唯一一组散文诗,写作时间为1948年9月29日中秋节前后,寄给文友曹玄衣,转投稿给宁波的《春风》。

〔2〕此诗为臧克家1942年创作的一首新诗《三代》,后收入臧克家的诗集《泥土的歌》。原诗仅21字,刻画了三代人的形象,反映了旧中国农民的生活和命运。语言洗练质朴,极具简约凝练之美,流传甚广。

〔3〕三张脸孔,指丁景唐的外祖母及父母。

〔4〕《春风》半月刊,前身为《春风文艺》,庄禹梅任社长,陈载任总编,俞梦魁任发行人。刊名来自"野火烧不尽,春风吹又生"。

〔5〕使用笔名"未央"有两个原因:一是丁景唐曾使用笔名"乐未央"在《女声》等刊物上发表多篇诗文;二是也有他人使用笔名"未央"发表诗文,故不会引起反动当局的注意。

生 命 颂

花谢了，
　　丢了它！
叶落了，
　　扫了它！
把衰老的全都廓清。
　　在冬日的阳光里，

培植起新生的潜力；
　　来春，
花更美，
　　叶更绿，
生命更盛！

原载《沪江新闻》[1]第15期(1949年1月12日)，署名：D. Y。

导读：

此诗署名"D. Y"，是"丁英"(丁景唐的笔名)二字的拼音首字母。

此诗虽短，但富有张力，音节紧凑，充满激情，告别昨天，展望新生的明天。此诗与同时刊登的旧诗《无诗的日子——有赠》，形成自问自答，煞有趣味。

这时丁景唐已走出沪江大学的校门，奉命调至宋庆龄领导的中国福利基金会(后改为中国福利会)任第三儿童福利站站长。

注释：

[1] 沪江大学校报《沪江新闻》创办于1948年3月16日，大多是每月一期，但也有时因故拖延出版。该报现存不全，仅能查到第1期、第3期至第5期、第12期、第14期至第18期。1948年夏天，丁景唐第二次进入沪江大学，应邀担任中文系助教，同年底离校，大约半年。现查到第12期、第14期、第15期，每期都刊登丁景唐几篇文章。如果找到该刊这半年期间的其他几期，那么应该也刊有丁景唐的一些诗文。

该刊创刊号头版头条《言论自由——代发刊词》(余阳申)，配有一幅漫画《争取言论出版自由》，由此定下办报基调。第14期第4版论坛栏目出现开天窗的现象，此处原为针对上期刊登的周教授的文章《居然成了问题》进行商榷的《与周教授商榷——为〈居然成了问题〉一文而作》(杨继良)，编辑在空白处注明："此处文字因尊重校方意见，于付印前临时抽去，不及排登其他文字，事出无奈，特向作者、读者致歉。"

这期《沪江新闻》同时刊登丁景唐的四篇诗文，除本诗之外，还有《无诗的日子——有赠》《民间文学和民间文学的研究者》《巴金作品的语文研究》。

第四章 新格律诗

池 边

响午的阳光睡意浓重，
静寂的园林微风温馨。
蜂蝶在花丛蹀躞[1]私语，
水珠飞迸作五色的彩虹。
柳影掩映一个少女的脸，
池面摔碎了幽远的钟声。

原载《诗歌丛刊》第 2 辑《抒情》[2]（1945 年 5 月 15 日），署名：歌青春。

导读：

此诗类似新格律诗，即中国现代新诗的一种形式，亦称现代格律诗。是"五四"以后出现的新诗中不同于自由诗，但又有别于传统诗体，没有固定格律的格律诗体。《池边》既有传统古诗的凝练和韵味，又有现代自由体诗的潇洒、跳跃，特别是最后一句"池面摔碎了幽远的钟声"中的练字——"摔碎"，凸显动态，反衬静态，显示诗中有画的意境，恬静、悠闲、安逸。

1999 年 12 月，丁景唐回忆说："汉玉（淙漱）的相册中有张少女时在池边柳阴中的肖像。我们有了女儿以后，携女儿到旧时兰维纳儿童公园（今襄阳公园）散步，归来写《池边》。"（丁景唐：《犹恋风流纸墨香——六十年文集》，上海文艺出版社，2004 年 1 月，第 24 页）该诗的其他有关情况，详见本诗附录。

注释：

〔1〕丁景唐珍藏的《抒情》首页上，特地用红笔将《池边》中的"蹀躞"勾出一个表示颠倒的符号，即"躞蹀"，两者同义。"蹀躞"，原为唐代出现的一种功能型腰带，后引申为小步行走或小步快走。丁景唐写的《美人迟暮》引用《白头吟》："今日斗酒会，明旦沟水头。躞蹀御沟上，沟水东西流。"

〔2〕丁景唐等人合办的《谷音》刊登过一则广告：

《诗歌丛刊》已出二辑：1.《蓝百合》，2.《抒情》。地址：[上海]凤阳路同春坊廿五号。

详见丁言模起草、丁景唐修订《我与王楚良、萧岱合办〈译作文丛·谷音〉》。

附录　池边倩影有诗情

陈漱渝

在文化界、出版界，丁景唐先生是以编辑家、史料大家的身份现身的。他的鲁迅研究、左联五烈士研究、左翼书刊研究，堪称独步！但一般人并不知道，丁先生最早是以诗人身份蜚声文坛的。

1945年3月，在全面沦陷的上海，有一本诗集《星底梦》，以"诗歌丛刊社"的名义自费出版，内收青年诗人"歌青春"的诗作28首（包括《代序》诗）。这位"歌青春"就是丁景唐。他当年虽然只有25岁，却有7年党龄，正从事地下工作。1986年，诗人周良沛主编了一套《袖珍诗丛·新诗钩沉》，内收俞平伯、梁宗岱、朱湘、袁水拍等十人的诗作，由湖南文艺出版社出版，其中就有这本《星底梦》，被文学界称为"从历史的沉积层中打捞出来的佳作"。只不过为了统一篇幅，删去了初版中的十首诗，其中包括诗人自己比较看重的《秋瑾墓前》《风筝与小草》等。萧岱和王楚良的跋和诗人写的《诗与民歌》也割爱了。

丁景唐在《〈星底梦〉，我的第一本书》一文中谈到了这本诗集的特色："在我的诗中，追索着早晨的阳光、明朗的春天、灯火的光亮、满缀花朵的田野，追索着'星光下的梦，会在未来的日子中开花'的美好的未来；我厌弃'春天的雪花'，我厌弃[令]'水管呜咽'的'五月的雨'，我讽喻'高高在上'而'身背后的线，可还牵在别人手掌中央'的'风筝'，我诅咒'连天涨风''使劲推生命的船只，横向死亡的港'……"（上海《书讯报》1985年11月15日）笔者以为，《星底梦》所收诸篇大多应属于意象丰富的政治抒情诗。

但《星底梦》未收丁先生的一首情诗《池边》：

晌午的阳光睡意浓重，/静寂的园林微风温馨。/蜂蝶在花丛蹩躞私语，/水珠飞迸作五色的彩虹。/柳影掩映一个少女的脸，/池面摔碎了幽远的钟声。

1990年3月，是丁景唐夫妇金婚纪念，丁先生特意将此诗抄赠我，并写了文字说明。丁景唐的夫人王汉玉，别号淙漱。她有一帧少女时代的照片，摄于位于今复兴路的法国公园。照片中的少女脸庞，以及水池柳丝的背影，激起了诗人的灵感。但诗中的景物并非囿于公园的一角，比如钟声，即来自劳尔登路（现襄阳北路）、亨利路（现新乐路）西街角的俄国东正教堂；对水池柳丝的描绘，也源于劳尔登路兰维纳花园的景观。丁先生说："诗不是实物的写生画，它张起想象的翅膀，让写诗的人加以时空的自由的调动，抒发美的情操，引发读者以美的共鸣，聆听青春年华的乐章。"

《池边》曾刊登于1945年5月15日的《诗歌丛刊》第2辑《抒情》。这是当年几位青年诗人于1945年3月创办的小诗刊,作者中有臧克家、邹荻帆、董乐山等。第1辑名为"蓝百合",第3辑名为"自由火炬"。该刊发刊时正值日本投降前夜,抗战胜利之后停刊,作者们在另一条战线投入了新的战斗。

原载《新民晚报》2019年7月23日第A16版。

第五章 新民谣、说唱、打油诗

讨 汪 谣

一

草儿青又青！
隔壁银哥去当兵。
卖国奸贼汪兆铭，
好像白面美书生，
哪知暗藏一副黑良心，
卖我国家跟土地，
教我银哥恨在心！

二

溪水青又青！
银哥入伍去战争。
可恶汪逆降日本，
卖国求荣肥自身，
热血同胞谁能忍？
打得汪逆不翻身！
银哥誓把性命拼。

三

秧苗青又青！
银哥背枪杀敌兵。
汪逆演出傀儡在金陵，
损我团结败名声，
南京人民大叫晦气星！
不杀不甘心，
银哥奋勇向前进。

四

柳枝青又青！
银哥胜利官高升。
日本鬼子逃三岛，
汪逆被绑解我军，
一刀两断完此恨，
中华民国一刷新！
银哥回家多高兴。

原载《老百姓》[1]第80、81期合刊（1941年1月15日），署名：秦月。

导读：

此为丁景唐首次发表的新民歌。每段开头均有"……青又青"，融合了云南民歌、儿歌等形式,通俗易懂,老少咸宜,便于传唱。

注释:

〔1〕《老百姓》半月刊,1938年创办于浙江金华,该刊封面下端注明"浙江省抗日自卫委员会战时教育文化事业委员会编印",主编周辅仁。这是一份通俗刊物,插图漫画也多,适合一般群众阅读。该刊第80、81期合刊,登载《日本人的毒计》《汪精卫卖国记》《杀敌英雄故事》《国民公约歌》等。

抗战时期,浙江省府部门、军事机构、群众团体迁移到金华,从沦陷区撤出的大批抗日志士和进步文人、学生也来到此地,其中有林默涵、巴金、夏衍、冯雪峰、张乐平、曹聚仁、薛暮桥、艾青、胡愈之、范长江、杨朔、沈从文等。许多中共党员和进步知识分子,先后在金华创办各种报刊,积极开展各种抗日文化活动,极力宣传全民抗战,使浙江金华成为抗日报刊集中地(超过60家),形成以报刊为主体的战时浙江抗日文化中心,同时也是全国抗日战争后方三大文化宣传中心之一。

打落水狗歌[1]

打蛇要打七寸地，
打落水狗要打得伊死，
什么"菩萨心肠""宽宏大量"，
不是白痴就[是]不怀好意。

垂死的恶兽顶阴险，
狐假虎威没有顾忌；

如今树倒猢狲散，
号啕忏悔勿要面皮。

花言巧语骗勿了我，
冬天里吃冰水滴滴在心底；
我要打得你叭儿狗永不翻身，
阴谋诡计都可以休矣！

原载《时代·文艺》[2]第2期（1945年10月5日），署名：蓝石华。

导读：

此诗与同时刊登的《诗的纪念日》风格截然不同，参见第54页导读。

丁景唐是用两种不同的笔法写诗歌，以笔名"歌青春"书写青春抒情诗歌，《星底梦》等是其中的代表作。他用其他笔名写过不少类似《打落水狗歌》的讽刺民谣，通俗易懂，做到了"三贴近"（贴近现实，贴近生活，贴近民生），即接地气，同时犀利、幽默、风趣，类似当时闻名诗坛的马凡陀（袁水拍）创作的讽刺性山歌。

注释：

〔1〕这期《时代·文艺》策划的主旨正如首篇《严惩战犯与汉奸》（署名丹心）的标题，直接向周幼海的父亲大汉奸周佛海等开火。讽刺诗《打落水狗歌》的主题正是"打落水狗"——严厉惩办汉奸，而且此是承接鲁迅的名言"痛打落水狗"之意。（详见丁言模《周幼海出资、张朝杰编辑的〈时代·文艺〉》）

〔2〕《时代·文艺》，见本书第54页注释〔1〕。

看 戏 有 感

好啊好，
铜鼓咚咚敲，
八十岁老翁头场闹，
两旁皂隶齐喝道。
汽油灯三盏晃晃亮，
花腔大而老虎豹，
文武开打柴结棍[1]，
后台拍掌连喊好。
忸忸怩怩来了花旦上，
尖起喉咙学女腔，
男扮女装多妖娆，

呜哩哇啦小堂呜，
插科打诨瞎胡闹。
严嵩得势道，
曹操意气昂，
降番探亲杨四郎，
伐杀功臣朱元璋。
连台老戏花样多，
布置一套换一套；
戏文未完人走光，
看来看去这几套！

原载《联合晚报·夕拾》[2] 1946年11月26日，署名：洛黎扬。

导读：

此为打油诗。作者不满意草台班子的粗劣演出，愚弄观众，糟蹋国粹京剧文化。此诗与《戏迷赞》大约同时写成，都与观剧有关，折射出丁景唐的"冷滑稽"（幽默）情趣。大概是他难得心情放松，事后想想"好白相"（沪语，好玩），欣然挥笔而就。

注释：

[1] 柴结棍，沪语，厉害、热闹之意。
[2]《联合晚报》副刊《夕拾》，见本书第34页注释[7]。

戏 迷 赞

铜锣闹

脚底痒,

两只眼睛红映映

不分皇妃与大将,

鼻端抹粉忘跳梁

只消戏文做一场,

沐猴而冠骑绵羊。

原载《联合晚报·夕拾》[1]1946年11月27日,署名:洛黎扬。

导读:

此为打油诗,揶揄众多如痴如呆的戏迷。此诗与《看戏有感》大约同时写成,都与观剧有关。作者事后想想"好白相"(沪语,好玩),"识得如痴如醉真面目,只缘身在此戏场中",欣然挥笔而就。

注释:

〔1〕《联合晚报》副刊《夕拾》,见本书第34页注释〔7〕。

穷夫妇过年

妇　唱　过了一关又一关,犯关犯关近年关,
　　　　近年关来近年关,家中米缸朝天翻!
　　　　团囡[1]吓,过了阳关又阴关,
　　　　阳关已落地狱门,阴关赛过探阴监。
　　　　有钱的孩童狐皮袍,吾家穷人破棉袄,
　　　　油米柴盐都涨升,年夜卅边债逼凶。
　　　　忏念爹爹公司发双薪,宝贝团囡也好吃糖尝尝新!

夫　唱　拖了一天又一天,年关就在眼门前[2],
　　　　一年四季做牛马,老板年赏变了卦。
　　　　听见家中孩儿哭,不由伸手三巴掌。
　　　　团囡,不是为爹的拿你泄气,哪有自己的骨头不心疼。
　　　　只因为老牛耕田啃草根,吸血的人儿肥又胖,
　　　　你爹爹[一年]三百六十天,天天像爬尖刀山,
　　　　一家老少还挨饿,这种日子怎好过?

合　唱　不怨天来不怨地,只恨杀星高照放火人,
　　　　征粮征税又征兵,抓去壮丁打啥人?
　　　　常言道:天上星多月勿明,地下人多心不平,
　　　　瓦片石头要翻身,哪有千年坐龙庭?
　　　　有朝一日时辰到,屠伯归阴立时应。
　　　　团囡吓,到那时,孩儿穿起新衣帽,天下父母全开心,
　　　　兄弟姊妹齐欢唱,锣鼓咚咚迎新年,共庆自由享太平!

原载《联合晚报·夕拾》[3]1946年12月31日,署名:洛黎扬。

导读：

  此为夫妻说唱的通俗文艺之作，在丁景唐一生的文学创作中十分罕见。作品采用了犀利的言辞，猛烈抨击反动当局，"抓去壮丁打啥人……瓦片石头要翻身，哪有千年坐龙庭"，分明是坊间流传的"造反歌"。同时，表达了对中华人民共和国诞生的渴望："锣鼓咚咚迎新年，共庆自由享太平！"

  此说唱形式类似上海说唱、东北二人转，融合了民间文艺的多种技法，既唱又表演，也可以打竹板表演（有些像数来宝），通俗易懂，宜于传唱。这是五卅运动时瞿秋白和30年代"左联"大力提倡的大众文学、文学大众化。

注释：

〔1〕囝囝，同囡囡，吴方言，对小孩的昵称。

〔2〕眼门前，沪语，即眼前。

〔3〕《联合晚报》副刊《夕拾》，见本书第34页注释〔7〕。

  这期《联合晚报》推出"辞岁特辑"，此前（12月30日）刊登《"辞岁特辑"明天出版》启事："本报'辞岁特辑'明天出版，共计三大版。图文并茂，丰富异常。售价不加，敬请读者注意。兹先将各版内容说明如次……"其中有马寅初、马叙伦的《二马对话》，刘尊棋的《和平是争得来的》，吴天的《新年插话》。同时，该报副刊《夕拾》及时推出了丁景唐等人的诗文。

四 季 相 思

春季里来百花香
鸳鸯对对戏水旁
姐妮结识田家郎
千般恩情不相忘

夏季里来热难挡
恶毒日头煎田庄
我郎日夜忙割稻
一心只想配成双

秋季里来西风起
收得谷来征粮去
县里派人又抓丁
狼心狗肺黑良心

冬季里来雪纷飞
我那反绑当壮丁
千家万户哭号啕
只为内战动刀兵

原载《活路》[1]第7期(1947年2月15日),署名:洛黎扬。

导读:
　　此为"旧瓶装新酒"之新民歌,既有"金嗓子"周璇唱红的《四季歌》(田汉作词、贺绿汀作曲)的形式和格律,也"嫁接"电影《十字街头》的主题曲《春天里》(关露作词、贺绿汀作曲)的开头"春季里来百花香"。但是,丁景唐逆向思维,彻底抛弃了以上两者的欢快、轻松和情调,而是注入愤懑、悲哀、沉痛之情,强烈抨击、鞭挞黑暗社会制度,为受尽煎熬的无数乡民申冤诉苦。

　　此新民歌以苦命的田家女的口吻述说,最初幻想一个甜蜜的春梦,心疼"田家郎"大汗淋漓地干活,"一心只想配成双"。但是残酷的现实却是一个噩梦,"田家郎"被抓壮丁,去充当打内战的炮灰,"千家万户哭号啕"。前后鲜明的对比和反衬,凸显主旨——推翻这"吃人"的旧社会制度。

　　此新民歌令人联想起鲁迅的七言绝句《无题》:"万家墨面没蒿莱,敢有歌吟动地哀。心事浩茫连广宇,于无声处听惊雷。"

　　《活路》第7期发表丁景唐的《四季相思》,第8期则发表庄稼写的新民歌《四季想思》(标题仅一字之差),是《四季相思》的续篇,篇幅有所扩展,多达42行。《四季想思》写道:"自从去年打内仗,/拉兵拉去我的郎,/庄稼活路没人做,/田里土里草长长!/炎热夏天日子长,/炎热夏天妹想郎……"庄稼是丁景唐等人发起组织的民歌社的成员。民歌社成立时,丁景唐等人委托各地朋友发布和宣传《征求各地民歌启事》,其中有重庆活路社的老粗等。(详见丁言模:《"紧急撤离"前留下的〈怎样收集民歌〉》,载《书香传情——丁景唐藏书考辨》,上海文艺出版社,2020年11月。)

丁景唐珍藏《活路》月刊8册。《活路》第7期尾页刊登《民歌初集》广告:"本社出版的《民歌初集》业已出书,内容收有各省的民歌,都谱有曲子,并有许多流行的新歌曲,共六十首……"(详见丁言模:《"鲁艺"与王洛宾等作品的〈民歌初集〉》,载《书香传情——丁景唐藏书考辨》,上海文艺出版社,2020年11月。)

注释:

〔1〕《活路》月刊由活路社主办。该社于1946年在重庆创建,是一家受中共地下党组织领导的出版机构,以《活路》月刊和民歌集为主要宣传刊物。出版的内容通俗易懂,深入浅出地宣传反对内战、反对独裁,宣传抗丁、抗粮、抗税,团结群众,争取活路。1946年5月25日,《活路》月刊第1期以陶行知先生的通俗诗代为发刊词:"活路是要做,/做活路的人要觉悟!/要联合互助;要争取解放;/要创造出自己的生路!/生活是民主和平,/保卫和平民主是迫切的活路!"

重庆中共地下党员杨仲明、黄友凡、吴毅夫、沈迪群、岳平、杨嘉麟、金鼓、胡元是《活路》月刊和民歌集的主要创办人。1948年4月,重庆地下党组织遭到严重破坏,活路社的成员转移到新的战斗岗位,活路社和《活路》月刊停止了一切活动。

清 乡 兵

清乡兵,洋枪兵,
逼军米,抓壮丁,
跨进屋落翻东西,
看见钞票狗眼开,
勿拨灰钿勿走开,
拍拍家伙喉咙响,

有仔钞票好商量,
米缸翻向,
鸡飞上墙,
清乡兵,洋枪兵,
若要命,只有拼。

原载《联合晚报·夕拾》[1] 1947年2月27日,署名:洛黎扬。

导读:

丁景唐是宁波镇海人,此歌谣采用宁波方言写成,抨击反动当局以"清乡""剿匪"为名,穷凶极恶地掠夺民众财产,呼吁民众起来反抗,"若要命,只有拼"。

丁景唐曾在《谈民歌的鉴定、歌谣体创作——从〈愤怒的谣〉想起》一文中谈起此歌谣,认为薛汕误将此当作坊间流传的歌谣,并编入《愤怒的谣》集子里(详见本书第594—599页)。

查看1947年2月27日《联合晚报·夕拾》,除了刊登丁景唐创作的民歌之外,同时刊登了薛汕《孺子牛的爱》一文。大概薛汕不知"洛黎扬"是丁景唐的笔名,便顺手抄录此民歌,编入《愤怒的谣》集子里。

丁言模首次抄录整理丁景唐的《谈民歌的鉴定、歌谣体创作——从〈愤怒的谣〉想起》时,因友人拍摄的文件不大清晰,看不清文中的繁体字"笔者"或"编者",慎重起见,丁言模将此歌谣作为注解并抄录,根据下文口气,推论为丁景唐所作(详见丁言模:《避难香港时评述歌谣集〈愤怒的谣〉》,载《书香传情——丁景唐藏书考辨》,上海文艺出版社,2020年11月)。现查到原出处,确认此歌谣为丁景唐所作。

注释:

[1]《联合晚报》副刊《夕拾》,见本书第34页注释[7]。

第六章 新 儿 歌

颠 倒 歌

倒唱歌,
顺唱歌,
听我唱支颠倒歌:
庙院和尚忙请愿,

小偷扒手罚游行,
考场出现护航队,
买得试题登龙门!

原载《世界晨报》[1]1946年9月26日第3版,署名:骆黎洋。

导读:

此为"旧瓶装新酒"的讽刺诗,与该报第二天刊登的《新儿歌——咏汉奸二首》为一组新儿歌,均署名"骆黎洋"。

几个月后,丁景唐写了长文《颠倒歌》,引录了不少颠倒歌,其中一首道:"倒唱歌,/顺唱歌,/河里石头滚上坡,/我搭弟弟门前过,/看见舅母摇外婆!"开头两句与本儿歌开头两句相同。

丁景唐写一组两首新儿歌时,回想起许多往事,并对现实生活中大量欺诈、腐败现象深恶痛绝;同时又觉得有些丑闻令人啼笑皆非,真所谓"稀奇真稀奇"。于是利用颠倒歌的形式,寥寥数语,便击中丑闻的关节,鲜明的几幅对比画面足矣,无须赘述。

注释:

[1]《世界晨报》,1931年7月来岚声、陈灵犀等人创办的小型报。抗战胜利后,《世界晨报》的登记证转让给冯亦代使用。冯亦代担任该报经理,姚苏凤为总编辑。1946年10月之后,因经济拮据停刊。

1945年12月,袁鹰进入该报当记者,后为头版编辑,与冯亦代、姚苏凤熟悉,并且认识了夏衍、陈白尘、袁水拍、徐迟、叶以群、戈宝权、吴祖光、金近、丁聪、凤子、黄苗子、郁风等。多年后,袁鹰写回忆文章,披露了他们之间的友情。

《世界晨报》第3版刊登各种短小诗文和文化信息,先后发表丁景唐的《关于茅盾的几本著作》《颠倒歌》《新儿歌》《民间文学和民间文学的研究者》《王任叔》。该报还发表过《情歌》《西北民歌——送哥哥》,以及吕剑(后参加丁景唐等人发起组织的民歌社)的《诗二首》等。1946年10月8日第3版刊登《征稿启事》:"本版园地公开,欢迎读者投赐佳作。一经采用当致薄酬。"

新 儿 歌

——咏汉奸二首

斗斗虫,
虫虫飞,
飞上天,
飞下地,
小汉奸坐牢监,
大汉奸嘟的飞去?

×　×　×　×

斗斗虫,

虫虫飞,
飞上天,
飞下地,
大汉奸乘飞机,
小汉奸打仗去!

★报载周佛海[1]、罗君强[2]、丁默邨[3]等汉奸巨子,乘飞机解京,仆从、厨司、看护数人偕行。而在不久之前,汪记军政部长任援道[4]就任司令,熊逆剑东[5]在苏北前线毙命,因有感矣。

原载《世界晨报》[6]1946年9月27日第3版,署名:骆黎洋。

导读:

此《新儿歌》与该报前一天刊登的《颠倒歌》为一组新儿歌,均署名"骆黎洋"。

"虫虫飞"之语可能源于江南,后流传到南北各地。有首绍兴儿歌唱道:"斗斗虫,/虫虫飞,/飞到何里去?/飞到高山吃白米,/吱吱哉!"生动有趣,外婆或祖母常常嘴里唱着,带着幼儿玩此游戏。念到"飞"时,两手同时向左右摆开,像虫儿飞出去。

此《新儿歌》以传统儿歌为基调,创作新儿歌,简明易懂,节奏轻快,便于上口,迅即流传。其副标题中的"咏"字,反其道而用之,讽刺辛辣。丁景唐在《谈民歌的鉴定、歌谣体创作——从〈愤怒的谣〉想起》一文中写道:"第一首上海儿歌'孙中山活转来,东洋乌龟死脱哉',早在'八一三'炮声一响后就产生了。而在[上海]孤岛时期的童谣'汪精卫,油氽烩'的一起盛行,在当时正是民心向上的呼声,上海的儿童个个会唱,虽然简单,在他们的幼小的心田里种下对敌伪仇恨的种子,收获民族教育的效果。"(详见本书第595页)可见连小孩子都恨透这些大小汉奸。

注释：

〔1〕周佛海，中共一大代表，后脱党，成为蒋介石的亲信。抗战期间，他叛蒋投日，是臭名昭著的大汉奸。在抗战胜利之时，被蒋介石任命为军委会上海行动总队总司令，成为国民党的接收大员。

1946年4月，一批汉奸受到应有的惩处，但周佛海依然逍遥法外，引起社会各界的强烈不满。国民党当局不得不在舆论的压力下逮捕周佛海，并于1946年9月判处死刑，后经一再申诉，由死刑减为无期徒刑。1948年2月28日，周佛海死于监狱中。

〔2〕罗君强，早年加入中国共产党，后脱党，加入国民党，投靠周佛海。抗战期间，叛国投敌，沦为汉奸，担任伪司法行政部部长、伪上海市政府秘书长等职。抗战胜利后，被国民政府以汉奸罪逮捕，判处无期徒刑。1949年后监押于上海提篮桥监狱，1970年去世。

〔3〕丁默邨，早年曾加入中国共产党，后投靠国民党。抗战期间，投靠日本特务机关，血腥镇压爱国志士，被称为"丁屠夫"。他还担任汪伪中央执行委员会常委、社会部部长、交通部部长等。抗战胜利后，丁默邨被国民政府逮捕，1947年7月5日被枪决。

〔4〕任援道，毕业于河北保定军官学校，曾任平津警备司令。抗战时期，沦为汉奸，担任汪伪第一方面军总司令、汪伪江苏省省长等。抗战胜利前，率军归顺重庆国民政府。1945年8月12日，被蒋介石委任为先遣军总司令，负责南京、苏州一带治安，所有伪司令官原统辖之军警、保安团队及南京附近各种部队统归其指挥。后逃往加拿大，1980年病死。

〔5〕熊剑东，抗战时期任伪税警总团副总团长，总团长是周佛海，抗战胜利后任上海行动总指挥部副司令。解放战争期间，粟裕在苏中指挥部队七战七捷，熊剑东受伤被俘后死亡，毛人凤亲自为其主持追悼会。

〔6〕《世界晨报》，见本书第86页注释〔1〕。

一只小小的蜜蜂

一只小小的蜜蜂迷失了路,
飞近窗口向光滑的玻璃发怒,
无知的小女孩当它是可欺的蝴蝶,
蜜蜂在她手中挣扎飞逸,
小女孩哭了,她的手受到刺激。
母亲以舌尖吮吸她的肿痛,
叮嘱着蜜蜂不是好惹:
等你长大起来你要牢牢地记着,
当你受到人的侵辱,

你也要和蜜蜂一样抗争,
不管损害你的敌人是怎样强大;
当你工作的时候,
你也要学它认真干活,
记住长着大胡子的先知公公,
曾经如何地赞扬蜂巢的精巧[1],
　　为公众建造美好的房舍……
现在你先停止了哭,
流泪是多么可羞的事啊!

原载《联合晚报·夕拾》[2]1947年4月4日,署名:洛黎扬。

导读:

　　在丁景唐的诗歌创作中,此诗唯一一次不点名引用马克思的经典之言,以此显示蜜蜂的出众天赋和坚韧的抗争。

　　此构思也许是诗人想起第一次与王韬合办的刊物《蜜蜂》,感慨不已;也许是诗人看到爱女被蜜蜂蜇了一下,母亲显露出爱惜之情,有感而发。

　　诗人完全可以从正面描写和歌咏蜜蜂的伟大精神,但是偏偏抓住生活细节,用母爱的眼光去开掘主旨,赞扬蜜蜂。虽然这是一个温馨的教育场面,但多少削弱了诗歌的韵味。

　　1947年4月4日出版的《联合晚报》第3版为"儿童节特辑",由上海小学教师联合进修会主编。1928年4月4日,中华慈幼协会在上海成立,蒋介石是该协会的名誉会长。1931年中华慈幼协会提出将4月4日定为中国儿童节,得到蒋介石的同意。这期《联合晚报》刊登了陈鹤琴的《儿童互助运动》等文。该报副刊《夕拾》也推出"儿童文学小辑",发表钟洛(袁鹰)的《鲁迅给儿童文学一些什么》、金近的《小坦克——为儿童节讲的故事》、包蕾的《我谈儿童剧》、陈心的《〈新少年报〉小评》。因此,丁景唐的诗歌《一只小小的蜜蜂》以母女俩对话的构思写成,编入其中,显得比较合拍。

注释：

〔1〕马克思在《资本论》中赞美道："蜜蜂建筑蜂房的本领使人间的许多建筑师感到惭愧。但是，最蹩脚的建筑师从一开始就比最灵巧的蜜蜂高明的地方，是他在用蜂蜡建筑蜂房以前，已经在自己的头脑中把它建成了。"

〔2〕《联合晚报》副刊《夕拾》，见本书第34页注释〔7〕。

给 孩 子

冬天有寒冷的风,
冬天有霜雪冰冻,
你不肯好好地换衣洗澡,
怕伤风又怕受冻。
孩子,你的袖已破了,
你看,领也腻了,
衬衫是那么的肮脏,
孩子,你不能尽学
　　整天在地上打滚的野小孩,
其实谁甘愿养虱子做窠?——
　　他们的爹娘挨饿吃不饱啰!

结冰的日子已经消融,

风雪也已葬送,
春天给你生起炉火,
红猛的日头也在天空洗澡,
嗳,肥皂的白沫是朵朵的云,
空气是这样的馨醇,
风是这样的温驯。
孩子,你要听话,
让妈妈替你洗澡,
换上新的衣袄,
嗳,明天是一个幸福的节日,
背起书包,妈妈陪你上学堂,
有那么多的小朋友和你一伙,
学习认字,做游戏,唱歌。

原载《妇女》[1]第2卷第7期(1947年10月),署名:芜菁[2]。

导读:

此诗与本书收录的诗歌《寒园》《囚狮》《一只小小的蜜蜂》形成一组教育孩子的诗歌,都是丁景唐描写妻子和孩子的生活情景,显露似水柔情。

此诗以朴实的大白话抒写。第二部分拙中见巧,联想翩翩,"红猛的日头也在天空洗澡,/嗳,肥皂的白沫是朵朵的云",信手拈来,却见韵味。

注释:

〔1〕《妇女》月刊,见本书第20页注释〔1〕。
〔2〕芜菁,见本书第64页导读。

第七章　诗集《星底梦》

有　赠（代序）
——呈一切爱好诗歌的友人[1]

无诗的日子，
心中挂满太多的寂寞。
无怪你会说：
"这些日子，我惊讶你
抹上太多的沉默。"

恕我笔锈垒垒写不尽
心底潜藏的浪花。
但大海不永远咆哮，

山洪不永远奔跃，
山谷间青翠的松群，
活着也挂满太多的寂寞。

可是当山洪[2]响彻大海的浪花，
　松树的沉默却变成歌啸。
有天[3]春天带来阳光和鲜花，
南风播送诗的信号，
我也将你歌唱而祝福。

原载《女声》[4]第3卷第11期(1945年3月15日)，署名：歌青春。

导读：

丁景唐作为父母早亡的孤儿，温馨的家庭气氛早已成为不可求的梦想，一旦感受到友人之间的真挚情感，便如同沐浴在春光之下，难以言状的感觉多次跃然纸上，倾情抒发。此诗便是表达了这种情愫和追求。他直到晚年，依然对此感到分外亲切，犹如又回到昔日时光。（参见本文附录一）

丁景唐回忆说："《有赠》与洛风（我东吴大学同学郑建业）的《南风》、金沙（成幼殊，著名报人成舍我之女，圣约翰大学学生）的《金沙》三首诗编为组诗《友情草》（刊《女声》第3卷第11期，1945年3月15日）。《有赠》一诗后收入《星底梦》诗集中，列于卷前，移作序。"

此诗后改题为"无诗的日子——有赠"，载《沪江新闻》第15期(1949年1月12日)，署名为"郭汶依"。郭汶依，是丁景唐教授国文E班时"国文E"的谐音。

此旧诗重新刊登,含义与以前不同,似乎在应答各方的提问。自己因故远离上海诗坛,隐居于沪江大学,但是在"无诗的日子"里,自己"心底潜藏的浪花"从未停息,坚信"春天带来阳光和鲜花",自己将重新大声歌唱,又是一个生气勃勃的"歌青春"形象。

　　这期《沪江新闻》同时刊登丁景唐的四篇诗文,除了这首诗歌之外,还有《生命颂》《民间文学和民间文学的研究者》《巴金作品的语文研究》。

　　后来,丁景唐在《有赠》复印件上注明"五十年后复印",落款"老丁,景玉公"。

注释:

〔1〕此诗收入《星底梦》时,增加此副标题和"代序"二字。

〔2〕山洪,原为"松涛"。

〔3〕有天,原为"有日"。

〔4〕《女声》,见本书第 32 页注释〔4〕。

第一编 诗 歌

附录一 《友情草》编辑小语

还记得半年以前,我曾在一篇旧作中对友情写下这样的话:"在那些没有阳光也失去了欢乐的日子中,生活正像是一道干涸了的河床……但是干涸的河床,却也时有雨水润泽。友情的花苞如蓝天的星粒闪放,人间的爱像春风播送温暖的阳光,也间或照拂到荫翳的心屏。"[1]

一个偶然的小叙,遇到了一位大学时的旧友[2],也认识了一位率直的新友[3]。席间偶然又扯到诗,旧友知道我好几年前在学校里已经是爱耍耍笔杆、涂涂歪诗的人,于是他递给我一本手抄的记事册。出乎意外的,这位一向沉浸在静穆中、被称作"牧师"的、还懂得一些蝌蚪式的希腊文的友人,却是一位写诗的好手,写得那么绮丽多情。隔天,另一位新认识的友人也送来了几首诗和一个散文诗剧,要求我提些意见。在终日不见阳光,充塞着煤烟的"写字间"[4]中,我喜悦地将二位友人的诗吟咏了好多遍。我为那些诗的音节、色调、深邃的想象力所摄住了。我忘记自己已是坐在没有太阳又充塞着煤烟的屋子中,恍惚走在幽静的园林间,忘掉了寒冷。一种创作的欲望在我心胸间燃烧,这时我极想写一点诗来发泄那种燃烧的情绪。但这种创作的酵素却给别的俗务打扰走了。后数日,一个雨天的黄昏,终于愉快地也凑成了一首春之恋歌。因与其他二位的诗,集为小辑。可惜自己这支拙劣的笔,不能为友情写下一篇完整的诗,是为歉憾。辑名为"友情草",盖取"人生何处不相逢""友情海样深"之义耳。但愿《友情草》这一朵绽开在诗的溪流边的友情的小花,要是枯萎变成明日黄花,也能像金沙[5]在她诗剧中所说的,且可供他年回忆的一份材料。用缀数语,也算是人生倥偬中一点小小的留念。

一九四五年一月尾梢。歌青春

导读:

"友情草"为一组三首诗歌的总标题。此《编辑小语》为丁景唐之作,作为这一组诗歌前的说明,这是丁景唐在《女声》上发表的所有诗文中唯一一例。

此文中透露了创作这组诗歌的缘由,并为两位诗友之作中渗透的友情所感动——触及丁景唐作为父母早亡的孤儿的心底柔软之处,顿时引起强烈共鸣,挥笔写下《有赠》。此诗不仅作为《星底梦》的序,揭示丁景唐第一本诗集《星底梦》的核心——始终贯穿一个广义的"情"字,并非狭隘小我为半径的小圈子。

丁景唐晚年还对此记忆犹新,念念不忘昔日友情(见本书第93—94页导读)。

注释：

〔1〕出自丁景唐的《目疾记》，详见本书第315页。

〔2〕指丁景唐就读东吴大学时的同学郑建业，曾以笔名"洛风"发表《友情草·南风》。郑建业，曾先后担任东吴大学青年会服务部部长、校外事工代表，他与丁景唐编辑《东吴团契》时应该有接触。20世纪40年代，郑建业主编青年会会刊《上海青年》。他多才多艺，在报刊上发表不少文章。此后，他与丁景唐鲜有联系。丁景唐晚年曾提及郑建业的名字，但未说明他俩在东吴大学时的交往。

〔3〕指成幼殊，时为圣约翰大学学生，发表《友情草·金沙》。

〔4〕丁景唐时在联华图书公司编辑部（上海宁波路470弄4号）上班。

〔5〕金沙，成幼殊的笔名。

附录二 南 风

洛 风[1]

吹,南风啊,你吹!
掠过了千山,跨过了万水!
吹,南风啊,吹向我家乡,
你带一首诗给我北国的姑娘!

椰枝击撞着蒸热的芭蕉:
是南风撼摇了翠绿的海岛。
深棕的肤色醉着浓香:
是南风奏乐伴她们歌唱。
吹南风啊,莫停下,
莫停下依恋
这数崖的南方的海洋!

新柳害羞地荡着身腰,
江南妩媚地吹起了春晓。
吹,南风啊,再吹向前,
别接受她贱价的柔情,
江南到处都飘荡着假心。

吹,南风啊,你吹!
掠过了千山,跨过了万水!
吹,南风啊,莫停下,莫变方向,
你为我带这首诗给那北国的姑娘!

导读:

此诗比较流畅,富有想象力,特别是拟人化的"南风"。"你为我带这首诗给那北国的姑娘",这个构思在丁景唐《红叶》等诗歌中似曾相识。"北国"指沦陷的东北等地区,丁景唐和洛风由此而产生共同语言,此诗得到丁景唐的赞赏并非偶然。

注释:

[1] 丁景唐回忆说:"洛风为郑建业的笔名,是我在东吴大学的同学,1943年约大(圣约翰大学)毕业,青年会干事,已于12年前病故。"

附录三 金 沙

金 沙

呵,二十岁的年华,
如闪烁着的金沙。
青春是章美丽的诗,
就连沉重的悲哀
也清澈如溪水,
掩得住欢笑的光辉?
不堪拒的蜜吻已如盈盈的露;
初春的朝阳

纷披于飞舞的发梢;
怎能不欢乐,
那宁谧的茁壮的小草,
——更何况我呢?
你逗人的眼是喜悦的云雀,
青春是闪烁的金沙,
歌和笑交织了我二十岁的年华。

导读:

此诗收入成幼殊《幸存的一粟》(山东画报出版社,2003年)。

原诗经丁景唐改动之处不少,特别是结尾。"青春是章美丽的诗"原为"青春是美丽的","怎能不欢乐"原为"怎能不温软","那宁谧的茁壮的小草"原为"那宁谧的白蜡修女",最后两句"青春是闪烁的金沙,/歌和笑交织了我二十岁的年华"原为"歌声已嘘干/我的泪痕"。

丁景唐以"欢乐"替代"温软",以"茁壮的小草"替代"白蜡修女",显然使含义得到提升和扩展,凸显默默无闻的小草的顽强生命力。最后两句从原来惋惜青春逝去的悲哀中奋起,洋溢着激情四射的张力,而且较好地将"金沙"与青春相结合,使整首诗歌充满了青春活力,这与本书收录的《敏子,你还正年青》的主旨相似。

附录四　金色年华,迎来晚霞满天

幼殊出身名门,为中国著名新闻家成舍我(1898—1991)之女,她和鲁直是我六十年的老友。

当我接到由鲁直题签、屠岸作序的幼殊六十年诗集《幸存的一粟》(山东画报出版社,2003年)时,既惊喜又感动。惊喜的是大家期待已久的幼殊诗歌集终于问世,感动的是诗集中出现了久违的真挚情感,拨动了我们这些老同志的心弦,回想起许多熟悉的往事和同志。幼殊不仅赠诗集给我及我的七个子女每人一册,并且在每本诗集的扉页上题词留念,指明在哪些书页上有我们昔日诗友往事。[1]

幼殊是诗人又是忠诚的战士,在半个世纪的风风雨雨中她经受了严峻考验,并把自己的多年情怀和心灵历程化作了一行行动人的诗句,其中有校园里的文学活动、欢乐的歌声和青春舞曲,还有她的呼喊、她的思索。在硝烟弥漫的抗日烽火中、在群情激愤公祭烈士的大会上、在弯弯曲曲的小巷子里……都能看到她的身影,追求光明和真理的足迹。在《幸存的一粟·自序》[2]中,她认为自己"真是沧海中的一粟,幸运的幸存的一粟"。为了让更多的读者了解她的心声和诗集的历史背景,她还写下了回忆的短文,选用了不少老照片,其中凝聚着对昔日可亲可敬同志们的深深怀念之情。其中有些老同志已经逝世,幼殊诗集的出版可以告慰他们的在天之灵。

幼殊与我是同辈人,在她的金色年华里有大学生活和文学创作活动的踪迹,都是我所熟悉的,有些还与我有着直接的关联。当年幼殊和鲁直就读的上海圣约翰大学处于日本侵略者的残酷统治下,他们不畏艰险,积极组织文汇团契[3],开展文学活动,还参加上海基督教青年会主办的文学讲座,听我的文学写作课,随后幼殊把她的手抄诗稿交给我。我曾编发了一组《友情草》诗歌,其中有幼殊以"金沙"为笔名写的《金沙》,友人郑建业(笔名洛风)的《南风》和我的《有赠》,发表在"左联"女诗人关露编辑的《女声》1945年第3卷第11期上。

提起幼殊的"金沙"笔名,我记得在20世纪60年代幼殊还写了一首《金沙的自白》:"虽然我很小,/我是金的,/把我放在火里,/我还是金的。"是啊,"金沙"在烈火中经受考验,才能闪烁金色的光彩,这正是幼殊经历八十个春秋而信念始终不变的真实写照。当年她勇敢地跨出上海圣约翰大学校门,辗转赴安徽无为县汤沟根据地,担任新四军七师的交通员。在此前后,幼殊写了《留别》《斗士的梦》《莲花》《送行》等诗篇。抗日战争胜利之前,她又回到上海圣约翰大学,光荣地参加中国共产党。这时她写了回忆根据地的《队伍》诗歌:"我们集成队伍,/像朝山客步入圣城,/以自己的生命,/歌唱着迎接明天。"幼殊积极参加学生运动,是个活跃分子,1946年1月13日,上海纪念昆明"一二·一"烈士时公祭于再烈士,幼殊写了《安息吧,死难的同学》[4];为上海纪念"三八"国际妇女节,幼殊写了《姐妹进行曲》[5],这两首歌词都被谱成歌曲,为大游行的队伍所传唱。

幼殊在创作诗歌的同时,还编辑中共上海学生运动委员会的刊物《时代学生》,参与我和郭明、袁鹰等组织的上海文艺青年联谊会活动(幼殊是该组织的15名执委之一)。[6]

1980年,幼殊和鲁直归国来我家做客,多年不见,分外亲切,互叙旧情,欣慰不已。2001年11月,幼殊和鲁直自北京赴杭州开会,会毕,转道上海特地前来访我,慰问我的老伴王汉玉老师(她已脑溢血,昏迷四个月)。应我之请,幼殊写下《永嘉路上——陪老丁散步》,并收入《幸存的一粟》。他们的深情厚谊,我铭记于心。

在敬贺幼殊八十寿辰时,欣闻她长达六十年诗歌创造的结晶——《幸存的一粟》荣获第三届鲁迅文学奖的诗歌奖,祝愿幼殊写出更美好的诗篇。

回首抚今,不由得感喟:金色年华,迎来晚霞满天。

原载《读者导报》2005年4月22日,署名:丁景唐。

导读:

2005年4月22日,《读者导报》第10版特别报道"夕阳正红——女诗人成幼殊",刊登一组文章,除了编者(秦建鸿)的简要介绍《女诗人成幼殊》之外,刊有成幼殊《幸存的一粟·自序》、丁景唐《金色年华,迎来晚霞满天》、秦玉兰《沧海明珠》。丁景唐此文后于2005年4月、6月两次修改,增补许多内容,载于上海作家协会编的《上海作家》第3期,2005年8月出版。

丁景唐保存了此文的多份复印件,他曾在文章开头加了一段话:"年届八十的女诗人成幼殊的六十年诗集《幸存的一粟》荣获2004年第三届鲁迅文学奖的诗歌奖,她是新中国的第一人,值得庆贺。"

成幼殊,1924年生于北京,原籍湖南湘乡,曾用名成修平,笔名金沙等。少儿时期先后于南京、香港读书,1942年考入上海圣约翰大学。1946年春与屠岸、卢世光、吴宗锡、陈鲁直等共建野火诗歌会。她自1946年冬进入报界,先后在上海、香港、广州当外勤记者。1953年春到北京参加外交工作直至离休,曾外驻于新德里、纽约、哥本哈根等地。(详见成幼殊:《成幼殊诗选·作者简介》,内蒙古文化出版社,2007年12月。)

成幼殊赠送《成幼殊诗选》给丁景唐,在该书扉页上写道:"恭贺景玉公寿诞,感谢早年就得到您的领导,以及迄今六十多年来的关怀。奉上2007年岁末问世的诗选一册留作纪念,并请赐教。这书是在蒙古国和内蒙古的朋友们推动下出版的,可供一笑。"落款:"成幼殊

2008年4月22日于北京。"丁景唐生于1920年4月25日,因此,成幼殊"恭贺景玉公寿诞"。

成幼殊《幸存的一粟》(山东画报出版社,2003年1月)收录《永嘉路上——陪老丁散步》:

> 初冬披着太阳,/穿过石库门弄堂,/我们说"别再送了,老丁",/"散散步嘛"他讲,/"那我们陪你散步",/于是一同来到永嘉路上。/告别老丁登车,/回首处,只见他已转身,/不再相望。/阳光、树影、背影,/见他不忍见故人踉跄?/方才扶栏探步下楼,/他说我不再是当年大姑娘。/呵,那时我三步两步/轻跨而下,/如今才觉得楼梯好窄、好陡,/还要拐弯。/再一想,他不再是/紫燕成双。/初识时,他那小女儿们像圆球,/又滚又抱,/如今她们的母亲高卧言笑难……/神驰,车驰,路转,/转眼地北天南。/何必叹人事沧桑?/伴随留香纸墨,/永嘉路上阳光。

落款:"2001年11月19日,上海百合花苑。按丁景唐同志所说'陪老丁散步,写首诗吧'而作。鲁直同行。"

成幼殊在诗后又补充写下丁景唐同志读后语:

> 2001年11月19日,陈鲁直、成幼殊自京赴杭开会,会后过沪宿百合花苑。特地到永嘉路慎舍看我,也是慰问我的老伴王汉玉老师(8月9日脑溢血迄今近四个月仍在昏迷中)。幼殊能作新诗,写过许多诗,成、陈为上海圣约翰大学同学,半个世纪前曾在上海八仙桥基督教青年会的文学团契听过我的文学写作座谈。1945年春,我把幼殊(金沙)和我东吴大学1939—1940年同学郑建业三人诗作合成一组《友情草》的诗。我写的一首"友情"随后就用作我自费出版的诗集《星底梦》的序诗《有赠》。
>
> 老丁2002年1月4日
>
> 丁又志:9月11日接读校样,不觉王汉玉老师早已于1月4日发信后半月(1月19日)永离人间矣!
>
> 老丁2002年9月11日

注释:

〔1〕此段最后一句是丁景唐在复印件上添加的。

〔2〕成幼殊在《幸存的一粟·自序》中还提到丁景唐,说:"早在40年代的上海,丁英(丁景唐)作为长者和先行者,就向一些刊物热情推荐过我的诗作,直到1980年重逢,仍能确切相告曾在何时何刊发表,并复印题词相赠作为纪念。"丁景唐在复印件上批注:"她在《自序》上还提到我……"

〔3〕丁景唐在复印件上批注:"团契是教会学校学生组织(40年代我在东吴大学就读时,也搞过团契活动),一般二三十人。文汇团契是圣约翰大学的一个比较活跃的学生团体,他们举办专题讲座,相互

介绍好书,如在学生中秘密传阅的斯诺的《西行漫记》,开展文娱活动。幼殊写的诗歌《大渡河中》中谈及读《西行漫记》,更有珍贵的活动照片和文字回忆介绍……20世纪40年代,幼殊开始写诗,组织文汇团契,参加校园文化活动。在追求民主、自由的热情中,幼殊与圣约翰大学、交大、复旦的一些爱好诗歌的同学组织野火诗歌会,成员有成幼殊(金沙)、屠岸(蒋璧厚)、卢世光、陈鲁直、何溶、吴宗锡、章妙英(屠岸妻子)、潘惠慈、周求真、葛克俭、王殊等,1946年6月1日出版油印诗歌刊物《野火》,并得到郭沫若写信指导,他们成为上海诗坛的新生力量。"

〔4〕丁景唐在复印件上于此添加"魏淇作曲"。按,魏淇,即钱大卫,在校名为钱春海。(详见成幼殊:《幸存的一粟》,山东画报出版社,2003年1月,第102—107页)

〔5〕丁景唐在复印件上于此添加"朱良作曲"。按,应为"陈良作曲"。(详见成幼殊:《幸存的一粟》,山东画报出版社,2003年1月,第114—119页)

〔6〕丁景唐在复印件上删除此句后一段关于成幼殊的工作经历的文字,改为"幼殊说:'记得赵丹曾协助丁景唐主持的上海青年文艺联谊社活动,受邀前来。'"

星 底 梦

晶莹的是满天的星星，
纯真的是无邪的童心。
黑夜中的孩子伸手向天：
"星星，给我！"
惹得母亲笑：
"宝宝睡觉，妈摘给你！"

[1]

孩子的脸
漾浮着笑靥，
喜悦满天的星粒跌落胸兜里，

学姊姊栽花把来撒在黑土地：
"星星——开花！"

"愿孩子，你多福！
星光下的梦，
会在未来的日子中开花！"
于是母亲关上窗，
便也有一个星光的梦，
依偎作长夜的温存。

原载《女声》[2]第2卷第8期（1943年12月15日），署名：歌青春。
后略作修改，收入诗集《星底梦》。

导读：

《星底梦》的"星"暗喻"心"，借用古代民歌谐声双关的技法。

此诗是丁景唐"私心偏爱的诗章"之一，其他几首诗是《我爱》《向日葵》《风筝与小草》《弃婴》。（丁景唐《〈星底梦〉，我的第一本书》）"星底梦"又是其自费出版的诗集的标题，可见丁景唐对此诗的重视。究其原因有三：

其一，丁景唐在《风筝与小草》《生活在孩子群间》等诗文里都在追寻纯真的童心和纯洁崇高的理想，从不同角度赋予不同的含义。由此联想起瞿秋白的杂文《"儿时"》，曲折地表达真实思想感情，强烈地呼唤"儿时"，想念"儿时"的奋发意气，祈求"返璞归真"的心灵。（详见丁言模：《瞿秋白与共产国际代表》，中国社会出版社，2014年9月，第301页）丁景唐曾写专题文章，认为《"儿时"》"篇幅甚小，但容量很大，思想深刻，发人深思"。他写道："'儿时'的可爱是无知。但儿童有强烈的求知欲，有探求真理的精神，这正是作者观点深刻的表现。"（丁景唐、王保林编著：《鲁迅和瞿秋白合作的杂文及其它》，陕西人民出版社，1986年10月，第177页）

其二,《星底梦》表现手法灵动、飘逸、舒展、流畅,从孩子的天真无邪之梦跳跃到母亲的憧憬"星光"之梦,从姊姊浪漫的"栽花"之梦变幻为母子"依偎"的幸福"长夜"之梦,在现实与憧憬之间穿越。全诗沉浸在丁景唐追寻的幸福之梦中,寓意着从小失去父母的孤儿梦寐以求的一种精神"温存"和寄托。

此诗鲜明地体现了这时期丁景唐诗歌创作的特色。既不同于纯技巧见长的风景诗《江上》,也不同于象征意味浓厚的抒情诗《红叶》,更不同于悲壮、厚重的叙事长诗《远方》,而是犹如一位可爱的春天姑娘,戴着花环,穿着花裙,赤着双脚,挥动着双手,洒下一路银铃般笑声,欢快地钻进金色太阳的光晕里,笑声在天际回荡,生生不息。

其三,在穿越与憧憬、浪漫与现实、追求与斗争中,以象征、暗喻等多种诗歌表现手法,将小我与大我巧妙地结合,较好地袒露了诗人的心愿。为此,必须做出不懈的努力和奋斗。

此前,箕香意翻译了狄更斯小说《一个孩子底星的梦》,载于《春晖学生》创刊号(1930年6月15日)。

注释:

〔1〕收入《星底梦》时删除"★　★",下同。

〔2〕《女声》,见本书第32页注释〔4〕。

这期《女声》刊登丁景唐三篇诗文,即《出妻史话》《星底梦》《我的自省》。

在 南 方

在南方。
蔚蓝的天底下，
我曾仰卧在青青的草原上，
凝望向晚的太阳
　　滚在西方草原的边缘，
缓慢地
　　沉落
　　——滑下。
而青山的背后
　　夕照还添一笔残霞，
把丛林映成绯色，
　　连漪涟的湖水

也羞作一层红晕。

于是，
蓝色的炊烟
袅绕在稀薄的暮色里，
燥热的熏风
吹拂我那黝黑的健康的脸。
黄昏拢来，
自河岸丛树的远端，
撩盖过我的身，
　　也紧挨近我童年的小伙伴。

　　　　　　一九四三年沪江

原载《女声》[1]第 2 卷第 4 期（1943 年 8 月 15 日），署名：歌青春。

导读：
　　这是丁景唐转学沪江大学中文系三年级时写的闲情之诗，充溢着恬淡、愉悦的心情，松弛的身心暂且沉浸在晚霞的余晖里，好不惬意。此诗的色彩调和、艳丽，犹如一幅油画。

注释：
〔1〕《女声》，见本书第 32 页注释〔4〕。
此诗与《五月的雨》同时刊登，但是目录上仅写后者标题。

西 子 湖 边

山坡铺满茂草,
石罅间蔓开
  星粒般的野花;
西去的阳光卸下金芒,
暮色升起——
  从[1]湖山的远方。

当黄昏停落窗棂,
我离去冷寂的旅舍
  走下山道,站立
在西泠桥畔凭眺
  隐入于苍蔼的湖山。

消逝了,苏堤六桥间
凄淡的几点红绿。

消逝了,往年歌都[2]不夜的盛况。
艳丽的昔日,眼前
只残剩幽微的浮光,
如垂暮的老人深夜自悼,
晚风中的湖水低唔沉叹。

何处飘来尘马驰骋的蹄声,
  从茫茫的湖心将我唤醒。
我仰起头来向四方寻找,
却发现蓝空闪亮着一颗星,
冲破铁汁般的天颜高升,
从童年起,我就认识它,
——那是落日光后的长庚!

一九四四年春旅杭途次,
同年七月改写于沪[3]

原载《女声》[4]第3卷第4期(1944年8月15日),署名:歌青春。
后略作修改,收入《星底梦》。

导读:
  此诗与诗歌《秋瑾墓前》为姊妹篇,同时写初稿,同时修改,落款几乎相同。
  此诗前半部分描述暮色四起的景象,以象征性暗喻手法进行铺垫,遭受侵华日军铁蹄蹂躏的凄惨场景不堪入目,"晚风中的湖水低唔沉叹"。突然,耳边仿佛传来抗日军民驰骋的声音,尘土扬起,瞬间远逝,抬头望见"长庚"(启明星),顿生勇气和信心。
  多年后,丁景唐回忆说:"这首诗后来收在我于1945年编印的诗集《星底梦》中,曾得老党员、左翼女诗人关露的赞赏。我在末句用启明星'长庚'来象征我党,这是渴望解放的中国人民的心声。""回顾历史,展望未来,重访秋瑾旧址,重游西子湖,一种安详的、自豪的、夹杂着历史记忆的心情,使我不能自已",于是他提笔写了《四十年前西湖客》,载于《浙江画报》

1985年第1期。

注释：

〔1〕从，原为"自"。

〔2〕都，原为"舞"。

〔3〕收入《星底梦》时删除此落款。

〔4〕《女声》，见本书第32页注释〔4〕。

这期《女声》共刊登丁景唐两篇诗文：小说《阿秀》、诗歌《西子湖边》。

当春天踅近我的身旁

当春天踅近我的身旁,
我漫步于
　　沐浴在三月阳光的街道上。

割弃了秋天的愁伤,
摆脱掉冬天的冷酷,
我爱
　　春天那张热情的红颜。
看路畔的梧桐
　　伸只绿手招燕子南来,
三月的太阳
　　给宇宙涂层明亮的光彩。

我把手插在腰际,
　　在三月的街头打着呼哨:
"春天里来百花香,
　　郎里格郎里格郎里格郎……"[1]
散入和风飘向树梢。

　　一行香雪,
一树红霞,
迎着找到河边去寻花。
　　到得跟前,

才知道隔了条混沌的泥河。
无奈只得默默
立在河边闲眺
　　对岸田间新披一身绿色。
(还见红花、黄花缀满她的鬓发)

微风掠过野草,
我的身裹住尘沙,
　　躺在前面的路犹尚漫长。
但我没有气馁,也不踌躇,
我知道转过弯不久就能达到。
(可不是?已能望见那座桥梁!)

抹抹脸,
　　让汗滴淌向泥土吧!
在生命的太阳前,
　　挺挺胸,再唱曲歌:
"向前进!莫彷徨……"[2]
用我健壮的脚步,
　　和着春并肩在一起,
向前走去!
　　　　一九四三年写于三月的深夜

原载《女声》[3]第1卷第12期(1943年4月15日),署名:歌青春。
后经修改[4],收入《星底梦》。

导读：

在上海沦陷时期的诗坛弥漫着消沉、萎靡的气氛，此诗以"一种清新和明澈的风格"让《女声》编辑关露眼前一亮，而且此诗里叠加着赵丹的青春身影——"手插在腰际""打着呼哨"，更激起关露心底的强烈共鸣。她后来评价《星底梦》时说道："好像在一片黑寂的大海里看见一只有灯的渔船一样……星星的光虽然不强，仍然能够把宇宙照亮。"此点评与丁景唐诗句中"三月的太阳/给宇宙涂层明亮的光彩"，具有异曲同工之妙。

与"我把手插在腰际"类似的诗句也出现在《迎春曲》一诗的开头："我把手插在裤袋里，/温暖的光照在胸膛。"

注释：

〔1〕〔2〕"春天里来百花香，郎里格朗里格朗里格朗，和暖的太阳在天空照，照到了我的破衣裳……向前进，莫彷徨，黑暗尽处有曙光。"此为关露作词、贺绿汀作曲的《春天里》的歌词。1937年沈西苓拍摄电影《十字街头》，22岁的赵丹、17岁的白杨主演。赵丹唱着主题曲《春天里》出现在银幕上，立即获得广大观众的青睐。此歌曲节奏明快，充满了青春活力，流传甚广。

〔3〕《女声》，见本书第32页注释〔4〕。

〔4〕此诗原题为"春日杂诗——当春天毡近我的身旁"，收入《星底梦》时改副标题为主标题，诗句和格式也进行了修改。本篇以收入《星底梦》时的内容和格式为准。

江　上

头顶——
　　灰色的天，
眼前——
　　混沌的水，
白蒙蒙的雾在江上撒起罗网，
罗网中依稀有
　　几片白帆远移。

一轮红日在水天的交界升起
　　射穿浓雾，
放万道金光
　　跳跃在水面。
人在江心，心在江岸，

小船在沉听江水絮语不休。
抬起头忽见雾气消失，
若隐若现
　　村舍的屋脊浮在江岸。

头顶——
　　晴朗的天，
眼前——
　　浩瀚的水，
迎着风浪，划破江面，
趁朝霞满帆，
正好撑过江去！

原载《女声》[1]第2卷第2期(1943年6月15日)，署名：歌青春。

后略作修改，收入《星底梦》。

导读：

　　诗中江水与渔船、朝霞和浓雾、渔翁和村舍，展现了唯美的诗情画意。"人在江心，心在江岸"两句诗画龙点睛，将诗中各个画面串联起来，融汇一体，凸显全诗意趣，跃然而出。此诗还运用古典诗词中常见的顶针连环的技法，不过已经有了新的变化——首尾呼应，如"头顶""眼前"，赋予不同的含义。

　　此诗脱胎于古诗词中的类似意境，又融汇了现代散文的笔法，舒卷自如。同时抛弃了古典诗词孤独、悲叹、思念、离愁的诸多灰色情调，倾力注入朝气蓬勃的青春活力，将抽象的感情寄寓于各个活跃的画面中，将其具体化、形象化，增强了诗歌的表现力和感染力，展现开阔、深沉、灵动的意境。

　　此诗并不长，诗句凝练、明快、畅达，标志着丁景唐的自由体诗歌创作达到一个新境界。

注释：

〔1〕《女声》，见本书第32页注释〔4〕。

这期《女声》刊登丁景唐三首诗歌：《生活》《江上》《乡恋》。后两首诗歌为一组，但是题材和内涵不同，详见《乡恋》导读。

五 月 的 雨

阶前淅沥,水管呜咽。
五月的雨,
　　　挂向檐沿下个不休。
流不尽烦厌的日子,
这生之磨难呵!

半爿天晴,半爿天雨,
才卸去雨衣,
　　　脱掉了湿透的鞋履,
原想换一身干净,
上大街见太阳一脸;
不料,脚步刚跨出门槛,
迎面飞来一阵斜雨。

满屋子湿漉漉的潮气,

满屋子阴沉沉的闷窒。
人像生活在狭隘的樊笼间。
　　　冀望天边的黑云早日消敛。
莫道烦厌的日子,
　　　挨过一天又是一天;
忍看大好光阴,
　　　在眼前等闲逝去。
五月的雨,
　　　到头来终有停止的一天。

趁大雨滂沱,路途泥泞,
黑夜的灯光下,
且去书堆中找寻阳光的温暖!

　　　　　　　一九四三年夏天滂沱大雨中

原载《女声》[1]第2卷第4期(1943年8月15日),署名:歌青春。

导读:

诗人眼睁睁看着滂沱大雨"锁"住门窗,厌恶、烦躁、焦急的心情油然而生。最后诗人猛然抛开沉闷的压抑气氛,打开书本,寻找阳光的温暖,以求知的方式摆脱黑暗的现实环境。

注释:

〔1〕《女声》,见本书第32页注释〔4〕。

这期刊登丁景唐四篇诗文:《陆放翁出妻事迹考——关于一个被迫于母遣去爱妻的悲剧》《五月的雨》《在南方》《生活在孩子群间》。

雁

旧国霜前白雁来。[1]

（杜甫《九日》）

倚窗凝向落日，
正半江红树，
一天流霞。
寥廓的长空有雁阵
从漠北带来秋风。

寥廓的长空有雁阵
从漠北带来秋风，
却不带来北国的音讯。
嘹唳声声，
江岸的芦荻
连头颅也愁得斑白了。

原载《女声》[2]第 2 卷第 6 期（1943 年 10 月 15 日），署名：歌青春。

导读：

以杜甫诗作为卷前语，暗示以下诗歌思念沦陷的北方之情，"从漠北带来秋风，/却不带来北国的音讯"。"江岸的芦荻/连头颅也愁得斑白了"两句诗跳跃性的比喻，转换巧妙。标题"雁"（曾一度改为"雁阵"）含有象征、暗喻之意，并未明说"思念"二字。全篇也是如此，很有特色。此诗构思类似本书收录的诗歌《红叶》等。

注释：

〔1〕杜甫诗作《九日五首·其一》："重阳独酌杯中酒，抱病起登江上台。竹叶于人既无分，菊花从此不须开。殊方日落玄猿哭，旧国霜前白雁来。弟妹萧条各何在，干戈衰谢两相催！"诗人因景伤情，牵动了万千愁绪，乡愁撩人。

〔2〕《女声》，见本书第 32 页注释〔4〕。

这期《女声》刊登丁景唐五篇诗文：诗歌《向日葵》《雁》、论文《陆放翁出妻事迹考》《红叶诗话》《"不祥"与"祸水"》。

秋

柔和的阳光徘徊在屋顶，
青青的小草匍匐在墙际，
巷子里虽依然是
　　幽静的一片，
冷风中却意识着秋天的踪迹来近。

秋雨潇潇，
似离人的泪水缥缈，
又如哀悼催人的年华
　　无情地随流水西去。

愣看墙外的黄叶下坠，
在秋风的怀中诉说秋意深了。

鲜艳的红叶挂向枝尖，
嫩黄的丛菊开遍篱笆；
薄暮里，老年人
以低喟来追思消逝的童年。
寒江露白，
而秋天却又要匆匆地走了。

原收入诗集《星底梦》，后载《沪江新闻》[1]第12期（1948年10月25日），署名：郭汶依。

导读：

　　此诗并非以"歌青春"的笔名发表在《女声》里，不知最初发表于何处。多年后，丁景唐在自用本《星底梦》此诗的开头上方添加毛泽东《采桑子·重阳》中的几句词："人生易老天难老，岁岁重阳。今又重阳……"

　　《秋》诗以"鲜艳的红叶"和"嫩黄的丛菊"反衬"消逝的童年"，赋予"巷子"悲秋——叹息人生苦短的意境，寄托哀思。此诗流露出丁景唐对病逝的父母，特别是苦命的母亲的思念。（参见本诗附录《飘落在银杏巷的梦片》）

　　三年后，此诗重新发表，是丁景唐应邀到沪江大学任助教后首次发表的一首旧诗，思念之情依旧。

注释：

　　[1]《沪江新闻》，见本书第71页注释[1]。
　　这期《沪江新闻》同时刊登丁景唐的三篇诗文，除了本诗之外，还有《迟暮》《巴金作品的语文研究》。

附录　飘落在银杏巷的梦片

我欢喜朋友们亲热地称我"老宁波"的雅号,尽管我因父亲随舅舅闯关东而出生在松花江边的吉林。三年后,父亲(丁方骏)失业,南归宁波乡下一个荒疏的小村,不久病贫逝世,遗下孤儿寡女。我11岁("九一八"那年)投奔在上海当小学教师的姑姑(丁瑞顺、丁秀珍)和在教会书店当职员的叔叔(丁继昌)。

1932年,日本帝国主义侵略者在上海发动"一·二八"淞沪战争。在日军的炮火声中,舅母带领我们老老少少逃难回宁波城里,赁屋于江东泥瓦弄[1]以避战祸。

不幸的童年,被中华民族被侵略、遭凌辱的阴影笼罩。旧时的泥瓦弄是一条普普通通的狭窄巷子,舅母出面租赁的是巷子尽头一所旧屋的东厢房,她和表姐住在前间,外祖母陪伴我久病的母亲(胡彩庭)与我、我的弱妹(丁训娴)住在后间。室内是黯淡的,我的寡母蜷缩卧床,不时发出幽幽的病痛的悲鸣。如今,定格在我眼前的是母亲久久地蹲在亵器上熬着极大痛苦的身影,蜡黄的脸上淌着冷汗。她只有三十岁,却比年老的外祖母还显得衰老。

不意,我与母亲分别半年以后,却因逃难到宁波,重新生活在一起。长辈让我同表姐到附近的一所声誉卓著的小学读书。我在这所设备齐全、教师众多的江东小学里没有读完一学期,姑姑不放心,上海战事一停,就亲自到宁波,把我接回上海。我想,慈母一定祈望自己的儿子去上海就学成才,但爱子再度从她身边离去,一定也加剧了她的痛苦。

果然,姑姑带我回上海没有多久,就传来了母亲不堪贫病交侵,在泥瓦弄的阴暗的屋子里服毒自杀的噩音。舅母要我们接电报后即回宁波乡下奔丧。姑姑和我抵达乡下老家时,河埠头的招魂幡上飘着纸钱的幌子,河岸烧尽的草鞋、纸锭堆扬起飞尘,堂屋前停放着已经入殓的棺材,密密封封的棺材里躺着我因贫病自尽的母亲。她还只三十出头!

出丧完了,我又离别了家乡。沪、甬两地虽然相隔只有海轮一夜的航程,但这次一别,直到1947年夏初,上级领导通知我已被反动派列入黑名单,嘱我离沪避居,我才有机会回乡。我借住宁波江东一位亲戚家中,曾到泥瓦弄母亲自尽的旧居墙外徘徊、凭吊、寻思了一番。

这次一别,又过37年,1984年春我因健康不佳,组织上批准我请假十天回故乡稍事休息。37年间,"天翻地覆慨而慷"。在宁波期间,意外地在宁波师院见到乡下同村的一位远亲,她帮我找到另一位亲戚,得知泥瓦弄已改名为银杏巷。于是,我独自一人去银杏巷寻根,找回半个世纪前飘落在银杏巷母亲旧居的梦忆……1991年夏天,我与老伴(王汉玉)出席殷夫烈士80岁诞辰纪念会,从象山回来路经宁波,受一位乡友的热忱接待,在她家做客。她陪同我一起去银杏巷旧居寻根。这次,我们进入那座旧宅,半个世纪前的旧居房廊依稀,但人事已非。

不幸的童年、慈母的自尽,以及民族遭受屈辱的历史,曾促使我寻求抗日救亡、妇女解放、推翻三座大山的革命道路。55年前,我经过中国共产党和人民的教育,逐步认识了个人的不幸与整个中国人民革命事业的关系,投身到抗日救亡的洪流中,我光荣地成为革命队伍中的一名小兵,我用笔作武器,参加了文化宣传战线上的工作。

宁波是我的故乡。我的思乡之情和对宁波父老乡亲的眷恋之情总是萦绕在心头,我寄托于宁波鼓楼幼儿园的童年的梦和就读于江东小学的忆念也常浮现。面对祖国在改革开放大潮中的灿烂前景,我日日夜夜谛听着宁波三江口和北仑港的汹涌澎湃的改革开放的浪涛巨声。

一九九三年八月二十三日于上海

原载《宁波日报》1993年9月15日第8版,署名:丁景唐。

注释:

〔1〕泥瓦弄,位于宁波市区三江口附近,后改为银杏巷,丁景唐少年时曾暂时居住于此。

寒　园[1]

日子似绷[2]紧了的乐弦，
难得有余暇的间隙。
可喜孩子的几双小手，
牵引我到冷落的枯园[3]。

青翠的松盖垂作屏障，
孩子指着它，嚷是
神话中仙人的胡须。
搁住顽弩的北风，

松伯伯吼一声叱斥。

折一枝芦苇算作戈矛，
遍地枯草权当它是沙场。
忆周郎赤壁的风云气概，
我席地看草坪上的鏖战。
笑马上的豪雄从背上倒下，
败北的孩子这回做了
火烧连营时的曹操。

原载《女声》[4]第2卷第10期(1944年2月15日)，署名：歌青春。

后略作修改，收入《星底梦》。

导读：

此诗富有童趣，联想《三国演义》中的赤壁大战情景，与孩子戏玩情境重叠，即刻又拉回现实。此嬉笑气氛与标题"寒园"二字透露的冷意形成鲜明对比，余音绕梁，留待读者思索。

注释：

〔1〕原标题为"寒园集"，内容包括《寒园》《囚狮》两诗及《后设》，收入《星底梦》时改为现在的标题。

〔2〕绷，原为"崩"。

〔3〕枯园，即顾家宅公园，今上海复兴公园。

〔4〕《女声》，见本书第32页注释〔4〕。

窗

窗开向着街,
三月的晨风掀起帷帘,
溜入室内巡逻溜达。

阳光饰几缕稀疏的枝影横[1]窗,

教堂[2]的晨钟响起金属的钝音,
抑扬如中世纪的乐队
鸣奏出一天安好的祝词,
清晨的春雾于是便悄悄地告辞。

一九四四年三月[3]

原载《女声》[4]第2卷第12期(1944年4月15日),署名:秦月。
后略作修改,收入《星底梦》。

导读:

此诗与《鸽铃》《瓶花》三首诗为一组诗《三春抄》,同一时间落款。《鸽铃》构思甚佳,另两首诗《瓶花》《窗》则是信手拈来,构思不尽相同。

以"窗"作为题材的诗文比较多,艾青写的一首爱情诗歌《窗》,"在这样绮丽的日子/我悠悠地望着窗",在"我"和"你"(恋人)的幻想中抒发思念之情。

丁景唐的短诗《窗》只是聊发春天早晨的好心情,恬适、休闲渗透在各种画面的诗句里。该诗的形式排列和节奏有些出人意料之处,前半部分为三行,后半部分则是五行,也许这是刻意打破常规,做一个小小的尝试。

注释:

〔1〕横,原为"在"。
〔2〕教堂,原为"教室"。
〔3〕收入《星底梦》时删除此时间落款。
〔4〕《女声》,见本书第32页注释〔4〕。
这期《女声》刊登丁景唐五篇诗文,即《人面桃花及其他》、《三春抄》(《鸽铃》《瓶花》《窗》)、《"世纪的花园"——日本》。

瓶　花

鲜艳的瓶花，
每在暖室中寂寞地枯萎，
　　为的失去了阳光和露水。

浸蚀于生之苦刑，
连梦中也不见芬芳的花，
绵病的姑娘可甘心将自己
　　譬喻作无风自坠的瓶花？

一九四四年三月[1]

原载《女声》[2]第 2 卷第 12 期(1944 年 4 月 15 日)，署名：秦月。
后略作修改，收入《星底梦》。

导读：

此诗与《鸽铃》《窗》三首诗为一组诗《三春抄》。

"瓶花"（花瓶）的题材多见，大多将其比喻为孤傲、冷漠的"冻美人"。此诗将"瓶花"比拟为一个"浸蚀于生之苦刑"中的姑娘，告诫"绵病的姑娘"奋起，不能自甘堕落，摆脱宿命论。此立意类似于叙事诗《敏子，你还正年青》。

丁景唐将此诗与《窗》一起编排在《星底梦》第一辑的最后，两者在形式上有某些相似之处，参见《窗》的导读。

注释：

[1] 收入《星底梦》时删除此时间落款。
[2]《女声》，见本书第 32 页注释[4]。

我 爱

我爱我自己的文章小诗,
犹如我爱我庭院中的花卉。
我把它
  一个字一个字写下,
我把花卉
  一棵棵地栽植培养。

笔是我的犁耙,
我掌握着它,
  把贫瘠的土地来耘耕。
我愿化作生命的落红,
  助长鲜花的开张;
譬如"地之子"[1]的农夫,
  爱自己的土壤一样。

我满怀着喜悦的心情,
  去亲近光亮;
爱灯蛾扑火,
  殉葬它的志向。

我爱——
母亲哺喂自己的婴孩,
  受尽辛劳的折磨;
每一个婴孩,
都充满了母亲私心的偏爱。

我艰苦地耕耘,
不问明天的收获怎样;
我沉默地灌溉,
(用我生命的点滴)
像雪一样地融化在地下,
滋润沙砾中的花卉,
愿化作蚯蚓
  把贫瘠的土壤变[成]沃野!
     一九四三年梅雨之夕[2]

原载《女声》[3]第2卷第3期(1943年7月15日),署名:歌青春。
后略作修改,收入《星底梦》。

导读:

此诗是丁景唐"私心偏爱的诗章"之一,其他几首诗是《星底梦》《向日葵》《风筝与小草》《弃婴》。(丁景唐《〈星底梦〉,我的第一本书》)

此诗成为丁景唐自勉的座右铭,他誓言将笔当作"犁耙","把贫瘠的土地来耘耕","变[成]沃野",含义丰富,这也是他70多年辛勤写作、出版工作累累硕果的真实写照。他所付出的毕生心血,浓缩在"默沉地灌溉"等字里行间,不事张扬,淡泊人生,问心无愧。(参见丁言模:《笔端遣春温,天地一书魂》,载《丁景唐纪念文集》,上海文艺出版社,2020 年 11 月。)

注释:

〔1〕台静农著有乡土小说集《地之子》,曾多次再版。

著名作家李广田写有诗歌《地之子》:"我是生自土中,/来自田间的,/这大地,/我的母亲,/我对她有着作为人子的深情。/我爱着这地面上的沙壤,湿软软的,/我的襁褓;/更爱着绿绒绒的田禾、野草,/保姆的怀抱。/我愿安息在这土地上,/在这人类的田野里生长,/生长又死亡……"

〔2〕收入《星底梦》时删除此时间落款。

〔3〕《女声》,见本书第 32 页注释〔4〕。

这期《女声》刊登丁景唐三篇诗文:《她的一生》《我爱》《妇女与文学》。

鸽　铃

我惯于伴随一身的影子，
择洁净的路街低思踯躅，
爱对爬满苍藤的古教堂，
虔念钉死于十字架上的木匠[1]；
或伫立三叉路间面向诗人铜像[2]，
比拟作先知的化身来瞻仰。

黄昏的前路时有星火闪烁，
银笛一般的鸽铃高空嘹亮，
唤回我那遥远的遐想——仿佛
黑夜中梦见普罗米修斯[3]的火把；
又如银幕前浮映快乐的人们，
伴着青春的歌声飞扬，
五月的阳光下银色的铁翼吼响，
我的心随向辽阔的远天翱翔！

一九四四年三月[4]

原载《女声》[5]第2卷第12期（1944年4月15日），署名：秦月。
后略作修改，收入《星底梦》。

导读：

此诗与《瓶花》《窗》三首诗为一组诗《三春抄》，同一时间落款。此诗的意境甚佳，远胜于同组的其他两首。

《鸽铃》的焦点并不是描写鸽铃的外形，将此作为标题似乎跑题了。其实，这是采用暗喻性象征手法。黄昏"我"在僻静的小街上"低思踯躅"，突然被高空嘹亮"银笛一般的鸽铃"惊醒，顿时电光一闪，继而产生丰富联想，在"黑夜中梦见普罗米修斯的火把"，又仿佛看见五月的鲜花——热烈庆贺抗日战争胜利的欢乐海洋。

这时国际反法西斯战场传来振奋人心的捷报，斯大林格勒战役取得伟大胜利，扭转了苏联战场的局势,苏军从德军手中夺取了战略主动权,并一直保持到战争结束,鼓舞了世界各国人民同法西斯势力进行更加坚决的斗争。

注释：

〔1〕耶稣曾是木匠。

〔2〕指普希金铜像,坐落在上海汾阳路、岳阳路和桃江路的街心三角地带。1949年后,丁景唐经常带子女和朋友前去合影留念。

〔3〕普罗米修斯,古希腊神话故事中的英雄,因盗火种给人类,受到最严厉的惩罚。在西方文学中,普罗米修斯成为"伟大的殉难者"的同义词。

〔4〕收入《星底梦》时删除此时间落款。

〔5〕《女声》,见本书第32页注释〔4〕。

向 日 葵

风雨之夜,
我怀念着荒郊中
　　那野生的葵花。

那野生的葵花,
生就有一副倔强的性格
——钢铁铸成的脊骨。
在荒郊中,它撑住了黑暗;
在风雨中,它喜爱逞斗!

在风雨中,它喜爱逞斗!
任狂风在林梢咆吼,

暴雨在泥土上爆炸,
向日葵迎着风暴的袭击。
等待雨过天明[1],
炎阳中它又绽花,
向日葵,这英勇的硬汉!

向日葵,这英勇的硬汉!
在荒郊中,它撑住了黑暗;
在风雨中,它喜爱逞斗!
掩不灭的是一颗热切地
面向太阳的葵心!

原载《女声》[2]第2卷第6期(1943年10月15日),署名:歌青春。
后略作修改,收入《星底梦》。

导读:

此诗是丁景唐"私心偏爱的诗章"之一,其他几首诗是《星底梦》《我爱》《风筝与小草》《弃婴》。《向日葵》是歌颂共产党员的,丁景唐在一个大风雨之夜去看望一位地下党员,触景生情,挥笔写就。(丁景唐《〈星底梦〉,我的第一本书》)

此诗与《风筝与小草》都是将常见植物或物品拟人化,不过《向日葵》的英雄形象更为鲜明。"在荒郊中,它撑住了黑暗",暗喻延安抗日根据地和共产党领导的八路军,歌颂那里共产党的领导,歌颂军民的优秀品质和崇高思想境界。"生就有一副倔强的性格/——钢铁铸成的脊骨",勇猛顽强,在风雨中"喜爱逞斗"。这也是丁景唐追求的革命者的光辉形象,肩负使命,不忘初心——"面向太阳的葵心"。

此诗采用古典诗词中顶针连环的技法,这是一种常见的修辞艺术手法。诗中"那野生的葵花""在风雨中,它喜爱逞斗",均用上一节末尾的诗句移作下面一节开头,使得上下文重复回环,音调谐美,具有民歌风味。本书收录的诗歌《江上》《五月的雨》也运用了类似的顶针连环的技法,不过已经有了新的变化——首尾呼应,不如《向日葵》这么典型。

注释:

〔1〕 天明,原为"天晴"。

〔2〕《女声》,见本书第 32 页注释〔4〕。

这期《女声》刊登丁景唐五篇诗文:《向日葵》《雁》《陆放翁出妻事迹考——关于一个被迫于母遣去爱妻的悲剧》《红叶诗话》《"不祥"与"祸水"》。

囚　狮

在铁栅前站住，
孩子,你用怔着的眼光,
　　鉴赏樊笼间的雄狮。
像倾听你妈妈睡前给你
讲述老虎精的故事,
　　你为雄狮的威容[1]所慑住。

"它不是凶猛的兽中之王?
它不是会怒吼叫看客惊骇?"
孩子,你问得也真出奇,
但是,眼前的它在四周
已围住了铁栅,它有怒愤
也只得像猫一样地蹲着。

"那么,它已把樊笼错认作家[2],
它不会施展出雄力冲破铁栅?"
孩子你胆怯,怕它
用锐利的齿爪撕碎你的肋骨?

"不,我为什么要胆怯?
山林中的兽王囚落在樊笼,
它的遭遇是公平的吗?"
孩子,是谁启示你这些
　　富有智慧的话?
谁能说风雷不会卷起灾难,
而铁栅有一天竟要折断!

一九四三年岁尾

原载《女声》[3]第 2 卷第 10 期(1944 年 2 月 15 日),署名:歌青春。
后略作修改,收入《星底梦》。

导读:

　　此诗与同期刊登的《寒园》为一组诗歌,都是丁景唐带领孩子去参观动物园的感想。写到《囚狮》的结尾,丁景唐一时想不出满意的诗句,后经旁人点拨才完成,详见本诗附录。

　　《囚狮》的标题令人想起两篇小说,一是鲁迅的译作《捕狮》,原作者是法国查理路易·腓立普,鲁迅根据日译本转译。小说讲述法国巴黎大街上几个人围捕一只逃出笼子的狮子,因狮子是"熟悉的",很听话,杜绝"吃牛肉",只需用面包引进笼子。小说最后画龙点睛,认为凶狠的看守犬如果逃走,一定要咬人的,绝不像那头听话的狮子。二是巴金的短篇小说《狮子》,小说刻画了绰号"狮子"的莫勒地耶,他是全校学生最不喜欢的人。其中写道:"狮子饿了的时候,它会怒吼起来。"

　　如果将诗歌《囚狮》与鲁迅的译作《捕狮》、巴金的短篇小说《狮子》进行比较,那么这是一个很有意思的话题。

注释：

〔1〕威容，原为"容貌"。

〔2〕认作家，原为"认作故家"。

〔3〕《女声》，见本书第 32 页注释〔4〕。

这期《女声》除了刊登诗歌《寒园》《囚狮》之外，还刊登丁景唐的《风雅的说教》、论文《朱淑真与元夕词》、译作《女性中心的蚂蚁》。

附录　后　设

　　早几天,冒着猛烈的北风,禁不住孩子们的缠纠,伴他们游了一次寂寞无人的枯园,还上动物园[1]去了。归来,在灯下阅读了朱湘——葬身于大江,离开了这尘世已经十年——的诗集。忽触思绪,感到他的作风颇适于写这种小诗,因积数日夜间之酝酿,终算写成了一章。可是《囚狮》的结尾却又拖延了好几天,后来不知怎的在闲谈中有一位友人贡献了意见,以为眼睁睁去看紧闭在铁笼间的雄狮子不免有些"英雄末路"的感慨。这样一说,我倒记起了几年前南市文庙动物园[2]中猛虎挣扎出铁笼的事,于是我就拿"谁能说风雷不会卷起灾难,/而铁栅有一天竟要折断"来作诗的"尾巴"(？)[3]

一九四四年初又记

导读:

　　《后设》透露了写这一组两首诗歌的起因和构思、修改,有助于理解诗人的思维。这组诗歌是丁景唐专题写女儿的为数不多的诗歌。

注释:

　　[1][2] 1933年8月,上海市立动物园(文庙路200号)开放,占地面积0.72公顷,是上海最早的动物园,属市教育局管辖。1937年"八一三"淞沪抗战爆发后,园内动物迁至位于法租界的顾家宅公园(今上海复兴公园)寄养。

　　[3] "(？)"原有,意即有待进一步斟酌是否妥当。此种用法在丁景唐的作品中多次出现,本书中不再逐一注明。

塔

塔——
矗立于甬江[1]的滩脚
像刚迈的老人镇守着田野
汹湃的江水似奔跳的孩子
日夜吹嘹亮的口哨[2]

风爱赶卷路途的尘沙
塔一幅雾山般的灰纱
而频经霜雪的塔铃
遂以嘶衰的苍嗓伴随
暴风狂啸的秋潮,以[3]
迎迓来自远方的风沙

鸦群急遽地在荒原上空飞掠
投满翅的暗影遮断塔的额角
土地是绵病的垂死者紧皱了眉结
有回乡人披沾迢远的尘沙
从夹江的山坡透越林梢

当黄昏的星辰在天心
散开闪灿的灯苗
迎向九月晚风中的故家
远行者加紧步伐
望塔尖再度绽放了心花

原载《飙》[4]创刊号(1944年9月),署名:丁大心。
后略作修改,收入《星底梦》。

导读:

丁景唐是宁波镇海人,镇海地处宁波老市区东北甬江北岸。诗歌以甬江滩脚的塔为家乡的标志,倾诉了诗人真挚的乡愁情结,叹息家乡的衰败,折射出对反动统治者的不满情绪。此诗在丁景唐创作的诸多诗歌中占有特殊地位。

其一,丁景唐与唐敏之(胡生权)合作的小说《阿秀》引起丁景唐的乡愁,可以说此诗是《阿秀》的"副产品"。

其二,此诗不同于诗人大部分诗作的通俗易懂的风格,采用了现代诗歌创作的象征派手法,诗中的"鸦群""断塔""尘沙""灯苗"等都被赋予了不同色彩的含义,象征着诗人丰富的情感,爱憎、怜悯、无奈和焦虑等复杂情感充塞于字里行间。诗歌韵律比较新颖,全诗只有一个逗号,凸显了前半部分诗歌的韵律节奏,诗句也大体整齐,颇有现代韵律诗歌的意味。后半部分诗歌转化为自由新诗形式,感情闸门大开,肆意奔放,不再拘泥于现代韵律诗歌的形式,回归诗人所熟悉的创作思维轨道,天马行空,纵横连接,紧紧抓住回乡者的迫切心情,展现圆梦的心迹,写下最后一个没有句号的结语——"心花"。

其三,此诗诗句奇妙,如"土地是绵病的垂死者紧皱了眉结",星辰犹如"散开闪灿的灯苗",想象奇特,联想丰富,比喻形象,既新颖又易懂。有时刻意推敲炼字,如"投满翅的暗影遮断塔的额角",有些冷僻;又如"而频经霜雪的塔铃",读起来拗口,而且按照上下文的音韵节奏和形式,此诗句疑漏排一字。

丁景唐曾一度沉迷于故纸堆,深受经典古籍的影响。在此诗里使用的"迎迓"一词,"迓"即"迎",在《尔雅》《尚书》《左传》等古书里都曾出现。这形成一个有意思的现象——运用现代诗歌象征派手法的同时,继续沿用古汉语,真可谓古为今用。

注释:

〔1〕甬江,古称大浃江,东海独流入海河流,浙江省八大水系之一。甬江发源地为浙江四明山,姚江、奉化江汇合于宁波市区三江口,从此至镇海大小游山出口段全长26公里,流域面积361平方公里。

〔2〕原为"呼哨",收入《星底梦》时改为"口哨"。

〔3〕以,原为"去"。

〔4〕《飙》是个综合性的文学刊物,设有小说栏目,刊登张爱玲、绍良、唐敏之、施济美等人的作品;还发表过丁景唐等人的诗歌、毛羽的剧本、郑逸梅的读书札记,以及科学小品、异域风土人情记闻、书评等。值得注意的是袁鹰的散文《燕居草》、石琪的散文《没有见过海的人》、余爱渌的《解剖手记》等稿件,应该与丁景唐有关。

《飙》的发行人为邵光定,编辑张信锦,编辑部地址为"上海虎丘路107号"。张信锦在《潮流丛刊》《碧流》《天地》《大众》《紫罗兰》等刊物上发表过不少诗文作品,其中《碧流》第2期刊登张信锦的两首短诗《戏》《悟》。《潮流丛刊》《碧流》都是文艺青年郑兆年主编的,此二者及《文潮》被称为"上海三大权威定期刊物"。

1944年春,丁景唐到杭州去联系地下党关系时,从城区往西泠桥要通过日伪军铁丝网封锁的岗哨,岳坟那边全部封锁,不准前进。丁景唐在这种屈辱的环境中凭吊西泠桥畔的秋瑾墓。回沪后,丁景唐创作了诗歌《秋瑾墓前》,发表于郑兆年编辑的《九月的海上》,署名"丁大心"。此刊物以《碧流丛书》第1册的名义出版。《碧流丛书》原为郑兆年等创办的《碧流》半月刊,1943年8月在上海创刊,同年12月停刊。他们宣称这是一本以青年为中心的综合性刊物,努力要"献给青年一点精神的食粮",将此作为自己"最大的责任"。郑兆年作为编辑当然知道诗歌《秋瑾墓前》的弦外之音,这也是沦陷地区广大爱国青年、学生的心声。因此,郑兆年在这期《九月的海上·编后》中特别感谢丁大心(丁景唐)。(详见丁言模:《诗歌〈秋瑾墓前〉刊登于〈九月的海上〉》,载《书香传情——丁景唐藏书考辨》,上海文艺出版社,2020年11月。)

丁景唐、郑兆年、张信锦等人形成一个文艺青年的圈子,因此丁景唐等人投稿给张信锦编辑的《飙》创刊号,并不令人感到意外。这也是丁景唐作为地下党"学委"的宣传调研工作者,参加《小说月报》工作,以不同方式联络青年、学生的结果。

《飙》创刊号篇末刊登张信锦的《编辑后记》,其中写道:"我们是一群年轻人,需要的是学习,我们知道自己太不够,愿以最诚恳的态度,热烈地希望着海内外的作家与读者们,多给我们有益的帮助、鼓励和指导。限于篇幅,有许多佳作,只得移在下期发表了。这,对于作者和读者,我们是同样的歉仄。"这期版权页上注明"已呈请国民政府宣传部登记",但是未见第2期出版。

春 天 的 雪 花

春天的雪花
飘落在
　　二月的原野，
二月的原野
　　　僵卧在银灰色的酷寒中，
　　是寂寞而又荒寥，[1]
阴黯的天穹
遮覆着浓密的乌云，
依旧是十二月的北风
　　吹冻了河水、泥土。
寒冷侵袭入人的肌肤，
　　生起一阵寒战，
谁若跑向大野
……连呼吸都变得窒促。

像棉絮织成了灰网，
默默的雪花飞舞在天穹。
没有太阳的日子，
　　依旧是冬天的景致；
隔着窗[2]
看翩翩的雪花坠下，
　　怀乡者思念起遥远的故家。
渴望明天上大街浴一身春光。
远方的春天温暖了年青的心，
梦寐中找得了失去的欢喜，
　　醒来却又怪不该笑得太傻。

隔着窗[3]，
雪还在落着，落着……
灰澹澹的天，
白茫茫的地，
　　片片的雪花里
飞掠过乌鸦的疏影。
（好一幅自然的黑白画！）

是冬天一似的春天，
天空中不见了那颗黄金的太阳；
雪淹没了山峦溪涧，
雪遮盖了村落、作坊、田野，
春天的雪花
　　伴着尘埃微菌，
闯遍了都市的闹市陋巷，
带来疾病、饥饿、灾殃。

但是节季早已葬送掉冬天，
春天的雪花再也落得不能久长，
苏生的春风荡漾大地，
　　用温暖的手拂绿了田野山峦。
在阳光的照耀下，
怀乡的青年人离去狭隘的小室，
踏上乌黑而又泞猾的大街，
跨向田野去寻求春的影迹。
　　瞧——

黄金色的太阳下,　　　　　　　　已经有人在耕耘!
枯草的田间不是

一九四二年春作,一九四三新春重改

原载《女声》[4]第1卷第11期(1943年3月15日),署名:歌青春。
后略作修改,收入《星底梦》。

导读:

  此诗是一篇旧作。初稿完成一年后,中国抗日战争与国际形势发生了很大变化,斯大林格勒战役取得伟大胜利,成为国际反法西斯战争形势转折的标志性事件。

  此诗以象征、暗喻的手法,以怀乡者的口吻,盼望早日收复侵华日军占领的中国土地,盼望抗日战争早日取得最终胜利。虽然眼下依然是灰暗、寒冷的春雪,伴随着可怕的灾难,"但是节季早已葬送掉冬天"。进步青年向往的延安抗日根据地("远方的春天温暖了年青的心"),在"黄金的太阳"下,"已经有人在耕耘"。

  这是丁景唐首次在《女声》上发表此类象征、暗喻现实的诗歌,《女声》编辑关露等人不会不理解此诗的弦外之音,但还是刊登了。

注释:

[1] 以上三行诗句原为"二月的原野是寂寞而又荒寥,/僵卧在银灰色的酷寒中"。
[2][3] 隔着窗,原为"隔着个窗"。
[4]《女声》,见本书第32页注释[4]。
  这期《女声》同时刊登丁景唐三篇诗文,除本诗外,还有《青春》《〈诗经〉中反映的妇女生活·恋爱·婚姻》。

异 乡 草

——给石琪[1]

独在异乡为异客,每逢佳节倍思亲。　　　(王维《九月九日忆山东兄弟》)

谁家的灯火辉煌,
谁家的儿郎夜啼[2],
谁家人还欢乐地
围聚红烛守岁在一堂?
稀疏乏力的几声锣鼓,
撩不了[3]街头的饥啼哀号。

黑夜的北风猖狂,
夹阵急雨紧打在异乡人的心上。
睡梦中遍游了受难的家园,

眨眨眼[4],邻家未灭的灯火,
犹且衔接着天光。[5]

[听]远处的晨鸡报出了破晓,
昂头看朦胧的雾层外
已可以瞧到——
新的一年跳跃着轻快的步子,
在曙光中走近!

作于欢新送旧的除夕[6]

原载《太平洋周报》[7]第96期(1944年2月7日),署名:歌青春。
后经增改,收入《星底梦》。

导读:

石琪,原名张英福,是震旦大学医科学生,后为天津名医。他来自北方,在上海生活了六七年。他的《无家》等散文,字里行间充溢着徘徊、哀叹、消沉的情绪,令人窒息,这让丁景唐很是不安。

1944年除夕之夜,丁景唐写了《异乡草》,委婉地提醒石琪,天下无数忍饥挨饿的穷苦民众在除夕之夜哪有什么欢乐,希望石琪跳出小我,上升到大我的境界。丁景唐考虑到石琪逢年过节难免想家的孤独,还为石琪介绍了几个同乡朋友。虽然丁景唐此诗未必深深地触摸到石琪的孤独心底,但是石琪心存谢意,特地写了散文《乡恋》,解释自己内心的惆怅。

丁景唐的第一部诗集《星底梦》收入《异乡草——给石琪》时,增加了最后五行诗,希望石琪振作起来,也提升了全诗的格调和意境。石琪看了很感动,赶写了《〈星底梦〉及其他》,真诚地说:"在对于人生的观点来说,我虽是一个多暮气的人,却也喜欢年青上进的心。心情上我不能和歌青春先生携手,但在他的诗集中,我愿紧握着他那青春的手。"

注释:

〔1〕给石琪,原为"给友人"。

〔2〕夜啼,原为"夜嚎"。

〔3〕撩不了,原为"盖不低"。

〔4〕眨眨眼,原为"眨眼",增加一个"眨"字,便于朗读。

〔5〕原诗到此结束,以下五行诗是增添的。

〔6〕即1944年1月24日,收入《星底梦》时删除此时间落款。

〔7〕这期《太平洋周报》除了发表张爱玲的小说《银宫就学记》等之外,还刊登关露的散文《夜行的人》。关露与丁景唐的作品同时刊登在《女声》之外的其他刊物上,显然《女声》与《太平洋周报》有联系。

这期《太平洋周报》版权页上登载《本报征稿启事》:"本报竭诚欢迎各界投稿,不论封面漫画、木刻、论著、译述、文艺、小品、随笔、特写、影剧、艺术、科学……"

生　活

古井的水不掀浪，
画中的树不开花。
这日子
　　　人的心田不长美好的芽：
茂盛的——
　　　是无声的贪婪，
萎凋的——
　　　是互助和同情。

连天涨风，
卷展无垠白浪，
　　　冲破生活的堤防，
似洪水涌来都市的街坊。

狂风震撼
　　　脆弱的心弦，
怕没顶的浪涛，
会把肉体
　　　葬身在深海。

洪水贮存
　　　不平静的波，
使劲地推生命的船只，
横向死亡的巷。

* * * * *

古井的水不掀浪，

画中的树不开花。
这日子
　　　谁料嬉笑究竟变作奢侈物。
关切的——
　　　是潮水的升与降，
漠然的——
　　　是穷窘和疲劳。

春风吹不散愁云，
日光也跨不过黯淡的门槛。
　　　谁能在街头找得出
几个人眉尖不打结的奇迹！
谁又能料猜生活
　　　不饶人到这样？
成天磨穿脚跟，
肚子还在叽里咕噜！

生命像匹跋涉了万里的疲马
　　　踯躅于故城的关卡，
纵使你是万夫莫狄[1]的英雄，
　　　或是久经沙场的好汉，
可能抵挡得了千斤闸的堕身，
有一天，怕不把你
　　　压成一团肉浆！

风又猛，

浪又大，

　　为了生活

人人都在没顶的浪涛中挣扎。

　　　　　　　　一九四三年春[2]

原载《女声》[3]第2卷第2期（1943年6月15日），署名：歌青春。

导读：

　　这是一首颇有隽永意味的哲理诗歌，以比喻、象征的艺术手法，愤怒地控诉反动、黑暗的社会制度——周遭是疯狂的私欲、尔虞我诈的无数陷阱，随时会吞噬广大百姓善良的灵魂和孱弱无助的生命。"为了生活/人人都在没顶的浪涛中挣扎。"希望在哪里呢？此诗无法公开挑明，但是已与广大读者达成默契——必须砸烂这"吃人"的社会制度。

注释：

〔1〕狄，原为"敌"，收入《星底梦》时改为"狄"。对此丁景唐有说明，见本书第165页注释〔5〕。

〔2〕收入《星底梦》时删除此时间落款。

〔3〕《女声》，见本书第32页注释〔4〕。

这期《女声》刊登丁景唐三首诗歌，《江上》《乡恋》为一组，其后单独编排《生活》。

开 学

好似隔宵刚忙着赶考,
　　怎的,今朝热风已残剩尾巴?
想安闲地袖起双手,
无奈时光老人不肯一步停留。
(这日子,你还想偷懒苟安)

[1]

屋廊里充满的全是谈话,
课室中响起一片朗笑,
　　驱除了封尘的寂寞。
年青的心嵌颗希望,
放开脚步在人堆中飘荡,
忙不住招手,
跟几张熟识的脸子
　　点点头笑,问:
"漫长的假期中做了些什么?"

★ ★

可曾有谁?记起——

被金钱推出了校门的友伴;
那些同样年青的人,
给生活打了耳光,
在人生的旋涡中翻着筋斗,
去领受人间的冷脸热嘲!
(幼弱的肩手能够担负得了)

★ ★

大海中去寻觅珠宝
　　已算难事,
而书本!
　　白纸黑字织成的字行,
可比是成堆的泥沙。
唯有耐久而广博的功夫,
才能从沙砾中淘取
辉煌的金沙![2]

原载《女声》[3]第2卷第5期(1943年9月15日),署名:歌青春。

后经删改,收入《星底梦》。

导读:

写作此诗时丁景唐第二次进光华大学,读中文系四年级。此前,1941年春,他自东吴大学转学到光华大学社会学系二年级。

丁景唐曾点评此诗说:"《开学》的第一段写时光的匆促,用'好似隔宵刚忙着赶考,/怎的,今朝热风已残剩尾巴'来加强时光迅速的印象。第二段写开学时的新气象,写多时不见的同学互相询问的热络。而第三段与上段对照烘托被物价高涨的风浪所卷走的旧日友伴，'被金钱推出了校门'正说明旧日'学店'制存在的现象。'给生活打了耳光，/在人生的旋涡中翻着筋斗'是比较接近臧克家的句法，乃指出失学的同学在社会中的遭遇。最失败的是末段，我用含有说教味的几行来结束，损害了诗的完整。"（详见丁景唐《我的自省》）此诗收入《星底梦》时，特意删除了最后部分的八行诗。

此诗的内涵与丁景唐曾在《联声》上发表有关学生问题的诗文相似，既同情因缴不起学费被迫退学的同学，也告诫同学和自己，"书中自有黄金屋"，全靠自己去努力学习和拼搏。这在丁景唐几个月前写的一首励志诗《我爱》中已有集中体现。

下一期（第2卷第6期）《女声》的《余声》（类似《编辑后记》）写道："最近接到一位读者的来信，信中有一个问题，就是'请告知歌青春先生所作之诗，例如本期所载的《开学》《病中吟》，其好在何处，意在何方'。我们想对这个问题的解答不属于信箱范围，而属于诗歌批评范围之内；但是本刊目前寻不着诗歌批评执笔的人，因此关于'意在何方'我们要求歌青春先生用信的方式自己解答，想歌[青春]诗人不会拒绝我们吧！"对此，丁景唐作了答复。（详见丁景唐《我的自省》）

注释：

〔1〕收入《星底梦》时，删除了"★　★"，下同。

〔2〕收入《星底梦》时，删除了以上八行诗句。

〔3〕《女声》，见本书第32页注释〔4〕。

这期《女声》刊登丁景唐四篇诗文，即《中秋谈月》《一场争辩》《开学》《病中吟》，后两首诗歌为一组。

病 中 吟

一些些微的失慎,
(许是受了秋风的簸颠)
招来了病魔的降临,
囚禁在床间,更要跟它去亲近。

★ ★[1]

第一次,我发现自己跌落
囚禁在床间,更要跟它去亲近。
天花板紧盯着我的眼,
我认识它
　　那张不怀好意的凶脸!

★ ★

我躺着,忍受病菌的袭击,
"冷"和"热"流传在体内奔驰。
四周是冷冷的壁,
　　雨的足迹揉踏成
一幅剥蚀的画面——肮脏而又拙劣。

★ ★

回望窗外的一角破天,
浮云漂移如白帆片片,
心想凌风驾空,
　　好去睡梦中找寻仙境,
蓦地,街里中响起
　　一片噪杂的扰声:
是噼啪在打牌,
　　无线电开得哗啦哗啦;

是"鸭膀鸭舌头"的叫卖!
　　谁家女人在咒骂;
还是对门的婆媳又在吵架?
——这扰声交织成一股汹涛,
直如昏迷中当头一声吆喝。
随着街车辘辘驶过床前,
和着耳鸣在枕畔,
　　卷来一阵骤雨急泻。

病床的生涯销蚀了我的面颊,
阴沉的气氛叫我想念
　　远方的黑土地带:
那照耀于秋阳下的家园,
　　山顶苍鹰的翅膀缀上寒星几粒。
荡荡的河水向我的眼帘涌耀而来。
(呵,黑土地的动脉,
　　几时我能重驾扁舟,
　　　横渡过你的胸膈!)

★ ★

终日数不清烦恼,
静视[2]尘粒在阳光下舞蹈。
或看交错的竹竿,
　　扯几块尿布搭成一堵城墙,
拦阻我欲穿透长空的视野。
我,胸腔中跳跃着
　　一颗年青的心呵!

我,冀求快一些起床,　　　　　　　　　　重温堆积着尘埃的字行,
　　挣扎出死[神]的怀抱,　　　　　　我知道友人已等待着我去拜访。
走向好久不见了的街道,　　　　　　　　　　——一九四三年风雨之夜[3]

原载《女声》[4]第2卷第5期(1943年9月15日),署名:歌青春。

导读:

丁景唐对于此诗的点评见《我的自省》。

此诗构思比较新颖,以遭受病魔折磨的心境进入诗歌的高雅殿堂,将身边的日常生活琐事神奇地转化为优美的诗行,并且在东拉西扯中留下都市角落里的一幅幅浓郁的生活场景,与感叹、哀婉、无奈的复杂情感融为一体。突然,情调陡然提升,在病榻上怀念沦陷的北方:"呵,黑土地的动脉,/几时我能重驾扁舟,/横渡过你的胸膈!"敏感的闪光瞬间消逝,又回到现实生活中:"冀求快一些起床,/挣扎出死[神]的怀抱,/走向好久不见了的街道。"

此诗将小我(患病的挣扎),与大我(国家危亡、民族解放事业)悄然结合,不动声色,暗伏急流,期望与广大爱国读者取得一种默契,进行心灵交流。该刊编辑关露不会不知此诗的弦外之音,佯装不知刊发了,与丁景唐达成无言的默契,彼此心照不宣。

此诗与诗歌《开学》为一组诗歌同时刊登,题材和内涵却截然不同,但都是跳跃性思维,甚至都以括号里的诗行含蓄地说明,点到为止。这也是一种新的尝试。

后来再刊登时,此诗的所有诗句并未改动,但是诗行格式调整较多,有些改动比较合理,有些不如原诗。"囚禁在床间,更要跟它去亲近""一幅剥蚀的画面——肮脏而又拙劣"等,原来都是分为两行的,节奏分明,干净利落,具有形式美之感;现改为一行,虽然上下诗行衔接紧凑,但显得有些拖沓、迟缓。

注释:

[1] 收入《星底梦》时,删除了"★　★",下同。
[2] 静视,原为"凝视"。
[3] 收入《星底梦》时删除此时间落款。
[4] 《女声》,见本书第32页注释[4]。

乡 恋

燕子南来，
山茶已涂红山崖。
布谷鸟声声鸣啼。
紫藤花已潇潇和白云同飞。

你，怀乡的游子
何频频仰天望断
　　几个黄昏星夜，
挂牵起家乡四月里
水田的禾秧长得葱绿，
河畔的垂杨弯腰[1]。
那童年时代的游伴——
姑娘做了孩子的娘，

少年也当了家，
肩起生活的重压，
和泥土日日相惹[2]，
　　让风霜炎阳在额角
留下几条辛劳的痕迹。

这些年头饥荒交加：
大户的卖田质屋，怕抢怕盗；
贫困的只得流浪走他乡。
想年老的爹娘
　　为儿女倚望门墙，
又添几星白发？

原载《女声》[3]第2卷第2期（1943年6月15日），署名：歌青春。

后略作修改，收入《星底梦》。

导读：

　　此诗上半部分述说岁月无情，乡人易老，这是伏笔，衬托后半部分控诉侵华日军给乡亲们带来巨大的灾难（虽然未点明，但是读者明白，《女声》编辑也知晓），充满了沉痛的悲伤和真挚的同情。此诗与《秋》《塔》同为思乡题材，但是表现的意境有所不同。

注释：

〔1〕弯腰，原为"弯了腰"。
〔2〕相惹，原为"想惹"。
〔3〕《女声》，见本书第32页注释〔4〕。
　　这期《女声》刊登丁景唐三首诗歌：《生活》与《江上》《乡恋》。后两首诗歌为一组，但是题材和内涵不同，恰好是一亮一暗，鲜明对照，褒贬分明，相得益彰。

桃 色 的 云 絮

夜 雨

我的心
静静的似蓝色的海，
　　没有风也不起浪。
突然，
在海天的辽空间，
　　浮漾起桃色的云絮。

六月的夜雨
踏着——
　　　滴……滴……滴的步子
　　　　走进了——
在窗畔弹奏一支[1]
　　轻佻[2]的曲子，
在记忆中撩起[3]
　　一声轻微温柔的喊声！

朝 雾

昨天，
　　我又见到了那个人
　　　　在梧桐树的路街边，
　　　　　　低着头默默地跑过。
是天际飞来的一支金箭
　　向我心窝射过。

我回来了，
　　我懊丧地回来了。

我诅咒我自己——[4]
　　为什么？
　　　　我不敢昂起了头向前走去！

我回来了，
　　我懊丧地回来了。
　　　　默默地把粉红的玫瑰小粒，
　　　　秘密地埋葬于心底海。
　　　　（呵,但愿不让人知晓）
我知道，
　　在我和人之间
　　　有着一层冬天的浓雾。

阳 光

千万匹的骏马在跟着思索跑，
矛盾的浪潮在心海里掀起汹涛。
　　我爱雨夜
听着诉不尽恋意的雨水。
但是,我又怕它
　　给人带入于远去的回想。
呵,雨丝,灰色的网呀！
　　会把人的心扣紧。

我也爱雾一似的爱恋，
　　像夹着一层蓝烟。
　　（哦,雾一般的蓝烟
　　　充满了诗意。）
但是，

我又怕坠在蓝色的雾里，
　　望不见阳光的美丽。
呀！黄金色的阳光！
　　是火的烈焰，
　　　　钢铁的锻炼！

终于[5]，
　　矛盾的心底战场里，

我战胜了私利。
在黄金色的太阳前，
　　我挥动理智的宝剑，
　　　　划破雾一般的蓝烟，
　　扬一扬手——
　　"再见，亲爱的朋友！"
　　　　…………[6]

原载《女声》[7]第2卷第1期(1943年5月15日)，署名：歌青春。

后经修改，收入《星底梦》。

导读：

《桃色的云絮》为一组三首短诗。丁景唐的学长、挚友王楚良赞道："在《夜雨》里，诗人让我们看到了'蓝色的海'和'桃色的云絮'在色彩上的调和，更听到了'夜雨'的脚步所奏出的曲子，那音响的感觉也充满了美感。在《朝雾》里，除了题目显得不大适切以外，诗人所描写的羞涩懦怯的心理，还有在《阳光》里诗人所描写的一对恋人离别时的心理的矛盾，又是多么细致，多么美丽。"(详见王楚良《青春之歌——略论歌青春的诗》)

其实，《阳光》并非单纯的离别恋情，不妨把它看作是借常见的青春题材表达追求光明和真理的信念。诗人决心摆脱矛盾、彷徨的心理阴影，战胜狭隘的私利，毅然"挥动理智的宝剑，/划破雾一般的蓝烟"——小资浪漫情调——潇洒地挥挥手——截然不同于徐志摩《再别康桥》的空灵情趣——"再见，亲爱的朋友"，迎着太阳，走向人生的新战场。

《桃色的云絮》一组三首短诗，呈现一种内在的递进关系。首篇《夜雨》抒发小我的灵动、敏感心理。诗人突然眼前一亮，置身于辽阔无际的天地间，随即猛然坠入现实大地，静听窗外的滴答夜雨声。这一动一静的巨大反差，产生强烈的内在张力，此时的小我已经非同一般。天亮了，出现了"朝雾"。这是冬天的浓雾，无情地隔开了"我和人之间"的距离，犹如暗恋的少男或少女，难以启唇捅破这层窗纸。这也意味着走出聆听"夜雨"的小屋子，步入凶吉难测的社会，人际关系的不确定因素远比小我天马行空的遐想思绪复杂得多。不过这是短暂的，如同大雾必然散去，"我"将经过磨炼，逐渐成长。随后的《阳光》在前两首短诗的铺垫之上，产生质的飞跃，豁然开朗，坚定不移地朝着既定方向走去。

因此，这组三首短诗的标题都具有鲜明的象征意味。"我"递进的心态——内心世界的微妙变化，特别是在不同时空里捕捉瞬间灵光，展露在色彩和谐的充满诗意的笔端，饶有趣味。

当然,青菜萝卜各有所好,此诗任君理解和诠释。

注释:

〔1〕弹奏一支,原为"弹奏起一支"。

〔2〕轻佻,原为"忧郁"。

〔3〕撩起,原为"掠过了"。

〔4〕收入《星底梦》时,此行诗句后删去四行诗:"为什么?／我竟那么的懦怯。／为什么?／我没有勇气把心海打开。"

〔5〕终于,原为"但在",因前面已有"但是",必须删除第二个"但"。

〔6〕省略号是后添加的,原文没有。

〔7〕《女声》,见本书第32页注释〔4〕。

这期《女声》刊登丁景唐六篇诗文,即论文《她的一生——从民歌中看中国妇女的生活》、散文《烛光》、一组三首诗歌《桃色的云絮》、儿童寓言诗《风筝与小草》。

敏子，你还正年青

夜晚的雨丝又叩着窗子，
　　风挟着它在枕边奏出一支
　　　　一支幽郁的曲子[1]。
微弱的灯盏映着古怪的影子，
阖上眼，
　　被回忆的葛藤所缚住的
你的面容、你的瞳子
　　　闪烁于眼帘，
翻开了一页页过去的历史。

三月里杜鹃花开的春天，
你离开家乡来到我们的中间，
　　在学校里你是一朵六月天的蔷薇，
　　——有着一份温情
　　　却带着神圣的尊严。
敏子，你天真，你热情，
　　你爱人们的爱，
　　你也恨人们的恨。
你亮着眼睛透看了这世间的面容，
你愿分担人间千万重的苦难！[2]

三年的韶光远去了！
敏子，你
　　可还记得江边的别离？
　　　海轮钻着浪花，
　　　海鸥伴着落日，
　　生活驱使我到僻远的山城；
　　　一年、二年、三年，

　　时间跨着阔步，
　　从此就很难得到你的片纸。
只听说有友人提起你，
　　——驮着过重的忧郁
　　被流行性的伤感嚼蚀了健康。[3]

以前我一些也不把它当作真，
怀疑那朋友有意把
　　芝麻夸张成麦饼。
在灾难中经历了几许折磨，
因偶然的机遇重见你，
　　多年的友人聚集在一起，
　　正该叫人欢喜，却怎的
　　你默默地点头不言？[4]
敏子，
　　没有电炬照耀的村落，
　　人们也没有在晚上停止生活。
　　黑暗里住久你也会
　　习惯于微弱的光彩，
三年前你不见过？
　　清莹的山溪弯曲地唱着
　　愉快的歌曲流过凝滞的沼地，
　　　流过崎岖不平的岩岩，
　　慢慢地汇集到远远的大海。

敏子，你聪明，
　　你该已明白我们所引的说话：
"你应该努力挨过这

沉闷而又苦难的片刻,
犹如初胎的产妇,
孕育新生的婴孩!"[5]

★　★[6]

回望古罗马的城堞
　　盘旋着凶狞的苍鹰,
你更该当像一堵山石
　　兀立在战栗的大地!

敢是你对于我们的友谊
　　不愿再提?
敢是你已习惯于
　　都市灰色的生涯!

但我回来的夜晚,
　　我抑制不下汹涌的激动,
秋天的花朵会凋零萎落,
　　但是不能叫我相信
你会像一条蚕蛹吐着愁丝
　　将自己紧缚在茧中。
那纷乱的杂发黏贴在前额,
　　苍白的脸已找不回青春的热情。

敏子,
　　这是你……你站在
　　　　我面前……!
这是你,
　　曾经洋溢着青春的光泽,
　　　　燃烧着生[命]的火焰。
这是你,
　　曾经被称为热情的象征,
　　　　一朵六月天的蔷薇。[8]

冬天的风雪包藏着
　　未来温暖的春色,
灰堆里埋没了的
　　火种将会燃红那天宇。
六十岁的老人还常常说:
　　"到死都是年青。"
敏子,你
　　血液里还不是沸腾着热情,
死去的太阳明天要升,
　　停滞的水流也有
　　　　泛滥浪花的一天。
何况是你,
敏子,你还正年青!

原载《女声》[7]第1卷第9期(1943年1月15日),署名:歌青春。
　　　　后经删改,收入《星底梦》。

导读:

丁景唐曾说:"我替一位友人去《女声》社领过一笔稿费,而我的学校离当时的《女声》社只不过一条马路。于是我也在旧稿堆中挑择出一首诗寄到《女声》社去碰碰'命运',这就是那首《敏子,你还正年青》的诗。"(丁景唐《我的自省》)

"敏"字最早见于甲骨文,"敏,疾也",即做事动作快捷,后引申出勤勉努力、脑子反应快等含义。"敏子"泛指聪敏的女子。当时丁景唐钻进故纸堆里,因此起这个称谓有着"抓典型"的意思。

此诗是丁景唐第一次投诗稿给《女声》,投石问路。诗歌委婉劝诫落伍的聪敏女生,为她叹息的同时,又迫切希望她振作起来。"死去的太阳明天要升,/停滞的水流也有/泛滥浪花的一天。/何况是你,/敏子,你还正年青!"这个劝诫之言及丁景唐之前在《联声》上发表的文章,对象都是青年学子。结果此诗一炮打响,后来丁景唐写的诗稿接连在《女声》上发表,从不同角度反映现实,题材不断增加、扩大。

此诗收入《星底梦》时改动较大,格式、字句、标点都作了一番斟酌和推敲,除了注释中说明的以外,还有不少,甚至出现20行诗句整体移动的情况。这是一把双刃剑,有利有弊。弊端是导致原来诗行之间内在的联系中断,只好用"★　★"来表示跳跃。好处是后面通畅了,增加了逻辑性,但似乎顾此失彼。这反映了丁景唐希望通过精心修改,使其第一本诗集"更上一层楼",问心无愧地向呈现给广大读者。同时无意中透露了丁景唐对自己第一次投给《女声》的诗稿的态度——越看越不满意,干脆做较大修改。

对于给此诗作较大修改一事,丁景唐似乎淡忘了,从未提及。如果不是这次整理,笔者也不会发现,那么此事就将淹没在浩瀚的文史长河里。

注释:

〔1〕一支幽郁的曲子,原为"低低的沉郁的幽吟"。

〔2〕以上两行诗原为"你亮着眼睛透看了这世间,/你愿分担人间重重的愁苦"。

〔3〕收入《星底梦》时,此行诗句后删去一行诗:"遇有余闲就对着黄昏发着慨叹"。

〔4〕"敢是你对于我们的友谊……一朵六月天的蔷薇"原位于此句诗之后。

〔5〕"犹如初胎的产妇,/孕育新生的婴孩"两行诗为后来增加,颇佳,催促重新燃起生命的火花。

〔6〕原无"★　★"。

〔7〕《女声》,见本书第32页注释〔4〕。

附录　敏子,你还正年青(原诗)

夜晚的雨丝又叩着窗子,
　　风挟着它在枕边奏出一支
　　　　——低低的沉郁的幽吟。
微弱的灯盏映着古怪的影子;
阖上眼,
　　被回忆的葛藤所缚住的
你的面容与你的瞳子
　　　　闪烁于眼帘,
　　翻开了一页页过去的历史。

在三月里杜鹃花开的春天,
你离开家乡来到我们的中间,
　　在学校里你是一朵六月天的蔷薇,
　　——有着一份温情却带着神圣的尊严。
敏子,你天真,你热情,
　　你爱人们的爱,你也恨人们的恨。
　　你亮着眼睛透看了这世间,
　　你愿分担人间重重的愁苦!

三年的韶光远去了!
敏子,
　　可还记得江边的离别?
　　　　海轮钻着浪花,
　　　　海鸥伴着落日,
　　生活驱使我到僻远的山城;
　　　　一年、二年、三年,
　　　　时间跨着阔大的步伐,
　　从此就很难能得到你的片纸。

只听说有友人提起你,
　　驮着过重的忧郁
　　被流行性的伤感嚼蚀了健康。
　　遇有余闲就对着黄昏发着慨叹。

以前我一些也不把它当作真,
怀疑那朋友有意把芝麻夸张成麦饼。
在灾难中经历了几许折磨,
　　因偶然的机遇重见你,
多年的友人聚集在一起,
　　正该叫人欢喜,却怎的
　　你默默地低头不语……?
敏子,
　　敢是你对于我们的友谊不愿再提,
　　敢是你已习惯于都市灰色的生涯!

但我回来的晚上,
　　我抑制不下汹涌的激动,
秋天的花朵会萎落凋零?
但是不能叫我相信你
　　　会像一条蚕蛹吐着愁丝而
　　　把自己缚在茧中。
那杂乱的丛发黏贴在前额,
苍白的脸已找不回青春的热情。
　　敏子,
这是你……你站在
　　我面前……
这是你,

曾经洋溢着青春的光泽,
　　　燃烧着生命的火焰。
这是你,
　　曾经被称为热情的象征,
　　　　一朵六月天的蔷薇。

没有电炬照耀的村落,
　　人们也没有在晚上停止生活。
黑暗里住久你也会习惯于微弱的光彩,
三年前你不见过?
　　清莹的山溪弯曲地
　　唱着愉快的歌曲流过凝滞的沼地,
　　流过崎岖不平的岩岩,
　　　　慢慢地汇集到远远的大海。

敏子,你聪明,
　　你该已明白我们所引的说话:
　　　　"你应该努力挨过这一段沉闷

而又苦难的片刻。"[1]
回望古罗马的城堞
盘旋着苍鹰,
　　你更该当像一堵山石
　　兀立在战栗的大地![2]

冬天的风雪孕育着
　　未来温暖的春色,
灰堆里埋没了的火种将会燃红那天宇。
　　六十岁的老人还常常说:
　　"到死都是青年。"
敏子,
　　你血液里还不是沸腾着热情,
死去的太阳明天会升,
停滞的水流也有泛滥浪花的一天。
　　何况是你,
敏子,你还正年青!

导读:

关于此原诗与收入《星底梦》的修改诗的不同之处,不再赘述。其实,原诗和修改诗各有长处和不足。

注释:

〔1〕〔2〕原都为一行诗句,现分为两行,以便阅读和吟诵。

红　叶

——纪念一位北国的姑娘

君不见满川红叶,尽是离人眼中血![1]　　　　　　　　　　　　(《董西厢》[2])

雁来红,
　　是热情的火焰,
这火焰燃烧着青春的生涯!

枫叶是你的所爱。
记得那年冷艳的秋天,
你曾经在《茵梦湖》[3]的扉页
题着一片小小的红叶:
　　"红豆,南国的相思子。
　　枫叶红在北方十月的原野,
　　也是赠与年青人最好的纪念!
　　留着它,你也毋忘一颗青春的心。"

在春暖花开
　　雁来红红了的时节,
　　　　我们相识。
当秋天,落叶满径,
看七角枫红遍江南,
我们却又匆匆分别!

春天,我们相识。
秋天,我们分别。
如今我孤独地踏着落叶,
徘徊在园林的边篱,
把《茵梦湖》的扉页反复地熟念——

像莱因哈德牵挂起伊丽莎白,
我怀念着你,
远处在北国的姑娘。
当第二个秋天,
七角枫又红艳了的时节。

当秋天
七角枫又红艳了的时节,
我惦记着你。
扉页上的字句虽
　　依旧俱在,
褪了色的枫叶时节,
　　早已飘失。
而你,虽也关山万里隔着重峦,
却好像还在我跟前——
闪耀着温暖友情的光焰,
照彻我沉郁的胸怀;
放射着青春的热力,
燃烧起我生命的火焰。
你是盏路台灯,
　　照亮[4]了我青春的道路。
于是[5]我将你授予我的爱,
去分授予需要爱的人。
但是往事回萦,
　　寒夜残灯,

心头又蒙上别时一般的滋味。[6]

雁来红红在春天,
七角枫凋[零]在秋天,
一般的是迷艳着红叶的季节;
却一忽相识,
　　一忽离别!

雁来红
　　是热情的火焰,
枫叶
　　是你的所爱,
七角枫凋残时我们分别,
你对我说:

"忍受着漫漫的长夜,
度过寒冷的冬天,
当春天
雁来红红遍江南的时节,
我会回来!"

姑娘[7],你将和春天一同归来,
这该不会骗人![8]

虽然自你远离,
　　已是第二个[9]秋天,
但是我相信你犹如我相信春天:
呵,你会回来,
　　你一定会回来,
你将伴着春天一同归来!

原载《文友》[10]第2卷第7期(1944年2月15日),署名:歌青春。

后经修改,收入《星底梦》。

导读:

此诗是《文友》第三次发表丁景唐的诗作,画风与前面两首诗有相似之处,更含有深刻的寓意。

"红叶"本身就是充满诗情画意的命题,诗作佳句可信手拈来,丁景唐吸取其中精华,三步两叹一回眸,将眷恋之情发挥得淋漓尽致。在余韵绕梁之际,悄然插入反季节的画风。"度过寒冷的冬天,/当春天/雁来红红遍江南的时节,/我会回来!"由秋天的枫树红叶,变幻为春天大雁飞回,枫树叶奇迹般地"红遍江南",其寓意脱胎于《霜叶红似二月花》(茅盾作品)。顿时,细心的读者便"心有灵犀一点通",原来这已不是一首缠绵的恋情诗作,而是期盼革命胜利的红旗插遍江南。这坚定的信念、乐观的精神、殷切的期待,却是在侵华日军和汪伪政府统治的"铁汁般的"黑夜里。《红叶》,特别是副标题"纪念一位北国的姑娘",显露出较好的构思和深刻的寓意。不知有多少读者能够读懂其中含义。

丁景唐有"红叶"情结,以此寄寓审美情趣和美好愿望,先后写了三篇诗文,即《红叶诗话》《红叶题诗的故事》与《红叶》。如果将三者结合起来审读,那么前两者是《红叶》的铺垫,逐渐扩大内涵和外延,最终《红叶》摆脱古典文学的思路,与现实形势紧密结合,形成质的可喜飞跃。

《红叶》发表时，第二次世界大战已经发生转折，开罗会议、德黑兰会议之后，苏军展开反击，盟军开辟第二战场的好消息传来。国内抗战局势也开始扭转，晋冀鲁豫根据地各战略区和苏北新四军对日伪发动春季攻势，其后有夏季、秋季攻势。丁景唐的《红叶》犹如报春鸟，"你一定会回来，/你将伴着春天一同归来"。

《红叶》是一首抒情与色彩、画面与寓意、友情与象征、变幻与哲理结合得较好的诗作，抛弃了过去象征派诗人颓废没落的灰色形象，而是展现了大块油彩般的绚丽色调、鲜亮壮美的诗歌画面。这违背了《文友》所发表的文艺作品的灰色基调，也许该刊编辑有所察觉，在该刊第2卷第10期（1944年10月1日）发表《红叶谈》（沙青）一文，以遮盖前期刊登诗歌《红叶》的艳丽色彩。

多年后，丁景唐因故未将此诗收入《犹恋风流纸墨香——六十年文集》（上海文艺出版社，2004年1月），广大读者并不知晓，甚为遗憾。

注释：

〔1〕此诗收入《星底梦》时删除这句引文。

〔2〕《董西厢》，即《西厢记诸宫调》《弦索西厢》，是金代戏曲家董解元根据元稹《莺莺传》创作的叙事体诸宫调小说作品，比较完整地塑造了性格鲜明的人物形象，对王实甫《西厢记》有重要影响。

〔3〕《茵梦湖》，德国作家施托姆创作的中篇小说。小说描述莱因哈德与伊丽莎白从小一起长大，感情非常好，而伊丽莎白的母亲强迫她嫁给了家境富裕的艾利希，多年后相爱的两个人在美丽的茵梦湖畔再度重逢的故事。

1921年，郭沫若翻译《茵梦湖》，次年又翻译了歌德的《少年维特之烦恼》，深受广大青年的喜爱，特别是年轻知识女性的欢迎。

〔4〕照亮，原为"明亮"。

〔5〕收入《星底梦》时添加"于是"。

〔6〕收入《星底梦》时以上三行诗句删除。

〔7〕收入《星底梦》时添加"姑娘"。

〔8〕！，原为"的吗？"。

〔9〕收入《星底梦》时此处的"的"删除。

〔10〕《文友》，见本书第43页注释〔1〕。

初夏夜之风[1]

初夏夜之风,
飘来玉兰花香阵阵。
有少年人
散步于[2]寂静的夜街,
默数着街灯:
一盏两盏,闪烁着
像乡间七月的夜晚,
　　浮沉在湖上的渔火丛丛。

少年人跌落在回忆之谷中,

沉迷于绿色的田野的梦幻;
突为高楼的琴键所震醒,
披亚娜流泻《蓝色多瑙河》,
如泉水淙淙
　　漫向都市的夜空,
唤回旧梦种种——
　　奏《小夜曲》的人,可也在
　　　以生命的音符排遣她的黄昏;
当初夏夜之风,
　　飘来玉兰花香阵阵。

原载《文友》[3]第1卷第7期(1943年8月15日),署名:歌青春。

导读:

夏天夜间,一位散步的青年人将都市的灯火想象为家乡的星辰,还有"浮沉在湖上的渔火丛丛"。他猛然一惊,高楼里传来《蓝色多瑙河》的华丽、明快的钢琴声,以及优美、伤感的《弦乐小夜曲》的小提琴声。家乡与都市、自然与琴声瞬间交集,加上"玉兰花香",视觉、听觉和嗅觉一起融化在夏夜之风里。

此诗充溢着丰富的韵味,犹如丁景唐的一块"敲门砖",力图敲开《文友》("有汪伪背景的文艺刊物")的投稿之门。这也是当时丁景唐等地下党员采取的一种策略,严格遵循地下党工作的"隐蔽精干,长期埋伏,积蓄力量,以待时机"的方针,自己不能办刊物,就楔入敌人控制的报刊,进行韧性的散兵战。

注释:

〔1〕此诗标题原为"夏夜之风",收入《星底梦》时改为现在的标题。诗中两次出现的"初夏夜之风",也是如此。

〔2〕于,原为"在"。

〔3〕《文友》,见本书第43页注释〔1〕。

风筝与小草

——献给童年时代的幼小者

三月的郊外,原野里
青青的小草在春风中摇曳,
漫天的风筝在晴空鸣响。[1]

风筝(高蹲在半空中唱着):
 呼呼呼 和风在我耳边作响,
    我的身子自由地在高空徜徉。
 呼呼呼 朵朵的白云在我的头顶浮漾,
    我昂起头来向着太阳。

小草(在和风中摇摆):
 野火烧不尽,
 春风吹又生。
 我们忍受了风雪的践踏,
 我们熬过漫漫的黑夜。
暗地里我们萌芽,
风雨中我们长大。
春天赐给了我们新的力量,
如今我们又在太阳下复活。

风筝(忽然瞥见小草,顿呈轻蔑脸色[2]):
 呼呼呼 我的身子自由地在高空飘扬,
    连鸟儿也羡慕我高翔。
 呼呼呼 你地下卑贱的小东西!
    只会俯仰在人的脚底下。
 呼呼呼 你这个没骨的软胚!
    你随着风东倒西斜。
 呼呼呼 你面颜地弯腰过活,
    低了头讨人的可怜。
 呼呼呼 你这没用的小东西!
 呼呼呼 你这没骨的软胚!
 呼呼呼 我可和你们完全两个样,
 呼呼呼 我的身子自由地在高空徜徉,
 呼呼呼 地面的一切都在我的脚底下。

小草:
 风雨中我们萌芽,
 艰苦中我们壮大。
 我们平凡地活着,
    靠自己的力量!

你,高高在上的风筝先生,
你倚着人力,[3]仗着风势,
因此你才能在天空浮飘。
并非你和[4]鸟儿一样,
    有翅膀可以自己翱翔。

你[5],高高在上的风筝先生,
且莫得意洋洋,如此骄横,
别忘掉你身背后的线,
    可还牵在别人手掌中央!

你呀,这神气活现的风筝先生,
你说你和我们完全两个样,

我们也岂甘[6]同你苟合。
你生活在半空，
我们生根在地中，
我们默默地活着，
干吗要眼红[7]你凭空高升。
现在你也不用骄，
　　你也不必傲，
飞得高，提防明天，
　　跌下来的痛苦也更大！

一阵风雨以后，纸鸢断
了线，挂在电线上挣扎。

风筝(唉声叹气)：
　呜呜呜　怪只怪那老天作怪，
　　　　　怨只怨自己命运不佳。
　　　　　一刹那的荣华全化作
　　　　　　　眼前烟云啦！
　呜呜呜　鸟儿还满天飞翔，
　　　　　小草还依旧俯仰[8]。
　呜呜呜　可是我的骨折断了，
　　　　　我的肉也撕裂[9]了！
　呜呜呜　如今动也动不了！
　　　　　呜呜呜，呜呜呜……

小草(经过春雨的洗濯，更显得青葱勃勃)：
　　暗地里我们萌芽，
　　风雨中我们长大，

我们生活靠自己的力量！

你可怜的风筝先生，
一分钟之前你还趾高气扬，
说地面的一切全在你的脚底下。
如今你遭了挫折，却又怪
　　老天作怪，命运不佳。
骄傲的人应该受惩罚，
怪只怪你自己不明白，
还要对人神气活现[10]！

你可怜的风筝先生，
你不知你自己原是
　　一副竹骨涂上一层纸张。
你不必怨人，
　　也不必怪命运不佳，
自己的幸福，
本该自己去争得！

　　　尾　声
野火烧不尽，
春风吹又生。
暗地里我们萌芽，
风雨中我们长大，
我们平凡地活着，
　　靠自己的力量！
　　　作于一九四三年儿童节后十天[11]

原载《女声》[12]第2卷第1期(1943年5月15日)，署名：歌青春。
　　　　　　　　　　　　　后经修改，收入《星底梦》。

导读:

　　此诗分为三部分:风雨前、风雨后、尾声。

　　此诗是丁景唐"私心偏爱的诗章"之一,其他几首诗是《星底梦》《我爱》《向日葵》《弃婴》。他认为:"(此诗)是我寻求新意的儿童诗。它以对话和旁白的形式,颂扬野火烧不尽的平凡而潜藏着无穷活力的小草,讽刺飞扬跋扈、骄横不可一世的风筝,揭穿它的真相,原来是有根线牵在别人手掌中央的纸鸢式的傀儡。这原来是一首容易理解作者意图的、主题突出的讽刺诗,但在颠倒黑白的'文革'期间,它却被某些人斥责为宣扬'卖国投降'的毒草!"(丁景唐《〈星底梦〉,我的第一本书》)

　　1999年,丁景唐拟将此诗收入《犹恋风流纸墨香——六十年文集》(上海文艺出版社,2004年1月)时,特地写了脚注:"因当年处于日伪统治下,未标明'儿童寓言诗'字样。1996年,友人盛巽昌将这首儿童寓言诗选入《20世纪中国儿童文学系列·百年寓言精品》,此书由上海社会科学院出版社1996年11月出版。"

　　古今中外的寓言故事深受广大读者青睐。寓言含有讽喻或明显教训意义,属于文学体裁的一种。鲁迅等文学大家也喜欢佛教经典《百喻经》,它以通俗易懂的寓言故事来宣扬佛理,理深文浅,寓教于乐,活泼有趣。

　　《风筝与小草》作为儿童寓言诗,抓住儿童视角的特点,叙述寓言故事,结构简短,浅显易懂。它将儿童熟悉的植物和物品拟人化,又采取了逆向思维,将儿童喜爱的风筝比喻为反面角色,将人们"熟视无睹"的小草作为英雄形象的代言者,由此表现富有教育意义的主题。

　　如果扩展本诗的内涵和外延,结合当时抗战局势,那么本诗具有鲜明的讽刺意味。本诗揭示了抗战时期汉奸走狗卖国求荣、骄横跋扈的丑相,他们一旦失势,便是同古今中外奴才一样的可耻下场。同时,本诗热情褒扬爱国将士和广大民众同仇敌忾,义无反顾地担负起抗日救亡的时代重任,前仆后继,甘洒热血,在残酷、艰难的持久战中锻炼成长,不断壮大力量。

　　此诗是博采众长的结果。诗人勇于打破各种藩篱,集寓言、儿歌、民歌、自由新诗为一体,融入朗诵、舞台剧等艺术形式,形成一种综合性的大胆尝试。在丁景唐诗歌创作中属于创新之作,比较突出。

　　延伸创新思维,不妨将此诗看作是一部儿童朗诵情景剧。由两个小朋友分别扮演风筝与小草,加上群体朗诵(合唱)和肢体表演,以及灯光、舞美等综合舞台艺术手段,将大大增加艺术感染力。

　　此诗易于开拓思维空间,进行多角度、多元素的艺术二度创作。在中国现代文学史上,不知是否还有类似《风筝与小草》的儿童寓言诗。如果此诗出自哪位大文豪之手,那么此诗也许早已进入各种艺术领域,被追捧为"网红"了。

注释:

〔1〕漫天的风筝在晴空鸣响,原为"满天的风筝在空作响"。以上三行诗原为一行,且加了引号。

〔2〕轻蔑脸色,原为"轻蔑之色"。

〔3〕收入《星底梦》时此处的"你"删除,另起一行改为并列一行。

〔4〕收入《星底梦》时此处的修饰语"有翅膀的"删除。

〔5〕你,原为"你呀"。

〔6〕岂甘,原为"岂敢"。

〔7〕眼红,原为"稀罕"。

〔8〕俯仰,原为"弯腰"。

〔9〕撕裂,原为"裂开"。

〔10〕神气活现,原为"神气活活"(沪语)。

〔11〕收入《星底梦》时删除此时间落款。

〔12〕《女声》,见本书第32页注释〔4〕。

这期《女声》刊登丁景唐六篇诗文,即论文《她的一生——从民歌中看中国妇女的生活》、散文《烛光》、一组三首诗歌《桃色的云絮》、儿童寓言诗《风筝与小草》。

弃　　婴[1]

教堂的尖顶耀着金色的波光，
慈悲的上帝
　　　已厌倦于人间的祈祷。
十字架的围墙外，
今天我又见到了一个
被弃掉的小小的生命！

你看：
　　春天的光景多么的好！
姊姊领着弟弟
　　坐"打打"车[2]去上学，
妈妈推着宝宝的座车
　　到公园看花花。

只是你，
　　弃在墙脚边，
　　静静的没人理睬你！
你——
　　小小的生命
　　僵卧在潮湿的角落里，
像墙角跟的苔藓，
　　"从污秽里，污秽里
　　你生出；
　　在污秽里，污秽里
　　　　你灭亡。"[3]
你——
　　小小的生命
　　僵卧在露天中间，

乌霉的沙砾是你的摇篮，
　　苍蝇和你结成了友侣；
而蚂蚁，这可恶的小东西
　　却把你当作精美的食品。

你没有那样的权利——
　　可以喂着牛奶，
　　养得又白又胖。
一如那些公园中
　　在奶妈胸怀撒娇的"小把戏"![4]
你没有那样的幸福——
　　可以坐在黑篷的卧车里，
　　旁边还放着成堆的玩具。
你，小小的生命
　　像狂风卷走一粒埃尘。
你刚降临这人间，
　　但人间竟不能让你留住。
唉，世界是这样的大，
　　竟不能让你呼吸一口气。
（是的，世界是这样的大，
　　岂多了你一条小生命！）

昨天，我走过这条小巷，
还看见你穿着你妈妈
　　给你穿上的新袄。
（母亲的眼泪含满了辛酸！）
你别恨你妈妈的残忍，
（哪一个母亲

不爱自己亲生的孩子呢?)
现今哪里还养得活你这个小生命。
你,小小的生命怎会
　　懂得人间的惨辛:
米店门口的长蛇阵,
吃口饭还得赔上半条命。
(为唉饭,丢弃了你,
　　好去富贵人家当个奶婶婶,
　　苟延你妈一条命!)

今天,我又走过这霉湿的小巷,
你的衣服已给人剥掉,
　　露着小小的肢体,
　　让风雨吹打,

让污泥浆浸渗。
于是明天太阳煎干了死水,
你的身子发着腐烂,
于是给野狗拖去!
没有一个人会记你
——除了你母亲。
也没有一个空闲的人
　　会对你可怜。
因为人间的残苛已教会了人,
　　怜悯救不了你,
　　眼泪也成就不了大事,
眼前的画面要求他们
忍受更艰苦的来临!

一九四二年春初作,一九四三年一月改写[5]

原载《女声》[6]第1卷第10期(1943年2月15日),署名:歌青春。

后经修改,收入《星底梦》。

导读:

此诗收入《星底梦》时改动比较大,与《敏子,你还正年青》相似,而这两首诗恰好是丁景唐最先发表于《女声》上的两首。他发表于《女声》的第三首诗《春天的雪花》,收入《星底梦》时仅略有改,这也能说明不少问题。

丁景唐对《弃婴》的点评,详见本书收录的《我的自省》。此诗是丁景唐"私心偏爱的诗章"之一,其他几首诗是《星底梦》《我爱》《向日葵》《风筝与小草》。

《弃婴》的标题已经无情撕开畸形繁华都市的纱巾,尖锐地抨击弃婴背后的严重社会问题,矛头直指上海沦陷区的敌伪政权的残暴野蛮、草菅人命。同时,诗人同情广大被蹂躏、被损害的民众。狠心的母亲被迫抛弃亲生骨肉,只是为了苟延求生。这分明是法西斯野蛮统治下产生的"人吃人"的畸形、残忍行径,哪里还有人性?

此诗不断变换描述角度,形成鲜明的对比——明媚的春光与霉湿的小巷,被呵护的宝宝与赤裸的婴儿,白胖与腐烂污秽,以及牛奶、撒娇与苍蝇、野狗吞噬,丑与美的颠倒画面,死与生交错的镜头,惨不忍睹,震撼人心,激起世人的仇恨和愤懑。与其乞求"慈悲"的上帝,不如靠自己奋起,推翻这"吃人"的社会制度,抗日救亡,开创美好的明天。

注释:

〔1〕 收入《星底梦》时删除副标题"小小的生命"。

〔2〕 原注:旧上海的有轨电车是站着开车的,脚踩踏板,每每发出有节奏的"打打打打"的撞击声,故一般人称当时的有轨电车为"打打车"(《犹恋风流纸墨香——六十年文集》)。

〔3〕 原注:斯特林堡名诗(《星底梦》);瑞典作家史特林堡(1849—1912)诗句(《犹恋风流纸墨香——六十年文集》)。

奥古斯特·斯特林堡是瑞典现代文学的奠基人,瑞典文学史上最杰出的小说家和戏剧家。他的一生写过60多个剧本,以及大量的小说、诗歌和关于语言研究的著作,留下书信7 000余封。他晚年从事语言研究,还利用自学汉语的知识写了《中国文字的起源》一书。20世纪30年代,斯特林堡的作品《父亲》被译成中文。80年代,人民文学出版社出版他的代表作《红房间》及相关传记。

〔4〕 以上两行诗为收入《星底梦》时添加。小把戏,苏北方言,对小孩子的昵称。

〔5〕 收入《星底梦》时删除此时间落款。

〔6〕 《女声》,见本书第32页注释〔4〕。

附录　弃婴(原诗)

——小小的生命

教堂的尖顶耀着金色的波光，
慈悲的上帝
　　　已厌倦于人间的祈祷。
十字架的围墙外，
　　今天
我又见到了一个
　　被弃掉的小小的生命！

你看：
　　春天的光景多么的好！
姊姊领着弟弟
　　坐"打打"车去上学校，
妈妈推着宝宝的座车
　　到公园看花。
只是你，
　　弃在墙脚边，
　　静静的
　　　　没人理睬你！
你——
　　小小的生命
　　僵卧在潮湿的角落里，
像墙角跟的苔藓，
　　从污秽里，
　　污秽里
　　　　你生产的，
　　在污秽里，
　　在污秽里，

你灭亡。

你没有那样的幸福——
　　　可以坐在黑篷的皮卧车里，
　　　　旁边还放着成堆的玩具。
你没有那样的权利——
　　可以喂着牛奶，
　　养得又白又胖。
你，小小的生命
　　像狂风卷走一粒埃尘。
你刚降临这人间，
但人间竟不能让你留住。
唉，世界是这样的大，
　　竟不能让你做一口呼吸。
(是的，世界是这样的大，
　　岂多了你一条小生命！)
你，小小的生命
　　僵卧在露天中间，
乌霉的泥砾是你的摇篮，
　　苍蝇和你结成了友伴；
而蚂蚁它这可恶的小东西
　　却把你当作精美的食品。

昨天，我走过这条小巷，
还看见你穿着你妈妈
　　给你
　　　　穿上的新袄。

（母亲的眼泪

含满了辛酸）

你别恨你妈妈的残忍，

（哪一个母亲

不爱自己亲生的孩子呢？）

如今的日子，

哪里还养得活你这个小生命。

你，小小的生命怎会

懂得人间的惨辛：

米店门口的长蛇阵，

吃口饭还得赔上半条命。

（为啖饭，

丢弃了你，

好去富贵人家当个奶婶婶，

苟延你这一条小命！）

今天，我又走过这霉湿的小巷，

你的衣服已给人剥掉，

露着小小的肢体，

让风雨吹打着你，

让污泥浆浸渗着你。

于是明天太阳煎干了雨水，

你的身子发着腐烂，

于是给野狗拖去！

没有一个人会记起你，

（除了你母亲）

没有一个空闲的人

会对你可怜。

因为人间的残苛已教会了人们：

怜悯救不了你，

眼泪也成就不了大事，

眼前的画面

要求他们忍受

更苦艰的来临！

一九四二年春初作，一九四三年一月改写

导读：

附录原诗除了部分文字与收入《星底梦》的此诗不同之外，后者还做了一些诗行的移动，如"你没有那样的幸福……你没有那样的权利"，前后颠倒；"你，小小的生命……却把你当作精美的食品"移动到"弃在墙脚边，/静静的没人理睬你"后面。这样的移动有利有弊，读者自会分辨。另外，收入《星底梦》时，在"养得又白又胖"后面增加了两行诗："一如那些公园中/在奶妈胸怀撒娇的'小把戏'！"此妙矣，让百般呵护的"宝宝"与赤裸的"弃婴"构成截然不同的画面，更具有视觉冲击力，形成鲜明的对比和巨大的反差。

刊登《弃婴》的这期《女声》的《余声》写道："今年真是一个奇冷的冬天，我们正在预备这期刊物的时候，空中竟下起烟雾一样的大雪。我们想着纪念这次少有的大雪，就请了我们的一位摄影师到外滩公园附近拍了几张雪照……"触景生情，春节临近，丁景唐则在修改旧作《弃婴》，其意不言而喻。

秋 瑾 墓 前

暗云密集，
电光闪射，
我来自——
荫翳下的城，
仿佛邈远的世纪前，
以色列民族的子民，
　　进谒荒圮的圣城，
朝向苍鹰盘旋下的
　　耶路撒冷举手哀祷，
漫天风雨迸飞作千行热泪，
为我向[1]你——
　　秋瑾的英灵追悼！

萋萋的蔓草绕遍墓道，
风雨亭的废址前我沉思彷徨。
霏霏的雨丝润湿我的眼眶，
雨雾中的西子湖蓦罩金色的光芒。
那岂是雨水反照的落日光？
那是你，秋瑾碧血汇聚的河荡！

"动刀的必死在刀下。"[2]
秋瑾的血液哺[3]养
大地的子民英勇茁壮。
千万人因你的死而掉泪，
千万人因你的死而奋起，
更有千百万大地的子民，
踏[4]着你的血迹，
走向明天！

有谁能和你的荣名并列一起，
是法兰西那骏马铁甲
　　击溃强狄[5]的圣女贞德？
还是那"不自由毋宁死"
　　而殉身断头台上的罗兰夫人？
她们犹如疏落的晨星，
怎能掩映你太阳般的辉煌！
秋瑾，你是女性的荣光，
你是中华的矜傲，
　　你是侠女！你又是诗人！
让千百万的后代歌颂你
　　用生命写下的
　　　　壮烈的诗篇！
让千百万的后代崇扬你
　　用鲜血涂描的
　　　　英勇的形象！

当暴风雨吹奏夜之葬曲，
"完工的日子近来"[6]
秋瑾的英名——
　　将如长空的日月，
　　　　照彻黎明期的桑叶地，
　　——永远地辉煌！

　　　　一九四四年春初稿于旅杭客次，
　　　　　　　　同年七月改写

原载《九月的海上》[7]（1944年9月5日），署名：丁大心。
　　后略作修改，收入《星底梦》。

导读：

此诗与诗歌《西子湖边》为姊妹篇，同时"于旅杭客次"起草初稿，回沪后同时修改，落款几乎相同。

1944年春丁景唐到杭州去联系地下党关系时，从城区往西泠桥要通过日伪军铁丝网封锁的岗哨，岳坟那边全部封锁，不准前进。丁景唐在这种屈辱的环境中凭吊西泠桥畔的秋瑾墓。回沪后，丁景唐创作了两首诗歌《西子湖边》《秋瑾墓前》和论文《诗人秋瑾》。

论文《诗人秋瑾》落款为"一九四四年秋风秋雨开始时节"，缘自"篱前黄菊未开花，寂寞清樽冷怀抱。秋风秋雨愁煞人，寒宵独坐心如捣"，这两句诗作为秋瑾的遗言而广为传诵。其实"秋风秋雨愁煞人，寒宵独坐心如捣"出自清代诗人陶宗亮的《秋暮遣怀》。丁景唐特意落款"秋风秋雨开始时节"，意即在日伪军的血淋淋的刺刀下纪念秋瑾，使悲秋添上悲凉肃杀的色彩，以古喻今，更具有现实意义。多年后，丁景唐认为此论文是"当年写的既有史识又充满激情的一篇作品"（丁景唐《谈谈我的笔名及其他》）。

悲秋的深刻含义也体现在《西子湖边》《秋瑾墓前》两首诗歌里，丁景唐在《〈星底梦〉，我的第一本书》里有相关解读。

注释：

〔1〕向，原为"同"。

〔2〕原注：《圣经》之语。

〔3〕哺，原为"喂"。

〔4〕踏，原为"践踏"。

〔5〕丁景唐将此诗收入《犹恋风流纸墨香——六十年文集》时增加脚注："'强狄'为上海沦陷时的特殊用语，实为'强敌'。今仍印'强狄'以存其真。"

〔6〕原注：《圣经》之语。

〔7〕《九月的海上》以《碧流丛书》第1册的名义出版，以此避免到日伪有关新闻检查处备案（他们往往借故拖延不准办理）。书店有权自行出版丛刊，这是在已经沦陷的上海的一种潜规则。

《碧流丛书》原为文艺青年郑兆年等创办的《碧流》半月刊，1943年8月在上海创刊，同年12月停刊。他们宣称这是一本以青年为中心的综合性刊物，努力要"献给青年一点精神的食粮"，将此作为自己"最大的责任"。

丁景唐作为地下党"学委"的宣传调研工作者，很重视这份刊物。1943年底，《碧流》半月刊被迫停刊。次年春夏之际，丁景唐自光华大学中文系毕业后，参加《小说月报》工作，以不同方式联络青年、学生，充分利用"大、中学学生文艺征文"专栏，发现和培养了不少青年作者，影响很大。郑兆年等人改换方式筹办《碧流丛书》第1册《九月的海上》，该刊与普通刊物并无差别，同样登载了各种文艺作品，刊登的一些科普文章则为该刊"综合性"打掩护。丁景唐以《小说月报》编辑的公开身份给予支持。郑兆年作为编辑当然知道诗歌《秋瑾墓前》的弦外之音,这也是在沦陷的上海广大爱国青年、学生的心声。因此,郑兆年在这期《九月的海上》的《编后》中特别感谢丁景唐。(详见丁言模:《诗歌〈秋瑾墓前〉刊登于〈九月的海上〉》,载《书香传情——丁景唐藏书考辨》,上海文艺出版社,2020年11月。)

跋一 《星底梦》读后

穆 逊[1]

敬爱的朋友：

在静寂的深夜，伴着黯淡的植物油灯，我读完了你的《星底梦》和《我的自省》。

我的意见是：任何作品都需要有作者的真实的感情，诗歌尤其不能例外。纵有美丽的辞藻和完整的形式，如果在作品中缺乏了真实的感情，那绝不会引起读者共鸣。

读完了你的《星底梦》，我觉得你在这一点上是做到了的。你的作品是你的很好的写真。

要做到这点也许并不是难事，你有"不甘寂寞"的感受。虽然你把写作认为简直是苦刑，而你还是写了，因为你在其中也感到有一种愉快。但竟有一位外县的读者对你的诗会发生"意在何方"的疑问，问题的中心应该不仅仅是在感情的真实了。

人世间有这么多各种各色的人，他们对周遭所发生的事情绝不会有同样的感受。就从对金钱这一件事来说吧，有因失却了少额金钱而悲痛的守财奴，也有视金钱如粪土而"爱灯蛾扑火，／殉葬它的志向"（引自你的《我爱》）的人。我们应该同情前者，还是应该歌颂后者呢？这里就牵涉到作者的写作态度问题。

在你的诗中，我们确能辨认出你写作的态度，这只要看你的《弃婴》《风筝与小草》《我爱》《向日葵》等几首诗。而且你自己在《我的自省》中也提及很想扩大你的视野，想表现些实[际]生活中的悲剧。

扩大视野对作家是绝对需要的，不然他一定会感到行将写完或无什么可写的悲哀。想表现实[际]生活的悲剧，这态度是极其好的。问题是在未扩大视野之前，是否无题材可写，或无法表现实[际]生活中的悲剧。

视野即使扩大了，若不把所感受到的加以深刻的研究和体验，写出来的作品，我的意思以为不一定就是好的。倒不妨先在自己所熟悉的生活里找题材来写，主要是开掘要深，不以浮浅的观察为满足，一面再要求自己的视野设法扩大开去。这就是我喜爱你的《阳光》比《弃婴》和《开学》来得多的缘故。《风筝与小草》的尝试也是很可喜的。

抚摸着你亲自装帧的诗集，我拖沓地写下了上面这些，我希望你把它看作仅仅是我的一点粗陋的意见。期待着你的诗集能早日出版，同时，衷心地预祝成功！

一九四五年元旦

导读：

由于当时复杂环境限制，此文只能点到为止，留下弦外之音，让诗人丁景唐和广大诗歌爱好者去思考。

此文指出丁景唐是"不甘寂寞"而写作，这正是丁景唐投稿给《女声》的特殊原因。根据党的关于敌占区的工作方针，自己不能办刊物，就组织有关作者投稿，"揳入敌人宣传阵地，写作一些既不能暴露又有内容的作品"（丁景唐《八十回忆》）。

此文还指出，诗歌创作"主要是开掘要深，不以浮浅的观察为满足，一面再要求自己的视野设法扩大开去"。这击中了丁景唐投给《女声》的诗稿的关节：

其一，丁景唐投的诗稿，必须适合《女声》的办刊特点。在华美辞藻掩饰下，注入自己青春期的某些思想意识，在某种程度上代表了上海沦陷区广大进步青年的不甘寂寞的复杂心态。

其二，丁景唐的诗歌得到《女声》编辑关露等的青睐后，利用此契机，设法提高创作技巧，灵活运用现代浪漫主义、象征派的唯美主义等多变手法，从不同角度尝试创新，在诗歌创作实践中将这些技巧化为己有。

其三，丁景唐的生活经历有很大的局限性，加之其他多重因素，丁景唐投稿的诗歌不可能也不允许突破现有的瓶颈。当然，也不能否认他有新的思路，包括左翼文学大力提倡的现实主义的诗文创作，他的曲笔、含蓄和春秋笔法成为这一时期其诗文创作的鲜明特点。同时，也逐渐形成一种思维惯性和审美情趣，直接影响了他的诗歌创作。

萧岱不愧为"左联"作家，见多识广，具有深厚的文学功底。他在此文中既点出关节问题，又给予热情期望，既是对丁景唐委婉地提出要求，也是提醒广大爱好诗歌者。此文无论是"不动声色"的字面意思，还是弦外之音的深刻含义，都可以让不同文化层次的读者群产生不同理解和感悟，这正是此文的旨意。

注释：

〔1〕穆逊，即萧岱，原名戴行恩，比丁景唐年长七岁。1934年留学日本时参加东京左联支部，著有小说《残雪》、长诗《厄运》和译著《苏联文学》《列宁给高尔基的信》等。中华人民共和国成立后，历任上海军管会文艺处文学室主任、上海文联副秘书长、上海作协副主席、《收获》副主编等职务。

跋二 青春的歌手

祝无量[1]

诗人歌青春的诗章在《女声》等刊物上发表的时候已经引起了很多读者的心底共鸣和注意,因此也毋须本文的作者在这里多浪费宝贵的篇幅来评定这些诗章的价值,以及诗人歌青春可能在中国的诗的王国里应有的前途了。不过因为本文的作者在对诗人歌青春的私人的友谊上,在对歌诗人的写作过程上,知道得颇为亲切些,所以在读了这些诗章之后,也和爱好这些诗的读者一样,非但欣喜,而且还有很多的感想要说。

首先,本文的作者想说,诗人歌青春正像他的名字所代表的,是一位青春的歌手,他的诗章则是孕育着青春的情感的歌唱。虽然我们要指出,在这些诗歌中,歌诗人的情感的波动有时候还或多或少地带有着难以捉摸的悲哀,但这种悲哀本身是暂时的、积极的。在《敏子,你还正年青》《阳光》《五月的雨》《夜雨》《鸽铃》《春天的雪花》等许多诗中,我们都可以找到很明显的例子。

其次,诗人歌青春不但是一个真挚的青春之感情的歌手,他更是一个善于刻画、善于运用色彩的能干的画家。试举几个较明晰的例子来说吧,像《江上》《瓶花》《夜雨》《朝雾》《阳光》《窗》……都是有着它们各自的优美之处的。在《江上》里我们看到灰色的天、白蒙蒙的雾、依稀中的几片白帆、穿透浓雾的红日、浮在江岸的村舍的屋脊、江水的絮语及一颗游子的归心,《瓶花》中的那朵花代表着一个"浸蚀于生之苦刑"中的姑娘,《夜雨》里的"蓝色的海"和"桃色的云絮",等等,都擒住了我们邈远的想象而给我们提供了丰富的美的感觉。

第三,诗人歌青春的诗无论从形式还是内容上说,都有着很广阔的疆域。他很能够创造新的形式,也很能够灌注"力"的内容。《风筝与小草》《我爱》《生活》《向日葵》都让我们看到了诗人歌青春在他《自省》中说的对于民歌的形式的利用,以及他所说的"爱"与"憎"的表现。

自然,诗人歌青春正在迈步前进,在他的诗章达到更完善的诗的理想境界这一过程中,要克服的缺点也不是没有的。不但是诗人自己承认他应该向充实生活这一个方向努力,就是我们也同意他应该有这样的一个转变。但是要诗人们走上这样的道路——要诗人们面对生活的现实,认识这一现实,再把它当作诗的主题来加以创作,可不是一个单纯而容易的过程。这需要诗人在思想上不断锻炼,在生活上深刻体验。我们祈待着诗人歌青春带着他那火灼的青春的热情跨向前进,在扬弃了华贵的诗的文句和诗的韵律,在放弃了美丽的风景画的描绘之后,诗人歌青春能够真的变成一个我们所渴望的歌手——青春的歌手!

一九四五年三月

导读:
　　此文与萧岱的点评风格不同,大致有直述与委婉之分。

注释:
　　〔1〕祝无量,即王楚良,他是丁景唐的学长,又同为党内同志,曾共同编辑刊物,二人关系甚好。

青 春 之 歌
——略论歌青春的诗

古　道[1]

论歌青春的诗,现在也许还嫌太早,因为诗人歌青春正在迈步进展,他的诗也正在找寻最适当的表现形式和内容。但也正因为如此,我们认为已经受了相当人数注意的诗人歌青春的诗有让我们谈一谈的必要了;何况我们并没有任何偏见,目的也还是想给诗人提供一些在他耕耘诗的田野时或可有用的参考。

我们首先要说,诗人歌青春的诗——他所喜爱、他所辛勤栽培的花卉,是像他的名字所代表的一些"青春之歌",但也是一些不完全健康的"青春之歌"。像一切青春期的少男或少女一样,诗人歌青春在他的诗作里泄露的是一种易受刺激、易波动的青春期的情感;也像青春期的少男或少女一样,诗人歌青春生活在这个窒息的环境之下是多愁的。诗人在他的第一首诗《敏子,你还正年青》里面,对着"被流行性的伤感嚼蚀了健康。/遇有余闲就对着黄昏发着慨叹"的敏子姑娘高呼:"死去的太阳明天会升,/停滞的水流也有泛滥浪花的一天。/何况是你,/敏子,你还正年青!"诗人自己却免不了被这种流行性的伤感所噬蚀。在《五月的雨》里,"挂向檐沿下个不停的雨",给予诗人的就是"流不尽烦厌的日子,/这生之磨难呵"的一种感怀;当六月的夜雨"踏着——/滴……滴……滴的步子"走近了诗人的窗口时,奏起的则是一支"忧郁的曲子"(《夜雨》);即使是在《阳光》里,诗人歌青春的感觉也是"呵,雨丝,灰色的网呀!/会把人的心扣紧"。

类乎此的悲哀,这一种青春期的悲哀,在歌诗人其他的诗里也显著地存在着。诗人歌青春的心弦真是脆弱得很。他爱好一种寂寞——且别让我们说是一种独居在"象牙之塔"里的诗人的寂寞吧——他爱好遐想,他的心"静静的似蓝色的海,/没有风也不起浪"(《夜雨》),他"惯于伴随一身的影子,/择洁静的路街低思踯躅"(《鸽铃》),他担当不起任何生活中的波动,即使是最轻微的波动。他瞥见了"寥廓的长空有雁阵"或是"从漠北带来秋风",也会联想到"唳鹤轻声,/江岸的芦荻/连头颅也愁得斑白了"(《雁阵》)。

真的,在诗人歌青春的大多数——我们不说全部——已发表的诗作里,大众的影子是看不到的,大众的悲欢也是听不到的。

青春期的少男或少女的那种莫名其妙的悲愁,是非常暂时的情感波动的一面;青春期的少男或少女也有他或她的兴奋、热情,以及憧憬着他或她的理想天地的另一面。诗人歌青春也仿佛是如此,在厌恶雨的撩动以及经过了"流行性的伤感"之后,诗人就爱上了太阳,诗人就不甘寂寞,追求起光明来了。他燃起了青春的火炬,不再赌咒雨水,不再怨恨生活,他在自己"矛盾的心底战场"里终算打了一次感情上的胜仗,而这样歌唱:"呀! 黄金色的阳光!/是火的烈焰,/钢铁的锻炼!"

不但如此,他因此还"冀望天边的黑云早日消敛"(《五月的雨》);他因此还确信"春天的雪花再也落得不能久长"(《春天的雪花》);他因此还渴望在雪霁之后,"明天上大街浴一身春光"(《春天的雪花》);他因此还"[满]怀着喜悦的心情,/去亲近光亮;/爱灯蛾拍火,/殉葬它的志向"(《我爱》)。

诗人歌青春开始有了生之欲望和兴趣,而且从一个近乎厌世的悲观主义者变成人类殉道者的歌手了。他"虔念钉死于十字架上的木匠",梦见了"普罗米修斯的火把"(《鸽铃》);他更"怀念着荒郊中/那野生的葵花",因为"那野生的葵花,/生就有一副倔强的性格——钢铁铸成的脊骨。/在荒郊中,[它]撑住了黑暗;/在风雨中,它喜爱逗斗",又因为"在风雨中,它喜爱逗斗!/任狂风在林梢咆吼,/暴雨在泥土上爆炸,/向日葵迎着风暴的袭击",也因为"向日葵,这英雄的硬汉!/在荒郊中,[它]撑住了黑暗;/在风雨中,它喜爱逗斗!/掩不灭的是一颗热切地/面向太阳的葵心"(《向日葵》)。

光明的憧憬和青春的烈火最后终于烧断了束缚着诗人的那根悲愁的链子,诗人在黄金色的太阳面前直立了起来,"挥动理智的宝剑",划破了充满诗意的"雾一般的蓝烟"——"雾一似的爱恋",也有勇气扬手对他的爱人说一声"再见"(《阳光》)。

诗人歌青春的这一种对于一己感情的分别,在他诗歌的写作中是重要的;然而我们在歌诗人的诗作间,到现在仍没有看到他在意识方面的明确的转变。但有一个事实是我们不能忽略的,那就是:诗人歌青春在青春的热情鼓舞之下,终于从"风景画"的写作转变到了"风俗画"的写作了。也就是说,他终于面对了生活,而走上了高尔基曾经要求诗人们走的道路。他写成了《开学》《弃婴》《乡恋》《生活》……在这些诗中,歌诗人或多或少地表示了他对于自己王国以外世界的关切。

自然,要诗人们走上这样的道路——要诗人们面对生活的现实,认识这一现实,再当作诗的主题来加以创作,并不是一个单纯而容易的过程;这需要诗人们艰苦而又长期的努力,以及在意识上的不断锻炼。在这一方面诗人歌青春的努力还只是有了个开头,因此我们似乎还不能希望他在这一方面有什么大的成就。此外,正因为诗人歌青春还具有着某些意识上的不健全,以及在写作技术上的受过某些浪漫派和唯美派的影响的缘故,诗人歌青春在诗歌的写作上有了更多需要克服的障碍。举例来说吧,在诗人所偏爱的《弃婴》里,诗人就不能把生活重压下所牺牲的一个小小的生命的这个悲惨的现实故事正确地处理。他只是在字面上申诉和乞怜,因此我们很难能为诗人的这一主题而产生真切的情感。诗人在这里显示,他还缺少新的技术方面的武装以及"和诗的主题间的一种合作"。有许多重复而散文式的规矩地排列着的诗句是第一个证据,凌乱的结构是第二个证据,一条不尽相称的尾巴是第三个证据。

在《生活》中,诗人歌青春画了一幅现实的生活之画,但施用了艳丽的、华贵的辞藻。也因为这样,诗人真情的传布有了限度了。我们感觉到诗人是从欣赏这幅生活画的角度来画这幅图画的。阿诺德(Mathew Arnold)[2]在论述华兹华斯[3]的价值时说:"诗是人类最能够发表真理的最完善的语言……"诗人歌青春在《生活》里用了华贵的语言,还能传达出生活践踏下的人们的真实吗?我想是很难的。

这些话是有些近乎苛评了吧?本文的作者实在并不是想故意贬落诗人歌青春的成就,以及他那些诗的价值。本文的作者也并不想说,在诗人歌青春的诗作中,可读的诗完全没有;恰好相反,很多歌诗人的诗是在现在一班所谓"诗人"的成就之上的,像《江上》《瓶花》《夜雨》《朝雾》《阳光》《生活》《窗》《雁阵》《我爱》……说起来都是有其各自优美之处的。真的,在《江上》里,歌诗人给我们织了一幅非常朴素的画——灰色的天、白蒙蒙的雾、依稀中的几片白帆、穿出浓雾的红日、浮在江岸的村舍的屋脊、江水的絮语,以及包含在"人在江心,心在江岸"两句诗中的那颗游子的归心。在《瓶花》中,诗人则像惋惜"为的失去了阳光和露水"而在"暖室中寂寞地枯萎"的"鲜艳的瓶花"一样地惋惜着一个"浸蚀于生之苦刑"的姑娘的凋零,那感情是真切的。在《夜雨》里,诗人让我们看到了"蓝色的海"和"桃色的云絮"在色彩上的调和,更听到了"夜雨"的脚步所奏出的曲子,那音响的感觉也充满了美感。在《朝雾》里,除了题目显得不大适切以外,诗人所描写的羞涩懦怯的心理,还有在《阳光》里诗人所描写的一对恋人离别时的心理的矛盾,又是多么细致,多么美丽。在《星底梦》中,诗人歌青春使我们看到了孩子的偏爱怎样地变成了母亲的偏爱,孩子怎样用星星构成了他美丽的梦,这梦又怎样地变成了母亲的梦。诗人用《星底梦》表现了世界上一种永存不灭的母爱,诗人这样写着:"星光下的梦,/会在未来的日子中开花!/于是母亲关上窗,/便也有一个星光的梦,/偎伴作长夜的温存。"

在《向日葵》中,诗人歌青春把荒郊中的向日葵人格化、性格化了,然后和向日葵的那种逞斗的性格取得了一致。在《风筝与小草》这一首儿童诗中,他尝试了一种接近文坛上早曾提倡过的朗诵诗的形式,我们开始体味到了诗人歌青春在他那篇《我的自省》一文中所说的他的"憎"、他的"爱"。这里的"风筝"经过了诗人歌青春的渲染变成了有生命、有人性的,这里的"小草"也由诗人歌青春赋予了人性和生命,我们在这首诗中分享了诗人歌青春对于势利骄矜的"风筝"的"憎",也分享了诗人歌青春对于正直刚毅的"小草"的"爱"。因此当一阵风雨过后,纸鸢断了线,挂在电线上挣扎的时候,我们和"小草"一起咒骂着"风筝":"骄傲的人应该受惩罚。"在最后我们还在心里胜利地和"小草"合唱起来:"野火烧不尽,/春风吹又生。/暗地里我们萌芽,/风雨中我们长大,/我们平凡地活着,/靠自己的力量!"

诗人在这里用的语言是多么明朗,音律又是多么自然、愉快。歌诗人的这一切成就给我们提供了一个确信,诗人歌青春的诗路是广阔的,诗人歌青春的诗感是真挚的,诗人歌青春缺少的只是实[际]生活的体验和意识上的锻炼。在经过了一番更大的努力之后,在冲出了华贵的诗的语言和诗的韵律以后,诗人歌青春就会很快地变为我们的歌手。我们现在对于诗人歌青春的这种过分苛刻的要求和批评,是因为我们对诗人歌青春存在着这一种强烈的希望。愿诗人努力,愿诗人的诗会真正地变成我们这一时代的健康的"青春之歌"。

原载《译作文丛·谷音》[4]第一辑(1945年7月)。

导读:

此文与《青春的歌手》均为王楚良所作,前后两文标题略有不同,内容侧重点也不同,显然后者是在前者的基础上重写的。丁景唐晚年还提及此文,表示谢忱,由此可见他们之间的深厚感情。

由于"零距离"了解丁景唐,因此王楚良的点评很有价值。

王楚良认为丁景唐的一些诗歌是"不健康"的,"或多或少地带有着难以捉摸的悲哀","在这个窒息的环境之下是多愁的"。他说:"诗人歌青春的心弦真是脆弱得很,他爱好一种寂寞……他担当不起任何生活中的波动,即使是最轻微的波动。"这些苛刻的点评是顺着萧岱的委婉点评和王楚良在前文未能展开的批评思路,进一步透过诗歌的华贵辞藻挖掘诗句中潜伏的思想意识倾向。

王楚良认为,从诗歌创作的技巧方面来看,丁景唐的诗一是"还缺少新的技术","有许多重复而散文式的"诗句;二是诗的结构凌乱;三是有"不尽相称的尾巴"。丁景唐在诗歌创作上的一些大胆尝试,在挚友王楚良的心目中是失败的。

王楚良此文采取先抑后扬的手法,苛责一番后,立即切换"频道",含笑伸出双手,热情地拥抱歌青春。他赞道:"在《风筝与小草》这一首儿童诗中,他尝试了一种接近文坛上早曾提倡过的朗诵诗的形式。"这其实是受到苏联著名诗人马雅可夫斯基等的影响。同时,借助诗歌中"风筝""小草"的不同形象,阐述诗人的"爱"与"憎",如此便有较强的可信度。王楚良还不惜使用"滚烫"的褒扬字眼:"诗人在这里用的语言是多么明朗,音律又是多么自然、愉快。"并且欣喜、自信地指出:歌青春的前景是广阔的,"诗感是真挚的",歌青春的诗"是在现在一班所谓'诗人'的成就之上的,像《江上》《瓶花》《夜雨》《朝雾》《阳光》《生活》《窗》《雁阵》《我爱》……说起来都是有其各自优美之处的"。

此文最后又回到严肃的语气,告诫歌青春必须经历更多的实际生活,进一步在意识上锻炼,摆脱华贵的诗的语言和诗的韵律,以"我们的诗人"新形象出现,成为时代的"青春歌手",走向现实主义创作的广阔天地。

此文有时用力过猛,甚至出现词不达意的情况。有些欧化句子多达40多个字,经过核对原诗句,改动标点符号,才明白是怎么一回事,如"而在'暖室中寂寞地枯萎'的'鲜艳的瓶花'一样地惋惜着一个'浸蚀于生之苦刑'的姑娘的凋零"。也许是写得匆忙,来不及校对修改;也许是王楚良擅长翻译外国文学作品,其中长句给他留下了深刻印象,下意识地融入自己的文章。

此文大起大落的点评与王楚良前文比较客观的点评,在很大程度上是截然不同的,虽然深刻一些,试图达到力透纸背的效果,但是不尽如人意。特别是坚决排斥西欧各种流派的诗歌创作方法,包括歌青春借鉴运用的象征、暗喻等技巧,坚决推崇高尔基的现实主义创作方法——这也是当时鲜明的时代烙印。

另外,萧岱、王楚良撰写跋时,都看过《星底梦》修订稿,这与此后出版的《星底梦》终稿还是有些不同的。因此他俩文中引用的诗名和诗句,与此后广大读者看到的《星底梦》有些不同,或者说他俩的文章留下了《星底梦》修订稿的蛛丝马迹。《雁阵》后改为《雁》,《夏夜之风》改为《初夏夜之风》,《春日杂诗》改为《当春天挨近我的身旁》,直接用该诗第一句作为标题。还有些引用的诗句不同,如"被流行性的伤感嚼蚀了健康。/遇有余闲就对着黄昏发着慨叹"(《敏子,你还正年青》),后半句在《星底梦》出版时被删去;"挂向檐沿下个不停的雨"(《五月的雨》),后改为"挂向檐沿下个不休";"唳鹤轻声,/江岸的芦荻"(《雁阵》),后改为"嘹唳声声。/江岸的芦荻"。还有一些引用的诗句也略有不同,也许是因为匆忙成稿,来不及仔细校对和修改。

注释:

〔1〕古道,王楚良的笔名。

〔2〕马修·阿诺德(Mathew Arnold),英国维多利亚时代负有盛名的诗人兼批评家,曾任牛津大学文学教授。他的著作流露出对生活的悲观态度,但民主思想始终占据主导地位。他的文学评论揭示了许多重要的问题,在研究方法上也能给后世很多启示。

〔3〕华兹华斯(William Wordsworth,1770—1850),英国浪漫主义诗人。

〔4〕详见丁景唐:《我与王楚良、萧岱合办〈译作文丛·谷音〉》,载丁言模《书香传情——丁景唐藏书考辨》,上海文艺出版社,2020年11月。此文是丁言模为父亲丁景唐起草的,原来还有一段文字被丁景唐责令删除,现抄录如下:

我编排王楚良此文时,还在文后空余之处放置一则《星底梦》广告:

歌青春诗集《星底梦》现已出版!每册特价五百元。为便利读者购订,附邮五百元径函沪江公司,当即按址挂号奉寄一册。

> 本书系作者历年诗作之精选,凡五辑二十八首,一千数百行。后附《诗与民歌》论文一篇,为近年上海诗坛稀有之收获。
>
> 经售处：沪江实业公司,圆明园路二〇三号。电话：一三五二二号。

由于当时通货膨胀,物价飞涨,五百元只够吃一顿简单的便饭。这则广告也是《星底梦》当时的"自我介绍",今日重见,感慨不已。

关于"沪江实业公司",在《莘莘》创刊号报道各校信息的"集锦"中解释道："沪江商学院目前缺少实验之机会,期后离校服务社会势将感［到］无从应付之苦,故在殷教授建议之下设立'沪江实业股份有限公司',由学生出资,学生组织,学生管理,专营学生用品,文具、纸张、书籍印刷、旧书委托买卖,现已正式成立。"

附录　赠丁景唐诗一首

王楚良

白发诗情弥觉多,寂寥闲复咒薜萝[1]。
楫舟明日破浪去,迎接新年第一波。

丁景唐按:

王楚良学长,1942届沪江大学外文系毕业。1940年冬至1941年夏,我们曾一起在上海基督教学生团体联合会("上海联")编辑会刊《联声》,到去今已六十年矣。楚良学长在沪江时翻译过美国辛克莱、俄国托尔斯泰的小说,也写过小说,对我1945年自费出版的诗集《星底梦》写了评价。1945年楚良学长还和萧岱(中华人民共和国成立后曾任上海作家协会副主席、《收获》副主编)、我三人合编《译作文丛·谷音》,并约请朱维之先生撰写文论和诗。王楚良学长,1949年后,曾任我国驻加拿大代办、中国人民外交学会副秘书长等。

导读:
此诗和按语均据丁景唐手迹抄录,大概写于2000年。

注释:
〔1〕薜萝,薜荔和女萝,两者皆野生植物,常攀缘于山野林木或屋壁之上,借指隐者或高士的住所。清黄遵宪《岁暮怀人诗·其二》曰:"卅年冷署付蹉跎,归去空山卧薜萝。"

咒薜萝,意即昔日同在沦陷的上海并肩战斗,激情飞扬;如今晚年依然不甘寂寞,豪情犹然,"迎接新年(21世纪)第一波"。

读了《星底梦》

梦 茵[1]

在近来惨淡荒凉的这片诗领土中突然看见这本小小的册子《星底梦》,好像在一片黑寂的大海里看见一只有灯的渔船一样。《星底梦》虽然装订很小,页数很少,但是仍然发生了"诗"的力量——世界上有好些诗在我们看起来不能够发生诗的力量,在文艺批评家看起来不是诗——好像渔船虽小,仍旧是一只船;星星的光虽然不强,仍然能够把宇宙照亮。我们这样说,是替作者站在谦虚的一方面的。我们不愿意瞎捧场,刚出了一本诗集就说他像拜伦,像雪莱,像普希金,像谁,像谁谁。好像有些人把出了一本小说的人就拿去比托尔斯泰,比高尔基,比鲁迅,这样一来对作者不但不是恭维,反倒是讽刺了。

读过《星底梦》以后在我心里起的第一个感觉,就是我们所希望着的人间的爱在心里出现了。这里所谓"人间的爱"并非像一个伟大的革命家说的,对于全人类或是整个世界的那个"爱",这里所指的是一种温暖而细微的东西。《星底梦》里边:"晶莹的是满天的星星,/纯真的是无邪的童心……'愿孩子,你多福!/星光下的梦,/会在未来的日子中开花!'/于是母亲关上窗,/便也有一个星光的梦,/依偎作长夜的温存。"这是表现儿童的纯真和母亲的爱的。《初夏夜之风》里:"奏《小夜曲》的人,可也在/以生命的音符排遣她的黄昏;/当初夏夜之风,/飘来玉兰花香阵阵。"这是一般青年人生命的过程被美的外界激荡起来的情感,也是这位少年诗人所有的情感。其他如《风筝与小草》《桃色的云絮》《蓝色的海》[2]这几首诗,都在生命的旋律上给了我们温存和美的感觉。

不过上面说的并不是《星底梦》的特长,在《星底梦》这本诗集里更能唤起我们的爱好和热情的,是作者对于火、对于光、对于白日、对于明日和太阳的追索,以及他那种不可遏止的蓬勃的生命的力量。《当春天暨近我的身旁》中:"让汗滴淌向泥土吧!/在生命的太阳前,/挺起胸……用我健壮的脚步,/和着春并肩在一起,/向前走去!"《瓶花》中:"鲜艳的瓶花,/每在暖室中寂寞地枯萎,/为的失去了阳光和露水。"《向日葵》中:"在风雨中,它喜爱逞斗!/掩不灭的是一颗热切地/面向太阳的葵心!"《红叶》中:"雁来红,/是热情的火焰,/这火焰燃烧着青春的生涯!"这些句子,作者表现了他对于来日和亮光的要求!

几乎作者大部分诗里都充满青春和早晨的气息,而且向着未来的生命去奋斗,为自己奋斗,也为着别人去奋斗,这已经成为作者诗的使命了。在《我爱》里,他说:"我满怀着喜悦的心情,/去亲近光亮;/爱灯蛾拍火,/殉葬它的志向……愿化作蚯蚓/把贫瘠的土壤变[成]沃野!"《春天的雪花》里说:"枯草的田间不是/已经有人在耕耘?"这些都是作者的年轻的情感的表现!

《星底梦》的作者歌青春是一位年轻而有希望的诗人,他的诗和人都是年轻而有无限朝气的。我们爱好诗歌,我们希望他更加努力!

原载《女声》第 4 卷第 2 期(1945 年 7 月 15 日)。

导读:

当时 30 多岁的关露已经是有名的女诗人、作家、编辑,具有地下党工作的丰富经验。她与 20 多岁的丁景唐曾有一场论争,但是双方首次见面时都不知道对方的真实身份,只是作为编辑与作者进行交谈。(详见本书第 562—565 页)

关露每次审读丁景唐的诗歌时,都会产生一种心底的共鸣——"温存和美的感觉"。本文便是厚积薄发的一次亮相,至少有以下几点值得注意:

其一,关露很聪敏、机警。她点评时只是从鉴赏诗歌的角度来谈论,抓住《星底梦》中的诗歌凸显"爱"的主题——"温暖而细微的东西",这既是大多数读者的共性感觉——打动心底柔软的部位,也符合《女声》办刊的宗旨。接着进一步提出"温存和美的感觉",将第一印象的内容与形式相结合,由此构成点评文章的基本框架。

其二,关露此文的开头奠定了全文的基调。这与第一点吻合,而且成为点评《星底梦》的经典语句,这让丁景唐念念不忘,直到晚年。如果细品"星星的光虽然不强,仍然能够把宇宙照亮""(《星底梦》)是作者对于火、对于光、对于白日、对于明日和太阳的追索,以及他那种不可遏止的蓬勃的生命的力量"诸语中的弦外之音,那会是一个很有意思的话题。

关露在文中列举一些诗歌时,点评道:"几乎作者大部分诗里都充满青春和早晨的气息,而且向着未来的生命去奋斗,为自己奋斗,也为着别人去奋斗,这已经成为作者诗的使命了。"这里的"奋斗"已经不是泛泛而谈了,只有为信仰而奋斗的革命者才具有如此崇高的情愫和博大的胸怀。

关露故意采用了正话反说的表述方式,她说:"这里所谓'人间的爱'并非像一个伟大的革命家说的,对于全人类或是整个世界的那个'爱'……"这是反喻革命者才具有的广博深厚的胸怀——"人间的爱"。

这也可以通过关露在文中列举的诗句得到证实,特别是最后引用的《向日葵》《红叶》《我爱》《春天的雪花》中的诗句,也透露了关露从事秘密工作深藏不露的心迹。"在风雨中,它喜爱逗斗!/掩不灭的是一颗热切地/面向太阳的葵心!"(《向日葵》)此诗本身就是歌颂共产党员的,是丁景唐在一个大风雨之夜去看望一位地下党员,触景生情,挥笔写就的。(详见丁景唐《〈星底梦〉,我的第一本书》)

其三,在上海沦陷区里,"在诗坛荒芜的荆棘丛中",时而泛起奢华、粉饰、消极、萎靡等声浪,肆意侵蚀着众多读者的头脑。当关露看到歌青春的诗歌"充满青春和早晨的气息",不由得睁大了眼睛,欣喜地呼喊。这既唤起她对于昔日"左联"战斗热情的回忆,也让她从心底涌起久违的知音的感觉——同为诗人的强烈共鸣。因此,她遏制不住激情,在文中开头写下这段经典之言:"好像在一片黑寂的大海里看见一只有灯的渔船一样。"其中富有哲理的内涵无须赘述了。

其四,关露此文并不为现代诗歌研究者所重视,仅作为点评丁景唐《星底梦》的附录出现。究其原因,很大程度上与关露的大量诗文至今也未得到整理出版,未与广大读者见面,更谈不上进行系统地研究有关。对关露作品的研究留下一个沉重的空白,如同她最后寂寞、孤独地在小屋子里停止了呼吸,连同诗魂一起飘然西去,令人扼腕痛惜。

这期《女声》还刊登丁景唐的诗歌《雨天》,文后特地刊登《星底梦》的广告:"歌青春诗集《星底梦》现已出版,每册特价三百元。"《编后记》中指出:"歌青春是一位目前难得的青年诗人,我们在这里介绍他的《星底梦》,并非因为《星底梦》当中好些诗都是为我们写的,而原因是他的诗很有青年的气息,很能吸引我们来看。"

注释:

〔1〕梦茵,关露的笔名。

〔2〕"蓝色的海"大概是笔误,《星底梦》里没有此诗,可能是借用《桃色的云絮·夜雨》中的诗句:"我的心/静静的似蓝色的海,/没有风也不起浪。/突然,/在海天的辽空间,/浮漾起桃色的云絮。"

《星底梦》,我的第一本书

在中华民族神圣的抗战烽火中,我投身于抗日救亡的学生运动的洪流。在这以后,我开始学习以笔为武器,试写各式各样的文章。年轻时,我爱看诗、写诗,我读过郭沫若、戴望舒、朱湘、艾青、臧克家、蒲风、关露的诗,也倾倒于马雅可夫斯基、裴多菲、拜伦和普希金。我在大学中文系读了一年陆游的《剑南诗钞》和孔尚任的《桃花扇》,也爱好李白、杜牧、李贺、朱淑真、李清照和李后主的词。我从他们的作品中吸收乳汁。我收集了不少新诗集子(请允许我在这里插一句,50 年代末,我收集了不少新诗歌集子捐赠给上海作家协会。现在想来,亏得当年勇于割爱,它们才没有在一场"文革"大灾难中化为灰烬)。我写诗最起劲的[时期]是 40 年代初到 40 年代中期,在诗的园地里我留下几许脚印。我的第一本书就是诗集——《星底梦》。

诗集《星底梦》出版于 1945 年 4 月,用了虚设的"上海诗歌丛刊社"的名义自费出版。这本诗集中没有收入我在 1941 年 12 月 8 日太平洋战争爆发之前"孤岛"时期用"洛黎扬""芳丁"等笔名写的一些诗篇。尽管我对那时写的叙事诗篇《远方》(留有鲁迅翻译俄国作家 L. 伦支《在沙漠上》的折光)和讽刺诗《先生,我问你》《慈善家》,视同稚容可掬的幼年肖像,不无眷恋之情,然而严酷的形势不允许我这样做。太平洋战争开始后,一批比较暴露的同志先后撤退到敌后抗日根据地,我和一些年轻的伙伴坚持在上海沦陷地区工作。我们严格遵循地下工作的"隐蔽精干,长期埋伏,积蓄力量,以待时机"的方针,自己不能办刊物,就挤入敌人控制的报刊,也要发表在青年朋友办的刊物上,进行韧性的散兵战。《星底梦》是这种散兵战的成果之一。诗集收录我发表于 1943 年初到 1945 年春两个年头之间的 28 首诗,另有序诗《有赠》一首和附录《诗与民歌》的论文一篇,萧岱和王楚良同志分别以"穆逊"和"祝无量"的化名为《星底梦》作跋。这是一本 64 开、64 页的小册子。我为这本寒碜的小书设计了一个简单朴素的封面,请我的同事陈展云帮助写了"星底梦"三个美术字。其时,我用了"丁英"的别名在联华广告图书公司任《小说月报》编辑,展云是画插图和广告的青年美术师。像旧时代不少诗人自费印行第一本诗集那样,《星底梦》也是我自费印刷、出版的。一切自己动手,从编辑、设计、校对、张罗纸张、跑印刷所、包扎,到分发到预订的青年朋友们的手中。至今我还能记得他们和她们中的一些熟悉的名字,是他们和她们伸出友谊之手,支持了《星底梦》的出版,是他们和她们选取《星底梦》中一些诗,在某些大学生的文艺晚会上朗诵。40 年以后的今天,我还感觉到这友情的温暖。沦陷了的上海,被日本法西斯铁蹄蹂躏着,然而上海人民在党的领导下,有组织地运用机动灵活的战术战斗着。

《星底梦》中的诗从某些侧面反映出,富有民族自尊心的敏感的青年学生,在日本帝国主义统治下,要冲破沉闷的政治气氛的心情。我含蓄地表现了在那个特殊环境里生活和战斗着的青年一代的心绪,努力谱写带着特定的时代印记的青春之歌:我爱我们所爱,我憎我们所憎。我为我的诗作取了"歌青春"的笔名,少数几首也用了有含义在内的"丁大心""秦月"的笔名。在我的诗中,追索着早晨的阳光、明朗的春天、灯火的光亮、满缀花朵的田野,追索着"星光下的梦,/会在未来的日子中开花"的美好的未来;我厌弃"春天的雪花",我厌弃[令]"水管呜咽"的"五月的雨",我讽喻"高高在上"而"身背后的线,/可还牵在别人手掌中央"的"风筝",我诅咒"连天涨风""使劲推生命的船只,/横向死亡的港"……

《星底梦》《我爱》《向日葵》《风筝与小草——献给童年时代的幼小者》《弃婴》,是我私心偏爱的诗章。《西子湖边》和《秋瑾墓前》,是1944年春我到杭州去联系地下党关系时借景抒情的感时之作。《桃色的云絮》《敏子,你还正年青》《红叶》《初夏夜之风》,是诉说不同内容的青春的爱歌。

《星底梦》寄托着我纯真的童心和纯洁崇高的理想。晶莹的满天星星是我心中的信仰,我依偎星星,作为长夜的温存——"星光下的梦,/会在未来的日子中开花"。不言而喻,这个未来的开花的日子象征着人民胜利的节日、人民普庆的节日。《风筝与小草——献给童年时代的幼小者》是我寻求新意的儿童诗。它以对话的旁白的形式,颂扬野火烧不尽的平凡而潜藏着无穷活力的小草,讽刺飞扬跋扈、骄傲不可一世的风筝,戳穿它的真相:原来是有根线牵在别人手掌中央的纸鸢式的傀儡。这原是一首容易理解作者意图的主题突出的讽刺诗,但在颠倒黑白的"文革"期间,它却被某些人斥责为宣扬"卖国投降"的毒草!《我爱》表达我"爱灯蛾拍火,/殉葬它的志向"的信念。《向日葵》抒写我在一个风雨之夜去看望一个地下党员的心情:"风雨之夜,/我怀念着荒郊中/那野生的葵花。/那野生的葵花,/生就有一副倔强的性格/——钢铁铸成的脊骨。/在荒郊中,它撑住了黑暗;在风雨中,它喜爱逗斗……向日葵,这英勇的硬汉!/在荒郊中,它撑住了黑暗;在风雨中,它喜爱逗斗!/掩不灭的是一颗热切地/面向太阳的葵心!"

1944年春,我同俞正平同志结伴到杭州去联系几位地下党员。老俞去联系敌伪办的军官学校中的地下党员,我去联系浙江大学的地下党员。那时从城区往西泠桥要通过日伪军铁丝网封锁的岗哨,岳坟那边全部封锁不准前进。我们就在这种情况下凭吊了西泠桥畔的秋瑾墓,心中悲愤万分。回沪以后,我怀着激情写下两首诗:《秋瑾墓前》《西子湖边》。在《秋瑾墓前》一诗的开端,我以"暗云密集,/电光闪射,/我来自——/荫翳下的城"起兴,表现了在日本帝国主义统治下的窒息空气。我向中华民族的英灵——秋瑾,献出这样的悼词:"萋萋的蔓草绕遍墓道,/风雨亭的废址前我沉思彷徨。/霏霏的雨丝润湿我的眼眶,/雨雾中的西子湖蓦罩金色的光芒。/那岂是雨水反照的落日光?/那是你,秋瑾碧血汇聚的河荡……秋瑾,你是女性的荣光,/你是中华的矜傲,/你是侠女!你又是诗人……让千百万的后代崇扬你/用鲜血涂描的/英勇的形象!"诗末,我吟唱:"当暴风雨吹奏夜之葬曲,/'完工的日子近来'/秋瑾的英名——/将如长空的日月,/照彻黎明期的桑叶地,/——永远地辉煌!"

《西子湖边》中,我从南宋的历史想到党领导的抗日战争和沦陷区人民盼望黎明的心情。当时,夜宿西泠桥畔一所久未有旅客而散发霉气的旅舍,晚上鼠类奔驰,彻夜难寐,构思了这首诗。最后一段写道:"艳丽的昔日,眼前/只残剩幽微的浮光,/如垂暮的老人深夜自悼,/晚风中的湖水低喟沉叹。/何处飘来尘马驰骋的蹄声,/从茫茫的湖心将我唤醒。/我仰起头来向四方寻找,/却发现蓝空闪亮着一颗星,/冲破铁汁般的天颜高升,/从童年起,我就认识它,/——那是落日光后的长庚!"在诗的末句,用"落日光后的长庚"隐喻我们党的光辉照耀着沦陷区人民前进的方向,坚定其必胜的信心。

40年后,我重游杭州西湖,重访西泠桥畔的秋瑾墓旧址,回顾历史,瞻望未来,一种安详的、自豪的心情,使我不能自已。我应《浙江画报》之约,写了一篇《四十年前西湖客》(刊于1985年第1期),以记诗事。

在那敌伪残暴统治的黑暗年代里,[面对]日本侵略者的法西斯军事占领,超负荷的经济剥削、掠夺,物价的断线般狂涨,严重的失学、失业现象,沉闷窒息的政治气候,一方面是饥寒交迫,一方面是荒淫无耻,青年群中难免有一些多愁善感、苦闷彷徨以至颓唐的现象。在我的周围,我也亲眼见到过像作家陈荒煤在《活在记忆中的》这篇小说中所描写的女主人公(原先她投身青年先锋队而后却落伍了,作者希望她能重新踏上征途)那样曲折的经历。然而,文艺作品(包括诗)毕竟是一种复杂的创造性的艺术劳动,它不是生活的简单的反照,更不是作者自身经历的真实写照。《敏子,你还正年青》《瓶花》,都留有那个艰苦的岁月里对一些丧失信念的青年人的惋惜、规劝和期待。在《敏子,你还正年青》中,我塑造了一个姑娘的形象,一个曾经在学校里被称为"一朵六月天的蔷薇",以后在灾难中几经折磨,而"被流行性的伤感嚼蚀了健康"的敏子。我为她吟唱了希望之歌:"冬天的风雪包藏着/未来温暖的春色,/灰堆里埋没了的/火种将会燃红那天宇……何况是你,/敏子,你还正年青!"

关露和王楚良同志分别于同年7月出版的《女声》和《译作文丛·谷音》上为《星底梦》写了书评,给予热情的鼓励和希望。这是在黑暗统治的艰苦岁月里,相濡以沫的真切关怀,给我的慰藉和鞭策是难以忘怀的。关露同志用"梦茵"的笔名写的《读了〈星底梦〉》的启端说:"在近来惨淡荒凉的这片诗领土中突然看见这本小小的册子《星底梦》,好像在一片黑寂的大海里看见一只有灯的渔船一样。《星底梦》虽然装订很小,页数很少,但是仍然发生了'诗'的力量——世界上有好些诗在我们看起来不能够发生诗的力量,在文艺批评家看起来不是诗——好像渔船虽小,仍旧是一只船;星星的光虽然不强,仍然能够把宇宙照亮。"

关露同志是1932年入党的老共产党员,是"左联"女诗人,曾经在1933年丁玲同志被捕以后续任"左联"创作委员会的负责人。她留世之作有诗集《太平洋上的歌声》、中篇小说《新旧时代》等。她在40年代初上海沦陷期间,受党的委派打入敌阵,负责异常艰巨的任务,做出了特殊的贡献。关露同志是潘汉年冤案中遭株连的无辜者。她在党中央为她彻底平反并恢复了名誉之后,不幸于1982年12月逝世。关露同志具有忠贞于共产主义伟大事业、为革命献身的崇高品质,她的逝世使我们一家人为失去了一位革命长辈而深感沉痛。40年后,我为写《我的第一本书》而重新展读关露同志为《星底梦》写的评论文章,我的心情难以平静。《星底梦》中的诗绝大部分发表在关露同志主编的《女声》上。在虎狼当道、狐鬼横行的黑暗年代,在诗坛荒芜的荆棘丛中,关露同志辟出一片园地,扶植一些清新健康的诗粒,使之发芽成长,也令我衷心感谢。使我引以为荣幸也可告慰于关露同志的是,她40年前喻为黑寂的大海里的一星渔火——小小的《星底梦》,近几年来已经受到一些诗人和现代文学研究者的注意。

1981年12月,由黄药眠、唐弢、柯灵、王辛笛、田仲济、林焕平和我等13人组成的中国作家团,应香港中文大学之邀,前往香港参加该校主办的"中国四十年代文学研讨会"。诗人王辛笛在会上宣读《试谈四十年代上海新诗风貌》[1](刊于《诗探索》1982年第3期)的论文,提到了《星底梦》诗集中的一些诗,并向大会介绍了作者。南京师范大学的《文教资料简报》1984年第6期编发了一组有关《星底梦》的评介和诗选。即将由重庆出版社出版的《中国四十年代诗选》中,选入了《星底梦》中的几首诗[2]。湖南文艺出版社继出版周良沛编的"袖珍诗丛"第一辑之后,年内还将出版第二辑《新诗钩沉》[3],选辑了朱湘、俞平伯、梁宗岱、金克木、覃子豪、杜岩、袁水拍、阿垄、郑敏等人1949年前的诗集,其中也选入了我40年前的《星底梦》。

《星底梦》中,有我青年时代的激情,也有我青年时代的缺点。它已经成为过去时代的历史鸿爪。有朝一日,今天的读者见到那个特定环境中贫瘠诗坛上荆棘丛中的星星小花,我将十分高兴地听到80年代青年人对它的评语。

原载上海《书讯报》1986年11月5日、15日、25日,署名:丁景唐。

导读:

此文拂去了往事的尘埃,首次披露了丁景唐写诗的心迹,以及他曾经看了多少新诗、受到哪些著名诗人的影响。对于点评《星底梦》,这是难得的第一手资料,具有重要的导向性价值,即"含蓄地表现了在那个特殊环境里生活和战斗着的青年一代的心绪,努力谱写带着特定的时代印记的青春之歌"。

丁景唐以敬仰、钦佩的心情回忆关露:"在虎狼当道、狐鬼横行的黑暗年代,在诗坛荒芜的荆棘丛中,关露同志辟出一片园地,扶植一些清新健康的诗粒,使之发芽成长,也令我衷心感谢。"关键词"辟出"二字包含了丰富的内涵,也是高度评价关露编辑《女声》历史功绩的精辟之言,迄今无人有类似的评价。

注释:

〔1〕王辛笛:《试谈四十年代上海新诗风貌》,载《学人文丛·娜嬛偶拾》,上海教育出版社,1998年11月。

〔2〕王亚平等编选的《中国四十年代诗选》(上)选入《星底梦》诗集中的四首诗:《星底梦》《我爱》《向日葵》《西子湖边》。

〔3〕周良沛编的《新诗钩沉》共十种,湖南文艺出版社1986年6月出版。

《星底梦》的出版本和重印本

我的第一本书——诗集《星底梦》初版于1945年4月用[上海]诗歌丛刊社名义出版,上海沪江实验公司经售,为自费出版。收入诗28首,绝大部分在关露编的《女声》上发表过。《塔》发表于《飙》创刊号(1944年9月),署名丁大心。《初夏夜之风》与《红叶》先后发表于《文友》第1卷第7期(1943年8月15日)、第2卷第7期(1944年2月15日),署名歌青春。《秋瑾墓前》,1944年春初稿于旅杭客次,同年7月改写,发表于1944年9月5日出版的《九月的海上》(《碧流丛书》之一),署名丁大心。

《星底梦》的诗歌写作时间为1942年冬到1944年冬,发表时间为1943年1月到1945年3月。尚有几首未收入集中,有《别看[错]我是个女子》(《女声》第3卷第9期,1945年1月15日)、《雨天》(《女声》第4卷第2期,即最后一期,1945年7月15日)、《十二月的夜街》(《文友》第2卷第3期,1943年12月15日)、《毕业行》(为启秀女中1945年毕业班而作,刊《莘莘》第1卷第3期,1945年6月15日)。《雨天》和《毕业行》都与关露教过书的启秀女中有关。当时陈嬗忱在启秀女中教语文,她1942年毕业于沪江大学中文系,是我的朋友陈𬘓、陈给的姐姐。我应陈嬗忱之约,去启秀女中讲文学写作问题,那时已在苏军攻克柏林之后,《雨天》写的是迎接胜利的愉悦心情。因写于《星底梦》编印之后,没有收入。

《星底梦》由萧岱[1](笔名穆逊)、王楚良[2](笔名祝无量)作跋。我写了简短的《辑后小语》,并把我发表在《诗歌丛刊》第1辑《蓝百合》中的《诗与民歌》作为附录收入集中。

1983年冬,诗人周良沛来访(他在人民文学出版社,我曾托他去看看关露同志——住在人文[社]对面的旧文化部宿舍),谈起他预备为湖南文艺出版社编一套"袖珍诗丛",拟将几位老诗人1949年后未曾重印的诗集出版十本《新诗钩沉》,他希望我送一本《星底梦》初版本给他,编入这套《新诗钩沉》之中。他还要求我提供两个材料,一是传略,二是诗目,略述写诗经历。我只写了在《女声》上写诗的过程,没有谈到1939年到1941年我在《联声》上写诗的事。

1986年5月,由诗人周良沛编选的《星底梦》列入《袖珍诗丛·新诗钩沉》十本之一出版。重印本的诗目是由周良沛同志选定的(未经我过目,代表选者的眼光,并不代表本人的选诗标准)。受篇幅限制,《星底梦》1986年5月重印本入选的诗计18首:《有赠》《星底梦》《西子湖边》《五月的雨》《雁》《秋》《我爱》《鸽铃》《向日葵》《囚狮》《塔》《春天的雪花》《异乡草——给石琪》《生活》《敏子,你还正年青》《红叶——纪念一位北国的姑娘》《弃婴》《阳光》(《桃色的云絮》中的第3节)。

周良沛同志写了《集后》，对作者和诗做了简介。1986 年 9 月 24 日《人民日报》刊发了简介。

未被选入重印本中的诗，或因篇幅较长（如《风筝与小草》和《秋瑾墓前》），或因选家眼光不同，或因写得较差。今录如下，供研究：

《当春天蓦近我的身旁》原为《春日杂诗》，刊登于《女声》第 1 卷第 12 期（1943 年 4 月 15 日）；

《桃色的云絮》中原有《夜雨》《朝露》《阳光》三节，重印本中选用了第三节《阳光》，《夜雨》《朝露》未选；

此外还有《风筝与小草——献给童年时代的幼小者》《江上》《乡恋》《在南方》《开学》《病中吟》《寒园》《瓶花》《窗》《秋瑾墓前》。

重印本的扉页印了本人年青时的一张照片。这张照片摄于 1941 年秋初，为投考光华大学中文系二年级时的肖像，相当于用"歌青春"等笔名在《女声》等刊物上写诗的年代。

1992 年 12 月 2 日于北屋

导读：

　　此文是备查用的，并非准备发表。其中披露了一些内情，为重版本《星底梦》未能全部收录原来初版本的诗歌感到遗憾，有"选家眼光不同"等因素，显然丁景唐的眼光与选家并不一致。

注释：

〔1〕原注：萧岱，30 年代留学日本，后任《收获》副主编、上海作家协会副主席。

〔2〕原注：王楚良，30 年代"左联"成员，后任外交官，曾任中国驻加拿大代办。

续谈诗集《星底梦》

1987年6月,柔石烈士的次子赵德鲲偕他宁波市文化局的同事吴百星来沪,向我征集柔石的遗著,充实宁海柔石故居的藏品。我特地找出柔石短篇小说集《希望》(上海商务印书馆,1930年),面交德鲲收存。随后,他们又约我为百星主编的《宁波文化报》写一篇我从爱好诗、写诗进而研究诗人殷夫(白莽)、编印殷夫诗文总集的纪事,向家乡人士汇报。后来,我写了一篇《从诗集〈星底梦〉说起》,与吴百星写的《丁景唐访谈录》一起刊发于《宁波文化报》1990年8月号。现在,我在那篇文章的基础上补充近几年来评述我诗歌创作的材料,续记之,以补充《〈星底梦〉,我的第一本书》。

1945年8月抗日战争胜利以后,我在《新生代》《时代·文艺》《文坛月报》上恢复使用我在"孤岛"时期的笔名"洛黎扬",发表了《新生代进行曲》《汽笛》和《笑容》,还在叶以群编的《文汇报·世纪风》和袁鹰编的《联合晚报·夕拾》上发表了《他死在黎明——悼念一位失去了的伙伴江汎》和《一只小小的蜜蜂》(写到大胡子老爷爷马克思)。不久,我又写了《给孩子》《她们愉快地走着》,交给陆以真她们编的《妇女》月刊。这两首诗未及刊出,我的上级领导唐守愚同志通知我已[被]列入国民党反动派的黑名单,嘱即离开上海避居。后来才知道这两首诗由陆以真代我署了"芜菁"的笔名分别刊发于《妇女》月刊1947年10月的第2卷第7期和6月的第2卷第3期。近日记起,我在《妇女》月刊上[还发表过]抗战胜利后的诗《嘉陵江的悲剧》,写一位女教师的悲惨事情。

1947年秋冬至1948年夏,我流寓香港、广州时,曾在香港《华商报》写过《谈民歌的鉴定、歌谣体创作——从〈愤怒的谣〉想起》[1],在香港《周末报》上写过讽刺诗和介绍浙东三五支队的民歌;还为上海联华图书公司(我在沪时任职单位)《茶话》写过香港通讯《香港的侧面》,为《妇女》月刊写《香港的"阻街女郎"》。可惜在广州写的《榕树》一诗寄给沪上友人,给弄丢失了。又,我在广州时曾译出左拉《三次战争的回忆》,寄《宁波时事公报》友人麦野青刊出。

中华人民共和国成立之前和之后我很少写诗,逐渐告别诗坛。可以一提的是1958年在宋庆龄同志主持中国福利会20周年纪念时,我作为曾经在这位伟大的女性领导下工作过的一名工作人员,为《儿童时代》的纪念刊(第11期)写了一篇《我们的家——祝贺中国福利会成立二十周年》。

1965年春节,我以上海人民慰问解放军代表分团副团长的身份,率领几十人的京昆小分队,去海岛慰问人民子弟兵,受到很大的教育和激励,写了《小石子赞》和《接过战士的枪》,

发表于《收获》和上海《青年报》。还有一首《海岛五个女民兵》的诗投给《解放日报》,却石沉大海,音讯全无。

我放下写诗的笔,拿起笔来从事"左联"著名诗人殷夫烈士的生平和诗的研究。从60年代初开始,我写下《殷夫烈士的手稿》《殷夫烈士和〈摩登青年〉》《殷夫烈士和〈列宁青年〉》《殷夫烈士的新史料》等论著。1961年7月,我与瞿光熙同志合编《左联五烈士研究资料编目》,内收《殷夫著译系年目录》和《殷夫著作目录》,由上海文艺出版社出版,陆续印了三版。进入80年代以后,我与陈长歌同志合作了一本论述殷夫生平和创作的《诗人殷夫的生平及其作品》(浙江人民出版社,1981年8月);又合编了一本收录殷夫诗、散文、小说、译诗、译文的《殷夫集》,实际上是一本比较完整的殷夫全集,1984年2月由浙江文艺出版社出版。此外,还写了《殷夫——革命家和革命诗人》和论述殷夫《孩儿塔》《别了,哥哥》等的论著。

当我告别诗坛而转向诗人殷夫的生平与其作品(主要是诗)的研究的时候,却被老诗人王辛笛发现了我这个诗坛一兵。

1981年12月,由黄药眠(为团长)、唐弢、柯灵、王辛笛、田仲济、林焕平、楼栖、吴宏聪、理由、刘锡诚、范宝慈和我等13人组成的中国作家代表团,应邀前往香港参加中文大学主办的"中国四十年代文学研讨会"。诗人王辛笛宣读了《试谈四十年代上海新诗风貌》论文,提到了《星底梦》中的一些诗,并向大会介绍了《星底梦》的作者。[2] 王辛笛的论文随后刊于1982年《诗探索》第3期,现收入《嫏嬛偶拾》,上海教育出版社1998年11月出版。我也在大会上宣读了《四十年代的上海鲁迅研究工作》,后刊于《社会科学》和《鲁迅研究丛刊》,已收入《学习鲁迅作品的札记》(增订本),上海文艺出版社1983年12月出版。

1984年,南京师范大学《文教资料简报》第6期(总第150期)发表了林路、王培年写的《丁景唐的诗集〈星底梦〉》,并选登了《星底梦》和《囚狮》两诗。同期,还刊出了我写的《谈谈我的笔名》。

1984年7月20日,《厦门日报》刊出浙江古籍出版社副总编辑王翼奇为《星底梦》诗集而作的五律一首。诗曰:"读君《星底梦》,诗美在青春。宝剑蓝烟里,悲歌碧水喷。西湖曾作客,东海久驰骋。一卷清芬在,千秋更细论。"

1985年第1期《浙江画报》发表我写的《四十年前西湖客》一文,记述1944年春我从上海到杭州去联系浙江大学的两位党员,感时抒情写下《西子湖边》和《秋瑾墓前》两诗的创作经过。还附了我和淙漱(妻子王汉玉)1947年冬流寓香港的照片,以及与巴金、丁玲、赵家璧和老舍夫人胡絜青等的合影。

1985年9月,重庆出版社出版王亚平等编选的《中国四十年代诗选》(上)选入《星底梦》集中的诗四首:《星底梦》《我爱》《向日葵》《西子湖边》。

1985年11月5日、15日、25日,我在上海《书讯报》上撰写《〈星底梦〉,我的第一本书》,

介绍《星底梦》的创作过程和体会。

1986年6月,湖南文艺出版社出版《袖珍诗丛·新诗钩沉》,收录俞平伯、朱湘、梁宗岱、金克木、覃子豪、袁水拍、杜岩、阿垄、郑敏等十人的旧作,其中也选了我的《星底梦》(诗集)。但此次重印本因篇幅有限,仅收录1945年初版28首诗中的18首诗,萧岱、王楚良的跋和我写的《诗与民歌》均未收录。诗人周良沛为这本重印本写了《编后记》。同年9月14日、9月24日《人民日报》做了报道,称这十本诗集为"从历史的沉积层中打捞出来的佳作"。

1986年12月1日,上海《书讯报》刊登倪墨炎《从〈星底梦〉想到怎样评介沦陷区文学》,称:"黑夜弥漫着祖国的大地,寻求光明成了这本诗集的总主题。字里行间,那压抑而抗争的时代特点,那追求民族解放、人生自由的光热的心,至今读来仍十分感人。最使人感动的是《向日葵》那首诗。它塑造了在风暴中坚强不屈的民族战士的形象。"此文后收入《现代文坛随录》,上海人民出版社1989年10月出版。

1987年11月30日,日本大阪经济大学《中国文艺研究会会报》第72期报道:"1988年1月例会,由太田进研究报告《上海'孤岛'文学之一面——诗人丁景唐》。"

1988年8月9日,我的一位青年朋友张卫华在《常州日报》上发表了她写的《"孤岛"诗坛的一颗明星——丁景唐的〈星底梦〉》的读后感。

1990年12月,由上海文艺出版社编印出版、由臧克家审定并作序言的《中国新文学大系(1937—1949)》的诗集,选入《星底梦》一首。

1991年4月,上海教育出版社出版宫玺、姜金城、徐保卫选编的《儿童诗选》,收入《囚狮》一首。

1995年9月,《文艺评论》第5期刊登吴晓东《抗战时期中国诗歌的历史流向》(后扩写为下文引用的《导言》)。

1996年6月,中国文联出版公司出版的《中国新文艺大系(1937—1949)》中由公木选编的诗集,选入《我爱》一首。

1996年11月,上海社会科学院出版社出版"20世纪中国儿童文学系列",由盛巽昌、朱守芬编选《百年寓言精品》,选入作为儿童寓言诗的《风筝与小草》一首。

1998年12月,广西教育出版社出版钱理群主编的《中国沦陷区文学大系》,吴晓东选编诗歌卷,选入《星底梦》(诗集)中的八首诗:《星底梦》《我爱》《五月的雨》《西子湖边》《雁》《秋》《鸽铃》《向日葵》。吴晓东在《导言》中称:

  丁景唐是华中沦陷区独树一帜的诗人。1945年问世的诗集《星底梦》是他在[敌]占区上海写就的,其中大部分以歌青春的笔名发表在《女声》杂志上。他的诗在殖民地上海商业化的气息中堪称是警世的歌吟。《女声》主编、女诗人关露(梦茵)在《读了〈星底梦〉》一文中曾感叹:"在近来惨淡荒凉的这片诗领土中突然看见这本小小的册子《星底梦》,好像在一片黑寂的大海里看见一只有灯的渔船一样。"

"艳丽的昔日,眼前/只残剩幽微的浮光,/如垂暮的老人深夜自悼,/晚风中的湖水低唱沉叹。/何处飘来尘马驰骋的蹄声,/从茫茫的湖心将我唤醒。/我仰起头来向四方寻找,/却发现蓝空闪亮着一颗星,/冲破铁汁般的天颜高升,/从童年起,我就认识它,/——那是落日光后的长庚!"(《西子湖边》)

整部《星底梦》恰似沦陷区"铁汁般的天颜"上一颗闪亮的星星。丁景唐的诗歌,以其在沦陷区诗坛[上]很少见到的一种清新和明澈的风格,与战时大上海消沉、萎靡的风气进行抗争。他的这些小诗,尽管也许像诗人自况的那样,仅是贫瘠的土地上羸弱的花卉,但它们更大的价值在于忠实记录了一个艰难时世中不甘堕落的个体心灵的坚忍的挣扎,以及对"未来的日子"带有乐观主义色彩的预言和展望。这使后来的人们很容易联想起沦陷区诗坛的先行者、东北烈士金剑啸的诗作……

成为一个时代的记录者与代言人,是诗人所自觉意识到的使命,由此诗人把个体的歌吟与大时代的风云变幻紧紧地联系在一起。这些在和平岁月"也许不再来"的歌声,最终构成了那个血与火的时代的最好的见证。

从中国现代诗歌艺术发展的历程上说,以金剑啸、山丁、丁景唐等诗人的创作为代表的沦陷区大众化与写实化的诗歌,与大后方艾青的诗作所达到的艺术成就之间,无疑尚有很大差距。不过试图把握沦陷区诗歌的总体风貌和格局,对写实主义诗歌的考察则是不可或缺的。尽管这一类诗歌缺乏"现代派"诗作那种缜密的诗质与精细的感受力,但它获得的却是更为强悍与粗犷的生命力,以及对时代更宏阔的生活场景的展示、对更重大的历史命题的审思。其中的得与失是无法用单一的艺术标准来衡量的。

1990 年 7 月 31 日—8 月 3 日草于上海竹村北舍
1999 年 12 月补充修订于慎舍南窗[3]

导读:

丁景唐自费出版的第一本诗集《星底梦》和他的笔名"歌青春",引起当时广大诗歌爱好者的关注,由此奠定了其在上海沦陷区诗坛的地位。由于后世的复杂原因,直到"文革"后,"歌青春"和《星底梦》才拂去历史尘埃,重现于世。因此,丁景唐很重视,几次撰文叙述此事,多次补充有关内容,努力还原事实经过,意在留存后世,同时对自己和亲友也有个交代。

丁景唐写此文(未刊稿),使用了上海文艺出版社的信笺和稿纸,共五页,其中既有钢笔书写的,也有粘贴的《〈星底梦〉,我的第一本书》、吴晓东《导言》等的剪报。并将此文复印数份,准备再搜集一些资料,修订发稿。丁景唐将此有关材料与其他材料放在一个废旧的纸板箱里。现在笔者翻出来,抄录如上,以此纪念昔日风华正茂的"歌青春"诗人、笔耕不辍的老父亲。

此文提到丁景唐的一些诗作,大多已收入本书。

注释:

〔1〕此文参见丁言模:《避难香港时评述歌谣集〈愤怒的谣〉》,载《书香传情——丁景唐藏书考辨》,上海文艺出版社,2020年11月。

〔2〕王辛笛《试谈四十年代上海新诗风貌》:"与此同时,也有一些忠贞之士在地下党的领导下利用各种途径进行斗争,例如当时就有笔名歌青春者,在《女声》(当时关露主编的唯一妇女杂志)不时发表诗歌,从1943年到1945年7月不下二三十首,还自费出了诗集《星底梦》。《敏子,你还正年青》等,思想内容一般都是健康积极的,鼓舞青年、妇女、儿童眼望远方,不能看轻此时此地的斗争。诗的形式近似新月派的自由诗,作者在《我的自省》以及后记中也提到受到朱湘和臧克家的影响。另外他还用其他笔名,如乐未央、乐无恙、辛夕照、秦月等,写了一些知识性的散文,如陆放翁、朱淑真等的故事,说明他对古典文学也很有研究。这位歌青春不是别人,就是我们此次同来的丁景唐先生。诸位如要进一步了解,不妨就在此地问他本人,我无须多讲了。我举歌青春这个例子,一是说明当时敌我斗争情况,犬牙相错,异常微妙复杂;二是对于上海沦陷时期在敌伪报刊发表文章或担任工作的作者,也要进行具体分析,不能不分青红皂白地一律当作坏人,那是不公平的。何况那时还有不少好人呢。"

关于丁景唐与王辛笛等人的香港之行,丁景唐写有《香岛相处更相知——回忆与辛笛先生香港之行》,载《记忆辛笛》(宁夏人民出版社,2006年7月),又刊于《香港文学》2007年3月号,后收入丁景唐《犹恋风流纸墨香——六十年文集》(续集)(上海文艺出版社,2015年1月)。

〔3〕此为丁景唐位于慎成里石库门三楼的住处。

导读 《星底梦》"面面观"

1940年5月2日丁景唐发表第一首诗歌《给……》，正式登上上海诗坛；1949年1月12日发表最后一首诗歌《生命颂》，为他这十年诗文创作活动画上一个句号。这段时间大致分为三个阶段：

第一阶段，丁景唐在《联声》上发表了60多篇诗文，初露锋芒，大胆尝试各种创新文体，为第二阶段鼎盛时期打下坚实基础。然而这时期的诗文鲜为人知，以至于如今世人更是一头雾水。

第二阶段，上海沦陷后，按照上级指示精神，丁景唐以笔为刀枪，进行散兵作战。关露编辑的《女声》为他提供了施展才华的广阔舞台，催促他撰写了众多诗歌、小说、散文、随笔、论文、译文等，文艺创作全面爆发，进入鼎盛时期。丁景唐从中挑选了29首诗，编为第一本书——诗集《星底梦》（诗歌丛刊社，1945年3月）。此后，他整理出版了第一本论文集《妇女与文学》（沪江书屋，1946年2月），收入十篇论文[1]，大多曾发表于《女声》。这两本书是丁景唐第二阶段写作鼎盛时期的重要标志，见证了他这一时期的诗歌创作和治学水准。

第三阶段，丁景唐因上了反动派的"黑名单"，进入断断续续写作阶段，各类诗文发表于各种报刊，再也没有机会成为一个固定刊物的忠实撰稿人，如同昔日《联声》《女声》那样。此阶段他创作的比较突出的诗文并不多，整体上难以与第二阶段的诗文相媲美。

因此，诗集《星底梦》在丁景唐十年诗文创作活动中占据重要地位，尽管该诗集因故并未收录所有比较突出的诗歌。

丁景唐自费出版的第一本诗集《星底梦》，以及他的笔名"歌青春"，曾引起当时广大诗歌爱好者的关注，奠定了他在上海沦陷区诗坛上的历史地位。因此，丁景唐很重视，晚年几次撰文叙述此事，多次补充有关内容，努力还原历史经过，意在留存后世，同时对自己和亲友也有个交代。

改革开放之后，出版了"删节本"《星底梦》，或选录《星底梦》中一些诗歌收入各种诗歌集子中，但是未有一个完整的《星底梦》再版。这成为丁景唐的一个夙愿，遗憾的是在他生前未能实现。

终于，现由笔者来完成，重新整理、"复原"了丁景唐的第一本书《星底梦》。不仅收录了《星底梦》原来的两篇跋，还搜集了丁景唐的自述和关露、王楚良等的评论。同时，添加了必要的导读和注释，以便广大读者了解、鉴赏《星底梦》集子中的29首诗歌和有关文章。欢迎读者们批评指正。

丁景唐曾说："有朝一日,今天的读者见到那个特定环境中贫瘠诗坛上荆棘丛中的星星小花(《星底梦》),我将十分高兴地听到80年代青年人对它的评语。"如果把此言中的20世纪"八十年代"改为21世纪,那么家父丁景唐在天之灵会感到非常欣慰的。

好不容易干完了重新整理、"复原"《星底梦》这项"扩大化"的工程,但是意犹未尽,还有如下一些问题需要思考:第一,丁景唐珍藏的《星底梦》两种版本及其故事;第二,重新审读《星底梦》,包括诗歌最初发表的文本与收入《星底梦》的修订文本;第三,反思今昔评论,包括萧岱、王楚良、关露的评论以及21世纪前的有关评论;第四,作者丁景唐与《女声》编辑关露亦师亦友的关系。

一、毛边本和裁切本诗集《星底梦》

丁景唐珍藏两种《星底梦》,毛边本和裁切本。前者有一本,后者有两本,一本是丁景唐自用、修订本,另一本是赠送本,即"席明兄惠存"。这三本均为初版本,瘦长的64开,共有64页。

朴素无华的封面是丁景唐自己设计的。上端为诗集名称"星底梦",字体融合了篆书和美术字体的元素,其下为丁景唐手写的"歌青春"三字,封面下端印着"一九四五年三月出版"。这些字体均为套红字,由白底衬托,颇为显眼。

《星底梦》底封即为版权页,印着"诗歌丛书第一册/作者:歌青春/出版:诗歌丛刊社",时间却为"一九四五年四月"。多年后,丁景唐在自用、修订本上批阅:"封面作'三月'出版,统用1945年3月。"其实,他写的介绍《星底梦》的一些文章里还是沿用"1945年4月"为出版时间。

《星底梦》扉页前有空白衬页,以便赠送题词。接着插有一张透明薄纸,隔着也能看到目录页上的内容,颇有朦胧诗意之感。

如今网上有不少介绍丁景唐的诗集《星底梦》的内容,但是从未有一份完整的诗歌目录,现将目录抄录于此,以弥补缺憾。诗集开首为《有赠》(代序),之后分为五个部分,用大写的罗马数字标明:

Ⅰ——《星底梦》《在南方》《西子湖边》《当春天蹩近我的身旁》《江上》《五月的雨》《雁》《秋》《寒园》《窗·瓶花》;

Ⅱ——《我爱》《鸽铃》《向日葵》《囚狮》《塔》《春天的雪花》;

Ⅲ——《异乡草——给石琪》《生活》《开学》《病中吟》《乡恋》;

Ⅳ——《桃色的云絮》《敏子,你还正年青》《红叶——纪念一位北国的姑娘》《初夏夜之风》;

Ⅴ——《风筝与小草——献给童年时代的幼小者》《弃婴》《秋瑾墓前》。

最后是两篇跋,即穆逊(萧岱)的《〈星底梦〉读后》、祝无量(王楚良)的《青春的歌手》。

多年后,丁景唐在自用修订本的目录页上进行了一些修改,将诗集第一部分中原来错排的《窗·瓶花》,改为《窗》《瓶花》,并在后面用钢笔细心地添加附录《诗与民歌》和《辑后小语》,希望再版时能弥补缺憾。其实,诗集最后还有一张《勘误表》,纠正七处问题。多年后,丁景唐重新审阅时,又挑出不少错处。丁景唐还写道:"倘蒙同好,投以批评意见、读后感想,请径函上海邮政信箱一五八一号可也。"此信箱为丁景唐当时的联系方式之一。

《诗与民歌》现已收入本书。《星底梦·辑后小语》如下:

> 为着《星底梦》的出版,曾经打扰了不少相识和不相识的朋友。承受他们友情的援手,使得这本诗集得以经历多种阻扰和艰难而终于诞生。
>
> 感谢那些陌生的友人从僻远的乡城寄来关切和鼓励;同时也向许多帮助这本集子出版的友人,尤其是可敏、菊潭、展云、士用、滋春、冠三诸友,表示敬意。

这时26岁的丁景唐已经从光华大学中文系毕业,公开身份是《小说月报》编辑,同时从事中共地下党"学委"的宣传、调研工作。他在《辑后小语》中提及六个人,其中陈展云是画插图和广告的青年美术师,与丁景唐编辑的《小说月报》同属于联华广告公司(总经理陆守伦),他帮助书写《星底梦》的书名。阮冠三(袁援)曾就读上海圣约翰大学,为中共地下党员。1945年8月,日本宣布无条件投降,丁景唐联系了阮冠三、潘惠慈、成幼殊(金沙)等,指导、帮助他们创办新的学生刊物《时代学生》。丁景唐与鲍士用的关系,详见下文。丁景唐在《辑后小语》中提到的另外三个人的化名为"可敏""菊潭""滋春",都是文艺青年,热情地帮助丁景唐圆梦——自费出版《星底梦》,是丁景唐在《〈星底梦〉,我的第一本书》中提及的"他们和她们"。

丁景唐珍藏的毛边本《星底梦》大概是目前唯一幸存的。它的尺寸比裁切本大一些,各页之间已经裁开,只是三边仍留有裁切的余地,与如今完全未裁切的毛边本不尽相同。

此毛边本保存完整,在扉页上盖有椭圆形印章"景唐汉玉珍藏之印"。后为内封,上印"星底梦",下署"歌青春",中间印有题词:"谨以此册敬献给皑姑、昌叔,因了他们十余年来肩负起先父、先母所遗留的教养之恩。"此页盖有正方形红印章"景唐藏书",页面底端印着"1945"。"皑姑、昌叔"分别为丁瑞顺(丁秀珍、丁皑)和丁继昌,"先父、先母"分别为丁方骏、胡彩庭。因父母早亡,皑姑、昌叔抚养丁景唐成长,丁景唐在一些回忆文章中多次流露出感恩之情,直到晚年,他还饱含老泪,断断续续地告诉子女诸多相关往事。

《星底梦》的两本裁切本中,一本是丁景唐自用修订本。其封面早已脱离丢失(底封还存留),只好用《星底梦》封面的复印件粘贴上去。此本里面有多处修改,本书收录的《星底梦》所有诗歌和一些评论文章便是以此本为准。

另一本裁切本为赠送本。《星底梦》问世后,丁景唐为了感谢"席明兄",便在扉页上用毛笔题写"席明兄惠存",落款是"弟赠",中间是"丁英"朱文白底印章,时间为"卅四年四月",即1945年4月,《星底梦》出版时间。丁景唐还另外加盖了一个蓝色印章,中间为他所在的《小说月报》刊名,上方弧形为"联华出版公司",下方为该公司的地址"宁波路四七○弄"。这两个印章和题赠手迹,如今已是稀罕物。此赠送本中有七处用红笔修改的字迹(理应是"席明兄"的笔迹),这是依照诗集《星底梦》最后的《勘误表》修改的。

"席明兄"即鲍士用,又名鲍良佐、鲍子堃。他1936年来上海当学徒,1939年参加益友社,次年加入中国共产党,后为上海市静安区政协主席。益友社是中国共产党领导的以商业系统店职员为主体的进步团体,培养骨干,发展党员。中共上海市委党史资料征集委员会主编的《益友社十二年》中有详细介绍,其中有鲍士用、刘燕如(电影《51号兵站》中"小老大"原型之一)等人撰写的回忆文章。

当时,鲍士用以"席明"为笔名向著名女诗人关露编辑的《女声》投稿,同时投稿的还有丁景唐、杨志诚、锺恕、陈新华、李祖良、董乐山(笔名"麦耶""史蒂华")、陈琳、陈嫱忱、杜淑贞(笔名"李璇")等地下党员。这反映了当时地下党宣传工作的斗争艺术,丁景唐曾为此撰写专文。

"文革"后,鲍士用的女儿鲍放首次踏进上海文艺出版社时,丁景唐突然走过去询问情况,因为在她的脸上一下看到了她父亲的影子。鲍放的这一"亮相",把丁景唐与鲍士用的昔日情缘重新续接起来。对于这段惊喜的插曲,鲍放写进了悼念丁景唐的文章《怀念老丁伯伯》(详见丁言模编:《丁景唐纪念文集》,上海文艺出版社,2020年11月)里。

以上提及的《星底梦》裁切本,当时赠送给"席明兄"鲍士用。半个多世纪后,丁景唐想查阅《星底梦》以撰写专题文章,但是手头暂时找不到,只好向鲍士用借用。经历了多少风雨,鲍士用一直珍藏着此书,这时很大度地派女儿鲍放送来。丁景唐特地将此书和其他有关资料一并打包,留存在家里,以备今后查用。如今此书被笔者翻检出来,重见天日。它见证了家父丁景唐与鲍士用之间的深厚情谊。遗憾的是不知道鲍士用如何协助丁景唐出版了《星底梦》,双方子女都未曾向各自的父亲请教。

二、重新审读《星底梦》

1945年早春,世界反法西斯战争初现胜利曙光之际,丁景唐忍痛割爱,仅挑选了1943年初至1945年春创作的29首诗歌,编为诗集,这些诗大多原载于《女声》。

关于《星底梦》收录的29首诗歌,丁景唐在《〈星底梦〉的出版本和重印本》等文中已有具体说明,包括最初刊载的情况等,但是唯独没有说明一首诗《秋》的有关情况(也许遗忘了)。此诗在《女声》上找不到,最后偶然发现刊登于《沪江新闻》第12期(1948年10月25

日），署名"郭汶依"。

收入《星底梦》的29首诗（以下简称修改诗）与最初发表于《女声》的原诗相比较，可以发现一些有意思的地方。

修改诗中修改较多的有三首，即《敏子，你还正年青》《弃婴》《开学》。前两首是最早发表于《女声》的两首诗，改动比较大，大多改得比较好，有些甚妙。《敏子，你还正年青》中原为"你应该努力挨过这一段沉闷/而又苦难的片刻"，修改时这句诗后面增加了两行："犹如初胎的产妇，/孕育新生的婴孩!"此比喻恰到好处，由此催促"敏子"重新燃起生命的火花。然而此诗收入《星底梦》时改动较大之处，如分行格式、字句斟酌、标点推敲等，除了注释中说明的之外，还有不少，甚至出现20行诗句整体移动。这是一把"双刃剑"，有利有弊。弊端是导致原来诗行之间内在的联系中断，只好用"★　★"来表示跳跃。好处是后面通畅了，增加了逻辑性，但似乎顾此失彼。此诗修改较大的问题，丁景唐似乎淡忘了，从未提及。如果不是这次整理，笔者也不会发现，那么此事就将淹没在浩瀚的文史长河里。

《弃婴》修改得比较成功，如"你没有那样的权利——/可以喂着牛奶，/养得又白又胖"，这后面增加了两行诗："一如那些公园中/在奶妈胸怀撒娇的'小把戏'!"此妙矣，使百般呵护的"宝宝"与赤裸的"弃婴"形成截然不同的画面，更具有视觉冲击力，产生鲜明的对比和巨大的反差。此诗修改时，移动了一些诗行，但没有中断上下诗行之间的逻辑关系，比起《敏子，你还正年青》的移动要自然些。

《开学》则是看了读者来信的批评意见，丁景唐也表示不满意，要坚决改正，于是收入《星底梦》时干脆删除该诗的最后一大段。当时众多读者没有眼福，未能看到此诗的原貌，现已恢复，收入本书。

29首诗或多或少都有修改，包括分行格式、字句斟酌、标点改动，详见这些诗的导读和注释，细细分辨，犹如品茗。

丁景唐希望通过精心修改，反复推敲，使第一本诗集"更上一层楼"，问心无愧地呈现给广大读者，也对自己有个交代。毕竟这是"第一本书"，对于一个诗人来说无疑是圆梦，而且有着筚路蓝缕的重要意义。这些诗歌的修改，反映了丁景唐的执着、认真、细致、负责，这些特质贯穿了他一生的创作、治学、出版生涯。

《星底梦》《我爱》《向日葵》《风筝与小草——献给童年时代的幼小者》《弃婴》，是丁景唐"私心偏爱的诗章"。除了《弃婴》是社会生活题材，《我爱》是直抒胸臆，其他三首都采用借喻，寄托自己的理想和志向。星星、向日葵、风筝和小草都是儿童熟悉的事物，这三首诗属于"寻求新意的儿童诗"。

《风筝与小草——献给童年时代的幼小者》表现得尤为明显。其一，此诗逆向思维，将儿童喜爱的风筝比喻为反面角色，熟视无睹的小草却成为英雄形象的代言人，以借喻手法昭示富有教育意义的主题。其二,此诗是博采众长的结果,诗人勇于打破各种藩篱,集寓言、儿歌、民歌、自由新诗为一体,融入朗诵、舞台剧等艺术形式,采用一种综合性的大胆尝试,在丁景唐诗歌创作中比较突出。

丁景唐"私心偏爱"这五首诗歌,究其原因,"爱憎"是核心,"曲笔"是关键,"追求"是内涵,"创新"是驱动,"辞美"是外延。如果展开叙述,那么便是探究丁景唐诗歌创作专著中的重要一章。

除了《有赠》之外,收入《星底梦》的 28 首诗歌被编排为五部分,并未按照原来发表的时间排列。为何如此编排呢?似乎很难有一个比较恰当的答案。由于笔者未曾请教家父丁景唐,只好做以下推测:

第一,艺术至上。粗看《星底梦》诗集,大部分诗篇都可贴上"风雪花月"的标签,与书市上流行的各种诗集格调相似。而且丁景唐"私心偏爱"的五首诗歌并未集中编排,而是坚决分散。

第二,隐藏"金刚怒目"的主旨。将《向日葵》《红叶——纪念一位北国的姑娘》等具有思想倾向的诗歌编排在各部分里,也有几篇相似题材和思想倾向的诗歌放在一起,表面上难以被察觉。

第三,看似"乱",实则"暗渡陈仓"。故意将一组两首诗歌《西子湖边》《秋瑾墓前》编排在诗集的一前一后,"守望相助",互为呼应,颇有意味。其他类似的情况,也有蛛丝马迹可以寻找。

如此编排形成的一个最大的特点是"杂乱无章",由此打乱检查图书官员惯有的思维和眼光,避免带来意外的后果。

将《星底梦》诗集放在丁景唐诗歌创作框架中审读,那么此诗集中的 29 首诗歌能够代表他的阶段性水准。这些诗比起他此前发表的诗歌,水平大有提高,包括形式、表现手法和思想境界,都鲜明地体现了"创新"二字,有些诗歌也趋向成熟,但不能说代表了他诗歌创作的整体水准。

此诗集以抒情为主,没有收入叙事诗《远方》、讽刺诗《别看错我是个女子》等。究其原因,一是《星底梦》中的诗歌大多原载于《女声》,该刊物是日本女作家佐藤俊子主持的,本身就是一种"护身符";二是抒情诗歌流行于诗坛,便于众多读者第一时间接受;三是如果收录叙事诗、讽刺诗,那么很容易引起反动当局的注意,随时会被查禁。

对于《星底梦》的策划、选诗、编排等,丁景唐都作了反复思考,甚至修改时也在斟酌、推敲,尽力避免出现敏感诗句。诗中多采用象征、暗喻等现代派表现手法,迫使自己集中精力施展这方面的才华,以曲笔寄寓自己的思想倾向。如果说此诗集代表了他创作的阶段性水准,那么也可以说这本诗集折射出他从事地下党工作散兵战的一个阶段性成果。

三、重温今昔评论

《星底梦》的评价文章并不多,除了石琪的《〈星底梦〉及其他》(《诗歌丛刊》第2辑《抒情》,1945年5月15日)等"片段"点评之外,萧岱、王楚良、关露的评论以及21世纪前的有关专题评论已收入本书。如果拉开历史距离重新审视,这些文章可以反映一些问题。

其一,萧岱、王楚良的点评之文。萧岱、王楚良是丁景唐的挚友、同志,互相比较熟悉,虽然能够"零距离"审视丁景唐及其诗歌,但是由于恶劣的政治环境和从事地下党工作等原因,只能采用曲笔的方式,更多的是从左翼文艺理论的现实主义创作方法出发,留下了那个时代的烙印。

另外,萧岱、王楚良写的跋风格不同,大致有切实与委婉之分。王楚良与丁景唐的关系甚好,在原来的跋的基础上,重新写了一文,加大力度。

萧岱、王楚良的跋,是在《星底梦》正式印刷之前写成的。因此,他俩的跋留下丁景唐最初编排《星底梦》校对稿的痕迹,如《雁阵》后改为《雁》,《夏夜之风》改为《初夏夜之风》,《春日杂诗》改为《当春天踅近我的身旁》,直接用该诗第一句作为标题。

其二,关露的评论之文。关露与丁景唐是同时代的人,但是双方关系很微妙,完全不同于萧岱、王楚良与丁景唐的关系。当时30多岁的关露已经是有名的女诗人、作家、编辑,具有丰富的地下党工作经验。她与20多岁的丁景唐曾有一场论争,但是双方首次见面时都不知道对方的真实身份,只是作为编辑与作者进行交谈。

关露每次审读丁景唐的诗歌,都会产生一种心底共鸣——"温存和美的感觉"。她写的点评一文便是厚积薄发的一次亮相,具有鲜为人知的特点。

关露与萧岱、王楚良的点评之文,历来都不为现代诗歌研究者所重视。即使是关露的点评之文,丁景唐特地将其收入自己的《犹恋风流纸墨香——六十年文集》(上海文艺出版社,2004年),但是几乎无人问津,仅仅是作为点评丁景唐《星底梦》的"参考系数"。关露的大量诗文至今也未得到整理出版,没能与广大读者见面,更谈不上较有系统的研究,留下一个沉重的空白,令人扼腕痛惜。

其三,21世纪前的专题评论。"文革"后,学者陈青生较早将抗战时期上海文学作为研究课题,四处搜集资料,完成了专著《抗战时期的上海文学》(上海人民出版社,1995年2月),填补了一个长期被忽视的空白。其中第十六章第二节"歌青春、俞亢咏等的诗作",以当代审美眼光、独到的见解和精炼的语言,高度评价了丁景唐的诗集《星底梦》,也指出不足之处。他认为:

> 歌青春的诗作,取材比较广泛,有自然景物的咏叹,有生活经验的思索,也有社会现

实的感叹;又常用借喻和象征的手法,通过具体的、细微的写景叙事状物,表现和抒发对沦陷现实的不满与抗争,如《江上》《向日葵》《囚狮》《弃婴》《风筝与小草》《秋瑾墓前》等都是这样的作品。这些诗作,形象鲜明生动,寓意深刻,感情强烈且爱憎分明,洋溢着憎恶黑暗、丑恶,渴望光明,鼓动抗争的情绪。也有不免流露悲哀、低沉情绪的诗篇,如《病中》《桃色的云》等,但为数不多。歌青春努力追求诗歌通俗化的方向,积极从中国民间诗歌中吸取养料,这使他的诗歌意境,大多如明晰清丽的图画,诗中的比喻和象征,大多贴切、自然,诗作的语言文辞,在明白流畅中不失秀美。歌青春的新诗,具有积极浪漫主义的的风采,与当时路易士大力鼓吹张扬的现代派诗歌,形成迥然相异的艺术追求和格调。《星底梦》问世后,关露撰文表示:"在近来惨淡荒凉的这片诗领土中突然看见这本小小的册子《星底梦》,好像在一片黑寂的大海里看见一只有灯的渔船一样。"字里行间透露出欣喜之情。关露的态度,在一定意义上也代表了上海抗日爱国文艺人士对歌青春诗作的积极的社会意义和艺术追求的赞扬与肯定。

1995年9月,《文艺评论》第5期刊登吴晓东的《抗战时期中国诗歌的历史流向》,后扩写为钱理群主编的《中国沦陷区文学大系·诗歌卷》(广西教育出版社,1998年12月)的《导言》。丁景唐对此很重视,认为这是21世纪前颇有分量的评论之文,可圈可点。他多次撰文介绍此文,并且不惜笔墨,大段地加以引用。吴晓东点评诗集《星底梦》是从中国和上海沦陷区文学史的宏观角度俯视,在纵横比较中写下一段点评文字,这是前所未有的可喜尝试。他所依据的重点诗歌是选入《星底梦》的八首诗:《星底梦》《我爱》《五月的雨》《西子湖边》《雁》《秋》《鸽铃》《向日葵》。

遗憾的是陈青生、吴晓东因故并未继续深入研究,也不清楚诗集《星底梦》收入的29首诗的来龙去脉,以及萧岱、王楚良的跋和关露的点评之文,没有继续探寻"浪花"的回声。如果他们翻看了本书收录的诗文,包括《星底梦》专辑里的诗歌及其导读、注释,那么他们也许会考虑重写点评之文。遗憾的是,到我写作此文为止,此话题再也无人问津了。

至于其他点评之文,不再一一赘述。

其四,21世纪初的评述。世人被多元文化诱惑,逐渐淡忘了诗集《星底梦》,但偏偏有聪敏的才女涂晓华义无反顾地钻进故纸堆里。经著名老作家梅娘介绍,涂晓华执着地南下,几次采访年迈的丁景唐,留下美好的印象。[2]她返京后继续攻读博士学位,毕业论文是《上海沦陷时期〈女声〉杂志研究》(中国传媒大学出版社,2014年3月)。

该书的研究重点是《女声》及相关人物。涂晓华勤奋地挖掘大量新资料,在导师的悉心指导下,认真研究,得出许多新论点,显现学术造诣,令人刮目相看。第六章披露了许多资料,再现昔日丁景唐与战友青春飞扬的形象,其中有锺恕、杨志诚、鲍士用、董乐山、宇文洪亮、陈嬗忱、陈新华、唐敏之等,翔实地介绍了他们以不同方式撰写的诗文。虽然有些内容因故略显单薄,但是在研究丁景唐与《女声》的领域,她是"第一个吃螃蟹"的。

四、丁景唐与关露亦师亦友的关系

20多岁的丁景唐与30多岁的编辑关露有着非同寻常的亦师亦友的关系。

丁景唐多次在回忆文章中谈起关露:一位可敬、可亲、可爱的文坛名家和编辑老师。她"以《女声》编辑的公开身份,注意发现和采用文学青年的来稿……通过《女声》为沦陷区的妇女和青年带来光和热。对于我个人来说,关露同志给我以写作上的鼓励和帮助,更是难以忘怀的"。

关露也在《编后记》中指出:"歌青春是一位目前难得的青年诗人,我们在这里介绍他的《星底梦》,并非因为《星底梦》当中好些诗都是为我们写的,而原因是他的诗很有青年的气息,很能吸引我们来看。"(《女声》第4卷第2期,1945年7月15日)

当时,丁景唐与关露都不知道对方的真实身份,只是作为编辑与作者进行交谈。根据初步分析,《星底梦》29首诗歌中的大部分采用曲笔,机敏的关露心领神会,二人达成一种默契。这从她点评《星底梦》一文所举出的诗句便可得到证实。

双方心照不宣的结果便是形成了撰文、投稿与约稿、编辑、发稿,再撰文、投稿与再约稿、编辑、发稿的良性循环结果,这是一个双向的积极互动,并不是被动、消极、应付的单向过程。因此,《女声》发表了丁景唐许多诗文也在情理之中,推动丁景唐的诗文写作进入鼎盛时期,奠定了他编排第一本书《星底梦》的良好基础。可以说,关露是催促丁景唐不断创作新诗文的伯乐,为《星底梦》提前铺下第一块基石。

丁景唐发表在《女声》上的诗歌、小说、散文、随笔、论文、译文等,都得到关露的默契赏识和扶持。关露不仅是丁景唐这阶段诗文水平突飞猛进的第一见证人,也是一位不挂名的导师,甘为他人做嫁衣。

丁景唐由衷地感谢关露的提携,促使他不断地将诗文曲笔技巧最大限度地发挥,不断创新,《星底梦》便是其中比较成功的案例。而且丁景唐结合自己的治学课题古典文学,顺应《女声》的编辑思路,继续得到关露的青睐。这已经是题外话了。

丁景唐与关露亦师亦友的特殊关系,从未有人深入探讨,这是对《星底梦》"研究之研究"的一个空白。如果从中国现代知识分子"艰难选择"的宏观层面来审视,那么这会是一个有意思的课题。

注释:

〔1〕《妇女与文学》(沪江书屋,1946年2月)收录十篇论文:《妇女与文学》《她的一生——从民歌

中看中国妇女的生活》《〈诗经〉中反映的妇女生活·恋爱·婚姻》《陆放翁出妻事迹考》《朱淑真与元夕词》《六朝的民歌(南方篇)》《诗人秋瑾》《孟姜女传说的演变》《祥林嫂——鲁迅作品中之女性研究之一》《新女性的典型创造》。其中《妇女与文学》《〈诗经〉中反映的妇女生活·恋爱·婚姻》《朱淑真与元夕词》《六朝的民歌(南方篇)》《孟姜女传说的演变》收入本书。其余五篇收入丁景唐的《犹恋风流纸墨香——六十年文集》(上海文艺出版社,2004年1月)。

[2]2017年12月11日丁景唐驾鹤西去,涂晓华闻讯后动情地写下一段文字:

> 傍晚读到著名现代文学老学者,也是早年中共地下党员丁景唐老先生去世的消息,有些怅然。今天上午收拾旧物恰好翻到了丁景唐老先生过去写给我的几封信,还正想着得托上海的陈青生老师去医院看望时帮忙问候一下,可惜没有机会了。重读老人的信件与题赠,再次感受到老一代学人的谦和友爱、热情率真、严谨认真。当年因为撰写博士论文的缘故得到梅娘老师介绍,前往老人永嘉路石库门房子拜访过丁先生数次,老人不仅热情地接待了我们,还尽心尽力地帮助我。犹记老人家有关的第一手史料,他真恨不得全送给年轻人,也记得他那个有着乡土热情的大家庭,印象中他对妻子充满了怀念,史料与故事熟稔于心。丁老先生真的是一名对后学充满了舐犊之情、慈爱之意的长者。丁先生千古!

第二编

诗 论

我 的 自 省

朋友,我不知道怎样来形容我的感动,更不知道怎样来叙写我与诗的"因缘"。请原谅,我找不到适当的词汇,用了这模棱的"因缘"二字。

在"诗的王国"里,我不过还是一个"学步"的婴儿,远离作为人类心灵的雕匠——诗人,这一人类引为荣光的称号,真不知距有几千万里的路程哩!但是我那些幼稚浅薄的东西,居然有人感兴趣,从远在数百里外的小城镇送来了好意的询问,也有一位读者在《女声》的"信箱"上提出了这样的问题:"常在贵刊写诗的歌青春是否即关露女士?"(二卷五期)[1]这使我惊讶,犹如低能的孩子在壁墙间留下一堆拙劣的涂鸦而被成人赞赏一样,我只有惭愧、惶恐。

因此在我翻阅前期的《女声》看到编后的《余声》[2]时,连脸也羞红起来。以我这个方始"学步"的婴儿,于诗属"一知半解",对诗歌批评更是外行,要我"用信的方式自己解答",而说"本刊目前寻不着诗歌批评执笔的人",这是编辑先生的客气——一种过分的谦虚。在诗歌前辈跟前,叫我来班门弄斧,岂只"敬谢不敏",复"倍增汗颜"而已。

在无可奈何之中,我便怀着一颗惶然忐忑的心跑到《女声》社去访关露先生,我向她陈述了我的窘讶,承蒙她给予我不少的鼓励与珍贵的指点。"对于一个外县陌生者好意的询问,是不应该使她失望的。"她这话深深地感动了我。[3]

"知人莫如己",我领略编辑者的本意,无非要我将《女声》上发表过的诗趁此次做自我的回顾,或者说得实际些是"自省"。然而人所缺的也就是"自知之明"。"自省",在我个人观察,似乎远不如"旁观"来得透彻,而且让一个不老练的年青人来写这类文章,总不顶合宜。

为了尊重前辈的指点,为了《女声》上已"公言"在先;不使编辑者为难,不使怀着好意的关切者失望;同时反省到一个作者有向读者解答疑意的义务,不管是否会被人诋为"自捧"或"答非所问",我是决不能迟疑漠然不"顾"的了。

我还得声明,这不是一篇叙述我对诗的见解或者如编辑者所要求的"诗歌批评",我得坦白地"自供",到目前为止,自己还没有系统的理会。我只能约略地写我对诗的爱好、我写诗的过程,以及我的拙劣。

我开始正式发表诗,离我爱好诗歌、接触写作的时候,已相隔有三年多的光景。自幼失掉了父母,展现在童年时代接连的全是死亡。所可庆幸的,我还有善良的长辈寄予热切的关怀,最先是白发年迈的老外祖母[4],继之是叔、姑[5]的扶植与受教育,有机缘得以跻身少爷、小姐们的行列中,分享最高学府的教育,使我也能吸收到文化的养料,进而可以运用笔杆来抒写我的热爱与我的憎恨。这完全出于我可敬爱的长辈的恩泽,我是衷心铭记着不敢或忘的。记得第一首诗的写就还在四年前,刚进那个产生了几个在目前流行的消遣刊物上时常露脸而被称为女作家的教会大学[6]的时候。西洋流行一种说法,说是在青年时代每人都是诗人,而写成的第一首诗总是献给第一个恋人。我不知道这是否真实,但是在我却并不如此的,我的最初一首诗是为了那个现在活到八十岁的可敬的老外祖母写的。

写作在我是一种愉快,也是一种重负,有时岂止是重负,简直是苦刑,但是我熬受着这苦刑,因为我有许多"不甘寂寞"的感受。也是一个偶然的机缘,我替一位友人去《女声》社领一笔稿费,而我的学校离当时的《女声》社只不过一条马路。于是我也在旧稿堆中挑择出一首诗寄到《女声》社去碰碰命运,这就是那首《敏子,你还正年青》的诗。以后在将近一年的时间中,依着在《女声》上发表的顺序,有《弃婴》《春天的雪花》《当春天莅近我的身旁》《桃色的云絮》《风筝与小草》《江上》《乡恋》《生活》《我爱》《五月的雨》《在南方》《开学》《病中吟》《向日葵》《雁》,一起计16首。[7]在这16首不成熟的作品中,以我自己的偏好说来,比较还像样的只不过是《弃婴》《风筝与小草》《我爱》《向日葵》四首而已。

我不希望多来糟踢《女声》宝贵的篇幅,当一个青年人唠叨地谈着自己,他会有一种多么厌恶的感觉,对个人我也不想再多说一个字。

作品是一个人的写真,我想聪明的读者已在我那些不高明的诗歌中多少会辨识我写诗的态度了吧!

至于要详细地分析我自己的诗,现在还不是我能力所能及的时候,但是对于我诗的欠缺,我是可以说说的。[8]

首先是内容的空洞。虽然我想扩大视野,表现些实[际]生活中的悲剧,但由于自己生活"圈域"(!)的偏狭,我只能弄些"雕虫小技",写些[以]个人[为]中心的抒情诗。这就[是]为什么我私心偏爱《弃婴》的缘故。

次之是技术的缺乏修养。这主要是说我还在摸索一种最便利于表现我情绪的形式。我还在做各种表现方式的尝试,尤其是民间的歌谣给予我很大的刺激[9]。在那些民间无名诗歌的杰作前我低垂了头,极冀望在未来的时期里我能学取它优美的独特风格、趋向通俗化的方向。

我明白那位外县的读者之所以会产生"意在何方"的疑问,恐怕全然因为我写得不够通俗或表现主题不够明确的缘故吧!但是我也保持欣赏一首诗需要多番咏吟体会的意见,正如嚼橄榄之需要细嚼一样。

一首诗不能引起读者的感动而需要作者来注解,这正证明这首诗之失败。(当然也有些自称所谓诗人"也者"之流,以叫人莫名其妙引为自豪,那是例外。)《开学》和《病中吟》也许就是这种诗。但是"意在何方"这问题也提得太笼统,我不知道我下面的回答是否恰中其"意"。

也许"意在何方"的"意"就是我们通常所谓的"含蓄",我私自忖度,这又证明了我的失败。《开学》和《病中吟》以及其他我所作之诗,所糟的就是这:"我的诗并无何意,以为也没有含蓄!"我只不过直率陈述我的感触。写《开学》如此,写《病中吟》如此,写其他的诗也是如此!

《开学》的第一段写时光的匆促,用"好似隔宵刚忙着赶考,/怎的,今朝热风已残剩尾巴"来加强时光迅速的印象。第二段写开学时的新气象,写多时不见的同学互相询问的热络。而第三段与上段对照烘托被物价高涨的风浪所卷走的旧日友伴,"被金钱推出了校门"正说明旧日"学店"制存在的现象。"给生活打了耳光,/在人生的旋涡中翻着筋斗"是比较接近臧克家的句法,乃指出失学的同学在社会中的遭遇。最失败的是末段,我用含有说教味的几行来结束,损害了诗的完整。

《病中吟》我不想多说,因为这不过是抒写病中的感怀与渴望快些起床的想法而已。我记得穆木天先生说过一句话:"多样的内容要求多样的形式来表现。"(大意如此)我希望在未来的日子中能写出比较成熟的作品。

愿以此篇"自省"谨献于编者及读者,敬请指正。

戈庆春[10]
十月廿五日

原载《女声》[11]第2卷第8期(1943年12月15日)。

导读:

此文是丁景唐首次公开坦陈心迹,自我点评诗作,不溢美,不隐丑,注重文德,实话实说。他点评的这些诗歌都收入其第一本诗集《星底梦》,恰好为后世研究此诗集提供了第一手资料。他对于诗歌的审美情趣渗透在笼罩着谦恭氛围的文字里,忐忑不安,犹如小学生首次上台讲话,生怕引起同人的反感,带来某些后果。

同时,丁景唐首次透露了投稿给《女声》以及请教编辑关露诸事,尊称关露为"诗歌前辈",自己在她面前写此文是"班门弄斧"。还简要回顾了自己学习写诗的历程:"我还在做各种表现方式的尝试,尤其是民间的歌谣给予我很大的刺激……我能学取它优美的独特风格、趋向通俗化的方向。"

其实,丁景唐博采众长,像一只勤劳的蜜蜂,吸收古今中外许多诗歌作品的精华养分,化为己有。只需翻看本书收录的这些诗歌,以及收入本书的诗论文章,便可发现。他很重视民间文学,可参见本书收录的《诗与民歌》等文。

丁景唐说:"我的最初一首诗是为了那个现在活到八十岁的可敬的老外祖母写的。"可惜这首诗未能留存下来,否则可以提供更多的有关信息。本书收录的散文《灯》,可以多少弥补这个缺憾。

注释：

〔1〕详见本文附录。

〔2〕《女声》第2卷第五期编辑写的《余声》道："最近接到一位读者的来信,信中有一个问题……"详见本书第139页导读。

〔3〕关于丁景唐首次见到著名女作家关露的情形,详见丁景唐：《记一九四三年关露约我到她住处的一次会见》,载《犹恋风流纸墨香——六十年文集》(续集),上海文艺出版社,2015年1月。

〔4〕丁景唐曾撰文《灯》讲述老外祖母。

〔5〕"姑"指皑姑丁瑞顺,又名丁秀珍、丁皑。皑姑的弟弟丁继昌,丁景唐在回忆文章里称他为"昌叔"。

〔6〕1939年至1944年期间,丁景唐先后就读于东吴大学、沪江大学、光华大学。东吴大学涌现了一批才女,被称为"东吴派女作家群",领军人物是才华横溢的传奇女子施济美。

1939年秋天,丁景唐考入东吴大学,担任该校地下党支部书记,开展学生工作,编辑学生刊物《东吴团契》。施济美也是丁景唐编辑《小说月报》时的座上宾,她是丁景唐就读东吴大学时的同学。

〔7〕这16首诗经丁景唐不同程度修改后,都收入他的第一本诗集《星底梦》。

〔8〕以下自我批评是丁景唐首次公开表态。他的第一本诗集《星底梦》收录萧岱(穆逊)、王楚良(祝无量)作的跋,他俩也希望丁景唐设法扩大视野。

〔9〕"尤其是民间的歌谣给予我很大的刺激",这是丁景唐一度热衷于搜集、整理、研究民间歌谣的主要原因之一。

〔10〕丁景唐在此文复印件的开头注明："'戈庆春'为丁景唐写诗的笔名'歌青春'的谐音。〔此文〕原载民国三十二年(1943)12月《女声》第2卷第8期。同期发表成名作《星底梦》(35页)。"

〔11〕《女声》,见本书第32页注释〔4〕。

这期《女声》刊登丁景唐三篇诗文,《我的自省》《星底梦》和《出妻史话》。

附录 《女声》"信箱"

编辑先生大鉴：

我是贵刊的一个读者，自从贵刊创刊以来期有进步，使我增进了不少知识。这是应该谢谢诸位编辑先生的。

现在我有几个浅薄的意见贡献给贵刊：

第一，贵刊能否刊载些短评、杂感、生活通讯的稿子，最好能增辟一栏"读者园地"以容纳写作水准较差的稿件，而引起读者写作的兴趣。

第二，我和我几个学友们都很喜欢民间文学，对《她的一生》感到极大兴趣，乐未央先生写得那么生动热切，而材料又丰富。可否请乐先生告知怎样研究与搜集的经过？希望乐先生还能给我们写些民间文学一类的文章。

第三，常在贵刊写诗的歌青春是否即关露女士？可否请关露女士告诉我们怎样写诗？

十二分地盼望能在信箱上见到先生的回答。

此请

编安！

一个忠实的读者萍上

萍女士：

感谢你的热诚，这样细心阅读《女声》！

你的第二个问题和第三个问题可以合为一个，因为乐未央就是歌青春。他逐期替《女声》撰稿，他对中国旧文学[的研究]很有根基，同时思想又很纯正。他阅读过的书很多，《她的一生》以及任何其他著作都是创作，参考材料很多。兹恳请原作者解答参考书目，如下：

（1）钟敬文编：《歌谣论集》。（2）刘经庵编：《歌谣与妇女》。（3）朱雨尊编：《民间歌谣全集》。（4）姬步周编：《淮北歌谣》。（5）罗香林编著：《粤东之风》。（6）瞿笃仁辑：《广西的民间文学》。（7）洪亮编：《浙江歌谣》。（8）刘半农著：《瓦釜集》（内附江阴民歌）。（9）北大国学系编：《歌谣半月刊》（复刊以后）。（10）《中国民歌千首》。（11）娄子匡编：《绍兴歌谣》。

你的第一个提议，建议极佳，以后尽量采纳实行。

编辑室

原载《女声》第2卷第5期"信箱"（1943年9月15日）。

导读：

　　丁景唐的诗歌不仅得到该刊编辑关露的赞赏，也获得了众多读者的青睐，引起共鸣。原因之一是他的诗歌在抒发小我之情时，往往产生弦外之音，暗喻社会生活的残酷现实，包括上海沦陷后众多青年的渴望、追求和苦闷、忧郁、焦虑。

　　同时，丁景唐以乐未央等笔名撰写关于民间文学的论文，叙事生动，内容翔实，富有哲理。更重要的是他能以新观念、新视角、新思路重新审读、诠释中国传统文学的经典之作，不畏惧权威之言，勇于挑战，突破禁区藩篱，大胆地提出自己的新观点。他的一些观点至今仍然被沿用，只是众多研究者全然不知原出处，不知这些观点竟然来自中共党员、大学生丁景唐之手。

　　对此，经验丰富的关露早已料到几分，但不动声色，只是以编辑的口气赞赏乐未央之文，称他"对中国旧文学[的研究]很有根基，同时思想又很纯正"。这既是关露首次公开赞赏之言，也是促使丁景唐经常撰写此类文章发表于《女声》的原因之一。幸好"文革"期间，没有人知道关露此评价，否则含冤被关押的关露与备受凌辱的丁景唐都要"罪加一等"，跳进黄河也洗不清。

　　问答中提及的《她的一生——从民歌中看中国妇女的生活》长文，连载于《女声》第2卷第1—3期（1943年5月15日、6月15日、7月15日），后收入丁景唐的第一本论著《妇女与文学》（沪江书屋，1946年2月）。丁景唐在文后添加"本文所引歌谣，除直接由口头采录以外，余或引自下列各书……"，即《女声》编辑答复读者中提及的书目。当时丁景唐应关露之邀约写下，寄给关露，由关露出面答复读者。此论文后收入丁景唐的《犹恋风流纸墨香——六十年文集》（上海文艺出版社，2004年1月），但淡忘了昔日添写书目的往事。

诗 与 民 歌

从偏僻的小城镇寄来友情的信札和好意的询问,这不是第一次。你的信,仿佛是一团温暖的焰火点缀了这寒冷而满有雪意的岁尾,深怀着更大的欢欣。你知道我曾经写过一些诗和关于民间歌谣一类的文章,从而企求我发表一些"心得"或论文,这是你的谬爱,应该叫我一个于诗、于民歌"不学无术"的人感到羞悚[1]。

说实话,诗,在我虽也不乏书写的经验,但我还得保持我有一次在另外一篇《自省》中说过的话:"我得坦白地'自供',到目前为止,自己尚缺乏系统的理解。"[2]如果你不以为这是掩盖对自己的作品不负责任的推诿,那么倒无妨站在诗和民歌的爱好上,表达一些粗浅之解。

在文艺的王国里,和语言同时降生的诗歌,远在人类的原始期已同音乐和谣舞结合一体,伴随着人类共同的操作而产生了。《吕氏春秋·仲夏纪·古乐篇》中谓:"昔葛天氏之乐,三人操牛尾,投足以歌八阕。"反映了当时诗、乐、舞合体的真相。中国《诗经》中的《国风》、印度的《摩诃婆罗多》、希腊的《伊利亚特》和《奥德赛》,以及后一些阿拉伯民族的《天方夜谭》、日本的《万叶集》,这些矗立在世界文学史上最初的丰碑,都是在古代民间艺术(诗歌)的苑园里获得养料培栽出来的。现择熟知的来举例:

歌德的杰作《浮士德》,是利用16世纪流传的民间传说为底本写成的。匈牙利的民族诗人裴多菲·山陀尔[3],这位早年被严父驱逐出家门的"劣子",短期里过着游行伶人的生活,走遍全匈牙利的僻乡。这在他的接近民间歌谣风格的、采取了匈牙利民间故事为题材的叙事诗《勇敢的约翰》(孙用译)中,便可找到密切的联系。而来自民间、被称作俄罗斯乡村生活的记录者的涅克拉索夫[4],在他的出色的诗作《严寒,通红的鼻子》《在俄罗斯谁能自由和快乐》(高寒译)也明显地表现出他是一个出色的民间诗人。

次之,像托尔斯泰、屠格涅夫、法郎士、易卜生、施托姆[5]等大作家,他们对民间的诗歌也有着密切的往来和爱好。易卜生赞赏说:"它(指民歌)是人类的诗的天禀的果实","它是人类诗的能力的总和"。法国文豪法郎士在他沉醉于民间的艺术的欣赏中时,曾经这样提醒过那些漠视民间歌谣的艺术价值的诗人,他说:"乡间的老百姓是我们言语的创造者,是教导我们诗歌的先生。"施托姆,这位19世纪德国的代表作家,借着他的名著《茵梦湖》里的主人翁莱因哈德的嘴也说过这样的话:"我们在这些歌里面,发现我们内心最深切的情感与苦痛,好像它们之作成,我们大家都有份似的。"

作家和民间文学的关系的密切,再也没有比普希金和高尔基这两大人类心灵的雕刻匠更突出的了。在普希金的长篇叙事诗《奥涅金》中,普希金陈述过这样的诗句:"往诗歌的杯盏里,我掺合了许多白水。"我们不难了解这里的"白水"二字,是指他的善于融用民间的语言。在他的诗歌的杯盏里,他曾经给我们留下撷集民歌丰富的形象所酿造的浓郁的美酒。至于一代巨匠高尔基,他和那些从书本上接近民间艺术的人,又有显著的区分。他生活在民间,在民间诗歌和民间艺术的包围中,直接由民间的口头撷集了丰美的珍宝,或者换句这位巨匠自己的话,他养育在民间的生命的泉源间,获得了创作力。

讲到民间文学留存在中国文学史上的绩业,它不仅赋予正统的书写文学以新的内容[和]新的生命,并且当书写文学在庙堂濒向窒息的时候,它又以新的姿态出现,创造和发展了书写文学各种各色新形式,挽救了正统文学的垂亡。

《诗经》时代的《国风》、汉初五言诗的起源,以及文学史上各朝代的文体,如汉代的乐府、六朝的新乐府、唐五代的词、元明的曲、宋金的诸宫调,无不由民间文学所滋养而成长起来。它占据了中国文学史主要的篇页,创造了小说、戏曲、变文、小令曲、弹词、唱本等各种重要的文体。

像生长在野田里的奇花异葩,民间歌谣也曾引起不少文人的惊异,改变了他们鄙夷不屑的看法,进而仿效写成文人式的歌谣。可惜他们大多忘掉了野花的鲜丽全然离不开土地、阳光、露水,所以这株奇花异葩移植到传统的暖房中便黯然失色,变成萎谢的枯花。刘禹锡的《竹枝词》[6]、郑板桥的《道情》[7]之所以尚富有不少的生气,原因恐怕还得归功于他们没有隔绝民间的土地、民间的生活。

诗是语言、文字的艺术。作为一个诗歌的爱好者,应该有决心从活人的口头撷集活的语汇,提炼活的字藻,而不应该也不能躲在象牙塔式的暖室中,紧闭了房门,对天花板出神。历史上伟大的诗人的光辉的业绩曾经昭示着这一点真理:艺术不能离开活的人群,诗歌不能离开现实的人生。这并非过奢地冀求诗人,写出永垂诗史的杰作。一个诗人或一个诗歌的爱好者,倘若不愿毫无诚意地装腔作势,徒以书写梦呓式的文字游戏为满足,那么他必将不负责任的"胡作"认作诗人的耻辱!

批判地接受人类历史的文学遗产和提炼并发掘民间艺术(歌谣)的宝藏,是新诗创作的两大课题。不论前者或后者,同样需要诗人诚意地学习和研究。

当诗由口头的语言创作而远离民间、蜕演为书写的文字游戏,也就是诗的歌唱机能萎缩趋向死灭的时代,民间歌谣的研究尤值得我们新诗人的注意。鲁迅先生生前有句批评现代诗歌的缺点的话:"诗歌虽有眼看的和嘴唱的两种,也究以后一种为好;可惜中国的新诗大概是前一种。没有节调,没有韵,它唱不来;唱不来,就记不住,记不住,就不能在人们的脑子里将旧诗挤出,占了它的地位。"

要医治诗只能看、不能读的病症,口头创作通俗化的民歌是一帖对症的药,可以用来医

治诗歌的"哑症",恢复它的健康的生命的歌唱,因为民歌的药料中含有一大堆好的成分:

(1) 内容通俗,反映民间现实的生活,替民间留下爱与恨的烙印;

(2) 活人的口头创作,为民间所传转诵咏,是口语化的产物;

(3) 经过无数人的修正和补充,表现了民间心声一致的集体情致。

当然民歌是生长在乡村泥土间的野花。唯其是野花,所以也沉黏上许多鄙俗粗糙的斑点,同时也溅染着传统陋习的污点。我们不必将它看成神圣的东西,也不必抹杀它的缺陷。总之,民歌的优点有内容现实、情感真挚、口语化、可歌唱性……应是新诗的一条健全发展的康庄大道。

话是要说回来,关于诗和民歌,我缺乏太多的研究,尤其是因为我久住在都市里,离乡村的土地很远,这是一件莫大的遗憾。因此我向你,那些居住在城镇间有机缘跟民间口头的歌谣亲近的友人,深致羡慕。和民间朴质厚实的语言经常接触,是对诗的写作很有益处的事,正如阳光和绿色对人的健康一样珍贵。至于如何接受民间歌谣的优点、扬弃它的缺陷,牵涉到新诗的创作方法诸问题,尚有待于同好的研讨和实践。

在新的年头启端的日子,谨祝同样的快乐和健康!

一九四四年十二月[8]

原载《诗歌丛刊》第 1 辑《蓝百合》[9](1945 年 3 月 1 日),
亦载《星底梦》(诗歌丛刊社,1945 年 3 月)附录,均署名:歌青春。

导读:

此文列举中外名家及名作,以及鲁迅的经典之言,认为民歌"含有一大堆好的成分",经过扬弃、提炼和消化,能够医治诗歌的"哑症",重新焕发"健康的生命"。这不仅是丁景唐喜爱民歌、以民歌滋润诗歌创作的切身感受,也代表了众多同人的心声。

注释:

[1] 多年后,丁景唐将"应该叫我一个于诗、于民歌'不学无术'的人感到羞悚"删除。此文还有多处修改,不再赘述。

[2] 详见丁景唐《我的自省》,原文为:"如编辑者所要求的'诗歌批评',我得坦白地'自供',到目前为止,自己还没有系统的理会。"

[3] 裴多菲·山陀尔,19 世纪匈牙利杰出的革命诗人,也是匈牙利民族文学的奠基人。在保卫祖国的独立战争中牺牲,年仅 26 岁。他的主要作品有诗歌《自由与爱情》《狗之歌》《狼之歌》《我是匈牙利人》《民族之歌》《农村大锤》《勇敢的约翰》《使徒》等。《自由与爱情》写道:"生命诚可贵,爱情价更高。

若为自由故,二者皆可抛!"经左联五烈士之一的殷夫翻译,鲁迅加以推崇,广为流传。

1931年4月1日,鲁迅作《〈勇敢的约翰〉校后记》,对裴多菲、孙用等做了有关的介绍。此文后收入1931年10月上海湖风书店出版的中译本《勇敢的约翰》。《勇敢的约翰》为长篇童话叙事诗,裴多菲的代表作,孙用根据世界语本转译。

〔4〕尼古拉·阿列克塞耶维奇·涅克拉索夫,俄国19世纪著名诗人。其诗作紧密结合俄国的解放运动,充满爱国精神和公民责任感,许多诗篇忠实描绘了贫苦下层人民和农民的生活和情感,同时以口语化的语言开创了"平民百姓"的诗风。他被称为"人民诗人",他的创作对俄国诗歌产生了重大影响。

《在俄罗斯谁能自由和快乐》(今译《谁在俄罗斯能过好日子》),是一首叙事长诗,述写了偶然相遇的七个农民为寻求"谁在俄罗斯能过好日子"这个问题的答案而漫游全国的故事。该诗采用民歌形式,融讽刺、叙事、抒情于一体,艺术上有较多创新。列宁认为涅克拉索夫是农民革命的忠实表达者。

〔5〕施托姆,德国小说家、诗人。他的文学创作最早从搜集德国民歌开始,作品大多形式朴素,格调清新,感情真挚,意境优美,语言富有音乐性。他的中篇小说《茵梦湖》是描写感伤爱情的经典名篇,是展现德语语言魅力的典范之作。郭沫若、巴金曾翻译此书,先后有20多种中译本。

〔6〕刘禹锡《竹枝词》:"山桃红花满上头,蜀江春水拍山流。花红易衰似郎意,水流无限似侬愁。"

〔7〕郑板桥《道情十首·其一》:"老渔翁,一钓竿,靠山崖,傍水湾;扁舟来往无牵绊。沙鸥点点轻波远,荻港萧萧白昼寒,高歌一曲斜阳晚。一霎时波摇金影,蓦抬头月上东山。"《道情十首·其十》:"拨琵琶,续续弹;唤庸愚,警懦顽;四条弦上多哀怨。黄沙白草无人迹,古戍寒云乱鸟还,虞罗惯打孤飞雁。收拾起渔樵事业,任从他风雪关山。风流家世元和老,旧曲翻新调;扯碎状元袍,脱却乌纱帽,俺唱这道情儿归山去了。"

〔8〕此落款时间在《星底梦》附录里原有,但是在《蓝百合》上发表此文时删除。多年后,丁景唐在《星底梦》附录中用红笔重新修改,现据此重新校对。(详见丁言模:《自费出版的第一本诗集〈星底梦〉》,载《书香传情——丁景唐藏书考辨》,上海文艺出版社,2020年11月。)

〔9〕丁景唐等人合办的《谷音》刊登过一则广告:

《诗歌丛刊》已出二辑:1.《蓝百合》,2.《抒情》。地址:凤阳路同春坊廿五号。

《蓝百合》由诗歌丛刊编辑室蓝漪编辑,争荣出版社1945年3月1日出版,定价100元。

附录 民歌与诗

扬 风[1]

一

高尔基在《关于创作技术》一文里说:"文学的作品为值得艺术之名,须赋予作品以完全的言语的形式。"这是每一个文艺工作者都熟悉的原则,但是真正能做到"赋予作品以完全的言语的形式"的作家又有几人呢?固然,作家们应该接受先辈们留给我们的理论指导,但除此之外,还得将理论与实践配合起来,睁开眼睛,凝视生活,凝视大自然。所以,作家们丰富的取之不尽用之不竭的语言的宝库,存在于广大的民间,只等我们去拾取罢了。当然这是老调重弹,可是作家们能认真实行的却不甚多。

一个作家不但要熟悉自己生活圈子里的一切用语,而且要熟悉各个阶层、各个不同生活的人民的语言。只有这样,他才能写出为大众所热爱的作品来。

作为"生活的牧歌"的诗的语言,"是艺术的语言——最高的语言、最纯粹的语言"(艾青)。因此,一个诗人,必须深入生活,去寻觅丰富的语言的宝库;但文学的语言(诗的语言),必须通过作者的客观的、批判的扬弃过程,经过作家的凝练与加工,这样的语言才够得上真正的艺术的语言的称谓。有人说过,语言之对于一个作家,正如色彩之对于画家,一个不能灵活地调和色彩的画家,永远画不出伟大的画面,而一个不能灵活地运用语言的作家,也同样永远写不出伟大的作品。一个诗人,当然更是如此了。

我们看看目前我们文坛上的诗作吧,固然有不少是用最凝练的语言写成的,但不可否认,也有不少怪色怪样而称为诗的东西。有些简直不算新诗,充满了旧诗词的格调,我们很容易在报章上见到实例;还有一些诗欧化的调子则太浓重了,而且引用了许多难于看懂的西洋典故。这两种流行的诗的风格,都不是我们所需要的。

俄国文学之父普希金之所以成了俄国文学史上创时代的诗人,我们从高尔基的《普希金论》中可以看个明白:"他曾经在奥得沙、在基西涅夫和布司戈夫省搜集了许多民歌,为了研究人民生活以及民间口语……他时常披上一套小市民的外衣,到街头去听卖唱的瞎子们歌唱,而且将它们记录下来。"所以他是"将极通行的大众语引用在文学中的第一人"。我们再看最爱以普通人、农人及他们的苦痛做题材的诗人涅克拉索夫吧,在他的作品里也充满了民歌的气息。所以,不但是知识分子,就是一般粗识文学的贫穷的农人,也都爱读他的作品。

从这两位伟大的由民歌哺育成功的诗人看来,我们可以知道:民歌实在是诗人们的一个丰富的宝库,在那里,诗人可以取得许多自己所需要的东西。

二

诗歌和劳动有密切的血缘关系,民歌的产生便是一个明证。

我们知道:民歌的作者往往不是什么成名的诗人,工人、农夫、搬夫、水手等等的劳动者却往往是它的创作者。

熟悉生活,熟悉口语,这是每个诗人创作的前提,总没有比对自己的生活、自己的语言更为熟悉的了吧!因为,每首民歌都是作者用自己常用的口语对自己生活的讴歌、赞美或者咒骂和批评,在这种情形下产生的作品该没有不真实的吧,所以我们不但可以从民歌中获得精美的语言,而且可以窥测到各种不同的生活和情感,这对于一个时代的诗人该不是没有裨益的吧!

有许多用简约的语言作成的民歌,往往比一般流行的"口号诗"深刻动人。下面的两首民歌,一首是讽刺以读书为进身仕途的阶梯的读书人的,另一首则是赞美农人的:

有女不把[2]读书郎,朝朝夕夕守空房,有天得了做官志,还要讨个小老婆娘。

有女要把种田郎,洗手洗脚齐上床,种田郎呀,种田郎,灶前无柴郎去砍,缸里无水郎去挑。

民歌中也有很多是青年男女调情时的歌唱:

河东的大姑娘哟,心底好难过,蝴蝶儿成对又成双,只你和我哟还是孤零零。

女子二十须当嫁,再不嫁时误了你一朵好鲜花;张家的姑娘做了妈,王家的老婆昨天又添了个胖娃娃。

不过,民间也不是满心满意的,生活的重压是个可怕的现实,于是民间诗人又唱起来了:

今年望得明年好,明年望得后年好,到了后年仍穿破棉袄。

三

虽然民歌可以丰富诗的用语及表现出真实的民间生活,但是不能将诗歌与民歌合并起来。这不仅对新兴的诗歌无益,亦会葬送诗歌的前途。

民歌的作者大多数都是在旧的环境里生长起来的,他们的思想并未经过新的洗礼,尤其是在层层压迫下生长起来的农民,他们的思想里更是充满了自私、懦怯、畏缩的落后意识。由他们创作的民歌有时免不了杂进了许多落后的意识,多少地影响了民歌的内容。

学习民歌的目的既然是为了提高诗歌的素质,那么当然不能将民歌中许多陈腐落后的思想意识带进我们的诗歌中来。下面的一首民歌便充满了庸俗的利禄的思想:

太阳落山满地红,照见东家屋瓦梁,照见头梁檀香木,照见二梁木檀香,木檀香,东家添了个状元郎。

假使要认为它是讽刺仕宦之家的豪华、浪费的话,那未免也太牵强了!

最后,我还得说句老话,新诗和民歌终是两种不同的东西。学习民歌,只是学习民歌的优点,并非要我们的诗人丢下新诗的创作。如果单是模仿民歌,那将是新诗歌的停滞或倒退呵!

原载《前线日报》[3](1945年8月24日),
后载《文汇报·世纪风》[4](1946年10月31日)。

导读:

此文与丁景唐的《诗与民歌》的发表时间相差五个多月,标题相仿,基本内容和观点相似,类似"双黄蛋"。本文列举涅克拉索夫、普希金和高尔基,丁文更为详细,显然此文是看到丁文受到启发后改写的。

此文先后发表于《前线日报》与《文汇报·世纪风》,相隔一年多,前者是初稿,后者修改多处。在形式上,前者分为两大部分,后者则分为三大部分。前者有落款:"一九四五[年]七月改作于泾县。"后者删除。总之,前者显得比较匆忙,留下不少"急就章"的痕迹,排字时还有一些错字、漏字和衍字,校对者比较马虎,甚至一些文字不知所云。后者修改得比较通畅,但是也有个别校对上的疏漏。本文基本上以后者为准。

注释:

〔1〕扬风,真名不详,待考。

〔2〕把,苏北方言,意为嫁。

〔3〕《前线日报》是一份从军报转向企业化的国民党报纸,在安徽屯溪创刊,后迁移到江西上饶、福建建阳等地出版,1945年8月24日迁至上海发行,第7版副刊上首篇便是此文。1947年该报成立董事会,社长为马树礼,总经理先后为任矜苹、赵家璧,总主笔为钱纳水,主笔为曹聚仁、许杰等。

扬风在《前线日报》上发表过一些文章,有《略谈历史小说的写作》《〈我的旅伴〉的艺术手法》《作品中的人物描写》《从接受文学遗产说起》等。

〔4〕《文汇报·世纪风》,见本书第16页注释〔3〕。

诗 放 谈

新诗在现在遭遇到的厄运,是很可令人深思的。构成新诗厄运的原因有好几层,但主要的不外乎两点。第一,缺少诗的刊物,特别是缺少给初学者练武的场地。由这造成了两个畸形现象:一方面是一般报纸副刊老是些熟人的诗;一方面是无数年轻的无名诗人陷入"苦无出路"的烦恼中,以至于将来可能发展的才华,像营养不足的花朵一样早行萎落。第二,在新诗的成长过程中,虽也产生了一些优秀的诗人和作品,但真实地反映中国人民所喜闻乐见的中国气派的诗篇却并不多见,至少在我们的周围——城市的报刊上所表现的,多数是病态的、唯美的、朦胧的甚至梦呓式的连自己都不知在说些什么的东西。这是些有害的毒菌,常又作为诗歌爱好者的食物,直接或间接地影响了诗的健康,形成诗与人群间的离心力。鲁迅先生生前曾不只一次地提起新诗的病症,如诗应有歌唱的机能:

> 诗歌虽有眼看的和嘴唱的两种,也究以后一种为好;可惜中国的新诗大概是前一种。没有节调,没有韵,它唱不来;唱不来,就记不住,记不住,就不能在人们的脑子里将旧诗挤出,占了它的地位……我以为内容且不说,新诗先要有节调,押大致相近的韵,给大家容易记,又顺口,唱得出来。[1]

> 诗须有形式,要易记,易懂,易唱,易听,但格式不要太严。要有韵,但不必依旧诗韵,只要顺口就好。[2]

我们倘以如此的标准来评论时下的诗,连可以"眼看"懂得的就已不多,欲求"易记,易懂,易唱,易听"的更非容易。彩色的美丽的花蛇是更毒的,徒以技巧炫耀人前的病态的诗也是一样,毒害人的心灵,颓唐人的意志。

拙劣和幼稚是无碍于未来的生长的。问题还在如何培养我们的观察力,文坛前辈叶圣陶先生曾昭告文艺的学习者要作文先做人的道理。在历史上,伟大的诗人,屈原、杜甫、白居易、普希金、拜伦……全都做了人类的先知,他们莫不服役于人民,向黑暗的权贵战斗,而获得后来者的崇仰。还要加强自己的修养,向进步的诗人学习他们的优点,多多阅读世界名著及关于诗歌的专著,如黄药眠的《论诗》、任钧的《新诗话》、穆木天的《怎样创作诗歌》、臧克家的《我的诗生活》、艾青的《诗论》、李广田的《诗的艺术》。创作方面,我推荐马凡陀的山歌,艾青、臧克家、苏金伞、吴越、默之、任钧、白薇、沙鸥诸位的诗。如果能出同人性质的诗刊(油印也好)练习写作,收集民间歌谣,对诗的欣赏和写作尤有极大帮助。请允许我介绍几份诗歌刊物:《新诗歌》(上海)、《诗地》《诗垒》(汉口)、《诗音讯》(北平)。

原载《四明周报》[3]第 15 期(1947 年 3 月 30 日),署名:丁英。

导读:
　　此文谈论诗歌,以鲁迅的诗论作为权威之言,透露了丁景唐喜欢现实主义诗风的诗人及作品,还说明了民歌、民谣与新诗创作之间的联姻关系。文中最后说:"我推荐马凡陀的山歌……"这些人中有不少是民歌社的成员。

注释:
〔1〕引自 1934 年 11 月 1 日鲁迅写给中国诗歌会刊物《新诗歌》编辑窦隐夫的信。
〔2〕引自 1935 年 9 月 20 日鲁迅写给蔡斐君的信。
〔3〕《四明周报》,详见本书第 63 页注释〔1〕。
　　这期《四明周报》还刊登了《忆杨潮》(敏夫),提及杨潮被捕后在监狱里翻译《我的爸爸》(美国作家克拉伦斯·谢波德·戴著)。丁景唐在《我的爸爸》扉页上敬重地写道:"向杨潮烈士致敬!"详见丁言模:《杨潮的狱中翻译〈我的爸爸〉(遗作)》,载《书香传情——丁景唐藏书考辨》,上海文艺出版社,2020 年 11 月。

第三编

小 说

春　天

　　日子一天天暖热起来,住在这窒息的都市里也差不多有一年了。像一个梦,真不知从哪里说起。家里没一个可谈得上的,父亲终日消闲在家,伴在鬼火的灯旁,整天抽着烟。母亲呢,挂着念佛珠,把希望寄托在命运的掌握中。姊姊,终日跑在外面,迷恋在繁荣的享乐中。

　　我感到忧郁,对"空暇"非常惧怕,周遭缺乏温暖与同情。秋风,冷雨,黄昏,黑夜,度过了一连串悠长的岁月,我受不了寂寞。在家里老是想呀想的,我苦恼,我烦闷,生活在向下沉。荣,那小妮子,好多天没见面,真叫人不放心,女孩子的心情是难捉摸的。

　　学校里的功课真乏味,同事都侵蚀在旧纸堆的骨骸里,驯柔的羔羊呀!

　　像窗外的一块青天,我的天地多狭小,同学多隔膜。放学的时候,找平一起走。不知怎的,平那个小家伙变得愈发颓唐了,贫血的面颊,枯草的乱发,多可怕。我疑心自己在和鬼影同行,沉默深压在我们中间。

　　跑马厅高钟[1]的时针正指向着四点廿分,大光明[2]刚散场。怎么?我怀疑自己的眼睛,那不是荣吗?还有那个男的是谁?真不知耻,没有灵魂的东西,[是]表哥,无耻。汽车留下一阵烟就去了,远了,这不是梦呀!

　　今天,不知怎的,我想哭,近来变得这样感伤,女人是没良心的,我被她骗了。

　　我怕到学校里去,我怕见人们冷蔑的眼光。我[被]包围在忧郁的气氛里,"呵,失恋呢!"我知道同学以幸灾乐祸的态度在嘲笑。

　　我病了,妈焦急着,爸和姊拉拢了搭子在碰麻将,牌声如锤子似的打着,我头昏。天哪,这是怎样的一个家呢?一个没落的封建家庭,自己是一位没落的小资产阶级的子弟!

　　沙蒙和胖杨来看我。在坚强沉着的沙蒙面前,我感到渺小与无能,他太严肃了。胖杨倒是挺好的,可是有些讨厌,老是笑开了嘴和人家抬杠,尤其是为了荣的事发表一篇文章,说什么"恋爱要[以]不妨碍工作为前提",什么"一般青年因恋爱而逃避现实,这是大不应该的事",还不是对我说的吗?

　　多天不见,胖杨显得更胖了,沙蒙似乎更冷静了些。天闷,人又胖,胖杨喘着气,抹了一下汗就说:"小林,我们真忙,所以今天才来看你。"沙蒙也说:"我希望你能快好起来,大伙儿在一起是快乐的。"是的,和大伙儿在一起永远是快乐的。我感谢友伴的关切,同时益觉着自己的不应该,我初次体会了惭愧。我是个什么都看不起、什么[都]看不惯、什么也不高兴做,同时也是什么都不懂、什么也不会做的失去战斗性的人呀!我的思想是虚无的,我的眼光是短视的,我知道的并不比人家多呀!

我的脸有些热,约略将自己的事告诉了他们。我害怕胖杨又要和我抬杠,但胖杨很正经,不响。倒是沙蒙说了:"一切都在动,一切都在变,有的人从'追求''动摇'而'幻灭'[3]在时代的浪花中了。然而时代在进展,青年觉悟的到底是多了。朋友,过去的过去了,不必在回忆里打滚。苦闷,苦闷,苦闷,终有其根源。人,不是石刻木塑的,当然恋爱是很自然、很平凡的,不过终得互相了解,互相认识,要不妨害彼此的工作。若是因恋爱而消沉、彷徨,那是世界上第一号大呆瓜。小林,你是聪明人,当不会为了一个资本主义蚀化了的女子而颓唐吧!你应该用你最大的毅力来克服自己的劣根性。朋友,拿出些勇气来吧!用更大的愤怒来对付这个荒淫无耻的社会吧!"

我很感动,沙蒙的话是挺对的,可是我就是缺乏奋斗的勇气呀!

分别的时候,沙蒙和胖杨都说:"小林,回来吧,我们欢迎你,[和]大伙儿在一起时是不会寂寞的。"我答应他们病一好[就]回到[学]校里去。

晚上,我[做]梦了,梦见自己在十字路口彷徨,荣和她的表哥在一起,睬都不睬[我]。

晚风起了,黑暗中奔腾着暴风雨的呼驰,电光闪破了黑暗,我见到光明的一闪。我知道总得在两路间选择一条,我要在艰苦中使自己锻炼得坚强起来,我要用行动来创造民主、自由、幸福和快乐的明天。

我希望病快些好,回到朋友中间去。

原载《联声》[4]第2卷第10期(1940年6月26日),署名:洛丽扬。

导读:

这期《联声》设有"在集体生活中生长"栏目,共有三篇文章,除了本文,还有《小小的十年》(田辛)、《我的新生》(觉慧)。

此文应是小说,而不是自述散文,文中的父母和姊姊都是虚构人物,丁景唐父母早亡,只有一个妹妹。文中的"我"因失恋而苦闷,这种情绪在学生中是较为普遍的。由于本文是程式化的命题之作,说教因素直接影响了人物形象的塑造。结尾采用类似曹禺的《雷雨》的环境描写,象征"我"的觉醒,但显得勉强。

注释:

〔1〕跑马厅,指当时号称远东第一的上海跑马厅,其西北转角处有一座八层高的钟楼,高达53米。1949年后,上海市人民政府将跑马厅改建成人民公园和人民广场,建筑物部分作为上海图书馆、上海美术馆以及上海体育宫。

〔2〕大光明,指大光明电影院,当时享有"远东第一影院"的盛名。它始建于1928年,由中国商人高

永清与美国人亚伯特·华纳(电影公司华纳兄弟的创始人)合资成立。1933 年,由著名的匈牙利建筑师邬达克设计重建。1933 年至 1942 年的十年间,大光明影院仅放映了一部中国电影,其余全是美国电影,看电影的大多是社会名流和外国人。2008 年经过改造后,大光明电影院拥有中国最大的影院大堂和最大的影院艺术长廊。

〔3〕"追求""动摇""幻灭",指茅盾的《蚀》三部曲,即《幻灭》《动摇》《追求》三部小说。

〔4〕《联声》,见本书第 6 页注释〔7〕。

控 诉

一、梦之"实现"

秋天。

学校里开了学。

"得好好地念些书了。"抱着一颗希望的心,如虔敬的宗教徒,我庆幸于自己能进学府之宫。

爸说:"阿谦进了大学,用功地读四年,将来有机会还可到美国去一趟。你得答应我,别再像中学时的孩子气。"我点点头。

妈说:"孩子长大了,也该找个姑娘。"

洋装书、留学、M.A.学者风味的教授、自由研究的气象、同学间的互爱,还有像妈说的找一个姑娘……

我每天满足地笑着,脸上常开了花,像晴天里的鸽子。把思绪织成了图画,我每天映着美妙的来日。墙上的女神也似在羡慕着:"瞧,大学生呀。"

哈,谁稀奇呢?大学生,只是一个"实现"了的梦。

二、教 授 群 像

国文课上,"活诸葛"一跑进课堂,把书便往台上一搁,翻开来就照那书上的字高诵,一摆一摇,那兔子尾巴似的灰发便一耸一耸,两手撑住桌面,眼睛眯得只剩一条狭缝,口中念念有辞:"大学之道在明明德[1]……"猛地手往台上直拍,像说武书的说到武松景阳冈打虎一样那么有劲,使满座为之一愣,"咳咳,中国古文真太深奥了,你看那'道'字,那'明明'。"

于是乎,[他的]头在空中甩了三百六十度,来了个穿插:"现今有一般人提倡什么拉丁化,这般人一定忘了仓颉[2]创造蟹行文[3];还有就说闪电战[4],那也算得了什么,我们《孙子兵法》早就记载过……咳咳,大学之道,在明明德……"好,好,我不禁要跳跃起来,"中国乎,其唯中国乎!"我佩服得脸也有些飞红了。

"阿Q!"准是谁的讽刺。

三、上帝的儿女们

记得一位专写多角[恋爱]关系的作家,曾写过一本《上帝的儿女们》[5],据说很有噱头,里面的恋爱有三角、四角之多。

这里虽然也有不少的选民子弟,女的一个个勾魂眼、虾蟆脚、雷公脸;男的西装穿得有棱有角,走着的却是斯登(查理·卓别林)式的步法,说着一九四〇年的新术语:"陈格里的工业化学真是 nonsense[6]!"可是隔膜像万里长城筑在人与人之间,隔得那么远,文科与理科永不相逢,男女大家不讲话。当然这也得有例外,这例外就是咱们的女生主任所说的"把教室当情人室",因为她曾有一次瞧见两个青年放学后在教室里谈话。

这里的同学都很沉默,也许可以说是麻木。在这种叫你不得不麻木、沉默的环境里,功课[让人]透不过气,这能[算]是一个稀奇的现象吗?

我,没有朋友,也没有谁来找我谈天。我渐渐地沉默起来。在寂寞的日子里,在学校不顾学生死活而加重功课、施行"强奸教育"硬填的苦闷里,我也渐渐地消沉起来。

人本来是环境[里]的动物,在这样的境地里,能担保自己不变性质吗?变成一个麻木的人,再用沉默持重的外表来粉饰自己,我不能这样做。

天空里是沉铅的颜色,没有云层的浮动。"这种颜色倒像我的心情哩!"我这样想。于是我结识了一群找刺激、找玩笑的同伴。

"生活不要太顶真,太严肃! 人生本来是 play[7],何必日日 study[8],刺激一点,嘻嘻哈哈不就过去了吗?"他们这样想,我也那么想。

狗急跳墙,横竖功课还管得到他! 于是我们到处找寻刺激的材料。

在课室内,坐在后排批评着密斯,张开饥渴的眼睛,贪婪地看着身段像蛇样活动的女生。有时在黑板上涂字,有时在纸上画着细长的眉毛,涂着血红的胭脂,再写上她的名字,在教室间流通。

无聊,无聊,但不这样又怎样能生活在这"沙漠地带"里! 我们不是化石呀!

四、死 的 影 子

"考死","考死",死的影子时时笼罩着人,威胁着人,但有三种人是不怕死的。

一种是莫芝兰的一类型:为了文凭,为了"书中自有黄金屋,书中自有颜如玉",而在书堆里滚的人们,他们有牺牲自己身体的精神。

一种是王浩然的一类型:铤而走险,无弊不作,有课皆来的人们,他们有大无畏不怕开除的精神。

还有一类就是我们一伙:功课爽性不管他的,我自为主,有及时行乐的精神。

事实上不怕死[的],只有后面的我们。

今天早上布告板上有着王浩然的大名,一看就明[白],是失了风,杀鸡吓猢狲。其余都怔怔不安起来,有的也落[入]了我们一伙,有的怕死起来。

还有最近莫芝兰的陈尸殡仪馆,也证明我[的]先见之明,我的估计没错儿。

怪不得小罗吐着烟要说:"快死(Quiz[9])、压煞闷脱(Assignment[10])、退死脱(Test[11])、考死……这都不会弄死人,唯有自己寻死才会死。"阿良、老刘、小广东都笑了起来。

莫芝兰的消瘦的桃红的[脸]颊、长的颈子、白了的眼,在我的眼前掠过;小王一副苦恼被捉出的窘脸,在脑里现出。我不知道人们为啥要这样做,我更不知道为何学校要不合理地加功课。

从来我是爱惜自己,不大多用心思,这种事就是这种事,我学会了哲学教授的哲学:"世界是[个]谜,只有庸夫才去解答它!"

还是找小罗去。

五、寻 找 刺 激

"月上柳梢头,人约黄昏后。"[12]好美丽的诗,在都市里这情景是无法享受的。

"月上柳梢头,人约黄昏后"是我们的口头语。只不过"人约黄昏后"里的人是他和他,未免有些使多情朋友失望。

日子多了,生活也就[习]惯了。

十一月的风拂着秋叶的街头。静静地,吹着口哨,漫步在寒风里。红绿的光彩在市街耀眼,从大光明[13]走到虞洽卿路[14]来。走进了弥漫着酒精、汗汁和油脂、香水混合物的屋子,使人沉醉在高度的兴奋里。

一次又一次灯光暗了下来,一次又一次爵士音乐吹迷着人,一次又一次舞女在客人怀里媚笑。疯了一切都在沉醉的旋律中,男女的肢体、刺目的灯光、光光亮的酒杯、红绿的液汁、石灰样的白粉、石榴的唇、黄焰的眼光……这是刺激!

回来数着天上的星星,我怀疑了:"烟、酒、舞……天哪,这是刺激!"

"把身子弄倦了,把神经麻木了,这是刺激?"我不能回答。

六、今 天 与 明 天

我不愿多管闲事,但事情找到自己头上来了。

小罗上次在延平路赌,连他爸的车子都给他卖了。

小广东给他爸关起来,不许瞎跑。

父亲他很爱我,也警告了我。

文凭、大学、方帽子、留学、姑娘……这是梦吧!

"生活像泥沙一样流",这是我的生活。

这几天上海的谣言真多——

上海美侨撤退……

圣约翰要提早结束……

四大学(之江大学、沪江大学、东吴大学、圣约翰大学)得合并……

异国的 Professor[15] 已走了三个!

人们如苍蝇,落在粪坑的篱笆上,舍不得离开这块罪恶的土地。

Dancing Hall[16],按摩院,咖啡室。

妖魔一样的媚眼,轻盈的体态,都市的诱惑。

空虚的感觉常袭着我。

路,有人说要自己去找,可是我的路呢?

每个人都有一个今天,也有一个明天。

今天,今天我是这样。明天也会这样吗?我问。

原载《联声》[17]第3卷第3期(1940年12月1日),署名:乔起。

导读:

此文分为六个部分,犹如一首诗歌的六个小节,反映了教会大学里部分师生的腐败、堕落的情景。文中以漫画手法描写不学无术的国文教师,以及"我"等三类学生,告诫学生们此路不通,以此点题。

此文以反面角色为主。许多学生自甘堕落、寻找刺激的场景皆为虚写,只有课堂里的描写是实写,这与丁景唐的所见所闻有着密切关系,没有进一步深入开掘主旨。

此文最后干脆以类似诗歌分行的形式出现,不经意点出"这几天上海的谣言真多",以此凸显教会大学里的腐败、堕落是上海"孤岛"畸形繁华的没落的一个缩影,纸醉金迷的日子即将"断魂"。果然,一年后太平洋战争爆发,上海被侵华日军占领,宣告"孤岛"沦陷了。

刊登此文时,文后补白为臧克家著名的诗歌《自白》:"百炼的钢条铸成了我的骨头,/那么坚韧,又那么的锋棱,/不受生活的贿赂去为它低头……"这恰好成为《控诉》中"我"等人的鲜明对照。臧克家是丁景唐喜爱的著名诗人之一。

注释:

〔1〕此语出自《大学》开篇:"大学之道,在明明德,在亲民,在止于至善。"前两句意为:大学的宗旨在于弘扬光明正大的品德。《大学》原是《小戴礼记》第四十二篇,为秦汉时儒家作品。《大学》提出"三纲领"(明明德、亲民、止于至善)和"八条目"(格物、致知、诚意、正心、修身、齐家、治国、平天下),是一篇论述儒家修身治国平天下思想的散文,也是关于教育理论的重要作品。

〔2〕仓颉,原姓侯冈,名颉,黄帝时期造字的左史官。相传他见鸟兽的足迹受启发,分类别异,加以

搜集、整理和使用,在汉字创造的过程中起了重要作用,被尊为"造字圣人"。

〔3〕蟹行文,旧称欧美等国横写的拉丁语系的文字,此处指古文。

〔4〕闪电战,第二次世界大战中德国使用的一种战术,以突然袭击的方式制敌取胜。在"巴巴罗萨"计划中,德国以闪电战的方式突然袭击苏联,企图打垮苏联。

〔5〕张资平的长篇小说《上帝的儿女们》,上海光明书局1931年7月出版。张资平所写的都是恋爱小说,成为公认的"恋爱小说家"。鲁迅写有《张资平氏的"小说学"》,对他进行辛辣嘲讽。

张资平早年参与组织创造社,写了中国现代文学史上第一部长篇小说《冲积期化石》,他的恋爱小说曾风靡全国,后沦为文化汉奸。1959年12月2日,病死在劳改农场。

〔6〕nonsense,英语,意为胡说八道。

〔7〕play,英语,意为玩。

〔8〕study,英语,意为学习。

〔9〕quiz,英语,意为非正式的测验。

〔10〕assignment,英语,意为作业。

〔11〕test,英语,意为考试。

〔12〕《生查子·元夕》:"去年元夜时,花市灯如昼。月上柳梢头,人约黄昏后。今年元夜时,月与灯依旧。不见去年人,泪湿春衫袖。"

〔13〕大光明,见本书第224页注释〔2〕。

〔14〕虞洽卿路,今上海西藏中路。1936年宁波商人虞洽卿70周岁,工部局将西藏路的一段更名为虞洽卿路。

〔15〕professor,英语,意为教授。

〔16〕dancing hall,英语,意为舞厅。

〔17〕《联声》,见本书第6页注释〔7〕。

我为什么要逃课

"笃笃笃"高跟鞋在 Floor[1]上响,我的心悬空地在海波上荡秋千,随着"笃笃"起落。愈急愈想不出,眼珠好像要脱离我的目腔了,拿了笔,苦苦地在脑壳中搜索答案。白纸展开了阔脸对着我的窘形威胁:"快写,快写!"抬头望望她们都低了头在沉思迅写。"嗖嗖""嗖嗖"的声音似利刃的锐锋在我周遭晃摇,我感到一阵寒栗,额角渗透了汗水。瞧瞧蕙,也是一副阴天的脸色。

"野熊"女生主任的凶光从厚度的玻璃片[后]投射过来,对准了我,没法只好在白纸上涂鸦。黄疸脸,柳条眉,翘嘴唇,曲鳝身子,穿上黑色大袢,下面安放着八字脚……描呀描,画呀画,又在黑脸上撒下"满天星"。"哼!"[我]猛抬头,和"野熊"的眼光碰个正着。"哼哼!"这次准不及格了,明天还得"吃大菜"。她抢过纸去撕得粉碎,手向我伸来。我的身软了,我的腿木了,"野熊"的脸在我眼[前]愈大愈凶,如山妖母夜叉。[她脸上]一颗颗麻子[如]万道利箭般向我射来,一只魔掌要拍过来了……

"啊哟!"我的头往下压沉,霍地一跳,我吓醒过来。揉揉眼,抓抓头,瞥见嘀嗒嘀的闹钟像蜗牛挣扎在削壁[上]:"嘀嗒嘀,没休息;嗒嘀嗒,劳苦着;嘀嗒嘀,为谁忙;嗒嘀嗒,真苦恼……"这是无力的呻吟,弱者的低诉,但我呢!

我并不比它强了好多。人们开足了发条,让钟日夜敲打着,有时停了,人们忘了,它就得到休息。而我一年年看流痕秋水消逝,让岁月带走了青春,为了求学,为了求得自己做一个独立的女性,像永不休止的水源缓缓地拖着衰弱的身子,在书堆中讨生活,踌躇在凉漠的人生道上。

顾影自怜,我虽没有女词人李清照[2]那么有颗惯于感伤的心,但在这夜沉人静的初冬夜里,对着模糊的蟹行文[3],我频频地垂首回忆童稚的影子。

父亲的咳嗽不时从厢房里传来,霖弟睡得很熟,蕙、芝、琳、巧,她们想也早已沉睡了吧!我呢?做题目,抄笔记,看 Assignment[4],一堆堆的书像无底的深渊张开了口,看不完它,明朝八点还得赶上第一堂课,在实验室[里]呆立三个钟头。

随它吧!明天物理 Quiz[5]就吃鸭蛋也好,我的心思有些乱了。我不能像小珂她们家里有的是钱,可以逃课看电影,不能,不能,我不能这样做!教师的严脸、同学们的讽刺、父亲的咳嗽……四面八方把我围在核心。

"孩子,这社会找职业是不易的事,男子不容说,女子更大难。秀华,我辛勤地供你求学已是不易的了,进了大学总得获得些实用的知识,所以我要你学医预护士科。"父亲的话又在我耳际嗡嗡。爸的话是对的,"花瓶""狗儿",我是不能做的,他老人家的话,我知道全是好意,能有这样的爸是值得高傲的。但一年来那些"阿米巴"(结肠炎)……叽哩叽叭的名字带走了我的红颜。二十岁正是生命开花的时间,年纪轻轻弯了背,看上去还不如三婶三十岁的人影。读!读!读!早读夜读,三年的学程该是个多遥远的旅程呀,远远的如无边无岸的大洋。护士,护士!是女孩子唯一的出路吗?人世正是这样的残酷,要走路的人却没有路可走!

黑字变了形,在眼前尽是蠕蠕而动的小蛇,我的头要裂开了,还有两页。两页呢,努力些,"吃得苦中苦,方为人上人"。谁能说今日的苦不是将来成功的资本,苏秦不是从布衣而入相吗?

远地黑教堂敲了两下钟,我像半死的僵体倒在被窝里了。一天,唔,又是一天!

头有些昏沉,我有了寒热,但还得上课去。

赶着半小时的车,在冷风中又吹了一息。在实验室里,睡眠不时地袭击着我,胸口有些发毛,北风丝丝地从窗口追来,室内流散阿摩尼亚气味,好容易站着三小时总算过了。

第四节是英文。"喂!瑛,你英文一定预备得很有把握,等会儿给我讲一遍。真讨厌,老太婆'花头'多,今朝又是两篇 Essay[6],还要到台上去演说。"一颗颗、一个个如来福枪的子弹向我射来,蕙对瑛[说]的话,将我一炮轰醒。要命,昨夜预备了一夜,英文忘得精光,上台献丑,多难堪。

我偷偷地跑了,如丧家之犬不敢回头。

"瞧!逃学!""逃学!""不要脸,逃学!""学分要吗?"

讥笑、鄙视,在背后不时射来。地皮似乎在动,四周旋转得有些晕……倒在床上,我只会白着眼珠。那钟又在说了:"嘀嗒嘀死读书,嗒嘀嗒逃学精;嘀嗒嘀……"

"逃学,是的,为什么我要逃学呢?"

原载《联声》[7]第3卷第3期(1940年12月1日),署:梁秀华述,莫怀芳写。

导读:

此文是模仿一位女生的口气写的,写她不堪忍受繁重的学习负担,身心疲惫,不得不逃学,以此反对校方加重功课的"强奸教育"的做法。并且指出,人生道路并非只有"唯有读书高"这一座独木桥。此文有些描写比较生动,如女生心理变化和言行举止,类似人物速写,但有些遣字造句不尽如意。

该文落款为"梁秀华述,莫怀芳写",这是佯称他人口述,实为丁景唐撰写。

注释：

〔1〕 floor，英文，意为地板。

〔2〕 李清照，齐州章丘（今山东章丘）人，南宋女词人，婉约词派代表，有"千古第一才女"之称。

〔3〕 蟹行文，见本书第 230 页注释〔3〕。

〔4〕 assignment，英文，意为功课。

〔5〕 quiz，英文，意为非正式的测验。

〔6〕 essay，英文，意为论文。

〔7〕《联声》，见本书第 6 页注释〔7〕。

三 男 跟 一 女

——一个女学生的手记

秋天,送走了暑期。

随着一阵考试的过去,离开了那热烈、兴奋的中学时代,像一只孤雁失掉了它的同伴,我带着一颗探索而寂寞的心,踏进最高学府的×大学去。

在学校里现在再也找不到一张熟识的脸跟一向友情的说话。第一天上课,我很早就挟着厚重的洋装书踏进教室,那里空洞的仅有我一个孤独的人影,我感受了一阵寂寞,像很久以前跟妈刚来上海时一样。我用陌生的眼光细看了一周那新的景象,我望着那灰色的墙,又用手摸一下座椅,一切都充满了新奇而隔阂的感觉,甚至连窗外的一片蓝天也似乎与往常有些不同,我想离开教室,过一会儿再来。我于是站起来,推开椅子,但忽然记起一位在大学里念书的朋友的话:"开学的时候,最好是早些去,迟了会抢不到座位的。夹在后面男同学中间,那滋味可就不大好受,尤其是新来的女同学。"对于这话我是不大注意的,和男同学坐在一起那又有什么大不了的呢?男学生是来求学找知识的,女学生也是来追寻知识的,有什么"受不了"呢?

我站起,又在教室门口立停,但我并没有走远。这倒不是因为怕夹在男同学中间,只是怕坐在后面,远远地隔了一百多只座位,望不见黑板上的字迹,又听不到教授的说话。

这时走廊里已有人在走动,大概也是新来的女同学吧。往外一瞧,正对。于是我也挟着书在走廊里踱着,谁也没有先对谁开口,只是让沉默来占据空间。

上课铃一响,学生们才慢吞吞地踱了进来。可是十分钟过去了,教授连影子也没有出现,我想乘机找隔座那位低着头的近视眼同学搭讪攀谈一下。

我转过头去[问]:"你贵姓?""王。"简单的一个字,连头也没抬。"古怪,"我心里想,"多么冷淡的回答呀!"既然讨了个没趣,也就不愿再开口,免得再讨没趣,我为什么要平白地讨没趣?正在独个儿咀嚼着人间的冷淡和疏远的时候,忽然背后给什么东西(大约是纸镖)刺了一下,飞来一声粗鲁的说话:"阿陈,好!有妙头!"

我自然地回转身去,坐在后面靠窗的男同学们中又爆发了一阵哄笑,还夹杂着:"阿陈,努力啊,瞧她看着你呢!"于是几十条贪婪的眼光利剑一般地投射到我的身旁,又是一阵高声的哄笑,夹杂着零落而无聊的说笑。如陷在豺狼群里的羔羊,无援地单独地遭受他们的难堪侮辱。哭[是]弱者的表示,而泪珠又洗不掉所受的侮辱,但这样的处境下,我真有些想哭了;然而我又不敢,要是哭了那一定更糟,会被他们留为笑柄,人家以后会拿它来当作讽刺讥笑你的资料。

在中学里我也是最爱玩闹的一个——给人家开玩笑,放肆地朗笑,野孩子似的互相扭打,逢到同学吵[架],总得有我的份。[在]家里,我也从来没受过一些委屈,母亲对我是很放任的。

然而这回,在一群陌生的男女生之间,突然遭受到这种调笑,我可窘住了,悔恨自己干吗偏要进这倒霉的×大学。

我不知道这一天是怎样挨过的。直到现在回想起来我还耐不住要难受,望着那些卑鄙的脸发愤,甚至捏紧了拳头。

在那些日子里,我寂寞,我孤独,我渴望着诚挚的友谊、热情而直爽的谈话,但是在学校里展现在我周遭的是数不尽的陌生的脸,是数不尽的陌生而贪婪的眼光,是数不尽的无聊与卑鄙的举动。最初甚至连一个可以谈谈的朋友都没有。有时我和人们打招呼点头,而她们回答我的是冷淡而无情的表情。

一个热爱着友情,渴望着阳光,在人群中间活跃惯了,而且有着极强的自尊心的少女,如今是流落在荒野中了,[感到]沙漠一般的枯寂、秋野一般的落寞。

然而生活的泥河可并不如想象的那么平静和死寂,也掀着小小的浪花。一月以后,随着日子的流去,逐渐大家也就熟悉了,现在我在她们中间又活跃起来,生活也就并不全是寂寞的了。在无数的小小的浪花中间,也遇到过较大的风波——小考后的一天,在门房口的信插里,发现一封陌生人给我的信。

××× 小姐亲展。

是谁,这寄信的人?薏?林?云?这可并不是她们的字迹,朋友的笔迹我会不认识吗?谁?谁?谁?

信笺在惊讶中跌了出来——

×× 小姐:

您是天仙般的美丽,莹月一样的温柔。我第一次见到您的时候,您的倩影就一直深深地镌在我的心版上了。为了您我几乎整夜失眠,夜夜在梦中和您同游。我想要是真的的话,那是多么好呀!请你别拒绝吧!接受我的请求,我的好人儿呀!这礼拜天下午五时,我在大光明[1]等您。

你的仆人陈家俊

×月×日

疯话!完完全全的疯话!什么"天仙般的美丽,莹月一样的温柔",什么"我的好人儿""礼拜天等你",见鬼!多么无耻与厚脸呀!

在门房口我绯红着脸,呆呆地怔住了。那些下了课回家去的同学有好几个都在看我,我明了自己的态度一定有些异样。赶快把信塞在大衣口袋里,像做了什么亏心事似的,急匆匆地连头也不敢抬就跑出校门。

我的自尊与骄傲给耻辱的火炙伤了。一跑回家,狠狈地把原信写上几个硕大的红字:"请重视阁下的人格!"

我激动得太厉害了,也没有细细地筹划一下应付的方法,就换了个信封寄回学校去。可是因此又不安起来,我以为这样的做法太傻了,我忘了"沉默的回答就是最大的蔑视"。

第二天在去学校的路上,我的心微微地有些发跳,我想今天又不知要闹些什么鬼把戏。"难堪的事我受够了,以沉默来抵御一切恶意的侮辱。"想着想着,也就平静了下来。

这天总算没玩什么新花样,[我]心里安舒了些。

可是隔天,[我]刚踏进教室,几个同班的女生就窃窃地笑了起来,而且黄宝珠还用吵[架]式的口吻说:"××,请吃糖哩!"

"什么?"我被说得莫名其妙,可是她们却笑得更有趣了。

又是一封快信,更大胆并且更无耻,竟然直截地亲自放在我的座椅上,粉红色的封面却没有署名。瞧一瞧笔迹也不像上次的"他",我猜想大概是另外一个了。

这次,我奇怪自己像是成竹在胸了,在好几个已经是"朋友"的女同学前面,毫不羞涩地展开了信,索性让大家看看:"……我整天地记起你,每晚都想到你,使我不能安静……"最后他要约我上公园谈天。

我失笑了,笑得有些异乎寻常;她们也笑了,笑得也有些惨然。

接着是沉默,无形的暗云笼罩着四周。铃打过了,教授进了门,过了一瞬,不宁静的声响从后排传过来了——我知道恶作剧的风暴又来了。

"小广东,喂!你瞧,穿绿大衣的那'狗儿'……活像雌老虎……"我知道那是在说我,因为那天只有我是穿绿大衣的,我的心思又[被]扰乱了,教授的话再也听不进去……

"侬饭桶,看阿拉的……"是小广东硬邦邦的上海"闲话"。

"好……看你的……"第三个又接了下去。

"Please be quiet[2]!"教授敲台子,打断了他们的谈话。

放学的时候,黄宝珠伴着我一起走,她很关心地问我怎样处置这封信,她说她也收到过同一内容的怪信,并且还告诉我旁的女同学也有收到的。我们谈得很好,决定大家想个办法来对付那些人。在分手的时候,她说:"××,我们一定要做好朋友呀!"

我点点头。

麻烦的事不断地发生着。在第三封快信在门房里[被]发现时,请看电影的陈家俊第二次的信又来了。再一天,第二封来信写着小广东林文清的手迹,也寄了来。紧接着第三天,在回家的路[上],又发现一位叫王云标(是另一位同学告诉我的)的男同学紧跟在后面,还自我介绍说:"密斯×,上次给你的信可见到了没有……实在……实在地说,我们又是同学,又是同系……"

我心想:"第三名是你啊!"我又气又好笑。

乘他不防,我突地回身站停,大声地说:"密——斯——×,谁要你叫密斯×,你眼睛睁开点,对你讲,请尊重你自己的人格!"这个突然的举动倒使他有些不知所措了。他不好意思地咕噜着:"密斯×,大家朋友有啥关系,枉为大学生,头脑还是这样'不开通'。"

"头脑'不开通',你在说谁?"本来拿定主意不再开口,免得招惹是非,听他摆弄"不开通"的大帽子,我又回转身来睁大眼睛对牢他[说]:"好,我'不开通',你又怎样?"我的手捏紧了拳[头]。

[我]一硬,他倒不响了,舌头结住了,讷讷地[说]:"我们做朋友——我请您上 Rose Marie[3]去……去……唔,那里去谈一会儿话……"[他]又不响了。

真好笑,人家同他翻了脸,他还以为机会来了。"傻瓜!多么不老练呀!"忽然另一个念头在脑际掠过,忍不住暗暗地想笑出来。也好,就假装领受他的好意,笑了笑说:"咱们下次再谈,好吧?现在请你不要跟着我。"我怕让旁人见到了当作闲谈的资料,招寻麻烦。

他是同意的,胜利地踏着轻松的步子向对街的角落[走去],消失了。

无疑地再一天,王云标是又来了信的,写满了 12 张信笺,还要求我在星期天同去看电影。

计策是早就决定了的。

在收到陈家俊寄到我家里的怪信的第二天早上,起身洗脸完毕,就展开信笺提笔复信:

> 陈家俊先生大鉴:几次来信,无暇作复,本星期日下午第一场在大光明门前等我可也。

同样,我也给林文清、王云标写了信。

初冬的晨间,街道冷清清的,点缀着稀少的行人,北风冷飕飕地刮着,连太阳也躲藏到云堆里去了。我慢步跋着上黄宝珠家去温书,走过西摩[路][4]转角的邮筒丢了信。好像已经做了一桩得意的事,从路旁店家橱窗的玻璃里我瞧见自己在笑,于是脚步也加紧起来。

黄宝珠的家并不远,很快就到了。

宝珠迎了出来,就问:"你的事想得怎样了?"

"读书吗?今天我们不是约定预备英文吗?"

"不,不是这个,是另外的一件事呀!"

原来我搞错了。

"唔,我倒忘了,这事还要请你帮忙哩。"我说,"你凑过头来,我对你说……"

"促狭鬼[5]!"她笑弯了身子,"妙,妙,妙,再妙也没有!陈家俊这次可逢了天罡星!"

将近中午,我辞了出来,与黄宝珠约定下次和许、高她们到我家来。

星期天,大光明的约会我没有去,却是黄宝珠约了几个人去的。

这天整天刮着很大的西北风,还夹着雨丝,耽在家里也觉得寒冷,房间里好像布满了冷风,冰阴阴的。母亲煨着热水袋还嫌冷,大哥出门去访朋友时也搓着手,竖起大衣领喊冷,还关照佣人替妈生个火盆。

傍晚,风呼呼地刮得更凶了,看看天倒晴了。

前门有人在轻轻地敲门,是宝珠她们来了,三个人都通红着鼻子淌鼻涕,大声地笑:"××,这幕戏真演得不差!"接着又是黄宝珠的声音:"促狭鬼。"于是大家捧着肚子又笑弯腰。

正如我预料的一般,黄宝珠告诉我这幕悲喜剧的演出——

宝珠她们三个在两点钟以前就约好了到大光明,拿雨伞遮蔽了身子,在预告广告牌前面装着等候朋友的样子。过了五分钟,王云标首先来了。不知是因为心急还是因为太兴奋的缘故,在积水处差一点滑了一跤,新西装给污水溅了一大块。[他]鬼鬼祟祟地向四周张望,用纯白的手帕急忙乱揩,重新整了整领结,站在玻璃窗跟前照了照自己的打扮,两只眼睛骨棱棱地向路上注视着。等了会儿,他好像记[起]了什么似的看了看表,急急地到卖票处去买票。

十分钟过后,小广东林文清也来了。[他]在戏院内兜了一圈,拿着两张戏票又寻觅了一圈,见"她"还没有来,这才放心地在门外边望着街道,留意着行人的来去。

陈家俊对于约女朋友看电影的事显然是挺有经验的,在开映前的十分钟才慢吞吞地踱进戏院。当他瞥见林文清也在等人,便连忙避开了从左边进去,可是意外地"冤家碰着对头",刚巧和王云标冲撞了。陈家俊想避掉已来不及,只得硬起头皮打招呼:"哈罗,密斯脱王,一个人还是两个人?"王云标却像给谁重重地打了一记耳光似的,立刻涨红了脸,大概有点心虚。"噢,密斯脱陈,是你,"用手帕抹了抹脸,"你也来看电影?"

等呀等,等呀等,戏已经开映了。

等待的人还没有来,三个人各自怀着鬼胎急得团团转,跑过来又跑过去,瞧瞧表又过了十分钟。怎么办呢?见鬼!陈家俊真是触足霉头,又碰到了小广东,他一面打招呼一面跑过来:"等人吗?"那人淡淡地应了一声躲开了。

又是一刻钟过去了,小广东骂了一声:"丢那妈!还不来!"跑进去看戏了。剩下王云标与陈家俊还在呆头呆脑地等,等,等!

一幕喜剧终于变成了悲剧,谁知道他们等到何时。因为他们所等待的人在家里和他们开玩笑呀!

专门想在女生头上"沾光"的那些轻浮坏[小]子,这次可受了"回敬"了。他们挖空了心思,荒废了时光,白废掉金钱,却在冷风冷雨中怀着忐忑不安的心境呆站了这许多时间。那滋味是苦是辣,那模样是悲是愤,在他们是不好受的,在我可乐意了。

"那么明天怎么办呢?陈家俊是出名的吵[架]客,小广东也是硬邦邦的家伙,明天上课的时候他们一定又会玩出鬼把戏来作弄你的!"黄宝珠不笑了,现出忧虑的样子,许和高也有些焦急起来。

其实黄宝珠的担心是过分的,我自信还会"搬起石头压自己的脚背"的,我没有那么傻。

我还是笑,她们有些诧异,六条眼光停在我的脸上:"怎么啦,你又打算怎么啦?"

我说:"别忙,我早就安排好了,只就等他们来……"

"哈哈……"她们又笑了起来,"等他们来,来了怎样?"

"再来上———一次——当!"

"他们哪有这样傻,也许王云标一个人会上你的当。"

"他们当然没有这样傻,不过对'恋爱'和'友谊'两个名词的含义尚且不能了解,那么也就不只王运标一个,他们全要上当的。"

好像上最后一堂的哲学概论,她们都听得有些糊涂了,我就接下去把办法向她们直截地说了。我说早在中午我已寄出了三封信,信里假说前天受了凉,今天泻[肚]了起来,发着寒热不能起身,为了上次"失约"的事,我向他们道歉。末了还说要是他们高兴的话,下星期日第二场改在美琪[6]好了。

许很不放心地说:"那么,你是准备'亲自出马'去赴'鸿门宴'了?"高也接着说:"危险,危险,陈家俊是什么样的人……"

"慢着,我还没有说完呢。"黄宝珠想开口,给我打断了,"我已经找好了一位'保镖'和我一起去。"

"好,为什么不早说你已经有了爱人!"

"不管,××,吃巧克力,请客!""请客,请客!"她们大声嚷了起来。

"别闹了,是我大哥呀!"她们是猜错了,"等会儿他回来,我给你们介绍介绍。"我也存心同她们开次玩笑,"不过……"

"又是不过!"

"不过你们得请我吃糖哩!"

三个人脸有些泛红,和我吵了起来,边笑边扭打着。

下一个星期天来了。

大哥早就答应请我看电影,美琪的戏票也隔天买好了,所以那天我们在开映前才去。让那些傻瓜们蠢昏了头脑着急地去等吧!

冬天的夜晚来得很快,踏上街头,商店的灯已亮了。北风紧紧地吹着,街树光赤着枝头,在黄昏中呆呆地站着。

当我们踏上戈登路的时候,我紧挨着大哥的身子,装作挺亲密的样子,像一对青年的爱侣似的神气地、夸耀地走着。

在大都会前面已能清楚地望得见:瘦弱的王云标不安地在门前侧着身来回地踱着;一只手插在西装裤的袋里的是陈家俊,背靠着墙在抽烟。

映着苍黄的灯光,王云标的苍白的脸庞像抹着一层浓霜变成灰白了,神色惨淡而又颓丧。我微微地对他点点头。

王云标和陈家俊想上前同我说话,可是见到我身旁已经有"保镖",就狼狈地站住了,沮丧地对瞧着,好像在说:"原来你也约了她!"

我现在看清了小广东是远远地[站在]墙边的暗头里,好像一段硬木头,因为意外的打击,脸都让忌妒和忿恨的火烧红了。

"××,走快些。"大哥快走了一步向我喊着,他怎么会知道我在看临时的演出呢!我很有意地做作娇声:"来了!"跟了进去,还回头对他们高傲地看了一眼。

他们没有跟进来,隐约地听见他们在互相咒骂——

"小广东,你对我说上'巴黎'去的?……"

"陈家俊,丢那妈,你上次在大光明等谁?"

"你骂谁?丢那妈!"来势汹汹。

"……"

银幕揭开来了,让他们自己去抬杠吧。

经过这一次教训,他们就不敢再来惹我,只是带些阿Q相地在黑板上常常画些"雌老虎"的画像,或是在背后骂着"雌老虎,雌老虎"。而小广东和陈家俊却差不多成了冤家,不时地起冲突。

只有王云标这傻子,还有时呆呆地跟在别人后面。然而当他发现女同学都是三五成群地聚着走时,也便没趣地跑开了。

原载《女声》[7]第1卷第8期(1942年12月15日),署名:微萍。

导读:

此小说比起两年前在《联声》上首次发表的小说《青春》,水平突飞猛进,令人刮目相看。

此小说是丁景唐首次投稿给《女声》,花费了一番工夫,结果如愿,实现开门红。此后屡投屡载,且与该刊的关露等人相识。

丁景唐曾就读于教会大学,主编《联声》时又接触到大量校园外的学生生活,在此基础上筛选提炼,发挥艺术想象力,精心构思了这篇小说,讲述男女生之间的恋情故事。此事在校园里经常发生,也有不少人写作类似题材,不过此小说有几个鲜明的特点:

其一,此作是丁景唐写的为数不多的在《女声》上公开发表的小说,以第一人称的女生口吻述说,便于直接宣泄心中的复杂感情,尽情渲染气氛,大大提升了艺术真实性。既延续了署名"微萍"的女子写作特点,也符合《女声》的需求,淡化政治色彩,追求轻喜剧的审美情趣。

其二,丁玲的《莎菲女士的日记》曾风靡现代文坛,大胆地剖析女性的复杂内心世界。丁景唐首次写女性题材的小说也不能不受到影响,不过此"我"非彼"我"(莎菲女士),打上了不同时代的烙印。此"我"也是集善、"恶"于一身,具有鲜明个性和反叛精神,不满传统习俗和社会偏见,尤其是对女性的歧视。但是"我"截然不同于昔日"五四"青年一味追求个性解放,最终酿成人生悲剧,而是轻松幽默地反击,以"促狭鬼"的点子,"以其人之道,还治其人之身",狠狠地教训了那些想入非非的纨绔子弟。小说借此辛辣地讽刺校园里的歪风邪气——不愿读书,游手好闲,以追逐女生为乐,寻求生理、心理上的刺激。

其三,该小说还塑造了三个男生,他们各有个性。有些描述比较生动,特别是刻画王云标的言行举止(这与丁景唐所接触的类似在校男生有关),反映了丁景唐善于观察生活,善于捕捉人物特征的细节,表现了他的敏锐文学感觉和比较细腻的叙述风格。如果说前半部分是"我"的悲剧,那么后半部分则是一出喜剧,对于三个男生来说则恰好相反。

其四,"恋爱可以成为喜剧,恋爱也可以成为悲剧"。整部小说将悲剧、喜剧融汇一体,激起众多读者情绪的大起大落,直击年轻男女学子的心底柔软之处,便于形成较多的共鸣。

该小说采用先抑后扬的手法,前面"我"遭受侮辱的情景越是压抑,越成为后面报复的一个很好的铺垫,越大快人心。小说并未追求欧化小说的跳跃手法,讲述的故事有头有尾,情节起伏跌宕,吸引读者的眼球,这也符合中国广大读者的阅读习惯。后面报复的场景描写得比较巧妙。先是描写"我"在家里感受到天气寒冷,这与黄宝珠等人"零距离"看到的王云标等人在寒风冷雨中,两个画面交叉重叠,相互呼应,侧写与正写的手法交融为一体。

小说有些表述还比较稚嫩,有时出现概念化的语言,详略的处理不够老练,语言有时略为拖沓。瑕不掩瑜,第二篇小说写得如此精彩已属不易。此后,除了与他人合作的小说之外,丁景唐似乎再也没有小说超过此小说的水准。

由于各种因素,此小说博得《女声》编辑的青睐,破例配了一幅漫画,占据较大篇幅。画面上是四个男生衣冠楚楚,嬉皮笑脸,对着椅子上的一个时髦女生(神情苦闷、忧虑、无奈)指手画脚,露出得意洋洋的神情。

丁景唐回忆说:"'微萍',原是我的战友锺恕的笔名。1941年,她编学生刊物《海沫》时,曾写过长篇小说《密斯脱罗贵福》(未完)。她是我们中间小说写得最好的一位同志。1941年12月8日后,她为《万象》写过小说。我们在向《女声》投稿之前,先由她用'微萍'的笔名写了一篇小说《春色的恋》,试探该刊是否采用外稿。《春色的恋》隔期(第1卷第6期,1942年10月15日)就刊出了。于是,我也借用'微萍'的笔名写了小说《三男跟一女——一个女学生的手记》,在《女声》第1卷第8期上刊出,时间是1942年12月15日。以后其他党员也用笔名分散投稿,很快刊出。1949年后,我了解到别的系统的地下党员也曾向《女声》投稿,发表过不少作品。"(丁景唐《谈谈我的笔名及其他》)

注释:

〔1〕大光明,见本书第224页注释〔2〕。

〔2〕Please be quiet,请安静。

〔3〕Rose Marie,玫瑰玛丽,是一家咖啡馆。

〔4〕西摩路,筑成于1914年,1943年更名为祁门路,1946年更名为陕西北路,并沿用至今。西摩路在上海不是大马路,但是名气很响,曾被称为"洋人街"。

〔5〕促狭鬼,原指气量肚量狭小,性情急躁,《红楼梦》中多处出现"促狭鬼";上海话里指使用坏点子捉弄人的人,在此文中是一种戏称。

〔6〕美琪,指美琪大戏院,位于上海江宁路66号,建于1941年,10月15日开幕之际被海内外人士誉为"亚洲第一"。"美琪",取"美轮美奂,琪玉无瑕"之意。

〔7〕《女声》,见本书第32页注释〔4〕。

生活在孩子群间

一个朋友病了,托人给我带个口信,说是要我替她代几个月课。这使我有些为难,几天还不打紧,代几个月可有些踌躇起来。可是那位友人的病的确不轻,而且据医生说,似乎是肺病,需要到乡间去休养一个时期。

那个人去了不久,我就坐着街车去探望她。她正撑着疲弱的身[子],一边涨红了脸咳嗽着,一边却还在热心地批阅孩子们的课卷。照例她不说话,我也不响,默默地坐在她的侧边。

黄昏慢慢地盖过来,窗外的街灯也亮了。而她,这位把生命献给下一代,拿教育孩子当作终身事业的老师,还在咳嗽着,手中的笔不停挥写。

"我是多么自私呀!"我被她那热忱不懈的精神感动得要流泪了,就自己对自己咒詈了起来。她听到我在自语,这才转过身来[说]:"你同意替我代几个月吧!"她的晶亮的眼发着坚毅的光,跟她那灰暗的脸色多么不相称,像一道荫翳中的电光闪射了过来。为了掩饰不安,我微微地低了低头:"没有人,就让我试试看。"

"不,肯就肯,为什么要说试试?"她像在回答,"你这个人就坏在不爽快,迟疑、琐细,简直连一点男子气的决断力都没有。还想做什么文学家,老是把自己关在家里。"

我知道这是在揶揄我,但我决定不同她争辩,争辩会激怒她,对她目前的身子是不大适宜的。

我说:"好吧,你明天休假,我就明天来代你!"

她笑了,不过笑得不像中学里同学时轻快明朗,显得有些异样:"那么,我谢谢你。"她消失了好久的热情又在她的笑声和瞳子中流露出来。

隔了几天,她真的要走了,到近郊的乡间去养病。临走的时候,她和我握了手,还说:"好好地学习吧,把知识传授给孩子是件可以骄傲和高兴的事,不过教书并不是好玩。也许待过的恶劣[环境]会使你气馁,但是唯其恶劣,也可使你体验一下现实的生活,把你磨炼得刚强些。并且孩子也会教导你许多不熟识的事,你不是靠粉笔灰吃饭,增加些各方面的经验,对于你想获得些新的写作题材,也未始不是一个很好的机缘。"

于是她咳嗽着,坐着三轮车带着些简单的什物走了。我望着她的背影消失在街角。

回到家里,我有些茫然,我自己还像个孩子,在学校里还爱闹爱玩,跟同学在一起捉弄新来的老先生,而明天自己却要站在黑板前去教人了。小朋友是不是也会跟我们"大朋友"一样捉弄他们新来的老师呢?第一句我应该怎样开讲呢?做老师,态度和仪表也该当稳重些,在孩子面前和同事之间,我又应采取怎样的姿态呢?……想着想着,我就愈益烦厌起来,懊恼随口轻易地允了她。

晚上做了个奇异的梦,梦见自己被孩子们围在中间,校长闪着市侩式的小眼睛在大发雷霆,粗声粗气地当面指斥我的不是。忽然那个朋友走来,重重推了我一下,怪笑着:"我早就说你是个怯弱的人,受不起一些风浪。"

醒来,头还觉得有些晕眩,天才微亮,太阳也尚未起身哩!

当我回忆第一次踏进教室,现在已觉得模糊了。只是有一件[事]还清晰的——

暗昏的屋子中,噪杂的小朋友东倒西斜坐着谈笑私语。靠墙的一个暗角里有一个女孩文静地睁大了眼,端正地坐着,看见我跨进教室,就站了起来喊:"起来!鞠躬!坐!"是那么纯熟和富有韵律,四五十个孩子就跟着她一起动作。

休息的时候,在走廊里我遇见那个可爱的孩子和她的同伴在跳绳,我便站住了看她们玩。小朋友大概怕我去干涉,就忸怩地红着脸跑掉。我想在她们天真的头脑中也许以为我是一个严厉的老师啊!

第二天放学的时候,我有了一个机会去接近她。在街上,她躲躲闪闪,想避掉我,然而我已经向她招了招手:"小玲,你别跑哟!"她带着猜疑的眼光不安地垂下了头,跑到[我]跟前鞠了一个躬,细声地说:"老师!"

我温和地问她:"小玲,你也住在这附近吗?"她这才安心似的指了指对马路[1]陋巷口的一个矮平房,说:"就在这爿烟草店里。"说着又鞠了一躬,"老师,明天见!"急忙地跑了过去。

呵,多么可爱的孩子啊!

× × × × × ×

生活在孩子群中,是容易忘掉日子的流逝的。第一次月考结束以后,春天来了,日子也一天天变得温暖了。孩子们的感情也随着气候,和我一天天融洽起来,而他们活泼天真的孩子气也改变了[我]冷淡执拗的个性。我是他们敬爱的"老师",他们是我亲密的"小朋友"。

有一件事却使我惊讶,来上课的孩子一天天减少,一星期中缺课的总有十多个,而尤其叫我猜不透的是,连小玲这个可爱的孩子也常常缺席。这很令我灰心,我想也许是我教授法不良的结果。我承认我是失败了,我怎配得上孩子叫我"老师"呢?

我又感到稀奇,别级的情形最近也是这样。

有一天,我终于发现了这个不可解的"谜",我自己也忍不住好笑起来。我生长于一个"饭来张口,衣来伸手"的家里,而孩子们却大都是家境清贫,每天在和生活搏斗着的。这一生活的情形成[为]我和小朋友间的某种距离。

"杜米要伐[2]……杜米。"那不是小玲的声音吗?

于是我乃了然。生活是一根残酷的鞭子,它驱使孩子离开了知识的园圃。自从我在里街中瞧见小玲同一群男女背着大米为生活而奔波之后,我开始懂得教育是为哪种子弟设立的,我怀疑街头的野孩子的愚蠢和污秽也不会是与生俱来的。

现实是我们最好的导师,生活是我们最好的教育。

学校里的课本只告诉我:黑板最好用绿色,光线要明亮,屋子要宽敞,桌椅要适合儿童的发育……于是我也运用了这一套向小朋友讲日常卫生:"小朋友呀,现在夏天到咧,吃东西要小心,不可滥吃,尤其是冷食,隔夜小菜更吃不得。衣服要每天换,流了汗要洗澡……"

可是一位头上长着疮疤的小朋友举手打断了我的话:"老师,冷食是什么呀?"另一位拖鼻涕的也站起来[说]:"我们家里小菜也不吃,衣服也只有一件,洗澡也没有自来水。老师,你教我如何卫生呀?""哎哟,王小狗真是龌龊得咪,一点也不卫生!"一位脚上穿洋皮鞋,身上打扮得"小公子"[模]样的小朋友指着说话的[小朋友]嚷了起来。

我窘住了,这叫我这个拙劣的"老师"怎样来替小朋友解释呢?

"孩子,是这个社会在和你们开玩笑[3]。"要是这样说,孩子又如何会懂得呢?

几个月的粉笔生涯,恰如我写给那位请我代课的友人的信中提及的一样,使我接触了生活的新的角落——"现实是个伟大的讽刺家。而孩子正如你所指出的,教会我许多陌生的东西和人生的真谛。我常常在课后自省,是我教育了孩子,还是孩子教给[我]更多知识?我得承认后者比前者更出色得多。"

× × × × ×

那是秋天了,人们生活在萧索的气氛中,生活的浪潮和着日子也跟着澎湃得更凶险了。学费的增加排挤了不少孩子,[他们]遭受了失学,校长为了提高教员的待遇,也使我不得不自动地引退。这就是说把我的课分给另外三个教员,把我的薪金平分给三个先生,那么教员的待遇似乎提高了,而校长私人的"润余"也并无影响。

当我颤声地告诉孩子我要离开他们的时候,小玲竟哭泣了,让两颗晶莹的泪珠从眼眶中流了下来。

"小玲,不要哭,小朋友也不必难过,只要你们记着先生的话,爱爹妈,爱姊妹,爱小朋友,爱老师,爱人类,好好做个勇敢的小娃娃。小朋友,你们懂得我的话吗?"

孩子们默默地点点头。

"小朋友,我知道你们有些难过,人难过了就要流眼泪,但我不喜欢爱哭的小朋友,哭是顶顶难为情的。小玲,你怎么哭起来啦?"

"老师,我以后一定不哭了。你不喜欢的事,我一定不做!"

"对,不哭的小朋友,我才喜欢她哩。你们不会忘记你们老师的话吗?"

"不会!"孩子们齐声回答。

"那么,书上还有什么不懂的字要问吗?"

孩子们都不响,小玲却忽然举手站起来问:"老师,你会回来吗?"

为了安慰孩子的心,我无奈地只得欺骗他们,说次谎:"会回来!"

当我离开那所弄堂小学的时候,孩子们还跑来送我,和往常放学时一样向我说:"老师,再见!"我抚摸一下小玲的头,挥一挥手[说]:"去吧,小朋友!去吧,小玲!再见,再见!"于是我拖着沉重的脚步,缓缓地向远[处]走去。

原载《女声》[4]第2卷第4期(1943年8月15日),署名:辛夕照。

导语:

此文写得较为生动,凸显以小见大的构思。此文开头讲述请"我"代课的老师的艰辛,以及"我"将前去代课的心情——忐忑不安,担心会出洋相。突然,笔锋一转,孩子缺课,折射出沦陷区民不聊生的生活现实,给"我"上了一堂真实的现实之课。这验证了前文的伏笔——不能胜任教学的担心并不是多余的,并且跳出了狭窄的课堂,视野豁然开朗,扩展了思想内涵,开掘"缺课""失学"的深层次社会原因,跳出了同类题材作品的窠臼,显得别具一格。

该文的结尾颇有诗歌韵味,类似徐志摩的《再别康桥》,但是并非潇洒的"轻轻"挥手走了,而是带着沉重的心情,拖着无奈的步履,悲哀地离去,身后留下无数问号——孩子们将来的命运如何,"我"将走向何方,给广大读者留下一个谜。

注释:

〔1〕对马路,沪语,即马路对面。

〔2〕宁波话,"杜米"即大米,"伐"表示疑问。

〔3〕丁景唐曾写过《社会和我们开玩笑》一文,详见本书第369—374页。

〔4〕《女声》,见本书第32页注释〔4〕。

这期《女声》除了刊登本文之外,还有《陆放翁出妻事迹考——关于一个被迫于母遣去爱妻的悲剧》、诗歌《五月的雨》,后两篇收入丁景唐的《犹恋风流纸墨香——六十年文集》(上海文艺出版社,2004年1月)。

附录　秋天,你分开了我们

——生活在孩子群里的故事

戈　矛

"再会吧！先生。"孩子们温柔又残忍地向我招手告别了。

默默地,我站在校门的檐下,我不能跟他们说一声"再会"。这样温柔又残忍的话是可以折磨他们小小的心灵的,我只沉默地凝望着褴褛的孩子们的队伍消逝在黄昏的巷口。

我相信谁都是有着同感的,谁不会在向友伴们分别的当儿不关念友伴的前程呢？或者,这分别不会叫你想起过去那些辽远的温暖的记忆吗？

于是,凭着一点亲切的记忆,怀想着两个月和孩子们一起的生活——

第一天,太阳的光满满地洒在窗棂边,沉寂了两个星期的课堂顿时充满了嬉笑和歌唱。这嬉笑和歌唱不像我们旧时那样了,这声音里洋溢着孩子的娇嗔和天真。

"当"地响起了愉快的钟铃。

嬉笑和歌唱如晚汐一样淹没在钟铃的余音里。

我踏进了孩子[们]的课堂,孩子[们]零星地站起,鞠躬,又零星地坐下去。孩子们的愉快和欢笑埋没在严肃的静谧里,当时我还感到了困窘。

"你们全是三年级的学生吗？"我清晰地问,不让一个字含糊。

孩子们点着他们的头。

我分发了入学考卷。和自己坐在英文课堂的心情一样,孩子[们]啮着铅笔,侧歪着头在想。他们那尴尬的表情有力地刺激了我,我曾决心从这考试的折磨里把他们拔救出来,然而现在又在磨难我们的幼者了。

抬起头,迟疑地望着孩子[们],孩子们郁郁的眼睛望着窗棂。

孩子们迟疑的眸子带着陌生的眼光怔视我,在他们也许会感到人生的冷漠和荒凉吧！我却不,我决心为他们献出我的热情,然而我没有话去温暖他们荒芜且空虚的心。

孩子们走过来,又挨过课堂的门缘,郁悒地走去。

我们——我们的同学们,这里的教师——是热情的,而且我们自信也是前进的,我们曾下了决心,把陈腐的教育制度摒绝,给我们的幼者带来真正新的教育,让他们从蝴蝶、蚂蚁里瞧见一个光明社会的憧憬,让他们的理想生长在一个自由愉快的社会里。这次,我们的考试,并不像一把扫帚把孩子[们]抛在街头,而是把他们放在一个最适宜的学习集团里。

第三天,也是太阳的光满满洒在窗棂边的时候,孩子们又恢复在嬉笑和歌唱、活泼和天真的生活里。然而,八年的光阴把我们隔离开,似一片荒野,他们的嬉笑和歌唱在我的眼前消逝了,这是陌生的残酷吧!不,这是几代来的陈腐教育制度把师生的感情隔阂了。

"当"地响起了愉快的钟铃。

嬉笑和歌唱如晚汐一样淹没在钟铃的余音里。

"孩子们!"

我的热情开始传给我爱着的孩子们了,我讨厌这点名板,然而我却热情地唤出了孩子的名字。我愉悦地聆听着每个孩子的口音,我到过不少地方,我清楚地分辨出广州、汕头、厦门、北平……的声音。我开始因为他们远方的口音,微妙地联想起了乡愁,替流浪的一群[人]感到了无限的悲哀。

"孩子们,我不想跟你们说一席无聊的废话,让我们翻开书吧!"

洒在窗棂边的太阳[光]偷偷在人不经意的时候袭进来。

"我们来看看我们自己的祖国吧!这是我们的祖国。"我挂起了颜色鲜艳的地图,孩子们的眼睛睁大在怔视了,"这是什么地方?"

"东三省。"孩子们嘈杂的声音。

"是的,东三省。这块是辽宁,这块是吉林,这块是黑龙江。孩子们,你们忘了它吗?"

孩子们没有回答。

"你们忘了吗?当你们还在孩提的时候……这条是什么江?"

"黑龙江。"零星的一些答语。

"这条呢?"

没有孩子们的声音,他们怔凝在那条曲流边的小字,像真的在这条美丽的松花江的河畔仰望自由的蓝天。

"松花江。"我把名儿写在黑板上,孩子们把这个美丽的名字记在心底里。

"你们唱过《松花江上》那支歌吗?"

孩子们羞涩地答应着,又点点头。

"那儿有?"

"森林煤矿,大豆高粱……"嘈杂又参差的回答。

…………

愉快的日子像流泻着歌曲的清溪跟孩子们搅在一起,生命就溶化在他们的天真和活泼里边了。我永远感[受]不到阴暗和寂寞,我的心和无数颗活泼孩子的心拍合着,我又回到自己的童年,然而不是从前埋在那阴暗书塾里的寂寂的童年。

我们的热情换得了无限的慰藉,我们的热情捣毁了遥远遥远以前的年代给我们树立着的师生隔阂。在上课的时候,我们互相尊敬着;在课余,我们是伴侣,是哥哥和弟弟。

然而,渐渐地在这流泻着歌曲清溪的日子里,我们感受到一阵阵幽冷,我们渐渐地接近了秋天。秋天,是我们和孩子[们]分别的时候。

我们接近那秋天了,然而我们并没有全部实现我们那伟大的图构,但我们却完全献出了我们的热情,我们在孩子[们]的生命里插下了走向新社会的秧子。

季节爬过了炎暑的软绵绵的柏油马路,秋天终于来了,这个秋天完全如同一切以前的秋天。

"告诉我们考试的范围吧!先生。"

我开始替孩子们的哀求而悲哀了,我是不能把我待在课堂时先生[讲]的一席话向他们讲述。我记得我第一次踏进孩子[们的]课堂的那个灿绚的午后,我憎恨那折磨生命的考试,然而我该向他们说些什么呢?我迟疑着。

"先生,书本子里的要不要考?"孩子[们]颤抖而严酷的话向我袭击。

"孩子们,你们记不起了吗?开始的时候我跟你们说了的,考试只不过是一个形式,是不紧要的。平日所讲的你们全懂得吗?"

孩子[们]低声地回答,又点头。

"那就是了,我们到这儿来不是求分数,而是切切实实地求一些学问。"我仍然说了自己的格言,但孩子们的脸上堆积了阴暗,他们是担心着这场屠杀一样的考试,他们不信任我的话。

可是,我信任着自己。

秋天,最后的第二个日子,和我们的孩子[们]分别以前的日子。

钟楼下,"当"地响起了愉快的钟铃。

我又踏进孩子[们]的课堂,孩子[们]郁郁疲倦的眼睛怔视着我。

"我信任你们全是好孩子。"把考卷依次地分发了。

孩子[们]的笔落在纸上参差地响着,孩子们的脸上浮泛起一阵红霞,像春天三月的夕阳照红了西天。

…………

"再会吧!先生。"孩子们温柔又残忍地向我招手告别了。

我默然地挨在檐下的校门,抬起头,凝视一缕云烟。

八月廿八日

原载《联声》第 2 卷第 11 期(1940 年 7 月)。

导读：

丁景唐回忆说："笔名戈茅的桑雅忠也为《联声》写过稿。"（《我的文艺编辑生涯》）

桑雅忠，浙江宁波人，从浙东中学（今宁波四中）毕业后考入暨南大学英文系，后转入英士大学政治经济系。1949年7月进入杭州新闻学校学习，参加革命工作。1950年后，先后在温州中学、杭州师范学校、杭州市教师进修学校等校任教。1980年调入杭州教育学院中文科，从事文艺理论和外国文学教学工作，任副教授。1989年离休，被聘为浙江文史馆馆员。

丁景唐的回忆可能有误，因为在《联声》上未找到署名"戈茅"的文章，戈茅在其他刊物上发表过许多诗歌，但没有散文。也有人使用"戈矛"在其他报刊杂志上发表论述、评介等文章，但没有本文这样的集小说描写和散文、抒情诗句为一体的体裁。

如果此文是桑雅忠之作，那便是一种大胆的尝试，力图打破各种文体的藩篱，走出一条新路。

"阳光"与"钟铃"、"嬉笑"与"歌唱"、"鲜艳"与"地图"、"郁郁"与"怔视"、"阴暗"与"寂寞"、"秋天"与"檐下"等，这些富有感情色彩的词语混搭在一起，展现出一幅幅大块油彩的现实画面；同时象征着"我"和孩子们的各种随机心理变化，投射到抗日救亡的大背景下，由此努力提升此文的思想境界和审美情趣，给人耳目一新的印象。

本文既借鉴了法国作家都德的著名小说《最后一课》的某些构思，也借鉴了国内爱国作家写的作品——在课堂里挂起沦陷的东北地图，告诫大家千万不要忘记。

文章前后呼应，时而点题，并且多次出现相似的语句，如"'当'地响起了愉快的钟铃"等。这是借鉴民歌中的比兴手法和复调咏叹，以增加读者的印象和行文的韵味。

文中也不可避免地出现了一些斧凿之痕，如夹叙夹议时，有时比较勉强，有时刻意求新求变，却辞不达意，影响行文的流畅性。

有意思的是以上这些也是丁景唐初期写作的特点，而且此文副标题与他后来的小说《生活在孩子群间》的标题类似。两文的内容都是述说"我"到小学里去代课，但是两文选择的角度、表述的方式截然不同，后者比较成熟，旨意凸显，描写聚焦，行文比较流畅。

按照丁景唐的写作习惯，他不大可能采用他人使用过的标题。不过丁景唐生前未提及此文，尚待进一步考证。

一 场 争 辩

政治学上,教授在黑板上写了两个字:Woman Suffrage[1]。回转身来讲解:"假使说……"顿了顿,瞟了一下一百二十多个学生,"一般说来女人总比男人老实些。"

男生中起了骚动,A 嚷道:"女人未必比男人好。"B 接着说:"女儿都是雌老虎。"C、D、E 附和着,全课堂闹翻了:哄哄哄。闭起眼睛打盹的也笑了起来,问隔壁同桌:"啥格事体?"那个还没回答,教授拿起揩刷[2]敲黑板,嘈杂的[声]潮平静了。

"我早声明在前,假使这样说,一般说来女子当中好的比较多,"[教授]向前晃晃手势,把要插嘴的学生压了下去,"但也有坏的,比男子更坏!"

男学生高兴得哄笑欢呼:"对呀,说得不差呀!"

"但是历史上的贪官污吏全是男子,没有一个女子,谁能解释道理?"

[教授]话还没有说完,男学生又笑了起来了:"因为从前女子没有做官呀,女子做起官来一定更贪污哩!"

"对,不错。"教授同意地点点头,"一般讲来,女子好的固好,不好的才更坏。记牢,这是反对妇女参政的第一个理由。"

坐在前排五六十位的女生赶忙把它端端正正写在笔记簿上。坐成一个马蹄形把女生包围在中[间]的男生们,却你一句我一句地问:"第二个理由呢?"好像他们在听说笑话,觉得第一个理由很令人满意。

教授又拿揩刷敲敲黑板。"第一点摘好了吗?"顿顿又说,"赞成论者每以男女都是公民,应该享有平等权利,但这是理论,实际上男子有固定的职业,如律师、医生、教师、银行家、商人……而女子则是妻子、母亲、女儿,还有……"

"还有搓麻将。"男生又轰然起来嚷着。

教授说:"不错,除了打麻将之外,就只有等结婚养孩子。"女学生有的红着脸,低垂了头。"并且……"[教授]又在敲黑板了,"并且若是参政,那么家里的事谁去干呢? 所以,记牢,这是第二个反对的理由。"女学生又赶紧写在笔记簿里。

"慢慢,"教授扬扬手说,"漏掉了,还有一点,也是事实上的困难。我是同情妇女参政的,不过事实上的确有不少困难,好比女子太[重]情感,情感有好的,自然也有坏的……并且还没有自己的主张,所谓夫唱妇随,女子参了政,选举起来,丈夫选张先生,她也跟着选张先生,那不是又多了一重麻烦吗?"

说到了这里,教授为了表示他确实是赞成女子参政似的,征求大家意见:"现在趁还有十九分钟,让男同学和女同学自己来发表一下反对或赞成的意见,现在请随便发表。"

大家的脸都转向在后排靠窗的一位同学。"W 先生发表高见,W 先生发表高见。"大家喊了起来。

于是那位平头、穿着一袭白麻布长衫的男同学在呼笑中英雄似的站了起来,先把玳瑁眼镜抬了抬,然后就"狮子吼"般演说起来:

"中国的女子已经受到几千年封建的压迫了,但是到现在还是'[革命]尚未成功',这是什么缘故?就是因为你们女子根本依赖男子,没有勇气来反抗。我最看不起没有勇气的人,没有勇气的女人当然与男子不能享受平等的权利。历史上,我最崇拜武则天,武则天是一个有勇气的女人,她敢压迫男子。所以我认为女子事女子管,男子不必管它。几千年中国的历史已给她们一个长期的机会,但是她们为什么不起来反抗呢?"

他气昂昂地坐了下来。

这位被称为 W"先生"的同学,他的话真是一块大石头,让全教室的人骚动[起来]。男学生替他喊好,女学生却感觉他的话有些不近人情,可是苦于有话又说不出或不敢站起来同他辩驳,因为这位 W"先生"素有雄辩家的风度,能"强词夺理",[具有]把黑说成白的本领。

终于有一位女同学气愤不过站了起来,指着 W"先生"说:"刚才这位同学说女子的事应该女子管,既然女子的自由要女子自己取得,那么男子为什么要压迫女子呢?"

那个[W"先生"]正想站起来驳[斥]她,不想一个坐在他一排上的胖子抢先和他抬杠:"密斯脱 W,你以为女子不应与男子平等,我倒要问你,如果男子不应该与女子平等,那理由呢?我[的]意见,既然男女全是人类,当然一律平等,你以为男女平等不好吗?"

W"先生"见到居然有男同学替女子助威来向他挑战,不禁有些愤然,发表他的"男女不应平等"的大道理:

"为什么男子要压迫女子,这是不通[的]。男女平等,根本这是骗人。无论你怎样同情他人,然而人总有私心。好比有钱人怜悯穷人,觉得穷人可怜,但是自私心却又叫他不得不榨取穷人,不榨取穷人,他还能有钱吗?若说为什么男子要压迫女子,我倒要问你们女同学:你们有钱能够念大学,娘姨、小大姐,你们为什么不也叫她们同你们一起进大学呢?男女也怎能一律平等?正如你们有了钱不肯分给她们一样!人有私心是宿命的事,男子不平等又何尝例外。你们不肯把权利分给娘姨、丫头,男子的权利为什么就该分给你们呢?"

"哈哈,妙论!妙论!"每个人都笑倒了。

在哄笑声中,电铃像为我们的英雄吹起凯旋号似的响鸣了,而 W"先生"也就挂着男性胜利的微笑,得意洋洋地结束了他的高论:"老实说,我承认男女是不平等的。人是有私心的,男子不压迫女子,也不成其为男子。而女子呢,有勇气就该自己去争取,没有勇气,那就拉倒吧!"

原载《女声》[3]第 2 卷第 5 期(1943 年 9 月 15 日),署名:包不平。

导读

此文所论"女子参政"的背景,参见丁景唐《集体讨论:民主自由与学生生活》一文。

文中谈及"男尊女卑""男女平等"问题,竟然是"一袭白麻布长衫的"W 先生(暗喻反对"女子参政"的重庆国民党要人)"狮子吼"般说出的。似乎冠冕堂皇,其实是偷换概念,蛊惑人心,掩盖历史和社会根源(私有制和阶级剥削等),将诸多表面的现象混为一谈。文中充满了辛辣讽刺的意味,并与编辑、读者达成默契,成为茶余饭后的谈资笑柄。

注释:

〔1〕Woman Suffrage,英文,意为妇女参政权。

〔2〕揩刷,沪语,板擦。

〔3〕《女声》,见本书第 32 页注释〔4〕。

阿　　秀

寒假里,母亲来了头封信,嘱咐我无论如何回家去望她一次。漂泊在外,我已好几年没有返乡了,有时听到同乡们说起关于家乡的话,总禁不住想念那阴森的古屋和白发的母亲,心里便充满着乡愁。虽然在梦中见到的母亲还是那样强健,嘴边永浮着好心情的笑容,但是实际上到底怎样过着日子呢? 在这种乱世的年头,一个上了年纪的老人,除了操劳家务外,还得适应骤然改变的环境,恐怕也不很容易吧。所以我决定遵照她的意旨,打算在母亲的身边度过这一年的阴历新年。

我忙了好多天,预备着离埠的手续,经过种种麻烦,总算都弄舒齐。母亲到现在还把我当作孩子,她在信里叮嘱着我少带行李,这事情我还会不知道吗? 我随身只带了一只手提小皮箱,放了几件衬衣和日常要用的杂物。

动身的那天下着蒙蒙的寒雨,还刮着北风,在码头上等候检查的乘客实在有些狼狈! 我亏得行李轻便,并且受到一个"老出门"的指示——"不要省小费"——总算不很难地通过了几个"关",但是头发已经被雨淋湿了,水顺着发角流到头颈里去。我一边走着,一边拿出一块方手帕揩着。将要走近吊桥的时候,突然在我的后面追来一个女人的声音:"先生,谢谢你……替我拿……拿……"

我回过头去,看到一个近廿岁的少女在喊着我。她的左手提着一只网篮,右手提着一只小皮箱,肩胛上还背着用两只网袋结起来的满满的包裹,里面塞着的东西显得很凌乱,有纸包的都被撕破了。也许是吃力的缘故,她的肩胛歪着,看样子这两只网袋快要丢到地上了。她看我立定脚步,喘着气露出笑容说:"先生,接接力……肩胛上……"

我没理由不答应她,默默地把压在她肩上的重负移到我的肩上。她的被雨冲洗去脂粉的苍白的脸透出红色来,在忸怩中表示着歉意。

"出门全靠好人相逢,尤其现在……走一步,讨厌极了。"

因为一时好的舱位买不到,我也是搭四等舱的。好在我认得一个茶房,他早已替我预备好一张高铺。她跟着我走进低矮而气闷的统舱,里面已经挤满了人,连走路[通道]都铺起床位来。她哭丧着脸。我是读过好几年书的,知道尊敬女人[是]怎么一回事,何况她是在客地奔波的同乡人,于是我对她这样说:"我的让给你,好不好?"

她嘴里咬着一缕头发沉吟着,红了脸回答:"没有什么地方了……我们挤挤?""我们挤挤?"这使我吃惊,和我的道德观念及生活习惯是多么合不上呵!

她看了我一眼,抿着嘴笑出声来:"先生是君子人,没关系的。现在是……"

我明白她的意思：现在不能讲究这些了。我望望躺在地铺里的男女，禁不住叹息我们的故乡，没有隔几年，风气竟变得这样"开通"了。

我和她和衣躺在铺上，我们开始问起姓名这一类的事情。我们的乡城似乎太小了，从她的口里知道我们还带些亲。她用左手撑起身子，侧着头，带着顽皮的神情问："呵，阿哥！你叫——尧臣——尧臣哥？"我用笑缓和了她令人窘迫的口气。

这船上的氛围够使人郁闷的，天花板低得像压在头上似的，黄澄澄的灯光照亮了蕴结在舱中的烟雾，我咳嗽着，这空气使我觉得窒息！但是在扰杂的人声里充满了乡音，倒有些亲切之感。我问她欢喜不欢喜这些声音，她嘟起了嘴："有什么好听，哗啦哗啦的！"接着她叹了一口气，"讲到做人，总还是上海，多么开心！"

她用眼[神]征求着我的同意，我跟她也叹了一口气。因为我已经听明白了乡音中所表达的意思，多是生活上的怨言和伤心。原来在这船舱里的乘客大都是贩卖货色的单帮客人。

我并不转弯抹角，直率地问她："你也是走单帮的吗？"她笑了笑，"利子[1]好不好？"

她摇摇头回答："吃酸气冷饭，背杀头罪名，有什么利子！"

"那么，你为什么要辛辛苦苦上落[2]呢？"

"到上海来开开眼界呀！"她在嘴角里含了笑，幽幽地说，"一方面，当然也好多少补贴些家用。"这次我向她苦笑了一下。

马达声渐渐掩盖了人声的喧哗，大多数的乘客晚饭后便睡熟了。我们各翻了一个身，背对背睡下。也许是疲乏的缘故吧，她一睡稳就发出均匀的鼾声来。我想着家，想着母亲，在脑中涌起无限的感触，差不多失眠了一夜。

早上，我刚闭上眼，她便把我吵醒。她到厨房里倒了一盆有着泥巴的热水来，用劲地洗着脸，头颈上满堆着肥皂沫。她把手巾偶然一甩，把水洒到我的脸上，我不得不睁开眼来了。

"真对不起，惊觉了！"

我斜看了她一眼，她从小皮箱里拿出镜子、木梳、粉盒、胭脂、口红……手忙脚乱地装扮着自己，一面笑着向我解释："在这时候，身边带了那些零零碎碎的东西，真受累……但是有什么法子呢？上海客人回家总得像样些。"

她换上一件织锦缎旗袍，问我："颜色太俗气了，太俗气了吗？"我摇摇头。她对着镜子，左照照，右照照，叹了一口气："哪里有上海女人装扮得好！"费了许多时光，她才把自己修饰得满意。

船身晃动了几下，嘟嘟地响着，知道是将靠岸的时候了。客人们都忙碌地整理着行李，她也埋着头收拾着自己的东西。她把一只塞了满满的网篮交给我，这样嘱咐着："你走在后面，看我检查好，你就紧紧地跟着我走，不必再让他们翻！"

"这样可以吗？"

"你不必管,我自有门槛[3]!"

下船时,我照着她说的办,我不敢抬头看一眼,我的身子略微有些战栗。跟着她走出码头的木栅,我才吐出一口气。

她从我的手里拿去了她的网篮,笑着说:"看你脸都变了色,吓得这样……难道我阿秀会给你当上?你看,有了全国通行证,还怕什么?"她拿[出]一卷钞票在我的面前一扬,哈哈地笑出声来。

等我喊好车子,她说隔天来拜访我的母亲,于是挥挥手就分别了。

我到家后,倚在母亲身边,休息了一天。第二天一大早便出去走亲戚。等我晚上回来,母亲告诉我,阿秀来过了,她还带了一盒豆酥糖来,说是谢谢我在路上的照顾。

"怎么好平白地收人家的东西呢?"

"你也去望他们一次好了,带些东西去!"

阿秀的母亲算起来是我表姨母,虽然是远亲,依礼出门回家也得去拜访她一次。母亲的话不错。于是隔了一夜,我到一家南货店买了一斤桂圆,专程到阿秀的家里去。

阿秀的家也是很冷静的,两个哥哥都带着嫂嫂出外经商去了,留在家里的只有她和她的母亲。

我踏进她们家的门,虽然不很能记起我老姨母的容貌,但是她迎了过来,脸上堆满了笑容。

她执着我的手,说是快有十年没有见到我了。她细细地端详着我,对她的女儿说:"这几年没见到,你看,[你]尧臣哥长得多么神气!"

我拗不过她们殷切的招待,只得在她们那里吃了午饭回家。老姨母送我出门口,还是这样喊着:"常来走走呀,亲眷走走会热闹起来的!"我笑着答应了。

真的,我是答应她了。我在家里孤独得无聊的时候,就拐进她们的家里去闲谈。

阿秀这一年来在生活领域上探险,她遭遇了不少不能想象的事情。在她高兴的时候,她会描绘几个人生舞台上的丑角,给我打哈哈[4]。

"尧臣哥,我这几次上落,在上海码头老是碰到这么一个人,帽子歪戴,问我要照片……他是很有肩胛[5]的,我不能得罪他,尽管答应他好好,下次总还是'黄牛'[6]……我的照片怎好落在他的手里呢?"她扮了一个鬼脸,自己先得意地笑了。

我对于这里的路径是不很熟悉的,阿秀常常陪着我溜马路,领我到比较令人神往的地方去玩。但是一对少男少女在一起,会不会使这乡城惊诧呢?我担心地问她:"我常常来看你,要紧不要紧?"

"这是什么意思?"我皱皱眉毛苦笑着,她红了脸,悄悄地说,"现在通行了……新派的都是这样的!"

这是什么话？我吃了一惊！难道命运摊派我要我做一篇小说中的主角吗？

虽然母亲对于阿秀不喊她姨娘感到不满意——"怎么喊起我姆妈来了，黄浦水一喝，连称呼都变了"，但是我看得出她有些欢喜阿秀。我们谢年[7]那一天，她别人都不要，特地喊我去请阿秀来帮忙。

有一个晚上，[母亲]无缘无故向我发起脾气来了："你瞒着我外面到底有没有人？"这使我一愣，一时开不了口，"你是好人家[的]儿子，如果娶了不三不四[的]女人，你要我不要……我不如没有生过你，没有我这个娘！"

越来越把我弄糊涂了，我除了赔笑，有什么话好回答呢？我抱着她[的]身子，像一个小孩子似的向她讨好："妈，儿子哪里敢做这种事情，样样事情有你在，总得问问你呀！"

"这才像读书人说的话，我想你硬翅膀飞得远了，就不要我啦。"她缓和了口气，露出一丝笑容。"雷雨"过去，她又把我喊作阿宝了。

她让我安稳地睡了一夜，第二天一大早，她蓬着[头]发喊醒了我。我看她眼圈是红红的，也许是一夜没有睡好。她带着严重神色，嗫嚅地说："我问你……你要不要阿秀？"

我哑然一笑，我从床上披衣坐起，不假思索地摇着头。

"为什么呢？你不要阿秀……到底真不要，还是假不要？"

我肯定地回答她，到现在我还没考虑要一个女孩子来和我的生活发生联系。

这使母亲很伤心："我这世做人再辛苦，到现在还是无名无分……你折磨我，折磨我！"她怏怏地走到灶披间[8]发着唠叨，我沉重地叹了口气，重新倒在床上。

为什么我要一口拒绝呢？我心里问着自己。说阿秀有缺点，是的，放浪、欺诈、虚荣……但是这是如何养成的呢？别的女人也许比她更罪恶！说我对她没有好感，这是真的吗？我觉得对她除了本能地爱好一个异性外，还有一些说不出的情感。那么，我爱上了她？真的？我否认着，那简直是笑话，在偶然的机会中碰到一个少女，便和她闹起恋爱来，这不是跟凭父母媒妁所撮合的婚姻一样盲目吗？无论如何，我不能够把自己的婚姻当作儿戏！

我暗地里这样决定了。

我起初认为提起这件事是母亲的主意。因为她很早就想抱孙子了。从我跨进十六岁那一年，她便不断地拿这件事来麻烦我，现在我已经廿五岁了，眼看还不想结婚，怎么能叫她不常挂心肠呢？后来从母亲口里知道，这件事情还由于阿秀母亲的暗示。

我既然拒绝了，纵使顶无聊的时候，也只得捧着一本书来消磨时光，不再好意思去找阿秀了。

我有着说不出的烦闷。这几天我学会了叹气，为什么呢？我连自己都不明白！

阴历除夕[前]的一天，在将近黄昏的时候，我忽然想到自己的头发过长了，该去剪一个头过年。于是我走进了一家比较高贵的理发店。这乡城是只在夜间才有电的,也许这理发匠已经嗅出了我是从大都市来的,他替我剪好了发,固执地要我等一会儿,用"吹风"来压服我翘起的头发。好在我没有事,便耐心地等着。

这时,门推了开来,响着熟悉的声音:"电有了没有?"

"再等一会儿就有了——是不是烫发?"

我回过头来看了看,她是阿秀。

"你也在剃头,等电吗?"

我点点头。

她坐在靠近我的一个座位上,显出有些局促的样子。沉思了一会儿,我冲破静默:"开了年,你又要到上海去吗?"

"当然要去的,住在这里有出头的日子吗?"

"这句话是什么意思?"

她冷笑了一声,尖锐地说:"做一个乡下人,有哪一个看得起!"

我感到自己面上热辣辣,我有什么话好回答她呢?

我一连好几天咀嚼着她这句话。我知道我想错了,她使我欢喜的是那些乡村的气息,她使我厌恶的却是从都市贩卖来的廉价的"摩登"!我倒在躺椅上,默默地想着,如果我和她顺着自然的发展,我能够多了解她一些,她能够多认识我一些,我们也许……突然,我从躺椅上跳了起来,跺跺脚:"瞎想些什么,瞎想些什么!"我有些恼恨自己了。

想不到我在故乡没有住上一[个]月,便找到了这么许多的烦恼,我决定一过初五就回上海。

[回沪后]我拼命预备着教材,拼命讲着课,拼命写着文章,拼命……我想拼命忘记这件事情!但是为了带钱,母亲偏偏向我提起了她。她在信里告诉我阿秀住的旅馆,她说,如果有钱寄回家,请阿秀随身带回来比汇票妥当而且迅速。

这有什么法子呢,我只得去找她。在粉牌上寻到了她所住的房间,但是敲敲门,她没有在。我留了一张字条,关照茶房明天我再来看她。

可是第二天我再来的时候,她仍旧没有在旅馆里。我想:我几时有机会能碰到她呢,钱寄不到,母亲不是要着急吗?于是我决定等她!我踱着步,我吹着口哨,我背诵着短诗……一分一分地挨过时光,然而直到深夜十二点钟,还不见她回来。

我打着哈欠,我是疲乏得不能不回学校去了。我刚踏出旅馆门,迎面来了两个人:阿秀和一个不认识的男人。

阿秀的装饰更加都市化了,蓬松松的头发簪着一枚蜡质的红色的小花。挽着她手臂的男人歪戴的帽子压得很低,没法看清他的眉目,嘴里叼着的一支香烟在发着光。他见到阿秀跟我打招呼,用上海话向她问:"狄个人啥格路道,侬认得?"她笑了笑,替我介绍。

我们一起走进房间。我跟阿秀谈着话,拜托她将这些钱带给母亲。这个男人把一只脚搁在椅上,打量着我,呼呼地抽着香烟。

我受不住他眼光的威逼,一说完我要说的话就离开了这间房间。阿秀送我出门口,告诉我:"你不知道吗,他在上海码头是很讲得起的,大小事情一把抓,小弟兄多得邪气[9]!他就是从前问我要照片的[那]一个。"

我躺在床上,想起她的语气是这样得意,好像是向我报复,我禁不住愤怒起来:"什么东西,不过是流氓罢了!"接着我想:我为什么要这样忌妒这个男人呢?难道他是我的情敌?笑话,我何尝跟阿秀闹过恋爱呢?但是我为什么有这种类似失恋的感觉呢?

我叹了一口气,从床上坐起来,我的呼吸短促,浑身感到燥热!

真是出乎意料,我托阿秀带回家的钱没有带到,她本人[也]失踪了!她到什么地方去呢?是情奔抑是被人拐走了?我[担]心着她的命运,虽然经过二三个月,[但]当我静坐下来,她的影子还是要印到我的心上来。有时我悄悄地对自己说:"如果我依顺了母亲的意思,现在阿秀是怎样了呢?"

终于,在初夏的一个下午,她来找我了。茶房引她进会客室,她一见到我便啜泣了起来。我抬头望望她,一种不祥的征兆在我心头通过,我咬紧口唇,伤心得要哭了。

她不等我问她,断断续续告诉我许多别后的变故。我迷茫地听着,我耳朵能够捉住的是这么几句:"……这个杀头的,嘴是甜的,心是黑的……用完了我的东西,还想将我骗得远远的卖了……"

她的不幸激起我潜在心底的热情,我有崇高的理想,我想改变她的生活,使她再变成一个天真无邪的女子!我靠近了她,我伸出手,想抱着她说几句我心中要说的话,但是她惊叫了起来:"尧臣哥,你……你……"

"我……我……"

她推开了我,放声哭了:"我的一生完了,我不能够再害人,再害人……妈已经不认我[这个]女儿了,谁还[会]收留我呢?"

"我收留你!"这句话在我的喉头打着转,然而我[仿佛]见到许多人在讥笑我,母亲也板起了脸……活在这社会里,有几件事容许我聪明地处理呢?有几件[事]容许我自己决定呢?我颓然倒在椅上,两手封住了脸……不知什么时候,天下起倾盆的雷雨,也不知是什么时候,阿秀已黯然告辞!黑暗,无边的黑暗,闷人的雷雨的晚上啊!

原载《女声》[10]第3卷第4期(1944年8月15日),署:胡生权、辛夕照集作。

导读：

　　此小说是丁景唐唯一一次与光华大学同学唐敏之（胡生权）合作，别有一番意义。此小说表现了濒临经济破产的乡村少女阿秀，热切向往畸形繁华都市，在善与恶之间徘徊，最终酿成人生悲剧。

　　阿秀是小说的主角，既有乡村姑娘的大胆、泼辣的性格，又不失少女青春期的羞涩、撒娇、天真的本能，甚至模仿都市廉价摩登女郎的举止。她为了追求幸福、美好的明天，竟然孤身跑单帮，勇敢地闯码头。她的自由恋爱受到"我"的无情拒绝，一赌气走向另一个极端，投靠她原本厌恶的码头恶霸，幻想融入畸形城市的圈子，结果受骗上当。这既是她不择手段盲目追求幸福的恶果，也是一个乡村少女禁不住金钱、物质诱惑的自甘堕落。

　　小说对于阿秀言行举止刻画得比较动人，特别是她首次与"我"邂逅的举动，惟妙惟肖。此后的故事情节发展却不尽如意，有些斧凿之痕，小说结尾也显得匆忙，首尾文风不统一，主角变成了"我"。为了凸显主旨，企盼挣脱黑暗社会残酷压抑人性的如磐桎梏，以"雷雨"象征人物内心的复杂世界，明显是模仿曹禺《雷雨》的悲剧背景。

　　小说中的"我"代表一种"善"，却带有几千年积淀的无意识封建礼纲传统观念与新时期自由恋爱观杂糅的思想意识。"我"念过几年书，是名教师，找出自以为充足的理由，说服自己拒绝少女阿秀纯真的爱情，并认为阿秀"放浪、欺诈、虚荣"，但是喜欢她身上散发的乡村气息，这气息紧紧拴住"我"。当"我"听完阿秀痛哭流涕诉说受骗的苦难经历后，虽然想做出一个"崇高"的举动，接受这位受骗少女的忏悔，但是最终抵挡不住顽固传统观念的严厉教戒，只能无可奈何地抱头哀叹，任阿秀悲伤地离去，没有扮演一个"救美"的英雄。这正是小说的成功之处，符合"我"——一个小知识分子的怯弱、自卑、自私的性格。

　　小说中的母亲和姨妈的形象只是陪衬，描写的笔墨少。其实母亲是个比较重要的角色。作者原拟要表现母亲是一个"无名无分"的苦难女人，曾被抛弃，受尽心理上的百般折磨。她看见儿子要与阿秀谈恋爱，不由得想起往事，不希望儿子重蹈覆辙，因此突然冒出一句很伤感的话："我这世做人再辛苦，到现在还是无名无分……你折磨我，折磨我！"然而由于小说没有任何伏笔和必要的铺垫，使读者一下子有点懵，只有细细回味，才能猜透其中的含义。这也是"我"最终拒绝阿秀"回归"的重要原因之一。

　　小说中"恶"的代表是那个歪戴帽子的码头恶霸、流氓头子，小说有些细节描写比较生动，但是此人物仍有扁平之嫌，并未深刻揭示他的罪恶、无耻、卑劣的灵魂。这与作者所接触到的生活素材有限有关。

　　此小说有可取之处。阿秀和"我"的刻画令人回味，小说以此努力开掘主题，并不固守概念化的模式。同时，小说中出现的人物和故事情节多少有点民国时期流行的表哥、表妹恋爱（新版的才子佳人）的模式，而且是两位作者合作，难以形成"一加一等于二"的化学反应，出现一些问题实属正常。作为一篇投稿给《女声》的小说,也不可能表现"高大上"的人物,对此不必苛责。

此小说署名"胡生权""辛夕照",分别为唐敏之、丁景唐的笔名,二人曾为光华大学同学。唐敏之是位女才子。她写的小说《山城的阴郁》发表于丁景唐编辑的《小说月报》1944年第44期。她和丁景唐相识后,同时在《飙》创刊号(1944年9月)上发表小说《末路》和诗歌《塔》。唐敏之还在《女声》第3卷第8期发表小说《未亡人的故事》,在《春秋》1944年第1卷第6期上发表小说《噩梦》。她擅长细腻刻画青年男女的心理和性格,行文流畅,流露出伤感、忧郁的情调。即使是讲述男女同学之间的情感或青春飞扬的故事,最终还是会染上悲剧的色彩,如同噩梦般缠扰着作者的笔端。这大概与唐敏之经历的磨难有关。

唐敏之的小说《山城的阴郁》讲述一个流浪书生在陌生的小山城的雨天里邂逅一个落难的少女,拒绝了少女的求情,即"带她走",结果可怜的少女被"抢亲"了,书生倒在床上昏厥过去。此情节与《阿秀》有些相似,不过对于唐敏之来说,阿秀和"我"的比较复杂的性格则是首次在作品中出现,超越了她同时期笔下青年男女比较单一的性格。此外,对《阿秀》旨意的开掘,也是她与丁景唐合作的可喜收获。

如果此小说是唐敏之写的初稿,丁景唐修改,那么也合情合理。其中多次出现上海方言,并且使用四川经商的行话"利子",这些理应是丁景唐修改的结果,因为在唐敏之的笔下从未出现上海方言。

注释:

〔1〕利子,四川人对猪舌头的别称。"舌头"谐音"折头",亏折本钱的意思,对于经商的人很不吉利,于是商人把猪舌头叫作"利子"。此处借指跑单帮的盈亏。

〔2〕上落,泛指超出标准的差距,此处借指跑单帮的艰难遭遇。

〔3〕门槛,英文 monkey(猴子)的音译,上海话里的"门槛精"指找窍门、精明老练。

〔4〕打哈哈,沪语,形容得意、嘲笑或敷衍对方等神态。

〔5〕肩胛,沪语,指很有势力。

〔6〕黄牛,沪语,指说话不算数。

〔7〕谢年,又称送年,大多在农历十二月廿七夜,流行于浙江的一种祭神活动。

〔8〕灶披间,沪语,即厨房。

〔9〕邪气,沪语,意即"很"。

〔10〕《女声》,见本书第32页注释〔4〕。

"读书救国"和"唯才"论者

在电车里。

把肚皮跟胸脯在可能范围内向里收缩,脚渐渐立在足尖上。这时候,只要我那捏牢皮圈[1]的手一松,我就不知会被挤到什么地方去。

我的同伴 A 君局促在角落里。在前一站,他还只跟我隔开两个人,现在,假使容许我们伸出手臂的话,我们也无法携起手来。他一上电车,眉梢就打起了结。此刻,因为我讲了一句笑话,他把嘴撇了一下——一种啼笑皆非的表情。

我这位同伴,如果你,读者先生,尚未请教过他的学历的话,就是说你不知道他是前几月还被中学毕业生景仰、社会人士器重的"交大毕业生",不是万不得已——譬如,在电车里——你总要设法远而避之的。你看见那双露出大脚趾的布鞋,那件两只袖口起油光(自然,你不会知道,这里积了四年美国货铅笔的铅粉)、下裾全是小洞(自然,你也不会知道,这个洞是给硫酸,那个洞是给盐酸烧成的)的长衫子,你一定当他要拦住你——

"先生,南洋中学在什么地方?"然后,再跟你说他是第几师的伤兵,一段慷慨激昂的插话。假使你是个年青的密斯脱,你虽然舍不得钱,你虽然懊悔为什么早先要理他,你不得不掏出几张一百块头来……[2]

我以跟 A 君中学老同学的资格来说,你的猜想还有十分之五是对的,虽然我的同学并没有向你讨过钱,但他也许是受过你的布施的。每一学期将要开始的时候,在汉口路那两家报馆门口的列队里,你准会找着我这位同学。他把那以正楷填书清楚的申请书紧紧抓在手里。如果那时候,你板起脸,突然把他拉出来,像有些办贷学金的先生一样,他一定会朝你叩头。以他那么二十几岁的大学生,他会毫不觉得难为情地哭起来。

每一学期,他从报馆里,喘着气,抖着手,领来学费。再把家里可能卖去的东西,除了卧床、桌子、书以及他那块最宝贝的图画板和丁字尺以外,搬到旧货摊里去,换来了钱,交给会计处里那位先生。

"假使不是为了受难的祖国需要我们这种专门人才,我老早把丁字尺跟板塞进炉子里去了,谁高兴……"他没有再说下去,只不过叹了一口气。

几个月前,他毕了业。虽然他还穿了那件破长衫从学校里出来,但是,你可以想象,他的眉头怎样打开了结,他的嘴怎样整天咧开着。中国打了胜仗,有多少工厂要开起来,有多少铁路要建造。

没有多久以前,报纸上曾特载过一篇关于重建大上海的论文。你拜读了它的宏论,你真想不到它是这位"拉斯阔尼可夫"[3]式大学生写的。这篇引起读书界注意的论文中有一段论到扩大电车路线的计划,曾这样说——这也就是我刚才对作者 A 君讲的一句笑话——"我的计划如果能够付诸实现的话,乘电车拥挤的现象以及因之而发生的危险事情,都能随之消灭。"

A 君还没有把嘴巴回复原状,突然我的身上感到正在增大的压力。［电车］门开了,拥在站台上的人们拼命想尽各种办法把自己塞进车厢里去。就在这时候,门口爆发起争吵的声音——

"快点！快点！"一个人命令道。

"要快,坐自备汽车！"另一个人骂道。

"你骂谁？我要问你,你骂谁？"他大概掏出什么委任状或者卡片,拿在人眼前,"我坐不起自备汽车？你看清,我是哪里的人……"

这一下子,四周的乘客,连起先骂他的那个在内,都投以敬畏的眼光,让开一条缝,给他钻进来。

像这样的人物,我不必说他是哪里的人,听他的口气你就知道,他准是"头等强国"的大国民,比我们电车里的人要高三四等。他不知哪一世修的福气,他的姐夫或者小舅子,新近坐飞机飞来,给他带来成箱的美金和法币,还有在卡片上印起一长条的衔头。他一手挟着公事包,谁知道那里面藏的是他夫人的新雨衣还是丝袜。

"我坐不起自备汽车？"他坐在人家让给他的座位里,气嘘嘘地说着,"不是我的车子坏了,因为嫌三轮车慢,我会到这倒霉的电车里来？"

我静静注视着我们这位电车里的大人物,臃肿的身材,胖胖的脸,我不禁失口喊起来:"K 老师！"

没有错,这是我们中学时候的公民先生,兼训育主任,K 先生！

那时候在中学里,夏日午后第一课,他喝了点酒,红着脸,竟会让同学们念书给念得瞌睡起来。于是头一沉,撞在讲台上,在同学的哄笑声中兀地跳起来发火,讷讷地喷着酒气:

"你们,你们有什么好笑？"我们知道,他又有一番宏论发表了,"你们好笑什么？你们,呃……就只会笑,呃……呃,这还像读书吗？现在国难时期,你们不好好读书,不闹,就笑！不笑,就闹！中国就坏在你们这班学生手里！"我们大笑起来,他于是火得更厉害,"笑什么？有什么好笑？不知道好好地读书救国,只知道开会呀！喊口号呀！写文章呀！靠你们写两篇似通非通的文章,国就救了吗？爱国要爱在心里,救国只需读书,你看哪一个国府要人,不是有大学问的？譬如说,蒋委员长,他是括括叫[4]日本留学生……"

发了一通读书救国论之后,他就放我们早退,自己蹒跚走进训育处去。

每年他把这一套话说给学生们听。"一·二八"后除了举例子的时候略有更改,有时且发表妙论:"……你看哪一个国府要人,不是有大学问的?譬如说南边,汪主席,他的文章谁不敬佩!你们看过×先生登在《中华日报》上的那篇……叫什么名字呀?"摸摸头,"我忘了,总之,你们看,他是多么刻苦用功!能这样用功读书,才能有今天的地位,才能救国!"学生们嘘起来,这才红着脸说,"就说重庆的蒋委员长吧……"他把声音压得低低的,怕别人听见似的。

自然,这时候我已经不能领教他的宏论了,那就是说,我毕业了。

想不到,K先生,如今已经把这套宏论收起来,有更重大的事业等着去办!想不到,K先生,在这里我会碰到他!

"K老师!"我不能不叫起来。

我们这位大人物,把那捏着卡片的手搁在皮包上,皱起眉望着我。

"王志忠!记得吗?"我说,"我叫王志忠!"

"噢!王……志……忠!"他点着头,"对了,××中学的同学是吗?你现在是大几啦?"

"毕业了!K先生!"我说,"这里还有一位老同学!"我把A君从角落里拖过来——在这里,你可以想象得出,我们的同车已经另眼看待我们了。他们把肚皮缩得更紧点,我就容易把A君拉出来了。

"修的什么课?"

"文科!"我说。

"电机!"A君说,"交大毕业!"

"文科,文科也不坏!"K先生接连点着头,"自然,电机比较实用点,尤其在现在……"

接着,他递给我们两张卡片,告诉我们他正在接收某工厂,正需要工科人才,他对A君说:"无论如何,你一定要来!知道吗?卡片上有地址……"他站起来指给A君看。

"我到了,再会!"晃了一下身子,电车到了站头,他挟起公事包从人们闪开的一条缝里昂头走出去,"不要忘记,一定要来的!"他叮嘱着。

这真是出人意外的事,A君的脸开始发着光,他的嘴咧得更大了。在回家的路上,他带着孩子[般]的兴奋,对我倾诉他的希望,他的计划。

可是谁又料得到,两天以后这些话都成了笑话的资料呢!

两天以后,A君抱着一团火到我家来。

"岂有此理!"一进门,就向我发牢骚,"什么读书救国!'唯才'主义!放他妈的狗屁!"

"到底是怎么一回事?"

"怎么一回事?交大的毕业生不要!就是这么一回事!"他坐在床上,叹着气,"伪交大[5]的学生不能用。好吧!看他们在干些什么事!他什么时候碰过机器?嗅过机器油的气味?"

"但是,他有个什么小舅子做大官呀!"

"就是这么点裙带关系!"A君叫道,"中国就坏在这种人手里!你知道他们干些什么公事?那位K胖子搁起脚在打瞌睡!还是那么一个睡猪!"他惨笑起来,"另外两位在打扑克。我去了,他们领着我到厂房里兜了一转。真伤心,机器的零件都给日本人拆毁了,他们这些宝贝,屁也不知道,等我指给他们看。"他停了停,"全是莫名奇妙,天晓得他们接收点什么!除了掏银箱,他们又知道什么?"

"这'唯才'主义得加上个'贝'傍才对!"我插嘴说。

"鬼才相信他们那批读书救国、'唯才'论者的先生哩!这几年来,敌人打我们,我们忍受;汉奸剥我们的皮,我们忍受!我们把血泪往肚里吞!我们期待幸福的生活,我们等候物价低廉的好日子,我们希望美丽的前途……但是我们期待到、等待到的中国是怎样的中国!"

A君扑在床上嚷起来:"但愿这是暂时的过渡现象!"

室内的光线逐渐变得黯淡,黄昏悄悄蹑来,我伴送他到街头。出乎意外,A君竟问我这样的一句话:"你可喜欢夜吗?"

我摇摇头没有回答,而他也不等我的回答,就撒开脚步朝向夜的街市走去,路灯照着他。

十月二十日作,二十二日重写

原载《现代学生》[6]第3期(1945年11月20日),署:碧容光、蓝石华合作。

导读:

此小说倾情塑造主角A君,又以漫画手法勾勒K先生,"我"是见证人和叙述者。A君是穷困大学生,抱着满腔热忱想为抗战胜利后的中国复兴事业出一份绵薄之力,也可以缓解紧迫的生计困境。K先生是抗战胜利后国民党诸多"接收大员"的一个缩影,他坐在肥缺的位置上,趾高气扬,不可一世,但是偏偏要挤上公交车,舍不得花钱坐小轿车。他的吝啬、狭隘、虚伪、圆滑、不学无术的丑恶嘴脸,令人作呕。

"什么读书救国!'唯才'主义!放他妈的狗屁!"A君的怒斥无情地撕下了国民党当局的许诺的美丽面纱,广大善良民众翘首以盼的"中国是怎样的中国"!不过此小说的标题却是议论文惯用的,也许是为了符合《现代学生》宣传的需要。

此小说是丁景唐发表的最后一篇小说,整体构思可圈可点。前半部分描写比较生动,尤其挤在电车里的各种细节,犹如身临其境。讲述过程时,采用正写、倒叙、插曲、侧写多种手法,跳进跳出,恣意洒脱。如果这种描述延续到后半部分,那么甚佳,可惜过多的侧写(借A君的叙述)留下狗尾(说教)之嫌。

此小说署名"碧容光""蓝石华",丁景唐回忆这是他的两个新笔名。此文同时用两个笔名,很是罕见。

注释:

〔1〕皮圈,指电车里的拉手环。

〔2〕当时法币急速贬值,市值低廉,这是当时通货膨胀造成的。

〔3〕拉斯阔尼可夫,今译拉斯柯尔尼科夫,他是陀思妥耶夫斯基著名长篇小说《罪与罚》的主人公,他的故事可以分为犯罪与惩罚两部分。

〔4〕括括叫,沪语,意即非常出色。

〔5〕1940年,汪伪政权在沦陷区设立伪交通大学。抗战胜利后,国民政府认为伪大学的学生受到不同程度奴化,制定教育甄审政策对他们进行甄别。上海、南京等地的中共"学委"发动学生开展"反歧视、争生存、争读书权利"的抗争,《现代学生》随即发表有关文章。

〔6〕详见《丁景唐编辑文艺刊物》第九编。

第四编

散文及其他文章

第一章 散　　文

"上海联"中学夏令营杂零

迎　着　太　阳

七月的清晨。

天,迷蒙地带着雾气,露着稀微的白曙。

树丛间有着鸟类的振羽和鸣着的吱喳,枝叶间萋草上凝着晶莹的朝露,慢慢地东方渲染了金红色的光芒,太阳怕羞地红着脸爬了上来。

朝晨里潋溢着清爽鲜凉的青草气。

士敏土[1]的走道上,展开了一群青年的行列。

朝霞照着每张热望的脸,静静地沉默着,显得庄严与崇高。琴笛悠扬庄穆地奏出升旗的乐音,在六十多颗心头上影幻着青白旗的飘扬。

行列迅速地扩散了,向两旁伸张。提起了胸,放开了手,向太阳做膜拜的姿态。脚翻开了又跳拢来,让身子跳跃,动作像不合拍的轮环错综地起落。

扯长的队伍顺着规长的走道,一个接一个,一个并一个,影子紧跟着脚在苍郁的树丛下跳动,步伐踏踢出没有规律的杂音在前进。

和悦的温流流畅在每个奔流的动脉和跃动的心,生命充满着欢跃与幸福,像初升的红日,有着光明、热力、活泼和青春。

太阳在向上爬,影子在地上增长着,蝉子嘶叫得更有劲了。

夕　阳　会

藤椅在道上画个偃月。屋子的长影掩过了这一群追求正义和平的青年。

太阳落西了,无力地放着余晖,一如搏斗后的猛兽在挣扎它最后的光芒。

一片热烈的掌声是[给]刚从北方回来的"女青"[2]的干事先生的报告:

在那没有太阳的地域里,/异族的标帜,驰驱着敌人的铁骑,/离开了兄弟,又失离了姊妹——/(有的被变作牛马,有的被拉去轮奸)/想作一声怨恨与呻吟,你看——/深巷里那弱瘦的头颅,路畔残断了的肢体。/偷跑了春天,溜走了秋季,/侵蚀的是肉体,/生长的是意志,/那残酷淫威下生长出来的意志,/像钢铁的坚强,像春风里的萌芽。/站在旗帜下,/他们没有伤心的泪,只有愤恨之火/(仇恨深深地刻在他们的心头)/要向恶魔挑战,洗清多年来的创伤。/死亡、黑暗、踩躏,磨灭不了他们的忿恨,/包不住火,/终要炸出暴风雨的歌唱,/叫那仇人抖颤,/叫那狗子心慌。

仇忿的影子层层地罩上每个人的脸膛,是一种严肃与兴奋的混合,每个人的心在感受巨大的掀动。

"我们想想看,上海的同学还能在这里聚集,幸福地过夏令营的集团生活,希望别忘了平津的同学,这些有着英勇的斗争的历史的北方同学是在怎样的苦难中奋斗着。借着这个集团的机会,希望大家多多地努力学习!"

"拍……拍……"轰雷的掌声代表了同学的回答:"我们不会忘,同时也不应该忘,我们愿以事实来答复。"让我们向遥远的北方致敬!

站起来,低着头,静默着,为祖国的战士们祝祷。每个人的心里誓祝着同仇,每个人的灵魂为祖国战士们祝福、欢舞。

"我们不会忘了有多少的同胞在流离受苦,有多少的祖国的男女在给侵略者以打击……早日消灭那些恶魔、那些强盗……"

澄空中有着轧轧的机声。谁又知道,我们不会过着北方同学的生活!

太阳在沉堕,黄昏已长了翅膀。

夜　会

夜风,松柔地轻笑,带走了灼热和烦闷。

天际没有星,也没有月,只是漆黑的一片。

是夜会的时候。

礼堂里多闷,周遭荡漾着年青人的活力和热忱,嬉笑叫喊的骚声在飞扬,壁炉空洞洞张大了口,灯火照着这广大的屋子,像夜泊在河流间的渔火,显得昏黄。

像吉卜赛的流浪曲,又似晓风中远远飘来的牧笛。凡娥铃[3]和着披亚娜[4],乐音悠扬优美地飘在空间,奏出人生的美好、流浪的凄凉。

掌声一阵又一阵迎着每一个献演者,欢笑爬上每个人的眉尖。

三个字连在一起,站在台前吐着有力的字句,沉毅地歌唱,唱得多有劲,可是笑哩! 唔,别笑呀!哎哟!糟哩,笑呀笑的可就唱不出了。

"画个圈呀!"椅子在跳动,人影在乱倒。长大的"油条"后面紧跟着"柠檬""西瓜""冰淇淋""绿宝""巧克力"……跑呀跑的,突的可就一停。"抢呀!"身子撞击着藤椅,吱吱的响。[5]坐不到的,只好受罚:唱歌、做鬼脸。

又是欢笑和掌声。

"请四眼狗[6]唱一个歌!"声调拖长。那人一呆,站起来,脸上放着红光,想不出唱些什么。

"打倒难为情!"这边嚷起来,另一边又接上去,"拥护老面皮!"掌声一遍,两遍,唱了。

春雷的一声,台畔的几个也在喊咧:"快点再来杀只鸡!"杀鸡!什么是杀鸡呀?唔,原来又是拉凡娥铃。[7]

七点,八点,九点……时光在欢乐中、轰笑中溜了过去。年青的脸抹着兴奋、幸福、青春的嬉笑。

夜深了,遥远里传来都市的夜声。

原载《联声》[8]第2卷第1期(1939年9月20日),三节分别署名:金子、唐突、姚里。

收入本书时略有删节。

导读:

1939年7月,"上海联"又一次举办中学夏令营。五六天里,既有许多趣味性的游艺活动,又有不少较严肃的讨论。报告会和各种小型座谈讨论,着重进行爱国主义和社会思想的启蒙教育。参加这次夏令营人数比较多的是中西女中、麦伦中学、工部局女中、清心女中和圣约翰附中,一向不大参加活动的圣玛利亚女校也有人参加,推动了校内的工作。(详见中共上海市委党史资料征集委员会主编:《抗日战争时期上海学生运动史》,上海翻译出版公司,1991年7月,第54—55页。)

丁景唐回忆说:"1939年夏,我在《联声》(上海基督教学生团体联合会会刊)用三个笔名——'金子''唐突''姚里',为中学夏令营生活写了三篇散文——《迎着太阳》《夕阳会》《夜会》。严格地说,这是我在公开刊物上第一次发表作品,登在《联声》第2卷第1期(1939年9月20日)。三篇文章用了三个笔名,带有少年人的好奇,含有'偶然在中学夏令营里像金子一样闪了一次光'之意。"(丁景唐《谈谈我的笔名及其他》)

1939年夏天,丁景唐参加了"上海联"在中西女中举办的中学夏令营,参加者还有清心女中的蔡怡曾,陈一鸣的两个妹妹即工部局女中的陈秀霞、陈秀煐(她们考入圣约翰大学后,继续从"上海联"的活动中得到启蒙和锻炼,从此走上革命的道路)。蔡怡曾后成为陈一鸣的妻子,她的清心女中同学王汉玉考入东吴大学后,与丁景唐在学生工作中相知相恋,成为丁景唐的妻子。(详见陈庆:《同龄·同学·同道·同志——追忆父亲的挚友丁景唐伯伯》,载丁言模编《丁景唐纪念文集》,上海文艺出版社,2020年11月。)

丁景唐应邀写的一组三篇散文,选择了一天中的三个生活场景:充满朝气的晨操,引发爱国热情的夕阳会,欢乐、热情的表演晚会。该文杂糅着跳跃性的诗句,洋溢着青春飞扬的激情,充满直抒胸臆的描绘,真实地反映了当时的场景和情感。

这是丁景唐对教会中学时代的最后一瞥(暑假后,他考入东吴大学),留下了深刻的印象。此后,这些回忆以不同形式渗透在他的各种诗文里。

这组三篇散文不免流露出稚嫩的笔触,驾驭文字的能力有限,形成了"青涩的果实",呈献给众多读者。多年后,丁景唐还记得发表的这第一篇散文。

注释:

〔1〕士敏土,英文cement(水泥)的音译。
〔2〕女青,指中华基督教女青年联合会。
〔3〕凡娥铃,英文violin(小提琴)的音译。
〔4〕披亚娜,英文piano(钢琴)的音译。
〔5〕玩"抢椅子"游戏。
〔6〕四眼狗,对戴眼镜的同学的谑称。
〔7〕初学者拉琴很难听,如同杀鸡的声音。
〔8〕《联声》,见本书第6页注释〔7〕。

"三八"那天

纪念"三八"妇女节,要争取民主自由。为了妇女的平等,为了祖国[的]生存,团结起来,我们忠挚的朋友;英勇前进,我们优秀的同学。力争民主的实现,来保障最后胜利!

纪念"三八"妇女节,唱反侵略运动歌。

黄昏,三月里的春风。年青的一群——二十四女和八男。

开会了,主席蓉站起来:"今天很荣幸,我们两个团契[1]和一个导师组能在一起聚集,是有意义的事——联络感情,交换意见,纪念'三八'这个妇女的节日。"

坐呀坐的,Row[2]呀Row的,白的面包、红的果酱……解决了"民生问题"。

"为了纪念'三八'节和实行民主精神,女同学今天要学习管理国家的事。"玉说下去,"这只Game[3]就是'国民大会'。修是大总统,莲是行政院院长,芳是司法院院长……其余是议员,一号、二号这样挨下去。"

"哎!大总统叫五号。"

"哎!五号叫八号。"

哎呀哎,叫呀叫,肚皮都笑痛了。

于是花样"翻新",来买一下鲜花。

"买花。"

"买啥花?"右边的同学赶紧问着。

"买白兰花。"

"啥些!"当作"白兰花"的那个可就一窘,大家都笑了。

"罚,罚,罚,已经三次了。"

"白兰花"翻了翻书,拿起纸来:"哦,阿拉晓得今朝一定要罚,格啦阿拉临时预备了两支歌。"同学们已经笑倒了,"一支,就是《男女都纪念》,是《人人都爱他》改的;还有一支,是《纪念'三八'妇女节》。为啥叫'男女都纪念'呢? 因为'三八',不但是妇女争取解放,争取民主、自由、平等的权利,同时也是为了要争取真理,建立一个新的合理社会。侬想想看,建立一个新的社会,难道是妇女的事?"同学[们]已笑得弯了腰。

"歌,我是唱不来的,假使笑痛了肚皮,阿拉勿负责任。""白兰花"唱了,"组织起来一道唱,我们的男女同学都纪念……桃呀桃杏花李子花,我们女同学真能干。"

"红玫瑰"也罚了[唱]:"万里长城万里长……新的长城万里长。"[4]

青春的欢跃,春天的歌唱。外边是黑夜,这里荡漾着光亮。

"现在,还有一个 Game 是'嵌字',请一位同学出去……"

门开了,"小妹妹"走到阿 M 的面前问:"你吃了几碗饭?"

"三碗。"

"今天有几个人?"

"二十四个加上八个。"

"哦,[是]不是'三八节'三个字? 一定对吧!"

"猜得挺对。"大家回答。

"还有'实行民主''抗战到底''花生米''天地良心'……"

"请李先生出去!"同学齐声的喊。

"我提议'天地良心'四个字。"阿 M 提议。

"好了,请李先生进来。"

问:"今日何日?"

答:"今朝天气很好。"

问:"你有什么感想?"

答:"这地方很热闹。"

问:"盘子里有几多花生米?"

答:"凭良心讲,我实在勿晓得。"

短时间的沉默,微笑挂在同学[们]的脸上。"猜不出,我提议李先生罚唱歌。""我提议跳舞。"……

终于,李先生说了:"天地良心,我实在猜不到。"

因为坐在李先生旁边的颜先生有泄密嫌疑,大家提议他们一起罚。[颜]先生不承认,同学坚持要罚,在这样相持局面下,主席站起来[说]:"时光已不早了,我们玩也玩得够了,不知同学对今天[的]聚会有何意见?"

阿 M 说:"今天是'三八',最好请一位报告一下'三八'的历史。"七推八推,结果还是推在阿 M 身上。

"一九〇九年,美国芝加哥的女工为了要求工作的改善和妇女的自由平等而实行示威运动。一九一〇年在丹麦哥本哈根召集的国际女社会主义者的会议上,德国女革命家蔡特金提议这日定为国际妇女节。以后其他各国妇女每年都进行纪念。"

"我有些补充,就是中国,中国是在一九二二年开始纪念,在一九二五至二七[年]纪念得更热烈。上海三年来虽在低气压下,然而各界女同胞也有简单的纪念。"

"妇女要取得解放,一定要争取民主,坚持抗战。"

"妇女解放,自由平等,这些都是挺对的,可是在今天我们最好能有些具体的工作。"

"在学校里有好多无聊的家伙,常对女同学做些侮辱女性的无聊举动,为了表示女同学的模范,从今天起要做一个'新女性',给他们以打击。"

"我们女同学懂得实在太少了,难怪别人对女子轻视,所以我提议我们要多多学习,加倍认识时代,认识宗教,做一个时代的女儿。"

"有谁附议?"

"附议!"坚决的答复。

"快些推出几位同学来,你们自己去做好了。"

"我提议由各团契的负责人组成一个委员会来进行。"冯先生说。

"冯先生说得很好,大家就举手吧。"二十几[只]手结成一个力量,通过委员会由玉、蓉、慧、"白兰花",还有 Miss 胡组成。

兴奋的情绪,年青的活力,在"再会"声中结束了。霓虹灯,筑建物,都市之夜。

原载《联声》[5]第 2 卷第 6 期(1940 年 3 月 26 日),署名:黎容光。

导读:

丁景唐抄录《联声》要目时,在此文下面注明:"鸿印、曙光二团契联席会,曹友蓉、王汉玉。"曙光、鸿印是新成立的团契,成员大多是 1939 年秋季新生。此文是丁景唐唯一一次记叙"鸿印、曙光二团契联席会",纪念"三八"节活动,别有意义。

此文出现了两个团契主席"蓉""玉"。前者是曹友蓉,民立女中毕业,1939 年秋天与丁景唐同为东吴大学党支部成员,以后从事儿童福利和教育事业,曾在陈鹤琴发起成立的上海儿童福利促进会会刊《儿童与社会》上发表《心理卫生与儿童福利工作——丁亥心理卫生座谈会工作述略》等。1949 年 8 月 3 日至 12 月 4 日,曹友蓉和金立人、沈体兰等作为中、小教育界代表,出席上海市第一届第一次各界人民代表会议。后为上海机电局电气研究所负责人。"玉"即王汉玉,后为丁景唐终身伴侣。当时丁景唐担任鸿印团契秘书,王汉玉为主席。

此文与同期刊登的丁景唐写的《集体讨论:民主自由与学生生活》都是围绕着这期《联声》推出的"民主运动特辑"而作,详见本书第 359 页注释[15]。

此文是"急就章",行文比较随意。前半段在笑声中玩游戏,嘲讽那些达官贵人只是一群粉墨登场的玩偶。同时不经意提及要召开的国民大会。文中不点名地提到《长城谣》,显露出大家抗日救亡的心声。后半段纪念"三八"妇女节,扣住了主题,与前半部分玩游戏的气氛形成鲜明对比。最后"霓虹灯,筑建物,都市之夜"几句,试图产生富有寓意的效果,但有些突兀,比较生硬。

注释：

〔1〕团契，基督教新教教徒组织形式之一。丁景唐担任东吴大学地下党支部书记时，利用团契丰富的活动形式，开展学生工作。

〔2〕row，吵闹。

〔3〕game，游戏。

〔4〕这是一首流传甚广的抗日歌曲《长城谣》的歌词。《长城谣》由潘孑农填词，刘雪庵谱曲。起初由一些青年抗日宣传队演唱，不久19岁的青年歌唱家周小燕在武汉合唱团领唱这首歌曲，次年她去法国留学，途经新加坡应百代唱片公司邀请，演唱灌制了《长城谣》唱片。从此这首歌广为传唱，感动了广大侨胞，他们踊跃捐款、捐物，有的愤然回国参加抗战。

1984年春节，香港歌手张明敏在北京电视台春节联欢晚会上演唱了《长城谣》。此时已经双目失明的刘雪庵收听了张明敏的演唱，百感交集，泪如雨下。

〔5〕《联声》，见本书第6页注释〔7〕。

我们的李先生

一、"猢 狲 屁 股"

走廊里。

"丽亚,你看,那边走过来的是谁?"王轻轻地对我说。

"你还不知道吗?这是本大学鼎鼎大名的体育教授李先生,她还是我们女生团契[1]里的顾问呢!"我真不信王会不知道这位女士。

"我哪里会知道呢?我又不是女生。"

"那当然不能怪你。"

"怎么这样神气活现的?脸上搽得像猢狲屁股[2],真不成话。"王摇摇头说。

"当心!别让她听见了!"我警告他。

铃声一响,我们各自消失在人群中。

二、"男女是不应该平等的"

三位女工,经我们团契主席的邀请,答应跟我们在星期天上午来一次谈话会。李顾问破例允许我们不去做礼拜,和我们一块来举行这新鲜的集会。我们菲薄地买了几本书籍作为送给女工的礼物。

九点钟,开会了,我们的李顾问却姗姗来迟。

"李先生。"我们齐声的叫着。

"李先生,"主席说,"我给您介绍。"这样李顾问认识了三位女工。

"坐呀!"轻淡地[说]。

李顾问和女工外表的相较,确是一个美妙的对照。

主席简短的报告后,不拘形式,我们开始了谈话。她们告诉了我们,她们是如何在重压下生活:"工作时间通常是在十四小时以上。""生理时期一样得工作。""男女工作时间相等,工资却比男工要少。"

我们为这些话深深地感动了,我们更进一步地了解到她们的苦楚,也更觉得自己责任重大。同情的话语从同学口中不断地吐出来。

最后,我们的李顾问站起来,整理了一下头发,说:"我很同情三位,不过,不过……照理说呢,男女是不应该平等的,因此,男女的工资事实上是要有差别的。"

"这算什么话呢?有什么理由?太岂有此理了!"坐在我隔壁的娴,对准了我耳朵愤愤地说。

"就拿我来举个例吧,"李先生接着说,"一个月拿上二百块钱,真不知道怎样花。我想,女子[的]工资应该少一些,反正多了没有用,况且中国工人的待遇并不算最坏。当然,不能和英、美比,可是比起苏联来要强得多!"

"李先生,"我实在忍不下去了,终于勇敢地站了起来,"三位工友绝不能跟先生比,她们的工资是多么微少!每天几毛钱怎样可以和你李先生一个月拿二百元钱来比呢?而且李先生只有一个人,她们却要负担一家老少的生活,她们的待遇怎[么]还不算坏呢?男女一样是人,一样的工作,为什么女子的工资一定要低一些呢?谁不想享受舒服?可是为了生活,又怎样办呢?"那时我的内心非常激动,停了一停,我继续说,"苏联的工人是世界[上]最幸福的劳动者,事实俱在,用不着……"

"好了,我们开始唱诗吧。"李先生说。我[的]话都没有说完,就被打断了,气愤地坐下来,同学们的视线都集中于我,我们同时默吞了这口气。

"我们已经预备好了今天唱《姊妹歌》。"主席说。

"事先有没有跟我说过?"别忘了,李先生是我们的顾问,一切琐碎的事不通过李顾问的准许就是违法的。

"李先生,今天不是做礼拜吗?""李先生,这支歌我们都会唱的。""李先生,这支歌很有意义。"

敌不过同学们反抗的声浪,同学们一致站起来,提高了嗓子:"姊妹们!大家起来……"李先生独自垂着头坐在沙发上,我害怕她会晕过去。

三、"天 晓 得"

"是在看情书吗?"娴顽皮地从背后跟我开玩笑。

"你也会有的。"

"我也会有?那可奇怪了。"

"请你欣赏欣赏我的情书吧!"我把信递给了娴。

"真是见鬼,又是到她家里去做礼拜的通知单,什么略备茶点,用略备茶点来吸引同学去做礼拜,那简直是可笑的自杀政策。要不是怕她扣体操分数,我才不去呢!"娴眼睛一瞪,嘴唇紧紧地咬着,把"情书"掷在地上。

"收了会费干什么事?不印通知单,不买些茶点摆摆样子,她难道不怕我们说闲话吗?"

"谁不知道她是在揩油?"娴直截了当的说。

"就是上次学校里青年会发起的母亲节卖花救难,她也想从中榨点油水,要我们一人推销五朵,作为自己团契的经费,还不是想装进自己的腰包?亏得我们机警不跟她合作,她也就没有办法想。"我得意地说着。

"这叫无耻！"

李府是我们的教堂，我们像坐在坟墓里一样沉闷地听着李牧师(？)讲道，她说："男女不平等，这是上帝注定的……"

偶然有位同学问起《马太福音》第十五章第三十四节到三十八节的意义，她的回答来得妙："我本人不十分清楚(？)，你们要是想知道的话，可以去问家父，他是著名的大主教。"

"叫我们到什么地方去问他父亲？"娴低低地问我。

"天晓得！"

四、"非洲马戏团"

"丽亚，今天有一个很好的讨论会，希望你能去参加。"王诚恳地对我说。

"几点钟？"

"下午四点一刻。"

"不行，不行，我们要练体操。"我急忙地摇着头。

"练什么体操？"

"本星期六，我们和别的大学要举行一个联合的体操表演，现在正在加紧练习。"我显然并不乐意去练习，我只感觉这是浪费时间，出了一身臭汗，拼命地练了一阵，谁有精神再摸书本。可是堆积下来的功课，若是你置之不理，你会接到"圣旨"似的"警告"。这样一来，你不得不拖着疲乏[的]身子，把无聊的公式往脑子里塞，使你透不过气来，这是压制同学最高超的手段。

"好吧！等下次有机会再来叫你。"王失望地走了。

一星期以后。

"今天下午五时，有一位客人演讲，内容是相当充实的，你有空吗？"王第二次来邀我。

"对不起得很！今天又有体操练习。"

"什么？不是已经表演过了吗？"

"上次是跟别的学校联合起来表演的，这一次是和附中联合的表演。"我知道王一定和我同样气愤。

他呆了半天才说："这到底为了什么呢？"

"还不是[李]先生自己想出风头吗？"我冷笑了两声。

"我真不知道你们能练出什么东西来？"

"花样可多着呢！什么媒婆舞（Mazpole Dance）、自嫁夫舞（Searg Dance）、形……"我有意开玩笑地计算着。

"够了,够了。这简直是'非洲马戏团'了。"

"谁说不是呢?可是,又有什么法子呢?"我无可奈何地说。

"我倒要问你,我们为什么允许这类顽固分子做我们的教授?我们为什么没有力量驱逐这种顽固分子呢?"

柔弱的我,不知道怎样回答这个问题,我只是消极地说:"驱逐?学生连看见她都害怕,谁还敢说一句反抗的话。上次我迟到了几分钟,就被她大骂了一顿,我气都要气死了。"

"这个为了什么呢?"王不放松地追问着。

我实在没有办法,回答:"这就要请教你了。"

"老实说,这就是不民主。倘若我们校里能实行民主,就是说,学生有了言论自由,校里的一切是配合着学生的需要的,我们还会有这种古董教授吗?我们还有目前不合理的制度吗?绝不会有。因此,我们只有实施真正的民主,学生的权利才会得到保障,否则我们是再也没有抬头的一天的。"王一口气严肃地说了这段话。

真的,他给我一个最适合的解答,我赞同了他的意见:"是的,我们唯有实行真正的民主,这一切怪现象才会消灭,这一类顽固分子才会[被]打倒。王,我同意你的意见。"

"丽亚,让我们努力来争取吧!"

"我希望你能够随时指导我。"

"我们需要互相帮助。哦!我想起来了,下星期我们要举行一个宪政座谈会,你来好吗?"

"一定的,就是再练习体操,我也要参加的,大不了牺牲这一个学分。"我坚决地说。因为我开始觉悟学分是没有用的,只有真理,只有现实的知识才能侵占我的心,我觉悟了。

铃声一响,我们又消失在人群中。

原载《联声》[3]第2卷第10期(1940年6月26日),署名:葛丽亚。

收入本书时略有删节。

导读:

此文以散点漫画式手法描写女性李先生(教授、牧师),将其作为讽刺对象,以此衬托学生要求民主、平等的呼声。此文与《稀奇吗!?》都是《集体讨论:民主自由与学生生活》一文的延续。

此文分为四小节,前两个小节出现李先生,其后两节则是把她作为批评对象,不再让其露面。由此引出校园里的民主、平等问题,并点出"宪政座谈会",至此戛然而止。此文第一节和第四节结束语相似,即"铃声一响,我们各自(又)消失在人群中",这也许是故意的,也许是写时忘了。

  此文依然是以启发、教育、宣传为主,通俗易懂。如今看起来过于浅显,但是在那时宗教气氛浓厚的教会大学里已属不易。

注释:

〔1〕团契,见本书第276页注释〔1〕。

〔2〕猢狲,沪语和宁波方言,即猴子。猢狲屁股,在这里讽刺李先生的浓妆非常难看。

〔3〕《联声》,见本书第6页注释〔7〕。

介绍你一位寒假的良伴

你在公共汽车的角落里,见到一个人独个儿拿起书,脸上不时地浮着笑容,等到过了站,才匆忙地掩起书下去,那我对你说:"他一定在看《海沫》[1]。"

冬天的寒风打着窗子,迟暮的夜间不感到寂寥与清静吗?

学校放了假,整天望着天边看蓝天里的云絮,聊天呢,却找不到一个熟稔的友伴。哟,无味的日子!

"看些学校里的功课吧。"唔,[看]那些讨厌死的书本可不高兴,这样你就感到"无事忙"的空虚和寂寞的难受了。你站起身来到厢房里去找你妈谈心,要命,妈正在打牌,妹妹呢,那小妮子早跑出去跟朋友们去看辣斐[2]的《家》……"叮铃铃……"真巧,电话响了,哈哈,是你的××打来的。"好,你来,你立刻就来!"于是你坐下来等他。

他来了,他高兴地来了。你瞧他有什么得意的事,脸上浮着一朵朵的笑"云",你脑子里想的时候,他就连笑带说地告诉你开头的故事。

"我不信,哪有电影好看。"

真怪,他知道你在转念头,他又说了:"谁骗你,来,我来讲给你听。"他把《海沫》的新年号放到你手里,"不信,你自己瞧。"

你见到粉红色的封面是山峰上雾般的瀑布,目录上有《学府缥缈录》。

他又接下去[说]:"你先看黄教授投的那篇。"真的,这位黄教授似乎有些面熟,Professor Wany[3],他是堂堂国立大学铁道管理系的第一名免费留美的"哲学教授",他从如来佛一直讲到"美人关",于是看呀看你也笑起来了。

电影对于你是每礼拜的必修课,现在你就翻到第 12 页《怎样看电影》,那位作者说:"你要记住,看一部坏的电影,使我们思想精神[受到]很大的损害!"该死啊,你以前不知花去多少钱,为了看一些卿卿我我的东西,你感到懊恼了。

你的××却又在打搅了:"'望远镜'('社会相'栏目)中《一九四一年的上海》还有《路》都好,上海将来不知会怎样,我们不是听说学校都有提早结束[的]消息,你看……"

呀,还有《曹禺与〈日出〉》,文章实在都太好了,一时看不完。"那么,这本书放在你这儿,你先看吧。"他又说了。

太阳也许在落下去了,人有些倦,你们就翻到底面的《趣味测验》。来,试试看,全对可以赠阅《海沫》一年。哈,真便当。

《孤星泪》的原作者是？

（一）莎士比亚　　（二）左拉　　（三）雨果

……当然啦，Les Misérables[4]是雨果作的。

美国最出名的幽默文豪是谁？

"萧伯纳，萧伯纳。"你喊起来了。"不，不，萧伯纳是英国人！"你的××纠正你。你们玩了很久，他要走了。

告别时，我猜你会这样说："喂，别忘掉，给我写封信到热河路十四号海沫社，订一年《海沫》！"

"你得谢谢我，我给你介绍了一位良友哩！"

"谢谢侬！"

"别客气！"

《海沫》半月刊现已出至一卷六期，零售每册二角，全年廿四册四元八角，各大书店都有代订。

原载《联声》[5]第3卷第6期（1941年1月25日），署名：湘云。

导读：

此文打破介绍书报的呆板惯例，而是以生动活泼、略带夸张的文字吸引读者。开头就说一位读者看《海沫》出神，乘坐公交车过站了才想起下车。此后笔锋一转，在无聊的寒假期间，朋友及时送上"良友"《海沫》，令人看了爱不释手。《海沫》是地下党办的，不同于《联声》等学生刊物。《联声》第4卷第1期（1941年7月1日）再次刊登别具一格的《海沫》广告，希望得到广大学生的喜欢和支持。

注释：

［1］1940年秋天，中共江苏省委的"学委"决定办一个以大学生为主要对象的刊物，由国立、私立大学区委领导，陈一鸣负责联系。刊名定为"海沫"，1940年10月15日创刊，1941年底侵华日军占领上海租界时停刊，共出2卷22期。

《海沫》创刊时，上海学生界激烈的抗日反汪斗争已经沉寂，党的学生工作已主动转为深入学生群众，通过生活化、学术化团结、教育群众。因此，要求这份公开出版的《海沫》迂回地揭露社会现实矛盾，多方面地反映大学生的思想、生活、学习，内容包括学术探讨、人生指导、文化艺术介绍，寓思想政治教育于其中，潜移默化地启迪广大学生，指导他们正视现实，踏上正确的人生道路，适应时代的潮流。刊物所标榜的宗旨是"认识社会、丰富知识、体验人生",以"生活、学术、趣味"为特色。在文风方面,力求将马克思主义的观点渗透到实际内容中去,融会到具体分析中去,避免套用术语和空洞说教,谈心说理,生动活泼。

  光华大学的党员王涵钟、锺恕和暨大的党员陈裕年,成立三人编刊小组,由区委陈一鸣领导。他们及其亲友自筹资金,艰难办刊。(详见《海沫》史料组编写组:《〈海沫〉半月刊的回忆》,载中共上海市委党史资料征集委员会主编《抗日战争时期上海学生运动史》,上海翻译出版公司,1991年7月。)

  《海沫》第1卷第6期"新年号"(1941年1月5日),编辑朱夏卿,发行方与帮。该刊设有多个栏目:"泡沫""上下古今谈""谈天说地""学府缥缈录""社会相""研究方法""作家与作品""教授剪影""信箱"等。文中提及的《一九四一年的上海》(天机子)、《路》(辛布)、《黄教授》(白蒂)、《曹禺与〈日出〉》(应为《曹禺及其〈日出〉》,小沫)、《怎样看电影》(但珂),均载于此期。刊底的《趣味测验》注明:"请将对的答案下面加条线,填就姓名、地址,剪下寄热河路十四号,全对者可得赠阅《海沫》一年权利。"

  〔2〕辣斐,即辣斐剧场,在辣斐德路(今复兴中路)西首森内公寓(Sunny Apartment),是于伶领导的上海剧艺社演出场所,演出的剧目有曹禺的《雷雨》《日出》《原野》《北京人》和根据巴金小说改编的《家》等。

  〔3〕Professor Wany,黄教授。

  〔4〕*Les Misérables*,《悲惨世界》,又译《孤星泪》。

  〔5〕《联声》,见本书第6页注释〔7〕。

  这期推出诗歌特辑,发表丁景唐三首诗歌《糊涂堆》《迎春曲》《慈善家》,这三首诗歌均已收入本书。

"你们是世上的盐"

> 你们是世上的盐。盐若失了味,怎能再咸呢?以后无用,不过丢在外面,被人践踏了。　　　　　　　　　　　　　　　(《马太[福音]》第5章第13节)

年青人好像春日里的阳光,充满着生命的活力、美好的理想,不满于污旧的现实,追求人类崇高的标的;但也有受物质的诱惑,给撒旦迷糊了心神,终日醉生梦死,真如纯白的盐丢在外面被人践踏,失去了味,在黑暗里走,失去了生命一样,在这里,我们略述盐的性质和意义,以发挥年青人的自尊心,得能起光起盐的作用。

一、盐是洁白的

没有杂质的盐,它是纯洁白色的晶体,正如婴孩的心田是光明晶亮的。我们的周遭是一个黑暗魔鬼的世界,我们的生活就应当像盐般洁白,不虚伪,不堕落,行为光明,做事正直,为人模范。

有人企图在盐里伴杂黄沙来弄污盐的本色,那众人就不要买它。颠倒黑白,拨弄是非,也一样。

因为"掩盖的事,没有不露出来的;隐藏的事,没有不被人知道的。因此你们在黑暗中所说的,将要在明处被人听见;在内室附耳所说的,将要在房上被人宣扬"(《路加[福音]》第12章第2、3节)。

二、盐是结晶体

混杂的浊水经过了烈日的曝晒,溶化了再在高温度里煎煮后,腐浊的海水过滤以后变成了一颗颗的精盐,放在显微镜下,是一颗正方的结晶体。在平常,我们从未见过单独一颗的盐存在,盐总是一堆堆与一撮撮的。

时代是一个大熔炉,在苦难中磨炼过来的人要合起来化成一个整体,团结得更紧,正如 Na 与 Cl 二原子合起来成了 NaCl(盐)一样,分不开你与我。"若一国自相纷争,那国就站立不住。若一家自相纷争,那家就站立不住。"就要灭亡,被人残踏。

三、盐是咸的

日常的食物,因为见惯了,也就忽略了它的效用,盐也是这样的。在藏边的僻荒,人们很难得到盐,他们有了一些盐,就把它珍惜地藏起来,有的甚至舍不得吃掉,仅在吃饭时把它放在桌中,瞧着盐吃起淡饭来。

鱼肉菜蔬都是我们的食品,但要是没有盐放进去,你想那还有味吗?

那些麻木的人,失去了灵魂,正同盐失去了味一样,有了躯壳,穿了美衣也是枉然。"凡不结好果子的树,就斫下来,丢在火里。"因为他所做的全是害人缺德、卖身投靠的勾当。

人要重生,为真理去呼喊,他就有了福,那生活也就有了盐的咸味。

四、盐是防腐的

食物有了细菌就要烂腐,细菌在那上面繁殖起来,人吃了就要生病。但用盐腌了,食物就不烂,因为盐有杀菌的能力,使细菌没有繁殖的可能,所以东西腌了就不烂。

我们的社会孳殖着各种罪恶的魔鬼,那些失去灵魂的走尸就好比腐化社会的细菌,我们作[为]青年好比盐。我们要防止自己被细菌传染,我们也要唤醒大家来做盐,防止社会被恶人腐化霉烂,保卫社会,把它"腌"起来。

盐也许是平凡的,因为它常见,但它的价值却是伟大的,因为有了味,使生命更丰富。现实需要很多很多的盐,也要求青年们去做盐。

原载《联声》[1]第3卷第9期(1941年4月1日),署名:应保罗。

收入本书时略有删节。

导读:

丁景唐回忆说:"在我主编刊物不久,江南爆发了震惊中外的皖南事变,由于刊物的性质不允许编者正面揭露国民党这一罪恶行径,我就以春秋笔法,一连写作了散文《'你们是世上的盐'》《主要复活》和诗《一个以色列民族英雄的死》,曲折地表达了反对内战、反对分裂的义愤之情。在《'你们是世上的盐'》中,我借用盐的洁白性,来反对颠倒黑白的阴谋;借盐的结晶,来反对分裂;借盐的咸味,来喻示人的灵魂之不可缺;借盐的防腐性,来反对法西斯细菌。"又说:"(在《联声》)第3卷第9期上,我编发了女共产党员周绮霖执笔的一篇谈曹植怎样成为大诗人的文章(《曹子建怎样成了大诗人》),通过分析《七步诗》的故事,'本是同根生,相煎何太急',用隐喻的手法,抗议国民党反动派反共反人民、破坏抗战和团结的罪行。"(丁景唐《我的文艺编辑生涯》)

此文与《又要读书了》等文形成一组文章,从不同角度为教会大学学生解疑释惑,引导走上抗日救亡的道路。

从构思来看,此文以盐的性质、作用为切入角度,阐述了抗日救亡必须团结一致、同仇敌忾的必要性,这样才能充分发挥民族统一战线的重要作用。文章还指出,广大青春似火的年轻大学生不能再浑浑噩噩过日子,"为真理去呼喊,他就有了福,那生活也就有了盐的咸味"。

此文构思比较新颖,这在当时文坛中很少见,但是从未有人提及,更不知道此文是何人所作。不过此文保留论文的模式,即依次叙说,层次过于分明,明显偏重情理,疏远了散文"散"的韵味之美。

注释:

[1]《联声》,见本书第6页注释[7]。

主 要 复 活

耶稣死了,耶稣也复活了;因为主的牺牲使门徒们重聚起来,团结得更紧密、更纯洁了。

春天,山野里弥漫着雾露,橄榄树伸展着茂密的翠叶。黎明的曙光在山间的岩石上反耀出晶亮的光彩。耶稣骑着驴子,穿了褪色的旧袍,和门徒们离了伯大尼,往耶路撒冷的路上去了。

耶路撒冷的城里已经燃起了阴谋的烈火,预备抹杀上帝的真理,并且要谋害真理的宣扬者。可是耶稣已经决定要把自己的身体作为最大的牺牲,去鼓励那无数的人民为真理奋斗,所以勇敢地走了。他越过新绿的旷野,天际浮飘着云块,晓风带着清凉的晨光吹拂着山岩,飘过了丛树的叶子,又吹动了耶稣的衣角。远远地在苍空下耸立着古老的城头——耶路撒冷。近了,渐渐地可以瞧见巍峨的石城、玫瑰色的房子,连着宫殿与堡垒。金碧辉煌的圣殿,像在朝霞中向他招手欢迎。

一阵不可抑制的情感激动了耶稣的心怀,他想起耶路撒冷经过多少先王、先圣的经营,用勤劳书写的历史受了异族的侵凌,而那些民族的领袖们尚拘泥于法律,以礼教束缚人民。在黎明的光煦下,望着耶路撒冷城,耶稣哭了。

"耶路撒冷啊,耶路撒冷啊!我几次要想聚集你,像母鸡将它的小鸡聚集在翅膀下,苍鹰正在你头上盘旋着呢!可是你不肯,唉,你不肯!"

耶路撒冷,巍然的大城里只充满着猜疑的暗影和贪心、欺诈、忌妒的权贵。罗马的苍鹰在古城的上空盘旋着,百姓们好似失去了牧人的羊群。

耶稣和所有跟从他的"真以色列人"要把犹太[人]引到一个理想的国度去,彻底地清除罪恶和魔鬼。希律,那个惨杀施洗约翰,强占弟媳淫乱的加利利和比利亚的统治者,他效忠着罗马皇帝,卑鄙地摧残同族的人民,投降在强暴的主子座下,把犹太人拉到完全屈辱无耻的路上去。当时犹太人中最有地位的法利赛人文士先生们反对希律党人,看不起他们,骂他们是罪人,却又不愿意天国实现,怕百姓都跟了耶稣去,他们就做不成什么特权人了。

"和散那!"平静的古城起了风涛,人们欢喜得发了狂,城门口给人群拥[堵]住了,全城笼罩着欢腾与热烈。期望弥赛亚降临圣城的人们用衣裳和棕树枝叶铺满了路,鲜花如雨水般掷落,让耶稣骑了驴子踏过去。

"和散那!"

"和散那!"

生活在异族铁蹄下的人民吼出了他们沉潜的愤怒与兴奋。

几个祭司在圣殿的屋顶上见到百姓在逾越节的礼拜中来来往往格外热闹,瞧见耶稣骑在驴上。"看呀!"他们呼着说,"全世界到他那边去了!"守庙队的队长慌了,吹了号,召集卫士到各堡垒去,不准牲畜进城。耶稣到了城门口,仍旧骑着驴,那守城的兵士就问:"这是谁?"回答[他]的是热情的轰雷般的呼喊:"他是拿撒勒的先知,耶稣。"街头上涌满了人,多少孩子为他歌唱,称他为他们的君主。

这是尊荣,这是爱戴,正如耶稣所说:"你不让他们喊,这些石头也要喊起来了。"

法利赛人怎么能受得了这个?

过去他们想用石头砍死耶稣,但是害怕百姓,因为百姓都听从他。也曾和祭司们商量派差役去拘捕耶稣,但是差役没有捉他,空手回来,说:"我们从来没有听见像这个人所讲的话[一样]有力量[的话]!"

设计陷害他,恐吓他,难倒他,都不能成功,现在留下一件事,就是暗杀。这样他们就商量谋害耶稣。

他们起初想乘逾越节时来搅乱耶稣的宣教。但耶稣已经得了人心,若在这时谋害他,反而使他在民众间有了一个深刻的印象。于是他们想到在晚上秘密捉住他,借罗马人来杀死耶稣。他们就找到犹大,那个出卖耶稣的门徒,出钱收买了他。

耶稣被叛徒出卖了,被祭司和文士们残害了,被罗马的法官彼拉多定罪了。为了真理,为了永生,耶稣被钉上十字架,把他的生命作多人的赎罪,像一颗麦子"一定要先落在地上死了,然后可以生长结果"[1]。耶稣死了,耶稣也复活了;因为主的牺牲使门徒们重聚起来,团结得更紧密、更纯洁了。犹大之类洗刷了出去。门徒们又彼此时常叮嘱,要宣扬真理,拿定主见,再也不让人将耶稣重钉十字架。

有人打击牧人,羊就分散了。[2] 耶稣被钉死了,法利赛人胜利了,"黑暗掌权了"。但一时的毁灭却种下了永生的种子。真理不灭,主要复活。

原载《联声》[3]第 3 卷第 10 期(1941 年 4 月 16 日),署名:王彼得[4]。

收入本书时略有删节。

导读:

当时江南爆发了震惊中外的皖南事变,丁景唐以春秋笔法写了《主要复活》等诗文,曲折地表达了反对内战、反对分裂的义愤之情。

此文是根据《圣经》记载耶稣之死的故事改写的,割舍了耶稣的"最后的晚餐"、被抓(遭受折磨和侮辱)、审判、被钉上十字架的过程,以及耶稣复活的诸多细节。

  此文开头以充满生命力的大自然靓丽色彩衬托耶稣的执着追求和坚定信念,随后浓墨重彩描写了耶稣受到城里民众热情欢迎的盛况,渲染了耶稣受到广大民众爱戴的情形。此文后半部分的叙述显得有些仓促,失去了前半部分的色彩和诸多细节描写,不过还是凸显了此文的主题:"一时的毁灭却种下了永生的种子。真理不灭,主要复活。"

  《主要复活》《"你们是世上的盐"》与《曹子建怎样成了大诗人》(周绮霖)等,都是以史喻今,借史明理,抗议皖南事变,划清是非界限。此文痛斥叛徒走狗,暗喻革命烈士精神永存。

注释:

  〔1〕《圣经》:"一粒麦子不落在地里死了,仍旧是一粒;若是死了,就结出许多子粒来。"意思是,失去生命,是另一个更真实、更高层次的生命开始。

  〔2〕《圣经》中记载,耶稣说:"你们都要离弃我,因为经上说:'上帝要击杀牧人,羊群就分散了。'但是我复活以后,要比你们先到加利利去。"彼得说:"即使别人都离弃你,我绝不离弃你!"

  〔3〕《联声》,见本书第6页注释〔7〕。

  〔4〕王彼得,丁景唐的笔名,借用他的新婚妻子王汉玉的姓,彼得是耶稣的忠实门徒。王汉玉曾是东吴大学学生团体鸿印团契主席,丁景唐是该团契的秘书。

春天的忧郁

热情的火花为你开辟了快乐的河流,要你们驾驶了生命的船,去追求不远的人儿——她就是光明!

春天,有着阳光和生命。

春天,也有着雨水和阴天,她带给了人[们]一阵忧郁的心境,于是便有人低声地呻吟起来了:"天际的云层像一块忧郁的暗影,在我所有的日子都是阴天。"

他们都是些心理上不健全的青年,有着一个病态的瘦弱的身子,谈话对于他是一种难受的刑罚,又爱吞吞吐吐地说话,爱孤独地同寂寞做伴侣。时常为学校的功课费了很多的时间,还是一个不好的分数。在街上远远望到同学就心跳,急促地避入小巷,上电影院老是低了头,一个人坐在边畔的一角,对着弟弟妹妹总爱骂"小鬼"。

在日间,怀着满腔的烈焰,静沉地[选]择寂寥的街路,数着碎石散步。要是有一对恋人的影子在身边掠过,就勾引他的不安,他会用充满着忌妒与愤懑的眼光憎恨地瞧一下过去的背影。回来,他的自尊心给刺痛了,呆呆地望着窗外的苍空与街景,默默地让阳光在墙上投个长影。在胸怀中他描画着异性的面影,堕在痛苦的深渊里,人间对他似乎只是一片没有希望与生命的荒漠。他隔绝一切友伴间的亲热,生活对他仅有幻想与不满。他不看报,也不爱好书籍。健忘、悲愁、疲劳是他的特征,[对]事物的反响也失去了。

当雨水敲打着窗子或星光莹月的夜间,他会久久不能入睡,翻过来又转过去,忆起了旧时的童年、绯色的往事,织成情感的网罩来缠绕自己,或是淌着热泪等望黎明的曙光溜进窗子。

不幸的,一个青年人染上了这样的"病症",那是一件人生最难受的悲剧。

你不看,/阳光在和你握手,/南风吹来了生命的船——希望。/春天里没有忧郁,/热情的火花为你开辟了/快乐的河流,/要你驾驶了生命的船,/去追求不远的/人儿——她就是光明!/春天是快乐[的],人生是光亮的呵!

年轻的朋友,你不幸也染上了忧郁症的话,那么你忖一忖,平静地用你的智慧来判断一下——

(1) 什么使你的神经混乱,心绪不宁,影响到你的常态行动?

(2) 什么在耗费你的时间,阻碍你的进步?

(3) 你学习时感到什么困难？你的方法有没有什么毛病？

(4) 什么东西烦搅你，过分占据了你的私生活？

(5) 难道除了幻想回忆外，没有更好的使你能专心致志的东西吗？

(6) 努力使工作无瑕、精神活泼，怕会比萎靡不振、毫无兴趣更坏吗？

(7) 你是一个青年，为什么自觉无能、不如他人呢？

(8) 和朋友们谈话难道是不应该的事？你有什么理由逃避人家呢？

(9) 一个健康快乐的人不比身体瘦弱的人更有生趣吗？

(10) 异性若是蛇蝎，那你又为什么要暗地思想呢？为什么见了人，又要不安呢？

(11) 你为何不在学问研究中，[在]博览各种书籍中去获取乐处呢？

(12) 有一个健全的人生观或信仰不比一个毫无目标、感情没有出路的人更好吗？

春[天]不是来了吗？上公园去野餐、合伙去参观或者去聚会，不是很好的机会来改进你的生活吗？现在，若使你是一个喜欢听听一个健康人的心理标准的话，那我也可告诉你一个常态的人是怎样的——

(1) 面向现实与真理；

(2) 能适应他人；

(3) 快乐；

(4) 有统一的行动；

(5) 尊重他人意见；

(6) 有决断，不三心两意、踌躇不前；

(7) 能迅速反应；

(8) 帮助别人；

(9) 不孤独；

(10) 有宗教信仰。[1]

朋友，你要做一个有目标、有学问、乐观健全的青年！

春天是没有忧郁的，年青人也不应该忧郁！

原载《联声》[2]第3卷第10期（1941年4月16日），署名：洛丽扬。

导读：

此文纳入这期《联声》"生活秘诀"栏目，显然是针对校园里学生中存在的比较普遍的现象的。与其说是忧郁症的各种表现——躁郁不安、幻想妄念、情绪低落、悲观失望等，不如说是青年学生的信仰危机——悲观失望，情绪低落，试图逃避艰苦抗战的残酷现实，但是又无法拔着头发跳出地球。因此,丁景唐作为"学委"宣传干事、教会大学地下党支部书记,有针对性地提出此问题,循序诱导,努力解开这类学生的心结。同时,此文也见证了他那时做学生思想工作的特点。

此文描述的悲观的青年学生形象,有些特点类似"多余人"的形象,即俄国19世纪前半期文学中的一组贵族青年形象。他们不满现实,却又不能挺身反抗社会;想干一番事业,却又没有实际行动;想得多,做得少,最终一事无成,成了于整个社会多余的人、无用的人。瞿秋白等人曾译介许多这方面的俄国文学作品。

丁景唐那时已经接触到俄国文学作品,但在此文中并未进一步谈论,而是就事论事,没有扯远。他提出解决方案的最后一条是"有宗教信仰",这既是顺应教会大学的特有气氛,又避免锋芒毕露,这是做地下党工作的准则之一。

注释:

〔1〕刊载于《联声》时,以上十条之后没有标点符号,现改为此。

〔2〕《联声》,见本书第6页注释〔7〕。

纪念自己的生日

——"五四"青年节

> 以轻快的步伐向前进,/我们不怕任何障碍,/像鸟一样飞行在天空,/像鱼一样浮沉在水中,/我们大家高声歌唱,/更勇敢地向前迈进——青春似火。[1]
>
> (《团契歌声》四页)

时代的列车在开遍了鲜花的原野里行进。

一九一九年的"五四",在中国曾经是一把火,燃起了光明的火炬,给青年带来了新生的光芒。"五四"也曾经是一阵风暴,掀起了伟大的潮流,向复古腐朽的堡垒冲去。"五四",它高举着"德莫克拉西"和"赛因斯"的旗帜,和阻止进步的迷信不断搏斗,在争取学术自由、保障民权的历史上写了光辉一页。

今天,二十世纪四十年代的今天,青年,新时代的鲜花[2]却在窒息的气压下生长,我们的生活还如在二十二年前军阀官僚统治时代一样。

张果老倒骑驴子

中国,这古老的国度,二十二年来像"张果老"般生存着。"张果老"捧着旱烟管,倒骑着时代的驴子,拖着衰老的影子,在一条飞扬尘土的山道上漫步。遥长的旅程对他是一件苦事,从旱烟管上[冒出]丝微蓝烟。他怀念着古代三皇五帝的生涯,他留恋着破旧的骨骸,他舍不得丢掉消逝了的事迹,拼命顽固地抽打着驴子,想把时代拉回头去。

但,他很失望,时代的驴子,他已无力能够控制了。

他很悲伤,倒骑在驴子上,"张果老"向着苍茫的黄昏前进。终有一天,"张果老"被抛下驴背,跌得"呜呼哀哉"!

历史是残酷的,不进步便倒退。

浪涛挟着沙石急流的时候,沙石也跟着流去,一个转弯换了一个新境地,渣滓就遗留下来,水流却还是在向前流。"五四"的渣滓到今天有的做了大官,有的大约[因]多喝了些花旗牛奶之类的缘故,便说起话来:"男女本来是不应平等的","女子应该回到厨房去"。有的更痛快跪在如来佛面前磕响头,出起中学会考的题目来也有些禅家气味:"试述全国四大佛教名地。"

孔老先生这年头靠了后代圣裔们的福,也被人从冷厕里拖出来,把他挂上招牌,穿起不三不四的西装,叫他到街头摇起响铃做卖药郎中,于是孔学会成立了。[3]也有一班口衔雪茄、眼戴托力克[4]的学者,捐起了舶来品渡海到中国。"吱吱!"乱叫的玄学鬼都坐在大学堂里,做起教授和"什么"书院的院长来了。穿起大礼服的狐狸们在白日下满街乱跑,不必担心毛茸茸的尾巴会被不安宁的学生拉了出来。

反科学、迷信、武断、伪说闹得全国乌烟瘴气,被"五四"扫除消毒过的僵尸,到今天一个个都借尸还魂起来了!

而另一方面,我们年轻的一代也算"活该"倒霉,受尽了饥寒、疾病、苦闷、烦恼。我们见到——

在云南的同学有一封来信说:"去年三月间学校当局开除了两个同学,就是因为他们常和劳苦诚朴的贫民解说时事及代写信,于是给校方加以某种名义而开除。"

在昆明的同学是:"从前还吃到两顿稀饭、一顿干饭,现在一天改成三顿薄粥,掺加了一包谷。吃完还不到两个钟头,肚里又打足电话来了。说到菜,简直等于没有,八个人一碗,几乎连碗底都盖不过来。半生不熟的老豆芽,厚皮草梗,有时吃点豆腐,连油味、咸味都没有。因营养不足,抵抗力弱,同学都面黄肌瘦,患出各种病来。

"加以功课来得厉害,每个人的脸都是呈菜黄色,毫无生气似的,不客气地讲有点像活尸。其后,更是'吃不消'了,连饭也没得吃了,裤子带紧也没有用,盖因'民以食为天也'。在不得已的情形下,在经济压迫之下,每顿饭最低价五元,我们只得腼腆着脸,跑到有名的大菜馆×××去倒冷饭。虽然我们是堂堂的大学生,可是我们只得忍着怒和饥,等着那些大人先生们吃下来二百元一桌酒席的残羹冷饭,来塞饱我们的皮囊。"(《之江青年·云南学生》)[5]

浙江大学的同学因资格(?)不符、功课不及格就受到开除的处分,有几个同学用剪刀猛刺太阳穴而集体自杀了。(《浙大通讯》)

旧的,不提了,这是最近的"新闻"。

死亡、疾病、饥饿、寒冷,写在我们面前的是血和泪交织成的画面,我们是不能漠视的,除非已麻木了。

我们不会用黑布把自己眼睛包起来,说些鬼话来欺骗自己。

今天,这些残酷的画面是一块烙印,在"五四"的生日里提出来,更加强了我们对这光荣的纪念碑的怀念,鼓励了我们向丑恶的现象投镖。

"阿Q"剃掉了辫子

"妈妈的……我手执钢鞭将你打——锵锵锵!"

"阿Q"复活了。

他穿起了西装,拿着司荻克[6],口衔飞机运来的雪茄,坐着汽车,走进了衙门改造的法院,现在是神气邪气了。头后拖着的一条"猪尾巴",早已演化成为飞机式或菲律宾式的西洋头了。

辫子剃掉了!时代进步了!

老爷们丢掉了马蹄袖、红缨帽,改穿了大礼服、高帽子了。磕头也改为"鞠躬如也"了。

请客也学洋派,少不得开香槟、吃大菜。还有人别出心裁,用放有维他命的豆腐渣招待新闻记者,发表谈话了。

妇女地位也居然高涨起来,太太改称密斯,上电车少不得也要 Ladies First[7] 了。

"三八"妇女节也有人在重庆发起烹饪比赛,自己吃饱了饭,提倡叫小百姓吃牛料了。

也有自称为耶稣信徒(?)而大发国难财二十万万的圣裔。[8]

嘉陵江畔的大佬们有以飞机载乳牛者,又有以巨型军用机专程到[香]港为女儿买蛋糕的。

在"五四"时代饱受老拳的"曹、陆、章"[9]之流,现在一个个身为要人,爬上高位了。

于是乎中国进步了。

过去中学要会考,现在大学也要总考了。

为了提高中文水准,小学读《论语》《孟子》,中学念四书五经,大学教起"墓志铭"来了。

《新生代》《一年间》《萍踪忆语》[10]这一类为青年爱读的书是被禁止发售了。

创始于民国十四年十月,曾在实业部注册,经内政部及图书杂志审查会通过的生活书店[11]被横加摧残,拘捕职员,在半年内五十余处都已全部被毁了。

多少的青年是被加以莫须有的罪名而失踪(?)了!

多少的青年因思想的统制而彷徨了!

多少的"集中营""劳动营"建立起来了。

多少的压制办法想出来了!

纪念自己的生日

"五四",二十二年了!

古老的国度像蜗牛般地挨日子,在黑暗中走着。

二十二年前,父亲一代辛勤地用热血创造了光荣的一页,给我们继承者一个榜样:"要用顽强的韧性战术,冲破黑暗,争取胜利!"

我们要好好地继承父亲一代留给我们的宝贵遗产和教训,我们要以青春的烈火去毁掉盲从、守旧、愚笨、迷信、倒退、武断的一切,我们要"把新酒装在皮囊里",我们要踏着先人的道路奋斗下去。

今天我们依旧看到——

在上海,东方的巴黎,[距]二十四层楼的国际饭店不远,跑马厅旁还站着几个石菩萨,南京路上也有一个虹庙嵌在大公司当中。天空的飞[机]上是异国的机翼,江中泊着的是别人的兵舰。汇丰银行的门口,两只铜狮子还是那么静静地蹲着。

逢到忌日、过节,在大厅里点起蜡烛,烧着锡箔,做羹饭,叫儿女们在供桌前面磕几个头。

新年到了,照例要叫几声"恭喜发财"。

"自由恋爱"结婚的,穿起大礼服,乘了花轿,在礼堂中奏起《婚礼进行曲》,跪了下去。

女孩子跑出来,家里就要说闲话。

朋友!谁高兴把天生的脚由布把它缠小?谁高兴在头后拖起了"猪尾巴"一样的长辫子?

朋友!谁愿意抛弃了自己的爱人去跟一个不识面的人结婚?谁愿意生活在黑暗的统治底下?

朋友!你恨不恨那些自己怕见光明,却把灯光放在桌下,不愿让别人看见的人?

朋友,你我都是光明的见证,我们年轻人都有一个伟大前程,我们乐观地去迎接新生的时代。

时代的列车在五月的原野里跃进。

我们要健全人格,为千千万万人的幸福牺牲服务。

我们有高尚伟大的理想,望见光明的地方。

我们用科学的眼光来观察一切事物。

我们不盲从,不迷信,不守旧,不武断。

我们踏着"五四"的前路行进,在今天坚强自己,像战斗机飞在太阳下,冒着黑夜前进,向着黎明前进!

献　　诗

五月里的榴火照人间,
二十二年前的今天,
你,"五四"呵!
诞生出辉煌的史诗,
我们来欢唱你——
二十二岁的青年!
暴风雨前有一阵黑暗,
这也没什[么]稀奇。

我们是雷雨前的电光，

向黑暗投下进攻的照明弹。

我们是怒吼的雷声，

向顽强的旧世纪

轰轰轰，敲几掌厚脸。

我们向前，

创造光明，

朝向新生的光芒，

歌唱挺进！[12]

原载《联声》[13]第3卷第11期(1941年5月16日)，署名：黎容光。

收入本书时略有删节。

导读：

1919年爆发了反帝反封建的"五四"运动，但是22年后，"五四"运动的神圣使命并未完成，"古老的国度像蜗牛般地挨日子，在黑暗中走着"。此文以形象化的语言，列举了大量光怪陆离的畸形现实事例，深刻地揭示"张果老倒骑驴子""'阿Q'剃掉了辫子"等历史演变进程的辩证哲理。

此文既有散文舒卷自如的特点，也有学习鲁迅杂文的犀利笔锋，还有诗意的喷涌激情。最后一首抒情诗歌将此文纪念"五四"运动的青春张力推向高潮，戛然而止，余音绕梁。此文集多种文体于一身，鲜明体现了时为大学生的丁景唐的灵动、敏捷的思维，以及坚持求新、求变、求突破的创作精神。

与其说丁景唐写此文怀着一种对"五四"运动敬畏的自觉意识，不如说其中蕴含着他的严肃、崇高、执着的思想追求和精神寄托。这也鲜明地呈现在最后那首诗歌里——"我们是怒吼的雷声，/向顽强的旧世纪/轰轰轰"。这颇有郭沫若《雷电颂》的豪迈气魄和浪漫主义诗风。

注释：

〔1〕丁景唐晚年整理《联声》文章要目时，在此诗旁特地注明："《团契歌声》有此歌乐"。

〔2〕新时代的鲜花，隐指《五月的鲜花》，道："五月的鲜花开遍了原野/鲜花掩盖了志士的鲜血/为了挽救这垂危的民族/他们曾顽强地抗战不歇……我们期待着这一声怒吼/吼声惊起这不幸的一群/被压迫者一起挥动拳头！"此原为光未然于武汉所作独幕话剧《阿银姑娘》的序曲。1936年夏，东北大学排

演《阿银姑娘》时,因剧本上只有歌词,没有曲谱,便由该校教师阎述诗谱曲。这首歌很快传遍全国,在抗日救亡歌咏运动中广泛传唱。1959年作曲家瞿希贤把《五月的鲜花》选为故事片《青春之歌》的插曲。

〔3〕孔学会成立一事,详见张香山从东京寄来的《从儒教大会说起》(《芒种》第9、10期合刊,1935年8月20日)。该文运用春秋手法,微言大义,夹叙夹议东京的"孔子祭奠"大会,这是日本帝国主义侵华的需要。1935年4月28日起,该大会一连数日在日本东京的汤岛举行,同时还召开了儒道大会,众多孔子后裔应邀参加,伪满洲国和国民党政府均派出代表前往东京。对此,鲁迅《在现代中国的孔夫子》进行了尖锐的批判。张香山讽刺说:孔孟之道旺盛起来,"三尺的童子也能谈王道,说东亚有愧王道的乐土;可惜的孔子又被我们今日的那般东邻的善邦,屈作起招牌来了"。(详见丁言模:《徐懋庸、曹聚仁"种刺"的半月刊〈芒种〉》,载丁言模《穿越岁月的文学刊物和作家》,中国社会出版社,2017年7月。)

〔4〕托力克,英文toric(曲面)的音译。

〔5〕以上三段引用部分实为综合了其他学生稿件的内容。原文之一为杨承祖《在西南联大》,载《莘莘》月刊第1卷第3期(1945年6月5日)。

〔6〕司荻克,英文stick(手杖)的音译。

〔7〕Ladies First,英文,意为女士优先。

〔8〕详见本书第28页注释〔2〕。

〔9〕曹、陆、章,指曹汝霖、陆宗舆、章宗祥。

〔10〕齐同的长篇小说《新生代》,描写1935年"一二·九"爱国运动期间的学生形象。

夏衍的四幕剧《一年间》,讲述1937年8月至1938年8月间南方一个家庭成员之间忠奸冲突的故事。

邹韬奋的长篇通讯《萍踪忆语》,讲述1935年夏季在美国的所见所闻。

〔11〕1932年7月,邹韬奋等人将《生活》周刊书报代办部改为生活书店,设在上海环龙路(今南昌路)环龙别业(今南昌别业)2号《生活》周刊社原址。生活书店以传播先进的革命思想、出版进步文化读物、竭诚为读者服务为宗旨,出版《全民抗战》《世界知识》《新学识》等十余种杂志。生活书店的发行点也迅速扩大,在整个大后方,邹韬奋自己开办的分支书店达55处。除青海、宁夏、新疆、西藏四省区外,其余各省市都有生活书店。

皖南事变后,在中共南方局书记周恩来的关怀和指导下,生活书店立即疏散、隐蔽,应付危局,继续斗争,并做了一系列部署。《新华日报》登载的中共中央的临时解决办法中,把解除对生活书店的迫害作为专项工作。邹韬奋在香港与茅盾、金仲华等人发表《我们对于国事的态度和主张》。

〔12〕丁景唐晚年整理《联声》文章要目时,特地抄写了《献诗》,唤起他昔日"歌青春"的回忆。

〔13〕《联声》,见本书第6页注释〔7〕。

南 洋 华 侨

> 我们祖国雄踞东亚大陆,/他有无数田园和山林。/我们没有见过别的国家,人口像这样的繁多,/我们没有见过别的民族,/文化像这样的悠久!
>
> (在新加坡流行的《祖国进行曲》)

岛屿的世界

南洋,这岛屿的世界,有明朗的阳光,也有蔚蓝的海天。

在它的田野里长满着热带特有的产物:椰子、可可、香蕉、甘蔗、菠萝蜜……散发着芬芳。也有树胶、棉花、烟草、咖啡、香料……近代工业所迫需的原料。还有那丰饶的宝藏:石油、铁、锡等矿产与燃料。

在海港里,却停泊着一艘艘异族灰色的军舰,热带风吹着水兵们的深蓝服装与白圈帽的飘带。堡垒、炮台、新式的建筑物间飞扬着各色旗子。但是今日南洋几百个岛屿上的繁荣,流遍着我们民族的血汗,建立在数千万华侨的背上。

"猪仔"的故事

在廿世纪的"人的世界"里还存在着中世纪黑暗的奴隶买卖制度,这是人类莫大的羞辱。在号称文明先进的各国,对于中国的劳工却是像畜牲一样做着买卖。同时这也表现出中华民族国家的无能,人祸天灾造成人民在国内吃不饱要饿死的恐慌下,不得不向南洋去逃荒,而受到人家的虐待。

"猪仔"的来源是南方沿海的各省——最多的是广东一带的农村。贫苦农民受不了苛捐杂税的剥削,想到南洋去找一条生路,常常被"人贩子"欺骗卖到外国去做"猪仔"。"猪仔"完全是中世纪的奴隶,他们常在某种价格下出卖给人,被卖给人家做着没有报偿的苦工。他们是商品社会中的一种特别"商品",如同"会说话的动物"一般输运到国外去,到南洋(特别是荷印爪哇)去。

就在民国二十一年十一月十一日的上海《大晚报》上有着一条凄惨的新闻:"……一般供职于赴美轮船者……专事私带无智侨胞('猪仔')偷渡赴南洋一带……在彼辈人之口中,名谓'带黄鱼'……有某外轮职员带'黄鱼'共三十六人,每人带费两地各五百元。在上船时交五百元,到当地后,再由彼方收买之公司交五百元,计每人可得千元。不料船方抵岸时,因海关当局搜查非常严格,于是遂由带'黄鱼'者将此三十六人导至大舱的水箱中暂避。不意水箱门关后,适遇管水箱者加添饮水,竟将水箱装足,此批'黄鱼'遂亦因之而溺毙。待验者去后,带'黄鱼'者启盖视之,则三十六条'黄鱼'皆淹毙于底矣。嗣于夜间,经带'黄鱼'者由舱口一一抛出,投之海中,作为了事。"

"猪仔"既然和"会说话的动物"一样,那么谁也能想象到他们怎样在鞭子下过着非人生活了。

"莫须有"的罪名

南洋的各属对于华侨入口的限制是早已"法有明文",移民局手续的麻烦也早已出了名,不但要纳入口税,还需要有人担保,这才放你上陆,不然只好请你回老家去了。

在维希势力下的越南,在西贡更有所谓亚细亚人(但是日本人不在此例)的移民条例,把亚洲(说穿了就是中国)移民分为六团体:(1)广州,(2)潮州,(3)海南,(4)客家,(5)福建,(6)佛回教徒。凡是华侨必须加入一帮,方可由移民局医生检验体格,如不入帮,则遣送回国。如有身份证未带,就有被拘入狱的可能。

这里让我们且来看异民族怎样虐待华侨具体的事实:

> 当船抵越贡,无论人数多少,居留政府只令土府翻译派苦力数名到船,名为搬取衣箱,实则着令新客手挽背负。更派有十一人差役,解往侵礁新客亭,"俗名猪仔槛",待如罪犯,苟行走迟缓欠整,则鞭挞随之。迨到亭时,具报年龄、籍贯,上纳身税,加以印指模、种牛痘。签字后,着令跽诸地下候验,男女均令赤身,而地方窄小,污秽不堪,若稍行远一步,则拳脚交加,强夺衣箱,不胜其扰。亭外土人警察手执藤条,任意将华人鞭挞。而税关又多有值一元之物纳税至五六元者,即身穿衣服亦勒令除下过税。以女子畏羞,迟疑一点,即被打骂……更有新客,官既宣布展限,而差役仍逮捕未纳税纸者。即有已纳税而忘带于身,或在店门外闲立,忽遭查纸,欲返店取出,不准家属将原人税纸携至交验,若恳求则将税纸掷地,还施以未纳当年身税之待遇,锁手暴日,四处巡行……警察查私娼,随时随地指良家妇女为私娼,勒索金钱,捕交警局……

南洋各属,除种种对待华侨的苛[刻]条例外,对于不满意[的]华侨,也像我们国内的某些老爷们的手法,任意把"莫须有"的罪名加在"眼中钉"上,或者下狱,或者驱逐出境。

对于知识分子更加痛恨,常常以违反法律及公共治安为借口,禁止登岸。民国十年左右,蔡元培先生的被拒登岸可说是最好没有的例证了。

尤其使人愤懑的是华侨的教育。

一九二九年暹罗(现在已称为泰国了)的统治者公布华侨教育条例:(1)中国人之在暹

罗充当教员,必通暹语,受两次试验及格;(2)中国之学生,每周至少习暹语三小时以上;(3)各华侨学校必由暹政府派一暹文校长,教授暹语。更有一条是关于华侨学生的:令读暹罗历史地理,了解人情风俗,存报德之心,存良民之义务。

在爪哇是这样的:(1)教员姓名及所用之教科书须报告地方长官;(2)政府委员得自由在教室、宿舍[巡]视考问;(3)有处罚、监禁、罚金之权;(4)视察员有拘留教员之权。

还有婆罗洲的政府也曾颁布过一条禁止华侨学校教授国语的条例,理由呢,是因为"华侨各帮口自有方言,若统一语言,有扰乱治安之可能"。

不但这样,南洋的各属还挑拨华侨与当地土人之间的感情,造成民族间的争斗,而达到他们"分治"的目的。如民国十六年越南的"海防事件",为了挑水的事,引起土人和华侨的口角冲突。"忽大起暴动,华侨被杀毙者三十余人,重伤者六十余人,轻伤者四十余人,被抢者大小一百五十余家,被焚者八家,损失五十余万。法政府非但不加干涉,且在暗中加以袒护……"(李长傅[1]《[南洋]华侨概况》)

华侨与祖国

失了祖国保障的人,是更深深地知道祖国的可爱的。南洋的华侨虽然在商业上占有很大的优势,但是在异民族势力的统治下,无疑是有许多的苦闷与不自由。

他们无时无刻不在关心祖国的事业,为了争取祖国的生存,华侨已贡献了七万万以上的捐款,特别是穷苦的华工,他们出钱更踊跃,如陈嘉庚老先生告诉祖国的同胞一样:"这笔款是华侨穷苦人的血汗。"

说起陈嘉庚先生,我们就想起了陈老先生对祖国的热爱和对社会福利事业、文化事业的贡献。

陈嘉庚先生已是七十岁的老年人了,他是南洋筹赈总会的主席,是一个有良心、有热血的华侨领袖。陈先生靠着坚毅的精神打破环境的困难来开拓南洋的树胶事业,创造了全南洋规模最大的橡胶厂。但是一九二九年世界的经济恐慌——不景气的浪潮在一九三〇年卷至南洋,冲倒了他的橡胶厂。这一事业的失败正像他所说,不是主观努力不够而失败,在异族的欺凌下,没有祖国的保障与援助是事业失败的主要原因。

虽然侨胞汇款回国是被统制了的,虽然他们受到奸贼们的破坏,但是也正因为这样,华侨对于祖国的团结进步寄予更大的关心。"千万的侨胞愿意捐款回国,是因为他们深信国家有前途、有办法,我们能够获得最后胜利,我们民族能得自由解放。"这不但是陈先生一人的意见,这是华侨一致的呼声。

耶稣说:"若一国自相残杀,这国就归于灭亡。"要是不幸中国分裂,自己人杀自己人,不进步,那么华侨对祖国还有什么希望呢?

再会吧,南洋

在祖国进行着的伟大事业,使许多生长在热带的华侨青年都投回祖国的怀抱。他们为了不愿意再受殖民地的教育,勇敢地毅然离开了家庭和父母,做万里光荣的行程,不怕狂炸威胁,去追求伟大的理想。

有一个女孩子,她是"虎牌商标"的女儿[2],她不同意她父亲的思想,她跑到祖国的光明地方,进了那边的女子大学[3]。这不过只是千百个中的典型的一个例子!

正如《回春之曲》[4]里唱着的一样,他们也唱着:"再会吧,南洋!/你海波绿,海云长,/你是我们第二的故乡,/我们民族的血汗洒遍了,/这几百个荒凉的岛上。/再会吧,南洋!/你椰子肥,豆蔻香,/你受着自然的丰富的供养,/但在异族的剥削下,/千百万被压迫者都闹着饥荒。/再会吧,南洋!/你不见尸填太行山,/血流着扬子江,/这是中国民族的存亡。/再会吧,南洋!/再会吧,南洋!/我们要去争取不远光明的希望!"

原载《联声》[5]第 4 卷第 4 期(1941 年 9 月 10 日),署名:黎琼。

导读:

此文根据李长傅的《南洋华侨概况》和有关报道等资料,述说新加坡等地华侨的遭遇,最后结尾却是田汉的剧作《回春之曲》的插曲。此文最初构思很可能是来自田汉的《回春之曲》等。

这期"海外特辑"栏目推出《印度支那风光》(何文)、《马尼拉·巴达维亚》(旅萍)、《南洋华侨》(黎琼)。暗示日军可能南下进攻南洋地区,"使广大青年认清形势"(丁景唐《我的文艺编辑生涯》)。果然三个月后,太平洋战争爆发,骄横跋扈的日军击溃了驻扎在南洋地区的十几万英军,几乎占领了整个南洋。

注释:

[1] 李长傅,又名李震明,祖籍浙江杭州,后移居江苏镇江。1966 年 2 月 4 日因脑溢血在河南开封逝世,享年 68 岁。他长期从事中外历史地理及南洋、华侨问题的教研工作,是我国著名的历史地理、南洋华侨史地学家。他熟悉世界地理、地图学,是一位具有多方面修养、影响广泛的学者。他一生留下了 20 多种著作,200 多篇论文,400 多万字的宝贵遗产。

[2] "虎牌商标"的女儿,即新加坡虎标万金油创始人胡文虎的养女胡仙。她早年就读于香港和新加坡,曾赴美国留学,后获香港中文大学授予的荣誉法学博士学位。1954 年接管其父胡文虎创办的星系报业有限公司,并任董事长。1994 年,广东省政府将广州永安堂归还胡仙,她把大楼捐出,辟为广州第一

间少年儿童图书馆,即广州市少年儿童图书馆。

文中关于胡仙的经历有误,也可能是指他人。

〔3〕女子大学,指1939年在延安创办的中国女子大学,毛泽东、周恩来等中共中央领导人出席了开学典礼并讲话。中国女子大学培养了一批妇女干部,1941年9月并入延安大学。

〔4〕《回春之曲》,田汉创作的三幕剧,将爱情和爱国两条线索巧妙地结合在一起,体现了男女主人公强烈的爱国情感和对爱情的忠贞。其中插曲《再会吧!南洋》,即下文所引内容,由田汉作词,聂耳作曲,"影帝"金焰演唱。《回春之曲》的同名主题曲,由田汉作词,聂耳作曲,王人美演唱,成为经典老歌。

田汉的《回春之曲》与《暗转》《雪中的行商》《旱灾》《水银灯下》《洪水》等六部剧作编为同名集子,普通书店1935年5月出版。

〔5〕《联声》,见本书第6页注释〔7〕。

这期《联声》除了此文,还刊登了丁景唐的叙事长诗《远方》、文章《职业病(Professional Disease)》等。这期是丁景唐主编的《联声》最后一期,抗战胜利后该刊复刊,他写了诗歌《旗手》《太阳又从东方升起》等,出至第4期又停刊。

生活（一）

　　日子在那些时节里是干涸了的河床,充满了黯淡而缺少光彩。

　　早晨,打开窗户,潮湿的风夹着嚣杂的叫卖声、诅骂声吹了进来。等太阳拉直了影子,临时的菜集散了,于是留下破碎的杂物,肮脏地撒满了狭隘的街道,还未到夏天,绿头苍蝇已嗡嗡地聚集在秽物的上面。

　　下午忙着扒了两口饭,就匆匆地乘上街车,颠簸了半天,被载到一条同样湫隘[1]的小街。碎石子的街面全堆积了垃圾,有几处凹下去的变成了淤泥洼,风扬着尘土和着一股腥臭扑向鼻腔。于是踏上了"最高学府"所在的大厦[2],于是夹在走廊的人堆里等着争夺座位上课。

　　于是瞧着阳光拉斜,街灯在黄昏的街头闪亮。重又穿过那狭隘的碎石子的小街,让街车载着颠簸着归来。

　　站头,一个穷妇跪在梧桐树的道旁啃着树皮,不远的米店外边已坐着等待明天轧米[3]的人群。

　　晚上吃着稀饭,老年人咕噜着生活的艰辛,眼前不禁叠映着皮鞭、冷水下为生活而挣扎的人们。

　　　　　　　　　　　原载《社会日报》[4]1942年5月10日第1版,署名:辛夕照。

导读

　　此散文仅300多字,由作者在上大学的路上所见所闻的碎片,串联起从上海滩"下只角"(贫民区)到"上只角"(市区)的现实场景。如果此文最后结尾也不点评,而是依然采用客观写实的手法,那样效果更好,因为文中的这些碎片足以说明上海沦陷区穷苦百姓生活的百般滋味。

注释:

〔1〕湫隘,意为低下狭小,见于《左传》等古籍。丁景唐是宁波人,此语宁波话读为"臭煞了",意即非常肮脏,不堪入目。

〔2〕光华大学原来在大西路(延安中路),校舍全部被日军炸毁,光华大学和附中迁入公共租界内的汉口路、福建路路口的上海华商证券交易所大楼的八楼和三楼,继续上课。当时丁景唐从东吴大学中文系转学到光华大学社会学系二年级,1942年9月转学到沪江大学中文系三年级,开始治学道路。

〔3〕当时米价疯涨,上海市民争相排队买米,沪语称为"轧米"。

〔4〕《社会日报》,创刊于1928年10月,由胡雄飞发起,邀请陈灵犀、姚吉光、冯若梅、锺吉宇、黄转向、吴农花等十人,集资500元作为开办费,因故只问世一个月便停刊。1930年4月,胡雄飞与陈灵犀再度合作,《社会日报》复刊,由陈灵犀主编,改为四开小型报,从原来两个版面扩充为四版,第一版为新闻,其余三版为副刊,经过多次改革实践,成为当时最有影响的小报之一。后由小报向小型报发展,成为大报的缩影,新闻选材、评论立场都向大报看齐,注重时政新闻和言论,由此带动了上海众多小报的转型。该报至1945年停刊,共办了16年。

该报的副刊一改昔日小报是旧文学园地的传统,广泛邀请新文学家撰稿,率先打破了小报与新文学的界限。曹聚仁曾对鲁迅谈起《社会日报》,并成为该报改版后的主要撰稿人之一。鲁迅起初也肯定该报,后来因该报刊登徐懋庸文章等原因,引起鲁迅的不满,陈灵犀曾撰文力图澄清事实。

陈灵犀,又名陈听潮,笔名双栖楼主,广东潮阳人。原为上海《社会日报》等报刊编辑,1949年后成为著名评弹作家,担任上海市文化局创作研究室创作员,专事评弹创作。后调入上海市人民评弹工作团(今上海评弹团)任业务指导员,1954年后改任文学组组长,被称为"评弹一枝笔"。

陈灵犀担任《社会日报》主编时,注重随笔和小品文,他曾说:"用简单的文字、诱惑的写法,来写小报文字,我认为倒是一个最好的方法。"又说:"近几年来,小型报上盛行刊载一种随笔之类的小品文,不过因为范围狭窄,时常谈到身边事,便有人指这一类文字为'身边文学',含有讥刺的意味,说这些人只会在身边做文章,忘却了时代,遗弃了大众。久而久之,这个'身边文学'的名称便存在了,小报上的'身边文学'也成为读者所吟味的一种文字。其实这种文字便是小品文,非'身边'两字所能包括得尽。"(陈灵犀:《小型报杂论》,《社会日报》1941年1月16日、19日。)

此散文是《社会日报》第1版的首篇《生活》,第二篇为杂文,署名"余起云"。

附录 生活（二）

余起云[1]

当我提起笔写上这"生活"两个字的时候,心坎里不期而然地会感到一阵酸怆。真实的,这十几年来,生活给予我的磨折,实在是太残酷了。为了自己不能饿肚皮,为了不忍看着家人们挨饿,我终于抱着这一颗破碎的心一直在生活网里挣扎着。在这过程中,一直到现在,我感到许多不是自己所想象得到的难堪:亲朋情感的冷淡,人类对待人类的虚伪!现实所给予我的,只有空虚,只有失望!

在静坐凝思的时候,在午夜梦回儿时的当儿,我时常会看见许多可怕的阴影。衰老的母亲、懦弱的妻子,都在向我伸手,向我乞怜。这些衰老的、懦弱的,都需要我去侍养,我去安慰。我不知道我背着这一副沉重的生活锁链,几时才能走尽我这苦难的人生的旅途!我终于感到了可怕,本能地会落下几滴酸辛之泪!

镇江酱菜恒顺第一。

原载《社会日报》[2]1942年5月10日第1版。

导读:

此文虽然与丁景唐的散文《生活》所采用的写作手法不同,但是与丁景唐的文风相似,只是梦中一段与丁景唐的经历有所不同。如果不拘泥于纪实,为了具有普遍性和代表性——说明上海沦陷后的社会底层百姓生计的艰难,这样的表述是写作者常用的思维方式。

此杂文结尾是跳跃性的结尾:"镇江酱菜恒顺第一。"作者以此说明广大贫穷老百姓能够吃上镇江的价廉物美的酱菜,已是很满足了,其中充满了辛酸。有的读者会拍案叫绝,认为此结尾是类似诗歌思维的神来之笔;有的读者一时看不懂,则摇头批评,那么也在情理之中。其实,青菜萝卜各有所好,不必勉强。瞿秋白的《多余的话》最后道:"中国的豆腐也是很好吃的东西,世界第一。"不知此文作者是否看过《多余的话》,模仿结尾之言。

注释:

[1] "余起云"是不是该报编辑借用他人笔名临时为丁景唐取的,尚待考证。1949年后,丁景唐曾用笔名"余逸文"。

[2]《社会日报》,见本书第306页注释[4]。

沉 默

  在公园里见到了一个人,有着美丽的年轻的生命,却像经历了生命遥长的旅程,垂倒了的头注视着地面,独个儿默默地傍着水池坐着。
  水池里有玉色、金色的鱼在游,喷水射着银色的水珠在阳光下像琥珀织成的帘子耀闪着亮光,飞迸出白沫。
  温和的风,明亮的澄空,畅爽的空气。
  鸟在伸着绿枝的树上吱喳,花展示着红的、青的、白的、黄的颜色,在人的眼前招摇。孩子露出了手臂在玩着跳着。在充满了阳光的园子里,没有一个人不染上了春之彩色。
  但是,在这个人的脸上却找不到一丝春意,好像她不是属于春天的,虽然她正有着丰艳的青春。她没有用声音或颜色来装饰过她的生活?她一直是在荒凉中度着寂寞的岁月?
  苍白的秋天一般的脸,使人感到寒冷,许是生活已教她学会了沉默。

原载《社会日报》[1]1942年5月21日第1版,署名:辛夕照。

导读:
  此随笔如同一首小诗、一幅速写、一个镜头、一段瞬间起伏的急促音律,敏感地抓住两组人物、色彩、氛围的强烈对比,形成动与静、亮与暗、活与死的鲜明反差,焦距于一个无名无姓的少女"她"。"她"正值青春生命与形同枯槁的对比,"她"心如死潭的模样与充满活力的春天气息的对比,"她"僵硬、枯坐的形象与多彩生灵、植物的对比,为读者提供了无限的联想空间,想要探究"她"背后的不幸遭遇。
  "她"丝毫感受不到春天阳光的温暖,只有被磐石般的黑暗社会紧紧包裹的寒冷,遭受了难以述说的沉重打击和痛苦折磨,麻木不仁的心灵沉重地折射出"沉默"二字。古人云:"夫哀莫大于心死,而人死亦次之。"(《庄子·田子方》)失去了自由的思想,比人死了还悲哀,这便是此文要表达的初衷之一,控诉这"吃人"的旧社会。该文并未指出"她"的出路。起死回生的奇迹会出现吗?这是留给广大读者思考的现实问题。

注释:
  [1]《社会日报》,见本书第306页注释[4]。

橄　　榄

　　时节一进入严冬,紧刮着西北风的夜晚,里弄中便加添了一种有韵而清苍的叫卖声:"檀香橄榄,买橄榄欤——"长久地在弄里的上空荡漾着,使人很容易系想起山寺的钟声飘落在湖面,或是旷野里牧童的呼唤。

　　自己没有细嚼橄榄的习惯,不过有时在寒夜孤灯[下],掩着书卷也爱吃一二个。刚投入嘴里,那滋味很不好过,吃不惯的人会皱皱眉,好似尝着不熟的柿子,苦涩之间还夹杂酸味,谁也不大爱这种滋味。然而欢喜它的人却还很不少,这原因曾经有一位爱好[橄]榄味的朋友谈起过:

　　"橄榄这东西,吃惯了巧克力、太妃糖这类甜甜蜜蜜味儿的小姐哥儿们,他们不欢迎它,理由是很明显的,这不必我来说明,你也会知道的。橄榄虽然涩口,但回味却极甘美,不过需要耐心地细细地嚼罢了。不但这样,其实人的生活又何尝不是如此!过惯舒适生活的人以为纵情逸欲地享乐正是人生最大的幸福,他不会也不愿知道最大的幸福却是'苦尽甘来'那种融合了个体快乐而交织成的人间的欢乐。"

　　说话的朋友对于"此道"很有经验,想来不是臆说。

　　现在又是寒冷的冬日了,夜晚伴着一盏孤灯,掩着书卷,我又想起了他和他的话:"橄榄是涩口的,但回味却是极甘美的。"

　　没有嚼过它的滋味的朋友,是需要一些耐心,慢慢地嚼,仔细地体会。我总是可以咀嚼出清香而甘美的回味来的,正如同那位朋友的说话一样。

原载《社会日报》[1]1943年2月4日第1版,署名:辛夕照。

导读:

　　丁景唐曾说:"我也保持欣赏一首诗需要多番咏吟体会的意见,正如嚼橄榄之需要细嚼一样。"(丁景唐《我的自省》)

　　此文以橄榄作为切入点,说明人生苦尽甘来的常理。此文仅500多字,开头颇有散文的意味,接着杂文的说理,看似轻松可亲,其实颇有张力。与其说是作者的人生之谈,不如说是给予广大青年的一个忠告。当时丁景唐负责文艺青年工作,看到各种不同的遭遇,由衷地发出感叹。

　　"檀香橄榄,买橄榄欤——"形象化的联想比喻,令人想起那个寒冷的冬夜。笔者小时候也听到过这抑扬顿挫的叫卖声,心底感受与家父那时的感受截然不同,躲在被窝聆听,尽情地享受,哪里会联想到人生的哲理。

丁景唐发表在《社会日报》头版上的"随笔之类的小品文",其实是散文和杂文相结合的一种随笔,讲述身边事,由此说开去,针砭时弊。先后在该报上发表的有《生活》《沉默》《橄榄》等。随笔之类的小品文,早在30年代初谢六逸等人已撰写,并且专门撰文谈论。

注释:

〔1〕《社会日报》,见本书第306页注释〔4〕。

青　春

没有一个人不爱青春,正像没有一个人不爱春天一样。

青春是生命开花的时节,正如春天里开遍了红的、白的灿绚的花朵一样。

每个人都留恋着青春,但很少的人懂得怎样过他或她的青春。

每个人的生涯中都该有个美丽的春天,但无数的人却永远得不到春天,见不到金子般的太阳的光彩。他们或她们的幸福埋葬在寒冷饥饿的黑暗里,像冬雪覆灭了小草一样。他们没有春天,在人们的大海中失掉享有青春的权利。

也有些人凭着自己年青,靠着上一代挣来的金钱,可以舒适地享受,用不着他们动一只指头,也用不着担受一份愁劳。他们沉湎于灯红酒绿的销金窟,寻找感官的刺激。他们不懂得也不会怎样去爱护青春,他们是在毁灭想自己的和别人的美丽的春天。

这样的人,他们虽然年青,他们虽说也留念着青春的美丽,但是生命的水流是永远跳跃,是永远向前流逝,人生的暮境将要到来。在秋天的黄昏里,生命的花朵凋落了,生命的河床干涸了,留下的是寂寞的荒凉的暮年,生之喜悦的绿色也已如秋天里的枯叶般在萧瑟中飘零。

你,年青的先生!你,年青的姑娘!

我们都当生命放苞的年华,我们是幸福的,我们生下来就享有了一切,我们不必挨冻也没受饥,但是无数的先人却为了我们的享受而憔悴了生命的花,但是无数和我们同时代的年青人却也为了我们的幸福而丧失了春天。

"我们的幸福建立在别人的痛苦上。"

假使一个人还有纯洁的心地、同情的胸怀,假使他还不自满于个人的幸福,他就该知道怎样去爱护他自己的以及和他同样年青的青春。

在年青的洋溢着生命的光泽的春天里,种下你人生希望的籽粒,在人生的旅程中就先开辟下走向明天的路径。

"春天会来的,一个更美丽的春天,但是生命中的春天——热烈的蔷[薇]花开的青春却是不复再现的。"

幸福的果实是只留给珍惜青春、不浪费生命的点滴的人的。

正年青,在人间的园子里下番耕耘的功夫吧!

一九四一年冬于上海

原载《女声》[1]第1卷第11期(1943年3月15日),署名:辛夕照。

导读：

　　1941年9月10日，丁景唐主编的《联声》暂时停刊。但他依然关注青年学子的思想问题，并投射于此文，借鉴诗歌的象征、暗喻手法撰写。看似平常的青春的话题，与当时残酷艰难的抗日战争形势联系起来，就不难分辨其内涵和外延，凸显爱憎分明的情感。既有"沉湎于灯红酒绿"的阔少爷小姐，也有消沉、颓废的青年，更有为国捐躯的热血青年，他们各自以不同的生活轨迹书写着不同色彩的青春年华。此文呼吁广大青年："在人间的园子里下番耕耘的功夫吧！"

注释：

　　〔1〕《女声》，见本书第32页注释〔4〕。

　　这期《女声》刊登丁景唐三篇诗文，除了此文，还有《〈诗经〉中反映的妇女生活·恋爱·婚姻》和诗歌《春天的雪花》。《青春》和《春天的雪花》被编排在上下位置，其意不言而喻，两者在某种程度上有着内在联系。

烛 光

久住都市里，对于绿色的田野是早已不惯于记忆，弃得远远的了。

最近的一个雨天的晚上，却又撞入梦中，这不是因为自己多愁善感的缘故——自己缺少那样的"才子"气——也不是因着时节的变动，飘着雨丝的清凉气氛，带来了童年的影子和往事。

事实却是为了那截摇曳着发出微弱的光线的小小蜡烛。

这半截蜡烛，还是母亲亲手在蜡台上拔下来的。是它示意我对绿色的田野的眷念。

外边落着雨，电灯这时突然熄灭，电流停止了，雨点很大，打着窗子好似丢着小石子，因而电灯匠也没人去请。黑暗在周遭蔓生着，屋子变成了"暗房"。幼小的孩子不见了光亮，藏在母亲的怀抱中大声啕哭起来，任凭做母亲的怎样哄骗，都失掉了效力。

人原是依着"光"生活的，一旦失掉了光亮，在黑暗中摸索，似乎生着的亮眼睛的人丧失了眼珠。瞎了眼的人还要什么幸福的乐趣呢？然而黑暗的屋子外边还下着滂沱的大雨，像鞭挞着囚犯似的威吓着孩子的心哩。

于是我在没有光亮的屋子里摸索着，我摸到了抽屉，寻着半截细小的蜡烛便点亮了。

烛光劈开了黑暗，照着屋子里的什物。

虽然烛光是那么微弱，但孩子脸上已显露了笑容，嚷着要"光光"呢！

可是蜡烛到底太小了，而且又是半截，因而等到孩子熟睡的时候，小小的蜡烛流尽了蜡泪，终于一闪，在无边的黑暗中消失了。

依旧是黑暗，夜还在行进着。

我坐在暗头里，窗外的雨扰乱地在耳边絮聒。

把手边的书阖上了，我想睡，但是睡不着。睡不着，就思想，我用思绪来代替我的视觉。于是那久被遗忘了的田野，像童年时代的小恋人似的撞入了记忆。

我的眼前展开了绿色的田野、起伏的麦浪、金黄的阳光、黄色的花朵、翱翔的飞鸟，还有那些朴质的田野之子。

我的心温暖了，好似我就在浴着阳光的田野里行走，回到远远的故乡一样。我开始明了为什么在没有电灯照耀的乡村里，烛光对于夜行人可贵的缘由。

于是我也爱起烛光来了。

于是在那个雨夜里，我做起绿色的田野的梦来了。

原载《女声》[1]第 2 卷第 1 期（1943 年 5 月 15 日），署名：辛夕照。

导读：

　　大雨、暗屋，孩子啼哭，母亲耐心地哄着，这时"烛光劈开了黑暗"，犹如挽救了整个世界，作者由衷地赞叹半截蜡烛闪耀的光明的魅力。这半截蜡烛"还是母亲亲手在蜡台上拔下来的"，牵连着久违的慈母之爱、家乡之恋、绿野之梦。

　　此篇散文也是一首富有哲理的诗歌，如果将黑暗、雨夜、烛光、梦想串联起来，并赋予象征派诗歌的丰富含义，那么此文的弦外之音，任凭读者去遐思。

　　此文是丁景唐思念母亲的极少数文章之一，另参见《飘落在银杏巷的梦片》。

注释：

〔1〕《女声》，见本书第32页注释〔4〕。

目 疾 记

在那些没有阳光也失去了欢乐的日子中,生活正像是一道干涸了的河床。每当静夜残灯,鼠啮扰人,整日与古籍蠹纸为伍之余,间或磨砚擢笔趁兴涂些排遣胸怀的诗文,也算是打发沉寂的日子、忙中偷闲的一乐事。这和为生活奔走困顿的人偶然也爱哼哼绍兴高调、种植一些花卉聊作自娱,完全含有同类的意味,非闲情逸致所能比拟也。

但是干涸的河床,却也时有雨水润泽。友情的花葩如蓝天的星粒闪放,人间的爱像春风播送温暖的阳光,也间或照拂到荫翳的心屏。考卜[1](W. Cowper,1731—1800)这位英国浪漫诗人的先驱,幼年时代丧失了慈爱的母亲,后又热恋表妹,横遭严父粗暴的阻扰,本已是多愁善感的他经此打击,精神更是痛楚欲狂。幸赖友情的援手从痛苦的深渊中救挽了他的自杀。他将他的愁苦倾泻到圣歌的制作[中],用热忱的乐调歌唱人间的爱道:"我的爱心无变异,高如天兮[厚]如地,沧海也许变桑田,我[爱]亘古永不变!"

爱——友情的爱、人间的爱,补偿了他早年就[被]剥夺了的母亲和恋人的爱。爱使不幸的生命丰泽,化黑暗成为光亮。

这些年来,自己也有着类似的体验。靠着"眼"的引导,我游遨人类智慧的圣城,也瞻仰了哲人先知们的"光晕",我像沙漠一样地渗透白纸黑字的典籍,又无餍地吸收智慧的泉水。过分耗用使眼睛每每疲惫得睁不开,我还是像夜行人赶路似的不肯放松一行。这样白天逞性在字行间任意驰骋,夜间又往往不肯让眼睛休息,紧张着眼跟灯光亲近,还执笔写些"劳什子"的文章。于是恶果产生了——有一次熬夜赶写,眼睛竟再也睁不开来。但是隔上几日等到红丝略略退些,便又驱使本已近视得可以的眼去磨挨纸籍了。

近年来,多承师友的谬爱与关切——尤其是《女声》社的几位先生的鼓励——曾促使我写下并不算少的文字。譬如左俊芝[2]先生每逢会面的时候,总热忱地嘱命执笔为文,虽因言语不通,自己又拙于言辞,不能运用第三者语言来奉答,但关怀之意是可以感验的。自从旧历新正以来,却一直未曾执过笔,写下一个字。说是疏懒却也未必,如今连要疏懒[的人]的社会也很少了。凶猛的风暴——巨浪似的生活掀起波涛,虽尚未摧撼自己的家,需自己卖文为生肩担起生活的重担。一个人年纪轻轻的,他绝没有权利,亲眼见到已有了白发的前辈辛勤操劳,而自己竟能安心株待,不动一只手指。何况我们的家既非"不差而富且贵"的"大户",而自己尚有颗善良的良心。为了减轻家累,于是我也涂些自己也不重视的文章,酬笔虽微,远落排工之后,惟以兴之所存,亦聊可以自慰。所苦的是个人生活圈的狭隘和单纯(甚至,我可以憾歉地说,我到如今还是一个未曾乘过火车的人)!即使普通人认为最简便的拼凑字句的诗,也常"力不从心",每有写不出的苦楚。因此每当左俊芝先生索稿,不免往往有"黔驴技尽""无能如命"[的]趋向了。

夜深人静也尝扪心自问,反复地拿这样的问题来烦恼自己:"我可以写些什么呢?我能够写些什么呢?"

题材狭隘和下笔不易困惑了我。"不写,不是更好吗?"对于这一诘问,我只能以苦笑来答复了。

写文章的人,最苦[的]是没有题材,没有题材而又不得不写,这简直是受罪。

"鬼才"李贺以二十余岁短促之年写完他生命的诗篇,而在活着的时候,"每旦日出,骑弱马,从小奚奴,背古锦囊"出外采诗,其母犹尚叮咛不已,谓"是儿欲呕出心肝乃已耳"(《新唐书》)。每值伏案握管,苦于思滞,比念此语,心常戚戚。虽亡母早故,已年且幼,然终莫能无动于衷。是则为文之苦,岂仅"绞脑"而已也。

失掉了心爱的人,才知道爱的幸福。同样,失掉了亮光的人,才更懂得和热爱亮光。

绵月的目疾阻碍了我的写作,使我好久没有和书、笔为伴。说起来,总怪自己的不是,平日为什么老爱逞性在故纸堆中探索,像着了魔似的一个字一个字用已经疲惫得很的眼把它"吃"下,又贪婪地搬到脑中去。这次眼病的痛苦,几次催促我想和沪上某诗人似的要嚷和"文学"告别,但终于又提起笔来。那原因除了我前面说过的以外,还因为我既没有写过可以称得上"文学"的作品,而我也非诗人——即使是自命的去年秋天我还曾写过:"柔和的阳光徘徊在屋顶,/青青的小草匍匐在墙际,/巷子里虽依然是/幽静的一片,/冷风中却意识着秋天的踪迹来近。"[3]那样地"去"他几十行显扬自己的诗才——"创作"一首所谓"纯粹诗"(?)的杰作。但是幸亏我既非"此类中人",且对于此种分行的玩意儿更不感任何兴趣。

话似乎扯远了,还是转回来。

这次眼病可来得真凶,先是红丝满布网膜,继而疼痛万状,竟像针刀猛戳一样。阅读和写作的权利既全被剥夺,连出外行走都大感困惑,好似俗话所说"无头苍蝇",真是"走投无路"一般。犹如白天失去了太阳,我的周遭全是黑黝黝的暗影。"天呵!这会变成怎样的一个世界!"我坐在黑暗里,世间的色彩和光亮似乎跟我道别,我几乎要如此大声地呼喊了。

于是在家人的怂恿下,我被迫坐了车,妹妹伴我去看眼科。

这位眼科医生的诊所,我以前曾来过好多回,我熟悉小石子铺成的长长的街和生长在石缝里青青的小草。去年秋天我还曾在某一首诗中写过它:"柔和的阳光徘徊在屋顶,/青青的小草匍匐在墙际,/巷子里虽依然是/幽静的一片,/冷风中却意识着秋天的踪迹来近。"

然而现在呢?除了依然同秋天一般寒冷的春天以外,依旧是柔和的阳光在屋檐徘徊,青青的小草在墙际匍匐,巷[子]里也依旧是幽静的一片,唯有我青花般的生命却临处春天里的冬天要萎谢了。啊,春天里的冬天,落寞的日子,失去了太阳和色彩的日子呵!我紧闭着火热的眼,禁不住有些伤感了。

妹妹替我在诊疗所的号房里付了一笔足够我熬夜速写几天的款子,于是我就依着妹妹的指使像一截枯木倒在座椅里待诊。时间走得为什么竟如一年一月般迟慢,数千年前老聃骑着青牛出函谷关,恐怕也未必比这一刹还缓慢吧?鲁迅先生《出关》中写老子,一连用上十几个的"枯木"字眼来形容他的"龙钟",而我年轻的身子现在也似一截枯木地坐着。那数千年前的哲人的心,也许还比我要年轻得多呢。

思潮似钱江秋汛,它把我驱入了"迷津":

——失落了罗盘内指南针的航船,它会碰下暗礁给巨浪毁灭。驾着损坏了引擎的飞机,也会给风暴摧裂成碎片。而我要是瞎了眼睛,将会是幸福的吗?黑暗中的日子将如何打发它呢?

——"人定胜天",多愿那位中年的眼科医生来加以援手,救我出黑暗的深渊吧!

然而另一个想头却又压倒了我这一自慰:"不错,医生会伸出援手来医你的眼,但是医生也将会向你伸出他的手要[钱]……"

妹妹打断了我的思索,她搀起我向眼科医生的诊室走去。看护小姐已经打开诊室的门,在娇声地念我的诊号了。

眼科医生手握着冷的铁钳掀开了我火热的眼皮,妹妹细声地向中年的医生问询:"是角膜炎?"

"唔,不。唔,很厉害,总要多看几次。"接着眼科医生说了一串外国语的专门名词。

妹妹又想问了:"医生……"

"不,很利害。唔,讨厌得很,总要多看几次。"在洗涤了眼药水之后,眼科医生又"唔唔"起来,"唔,唔,唔,唔,最好动手术,唔,唔,不过……"

不过,我早就猜准了——"医生也将会向你伸出他的手要[钱]……"不必我联想下去,妹妹懂得眼科医生的意思,就说:"手术费大约需要多少?"

在这种场所医生是不便直截回答,总爱伸伸手指头。即使纱布不将我的眼包扎起来,我也无法看见他伸出几只手指,但由妹妹沉默的光景体会得出,这次眼科医生伸出来的几只手指一定使她惊怔了。可能他伸出来的几只手指足够我勤勉地写上一二年的文章,也许还不止,因为单这一次的诊费已远可抵过我写几[个]月的文章哩!

归来我烦恼地倒在床上,整整一夜都沉[浸]在回想和思索间。首先我梦见向人伸手的眼科医生,忽然又惊醒了,记起一段《告医生》的文章:

"医生先生,你想怎样给那个病人开药方呢?你一看就知道她的病源是普通的贫血,营养不足,缺乏新鲜空气。你叫她每天吃点好饮食吗?你叫她换一间干燥的、空气流通的房子吗?这真是莫大的讽刺了!要是她能够这样做,她就用不着等你来指教,她自己早已做了!"

由这片段感人的文章,我又联想到贝多芬。这位曾被法兰西当代文坛重镇[推崇]称作英雄的乐圣,失去了听觉,却沉浸在音符的世界中,忘掉了自己的不幸和痛苦。

贝多芬的事迹鼓舞起我生的喜悦,于是我又记起麦西荪[4](G. Matheson, 1842—1906)。这位被命运捉弄的诗人,在英俊的青春时代,得了难以痊愈的眼病,又[遭]受了未婚妻的抛弃。但是他却因此而认识了更神圣、更高尚的爱,创作了许多美丽的诗歌,其中有一首《爱歌》,传诵寰宇,感动了无数的"伤心人"。我记得内中一段话:"真光,照我全路的光,/将残的灯,挈来就你;/我心复得所失之光,/在你阳光和煦之中,/便觉得明亮辉煌。"(《基督教与文学》[5])如他在《爱歌》中所歌唱的,他也让"我心复得所失之光",仿佛和煦的阳光,他的诗句烁闪着,照彻了我的灵魂。

此后,聋哑又兼盲目的海伦·凯勒[6](Helen Keller)出现[在]我的脑中。她一生的故事感动了我,麻痹了我的眼的创痛。即便失明,幸福也足可以自己去手创。况且处于双重不幸的缺陷下的她,犹尚挣扎奋斗,没有死掉希望。这个可敬的聋盲女,不但能用惊人的毅力打开了知识的重门,受到大学的教育,并且熟悉好几国语文,读遍世界古典名作,还能用心中的巨眼,窥视宇宙秘奥。这不单是天才,且是"人间奇迹"。她的自传简直是首长诗,是一个为自己命运奋斗的英勇伟绩的实录。她替自己忧郁而悲怆的情绪创作美丽而光明的前路。一个出世十九个月就丧失了视、听官能的女子,居然能从绝望的岩石中开辟出一条生命的蹊径,[还有什么]能比这更动人、更令人振奋的吗?

在脑海中重温了她那美丽的用生命写成的诗章以后,我的心逐渐平静了下来。我忘掉了眼痛,摆脱一切愁思。

于是愁伤和死亡的暗影在我的痛楚的眼膜上消退。于是我才懂得几世纪前希伯来先知的哲言:"要爱护你的生命,犹如爱护你的眼睛一样。"多少的人曾经好好地使用过他的眼睛,而有眼却又看不见阳光的人们又有多少咧?我的父母[7]是一个例子,他们年纪轻轻就丧失了生命,在活着期间也未曾好好使用他们的眼睛。我怀疑他们生了眼睛到底曾窥探了宇宙的秘奥吗?他们有了眼就一定比瞎着眼走路的人会有更多的幸福[吗]?这样有了眼却不能亲近智慧和看透世界的脸,和瞎了眼的人又有何异点呢?

"应该爱护你的眼睛,犹如爱护你的生命。"想着,于是一丝微笑就挂上了我的嘴角!

失去了爱的人才知道爱和被爱的幸福,同样,失掉了亮光的人才更知道和热爱着亮光!

现在我才真正地知道了爱,以及怎么来爱护自己和许多人的眼睛了!

九月四日春天,目疾痊愈后数日

原载《女声》[8]第3卷第1期(1944年5月15日),署名:歌青春。

收入本书时略有删节。

导读：

此散文四千多字，写于1943年"九月四日春天，目疾痊愈后数日"。作者欣喜庆贺"目疾痊愈"，终于摆脱了梦魇般的眼疾，心情大好之际，提笔写下了这篇散文。多日压抑的情感猛然爆发，如同瞬间冲开闸门的湍急洪水，势不可当，一不小心有所偏离，又急忙回归文本之道。

丁景唐重新回到熟悉的文学大观园里，将昔日内心的焦虑、无奈心绪，以及战胜自我——名人贤士的诗篇和生活磨难的激励，酣畅淋漓地和盘托出，奉献给广大读者。这种自我剖析的散文，在丁景唐的文学生涯中很少见，留下了一份不可多得的第一手资料。

此文第一次披露丁景唐当时"卖文谋生"，首次就诊要付出几个月赶稿的酬劳。如果动手术，至少要花费他几年的稿费，这让27岁的丁景唐难以承受。如果不动手术，那么将面临黑暗世界，对于酷爱学习和写作的他来说，今后人生道路的艰难不容细想。这种两难选择形成了难以述说的复杂心情，但是他没有一味沉溺于哀叹、愁苦、萎靡、颓废的心潮旋涡之中，经受了生理和心理的双重折磨后，最终展现了战胜自我的顽强意志。此文也成为激励、奋起之文。此文与其说是与读者分享，不如说是自我记录的第一次青春磨难，好像从鬼门关转了一圈，"额骨头碰到天花板"（沪语，幸运之意）。

此文第一次描写妹妹（丁训娴）如何陪同自己去眼科诊所；第一次从"眼睛"的角度点评早逝父母的短促一生，将他俩放置于众多社会底层民众之间，拷问"幸福在哪里"；第一次透露自己曾与《女声》主编左俊芝交谈，成为促使自己继续写作的动力之一；第一次将眼疾作为散文题材，并大胆地打破此类题材的写作模式，左突右闪，穿越时空，将看似毫不相干的中外诗篇串联起来，为己所用。

此文受到恩师朱维之《基督教与文学》及其授课的影响。《基督教与文学》是从文学的角度谈论，视野开阔，史料翔实，填补了广大中国读者的认知结构中关于西方宗教文学史的空白，并且已有中西文学比较的趋向。《基督教与文学》谈到了中国文学家创作的圣歌，还谈到屈原、杜甫、李白、陆游等人的诗歌和现代自由诗歌等，让人耳目一新，甚至谈到吴斌写的圣歌"起来！全世界的罪奴，你们受尽了多少的痛苦……""显然受了《国际歌》的影响"。

丁景唐《目疾记》不仅引用了朱维之专著《基督教与文学》中的名人及若干译诗，而且也借鉴了唐代著名诗人"鬼才"李贺的诗歌创作活动，由此拓展思路，述说了海伦·凯勒顽强写作和生活的动人故事。这些构成了此文的主要论据，宣扬自强、自立的精神，适合《女声》这样刊物的趣味，具有普遍性意义。

注释：

〔1〕考卜，William Cowper，今译威廉·柯珀，或译为威廉·古柏，生于英国。他患有严重的忧郁症，

甚至一度试图自杀,但是写出了众多深受读者喜爱的诗歌。

〔2〕左俊芝,即田村俊子、佐藤俊子,日本著名女作家,《女声》社长兼主编。她1884年出生于日本东京,后就读日本女子大学,发表的作品颇受好评。随后弃文从艺,成为一名演员,1909年加入著名的女性解放运动组织青鞜社。后来又回归文学写作,她的代表作《生血》《木乃伊的口红》等备受日本文坛关注。

左俊芝曾与献身工人运动的《朝日新闻》记者铃木悦同居,并追随其到北美,共同生活18年。她主持过日文《大陆日报》妇女专栏,探讨国际妇女运动问题,成为一名国际社会主义运动者。1938年她以中央公论社特派员身份来华,原计划访问两个月,结果将生命的最后七年留在了中国。

1945年4月,左俊芝应《女声》撰稿人陶晶孙先生之邀,去施高塔路(今山阴路)陶晶孙的家里吃饭。饭后她坐黄包车回家,路过昆山路时突发脑出血,抢救无效,于次日去世。《女声》第4卷第1期"纪念特大号"刊登五篇纪念左俊芝的文章。最后一篇是关露的《我和佐藤俊子女士》,透露自己和佐藤俊子女士一起工作了三年,和她住在一起一年七个月。

〔3〕出自丁景唐的诗作《秋》。

〔4〕麦西荪,George Matheson,今译乔治·马得胜,英国神学家。他20岁时失明,但仍然坚持完成学业。

〔5〕1940年教师节,沪江大学中文系主任朱维之完成《基督教与文学》书稿,青年协会书局将其作为"青年丛书第2集第14种"于1941年5月出版,1941年7月15日出版的《真理与生命》第13卷第7、8期合刊发表书讯:"(《基督教与文学》)上编叙基督教本身的文章,下编述基督教在世界文学名著中的地位,文笔优美,引人入胜,全书十余万言,青年协会书局出版。"

1946年10月25日,朱维之撰写《基督教与目前中国文学》(《天风》1946年第46期),谈到基督教中的"赞美诗与中国新诗的出路"等问题,还提及自己"四五年前……特地写了一本《基督教与文学》,都二十万言,一九四一年在青年协会书局出版"。

1939年至1943年,丁景唐在东吴大学、沪江大学学习,朱维之是丁景唐的恩师。详见丁景唐:《恩师朱维之先生掩护我免遭敌人毒手》,载《犹恋风流纸墨香——六十年文集》(续集),上海文艺出版社,2015年1月。

〔6〕海伦·凯勒,Helen Keller,美国著名女作家、教育家、社会活动家。她出生后第19个月时因患急性胃充血、脑充血而丧失视力和听力。她先后完成了14本著作,其中有《假如给我三天光明》《我的人生故事》《石墙故事》等名作。她致力于为残疾人造福,1964年荣获美国总统自由勋章,次年入选美国《时代周刊》评选的"二十世纪美国十大英雄偶像"。

〔7〕父母,即丁方骏、胡彩庭。

〔8〕《女声》,见本书第32页注释〔4〕。

改卷散记

地位的乖隔和年龄的差别每易加深人与人之间的非解、疏远和淡漠。当人们还在学生时代,舒适地坐在讲堂里随意谈笑的瞬间,是绝不会设身处地地去理解那站在讲台前声嘶力竭的教书人的苦楚的。安静地倾听讲书的固已寥寥可数,而不加思考地拿挑摘诘难引以为乐,老爱想出多种的"玩意"来捉弄厚实的教师或新来就教的年青人,却似乎成为学生惯常的风习。

和书本为伴,又未跟世故打过照面的人,每常给自己的前途轻轻地抹上彩色——一幅美丽的虚缈的图画。谁也不去思量有一天自己竟也会被安排作早前学生时代所揶揄过的角色。

有位友人当他厌倦于尽听老教授唠叨的絮聒,给一位咒诅教书为吃"开口饭"的朋友去接教,也会怀着满腔热忱,颇以有机会站在大庭广众之前讲解而庆幸。他像迎接一件轻快的乐事,去和少年的弟妹们学习在一起,呼吸着青春的生气。他将尽心溉灌那些"生命的芽",把智慧的门启开,领他们进去。于是他被他们尊崇,仿佛那时,他就是一个被人拥戴的英雄。

映着这样美好的画面,朋友跨进那私立中学的阶台。

"学校大门开,有钱请进来"早已是此时此地学店的写照,这所私立中学自然也不会例外。朋友教的是高中低年级的国文,功课虽不必[做]多大准备,然[而]略略地查考字典、参照些旁的书籍,较之自己应付大考倒也花费更多的时间,深明课本的内容,提防学生忽发的作难,只算小事,最感"棘手"的还是课室内的秩序和空气。本也不顶宽大的房间,加以校长为了符合节约的原则,施行"人尽其力,地尽其利"的合理化管理,"商""普"两班合并,竟济济一堂,塞满了七十余人。学生既多,程度更复参差不齐,欲求室内平静无事,自也大难。所以尽管紧站在黑板前的朋友手舞声嘶地卖力,而下边小开之流的"看众"也嬉皮杂作,随着那个的嗓子嚣张,好像水银跟着温度规律地升降。堂上声调提高,堂下的声浪也随之高涨。待你放下书本,学生的声潮也比较松弛。男学生谈笑着棋,纸镖飞空;女学生叽叽咯咯——说装饰,谈影星,间或打情骂俏……五光十色,蔚为奇观。

美丽的泡沫才扬起,还没有碰着墙就已幻灭。被书本教养成的傻劲遭受了无情的戏弄。两个钟点之后,损丧了自尊心的朋友,嗓子嘶哑,疲惫不堪,就像个斗败的英雄躺到床上。这苦刑,我想那友人还是第一次身受。但他不认输,自以为离懊丧的情景尚有相当距离。

可是两星期以后,当他修改了第一篇作文,却终于愤慨地咒诅起那些不上进的学生来:"这种学生简直不像读书,即使读一百年也不会通!"接着,他又对一叠作文卷子大光其火:

"天晓得,高中学生写出[的]文章,小学生也勿如!"于是他托我代劳。

我以友情难却,也就任意答允了一下,不过提出条件:"改卷可代,代课不来!"

隔了一周,朋友捧来一叠文卷,还叮嘱每篇替他按上批语。以前每次由白发斑斑的老教授手里领回作文,总是以不屑的神情接受了它,但是等到自己打开别人的卷子而也要加以朱圈的时候,就感到改卷也殊不是一件轻松的差事。起初因为新鲜,兴致尚好,花了两个晚上总算将几十份的卷子改毕。但是日子一久,就不免对之皱眉。看见作文簿,心就沉重起来,想起时下很有些人对于今日中学生国文程度的低落大发牢骚,认为那全是提倡白话文的恶果。这原本是廿年前的老调,理论上的驳斥且早有定论,也不必赘述,不过看了这些文卷,却更提供了许多实际的论证。倘说短[时]间的改卷有何心得,那也可算是一点收获。

应该指出,今日中学生国文程度的低落,却巧相反不是提倡白话文,而是教授"食古不化"的古文的恶果,造成半文半白"放大脚"式的滥调。

若要举例,手边就有一位从工部局学堂转来的学生[的]妙文在。如果林幽默大师语堂现今还在继续办《论语》[1]的话,倒也颇合入选的资格。今一字不易如实照抄,以广见闻:

在星期一上午考国文,考得还好,下午考至生物学时,好样被人迷了一样,令同学派通过一小纸,放在桌上誊下,其半,张先生为改考,大概目视我约一分时候,她便看出我的病源,叫我到教务处去,而那弓长先生像得宝一样的荣耀,以为非我莫能为了。

在如此情形下,我已进了教务处,想了半时,方才觉悟,悔之无及矣,那位不识相的弓长人还在那边烧火油,使那火烧的房子,更比以前燃了。至于木子已配定我的刑罪。

而我朱眼视顾以上的先生,如何好样有私情,吾人平生,不喜加另人以顺风所以在当时是吃了亏,有以不烂三寸之舌,上唇下中间覆反,令利口才,说如何如何好,但言则近道,事则远矣。

我不过记一次大过而已。"知过必改"还可以说是好,而彼等之罪则大矣。知其一而不知其二,我未见其明也。(完)

×××图(章)

文中有个很好的字句,叫作"啼笑皆非",看了这篇宝贝的大作,我想一定更能了解这四字形容的确当了。如果一向崇奉古文笔法的人有机会也欣赏到此种不文不白的妙文,恐怕也当为之哑然失笑。

平素瞧不上语体文,对之鄙弃的人,当然也会提出相反的意见,斥此乃不加紧古文教授的结果。说这种倒果为因的话的人,事实上却正如上面那位高徒结尾所"套"的一些,即"知其一而不知其二,我未见其明也"。

文章之道,旨求通畅,能够做到辞能达意,将自己的意思明白告诉给人,也就达到了目的。无如中国文字都是些方块的玩意,其变衍繁化实非十年窗下所能了然,要通达它实非容易,何况还要再转一弯,将言语先译成文言,再写录下来哩。于是别字满篇也就无足稀奇。诸如上文内之"监考"写作"改考"、"好像"写作"好样"、"伶俐"写作"令利",本非某生所特用,而为一般人的通病。此外如"的""底""地"不分、"他""她""它""牠"混用、标点的乱淆,除了学生的不加细心辨别、课外阅读的几无等等原因,而"食古不化"的滥调实为其最大的绝症。因为文字本是人类文化的产物,今日的"正字"有许多也未必不是早前的"别字"蜕变而来,间或错写数字,而文句畅达者,也就不失其为佳作。但是若使满篇都是"以为非我莫能为""有以不烂三寸之舌,上唇下中间覆反,令利口才……但言则近道,事则远矣",其不能令人想象他会写成怎样高妙的大作,自也意中事耳。

照我阅读了数百本的文卷所获的印象而言,除开半文半白为今日半身不遂风瘫的重病,其次严重的病症乃是思想的消沉、意志的颓伤与无病呻吟的哀愁。

这里是出自无数女孩子手笔的几篇典型作品。原文略改几个字眼,并加标点,此外适存其真。先看一首小诗:

春雨连连,/激起了我无限的愁忆。/徘徊窗前,/巷中灯火欲眠。/并无行人,更无声息,/唯有如丝一般的淫雨,/紧扣着心扉,/使我受尽回忆的滋味。/现在,过去,/何处不使人挥泪。/昔日的欢聚,/如今的离异,/未知何年何月再相聚。/忆狂了,/雨水打得满面,犹不知是雨还泪?/终脱不了忆!

这首小诗,只因原作充溢旧词气太浓,不得已将"窈窕狂思的吾"一句删去,为求比较接近新诗的句法起见。字句虽略有改动,不过那种多忧善愁的女孩子语气却尚存在,似乎也隐约可以想象出作者的情怀。

和上首诗的文辞、笔迹、稿纸完全一模一样的尚有一篇散文,即使不是敏感的人也会发觉,两者中必有一篇[是]托人代撰的。起首四句辞藻浓艳,十足表露她不是一个书香之家的闺女,至少也该是一位为旧诗词熏陶出来的姑娘。其辞如:"春寒料峭,春愁锁眉梢。春景虽艳妖,愁意终难消!"音节婉曼是其特色,全篇文辞叫人怀疑这应该是十八世纪的作品。

有位年轻的男孩子,写得一手绮丽的抒情文,字行间流漾着少年维特[2]式忧郁的情调,有着早熟的颓伤和中年人的心境。

在一篇《忆》的文卷里,他像一个饱经风霜的漂泊者,开始了他的叙述:"忆在我是一个知心的安慰,也是一个阴险的冤家。在春晨、在秋晚,面对着一杯淡咖啡、一根残烟卷,渐渐耽入那梦一般的回忆里。"

于是展开年青人出来的场面:"你我迎着微微的春风,在那银色的街上溜达……""有什么好忆呢?在命运作弄之下。"年青人在结尾倾吐着忧悒的喟叹,简直像是垂暮的老年人:

"你走了,所留给我的是些黯淡的回忆……呀,失去了的春花春月的好日子呀……在灯火下,我像猛淋寒冷的雨水,差一点抖颤起来,我揉了揉握着沙笔的手,默然了。"

全是些伤感的话,难道没有快慰的故事可以叙述吗?我想。

富贵之家每成埋葬英才的坟场,暖室中的花卉多乏坚韧的躯干。这许多年青的孩子们竟会蕴藏着少年人所不该有的衰老意识,想来也不是偶然感染成形,实也和生活的温柔不无关系。我在惊异于弟妹一代虚无、愁伤[的同时],毕竟也在他们的身上获得些另外的暗示。

更有不少的女孩子,大概都是哀情小说的信徒,在文卷上也颇有"林妹妹"作风,爱写些"好花不常开,好景不常在"的悼念或追忆的东西。有许多类似市上流行的恋爱小说,"哥哥妹妹",恶劣不堪。下边择取的片段还比较好,然多少也未免肉麻之感。

芳!你为什不顾情感远去了呢?在某一个晴朗的春天,你和我携手共游百花境,你依着我,我靠着你,坐在河岸边,好像一对活泼的天使……但是好花不常开,好景不常在,你竟被可恶的病魔缠绕着,终于不能脱离它的恶势之下,终于离开我们跋涉远去,不能再和你相见了。

今天我重游旧地,那地的情景好像也变得非常悲哀了,我仍旧坐在那地方,但我旁边的人却是另一个人,而不是一个可爱的芳了……我泪不自禁地掉在衣襟,再落在手上,不幸得很,被依靠在我旁边的人看见了,他把我甜蜜的回忆打断了。

论结构,这篇文章并不能算坏,字句也还熟练流畅。但若探讨内容,终究缺乏真挚的情感。艳丽的花瞬间凋敝,天才的萌芽每为聪明所自毁。早熟的少年最易丧失赤子之心,而温柔家宅的高墙隔断辽阔的前程。即使些微领略到人生滋味的孩子,也较远离生活波涛的富家子女多几分真情。能够感人心弦的作品并非没有,但不是那些技术娴熟、辞藻华丽的文卷。淳朴自然,真情流露,而又富于隽味的,还得另找别例。

有一段记母亲鼓励女儿辅助穷困人的话,颇为可爱:"好孩子,你真好,你做了我最得意的事,希望你以后复多多这样地做,人类是应该互相扶助的。"

另一位[的]文卷写慈母深夜为女儿缝裳,很含深意:"母亲,她是何等爱我。她一针针密密地把慈母的深情缝入了衣内。"

[我]私心最致赞赏的,还是下边的一首悼念亡母的小诗:

壁角挂着一幅肖像,/晶莹的泪珠透湿了它,/是我母亲的遗像!/五年了,只落得你无边的凄凉,/风雨的黄昏,/叫我何能不追想!/一双未长成的翅翼,/忆昔不该向生疏的异地飞翔。/抛离了你和甜蜜的家乡,/原想来日聚欢无恙。/至今哀悼愿受你的训诲,/但怎能见你的嘴再张!

这首诗不仅说明作者是一个很有希望的年青人,同时也安慰那些替中学生国文低落担忧的好意者,告诉他们今日一般国文程度的减降乃是"学校大门开,有钱请进来"的教育商业化[的]必然趋势和结果,而不是真正求学的学生们的堕落!

原载《女声》[3]第3卷第2期(1944年6月15日),署名:宗叔。

导读:

此文层层推进,洋洋洒洒,舒卷自如。从任课教师的烦恼谈起,写到批改高中生的作文,举出"宝贝大作"的例子,足见半文半白的主要原因之一是"食古不化",并非几十年前提倡白话文的罪过。接着笔锋一转,指出高中生的颓丧、消沉的思想情绪是一个通病,即使作文结构尚可,文句通畅,但是沉迷于卿卿我我的言情小说之中,不能自拔。文章批判矛头对准"有钱请进来"的腐败教育制度。这怎么培养中国"生命的芽"呢?

四年后,丁景唐延续该文写成《迟暮》。

注释:

[1] 林语堂,福建龙溪(今漳州)人,中国现代著名作家、学者、翻译家、语言学家。1932年9月16日,林语堂主编的《论语》半月刊创办于上海,由上海时代书局出版,先后由中国美术刊行社、时代图书公司负责发行。《论语》"以提倡幽默文字为主要目标"。林语堂主编至第26期。1934年10月,林语堂因新创办《人间世》,把《论语》编务交给陶亢德负责,后者"亦步亦趋",编至第84期。(参见丁言模:《林语堂"一团矛盾"〈我的话〉》,载《书香传情——丁景唐藏书考辨》,上海文艺出版社,2020年11月。)

[2] 少年维特,即歌德的名著《少年维特之烦恼》一书的主人公。郭沫若将该书翻译为中文,风靡一时。

[3]《女声》,见本书第32页注释[4]。

这期《女声》刊登丁景唐两篇文章,除了此文之外,还有《美人迟暮》,两文均属"生活与感想"栏目。

谈 人 生

展示在我们面前的,是一个艰苦而又伟大的时代。它似融融之火的熔炉,也似激流中途的旋涡。一切在变,一切在时代的风暴中灭亡,新生!

在这样的时代,在这样一个"损不足以奉有余"[1]的世间,无数少年男女徘徊彷徨[在]人生道上,陷入不知所从的境地。消沉、愁伤像茧子紧裹着蚕蛾那样地蒙罩着年青的生命。

一向把人生看得太纯真,满以为世界是黄金铺满的乐园,当他环顾四周,充满的全是钩心斗角的场面、损人利己的现象、卑鄙奸邪的行径,处身于这样乌烟瘴气的包围中,无怪有太多的感触,而对人生发生莫大的迷惑。加以沸腾的生活高潮、青春发育期特有的多感敏觉、欠缺友爱和关心……这一切是今日青年群各色各样不健全人生观的来源。终日征逐于歌台舞榭之间,沉溺在声色犬马之中,度着昏天黑日的糜烂生活,虽是今日动乱时代另一种畸形的表现,但这些腐败的霉菌也常侵蚀着、引诱着陷入苦闷与烦恼交织下的少年人。这又构成了青年生活另一种黑暗的歧途。

一个人的现实生活培养了一个人对人生的看法,而一个人对人生的看法(所谓人生观)也推促他去处理自己日常生活中的各种节目。畸形的现实生活形成了畸形的人生观,而畸形的人生观又进一步推促去过畸形的生活。生活似一股无形的激流,时时在影响着人的看法,犹如江河的激流日夜不息地侵蚀着岩石。点水能够穿石,可叹的[是]有多少人能够反省自己的生活,又更能扪心自问人生的前途和目的!

踏开它——消沉、彷徨、烦扰!

法兰西的文豪罗曼·罗兰[2]说得好:"我来,为了征服困难!"

正因为世界藏遍丑恶,人生充满卑贱,就需要人去征服它,改造它。更何况黑暗的背阴未始没有一星爝火的存在,长夜的尽头有曙光照耀的明天!罗曼·罗兰之歌颂贝多芬,赞扬米吉朗其罗[3]……称这些为英雄,就因为他们全是勇敢有为[的]人类最好的形象。他们身处逆境,在绝望的岩石中间也凭借了坚韧的毅力去战胜苦难,征服苦难。路本来是没有,是人践踏出来的。[4]

有一个悲壮的故事——明朝的铁铉[5]被执去见那残酷的成祖时,他以背向着新夺了侄子江山的成祖皇帝,连跪也不跪。成祖愤怒着叫人备了一只沸滚的油锅来"款待"那位慷慨就义的志士。据说,直到铁铉化成枯骨还是将背朝向成祖。也许这故事离实际有点距离,但无论如何,它告诫了做人的真理——威武不能屈,富贵不能淫。

说财产是"私赃"的托尔斯泰,曾经将自己的一生花费在帮助贫困的农夫身上。对人生,他遗留下一句著名的箴言:"人生不是享乐,而是很艰苦的工作。"

我们不必羡慕那些依靠上代"不义而富且贵",沉溺于市侩生活泥坑中虚荣自私的儿女,也不必为个人不幸的际遇而流泪。因为哪有一个将自己的幸福建筑在他人背上的窝巢可能永葆不堕?难道时代的风暴不会将窝巢捣毁吗?你能说"饱足的人不会有祸"的来日吗?

我们年轻,生活的路正在开始,生命在青春时代沸腾。

人生是什么?

中国旧世纪的文人学士回答说:"浮生如梦!"西洋的诗人道人生不过是一出戏[6],而我们这些平凡的小人物只串演着一些无足轻重的末等角色!但是,我却要重复西哲的名言:"人生就是奋斗!"

然而,"生命诚可贵,爱情价更高。若为自由故,二者皆可抛"[7]。除了"爱"之外,人生还有更远大的前路,"爱"的前路还存在着千万重障碍。人应该学会"爱",人又该学习"恨"。

爱那些需要爱的人,恨那些应该加以憎恨的人。爱为了恨,恨也为了爱,爱和恨是不可分的。

学习怎样去爱和恨,这就是人生,这也就是人类生存的最高意义!

原载《女声》[8]第3卷第3期(1944年7月15日),署名:宗叔。
收入本书时略有删节。

导读:

此文发表前,苏联军队在东线战胜德军已成定局,盟军在法国诺曼底地区登陆,向纳粹德国的军队发起反击。因此,此文公开严肃告诫中国广大青年,引用中外名人事例和箴言,指出"爱和恨"的意义,强调裴多菲的著名短诗,暗喻民族气节——"威武不能屈,富贵不能淫"。

虽然碍于《女声》的禁区,但是编辑关露对此心领神会,依然刊登这篇颇为敏感的文章,实属罕见。

《女声》编辑将此文编入这期前面的"修养"栏目里,排为第四篇(共有五篇),低调处理,并未大肆张扬。

注释:

〔1〕《老子》:"天之道,损有余而补不足;人之道,损不足而益有余。"曹禺的名作《日出》便是控诉"损不足而益有余"的旧社会。

〔2〕罗曼·罗兰,法国思想家、文学家、批判现实主义作家、音乐评论家、社会活动家,1915年诺贝尔

文学奖得主,是20世纪上半叶法国著名的人道主义作家。

〔3〕米吉朗其罗,今译米开朗基罗,意大利文艺复兴时期伟大的绘画家、雕塑家、建筑师和诗人,文艺复兴时期雕塑艺术最高峰的代表,与拉斐尔、达·芬奇并称为"文艺复兴后三杰"。

〔4〕鲁迅《故乡》:"这正如地上的路;其实地上本没有路,走的人多了,也便成了路。"

〔5〕铁铉,河南邓州人,明朝初年名臣。洪武年间,铁铉在国子监读书,因熟通经史,成绩卓著,朱元璋赐予他"鼎石"的表字,希望他成为大明的鼎石。

明成祖朱棣为明朝第三位皇帝,本为藩王,造反成功而夺取皇位。铁铉率兵对抗造反的朱棣,被抓捕后宁死不屈。

〔6〕莎士比亚曾经说:"人生就像一场演出。我们是演员,上帝是导演。"莎士比亚的《皆大欢喜》(*As You Like It*)中有类似的对白。

〔7〕此为匈牙利爱国诗人裴多菲的一首短诗,经左联作家殷夫翻译、鲁迅先生推广,成为中国读者最为熟悉的外国诗歌之一。这是丁景唐首次引用殷夫翻译的此短诗,多年后他研究左联五烈士并收集整理殷夫诗文,与陈长歌合编《殷夫集》(浙江文艺出版社,1984年2月)。

〔8〕《女声》,见本书第32页注释〔4〕。

暖 房 以 外

雪漪在我的纪念册上写着:"你是暖房里的一朵娇花。"然而当我打开暖房的玻璃窗,外面立刻吹来一阵刺入肌骨[的]锐利的寒风,我这才知道所谓"暖室"却原来建立在如此冷酷阴霾的大地上,每天有许多悲惨的故事接续地发生,这些或许也都是你曾看到过、听到过的故事。

[1]

卖烂东西的叫声多沉闷,灰沉沉的天气,风凄凄地惨叫着,大地寂静得如死一样可怕。

我低垂了头在街上急急地走着,但是走近一小群疏落地站着的路人时,我不由驻足了。

那是两个戴了鬼脸的人,他们做着各种滑稽的姿态,蹦着跳着,引人发笑。我看了那怪模样也禁不住想笑,但是笑声没有出口已被另一种声音梗住了,我摇摇头走开了,没有人能领会我站在这一会儿时间所得到的异样凄楚的感觉。

在街的一端发现一只狗——瘦怯的身躯,纤细的足软弱地走着,时时要摔跤的样子,看了叫人奇怪。路人说这是跑狗场[2]的狗,怪不得会这样。原来不也是活泼健康的吗?在它身上,曾经有多少观众热烈的赞颂,主人抚着它的头,数着袋中的钞票微笑。然而那时代过去了,当主人腰[包]里装满了钱的时候,它便被逐在渺无归宿的大街上徘徊。可怜给主人一手造成的怪现象,不会看门,不会捕贼,只会作赌的狗又能做什么呢?那些宠爱它、赞颂它的人呢?

我呆呆地想着,或许会惹人笑,可是且慢笑吧!人们!我们之中正不知有多少人都也在这样的命运下生活着吧!

我听见有人在唤我:"戚先生。"抬起头来看见唤我的是方鸿义——那个义务学校[3]三年级的小学生坐在一个糖果摊旁。"是你?你这么小的人会做买卖?"他看见我惊异的样子就苦笑着说:"为了生活呀,没有法子。"天[哪]!这么一个小孩子竟说出成人的话来。我再看看他,那一双瘦弱的小手,照理不应该拿起如此的重担的小手。我恍然了,这是在生活的鞭子下训练成的孩子呀!他絮絮地诉说着生活苦况,我想不出一句适当的话来安慰他,我结巴巴地说出了一句成语:"吃得苦中苦,方为人上人。"便急急地走[了],我感到自己渺小,羞愧自己的话没有意义,因为我是在教他忍受压迫啊!

臭弄巷口,坐着一个要饭的,她把头往墙上摔冲,尽情地乱呼急叫。叫声像一条毒蛇啃着我的心,我厌恶地掉首走了,但是立刻责备自己的自私,我的神经麻木了吗?她为什么叫?还不是为了求生?求生的欲望致使她这样做。于是我急急回身给了她一百元钱[4]。唉!一百元钱又怎能改变了世界上一切贫苦的现象?路人们看见了都和我一样地走了,但是他们没有回首,或许比我聪明得多。世界上的穷人是救不胜救吧!他们只是对她淡淡地一笑,甚至露着鄙视的目光走了!

唉!冷酷的人类呀!我禁不住要狂笑,我恨不得像她一样地呼叫,我熊熊的怒火在胸中燃烧起来了。我要烧毁这世界,烧毁我的暖房!

原载《联声》[5]复刊第 2 期(1945 年 9 月 15 日),署名:文薇心[6]。

导读:

此文与散文《荒塚》编排在"散文·小品·随笔"栏目的前两位,显然两文之间有某种内在联系。作者并未被抗战胜利冲昏头脑,而是依然冷静地看待这个战后满目疮痍的社会,贫富悬殊,"做官的还是做官,发财的还是发财",广大百姓依然受饥受寒,受尽剥削。

此文不妨看作是延续丁景唐担任主编时主张的"认识大上海"的思路,展现暖房与阴霾、鬼脸与凄楚、流浪狗与昔日主人、乞讨与施舍。这些社会底层画面的交织和瞬间定格,告诫广大读者必须清醒地认识残酷的现实,如同他对新党员袁鹰说的"对国民党政府和蒋介石,不能存有幻想",建设民主自由的新中国"道远任重"(袁鹰:《上海,我的一九四五》,载《袁鹰自述》,大象出版社,2010 年 11 月)。

此文开头的"暖房"象征着自我陶醉的狭隘小天地,之后是一系列对社会底层场景的描写,结尾呼喊:"我要烧毁这世界,烧毁我的暖房!"形成首尾呼应。如果结尾采用具有哲理的语句,那么效果更好。

此文与梁小丽(梁丽娟,"中国体育外交第一人"何振梁的夫人、《人民日报》资深记者)的散文《暖房里的花朵》(《莘莘》月刊第 1 卷第 3 期,1945 年 6 月 5 日)有关联。《莘莘》月刊是丁景唐负责领导的,每期的文章他都要审读,他在晚年写的回忆该刊的文章里还提及此文。《暖房里的花朵》最后写道:"柔弱的花朵、细嫩的蓓蕾,怎能抵挡狂风暴雨呢?她们是暖房里长大的花儿,她们过惯了暖房里的生活,她们是属于暖房的。"这与《暖房以外》的开头衔接,但是丁景唐逆向构思,思索的问题更为深刻。

注释:

〔1〕"★"原有,以示一节节隔开,下同。

〔2〕跑狗场,旧时上海用于举办赛狗比赛的场所,位于亚尔培路(今陕西南路)东侧、辣斐德路(今复兴中路)南侧。1928年10月,逸园跑狗场正式开业,场内四周均设看台,能容纳两万余人。1949年后,改建成上海文化广场,如今主体建筑是一座下沉式剧院。丁景唐居住半个多世纪的住所在此附近。

〔3〕上海基督教青年会曾主办慈善义务学校。丁景唐就读的青年会中学与上海基督教青年会,曾同在四川中路599号(靠近北京东路)。青年会后迁移到八仙桥,称为总会,原来四川中路的会所则为分会。如今青年会中学早已改为浦光中学,丁景唐曾为上海青年会中学、浦光中学校友会名誉会长。

〔4〕抗战胜利后物价疯涨,当时100元钱只能买小半碗面条,《联声》复刊号的零售价为1 000元。仅仅相差一天,货币就急剧贬值。

〔5〕《联声》,见本书第6页注释〔7〕。

〔6〕丁景唐曾用"微萍"等笔名,由此引申为"文薇心"的笔名。

荒　塚

　　操场的一角,有个荒坟。它显得那么不调和,没有人来关怀它,也没有谁来忆念它,终年处在冷漠里……

　　春天! 荒坟的顶上,茁生起一些野草,陪伴着那死去的灵魂,想来它是不该再寂寞了!

　　当初辟操场的时候,大致谁都怀着一颗恐怖的心,也或者在[意]识上浮现起一个聊斋的故事,于是对于谁都怀着禁心,连看一眼也是那般警惕!

　　年青人,总是好奇的! 终于有一天一小队的人,怀着探险般的心情,爬上了那荒坟的顶端,想探寻一些奇迹,结果,当然是失望的……

　　一次,两次,三次……那荒坟在青年人的眼里渐渐显得平凡了。于是有人把它当作是勤读的好去处,也有人把它当作是"障碍的堡垒",体育教师也曾立在它的顶端发号施令……

　　平凡……平凡……平凡……谁都把它当作一个平凡的土堆了! 骸骨、鬼……也在一些人的脑里淡忘了。

　　年青人的有力的脚尖,践踏光了那些野草的嫩芽,坟秃了顶,坟里的灵魂又孤寂了,伴着的,是那些年青人的顽皮的脚步和呼喊。坟仍是整年整月地静躺着,没有人理睬,没有人关怀,没有人追忆……

　　总有那一天,那地方会被踏平了的! 我想。

原载《联声》[1]复刊第 2 期(1945 年 9 月 15 日),署名:丁瑛。

导读:

　　此文与散文《暖房以外》编排在"散文·小品·随笔"栏目的前两位,显然两文之间有某种内在联系。丁景唐并未被抗战胜利冲昏头脑,而是依然冷静地看待这个战后满目疮痍的社会。

　　此文流露出孤寂、冷漠之情,凸显"无情"二字,运用象征手法,富有哲理。与其说是孤芳自赏,"独上西楼",由"孤寂的性情维系着",不如说是憎恨周遭的世态炎凉,连孤坟里的孤魂也被搅得不得安宁,这世上还有什么人间的温暖呢? 看看上一篇《暖房以外》对于社会底层的描写,便可理解《荒塚》的"无情"主旨。

　　此文的"冷色调"受到鲁迅杂文集《坟》的影响。鲁迅告诫说:"人生多苦辛,而人们有时却极容易得到安慰,又何必惜一点笔墨,给多尝些孤独的悲哀呢?"(《写在〈坟〉后面》)《荒塚》中世人与孤魂相处,折射出世人玩世不恭的心态。如果此孤坟一旦被考证出是一位权贵大人的,那么续文该如何写呢?

注释:

〔1〕《联声》,见本书第 6 页注释〔7〕。

故　　人

　　走到那一条被爬墙虎和古槐遮盖着的冷巷里,我在一扇黑漆的门前停下了脚步,我就敲着门。半响,出来开门的是一个年老的苍头。

　　当我穿过荒芜的庭院,踏进一间书房的时候,主人从藤椅上跳起来:"喔,你回来了?"

　　"回来了……你看,战火使我们老了多少?"

　　"我知道你会回来的。从我们分别的那一天起,我就知道你会回来的!"

　　接着,别后的寒暄,主人告诉我不少故人的事,我的情愫也跟着他的消息渐渐地变得伤感起来。

　　一个、两个、三个……十几个热心的年青人在敌人的鞭子和刺刀下悄悄地死去,没有人知道他们,甚至没有人知道他们的墓地。

　　于是一个个熟悉的影子在我面前浮起了……那个专爱讲话的小弟弟,戴厚玳瑁边眼镜的大个子,还有那个直性子的浑小子,我们叫他黑旋风李逵……

　　现在,还有谁遗留下来呢?黄河远上白云间,不变的只是孤城和万仞山。另一群朋友们从嘉陵江上、从昆明湖畔、从独秀峰前、从那些遥远的角落里带着风霜回到这小城来,听了主人告诉他们这一些故人的故事的时候,他们会怎样想呢?

　　我默然地坐在深秋的窗前,看着院子里墙边盛开的野菊花。有一阵号角声盘旋在十月的晚风里。

　　我站起来。

　　暂时不离[开]这里吗?

　　是的,我暂时不想离开;不,也许还是要走的。我所以暂时不想离开,是为了要在这小城中写一支故人的故事。

　　　　　　　　　　　　　　原载《文艺青年》[1]创刊号(1946年元旦),署名:丁英。

导读:

　　丁景唐以小城为背景,展开联想,犹如一首抒情诗歌,字里行间充溢着深深的怀念之情,脑海中浮现出昔日知心的青年朋友,包括他昔日的同窗学友。结尾格调陡起,不禁联想起这些同学在各地的战斗和生活。文中提及"深秋的窗前""野菊花",参见诗歌《秋》及其附录《飘落在银杏巷的梦片》。

注释:

〔1〕《文艺青年》,巴山主编,编辑部设在上海天潼路宝庆里39号。

这期发表丁景唐的散文《故人》、袁鹰的散文《归来曲》和周建人的大女儿周晔的诗歌《故乡!我怀念你》等。《编后杂谈》说道:"本刊所以能够提早出版者,首先要感谢蒋振湛、沈莘贤、张雄飞、朱季安、马丁抒几位先生于精神上与物质上之鼎力帮助。其次应感谢的是孔另境、范泉、钱君匋三位先生,他们都给我指导,特别是钱君匋先生,百忙之中为本刊设计封面。最后要感谢的是丁英、舒扬、联熏、品良、伟明、仁杰、文亮、歌隐、翠青等各位好友之热忱赞助,并赐佳作,惟以篇幅有限,不能尽量刊出为歉。"

灯

冬天的晚上,旷野就像鼓风炉,田禾、树林、村庄,都成了炉里的炭块与煤屑了,呼呼的仿佛一个疟疾患者,在寒阵之中颤抖着牙齿。

我们在屋里,围在桌子四周。中间点着一盏洋灯,火焰不时受着门缝里吹来的风的袭击,在玻[璃]罩里摇摆着。家里的长辈,都安闲地坐在藤椅里,看我们不住地剥着落花生的果壳。

灯火在没有风的时候更加亮了。火焰向上舔着,这更提起了外祖母的精神,外祖母是喜欢讲故事的,她有几十年所经历的有趣的故事。

"我现在讲灯。"她说,"我在做姑娘的时候,我们用的通常是油灯,有高脚的绿色的粗瓷的、发亮的重甸甸的黄铜的。里面盛着豆油,我们用细纱编成灯芯,它不断地吸着油水,吐出火花。每天黄昏,它领着我们走路、纺纱,一直到床边。"

"我出嫁的那一年,一个远房的叔叔打外江带来了一盏洋灯。全身是银质的,仿佛婷婷站着的少女,在凸出的肚皮上雕着栀子花,里面装着白油。扁带像肚肠一样伸到玻[璃]罩里面,发着强烈的火光。我们把它放在大厅里面,村中的合家老少都来参看。'好标致的灯呵!'许多人都赞美着。"

"从此,旧式的油灯慢慢地少了。"

外祖母的故事[讲]完了。接着就轮到新从外江来的舅父了,他笑着说:"你们还没有看见电灯呢。仿佛倒挂的茄子,悬在空中,能够照亮几十间房子呢。"

"有这样奇怪的东西吗?"外祖母惊奇地问。

"几时带你们到外江去见识见识呵!"舅父说。

"隔山过海的,怕走不动了。"外祖母笑着,"除非装到我们的村里来。"

"在这冷落的乡下,隔山过海,电灯怎么会来呢?"

"那么,我是看不到了。"外祖母到底有些怅然了。

去年冬末,外祖母死了,患的是一种踝骨炎。临死时,她的脚也落了下来。她要看看她曾经失掉知觉而落下来的自己的脚。晚上叫舅父把全屋的灯都点亮了。可怜的星星之火的豆油灯,放在她床前。她的散光的眼睛,什么也看不出了。

"洋灯没有了。"她看着七八盏像眨着眼睛的灯火。

"外面打仗,洋油已经好几年买不到了。"舅父说。

"要[是]有电灯就好了。"她颓然地倒了下去。

外祖母死前两天,医生说这病要[是]有太阳灯,尚有痊愈的希望。太阳灯是什么样子的呢?他说没有见过。也许[是]从什么人嘴里探来,或者看了什么杂志上的。

"就是有了太阳灯,"舅父失望地说,"在冷落的乡下,隔山过海的,怎么能够来呢?"

外祖母在两天以后,就死在这几盏黯淡的豆油灯下了。

原载《文坛月报》[1]创刊号(1946年1月20日),署名:丁英。

导读:

此文是丁景唐讲述外祖母的故事,也是目前唯一存世的此类题材的文章。此文就像一首抒情诗歌,采用欲抑先扬的手法。最初全家人围着油灯,随着欢乐的笑语逐渐消失,取而代之的是黑色的压抑气氛,在文字间缓慢地流动,逐渐弥漫开来,令人喘不过气来,胸口堵得慌,甚至窒息。最终,全家人眼睁睁地看着外祖母"死在这几盏黯淡的豆油灯下了"。这是外祖母留给丁景唐的最后印象,充满了惨淡、忧伤、悲哀、惋惜的情感。

《文坛月报》创刊号版权页上注明:联华图书公司编辑部,地址是上海宁波路470弄4号。这是丁景唐当年的工作地点,如今这里是靠近外滩的黄金地段,周围大变样了。夜晚的外滩,灯火辉煌,璀璨夺目,这是丁景唐的外祖母生前做梦都不敢想象的蔚然壮观的场景。外祖母的家乡宁波乡下也发生了翻天覆地的巨大变化,当时传说中的"太阳灯"如今也不是什么稀罕物了。可惜丁景唐生前未能续写此类题材的文章。

注释:

[1]《文坛月报》,见本书第55页注释[1]。

《文坛月报》创刊号刊登丁景唐的散文《灯》,还发表了《重庆文化出版界近况》,署名"禾田""洛生"(董鼎山、丁景唐)。

王 任 叔[1]

初次跟任叔先生会面,是一九三八年冬天,国军已自上海西撤,任叔先生正以巴人的笔名编着《译报》的副刊《大家谈》,同时又是《鲁迅风》的编委,犀利的杂文横扫一切黑暗的制造者。"没有一个人曾经被年青的文艺学徒所景爱,即便是鲁迅先生。"这是孔另境[2]先生最近在一篇怀念文中的大意。如果[是]曾在孤岛时期的上海生活过的人,是会同意这句并不能算太夸张的话的。

穿着旧西装,手里挥着铜盆帽,匆匆地走进一间汽车间上面[的]课室来,任叔先生的出现,立刻给一阵雷样的掌声包围住了。那些热情的学生几乎像瞻仰真理的化身那样欢迎着他。尽管直到现在,甚至还有人在替任叔先生散布着"激烈的印象",然而站在那些年青的人面前说着浙东乡音的"官话"的他,却是异常温和的。谈人生的真谛,还征求同学的各种问题,细心解答。时间延长到很晚,有些女同学还围着他,请他在纪念册上签字。负责人在诉苦,请同学让他早些去赴另外一个约会,但任叔先生一丝也不含糊,替稚气的小弟妹们签上端正的字。

这是一盏明亮的灯,光耀地照彻了那些孤岛年代的青年们的前路,就像他在《求知文丛》上连载的《超然先生》[3](他谦称是"残缺的形象")比喻他自己是一头打杂的牛——它吃的是草,榨的是乳,跟鲁迅先生一样,也是以自己的血肉来喂养着人民的后一代的。"横眉冷对千夫指,俯首甘为孺子牛",也许正因为如此,他便被有些人有意或无意误解作"金刚怒目""锋芒毕露"的赤膊打仗者了。

在一九三八至一九四一这些紧张的年份中,任叔先生署着"巴人""万流"等,使用着一切可能使用的武器,自宏伟的学术论文、翻译、文艺创作以至于匕首式的杂文,这些劳力的产品刊载在上海销行最广的报章期刊上——《译报》《求知文丛》《上海周报》《学习》《文艺阵地》《奔流文丛》《妇女知识丛刊》。他是一面旗帜,每一篇文章是一个号召。一直到今天,他的《战斗与学习》(论文集)、《二代的爱》(剧本)、《读书经验》(收入生活书店的《青年自学丛书》)、《鲁迅的杂文》(论文集)、《文学读本》(正续二册)、《超然先生》(小说,未完)和旧作新印的《和平》(翻译小说)、《阿铁的话》(同上)、《常识之下》(文艺短评)等书还被青年所诵读着,而《地主的地格》(刊《文艺阵地》)和《论巴金的三部曲》(刊《奔流文丛》)对当时的文艺青年的影响尤深。

十二月八号之前先生离沪赴南洋,只有烽火遍地,海天暌隔,好久没有讯息。去秋在《周报》[4]上读到悼胡愈之、悼郁达夫先生的悼文时,更挂念着任叔先生的下落。后来消息渐畅,才确信郁达夫先生遭难,而胡、王先生继续在战斗。祝福这些文化战士,像青翠的松柏一样健壮。

原载《世界晨报》[5]1946年10月3日,署名:洛黎扬。

导读:

　　此文写得比较简单,丁景唐初次见到王任叔的有关情况,在文中未能说清楚。文章留下了第一印象的宝贵资料,延续在多年后的修改稿里。

　　1986年清明前夕,丁景唐重写此文,补充许多资料和内容,改为《难忘的一面——忆王任叔同志》,先后收入上海鲁迅纪念馆编《巴人先生纪念集》(人民文学出版社,2001年10月)、丁景唐《犹恋风流纸墨香——六十年文集》(上海文艺出版社,2004年1月)。《难忘的一面——忆王任叔同志》写明了当时难以说明的事由:

> 　　正是在一九三八年一个春暖花开的日子里,在党领导的上海学生界救亡协会(简称"学协")主办的一次会议上,我初次见到了任叔同志。尽管这次见面的时间很短暂,但给我留下了永恒的记忆。难忘的一面,应永远是难忘的。
> 　　会面的地点是在小沙渡路(今西康路)、静安寺路(今南京西路)路口的培成女中汽车间楼上的一间课室里。会议由"学协"负责人老黄(黄文荃,别名张英,当时以"莫高芳"的笔名在青年中享有盛名)主持。
> 　　只见任叔同志神采奕奕、精神抖擞,穿着旧西装,手里挥着铜盆帽,匆匆走进课室里。他刚一出现,就立刻给一阵阵的掌声所包围。会场气氛顿时高涨起来……

文中提及的黄文荃,时任上海"学协"党团书记、中共上海"学委"组织部部长,后参加新四军,经历解放战争。1949年后,历任驻瑞士联邦公使馆武官、总参谋部二部副部长兼南京解放军外国语文学院院长等职务。1961年晋升为少将军衔。

注释:

〔1〕王任叔,笔名巴人等,浙江奉化人,著名作家、文学理论家、鲁迅研究专家、翻译家、出版家,著述甚多。大革命时期加入共产党,数次被捕,与党组织失去联系,1938年重新加入共产党。先后参加文学研究会、中国自由运动大同盟、中国左翼作家联盟等。1949年后,担任驻印度尼西亚首任大使、人民文学出版社社长等,"文革"中被迫害致死。2001年10月19日,在北京中国现代文学馆召开纪念王任叔诞辰100周年座谈会。

〔2〕孔另境,笔名东方曦等,浙江桐乡人,茅盾夫人孔德沚之弟,著名作家、编辑。1925年毕业于上海大学中文系,同年加入共产党,参加过北伐,后担任中共杭县县委宣传部秘书等。1932年暑假前在天

津被捕,后经鲁迅托人全力营救,由李霁野、台静农保释出狱。此后,在上海长期从事写作、编辑等文化工作。1949年后,担任上海文化出版社编辑、上海出版文献资料编辑所编审。"文革"中含冤去世,后平反昭雪。著有《斧声集》《秋窗集》《庸园集》《青年写作讲话》等。

"怀念文"指《记"廖化时代"的王任叔》(《上海文化》第8期),此文谈及与王任叔交往等情况。

〔3〕王任叔以"方生"笔名发表小说《超然先生列传》,连载于《求知文丛》第1辑至第11辑(1940年8月5日至1941年1月5日)。此后,王任叔撰写《残缺的形象——关于〈超然先生列传〉中止刊登告读者》,载《求知文丛》第12辑(1941年1月20日)。

〔4〕《周报》,创刊于1945年9月8日,是一份时事政治性期刊,唐弢、柯灵主编,该刊与《文萃》《民主》共同被誉为"三大民主刊物"。

《周报》第3期(1945年9月22日)刊登《光荣战死的胡愈之先生》(金枫)。同时,叶圣陶主编的《中学生》刊登一组"纪念胡愈之先生"稿件,其中有叶圣陶的《胡愈之先生的长处》、茅盾的《悼念胡愈之兄》等。

《周报》第23期(1946年2月9日)"海外来鸿"刊登胡愈之、王任叔通信。《集纳》第2期(1946年3月1日)"南洋通讯"刊登胡愈之、沈兹九、王任叔通信。

〔5〕《世界晨报》,见本书第86页注释〔1〕。

此文发表于《世界晨报》第3版头条,版式"七拐八绕",一不小心就会"迷失方向",此为当时小型报版式的特色之一。此版还刊出龙江的《失学不必颓丧》、江之泂的《赫尔赛的文件》、道闻的《春与秋》等。

宁波东钱湖纪游

尽说西湖足胜游,东湖谁信更清幽。

一百五十客舟过,七十二溪春水流。

白鸟影边霞屿寺,翠微深处月波楼。

天然景物谁能状,千古诗人咏不休。

（袁士元《寒食过东钱湖》）

引子：东湖和西湖

东钱湖在[距]宁波县城三十余里的东南乡,风光明媚,碧波生青,环湖山峦回抱,湖上烟柳飞鸥,扁舟轻漾,岛屿星布。春夏季节,漫山生满着杜鹃花和桃梨,浮萍织成一片绿野,给湖光山色妆缀得和容光焕发的新娘一般。前人曾有诗咏赞道："四明山水天下异,东湖景物尤佳致。""东湖九百九十顷,七十二溪攒翠波。乞我扁舟任漂泊,却敲明月叫渔歌。"（史浩）更有雅人墨客[留下诗篇],如元朝袁士元的"尽说西湖足胜游,东湖谁信更清幽",明代李堂的"东湖风景过西湖,史相祠宫列画图。不用舟人频指点,留诗欲吊岳坟孤"。倘以气魄的宏伟、湖水的浩瀚、景物的奇幻等自然的风貌来说,远较西湖大过近廿倍的东湖是占有优胜的。这不像在东钱湖边流传着的一首竹枝词所歌诵的一样："家在东湖一画图,不将西子比西湖。西湖风景东湖有,西子从来天下无。"

西湖的好处不在山水比东湖秀丽,而在交通的便利、名人的鼓吹和[杭州]曾经在历史上开建为南宋都城的关系,很早就已是一个名闻天下的风景区,再加上人工的修饰、游客的频往,遂造成了她的优势。其实,"西湖风景东湖有"并非夸张的话,西湖的湖心亭、苏堤、白堤、孤山……由东钱湖看来,真是一些平凡的点缀。一个似都市化了的现代女郎,一个似健壮朴实的村姑,这就是两者的不同点。

除江浙交界毗连处的太湖以外,东钱湖是浙江省的最大湖泊（然而,吾国名地理学家葛绥成先生却在他的专著《浙江》一书中,误为太湖之后,以西湖为浙江省第二大湖）,广约八十里,容纳七十二溪的水流汇集而成。古时一名万金湖,形容湖水的利重万金的意思,《鄞县志》及《东钱湖志》内部载有详尽的记叙："东钱湖自唐天宝三载鄞县（宁波古称鄞县）令陆公南金开广之废田十二万一千二百十三亩,周围八十里,其赋派入沾利之田,每亩加米三合七勺六秒。至宋天禧元年郡守李公夷庚设四碶八阙九塘,受七十二溪之水汇成,巨浸旱潦,兼资灌溉鄞县、奉化、镇海三县八乡……沾田五十余万亩。"宋朝有名的政治家王安石,当他在鄞县令任内的时候,也清理过东钱湖的陂塘,筑造起堤堰,据说经纶阁及广利寺、崇法寺均筑有祀祠纪念着他。

莫枝堰途中

对于故乡这样一个名胜的中心地东钱湖,笔者向往甚久,但因蛰居都市,一向无缘往游。这次应友人曹玄衣[1]君的邀约,到东钱湖上的陶公山做了十天的客人,总算得偿宿愿。我们一起十余个人于一个晴朗的秋晨,乘江亚轮来到了睽别十年的宁波,由轮船码头乘人力车到钟惠桥,挤上了到莫枝堰去的小火轮。约莫不过两个钟点的光景,就到了东钱湖的堤坝边。

莫枝堰是一个鄞东的大镇集,镇上靠河有着一所规模相当宏大的普济医院和志芳学堂。这些都是前上海华成烟草公司[2]和联华广告公司[3]董事李志芳先生对本乡公益事业的贡献,这些遗留着的功绩给鄙陋的乡村带来了科学和文化的种子,受到了四乡农民的赞扬。这里的居民,也可说所有东钱湖四围的居民,大半依靠着到外洋捕鱼为生,过了渔季就回到湖里来度渔樵的清闲日子。李世培君曾有家乡土白的竹枝词咏吟东乡风俗人情,其中莫枝堰一阕云:"莫枝堰在东南乡,人多业渔飘外洋,胆泼心粗少顾虑,风气此处最顽强。"

在莫枝堰的堤坝上,可以望见一片金黄色的田野间,晚稻沉重地俯卧地面,像一个怀孕的产妇倾低了头,芋艿和茭白的绿干间或点缀黄色的画面,牛在河塘沿吃草,瓦屋拥挤地站着,窄长的街上走着闲散的行人。一切都是平静的,连结一道高大的堤坝横路拦住了水流瀚阔的东钱湖,也仿佛静静地躺在秋阳下面睡着了。

换了一只到陶公山小曹家驰行的渡船,眼前浮映着山光水色。崇山像张开臂膀拥抱着湖,我想起美丽的童话中仙女捧着脸盆的故事。我们的船在仙女的脸盆上摇橹缓进,一座座的山在列队向我们迎笑。生[长]起芦荻的水汀上有鸟类在晒太阳,泅在水面的小岛屿[上]垂柳织成了一幅刺绣,庄屋似含羞的小女孩隐蔽着脸。船只交梭地来往,也许是湖面太广的缘故,一点一簇的船影在这里竟然显得有些疏朗,若是换了西湖,总会挤得不能划桨的。

这真是一个人间的桃源。八年的战争,敌骑烽火曾经毁灭了无数的锦绣山河,就连宁波的城厢四郊,也受到奸淫掳掠,苦难的煎熬;但东钱湖从她莫枝堰的堤坝为界沿起,整个湖山始终像一个神圣的处子没有被日寇所侵扰,依旧是一块自由的天地。要解答战争为什么没有波及东钱湖的原因,起伏的峰峦、纵错的港汊、浩荡的湖水,以及剽悍的湖山子民,都可以作为见证。

"这里有些叫人想起《水浒传》梁山泊中草莽英雄的故事。"当对面的芦花荡中忽然欸乃摇出一只船来的时候,友人的话提醒我从都市染来的紧张心理[走出]。但这只不过是一瞬间的刺激而已,因为站在船头使劲摇橹的"老大"(船夫),已指点着前边的河埠头在呼喊:"曹生泰老板,上海发财人客到喽。"

船搁在滩边,一群孩子和妇女从里巷中抢先奔跑出来。

晚上,我被殷勤和善的曹老伯一家安顿在他们大宅子最考究的两间厢房里,包括一间书房和一间卧室,装修得和新房一样的美丽,就在那张簇新的铜床上开始在陶公山麓小曹家的第一夜美梦。东钱湖的晚波溅着岸石,在我的窗棂外歌唱。陶公山,这民间故事的孕育地,就睡在我们屋子的上首,而我这个对它久已具有眷恋的好感的孩子,就躺在它的山脚边。

陶 公 山 麓

陶公山在东钱湖的西面,是一个突出湖中的半岛。据说吴越时,陶朱公范蠡曾在此隐居。也有说陶公山应作盗弓山,因为山形如弓。更有传是逃公山的,因为关于它,在宁波曾有一个流传得非常广泛的凄凉的故事。

这是一个挺古老的年代,陶公山上的桃花开得迷艳醉人,春雨丝丝随风飘曳,远山隐入雾一般的雨景里,布谷鸟愉快地唱着"快快布谷"的歌飞越湖面。在雨中浮动着两顶雨伞,一个中年人伴送一个背上拖着油光锃亮的长辫的姑娘,在山脚下的一家瓦房前敲门,一个老年人迎了他们进去。隔不多久,中年人告辞而去,将那个从火坑中赎身出来的年轻姑娘交给老年人做伴。一年以后,当杜鹃花和桃花又满山遍野地开得红艳的春天,少女的父亲寻找到陶公山来的时候,那个健壮的老年人终于自缢在一棵桃树上,而留下一个襁[褓]中的婴孩,凌受着饥饿的耻辱。原来这出悲剧的造成,完全由于饥荒,少女的父亲因为穷,将女儿卖给城里的妓院,而她的外公却赎来当作自己晚年的伴侣。从此,世世代代,陶公山上的桃树枯萎起来,不再开花。

陶公山的名声很大,恐怕与这民间故事流传得广有关。实际上,却是座高不过数百尺的山岛。更奇怪的是山上竟无高耸的大树,三个山头,只在史家湾的山顶上有十几株松树孤独地挺立。从曹家的屋后山坡翻上去,不用花费多大力气就可爬到山巅。遐俯湖山,但见远山碧、近山青,柳汀如带,"烟""霞"二屿与珠菊诸屿如水凫低浮。蚌壳山孤浮湖心,披着落霞,上面纵横交叉的田畦像一格格的棋盘,很有些和[在]杭州的玉皇山上眺八卦田相仿佛。一艘艘的船满载着风帆,冲破湖波时隐时现,在遥阔的湖面上飘忽前进。沿山有环湖石路,其西端路畔立有一筑路纪念的石碑,有三五牧童在丢石块作戏。半山平坦处种有烟叶,[还有]高粱、玉蜀黍等杂粮,牛放在山腰吃草。仰望白云变幻,流霞飞天,俯视湖波澎湃,屋栉鳞比,几疑置身桃源仙境,飘飘然若玄化而登天一样。以前有诗赞道:

扁舟去稳似乘槎,瞥眼轻鸥掠浪花。

绝爱陶公山尽处,淡烟斜日几渔家。　　　　　　　　（宋·史弥宁《东湖泛舟》）

　　陶公山下路,一过一婆娑。
　　旧麦青三寸,新莎绿一窝。
　　近村闻牧笛,隔屿听渔歌。　　　　　　　　　　　　（清·张幼学《忻氏草堂》）

　　寄隐东湖上,风尘不复来。
　　堂从山足起,门向水边开。
　　虎豹号残夜,松楸响废台。
　　桃源何处足,此地亦悠哉。　　　　　　　　　　　　（明·傅攀龙《忻氏草堂》）

一个百家姓上没有的姓

　　陶公山周围的居民,相传多系朱姓,这或许由陶朱公的渊源谬讹出来的也说不定,因为直到如今,朱姓的子孙固已绝后,即在县志上也并无例证。比较著名的是小曹家的曹姓、史家湾的史姓。忻家的忻山后的徐、王、许诸姓,有着近四千多户的人口,可以抵过一个小县份城厢的住家。

　　尤其是忻家的子孙最发达,约占人口总数的百分之六七十,是陶公乡的大族。因为它[是]在百家姓上没有的姓,于是便产生了许多诡诞的传说,于是好奇的或伴杂恶意的各种各样关于忻姓祖先渊源的故事就风靡每个宁波同乡的口头,而忻姓也就成为这许多陶公山故事的主角。

　　笔者在当地曾留意探听过忻姓以外乡邻的闲谈,也曾亲自向曹君亲友(曹君的二嫂是忻家人)问询,但都不能告诉我一个究竟怎样的真相。有次特地跑到忻家祠堂去,只见新漆得金碧辉煌的铁门上,画着一个威武凛凛的蒋门神,门面上方挂满朱红的匾额,门柱的两旁有着两句和忻姓渊源有关的双联:"桑溯南安远,支分鄞东乡。"(下句因未笔录,容或有误。)但这并不能对我进一步的理解有所裨益,而我于"南安远"三字又找不到一个明确的答案。推想起来,忻姓[应是]自他处迁居陶公山的。

　　乡镇的横街由曹家山头起,一直迤延至许家屿的桥堍,长达半里。整个忻家的房屋就像蜜蜂的窝,横亘在这横街的两边,排挤得密密缝缝。一边傍湖,另一边倚着陶公山的南麓,房舍之间仅能一人通行,下雨的季节,山溪在屋脊上倾泻,顺着这一条条的纵道变成了潺潺的溪流。

　　这是一幅从陶公山顶俯摄的照相:稠密的楼房(这里平屋和泥房是没有的),整齐的瓦栉,从湖畔像生着百脚的蜈蚣一节节爬上来。隔河一条狭长的柳汀舒展在湖水上面,几条大型的八哥船侧转了船身在汀上修理。再右面些忻祠老大房对岸的那边,一家碾米厂和一家染织厂在开动马达,震破了寂寥。横街上开着双开间假三层的棉布号、三家理发店,以及药材店、肉铺、鞋店、杂货店、糕饼店、牙医局、邮政代办处……扩展成热闹的市面。每天都有市集,菜贩鱼摊以及小本生意的洋货摊,从邻近各乡渡船齐集到这里来。我们到的几天,凑巧又赶上庙会和龙舟盛会好日子,家家户户都喜气洋洋的,配菜备酒,预备款待客人,因此格外显得一片太平盛世的气象。上海的真如和龙华的市镇,看起来似乎还不及这个乡镇的繁盛。

名产・物价・教育

东湖除产鱼虾菱藕等外又有一种名产,叫虾痴,色褐身小,巨口细鳞,长约五公分到十公分。每当黄梅时节,群聚溪间,迎着湍水逆流,结队前进,一遇微雨,即不复可求,故有"一别经年无消息,黄梅时节又逢君"的谚语。据说虾痴原为宋朝御厨珍品,后为卫王史弥远盗得,私蓄于故乡溪间,繁殖至今,终岁只在黄梅时才得见,以东钱湖之大,也仅下水一隅才有寄生,宜乎其为奇物了。虾痴烹调的方法尤为奇突,盛于箕中,撒食盐少许,去其细鳞,乃置虾痴于嫩豆腐锅中,文火煮之,待水沸揭而视之,则虾痴已皆钻入豆腐内,加以油酱,即成鲜美的珍味。可惜我们去时已是暮秋,口福不佳。虽然[如此],鱼虾之类的鲜货,也较沪滨胜过多多。

这里的生活水平较低,物价也贱,鱼虾一类湖鲜更是便宜得叫上海人吃惊,虾仅售六百元一斤,螺蛳一百元四斤,酒四百元一斤,芋艿头一百元可以买到顶大的五只,小芋艿一千元七斤,茭白五百元两把(约十支),豆芽三百元一斤,小白菜一百元七把,毛豆子一百元一斤,雪嫩的番薯只卖到三十元一斤。在市集上我见到一个农民,在怨气冲天诉苦:"阿哥唉,伍倒称称看,格毛辛苦,像当其倪子格看管其,三千铜钿挑一担,枉落功夫一场空!"[4]

然而,由于上海人客汇聚到家乡来赶"会头"的结果,平静的物价受到刺激,开始波动上升得很厉害,虾跳到一千五百元一斤,鸡二千元一斤,河鲫鱼二千元一斤,只有水菱[角]还是贱的,七百元可以吃它一面盆。

美国货在市集和庙会戏文场里也有,Sunkist(新奇士)的花旗蜜橘、Camel(骆驼)香烟、Everyday(天天)电池,以及花巧的玻璃梳子、玻璃裤带陈设在小摊子上招徕顾客。寺院、庙堂、义庄、住屋的墙上,凡是可以张贴的空隙,都粘涂着宁波绸布店、南货号、银楼、香烟……花红花绿的招贴纸,或用黑漆写着巨大的广告文字,左下方还神气地署上了某某作的题名。一些湖山的秀丽的画面,全给它破坏了。

电灯一度在乡镇上放光,也有三所烟草的熏窖在河边矗立,但这些走向城市发展的基础很快在战争中殇折了。灯泡从此不再发亮,烟窑也黯然停火,不再冒烟,每年的九月半庙会就依靠出门经商的大户人家,如忻桂泉、忻行成、曹生泰、曹兰彬、曹兰馨等巨贾,回来撑市面。大批大批的青年都跑向沪、甬城去漂泊,留下的虽也能"靠湖吃饭",捉虾捕鱼,摇船维持温饱,可也比不得战前舒适自在。一种"烟火湖中九九天,家家儿女赛貂娟,寒衣不管催刀尺,唯唤卿卿买翠钿"的盛世风光,慢慢地在消失。

教育方面,史家、王家、忻家都有小学,许家与忻家老祠堂内的县立陶公乡中心小学规模最大,有学生四百人,教职员十余人。笔者与该校的教务主任忻贤哲先生攀谈,得悉教员待遇为三百三十斤至四百斤谷一月,学生学费免收,只征二十九斤米及九千元杂费、书费。但失学的儿童还是很多,有些实在太穷,有些得帮家庭看牛打杂。乡村学校所最感需要的,是新出的书刊报章和挂图仪器。宁波沦陷后,鄞县战时联合中学曾在王家塘前设有分校,现已复员结束。

东 湖 十 景

要详尽地描画东钱湖的整个面貌,这实在是件困难的事。因为东钱湖是这样的大,绝不是十天半月的短时期能游遍的,要简洁地来说出她的好处,也不是件容易的事。为了叙述的便利,笔者在此不能免俗还是袭用习称的东湖十景来介绍一下。

(1)陶公钓矶,(2)月波书楼,(3)上林晓钟,(4)白石仙枰,(5)二灵夕照,(6)霞屿寺岚,(7)殷湾渔火,(8)芦汀宿雁,(9)百步耸翠,(10)双虹落彩。

惟年代既久,东湖面积又大,沧海桑田,有些名胜古迹因为无人修葺,任其毁灭,不可稽考的地方也不在少。

陶公钓矶　先就陶公钓矶来说,前人推崇赞誉的或诗词哦咏的,真不知凡几,如"此地陶公有钓矶,湖山漠漠鹭群飞。渔翁网得鲜鳞去,不管人间吴越非"(李邺嗣),"平吴霸越谢成功,退隐湖滨作钓翁。自有石矶留胜迹,此山依旧属陶公"(忻宇春)。

钓石矶遗址去曹家屋宇不过数十步,即在象鼻嘴巷前端,地势甚佳,临湖背山,相隔丈余的湖中有一荒汀,有渔民在修漆船只。"多少探芳寻胜客,兰桡都在钓矶东。"倘能在那块荒汀上建立楼台水榭,以充钓矶,坐视湖山漠漠鹭群飞,渔船网起银色的鱼,一定可以吸引不少"寻胜客"。相传吴越时陶朱公范蠡曾隐此钓鱼为乐,这多半恐怕也系后世文人附会的。宋宝庆初年,县令胡渠建烟波馆及天镜亭在钓矶上面,因年代绵远,连遗迹都没有了。现在靠湖人家辟为菜圃,旁则粪缸"林立",可谓大煞风景矣!

月波书楼　湖东有擂鼓山及月波山,擂鼓山下有十八户居民,俗称"擂鼓十八份"。乡人传说当年东钱湖本系桑田,田主杨苗[在]擂鼓山擂鼓为号,调度数万田奴做工。山岸有三开间洋房面湖而筑,还是抗战之前一个美国[传]教士造的。月波寺前有一门形的石柱,苔藓斑驳,字迹不可识。

月波书楼即余文敏公读书处,楼阁连影子也找不到。倒是月波寺深处幽篁修竹林中,黄墙绿瓦,红鱼清磬,颇有幽胜。据说该寺系宋代王浩所建,垒石成岩,名遇宝院,至明洪武十九年始改称月波寺,寺内有梵音洞,乡里呼作仙人洞。湖志载月波山另有两[个]石洞,为宋二代丞相史弥远凿以娱母的,名补陀洞天,明李堂游补陀洞天诗云:"相公囊括宋山河,凿石穿云作补陀。若见崖山还好景,慈云宫殿碧嵯峨。"然询诸山僧,则瞠目不知所答。未知如今之梵音洞否?

上林晓钟 上林寺在范岱上庄,有清泉如注,取水煮茶,入口津然,有些像橄榄的回味。若在太阳未醒的晨间,一声嘹钟飞跃湖心,是颇有诗意的。

白石仙枰 白石山面临青雷峰,山形奇特,石岩狰狞,其南一颠突出,犹类寿星的前额,传即仙人奕棋台。山腰有垒硕的平石两块,约与一丈二尺的大眠床相等,那就是"白石仙枰"的"仙枰"。重阳的日子,邻近各村的居民都来此登高,履踏"白石仙枰",以为可以健步强身。

二灵夕照 二灵山,在下水渡外,三面环水,与擂鼓山遥遥相对。宋名相王安石游东钱湖时曾有诗记之:"海上神仙窟,分明作画图。山云连太白,溪水落东湖。路觉行边断,亭从僻处孤。直教殷处士,城市迹全无。"此诗对二灵山备极推崇。麓旁有二灵寺,腰有石塔。乡老口述,说是从前二灵山北的虾公山和鲇鱼山(俗呼黏弄山)每在五更时分黏拢,即使最好的船家,也往往迷途,后来一个有道行的和尚在二灵上造了这座塔,才像钉一样钉牢了不动。

霞屿寺岚 霞屿邻二灵山,为一湖心的浮岛,上有一寺曰小普陀,相传还是宋时史浩所筑。湖水冲岩化作朵朵白浪,鸥鸟时浮时没,轻风吹来,正是合了"吹皱一池春水"的词画。

殷湾渔火 殷家湾在平满山麓,为湖上陶公山外另一大镇,人烟稠密,层峦竞翠。昔日渔船多泊于此,有"侬住湖滨打鸭场,劝郎莫打水鸳鸯。鸳鸯不打双双好,打去分飞各断肠"的艳词流咏。今则因绍兴帮渔民移居于师姑山麓,殷湾渔火也随此沉寂。师姑山又名四顾山,去殷湾不远,山顶树木苍郁,四周光秃颇似"尼姑戴花",旧有"师姑眠牛"之说,已不可考。

芦汀宿雁 芦汀位于莫枝堰附近孤涛湖滨的岳庙前,形如偃月。岳庙即明李堂诗中所谓"不用舟人频指点,留诗欲吊岳坟孤"的高墩,乡人以其圆形故,俗称西瓜庙。逢雨量过多、湖水高涨的时候,沿湖人家,或被浸入门槛,独岳庙依然像一个西瓜样子浮在水面。一般无智的渔民皆惊为神灵,洪水不敢侵犯。其实是墩高与莫枝堰齐,并不是岳庙有什么神灵的法术。芦汀一带芦苇萧飒,衬以青山红墙,秋色宜人。

百步耸翠 百步峰青峦耸翠,傲视湖上群山。昔传有凤凰栈于峰巅,自梅湖望睨,有"鹤立鸡群"的超世感觉。

双虹落彩 东湖与梅湖之间有长堤曰五里塘,塘之两端筑有上虹、下虹二桥,合称双虹。梅湖面积远较东湖为少,近年因淤荟,芦苇群生,使湖面日益缩小。今春且因填湖为田,演成鄞东、镇海七乡数万农民为争水利的血案惨剧。小舟扁叶,坐眺落霞生彩,渔舟往返,柳莺清哧,顿使尘虑消净。

其实,东湖的佳致,何止十景百景,而且自然风物,四时变幻,各有不同的情趣。就以上的十景来说,湮没破毁的很多,有时抱着热情而去反会使人失望归来,与其拿着游览指南旅行,倒不如纵兴漫游的好。这是笔者在东钱湖做了十天客人的一点感想。

卅五年十一月中旬追记于沪上

原载《茶话》[5]第 7 期(1946 年 12 月 5 日),署:丁英撰文,玄衣摄影。

导读:

丁景唐时为"文谊"(上海文艺青年联谊会)负责人和《文艺学习》的主编,应好友曹予庭(玄衣)热情邀请,前去宁波旅游胜地东钱湖游玩,受到热情接待,享受贵宾待遇。他暂且摆脱喧嚣都市的嘈杂之音以及繁忙的各种事务,故乡的山水令人流连忘返,不亦乐乎。特别是久违的浓郁乡音,倍感亲切,犹如孩提时重回母亲的怀抱——"我回来了"。

此长文七千余字,集游记、历史文化、风土人情、民间传说、地理风貌等于一体,是丁景唐文学生涯中唯一一篇如此文体之作。加上经济(物价)、教育(小学)、美食(土产)等,构成一幅抗战胜利后的东钱湖及其周边地区的历史画卷,留下一份不可多得的档案资料。

此文描写名胜古迹,有声有色,娓娓道来,犹临其境,并引用不少古诗词,增添文采,渲染气氛,加深印象。

同时,采用对比手法,将东钱湖与杭州西湖自然风景对比——"远较西湖大过近廿倍的东湖是占有优胜的";将上海郊区小镇与当地城镇对比——"似乎还不及这个乡镇的繁盛";将上海市场物价与当地对比——"鱼虾一类湖鲜更是便宜得叫上海人吃惊";将抗战前后的当地市场进行对比,尤其点出外国五光十色的商品猛烈冲击当地市场,不断摧残昔日自给自足的自然经济,也带来了新的消费观念和亦真亦假的时髦商品。

该文尝试杂糅多种文体的表现手法,既是一种灵活的写作方式,也顺应了《茶话》这类休闲刊物众多读者的需求。

有一点值得注意,此行一同去了十几人,做客十天,花费不少钱,并且具有上海华成烟草公司和联华图书广告公司的背景,加之丁景唐与文友曹玄衣的私交甚好,因此此行的规格比较高。丁景唐趁机撰写了七千多字的文章,洋洋洒洒,引经据典,"南腔北调"述说一通。对此,《茶话》编辑心领意会,配上曹玄衣的精彩照片。此文占据十页的篇幅,甚是少见。

注释:

〔1〕曹玄衣,即曹予庭,生于 1929 年,1989 年从学林出版社退休,2000 年去世。他原任职于上海文

献出版社,1982年进学林出版社,参与编辑《出版史料》丛刊,后来主要从事图书编辑工作,在这方面建树颇多。曾参与学林出版社出版的朱联保的《近现代上海出版业印象记》、吉少甫主编的《中国出版简史》等书的撰写工作。还为孙树松主编的《中国现代编辑学辞典》撰写了不少条目,是六位撰稿者之一。业余编著出版了《绘图学生成语词典》《中国古代格言小辞典》等。

〔2〕上海华成烟草公司,最初由沈士诚、沈延康、虞成龙等五人投资4 000元于1917年创立,地址在上海华成路紫微里4号,以生产金鼠牌和美丽牌卷烟闻名。几经波折,逐渐发展,盈利丰厚。

〔3〕1930年在上海,耀南、商业、一大、大华四家广告社合办联合广告公司。1935年,张竹平经营的联合广告公司与华成烟草公司合资组建联华图书广告公司,主要经营路牌、报纸、杂志、电影等的广告和印刷业务,还时常发行广告刊物,如《茶话》等,夹在大报中免费附送。这种广告刊物是商业繁荣的产物,至今在咖啡馆、银行、机场等公共场所还能经常看到。

〔4〕此为宁波方言,大意为:"阿哥,你来评评理,我这么辛苦,像儿子那样伺候它,现在如此低价出售,白费功夫,血本无归。"

〔5〕丁景唐协助编辑的《文坛月报》停刊后,该刊老板陆守伦再次与老搭档顾冷观合作,创办《茶话》,基本上恢复了原来《小说月报》的旨趣和内容。

1947年春,丁景唐接到上级领导唐守愚的通知,他已被国民党列入黑名单,于是辗转南下香港等地。丁景唐用"卫理""丁英"等笔名写了《香港的侧面——香港航讯》《宁波东钱湖纪游》《旧历年与歌谣》《叫花子的歌》等文,寄给上海的《茶话》编辑部,得以发表。

第二章 其 他

《蜜蜂》编辑后记两则

一

首先,对[为]本刊出版尽了不少帮助的陈先生及王先生[1],致十二万分的谢意。

我们不敢自信,这工作是否会负起一点"拓荒"的责任,我们仅仅因为想介绍一些有价值的文章给"孤岛"的人士,于是就产了这《蜜蜂》。

在这里,好像一席酒筵,每一道菜有它特有的味道,包括了甜、酸、苦、辣、香……各种各样不同的味儿,读者自己去选择自己的嗜好吧。

我们不固执地说,创刊号的内容很精彩充实。不过,我[们]曾下了不少收集和拣选的工夫。这一[期]稿子的来源有《烽火》《文艺阵地》《新闻记者》《文丛》《香港大公报》《文艺》等。

因为内地的交通阻梗,定期刊物的收集实在不是一件易事。虽多方面地设法,恐仍有遗漏或得不到。因此我们恳请读者们帮助我们,凡有最近出版的文艺性的期刊,请抄录数篇,或借阅给我们,我们是十二万分的感谢。

关于定价方面,实在再不能减低了,因为纸张、印刷材料等的价格飞涨,使我们非常为难。老实说,这一期完全亏本。

关于印刷用的纸张,我们想用国产毛边纸,既用国货又可定价减低。不过,这会影响销路。在这里我们请读者们给我们评断。

我们不想说什么,在这伟大的时代里,我们只感到乐观,感到兴奋,[只有]不断地工作。

因为我们几个都是缺乏经验的人,小节上的疏忽,事实上在所难免。因此我们恳请同情我们的读者,给我[们]切实的指教和各方面的援助。

最后,我们下期想辟一栏"读者园地",请读者多多寄稿来!

二

不知道克服了多少的困难和阻扰,第二期总算呈现到读者的面前了。翻一翻内容,也还总对得起良心,十八个铜[钱]一本也还值得。

事实上,没有预期那般顺利。无论编排上、经济上,[还是]发行上,都遭遇到非常难以申述的痛苦。这痛苦,我们是忍受着,忍受着,直到最后一口气为止。但,在这过程中,我们绝不因此气挫,我们不愿白白等死,我们是要加倍努力,来扶持这小小的刊物。

然而,一个刊物,无论如何绝不能由几个主持人包办。这里,须要全体的读者共同来扶持,共同来栽培。

恐怕读者们也会知道,一个刊物的命运最要紧的是系在经济上。但我们的经济力量实在太薄弱了!我们不会玩"变钱"的戏法,我们需要读者们的援助!在这里,我们第一次向读者伸出求救的手。

在这一期里,《女国士》是落华生先生的一篇"新"作,是一篇深刻有力的历史剧,[是]在香港大学曾三度上演大获成功的名著。本剧下期即刻登完。丁玲女士的论文《略谈改良平剧》是西北战地服务团公演"改良平剧"《白山黑水》时的经验谈,这篇论文里所提到的问题,很值得重视的。希望沪上热心改良平剧者予以注意。

欧阳山先生在某一乡村中听见有人唱一支《何日君再来》的短歌,就发生了许多感想,因而写下了《从歌声听出欲望》的短文。我们的读者中间也许也还哼"好花不常开,好景不常在"的滥调吧?心里不觉得羞耻吗?我们以为:无论在何种场合,我们嘴里哼的曲调,应该在《大众歌声》里去找!要是再唱那种糜烂的曲调,就是说:自己不尊重自己和暴露自己的无耻!

原载《蜜蜂》第 1、2 期(1938 年 11 月 25 日、12 月 10 日)《编辑后记》,
王韬执笔、丁景唐修改。

导读:

《蜜蜂》半月刊创刊于 1938 年 11 月 25 日,16 开,属于文摘性质,载录的小说、散文、诗歌、报告文学、独幕剧、评论等大多是名家之作,也有亲近文友的少量诗文,同时刊登征稿启事,准备将文摘与创作并重。出至第 2 期因故停刊。这是丁景唐一生编辑生涯的开始。

丁景唐、王韬里外分工。王韬忙于编刊的具体事务,搜集、抄写文章;丁景唐扮演发行人的角色,与各方打交道,拉广告。然后他俩跑印刷厂,校对、改稿等。

第 1 期的《编辑后记》还透着一股书生气,内容仅限于作品,不牵涉现实社会动态。这与丁景唐出面办理刊物登记手续有关,毕竟创刊号要送去审查。第 2 期的《编辑后记》则增加了许多文字,点评了落华生(许地山)的独幕剧、丁玲的《略谈改良平剧》、欧阳山的短评,暗示这两期《蜜蜂》摘录的许多文章都含有曲笔之意。

  这两篇《编辑后记》鲜明地反映了丁景唐、王韬创办《蜜蜂》的初衷和期望,也透露了摘录、编排、校对、发行和经济困难诸事。文章以"我们"的口气行文,足见他俩的亲密合作及深厚情谊。为了纪念王韬烈士——丁景唐文艺编辑生涯的第一位合作者,更有必要在此收录这两则短文,以飨读者。(详见《丁景唐编辑文艺刊物》第一编)

注释:

〔1〕陈先生,指丁景唐、王韬就读的青年会中学老师陈起英;王先生,指陈老师介绍的一位老编辑(详见丁言模《丁景唐、王韬首次创办〈蜜蜂〉半月刊》)。

集体讨论：民主自由与学生生活

出席者：江风、周平、夏兰、苏东、煤婴（主席）、沃洛（记录）。[1]

日期：一九四〇年二月十日。

煤　婴　喂！喂！请静一点。现在是正一点钟，开始讨论，上次我们决定的题目是"民主自由与学生生活"。希望大家多多发挥，要具体，要切实，配合我们学校里的实际生活，给予善意[的]批判、合理的建议。想一想，不要空发牢骚！

江　风　我记得自己的中学时代，学校生活过得真是修道院一样岑寂，在分数和考试里消磨了整个的少年，没有自由，也没有课外组织的权利。（大家笑了，诗人又在作诗啦！）在祖国的烽火中，进了这所教会大学，虽说是比较自由，可是考试科目都是脱离现实的东西。国文是诗云子曰的骨骸，还得课外阅读《诗经》《礼记》等守旧复古、封建意识的古董，把注释训诂抄他半打草簿交进去；政治法律多是做官门径；经济、银行则是发财之道。

苏　东　由于一般教会学校的同学经济状况较好，以及传统的落后性，大多数是和现实隔阂了的。因此不容否认，有好多地方是不合于教育原则和不民主、不自由、有碍抗战、有妨青年思想自由发展的现象，[如]智慧统制和言论、集会、组织、出版的不自由。一切学生生活都要受"学生生活指导委员会"的限制。刊物只许有一份《××团契》[2]，而且内容还要受限制，不可涉及时事、政治。《学生生活指导细则》规定，"一切团体组织与课外活动，均须向学生生活指导委员会登记，并经教务处核准"，还得"请教职员一位或数位，负指导之责"，又需"凡贴布告，须经本校指定负责人员核准，方可发贴"，再要"每次学术演讲常会或团契集会及交谊会等，必须先将开会日期、地点及秩序通知校方，而该会顾问亦须出席，如请校外人士莅临参加与演讲，必须先商得该学会或团契顾问之同意"。

夏　兰　真的，[在]教会学校受的教育是很不民主与不自由的，我们女同学所受的更多。在中学时，[被]关在"外国尼姑"的"学监"里。进了教大，男女同学固多隔膜，而一般Gentlemen[3]更有把神圣的学校当作"花瓶装造所"，常时做些无聊举动。每周二十四小时的课，还得加上些 Reference Report Quiz Question[4] 及大小考试，功课的繁重已够叫人透不过气。

周　平　夏姑娘方才提起男女隔膜，这实在不稀奇。我加入了一个团契，连十几个契友都不相识,别说要充实它的内容。这并非我阿平交际手段不灵(大家都笑了),实在是"领袖"(又笑了)们在那里玩把戏。总计半年聚餐一次、集会一次。"领袖"据说是实在忙,学会、系会、青年会……都得去"领导"。当然,你想,除了选职员、负责人外,"领袖"的时间哪能抽得出。

夏　兰　怪不得,我初进学校,好似处在小胡子希特勒的国度里!(大笑)很不幸的,不但"领袖"多,而且应用文教科书里还有什么"江西剿匪总司令"[5]。

江　风　阿平,你真是少见多怪。一年,两年,甚至三年,碰头叫不出姓名[的人]真多着。姑娘们倒好,还有一间比灶披间[6]小了些的休息室。男同学可倒霉,休息室也没有,一下课不是在走廊上荡荡,就是回家。要有空课的话,那就只好在国货公司荡圈子。图书馆是华东教会区四大学联合的,没有报纸,更没有杂志,有的只是"金光骨辣得"[7]的原版西书!(大家又笑了)

煤　婴　笑,大家也都笑了,牢骚也发过了,总括一句[话],我们教大里是挺不民主,挺不自由的。

　　　　这主要的表现在:(1)言论、集会、组织、出版受统制和学科脱离现实生活;(2)学生组织团体受少数"领袖"们包办,且统一团结不够。那么,为啥会产生这种现象呢?根源又在哪里呢?现在就讨论吧!

夏　兰　首先,我认为正如《中国的新生》的作者勃脱兰[8]所说,是"学校当局劝谕教训同学别管""政治""国事",要专心读书,磨练德行,把祖国的生存问题放在第二位造成的。

江　风　得啦,夏姑娘说的挺对。让我这里添一"现实标本"的插曲——

　　　　有一次,一位曾编过某大报的文艺副刊,也办了好几期以《金瓶梅》为封面的期刊,更出版了不少酒茶逸事的作家——阿平,对吗?——小张提出民主宪政的事,他就说:"政治,我们不必谈,那是别人的事。""某人吗?就是巴人[9],他是目前海派左翼的领导者。""鲁迅是有党派背景的……"

　　　　你说,我们的文学家是要逃避现实,梦想不管政治。(大笑)

周　平　刚刚诗人的插曲不是可笑的事。这位作家已经可说是最有时代感的教授,一般Professor[10]们大都欢喜吹嘘他们的博学,唱些"现实外交政策""抗战要独裁",高兴时还得加上"磨擦"造谣的消息。一般"高足"呢,由于"合理的逻辑"之故,也很有"师风",说"民主破坏抗战,分散力量,人民文化水准落后"那些倒果为因的屁话。谁不知道人民知识低落,正是因政治制度不民主的缘故。要抗战胜利,争取第三阶段到来,建立三民主义共和国,更是需要民主政治。因为民主,而且只有民主,才能动员全民力量,集中火力,克服妥协倒退,打击投降派,战胜敌人。

沃　洛　这是莫谈国事的必然结果,这也说明了现行教育的不合理。除了上面所说的以外,还有几个根源:(1)师生合作、精诚团结的精神不够,学校当局不体谅同学,[不]予以充分民主自由。换一句[话],又是言论、集会、组织、出版受统制。(2)同学间的统一战线做得不够。"领袖"们的包办作风,使优秀同学对各团体组织不满,无形中造成先进同学和"领袖"间的隔阂及对立。(3)各团体组织不健全和部分先进同学脱离广大的落后群[众]。(4)对民主宣传、动员工作不深入,没有同同学的生活问题联系起来。公式主义、机械论存在。

煤　婴　上面大家都说了,我也没有什么意见补充。我们探讨了现象,又指出了原因,针对这些病源,现在要如何合理地纠正和克服呢？刚才,苏东没说,就请他先讲。

苏　东　学校的民主自由并不是一个单纯的问题,是和整个民主政治、祖国生存问题都有关的。所以我认为要克服缺点,要纠正不自由、不民主的现象,在校内一定要和同学生活问题、健全组织问题,更和工作配合起[来],不能分割开来解决。一定要以同学的力量,争取学校当局开明分子,广泛地展开宣传,动员讨论民主问题。

沃　洛　扩大同学团结,开展统一战线,巩固健全组织,发扬民主精神,克服包办、争名、不民主现象。

江　风　按照第三次全国教育会议[11]决议案规定,希望学校能让学生充分自由发展。

夏　兰　大伙儿的力量是重要的,只有用大伙儿主观的努力,方能争取推动学校当局。不要提过高的口号,要公开,要合理。希望学校先生们能多听取、多采取同学们的意见,同学有向学校建议的权利。

周　平　如苏东所说,争取民主自由一定要和同学生活、开展工作连在一起,要深入和同学在一起。

煤　婴　不可否认,上海盛行"低气压",可是假"客观环境论"来加紧对青年的压制,这是大不应该的事。对于学校善意的指导,我们不但是欢迎,而且迫切盼望着。若是说"适应特殊环境,为了学生及学校安全"而剥夺学生的民主自由权,这[是]我们要反对的。要是不动员全体学生,充分予以思想、集会、组织、出版的自由,那"安全"可说是筑在沙滩上的城,是不可靠的。所以在今天提出民主自由,于国家是保障民族解放的胜利,于学校固也不仅在于"安全",更是保证学校"生存"的武器,可说是为了同学利益,也是为了学校。我们要克服病症,一方面需要和同学生活要求与兴趣配合,爱护同学福利,巩固组织,建立工作基础;另一方面也要尊敬师长,爱护学校,展开师生合作。总之,是需要精诚团结,实行民主制！不知大家还有意见补充没有？

江　风　我有些意见,可否讨论一下,如何对不同同学进行说服工作？

煤　婴　说服也是很重要的,我想也该讨论一下,不知大家意见是怎样?（大家都同意）既然大家同意,就赶快说吧!

江　风　那天在消寒室里遇到自认为"领袖"的××,就碰了一个钉子。我说中国要打胜,非实行民主不可,他偏说这是有人利用,来对政府捣乱,破坏抗战。我用适才周平所说的话来驳他,可是他强说"一定""当然",后来还是 Miss 煤帮我解了围……

夏　兰　煤婴姊,你怎么说呀!

煤　婴　这是很简单的,就是我找到他的特性。你们知道他不是常以"领袖"自居,开口总理,闭口总裁[12]的吗?因此我对他说:"民主立宪是六中全会[13]通过的决议,又是总理、总裁言论所主张,政府所明言。凡是人民莫不拥护民主政治,只有×[14]派、汉奸及中华民族的敌人,才会反对说民主要不得的。"这样一个"逻辑",他就不得不哑口无言。

苏　东　对的,那个死捧着书的老罗,近来很是苦闷,原来是绯色的梦幻灭了。那个女的说他没钱没田,就此不睬不理。我就抓着他的痒处说:"这是现[在]社会时常发生的悲剧,所以要恋爱自由,一定要民主的实行,要一个合理的社会,[要]不以经济为目标的买卖婚姻。像你老罗真是一个有为青年,学问好,为人又好,将来找对象包你一[定]无问题'。"他不但很感动,而且还要求我以后有空多同他谈呢!

沃　洛　的确,要是能抓牢同学的生活问题和他感情弄得好,说服工作是很容易做的。

周　平　看准对象,抓到痒处,着手回春,确是万灵神药。

煤　婴　好了,这个秘诀给大家学去了。大家可以自己举一反三地创造,不必多花时光了。话归正传,请大家发表对于定期召开国民大会、实施宪政的具体意见和要求。[15]

江　风　我希望,我要求——（1）国民大会赶快举行;（2）学生也要有代表参加;（3）选举要用普选,反对圈定;（4）以前代表作废,从前宪法加以修改,使[其]更合现阶段需要;（5）言论、集会、结社、出版自由;（6）实行"四权",选举、罢免、创制、复决。[16]

周　平　中山先生在民十三[年]时曾说:"现在中国号称民国,要名副其实,必要这个国家真以人民为主,要人民都能够讲话,的确有发言权。这个情形才是真民国;如果不然,那是个假民国。"我们希望中国是真民国,国民大会应是真由人民组成的全民机关。昨天我翻翻旧书,在[一九]二六年五月五日出版的《新学识》[17][第]一卷[第]七期有几篇关于国民大会的文章,内中石西民[18]《国大组织、选举两法修正的意义》里说:"像过去那种组织法和选举法所产生的国民大会,十九会成为国民党大会。"希望这不会变成讽讥。全国各抗日党派,应在政法上地位一律平等,有宣传他们对于抗战问题意见的自由、行动的自由,有彼此竞选的自由。

沃　洛　依据中山先生的遗教，国民大会应成为真正[的]民意机关，要代表全民利益，又非用普选不可（学生团体也有自己的代表参加），而重新制定和施行合于全民最高原则的宪法也是必须的。

苏　东　上海在可能范围内也应进行民主选举，成立各界宪政促进会，同国民参政会联络。我们学生界自当民主选举，由同学选择能真正代表学生利益的优秀同学，反对由学校指定，或[委]托教育机关分派。要求实行第三次全国教育会议通过的决议，在宪法中规定学生有在校组织同学的自由，保障出版、言论、思想的自由，学生有参与学校行政的权利，有提出对教育方法、方针[的]意见的权利。

夏　兰　女子由于受着双重压迫，在政治上、经济上、社会上向来没权说话。在国民大会中应保障平等权利和民主自由，妇女有同样参与选择的权利。宪法中应规定妇女与男子有同等教育的权利、工作酬报权（如邮局不收女职员及其他行政机关妇女职业的限制都应取消）及对母亲与儿童利益的特别保障。在学生界的代表中，女同学应有平等的权利。

煤　婴　夏姑娘说的挺对。我们妇女由于长时间遭受双重压迫，在经济上做了男子的附属品——奴隶。我们要争取宪法对妇女的特别保障，要有劳动权利、休息权利，享有教育的权利，要彻底地实行全民民主政治制度。要取得这些权利，和整个妇运分不开，更和抗敌救亡神圣的民族解放运动不能分离，不然，那是空谈！

沃　洛　时光溜得真快，整个下午过去了。煤婴姊，你可将今天讨论进行总结。

煤　婴　不知大家还有意见没有？（短时间的沉默，诗人做了一个鬼脸，大家又哈哈笑了！）没有，就告一结束吧。

　　自由和民主是一对恋人，对于青年正如空气和食粮一样。世上没有一处地方没有自由，也没有一块土地没有民主，正如空气和食粮到处都有。同时也如一对"青鸟"[19]，你永远不能获得，除非你是有行动的。

　　同学们！这该是我们行动的时候了！让我们以行动来争取民主自由！

原载《联声》[20]第 2 卷第 6 期（1940 年 3 月 26 日），
署：江凤、周平、夏兰、苏东、煤婴、沃洛集体写作。
收入本书时略有删节。

导读：
　　此文以校园动态作为切入角度，接着把视线扩大到校园外，由此反映抗战时期第一次宪政运动期间民族统一战线上联合与斗争的复杂尖锐情况。随后再回到校园,反映了学生界参政议政的强烈意识,提出召开国民大会的要求,代表了广大爱国学生的正义呼声。

此文不仅传达了共产党关于开展宪政运动的指示精神,并且通过"以其人之道还治其人之身"的策略,驳斥了国民党顽固派蓄意破坏、造谣滋事的言行。

由于《联声》不可能像《新学识》那样刊登较有系统的一组几篇的宏论之文,必须顺应教会大学师生的阅读心理和习惯,因此丁景唐的构思比较巧妙,以集体写作和座谈会的形式行文。同时,该文多接地气的呼声和口语化的文字,不时穿插学生生动活泼的言语,燃烧着青春激情,犹如一出独幕剧,通过每个人的谈吐言辞,较好地显示了各自的性格爱好。此文反映了21岁的丁景唐较高的思想理论水平、敏捷灵活的思维和写作技巧,也见证了他在东吴大学担任党支部书记时从事学生工作的足迹。

文中有不少敏感话语,并且毫无顾忌地揶揄蒋介石及其追随者。《联声》编辑也"斗胆"发表,不知此文当时在校园内外产生了什么反响。

此文是丁景唐根据不同形式的会谈的碎片,加以整理、发挥、撰写的。多年后,丁景唐重阅、整理《联声》要目的手稿上,在此文条目中注明"丁景唐写的"。

注释:

〔1〕江风等人既有《联声》编辑、地下党成员的身影,如陈一鸣曾化名"煤茵"发表文章;也有丁景唐本人的叠影。这是丁景唐挑选不同学生形象,进行整合的结果。

〔2〕团契,见本书第276页注释〔1〕。

〔3〕gentlemen,英语,意为阁下、先生。

〔4〕reference report quiz question,英语,意为参考报告问答题。

〔5〕江西剿"匪"总司令,影射蒋介石。

〔6〕灶披间,沪语,即厨房。

〔7〕金光骨辣得,宁波方言,意即装帧精美。

〔8〕英国著名记者勃脱兰写的长篇报道《中国的新生》,林淡秋翻译,《华美》第1卷第1期起连载,后由译报图书部出版。其译文前说明:"在这里,我们看到古都的男女学生怎样在刀枪乱舞中高呼民族抗战的口号,看到迫于爱国热情的东北军和西北军怎样不了解民族统一战线,汉奸谍探们怎样乘机挑拨离间,以及红军将士怎样在万分艰苦的处境中为争取国内和平而奋斗……我们从此知道伟大的民族统一战线的形成,是曾经付出了多大的代价!作者Bertram是文学修养极高的英国名记者,是中国真诚的友人,是北平学生运动和西安事变的目睹着。他根据正确的观点,用浸透了同情的笔尖,写出这部血泪交流的史诗。"

〔9〕巴人,即王任叔。

〔10〕professor,英文,意为教授。

〔11〕1939年3月,国民政府教育部在重庆召开第三次全国教育会议,蒋介石发表"训词":"现代国家的生命力,由教育、经济、武力三要素所构成,教育是一切事业的基本,亦可以说教育是经济与武力相联系的总枢纽。"陈立夫新任教育部部长,顾毓秀为政务次长,张道藩为常务次长,章益为总务司司长,吴俊升为高等教育司司长。陈立夫发表《告全国学生书》,重申政府招致流亡失学学生,以及维持教育秩序的基本政策。

〔12〕总理,即孙中山;总裁,即蒋介石。

〔13〕1939年11月,召开了国民党五届六中全会,会议通过《定期召集国民大会并限期办竣选举案》,决定召开国民大会。

〔14〕1939年4月下旬,日本驻沪总领事三浦向上海租界工部局发出备忘录,要求发表布告,取缔、禁售、禁运抗日救亡的报刊,逮捕抗日报人,警务处定期或必要时实行搜查,并成立专门机构控制报刊。因此,租界内出版的所有的刊物不准说"抗日""日本帝国主义"等,都要以"×"替代。这是上海"孤岛"时租界工部局生怕刺激、触怒侵华日军的结果。

〔15〕此文写于抗战时期第一次宪政运动期间。

1938年7月6日至15日,国民参政会一届一次会议在武汉举行。中国共产党参政员毛泽东、陈绍禹、秦邦宪、董必武、吴玉章、林伯渠、邓颖超在武汉《新华日报》发表《我们对于国民参政会的意见》。国民参政会成为中国共产党实施抗日民族统一战线方针政策、巩固国共团结的重要阵地。

1939年1月,国民党五届五中全会后,参政会内部出现摩擦和分裂。中共、中间党派和国民党在参政会上公开交锋,最后通过了主要反映中间党派意志的《召集国民大会,实行宪政决议案》。随后,在全国掀起了抗战时期第一次宪政运动。同年11月,毛泽东、吴玉章等在延安发起成立延安各界宪政促进会。次年2月举行成立大会。其他各抗日根据地进行民主选举,建立了各级参议会。

1940年9月,国民党宣布,当年11月12日召开国民大会有困难,另择日召开。至此,国民党玩弄的宪政骗局暂告结束。

宪政运动是抗日战争时期民主运动的一个重要组成部分,共产党始终站在这一运动的前列。党在领导和推动宪政运动时,注意团结中间力量,同时教育他们破除对国民党的幻想。宪政运动虽然未能达到原定目标,但对国统区的民主运动起了很大的推动作用,并使民族资产阶级与上层小资产阶级及其政党认识到,在国民党的一党专政之下,非改变现状,否则绝无可能实现民主政治,这就使中间力量进一步疏离国民党,向进步势力靠拢。(王邦佐主编:《中国共产党统一战线史》,上海人民出版社,1991年5月,第292—294页。)

〔16〕孙中山把选举、罢免、创制、复决四权与行政、立法、司法、考试、监察五权分开,前为民权,后为政权,相互制约和相互监督。

〔17〕《新学识》前身为《生活知识》。《生活知识》1936年创刊于上海,署名编辑人为徐步、沙千里。1936年10月,该刊被国民党当局查禁,11月改为《新知识》,出了两期后又被查禁。1937年,改为《新学识》出版。1936年11月23日,沙千里被南京国民政府以"危害民国"罪名逮捕,抗战爆发后才被释放出狱。因此,《新学识》的署名编辑仅为徐步,发行人为何家麟,由生活书店总经销。"八一三"上海事变

后,徐步到了武汉,也把《新学识》杂志移到武汉出版。1938年武汉沦陷前夕,徐步去了延安,后到苏北根据地,担任《淮海报》报社社长。1949年后,徐步先后担任南京市市长、西安市市长。

《新学识》第1卷第7期卷首刊登《关于国民大会》一组三篇文章,除了石西民一文之外,还有陈勤的《国民大会和颁布宪法的任务》、朱楚辛的《我们对于国民大会的希望》。

〔18〕石西民,1929年2月加入共青团,9月转为中共党员。后任中共上海沪东区委宣传干事,遭通缉后转到北京大学学习。1934年,在上海与钱俊瑞、薛暮桥、孙冶方等组织中国农村经济研究会,参与编辑《中国经济情报》杂志,从事抗日救亡活动。1937年11月,在武汉参加《新华日报》创刊工作,任要闻版编辑,后任编委、编辑部主任。解放战争时期,任中共中央机关报《解放日报》和新华社的副总编辑,一度在毛泽东、周恩来、刘少奇的直接领导下工作。1949年后,历任中共中央宣传部副秘书长、中共上海市委宣传部部长、国家文化部副部长等。"文革"结束后,任国家出版局局长、中国社会科学院副秘书长、郭沫若著作编委会副主任等。

1949年后,石西民担任中共上海市委宣传部部长期间,成为丁景唐的上级领导,长达十几年。石西民大力支持丁景唐、文操(方行)合编的《瞿秋白著译系年目录》(上海人民出版社,1959年1月)等,丁景唐写有《一张四十年前照片引起的思念——石西民同志二三事》(丁景唐:《犹恋风流纸墨香——六十年文集》,上海文艺出版社,2004年1月)。

〔19〕比利时象征派戏剧家莫里斯·梅特林克,1908年发表六幕剧本《青鸟》,1911年获诺贝尔文学奖。1933年上海商务印书馆将《青鸟》作为"文学研究会丛书"出版。翻译傅东华在前言中透露,此剧最初"在俄国经五十二〔个〕团体排演,后来伦敦、纽约相继排演,最后才在巴黎演〔出〕。在中国,听说北京的燕京大学曾经排演过一次。我觉得布景上有许多困难,不晓得他们是怎么办的。"后来,著名翻译家郑克鲁重译此剧本。

此剧集神奇、梦幻、象征为一体,讲述了樵夫的儿子和女儿历经重重困难寻找幸福青鸟的故事。反映了作者对穷人生活的同情、对现实和未来的乐观憧憬。剧中运用了意味隽永的各种各样的象征。青鸟包含着几层象征意义,它是独一无二的人类幸福的体现者,它又包含着大自然的奥秘,将现实生活与未来生活连接起来。

苏联莫斯科剧院曾上演《青鸟》。1929年2月,瞿秋白的夫人杨之华和女儿曾去观看此剧,远在外地疗养的瞿秋白得知后很高兴,写信给杨之华。(详见丁言模:《瞿秋白与杨之华》,中国社会出版社,2013年12月,第198—199页)。

〔20〕《联声》,见本书第6页注释〔7〕。

稀 奇 吗!?

做啥走路也要大惊小怪

橙黄的太阳正在向西的高楼上。放了学,苇和苓出了校门,因为学校里没有地方可谈,图书馆里人又太杂,打算在路上谈一个团契[1]里的事。

走过了一段飞尘的街头。"前天的事,你感到怎样?"苇先说了。"我倒不感到什么,朋友一起走路那还不是极普通、极平常的事,更何况我们谈的是团契里的事。不过,我总不明白,做啥年青的男孩子和女孩子一起走路,人家就要大惊小怪。更不明白,一般平日自称为工作者的友伴也对此抱着封建的思想和观点。"阳光照在苓的脸上,有些红晕,是兴奋还是女孩子的羞意,"说起来,真有些'那个'……"

在人堆的拥挤中,苇并不直接回答:"你瞧!讨厌的事多着呢!"前面正来了两个行人,跑到苓的面前,回过头来带着忌妒的眼光、馋狗般的怪象,撞了苓的膀子,狠狠地看了一眼,苇又说下去,"真是贼腔来些,这你又作何感想?"

红晕抹过了姑娘的脸,苓噘起了嘴,咬住了血色的唇,不响。

世界上稀奇的事正多着呢

"世界上稀奇的事正多着呢!岂只是这一些小事。苦闷,苦闷,青年学生的苦闷正多。这个社会怎叫敏感热情的年青人不苦闷、不烦恼呢?你看在高楼大厦的门前不是有着饥寒交迫的人们?'朱门酒肉臭,路有冻死骨'这两句话还不是现[实]社会的写照,道出世间的不平与矛盾吗?在这个时代里,女子还不是被[像]商品一样出卖?'在阶级社会里,婚姻是变形的买卖'这不对吗?神圣的教育场所——学校,不但不能启发青年的思想,并且还要把功课压在你的身上,叫你读死书,叫你蒙上眼睛,叫你不要动,做一个顺顺服服的羔羊,听人家来宰割。教育家是聪明的,你要动,他就送上一顶帽子:'学生到学校里,不读书,做啥!?'你有何[话]说?家里呢,叫女孩子最好关在家里,不许跑出去,甚至还抱着'女子无才便是德',不要你进学校念书,做一个待拍卖的货色,真是天晓得。一班"五四"后出走的'娜拉'[2],高贵的女士们,居然还在高唱'新贤妻良母',做了小胡子希特勒'回到厨房里去'的尾巴,还以为是提倡女权。拖了大尾巴的老爷、先生也假装正经,污蔑人民,不许小百姓开口,一曰'有妨抗战',再曰'被人利用',又曰'扰乱人心'。爽心禁止人民谈论民主,爽心把封条贴在人民嘴巴上,那倒也爽快、干脆,美其名谓:'一彻主张!'哪有此理?而今有此理,是何理哉!抗战是一个艰苦的过程,部分的黑暗、倒退、反动现象是不足为奇的,我们用不着忧天,也不必怨地。同时我们也不是阿Q式的无条件的乐观,以为光明必将战胜黑暗,真理终得实现,而大睡其觉,百事不闻不问,说民主是别人的事,政治是有背景人谈的。这都是错误的,我们一定要探讨其因,揭发其事,要加紧努力,提高警惕性。"

苓打断了苇的话:"早几天,我们的罗文干[3]先生还不是在重庆说男女不应平等,女子不应享有平等的权利吗?内政部不是说,为了提高妇女职业(?)而取缔妇女在行政机关职位吗?"

稀奇吗?可是又不稀奇

走过了舞场,没有了神女的卖笑,晚风里的街头显着僻静与安宁。

"一面是荒淫与无耻,一面是严肃的工作。"苇继续[说]下去,"对的,都市的繁荣是建立在劳苦大众的骸骨上的。你听,机厂里充满了被剥削的呼声;你看,流汗血劳力的人们被压迫榨取着,而长了一身胖肉在姨太太臀臀间打滚的家伙,坐在人家背脊上说劳资合作来加紧其对工人的剥夺。这真太不像话。劳资合作、同舟共济的精神是抗敌斗争应有的事,可是进一步剥夺了人们的生存条件,那就难怪有人说其在促进阶级斗争了,虽然其在主观[上]一定不承认,同时也不敢说。杰克·伦敦[4]在《铁踵》[5]里说'一切我们的供需品都伴有着人家的血汗',这是对的。"苇拿起了自己的手帕抹了抹额角,"你嗅一嗅,这不是血腥气吗?我们身上一切都是血呢,这还会错吗?"

"这稀奇吗?可是又不稀奇!"

"这一切正反映出一个社会在新旧交换点的必然现象。黑暗、倒退、反动,这正是旧社会渣滓的最后挣扎;是建筑在下层经济基础上的社会意识的形态,是私有财产制,是资本主义发展到最后阶段的回光返照之喘息。不合理的社会必然会派生不合理的政治、教育、家庭、婚姻……"

光明正在招手呢

"我们面临着一个伟大的时代,全民族正在为光明真理而斗争着。放在我们面前的课题是要打退敌人,实行全民政治,求得中华民族自由解放,筑造一个崭新的社会。为了这,我们就需加倍努力认识,要学习战斗,战斗学习,好好地在校内开展师生统一战线,健全巩固工作基础——团契工作。这一切一定要和民主运动配合起来,因为不在政治上实行全民的民主政治,不争取切实保障人民思想、言论、出版、结社自由,我们学生一切问题都不能彻底解决。所以我们要普遍地讨论、宣传、扩大签名运动来求得我们民主自由的保障。"

苇因兴奋而感情化起来:"你瞧呀!世界六分之一的黑土地带上的国家[6],那里青年是多么幸福和快乐呀!遥远的边区[7]里又是怎样为光明而歌唱。一切大的政治[问题]都能解决了,那些走路也要大惊小怪的现象当然会马上消灭掉。我们一定要胜利,我们一定要民主自由,我们一定要用行动来实践我们的理想!"

"……我们没有见过别的国家,/可以这样自由呼吸……"[8]在低沉的歌声中,穿过了十字街,前面的红灯正放射着鲜灿的红光。分别时,苓说了:"穿过十字街头,光明正在招手呢!"

原载《联声》[9]第2卷第7、8期(1940年5月2日),署名:黎容光。

导读:

  此文前半部分主要讨论校园内的封建思想意识,并结合呼吁召开国民大会的现实要求,驳斥国民党要人歧视妇女的谬论,成为《集体讨论:民主自由与学生生活》一文的延续。后半部分以历史唯物史观展望光明的未来(这是国民大会无法达到的目标),不点名地提到陕北革命根据地和苏联歌曲《祖国进行曲》,对所表达的思想是一个很好的诠释。

  此文以两个女生的谈话为主,透露了丁景唐指导、开展、宣传学生工作的某些思路和要点。如今看起来这些内容并不新鲜,但是在当时则颇为大胆,随时有可能被捕坐牢。然而,两人谈话形式未能达到理想效果,有些拖沓。

注释:

  [1] 团契,见本书第276页注释[1]。

  [2] 娜拉,挪威剧作家易卜生的三幕话剧《玩偶之家》中的女主角。鲁迅在《娜拉走后怎样》中指出:"人生最苦痛的是梦醒了无路可以走……"引发了世人的热议,产生各种说法。

  [3] 罗文干,字钧任,广东番禺人。1909年毕业于英国牛津大学,同年回国,历任北京政府检察厅检察长、北京大学法律教授、大理院院长、财政总长、外交部部长等。1938年任国民参政会参政员、西南联合大学教授等。

  [4] 美国著名现实主义作家杰克·伦敦(Jack London),原名约翰·格利菲斯·伦敦(John Griffith London),一共写过19部长篇小说、150多篇短篇小说和故事、3部剧本,主要作品有小说集《狼的儿子》、中篇小说《野性的呼唤》《热爱生命》《白牙》、长篇小说《海狼》《铁蹄》和《马丁·伊登》等。杰克·伦敦创作思想复杂,曾一度激进,得到苏联文坛的赞赏,也影响了中国现代文坛。

  [5] 《铁蹄》,分为25章,描写了无产阶级和资产阶级武装斗争的历史。上海泰东书局1929年5月出版了王抗夫翻译的版本,后多次再版。

  [6] 世界六分之一的黑土地带上的国家,指苏联。

  [7] 遥远的边区,指陕北革命根据地。

  [8] 苏联歌曲《祖国进行曲》:"我们祖国多么辽阔广大,/它有无数田野和森林。/我们没有见过别的国家,/可以这样自由呼吸。"1949年后,此歌曲流传甚广。

  [9] 《联声》,见本书第6页注释[7]。

走 投 有 路

路是人走出来的,走路需要用脚。[1]

没有"没来由"的苦闷,也没有"走投"会无"路"。
"路"是有的,因为无知或勿会"走"才产生"走投无路"!
在哥白尼[2]时代前没人不相信地球是方的,在中国也有"天圆地方"的记载。哥白尼为了说出地球是圆的,被当时的权力者给活活烧死[3],在麦哲伦[4]绕地球一周后就无人再说"地方"了。

一个青年,尤其是少女和少男,最会苦闷、烦恼,对世事感到风云变幻,对人生感到凄凉寂寥,对着"国破山河在,城春草木深"更有着说不尽的忧郁、诉不出的哀愁。异国的教授归国了,美侨回去了,法院接收了,沪西学校已经改课本了。远隔祖国的温怀,远隔胜利的歌唱,远隔春天的气息,给四周寒夜吠声所噪乱,不安、疑惑、彷徨像块黑布包扎了年青人的眼,见到的只是漆黑的一片。

这现象不是偶然的!他们见不到"路",也不知怎样"走"法。

路,是有的!

一、小妹妹们的闲话

看了第三期的《逃·出洋·内地去?》[5],小妹妹们就有了些闲话。她们跑来找到我——
"这篇文章,看了有些摸不着头脑。[其中]'走不[大]通的三条路'里说的'逃有什么用呢?逃到哪里去呢?去外国读书也靠不住……去内地读书也不大好……找职业那等于一个梦……'使我糊涂起来了。在'一个新的失学危机'下,像作者所说的'前途茫茫'……我们怎么办呢?'尤其感到苦闷的是没有路',我简直不知道要怎样才好!"

另一个说:"你看封面的一张画,坐在书上抓头皮???真是'走投无路'!"[6]
她们的话是对的。《联声》是"百宝箱",怎么可叫人愈看愈糊涂!

二、学校迟早要关门

住在愚园路的人,早已吃过了封锁的苦头,在同学间这事实是不会"漠而觉之"的吧。

远在去年十月初,法租界的学校早已有"接受"的传说,十二月十一日《神州日报》的社论《保卫上海教育事业》说："现实的压力已经加诸正义的教育设施。"《正言报》也提出"私塾"的新建立,教会大学如沪江、东吴、之江的外国教授大批回国,圣约翰还有结束的传说,中学校也是如此。

初春一月,接连出现罢工新闻:出租汽车祥生、云飞、泰来、银色……电车也停驶了一天。米价涨出一百关口,饿肚的人更多了,被绑架、敲诈、勒索的人也多了,正像海洋上的风浪,一波又一波。

回看太平洋上白浪滔天,巴尔干半岛烽火连天。美国提早两洋舰队计划执行,德国攻打英伦三岛久久未下,意大利[在]非洲失利,希腊战事大吃败仗。欧洲的德、意亟需远东军火,要"第三兄弟"[7]帮忙拉架,好叫希特勒建立欧洲新秩序,"三"分春色[8]。日、美有了战事,上海大大靠不住,学校终究迟早要关门。

于是有人恐惧起来了,惶乱起来了,一股劲儿跟热情像云烟般飞散了,做事也不对劲,坐立不安,这样[的]做法是值得考虑的。也有人连声叹气,哀山河之改色,看到上海的前途,对整个明天也悲观起来。"世纪末的苦闷呀!"他们说。这也是要不得的,哪有一个人在夜间找不到太阳,便悲哀地嚷"宇宙失去了太阳"呢?

生铁久炼可以成钢,艰难也可以锻炼人。亚伯拉罕在成为以色列民族的领首时曾受过荒野里魔鬼的诱惑,吃蝗[虫]、穿兽皮过日子;摩西千苦万艰出埃及去求道[9],也遭遇着种种阻扰;耶稣降生在马槽,而几千万婴儿受希律王的屠杀。

我们需要的是镇静,是警惕,乘风暴未掀起时,多求些有用的知识,把头脑先充沛起来,不致给洪水淹没,不致看不见伟大的远景。在患难中的同舟者更需风雨共济了,师生们更应进一步携手前进。

三、那时候——

那时候,大的学堂都停了,余下少数"新开学校",可以看看的书都绝了迹,几个青年跑路一齐走也不可能了。歌舞依旧升平,繁华也许加倍,而赌场、烟馆之一日千里当可预计,"第三兄弟"的子民们的威武也可想象,生活资料猛涨,日用品的昂贵将出人意外。

"条条道路通罗马",要走"路"的请早有一个决定——

(一)去内地

要是家庭状况很富裕,随着父兄的资金内移到大后方去发展实业,这条路是去得的。

但,第一交通不便,第二经济太费,大多数人是无能为力的。要是出不了千元船费,又受不了"低气压"的窒息,能忍饥熬寒,有艰苦耐劳的精神,不一定[去]远远的大后方(何况那里也不如想象中那么亲热自由),近的也可去得,假如我们抱着创造新天地的决心去。

那么,去内地不一定读书,你可以去找有意义的事做。

（二）"自修大学"（详见方雪飞《新的学堂》[10]——编者）

读书本来靠自学，进冒牌学校不情愿，而学校又都关了门，空暇在家吃白米饭，终不免被父母说闲话，自己也要难受。所以最好还是住在附近的老同学大家聚在一起，念些实用的功课或学些技能。大家请自己老师来指导也好，自己一起讨论也好，在形式上虽然没有学校，实际上求得的也未始不是学问。

但，这也是有困难的：（1）环境，找一个容纳二十人左右地方不易；（2）请教师也有问题。

（三）找职业

对于这类同学，我们感到十分的同情，要找个适当的职业，那是一件并不比"水中捞月亮"容易的事。第一，要有脚路。第二，要在几千人中取百人的比率[里]录取，那是一件[很]难的事，社会上充满着失业的人群，女的更难（最近听说邮局招考邮务佐，四大学中就有很多女同学去应考），而且个人的出路只有在[抗战]胜利后才能获得解决。要是在职业中抱着为人服务的精神去帮助人，透过它得到许多经验，从实际中去认识这个社会，去观察社会，那也并不比在学校里读"象牙塔"里的典籍差。

（四）留在学校里

如果不得已，那就只好留在学校里（依平津情形，这可能最大），我们极希望他记住——

第一，要内心明白"我是中国人"。尊崇中国人人格，提高气节——"富贵不能淫，威武不能屈"。

第二，要谨防"扒手"，[掌握]看坏人的艺术。（1）待人接物有戒心；（2）俗语"笑面藏刀"，不要看人表面，旧的人要重新估察，新的交友更宜各方了解，如家庭、过去情形、经济来源等；（3）从行动中去观察旁人；（4）少开口；（5）少管闲事。

第三，不能孤独。从患难中觅知友，合群中互相商量主意，互相鼓励。

第四，要乐观。不要为报纸所蒙骗！（那是造谣的新闻呀！）对中国前途有信心。

第五，不要为腐朽现象所同化。所谓"同流合污""臭气相投"，这是最要不得的！应抱[着]"众人皆迷，唯我独清"的心理。

第六，课余要多多自修，追求实用的知识，再也不能依赖教师。

第七，读书方法要改变，多多接近现实。

第八，你要记住这学籍与文凭是打着"水印"的，明天的政府是否承认你的资格，这是问题。

尤其重要的，共患难的同舟者更要加紧团结，在集体[里]去找出路。

上海不是一个人的荒野，学生的命运也是整个上海人的命运。胜利的曙光已显露，熬过黑夜，让我们低低地歌唱："善良的民众，歌唱吧在黎明！／等到了晚上，还是要歌唱！／劳动成了欢乐。/你们笑那过去了的旧世纪吧!/歌唱黎明,用低低的声音,/你们要高声地歌唱自由。"(雨果[11] *Art and People*[12])

原载《联声》[13]第3卷第6期(1941年1月25日),署名:黎容光。
收入本书时略有删改。

导读:

　　这期"生活漫谈"栏目共有三篇,即丁景唐的《走投有路》、方雪飞的《新的学堂》、幼铃的《当寂寞来到的时候》,形成一组文章。这三篇文章从不同角度为同学们寻找出路,并且弥补柳央的《逃·出洋·内地去?》(《联声》第3卷第3期,1940年12月1日)中未能具体解说的"出路"问题。

　　此文除了鼓励之外,针对许多同学困惑、焦虑、无奈的心理,进一步提出了具体意见和忠告,具有一定的前瞻性。此文既指出可操作的事宜,又不回避现实问题。没有经历过那个社会动荡和人心浮动的非常时期,无法理解此文的及时性,以及苦口婆心的文字中蕴含着的同情、热情。同时,文章夹着几许担忧,希望同学们都能找到理想的"出路"。

注释:

　　〔1〕鲁迅在《故乡》中说:"希望是本无所谓有,无所谓无的。这正如地上的路;其实地上本没有路,走的人多了,也便成了路。"

　　〔2〕哥白尼,文艺复兴时期的波兰天文学家、数学家、教会法博士、神父。

　　〔3〕此说有误。哥白尼并非被烧死,他之后的日心说捍卫者布鲁诺被烧死。布鲁诺,意大利自然科学家、思想家、哲学家和文学家,他捍卫和发展了哥白尼的日心说。1592年被捕入狱,1600年2月被宗教裁判所判为"异端",烧死在罗马鲜花广场。

　　〔4〕麦哲伦,葡萄牙探险家、航海家、殖民者,为西班牙政府效力探险。

　　〔5〕柳央的《逃·出洋·内地去?》(《联声》第3卷第3期,1940年12月1日)的一个小节为"走不大通的三条路","三条路"即逃难、出洋、内地去。最后一个小节"那么怎么办",说了一些鼓励的话,但是并未具体说明出路在哪里。

　　〔6〕这期《联声》是"读书与生活"特辑,封面右下角的插图为《走投无路》,画中一个西装革履、戴着眼镜的教授坐在书本上,左手挠头,表示此问题很棘手,无能为力。引起不少同学们的困惑和热议。

　　〔7〕第三兄弟,指日本帝国主义。

　　〔8〕"三"分春色,指德国、意大利、日本企图瓜分世界。

　　〔9〕丁景唐创作百余行的叙事诗《远方》记摩西出埃及,寄托他对抗战胜利的期望。

　　〔10〕方雪飞的《新的学堂》,载《联声》第3卷第6期"生活漫谈"栏目。

〔11〕雨果,法国著名作家,被称为"法兰西的莎士比亚"。他一生写过多部诗歌、小说、剧本、各种散文和文艺评论及政论文章,在法国及世界具有广泛的影响力。

〔12〕*Art and People*,即《艺术与人》。

〔13〕《联声》,见本书第6页注释〔7〕。

社会和我们开玩笑

这是一个新鲜的玩意儿。朋友,你每天看报吗?我想你看的。下面是我们几个朋友在空暇时剪下的玩意儿。

材料的来源是《神州日报》《申报》《西风》《妇女界》等,工具是剪刀、胶水、浆糊、白纸等。

这是一个新[的]同时也是旧的玩意儿,我们的父叔等都玩过,那是剪贴。用簿子或照相簿集起来,在家庭间、朋友间、同学间流通是很好玩的。

希望你在星期日试试看。

一、谁叫你投错了胎

▲[1]父母:"女儿是赔钱货,多一个女儿就是多一重负担,真是活受累。"

丈夫:"讨女人还不是为了要她来服侍我,不然的话,讨什么女人!"

婆太太:"娶媳妇本来是要她来替我管理家务和传宗接代,否则娶媳妇做什么!"

"真是太岂有此理,现在了不得,女孩子居然也爱国呀,到内地去呀,缠个不清。一个国家若真的要这般女孩子来挽救,那才是笑话呢。滚你的,我不如没有你这个孩子。"

▲救国?靠你一个人的力量就可以国家不亡吗?

女孩子家不要东想西想,明年叫你父亲去择一门好好的人家,拣一个门当户对、有钱有势的男人,平安地在家里享享福。将来若生下三男两女,也可让你父亲膝下热闹一点,何必苦苦到外面去寻烦恼。

有一个女子,她生长在"老派"的家庭里,父亲因年老患气喘毛病,闲在家里依靠着儿子过活。她今年还只有廿三岁,四年前,凭"父母之命,媒妁之言",嫁给了一个做跑街的男子。这男子有着很多坏习惯,不但会喝酒吸烟,而且滥赌滥嫖。她知道"嫁鸡随鸡,嫁狗随狗"的"道理",对自己丈夫处处体贴,丈夫却摆起架子,对她简直一点感情都没有。

▲一个富翁拥有几个女人,是极其平常的事。一男占有数女的现象,谁都可以在自己的亲戚朋友中举出许多例子来。

希特勒大声疾呼"妇女回到厨房去"的口号,有不少盲从者响应他的主张。就是我们本国吧,恐怕也有不少人以为他的这种主张是对的,所以近年来在各机关里、各公司里,女子们占据着最低的地位,往往被剥夺。他们还想出种种侮辱女子的名称来,什么花瓶呀,装饰品呀,石膏像呀。更有许多开除女职员的借辞,来补充他们的理由,说什么女子技能不良、体力衰弱、不耐劳苦等等,以抹杀事实的论调来侮蔑女性!(《神州日报·时代女儿》)

▲特别在目前,我感到愈加彷徨不安了。因我将在明年的暑假高中毕业,而想去考大学。读什么科呢?文科吧,出来据说是只能做书记文牍之流,家庭里一定会加以反对的;理工科吧,与我的脾气胃口都不合;政治系吧,我没有姊妹嫁给"政府大员",所以也是没有希望的;法律吧,我的口才是不配做律师的;商学院吧,我没有专门骗人的本领……那么干什么好呢?我四周的人们是那么势利……甚至我的父母也不能例外。(《西风》)

▲在我读中学的时候,我才17岁。有一回我在等电车,有一辆装泥块的大卡车驶过,上面站满了工人,这当然没有什么可惊异的,但厄运来了。忽然有一大团泥掷在我的头上、肩上和身上,接着是一阵粗野的笑声。卡车把笑声带远了,只留下被侮辱了的我。是的,我明白的:一切的不幸——更难忍受的不幸,都向着我围上来了,只因为我已是一个长成的漂亮的少女的缘故。(《申报·自由谈》)

▲养出一个男孩子来,我可以获得丈夫的爱情和婆婆的笑脸。(《西风》)

▲妇女们谈话和组织,只能唤起听众的怜悯。妇女不知道她们唯一的活动就是养孩子,她们唯一的消遣就是恋爱。(《妇女界·意大利的妇女》)

▲《巴黎晚报》发表法国家庭与青年部[部]长巴纳迦莱之谈话,法国妇女应了解其唯一使命,抚育儿童,为国家教养强健而有为之青年。享乐之时代业已过去,法国女子不复学习拉丁文、高深之算学及各项艺术,而将学习缝纫、烹饪等主妇之工作。(《神州日报》)

▲印度寡妇的命运是举世皆知的。一个妻子死去丈夫后,便有人把她掷入——多少是自愿的——葬仪的火堆中。这习俗已有近百年的历史了。(《西风》)

▲在美国一个寡妇可以发现(除非她很年青,或者很浪漫),社会是很能遗弃她的。朋友之间那种频繁热烈的社交来往,这时会突然停止。社会里的各种游戏,也都[是]预备给成对的夫妇去玩的。一个原来在社会上很活跃的女子,会因为失掉丈夫而遭到各方面的排斥。(《西风》)

▲乡下女子[的]一切,都操在男人手里,女人依然是被支配者,是一种变相的"商品"。任何隆重的典礼,女性不能参加,更不能和所谓"高贵"(?)的男人同桌。若做错了一件极小的事,会引起公众恶意的批评,甚至累及她们的父母。他们视女人同孩子一样,认为不足以人相待。(《妇女报》)

二、结婚是罪恶

▲一些高级职员、大亨和顾客,利用他们的金钱和地位,展开他们玩弄女性的魔手。[他们]活动于女职员中,漂亮的大都受了他们的玩弄,如面孔生得漂亮、脂粉搽得厚得看不见毛孔、服装入时就算合格,至于工作能力怎样,那倒在其次。人家称她们为花瓶,公司方面就照着这标准去选人。踏进公司后,假定你为了省几个钱不搽脂抹粉,人事科的主任马上就会来请你"吃大菜"(训斥)。她们为了要维持饭碗起见,就不能不打扮得好似舞台上的花旦、小丑一样。(《妇女界》)

▲二房东不肯借房子给单身人,而机关又不用已嫁女。邮政当局不凭什么理由[就]歧视已婚妇女,他们闭着眼睛说已婚妇女不行就不行了。

▲上海邮储局首先在去年夏天由某主任发起,预备照海关方法,剥夺已婚妇女在该局服务的权利。社会舆论的迎头痛击和妇女团体的奔走呼号,总算使他们中止了这个狡计。但腐化顽固分子,在我们这个社会中,似乎随处都有。上海邮政局中的老朽分子,继续邮储局的衣钵,订出荒缪的限制妇女的四项办法。在今年几次邮局招考广告中,都发现了这样愚蠢可笑不合逻辑的一条:"凡中华国民皆可投考(已婚女性除外)。"(《神州日报·时代女儿》)

▲已婚女子参加社会工作,必须要丈夫的合作。(《申报·自由谈》)

▲邮政、海关两大政府机关,异想天开地拿人生过程中必须经过的一个阶段"结婚",来限制女职员。把婚后一切麻烦的事都归罪于女子本身,什么已婚女子因为家务的关系,不专心于工作,更有生产等事件妨碍工作。

▲邮政局新订条例,不许女职员结婚,已婚者必予撤辞,虽然女职员提出抗议,该负责当局不肯"收回成命"。近由渝妇女界呈请蒋夫人呼吁,迄无效果。

▲关于邮局之不用女职员,这似乎是由来已久了。据说据理力争的结果,用是用了,但

已婚的女性除外。

如果你要结婚呢,那你非放弃你的职业、捣碎你的饭碗不可;否则你要吃饭呢,就不得结婚。吃饭不结婚,结婚不吃饭,这岂不是笑话!(《神州日报》)

▲一月前,我碰到了一个已订婚的表姊。她告诉我,拟去考邮局,将婚礼移缓举行,因为邮局不用已嫁女性云云。

你看,邮局在这次招考"初级邮务员"的广告上,居然女子也可列入"资格"项下了,可是这"资格"还有"条件"!只要你读一读"应试资格"一项下:"凡中华民国的公民(已婚女性除外)……均可报考。"(《申报》)

三、赶快回到家庭去

▲女子在家庭里,除了料理家务与教育孩子之外,其唯一的"神圣"使命是"安慰丈夫"(免使丈夫消极)。分明的两条路:到社会去或者回家庭去!我总以为目前妇女们还得回到家庭里去。

▲我们以为一个女子在家里料理家政和照顾儿女,也是一种事业,需要相当的学识,正和一个男子在社会上服务一样。如果提倡本位救国的话,那些治家有方的主妇实在也尽了她们的责任,应该予以表扬。谚云:优秀的国民出在优秀的家庭。这不是已说明做妻的对于家庭、社会是何等重要!有许多贤明的主妇能够使她的家庭充溢着愉快的气氛,一方面她能使她的丈夫从工作后的疲乏中迅速恢复,或使他从事业上的失望、受气沮丧中重新振作;另一方面她能使他们的儿女受有[所]改良的家教,从小就培养出正确的人生观,获得必要的知识,将来成为一个个健全的国民。所以她们虽然没有直接到社会上服务,其实却负有推动社会和改造社会的力量。她们的功劳不是表现在外面的,然而她们的存在却是国家所不可缺少的!持家与就职,是可以兼任的。

所以我觉得,一个受过优良教育的主妇,一个划时代的女儿,应当有能力管理家务,教养子女,效劳于社会,领导大众,使得不到光明的重见天日,无知无识的得以教育。

▲教育自己的孩子何尝不是为了将来的准备呢?

她现在整个的心灵已经完全被家庭和孩子占据,就是偶尔我邀她出去看电影,她总要絮絮叨叨惦记着家事和孩子的冷热。(《申报》)

▲(1) 丈夫整天工作,回到家里,已经十分疲乏,所希望的只是安静舒适的小家庭生活。

所以妻子应当把家庭布置成一个安适的地方,那么丈夫也不会想到外面去寻快乐了。

(2) 女人的舌头常会使丈夫麻烦,丈夫需要一个安静体贴的妻子,所以女人们还是闭起口来!

(3) 男子虽然不会说要吃什么,可是他们最爱吃。假如做妻子的要她的丈夫不出去,就应当每天弄点可口的东西给他吃。

(4) 做妻子[的]常常会疏忽最重要的一点,当她结了婚以后,好像什么事都妥当了,所以什么也不顾了,在情人时代的爱清洁、爱打扮、爱装饰的习惯,都高高地搁起来了。于是蓬着头,黄着脸,衣服的纽子不是没有扣,就是扣错了,在丈夫面前是个十足的黄脸婆,他当然对你没有兴趣,当然要出去找从前的你那种娇好的少女了。

男人家,风呀,雨呀,雪呀,全要赶出去做事体,为了点金钱,为了要养活侬耶!像我呢,女人一日到夜登拉屋里,惬惬意意,为伊预备一点吃的穿的也是应该的事。(《妇女界》)

▲她的事业就是治理家庭,她的前途就是教育子女!"处理家务,教育子女,是女子的事业。"妇女在社会上应该和男人占一样的地位,不过在目前(以及最近的将来)家庭制度尚不能取消或变更的前提之下,一大部分妇女自动地或被动地回到家庭里去尽她的责任,应该也是一种事业,而不应该认为是牺牲。把家务全部交给佣人不可靠。

▲已婚女子参加社会工作,最大的难题就是自己的丈夫能不能合作、帮助和鼓励。如果我们去参加了社会工作,工作完竣,他们不能安守在家庭里,出去为非作恶,我们宁愿终身伏在厨房里,而且要丈夫们同负家内工作之责。

在今日社会,尚未有托儿所、公共食堂创办以前,做妻子、做母亲的,为着社会上的工作,脱离家庭、抛弃家庭,置家庭于不顾,当然还是要不得的。(《申报》)

▲"女子教育有什么用?""替国家造就人才。""造就的人才哪里去了?""都做少奶奶去了。"(《谈女人》)

原载《联声》[2]第3卷第4、5期(1941年1月中旬),署名:莫怀芳。

导读:
此文是丁景唐借鉴他人剪贴的经验,选择、整理、归类、编写的,以不同角度反映的内容来说明社会问题,表达丁景唐等人想要说的话和立场,自己却不点评一个字。剪贴方式最为出名的作品是《萧伯纳在上海》,这是鲁迅夫妇和瞿秋白夫妇共同完成的,传为佳话。

此文从妇女天生命苦、婚姻、就业等方面的言论来反映中国妇女在平等、自由、民主权利上面临的严重问题。文中摘录"希特勒大声疾呼'妇女回到厨房去'的口号",已表明丁景唐等人坚决反对一味盲从的鲜明立场。

　　辛亥革命后,中国开展女权运动,除了都市小部分知识妇女之外,此运动影响并不广泛。广大城乡妇女仍然长期生活在传统的价值和习俗中,仅仅为生存而辛劳工作。她们责怪自己的命不好,忍受着自古以来男女不平等的待遇。

　　此文标题表明了鲜明立场,驳斥、嘲讽这些反面言论。文中摘录的有些言论看似言之凿凿,其实都是抛开妇女问题的社会根源,如果政治上不翻身,那么妇女解放只是一句空话。"解放了社会,也就解放了自己。但自然,单为了现存的唯妇女所独有的桎梏而斗争,也还是必要的。"(鲁迅《关于妇女解放》)

　　此文最后一则剪贴的言论已经指出关键问题:曾是启蒙妇女觉悟的教育领域,也已沦为培养"少奶奶"的场所。呜呼!距离彻底改变男子中心的社会,距离男女平权的社会目标,还相当遥远。

注释:

〔1〕此文中的"▲"系抄录者添加。

〔2〕《联声》,见本书第6页注释〔7〕。

　　这一期《联声》由丁景唐接替王楚良担任主编,直至该刊第4卷第4期(1941年9月10日)"自动"停刊。这期刊头设计有变化,刊名印刷字体改为立体美术字,一旁的插画为手举火炬,整体为黑白色调,交相辉映,颇有气派。右下角的美术图案改为《新年歌》:"度过了快乐的新年,大考就在眼前,不要为分数烦恼,春天是我们的!"多年后,丁景唐回忆说:"从本期起,我参加[编辑]工作。刊头也是我要陈有民画的。"

　　版权页注明此期出版时间为"民国廿九年十二月一日",有误。多年后,丁景唐重审此刊时,指出:"版权页写错了,仍用了第三期的版权页,所以错成1940年12月1日。从第3卷第6期1941年1月25日出版来看,此期当在1月中旬出版。"

　　这期首个专栏为"女同学的顾问",丁景唐有两文,即《社会和我们开玩笑》《小鸟儿·寄生草·红花瓶》。

　　丁景唐接手主编《联声》时,上海学生界抗日反汪斗争已经沉寂,党的学生工作已主动转为深入学生群众,通过生活化、学术化团结、教育群众。因此,《联声》和其他"学委"办的刊物一样,发表的文章从各个方面反映校园内大学生的思想、生活、学习,寓思想政治教育于其中,潜移默化地启迪广大学生,指导他们正视现实,踏上正确的人生道路,适应时代的潮流。

小鸟儿·寄生草·红花瓶

一、不幸生为女儿身

这社会女人是作为男子的附属品而生存的,同时女人又和祸水连在一起。

"商女不知亡国恨"[1]是女人;秦桧做奸臣出卖民族是他婆娘的不是;"一顾倾城""再顾倾国"的是女人;"最毒"是妇人心。大至于昭君和番,过海亲善,代国家而称臣媾和,小若常说"赔钱货",都是。

"不幸生为女儿身",在古老的国度里,女子身上戴着重重锁枷在呻吟,在挣扎。他们说:"女子无才便是德","养子防老,养女陪嫁"。"世界上魔力最大[的]要算女人,但是有了钱,女人就是金钱的奴隶,叫她坐,就坐,叫她笑,就笑,笑呀!笑呀!"

"你们这般贱货,有了钱,就不可以买你们的爱情,买你们的灵魂。"(《薄命花》[2])

我们的母亲说:"命苦呀,谁叫你投错了胎!"把一切寄托于命运之神。

母亲[那]一代的故事,是一页被摧害的大悲剧,但我们不能安于命运。"路是人走出来的",我们要看看我们是怎样"不幸",我们也要瞧瞧"不幸"是怎样造成[的],我们更要去找幸福。

二、胭脂花粉卖青春

"结婚是女子的职业",有人说过这样的话。

"……没有卖淫的嫖男,哪里会有卖淫[的]娼女……"[在]这样腐溃的社会里,女人作为"奴隶的奴隶"是并不稀奇的事。女孩子可以"奉父母之命,来此读书",当然也可以像商品一样出卖。

远在十九世纪易卜生的《傀儡家庭》[3]里写着:"这真是一只可爱的小鸟,但是很能花钱。没有人相信一个男人养你这样一只小鸟要花那么多钱。"[这]是男主角海尔茂的意见,也是一部分男子的意见。

可是女人呢?娜拉在出走前有着一段很沉痛的控词,她说:"我靠着玩把戏让你开心过日子……我们的家庭实在不过是一座戏台。我是你的'玩意儿的妻子',正如我在家里是我爸爸的'玩意儿的孩子'一样,我的孩子们又是我的玩意儿。你逗着我玩,我觉得很有趣,就像我逗着他们玩一样!"于是娜拉离开了那玩物家庭,离开"要妻子加倍变成他的私产"的男人走了。

有挪威戏剧家笔下的娜拉,也有居住在中国的娜拉,她就是《寄生草》[4]里的女主人包丽珍。

"老是说累了,只想整天躺着。""她是颗寄生草,和海里长着的海带这类的寄生草一样,尽贴在石块上面,让潮水把它们飘过来飘过去的。这种草用着全力,拼着命,偷安苟活,最不喜欢有什么变动。""每天只有睡在床上的本领。"

"无论什么她都叫周小姐(女家庭教师)替她去做",甚至连丈夫散步、下棋也叫周小姐代理。后来因为丈夫爱上女教师,她就乖乖地听她老兄的话:"去伴着华泉,跟他下棋,跟他散步,晚上坐在一块儿闲谈,早上一块儿起来。吃饭的时候,你得高兴一点,有说有笑地替他解着闷儿。他出去了,看着他出去;回来,等着他回来。"

在学校里涂着胭脂抹着粉,为了找一个好丈夫;在家庭里做贤妻良母,小鸟儿岂是女子的出路!

三、出了家庭以后

小鸟儿飞了,娜拉走了,到哪里去呢?

"……娜拉或者也[实在]只有两条路:不是堕落,就是回来。"[5]从原来的海尔茂到新的海尔茂,从第一个傀儡家庭到第二个傀儡家庭,从小的牢笼飞入大的牢笼,那又何苦呢?

曹禺的《日出》里[的]陈白露和小东西的命运不是注脚吗?

"这并未改革的社会里,一切单独的新花样,都不过是一块招牌,实际上和先前并无两样。拿一只小鸟关在笼中,或给站在竿子上,地位好像改变了,其实只是一样在给别人做玩意……"[6]

在目下的社会里,整个人类没有获得解放以前,出了家庭的小鸟儿在社会[里]难免一变而为"红花瓶"[7],做机关公司的点缀品,或者倒在经理大班、什么"长"之类的怀中,回到第二个海尔茂那里去。更何况已婚的妻子就连在公立机关中也"享闭门羹"。(你看过《职业妇女》[8]吗?)

结婚是罪恶(?),女子找职业真是谈何容易。

"天下老鸦一般黑",还是"此路不通"!

四、打破锁枷做个人

丈夫的小鸟儿,不是路!"红花瓶"也不是路。那么做处女吧!未免不合自然的规律?

路,路呢?做爸爸的"玩意儿"吧!要看兄嫂的白眼!

要打破几千年的锁枷不是一件容易的事,需要韧性苦斗的功夫,也需要有勇气才是。

(1)要做生活的主人,改造自己,严肃私生活。吃的不一定要山珍海味,看电影不一定[去]大光明、国泰,路近能跑则跑之;佣人不在,自己也可动手,小姐脾气要不得。

（2）多交益友。一个人孤独会使人消极沉默，与朋友一起跑跑，预备预备书，谈谈天说说地，人一多就有了办法，也有了人生的兴味。

（3）做一时代人应该了解这时代。米价涨，书本贵，车费昂，衣服几十元一件还蹩脚得要命，巡捕罢岗，公司要上排门，挂羊头卖狗肉要处徒刑两个月。（十四日《神州日报》）我们尤其要晓得女孩子们的切身问题。（《妇女问题》）看些社会知识的书［刊］，如《妇女界》《时代女儿》，让我们张开眼睛来看看周围世界吧！

（4）学习生活技能。要使自己不受家庭的束缚，经济独立是很重要的。"衣来伸手，饭来张口"，是寄生草的生活。应该学些专门知识，如救护、医学、打字、理工科、写作、无线电、外国语……

（5）说服家长利用家庭，至少要使家人不妨碍自己发展，如求学、自由外出、交朋友，但千万不能有依赖父母之心。

新时代的曙光在向年青人照耀。最后也就是最重要的是要在大伙儿中去锻炼，在集体中学习挣脱铁链，做个自由"人"，做个中华的儿女。

没有在社会上获得解放，仅仅是经济独立，要达到真正男女平等那是废话。

妇女的前途和中华民族新生不会分离。

让我引一段人家的话，作为预祝也作为结论："妇女的无权利、被压迫、被束缚的时代，已经［要］死去了，［要］永远地死去了。现在我们根据了共同劳动的原则组织着生产，同时妇女问题已有了解决的曙光！"

此外已没有别的路，有的话，也是不通的路！

原载《联声》[9]第3卷第4、5期（1941年1月中旬），署名：黎容光。

导读：

此前丁景唐仔细阅读了鲁迅的《娜拉走后怎样》《关于妇女解放》等文，深受影响。丁景唐又读了当时报刊发表的有关《寄生草》《红花瓶》的文章，并结合教会大学校园里的具体情况，撰写了《小鸟儿·寄生草·红花瓶》。

此文从一个特定的角度诠释了同一期刊登的丁景唐编写的一组剪报《社会和我们开玩笑》。两者互为补充，形成一个整体，编入这期首个专栏"女同学的顾问"。同时，延续了丁景唐先前撰写的《稀奇吗!?》《我们的李先生》等文对校园女生问题的思考，体现了丁景唐的整体策划、写作的思路。

《小鸟儿·寄生草·红花瓶》的标题具有递进思考的意味，深入浅出，循序渐进，因势利导。文中列举的文艺作品均为大学生所熟悉的，很接地气，增加了亲和力。此文最后提出的五条建议，如今看起来比较浅近，但是对于教会大学里相当一部分女生的"小姐"作风，已经是警钟震耳了。

注释：

〔1〕唐代诗人杜牧的七绝《泊秦淮》："烟笼寒水月笼沙，夜泊秦淮近酒家。商女不知亡国恨，隔江犹唱《后庭花》。"

〔2〕电影《薄命花》，李英编剧、导演，顾兰君、李英主演。插曲由李倩青作词，陈歌辛作曲，薛玲仙（知名歌舞、电影明星，著名作曲家严折西第一任妻子）演唱。该剧描写一个被迫做舞女的女孩何蝶，与一名大学生相爱，后来大学生不幸遭遇车祸丧生，导致何蝶精神失常。

〔3〕挪威剧作家易卜生的三幕话剧《玩偶之家》，亦译《娜拉》或《傀儡家庭》。

〔4〕《寄生草》，原为英国作家戴维斯的作品，洪深将其改编为三幕喜剧，在重庆国泰戏院上演，轰动一时。有人点评此剧："寄生草型的人，既不是庸才，也不是笨伯，而是穿上了一套美丽的外衣的知识分子。讲起来天花乱坠，什么道理都懂，而事实行动上又是明知故犯。"（徐绍清：《〈寄生草〉读后随笔》，《妇女》月刊1941年9月创刊号。）

〔5〕鲁迅《娜拉走后怎样》："但从事理上推想起来，娜拉或者也实在只有两条路：不是堕落，就是回来。因为如果是一匹小鸟，则笼子里固然不自由，而一出笼门，外面便又有鹰，有猫，以及别的什么东西之类；倘使已经关得麻痹了翅子，忘却了飞翔，也诚然是无路可以走的。"

〔6〕鲁迅《关于妇女解放》："这并未改革的社会里，一切单独的新花样，都不过一块招牌，实际上和先前并无两样。拿一匹小鸟关在笼中，或给站在竿子上，地位好像改变了，其实还只是一样在给别人做玩意，一饮一啄，都听命于别人。"

〔7〕悲剧电影《红花瓶》，张石川、郑小秋导演，舒适、白燕、王吉亭主演。1939年6月3日《迅报》上有人撰文介绍此影片，称其"描写职业女性的悲哀，十分深刻……诚为晚近国产影片中的一大佳构"。此前已有人编写同名文学作品，在报刊上发表。

〔8〕《职妇》，中国职业妇女俱乐部出版委员会编。该刊第3期（1939年3月5日）还刊登《职业妇女歌》，骆驼作词，住望作曲，歌词中写道："我们是中国的职业妇女，未来新社会英雄，走出了闺阁，离开了厨房，谁愿意做寄生虫！我们有男子不同的力量！劳动才有真实的生命，自立方可获得永久的爱情。我们同样是中华的儿女，要肩起救国的重任，眼前是光明的大道，背后是绝路！"

〔9〕《联声》，见本书第6页注释〔7〕。

恋 爱 纠 纷

为恋爱苦闷的朋友,不必担忧,要是你有专门学问、独立能力,努力学习,爱人是不会没有的。

生活是不能太空闲的,空闲常会苦闷和烦恼

年轻人是惯于闹恋爱纠纷的,尤其在目前,由于我们年青朋友们的生活太空暇,没有正当的消遣,由于学校的功课不能引起我们更大的兴趣。对着上海的前途、学校的变动,对着各种物质刺激、诱惑的现象,很多富于幻想的年青人沉醉在儿女感情的狭小圈子里,喝着恋爱的甜汁,在绯色的网里空虚无聊,时常因细小的事忧郁烦闷,扮演着纠纷的悲剧,拿泪水来发泄苦闷,拿恋爱来发泄情感。

处在这样的时代中,苦闷是免不了的,但拿恋爱来解决苦闷,结果是仍旧会苦闷,也许它给你又添加了些烦恼。

有一种人家里有的是钱,凭着炽烈的热情,用香水铅粉染着脸,希望拿美丽去换取异性的爱情,终日在交际场所出入。今天可以同你打得火热,明天也可以同他玩,在色情的享乐中制造浪漫史,进学校无非易于选择对象。这种人是恋爱悲剧中的角色,是永远得不到真正恋爱的。年轻时闹着恋爱纠纷,特别是女同学一旦做了少奶奶,人老珠黄时就临到了"春天里的秋天"[1],喜乐一时,遗恨终身。

还有一种人很想自己有个恋人,感到没有对象的苦闷,他们拼命地用功,想从分数上来获取异性的爱情;或者怀了找朋友的心绪,参加小团契或青年会的活动。他们爱出风头,时常借公济私来达到目的。这类同学因为抱了一种追求异性的心思,同时也没认清 Love is not all[2],所以也常时尝着失恋的苦汁,或者在热恋中离开了朋友,在个人感情堆里打滚。

其实呢——

第一,恋爱不是解决苦闷[的]好方法,劳动、服务、学问是方法。第二,恋爱是生活的一部分,没有它也可以活,而且也可以活得很好。第三,只要你努力,哪怕没人爱。第四,恋爱不是开玩笑,需要长时期的友谊。

"只要你努力,你就有快乐。"为恋爱苦闷的朋友,尽可放心,只要你不幻想,努力来认识自己,积极参加团体生活,有专门学问、独立能力,爱人是不会没有的。这里我可以告诉你一段事实:A 和 O 他俩是一个小团契的契友,经过长时期的友谊,互相了解,互相勉励,最近他

们结了婚,大家仍旧求学,仍旧参加课外生活,恋爱并不妨碍他们,反而成了鼓励的力量。

愿你记住:"恋爱可以成为一种喜剧,也可以成为一种悲剧。"

热恋中的朋友想一想,有苦闷的请你看一看[3]

(1) 没有恋爱,你想你会怎样?

A. 不能活了　B. 从事研究学问　C. 在集团中、生活中解决苦闷　D. 颓唐和堕落,发泄情感

(2) 你们是否相爱?

A. "一见钟情",单凭感情　B. 互相了解

(3) 你能记起你们第一次见面的场所吗?

A. 在戏院　B. 在家里　C. 在团契　D. 在图书馆

(4) 你们[怎样]认识?

A. 朋友介绍　B. 同学介绍　C. 亲戚[介绍]

(5) 你爱他的动机,为了:

A. 美丽　B. 有钱　C. 努力　D. 学问　E. 地位

(6) 你对他全了解吗?

A. 是　B. 不(性格、兴趣、思想、家庭、健康、朋友)

(7) 你们相爱是否经过选择与竞争?

A. 是　B. 不

(8) 你们的志趣都相合吗?

A. 是　B. 不

(9) 双方意见不同时,是:

A. 争辩　B. 吵嘴　C. 说服解释

(10) 大家都能合作、帮助、鼓励吗?

A. 是　B. 不

(11) 你们自己有经济能力吗?

A. 是　B. 不

(12) 要是家里反对,你会怎样?

A. 听从父母之命,抛弃他　B. 说服家人,争取成功　C. 同家里闹翻

(13) 将来你会后悔、抱怨现在不该相爱吗?

A. 不会　B. 会的

(14) 恋爱竞争,你认为是不道德的吗?

A. 不 B. 是

（15）要是几天见不到他,你会感到怎样?

A. 心思不宁 B. 写信去问 C. 书也读不下[去] D. 毫无挂虑

在你的答案中,如果有十问对,表示你对恋爱认识已及格了;[如果]十问以上[对],那么你已经很懂得恋爱究竟是怎么一回事。答案请看——

（1）C. （2）B. （3）C. （4）B. （5）C. （6）A. （7）A. （8）A. （9）C. （10）A. （11）A. （12）B. （13）A. （14）A. （15）D.

原载《联声》[4]第3卷第7、8期(1941年3月1日),署名:梅鲁莎。

导读:

针对校园里学生谈恋爱及其产生的问题,此文做了正面引导,希望学生们不要误入歧途,特别是在国难当头的时期。该文最后的选择题,如今看起来比较简单,但在当时复杂情况下只能点到为止。选择题的答案代表作者的观点,受当时环境及刊物属性影响。

注释:

〔1〕巴金写的中篇小说《春天里的秋天》(1932年5月至8月连载于上海《时报》,同年10月开明书店出版单行本),讲述了一个凄楚动人的爱情故事。此前,巴金翻译了匈牙利作家尤利·巴基的《秋天里的春天》,开明书店1931年10月出版。

〔2〕Love is not all,英文,意为爱不是一切。

〔3〕这一节中的序数,抄录者进行了适当的改动,宜于辨认。原文有的选择题的选项用加号(+)、减号(-)表示,现在改为"是""不"。

〔4〕《联声》,见本书第6页注释〔7〕。

这期"生活漫谈"共有三篇文章,即丁景唐的《又要读书了》、纪英的《危险! 同学们》、丁景唐的《恋爱纠纷》。

又要读书了

境变事迁,读书是一天天艰难了。我们留在学校里念书,哪里再可以得过且过,糊涂地生活下去。

瞧瞧街头的树枝还秃着头在寒风中打战,人们还穿着棉衣叫冷,黑云满布,阳光敛色,周遭没有一点儿春的气息。本打算在寒假中玩个爽快,但学校却忙着缴费上课。

"哦,又要读书了!"同学们的心里又如冬天还未过去。

在这样动荡的时势里,读书真非易事。生活艰难,学费高涨,有些同学已遭受了失学。寄身"孤岛",周遭的变动随时能影响学校的前途和学业。

"一年之计在于春",趁着新学期开始,让我们冷静地回想一下我们过去为学读书的态度,确定以后的办法。俗话说:"一寸光阴一寸金,寸金难买寸光阴。"韶光易逝,不可追回,境变事迁,读书是一天天艰难了,我们幸而能留在学校里念书,哪里再可以得过且过,糊涂地生活下去。

一、求学的态度要改更

在过去,我们往往抱着只要分数好、文凭拿得到的态度进学堂,为着分数常时烦恼,为着考试毕业损害健康。或者为异性而苦闷,想得个 Honor[1],找对象谈 Love[2]。也有人进学校为混混资格,所以一天敷衍一天。

分数是假的,学问是真的,文凭是一张伪钞票,它不能换饭吃。英国的大学问家洛克说得好:"读书并不是学问的主要部分。"[3]我们要学的正多着,所谓"学到老,学不了",正是说明整个人生的过程就是不断地学,不断地要求活得更好。不久前的《新闻报》上曾有一篇短文,说起在大世界附近有个南京著名国立大学的学生,把文凭放在马路上求乞的事。所以求学若仅为了分数、文凭,那故事就是一个挺好的借镜。至于拿分数来作恋爱资本,那也是靠不住的,你想谁会爱一个死板的书呆[子]呢!而那些为敷衍而求学的同学,荒弃一生宝贵的年华,浪费家里辛劳得来的血汗钱,不要说对不起家里,同时也劳神害己,这是最要不得的傻瓜。

人类为了生存就要求学问,认识生活,懂得自然和社会的大道理。因此求学不是求学分,也不仅是读书,而是要求得学习生存的大道理。要学习生存,我们的态度就要变更,就要认真,就不能偷懒敷衍。这是第一点。

二、功课是认识的一部分

求学既然是为求得学习生存的大道理,那么在学校[里]念的功课也不过是认识生活的一部分。有的人抱着完全否定功课的态度,认为功课"无啥道理";有的人死捧着书以为"书中自有黄金屋,书中自有颜如玉",把书本神圣化了。前者完全忽略功课,后者认为书本就是认识生活,两者各趋极端,而他们对功课的误解则一样。

我们不强调学校里的功课全都有用,[不要求]无条件地吸收,因为那是死读书者的见解;我们也不都把它一概不要,像前一种同学一样。我们需要用科学的眼光批判地去接受,用"沙里淘金"的方法舍掉渣滓,取得成果。所以对功课——

（一）要有选择

（1）有毒素的不要——将来人家很可能拿包着糖衣的毒药来叫你尝试,那你就得好好地用科学的眼光像照妖镜一样叫它现原形。好比有人说:"同文同宗应该携起手来。"那你就要思量:"是做独立的中国人呢,还是乖乖做奴隶?"

（2）非科学、无实用的不要——如国文、历史,说些盘古几岁、皇帝几个、"天圆地方",与我们生活毫无关系的东西。

（3）不合事实的不要——好比有一种莫名其妙的理论说"劳心者治人,劳力者治于人"的鬼话,明明是人家打了你,却还叫你陪笑脸,这又是一种歪曲的调头。

我们需要的是:（1）切实有内容,与日常生活有关的实用知识;（2）科学的,说真话的;（3）技术性的工具;（4）自己擅长的,有兴趣的。（请参看三卷六[4]）

（二）利用图书馆,多看参考书

课内的知识是有限的,我们花了很多时间只收获了极少的成果,那很不上算。要多看课内课外的参考书,要见得多,学得广,成为"博学多才"的专家——著作家、工程师、银行家、医师……各色各样的人才来贡献,人类社会才会幸福。

（1）看[与]功课有关的书。对自己学习的东西有帮助,一定要参照各种不同意见的学说,除课本外也可参看开明书店的《飞机、潜水艇模型制造法》《化学奇谈》《算学趣味》[5],珠林书店的《英文法通论》《中国历史》《国学常识》《中国地理讲话》,生活书店的《越想越糊涂》《国防化学》《大众生理知识》,新知书店的《中国地理教材》……要是你念经济,课本尽它讲 Wealth Propety Goods Wish[6],而你也不妨去翻翻《实用经济学大纲》（生活书店）、《货币信用论教程》（光明书店）。看看同学校教的有何不同,到底谁是谁非。学校的教师也应有"真金不怕火来烧"的精神,让同学课外自由阅读。

（2）生活有关的书或自己感到特殊兴味的书,如文艺小说、报章杂志（《大陆》《海沫》[7]《中学生活》[8]）……

（三）丰富社会知识

（1）各种正当娱乐——电影、话剧、音乐……

（2）人情世故，生活习惯，如了解上海人的心理，参观各种场所。就是大世界吧，虽然是下等娱乐地方，但要见闻广，那也可以去观察的。社会系的同学实际调查，服务参观；教育系教民校。

别以为学问可以关起门单从书本功课中寻找，别以为日常一切与我无关，要知"世事洞明皆学问，人情练达即文章"呀！

（四）方法

过去，有人抱着只要自己好的私利心，只会"独修"，而我们则要：（1）请好的老师做我们[的]指导；（2）上课要倾听、发问；（3）注重课外自修，不做书本奴隶，也不全靠教师；（4）多思考，做札记。"A good beginning is half done"[9]，年青的朋友们，在风雨欲来的新学期，让我们定下决心，准备以后的道路。

原载《联声》[10]第3卷第7、8期（1941年3月1日），署名：黎琼。

收入本书时有删节。

导读：
上海教会大学学生将面临上海沦陷之后的各种现实问题，此文有针对性地提出具体办法。此文告诫平时不关心时政的学生们要清醒了，不能再浑浑噩噩地混日子，再三强调学习实用知识和技能，希望学生们要学会生存，保护自己。这也是中共地下党组织爱护学生们的一种表现。

注释：

〔1〕honor，英文，意为荣誉。

〔2〕love，英文，意为爱。

〔3〕17世纪英国教育家洛克认为："智育只能是德育的辅助品，学问只能作为辅佐品德之用。对于心地良好的人来说，学问对于德行与智慧都有帮助；对于心地不是良好的人来说，学问就会使他们变得更坏。"

〔4〕指《联声》第3卷第6期刊登的丁景唐的《走投有路》等文。

〔5〕《联声》第3卷第11期（1941年5月16日）刊登《中学同学的一套法宝》，前面说明："《联声》对于读书的文章已登了很多，但缺少行动，[缺少]具体东西。这里发表一批中学同学参考的书单，算是开个头，还希望各位能帮助我们来进行。如有功课中疑难或生活问题，只要我们能力所及，一定可以给圆

满回答。"此书单为"自然科学之部",分为数学、物理、化学、天文气象、生物学、生理学、应用技术、一般的自然科学等。其中就有开明书店的《飞机模型制造法》《化学奇谈》《教学趣味》(与本文所记名称略不同)。丁景唐晚年整理《联声》要目时特别注明:"《联声》第3卷第11期刊登《中学同学的一套法宝》。"

〔6〕wealth、propetry、goods、wish,英文,意为财富、财产、商品、愿望。

〔7〕《海沫》,中共"学委"创办的大学生刊物,详见本书第283页注释〔1〕。

〔8〕《中学生活》,原为文化教育界进步人士以中学生为对象办的刊物。1940年8月底或9月初,中共"学委"接手复刊,由曲瑾(张鸿,从大同大学党支部调到中共大学区委工作)、王荣寿(王中元,大同大学学生)、高景平(谢超,沪江大学学生)组成编辑小组,曲瑾任组长,由"学委"宣传委员邢秉枢(林修德)负责联系。编辑小组在北四川路火车站附近高景平的家里工作,以后转移到王荣寿家里。正式开会时,邢秉枢也来参加。

邢秉枢曾召开专题会议,参加者有《青年知识》主编许淦、《海沫》主编王涵钟、《联声》主编王楚良、《中学生活》主编曲瑾。这次会议上宣布成立"学委"领导下的宣传委员会,由许淦负责。类似的会议开过几次,研究各刊物的方针和内容。

1941年1月初,曲瑾离沪赴苏北抗日根据地,改由大学区委陈一鸣联系《中学生活》的同志。此刊后由高景平、王荣寿负责,至1941年底停刊。(张鸿、高景平、王嘉遂:《复刊后的〈中学生活〉》,载中共上海市委党史资料征集委员会主编《抗日战争时期上海学生运动史》,上海翻译出版公司,1991年7月。)

〔9〕A good beginning is half done,英文,意为良好的开端是成功的一半。此言出自柏拉图,他是古希腊伟大的哲学家,也是整个西方文化中最伟大的哲学家和思想家之一。

〔10〕《联声》,见本书第6页注释〔7〕。

你交得出 Report[1] 吗?

一个没有在图书馆里顿[2]惯的同学,对看参考书与写课外报告就会不[习]惯与烦恼,在这里我要告诉你怎样看与做。

"哎呀,西洋史看课外参考,要做 Reference Report[3],可是我的图书证还没换啦,要命的功课!"三月又过了一半,第一次小考就在后天,今年的功课繁重了许多,一大堆一大堆的 Report 要交,那真是急杀人啦。

图书馆这几天挤满了人,四楼、六楼联大的 Library[4] 都变成了蜂窝,空气里播扬着嘈杂的谈话声,连从来不上 Library 的人也不得不去图书馆里做 Reference Report。但书少人多,余留的同学不知利用参考其他材料,就急得不知如何了。

那么怎样利用图书馆呢?如何搜集你所需要的参考材料呢?

第一,我劝你不好临时抱佛脚,在平时多去图书馆坐坐,看看各类课内课外的书籍,养成上图书馆[的]习惯。

第二,和同学们一起分工合作,人多就有办法。十本参考书只要你看一些,他看一部[分],再聚拢来交换意见,就可省去不少时间。

第三,培养对书籍的兴趣,参看不同的学说和教本来对照。

第四,加入公共图书馆,如——

S. M. C. Library[5],北京路外滩。多西洋书报杂志,为研究外国文好场所。须工部局纳税人作保,每年纳阅览费十五元,如有学校证明仅六元。

青年会图书馆[6],八仙桥青年会。国内外书报杂志甚为丰富,具有一般性。在馆内阅览每年二元,若出借则另需保证金三元。

海关图书馆[7],新闸路胶州路路口。多商业经济参考书,为商科同学极好参考场所。凡大学同学(中学不能)由学校证明,可免费阅览。

新亚图书馆[8],慈淑大楼三楼。多文艺小说、实用科学用书。付保证金三元(退出时发还),免费出借。

中华业余图书馆[9],浦东大厦七楼。多社会科学书籍。付保证金二元,另需阅览费每月一角。

学问是无边的大海,图书馆正如一副望远镜或指南针,指示你学习的方向,具有很大的帮助。在国外的大学里往往设有图书学课程,使学生得以充分利用参考各种材料。

一、如何寻参考书

学校里的图书馆,除了指定的参考书有一本特备簿子写明各类参考书外,[还]有卡片目录放在门前的书橱里,分成许多许多的抽屉,每一只里面放了图书的类码。

(1) 英文书目录是依照字母次序 A、B、C、D……而 The、A 是不算的,如 *The Virginian*[10] 是 V,*David Copperfield*[11] 是 D。各字母里又依次而推,如 Defoe[12] 为 De,Dickens[13] 为 Di,Dumas[14] 为 Du。有的英文书目是依作者的姓名字母次序的。

(2) 目录索引。你不是常见书背上有 010-××××、920-×××× 这样的数字吗?那就是按性质而分的书的分类号码,各图书馆里都有一定的分法。最普通的是 Dewey System[15],又叫十进法,用一定的数字替代一种学科的书,每一百替代一大类或一学科,大致是这样的:

总类 000—099,哲学 100—199,宗教 200—299,社会科学 300—399,语言学 400—499,自然科学 500—599,应用科学 600—699,艺术 700—799,文学 800—899,史地传记 900—999。(百科全书、字典等参考类另放一处)

在各类中再分各科,如文学分中国文学(810)、英国文学(820)、德国文学(830)、法国文学(840)……而各科中再分细目,如中国文学(810)下的中国小说(813),下分小说作法(813.01)、长篇小说(813.11)、短篇小说(813.12)、小说史(813.9)……

还有在书的分类号码后面的×××× 是什么呢?那是作者的号码。中文书一般都依四角号码数目,如巴金是 7780,郭沫若是 0734,茅盾是 4472。

原理一懂就容易了,譬如你要找巴金的《家》,《家》是长篇小说,所以分类书码是 813.11,作者是 7780,那么合起来就是 813.11-7780。你写了这号码,图书馆管理员就会替你把书找来。

(3) 类名索引,又可分作者索引与书类索引。有时你忘掉了书名,只记得作者或哪一科类,那你只要按笔画到类名索引的卡片箱里去查好了。你没有看过巴金的书,你也不晓得他的书叫什么,朋友间却常常提到巴金写得热情,于是你想看。那只要数"巴"是几画,这样你可找到巴金的《家》《春》《秋》《海底梦》。[这些是]小说和散文,你在小说或散文类那里也可找到。

每个图书馆,当然也有其特别的分类法,那你就要看一下那图书馆的馆章。

二、关于分类书籍的知识

有些图书馆里,分类目录卡上对作者有一个简略介绍,书本内容也有 Outline[16],这对读者是很方便的事,但大多的图书馆是没有的,这就需要凭我们自己的眼光去选择了。

首先,让我们看一看作者是谁(或是编辑者、翻译者是谁),有没有插画,版次(Editions)

是新的还是旧的(要读最近的版次,特别是与时代有关的学科),那么再看——

(1) 书的序言(Preface)、导言(Introduction)——有人从来不看这些,那实在是一[种]坏习气,因为在这里作者说明写作过程或内容大意等。

(2) 目次(Contents)——图表目录可使你有一大概轮廓,你可以找到你要看的那一章。

(3) 书的正文(Body)——那里面有"★""*""#"那类记号代表注脚,也要注意。

(4) 附录(Appendix)——如历史的年表及有关的参考书来源,[这里]都会提及。

(5) 索引(Index)——要是你只需书中的一章或几段,用索引是最经济的办法(中文依笔画,英文依字母次序)。不会看参考书的人常花费很多时间看一些无关的东西,盲目地去搜索全书,弄得烦怒。要是你懂得方法就可先查Index,要是没有Index,就需先查目录了。

(6) 杂志和期刊——有最新鲜的材料或新的发明可补足功课的缺点和不足。但因杂志文章常是片段零散[的],所以看时要随时自己把材料用簿子登记整理起来。

(7) 地图、百科书、字典——要尽量运用,多看多查。

三、做笔记与写报告

学校里的功课差不多常指定Reference Books[17],要交课外报告,一个没有在图书馆里待惯的同学就会感到不[习]惯与烦恼。在这里我想略略提一下做图书笔记与写Reference Report。

养成做笔记是一个良好的习惯,对于你学业的成功有很大助力,因为在课堂上听讲是被动的,笔记则是经过自己的组织与思索用手写下来[的]。

(1) 收集材料——把要参考的各书用索引或目次查到,把重要的东西有选择地摘录下来。(如写论文,则几个人事前做好一个写作大纲,分头收集材料。)

(2) 整理工作——把重要的归纳起来,不必要的削去,抓牢中心,用批评的眼光分析。

(3) 要[随时]随地注意收集材料——利用空暇时,把杂志、日报文章分类剪贴,用旧簿子订起来。

经过收集、整理、摘记以后,假使要交Reference Report的话,那么就要写报告了。

(1) 写明参考书目及页数;(2) 内容要详明清楚;(3) 用自己的语言文字把它有系统[地]组织成文;(4) 用小标题、符号分段标明。

四、建立私人图书馆

Brown在*Library Key*[18]里说:"每个人应在年青时,开始征集一个私人图书馆,这是人性最好而最久的一部分,因为书是快乐的,它是最受人欢迎和悦意的礼物之一。"

书,它是高贵的交际。有了它,你可以同几千年前的哲人晤谈,你可以了解苏格拉底、莎士比亚、歌德和荷马。在你的面前,你见到人类文化的奇葩与伟大。所以,"得智慧、得聪明的,这人便为有福。因为得智慧胜过[得]银子,其利益强如精金,比珍珠宝贵;你一切所喜爱的,都不足与[其]比较"(《圣经·箴言》第3章第13—15节)。

图书是智慧的渊源,"上海联"在办图书馆,小团契也有图书馆流通。希望你私人也能建立 Self-Library[19],就是几册藏书也好。但你总得爱书,常上 Public Library[20],逛逛书店,翻翻新书!

这是一个很好[的]研究学问的方法和消遣。朋友,愿你爱"书"和爱"人"一样!

原载《联声》[21]第3卷第9期(1941年4月1日),署名:黎郡[22]。

导读:

此文开头一旁有丁景唐写的导言,四周围有花边框,以示醒目,题为"为什么这样傻?":

你曾经见过这样一种人吗?他付了钱却不拿货物。

当你把钱给你的弟弟或妹妹,叫[他或]她替你买一份报,而[他或]她却把钱交给卖报的,空手回来,你想你会感到怎样?"哈,真是一个小傻瓜!"你准会这样说吧!

有人出了图书费,连借书证也不换,从来不利用图书馆去找寻知识,你说傻不傻?

《你交得出 Report 吗?》指导学生如何充分利用图书馆、搜集材料、写课外报告等,并且介绍了图书馆的图书分类、编目、卡片,以及五家图书馆的简要情况,这些图书馆丁景唐大多去过。这些都是做学问的必备功课。写作此文时正是丁景唐注重做学问的最初阶段,他将自己的点滴经验与众多学生分享。

文中提到图书馆编目的常识,笔者作为上海图书馆的老读者(长达半个多世纪)甚为羞愧。看了父亲此文才知道,原来书籍作者的名字是用四角号码数字编入作者索引的,至今仍在使用。不知还有多少新老读者不知此常识,不会使用四角号码。

该文最后谈及建立私人图书馆,认为"逛逛书店,翻翻新书""是一个很好[的]研究学问的方法和消遣"。1949年以后,丁景唐如愿以偿,圆了他昔日的梦想。

注释:

[1] report,英文,意为报告。

[2] 顿,沪语,待。

[3] reference report,英文,意为参考报告。

[4] library,英文,意为图书馆。

〔5〕1849年西侨社会在上海创办了工部局图书馆,1851年改称上海图书馆,1913年改名为公众图书馆,其英文名称为Public Library of Shanghai Municipal Council。起初藏书中没有一本中文书,读者对象也仅限于少数外国侨民,此后逐渐改观。

〔6〕青年会图书馆,位于上海基督教青年会大楼二楼。八仙桥青年会即上海基督教青年会,创立于清光绪二十六年(1900),发起人有颜惠庆等社会名流,包括宋庆龄之父宋耀如。上海基督教青年会最初租赁房屋作为会所,1907年在四川路(今四川中路599号)购地建成正式会所,设备比较完善。1929年四川路会所不敷使用,在社会的捐助下,选择在八仙桥附近(今西藏南路123号)建造新会所。会所建成后,上海基督教青年会总部从四川路迁至此,四川路青年会所作为分部。该会所由于具有一定的规模和完善的设施,所以青年社团活动较多。这里经常举办介绍新文化的讲座、美术展览、音乐会和各种讲习班。20世纪30年代救亡运动期间,鲁迅先生多次来这里向青年发表演讲,爱国民主人士郑振铎、许广平、赵朴初、梅益、胡愈之等经常在这里活动。

〔7〕海关图书馆,位于新闸路、胶州路附近,四层大楼,属于优秀历史建筑。1936年建成并对外开放,钢筋混凝土结构,正门口处用高大的花岗岩砌边,并凸出于主立面,大门为铸铜的工艺木门,两扇门上各有"海关图"和"海关书"篆字图样。建筑外墙用防火砖砌,立面呈红褐色,具有英伦建筑厚重沉稳的风格。1958年之后,此楼归属静安区图书馆,经常举办各种书画展览。

〔8〕新亚图书馆,前身是《申报》流通图书馆。1932年《申报》流通图书馆成立,设在慈淑大楼(今南京东路349号东海大楼)三楼,主持人为李公朴。图书馆开馆时有藏书4 693册,均为当代普及性出版物,社会科学著作和文学作品占主要地位。读者主要是店员、学徒、工人及一般失学青年。1934年夏天,图书馆藏书超过1万册,阅览室有报刊230多种,拥有长期读者3 000余人。图书馆成立了读书指导部,先后聘请柳湜(辰夫)、夏子美(征农)、李崇基(艾思奇)负责答复图书馆及《申报》读者提出的问题。1935年8月,图书馆改名量才流通图书馆,以纪念1934年11月被国民党特务暗杀的《申报》主持人史量才。此时,图书馆藏书3万余册,经常读者近万人,与读书指导部保持联系的通信读者有600多人,外地长期邮借读者500余人。1932年"一·二八"事变后,图书馆被迫闭馆。1938年4月,由上海美星明记卷烟厂出资接办,改名丁香图书馆。全部藏书都被包上了印有丁香牌香烟广告的包书纸,工作人员基本上是前量才图书馆职工,"孤岛"初期仍拥有读者6 000余人。1939年元旦,图书馆又由新亚制药厂接办,改名新亚图书馆。上海解放后,图书馆解散,藏书并入上海市工人文化宫图书馆。

〔9〕中华业余图书馆,上海市工人文化宫图书馆的前身。最初由沙千里、许德良、李伯龙等创办,后隶属于民主人士黄炎培先生主持的中华职教社。馆址设在爱多亚路(今延安东路)浦东大厦七楼。抗战期间,中共上海地下党职委在中华业余图书馆建立党的基层组织,利用图书馆的合法地位,团结读者,发展党员。

〔10〕*The Virginian*,威斯特的长篇小说《弗吉尼亚人》。

〔11〕*David Copperfield*,狄更斯的长篇小说《大卫·科波菲尔》。

〔12〕Defoe,英国作家笛福,代表作有长篇小说《鲁滨逊漂流记》。

〔13〕Dickens,英国作家狄更斯,19世纪英国著名作家。

〔14〕Dumas,法国19世纪浪漫主义作家大仲马,代表作有长篇小说《基督山伯爵》《三个火枪手》。

〔15〕Dewey System,英文,指杜威十进制图书分类法。

〔16〕outline,英文,意为提纲。

〔17〕reference books,英文,意为参考书。

〔18〕*Library Key*,《图书馆利用法》,作者Zaidee Brown。

〔19〕self-library,英文,意为个人图书馆。

〔20〕public library,英文,意为公共图书馆。

〔21〕《联声》,见本书第6页注释〔7〕。

〔22〕丁景唐曾使用笔名"洛黎扬""洛丽扬""黎琼"等,由此衍生出"黎郡"的笔名。

出蒙馆看万花筒

——"大世界"[1]观光录

台上的"艺人"们怪声怪气地尖起了嗓子:"啊哟,我的好亲人呀。"哭呀叫的,向台下飞了一个媚眼,看客便连声叫起好来。

社会是现实的大学校,它埋藏着无限的宝物,要我们去测量,去掘发,正如《箴言》里所说的——

智慧在街市上呼喊,在宽阔处发声,在热闹街头喊叫,在城门口、在城中发出言语。(第1章第20—21节)

智慧岂不喊叫?聪明岂不发声?他在道旁高处的顶上,在十字路口站立。在城门旁、在城门口、在城门洞,大声说:"众人哪,我呼唤你们。"(第8章第1—4节)

这是一个呼喊,叫我们跑出校门,亲身去体验社会生活,了解现实,获得丰富常识。本此意义,我们今后特辟"街头角落"一栏,希望把书本上的知识和现实联系起来,从狭隘的家庭、学校小圈子内移向社会,以客观事物来暴露现实、描写现实。这方面我们竭诚希望同学们能替我们写稿——××路风景线、苏州河畔、普希金像[2]前、小瘪三偷煤球、抢米、电焊厂、拾垃圾、死了一个小叫花、棚户访问、教堂特写、黄浦滩巡礼、文化街一瞥、小东门的鲜鱼行、香粉弄[3]的绍兴班、黄昏中的法国公园、三月里夜的街头、霞飞路散步、二房东素描……以大上海为对象,从不同角度去观察研究,或速写或报告或访问或集体创作。来稿务请写明姓名、学校、地址,以便通信寄赠《联声》,以作谢意。

编者

一天夜间,明月春风,灯光闪烁,照得十里洋场满目繁华。东方博士(Magi)和他的同伴阿德、小郎三个趁礼拜天的空暇,到外面花花世界见识见识下层生活,看看那些"粗人"们怎样娱乐。

三人出得门来,走过几条马路,忽见前面万头攒动,汽车衔接,活像一条长蛇,一片嘈杂声夹着白色救护车的鸣叫。小郎眼快,拉了阿德哥的手向前直冲,一边说:"博士快些跑呀,有热闹好看了。"博士抬了抬眼镜,跟在后面。等到他们赶到时,人也散了,马路中留下血渍一堆,经过"小福尔摩斯·郎"的探听,原来是——

轧死一个小瘪三

"可怜,还不如死了一只哈巴狗。"阿德哥叹道。博士大有学者派头,搓搓手说:"不稀奇,不稀奇,你真是少见多怪……"正说着的时候,冷不防,暗头里伸出一只枯黄的手来,吓得博士一跳,张眼一看,原来是位"伸手大将军"。三人脚下一加劲,就"突围"而出。那个叫花[子]跟了一阵,见讨不到什么,也就嘟哝着转移"目标"。

不多一会儿,前面一片霓虹灯光,万丈光芒,耀人眼目,赛过白昼,好一座夜明宫呀。博士抢先买了门票,小郎和阿德少不得客气一番,这且不在话下。

当下三人跟随着一群"粗人",拥拥挤挤进得门来,只见四壁花花绿绿,装置得和月份牌一样。抬头一望右边墙壁,满眼全是奇异怪物,活像《镜花缘》[4]里的古怪国。身体立刻缩成一团,凸起了肚,那肚子蔽盖了全身,寻不出双脚。那些游客站在那边呆住了,小郎惊奇道:

"那莫不是哈哈镜!"

"对的,那是哈哈镜。它利用玻璃的凹凸、物理的光学道理,就显出了各色怪像,有的长得像根长竹竿,有的扁得不像人……"博士名不虚传,着实懂得道理。说穿了,大家也不觉得新奇。

"你看,这是什么东西。"阿德指着中间锦绣帐幔里的神龛,小郎却忍不住噗嗤笑了:"阿德哥,阿拉告诉侬,格是财神菩萨啦。"三个[人]指手画脚,真如乡下佬白相[5]大世界,引得旁边游客大瞪白眼。博士心细,连忙拉了二人一把,在人丛中穿过去,一个转弯,在走廊的旁边又立了下来。三人不约而同地摸一摸各自的衣袋,小郎轻声说:"当心皮夹。"

原来墙上贴着"谨防扒手,个人小心"(启事)——江北人小七子(照相):我是扒手,年十八岁。本地人陈麻皮(照相):我偷手套,年四十一岁。宁波人王阿大(照相):我是三只手,年三十二岁。[6]大家当心扒手!大家当心扒手!大家当心扒手!

"一角钱教一套戏法,来呀,真正便宜咧,快些来呀!"一个歪戴着打鸟帽的小伙子跑了过去,卖戏法的用胖手放下一角镍币,糊着彩纸的木轮便转动起来,这样就做成了买卖,"卖戏法"的轻声把嘴在小伙子的耳际动了动。小郎他们瞧得呆了,凑前看个究竟,那"卖戏法"的大肚子就说:"来呀,好白相,只要一角洋钱。"大肚皮的面孔就嘻嘻地笑了起来。

"卖野人头,骗骗阿木林[7],可瞒不过我小福尔摩斯,"小郎,别看他人小,校庆时也曾上台玩过魔术,"谁上你[的]当。"小郎暗[地]里好笑,就和友伴到邻近去看打彩。打彩的上海佬哑沙着喉咙在喊:"噉,老莱哈台门门有彩——噉老哈!噉,哈莱!……噉……"

"来末哉,门门有彩!"

随着喊声,两颗寸方的大骰子便"咕噜咕噜"有节拍地跳跃起来。阿德哥就问博士道:

"博士,两颗骰子,用大代数的或然率 Law of Possibility[8],你看机遇有多少分之一?"

"Play, while play[9],待我回家答复,但总也得 8×7×6×5×4×3×2×1 分之 1×4 吧?……呒啥好看,还是去看溜冰如何?"说着,他们便往溜冰场走去。人堆像潮来时的海水,三个人好[不]容易走了几步,忽然前面一座亭子挡住了去路。玻璃房内坐一老者,生得面如满月,一表"仙骨",山羊胡须,身穿道衣,脚登芒鞋,难道是王重阳下凡,申公豹再世?近前一看,乃是"江湖客铁口道人"。小郎在门口一望,扭过头来说:"啊哟,算命先生烟瘾犯啦,在打哈欠流鼻涕哩!"羞呀,"仙人"也作兴垂涎流涕吗?

"快走,看溜冰去。"对啦,"踢狗道人"贼腔邪气,谁要看也算倒霉。走呀走,大家来到溜冰场畔,倚着木栏向溜冰池望着。小郎用肘子撞了撞阿德,博士早已会意。

溜冰池是露天水门汀[10],一个扁圆的广场,男男女女一对对一双双,脚踏"风火轮",往来穿掠,一晃一摆,煞是好看。喊里咔嚓,五色缤纷,一个头剪菲律宾发,着猩红的绒背心,露出了手膊,学生模样的青年,抱着一位涂脂抹粉的烫发女郎,正如万绿丛中一点红,妖形怪状,你推我拉。别说孔二先生们看了要叹"世风日下",连博士他们也看得很不顺眼。三人站了一会儿,又在喇叭鼓声大吹大擂的魔术场溜了一圈,台前屋内都挤满了人,台上做什么一些也瞧不见。[三人]便急忙转身匆匆地挤过人海,走到一楼,昏黄的灯光照着墙壁上发潮的广告:淋特灵、赵南石、大前门香烟……罪恶的象征,构织成黑暗的画面,带给人们一种都市腐蚀的气息。

绍兴班[11]、苏滩[12]、文明戏[13][台前]都围绕了人,场子内弥漫着一阵烟熏的闷室。

人们闲聊地坐在凳上

嗑着瓜子,慢慢地喝着茶,大声地吆喝叫好。台上的"艺人"们怪声怪气地尖起了嗓子,穿了五颜六色奇异服装,移动着幽灵似的身子,做着鬼脸。"啊哟,我的好亲人呀。"哭呀叫的,向台下飞了一个媚眼,那些年青的看客便连声叫起好来。场子内轰扬着口哨、叫骂、大喊的声音,人们沉迷在低级的色情的刺激里发泄生活的烦闷,拿毒素的意识来麻醉自己的精神。

"我们还是到露天走走。"阿德的脸泛着红,额角上冒起雾来,博士也感到有些闷热。他们在露天的栏杆边走了一圈,上了三楼,只见墙上歪斜地写着"YS 光"三个大字。一个年纪约莫十三四岁的男孩挖出两毛钱,用充满贪婪的细眼向涂着厚厚铅粉的卖票[女人]看了一眼,换了票子挤了进去,那女人就俏骂:"小鬼,呆看你老娘做啥哉!"

小郎看了墙上含有引诱性的字眼说:"我倒想起一个问题来了,为啥这样害人的色情玩意儿倒不取缔,而报道消息的报纸常开天窗?博士,你说这是什么道理呀!"阿德从旁边插入:"小福尔摩斯真傻瓜,Mighty is truth[14]也不懂吗?"

博士抓抓头皮,说道:"我们到那边走廊墙边去再说。"小郎真聪明,一提就明白了:"将来的魔鬼世界里,色情害人的东西更多啦,博士你说对吗?"博士微微地点点头。大家默默不响地登上四楼去。

"……嘿！苏三呀,别哭号啕……"[15]

一阵稚嫩的孩子的歌声透过了木板,在空间里飘扬开来,歌舞团正在歌唱哩。

"那是猫哭,是生活的呻吟,哦,那充满了凄凉味的叫喊。"阿德哥居然来了"灵感"(?)做起即兴诗来。小郎苦笑一下说:"阿德,这里也有首好诗呢!"大家抬头一瞧,原来在歌舞团隔壁是食馆,上面一张白纸写着:"一对仕女进门来,两道小菜搬上哉。山珍海味全实惠,四喜临门大发财。"

坐听隔壁歌舞,面对"妖妖"淑女,口吃山珍海味,再加四喜临门,哪得不要大发其财。写这歪诗的人一定对心理学大有研究。

现在他们在参观后台。

廿支光的灯无力地吐着昏黄,剥落了色彩的旧布景当了夹墙,右边堆积了破椅等物。靠出口处一个男人坐在长椅上;三个约七岁的女孩子站在中间的桌沿,自己在擦粉,穿着褪色的小袄,在照镜;角落里一个年青的女子萎黄着脸,屈着削肩在哭泣。这时一个中年妇人从前台进来,向坐在椅上的男子歪了歪嘴,那男的点了点头,把烟蒂掷了,站起来拍一拍胸:"短命鬼,讨死呢,有什么好哭,还不快些换装。"回转身来,看见外面站了好几个"观客",便顺手"砰"的把门关上。

"可怜,牛马般的生活。"大家感喟地[走]出厅外,一阵冷风吹来,有些寒意。"让我们看了济公坛[16]就回去吧。"阿德感到有些吃力了。

博士指着暗头里的人影说:"当心'拉夫'。"

"他们在讲价钿哩!"小郎指了指露天电影场角落里的"情侣"。

济公坛在一间靠街的房子里,里面供着菩萨的偶像,香火熏燃着,冷冷清清,只有一个活济公在伏桌打瞌睡。

他们正要下楼的时候,楼边忽然[传]来了微弱的哀声:"先生,去伐,帮帮忙,可怜我三天没有生意,肚子饿咧。"那女的后面紧跟着老鸨。三人见来势不妙,紧拉着手就开步飞跑,一跑就跑出了大门。"好险呀,只差一点!"大家这才吐了口气。晚风中说声"再见",天际的星星正在蓝幕上笑眯了眼哩。

原载《联声》[17]第3卷第9期(1941年4月1日),署:慕容超执笔。

导读：

此文前面是丁景唐以编者名义写的说明，并作为新辟"街头角落"栏目的"拙作"，以期抛砖引玉，希望广大读者踊跃投稿，讲述走出校门、家门，接触万花筒般现实世界的感受，记载所见所闻。其实，这也是为了扩大稿源，增加五花八门的"孤岛"生活题材，揭露畸形的黑暗社会，暗讽反动当局统治，摆脱小我的狭隘圈子，了解周围的大千世界。同时，增添《联声》的生动性、趣味性和可读性，更接地气。

此文是编辑部丁景唐等人共同讨论、以慕容超的笔名发表的文艺通讯。此前，丁景唐已经使用笔名"莫怀芳""黎容光"，现各取一字得到谐音的"慕容"，加上"超过自己"的含义，形成"慕容超"的笔名。

此文将上海大世界作为揭示上海"孤岛"光怪陆离的畸形社会真实情况的冰山一角——有钱人尽享灯红酒绿的天堂，被贫困生活所迫卖艺、卖身、乞讨的弱势群体的地狱，还有形形色色的三教九流，他们言行举止凸显低俗、媚俗、庸俗，浸透着乌烟瘴气的毒素。

"为啥这样害人的色情玩意儿倒不取缔，而报道消息的报纸常开天窗？""将来的魔鬼世界里，色情害人的东西更多啦。"犀利的责问，接连抛给不同文化背景的读者，后面一句更是告诫广大读者，上海"孤岛"等广大地区一旦被侵华日军占领，那么"魔鬼世界"便更为黑暗、残暴、民不聊生。

此文以博士、阿德、小郎三人的所见所闻，串联起"白相大世界"的经历，彻底抛弃同样题材专注闲适和享乐的笔法，力图融合现实主义的眼光洞察"大世界"。

"嬉笑怒骂皆文章"，此文灵活运用方言的丰富内涵，在诙谐、幽默之中暗藏机锋，成为此文的一大特色。此文的特点也体现在几个小节的标题上，并且采用章回小说的手法，时有风起云涌、悬念迭出之感。文中漫画式的叙事状物，抓住人物的特征，尽情渲染，犹如哈哈镜，在笑声中鞭挞，在惊异中憎恨，在悲叹中同情。

在此前后，丁景唐以讽刺、诙谐的夸张手法写过《稀奇吗!?》《我们的李先生》《慈善家》《糊涂堆》《先生，我问你》《别看错我是个女子》《上海小姐古怪歌》《一张广告的作法》等诗文。因此，《出蒙馆看万花筒》的出现也在情理之中。而此文的标题也很有意思，"蒙馆"是旧时对儿童进行启蒙教育的私塾（丁景唐读过私塾），这里泛指学校，正契合新辟"街头角落"栏目旨意。

注释：

〔1〕大世界，黄楚九创办，位于西藏南路、延安东路路口，是一座乳白色扇形的四层高楼。始建于1917年，2017年是上海大世界建成100周年。大世界曾是上海最吸引市民的最大的室内游乐场，设有几十个风格各异的艺术舞台。底层叫"共和厅"，除十小时连映的电影场和溜冰场外，靠马路一边是"大京

班";二楼"共和阁"有三个场子,分别上演魔术、弹词、滑稽和绍兴文戏;三楼"共和楼"有中西餐厅和演文明戏、淮扬文戏、滩簧的三个剧场;四楼"共和台"有歌舞班、杂耍场等。昔日大世界整天是粉墨争相献演,观众人声鼎沸。(详见沈寂:《上海大世界》,学林出版社,2009年8月。沈寂是丁景唐的老友,笔者曾向他请教有关问题。)

〔2〕普希金像,1937年2月10日俄国侨民建立,曾经是上海地标之一,坐落在岳阳路、汾阳路、桃江路交会的街心。丁景唐曾多次带领子女或朋友在那里合影留念。

〔3〕香粉弄,具有几百年的历史,是南京东路华联商厦(永安公司)斜对面的三阳南货店后面的一条弄堂。昔日外面是十里洋场、纸醉金迷,这里是粉腻脂香、环佩胜春,曾有"钏珠花草尽生香"的繁华景象。著名画家戴敦邦的《香粉弄多戴春林》描绘了香粉弄的繁华,戴春林可追溯到扬州的戴春林香粉店,开设于明崇祯年间。

〔4〕《镜花缘》,清代文人李汝珍创作的长篇小说。小说前半部分描写了唐敖、多九公等人乘船在海外游历的故事,后半部分写了武则天科举选才女等故事,小说以神幻诙谐的创作手法著称。

〔5〕白相,沪语,玩耍。

〔6〕原文中此三个小偷分别为三张图表,各有细框围起,如同布告。

〔7〕阿木林,沪语,傻瓜,呆子。鲁迅《"抄靶子"》:"我不是'老上海',不知道上海滩上先前的相骂,彼此是怎样赐谥的了。但看看记载,还不过是'曲辫子''阿木林'。"

〔8〕law of possibility,英文,意为或然律。

〔9〕play,英文,意为玩;while,英文,意为一会儿。

〔10〕水门汀,英文cement(水泥)的音译。

〔11〕绍兴班,绍剧,又名"绍兴乱弹""绍兴大班",流行于浙江省绍兴、宁波、杭州地区及上海一带。

〔12〕苏滩,苏剧的旧称,也是苏州滩簧的简称。江南的滩簧产生于苏州,原为演唱南词、弹词、文书等曲艺的艺术形式的泛称。

〔13〕文明戏,当时在"以研究新派为主"的口号下,建立的一种以言语、动作为主要表现手法的新的戏剧形式,又称新剧。20世纪初曾在上海一带流行,演出时无正式剧本,多采用幕表制,可即兴发挥。文明戏成为一种"不中不西,亦中亦西,不新不旧,亦新亦旧,杂糅混合的过渡形态",不久便被时代淘汰。

〔14〕mighty is truth,英文,意为万能的真理。

〔15〕*Oh, Susanna*(《哦,苏珊娜》)为美国民谣作家斯蒂芬·福斯特创作的著名歌曲。中文版《苏三不要哭》由黎锦晖填词,分为四段,每段后面歌词基本相同:"嘿!苏三呀,别哭号啕,你跟我到××去吧,怀抱琵琶一块跑。"1933年春节后,女影星王人美每天在电台晚上黄金时段演唱。

〔16〕20世纪20年代,大世界游乐场商业活动增多,在共和厅建立日夜交易所,底层又开设场内外都可营业的日夜银行。灯谜活动改为猜诗谜,游人用钞票押谜。还设立济公坛,出售香烛。当时大世界内有摊点77个,有些摊点专营看相、算命和赌博活动。

〔17〕《联声》,见本书第6页注释〔7〕。

提倡自由研究

——继承"五四"精神

提起"五四",就使人怀念起蔡元培[1]先生办学的精神和倡导学术自由的伟大来了。民国八年的北大所以能推进"五四"新文化运动的浪潮,并不是偶然的,这是蔡元培先生在过去几年在北大培养自由研究风气的结果。

"五四"精神在历史上虽然并未完成它的使命,但"五四"留给我们"科学"和"民主",也是我们今天所该记取的。

二十二年来,我们连研究学术也受到了很大的限制。这情形跟美国布雪文尼州乔治学校[2]的社会科学系实地试验独裁制度差不多。

> 在课室里禁止讨论,不许发问,对不及格者施以严厉的刑罚。此外,麦菲莱教师还组织了一个小小的秘密警察队,指定四个学生做秘密警察,把暗中探听[到的]学生在课外所说的话,记录下来。接着有一天,麦菲莱突然把学生私下批评他和别的教员的话、学生间的流言秘密及犯规的事件,公开宣读出来。
> (《申报·自由谈》)

的确,这很像中国的写照。

重庆大学商学院院长马寅初[3],写了这样的文章:"……尚有几位大官,乘国家危急,挟政治上之势力,勾结一家或几家大银行,大做其生意,或大买其外汇。其做生意之时,以统制贸易为名,以大发其财为实。故所谓统制者,是一种公私不分的统制。"[他]在重大演讲战时经济政策后的第二天,被宪兵请了去,到现在还不知下落。

因办壁报、研究会而被迫转学,是很普遍的现象。国立安徽中学有一个学生因为阅读高尔基的《燎原》[4]而被开除。课外读物的被禁止已经是无啥稀奇的了。

我们所受的教育却又是这样——

回答问题一定要按照书本讲的话,不能自由回答。坐在课堂里说水利、农业垦殖法,根本没有实习。社会访问调查只在课堂上写作,而不到社会里实际调查。

有一位社会学教授在课堂上说鬼是有的,他的理由是你没有见过鬼,他见过,这真是自由见鬼!

本来,自由授讲是研究学术、发达文化的先决条件,而且是世界各国公认的[普]遍[原]则。现在就连牛津大学,那个很老的大学,也如李考克在 Oxford as I See It[5]中所说:"牛津能训练出世界最典型的学者,它的方法是古老的,它有永远不授课的先生和永远不听讲的学生,它没有政府颁布给它如何教授的法令,然而牛津给予它的学生的却是一种高尚生活和思想的方式。""牛津没有可守的政府法令,牛津采取一种自由教育,牛津能造就出最典型的学者,这是自由研究的[真]精神!"(郭树人[6])

为了继承"五四"光荣的传统,我们要争取自由研究!

为了发扬"五四"学习的精神,我们要发起自由研究学术的文化运动!

为了我们自己的学业和前途,我们要求思想自由、研究自由、结社自由!

我们号召——

(1)集体读书,以学业与兴趣为中心组织研究会,请教员为导师。哲学课讨论:人生观问题。经济课讨论:投机是否正当?

(2)有系统地开办学术讲座,请教员或外界有学问的专家担任讲员。每周或每月一次,时间可增减。

(3)有系统地讨论学术或辩论宗教、青年、社会各方面的问题。

(4)有系统地[开展]学术参观,把功课与实际连起来。社会系办民校,参观民众夜校。理化同学参观硫酸制造厂、味精厂、汽车厂……

(5)发起征文比赛(或奖学金)。

(6)阅读课外书籍及参考书,设立流通图书馆。

(7)办刊物或手抄、油印、铅印,以培养写作能力,发表意见。

(8)改良教授法。第一,当局给教师们以自由讲学的权利。第二,教师对学生多用启发式之讨论制,鼓励自由研究,注重实习,参考不同意见的学说(这一点,极为欣喜的是各校已有少数明理的考试在改变了)。

中国既然号称民国,这一点起码自由总有吧?

二十二年来,时代到底是在向前,我们相信贤明的学校当局该不会反对自由研究吧?

二十二年来[有]现实的教训,今天的青年也不会全凭人家摆弄吧?我们要担负起"五四"未完成的使命,我们要争取研究自由!高举"科学"和"民主"的旗帜向前。

原载《联声》[7]第3卷第11期(1941年5月16日),署名:煤婴。

导读：

此文与《纪念自己的生日》一起发表,均为纪念"五四"运动,不过两文主旨和切入角度不同。此文按照中共"学委"的指示,参照郭树人写的《大学应树立"自由研究"风气》,以"提倡自由研究"为名,加入国统区的反蒋爱国民主运动。文中特地提及马寅初,点明本文主旨:"担负起'五四'未完成的使命,我们要争取研究自由!高举'科学'和'民主'的旗帜向前。"

注释：

〔1〕蔡元培，浙江绍兴人，民主进步人士，曾任国民党中央执委、国民政府委员兼监察院院长、中华民国首任教育总长。1917年至1927年任北京大学校长，革新北大，开"学术"与"自由"之风，坚持"思想自由，兼容并包"的办学主张，既聘任了陈独秀、胡适、李大钊等新文化运动健将，也聘任辜鸿铭、黄侃等旧学功底深厚但思想保守的学者。在新旧思想和新旧文化的碰撞中，北大的学术逐渐走向繁荣，引领中国思想文化的潮流。

〔2〕美国布雪文尼州乔治学校，即位于宾夕法尼亚州的乔治学校（George School），于1893年建校。

〔3〕马寅初，名元善，字寅初，著名经济学家、教育学家、人口学家。曾留学美国，获博士学位。学成回国后，担任北京大学经济学教授，致力于教学与科研，著书立说，抨击时弊，成为"五四"运动前夕声誉很高的教授。1949年后，历任浙江大学校长、中央财经委员会副主任、华东军政委员会副主任、北京大学校长等职。他一生专著甚多，有"中国人口学第一人"之誉。

抗日战争时期，马寅初公开发表演讲，严正抨击蒋介石政权的战时经济政策，痛斥孔、宋贪污，要求开征"临时财产税"，重征发国难财者的财产来充实抗日经费。马寅初刚正不阿的性格和大无畏的举动，惹恼了蒋介石，1940年12月6日被捕，先后囚禁在贵州息烽和江西上饶。在社会舆论的压力和中国共产党的营救下，1942年8月，马寅初出狱，但仍被软禁在歌乐山上，限制与外界接触。马寅初的义举有力地推动了当时国统区的反蒋爱国民主运动，成为英勇不屈的民主战士。

〔4〕《燎原》，即高尔基长篇小说《克里姆·萨姆金的一生》的第三部《燎原》。生活书店将其列入"世界文库"，1937年出版，后多次再版。20世纪30年代初，瞿秋白避居上海紫霞路68号时，尝试翻译这部巨作，但未完成，仅留下残稿。

〔5〕*Oxford as I See It*，即史蒂文·李考克教授的读书笔记《我所看到的牛津》。

〔6〕郭树人写有《大学应树立"自由研究"风气》，发表于艾寒松、史枚主编的《读书生活》第1卷第6期（1939年7月1日），生活书店发行。郭树人在此文中列举中外"自由研究"的诸多例子，引用了史蒂文·李考克的《我所看到的牛津》中一段话，被丁景唐在本文中转引。"牛津没有可守的政府法令……自由研究的［真］精神"，是郭树人的点评之言，因此丁景唐特地在其后注明"郭树人"的名字。

〔7〕《联声》，见本书第6页注释〔7〕。

别[被]牵着鼻子跟人跑

"你们这瞎眼领路的有祸了。"狱门边设着公案。

典狱官携着一卷文件与看守长及看守 A、B 等上。兵士迅速集合在公案旁,法官升座。

（阿 Q 站在公案前）

法　官　你叫什么名字？

阿　Q　我叫阿 Q,你记性真坏,不是问过几次吗？

法　官　（不动气,很和蔼）阿 Q,现在你没有罪了,签个名就可走出去了。

阿　Q　谢谢大人老爷！（很高兴地在看守官的文件上画个十字花）

法　官　好了,你还有什么话没有？

阿　Q　（想了想）没有,老爷。

法　官　（忽变脸,把签筒一丢）绑了！

阿　Q　（高兴极了,扬手击之）我手执钢鞭……（刚唱了半句,两手已背剪了。绑起来插上标子,他猛然悟到这是去杀头的,叫了一声）救命！

（阿 Q 就这样糊里糊涂给拉出去枪毙了。）

早几天,报上的一段消息使我记起了《阿 Q 正传》[1]演出中的几句对话,于是不嫌抄袭把它重写一下。报上的一段消息是这样的:

据讯：本埠之江、沪江、东吴及圣约翰四校,顷接该联大美国托事部总干事来电,谓以美国定于本月十八日起举行"中国周"[2],特嘱四校师生联函美[国]总统罗斯福致敬。四校校长已分别通知各校各系主任,发出空白表格,转饬学生签名。此项运动,定今日截止,将名单汇集,日内航邮寄往美国。闻函件将由托事部总干事起草,而由沪寄美者,仅为师生之签名。

当然啰,为了"举行'中国周',特嘱四校师生联函美[国]总统罗斯福致敬",这是呒啥话头的。你是中国人,我是中国人,大家都是中国人,对中国有利的事,谁也"举手赞成",绝不该加以怀疑或反对。但用这样的方法,我们有几点意见。

（1）现在这桩"签名致敬"的事是正大光明的话,为什么在叫学生签名时却说："美国教会捐助学校经费,所以签名。"有的说："美国帮助中国,所以要签名。"这不是和报上消息大有矛盾吗？假使是写给教会,却为何要向总统"致敬"呢？若是美国帮助中国,那也用不着四大学签名,难道中国只有教会大学?难道[国民]政府的外交专家能发明"ABC",却不能用国家名义向总统"致敬"吗?

(2)教育是教人"明是非",不是像牛一般被牵着鼻子跟人跑的。教育告诉我们要科学地观察分析,不是盲目地随声附和。"闻函件将由托事部总干事起草,而由沪寄美者,仅为师生之签名。"这是什么话?人家到底写些什么,我们不知道。葫芦里卖的什么药?是毒药,还是良药?要是那位先生是"故张伯伦"首相的得意弟子,或者他是顽固的死硬派,他拿这一套"签名",也像中国某些别有用心的人一样,来成就个人的地位;或者他这样写呢——

立刻枪毙!!!!

那你也像阿Q一样喊一声"救命"吗?

我们重复说一下:友邦援助,有利祖国,谁也一致拥护,但至少写好的东西也得让签名者瞧一下才对。最好,当然是对的话,让同学自己起草好了!但如此不知底细,盲目乱签[名],这使人不得不有所警惕。

朋友,学生岂是容易[被]欺骗的!我们已经不只一次像阿Q般被人牵了辫子派用场!不久以前的"老鹰运动",不也是这样。

学生在某些人的心目中,认为是可以像羔羊般牵来牵去的,做他们挂羊头卖狗肉的勾当,这无非[因]为学生是"很天真"的。

我们以为这真是同学们不问外事,不能分析事物的结果。

所以今天起,"不要容你的眼睛睡觉,不要容你的眼皮打盹"。我们观察一桩事物,看它是否真正代表进步、正义、真理,站在中国人的立场[上],我们不但要看货色,也要揭露它的骨子。

原载《联声》[3]第3卷第12期(1941年6月1日),署名:保罗。

收入本书时略有删节。

导读:

此文首次引用改编的《阿Q正传》台词,由此联想到上海四所教会大学师生签名一事,怀疑被人利用,直接点明该文主题"别被牵着鼻子跟人跑"。

这期封面右下角首次刊载鲁迅之言:"我想,无论是学文学的,学科学的,他应该先看一部关于历史的简明而可靠的书。但如果他专讲天王星、海王星,或蛤蟆的神经细胞,或只咏梅、叫妹妹,不发关于社会的议论,那么,自然,不看也可以的。"(《随便翻翻》)意即读书要先读史,对整个学科有一个清晰全面的认识,这与此文有内在联系。

注释：

〔1〕许幸之改编、导演的《阿Q正传》，在于伶主持的上海辣斐剧场演出。田汉改编的五幕剧《阿Q正传》，由唐槐秋主持的中国旅行剧团演出。此文引用的《阿Q正传》台词，类似鲁迅小说《阿Q正传》最后的简化版，与许幸之、田汉改编的剧本不同。

〔2〕1941年5月18日，美国援华联合会总会与美国各地的中美两国知名人士，共同发起完成500万美元救济中国伤兵、难民的"中国周运动"。有14名州长和200名市长发表了宣言，号召本地区民众踊跃参加。日本发动全面侵华战争之初，美国政府采取了"不干涉"政策，对中国的抗战没有提供必要的援助。1940年底，美国总统罗斯福发表谈话。从1941年起，美国开始增加对中国的援助。

〔3〕《联声》，见本书第6页注释〔7〕。

认识大上海

　　上海是个光怪陆离的都市,即使是生长在上海的,我们也不能了解它的百分之一;然而上海也究竟是个非常简单的城市,只要你懂得一个基本的大道理,一切也都释然了。因此我们介绍了十本性质、内容不同的书,帮助同学们了解上海概况。

编辑部

*《[大]上海的一日》[1]

　　在"八一三"沪战的时候,你也许没有尝到一些危险的事情,可是有许多人曾在炮火下逃生,[在]密弹中藏身。炸"出云"舰、大世界惨案,你没有目睹吧?这里有亲临其境者生动的描摹。有人参加过许多伟大的举动,是你所想象不到的。这本书里的作者,三百六十行,行行都有,真足以广大人的见识。

*《上海屋檐下》(剧本)

　　一座二层楼的弄堂房子里的悲剧,将上海中下阶级居民的生活,都暴露在这里。

　　作者:夏衍。代售处:青年图书文具商店。

　　这是上海最普遍的一些悲剧。

　　亭子间里住着一个大学毕业生和他的妻子、孩子。失业、肺病困扰着他。他的年老而聋的父亲,抱着满腔希望想来享福,然而当这老人发现儿媳[典]当着衣服请他看戏的时候,只好颓然地回乡去了。二楼前楼的舞女成天给流氓威胁着。住在客堂间的二房东,闹着二夫一妻的悲剧。只有在灶披间[2]里的小学教师,虽然成天吃着粉笔灰,却依然兴高采烈,同朝气蓬勃的孩子们想改变自己枯燥的生活。

*《上海——冒险家的乐园》

　　作者:爱狄密勒。代售处:大华杂志公司(英文)。

　　一个没有任何国家收容他的外国流氓,到上海这最坏的都市里来了。他想来赚钱,人家告诉他:"上海的钱成天在马路上滚,拿这些钱,外国人是有优先权的。"但结果他倒并没有赚钱,不过他见识了许多奇怪、有趣、神秘的场面,是人们所永远想象不到的。

*《出卖[的]上海滩》[3]（英文版）

Shanghai City for Sell

上海毫无代价地被卖了,卖给许多国家,然而这卖的手续却是富有兴趣的一段历史。

代售处:大华杂志公司(英文)、青年图书文具商店[4](译本)。

*《上海——罪恶的都市》[5]

一个意志坚强,干练有为的苏联青年到了上海,也险些儿堕落,你可以想象得到上海的罪恶多么厉害。

译者:什之[6]。出版:读书生活出版社。

*《花溅泪》

作者:于伶。代售处:兄弟书店。

一个意志薄弱的舞女,受了舞客的欺骗,怀了孕又被抛弃了,以致想自杀。一个舞国的红星被人侮辱,还不知道那个主动者正是她的"爱人"。他用感情来玩弄她,用假的自杀手段使她死,使自己毫无困难地和另一个舞女结婚,这种刻毒的手段是从来也没有听见过的。

*《金融线上》[7]

最近上海金融界的动态,小职员困苦的生活,捧"金饭碗"者的隐痛。

作者:集体创作。代售处:女青年书店。

*《子夜》

大老板的家庭内幕,交易所的买卖阴谋,大上海的欢淫无耻。

作者:茅盾。出版:开明书店。

在这本著名的作品里,描写了近代上海富有者的子女,在奢华生活之外,闹着荒唐的恋爱。有人为了金钱,情愿将自己年轻的女儿送给别人当姨太太。交易所里的统治者彼此角逐,许多人因此破产、自杀,也有人从此发财。本书所写的一个家庭,就在这种情形下没落了,然而年轻的一代却是有希望的。

*《大时代的插曲》[8]

作者:谷斯范。代售处:中国图书杂志公司。

这是上海学生过去光荣的历史,勇敢、牺牲、爱国的表现。也许你也曾参加过这热烈的场面,也许你没有,但无论如何,作为学生的你是必须一读的。

*《上海产业与上海职工》[9]

上海各种事业职员和工人的生活状况。今天你所享受的一切,有一部分是怎样从他们的手中生产出来,然而他们自己所享受到的又是些什么?

注意:以上各书"上海联"图书馆均备,可前往借阅。*者系青年会图书馆、新亚图书馆及进修图书馆所具备者。

原载《联声》[10]第3卷第12期(1941年6月1日),署名:编委。

导读:

丁景唐回忆,此文是以"编委"名义写的(丁景唐《我的编辑生涯》)。

此文与这期其他文章形成一个主旨:指导学生如何度过暑期。此文开头说明了"认识大上海"的目的,引导学生调查、研究朝夕相伴的大上海的真实情况,并向学生推荐十本书。文中点评夏衍、于伶、茅盾之作,言简意赅,透露了丁景唐的审美情趣。

丁景唐《创造性之想象力》最后写道:"我们要认识世界,认识中国,认识上海,认识自己,这样我们才能创造出一个伟大的明天。朋友,让我们多看、多读、多想,睁开眼来认识这个世界吧!"

此后,丁景唐、杨志诚曾采访茅盾,之后还有断断续续的来往。1949年后,夏衍将丁景唐调回宣传部门,他成为丁景唐在上海市委宣传部的领导。于伶是丁景唐多年老友,双方晚年还有书信来往。

此文末尾一旁为丁景唐主编的下期要目预告:"《联声》四卷一期革新号,将以新姿态出现。《仲夏曲》(暑期生活),特写《弹震病》《书》《山水·人物·烽火》《桃色的云》。"

注释:

〔1〕《大上海的一日》,著者骆宾基。

〔2〕灶披间,沪语,即厨房。

〔3〕《出卖的上海滩》,著者霍塞。

〔4〕原误排为"青年文图书商店",丁景唐将此改为"青年图书文具商店",留下亲笔改写的字迹。

〔5〕《上海——罪恶的都市》,著者韦尔霍格拉特斯基。

〔6〕原误排为"译者:杂志",丁景唐将此改为"译者:什之",留下亲笔改写的字迹。

〔7〕《金融线上:上海金融从业员征文集》,文艺习作社1941年3月出版。

〔8〕《大时代的插曲》,短篇小说集,王任叔作序,收入四篇小说《不宁静的城》《断了轨道的列车》《韵子》《在甘泉宿店》,珠林书店1938年8月出版。

〔9〕《上海产业与上海职工》,著者朱邦兴、胡林阁、徐声,香港远东出版社1939年7月出版。该书共24章,分行业介绍上海各产业的发展、生产、经营、管理及职工状况。

〔10〕《联声》,见本书第6页注释〔7〕。

怎样过暑期生活

瞌睡虫,整天打盹;老糊涂,吃拉困三部曲;新青年,动手动脑。

现在也许你已考完了最后一堂的书,你很高兴,脸孔泛着笑容,在初夏的阳光下乘上街车回到家里去。你敲开了门,跳跃着走进自己的卧室,把身子放在座椅里,你想:"怎样来打发这个暑假?"

你抬起头,望着窗外的蓝天,白云挂着船帆在漂流着呢!阳光发着金属的光彩,照着幽静的街心。唔!一个晴明的夏日啊!

景色勾引起你的远思,你坠在悠遥的回忆里。在你的面前,澎湃着海水的浪花、青翠的山峰、浴着阳光的江南的田野……一群年青的战斗的行列,在火花中锻炼生长。[1]那边也许有你的同学、朋友。(要是现在你已毕了业,在上海没事可做,你想去,就勇敢地走吧!)但你的思潮给母亲衰老的声音打断了,你觉察到你的母亲正在唤你吃饭,黄昏已布满了屋子。

你又坐在写字台的前面了,燃亮了灯。

你预备定一下暑期的计划。你写了,又撕了。你感到今年的暑期太长了,又担心下半年学校继续开办的问题。夜间的风吹动着窗子,在你的前面,似乎放着的就是那没有星星的黑夜。

你站在窗边沉思着。

那我对你说:"放心吧,学校是要开下去的。暑期里你不打算怎样来利用一下吗?"

哦,对咧,暑期里你要锻炼你的健康,温习一下自己的功课,还有要每天看报,进暑期大学……多呀,真数不清哩!

那么,请坐下来,我们就谈谈暑期生活怎样?

嘿!瞌睡虫做不得

先去找个医生,把你全身检查一下,打几针防疫针,要是有沙眼就刮去,近视呢,还是早些配副眼镜戴戴的好,不然愈弄愈深,那是很糟糕的。也许医生对你说,你有某些毛病,那你也不用慌,在夏天你有一个漫长的假期可医好了它。当然,我希望你没有一点儿毛病,这样你可以把暑期过得更美好。

有的人,放了学便做起瞌睡虫来了,整天睡意洋洋,昏头昏脑,在梦幻里过生活。假使过去你也有过这种经验——早晨不到十时不起身;中饭吃下又睡在床上打起盹来;晚上可变成

"神仙",赶着上电影院;长久地躺在床上睁着眼嚷热,睡不着——那么赶快改造掉吧!

夏晨的空气是清凉的,这种福气,只有跟着太阳一同起身的朋友才享受得到。在朝阳初升的晨风里,你可以在露台上、在天井里,挺起你的胸膛,做着柔软操,深深地呼吸。接着在冷水中洗个脸,你就可以开始一天的工作了。

夏天是一个多病的季节,你得把自己的卧室来一次清除,收拾得清洁一些。朋友来的时候,可以有一个很好的印象,同时也可以免去做臭虫、蚊子的牺牲品。

游泳,这是一种挺适宜的夏季运动、你想学会它,但你又害怕水。我劝你在家里先从洗冷水浴入手,这是很好的保健方法。

还有,你也可以晒日光浴,玩乒乓,学会[骑]脚踏车。

在黄昏的街头,和几位友伴慢慢地散步,那也是很够味的。

想一想,你还有什么不良习惯吗?譬如乱用金钱、吃闲食、整天看电影、看色情小说,这些都对健康有害,要改正它,那你私生活一定先要有规律!

你念过卫生[书],你是知道健康是和阳光、氧气、快乐结成伙伴的。

别说:再会吧,书本!

你感到自己哪一科功课最差?英文、理化,还是算学?还是……

利用暑期的空暇,快些把它补习一下,要是你想投考大学的话,那更非加紧一下不可。你有几个同病相怜的朋友,就一起[聚]集在你或他的家里温习功课。

另外,有一个好消息:男、女青年会学生部合办了一个暑期大学,时间在傍晚五时至七时。那时太阳下山了,很风凉。内容包括四十余种课程,有怎样交朋友、上海的认识、西国礼仪,也有化学小工艺、健身班和游泳……(详情见章程)由上海各大学名教授及专家领导,有讲授、讨论、参观、调查、实验、练习,用不同方法来告诉你怎样研究学术。你感到暑期太空闲,赶快去报名,投入集体的学习里。

当恶毒的太阳挂在天空,[对于]中午的天气谁也[会]说"热得咪"的时候,什么事简直都不能做,一动手就出汗。搬只小凳子,找阴凉通风的地方坐下,让心情安静下来。打开你从"上海联"或公共图书馆[2]里借来的小说、剧本、诗歌、传记、游记……今天看一本,明天再看一本,从书中你得到了知识,得到了兴趣,你忘记了热,也增加了看的速率。你不是很羡慕别人看得比你快吗?你可以用手表计算你每小时看几页,今天每小时 20 页,明天一定要看 30 页,有决心,保险你进步像"闪电战"一样快。

然而只会看书,不会动手的人,他是一个可怜的书呆子,一个只会"饭来张口,衣来伸手"的大傻瓜!

我们动手来学些小小的技术,不要看轻它,也许是吃饭的本领呢!

(1) 国语,演剧,演说,英文会话,记账,做经济预算。

(2) 打字,写作,翻译,木刻,漫画,记日记,剪报,刻蜡纸,油印。

(3) 装置无线电,修理电灯、自来水龙头,做模型、小工艺,做书架。

(4) 收集照片邮票,摄影,音乐,种花。

朋友,记住:"用手又用脑,才是大亨佬!"

来,大家合唱个歌

但是怎样做呢?朋友!

你有没有参加过夏令营[3]?

在苏州河畔圣约翰的校园里,或者在工女中[4]和中西[5]的草地上,你投入集体的生活中,"大家都融成了一颗心",把感情和思想交流起来了,在友爱的活动中忘记了自己,也忘掉了烦闷。你没有尝过这滋味,那么今年可别又失去了哩!

或者参加一个参观团,定好路程,从国际饭店跑到沪西的棚户,从交易所到工厂,把大上海的面目认识一下。

有着星星的夏夜,约几个朋友,在公园或家里,喝杯开水,在微风中纳凉。大家毫不拘束地谈,不论是故事,是个人的经历、书本的问题。都好。

当然,你还想在暑期里看几次戏。你们学校不是有集体看戏吗?剧艺社[6]、天风[7]、中旅[8]的话剧是挺好的,人多就接洽优待。有兴趣的话,大家组织一个剧团,大家来编导,大家来演戏,那也是挺有趣的事。

还有,你别忘掉了自己的老师,他们放了假在家里很寂寞,希望年青朋友去访问呢!

要是你不希望让寂寞空暇俘虏你,你快些交结些朋友,参加消夏会,不要让自己独个儿闷在家里。

朋友,瞌睡虫做不得啦!

现在你可以定下你暑期的计划了,还要随时地检查自己。

好,让我们来唱一个歌,*The More We Get Together*[9]。来,一,二,三,再唱一个——大家快乐,大家快乐,集体生活相友好,祝大家暑期"喝杯"[10]!

原载《联声》[11]第3卷第12期(1941年6月1日),署名:黎敏扬。

导读:

此文是这期《联声》整体策划的引导学生度过一个有意义的暑期的内容之一,并且介绍了男、女青年会学生部合办的"暑期大学"等,与这期《联声》同时刊登的其他文章相呼应。

注释：

〔1〕隐喻参加抗日战争。

〔2〕参见本书第390页注释〔5〕—〔9〕。

〔3〕这期《联声》刊登《"上海联"在暑期中》，其中有"夏令营""中学升学指导""团契材料"，及"征书活动"（上海联图书馆扩大征书运动）和"暑期大学"（男、女青年会学生部合办，六月廿六日上课，地点在西摩路大同里崇德女中）。

〔4〕工女中，即上海工部局女子中学，后为上海市第一中学。1931年9月由公共租界工部局华人教育处处长陈鹤琴创建，首任校长为留美的杨聂灵瑜。该校最初租赁麦特赫司脱路（今泰兴路）233号一幢民房做校舍，学生仅120人，1935年迁至星加坡路（今余姚路）99号，新校区占地40亩，学生增至500余人。

〔5〕中西，即中西女中，今上海市第三女子中学，创办于1892年。中西女中是近代上海最著名的女子学校，宋庆龄曾就读于此。

〔6〕于伶领导的上海剧艺社，被称为"孤岛剧运的中流砥柱"。

〔7〕上海天风剧社，先后聚集了一批优秀演员，如舒适、江泓、鲁岩、俞仲英、李昴等。

〔8〕唐槐秋主持的中国旅行剧团，很有名声，演出诸多剧目。

〔9〕*The More We Get Together*，英文儿歌《我们在一起越多》，歌词道："我们在一起越多，在一起，在一起，我们在一起越多，我们将会越快乐。你的朋友就是我的朋友，而我的朋友就是你的朋友。我们在一起越多，我们将会越快乐。"

〔10〕喝杯，英文happy（快乐）的音译。

〔11〕《联声》，见本书第6页注释〔7〕。

创造性之想象力

在教育之领域中,最大之危险为观念之团体化与消灭生机之方式,而最需要者为创造性之想象力。(力宣德主教在华东六大大学毕业典礼[1]演[说]词)

年轻人是人类中的鲜花。有热情,有勇气,能为真理做见证,他们具有着人生最宝贵的武器——"创造性之想象力"。但是他们却受到种种压制与阻碍,而使头脑僵化,做一个不能思想也不会创造的"乖乖"。

有一种人享受着二十世纪物质的文明,住洋房,吃西菜,着洋装,而提倡着中世纪的古董,开口"ABCD",闭口"之乎者也",真如外国文学家颇普[2]所说,叫青年"头里满装着废弃的知识",变成"蠹读古书的书呆子"。你想:"废弃[的]知识"对于一个缺乏创造性的想象力的青年人有什么好处?我想除了像塞满草包的绣花枕给人家瞧瞧以外一无好处。

奇怪得很,这些人唯恐中国"死亡中重生","进步无已",要"各级学校校长教职员,对于学生之思想行动,应严密注意","应认真注意",不然"各校校长教职员之忽于诱迪,亦应分负其责"(见六月六日各报教育消息)。连"密斯"和"密斯脱"也要"通令禁止",不准称呼,据说这是"有失民族精神"的呢!(但是,我们却不懂称中国是美国的"西线",叫华侨参加美国军队,作何解说?那大约是与"民族精神"无关的吧!)

在这里,也用不着我们来责问"统制还是创造",因为力宣德主教的话说得最好——

> 吾人学校中如无自由,则民治主义之基础已被破坏,而极权之机构已成立矣。民治国家若以加多课程与统制学生及教师之思想,作为建国御侮之基础,实为莫大之错误。[3]须知每一星期内充满必修之课程与上课之钟点,甚至使教师失去其创造力,而使学生无由发展其想象力,实为教育上最大之悲剧。此种现象,若任其长此继续,则吾人不久将发现吾人已入于专制之魔掌矣。

真的,这是一个"莫大之错误","加多课程与统制学生及教师之思想"!真的,这是"教育上最大之悲剧","使教师失去其创造力,而使学生无由发展其想象力"!那些人以"青年学生血气方刚,幼稚热情,容易被人利用"为理由,来"加多课程与统制学生及教师之思想",以达到失去创造力,阻碍想象力,叫青年一个个都变成书呆子。

这是一个多么痛心的现象,上帝施于人类的智能——创造性的想象力,却叫"人为的律法"来拘束起来。他们"好像粉饰的坟墓,外表好看,里面却装满了死人的骨头和一切的污秽……外面显出公理来,里面却装满了假善与不法的事"。把重担搁在青年人的身上,自己坐在高位上。

年轻人有了嘴[却]不能说,年轻人有了思想却不能发表,这正又如力宣德主教在同一演词里所说的一样:

> 吾人正遭遇一严重之危机(指阻压创造性之想象力)。此种危机,不仅在于战场与军事实力方面,而且亦在于教育之领域中,其影响于民治国家前途之生存实非浅鲜。教育中唯有保持思想与目的之自由,方能有明日更佳世界之希望。

教育是启发人类的智慧,是养成青年人的创造性的,但一定先要有自由的保障,自由和创造是连在一起不能分割的。我们要求自由,因为有了自由才能发挥"创造性之想象力",也即如华德主教和约大(圣约翰大学)沈校长在另一个欢送留美同学的集会里所说的:

> 诸君不论目标及选择科目为何,务宜不忘社会所寄予之热望与供给,必实事求是,选择善与恶。

> 请君今日为一学生,明日即为社会之栋梁,故诸君之必须选择善与恶,将善者携回祖国,不能埋葬于书本中,应为人类生存之意义而奋斗。

我们要选择"善与恶""是与非",我们希望贤明的当局和老师们能帮助培养我们创造性的想象力,给同学以充分的课外研究学术思想的自由的保障。

我们要认识世界,认识中国,认识上海,认识自己,这样我们才能创造出一个伟大的明天。朋友,让我们多看、多读、多想,睁开眼来认识这个世界吧!

原载《联声》[4]第 4 卷第 1 期(1941 年 7 月 1 日),署名:应明德。
收入本书时略有删节。

导读:

此文巧妙地以力宣德主教演说词的关键词"创造性之想象力"为批判武器,矛头直指国民政府教育部统制学生思想的政策,呼吁广大学生选择"善与恶""是与非",即在抗日救亡的民族危难时期,每个中国青年学生都应该做出人生选择,共同"创造出一个伟大的明天"。同时,此文延续《认识大上海》等文章的主旨:"让我们多看、多读、多想,睁开眼来认识这个世界吧!"

注释:

[1] 1941 年 6 月 6 日《申报》教育消息报道:"华东六大学昨行联合毕业典礼,力宣德主教勉四百余

毕业生,应各就所学发挥创造的能力。"6月5日上午10时,在大光明大戏院举行基督教华东六大学(金陵女子文理学院、上海女子医学院、之江文理学院、东吴大学、沪江大学、圣约翰大学)毕业典礼。

〔2〕颇普,今译蒲柏,18世纪英国最伟大的诗人。

〔3〕文下着重号原有,此种情况多次出现,本书中不再逐一说明。

〔4〕《联声》,见本书第6页注释〔7〕。

几个人的几种看法

——社会是什么？（一）

开 场 白

好久以前，我们就想写一些关于社会、教育、修养、科学各方面的基本知识，虽然我们知道用浅近的例子，以轻快的笔调来写这类文章，是一件不易讨好的事，但经过几度商量，我们终于下决心来试验了。

我们希望能达到——

（1）内容兴趣化。从卓别林的《摩登时代》来讲到商品怎样"生孩子"，从张伯伦老先生的阳伞来谈到巴力门舞台的演出，从阿德哥参观工厂来告诉你社会的生产过程。

（2）材料现实化。从商务的工潮谈到名义工资与实际工资，从山额夫人的谈话来讲到马尔萨斯的人口论，从跷脚部长戈培尔来告诉你第五纵队的来源。

（3）课内课外打成一片。把学校里的课本和课外的知识连起来，用学得的本领来分析具体的社会现象。

同学，要是你看了，觉得你还想知道些别样的话，那么我们很热忱地希望你能告诉我们！

要是你看了，觉得你对于这类文章不大感兴趣，那么我们很高兴地请你不客气地提出意见和批评来！

要是你看了以后，有许多疑问或不懂，请写信来，我们一定回答！有不能同意的话，也可以大家来展开讨论！

朋友，这是一个尝试，我们等待您们的答复。

社会是什么？这是一个答案极不一致的问题。

隔壁的宁波裁缝说："社会就是地方，譬如上海社会就是上海地方，宁波地方也可叫宁波社会。"

对面三层楼的大少爷说："社会是许多人的总称，如商业社会、学生社会。不过社会有大有小，大的像全人类，小的像大世界里的看客……"

"且慢，先生，那么社会的范围到底有多大呢？是一百人以上叫社会，还是一万人以上呢？"要是你这样一打问，我们的大少爷可瞧不起你咧："这个人真笨，许多人的结合叫作社会也不懂，别说啦，别说啦！"

要是你不识相地再问："先生，那么照你意思，你是说两人以上之多数人了，是不是两个朋友聊天也叫社会呢?"说到这里,我敢担保那位少爷只好红着脸,狠狠地白你一眼,一溜了之了。

好,我们还是去问问在洋行里做生意的舅舅吧,看看他是怎样说呀!

摆着二郎腿,坐在沙发里,他说了:"社会吗?这是和一个人的地位差不多的,上层社会那是指社会上兜得转的洋行阿大、公司经理、银行行长、政府要人、工厂老板……坐汽车、住洋房、吃大菜的老爷、太太、少爷、小姐们。下层社会呢,那些人是无知无识的老枪瘪三、江北小六子、乡下种田佬,还有佣人、奶妈、娘姨……统统是。至于我呢,吃得饱,饿勿煞,识些字;坐电车的人呢,刚巧上勿上,下勿下,属于'中庸之道'的中等社会了。"

他讲了这么一大堆,你有没有[听]懂了呢?你也许会摇摇头,提出疑问吧,说:"上、中、下三等社会怎样来划分呢?是不是像一路电车那样依照头等、三等拖车来划分界限呢?是不是以法币作为单位,凡十万元以上属于上等社会,一千元到十万元以下是中等社会,十元以下是下等社会?就算这样划分,那还有毛病,一个人有九万九千九百九十九元九角九……九九九,你算他是属于上等社会,还是中等社会呢!?"

显然,这样解说也是不通的。那么,到底怎样呢?我们看看大学里的教本是怎样说的。

大学丛书的《社会学原理》[1]第九页上写着:"社会之所以会成为社会,在[于]社会上各分子间表现交互与共同行为。此种交互与共同行为,便是社会成立的根本要素。"接着还举个例:"家庭是一个社会,因为家庭中的各分子——父母、兄弟、姊妹、夫妇、子女等——都具有交互与共同关系,而表现交互与共同行为。"同样依此推论,得到"学校、学会、乡村、都市、国家等等亦都是社会"。

"所以我们可说:凡是具有交互与共同关系,表现交互与共同行为的一群人,都可称为社会。或简单地说,凡表现社会行为的一群人,就可称为社会。"又把社会分成广义的和狭义的,不但"全人类就是社会",而"过去的人、现在的人与将来的人",也"是属于同一社会"。

这是中央大学社会系主任的意见,也是国内数一数二[的]社会学家的意见。不过如果大家放弃"学校所教的都对"的盲目观点,做学理上的探讨的话,那么我们可以大胆地说:"这个意见和对面三层楼的大少爷所说的有何不同吗?"我的回答是:"并无不同!"为什么呢?"因为一个说得更直接而明显一点,一个却把它写成文章罢了吧。"不信,我们来分析一下。他不但说"人类就是社会,社会就是人类";在[第]十三页上,他还说"朋友团体、同乐会、工会、学会……"也是。至于说范围呢?和大少爷同样以为"有大有小"。不过有一点不同的,就是他不承认"大世界"是社会。但是你能说明"同乐会"和"大世界"的分别在何处?

我想,"并无"什么"不同"吧!

好了,我们再拿"交互与共同行为"来分析一下。我们要问:"所谓行为是指什么?"让我借用另一位社会学家的话:"就是社会意识的表现!"那更好了,意识是什么?意识就是心里想的"念头"。现在总算明白了,原来所谓"表现社会行为的一群人",为"一个有社会意识的人群",那么"社会"还不是一群有头脑、能思想(普通人叫转念头)的人们。当然,除了生理有毛病的人外,你见过不会转念头的人吗?没有,没有,第三个当然还是没有!那么简单一些地说,还是还原到[和]对面大少爷一样!

"社会是一群人"了!"没有人类意识",也就没有"社会"了!!

阿狗是人,阿猫是人,阿狗、阿猫碰在一起成了"两人以上"的一群人了,因此两人谈天是社会。"大世界"里的阿狗、阿猫、张三、李四、王阿大、钱阿五等也莫不是社会了。相反,像某博士所说:"荒山之中,沙漠之地,向来无人居住,当然不能称为社会。"

这样来说明社会是什么,正叫"丈二和尚摸不着头脑"。

上面我们已对各种错误[的]社会看法大略地谈过,希望大家看了之后自己想一想社会是什么。正确的答案暂且卖下关子,我们下次继续。

原载《联声》[2]第 4 卷第 1 期(1941 年 7 月 1 日),署名:江水天。

导读:

1939 年秋,丁景唐考入东吴大学。1941 年春,丁景唐从东吴大学中文系转学到光华大学社会学系二年级,听过应成一教授的课程。

应成一,中国社会学家,浙江杭州人。1921 年留学美国。回国后,长期任教于复旦大学,讲授社会学原理、社会问题、中国劳工问题等课程,任社会学系教授兼系主任、法学院院长、教务长等职。1949 年后,先后在山东会计专科学校、山东财经学院、上海财经学院、上海社会科学院任教授,1979 年被聘为上海社会科学院社会学研究所特约研究员。1983 年 7 月 26 日逝世。主要著作有《社会学原理》《社会问题》《十年(1937—1947)来的中国劳工问题》等。

丁景唐将学到的社会学基本知识运用于编辑《联声》之中,构思、撰写了此文。此文与《变态心理——不愉快的人》(爱玛)组成"课余讲座"新栏目,成为这期《联声》革新号的重要标志,也是《联声》创办以来又一次新的转变,即以通俗易懂的文字宣传社会学的基本知识。

此文依据孙本文的《社会学原理》第 1 章《社会学上的基本概念》第 3 节《社会》,通过几个上海人熟悉的市民形象,以他们的语言、身份,从不同角度、层面来解释"社会"。这是颇为新颖的构思,力图达到深入浅出的"课余讲座"的效果。后面谈到"转念头",开始触及社会存在与社会意识的辩证关系,这是丁景唐撰稿的主要目的之一。

此文最后写道:"正确的答案暂且卖下关子,我们下次继续。"但是下期因故暂停了"课余讲座"栏目。

注释:

〔1〕《社会学原理》,作者孙本文,商务印书馆1935年5月出版。作者试图把西方社会学理论知识,与自己的思想和中国的社会实际融于一体,构建中国化的社会学理论体系,深入浅出,通俗易懂,在教育界和学术界影响广泛。1940年被国民政府教育部定为大学用书,成为当时社会学普遍使用的教材。

孙本文,字时哲,江苏吴江人,著名社会学家、社会心理学家。早年毕业于北京大学哲学系,后赴美国伊利诺伊大学、纽约大学学习社会学,获得硕士、博士学位。1926年归国后,执教于复旦大学,后任中央大学社会学系主任、教务长,国民政府教育部高等教育司司长等职。

〔2〕《联声》,见本书第6页注释〔7〕。

《联声》第3卷第12期刊登下期要目预告时说:"《联声》四卷一期革新号,将以新姿态出现。"

浪子回头的故事

父亲对他说:"儿啊,你常和我同在,我一切所有的都是你的。只是你这个兄弟是死而复活、失而又得的,所以我们理当欢喜快乐。"

(《路加[福音]》第15章第31—32节)

中学的时候读到了一课《圣经》的故事,那就是《新约》里的《浪子回头》。当时不知耶稣引用这个比喻是何意思,我只觉得有一点是很明白的,那就是做一个安安稳稳过日子的平常人是无啥稀奇的,然而要做一个"改过"重生的人,那却是一个不平常、有勇敢的好汉。

自然,有过失、有错误,这是每人或多或少免不了的事,问题就在"知过必改"。

我们生长在一个投机取巧、奸掠抢劫的罪恶之渊的都市中,上海有的是使人堕落的陷阱。魔鬼们在你的周遭布满了黑网,正张着口等待你一颗洁白的心供它一饱。

一个平常人能不能战胜自私的贪心,免去灭亡呢?

我说能的!咱们年轻人都能!《浪子回头》中的弟弟不就是和你我一样年轻吗?耶稣为什么要举这个例[子]呢?朋友,是为了叫大家自信能重生得见光明咧。

然而在我们教会学校中却产生了一种恶劣的倾向,这是什么呢?朋友,你猜是投机、买卖外汇吧!不是。你猜是跳舞、上馆子吧!那也不是,你猜不到的。

我们某大学的宿舍里,变成了小型的"六国饭店""俱乐部"或"总会"了,某中学的同学居然在上课时也开起"大小"来了。朋友,你说,这不是一个学生莫大的污点吗?这不是一个痛心的现象吗?这不是对我们一个莫大的羞辱吗?由玩 bridge[1]、打麻将而上跳舞场,而大搞囤积投机,而"聚赌"起来,这是被称为受过高等教育、"社会栋梁"的大、中学生做得出来的事吗!?

朋友,这成什么样?教育的作用如此,不令人心寒打战吗?

国家、社会、家庭对你我尽了多少的心血和金钱,全中国的四万万五千万人中有几万人能同你我一样享受高等教育?

父母用汗血换来的钱却[被]一刹千元百元赌掉,教师辛苦教授的一套知识却[被]拿来去运于赌术了。

荒废了时间、金钱,还荒废宝贵的精力。年青的生命放在这样贪害的东西上,问一问良心,可对得起自己和旁人吗?

当然,在这一痛心的现象上,近年来学校教育的"德、智、体、群""四育"不能平均地发展,在教导方面也应负一部分责任。学校对功课加紧,在量上有了很大增多,至于其余"三育",如人格修养、体格锻炼、合群生活,都有问题。

有一部分"独善其身"的同学,对于这种痛心的现象,也应该负很大的责任。他们除了使自己不受到这种恶劣的倾向[影响]之外,对于这些同学忽略了朋友应有的开导的责任,这是很不对的。

不过话得说回来,无疑最大的原因还在于同学本身自制力的缺乏,和对现实的隔膜,只见个人不见旁人,在"黑暗掌权"的时代,被环境诱惑过去了。

以前有人喊过:"救救孩子。"[2]也喊过:"救救中学生。"[3]我们现在却喊:"救救你们自己吧!"回头的浪子是可以获得重生的,我们希望走入了歧途的朋友做个"死而复活,失而又得"的青年。

我们又希望作为朋友的我们能注意这种恶劣的现象,抢救堕落中的弟兄,这是你和我的责任!

我们也希望负教导责任的学校能从"四育"方面给同学以平均的发展。

原载《联声》[4]第4卷第1期(1941年7月1日),署名:保罗。

收入本书时略有删节。

导读

此文劝说一些不思进取、浑浑噩噩的在校大学生,并且向校方提出建议,"希望负教导责任的学校能从'四育'方面给同学以平均的发展"。

注释:

[1] bridge 英文,意为桥牌。

[2] 鲁迅的《狂人日记》里最后一句是"救救孩子",批判封建社会的教育风气污染了孩子纯洁的心。

[3] 陈衡哲是首批赴美留学的清华大学女学生之一,回国后执教于北京大学历史系。她发表的《救救中学生》(《独立评论》第170期,1935年9月29日),抨击当时中学生的功课量繁重。此后,教育部减少了部分课程。

[4]《联声》,见本书第6页注释[7]。

这不只是女同学的一个悲剧

天津路泰牲旅馆八号房间,于昨日午后五时四十五分许,有沪西某女校女学生两名,一名曹永康,年十四岁,一名凌金弟,年十四岁,本地人,因暑期已届,校中举行大考不及格,愤懑异常,遽萌短见,均吞服毒品自尽。嗣经人察觉,乃车送仁济医院。

生命,没有一个人不留恋,但是正当着少年的黄金时代,十四岁,这样年轻的生命,连看见家里杀鸡也要喊叫的女孩子,却在生命放苞、充满着"生之意志"的时候,用自己的手把生命送掉,默默地死去了。

要是人类还有着一颗同情心的话,对着这一悲剧的演出,能不发生一种怜悯的共鸣吗!？

没有处身于她们同一的环境中,没有体验现教育制度是"以加多课程与统制学生及教师之思想,作为建国御侮之基础"(力宣德主教语,详见上期[1])的人们,是不会想象到,不愁吃、不愁穿的天真活泼的幼少者,因为考试不及格,居然会把生命送掉。那些人们也许会感到新奇,但是生活于同一境遇的学生,这样的悲剧,我们不但"时有所闻",并且现在还不断在我们周围发生着。

在内地有浙江大学的"不及格就被开除"而创学生界的"集体自杀",也有因思想不自由、行动被监视而在化学实验室里吞药品的同学。此外,被加以莫须有的罪名而"被杀"或被拘于防空壕、集中营而失去自由的青年们,以及因功课加重拼命[读]书而引起肺病、神经衰弱,病死在床上,这些遭遇和"自杀"又有[什么]不同呢!？

现实的例子是举不尽的。请看——

青年丁松源年二十三岁,某中学肄业,兹因本届寒假考试未能及格,丁乃深为惭愧,闷闷不欢。讵料因此竟萌自杀之念,突于昨日上午十时五十分,在家吞服来沙尔药水自尽。

在今天,这一个"悲惨世界"里,死亡真是不合理社会造成的一块纪程碑,多多少少被葬送了的青年只不过是其中千千万万分之一而已。

至于那些自杀的同学呢,我们敢说:他们绝不是拆惯烂污[2]的坏学生。因为谁也知道拆惯烂污的朋友,大都家里有钱,功课不好、不及格对他们根本没有关系,他们仍可以舒舒服服活下去。

要是你是一个用功的同学,你该能想象得到一位用功的学生辛苦地花费了时间而得到一个"不及格",他的自尊心会受到多么重大的打击呀!若是你是一个女孩子,你又会知道女孩子求学是很不容易的事,分数不好,家长是要不答应读书的呀!

功课的繁重、教育制度的不合理、女孩子求学的不易,残酷地摧毁了她们的生命。这原因完全要归之于这一个"悲惨世界"的社会制度。

对于这样悲剧的演出,身负教导之责的学校该有怎样的感触?应想法改进教育方法,做一个自我的检讨哩。

自杀本身是一种不智的行动。我们认为单单客观世界不好,并不是可以叫人自杀的理由。

人是不但要活,并且要活得更好些的。过惯集体生活、懂得人生就是奋斗的人们,是不会干这样"不及格而自杀"的傻事的。因为他明白,自己死去了,还有许多许多的幼少者还是过着"悲惨生涯"的。所以在另一方面,同学本身生活得孤独,没有看得远些,也不能不是一个原因。

这并不就是说:"谁叫你自杀呢,弱者!"因为这一句不负责任的漂亮话,用于那些"青年殉情服毒自杀"则可,然而拿来加于牺牲在现制度下的幼少者是太没有人类的同情心了。

幼弱的孩子是死了,是被现教育制度断送了。

这不只是一个悲剧、一个教训,也是一块印在学生心上的烙印。

我们要活下去,为自己,为未来的幼少者。我们要负起救人的重担,用自己的手来铲除不平,创造个天国的乐园。

自杀不是方法,要活路只有冲破黑暗的包围!

原载《联声》[3]第4卷第2期(1941年7月27日),署名:黎容光。

导读:

"五四"时期,清代遗臣梁济和北京大学学生林德扬自杀,引起了《新青年》同人的关注和热议,引发了师生之间的讨论和论争。20多年后,面对上海两个女学生自杀的悲剧,世人已经麻木了。丁景唐作为《联声》主编,发出正义呼声,指出其根源是"悲惨世界"的社会制度。同时,他认为"自杀不是方法,要活路只有冲破黑暗的包围",潜台词不言而喻了。

注释:

[1]指《联声》第4卷第1期的《创造性之想象力》,已收入本书。

[2]拆烂污,沪语,比喻不负责任,把事情弄得难以收拾。

[3]《联声》,见本书第6页注释[7]。

稻草人与时辰钟

——社会是什么？（二）

在我们浙东的乡间，能够过得去的农家，一到夏天总得做种些西瓜之类的农村副业。瓜田里长满绿藤瓜实的时候，农民们便用稻草扎了个草人，给戴上破旧的空帽子，披起破布，再装两只假脚，放在田畔间吓吓贪食的乌鸦和暗夜里的偷瓜贼。暑期里要是住在城里的朋友有机会到农村去的话，光看了它的外表，远远地望过去，倒真的要上当，认为是庄稼汉呢！

稻草人虽然也具有一个人的远影，但肚皮里却塞足了稻草。

普通人对于社会的看法也是这样，只观察了社会的一个表面，便认为是它的真相。人们都知道人是能动、能吃、更会思想的生物，稻草人怎样可以算是人呢？

什么是社会？社会是加入一定生产关系的一切个人的总体，因此简单地说，社会是人类劳动的集团。但是人类的集团是不是就是社会呢？不是，不是，第三个还是不是！

大世界里的游客、马路上聚集在公司门口看 Mannequin girl[1] 的人们、火车站的旅客、百货店里的顾客、学校里的学生，虽然他们是"个人的总体"，而且表现共同行为（如游客为了看戏、学生为了读书、顾客为了买货物），都不能说是社会。但是在原始时代，不到几百的野蛮人，倒可以成立一个社会。

看起来，社会之成为社会，不只在于它是"一切个人的总体"，也不是所谓有"共同意识"，而在于社会是依照一定的关系组织成的。仅仅有许多阿狗、阿猫站在一起，是不能算是社会的。这好比一个时辰钟有许多的齿轮，[但]单单有几个齿轮是不能成为钟的，必须把许多齿轮按照一定的位置与关系组织成，这样方成为一架时辰钟。每个人在集团中依照一定的关系组织起来，这样的"个人[的]总体"才成为社会。

怎样算是"一定的关系组织起来"呢？

我们知道现在的世界好比一条铁链把全世界都连在一起。野蛮人在原始时代为了活命，不得大家联合起来，共同抵御野兽，找寻食物。各人按照能力的不同，贡献一部分力量，于是在打猎采果的生活过程中人与人相互之间有了关系。所以上面说在原始时代的野蛮人不到几百个是可以称社会，因为那时一切野蛮人在生产关系中都占了一定的位置，他们是人类劳动的集团。

世界上绝没有也不会有一个完全不和别人往来接触的孤独的人。就是小说中的鲁滨逊吧，他也靠破船上的工具（枪、刀）和食料才能生活下去。至于中国传说中的葛天氏[2]时人或《桃花源记》[3]的人，他们也是"鸡犬相闻"，绝不会人与人"老死不相往来"。

世界上绝不会有这样的孤独人,除非他是神话中的传说人物。

尤其是今天,在繁盛的上海滩,吃的是西贡米,用的是巴黎香水、德国药品,[看的是]美国好莱坞电影,公司里全是舶来品,马路上只见外国人。我们穿、吃、用的东西,哪一样是自己用手去做出来的呢?没有,当然没有。

不管你愿意不愿意,人一生下来就要吃、要用、要活命,就只好大家你靠我,我靠你,无论是他耕地或我织布,他住在美洲或我住在亚洲。总而言之,各人做的都是社会生产的一部分,各人在生产的组织中占据一定的位置,与你高兴与否毫无关系。譬如谁愿意做劳苦的工人呢?但为了生活不得不做。

这样因劳动的结果,人与人之间就不能不直接或间接地发生了关系,这就是社会的生产关系。

所以社会不是像炒什锦[菜]一样混合许多个人而成,乃是具有组织机构的,和人体的有机体一样。细胞组成了个体,个人结成了社会,但许多单独的细胞并不就是个体,许多单独的个人并不就社会。一个要有化合力量,一个要加进生产关系,这样的细胞集体才是个体,这样的人类劳动集团也方才是社会。

因为人们对于社会的看法不同,对社会的改革方法也就不同。

像上期[4]所说的那些以[为]"社会是一群个人"的先生们,就得出了"改造社会,应当先把个人改好","只要个人改好了,那么个人结成的社会也好了"。他们之所以会得出这个结论,就是忘记了社会除"一群人"以外,还有一个"生产关系"。在这里我们不打算详细地批评讨论,因为《联声》过去出版的认识小丛书有一本《显微镜下的MRA》说得很详明。其实要丢开社会的经济关系(包括生产关系)只谈个人改造,是一条走不通的道路。所以不但一面要改造个人,同时也要改造社会。

和其他事物一样,社会是发展的、进化的,社会变化的形态也一天天不同。从原始社会而奴隶社会而封建社会而现在的资本主义,苏联又是一个更新、更进步的社会。

不过今天的社会倒真的生了不少毛病,它的缺陷与弊害引起了人类种种的苦恼。换一句话[说],社会已发生了各种严重问题(犯罪问题、娼妓问题、失业问题、童工问题、妇女问题……)。以后我们就来谈谈实际的社会问题。

原载《联声》[5]第4卷第3期(1941年8月10日),署名:江水天。

收入本书时略有删改。

导读:

此文承接着丁景唐的《几个人的几种看法》提出的话题进一步谈论。虽然还是按照大学丛书的《社会学原理》的基本原理，但是已经开始驳斥"只谈个人改造"之论（竭力避开社会改造的敏感问题），认为这是"一条走不通的道路"。值得注意的是，此文并未公开引用马克思主义唯物史观，但大胆地说出了一句话："苏联又是一个更新、更进步的社会"。

丁景唐主编的《联声》第4卷第2期因故暂停此文连载，刊登丁景唐写的《写在前面》（类似编辑后记）：

> 为了帮助同学认识世界，及好些朋友要求多介绍些海外风光，我们在匆促中编成这一辑。
>
> 苏德战事的发生，已使今日的形势变更极多，在这里我们不愿对这期的内容多说些话，因为聪明的读者看了自然会得到一个结论的，好或坏。
>
> 本期篇幅超出预定，只得把"课余讲座"暂定一期。请各位原谅。
>
> 最后，因为经济的窘迫，我们不得不又要求各位帮忙，介绍给你的同学、朋友。

注释：

〔1〕mannequin girl，英文，意为女模特。

〔2〕葛天氏，传说中远古部落名。相传有葛天氏之乐，由三人操牛尾而歌唱，共八曲。

〔3〕《桃花源记》，陶渊明的代表作，是《桃花源诗》的序言。《桃花源记》以虚构的方式，描绘了一幅世外桃源的社会生活图景，没有战乱，没有压迫，没有剥削，人人劳动，平等自由，道德淳朴，宁静和睦。

〔4〕指《联声》第4卷第1期刊登的《几个人的几种看法》。

〔5〕《联声》，见本书第6页注释〔7〕。

武侠·侦探·行劫

年轻人是有着一颗纯洁而天真的心的,但是正因为天真而又纯洁,所以往往受了人们的欺骗。

作武侠小说的人,播扬着封建的毒焰,麻醉着一班天真的孩子不消说。"白光一道""飞剑斗法"等都是作者头脑中的"产物",而"尼姑""和尚""恶霸""剑仙"更是老套。在连环图画里或什么《神州奇侠传》《七侠五义》《江湖奇侠传》《彭公案》《施公案》[里],他们总是为了当时的"清官"(?!)说话,叫被恶人压迫的好人"听天由命",等待侠客从"天"而降来拯救他们。其实所谓"清官"者,在今天说来相当于要人大爷的名字,他们是"官",他们是"管人的官",他们有钱,他们有势,因此"武侠作家"(?)之流,不得不略效"绵力",写些"尼姑""和尚""清官""剑侠"的故事。"尼姑""和尚"为的是点缀点缀,而"剑侠"呢,总得是"清官"的"保镖"(譬如《彭公案》里的黄天霸之流)。

然而,武侠小说一类作品,到底是不大高妙,作者的"绵力"竟在看众的面前起了相反的"效力"。天真的看众看到在生活中充满了恶霸坏人,社会中又充满了矛盾而又不平的现象,于是他们便想起"行侠仗义"而去"打抱不平"了。有看武侠小说入迷的孩子到峨眉山去访仙,又有[看]《洋泾浜奇侠》[1]的小爷以表妹为"十三妹"(张天翼创作[的]《洋泾浜奇侠》的主角),弄得人才两空,一命呜呼。

"聪明的人们"见到了这样的事实,于是便从西方请了"福尔摩斯"和"霍桑"[2]等大侦探到中国来,用布局新奇、案情复杂、机关重重、手枪尖刀来诱惑青年。除了"尼姑""和尚"换了"密斯""小爷","侦探""富商"代替"侠客""清官",在欺骗与麻醉的作用上,却也"并无二致"。

富商、贵妇之类失去了几十万一颗的珠宝而可以雇用侦探去追获,但是被老板、厂长惨杀了的穷小子,世界上绝没有这样的一位侦探肯替死人拿寻凶手,老板们有的是钱,连政府警察也奈何不得。如此看来,侦探小说对于没钱的人们不失其"威吓"的本意了。

然而对于天真的看众却又收到了相反的效果,有人竟试验起"劫富救贫"的侦探术,效法侠盗亚森·罗宾[3]替人专打不平了。

七月十五日的报上登载着《阅读侦探小说入迷,效法侠盗亚森·罗宾》,十七岁的中学生王世纬,在被捕后供称:"我平时喜欢看侦探书籍,第二被告与我是老同学,他也喜欢研究……前天我就起意与第二被告商议,实地研究侦探学,将避免拘捕的本领拿出来实验一次,谁知竟不能避免拘捕……"第二被告十八岁的华童公学学生宋颂德,也有类似的供词:"我二人研究这样学术,也是很高兴,但是结果不能成功……"

我们暂且撇开他们的本意是否为了将"劫得之款,拟捐助于儿童教养院",单来谈谈他们的方法,是否正当,对我们有些怎样的教训。

俗语说:"尽信书,不如无书。"他们把侦探书上的一套欺人方法奉为真理,而"素喜阅读侦探小说,竟致入迷",这种读书态度是很有问题的(当然,这与学校的教育也有关系)。这一点说明任何学问都应用科学的方法批评接受才好。

由"入迷"而"行盗"而"被捕"的一点上看,那两位对于侦探术的研究的确是很认真,可是对社会世故可说是认识不够。为什么呢?生活圈子狭小,看书范围也仅限于侦探小说。要是两位能多看些社会问题的书籍,认清法律、捕房是不管你"劫富济贫",是为了保护人们的财产的,那么就会发现"劫富济贫"的法子是走不通的了。

两位"学以致用",大胆去做,把书本上学得的本领来运用,却是"学者"的本色。因为现实是书本的试金石,在实践中方能证明书本上的学说是否正确。显然,"劫富济贫"的学说放在实践中就出现了毛病了。

与他们两位同样天真和正义的朋友们,[应]从"扩大生活,认识现实,加紧学习"这三点上,来找到一条社会改革真正的道路。

沉迷在武侠侦探小说的朋友们看了这件事实,也可以知道武侠侦探小说是怎样在骗我们呢!

原载《联声》[4]第4卷第3期(1941年8月10日),署名:芳琼。

收入本书时略有删节。

导读:

此文批判报刊市场上热销的武侠小说,"播扬着封建的毒焰",并列举了几个惨痛的教训,告诫年轻人千万不要沉迷于其中,上当受骗。最后指出应"扩大生活,认识现实,加紧学习",从而"找到一条社会改革真正的道路",传达了地下党"学委"的相关精神。

注释:

〔1〕《洋泾浜奇侠》,张天翼的长篇小说,上海新钟书局1936年4月出版。小说借鉴塞万提斯的《堂吉诃德》的讽刺手法,塑造了一个堂吉诃德式的人物史兆昌,揭露那些借用爱国主义招牌谋私欲的卑劣行径。张天翼坦陈:"这部书是完全失败的东西,油滑,人物没有处理好,时代背景也没充分把握住。"

〔2〕霍桑,中国侦探小说第一人程小青《霍桑探案集》中的主角。

〔3〕亚森·罗宾,法国作家莫里斯·卢布朗笔下的一个侠盗。

〔4〕《联声》,见本书第6页注释〔7〕。

职业病(Professional Disease)

产业社会的兴起,带来了繁荣,也带来了死亡,无数劳动的创造者挣扎在死亡线上,整天劳动的代价换不了一饱。

职业病,就是这样的一种病,因近代产业[的]发达、工厂设备的恶劣、超人的劳动强度,而在工人中造成了一种极严重的疾病。这种疾病由于工作部门不同而产生不同症状。换句话说,职业病就是一种与工作有关的疾病。它的产生主要虽由于工厂设备和劳动强度,但是还由于待遇、营养、住屋……

虽然在法律上有所谓《劳工法》,虽然《劳工法》里面用明文写着一定的工时与工资的条文,限制工厂雇用十岁以下的童工,应该有防止意外的设备和什么劳动保险等等的名目,但是实际是怎样呢?

让我们来引用一下《新女性歌》[1]的歌词:

> 天天眼不见阳光赶做工/无分雨雪风/天天耳只听机器闹哄哄/声音震耳聋/天天心挂着家中样样空/生活逼人凶/天天手跟着机轮忙转动/一点不能松/一点不能松,一天十二点钟/加上女人的苦痛/更比男人甚一重!

每天做着十二到十四小时的工,在某些产业里(如纱厂)甚至吃饭时机器也不停,强迫工人们一面做活,一面吃饭,有一部分胆小的女工简直连饭都不敢吃。

在物价高涨的威胁下,能够吃两顿薄粥,在他们[看来]已经很好了。普通[人]多是吃两只大饼或以麸皮加些面粉煮成糊填填饥,就饿着肚皮去上工,那么他们的营养就可想而知了。

讲到住所,如果你到过沪西,在苏州河南岸、劳勃生路[2]、小沙渡路[3]、曹家渡、五角场的那些破碎的草棚中间,当你的头碰着泥污旁的屋檐的时候,你会看见:在几根竹竿撑直的破芦席或旧铅皮底下,有许多人挤在破棉絮里睡着,光着屁股的孩子在污泥里打滚,屋子的周旁终日流不尽烂泥水。遇着大风大雨,草棚便在风雨中抖颤着,雨水从壁檐下淌着。屋子又矮又低,街上的泥水便往屋子里流,连床板都浮了起来。

这些棚户区域里,是没有电灯和自来水的,因此吃水、淘米、洗衣、刷马桶都用苏州河的污泥水。特别在夏季,死亡率的高度是吓人的,每年因霍乱、伤寒而死亡的人真不知多少呢!

比较好些的各厂设立的工房,也都挤满了人。蚊子、臭虫终年繁殖着,再加上建筑简陋,下雨天也漏得一塌糊涂,几十家公用一个自来水龙头,也没有电灯,所以情形也好不了多少。

疾病是贫穷的儿子,所以在工人中间,死亡和他们做着伴。根据统计调查所得结果,下面我们就来介绍各产业部门里最流行的职业病。

×　×　×　×　×　×

在纱厂里,工人有肺病是最普遍的现象。车间里空中飞满了纱絮,极容易由口鼻而吸进气管里去。工人害肺病的数目,[据]统计约[占]百分之七八十。

在丝织厂里工人只有三十年的寿命,最容易受伤的是眼和脑。

缫丝厂大部[分]用的是女工与童工,甚至有六岁以下的。童工做的是剥去茧上的废物,将丝头抽出。这类工作是站在温度极高、空气潮湿的房间里,用手指捞沸水中的茧,所以全手粗肿得和腊肠一样。

袜厂都是用的女工。因为工资是按件计算,所以没有一个肯耽误一分钟,做得腰酸手麻,头昏眼花。这里害眼病与肺病最普遍。

电灯泡厂室内温度超过一百卅度,常有女工晕倒在地上。有些怀孕的女工就常常流产而死。

电珠厂在高温下吹泡,最多的流行病是肺病、气管病。

电车与公共汽车的车务工人因工作关系,既不能准时饮食,又不能准时起卧,还要忍耐着便溺,对生理弊害极大,肺病与胃病极多。

火柴厂里充满有毒的磷质,不时有危险发生,最容易受害的是肺、眼和皮肤。

铁厂,尤其是翻砂间,在夏天的时候工人还得接近几千度的熔铁炉,把熔了的热铁抬向模型上浇,呼吸着在空间播扬的黑色沙泥;或者挥动铁锤打铁,加上马达声、工具摩擦声、敲铁声在四周震动着,使你的精神极度紧张。因此工人大都身子矮小,背脊弯曲,面黄肌瘦,眼病、肺病、衰弱症非常普遍。冬天,冻疮还是他们的累赘。

锯木厂里做工的工人茶饭和着木屑都吃下去,连肚子里都有木屑,流行着绣球风及脚肿病。

烟厂里最普遍的疾病是头痛病和鼻炎。天热的时候也不许开窗,空气中充满烟草的碎屑,同时香烟中含有尼古丁的毒质,生肺病和干痨的也很多,据统计约占百分之八十以上。

靠出卖劳力血汗的人里,车夫和码头搬货夫除胃病、肺病外还患有皮肤病。在满天飞雪或炎阳高照的时候,有时因背负过重而在跳板上滑足坠落在黄浦江中,也是常有的事。

在地底下的煤矿里工作着的"深渊下的人们"是终年不见太阳的,在眼前的尽是黑暗冷酷,呼吸着碳酸气。矿工的年岁是极其短促的,工人患有肺病那也似乎成了必然的事了。

在麻布这项事业上,洗麻的工作湿透两脚和衣服,常时引起喉管炎、肺炎和严重的风湿症;梳麻和纺麻则大都因呼吸了细麻丝发生肺病,十七八岁梳麻的女工,活不到卅岁就死去了。

关于陶工的产业,Arlidge曾说过这样的话:"陶土的尘屑一年年堆积于肺部,直到一种膏质的硬壳形成,呼吸便慢慢急迫而感到困难,最后便停止了气息。"

钢屑、石屑、泥屑、软毛及纤维屑末,这一切都是杀人的东西,但是这些都比不上凶险的铅屑。

Jack London 在 The People of the Abyss[4]里,描写一个强健的年轻女工,在白铅工厂里做工的一个典型的死法:

> 她的牙肉间呈现着一种非常模糊的青绿,伴随着贫血症而来的是肌肉逐渐瘦削,不过非常迟缓,连自己都不易发觉。接着,便还是一天天头痛,沉在昏晕和暂时的盲目中。慢慢地终于突然为一种痉挛所包围,最初在半个面部上,其次蔓延到肩膀、腿部,最后成为一种急性而又纯粹的癫痫病的式样。于是说话有些失常,在猛烈的神经错乱中发狂和兴奋,丧失了意识,离开了痛苦的人间。

×　×　×　×　×

在这人间,被侮辱与被损害的一群,是同牛马一般生活着。在工厂里受了意外的伤不但得不到公司章程里写着的"因公受伤"的医药费,还要被赶出工厂。

没有阳光,没有"面包",没有医药,患着职业病的工人就只有"死路"一条。这正和在他们之间流行着的歌一样:"生来带一根脐带,死去带一根裤带,光着身子来,光着身子去。"

当人们读了雨果(Hugo)的《悲惨世界》(Les Misérables)的时候,有着好心肠的善良的人们为了芳丁(Fantine)的命运而分担了悲哀。但是当你见到创造世界繁华的主人们遭到凄惨的待遇时,那你又作何感想呢?

原载《联声》[5]第4卷第4期(1941年9月10日),署名:江水天。

导读:

此文标题原为"Professional Disease 职业病",文后有一则启事:"敬启者,敝会所刊行之《联声》,因近来百物飞涨,亏本甚巨,以致难以维持。现经本会议决,暂时停刊,俟解决有法,当再出版。事出有因,尚希诸同学鉴谅。上海基督教学生团体联合会执委会启,八月廿日。"这期《联声》是丁景唐主编的《联声》最后一期,抗战胜利后复刊四期,之后停刊。

前几期策划的"认识社会"一组文章,即《几个人的几种看法》《稻草人与时辰钟》等,此文则是续文,在搜集各种材料的基础上,揭示了各行各业职业病的真相。职业病吞噬了无数下层劳动者的血肉和生命,令人毛骨悚然,不寒而栗,由此憎恨这"吃人"的社会制度。

丁景唐就读光华大学社会学系二年级时,听过应成一教授的课程,如社会学原理、社会问题、中国劳工问题等。因此,此文也是丁景唐在校学习、思考的结果。

注释:

〔1〕《新女性歌》,电影《新女性》主题歌,孙师毅作词,聂耳作曲。由《回声歌》《天天歌》《一天十二点钟》《四不歌》《奴隶的起来》《新的女性》等六首短歌组成,文中引录的是《天天歌》《一天十二点钟》的歌词。《新女性歌》以坚定有力的节奏、深沉激情的旋律,成功地刻画了已经觉醒的先进的女工形象,突出了影片的主题思想。1935年2月2日,电影《新女性》在上海首映,聂耳亲自指挥身穿女工服装的联华女子合唱队演唱主题歌。当时的影星陈燕燕、黎莉莉曾演唱此歌曲。

〔2〕劳勃生路,今上海长寿路。

〔3〕小沙渡路,今上海西康路。

〔4〕美国著名作家杰克·伦敦(Jack London)著有小说《深渊下的人们》(*The People of the Abyss*),邱韵铎翻译,光明书局1932年11月出版。

〔5〕《联声》,见本书第6页注释〔7〕。

关于重行举办"大、中学学生征文"的话

经历了无数艰苦的试炼,本刊行将跨入第五年的门槛。当九月的风吹拂着秋阳下黄金色的果实,在这个农家忙于收获的季节里,我们也企划有一些新的开始和新的改进,以期报答每一个关怀它生长的友人的寄念。关于过去,我们得忠挚地承认我们工作中的缺陋,有负许多相识和不相识友人们的垂爱。而现在当我们走向更艰苦的前程,今后尤需读者诸君的鞭策和互助。从下期五周年号起,我们打算革新内容,重行举办"大、中学学生征文",给青年学生提供一块耕耘的园地,给读者诸君呈现丰美的鲜果——像成熟于秋野间的黄金色的果实。

谨以衷心的热忱向喜爱文艺和爱护我们的友人伸出友谊的手,愿你们紧紧地跟我们搀携起来,敬请批评、指正!

附 大、中学学生文艺征文简则

(1) 凡大、中学学生均得投稿,体裁不论,小说、散文、速写、报告、译文皆欢迎。
(2) 来稿务请注明学校、年龄、姓名、地址。
(3) 为鼓励写作兴趣,除稿酬外,并设文艺奖金(详细办法下期公布)。

原载《小说月报》第 44 期即 8、9 月合刊号(1944 年 9 月 15 日),署名:英。

导读:

1944 年春夏之际,丁景唐毕业于光华大学中文系,参加编辑《小说月报》工作,劝说该刊老板陆守伦(联华广告图书公司总经理),重启"大、中学学生征文"和学生文艺奖金,发现和培养了不少文艺新人。(详见《丁景唐编辑文艺刊物》第四编)

为了下期纪念《小说月报》创办五周年,封底特地预告,设计精美的庆贺五周年的封面,丁景唐则以"英"的笔名发表了一篇诗意化短文。

这是丁景唐首次在《小说月报》上公开发表的文章,他还起草了《大、中学学生文艺征文简则》,作为本文的附录。削繁就简,删除了四年前该刊刊登的《征文简章》(《小说月报》第 2 期,1940 年 11 月 1 日)中的两大规则:一是"文言、白话不拘",二是正文必须贴有"投稿印花"。果然,下一期(《小说月报》第 45 期)评奖一事有眉目了,详见《学生文艺奖金的启端与希望》。

风雅的说教

上海真是五光十色的地方,这些年来,大概由于欧美势力的肃清,已经好久没有见到因化妆品入超而大声疾呼地指摘女性的"训话"了。可是人们似乎并没有遗忘以女人作为助谈资料的"风雅"的习惯想法,或出于哥哥妹妹的调性,或谈影星、谈女伶,或以桃色案件的纠纷为中心的"产物",却日甚一日起来。更可怪的是一种姑妄称之为"风雅的说教"的作为之出现。何谓"风雅的说教"呢?即以说教为手段,来掩饰其"风雅"甚至"色情""肉欲"的话题是也。

空说不足取信,这里且举两则现实的例子来作见证。

一、"肉体美"与"良人的爱"

对于女人要如何像奴隶一般向丈夫献"媚",以便维持夫妇间的"爱情"(?),在过去总算已有过许多讲"烹饪法""化妆术""御夫法"等"献媚法"之发明,也聊可贡献给今日"为人妻者"以及"明日的新嫁娘"诸妇女为参考了。惟这些方法"比之健康的肉体美却相差太远了",因此也就不大合乎二十世纪四十年代男性的"胃口"。盖廿世纪,"肉体美"之时代也。

这样的写法,也许要使人摸不着头脑,还是"言归正文",待在下来介绍一位"小说家"发表在一本以"花"为刊名的[刊物上的]大作吧!

在"肉体美缺陷与家庭悲剧"中,这位"小说家"说:"假使女人三十岁要枯萎,四十岁变肥肿,五十岁生皱纹,则任何系统的道德,也无法把这个女人救出苦海。结果,当然是讨得男性爱情的冷淡的一面。"

据他[的]说法,女子之被弃遗于"苦海"中,好像是宿命的。"近来离婚上的理由,表面上虽有种种色色,但究其原因,就可以发现十之八九实由妻的肉体有缺陷所致。"

由于这样,他就得到"'肉体美'才能保有为妻的权利"的论证。"对于女人,教养是当然需要的,男性所赞叹、崇拜的只是头脑聪明、品行温淑而且富于娇媚的女人。不过如欲永久维持夫妇间的爱情,却要在精神美之外再添上肉体美。"

中间这位"小说家"突然插入这样的一句问语:"如何可以保持良人的爱情?"他认为"化妆术、烹饪法、御夫术等忠言","比之健康的肉体美却相差太远了"。理由据说是这样的:"因她(指肉体美)既能预防家庭上最大悲剧的离婚问题,同时又能使婚姻变得成功和永久。"并且还"是维持家庭和平和道德的唯[一]'善法'。"

可是我们"小说家"心目中所谓[的]"肉体美"又是怎样的一回事呢?即"面作玫瑰色,眼睛光亮,态度活泼,动作优雅,以至心地快活"。

然而这样"肉体美"的标准正如作者所说筋肉一样——"筋肉对于那些希望纤手、细腿、窄腰的女人绝不会生得太多,而对于那些希望乳峰高耸、手臂饱满、大腿丰腴的女人,也能给她以适当的筋肉"——不是每个人所能达到的。结果那"许多为人妻者"——"有的过于肥肿,有的肉体曲线凹凸,瘦骨嶙峋,变成蟋蟀般的可怜酮体"的一批"人妻",实不免"陷于离婚相等的惨境中,如丈夫之娶妾、宿娼、有外遇等"的前途。所以为博取丈夫的"爱情永久,家庭和睦并维持道德"起见,凡女人都该赶快由"肉体美"入手。[若不如此]一则辜负作者的一番苦心;二则会演成"家庭上最大悲剧的离婚问题",不能"保持良人的爱情";更糟的,三则还得负担分裂家庭和丧失道德的罪名。

然而细心一想,不幸得很,在作者"肉体美"的通盘理论中却有些破绽。盖正如作者所说"女人三十岁要枯萎,四十岁变肥肿,五十岁生皱纹",则就算"靠""健康的肉体美""能保有为妻的权利",但由于"青春不再""美人迟暮",要想"靠""健康的肉体美"来"保持良人的爱情",恐怕也"总无法阻止精神上的分崩离折"吧!

(至于怎样才能正确地保持两性结合的美满,这不在本题之内,我想还是请读者自己去解答吧。这里附提一下,免得读者误以为,鄙人既反"健康的肉体美",当然相反是拥护"病态美"的了。)

二、"肉感政策"与"神秘路线"

多年以前,北方曾有几位多事的"长官",为了"维持风纪"并"挽回劫运",而猛烈地抨击过女性的奇异服装,不仅主张加以取缔,并且有一位还"亲自下车,捉拿了几位摩登女郎,以儆其余"。不意新近在一本标榜"激励青年修养,针砭社会病态"的周刊中见到一篇《花样翻新》的"小言论",题名虽曰"向女界进一言",而内中大谈"肉感政策"与"精神路线",蔚为奇观。虽不是奇异服装的"旧事重提",毕竟也属"另具慧眼"。

开端这位作者就以"多少年来,男人仍旧是那样的一件长衫,墨守成规","比起女人们的大刀阔斧的革命作风,实在是望尘莫及",来证明女人的富于"革命性"与男人的善于保守。

接着就以事实证明:"自从女人把'袖子露指,裙可遮足'的衣裙打倒以后,便矢勤矢勇地向奇装异服上求发展。有志者,事竟成,于是女人的服装式样便一日千里、瞬息万变地进步起来。"

于是乎极其渲染之能来描述"旗袍的进化":"一件旗袍的袖子,由肥而窄,由长而短,短而再短,短而更短,并无可短,反对胸前背后的领土也侵略了一大块。所以旗袍者,其实是件大背心而已。当大背心的程度步步之高升,而把长筒丝袜的封锁也解除了以后,本来已是四体裸露了,却仍怕曲线不足以毕露,肉感不足以动人,于是乎蝉翼样的衣料也遭到遗弃的命运……"

接着作者又插入一段"肉感动人的描写"(要是这周刊的封面上没有标明"小言论"三个锌板字样,几乎叫人疑心这是一篇色情小说哩):"如果涉足交际场所,只见五色缤纷、美轮美奂,宛如百花园中,群芳争艳,玉臂齐挥,粉腿如林,一望无际者,都是肉。"

据说这位作者"考其目的,度其用意,加以细细研究",把女人的心理研究一番之后,"知道其发展路线,实在是本着这样的一条原则":"打破衣以蔽体的荒谬思想,拥护肉感政策,以争取男性之爱怜(?)。"

不过又据这位"研究男性心理学的专家"冷眼旁观的结果,却以为运用如此的"肉感政策",实不足以达到"争取男性爱怜的目的",实由于"男子对女人的好奇心最厉害"云云。"人都有好奇心。男子对女人的好奇心厉害,女人愈神秘,愈能引起男子的好奇心,也就愈能将男子迷惑。"

因为——"在男人眼中,女人身上的每一部分都是神秘的,每一部分都会引起他们的非非之想。整个的女人,在男人看来,便是一件神秘的艺术品。"(?)

所以——"如果女人能永远保持着她的神秘,我相信她一定会长久为男人所迷恋,所崇拜的。"

原来作者"言中之意"并不在"取缔女人奇异服装"之再提,而是另辟途径,主张"神秘路线"。盖神秘公开既属毫无意思,那当然只得将历史拉回去十世纪。"譬如古时的少女,多深处闺阁,男子每以一见为荣。现在女人满街跑,也就觉得稀松平常。"

按此之故,今之女人为了争取男子"一见之荣",实大有归返"重阁"之必要。"古时女人的手足都不外露,男人如能有缘一睹玉笋金莲,就自觉三生有幸。现在女人三分之二的肉体都露在外面,司空见惯,也就不以为奇。"

最后,他好意地奉告众家女子务要"能设法保持其神秘方为上乘",向女界进言既毕就问道:"不知道天地灵气所独钟的女士们以为然否?"

我倒要代女性向这位作者奉进"一言":"男士先生呀,你说你要打倒'肉感政策',拥护'神秘路线',怎的你贵男士先生的文章内却充满的全是肉感作风啦!男士先生呀,我劝你还是收拾起'神秘路线',回去赶写一部肉感的色情小说,恐怕比写此类'言论'更能受人欢迎。未知男士先生也以为'善'否?"

原载《女声》[1]第2卷第10期(1944年2月15日),署名:包不平。

导读：

　　此文引用两篇文章的"肉体美"的谬论，最后才轻轻地捅破脆弱的窗户纸，无须用"牛刀"剖析。因为"肉体美"一时成为报刊上的流行语，被持有不同审美价值观的作者从不同角度演绎发挥，吸引读者眼球和"流量"。

　　此文摘引的两篇文章赤裸裸地吹捧"肉体美"，将此捧为至尊，用"高雅"的词语蛊惑人心，成为当时流行"四俗"（低俗、粗俗、媚俗、庸俗）的社会畸形心态的一个缩影。如今进入21世纪，不知还有多少人依然如故。

　　《女声》编辑也很反感厚颜无耻地吹捧"肉体美"的论调，因此特意在丁景唐此文一旁配有一幅木刻插图《她们能做男人一样的事》，作者雨中莺（化名）。此人还创作漫画，在当时报刊上刊载了《脚夫》《纺织娘》《伪警察时代的丑剧》等。插图《她们能做男人一样的事》上出现两个中国劳动妇女，吃力地推着笨重的木板车，车厢里面装着沉重的矿石之类的货物。这表达了丁景唐此文的某些弦外之音：在黑暗的旧社会里，社会底层的大多数妇女挣扎在生死线上，哪里还有心思在乎"肉体美"。

注释：

　　〔1〕《女声》，见本书第32页注释〔4〕。

　　这期还刊登了丁景唐的四篇诗文：诗歌《寒园》《囚狮》、论文《朱淑真与元夕词》、译文《女性中心的蚂蚁》。

学生文艺奖金的启端与希望

自从上期本刊揭载了重行举办学生文艺奖金的消息[1],不隔几天我们就接获了一封中国华恒针织厂以许晓初[2]、蔡仁抱[3]两先生署名的信,来响应赞助。原函云:

> 顷阅四十四期贵刊,欣悉重行举办'大、中学学生征文',鼓励青年写作,法良意善,深为钦佩。敝公司兹为赞助贵刊奖励后进之旨,所有此次征文之奖金及奖品概由敝公司捐赠,借表微忱。

[面对]这种奖掖后进、热心教育的盛情,也就是伟大的博爱举动,同人等不加考虑,拜领了这盛情的响应,径与蔡仁抱先生商洽,确定了具体的进行办法(详见本期《KASCO[4]学生文艺奖金条例》)。

文艺奖金在欧西是极盛行的事,如瑞典的诺贝尔奖奖金、美国的普利策奖奖金、法兰西的龚古尔奖奖金、苏联的国家奖奖金……或由私人捐赠,或由国家具体创设,都是规模宏大、驰名文坛而为吾人所熟知的。此次许晓初、蔡仁抱两先生代表中国华恒针织厂,为《小说月报》创刊五周年纪念特赠"KASCO"(凯丝固,系该厂出品之名称)学生文艺奖金,虽不能说是中国创设文艺奖金的先例,但在爱护后进、鼓励青年学生写作这一点上看,无疑是社会人士关心文化的启端。

"KASCO学生文艺奖金"是一颗丰肥的种子,愿青年的友人来殷勤地灌溉培栽,使它在贫瘠的文苑中抽长茁壮的萌芽,开放绚烂的花朵!

因此我们不但希望能够谨慎地贯彻这次征文的计划,以报谢中国华恒诸先生赠设的盛意,并且希望能鼓舞激励起许多中国未来文艺复兴的新人,共同来奠定新文坛的始基!

原载《小说月报》第45期(1944年11月25日),署名:丁英。

导读:

《小说月报》第44期(8、9月合刊号,1944年9月15日)刊登丁景唐写的《关于重行举办"大、中学学生征文"的话》,一周后,这期发表了此文,前后两文关系紧密。

此文提及上海滩两位"闻人"许晓初、蔡仁抱热心赞助,其过程内情不详。文中又提及"径与蔡仁抱先生商洽",显然是与蔡仁抱合作,双方具体洽谈、操作。于是《小说月报》第45期扉页上刊登一个正式启事,即《〈小说月报〉五周[年]纪念——中国华恒针织厂股份有限

公司赠设 KASCO 学生文艺奖金条例》:

一、本学生文艺奖金由中国华恒针织厂赠设。

二、奖金：总额共计五千元，第一名奖现金二千五百元，第二名奖现金一千五百元，第三名奖现金一千元。

三、奖品：

（1）赠送中国华恒针织厂出品，第一名得"KASCO"201 密兰耐丝背心一件，第二名得"KASCO"901 纯丝背心一件，第三名得"KASCO"901 纯丝背心一件。

（2）由万籁鸣照相馆赠送四寸美术半身照相一张，凭券由得奖者本人往摄，以便制版付刊《小说月报》。

四、资格：凡大、中学学生（包括专科、补习学校）均得应征。

五、征文：体裁不拘，小说、散文、报告、速写皆可，文勿过长，以四五千字为宜。

六、手续：来稿务请注明学校、年级、姓名、地址，加盖本人印鉴，径寄宁波路470弄4号《小说月报》社 KASCO 文艺奖金部。

七、征文即日开始，每期在《小说月报》学生征文栏刊登，欢迎读者推选评介。

八、特请严独鹤、包天笑两先生及编辑部同人评定名次，于四十七期《小说月报》揭晓。

九、得奖者凭原印鉴及得奖通知书于揭晓后十日内至联华出版公司会计处领取奖金及奖品。

十、中国华恒针织厂赠送之奖品，陈列于南京路四四五号冠龙照相材料行、洛阳路四〇八号万籁鸣照相馆。

民国三十三年十一月订

《奖金条例》中有关征文事项，采用了丁景唐起草的《大、中学学生文艺征文简则》有关条款。

丁景唐劝说恢复征文活动所起的重要作用和积极效果，得到了陆守伦的好评，他在《关于本刊五周年的话》（《小说月报》第45期）中写道：

守伦和本刊同人的力量薄弱得很。我们的经济是竭蹶地支撑着的，微光是投下了，而我们面前不断横着不如意的艰阻。这之间，有几次脱了期，甚至想不干了，可是我们何敢因艰而阻，总算我们达到五周年的成绩。从这一次特大号起，我们一贯坚贞的精神把内容彻底革新。这不需啰唣地介绍，热忱的读者自然领会。

特别告诉读者本刊重行举办的学生文艺征文，获得许晓初、蔡仁抱两先生的响应，捐赠奖金与奖品。虽然不敢和苏、美的文艺奖金运动并提，但对于中国的青年学生未始不是一种激发，所谓"激发英雄夜读书"。

  这一次特大号,承一羽、丁英二先生参加这艰难工作,同时希望广大的读者继续给予爱护与指正。

这期《小说月报》版权页的编辑一栏里首次也是最后一次出现一羽、丁英的名字。

  颁奖的详情刊登于《谷音》,附在丁景唐的《六朝的民歌(南方篇)》文后,即《KASCO学生文艺奖金揭晓》(理应是丁景唐撰文)。文中写道:"中国华恒针织厂许晓初、蔡仁抱二氏为《小说月报》五周[年]纪念赠设之'凯丝固学生文艺奖金'已于三月十一日假中法大药房会议室举行给奖典礼。到许晓初、蔡仁抱、包天笑、严独鹤、沈禹钟、万卓然等及《小说月报》、华恒厂同人来宾数十人,由许夫人、蔡夫人给奖。除华恒厂之奖金、奖品(KASCO密兰耐丝背心、围巾、手套)、《小说月报》奖状外,并由万籁鸣照相馆赠送四寸美术照十份。情况至为热烈。"

注释:

〔1〕详见《关于重行举办"大、中学学生征文"的话》。

〔2〕许晓初,安徽寿县人,回族。1922年夏,毕业于复旦大学经济系,历任中法制药公司襄理、总经理、董事长等职,后创设药业银行、富华银行、中法油脂化工公司、中法血清菌苗厂等40余家单位,成为上海六大集团企业领导人之一。当时报上经常刊登许晓初的行踪消息,他被媒体称为"海上闻人""实业界之权威"。1939年,许晓初等人筹资创办上海戏剧学校,校长为陈承荫,校址在马浪路(今马当路)。学校招收学生100余人,均以"正"字排名,活跃在舞台上,许多老戏迷多年后还记忆犹新。

〔3〕蔡仁抱,曾用名蔡德弘、蔡纶、蔡岳等,浙江吴兴人。早年留学日本早稻田大学,16岁开始从事摄影研究,他与郎静山、胡伯翔、张珍侯等人创建上海第一个摄影团体"中华摄影学社"。20世纪30年代初,他担任《时报》特约摄影记者,他的人脉关系甚广,被称为"交际家"。上海"孤岛"时期,他兼任多种职务,新亚酒楼、美亚丝绸厂等公司董事,上海难民救济协会收容所总管理处处长,并且主持西南实业协会事务,媒体称他为"上海社会人物中后起之秀"。蔡仁抱后来从事摄影机械和红外线摄影研究。

丁景唐回忆:"(华恒针织厂)经理蔡仁抱是地下党员蔡怡曾(圣约翰大学教育系)的父亲。他当然不知道自己的女儿是共产党员。1948年蔡怡曾被捕入狱,他向国民党拍胸,保证他的女儿绝不是共产党员,她是无辜被人冤屈的,结果把她保释出来。近读范泉赠书,回忆说当年他被日本人抓捕后,也是蔡仁抱保释出来的。"(《我的文艺编辑生涯》)

蔡怡曾,1946年获圣约翰大学教育学硕士学位,1945年2月参加共产党。1949年6月起,负责上海市青委少年儿童工作,是上海少年先锋队建队工作的开拓者。1953年起从事教育工作,曾先后担任上海市青委少年儿童工作委员会书记、共青团上海市工委少儿工作部部长、上海市第二师范校长、杨浦区教师进修学院院长、松江师范专科学校校长、杨浦中学校长、上海市教育局师范教育处副处长等职。

〔4〕KASCO,时译凯丝固(今译卡斯科),这是中国华恒针织厂的商标。

从女子二十四孝谈起

对于《廿四孝彩图》和故事,自己一向缺少好感,这原因除了这些廿四孝一类故事内容太荒谬以外,还在于它的不近人情。就拿海上某大药房,以前曾因"鉴于世风不古,孝道日替,爰斥巨资"所印的《廿四孝彩图》[1]来举例:《廿四孝彩图》几乎全是宣扬迷信的鬼话。有所谓"黄庭坚涤亲溺器""庾黔娄尝粪忧心",以及"卧冰求鲤""哭竹生笋"一类的东西。如果出诸村妇乡叟的传说,尚还不失朴厚的可爱,而"中学为体,西学为用"的"新思想勿忘旧道德"者,则真不知其居心何在了。

至于"郭巨埋儿",先哲多加指摘,埋儿的悲剧十足暴露了孝道的"真谛",犹如礼教之"吃人"一样,已为今人所熟知的事实。此外绘图之恶劣和荒谬是不必计较的了。"孝感动天"中画一象在耕田,道旁"人龙袍冠冕,后立太监二人",想来大概就是文中所提的帝尧。太古时代而有如此身份打扮,简直不能想象。另一张"乳姑不怠"的图文中说:"唐崔南山曾祖母长孙夫人,年高无齿,祖母唐夫人每日栉洗升堂,乳其姑,姑不粒食,数年而康。"其对页有广告"雇用乳佣之条件",其七有云:"乳母应常服大众补品食母生。"想来这也不外乎"中学为体,西学为用"的中庸之道的表征吧!

并且据这家创设远在十余年前的药厂在印行《女子二十四孝彩图》的序文中所说,不仅对"女权发达,男女平等"有很好的功效,而且这还是为了读者的要求。当然弹抨世风、挽回孝道等的堂皇大文章也少不了的。

……鉴于世风不古,孝道沦亡,曾经编印《二十四孝彩图》,辱承各界士女纷纷见索,不胫而走,于以知孝道入人之深有如是者。于兹女权发达,男女平等,对于巾帼孝行,似难任其湮没无闻。爰徇读者之请,特编《女子二十四孝彩图》,俾全国女界同胞,亦知孝为百行之先,所以挽颓风,励末俗者至重且大……

语气中似乎对于"全国女界同胞"是否了解孝道深致关切,于是也就难怪要强调说:"本厂为提倡孝道……更斥巨资,刊印《女子二十四孝彩图》一册,用七色版精印,图文并茂,关于家庭教育及改善子女德性者至巨。"而更谓:"女学生尤需必读。"

既可推广销路,复可收拾人心,真是功德无量,阿弥陀佛!在这滔滔者流,群以"损人利己"来达到自己的"不义而富且贵"的"夷场"[2]间,有如此的"中流砥柱"人物来挽救世道人心,也实可令人生敬。

历史上,有多少科学家为了发现真理不惜殉身以赴的结果,使我们后代的人得能享受一切物质文明的设施。哥白尼为了指出地球是圆的真理,竟被斥为异端,科学和迷信在这一些过去史页上曾不知写下几许可歌可泣的事迹。但到了中国,却往往走了样,变成不三不四的"四不像"。所谓"道德尚旧,科学维新",采取了科学的外貌来掩饰迷信的事实,真是数也数不清。譬如"臂血和丸"一条中云:"明韩太祖妻刘氏,孝于姑,姑有风疾,卧病日久,肉腐生蛆,刘氏拾而嚼之。又尝刺臂或斩指出血,和人丸中,以供姑食,其孝思如何。"我们怀疑这家药厂广告上叫"女学生尤需必读"的本意,不知是否就是这类"割肉拾蛆"式的孝道。

不知有否记错,《热风》(?)上曾有段批评迷信与科学的话:"现在有一班好讲鬼话的人,最恨科学,因为科学能教道理明白,能教人思路清楚,不许鬼混,所以自然而然成了讲鬼话的人的对头。于是讲鬼话的人,便须想一个方法排除它。"[3]

原载《女声》[4]第3卷第8期(1944年12月15日),署名:包不平。

导读:

此文依据鲁迅的金句(最后引文),严肃批判《女子二十四孝彩图》,指出迷信与科学、广告(夸大)与真实、噱头与美文,绝不能混淆,这是该文的初衷。

此文谴责古代女性的愚昧、忠孝等封建伦理道德,药厂却打着"道德尚旧,科学维新"的旗号,拉扯风马牛不相及的古代孝道故事,移花嫁木,大做药品广告,诱惑读者前去购买。此类名人效应印刷品的广告促销手段,如今花样翻新,层出不穷。

注释:

〔1〕指《女子二十四孝彩图》,上海信谊药厂1941年编印,前有鲍国昌作序,郑午昌写《女廿四孝图传》,内含24幅彩色故事画及24张广告画,都是关于"食母生"等药品的。笔者查到此书,只保留了文中提及的"臂血和丸",其余均删除,由其他故事画替代。书商为了图书畅销,高度评价此书:"书中除文言原文,另撰较详白话文一篇,并请名家每篇绘图一幅,图上题五言诗一首。绘图细腻生动,富于生活情趣。配诗通俗易诵,便于记忆流传,与图相配,更添意趣。"

〔2〕夷场,指上海的租界。

〔3〕此语出自鲁迅《热风·随感录三十三》,原载《新青年》第5卷第4号(1918年10月15日),署名唐俟。

〔4〕《女声》,见本书第32页注释〔4〕。

逃避与等待

将自己的头埋在沙漠里,露出整个的身子在空间,以为是妥全了,这是鸵鸟聊以自慰的逃避方法。另外有一种[叫]企鹅的海鸟,风平浪静的好日子,在水滩边晒晒太阳,拍拍翅膀,坦着白胖的胸腹,吱吱喳喳,昂昂然也颇有些绅士的气派。但一旦大风吹起风暴,便忙着躲紧在岩石的空隙间,缩了头不敢出来。企鹅当然有企鹅的哲学,如果是人,他也一定还用些漂亮的辞藻来掩饰哩!

上海虽非沙漠地带,但鸵鸟也是有的。而且因为地处滨海,企鹅更属不少。受到了一些轰然巨声,便惊[叫]起来:"上海不太平,还是避难吧!"可是实际上,口中嚷嚷的人们,脚步不动的居多。由于生活的日益困苦,与其待在上海挨饿,那自然还是到乡间或外埠去另谋出路为好,这不是逃避,而是找寻出路。有身价的人可就不同,世间何处有桃源,逃到哪里去好,固是一个问题;舍不得享受,又是一个问题。因此还是回到原路上来,过他们"一动不如一静"的老生活,投机的仍旧投机,空谈的继续空谈。"酒色财气"总之还是照常抱着逃避的心理来等:"现在乱世时代,有什么事好做,还是等待太平了再说。"

这时鸵鸟就成为企鹅的揶揄对象,称之为"庸人自扰"。粗看起来,企鹅似乎有他们聪明的地方,因为等待,进可求发展,退也有温柔的巢可躲,不像鸵鸟那么傻。其实,"等"与"逃"有着血缘之亲,逃不成或无处可逃才用等待来掩饰其逃避现实的行径。"不劳而获"的社会养成"坐享其利"的实心大老倌[1],逃避与等待并无多大距离,套句老话,原是"一只袜统管里"[2]的货色。

人类几千年文化光辉的成就,就是依靠无数先人供奉他们一滴一点的劳动造成的。如果人坐在那儿等待,世界将会变成一个怎样荒凉的地面?而人和兽类又有什么分歧呢?

忘掉了人在历史中的创造性,丢掉了主动的作用,他们会成环境的俘虏。采取逃避与等待的"守株待兔"式的人,他永远是一个失败者。"罗马非一日所成",一件伟大艺术品的完竣,全恃刻苦砥砺,在困难中打出路来。人应该有所希望,有所期待,这样他才会成为生活的主人,而不是一个旁观的等待者。

原载《莘莘》月刊[3]第4期(1945年7月5日),署名:王淑俊。

导读:

《莘莘》月刊第4期与第2期"助学义卖市场"特辑相呼应,卷首语为原宪的《论救济失学》,随后的专栏"大家谈"推出一组三篇文章,即丁景唐的《逃避与等待》、子敏的《何必救失学》、克疾的《下学期怎么办》。这些文章大多有很强的针对性,围绕着救济失学、物价飞涨、学生求学、寻找职业等现实问题,唯独丁景唐的《逃避与等待》似乎偏题,远离其他三篇文章的主旨。这是为什么呢?

《莘莘》月刊第4期出版时,艰苦卓绝的抗战将迎来胜利,坊间出现各种乱世传闻,引起繁杂臆想,折射出浮动的人心。"逃"与"等"成为众多民众,包括青年、学生,以不变应万变的比较普遍的心态。

对于《莘莘》月刊的出版方针,丁景唐确定三条基本原则:(1)标榜非政治性,既不发表日伪的宣传文章,也不发表刺激敌伪的"左倾幼稚病"的文章;(2)注重知识性、文艺性和生活性;(3)以发表学生的作品为主,也重视教授、学者、教师的文章,并争取他们投稿。(丁景唐《我的文艺编辑生涯》)因此,丁景唐既要考虑此刊的"非政治性",又要对于各种乱世传闻做出导向性的分析与判断,加之其他复杂因素,他选择对"逃"与"等"的比较普遍的心态进行批评、分析与引导。

《逃避与等待》将鸵鸟、企鹅分别作为"逃"与"等"的象征,具有感性的形象化表述,并非枯燥的抽象说教,通俗易懂,既便于青年、学生接受,又容易引起共鸣,以达到一种阅读默契。

此文明确地指出:"'等'与'逃'有着血缘之亲,逃不成或无处可逃才用等待来掩饰其逃避现实的行径……逃避与等待并无多大距离,套句老话,原是'一只袜统管里'的货色。"最后委婉地劝说:"人应该有所希望,有所期待,这样他才会成为生活的主人,而不是一个旁观的等待者。"其中所包含的深刻寓意,至今仍能得到证实,实现中华民族伟大复兴的梦想激励中华民族不断前进。

《逃避与等待》是一篇较好的杂文,这是学习鲁迅杂文的结果。

其一,对于鸵鸟、企鹅的形象化描写,诸多细节颇为生动传神。企鹅"白胖的胸腹,吱吱喳喳",趾高气扬,"颇有些绅士的气派",在风平浪静与风暴来临的不同时空里,演绎着活灵活现的言行。作者"点睛"道:"如果是人,他也一定还用些漂亮的辞藻来掩饰哩!"由此推出个性化的社会形象,有助于读者对于身边"逃"与"等"的社会群体的实质进行把握与理解。

其二,此文反常规的丰富联想,得益于丁景唐作为诗人的广阔思维。鸵鸟、企鹅是生活环境、习性等完全不同的动物,丁景唐却将这风马牛不相及的动物类比人类社会中"逃"与"等"的群体。这种反常规的联想,带来了一种新颖的构思和指向,在两者个性的巨大反差中发现两者共性的相通,鲜明地体现于对鸵鸟、企鹅的细节描写和心理刻画上。如果说这是丁景唐平时生活经验积累的反映,延续了诗人的思维惯性;不如说体现了他所怀有的一种目的明确的自觉意识,其中蕴含着他坚定的政治信仰和追求的美学情趣。

其三,丁景唐出身于贫寒家庭,早年丧失父母,深深感受到社会底层弱势群体的痛苦和烦恼,倾泻在笔端,自觉地去批判、否定"恶""丑""伪"的诸多社会现象。迫于险恶环境,经常采用曲笔,同时现实也催促他提高曲笔的水准和境界,形成柔中带刚的杂文批判风格。

此文中鸵鸟、企鹅之间互相揶揄、攻讦,可憎、可恨、可笑、可怜。然而意犹未尽,总让人觉得此类批判缺乏犀利锋芒,并未继续挖掘"逃""等""惰性""奴性"的根底——几千年集体无意识积淀的固有顽症,这更能显示出自私、卑怯、冷漠、无情,甚至软刀子杀人的凶残。不过语多必失,容易引起诸多"后遗症",反而欲速则不达,模糊了原来清晰的主旨。从另一个角度来看,这种意犹未尽的效果有个"度",不必狠狠地捅破窗户纸,嘶哑着嗓子大声叫喊。这正是丁景唐柔中带刚、形象大于思想的杂文风格。

注释:

〔1〕大老倌,沪语,出手大方、气派的人。
〔2〕一只袜统管里,沪语,形容关系密切。
〔3〕《莘莘》月刊,见本书第46页注释〔1〕。

关于教育复员

最近报载[教育]部令设立博士学位,奖励著作发明,这是一个好现象,虽然中国目前亟待进行的也许是整个教育的复员。到台湾、东北去办理教育的口号,有人在提;要求因战争迁移各大城市(尤其是上海)的学校早日回返原地的希望,也有人在诉说;企望物价稳定,生活不再更苦,使学龄的子女也能分享胜利的惠泽,这更是人民对国家热烈的期待。可是交通不便,旅费倍增,校舍毁废,经费无着,物价日涨,生计维艰,这些实际的困难妨碍中国教育的复员,也妨碍着中国成为自由幸福的强国。

如何增加教育经费(不是用增税的方法),实施国民义务教育,使被摒[弃]于学校门外的许多少男少女也能享受教育的权利?如何改良教育方法,提倡"教、学、做"合一的工读制,普遍设立像晓村乡师、定县民教、山海工学团一类的乡村委员生产教育,使成人[中]的文盲也能懂得国家大事?如何改善民生,解决"毕业即失业"的难题?……一连串治疗中国教育的药方,教育家已经给开列了许多许多。

古人说得好:"仓廪实而知礼节,衣食足而知荣辱。"可见教育也不是一件孤立的事。正如长满荆棘莠草的地面不能希望有丰美的收成,痴想沙漠中会成长苍翠的乔木林,毕竟是不可能的。如果国家能够自由富强,人民能够安居乐业,逐步走向民治、民有、民享的世界潮流,那么即使[是]贫瘠的土地,经过施肥、辛勤的耕耘,也会开放鲜花。

愚蠢无智、复古盲从、缺乏理性……半殖民地式的教育时代应该过去了。新的中国需要新的教育方针:

(1)在宪法[中]确定人民享受国民义务教育的权利,[建立]言论、结社、出版自由立法的保障。

(2)奖励学术自由研究,改良教授法,多注重实验与应用。

(3)提倡工读,培养淳朴健康的学风。

(4)改善教员待遇,使其能安心服务于教育神圣事业。

(5)没收敌伪汉奸财产,以充图书馆、文化公园、体育场、博物馆等社会教育的经费。

这是希望,也是感想,算不了什么意见。唯愿中国的教育界能和英、美、苏、法[等]盟国同样有一番新气象,庶不致辜负"五强"的荣誉!

原载《时代学生》[1]第2期(1945年11月1日),署:译作丛刊编辑丁英。

导读：

　　此文反映了抗战胜利后广大师生关注的"教育复员"问题，最后提出的五点建议传达了中共上海"学委"有关指示精神。此文与小说《"读书救国"和"唯才"论者》以不同体裁反映同一问题。

注释：

　　〔1〕《时代学生》是抗日战争胜利后中共上海"学委"领导的刊物，创刊于 1945 年 10 月 16 日，出版至第 13 期（1946 年 5 月 10 日）。设有"短评""学生座谈"等，还刊登文学作品，其中有蒋锡金、魏金枝、朱维基等人的文艺作品和歌曲。

　　1945 年 8 月，日本宣布无条件投降，丁景唐继续在中共"学委"系统领导学生宣传工作，联系了圣约翰大学的党员阮冠三、潘惠慈、成幼殊、吴宗锡等，指导、帮助他们创办新的学生刊物《时代学生》，为迎接"天亮"活动创造舆论阵地。丁景唐和负责宣传工作的党员陈昌谦一起领导这个刊物，陈昌谦直接"亲临前线"，担任主编。不久，阮冠三被圣约翰大学开除，撤退到解放区，由成幼殊负责编辑。（详见《丁景唐编辑文艺刊物》第九编）

重庆文化出版界近况

一度曾被称为文化城的桂林,在遭到战火的洗礼之后,不再有一丝文化的气息了。重庆虽然多雾,空气不好,可是与成都、昆明鼎足而立,为大后方文化的重镇。关于近顷重庆文化出版界的动态,想是读者们所乐于知道的。

书店与出版社

重庆书店,最著名的当然是生活书店。生活书店分店遍布全国,后来因种种关系收歇,只剩下重庆、昆明、成都等数处了。抗战胜利后,总店迁沪,重庆改设分店,与读书出版社、文化生活社联营。

建国书店是次于生活书店的大书店,所出版之书籍多为各家之译著。此外尚有良友、五十年代、自强、大地、南天、建中、作家书屋、人生、群益等出版社。这些出版社大多只[经]营出版,没有门市[部]。又有文艺界人士组织的联营书社,系出版界的总经售机构,自己不出书刊,专代书店、出版社经销,曾编印抗战后全国书目,为一新型的书报社。

刊物巡礼

重庆因为纸张缺乏,报章杂志皆由土纸印刷。土纸质料不好,水浥即破,色泽土黄,有伤目力,这也间接影响了出版事业。物质困难是内地出版文化界的致命伤。不过环境虽然如此,刊物仍出得不少,尤其是文艺性的刊物,有[叶]以群编[之]《文哨》、胡风编之《希望》、"文协"(中华全国文艺界抗敌协会)编之《抗战文艺》、[邵]荃麟编之《文学杂志》等。"文协"机关刊物《抗战文艺》所载大多是老作家的作品,老舍的精神尤其可佩。胡风之《希望》载的多是充满了希望的新人作品,最受人瞩目的是路翎与贾植芳。《文学杂志》本由王鲁彦创办,鲁彦死后,由邵荃麟接编。

除了纯文艺刊物,一般性的刊物也出了不少,与文艺有些关系的是郭沫若主编的《中原》。这是一份一般文化的刊物,创办于三十二年(1943),二月刊,所载多为学术论著。

老作家不老

抗战以来,文艺界的新人崛起不少,不过最可瞩目的是那些老作家们的研究与写作的精神,实在可佩,其中尤推郭沫若、茅盾、老舍为最。

郭沫若除编《中原》以外,在群益出版社陆续出版了《十批判书》。他以其正确深辟的史观、渊博广大的修养,积二十余年治学所得而著此书。立论谨严,考据详尽确实,总约三十余万字,举凡先秦诸子,孔墨诸家均论及。并有郭氏对其过去巨著《[中国]古代社会研究》进行严正之自我批判。此书分上下两册出版,要目计有:(1)古代社会研究的自我批评;(2)孔墨批判;(3)稷下黄老学派批判;(4)庄子批判;(5)儒家八派批判;(6)荀子批判;(7)名辩思潮批判;(8)前期法家批判;(9)韩非子批判(此篇由上海出版之《新文化》第三册转载);(10)吕不韦与秦王批判。此外,郭氏还写了四个史剧《虎符》《屈原》《孔雀胆》《南冠草》和文艺论文集《羽书集》。

茅盾长篇名作《腐蚀》在上海也发卖了,其实此书写作远在"一二·八"之前。其他尚有两个短篇集:《委屈》与《耶稣之死》。茅盾平常所写的以论文居多,已结集出版一文艺论文集。最近他的著作当推《清明前后》,这是一个五幕剧,茅盾写剧本尚是初次。他以剧本形式勾画了中国民族资本家的兴起与发展,与《子夜》大致相似,胜利后在重庆演出,盛况空前。

老舍除了主持"文协"会务,著作也很勤,并且多数是剧本。以老舍俏皮流利的京片子来写剧本,对白自然漂亮、流畅无比。

鲁 迅 的 研 究

关于鲁迅研究的著作,上海过去曾经有不少专著散见各刊,较有系统者似乎只有两本:巴人著的《[论]鲁迅[的]杂文》与邵翰齐(平心)[1]的《[论]鲁迅思想》。在重庆方面,关于鲁迅的研究工作也从来没有松懈过,萧红的《回忆鲁迅先生》,上海读者都已看到了。最近尚有两本:林辰著的《鲁迅事迹考》与孙伏园著的《鲁迅先生二三事》。最近上海出版的《新文化》半月刊,似乎也在继续全集的补遗工作。

原载《文坛月报》[2]创刊号(1946年1月20日),署名:禾田、洛生。

导读:

《文坛月报》创刊号目录最后印有《重庆文化界动态》,作者为禾田(董鼎山)、洛生(丁景唐)。由于篇幅有限,此通讯分在两处(第82页、第96页)刊登,标题也只好分别标明"(一)""(二)"。丁景唐回忆说:"董鼎山与我合作,以'禾田''洛生'笔名写《重庆文化出版界》《重庆的诗歌与戏剧界》。"他提到的文章标题可能是原来的标题,与正式发表时的标题不同。

此文分为四个部分:书店与出版社、刊物巡礼、老作家不老、鲁迅的研究。第二部分谈到胡风编的《希望》,"载的多是充满了希望的新人作品,最受人瞩目的是路翎与贾植芳"。胡风主编的《希望》创刊于1945年,培养、扶持新人是办刊的宗旨之一,发掘新人路翎,惊艳亮相,更是胡风得意之作。贾植芳夫妇在抗战胜利后抵沪,一时难以找到住所,寄居胡风家。

第三部分中特别提及郭沫若、茅盾、老舍。鲁迅去世后,郭沫若成为中国现代文坛的一面旗帜,抗战时期重庆进步文艺界发起郭沫若五十寿辰庆贺活动,在背后支持的是共产党要人。此文不仅介绍了郭沫若的著作情况,还列出郭沫若《十批判书》的目录,这是一种特殊待遇,与广大读者心照不宣。

1946年,丁景唐领导的"文谊"曾邀请郭沫若去演讲,地点在上海育才公学(山海关路、石门二路路口)大礼堂里。几天后,《文汇报》连载郭沫若的讲演稿《文艺与科学》,俞辰(第一次刊登此记录稿时未署名,续载时署名,很可能是化名)记录、整理,文后注明"文联社供稿"。(详见丁言模:《郭沫若的"另一种"佚文〈文艺与科学〉讲演稿》,载《书香传情——丁景唐藏书考辨》,上海文艺出版社,2020年11月。)

此文还介绍了茅盾著作的有关情况,提及茅盾首次创作五幕剧《清明前后》,这与《文坛月报》创刊号发表夏丏尊的《读〈清明时节〉》相呼应。

注释:

〔1〕李平心,笔名邵翰齐,著名历史学家。1927年加入中国共产党,次年因叛徒出卖被逮捕入狱,后经保释回南昌乡下。1930年重回上海,参与中华苏维埃代表大会中央准备委员会筹备工作,次年"苏准会"遭到反动当局严重破坏。李平心失去与党组织的联系,长期坚持在马克思主义理论指导下从事学术研究和各项社会进步事业。1942年底被日军抓捕入狱,受尽折磨,后经营救出狱。1949年后,任华东师范大学历史系教授,当选为中国民主促进会中央委员、全国政协委员和上海史学会副会长。"文革"初期含冤而死。他一生著述丰富,著有《现代社会学理论大纲》《论鲁迅思想》等,影响颇大。

〔2〕《文坛月报》,见本书第55页注释〔1〕。

上海文坛漫步

有一位在酱产业任事的友人向我们提出了这样的一个问题:"请介绍一些浅近的现实文艺作品,因为我们没有时间也不知如何选择!"同时他更建议我们将上海的文艺刊物做一番评介,推荐几篇适宜阅读的作品。

对于这个极其实际的问题,笔者愿意在这里提些意见。[抗战]胜利后,特别是开春以来,由于上海文艺工作者的辛勤耕耘,在文艺的园圃里陆续萌生了许多美丽的花朵。[1]

(1) 纯文艺刊物有十种:

魏金枝编的《文坛》[2](已出三期)和《现实文艺丛刊》第一辑《新生篇》。

郑振铎、李健吾编的《文艺复兴》(已出四期)。

胡风编的《希望》[3](二卷一期移沪)。

孔另境编的《新文学》(已出四期)。

范泉编的《文艺春秋》(已出二卷五期)。

尚有年青一代的《文艺学习》[4](已出二期)、《麦籽》[5](已停)和《文艺青年》。

《苏联文艺》介绍苏联文艺的专刊,现出二十四期。

(2) 文艺综合刊物有七种:

茅盾、[叶]以群编的《文联》(已出六期),偏重于文化评介[和]国内外文化交流。

吴天编的《文章》(已出三期),文艺影剧、舞蹈、音乐,综合刊。

吴祖光、丁聪编的《清明》(已出二期),偏重于戏剧、木刻、绘画。

沈延国编的《月刊》(已出六期)。

文潮社编的《文潮》(已出二期)。

尚有顾颉刚编的《文讯》(新一卷二期移沪)、郭绍虞编的《国文》,前者偏于历史研究,后者探讨语文写作,与广义的文艺也有相当关系。

(3) 外埠出版而在沪发售的也有好几种:

司马文森编的《文艺生活》,[还有]《中国诗坛》《人民文艺》《北方文艺》《文综》《音乐与戏剧》《新星艺术画刊》《木刻艺术》《抗战文艺选刊》等。

"远远"望去,上海的文坛只以文艺性的刊物而论,也可算得五彩缤纷、颇为热闹了。但是一个爱好文艺的职业青年或学生,想遍览所有的刊物,非仅时间、经济不允许,而[且]在阅读能力和接受程度上也有相当的困难,因此不能不有所选择。我想这就正是那位友人为什么提出要求我们"介绍一些浅近的现实文艺作品"的基本缘由了。

提起"浅近的现实文艺作品",这的确是上海文艺界的一个大问题,因为今日的文艺还停留在少数进步的知识分子中间,跟广大的中下层人群脱节,是显著的事。被饥饿(物质的和精神的)困扼着的青年向新式的佳人才子故事(如《文艺春秋》二卷四期钱今昔的短篇小说《悲哀的微笑》)固[然]会投以轻蔑的唾沫,至如汪曾祺的《复仇》(《文艺复兴》四期)用绮腻的笔致写这遗腹子练剑为父复仇的玄诞的中世纪式传奇,也离我们生存的时代太远了。在这时代受苦难的人群,所需求的乃是描写人民的苦痛和反抗的现实,在这方面我们的作家也有着光辉的成绩。

(1)反映[在]"发亮了的土壤"上的英勇战斗和人如何改造社会、改造自己的灿烂事业的有:

刘白羽的《发亮了的土壤》、林淡秋的《伤兵母亲》、周而复的《地道》、杨朔的《风暴》、项伊的《大年夜》、韦明的《母与子》、[陈]荒煤等集体创作五幕剧《粮食》(以上《文坛》第一至三期),邵子南的《李勇和他的地雷阵》、演汉的《私盐贩》(以上《希望》),[陈]荒煤的《一个厨子的出身》、葛陵的《在平原上》、程海洲的《我们的英雄》(以上《新文学》),柳青的《王老婆山上的英雄》(《月刊》)。

(2)反映"后方"城镇阶层人物的变动的有:

沙汀的《访问》(《文坛》)和《范纯瑕老师》(《现实文丛》),路翎的《俏皮的女人》、萧曼若的《冷老师的倔强》([以上]《文坛》),[路翎的]《王兴发夫妇》、平旦的《名匠陶明》([以上]《希望》),[叶]以群的《五年》(《文章》),徐疾(刘燕荪)的《兴文乡疫政即景》(《文联》)。

(3)反映抗战期间的"沦陷区"或胜利后的"收复区"各阶层人物的变动的有:

吴岩的《株守》(《文艺复兴》),越薪的《节日》(《文坛》),叶风的《浙东流火》(《麦籽》)。

由上面略加整理的初步统计研究,可以明切地看到我们在创作、报告方面的收获,特别是那些描写抗战期人民的生活变革和精神状态、战斗的理想和战斗的情绪,给予我们巨大的鼓舞和信心!因为正像胡风先生在最近一期《希望》的编后[6]所说:"历史总是由过去走向将来,更何况抗战时期的社会性格现在还并没有成为过去。"然而一个作为人民的代言人的作家,他如果也慎重地考虑了这样一个问题——文艺如何跟广大的中下层群众(尤其是职青)相结合,使我们的文艺运动照顾到群众的实际生活情况,而使之更加深入——那么我们得承认:目前的作品反映我们所寄居的都市[中]形形色色人物和其故事,如过去敌伪时代的压迫[下]随胜利而来的天上地下的"英雄";小市民想过太平日子梦幻的破灭,为外来商品倾销所改变了的经济面貌,一方面是荒淫无耻,一方面是痛苦与严肃的工作,除了能在《文汇报》《时代日报》《时事新报》等报纸的副刊上用杂文、特写、报告的形式迅速地反映变动中的现实以外,在文艺刊物上就很难找到一两篇。无疑,这一个严重的缺点,也或多或少影响了文艺运动的深入,减弱了群众接受的亲切感。再加客观的困难:时局的动荡、内战的威胁、当道的不智措置、出版言论等的变形限制、物质的高涨、印刷费等成本提高、作家生活不安定、读者购买力降低、黄色刊物的泛滥、文化汉奸或明或暗继续散布毒素……以现时一般文艺刊物的定价且在一千至一千五百元而论,销路大都缩减到一两千本,能超出两千已算好的了。因此期刊都办不成,有几种已在风雨飘摇里暂告休刊。

文艺新军的培养是克服这些困难、纠正这些缺点的一个中心工作,一方面这固然是作家——先进者应尽的职责,另一方面却更需我们许许多多爱好文艺的年青伙伴自身的努力,团结得更牢,在集体生活中学习,用共同的力量来解决阅读和写作的困难。我们深信,写作是一件终身大事,不能怕难,更不能见难而退。

让我们来响应魏金枝先生的号召,"文谊"的友人们,努力学习,用我们自己的作品来展开上海文坛新的一页吧!

原载《文艺学习》第 2 期(1946 年 6 月 6 日),署名:洛黎扬。

导读:

此文介绍了上海一些比较重要的进步文艺刊物,重点推荐了《文坛月报》《希望》等发表的小说,点评了其中一些作品,反映了丁景唐的思想倾向和审美情趣。文中批评了钱今昔、汪曾祺的小说,如今不少读者可能不以为然,真可谓"三十年河东,三十年河西"。值得注意的是丁景唐谈及文艺与大众相结合的问题,折射出毛泽东《在延安文艺座谈会上的讲话》的精神。

注释:

〔1〕此处原有"单挑纯文艺的就有十种",现在移至下文"(1)"后,改为"纯文艺刊物有十种",与下文统一。

〔2〕《文坛月报》,见本书第 55 页注释〔1〕。

〔3〕胡风主编的《希望》,1945 年 1 月创刊于重庆,后迁至上海续出第 2 卷第 1 期(1946 年 5 月 4 日),1946 年 10 月 18 日出至第 2 卷第 4 期停刊,共出 8 期。《希望》是"七月派"的主要刊物之一,栏目有诗歌、小说、翻译、戏剧、杂写、通讯等,创作与评论并重,撰稿人有胡风、鲁藜、冀汸、绿原、邹荻帆、孙钿、胡征、方然、路翎、贾植芳等。

〔4〕丁景唐主编的"文谊"会刊《文艺学习》,创刊于 1946 年 4 月 5 日,1946 年 7 月 20 日出至第 3 期停刊(详见《丁景唐编辑文艺刊物》第十编)。

〔5〕文艺刊物《麦籽》半月刊,创刊于 1945 年 11 月 1 日,1946 年 4 月出至第 5 期停刊。何舍里(化

名)编辑,发行人蔡元皓,《麦籽》月刊出版社出版,协森印务局印刷。《麦籽》发表文艺理论、小说、戏剧、诗歌、小品、散文、杂文、报告文学、翻译等,以年轻人特有的风格追求自由和解放,希望对文化建设事业有所贡献。该刊撰稿人有屠岸、成幼殊等。该刊第3期卷首刊登《安息吧,死难的同学——为昆明死难的同学而作》,成幼殊作词,钱大卫作曲。在上海举行悼念"一二·一"运动死难同学的游行时,大家唱起此歌曲。

《麦籽》《上海妇女》等都得到传奇女子董竹君(锦江饭店创始人)的赞助。董竹君以30两黄金盘下协森印务局,秘密印刷《解放》杂志、中共"七大"文献,以及毛泽东的《新民主主义论》《在延安文艺座谈会上的讲话》《论联合政府》等论著。

〔6〕指《希望》第2卷第1期的《编后记》。

上海诗坛漫步

　　有些友人常爱提出哪个诗[人]写得最好的问题来,其实这样的提法并不妥帖。由名望的大小来评断或作为选择读物的准绳,在诗歌方面尤其困难,有时甚至是有害的。柯仲平、艾青、何其芳、臧克家、田间、袁水拍、任钧等是比较为我们所熟知[的],但是否他们的作品没有一点缺陷的地方了呢?没有人会这样夸说,即使是最有自尊心的作者自己。事实上,成名的作家有时往往由于既成的风格,为本人的生活与思想所束缚,写不出更好的作品来,反不如一些在现实的生活里锻冶过来的新人,或并不以诗作为专门武器使用的作家,倒也有很好的诗产生。一个诗歌的爱好者,熟读某些作家的集子,从而学习他们如何表达情感和描绘形象的技术是需要的;但尤其重要的则在如何体验自己的生活和情感,如何培养阅读的批判力。

　　十全十美的诗作是很少有的,即以现印的单行本而论,何其芳的《预言》,因为是早期的作品,偏于少男少女的情趣,被生活煎熬的人大概没有那份欣赏的心境。任钧的诗集明浅有之,深刻不够,似尚不及《冷热集》时代的泼辣。看了《泥土的歌》后,对于臧克家先生"拘谨"的手法,颇有技巧停滞的感觉。艾青的《大堰河》《向太阳》《他死在第二次》《献给乡村的诗》《雪里钻》《反法西斯》等,可能会因读者理解程度的深浅而大加赞美或认为晦涩。而[艾青]歌颂劳动英雄的叙事诗《吴满有》和柯仲平的《李排长与韩娃》一样,给新诗创造了一条广阔的新路。时代出版社编印的《苏联卫国[战争]诗选》,不习惯看译作的也许觉得吃力,却是一本充满了战斗的情绪和英勇事业的史诗。

　　至于诗的理论书籍,适合于初习者阅读的,有石灵的《[新]诗歌创作方法》(天马版)和穆木天的《怎样学习诗歌》(生活版),[可]惜现在都已绝版,偶然或能在旧书摊和图书馆找到。最近出版的艾青的《诗论》、李广田的《诗的艺术》二书,虽内容丰润,写法新颖,但对一个爱好诗歌的初学者,是远不及看黄药眠的《论诗》和臧克家的《我的诗生活》来得亲切而易于接受。

　　除了许多诗歌的单行本以外,我们再来回顾一下期刊和报纸上的诗作。袁水拍的《马凡陀[的]山歌》,用通俗的形式迅速反映当前的变动,在各种晚会的朗诵节目中获得了无数的掌声。倪海曙[1]先生以一个语文学家而从事诗的制作,他的那首纪念新文学者张志浩的悼诗,是近顷稀有的佳作。我们除了能在《星空》上读到他的讽刺诗外,倪先生还用苏州的方言翻译着《诗经》和法国拉·封丹等的寓言诗(见《新文学》)。戈宝权、任钧、袁水拍、徐迟诸先生主持的"诗音协",假《联合晚报》[2]发刊了《新诗与音乐》,是目下上海唯一的诗刊。其他像《希望》上的许多诗作,萧岱的《厄运》、胡征的《好日子》,[又像]莫洛的《欢迎的期待》(《文坛》)、苏金伞[3]的《你走了》(《文习》)、杜运燮[4]的《伟大的都没有名字》(《文艺复兴》),都是可以再三朗读的好诗。此外,[还有]分散在各角落里默默地耕耘的[诗人],尤其可以提出来的是常在《大公报》上发表抒情诗的吴越[5],他有一个手抄的集子存在友人处寻找知音。唐湜[6]油印了六千行长诗《森林的太阳和月亮》,在友人间流传。苏金伞也有个集子无人肯出版。朗里正在努力于舟山方言诗的创作和朗诵。野火社[7]的伙伴油印了一本《野火诗丛》。行列社[8]也在筹出诗刊。在整个文化遭受厄运的时代,诗人的愤懑是更深的,正因如此,诗的种子也将在饥馑的土地里愈益滋长起来!

原载《文艺学习》第 3 期(1946 年 7 月 20 日),署名:洛黎扬。

导读:

　　此文与《文艺学习》第 2 期(1946 年 6 月 6 日)上发表的《上海文坛漫步》是姊妹篇,但是此文点评诗作多于介绍(后者反之),其中重要原因之一是丁景唐与陆以真(杨志诚)同去采访茅盾(详见丁景唐《关于茅盾的几本著作》)。此文体现了与茅盾谈话的内容和精神,即"为了培植文艺新军,光是刊载几篇青年作者的作品还是不够的,应该对这作品做个简单批评,并且收集读者的意见,在第二期上刊登出来。同时,这个刊物还可以选刊各种优良的文学作品,并且把它们好好地解释:它的内容是怎样、它的修辞是怎样……一个刊物的编者,他还应该尽可能地回答读者询问的大小问题"(陆以真《和茅盾先生在一起》)。

　　此前,丁景唐在以往积累的基础上,阅读了许多新老作家的诗歌,并进行个性化的点评(可能与世人的评判眼光不同),反映了他当时的审美情趣和价值观。他还根据所掌握的诗坛情况,介绍了新近呈现的诗歌佳作和诗歌组织的新活动,特别是"默默耕耘"的作者及其诗作,留下了一份珍贵的文坛资料,其中许多线索可供世人进一步追寻和研究参考。

注释:

　　〔1〕倪海曙,文字改革活动家、语言学家。1941 年毕业于复旦大学,历任上海新文字研究会理事,上海苏商时代日报社、时代出版社编辑,上海新文字工作者协会副主席,《新文字》周刊主编,后为华东人民出版社研究室主任、副总编等。著有专著《中国拼音文字运动史简编》《中国拼音文字概论》等。

　　〔2〕《联合晚报》辟有不少副刊,其中有袁鹰负责的副刊《夕拾》,多次发表丁景唐的诗歌。

　　〔3〕苏金伞,原名苏鹤田,河南睢县人,是中国"五四"运动以来最杰出的诗人之一。1946 年《大公报》介绍苏金伞时说:"他的诗讽刺深刻得体,当世无第二人。"1949 年加入中国作家协会,曾任河南省文联第一届主席,著有诗集《地层下》《窗外》《鹁鸪鸟》《苏金伞诗选》等。

〔4〕杜运燮,笔名吴进、吴达翰,福建古田人,出生于马来西亚霹雳州,毕业于西南联合大学,诗人、爱国归侨。20世纪40年代,他与穆旦、袁可嘉、郑敏等九位诗人因合出《九叶集》,被评论界称为"九叶派",在中国诗歌界具有较大的影响。他的诗作《秋》因"朦胧"曾被质疑,之后"朦胧"一词逐渐演变成诗歌史上的专用名词,后演变成一个重要诗歌流派。1951年到新华社国际部工作,后任《环球》杂志副主编,兼任中国社会科学院研究生院新闻系研究生导师。

〔5〕吴越,江苏泗阳人,原名吴春恒,笔名江庄、江清、兰谷、风尘等。20世纪30年代初,在中央大学学美术时,参加反帝大同盟,并参加共产党。1935年赴日本留学,后因参加抗日活动被捕,驱逐回国。1939年到皖南新四军敌工科工作,皖南事变后被捕,1942年逃出,后在中共福建省委机关工作。1946年到上海,从事写作和教育工作。1949年后,担任过诗歌工作者协会秘书长、《人民诗歌》编辑、黑龙江作协主席等职。诗文曾发表于《中学生》《抗敌》《大公报》《联合晚报》《文萃》《文坛月报》等,出版诗集《暴风雨集》《火焰集》等。

〔6〕唐湜,原名唐扬和,浙江温州人,毕业于浙江大学外文系,著有诗集《骚动的城》《飞扬的歌》和历史叙事诗《海陵王》等。他是"九叶派"诗人中在新时期创作诗歌最多的一位,也是"九叶派"最重要的诗评家之一。他大学毕业后在北京的《戏剧报》工作,1958年被错划为"右派",1961年从北大荒回到温州,后任温州市艺术研究所研究员。2005年唐湜病逝,屠岸写有挽联:"沉冤廿载,硬骨铮铮不屈;斯人远去,诗卷皇皇不朽。"

〔7〕1945年,交通大学、圣约翰大学、震旦大学的学生和文友成立野火社,成员有屠岸、成幼殊、卢世光、陈鲁直、何溶、吴宗锡、章妙英、潘惠慈、周求真、葛克俭等。他们每星期碰面,写诗,诵诗,交流自己的作品。出版了油印诗刊《野火》。在一次集会上,成幼殊把《野火》第1期送给郭沫若。第二天,郭沫若写信给成幼殊,称赞该刊上的屠岸、成幼殊等人的诗歌。

〔8〕上海"孤岛"时期,著名诗人蒋锡金等人在上海发起成立行列社,成员有朱维基、关露等。蒋锡金负责编辑《行列》诗歌半月刊和《上海诗歌丛刊》等。抗战胜利后,恢复诗歌座谈会活动。

关于茅盾的几本著作

这星期天《侨声报·南风》[1]副刊上有篇高迅先生的《伟大的作家茅盾》,给我们文坛的旗帜做了番简洁的介绍,还附了两个作品书目。书目中有几点误讹,虽然并不是什么严重的过失,但作者将湖风书店[2]出版的日人村山知义[3]的《最初的欧罗巴之旗》的中译本,归之于茅盾先生的译书,却是一种轻率的疏忽。按湖风书店是当年一家文化人自创的进步书店,素为留意于新文艺出版物者所稔知,如史沫特莱的《大地的女儿》、华汉[4]的妇女革命三部曲《地泉》、高尔基的《隐秘的爱》等皆负盛名。《最初的欧罗巴之旗》写中国人民反抗英帝国主义的鸦片战争,与苏联作家之《怒吼吧中国》写万县惨案[中]英国炮舰轰击中国人民题材类似,系那时尚"僭忝"在进步阵垒中而后投敌伪江苏教育厅的袁殊[5]所译。现在由于作者的粗心,与茅盾先生缠在一起,岂非惹人谬解,竟将茅盾先生"张冠李戴"变成了文化汉奸了吗?这虽是一件细微的小事,为求正确,实在也应该加以更正。

本来小说中长篇与中篇是较难以明白区分的,然以《路》(初由光华出版)列入长篇,而《追求》《动摇》《幻灭》(非《幻灭》《动摇》《追求》)列为中篇,似乎未妥。盖此三篇初刊于《小说月报》,后以"蚀"之总名在开明出版,乃有连贯性之革命三部曲,写小资产阶级知识分子在大革命时代如何由"追求"而"动摇"以至于"幻灭"的过程。余如丹青科之《文凭》(译作),前由现代印行,今有永祥新版;铁霍诺夫之《战争》(译作),由黄源编入《译文丛刊》,归文化生活社出版,作者误书开明,实非。

原载《世界晨报》[6]1946年9月14日第3版,署名:乐生[7]。

导读:

此为纠正之短文,体现了丁景唐关注茅盾及其著作等情况。此文发表几个月前,1946年6月,经叶以群介绍,丁景唐与陆以真(杨志诚)前去拜访茅盾,陆以真写了一则报道《和茅盾先生在一起》(《文艺学习》第3期,1946年7月20日)。多年后,丁景唐与陆以真合作,重写《茅盾关心文学青年——记三十五年前的一次会见》,发表于《青年一代》1981年第4期,后收入丁景唐《犹恋风流纸墨香——六十年文集》(上海文艺出版社,2004年1月)。

丁景唐回忆他曾"为《世界晨报》写茅盾和王任叔的作家剪影"(丁景唐《谈谈我的笔名及其他》),茅盾的剪影应指此文。袁鹰在该报发表了专题之文《茅盾》(《世界晨报》1946年8月16日第3版)。

注释：

〔1〕《侨声报》发表过薛汕、丁景唐、袁鹰联名的《征求歌谣》，已收入本书。

〔2〕上海湖风书店由中共地下党员宣侠父（抗战初期任八路军驻西安办事处高级参议）集资筹办，周廉卿任书店经理。该书店是当时"左联"的出版机构，先后出版"左联"的机关刊物《北斗》《前哨》（《文学导报》）等。

〔3〕村山知义，日本剧作家、导演、美术家、小说家。1931年参加日本共产党，领导东京左翼剧场。他创作了中国题材的剧本《最初的欧罗巴之旗》（又名《鸦片战争》）、《东洋车辆厂》和《胜利的记录》等。1960年，他率领日本五个主要话剧团组成的日本新剧访华团，首次到中国访问演出。他曾将中国小说《红岩》改编为话剧，在东京上演。

〔4〕阳翰笙，原名欧阳本义，笔名华汉，毕业于上海大学社会学系，代表作有《塞上风云》《三毛流浪记》等。

〔5〕袁殊经历复杂，先从事新闻工作，后从事情报工作。他最出色和最本色的角色是中共情报人员，被誉为"东方佐尔格"。丁景唐受当时环境所限，对袁殊做出了不准确的评价。

〔6〕《世界晨报》，见本书第86页注释〔1〕。

〔7〕经初步考证，"乐生"是丁景唐的笔名，他还用此笔名写了《民间文学和民间文学的研究者》，已收入本书。

妇女"三八"特号

——上海女青年会编印

在整个文化园地日益迫趋荒凉的今天,连早先寄迹《文汇》《联合》《时代》各报的妇女周刊都相继告终,妇女读物分外冷寂。我们欣喜尚能见到《现代妇女》[1]与《妇女》[2]两份姊妹月刊在为女性发声放光。《现代妇女》是一本风行大后方有着悠久历史的刊物,也比较为人[所]熟稔,这里不想另行介绍。倒是《妇女》这份年轻的刊物,她任重地走着艰苦的路,出满了十二期。在这一年余来,我们看到了她的茁壮成长,没有空泛的说教,也很少不切实际的作品。清新朴实,却又充满了健壮的生命力,是她的特色。

最近一期纪念"三八"节的特大号[3]也是如此。归纳在"'三八'特辑"里的有上海各界著名妇女领袖颜惠庆[4]夫人、俞庆棠[5]、王国秀[6]、高君哲[7]诸女士和国际友人 Miss Gerlach(格拉赫小姐)关于"三八"的感言[8],罗纹《"三八"的历史》(《关于"三八"》)及陆以真《妇女节创始人蔡特金的传略》(《妇女节的创始者克拉拉·蔡特金》)。扼要地指出今日妇女的使命,介绍了妇女节的史迹及创始者英勇的人格。同时又以"我的生活"这一题目发起征文,作为"三八"的纪念,鼓励各阶层的妇女来学习写作,是一桩意义深长的佳讯。因此我特别提出这期的"生活特写"。从这几篇报告速写一类的真情实录里面,我们理解到在新的民族危机[中],[在]人民遭受苦难的时代,各阶层的女性(广泛地包括女留学生、助产士、女工、女教师、女单帮、家庭妇女等)是如何受着折磨,[如何]奋斗和挣扎的情形。

在文艺方面,这一期的《嫂嫂哭了》和上一期项伊[9]的《小兰》都是情感真挚、反映了当前现实的好作品。美国的通讯和英国第一位女性大臣威金逊的介绍,也是可读的文章。至于《一月妇女》,注入一月中的妇女大事,略加整理,比较能使人获得完整的印象,比过去已有进步。但缺点并非没有,如各地妇女生活反映不够、书报科学知识的评介的不注意、编排的略欠活泼、封面已嫌陈旧应该另换一个等。倘能锐意改进,那么不仅会像一位读者来函的期望——"蜗牛爬墙,总有一天到达"[10],而且更可比喻[为]一只矫健的飞鸟展翅飞向自由的新天地,在这荒凉的文苑,为爱光[明]的姊妹们破除一份寂寞。

原载《联合晚报·夕拾》[11]1947年3月17日"书报评介",署名:丁英。

导读:

丁景唐此文首次公开评介陆以真编辑的《妇女》月刊。值得注意的是这期刊物上有曹予庭(玄衣)的长诗《妈妈作的主张》,这是丁景唐介绍给陆以真的。

注释:

〔1〕1942年中共南方局妇女组组长邓颖超提议出版一份继承《妇女生活》(沈兹九、曹孟君先后主编,编委有史良、刘清扬、胡子婴等)战斗精神的进步妇女刊物。1943年元旦,《现代妇女》创办于重庆,16开,由中国妇女运动先驱曹孟君主编,得到中苏文化协会鼎力支持。该刊于1946年迁往上海,成为20世纪40年代在国统区影响较大的综合性的妇女刊物,也是中国共产党领导下动员妇女的优秀刊物的代表。1948年8月,国民政府发行金圆券代替法币,《现代妇女》零售价从1角7分涨价到200元,涨幅超过1 000倍。1949年3月,《现代妇女》被国民党查封。

〔2〕《妇女》月刊,见本书第20页注释〔1〕。

〔3〕1947年3月8日出版《妇女》月刊"'三八'特大号",其内容有《我们的话》(编辑)、《"三八"的话》(集体执笔)、《妇女节的创始者克拉拉·蔡特金》(陆以真)、《关于"三八"》(罗纹)、《新女性进行曲》("三八"的歌)、《一月妇女》(编辑室)、《英国第一位女性大臣威金逊》(张祖平)等,"文艺"栏目有《托尔斯泰最后一年》(海尼译)、《春寒料峭》(容戈)、《嫂嫂哭了》(祝融)、《家庭乐事》(长篇连载,托尔斯泰原作,卓娘译)、长诗《妈妈作的主张》(玄衣)、《从上海到旧金山》(留美女生旅途记,陈苇)、《下女》(冷清)等。

〔4〕颜惠庆,曾任北洋政府总理,外交家、社会活动家。

〔5〕俞庆棠,著名教育家,被称为"民众教育的保姆"。

〔6〕王国秀,大夏大学历史系教授、华东师范大学图书馆首任馆长。

〔7〕高君哲,燕京大学教授,曾和许广平共事。

〔8〕这期《妇女》月刊卷首"'三八'特辑"的名人感言,除了文中所列几位的感言之外,还有一则胡绣枫的感言(在王国秀之后)。胡绣枫是著名女作家关露(胡寿楣)的妹妹,中共党员。原来党组织准备派胡绣枫打入汪伪特工总部,因她在重庆工作繁忙,脱不开身,因此推荐了她的姐姐关露,由此彻底改变了关露今后的人生道路。丁景唐在文中"遗漏"了胡绣枫,也许是出于一种保护。

〔9〕项伊,真名陆钦仪。他1945年投稿给丁景唐编辑的《小说月报》,经丁景唐介绍,加入中国共产党。他擅长写杂文、小说,曾得到魏金枝的称赞,把他的小说《大年夜》推荐给《文坛月报》发表。

〔10〕出自昆明读者姜辰写给编辑部的信。

〔11〕《联合晚报》副刊《夕拾》,见本书第34页注释〔7〕。

"得分的唯一希望"

自己向少翻阅体育新闻,因为某些报纸的体育版在竞相刊布下届世运[1]和全运会即将举行的消息,也便"情绪很高"起来。人民正在切身体受"恩施"的兵燹和人造的灾荒,陷于生死之间,衮衮诸公尚有余兴拿起粉刷来凑热闹,在枪声密集中制造一片太平风光。

小民纵或愚昧,大抵也还有些记忆,记得十余年前在希特勒[统]治下的柏林世运会[2]的盛况。那时我们在"攘外必先安内"的血腥中,曾耗费无数人民的税收,荣获"鸭蛋"锦标。更不能忘怀当年还是"行政院"秘书长的褚民谊,以丑角的姿态替美人鱼[3]拉马车,表演太极拳、放鹞子的拿手好戏。然而记忆尚未褪尽,这位帮闲已追随汪逆精卫于阴曹去了。因此,对于热烈鼓吹世运或全运的到来,情绪虽高,也硬是有些杞忧。

我终于在××体育上发现了"希望"——我国世运得分的唯一希望。[下面]介绍×××[4]:

去年三级跳五杰之冠的台湾×××君,以前是日本田径代表,现在台湾光复了,他是中国的国手无疑!因为国内田径人很少知道他的缘故,所以我[5]特地介绍,以供田径人参考。

×君……现任台中师范训育主任,曾参加两届(十届、十一届)世界运动会的日本田径代表……民国廿二年度占日本田径赛二十杰第三位,去年三级跳以十三公尺三〇居全国之冠。他给我信上说,伊是日本最佳田径选手,现在已是三十八岁的宿将,他期望[在]全运会可以称霸三级跳一项,不过难以期待有较好的成绩,因为年纪老了,非得努力苦干不可。最近新闻报[道]的江良规[6]君说,他是为中国在世运获分的唯一种子选手——这无疑是远东功臣。所以我很恳望×君的努力为国争光。

倘以中国传统的观念来说,"一人升天,鸡犬皆仙"。这位"海外通讯朋友",特地来介绍"曾是日本田径廿杰的第三位"并"两次代表日本出席世运"的×君,是无可皆议也不必皆议的。可惜这位"远东功臣"连自己尚知"难以期待有较好的成绩,因为年纪老了",偏偏这位热心过头的先生,他在"恳望×君的努力为国争光"之余,不免又说了些可笑的昏话:"可惜朝鲜不能为中国收回,不海上届马拉松孙基祯君也该是中国的长跑代表了!他也是举足轻重的田径重要角色,希望他入中国籍才对哩!"

按上文所引,"不海"二字显系手民误排。惟"海外通讯朋友"中"海外"二字,似用于两年前才妥,不知台湾现在究属谁家天下?我看可惜的倒不在朝鲜"不能为中国收回",而在孙基祯不入中国籍,因为中国有的是"慷慨之士",过去东北被奉送日本即其一例也。

明知自己无足以取胜的把握,欲又将自己的希望寄托在外助的肩头。这完全是一种没出息的败家子自馁心理的特征,其希望的落空,自属意料中事。我由是想起日酋冈村宁次[7]留任国府联络顾问,即便随时咨询,连提倡国货也认为有碍邦交。莫非这上边,也有某些人"得分的唯一希望"吧!

原载《联合晚报·夕拾》[8]1947年3月22日,署名:洛黎扬。

导读:

丁景唐写此文之前,《申报》接连发表吴邦伟的《谈参加世运》(1947年3月13日)、王征君的《从世运谈到全运》(1947年3月19日、20日连载),3月15日还刊登了国民党六届三中全会开幕的消息,加上国民党军队进攻陕甘宁边区、中共中央撤出延安等报道,这些引起丁景唐的思索。

对于中国体育代表团再次组团去参加世运会,广大体育爱好者都不抱希望,因为前车之鉴——上一届得个"鸭蛋"成绩。事后证明这次还是如此。庄铭咸热心推荐张星贤,期望能打破"鸭蛋"耻辱记录,但是推荐的言辞引起质疑。

此文进一步展开,尖锐抨击国民党当局穷兵黩武"打内战","在枪声密集中制造一片太平风光",不惜耗费无数百姓的税收。文章以昔日国民党"慷慨之士"实行不抵抗主义,丢失东北热土,以及侵华日军战犯"冈村宁次留任"的现实,尖锐抨击国民党当局姑息养奸的反动本质和卑劣行径。此文是丁景唐唯一一次将政治与体育紧密联系,进行思考的结果。

注释:

〔1〕指1948年在英国伦敦举办的第14届奥运会。中国派出33名男运动员,参加了篮球、足球、田径、游泳和自行车等五个项目的比赛,但是无人进入决赛。奥运会结束后,代表团在当地华侨总会的帮助下,才解决了路费问题,得以回国。

〔2〕指1936年在德国柏林举办的第11届奥运会。详见丁言模:《追忆中国体育代表团参加第十一届奥运会》,载《瞿秋白、鲁迅等人往事探觅》,中国社会出版社,2015年。

〔3〕美人鱼,指名噪一时的女游泳运动员杨秀琼。

〔4〕×××,即张星贤。其祖父为福建漳州人,父亲张启明曾经在台中担任过教师,后来改行做生意。1910年,张星贤出生于台中。1930年张星贤参加第九届远东运动会预选赛,在三级跳远比赛中,张星贤夺冠,刷新了当时中国的全国纪录。张星贤从台中商业学校毕业后,受到杨肇嘉资助,得以在日本早稻田大学学习。1931年张星贤打破日本400米栏全国纪录,之后获得1932年奥运会400米栏及1 600米接力两个项目的参赛资格,成为第一位参加奥运会的华人。

〔5〕"我",即庄铭咸,嘉定南翔人,毕业于江南体专,"平生爱田径若命",曾因患骨炎住院治疗三年。庄铭咸"致力各报之田径著述,喜收藏名人函札、古物等,对考古有相当兴趣"。他的姐姐、二哥都是田径好手。(金城:《庄铭咸》,《前线日报》1947年7月8日。)

庄铭咸介绍张星贤一文,暂未查到。庄铭咸曾收到张星贤的复信,透露他每次三级跳训练时,"可以跳十四公尺以上,身体的状态恢复多了"。张星贤还说,他已经离开台中师范学校,在和朋友合伙做生意,筹备一家建筑公司。(《台湾田径健将组队,定本月底出征京沪——三级跳名将张星贤致函庄铭咸》,《前线日报》1947年9月11日。)

〔6〕江良规,浙江奉化人,毕业于中央大学体育系,后被聘为上海东亚体育专科学校教务主任。在民国第六届全运会上,他训练的上海女篮荣获冠军。1936年,江良规赴德国,先后在柏林体育研究院、莱比锡大学学习,荣获哲学博士学位,成为中国近代体育史上第一人。

〔7〕冈村宁次,侵华日军战犯,曾任日军华北方面最高司令长官,指挥日军对八路军各抗日根据地进行了残酷的大扫荡,并对华北地区的平民进行了惨绝人寰的屠杀。抗日战争末期,任日本中国派遣军总司令官。1945年日本无条件投降后,他率侵华日军向中华民国政府投降,9月9日在南京签署投降书。后被国民政府委任为中国战区日本官兵善后工作总联络部长官,聘为军事顾问。1949年1月被国民政府宣判"无罪",4月回国。

〔8〕《联合晚报》副刊《夕拾》,见本书第34页注释〔7〕。

巴金作品的语文研究

一、位次语与句本位的文法

中国目前学校教育,在语文课程方面有一个很可惊的"异象":外国语由小学到大学,老是重复着 Grammar[1] 教授,背诵着 Eight Parts of Speech[2];相反,上国文课却又在字义间兜圈子,很少有人讲解关于中国语文结构——国语文法的特质。文字原本是有组织的文法,由毛坯的口头语经过作者的思考和修饰后的精炼品。具体了解了语文的一般机能,对于写作和阅读有很大的效果。因为文法也是一门研究语文的科学哩。譬如中国语文有点颇别致的地方,没有语头、语尾的变化,也无阴阳性、单复数、时间等的区别,任何一个字,不能以它本身的形体决定它的词类,必须依其在句子中所处的地位,方能显得出它的性质,方能肯定它属于哪种词类,用语言学的专门名称来说即是所谓"位次语"。举几个例吧:"鱼肉"二字,普通均为名词,但"鱼肉乡民"中的"鱼肉"二字,反一变而成动词;次如"人其人"(韩愈《原道》),前一个"人"字作动词用,后一个"人"字是名词,"人参""人鱼"的"人"可作形容词,"豕,人立而啼"(《左传》)[的"人"]却作了副词用;"衣冠"的"衣"一望而知是名词,但"衣冠禽兽"的["衣"]可就成了形容词;"解衣衣我"和"沐猴而冠"这里的"衣"(衣我)"冠"二字,居然当作动词了。

这类位次语因活用而词类有了变化,在上引文言句中尤属显著,盖古文文法的结构较简,有许多字义的功用不像现在白话文分得那么精细。不过正如黎锦熙[3]先生在他的《新著国语文法》[4]里所说:"国语的词类,在词的本身上(字的形体上)无从分别;必看它在句中的位置、职务,才能认定这一个词是属于何种词类。这是国语文法和西文法一个大不相同之点。"这"句本位"非仅是中国文法的特征,并且更是研究中国文法的要诀。因为篇幅的限制,有些例子只好舍弃了,我们试从巴金的作品中,拿"笑"字来考察它在句中如何因所处地位不同,而性质、作用随着有了变更——

(1)用作名词:"这一'笑',要使我哭了。"(《春天里的秋天》第7页)"我希望看见幸福的微'笑'挂在每个人的嘴边。"(《短简》第4页)

(2)用作形容词:"陈真说着便在躺椅上坐下来……脸上却带着'笑'容。"(《爱情[的]三部曲》第37页)

(3)用作动词:"窗外白的、红的花在阳光里微'笑'。"(《春天里的秋天》第20页)

(4)用作副词:"吴仁民又气又'笑'地对陈真说……"(《爱情[的]三部曲》第41页)"陈真的心依旧是很平静的,他微'笑'地默默看她,并不去注意她的话。"(《爱情[的]三部

曲》第 41 页)

二、"的""底""地"的区别

对于"的""底""地"的用法,巴金是很注意的。早在《家》中有一节,写琴姑娘学会了写白话信的时候,他曾描写着:"……她近来很喜欢写白话信,并且写得很工整,甚至于把'的''底''地'三字的用法也细心地分别清楚。"(《家》第 35 页)

当时即使是《东方杂志》的编辑对这三字也弄不清楚。巴金在《砂丁》的序文中曾仔细地记载和说明这三字的区别,说是《东方杂志》的编辑把《砂丁》原稿中的"底"和"地"一概改为"的"。可惜现在《砂丁》不在手头,不能引用。

巴金似乎喜爱用"底"字,尤其在《海底梦》[5]这一中篇小说中用得更多。关于《海底梦》的"底"字,有人误会是"底下"的"底",因此他在《海底梦·改版题记》里曾有一段附注说:"《海底梦》和《海的梦》意思一样,并不是指海底下的梦。"

…………[6]

三、句子的变式和倒装,附加成分的后附

"五四"运动以来,由于白话文的革新、外国话的输入、翻译的绍介,相当地丰富了中国语文的变化,使得中国文法、语法、词法复杂和多样起来。先前看了感到不舒服,而日子久了,生造的也成为习惯,觉得并不是一桩坏事。句子的变式和倒装、附加成分的后附,都是增加句法变化的好例子。

先看句子的变式和倒装。

(1)"车厢里到处都是打鼾,也有几个人在打起精神谈话。"(《死去的太阳》第 2 页)

(2)"马路上只有寥寥几个行人。"(《爱情[的]三部曲》第 17 页)

(3)"在一辆三等车的车厢中靠左边坐着大学生吴养清。"(《死去的太阳》第 1 页)

(4)"没有一点'孩子'的消息。"(《海底梦》第 126 页)

(5)"可容数百人的大会堂里已经没有了空的座位,两旁过路的地方也站满了人,甚至窗台上也有些年轻的学生高踞在那里。"(《死去的太阳》第 17 页)

(6)"到处都摆动着激动的脸和异样的眼睛。"(《死去的太阳》第 24 页)

(7)"迎面走来一些学生,一些女人。"(《春天里的秋天》第 44 页)

(8)"去吧,你的小资产阶级的女性。"(《爱情[的]三部曲》第 40 页)

(9)"真,老实说,你那种办法,我不赞成。"(《爱情[的]三部曲》第 16 页,obj.[7]提前)

(10)"这究竟是什么缘故,我也不知道。"(《海底梦》第 10 页)

(11)"她的心在什么地方,我不知道;我的心在什么地方,我也不知道。"(《海底梦》第

10 页;《春天里的秋天》第 10 页)

(12)"在她对面一张长凳上坐了我们三个。"(《春天里的秋天·序》第 2 页)

由上面我们可以得到一个变式和倒装的概念:(1)所谓变式和倒装第一个特点是主语在后;(2)所谓变式和倒装第二个特点是宾语提前;(3)所谓变式和倒装第三个特点是被动式或是副词在主语句之前。

再谈到附加成分的后附。

附加成分的后附也可说是特殊的倒装。在国语语法中因了描写的繁复和动作的增加,前附的附加成分在文字的运用上就感到不够,而且在习惯[上],就是简单的形容附加句也是颠倒过来作后附,尤其性状形容词和量词更是这样。

附加成分的后附因了附加成分有两种——形容词和副词,后附也有两种。

(1)后附的形容附加语。"他是一个瘦长的青年,相貌举动和那些贵族少年完全不同,我马上就觉得他并不讨厌。"(《海底梦》第 23 页)"车厢里挤满着各色各样的人,从穿西装的一直到穿蓝布短衫的。"(《死去的太阳》第 1 页)

(2)后附的副词附加。"奴隶们活着在痛苦里。"(《海底梦》第 12 页)

四、巴金作品语法的特点

巴金作品中语法的特点是和新文艺语法的特质有着密切关系的。我们虽然不能说巴金语法的特点就是新文艺语法的特质,但我们可以说巴金语法的特点也可作为新文艺语法的特质的代表。对他那些作品中语法做研究,除了一般国语语法的特征(如句本位、后附、实体词之七位、变式和倒装、省略等)外,我们还可以发现一些他文章组织结构的特殊点。

(一)"的""底""地"之分化规律化且明确(以上已详述)

(二)平列句之多且繁复

(1)"我在挣扎,我在回想。"(《海底梦》第 18 页)

(2)"没有悲哀,没有回忆,我只有快乐,只有希望。"(《海底梦》第 125 页)

(3)"我等待着,我预备,我充满了希望,充满了信仰。"

(4)"它们使我哭,也使我笑,它们给过我勇气,也给过我慰藉。"(《爱情[的]三部曲·总序》第 5 页)

(5)"我想到在上海的活动的生活,我想到那些在苦斗中的朋友,我想到那过去的忧和恨、悲哀和欢乐、受苦和同情、希望和挣扎,我想到那过去的一切,我的心或像被刀割着痛。"(《巴金选集》第 2 页)

(6)"你应该继续去做我的未完的工作,你应该去帮助那些人。"(《海底梦》第 37 页)

（三）连锁句

（1）"我应该活着,活着来使奴隶们怒吼起来,怒吼起来把那些占据者、剥削者的欢笑淹没掉。"（《海底梦》第73页）

（2）"我用眼泪来埋葬,我埋葬了母亲和父亲,同时我也埋葬了杨和那个'孩子',还埋葬了那些同情者。"（《海底梦》第123页）

（四）复成分与垒句

第一类短语成句：

（1）"蔚蓝的天,自由的风,梦一般美丽的爱情。"（《春天里的秋天·序》第1页）

（2）"明亮的天,明亮的树,明亮的房屋,明亮的街市。"（《春天里的秋天·序》第52页）

（3）"星一般发光的头发,海一般深沉的眼睛,银铃一般清脆的好声音。"（《海底梦·序》第2页）

第二类复成分与垒句：

（1）"我的生活是很单调的,很呆板的。"（《巴金写作生活的回忆》第2页）

（2）"我现在的信条是忠实地生活,正直地奋斗,爱那需要爱的,恨那摧残爱的。"（《巴金写作生活的回忆》第1页）

（3）"这里面有哀诉,有绝望,有眼泪,有矛盾,有挣扎,但结果给了我一个希望。"（《海底梦》第127页）

（4）"的确,在这里没有都市里的喧嚣,没有车辆,没有灰尘,没有Gasoline（汽油）的气味,没有淫荡恶俗的音乐,没有妒猾诡笑的面孔,在这里只有朴质的、和平的、亲切的、自然的美,而且差不多是原始的美。"（《爱情[的]三部曲》第19页）

（5）"她的叙述引起了我的悲哀、我的愤怒、我的同情、我的眼泪。"（《海底梦》第53页）

（五）同位的多（同位在本质方面分析起来实也可说是后附一种,因为它是补充和解说的）

（1）"但在我的二十多本文艺作品里面却也有我个人喜欢的东西（那就是我的《爱情[的]三部曲》）。"（《爱情[的]三部曲·序》第2页）

（2）"我认识她（这个青年的女人）。"

（3）"花开放着,（红的花）、（白的花）、（紫的花）,星耀闪着,（红的星）、（白的星）、（紫的星）。"（《春天里的秋天·序》第1页）

（4）"你（被女人爱着的人）有福了。"（《春天里的秋天》第75页）

（5）"我（自己）是爱春的。"（《短简》第64页）

（六）事物的拟人化（动的描写）

（1）"现在'电光一闪'应该是信仰开花的时候了。"（《爱情[的]三部曲》第1页

"前记")

(2)"然而死在我的面在前走过了"(《短简》第 4 页)

(3)"那憎恨已经在我的心里生了根了。"(《海底梦》第 63 页)

(4)"海在咆哮了。"(《海底梦》第 6 页)

(5)"她的眼睛一定在说话,只可惜我不懂。"(《春天里的秋天》第 32 页)

五、论巴金的语汇

一个作家的语汇是作者的社会出身、教养、生活环境所影响的,正如巴金他自己所说:"我自己是小有产阶级,过去是,现在是,恐怕将来是……"(《死去的太阳·序》)他受过良好的文化教育,到过西洋,也到过日本,所以在他笔底下出现的人物,甚至如《砂丁》中那些矿工,有时也很有些知识分子的口吻。关于那些现在我们都不谈。我们在这里只提出关于他的语汇的几个特征,作为以后研究的纲要:

(1)作者语汇来源最多的是《圣经》(他差不多每本著作中都引了《圣经》的话,而且有时他也模仿《圣经》语法)中[的]文句。

(2)外来语、法文、日文、英文等名词常见。

(3)最喜用叠字重句,如血泪、爱与恨、平民、挣扎、灭亡、哭泣……

(4)与他本人思想有关的虚无主义的术语。(完)

原载《沪江新闻》[8]第 12、14、15 期(1948 年 10 月 25 日、1948 年 12 月 8 日、1949 年 1 月 12 日),署名:丁宗叔。

导读:

此文发表之前,丁景唐应沪江大学中文系主任朱维之之邀,第二次进沪江大学,担任中文系助教。他自港、穗返沪,结束了因上反动派"黑名单"而南下避居的流亡生活。回沪后,他与王楚良接上党组织关系。但是因存在"黑名单"问题,他停止参加校内和社会活动。他常阅读《鲁迅全集》和古典文学,此文便是他这时期从事学术活动的一个例子。

丁景唐回忆说:"我由东吴大学转入沪江大学三年级,在这里开始了我的治学之路。我师从朱维之老师学习国语文法时,曾依朱先生的布置,制作读书卡片,对巴金的作品[进行]文法研究。到了学年结束时,我便利用平时做的卡片,写成了论文《论巴金作品的文法研究》。1948 年我应中文系主任朱维之之约,二进沪江大学任教时,对该文又做了修改,写了二万字,陆续在校刊上发表。"(丁景唐口述、朱守芬整理《八十回忆》)丁景唐回忆"写了二万字,陆续在校刊上发表",不过目前查到的仅有此文抄录的这些内容。

此文引录巴金小说中不少段落和句子,有时因故引录的是早期出版的,与现在常见的版本有所不同。

此文以黎锦熙的《新著国语文法》为导向,结合青年学生喜爱看巴金小说的特点,以巴金笔下的语法作为切入角度,构思颇为新颖,至今仍可提供鉴赏、研究的启示和参考作用。此文最后提出巴金语汇的四个特征,不知是否有人撰写过专题文章。

同时,此文无意中透露了巴金小说畅销的原因之一,便是巴金作为意识超前的语言大师,有胆量采用中西语法相结合的新式白话文(这本身就是中国现代汉语发展史上的一份珍贵资料)。巴金的作品不仅得到当时喜欢新鲜事物的青年学子的青睐,而且至今看起来也符合广大读者的阅读习惯。这期间白话文的语法变化非常大,不断推陈出新,与时俱进。仅就此角度而言,巴金的小说也非同寻常。

注释:

〔1〕grammar,英文,意为语法。

〔2〕eight parts of speech,英文,意为八大词类。

〔3〕黎锦熙,字劭西,出生于湖南湘潭,汉语言文字学家、词典编纂家、文字改革家、教育家。1915年受聘为教育部教科书特约编审员,1916年成立"中华国语研究会",1955年当选为中国科学院哲学社会科学学部委员。

〔4〕黎锦熙的专著《新著国语文法》曾是丁景唐第一次转学到沪江大学中文系时的教科书之一。黎锦熙坚决捍卫"五四"运动,针对当时"国粹派"等的白话文"有文无法"的谬论,他的《新著国语文法》首创以句本位为中心的完整体系,第一次科学系统地揭示了汉语白话文的语法规律,产生了很大的影响。

〔5〕《海底梦》,1932年由新中国书局出版,之后多次再版。1958年收入《巴金文集》时,改为《海的梦》。

〔6〕此文连载于《沪江新闻》,缺少第13期,此处内容不详。可能谈到巴金小说中的语言问题,如实体词之七位、变式和倒装、省略等。

〔7〕obj.,即英文object的缩写,指宾语。

〔8〕《沪江新闻》,见本书第71页注释〔1〕。

迟 暮

——改卷随感

潇潇的几阵秋雨下过,就颇有寒意了。生物园的荷花池里浮着枯萎的荷盖,绯色的花瓣早也凋落,秋风像一把刷子把江边的树都涂染得萎黄,只有几棵斜欹的乌桕树躲在丛树中还透露出点点的红叶,像不会喝酒的孩子泛着淡淡的酒酡[1]。可是这乌桕树的红叶正是衰弱了缺乏叶绿素的征象,恐怕不久也将如西去的夕阳转瞬就要凋谢的,紧接着而来的是"秋风萧瑟天气凉,草木摇落露为霜"[2]的迟暮时节。

窗外紧洒着秋雨,我孤守在望天楼[3]的阁仓里批改文卷,我的脑际不知怎的忽然掠过"迟暮"这两个字的阴影,我在一篇文卷上见到了这样的一段叙述:

  人所以能活下去,就是他有过去,他有将来,而我却正在制造未来的过去。本来世间一切变故、悲欢离合,当用审慎的眼光观察,人生本来就像是一个愚蠢的笑话,感情就是一种负债。十八年的时光已飞过去了,不留一丝痕迹。而未来,未来的四年光阴在现在看来,是一条长的路程,但逝去后,你所感到的,将更为空虚、无聊。

这位年轻的同学,简直像垂暮的老年人。"对过去是无限的思慕和怀恋,对将来是怀疑和恐惧,而对现实却是厌倦和逃避。"在灯火下,我像猛淋着寒冷的雨水,差一点抖颤起来,我揉了揉握着沙笔的手,默然了。

我想起福楼拜[4]的话:"第一个将花来比美人是聪明的诗人,第二个将花来比美人便是愚蠢的傻瓜。"那么我即使是末等的白痴,我也要把它申引了说:青春犹如春天盛放的鲜花,迟暮就只是秋风中零落的残英,失去了光泽,也失去了艳丽。

为什么这位青春时代的同学竟会蕴藏着年青人所不该有的衰老意识呢?"少年维特"[5]的时代和我们所处的时代是何等的相异,但他却流漾着"少年维特"式忧郁的情调,有着早熟的颓废和迟暮的心境。

全是些伤感的话,难道没有快慰的故事可以叙述吗?我沉思着。

艳丽的花瞬间凋敝,天才的萌芽每为聪明所自毁。早熟的少年最易丧失"赤子之心",而温柔家宅的高墙隔绝辽阔的前程。富贵之家每成埋葬英才的坟场,暖室中的花卉缺乏坚韧的躯干。这种维特式的忧郁,想来也不是偶然感染的,实也和生活的温柔不无血亲关系吧?

秋天是收获的季节,秋天也是迟暮的季节。

春天是下秧的季节,春天也是堕落和腐蚀的季节。

原载《沪江新闻》[6]第12期(1948年10月25日),署名:丁雨峰。

导读:
此文构思类似丁景唐的两篇旧作,《改卷散记》和《美人迟暮》。

注释:
〔1〕酡,饮酒后脸色变红。白居易的《闲题家池寄王屋张道士》写道:"有食适吾口,有酒酡吾颜。"

〔2〕出自曹丕的《燕歌行》。

〔3〕丁景唐回忆说:"我在沪江教书半年,忙于备课和进修。同几位助教都住在四年级学生宿舍的最顶层,每人一室,颇为清静。我为它取了一个雅名——'望天听风楼'。极目远眺浩瀚的黄浦江吴淞口……"(丁景唐《二进沪江》)

〔4〕福楼拜,法国著名作家,代表作《包法利夫人》。他对19世纪法国社会风俗人情进行了真实细致的描写记录,超时代、超意识地对现代小说审美趋向进行了探索。李健吾的名著《福楼拜评传》,是我国第一部全面、系统地研究和评价福楼拜的研究专著。

〔5〕少年维特,歌德的名著《少年维特之烦恼》的主人公。

〔6〕《沪江新闻》,见本书第71页注释〔1〕。

这期《沪江新闻》同时刊登丁景唐的三篇诗文,除了此文之外,还有诗歌《秋》、论文《巴金作品的语文研究》。

"梦"与"泪"

——由朝露的诗所想起的

纵使文坛上也有[把]在初苗的新地上驰骋引为快意的人,将可能成长乔木的萌芽不加护栽任意践踏的[人],但这毕竟是极少数的例外,对于那些调子悲怆、意识伤感的作品,我们宁是抱着鲁迅先生所昭示过的吃烂苹果[的]方法[1],将烂的削去,而决不采取全部否定的态度。因为我们自己也曾穿过紧鞋子,从曲折的弯路上摸索过来,我们没有理由再叫弟妹们重复浪掷他们的青春,任他们去莽撞,甚至走入歧途。

这点我引录朝露同学的几首小诗来做例证。朝露同学的小诗纤柔清秀,真像沾在草叶上的朝露一样。她那文字的安排表露出对于写作技术驾驭的熟练,只要作者不满现有的造诣和深入地体验生活,是不难有成就的。正是如此,我们站在求进步的立场上,便不得不指出她诗中不健康的感伤情调将如何严厉地横阻作者广阔的前程。

统观小诗九章,以梦和泪所编织的诗章倒占了半数。因为篇幅所限,这里只能挑《昨夜的梦里》《梦!》和《口哨》三首来谈。

昨夜的梦里,/我死了!/借着最纤长的一口气/颤动着写出几封信,/你来时,/我已飘去,/你哭了!/我也哭了!/抽噎时,/我看见枕上的泪痕,/我又哭了!

(《昨夜的梦里》)

那幅柠檬月下,/浸着水的普希金纪念塔,/润润的树,/软软的风,/的画,/如今,/还在你心灵的纸上吗?/我们的眸子都溢着水,/像梦里的流溪,/你发觉,/梦一般的情景,/又如梦一般的无形,无影,/没有泪迹……

《梦!》

我曾为那Whistle(哨子)流下无意识的泪水!/他答应不/我茫然,/这是属于天真的。

《口哨》

由于当前畸形的现实形成文化界的畸形倾向,黄色的消闲刊物支配了整个的文化市场,到处泛滥着苍白郁悒与情感脆弱的作品,使这一时期的文学青年也或多或少感染着它散播出来的有害影响,特别是来自温柔之家的人。

诗不是谜,它最忌情感的玩弄。任何作者的心境,当然不是每个读者所能妄加揣测的,但正如托尔斯泰在《艺术论》中所指出过的,"一切文艺作品都是感情的传染",诗尤其显著,它是情感的产儿。我们因此也不难从作品中去认识作者的情感和理想。朝露的小诗笼罩着一层浓厚的感伤暗影,虽然不至于跟《红楼梦》中的林黛玉那样"每临风流泪",透露着没落者的悲哀,但由诗中独多"梦"与"泪"的趋向看来,那感情似乎太纤弱了些。

作者好像有所恋念,却遭到了抑制与委屈,因此去《梦!》中追寻"那幅柠檬月下,/浸着水的普希金纪念塔",以及"润润的树,/软软的风,/的画",而悄声地低问:"如今,/还在你心灵的纸上吗?"虽然如《口哨》中所说"这是属于天真的",可是对那"梦一般的情景"又未能忘怀,并且在《昨夜的梦里》竟会梦到"我死了"!

写诗的人也许实际上倒未必像诗中所夸张的那样悲愁,甚至全是想象,但看诗的人可不能不为伤感的严重性惊讶了。

诗需要感情的喂养,但那一定是真挚的情感,否则便不免流于伤感。李广田[2]先生在《创作论》一书中曾引录 Richards[3] 的话说:"伤感者,并不是因为他们有太多的感情可以支配,而是因为他们太少,也就是说他们在不当禁制的方面遭了禁制,他们只在一种特别的样式中看生活,而又太狭隘地反映生活。"又说:"再没有比这种表现于太容易的眼泪中的廉价情感最为令人讨厌的了。"这些话无疑给我们提供了一种强烈的警惕。

这是狂风暴雨的年代,横亘在每个人面前的现实生活是何等惊心动魄。倘说梦是现实的反映或苦闷的象征,在今天也该是血泪交织的噩梦,即使是泪也该已是饥饿的泪、悲愤的泪……

陈白露在日出之前叫道:"太阳升起来了,我们要睡了。"[4]而《樱桃园》[里的]丽莎[5],当古老的樱桃树被人丁丁斫伐着,父辈的人啜泣着向樱桃园挥泪的时候,她却勇敢地喊出"新生活万岁"的欢声来。

在走向诗的王国的行程中,我们期待作者能如 Richards 所说:"使生活的领域扩大,使生活的经验丰富,使生活勇敢而有力……在不应当禁制的方面得到自由,并且以坚实泼辣的生命,有意识地去打破这些外来的以及自身的禁制与压迫。"

这也许会引起一点心理上的惶惑,甚至产生一种不敢写和写不出的痛苦,但经过无数次的克服与争斗,我们相信作者也将如丽莎毫不留恋地告别她的旧庄园,割弃了梦与泪的抒写,摆脱市上流行的有害影响。这样,诗人的路将是广阔的。

一九四八年十一月中于沪望天听风楼[6]

原载《沪江新闻》[7]第 14 期(1948 年 12 月 8 日),署名:雨峰。

导读:

此文语重心长地指出朝露诗歌的伤感情调的根源,希望她"割弃了梦与泪的抒写,摆脱市上流行的有害影响"。朝露即戴士珍,毕业于东吴大学中文系。

写作此文时解放战争的炮火逼近长江,半年后将解放上海。因此,丁景唐写此文也是告诚还沉浸在伤感中、沉浸在个人狭小圈子里的青年学子,要认清当下形势,振作起来,主动迎接广阔的"诗人之路"。

　　此文提及朝露的"小诗九章",即朝露的《朝露集》中的九首小诗,除了文中所引的三首诗(引录时个别文字有误,现以原载诗为准)之外,还有《送别》《枫》《生命》《午夜》《在那里》《未完的话》等,发表于《沪江文艺》创刊号(1949年1月1日)。

注释:

〔1〕出自鲁迅的《关于翻译》,原载《申报·自由谈》1933年9月14日,署名洛文,后收入《准风月谈》。

〔2〕李广田,散文家,号洗岑,笔名黎地、曦晨等,山东邹平人。1929年考入北京大学外语系,曾与北大校友卞之琳、何其芳合出诗集《汉园集》。

〔3〕理查兹,英国文学评论家、语言学家、诗人。早年在剑桥大学攻读心理学,1922年开始在剑桥大学讲授英国文学和心理学,1930年曾到清华大学任教,1931年后长期在哈佛大学任教。他的学术活动涉及面很广。1923年与奥格登合著《意义的意义》一书,试图通过语义学解决哲学问题,因此被30年代在美国兴起的"普通语义学"哲学流派奉为先行者。

〔4〕曹禺著名剧作《日出》中女主角陈白露的最后一句台词。

〔5〕丽莎,俄国著名作家契诃夫的剧作《樱桃园》中的女主角。

〔6〕望天听风楼,丁景唐为宿舍起的雅号,详见本书第471页注释〔3〕。

〔7〕《沪江新闻》,见本书第71页注释〔1〕。

这期《沪江新闻》刊登丁景唐两篇文章,除了此文之外,还刊登《巴金作品的语文研究》。

第五编

古典文学

《诗经》中反映的妇女生活·恋爱·婚姻

一、《诗经》与妇女；二、健美的女性；三、恋爱的对象及追求方式；四、恋爱的烦恼，（一）相思苦，（二）失恋，（三）被弃的悲愤；五、婚姻的不自由；六、反封建的女性。[1]

一、《诗经》与妇女

世界各民族，都有表现他们独特文化式样的古代文学总集流传下来，西方有《伊利亚特》（*Iliad*）、《奥德赛》（*Odyssey*），而东方在印度有《吠陀》（*Veda*）及《摩诃婆罗多》（*Mahabharata*），在中国有《诗经》，在日本则有《万叶集》。《诗经》不仅是一部中国古代最初的诗歌总集，而且它产生于民间，反映着民间的痛苦与呼吁、欢乐与烦闷、恋爱的享受与别离的愁叹……它替当时的社会留下了爱与恨的烙印。

代表《诗经》的诗篇，却不是那些歌咏帝皇豪奢、铺叙祭祀之盛的《雅》《颂》的贵族作品，倒反而是积累着民间无数无名的天才"作家"的心血而成的结晶——《国风》《周南》《召南》及《小雅》中少部分的作品。而在这些民间的歌谣中，最富有生命的则是那类抒写妇女生活及男女相与言情的作品。这类作品不仅流露着崇高的情感，洋溢着青春的活力，且占据了《周南》《召南》和《国风》中最主要的地位和大多数的篇页。

谢晋青[2]在《〈诗经〉之女性的研究》中曾把这一类作品（《小雅》中的一部分还未算在内）做了个统计（图3），现在引在下面。

这个统计表的分类标准当然有许多需要修正的，譬如注有★号的几类很可看出作者分类的混杂，不过它无论如何总表现出最主要的一点，就是证明《诗经》中描写妇女生活、恋爱、婚姻数量之多。但是单靠统计是不能了解真相的，了解作品的真相还须从内容上来加以分析和说明。

二、健美的女性

当时女子因为从事劳作的缘故，即使是身为统治者的妻女，也莫不是身材高大、性格爽朗、充满了生命的活力的。譬如许穆夫人，不仅是中国第一个女诗人，且富有英勇慷慨的丈夫气概，她听到了祖国（卫国）被敌人入侵将亡国的消息，就单骑匹马地赶回去营救祖国。

"载驰载驱，归唁卫侯。驱马悠悠，言至于漕。大夫跋涉，我心则忧。既不我嘉，不能旋反。视尔不臧，我思不远……"（《鄘风·载驰》）虽然许国不允她跑去搭救，派了人去把她追

風名 \ 種別 \ 篇數	戀愛問題	★女性美及其生活	婚姻問題	失戀問題	★女性的特殊生活	攻擊某貴婦人	母性之愛	醜惡的家庭	誘惑女性	再醮問題	★貧女生活	婦功	婦女習俗	農女生活	合計	全數
周南	4	5													9	11
召南	3	5	2	1											11	14
邶	3		1	5	1		2								12	19
鄘	2		2		1			1	1						7	10
衛	2	1		1	2					1					7	10
王	4										1				5	10
鄭	16														16	21
齊	1		1			3									5	11
魏												1			1	7
唐	1		1												2	12
秦	1														1	10
陳	6					1							1		8	10
檜																4
曹																4
豳														1	1	7
合計	43	11	7	7	4	4	2	1	1	1	1	1	1	1	85	160

图3　谢晋青《〈诗经〉之女性的研究》中的统计表

了回来,但她那种气概是何等的雄伟,岂是一个平常的弱女子?

又如那位“齐侯之子,卫侯之妻”的庄姜,不但生得“螓首蛾眉”,“硕人其颀”,身材高大,体格健美,“巧笑倩兮,美目盼兮”那样的健康美,且“硕人敖敖,说于农郊。四牡有骄,朱幩镳镳”(《卫风·硕人》),又是一番英武的气象!贵族妇女尚且如此,下层的劳动妇女更可想象得到了。

假使是些弱不禁风的病态美人,叫她怎样“取彼斧斨,以伐远扬”(《七月》),“采采卷耳”(《卷耳》),“樵彼桑薪,卬烘于煁”(《小雅·白华》)?且如《郑风·褰裳》“子惠思我,褰裳涉溱。子不我思,岂无他人”,能够褰裳涉溱去会情人,而又能够骄傲地说一声“子不我思,岂无他人”。要不是健美而又能劳操的女子,怎么能够讲这样的话?

私有财产的出现,不仅划分了人类“生之者”与“食之者”的两大畛域,且也使妇女的地位变得更为恶劣卑贱。她们一方面与那些“生之者”的农人过着同样的非人生活,终年操劳,供贵族公子们奢侈作乐,如《魏风·葛屦》中写着:“纠纠葛屦,可以履霜。掺掺女手,可以缝裳。要之襋之,好人服之。"天天替别人缝衣,自己却在寒天时还穿着葛屦在北风中抖颤,这就是奴隶的女儿们的生活！在另一方面,她们［所受］的压迫毕竟还要比男人多一重,所谓"春日迟迟,采蘩祁祁。女心伤悲,殆及公子同归"(《七月》)。贵族公子在春光明媚的春天,看中了年青美貌的采桑女,就随意抢夺了去供他们的私欲。

三、恋爱的对象及追求方式

(一)女性心目中的"他"

女性既然都是健美强壮的劳动妇女,在经济上自有她们的地位,那么她们的对象自然也可想而知,她们绝不会去爱不事生产的寄食者,也是很显然的。而汪静之[3]先生却说:"《诗经》中的女子对于握有经济权的、拥有广大土地的贵族君子的恋爱情感特别深挚,特别沉醉。何以知君子是贵族呢？因为君子是国君之子,当然是贵族;又因为国君之子都有采地,所以同时也是大地主。"他在说了这些话以后,接着又说:"《魏风·伐檀》可以做证。"因之下结论:"君子,贵族阶级,女性最满意的情人。"(陈漱琴[4]《〈诗经〉情诗今译》中汪静之序)

除了贵族以外,汪静之以为当时女性心目中的对象第二类是"士",他说:"士,武士也,颇似西欧中世纪之骑士,乃当时女子倾慕之目标。向来解作男子的通称,误。"

汪静之把前者比之官僚、富翁、地主,［把］后者比之军阀,而后又说:"实在女子骨子里还是爱财的……《诗经》时代女子的恋爱观,一直到现在根本没有改变过。"为什么呢？因为《诗经》中的女子爱贵族地主,爱武士;现在女子爱官僚,爱富人,爱军阀呀！

此种见解就《诗经》中作品考察,显然有谬,其可商榷者约有四点。[5]

(1)名字的误解。"君子"为什么一定只好是"国君之子"？《郑风·风雨》《召南·草虫》《召南·殷其雷》《小雅·菁菁者莪》等的"君子"若是解作"国君之子"已是不可想象;《君子于役》(《王风》)说贵族地主也要当征夫,而他妻子在家养鸡牧牛,思念从戎的"君子",我想是不可能的吧！所以"君子"是可以解作贵族地主的(如《伐檀》),但是在当时也是一般的尊称。

(2)至于说"士"是武士也未尝不可,但若说"解作男子的通称,误"的话,这也不尽然。只要翻翻《诗经》中的"士"字比较一下就可。现在最值得讨论的是汪静之把"武士"比"军阀",则今日之勤务兵也何不称之曰"军阀"？盖当时之武士为贵族之从属,一如今之保镖、卫士或勤务兵,既无军阀之大权,更非当时女子恋爱之主要对象。

(3)当时阶级的严格。一个奴隶的女儿居然梦想高攀贵族,那不是发痴了吗？且贵族朝三暮四,抢掠女子(《七月》"女心伤悲,殆及公子同归"),这种人谓之"女性最满意的情人",则这个奴隶的女儿也可谓"自投火坑",自不量力了。而且一当了贵族的老婆,便得受种种礼节的约束,叫一个劳动惯的女子如何过得来。难道天下真有一种所谓自讨苦吃的人去干这样[的]傻事？我想当时的女子对于"食之者"的贵族地主们平日对待女子的行径，总了解得透吧！

（4）当时女子因为自己也是从事生产的一员，且社交公开，男女相与歌舞，自由选择对象的机会极多，为何要高攀不可就的贵族呢？何况女子并不一定"爱钱"的，绝不会势利得像现代都市太太、小姐一样，而自由却是宝贵的东西呀！

所以我们可以肯定地说，当时女子"最满意的情人"，既不是贵族的地主，也非特权阶级的武士，乃是体强力壮，能从事田事、打猎的劳动青年。请看："伯兮朅兮，邦之桀兮。伯也执殳，为王前驱。"（《卫风·伯兮》）"猗嗟昌兮，颀而长兮。抑若扬兮，美目扬兮。巧趋跄兮，射则臧兮。"（《齐风·猗嗟》）"叔适野，巷无服马。岂无服马，不如叔也，洵美且武。"（《郑风·叔于田》）

（二）她们和他们是怎样追求着

描写当时男女相与言情、互相追逐的诗极多，今举例如下：

"洧之外，洵訏且乐。维士与女，伊其相谑，赠之以勺药。"（《郑风·溱洧》）"萚兮萚兮，风其吹女。叔兮伯兮，倡予和女。"（《郑风·萚兮》）"投我以木瓜，报之以琼琚。匪报也，永以为好也。"（《卫风·木瓜》）"子之汤兮，宛丘之上兮。洵有情兮，而无望兮。坎其击鼓，宛丘之下。无冬无夏，值其鹭羽。"（《陈风·宛丘》）"东门之枌，宛丘之栩。子仲之子，婆娑其下。"（《陈风·东门之枌》）

由上面所引的几首诗篇，可以想象到当时社交公开、恋爱自由，因此选择对象的机会极多。较之现在那般以自由恋爱相标榜的摩登少爷、小姐所玩的把戏，显得多么淳朴与高洁呀！

现在，我们进一步地再来探讨一下他们和她们是怎样求爱的。

（1）男的怎样追求女的？

"琴瑟友之"，"钟鼓乐之"（《周南·关雎》），拿音乐来挑动女子。"野有死麕，白茅包之。有女怀春，吉士诱之"（《召南·野有死麕》），猎取野兽作为礼物献给女子。"将仲子兮，无逾我墙，无折我树桑。岂敢爱之？畏我诸兄"（《郑风·将仲子》），那些情人可真爽快，爬起墙来了。

（2）"女惑男"。

恋爱本是男女双方的行动，不一定必须是男的追求女的，可是生为二十世纪四十年代的现代人一提到恋爱，总是以为男的主动的，要是女的主动去追求男的，就以为那女人不是一个"好货"。其实在人类的当初，何尝如此？下面权且举几个例[子]：

"东方之日兮，彼姝者子，在我室兮。在我室兮，履我即兮。"（《齐风·东方之日》）"子惠思我，褰裳涉溱。子不我思，岂无他人？"（《郑风·褰裳》）"摽有梅，其实七兮。求我庶士，迨其吉兮。"(《召南·摽有梅》)这位女子起初还耐心等着,到后来却忍不住跑到她情人那里去了——"摽有梅,顷筐塈之。求我庶士,迨其谓之。"假使当时女子不是从事社会生产而尚有独立人格的话,那么《诗经》中怎会有许多妇女主动追求男子,[有]自由选择对象的权利?

（3）密约。

这一类向来称之谓"淫奔私合"的诗,分量最多,计有:《野有死麇》(《召南》)、《野有蔓草》(《郑风》)、《桑中》(《鄘风》)、《静女》(《邶风》)、《山有扶苏》(《郑风》)、《鸡鸣》(《齐风》)、《东方未明》(《齐风》)、《绸缪》(《唐风》)、《女曰鸡鸣》(《郑风》)、《东门之池》(《陈风》)、《东门之杨》(《陈风》)、《子衿》(《郑风》)等。

请看《野有蔓草》:"野有蔓草,零露漙兮。有美一人,清扬婉兮。邂逅相遇,适我愿兮。"又如《齐风·鸡鸣》:"鸡既鸣矣,朝既盈矣。"(女)"匪鸡则鸣,苍蝇之声。"(男)"东方明矣,朝既昌矣。"(女)"匪东方则明,月出之光。"(男)"虫飞薨薨,甘与子同梦。会且归矣,无庶予子憎。"(女)天已经快亮了,鸡在啼了,女的催促着她的情人快些起来,而那人却留恋着不肯就走,说:"那又不是鸡啼,是苍鹰在天空鸣着哩。"于是女的又催促他:"东方已亮,太阳也要出来了。"男的还是懒洋洋地假装不知,[狡]辩着说:"那又不是东方将明,是月亮的光咧。"女的没法,只好再陪他一会儿,分手的时候还多情地说:"现在且快回去吧,等会儿不要怪我不早些叫醒你起身哩。"

从这里我们不难想到当时的确是自由恋爱极为流行的。所谓"邂逅相遇,适我愿兮",可见古时结合的自由,风尚所趋,无足为怪。

四、恋爱的烦恼

邓肯[6]女士曾经说过:"恋爱可以成为喜剧,恋爱也可以成为悲剧。"恋爱,一方面给青年男女带来了兴奋激动,享受着爱情的甜蜜,但既然恋爱是双方的事,又不是可以脱离当时社会习俗的拘束的,所以另外一方面就有相思的痛苦、失恋的烦恼,更有被弃的悲愤。

（一）相思苦（失爱的烦闷）

《子衿》写相思者的心,悠悠地思念着穿青衿的人,又责备他:"青青子衿,悠悠我心。纵我不往,子宁不嗣音?"但是等到"挑兮达兮,在城阙兮",见了面又是怎样不能忘情:"一日不见,如三月兮!"

《狡童》(《郑风》)写女子失恋,弄得饭也吃不下:"彼狡童兮,不与我言兮。维子之故,使我不能餐兮。"

《月出》(《陈风》)写怀人的心境极为神达,如"月出皎兮,佼人僚兮。舒窈纠兮,劳心悄兮",简直有"一唱三叹"之妙。

《终风》(《邶风》)也是一篇怀人的诗:"莫往莫来,悠悠我思。"余如《晨风》(《秦风》)、

《泽陂》(《陈风》)、《草虫》(《召南》)、《采葛》(《王风》),再如《小雅》之《都人士》《菁菁者莪》《裳裳者华》《隰桑》,莫不是写想念之切,而至于"忧心忡忡"或"瘖寐无为""辗转反侧"的。

(二)被弃的悲愤

这类大多是所谓弃妇诗,如《氓》(《卫风》)、《谷风》(《邶风》)、《小雅》中的《谷风》和《白华》、《中谷有蓷》(《王风》)、《蟋蟀》(《鄘风》)……都属这一类的诗。

《氓》(《卫风》)是一篇很出色的抒情叙事诗,写一大段恋爱的经过,从初恋到别离,到结合,到婚后的生活,以及三年后的"士贰其行",把她抛弃,而自怨自艾。

"氓之蚩蚩,抱布贸丝。匪来贸丝,来即我谋。"起先,男的假"抱布贸丝"的机会,来接近一位陌生的女郎,从而大胆地追求她。[7]可是等到"桑之落矣,其黄而陨",女的老了,男的就"士贰其行""二三其德"起来,把她弃掉。

《谷风》(《邶风》)写男子喜新厌旧。试看"昔育恐育鞫,及尔颠覆。既生既育,比予于毒",勤劳了一世,却还被弃,可见当时男性社会中恋爱婚姻另一个阴暗面。

《小雅》中的《谷风》和《邶风》的《谷风》也差不多。"将恐将惧,维予与女。将安将乐,女转弃予……弃予如遗。"真可谓忘恩负义的薄情汉。《白华》也是如此:"之子之远,俾我独兮……之子无良,二三其德。"

不过这里应该一提的就是,上面所引的诗篇全和商人有关。《氓》和《谷风》文中已很明显地写出男的是个商人,即《白华》中也有"之子之远,俾我独兮",可见那个男人也不是田家郎,按文中之意,那人也不似行役在外的样子,想来也是一位商贾之徒。这也是一种可吟咏的现象。

五、婚姻的不自由

关于恋爱和婚姻问题还有两种现象要说明,即是入赘、婚姻的不自由。

(一)入赘

据郑振铎[8]先生在《中国俗文学史》上册(二十九页)中说,《小雅》中的《黄鸟》和《我行其野》是古时的入赘制度,今录下以作参考:"'婚姻之故,言就尔居',这不明明说着'入赘'的事吗?'尔不我畜,复我邦家'和'此邦之人,不我肯穀。言旋言归,复我邦族',其事实是相同的。赘婿之不为人所重,古今如一。"

(二)婚姻的不自由

最明显的例子是《齐风》的《南山》。"蓺麻如之何?衡从其亩。取妻如之何?必告父母。既曰告止,曷又鞠止?析薪如之何?匪斧不克。取妻如之何?匪媒不得。既曰得止,曷又极止?"这诗中把"父母之命,媒妁之言"的恋爱婚姻不自由认为天经地义,如同"析薪"要用"斧",[将二者]列为同样的真理,可见顽迂的礼教在几千年前已葬送了不少多情男女了。

余如《氓》中的"子无良媒"和《将仲子》中"父母之言,亦可畏也""人之多言,亦可畏也",皆可证已有媒妁制的存在。而礼教的可怕,也可以想象得出了。

六、反封建的女性

上面我已经说过《诗经》中的女性大多是健美的劳动女子,这里我还想提到两位敢于在男性社会中反对不合理婚姻的反封建的"叛逆的女性",她们大声抗议着不合理的结合。

《召南》的《行露》:"谁谓女无家,何以速我讼。虽速我讼,亦不女从。"那位女子坚持着自己的意志,拒绝了那个"使君有妇"的伪君子。那个男子不禁老羞成怒,要告她的罪,可是她吓不退,"虽速我讼,亦不女从",坚持自己的主张,终获得胜利。那个男子也没办法,[不能]硬叫一位对他毫无好感的姑娘爱他。而法律也不能不合情理得使一位年青的女孩子,去嫁给一个和她没有爱情但有田、有势的君子,强迫她和一个陌生的男人同居,履行所谓片面的"婚约"。[9]

《鄘风》的《柏舟》:"之死矢靡它。母也天只!不谅人只!"女儿等待着自己[的]情人,母亲却要把她嫁给旁人,她反抗说:"我死也要爱他!"在"之死矢靡它"这句话中,我们可以想见女子对于自己情人的守约和坚决,这样的爱情故事伟大而又真挚,她母亲再顽固些也不能奈何她。

"自由是难得的东西",一个著名的外国作家曾经这样说过,而这两位古代的女子却用勇敢的反抗,为自己争取了"难得的自由!"[10]

原载《女声》[11]第1卷第11期(1943年3月15日),署名:乐未央。

导读:

1943年9月,丁景唐转学到沪江大学中文系三年级,选择了"妇女与文学"的课题,从《诗经》等经典古籍入手开始研究。此文是"妇女与文学"系列研究的首篇,丁景唐由此走上了漫长的治学之途。

丁景唐参考了一些研究《诗经》的专著,并且仔细研读《诗经》,将此作为历史文献,由此探寻古代妇女的爱情、婚姻生活和心理,追溯妇女问题的根源,并且颠覆了世人的认知,提出《诗经》中的女性是"健美的女性",她们大胆追求爱情,自由恋爱的机会甚多。此研究角度颇为新颖,发现了许多问题,大胆质疑权威观点,得出了许多颇有价值的结论。

同时,丁景唐鉴赏、品味这些古老的诗歌,不由得惊呼:"简直有'一唱三叹'之妙。"他吸取其中的艺术表现手法,借鉴使用,化为己有,创作诸多自由体新诗歌。

这期《女声》编辑在《先声》中特意介绍了此文,认为"《诗经》是中国顶古的文学,也是最纯朴的能够反映各种不同的人们生活的诗。当时的妇女不能公开发表言谈,更不能发表文字,古圣贤的礼教把她们封锁得不能呼吸。但是《诗经》上却有一些描写恋爱与关于女性生活的诗,从这些诗里我们可以窥见一点当时所不容易透露的女性的生活与心理。因此乐未央先生的这篇关于《诗经》与妇女的文章是很有趣的,而且我们可以从这篇文章里看出当时妇女的[被]压迫与苦闷的,是篇有价值的文章。"

丁景唐的论文集《妇女与文学》初版收入十篇文章,即《妇女与文学》《她的一生——从民歌中看中国妇女的生活》《〈诗经〉中反映的妇女生活·恋爱·婚姻》《陆放翁出妻事迹考》《朱淑真与元夕词》《六朝的民歌(南方篇)》《诗人秋瑾》《孟姜女传说的演变》《祥林嫂——鲁迅作品中之女性研究之一》《新女性的典型创造》。这十篇文章的时间跨度很大,从古代穿越到20世纪,除了第一篇是开场白般的简略综述,其他九篇文章中的六篇与古代诗歌、民谣有关,另外三篇是近现代的事情。其中,《她的一生——从民歌中看中国妇女的生活》《陆放翁出妻事迹考》《诗人秋瑾》《祥林嫂——鲁迅作品中之女性研究之一》《新女性的典型创造》后来收入丁景唐的《犹恋风流纸墨香——六十年文集》(上海文艺出版社,2004年1月),其余的文章均收入本书。

注释:

〔1〕此为全文要目,原被编排在该文标题下面,其中"(二)失恋",正文里无此内容。

〔2〕谢晋青,南社社员,曾留学日本,回国后一边筹办徐州中学,一边经营一个木工厂,同时努力从事研究和翻译工作。1922年将《西洋伦理学史》译成中文,由上海商务印书馆出版。此书刚译成,他因积劳成疾,1923年夏去世。他的《〈诗经〉之女性的研究》颇具影响力,开我国《诗经》女性研究之先河,在《诗经》研究史上具有重要意义。

〔3〕汪静之,安徽绩溪人。早年与潘漠华、应修人、冯雪峰创立湖畔诗社,曾任上海建设大学、安徽大学、暨南大学中文系教授,商务印书馆特约编辑,1947年任复旦大学中文系教授,1952年任人民文学出版社编辑。

〔4〕陈漱琴,曾发表诗歌《春月》《我之志愿》(《上海美术专门学校季刊》1929年创刊号),后者曰:"愿谢红妆作虎臣,木兰原是女郎身。而今欲脱闺娃习,无奈高枝不让人。"著有《〈诗经〉情诗今译》,上海女子书店1932年出版。

〔5〕此文刊于《女声》时此段为:"这样说来女子是向来崇拜财势的,可谓定矣。但是细加研究之后,不禁为古今妇女要喊起冤枉来。现在女子的'冤枉'暂且不去管,《诗经》时代的女子却要分辩一下。"后收入《妇女与文学》时,删除了这些文字,重写的过渡文字简洁、明了,便于衔接上文。

〔6〕邓肯,美国舞蹈家,现代舞的创始人,是世界上第一位赤脚在舞台上表演的艺术家。主要作品有根据《马赛曲》、贝多芬的《第七交响曲》、门德尔松的《春》和柴可夫斯基的《斯拉夫进行曲》改编的舞

蹈。著有《邓肯自传》《论舞蹈艺术》等。

〔7〕"起先,男的假'抱布贸丝'的机会,来接近一位陌生的女郎,从而大胆地追求她",为收入《妇女与文学》时增加的内容,刊于《女声》时仅有一句话:"男的追求女子。"

〔8〕郑振铎,原籍福建长乐,杰出的爱国主义者和社会活动家、作家、文学评论家、文学史家、翻译家、艺术史家、收藏家。

〔9〕"那个男子也没办法……履行所谓片面的'婚约'",这部分内容为收入《妇女与文学》时增加的,刊于《女声》时没有。

〔10〕最后一段文字原为:"对于那些想对旧礼教反抗而又无勇气的现代女性,这是一个很好的榜样,自由是不会自己落下来的,自由是要[用]代价来换取的,'自由是难得的东西'。假使你要挣脱几千年传统的习俗、'吃人'的礼教,首先让我们来学取她们的精神吧!"收入《妇女与文学》时改写,紧密衔接上文,突出旨意。

〔11〕《女声》,见本书第32页注释〔4〕。

这期《女声》刊登了丁景唐的三篇作品,除了此文之外,还有诗歌《春天的雪花》、小品《青春》。

中 秋 谈 月

  明月几时有?把酒问青天。不知天上宫阙,今夕是何年。我欲乘风归去,有恐琼楼玉宇,高处不胜寒。起舞弄清影,何似在人间。

  转朱阁,低绮户,照无眠。不应有恨,何事长向别时圆?人有悲欢离合,月有阴晴圆缺,此事古难全。但愿人长久,千里共婵娟。　　　　（苏东坡《水调歌头·丙辰中秋》）

  中秋在中国习俗上是一个重要的节日。它和元旦、清明、端午、重阳同被人们所热烈庆祝着。这些节日因着时会季候的互异而各有其特例的内容与不同的取乐方式。中秋,旧历八月半的节日,它的重心与被欣赏的对象则是那悬浮在夜空中的一轮莹月。"月到中秋分外明",这是我们前世纪诗人对于中秋月色的白描,流传到今天,连小学生也会搬进他们的作文里,而成为烂调俗套的句子了。

  在中国,过去无数的年代中,以自然风物、田野山水涂染成的古典作品里,月是文学各部门的题材,尤其在诗词一类的韵文中间,占据了一个相当重要的角色。它启迪了不少作家的灵感,它增加了自然风物无边的秀丽。

  苏东坡那首《水调歌头》荡漾着壮阔雄伟的气概。"明月几时有?把酒问青天",展示给我们一幅古雅的画面:一颗晶亮的圆月辉映在净空,一个洒脱的诗人"一樽还酹江月",托起了酒杯,向着天心里的月吟诵诗句。[这]是多么富有风味与浪漫的镜头呀!

  李白的《忆秦娥》,昔人曾推为千古词曲之祖。其"秦娥梦断秦楼月"句,把月烘托得很生动又新鲜。

  箫声咽,秦娥梦断秦楼月。秦楼月,年年柳色,灞陵伤别。

  乐游原上清秋节,咸阳古道音尘绝。音尘绝,西风残照,汉家陵阙。

这首词,不仅使我们从那艺术的渲染力中,感受了一种秋日的凄凉情调和高楼上少女的伤神情景,它还带给我们一阵呜咽的箫声,通过月夜的清静,也好像听到了少女抖颤的心跳——哀悼年华的节调。

  还有一首朱淑真的《生查子·元夕》[1],也是被人传诵一时的,刻画青年男女热恋时的情景,以及失恋后的胸怀,极为神妙。

  去年元夜时,花市灯如昼。月上柳梢头,人约黄昏后。

  今年元夜时,月与灯依旧。不见去年人,泪湿春衫袖。

词中"月上柳梢头,人约黄昏后",几已与歌德之名句"哪个少年不善钟情,哪个少女不善怀春"一起成为沉醉于绯色的梦幻中[的]少男少女们的《圣经》了。不过后句"人约黄昏后",如果没有"月上柳梢头"那颗月来衬托,词固然要逊色不少,而在黄昏后相约同游的青年侣伴们的心坎上也当消失几分热情。假使这是一幅画,光孤单地用画笔蘸些墨水,在白纸上黑黝黝画着"人约黄昏后"——一对[恋]人在黑暗一片的背景上[依]偎着,那给看客的印象一定糟得很。

"月儿倚在柳梢,人儿偎在地上",这才是一幅生动的图画!

当着"已凉天气未寒时"的中秋佳节,蛰居都市,如今连赏月的机缘都不大可得,纸上谈月,聊以解解心境的寂寞,抄录几首昔人的诗词,以见月在我们中世纪诗人的笔下之地位及描写。以想象与理解来代替感觉的欣赏,让我们权且忘掉一下人世的繁杂,沉醉[于]融化人[的]"月的美境"中吧!

一、五 言 诗

李白《静夜思》:"床前明月光,疑是地上霜。举头望明月,低头思故乡。"

李白《月下独酌》:"花间一壶酒,独酌无相亲。举杯邀明月,对影成三人。月既不解饮,影徒随我身。暂伴月将影,行乐须及春。我歌月徘徊,我舞影零乱。醒时同交欢,醉后各分散。永结无情游,相期邈云汉。"

李白《子夜秋歌》:"长安一片月,万户捣衣声。秋风吹不尽,总是玉关情。何日平胡虏,良人罢远征。"

张九龄《望月怀远》:"海上生明月,天涯共此时。情人怨遥夜,竟夕起相思。灭烛怜光满,披衣觉露滋。不堪盈手赠,还寝梦佳期。"

杜甫《月夜》:"今夜鄜州月,闺中只独看。遥怜小儿女,未解忆长安。香雾云鬟湿,清辉玉臂寒。何时倚虚幌,双照泪痕干。"

杜甫《月夜忆舍弟》:"戍鼓断人行,边秋一雁声。露从今夜白,月是故乡明。有弟皆分散,无家问死生。寄书长不达,况乃未休兵。"

王维《山居秋暝》:"空山新雨后,天气晚来秋。明月松间照,清泉石上流。"

孟浩然《宿桐庐江寄广陵旧游》:"山暝听猿愁,沧江急夜流。风鸣两岸叶,月照一孤舟。"

二、七 言 诗

杜牧《泊秦淮》:"烟笼寒水月笼沙,夜泊秦淮近酒家。商女不知亡国恨,隔江犹唱《后庭花》。"

杜牧《寄扬州韩绰判官》:"青山隐隐水迢迢,秋尽江南草未凋。二十四桥明月夜,玉人何处教吹箫。"

温庭筠《瑶瑟怨》:"冰簟银床梦不成,碧天如水夜云轻。雁声远过潇湘去,十二楼中月自明。"

赵嘏《江楼书怀》:"独上江楼思渺然,月光如水水如天。同来望月人何在?风景依稀似去年。"

张泌《寄人》:"别梦依依到谢家,小廊回合曲栏斜。多情只有春庭月,犹为离人照落花。"

三、词[2]

讲到词,除了前面曾经引过的,其余虽有佳作,但因太受格式的拘束,形成词句的堆砌,较少有通首情意都好的。范仲淹《苏幕遮》中[的]"明月楼高休独倚,酒入愁肠,化作相思泪",张先《天仙子》中的"云破月来花弄影",都可称得洵有意境的佳句。而柳永《雨霖铃》一首词,就妙在"杨柳岸,晓风残月"几个字上。

情意俱胜而又触及月的词作并不是没有,有两首出自李后主,这位南唐薄命"才子皇帝"的手笔,想来也是大家所熟知的,一首是《虞美人》:

春花秋月何时了?往事知多少。小楼昨夜又东风,故国不堪回首月明中。

雕栏玉砌应犹在,只是朱颜改。问君能有几多愁?恰似一江春水向东流。

[另一首是]《相见欢》:

无言独上西楼,月如钩。寂寞梧桐深院锁清秋。

剪不断,理还乱,是离愁。别是一般滋味在心头。

这位多情善感的亡国之君,度着以泪洗面的日子,在幽静的夜晚,倚着楼,仰视一钩新月,不禁坠入回忆的深渊里,缅怀故国,追念起梦一般的过去。于是发而为词,凄婉哀思,悲怆欲绝,成为不朽的艺术之花。

四、文　赋[3]

尚有文赋一类的作品,于陈情体物之外,夹以说理,兼以感慨,其辞则散文为主,间也杂有韵文。内中有篇苏东坡的《赤壁赋》,其抒写秋江上的月色,令人如临其境。

少焉,月出于东山之上,徘徊于斗牛之间。白露横江,水光接天。纵一苇之所如,凌万顷之茫然。浩浩乎如冯虚御风,而不知其所止;飘飘乎如遗世独立,羽化而登仙……

写到这里,夜已深沉,可是今宵没有明月,连星星也藏了起来,而远处飘来几声如诉如泣,[是]谁家流落街头的儿女的哀哭声?思绪已乱,因也胡诌了一首不像样的七绝,向读者献丑,以博一笑。

> 月照孤城不夜天,长空万里碧无烟。
> 笙歌达旦庆佳节,门外苦儿更孰怜。

卅二年秋夜

原载《女声》[4]第2卷第5期(1943年9月15日),署名:乐无恙。

导读:

这期《女声》编辑在《先声》中写道:"秋在酷暑之后,而在严冬之前,有着不热不冷的天气,我对秋有特别的好感。'秋收冬藏'一句《千字文》,明明写出秋是人类一个收获的季节,我对秋更不能漠视。可是,古[代]的诗人墨客,偏要对秋发生恶感,硬生生将秋形容得悲哀惨淡,这又何苦呢?"

丁景唐此文偏偏与编辑的旨意大唱反调。文章先扬后抑,开头以鉴赏古代诗人名作的口吻出现,最后却穿越到上海"孤岛"的现实生活中,还写了一首七绝,将今夕的悲苦哀愁情调融为一体,而非一味陷入怀古的旋涡里。

如果读者细细回味此文所举的古代诗人名作,那么便会发现丁景唐以古讽今的笔锋暗藏其中,特别是"何日平胡虏,良人罢远征"(李白《子夜秋歌》)、"有弟皆分散,无家问死生。寄书长不达,况乃未休兵"(杜甫《月夜忆舍弟》)等。同时,"商女不知亡国恨,隔江犹唱《后庭花》"(杜牧《泊秦淮》),与文末丁景唐自拟的七绝"笙歌达旦庆佳节,门外苦儿更孰怜",画面叠加起来。这些诗词展现的是一幅上海"孤岛"时期民众的苦难、怨恨、愁伤等国破家亡、妻离子散的苦难长卷,尽管蒙上了一层"中秋谈月"的薄纱,但是哪里还有花好月圆、良辰美景的踪影。

此文中引用的咏月诗词名篇,有些并非全文,而且个别词语与通行版本略有不同。

注释:

〔1〕《生查子·元夕》,《词品》《词综》认为是朱淑真词,《续萱草堂诗余》认为是秦观词,一般认为此词为欧阳修之作。

〔2〕此标题原文无,添加后与上文的"一、五言诗"和"二、七言诗"两个标题相称。

〔3〕同上。

〔4〕《女声》,见本书第32页注释〔4〕。

这期《女声》刊登丁景唐的四篇诗文,除了此文之外,还有《开学》《病中吟》《一场争辩》。

"不祥"与"祸水"

酷苛的陋习对于"被侮辱与被损害"的女性,除了使她们担受了黑暗家族制度的迫害以外,还得承负一切加诸身的"不祥"罪名,而被轻蔑地冠以"祸水"的谥衔,在史籍上非但是"史不绝书",且也"时引为戒"的。

《左传·襄公二十五年》里就[有]这样的一段记述:

> 郑伐陈,入之。陈侯奔,遇贾获,载其母妻,下而授公车。公曰:"舍尔母。"辞曰:"不祥。"

是以母为"不祥",弗与同车的一个例子。不过为什么"不祥",那位做儿子的却并未明白地说清楚,推想起来恐怕不外乎他母亲也是个妇人罢了。至于为什么女[人]会成为"不祥"的化身、"灾殃"的同义语的缘故,那绝不是单纯迷信所能解答了的。它的导源还在于"牝鸡不是禽,女人不是人",根本不把女人认作"人"的腐旧观念在作梗。

又有一则类似的记事,那是出在《列女传》中的。

> 赵简子伐楚,至河,津吏醉不能渡,欲杀之。津吏女娟,既说简子而免其父,且请操楫而渡。简子曰:"吾将行选士大夫齐戒沐浴,义不与妇人同舟而渡也。"

这位孝女虽然替他酒糊涂的爸爸讨得了性命,还感激那位出征的公子将军,不想却讨了个没趣。他说:"我怎么能够和女人一起同舟渡河哩!"言下大有害怕[与]女人同舟败事的意思。他恐惧"不祥"的女人是"祸水",会给他带来性命的倾覆,葬身河底。

更有进者,如《汉书·李陵传》所载,简直把军事胜败的因素推卸到女子的身上。其言曰:

> "吾士气少衰,鼓之不起者何也?军中岂有女子乎?"乃搜得尽斩之。明日斩首三千级。

照上段引文中《汉书》作者所叙写的语气看来,似乎军事的胜败不在于将士的奋战、主帅的谋划,而在于把军中的女子"搜得尽斩之",因为女子的存在即是"不祥"的存在,而"不祥"当然要招来"祸水"的。"明日斩首三千级"正证明女人为"祸水"之可信不诬也。

是故《中庸》有言:"国家将亡,必有妖孽!"而妖孽就是那些"不祥"的女人。据我们历代正统的历史记载看来,大多数末代皇帝断送江山就是"不祥"的女人在作怪。远一些的如殷纣之亡于妲己,周幽之丧于褒姒;秦汉以后,"女祸"的变乱更是"惊心动魄",厉害一点的演成亡国惨剧,普通一点的也得"家破人亡"。

这样看来,宜乎孔老夫子要谓"唯女子与小人为难养也",想来也必有感而发。至于汉成帝宠赵合德,更怪不得"披香博士"淖方成要慨叹了:"此祸水也,灭火必矣。"(《飞燕外传》及《资治通鉴》)

其实视女人为卑贱龌龊的不洁物,在西洋也大不乏人。叔本华,这位举世闻名的德国悲观哲学家,就是一个女性的憎恶者,他对女人那种公然肆无忌惮地诋毁的态度与言辞,在他那篇《论女人》的大作中发挥得淋漓尽致。他说:"女人总是祸水,同她越少发生关系越好,世界没有了她们会太平顺利得多。""亚里士多德在《政治学》中[说],斯巴达之亡,亡在太崇尚女人,使女人独立并继承财产。法兰西自路易十三以来,女人之劳日增,终使社会扰乱,酿成一七八九年之革命。女人是祸水,旨哉斯言!"

这位孤独的哲学家倒也率直,不像我们国度里有些"男士"们忸怩,他敢一语道破现[在]社会轻视女子的真谛:"服务乃女人之天性,若定欲使女人独立,而不置于自然附庸之地位,则她们立刻便会完全依赖男子,这因为女人的一生皆需一个主人来压制她们。"因此,他说:"所以我主张无论如何不应该准[许]她们去办理事情,只应该永远站在男性的切实管理之下。"

不过叔本华说这些话是不难理解的,因为他活着[时],没有母亲,也没有妻子、儿女、家庭、朋友,七十二岁死去时,陪伴着他临终的只有一只狗。

我们那些称女人为"不祥"与"祸水"的绅士们呢,却似乎并不如此老实坦白。有时也会发一句同情女性的议论,这时他们似乎忘记自己拥有无数的如夫人、姨太太,并且是把自己的纵情逸欲建立在蹂躏女性、摧残女性之上的。

有不公平的男女对立社会,才会有被人称作"不祥"与"祸水"的女人。而"不祥"与"祸水"的真身,恰巧相反,正是那些称女人为"不祥"与祸水的体面绅士们!

原载《女声》[1]第2卷第6期(1943年10月15日),署名:辛夕照。

导读:

此文引用中外事例说明"女祸"的顽固、腐朽观念和偏见是中外的共性,其根源是"不公平的男女对立社会",这是阶级社会存在的一种普遍现象,特别是在男尊女卑的中国,腐朽没落的封建思想根深蒂固。

此文暗喻国民党竭力阻挠"女子参政",参见本书收录的《集体讨论:民主自由与学生生活》。

注释：

〔1〕《女声》，见本书第 32 页注释〔4〕。

这期《女声》刊登丁景唐的五篇诗文，除了此文之外，还有《陆放翁出妻事迹考》《红叶诗话》和诗歌《向日葵》《雁》。

红叶诗话

远上寒山石径斜,白云生处有人家。
停车坐爱枫林晚,霜叶红于二月花。
(杜牧《山行》)

曾经有一个时期,我爱过红叶。因为爱好红叶就连带也爱看描写红叶的诗文,其中印象最深的恐怕要算是杜牧那首《山行》了。《山行》之所以一度引起我夙夜吟赏而留连于诗境的意象中,是由我那孤寂的性情维系着的。

在乡间,我很少[有]朋友,终年陪伴着我多病的身子[的]就是几箱破旧的古书,有的已经被蠹鱼啮为纸末,连字迹也都不大清晰了。在散佚的卷籍中,我被一篇明人的《过枫林记》的散文所吸引了——

> 枫林在城西南隅,枕冈带郭,境颇幽迥。际秋老霜新之候,悠然一往,会心正不在远也……晨起,霜风肃然,日气爽洁,不知何从。忽动登眺之兴,欲出郭,念无可与游者,遂独登候潮城,循雉而西。城因山起伏,不复规规瓮整,委蛇旋折,足可送远目适游履也……将近枫林女墙,竟与人家菜畦坦接,穿篱度莽,转一拗,则枫木千本,障天蔽野,了无杂树。时夕照已转林腰,横射叶上,光彩如泼丹砂者。正坐吟"远上寒山"之句,希微间蹋蹋影动,定视之,乃一野衲扫落叶耳。迫晚风勃苍凉,凛不可留,望龛灯明处巫投,渐闻石磬,乃三茅福地,遂由石径而归。
> (锺人杰[1]《过枫林记》)

那时已届"秋风萧瑟天气凉,草木摇落露为霜"的时节,我们屋子近旁的林间刚挂满鲜艳的红叶,不过较之那篇散文中所描写的"障天蔽野,了无杂树"的枫林,当然是逊色不少。然而在一个未脱童心的年青人看来,这倒并不是一件值得关切的事。他所冀求的是好胜与智慧。"远上寒山"这句出自何处,萦回在我简单的脑际,使我烦乱了多天,我在旧箧中翻遍了诗书来探求它的"全面"。最后,无意中在三叔的信函里发现了一片褪色的红叶和那首杜牧的《山行》,我就把它抄录下来,每天跑到河边的石级上对着夕照里的红叶低吟起"远上寒山石径斜"的诗句,有时不禁为"霜叶红于二月花"的意境所陶醉了。

说"霜叶红于二月花",这自然是诗人的夸张之辞,但秋天里的红叶比诸春花,自也另具一种旷雅清致的风韵。萧条的山川如果没有它来点缀,那真有不堪寂寥之感了。红叶之所以可爱,初非仅供人观赏而已,实也替秋风落叶中萧瑟的自然界留下一点生趣。

因此红叶入诗也就饶有意象,自有一种优美的情调,如"三秋梅雨愁枫叶,一夜篷舟宿苇花"(温庭筠)、"浔阳江头夜送客,枫叶荻花愁瑟瑟"(白居易)、"一坞藏深林,枫叶翻蜀锦"

(郭祥正)、"清溪曲逐枫林转,红叶无风落满船"(王渔洋)、"忙里不知秋色老,青山红树夕阳垂"(彭琰)、"含风翠壁孤云细,背日丹枫万木稠"(杜甫)……这些意味隽永的佳句所描述的形态与鸟语花香、万妍争艳的春光,别含一种清丽的风致。余如陆游的"枫叶欲残看愈好"、韩偓的"枫叶微红近有霜"、杜甫的"赤叶枫林百舌鸣"、郭钰的"落日枫林红叶明"、王郁的"江林枫叶秋容醉"、严武的"江头赤叶枫愁客",也皆是咏枫诗句中的上品。

然而把枫叶来一个多方面的刻画,则不得不推张炎[2]的《绮罗香·红叶》[3]:

> 万里飞霜,千林落木,寒艳不招春妒。枫冷吴江,独客又吟愁句。正船舣、流水孤村,似花绕、斜阳归路。甚荒沟、一片凄凉,载情不去载愁去。
>
> 长安谁问倦旅?羞见衰颜借酒,飘零如许。谩倚新妆,不入洛阳花谱。为回风、起舞樽前,尽化作、断霞千缕。记阴阴、绿遍江南,夜窗听暗雨。

在这首词中,他用吴江"枫冷"来烘染旅倦了的独客的心怀,于秋风扫着片片红叶的萧索气氛中记起了绿荫遍野时的江南。当着孤灯残夜听着潇潇的雨水隔个窗子淅沥洒向庭阶的时候,确能勾引起他乡游子一星微薄的乡愁。

可是红叶的美,在实际上细析起来,倒似乎有些像酒醉。泛红的衰颜,和青翠的绿叶相较,未免有衰老之感。红叶的生成完全由于秋天空气渐冷而趋干燥,树根所能吸收的水分远不及叶面蒸发的水分多,旧的叶绿素被日光所分解,而新的又来不及产生的缘故。所以红叶虽好,究竟和迟暮的美人一样,掩饰不了她的衰态,何况秋天又是一个引人惜悼年华、追思离愁的季节呢!这一种落叶知秋的感触绝逃不过敏感的诗人。

宋朝朱行中写得好,"遥看一树凌霜叶,好似衰颜醉里红",最能道出叶的病态美。林若抚咏红叶:"花发炎方想刺桐,谁知秋叶幻春红。朝华忽散朝阳后,晚艳都迷晚烧中。凋谢未应随玉露,剪裁元自出金风。若教题就能飞去,不待流波意已通。"其"晚艳都迷晚烧中"句,令人如临画境,眼前仿佛展开一片漫山遍野的红叶在夕阳中燃烧的佳景。至于"剪裁元自出金风"洵可当得起想[象]奇妙的褒辞。

"枫叶千枝复万枝,江桥掩映暮帆迟"(鱼玄机)固然富有景趣,但在我个人的偏好看来,终不若明朝朱静庵女郎的"江空木落雁声悲,霜染丹枫百草萎。蝴蝶不知身是梦,又随春色上寒枝"来得真切,蕴蓄着浮生的真谛且留有秋天的影子。

世间的一切全在流转变易的过程里生灭,人的爱好也跟随时间的流[动]而迁移。离开吟哦"远上寒山"诗句的数年后,当我局促[在]小楼[里]写这篇文章的时刻,我却有了一个不同的意念:"缺乏绿色素的残叶为何要被人推崇吟哦呢?"也许是诗人故作多情,也许是人们生活在萧瑟的秋风下需要鲜艳的颜色来排遣烦扰的生涯。我不能确定,因为这不过是我个人的推测!

在昔人的诗作[里],却也给我找寻到和我个人具有同样意念的人。成彦雄在《江上枫》中写道:"江枫自翁郁,不竞松筠力。一叶落渔家,斜阳带秋色。"李东阳在他的诗中[写道]:"碧树凋余老更红,强将颜色慰飘蓬。浓霜未着愁先醉,返照初回望欲空……"以凋余的衰叶和松柏这类终年披带青翠的乔木对照,倍露病态。无怪宋刘儗在《枫树》中直截说:"枫叶不耐冷,露下胭脂红。无复恋本枝,撼撼随惊风。向来树头蝉,去尽不见踪。日落秋水寒,哀哀叫征鸿。"只要一阵秋风,就和寒蝉临近同样的命运。

被尘世日常浮而不实的审美观念所熏陶的人,大抵染着爱华丽而厌恶淳朴的习气,喜爱侈乐的享受而厌倦平凡的耕耘。苍劲的松柏被人冷漠,而凋残之红叶却常为人所赞赏,原是不足为怪的。

写到这里,我不得不崇服杨万里与朱湛庐诸人的独具慧眼。下面就是他们二位的诗作——

> 双枫一松相后前,可怜老翁依少年。
> 少年翡翠新衫子,老翁深衣青布被。
> 更有秋风清露时,少年再换轻红衣。
> 莫教一夜霜雪落,少年赤立无衣着,老翁深衣却不恶。 (杨万里)

> 凤山高兮上有枫,青女染叶猩血红。
> 莫辞老红嫁西风,一夜憔悴成秃翁。 (朱湛庐)

原载《女声》[4]第 2 卷第 6 期(1943 年 10 月 15 日),署名:辛夕照。

导读:

《红叶诗话》的续文《红叶题诗的故事》开头提及《红叶诗话》,并说:"现在有一个机会让我另外再撰这篇涉及宫怨逸事的文章来补漏溯遗,是很高兴的。"红叶,历来蕴含着丰富韵味,丁景唐也深受影响,撰写了《红叶》一诗,将其作为怀念北方姑娘的一种象征。此三篇以红叶为题材的诗文,形成了丁景唐的红叶情结。

《红叶诗话》以解读枫叶的古典诗词为切入点,叙述一波三折:欣赏—质疑—反思—顿悟。

丁景唐曾抱着"冀求的是好胜与智慧"的心绪,探求历来赞美红叶的诗句。读得多了便有反思:"缺乏绿色素的残叶为何要被人推崇吟哦呢?"丁景唐心里有答案,但是不便明说,只好淡淡地说:"也许是诗人故作多情,也许是人们生活在萧瑟的秋风下需要鲜艳的颜色来排遣烦扰的生涯。"进一步挖掘哲理,指向那些病态的审美观念的持有者,"大抵染着爱华丽而厌恶淳朴的习气,喜爱侈乐的享受而厌倦平凡的耘耕"。这分明是鞭挞那些终日灯红酒绿的达官贵人和堕落的文人。这样的人在上海沦陷区里还少吗?

由于上海沦陷区的恶劣环境,此文难以畅所欲言。文中提到的两首诗词的作者锺人杰、张炎,其政治背景非同寻常。《女声》的编辑难道分辨不出此文的弦外之音吗?更有意思的是,《女声》刊登此文时,中间夹登了丁景唐的两首诗歌《向日葵》《雁》。《向日葵》被后人公认为上海沦陷区诗坛的亮点,该诗最后写道:"向日葵,这英勇的硬汉!/在荒郊中,它撑住了黑暗;/在风雨中,它喜爱逗斗!/掩不灭的是一颗热切地/面向太阳的葵心!"如此编排,以此诗映衬《红叶诗话》,不知读者是否能体会到其中"三昧"。

注释:

〔1〕锺人杰,又名锺九,湖北崇阳人,秀才,家贫,以教书为业。他为人耿直,不畏强暴。1842年,他与陈宝铭等率领3 000多人攻入县城,开仓济贫,破狱纵囚,杀知县,他被拥为勤王大元帅。起义失败后被俘,就义于北京。

〔2〕张炎,字叔夏,号玉田,晚年号乐笑翁。其六世祖张俊为宋朝著名将领。其父张枢为"西湖吟社"重要成员,妙解音律,与著名词人周密交好。宋亡后,张炎家道中落,晚年漂泊落拓。张炎著有《山中白云词》,存词约30首。张炎撰写了中国最早的词论专著《词源》,总结了宋末雅词一派的主要艺术思想与成就。

〔3〕《绮罗香·红叶》大约作于元至元二十七年(1290)冬。其时张炎43岁,应元朝廷写经之召而被迫北行。行至大都(今北京),张炎感伤亡国之情顿上心头,遂借眼前之红叶抒发其漂浮不定的身世和忠贞爱国的情操。

〔4〕《女声》,见本书第32页注释〔4〕。

这期《女声》同时刊登了丁景唐的五篇诗文:论文《陆放翁出妻事迹考》,署名"乐无恙";《红叶诗话》《"不祥"与"祸水"》,均署名"辛夕照";两首诗歌《向日葵》《雁》,署名"歌青春"。

此时,《女声》编辑部的赵菡(赵蕴华)离职,她负责的儿童栏目的篇幅"缩水"。这期的《先声》中写道:"最近本刊有一个变化,就是我们编辑室里的一位赵女士离职了。赵女士本来在这里是专门负责儿童栏的稿件的,现在她离了职,于是就把本期的儿童栏取消了。往后我们愿意多用外稿,欢迎诸君多多惠赐。"接着写道:"很多读者来信,要求增加文艺栏,这次我们在文艺栏中增加了许多篇幅,辛夕照君的《红叶》、席明君的《一个新女性的归宿》都是很好的文艺作品,并且我们添加了关露君的长篇小说的连载《黎明》。我们相信往后能使文艺栏充实起来。"

可见,丁景唐的诗文属于"补台"。这期《女声》还发表了署名"席明"的两篇文章,即《一个新女性的归宿》《恋爱种种》。"席明"即鲍士用,又名鲍良佐、鲍子堃,他后来参加了丁景唐发起组织的上海文艺青年联谊会。

从"子见南子"谈到儒家的妇女观

"子见南子"是一件微妙而有趣的故事。

这桩旧事很使后世的正人君子、尊男卑女的先生们皱眉,觉得有些难堪。在他们的正统观念中,多少总认为是件不大荣誉的憾事,未免与"万世师表"的颜面有所抵触,因此不惜用种种方法来替古人辩解,似乎这样就可洗涤这一"白圭之玷",而收"求全"之效。

然而不幸,"子见南子"的最初记载偏巧在《论语》的《雍也篇》里。

> 子见南子,子路不说。夫子矢之曰:"予所否者,天厌之!天厌之!"

文句虽简,但意义是很可了然的。要是照现在语体文写出来应该是:"孔子跑去拜见南子,子路极不开心。害得孔老先生发起誓来:'如果我错了,一定为天所弃!一定为天所弃!'"

从"子见南子,子路不说"和孔老先生对天发誓的严重程度看,这桩事就显得蹊跷,内中定有些微妙的线索可寻。而南子就是这些微妙线索中的一个中心的环节。

那么,南子是一个何样的人哩?

南子,据朱熹《论语集注》说:"南子,卫灵公之夫人,有淫行。"记载比较详细的是《列女传》。在《列女传》中,刘向把她归入于《孽嬖传》,和夏桀末喜、殷纣妲己、周幽褒姒这些历史上出名的"妖孽"并列,贬为"卫二乱女"之一——

> 南子者,宋女,卫灵公之夫人。通于宋子朝,太子蒯聩知而恶之。南子谮太子于灵公曰:"太子欲杀我。"灵公大怒蒯聩,蒯聩奔宋。

以这样一个声名狼藉、素有"惑淫"的妇人,而一向嚷着"唯小人与女子为难养也"的孔老夫子,却"北面稽首"拜见南子,未免有损男性之尊严而失圣人之体统!

所以隔了几百年后,太史公司马迁作《史记》,大约有察于此,觉得《论语》的话有些模棱不妥,看上去有些刺眼,于是握笔为文,作起文章来就有了些增删。不过和《论语》的记载一比较、一对证,修正的痕迹是很清晰的。下面是《孔子世家》中的一段:

> 灵公夫人有南子者,使人谓孔子曰:"四方之君子不辱欲与寡君为兄弟者,必见寡小君。寡小君愿见。"孔子辞谢,不得已而见之。夫人在絺帷中。孔子入门,北面稽首。夫人自帷中再拜,环佩玉声璆然。孔子曰:"吾乡为弗见,见之礼答焉。"子路不说。孔子矢之曰:"予所不者,天厌之!天厌之!"居卫月余,灵公与夫人同车,宦者雍渠参乘,出,使孔子为次乘,招摇市过之。孔子曰:"吾未见好德如好色者也。"

由上段文章，不难想见司马迁是怎样在玩弄文字，竭力替孔子分辩。他从《论语》中截取了"头"和"尾巴"，中间渗入了男性的主观成见和儒家的正名观念。从《论语》的"子见南子"到《[孔子]世家》的"不得已而见之"，这一变化过程无疑反映了当时卫道者对这桩事情的看法。司马迁的意思，照他这段文字看来，[对]"子见南子"这桩事并不否认，不过他捏造了一些事实，并加以曲解罢了。

（1）是南子"使人谓孔子曰"，可见是南子主动求见孔子。

（2）"孔子辞谢，不得已而见之"，可见孔子本来不高兴去见南子，出于无奈何，不是孔子自己跑去"北面稽首"的。

（3）"夫人自帷中再拜"答礼，还请夫子一起坐车，招摇过市，则仿佛南子也沾了孔老先生的光，的确当[得]起孔子的赞语："我本不愿见她，但是见了，她倒也颇能答我以礼！"（"吾乡为弗见，见之礼答焉"）而子路不悦，简直是"孺子不可教也"（？），多此一举。

如此一个转弯，把主动责任[推]在南子身上，替孔子总算争还不少面子。妙则妙矣，无奈"北面稽首""招摇市过之"到底又留给世人一个恶劣的印象，多一重讥讽圣人的话柄。

宋代出了个朱熹朱夫子，除了抄袭太史公的老文章，更进一步予以发挥，加入新的资料。"孔子至卫，南子请见，孔子辞谢，不得已而见之"，这是抄袭。"盖古者仕于其国，有见其小君之礼"，这是新的发挥。"而子路以夫子见此淫乱之人为辱，故不悦"到"圣人道大德全，无可不可。其见恶人，固谓在我有可见之礼，则彼之不善，我何与焉？然此岂子路所能测哉？故重言以誓之，欲其姑信此而深思以得之也"，则是正面为孔子解嘲。"圣人道大德全"，即使见见"恶人"，于孔子又有何损？总之，孔子自有道理，"此岂子路所能测哉"！

妙论！妙论！原来"子见南子"不是什么"不得已"的问题，而是"礼"的问题。满口礼义廉耻的孔老先生，在"礼"的大帽子底下，当然只得干脆去拜见——向着南子"北面稽首"了。

时代毕竟是向前的，而朱子也的确比太史公要高明得多，并且考虑周到。但他们都认[为]"子见南子"不虚，对于圣人，这虽不是一个污点，至少也是个小瑕疵。

搽粉，虽然暂时能掩遮一下生在脸上的瘢疤或雀斑，但流了泪或汗，就难免要显出原形来，最好想法把雀斑铲掉挖去。不过可惜，人间似乎尚无美容院有方法能尽除雀斑，因此只有一[种]方法，那就是否认，说："那不是我脸上的雀斑！"那顶爽快，然而使她悲哀的是，拿镜子一照，连她自己也不会相信自己的话的。

"子见南子"跟瘢疤在这些地方就有些相像，[将]司马迁和朱熹的热心辩护喻为粉饰，该不算是污蔑吧。可是粉饰得太不合情理，就容易叫人觉察到他们是在"聊以解嘲"，偏袒偏祖孔子，使使"障眼法"而已。

崔东壁[1]就不同了。他是个敢于疑古的学者，是有清一代学术人才中之佼佼者，他还以考据的姿态批评过朱子的"曲为之解"。他在《洙泗考信录》中曾辩道：

朱子谓"仕于其国，有见其小君之礼"，且据《世家》之文，以为"南子请见，孔子辞谢，不得已而见之"，其说似矣。然古礼不可考，《春秋传》中亦殊不见，则朱子亦仅出于臆度，恐不足据也。

然而不幸得很，崔东壁一方面指摘朱子的"不足据"，一方面自己却更进一步以疑古的方法来抹杀"子见南子"的事实，替孔子抱腰，临时客串扮演一下"帮忙"的角色。他把《论语·雍也篇》的"子见南子"冠以"存疑"而加以否认，以为这一章"盖后人采他书之文，附之篇末，而未暇别其醇疵者，其事固未必有，不必曲为之解也"。

经崔东壁这样轻轻地一点拨，朱熹一类的注疏家竟然如"瞎子断匾"[2]，极广心机，而"匾额""固未必有"哩！东壁先生毕竟是个"亮眼"的聪明人，然而——又是一个"然而"！——崔东壁这次却扑了个空，虽是"亮眼"，但戴上偶像崇拜的有色眼镜，所以也不管"匾额"是否挂在那儿，就急急忙忙脱口而道："其事固未必有。"其实若使明了他连"孔氏三世出妻，孔子女儿再嫁"[3]的事实都敢加以否认（皆见《洙泗考信录》），知他对孔子的盲从、[对]重男轻女的偏解，也就无足为怪。其谓"未暇别其醇疵者"，言外之意也不难推测，换句话说，假使是一件关于美德的事，就是"附之篇末"也无妨矣！

所苦的是他又缺乏充分的证据抹掉这一污点，因而只好半途里捧出孔子第十二世孙孔安国来做陪客，以重信实。"你们还用怀疑吗？他老先生的后代也这么说呢！"且看他怎样引孔安国的话：

> 此章汉孔安国固已疑之。孔氏曰："旧以'南子者，卫灵公夫人，淫乱而灵公惑之。孔子见之者，欲因以说灵公，使行治道……'行道既非妇人之事，而弟子不悦，与之咒誓，义可疑焉。"盖男女之别，本不应见，加以淫乱，益非所宜；而指天为誓，亦与《论语》所记圣人平日之言不伦。孔氏疑之，是也。　　　　（《洙泗考信录》）

江恒源先生说得好："孔子这种态度和语言，其实无所用其怀疑，因为孔子对子路是常常如此的。"崔东壁根据"指天为誓，亦与《论语》所记圣人平日之言不伦"，而怀疑"子见南子"系后人托伪，莫非骗人罢了。《论语》中记孔子日常生活中发怒咒誓是不乏前例的，尤其是对于子路，如孔子说："久矣哉，由之行诈也……吾谁欺？欺天乎？"子路是个刚直的老实人，常时喜欢与孔子辩个明白，不像颜回只会顺从孔子的意思，弄得孔老夫子窘迫。有一次，"子路使子羔为费宰。子曰：'贼夫人之子。'子路曰：'有民人焉，有社稷焉，何必读书，然后为学？'"孔子被他说倒了，只好说："你这个讨厌的饶舌人！"（"是故恶夫佞者"）

而且按常理，戆气的子路对于素有淫行的南子当然早已不满。而现在平日讲仁义、谈廉耻的先生却跑到卫国"北面稽首"去拜见她，非但称赞她懂礼，还陪着灵公与南子同坐一车，招摇过市，怎能不使子路"是可忍孰不可忍"地粗气大发，逼得孔老先生赌咒发誓。这岂是孔安国之言所[能]轻轻抹掉的!

其实这些都不过是"曲为之解"的托辞,问题的症结还在孔老先生为何要跑到卫国去拜见南子。换句话说就是"子见南子"的企图是怎样的?这原因是不难推测的——孔子的企图说得动听点不外想实行王道,"行夏之时,乘殷之辂,服周之冕,乐则《韶》《舞》",而实行他的政治理想、理想政治。孔安国谓"孔子见之者,欲因以说灵公,使行治道"云云为瞎扯,实则是他自己的多心。至于说"行道既非妇人之事",孔安国,大概他太天真、太可爱,不知道妇女也有例外,[有]被圣人加以青睐的时候,譬如后世之由裙带关系而获得进身之阶以"行治道"等等。假使他还没天真到这样白痴的程度,那想来定是出于一种由衷的难言的苦楚吧!

《吕氏春秋·贵因篇》有云:"孔子道弥子瑕见厘夫人,因也。"这位厘夫人就是那位南子女士,"因也"即"欲因以说灵公"的那个"因"。

吴虞曰:"其以干禄为心,汲汲于从政,三月无君,栖栖皇皇,自比匏瓜,贻讥丧家之狗,下拜南子,思赴佛肸,所干至七十二君之多,急于求沽。"这话出自"五四"时代"打倒孔家店"的老英雄之口,在我们看起来虽然过火,流于偏执,然而平心静气细细一想,却不得不承认他的话并非架空捏造,实也事出有凭,盖皆明载于《论语》中也。

"子见南子","欲因以说灵公",在理论上不单与《论语》中孔子日常言行相符,而按照事实也属可能。因为当时正当孔子在政治舞台上最得意的黄金时代之后遭受挫折的一时期,即鲁君"受齐女乐,三日不听政","膰肉不至",孔子被迫离鲁他去,踯躅路途,又因"状类阳虎"被拘于匡,经过一连串不如意的变故,可谓忧郁不甚得志,也是孔子自己所说的"沽之哉!沽之哉!我待贾者也"的时候。

身处逆流的低潮,这位被孟子誉为"圣之时者"的老先生,抱着"无可无不可"的处世哲学,要是能因南子之故而得行治道的话,则何乐而不为呢?子云:"吾岂匏瓜也哉,焉能系而不食!""富与贵,是人之所欲也。"岂不是很好的注脚吗?且如朱子所云"圣人道大德全",那么见见"恶人"又有何妨。若果真能获得一官半职,则"大展宏图"以冀实行"小康""大同",那倒也实惠之至。这本来也[是]人情之常,固不足为奇。所可怪者是这桩事竟会引起许多注疏家的"曲为之解"和正人君子的不安,也是极可令人回味的。

然而最使人烦厌的乃是抹杀既不可能,否认又不足证。所以降及近代,初有康圣人南海先生倡"子见南子"为孔子早行西俗,是男女社交公开的文明礼,近乎"大同",而大加赞美;复有朱谦之先生称孔子主张男女平等、恋爱自由(此说见《大同书》及《一个唯情论者的宇宙观及人生观》)。可谓先后辉映,"吾道不孤"。但总觉得有些不自然的感觉,或者如普通人所说的"肉麻",容易叫人想到那是"捧"场,或者是在讲笑话(甚至是神话),和说《易经》中早已有相对论的思想不相上下。

更有趣的,"子见南子"还害二千四百年后的子孙闹了一场有趣的官司。[4]民国十八年

（1929）山东省立第二师范的师生根据林语堂《子见南子》的剧本在校庆时演出,不想"孔氏六十户族人"孔传坧等向省立二师校长宋还吾提出侮辱祖宗的控告,其呈文中有云:"学生抹作孔子,丑末角色,女教员装成南子,冶艳出神,歌桑中之淫词[5]。"一时舆论哗然,但不久教育部一纸"下行文",结果迫得校长辞职了事。

大概由于"子见南子"富有戏剧意味,这些年来不仅没有被人遗忘,反而被广泛地采作文艺题材。它不但曾在舞台上演出,也[被]写成历史小品,甚至外国作家如日本著名文学家谷崎润一郎也把它创作为小说《麒麟》(田汉译),并且银幕上的孔夫子似乎也没有放过这一有趣的"插曲"。

这些都只能算作"闲话"。归根结底,问题的中心戳穿了,骨子里不过是儒家重男轻女的妇女观在背后作祟。

所谓儒家的妇女观是产生于自然经济的基础上而服务于宗法社会男权中心的生殖本位的一种典型思想——一种蔑视女性的思想。它的内容简要包括了下面的四点:

第一,男尊女卑是自然现象。

孔子赞《易》作《十翼》,《系辞传》开首就写道:"天尊地卑,乾坤定矣。卑高以陈,贵贱位矣……乾道成男,坤道成女。"这不是明明承认男女尊卑贵贱之别是天生如此的吗?既然天生男女"已分畛域",是故《诗经·斯干》曰:"乃生男子,载寝之床。载衣之裳,载弄之璋……乃生女子,载寝之地。载衣之裼,载弄之瓦。"

第二,男女有别,"夫为妻纲"。

《礼记·郊特牲》说:"男女有别,然后父子亲;父子亲,然后义生;义生,然后礼作;礼作,然后万物安。无别无义,禽兽之道也。"这就是说,"男女有别"乃是人之所以不同于禽兽之处,如果男女平等,那就不成其为人类了。是故《礼记·内则》有言:"男女不同椸枷,不敢悬于夫之楎椸,不敢藏于夫之箧笥,不敢共湢浴。夫不在,敛枕箧、簟席、襡器而藏之。"男女分别之后,甚至连夫妇俩的衣服都不能挂在同一个架子上,不能藏在同一个箧笥中,何言其他!

因此孟子在讲到"五伦"的正常关系[时]就规定了这样[的]标准:"父子有亲,君臣有义,夫妇有别,长幼有叙,朋友有信。"《礼运》也差不多:"父慈,子孝;兄良,弟悌;夫义,妇听;长惠,幼顺;君仁,臣忠。"

第三,妇女是男子的附属品。

在儒家的眼光中,男女非但不能平等,并且更进一步认定妇女是没有独立人格的附属品。《大戴礼记·本命》说得最爽脆:"妇人者,伏于人者也。"又释女子道:"女者如也,子者孳也,女子者,言如男子之教,而长其义理者也,故谓之妇人。"《礼记·郊特牲》中也说:"妇人,从人者也。幼从父兄,嫁从夫,夫死从子。夫也者,夫也。夫也者,以知帅人者也。"《穀梁传·隐公二年》云:"妇人谓嫁曰归……从人者也。妇人在家制于父,既嫁制于夫,夫死制于长子。妇人不专行,必有从也。"

于是"三从四德"是每个女子必须具有的德性了。《丧服传》里记载:"妇人有三从之义,无专用之道,故未嫁从父,既嫁夫从夫,夫死从子。故父者,子之天也。夫者,妻之天也。"

孟子亦言妇人以顺为正,把女子的地位变成服从役使的地位。

第四,女子应该守在家内。

《周易·家人卦》云:"女正位乎内,男正位乎外。男女正,天下之大义也。"这不是把女子的职务局限在家内,让她养孩子、侍候丈夫、到厨房去的滥觞吗?因为女子的职责为在大门之内做个贤妻良母,扮演扮演驯服的羔羊,所以葵丘之盟曰"毋使妇人与国事"(《穀梁传》),而遂为后世君王引用,与《尚书·牧誓》之"牝鸡无晨"并列为同样的真理。

然而,所有儒家的妇女观实可以拿一句话来包含,那就是出于孔子之口而成为后世文人常常引用的话:"唯女子与小人为难养也,近之则不孙,远之则怨。"

一九四三年大热的深夜

原载《女声》[6]第2卷第7期(1943年11月15日),署名:乐未央。

导读:

"子见南子"是一则"微妙而有趣的故事",流传了几千年了,众多注疏家都竭力为孔圣人的名声"洗白",如司马迁的增删文字、朱熹的"臆想"发挥、崔东壁的"两难悖论"、孔安国的质疑辩解,产生了深远的影响,至今仍有学者沿用这些注疏家的看法,进一步发挥。遗憾的是他们不愿提及其根源,仿佛割裂历史,才具有现代派的"纯咖啡"之味。

然而近80年前,丁景唐已经大胆挑战这些注疏家的演义之说,拒绝盲从,坚持独立思考,依理据情,条剖缕析,挖掘根源——儒家蔑视女性的妇女观,并列举四种表现。

1942年9月,丁景唐转学沪江大学中文系三年级,开始他的治学之路,钻进浩瀚古籍文献里,写了关于《诗经》、秋瑾、陆游、朱淑真等的论文。他在写作此文的过程中,爬梳名家杂说,厘清脉络,努力还原历史真相。此文还批判"男尊女卑"的孔孟之道,令人联想到重庆国民党要员排斥"妇女参政"的谬论,以古讽今,将历史与现实相结合。

此文搜集材料之翔实,思辨能力之强,逻辑思维之清晰,"不经意"的点评之到位,"穿越时空"之潇洒,颇有天马行空之气势,堪称丁景唐就读大学时的一篇考据范文。多年后,他研究左翼运动史的系列文章里依然流露出当年严谨治学的精神和深厚功底。

此文被列入《女声》的"读书随感录"中。这期编辑写的《先声》点评道:"乐未央是一个广读中国古典诗书的作者,但他绝不是一位'秀才',他能用现代的脑子去阅读古代的书籍。许多人读过'四书',知道'子见南子'的圣人逸事,望爱好古典的读者注意这篇文章。"

注释:

〔1〕崔东壁,名述,字武承,号东壁,清代考古辨伪学家,主要著作有《考信录》等。胡适、蔡元培等对他的学术地位都给以很高的评价,顾颉刚整理其书稿为《崔东壁遗书》。

〔2〕瞎子断匾,失明的人胡乱判定匾额上的字,各说各的,无法得出正确的结论。

〔3〕详见本书第 510—519 页《出妻史话》。

〔4〕1928 年,著名作家林语堂写了一个独幕剧《子见南子》,发表于鲁迅和郁达夫主编的《奔流》第 1 卷第 6 期。1929 年 6 月 8 日,《子见南子》被山东省立第二师范学校搬上舞台,引起一场风波,工商部部长孔祥熙力主严办。教育部派人前去山东曲阜调查,发现孔子族人所呈状纸与事实根本不符,完全是小题大做。教育部部长蒋梦麟和监察院院长蔡元培不支持孔子族人,新闻媒体也"呐喊助威",表示声援。

后来,林语堂写了《关于"子见南子"的话——答赵誉船先生》一文,还对宋还吾校长所受的不白之冤表示歉意。鲁迅将这场风波的相关材料编辑成《关于〈子见南子〉》一文,发表在《语丝》第 5 卷第 24 期,认为宋校长被调离乃"所谓'息事宁人'之举,也还是'强宗大姓'的完全胜利也"。

〔5〕歌桑中之淫词,此言概括原呈文之意。

〔6〕《女声》,见本书第 32 页注释〔4〕。

红叶题诗的故事

在上期的本刊上,我曾写过一篇关于红叶的散文[1],惟当时为行文简便起见,未将红叶诗话中最富有戏剧性的"聊将红叶寄相思"的故事兼述,私心颇引为憾。现在有一个机会让我另外再撰这篇涉及宫怨逸事的文章来补漏溯遗,是很高兴的。

红叶绛林,鲜艳可爱,为萧飒中的秋光增饰几许色彩,给寂寞的尘世聊添无限生趣。

如果可以说红叶是自然界里的"诗"———一首出自天地间的"诗",那么,红叶题诗的故事何尝不是一出由人间编导的戏剧———一出荡漾着浓厚的罗曼蒂克情调的令人遐思的戏剧!

然而这出戏剧的"本事"却不是可以使人快意的。在未讲及红叶题诗的故事以前,假使先来考察一下产生红叶题诗的故事的背景,就更可帮助我们去了解这实在是一件涂满着宫人血泪的悲剧,不过经过文人的改编成为喜剧罢了。为了了解封建君主的荒淫无耻与囚禁于深宫的妇人的苦楚,随手引段正史上的记载来做参证:

> 昔桀、纣灭由妖妇,幽、厉乱在嬖妾,先帝(指孙权)鉴之,以为身戒,故左右不置淫邪之色,后房无旷积之女。今中宫万数,不备嫔嫱,外多鳏夫,女吟于中。风雨逆度,正由此起……
>
> (陈寿《三国志·吴书·陆凯传》)

三国鼎立,偏处江南一角的吴国居然有"中宫万数",且还都是"不备嫔嫱"。古代皇帝的淫佚无道、蹂躏女性盖可想见。这种荒荡的结果必然造成"女吟于中"的现象,构成了无数宫人的悲剧。

至隋炀帝,这位作贱女性的封建魔王,更按照《昏义》中六宫之说,名正言顺地设置三夫人、九嫔、二十七世妇、八十一御妻,叫这一百二十位女子"端容丽饰,陪从燕游",供独夫褒狎发泄兽欲;还始创在民间选取宫女,一时宫女之数动辄千万人。

到了唐朝,诗歌的黄金时代,由于国家政治、经济、文化各方面的开展,表现闺情宫怨一类以女性生活作为描写对象的诗词在男性诗人的作品内有了普遍的反映,即使普通女子多有能吟诗句的。她们的写作技巧也许不及诗人工丽纤巧,惟因实[际]生活的体验,她们自身真切地感受了种种非人的遭遇,自也真挚明晰,多少可以反映她们一部分痛苦的生涯和哀悒的怀抱。

在这一点上讲来,元稹的《行宫》———"寥落古行宫,宫花寂寞红。白头宫女在,闲坐说玄宗",实不及因失宠而贬入冷宫的梅妃(江采萍)的《谢赐珍珠》———"桂叶双眉久不描,残妆和泪污红绡。长门尽日无梳洗,何必珍珠慰寂寥"来得动人。因为后者的诗中渗透了作者的感情(不管她的感情是否完全出自个人),表现出身处冷宫的郁悒。

王妃的命运犹尚如此悲惨,那么,广大的宫人之遭遇更甚黯淡,自可想象得到。

白居易有首描写宫女生涯的《上阳[白发]人》很可拿来作我们的借镜,约略可以窥见民间女子入选宫廷经受的折磨。

> 上阳人,上阳人,红颜暗老白发新。绿衣监使守宫门,一闭上阳多少春。玄宗末岁初选入,入时十六今六十。同时采择百余人,零落年深残此身。忆昔吞悲别亲族,扶入车中不教哭。皆云入内便承恩,脸似芙蓉胸似玉。未容君王得见面,已被杨妃遥侧目。妒令潜配上阳宫,一生遂向空房宿。宿空房,秋夜长,夜长无寐天不明。耿耿残灯背壁影,萧萧暗雨打窗声。春日迟,日迟独坐天难暮。宫莺百啭愁厌闻,梁燕双栖老休妒。莺归燕去长悄然,春往秋来不记年。唯向深宫望明月,东西四五百回圆。今日宫中年最老,大家遥赐尚书号。小头鞋履窄衣裳,青黛点眉眉细长。外人不见见应笑,天宝末年时世妆。上阳人,苦最多。少亦苦,老亦苦,少苦老苦两如何!君不见昔时吕向美人赋,又不见今日上阳白发歌?

上阳人的经历正是无数民间少女入选宫中的写照,"入时十六今六十",一生的幸福就埋葬在阴暗的重闱下。空房独宿,闭禁了多少春秋,"耿耿残灯背壁影,萧萧暗雨打窗声",这不是生命的浪费吗?"外人不见见应笑,天宝末年时世妆",简直令人啼笑皆非,岂是一句"苦最多"所能说尽的!

红叶题诗实际就是这一转辗于封建魔王下的宫女之非人生活的反映。偶尔有几个会弄几句诗文的宫女,在百无聊赖期间将个人感受的哀愁发抒成诗,拿来写在叶子上,入御沟流水随波漂浮,以舒解胸中的积郁,无非是一种"苦闷的象征"的表现罢了。也偶尔有凑巧逐流到外边的,于是喜作文章的文人就设身处地,把才子佳人的美满幻想放了进去。于是原本是一出道地的悲剧,一变而成才子配佳人大团圆的喜剧。而在红叶题诗的背后,封建魔王蹂躏女性的悲剧反给掩饰了起来。

交代过产生红叶题诗的背景以后,现在我们就来谈谈所谓"聊将红叶寄相思"的传说。最初题诗并不题在红叶上,而是题在梧桐叶上。其涉及的对象虽为有功名的诗人,然传说中事皆因人而异,或谓顾况,或言卢偓,或言于祐,更有杜撰为贾全虚("贾"与"假"同音,言事非真有,乃假造全虚者也);而其故事也由简趋繁,愈到后来说法愈杂,描写也愈详。推想起来,当初在朝野之间,或口头流传已久,正如民间的歌谣一样开始有一个"母歌",以后逐渐演变成大同小异的"子歌",然故事的中心总离不了这样一套公式:诗人(或进士)某,游苑中,于御沟中拾得一叶,上有宫题,诗[人]遂亦题诗寄给上游,后遭散宫人,于是才子佳人就结成佳偶。

下面就是孟棨《本事诗》中之记载,述顾况的事,尚较合乎情理。

> 顾况在洛阳时,暇日与一二诗友游于苑中,流水上得大梧叶,上题诗曰:"一入深宫里,年年不见春。聊题一片叶,寄与有情人。"况明日于上游,亦题诗叶上,泛于波中。诗曰:"愁见莺啼柳絮飞,上阳宫里断肠时。君恩不禁东流水,叶上题诗寄与谁?"后十余日,有客来苑中寻春,又于叶上得一诗,因以示况。其诗曰:"一叶题诗出禁城,谁人愁和独含情?自嗟不及波中叶,荡漾乘风取次行。"

《全唐诗话》及《云溪友议》亦载此事,虽然也已渗入了作者不少的想象,但尚未加上牵强附会的巧合。今录《云溪友议》如后:

> 明皇代,以杨妃、虢国宠盛,宫娥皆颇衰悴,不备掖庭。常书落叶,随御沟水而流,云:"旧宠悲秋扇,新恩寄早春。聊题一片叶,将去接流人。"顾况著作,闻而和之。既达宸聪,遣出禁内者不少。或有五使之号焉。和诗曰:"愁见莺啼柳絮飞,上阳宫女断肠时。君恩不禁东流水,叶上题诗寄与谁?"

以上两则记事虽是逸话,但较近人情,不流诡玄,仅提起宫怨题诗、顾况相和而已。以常理度之,虽其事未必定与顾况有关,或真有题诗之事,似尚可令人首肯。但是下面关于卢偓和于祐的记述已蜕化为小说中虚构的故事,离实际更远。

> 卢偓应举时,偶临御沟,得一红叶,上有绝句("流水何太急,深宫尽日闲。殷勤谢红叶,好去到人间"),置于巾箱。及出宫人,偓得韩氏。睹红叶,吁嗟久之。曰:"当时偶题,不谓郎君得之。"

和此说源自一流的,对后世影响最大、最深的,是关于于祐的一段婚姻佳话,普通所指的红叶题诗实大致以此为准。

> 唐僖宗学士于祐,晚步禁衢至御沟,拾一红叶,上有诗云:"流水何太急,深宫尽日闲。殷勤谢红叶,好去到人间。"祐亦题诗云:"曾闻叶上题红怨,叶上题诗寄阿谁?"置沟上流,宫女韩翠屏拾之。后祐托韩泳门馆,值帝放宫女三千人,泳闻翠屏有学,为祐作伐。及成礼,各于笥中出红叶相示,乃曰:"事岂偶然哉!"一日泳开宴,曰:"子二人何以谢媒?"翠屏应曰:"一联佳句随流水,十载幽思满素怀。今日却成鸾凤侣,方知红叶是良媒。"泳与祐相大笑。

这里,演义的痕迹是极清楚的,(1)卢偓与于祐所获的宫人皆为韩氏;(2)二者题诗也相同;(3)于祐所题"曾闻叶上题红怨,叶上题诗寄阿谁",先有顾况的"叶上题诗寄与谁"而借用。可知这完全是时人的捏造,聊以自慰,符合与满足一下才子配佳人的空想罢了。

宋朝有位王铚著《补侍儿小名录》，把故事附会在一个想象出来的贞元进士贾全虚身上，实为荒唐。明知其事既假又虚，却又不甘无记，深中才子佳人之毒的文人实也可笑而复可怜矣！

大意说，贞元中有进士贾全虚，在御沟拾得一叶，上题诗云："一入深宫里，无由得见春。题诗花叶上，寄与接流人。"贾全虚悲想其人，徘徊御沟旁，为街吏所获。"金吾奏其事，德宗询之，知为凤儿所作，因召全虚，授金吾卫兵曹，遂以妻之。"

真是再荒唐没有的了，这位王铚先生不知是否在"不打自招"，借笔墨以假托他"一厢情愿"的美梦。从这上面我们可以想象那批制造大团圆的封建文人是怎样在散播传统的命运论、机械的因果论，以为一切姻缘前生定，把"杀人不眨眼"的封建魔王、帝皇独夫之流描写成为一个"成全好事"的恩主。那位德宗皇帝不但不见怪，反而把宫人给贾全虚做妻，还给他一个官职。这不是替皇帝老倌捧场，简直在说梦呓，颠倒黑白，揶揄自己。无怪以前君主时代，打了板子，还要谢罪，皇恩浩荡，聊以解嘲，原是意料中事。

更奇妙的则推孙光宪之《北梦琐言》，内容恍惚离异，杂入不少神经意味，似专写人鬼相恋的《聊斋志异》一类的笔记体小说中的故事，和以前的几桩传说已相违异。

> 进士襄阳李茵，偶游宫苑，见红叶自御沟中流出。上有题诗……茵收贮书囊。后僖宗幸蜀，茵寓南山民家，见一宫娥，自云宫中侍书，名云芳子，有才思。茵与之款接，见红叶，惊曰："此妾所题也。"同行诣蜀，及绵州，逢内官田大人，识之，曰："侍书何得在此？"逼令上马，与之前去。茵甚怏怏。其夕宿逆旅，云芳复至，曰："妾已重赂田某，求得从君矣。"乃与俱归襄阳。数年，茵疾笃，有道士言茵面有邪气。云芳子自陈："往年绵州相遇，实已自缢而死，感君之意，故相从耳。人鬼殊途，何敢贻患于君！"置酒赋诗，告辞而去。

风流才子邂逅多情女鬼，无怪乎要"一往情深"，恋恋难舍。惜"人鬼殊途"偏又逢到"不识相"的道士，指谓"面有邪气"，至使不得不"置酒赋诗，告辞而去"。在一般深中才子佳人的旧小说毒的小市民，这种结束也许很可赚得一些廉价的感喟吧！

在众多的关于红叶题诗的记载中，倒还是戏曲中的叙述来得比较有些艺术色彩，描写的技术也较优胜。《红叶记·韩许自叹》写愁困内宫的失宠者的对白，别有风趣。

> （江头金桂，旦）……奴身沉在寂寥中，因春减玉容。正是姿容反被姿容误，又未知何日里见重瞳？不能勾浑如春梦，奴家看将起来，倒不如民间丑妇苦乐甘同，终身靠着田舍翁。
>
> （前腔，贴）听说罢，愁怀越重，多愁填我胸。好教我意懒心慵，一似鸳鸯在碧笼。云雨隔巫峰，襄王未知何日逢。怕遇东风。渐觉腰肢瘦损，罗带宽松，鸳衾日夜愁半空。

以"一似鸳鸯在碧笼"来比喻不自由的宫人生活，这给人的印象很为明晰。而"怕遇东风"句更能传达出宫人在春花如锦、恼人天气中的愁怀。"倒不如民间丑妇苦乐甘同，终身靠着田舍翁",直截地道出了民间自由的生活比[判]了长期徒刑的宫中生涯要美满真实。

尚有"于祐拾叶题诗"与"韩许自叹"同载近人选汇之《秋夜月》集中,惜作者未详,不知出自何人手笔,文采甚佳,想是名家之作。其"御沟拾叶"一节述于祐考中状元以后,闲步天街,来到御沟边岸,对着宫墙,伫立远观,不禁有所感叹。

(生)多有独守长门,孤处长杨,老而不获,一睹天颜者,那三十六宫女子呵!(油葫芦)绿鬓守深宫,白首无恩露,空叹凤鸾孤……(天下乐)只见茫茫绿水出皇都。

(丑)怎的这般红艳艳的?

(生)穿石垆流出紫和朱(这是宫人妆罢脂水捐弃于此),多管是洗娇容,生怕胭脂污,因此上滑流涨腻,余赤染沟渠,行人莫听宫前水,流尽年华在此时。(节节高)只恐流不尽六宫中怨郁,空荡漾满腔愁绪。

(丑)这水太急,声儿响得好。

(生)无滞自能随势去,有声多为不平来。这水临溪哽咽,好似六宫嗟急潺潺,水声断续,如怨,如慕,如泣,如诉……你绕遍皇都,流残禁苑,无明无夜,有意向东归。

可以见到上面文章的生动,用临溪哽咽的水流来烘托六宫中女子的嗟怨愁绪,正如听水声潺潺,在"如怨,如慕,如泣,如诉"地诉说年华的流逝哩!

(丑)呀,那水上流出一片红艳艳的,不知是甚东西!

(生,拾起来看)原来是一片红叶,有诗在上,想是宫中题诗的……

(上马娇)幽恨诗中句,愁怀叶上诗。红叶呵你不随水作浮沤,绿波中为谁常停住。我晓得了莫非有意待真儒。你看墨迹尚好,泪痕犹在,正是"一缄情泪红犹湿,满纸春愁墨未干"。(胜葫芦)只见翰墨淋漓春带雨,想着她未写时泪如珠,界破红妆千万缕,眼中流血,心内成灰,墨迹尚模糊。漫说道六宫佳丽多凄楚,宫人呵!你自孑立,我自梵居,我和你相思一样愁。你是金屋婵娟,我本是玉堂学士,为甚的,两下怨身孤?

话到这里,自诩"玉堂学士"的多情才子不免有些飘飘然沉坠于美妙的奇想里,因此待他的随身人一指点"相公,今日你不期而得此红叶,莫非后日有缘"的时候,即也将红叶题诗一首:"曾闻叶子题红怨,叶子题诗寄阿谁?"唱道:"(青奇儿)持红叶叮咛嘱咐,对绿水再三申诉,你与我扶持一叶诗,又恐怕飘流无处,荡漾难拘。你与我寻取绿窗,遍访朱户。若蓬那人须寄与,是必休轻误!"

一副满腔旧式才子的胸怀活跃纸上,很可想见作者的才华和艺术成就远在以前的几段笔记以上,尽管作者所取的故事是以前人的笔记为根据的。但是这位不知名的曲剧家,由于时代的限制,他的"结果"也逃不掉前人的窠臼。

（六幺令）别院花扭作连枝树，隔水鳞合作比目鱼，除非是冰人献出仕女图，月老注定婚姻簿，东皇参透风流句，那时嫦娥旋从月下来，牛郎才把银河渡！

（赚煞）正是"物在人何在"，徒从红叶诗，不见朱颜女。问东君谁与骚人做主，信音直到花深处，似文君渴望相如，甚日得举案齐眉，再不去俯首人间求凤侣，又何须走马章台路。

一九四三年十月

原载《女声》[2]第 2 卷第 7 期（1943 年 11 月 15 日），署名：乐未央。

导读：

此文开头提及"一篇关于红叶的散文"，即《红叶诗话》，并说："现在有一个机会让我另外再撰这篇涉及宫怨逸事的文章来补漏溯遗，是很高兴的。"

《红叶题诗的故事》有系统地搜集、梳理、归纳各种版本的红叶诗话，抽丝剥茧，层次分明，注入现代意识，拒绝人云亦云。文章揭开红叶诗话的温情面纱："喜作文章的文人就设身处地，把才子佳人的美满幻想放了进去。于是原本是一出道地的悲剧，一变而成才子配佳人大团圆的喜剧。而在红叶题诗的背后，封建魔王蹂躏女性的悲剧反给掩饰了起来。""大团圆"的审美情趣及其根底，鲁迅早已将其铸刻在国民劣根性的历史耻辱柱上了。

红叶诗话曾长期广泛流传，至今仍然被"好事者"津津乐道（无非是想赚取"流量"，多捞钞票），迎合市场经济大潮中出现的"三俗"（庸俗、低俗、媚俗）现象，充斥于大众文化之中，给社会带来了诸多负面效应。但这些现代传播者热衷于"戏说"的"戏说"，不想触及"病根"，生怕影响"流量"。他们不知道半个多世纪前，此文已寻根溯源，也不如当年这期《女声》的编辑能慧眼识人，认为丁景唐"是一个广读中国古典诗书的作者，但他绝不是一位'秀才'，他能用现代的脑子去阅读古代的书籍"。

各种文艺之作中，丁景唐青睐坊间戏曲《红叶记·韩许自叹》，此文中引用了几大段。细细品味，此对白包含了现代诗文写作的诸多艺术手段，凸显了人物的复杂心理、瞬变的情绪、寂寞的环境等一场人生悲剧的诸多特写镜头。

注释：

〔1〕指《红叶诗话》。
〔2〕《女声》，见本书第 32 页注释〔4〕。
这期《女声》还刊登了丁景唐的《从"子见南子"谈到儒家的妇女观》。

出 妻 史 话

"出妻"是中国历史舞台——封建剧场上所演出的许多凄惨欲绝的剧目中一项特殊插曲。和在其他封建惨剧中的角色一样,妇女再度串扮了被损害与被侮辱的一员。

揭开历史舞台的帷幕,第一出被编排成的节目,似乎是老天有意和后世圣贤的偶像崇拜者开玩笑。站在舞台上的不是那个——套一句旧小说中的写法——"俺乃孔丘是也"!

《礼记·檀弓篇》就是这幕戏的现存"说明书"。

> 伯鱼之母死,期而犹哭。夫子闻之曰:"谁与哭者?"门人曰:"鲤也。"夫子曰:"嘻!其甚也。"伯鱼闻之,遂除之。

朱熹的注解中说:"伯鱼之母出而死。父在为母期而有禫,出母则无禫。伯鱼乃夫子为后之子,则于礼无服,期可无哭矣。"伯鱼即孔子的儿子(也即子思的"老子"),因为替自己的生母(孔子的出妻)多哭了几声,孔子闻之而叹:"嘻,太过分哩!"不想临到子思[这]孙辈,重演了一幕出妻的节目。在《礼记·檀弓篇》上有言为证:

> 子上之母死而不丧(按《礼》所载,被出而死,不丧其母)。门人问诸子思曰:"昔者子之先君子丧出母乎?"曰:"然。""子之不使白也丧之,何也?"子思曰:"昔者吾先君子无所失道。道隆则从而隆,道污则从而污。伋则安能?为伋也妻者,是为白也母;不为伋也妻者,是不为白也母。"故孔氏之不丧出母,自子思始也。[1]

"孔氏三世出妻"正乃"一代不如一代"。孔子出妻,伯鱼"期而犹哭",到了子思出妻(子上之母)死掉的时候,子思便爽性叫子上不必丧其出母。他的理由是这样的:"因为她现在既[然]不是我的老婆,当然也不能再是白(子上)的母亲喽!"

根据孔夫子的"子为父后"、出妻之子与亲身抚养的生母无涉的逻辑,做儿子的自无丧其出母的理由。虽然在古老的《诗经》中有"母兮鞠我"的句子,但当慈母被其严父赶出家门而变成了出母,于是不得不视同陌路的行人了。对于陌生的老妇,[对]其死亡之不屑一顾也是不必细说的事,自然更无为其守丧的必要。

满口忠孝、仁义、廉耻,举措道貌岸然,行必奉礼的圣贤君子,揭穿了来看,却原来还是二千余年前任意出妻的"始(?)作俑者"。

这是历史的揶揄!

于是也就不免引起一班"圣贤之徒"们来替其掩迹辩护,混淆真相。此犹舞台之需插科打诨以博观众一笑,我们历史上尤不乏这种作风的"帮忙"人物。

有一种《孔子家语》的伪书,它的序文中也提到孔氏三世出妻的"古迹",不过内中已换了"室"。

> 自叔梁纥始出妻,及伯鱼亦出妻,至子思又出妻,故称孔氏三世出妻。

替古人辩护的人,大都因为"热心"过分,常时不免有些"热昏",由于"热昏"失掉理智,也就管不到(或忘掉)别人也会拿它作把柄,"以子之矛攻子之盾"来反身还击,中国有句俗语"弄巧成拙"。如果《孔子家语》之话不虚,孔氏一门加上孔子的老子叔梁纥,实不至"三世出妻",而是"四世出妻"了。这也许太出乎他的意料,孔丘换成叔梁纥结果反而露出破绽,授人以柄。王肃假造《孔子家语》,捏说了许多不近情理的事情来画蛇添足,千捧百捧,到头来却往往扑空,譬如他借郑人的口写孔子的仪表,说他身长"九尺有六寸,河目隆颡,其头似尧,其颈似皋陶,其肩似子产",可惜"自腰已下"却闹出笑话来,且看紧接着的原文:"然自腰已下,不及禹者三寸,累然如丧家之狗。"以如此方法来替古人辩护,其授人以柄自属意中的了。

写到这里,也许我们观众之中有人会问:"孔氏三世出妻那到底也不大光荣啦!"

然而不必担心。畴昔之世,出妻乃是"名正言顺"的事,并且是"冠冕堂皇"地明载于礼法上的。出妻与弃遗本质虽属一事,惟后者乃出自男子的负情的行为,而前者则是礼教公开合法地赋予男子的一种应享特权。出妻不但和婚丧一样具有一定的仪式,更附有"七出"的明文与已法律化的规条。

《礼·杂记》有云:

> 诸侯出夫人,夫人比至其国,以夫人之礼行。至以夫人入,使者将命曰:"寡君不敏,不能从而事宗庙社稷,使使臣某敢告于执事(女家主)。"主人对曰:"寡人固前辞不教矣(言纳采时,答词有不教之女)。寡君敢不敬须以俟命。"有司官陈器皿,主人有司亦官受之。(器皿,女本所赍物也。律弃妻,畀所赍,即返其嫁妆也。)

男子既任意抛弃了他的配偶,还得戴上虚伪的面具,差遣了使者去通知对方的家长,厚起脸说:"寡君不敏。"一个也还谦虚地回答:"敢不从命!"如果说这就是崇尚礼仪的表征,那么世界上再有比此更虚伪荒唐的事吗?上行下效,诸侯如此,"小民"便也有人学样——

> 夫使人致之曰:"某不敏,不能从而共粢盛,使某也敢告于侍者。"主人对曰:"某之子(女,'子'为古之通称)不肖,不敢辟诛,敢不敬须以俟命。"使者退,主人拜送之。

诸侯的"出妻礼"中,末了还有一项退还嫁妆的仪式,而这里却并不注明,想来是心照不宣似的算作女家赔偿其精神损失(?)的吧!

曾经见过一篇古人的文章,内中是对"圣贤"出妻的慨叹,说:"大贤亦尝出妻,而皆莫详其故,恐亦无大过也!"在我们旁观者看来,这位书生未免有些"迂得可爱",也问得出奇!

《大戴礼记·本命》上的"七出"不是已很够"妻出有名"的了吗?

> 妇有七去……不顺父母,为其逆德也;无子,为其绝世也;淫,为其乱族也;妒,为其乱家也;有恶疾,为其不可与共粢盛也;口多言,为其离亲也;窃盗,为其反义也。

条例虽"七",而运用无穷,且随时随地"随机应变",可另加"但书",任心所欲,冠以莫须有之罪名矣。《礼记·内则》载:"子甚宜其妻,父母不说,出;子不宜其妻,父母曰是善事我,子行夫妇之礼焉,没身不衰。"儿子待自己老婆也不得亲密。太熟络了,也可以加上"不顺父母"的帽子,招致驱逐出家的后果。

又,《仪礼·士昏礼》之"姆",郑注云:"姆,妇人五十无子,出而不复嫁,能以妇道教人者。"妇人无子,责在两方,岂其所愿为哉? 年纪过了五十尚不能逃脱被"出"的命运,也可以想见男子对待妇人的无情与刻薄。

卫道者比诸一般男人的玩弄女性与压抑女性,在方法上是更精明的,他们懂得怎样利用礼教的条文来掩饰他们男性的卑鄙行径。

曾子因为"梨蒸不熟"而借此赶走老婆就是一个典型的例子。

> 曾子去妻,梨蒸不熟。问曰:"妇有七出,不蒸亦预乎?"曰:"吾闻之也,绝交令可友,弃妻令可嫁也。蒸不熟而已,何问其故乎?"

为了梨蒸不熟的缘由,身为"圣贤中人"的曾子就摒弃了他的黄脸婆。老婆问他"蒸梨不熟"是否也在"七出"以内? 曾子回答不出,只好强说:"蒸梨不熟就是,何必多嘴呢?"而后世居然有人还说这是古人忠厚之道,"因为爱之,所以出之",也即"弃妻令可嫁"的发挥。这辈伪君子虐待了女子不算,倒还有脸扮着道学家的面目,说这种鬼话! 真是可恶之至!

和曾子异曲同工、无独有偶的是孟夫子出妻的故事,记载在《荀子·解蔽篇》的"孟子恶败而出妻"。《韩诗外传》里也有相同的记载,不过反是孟子被其母教训"无礼",而未实现。

> 孟子之妻独居踞,孟子入户视之,白其母曰:"妇无礼,请去之。"母曰:"将上堂,声必扬;独入户,视必下。汝于燕私之处,入户不有声,令人踞而视之,是汝无礼? 汝妇无礼?"

以前郭沫若先生曾经把这段趣话演[义]成历史小品[2],收集在《豕蹄》内,题名就叫"孟夫子出妻",给他拉掉道学的面具,还他一个喜新厌旧的真面貌,读之令人大快。他在题前有一段附白说明"孟子恶败而出妻"的真义,现在引录于下以助我们对于孟夫子出妻这件事的理解。他说:

> 这篇东西是从《荀子·解蔽篇》的"孟子恶败而出妻"的一句话敷衍出来的。"败"是败坏身体的败,不是妻有败德之意,读《荀子》原文自可明了。孟子是一个禁欲主义者

是值得注意的一件事情,因为这件事情一向为后世的儒者所掩没了。而被孟子所出了的妻是尤可同情的。这样无名无姓的做了牺牲的一个女性,我觉得不亚于孟子的母亲,且不亚于孟子自己。

由此可知孟子出妻也绝不会是捏造的"虚有其事",实也言之成理。

自孔氏三世出妻,在史迹上留下记述,以至于曾子继之,孟子又走上这条途径,这一连串的事迹给予后人某种新奇的几乎邻近恶劣的印象。当人们偶然地发现他们在学说上相互承袭的线索,而回头来考察他们对女性的态度,禁不住会浮起一种"会心的微笑",换一句"幽默"的话明白地来说:曾、孟在思想上接受了孔子的"衣钵",同时在对老婆的行径上也承袭了夫子"一以贯之"的道理,采取一致的行动——出妻是也。

上辈的圣贤既"以身作则",自然后学之徒也就不免"跃跃欲试"。

> 尹文子生子不类,怒而杖之,告子思曰:"此非吾子也。吾妻殆不妇,吾将黜之。"子思曰:"若子之言,则尧、舜之妃,复可疑也。此二帝,圣者之英,而丹朱、商均不及匹夫,以是推之,岂可类乎?"(《孔丛子》)

上面的那位尹文子先生养了相貌不类己的儿子,就疑神疑鬼地怀疑到他妻子的不贞("吾妻殆不妇"),认为一定是她不守妇道的"结晶"。因此他的男子固有的自尊自傲的根性一突发,就不禁大光其火,跑到子思那边去,气愤愤地道:"这不要脸的女人,非揍走她不行!"幸亏子思还算公允,回答他道:"像你[有]如此的良妻,还要疑心,则尧、舜之妻又何尝不可怀疑呢?这二位圣贤中的英杰还养了丹朱、商均这样不肖的儿子,怎么能担保儿子[与父亲]相类呢?"子思这次总算还说了句良心话。

出妻的事,在史籍的记述中是屡见不鲜的,似乎成为一种流行的风尚。不过有时在字面[上]稍有不同,例如《春秋》三传中的记载往往称自己的姊妹被"出"为"来归",而称他人的姊妹之被"出"为"大归",在这些称呼上面也很可体会出旧礼教的虚伪。所谓"名不正,则言不顺",既有"七出"规条,复恐"出"字究竟有些刺眼,于是作文章时不得不转弯抹角地来掩饰了。

这里是承袭《春秋》"正名"笔法的三传中之一片鳞爪,以推见其概略而已。"夫人姜氏归于齐。"左氏曰:"大归也。"(《左传·文十五》)"秋,剡伯姬来归。"左氏曰:"出也。"(《左传·宣十六》)"春王正月,杞叔姬来归。"穀梁氏曰:"妇人之义,嫁曰'归',反曰'来归'。"(《穀梁传·成五》)

用不着我们多引,从简单的寥寥三条事项中已可窥探和想象到春秋时代出妻的普遍与流行。仿佛出妻是做丈夫的男子应有的义务(不是特权!),不然就是放弃应享的权利,似乎不足以显示其之所以为尊贵的男子哩!

到了战国时代,这幕封建剧场上演出的"好戏"(?)愈来愈奇,出妻几乎变成女子必经之"狭路",一般女子战战兢兢唯恐"大祸临身"。因此爱护女儿的母亲好心地叮嘱她将嫁的女儿,平常要留意积蓄,以备被"出"之后聊可养身苟活。

《韩非子·说林上》就告诉了我们这样一则记事:

> 卫人嫁其子而教之曰:"必私积聚,为人妇而出,常也;其成居,幸也。"其子因私积聚,其姑以为多私,而出之。

事情的发展恰也出乎那位好意为女儿打算的母亲"多虑"之外,不想叫女儿积聚防"出"的结果就犯了"多私"的罪名,给婆太太赶了出来。女人有"私积"等于盗窃,犯罪盗窃之嫌,自然只有被"出"的命运。《礼记·内则》中明明写着:"子妇无私货,无私蓄,无私器,不敢私假,不敢私与。"盖女子嫁人犹且如"卖身"一般,自身犹且隶属于人(相当于英语中 Belong to[3] 之含意),怎么还能允许你私蓄呢?智者多虑,尚有一失,何况这位好意的母亲终究是属于"女流"一类的女人呢?

中国古代是根本没有所谓离婚法的,女子凭"父母之命媒妁之言"嫁了人以后,她的一生命运便排定了。她凌受了没良心男人的虐待,也只得眼泪往肚内流,硬撑下去。但是一旦男的见到她色衰的时候,往往会假着"七出"的条文为幌子而遗弃了她,像弃掉一双旧鞋一样。为了叙述的方便与免去事实的繁复,需要将故事重新安排,把封建剧场上演的节目经过一番剪接,归纳为现在的几种类型,依照着新的排演方法来继述这出史"剧"。

一、无子的借口

按照中国宗法社会的传统中心思想来说,生殖崇拜繁衍嗣续是构成家族主义的首决条件。在这种生殖崇拜之下娶妻,一方面是做父母的用了儿子的名义给自己买进一个奴隶,一方面也是买进一具生子的机器。自从孟子在《离娄篇》上说了"不孝有三,无后为大"以后,男子持之更作为出妻的正当合法的理由。即使夫妇二人情感极好,但为了传宗接代,父兄也会出头来"勒令出妻"的。

有一首商陵牧子的《别鹤操》古诗,据崔豹《古今注》,说是从前商陵有个牧子,娶妻五年而不育一子,"父兄将为之改娶,其妻闻之,中夜倚户悲啸"。牧子虽热爱其妻,可是迫于传统的父权,也莫可奈何,一腔悲怆,只有诉之琴弦:"将乖比翼兮隔天端,山川悠远兮路漫漫,揽衣不寐兮食忘餐!"

更多的却是男子借了无子的借口,以掩饰其喜新厌旧的举动。

> 魏时,王宋者,平房将军刘勋之弃妇也。宋嫁勋二十余年,后勋悦山阳司马女,以宋无子出之,宋赋诗自伤。其诗恳挚委婉,"怨在言外,不觉其妒",转益可伤:"翩翩床前

帐,张以蔽光辉。昔将尔同去,今将尔共归。缄藏箧笥里,当复何时披?谁言去妇薄?去妇情更重。千里不唾井,况乃昔所奉。远望未为伤,躇蹰不得共。"

明明是男子别有所欢,反而污蔑共同生活了二十余年的爱妻不能生育,用来作为其负情丢弃的武器。"宋嫁勖二十余年",在悠久的二十余年结合中不提无子的事,临到一日瞧上了"山阳司马女",就硬说她不能生育,不是大可令人费解的吗?依照常情的推度,或许这位"平虏将军"的出妻——王宋女士,在二十余年中也曾养过不少的儿女,并不是她不能生育,而是死亡夺取了她的骄儿。无疑这样的推论完全有其实际的基础,设若她果真缺乏生殖的机能,那么她的命运在二十年[里]已经被注定,男的绝不会如此重情而在二十余年后才假无子的幌子赶她出去。

二、权 贵 的 外 力

也[有]由于外来的压力而构成出妻悲剧的,但外铄的因素之能否迫促一个悲剧的形成,是只决定于男女两者结合的坚韧与否上的。在历史上,虽不乏"糟糠之妻不可弃"那种稀贵的前例,而更多的是唯恐觅不着"裙带关系"而终日奔走于权门之间以冀获得进身之阶,绝无人会放掉这种千载难逢的良机。

《古诗纪》上记有窦元一事,叙皇帝见他状貌绝异,命他把老婆赶出,而"妻以公主"。

> 窦元状貌绝异,天子使出其妻,妻以公主。妻悲怨,寄书及歌与元,书云:弃妻斥女,敬白窦生。卑贱鄙陋,不如贵人。妾日以远,彼日以亲。何所控诉,仰呼苍昊!悲哉窦生,衣不如新,人不如故,悲不可忍,怨不可去。彼独何人,而居斯处?

皇帝老倌垂青窦元,下令命他出妻,复把公主赐配与他,于是苦了哭诉无门的弃妇,向何处去诉说胸中的悲愤和怨悒呢?她在无所可以控诉的时机,就只得向苍天仰呼。然而人世根本没有所谓"天道"的东西,要幸福,还得需要自己去奋斗,才能冲出黑暗的死胡同而走向充满光与热的新路!

和这同类型的悲剧,在《伽蓝记》里也有一则记事。那位男主角,你猜是谁?此人非别人,即伪托《孔子家语》的王肃是也。

> 王肃,字恭懿,琅邪人也。赡学多通,才辞美茂。高祖新营洛邑,多所造制,肃博议旧事,大事裨益,高祖甚重之。肃在江南之日,聘谢氏女为妻;及至京师,复尚公主。谢遂作五言诗以赠之,其诗曰:"本为箔上蚕,今作机上丝。得路逐胜去,颇忆缠绵时!"公主代肃答谢云:"针是贯线物,目中恒任丝。得帛缝新去,何能纳故时。"

皇帝独夫之流凭着自身的权力,为自己的女儿打算,不惜拆散他人。在有妇之夫的王肃,当然受宠若惊,投其所好,既能"尝新",复得交纳皇亲,欢喜自然不在话下。可是那位被弃了的姓谢的女人,却从此将受尽社会冷齿,被投以种种嘲笑、唾骂、轻视,而终身不能自拔,永远永远和着悲愤直至临近生命的终点,幸福和太阳将再也不能照向她的生活。幸而她还能把怨情寄托于笔墨,有一首诗传留下来。男的忘情负义,"得路逐胜去",痴心的她却还"颇忆缠绵时",不能忘情于过去。

至于身为特权阶级的公主,她当然不会想到别人的悲痛,她的一切原是建筑[在]别人的背脊上的! 威权保障了她不会遭受一般女人悲惨的结局。作为丈夫的男子,只会反转来巴结她并奉承她。阶级的互异、尊卑的区分,改变了男女间不平等的待遇。公主的尊位使她超过了男尊女卑的界限,因此她可以高傲地向着被摧残的同类,用着私有物的占有者的神气轻蔑地说:"针孔总是要穿线的,要缝新帛时须换上新线,哪里还能用得着旧线呢!"

谢氏在被遗弃之后又接阅了"针是贯线物"的回诗,在无可奈何之中遂思托迹空门,出家做尼姑去。但是终不能忘怀于往日的恋情,还想和王肃一会,写了一封凄艳的书信,将一种女性内心的抑郁真切地流露于字行之间。

开端她回忆往昔的情况,叙他俩"结褵之后,心协琴瑟。每从刺绣之余,间及诗歌之事,煮凤嘴以联吟,爇龙涎而吊古"。这时候"君怀金石之贞,妾慕松筠之节,虽菡萏之并蒂,比翼之双飞",也不足以比拟当时的情况。可是不久王肃卸去了齐的秘书丞,远适异国,跑到北魏去做尚书令,"岁月易迁,山川间隔。君留蓟北,妾在江南,鸿帛杳然,鱼书不至"。男的"联姻帝室","焜耀一时";女的则"情怀恍惚,镜台寂寞",过着以泪洗面的日子。

"既有丝麻,遂弃管蒯,糟糠之妻,白首饮恨。"假道学王肃之行径,实也是今日无数男子的写照。

三、不 悦 于 姑

婆媳之间,两代的冲突在我们历史上真不知写下多少悲愤的故事。

我国那首长篇叙[事]诗歌《孔雀东南飞》(他日有暇,当另撰专文论述之)就是写一个被迫于母遣爱妻,终于演成一幕人间的惨剧的故事。在《古诗为焦仲卿妻作》的前序中有一段简明的梗概:"汉末建安中,庐江府小吏焦仲卿妻刘氏,为仲卿母所遣,自誓不嫁。其家逼之,乃投水而死。仲卿闻之,亦自缢于庭树。时人伤之,为诗云尔。"

这一篇1 785字的长篇叙事歌曲非但开创了古代长篇叙事诗的前导,在中国文学史上留下辉煌的丰碑,并且感动了无数身受旧制度压迫的女性落下了同情之泪而激起向旧势力抗议的冀望。

《后汉书·应奉传》的附注内,也有一则类似的记录,叙婆太太怎样虐待她贤淑的媳妇。

华仲妻本是汝南邓元义前妻也。元义父伯考为尚书仆射,元义还乡里,妻留事姑甚谨。姑憎之,幽闭空室,节其食饮,羸露日困,妻终无怨言。后伯考怪而问之。时义子朗年数岁,言母不病,但苦饥耳。伯考流涕曰:"何意亲姑反为此祸!"因遣归家,更嫁为华仲妻。仲为将作大匠,妻乘朝车出,元义于路傍观之,谓人曰:"此我故妇,非有它过,家夫人遇之实酷。"

有些旧式妇人往往拿"白虎星""败家精"一类的咒语加在媳妇头上,持此就可作为她虐待儿媳的"资本",而普通人对于被"出"的女子也总存有某种轻贱的成见,以为她必有一种不贞或违道的行为,因此使她终身的幸福完全埋藏于痛苦的深渊里而不能自拔。华仲妻的例子实可击破许多传统观念的防线,明示宿命论者自怨自艾的要不得。

高度的苛酷的压迫往往能促成妇女自轻自卑的观念。多少女性为此失掉自信,跟从了命运的引导而踏上毁灭的道路。华仲妻不悦于姑的遭遇,是我们今日广大妇女还感受着的。但在通过了苦痛的生涯,受尽了多种变故的折磨后,而终不失去自信的,可又有几个呢?

四、莫须有的罪名

在这一项目下,想再来绍介几幕"古"而又"怪"的戏剧——更"有趣"也是更"无耻"的戏剧!

我不知有否记错了出处,似乎就在伪君子王肃假托的《孔子家语》里,有一个仿佛是孔子本家名叫孔文子的,"使太叔疾出其妻"而自己就娶了太叔疾的出妻,并且以自己的女儿嫁给他。换一句话明白地说清楚,即以自己的女儿换人家的老婆。

为了方便,我把它引在下边,一以证实,二以证信,省得说我满口胡言,乱说八道。不过手头无《孔子家语》,也许是从别的书上抄下来的也说不定。

> 卫孔文子使太叔疾出其妻,而以其女妻之。(初,疾娶于宋子朝,其娣嬖。子朝出,文子使疾出其妻,而已妻之。)疾诱其初妻之娣,为之立宫……

也有因偶然口角,女的发几声牢骚而招致被驱逐出门的,如《史记·陈丞相世家》,女的说了声"有叔如此,不如无有",伯闻之,逐其妻,弃之。

汉时有个王吉,他之所以实行出妻更是离奇,原因是她好心地摘了枚枣子献给他尝。《汉书》说:"王吉少时[学问]居长安,其东家有枣树,垂吉庭中。吉妇取以啖之,吉知,乃去其妇。"(《汉书·王吉传》)不意"狗咬吕洞宾,勿识好人心",王吉后来却因此把她揍了出去。

以上是史实,以下还得略加说明和分析。

说到说明,这使我记起有位某大学教授,高踞讲坛,曾著作过数本关于家庭婚姻的书。在他某一本"大作"中有一段妙论,其言曰:"出妻不道其故,亦古人忠孝之道,与后世变伉俪而为仇敌者,未可并论也。"此何言也！宁非拾古人唾余,直同韩愈所谓"牛溲马勃"也呼！呜呼如此妙论,亦可休也。

"出妻不道其故",居然归诸古人"忠孝之道",这些幽灵的存在,它的根源实远可追溯于宋朝那辈"心中有妓"的理学家。首倡女子"饿死事小,失节事大"的程伊川老先生,他在讲心灵、言仁义的《性理大全》中就对出妻发表过议论：

> 问："妻可出乎？"曰："妻不贤,出之何害？如子思亦尝出妻。今世俗乃以出妻为丑行,遂不敢为,古人不如此……"

照此君说,则似乎不出妻的男人是傻瓜,放弃了男人所享之权利。而"古人不如此"——"你看子思也出妻哩"！但他老先生举子思,而不举孔子或孟子,却够叫我们后人纳闷,不然来头岂不更大。这不知是否他老先生"心有不忍",在[以]出妻为丑行的世俗上不得不有所顾忌,恐怕惹世俗中人的言外之讥。

或者有人觉得我的话太苛刻而提出相反的意见,以为《孔子家语》中也曾有"三不去"的条项,以示男女平等,给予女子保障。

> 三不去者,谓有所取无所归,与共更三年之丧,先贫贱后富贵。

这是说谎！

世界上绝没有那种保障——强权者赋予被蹂躏者的保障！谁要是相信白纸黑字的条文可以保障的话,那真太天真了。

圣贤既根据男尊女卑的男权观念订立"七出"典律,"三不去"实不过是后人为了掩饰"先圣"的颜面略为敷衍,卖野人头,骗骗"愚妇"罢了。

实际上,女子非但无权离异,即使男人失踪(不知何去),也得在家守待。《唐律疏议》中有曰：

> 妇人从夫,无自专之道,虽见兄弟,送迎尚不逾阈。若有心乖唱和,意在分离,背夫擅行,有怀他志,妻妾合徒二年。因擅去,杖一百,从夫嫁卖。其妻因逃而自改嫁者,绞监候。

这就是说丈夫可以任意出妻,而妻子则无权谨求离异,设若她不满意于已成的结合或受不了丈夫的鞭挞苛责而擅自离去的话,就得"吃"一百板子,还要交回原夫去,像牲畜一样地"嫁卖"！如"因逃而自改嫁者",那就更不得了,只有等候绞死。甚至丈夫弃妻,不别而行,因而自己不得不另外去找依靠,也要打一顿板子。

> 其因夫弃妻逃亡,三年之内不告官司而逃去者,杖八十。擅改嫁者,杖一百。

所谓"夫可出妻,而妻不得自绝于夫",这些昔日历史舞台上的戏剧也正在我们今日现实生活中继续串演着。要是我们今日留意一下法律的话,在不久的二十年前,我们民国初年的法律中承续了有效之清律,犹有《出妻章》的条律,而无"离夫"的规定。当时的《民国现行律》中,"七出"条如下:(1)无子;(2)淫佚;(3)不事舅姑;(4)多言;(5)盗窃;(6)忌妒;(7)恶疾。(详见《女界文学读本》第3册第239页)

可见时代的潮流也终没洗去封建的霉菌,从《大戴礼记》的"七出"而蜕变作民国的法律出现,时间已经过了千百余年,但旧制度的幽灵还是借尸还魂,在光天化日下高视阔步。在名义上,由"名正言顺"的出妻到"诉诸法律"的离婚,妇女似乎也挣得不少的地位。惟如绣花枕头,外表好看,里子草包。恐今日男权社会之下,尽管"七出"的条文不复存在,但女子是否实际上已脱离掉出妻这悲惨的罗网呢?

不!一千个、一万个不!!!

往昔的出妻不正是现今遗弃的前身吗?

历史在演进着,封建剧场上昨日的古装剧,现在换了半新半旧的文明戏。要改造古老的戏剧,只有妇女打破束缚自由的桎梏,为自身求得人的权利和幸福,方能确保不再串演悲剧的角色。

让出妻成为古物陈列所里的遗迹。

让这一代的女性创造戏剧中的新角色,并去改造历史吧!

一九四三年十一月

原载《女声》[4]第2卷第8、9期(1943年12月15日、1944年1月15日),署名:戈庆春。

导读:

此长文选择了出妻的主题,揭开了血淋淋的"吃人"真相——在中国古代封建礼教"三纲五常""三从四德"的强大舆论和"洗脑"控制下,加之历代法律的"野蛮"规定、官府强制执行等诸多因素,女性长期处于被压迫、被奴役的地位,成为封建伦理道德的自觉遵行者和殉道者。

文中列举了大量触目惊心的史实,也挖掘了部分社会制度和社会心理的根源。此文不仅无情地撕下古代圣贤先知孔子、孟子等伪君子的面具,鞭挞皇亲国戚和官府恃强凌弱的霸道行径,而且结合民国初期的法典,尖锐地指出:"旧制度的幽灵还是借尸还魂,在光天化日下高视阔步。"广大中国妇女依然无法摆脱现代版的出妻罗网——更多的是变换了形式,蒙上时髦的外包装,其核心更换为现代商品市场上的五花八门各种交易——灵与肉、权与钱、名与命的肮脏买卖。

鲁迅的小说《祝福》的主人公祥林嫂是一个被封建思想束缚和压迫的典型,她自己也是造成她悲剧命运的帮凶。《出妻史话》则缺乏这方面的揭示和告诫,更多的是关注和深切同情妇女的悲惨命运,强烈抨击男子的特权——任意出妻,未能进一步解剖"负情郎"的复杂心理和其产生的社会根源。

《出妻史话》与丁景唐三个月前写的《陆放翁出妻事迹考——关于一个被迫于母遣去爱妻的悲剧》有着内在联系,属于姊妹篇。前者是在历史纵向长河中考察古代、民国初的出妻问题,后者则是一个"横切面",二者互为补充,相得益彰。然而前者未与后者同时收入论文集《妇女与文学》,因为前者言辞犀利,可能会带来不良后果,只好作罢。

《出妻史话》中谈及准备另撰文解读《孔雀东南飞》,可惜未果,否则可为《妇女与文学》增添一章。

有意思的是《出妻史话》提及《孔子家语》,借郑人之口写孔子的仪表。如今世人解读孔子时往往只说其伟岸形象,却故意隐去对孔子"自腰已下"的描述。这是褊护,还是为了"吸引眼球",故意大惊小怪?

注释:

〔1〕子上的出母死了,但子上没有为她穿孝服。子思的门人感到迷惑不解,就请教子思说:"从前您的父亲为出母戴不戴孝?"子思回答说:"戴孝。"门人又问:"那么您不让您的儿子子上为出母戴孝,是何道理?"子思回答说:"从前我父亲的做法并不失礼。依礼,该提高规格时就提高,该降低规格时就降低。我孔伋怎么敢和先父相比呢?只要是我孔伋的妻子,自然也就是阿白的母亲;只要不是我孔伋的妻子,自然也就不是阿白的母亲。"所以,孔家的人不为出母挂孝,是从子思开始的。

〔2〕郭沫若曾经把这段趣话写成历史小品《孟夫子出妻》,与《孔夫子吃饭》《秦始皇将死》《楚霸王自杀》等历史小说先后载于东京"左联"刊物《杂文》,后一并收入他的小说集《豕蹄》。详见丁言模:《东京左联月刊〈杂文(质文)〉》,载《穿越岁月的文学刊物和作家》,中国社会出版社,2017年7月。

〔3〕belong to,英文,意为属于。

〔4〕《女声》,见本书第32页注释〔4〕。

朱淑真与元夕词

朱淑真的传略—生平的探测—不幸的婚姻—评陈漱琴女士的"辩诬"[1]—论谭正璧[2]先生的"折衷"—初恋的悲剧—断肠的生涯—元夕词的总结和肯定

> 去年元夜时，花市灯如昼。月上柳梢头，人约黄昏后。
> 今年元夜时，月与灯依旧。不见去年人，泪湿春衫袖。
> ("上"别本作"到"，"湿"别本作"满"，"春"别本作"罗"。)

（《生查子·元夕》）

时光过得也真是迅捷，还记得半年前写过一篇应景的《中秋谈月》文章，内中曾提到朱淑真的《生查子·元夕》，说："词中'月上柳梢头，人约黄昏后'，几已与歌德之名句'哪个少年不善钟情，哪个少女不善怀春'一起成为沉醉于绯色的梦幻中[的]少男少女们的《圣经》了。"

这半年来，自己正也是"不长进"，放着别的事不干，钻在故纸堆中做"书虫"。对于《生查子·元夕》词的作者朱淑真身世的凄凉与遭遇的坎坷，也产生了探究的兴趣——不，更确当地说，与其说是兴趣，毋宁谓是同情，以及因同情而引起的对摧残我们女作家的制度的愤懑。

正如被称作中国现代"圣人"的周豫才先生在《狂人日记》中以锐利的笔锋猛烈抨击旧制度的罪恶时所说的一般："我翻开历史一查，这历史没有年代，歪歪斜斜的每页上都写着'仁义道德'几个字。我横竖睡不着，仔细看了半夜，才从字缝里看出字来，满本都写着两个字是'吃人'！"

在一页页过去的历史的记事册上，封建的魔鬼已吃掉和虐杀掉无数的男女。朱淑真，我们女性文学之花，和李清照同为中国妇女文学双璧的作家，也如江海[里]的一滴，做了旧制度轮齿下的牺牲品！

对于女词人朱淑真的生平事迹，说起来却又使人遗恨，自她怀恨抑郁以死之后，作品和着她的骸骨一起给她的父母焚火烧埋掉了。所以她的传略跟一首《生查子·元夕》的杰作，使后来的文人糟蹋了许多笔墨，以至于闹得"聚讼"不清。

虽然如此，我们根据现存的《断肠集》中的诗词和历来文人有关朱淑真的记载来对照，也许已像蒙上一层冬雾似的，但总也可以此来依稀推测她隐晦难考的生平的轮廓。

朱淑真自号幽栖居士,钱塘人(《四库全书总目提要》),或谓海宁人(《断肠词纪略》)。幼警慧,善读书(《西湖游览志》),工绘事(《古今女史》),晓音律(《杜东原集》及《沈石田集》)。据王士祯《池北偶谈》中所收朱淑真遗作《璇玑图记》,其绍定三年二月云:"家君宦游浙西,好拾清玩,凡可人意者,虽重购不惜也。"及观其遗集诗作如《晚春会东园》《春游西园》《西楼纳凉》《夏日游水阁》《纳凉桂堂》《夜留依绿亭》等,乃知其父尝官浙西,居家富有楼台之胜景矣。

至于朱淑真的生平年代,就较难以寻究。有人因为她诗集中有和魏夫人宴会的诗,便硬派定那个魏夫人即是那个做过宰相[的]曾子宣的夫人,而造出[她]和魏夫人是词友,并谓"尝会魏席上,赋小嬛妙舞,以'飞雪满群山'为韵作五绝句"的臆说。因为这样,所以就说她是北宋人。也有人以为她是海宁人,就说她是朱熹的侄女(《古今女史》和《断肠词纪略》皆从此说),恐怕不确。今按其《元夜》诗中第一首写帝城的元夜景色,谓"阑月笼春霁色澄,深沉帘幕管弦清。争豪竞侈连仙馆,坠翠遗珠满帝城",当在宋室南渡(1127)杭州变成都城以后的相对稳平时期。又试以她的《璇玑图记》作于绍定三年(1230)来推算,约当生于1205年(?)前后,即上距中国第一颗女性文学明星李清照之死(1155)数十年。假使这推测的生年不是太相左的话,那么,朱淑真——我们薄命[的]女词人,她的死年绝不会超过40岁的,因为她死的时候,父母犹存人世。宛陵魏仲恭的《〈断肠集〉序》中说:"(朱淑真尸体)并其诗为父母一火焚之。"准此,似乎她的死时约在1235年(?)左右。(可能她的年龄更短,恐怕不会超过30到35岁吧。)

现在我们进一步要来讨论这位《断肠集》的作者,她的不幸的婚姻以及《生查子·元夕》是否[为]朱淑真[的]作品的问题。

要研究《生查子·元夕》是否[为]朱淑真的作品,首先不得不考察一下她断肠的生涯并附上各家的意见。

《断肠词前纪略》云:"淑真……文章幽艳,才色娟丽,实闺阁所罕见者。因匹偶非伦,弗遂素志,赋《断肠集》十卷以自解。临安王唐佐为传以述其始末,吴中士大夫集其诗二百余篇,宛陵魏仲恭为之序。"惜王唐佐之传今失传,不然省却不少之纷辩也。

魏端礼《〈断肠集〉序》云:"淑真……早岁不幸,父母失慎,不能择伉俪,乃嫁为市井民家妻,一生抑郁不得志,故诗中多有忧愁怨恨之语。每临风对月,触目伤怀,皆寓于诗……观其诗,想其人,风韵如此,乃下配一庸夫,固负此生矣。"

《西湖游览志》云:"淑真钱塘人,幼警惠,善读书,工诗,风流蕴藉。早年,父母无识,嫁市井民家……淑真抑郁不得志……抱恚而死。"

一个生长在温柔乡中的官家小姐,竟然被父母硬嫁与一个市井间的庸夫,怎能不使人惆怅,"触目伤怀"而多忧怨之语。难怪我们的女词人要在"夜久无眠秋气清,烛花频剪欲三

更"(《秋夜》)唤起遐想:"谁家横笛弄轻清?唤起离人枕上情。自是断肠听不得,非干吹出断肠声!"(《中秋闻笛》)

如果朱淑真的境遇不是那样困厄和"所适非伦"而过着"日以涕泪洗面"的日子,在她的作品中[怎会有]那么多反映感伤与怨愤的句子——充满了一字一泪的断肠声!

也有人提出了相反的意见,因为在我们女词人的作品中却也有几首情致缠绵、风流洒荡的艳词和情诗。

陈漱琴女士就是保持这样见解的一个。她在一篇为朱淑真《生查子·元夕》辩诬的文章里,就好意地替我们薄命的女词人洗刷"行为失俭"的诬陷,还她一个清白的身世。陈漱琴女士不但否定了朱淑真的"下嫁庸夫",认为那是一种口头禅式的谬说,并且更进一步提出朱淑真"嫁的丈夫,功名官阶都不坏,往来的朋友都是大家人物"的创说。

接触过文艺理论的人都知道,一个作者观察事物的方法与立场(换个术语,即所谓一个人的世界观)往往会在不知不觉中应用到他的作品里。

我说过陈漱琴女士为朱淑真辩诬是一种好意,然而我们也可以指出一切问题不是好意就能解决得了的,何况好意有时会变成隐蔽现实的伪装,因而歪曲了事物的真相。为朱淑真《生查子·元夕》辩诬的陈漱琴女士,在她驳斥"下嫁庸夫的谬说"和"辩《生查子·元夕》非淑真作品"方面就犯了"好意的错误"。而这一"好意的错误"之所以造成的基本因素,我们也可以指出,那是由于作者对于问题的看法(观点),显然也无意中重复了"人约黄昏后"非"良家妇人所宜"的传统看法,而认为恋爱"用传统的字眼应该改作'外遇'",是一种不正当的丑事(?)。

正因为作者对这一问题有着这样一种看法,于是也就难免犯以材料来强就自己立论的主张的毛病。陈漱琴女士根据了况周颐在《蕙风词话》的见解,驳魏端礼诸人的"下嫁庸人"之说法,而谓荒谬之点有三,云:

(甲)淑真之父既属游宦之流,又尝"留意清玩",《晚春会东园》诸诗可想见她家室的阔绰,何至于"下嫁庸夫"?

(乙)淑真之夫似曾应过礼部试,后在江南一带做官,淑真曾跟随过的。倘为市井民妻,何得有从宦东西之事?

(丙)淑真和曾布妻魏氏为词友,又与谢夫人往还游宴。魏、谢都是贵族大家,岂肯和市井民妻结纳为友。

并引田汝成的《西湖游览志》:"淑真抑郁不得志,作诗多忧愁怨恨之思。时牵情于才子,竟无知音,悒悒抱恚而死。"[这]是"承讹袭伪","硬添上'牵情于才子,竟无知音'的罪案。可见时代愈迟,所捏造的罪状愈多"。

其实,陈漱琴女士提出的三条反证,完全上了况周颐的大当,尤其是甲项完全可以窥见和证实作者的世界观。依她的反问,一个"留意清玩""家室阔绰"的游宦因为某种原因(譬如说他的女儿有了'外遇'吧),难道没有硬让她"下嫁庸夫"的可能吗?

乙说"淑真之夫似曾应过礼部试,后在江南一带做官",也"似是想象之辞,并不曾举出什么证据来"(皆作者评人之语)。要是如况周颐所持之理由,以《断肠集》中的诗作如《贺人移学东轩》《送人赴礼部试》及《春日书怀》《寒食咏怀》等诗作为"淑真之夫似曾应过礼部试,后在江南一带做官"的证据来下判断的话,不免有些牵强之虑。

有什么理由和证据可以将《贺人移学东轩》《送人赴礼部试》两诗中的"人"一定当作她的丈夫呢?有什么理由和证据可以用《春日书怀》和《寒食咏怀》解释朱淑真的丈夫"后在江南一带做官"呢?正是这样,当作者在提及其夫"应[过]礼部试"时,也加上了"似曾"二字!正是这样,恐怕作者在写"似曾"的时候,也有些怀疑和惑疑的感觉吧?

照我的私见来理解,这里的"人"正是淑真少女时钟情的"人",也就是那几首情致缠绵、风流洒荡的艳词和情诗的寄托对象,而不会是她的丈夫(理由详下)。

然而错谬最清晰的还是丙,因为魏夫人根本不是北宋时那个"曾布妻"的魏氏。这我在前面[对]朱淑真生年的推测中已清楚地辩明了,一个北宋的魏氏如何能跟百年后南宋的朱淑真结为词友呢?若是说魏夫人和谢夫人"都是贵族大家,岂肯和市井民妻结纳为友"的疑问,也是只知其一不知其二的偏见。朱淑真原也是"家室阔绰"的官家小姐,在她没有下嫁市井小民以前,和"贵族大家"的魏[夫人]、谢夫人往返、结为词友又有何不可能和"岂肯"的呢?

同样按着断肠诗词的内容来"断匦"[3],我们倒不妨说朱淑真在少女时代曾有过一段梦也似的初恋故事,这来得更合理,来得更能切合诗意。

孟子曰:"予岂好辩哉?予不得已也!"请恕我的饶舌,在此我还不得不再唠叨一些本题内的闲话。

一般人都猜度朱淑真的"有所思"之"外遇"(?),是源于她以官家小姐的身份而不满于她的"市井庸夫"的缘故。这固是一种倒果为因的说法,未免有些看轻我们女词人的为人。曾出版过一部《中国女性文学史》的著作的谭正璧先生,他的见解也似乎有些模棱的破绽处。一方面他接受了魏端礼诸人的"下嫁市井民妻"的可信,另一方面他又无意中采取了陈漱琴女士谓"淑真之夫似曾应过礼部试"的相反意见,竟说她既被弃绝于"禄蠹"的丈夫之后,乃耐不住独居的孤寂,而和别的男子相恋,携手同游,上西湖去幽会;而且进一步又在《女性词话》中说:"在脱离夫家后,偶然要作些'人约黄昏后'的故事,那又有什么稀奇呢?'莺莺燕燕休相笑,试与单栖各自知',性的苦闷,不是曾在她的笔下这样直截痛快地吐出来吗?"这就稀奇了,既肯定她"竟随随便便地(给她父母)嫁给一个市井俗夫为妻",那又有什么缘故承认她丈夫是"禄蠹"。他出远门去追求官爵,抛弃了她,而她竟然又耐不住"性的苦闷",干些"人约黄昏后"的故事,岂非和自己的主张抬杠。

假使作品是我们了解作者生活真相的路径,那么我们在雾也似的关于朱淑真的生平事略的记载中已窥见了雾中重山群岭的外廓,现在进一步来攀登直达真相之门的山径。通过那弯曲的山径,我们[将]领略一个美丽聪明的女郎如何被旧制度杀害的故事。这个悲惨故事中的女主角,她生长在一个温馨的宦家,她陶冶在楼台亭阁、水榭花草的幽美园囿中,她和所有在富贵之家里的女孩子一样,她也有一个开遍了幸福之花的童年。下面几首清丽的诗词是她少女时代一幅完美的肖像——

> 花落春无语,春归鸟自啼。
> 多情是蜂蝶,飞过粉墙西。
> 一阵催花雨,高低飞落红。
> 榆钱空万叠,买不住东风。 　　　　　　　　　　　　(《书窗即事》)

> 玉骨冰肌,为谁偏好,特地相宜。一味风流,广平休赋,和靖无诗。
> 倚窗睡起春迟,困无力、菱花笑窥。嚼蕊吹香,眉心点处,鬓畔簪时。
> 　　　　　　　　　　　　　　　　　　　　　　　　　　(《柳梢青·咏梅》)

正是帝城放夜,萧鼓喧天的元宵——

> 一片笑声连鼓吹,六街灯火丽升平。
> 归来禁漏逾三四,窗上梅花瘦影横。 　　　　　　　　　　(《元夜》)

我们故事中的女主角已是豆蔻年华的妙龄女郎,也许就在这样"一片笑声连鼓吹"的佳节中邂逅了一位翩翩的年青人,从此便"恼烟撩露,留我须臾住。携手藕花湖上路,一霎黄梅细雨。娇痴不怕人猜,和衣睡倒人怀。最是分携时候,归来懒傍妆台"。每届"月上柳梢头"的时节,便"人约黄昏后"地携手相游,陶醉在热恋的爱河中,或者可能这位年青人竟是她中表的近亲。可是就在她"娇痴不怕人猜,和衣睡倒人怀"的时间里,"罪恶的黑手"已张开了魔掌向他们伸来。在礼教完密的宋朝,体面人家的官小姐怎能允许长此放羁自由,[怎能]让少男少女往还得如此亲密,"携手藕花湖上路",相依相偎,竟至于"娇痴不怕人猜,和衣睡倒人怀"哩!

初恋的悲剧终于开始了。

暴风雨前的一声轰雷,礼教的电光粉碎了少男少女的热爱。男的受不住闲人的诱迫胁逼,为了一己的前途,不得不移学去赴试以避嫌,于是也不得不疏远了自己恋爱过的女郎。可是多情的女郎还不知底细,还热情地写了诗去贺他——《贺人移学东轩》。但是男的胆怯,不敢回她,因此我们多情的女郎就只得"待封一罨伤心泪,寄与南楼薄幸人",暂将满腔热泪泄透到字里行间去,以春花秋月来抒写她的愁肠。

《春词》:

> 屋嗔柳叶噪春鸦,帘幕风轻燕翅斜。
> 芳草池塘初梦断,海棠庭院正愁加。
> 几声娇巧黄鹂舌,数朵柔纤小杏花。
> 独倚妆窗梳洗倦,只惭辜负好年华。

写她在如锦的春天,听着黄鹂婉转娇巧的啼声,看着南风里的燕子轻盈地斜飞过柳丝,枝头上已抽出了数朵柔纤小杏花,不禁想到梦一般的初恋已经断了,独自坐在小窗之前念及自己的年华辜负了春光。

> 春来春去几经过,不是今年恨最多。
> 寂寂海棠枝上叶,照人清夜月如何?
> 卷帘月挂一钩斜,愁到黄昏转更加。
> 独坐小窗无伴侣,凝情羞对海棠花。　　　　　　　　　　　　(《春日杂诗》)

黄昏来了,一钩斜月也透过帘子斜射了进来,独坐在小窗前的女郎,在愁怀里又记起了那个薄幸人,一阵红晕于是涌上面靥。

> 春已半,触目此情无眼。十二阑干闲倚遍,愁来天不管……　　(《谒金门》)

愁来天可以不管,可是痴情的女郎却不能忘怀于往事,如《有感》中谓:"倦对飘零满径花,静闻春水闹鸣蛙。故人何处草堂碧,撩乱寸心天一涯。"不是明明地说草堂虽依旧碧绿,而故人却跑得老远,真是"断肠芳草远""寸心天一涯"之感哩!

在朱淑真理智的片刻,她写下来了《春宵》,以"彩凤一双云外落,吹箫归去又无缘"的典故来隐喻她的一段往事,尤其可以使人咀嚼。她在《湖上小集》中也有相似的两句:"白璧一双无玷缺,吹箫归去又无缘。"这如何会是"或指夫远离"(陈漱琴女士语)呢?

又有一首《问春》:

> 春到休论旧日情,风光还是一番新。
> 莺花有恨偏供我,桃李无言只恼人。
> 粉泪洗干清瘦面,带围宽褪小腰身。
> 东君负我春三月,我负东君三月春。

上一句里的"东君"的确要使人误会"或暗指她丈夫",因为在一般诗词里很多这样的应用,但是相对我们也可以体谅朱淑真的苦心。生为男儿身的李商隐,因为顾虑封建的礼教之攻讦,尤尚多作讳饰隐僻的诗以遮蔽和女道士、官嫔等的恋爱史,更有什么理由可反证朱淑真不得不设法写得弯曲呢?

有时这位多情的女郎也学上了"借酒浇愁"的方法来排遣她的余闲。在她那首《蝶恋花》的杰作中,朱淑真替我们留下这一苦闷的少女期的残影——

> 楼外垂杨千万缕,欲系青春,少住春还去。犹自风前飘柳絮,随春且看归何处。
>
> 绿满山川闻杜宇,便做无情,暮也愁人意。把酒送春春不语,黄昏却下潇潇雨。

正如陆梅坨在《红树楼选》中评朱淑真之词云:"淑真诗好,词不如诗。爱其'黄昏却下潇潇雨'句,又词好于诗也。"朱淑真此词刻画怀春期少女的情怀极为神妙。读之,犹如眼前看到暮春三月黄昏的雨声中,一个青春的少女愣对着迷蒙的远天惆望的画面。

中间,我们该当插入这样的假定,即朱淑真写《生查子·元夕》的时期似应在这一苦闷彷徨的前后。但这一苦闷彷徨的期间很快就结束了,紧接而来的是断肠生涯的开始!

做父母的因为顾及女儿日长惹事,以及顾虑旁人的恶言谣传,不得不急急忙忙替她随便嫁了个市井庸夫。并且由《断肠集》中的诗词推测,一定还嫁到远远的地方。

《舟行即事》的几首诗是最好的说明。

> 扁舟欲发意何如,回望乡关万里余。
> 谁识此情肠断处,白云遥处有亲庐。
> 满江流水万重波,未似幽怀别恨多。
> 目断亲闱瞻不到,临风挥泗独悲歌。

思亲怀乡之情活跃纸上,如非亲身经历,何能发此一字一句的血肉之文?载着扁舟,远离了万里外的故乡和亲人,也再无机缘和自己的恋人(那位胆怯的年青人)重见。满江是浩瀚的流水,辽空是冉冉的白云,望断白云深处的远乡,就只有向着波涛临风挥泪来表露她的别恨。

> 对景如何可遗怀,与谁江上共诗裁?
> 日长景好题难尽,每日临风愧乏才。

江景虽好,可是缺乏人来共同推敲诗句,于是愁又爬进她的脑海——

> 此愁此恨人谁见,镇日愁肠自九回。

满腹辛酸空对江水发愁了。

接着,这位对江水发愁的女郎正式踏入了断肠生涯的门槛。

> 鸥鹭鸳鸯作一池,须知羽翼不相宜。
> 东君不与花为主,何以休生连理枝。

这首《愁怀》诗的前两句是说"所偶非伦",后两句说出了心底的愿望,发出了怨尤,借"东君不与花为主"的话来明喻父母不关心女儿的婚姻,为什么不让一对有情人完成好眷呢? 如今却把她任意让给一个俗气的庸夫。

朱淑真想拿生命来换取爱情,但是她年青的恋人却为了他自己的功名富贵早已忍心离开了她。因此她含着泪,唯有用诗来发泄自己的苦闷,但"题诗欲排闷,对景倍悲伤"(《初冬书怀》)。

>年年玉镜台,梅蕊宫妆困。
>今岁未还家,怕见江南信。
>酒从别后疏,泪向愁中尽。
>遥想楚云深,人远天涯近。　　　　　　　　　　　　　(《生查子》)

"今岁未还家,怕见江南信","遥想楚云深,人远天涯近",多么沉痛的[心]境!秋来了,人更瘦,青春的年华随春光一起憔悴。

>一夜凉风动扇愁,背时容易入新秋。
>桃花脸上汪汪泪,忍到更深枕上流。　　　　　　　　　(《新秋》)

无辜的女郎为着秋天的来到而流泪,为着自己的往事而伤心。每当斜风细雨的夜晚,旧日的一段欢情又撞入了梦幻。

>斜风细雨作春寒,对尊前,忆前欢。曾把梨花,寂寞泪阑干。芳草断烟南浦路,和别泪,看青山。
>昨宵结得梦夤缘,水云间,悄无言。争奈醒来,愁恨又依然! 展转衾裯空懊恼,天易见,见伊难。　　　　　　　　　　　　　　　　　　　　　　(《江城子·赏春》)

然而,梦醒了,片刻的"夤缘"也就了结,依旧是愁恨,依旧是惆怅,梦中的昔人也依旧无踪!

挂名夫妻的局面是难以维持久长的,后来似乎朱淑真不再与陌生的丈夫住在一起,而独自地度着"独行独坐,独唱独酬还独卧"的分居生活。

>独行独坐,独唱独酬还独卧。伫立伤神,无奈轻寒著摸人!
>此情谁见,泪洗残妆无一半。愁病相仍,剔尽寒灯梦不成。　　　(《减字木兰花》)

也许就因为她这种倔强的举措,不顾习俗的束缚与凌受一切恶毒的唾诅,脱离了夫家单居,过着以泪洗面、愁病相仍的非人生活。这简直是一种叛亲背道的行径,像一块岩石投入死静的湖水,汹涌的波浪惊骇了湖中的鱼虾似的激起了利箭般的毒舌,难堪的言辞混和着詈咒射放到我们的女词人的身上,也抛掷到她父母的身上。

正因为这样,当朱淑真寂寞孤苦地在病愁交迫中走尽了短促的一生,到死之后,她的尸骨和一捆"劳什子"的作品也遭受投诸烈火的命运,化作了一缕灰尘。是故宛陵魏仲恭于其《〈断肠集〉序》中云:"其死也,不能葬骨于地下,如青塚之可吊,并其诗为父母一火焚之。"在

《西湖游览志》里也有相似的记述："淑真抑郁不得志……抱恚而死。父母复以佛法并其生平著作荼毗之。"

母家对已出嫁了的女儿死后还加以火葬，也许有难以说明的苦衷，恐怕再招惹旁人的攻讦，而借"佛法"为名，一方面给女儿一个超脱的洗涮，一方面随手烧灭她的诗词，省得在[她]死后还得凌受他人的恶意的指摘和辱骂。

试仅就现在留存的遗作来看，在残缺的些许诗词中，我们可以想见女词人朱淑真绝不是一位普通的多愁善病的女子。她有哀怨，也有愤激的与雄伟的气魄，例如在《苦热闻田夫语有感》[中]写：

> 日轮推火烧长空，正是六月三伏中。
> 旱云万叠赤不雨，地裂河枯尘起风。
> 农忧田亩死禾黍，车水救田无暂处。
> 日长饥渴喉咙焦，汗血勤劳谁与语？
> 播插耕耘功已足，尚愁秋晚无成熟。
> 云霓不至空自忙，恨不抬头向天哭！
> 寄语豪家轻薄儿，纶巾羽扇将何为。
> 田中青稻半黄槁，安坐高堂知不知？

作者在诗句中发挥了崇高的同情，并指出坐安在农民的背脊上寄生者的逍遥自得。当饥馑的农人在赤地十里的田亩中挥洒汗血的炎夏时节，她也画绘下"赤日炎炎似火烧……公孙王子把扇摇"一般深刻的画面。

又如《春日亭上观鱼》：

> 春暖长江水正清，洋洋得意漾波生。
> 非无欲透龙门志，只待新雷震一声！

可以瞥见朱淑真不凡的抱负，只是旧制度像铁栅水闸似的拦住了她的前途，纵使朱淑真有美好的理想、积极的人生观，凭着一个女子的孤单力量又怎样突破这一传统的铁闸，好让她像鲤鱼似的在洋洋的江浪中游跃！

所以她在《自责》中愤激地说道：

> 女子弄文诚可罪，那堪咏月更吟风。
> 磨穿铁砚非吾事，绣折金针却有功。
> 闷无消遣只看诗，不见诗中话别离。
> 添得情怀转萧索，始知伶俐不如痴。

这是一种大胆的抗言,也是向旧教的挑战,无疑是针对着当时那批创议"女子无才便是德"的腐儒的谬说而发的。司马光这位宋朝的名儒不就说过如下的话:"今人或教女子以作歌诗,执俗乐,殊非所宜也。"(《家范》)

知道朱淑真所处的时代背景,才能把握她一生悲剧之必然性。

在读了朱淑真错综繁复的身世之后,她的生平之谜呈现在我们面前,已是较为轮廓清晰的了。最后在这篇文字的末了应该回到本题来解释余下的环节——《生查子·元夕》是否朱淑真作品的问题。

无论从词的内容上或从朱淑真一生的经历上来观察,《生查子·元夕》之为女词人的作品是很自然的而可肯定的事实。《生查子·元夕》之所以会弄得众口纷纭,变成问题的谜,是完全和朱淑真生平事迹混淆不清联系在一起的。

有雾一般的女词人的遭遇,才有谜一般的《生查子·元夕》的问题!更因这首《生查子·元夕》词见于欧阳修的集中,遂使爱惜她的人否认为朱淑真所作找到了借口,于是问题更朦胧了起来。今举两例以见一般,余不另录。

(1)王士禛《池北偶谈》卷十四欧阳修词条云:"今世所传女郎朱淑真'去年元夜时,花市灯如昼'《生查子》词,见《欧阳文忠集》一百三十一卷,不知何以讹为朱氏之作。"

(2)《四库提要》:"杨慎《升庵词品》载其《生查子》一阕,有'月上柳梢头,人约黄昏后'语,晋跂遂称为'白璧微瑕'。然此词今载欧阳修《庐陵集》第一百三十一卷中,不知何以窜入《淑真集》内,诬以桑濮之行。慎收入《词品》,既为不考,而晋刻宋名家词六十一种《六一词》,即在其内。乃于《六一词》漏注'互见《断肠词》',已自乱其例。于此集更不一置辩,且证[实]为'白璧微瑕',益卤莽之甚。今刊此一篇,庶见于厚诬古人,贻九泉之憾焉。"

二人所持最大的证据仅是这阕《生查子·元夕》词互见于《断肠集》及《庐陵集》一点而已,然而单是这一点也带着怀疑的语气,从"不知何以"这几个字可以洞察。

其实,词的参差互见[于]两个以上的作者集子本来是常有的事,绝不是可以深信的。如果这也可算作证据的话,就很容易被人反驳,因为同样是后人所汇选的作品,为什么不能转来说"此词明载《断肠集》,不知何以讹为欧阳修之作"?这不也一样可以的吗?

显然,问题的中心还在这里:

(1)因为《生查子·元夕》的内容是写"人月黄昏后"的"桑濮之行"(?),如果身为女人的朱淑真有此经历,岂非糟透。爱惜她的人为了替她辩诬,也就"将计就计"(也可以说是将错就错)推给欧阳修。

(2)因为朱淑真的著作被其父母焚毁过,说是欧阳修[之]作也似乎更能令人可信。

事实的真相却是相反。先砍去第二点的旁枝,朱淑真的著作虽被焚毁,但火是不能将一个[人]流传很广的诗词烧光的,何况焚去的是全部或大部分也是问题。总之不会因此绝灭是真的,魏仲恭在《〈断肠集〉序》中提供了确凿的证凭:"比往武陵,见旅邸中好事者[传]诵朱淑真词,每窃听之,清新婉丽,蓄思含情,能道人意中事,岂泛泛者所能及? 未尝不一唱而三叹也。"

毛晋笺也说:"淑真诗采脍炙海内久矣,其诗余仅见二阕于《草堂集》,又见一阕于十大曲中,何落落如晨星也。近获《断肠词》一卷,凡十有六调,幸观全豹矣。先辈拈出元夕词,以为白璧微瑕,惜哉!"

《四库提要》批毛晋刻《六一词》漏注互见,自是他的疏失,与是否朱淑真之作无涉。

现在问题回到第一层的理由。这里症结的所在,基本还是旧观念在作梗,好意的辩护不仅不必要,而且反而为事实作掩饰,蒙遮了摧残女词人的[旧]制度。这不是爱惜她,这是暗中叫我们忽视传统势力的荒谬,有时甚至会无意中变做了帮凶!

杨慎的《词品》对女子的见解虽然也逃不出传统的成见,但这位明朝的一代大儒却道破了《生查子·元夕》的谜底。他在朱淑真元夕词条说:

> 朱淑真《元夕·生查子》(词略,引见前文)词则佳矣,岂良人家妇所宜邪? 又其《元夕》诗云:"火树银花触目红,极天歌吹暖春风。新欢入手愁忙里,旧事经心忆梦中。但愿暂成人缱绻,不妨长任月朦胧。赏灯那得工夫醉,未必明年此会同。"与其词意相合,则其行可知矣。

我们相信他的话,全然不是尊重他是一个有学问、有卓见的思想家,绝不会空口说出毫无根据的话,而是完全因为符合朱淑真生平的经历。如果有人为了爱护朱淑真,热心替她辩诬,连带也否定了《生查子·元夕》词是朱淑真的作品,实在不是真心爱[护]她的人。因为《生查子·元夕》固可假定是欧阳修的作品,但《元夕》诗又如何来否定呢?"娇痴不怕人猜,和衣睡倒人怀"更如何来辩诬呢?

所以,我的结论是肯定的:《生查子·元夕》词是朱淑真的作品,而且是少女时代初恋的烙印,也是她一生的分水岭。这以前曾是一个"和衣睡倒人怀"幸福的黄金时代,这以后的不久开始了她"愁病相仍"以泪洗脸的断肠生涯!

一九四四年一月旧历新正之深夜三时完毕

原载《女声》[4]第2卷第10、11期(1944年2月15日、1944年3月15日),署名:乐无恙。

导读:

朱淑真,号幽栖居士,关于她的籍贯、身世历来说法不一。

《生查子·元夕》究竟是朱淑真之作还是欧阳修写的,自明朝以来就有争论,延续至今。因此,丁景唐撰写此文的"辩诬"难度很大,各种舆论压力也会随之而来,牵涉的问题很多,而且有不少长期被推崇为权威之论。如果辨正之文稍有不慎,很容易陷入越理越乱的泥淖里,那么到头来还是一团乱麻,留下茶余饭后的话柄,随时会被奚落一番。

此前丁景唐已经在《女声》上发表了《从"子见南子"谈到儒家的妇女观》,《朱淑真与元夕词》不仅延续了前文的初衷,为遭受几千年封建制度摧残的妇女尤其是有才华的女词人疾声呐喊,继续大胆挑战权威,并且颇有信心和胆略主动加入旷日持久的真伪纷争之中,敢于捅一下"马蜂窝",甘愿"引火烧身"。

《朱淑真与元夕词》机敏地捕捉诸文的破绽,据理列事,层次清晰,"击节驱驰",娓娓道来。同时并未停留在学术考据的层面上,而是直击关节要害,挖掘历来"好意"辩诬的心态和男尊女卑顽固观念的社会根源。

此文经过一番引经据典和详细剖析,运用了逻辑学的基本原理(同一律、排中律、矛盾律、因果律)进行质疑、分析、反证、举例,最后给予"致命一击"——"如果有人为了爱护朱淑真,热心替她辩诬,连带也否定了《生查子·元夕》词是朱淑真的作品,实在不是真心爱[护]她的人。因为《生查子·元夕》固可假定是欧阳修的作品,但《元夕》诗又如何来否定呢?'娇痴不怕人猜,和衣睡倒人怀'更如何来辩诬呢?"由此得出比较客观的结论:"《生查子·元夕》词是朱淑真的作品,而且是少女时代初恋的烙印,也是她一生的分水岭。"

如今对于《生查子·元夕》依然争论不休,各不相让,但是此文及其观点从未有人提及,早已淹没在浩瀚的文史故纸堆中,蒙上了厚厚的历史尘埃,甚为遗憾。如果现在将此文上传到网上,不知是否能引起众人的共鸣呢?

《女声》第2卷第10期开始连载丁景唐此文时,该刊编辑写的《先声》中说明:"因为元夕在即,我们又特约了乐无恙先生撰写了一篇与元夜有关的风趣的文章,使读者们读了之后有一段古旧的新年之感。这篇文章就是《朱淑真与元夕词》。这篇文章因篇幅过长,不能一期登完,现在[登]的是一部分,望读者仔细阅读,看我们古代的女性是多么缠绵而多情!"

注释:

〔1〕陈漱琴:《朱淑真〈生查子〉词辩诬》,载《妇女杂志》第17卷第7期"妇女与文学专号"(1931年7月1日)。

〔2〕谭正璧,著名文史学家、作家。出生于上海嘉定,字仲圭,笔名谭雯、佩冰、璧厂、赵璧等。1949年后,担任山东齐鲁大学教授,后为华东师范大学古典小说戏曲研究生导师。他著作甚多,有《国学概论讲话》《文学概论讲话》《新编中国文学史》《中国小说发达史》《中国文学家大辞典》《元曲六大家传略》《话本与古剧》等。

〔3〕断匾,即"瞎子断匾",失明的人胡乱判定匾额上的字,各说各的,无法得出正确的结论。

〔4〕《女声》,见本书第32页注释〔4〕。

人面桃花及其他

去年今日此门中,人面桃花相映红。
人面不知何处去,桃花依旧笑春风。　　　　　　　　　（崔护[1]《题都城南庄》）

妹妹的一位朋友,知道我曾经在《女声》上写过几篇类似学术性的"大文章",有次跑到我家来找妹妹聊天,却碰上妹妹出外去了,于是这位顽皮的女孩子就向我嚷着:"你为什么不写些可爱的故事呢?"我被这突兀的问话弄得有些失措!"你……""我是说你为什么老是写些老套的'古文',叫人看也看不大懂?"

这才弄清了,她是在以读者的立场向我贡献她的意见。她把我那些文章称作"古文",在习惯上是有些语病的,但无论如何她的话是值得尊重的,因为当我写作的时候,自己也曾有过同样的感觉。

"你说你不大懂?"我就问她。"唔。"她摇摇头,有意扮了个鬼脸,说:"真是山东人吃麦冬——一懂也勿懂[2]!"我又愣住了,不知用怎样的话来打发她,可是妹妹"解"了我的"围",她捧着新出的《女声》[3]正由门外进来呢!

在聆听了友人的诉说以后,妹妹笑着打开《女声》来,指着铜板纸上的照片和编者按的字句[说]:"不是正巧吗?你就写个'人面桃花'的故事好啦!"

那么好,这次就来说个"人面桃花"稀松的恋爱故事。

说"人面桃花"是个恋爱故事,其实也并不确切,比较妥当的应该称为一出罗曼蒂克的传奇,或是一首清丽的散文诗。

孟棨的《本事诗》云:

> 崔护,唐博陵人,字殷功。资质甚美,而孤洁寡合。清明日独游都城南,见庄居桃花绕宅,乃叩门求饮。有女子启关,问姓名,以杯水至。其人姿色浓艳,情意甚殷。来岁清明复往寻之,则门已扃锁,因题诗左扉曰:"去年今日此门中,人面桃花相映红。人面只今何处在?桃花依旧笑春风。"后数日再往,忽闻哭声,有老父出曰:"子崔护耶?吾女读左扉诗,绝食而死。"护入祝之,女复活,遂归之。

上文可以注意的是:(1)"女子启关,问姓名";(2)并且"其人姿色浓艳,情意甚殷";(3)"绝食而死"(按,作"绝食且死"或"几死",似更佳),居然又复活;(4)题诗第三句作"只今何处在",虚构之迹明显,而叙事也嫌单调沉滞。

又,《全唐诗》于《题都城南庄》前引《太平广记》,意也相类,唯文笔斐然,述事生动,今并录于后。其文曰:

> 初护举进士不第,清明独游城南,得村居,花木丛萃。叩门久,有女子自门隙问之,对曰:"寻春独行,酒渴求饮。"女子启关以盂水至,独倚小桃柯伫立,而意属殊厚。崔辞,起送至门,如不胜情而入,后绝不复至。及来岁清明,径往寻之,户扃无人,因题此诗于左扉。后数日复往寻之,有老父出曰:"吾女笄年知书,未适人。自去年已来,常恍惚若有所失。比日与之出,及归,见左扉有字,读之,入门而病,遂绝食数日死。得非君耶杀吾女!"持崔大哭。崔感恸请入,临见其女,俨然在床,举其首,枕其股,哭而祝曰:"某在斯!"须臾开目复活。老父大喜,遂以女归之。

可惜崔护的生平不详,《全唐诗》中也仅谓:"崔护,字殷功,博陵人。贞元十二年中进士,终岭南节度使。"今仅[存]诗六首,内中三首却又存疑,或传张又新作,但只这一首"人面桃花"的《题[都]城南庄》已令人神往,传诵不已。所以尤袤《全唐诗话》卷三评此诗曰:

> 沈存中[4]云:"唐人以诗主人物,故虽小诗,莫不极工而后已。所谓旬锻月炼者,信非虚言。小说护《题城南诗》,其始曰'去年今日此门中,人面桃花相映红。人面不知何处去,桃花依旧笑春风'。后以其意未全,语未工,改第三句曰'人面只今何处去'。至今所传有此两本,唯《本事诗》作'只今何处在'。唐人作诗,大率如此,虽有两今字不恤也。取语意为主耳。后人以其有两今字,故多行前篇。"　　　　　　(《梦溪笔谈》)

以今论诗,沈存中的批评并不恰当。"只今何处在",在意像、语句诸多方面都远非"不知何处去"所能比,因为"不知何处去"既自然又明畅得多。不过他无意中却透露了一些"人面桃花"故事的真情,所谓"小说护《题城南诗》"原来是说那故事是"儒生"杜撰的婚姻佳话,聊资助谈,不一定是真有其事的。

最后也让我提醒你,别以为我尽爱说些"煞风景"的话,"人面桃花"的故事虽则充满了诗意的画面、动人的情节,但这不过是几世纪前虚构的离奇"小说",正如明朝孟称舜取了那故事的情节,撰了出《人面桃花》的传奇一样,只能算是舞台上的才子佳人的故事(世间何来有这么巧的"艳遇")。

要是你不信,再让我来寻几首诗给你。先引一段和"人面不知何处去,桃花依旧笑春风"类似的佳作,赵嘏[的诗]:

> 独上江楼思渺然,月光如水水如天。
> 同来望月人何处?风景依稀似去年。

刘希夷的《白头吟》:

今年花落颜色改,明年花开复谁在?

....

年年岁岁花相似,岁岁年年人不同。

相传后来他舅父宋之问爱上后一联,要想夺为己有,而外甥不允,竟致老羞成怒,闹出叫家仆将希夷用土囊压死的惨事。

依常情猜度,这三首诗都是描写失恋的杰作,似乎崔护的故事也不可能有一个令人欢乐的团圆结局。但无论如何"人面桃花"是一个引人遐思的青春的故事,即使是虚构的也好。所可抱歉的是我那只拙笔太不高妙,将一段奋发的逸事写得一团糟,但愿那位妹妹的小友看了别又说"侬又在老调重弹"才好!

一九四四年春

原载《女声》[5]第 2 卷第 12 期(1944 年 4 月 15 日),署名:乐无恙。

导读:

此文是信手拈来的,见证了那个时期丁景唐钻进故纸堆里的痴迷状态。他认为"人面桃花"的故事只是杜撰的浪漫"小说",但也符合那个时代的审美情趣,寄托了人们的美好理想。

这期编辑在《余声》中说明:"歌青春先生因眼疾很久,不能为我们多多写作。现在眼疾已愈,又能替我们撰稿了,我们非常欣慰。"但是这期并没有署名"歌青春"的诗文,刊登的是丁景唐化名为乐无恙的《人面桃花及其他》、秦月的《三春抄》(《鸽铃》《瓶花》《窗》)、宗叔译述的《"世纪的花园"——日本》。

注释:

[1] 崔护,唐代诗人,字殷功,博陵(今河北定州)人。贞元十二年(796)进士及第,大和三年(829)为京兆尹,同年为御史大夫、岭南节度使。

[2] 此歇后语意为懵懵懂懂。山东人初到上海,人生地不熟,什么事情都搞不明白,对什么都是懵懵懂懂的。

[3] 丁景唐的妹妹丁训娴拿的一本新出版的《女声》,大概是第 2 卷第 11 期,刊登了丁景唐的《朱淑真与元夕词》一文。这期封面是木刻的城墙内外春景图,编辑在《先声》中提到一首唐诗,"描写少妇到了春天的内心,可说体贴入微了"。

[4] 沈括,字存中,号梦溪丈人,浙江杭州钱塘人,北宋科学家。其代表作《梦溪笔谈》内容丰富,集前代科学成就之大成,在世界文化史上有着重要的地位,被称为"中国科学史上的里程碑"。

[5] 《女声》,见本书第 32 页注释[4]。

美 人 迟 暮

　　据说青春是女人的第二生命,而美人又是青春具体的象形。所以美人而又正当青春的年龄,也便是女人一生的黄金时代了。譬如汉武帝时,有位倡家子弟的李延年曾在武帝面前唱了一首赞扬他阿妹美丽的歌:"北方有佳人,绝世而独立。一顾倾人城,再顾倾人国。宁不知倾城与倾国,佳人难再得!"居然美得那位一代雄主的刘彻为之神魂颠倒,竟将他的妹妹纳为夫人,而倡家子弟的李延年也就由丝竹歌舞的乐人,封为协律都尉,做起"皇家乐队"的指挥官来了。

　　可是这种绝世佳人的黄金时代,真像昙花的一现,不久就随着流水般的年华转瞬即凋谢了,紧接着而来的是秋天一样的落寂——"秋风萧瑟天气凉,草木摇落露为霜"[1]的迟暮时节。

　　如果第一个将花来比美人是聪明的诗人,第二个将花来比美人便是愚蠢的傻子,那么我便是末等的白痴。我说青春时代的美人犹如春天盛放的鲜花,迟暮时节的美人就只是秋风中零落的残英,失去了光泽,也失去了艳丽。被诗人颂赞的美人到这时恐怕也要改换了一种慨叹的语调来抒写她的哀怨。所谓"左右悲而垂泪兮,涕流离而从横。舒息悒而增欷兮,屣履起而彷徨"[2],也正是美人迟暮很好的写照。

　　有人说女人的人一生是一出悲剧,作为女人的美人又何能例外。以美貌姿色取悦于男子的美人,临到人老珠黄的迟暮,也就难免色衰爱弛,见弃于人,遭受以泪洗面的厄运。班婕妤的《怨歌行》就是很好的例子。

　　　　新裂齐纨素,皎洁如霜雪。
　　　　裁为合欢扇,团团似明月。
　　　　出入君怀袖,动摇微风发。
　　　　常恐秋节至,凉风夺炎热。
　　　　弃捐箧笥中,恩情中道绝。

足以表现一般被蹂躏而遭受遗弃的女性之自怨自艾,却又不敢大声抗议的自伤。难怪班婕妤这首《怨歌行》的作品常被后人引为描绘美人迟暮的杰作。所谓"秋风捐扇"的典故也就由"常恐秋节至,凉风夺炎热。弃捐箧笥中,恩情中道绝"的辞句中脱胎而出。又有首《皑如山上雪》的诗曲,也即有名的《白头吟》,同样是写色衰爱弛的情景,婉哀凄丽较《怨歌行》似犹过之。

> 皑如山上雪,皎若云间月。
> 闻君有两意,故来相决绝。
> 今日斗酒会,明旦沟水头。
> 躞蹀御沟上,沟水东西流。
> 凄凄复凄凄,鱼尾何筛筛。
> 男儿重意气,何用钱刀为。[3]

据《晋书·乐志》所载,这首《皑如山上雪》本是汉世街陌谣讴,故极富民歌色彩。但是爱好附会的人却相竞传说是卓文君的诗作。《白头吟》是否系卓文君之作自是疑案,不过这一传说的附会倒也并非空穴来风、毫无根据的。原因是浪漫文人司马相如自从以琴声挑逗临邛富人卓王孙家"十七而寡,[为人]放诞风流"(刘歆《西京杂记》)的卓文君,想法骗到了卓王孙的大批财富——"僮百人,钱百万,及其(指文君)嫁时衣被财物"(《史记·司马相如列传》),"卖田宅,为富人","抖"了起来以后,又靠了同乡"狗监"杨得意在汉武帝面前的吹嘘,竟然"授以为郎",做起官来。于是素有"消渴疾"的司马长卿就不免意犹未足,妄想聘娶茂陵人家的女儿为妾,便忘掉"居贫愁懑","文君当垆",自己着了犊鼻裈,"[与]保庸杂作,涤器[于]市中"时的困境。于是好事的人就以为卓文君写了那首《白头吟》给他,而好色的长卿也居然回心转意,打消娶妾的念头。

故事似乎相当动人,可是实际是否能和设想的一般圆满,却不得而知。但负情的男子当她还是容光焕发、青春姣美的少女时节,总想尽方法追逐,等到"老去徐娘",往昔的风韵消逝,[她]就像案头枯萎的鲜花只有被弃道旁的命运。文君虽美,恐怕也不能永葆"眉色如望远山,脸际常若芙蓉,肌肤柔滑如脂"(皆刘歆形容文君之辞)的容颜,她之所以未遭长卿之弃(也许是被弃,谁又能得知呢?)恐怕也是"钱财有灵"的因素居多。

所以我们与其说这是一段佳话,还不如只当它是人们酒余饭后的闲话来得更接近实际一些。不然文才如司马长卿,尤且未能挽回陈皇后的失宠,况文君之才远较相如"碌碌"乎。我这样说是基于如下的两点原因:

第一,世传陈皇后奉黄金百斤为相如置酒,嘱代撰《长门赋》,虽史有明文,然结果究竟如何,绝非一般人揣想的那么圆满——以为反复无常的皇帝老倌居然会回心转意,使徐娘风韵的陈皇后"复得亲幸"。最多是一度"复幸",而继之以丢弃——永远撇闭冷宫,和其他无数无辜被帝皇蹂躏的女性一样,也不是例外。

第二,两性的结合依赖于平日的感情者居多(至于帝皇之流,对于后妃本无所谓感情,有的只是原始的性欲满足而已),既然男的存心不良,那么文字无灵,又岂能挽回她永逝的青春和消逝了的恋情呢?

女性的可悲倒并不在于美人迟暮，个人的见弃也不在于秋分迟暮、青春的消逝。世间最可悲痛的乃是同类的相残——乃是女性对于女性的嫉视与倾轧，乃是利用一己的美貌姿色来博取男子的"爱情"（？）而促成另一个女性的悲剧。其次可悲的就是有些女子被人操纵掌握，做了阴谋家策士们钩心斗角的"香饵"，还故作媚眼，暗送秋波，以冀博得主顾的青睐，历史上这类不自觉的女性是举不尽的。其实又何必去翻史籍，放眼看看目前的周遭就已足令人目眩，蔚为奇观了。

于是，我又回到《汉书·外戚传》上的一段记载，和内中一些不太平凡的对话。

> 初，李夫人病笃，上自临候之，夫人蒙被谢曰："妾久寝病，形貌毁坏，不可以见帝。愿以王及兄弟为托。"上曰："夫人病甚，殆将不起，一见我，属托王及兄弟，岂不快哉？"夫人曰："妇人貌不修饰，不见君父。妾不敢以燕嫭见帝。"……上复言欲必见之，夫人遂转乡歔欷而不复言。

一个出身微贱的女子，因了容貌姣美的缘故，得以"升"做皇帝的夫人。当她病笃的时候，皇帝不惜枉驾自临，而她却蒙被不使一见，推脱说："妇人貌不修饰，不见君父。"并且还以"转乡歔欷而不复言"的冷傲态度来拒答他"万岁爷"的热忱。难怪她的姊姊等到刘彻怏怏返驾回宫去了以后，要严责她的"不识抬举"，顶撞皇上，认为她是"坐失良机"，轻易地将托付兄弟及儿子的好机会放走了。殊不知她有她的苦衷，她有她的用意，只要节录她下边的一番议论，就能领会她这样的措置实也煞费苦心。原来她之——

> 所以不欲见帝者，乃欲以深托兄弟也。我以容貌之好，得从微贱爱幸于上。夫以色事人者，色衰而爱弛，爱弛则恩绝。上所以挛挛顾念我者，乃以平生容貌也。今见我毁坏，颜色非故，必畏恶吐弃我，意尚肯复追思闵录其兄弟哉！

对于那些"以色事人"的女性，这无疑是很好的忠告——不，应该说是悲痛的自诉。

普通人最缺乏自知之明的先见，这类人中间尤其是所谓"美人"也者的女子，似乎更容易忽略此种可贵的先见。她们往往在灼手可热之间排挤同类，以美色自诩，忘掉自己也是踏在人家脚底下的女人，及至一日色衰爱弛，如弃道旁，失宠之时就又深愧莫及，不知所从。没有受过教育的是如此，"开过眼"会念"ABCD"的更是这样。

因为这样的缘故，李延年的令妹倒也似乎不失为一个聪明的女子。后来等她病死之后，汉武帝果然犹是梦寐难忘，以后礼葬她还不算，次图画其形于甘泉宫，再召方士齐人少翁，"夜张灯烛，设帷帐，陈酒肉……上愈益相思悲感"。追念道："是邪，非邪？立而望之，偏何姗姗其来迟。"从而作赋寄思，伤悼不已。

偶然记起有位西洋人说过一句调皮的戏言："对于女人，美丽是危险的。"假使试由另一角度来体味，倒也值得人深省，非仅是一句幽默的调侃。别以为你生得不美而自卑，更不必为此而自悲。也许你羡慕那些父母替她们形体造得婉美的女性,但我得提醒你,历史上有名的美人——妲己、骊姬、西施、王嫱、貂蝉、杨贵妃……她们的一生也全是幸福的吗?有的被称为"妖孽",有的做了阴谋家的角逐物,有的权充"和番"的祭品……但要之,被牵来牵去当作男性的玩物之一。

别以为你是青春的化身,而在粉红色的情场中打滚,这比自卑者更危险。因为"东施效颦"的女性到底还能自惭形秽,一个豆蔻花开的少女却会在自己不慎的行程中毁灭。青春不再,"迟暮"的路,每人都得旅行。

形体的美必将腐蚀,智慧和事业的花才是永垂不朽。

唯有懂得蜜蜂贮蜜的人,才能享受春天。

一九四四年暮春时节日

原载《女声》[4]第3卷第2期(1944年6月15日),署名:辛夕照。

导读:

此文依然采用"穿越"的手法,借古讽今,其弦外之音,这期《女声》的编辑已看出几分。如果将美女被幸宠与"迟暮"失宠作为抗日战争时期忠与奸的戏剧性演变的一种象征,那么此文告诫的意味更为深长,毕竟此文写作时间是"一九四四年暮春时节日"(可能指五月一日),国内外形势已经开始转好,距离抗日战胜利只有一年多。如果以接受美学的眼光重审此文,那么此文告诫的含义应该不局限于"以色事人"。

这期编辑在《先声》中写道:"辛夕照先生的《美人迟暮》虽是一篇轻松的杂文,好像只是为着少女们发一些牢骚,使人沉闷的时候当作消遣的文字,细读起来却有着无限的意义。对于靠着肉体美而赚得光荣的悲哀女人是一篇很好的启示。摩登少女们该好好地看一下。"

注释:

[1] 出自三国魏曹丕的《燕歌行》。

[2] 出自司马相如的《长门赋》。

[3] 此诗有不同版本。文中所引的诗缺少了两句。此诗后半部分应为:"凄凄复凄凄,嫁娶不须啼。愿得一心人,白首不相离。竹竿何袅袅,鱼尾何筛筛。男儿重意气,何用钱刀为。"

[4]《女声》,见本书第32页注释[4]。

这期《女声》刊登了丁景唐两文,除了此文之外,还有《改卷散记》,均属"生活与感想"栏目。

六朝[1]的民歌(南方篇)

在政治上,六朝是一个动荡的黑暗期;但从历史的发展上看,六朝却是一个大变动的孕育期。西晋末叶,封建贵族争权夺利的结果演成八王之乱的内讧,招致五胡外来民族的侵入。"怀愍蒙尘,京洛被掠",使一向保持着"唯我独尊"的汉族凌受前所未有的奇耻大辱,而南北朝异民族对峙的新局面也就此展开。

在这样"中州板荡,戎狄交侵,僭伪相属,生灵涂炭"(《北史·文苑传》)的危难时候,虽有祖逖、刘琨等志士还怀着"击楫起舞"、恢复中原的壮志;而流落中原,寄篱胡人势力下的汉族士人却竟卑鄙地"教其鲜卑语及弹琵琶"(《颜氏家训》),以之服侍异族的公卿,以便获得进身之阶,保持其固有地位。一般从中原流徙江南的世族,日子一久便忙着"嗤笑徇务之志,崇盛亡机之谈"(《文心雕龙·明诗篇》),连"新亭之泣"也不屑一顾了。一方面沉湎于信道拜佛;一方面又荒淫酒色,喜作艳歌宫词。一方面清谈玄理,逃避现实,做着山水田园的美梦;一方面又炫博耀奇,类书数典,忙着为朝廷招隐了。

消极厌世、颓废伤感这类虚无思想的形成,与其说是外来的佛教和道家神仙思想合流的反映,毋宁说是江南生产丰饶、民康物阜、上层贵族士人生活奢靡、享乐意识的表现。民间虽也有《神弦歌》一类煊染着神秘色彩的艺术,却并无阴暗和感伤的倾向。

于是当贵族的庙堂文学日益迂诞浮华,在骈偶、声律、丽辞、夸饰、炼字的兜子中打转,堕落于形式的桎梏里的时候,在民间却又有新体诗发展了!六朝的新乐府(民歌)举起了新兴的文艺旗帜,给腐朽垂灭的书写文学杀出了一条生路,从而又影响了六朝唯美浪漫的思潮。江南水乡,沃野千里,草木蔓茂,杂花生树,原本是丰饶地带,再加以六朝建都江南,交通航运因着商业的发达而繁盛,财富随着北方避难而集中。因此这山明水秀、杏花春雨的江南遂成为绮靡缠绵儿女文学的温床,产生了大量的情歌艳曲。

南方的民歌因着歌谣流布地域的不同,又可分为:(1)吴越地区——太湖流域的吴声歌曲;(2)荆楚地区——长江流域的西曲歌。前者多为少男少女的恋歌,后者偏于贾人思妇的情趣。但两者皆曼婉缠绵,充满着生之热情,煊染着江南水乡明艳的色彩。以其来源而论,大都是民间无名女子精心[创作]的杰作;以其艺术而论,题材偏于单纯,大部[分]是爱的歌颂,但在表现的技巧上却有着卓越的成就,如形式的多样性(五言四句居多,其他长短句自由体亦多)、口语的特征,如多用谐声双关的字(如"莲"射"怜","藕"射"偶","星"射"心","丝"射"思"等),[如]运用俚语俗字,[如]随声音的节奏而有丰富的变化,实为前所罕有。至于想象深邃、描写深切、情致真率,尤其余事。

现存的吴声歌曲较为繁杂,以《子夜歌》《读曲歌》《懊侬曲》《华山畿》《碧玉歌》最为出色,正如《大子夜歌》的赞词一样:"歌谣数百种,子夜最可怜。慷慨吐清音,明转出天然。"

吴声歌曲也具有这种"明转出天然"的特色,如"宿昔不梳头,丝发披两肩。婉伸郎膝上,何处不可怜"(《子夜歌》)、"春林花多媚,春鸟意多哀。春风复多情,吹我罗裳开"(《子夜春歌》)、"芳萱初生时,知是无忧草。双眉画未成,那能就郎抱"(《读曲歌》)。《华山畿》:"夜相思,风吹窗帘动,言是所欢来。"写二八少女怀情的娇态,爽朗豁达,颇有绘形绘音的妙处。和后世卑污下流的歌辞比较,自有一种崇穆的情感。又《碧玉歌》数首,均极艳丽,写民间少女的钟情也情思绵远、风采绰然。

  碧玉破瓜时,相为情颠倒。感郎不羞赧,回身就郎抱。
  碧玉小家女,不敢攀贵德。感郎意气重,遂得结金兰。

除了这一类纯粹歌颂爱的诗歌以外,吴声歌曲中又多哀情的歌曲,如"自从别欢来,何日不相思。常恐秋叶零,无复莲条时"(《子夜秋歌》)、"懊恼奈何许。夜闻家中论,不得侬与汝"(《懊侬曲》)、"不能久长离,中夜忆欢时,抱被空中啼"(《华山畿》)、"相送劳劳渚,长江不应满,是侬泪成许"(《华山畿》)。或刻画相思,或描画离愁,无不动人心弦。"长江不应满,是侬泪成许"两句设想得奥妙,比喻得自然,更是艺术作品中的异宝!

《子夜变歌》三首写失恋的苦闷,其中有一首将子夜赋予人格化的形象,一语双关,语言的运用尤为巧妙。

  人传欢负情,我自未尝见。三更开门去,始知子夜变。
  岁月如流迈,春尽秋已至。荧荧条上花,零落何乃驶。
  岁月如流迈,行已及素秋。蟋蟀吟堂前,惆怅使侬愁。

对着似水年华的流逝,也无怪要"惆怅使侬愁"了。情感偏激一些的,就用泪水来解愁,[如]"啼着曙,泪落枕将浮,身沉被流去"(《华山畿》)、"啼相忆,泪如漏刻水,昼夜流不息"(《华山畿》),更甚一些的[如]"腹中如汤灌,肝肠寸寸断,教侬底聊赖"(《华山畿》)、"腹中如乱丝,愦愦适得去,愁毒已复来"(《华山畿》)。竟至于想以自杀来结束生命,"恼懊不堪止,上床解腰绳,自经屏风里"(《华山畿》)。

《懊侬曲》和《华山畿》中的歌词确然有些"声过哀苦",语气变得急躁,反映了女性爱情生活阴暗的另一面。

尚有一点颇饶文学兴味的是,这些美丽的民歌还包含着许多有趣的故事和神话。最著名的是《华山畿》(事见《古今乐录》)和《青溪小姑曲》(事见吴均《续齐谐记》)。

  君既为侬死,独活为谁施?欢若见怜时,棺木为侬开。   (《华山畿》)

> 开门白水,侧近桥梁。小姑所居,独处无郎。　　　　　　　　　　(《青溪小姑曲》)

六朝时荆楚文学的西曲歌,与吴声歌曲虽同为南方儿女文学中的双璧,但因当时长江流域江汉一带商业比较发达,于是风俗人情自不免有着相异的地方。正像郑振铎先生在《中国俗文学史》中所说:"其题材也是以恋爱为主,其情调也是充满了别离相思之感,其作风也是绮靡秀丽的。惟像'布帆百余幅,环环在江津'那样的情景,却是在吴声歌曲里找不到的。"

其实,我们在《石城乐》《莫愁乐》《襄阳乐》《青阳度》《采桑度》《三洲歌》《折杨柳》《孟珠》等歌谣间不仅欣赏了"桅樯簇聚,江岸惜别"那种江水浩渺的画面,同时出现在歌词里的许多地名,如扬州、巴陵、吴中、广州、湘东、石城、寿阳、襄阳、江陵等商埠,且是研究六朝社会史很好的材料。

在《青阳度》和《孟珠》内,尚有描写恋爱心理,与吴声歌曲并无二致的情曲。

> 青荷盖绿水,芙蓉披红鲜。下有并根藕,上有并蒂莲。
> 望欢四五年,实情将懊恼。愿得无人处,回身与郎抱。
> 阳春二三月,草与水色同。道逢游冶郎,恨不早相逢。

没有遮掩,没有羞缩,民间的女儿在歌曲中吐露着赤裸裸的真心话。而占据最多篇幅又最能表现荆楚文学特色的,却是那些充满了贾客离别、山光水色的送行曲。

> 布帆百余幅,环环在江津。执手双泪落,何时见欢还?　　　　(《石城乐》)
> 闻欢下扬州,相送楚山头。探手抱腰看,江水断不流。　　　　(《莫愁乐》)
> 巴陵三江口,芦荻齐如麻。执手与欢别,痛切当奈何。　　　　(《乌夜啼》)

这里所频频致意的,全是那些"别后莫相忘"和"必还当几载"一类的哀怨,迟恐"商人重利轻别离",行踪飘忽,说不定会一去不返,演成"夜相思,望不来,人乐我独愁"(《寿阳乐》)的悲剧。淡蓝的天,湍急的水,挂着白帆的船带着心上人远去,在闪烁的波光里消失,连最后的一点桅影也望不见了,映在站立山巅的女郎的眼睛里,似乎那静静的江水也凝住不流了,女郎的心也凝住了。

贾妇思怀之外,如《采桑度》的写农家养蚕女生活——

> 蚕生春三月,春桑正含绿。女儿采春桑,歌吹当春曲。

《安东平》的写旅途艰阻、风尘倥偬——

> 凄凄烈烈,北风为雪。船道不通,步道断绝。

亦是佳作。至于像《女儿子》中的"巴东三峡猿鸣悲,夜鸣三声泪沾衣"和"我欲上蜀蜀水难,蹋蹀珂头腰环环",调子雄遒,气派悲壮,更是南方儿女文学中稀有的隽品。

尚有"郎作十里行,侬作九里送。拔侬头上钗,与郎资路用。有信数寄书,无信心相忆。莫作瓶落井,一去无消息"(《估客乐》),写助资送行,商女的多情;"人言孟珠富,信实金满堂。龙头衔九花,玉钗明月珰"(《孟珠》),写富家的豪华奢靡,字里行间烁耀着珠光宝气。由《三洲歌》一曲中"送欢板桥湾,相待三山头。遥见千幅帆,知是逐风流。风流不暂停,三山隐行舟。愿作比目鱼,随欢千里游。湘东酃酴酒,广州龙头铛。玉樽金镂碗,与郎双杯行",尤可想见六朝时江汉一带商埠繁华的概况。

原载《谷音》[2]第 1 辑(1945 年),署名:丁英。

导读:

关于此文,丁景唐回忆说:"1942 年,我从东吴大学转到沪江大学中文系三年级读书时,在圆明园路真光大厦有幸听到王治心、朱维之、黄云眉三位先生讲课,他们分别教授中国文化史、中国文学史和国语文法、诗词作法……《谷音》第二篇是我以'丁英'的笔名编写的《六朝的民歌(南方篇)》。由于当时时间紧迫,我来不及到图书馆查找,便摘录了郑振铎编写的《中国俗文学史》中一些材料,然后根据聆听朱先生教课时的体会,融会贯通,进行编写。我选择古代民歌作为研究课题并不是偶然的,那时我已经对民间文学产生兴趣。此后,我写过《她的一生——从民歌中看中国妇女的生活》《歌谣中的官》等文章,编写《怎样收集民歌》。"

注释:

〔1〕原注:六朝,实应称五朝,约 317—589 年,即东晋、宋、齐、梁、陈是也。习以三国时吴亦建都江南,虽中有西晋间隔,遂并称六朝。今从俗。

〔2〕《谷音》,详见《丁景唐编辑文艺刊物》第七编。

杏花·春雨·江南

入春以来，一连落了好几场雨，如果在乡间，又该是"豆蔻梢头二月春"的好天气了。但今年上海的气候也偏怪，早些日子燠热了一阵，却又狂泻一场春雨。

坐在没有灯光的屋子里办事，望着一角愁眉的天尽飘着霏霏的雨，人就提不起劲来。这屋子，我的有位友人曾经给它取了个不雅的别号，叫"黑屋子"。友人笑着说："那么，你该写首黑屋子的诗来颂扬它。""那可应当你来写它，因为我对它没有好感——又没有阳光，又没有灯光，又是黑，又是闷……""又没有花。"友人抢着这样说了。"也没有春天。"我也凑上一句。

于是我笑了，友人也笑了。

"纵使我不顶爱花，但春天要是没有花来点缀，那又该是多么单调！"我送友人出门，在雨中无意间说了这样一句话。却不料有一天，那位友人竟有意思，居然当真送来一枝刚抽出几片绿叶嫩芽的杏花。

"现在，该轮到你作诗了。"友人调侃着笑道。"为什么呢？""因为现在有了花。""但，那是萌芽，也没有蓓蕾，更不会开花。"我指着安插在水瓶中的花枝，向友人声辩，"并且诗，我又不会写。""好吧，'杏花·春雨·江南'，我给你出个现成的题目。"

诗，到底不曾写，可是用了做文章的题目，却是不坏。

春天原来[是]花的季节，而江南又是多雨的水乡。正如杜牧在《江南春》中所写的"千里莺啼绿映红，水村山郭酒旗风。南朝四百八十寺，多少楼台烟雨中"，那种"千里莺啼绿映红""多少楼台烟雨中"的风光确是江南特有的景色。

韦庄诗云："霏微红雨杏花天。"陈简斋诗云："客子光阴诗卷里，杏花消息雨声中。"[此二诗]最能写真杏花春雨的幽趣，可以算得和陆放翁的诗句"小楼一夜听春雨，深巷明朝卖杏花"有异曲同工之妙。江南的乡城，多的是长长弄巷，在雨中撑着伞，踏着石缝间绽放小草的路，假使无心间抬起头来瞧见一枝带雨的杏花斜倚在墙石上探出头，不就是叶靖逸诗中所描绘过的一幅素描吗——"春色满园关不住，一枝红杏出墙来。"

春雨润泽了杏花，而杏花又点缀了江南的春天。"红杏枝头春意闹"，王国维曾谓着一"闹"字，意境自在，也可见杏花给人印象的美妙了。

杏花的被人记忆，除了花色的鲜洁而外，还有两层因缘。其一是杏花不像有些花只能欣赏，繁茂地盛开了一阵就随风俱逝，它还能结美好的果实——丰肥而滋补的杏仁。其二却和中国的封建考试制度有关系。因为杏花时节的初春刚巧逢着各地人士到京都去赴考的好时光,所谓——

> 曲江池畔题诗处,燕子飞时花(指杏花)正开。
> 报道状元归去也,马头春色日边来。

这也就是杏花被誉为"及第花"的由来。郑谷的《曲江红杏》中说:"遮莫江头柳色明,日浓莺睡一枝斜。女郎折得殷勤看,道是春风及第花。"白居易《杏园花下赠刘郎中》:"怪君把酒偏惆怅,曾是贞元花下人。自别花来多少事,东风二十四回春。"都可做科举与杏花关系的说明。而苏东坡有首赠友人赴考的祝诗,"一色杏花三十里,新郎君去马如飞"(《送蜀人张师厚赴殿试》),更充满了预贺成功的含义。

"曲江题诗探花筵"是科举时代一桩隆重的盛宴,十年窗下一举成名,也无怪杏花给人印象之深了。杨万里有首写杏花色彩别致的诗道:"道白非真白,言红不若红。请君红白外,别眼看天工。"有红有白,由红而白,这正是杏花的特色,这也是杏花由绽苞而绚烂而纷散的历程。

可惜春光易老,当杏花由纯红的包蕾绽开色白微红的花朵而给风雨吹成淡白的时候,诗人就忍不住要叹息着说了:

> 红花初绽雪花繁,重叠高低满小园。
> 正见盛时犹怅望,岂堪开处已缤翻。　　　　　　　　　　　　(温庭筠《杏花》)

> 一枝红杏出墙头,墙外行人正独愁。
> 长得看来犹有恨,可堪逢处更难留!　　　　　　　　　　　　(吴融《途中见杏花》)

> 当时庭馆醉春风,客里相逢意转浓。
> 只恐胭脂吹渐白,最怜春水照能红。
> 一枝争买珠帘外,千树遥看小店中。
> 惆怅先生归去后,江南细雨又蒙蒙。　　　　　　　　　　　　(杨基《梅杏桃李》)

等到"江南细雨又蒙蒙"的暮春,合是"细锦全机卸作茵"的落花时节了。是春雨湿润了春花,又是春雨带走了春花。用不同的心境来欣赏春花的盛衰、春雨的缥缈,也就唤起人们不同的感触。前人在"暮春三月,江南草长,杂花生树,群莺乱飞"的时候,会"见故国之旗鼓,感平生于畴昔",而油然生起思江南的乡恋。亦宜乎我们的大诗人杜甫要在《春望》的诗篇抒泄他的幽思了——

> 国破山河在,城春草木深。
> 感时花溅泪,恨别鸟惊心。

春雨在这里已经失去了"小楼一夜听春雨"的幽趣,变得情调凄凉,意味深长,"别是一般滋味在心头"[1]了。

要是你有着远隔千山万水的友人在遥远的天涯外,在你徘徊吟诵杜甫的另一杰作《江南逢李龟年》——

  岐王宅里寻常见,雀九堂前几度闻。
  正是江南好风景,落花时节又逢君。

那时候你不也有太多的感动和想念吗?尤其是杏花、春雨、江南的现在。

原载《女声》[2]第3卷第12期(1945年4月15日),署名:歌青春。

导读:
  此文大半部分是引经据典述说杏花,似乎平淡无奇,实为铺垫,最后异峰突起,情调瞬间高昂,"落花时节又逢君"。这时抗日战争前线屡传捷报,八路军举行大反攻,国内外形势一片大好。此文最后的暗喻,令人心花怒放。

注释:
〔1〕出自南唐末代君主李煜的《相见欢》,词云:"无言独上西楼,月如钩。寂寞梧桐深院锁清秋。剪不断,理还乱,是离愁。别是一般滋味在心头。"
〔2〕《女声》,见本书第32页注释〔4〕。
这期《女声》还刊登了署名"席明"(鲍士用)的散文《柔湖的一夜》。

第六编

民间文学

妇女与文学

——《从关于女性的文艺讲到妇女》[1]读后

几个月以前，当我读到了关露女士的《从关于女性的文艺讲到妇女》后，就预备写一篇《妇女与文学》的文章，后来忙着别事就搁了下来，可是抽空也随手写了些，觉得还有些"不尽雷同"的意见，于是又继写了些，现在好容易总算完篇，寄与《女声》，以敢就正于关露女士和读者诸君。

妇女与文学关系的密切是一件显而易见的事实，一方面妇女本身为文学作品供给了不少的题材，一方面妇女也在文学部门中产生了一些作家。

在文学史上女性作家之稀少和缺乏代表时代的作品，这也是事实，但不能因而得出妇女根本没有著作的才能、妇女根本不配从事文艺活动的结论，而说妇女的能力生来就不及男子！因为这种说法显然有些偏见，盖在重男轻女的男权社会中，女子既不能与男子具有同样的地位，且被摒弃于教育的权门之外。以男女享受不均而来断定女子文学才能的低劣，这绝不是一件公允的事。

曾经有人说过："文学是人类的心声。"女子，作为人类的一员，她有感情，她有思想，她更有不可抑制的愤懑。所谓"不平则鸣"，她们把她们自身的爱和恨、喜悦和愁苦都放进到她们的作品里去。广大的民间妇女因为生活的丰富，她们创作了生动活泼的口头文学，可惜那些生长在民间的艺术之花因了她们无权学习文字的缘故，在口头间流传着而失散了。多少民间有才能的无名女子，她们应该可以获得光荣的作家称号，而悖谬的制度恰似无边无际的大海，黑暗的大海，[把她们]给吞没了。

在讲及妇女与文学的开头，对于那些在野的充满了青春的活力和热情的民间艺术在全部妇女文学中占着重要的一页，是应该予以强调和注意的。

似乎流行着一种成见，以为女性作家在文学史上无足轻重——内容偏狭，形式老套。说这话的人，我说他们有成见，是因为他们抹杀妇女文学的特点，就是他们一方面忽略了民间艺术在妇女文学中比之一般"男性文学"占了特殊的地位，另外他们也有意或无意之间割弃了社会的历史因素。

试问在中国多少人能受到教育？中国过去的女子又有几个人能获得接近文学的机缘呢？我想，事实是最好的证人。

所以与其谓女子无文学才能，不如说女子无发挥文学才能的权利。（甚至连人的权利都没有！）

正因为如此,我们对于那些受过教育而能借着文字的工具来描写胸怀的历代女作家,觉得格外可贵。她们的作品内容范围也许是狭隘的,作风也许是纤弱的,形式也许局限于诗词一类的"小天地"里,但要知[道]文学和其他的艺术部门同样不是从天上掉下来的,是着根于地上的现实生活环境的。

正因为文学反映生活,正因为文学与妇女生活的不可分离,我们在女性的文学作品中发现了她们题材的狭隘、作风的柔弱,除了诗词一类的部门外,就很少或根本没有长篇伟著的小说或戏曲的著述。

也许有人又会把女子本身柔弱的理由拿来解释女子没有产生长篇大论的著作的缘故。要是这样的话,我可以引用一段人家的话来驳斥,这段话出在朱维之[2]先生的《中国文艺思潮史略》里,他说:"唐宋以后病态美人大多数出于公式化的才子佳人小说,因为这些公式化的小说自身便带病态。"这就是说女性的柔弱和表现在文学作品中的病态美人,并不能代表整个的中国女性,尤其是后者更是一般极少数贵族女子的写照,与极大部分的农村劳动女性无关。然而在文学作品,尤其是通俗小说和弹词说书中,女性并不全是弱不禁风的,也有如民间所熟知的聂莹、花木兰、穆桂英、秦良玉、樊梨花、武则天等富有丈夫气概的女性。赵景深先生也在《光辉的女性》一文中提及过,可供参考。(见《民族文学小史》)

至于谈到妇女作品内容的贫弱,单纯是由于她们(指上层妇女而能握笔的,不是不识字的民间妇女)日常生活领域的狭隘使然。试想历来女子生活十九限于家庭、丈夫、儿童之间,见闻既窄,经历又少,因不论其他的阻扰能否使其尽量发展女子的才华,仅以这样生活圈子的局限,又怎能怪她们作品内容的单调和风格的纤弱呢?

正似中国自然科学的不发达一样,中国文学作品内容的贫弱,初不单限于女性作家的作品,即使一般男作家,大半也只能供"十七八女郎,执红牙板",歌唱"杨柳岸,晓风残月",吟风弄月,作些无病呻吟的作品罢了。这完全不纯是作家个人的事,还在于中国社会长期的停滞,在泥土贫瘠、养料不足的基层上,文艺园圃里的花蕊的萎弱细小自无足可怪。但一般人何独苛责女性作家,说她们不去著述雄壮厚大的作品,而完全充满了愁苦慨叹、风花雪月的呻吟哩!

话虽如此,女性作家中毕竟也产生了些悲歌慷慨的作品,如蔡文姬之《胡笳十八拍》、王昭君的《出塞歌》、北方女儿的《木兰辞》,以及清末秋瑾女侠的诗文,都可为巾帼吐气而为中国文学争光。至于李清照和朱淑真等伟大的女性作家,不仅足与同时代的男作家媲美,且有过之而无不及。而现代的女性在新文学的领域中更有着广大的开展,盛名的就有丁玲、庐隐、冰心、陈学昭、苏雪林、蒋冰之[3]、萧红、草明、白薇、关露、罗淑、葛琴、凌淑华、冯沅君、沉樱[4]等人。翻开文学史,女性作家比起男性作家来虽然数量较少,但这少数黑夜里闪耀着的几颗明星已足够提高和加强女性对自己写作能力的信心——妇女是有写作能力的,妇女的文学才华是宏伟的,其所以在文学史上很少[占有]地位,并不是妇女本身的才能不及男子,而是旧社会传统的势力把女性局限于愚蠢无知的境地中,使她们终身没有与文字接触的机缘。

在妇女与文学的分析中,至少可以得到这样几个结论:

(1)妇女文学这一奇葩异卉,虽然处在社会传统的势力和习俗的磐石下,却在暗地里默默成长起来。也许它生得不够茁壮,但总在向上,展开未来灿烂的一页。

(2)我们历代女性作家的作品,也许有严重的缺陷,但人原不是生下就会走路的,[随着]量的开展,一定会提炼出质的精美。

(3)文学是生活的反映,从那些历代妇女的作品中也可让我们了解一些女性生活的实况及女性痛苦的生涯。

(4)在妇女很少[有]受教育机会的过去时代里,已产生了许多富有才华的女作家;如果将来妇女能获得社会的平等待遇,能受教育运用文字,那么她们的成就一定会更大,作品一定会更加优秀,称为作家的女性也一定会更多。

"罗马非一日所成",历史也绝不是几个英雄所能创造的。妇女文学的开展固[然]与妇女自觉起来争取幸福、挣脱传统的桎梏的问题有关,唯[有]提高和加强女性的自尊心和自信力,培养写作的技能更是当务之要。然而请也莫忘掉传统的围墙外尚有一民间妇女文学的宝藏!

原载《女声》[5]第2卷第3期(1943年7月15日),署名:辛夕照。

导读:

此文后略作修改并删除开头第一段,收入《妇女与文学》(沪江书屋,1946年)作为首篇,后又收入《犹恋风流纸墨香——六十年文集》(上海文艺出版社,2004年1月)。丁景唐晚年再次审读《妇女与文学》首篇时说:"此文系与关露商榷,她收到文后,约我到她家面谈,说并无分歧。"

注释:

[1]芳君(关露):《从关于女性的文艺讲到妇女》,载《女声》第1卷第12期(1943年4月15日)。详见本文附录一。

[2]朱维之,浙江苍南人。1930年赴日本中央大学和早稻田大学学习,回国后在福建协和大学、上海沪江大学任教,曾任沪江大学中文系教授、系主任。1949年后,先后担任南开大学中文系外国文学教研室主任、中文系主任等职,并当选为天津外国文学学会会长、天津比较文学研究会会长等。朱维之是

学贯中西的著名学者,他一生从教60多年,桃李满园,著作等身,在中国教育界、学术界享有崇高声誉。

〔3〕蒋冰之,丁玲的原名,她又名丁冰之。此文收入《妇女与文学》时删除"蒋冰之"。

〔4〕沉樱,原名陈瑛,是20世纪30年代初成长起来的女作家。她的前夫是著名戏剧家马彦祥,后任丈夫是著名诗人、学者梁宗岱。1929年至1935年,沉樱接连出版了五个中短篇小说集《喜筵之后》《夜阑》《某少女》《一个女作家》《女性》,大多描写恋爱、婚姻中的知识女性的情感世界,描写细腻,文笔优雅流畅,得到郑振铎、茅盾等人的好评。

〔5〕《女声》,见本书第32页注释〔4〕。

这期发表丁景唐的三篇诗文,除了本文之外,还有《她的一生——从民歌中看中国妇女的生活》和诗歌《我爱》。

附录一　从关于女性的文艺讲到妇女

芳　君[1]

翻开文学的历史,虽然我们在史页上看到一些关于妇女的记录,但是要找一个真正地代表一个朝代,能够永存在历史上,能够为历史效命的女作家,却是少得几乎没有。对于外国的文学史我们且不去翻它,只拿中国的历史来看,中国古代的女作家里,除开《诗经》与《古诗十九首》里的一些无名的作者,除开几个会吟花咏雪、会写一些哀不成声的诗词的女作家以外,顶有伟大成绩的就算是曹大家[2]了。曹大家在古代文献上有两个大的贡献,第一个是修《汉书》[3],第二是写《列女传》[4]。然而这两部著作全不是代表她自己或当时妇女们的生活与真正思想的文艺著作,而是受了当时的统治思想的影响,在王权的鼓励与压迫下写出来的两部替支配者说话的东西。从这里看来,历来妇女对于文艺的贡献实在是很可怜的。

然而,妇女的生活对于文艺作品却供给了不少的题材,我们现在抛开那些专以歌咏恋爱、歌咏美人才子的桃色故事作为主体的文艺,只就一些表现妇女本身生活的文艺来看,我们古代的著名文艺作品在诗里面除开《诗经》《古诗十九首》而外,有《孔雀东南飞》《琵琶行》,在小说里有《红楼梦》。这些都是关于女性生活的写实的作品。在这些作品里,作者不曾正面指出一个妇女问题,但是在故事中反映了许多当时的女性生活,也就是说,反映了在当时社会里最繁复而不能解决的妇女问题。在"五四"以后有很多新的文艺作品产生,这些作品中也有很多以妇女问题作为题材的,在这里足见妇女生活对于社会生活之重要,而在文艺的内容里占了多重要的位置。因此我们也知道妇女问题与文艺是有着不可分的关系。

一、文艺与妇女的关系

文艺作品在许多地方都关联着妇女,而且在许多作品里妇女都以悲剧的面目出现,这证明妇女问题不但与文艺有关,而且有着很严重的关系。同时,要解决一种社会问题就得有一种工具,而文艺是在许多解决社会问题的工具里的一种很好的工具;因为它能从许多社会的现实里抓着问题的尖端,它能在人物的表现上暴露社会的缺点与矛盾,能从故事与感情的发挥上指出社会的问题,它能告诉人们社会的丑恶与光明,也能指示人们的出路。文艺作品对于社会问题能够[担]负着这样大的使命与执行着这样大的任务,妇女问题也是一种社会问题,也需要许多工具去解决,因此文艺作品也是解决妇女问题的一种顶好的工具。

从这一点来看,文艺的作品既然与妇女问题有了这样密切的关系,它与妇女本身也就不可分离了。因为谁要解决自身的问题,就得自己使一种工具替自己解决,不能依靠别人。妇女自然也是一样,要解决自身的问题,就先得培植自己的技能,让自己能够使用一种工具。文艺作品既然是能够解决妇女与社会问题的一种工具,那么妇女就应该能够自己去使用它,了解它,也能够创作它,要能够把它认识得清楚,也使用得纯熟。

我们在这里不是说创作文艺一定就是妇女的任务,为着文艺的作品的光辉与好的成绩,我们愿意大多数的人去参加这种活动。但是,为着文艺作品不成为一种空洞的东西,不成为一种机械与死板的、超越了人间的[东西],不成为一种只有躯体、没有生命的东西,我们不需要一种在社会里只有享受没有劳动、只是浮游于生活而不能创作生活与生命的人们去参加这种活动。因为这种活动的结果也只是一些浮游在人们生活的上层,只能供给一些悠闲的人们当作花朵一样地去赏玩,而不能对于人们严肃的问题发生一种像刀斧与船舵一般的力量。其次,因为文艺作品的内容不是肤浅的,它在它的社会现实的任务上不是潦草的,我们不愿意把某一种生活题材让一个与这种生活隔膜而不了解的人去写作。记得高尔基在他的《给初学[写]作者的一封信》里说过:"不要写你所不知道的东西,不要求知于天花板。"这句话的意思就是说,一个作者要从自己亲历的生活里去找题材,不要把题材找到自己的生活以外去。作品是自己的生命,作品题材就是自己的生活。作者绝不能够凭一种"道听途说"或者眼睛与耳朵的浅薄的工作,而创作出一种有力量与有生命价值的东西。曹雪芹因为进过宫,熟悉宫廷的生活,他才能在《红楼梦》里画出一个大观园,能够描写出一些别人所不知道的富贵的生活,能够写一个像太子一样的贾宝玉。高尔基流浪过,他拾过面包屑,捡过肉骨头,当过乞丐,掏过垃圾箱,因此他能写流浪儿的《三人》与描写被社会践踏的女人的《秋夜》。这些都证明一篇有着血肉内容、对人们有着思想与感情上的效果作用的文艺作品,是必须有着某一种生活经验的人们亲自去写作的。因此我们为了要使文艺作品有内容、有生命,我们就要让许多参加社会劳动、在社会现实里经历与争斗的人去创作。为着不要使作品内容是肤浅的,不要使作品与生活的关系起了隔膜,不要使它所[担]负的对于现实的任务变得潦草,我们必须让一个有某一种生活的真实经验的人去创作表现他自己的生活的作品。这些话也就说明了,因为文艺作品是解决妇女问题的一种重要的器具,站在妇女问题的立场[上],我们要使妇女去创作,去创作表现她们自己生活的作品。因为唯有妇女自己才能够把她们的生活与内心表现得更深刻而明白一些。

二、妇女如何从事创作

为了自身的苦难,为了要把自身的生活表现在文艺作品里,妇女们就要自己去参加创作活动。同时,不但要参加创作活动,而且要知道自己创作些什么,决定创作的对象。

前面我们说过,创作不要在自己的生活经验以外去找东西,作品就是自己的生活。但是我们现在的社会里,妇女生活还是[被]限制在一种狭窄的范围之内,妇女在社会与政治上都不能得到解放，她们的生活的范围也不能开展，她们不能把自己的生活从一种家庭的桎梏开展到社会上来，她们的经济也不能获得真正的独立。由于这许多原因，妇女对于社会的生活不能获得活动的自由，对于社会的现实因不能深入就不能得到真正的了解。她们不能明白地知道社会活动的方向与发展的法则。也许她们对于这些会知道一点，但只是由于偶然的机会，偶然的机会带给人们的知识不是片段就会是歪曲的。有了这些加于妇女生活与知识上的阻碍与困难，对于创作的对象与范围，妇女们也就要受到很大的限制跟遭遇很大的打击了。第一，文艺作品的对象是广大的，既然要供给广大的读者，它的题材自然不能限制在某一点狭隘的地方，它要能广大地反映许多人事的问题，它的题材是要从最深最广的地方发掘出来的。妇女由于自身生活的不得解放，她们除开自己的极单纯的生活以外不知道别的东西，因此她们在创作的时候，题材的范围就要受着限制。第二，虽然她们能够有多的机会去观察一些多的生活，但是她们对那些东西只是观察而不能深入，于是她们即使能从自己观察的生活里得到一种创作的题材，然而这些东西对她们始终是隔膜的，她们不能获得正确的理解，不能把握事物与问题的中心。把这些不正确的东西反映在文艺作品里，结果这些作品会浮于生活的上面，换一句话就是，不能站在生活的高峰与广原里获得作品的生命。

那么在这样困苦的条件下，妇女们该怎么样去从事她们文艺创作的工作，她们究竟该创作些什么呢？第一，我们承认，自己使用工具去解决自己的问题这一点是对的，妇女们必须参加创作活动，不管在如何的情形下都要创作。于是妇女们首先要在未能经历许多别的生活，未能了解别的生活以前，必须了解自己的生活，对自己的生活进行一种细心的体验，把握住自己生活中的生命的关键，再把自己生活中最有战斗性、最富有生命力的一点作为创作的题材，反映到自己的作品里。然后在自己的周围，[从]与自己有同类生活的人们中去找寻生活的共同点。在这些共同的生活里也寻出一个最富有战斗性与紧握着生命边缘的东西，使这些东西与自己的作品发生关联。第二，我们承认，文艺是一种有普遍性、要被广大群众爱好、有广大群众拥护的东西，因为假使没有广大群众的爱好和拥护，就得不到广大群众的同情，于是你的创作目的就收不着广大的效果。创作的人不能永远把自己的创作对象限制在狭小的生活范围里。在这里，妇女的创作活动就不只是文艺本身的工作，而是在文艺活动以外去做别种活动。就是说，还是要去[参加]社会的活动，争取社会生活的开展。在开展的社会生活中寻找文艺创作的题材，用文艺创作作为工具去争取社会生活的开展。

三、妇女如何开展自己的文艺活动

为着需要一种工具，我们要使用它，制作它，并且要把它制作得纤巧而锐利。妇女对于文艺作品也是一样，因为它对于自己是必需的东西，妇女不但要能够创作，而且要创作得好。

自己能够产生好的文艺作品,然后这种文艺才能成为解决自身问题的锐利的工具。所以在这里我们要说的就是妇女如何展开自己的文艺活动了。

所谓展开文艺活动,这句话的意义包括了两点:第一是量的丰富,第二是质的精美。

我们首先就第一点来说。妇女们在现在正经历着一个非常艰苦的时期,她们不只有一大堆从陈旧的思想与制度上承受过来的苦痛,目前的战争、饥饿与恐慌,两个社会的新陈代谢的生产与死亡的关头又加给了她们无限的精神与肉体上的苦痛。她们不但不能得到一份自由与独立的生活,而且原来的禁锢与烦恼都在新的、一般人的困苦下边给她们加重了。生活的困苦使她们不能自由活动,不能生活,乃至于不能呼吸。在这种情形之下我们怎么样去谈妇女与文艺的关系,怎么样能够教她们去从事文艺活动、如何去创作,又怎么样能够扩大量的生产呢?但是正因为这样,她们应该去创作,因为创作是怕没有真实的生活,怕作者的生活空虚;生在现在的妇女,她们的生活是不会空虚的,她们每天都要向正降临着的环境奋斗,一分钟不奋斗她们就不能生存,她们不能像往昔一样安坐在家里,她们得要去进行家庭以外的发展。因为生活的发展,她们可以得到多一些题材。至于创作的效力呢?那就是要用自己的精神与意志争斗的勇气去实现自己对于自身的义务了。一个作者是为了生活而去创作,不是为了创作而去生活。在大诗人普希金的[创作]历史中,他自己说过:"我觉得我有许多不得不写的东西。"就是说,他不是为了写作而去写作,他的诗集是被他的生活压榨出来的。那么现在有着许多经历的妇女正是应该在量上扩大写作的生产了。

其次是质的问题。文艺[作品]的质的好坏主要是靠着写作的技巧,而[提高]写作技巧的最大努力就是要多读好的书籍,多做写作的锻炼。另一方面是要在生活里去锻炼的。第一,如果一个人缺乏生活经验,他就不能了解与那种生活经验有关系的作品。第二,他如果对于某一种生活只有经验而不去体会,结果他的生活经验只是随着他所度过的日月而逝去,在他的思索的意象里是不留影迹的。就是说,在某种生活过去了以后,他不能在一个后来的日子里重新去把握它。这样一个作者纵然有着很好的写作[技巧]与丰富的生活经验,自己作品的内容还是空虚的,内容空虚的作品自然不是一种好质料的东西。因此从事创作的妇女们不要轻忽了自己生活的经历,在经历中同时要去体会,把自己在一间最污暗的陋室中的生活变为自己作品里最生动而最光辉的一点,成为广大读者的兴趣与同情;那么妇女的文艺活动就从此开展,文艺与妇女之间的关系也就有好的成绩了。

这篇文章作者自己觉得写得太简单了,有些地方也很草率;但是这篇文章的题目是很难写的,多说几句话就要出了题目,跑到纯妇女问题或是纯文艺问题的范围中去了。因此就在这里收尾,使读者不曾得到满意的地方,让别人在妇女问题或是文艺问题的文章里去发挥吧!

原载《女声》[5]第 1 卷第 12 期(1943 年 4 月 15 日)。

注释:

〔1〕芳君,关露的笔名。

〔2〕曹大家,即班昭,东汉史学家、文学家,班彪之女,班固、班超之妹。关露写有《中国的女圣人曹大家》,载《女声》第1卷第2期(1942年6月15日)。

〔3〕《汉书》,东汉班固编撰,后由班固之妹班昭补写八表,弟子马续补写《天文志》。《汉书》是继《史记》之后的又一部重要史学著作。

〔4〕《列女传》,一部介绍中国古代妇女事迹的传记性史书,一般认为作者是西汉的经学家、目录学家、文学家刘向,也有人认为该书不是刘向所著。

〔5〕《女声》,见本书第32页注释〔4〕。

这期《女声》除了刊登关露此文之外,还刊登了丁景唐的诗歌《春日杂诗》。

附录二　再论女性的文艺跟妇女

芳　君

辛夕照先生因为读过了《女声》十二期里的拙作《从关于女性的文艺讲到妇女》，觉着在本文里有与他的意见"不尽雷同"的地方，于是他就写了这篇《妇女与文学》。现在我读过了他写的文章，我并不觉得他的意见与我有"不尽雷同"的地方，于是我想到他说"不尽雷同"的这句话是对我的文章发生了误解，因此奴家不免要在这里申述一番，以释怅然！

辛夕照先生说："在文学史上女性作家之稀少和缺乏代表时代的作品，这也是事实，但不能因而得出妇女根本没有著作的才能、妇女根本不配从事文艺活动的结论，而说妇女的能力生来就不及男子！因为这种说法显然有些偏见，盖在重男轻女的男权社会中，女子既不能与男子具有同样的地位，且被摒弃于教育的权门之外。以男女享受不均而来断定女子文学才能的低劣，这绝不是一件公允的事。"

这段文章里，作者以为妇女在文学史上缺少光荣的记录是由于社会与教育的限制，而不是因为妇女在才智上的先天的限制。以一个进步的唯物论者来看，这种见解是正确而无疵的，记得我们的一位天才唯物论的祖先也有过这样的意思：一个人才的"天赋"是不可否认的，然而伟大人才的成就只有三分是靠着"天赋"，七分靠着努力。[1] 不是天生的事物就得倚仗环境的势力，那么人的势力是需要社会的扶持这是必然的。旧制度剥夺了妇女们一切的权利——剥夺了她们受教育的机会，剥夺了她们的文艺创作的发展，这些都是有史以来的铁证。那么，在我们的历史上，只流传着稀疏和病态美的女性文学的芬芳，这是被历史的铁证所昭示于天下人的。关于这个论证，我以为懂得一些制度的素质与历史进程的人是不会否认的。

然而辛夕照先生在这提出了这个问题，而且他这个问题的提出是在读了《从关于女性的文艺讲到妇女》之后。这使我不免有点感慨于心，我怀疑他的那一段话是因为觉着我与他的观点不同而说的。我希望在这里把他认为的我的错点洗刷一番，我想辛先生会明白我写这几句话是完全出于对于一个问题的真谛的感想，而不是对于他的任何言语有所抗议。

现在，我要说明的是，第一，我的那篇文章写得非常潦草，因为潦草就不免含糊其辞。而潦草的原因是我不善写这样大题目的文章；况且不但题目很大，而且跨了两个题目：一个是妇女，另一个是文艺。本来把妇女跟文艺连在一道是应该的，但是在一个短促的时间把这样一个题目仓皇地写出，一定是空虚而不能好好地去发挥。这是我对我自己那篇文章所感到抱歉的。

另一个方面,对我自己那篇文章的意见我要加以一点说明,就是在写那篇文章的开始,乃至于在决定那个题目的时候,我所想要指出的是,希望我们现在的妇女对于文艺努力,加强这方面的开展,在未来的文学史上创造一些好的记录。文艺活动也像其他部门的社会活动一样,妇女们应该去积极地献身和夺取;因为在过去的历史上妇女在这方面的成绩非常惨淡,于是我就从以往的事迹中寻出一些悲观的证据,但是我并没想到要指出妇女对于文艺创作的惨淡而使人悲观的理由。我不承认,因为我没有说出妇女对于文艺没有好的记录的理由,就是我认为"妇女根本没有著作才能",妇女的才能受着先天的限制,不能与须眉的大丈夫并驾齐驱。

现在我想把我以前不曾说到的对于妇女与文艺的问题再申述一下。我的结论还是想留在妇女问题本身的这一点上。不过,最近我要出去旅行一趟[2],我的写作情绪异常仓促,也许我这文章写了出来比不写还要坏;可我既然有话要说,就不管说出来之后的效果如何,还是说下去。欠妥的地方希望关心本问题的人加以原谅。

闲话少提,言归正传。

我想,我们的妇女到现在为止还是每天都需要求得自身问题的解决。如果没有人讨厌我旧语重提的话,我就把从前已经说过的现在再说一遍:要解决自身的问题,就得自己使用一种替自己解决问题的工具。妇女也是一样,先得培植自己的技能,技能就是工具。我并不想用强硬的方法把妇女跟文学拉在一道,因为硬拉没有好处,姻缘由于"前注",发展是内在的。现在我所要说的只是关于一些爱好和有意从事文艺活动的妇女们,这些活动分子应该对于自己的活动采取什么姿态,应该对于自己所活动的对象作一种如何的想法,同时怎么样把自己献身的事业关切到自己的痛苦和幸福上!

从翻开历史到现在,看着荒凉的女性文学的园地,我们可以知道反映在这些园地上的女性生活的贫苦,因为文化的不能开展也就是一般生活水准落后的象征。然而到现在为止,许多文艺活动者还有一个看法,以为除开把文艺作为一种与社会有关的活动以外,还有一种纯文艺的活动。后面这种观点表现得更强[烈]的是在妇女群中。我们绝不说妇女没有天才和写作的毅力,可是由于她们时常把文艺与自己的问题分开而使它独立起来,她们就不能使自己的写作在客观的环境中发生应有的效果。同时,也就不能使她们曾经从事过的文艺活动作为永久的事业;一日之间,当自己的生活起了变更的时候,她们就停下自己的笔来。这是自以往到现在都有的一件可悲的事情。

因此,我们就不能有这么一个希望,使一些爱好文学乃至于在这方面"得天独厚"的妇女们踏进文学的宝殿。再进一步,又怎么能够使她们把文学作品当成一种战斗的器具,效命在她们生活的边疆呢?

因为这样,我们要用另外一种头脑去思索这个问题,要用我们的努力去挽救妇女与文学之间的这么一种危亡的命运。挽救的第一步就是要妇女们在未曾写作之前,先去认识自身与她存在的那个社会的关系,要由对于自身生活的自觉而把握住现实当中的某些问题的关键。然后,要确定自己生活的态度与生存的手段,要在自己的生活当中把握住一种为着自身问题——这个自身不是指"自我"或个人,而是代表所有的与自己有共同生活情态的人——的战斗的毅力。写作生活就是这种毅力的表现,作品的内容就是在不断地发展的,产生这个毅力的东西,也可以说,就是展开在自己面前的现实生活的堆集。

于是,一个从事写作的妇女对于自身生活的看法该是严肃的。从饮酒到恋爱都该通过对于创作的思考,应该珍重自己生活的记录,就像珍重太阳光跟珠宝一样。要把握住每一段生活当中的严重的意义,要认识每一段生活与每一个生活问题中的本质。要分析自己生活的以往、现在与发展到未来的行程。不要把自己所遭遇的事物当作偶然的东西,不要把妇女的创作态度看得跟别人有所不同。

挽救那个危机的第二步就是,妇女应该有对于创作的大胆与魄力,不要为着对于周围的顾忌而不敢伸首到现实中去。更进一步,人们是不能逃避现实的,我们该根据"最伟大的艺术家是最真实的"这句话,使自己对于现实不要害怕,对于已经知晓的现实不要向自己隐瞒,也[不要]向别人隐瞒起来。要用自己最坚强的魄力正[视]现实的生活,对于现实的阴暗部分不要沮丧与悲苦、脆弱与伤感,[这]是一般知识青年的病症,尤其是妇女们的病症。因为悲苦就会脆弱,就要逃避,那么就不免虚无地缥缈在现实生活的墙垣以外了。

历史上的条件使以往的许多妇女不能向文学方面进行好的发展,这自然是一种事实。然而根据历史的演变,现在足以阻碍妇女们向这方面发展的条件也变了。一些软弱而自己愿意被锁在象牙宫殿里的女性,我们暂时不必向她们投掷希望的眼光;而另外一些坚强而勇敢的女性,是应该用自己的力量去冲破那些主观意识和客观势力的破旧藩篱,为自己筑起一条新的大路来。同时也只有这样,才能在充实而武勇的生活里产生出真正新的文学创作的记录;而且能使自己的创作对自己的生活与自己所存在的周围发生积极的作用,能够把自身的幸福与痛苦的这笔账清算在自己的工作里!为什么身为人类子孙的妇女不愿意使自己站在人的立场[上],却在自己成为别人的消闲品而外,还要让自己的文章也作为自己的奴隶,而供给那些潇洒的上流[社会]呢?因为不只在以往的历史上我们看见一些被人奴役和徜徉于爱情与花粉的女性作家,即使在现在,还有许多妇女,除开像改编服装一样把文体改变了以外,还是留恋着关门的情操。难道她们看错了,以为文学创作的领域也蕴有贤妻和内助的作用?难道说在文艺领域中也要用哀怨和不战斗的格调保持女性的温存吗?即使要这样打算的话,花木兰和秋瑾并不曾因为她们生活的"粗鲁"就失去了女性美的。

况且,庙堂的威仪不一定比高山和草原美,绣户侯门不一定比草堂和茅舍美;珠围翠绕、承受过越王宠幸的西施,也许还不如当年披星戴月、浣纱在溪水旁边的时候有使人难忘的魔力。为什么我们的路不走向布着生花的原野与民间,而要局限于有香水香的卧房中呢?

我愿意一些与文学和艺术缔结了姻缘的妇女对于自身的生活和工作都打点出一个终身的计策。而且不要顾惜自己的千金玉体,把温存和绮丽的目光投掷到传统的围墙以外去!

原载《女声》[3]第2卷第5期(1943年9月15日)。

注释:

[1] 美国著名发明家、企业家爱迪生曾说过类似的谦虚之言。

[2] 指关露前往日本参加在东京召开的第二届"大东亚文学者大会"(1943年8月25日开幕)。关露撰写了有关大会的报道《东京寄语》等,载于《女声》第2卷第5期(1943年9月15日)。

[3]《女声》,见本书第32页注释[4]。

这期《女声》除了刊登关露的《再论女性的文艺跟妇女》和《东京寄语》之外,还刊登了丁景唐的四篇诗文,即《中秋谈月》《开学》《病中吟》《一场争辩》。

这期编辑在《余声》中写道:"本社编辑关露女士赴日本参加'大东亚文学者代表大会',本期中《东京寄语》就是她从东京寄来的。《陆放翁出妻事迹考》一文,因稿挤,下期续完。"

附录三　导读：一场"借题发挥"的论争

丁景唐与关露曾有一场"借题发挥"的论争，并非实质性的激烈论争，各自坚持述说了自己的见解。现在重温一番，饶有趣味。

关露，原名胡寿楣，是一位富有传奇色彩的外柔内刚的奇女子，忠诚的地下共产党员，才华横溢的女作家。她1932年加入中国共产党，同年参加"左联"。丁玲被捕后，关露接替负责"左联"创作委员会的工作，又参加中国诗歌会，编辑《新诗歌》。1939年冬，关露受党的派遣，深入敌营，负责重要的秘密任务。1942年至1945年7月，关露编辑《女声》，丁景唐作为投稿者认识关露，此后关露主动向他约稿。

丁景唐回忆说："（关露）以《女声》编辑的公开身份，注意发现和采用文学青年的来稿（她选稿确有眼力，以至有那么多青年共产党员的稿件在《女声》上发表），通过《女声》为沦陷区的妇女和青年带来光和热。对于我个人来说，关露同志给我以写作上的鼓励和帮助，更是难以忘怀的。"[1]

关露发表《从关于女性的文艺讲到妇女》之后，丁景唐有不同看法，便写了《妇女与文学——〈从关于女性的文艺讲到妇女〉读后》。关露接到此稿后，写信给丁景唐，认为丁文与她的意见没有什么不同，并邀约丁景唐到她家里一谈。这时关露住在拉都路（今襄阳南路）、辣斐德路（今复兴中路）附近的龙德邨（似为2号）"假三层"，与丁景唐的住处仅相隔两条马路。双方会谈半小时后，丁景唐告辞了。[2]关露后来的住处为襄阳南路龙德邨161弄2号三楼，原为王炳南（后为外交部副部长）、安娜住处。

不久，丁景唐的文章在《女声》上发表了，关露又赶写了答复文《再论女性的文艺跟妇女》。

此前，关露在《女声》上发表了《中国妇女求学问题》《青年妇女的缺点》《唐代的宫闱才人——江采萍》《中国的女圣人曹大家》《怎样做一个新妇女》《一个伟大的妇人——武则天》《结婚以后的妇女与社会的关系》《从娼妓说起》《贞操与恋爱之上》《托尔斯泰宗教艺术与妇女》等一系列文章，已经涉及妇女与文学的问题。于是，关露进一步撰写了《从关于女性的文艺讲到妇女》一文。

此文的理论武器依然是关露曾在"左联"接触过的文艺工具论，主要体现在该文述说的第一个问题"文艺与妇女的关系"上，她毫不犹豫地指出："文艺是在许多解决社会问题的工具里的一种很好的工具。"同时，她强调只有亲身经历苦难和折磨的妇女才有资格去创作反映妇女现实生活的文艺作品，这是一种片面的主体论。昔日"左联"倡导大众文学时，有的论者强调劳动大众自己写自己的生活,无形中排斥小知识分子作家("左联"的大部分成员)。关露旧话重提,将"大众"改为"妇女",演绎一番,显然这是"遗留话柄"。

在此大前提下,关露简述了后面两个问题:"妇女如何从事创作""妇女如何开展自己的文艺活动"。

对于妇女与文学的理论探讨,关露撰写此文时就感到很棘手。如果分开谈妇女与文学,这不是一篇文章的容量所能承受的,因此只能泛泛而谈。关露写完后发觉"写得太简单了,有些地方也很草率",这也反证了丁景唐研究妇女与文学的课题并非易事。

关露的辩护一文有三个特点。一是对于古今妇女与文学的关系语焉不详,主要凭借直觉进行表层的简述,难以上升到历史、哲学的理论高度。

二是简论后面的两个问题时似隔靴搔痒,远离现实。关露承认抗日战争给中国广大妇女带来的"饥饿与恐慌",她们"不能得到一份自由与独立的生活"(这是大胆之言,随时可能"得罪"侵华日军);同时强调"正因为这样她们应该去创作",依然沿顺着文艺工具论的强大思维惯性。其实这已陷入两难悖论——在艰难的抗日战争期间,沦陷区的广大妇女的温饱、生存都成了亟待解决的难题,哪有心思来搞文艺创作?

三是此文笔墨主要集中在启蒙、教育、指导等方面,诸多妇女好像是被动的接受者,没有主观能动性,无形中给有些读者造成了一种错觉——妇女根本没有著作才能。这并不是关露写此文的初衷——希望广大妇女拿起笔来为自身的解放摇旗呐喊,以期符合《女声》扩大征稿范围的美好愿望,以及关露作为女性作家主动为广大妇女代言的一片善意。

这时丁景唐已转学到沪江大学中文系三年级,开始他的治学之路。其研究重点恰好是古典文学与妇女关系,已经掌握了大量的素材,并具有独到见解。因此,他看了关露的文章不以为然,委婉地表示与关露的观点"不尽雷同"。他在《妇女与文学》一文开头就指出关露文章的不足之处,认为:"在文学史上女性作家之稀少和缺乏代表时代的作品,这也是事实,但不能因而得出妇女根本没有著作的才能、妇女根本不配从事文艺活动的结论,而说妇女的能力生来就不及男子!"这是看了关露一文之后得出的印象,即为一种推论,并非关露直接述说的原话和结论。然后,丁景唐"借题发挥",叙说自己的独到见解,最后得出结论。在很大程度上弥补了关露一文未能说清楚之处,是在帮助关露"补台",而不是"拆台"。

对此,机敏的关露心领神会,邀请丁景唐前往会见,以示重视此文的"补台"观点。当时丁景唐是22岁的沪江大学学生,在中共"学委"负责宣传调研工作。36岁的关露已经是有名的女诗人、作家、编辑,具有丰富的地下党工作经验。但是双方都不知道对方的真实身份,只是以作者和编辑的身份互相交谈。

此后,关露在赴日本参加第二届"大东亚文学者大会"之前仓促写成答复之文,不吐不快,体现了为自己"洗刷"的迫切心情。毕竟她是新女性作家的代表,更有必要为女性作家及

作品长期以来处于弱势地位说几句心里话。《再论女性的文艺跟妇女》有几个鲜明的特点:

其一,诚恳地检讨自己,坦承自己首篇文章"非常潦草","不免含糊其辞",并承认自己"不善写这样大题目的文章"。该文列举了"一些悲观的证据",未能进一步指出历史、社会的根源,造成丁景唐的误解,但是否认该文存在丁景唐所批评的"妇女根本没有著作才能"之说。

关露的这番坦陈让人肃然起敬。以她的资历、创作水平和文坛地位,加上时任《女声》编辑,掌握作者来稿"生死予夺"的大权,她完全可以仗势欺人、强词夺理,犹如某些权贵"指鹿为马",恨不得将对方一棍子打死。但是关露依然"礼下贤士",始终保持谦谦君子之风度,与作者平等对话。

其二,关露敏感地察觉到丁景唐借题发挥之意,于是提出"挽救妇女与文学之间的这么一种危亡的命运"的两条建议:一是要认识、把握"现实当中的某些问题的关键",二是要具备"创作的大胆与魄力"。

其三,关露该文中并未涉及敏感的政治问题,只是提出"要解决自身的问题","先得培植自己的技能,技能就是工具"。这是重复第一篇文章的观点,似乎又回到了"五四"时期"娜拉走后怎样"的老问题,必须先解决经济独立和自我生存的问题。

其四,关露也是借题发挥,进一步提出两条建议:一是女性作家的综合素质亟待提高,才能认识、把握现实社会发展的潮流——作家与现实的关系;二是女性作家要有创作魄力,走个性化的创新道路,与时俱进。这两条建议高瞻远瞩,具有战略性意义,至今仍然是中国文坛所面临的现实问题。

其五,关露肩负秘密使命,她的一切言行举止都采取韬光养晦的策略,行文小心谨慎,以免留下把柄,带来严重后果,对外始终保持一个不懂政治的小资产阶级知识女性的形象。但她在两篇文章中先后提及抗日战争给中国广大妇女带来的"饥饿与恐慌",公开谈论高尔基的作品和精辟见解,甚至赞赏丁景唐的文章,持有"进步的唯物论者"之言,认为"这种见解是正确而无疵的"。不知这是关露的偶然疏忽,还是故意为之。

从双方论争的文章来看,有一点必须说明:当时对于"文艺"与"文学"这两个"从属关系"的概念,有时为了省事而简单化,并非时时严格区分,甚至有时互相取代,众多读者也并不计较。关露和丁景唐的文章都未在此术语问题上较真。

有意思的是丁景唐的文章中把关露归入出名的现代女性作家之列,而且在文章开头直呼关露,并未称她为"芳君"(文章发表时所用的笔名)。

关露很大度,不仅刊登了《妇女与文学》,还在此文四周加以花线围起,以示重要。关露答复一文称丁景唐为"辛夕照先生",并未直呼其名,而且还俏皮地写道:"奴家不免要在这里申述一番,以释怅然!"这无疑冲淡了论争的严肃气氛,犹如姐弟俩之间的公开谈话和商权,坦坦荡荡,毫无遮掩。

现在回想起来,关露和丁景唐都应该感谢对方。他们根据各自所掌握的有关材料、创作经验和独到见解,分别进行了一次阶段性的概括和小结,袒露了心迹,留下了珍贵的第一手资料。

然而各种版本的关露传记和有关研究专论都不曾提及关露与丁景唐论争一事,或者一笔带过,从未深入探究,留下了遗憾的空白。

也许世人无暇查找昔日《女声》,也许根本不感兴趣,而只是把焦点对着关露肩负的秘密使命、打入敌阵的传奇故事,一些根据关露的经历改编的影视剧,也只是发挥丰富联想而已。显然,如果要走近真实的关露,那么必须花费大量的时间和精力,长期枯坐冷板凳,甘愿忍受寂寞和清贫,并非"喝咖啡""侃大山""敲键盘"所能轻易解决的。

注释:

〔1〕丁景唐:《关露同志与〈女声〉》,载《犹恋风流纸墨香——六十年文集》,上海文艺出版社,2004年1月。另参见丁景唐:《关于〈女声〉的一些情况》,载丁言昭编选《关露啊关露》,人民文学出版社,2001年1月。

〔2〕丁景唐:《记一九四三年关露约我到她住处的一次会见》,载《犹恋风流纸墨香——六十年文集》(续集),上海文艺出版社,2015年1月。

孟姜女传说的演变

如果中国也有值得向各国夸耀的文萃,我想那应该是积累了几千年华夏子民的智慧所凝聚成的民间艺术,而不是被当作古玩清供的正统典籍。这话并非轻蔑四书五经一类的著作,而是说流传在口头的或已被书写下来的民间文学,更奔腾着新的生命和真挚的情感。就以"孟姜女"这一[人们]熟知的传说来看,它在我们[的]文学史上曾经留下几许美丽的诗章,自精短的小调至长篇讲唱文学的体制——唱本、弹词、宝卷、说书,并戏剧、小说等各种形式,直到今天,[在]中国广袤的乡村田野间[它]还被淳朴的广大人群唱演着。孟姜女的传说经历了久远的年代和岁月,被大众的爱与恨所养育,成为永远年青不朽的曲调。

十几年前国立中山大学语言历史学研究所在顾颉刚[1]先生的主持下,曾编印过两册《孟姜女故事研究集》,对孟姜女故事的流变做了一番历史的考证,提供了不少珍贵的资料。孟姜女传说最初的出处相传是《左传》,上面记载齐大夫杞殖死于袭莒之役,[孟姜女由]杞妻哀哭的原型嬗生,在《礼记·檀弓》《孟子·告子》中均有类似的记述。到刘向的《列女传》才提及哭城崩的事,在蔡邕的《琴操·杞梁妻叹》里更说:"乐莫乐兮新相知,悲莫悲兮生别离,哀感皇天兮城为隳!"这首诗是杞梁妻的作品,所以《古诗十九首》里有"谁能为此曲,无乃杞梁妻"的歌词。这里呈现于文人笔下的孟姜女前身,尚还是一个善哭的贞妇的代表,而一个民间故事的发轫,时常或多或少地表现民众对于不仁之政反抗的呼声。秦始皇,中国历史上著名的暴君,为了巩固自己的霸业,筑造万里长城,任用蒙恬动员三十余万农民,经十数年的工程,终于弄得民怨沸腾,摇撼了自己的统治,就在长城完成后的数年,在自己儿子手中送掉了万世大业的江山。有位外国女作家[2],当她倾听了孟姜女的小调后,说过这样的一段话:"孟姜女,表征了四万万民众之苦恼,对于压迫难忍的愤懑。[民众的]悲哀是有限度的,在悲哀之中,愤恨不久便征服了悲哀,[民众的]悲哀对于愤恨,好像是一道堤防,这堤防一溃决,愤恨的洪水也就奔流。"

我们同样可以拿这话来解释当时人民对秦始皇暴政,从苦恼启端,突破堤防的限度而发出愤恨的呼声,那种从无声的咒诅到高举义旗反抗的心理过程,将秦始皇筑造万里长城的苛横跟杞梁妻的哭长城联系起来,构成孟姜女的故事,这是用人民的血泪涂写成的。遗憾的是,汉魏至唐,流传于口头的民间传说因为没有文字记载下来,[如今已]不得而知。首先在诗词中反映了筑长城的苛政的,是唐末的一个僧人贯休,他在一首诗中写着:

秦之无道兮四海枯,筑长城兮遮北胡。

筑人筑土一万里,杞梁贞妇啼呜呜。

上无父兮中无夫,下无子兮孤复孤。

一号城崩塞色苦,再号杞梁骨出土。

唐朝因为征战频繁的缘故,出了几个边塞诗人描写漠北征戍的苦痛,民间的征夫旷妇也假秦始皇筑长城的史实为题材以泄怨愤。孟姜女是[对]中国古代女子的统称,杞梁妻正式变为孟姜女,推想当在唐朝的时候。宋元明的曲剧中的孟姜女,乃益接近现在流行的传说,杞梁也因语音的转变而遂为万喜良。"万"是中国常见的姓,也有双关的含义,跟一般人可抵万人的民间说法相吻合。

从[历]史的发展看来,孟姜女的故事演变经过了无数人的补充、修改、润饰,然后孳乳繁变,化为民间的杰作。以横剖面的流布地域而论,由山西、陕西渡越黄河,通达中原,乃流入江浙一带,涂染着浓厚的地方色彩,变成各地方人民自己的人物和自己的故事。孟姜女[的传说]是一个民间叙事诗典型的代表作——有大众所熟知的丰富内容和各式各样通俗的形式。

这次阿父夏莫洛夫[3]先生,以一个外国音乐家的身份,给我们古老的美丽的孟姜女故事赋以新型歌剧的形式,不仅是件意味深长的工作,而且开辟了一条采撷民间艺术以铸创一种新形式的途径。愿他尝试成功!

原载《文汇报·世纪风》[4]1945年11月25日,署名:丁英。

导读:

多年后,丁景唐在整理半个多世纪来写的诸多文稿时,在此文最后的"这次阿父夏莫洛夫先生"下画了一道粗线,并批语道:"另改,可依姜椿芳文章和《中国福利会会史资料》写一附记,谈这次演出与宋庆龄中国福利会的义演。一九九六年十二月记。"

1938年4月,姜椿芳接任中共上海地下党戏剧支部书记。1944年年初,姜椿芳在上海组建了中国歌舞剧社。1945年12月2日,一部由姜椿芳编剧、阿甫夏洛穆夫作曲并导演的中国第一部音乐剧《孟姜女》,在上海兰心大戏院正式公演。这是姜椿芳根据中国观众的视听习惯,将中国戏曲与西方歌剧、舞剧相结合而创作的一部中国特色的音乐剧。《孟姜女》首演成功后,上海文艺界的梅兰芳、周信芳、夏衍、于伶、沈知白、傅雷、王元化等数十名知名人士在《大公报》上联名写文章推荐该剧。丁景唐奉命撰写《孟姜女传说的演变》,以示声援。

音乐剧《孟姜女》因"反专制、反独裁"的主题,不断受到国民党特务的各种干扰。在宋庆龄的支持下,该剧以为中国福利基金会募集文化福利基金的名义继续演出。1946年3月,

《孟姜女》剧组在上海兰心大戏院举行两场义演,宋庆龄亲自到场主持,并为全体演职人员颁发纪念章。

注释:

〔1〕顾颉刚,江苏苏州人,著名历史学家、民俗学家,古史辨学派创始人,现代历史地理学和民俗学的开拓者、奠基人。1949年后,任中国社会科学院历史研究所研究员、中国民间文艺研究会副主席、中国民主促进会中央委员等职。

〔2〕指美国女记者史沫特莱。她在江南采访新四军时,"走过一个农家,听到屋里一个女人的声音在唱孟姜女哭长城的哀调。三天前我住在黄山的旅社里,一个茶房教我唱四季抗日杀敌歌,就是孟姜女小调的旧曲新谱"(《史沫特莱文集·新天地》,新华出版社,1985年9月)。

〔3〕阿父夏莫洛夫,今译阿甫夏洛穆夫,俄籍犹太人,作曲家,中国现代音乐的开拓者之一。他自幼对中国音乐和京剧有浓厚兴趣。1917年从苏黎世音乐学院毕业后到中国,在北京和天津任洋行职员,后入上海百代唱片公司任乐队指挥,以"夏亚夫"之名为《风云儿女》的主题曲《义勇军进行曲》"和声配器"。1948年因歌剧《孟姜女》的访美演出未能实现而滞居美国。他创作了众多作品,几乎都以中国历史为题材,以中国民间音乐为基本旋律,用西方管弦乐来表现中国悠久传统和现代市井生活,因而具有浓郁的中国风味。

〔4〕《文汇报·世纪风》,见本书第16页注释〔3〕。

民间文学和民间文学的研究者

民间文学的被文人学士所注意,最初大抵是惊异于它的生动活泼和美丽,这犹如一个久居书斋的人偶尔闲步郊野,瞥见路旁的野花,移植到庭院作为盆景或以之点缀案头,可说猎奇的成分远过于欣赏研究。"五四"以后,一般新文化的启蒙者于倡导白话文、国民文学之余,也有采纳民间的口头传说、故事、歌谣,用文字记录下来,作为自己作品的装饰的,如刘复[1]在法国抄集了海外的唐人歌谣,周作人详述希腊民间情歌,前者曾在新诗集子《瓦釜集》《扬鞭集》中兼收江阴歌谣及海外唐人歌谣,后者的许多散文集中载民歌、童谣、传说等短论极多。个人以外,胡适之、钱玄同、顾颉刚等并在北大国学系成[立]了歌谣研究会,在国学系的刊物上收录和讨论着各地民间文艺,如张打铁、妙峰山等专题也颇为热闹。所惜当时的论著偏于形式的探讨,缺乏深入的认识,因此虽有成绩,也是供书斋做小摆设的居多。等到民十六年、十七年间,顾颉刚、锺敬文[2]等在广州中山大学,以民族学、史学的见地来从事整理和出版,民间文学的对象和范围也较前扩大,举凡歌谣、谚语、神话、传说、故事、寓言、谜语及少数民族的风俗,都有研究书籍陆续印行,较重要[的]有顾颉刚之《吴歌甲集》《孟姜女故事研究[集]》《妙峰山》等,锺敬文之《客音情歌集》《粤风》《狼獞情歌集》《疍歌》《民间文艺丛话》《歌谣论集》等,娄子匡[3]之《越歌百曲》《宁波歌谣》《绍兴故事》等。民廿年前后成为介绍民间文艺最盛的一时期,在南(中山大学)北(北京大学)两大中心而外,谢六逸[4]先生对于民间故事,编有《农民文学 ABC》《海外传说集》《日本故事集》《罗马故事集》《神话学 ABC》等;茅盾先生对于神话,编有《北欧神话 ABC》《神话杂论》《中国神话[研究]ABC》等;郑振铎先生对于希腊神话和《中国俗文学史》[5],徐调孚、赵景深先生对于童话,均有深湛的修养和阐发(赵景深先生更著有《大鼓研究》《弹词研究》等书)[6]。可是这些功绩因搞新文艺的人忽略的缘故,虽有这些开创者的努力,也很少有人注意。抗战以前由于语文改革和大众化的问题,在陈望道先生主编的《太白》上间或有一二用新社会科学观点提出讨论,倒是"村教社"在定县负责改进乡村制度的几位先生[7]和提倡生活教育的陶行知先生已在尝试用民间旧形式作为教育的武器。而有系统的著作似乎仅有郑振铎先生的《中国俗文学史》、黄芝岗[8]先生的《中国的水神》[9]而已。

随着抗日战争的爆发、通俗文艺实践的开展,诗人制作了不少可以歌唱的时调、小曲、鼓词(如穆木天、老舍),戏剧家演出了改良的平剧(如田汉、欧阳予倩)、地方戏(特别是丁玲领导的西北战地服务团)[10]。而最后,由于"中国作风""中国气派"指导文学的提出,由于人民与文艺相结合的实践的结果,人民生活中原本存在着的文学艺术的矿藏,经过集体的加工锻炼,成为新的人民文艺(最显著的如秧歌剧、木刻、音乐),而民间文学的研究也便由个人的兴趣爱好变成集体的创造和教育人民大众的武器了!产生中国[的]江布尔[11]的时代也已成熟了!

原载《世界晨报》[12]1946年9月27日第3版,署名:乐生。
后载《沪江新闻》[13]第15期(1949年1月12日),署名:雨峰。

导读:

此文看似波澜不惊,但是这千余字高度概括了"五四"以来的民间文学研究和实践的历程,凸显其中的重要节点,并且首次将共产党领导的延安革命根据地开展的大众文艺活动纳入27年来的历程。文中虽然没有点明具体剧目,但是最后一段话"经过集体的加工锻炼,成为新的人民文艺(最显著的如秧歌剧、木刻、音乐),而民间文学的研究也便由个人的兴趣爱好变成集体的创造和教育人民大众的武器了!产生中国的江布尔的时代也已成熟了",足以说明问题了。

文章还披露了两个重要信息:

其一,丁玲领导了西北战地服务团。西北战地服务团为综合性文艺团体,简称"西战团",1937年8月中旬在延安成立,主任丁玲,副主任吴奚如。毛泽东曾先后几次找丁玲谈话,做出重要指示,抗日宣传必须大众化。据不完全统计,西战团在晋察冀边区五年半时间里,创作了300多首(部)歌曲和剧本,还组织演唱了冼星海的《黄河大合唱》,完成了新歌剧《白毛女》的创作,取得了卓著的成绩,留名青史。

其二,"中国作风""中国气派"指导了文学创作。1938年10月,毛泽东写下了《中国共产党在民族战争中的地位》一文,对中国共产党的各方面建设提出要求。批判"洋八股"时,毛泽东提出并倡导"为中国老百姓所喜闻乐见的中国作风和中国气派"。这一思想后来融入延安文艺座谈会精神,成为毛泽东文艺思想的重要组成部分。

丁景唐此文大胆地将中国民间文学研究者和实践者推向新高度,摆脱了单纯的学术藩篱,并与毛泽东的指示和现实政治斗争紧密结合,注入了崭新的时代内容和伟大创新精神,大大提升了此文的内在张力。然而此文长期被淹没在浩瀚的文史长河里,鲜为人知,更无人知道此文的历史意义。

注释:

〔1〕刘复,即刘半农,江苏江阴人,著名语言学家、文学家,《新青年》重要撰稿人和编辑。他曾留学法国,获得法国国家文学博士学位,归国后担任北京大学教授。

〔2〕锺敬文,原名锺谭宗,民俗学家、民间文学大师、作家。早年就读于日本早稻田大学,毕生致力于教育事业和民间文学、民俗学的研究和创作工作,学术成果甚多。

〔3〕娄子匡,浙江绍兴人,著名民俗学家、民间文艺学家、俗文学家。他于浙江绍兴中学肄业时,已搜录《绍兴歌谣》《绍兴故事》二册,收入国立中山大学民俗丛书。后又为北京大学《歌谣周刊》、中山大学《民俗周刊》、上海文学研究会《文学周刊》等刊物著述民间文学作品。1932 年夏,与顾颉刚、周作人、江绍原、锺敬文等人在杭州创办了中国民俗学会,编辑了《民俗周刊》《民间月刊》《孟姜女月刊》《民俗学集镌》等多种民俗学、民间文学学术刊物。

〔4〕谢六逸,著名作家、翻译家,中国现代新闻教育事业的奠基者之一。早年赴日就读于早稻田大学,归国后任神州女校教务主任及暨南大学、复旦大学、大夏大学教授。1930 年任复旦大学中文系主任,后创设新闻系,任主任,提出新闻记者应具备"史德、史才、史识"三个条件。

〔5〕郑振铎的专著《中国俗文学史》具有开创性、奠基性的重要意义,对中国历代歌谣、民歌、变文等民间文学进行了系统的梳理,材料丰富,引证广博。有的学者认为其与王国维的《宋元戏曲考》、鲁迅的《中国小说史略》互为补充,"鼎足为三,珠联璧合",均为研究中国文学史必读的基本典籍。

〔6〕此文发表于《世界晨报》时没有括号里的文字,后载于《沪江新闻》时增加。

〔7〕1923 年,著名平民教育家晏阳初与朱其慧、陶行知等人在北京成立了中华平民教育促进会(以下简称"平教会"),晏阳初任总干事长。1926 年,晏阳初带领平教会的同人深入到河北定县(今定州)农村,开展后来闻名世界的定县实验。定县经验推动了中国的乡村建设,至今仍是广大第三世界国家乡村改造运动的蓝本。

〔8〕黄芝岗,原名黄德修,湖南长沙人。1929 年,蛰居于上海田汉家中,参加进步文艺团体南国社的活动,开始从事中国民俗学和中国戏曲艺术的研究。1932 年旅居北京,著《中国的水神》一书。后到广西南宁,编辑《谣俗周刊》,收集广西民歌数万首。

〔9〕《中国的水神》一书对长江流域及黄河流域的水神传说做了系统的整理。黄芝岗采用文献资料与口头传说结合的方法,从种种水神神话传说中寻找规律。

〔10〕此文发表于《世界晨报》时有这段文字,后载于《沪江新闻》时删除。

〔11〕江布尔,哈萨克民族诗人,他创作的诗歌像号角一样鼓舞着人民前进。

〔12〕《世界晨报》,见本书第 86 页注释〔1〕。

这期《世界晨报》还刊登了丁景唐的新儿歌《斗斗虫》。

〔13〕《沪江新闻》,见本书第 71 页注释〔1〕。

这期《沪江新闻》刊登了丁景唐的四篇诗文,除了此文之外,还有《无诗的日子——有赠》《生命颂》《巴金作品的语文研究》。

征 求 歌 谣

为了加强新诗的创作,同时也为扩大研究全国各省、各民族的歌谣,俾便整理,保存并加[以]发扬,特向同情我们这一工作的朋友们,给予我们以帮助。如有该项材料,不论新旧,手抄本、铅印本或录自口头的,均请赐函至上海宁波路四七〇号联华图书公司丁英接洽。

薛汕[1]、丁英、袁鹰[2]启
十一月廿五日

原载《侨声报》[3]1946年12月12日第6版。

导读:

丁景唐时为《小说月报》编辑,编辑部在上海宁波路470号联华图书公司。丁景唐、袁鹰等已经组织民歌社,因此委托各地诗友刊登《征求歌谣》启事。事后,丁景唐写了《怎样收集民歌》,附有《征求各地民歌启事》。另有《征求歌谣小启》,载麦野青主编的《四明周报》第5期第6版副刊;《征求各地歌谣小启》,载《活路》第6期。这两则启事的落款均为1946年11月。

注释:

〔1〕薛汕,原名黄谷隆,笔名雷宁,广东潮州人。早年就读于潮州金山中学。1935年参加"一二·九"运动,不久参加中国共产党。1946年到上海,执教于震旦大学。参加丁景唐、袁鹰等组织的民歌社,与李凌、沙鸥编《新诗歌》杂志,该刊的创刊号(1947年2月15日)刊登了《民歌社:征求民歌》。薛汕后来任北京市图书馆馆长、中国俗文学会常务副会长等职。

〔2〕袁鹰,原名田钟洛,当代著名作家。1949年后,担任《解放日报》记者、编辑,后任《人民日报》文艺部主任。

〔3〕《侨声报》刊登《征求歌谣》启事的第6版为"诗学"专栏,同时刊登了劳辛(原名劳家顺,民歌社成员,后为上海诗歌工作者联谊会主席、《人民诗歌》月刊主编等)翻译的《诗论译片》、赵易林(赵景深之子)翻译的《罗钦华》,以及康定的《馄饨担子》、吕剑(民歌社成员)的《海边三章》、青勃的《巨人》、杭约赫的《落潮——给徐仁存兄》等诗歌。

旧历年与歌谣

待在都市中的人,对于岁序变易的感觉是较为迟钝的,不像乡村里的农民那样重视。旧历年在我的印象中颇为淡薄,我只依稀记得童年时代在外祖母家过年的情形,在腊月初就热闹起来。在浙东的乡间,冬至是一个仅次于新年的日子,每姓的祠堂前全打扫得干干净净,用几张八仙桌拼拢,再并列起搁几,搁几上摆放着沉重的"五事"(铜锡的烛器),桌案上置着鸡、鹅、鱼及利市头(猪头)等牺牲,大姓的则还有全猪、全羊架在红漆的猪羊架上。祭祀跪拜时,焚香点烛(不点红烛,是特备的绿烛),一边放爆仗鸣乐。这类鸣乐的鼓吹手大抵是堕户(一种流落在浙东早已[被]同化了的少数民族)组成的。有首儿歌:"冬至大如年,家家吃汤团,先生不放学,学生不把钱。"别的地方想来也差不多。有时灵峰山脚麓的姚氏庙里有一场冬至戏,我们乡下叫"冻杀大王",似乎在私塾时也有歌谣唱述,现在记不起来了。"冻杀大王"的冬至戏有一幕赤膊露胸的戏文人[物]拉断活鸡的颈子洒血的场面非常恐怖,吓得胆子小的[人]暂避一旁。据说这乌鸡血洒了可以驱邪平鬼。可能这是农村里的一种谢神戏也说不定。

冬至一过,忙着谢年、送灶,新年的脚步在人们热烈的憧憬中姗姗而来。最高兴的是孩子,换新衣,放甩爆,嘴里愉快地唱着:

> 新年新年,无端又是一年,换了新衣出来拜祖先,恭恭敬敬走到长辈前,拜了新年,叫了恭喜,就要压岁钱。

新年是属于孩子们的欢乐的节日,但也是孩子们最容易"受灾"的节日。吃坏了肚子还是小事,成人们疯狂的赌博给孩子们的影响尤坏。时常一些不好的习惯便都是在过年、过节染上的。

旧历年,在农业社会的中国依旧是一个隆重的节日。农民们胼手胝足,辛苦了一年,好容易从春天播种、薅草、刈禾[中]获得一些收获,趁岁序更替的当口,欢乐吃喝一番抒散抒散一年的劳苦,以为来年新的事业的开始。农妇们吃苦了一年,平时连梳洗的功夫也没有,到了新年时期方始有暇梳头擦粉,戴起花来。

> 隔壁大娘做人家[1],吃苦吃到三十夜,梳梳头,戴戴花,胭脂点点粉擦擦,豆腐吃吃肉叉叉,米屑团子糖做沙,白馒头满把抓,叫声婶婶和妈妈:"明朝请到我家来要要!"

于是,新年便在人们的热望中被歌咏着:

  新年到,男孩儿放炮,女孩儿插花,老太太吃糕,老老头穿新袍。

然而这类平静的欢乐的美梦在遍地灾荒苦难的土地上早已像希望的青鸟那样在现实里折断了翅膀,远远地消失。新年变成一重磨难的关阕,挡住这些善良的农人们的进路。在他们的面前,穷困再度来纠缠他们不肯放手,让他们也抒散一下积郁的心绪——

  年来了,是冤家,儿要帽,女要花,媳妇要勒子走人家,婆婆要糯米做糍粑,爹爹要肉敬菩萨,一屋大小都吃他。(武昌)

儿子要帽,女儿要花,媳妇要礼物,婆婆要糯米,爹爹又要肉,真是难为了当家的。生活的负担已经够累了,再加上意外的负担,贫穷的[人]眼见别人堂前挂起天官赐福的新匾,凤尾天竺装缀着庭院,不免触景生情起来,感觉到人间的坎坷与不平——

  堂前天官赐福,天井凤尾天竺,锅里无米煮粥,屋里大小都哭。(海门)

  床上无被席无边,也没柴米与油盐,鱼肉勿见面。人人来拜年,孩儿来喊娘,肚里苦黄莲。(南汇)

两者对照,这是多么凄惨的画面。

  另有一般贫苦的佃农,平时借高利贷度日,一年辛勤的代价连还清旧债也没法,年脚卅边为着躲避债主的催索,像白天的老鼠一样怕见光亮,恨不得钻个洞藏了起来。然而人到底不比鼠类,而债主的凶狠和狡黠更远非猫类所能比拟,因此过年在这些穷苦人的心目中遂成一个遭劫的难关。

  十一月半,前门讨债后头躲;十二月半,拔了镬子剩个破汤管。(浙江)

  十五十六,还你直落;廿三廿四,推三千四;廿七廿八,逼我无法;廿九三十,精光大吉;大年初一,迎头大揖。(溧阳)

  二十八,去想法;二十九,有啊有;三十夜,不在家。(东台)

借债过日子的人是怕过年的,一般聊可温饱的也发出了沉闷的叹息,这一种生活的忧悒,在歌谣中也普遍地反映着——

  今年希望明年好,明年希望后年好,到了后年仍旧是穿不暖,吃不饱。(东台)

  一年只说一年好,那晓得单衣已经补成厚夹袄,烂又烂,重又重,一年更比一年受不了。(四川)

  北风吹来天气冷,家家户户过新年。只有可怜看牛的,一年到头无衣裳。(河北)

  冬来了,年来了,身上无衣冻不了,肚里无食饿不了。有钱的,吃得好,喝得好,身上

穿的狐皮袄,还要说不好。像我穷苦人,对此怎样好?(宁波)

希望像美丽的肥皂泡一度在他们眼前炫耀,诱导他们追求幸福的美满的生活,但当新的一年又降临人间,美丽的肥皂泡破了,依旧是烂重的厚夹袄压在他们的肩头,依旧是寒冷的风吹冻着他们的肌肤,于是不禁像"王小二过年,一年不如一年",发出了"一年辛苦为谁忙"的浩叹:

自己吃的黄米,自己穿的破衣;黄米饭,破衣裳,一年辛苦为谁忙?(江苏)

当冬天撒着雪花的寒夜,沉睡了的街头有人唱着"孟姜女十二月送寒衣"的哭泣的哀调,我的心战栗起来。"一年辛苦为谁忙",匆匆的一年走过,给人间带来些什么呢?

原载《茶话》[2]第9期(1947年2月10日),署名:丁英。

导读:

这是丁景唐回想儿时家乡的少数文章之一,将民歌中凝聚的百姓心声结合在一起,作为此文的整体构思。文中喜怒情调的转折比较自然,出现了前后截然不同的民歌内容和情调,尖锐地抨击"吃人"的社会制度,憧憬幸福的生活。

注释:

〔1〕做人家,宁波方言,意为节省。
〔2〕《茶话》,见本书第349页注释〔5〕。

"颠倒歌"

如果没有外来的乌风猛雹,乡村的生活是平静的,灰暗的茅屋,机械的劳作,连青山绿水也是平静的。因为平静,就显得单调,除了庙会过节,就很少有娱乐的调剂,只有民歌小调播扬着歌娱和哀愁来冲破乡土的冷落。于是以诙谐机智为特色的"颠倒歌"就非常受宠地给单调的农家生活润饰了明亮的色彩。

一群稚气可掬的小孩子,在稻场上或堂前跳着拍着,两手做起敲锣摇篮的姿势,一边高唱"颠倒歌"的时候,会给成人们带来多少的欢悦和愉快!

假使在我们上海,孩子们长时期地被闭禁在一二间屋子里,他们的生活也是单调的。而儿歌对于这些童心未泯的孩子们,正可以带来活泼和生气,并且能够激发他们的想象力和创造力。在教育和娱乐的双重意义上说起来,儿歌的作用是不可抹杀的。

我们这里介绍一些非常有趣的流行的"颠倒歌",请你在闲暇的时候,把它们传授给你的孩子们或小弟妹们吧。

倒唱歌,顺唱歌,河里石头滚上坡,我搭弟弟门前过,看见舅母摇外婆!(宁波)

倒唱歌,顺唱歌,河里石头滚上坡,先养我,后养哥,爸讨妈,我打锣,家公抓周我捧盒,我走舅爷门前过,舅爷在摇我外婆。(湖北)

稀奇勿稀奇,娘十三,爷十四,哥哥十五我十六,公公婆婆等在摇篮里哭!(金坛)

娘十三,爷十四,哥哥十五我十六,娘养哥哥我煮粥,记得外公娶外婆,我在前头放爆竹!(镇江)

所谓:"三岁打娘娘会笑,卅岁打娘娘上吊。"因此当孩子们唱着这些天真可笑的儿歌的时候,即使在我们中国,尊卑分得十分严厉的封建社会中,被当作笑料的祖父或外公,也不会加以计较和叱责;相反,他们或者会捋着胡须笑起来。

还有一种,除了好玩之外还含着讽刺、揶揄的成分,听到的人往往认为有意刻薄而非常难堪,譬如:

(在泥水匠面前唱)泥水匠,烂肚肠,前讨老婆后讨娘,还要烧汤洗爷爷。

(在尼姑面前唱)稀奇夹古怪,苍蝇咬碗破,尼姑耍花带。

(在老人面前唱)稀奇稀奇真稀,麻雀踏煞老雄鸡,蚂蚁身长三尺六,八十老翁坐在摇车里。(绍兴)

下面是一首"过渡"的"颠倒歌",这歌词已经发展开去,从歌颂亲属尊长发展到自然现象和人事上去了。含义较佳,兴味也更浓郁了。

> 不吹鼓,不打锣,听我唱个白嘴歌:先养我,后养哥,养了弟弟才养我,早上看见猫生蛋,下午看见饭煮锅。一个哑巴会唱歌,聋子听见笑呵呵,瞎子来把戏目看,气得河里石头滚上坡。

再有一种纯粹描写社会自然现象的"颠倒歌",范围广大,叙述得也生龙活虎,形象也具体生动,很可供给我们的学习和欣赏。

> 怪唱歌,奇唱歌。鱼儿咬死鸭大哥,水缸里面起大波,大河石子滚上坡,山顶上面虾鱼多。

> 倒唱歌,反唱歌。日出西方东方落,猫对老鼠笑呵呵。憨鸭五更来报晓,雄鸡下水觅田螺。(宁波)

> 奇唱歌来怪唱歌,听我唱个说谎歌:早上看见驴生蛋,晚上看见马做巢,螃蟹洞里斑鸠叫,高高山上摸田螺,田螺摸出没多大,挑出肉来九斤多。我是从来不说谎,看见咸鱼跳下河。(江宁)

> 反唱歌,倒起头。我家园里菜吃牛,芦花公鸡咬黄狗,姐在房中头梳手,老鼠叼着狸猫走。李家厨子杀螃蟹,鲜血淹死王二姐。(南京)

> 从来不说谎,三天到湖广,湖广楼上歇,伸手摸着月,隔壁杀螃蟹,溅我一身血。

> 姐在房中头梳手,忽听门外人咬狗。拿起狗来掷砖头,又怕砖头咬了手。从来不说颠倒话,口袋驮着驴子行。

"颠倒歌"可以启发儿童对于错误观念的正确理解,在教育的目的上,比正面地灌输知识,收效更为显著吧!而在锻炼遐想上,也是有助思益的。

《月亮光光》这首"颠倒歌"中最饶趣的[是],孩子们可以一边玩,一边唱。

> 月亮光光,贼来偷酱缸,聋子听见忙起床,哑子高声喊出房,跛子赶上去,瘫子也来帮,一把抓住头发,看看还是个和尚。

唱到"一把抓住头发,看看还是个和尚"时,就随手[将]身旁同伴的头发一把抓住,大家一定会爆发出天真的笑来,即使是在啼哭的孩子,也常常会破涕而笑。

这里我们再拿一首揶揄官老爷出巡的歌来看看吧!

> 号号号,官来到!骑着板,提着轿,吹铜鼓,打喇叭,门楼拴在马底下。东西胡同南

北走,十字路上人咬狗,拾起狗来就投砖,布袋驮驴一溜烟。

前有听差开锣喝道,中间坐着老爷,后面跟着许多跟班的官员,真是威风凛凛,莫可睥睨,但给顽皮的孩子一唱,犹如漫画化了,变成了非常可笑的一幅速写。又如:

> 满天月亮一个星,千万将军一个兵,从来不说颠倒话,口袋驮着驴子行。蒙蒙雨落一天星,麦田里抓住个偷稻的人,苔糠搓绳捆起来……踢踢得得打到天亮,还是昨天晚上跑掉的。

这些歌,看起来好像是滑稽可笑的,然而假使我们仔细地看看今日的社会,不正有许多奇奇怪怪、颠颠倒倒的现象存在着吗?因此这不能说是讽刺,而是"说老实话"了。

在新音乐的制作中,也有很多中国气派、中国作风[1]的民歌。在《新音乐》创刊号(月刊,昆明版,1946年6月10日)中有一首配了谱的宋扬作的《古怪歌》[2],非常令人喜爱。这是一首崭新的艺术品,充满了轻快的节奏和深入浅出的含义:

> 往年古怪少啊,今年古怪多啊。板凳爬上了墙,打草打破了锅呵。月亮西边出呵,太阳东边落呵。天上绫罗天下裁呀,河里的石头滚上坡。
>
> 半夜三更哟,老虎闯上了门哪。我问它来干什么,它说保护小绵羊呵。清早走进城呵,看见狗咬人哪,只许他们汪汪叫哇,不许人用嘴来说话。
>
> 田里种石头呵,土里生青草哇,人向老鼠讨米吃,秀才做了强盗啊。喜鹊号啕哭呵,猫头鹰笑哈哈呵。城隍庙里的小鬼哟,白天也唱起了古怪歌。

我们从民间文学中学习了些什么,这自然是个大问题,但我们欣赏了"颠倒歌"这类形式的民歌之后,自然而然地产生这样一点印象:研究教育和做父母的人从"颠倒歌"中可以学得纠正儿童错误观念的方法;而研究文艺的人在这颠倒了的时代中,尤可以学习运用这类民间歌的形式,铸塑出新的诗歌,作为一种最好的武器,向一切黑暗反击!

原载《妇女》[3]第9期(1946年11月25日),

后载《马来亚少年》[4]第11期(1947年3月5日),均署名:丁英。

导读:

丁景唐回忆说:"'颠倒歌',宁波儿歌,编写者以逆向思维启示儿童,如'我搭弟弟门前过,看见舅母摇外婆','倒唱歌,顺唱歌,河里石头滚上坡'。此歌流行甚广,解放战争时期,国统区民众即据此意改编为《古怪歌》,以讽刺颠倒是非、混淆黑白的国民党反动当局。"

丁景唐的《"颠倒歌"》原标题很长,为"三岁打娘娘会笑,卅岁打娘娘上吊,教你的小弟妹们唱个'颠倒歌'吧"。

《"颠倒歌"》一文至少有三层含义。其一,"颠倒歌"开拓研究教育者和天下父母教育孩子的逆向思路,即纠正儿童错误观念的新方式。其二,文艺工作者借鉴运用这类"颠倒歌"的特殊形式,去伪存真,去糟粕存精华,创造出大众喜闻乐见的新诗歌。其三,在当时黑暗社会里,"颠倒歌"演变为广大民众讽刺畸形社会现象的新手段,丁景唐高度评价的宋扬的《古怪歌》便是代表,针砭时局,矛头直指反动当局,反映了广大民众的不满情绪,看似颠倒,其实是"说老实话"。如果放置于如今的环境中,广大读者又会如何看待此类《古怪歌》呢?

注释:

〔1〕"中国气派""中国作风",出自毛泽东的《中国共产党在民族战争中的地位》。

〔2〕当时宋扬的《古怪歌》流传甚广,与费克的《茶馆小调》、舒模的《你这个坏东西》等一同被称为讽刺歌曲的代表作,歌词与曲调比较夸张,与漫画有相似之处,曲调与语言腔调结合紧密。

赵扬,浙江宁波人,笔名宋扬、不扬、韦韦、李昂等,曾被沪上诗坛誉为"浙东才子"。1937年"七七事变"后,参加中共上海地下党外围组织——钱庄业业余联谊会,次年加入共产党,兼任《银钱庄报》副刊、《新文丛》编辑,同时经常为进步刊物《奔流》《草原》《职工生活》撰写诗词、杂文。1942年11月,他转移到新四军淮南津浦路东抗日根据地,弃文从戎,后任华中解放区《新华日报》、山东解放区《大众日报》、山东解放区《新潍坊报》秘书主任、副社长。1945年5月,随军南下杭州,接管伪《东南日报》,参与改创《浙江日报》,任副社长兼总编辑,后改任浙江省工业厅副厅长。"文革"中遭受折磨,工作任务繁重,积劳成疾,1974年12月病逝,年仅60岁。

〔3〕《妇女》月刊,见本书第20页注释〔1〕。

〔4〕《马来亚少年》,一份面向少年儿童的中文报纸,编辑部地址为新加坡"星洲邮箱709号",发行所为"星洲罗敬敏中路68号B"。丁景唐此文占了一整版,标题上注明"特载",成为该刊改为半月刊和改版的重头戏。这期《编者的话》写道:

> 亲爱的小朋友们,我们现在已开始改为半月刊,但我们还得努力使它能提早出版,免得外埠的小朋友[盼]望了好几天才接到。不过因为时期缩短,一切工作加倍,所以不能立刻完全上轨道。但是我们必定一期一期地改善,使它一步一步合我们的计划和理想。
>
> 在编排方面,上期起我们增加了一版画报,本期起我们将少年园地扩充为两版,使它多容纳些小朋友的写作,以后将使两版完全用六号字排,更容易多几篇。本期刊登一篇唱歌游戏,以后编者有空时,将编些新歌给小朋友们唱,这一定是你们所欢迎的。

叫花子的歌

在中国多苦多难的土地上,灾荒、饥馑、兵燹和种种人为的祸患,像融解了的雪块似的,到处横流,不论在繁华的都市或僻远的乡村,那些被饥寒驱逐着的流民,成群地奔向死亡的边缘。叫花子愈来愈多,在穷街陋巷,我们时时遇见褴褛的行乞者伸出枯柴般的手,用嘶涩的苍嗓向行人苦求着一点微薄的施舍。唱莲花落、敲花鼓的乞食者在都市里已快绝迹,我不知道农村里是否还有头戴稻草索、手里挥着两端系有响铃的竹棒挨户卖唱求乞的叫花子。

自己年来因与友人搜集各地山歌、民谣、俗曲,发现乞丐这一特殊"行业"(?)也有他们一套求乞的歌,那就是莲花落、四教歌、数来宝、道情、花鼓和其他的谣歌小调。但叫花子的歌,在他们是一种行乞的辅助,和纯粹以卖唱为职业的走江湖[的]艺人微有区分。

一、莲花落与梅花落

有流行江南的一首歌谣:"穷开心,富作乐,叫花子唱个莲花落。"看来,叫花子唱的莲花落是颇有历史性的曲调。宋朝的慧明在《五灯会元》[中]曾有如此的记载:"俞道婆尝随众参琅琊,一日闻丐者唱莲花落,大悟。"

莲花落原作莲花乐,在宋朝已经由乞者所唱。大抵莲花乐开初兼含劝人为善的宗教思想,是佛教流传中国的副产物,正与变文、宝卷受佛经讲唱影响相似。它后来也演变为一种曲调的专称,且不完全限于叫花子所唱。去岁回乡,偶应戚友邀观草台班的绍兴戏,也有插入唱莲花落的,演者戴草圈执竹棒,鼻端抹粉作乞丐状,二人交替梭走,一唱一和,冗长繁复,跟我十余年前少时见到叫花子唱的差不多,不过乞丐手中的竹棒,除伴唱配搭外,还另作打狗之用。

在上海的地方戏小调中已有男女合唱,一人主领,其余数人和声,每段必有"一个一枝莲花……花开来莲花落,一齐落莲花"的帮腔。这里随便引录一段坊间风行的新莲花落歌,写一群要饭的在街头"倒冷饭"的唱词:

主唱:我们都是没饭吃的穷朋友。

众和:穷朋友。采枝花儿开,一个一枝莲花。

主唱:饥饿道上一块儿走。

众和:一块儿走。两枝花儿开,花开来莲花落,一齐落莲花。

主唱:天灾使我们成一家。

众和:三枝花儿开,三个三枝莲花。

> 主唱：人祸逼我们紧牵手。
>
> 众和：牵紧手。四枝花儿开，花开来莲花落，一齐落莲花。

全首计五段，这里引的是第一段，有独唱，有说白，有和声，完全是一支紧凑热闹的乐曲。歌词虽系出自文人手笔，但非常妥贴、自然、和谐，丝毫没有书斋气息。

另有一种时调的莲花落，或称梅花落的，文字鄙俚粗俗，间夹不堪入耳的秽词，恶谑地捉弄着刚从乡村来到上海的乡下人；或者描写着洋场阔少的堕落行径，实际上起的效果不是暴露黑暗，而是教唆自渎；也有所谓东洋莲花落，虽说也歌咏民族自尊心，但非常狂妄，犹如鼓吹大刀可以抵御机械化部队一般。这里仅摘《乡下人》的开端：

> 阿唷唷唱起来，菜子花儿开，一开一枝梅花，唱一只乡下人到上海来，九九梅花开，花开梅花落。
>
> 乡下人到上海看一看勿对哉：电灯勿要点，叫得开关开一开。乡下人走到大马路，眼眼调[1]二点钟洋行里想要上写字间，乡下人刚刚要想跑过来，眼眼调一部汽车开过来。汽车开过，电车也会当当当开过来。汽车去，电车来，乡下人走条大马路，走仔三日三夜勿曾走过来。菜籽花儿开，花开一枝梅花，乡下人煞死还要去开房间，九九梅花开，花开梅花落……

其余也无必要引录，就以上也已经可以窥探梅花落性质的一斑了。

北方的莲花落，如早先民国直隶望都县的一首叫花歌，写乞丐闲来无事溜到人家田园里去摸瓜的，调子非常轻松得意，是乞食者自己的创作，不像文人的精密细致，也没有海派梅花落那样的粗俗卑下，另有它朴实可爱的地方。

> 闲来无事东园儿里摸，一到东园儿菜畦儿多：倭瓜满地是，瓢子结的多，紫薇薇的茄子倒滴流着多。哩六莲花落。

在山东地方有一种金钱莲花落，和江浙一带的相仿佛，用木尺钉着铜钱伴唱，听说西南重庆各地名气响亮的连屑词也是这一种变体。北方又有卖唱女子演唱的"十不闲"及太平歌词，句法无定，而每段的结末必插入"哎，哩留莲花呀，咿呀，留莲花"等的帮腔，已由叫花子的歌演变为江湖流民的职业化演唱，可惜没有见到这类唱本，所以也不知其究竟如何了。

二、四教歌与数来宝

四教歌与数来宝在叫花子唱的歌中是非常独特的。

剧作家曹禺先生有次为着写《日出》中的一幕下等妓院生活，曾在严冬的夜半亲自跑到荒凉污浊的贫民窟去，在破烂的下等客栈——"鸡毛店"等候黑三一类的人物带他去参观人间地狱。也许是赏钱允诺得多的缘故，因此几乎受到了生命的威胁。后来遭受无数的磨折、伤害，以至于侮辱,终于完成了他的创作。其中有一段就是记述往来娼寮间唱数来宝的乞丐,打着"七块板",右手是"五甩子",左手甩起两块大竹板,"提提哒,提提哒",用轻快的调子唱的——

> 嘿,紧板打,慢板量,眼前来到美人堂。美人堂前一副对,能人提笔写的详。上写白天推杯来换盏,天天晚上换新郎。(提提哒,提提哒,提提哒,提哒提哒)一步两步连三步,多要卖茶少卖铺,黑脸的喝茶白脸的住;老板陪客也在行,又有瓜子又有糖,小白脸,小宝贝,搂在怀里上洋劲儿。　　　　　　　　　　　　　(《日出》)

等到唱完,于是用原来那苍老的腔调喊叫:"掌班的,老板们,可怜可怜我瞎子。"

和北方的数来宝同属于乞丐中的老腔唱的是南方苏扬一代的四教歌。相传四教歌的创始者郑元和系明时苏州府的一位世家公子,因为爱嫖,堕落做了乞丐。有一天,正当他在一家书寓门沿打起木板唱着四教歌的时候,忽然有一位以前的相好资助了他一笔川资,还剌眉为约,鼓励他上京赴考。而郑元和也居然发奋用功研读,中了新科状元,于是才子佳人终得团圆。昆曲中的一出《绣襦记》,就是写郑元和的故事的。

我所收集的俗曲中仅有扬州调的四教歌,没有见过苏州调,想来不会相差很远。下面摘引扬州调的一小节:

> (扬州说白)郑元和呀,我来教你这样你不会,那样不会,我来教你一个打莲湘。
>
> (唱)我们苏州动身就到上海。大世界一直洋泾浜,杨呀杨柳青。小三子来煞,小六子走煞,哎哎唷,去白相……

这是个粗俗的调子,用字措辞都非常鄙劣下流,似比梅花落又低,且以扬州腔来唱苏州调,其中复夹杂莲花落和唱道情,可说是南腔北调的杂耍,正是腐溃了的社会哺养出的疮毒,因此也反映了人间地狱黑暗的一面。

三、财神书及其他

财神书是四川各地旧历年正月初一乞丐讨钱的一种唱本。他们清早就挟着木板刷印的赵公明骑黑虎的红纸金色的财神图,挨户直入住家的堂屋,把财神图悬挂案桌或供几上,一边念着博取口彩的吉利歌词,屋主人因为"安阴阳",怕大年初一就碰上晦气,所以多少总得施舍些钱或糕饼之类,打发这些赤脚财神。他们所唱的歌词,普通有:

> 一进门来喜洋洋,家有金鸡配凤凰,香炉对着金狮子,石榴开花对海棠。
>
> 左手开门金鸡叫,右手开门凤凰鸣,金鸡叫来凤凰鸣,主东是个财帛星。
>
> 站起来犹如都督府,坐起好似佛一尊,借你金口传一句,借你银牙传一声,或是金来或是铜,打发我们出了门,秤称银子斗量金。

另有一种龙灯书则是正月半元夕灯节时的应景唱本,和财神书不同的是文辞较为文雅,虽系乞丐所唱,多半已经过末途文氓的修饰,如:

> 锣一锤来鼓一声,主人香烛接龙灯,纸钱焚化金光现,白锘青蚨拥进门。黄龙头上一明珠,照耀人间事事如,自我祥龙朝过后,高车后涌与前呼。

这和唱道情、打花鼓走江湖卖唱的乞饭者所流唱[的]同样,都是士人末路流落风尘与饥寒死亡结伴的产物,这里暂不赘述。

其实,招财进宝的叫花歌,四川的财神书不过是其中的一种,在江南一带则是手拿纸制的金元宝,有时就捧着讨饭瓢唱的——

> 一进门来大发财,斗大元宝滚滚来,滚进不滚出,滚过老板三间二堂屋。说得好,道得好,十个馒头跑不了。(江苏)

> 一扫金,二扫银,三扫聚宝盆,聚宝盆里有个宝,子子孙孙用不了。(淮北)

> 今年年岁好,财神来进宝,五谷十分收,金银财宝用不了。(丹阳)

> 黄金万万两,一往铺里抬,刘海来到此,金钱洒下来。(诸暨)

在我们宁波更有一种"佯扫地"的,旧历年底及新年里,叫花子挟了一把短扫帚跑到人家门沿,一边佯作扫地,一边唱着:

> 佯扫地,扫扫着,今年来扫扫,老板屋落赚元宝,青龙盘米缸,黄龙盘谷仓……嘟~~~~得扫到东,嘟~~~~得扫到西……

歌词是谄媚奉承的居多,但如果逢到屋主人心境不愉快,不拿年糕和钱赏他们,那么,他们接着就会在歌中骂人:"明年勿来扫,老板屋落出青草。"说着便恶狠狠地走了,像讨债的人没有讨回宿债一样。

然而,说起来这仿佛已经是太平盛世的旧事。在烽火依旧、遍地灾难的今日,正如凤阳花鼓所唱,"大户人家卖地田,小户人家卖儿郎",流落在饥饿道上驱向死亡的人群一天比一天繁多。当一般人也活不下去的时候,即使乞丐嘶叫得更为涩哑,谁还有多余的怜悯和施舍分给他们呢?痛苦使人冷酷,饥饿逼人沉默,乞丐们的歌声有一天恐怕也将似《广陵散》[1]的亡佚,成为明日黄花了。

一九四七年三月中旬

原载《茶话》[2]第 11 期(1947 年 4 月 10 日),署名:丁英。

导读：

　　此文以乞丐唱词作为切入角度，颇有新意。此文凸显了"真实"二字，将视角对着社会最下层的乞丐群体，借此尖锐抨击反动统治，展现民不聊生的社会底层角落。

注释：

　　〔1〕《广陵散》，中国古代一首大型琴曲，中国音乐史上十大古琴曲之一。魏晋琴家嵇康以善弹此曲著称，他被害前从容不迫，索琴弹奏此曲，并慨然长叹："《广陵散》于今绝矣！"

　　〔2〕《茶话》，见本书第349页注释〔5〕。

　　这期《茶话》刊有林慧、施瑛等人的小说，也有郭明的《蜗牛赛跑》。郭明（郭锡洪）是丁景唐的中学同学，1939年入党。王楚良调到"文委"工作后，组织上调郭明协助丁景唐编辑《联声》。1949年后，郭明任华东文化部副科长，1951年因积劳成疾病故。这期《茶话》刊登丁景唐《叫花子的歌》的前面是天行的《记孙寒冰》。"天行"是史济成的笔名。（详见丁言模：《史济行对鲁迅、郁达夫等人的行骗劣迹》，载《瞿秋白与书籍报刊——丁景唐藏书研究》，中国社会出版社，2013年。）

怎样收集民歌

在这片苦难的国土上,学术的花朵常被当作野草般践踏,近些年民歌的研究工作益发显得沉寂了,即使有些可敬的先导者在沉默地耕耘,除为生活的负荷所胁迫外,还得忍受孤独的寂寞。自私自利的市侩气在学林中也不是不存在,成批的歌谣材料无人肯承担出版,连报纸期刊上也很少能偶尔发现,于是珍贵的材料散失了,偏爱的人索性秘藏起来,而从事歌谣研究的工作者要想搜集这方面的材料,也颇有"踏破铁鞋无觅处"的苦楚了。

缺乏同伴和材料搜集的不易,是目前研究民间文艺的双重难题。

为了使一代的民间歌谣能够得到保存与发展,以便做系统的整理研究,并加以吸收扬弃,促成新的歌谣创作,服务于人民文艺的改造工作。我们曾用几位友人共同的署名,分别在上海各报刊刊登了征求全国民间歌谣的启事[1],同时又转托了北平的丁东兄、开封的苏金伞兄、重庆活路社的老粗兄、青年创作社的雷韧兄、南京的默之兄、四川岳池的庄稼儿、宁波的麦野青兄、镇海的臧洛克兄、台湾的罗沉兄、福州的成寂兄,以及各地其他友好,协助发布了消息。很快我们收到了远自甘肃、陕西、台湾,全国各地陌生友人寄来的热忱的信和材料,以致连整天回信都来不及,这可证明全国同好众多和大家对于民歌的关怀。

因此比较详细地来叙述我们对于歌谣的企望和收集整理的具体计划,遂成为非常必需的事。[2]

现在先将两个民歌收集的具体问题提出来就正于各地的友好,其一是关于收集范围的,即"收集些什么"的问题;其二是属于收集方法的,即"怎样收集"的问题。

一、收集些什么

这在我们征求的启事中写得很简单,因此各地友人都来信询问我们需要些怎样的材料,是广义的民间文艺(包括民俗、地方戏、神话、故事、传说、童话、谚语、谜语及歌谣),还是仅限于民间歌谣。

我们的回答是民歌是我们的中心,其他地方戏、时调、小曲、唱本、谚语、谜语、歇后语等也附带收集。我们竭诚欢迎研究民俗学、民间艺术、地方戏、神话(民间故事)的先生们来共同合作,因为这些都是同属于民间文艺的范畴,不可孤单地割裂的。具体的收集对象是下面这几种:

(一)各大书局、文教机关及私人印行的歌谣集子或研究论文的专书

(1)广义的民间文艺概论一类书籍。

(2) 全国性的民歌集,如《中国民歌千首》之类。

(3) 地方性的民歌集,如江苏歌谣集、各省童谣集、宁波歌谣等。

(4) 中国少数民族(苗、瑶、蒙、藏、猓猓、疍民等)及海外华侨(南洋群岛、暹罗、安南等地)的歌谣。

(二) 间接收录自各地报章杂志及其他书刊的

(1) 歌谣或民间文学的专刊,如早前民国十二年间出版的北大《歌谣周刊》、民国十八九年时的广州中大的《民间文艺》和现在的《民俗旬刊》(宁波)、《民俗周刊》(厦门)、《风物志》(杭州)、重庆的《活路》月刊、附于《大公报晚刊》的《民间文艺》双周刊、上海的《新诗歌》等。

(2) 地方性的通讯特写或特稿,如《文汇报》的《阎锡山怎样统治山西》一文中附有歌谣数首、文化版的《苗家歌谣绍介》等。

(3) 文艺作品中引用的也多,唯较为零散,如叶紫的《星》、汪静之的《耶稣的吩咐》、刘白羽的《环行东北》《岭表纪蛮》《贵州苗夷调查》《农民泪》、艾芜的《文学手册》等小说、散文、报告、游记、论著中也常偶有一二,很容易被人忽视。

(4) 其他报纸副刊、一般杂志中也有,如方敬发表在《笔会》上的一篇散文曾录反映农村穷苦的两首歌谣,又如徐嘉瑞的《云南民歌介绍》(《国文月刊》)、庄稼收集的渠河民歌(《大公晚刊》)、萌竹的青海民歌、王亚平的西北民歌(《大公报》)、薛汕在《文萃》上写的《米乡吟》和歌谣工作介绍、丁英在《妇女》月刊上写的"颠倒歌"研究[3]等都是可供参考的材料。

(三) [地方性民歌材料]

各大小城市乡镇中旧书坊铅印、石印、板印或口头流传的地方性通俗唱本、诗调、小曲、弹词、鼓书、地方戏等材料,如五更调、十二月花名、挖花歌、马灯调、十字调、打牙牌、圣谕、金钱板、连箫、莲花落、数来宝、花鼓、跑旱船、道情、劝世文、车灯等。

(四) 最重要的还在直接录自乡村间口头的

举凡山歌、童谣、水调、谚语、少年花儿、哭嫁辞等等,均在征求中,尤其是反映现实生活的歌谣,更是我们所迫切地企求着的。

(1) 各种职业生活的歌谣,如佃农、手工业者、船夫、樵子、乞丐等。

> 王小五,命真苦,打铁还要磨豆腐。衣服破自己补,粗米饭自己煮,一下不留心,老板还要打他二百五。(淮北) (《王小五打铁》)

> 老农夫,实在苦,一天到晚耕田土,收点粮给庄主。见庄主,如见虎,当面不敢坐,脚跟垫屁股。(灌云) (《老农夫》)

> 太阳一出渐渐啊……中,/啊……呵呵!/姐儿……拧饭啊呵……唉呀呀,/呵咳呵……下田冲!/呵……!/伙计问她……什么呵呵……菜呀呵!……咳……/虾米炖

蛋呵……咦呀呀,/呵咳……满汤呀……红啊!(句容) (《耙秧歌》)

(2) 妇女的劳动生活和反抗的歌谣。

鹁鸪叫声苦怜怜,媳妇拔秧公种田。午前种丘百五十,午后种丘路边田。路上客官走此过,不要笑我娘种田。娘的脚骨露出乌索蛇,娘的丈夫当兵有八年。(永康)

(朱观成辑)

(3) 各种不平与反抗的歌谣,如饥寒、乱离、兵燹、灾荒、讽刺贪官污吏,或沦陷区对日寇、保甲长、抽丁、征粮[的]赌咒的歌谣。

匪如梳,兵如篦,团丁来了犹如剃刀剃。(四川) (庄稼辑)

去时牛拉车,回来车拉牛。牛死哩,车卖哩,拿个牛铃回来哩!(河南) (洛克辑)

乡长买田起屋,保长吃鱼吃肉,甲长头五头六,户长抱头大哭。(宁波)

捐税重,捐税重,十只黄狗九只雄,十个差人九个凶,十只箱子九只空。(无锡)

太阳出来照东山,去年水灾今年干,老板要粮七分半,纳税附加"祝寿"捐。(东山)

(4) 少数民族的歌谣,能附以生活习俗的介绍尤佳。

博格达山峰好像是桅杆,乌鲁木齐河好似一只船。哥哥呀,你是一只鹰,高傲地在天山旋。我是一朵野花呀,向天看!向天看!(哈萨克情歌)

柠檬开着白色的花,结出了黄澄澄的果,我摘来吃了如醉如狂,不觉跑上了峻岭高岗。(马来亚民歌)

日头出来晒竹梢,有盐无担担洋纱,有日担到走私货,脚钱无得又加枷。(客家民歌)

(申国椿辑)

二、怎 样 收 集

中国的乡村今天已完全陷落在天灾人祸的苦难的煎熬中,农民的胸中蕴藏着火样的愤怒和痛苦,在这样一种新的境况中产生的新的歌谣,自然格外带有现实的色彩,富有社会和艺术的价值。但是这类不平与反抗的歌,一个外来的陌生者却很难在口头间搜集到,在报刊上也很罕见。这原因恐怕还在收集者与当地人民生活的隔阂。因此在乡村教书或经常生活在自己家乡的友人们比住在都市里的要便利得多,他们可以亲身去体验生长在歌谣中的土地上[的]人民的实际生活,也可以转嘱天真的少年学生做帮手,来协助收集歌谣工作的进行。

直接在民间(主要是农村)进行收集材料的工作,需要解决一些思想、态度、技术的问题:

(1) 与对象(歌手)的生活打成一片,要熟悉他们的生活习俗、性格,[熟悉]农村时令的特点。譬如在农忙时节不能硬求他们坐下来唱歌,有时大家很陌生,即使是孩子也得不到什么东西。以前笔者与友人共游东钱湖[4]时,曾用糖果去诱引孩子唱山歌,结果一哄而散,空无所获;再想请他们来玩就大不容易。另据庄稼兄收集渠河民歌的经验,他因与民间歌手混熟之故,得到非常便利的帮助。

(2) 态度要诚挚认真,摆脱文人的架子,切忌满脸孔的学者神气。既是向他们讨教,就得耐心,尊重他们,丢开烦躁轻率,然后才能有丰满的收获。早前曾经有一[段]时间,各文教机关也注意到乡土教材的收集,然而他们下一道行政的命令叫人去征收,不用说这种征粮式的强制行动不但征不到好的东西,恐怕更会惹起烦感和怕麻烦的恐惧心理。

(3) 收集者自己学会歌谣小调。如果是学生在暑期里回到家乡去,夏天的夜晚,趁稻场上乘凉唱将起来,自然而然就会有许多人跟着和唱,等到唱开场,精彩的作品也便可记录下来。所以有人主张搜集民歌的人自己先得学会唱,搜集民间故事的人最好自己能讲故事。倘一时不会,只好找邻舍亲戚一类的熟人,请他们教唱。

(4) 记录应该忠实,因为歌谣也是一种客观的(历史的和社会的)存在,不能以个人的好恶作为取舍标准,好的固好,就是一些保守、迷信、落后、亵秽的也可供研究。同时,歌谣又是口头的文学,因此变化繁复,应做多方面的调查参照,比较研究其演变的轨迹。但这并不等于全盘接受,我们应有自己一定的观点,做适当的批判和评价。也可以根据它改写,成为自己的创作,却不必窜改,包括思想、词句和语气。

(5) 收集方式可兼取记录式及实验式。

(6) 不易懂的土语、事物,应详细说明附注,地理环境、民俗风习尤需特别介绍。

(7) 由于中国各地方言互异及方块字书写的限制,在文字的记述方面就有了问题。究以当地的口头语记录呢,还是以近似方言的普通话写下?对于这一问题,我们的意见是暂且二者兼用,而以拉丁化拼音文字及注解补充,如中央研究院在民十九年间出版的于道泉[5]编注、赵元任[6]记音的《仓洋嘉错[7]情歌》,可作为典范。

(8) 民歌的音乐节奏常受文字记载[影响]而减少韵味,或竟致破坏整个情调,这又是一重难题,因为音乐修养(记谱的技术)不是每个收集者都具有的。旧书坊间的小调工尺谱,将各种调子用工尺记下;新音乐社的《甘肃民歌》和中国民歌社的《中国民歌》,配有乐调,都便参阅。

关于以上两项,我们希望对这方面有研究的先生们提供可贵的意见。同时,更衷心地祈祷不久的将来,我们有幸用留声机灌音或[用]电化器械,真实地将那些人民朴素真切的言语记录下来,如像我们在银幕前见到苏联电影里的民间艺人或歌手歌唱舞蹈一样,可以瞻仰我们新时代的江布尔[8]们的丰姿和[聆听]嘹亮的快乐歌声。

除了亲自直接在乡村口头间记录活的歌谣以外,我们还可以利用间接收集的办法,要注意材料收集过程中的一些细小技术项目。

(1) 到图书馆、民教馆去收集整理已有的材料。

(2) 分约各地友好设法直接自口头记录,而在应用或引录的时候,更应当将收集者的姓名写上。这有好几层意思:表明收集者负责的态度,鼓励其他人来参加收集工作,[表明]引用者尊重他人劳力的诚意。可以使收集人手增多,范围扩大,材料也会随之日益广博多样起来。尽管收集者不一定人人有这种心理,但引用者(尤其是编辑者)应该注意这些细小的项目,以便展开歌谣的收集。

(3) 印发征求消息,转托各地友人介绍刊登于各地报刊。

(4) 采用活页剪贴簿或分类目录卡,登记、记录、整理已有的材料,包括:流行地区及其简略介绍,注释、批语、意见,收集日期,收集者姓名。

(5) 以某一地域、某一形式、某一性质,分门别类作为中心整理研究。

(6) 最好能出一民歌专刊,借报纸副刊及油印均佳,内容约分歌谣选辑、研究论文、消息通讯、座谈讨论、征求致谢等,可以收获极大效果,以前北大、中大就是很好的例子。可惜在百物飞涨的现在,连这种轻而易举的事也不可能,我们的感慨岂仅懑愤而已。

歌谣和人民是不可分离的,材料也是随处可寻的,问题的中心全在我们每个人对民歌的看法和做法怎样。起步是困难的,但前面的路子却异常宽阔。当秧歌还局限于封建的地方性规范内,而未经那些先进者的发掘、加工、改造成为辉煌的群众性艺术[9]以前,谁又能相信今天不会被人所鄙视呢?

正如抗战期间文艺界提出的"文章下乡"一样,作家要做人民的先生,必须先做人民的学生;一个民歌的搜集者,他也应该这样。倘使我们从事民间歌谣的研究,不是为着炫奇来装饰自己贫弱的作品,也不是为着追求民歌中的落后成分,而是为了保存并发扬这一代人民心灵的杰作,也为了改造它成为新的更高级的艺术作品,不是在口头上而是在事实上向它学习的话;那么只要我们有决心甘愿做民歌的学生,"不耻下问",向那些民歌的传授者——老年人、老妈子、农民、农妇、脚夫、鱼贩、工匠……各式人学习活的口头作品,我们不难有丰盛的收获。箭是应该当作放射利器的,光对它赞叹或集邮家似的秘藏,这都是对人民文艺的一种罪恶。翻开中国文学史可以发现,无数民间的新兴艺术常被统治者的御用文人掠夺去供奉庙堂,剽窃成为少数特权者的玩物。这是人民的不幸,也是民间文学的大劫。

搜集是走向改造的第一步,先熟悉它,然后才能做精密的深入的研究。吸收它刚健清新的养料、充满人民智慧的洗练的语言,逐渐获得结论,接受旧有的民间文艺遗产,创造出新的风格、新的形式且为人民所喜闻乐见的优秀作品。现在尚是播种耕耘的时期,不必忙着先下结论,"大麦未熟,小麦先吃"的急躁和"瞎子摸象"满足于片面的主观愿望,都不合实事求是的做学问的精神。

我们向人民学习,再还给人民,这是桩异乎寻常的长期的艰巨工程,需要坚韧的信心及友情的鼓励。"海内存知己,天涯若比邻。"在此期待和我们具有共同信念的友好能协助进行,交换各种材料并展开问题的研讨。

一九四六年十二月初稿,一九四七年三月重写

原载《海燕文艺丛刊·青春》第 1 期(1947 年 2 月 10 日),后收入《怎样收集民歌》(沪江书屋,1947 年 5 月),署名:丁英。

导读:

此文初稿题为"谈民间歌谣的收集",署名"丁英",落款"民歌社"。后于 1947 年 3 月重写,收入《怎样收集民歌》小册子。(详见丁言模:《"紧急撤离"前留下的〈怎样收集民歌〉》,载《书香传情——丁景唐藏书考辨》,上海文艺出版社,2020 年 11 月。)

对初稿与修改稿进行核对发现,后者增补许多文字,甚至是几大段文字,特别是第二部分,"直接在民间(主要是农村)进行收集材料的工作,需要解决一些思想、态度、技术的问题"下八个问题,都是增补或删改的,多达千余字。其他的不再赘述。

此文初稿发表于登临主编的《海燕文艺丛刊·青春》第 1 期,其《编者小言》写道:

稿子是一月初就发下去的,连报上的预告都出来了,可是临时碰到印刷所发生问题,再是新春例假,一延再延,竟拖上了一个月之久,实在是非常抱歉的事。

在现在这时候办文艺刊物实在是件太傻的事。从我接到一个朋友的"命令",硬要我来编这本丛刊起,我就知道这事情不好办。接着,拉稿找人帮忙,弄得满身大汗,等到我拿到这本校样时,却已面目全非,早和我发下去的稿子走了样。然而,我能说些什么呢?印刷、排工、纸张全在飞涨,篇幅打了个八折,还是件幸运的事呢!

这样,却得罪了符泊、史马、史青、伏羽诸兄,因为这几篇大作都在看校样时"失踪"了。请各位作者原宥做编辑的苦衷吧!下辑当一一刊出。

得向读者告别,编者将于日内离沪,或许还不能见到它的出版,我却庆幸自己卸去了做傀儡的责任。那么,让我向你[们]做一次握别。

登临仅编了一期,此刊便无下文。

登临发表了不少文章,《诗与美》发表于姜庆湘编辑的《侨声报》副刊(1946 年 6 月 20 日)。

《海燕文艺丛刊》第1期还刊登了民歌社的默之、沙鸥等的诗歌,并在丁景唐的《谈民间歌谣的收集》之后,接着刊登了《各地民歌特辑》,文前有《编者附识》:

> 诗歌至今日也已走向大众,而真能道出人民之疾苦与意志者,厥唯当地之歌谣。本刊承民歌社丁英君之协助,每辑特辟民歌一辑,专事收集各地歌谣,自下期起,将做有系统之归纳,以飨读者。

这期特辑刊登:庄稼辑的渠河(四川)民歌、臧洛克辑的河南民谣、朱观成辑的永康(浙江)民歌、申国椿辑的客家(广东)民歌、王伯季辑的陕西民歌、单颜辑的菏泽(山东)民谣、陈诺基辑的南京(江苏)民歌、潘仲卿辑的皖江(安徽)民歌。

显然这是丁景唐等人发出《征求歌谣》启事后,丁景唐作为公开联系人收到的各地诗友寄来的歌谣的一部分,也被丁景唐写入《怎样收集民歌》。

注释:

〔1〕详见本书收录的《征求歌谣》。

〔2〕此处删除原稿上的一大段,抄录如下:

> 在一个星期日的午后假期,魏绍昌兄家中约集十余位友人,那就是吴越、项伊、袁鹰、陆以真、徐淑岑、薛汕、叶平、刘岚山、廖晓帆、魏绍昌诸兄(马凡陀先生和沙鸥兄因事缺席),做了一次初步的商谈。谈话间,大家都感觉到要使民歌研究工作能经常展开,有成立一个专门收集、整理并出版的学术团体的必要,一致同意民歌社的组织。不过,同时我们也保留并不一定要有固定的严格的形式的建议,所以也没有章程和负责人那一套的拘束;只想每月来次友谊性的座谈,交换心得和意见。

〔3〕"颠倒歌"研究,指本书收录的《"颠倒歌"》。

〔4〕事见本书收录的《宁波东钱湖纪游》。

〔5〕于道泉,字伯源,山东临淄人,藏学家、语言学家、教育家。1930年他首次将仓央嘉措情歌译成汉文和英文出版,引起了国内外学术界极大的兴趣,其后又有多种译本问世。

〔6〕赵元任,原籍江苏常州,清代著名诗人赵翼的后人。他是中国现代语言学先驱,被誉为"中国现代语言学之父",也是中国现代音乐学之先驱,中国科学社的创始人之一。

〔7〕仓洋嘉错,即第六世达赖喇嘛仓央嘉措,他是西藏最具代表性的民歌诗人。

〔8〕江布尔,见本书第571页注释〔11〕。

〔9〕辉煌的群众性艺术,指延安解放区新秧歌运动中产生的《兄妹开荒》等优秀作品。

附录　谈民歌的收集

说到中国民间歌谣搜集的历史,倒也是由来已久的,正如鲁迅先生之《门外文谈》所谓:

> 就是《诗经》的《国风》里的东西,好许多也是不识字的无名氏作品,因为比较优秀,大家口口相传。王官们捡出可作为行政上参考的记录了下来……东晋到齐、陈的《子夜歌》和《读曲歌》之类,唐朝的《竹枝词》和《柳枝词》之类,原都是无名氏的创作,经文人的采录和润色之后,留传下来。这一润色,留传固然留传了,但可惜的是一定失去了许多本来面目。

明清之际,纂辑歌谣专集的文人较多,若明杨慎的《古今风谣》、冯梦龙的《挂枝儿》及《山歌》,清李调元的《粤风》、杜文澜的《古谣谚》、华广生的《白雪遗音》、招子庸的《粤讴》,客家诗人、首创"我手写我口"的黄遵宪也曾搜集及拟了一些《梅县情歌》(以上均请参看郑振铎先生的《中国俗文学史》)。不过他们搜集的目的,大抵旨在存古好奇,几经删改,复又窜入自己或朋友们的拟作一类游戏笔墨,不复是民间本色。比较忠实客观地保存民歌的真相的,倒是意大利人韦大列在一八九六年出版的《北京歌谣》和稍后美国何德兰女士的《孺子歌图》,前者是外交官,后者是传教士,这和第一本中国文学史出自英国牧师 Giles 的手笔,同样令我们惭愧不已。民国七年北大的歌谣征集处发出《征求全国近世歌谣简章》,并曾于民十一年十二月起出版《歌谣周刊》,后来继续着它的是广州中山大学的民俗学会,刊行了《民间文艺》(后改[为]《民俗周刊》)及丛书数十种。影响所及,宁波、厦门、福州各地均有民俗学会及《民俗周刊》《民俗旬刊》的出版,形成民国十八年至十九年间研究民间文艺的繁盛期。回顾他们先后搜集的成绩,根据现存不完全的统计,数量不能算少。但以情歌和儿歌居多,而真实地反映人民的生活、思想、感情的优秀作品,反不及最近二三年丰富。最大的症结还在当时学院式的研究态度,满足于小摆设的装缀或仅为个人的鉴赏。

在这苦难的国土上……[1]

原载《沪江文艺》创刊号(1949年1月1日),署名:丁宗叔。

导读:

此文是丁景唐《怎样收集民歌》的第三稿,发表时改为现在的标题。与前两稿相比,此文开头增加了上述 800 多字的内容,并删除了最后两大段内容。

1948年夏天,丁景唐应恩师朱维之(沪江大学中文系主任)之邀,前去军工路的沪江大学担任了半年的中文系助教,为一年级新生上语文课,帮助朱维之老师批改学生作文。备课进修之余,他抓紧时间阅读鲁迅作品,整理历年来收集的民歌,编成一本《浙东民歌》。应沪江大学中文系学生约稿,丁景唐便将这期间的学习心得体会,写成此文,发表于《沪江文艺》创刊号。

注释:

[1] 省略的内容见本书收录的《怎样收集民歌》。

谈民歌的鉴定、歌谣体创作

——从《愤怒的谣》想起

在旅途中有幸见到《愤怒的谣》的出版,在我是何等喜悦,然而又是感慨难尽的呵。这一两年来,整个中国进行着惊天动地的大变革……我的怀念是深切的,像捏着一团火似的,我时常记惦着许多在同一岗位上工作着的战友和那些远道寄赠民歌的同好,以及他们辛勤收集得来的材料的下落。我虔诚地期待有天能将它印出来,不致辜负了朋友们的一番心血。现在《愤怒的谣》既已出版,它释卸了材料散失的心事,但也引起另一些想说的话。这里分成民歌的鉴定、关于创作的歌谣、一个编辑者应有的民主作风等三部分来加以叙述。

一、民歌的鉴定

民歌是农村社会生活的产物,敏感地留下时代的烙印和浓郁的地方色彩。所谓地方色彩,是和其他的民间文艺同样包含着时间、空间以及历史、社会、经济诸状况所形成的特定语言、事物、风格等等多种因素,而民歌的这些外镶的特色尤得易见。

民歌中流传时间很久地域又很广的,譬如《孟姜女唱春调》《张打鼓,李打锣》《看见她》等同母歌所滋生的子歌到今天依旧流行,固不在少数,甚至在明、清已有了像"大雪纷纷下,柴米都涨价,板凳当柴烧,吓得床儿怕"被原封保存着的。因此要鉴别一首的流行时间、地区或是否文人的仿作,就需下些功夫去研究了。

据编者《附记》里说,《愤怒的谣》里所辑录的"是日本帝国主义投降后流行于全国各地的人民歌谣……即从一九四五年九月起至一九四七年七月底止";而实际上正如文协研究部所写的《前言》中已指出了的:"这里面的作品未必尽是'惨胜'后的作品,有些是抗战期中的,也有更旧的,我们是来不及鉴定了。"

民间文艺作品,尤其是活的口头在吟唱着的民歌,它们是流水,在不断补充着变动着向前发展,创造着新的内容和形式,因此,要把一首歌谣流行的时间做硬性的确定有时是很难的。但倘为了要凑数量,而将战时和更旧的拉扯[在]一起,或竟改动内容硬凑时间,却是大可不必,有违客观事实的。这不是实事求是的作风,应该给予纠正。这里先捡出甘肃的那首"老天爷,你年纪大",还是当今"不做总统做卒子"的胡适在一本清人笔记(似是《瓜棚闲话》)里抄出,发表于北大《歌谣周刊》的复刊号上。[1]记得他除推崇一番外,还指出这是明末"流寇"来时民不聊生的呼声,和我们现在解释"杀人放火的享受荣华"立场正巧相似。

第二○○至二○四及二一九等几首"孩,孩,快些长",流行[于]山东、河南各地。我还清楚地记得那是上海江湾一位山东籍的士兵寄来的,因他没留地址,我还在《文汇报》刊出启事,并且也曾根据那几首民歌写过比较研究的短文。内中第三句都系"长大嫁给大队长",写[上海]沦陷期间"流寇"大队长威风的,也许这里另有依据,"长大嫁给乡镇长"也未必不可能,虽然"腰里带着盒子炮""两边跟个挎枪哩"的镇长到底并不普遍。

散见于各地已出版的歌谣集,或为各地同好所辑录投寄而未经编者详细挑择,杂入本集的也不在少数,在战前已经流行了的有七三"我有一条破裤"、七四"堂前天官赐福"、七五"大衣高帽"、七九"喂狗会守门"、一〇三"好多乌云天上横"、一〇四"出又难来入又难"、一〇六"脚巴行路难过关"、一二九"做官吃米我吃糠"、一四六"有钱有理,无钱无理"、一九七"白杨叶忽啦啦"、一九八"锅里煮一个羊尾巴"、二〇四"黄昏放牛至夜半"、二一〇"秋风呼呼树叶黄"等十几首。陕西的那首"老乡见老乡,两眼泪汪汪"(二四四)流传极广,是民国以来军阀混战的产物,民国廿二年出版的《江苏民谣集》第一册中就录下近十首同一母谣的子歌,内中有几首比这更优秀、更深刻。[2]我还认为有首后二句"打了好几年,只剩一把枪"的,友人葛原曾为它画图,《联合晚报》上连续刊登过。第一首上海儿歌"孙中山活转来,东洋乌龟死脱哉",早在"八一三"炮声一响后就产生了。而在[上海]孤岛时期的童谣"汪精卫,油氽烩"[3]的一起盛行,在当时正是民心向上的呼声,上海的儿童个个会唱,虽然简单,在他们的幼小的心田里种下对敌伪仇恨的种子,收获民族教育的效果,倘说是"惨胜"后的作品,那现实的意义就差得远了。要鉴别一首民歌的时间、空间,不仅仅单从民歌中的方言、事物、内容就可分辨,而更要紧的,首先还在生活中亲身体验、熟悉当地情况(风习、方言等),另外看得多,做比较研究的分析,也有助于我们鉴赏的能力[提高]。这就是为什么从事民歌收集与整理工作,特别要重视亲身从人民口头直接收集的功绩。至于"乡长买田起屋,保长吃鱼吃肉,甲长头五头六(形容奔走忙碌),户长抱头大哭"那类有关伪保长、"流寇"大队长一类民歌基本是[上海]沦陷期间内产物,笔者曾有文论述,发表于《时代日报》,可资参照,这里也就不再一一举例了。

流行地点的弄错,本集内也发现几处。上海是五方杂处的"洋场",各地人都有,所以各地方言都可听到,各地民歌也都流行,但在本地住久了的人,一上口就挺容易分辨出哪[些]是本地的土歌,哪[些]是外来的,像三"今天巴,天天巴"、四"左也巴,右也巴"、八"二皇变中央"等就不应归入上海区域,读起来完全是淮北的口吻;十四"捐税重"、十五"好男买掉分家饭"两首是无锡一带最出名的,归在南京似[比]归入江南的好。一九六"省府搬合肥,百姓倒了霉"安徽歙县的那首是我的一位宁波乡友寄来的,不知是编者抄错,还是二地同有一模一样的歌谣。

二、关于创作的歌谣

作家创作的诗和萌芽状态的民歌之间有着非常显而易见的歧异点,那就是鲁迅先生早已[提]出的"眼看"和"口唱"的分别,民歌的值得学习揣摩[4],也就在它以口语(方言)表达人民大众的思想和情感,为人民所喜闻吟唱;而作家加工了的民谣体的诗,便正如鲁迅先生所说,"旧形式是采取,必有所删除,既有删除,必有所增益,这结果是新形式的出现,也就是变革"[5],和过去文学史上文人仿作的竹枝词、打油诗一类完全装饰或游戏的文字是意义不同,立场不同的。我们现在已经有了许多优秀的创作民歌了,李有才板话、马凡陀山歌(运用中国化民谣体还不够娴熟)、老粗的"金钱板"[6],新音乐方面更有可喜的收获,如宋扬的《古怪歌》、[费克的]《茶馆小调》,以及《毛泽东颂》[7]内的"东方红,太阳升"。本集内的"十四年呵没有家"(二六七),"推磨,押磨"(一六四)等等这类民歌化了的崭新作品,给新诗开拓了一条与人民结合的新路。

因此对于编者所持编辑方针——"凡发现是'文人'润色或代笔的,我是毫不吝啬地剔去了",我们不同意这见解。为什么?一则我们认为[对于]好的歌谣体创作,我们也应该收集研究,可以注明作者附在书后或另集专书,以便比较研究参考。我愿有人能编一本运用各种旧形式的改造了的创作,如以上所提的民谣体作品,以及申曲(如倪海曙先生的"朱警长查户口")、粤剧(如《星期报》上的)、越剧(如《联合晚报》上的"仿新十八相送")、故事新编(如秦似先生的《人肉店》),包括诗、剧、小说各方面加工改造了的作品。二则事实上本集内仍混有许多的文人创作的歌谣和打油诗,几乎所有比较完整而成就颇高的作品,都经过文人的润色或代笔。这倒不是说未经文人润色或代笔的原始萌芽文艺一定不好,而是证明萌芽文艺倘经文人的加工琢磨,就更圆润、更成熟。

这里先就我们几个朋友的"创作"来"剔"一下吧!

[第]十一首是笔者所写[8],登在《联合晚报·夕拾》上,很幸运还仍旧[被]当作民歌留着。六十六到六十八是臧洛克兄的创作,也登在《夕拾》上。其他"正月当兵百花开"(一二五)、"我偏唱个民不主"(一四一,印错为"主不民")、"政治不改良"(一四二)、"推磨,押磨"(一六四)、"谁在扯谎谁在骗"(一七一)……都曾经在《活路》上登过,出自各朋友的改造。

经过文人的润色或完全是文人口吻术语的更多。像"民也民兮奈若何"(一六〇)、"房子是老爷兵的旅舍,田地是乡保长的手掌,养妮子是老蒋的呼唤"(十八)、"党仗血腥遍地哀"(四八)、"室如悬磬……盗匪盈庭"(五四)……都极显著地是报屁股的文人仿作,生硬、揉造,哪里像出自农民口中的语言。另外八十八"庶务最风流,用钱不用愁,电钟五点半,北投"到九十七"天天都一样,中午汽笛放,打开抽屉来,便当"共十首,也一望而知是台湾公务员的"十七字"——打油诗。[9]

三、一个编辑者应有的民主作风

这些已经在上面指出了的地方,多半自己经手过,所以即[使]在手边一些资料也没有可资参考引证的现在,也依旧记得。其余小错误相信也还有,如同地的同一母歌的子歌二〇〇("长大嫁给乡镇长")至二〇四与二一九("孩,孩,快些长,长大你好当保长")不归在一起;十六"苦干硬干,目的达到,不会没官",十七"官逼民反,不得不反,若要不反,免兵免款",明明是一首,分为两个半首等。这可见,"在求内容的正确上","虽是抄抄剪剪地"把别人亲身从老百姓口头"采集"来的记录编起来,也不是一件简单的容易事。倘详详细细将歌谣来源出处和收集者的姓名一一标明,对方言中[的]疑难加以注解,自然更不胜麻烦与繁琐了。

民间歌谣的搜集、整理、鉴定、研究的工作,是一件靠大家共同努力来做的事业,这里最应该警惕有意无意的个人主义的作风。

采集是无数人精力、时间的劳动结晶,独归功于某一个人的"采集",既不在书中提及这些材料的来源和经过,更没有一一将投寄歌谣来的友人们[列出以]表示尊重他人劳力的诚意。这种态度不仅反映知识分子"好大喜功""掠人之美"的偏向,也妨碍歌谣搜集工作的开展,结果落得没有人再会寄材料来。为了纠正这种近视作风,同时也为了向无数投寄歌谣的友人表示我的怀念与歉疚,我在这里不得不以民歌社同人的一员站出来说话——

（1）发动民歌收集,民歌社也许多少起过号召作用,但这本《愤怒的谣》的搜集工作还得归功于庄稼、活路社诸位友朋——臧洛克、默之、金河、朱观成、丁柏威,以及无数姓名被忘掉了的同好,不是他们的热心协助,绝不能收[集]这些作品。

（2）一个编辑者应将这些材料来源的收集人[注明],或从单行本、报章、杂志上抄录的一一注明出处。这一方面是尊重他人劳力的问题,另[一]方面是做学问应有的态度问题。

近一二年来,文艺界日渐注意起民间文艺的收集和整理,是可喜的现象。但要使这工作不停留在小圈子里,而把它当作一个运动来搞开去,不是为着猎奇,不是为着几个人的偏好,而是为着扩展文艺战线,为人民服务。那么及时克服偏向,纠正歪风,一点一滴,踏实地虚心地做出成绩来,则民歌收集工作会有前途,民歌的研究者会有前途。

当我反复翻阅着本集内的歌谣,一些亲手参与其事的回忆都涌上心来,因此就写了些反省和批评,本意是为了进步。我虔诚地希望在再版时能补正这些缺点,希望不要重复那些错误。好在编者也是熟人,想不以这些话为过分的。

原载香港《华商报》副刊《热风》[10]（1948年5月22—23日），署名：洛黎扬。

导读：

薛汕编辑的歌谣集《愤怒的谣》收录江苏、浙江、福建、广东、云南、湖北、四川、安徽、广西、山东、山西、甘肃、河北、台湾等全国各地近270多首歌谣。薛汕在香港时担任中华全国文艺协会香港分会（以下简称香港分会）民间文艺组潮汕方言组组长，积极提倡方言文学，创作小说、论文等。在香港的中共"文委"书记冯乃超,以香港分会研究部的名义写了《愤怒的谣·前言》,说:"这本集子的搜集工作,属于上海的民歌社朋友们的功绩。"这句话是丁景唐撰文评论的主要原因之一,因为丁景唐等人发起了上海民歌社,丁景唐是主要的发起者之一,被视为一个"中心"。

在此文中,丁景唐提出了自己的意见:

其一,"同母歌所滋生的子歌"的歌谣历史演变的问题。这抓住了《愤怒的谣》存在的关键问题,不能被当下许多流行歌谣的表象所迷惑,必须开阔视野,多看、多想、多写、多调查,追踪寻源,才能辨别、鉴定众多歌谣的时间,拿出令人信服的成果。

其二,薛汕等人选入《愤怒的谣》的标准之一:文人润色的歌谣作品一概加以拒绝,力图保持歌谣——民间文艺的纯净性,以与文人润色的歌谣区别。对此,丁景唐不同意。

其三,丁景唐严肃地批评了薛汕等人缺乏"民主作风"。(详见丁言模:《避难香港时评述歌谣集〈愤怒的谣〉》,载《书香传情——丁景唐藏书考辨》,上海文艺出版社,2020年11月。)

此文反映了丁景唐的严谨学风、博闻强记、严于律己和尊重作者等良好作风,这延续在他的后半生从事的宣传出版工作和治学著述里,得到圈内人士的公认。

注释:

〔1〕《歌谣周刊》第2卷第1期(1936年4月4日)卷首为胡适的《复刊词》。

1942年2月27日,胡适任驻美国大使,抄录《豆棚闲话》中的"老天爷,你年纪大"唱词,写信给在美国大学任教的语言学家赵元任,并请他谱曲。赵元任据此创作歌曲《老天爷》,作曲家谭小麟将此带回国内。1946年10月31日蒋介石六秩寿辰,歌唱家喻宜萱演唱了《老天爷》,后来被广泛传唱。

〔2〕以上民歌原文中只有序数,现添加词句。

〔3〕油氽烩,又称"油炸桧",即油条,与南宋奸臣秦桧有关。

〔4〕详见鲁迅《门外文谈》《致窦隐夫》。

〔5〕出自鲁迅《论"旧形式的采用"》。

〔6〕金钱板,四川、贵州等地传统说唱艺术。1936年,黄友凡(巴松)参办《活路》杂志,为《新华日报》撰稿。他创作"时事金钱板"、唱词小调以及自由体的讽刺诗,用"老粗"的笔名发表在重庆《新华日报》《活路》杂志上。黄友凡先后担任中共重庆市委宣传部部长、四川省党史学会副会长等职务,编辑《南方局党史资料丛书》《重庆党史研究资料丛书》,出版《巴松诗歌集》《盛世歌吟》等。

〔7〕《毛泽东颂》,艾青等人著、冯乃超编,香港海洋书屋1948年3月出版,冯乃超为该书写了《编后记》,此文原载1948年3月6日《华商报》副刊。

〔8〕指本书收录的诗歌《清乡兵》。

〔9〕以上民歌原文中只有序数,现添加词句。

〔10〕1941年4月8日《华商报》创办,当年12月12日停刊。抗日战争胜利后,1945年10月筹备复刊,这是党中央南方局决定的,周恩来派出章汉夫、胡绳、乔冠华、冯乃超、廖沫沙等赶往香港,会同广东党组织的张枫(饶彰风)、连贯等投入工作。次年《华商报》复刊,刘思慕出任总编辑、廖沫沙为副总编辑兼主笔。

在香港主管文艺工作的邵荃麟、冯乃超积极支持《华商报》副刊,并给予指导。1946年12月,以《华商报》的名义召开了一次文艺工作座谈会,随后开展了关于马凡陀山歌的讨论、关于粗野和通俗的高低之争,后来发展成为方言地区是否需要方言文艺的论争,薛汕等人也参与其中。

当时夏衍在香港负责统战工作,"捎带"为《华商报》《群众》撰稿。《华商报·热风》编辑华嘉(邝剑平,后任广州市委宣传部副部长、广东省文联副主席等)向夏衍请教,把《热风》编成一个通俗的综合性文艺副刊。夏衍不仅为该副刊撰写文章,还挤出时间,几乎每天晚上到《华商报》编辑部审看清样,包括丁景唐以"洛黎扬"的笔名写的连载文章。1949年11月,夏衍特意提名将丁景唐调回上海宣传岗位,并非偶然。

这期《华商报·热风》还刊登了郭沫若的《悲剧的解放》、吴广的《人命如草芥》、琳清的《这朵花儿红又红》等。

第七编

翻译、编译

第一章 翻　　译

五十岁学吹打

(*I Went to College at Fifty*)

"在一群和我女儿同年龄的同学中,我不觉得我是特殊的。"

这篇文章原是在一九三九年的 *Forum*[1] 上,作者是一位五十余岁的老太婆,她为了追求知识而在五十岁继续大学学业。她的那种对学问认真的态度,无疑是对中国年青朋友的一种挑战。

我在50岁方才进大学三年级,两年以后在一个很热的六月晚上,和几百个年龄在廿岁和卅岁之间的同学站在一起,她们都比我年轻,听着校长说话:"我很愉快地祝贺诸位获得文学上的学位。"

两年的读书生活,在我是值得写下的,因为在这时期内的每分钟充满着火一般的热情和满足。我写这篇文章亦是希望终年好动的不满意的中年妇女能想象到进大学是一件可能的事,假使她不满于现实生活的话。

年轻的时候,我曾在中西大学(Midwestern University)读了两年,除规定的必修课外,便胡乱地选上几[门]课,这种态度比美国人在欧式菜馆的蹩脚菜单上随便点了几样菜还要马虎得多。

那时,我读书的目的很模糊,只希望大学使我将来能有赚钱的力量,而我自己呢,却从未想到将来做哪类工作。所以和别的女孩子一样选了普通文学系,读了两年就因经济困难而退学。当时心里觉得最难过的不是中止学业,而是别离那些亲密的朋友。

三十年后我忽然又觉察我需要时间和机会静静地读书。

那时,我已经五十岁了,最小的孩子已进了高级学校,别的都结了婚,分开住了出去。我转旋在各种活动中已好几年,如参加聚会、写信给国会议员、拜访市长等,这些活动的每小部分都鼓励我急切地去平复世上因不公平而产生的现象。现在回忆起来,这些事是一种最好的锻炼。

心理学家也许会说我从事活动是因为我的孩子都已长大成人,以为我要用活动来填满这空闲的时间,事实上,那些空闲的时间都给家务占了去。我抓住"活动"不放,倒是因为我厌恶空闲所致,有时我的确曾怀疑有些活动的价值,但我总觉得这比打牌、喝茶、上电影院要有价值得多,所以我还是继续参加。

九月我在监狱改进会(Prison Reform League)中听到关于国立反省院(State Penitentiary)一篇报告,讲到受过酷刑后的囚犯身上满是污秽,爬着虫。我知道这是多么悲痛的事,但我不知道怎样去处置他们。当我自问"社会应该如何去处置这些罪犯"的时候,我感到自己还缺乏些基本知识来回答这个问题。

夏季一切团体停顿,我也没有参加什么集会,在这清静的时期中思量我所[参加的]活动之中有哪几件事情有利于社会,我不知哪个和平组织消灭战争最为有效,哪种刑罚应该取消,哪个是处置青年犯罪最好[的]办法……对这些问题,我自己全都不能找到满意解答。我年轻的时候除了看报和杂志之外,别的东西就很少阅读,因此,在社会活动的范围内,我就不能扮演什么主要的角色了。

结果,我决定去进大学的社会系。虽不能确定书本与听讲能否给我所需的判断力,不过我想,这是值得尝试的。

由于精细的预算,我能付出学费,但不能供给我在外生活的费用。就是经济充裕的话,我也踌躇是否要有十八个月的长时期,别离我的丈夫和女儿。在这两年之中,可[以]肯定地说:我是没有得[到]家庭的帮助的。

五十年的生活使我对人类产生了兴趣。我要了解人们间不同的心理关系,所以选读了初步心理学。

要多知道些关于资本与劳力的问题,和现世界的失业、贫穷的原因,我读了几课经济。

和别的美国人一样,我也曾注意到因离婚而发生儿童无保障的悲剧,我要知道在这工业社会中现在的家庭方式是否是最好的制度。为了这个缘故,就要研究古代社会情形,所以在社会系里也选了几[门]课。

当我宣布我在大学读书以致不能像从前一样参加集会时,我的朋友都很惊奇地问我:"离校这么久,像你这样年龄再求学,不感到困难吗?"

我不能使他们明了中年求学实在比青年时候容易。因有五十年的生活,更使我热烈地追求知识,而在女孩时代并没有这种欲望,那正好似走了远路极渴的时候喝杯冷开水一样。

在这两年中,我尽量利用时间研究各种科目,收集零碎的材料。我不让一分钟浪费掉,我也不花费无谓的时间在书堆中死啃,我上图书馆里寻找材料,和那些教授谈话。

在一群和我女儿同年龄的同学中,我不觉得我是特殊的,我不参加课外活动,像球类比赛或跳舞等,我的社交不只限于和我一般年老的人们。我走遍全校,教室、图书馆,校园[里]

都有我的足迹,与卅年前的大学生活一样。

同班生虽很熟悉,但在她们中间很难找到知己。寂寞时,便与教授们谈天,也很欣快。我替那些年轻的同学可惜,她们不会享受这种快乐。毕业[的]时候,有几个教授告诉我他们极喜欢有我在他们班上上课,因为我的疑问与批评常能激起一番极有趣的讨论。

从毕业到现在已三年,我放弃了从前的许多活动,而参加了另外新的热情的适合我的事情。我不再好动和不知足,因为大学已给我判断的能力了。

我相信大学教育能给许多中年妇女很多帮助,能使她们更有毅力去改造社会。假使妇女要校正世上的错误,那她[们]需先武装极小限度的理论和知识的基础。

大学里有了中年的学生那是最好的了,像我五十岁时候进大学,求知欲很旺,在教室里不使一分钟轻轻地逝消。而那班青年人呢?刚从高级学校升[大学],与课本已做了十二年的朋友,对于求知已不产生兴趣。先生呢,对于这班对课本厌恶的青年学生,亦就敷衍了事。假使有了个中年学生在课内时时发问,那教授为了保持他的名誉与地位起见,就不能留声[机]、[照]像机般把从前学习的开一遍就算了。

大学亦是个理想地方,可使两代间互相了解,在思想严肃的空气下,我们共同讨论各种社会问题。记得有一回在家庭论课内我们很坦白、大胆、恳挚地讨论着性问题,从前在知己朋友中亦不能听到的言论,现在都从年轻一代的口中说了出来。

原载《联声》[2]第3卷第12期(1941年6月1日),署:Anonymous[3]著,淙潄[4]译。

导读:

此译文标题"I Went to College at Fifty",直译为"我五十岁上了大学",而丁景唐翻译为"五十岁学吹打",显然是中国化、"接地气"的意译,通俗易懂,又不失原意,这理应是丁景唐修改的结果。

王汉玉的英文基础比较好,上私立启明女中时,除了英语之外,还读了第二外语法语。在东吴大学里,她读的英文教材是原版《傲慢与偏见》,由著名英语教育专家彭望荃讲授。彭望荃,苏州人,出身名门,留美回国后在大学任教,曾与林语堂一起在上海办过英文期刊。

丁景唐在东吴大学使用的英文教材是美国教育家华盛顿的作品《从一个黑奴到一个教育家》,由一位讲授《圣经》的老先生授课。第二学期,丁景唐读的教材是英文版《悲惨世界》,由周先生讲授,他毕业于清华大学英国文学系。

丁景唐的英文略逊于王汉玉,课余时间,王汉玉经常辅导丁景唐学习英文。

《五十岁学吹打》是丁景唐在《联声》上首次发表的译文。丁景唐回忆,此译文和《透过了紧密的云雾》是在王楚良鼓励下动手翻译的。在某种程度上填补了王楚良调离《联声》主编岗位后留下的译文稿源的空白。这也是丁景唐、王汉玉夫妇第一次合作,在丁景唐的文学活动中占有特殊地位。

原文作者说:"我不让一分钟浪费掉,我也不花费无谓的时间在书堆中死啃。"这是此译文励志的闪光点,希望在校的大学生以这位异国50岁重返大学校园的中年妇女的学习精神为榜样,不要辜负了学习的大好时光。

这位50岁大学生重返校园后,"没有得[到]家庭的帮助",令人感到意外,也让世人刮目相看。她成为"活到老,学到老"的典范,至今仍有现实意义。

注释:

〔1〕*Forum*,美国《论坛》,历史悠久的很有影响的刊物之一。
〔2〕《联声》,见本书第6页注释〔7〕。
〔3〕anonymous,英文,意为无名的。
〔4〕淙漱,王汉玉的笔名,与丁景唐笔名"宗叔"谐音。

透过了紧密的云雾

这篇文章原载美国 *Forum*[1]，是一篇很好的描写个人经历的文章。在这里，我们看到了在美国那样的黄金国里，并不是每个大学生都像我们所想象的那样舒适和荒荡的。事在人为，读了这篇文章之后，我们生长在贫弱的国度里的同学们，真可以明白穷小子的遭遇在美国、中国并不两样，而更应该想怎样为自己找生路哩！

和许多没有经济能力进大学的美国穷苦学生一样，我放弃了遗产，带着五十元钱去大学。

我的家属都是诚朴的辛苦的唯实主义的农夫或产业劳动者，在家族中我第一个完成高级学校的学业，所以在他们心目中我是一个有希望的孩子。

高级学校毕业后两年，我在南方一个小铁路站上当助手，每月的工资仅仅六元，其中四元还做了膳宿费。这样的生活在后来的遭遇中已是很够舒适的了。然而因为在幼年的时候曾看了许多书，所以很不满意这种生活，而希望做个航海员，但现实打击了我，航海的梦想也就此消失。

那时候，我一点也不孤独，有两个中学同学和我做伴，那就是卡尔和乔。我们三个人常在一起读读书，谈谈将来希望，每人都有着远伟的志向。

乔在棉花厂里做打扫工作，住在工厂山区里；卡尔是村上贩杂货的儿子，他身体很不健康。他们两人都希望做新闻记者。中学时代，乔常在本埠报上投稿，得过"最好学生作家"的奖杯，卡尔也为几张日报写稿，他们二人都很不差。而我呢，也没有做什么，脑子里只是些空洞的梦想。

我们三人都迫切觉得需要受大学教育。我们想大学教育能使我们有了知识，达到目的。初春时候，我们就很起劲地开始了秋天进州立大学的计划，但是我们一点点的积蓄是支付不了全部的大学费用的，我们要"去工作来完成我们的学业"。

乔最会思索，将近九月快开学的时候，他忽然又把我们的处境重新分析了一下，糟糕，他的结论是需要再做一年工才能够进得大学。

自从一个夜间，在乔那座在工厂山区上的龌龊的小屋子里，卡尔跟我和他握别之后，他的一切都改变了。他成为失去了自信力、没有生气的人。他那容易感伤的神经质的头脑，没有经过岁月和经验的熏染，渐渐钻到幻网里去，再也回不到现实的世界上来了。

乔在这样可怕的生活里过了不久，就在南方的慈善医院因精神病不治而死了。

学 习 做 工

在一个暖和的九月清早,我们就动身到二百五十里远的州立大学去。开学前一星期我们到了那里。

两天后,我就在[学]校里做打扫膳堂的事情。几天以后又去帮助筑通到印刷所去的路,路筑成后,就在印刷所里做印刷工人,开始第一次和油墨接触。从那时起,我对写作产生了极大的兴趣。

以后四年中,除了印刷所的事外,我还做了许多的其他职业:掘沟、翻译、做木匠、编杂志、当种花匠、运动比赛时候还做过门房、当招待、洗碟子、给瞎眼人念书、照顾小孩子、背行李、打字等廿几种不同的工作。

只要能养活,我任何低等的事情都做,有时我还让出一些别的工作给其他的穷苦同学。

大学的费用是这样的高,一年最低的用途至少要五百多元。而我们在秋季开学时候,只有少数现钱或甚至没有。所以开学后,就得去找事做。暑假里我们也不能休息,我们尽量要利用这时期来赚钱,能找到一小时三角的事已经是挺好的职位了。假使要在暑假里赚到一年的开支,那一周包括星期日在内,每日非做六小时的劳工不可。

两年来我每日过着刻板的生活。清早六时起身,六点半到八点半打扫印刷所和生炉子,洗衣、吃早饭再废去半小时,还要走一里路赶到学校里去上第一课。

按惯例平均每日三课,一点钟下课。一点半吃中饭,饭后就赶到印刷所,劳动到六点钟才出来。在七点钟以前要完成晚餐和做报告。在那些日子里,光阴是可贵的。要在热闹的宿舍里预备功课那简直不可能,假使想预备一下功课的话,那常常总在午夜的时候了。

星期日要是没有课,我就做八小时到十小时的工作。

四年过的都是这样的生活。付了[学]校里费用后尚有余钱,就拿来买书或帮助其他的同学。我也参加课外活动,在四年级时被选为"优秀的领袖"呢。

生 活 的 插 曲

在课余,我们简直没有享受过娱乐。我和卡尔从不花一块钱去看戏或吃喝。即使是一元钱,我们也把它积蓄起来。空闲时候我们就到山上去散散步,欣赏欣赏自然的魅力,那是不用花钱的。

慢慢的几个环境相同的同班生便聚在一起。我们一堆有八个或九个,没有一定规则,只是每人有一个责任,要使大家都占便宜。

送报的卡尔,路上碰到我们一堆的人都给一份,看后作为没有卖[出]去的报退回去。

我的责任是揩油戏票。在印刷所里印的时候,我把顺号码的票子印好后,再印几张额外的票子分给大家。

白甫,一位动物实验室里的助教,他的任务是供给我们饮料。每日下午他偷一小瓶盐水火酒,积了一大瓶后,我们放些杏子就成为很美味的饮料了。这种饮料得来虽不大名誉,但我们只希望白甫不要拿错了木酒精就行了。

有时候我也出去参加交谊会。穿的不知是我们一堆中谁的衣服,拿着揩油来的票子,饮着实验室里的酒精。

三年来我住在药料储藏室的上面。同一层里住的都是年龄由十八到廿五岁的工读生。老鼠与蟑螂在房间里争权夺利,臭虫全夜进攻。有一回,我们打了球很疲[惫],不高兴去捉老鼠,后来实在过不[下去]了,一夜竟捉了五十只老鼠。

艰 苦 的 教 训

在这样的空气下我们渐渐变得残忍,我现在才明白世界上的苦楚正多着呢,世上的缺点也难以补救起。

我们从不研究没有实效的理论。一块硬而黑的面包能够给饥饿的人充饥,这比一般社会学家所写的空泛理论要实际得多。

汉斯登斯是个穷苦的盲目孩子,他搬来同我们一起住着。我们同他连一句同情的话也没有,静得像一只苍鹰的影子遮盖着谷场一般。但也没有人讨厌他,却反而喜欢与他做伴。他有的是快乐[的]性格和铁样的意志。

汉斯登斯的父亲是个渔夫。他曾在州立盲童学校受过高级教育。他要实现他的理想,所以带了行李和几听罐头食物在秋季进了大学。

汉斯登斯先到母校,告诉了他的计划。学校问他经济怎样,他回答不出。他们就劝他回家,但他没有回家,因为他带的路费极少,而且回家的路比到学校的[路]要远七倍,所以他就来了这里。

进了学校,汉斯登斯想去替人修钢琴赚些钱。瞎了眼,也没有人领他,所以道路上常常东碰西撞。加以单吃些罐头食物,生了胃病,皮肤渐渐腐烂。此时社会系在热烈地讨论怎样拯救人们,而汉斯登斯早已两天没有吃东西了。

在这样的环境中,廿岁的青年已感到苦闷和厌倦生活,这有什么惊奇呢?社会给我们的只是无尽的苦恼和不平,但我们有的是年青人的热情,我们希望再活下去,而且要活得更好些。

活下去!

[我]三年级[的]时候,辞去印刷所的司阍,去做大学日报的印刷工人,往往要到半夜方才做完五个钟点的工作。

卡尔送的也是这报。我的事完了,他就开始。寒冬时候,我把印刷好的报纸带回宿舍,这样卡尔可以在暖和的房间里分派好报。送报以前他总要喝大量麦酒以抵御寒气,有时候在路上还要呕吐。

我从印刷所回来,过分的疲倦使我不能安心睡眠。一面想着瘦弱的卡尔,带了一大捆报纸在那怒吼的北风中奔走,为的是什么;一面还记挂着早上还要赶着上九点钟的一堂课。

一面工作,一面读书,的确是一件难事。有一个在印书所与我换班的学生,因工作妨碍了学业,第一次小考功课都不及格,给校里开除了。

在孤独、疲乏的痛苦中讨生活,半夜的印刷使我再也想不到去寻找娱乐生活,它变成一把残忍的解剖刀,永久窥探着四周的事物。

对于以劳力赚钱来进大学的年青人,这种境遇常是普通的事。

虽然千种的苦难打击着可怜的苦学生,虽然他们得不到一点物质上[的]安慰,但是当他们想到有许多不能求学而被弃于学校外的孩子时,他们也就替自己用劳力来求知识而感到光荣和幸福了。

卡尔失了业

卡尔送报已有三年,每日早晨奔走在凛冽的寒风里,或在倾盆春雨里淋得像落汤鸡一样。工作虽然这样艰苦,但他绝没有放松过他的职责。他的面颊渐渐变成了苍白,还有些干咳。我真为他担心,在患难中我们更亲热得和亲兄弟一样了。

在三年级春天的开头,就听到关于印刷所到秋天的时候要掉换一位经理的消息。看上去,卡尔的位置靠不大住,他打算在冬天时到外边去找寻职业。身处这样困苦的物质环境下,我希望最好他不要失去这个职位,虽然那薪水是少得可怜。

卡尔这样的一个好人,他没有一点过失,就很快失了业,代替他的是一位和经济教授有亲戚关系[的]学生。

当这桩事公布以后,卡尔的眼睛充满了一种愤懑与呆滞的神情,靠着窗边。我瞧着他,我的心几乎要破裂了。我们默默地感受到了人生的冷酷、世事的无情。从今后,我要靠我赚的钱来养活大家了。

我刚进一年级的第一学期时曾被教务处叫了去。路上想到我的外表———双手,尤其指甲都给油墨染得终年是黑的,头发每天顶多梳一次———这样的大学生,难怪有一个教授因为我这样的外表去告诉教务长了。

进了教务室,满面微笑的教务长让我坐下后,他就说他愿意借款给我,要我把外貌弄得像样一些,但我怕负债而拒绝了他。

后来两年,我再没去过教务处。

现在我们的境遇是这样困苦,迫使我不得不硬着头皮到教务处去请求每年一百元的奖学金。到教务长那里,他还记得上一回的见面。

我的心里矛盾得很,为了自尊心,我想隐瞒我的苦境,为了生活,我却希望得到这笔奖学金。

我想若以我的境况呈请清寒奖学金委员会,那我一定能合格的。

谁知道清寒奖学金委员会的先生们是这样的官架子十足,拖延日子。我的账单还是拿自己的血汗[钱]来付的。照旧在那寒冷的早上拖着极疲倦的身子从印刷所回到宿舍,睡不多时就打起精神去赶上第一课。

过了几个星期,委员会总算来叫我了。

当我从寒风中跑进暖室中时,委员中的一人就说:"告诉我们,你怎样生活的。"

"假使我没有钱,我就不能交学费,过生活了。"我像怒骂一样回答了他。但他们笑了,咧开了嘴,我的痛苦淹没在他们[的]嗤笑中。愤怒贴着喉咙,我气得说不出话来。

一位商业学校主任说:"他真和我们所需要的生意人一模一样。""我们还是让他做些学校工作吧。"教育学院主任说。

我因厌恶这些人和自己精神的疲劳而不快,毕业后我就再也不会听见他们的讽刺的话。不过我终于得到了清寒奖学金。

我们同在印刷所的三人都得到了奖学金。他们二人拿了去购买了一件新衣。我拿了这笔钱,在假[期]里到加利福尼亚去旅行。

"好,毕业了!"

末了一年在[学]校里过得顶快。

行毕业礼前一点钟,我还在洗印刷机,手上都是油墨,几乎没有时间戴学士帽、穿衣服,去参加毕业仪式。

我独自到房间里,坐着等卡尔。

卡尔同却利一起来,没有家族也没有朋友来观礼。我们对此倒觉得欣慰,但情绪并不愉快,我们嘲笑我们自己——

"好,毕业了,现在做些什么呢?"卡尔说。"只有天知道。"我讲。

大学毕业后,没有职业,只得去加利福尼亚干掘沟的苦工。

[在]离我十里的镇上,却利做了贩卖杂志的职业。卡尔在印刷所附近做工。

汉明斯在我们一堆里因为富有经商的天才,他进校的时候只有十二元钱,到毕业[的]时候蓄积下一千五百元。

我们对于这样的苦境,不咒骂谁,也不怪自己。我们年青时候已饱受了一切痛苦,我们知道了这一切都是这个有钱人社会的施与。

当我蹒跚在巴塞耐斯湖边念书,似乎在我和人们中间隔着一层不能来往[的]厚墙。我永远不再回到那些势利的人们中去。从我有了文凭以后,人们就用隐藏的怀疑的态度来接待我。好像只有我立刻钻进他们生活的小圈子里才能消除他们这种态度。

不管怎样,对于势利的人们,我也付之纯正的漠然的态度。

在巴塞耐斯四年了,我忘掉狂暴与苦楚,因为我已获得了无价之宝——学会怎样独立生活。我获得了自信与谦虚。在合理的范围中,每人可做成他所愿意的事。我不信那些人说"我们没有机会"而不去努力的话。

自从毕业后,我虽然没有赚过超过一百元以上的薪水,但是我敢讲,我所做的都是我所愿意而应该的事。

走进了人生的战场

离学校后靠自己劳力周游了十二个国家。后来我回到一个都是麻厂的小城市。在那里[的]高级学校担任了英文教师,班上有四十多个天真的年青人。

有时[我]对着这一班青年渐渐迷糊起来,好像有三人笑着走进门来,那是卡尔、乔和我自己。我们那时还只有十六岁。

课室里显得特别沉寂,几个学生极惊奇地望着我,他们不知道我在做什么。但是当我恢复了意识,教室里也恢复喃喃的读书声音了。

巴塞耐斯湖上的浓雾被惊消了,我向这窗外的阳光发着微笑。

原载《联声》[2]第 4 卷第 1 期(1941 年 7 月 1 日),署:Craig McClure 原著,淙叔[3]译述。

导读:

此译文是继《五十岁学吹打》之后,丁景唐在《联声》上发表的妻子王汉玉的第二篇译文,两者原文都出自美国《论坛》。译介此文的目的已经在开头说清楚:不必幻想在"黄金国"(美国)求学的"幸福",作为贫穷的中国大学生,更应该"为自己找生路哩"!同时也要学习那些异国大学生勤工俭学的顽强意志和执着精神。

注释:

〔1〕*Forum*,美国《论坛》,历史悠久且很有影响的刊物。

〔2〕《联声》,见本书第 6 页注释〔7〕。

〔3〕淙叔,丁景唐为王汉玉起的笔名"淙漱"与丁景唐的笔名"宗叔"的结合,成为他俩"夫唱妇随""景玉共赏"的极佳诠释之一。丁景唐晚年整理《联声》要目时,在此译文条目旁注明"王汉玉"。

女性中心的蚂蚁

本文译自 *Reader's Digest Read*[1]，原名 *Beyond Man*[2]。写女性中心的蚂蚁世界，对于那些认[为]男子远较女子超优，而肯定男女不应平等为天经地义的人们，是一篇很好的驳斥文。

再小泉八云(Lafcadio Hearn)[3]这位归化了东方的爱尔兰人，十六岁离开破旧的家，半途退出校门，在大都市里睡过街头、马房，度着困苦的漂流生活，上伦敦做苦工，去纽约木匠铺子里当差，以后还做过餐室的堂倌、印刷所的排字工人。努力使他由排字工人而做新闻报告员，最后当编辑，而终于成为一个归化了东方的作家。小泉八云一生的事迹实可鼓励人性向善。故特译出，以飨读者。

这样的一个世界会存在吗？在那里，所有的居民都如此有德行，甚至仅仅连什么叫作不道德这观念都不可能存在。要想象这样一个社会——在那里没有不诚实的意念存在，因为没有人会做不诚实的事；在那里不守节操的意念不可能存在，因为没有人能做无节操的事；在那里没有人会存一点忌妒的念头、野心或是火气，因为这些激动不能存在；在那里人们不用努力去讨别人的喜爱，不用特为去做一切我们人类现时所说的本分，要想象这些是不可能的事。并且，在这样做的过程中，将没有困难，没有痛苦，这些就是生活中永恒的、不变的乐趣，而道德也将终蜕化成为遗传的本能。

我们能想象这样的一个世界吗？我可以回答说，这样的世界确实是存在着的。昆虫世界里就有许多这种道德变更的例子，而要紧的是科学家们的意见，以为人类在几百万年的时间后也将进展到蚂蚁社会的伦理情况。这些情况，其中有些由于科学的证明与证实，已惊动了整个道德社会，并且使人们完全从各个新的角度来思索了。

这些事实是由几百位科学家，从几百个不同种类的蚂蚁的研究中得来的。下面所写的故事的种种切切，只是从许多属于最高等蚁类的蚂蚁中得来——这是一定不可忘却的。同样，我必须提醒诸位，蚂蚁的德行，由于环境的需要，是并不扩展到它自己那一种族的界限之外去的。蚂蚁在他们自己的疆界之外才进行战争，若不是因为这样，我们将不称它们为道德上完全的动物了。

蚂蚁是那么聪慧，我们因此可以把它的存在很公正地比喻作一个人类的生命，现在请想象一下——一个世界，充满着妇女，昼夜不息地工作着，造房子、掘地道、架桥梁，也从事农业、园艺和养畜许多种的家畜(我敢说蚂蚁畜养有不下五百八十四种动物)。这个女人的世界,严谨地保持着清洁;它们忙到那种样子,即他们所有的还随身带着梳子、刷子,并且每天都要把他们自己梳洗上好几回。在这些日常工作之外,这些女人们还要照顾许许多多的孩子——孩子们是那样娇嫩,以至稍微的气候上的变化就可能杀害了他们。所以这些孩子必须经常地被从一个地方带到另一个地方,来保持他们的温暖。

虽然这众多的工作者一直在搜集食粮,她们之中却没有谁要比她们所需要的多吃或多喝一点点的东西,也没有谁要比所需要的多睡一秒钟。现在要说到一个奇怪的事实,这些女人是没有"性"的。她们是女人,因为她们有时的确像女人一样会生育小孩,但是她们不能结婚。"性",实际上是隐蔽着的。

这个工人的世界由一队兵士保护着,这些兵士在有些工作中也帮帮忙。这些兵士们长得非常大,非常强壮,并且长得如此不同,以致初看时,好像她们不是属于同一种族的。现在第二使人们惊奇的事实来了:这些兵士全都是女人,但是她们是没有性本能的女人,在她们之中,性也是隐蔽着的。

大多数的孩子是一些特别的母亲生的——一些女性被挑选来专门负责养育后嗣的事,而不许做别的事。她们差不多被像女王般地看待,被经常地喂食、陪伴和服侍,并且是尽可能地在最好的情况下被供养着。只有她们才能在所有的时候吃和喝——为了她们的后代,她们也一定得这样做。她们不许出门,除非有人非常好地陪伴着,她们也不许去冒任何的危险。全种族的生活是为着她们的。

在这一切女人之下是男性。有人问为什么女人要被专用作兵士,却不要男子。因为女子较有隐匿的力量,而一切可能被用于牺牲性命的力量,都转变为培养进攻敌人的力[量]。真正的男性长得很小很弱,并且看来是被以不关心和蔑视的态度对待着的。他们得以被允许做做一夜的新郎,以后他们很快就死了。相反,剩下的却活得很长,最少三年或四年。但是男性的生命,仅仅是长到足够表现他们的孤独而已。

现在讲到最最使人惊奇的事实:这种性的隐蔽,不是自然的,而是自愿的。我们发现蚂蚁能够用一种食物上的综合方法,来任意抑制或加强他们的性能。这种族决定,性将不被允许存在,除非那是对于种族的生存有绝对必要。一切痛苦,自愿地忍受,为了整个社会的利益!这就是一个最有力的例子。

这只是自制的事实之一,蚂蚁社会里还有着千百件非常的事哩。把这整个的,用最简单和可能的方法来说,这种族已完全取消了一切我们称之为自我冲动的事。即使是饥、渴,也不允许有自私的欢乐。这社会的全部的生命,贡献给普遍的利益,互相扶助和对年青一代的照管。生活在实际的意义上就是宗教。个体有时被称作是为了种族的缘故而牺牲了,但是这种意念正表示着最高尚的道德上的博爱。所以思想家要问:"人能否进化到类似蚂蚁们的境界?"

当几千年前古希伯来的作家说"向蚂蚁学习吧,你这懒汉,观察观察它们的行径"的时候,他不会想到他的忠告在二十世纪科学之光下,是多么好地[被]证明了。

原载《女声》[4]第2卷第10期(1944年2月15日),署:小泉八云作,辛夕照译述。

导读:

翻译此文的初衷是驳斥国内不准"女子参政"的国民党要人论调。爱尔兰裔日本作家小泉八云的奋斗经历也是一个生动的激励故事。

注释:

[1] *Reader's Digest Read*,英文,即《读者文摘》。

[2] *Beyond Man*,英文,即《超越人类》。

[3] 小泉八云,爱尔兰裔日本作家,原名拉夫卡迪奥·赫恩(Lafcadio Hearn)。他是近代史上有名的日本通,现代怪谈文学的鼻祖,其主要作品有《怪谈》《来自东方》等。1850年,小泉八云生于希腊,在英、法长大。后来到美国打工,干过酒店服务生、邮递员、烟囱清扫工等,后成为记者。1890年赴日,先后在东京帝国大学和早稻田大学开讲英国文学讲座。1896年加入日本国籍,从妻姓小泉,取名八云,在日本生活了14年。

[4]《女声》,见本书第32页注释[4]。

"世纪的花园"——日本

(自 *House Beautiful*[1])

时常有人问起我游历日本所获最深刻的印象是什么,我总爱提到日本的花园。任你跑遍日本——无论男女老幼,更无论是宗教活动或是劳作、游休或是梦寐,总和花园密系在一起而不能分离。花园的存在非仅为聊资点缀的装饰物。正因为他们将花园看作孕育文化的温床、大自然具体的雏形,或者确当一点地说是人间优悠的王国,所以日本的臣民就默认它是他们户外自然生活不可分割的一部分,而亲密地附设于他们住屋的比邻来当作他们日常生活亲近的密伴。

真的,日本人之喜尚花园,犹如他们每朝晋谒神社同样普遍和重视。虽不能说园圃在他们日常生活中较神社处于更高的地位,但至少可两者并列。像日本人生活中其他的特征一般,花园实际上也含有双重含义——物质的,使人感受真实的美;属于精神的,促使人性向上,思想灵敏。

譬如有次,我曾旅居 Kyoto(京都),在一个日本商界中人的绅士家里盘桓了几天。由多方面的举止看来,他和我一样是个实事求是的人。当然啰,他是位体面商人,有着一间欧化十足的写字间,经营着昌盛的竹业。以我观察,他在企业界所处的地位,足与木业巨子 Ezra Brown 先生相媲美。

我这日本友人,他也没例外地有座美丽的花园。所不同的是,他培栽花卉和园圃布置[的]方法与众特异。我们会面的翌日,他伴我前去参谒驰名当地的稻神庙,令人奇骇的,这神的"圣差"(Sacred Messengers)竟全是些狡狯的狐群。路上随意谈说之间,才知这庙原来供奉着庇护商人的神,我那经商的朋友夹在数千同行中间,虔诚地履行了惯例的仪式——洗手漱口,顶礼膜拜,默祷上苍降福,于是又抚摸着神狐的爪,撞钟来祈求"圣差"带给他们来日的财源茂盛。

所有上节引言,只算是正式叙述那友人家"世纪的花园"的序曲。当我被邀前访他的家园,穿越了竹条编成的小门,踏入修竹的围墙,如同置身尘寰外的仙境,令人忘返。那围绕着茂林翠竹的园圃仿佛砌积了一道墙,隔绝了不远的闹市,别有一番旖旎风光,使我往后重温回忆,又常萦回梦间,流连不已。

灵巧的住屋在园子的面积上只据有很小的一块,而环绕它四周的旷地每面宽倒占了二十余尺。短形的屋舍四边镶着绿草的滚条。园中灌木、水池、假山、湖石、设计的精致皆足以显示主人对"花道"的智慧。而点缀于园子空旷处的回廊尤见匠心独运,煞费工机。每届春秋佳日,阖宅欢聚园中,相与叙乐。一"间"小巧的走廊截作居室,另一"间"改作饭堂。人们陶醉于当前的美景,融化在大自然的怀抱[中],静听淙淙的泉水奏乐,俯视绿池中的金鱼怡游,透过绿色的波纹在阳光下闪放片片金光。白天仰望青空白云轻飘,夜间远眺闪烁的晶星和团圆的莹月。

"我每日总得在此过一小时清静的生活。"友人跪坐于台面放着钢笔、刷帚和一本空簿的漆桌前,向我解释着,"我望着园子,就像与自然同化,忘掉了自我的存在。因为这许多年来花圃和我早已成为亲密的老友了。隐藏在她幽美、真洁、秀茂的深邃处有一种迷人的魔力似的吸引住我的灵魂。我跑到她的跟前默坐来处理我一切的烦扰。每天我还把花园感示的灵感写成小诗录入簿中。"

在庄穆地结束了谈话之后,我的朋友站在窗前,指点纸障外的花园。我顺着他的手指看去,只见一片碧青,绿影丛丛,一池春水,静静微漾,密撮的矮松规律地排植于假山湖石之间。这正像是一幅用窗槛为镜框的写真画,又像是稀世天才 Hokusai[2]再世的手笔。

数月后一个雨天的下午,我去造望日本物业的权威者 Nomura 君。我们被邀入一间漆得极其精致、墙间糊着花纸的内室。柔软的席地上放着刺绣坐垫,炭钵温暖了空气,似乎空气中还夹着一股芬芳的清香。屋子的一边没有墙,原来我们坐的正是花园的边缘。

当两位清秀的小姑娘奉上茶和细点的时候,Nomura 君正拣了近廿件日本中世纪的和式舞服来给我们浏赏。

最令我眷眷难忘的却还是那座玲珑的花园——池塘、假山、湖石、青翠的树、花葩盛放的灌木丛,以及漫烂的樱花、水池里的白莲和稀见的金鱼。于今追思,犹如遨游于鲜花丛中的园子,遗忘掉纷扰的尘世。要是谁还问起我游日的印象,那么我一定仍回答他道:"日本——世纪的花园!"

原载《女声》[3]第 2 卷第 12 期(1944 年 4 月 15 日),署:菲利甫原作,宗叔译述。

导读:

这期编辑在《余声》中说明:"歌青春先生因眼疾很久,不能为我们多多写作。现在眼疾已愈,又能替我们撰稿了,我们非常欣慰。"但是这期并没有署名"歌青春"的诗文,刊登的是丁景唐化名为乐无恙的《人面桃花及其他》、秦月的《三春抄》(《鸽铃》《瓶花》《窗》),以及此篇译文。

注释:

〔1〕*House Beautiful*,英文,可译为《靓舍》,英国最著名的室内外家居装饰杂志,创刊于 1896 年,向读

者介绍各种类型的居家风格,并提供相应的预算等。

〔2〕Hokusai,葛饰北斋,日本江户时代的浮世绘画家,他的绘画风格对后来的欧洲画坛影响很大,德加、马奈、梵高、高更等许多印象派绘画大师都临摹过他的作品。

〔3〕《女声》,见本书第 32 页注释〔4〕。

三次战争的回忆[1]

克里米亚战争爆发的时候,我才十四岁。我在亚克斯中学做学生,同另外二三百个顽童关在一座古老的班尼狄克汀修道院里,它的长廊和大厅弥塞着一片黯淡,而两面庭院在光辉湛蓝的南方天空下却异常畅朗。虽然我在这里受过苦楚,但在回忆中依旧怀念着它。

那时我正十四岁,我不再是一个小孩童了,虽则今日我对我们活着的世界依旧如此愚昧无知。在那被遗忘了的角落里,甚至天大的事都难有反应传达到我们。市镇,一座忧郁、古老、死气沉沉的小城,躲于一片荒凉的景象中;那学校紧挨着无数的堡垒,就在这小城最荒野的地方,更充溢着惨凉的景色。我再也记不起我被幽闭着的修道院墙外所发生过的任何政治事变。唯独克里米亚战争激励着我们,但也许我们风闻其事已隔上好几个星期。

当我重复回忆战争对我们乡下学生到底是怎样的一回事,我不禁好笑。首先完全是莫名其妙。战场那么遥远,好像我们阅读过的《天方夜谭》,在那块奇异的野地上如真地搬演。我们根本不知道战争在何处进行,也记不起我们是否有时为了好奇而去请教我们手头的地图册,应该指出这全然是我们[的]教师使我们对现实生活绝对无知。他们偶或也看报晓得些时事,但他们从未向我们提到过那些时事;如果我们询问他们,他们便会严厉地加紧功课和习题,甚至开除学籍。我们只听说法国在东方打仗,便再也不知底细和究竟如何了。

有些地方现在已经记不清楚,我们背诵着关于哥萨克们的传统笑话,就拿从书本上认得的二三个俄罗斯将军的名字,在小孩脑海里联映成为妖怪。并且,我们绝不相信法国会遭逢败仗的可能。那在我们看来,违反自然的法则。过些时候,战争持续着,我们也就忘掉,几[个]月之后又有了另外的大战,再隔了许久传来消息,才重又引起我们的注意。我说不出我们是否懂得曾经发生过的战役,或者法国攻占塞瓦斯托波尔曾经使我们为之[欢跃]。所有这类往事已经淡漠,维吉尔和荷马对于我们,较之当前民族间的争端,具着更多的关切。

我还记得有一时期在我们游戏场上一种有趣的游戏。我们分成两队,在地上划了两道线,于是开始作战。它就是所谓"强盗山"的游戏。一队代表俄罗斯,一队算是法军,自然啰,俄国人总归稳输的,有时相反的结果便惹起一场凶悍的鏖战。在某一星期的周末,由于两个孩子打得头破血流,被学监逼令禁止这好玩的游戏。

在这类抢"强盗山"游戏中,大亨是个高大的美少年,他老爱选做将军。[他叫]路易士,出身于定居南方的一个老布勒通家庭,保持着常胜的风度。我现在眼前仍能看见他神气地前额包着一条手帕,佩束着一条皮带,像挥动佩剑一样用手势指挥着他的部下。他令人惊服,甚至[让]我们有种为他效忠的感觉。可惊异的是他却有一个孪生的兄弟,裘利,那么矮小、瘦弱、纤柔,顶不喜欢这种穷凶极恶的游戏。当我们分成两队,他便跑开,坐在石凳上,以他焦急而又害怕的眼光瞅着我们。有天,路易士被一整队急袭,打倒在地,裘利急叫起来,[脸色]死白,发抖,像半晕厥了的女人。这两兄弟大家相互酷爱,我们无人敢取笑小的胆怯,因为大家都怕被大的打。(一)

…………

唯独裘利回家常疲惫不堪,他跑那许[多]路无非因此可勿离开他的兄长。跑路使他磕跌,且[他]又极端怕马。我记得有天,我们跟着炮队在野外消磨了一整天。路易士野得起劲。在村中吃了一顿杂拌的早餐,他带我们到河漕去,他就坐在那里洗澡。他说等他成年便去当兵。

"不能,不能!"裘利叫了起来,双手绕着头颈,面容苍白。他的哥哥笑着,称他是个大傻瓜。但他还说:"你一定要被杀死,我晓得你一定。"

那天,裘利心底里的话被我们讪笑着。他对丘八爷有着恶感,猜不透为何能吸引着我们。在他想来这全是丘八之故,要是世上没有兵大爷,也绝不会有战争了。

实在,裘利恨着战争。战争使他惧怕,此后他当设法卫护他的哥哥,不让他去从军。在他看来,那是一件荒唐而又可憎恶的事。

时间易过。我们已经对军队厌倦,另换了一种新玩意,那便是一早去钓鱼,在一家下等酒肆将钓来的鱼吃掉。河水生冷,裘利因胸口受冻几乎病得死去。

在校中,不再谈起有关战争的事。我们又浸涵于荷马和维吉尔的诗作(《荷马史诗》和《吉尔伽美什》)。不久,我们知悉法国已经获得胜利,这在我们看来是十分自然的。这样,军队又开始经过,只不过从另一个方向。他们不再引动我们的兴趣,虽然我们也偶或跑去一看。在我们看来,他们只剩下半数,也不再威仪——其余已经在迷雾中消隐。

这就是一些禁闭于乡村学校里学生所知道的克里米亚战争!

一八五九年,我在巴黎圣路易士[中学]学习。当战争发生,我正同两位同学路易士和裘利从亚克斯到这里来,路易士预备进工艺学校的入学考试,裘利决定选读法律,我们都是走读生。

在当时,我们停止了撒野,对文明世界完全土头土脑。巴黎使我们变得驯顺。如是,当意大利战争爆发,我们也卷入了时代的风暴里。我们甚至从政治立场、军事战略来解释着战争的性质。校中流行着对战争[感]兴趣的风气,我们在地图上找寻着军队的进退,用钉针来表达战事得失的情况。为了便于每天记录,我们需要大量的报纸。这已成为我们走读生的使命。我们时常塞满口袋,裹着大衣,从头到脚藏着大捆报纸。上课时报纸便被传阅着,功课完全不顾,我们躲在邻座的背后,沉醉于看报。为着整张报纸太大不易藏阅,我们一分为四,夹在书内堂而皇之假装读书。教授们自然也并非全是瞎子,不过他们以大雅君子风度放

任游手好闲的学生去自食其果罢了。(四)

起初,裘利耸着肩胛,他崇拜着一八三〇年的诗人,袋里老放着一册 Musset(缪塞)或雨果的诗集,就在听讲时阅读。所以当谁传报给他,连看也不看丢了过去,继续读他的诗。他以为,谁去注意人间的争斗是可憎的。但是一件突发的事改变了他全部的人生哲学,使他的见解转变过来。

一个晴朗的日子,路易士因考试失败,报名入伍。这是他心中久已酝酿的必然步骤。他的叔父乃是位将军,他很有把握可以不必进军校而径入行伍,另外,日战争过去仍可参与圣西尔军校的考试。当裘利听到这消息,直似晴天的一声霹雳。他不再是个宣称反战而停止争论的小家伙,他虽仍有不可屈服的厌恶战争信念,却硬充强汉,不再在我们面前淌泪。但自他哥哥离去,他遂变成看报迷中顶起劲的一个。我们上学放学一起同行,我们不谈旁事只讲打仗,我记得他几乎每天拖我到卢森堡公园去。他把书放在椅里,在沙地上描出整幅意大利北部的地图。这使他想起他的哥哥,在他心坎的深处充满了恐惧,以为他哥哥必死无疑。

竟至于现在我回忆着,我依旧难以清楚地寻求裘利害怕打仗的原缘,他毫无疑义是个胆小鬼。他嫌恶体操,认为它会减削高超的智力。紧闭静室度着学者或诗人的生涯,在他看来这便是人活在世上的真正目的。此外不管街头的喧扰、用拳或剑的争斗,还是其他发展肌肉的任何行动,一概被他视作只配野蛮的国家。他尤其不喜欢运动员、武术家,以至野性未驯的家畜。我并且应该指出,他还没有爱国心。对于这一件事,他常被我们投以轻蔑。就在眼前,我依旧仿佛见到他以微笑和耸肩作为他给我们的回答。(五)

在我记忆中最活跃的是马迦太大捷传到巴黎的那个夏天,这是六月——一个法兰西罕有的六月。正是星期日,裘利和我打算在傍晚之前到爱丽斯广场去散步。他的心绪非常不宁,因为他的哥哥已好久未曾来信,我想这可分散他的忧虑。我在一点钟就去候他,由于身后没有助教跟着,我们懒散地踱着学生特有的"吊儿朗当"的步子直向塞纳河走去。

应得明白巴黎暑天里的假日是怎样一回事。屋子的黑影照映着人行道是那样显然。在紧掩着百叶窗的屋前见到的只是一长条湛蓝的天空,我不明白世界上尚有比巴黎更酷热的地方;它是个熔炉,窒闷而又郁热。巴黎有几处荒凉的地方,如沿码头一带到城郊的丛林一段便是。然而沿着广阔清静的码头,列树探开浓影(散步可又何等可喜),树下河水汹涌,聚憩着流泊的水上人家。

我们走到塞纳河,沿着码头在树荫里漫步。河水发着柔悦的声音,太阳映耀着它,耀闪无数银色浪花。在这个良佳的假日的空气里似乎有些异象,巴黎一定出了一件每人甚至每家所企期着的新闻。意大利战事,如所周知,这样快就马到成功了,根本不曾有过重要的战役,这对巴黎,屏息沉听远地的炮声,在早两天前就已预料到的。

这印象在我记忆中非常清晰。我刚刚问裘利,巴黎"好像有些奇特"的预感。当我们跑到伏尔泰码头,我们看到在稍远《指导报》的印刷厂前,有一小群约七八个人在站着阅读要讯,从我们站着的人行道上可以见到他们在做手势、嬉笑、叫着。我们迅即过街[去看],要讯是一份战电,不曾铅印,是手写的,宣称马迦太四线连捷,连贴在墙上的胶糊也不曾干。显然在那[个]星期天,整个大巴黎城中,我们还是最先得悉的。人们麇集,他们的激动一望可知。他们一见如故,和路人互相握手道喜。有位前纽佩戴绸巾的绅士在向一个工人解释着战事的经过,女人们含着媚笑好像恨不得投入卫兵的腕臂里。一会儿人愈聚愈多,拥塞着过路的人,马车夫从他们[的]座位上跳下停着。当我们离去,[那里]已[有]超过一千以上的人。

这天就成为一个光荣的日子。在几分钟间消息传遍全城。我们想带它告人,但它已失我们而逸,我们被阻不能转过弯也不能穿条街,从每张喜气洋洋的脸上,我们立即便恍悟大家已早得知。它在阳光中浮漾,它随风飘飞。只一个半钟点,就改变了巴黎的外表,庄重的期待被胜利的降临所替代。我们混在爱丽斯校场和欢笑的人群[中]漫步了两[个]小时。女人们的眼睛闪着光亮。"马迦太"这个词挂在每人嘴边。(六)

然而,裘利依旧面色苍白,他烦扰不安,但我了解着他心中的害怕。他喃喃着说:"他们今日欢笑,但不知明天又有多少人将号啕大哭。"

裘利又想念起他的哥哥。我和他讲笑话引他开心,并还说路易士回来必定已是个队长。"或许单剩他会回来。"他答着,摇了摇头。

黄昏来临,巴黎悬灯庆祝。威尼斯式灯笼在窗前旋转,穷人也点燃了蜡烛;我甚至又看到有些人家仅在窗前摆了张桌子,上边放着一盏灯。夜是幽美的,所有巴黎人全跑在街头。有些坐在门上,似乎他们在等待巡行队的经过。广场挤泻着群众,咖啡馆和酒店也拥塞着人,那些顽童们燃放的爆仗使空气中袅溢一阵火药气味。

我要再次声称,我从未见过巴黎如此美丽。那天,好太阳、星期天、胜利,所有的喜悦都交织在一起。以至稍后当巴黎传闻沙福利诺的决战,也没有如此激动,虽则它立刻结束了战争。在军队举行凯旋的那日,巡行格外庄重,可是它已缺乏群情自然溢露的欢欣。

从马迦太获胜起我们得放两天假,我们对战争反更关切,有些人还认为和平来得太迅速了。学期且告结束,假期来临,带来渴念着的解脱。意大利、军队、胜利,这些完全在获得高贵的自由中消泯。我记起那年我预备到南方去消度我的假期。当我正打算在八月初动身时,裘利要求我等到十四号,凯旋的日子。他充满愉快。路易士已列军曹之阶,他盼望我参与他哥哥的凯旋仪式。我允诺留驻等候。

为着迎接几天前贴近巴黎城郊扎营的军队,进行着隆重的筹备工作,巡行的路线由巴士底广场起,经大马路折入太平路,直达凡尔赛广场。大马路上旗帜招展。旺多姆广场上聚集着政府官员和他们的宾客,空气热烈。当军队出现[于]大马路之际,掌声雷动,两旁行人道上涌着人群。窗楼人头齐衔。女人们挥着手帕,向兵士们投下鲜花。与此同时,兵士在喝彩狂呼之中保持着齐整的步伐。军乐齐鸣,三色旗在阳光里飞扬。特别是那些挂彩的伤兵受着热烈的[喝]彩声。在寺路的转角,一位老妇鲁莽地撞入行列拥抱着一个伍长,无疑那一定是她的儿子了。他们就把那个愉快的母亲拥在进军中同行。(七)

官方假凡尔赛宫举行了庆功宴。盛装的贵妇穿着华贵的衣饰,全副制服的官员显着庄严的神态。晚间法皇在卢浮宫召集三百人大宴。他宣读了一篇含有历史性的祝辞:"倘若法兰西曾经作为一个友谊的人民,为何她不为自己的独立而奋斗呢?"这种鲁撞的夸辞使他在普法战争时后悔不已。

裘利与我在鱼市场路的一家窗畔俯视着行列经过。他在前一夜曾赴营所告知路易士,我们伫候欢迎。因此,当他[的]部队经过时,他就仰首抬头跟我们颔首。他已苍老了许多,脸色赭黑瘦削,我几[乎]不能认识他了,他已像一个成人,我们和他相比还仍是个孩子,文弱苍白像似女人一样。裘利的眼远远地盯着他,我听着他的呢喃。眼中充满了泪水,忽然一阵神经冲动着他:"无论如何这正是美妙,正是美妙。"

晚间,我又在拉丁区的一家小咖啡馆里碰着他俩。那是在一条弄底的小地方,我们分开跑去的,因为贪它的冷静可以任意聊天。当我到达,裘利两肘撑着桌面,在倾听路易士告诉他关于沙福利诺的战事经历。他说以前没有比这更凶猛的战役。意大利人预备退却,而联军随即突前进攻,大概廿四日清晨五时他们忽听到密集的枪声——意大利人采取攻势向我方射击。各线开始总攻。一整天,各区将士单独作战,不清楚全线战斗的过程。路易士亲身经历在攻塌的乱塚间可怕的肉搏战。这就是他所经历的全部故事。他又讲到晚间爆发的恐怖雷暴,天际突然响着的雷鸣掩没了枪声,意大利人的阵地淹成汪洋一片。他们互相开火了十六小时,夜充满了恐怖,兵士们根本不清楚是否已经打了仗,黑暗里的每个声响都会使他们想及战争重新开始。

在听这故事时,裘利老是直向他哥哥瞅着。也许他根本没有在听,只不过为着他哥哥在眼前感觉高兴。我将永远不会忘却在那昏暗而静谧的咖啡馆里的那一夜,外边隐约传来巴黎庆祝节日的声音,而路易士却正在带领我们穿越沙福利诺流血的田野。当他说毕,裘利默默地说道:"无论如何,你已在这里,怎不知是否有过这回事?"

十一年后,一八七○年,我们都已成年。路易士擢升尉官,裘利由最初多方面的兴趣,终于和一生无聊的巴黎阔佬混在一起。他们经常组织文学和美术的团体,本身却从未接触过钢笔或画刷。

对德国宣战的报道引起了一阵极度的骚扰。人们的头脑中萦绕着,我们在莱茵河的自然前线和沉重地盘踞我们心的滑铁卢旧恨。如果这场战争能旗开得胜,法兰西定将祝祷战争,虽则战争本身固应被诅咒。

倘如军团已陷于暴风雨战事状态,而还维持和平状态,那将使巴黎感到懊丧。有天冲突终究不可避免,每一颗心都激昂地怦然跳颤。我不拟细述当时路上的夜景和激奋的群众,以及后来他们果然以行动来证实了这点;我只说在沉着稳重的市民群间,大多数[人]也在地图上指出直趋柏林[的]我军不同的据点。普鲁士人将被来福枪的战火驱逐回去。此类对胜利具有牢不可拔的优心,是从我们常胜将军自欧洲的一端直至他端所向披靡的日子就具有了的。今日我们全然又恢复了这种危险空虚的爱国心。

有晚我在卡坡辛广道上看着一群穿工装的人走过,呼叫着"直捣柏林""直捣柏林",我觉得有谁在拍我肩胛,那是裘利。他非常忧郁,我靠近了他,他毫无激动的样子。

"我们定被打败。"裘利冷静静地说着。(八)

…………

而现在却来了悲惨的日子。每隔两三小时我总跑到在杜路第十九区的曼利门去探听消息。人们聚集在那里,约莫有百把个人,直延到路边。这些人一时也不噪闹,低声下气地谈话,好似他们跑进了病房一样。一个书记员随即出现,在布告板上贴了一张电讯,引起了一阵骚动,立刻消息传遍口头。但消息接连欠佳,引起了普遍的慌惶。至今我如不走过杜路则已,否则便不能不记起那些悲悼的日子。在那人行道上,巴黎的市民忍受着可怕的苦楚。每小时每小时,我们可以听见德军马队直向巴黎奔驰逼近。

我时常碰见裘利,他不再向我侈言战败的预感。他只思忖曾经发生的事以及任它自然演变。许多巴黎人听说巴黎被围,都耸起了肩胛。巴黎被围是可能的吗?有的人还演算术地推论巴黎绝不会被侵。裘利有一种预感,使我后来为之惊奇,宣说我们将在九月十五日被困。他依旧如同学生时代一样惹厌着运动。对这战争,他也同样有他自己一套习惯的看法。天晓得人们为何需要战争![裘利]一定会举手反对提出抗议,不过他却贪婪地阅读着电讯。

"假使路易士不离开此地,"裘利重复说着,"在我们等候着战争结束时,我一定要写几篇诗。"

路易士隔了好久才有信寄给他。消息相当恶劣,军队已士气溃散。在我们得知鲍尼一役[时],我在杜路角遇见裘利。巴黎那天又透露出一丝希望,人们谈着打了胜仗。他,相反,在我看来比平常更显忧郁。他经得悉他哥哥的部队已在某处损失惨重,英勇完成使命。

三天后一个普通友人跑来告诉我一件惨讯——裘利接获了一封他哥哥临死前夜的信,他已在鲍尼被流弹命中。我立即急忙赶去看那可怜的老友,但我发觉他住所空无一人。第二天早上我还睡在床上,一个穿着义[勇]军制服的年青人跑了进来,原来是裘利。最初,我难以认出他;后来我用手臂围着他,衷心地拥抱他,我的眼中充满了泪水。他却并不哭泣。他坐了一会儿,做了个手势叫我停止劝慰。

"在此,"他静静地说着:"我特来向你说声'再会'。现在只剩下我独个人,我不能再容忍不干事了……所以我昨天找到了一队即将开拔的义勇军,就参加了,做些应做的事。"

"什么时候,你离开巴黎呢?"我问他。

"两个钟头以内,再见。"

裘利回转身来和我拥抱,我不敢再多问他别[的]了。他走了,可我老惦记着他。(十)

原载《宁波时事公报》[2]1948年6月25日及7月5日、9日、12日、19日、23日、30日,均为第4版,署:左拉[3]原作,卫理重译。

导读:

1947年11月,丁景唐、王汉玉夫妇经香港赴广州。丁景唐在博爱路8号的英商泰和洋行广州分行任职,在广州沙面生活了5个月。他经常去地摊上淘书,那里还有一个小小的图书馆,看了夏衍的长篇小说《春寒》。他抽空根据英译本翻译了左拉的《三次战争的回忆》。在译书的闲暇,他经常与夫人坐在枝叶茂盛的大榕树下,说文解字,切磋词意。

现存此连载译文分为七部分,每部分后有序号。因该报遗失,缺漏了第二、三、九部分,但是大致可以看出此译文的概况。

此文体现了左拉自然主义文学的最高品格——真实性。塑造了路易士、裘利这对孪生兄弟形象,即狂热的战争鼓吹者、拥护者和厌战、消极分子。他们看似是截然不同的两种形象符号,但是战争悲剧的无情延伸和残酷性,恰恰发生在裘利身上——替代阵亡的哥哥上战场。与其说是这对孪生兄弟血脉关系催促的,不如说是他俩被战争扭曲的畸形人性(真实性)的自然流露。

如果进一步分析这三场战争的始作俑者英、法、俄等列强争霸夺权的反动性质,那么左拉此文的真实性,足以让读者获得更多的弦外之音和深刻思索。

注释:

[1] 此文英文版未查到,法文版待考辨。

[2]《时事公报》,1920年6月1日由金臻庠创办,社址在江北岸同兴街。初为对开一张,后曾出对开三大张,内容有国内外电讯、本省本地新闻和广告、评论等。副刊先后有"新月""散花场""闲云""五味架""珊瑚网""憧憬"等专栏,抗战爆发后,副刊改名《挺进》,寓鼓动民众参加全民抗战之意。1940年冬,《时事公报》发行量达到1.5万份,创当时浙东报纸发行记录。1941年4月宁波沦陷后,《时事公报》被日伪劫夺。1946年2月11日复刊,改为《宁波时事公报》继续出刊。1948年10月24日被国民党当局勒令停刊。

该报副刊主编庄禹梅,原名继良,笔名病骸、醒公、平青等,镇海人。早年加入光复会、中国同盟会,后在宁波《四明日报》、宁波《时事公报》任职。1925年加入中国国民党,次年任国民党宁波党部商民部部长。1927年2月北伐军进入宁波后,任《民国日报》社社长。因"诋毁总司令(蒋介石)"罪处徒刑15年,后经虞洽卿疏通,于1929年重审后无罪释放。1929年5月加入共产党,复任《时事公报》编辑。1945年初,赴四明山革命根据地,在中共浙东区党委领导下办报。1949年后,任《宁波时报》社社长、宁波市政协第一至六届副主席。著有《甬江潮》《孙中山演义》《中国古代史释疑》《古书新考》等。

〔3〕左拉,法国著名作家,代表作有《萌芽》《娜娜》《小酒店》等。

此前上海放映美国电影《左拉传》时,报刊纷纷刊登点评此电影的文章,产生较大影响。该影片讲述了法国文坛巨匠左拉的一生经历,以及他为了正义而不屈不挠的精神。这部影片获得了第十届奥斯卡金像奖最佳影片等三个奖项。

陈独秀、茅盾、瞿秋白等人先后介绍过左拉及其作品。瞿秋白译介的《关于左拉》开头引用了左拉写给俄国作家波波雷金(Boborykin)的一封信,接着解释说:

> 因为波波雷金准备着一个关于"法国的现实小说"的讲演,他请左拉自己给他一些材料,所以左拉就写了这封信。不过直到现在,这封信一直没有人注意,最近才从一八七六年的俄国杂志《祖国杂记》第七期上发现(这是波波雷金所引的"逐字逐句的译文"),法文原稿不知道在什么地方。
>
> 左拉和俄国文学界的关系是很值得注意的。一八七五年,经过屠尔格涅夫的介绍,左拉开始在俄国杂志《欧洲消息》上作文章。他差不多每一个月送一篇文章,或是论文,或是小说,给这个杂志;中间也有间断的时候,前后总共有六年,这个杂志一直登载着他的《巴黎来信》,起初是不用真姓名署名的,后来就公开地签上了左拉的名字。这些《巴黎来信》总共有六十三篇,另外还有一篇文章——论巴勒扎克和他的书信的。这些文章和"通信"之中,直到现在还有二十四篇没有发表法文的原稿。

第二章 编 译

在卍字旗的阴影下

希特勒说：妇女的唯一责任就是养孩子

弗劳克林克[1]，那位希特勒的女走卒，她是德国女子的"阎王"。她叫她们应该生多少孩子，在什么时候应该穿怎样的衣服；她又教她们烧些什么菜或怎样做菜；当她们的丈夫或儿子出征时，她又去教她们怎样对丈夫、儿子笑；如果遇到丈夫战死了，那么她也得去告诉她们应该怎样"笑法"，怎样动作。这就是她对于"家庭精神教育"和"国民道德教育"上所应负的责任。

弗劳克林克的主要工作，是关于孕妇的生产和厨房中的烹调。纳粹主义目前所最需要的，便是要整批的青年川流不息地出征、战死。讽刺德国这种政策的人称之为"人口繁殖政策"。现在纳粹妇女运动者要德国年轻妇女相信：最光荣的事，莫过于生孩子。假使有届结婚年龄的女子还不结婚，那么妇女支部便会派人到她家里去访问了——"你为什么不结婚？没钱吗？到公务局去借贷啊！没有适当的对象吗？那太荒唐了，德国现在正充满了活泼、健全、带有雅利安风的男子啊！"

每个女子结了婚，必须怀孕。如果婚后十八个月还没有怀胎，那么这些没有生育的妻子，必定要被一批世故的"交际顾问"来探访。

弗劳克林克[的]第二件工作，便是到无线电台、新闻报馆和人家厨房里巡回。她教德国妇女怎样煮适口的菜肴，怎样生活，才不妨碍国民的健康。没有妇女可以出版一张菜单，如果不得到妇女部的许可。每天无线电中所播的问题，都是通知德国妇女要置些什么，或告诫德国妇女怎样的事是妇女们所不能过问的。每一公寓或里巷内，都安置一个妇女支部的干事，在那里她的使命便是突然跑到人家厨房里去检查她们的锅子中在煮些什么东西、切板上切些什么，甚至连菜篮内放些什么也要去搜查的。

女性不得做法官或国家律师，借端开除研究法律的女学生，限制女学生的名额不得超过全校人数百分之十。

妇女学医也要受到同样的限制。一九三二年德国有二七〇〇位女医生,国社党一上台,不是不准女医生挂牌,便是以"这里不用女人"或"你还是自己去养孩子吧"等讥笑口吻来拒绝她们。(Peter Engelmau[2])

希特勒说:犹太人是世界最卑微的民族

犹太人不分男女,不分老少,常常被召到警署里去询问和检查。"询问"是严刑拷打,"检查"便是劫夺犹太人身上的珍贵物品的代名词。当他们在等候传问的时候,他们得面壁站着,一次要站上好几个钟头,常常要到他们力竭不支才罢。

向雅利安人说话或碰了雅利安人吃的东西,犹太人也要被判很重的罚款或关进牢里去。在马德堡一个犹太青年因为请一个雅利安姑娘一同去看了次电影,便被判徒刑四星期。

在布雷斯劳一个犹太律师因为躲避群众的殴击,跑到警署里请求保护,结果,反被逼着跳脚露体,捐了块写着"我以后不再请求警察保护了"字样的木牌,在大街上游行示众。

一个商人给冲锋队抢去了值一千八百马克的货,结果判决赔十二个"分令"。

在一九三七年四月二十二日那一天,纳粹秘密警察自三十三个犹太人的孤儿院、保养院和养老院中,把上千人逐了出来。

犹太人[的]商店或住屋,常常遭到人们掷石子、抢劫和焚烧的厄运。

所谓"检定税额"的纳粹人员均有特权可以任意跑进一家商店去验货物,"以便决定税额"。这"检定"常常会"检"上好几个星期或月头,而最重要的便是在这"检定"期间,受"检"的货物一律不准出卖。于是乎,到"检定"完毕,这家商店也只好关门大吉了。

犹太的亡命客乘火车到边境的站上时,还要付一笔"出境费"。而且差不多每天都是一样的,一批一批押到警署里去浑身上下大搜一番,看有没有私带钱币出境。据从前在德奥[边]境的纳粹检查员说,常常一天的收入要达三千万"锡令"。

那些不幸跟雅利安人发生肉体关系的犹太女人,所受的酷刑尤为可怕。行刑者第一步先把那女人的衣服脱得精光,用鞭子痛抽一番;接着把她的头发剃光,[强]迫她喝下一品脱蓖麻油;最后用一种擦不掉的液体,在她的裸体上写了一些猥亵的词句。到这时候,刑罚的"仪式"才算完毕,奄奄一息的可怜女人则被抛在一边待死了。

一个犹太店员娶了一个基督教女子,便算"污玷"了雅利安人的尊严,被执行了阉割的刑罚。

老年的犹太人遭到群众的毒打。一个很有地位的犹太妇女人给自汽车上拖下来,被逼着扫街。"如此才算给世界上看看,半个犹太人也逃不出德国政府的手掌。"

犹太人常常在开得飞快的火车上给推下来,常常当着他们孩子的面毒打或枪决。当他们出现在街头时,不是遭骂,就是挨打。(西风社《文明病》[3])

希特勒说：凡是侵犯德国元首都给关起来

囚犯营的四周都密布电网,中间有十间黑暗而不通风的矮屋,每间容纳一百个囚犯。囚犯们日间工作,晚上被塞进这些矮屋里睡觉。床,不用说当然不会有的,一堆稻草便是我们的垫褥,稻草差不多每年更换一次,所以不但脏得可怜,并且还生恶臭,令人欲呕。睡觉只许五小时,不准多睡一分钟。晚上睡时,绝对禁止囚犯离开房屋一步或任意将窗开启,若是不慎犯了这过失,躲在黑暗里的守卫兵便立刻会送你一颗子弹。因为囚犯晚上不准离屋,于是逢大小便急时,就只得便在屋内。屋内的空气本已很浊恶,外加了这些大小便气味,可以令人中毒而死。有一次上面发下腐鱼佐膳,第二天三百多囚犯便同时卧病不起。囚犯的食物还不及帮助守营的警犬的食物好,所以我们有时冒着极大的危险去偷警犬吃的东西。若是不幸警犬已将食物完全吃去,我们便将吃剩的肉骨头拾回去,放在嘴里细细咀嚼辨味。

两个营卒将一个应受鞭挞的囚犯用绳牢牢缚在铁架上,然后由另一人取出根长达一米、粗如手指的皮鞭(皮鞭平时放在盛水的白铁盒内,因欲使鞭子保持柔软性,易于挥动),猛力往囚犯身上抽去。鞭到身上,皮肉立刻裂开来,血从裤管溢出。受鞭挞时不准号叫,还须高唱德国国社党党歌,若不愿唱,鞭子便不停地往你身上抽,抽得你屈服了才罢休。歌唱完了,鞭子也停了。但是普通囚犯唱了两三句后已失去了知觉。

年轻的女囚更可怜,除了怕遭受鞭挞外,还怕遭受污辱。不久以前,有一个名字叫兰士的女囚被副狱长奸污,全狱的人都知她已怀孕了。有一天晚上,她突然被解到另一个狱去,以后便再没有人听见过关于这不幸女子的消息了。(西风社《文明病》)

只有雅利安人是主人,其余的都应该征服

(一)捷克

德国在欧洲占领区中,对于屈服国家的高等教育有两项平行的政策:(1)剥夺屈服国家学生受高等教育的机会,使这些国家的学生没有领袖的训练;(2)在尚未被封闭的高等学府里尽量使其"德国化"。在 Prague(布拉格)的具有悠久历史的捷克大学已被封闭,德国报纸还说:"所有停止的捷克大学和技专学校,已被商业学校所替代了,这样能够使捷克学生从事实际工作,在工商业里重新建立起基础来。"这样[的]做法,第一是阴险,因为在"实际"的美名下,无异禁绝了捷克学生的思想发展;第二是欺骗,因为殖民地和半殖民地的工商业绝没有振兴的可能,可能的话也只是替侵略者、压迫者服务而已。(《消息》三卷二期)

在捷克境内,因怠工而被当局处决的人数日渐增加。最近某著名军火厂有四个工人惨遭枪毙,因为他们在工厂内弄毁八根皮带以及许多铸造的模型。另有捷克工人三名,在德国西部的斯般由地方又遭斩决。

（二）波兰

在波兰,纳粹德国的压迫更多,更厉害了。德国人在该地所用的手段特别毒辣,无数的人民被他们杀戮,无数的人民被他们关入了牢狱和集中营。

处决行法之事,几乎日有所闻。德国人常常用饥寒的方法来对待波兰人,可说是惨绝人寰的暴行。为了谴责波兰人对于侵略者的敌意,德国人常常夺去他们的粮食,将他们活活饿死。此外还用一种冻毙的方法。那是在冬季酷寒的时候,无数车辆载着囚徒在路轨上无目的地开来开去。开了几天,便有许多冻毙的波兰兵士死尸,从车辆中拖出。今年一月,饿死的儿童在华沙竟达百分之五十九,这个国家在战前还算是生育率最高的了。

为了消灭波兰的文化,德国人先禁止波兰人说波兰话。波兰的地名也都改成了德国的名字,图书馆和艺术馆设法迁移,各种纪念碑都用炸药炸掉,甚至连基督教的纪念碑也无法幸免。总之,德国人使各处都成为一种毫无法纪的情形,这种情形在希特勒之前恐怕是从未有过的。他们将波兰人的财产全部充公,以便褫夺波兰人置产的权利,然后逐令出境。截至八月底,波兰人被夺了财产者竟达一百五十万之多。

在这个地方,德国人尽量破坏波兰人的文化。所有历史上有名的碑碣、皇家的宫阙,有的早在华沙被围时炸毁,没有炸毁的也在德军入境后一起给消灭了。艺术上的无价之宝都被搬往德国去,连著名音乐家肖邦的石像也给搬开了。德国人对于宗教,尤其怀恨之极,所以教堂被毁,教士被杀,简直使波兰沦为一个奴隶的国家,不允许再有什么文化的活动了。一切文化、科学和艺术,都被禁遏,不准发展,因为精神上的活动足以增进道义和气节。波兰大学教授的被捕与被杀,都是为了一个原因。

创自十四世纪的波兰大学有一百八十个学生和教授被邀请去德国国社主义[4]的讲座。到了以后,就被教训着说:"你们不知道什么是国社主义的基础,你们不配做教授,还得要到德国集中营里去[学]一学国社主义。"于是全体就当场被逮捕走了。十八个人死在Oranienburg(奥拉宁堡)的集中营里,五十个人被送到Dacbau(达克博)去做敲石头的苦工,一百零三个幸获了释放。(英国情报处)

（三）法国

面带菜色之儿童遍地皆是,因缺乏营养而患病者亦为数甚众。在未沦陷区域内,牛油与肉类已无法获得,政府对成人计口授粮,每日仅有面包两片,肉类则每星期仅发一次。普遍家庭,每日午晚两餐均以青叶佐膳,早餐则仅有菜汤而已。

法国人民均无反犹情绪,盖法人所最痛恨者,仅德、意两国而已。但法人之憎恨意大利人,更甚于德国人;法人认为德国尚属明枪交战,而意大利人则暗箭伤人也。目下法国人民,因缺乏汽油,故用脚踏车代步,以前之汽车阶级今亦不得不改乘自由车矣。

法国国内失业者甚为普遍,年轻者大多被迫加入"青年营",为政府筑路或从事其他公用事业之工作。法人所有关于外界之消息,均得自政府管理之无线电台及报纸。但对阅读瑞士报纸,并不禁止。私人收听英国广播者,官方亦无明文禁止,故凡有收音机而熟谙英语之法人均得收听之。(*North China Daily News*[5])

德兵侵犯巴黎后,一般德国兵都把牛油看作一种了不得的东西。他们在街上一边走着,一边吃着牛油,就好像在吃冰淇淋似的。

据说巴黎中央猪肉市场每次运到九百只猪时,就有六百只立即被强迫运往德国去。每一个采购食粮的人,如能从一家店里勉强买到一块小肥皂,他就可以看到一个德国人提着满满一箱,从同一家店里走出来。

德国人这样大量收集食品,以致剩余下来的就不够法国人支配了。

法国除掉需要大量供养德国占领军外,同时还得供给那不断递增的德国游历者。这班游历家对于他们自己的消费,从未加以限制。凡是他们自己吃用不完的,他们就把它送回德国去。如果把他们个人的消耗拿来和法军俘虏的口粮来比较,那真是不可同日而语了。

自去年六月德兵侵入巴黎以后,每个德国兵都需要十只炒蛋、一磅肉片和四磅蔬菜。

维希政府已无法维持交通,因为法国所有的汽油业已清耗殆尽,加之德军把汽油囊刮去留为军用,造成月前法国汽油严重的恐慌。(西风社《文明病》)

(四)西班牙

西班牙的监狱生活可怕得很,基督徒下在监[狱]里却满心快乐。神使他们战胜一切恶劣的环境。

有一人下在狱里有几个月了,因为他不肯去参加不合《圣经》的弥撒祭。敌人劝他投降,不然就要枪杀了他,那时他很壮胆地说:"我已经预备好了给你们枪杀!"

一个礼拜天早上,此人和其他坐牢的人都被提出来,约有五百多人。军官雄赳赳地说:"有谁今天不肯去参加弥撒祭,就往前走两步。"这位朋友立刻向前走了两步。

"你不愿意参加弥撒吗?""不愿意!"这位朋友回答说。军官怒了,然后说:"去,到厨房里帮助厨夫预备饭去!"他到了厨房,对厨夫们说,外面禁止谈论宗教的事,但是在监狱里有五百多人,可以对他们布道。有一位无神党者,因为他的见证悔改了。以后他又领十二个同坐牢的朋友信了主。那时厨夫们给他预备一些从他下监[狱]后从来没有吃过的食物,使他吃[了]一顿很丰富的筵席。(《真光》)

(五)比利时

据比利时来客报告,在第一次大战时,曾秘密刊印的比利时报纸《自由比国报》(*La Libre Belgique*)最近复刊了。一群比国爱国志士,不顾德国秘密警察严密的监视,不屈不挠,他们秘密地起稿、印刷并分发《自由比国报》,以反抗德国强占他们的祖国。他们冒着生命之险,竭力抗拒德国禁止其出版。(西风社《文明病》)

希特勒将只会说"我,我,我……完了"

挪威第五纵队[6]领袖奎士林曾经这样夸大地说过:"没有人民的拥护,我们也照样可以存在。"这个口号一直为各占领区的伪组织所袭用。而所谓"新秩序"者,我们也可以见其一斑了。据一个新从巴黎回来的美国人说,在巴黎放映战事新闻片(当然是德国所摄制的宣传影片)的时候电灯还是微微地开着的,因为观众往往要表示对于德国当局的愤怒,开了电灯就可以监视观众,使他们不再有所表示了。在波兰直到现在还找不到当地的第五纵队来组织波兰的伪政府,所以反抗德国的举动更是普遍。在波兰境内,现在有一百多种的日报和周刊,都是秘密印刷和秘密发行的。当然啦,这些报纸上刊载的都是反抗德国的文字,以及在德国报纸上看不到的真实战事消息。南斯拉夫方面的情形也不例外。一个从南斯拉夫军队崩溃以后便与塞尔维亚领袖们在一起的美国访员,曾经一再地报告南国游击队与德、意军队继续抗争的事实。他们不但在塞尔维亚中部和南部的山地之间盘踞抵抗,甚至在南国京城四郊也时常接战,把德国兵士打死打伤了不少。

这些事实乃是纳粹德国所没有讲过的。所谓"欧洲的和平",实际上就是游击战呢。

至于占领区中,更不乏零星的笑料从严密的德国检查制度下走漏出来,使我们明白德国人在占领区中的情形,以及占领区人民对德国人的怀恨。

有一个德国空军将领在荷兰想买一只表,他走进一家荷兰人开设的表店里去看货色,问价钱。那店主把最好的一种表拿给他看,而且告诉他这只表的价钱。那德国空军军官认为价钱太贵,于是店主人说:"这种表再好也没有的了,即使落在海里也照样会走的。"这话没有说完,德军官立刻返身就走。原来店主人的话里含着诅咒和讥刺的意味,一个空军将领到海里去不是完了吗?

在比利时也有一件事情。德国人常常向比利时人宣传,说是德军也要在英国登陆。于是比利时人就造了一个谣言,说是德国军队确确实实在英国登陆了,而且在三个地点登陆。人家问他到底是哪里三个地点,他就说,第一是坟墓,第二是医院,第三是俘虏集中营。

卢森堡也发生过一件事情。卢森堡的国旗是红、白、蓝三色,自从卢森堡公国被德国占领以后,纳粹当局就一直禁止人民悬挂国旗。有一次卢森堡君主诞辰,人民举行庆祝。第二天适逢星期[天],大家就在教堂中做礼拜,当然仍旧不准悬挂卢森堡国旗。于是那天参加礼拜的卢森堡妇女,都分穿红、白、蓝三色的衣服,而在教堂里就座的时候各个分开,列成红、白、蓝三色。所以一眼望去,便看见了卢森堡的国旗。这证明了卢森堡人民不会忘祖国以及反抗纳粹的事实。(英国情报处)

* * * * * *

佛落灵卡(Praulein Kanr)是一家柏林大商店的模范职员。凡是招呼人们的时候,总是尊称着希特勒元首。一日上午,她忽然接到一个名叫兰特立克(Redlicb)的朋友从她家乡寄来的一封信,邀她在下星期日到柏林城外横西湖(Wansee Lake),和他以及其他朋友参加游船消遣。

佛落灵卡如约而往,遇到三位男人及两位女人,坐了兰特立克的游船,驶至静寂无人之处。到了黄昏回家后,佛落灵卡将房门锁上,从她外衫中取出一百张薄页的印刷品,放在信封中,再照电话簿上的姓名写好信封,足足耗费了两小时。

在明晨到办公室工作之前,佛落灵卡很谨慎地把一百封信投入柏林街上各处十数个信筒里。当晚柏林一百个男女接到这封信,里面是缩型报纸(Red Flag),载着许多反纳粹[的]惊人的消息。

有些顾客到商店中闲谈,将他们带来的各种货物样品、说明书和广告交给老板。老板也常将这些样品送给他的朋友和有希望的主顾,这些主顾的姓名都是从电话簿上抄下来的。在这些说明书或样品中,夹着蓝页的印刷品,载着对于希特勒、戈林[7]、戈培尔[8]以及其他纳粹领袖的不利批评。

最巧妙的发现是在牙膏或雪花膏广告中的文字。假使每隔一个字凑集而联成字句,就发现了德国自由联盟公布的宣言。更有透明信封的函件,里面分明放着美丽的旧邮票,接到这种信的人至少为着收藏旧邮票而拆开来看。可是在旧邮票下面就发现印刷品,常是流亡在国外的德国的知识阶级要人所撰写的《公告民众书》。

这样利用邮件而进行大规模反希特勒宣传,自然要使负责者感觉到手忙脚乱,所以常有间谍[被]派在邮筒旁侦探。如果寄信在三封以上,就要受警察的盘问,而间谍备有钥匙,将邮筒打开侦察信件的内容。德国全境的邮局,每天要检查几千封信件;但是每天的邮件要达几百万,所以防不胜防,而不能逐一检查,以致几千封反希特勒宣传品终于达到目的地,使希姆莱(Himmler)[9]和戈培尔(Goebbels)辈无法应付而发疯了。

邮递宣传品当然并不是仅有的方法。主妇常在空牛奶瓶中找到激烈的宣言,或在晨报页层中夹着新奇的消息。一次有人将许多卷"大便纸"上印着反纳粹的过激文字,卖给了几千人家。

在过去五年中,德国自由联盟(German Freedom League)有异常的活动。德国家庭中开无线电收音机时常听到一种声调,用德语报告消息,而使听者发呆,因为德国广播电台上绝不会报告这些消息。从这种不可查究的电台播音,人们时常可听到世界名人的演辞——这些在德国报纸上是看不到的,而且报告完毕,总是允许在任何时刻再行广播。

这种广播从何处而来,电台在何处,实是一无所知,因为电台是流动式的,而随时可隐匿起来。

* * * * *

世界闻名的德国作家海涅曼,他逃亡美国,宣称有一次在南德的一个著名大学里,黑卫队[10]被召来取消学生反对把时间浪费于听荒谬的宣传和花费于强迫的游行的集会。黑卫队为了"和缓"学生,解释着退步的不是德国文化而是不列颠的文化。

"在德国,"海涅曼宣称,"德国的最著名的古典戏剧不能再上演了,因为它们被民众用作普遍的示威的一个机会。"

* * * * *

"既非希特勒,也非张伯伦[11],只有德国民众才能决定他们自身的命运!"许多不知名的和看不见的工人,在工厂的墙壁上涂着标语,在工人的衣服里放进传单,有时甚至放在他们的坐凳上,那传单这样说。

在报上,每星期都登载着许多犯罪的消息,有许多人因"灯火管制时从事犯罪行为"而被判处死[刑]。这许多"罪犯中",好些都是英勇的反纳粹的战士,他们利用施行灯火管制时,散发传单,或在墙上涂写标语。

暗杀、枪毙、集中营,吓不了为正义奋斗的人群,他们不只写标语,散传单,而且更和纳粹的人员开新奇的玩笑——

纳粹命令工厂的食堂,在某一些天不许供给肉类。工人们要求更多的肉,但得不到。工人并没有罢工,他们不过喊叫"慢慢做"的口号,但当工厂的出产低落下来时,他们便得到肉了。再拿××厂说,有一个反纳粹工人,被他们诬为骗子,被捕了。其他的工人都放下工具,派一个代表团去见经理,说这个人一向工作很好,什么坏事情都没有干过,如果不放他出来,工人将停止工作。当天下午,被捕的人终于回来了。

黑卫队从袋子里常时会拿出一张传单来——"全世界的工人应当竭尽他们的力量以拥护苏联,因为只有苏联是唯一实现真正和平的国家。苏联既不站在希特勒方面,也不站在张伯伦和达拉第[12]方面。"

希姆莱和戈培尔的宣传人员,在大工厂里时,时常遇到愤怒的诘问和叱责。

"戈林是怎样胖起来的?""没有牛油,没有工作!""别骗我们,我们晓得你的日粮券是什么样的!"

本文材料引[自]Hans Mueller、Victor Badker[13]的著作。

原载《联声》[14]第4卷第2、3期(1941年7月27日、8月10日),署:编委会辑[15]。

导读:

　　此文摘录《文明病》等书籍报刊有关内容,以揭露纳粹德国侵略各国、镇压抵抗力量的各种暴行,歌颂抵抗组织的英勇不屈的反抗精神。这是丁景唐等人策划的"海外特辑"的主要内容之一,由此激发读者的爱国热情,愤怒谴责侵华日军烧杀掠抢的滔天罪行,奋起参加抗日救亡运动。

注释:

〔1〕弗劳克林克,即肖尔茨-克林克,法西斯德国"国家社会主义妇女联盟"领袖,纳粹"新娘学校"的始作俑者。"新娘学校"训练大批年轻女性,成为纳粹政权的信徒乃至帮凶。

〔2〕*Peter Engelmau*,英文,即《彼得·英格尔茂》。

〔3〕《文明病》,西风社1941年4月出版,发行人黄嘉音,发行所在霞飞路542号。第一辑《文明而黑暗》,刊登《文明国酷刑》《洋鬼子的暴行》《德国虐待犹太人惨状》《德国政治犯的生活》《美国苛捐杂税》《纽约的贪官污吏》等,作者默然、中流、陆文表、沈吟等。

　　黄嘉音,著名翻译家,笔名黄诗林,福建晋江人。早年就读于上海圣约翰大学历史系,兼修心理学、新闻学。1936年与林语堂及哥哥黄嘉德成立西风社,担任主编兼发行人,出版《西风月刊》《西风副刊》《西书精华》等,致力于介绍西方文化。1946年又创办家出版社,任《家》月刊主编兼发行人,同时兼任《大美晚报》副刊编辑、《申报·自由谈》编辑。1949年后,任上海文化出版社编辑室主任,兼任上海《文化报》编辑。

〔4〕国社主义,"民族社会主义"的缩写,是纳粹党的制度化意识形态。

〔5〕*North China Daily News*,英文,即《华北日报》,中国国民党在北平出版的中央直属党报。1929年元旦在北平创刊,李石曾任社长,安馥音、沈君默等任总编辑。日出3大张12版,以刊登政治、经济和党务要闻为主,附出《华北画刊》《现代国际》《边疆周刊》等专刊。报纸宣称以"铲除旧污,恢复美德"为宗旨。

〔6〕第五纵队,指隐藏在对方内部的间谍。美国作家海明威在1938年出版了一个剧本《第五纵队》,描写了西班牙内战期间马德里存在的第五纵队。希特勒的宣传部部长戈培尔,是德国"第五纵队"的直接培育者和指挥者。

〔7〕赫尔曼·戈林,纳粹德国二号人物,空军总司令,希特勒指定接班人。

〔8〕约瑟夫·戈培尔,纳粹高层唯一的博士,主管纳粹党的宣传工作,"谎言重复千遍就是真理"是他流传最广的言论。

〔9〕海因里希·希姆莱,纳粹德国党卫队领袖,他对犹太人大屠杀负有主要责任。

〔10〕黑卫队,指纳粹冲锋队。因队员穿褐色军服,又被称为"褐衫队",主要是破坏德国国内的进步革命活动。

〔11〕张伯伦,英国政治家,1937年到1940年任英国首相。他在第二次世界大战前夕对希特勒执政

的纳粹德国实行绥靖政策,使法西斯主义气势大增,绥靖政策加速了第二次世界大战的到来。

〔12〕达拉第,法国政治家、总理,1938年代表法国和希特勒签署《慕尼黑协定》,把捷克斯洛伐克奉送给希特勒,毁弃了《法苏互助条约》。

〔13〕Hans Mueller,汉斯·穆勒;Victor Badker,维克多·巴德克。

〔14〕《联声》,见本书第6页注释〔7〕。

〔15〕丁景唐回忆,当时参加《联声》编辑工作的有郭明、周绮霖(后为上海外贸总公司襄理)、王钟秀(青年会中学毕业生),还有董乐山(笔名麦耶)等。编委会辑,即丁景唐等人选题、搜集、整理、编译此文。

第八编

存疑诗文

流 动 诊 所

在密西西比河[1]的下游,一个落后的村落里,有八百黑人——男女老少——在守候着十二位穿着破了[的]白制服的黑人看护,她们正在白杨树下匆忙地工作着。

在一对锯架[上]安放着一张门板搭成的上面还铺着白被单的桌子的旁边,一位护士正捉着一个五岁大的儿童的手臂,在替他打防疫针,这样,那个孩子以后就不会传染上白喉了。另一位护士在倾听了一位老年人诉说乍冷乍热的疟疾把她的骨节都弄得酸痛以后,就亲手递给了她一粒金鸡纳霜[2]丸。在丛树的另一角缘,一位黑人女牙医在替人补牙。而另一位黑人女医生由一位体格魁梧的年轻庄稼汉的胳膊里抽出血液来,去检验有否梅毒。

这些黑人女医生组成了棉花田流动诊所,她们开始给自己的同胞带来了健康。

远在数年以前,一些黑人学院的妇女俱乐部[3]在凯普医师的赞助之下,结集了那些富有才干又肯献身服务的工作人员,花了五年的功夫去获得医学知识。这对于密西西比闭塞的乡村是多么迫切呵!她们乘着暑期的空闲,在学校、教堂和户外建立起流动诊所来。坦司凯奇跑来一位黑人护士,波士顿来了一位牙医,华盛顿来了一位外科医生,每人每周仅支[付]十元半钱作为膳舍费,而由俱乐部供给她们汽车消耗的汽油。此外,全部支出[的]2 500美金中的每一分钱——俱乐部2 200个会员所捐募得来的——都供作了医药费。

这一非常的团体医治了1 000个成人的疟疾和别的慢性病症,供给了缺乏营养的母亲们和软骨症的孩子们以滋养料,给14 500个孩子注射了白喉与天花的预防剂。

流动诊所的计划开始于1935年,为了援助密西西比贫穷的及病弱的农民,俱乐部在一位华盛顿的黑人医师桃乐赛·鲍亭·费利皮的赞助下,捐助了1 500元作为医药费用。

费利皮博士,她的上代曾经出过几个法律家,在坦福斯[4]攻读医学,以最优成绩毕业。从许多的义务员中她挑选了11个助手。打算由这些人在割打与将摘棉花的夏天,组织一个中心流动诊查队。但是地主们对这"外来的侵略者"充满了猜疑,不允许黑人接近流动诊查队,除非那诊查队在种植场中在主人们的目光监视下工作。

这就是所谓流动诊所。这就是说,在医院里出来的熟练的医生和看护乘着车可以随便到何处去替人家服务。它现已被认为是一个十分良好的制度,深入到那些从未乘车到医院去的人居住着的村庄里。这个夏天,六队的旅行车走了530[英]里,医治了2 000个疟疾患者和300个天花病者。

第二年夏天的工作,集中于孟菲斯和凡克堡间的布立法乡村中。村中80 000人口中有四分之三是黑人。因恶劣的食物而引起的玉蜀黍疹(Pellagra)[5]非常流行,梅毒与痢疾也是一样,环境适合于肺痨病的蔓生。平均十分之九的人家,一张床要睡上三四个以上的人。人寿保险公司有一时期曾经拒绝和布立法乡村中任何人签订保险单。

这种可怕的境状,绝不能因此对乡村卫生局苛责,事实上它还是一州中治理成绩最好[的地方]之一呢。当地卫生处主任大卫尔(R. D. Dedwylder)博士是富有经验的医师,他是洛克菲勒[6](Rockefeller)基金著名的十二指肠虫[7][治疗]委员、国际卫生局的疟疾[防治]设计者,他尽了极大的职责与不足的经费斗争,在廿年中使布立法的死亡率减低了一半。

大卫尔博士,一位白种人,欢迎 Alpha Koppa 来的一位,因为他明了她们能够用他们同胞懂得的语言来灌输医学知识。他画了一张活动诊查的布告,预先贴在商店和出入口的栅栏上。公布的言辞传遍了全乡,农庄主也告知了他的雇工,布道士也在讲坛上宣布了。

清早,车子装载着医药设备和卫生书籍开到事先选定的地点。很多人已经在等候着了,有的在天亮就到这里了。他们大都以前从未注意过医学,而现在急切地需要着了。一个接着一个诉说着他们的痛苦与不幸遭遇。青年人张大着眼睛惊奇地看着别的青年人种牛痘。检查那些待产的母亲,假使发现了特别症状就通知给这州 130 个黑人助产[士]中的一个。又告诉了他们保护牙齿的简单方法,坏了的蛀牙被除去了。每个小孩给一把免费的牙刷,并且还教它的用法。

诊疗持续到黑暗降临,在一两天中间有 1 000 个人都改变了。

百分之八十的儿童患着扁桃[体]炎、喉咙肿。流动诊所的工作者对于这几乎不能做什么,因为他们缺乏熟练的外科专家,而乡村里又没有专为黑人而设的医院。

虽然夏季已经过去,但仍旧继续治疗梅毒和疟疾,在州里仍由俱乐部设立办事处和置备药物。

本年工作着重治疗营养不足,因为这里有许多成人及一半以上的儿童缺乏"三 M"(面包 Meal、肉食 Meat 及糖酱 Molasses)。

南方的黑人终身住于棉花田间,从农庄主设立的合作社那里买得价钱极廉的食物。这是一种人民间极其尖锐的矛盾,最富庶的土地上会发生着饥馑。

这个夏天有一个旅行厨房参加流动诊所,去教授黑人烹煮熟食。当黑人们在日落饥饿的时候,剩余商品公司分给他们东西吃,也教他们做罐头食物,劝地主留出一部分田地让他们种植蔬菜,并且告诉他们蔬菜的价值。

善良而能自我牺牲的妇女们,现在已使"顽固"的地主们另眼相看了。这一团体将去访问别州别乡。在芒特倍友(Mound Bayou)的黑人镇上有一个姊妹团体,打算建立一所房屋,用基金建造一所 50 个床位的医院。低费健康的保险也在计划中。汤姆斯·潘莱博士,美利坚公共卫生服务处的外科主任,曾经宣称流动诊所是他所见过的义务公共卫生事业中最伟大的事业。

原载《永安月刊》[8]第47期(1943年4月1日),署名:辛夕照。

导读:

　　此文署名"辛夕照",这是丁景唐当时用的笔名,但是他生前未曾提起。

　　此文译自哪个英文版刊物,不详。原文中的数字有阿拉伯数字和汉字数字,现统一为前者。

　　译者选择此文翻译,一是流动诊所对于中国广大读者来说是一个新鲜事物;二是适合于《永安月刊》发表,稿费比较高;三是此文反映了美国南方黑人居住地的落后、贫穷,黑人在政治、教育、就业、居住等方面从未享受到与白人相同的待遇。尽管南方臭名昭著的奴隶制已经取消,但是种族歧视依然存在,黑人与庄园主存在"极其尖锐的矛盾",而且"最富庶的土地上会发生着饥馑"。

注释:

　　[1]密西西比河,美国最大的河流,世界第四长河。全长6021千米,长度仅次于非洲的尼罗河、南美洲的亚马逊河和中国的长江。

　　[2]金鸡纳霜,即奎宁,用于治疗疟疾。

　　[3]19世纪末20世纪初,美国的布克·华盛顿和杜波依斯领导了早期黑人运动,建立了全国有色妇女协会,黑人妇女俱乐部运动的正式兴起。黑人妇女俱乐部的主要活动包括:建立老年之家、改善医疗卫生环境、照顾和教育青少年儿童、保护和培训工作女性等。

　　1935年,贝休恩创建了黑人妇女全国委员会(1936年到1943年,罗斯福总统任命她担任新建立的国家青年局的黑人事务部主任),原来的全国有色妇女协会失去了其在黑人社区的主导地位,黑人妇女俱乐部运动逐渐衰落。但是全国有色妇女协会作为美国第一个全国性的黑人组织,其活动对美国黑人生活状况的改善产生了重大影响。

　　贝休恩采纳了华盛顿创办塔斯基吉学院的经验,得到了社会的支持,包括著名的宝洁公司创始人之一詹姆士·冈博尔、怀特缝纫机公司老板怀特和约翰·洛克菲勒等。她创办的黑人学校最后和库克曼男校合并,成为男女合校的杰克森维尔贝休恩-库克曼学院,她担任该校校长直到1942年。

　　《流动诊所》报道了有关情况,黑人妇女俱乐部改善医疗卫生环境等活动,以志愿者的名义深入密西西比的黑人聚集区送医送药。现在中国学术界有关美国黑人妇女运动的论文,大多从宏观层面进行探讨,很少有类似《流动诊所》所介绍的具体情况。

　　[4]坦福斯,即塔夫茨大学,美国著名私立大学,波士顿五大名校(哈佛大学、麻省理工学院、塔夫茨大学、波士顿学院、布兰迪斯大学)之一,美国"新常春藤"成员之一。

〔5〕玉蜀黍疹，即糙皮病。

〔6〕洛克菲勒，美国实业家、慈善家，世界公认的"石油大王"。洛克菲勒退休后致力于慈善事业，主要是教育和医药领域。他出资成立洛克菲勒研究所，资助北美医学研究，包括根除十二指肠寄生虫和黄热病，也对抗生素的发现贡献甚大。

〔7〕十二指肠虫，即十二指肠钩口线虫。

〔8〕《永安月刊》，当时上海流行的广告刊物，为综合性的文化月刊。创刊于1939年3月（上海"孤岛"时期），终刊于1949年5月，长达十年，共出版118期。由上海著名的"四大公司"之首永安公司老板郭琳爽承担发行人。其办刊方针深得上海市民青睐，"内容包涵甚广，举凡足以辅助商业、家庭及个人之知识，与散文、小品、图画、摄影等，无不博采。取材求富，选择求精"（《创刊小言》）。

十年间，该刊始终由郑留主编，主要编辑人员也未变。后来郑逸梅加入主持副刊《繁星》，由他主持至终期，这在上海的各类海派杂志中很少见。现已出版五册《永安文丛》（文汇出版社，2009年1月），有利于进一步开掘、总结海派文化。该刊撰稿者均为当时活跃于上海文坛的著名作家和学者，如徐志摩、包天笑、郑逸梅、张若谷、陆丹林、周瘦鹃、秦瘦鸥、胡朴安、范烟桥、陈从周、赵景深、还珠楼主、李伯琦、张叶舟、胡寄尘、胡道静、黄洁苏、潘予且、蒋吟秋等。

《永安月刊》刊登的许多封面人物后来成了大明星，如白杨、上官云珠、王丹凤、秦怡、童芷苓、欧阳莎菲、陈云裳、孙景璐、王熙春、慕容婉儿、蒋天流、胡蓉蓉、黄婉贞等。

《永安月刊》第47期刊登的《编辑部启事》说："（1）短篇小说、幽默、散文、译作、摄影等稿一律欢迎，稿末须注明姓名、地址并盖章，一经采用，概酬现金，唯文稿须用稿纸誊写清楚，并加标点。（2）每期领酬由当月十二日起，携带原章到永安公司五楼广告部领取，逾期六月酬金取消。"（标点系引者添加）

这期封面影星是袁美云，曾出演《西施》《家》《红楼梦》等影片。所登文章多为历史逸话、文化生活、科学知识、社会趣闻等，其中有郑逸梅的《微茫梦随录》、李伯琦的《崇陵佚闻》、卓韦的《四月份诞生的影星》，以及顾明道的长篇小说《处女心》、胡小梅的《律师夫人》等。

人人可为福尔摩斯[1]

因为深信着人都具有一种潜在着的侦探本能，福尔登·奥沙尔·麦法顿出版社的总编辑在《实事侦探秘闻和权威探案》上特辟一栏，每月登载十六个在逃的罪犯，并以一百元的酬赏给予因而捕获[罪犯]的通讯者。在八年中间，因读者的线索而捕获了二百多个罪犯——其中半数还是杀人犯。

有一位安尼罗·拿破利太诺曾在纽约犯过一件惨无人道的杀人案，因了加利福尼亚的一位读者的报讯而在佛罗里达被捕，这位读者认出这个犯人就是提波的一个理发匠。

有一个徒步的流浪汉问一个七十四岁俄亥俄的农民名叫罗滨生的讨些吃的东西，付账时还无意中拉出一大卷钞票。在他走掉之后，罗滨生把他的面貌牢记着，候餐的时候，他浏览一下侦探杂志，在"逃犯"栏中就有那个流浪汉——美国第一号公敌"美孩儿"费禄德！罗滨生告知就近的警察，警察即通知武装卫警。费禄德拒捕，乃被他们打死。

又一个好莱坞的仆欧在邻家汽车间的地板上看见一本蒙满尘埃的《实事探案》，凑巧那面"逃犯"栏正摊开着。他觉得他好似认识那个西雅图杀人犯爱复脱·佛兰克·林德锐，他认得他就是附近一家酒馆里洗碟的人。为了证明事实，他尝试一下业余的侦探术。他晓得这个洗碟的人是个"色迷"，他就拿了一张美女的照片至酒馆。那个嫌疑犯把他油污的手印留在上面，把这和西雅图的杀人犯所遗留的手印一相对证，完全一样。

现时代最可怖的杀人者费利达·布洛克——绰号"杀人魔王"——因为在芝加哥犯了圣凡仑泰纳大惨杀[2]的案件，被十八[个]州及芝加哥的当局通缉者。毗邻密苏里州的格林城，一天来了个名叫列支达·惠脱的沉默的雇农。另一个称作小乔·汉塞客的，留意细察惠脱的手异常软滑。不久，惠脱娶了一个农夫的女儿就出去远行，宣称他是到堪萨斯城区干收租账房。后来在《实事探案》，汉塞客认出他就是绰号"杀人魔王"的布洛克。因此，警察们乘他睡着时，一点不费手足就把他捉住了。

妇女们和男子一样，也参与侦探"逃犯"的玩意儿。

一位忙于家务的主妇在《实事探案》上看见罗司·佛里支的照相，这个不法之徒曾因杀人案而[被]捕获，却在刑期中给他逃逸掉。她相信他就在附近一家店中做事。于是她戴着手套到这爿店去购物，那个嫌疑犯伺候着她，她就向他要了一包白脱油，非常留意那个人手指捏过的地方。他的手印照片送到俄克拉何马州的反省院，一对之下果然就是他们所要捕拿的人。

每当新的"逃犯"栏登载出来之后，杂志社中涌来了如水般的读者的线索。其中虽多数报告不实,但是他们仍收来交与当地的警局以供参考。总编奥沙尔深信如若各种报章正常不断地刊登那些不法之徒的照片,则所有十五万在逃的凶手中多数是可追获的。

原载《永安月刊》[3]第48期(1943年5月1日),署名:辛夕照。

导读:
　　此文署名"辛夕照",这是丁景唐当时用的笔名,但是他生前未曾提起。
　　此文译自哪个英文版刊物,不详。翻译表述了原文的基本意思,不过有时词不达意。此文作为一种新奇的报道,适合《永安月刊》读者的口味,其中有些内容至今仍然被国内有的文化刊物津津乐道地介绍着。

注释:
　　〔1〕夏洛克·福尔摩斯,英国侦探小说家阿瑟·柯南·道尔所塑造的一个才华横溢的侦探,善于通过观察、推理和法学知识来解决问题。
　　〔2〕圣凡仑泰纳大惨杀,即1929年2月14日在芝加哥发生的震惊美国的"情人节大屠杀",这是一场由黑手党操控的市长选举而引发的帮派之间的枪击血案。
　　〔3〕《永安月刊》,见本书第642页注释〔8〕。
　　《永安月刊》第48期封面人物是钱鑫培(该刊目录里注明是钱鑫小姐,漏了"培"字)。钱鑫培,原名钱宝珠,著名越剧女演员,工老生兼老旦。1950年加入新新越剧团(姐妹班)与陈佩卿、许金彩、屠笑飞同台挂牌,时称"四柱头",从此蜚声浙江剧坛。
　　该刊此期发表《本刊为四周年纪念号征稿启事》,文章有方未艾的《强盗联邦》、沈浮的《伟大的伪钞犯》等。

星

都市的夜里

找不到星星

只有矫饰的、黄昏的电灯

在伪装的天空眨眼

不是没有星呵

  星被隔阻在浓重的云里

  星被埋抑在深邃的黑暗里

  星被混杂在欺妄的灯影里

而星仍旧在照耀呵

在自由的土地上

星星可亮呢

我曾在凉快的夜风中

  在运河边[1]

看星星

我爱那光华四射的北斗

  照在北方

照在世界上

照着赶路的人们

以它为指标

通过深夜

也爱那些小星星

由于它们不显眼地

沉默地发光

漫漫黑夜的天空

乃有了繁星点点

呀……流星

  以生命燃烧

  在浓暗的空中

  一击而过

而那么光辉,那么灿烂

  划破了夜,照亮了夜

然后壮烈地

向苦难的土地陨落

原载《时代日报》[2] 1947 年 8 月 22 日专栏"新园地",署名:丁如[3]。

导读:

  此诗与丁景唐以"歌青春"的笔名所写的诗集《星底梦》风格相似。他在《星底梦》等诗歌中赋予星星一种情愫,寄托美好愿望。多年后,丁景唐在《〈星底梦〉,我的第一本书》里感叹道:"《星底梦》寄托着我纯真的童心和纯洁崇高的理想。晶莹的满天星星是我心中的信仰,我依偎星星,作为长夜的温存——'星光下的梦,/会在未来的日子中开花'。不言而喻,这个未来的开花的日子象征着人民胜利的节日、人民普庆的节日。"

  《星底梦》收入的《西子湖边》写道:"我仰起头来向四方寻找,/却发现蓝空闪亮着一颗星,/冲破铁汁般的天颜高升,/从童年起,我就认识它,/——那是落日光后的长庚!"丁景唐解释说:"在诗的末句,用'落日光后的长庚'隐喻我们党的光辉照耀着沦陷区人民前进的方向,坚定其必胜的信心。"(《〈星底梦〉,我的第一本书》)

丁景唐重返宁波故乡,抬头看到满天星星,触景生情,延续昔日《星底梦》的情愫,深情地表达了经历风雨之后的心底之情——"我爱那光华四射的北斗"。同时,歌颂了"以生命燃烧"的流星——为中国革命事业献出生命的千千万万先烈们。

注释:

〔1〕宁波古称明州,境内的浙东运河是京杭大运河的延伸,也是海上丝路的起点。当时丁景唐因躲避反动当局追捕,避难在宁波。

〔2〕此前有同名的《时代日报》,1932年由来岚声与冯若梅、锺吉宇、胡雄飞、杨术初等创办,来岚声写有《〈时代日报〉之去来今》(《时代日报》两周年纪念特刊)。

后面世的《时代日报》,可以追溯到俄国《新生活报》,1905年11月9日创办,是俄国社会民主工党布尔什维克派在俄国公开出版的第一家合法日报。1945年8月16日,即日本帝国主义宣告无条件投降的第二天,《新生活报》在上海创刊,9月1日起改名《时代日报》。这是中国共产党领导的,以苏商名义出版的一张报纸。该报总编辑姜椿芳曾与苏联塔斯社远东分社社长罗果夫磋商,罗果夫推荐苏侨匜开莫为发行人,并表示全部经费由苏联方面承担。

《时代日报》编辑部设在上海成都北路973号,编辑、记者有林淡秋、陈冰夷、叶水夫、许磊然、满涛、陆诒、严玉华、王元化等,不足20人。

该报4开一大张,第1版为要闻,第2版是副刊和市政新闻,有综合性副刊《星空》《语文》《妇女》《艺术》等。1947年1月16日至2月7日,该报停刊。此后改版为8开小报,第1版是要闻;第2版是综合性副刊;第3版轮流刊登专栏,如"新园地",供初学者发表短小的文学作品,聘请胡风、叶以群、蒋天佐、魏金枝为顾问,还有"新语文"(倪海曙主持)、"新木刻"(李桦主持)、"新妇女"(李建生主持)、"新音乐"(孙慎主持)、"新美术"(艾中信主持);第4版是市政新闻、来函、广告等。内战全面爆发后,《时代日报》开设"半周军事述评",姚溱以"秦上校""马可宁""萨利根"的笔名写述评。至1948年6月2日为止,姚溱写了约130篇军事述评和综述,对中国大变动时期最激烈的军事斗争情况做了真实记录。(闵大洪:《时代暴风雨中的海燕——上海〈时代日报〉》,《新闻记者》1987年第5期。)

1947年春,丁景唐因上了国民党黑名单,躲避在宁波,后辗转南下香港、广州,曾寄出《鲁迅先生的一封信》一文给上海的《妇女月报》编辑陆以真(杨志诚),转交给《时代日报》记者朱烈(上海青年文艺联谊会成员)。《鲁迅先生的一封信》1947年9月19日发表于《时代日报》第3版,后增补史料,改为《关于鲁迅论〈万古愁曲〉的一封信》,收入丁景唐的《犹恋风流纸墨香——六十年文集》(上海文艺出版社,2004年1月)。

2021年春节前,笔者打电话给年逾九旬的朱烈先生,请教有关往事。他表示丁景唐当年与《时代日报》副刊编辑来往多,可能还刊登过其他稿件。笔者经过一番查找,发现该报"新园地"发表的两篇诗文,即诗歌《星》和《完得慢来去得快——滑稽对唱》,可能是丁景唐所作。

〔3〕丁如,可能是《时代日报》编辑或丁景唐临时取的笔名,待考证。丁景唐曾使用"丁宁""丁英""丁行""丁勤"等笔名。

完得慢来去得快(滑稽对唱)

一

完得慢呀完得慢
格种事体勿来三
侬要叫我完得慢
钞票倒是不肯拿出来
叫我怎样完得慢
要说格话统统说尽哉
(以下用《王大娘补缸》调)
侬要啥末尽管自家拿
(读上海音)
只撑我腰来勿拆我[格]台
侬格说话阿拉总管是OK
阿拉力气用仔交交关
只到手眼泪水能格一眼眼
侬格老板实在是难服侍
叫我不死不活真难挨
啊唷喂
侬格钞票再勿拿出来
不要说完得慢
阿拉真格要弹老山

二

(用《王大娘补缸》调)
完得慢一听把头来甩
说道格排事体阿拉才勿关
要我钞票慢一慢
阿拉第一要晓得是"实在"

吹牛拍马是才勿来
(以下说白)
阿拉老板说得好
"要我出钞票
先要看侬力道"
(以下用上海流氓腔读)
假使好做打手
也该称称侬份量
就是买啥畜牲
也要捧捧勒相相
听侬格种空话
我不如在家吹吹风凉
无线电中侬格牛皮
吹得也还响亮
勿要摆出格副极相
臂膀伸出来看看
腰围解开来量量
到底好派啥用场
待我做好报告
拨勒阿拉老板去比较比较
侬忒阿拉交易
阿拉交关公道
派侬多少用场
拨侬多少钞票
不过侬要记牢
要我替侬火中取栗
留心侬自家脚爪

三

（以下用平剧调）

啊呀呀

完得慢来去得快

要我完得慢

自己格去得快

最不该

仍旧是

钞票一张不拿来

（以下平剧净调）

罢罢罢

众儿郎

不要心慌

且在前面

挡一挡

待阿拉

再搜刮点旧家当

来和他

拼一个光

别管他人

只要我不亡

三六年八月廿六日

原载《时代日报》[1]1947年9月9日专栏"新园地"，署名：训[2]。

导读：

此滑稽对唱是一篇政治讽刺之作，这在《时代日报》副刊发表的众多作品里是独一无二的，即使在全国报刊的文艺阵地上也是很少见的。

此作可以视为上海滩滑稽戏的独角戏，由一人扮演两个象征性的角色，也可以两人对唱，演变为街头活报剧。此作中两个对唱的角色为国民党杂牌军代表与蒋介石特使，隐指蒋介石和美国总统特使。代表奉命打内战，趁机索要更多的军饷，与特使讨价还价。此作分为三大段，前后两段为代表索要报酬和服从军令，继续打内战；中间一大段为特使软硬兼施，大耍流氓手段。

代表一副蛮横、粗野的军阀作风，恨不得把手枪往桌上一拍，横眉竖眼，大声嚷嚷："再不给钱，老子就要完蛋了（'弹老山'），谁再给你老蒋卖命？"特使则是一副盛气凌人、颐指气使的达官贵人的架势，还模仿上海流氓的腔调（蒋介石曾拜上海赫赫有名的青帮大亨黄金荣为师），"完得慢"（完蛋得慢）好似蒋介石说的宁波官话。他还威胁代表，如果"要我替侬火中取栗"，向"老板"要金钱，那是捏着鼻子做梦，当心打断你的腿（"留心侬自家脚爪"）。

双方唇枪舌剑，互揭老底，互不买账，其实是一根绳上的两个蚂蚱，犹如在街头十字路口，众目睽睽之下，两个地痞流氓对骂，唾沫飞溅，撸起袖子试图厮打。如果再加上滑稽演员特有的形体语言，又说又唱，煞是热闹，那么演出效果更佳。

由于反共反人民的军令如山，代表必须"铁血执行"，充当炮灰，咬牙切齿搜罗所有"旧家当"（兵力、财力），疯狂进攻共产党武装力量和解放区。代表最后采用"平剧净调"，即京剧中的花脸，扯开粗哑的大嗓门，歇斯底里地嘶叫："来和他/拼一个光/别管他人/只要我不亡。"彻底暴露出狰狞的嘴脸和反动本性。

此作犹如一幅讽刺漫画，犀利、夸张、闹腾，类似丁景唐一年前写的《上海小姐古怪歌》《看戏有感》《一张广告的作法》《穷夫妇过年》等。

此作的语言以沪语为主，仿照流传甚广的民间小戏名篇《王大娘补缸》，增加了京剧唱腔，夹着上海滩的流氓调子，成为南腔北调的滑稽对唱新形式，类似如今的舞台小品。

此作将南腔北调融为一体，这可能与丁景唐热衷于搜集民间文学作品（民歌、民谣、小曲等）有关。丁景唐受到鲁迅的通俗讽刺诗篇、袁水拍的讽刺山歌等影响，在此基础上形成滑稽对唱的构思，借广为流传的《王大娘补缸》的表演模式，渲染气氛，吸引民众。作品以两个反面人物为主角，赋予讽刺新内容。此作构思别具匠心，显示了较高的政治素养和分析、判断局势的能力，以及杂糅通俗文艺的创作技巧，左右逢源，信手拈来，浑然一体。

无论此作是丁景唐还是他人的讽刺之作，都代表了这时期的较高水平，但因长期被淹没在浩瀚的文史长河中，从未有人提起。现掸去历史尘埃，重见天日，希冀能够进入20世纪40年代诗歌研究者的视野。

此为滑稽对唱，杂糅南腔北调，非吴语区的读者可能有阅读障碍，现尝试将其转为普通话，大意如下：

一

完蛋得慢呀完蛋得慢，干这种事非常难。你叫我"完蛋得慢"，金钱却不肯再拿出来，又要叫我怎么"完蛋得慢"？今天我们把话说清楚。

（用《王大娘补缸》调唱）你要什么尽管自己拿，（用上海话念白）只要为我撑腰，不要来拆台。你说什么话，我总是同意。我花费了九牛二虎之力，但是到手的金钱只有一点点，你这个老板真难侍候，叫我不死不活真难熬，哎哟哟。你再不拿出金钱，不要说"完蛋得慢"，我真要死掉了。

二

（用《王大娘补缸》调唱）一听"完蛋得慢"的话，把头一甩，这种事情我不管。想要我掏金钱，还要等一等。我讲究"实在"（反共反人民的"政绩"），拍我马屁没有用。（说白）我的老板说得好："要我拿出金钱，先要看看你的本事。"

（用上海流氓腔念白）如果你想做打手冲锋陷阵，也要掂掂你的力量；即使去买牲口,也要"捧捧"看面相。听你说这种废话,还不如在家里乘风凉。你在收音机里吹牛皮,吹得很响亮,不要现在摆出这副臭架子。你伸出臂膀,让大家看看;解开裤带,量量你的腰围,打仗时能够起什么作用。等我写好报告,向我的老板汇报。你和我做交易,我们非常公平。准备叫你干什么,就给你多少金钱。不过你要记住,要我为你火中取栗,当心打断你的腿。

三

(用平剧调唱)啊呀呀,完得慢来去得快,要完蛋得慢呀,你却飞离得快,到头来还是不愿意拿出一分钱。(用平剧净调唱)罢罢罢,弟兄们,不要心慌,且在前线抵挡一下。等我再搜刮民脂民膏,重整兵力,继续进攻,哪怕是拼掉老本。不管其他兄弟部队的人马,只要我还活着。

注释:

[1]《时代日报》,见本书第 646 页注释[2]。

[2]训,丁景唐的学名丁训尧,可能从中取一字,作为临时笔名。此南腔北调的滑稽对唱之作写于 1947 年 8 月,可能是丁景唐所作,尚待进一步挖掘资料佐证。

后　　记

你了解、理解父母的过去吗？

一年多来，四处搜寻、抄录、整理、甄辨父亲的诗文，很累很苦，忠实地陪伴我的依然是寂寞、清贫。

"抢救资料，填补空白。"这曾是父亲的夙愿，实践于他大半生的学术活动中。现在我"子承父业"，搜寻父母之作，也算是一项不可或缺的内容。

起初有一两个意外的收获并不觉得奇怪，随着不断产生意外的惊喜，抄录的父亲诗文越来越多，线索也在不断扩展，逐渐发现了一片父母读大学时写作活动的陌生的广阔天地——小说、散文、诗歌、杂文等，除了剧本，无所不能，并且尝试打破文体的藩篱，自由"闯荡"，打上个性化创作的鲜明烙印。那时父亲是年轻的大学生，是老成持重的大学地下党支部书记。哇！还有美丽、贤惠的母亲的两篇译文，经时任《联声》主编的父亲的润饰、修订，先后发表，见证了他俩"景玉共赏"的情愫。

突然，头脑里冒出"陌生"二字，我愈来愈迷惑，这些是父母之作吗？他们的才华、智慧和审美情趣、审美价值，远远超出了我的想象力。我看看简易书桌上的父母遗像——熟悉的面孔和明亮的双眸，浮现微笑神色，我耳畔飘来一句似曾熟悉的宁波话："憨大倪子（傻瓜儿子）。"

是啊，年轻时的父母，才俊、靓女，却是那么陌生，非常陌生！家里还珍藏着父母年轻时的合影，显得那么遥远，无法触及，也无法对话。

我不得不停止敲打电脑键盘，重新梳理思路，张望窗外几块"分离"的天空——被各家石库门红瓦屋脊交叉划开。想想昔日搜集、整理瞿秋白、张太雷的文集，从不同角度、不同层面进行评述的经验，还有撰写研究丛书《穿越岁月的文学刊物和作家》（五册）时尝尽的酸甜苦辣。我查看了父亲昔日以超前意识组织出版的几批影印本，查寻、翻看众多熟悉或陌生的老作家的大批诗文，尝试着以不同视野去点评，积累了浅薄的经验。尽管自己"脚踏两只船"（研究党史人物和现代文学刊物），撰写了千万余言的30多部专著，依然觉得还是"小半瓶醋"，晃荡晃荡作响。我强行喝咖啡，刺激脑神经，斗胆为父母诸多的陌生之作写导读，并添加注释，意在抛砖引玉，请诸位指正。

"子解父文"，这在古今中外不乏先例。眼下商潮汹涌，"唯钱至上"，还有"饭圈""打榜"

"刷量"等新名词,有着畸形变异的内涵和恶意扩展的外延;我却依然啃馒头、喝粥,成为一个书呆子中的"极品",终日苦苦咀嚼文字,默默地与大量资料中的父母"对话"。煞费心机,无名无利,没完没了地敲打键盘,不知天下如此"憨大伲子"还有几个?

21 世纪的追梦者、圆梦者不计其数,我在为父亲圆梦,弥补他生前的遗憾。

父亲是以"歌青春"诗人的身份出现在上海沦陷区文坛的,处女作是一本薄薄的自费出版的诗集《星底梦》。父亲晚年流露出几许遗憾,因为 70 多年来从未有机会重新出版一本完整的《星底梦》。

终于,我昼夜"绞杀"了无数脑细胞,整理、复原了父亲的第一本书《星底梦》。不仅收录了《星底梦》原来萧岱、王楚良的跋,还搜集了父亲的自述和关露、王楚良等的相关评论。同时,分别进行了必要的导读和注释,并说明最初发表时的原样,甚至附录原诗,以便读者进一步理解、鉴赏《星底梦》集子中的 29 首诗歌和有关文章。

父亲曾说:"有朝一日,今天的读者见到那个特定环境中贫瘠诗坛上荆棘丛中的星星小花(《星底梦》),我将十分高兴地听到 80 年代青年人对它的评语。"20 世纪 80 年代距离今天,可谓事过境迁花白头,"乌衣巷口夕阳斜",人可知否《星底梦》?

父亲晚年整理大量旧作,挑选其中一部分,编入他的《犹恋风流纸墨香——六十年文集》。煌煌 70 多万文字,但是 1949 年以前的诗文只占了该书少部分篇幅。

父亲生前从未提起要整理出版其 1949 年以前的诗文,也许有时浮现脑际,但最终还是深深地埋藏在心底——不敢想、不敢说、不敢追寻的一个美丽之梦。他曾有一个纯真的梦——"孩子的脸/漾浮着笑靥,/喜悦满天的星粒跌落胸兜里,/学姊姊栽花把来撒在黑土地:/'星星——开花!'"(《星底梦》)

父亲留下了许多"备忘录"(各种札记),不厌其烦地回忆自己多年来的著述。熟悉的字里行间晃动着他消瘦的脸庞,凝聚着昔日的才华、胆略和勇气。大胆创新,灵活创新,持续创新,化作"歌青春"的座右铭。

一日,我脑际一亮,重新查看这些"备忘录",原来父亲是在耐心地告知后人:其中有大量的线索,按图索骥,进一步扩大"滚雪球",便可搜寻到"宝藏"。父亲的大量诗文,如有朝一日整理出版,那么便是圆梦之日。

揉揉干涩的眼睛,戴上眼镜,凑近电脑屏幕,我终于得出了一个初步结论:《星底梦》是父亲年轻时文学创作的第三个阶段,前两个阶段,一是酝酿、萌芽——就读青年会中学,与王韬合办《蜜蜂》;二是继续勤奋学习,正式发表作品——编辑《东吴团契》,接触《联声》,此后成为该刊忠实的作者,担任主编。

《联声》是父亲的第一个展现创作才华的重要平台,他创作的百余行的讽刺诗和近 190 行的叙事诗,成为《联声》的两朵奇葩。但是后世几乎无人知晓,更谈不上什么研究,如今各种版本的现代文学史、抗战文学史、上海文学史、上海"孤岛"文学等的研究著作都未曾涉及，成为被遗忘的空白。因为绝大多数研究者从未听说过抗战时期的进步学生刊物《联声》，哪里知道还有我父亲的"两朵奇葩"。

20世纪80年代，崭露头角的陈思和与丁言昭合作，写了《希望之孕——记丁景唐编辑生涯50年》，并首次点评他的"孤岛"诗歌代表作——长篇叙事诗《远方》，认为："写出了民族的屈辱、苦难和追求的勇气，在当时乌云压城的'孤岛'环境下，无论从诗的深刻意象，还是艺术上的悲壮气氛来看，都是一篇难得的好作品。"

此文经过我父亲的审阅，得到他的首肯。那时资深学者王观泉、后起之秀的陈思和等人是我家里的常客，与我父亲谈笑风生，"指点江山"，谈论中国现代文学史上的众多作家和各流派。

图4　王观泉、丁景唐、陈思和

现存有一张照片（图4），父亲与王观泉、陈思和围坐在简易桌子边，桌上散放着几个茶杯、一把紫砂茶壶、一瓶蓝墨水打开盖子，静静地等待着；桌子另一边放着《瞿秋白印象》（我奉父亲之命，撰写此书前言，草拟各辑之名）、《鲁迅和瞿秋白合作的杂文及其他》（父亲与王保林合作，我撰写唯一一篇万字评介文章）、《鲍罗廷与中国大革命》（我的处女作）。父亲右手拿着一本已签名的《鲍罗廷与中国大革命》，大拇指和食指之间还夹着钢笔，左手已经拿起另一本书准备签名。父亲的脸上浮现着开心的笑容，好像用浓重的宁波话说道："交关（非常）惬意，交关有痴（非常有趣）。"王观泉坐在右首，他的头发花白了，戴着一副黑边眼镜，笑嘻嘻地应声。陈思和坐在左边,他左手搭在右臂上,那时他的头发乌黑,儒雅书生,会意地笑着。当时正值夏天,父亲穿着灰色衬衫,挽起长袖子,另两位分别穿着浅色和蓝细条纹的短袖衬衫。他们的笑语穿越时空,留存世间。好一幅老、中、青儒生消夏图,亲切、和谐、愉悦、温存。他们一辈子与书结缘,思书、觅书、买书、藏书、看书、谈书、策(划)书、写书、编书、印书、评书、送书,并在书上签名和盖章(人生价值的烙印),认为是世上最高兴、最幸福的时刻。这是脑满肠肥、自命不凡的权贵永远无法理解的精神境界,他们反会不屑一顾,说:"呒啥稀奇,哼!"

终于,晚霞余晖消逝,父亲、王观泉先后驾鹤西去。陈思和已是著名教授,声名鹊起,著作甚多,并拟与同人策划超大型文化丛书,颇有"指点江山"的豪迈气魄。他为丁言昭的《丁景唐传——播种者的足迹》写了序言,同时饱含深情地撰写了《纪念丁景唐先生》一文。他拟了一副对联:"追家璧继小峰,出版新文学传承真火种;仰秋白尊鲁翁,革命旧制度难得纯书生。"他还记得丁景唐曾经说过,最尊敬的人有三位,瞿光熙和赵家璧、李小峰,后两位是新文学史上名声显赫的出版家,"对两位前辈的敬重,显然不仅是对个人命运的同情,而是他们在年轻时代都曾经叱咤风云,为传承新文学精神做出过重要的贡献"。陈思和拟的上联之"追家璧继小峰",点评之精妙,胜过诸多专著宏论。下联含义丰富,不仅有茅盾临终前赠丁景唐之诗的精髓和韵味,也是对我父亲一生严谨治学、高洁品行的精确缩影——"纯书生"的生动写照。

叹曰:知音者,乃思和君也。

父亲一生与书打交道,15岁上初中后成为各家图书馆的常客。父亲步入中年后,与上海图书馆老馆长顾廷龙成为好友。顾廷龙专门赠送给我父亲一帧篆体墨宝"书海寻珠",以此称赞我父亲的治学之道。

那时上海图书馆还在南京路地标性建筑的大楼里,三楼古籍部的小伙子黄显功初次遇到我父亲,如同见到老馆长顾廷龙,敬仰之情油然升腾。"文革"后,父亲依然怀有纯洁的图书情结,多次去淮海中路的上海图书馆新馆,心底仿佛产生昔日家的感觉。

黄显功的办公室显得十分狭长,因堆满了各种书籍,汇聚了海内外文友的友情。"有痴,有痴(非常有趣)。"我父亲推开门,见到这个熟悉的场景,如同家里的乱书堆一般,"杂乱"中蕴含千古的韵律,自有指点迷津的春秋之道;同时,众多书籍如同被注入了鲜活的生命,栩栩如生的精灵争先探头欢迎贵宾的到来。父亲不由得笑逐颜开,感到非常亲切,认为这才是读书人的个性化氛围。黄显功起初有点不好意思,见到我父亲如此开心,顿时释怀,也不由得笑起来了,忙说:"请坐,请坐。"

黄显功的金色年华和出众才智都奉献给了上海图书馆,如今他是上图历史文献中心主任、上海市古籍保护中心副主任,既是历史文献研究、保护的专家,又是中国有影响的藏书票研究者与收藏家,出版了多种专著,装帧精美的《纸色斑斓》(中华书局,2017年9月)便是代表。此书收录了他为各种图书所撰写的序言,包括一些大型影印丛书,如《申报丛书》《盛宣怀档案选编》《尺牍文献的源流与研究》《俞曲园手札·曲园所留信札》等。由此映照出他在无数夜晚于灯下勤奋笔耕的身影,两旁乃是一摞摞的书刊,随时听从主人的召唤。他家里藏书万余册,其中许多是珍品,秘不外宣。我戏称他为"坐拥书城"的总寨主,独享"清福",闷头"发大财"。

"十多年来,我在上海图书馆参与了顾(廷龙)先生纪念文集和全集的编辑组织工作,主持了一系列馆藏文献精品展,陆续整理出版了一批馆藏文献。令我有机会走进顾先生的世界……"2021年11月,深圳市收藏协会主办、深圳尚书吧等承办"顾廷龙编著题签图书展",黄显功应邀为该图书展的图录撰写前言。当年我父亲无缘为老友的图书展出力,如今有传承薪火的黄显功等人逐一"亮相",顺应了"数风流人物,还看今朝"的历史进程规律。

黄显功的办公室依然显得狭长、逼仄,满满当当的一排书橱、桌椅上下、角落里,诸多新书如同汩汩小溪溢满了各个空隙,无声无息地忠实陪伴着主人。

我撰写父亲研究系列丛书的过程中,始终忐忑不安,笑脸乞求,不敢高声,但是"金"字当头,四处碰壁,心灰意冷。这时陈思和、黄显功及时伸出有力的援手,复旦大学出版社领导雪中送炭,富有学识的资深编辑胡欣轩主动与我联系,好生安抚一番,猛然刺激我的兴奋细胞,顿时令我心花怒放,我不由得惊呼:"这是新年大礼!"

我无须编织耀眼的五彩光环,摒弃堆砌千篇一律的赞美诗篇,仅以一句"我们都是读书人",表达我们丁氏家人的至诚的敬意和由衷的感谢!父母在天之灵如有知,也会感到很欣慰,祈福诸位,祝大家好!

门外脚手架上传来高压水枪喷射的"咻咻"响声,那是进行旧居综合性改造的维修队民工正在奋力洗刷历经百年的石库门红砖墙壁,它逐渐显露岁月剥蚀的沧桑。当初父母迁入此处,他俩的呵护声和幼小孩子的哭笑声一起嵌进屋内的墙里,父亲文思如涌,潇洒地流淌在笔下,伴随着坚定的信念和艰难的条件一起生活。

这些在父亲大量的旧诗文里时隐时现,如今也展现在我的面前。朝夕相伴,无声地催促我萌发发痴之言——"我不整理,谁来整理",如同"我不下地狱,谁下地狱"的佛陀之语。

扩大化搜寻、整理父亲大量旧诗文的繁琐工程,在某种程度上超过了昔日搜寻、整理瞿秋白、张太雷等人文章的难度。幸好得到秦玉兰(竹子)、刘琼、王细荣、徐煊、乐融,以及张钊贻、李桃夫妇等人热情帮助,还有他们各自背后的强大智囊团,屡次帮我解开一个个谜团。

昔日文学研究会、创造社的诸多作家都有一种嗜好,随手将外文单词夹在诗文里,增加一种韵味,习以成风。父亲就读教会大学时,英文是日常用语,常常出现在诗文里,令我头疼不已,不知其意。聪慧、机灵的才女秦玉兰、刘琼则信手拈来,说笑间解决疑难杂症,令人好生钦佩。

有时我的脑子"进水"了，一时冲动，将几个难解的英文单词发给这两位才女，结果被告知"抄写错误"。这让我这个十足的门外汉，硬是愣了几秒钟。秦玉兰拿出做学问的考据水准，将类似的外语单词一并列出，加以分析、推论，最后还客气地说："仅供参考。"这让我手足无措，反正人老皮厚，即刻立此存照。

父亲翻译的法国著名作家左拉的自述性小说《三次战争的回忆》，不知法文原貌，热心的张钊贻教授立马发过来一个链接——左拉法文全集目录。唉，天书一般的法文字母，好像跳着优雅的芭蕾舞，如同英俊的王子和公主翩翩起舞，谈情说爱。但是我这个"土包子"还以为是陕北的信天游歌词，或者是头戴乌毡帽，唱几句"手执钢鞭将你打"——简直是"瞎七八搭"，哪怕是借助双语辞典，仍然是"山东人吃麦冬——一懂也勿懂"。

在父亲的大量旧诗文面前，我是个十足的小学生，才、学、胆、识，怎么相差这么大呀！市面上流行的"炒面换汤面"小把戏，在此根本玩不转，只有老老实实地去四处请教。

陈漱渝先生，鲁迅博物馆原副馆长兼鲁迅研究室主任，著作等身，学问甚好。他与我父亲、三姐（丁言昭）很熟悉，我也多次向他请教，他都不厌其烦地耐心解答。如今他年逾八旬，"老夫聊发少年狂"，执意要重新研究瞿秋白与鲁迅，力图解决长期以来困扰他的一个难题。他点名要看拙著瞿秋白研究系列丛书（七册），我找出后立马寄出。结果他不仅付了加倍的快递费用，还马上寄还，说是自己"性子急，不能欠人家的东西，所以急于完璧归赵"，并赠送一本他的自传《我活在人间》（北方文艺出版社，2019年9月）。同时，他还特地上网购买已涨价的二手拙书，成为极少数读者之一，悉心搜齐、查阅这套瞿秋白系列丛书。他功成名就之后，还如此认真、执着，好学不倦，让我羞愧不已，甘拜下风。

这次搜寻、整理父亲诗文时，有一首诗歌《池边》，我认为陈漱渝先生写的《池边倩影有诗情》更适合作为导读，便将其作为《池边》的附录收入，以表敬意。

我编的《丁景唐纪念文集》、撰写的《书香传情——丁景唐藏书考辨》两书问世后，原上海市新闻出版局局长、著名作家孙颙鼓励说："两本书均是上品，编辑出版优秀，特别是老丁藏书考辨，对我们这些老丁的后学教益甚多。"

邹韬奋纪念馆副馆长上官肖波、张霞老师，上师大戴建国老师等及时策划报道文章，热情介绍有关内容，传递信息，让书讯第一时间飞入寻常百姓家。著名学者陈思和在上海书展开幕之前，大力推荐《书香传情——丁景唐藏书考辨》一书。感谢诸位对我父亲的真诚怀念，"人走茶未凉"，续情续话。

还有低调、热情的幕后英雄，始终不愿意张扬，其实他们也是我撰写研究父亲系列丛书的"脊梁"的重要组成部分。

他，认真、低调，不愿意透露姓名，戴着一副眼镜，双眸闪耀着智慧的神色，他是世代书香传承人——这是从他为人处世中推论出来的。有一年底,寒冷,我带着要赠送的一纸箱书籍,冒雨排队进图书馆。恰巧遇到他前来上班,我厚着脸皮,请他帮忙扛箱先进去。半小时后,我在图书馆的大厅里遇见他——早已脱掉厚厚的冬衣,穿着单薄的线衣,里面汗水沾湿,头顶上升腾起一股热气。他拿出手帕擦擦额头上的汗珠,潇洒地说一声"没事",匆匆离去。事后才得知,他扛着沉重的书箱,绕了一大圈才得以进馆。因为馆方接受读者的意见——疫情来袭,工作人员应自觉走侧门。厚重的冬衣掩藏不住我的偷懒和自私,衬托出他的俊朗伟岸、坦荡心怀。如此鲜明的对比,我羞愧无语,只好说一声"对不起"——延迟了几年。

她,个子不高,但蕴含了超能力,聪慧过人,"热情""仔细""认真",是她的人生辞典中的主打语汇。我很幸运,随时能得到她的专业的指导和周到的帮助。她娴熟地利用现代化大数据,耐心地搜索,解决了我无计可施的无数难题,催促我继续打起精神,搜集、编写本书。如果没有她,大量的有关资料只好寂寞地藏在汗牛充栋的文史档案里,无人知晓,更无人关注。但她不愿透露芳名,胸前佩戴的一枚党徽闪闪发光。

我原来最担心本书诗作的编排。因我父亲尝试运用阶梯式诗的形式(受到苏联诗人马雅可夫斯基的影响),诗行的排列有规律地错落成为阶梯式,凸显重音的节奏感,努力追求现代新诗的形式美、韵律美、内涵美。但阶梯式给编排和审读、校对带来了很大的麻烦,一不小心便会陷入"错落无致"的泥淖,以致不同程度地曲解诗作的初衷,留下茶余饭后的谈资。因此,十分感谢胡欣轩、高原等老师的精心编排、认真校对,效果出奇得好,超出了我的想象!

本书如有遗珠之憾或有误之处,敬请有识者指正。撰写过程中,上海图书馆的黄显功、刁青云、刘明辉、邓昉、葛蔼丽、王艳,以及陈漱渝、何瑛、王锡荣、陈福康、陈叔骐、葛昆元、徐煊、乐融、何昊佩、王璐、韦泱、戴建国、李良倬、李良吾、亚男、允毅等人,提供了各种热情帮助,本书稿承蒙复旦大学出版社编辑胡欣轩、高原等同人花费了大量的精力、时间和心血认真校改,谨表谢忱。

本书还得到丁言文、丁言仪、丁言昭、丁言穗(已故)、丁言模、丁言伟、丁言勇及其亲属不同方式的大力支持。在此祭拜父母在天之灵——今年,母亲、父亲先后仙逝 20 周年、5 周年了。

草于 2021 年 9 月 14 日"灿都"台风退却之日
修改于 2022 年春节后

图书在版编目(CIP)数据

丁景唐诗文集:1938—1949/丁景唐著;丁言模编. —上海:复旦大学出版社,2024.9
(丁景唐研究丛书三种;1)
ISBN 978-7-309-17135-8

Ⅰ.①丁…　Ⅱ.①丁…②丁…　Ⅲ.①中国文学-现代文学-作品综合集-民国　Ⅳ.①I216.1

中国国家版本馆CIP数据核字(2023)第250065号

本书列入上海文化基金会2022年度第一期资助项目

丁景唐研究丛书三种

丁景唐编辑文艺刊物（1938—1946）

丁景唐 著
丁言模 编

复旦大学出版社

目 录

我的文艺编辑生涯(1938—1946) ······ 1

第一编 《蜜蜂》半月刊

丁景唐、王韬首次创办《蜜蜂》半月刊 ······ 3
  附录一 追记1938年与王韬合办《蜜蜂》文艺半月刊 ······ 33
  附录二 我和我们的启蒙老师陈起英先生 ······ 38
  附录三 青年会中学1935年初三乙级级刊《青中》 ······ 48

第二编 《东吴团契》

东吴大学校史空白:丁景唐编辑《东吴团契》 ······ 53

第三编 《联 声》

俞沛文、陈一鸣、丁景唐等主编《联声》 ······ 65
树立形象,华丽转身 ······ 81
力求革新,务实巧妙 ······ 94
承前启后,推陈出新 ······ 117
策划专辑,犹恋一瞥 ······ 143
再生奋进,结束使命 ······ 153
  导读一 苦恼的经济难题,欣慰的各方援助 ······ 169
  导读二 第一个展现创作才华的重要平台 ······ 180

第四编 《小说月报》

参与编辑后期《小说月报》 …… 199
胡山源、周楞伽、潘予且、杨赫文等人的小说 …… 213
青年才俊：石琪、徐慧棠、郭朋、王殊等 …… 219
丁景唐与陆克昌、施瑛、唐敏之等人的小说 …… 224
"东吴系女作家"施济美、汤雪华、程育真 …… 228
鲜为人知的胡山源剧本《着手成春》等 …… 232
盛琴仙、郭明与童星叶小珠 …… 238
史美钧《中国现代诗人评述》等 …… 242
胡三葆、徐慧棠等的译作 …… 248
胡朴安、范烟桥、包天笑等名流之作 …… 251

第五编 《文坛月报》

作为"唯一编辑"的《文坛月报》 …… 267

第六编 《莘莘》月刊

指导沈惠龙编辑《莘莘》月刊 …… 297

第七编 《谷 音》

我与王楚良、萧岱合办《译作文丛·谷音》 …… 327
　　导读 《译作文丛·谷音》第一辑 …… 332

第八编 《新 生 代》

《新生代》：迎接"天亮运动" …… 353

第九编 《时代学生》半月刊

筹办、协助《时代学生》半月刊 …………………………………… 363

第十编 《文艺学习》

主持"文谊"及其《文艺学习》 …………………………………… 437
  附录一 郭沫若先生访问记 ……………………………… 469
  附录二 和茅盾先生在一起 ……………………………… 471
  附录三 六月的"文谊" ………………………………… 473

第十一编 《时代·文艺》

周幼海出资、张朝杰编辑的《时代·文艺》 ………………………… 479

第十二编 《妇女》月刊

回忆《妇女》月刊(资料性,仅作参考) …………………………… 501
  导读 丁景唐等人与《妇女》月刊 ……………………… 506
  附录一 苏联的家庭——茅盾先生讲 …………………… 521
  附录二 在活动房子里 …………………………………… 523
  附录三 我们的家——祝贺中国福利会成立二十周年 …… 527

第十三编 《沪江文艺》

《沪江文艺》创刊号 ………………………………………………… 533

第十四编 其 他

瞿秋白文学著作、翻译书目 …… 545
  附录 蒋锡金等与《茨冈》 …… 555
怎样开展工人业余文艺活动 …… 557
加强对上海工人业余文艺活动的领导 …… 562
谈谈工人业余文艺活动的方针 …… 566
上海工人业余文艺活动中的几个问题 …… 574
介绍《苏联的业余艺术活动》 …… 579
  附录 寄撰稿人 …… 582

后记 …… 584

我的文艺编辑生涯(1938—1946)

投身上海学生运动

自1937年11月12日中国军队撤离上海后,到1941年12月8日太平洋战争爆发,上海成了"孤岛"。

1937年冬,我在上海青年会中学读高中二年级,在同学张诚的介绍下,我参加了中国共产党领导的外围组织——上海学生界[抗日]救亡协会,简称"学协",立志在中国共产党领导下,打倒日本帝国主义,争取中华民族的解放,以实际行动投身于抗日救亡的学生运动的洪流。这是我走上革命道路的起点。最初,我任"学协"机关刊物《学生生活》的通讯员和发行员。

1938年春,我改任"学协"的中学区干事。"学协"有严密的组织和纪律,宣传号召是公开的,但组织联系是秘密的。"学协"由党团领导,各区干事会也由秘密的共产党员具体领导,带领工作。我当时负责联系青年会中学、华东基督教联合中学(简称"华东联中")、基督教浸会办的沪江附中、晏摩氏女中[和]明强中学合办的浸会联中或申联中学、难童中学、立达学园、育英中学等"学协"小组,开展抗日爱国活动,如读书会、歌咏队、办壁报、开展劝募寒衣等活动。我和母校青年会中学的几位同学办壁报,组织读书会,热烈地讨论国内外形势和前途。

我与《蜜蜂》半月刊

1938年秋,我和同学王韬(1921—1943)筹办一份《蜜蜂》文艺半月刊,开始了文艺编辑生涯,走上了奔向真理的光明之路。我以"丁宁"笔名通过陈起英老师(上海大同大学理学[学]士,是我们的启蒙老师)和一位在工部局任职的"青中"校友的关系,弄到一张公开出版发行的登记证。陈老师还介绍我们到牯岭路去找一位报社编辑,请教一些编辑和出版、印刷方面的业务知识。陈老师又介绍我们到泥城桥新闻路路口一家仅有五六个工人的弄堂小印刷厂接洽印刷。为我们上第一课的老师是这家小印刷厂的两位老工人,工人们手把手地教我们编排、校对。我们还亲自与书报摊接洽发行,又通过认识的几位进步报贩,收集从香港、武汉、广州和别处运来的共产党办的《新华日报》《团结》和少量抗战文艺刊物。我还向亲戚拉了一张全版广告,充作印刷经费。刊物取名"蜜蜂",是因为喜欢蜜蜂的勤奋、踏实、勇敢和牺牲的精神；又示意刊物虽小，却愿博采百花之精华，经过自己的酿造（编辑），呈现给读者。

我入党后的第一位领导人俞沛文（上海基督教学生运动委员会书记）也爱好文艺，但因为工作的需要，俞沛文说服我回到校内集中精力搞好校内的开辟工作，摆脱原来"学协"的中学区干事工作和在校外办的《蜜蜂》文艺刊物。因党的工作需要，我回到青年会中学校内搞群众工作。《蜜蜂》于1938年11月、12月连续出版了两期后停办了。这是我整个编辑生涯的开始。

《蜜蜂》为16开32页，文摘和创作并重。文摘方面，有关鲁迅书简和鲁迅研究的文章就占了五篇，即《鲁迅先生书简钞》（一）和（二）、茅盾《关于"鲁迅研究"的一点意见》、老舍的《讲鲁迅先生》和［蔡鸿轩的］《〈鲁迅全集〉里一个错误》，反映了我和王韬两人对鲁迅先生的崇敬和对鲁迅作品的爱好。还刊有郭沫若、郁达夫、范长江、许地山、丁玲、靳以、刘白羽、舒群、欧阳山等［人的］作品，也有少量我们自己的作品。以后王韬参加了新四军。王韬入华中鲁迅艺术文学院，"大扫荡"中回沪被叛徒出卖，后牺牲，年仅22岁。我深切地悼念50余年前的少年伙伴。

我与《联声》

我在抗战时自苏州迁沪的上海东吴大学读书时，曾编过一份《东吴团契》刊物。

1939年盛夏，我参加在中西女中举办的"上海联"（上海基督教学生团体联合会）中学夏令营，我应"上海联"机关刊物《联声》编辑部一位女同学之约，用三个不同的笔名（金子、唐突、姚里）以"中学夏令营杂零"为题，写了三篇特写《迎着太阳》《夕阳会》《夜会》，发表在9月20日出版的《联声》第2卷第1期上。又以"苏里叶"的笔名在《联声》第2卷第7、8期合刊上写了一首诗《给……》，这是我写诗的处女作。

1940年冬，我因故停学，离开大学基层工作岗位，开始编辑"上海联"机关刊物《联声》。当时，我住在上海法租界福煦路[1]明德里沿街的三层楼上，《联声》编辑部设在女青年会上的"上海联"，印刷厂在我家隔壁。我们几位同学常在我家里讨论选题策划，分头写稿、审稿、发稿、校对。不久，我接替王楚良主编《联声》（第3卷第4、5期合刊）。

王楚良当时是沪江大学的学生，翻译过美国辛克莱的《不准敌人通过》、A.托尔斯泰的《保卫察里津》，并为王统照主编《大英夜报》副刊写过小说《延安有老红鬼吗？》（已选入《新文学大系（1937—1949）》小说卷），得到王统照的好评。1934年，他是"左联"的盟员和共青团员。

《联声》是上海"孤岛"时期进步学生刊物中存在时间最长的一份刊物。1938年11月创刊，先为月刊，第3卷起改为半月刊，后来因故常成不定期刊物，共出4卷36期。早年参加《联声》编辑工作的有陈一鸣、周绮霖、王楚良等。当时江浙一带的学校涌入上海，其中有英、美、法等西方国家教会办的教会学校,学生人数大为增长,成为学生界一支不可忽视的重要力量。

我是《联声》较早的作者,从第2卷第1期到担任主编前的第3卷第3期,我在刊物上发表了12篇散文、通讯、速写和诗歌。

那时,抗战的形势更加严峻,日本侵略军正把战火一步步扩大,英、美国家的侨民教会人员,也开始撤离上海回国,人心更加惶惑,诚如我在《联声》上发表的一篇《走投有路》的文章中描绘的:"异国的教授归国了,美侨回去了,法院接收了,沪西学校已经改课本了;远隔祖国的怀抱,远隔胜利的歌唱,远隔春天的气息,给四周寒夜吠声所噪乱、不安、疑惑、彷徨,像块黑布包扎了年青人的眼,见到的只是漆黑的一片……"

广大青年学生,有的担心学校迟早会停课,有的担心踏上社会后就业困难,都感到前途茫然。针对这种情况,《联声》每期都发表具有针对性的思想评论,解决学生思想中的疑问。《走投有路》估计日军占领上海后的形势,并指出应采取何种态度。《社会和我们开玩笑》利用剪报加评论,揭露了社会上对妇女解放运动所抱的偏见和反对态度。《这不只是女同学的一个悲剧》是针对女学生考试不及格而自杀的现象所写的小言论。《死读主义和分数观》谈到了学习的态度与方法。《武侠·侦探·行劫》分析了学生的课外阅读情况。这些文章大部分是我执笔的。

《联声》自创办起就有一个很好的传统,即能够紧密地联系社会上发生的重大事件,及时地启发教育学生,如对茅丽瑛被暗杀事件的反映就是一例。我接办以后,继续发扬了这一传统,通过各种方法,使国内外政治事件很快地反映在刊物中。

在我主编刊物不久,江南爆发了震惊中外的皖南事变,由于刊物的性质不允许编者正面揭露国民党这一罪恶行径,我就以春秋笔法,一连写作了散文《你们是世上的盐》《主要复活》和诗《一个以色列民族英雄的死》,曲折地表达了反对内战、反对分裂的义愤之情。在《"你们是世上的盐"》中,我借用盐的洁白性来反对颠倒黑白的阴谋,借用盐的结晶来反对分裂,借用盐的咸味来喻示人的灵魂之不可缺,借用盐的防腐性来反对法西斯细菌。

1941年1月,皖南事变发生后,党中央号召全党和全国人民除在军事上坚决自卫外,在政治上要揭露国民党破坏抗战、破坏团结的真面目,给反动顽固派以坚决的回击。在第3卷第9期上,我编发了女共产党员周绮霖执笔的一篇[谈]曹植怎样成为大诗人的文章,通过分析《七步诗》的故事——"本是同根生,相煎何太急",用隐喻的手法,抗议国民党反动派反共反人民、破坏抗战和团结的罪行。

王楚良调到"文委"系统工作后,为加强编辑力量,我推荐之江大学学生郭明和青年会中学毕业生王钟秀参加《联声》工作。

6月22日,苏德战争爆发,第二次世界大战进入了一个新的阶段。另一方面,日本帝国主义为配合法西斯在西部战场上的进攻,也正在准备发动太平洋战争,局势进一步紧张。为了配合苏联的反法西斯战争的宣传,《联声》从第4卷第2期起,新辟了"海外特辑"。我用编者的名义写了《写在前面》一文,指出:"苏德战事的发生已使今日的形势变更极多,在这里我们不愿对这期的内容多说些话,因为聪明的读者看了自然会得到一个结论的,好或坏。"自然,正义与邪恶、是与非、爱与憎,从编辑对稿件的选取安排上,早已表现出来。

"海外特辑"一共办了三期,关于苏联一方,有《斯莫伦斯克巡礼》《发明家的乐园》《莫斯科的航空节》《苏联儿童的保卫者》等,重点是介绍苏联社会主义建设、科学的成果及军事的强大等。关于德国一方,有《希特勒和三个助手》《[在]卐字旗的阴影下》等,作者怀着极大的义愤,揭露了法西斯的罪行。为了应付租界突变的复杂形势,特辑还精心安排了一组南洋风光的介绍,暗示日军可能南攻太平洋,使广大青年认清形势,提高对反法西斯的信心。

刊物除了反映学生的生活和思想,反映国内外的政治大事以外,也注意到文学创作。在我任主编以前,刊物已经向青年介绍过邹韬奋、胡愈之、鲁迅、巴金等作家,我参加编辑工作后,继续注意对文学作品的介绍与评论。

当时,"孤岛"上演曹禺改编的巴金名著《家》,刊物立即在第3卷第7、8期合刊上,组织专栏讨论。通过巴金的作品,反对封建压迫,鼓励青年冲出思想牢笼,走向社会革命。以后,还组织书评和影评,评论分析中外文学名著和电影,我自己也以编者的名义写过一篇《认识大上海》的书评,介绍了10本关于上海的书,其中有茅盾的《子夜》、夏衍的《上海屋檐下》、于伶的《花溅泪》和《上海——冒险家的乐园》等。

此外,刊物还发表了为数不少的小说、诗歌和散文。

我依据工作的需要和学生对象的特点而写作,主要用"黎容光""芳丁""洛黎扬"等笔名写了60余篇各种体裁的文章。这些文章涉及上海"孤岛"时期学校和社会生活的众多方面,我用笔端倾诉着同时代青年学生的爱与憎、光明的憧憬和追求。我爱读诗,也爱写诗。我没用它编织爱情的花束献给恋人,我与女友王汉玉[2]是东吴大学的同学和同乡,无须用诗作媒介,我用诗抒发了对集体、对青春的爱恋。我也写通俗讽刺诗,抨击大发国难财的官僚和贪污救济金的"慈善家"。

其中写于太平洋战争爆发前三个月的一首一百几十行的长诗《远方》,是摄取了鲁迅翻译的苏联作家伦支《在沙漠上》一文的一点影子,以《圣经》中摩西《出埃及记》故事为题材,写出了民族的屈辱、苦难与追求的勇气,显示了在抗日战火中煎熬的人民顽强的求生愿望,"奔向流着蜜和乳的远方"。我把这首诗列为1941年9月10日《联声》自动停刊一期的首篇,昭示着中国人民将克服巨大艰难,走向远方,争取民族解放胜利的信心。半个世纪后的今天,复旦大学教授、文艺评论家陈思和说:"在当时乌云压城的'孤岛'环境下,无论从诗的深刻意向,还是艺术上的悲壮气氛,都是一篇难得的好作品。"

如果说《蜜蜂》拉开了我从事编辑工作的序幕的话,那么《联声》就是重要的第一幕。

现在成为著名美籍华裔作家的董鼎山,当时是圣约翰大学学生,他曾用"坚卫"的笔名为《联声》写稿。还有笔名"戈矛"的桑雅忠也为《联声》写过稿。在王楚良的鼓励下,王汉玉也用"淙漱"的别名,从美国刊物上翻译了《透过了紧密的云雾》和《五十岁学吹打》。前一篇介绍美国学生勤工俭学,后一篇写的是一位50岁的美国女性奋发好学的故事。

12月8日,日军发动太平[洋]战争,进占上海租界。

在极端严重的白色恐怖下,党的领导进行了防止敌伪突然袭击的思想教育,并在组织上采取了措施。抗日进步报刊事先做好了停刊应变准备,一批身份比较暴露的中共党员和积极分子陆续撤退到抗日根据地或外地。我和一些同志受命坚持地下斗争,按照党在敌占区的方针——"隐蔽精干,长期埋伏,积蓄力量,以待时机",开展"勤业、勤学、交朋友"深入群众的活动。

在《小说月报》当编辑

我在短短的大学生涯中,曾就读[于]东吴大学、沪江大学和光华大学,读过中文系、社会系、经济系,1944年5月,我最后从光华大学中文系毕业。8月,光华大学张寿镛校长约这届毕业同学聚集在他[的]寓所北京路觉园,学生们穿上学士大礼服,头戴学士帽,拍了一张毕业照,并发给了毕业证书,待抗战胜利后,另换正式毕业文凭。这一年,我正式走上社会谋职。姑丈介绍我到联华广告图书公司出版的《小说月报》当编辑,用"丁英"别名开展社会活动。

《小说月报》于1940年创刊,主编是顾冷观,发行人是陆守伦。其作者队伍主要有包天笑、周瘦鹃、张恨水、程小青、顾明道、秦瘦鸥、郑逸梅等,不久,又加入赵景深、胡山源等人。阿英以"魏以晦"的笔名也发表过作品,阿英编《文献》的助手李之华(李一)、鲁思、毛羽等,也写过剧本和影评方面的文章。刊物的倾向性也逐步发生变化,许多旧文人自"五四"以后转向通俗文学领域,内容与现实生活贴近。尤其是在抗战以后,他们所写的作品多揉进了现实的内容,与原先的鸳鸯蝴蝶派不一样。另外,随着时间的推移,刊物的作者队伍也在发生变化,一些老作家的文章渐渐地减少,有的连载作品在编排上也移入不显眼的次要位置,而另一些年轻作者的作品则出现在目录的主要位置上。

太平洋战争后,《小说月报》成为上海一份有影响的文艺刊物。它与《万象》一样,属于商办性质,由联华广告图书公司出版部出版。联华是上海几家最有实力的广告公司之一,总经理陆守伦与我姑丈是老朋友。他为了扩大业务影响,先后办了《上海生活》和《小说月报》。抗战胜利以后,陆守伦还办过《文坛月报》和《茶话》等刊物。《上海生活》随《新闻报》订户赠送,专门介绍上海地方的民俗历史,颇有文化史料价值。《小说月报》专登新旧文艺作品,陆守伦请《新闻报》老报人严独鹤担任刊物的顾问。不用说,这两个刊物都是为迎合小市民的审美趣味而办的,吸引了大量的市民阶层读者。

自1941年1月出版的第4期起,《小说月报》辟出了青年文艺征文的专栏,专登学生写的小说、散文和评论,并且标出作者所就读的学校。这个栏目推出了一批相当有才华的青年作者,如徐开垒、施济美、程育真等人。这些作者的文章,在30期后,常常在显要的位置刊出。

1944年4、5月,我参与编辑《小说月报》工作的时候,刊物已经进入第41期。当时,我的组织关系仍属于"学委"系统领导,因此,我曾发起"大、中学学生征文",在工作中发现了不少富有文学才华的青年学生,而且很快就与徐开垒、郭朋、石琪、沈寂、徐慧棠(余爱渌)、林莽(王殊)等人成了好朋友。

我团结了一批青年作者,并在《小说月报》上发起学生文艺奖金的征文活动,我利用公开工作的机会,广泛联系青年作者与大、中学学生中的爱好文艺者,组织他们搞各种活动,以进步思想来影响他们的写作。经过一番准备以后,在第44期《小说月报》上,我用"英"的名字发表了一篇《征文启事》。

启事发表以后,立刻引起了反响,不但投稿者踊跃,同时得到了中国华恒针织厂的经济赞助,提供奖金与奖品,于是将这次文艺征文的名称叫作"KASCOW学生文艺奖金","KASCOW"即"开丝固",系该厂产品的商标。我以"丁英"的笔名写了《学生文艺奖金的启端与希望》,指出:"KASCOW学生文艺奖金虽不能说是中国创设文艺奖金的先例,但在爱护后进、鼓励青年学生写作这一点上看,无疑是社会人士关心文化的启端。"

该厂的经理蔡仁抱是地下党员蔡怡曾(圣约翰大学教育系)的父亲。他当然不知道自己的女儿是共产党员,1948年,当蔡怡曾被捕入狱,他向国民党拍胸保证他的女儿绝不是共产党员,她是无辜被人冤屈的,结果把她保释出来。近读范泉赠书,回忆说当年他被日本人抓捕后,也是蔡仁抱保释出来的。

上海是培养文艺青年的圣地,它拥有众多的文艺新生力量,长期的人才积蓄,没有可供发表学生作品的园地,因此,一旦他们看到有发表的机会,就积极参加。在这一次征文活动中,大批爱好文艺的学生被吸引而来。1945年3月11日,召开了征文授奖大会,会上宣布得奖名单。第一名是复旦大学四年级学生欧阳芙之(姓潘),作品是《旅店的一夜——鄂行杂记》;第二名是倪江松,复旦大学三年级的学生,作品是散文《松树盆景》;第三名是圣约翰大学四年级的学生张朝杰,作品是小说《小姐生气了》。[3] 其他还有一些优秀奖获得者,我们发现和培养了不少文学新军。我曾说:一篇文章只要有一点可取之处,我们就都尽力把它的精华部分发掘出来。

中法大药房会议室在现在的北京路西藏路路口泥城桥东南角上,党内有一些同志也以征文投稿者的名义前来参加授奖大会,如杜淑贞(后为中国福利会副秘书长)等,他们在会上广交朋友,发现和培养积极分子,开展"交朋友"的工作。当时来参加会的一名初二学生苏隽,后来经杜淑贞的丈夫龚肇源发展入党,赴解放区参加革命工作,中华人民共和国成立后苏隽曾任江苏省委宣传部文艺处副处长。

我自己也结识了许多年轻的朋友,有不少人就是从这个时候起走上了革命道路的,如阮冠三(袁援)、陆钦仪等。抗战胜利后,陆钦仪、倪江松、张朝杰等都参加了由我负责组织的上海文艺青年联谊会,此是后话。

在这些文学活动中,我与这些文学青年建立了深厚的友谊。例如青年作者石琪,原名张英福,是震旦大学医科学生。他来自北方,虽在上海住了七八年,但江南的绵绵细雨和都市里的独居生活不时勾起他心底深处的乡愁。他写了一些《无家之歌》一类的文章,我看到后,便在除夕时作了一首诗赠他,诗为《异乡草》[4]。

这首诗不长,寓意深刻,即要从广阔的境界上启发石琪,希望他振作起来,不要为个人的乡愁所困。为了使石琪过节时不寂寞,我还特地为他介绍了几个同乡的朋友。石琪对这友情的温暖深深地感激在心。虽然他觉得我未必真的了解他的乡愁内容。为了答谢我的好意,他写了一篇《乡恋》的散文,解释自己内心的惆怅。当我把《异乡草》收入诗集《星底梦》时,石琪又写了《〈星底梦〉及其他》一文,真诚地说:"在对于人生的观点来说,我虽是一个多暮气的人,却也喜欢年青上进的心。心情上我不能和歌青春先生携手,但在他的诗集中,我愿紧握他那青春的手。""歌青春"是我的笔名。

这种与作者的友谊,我觉得正是编辑的职业自豪与价值所在。当我发现一个有才华的作者时的喜悦心情,并不亚于一个作家发现了创作的灵感。

我与《莘莘》月刊、《译作文丛·谷音》

1945年2月,我注意公开工作与秘密工作相结合,利用合法的社会关系团结积极分子,取得了中共地下党自办两份刊物的胜利。

这两份刊物是《莘莘》月刊和《译作文丛·谷音》。

那是在1944年初,交通大学党员沈惠龙经组织同意后,参加《大学周报》的编辑工作。不久,他的组织关系转到我这里。《大学周报》停刊后,我对他说:可否利用日本人的合法关系,由我们自己创办一个学生刊物。沈惠龙就去说服堂舅——震旦大学学生吴君尹。经过一番准备,《莘莘》月刊问世了。

《莘莘》月刊是利用日本人的公开合法关系创办的,发行者是震旦大学吴君尹,负责编辑的是交通大学的中共地下党员沈惠龙、震旦大学学生陆兆琦、圣约翰大学学生袁万钟,后来华东大学学生田钟洛[5]也参加了,由我领导。

这是一份文艺性、综合性的学生刊物,1945年2月开始出版,共出四期。原定月刊,在创刊号的封面上和前四期的版权页上都写明的。但实际上，第2期为3、4月合刊，第3期为5、6月合刊。到7月5日出版第4期后，因为响应当时准备配合新四军解放上海、迎接抗日战争胜利而忙于别的工作，不再继续出版。

《莘莘》月刊为32开64页，每期约5万字的小型刊物。第2期因为配合"学委"领导的全市校际较大规模的救济失学义卖活动，而增辟"助学义卖市场特辑"，篇幅增加为96页。此刊没有刊登过一篇倾向不好的文章，也没有发表过一篇过火的"左"倾幼稚病的作品。其活动后来被列入抗日战争时期中国共产党上海党史大事记之一。我原珍藏着一份全套刊物，为"一大"纪念馆资料室派工作人员所征集，现保存于"一大"纪念馆资料室。田钟洛参加刊物工作时还不是共产党员，后来在7月间加入了中国共产党。

《莘莘》月刊的出版方针是：(1)标榜非政治性，既不发表日伪的宣传文章，也不发表刺激敌伪的"左"倾幼稚病的文章；(2)注重知识性、文艺性和生活性；(3)以发表学生的作品为主，也重视教授、学者、教师的文章，并争取他们投稿。

内容包括知识、文艺和学生生活三个方面，着重反映了当时广大人民和青年学生在敌伪统治下所遭受的苦难和团结奋斗、共度艰难的精神，企求改变现状的憧憬和希望。为配合1945年春节的"救济失学义卖市场"，《莘莘》月刊第2期增辟了"助学义卖市场特辑"，选登了13篇报道和一组照片，生动地反映了义卖市场筹备的艰辛和开幕后的热烈场面，显示了学生们在敌人铁蹄下团结友爱、患难与共的精神。

《莘莘》月刊还发表了《三学期来的学费》《沪上各大学学费统计表》和《沪上各大学本学期学费上涨倍数表》，详细地统计了同德、南通、震旦、复旦、大同、沪江、圣约翰、大夏、比较法学院（东吴大学法科）、华东大学（之江大学和东吴大学）、诚正（光华大学）、交通、上海商学院、德国医学院（同济大学医科）、音乐学院、上海大学等16所大学三年来学费增长幅度，是一份有历史价值的统计材料。

知识性方面，包括自然科学、历史知识、社会生活等内容，都请一些专家学者撰稿，如《西行漫记》译者之一、原《新中华》杂志的编辑倪文宙先生等。文艺方面的作者，主要是学生中的党员和进步青年，有金如霆（笔名为"柯群"）、陈新华、袁鹰、石琪、欧阳芙之等。我自己用"歌青春""王淑俊"的笔名写过诗《毕业行》和短论《逃避与等待》，分别刊于第3期和第4期。

这份刊物在上海沦陷时期地下党领导的学生工作中，起了积极的作用。它经得起历史的检验，没有发表过一篇过火的"左"倾幼稚病作品。它按照我们当时确定的办刊指导思想进行工作，办得比较生动活泼，富有青年学生的特点。编排版式也比较美观大方，有相当的编辑水平。

7月，《译作文丛·谷音》是我和"文委"系统的党员萧岱、王楚良一起创办[的]，我以

《小说月报》[编辑]的公开职业身份,以"丁英"之名作为编辑兼发行人公开印在刊物版权页上。它是在敌占区日本法西斯统治下,由共产党人公开合法编辑出版的唯一的一份文学刊物。

《谷音》为《译作文丛》第 1 辑[6],也是末了的一辑。这是因为《谷音》诞生于 1945 年 7 月,一个月以后抗日战争胜利了。为响应新四军攻占上海,我们分别做各项准备工作。王楚良和萧岱属于地下党组织的"文委"系统,而我属于党的"学委"系统,专搞学生的宣传工作,做团结、教育青年学生的工作,如领导学生刊物《莘莘》月刊、组织党员向《女声》投稿、在《小说月报》上发起学生文艺征文、为青年会主讲文学讲座等。

王楚良原先也是在"学委"系统工作的,后来才调到"文委"与马飞海、萧岱一起工作,曾为《上海周报》写文章和译文。大概是 1945 年的年初,我去宁波路 470 弄《小说月报》编辑部的路上,遇见分别几年的王楚良,谈话中知道他在二马路大陆商场底层一个运输公司当秘书。以后,在王楚良的办公室里,又认识了萧岱。其实他的真名叫戴何勿,萧岱是"小戴"的谐音,我当时称他戴先生。有一次,他们俩建议,由我出面编辑一本文学丛书,冲破敌人禁锢下的文坛一角,团结一批倾向进步的青年作家。

丛刊形式,可以不必向敌伪登记,但为了争取公开合法,避免引起某种怀疑,我还是在《小说月报》送审时,将《谷音》的稿件一起带上,交对方盖一个"审讫"的蓝印,以示公开合法。实际上,这只是一个形式,对方盖了一个章就算完结。

敌伪的审查机构,在建设大楼六楼朝东南隅的房间里。我记不起当时叫什么大楼。从前这个大楼是宋子文集团的扬子银行公司。中华人民共和国成立初,我进华东局暨上海市委宣传部工作,就在这幢大楼的三楼。那份带着历史烙印的校样,我一直保存着,在"文革"中被造反派抄家时毁了。

《谷音》的封面很简朴,用铅字标明,并以铅条加框组成。原打算采用紫色套印,后因节省费用,与正文统一,都用黑色。刊名以宋朝诗人黄山谷的诗"别后寄诗能慰我,似逃空谷听人声"取名"谷音",诗句含有怀念祖国、讽喻此地此时的深意。并配有一幅木刻,署名S. C.,是新世界中法药房的药剂师杨国器所作,中华人民共和国成立后曾任上海市药物管理局副局长。

未列入编目的尚有第 9 页的补白一则,刊出《征稿简约》,可与《编后》对照着看,说明刊物的性质。第 23 页的一则补白,也颇有史料价值,报道了《小说月报》的学生文艺奖金,已于 1945 年 3 月 11 日借中法大药房会议室举行发奖典礼。到会的有许晓初、蔡仁抱、包天笑、严独鹤、沈禹钟等,还有《小说月报》、华恒针织厂的同人,并来宾数十人,由许夫人、蔡夫人发奖。这表明了我们充分运用公开合法方法的成功。

《译作文丛》,顾名思义,是文学创作与翻译的丛刊。创作方面由我约稿,译文方面由王楚良、萧岱供稿。当然也有例外,余爱渌翻译的《巨哥斯拉夫之歌》是我约来的稿件。他和郭朋、石琪都是震旦大学医科学生。这些作者,有的是《小说月报》的青年作者,如郭朋、石琪、江松等;有的是我的老师,如[在]沪江大学时我的老师朱维之,曾写《中国文艺思潮史[略]》,他为《谷音》写了《由绘艺说到唐宋文艺思潮》等。其中郭朋写的小说,一篇是《在呼鲁图克河畔》,作者用流畅的笔调写了一对草原男女的恋爱悲剧,豪放中带有哀婉;另一篇《故居》是对旧家庭的怀恋,都是较好的作品。王楚良以"古道"笔名专门为我的第一本诗集《星底梦》写了评论文章。我也在上面发表了学术论文《六朝的民歌(南方篇)》。《谷音》显示了党领导的青年文艺队伍的实力。

如果说,《莘莘》月刊是党领导的在日军占领下上海出版的唯一的学生刊物,那么,《谷音》是共产党人在日军占领下上海出版的唯一文学刊物。

我参与领导和编辑的《新生代》《时代学生》

1945年9月,为了迎接抗日战争胜利的新形势、新任务,由我联系沈惠龙、袁鹰等编辑出版了一份战斗性较强的小报型的《新生代》。

《新生代》是16开4页的小报型刊物,于1945年8月28日出版,是"学委"系统最早迎接抗日战争胜利而出版的刊物。刊有《创刊辞》《我们该做些什么?》《自由法兰西的灵魂——地下军》《从黑夜到天明》《新生代进行曲》等文章,内容是配合新四军解放上海。不久,由于中央决定新四军不进驻上海,所以《新生代》出版了一期就停刊了,接着筹办《时代学生》。

《时代学生》是地下党"学委"领导的学生刊物,由"学委"书记张本联系,创刊于1945年10月16日,1946年5月10日停刊,共出13期。此刊物筹备期限极短,我以《译作文丛》编辑身份出面当顾问,直接找听过我讲授文学知识、受我影响的学生界的熟人朋友筹备。

一天,[我]到圣约翰大学去找英文系女生阮冠三。表面上看,我只是一个《小说月报》的编辑和上海基督教青年会文学团契的讲课人,去找《小说月报》的作者谈稿件。其实,阮冠三那时是圣约翰大学地下党英文系的党小组长。我去时,正好是课间休息,她把我领到较为僻静的大树下,坐在横卧地上的树干上。我说:"在这迎接'天亮'的大好形势下,你能组织一些要好的进步同学,迅速筹办一份代表学生呼声、引导学生前进的刊物吗?"阮冠三听了,深思片刻,说:"让我考虑一下,您三天之后再来校找我。"

过了三天,我再去找阮冠三,她同意接受这项工作。接着,我就教她如何去做。我说:"第一,要团结一批积极分子;第二,要筹募一笔基金,用来买纸张、印刷、发行、付稿酬、赠送创刊号;第三,要找一个刊物编辑部办公和对外联络的地方和电话;第四,要有一个可靠的印刷厂;第五,要建立一套发行网。创刊号一出来,马上要找一些上层关系,到国民党市党部去进行刊物登记,争取合法地位。约请著名人士写稿、写评论及编辑工作,都由我负责,你们不要管了。你们也要组织一些进步同学写稿。为了反映学生的呼声,准备专辟一个'学生座谈'的栏目。"

阮冠三依我的嘱咐,工作做得非常出色。她发动同学们向自己的家人、亲戚、朋友募集捐款,约一批党员和积极分子写稿。编辑部放在同学薛庄的家里,她家住在莫利哀路[7]1弄3号。我曾几次以公开身份到那里去,和他们商量办刊物的事情。有一次,我还是和陈昌谦一起去的。

过了很多年,阮冠三才告诉我她当时的想法。原来那天她见我突然找她,要她筹办学生刊物,估计这不会是我的私事;但党的纪律不容许发生横的关系,在没有得到党组织的指示之前,她不好做任何表示,所以她用了缓兵之计,说让她考虑一下。

那天,我离开学校后,阮冠三就向她的领导人夏孟英做了汇报。夏说:"这是'学委'的任务,你与圣约翰大学的党组织不是一个领导系统,但应以公开身份,团结一批积极分子,筹办杂志,这也是为'天亮运动'创造一个舆论阵地。"阮冠三约了圣约翰大学同学成幼殊(金沙)、潘惠慈[8]和吴宗锡等。

在《时代学生》的创刊号上,有一篇《后记——代发刊词》[9],署名"编辑室"。

第1期上有《上海学生的要求》和《论伪校学生的学籍问题》两篇专论,提出了当时上海学生的状况。为了纪念鲁迅逝世九周年,刊登了锡金写的《鲁迅诗话》,编者介绍了这篇文章,说:"以诗人来论述诗人,自有独到之处。"锡金的《鲁迅诗话》是由圣约翰大学学生、原行列社成员去约来的。锡金在文中点名批评唐弢,审稿时忽略了,印成后发觉,改后重印了一部分。所以流传的《时代学生》创刊号有两种版本。在谈到朱维基的诗《在雨中过四十岁》时说:"含意深刻,实不可多得。"崭露头角的袁鹰特地写了《何冰》,这是一篇反映学生生活的小说。还有通讯《黎明前的作祟》,报道了江西在日军投降时所遭受的一次灾难。

《时代学生》出版后,马上引起了一些人的注意。有一个三青团分子来打听刊物的背景;法国公园(今复兴公园)茶室老板对薛庄的嫂嫂说:"听说莫利哀路1弄3号里有共产党活动。"为了安全,我们立即做了两件事,一是在1945年底刊物出了第5期后,将编辑部转移到圆明园路169号;二是在第6期上登了一份特约撰稿人的名单,有:丁英、王治心、白约翰、朱维之、李登辉、周建人、胡曲园、陈巳生、崔万秋、葛传槼、魏金枝、顾仲彝、顾惠人、成舍我。这些都是我们的积极分子及以子女、学生、后辈的身份分头去征求同意的。这份特约撰稿人中,李登辉是复旦大学校长;白约翰为英国籍教育家,当时是麦伦中学校长;成舍我是《立报》的董事长,是共产党员成幼殊的父亲;陈巳生是著名企业家;崔万秋是国民党《大晚报》总编辑;王治心是老国民党员、沪江大学中文系主任;其他都是著名的文学家、教育家,都是社会著名人物。把我列于其间,那是组织上出于培养我当刊物顾问的需要。

《时代学生》出过三期特辑。第2辑是"战后教育特辑",约请了许多教授写稿,如胡曲园的《谈战后教育》、顾仲彝的《战后教育改进的简议》、蔡尚思的《战后历史教育的改进》、朱维之的《战后文学教育》。我用"丁英"的笔名写了《关于教育复员》。

第3期是"助学运动专辑",有郑振铎的《为助学金呼吁》、顾仲彝的《关于助学金运动》。自第3期出版以后,我就不管《时代学生》实事,分工搞文学青年的工作,而由陈昌谦负责领导。

第7期是"追悼昆明死难师生大会特辑"。1945年12月1日,国民党政府派出大批军人、特务,冲进昆明西南联合大学,镇压要求和平、反内战、反美国干涉中国内政的师生,制造了"一二·一"惨案。消息传开后,9日,延安各界集会声援昆明学生的斗争,周恩来、吴玉章发表演说,揭露反动派的罪行。是日,重庆各界举行追悼"一二·一"烈士大会,要求审判凶手。1945年12月20日出版的《时代学生》第4、5期合刊上,及时报道了《昆明学潮惨案》和《重庆大学生生活》。在第7期特辑中有《全国学生站起来了》《上海学生怒吼了》《万人大会争民主》《昆明殉难四烈士传》,封底刊登了戎戈的木刻《于再先生精神不死!》。第11期上又刊登了《昆明四烈士出殡记》。

我是《文坛月报》的唯一编辑

在办《时代学生》的同时,我又争取原先出版《小说月报》的联华广告图书公司的总经理陆守伦改出一份纯文艺刊物《文坛月报》。我和王楚良、林淡秋商量,邀请老作家魏金枝当主编,陆守伦做发行人,由我一人具体负责编辑、组稿、校对、印刷甚至设计广告等事。《文坛月报》于1946年1月20日创刊,共出版了三期。第2期出版于1946年4月10日,第3期出版于1946年5月10日,由联华广告图书公司出版。这个刊物得到"文委"部门诸同志的支持,较好地贯彻了党领导的文化统一战线的方针。

魏金枝为陆守伦拟稿,发行人陆守伦署名的《创刊辞》,阐明了发刊的宗旨:"这精神食粮,非为占有,而为贡献;非为杀戮,而为救护;非为争夺,而为了解;非为宣传,而为共鸣;故可取之无尽,用之不竭;既可以之忘却人间的黑暗与痛苦,更可进而消除人间的黑暗和痛苦。"《创刊辞》中还有些耐人寻味的话,如:"而作者的作品,在这洛阳纸贵的高压下,亦难有问世的机会。我们不信抗战的疮痍已经平复,人心的忧闷已经解除……"

当时,抗日战争虽然已经结束,但内战的危机随之来临,国民党反动派以各种宣传检查机构来扼杀进步的报刊杂志,追捕革命文艺家。在这种情况下,魏金枝只能用隐晦曲折的话来点明形势,说清意图。

《文坛月报》刊载的稿件,来自解放区的有刘白羽的小说《发亮了的土壤》、散文《[从]〈荷兰之家庭〉想起》,周而复的小说《地道战》,胡征的诗《好日子》,张水华、荒煤、杨文、姚时晓合写的话剧剧本《粮食》。这些作品给上海沉默的文坛带来了清新的空气、战斗的气氛和奋斗的勇气。

特别要提到的是剧本《粮食》，这是一个五幕剧，但在第3期上只登了序幕和第一幕，原来打算连载的，后因刊物停办而没能继续刊出。这个戏通过抢粮、护粮，反映了游击区的人心所向。《粮食》在解放区演出时很受欢迎，第3期的《编后》中也写道："《粮食》一剧在北方颇为风行，取材、风格，多和此时此地有点异样，特为介绍，以广眼界。"《粮食》集体执笔者之一姚时晓在1987年时说，《粮食》是1944年秋冬之间写于延安党校，当时从敌后来的同志给他们讲了些素材，他们根据这些事创作的。在延安演出时，有凌子风、马可、于蓝、陈强等演员。1948年底，香港出版了单行本《粮食》，什么出版社我忘了。我曾看到1985年4月30日的《新民晚报》上，鲁虹的文章《布莱希特与中国》中提到，布莱希特"曾把中国话剧《粮食》搬上他的柏林剧团的舞台"。

来自大后方的有艾芜的长篇小说《落花时节》、散文《聪明的皇帝》，沙汀的小说《访问》，胡风的论文《答文艺问题上的若干质疑》，舒芜的散文《买墨小记》等。

上海的作家有夏丏尊特为茅盾剧本《清明前后》写的评论《读〈清明前后〉》，戈宝权[的]作家研究《罗曼·罗兰的生活与思想》，刘大杰的散文《忆李劼人》，林淡秋的小说《伤兵母亲》，王元化用"函雨"笔名写的小说《舅爷爷》，满涛用"方晓白"的笔名写的小说《生产的故事》，《士敏土》的译者董秋斯写了《关于〈士敏土〉》等。

当时，我们向社会上广为组稿，其目的有两个：一是培养青年作者，另一是从作品中看出作者的思想倾向，给党组织输送新鲜血液。因此，在《文坛月报》上时常有无名之辈的作品，如刊载在第3期上的萧蔓若[的]小说《冷老师的倔强》、项伊的报告文学《大年夜》。为了让这些新作者更早地为人们所了解和重视，魏金枝在《编后》中还特地书上一笔："这期有新人萧蔓若[的]小说《冷老师的倔强》，报告方面有新人项伊的《大年夜》，均值得一读。萧君的风格颇似沙汀先生，而项伊君的风格亦活泼爽利。努力写作，将来都会有前途的。"

主编魏金枝写了小说《苏秦之死》《关不住了》《死灰》。我用"丁英"的笔名写了散文《灯》，用"莫洛"的笔名写了诗《欢迎的期待》。

1946年1月10日，由张群、周恩来、马歇尔主持的三人军事委员会就停战问题达成协议。是日，政治协商会议在重庆开幕，会议通过了《和平建国纲领》等议案。可是到了3月，国民党政府在美帝国主义的支持下，撕毁政协决议，发动全面内战。在这种形势下，上海不少刊物先后停刊，《文坛月报》也遭夭折。

我与《文艺学习》

1946年2月10日，在编辑《文坛月报》的同时，我在党内负责主持上海文艺青年联谊会，做团结、教育文学青年的工作,开展进步的文艺活动,并出版《文艺学习》刊物,由袁鹰负责编辑,我和朱烈、廖临也参与编辑。

为了广泛团结文艺青年,培养文艺新军,由我负责主持,党员郭明、朱烈、廖临、杨志诚(陆以真)、袁鹰、项伊、茹荻、吴宗锡(左弦)、戎戈、陆子淳、梁达(范荣康)、屠岸等十几个同志归我单线联系和间接领导,一起组织上海文艺青年联谊会,在中华全国文艺界协会上海分会指导下宣告成立。约有会员200人,与全国各地(包括香港地区)的文艺青年发生广泛的联系,邀请了郭沫若、茅盾、叶圣陶、田汉、胡风、赵丹等演讲,并举办了文艺晚会,出版了会刊《文艺学习》,分成文学、戏剧、木刻与漫画小组分别活动。

《文艺学习》共出版了三期,刊登过叶圣陶、魏金枝、许杰、蒋天佐、戈宝权等作家的作品,郭沫若、茅盾的访问记,会员袁鹰、项伊的小说,诗人苏金伞也从外地寄来一首诗《你走了》,鲍雨寄来《忆叶紫》,赵自(小坷)写了回忆郑定文的文章。我用"洛黎扬"笔名写了《上海文艺青年联谊会的诞生和成长》《上海文坛漫步》《上海诗坛漫步》等。"文谊"开展多种形式的文艺活动,激励和发动进步青年投身于争取民主自由、反对美蒋黑暗统治的斗争。

此后,我参加了老舍、曹禺出国的欢送会。这次"文协"欢送老舍、曹禺赴美讲学的集会,是叶以群通知我去参加的。赵景深在《文坛忆旧》中有篇《一个作家集会》记述甚详,并将当晚拍摄的"文协"欢送老舍、曹禺赴美合影印在《文坛忆旧》的扉页上。40年后,《新文学史料》1986年第2期在刊登赵家璧《老舍和我》长文时,该刊封三也重新印了这幅欢送老舍、曹禺赴美讲学的照片,并标出全部36位合影者的姓名。赵家璧与老舍、曹禺、费正清、叶圣陶、郭绍虞等12人坐在前排,郑振铎、夏衍、王辛笛、戈宝权、赵景深等24人则参差地站着。叶以群和我站于夏衍的后边。

7月,《文艺学习》仅出版三期又遭停刊。

原载《档案与史学》2003年第3、4期,署:丁景唐口述,朱守芬整理。

导读:

丁景唐在《档案与史学》刊登的此文的复印稿上做了修改,他还注明"2001年访问",这与此文刊登时间相差两年。

此文中丁景唐回忆半个多世纪前的编辑活动,披露了大量的历史细节,有助于了解丁景唐前半生的文艺编辑活动。此文也是指导本书评介他有关编辑刊物之文的"导言"。

同时,此文为进一步研究上海"孤岛"时期和解放战争期间的文坛,提供了第一手资料,具有较高的史料价值。

文章说:"《联声》是上海'孤岛'时期进步学生刊物中存在时间最长的一份刊物。"这个见解已被史学界所公认。对于《莘莘》月刊、《译作文丛·谷音》,此文明确认为:"《莘莘》月刊是党领导的在日军占领下上海出版的唯一的学生刊物……《谷音》是共产党人在日军占领下上海出版的唯一文学刊物。"对此如今又有多少人知道呢?

此文还谈到许多默默无闻的小人物,如筹办《时代学生》的潘惠慈,虽然特意做了一个注释,但并未进一步说明她所起的重要作用。潘惠慈后来命运多舛,遭受不公正待遇,鲜为人知,丁景唐知道一些,但是未能透露。类似的例子很多,篇幅有限也是未能说明的原因之一。

此文延续了丁景唐一贯的严谨作风,同时也存在遗憾。

1938年秋天,丁景唐进入东吴大学,与他人一起创办、编辑《东吴团契》。但是此刊物难以找到,他只能简单交代一下,体现了"不知不说"的原则。这也给后世带来了许多疑问。

按照丁景唐编辑刊物时间顺序,《东吴团契》在《蜜蜂》《联声》之间。也许他认为《东吴团契》并不属于文艺刊物,与本文"文艺编辑生涯"的主题相距较远,因此他总结道:"如果说《蜜蜂》拉开了我从事编辑工作的序幕的话,那么《联声》就是重要的第一幕。"其实,《东吴团契》是连接《蜜蜂》《联声》两者的中介环节,起到承前启后的作用,如春秋笔法和暗喻、象征等写作手段,都延续在丁景唐为《联声》写的诸多文章里。

丁景唐非常感谢老作家魏金枝出面支持办《文坛月报》,凡是牵涉到署名问题,丁景唐总是谦让,认为此刊物创刊号的卷首《创刊辞》是"魏金枝为陆守伦拟稿,发行人陆守伦署名的"。根据《创刊辞》内容等初步推理,此文可能是丁景唐起草、魏金枝修订的,详见本书收入的《作为"唯一编辑"的〈文坛月报〉》《筹办、协助〈时代学生〉半月刊》等文章。

此文还提到一些丁景唐写的文章,解决了不少疑难问题,如《联声》发表的《走投有路》《社会和我们开玩笑》《这不只是女同学的一个悲剧》《死读主义和分数观》《武侠·侦探·行劫》,并注明:"这些文章大部分是我执笔的。"其中大部分已经确定是丁景唐之作,只有《死读主义和分数观》(原误写为"死读主义和分数主义")是他人所作,发表于丁景唐接手主编的《联声》第3卷第4、5期合刊,署名"甄垠川"。

此文谈及《小说月报》的"这次文艺征文的名称叫作'KASCOW学生文艺奖金'"。原文中统称为"KASCO",时译"开丝固"。丁景唐晚年回忆时统称为"KASCOW",这可能是今昔英文单词拼写不同造成的。

由于种种因素,此文有疏忽、误记之处。抄录时已经进行了若干细微修改,包括标点符号。还有其他细小问题,在此不赘述了。最后需要说明,此文标题中使用的"文艺编辑",与"文学编辑"没有严格区分,敬请谅解。

注释:

〔1〕原注:福煦路,今为延安中路。1910年填浜辟筑,初名长浜路。1920年以法国将军Foch名字

［命名］为福煦路（Foch Avenue），1950年改为延安中路。

〔2〕原注：王汉玉，后与丁景唐结为连理。毕业于东吴大学经济系，曾任东吴大学鸿印团契的主席。团契是教会学校内唯一合法的群众团体，由教授任导师。

〔3〕原注：《旅店的一夜——鄂行杂记》，载《小说月报》第45期。《松树盆景》，载《译作文丛·谷音》第1辑。《小姐生气了》，载《小说月报》第45期。

〔4〕《异乡草》，见丁景唐的第一本诗集《星底梦》，另见《丁景唐诗文集（1938—1949）》。

〔5〕原注：田钟洛，即袁鹰。当时参加刊物工作时还不是党员，后在1945年7月加入了中国共产党，领导人是丁景唐。

〔6〕原注：这期刊物目录为《由绘艺说到唐宋文艺思潮》（朱维之）、《六朝的民歌（南方篇）》（丁英，即丁景唐）、《巴尔扎克新论》（J. 赖芙林作，严慈译）、《在呼鲁图克河畔》（萧群，即郭朋）、《高级课程》（A. 契诃夫作，沙风译）、《一笑之失》（H. 巴尔扎克作，晓铎译）、《书蠹的牺牲》（G. 吉辛作，鹿问远译）、《故居》（郭朋）、《山啸》（林茫，即王殊）、《雨天》（石琪）、《松树盆景》（江松）、《青春之歌——略论歌青春的诗》（古道，即王楚良）、《普式庚诗抄》（易名，即萧岱）、《但她的鞋子笑了》，（白川，即朱维之）、《巨哥斯拉夫之歌》（P. 柯杨寺雪克作，余爱渌译）、《普式庚语录》（补白）、《编后》。

〔7〕原注：莫利哀路，即今香山路。1914年辟筑，初以法国17世纪作家莫利哀名字命名为［莫利哀路］（Rue Moliere），1946年改以广东省中山市旧称香山命名（《上海通史》第15卷，上海人民出版社，1999年9月）。

〔8〕原注：潘惠慈，在东吴大学时受丁景唐领导，她是电影明星胡蝶的小姑子。

〔9〕《后记——代发刊词》，全文见本书第369—370页。

第一编

《蜜蜂》半月刊

丁景唐、王韬首次创办《蜜蜂》半月刊

《蜜蜂》半月刊创刊于1938年11月25日,16开,属于文摘性质,录载的小说、散文、诗歌、报告文学、独幕剧、评论等大多是名家之作,也有亲近文友的少量诗文。同时刊登征稿启事,计划文摘与创作并重。出至第2期(12月10日)因故停刊。这是丁景唐一生编辑生涯的开始。

丁景唐晚年回忆说:"刊物取名'蜜蜂',是因为喜欢蜜蜂的勤奋、踏实、勇敢和牺牲的精神;又示意刊物虽小,却愿博采百花之精华,经过自己的酿造(编辑),呈现给读者。"

青年会中学同学王韬

丁景唐晚年写的《追记1938年与王韬合办〈蜜蜂〉文艺半月刊》,首次披露了他俩"相聚为邻"——以小沙渡路(今西康路)、康脑脱路(今康定路)十字路口为"圆心",合办《蜜蜂》文艺半月刊的具体情况。陈起英老师、年轻报摊主弋人等也起了重要作用,正是借助他们的力量,《蜜蜂》才得以问世。这些是进一步研究《蜜蜂》半月刊的第一手资料。

王韬,原名王瑞鹏,笔名王韬、扬戈、王弢等,出身于青浦城内的一个店员家庭,中国共产党党员,革命烈士。1936年他在上海读高中时与丁景唐为同班同学,改名王一飞。

丁景唐回忆说:王韬读了高中一年级上学期之后,就停学回到青浦家乡自学。1937年"八一三"上海抗战时,他在家乡和当地青年搞过一阵抗日救亡活动,参加歌咏、壁报等工作。后来,上海四周沦陷,他才逃难到成为"孤岛"的上海市区来,住在小沙渡路、康脑脱路的一个里弄内。他失学失业,试着向《大美晚报·夜光》等副刊投稿。

1938年夏,丁景唐与王韬在小沙渡路上重逢,丁景唐回忆说:"他戴着眼镜,穿着竹布长衫,脚上一双破皮鞋。他比我小一岁,比我矮一些,却显得老成沉着。我们紧紧地握手,紧紧地相视了一阵,互道别后生活。"王韬与丁景唐一起创刊《蜜蜂》半月刊,办了两期后停刊了,因丁景唐奉命回校从事地下党的学生工作。

此后,王韬被聘为《亦报》副主编,担任小学国文教师,薪水很低,生病也不到医院去,忍受着病魔折磨和痛苦。王韬身居斗室,潜心写作杂文、散文、小小说、诗歌、政论文等百余篇,发表于《申报·自由谈》《申报·游艺界》《申报·春秋》《大美晚报·夜光》《大晚报·剪影》《大晚报·儿童周刊》《华报·星期文艺》《华报·结实》《中美日报·集纳》《大美周报·早茶》

《文汇晚刊·灯塔》《导报·晨钟》等副刊。他撰文呼吁:"我们的笔,蘸着数千忠勇战士的鲜血,像烈士燃烧般的颜色,写出我们苦难的民族,从艰苦的牢狱中困争出来,争得最后的胜利。"

这期间,王韬还经常参加进步学生组织的歌咏会、剧团演出活动,结交了许多热爱戏剧的进步青年。他极力主张上海的作家写一些通俗读物,深入开展通俗化运动,以此教育人民大众。

丁景唐曾建议王韬参加新四军。1940年7月,王韬去苏中抗日根据地,进入阜宁鲁迅艺术学院学习,学习勤勉,表现优异,加入了中国共产党。结业后,他被分派在新四军中任文化教员。《新四军的艺术摇篮》(江苏文艺出版社,1992年4月)一书多次提及王韬参加文艺创作活动的情况。

1941年12月,太平洋战争爆发,上海"孤岛"沦陷。王韬奉命辗转回沪,开展地下抗日斗争,曾住在上海格罗希路(今延庆路)大德里。他白天写稿,晚上外出活动,机智地完成党的任务。1943年4月20日晚上,被叛徒出卖,王韬不幸被捕,在狱中备受酷刑,坚贞不屈。6月6日,王韬被秘密杀害于上海江湾,年仅22岁。1949年5月上海解放后,出卖王韬烈士的叛徒被人民司法机关拘获处决。青浦县博物馆曾有王韬烈士的革命事迹展,该馆负责人陈菊兴写了《以笔为武器的"孤岛赤子"——王韬烈士》(《青浦革命文化史料》),披露了多年来搜集的大量资料。

丁景唐晚年追忆昔日中学同学王韬时说:"1938年也是我与王韬合办《蜜蜂》文艺半月刊,走上文艺编辑生活道路的起点。1996年是我与王韬的母校上海青年会中学成立95周年校庆纪念会。我为王韬烈士,我们的同学、我们的同志、我们的文艺战士,先写下这些回忆,以寄托深沉悼念之情。"

"相聚为邻"合办《蜜蜂》

《蜜蜂》创刊号的《征稿简则》提及的康脑脱路519弄3号理应是王韬的住处。康定路福源里有三条弄堂,即491弄、501弄、519弄,519弄3号是进弄堂左首第一家。马路对面是因战火被迫迁移过来的暨南大学临时教舍(康定路528号),此处曾为中华基督教堂,由著名牧师竺规身主持,1949年后,他创建了上海第一座教堂。

从康定路519弄往东步行五六分钟,沿途都是紧挨着的商铺,老大房、豆腐店、理发店、照相馆等,转角处正是著名的太乙堂。太乙堂肇始于1874年,与北京同仁堂、杭州胡庆余堂齐名,现今上海太乙堂中医门诊部在安业路40号。太乙堂一排三大开间,前有一块空地,便有弋人的辛记书报摊(《蜜蜂》第2期书报摊广告),还有刻字摊——王韬绘制的《蜜蜂》刊名便是在此刻的。

太乙堂处于十字路口的西南角,斜对面是小沙渡路420弄武定坊,另一个出口为武定路

600号,丁景唐住在武定坊(后搬到劳勃生路草鞋浜)。弋人住在爱文义路(今北京西路)、小沙渡路附近一个灶披间里,距离太乙堂并不远。

因此,丁景唐到王韬家很近,商量办刊很方便,他们也很清楚太乙堂的报摊、刻字摊情况。他俩商量创办刊物时,认为文艺作品的文摘和创作要并重,先从文摘着手,逐步增加创作方面的稿件。

丁景唐与王韬有内外分工,丁景唐出面当发行人,到工部局警务处办理刊物登记手续,"通过同情革命救亡工作的姑母向姑丈拉了一张封底广告,解决刊物的经费";王韬到几个报贩处收集内地和香港的报刊,他俩在王韬家里选编,然后商量确定。刊物取名"蜜蜂","意在表示我们是小小的文艺新兵,但我们辛勤劳动,博采百花之精华,经我们努力酿成乳蜜,做一个百花园中有益于人民的小蜜蜂"。此后,丁景唐还写了一首儿歌《一只小小的蜜蜂》,首次引用了马克思的名言。

经老报人介绍了一家小印刷所,在泥城桥新闸路的小弄堂里。丁景唐、王韬从住处向东前去,走在碎石子路面上,闻到一股肥皂味,水蒸气在哧哧作响,原来沿街有一家浴室。他俩找到那家小印刷所,设在一家民宅客堂和灶披间里,有六七个工人和学徒,他们操作的手工印刷机不时发出嘭嘭的撞击声。丁景唐、王韬虽然看过不少文艺书刊,办过壁报、油印刊物,但从来没有接触过编排刊物。他们即刻虚心向印刷所老师傅学习,才知道如何选用字体、添加校对的专用符号。

经过一番紧张的校对、修改等操作之后,《蜜蜂》终于问世了。

现存有两期《蜜蜂》(1938年11月25日、12月10日),16开,正文均为竖排,总计40页(两期均为20页),另有《编后记》和广告等。

《蜜蜂》封面(图1)顶端为刊名——王韬绘制后在小沙渡路、康脑脱路的刻字摊上刻的,黑底白字。其下为竖排,左边为"第一卷第一期创刊号",左下角印着一排小字"上海公共租界警务处登记证C字三二八号",这是丁景唐去办理的结果;右边是要目,约占三分之二篇幅。底端为创刊时间,写着"中华民国二十七年十一月廿五日出版"。

扉页分为上下两部分。上端为目录(与封面要目略有不同):《鲁迅先生书简钞》(遗著)、

图1 《蜜蜂》创刊号

《关于"鲁迅研究"的一点意见》(茅盾)、《论典型——个性、类型、人性》(论文,李南桌)、《黄河南岸》(通讯,郁达夫)、《诗二章》(郭沫若)、《战地掘壕记》(报告,李辉英)、《讲鲁迅先生》(老舍)、《流民》(魏东明)、《忆小方》(杂文,长江)、《笔的三阶段》(郭沫若)、《轰炸之后》(随笔,靳以)、《无题》(穆时英)、《作家行踪》和《编辑后记》(编者)。下端为版权内容,主编蜜蜂社(未署名),编辑人王韬、丁宁,发行社蜜蜂出版社,总经售五洲书报社。两旁为定价、广告表格。定价表内注明:每月十日、二十五日发行,零售六分;预订全年二十四册一元四角,半年十二册七角,三月六册四角,"定价邮费在内"。

在这期后面还有特价预订启事:"凡在本年底向本社直接订阅者,一概以下列特价优待,唯经售处恕不例内。全年一元二角,半年六角,三月三角。"全年、半年优惠约八五折,三个月为七五折,优惠明显,便于吸引眼球。这些生意经也是丁景唐、王韬请教行家的结果。广告定价分为底封面、封面里、底封里等,附录说明:"(1)广告价目按期计算;(2)长期广告特别优待;(3)广告费须先汇;(4)广告中如须制锌,费用由汇登者供给。"这是丁景唐、王韬听取老编辑的办刊经验而定,也为丁景唐此后办刊积累了经验。

这期还刊登《征稿简则》:

一、本刊欢迎各项短篇文艺作品,短论、随笔、短篇小说、诗歌、独幕剧、生活记录、游记、通讯、报告文学等各项稿件。通讯特写及报告文学特别欢迎。唯译稿暂时不收。

二、本刊文字注重精少精悍,来稿以不超过四千字为佳。

三、来稿请用有格之原稿纸誊写清楚,末尾注明真实姓名,至刊载时用何笔名则由投稿者自定。

四、稿末请详注地址,以便通讯。

五、来稿收到后,概不答复;如不合用,可以退还,唯须附充分之邮票。

六、来稿得由编者酌量增删,但投稿人不愿增删者请于投稿[时]预先声明。

七、来稿一经刊载,略致薄酬。

八、稿件在其他刊物发表者,概不致酬。

九、来稿经本刊登载后,其版权仍为著作人所有;本刊发行选集时,亦得自由收入。

十、来稿请寄康脑脱路五一九弄三号。

这是丁景唐、王韬参照其他刊物的类似启事商量决定的。第一条之"通讯特写及报告文学特别欢迎",是注重反映现实生活的鲜明标志;"唯译稿暂时不收",也是当时其他刊物常见的规定,因译稿校对是个难题,况且丁景唐、王韬也不具备审读译稿的条件。最后一条透露的地址理应是王韬的住处地址。

王韬执笔、丁景唐修改的这期《编辑后记》说:

首先,[向]对本刊出版尽了不少帮助的陈先生及王先生,致十二万分的谢意。

我们不敢自信,这工作是否会负起一点"拓荒"的责任,我们仅仅为了介绍一些有价值的文章给"孤岛"的人士,于是就产了这《蜜蜂》。

在这里,好像一席酒筵,每一只菜有它特有的味道,包括了甜、酸、苦、辣、香……各种各样不同的味儿,读者自己去选择自己的嗜好吧。

我们不固执地说,创刊号的内容很精彩充实。不过,我[们]曾下了不少收集和拣选的工夫。这一[期]稿子的来源有《烽火》《文艺阵地》《新闻记者》《文丛》《香港大公报》《文艺》等。

因为内地的交通阻梗,定期刊物的收集实在不是一件易事。虽多方面设法,恐仍有遗漏或得不到。因此我们恳请读者们帮助我们,凡有最近出版的文艺性的期刊,请抄录数篇或借阅给我们,我们是十二万分的感谢的。

关于定价方面,实在再不能减低了,因为纸张、印刷材料……价格的飞涨,使我们非常为难。老实说,这一期完全亏本的。

关于印刷用的纸张,我们想用国产毛边纸,既用国货又可定价减低,不过这会影响销路。在这里我们请读者们给我们评端。

我们不想说什么,在这伟大的时代里,我们只感到乐观,感到兴奋,并不断地工作。

因为我们几个都是缺乏经验的人,小节上的疏忽,事实上势所难免。因此我们恳请同情我们的读者,给我[们]切实的指教和各方面的援助。

最后,我们下期想辟一栏"读者园地",请读者多多寄稿来!

该文开头提及曾给予"不少帮助的陈先生及王先生","陈先生"指丁景唐、王韬就读的青年会中学老师陈起英,"王先生"也许是陈老师介绍的一位老编辑,多年后丁景唐记不起他的名字,说是大概姓张。

其实,丁景唐、王韬还应该感谢那位热情的辛记书报摊主人和他的朋友(其他报摊主),不仅提供了报刊杂志——《蜜蜂》摘抄文章的主要来源,还叫卖刚问世的《蜜蜂》。丁景唐称辛记书报摊主人"是一位有阶级觉悟和抗日爱国心的青年",笔名弋人。在《蜜蜂》第2期特地推出他写的《散文三章》,并且刊登了关于他的报摊的一则广告:"康脑脱路小沙渡路辛记书报摊,太乙堂国药店门口,经售各种中西书报杂志,代送各种中西早晚两报。"显然这是答谢弋人的热情帮助。在文艺刊物上刊登报摊广告,是前所未有、后无来者的。

王韬坦陈编辑刊物"缺乏经验",载录的文章不免有错字、漏字、衍字等,毕竟他俩都是高中生,首次能办出像模像样的刊物实属不易。

以上仅580字的短文中出现了两种称呼,"我"和"我们"。前者也许漏字,也许原意如此,也许是丁景唐修改时特意保留。至于"下期想辟一栏'读者园地'",则未能如愿,因为两期仅相隔15天,还来不及收到热心读者的来稿和反馈信息。

图2 《蜜蜂》第1卷第2期

初战告捷,丁景唐、王韬兴奋不已,再次里外分工,王韬忙于编刊的具体事务,搜集、抄写文章,丁景唐还是扮演发行人的角色,与各方打交道,拉广告。然后他俩跑印刷厂、校对、改稿,每个环节都充满了紧张的节奏,同时遇到许多意外的困难和阻挠,但是再苦再累也心甘情愿,毕竟他俩暂且圆了梦。

1938年12月10日,《蜜蜂》第2期(图2)问世了,版式与创刊号相同,不过零售价反而降低1分,为5分。这期目录:独幕剧《女国士》(落华生)、小说《乡长》(靳以)、论文《略谈改良平剧》(丁玲)、报告文学《往退却的路上走》(刘白羽)、《散文三章》(弋人)、《鲁迅先生书简钞》(遗著)、散文《浠水和浠水城》(顾提)、诗歌《没有祖国的孩子》(舒群)、随笔《从歌声听出欲望》(欧阳山),以及作家近讯、补白三则——《苏联纪念托尔斯泰》(明)、《〈鲁迅全集〉里一个错误》(蔡鸿轩致胡愈之的信)、《影片〈高尔基的少年时代〉》(明)。

王韬执笔、丁景唐修改的这期《编辑后记》说:

不知道克服了多少的困难和阻挠,第二期总算呈现到读者的面前了。翻一翻内容,也还总对得起良心,十八个铜[钱]一本也还值得。

事实上,没有预期那般顺利。无论在编排上、经济上、发行上都遭遇了非常难以申述的痛苦;这痛苦,我们是忍受着、忍受着——直到最后一口气为止。但在这过程中,我们绝不因此气挫,我们不愿白白等死,我们要加倍努力,来扶持这小小的刊物。

一个刊物,无论如何绝不是几个主持人所能包办的。这里,需要全体的读者共同来扶持,共同来栽培。

恐怕读者们也会知道,一个刊物的命运最要紧的是系在经济上。但我们的经济力量实在太薄弱了!我们不会玩"变钱"的戏法,我们需要读者们的援助!在这里,我们第一次向读者伸出求救的手。

在这一期里,《女国士》是落华生先生的一篇"新"作,是一篇深刻有力的历史剧,在香港大学曾三度上演大获成功的名著。本剧下期即刻登完。丁玲女士的论文《略谈改良平剧》是西北战地服务团公演"改良平剧"《白山黑水》(在延安)时的经验谈,这篇论文里所提到的问题很值得重视。希望沪上热心改良平剧者予以注意。

　　欧阳山先生在某一乡村中听见有人唱一支《何日君再来》的短歌，就发生了许多感想，因而写下了《从歌声听出欲望》的短文。也许我们的读者中间也还哼"好花不常开，好景不常在"的滥调吧？心里不觉得羞耻吗？我们以为：无论在何种场合，我们嘴里哼的曲调，应该在《大众歌声》里去找！要是再唱那种糜烂的曲调，就是自己不尊重自己和暴露自己的无耻！

上期《编辑后记》还是一股书生气，仅限于作品，不牵涉现实。这与丁景唐出面办理刊物登记手续有关，毕竟创刊号要送去审查。这期先点出著名作家欧阳山的随笔《从歌声听出欲望》（原载《文艺阵地》第2卷第3期，1938年11月16日；后转载于《学生生活》第1卷第7期，1940年4月15日），该文严厉批评上海"孤岛"的有些人还沉醉于声色犬马之中，真可谓"商女不知亡国恨"。由此引起丁景唐、王韬的共愤，满腔的爱国热情促发的声调陡然高亢，血脉偾张，直接站在读者面前严厉批评"唱那种糜烂的曲调"的消极抗日的民众，责问他们"心里不觉得羞耻吗？"，还特地提及《大众歌声》。

丁景唐曾担任"学协"的中学区干事，组织读书会，担任歌咏队队长，组织大家高唱抗日救亡歌曲。他教的歌曲都来自孟波编的《大众歌声》，有《毕业歌》《义勇军进行曲》《大刀进行曲》《游击队之歌》《五月的鲜花》《松花江上》等，其中《大刀进行曲》直到丁景唐晚年住在华东医院时还在哼唱，他回想起昔日抗日救亡的难忘岁月和青春飞扬的激情。王韬在家乡和当地青年搞过一阵抗日救亡活动，参加歌咏、壁报等工作，因此他也熟悉《大众歌声》里的抗日救亡歌曲。

王韬和丁景唐商量列举的许地山（落华生）、丁玲两位作家的作品恰好是一南一北（香港与延安）。许地山是中国现代著名小说家、散文家、"五四"时期新文学运动先驱者之一，曾发表散文《落花生》，闻名文坛，成为"问题小说"代表作家之一。1935年，他应聘为香港大学文学院主任教授，遂举家迁往香港，曾兼任香港中英文化协会主席。他创作的独幕剧《女国士》借唐代名将薛仁贵与妻子准备从军抗敌的故事，以古讽今——抗日救亡。该独幕剧准备连载续登，但未果，因停刊了。

左翼作家丁玲被捕、软禁，之后辗转奔赴延安，已是广泛传播的故事了。她负责的西北战地服务团演出的影响很大，国内许多报刊纷纷报道。丁景唐后来撰文（《民间文学和民间文学的研究者》）时还提到丁玲的西北战地服务团。

1938年秋天，丁玲带领西北战地服务团到西安等地演出后返回延安，发表了《略谈改良平剧》，披露了延安鲁艺、抗大等"旧瓶装新酒"革新演剧的文艺信息——"现在西北战地服务团又集体创作了《白山黑水》，使用了一些大众语句，在服装上大胆地创制了式样，乐器和音乐也增加，又加上了布景。"此文最初发表于赵清阁主编的《弹花》半月刊第2卷第1期

（1938年10月30日），后刊登于茅盾主编的《文艺阵地》第2卷第4期（1938年12月1日）。这期《文艺阵地》的《编后记》写道："（丁玲）远地寄来，借此我们可知陕北的艺术工作者在'改良平剧'的努力，及达到了怎样的阶段。这篇论文所提起的问题，很值得我们注意。我们认为这是'改良平剧'的第一步的理论的建议。"后来果然出现了各种"改良平剧"的呼声和文章。

《蜜蜂》录载丁玲此文传达了一个重要信息：共产党领导的陕甘宁抗日根据地的新兴大众文化事业具有超前意识，"改良平剧"是大有希望的；提醒国统区的读者改变偏见，不要盲从国民党报刊的歪曲报道。这也是《蜜蜂》第2期的弦外之音，不同于上海"孤岛"时期的其他文艺刊物。

王韬在家里忙着搜集、录载，丁景唐除了要做"学协"的工作，还要四处奔波，足迹几乎遍布半个市区，好不容易拉来的广告费仅仅维持两期《蜜蜂》的短暂生命。

创刊号的广告有戴中新女士主编的《小主人周刊》、荣华美记印书馆（新闸路83号）和上海鸿康电料行的广告。第2期为国医张慕歧（白克路、成都路西首贵传里7号）、李哲声医师（霞飞路、马浪路路口宝康里47号）、盛培基牙科（南京路美记公司二楼）等广告。细细品味这些广告颇有意思。

创刊号封底整版广告为上海鸿康电料行。其地址在南京东路314号，西邻为达仁堂、德馨里、中华劝工银行，东邻同丰永赤金铺、五福斋菜馆、青阳里、天伦绸缎百货局等。这里处于丁字路口，对面是山东中路，拐角处一家英明照相馆（南京东路311号）颇有名气，瞿秋白妻子杨之华早年一张照片就是在这里拍摄的。这里风水甚佳，人流量很大，商机甚多。

"本行开设以来十有余载，经营德国蔼益吉厂出品各种大小电线、电话、电缆，唐山启新磁厂国产各种高低压磁瓶及电报、电话用隔电子等，备有现货样本，函索即寄。并发售各种电器应用材料及军用通信器材等，名目繁多，不及备载。如蒙各界赐顾，自当掬诚欢迎。本行电报挂号六七〇四号。"这是将丁景唐抚养大的姑姑丁瑞顺的丈夫袁永定等经营的。现存有当时国民政府实业部核发的上海鸿康电料行执照的一份文件。[1]

《蜜蜂》第2期封底整版广告为"绪纶大同行[2]立兴祥绸缎局冬季大减价"广告。其地址为南京东路、云南路路口，左右邻为南国酒家（分为两处），南京东路对面是泰康食品公司、鸿翔时装公司等，云南路对面是有名的茂昌眼镜公司。广告内容却是一首沪语歌谣《兴祥歌》："喊咚喊咚锵，锣鼓拷（敲）一场。今朝天气好，大家去白相（玩玩）。跑到南京路，先到立兴祥。花色交关（很）多，价钿（钱）又蛮强（便宜）。买件衣料送拨（给），娘舅拉个小姑娘！"不知出自何人之笔，难以考辨。立兴祥绸缎局原来在南市小东门，后迁移到南京东路、云南路路口，并于1938年4月15日在《东方日报》上刊登广告："立兴祥绸缎局迁移新址大廉价……已于日前开幕，该号搜罗各种高等绸缎，花色繁多。"立兴祥绸缎局老板很会招揽生意,宣传手段多样,坊间现存有该局赠送的广告壶,还有当街吆喝的沪语歌谣《兴祥歌》,通俗易懂,朗朗上口,便于传播,这往往比花钱登广告的效果还要大。

此广告与丁景唐的姑丈袁永定的推荐有关。上海鸿康电料行与新迁移的立兴祥绸缎局同在南京路上,相距不远,丁景唐可能曾去拜访。更重要的是这是丁景唐首次接触招揽生意的《兴祥歌》,类似的通俗歌谣形式后来多次"装新酒",出现在他的笔下,如《打落水狗歌》《看戏有感》《戏迷赞》《穷夫妇过年》《四季相思》《清乡兵》等。

《蜜蜂》第2期登载了目录上没有的短文广告《健康问题》(慕),介绍河南路、南京路南首新开的北平药局,劝说大家去购买中药补品。这药局与上海鸿康电料行是近邻,显然是丁景唐拉来的赞助商。

有趣的是1938年12月23日《上海报》头版刊登了类似的《健康问题》。与《蜜蜂》登载的《健康问题》相比较,前者前半段删除"国家有难"等文字,其余大同小异;后半段则是介绍康脑脱路、赫德路(今常德路)路口的太乙堂国药店,该文还透露:"同时,我还有一个好消息报告给读者,该号的信誉因得到社会人士的信仰,营业非常发达,本月念六日在康脑脱路、小沙渡路路口要开设分号了,听说开幕的那几天价格方面特别减低。"明明此分号已经开业了,现在又来报告好消息,显然是故摆噱头。其门前正是辛记书报摊,摊主弌人帮助丁景唐、王韬创办《蜜蜂》。《上海报》头版刊登短文广告《健康问题》是有偿服务。此时距离《蜜蜂》第2期发行仅十几天,两者之间有承接关系,虽然其内情不详。《蜜蜂》《上海报》不约而同刊登短文广告《健康问题》,不同于一般的广告形式,但不知出自何人之手,这是一个难解之谜。

《〈鲁迅全集〉里一个错误》等一组文章

丁景唐、王韬都喜欢鲁迅著作。上高中时,丁景唐等人办了一个读书会,那时20卷本《鲁迅全集》开始预约,但是哪里来的钱购买呢?读书会里一个同学郭锡洪(又名郭明,1939年入党,王楚良调到"文委"工作后,组织上调郭明协助丁景唐编辑《联声》),家境条件比较好,大家怂恿他去问他父亲要钱,用8元钱预订了一部普及本《鲁迅全集》。当郭锡洪拿着红色封面布脊的20卷《鲁迅全集》出现时,大家真是喜出望外,竞相传阅。

爱屋及乌,丁景唐、王韬商量决定选录鲁迅信件连载,又选了茅盾的《关于"鲁迅研究"的一点意见》、老舍的《讲鲁迅先生》和《〈鲁迅全集〉里一个错误》。此为一石数鸟,也扯起茅盾、老舍的"旗幡"。在编排上,丁景唐、王韬也借鉴他人经验,在目录上将鲁迅信件放在首位,但是正文首篇是茅盾的评论;目录上的每篇作品并非依页码排列,而是按照办刊的思路编排轻重缓急的文章。这是当时流行的办刊思路,旨在突出两全其美,也不影响读者的口味。

选录的鲁迅三封信分别是写给曹聚仁(一封)、唐英伟(两封)的信件,原载茅盾主编的

《文艺阵地》第2卷第1期(1938年10月16日)"鲁迅先生逝世两周年纪念特辑"之《鲁迅先生书简钞》。

1933年6月18日,鲁迅获悉中国民权保障同盟总干事杨铨被暗杀,悲愤交集,不能自已。同一天写信给曹聚仁,愤怒谴责白色恐怖,比起明朝奸臣魏忠贤陷害忠良的残酷手段,"比较的绵密而且恶辣"。还谈到做学问的艰难,即使在"飞机投掷范围之外,也难得数年粮食、一屋图书"。丁景唐、王韬选录此鲁迅信件意图显而易见,无须赘言。

唐英伟是中国第一代现代版画家、藏书票艺术的先驱。1935年至1936年期间,他的名字多次出现在鲁迅的日记里,而且来往书信比较多。鲁迅逝世后,他将其中两封信交给当时征集鲁迅书信的许广平。

1935年6月29日和1936年3月23日,鲁迅先后写信给唐英伟。唐英伟个人木刻集《青空集》及其主编《木刻界》月刊,邀请鲁迅写稿,被委婉谢绝。鲁迅回信说:"《木刻界》的出版,是极有意义的。不过我还是不写文章好。因为官老爷痛恨我的一切,只看名字,不管内容,登载我的文字,我既为了顾全出版物的推行,句句小心,而结果仍于推销有碍,真是不值得。"此后,《木刻界》每期出版后唐英伟都寄赠鲁迅一本,并用钢笔在封面空白处题"鲁迅先生校正,英伟敬赠"。

丁景唐、王韬选录此两封信,除了表达愤慨之外,还有未说的故事——唐英伟协助李桦筹备第二回全国木刻流动展览会,1936年10月6日至8日假上海基督教青年会九楼会场举行。10月8日展览举办的最后一天,鲁迅突然造访。遗憾的是,唐英伟已于上海开展后返回广州,鲁迅则于11天后病逝,唐英伟永远地错过了当面请教鲁迅的良机。丁景唐一直珍藏唐英伟的《中国现代美术史》,也是研究鲁迅的重要参考资料之一。

1938年10月19日下午1时30分,重庆文化界25个团体2000多人在社交会堂举行鲁迅先生逝世两周年纪念大会,老舍作了演讲,即《蜜蜂》创刊号刊登的《讲鲁迅先生》:"今天大家来纪念鲁迅先生,不是限鲁迅先生关起文艺的大门,使大家休息,而是要学习其精神,把水面上的油要浸到泥里去,要为中华民族创造血的铁的粗壮的文艺!"多年后,张桂兴编撰的《老舍年谱》(上海文艺出版社,1997年12月)载入此条,并注明摘自《蜜蜂》第1卷第1期,但未注明是丁景唐、王韬编辑的。

1938年10月,在香港孔圣堂举行鲁迅逝世两周年纪念大会,茅盾负责报告鲁迅事迹。同月22日,茅盾应香港《文艺》编辑之约,撰写《鲁迅逝世二周年纪念——关于"鲁迅研究"的一点意见》,发表于《大公报》。有人把"鲁迅思想"的源流归于龚定庵(龚自珍)的思想,茅盾加以批评,认为研究鲁迅不应该忘记三点:第一,"一丝不苟的科学精神,贯彻于他的全生涯、全事业";第二,"鲁迅曾从章太炎先生研究朴学,但是,有了近代论和近代科学方法为思想基础的他,不为朴学家法所囿";第三,"鲁迅先生虽然绝不'搬弄辩证法或社会科学的术语'，但是他所读的这方面的书籍恐怕比'搬弄者'要多得多"。

1938年8月21日（武汉沦陷前），翻译家蔡鸿轩写信给在汉口的胡愈之，即《蜜蜂》第2期补白栏目刊登的《〈鲁迅全集〉里一个错误》，原载于茅盾主编的《文艺阵地》第2卷第1期"鲁迅先生逝世两周年纪念特辑"。

《鲁迅全集》收入《〈月界旅行〉辨言》时注："疑'浆'字为'奖'字之误。"蔡鸿轩对此有不同看法，认为："原有印本，殆印'飘'为'讽'，印'桨'为'浆'。"《蜜蜂》仅录载了此信，其实《文艺阵地》还附有《鲁迅全集》编辑W的复信，认为蔡鸿轩的意见是对的，"再版时我们已经给它改正了"，并将原来的"疑注"改为："'浆'字疑是'桨'字之误，'讽'字疑是'飘'字之误。"最后诚恳地表示："我们非常感谢蔡先生的好意，希望每一个《鲁迅全集》的读者能如蔡先生那样指正我们，使我们得弥补我们的错。"落款："《鲁迅全集》编者之一W敬上，九月廿一日。"W理应是王任叔，他是负责初版《鲁迅全集》的终校者之一。

此来回两封信，对于研究初版本《鲁迅全集》有着不可或缺的参考价值。如今《鲁迅全集》收入鲁迅此文时，已经删除王任叔等人当年特地添加的"疑注"。故而此事鲜为人知，有关专著几乎没有提及。蔡鸿轩对于一字之误的考辨，犹如清乾嘉考据学（朴学）之风，也延续在丁景唐后来长期的严谨治学里。

以上一组选录文章和信件，从不同角度纪念鲁迅、诠释鲁迅、学习鲁迅精神，这在当时众多文学刊物中是罕见的，鲜明地体现了丁景唐、王韬灵活的头脑、机敏的思维、过人的胆识、勤奋的毅力。

郭沫若的一首佚诗等

丁景唐、王韬都喜欢诗歌，但是两期《蜜蜂》选录的诗歌很少，有郭沫若的两首旧体诗、舒群的新体短诗《没有祖国的孩子》。

郭沫若《诗二章》，原载于巴金、茅盾合作的《烽火》（《呐喊》）第17期（1938年6月11日）。

《偶成》："刀征勇士魂，铁见丈夫节。蘸血叱龙蛇，草檄何须笔。"后收入郭沫若《潮汐集》（作家出版社，1959年11月），题为"铭刀"，第一句改为"刀征壮士魂"。书中注明此诗作于1939年5月，1982年10月人民文学出版社出版的《郭沫若全集》第2卷中的落款时间也是如此，这大概是郭沫若将其改为《铭刀》的落款时间，与《偶成》初稿落款时间相差一年。

《题〈石墨留真〉册》："十载曾耽此，今观若隔生。还将古乐意，共与砺坚贞。"尾注："遁迹海外十年，曾为吉金乐石之研讨，一旦归来，浑如隔世。郭沫若附志。"《蜜蜂》录载第二首诗的标题为"题《石宝留真》册"，与原载此诗的标题略有不同，即"石墨""石宝"之分，不知郭沫若原稿是如何写的。丁茂远编著的《〈郭沫若全集〉集外散佚诗词考释》（浙江大学出版社,2014年8月)收录此诗,但并未考证出此诗赠予何人,以及《石墨留真》一书是否面世等。这些问题在郭沫若研究专著里未曾提及,笔者也暂未查到有关考证文章。郭沫若此诗或与他的专著《石鼓文研究》有关,或与金祖同有关。

金祖同(1914—1955),字寿孙,笔名殷尘、且同、晓冈,原籍浙江嘉兴。祖父金尔珍系书画家,父亲金颂清乃学者、书商。金祖同聪敏好学,在甲骨学、历史考古、伊斯兰研究等方面均有涉足,为海上著名学者。金家在上海经营中国书店,专营古籍线装书,郑振铎、阿英等藏书家是店里的常客。金祖同英年早逝,殊为可惜。

1928年2月,郭沫若第二次流亡日本。十年间,他编著了很多关于甲骨文的优秀文献,还把甲骨文与古代社会相结合来进行研究,为甲骨文的研究开辟了新方向。金祖同曾去日本,与郭沫若探讨甲骨文,被称为郭沫若的私淑弟子。他是郭沫若于1937年秘密归国的知情者和操作者,费了很多心思。金祖同将此次归国的详细过程写成《鼎堂归国实录》(《郭沫若归国秘记》),用笔名"殷尘"发表,1945年由上海言行社出版。其中谈及向日本学者借看石鼓文,拟出版图书等。金祖同著有《殷契遗珠》,中法文化出版委员会1939年5月出版。也许此专著即《石墨留真》,请郭沫若题词。这尚需佐证,否则贻笑了。

1938年9月1日下午,郭沫若(时为国民政府军委会政治部第三厅厅长)出席在汉口江汉路普海春召开的中国记者节纪念会,到会的还有沈钧儒、胡愈之、范长江、田汉等百余人,范长江主持会议,郭沫若的讲话即兴发挥,引起与会者的兴趣,掌声不断。郭沫若的演说经过他人记录整理,最初刊登于1938年9月2日的汉口《新华日报》——"以前用刀刻木为书,所以硬;后来用毛笔写了,所以显得软弱;现在已经用钢笔了,新闻记者应发挥他的刚性。(鼓掌)做政治工作的人,容易腐化,你们应该用钢笔来刺一刺这些人的背,以便使其前进!"事后,人们纷纷要求郭沫若将其整理成文,因此发表的文章是一篇郭沫若加以说明的演说稿,添加了不少细节,包括与会者鼓掌等。郭沫若整理的文章与《新华日报》的报道基本相同,但是又有所不同,因为后者说出了前者未能点通的意思。

郭沫若整理的《笔的三阶段》,原载于以上海美商名义出版的《华美》第1卷第27期(1938年10月22日)。这期卷首语短评为梅益写的《保卫广东》,还有许幸之、钱塱合作的《为了祖国》,以及连载的林淡秋翻译的长篇报告文学《中国的新生》(勃脱兰)等文。此后,《笔的三阶段》连载于上海《迅报》1938年11月6日、7日。《蜜蜂》仅摘录其中一小段:"我[们]知道秦以后是用毛笔的,秦以前用的不是毛笔而是刀。用刀故而记出的文字硬;毛笔是软的,秦以后的记言、记事的工作者们,大约也就是因为笔的软化,而文字精神也就跟着软化了。可是,现在可好了。我们现在的记言、记事的工作者用的是钢,我们用的都是钢笔,我们现代的作者们的精神文字应该都同化起来。"丁景唐、王韬不可能像《新华日报》那样捅破窗户纸,录载这一小段,让读者自行品味吧。

除了郭沫若两首旧体诗之外,《蜜蜂》还录载了唯一一首自由体短诗,即舒群的《没有祖国的孩子》。

河边草青又青,/太阳落出一片红;/长流水,/声呜咽。/从早放牛直到晚,/无衣无食到处受饥寒,/何时何日回家乡?/恨不得:/牛羊当战马,草木当刀枪;/号角吹起进行曲,/驱逐敌人,/收回故乡!/牧童永不流落在地方。

舒群,原名李书堂,黑龙江阿城人。1932年参加共产国际工作,1935年参加"左联",后任延安鲁艺文学系主任、东北大学副校长、中国作协秘书长等职。他以"舒群"的笔名发表第一篇小说《没有祖国的孩子》(傅东华主编的《文学》第6卷第5期,1936年5月1日),引起很大反响,成为他的代表作之一,此后他一直使用此笔名。

《蜜蜂》所载同名的短诗则鲜为人知。诗歌运用民歌的形式,注入新内容,与同名小说的主旨相吻合。

靳以、魏东明之作

靳以1909年出生,比巴金小5岁,原名章方叙,天津人,曾就读于天津南开中学,后考入复旦大学国际贸易系,积极参加新文学运动,开始文学创作。靳以大学毕业后到北平,应北平立达书局邀约编辑大型文学刊物。他觉得自己的资历和能力都不能胜任,便与万家宝(曹禺)、陆申去燕京大学找郑振铎。说出来意,郑振铎欣然同意。他俩谈得很投机,不知不觉夜深了,靳以也忘了陪他一起来的朋友万家宝、陆申还在外面等候。事后,郑振铎知道了,再三责怪靳以。

郑振铎坚持要同靳以一起署名编辑这本大型新刊物《文学季刊》,旨在奖掖后学,并且推荐了吴晗、林庚、李长之、李健吾(刘西渭)等年轻人参加编辑。这时巴金已到北平,写完了"爱情三部曲"第三部《电》,也开始帮助靳以筹备刊物。靳以租下北海三座门大街14号房子作为编辑部,巴金应邀从沈从文家里移住这里。以后,他俩与"良友"赵家璧合编《文季月刊》,形成文坛佳话。(详见丁言模:《巴金领衔的"三驾马车"〈文季月刊〉》,载《穿越岁月的文学刊物和作家》,中国社会出版社,2017年11月。)

1949年后,靳以曾担任中国作协书记处书记、作协上海分会副主席,主编大型文学刊物《收获》。他著有长篇小说《前夕》,出版了《靳以短篇小说集》《靳以散文小说选集》以及报告文学集《祖国——我的母亲》等。巴金称靳以是自己"所见过的一位最好的编辑"。

靳以在大学里读书时已经开始文学创作,发表了许多诗文,多年后他苛责自己,很不满意早期的作品。其实,靳以的作品很有特点——拙里藏巧,稳中取胜。他的小说和散文大都来自他的所见所闻,在此基础上进行巧妙剪裁和精心构思,述说了动人的故事,塑造了许多社会底层的小人物。

《蜜蜂》创刊号录载靳以的纪实散文《轰炸之后》，截取一个灾难镜头——敌机轰炸之后的残酷一幕——"我看见一个炸去前胸和手臂的人，血染满了身，像一只才被宰杀的鸡，下意识地跳动着。已经伤得极重了，他还尽了残余的一点力量向生的这一面伸出求救的手。可是死亡却默默地、有力地抓住他，在我们的眼前他终于停止住了一切的抖动。"此文原载于巴金、茅盾合作的《烽火》第18期（1938年8月21日），前面有一幅纪念1937年"八一三"淞沪抗战的漫画。正文里的标题为"残杀之后"，目录上却为"轰炸之后"。

《蜜蜂》第2期还录载了靳以的小说《乡长》，构思比较新颖。小说通过住旅馆的"我"的所见所闻，即从一天一夜之间的不同时段、不同角度（如其他旅客的敢怒不敢言）的"拼图"中，描写隔壁房间里一个骄横跋扈的年轻乡长，他的声调、言行时时显露出他的凶残、狡黠、粗鲁、自私。全文虽然不见直接尖锐批判的文字，但也足矣，因为形象大于思维。此文犹如独幕剧，延续了靳以一贯稳中求胜的写作风格。

魏东明，笔名杨君辰，浙江绍兴人，1934年入清华大学外语系学习，后参加中华民族解放先锋队和北方"左联"，在北平主编《泡沫》《浪花》《北平新报·每周文艺》等文学报刊，后为湖南省文联主席、湖南作协副主席。

魏东明曾发表报告文学《四个降兵》（《光明》第2卷第3期，1937年1月10日）、《我们自家的演习》（《中流》第1卷第7期，1936年11月5日）、《在抬起了头的绥远》（《中流》第1卷第9期，1937年1月15日）等，密切关注抗战期间多灾多难的民众的生活。

以"流民"为题材的各种作品比较多，魏东明写的小说《流民》描述了都市（重庆）遭到日机两次残酷大轰炸之后，隔江摆渡船夫王老板的生活经历。有钱人要逃命到乡村去，即使摆渡船费涨价也在所不惜。王老板原来不忍心赚涨价钱，但家人眉开眼笑，周围人也认为天经地义。但是好景不长，城里警备司令部下令不得"乘警报时敲诈行人"，于是王老板一家又陷入了生活困境，因为物价飞涨。最后，王老板一家不得不逃亡内地，加入流民大军。此小说的反思深度，显然不同于他写的报告文学《轰炸后的重庆》（《战时教育》第4卷第7期，1939年5月25日），揭示抗战时期无数背井离乡的流民复杂心态及其社会根源。

魏东明在《怎样把握题材》（《战时青年》第3卷第2期，1940年4月25日）一文中认为："一个人，为了应付复杂的环境就不能不有种种复杂曲折，看来好像是互相矛盾的行动，我们为了描写这一性格，也必须由这些复杂错综的行动里透露出来。"他笔下的《流民》中的王老板便是其中一例，在善与恶之间徘徊，最终选择了逃避眼前的险恶现实，宁愿去当流民。

名人郁达夫、"小卒"弋人等之作

《蜜蜂》录载的名作家郁达夫、"小卒"弋人等的散文各有特色，"携手"共登大雅之堂，呈现兼容并包的胸襟。

巴金、茅盾合作的《烽火》第17期(1938年6月11日)刊登郭沫若《诗二章》,同时刊登郁达夫的随笔《黄河南岸》(一度被传为佚文),让这两位创造社元老"再次相聚"(1936年11月,郁达夫去日本演讲时,曾与郭沫若密谈,后有郭沫若归国成行之说)。

1938年4月14日,郁达夫与作家盛成受国民政府军委会政治部和"文协"(中华全国文艺界抗敌协会)派遣,前去郑州、台儿庄、徐州等地劳军,盛成写有《与郁达夫一起去台儿庄劳军》一文详述此行。郁达夫的随笔《黄河南岸》便是叙述其中一段,此文千余字,适合"注重精少精悍"的《蜜蜂》录载。

胡从经写的《在拓园中徜徉的郁达夫》(《郁达夫研究通讯》第4期,1989年4月)录载《蜜蜂》第2期录载的郁达夫随笔《黄河南岸》。对此,陈子善特地写了《浅谈新发现的郁达夫佚文》(《郁达夫研究通讯》第5期,1989年10月)。这些都被收录在郭文友编著的《千秋饮恨——郁达夫年谱长编》(四川人民出版社,1996年10月)里。

1937年"八一三"事变,拉开了淞沪抗战序幕。著名新闻工作者、报刊评论家邹韬奋创办了一份新的时事政论期刊,即《抗战》三日刊,成为国民党统治区影响力最大的救亡刊物之一。上海沦陷后,邹韬奋转至武汉,继续主编《抗战》。后与《全民周刊》(柳湜主编)合并办刊,改为《全民抗战》三日刊,在重庆出版时为五日刊,邹韬奋、柳湜主编,其编委会成员有沈钧儒、张仲实、艾寒松、胡绳等。

《全民抗战》第33期(1938年10月30日)刊登邹韬奋、柳湜等人文章,也发表顾提的散文《浠水和浠水城》。《浠水和浠水城》仅800多字,愤怒地控诉了侵华日军野蛮轰炸的罪行,湖北黄冈的浠水城"竟变成一座死城",因这里是"保卫大武汉"前线的"后方"。顾提在该文最后还"怀恋浠水的幽美,也忘不掉浠水城的荒凉"。此文发表之前的1938年10月17日,侵华日军的铁蹄踏进了浠水县城,千余名来不及撤退的伤兵和扶老携幼的难民惨遭杀害,这是灭绝人性、惨无人道的法西斯暴行。如果顾提亲眼看见这场血淋淋的大屠杀,那么《浠水和浠水城》的标题也要改为"屠城",让子孙后代永世不忘。

"无名小卒"报摊主弋人——也有人使用同样的笔名发表了许多文章,不知其中是否有报摊主之作——每天翻阅各种报刊,非常理解前方抗战将士的决心、广大民众坚定的爱国信念,倾诉于他的《散文三章》(散文诗):

> 咱们,没有泪,也没有叹息。一声声,一滴滴,那是怯弱者的符号呵!咱们是,熔炉中锻炼出来的铁的婴孩。新的生命将在瓦砾堆中茁长了,自由的民族将在废墟中建立了!
>
> (《焦土颂》)

> 乌鸦漫天噪着烦嚣,火舌舔着半个天空……毁灭了家园,毁灭了田庄,毁灭了绮[丽]。/毁灭了,一切都毁灭了呵!/伙伴,咬住牙齿吧!/休对着这毁了的田园家产哭泣了,/啃着仇恨的心,走吧!/向前走,走向新生命的源泉。/在那里,咱们重建筑起自

由的家乡。 （《火》）

为了报复这宿怨,为了洗雪这耻辱,为了杀灭无耻的狗兔,壮士们抛弃了生命的眷恋。/轻轻地,悄悄地,年青的生命在黄土里安息了。/然而,留下的是活着的愤怒、悲哀与叹息。/这愤怒、这悲哀、这叹息,有如烈火的燃烧,在每个人的心头。

（《心的哀祭》）

穆时英,现代小说家,新感觉派的代表人物之一,亦为现代"都市文学"的先驱者,海派文学的代表作家。1932年1月,穆时英第一部短篇小说集《南北极》由上海湖风书局出版,其内容反映上流社会和下层社会的两极对立,引起很大的反响。如果随意迈进上海一家书店,那么便会在书架上发现穆时英的《南北极》,他拥有众多痴迷的粉丝,甚至有人专程从千里之外的南洋赶来敲他旧宅的大门。抗日战争爆发后,穆时英赴香港。

《蜜蜂》选录穆时英的随笔《无题》,讲述他怀念昔日上海的心境:

星期日的上午,躺在野坟上,呼吸着甘芳的空气,望着远方徐家汇天主[教]堂的直指崇高的蓝空的十字架,从脚趾里的湿气想到田园诗人伍茨华斯(华兹华斯)。成日是沉沉地睡熟在那里,直到下午才充满着活跃的精力醒过来,为了将展开在眼前的灿烂[的]都市的夜而微笑。

浪漫的情调浸润着清新的文字,徜徉着都市部分少男少女追求的诗意生活,融进一些别样的色彩——个性解放,反对社会对人的精神束缚和压迫。与其说此文是迎合上海部分学生的阅读心态,不如说是徐家汇天主教堂、十字架和英国田园诗人华兹华斯引起丁景唐、王韬的某种共鸣,毕竟他俩是青年会中学高中生。

《蜜蜂》停刊的次年(1939年)穆时英回沪,在汪伪政府主持的《国民新闻》任社长,并在《中华日报》主持文艺宣传工作,后被国民党特工人员暗杀。其中存在难以解释的谜团,加之他的作品"大起大落",曾受到左翼作家的严厉批判,因此他成为有争议的历史人物,至今依然众说纷纭。

范长江、方大曾：中国新闻史上的双峰

《蜜蜂》注重通讯、人物特写——贴近现实生活"短平快"的体裁。

1999年,时任中国摄影出版社副社长陈申的一纸传真,开启了中央电视台高级编辑冯雪松的寻找方大曾之旅。2014年底,冯雪松出版了《方大曾:消失与重现》一书,引起社会广泛关注,产生"滚雪球"的连锁效应,形成跨越影视界、出版界、文学界、学术界的"方大曾热",聚合成为兼具传播力与影响力的现象级话题,还发行"方大曾系列"图书英文版暨多语种图书。

然而几乎无人知晓丁景唐、王韬曾在第一时间录载著名记者范长江的人物特写《忆小方》,向众多读者传颂战地记者"小方"冒险采访的动人事迹,以及他的失踪之谜,希望引起

大家的关注。《忆小方》最初大概刊登于上海《大公报》（范长江、小方均为该报的著名记者），后转载于重庆《文化动员》第1卷第2期（1939年1月1日）。《文化动员》的《编辑室广播》（编后记）里写道："本期特别值得注意的是长江先生的《忆小方》，他在万分忙迫的前线，写出这样热情的文章，为本刊生色不少。"

这位战地记者小方何许人也？

方大曾，原名方德曾，笔名小方，出身于外交官家庭。1930年于北平市立第一中学毕业后，考入中法大学经济系，喜欢旅行、写稿和摄影。1934年大学毕业后，应聘至北平基督教青年会当干事，后去天津青年会工作。

1936年绥远抗战爆发后，方大曾到前线采访，活跃于长城内外，写下多篇附有摄影作品的通讯发表于《世界知识》等。他这时已成了驰骋长城内外、报道救亡爱国事迹的名记者了，与范长江、徐盈等人同负盛名。1937年"七七事变"后，他担任中外新闻学社摄影记者、全民通讯社摄影记者等，赴前线采访。他在文章中预言："伟大的卢沟桥也许将成为伟大的民族解放战争的发祥地了！"经范长江大力推荐，上海《大公报》聘请方大曾为战地记者，陆续发表了《前线忆北平》《保定以南》《保定以北》等战地通讯。

1937年7月28日，方大曾和其他三名记者从保定出发，再次前往卢沟桥前线采访，完成采访计划后，准备绕道门头沟回北平，因道路阻断只好回撤至长辛店，再沿平汉线于30日返回保定。

范长江的《忆小方》写道："随着平汉战局的恶化，保定失守。我们就不知道他的消息。他身边带的旅费有限，汇款时也不知从哪里汇起。写信到邯郸邮局问他的亲戚。回信说，小方到保定时，正值保定失守，他被迫退到保定东南的蠡县。在蠡县曾发出一信，以后就没有了下文。不过，在他由蠡县给信与他邯郸的亲戚时，明白提到'我仍将由蠡县继续北上，达到长江原来给的任务'。"

1937年9月30日，方大曾发表在《大公报》上的最后一文《平汉北段的变化》，成为他的绝笔。他牺牲于抗日前线的采访途中，年仅25岁。范长江等同人再也看不到方大曾——"这位硕壮身躯、红润面庞、头发带黄斯拉夫型的青年新闻战士"，但是他永远活在广大民众心里。

如今有关人士高度评价昔日战地记者方大曾：报道卢沟桥事变"第一人"、中国的"罗伯特·卡帕"（20世纪最著名的战地摄影记者之一）。冯雪松认为：方大曾是中国战地记者的先驱、杰出的摄影家，他与范长江双峰并峙，二水分流，一个长于文字，一个长于摄影，是中国新闻史上的双峰，可以并存于世，并存于史。（《方大曾：消失与重现》）

2015年7月7日，方大曾纪念室在保定光园落成，中国新闻史学界泰斗方汉奇为纪念室题写匾额。纪念室内陈列着其亲属捐赠的、他唯一一件存世物品——旅行箱，青年雕塑家李一夫创作捐赠的方大曾铜像,以及有关其生平、作品和寻找足迹等内容。

这时,95岁的丁景唐住在华东医院,却无人采访他当初为何要录载范长江写的散文《忆小方》,并且在《蜜蜂》创刊号中编排为第三篇(前两篇是茅盾的《关于"鲁迅研究"的一点意见》、李辉英的《战地掘壕记》)。

现在回想起来,有一个历史细节——方大曾大学毕业后,曾应聘至北平基督教青年会当干事,后去天津青年会工作。丁景唐、王韬就读的上海青年会中学,与前二者都属于中华基督教青年会(其活动内容主要不是宗教性的,而是面向社会,为男女青年和成人开展文教、娱乐、体育和交谊活动)。他俩也许不知道此情况,但是很钦佩范长江笔下的这样一位才华横溢的青年战地记者,也为他的失踪(牺牲)而痛惜不已。

李辉英,吉林人,小说家、学者。1935年春,李辉英在上海艰难谋生,在一所弄堂小学校里代课,时常从法租界的拉都路(今襄阳南路)住处赶去学校。一日,他搭乘电车时,可恶的小偷不仅偷去了他的钱——当时仅有的全部财产,而且还"顺带"了鲁迅的两封亲笔信,李辉英懊恼不已。

李辉英的通讯《战地掘壕记》原载于茅盾主编的《文艺阵地》第1卷第12期(1938年10月1日),讲述"我"作为"官长"冒雨前去挖防空壕的现场,加之"我"的一番爱国爱民的言行,也让众人感到很新鲜,引起一阵骚动。此文刻画了联保主任的腐败,及其部下的敷衍了事、草菅人命,他们的丑恶嘴脸与挖战壕民众的热心形成鲜明对比。

刘白羽,著名作家,早年投笔从戎,部队驻扎绥远,后因病回家休养。他考入北平民国大学中文系,开始写作。1938年春,他赴延安,加入共产党。5月参加文艺工作团,辗转于华北各抗日根据地,受到战火的锻炼,撰写《朱德将军传》等。1949年后,他担任中国作家协会副主席、作协党组书记、文化部副部长等职务。

《蜜蜂》第2期录载了刘白羽的报告文学《往退却的路上走》,描写晋绥边区人民抗日武装斗争期间的军民关系。虽然只是一个片段,人物和事情的描写并不清晰(也许丁景唐、王韬是故意如此摘录),但是在上海"孤岛"同类文学刊物中十分闪亮,毕竟描写晋绥边区抗战前线的作品甚为稀少,随时可能带来被查禁的后果。

茅盾高度评价李南桌及其论文

《蜜蜂》录载的唯一一篇文学理论文章《论典型——个性、类型、人性》,作者李南桌,原载于《文艺阵地》第1卷第12期(1938年10月1日)。

著名诗人臧云远的《文苑拾影》(山东大学出版社,1988年10月)透露了好友李南桌的生平点滴。

李南桌,湖南湘潭人,20世纪30年代初,他就读于北平志成中学,英文很好,比臧云远高一年级,他俩都爱好新文艺,有着许多共同语言。李南桌住在北平大水车胡同,住处宽敞,经济条件不错。他的书房是个三间的独院,全是玻璃窗。院前有假山、花木、松竹等,是个清幽之所。他的藏书甚多,有好几架子书,其中两架子古书,两架子新文艺,另有两架子外文的世界名著。李南桌酷爱读书,为今后研究文学理论和写作打下了良好基础。

星期天,李南桌经常约臧云远到他家里去,一起读书,商谈文学。他俩相约共同"啃读"外文版的莎士比亚剧本,或者翻看梁实秋的译本作为参考。世界名著歌德的《浮士德》诗体悲剧也曾是他俩"啃读"的对象。《蜜蜂》创刊号录载李南桌的《论典型》一文,其中谈到莎士比亚剧本、歌德的《浮士德》作为论据。

李南桌高中毕业后,考入北师大英文系。他约了臧云远等同学一起办文艺刊物《晓声》。1932年冬,鲁迅北返探亲,在北师大操场讲演时,李南桌拉着臧云远一起去听讲。此后,李南桌和臧云远又在日本东京重逢,臧云远在日本参与办《杂文》(详见丁言模:《东京左联刊物〈杂文〉》,载《穿越岁月的文学刊物和作家》,中国社会出版社,2017年7月)。臧云远回国之前,李南桌陪同他去千叶县的郭沫若家辞行。他俩刚回到东京,突然接到郭沫若的夫人安娜打来的急电,说是臧云远回国的车船票"丢"在郭家里。李南桌连夜乘火车返回千叶县,为臧云远取回了车票。

抗战爆发后,李南桌回到了湖南长沙。武汉沦陷前夕,李南桌夫妇专门从长沙赶到汉口,向臧云远(与中共办事处有联系)提出要到抗战前线去,未果。稍后,李南桌在长沙结识了茅盾。8月,全家移居香港。

1938年2月,李南桌在长沙听了茅盾的一次公开讲演。会后,他慕名前去拜访,他俩谈话很投机。4月16日,茅盾主编的《文艺阵地》创刊号刊登了李南桌的论文《广现实主义》。《文艺阵地》前13期总共发表了文艺论文20篇,李南桌的文章就占了8篇,其中有《关于"文艺大众化"》《评曹禺的〈原野〉》《论"差不多"和"差得多"》《抗战与戏剧》《再广现实主义》《论典型》等。最后一篇《关于鲁迅先生》是为纪念鲁迅先生逝世两周年专辑写的,但李南桌未能见到刊物,便在10月13日因盲肠炎不及诊治而病逝,那时他的女儿刚生下两个月。茅盾甚为悲伤,14日写下《悼李南桌——一个坚实的文艺工作者》(《立报·言林》)。茅盾主编的《文艺阵地》第2卷第3期(1938年11月16日)"《文阵》广播"专栏里刊登了李南桌不幸病逝的消息:

> 李南桌于八月间到香港,十月十三日急病逝世。项乃其旧同学张春风来信云:"南桌已于前日(十三日)夜半病逝于九龙城国家医院。他于十月九日晚患肚痛,深夜无处觅医,延至十日晨,方由医生诊断,疑系盲肠炎,急送入九龙医院,立时施手术,惜为时已迟,十一日病转腹膜炎,医生束手。十二日、十三日病情转剧,十三日夜十一时许逝去,在侧者仅其夫人一人。十二日下午,弟曾去院探视,因病势尚轻,交谈数语,李君亦乐

观;唯于十三日晚六时再往探望时,李君已入昏迷状态,时作呓语,但依然识弟。守至十时许,弟方离院赴李家看顾其弥二月之女婴,昼夜始返舍。迨至昨日始知李君已逝,伤哉李君学识,弟所深佩,天不假年,悲痛何已,抗战中之有力文化战士,今又弱一个。"

茅盾尽力搜集李南桌的遗作,帮助李夫人编好一本《李南桌文艺论文集》,推荐给香港生活书店,1939年8月出版。集子除收有《文艺阵地》发表的《论典型》等8篇论文外,还有《"意识"与"形象"》《论集体创作》《关于岂明先生》,并刊有茅盾的代序《悼李南桌》。

晚年的茅盾写回忆录时说:"李南桌不过二十五六岁,然而他知识渊博使人惊讶,尤其使人敬佩的是他善于把所学的原理、原则融为自己的血肉,又用来衡量现实,剖析现实中的矛盾。因此他写的论文没有'洋八股'的浊气,却处处透出新颖独到的见解。"茅盾高度评价李南桌:"在我的一生中发现过不少优秀的青年作家,然而发现卓越的青年文艺理论家,李南桌却是第一个。他的艺术生命是那样短暂——只有六个月,然而他闪耀的光辉却是不容我们忘记的。"茅盾还介绍,李南桌是湖南人,家境较好,还准备系统地写几篇研究莎士比亚和歌德的论文,"他还有一个长篇小说的材料,蓄之已久,也打算写"。"他直到弥留之际神智仍旧清醒,念念不忘他的治学作文的计划。他最后的凄厉呼声是:'我就要死了吗?我要活,要活,我还有许多事要做呢!'"(茅盾:《我走过的道路》,人民文学出版社,1988年9月,第66—69页。)

李南桌的《论典型》根据高尔基《我的文学修养》的观点引开说去,并且认为"人性""类型性""个性","如果静止地去考察,还是不行的。将它们统一起来之后,还需要加入时间的因素:能动的人物才配称作'典型'"。

最先引入"典型论"的是瞿秋白。1932年到1933年瞿秋白隐居上海时,译编《"现实"——马克斯[3]主义文艺论文集》,首次较为全面地介绍马克思主义经典作家的文论,如"现实主义除开详细情节的真实性以外,还要表现典型的环境之中的典型的性格"。在中国马克思主义文艺理论传播史上,这是第一次在中国文坛传播和确立"典型论"这个文学审美重要观念,弥补了左翼文艺理论的缺陷,提供了"批判武器"。后由鲁迅编入瞿秋白译作《海上述林》上卷,副标题改为"科学的文艺论文集",1949年后出版的《瞿秋白文集》恢复原样。

1935年5月,胡风为答复文学社提问,撰写了《什么是"典型"和"类型"》,发表在《文学百题》上。胡风以阿Q为例,谈到了文学的特殊性和普遍性。1936年1月,周扬发表《现实主义试论》,意在"修整"胡风的观点。由此拉开他俩关于现实主义领域里的典型问题的论争。这时刘雪苇忍不住加入论争行列,曾在《文学丛报》上发表《〈现实主义试论〉质疑》等文,直接点名周扬商榷文艺理论问题,同时支持胡风的观点。

此后,胡风撰写《现实主义底——"修正"》(《文学》第6卷第2号),不同意周扬的观点,提出自己的看法。他又撰写《典型论底混乱》(《作家》第1卷第1号),阐述自己的观点。周扬便写了《典型和个性》(《文学》第6卷第4号)作为答复。

胡风与周扬论争正酣时,刘雪苇再次出面,撰写《典型论及其他》(《现实文学》第2期,署名"孙雪韦")声援胡风。他认为胡风的意见很对,"这一篇文章不唯表现了它的'正确'的价值,而且更有意义的是表现了它的说服的具体性与明晰性"。同时,刘雪苇不同意周扬《典型和个性》一文的看法,认为并没有比他原来的《现实主义试论》有"更新的意见",或者只是更暴露了他在《典型和个性》问题认识上的"多少无力"。因为周扬始终认为典型之外是有"独特的个人的性格"的,他没有更进一步认识到,所谓"典型"的人物"个性"也是一种"典型的个性"。刘雪苇几次明确表态坚决地赞同胡风的观点。1949年后,刘雪苇曾与丁景唐同在上海市委宣传部工作,他因胡风冤案受到株连,虽然后来平反,但是他永远失去了"黄金年龄"。(详见丁言模:《摇旗呐喊的〈现实文学〉半月刊》,载《穿越岁月的文学刊物和作家》,中国社会出版社,2017年7月。)

显然,李南桌写《论典型》之前看过周扬、胡风等人的论述,然后提出自己的看法,正如茅盾评价:"他善于把所学的原理、原则融为自己的血肉,又用来衡量现实,剖析现实中的矛盾。"

李南桌的《论典型》比较长,但是《蜜蜂》创刊号破例全文录载,在目录编排上放在鲁迅、茅盾之作后的第三篇,以示纪念和尊重,并在此文前添加编者按语:

> 当诸位读到这篇文章时,李先生已经瞑目离开我们了!
>
> 据茅盾先生在《悼李南桌》一文里说:"李先生是八日(十月)起病,腹痛,九日尚起床,偕夫人孩子外出散步,十日转剧,十日晚几乎不能支持。深夜觅医,但医生以半夜不肯出诊。天明后急送九龙医院,乃知是盲肠炎。开刀后,见肠已溃穿引起腹膜炎。十三日上午十时,李先生遂长辞人间。"
>
> 先生不知何许人也,年龄料想不过二十岁。而他的好学深思、他的坚实明辨的文艺论文,已经得到一致的钦敬,如《论"差不多"和"差得多"》《评曹禺的〈原野〉》《论典型》,都是有力的证见。先生的去世,实在是为中国文艺界深痛失此一前程万里的人才!
>
> 我们这里读到李先生的遗著的时候,所发生的感想是什么?我们对于一个坚实的文艺工作者的逝世,不仅哀悼而已,而是要坚决地踏着他未完的足迹前进!

丁景唐、王韬是从茅盾的悼念之文里获得信息,引起强烈共鸣,录载李南桌《论典型》一文,具有慧眼识别的能力。其后,评价李南桌的文章纷纷出现,如楼适夷的《李南桌和他在文艺理论上的劳作:介绍〈李南桌文艺论文集〉》(《文艺阵地》第3卷第12期,1939年10月1日)、白迭的《李南桌文艺论文集》(《学习》第1卷第6期,1939年12月1日)、石灵的《〈李南桌文艺论文集〉读后记》(《文学集林》第5期,1940年6月)、胡采的《论文艺评论家李南桌》(《西线文艺》第1卷第5、6期,1939年12月10日、1940年1月10日)。1939年10月19日,蒋策

（蒋锡金）主编的上海《文艺新闻》第3期推出"鲁迅逝世三周年纪念特辑"，头版首篇是《略论"韧"与"拖"》（毁堂），第二篇却是《李南桌逝世一周年：一位坚实的文艺工作者为拜金主义的社会所杀》（署名"素"，著名诗人杨骚曾用此笔名），显然这是破天荒的编排。

从以上简单的介绍来看，《蜜蜂》是首先呼应茅盾追悼之文的，虽然不清楚李南桌的具体情况，但是充分肯定李南桌是一个"坚实的文艺工作者"。

作 家 行 踪

《蜜蜂》两期先后辟有"作家行踪""作家近讯""补白"，这是借鉴其他报刊的经验，扩大信息量，适应不同层次读者的阅读需求。其中有些信息很珍贵，有些来源难于考证，反而成为逸闻，颇有参考价值。

《蜜蜂》创刊号的"作家行踪"被编排在正文第7页，而不是按照常规放在最后。录载四条，都是以"某某来信"形式出现的。

其一，有朋友从陕北来信说：

> 延安鲁迅艺术学院共有学生一百五十人，文学系人数最多，共五十余人。分四系，有文学、音乐、戏剧、美术等。文学系的课程有艺术论、旧形式研究、中国文艺运动、社会科学、世界文学、名著研究等课程，此外文学系必须修俄文，其他系则任自己选修。那里的生活相当清苦，吃的是小米饭，住的是窑洞、土坑。那边并办有边区医院，学生的健康问题尚无什么特别的可虑。因为汇兑的困难，所以他们和外界金融的来往多以邮票代替。该处的学生，初到时多感有多少营养不足，因为他们精神上都相当愉快，消化力渐渐加强，不久也就可以习惯了。

由于以上来信未点明是何人所作，因此难以探寻此信出处。

当时报刊上登载关于延安鲁艺的消息不少，原来活跃在上海戏剧界的张庚来信，谈起在鲁艺戏剧系的情况，他后为该系主任。1938年，何其芳与沙汀、卞之琳等赴延安。何其芳坚持留下，执教于鲁迅艺术学院，同年加入中国共产党。何其芳赴延安之后，特地写了《从成都到延安》（《文艺阵地》第2卷第3期，1938年11月16日）。

丁景唐、王韬都很重视这些消息，丁景唐曾一度想去延安的抗大、陕公、鲁艺学习，后被说服留在上海"孤岛"搞学生的抗日救亡工作，并在1938年11月加入共产党。这时正是丁景唐、王韬创办《蜜蜂》之际，录载延安鲁艺来信具有另一番重要意义，见证了丁景唐那时的思想发展的轨迹。

其二，驰骋鄂北的作家田涛来信说：

> 我们从商城大别山的炮火里逃出来，现在已经到了宋埠，身体和精神都感到十分疲乏，写文章的兴趣是一点也没有了……听说叶家集已经失了，战事十分紧急。我们徒步

五六天山路,现在已经没有炮声震动我们的耳朵了。

田涛,原名田德裕,笔名津秋,河北望都人,曾任河北省作家协会副主席、河北省文联副主席。早年毕业于北平师范,是北京大学中文系旁听生,参加北方左翼反帝大同盟。"七七"事变后,他南下加入流亡学生组成的宣传队。在繁忙的宣传期间,他挤出时间将发表的习作编为短篇小说集《荒》,寄给素昧平生的巴金。巴金推荐给一家大书店,不料该书店毁于"八一三"战火中,后来巴金遍查津、沪的报刊,将田涛的作品收集起来,1940年出版了他的小说集《荒》。田涛曾是京派文学中的一颗新星,他的"乡下人"的身份及其乡土文学作品,表现出对乡村习俗、乡村底层生活的执着关注,对善良、美好、仁义的信守,引起深有同感的沈从文等人的赞赏。(详见丁言模:《巴金领衔的"三驾车"〈文季月刊〉》,载《穿越岁月的文学刊物和作家》,中国社会出版社,2017年11月,第297—298页。)

1938年春天,田涛来到武汉,参加了"文协"成立大会,臧克家、田涛、碧野等一批有血性的文学青年在武昌海马巷一个小客栈里相识。同年10月武汉沦陷后,中共长江局负责人周恩来、董必武与第五战区司令长官李宗仁协商建立第五战区文化工作委员会。这是一个最早的统战组织,其中有臧克家、姚雪垠、田涛、碧野。现存有他们四人合影,臧克家一直珍藏着,在《臧克家诗选》出版之际,他专门在照片旁题字。著名作家于黑丁特地撰写报告文学《我们在潢川》(《文艺阵地》第2卷第2期,1938年11月1日),署"第五战区文化工作团集体报告执笔者黑丁"。文中透露以臧克家为团长的16名男女青年在大别山开展抗战宣传活动,并见到了李宗仁司令。

其三,著名作家姚雪垠在河南南阳(豫、鄂、陕三省交界地带)谈起写作近况:"近来正从事长篇试作,故久已不写短文章,拟将长篇趁地方未沦陷前写起,留待抗战胜利后发表。"《蜜蜂》仅刊登此短讯,未透露其他信息。幸好,姚雪垠写有纪实散文《离别》(《抗战文艺》第2卷第5期,1938年10月),开头写道:开封沦陷(1938年6月6日)以后,"我同两位出席河南青年救亡协会成立大会的朋友徒步从舞阳动身回到南阳来"。

40多年后(1985年),姚雪垠到南阳师范学院做报告。2020年10月10日,姚雪垠诞辰110周年纪念大会暨研讨会在南阳召开。然而,没有人知道早在多年前《蜜蜂》已经录载了姚雪垠在南阳的短信息。

其四,诗人冯白鲁来信说:

> 读到你的"寻朋友",知道你在香港,一年来我们隔远了,我到过金华,到过南昌,到过镇海,也到过诸暨,现在,一个半月前又到此住下了。

这是没头没脑的只字片言。其实冯白鲁在当时诗坛上很活跃,丁景唐、王韬都喜欢诗歌,因此录载了他的行踪信息。

冯白鲁,1917年出生,自小酷爱文学,12岁已经在《浙江商报》上发表杂文。20世纪30

年代他与七月派诗人过从甚密,后受到现实主义诗人蒲风的影响,改变了诗风。1936年出版诗集《囚徒之歌》,奠定了他在诗坛上的地位。

抗战时期,杭州沦陷后,冯白鲁与家人四处漂泊,以上他的只字片言便是他这时期的行踪和心迹。他在《我怀念杭州》(《战地》第4卷第2期,1939年12月21日)最后动情地写道:"我们要在杭州的宝石山顶痛饮,高唱抗战胜利的曙曲,抚摸西子的创伤。"

冯白鲁曾与著名翻译家孙用合办过《大寒》周刊,曾经编过《战地》半月刊、《铜驼》诗刊、《现代诗草》等。1949年后,他的诗作还发表于《人民日报》《诗刊》等。1958年被错划为"右派",直到"文革"后平反。年逾八旬的冯白鲁创作了长篇小说《失去欢乐的年华》、诗作《旧地来游"岳坟"》,荣获全国作品评比二等奖,受邀参加中国作家世纪论坛,引起中国社科院文学研究所的重视,四处寻找冯白鲁昔日散佚的诗稿,重新出版他的诗集《囚徒之歌》。但对于众多读者来说,冯白鲁的名字依然很陌生。与其翻看丁景唐、王韬创办的《蜜蜂》及其刊登冯白鲁等行踪信息,还不如看看"饭局圈"的八卦行情,暂且满足某种心理"饥饿感"。

《蜜蜂》第1期"作家行踪"主要披露了延安鲁艺、全国文艺界新组织"文协"成员的动向等情况。第2期"作家近讯"的信息量比第1期有所增加,其中有些是续篇。

其一,齐同来信云:

> 短评千万支持下去,虽然很苦,却至需要。创作以《差半车麦秸》最为生动,可谓抗战以来仅见之作……弟今年秋季因故不能离此。因为时间稍充分,已开始长篇创作,定名为"新生代",其实是想写第四代的人物,在这里面要写出一九三五至三七年北平青年思想的转变,以民族战争开始作为本书的收场……(谢)六逸兄已回来,本年在大夏任教……九月二四(按:齐同现在贵阳)

高滔,原名高天行,笔名齐同。早年就读于沈阳盛京医大,后到北平,参加"左联"。1936年成立北平作协,他当选为首届执委。抗战时期,他曾在贵阳、重庆等地的大学执教。齐同此信见证这时期的情况。

《文季月刊》第1卷第1、3期先后登高滔的长篇小说《文人国难曲》之二《灭》、之三《曦》,但是没有登之一《昙》(可能刊登于他处)。在此基础上,高滔又创作长篇小说《新生代》,预定写三部,结果只写了以1935年"一二·九"爱国运动为题材的第一部,1939年9月由重庆生活书店出版,成为抗战初期的畅销书,以后多次再版。丁景唐曾撰文介绍此小说深受莘莘学子的喜爱。抗战胜利后,丁景唐领导沈惠龙、袁鹰等编辑《新生代》刊物,并发表诗歌《新生代进行曲》,足见受到长篇小说《新生代》影响之深。

高滔在《〈新生代〉第一部'一二·九'发刊小引》中写道:"我想,我还是在写历史……将从'一二·九'到'七七'北方青年的思想变动忠诚地告诉读者,便成了笔者的任务。"在《新生代》里可以找到原来《文人国难曲》的某些痕迹,包括人物形象和述说的事情,这是被世人忽视的空白课题。1957年10月，人民出版社重新出版了《新生代》，并收入了作者未完稿的第二部。（详见丁言模：《巴金领衔的"三驾车"〈文季月刊〉》，载《穿越岁月的文学刊物和作家》，中国社会出版社，2017年11月，第310—313页。）

上引高滔的信谈及"（谢）六逸兄已回来，本年在大夏任教"。1938年8月，谢六逸患胃病，离开重庆北碚的复旦大学，返回贵阳，到大夏大学任教。同年2月，高滔与谢六逸、蹇先艾、李青崖、张梦麟、刘薰宇、施农（王诗农）等结成每周文艺社，在《贵州晨报》上创办副刊《每周文艺》，公推蹇先艾为主编，此刊办了一年。

高滔还高度评价姚雪垠的小说《差半车麦秸》，认为"最为生动，可谓抗战以来仅见之作"。张天翼也认为："《差半车麦秸》写得真好，可说是（《文艺阵地》）三期以来第一篇创作，也可说是抗战以来的最优秀的一篇文艺作品。在'文抗会'（中华全国文艺界抗敌协会）的文艺座谈会中，我提议每人把这篇读一读，预备下次开会时讨论。看到这样的文章真是愉快。"（《文艺阵地》第1卷第7期，1938年7月16日）该小说最初刊登于茅盾《文艺阵地》第1卷第3期（1938年5月1日），编者在《编后记》中认为此小说"是目前抗战文艺的优秀作品"。果然好评如潮，此小说奠定了姚雪垠在中国现代文学史上的地位。此后，该小说收入各种版本的专题文集里，包括丁景唐主编的《中国新文学大系（1927—1937）》（上海文艺出版社，1984年）。

其二，于黑丁于九月二日来信云：

> 八月廿日，我们到大别山乡间去工作，今天才回来。在大别山的工作情形很好，我们除了对农民个别谈话（在稻田、在山中）之外，还做家庭访问、演剧、教育他们……我们三二天内要离开南城了。我们要去的地方是湖北麻城宋埠（第五战区司令长官部都是在那儿）。我们大约在那儿工作一个时期便要[去]黄安、经扶一带。

于黑丁，原名于敏亦，山东即墨人。1933年参加"左联"，1944年毕业于延安中央研究院、延安中央党校新闻研究室。后任中南作家协会党组书记、《长江文艺》主编、河南省文联主席。

于黑丁此信原载于《文艺阵地》第2卷第4期（1938年12月1日）"《文艺》广播"专栏，详情见于黑丁的《我们在潢川》，也是《蜜蜂》第1期"作家行踪"刊登的"驰骋鄂北的作家田涛"来信的续文。该信中"湖北麻城宋埠"后括号内文字，《蜜蜂》录载时故意删除，为第五战区司令长官部地址保密。中间省略的一段文字，讲述大别山的情况，其中写道："因为这个地方是一个很好的游击区，过去红军曾在这儿住了四五年，到现在，我们在任何一个地方还可以找到他们活动的痕迹。同时，我们在老百姓口中，还能听到一些神奇的英勇的故事。"茅盾远在香港主编《文艺阵地》，因此可以刊登于黑丁来信的全文，并不会遭到查禁。丁景唐、王韬在上海"孤岛"，情况截然不同，因此删除这些文字，也在情理之中。

其三，张天翼已离开长沙，将在塘田战时讲学院教书，来信云：

> 这里真也如地址上所开，是一个学院，暂时只能算一个补习学校。因为才开办（现在还未开讲）许多事尚无头绪。我们是昨晚到的，在路上走了五天多。来此算是教书，但只有吃住，薪水可谈不到。

张天翼，著名小说家和儿童文学作家，后为《人民文学》主编、中国作家协会书记处书记。

抗战时期，在湖南武岗州塘田市（今邵阳县）国共联合创办塘田战时讲学院，是由马克思主义史学家吕振羽负责创办的一所军政大学，被誉为"南方抗大"。其建筑呈晚清风格，占地面积9 500多平方米。现存原院房16栋，大小60余间，建筑面积2 448平方米。现为第六批全国重点文物保护单位，有张爱萍题字"塘田战时讲学院旧址"，门前立有纪念碑。

吕振羽筹办讲学院，徐特立将有关情况写信报告了毛泽东和张闻天。讲学院受中共湖南省工委直接领导，吕振羽负责全面工作，张天翼任教务长，雷一宇任学生生活指导部主任，王时真（吕振羽的夫人）任院长办公室秘书。讲学院的领导和教师多数是中共党员和进步人士。讲学院自创办之日起便建立了中共党支部，在学生中发展了40余名党员，建立了新宁、城步、洞口、绥宁及金称市五个省直属支部。1939年4月，遭国民党反动派查封，迫令解散。

1938年9月开学的第一期招收学员120余人，次年2月又招收第二期学员百余人。办学历时八个月，分为研究班和补习班。教育方针是："坚持抗战，坚持持久战，实施战时教育，培养抗战干部。"研究班的教学内容是文学、哲学、经济学、社会科学大纲、中国近代史、西洋近代史、军事常识和抗战常识等专修课。补习班设国文、史地、自然、数学、社会科学、战时防护和抗战常识等专修课。两班均以中国革命运动史、抗日民族战争讲座为共修课。教材大部分由教师自己编写，用活字木版印刷或油印。

讲学院被查封后，吕振羽根据中共湖南省工委的指示，在距塘田市不远的油塘村举办建党训练班。以后又在建党训练班的基础上成立中共金称市地下党支部，吕振羽夫人王时真为金称市地下党支部第一任支部书记。

丁景唐、王韬录载张天翼的短信，除了介绍塘田战时讲学院有关情况之外，还澄清误传之闻。张天翼是社会名人，各种消息漫天飞，特别是抗战时期传闻张天翼不幸身亡，让不明真相的众多读者为之痛惜。

另外，张天翼曾发表小说《蜜蜂》，后以此为名出版现代短篇小说集（上海现代书局1933年5月出版）。小说《蜜蜂》刚发表时，曹聚仁发表不同意见，认为蜜蜂采蜜，更有利于农事，农民绝不反对。乡间斗争绝不是单纯的劳资斗争，若不仔细分析斗争的成分，也要陷于错误。"希望张天翼先生看了我的话，实际去研究调查一下。"鲁迅写了回信，认为："中国倘不设法扩张蜜蜂的用途，及同时开辟果园农场之类，而一味出卖蜂种以图目前之利，养蜂事业是不久就要到了绝路的。"（《"蜜蜂"与"蜜"》）这是题外话，丁景唐、王韬大概看过此文，由此关注张天翼的行踪,有另一番含义。

其四,刘白羽回延安,来信云:

> 三月战地生活告一段落。此行经陕、绥、晋、冀、鲁、豫,完全在游击区中,所至处皆使人兴奋感动。可惜时间有限,否则当更有饱满之收获也……我预备把沿途所得写两个册子。(八月九日)

另一信云:

> 我总觉得在今天,文艺刊物是非常需要的……在今天,与其把精力花在要求伟大作品上,倒不如在培养干部上面……在这边,我们工作仍然是负责做"抗战文艺工作团",扩大组织,成立若干小组,陆续去前方游击区内。如南方有写文章的朋友,希望能介绍来,当然是要高兴过这边生活的。

刘白羽提及"伟大作品"问题。高滔的随笔《伟大不是喊出来的》(《文艺阵地》第1卷第4期,1938年6月1日)回答了近期有人提出要创作伟大作品的问题,刘白羽则进一步认为"倒不如在培养干部上面"下功夫,各人看问题的角度不一样。

刘白羽等人回延安的消息,也刊登于《文艺阵地》第1卷第8期(1938年8月1日)"《文阵》广播"。刘白羽迂回于晋、陕万山丛中,终于到了延安,来信:

> 我们现在组成了一个"抗战文艺工作团",第一组是我和另外四个人,其中一个人拍照,一个做翻译工作,不过我们大致全部都是做通讯的,而我是很注意搜集材料方面[的]。我们的路线很长——也许是一些大家想不到的地方。在那儿正展开着血的战斗,也许是到我的家乡附近去……总之,是北方的战区里普遍的一条路线。我很高兴,在那样长的路线上,大概起码要走三四个月,我计划在九月、十月间,再回到延安来。

刘白羽信中提及的"抗战文艺工作团",隶属"边区文协"(陕甘宁边区文化协会),负责人为成仿吾、周扬、柯仲平等。"边区文协"先后组织了诗歌总会、文艺突击社、戏剧救亡协会、民众娱乐改进会、文艺战线社、讲演文字研究会、大众读物社、文艺顾问委员会、抗战文艺工作团等机构。

刘白羽的作品给丁景唐留下了深刻印象。此后丁景唐协助魏金枝编辑《文坛月报》时,刊登刘白羽的小说《发亮了的土壤》等(详见《作为"唯一编辑"的〈文坛月报〉》)。

其五,一则消息:

> 广州沦陷后,所有在那边的文艺工作者,大概已随大军安全退出。唯欧阳山与草明行踪未明,蒲风则传闻已在增城前线殉难了云;但,我们在这里,深盼他们健在!

此消息刊登于《文艺阵地》第2卷第4期(1938年12月1日)的《编后记》,作为"附带要报告一句"。最后一段原为:"欧阳山、草明及蒲风等是于十月十三日出发赴前线做战地工作的。我们深盼他们安全,深盼蒲风也还健在!"显然,丁景唐、王韬做了删改。

此消息让众多读者揪心,"深盼他们健在"。果然,《救亡日报》记者欧阳山、草明夫妇安全无恙,《文艺阵地》第2卷第5期(1938年12月16日)"《文阵》广播"却报道蒲风遇难。

著名诗人蒲风,原名黄日华,曾用名黄浦芳、黄飘霞,广东梅县人。1927年加入共青团,1930年加入共产党。1938年春第二次国共合作时期,受中共组织派遣,到国民党陆军154师922团任上尉书记。其实蒲风并未牺牲,同车数十人中一半不幸遇难。此后,蒲风参加新四军,担任皖南文联副主任等职。1942年8月,因病逝世于安徽天长县,年仅31岁。

《蜜蜂》第2期"作家近讯"的五条短信息,虽为"碎片",但是内含的信息量很大。同时,这期还登载了补白三则:《苏联纪念托尔斯泰》(明)、《影片〈高尔基的少年时代〉》(明)、《〈鲁迅全集〉里一个错误》。

补白前两则原载于《文艺阵地》第2卷第4期(1938年12月1日),其实同时刊载的还有一条信息,即《辛克莱六十诞辰》,未被丁景唐、王韬采用。

综上所述,至少可以得出以下一些看法:

第一,突出一个"新"字。

两期《蜜蜂》属于文摘性质,录载的小说、散文、诗歌、报告文学、独幕剧、评论等大多是名家之作,以贴近现实的新作为主,即使是文坛旗手鲁迅的昔日信件及茅盾对于研究鲁迅的论述等,也突出一个"新"字。同时强调"精少精悍",适应不同文化层次读者的口味,"甜、酸、苦、辣、香",任君选择。由此确定办刊的基调,即丁景唐、王韬的基本思路。

由此初步打开局面,产生了一定影响,积累了必要的经验,再实施第二步计划——征稿、约稿、开设新栏目、结交新老文友等。这是高中生丁景唐、王韬凭着青春飞扬的激情和勇往直前的闯劲,进行大胆的尝试,开始社会实践,但是因故中止,留下了无畏创业的青涩足迹。

第二,留下弥足珍贵的文史资料,折射出丁景唐、王韬的审美情趣和审美价值观。

面对杂多的文艺作品和论文等,丁景唐、王韬慧眼识宝,显示出"早熟"的水准,这是如今同年龄的高中生无法想象的。他俩挑选的一组选录文章和信件,从不同角度纪念鲁迅、诠释鲁迅、学习鲁迅精神。这在当时众多文学刊物中也是罕见的,鲜明地体现了丁景唐、王韬灵活的头脑、机敏的思维、过人的胆识、勤奋学习的毅力。其中一字之误的考辨,犹如清乾嘉考据学之风,延续在丁景唐后来长期的严谨治学里,这是世人从未追溯的源头。郭沫若的佚诗《题〈石墨留真〉册》、郁达夫的佚文《黄河南岸》,是后世感兴趣的话题,费了一番工夫考证。靳以、魏东明、李辉英等的作品,以及《蜜蜂》录载的唯一一首自由体短诗,即舒群的《没有祖国的孩子》,如今则很少有人提及。

如果仔细品味这些诗文,那么可以发现,丁景唐、王韬是在努力举起现实主义旗帜,喜爱构思新颖、真情实感、行文流畅、有力度的文学作品,钟情于形象大于思想的表达方式;同时,拒绝标签、机械式的"八股文",更唾弃无病呻吟、矫揉造作之作。这种审美情趣和审美价值观延续在丁景唐、王韬此后的文学创作和有关论述里,他们进一步推崇清新、纯美、灵气的民歌形式,旧瓶装新酒,创作大众化、通俗化的文艺作品。

"无名小卒"报摊主弋人曾是丁景唐、王韬创办《蜜蜂》的挚友,录载他的《散文三章》,与诸多名作家"携手"共登大雅之堂,这是中国现代文学刊物史上破天荒的个案,呈现《蜜蜂》兼容并包的胸襟。茅盾高度评价的李南桌及其论文,范长江、方大曾——中国新闻史上的双峰,都是创作文艺作品的很好题材,但是长期湮没无闻。不过方大曾很幸运,遇上了执着的冯雪松,发挥了极大的正能量。但是范长江至今依然被人遗忘,这也在情理之中。

《蜜蜂》两期的"作家行踪""作家近讯",虽然是"碎片",但可以"拼出"宏观的全国抗战文艺界动态,同时回答了广大读者关心的话题——这些有名的爱国作家的近况,引申出许多宣传抗日救亡的故事,为如今的研究者提供了弥足珍贵的文史资料,填补了诸多空白。

第三,见证丁景唐、王韬思想发展的轨迹。

丁景唐、王韬创办《蜜蜂》时,正是他俩追求真理的人生转折时期。这时丁景唐已经参加共产党,并担任青年会中学党支部书记。王韬也已经参加抗日救亡活动,是一个爱好文学的热血青年。《蜜蜂》停刊后,丁景唐曾建议王韬参加新四军,此后他去苏中抗日根据地,加入共产党。

《蜜蜂》录载的各种文艺作品和信息,既要适合爱国青年的阅读喜好,又要体现共产党关于抗日民族统一战线的方针政策,采用春秋笔法——注意有取舍的褒贬,不动声色地反映延安、武汉等地的文学界动态,避免过于"赤色",防止被查禁。这种灵活的办刊思路,以后更加鲜明地体现于丁景唐主编的《联声》。他还娴熟地运用春秋笔法写诗文,投稿给关露编辑的《女声》,取得了预期效果。

第四,经历了一个内外学习的过程。

丁景唐、王韬创办《蜜蜂》,经历了筛选、归纳、整理、抄录、校对的过程,这不仅是一个学习、揣摩、鉴赏诸多优秀作品的过程,成为他俩今后创作活动的良好前奏,也是他俩走出书斋的一次社会实践活动,抛弃书呆子的思维,大开眼界。他俩向老报人、老编辑虚心请教,吸取办刊经验,探询市场报刊的沉浮。同时到印刷所学习基本的校对常识,得到老师傅手把手的教学,这是在课堂上根本学不到的文化知识。丁景唐凭借姑丈的人脉,外出拉广告,灵活多变,设法满足客户的需求,由此提高交际能力,同时深知筹资是支撑刊物命脉的基础,"金钱不是万能的,但是缺少金钱万万不能生存"。丁景唐主编《联声》后,敏感地意识到经济问题,强烈呼吁师生捐款,希望齐心协力摆脱困境。

如果说丁景唐、王韬具有超前意识,使得《蜜蜂》保存了许多有价值的文史资料,不如说首先是他俩主动学习的良好结果,加之"第六感官"直觉等复杂因素促成的。但是有多少世人知道呢?

第五，暗喻丁景唐今后治学的方向。

《蜜蜂》录载鲁迅、茅盾、郭沫若、郁达夫、欧阳山、丁玲等人的作品，关注他们的行踪，暗喻丁景唐今后治学的方向。

丁景唐敬仰鲁迅，学习鲁迅作品，走上研究鲁迅的治学道路，并不是偶然的。《蜜蜂》是他初期思想倾向的集中表现，此后他写的各种文章里，或引用鲁迅的经典之言，或摘录《阿Q正传》的场景，或作为论述的依据，直至1949年后正式出版研究鲁迅的专著，并且以鲁迅、瞿秋白研究为中心，扩大至左翼文艺运动史。其"扫描"（研究）对象都与《蜜蜂》牵涉的鲁迅等人有关，轻重缓急程度不一。

《蜜蜂》录载的文学作品和信息大多出自茅盾主编的《文艺阵地》——这些内容占据了丁景唐、王韬心目中的重要地位，他们将其看作是反映全国文学界抗日救亡动态和文学创作的窗口；同时也反映了他俩对于茅盾的尊敬和信任，这是茅盾《子夜》等作品在广大青年读者中产生很大影响的结果。

抗战胜利后，丁景唐等前去拜访刚返沪的茅盾，并请他题词。相隔30多年后，茅盾晚年写了七绝《赠丁景唐》："左翼文台两领导，瞿霜鲁迅各千秋。文章烟海待研证，捷足何人踞上游。"这充分肯定了丁景唐治学的严谨作风和杰出成就。

16开的《蜜蜂》两期正文总共40页，约5万多字，放在同时代的文学刊物中并不起眼，但是引申的内容很丰富，信息量很大，特别是对于丁景唐、王韬来说更是有特殊意义，因此本文做了"地毯式"的论述，试图解开其中的"达芬奇密码"，努力填补鲁迅等人研究史及现代文学史、出版史的某些空白，务乞鉴谅。

注释：

〔1〕1933年10月14日，国民政府实业部的指令（商字第二〇四六五号）："呈复鸿康电料行商业注册遵饬声复行用商号者祈鉴核示遵由呈件均悉。既据该商号遵饬声复行用商号者，填具袁永定、徐玉笙二人补报前来，查核尚合，所请商业注册，应与照准。填发执照一纸，仰即转给具领。此令。"附执照一纸，时间为"中华民国二十二年十月十四日"，详见《实业公报》第146、147期（1933年11月4日）。

〔2〕绪纶公所，上海绸缎行业的同业会，始于光绪三年（1877），其组织成员是专营零售的大同行绸缎局，其目的主要是便利同业讨论进、销货价格，并代表同行对外联络。在南市大东门自置房地产，设有关帝殿，作为同业集会之市。后绸缎局陆续北迁进租界，集中于今黄浦区一带。为便利集会，在南京路大陆商场另设北市会商处，并有职工两人办理日常事务，从此不再去南市集会了。绪纶公所订有同行业规，该所的同业成员若要大减价，得向公所提出，获同意后方能举行。1941年该所地址为汉口路271弄8号，理事长程用六（老介福绸缎局经理），会员六家。

〔3〕"马克斯"今译"马克思"。

附录一
追记 1938 年与王韬合办《蜜蜂》文艺半月刊

丁景唐

王韬烈士(1921—1943)是我在上海青年会中学读书时的同班同学。初中时,他叫王瑞鹏;高中一年级上学期,我们几位初中同学因未读足六学期,都改名作为同等学力生升入高一,他改名王一飞,我改名丁景唐[1]。1938 年冬,我们合办《蜜蜂》文艺半月刊,他用王韬的笔名,我用丁宁的笔名。虽然如此,我对王韬的生平和战斗业绩,以及他为中国人民解放事业献出年轻的生命的事实,却知道得很少。

我父母早亡,1931 年(11 岁)从宁波乡下来上海依靠叔叔、姑姑生活之前,在农村读书时断时续。1934 年夏,叔叔、姑姑让我越级考入青年会中学初中二年级当插班生,希望我迎头赶上,追回早年在乡下失去求学的时间,修毕中学课程。我初中读书时,性格比较内向,没有特别亲密的同学,我与王韬也不常在一起,只在爱好文学、喜欢向学校图书馆借书这一点上有共同的兴趣。[关于]他看了些什么文学作品,在我记忆中留下鲁迅、郭沫若、茅盾、韬奋作品的模糊的印象。

我在初中读书时,几乎独来独往,除向学校图书馆借书之外,还到申报流通图书馆(后改名量才图书馆)、蚂蚁图书馆借书,跑旧书店、旧书摊看书、淘书,没有和王韬同行。现在留在我记忆的荧屏上的王韬,是 1938 年夏,我们在小沙渡路(今西康路)上旧友重逢的形象。他戴着眼镜,穿着竹布长衫,脚上一双破皮鞋。他比我小一岁,比我矮一些,却显得老成沉着。我们紧紧地握手,紧紧地相视了一阵,互道别后生活。我以前在学校里一直以为他是崇明人,这时才知道他是青浦人,他读了高中一年级上学期之后,就停学回到青浦家乡自学。1937 年"八一三"上海抗战时,他在家乡和当地青年搞过一阵抗日救亡活动,参加歌咏、壁报等工作。后来,上海四周沦陷,才逃难来成为"孤岛"的上海市区来,住在小沙渡路、康脑脱路(今康定路)的一个里弄内。他失学失业,试着向《大美晚报·夜光》等副刊投稿。我们一家从虹口逃难出来,租住在小沙渡路、武定路武定坊×号底层,与王韬家相距只有一条马路。我当时正忙于上海学生界救亡协会("学协")中学区干事的工作,还向往到延安去。王韬和我重逢不久,就提议我们两人合办一个文艺刊物。我们一起上蒲石路(今长乐路)青年会中学老师陈起英先生家里去,请教办刊物的事。陈老师为我们解决两件事:(1)介绍我们到公共租界统治机构工部局警务处一位青年会中学校友[那]咨询申请刊物登记证;(2)介绍我们去牯岭路向一位老报人(记得姓张)了解筹集经费和印刷、编辑、校对等业务。张先生热心地回答我们提出筹办刊物的种种问题。

以后,王韬又约我一起到爱文义路(今北京西路)、小沙渡路一位年轻的报贩住的灶披间里会见戈人(记不起他的真姓名,也记不起报贩的姓名)。报贩是一位有阶级觉悟和抗日爱国心的青年,他愿意为我们提供武汉、广州等内地和香港的报刊(如汉口的《新华日报》、香港的《大公报》等),并帮助刊物的发行工作。戈人也是一位从事救亡活动的青年,以后参加了新四军,失却了联系。我们商量刊物以文艺作品的文摘和创作并重,先从文摘方面办起,逐步增加创作方面的稿件。

王韬和我大致有分工:由我出面当发行人,到工部局警务处办理刊物登记手续,通过同情革命救亡工作的姑母向姑丈拉了一张封底广告,解决刊物的经费;王韬到几个报贩处收集内地和香港的报刊,在他家中选编,然后我们二人商量确定。刊物取名"蜜蜂",意在表示我们是小小的文艺新兵,但我们辛勤劳动,博采百花之精华,经我们努力酿成乳蜜,做一个百花园中有益于人民的小蜜蜂。

第一期的封面[上]"蜜蜂"两个美术字是王韬绘制后,在小沙渡路、康脑脱路的刻字摊上刻的。找的一家小印刷所,可能是老报人张先生介绍的。印刷所在泥城桥新闸路的小弄堂里,沿街是浴室,碎石子路面淌着肥皂气味和水蒸气。我们虽然早已爱好文艺,看过不少文艺书刊,办过壁报、油印刊物,但没有编辑公开出版文艺刊物的经验。印刷所设在客堂和灶披间里,不过六七个工人和学徒。印刷所的工人老师傅手把手地教我们编排和选用字体以及校对符号。

刊物为16开,16—24页(因实物不在,此为约计),五六万字。创刊号出版于1938年11月25日,第1卷第2期于同年12月10日出版。两期中,有关鲁迅书简和鲁迅研究的文章占5篇,即《鲁迅先生书简钞》(一、二)、茅盾《关于"鲁迅研究"的一点意见》、老舍《讲鲁迅先生》[和蔡鸿轩的]《〈鲁迅全集〉里一个错误》,反映了我们两个对鲁迅先生的崇敬和对鲁迅作品的爱好。郭沫若的作品有《诗二章》和《笔的三阶段》。靳以的作品有《轰炸之后》(散文)和《乡长》(小说)。落华生(许地山)难得写剧本,抗战初期他写了木兰从军的历史剧《女国士》,被选入《蜜蜂》。丁玲在八路军组织了西北战地服务团,对改良京戏(旧称平剧)写了《略谈改良平剧》的论文。青年文艺评论家李南桌是抗战初期新进的文艺理论工作者,他写的论文《论典型》曾被茅盾等评为力作。《蜜蜂》是抗日烽火中的产儿,入选的作品反映了作家抗日爱国、同仇敌忾的决心,如李辉英的《战地掘壕记》、魏东明的《流民》、舒群的《没有祖国的孩子》、欧阳山的《从歌声听出欲望》、刘白羽的《往退却的路上走》、顾提的《浠水和浠水城》,分别以小说、散文、报告文学[等]形式描写了抗日烽火中人民的苦难和希望。《大公报》的青年记者小方在战地采访时牺牲于日本帝国主义的炮火下,著名记者范长江为他写了一篇动人心扉的《忆小方》的悼文。《蜜蜂》创刊号上的《黄河南岸》是作家郁达夫作为中华全国文艺界抗敌协会常务理事,与其他作家共赴前线慰劳将士并视察战区情况后,写的战地通讯。据《郁达夫文集》的编者之一陈子善同志对我说:这还是一篇迄今未曾收入《郁达夫文集》中的佚文。两期《蜜蜂》中还刊出不少作家行踪的消息,也是一种文化资料。刊物的《编后记》由王韬执笔,另有《高尔基的少年时代》的影评和苏联纪念托尔斯泰的短文,已记不清是谁写的。

这本由两位十七八岁中学生以"初生之犊"的干劲合办的刊物,几十年之后,曾引起一些研究上海"孤岛"时期文学的人士的注意。他们或撰文介绍,或向我探听办《蜜蜂》文艺半月刊[的]是谁和它的情况……譬如,1979年当上海社会科学院文学研究所开始将研究上海"孤岛"时期文学作为一项科目列入计划,曾访问我。我写了一个书面意见《由整理"孤岛"文学史料引起的一些感想和回忆》,不久刊登在文学研究所的内部刊物《上海"孤岛"时期文学史料》第3期。其中有一段话是这样写的:"《蜜蜂》文艺半月刊为何人所办?近在眼前,远在千里。这份刊物是我和同学王韬合办的,丁宁就是我。可惜王韬后来参加新四军,牺牲了。"(因原刊未找到,只能写个大意)以后,有人编《作家笔名录》的书,也问起丁宁和王韬是谁的笔名,我也奉告了他们。这在几本《中国现代文学家辞典》《作家笔名录》和南京师大《文教资料简报》(1984年第6期《谈谈我的笔名及其他》)中是有记载可查的。

《蜜蜂》酝酿于我入党之前,我忙于"学协"中学区干事工作,并且搬了家,住到劳勃生路草鞋浜了。等到刊物出世时,我已于1938年11月初参加了中国共产党。《蜜蜂》第2期出版后,我的上级领导嘱我摆脱外务,集中精力回到校内开辟群众工作,《蜜蜂》的工作也就结束了。几年之前,我写到王韬同志,总以为《蜜蜂》停刊不久,他离开上海,到新四军参加革命,听说在一次战斗中牺牲了。去年我在上海市文化局内部编印的《上海文化史志通讯》(1990年第10期)上看到青浦县博物馆副馆长陈菊兴同志写的一篇记述王韬烈士的文章,才知道王韬于1940年7月去苏中抗日根据地,进鲁迅艺术学院学习并入了党,参加新四军和根据地的文化工作。1941年12月,又因革命工作的需要,派回上海从事地下工作,1943年夏被叛徒出卖,遭到日本侵略军杀害。青浦县博物馆中陈列着王韬烈士的革命事迹。我和陈菊兴同志通信,又知道王韬在1943年被捕之前,曾住在上海格罗希路(今延庆路)大德里×号。他还寄给我一张王韬夫人的照片。这位女同志也是上海人,叫高文,与王韬在苏北鲁艺学习时[是]同学,中华人民共和国成立初还到过王韬在青浦的老家。据说她在江西工作,可惜不知道她的工作单位,算起来也早已离休了。

好久以前,我听闻王韬牺牲在新四军的讯息,还是1944年初我任上海《小说月报》编辑的时候。有一位笔名宇文洪亮的青年作者,是《小说月报》主编顾冷观先生的学生,有时来《小说月报》编辑部送稿、领稿费,由此认识。他的作品内容较好,也为关露同志编的《女声》写过《里行散记》。他在白克路(今凤阳路)同春坊一个律师事务所当文书。而同春坊中住着一位圣约翰大学学生余阳申(笔名蓝漪),办了一份《上海诗歌丛刊》[2],我和董乐山(麦耶)、董鼎山(桑紫)、白文、金沙、宇文洪亮、李君维(东方蟪蛛)为《诗歌丛刊》写诗、译诗,戎戈也用笔名星光为该刊刻英国诗人拜伦的木刻像,老党员范纪美同志也在上面写诗。

我记不清宇文洪亮如何与我谈起他认识王韬,并透露王韬被害之事。处在严酷的日寇铁蹄统治的环境里,以及必须遵守地下党工作的纪律,所以我没有与他做进一步的交谈。我猜测宇文洪亮可能也是从苏北鲁艺出来的,或可能失却组织关系。中华人民共和国成立前后,我便不知道宇文洪亮下落。"四清"后,上海文艺出版社编辑李冷路和顾伦同志为杭州《江南旅游》写稿,有次对我说,该报编辑陆克昌(笔名宇文洪亮)40多年前曾认识我,代为致意。于是我们又通信联系,互说往事。

这是一份唯一我们共产党员和进步文学青年办的诗歌丛刊,为现代研究抗战时期上海青年史所未见,以后有机会当另做介绍。

1938年是我参加无产阶级先锋队,成为一名献身革命理想和民族解放事业而奋斗终生的战士;1938年也是我与王韬合办《蜜蜂》文艺半月刊,走上文艺编辑生活道路的起点。1996年是我与王韬的母校上海青年会中学成立95周年校庆纪念会。我为王韬烈士,我们的同学、我们的同志、我们的文艺战士,先写下这些回忆,以寄托深沉悼念之情。还期望进一步与有关同志联系,收集更多的史实,写出更详细的事迹,以继承烈士遗志,教育我们的下一代。

今天,当我们纪念王韬烈士牺牲53周年之际,我为王韬烈士先写下这些回忆,以寄托深沉的悼念之情,也为上海文化史志提供一些王韬从事文艺工作的史实。我还在进一步与有关同志联系,收集更多的史料,为王韬烈士写出更详细的事迹,以继承光大烈士们的遗志,教育我们的下一代,迎接更加美好的未来。

1992年3月初稿
1996年3月修改二稿

注释:

〔1〕原注:关于我们1936届初中毕业班一些同学改名的事,我原先只以为我和李明、钱柏年、陈子军、李吟海同学因是初中插班生,升入高中,作为同等学力,才改了名。最近为了解王韬在母校读书的情况,我和钱柏年、陈子军、李吟海同学互相回忆,认定王瑞鹏也与钱、陈、李同样因初一春始入学,故1936年秋升入高中时改了名,叫王一飞。我因是越级考入初中二年级,没有读过初一,所以也改了名。我在小学时的学名叫丁训尧,升入高中时改成现在的名字。我们几位老同学都认定王韬只读到高中一年级

上学期,下半年(1937年5—7月)在上海华漕军营中军训时没有王韬在内,可证明他已离校了。

〔2〕原注:《上海诗歌丛刊》共出《蓝百合》《抒情》和《自由的火炬》3辑,第1、2辑是1945年沦陷时期出的,第3辑于1945年10月间抗战胜利后出版。我的诗集《星底梦》于1945年3月自费出版,也用了上海诗歌丛刊社的名义。

附录二 我和我们的启蒙老师陈起英先生[1]

丁景唐

年届87岁高龄的陈起英先生是我在上海青年会中学(简称"青中")读书时(1934—1939年)的数学老师,也是我和我的同辈同学们的思想启蒙老师。

陈起英先生是一位先进人士,他热爱祖国,热爱人民,热爱青年,追求进步,坚持正义,光明磊落,爱憎分明,不屈不挠地反帝反封建,反对邪恶和奸佞,将自己的一生奉献于教育事业,因此,长期以来受到我们历届"青中"同学的尊敬和爱戴。20世纪50年代,陈先生蒙受不白之冤,备受困厄,仍坚定信念,坚强不屈,有韧性地多次申述,说理交涉,20多年遗留的历史问题终于得到彻底解决。

1991年5月8日,是"青中"——浦光中学创立九十周年纪念日。我们几位老同学——我、吴康(学名范树康)、程文骐、陈子军、张耀英、单意基、张耀祥、张耀忠都早早相约到母校参加校庆大会,同时也向我们尊敬的陈起英老师致敬和慰问。陈起英老师红光满面、意气风发,在校庆大会上发表了充满激情的讲话,历述了他16年在"青中"执教的经历。87岁的老人声音洪亮,说到兴奋处,情不自禁,从主席台上走下来,一一报出坐在台下倾听着先生热情讲话的"青中"老学生的姓名以及他们的工作岗位。我们这些双鬓染霜的老学生循着先生手势的指点,唤回了半个世纪前坐在课堂上全神贯注地聆听先生精辟的时事形势分析[时的记忆],如春雨滋润心田,获得了思想上的养料。

先生说得起劲之际,忽然伸出苍劲有力的手点到了我,我赶紧站立起来,紧紧地用双手握住先生温暖的手。照相机闪光灯闪亮,为我们师生摄下这一动人心弦的镜头。它现在放在我写字桌的玻璃板下,我常常看着它,总会联想起鲁迅先生写的《藤野先生》。87岁的起英老师的身教、言教,使我这个73岁[2]的老学生,总也不敢懈怠。

会后,我们师生参观了校史陈列展览。握别时先生对我说,他写的三四万字的自传已交浦光中学打印,印好后嘱我好好看看,写篇读后记。没有多久,先生竟光顾舍间,亲自把自传打印稿送来,使我作为学生的不胜惶恐。先生说,他还要去近处看他一位朋友。先生处事利索,我留不住先生用午餐,就陪同先生去看他的朋友。但朋友外出,先生坚持不愿再回我处用餐。我送先生到车站。车子开动,先生挤在人群中,回过头来招手向着我说:"快些回去,莫忘了看后写文章!"

先生回头向我招手,也招来了我回首往事。

我很惭愧,以往我对先生生平并不了解,直到我虔诚地细读了先生自撰的传记,我才多方面地了解先生，理解先生，并且通过先生的高尚品德和正义的言行进一步受到教育，认识到中国先进知识分子的重要作用，而对先生在后来遭受到不应受到的冤屈，更为之慨叹，为之深刻反思。

现在，先来回顾一下我认识陈起英先生的过程。

我六岁丧父，贫病乡居的寡母于1931年夏末托人把12岁的我从宁波镇海乡下（现属宁波市北仑区）带到上海，依仗姑母、叔父生活。姑母是一位小学教师，叔父在一家教会书店当职员，他们把我送入小学读书。第二年，我的寡母在宁波去世。

1934年夏，长辈们为了让我追回在农村时断时续读私塾、初小耗费了的学习时间，鼓励我越级考入上海青年会中学初中二年级读书。1939年夏，我高中毕业。我在"青中"的五年，陈起英先生教过我的课并不多，而我也不是喜爱数学的学生，成绩平平。

第一次引起我对先生钦佩的也不是先生在数学教学上的认真教导，而是1935年春季某一天，我在四川路青年会门口看到一张青钟剧团在青年会大礼堂（也是"青中"大礼堂）演出《阿莱城的姑娘》的海报，上面写着陈起英先生导演和女主[角]洪逗等[的]名字。我看到有些意外：数学老师竟会导演法国名作家都德的名剧《阿莱城的姑娘》！

当时，我是一个爱好文艺的少年，刚刚舍弃了武侠和济公故事一类旧小说，耽迷于"五四"以来的新文学作品，已经读过都德的《最后一课》和《柏林之围》。我视文艺为圣洁的女神，却偏见数学是枯燥乏味的"俗物"。数学老师而能导演法国名剧，这使我惊奇，也令我钦佩陈起英先生的多才多艺。

关于陈先生组织由"青中"同学参加的青钟剧社并导演《阿莱城的姑娘》一事，直到半个世纪以后，我们师生间还时常乐道。当先生得知我的女儿丁言昭是1969届上海戏剧学院毕业生时，就要我与言昭约同上海戏剧学院任教的朱铭仙女士一起上陈先生寓所叙旧，重温1935年演出《阿莱城的姑娘》的往事。

1992年1月15日上午，我们在西村23号相叙，我还约了"青中"1941届的周勤业（肖周）与谈。先生打开照相本，让我们欣赏半个世纪前颜色泛黄的几张剧照，指着其中一位女演员的剧照，让我们猜。言昭一眼就认出她就是站在我们中间的被称为"八十岁的老香姐"的朱铭仙女士。她是20世纪30年代中国左翼戏剧家联盟盟员，1931年在《放下你的鞭子》中扮演了第一位香姐。

陈先生说，青钟剧社为筹备演出，曾请左翼剧联的徐韬、陈波儿来校帮助。徐韬还代为物色演员，朱铭仙、洪逗等就是他约来的。演员中还有王策禧、杜小鹃、周鹃飞、顾而已、田炳耕、葛朝祉（歌唱家，1936年"青中"毕业生，上海音乐学院教授）、宋华生等。除《阿莱城的姑娘》之外，还演出了田汉的《一致》（为应付租界警务处找麻烦，演出时改为《众志成城》）和契诃夫短剧《蠢货》。演出盛况空前，场场爆满，报纸上有报道和评论，1938年上海世界书局出版的《中国戏剧史》第十一章中也有记载。

在西村叙旧的那天,陈先生还与我们一起合影留念,以纪念这次难得的会见,丁言昭为这次会见写了一篇访问记(已由浦光中学打印)。

1937年"七七"和"八一三"事变,中华大地燃烧起了神圣的抗日战争烽火,开辟了一个新的历史时期,促使我们这一代青年投身于抗日救亡的洪流之中,走上进步的革命的道路,也使我们接近先生,受到先生在思想上的启蒙教育。记得1937年秋天,因受到战争的影响,开学延迟。

我家原住在虹口鸭绿江路桥(旧称四卡子桥)北塊。"八一三"前一二天,我们夹在逃难的人流中间,到苏州河南的公共租界同孚路(今石门一路)赁屋避居。在上学的路上,经过北京路,还能瞥见苏州河北岸四行仓库的中国孤军坚守阵地,高高的屋顶上飘扬着国旗。城市里拥挤着挟老携小的难民,尽管物价高涨,生活困苦,但都同仇敌忾,抗日爱国情绪高昂。我们这些学生,面对如此现实,殷切希望能从老师那里得到指点。

陈先生想同学之[所]想,在教好课之后,往往抽出一刻钟或半小时,为同学们讲解抗日战争形势、国际时事和青年修养,勉励同学们参加爱国活动。陈先生以抗日爱国热情与严正立场,反对投降,反对妥协。他的精辟的见解、富有说服力的思辨语言,使我和我的同辈同学受到教育,也大大地纠正了我以前认为学数学、理工科的人缺乏热情的幼稚病的偏见。陈先生这一在数学课上讲解时事的传统,在我们毕业以后还继续着。现在老同学相叙,还津津乐道,对陈先生倍加尊敬。此事也说明我们母校当局比较开明,教务处、训育处都未有人来干涉陈先生在数学课上讲解时事。其时,我们还自发组织了读书会,讨论时事和《西行漫记》等。

后来,比我高一班的高三同学张诚介绍我参加党领导的上海学生界抗日救亡协会(简称"学协"),担任"学协"刊物《学生生活》的通讯员和发行员,在"青中"发行《学生生活》。1938年春,我改任"学协"中学区干事以后,就由吴康、陈子军接任发行工作。是年夏天,我忙于"学协"工作而又向往去延安之际,在小沙渡路(今西康路)、武定路路口碰到高一时的同班同学王韬(学名王瑞鹏、王一飞)。他失学在家,我们一起想方设法,办了一份文摘和创作并重的文艺刊物,取名"蜜蜂"。一起到蒲石路356号(今长乐路344号)陈先生家中,请先生帮助。经先生介绍我去工部局警务处找一位"青中"校友帮忙,办理公开出版刊物的登记手续(我用了丁宁的笔名)。先生又介绍我们到牯岭路找一位老报人,请教编辑、印刷、校对等业务。

《蜜蜂》文艺半月刊酝酿于我入党之前,出版于我入党之后。我于1938年11月初入党,《蜜蜂》创刊于1938年11月25日。入党以后,我的上级领导俞沛文同志嘱我回校专心从事群众工作,不要到校外再办文艺刊物,进行社会活动。因此,12月10日《蜜蜂》出了第二期就不办了。后来,王韬去苏中抗日根据地,进华中鲁迅艺术学院学习,1942年底受命返沪,1943年夏为叛徒出卖,被日寇杀害于江湾,年仅22岁。现今,在他的家乡青浦县博物馆陈列着王韬烈士的肖像和生平简介。

两期《蜜蜂》选载鲁迅书简和鲁迅研究文章共5篇,还选了郭沫若、茅盾、许地山、老舍、郁达夫、丁玲、欧阳山、舒群、李辉英、范长江、刘白羽等的作品,其中郁达夫的《黄河南岸》为近来出版的《郁达夫文集》所未收,是一篇佚文。我们三四位文学青年也有作品在《蜜蜂》上发表。《蜜蜂》第1、2期的详细目录已编入1986年10月上海社会科学院出版社出版的《上海"孤岛"时期文学报刊编目》第442页,并有简单的介绍。

1938年11月,我入党以后,任"青中"支部书记。1939年3月介绍吴康入党,后来吴康又介绍郭锡洪(郭明)、陈有民(现名史育民)、龚身静入党。

1939年夏,我离开"青中"以后,考入上海东吴大学,曾担任东吴大学的支部书记。不再与"青中"的党员发生横的关系,也就没有主动去看望陈起英老师。直到粉碎"四人帮"后,我们才重新见面。

现在,我展读先生自传,更令我了解先生、理解先生,并且以先生为榜样,更进一步认识到中国先进知识分子的可敬、可爱、可亲。

陈起英先生于1906年1月8日生于江苏省川沙县横沙乡北边的文兴镇,横沙岛现属上海市宝山区,是长江口外一个小岛。该岛南涨北坍,几经沧桑,文兴镇早已坍入长江口外激流之中,不复存在。

1986年夏,我们几位"青中"老同学——程文骐、吴康、张耀祥和张耀忠兄弟、我与老伴,还有一位原农委干部,曾随同陈先生(由他外甥女陪同)赴横沙岛参观访问。在轮渡上遇到陈先生的岛上学生,又听了乡政府同志的介绍,得悉陈起英老师还是横沙岛上的第一位大学毕业生。岛上空气、水质十分清洁,未受污染,是良好的旅游度假胜地,现在筹备开辟之中。

1949年之前,这个小岛人口为一万数千人,人民深受反动派、日寇、土匪、流氓的压迫、剥削,大部分岛民生活贫困,文化程度低下。陈先生上三代从崇明迁居横沙岛,开了大小十二爿商店。1930年不慎失火,文兴镇上九间正屋全遭烧毁,损失巨大。先生自述从小目睹横沙人民遭受的种种苦难,又受父辈严格训诲,要为人正直,待人诚恳;要勤俭节约,爱惜物力;要宽容,要坚强;不欺人,亦不被人欺;还受到父母的身教,形成了热爱人民、疾恶如仇、坚强不屈的性格。

先生早年的家庭富裕生活,并未注定先生继父业为商贾的人生道路。他决心走出贫困、落后的小岛,到川沙县、到上海去接受现代先进的文化教育,对他今后从事教育工作起着重要的作用。

1920年,先生于川沙高等小学毕业后,考入上海大同大学附中,1924年升入大学部。先生为改善学生伙食,曾被同学推举起草一份声明,贴在校方布告栏旁,得到大伙的支持,校方不得不同意学生成立管理委员会,改善了膳食。

1925年5月15日,日本纱厂发生了枪杀工人顾正红的惨案。先生与同学蔡鸿干、胡越一起向同学们演说,抗议日本帝国主义枪杀顾正红的暴行,组织同学们去南京路示威游行,亲身经历了英帝国主义巡捕开枪射击示威学生、血洗南京路的"五卅"惨案,受到了反帝爱国运动的洗礼。

1928年,先生于大同大学毕业后,进敬业中学执教。

1929年8月,上海特别市教育局局长韦悫[3]辞职,国民党方面的陈德徵续任。陈德徵派一亲信为敬业中学校长,陈先生即辞职,去南京任交通部扬子江水道整理委员会工务处技术员。时有总工程师美国人G. G. Strobe专横弄权,常常无理训斥中国工程师和技术人员。先生极为气愤,为之评理,说:"你是中国人聘请的职员,薪俸比我们高十倍多,不能如此对待中国人,我们不做你的奴隶。"这个傲慢的美国人经先生据理以争之后,气焰收敛不少,居然在神道女校请先生等人吃饭,表示和解。

1930年3月,先生的胞妹陈起媛[4]在川沙懿光女校读书,因她从前的一位小学老师寄了一份刊物给她,竟被川沙县长阮开基诬为共产党,将她逮捕。先生闻讯后,赶回川沙,利用合法身份和统治者之间的矛盾,与之进行巧妙的斗争,迫使这位昏官不得不将陈起媛交女校校长保释出来。此事从一个小小的侧面反映国民党统治的反动、腐败而又无能,也说明了陈先生善于斗争的机智勇敢。

1930年8月,先生应邀到"青中"任教,历经七次更易校长,至1947年夏,先生反对校长将申报馆的学生奖学金及上级机关给学校补助金中的学生奖学金移作电化教学之用,竟被辞退,离开了执教16年半的"青中"。先生16年半中为"青中"做出了多方面的贡献,试举其大者,有:

(1)鼓励和支持学生参加抗日救亡运动、反饥饿斗争等活动。以抗日爱国、正义、民主的思想启发和教育了历届"青中"学生。其中有些同学,如我和我的同辈同学们,受到先生在思想上的启蒙教育和影响,更在党领导的群众团体(如"学协")和马列主义的直接领导和教育下,走上了进步和革命的道路。此点我在前文中已有概述,此处不赘。当时"青中"同学编辑的毕业纪念刊,在陈先生的照片下写着对先生的赞词:"凡是关切大众的人,永远为大众拥护着。"表达了同学们对先生的尊敬和爱戴。

(2)陈先生以他在数学上的造诣,向韦悫校长建议,设置系统的教学课程,添置了物理、化学、生物实验室及数学教室,为初一增添国画、手工、音乐课程,复介绍了马素达、刘轩吾、王起莘、史久乐、仲子通、施翀鹏等先生担任数学、物理、化学、生物、音乐、图画教师,充实了

"青中"理工方面的师资力量,提高了学生的成绩,培养出大批对社会有用的人才。

(3) 征得校长的同意,由先生负责组织成立了乐队、小提琴队、京戏清唱组,聘请专家指导。特别是1935年成立青钟剧团,在左翼剧联盟员的支持下,与著名演员合作,由先生导演演出了法国作家都德的《阿莱城的姑娘》、田汉的《一致》(演出时改为《众志成城》)和契诃夫剧本《蠢货》。这些文艺活动的开展,大为丰富了学生的课外活动内容,培育了学生的兴趣,也提高了学校的声誉。学校生气勃勃,学生身心健康、情绪愉悦,为从整体上提高学生的学习成绩,创造了一个良好的学习环境。我在校史陈列展览中看到1947年的一次反饥饿大游行中"青中"同学以军乐队为先导的照片,气势雄壮。这也与"青中"校长、陈先生当年倡导的成立学生乐队有历史的联系。

陈先生于1928年大同大学毕业后,从事教育工作数十年,历任上海敬业中学、青年会中学、崇明大新中学、江湾新本中学、上海市业余高级技术学校第一分校、普陀区业余高级技术学校、上海市第二业余中学、浦东东昌中学、上海海运学院等的教职,还担任其中几所学校的教务主任、校长。陈先生"桃李满天下",学生遍及各地、各部门,各自为祖国和人民奉献自己的聪明才智,做出了不同的贡献,这是陈先生引以为豪的。

1949年前,陈先生以大量心血与精力从事教育工作,培养了大批学生,还曾参加过抗日爱国的行动,如1939年江苏省民众自卫团两次抗日活动,反对过国民党的反动统治和土匪恶霸。陈先生还掩护和帮助过山东胶东解放区派来上海做地下工作的共产党员杨鸿儒同志(中华人民共和国成立后曾任青岛公安局副局长,改名余坤)。他被反动派逮捕以后,受到严刑拷打,始终保守秘密,保护了杨鸿儒同志。1948年7月,陈先生第二次被指控为共产党员,"要在浦东一带暴动"而被捕。在押送途中,先生机智地嘱咐前来看他的夫人,速去吴淞关照杨鸿儒离沪,杨鸿儒即去广州。可见先生爱护共产党人之精神。

陈先生十分痛恨反动派、特务、土匪、流氓。中华人民共和国成立初,经杨鸿儒同志介绍,去见时任华东公安部副部长的扬帆。得到扬帆的指令后,陈先生辞去新本中学教职,专门深入各阶层,探听匪特情况,将查获的30余个匪特情况呈报给华东公安部、松江专员公署、川沙县委。这批匪特除少数逃往台湾以外,大部分被逮捕法办。

有一个封某是国民党警备司令部海上巡察队队长,作恶多端。1948年7月,他曾诬陈先生"是共产党,联络共产党高级党员,要在浦东一带暴动",将陈先生吊在新尼镇小学的梁上,打得他头破血流,好几次晕了过去,又将先生押解到别处牢房,最后关入上海四川路的淞沪警备司令部地下囚室。1949年3月,陈先生的夫人想尽方法,找到有力人士才获交保释放。中华人民共和国成立初,封某被依法处死,大快人心。

1949年9月,横沙岛遭受台风侵袭,多处圩岸冲决。先生带领农民代表到上海,请求上海救灾委员会负责人赵朴初拨放救济物资,以工代赈,修筑好圩岸。先生又帮助家乡人民做了一件好事。

正当先生欢庆解放,重新踏上教育工作岗位,热忱为人民教育事业献身的时候,却被不按党和政府的政策办事、不调查研究的官僚主义者、主观主义者横加以莫须有的罪名,竟将先生逮捕劳改。

粉碎"四人帮"之后,1979年2月22日,海运局工大总支复查结论,纠正了1951—1975年的错误,"不定陈起英为地主兼工商成分"。1980年9月4日,宝山县复查组更明确宣布:"撤销土改时陈被评为地主兼工商成分,陈应为职员成分。"1984年3月29日,宝山县人民政府明确地把陈先生出身成分与陈先生的本人的成分分别开来。

陈先生曾任横沙区代理区长,他自述:

一九四六年一月,日本人投降,抗战胜利了,我们又回到了横沙家里。我看到报上登载着国共合作了,我知道我妹妹离家已七年,参加共产党去革命了。又看到横沙被土匪统治了八年,弄得暗无天日,人人自危。当时横沙各商家联合写了禀单呈请川沙县,要我当横沙区区长,川沙县即委任我为代理区长。当时我想为地方做些好事,于一九四六年三月就做了横沙区长(横沙自北伐胜利后由乡改为区,现又改为乡)。同年六月,国共又破裂,我就辞职不做了,我一共做了四个月的代理区长。

在此期间,区里经费只有十八元,而且从没有发过一次。区里一共有六人,我自己是在家里吃饭的,其他五人的吃饭开销全由我供给,我自己非但没有拿到过一分一厘钱,反而贴了二十石(每石一百二十斤)米。我一共调解了七十多件人民纠纷的案件。有时调解没有了结,原、被告双方就都到我家里去吃饭,吃好饭后再调解。家人都很不以为然,吾妻恨透我。

我严禁烟、赌,捉了几个大烟鬼及赌棍,送到川沙县法办。我又捉了土匪陈才清、宋家堂等送县法办,这些人中华人民共和国成立后都被镇压。我还叫农民提出减租减息,那年教育公团负责人唐上安告我,收到农民所缴的租确是减少了一半多。

我自问做四个月的代理区长为地方做了一些好事。因我一时思想单纯,又忘了祖训,做了四个月的最小的芝麻官,后来险遭杀身之祸。我不做区长后,所有土匪、赌棍、大烟鬼都放出来了,他们扬言要害我,还有大地主们说我是共产党,他们也想诬告我,我不敢住在家中。

陈先生又曾被捕坐牢,经过多次申述,在有关部门的认真复查之下,也终于得到妥善解决。先生欣慰地感叹:"自[十一届]三中全会以后,我的所有问题都解决了,生活一天比一天好,所以我命名我的画室为'晚晴轩'。"

先生是一个胸襟广阔、光明磊落的正义之士,是我们的好老师。先生虽历经坎坷磨难,仍以坚强意志与毅力乐观地对待社会、前途和生活。先生年已八十有七,但是"自己还不觉得老,眼不花,耳不聋,吃得下,睡得香,步如飞"。先生之所以能如此,"心情舒畅,是最主要的"。他还说:"忧能伤人,具体地讲就是要乐观。"他归纳为六个乐:"第一,自得其乐,要有几个爱好;第二,天伦之乐;第三,知足常乐;第四,助人为乐;第五,闻过则乐,气量要大,要接受批评;第六,苦中作乐,一个人总有逆境之时,想开些就是了。"先生以林则徐的对联为座右铭:"海纳百川,有容乃大;壁立千仞,无欲则刚。"

以上一席话是六年前的事。1986年1月17日,"青中"历届毕业同学假杨子餐厅祝贺陈先生八十寿辰,参加的同学有:张耀忠、张耀祥、吴康、程文骐、张耀英、席玉年、刘国良、任民鉴、单意基、赵安泰、张建、蔡体喻、金祖德、陈震中、童传豪、赖光年、张怀明、郑广裳、钱炳源。浦光中学校长唐启绅也代表学校向先生祝寿。先生应老学生要求,再为大家上一次课。先生就讲了上述做人与养生之道。老学生们向先生赠送一幅共同签名的《鹤寿图》,祝先生健康长寿。

那时,我身体不好,在安徽滁州我儿子处养病,我接到席玉年代表同学们发来为先生祝寿的信,即写了一封祝贺信由席玉年同学在会上宣读,向先生表达我的敬贺之忱。以后席玉年同学还寄了一张祝贺先生八十寿辰的集体照给我留念,并抄录先生养生之道的"六个乐"寄给我。可惜,我们早年一起在"青中"搞学生活动、受到先生的启蒙教育的郭锡洪、席玉年同志已先后辞世,不能和我们相聚一堂,三年之后再为先生庆祝九十寿辰了。

在先生"自得其乐"一项中,有一个作画为乐的日常生活内容,先生曾将一幅高山流水的国画赠我,上面还题了词:"嶂嶂峰峦雾色中,更兼微雨益空蒙。"学生受之有愧。它现在挂在我居室的墙上,在我写字读书疲倦的时候,我仰起头来,看着先生笔下的青山高耸、绿水流泻,似乎我听到了山林中的天籁响鸣,听到自高山丛林中穿过崎岖山岩的淙淙流水的奏乐声。我想到先生对我们学生的教诲与殷切期望,我不敢懈怠。

在先生的面前,我和我们同辈的同学,永远是先生的小学生。我也愿比我们年轻的校友同学们能好好读一读起英老师的自传,他们也将受到深刻的教育,知道中国老一辈正义的知识分子走过的道路,以及如何像起英老师一样以广阔的胸襟对待社会、直面人生,并且遭到挫折时不要懊丧,仍要奋进,即使身处逆境时,也应当坚定信念,以法律为准绳,以事实为根据,用正确的方法来维护自己的公民权利与尊严。

1992年10月10日初稿
11月8—10日修改二稿

导读:

  此文原为手稿复印件,现有删节,一些语句略作修改。原标题下落款:"1939届上海青年会中学学生、上海青年会中学浦光中学校友会名誉会长、上海文艺出版社名誉社长丁景唐执笔。"

此文是丁景唐晚年写的少数万余字的长文之一,也是他晚年比较详细地描述和褒扬民主人士的唯一一文。从中依然能分辨出他当年的散文风格——生动翔实、声情并茂、舒卷自如。此文至少有如下一些特点:

其一,在占有大量史料的基础上,此文以多角度、多层面、多时空的夹叙夹议,描述了一个中国进步知识分子的形象——陈起英先生。

陈先生具有爱国、爱民的高尚情怀,疾恶如仇、无私奉献的坚定信念,坚忍不拔、直言不讳、乐观豁达的性格。他既有中国传统知识分子的美德,又打上了时代鲜明的烙印;他既是家传祖训的遵循者,又是中西文化糅合的实践者;他既是为整体社会服务的教育者,又是倾向于民主、自由的理想追求者;他既是不畏权贵、伸张正义的斗士,又是历经磨难、不甘屈从、直面现实的强者。

丁景唐笔下的陈先生,可谓是中国一代进步知识分子的一个缩影,"先生是一个胸襟广阔、光明磊落的正义之士,是我们的好老师"。

其二,此文凸显一个"情"字,时时渗透在字里行间,鲜明地表露了丁景唐尊师的虔诚之情、谢师的感恩之情。为陈先生经受严刑拷打、誓死掩护共产党人的感人事迹赞叹不已;也为陈先生蒙受20多年冤屈,命运坎坷,深感痛惜,愤愤不平。

回想起陈先生的启蒙教育,激起丁景唐对"青中"深切的怀念之情,那是远逝的燃烧青春岁月,走上革命道路的人生转折时刻。穿越时空,鬓发染霜,当年师生重逢,欢聚一堂,笑逐颜开,说不尽的话语、写不尽的喜悦之情跃然纸上。

此文不时穿插、延伸出新的话题,牵出一个个动人的细节,寥寥数笔的刻画却蕴含着哲理,充溢的依然是一个"情"字。

其三,此文披露了陈先生许多鲜为人知的生平事迹。

事前,丁景唐并不清楚陈先生的生平,看了陈先生的自传之后,引起他的许多联想,并且精心筛选了其中许多史料,融进了他作为研究左翼文艺运动史的权威专家的见解。其中就有陈先生导演法国名作家都德的名剧《阿莱城的姑娘》一事,并引申出左翼剧联的徐韬、陈波儿等来校帮助,以及洪逗、顾而已等名角演出。陈先生组织的青钟剧团还演出了田汉的《一致》和契诃夫的短剧《蠢货》。1935年3月31日《申报》刊登一则报道《青钟剧社公演〈阿莱城的姑娘〉》:"青钟剧社定于本月三十日及三十一日下午及晚上两场公演世界名剧《阿莱城的姑娘》,地点在四川路青年会大礼堂。"虽然是一条寥寥数语的短消息,但是能够登上大名鼎鼎的《申报》,足以说明此次公演非同寻常。

此事在20世纪30年代左翼戏剧运动史中只是"一朵浪花",但是展现了陈先生的多才多艺,不仅改变了丁景唐对于理工科的偏见,还深刻影响了他的审美情趣。此后,他撰写的众多诗文中经常出现戏剧形式,构思比较新颖,不落俗套,令人刮目相看,其源头之一便是"青中"的戏剧活动。

《阿莱城的姑娘》剧本最初由张志渊翻译,开明书店1930年5月出版,1932年1月再版。1923年,曹靖华翻译的第一部作品即契诃夫的剧本《蠢货》,发表于瞿秋白主编的《新青年》季刊上,后为曹靖华译文集标题,以未名社丛刊之一的名义于1929年8月出版,后几次再版。

在上海戏剧舞台上,新筑剧社、大道剧社等曾演出话剧《阿莱城的姑娘》,陈先生导演的《阿莱城的姑娘》也产生了一定的影响。如今,《阿莱城的姑娘》依然长演不衰,但大多是以歌剧、芭蕾舞等艺术形式,而不是话剧。因此,陈先生导演的《阿莱城的姑娘》更是鲜为人知。

丁景唐描述陈先生此文让人联想到鲁迅写的《藤野先生》。一是中国人要有骨气,二是先生热爱教育事业,三是先生照片的无声激励,四是继续写些为"正人君子"之流所深恶痛绝的文字。这些要点和精神渗透在丁景唐此文里,可供诸位阅读时参考。

注释:

〔1〕原注:本文的题目用了"我和我们",乃是因为文章从本人写起,但"我"与"我们"不可分,而倘仅用"我们"则不能多多抒发自我之情,故用了现在的题目。

〔2〕原注:陈起英先生生于1906年1月,我生于1920年4月。依中国习惯计算,1992年陈先生为87岁,我也依先生计算方法作73岁。

〔3〕原注:韦悫(1896—1976),曾任孙中山秘书、上海特别市教育局局长、上海青年会中学校长、上海商务印书馆编译所所长、华中抗日根据地江淮大学校长。中华人民共和国成立后,任上海市副市长、中央教育部副部长、中国文字改革委员会副主任等职。

〔4〕原注:陈起媛,又名展如、柳生、詹鲁,少时在川沙懿光女校读书。抗战时,在上海务本(怀久)女中读书时入党,在光华大学二年级时赴苏北抗日根据地,与王前、张茜一个党小组,担任过兴化县委书记。中华人民共和国成立后,历任苏南军区独立旅秘书、妇联秘书长,江苏省水利厅人事处处长,江宁县委书记,福建省泉州地区人事处处长,晋江县委书记,厦门市委宣传部部长,福州大学党委员兼组织部部长。"文革"中受到迫害,1976年1月6日去世。

附录三
青年会中学 1935 年初三乙级级刊《青中》

1934年丁景唐越级考入青年会中学,次年升入初三时,学哥学姐初三乙级毕业生破天荒办了级刊《青中》,作为自赠的毕业大礼。此刊物披露了青年会中学的许多情况,填补了丁景唐回忆青年会中学之文的空白。其中有陈起英的照片和他写的《序言》,有青年会中学初三任教老师、校园的照片,以及张诚(张诚介绍丁景唐参加共产党外围组织上海学生界救亡协会,从此走上革命道路)写的《如何救中国》、柳涧泉写的《我们的学校》等文章。对于进一步了解丁景唐15岁至20岁就读该校的情况,提供了第一手资料。

《青中》刊有《序言》《总目录》《发刊词》《本刊顾问指导表》《本刊职员表》《本刊职员像》《教职员像》《教职员履历表》《教职员通讯录》《校景》《级史》《级友个人像》《级友通讯录》《生活集团》《文艺目录》《数学目录》《理化目录》《编后》《广告索引》等。

《青中》前面刊有留美博士曹炎申(接替韦悫任校长)的亲笔题词"力行"。他编写的《美国教育》被商务印书馆列入王云五、韦悫主编的"比较教育丛书",1937年5月出版。曹炎申在此书《编者序》中写道:"多仗青年协会编辑部干事张仕章先生与上海青年会教员汤兆松先生赞助之力,以此声明,以表谢忱。"落款:"中华民国二十五年冬月,番禺曹炎申识于上海青年会中学。"

《本刊顾问指导表》中陈起英为本级首席顾问,显然他在本级同学中的威信很高,办事又踏实,深受学生喜爱。

《青中》邀请的四位顾问为陆松荫(陆溲庵,教务主任)、蔡炎(训育主任)、周六平(国文讲师)、陈起英(数学讲师),陈起英依然是该刊的主要策划者、指导者之一。除了周六平之外,另外三人分别为该小册子写了序言,陈起英写道:

> 稽古国家政治,三年考绩,三年报最,千载流传。今吾学校亦三年毕业为限期者,所以考程度纪阶段,给证书以示奖励,非限人以进步也。《礼记·学记》有云,敬业乐群,务须乐道人善,乐多贤友,敬职业,常存服膺弗失之戒,切勿以毕业自书也。韩愈《进学解》又云,业精于勤,务须精益求精,勤愈加勤,勤学业,恒存惟日不足之思,切勿以毕业自囿也。从此益当虚怀若谷,孜孜勤勉,坚牢吾人之基础,固定吾人之抱负,然后可以兼善天下,愿与诸同学共勉之。

陈先生此番赠言既是对这一届初三毕业生、下一届丁景唐等学生的殷切希望——"敬业乐群""业精于勤",也是陈先生遵循的座右铭。

《青中》的内容很丰富，牵涉到初三各科内容，因此又分为文艺指导——周六平，数学指导——陈起英，理化指导——刘轩吾、王起莘，美术指导——陈倚，生活指导——胡家春。同时刊有这些老师的照片，其中陈起英老师西装革履，一表人才，照片下面注明"本级导师兼教(数)学讲师"(图3)。

此小册子还附有各科老师的通讯处表格，其中陈起英为"川沙横沙"。国文老师周六平是一位白发长须的老学究，住在西宝兴路天通庵路2号。著名的民俗学家、作家钟敬文的一篇托物寄情的散文《黄叶小谈》，谈到与中学校长周六平的交往。不知这位校长与青年会中学国文老师周六平是否为同一人。校长曹炎申为施高塔路青庄11号，英文老师摩根夫人为海格路658号，中国史地老师许仰斋为南通西亭公立小学转，外国

图3 陈起英

史地老师郭练钢为西门市立务本女子中学，体育主任陈富章为青年会体育部，舍监主任崔培均为青年会中学宿舍，生物老师史久乐为八仙桥青年会宿舍，童子军团长俞菊庐为老西门静修路大华里5号。这些老师的信息填补了丁景唐就读该校初中时信息的空白，除了陈起英之外，丁景唐从未谈起其他老师和校长等人的情况。

《青中》还刊登不少学生的诗文，其中张诚的《如何救中国》一文颇有气派，"国难当头，匹夫有责"。他写道："在这国难临头'千钧一发'的时候，我们人民不是都负有挽救的责任吗？尤其是我们的青年，这是绝对应负的责任。"他提出四条建议："服用国货""多量建设""军事教育""教导民众"。"总之一切的责任，都是负在我们的肩上，我们应自己先准备起来，然后联合我国四万万的同胞共同奋斗……我们一班青年更应踏着先烈的血，向光明路上努力前进。"满腔热血的张诚升入该校高中后，积极介绍丁景唐参加"学协"，并引导丁景唐参加共产党。张诚高中毕业后，留校工作。丁景唐主编《联声》之后，上海"孤岛"上演曹禺改编的巴金名著《家》，丁景唐等人组织专栏讨论，张诚也写了《看了〈家〉后》一文，认为："'觉慧的时代'是过去了！我们需要创造一个新的'觉慧'，他不逃避困难，在黑暗中奋斗下去。"

《青中》的《级友通讯录》注明：张诚(张成)，16岁，籍贯为江苏武进，上海住处为北四川路横浜桥永乐里64号。在《级友个人像》中刊有张诚的照片。他还是本校篮球队主力，在篮

球队的合影上,他拿着篮球,坐在前排中间的"C位"。

柳涧泉写的《我们的学校》描写了对于青年会中学的第一印象:

> 真不愧为青年会中学,这是多么高大的房屋啊!房屋可分为六层楼,而又可分为前后两进,前面是青年会的会址,后面就是我们的学校。校内设备很是周到,每一层都有富丽精彩的设备。第一层有一个很大的游泳池,池内水清洁,可以很透彻地望见池底绿色大理石铺的条纹。又有健身房、浴室、厕所等,都很宽大,而合于卫生。二楼为膳堂、图书馆、事务处及校长室等,又因今年学校内部略有改变,故加设会客室等。三楼、四楼为教室、打字室、化学实验室、美术室、物理实验室,以及生物研究室、手工室等等。五楼为教师和学生的卧室,每一个室内有床六只,每只床的上面都铺着雪白的被单;有三只长方形的小书台,而上面又有绿色的台灯放着。六楼为屋顶花园,最高处飘着国旗与本校的旗帜。本校的教授法尊重科学,所以现在结果收效极大。
>
> 倘使我们到各处去走走的时候,则见到各处的墙上贴着许多格言及标语。这种字原不很稀罕,无论在什么地方都可看见,不过那些字,漫说都是合理化,就是每一字眼也足使我们触目惊心而触景生情呢!

青年会中学创办于1901年,与上海基督教青年会同在四川中路599号(靠近北京东路)。青年会后迁移到八仙桥为总会,原来四川中路的会所则为分会。如今青年会中学早已改为浦光中学,丁景唐曾为上海青年会中学、浦光中学校友会名誉会长。

1939年夏天,丁景唐毕业于青年会中学,据《教育季刊》第15卷第3期(1939年9月)报道:

> 上海青年会中学,创办迄今,三十有八载。先后早就人才以千百计。"八一三"以前,学生人数恒在四百左右。及"八一三"事起,顿然减少,仅及二百余人。幸得校董会与教职员之通力合作,勉予维持,未几即复旧观。上学期共有学生四百十三人,毕业者计有初中科廿七人,高中普通科四十二人。除少数就业外,初中毕业生多在该校继续求学,高中毕业生则升学于之江、震旦、南通纺织等各大学。本学期开学后,人数益见增多,共四百五十七人……

丁景唐这一届高中毕业生42人,他考入东吴大学,从此离开了学习五年的上海青年会中学。他在此学校里实现了人生转折——走上革命道路,参加共产党。阔别半个世纪后,1991年5月8日,丁景唐、吴康等校友与陈起英老师重逢在浦光校园里,欢聚一堂。

第二编

《东吴团契》

东吴大学校史空白：丁景唐编辑《东吴团契》

1938年11月25日，丁景唐、王韬合作创办了《蜜蜂》半月刊。两年后，丁景唐就读于东吴大学时，编辑"五大校刊"之一《东吴团契》，这是他编辑的第二种刊物。遗憾的是暂未找到此刊物，现根据《东吴通讯》和有关专著等，介绍一些有关情况。

1939年秋，丁景唐得到姑姑（丁瑞顺）的资助，同时考入之江大学、东吴大学，最终选择后者的中文系，在南京路慈淑大楼二楼、三楼上课。该处集中了华东著名的四所教会大学——圣约翰大学、沪江大学、东吴大学、之江大学（从杭州迁来部分学科），之江大学在六楼。五楼、六楼的图书馆和会场，四所大学共用，体育场则借用八仙桥青年会底层的健身房。

同校化学系有一位女生王汉玉（后成为丁景唐的终身伴侣），11岁进启明女中（今上海市第四中学）读书，后入私立清心女中（今上海市第八中学），1939年考入沪江大学和东吴大学，她选择了后者的化学系，次年因病转到经济系，便与丁景唐同属该校的文理学院。文理学院教务长徐景韩，是中国最早的化学硕士，为东吴大学第一届化学硕士毕业生，曾为《东吴通讯》题写刊名。（图4）文理学院副教务长戴荪，为该校辅导委员会成员。[1]

图4 《东吴通讯》第7期

王汉玉的英文基础比较好，上清心女中时，除了英语之外，还读了第二外语法语。在东吴大学，教材大多是英文版的，王汉玉读的英文教材是原版著名小说《傲慢与偏见》，由著名英语教育专家彭望荃讲授。彭望荃，苏州人，出身名门，即苏州城里的"旗杆彭家"（出了多位状元、探花、进士等）。彭望荃留美回国，曾与林语堂在上海办过英文期刊。

丁景唐使用的英文教材是美国教育家华盛顿的作品《从一个黑奴到一个教育家》，由一位讲授《圣经》的老先生兼任课。第二学期，丁景唐读的教材是英文版著名长篇小说《悲惨世界》，由周先生讲授，他毕业于清华大学英国文学系。

丁景唐的英文略逊于王汉玉，课余时间，王汉玉经常辅导丁景唐学习英文。并且丁景唐、王汉玉同为东吴大学鸿印团契成员，分别担任秘书和主席，有很多接触机会，渐生情愫。

鸿印团契之名源自成语鸿爪雪泥，意即往事留下的痕迹，出自苏轼《和子由渑池怀旧》："人生到处知何似，应似飞鸿踏雪泥。"鸿印团契隶属于东吴大学基督教青年会，各校基督教青年会组成全市性的上海基督教学生团体联合会，简称"上海联"，并创办会刊《联声》。丁景唐接替学长王楚良主编《联声》第3卷第4、5期合刊，直至第4卷第4期（1941年9月10日）暂且停刊，这是他编辑的第三本刊物。丁景唐担任东吴大学地下党支部书记时，利用团契丰富的活动形式，开展学生工作，包括编辑《东吴团契》。

根据上级党组织指示，1941年春，丁景唐从东吴大学中文系转学到光华大学社会学系二年级。因此，他在东吴大学待了一年多，即1939年秋季至1941年春。这期间因发生警报（被告密），1940年冬天丁景唐停学，原拟撤退去抗日根据地，与王汉玉提前结婚。后因警报解除而留沪，但不再担任东吴大学党支部书记，调任"上海联"工作，接替主编《联声》。

东吴大学青年会与团契

东吴大学是中国第一所西制大学，由美国基督教监理会于1900年创办，前身是苏州的博习书院、宫巷书院和上海中西书院。首任校长为孙乐文（美籍），1927年杨永清博士当选为首任中国籍校长。

东吴大学设有文、理、法三个学院。其中文学院曾设有中文系、历史系、经济系、政治系、社会系、教育系。理学院曾设有物理系、化学系、化工系、生物系、体育系，并附设医学预科、神学预科、化学研究所、生物研究所及生物材料处。东吴大学的附属学校有苏州的第一中学、上海的第二中学、湖州的第二中学、无锡的第四中学、松江圣经学校以及二十几所附属小学。东吴大学培养了许多著名学者和社会知名人士。

1952年，东吴大学文理学院、苏南文化教育学院和江南大学数理系合并组建苏南师范学院，同年更名为江苏师范学院，1982年更名为苏州大学。

现有苏州大学上海校友会编的《东吴春秋：东吴大学建校百十周年纪念》（以下简称《东吴春秋》，苏州大学出版社，2010年），张燕撰写的《东吴大学学生社团研究（1901—1952）》（以下简称《社团研究》，合肥工业大学出版社，2018年），披露了大量史料，进行了翔实的诠释，发表了精彩的见解，具有重要的学术价值。

东吴大学由基督教会创办，强调宗教教育，吸引学生信仰上帝，也是教会大学的本职所在。东吴大学众多学生有着各种信仰，也有不信教的，但是在校园内公开组织的宗教社团只有基督教社团。

东吴大学创办几年后,1903年基督教青年会成立,这是校园内影响最大、最广的宗教社团。在1919年东吴大学学生会成立前,青年会包办了校内的各种活动。1929年青年会改组,以前由教师与学生两方面组织而成,改由学生自行组织,教职员列于赞助地位。

几经变动,东吴大学对基督教教育进行了改革:其一,鼓励学生主动积极、自愿加入宗教组织,而不是强加给学生的;其二,激发学生的兴趣,讨论宗教问题,而不是仅仅灌输宗教信息和知识。实现这两条原则的载体便是学生团契。自由成立团契,会员不一定是基督徒,形式多样,以交往、宗教、服务为主要活动内容。

1937年,复兴后的东吴大学青年会以"修身"与"服务"为目标,以"团结青年同志,研究各种学术,服务各样事业,养成健全身心,建立美满社会"为宗旨开展活动。

1939年秋季,丁景唐刚跨进东吴大学校门时,该校中文系新聘国文教授钱卓英(北京大学文学士,曾任南开大学教授、外交部佥事),文学系注册新生16名,男女各8名。王汉玉刚进学校化学系时,该系有38名男生、15名女生,共53人。次年,她因病转到经济系,该系原有52名新生,其中35名男生、17名女生。

丁景唐、王汉玉刚进校开学前,9月5日、6日、7日三天,学校举办新生入学周活动,由教职员和老同学组织新生入学周委员会,拟定程序,筹划一切。9月5日下午,召开全体大会,由沈青来(新生主任、数学教授)主持,杨永清校长讲话并介绍本校行政人员,文乃史博士(第三任校长)讲述校史,最后新生学唱校歌。6日下午,举行分组谈话,讲述学校生活与各系情况。继而开各系大会,钱长本任主席,包文骏女士介绍学生领袖,裘翠英、杨祺祚演讲《怎样做大学生》。随后,张培杨报告各种学会,陆时万报告各种团契,周锡恩报告宗教工作,最后"略有余兴",表演节目。7日下午,分组讨论,指导新生填写表格。随后开大会,周泽甫担任主席,潘慎明教务长(兼代理文学院院长,后为苏州市副市长)介绍各院系,文理学院教务长徐景韩介绍教务规程,注册主任李庆贤指导注册手续,辅导委员会主席黄式金讲训规程。最后举行茶话会,"师生咸尽欢而散"。

此前,东吴大学青年会所辖的团契有八个(会员150人):三乐(黄式金导师)、海棠(钱长本导师)、未名(徐景韩、徐梦白导师)、日曜(威廉士、黄式金导师)、知己(陈晓导师)、励志(戴苏导师)、周末(陈海澄导师)、基督(威廉士导师)。其中三个团契知名度最高、影响最大,即教育系的三乐团契、社会系的海棠团契、生活系的励志团契。每周活动一次,主要通过文艺表演、体育比赛、诗歌朗诵、戏剧演出、义演义卖、学术讲座等形式,寓抗日救亡的内容于其间,使师生进行自我教育,并通过参观访问、慰问演出等活动,深入民间进行宣传。(周锡恩《抗日时期东吴的团契活动》)

1939年秋季,"本学期拟组织十个团契,广征会员,举行工作",新增加两个团契,即丁景

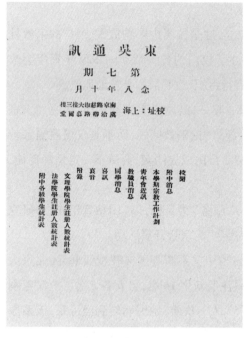

图 5 《东吴通讯》第 7 期目录

唐、王汉玉等新成立的鸿印团契和曹友蓉主持的曙光团契。校方规定这些团契四项活动内容:(1) 宗教——协助夕阳会及主日学经班之工作;(2) 交谊——举行欢迎新会员交谊会、戏剧表演及庆祝圣诞;(3) 服务——服务指导新生入学、担任报童学校教课、旧书交换、征募旧衣等;(4) 研究。(《东吴通讯》第 7 期,图 5)

1940 年,青年会会员达到 380 余人,所辖团契达到 13 个。据统计,1941 年东吴大学全校学生 1 140 人,基督教青年会会员则占全校学生的近三分之一。(《社团研究》第 35 页)

抗战时期,团契成为东吴大学校园内一种流行的学生组织,学生自由参加,且团契内部宗教色彩并不浓厚,活动内容丰富。鸿印团契成员魏嵩寿(经济系 44 届)回忆:

我参加的一个团契,有同学近 20 人,其中有丁景唐、汪禅琴、张杏英、汪闻韶、袁铭等,这些同学我至今还记得。每逢团契活动便有契友组织多种文娱节目,唱歌、舞蹈,最后聚餐话别。这些活动生动、活泼、欢乐,饶有兴趣,增进了同学间的了解和友谊,丰富了学生生活。

特别需要提到,我参加团契活动时还和丁景唐等同学一起编写我们的团契刊物。这些刊物不定期油印出版,在同学中传阅。我们引用基督教《圣经》的语录、故事,以耶稣基督主的名义,宣传必须支持正义的事业:坚持抗战,反对投降;坚持团结,反对分裂;坚持进步,反对倒退;增强正义事业必胜、光明便在眼前的信心。后来,景唐和他的爱人两位契友都去苏北参加新四军,我们全体契友举行一次欢送会,依依不舍与他俩话别。团契刊物也就停了下来。

(《东吴春秋》第 13 页)

"参加新四军"有误。这里说的"我们的团契刊物"油印本(丁景唐也参与),与丁景唐主编的校刊《东吴团契》是两种刊物。魏嵩寿透露有关鸿印团契刊物的内容、形式,对于了解校刊《东吴团契》有一定的参考价值。

丁景唐特地写了《"三八"那天》(《联声》第 2 卷第 6 期),专门记述丁景唐、王汉玉主持的鸿印团契与曹友蓉主持的曙光团契的联席会议,共同举办"三八"节日活动。此文对于进一步研究这两个团契和丁景唐编辑的《东吴团契》具有参考价值。

东吴大学青年会设有各部门,1940 年 3 月第 9 期《东吴通讯》公布青年会职员名单:会长田常青,副会长兼代表锺礼堃,代表竺佩恩,书记(记录员)卓贶来(时为中文系国语促进会文书),会计朱文培,干事尤国贤,研究部部长张慕熊,宗教部部长耿锡琳,服务部部长郑建业(丁景唐诗友),秩序部部长沈曾蕕(时为中文系国语促进会司库),以及顾问威廉士(M. O. Williams,社会学系主任)、黄式金先生(教育系主任)。

学校更改团契制度,以小团体为基本单位,由团契产生代表,由代表会产生执行委员会。凡团契之团员,即为青年会会员。并制定东吴大学青年会组织大纲。(《东吴通讯》第7期)因此,青年会副会长由团契代表出任,并且在青年会里专设团契代表一人。

《东吴团契》简略

1939年秋季,丁景唐考入东吴大学后,编辑《东吴团契》,由该校青年会研究部编印。

1939年12月,第8期《东吴通讯》透露:"本学期青年会之工作,经各部负责人员之努力及全会会员之合作,获有良好之成绩。如研究部编印《东吴团契》,已出版两期,记载各团契活动之情况及校内外之事工,使团契间互通声气,彼此合作。"并报道青年会其他各部门工作情况:"秩序部组织唱诗班、球队、戏剧团等,以增进同学之课外兴趣。服务部办理报童教育及募集寒衣运动,对报童及难民嘉惠实多。宗教部举行夕阳会及各种礼拜事项。其他如与学校宗教委员会共同主办之认识基督教运动及筹募青年会基金等,尤著成效云。"这期《东吴通讯》还公布"校政部通过《学生生活指导要则(十一条)》",其中第7条规定:"本校在目前情况之下,除原有《东吴通讯》《法学杂志》《英文法学季刊》《东吴法声》《东吴团契》外,暂不用东吴名义出版任何刊物。"这期封面上注明东吴大学上海校址:"南京路慈淑大楼三楼,虞洽卿路慕尔堂。"南京东路353号慈淑大楼原为大陆商场,今为353广场。慕尔堂即沐恩堂,位于虞洽卿路(今西藏中路)316号,时为东吴大学法学院教学处。

1940年青年会重新制定宗旨,提出要研究各种学术。同年秋天,青年会研究部出辩题"中国应否西洋化",各团契各自举行辩论后选出代表三人,参与各团契之间的辩论,由学校各顾问担任评判,结果励志团契获得冠军。并且再次提及出版《东吴团契》,强调"本学期内容篇幅,大加改革,团契消息,得以互相沟通"(《东吴通讯》第12期)。

《东吴团契》"大加改革",理应是丁景唐等人提出的。不久(1940年底),丁景唐因故停学,《东吴团契》后续如何,不详。这期间,曾有一期《东吴团契》寄给因病回美国休养的社会系主任威廉士博士,他回信说:"我在数日前接得《东吴团契》一份,借知宗教运动周及其他消息,至为快慰。"(《东吴通讯》第13期)

丁景唐因故停学后,青年会职员也有大变动。1941年1月2日,宗教委员会召集各部门顾问及各团契新旧职员,假辣斐德路竺佩恩同学住宅举行联席会议,确定新一届青年会职员名单:会长许敬复,副会长袁葭梅,文书陈重明,干事韩佩云、叶璟珍,校外事工代表郑建业,宗教部王长乐,服务部李曼华,秩序部竺佩恩,研究部胡逸清。(《东吴通讯》第13期)其中只有郑建业、竺佩恩留任。

从以上的简要介绍中,至少可得出以下四点看法。

其一,《东吴团契》简略。

1939年秋天,丁景唐进入东吴大学后,与他人一起新创办校刊《东吴团契》,由青年会研究部负责印行,创刊时间大概在1939年9月下旬或10月上旬,与《东吴通讯》《法学杂志》《英文法学季刊》《东吴法声》同为五大校刊。《东吴团契》停刊时间不详,理应在1941年12月上海"孤岛"沦陷——位于慈淑大楼的东吴大学等停课之前。

《东吴团契》的基本内容有:该校宗教委员会的指导工作、青年会的部署、各团契开展丰富多样的活动等。这从以上的介绍可略知一二。

丁景唐时任东吴大学地下党支部书记,主要利用团契丰富的活动形式开展学生工作。将《东吴团契》作为载体,引用《圣经》的语录,讲述其故事,宣传必须支持正义的事业,即抗日救亡。后来丁景唐在《联声》上发表许多诗文,都是出自类似的构思。

《联声》第2卷第12期(1940年9月30日)的"生气·活跃·迈进——校会、学联"栏目,刊登东吴大学青年会提供的稿件《广播电台》(消息),述说了该校青年会的宗教部、服务部、秩序部、研究部的新学期工作,其中研究部工作如下:

> 研究这一部是最不容易讨好的。从暑期工作的表现中,我们看得出来。因此,从这一个学期开始,我们要彻底地改变我们的作风,无论是死的(《东吴团契》)或是活的(漫谈等)工作。
>
> 研究部工作的第一炮是十月十日的集体往辣斐剧场看《大明英烈传》一剧。我们预订了五十个座位,由于团契发动得好,五十个座位一会儿就订完了,我们不得不增订了二十个。事实上还有好些人向隅,我们在此谨向向隅者致歉。
>
> 我们不愿工作做得多,只求做得好。根据了这一个原则,我们研究部的本学期工作计划是:(一)每个月出二期《东吴团契》;(二)办两次演讲会;(三)举行一次辩论竞赛;(四)供给漫谈材料。
>
> 我们愿意[得到]每位同学的支持;因为只有你们的支持,我们的工作才有良好的收获。

丁景唐主编《东吴团契》时,直接与该校青年部打交道。这里透露了几个信息:一是《东吴团契》改为半月刊,每个月出两期;二是研究部本学期四条工作计划的后面三条,也是《东吴团契》将要刊登的内容;三是"双十节"(10月10日)集体去观看于伶创作的《大明英烈传》,这时丁景唐、王汉玉分别担任东吴大学新成立的鸿印团契秘书、主席,理应去观看,这也是他俩在东吴大学的足迹之一。

由于暂未找到《东吴团契》，只好设法搜集点滴材料，进行"拼图"。以上的信息是不可或缺的，包括东吴大学青年会提供稿件的全部内容。

1940年12月，丁景唐等人准备"大加改革"《东吴团契》，但是情况突变，发生警报，丁景唐不得不停学。因此，《东吴团契》改革计划是否施行，有待考证。

关于《东吴团契》最初筹备情况、《东吴团契》每期的具体内容，以及丁景唐用笔名"蒲柳"等发表了哪些文章，都待找到该刊后才能有所了解。

丁景唐时任东吴大学地下党支部书记，他回忆说：

> 田辛同志是我在抗战初期上海沦为"孤岛"后，从事党的地下工作的上级领导。一九三九年秋，我担任中共东吴大学（从苏州迁沪）党支部书记。那时支部才建立一个多月，几个党员又都是刚刚从中学考入东吴大学的学生，大学的环境和工作对象都是陌生的，工作开展后碰到了不少困难。就在这一年十月的一个细雨飘忽之夜，我第一次见到田辛同志，他是中共上海基督教学生工作委员会负责人之一，身上披着雨衣，按党组织约定的暗号在大光明电影院的走廊里，与我接上了关系。那时候，我们两个都是二十岁的青年人，又是同乡人，一旦知道对方是自己的同志，两只手早已紧紧地握在一起，心中的热情驱散了四周灰蒙蒙秋雨带来的阴寒。我们沿着静安寺路，走过了一条街又一条街，他向我传达党的指示和对形势的分析，我向他汇报着我们学校工作的情况……自那以后，田辛同志经常与我们支委会一起分析研究实际情况，解决同志们思想上的急躁或畏难情绪，使支部工作很快地开展起来。到一九四〇年年底，我和雷树萱同志调离东吴大学支部时，这个大学的工作已经有了比较广泛的群众基础，学生团体、民校，以及全校性的团体联合会——青年会都有了发展，还办起了一份《东吴团契》的学生刊物（我曾任这个刊物的编辑）。
> 　　　　　　　　　　　　　　　（《风雨长夜忆故人——怀念田辛同志》）

田辛（1919—1967），宁波人，1949年后，历任中共静安区委书记、静安区区长、中共华东化工学院党委副书记等职。

当时东吴大学党支部成员还有雷树萱、曹友蓉等。

雷树萱，麦伦中学毕业，后为"学委"社会青年区委书记，1946年初参与领导中国技术协会。

曹友蓉，民立女中毕业，1939年秋天与丁景唐同为东吴大学党支部成员，后从事儿童福利和教育事业，曾在陈鹤琴发起成立的上海儿童福利促进会会刊《儿童与社会》（编辑部设在今四川中路599号青年会所）上发表《心理卫生与儿童福利工作——丁亥心理卫生座谈会工作述略》等。1949年8月3日至12月4日，曹友蓉和金立人、沈体兰等作为中、小教育界代表，出席上海市第一届第一次各界人民代表会议。后为上海机电局电气研究所负责人。

由于丁景唐关于东吴大学的自述比较简单，也从未有人进行专题采访，加之其他各种因素,形成了《东吴团契》、地下党支部的两大难题,也是东吴大学校史上的空白。

其二,以上介绍的各种情况,提供了各种线索。

一是有助于了解、研究丁景唐、王汉玉在东吴大学学习和丁景唐从事学生运动的情况,以及所接触的师生,可以引申出意想不到的故事。

二是有助于了解丁景唐在《联声》上发表的许多反映教会大学师生动态的诗文的相关背景,包括青年会各部门的分工和职责、团契活动的内容及其教师辅导制等。在此基础上,将丁景唐的诗文与同时期其他作家的诗文进行比较,进一步鉴赏、分析、研究,可以得出令人感兴趣的结论。

其三,东吴大学青年会职员中的郑建业,时任服务部部长、校外事工代表,他多才多艺,与丁景唐是诗友。

丁景唐参加《联声》编辑工作之前,该刊转引了郑建业的《基督的精兵》(《联声》第3卷第3期),原出处则是丁景唐编辑的《东吴团契》。丁景唐接手主编《联声》,第3卷第6期还刊登郑建业的《小摩西》,这是改写的一则宗教故事,但是未完,下一期也没有续载。

数年后,丁景唐编了一组三首诗歌《友情草》——丁景唐的《有赠》、郑建业的《南风》、成幼殊的《金沙》,原载于《女声》第3卷第11期。丁景唐特地写了《编辑小语》:

> 一个偶然的小叙,遇到了一位大学时的旧友,也认识了一位率直的新友。席间偶然又扯到诗,旧友知道我好几年前在学校里已经是爱耍耍笔杆、涂涂歪诗的人,于是他递给我一本手抄的记事册。出乎意外的,这位一向沉浸在静穆中、被称作"牧师"的、还懂得一些蝌蚪式的希腊文的友人,却是一位写诗的好手,写得那么绮丽多情。隔天,另一位新认识的友人也送来了几首诗和一个散文诗剧,要求我提些意见。在终日不见阳光,充塞着煤烟的"写字间"中,我喜悦地将二位友人的诗吟咏了好多遍。我为那些诗的音节、色调、深邃的想象力所摄住了。我忘记自己已是坐在没有太阳又充塞着煤烟的屋子中,恍惚走在幽静的园林间,忘掉了寒冷。一种创作的欲望在我心胸间燃烧,这时我极想写一点诗来发泄那种燃烧的情绪。但这种创作的酵素却给别的俗务打扰走了。后数日,一个雨天的黄昏,终于愉快地也凑成了一首春之恋歌。因与其他二位的诗,集为小辑。所惜自己这支拙劣的笔,不能为友情写下一篇完整的诗,是为歉憾。辑名为"友情草",盖取"人生何处不相逢""友情海样深"之义耳。但愿《友情草》这一朵绽开在诗的溪流边的友情的小花,要是枯萎变成明日黄花,也能像金沙在她诗剧中所说的,且可供他年回忆的一份材料。用缀数语,也算是人生倥偬中一点小小的留念。

"旧友""新友"分别指郑建业、成幼殊。

郑建业在报刊上发表不少文章,是一位才子。他在东吴大学青年会工作,与编辑《东吴团契》的丁景唐应该有各种接触,20世纪40年代他主编青年会会刊《上海青年》。此后,他与丁景唐没有什么联系。丁景唐晚年提及郑建业的名字,但未说明他俩在东吴大学时的任何交往。

成幼殊此后加入丁景唐主持的上海文艺青年联谊会,并成为著名女诗人,出版诗集《幸存的一粟》等。她晚年时还与丁景唐保持通信,丁景唐也撰写了回忆文章《金色年华,迎来晚霞满天——荣获第三届鲁迅文学奖诗歌奖的女诗人成幼殊四十年代在上海》。

其四,魏嵩寿首次披露了鸿印团契有关情况。

魏嵩寿与丁景唐同龄,同为宁波人;他与王汉玉同为经济系学生,但未提及她的名字。上海沦陷后,魏嵩寿辗转前往广东曲江(复校的东吴大学),遇见潘慎明、沈青来、陈晓三位教授。1944年4月,魏嵩寿毕业,后赴美国留学。1950年起,魏嵩寿在厦门大学国际贸易系任教。2000年百年校庆,11月魏嵩寿由侄儿魏嘉谟陪同赴苏州大学,见到阔别60年的年逾九旬的张梦白教授,他俩与该校统战部部长张雪根、张朝林学长一起合影留念。2009年6月,89岁的魏嵩寿写了回忆文章《怀念东吴,感恩母校——抗战时期的大学生活》,首次披露了他与丁景唐、王汉玉所在的鸿印团契有关情况,实属不易。

魏嵩寿回忆说:"有同学近20人……汪禅琴、张杏英、汪闻韶、袁铭等。"除了汪禅琴、张杏英之外,其余两人情况如下:

汪闻韶,苏州人,曾就读于东吴大学苏州附属中学,后在重庆考入中央大学水利工程系,成为著名的水利专家。他是否就读于迁移到上海的东吴大学,有待确证。汪闻韶曾发表《鼎高杂话》,载于重庆的《旅行杂志》1944年第18卷第12期。此文讲述1944年3月8日,甘肃水利林牧公司张掖工作站诸事,这与汪闻韶学的水利工程专业有关。

袁铭,曾是浙江省立第一中学学生,爱好诗歌,在该校学生会会刊《一中学生》上发表两首诗歌——

你是朝夕不绝地奔跑,/你是朝夕不绝地呼啸。/你泻去人间一切的不平,/你唱出人间一切的哀调。　　　　　　　　　　　　　　　　　　　　　(《钱塘江》)

外强日逼我国,内乱烽火迷天,/哀声已号满了萧条的故园,热血更洒遍了大好的中原。/朋友!你莫饮那葡萄美酒!莫恋镜里朱颜!/你应知烈火已烧到了眉际,怎容我们沉醉于畅怀的欢宴。　　　　　　　　　　　　　　　　　　(《我握着长剑》)

丁景唐、王汉玉所在的鸿印团契成员大多是江浙一带的学生,爱好文学,性情相投,有着许多共同语言。但是缺少《东吴团契》等有关资料,仅根据魏嵩寿的简要回忆难以进一步了解丁景唐、王汉玉所在的鸿印团契更多的真实情况。丁景唐晚年整理《联声》目录时提及鸿印团契捐款等,但难以为鸿印团契拼图。其他有关专著几乎不提鸿印团契,似乎不存在。

总之,丁景唐与东吴大学的一段姻缘是一个从未有人研究的空白,希冀早日找到《东吴团契》,解开其中许多谜团,至少可以梳理《东吴团契》的来龙去脉。

注释：

〔1〕1939年东吴大学颁布《学生生活指导要则（十一条）》，其中第5条规定："本学期一切团体与活动，均须请教职员一位或数位，负指导之责。"第9条规定："每次学术演讲常会、团契集会及交谊会等，必须先将开会日期、地点及秩序，通知校方，而该会顾问亦须出席，如请校外人士莅校参加与演讲，必须先商得该学会或团契顾问之同意。"（《东吴通讯》第8期）

东吴大学实行导师制，为此增设辅导委员会，负责设计、研究及推行导师制度，由校长委任文理学院教务长徐景韩、注册主任李庆贤、女生指导钱长本、宗教指导威廉士、法科副教务长孙晓楼、文理学院副教务长戴荪、训育主任沈祖懋、新生主任沈青来及教育系主任黄式金等。黄式金写了专题文章《东吴大学导师制实施近况》《东吴大学导师制实施概况》，先后刊登于《教育季刊》1939年第15卷第2、4期。

第三编

《联　声》

俞沛文、陈一鸣、丁景唐等主编《联声》

《联声》是"上海联"（上海基督教学生团体联合会）会刊，1938年11月26日创刊，先为月刊，第3卷起改为半月刊，后来因故常成为不定期刊物。在上海沦陷之前，出至4卷第4期自动停刊，这期间共出4卷36期。

抗日战争胜利后，时任"学委"委员的陈一鸣负责联系恢复活动的"上海联"（此后成立上海学生团体联合会，简称"学团联"），《联声》得以复刊，出至第4期（1945年11月），先后共出版40期。

《联声》是一份综合性、文艺性的学生刊物，主要面向大、中教会学校学生，开设栏目甚多，撰稿人大多是教会学校师生和社会名流，是上海"孤岛"时期进步学生刊物中存在时间最长的一份刊物。由社会名流后代、教会大学学生俞沛文、顾以佶、陈一鸣等创刊，发挥了启蒙、团结、教育、激励广大教会学校学生的历史作用，推动全市学生抗日救亡工作，影响比较大。

"上海联"与《联声》历任负责人

1937年"八一三"淞沪抗战爆发后，上海沦为"孤岛"，沪江、东吴、之江等教会大学和华东地区不少教会中学迁入上海租界，加上原在租界内的圣约翰大学、中西女校等，教会学校学生人数大增。在上海各界人民抗日救亡浪潮的推动下，许多教会学校学生也开始投入救济难民、慰问伤兵等社会服务工作中。

"上海联"原来是由各教会学校青年会和团体联合集成的校际学生团体，受基督教男女青年会的指导，它通过社会服务和文体活动等，活跃学生生活，锻炼学生能力。在淞沪抗战炮火中，教会学校的一些进步青年竭力主张"上海联"应根据抗战形势，积极参加救难扶伤等爱国工作。他们的愿望得到爱国人士吴耀宗、沈体兰、江文汉、刘良模、邓裕志等的支持。

1937年10月，各教会学校青年会和团契的代表集会，选举了新一届"上海联"领导机构，沪江大学进步青年俞沛文当选为主席。

俞沛文是太仓声名显赫的俞氏家族的长房长孙。他的祖父俞棣云是中国电报事业的先驱，曾任上海电报局学堂监督和上海电报局总办。父亲俞凤宾是美国宾夕法尼亚大学医学博士，创建中国医学界的第一个学术团体——中华医学会。俞沛文的叔叔俞颂华，这位被黄炎培盛赞为新闻界"释迦牟尼"的名记者,与瞿秋白、李宗武作为中国第一批新闻记者前往苏俄进行采访。俞沛文的姑妈俞庆棠是著名教育家,中国成人教育事业的先驱,曾担任联合国教科文组织中国委员、教育部社会教育司司长。

俞沛文考取上海沪江大学,思想积极上进,积极参加党组织的外围活动。1938年加入中国共产党,不久担任中共江苏省委基督教学生运动委员会(简称"教会学校学委")首任书记,积极推动"上海联"工作。1939年毕业于沪江大学化学系,在上海从事学生工作,成为丁景唐入党后的第一位上级领导。后赴美留学,1948年回国,任全国学生救济委员会总干事。1949年后,历任上海市外事处处长,外交部美澳司副司长、礼宾司司长,驻苏丹、埃塞俄比亚、奥地利大使等。

1938年夏天到1939年底,"上海联"的工作极为活跃。其办公地点在静安寺路(今南京西路)999号,借用女青年会的场地,举办演讲会、讨论会、歌咏会,组织参观,出版刊物;并借八仙桥男青年会的礼堂、会议室、健身房,举办群众性的活动。

1938年10月"上海联"召开抗日战争爆发后第一次各校代表大会,有27个学校的团体代表参加,选举沪江大学、圣约翰大学、东吴大学、之江大学(这"四大"名校青年会团契为中坚力量)和麦伦中学、清心女中、中西女中七所学校的代表组成了"上海联"领导机构——执委会,下设联络、研究、服务、问题、宗教五个部门,这与基督教青年会部门接轨。各部门经常与各校青年会和团契联合会的相应部门联系,布置工作,交流工作经验。这些都在不久后问世的《联声》中得到报道宣传。

一个月后(1938年11月26日),"上海联"的会刊《联声》诞生了。该刊设有多种栏目,如时局评论,介绍社会、历史知识,探讨就业、婚姻、学习、人生观等问题,提倡做新的青年,开展模范竞赛,提供各项活动信息,努力满足学生的需求。设有读者信箱,架起与读者之间的桥梁,回答读者关心的问题。并且经常推荐一些有意义的书籍,提出读书计划和目录,还以进步观点分析美国电影,受到大家的欢迎。[1]

先后负责《联声》的有顾以佶、陈一鸣、周绮霖、王楚良、丁景唐等,他们都是先后入党的大学生,从事校园学生工作。

顾以佶后与俞沛文结为夫妻,她比俞沛文小两岁(1918年出生),也是名门望族后代。母亲出自安徽寿县孙氏,孙家的祖老太爷孙家鼐乃是咸丰九年(1859)的状元,与翁同龢同为光绪帝之师。上海阜丰面粉厂(中国民族资本投资的第一家机器面粉厂)是孙家的产业。孙家在上海滩的名声仅次于李(鸿章)家和盛(宣怀)家。

顾以佶就读于沪江大学社会学系,与俞沛文相识,同在1938年加入共产党。1941年初到1941年秋冬,顾以佶担任"教会学校学委"第三任书记,委员有莫振球、田辛、林德明。[2]此后,顾以佶与姐姐顾以佩辗转前往延安,进入中央党校三部学习。顾以佶因一口流利的英语,进入军委外事组,参加前来的美军观察组的接待工作,周恩来敏锐预言"这是我们外交工作的开始"。抗日战争胜利后,党组织批准俞沛文、顾以佶赴美国留学。1949年后,顾以佶担任上海电话公司军管会副代表、上海市内电话局党委书记兼局长。后来俞沛文、顾以佶都从事外交工作,被誉称为"外交伉俪"。

《联声》创办之际,陈一鸣与俞沛文、顾以佶都在"上海联"工作,相互之间比较熟悉,遗憾的是他们三人都未留下这段时期互相交往的专题回忆文章。

陈一鸣,1920年12月出生,浙江上虞人,著名教育家陈鹤琴的长子。1937年10月参加上海市学生界救亡协会,1938年8月加入中国共产党,先后担任中共江苏省"学委"所属的国立、私立大学区委委员、书记,从事爱国学生运动,其间曾撤离上海,进入淮南抗日根据地学习。1944年10月返回上海,贯彻党中央加强城市工作的指示,从事"学委"领导工作。1946年10月赴美留学,1951年初回国,担任上海市宗教事务局副局长、顾问等职,支持宗教界爱国运动,贯彻落实党的宗教政策。1985年12月离休后从事党史资料的征集和整理,研究、宣传父亲陈鹤琴教育思想,并从事关心下一代教育工作。

以上是陈一鸣的女儿陈庆(图6)提供的资料,她和姐姐陈虹花费了很大的心血和精力,四处搜集资料,赶编了近50万字的《我的心在高原——陈一鸣文集》(南京师范大学出版社,2014年1月)。陈庆还写了《同龄·同学·同道·同志——追忆父亲的挚友丁景唐伯伯》,生动地叙述了陈一鸣与丁景唐多年交往的深情厚谊,令人深受感动。

图6　丁景唐、陈一鸣(左)和陈庆(中)

周绮霖曾与丁景唐同在"上海联"工作,用笔名在《联声》上发表了不少文章,后为上海外贸总公司襄理。丁景唐接手主编该刊后,发生了震惊中外的皖南事变,邀请她执笔写《曹子建怎样成了大诗人》一文,用隐喻的手法抗议国民党反动派反共反人民破坏抗战和团结的罪行。

抗日战争胜利后,丁景唐的一位大学同学接受著名藏书家、吴兴嘉业堂刘承干子媳之托,约丁景唐为他们办的刊物《前进妇女》写稿、拉稿。丁景唐邀约中共党员田钟洛(袁鹰)、周绮霖、赵自等写稿,自己也写了两篇文章,其中一篇为《祥林嫂——鲁迅作品中之女性研究之一》(写于1945年10月,发表在11月出版的《前进妇女》第二期),署名黎扬。此文收入丁景唐的论文集《妇女与文学》,后引申出袁雪芬等改编、演出越剧《祥林嫂》的生动故事。

1940年夏,陈一鸣转任"学委"大学区委工作,王楚良参与主编《联声》工作。王楚良曾于1934年加入"左联",当时是沪江大学外文系学生,先后发表了不少译文,崭露头角,迅速崛起,成为年轻有为的翻译家。

抗战初期,王楚良翻译美国著名女作家艾格尼丝·史沫特莱(Agnes Smedley)写的战地通讯《西北战场上的无名英雄》,原落款"一九三七年、十、三十,于山西太原",译者附注:"本文译自《密勒氏评论》周报第82卷第10期。"此译文发表于金仲华主编的《世界知识》第7卷第1期(1937年11月16日)。编者特地在译文前写了按语:"本文是美国著名女作家 Agnes Smedley 的一篇战地通讯,原载于本月六日的 China Weekly Review(《中国周刊》),其中对于我们西北战场抗战受伤士兵的救护问题,有着深切而动人的描写。这问题是严重的,迫切需要补救的,我们不必加以讳言。而且不只西北战场为然,在我们各方面的战场上,都应该加以最大的注意。这就是我们译载本文的动机。"史沫特莱此译文后经修改,成为著名的《中国的战歌》(新华出版社,1985年9月)第四章中"奔赴山西前线"的一节内容。因此,王楚良的译文是先声,与后来的修改稿有许多不同之处,颇有初版本的价值。

王楚良还翻译了A.托尔斯泰写的《保卫察里津》,后有曹靖华的译本。1938年8月5日到8日,王楚良的小说《延安有"老红鬼"吗?》发表于王统照编的《大英夜报》副刊《七月》,王统照称之为"一篇有'热'、有'时代性'的创作"。王楚良翻译的《蔡特金反战反法西斯的战士》(译自 Moscow News,即《莫斯科新闻》),载于1938年10月6日《社会日报》。转译意大利小说《银拖鞋》(G. Germantto 原作),载于英文半月刊《长风》创刊号(1940年1月1日)。

著名诗人蒋锡金主编的《文艺新潮》第2卷第1期发表王楚良的译文《论高尔基的社会主义的人道主义》(苏联 E. Enipovich 原作),蒋锡金在《编后记》写道:"本刊刊登关于高尔基的文章有三篇,楚良先生译的《论高尔基的社会主义的人道主义》是值得我们注意的,它不独是对于高尔基的理解有帮助,而且也可以帮助我们理解许多当前的重大的文艺问题。"其他两篇文章的译者是林淡秋、楼适夷。这期《文艺新潮》是"纪念鲁迅逝世三周年语文特辑",前面有许广平的《鲁迅先生的写作生活》、周木斋的杂文《展开研究》,以及鲁迅先生遗札,即鲁迅致瞿秋白的信《论翻译》(摘录)。这期后面登载《文艺新潮社小丛书预告》,其中有瞿秋白翻译的普希金的著名长诗《茨冈》,由此引申出一段故事,即瞿秋白的《茨冈》手稿辗转到锡金手中,著名女诗人关露补译等事。

王楚良翻译出版过美国辛克莱《不准敌人通过》,同时胡霍写有《〈不准敌人通过〉——介绍辛克莱的有血有肉的杰作》,编者文后注明:"本书已由王楚良先生译出,枫社出版,定价五角。承该社发行者汪润先生赐赠一册,附此致谢。"(《译报周刊》第1卷第17期,1939年2月2日)

1949年以后,王楚良从事外交和宣传工作,参加《毛泽东选集》的英文本翻译工作,担任中国驻加拿大大使馆参赞、中国人民外交学会副秘书长、中国"三S"(史沫特莱、斯特朗、斯诺)研究会理事等。

丁景唐尊称王楚良为学长,1940年冬至1941年夏,他俩曾一起编辑《联声》。王楚良调到中共上海"文委"工作,由丁景唐接替主编《联声》。此后(1945年)丁景唐自费出版第一本诗集《星底梦》,王楚良和萧岱(后任上海作家协会副主席、《收获》副主编)作跋,点评《星底梦》。丁景唐的《我与王楚良、萧岱合办〈译作文丛·谷音〉》讲述了他们三人合作的故事。丁景唐与王楚良的友谊持续到晚年,王楚良还写了《赠丁景唐诗一首》:"白发诗情弥觉多,寂寥闲复咒薜萝。楫舟明日破浪去,迎接新年第一波。"

1940年底,丁景唐因故停学,离开东吴大学,进入"上海联"工作。丁景唐接任主编《联声》,发挥自己擅长写作的特点,在吸取他人经验的基础上,加以提升、发挥,融入策划、组稿、改稿、编排之中,显示了出众的综合能力,较好地完成了主编工作。

丁景唐与《联声》的关系可以分为四个阶段:

其一,《联声》创刊号(1938年11月26日)至第1卷第8期(1939年8月9日),丁景唐时在东吴大学,成为该刊的忠实读者。该刊发表的许多文章和牵涉到的重要人物,与他从事的学生工作有着直接或间接联系。如果能查到他主编的《东吴团契》,那么可以追寻该刊与《联声》之间的关系,这是一个很有意思的课题,不知哪天才能实现。

其二,《联声》第2卷第1期(1939年9月2日)至《联声》第3卷第3期(1940年12月1日),丁景唐成为该刊投稿者,发表《中学夏令营杂零》一组三篇散文,即三篇特写《迎着太阳》《夕阳会》《夜会》,此后一发不可收拾,他的第一首诗歌《给……》发表于《联声》第2卷第7、8期合刊。丁景唐回忆,这期间在该刊上发表了12篇散文、通讯、速写和诗歌。

其三,1941年春,22岁的丁景唐转学到光华大学,开始主编"上海联"机关刊物《联声》第3卷第4、5期合刊(1941年1月中旬),一直到该刊第4卷第4期(1941年9月10日)自动停刊。这期间他发表的诗文甚为集中,写作水平明显提升,其中叙事诗、讽刺诗等实现质的飞跃。每期有三四篇诗文,以及编后记、补白等,初步统计共有60多篇。

其四,抗战胜利后,《联声》复刊(1945年9月)至新第1卷第1期(1945年11月),暂且只看到4期,前两期刊登丁景唐的两首诗歌。当时丁景唐的公开身份是《小说月报》编辑。

《联声》"变""多""快""实""灵"

纵观《联声》40期,至少有"变""多""快""实""灵"的特点。

(一)"变"——求变创新,提升品质

编刊思路几经变革,生动地呈现了历届办刊同人的敏捷思维和聪明才智,大胆地打破条条框框,有敢为天下先的胆魄和勇气。

最初以树立"上海联"的形象,扩大影响,促进工作,提升品质,增强效率为目标。这些工作内容和国内外有关报道占据较多篇幅,这是办刊的初衷之一。这时编辑部同人已经设想将刊物办成广大学生喜闻乐见的文艺性、综合性的学生刊物,彰显"三贴近"(贴近校园、贴近时事、贴近社会)的内容。整体策划与编排方式紧密相连,力图采用比较新颖的形式,每期开头构思"三位一体",即封面画、前奏曲、社论,凸显每期的重点,以吸引读者的注意力。这类似戏剧创作的构思:封面画——宣传舆论,招贴剧照海报;前奏曲——全剧主题曲旋律,营造气氛;社论——内容简介,发挥引导作用。多才多艺的陈一鸣等人做出了重要贡献。

突然,第1卷第8期华丽转身,以新的面貌出现,接连推出"文艺通讯""特写与巡礼""书报介绍""电影介绍"等新栏目,文风也发生变化,吹来一阵清新之风,令人刮目相看,成为第二阶段改版的前奏曲。

第2卷第1期出版之前,新上任的"上海联"主席李储文等人讨论了今后的工作思路、计划和实施部署等,努力产生良性的"化学反应"。首先成立"上海联"编辑委员会,策划、出版各种书刊,并以此委员会名义出版《联声》,调整办刊设想,与上一期(第1卷第8期)改版思路接轨。同时,将原来该刊发表的有关各校团契工作的文章,另外刊载于新创办的一个小型刊物《事工园地》,以实现《联声》"力求改善并革新内容",发表文章的内容更为集中,倾向于"短小轻巧的文字"。

第3卷前4期由王楚良参与主编工作,第2期将该刊明确定位为"基督化的青年化的兴趣化的半月刊",显示该刊改革的新思路。王楚良发挥他擅长翻译的特点,摘译一组组国外消息,扩大读者视野,关注瞬间变化的国际形势,与中国抗日战争形势相联系。还接连推出迪克的特约长篇通讯《到美国去》《赛珍珠与林语堂》等。同时,为使读者认识上海社会百相,展开一个谈天说地的广阔天地,将历史、地理、文化与现实百态世相结合,形成讽刺、针砭、"挖根"的新题材,体现在《吃角子老虎大王》(古琴心)等文里。

第3卷第4、5期合刊,丁景唐接手主编。这时上海学生界激烈抗日反汪的斗争已经沉寂,党的学生工作已主动转为深入学生群众,通过生活化、学术化活动团结、教育群众。避免发表敏感的政论等,成为丁景唐主编《联声》的一种新策略。

总结王楚良等人办刊的亮点及开设各种栏目的思路,丁景唐在此基础上推陈出新,挖掘其中的潜力,形成自己办刊的特色,如改版新栏目"街头角落",积极适应"走出校门,认识社会"的办刊新思路,此栏目以后形成该刊的一大亮点。摘译外国消息的形式,丁景唐加以改进,摘录国内消息,借鉴他人剪贴的经验,选择、整理、归类、编写,从不同角度反映喜怒哀乐的社会问题,表达丁景唐等人想要说的话和立场,自己却不加褒贬、点评,这也是《联声》创刊以来的新形式。

(二)"多"——栏目众多,精彩纷呈

《联声》编辑同人不断推出各种栏目,大致可分为:宗教(事工)、校园动态、书报介绍、谈天说地(认识大上海)、海外来鸿(海外特辑)、特约通讯(美国)、摘译、剧评、剧情介绍(电影故事)、编辑信箱、广播电台(消息)、生活常识、科学知识、文学作品(诗歌特辑等)、人物特写、漫画故事、外国老歌填新词等。

1. 海外来鸿(海外特辑)

第1卷第2期特别介绍《一封信》(Jack R. M. Michael,杰克·迈克尔),愤怒谴责侵华日军的滔天罪行,分析了中国抗战内部的危机,很重视"广泛开展与不断生长"的游击战。此信"为我们中国宣传真理,呼吁公义",在《联声》发表的所有译文中是最大的亮点,也是独一无二的。

《中国基督徒青年代表团赴荷记》一文(第2卷第1期),编者在文前写了按语:"世界基督教青年代表大会,乃本年七月廿四日始到八月二日止,在荷兰阿姆斯特朗城举行。我中国代表共廿位,中以八位为女士,代表女青年会出席者为龚普生小姐,代表上海基督教学生运动出席者为'上海联'前任主席夔孝华君。"

龚普生时为女青年会学生干事,担任代表团团长,她还写了一封信,也刊登于这期,即《龚普生女士的来鸿》。她兴奋地写道:"我们不是带了许多《联声》和小册子(《中国学生纪念手册》)来吗?这里的人真喜欢《联声》,到处都谈《联声》……快让我们更加努力来充实它,使它更活泼,更有意义!"《联声》冲出上海"孤岛",漂洋过海,第一次在国际舞台上亮相,这是鲜为人知的趣闻。同时,这也是未来著名的女外交官龚普生首次登上国际舞台,此后她又赴巴黎出席世界学生联合会会议。

应《联声》邀约,迪克接连在该刊上发表六篇特约通讯稿,《到美国去》《赛珍珠与林语堂》《谈谈华侨》《战争气氛中的美国》《卓别林的大独裁》《谈谈留学生》等,其中《赛珍珠与林语堂》是一个吸引眼球的话题。

2. 摘译文章

自徐万古摘译《美国青年结婚狂》之后,摘译的范围进一步扩大,不再局限于趣闻轶事,而是聚焦急剧变化的国际形势,悄然成为《联声》的一大亮点。《你没有牌了吧》(栗马)摘译一组国外消息,头条便是谋求连任的美国总统罗斯福与共和党威尔逊之间针锋相对的对话。

3. 校园动态

第2卷第3期(1939年11月28日)《编者的话》提醒读者:"本刊蒙教师团契提及讨论的结果,《关于考试作弊问题》在以学生为对象的本刊披露出来,可谓对症下药。亲爱的读者同学,请问一问自己,有没有做过他们所说的种种弊……"《关于考试作弊问题》一文终于捅破了这层窗户纸,可谓一针见血。

4. 学校的教育制度等

第3卷第3期(1940年12月1日)推出另一组文章:《人生哲学课——新教育制度在××》(罗沙)、《"考"与"榨"》(友浔)、《控诉》(乔起)、《我为什么要逃课》(莫怀芳)、《大学第一课》(江澄)、《大学生活的片段》(栗青)、《我校的加紧功课压迫》(文渊)。这些文章大多是抨击现行的教育制度,同情被大小考试痛苦折磨的可怜学子,批评、讽刺不学无术的教授,无情揭露校园里混日子的纨绔子弟。

5. "剧评"栏目

推出两篇文章:《〈明末遗恨〉观感》(吾无忌)、《观交大青年会演出〈毋宁死〉》(吕风)。颂扬爱国主义精神的四幕历史剧《明末遗恨》(又名《碧血花》《葛嫩娘》),由中国现代文学家、剧作家、批评家、编译家阿英(钱杏邨)写于1939年,最初由于伶负责的上海剧艺社在璇宫剧场上演,"话剧皇后"唐若青主演,公演达月余之久,轰动了当时的上海。

曹禺将巴金的《家》改编为剧本,在辣斐剧场上演。丁景唐与编辑部同人商量,分头约稿、组稿、讨论,第3卷第7、8期(1941年3月1日)推出"《家》的特辑",垠川、萧荣炜、柳央、张诚、非人分别写了文章。

6. 书报介绍

金诺发表《她的来信》,公开介绍毛泽东的《新民主主义论》——"拆开一看,原来是一本小巧玲珑的书,封面上用鲜艳的红绿二色印着'新民主主义论''十年出版社'……它有趣而且清楚地写出中国革命的性质,并且对于各种有害于中国解放事业的歪曲论调加以痛快地驳斥。"

除了介绍毛泽东、王明的小册子之外,还推荐杨朔的第一部小说《帕米尔高原的流脉》,介绍叶紫的《丰收》、萧红的《生死场》、萧军的《八月的乡村》,以及邹韬奋的《萍踪寄语》等。首次刊登评介巴金作品的文章《巴金和青年》(星星),着重介绍了新作《海底梦》。

编辑部同人爱读鲁迅著作,更尊敬鲁迅,崇尚鲁迅精神,《联声》第2卷第12期(1940年9月30日)发表《鲁迅与耶稣——为鲁迅先生六十诞辰作》(沧海)。这个话题也许是"前无古人,后无来者"的,至少在当时是唯一的,也是《联声》的独家新闻。

7. 生活漫谈

上海教会大学学生将面临上海沦陷之后的各种现实问题,还有校园里学生谈恋爱及其产生的各种问题。第3卷第7、8期(1941年3月1日)开篇为一组三篇文章:丁景唐的两篇《又要读书了》《恋爱纠纷》和纪英的《危险!同学们——从"大学生结识舞女"说起》。希望同学们千万不要被敌伪口蜜腹剑的阴谋诡计所迷惑,甚至误入歧途,同流合污。此后,丁景唐继续加强这方面的舆论引导,还写了《浪子回头的故事》等文,再三告诫大学生,要珍惜大好的学习时机。

8. 外国老歌填新词

这是《联声》前期最大亮点之一。多才多艺的陈一鸣擅长美术,并且积极参加抗日救亡的歌咏活动,在熟悉外国歌曲的基础上,重新填词,洋为中用。其中陈一鸣重新填词的《新青年歌》发表于《联声》第1卷第3期(原为俄国歌曲《囚徒》):"我们新时代的青年,热烈坚强又勇敢,打破了黑暗势力……永往直前嗒哎哟哎哟,光明已经不远。"陈一鸣与曹厚德合作,重新填词的《"上海联"念周年纪念歌》,改编自 *John Brown's Body*,即陈一鸣熟悉的美国歌曲《约翰·布朗的躯体》。呼吁"冲破黑暗,光明在望"——投身抗日救亡洪流中,信心百倍地迎来抗日战争胜利的曙光。

陈一鸣(尼罗)的《解放黑奴的战歌——美国南北之战的透视》,介绍19世纪美国爆发的解放黑奴的南北战争的有关内容。最后分析了北方联邦的胜利使美国陷入了新的"两重世界",并指出:"美国黑、白劳动大众和青年大众将组成与世界人民的雄伟合唱——新世界的曙光颂。"

《联声》每期不同栏目介绍外国影片、文学作品、音乐作品,题材各异,开阔视野。不少学生作者擅长英语,可以直接翻看外国报刊杂志,撰文介绍国外艺术家、文学家的生平和艺术成就,丝雨的《茅屋里的〈月光曲〉——贝多芬故事之一》发表之后,连续发表之二、之三,即《英雄交响曲》《聋子音乐家》。此类例子比较多,形成了《联声》编者、作者、读者之间的一种共赢模式。

9. 文学作品

有些属于"禁区",即革命斗争的敏感题材,令人惊叹。

第2卷第6、7、8期合刊破天荒连载力群的小说《野姑娘的故事》,原载周扬主编的《文艺战线》第1卷第5期(1939年11月16日),塑造了一个八路军女战士。此题材对于上海"孤岛"读者来说很陌生,也很新鲜。

第2卷第9期(1940年5月28日)同时刊登了四篇抗战、反战题材的文学作品。《战——中国青年的战斗》(荒踪),讲述抗日女战士马淑的传奇故事,她最后壮烈牺牲。《三个俘虏的忏悔》(孙旸)描写三个被八路军俘虏的日本兵,"我"作为记者前去采访。这三个日本兵最后表示要加入八路军,"为我们的自由战斗"。《玲她们五个》(金诺)的题材很特别,讲述1927年"四一二"反革命政变至长沙"马日事变"期间,"小鬼团"五个女孩子悄然召开了一个纪念会,矛头直指蒋介石反动政府,"手段的野蛮和残酷是很可想象的了"。文章反思大革命失败的原因,同时与抗日战争的现实结合起来。此文作者大胆地采用了如此尖锐、敏感的题材,说出了广大爱国民众的心里话,其中渗透了共产党关于抗日民族统一战线的指示精神,这在当时的报刊上很少见。

这些内容持续不断地散落在不断增改的各种栏目里,成为每期策划的重要组成部分,或主次分明,或推出专辑,或曲笔编排,服务于抗日救亡和国际反法西斯形势的宣传需求;针对校园学习和生活的变化,进行必要的正面引导和宣传教育,包括心理疏导、提出切实可行的诸多善意建议。

(三)"快"——及时反映,正面引导

上海"孤岛"时局变化与国内抗日战争、国际反法西斯斗争紧密相连,时而引起广大学生读者的心理波动,直接反映在学习、生活等方面。因此,正确引导、宣传、教育,成为《联声》的主要职责之一。

由于该刊的特殊性,难以大张旗鼓地报道共产党关于抗日民族统一战线的指示,编辑部利用不起眼的"书报介绍"等栏目,悄然披露一个大新闻,公开介绍新出版的王明(陈绍禹,时为中共中央长江局书记)的小册子《目前国内外形势与参政会第四次大会的成绩》(第2卷第3期,1939年11月28日)。第2卷第6期(1940年3月26日)特地推出"民主运动特辑",刊登有关的一组文章,强调指出:"这次参政会通过召开国民大会,实行民主,可算得中国抗战过程中一个大大的收获。"

人物速写的突出作品是《纪念茅丽瑛君》(黄汝仁),这是《联声》冲破禁令,发表于第2卷第5期(1940年1月5日)的作品。几十天前(1939年12月12日晚),刚刚发生茅丽瑛被暗杀的惨案。

1940年底,寒风凌厉,国内外时局紧张,各种传闻满天飞,搞得人心惶惶。期末考试又将来临,学生产生厌考的抵触情绪,甚至担心学校和自己去向的现实问题,这牵涉到学校的办学思路、教育方式等。"学校怎么活下去呢?我们又怎么活下去?……这两个问题是我们同学最关心不过的了。"(社论《学校怎么活下去?》)。《逃・出洋・内地去?》(柳央)干脆挑明了这个尖锐的问题。接着,两篇文章《黄金堆砌的学校》(垠川)、《人格测试》(圣罗治),分别从不同角度进行正面引导和劝说。这些文章指出了一个基本道理:在抗日救亡的严峻时期,每个青年学子应该勇敢地跳出狭小的书斋,投入火热的抗日救亡大潮中。永远记住自己是一个中国人,决不能做汉奸走狗。

1941年6月22日,苏德战争终于爆发了。第4卷第2期(1941年7月27日)立即推出"海外特辑",延续到第4期,并抓住国内外的热点、焦点问题,先后推出一组介绍苏德有关情况的文章,"正义与邪恶、是与非、爱与憎,从编辑对稿件的选取安排上,早已表现出来"(丁景唐《我的文艺编辑生涯》),以此扩大读者视野,密切关注国际反法西斯形势,坚信正义的"V字运动"将取得最后的胜利。同时,以不同方式、不同文体和不同题材之作,呼吁广大学生做出正确的选择,即在抗日救亡的民族危难时期,每个中国青年学生都应该做出人生选择,共同"创造出一个伟大的明天"。

(四)"实"——务实策划,不断反思

在编排方面,《联声》编辑部把时事焦点与阅读热点相结合。"书报介绍"等栏目往往透露国内外重要新闻和社会动态,但不与卷首语的社论争夺"话语权",只是悄然隐藏在刊物中间,甚至不出现在前面的目录中,但是锋芒毕露,这是一种既务实又巧妙的办刊策略。

《联声》编辑部先后在不同时段推出不同的专辑,显示了策划的务实性、多样性,具有鲜明的时代烙印,如纪念"五四"青年节专辑。

第1卷第6期(1939年5月3日)为纪念"红五月"的特辑,美术作品、歌曲和诗文相配合。这也是该刊第一次纪念反帝反封建的"五四"运动。封面画是18岁的陈一鸣创作的一幅木炭画,画面上两个青年握拳或叫喊,题为"五月的鲜花掩盖着志士的鲜血"。同时刊登前奏曲《五月的鲜花》——"五月的鲜花开遍了原野,鲜花掩盖着志士的鲜血!为了挽救这垂危的民族,他们要顽强地抗战不歇……"这是一首抗战经典歌曲,由光未然填词,阎述诗作曲。虽然没有点明20年前震惊中外的反帝爱国的"五四"运动,但是刊登的有关诗文喊出了广大爱国青年的心声:"求解脱奴隶枷锁的斗争!"积极融入全国抗日救亡的浪潮,势不可当。

次年纪念"五四"青年节时,第2卷第7、8期合刊(1940年5月2日)则是简约而不简单,社论《迎新青年运动——新中国需要新青年,新青年需要新中国》,大胆地高举鲜明的旗帜,格调高昂。随后推出"学生论坛"的几篇文章,《"青年节"是我们检阅队伍的日子》(怡凡)、《基督教与宪政》(谢扶雅)、《分数与学问》(林轶肯)、《谁赞成读四书五经》(津津)等,从不同角度谈论青年的时代使命、理想和修养等。

第2卷第9期(1940年5月28日)继续"五四"青年节的话题,发表社论《拳头向我们打来了》,发表《担心穿着羊皮的狼》《纪念青年节是一个长期的运动》《学生不该谈政治吗?》等。

《联声》第三次纪念"五四"青年节,体现在第3卷第11期(1941年5月16日)。首篇为丁景唐写的《纪念自己的生日——"五四"青年节》,与该刊曾经发表的纪念"五四"的文章相比较,此文除了青春活力四射的文字之外,最大变化是深刻的反思。此文以形象化的语言,列举了大量光怪陆离的畸形现实事例,深刻地揭示"张果老倒骑驴子""'阿Q'剃掉了辫子"等历史演变进程的辩证哲理。同期还发表了丁景唐的《提倡自由研究——继承"五四"精神》,认为:"'五四'精神在历史上虽然并未完成它的使命,但'五四'留给我们'科学'和'民主',也是我们今天所该记取的。"最后责问道:"中国既然号称民国,这一点起码自由总有的吧?"并且提出八项建议,如组织研究会、开办学术讲座、改良教授法等。此文按照中共"学委"的指示,以"提倡自由研究"为名,加入国统区的反蒋爱国民主运动。文中特地提及马寅初,点明本文主旨:"担负起'五四'未完成的使命,我们要争取研究自由!高举'科学'和'民主'的旗帜向前。"

(五)"灵"——"曲笔"诗文,灵动敏捷

上海"孤岛"环境的复杂性,加上《联声》办刊的特殊性,留给文学创作有限的空间,往往逼迫众多学生作者,特别是丁景唐等人,采取曲笔形式,以春秋笔法阐发微言大义。这也成为《联声》发表许多文学作品的特色之一。

这是一种挑战,也是一种机遇,激发了创作潜能,拓展一片新天地。发表的众多纪实散文、诗歌、文学报告、小说、戏剧等文学作品,鲜明体现了正值青春年华的大学生灵动、敏捷的思维,冲破各种文体的藩篱,张扬个性化的写作风格,令人耳目一新。

其一,题材丰富多彩,超出了《联声》文艺沙龙的范围。

校园内外学习、团契活动题材,成为《联声》主要内容之一。这些通讯报道大多采用文艺通讯的生动活泼形式,抛弃枯燥乏味的说教。开设的"学生论坛""蓝女士信箱"等,开阔视野,关注校园生活。《一九三八圣诞夜》(支离益)一文写得风趣生动,不拘一格。《联席会的素描》(荷尚)轻松诙谐,摆脱了千篇一律的报告模式,这是自创刊以来很少见的,反映了青年学生的活跃思维和开朗性格。

《联声》第1卷第8期还发表了《介绍新主席》(山木),是一篇风趣的人物速写,对李储文的性格、特征和言行举止等都进行了活灵活现的描绘,揉进了调侃的词语,增加了"复合味",完全舍弃了"八股文"的腔调。

此外,有很多题材出乎意料。第3卷第1期发表的《皮鞋破了》(恭)的背景为电车、公交车工人罢工,两名学生一肚子的牢骚,只好"安步当车"。因无法回家,便在小饭馆里就餐,一算账,吓一跳,饭菜都涨价了,这时才明白工人罢工的原因。一周步行上学,皮鞋底磨破了,要去打前后鞋掌。"三元半!"皮鞋店店员神气地说着。小说戛然而止,余音犹在。

张宁的讽刺小品《唔 Bimetallism……》,标题有些奇怪,其实看一下该文的结尾——教授上课时让学生"Explain 'bimetallism'",即"解释双金属性",学生答曰:"唔!"这一问一答本身就是一种幽默与讽刺,潜台词是教授只会提出高深莫测的问题,显示自己一肚子的墨水;而学生天天被大考试、小测验搞得头昏脑涨,哪里有心思来回答这种所谓的"深奥"的问题,只好含糊地说一声"唔",应付一下。此文到此戛然而止,让读者自己去品味。如果再联系整篇文章描写这些被大考试、小测验折腾的学生不胜其烦的心态,不时地吐槽、抱怨,讨厌教授枯燥乏味的说教,那么便会明白此文标题的含义了。

这种讽刺小品延续在丁景唐的诗文里,讽刺意味更为辛辣,并且扩大到社会新闻题材,甚至矛头指向"大发国难财"的国民党要人。

此后,《联声》发表的作品的题材继续扩展。第3卷第3期(1940年12月1日)刊登两篇构思颇为新颖的作品。一是《再会吧,中国的同学们——××教授的一封公开信》(晓霞译),说是译文,可能是假托的,文后没有写明译文出处。这位××教授回美国之前写了一封公开信,批评大学里的有些同学不关心自己祖国的安危,最后他对于中国青年寄予厚望。二是小说《一颗心找到了她自己》(古琴心),比较出色,女主角安诺德是一个虔诚的上帝信徒,冲破种种阻力来华执教,但是她的善良言行往往遭到冷落,"她恨透了违背了上帝博爱的意志"。作者的写作角度不时地变换,正叙、倒叙、插叙,但层次分明,并不显得凌乱,始终有一根主线贯穿,显示了作者驾驭文字的较强能力。

《联声》第 4 卷第 2 期至第 4 期连载小说《德苏战争的插曲:看电影的异国伴侣》(祝无量),是自《联声》创办以来第二次连载小说。讲述一个中国小伙子"密斯脱杨",曾经借房子给苏联父女俩,由此双方结缘。从小伙子的角度描述流浪辗转来华的伊凡诺夫老头子的转变,以苏德战争为切入点。小说开头是中国小伙子与伊凡诺夫老头子观看电影《被开垦的处女地》时重逢,然后倒叙昔日经历。

诗歌《新木乃伊的造像》(UK):

> 像一群可怜的绵羊,/被牵进了这个可怕的屠场,/不准呻吟,/也不准反抗。/像一批无辜的罪犯,/被投入了那黑暗的囚牢,/没有自由,/也没有阳光。

此诗开头立即展现一个恐怖世界,不明真相的读者还以为这是在描写被无情放逐到西伯利亚的死囚。最后发出怒吼的声音:

> 我们是勇敢善战的新青年,/我们是时代潮流的前锋队!/又粗又大的手掌,/一定会把这笨重的锁链打碎,/冲出那阴暗可怕的囚牢。伟大的集体力量,/终能消灭这不合理的制度,/争取那灿烂美丽的新天地来到。

这雄心壮志、非凡气势、庄严誓言,分明是一个红色战士的心声,远远超出了《联声》刊载的范围。

其二,构思巧妙,大胆创新,融合文学、美术、剧本等艺术形式。

第 2 卷第 1 期(1939 年 9 月 20 日)刊登陈一鸣的《我们的戏》,构思别具一格,以剧本构思述说"上海联"将举行的四大活动,即 9 月"认识周"、10 月"国际周"、11 月"模范周"、12 月"圣诞周"。

第 3 卷第 6 期(1941 年 1 月 25 日)发表柳子春的《〈池鱼遭殃〉及其他》,文章以剧本形式出现。剧名:池鱼遭殃(见《说明书》,刊登于此文左下角)。主角兼导演:小胡子希特勒。配角:维希老人贝当上将,黑衫首相墨索里尼。地点:世界大舞台。时间:1940 年的暮冬。布景:卐旗底下,小胡子坐在写字台边发脾气,台上满堆着他的独霸全球的大计划,幕开时电话机正在叮铃铃响着。显然这是辛辣讽刺希特勒、墨索里尼的短剧,借此抨击侵华日军的狼子野心。这种行文与《说明书》相结合的版面构思,是《联声》创刊以来第一次,显示了丁景唐等编辑同人的集体智慧。

美术与文学结缘,《联声》创办以来多次出现。连载漫画故事《北极英雄》,李却、醒之合作,配有文字,图文并茂,通俗易懂。表面上是旧话新说,其实另有寓意,成为下一期"海外特辑"的先声。

垠川、古琴心、贝人都是写作高手,特别是丁景唐接任《联声》主编后,几乎每期都有垠川写的颇有分量的文章,一直到《联声》自动停刊。垠川的《仲夏曲》"三部曲"的内容各自独立成章,以"乐曲"名义串联起来,显然事前经过一番策划。第一部分既有丁景唐《认识大上海》的思路,也结合小团契在夜晚月光下活动的情况,文中提及的蒲石路(今长乐路)、拉都路(今襄阳南路)、霞飞路(今淮海中路)、祁齐路(今岳阳路),则在丁景唐后半辈子居住之处的附近。第三部分介绍《萍踪寄语》,融入了"书籍介绍"栏目的内容,形成"一箭三雕"的效果。

其三,借古讽今,洋为中用,旁敲侧击,微言大义,以曲笔(象征、暗喻等创作手段)述说抗日救亡的心声,或抗议国民党顽固派破坏抗日民族统一战线的罪行,或针砭时事,或评论社会热点新闻等。

1941年1月,国民党制造了震惊中外的皖南事变。周恩来义愤填膺,化用曹植《七步诗》,题写了一首著名的诗篇:"千古奇冤,江南一叶。同室操戈,相煎何急?"丁景唐邀约女共产党员周绮霖写了一篇《曹子建怎样成了大诗人》(第3卷第9期,1941年4月1日),通过分析《七步诗》的故事,"本是同根生,相煎何太急",用隐喻的手法,抗议国民党反动派反共反人民破坏抗战和团结的罪行。

古琴心先后在《联声》上发表过不少文章,颇有才华,如《稻穗姐姐》《吃角子老虎大王》《智慧的呼唤》《读书的卫生》《兴奋和寂寞的合唱:大学毕业的前奏》《科学手相术》《米老鼠的爸爸》等。其中《稻穗姐姐》塑造了一个神秘的女子,她是姐姐的闺蜜。一日晚上她和姐姐在交谈"国家""勇敢"等,"我"却冒失地闯进去,发现桌上摊了一些书籍,顿时引起她俩一阵惊慌。此后,稻穗姐姐"失踪"了。读者只有细细品味,才能悟出弦外之音,稻穗姐姐投奔抗日革命根据地,她与姐姐的交谈也是此话题。

白明璇的《弹震病》,首先介绍第一次世界大战中欧美青年中产生的这种心理病症,由此说开去,为了民族解放事业,"我将不中止我正义的战斗"。抗日战争"是保全我们中国人不受人家压迫欺侮,是在保护我们中国人的财产不受损失,一句话,这是我们大家所需要的战争"。"弹震病"的话题,其他人也撰文叙述,但是大多是从医学的角度去探讨,白明璇此文则是紧密结合抗日战争的惨烈现实,调子陡然高昂。同期刊登的一篇译文则是从另一角度来阐述"他山之玉",暗喻"团结一致,枪口一致对外"的现实口号。

即使是介绍外国电影也暗含机锋。"我们这次的胜利,不单是靠了军火,主要的是我们人民能团结一致。"这是垠川介绍苏联影片《双雄复国记》的引题。此影片讲述17世纪俄国人民反抗外来势力侵略的故事,此文虽然仅仅是介绍剧情,未有任何点评,但是读者也能品味出弦外之音——抗日救亡的严峻形势下,只有团结一致,才能打败侵华日军,取得民族解放事业的胜利。

第 4 卷第 2 期至第 4 期接连增设"海外特辑",除了继续连载上期系列漫画故事《北极英雄》之外,新刊有《斯莫伦斯克巡礼》(白明璇译)、《莫斯科的航空节》(V. Vishnevsky 作,今南翻译)、《苏联儿童的保卫者》(摘录沈秋宾译的《今日之苏俄》)、《V 字运动》(海华)、《在卍字旗的阴影下》(编委会辑)、《希特勒和他的三个助手》(何文)等。丁景唐回忆说:"为了配合苏联的反法西斯战争的宣传,《联声》从第 4 卷第 2 期起,新辟了'海外特辑'。我用编者的名义写了《写在前面》一文……正义与邪恶、是与非、爱与憎,从编辑对稿件的选取安排上,早已表现出来。"(《我的文艺编辑生涯》)丁景唐许多诗文都是采用曲笔,取得杰出成果。

其四,举起现实主义旗帜,揭露日伪当局的丑恶嘴脸,聚焦社会底层。

第 2 卷第 9 期(1940 年 5 月 28 日)发表报告文学《耻辱的日子——廿九年四月廿六日的北平》(萧潇),详细描述了 1940 年 4 月 26 日这一天北平挂上伪政权的旗帜,以及正义与罪恶的有关举动。作者联想起昔日震惊中外的北京"一二·九"反帝爱国运动,"坚毅地无畏惧地向着防备的阵线冲去"。此文通过社会各界爱国民众的言行,进行辛辣讽刺,强烈谴责,尖锐抨击。

《嗅煞哉!》(若民)一文从身边生活琐事谈起。此文标题很有意思,是继丁景唐使用方言"稀奇吗"作为标题之后,又出现的一个使用宁波方言的标题。"嗅煞哉"意即臭得厉害,这是双关语,引申之意则具有深刻的哲理——如果清道夫、粪车夫这样罢工下去,那么这世界成了什么样子?此文以小见大的构思,以后多次出现在丁景唐的曲笔之下。

第 3 卷第 6 期(1941 年 1 月 25 日)"特写"栏目里刊登《垃圾学校》(爱华)一文,揭露一所混乱、落后的畸形学校(夫妻同读幼稚园),以此抨击黑暗、腐败的社会,也为那些衣衫褴褛、手脸满是污垢的孩子感到惋惜,"就是沿街的乞食的流浪孩童,也绝不是生就便是低能的"。

第 3 卷第 10 期(1941 年 4 月 16 日)发表贝人的《会摇动的房屋——找寻上海的多"恼"河》,此文是一篇出色的纪实散文,在《联声》众多文学作品中是当之无愧的佼佼者。此文的标题出乎意料,读完此文又觉得在情理之中。此文的题材属于上期推出的新栏目"街头角落",但是与上期的丁景唐等人合作的《出蒙馆看万花筒——"大世界"观光录》一文风格截然不同,摒弃了诙谐、灵活的基调,而以冷静的现实主义描写聚焦于被人抛弃的社会底层一角——苏州河上人家。不经意处冒出一句:"一百多元一担的米,他们吃得起吗?"由此在"摇动的房屋"系列画面上凸显几个大字:灰色的多"恼"河。"摇动"二字象征着社会底层广大民众处于风雨飘摇之中,无情地揭开上海"孤岛"畸形繁华景象的面纱。

《联声》有以上五大特点,无愧为上海"孤岛"时期乃至抗战时期众多学生刊物中的佼佼者。加之《联声》办刊的特殊性——以基督教的名义进行抗日救亡的宣传、教育,更令人刮目相看。每期的策划、组稿、编排等环节,都凝聚着办刊同人的集体智慧结晶,展现了他们非凡的才华。

丁景唐等人出色的诗文作品，在抗战文学史上理应占有一席之地。然而半个多世纪以来，40期《联声》一直默默无闻地沉睡在书库里。虽然"文革"后陈一鸣等人进行了简单的介绍，但是依然远离文史研究同人的视线，更谈不上进行较有系统的介绍和研究。

注释：

〔1〕中共上海市委党史资料征集委员会主编：《抗日战争时期上海学生运动史》，上海翻译出版公司，1991年7月，第58页。

〔2〕中共江苏省委十分关心教会学校的学生运动，省委书记刘晓做了指示。当时，预料上海"孤岛"的局势必将日趋恶化，应及时运用特殊的国际条件，积极开展教会学校的青年学生工作，以利于积蓄力量，坚持长期斗争，提倡精神修养运动和民主自由，来反对法西斯主义。1938年，党在一些教会中学和大学的进步学生中发展了一批党员，开展群众工作。年底，江苏省委专门成立了中共江苏省委基督教学生运动委员会（简称"教会学校学委"），省委指派陈修良负责联系，以加强对教会大、中学校学生工作的领导，省委书记刘晓此后也曾一度直接领导。

1938年12月至1939年秋，俞沛文担任"教会学校学委"书记，委员有莫振球、谭营生。1939年秋至1941年初，第二任书记为莫振球，委员有田辛、曹厚德、林德明。顾以佶赴延安后，1941年秋冬至1942年9月，莫振球再次担任书记，委员有曹宝贞、吴康(范树康)。

20世纪80年代，丁景唐为《抗日战争时期上海学生运动史》（上海翻译出版公司，1991年7月）提供资料时，回忆说："'上海联'有个刊物《联声》，俞沛文、陈一鸣、王楚良、兰田方（国务院上海经济区规划办公室工作，去年在陈一鸣同志家里见过面）、周绮霖、侯忠澍、郭锡洪（已故）、王×忠等党员都先后参加《联声》工作。《联声》是独立支部，与'上海联'党团分开。我1940年底至1941年秋，任《联声》支部书记和主编（我是1940年底调离东吴大学支部工作的），领导人是田辛。1945年9月，抗日战争胜利后，《联声》恢复出版，田钟洛（袁鹰）、陈联（现黄浦区卫生学校负责人）等编。"中共上海市委党史资料征集委员会主编的《抗日战争时期上海学生运动史》第三章第四节"积极活跃的'上海联'青年学生"，评述了"上海联"和《联声》等重要内容。

树立形象，华丽转身

第 1 卷第 1—8 期

(1938 年 11 月 26 日—1939 年 8 月 9 日)

第 1 卷第 1 期(1938 年 11 月 26 日)

1938 年 11 月 26 日，丁景唐在青年会中学上高中，十几天前刚加入共产党(担任该校党支部书记)，成为"学委"(江苏省学生运动委员会)几十个党员之一，坚守在上海"孤岛"，从事学生工作。

这时《联声》问世了。创刊号封面设计简朴，刊头为绘制的青年迎钟声的图案(蓝色)——一个青年学生伸臂扬手，指向振聋发聩的洪钟，刊名叠加其中，含意丰富。落款为"IMING"，即陈一鸣，他曾就读于上海美术专科学校。其下为"创刊号"和目录，四周围有细线框。底端为"民国廿七年十一月廿六日出版"。

《发刊词》写道：

> 《联声》是"上海联"首次创办的刊物，它正好像一块刚被开垦的荒芜的园地，需要各校同学积极地栽培、灌溉、修剪，使它成为一块集体的丰美的良田，蓬勃地生长起来。
>
> 为了目前的环境的需要，为了发扬真理的光，为了联络我全上海基督徒同学，更艰苦积极地在大时代中负起十[字]架；在基督正义的旗帜下，我们要借着《联声》来反映各校同学的生活，激发同学探求真理的兴趣，了解整个社会经济的现状。我们更希望《联声》是同学的喉舌，使同学更彻底爱护认识自己的团体"上海联"，使"上海联"的事工和同学的实际需要密切地联系起来。
>
> 《联声》的第一期是在几位同学的负责下创刊的，但是我们更希望以后的《联声》是真正"上海联"同学的集体的创作。无论我们的贡献是多么渺小，有一分力量，就能得一分效果。我们始终这样相信着！
>
> 同学们！这是一个异常的时代，我们要做世界上的"光"，照亮这处在黑暗里的"孤岛"，甚至到地[球]的极角。我们热烈恳切地等待你们的合作，同时我们也[相]信你们会更关心帮助"上海联"事工的开展，完成它孕育大时代的使命！
>
> 来！让我们集合起力量来，更亲密地向前迈进！

这是一篇青春激情飞扬的开场白，基本精神贯穿《联声》始末：一是"在基督正义的旗帜下"，

"激发同学探求真理的兴趣,了解整个社会经济的现状";二是"发扬真理的光","照亮"抗日救亡潮流中的"孤岛";三是"反映各校同学的生活","爱护认识自己的团体'上海联'"。其宗旨是启蒙、团结、教育、激励广大教会学校学生,以推动全市学生抗日救亡工作。如何从不同角度、不同层次,以不同方式、不同策略体现这三项基本精神,这就成为《联声》历任主编面临的现实课题。

创刊号刊登的文章主要介绍"上海联"的历史和目前的任务、近期活动等,其中有俞沛文的《我们在生长中》,此后他以"歌罗茜"等笔名在该刊发表《二十个月来上海基督教学生运动》《基督教认识运动》等。创刊号刊登了少量的诗歌、散文,还有《积沙成塔》漫画(署名N.H.),前有几句诗:"摩登人,/醒!醒!醒!/抛弃摩登品,/积蓄金钱,/救我难民,/救我国魂。"这是《联声》的一个先声,此后逐渐发展,以丰富多彩的文艺手段反映社会现实生活。

创刊号刊登《〈联声〉征稿简章》:

一、本刊为"上海基督教学生团体联合会研究部"出版。除特约选稿外,欢迎上海基督教团体联合会以内各校同学踊跃投稿。

二、本刊征稿范围:宗教、时事评论,学校生活、学校工作报告、学校消息,小说、随笔、杂感、散文、诗歌,国内外通讯,书报介绍,漫画和木刻。

三、来稿请书明真姓名、通信处和校名,笔名不拘。

四、来稿本刊有斟酌删改增削权。不愿修改者,得预先声明。

五、来稿请誊写清楚,并加标点符号,漫画务须[用]墨笔。

六、来稿登载与否,概不退还,但预先声明者例外。

七、本刊专供同学练习写作,发表思想,联络感情,传达消息,来稿恕不致酬。

八、来稿请投寄静安寺路999号女青年会学生部《联声》月刊编辑室或八仙桥青年会学生部《联声》月刊编辑室。

《征稿简章》呈现了《联声》创办者的意图,力图把此刊办成"三贴近"(贴近校园、贴近时事、贴近社会)的综合性文艺刊物。其中第七条"来稿恕不致酬",说明此刊是公益性的。第八条出现两个《联声》月刊编辑室,其实是分别指男、女青年会,丁景唐都很熟悉。

这期《编后记》开头说道:"本刊限于人力、物力,所以耽延了这许多事后,方才出版,而内容还是这样的不完备。"显然俞沛文、顾以佶、陈一鸣等人并不满意,不过要感谢赐稿的龚普生、陈则灵等先生,以及几位同学的热心帮助"并赐予佳作"。

遗憾的是篇幅有限,只好将长文《一个调查的结果》忍痛割爱。这是东吴大学陈家志、裘翠英、俞新福、方守成撰写的,其内容"颇饶兴趣",并附有详细列表,射出丁景唐就读该校的一些情况。

第1卷第2期(1938年12月24日)

这期封面设计与创刊号相同,只是将原来套红改为蓝色的,出版时间特定为1938年12月24日,第二天正是基督教的圣诞节,因此隆重推出"圣诞特辑",刊登不少专题文章。

顾以信作为主编发表的《一个总检讨》一文,讲述了12月4日"上海联"召开的扩大会议,指出存在的问题,并提出原则上的改进意见:

1. 服务工作应注意增加同学自我教育性,从服务中试验各种接触生活。2. 服务工作应注意到清寒失学的同学,时时给以精神或物质上的援助。3. 应切实实行"上海联"目标……"谋民众生活的解放与发展"。4. 对于社会福音之宣传也不可忽视,我们要使"被压迫者得自由,被掳者得解放,瞎眼的得光明"。

这些可以在《约翰福音》等经典中找到依据,并且以不同形式渗透在《联声》发表的各种诗文里,得到历任主编的重视。

这期《编后记》特地指出《一个总检讨》一文的重要性,并提到面临的经济等问题:

(一)蒙诸培恩先生忙中抽暇为我们写圣诞献词,特此致谢。

(二)这一期因为时值圣诞,所以我们就出了个"圣诞特辑",虽然关于圣诞的文章很多,不过各人的见解是不同的,希望读者别生厌倦之心。承蒙几位热心同学踊跃赐稿,特在此致莫大谢意。

(三)本来这期《联声》,因为经济无着,无法出版,幸蒙圣约翰大学经叔平同学、交通大学蔡继初和丁世墉同学、圣玛利亚女校吴华同学等热心为本刊组织广告部,并为征求广告来延续这刚才呱呱坠地的小生命《联声》,特在此致万分谢意。

(四)本刊因经济发生问题加编者的缺乏经验,当然内容的贫乏幼稚是难免的了。好在我们本刊的主旨——反映同学的生活,交换思想,认识"上海联"事工的开展……在这方面,我们仅有两篇事工报告——《一个总检讨》和《关于服务部的一些话》二篇,是要读者明白"上海联"事工的开展,希望读者别忽略了它。同时更希望同学们能把贵校的青年会或团契部的事工报告出来,使"上海联"的事工和同学的实际需要,更密切地联系起来,打成一片。

(五)现在特别介绍《一封信》给读者,因为这篇虽然是译文,内容倒很可贵,乃是一位外国朋友在为我们中国宣传真理、呼吁公义的作品,这是值得一读的。

(六)末了恭贺诸同学在这公义和平的君王降生的诞日负起十字架为真理而奋斗,以达到最后的胜利。

这期"圣诞特辑"首篇为诸培恩的《圣诞献词》,他后为基督教青年会总干事。还有丁世墉的《献给上海联的圣诞礼物》,文前有编者按语:"'上海联应设立一咨询机关',是一位同学在研究部事工研究会席上提出的。这意见,对于'上海联'事工进行上是有很大关系。很多同学对此问题曾发表不同的意见。这次选登丁君作品,供各校同学参考,请再踊跃发表具体意见。"

《编后记》提及"热心为本刊组织广告部"的学生雪中送炭,除了丁世墉之外,还有圣约翰大学的经叔平。他是浙江上虞驿亭人,中国现代民族工商业者的优秀代表、著名社会活动家,后任全国工商联主席、中国民生银行董事长、全国政协副主席等职。另有一位圣玛利亚女校的吴华,同名同姓的比较多。其中有一位进步女青年、女才子,在报刊上发表不少文章,她曾在《时代学生》1946年第1卷第9、10期合刊上发表《全上海妇女站起来了》一文。此刊由丁景唐领导,是阮冠三、成幼殊、潘惠慈、吴宗锡等办的学生刊物。

"特别介绍《一封信》",原作者 Jack R. M. Michael(杰克·迈克尔)。他来华旅行,将所见所闻写入此信,也是为了答复 E. M. Stowe 教授的建议,作者将在"明年二三月到六月中周游全美各大学的时候"进行演讲。此信的译者曹厚德(曹毅凤),是陈一鸣的好友、同志。

此信作者愤怒谴责侵华日军的滔天罪行,"对于中国及其人民——对于人类生命财产的通盘破坏、抢掠……对日本自己及其人民——使日本贫乏、衰弱,将它从强国降为弱国,使贫者流血汗,使民众受压迫,使成千成万被征入伍的士兵精神上与物质上遭受破坏,使法西斯主义贯通全国……"作者还分析了中国抗战内部的危机,指出:"反民主的倾向和许多反共的领袖们仍居政府内部。不少的政府要员的意识还没有完全过来。他们对于共产主义的活动公开表示强烈的厌恶与敌意。"并认为:"一部分有势力的人仍需求妥协的和平。"作者很重视"广泛开展与不断生长"的游击战,"看起来似乎每个胜利都是很小的,但是若我们贯通整个战线来看,最后的胜利是不断在增长着。在游击区里人民就是军队。因此游击队永不会被击溃,除非每个人都被消灭。要想打败游击队几乎成了事实上的不可能"。此信"为我们中国宣传真理、呼吁公义",在《联声》发表的所有译文中是最大的亮点,也是独一无二的。

第1卷第3期(1939年1月25日)

这期封面设计焕然一新,依然出自陈一鸣之手,占据封面主要地位的是一幅木炭画作品——一个青年学生头部侧面特写形象,大声疾呼:"来啊,年轻的朋友,快来正义的旗帜下!"此画作以后成为陈一鸣等人编写的《抗日战争时期上海学生运动史》(上海翻译出版公司,1991年7月)的封面照,却很少有人知道此画作最初刊登在何处。其实,陈虹、陈庆搜集、整理的《我的心在高原——陈一鸣文集》(南京师范大学出版社,2014年1月),正文前面一组彩色照片中已有明确说明。

陈一鸣的画作下面是目录,右边为上下竖立块状大红底色,衬托竖排的白色刊名"联声月刊"。其下为英文刊名,以及出版者"上海联"研究部、出版日期和"公共租界登记证C字

421号"。

整个封面设计显得大气,青春似火,反映了"上海联"的旺盛生命力和美好的发展前途。对此,这期《编后记》写道:"本刊蒙陈一鸣等同学在功课繁忙中为本刊画封面,特在此致谢。"

陈一鸣多才多艺,他的女儿陈庆在《我的心在高原——陈一鸣文集》的《编者的话》中写道:"父亲曾参与刊物的创刊和主编工作,同时自1938年起,在《联声》发表文章、画作,前后近40篇(幅)。文章有散文、诗歌、杂谈、漫笔、社论、思想评论、电影评介、旧曲填词形式;画作有封面绘画、文中插图、刊头设计,类别包括钢笔画、木炭画、雕刻画等品种。内容丰富且生动。编入文集时选择了其中的15篇。"这15篇文章先后刊登于《联声》第1卷第3期至第3卷第2期。这些文章主要围绕着教会学校校园文化、学生、时事等问题,有针对性地循循引导,开启思路。并且推荐有关书籍、撰写影评,利用外国著名歌曲重新填词等,激励学生战胜困难,奋勇前进。

《新青年歌》发表于《联声》第1卷第3期,作为扉页上的前奏曲(二声部合唱),系俄国歌曲《囚徒》重新填词。

> 我们新时代的青年,热烈坚强又勇敢,打破了黑暗势力,创造幸福喀哎哟哎哟,踏着大步向前。
>
> 历经千辛又万险哟,披荆斩棘除困难,高举着鲜明旗帜,永往直前喀哎哟哎哟,光明已经不远。

俄国歌曲《囚徒》有不同版本,其中有奥加辽夫所作,表现被流放服苦役的政治犯渴望自由。他是俄国诗人、政论家、革命活动家,生于古老贵族家庭。早年与赫尔岑结成终生不渝的革命友谊,1827年他俩在莫斯科麻雀山(莫斯科的制高点,后曾被称为列宁山)上起誓,继承十二月党人的革命事业,为争取俄国人民自由解放而献身。另有格林卡创作的《囚徒之歌》。他曾积极参与十二月党人的活动,遭到逮捕,被囚禁在彼得罗巴甫洛夫斯克要塞。1826年,他在狱中写了这首《囚徒之歌》,其中几节诗被作曲者谱上曲,广为流传。

显然,陈一鸣重新填词的《新青年歌》含义丰富且深刻,无论从哪个角度去理解,都可以归结为一句话:战胜黑暗,迎来光明!这成为激励广大青年学生的誓言,特别是在艰苦卓绝的抗日战争时期。

丁景唐晚年重新审读《联声》时,写下许多批语,尤其是《联声》第3期刊登的《敬告读者》。文中介绍了加入"上海联"的学校:沪江大学、东吴大学、之江大学、圣约翰大学、交通大学、上海医学院、清心女中、清心中学、惠中中学、裨文女中、崇德女中、中西女中、沪江附中、麦伦中学、圣玛丽亚女中、工部局女中、复旦大学、浸会联中、景海女师、启秀女中、青年会中学、圣约翰附中、华东联中学。

丁景唐还特地点明这期《联声》发表的《一九三八圣诞夜》(支离益)一文所记的活动,是他第一次参加圣诞节活动。该文写得风趣生动,不拘一格。那天下午五点开始集体聚餐,人数比去年少了一半,但也有15桌150人,济济一堂,嬉笑打闹。"肚子饿死了,快拿菜来呀!"突然,一个光头说着宁波腔的上海话。"请你们轻一些好吗?在无吃的前头,请每位同学自我介绍,并请说出他或她对于明年一九三九年的希望,给每一桌同学听,然后再由桌长传给大家听……"随后,大家纷纷前去大礼堂观看文艺演出,有沪江大学的《朝拜》,"被压迫民族呼声";中西女中的《厨房乐队》,"罕见悦耳",以及"笑痛肚子"的《罗密欧与朱丽叶》;圣约翰大学的《圣诞之夜》,"辛辣味儿刺激麻木神经"。"同学的热血在沸腾了,脑神经已控制不了压制着的情感。大家带着一颗热烈、兴奋的心儿踏上了归途。"

丁景唐看到此文,昔日青春年华的一幕幕场景浮现在眼前,不禁欣然一笑。这恰好填补了他自传中未提及的一段欢乐、青涩的空白。

这期《联声》还发表《姑妄信之》(消息),提到青年会学生部干事丁光训等人。文中写道:"俞沛文,沪江大学高才生,'上海联'的中坚分子,去年曾任'上海联'主席,今年又为组织部部长,服务热心,成绩斐然。这学期将毕业,所以忙得不亦乐乎。"俞沛文兼任全国青年协会校会组干事,校会组主任是江文汉。

"王辛南小姐,毕业于沪江大学,将于二月一日举行隆重就职典礼,正式为女青年会学生部干事。不认识[她]的同学很多,我可在这里介绍一下。王小姐,既不是高个子,也不是矮个子,乃是中等身材;有两个眸子,一个不高不低中国型的鼻子,乌黑的云发边有两个耳子;时常穿黑衣服、红绒线外套的就是她了。"此后,王辛南与方行结为夫妇,从事地下党工作,颇有传奇色彩。丁景唐与方行、王辛南夫妇比较熟悉,有许多故事。[1]

第1卷第4期(1939年3月5日)

这期封面设计与上期相同,只是右边的底色改为绿色。卷首语社论《推行国际青年友谊》,是陈一鸣以"光豆"笔名发表的,呼吁在目前抗日战争严峻形势下,"我们要争取世界青年对我们了解和同情","国际青年友谊运动已由'上海联'发动了,希望上海青年群起响应"。

这期推出刘良模《寄基督徒青年》、译文《尼赫鲁致中国民众书》和《基督教学运之任务》等一组文章。

《基督教学运之任务》是江文汉的演讲,曹厚德记录。江文汉到内地各省考察,指出:"[抗]战前中国共有大学一百十四所,其中有八十四所已为敌人炸毁和占领。中国大学生平均一万人中才有一个,其任务之大可想而知。我们为正义真理和人道奋斗,是准能得到最后胜利的。"还谈到许多爱国青年以不同方式参加了抗战,"他们喜欢去延安"。半年后,丁景唐也想去延安,被说服留下来搞学生运动,并参加了共产党。

曹厚德曾任教会学校学委委员,是陈一鸣的麦伦中学高中同学,一起参加救亡歌咏活动等。《国际歌》英文版歌谱是曹厚德向哥哥曹未风要来的,曹厚德和陈一鸣一起唱开了。

第1卷第5期(1939年4月22日)

这期封面画是李洵的美术作品,一个青年高喊口号:"中国青年永远迈进着!"他扛着粗大的铁锹,挥动右臂,大步走向前。

李洵与陈一鸣同龄。1937年"八一三"淞沪抗战爆发,17岁的两人参加上海美术界救亡协会,并在画家张乃家里开会。10月下旬,他俩的美术作品参加了八仙桥青年会的"抗战美术摄影展览会"。陈一鸣画了一幅巨大的木炭壁画——一个戴钢盔的战士高举国旗的英姿,张贴在会场入口处。李洵也有多幅木炭画展出,其中有一幅是以鲁迅先生所说的话为主题,画中人物为一位背负起沉重的闸门的壮士形象。

李洵,原名李衍华,字福荣,1939年参加新四军,改名为芦芒。后任作协上海分会书记处书记、副秘书长和创作委员会诗歌组组长,以及上海文联理事等职。他作词的歌曲《弹起我心爱的土琵琶》《我们年轻人有颗火热的心》等,在群众中广为流传。他的夫人王庄霄也是新四军老战士,曾任上海长宁区区委副书记等。他们的两个女儿跟父亲姓,三个女儿随母亲姓。其中有著名女作家王小鹰,很有才华,继承了她父亲的文学创作的基因。她的小说、散文作品甚多,曾几次获得全国、上海优秀小说奖。

这期还刊登陈一鸣(大理)的《敬礼! 一九三九年的春风》。"他要我们不要忘记那些鲜红的流血故事,那些直到今天还在继续着的英勇抵抗的故事。"

青年会组织部部长俞沛文因故让陈一鸣代理主持"上海联"组织部的一次活动,这在《联席会的素描》(荷尚)里首次披露:

"说谎日"的晚上,在八仙桥青年会九楼一间小房间里,排着四张铺上台布、摆上碗盏的桌子。这就是"上海联"组织部发起而由男女青年会请客的联席聚餐会——招待参加"上海联"的各校代表。

"很快活。"主席陈一鸣在入座后的开场白,"我们本来预计来的代表不过二十几位,现在竟有四十一位[之]多,可见各校代表的热忱……现在未开始吃之前,我们先来个滑稽些的'自我介绍'吧……"

真的,狗、牛、猴、鼠、和尚、牧师,都介绍出来了,甚至还有杨贵妃、武则天等女名人呢。有一桌更巧妙地介绍他们一桌是救护队,有医学博士,有大小胖子的担架员,有高中的护士,有慈悲的牧师,实实足足地表现出他们的合作精神,众志一贯。

……在饭后的五分钟里,竟很快地把全室改成了椅子围绕的会议所。由极轻松的空气变为较严正的场面,开始报告和讨论"上海联"最近工作的计划。

此文比较轻松诙谐,摆脱了千篇一律的报告模式,这是自创刊以来很少见的,反映了青年学生的活跃思维和开朗性格。丁景唐晚年翻看《联声》时批注:"陈一鸣任联席会主席。"这是提醒老友陈一鸣,此文有纪念意义。

第1卷第6期(1939年5月3日)

那时18岁的陈一鸣精力旺盛,创作了一幅木炭画——两个青年握拳或叫喊,题为"五月的鲜花掩盖着志士的鲜血",发表在这期封面上。

这期为纪念"红五月"的特辑,刊登了各种有关诗文。前面前奏曲为《五月的鲜花》——"五月的鲜花开遍了原野,鲜花掩盖着志士的鲜血!为了挽救这垂危的民族,他们要顽强地抗战不歇……"这是一首抗战经典歌曲,由光未然填词,阎述诗作曲。原为光未然于武汉所作独幕话剧《阿银姑娘》的序曲,1959年作曲家瞿希贤把《五月的鲜花》选作故事片《青春之歌》的插曲,流传甚广。

陈一鸣为这期《联声》接连写了两篇文章,除了《为啥读书》之外,他还写了社论《欢迎!》。"我们在这儿欢迎,拥抱这中华民族和五月的第一个青年节,因为他是青年血和汗的结晶,也更是指示我们光辉前途的标杆。"

这期《编者的话》写道:

> 大家都知道今天已是五月,五月是一个活跃明媚的 Mary time,同时也是一个流着光辉灿烂鲜血的五月,更是求解脱奴隶枷锁的斗争的伟大五月。"五四"是中国学生运动最光荣的一天,也是第一个青年节的开始日。乘这不平凡的一天——"五四",我们赶紧贡献在读者面前,我们希望读者紧握时代,追随着这伟大的青年节大步前进!这是我们提早出版的原因,也就是我们对读者的热忱。

这是《联声》创刊以来第一次纪念反帝反封建的"五四"运动。虽然没有点明20年前震惊中外的反帝爱国的"五四"运动,并且被迫在《五月的鲜花》歌词中将"他们要顽强地抗战不歇"中的"抗战"两字涂黑(图书检察官严格禁止出现"抗战"等敏感词语,生怕刺激侵华日军),但是喊出了广大爱国青年的心声——"求解脱奴隶枷锁的斗争",积极融入全国抗日救亡的浪潮,势不可当。

第1卷第7期(1939年6月10日)

这期封面画是新创作的漫画《投向社会的大学校去!》,前奏歌为《"上海联"同学歌》(钱景渊作词曲)。社论《最后关头》要求学生正确对待暑期前的大考,做好两种准备:升学和就业。陈一鸣(丘九)的《暑假里做些什么》一文,建议大家抓紧时间学习文化知识和实用技能等,度过一个有意义的暑假。

这期还刊登关于夏令会的《预告!!》(天使):

> 朋友!你想过暑假集体生活吗?快来参加会期六天的"大学夏令会"(从七月廿日下午四时至廿五日),内容非常丰富。这次总题是"烈火洗礼中的基督徒",此外有演讲、讨论、研究、唱歌、演辩、漫谈、音乐、运动、比赛和表演、体操、戏剧、常识测验、学运日、国际友谊日等等,举不胜举。
>
> 在这六天当中,大家一起住,一起吃,一起研究问题,追求一个真理。朋友!你能放弃这一个大好机会吗?
>
> 地点是在忆定盘路中西女中,园子非常大,青草绿树,真是"孤岛"上的别有天地。
>
> 费用每人国币五元五角(包括住宿、吃饭、洗澡、杂费等)。
>
> 报名现在就开始,请大家捷足先登,因为每校只限十人参加。报名处为各校青年会,没有组织的,可径向八仙桥青年会学生部或女青年会学生部报名。

中西女中(今上海市第三女子中学),位于忆定盘路(今江苏路)91号,占地4.23万平方米,其中绿化面积1.6万平方米,体育场占地8 260平方米。该校原为中西女塾,由美国传教士林乐知发起创办。1892年3月17日开学,原校址在西藏路、汉口路沐恩堂东侧。

"上海联"举办华东大学夏令会,吴耀宗作《国际形势和中国抗战及学生使命》的演讲。有人特地撰写《漫谈第五届华东大学夏令会》,报道详情。这次夏令会前后,一些非教会大学,如交通、大夏、复旦、暨南、光华、大同等,也先后组织青年会或团契,参加"上海联",开展各自的活动。

同时,在中西女中还举办中学夏令营。五六天里,既有许多趣味性的游艺活动,又有不少较严肃的讨论,如报告会和各种小型座谈讨论,着重爱国主义和社会主义思想的启蒙教育。参加这次夏令营人数比较多的是中西女中、麦伦中学、工部局中学、清心女中和圣约翰附中,一向不大参加活动的圣玛利亚女校也有人参加,推动了校内的工作。[2]作为中学毕业前的最后一瞥,丁景唐也参加了这次中学夏令营,并应邀撰写了《迎着太阳——"上海联"中学夏令营杂零》的一组三篇散文。

第1卷第8期(1939年8月9日)

这期为"暑期特刊",封面画为《朋友!你觉得烦闷吗?》,未署名。前奏歌为《国民进行曲》,编者莎菲解释说:"此曲本名'集体农庄女庄员进行曲',为欧之、歌辛两先生所选译,极富激昂雄壮气概。唯其中'姑娘们''美人们''姊妹们'等名词未能适合大众歌咏。故敢揣冒昧将曲中称呼改为'健壮的青年们',并略去其中两段,以期吻合一般国民情绪,复为之易名'国民进行曲'。"《集体农庄女庄员进行曲》是新上映的苏联喜剧影片《农夫曲》的主题曲,流传甚广。该影片共有七首歌曲,主题曲最动听。影片导演贝里亦夫导演过《局外的女人》《国家官吏》《慢死症》《党证》等,主题曲由列别杰夫·库马奇作词,杜那耶夫斯基作曲。

"为了使'上海联'不'散',却同时要请大家'散'回自己的学校里去……'回去吧!'也是一样,好在总是'向后转,开步走',回到本位上去。"这期卷首语《归去来兮》(彳亍),呼吁"上海联"骨干回到本校去做学生工作。丁景唐晚年在此文一旁批语:"谈回到校内去工作。"

对于回校工作,丁景唐深有感触。前一年冬天(1938年12月),经入党后的第一位领导人俞沛文说服,丁景唐放下原来"学协"的中学区干事工作和在校外办的《蜜蜂》文艺刊物,回到青年会中学校内搞群众工作。

1938年3月,中华全国文艺界抗敌协会(简称"文协")成立,标志着文艺界在民族解放的旗帜下,结成了最广泛的统一战线。"文协"提出了"文章下乡,文章入伍"的口号,组织作家战地访问团,创办《抗战文艺》等,积极推动抗战文艺运动,在当时产生了很大的影响。1939年1月18日,上海《译报》副刊《大家谈》发表唐弢的《文艺通讯运动》一文,接着《华美晨报》副刊、《浪花》等报刊也接连发表几篇关于文艺通讯运动的专论,其中王元化(洛蚀文)的文章连载3期,引起圈内人士的重视。

"上海联"顺势而上,提出文艺运动具有多重意义,不仅扩充作者队伍,扩大团结范围,开门办刊,而且开始改版《联声》和文风,提高可读性,贴近现实生活,吸引更多的读者,扩大刊物的影响力。果然,此刊的读者逐渐增加到数千人。

《联声》第8期发表《展开"上海联"的"文艺通讯"运动》(泯梦),该文指出:

"文艺运动"就是在抗战过程中新生的文艺运动……我们就必须要更多的人来写作,更广大的群众来执行,使整个伟大的时代通过文艺的手腕反映在我们眼前。同时"文艺通讯"运动也是一种战斗的武器,它暴露大时代的光明面,也暴露大时代的黑暗面,与黑暗不断奋斗……"文艺通讯"是一面有力的照妖镜,通过了它,我们可以很容易辨出善与恶、真与伪。

这期还刊登了"上海联"研究部的《征求文艺通讯员启事》:

宗旨:发挥、提高同学对文艺写作的兴趣、认识与技能。

任务:经常为《联声》写文艺通讯稿件。

资格:凡参加"上海联"学校的同学对于写作有兴趣,而经审查合格者。

人数:廿位至卅位。

报名:即日起在静安寺路999号女青年会学生部,每日上午九时至十二时。

这期《联声》悄然发生了变化,及时推出"文艺通讯"栏目,刊登《谣》《报名》《谁的罪》三篇文章,增加了"特写与巡礼"栏目,发表《中国礼拜日特写》《校夜追记》,还有"书报介绍"

"电影介绍"等新栏目。介绍了邹韬奋的《萍踪寄语》(三集),"就是新世界的苏联的各方面生活情形的描写","一本最好的息夏书"。"假使你要想做一个'上海联'的文艺通讯员的话,这些优秀的报告文学一定可以使你有七八分的把握的。"显然这是配合开展"文艺运动"特地推荐的。

在这些大前提下,丁景唐应邀撰写了《迎着太阳——"上海联"中学夏令营杂零》一组三篇散文,发表于下一期《联声》,从原来《联声》的热心读者转变为忠实的作者。

《联声》第8期还发表了《介绍新主席》(山木),是一篇风趣的人物速写。

> 李储文君,沪江大学化学系高才生,"上海联"本届新主席。身高半丈有余,他有一个四方脸儿,外加一个尖下巴,即常人所谓倒瓜子标准脸是也。赋性浑厚,待人正直诚恳,接物彬彬有礼,翩翩长袍,不趋时尚;终日喜溢眉际,春风满面。李主席不开话匣子则罢,一开便凭着悬河之口滔滔不绝,外加辣酱油、椒盐、番茄酱、镇江醋,必使在座同学笑口大开。
>
> 李主席说得一口流利清脆且艺术化的上海话,看上去确似一位十足道地的上海本地人,岂知李主席出身原是浙江鄞县,而从不曾听他说过半句"阿拉阿拉"或"哦格孝犯着急煞的啦"。
>
> 李主席的国语也讲得相当流利,只因李主席"虚怀若谷",轻易无缘听闻。凡参加过七月九日的国际正义的礼拜的同学,不用我多说,已灵不灵当场试验,实地亲聆了。
>
> 李主席更有炼金点石之才,大笔一挥,琬琰成章,使你有百读不厌之感。他的办事能力,非常精明,你若有事请教,他不仅和颜悦色地客套一番,末了给你个十分满意的有求必应!总而言之,统而说之,李主席的行动,可以"静若处子,动若脱兔"八个字来总括了吧!

李储文为"上海联"第三届主席,前两届主席分别是俞沛文、爨孝华。此文对李储文的性格、特征和言行举止等都进行了活灵活现的描绘,糅入了调侃的词语,增加了"复合味",完全舍弃了"八股文"的腔调。

李储文,著名外交家、社会活动家,曾任上海市政府外事办公室主任、新华社香港分社副社长、上海社会科学界联合会主席等。

这期《编者的话》说了不少感谢和抱歉之言:"第七期笔者因病,中途撒手,蒙丁光训和龚普生二位先生忙中偷闲,为本刊编排校对,特在此致谢。"龚普生,时任女青年会学生干事,曾和妹妹龚澎同在燕京大学读书,是"一二·九"运动的骨干。龚普生后为著名外交家,曾任中国驻爱尔兰大使。她的丈夫章汉夫,原名谢启泰,曾任外交部常务副部长。龚普生的妹妹龚澎曾任外交部部长助理,丈夫乔冠华曾任外交部部长。龚普生和妹妹龚澎被称为我国外交界的"姊妹花"。

"六月二日的通讯员会议,因笔者病而累各校通讯员跑了个空,特此致歉……本刊再三脱期,实有不得已的苦衷,望读者同学原谅!"这位"笔者"不知是顾以佶还是他人,既要复习功课迎期末大考,又要顾及编辑部的繁杂事务,病体难以支撑,其中苦衷难以述说。

丁景唐晚年批注时注意到一则不起眼的《代邮》启事——"蒙赠本编辑室《流露》《萤光》《消息》《综合》《毅力》《角声》《清心光》《学生生活》等刊,并此致谢。"除了《消息》是基督教青年会全国协会的刊物之外,其他刊物大多是各个教会学校学生办的刊物,互为交流。其中《学生生活》是"学协"(上海学生界救亡协会)的机关刊物,丁景唐在青年会中学读高中时参加了共产党领导的外围组织"学协",这是他走上革命道路的起点。最初,他担任《学生生活》的通讯员和发行员。1938年春,他改任"学协"的中学区干事以后,就由吴康、陈子军接任发行工作。当时陈一鸣作为麦伦中学的学生自治会主席参加"学协"执委工作,该校作为"学协"的团体会员,成为"学协"的重要活动阵地之一。1938年7月,陈一鸣、曹厚德毕业后,朱育勤(陈炎)等接替"学协"执委工作,他们都熟悉《学生生活》。详见《丁景唐文学评传(1938—1949)》第一编之《"学协"及〈学生生活〉》。

总　　结

《联声》创刊号至第8期属于办刊第一阶段,至少有以下一些特点:

其一,该刊主要围绕"上海联"中心工作进行不同形式、不同层次、不同角度的指导和宣传,以树立"上海联"的形象,扩大影响,促进工作,提升品质,增强效率。这些工作内容和国内外有关报道占据较多篇幅,也是办刊的初衷之一。

其二,设想将刊物办成广大学生喜闻乐见的文艺性、综合性的学生刊物,彰显"三贴近"(贴近校园、贴近时事、贴近社会)的内容,但受人力、物力、财力等局限,这一阶段办刊的内容以报告、演讲、论述等为主,诗文作品扮演配角。第4期发表第一个抗战题材的剧本《从戎》,作为点缀的边缘之声。突然,第8期"华丽转身",以新的面貌出现,接连推出"文艺通讯""特写与巡礼""书报介绍""电影介绍"等新栏目,文风也发生变化,吹来一阵清新之风,令人刮目相看,成为第二阶段改版的"前奏曲"。

其三,力图采用比较新颖的形式,每期开头构思"三位一体",即封面画、前奏曲、社论,凸显每期的重点,以吸引读者的注意力。这类似戏剧创作的构思:封面画——宣传舆论,招贴剧照海报;前奏曲——全剧主题曲旋律,营造气氛;社论——内容简介,发挥引导作用。

其实,各个教会学校的戏剧活动很活跃,陈一鸣根据陈恒瑞的《戏剧在麦伦》等历史资料及他的亲身经历,撰写了《抗战前学生戏剧运动的带头鸟——记麦伦中学的戏剧运动》,详细介绍了有关情况。丁景唐也写了有关回忆文章,详见本书收入的《我和我们的启蒙老师陈起英先生》,其中披露了陈先生导演法国名作家都德的名剧《阿莱城的姑娘》一事,并引申出左翼剧联的徐韬、陈波儿等来校帮助,以及洪逗、顾而已等名角演出。陈先生组织的青钟剧社还演出了田汉的《一致》和契诃夫的短剧《蠢货》。

多才多艺的陈一鸣等擅长美术,并且积极参加抗日救亡的歌咏活动,在熟悉外国歌曲的基础上,重新填词,洋为中用,与编辑部其他人员默契合作。因此,出现办刊时的"三位一体"(封面画、前奏曲、社论),在情理之中,取得较好的效果。这在同类学生刊物中属于创新,别具一格。

其四,《联声》出版前八期之际,丁景唐时在东吴大学,成为该刊的忠实读者。该刊发表的许多文章和牵涉到的重要人物,与他从事的学生工作有着直接或间接联系。

丁景唐晚年注意到该刊有关东吴大学的报道,如《"上海联"四大学联席会议》(《联声》第7期)中有"东吴谈困难"。此报道谈及东吴大学代表说得比较多,并介绍了校内一些情况,"东吴因本身工作不健全,而且工作性质与'上海联'稍有不同,因此对'上海联'工作有许多地方不能执行得彻底,愿以后热烈地帮助'上海联'"。会议主席也检讨说:"过去工作不好,在于我们没有估计各校的具体环境,'上海联'只是清一色地布置工作,自然要碰壁了……"

注释:

〔1〕丁景唐回忆说:"最初,我对瞿秋白的笔名、别名的收集和考证产生了浓厚兴趣,逐渐扩大视野,取得了一些成果。1955年春,在上海方行(市检察院副检察长)家里聚餐时,我首次认识了瞿秋白烈士夫人杨之华,当时我在上海市委宣传部工作。当她得知我和方行在编写《瞿秋白著译系年目录》时,非常高兴。她回北京后,寄来了《瞿秋白同志年谱》(未刊稿),并与我和方行经常通信。可惜这些信件在历次运动中遭失了。

"1958年6月,我撰写的《学习鲁迅和瞿秋白作品的札记》,由上海新文艺出版社出版……'本书的出版,曾经得到杨之华同志的鼓励,和其他同志们的帮助'。1959年初,经华东局宣传部部长石西民批准,我和文操(方行笔名)合编的《瞿秋白著译系年目录》由上海人民出版社出版(内部发行),引起学术界广泛注意(香港某出版社未经同意翻印了一版)。著名翻译家戈宝权同志遍觅此书不得,来函向我要了一本。此书同年10月上海人民出版社再版,收入当时能够搜求到的瞿秋白政治理论和文学方面的篇目和书目。至今仍然要感谢当初给予热情帮助和支持的许多同志,令人欣慰的是此书还为20世纪80年代出版的14卷《瞿秋白文集》提供了许多便利。"(丁景唐:《序言》,载丁言模《瞿秋白与杨之华》,中国社会出版社,2013年12月。)

〔2〕中共上海市委党史资料征集委员会主编:《抗日战争时期上海学生运动史》,上海翻译出版公司,1991年7月,第54—55页。

力求革新，务实巧妙

第 2 卷第 1—12 期

（1939 年 9 月 2 日—1940 年 9 月 30 日）

第 2 卷第 1 期（1939 年 9 月 2 日）

过了一个暑假，新的一期《联声》问世了。这期《编者的话》解释说：

> 本刊在经济枯竭、人手缺少的艰难条件下，能出满了第一卷而进入一个新的阶段——第二卷，得继续成长，这全靠爱护本刊的读者、作者援助而有今天。对于这伟大的爱护，我们谨在此致谢忱。
>
> 关于第二卷的编辑方针，"上海联"最近成立的出版委员会，阵容坚强，人才济济，正在商议，力求改善并革新内容，今后将多载短小轻巧的文字，以适合一般同学兴趣为前提。
>
> 读者如有好的意见、批判或指教，请尽量提出来，书面寄交女青年会"上海联"出版委员会。

新学期开学之前，新上任的"上海联"主席李储文等人已经讨论今后的工作思路、计划和实施部署等，努力产生良性的"化学反应"。首先成立"上海联"编辑委员会，策划、出版各种书刊，并以此委员会名义出版《联声》，调整办刊设想，与上一期（第 1 卷第 8 期）的改版思路接轨。同时将原来该刊发表的有关各校团契工作的文章，另外刊载于新创办的一个小型刊《事工园地》，如"工作技巧、工作经验及各种工作计划等"，以便《联声》"改善并革新内容"，发表文章的内容更为集中，倾向于"短小轻巧的文字"。

本期再次刊登《征稿简章》，内容与创刊号发表的此启事基本相同，只是在第二条"本刊征稿范围"中增加了文艺通讯、各门知识。还刊载《征求订户启事》。其一，强调"知识即力量，力量即知识"的宗旨。其二，确定内容——反映同学学校生活，介绍活的现实知识，传达各校消息动态，辅助同学练习写作。显然更多地关注校园和学生，竭诚服务。其三，"转色"（改版）。自第 2 卷第 1 期起，力求革新作风，轻巧、活泼，配合大众兴趣。这与《编者的话》强调的革新基调相吻合。其四，该刊价格零售每期六分，订户半年六期三角。这比原来的定价仅提高一分，即便如此也依然被经济问题困扰。

《联声》编辑部人员做了适当的调整，编排新学期这一期的内容和形式也发生了变化。

其一,放弃了原来"三位一体"(封面画、前奏曲、社论)的办刊思路,原来激情喷发的前奏曲消失了。封面设计不再采用陈一鸣等人创作的木炭画的美术作品,而是淡化政治色彩,采用抽象派的美术作品,不再标明醒目主旨,放置在封面左下方。封面顶端有横向长条,暗红底色,衬托白色刊名。其下为刊名的英文拼写字母和序号,以及醒目的中文"第二卷第一期"。左边狭长竖排要目,显得比较局促。整个封面设计恰好与原来的封面设计"本末倒置",低调行事,不事声张,其实依然暗流涌动,随时喷发。

其二,内容并未紧密衔接上一期(第1卷第8期)改版思路,也许觉得原来大力推出的"文艺通讯"专栏名称过于直白,改为"特写",与其他同类刊物专栏接轨。

其三,这期卷首语改为李储文的《欢迎新同学》,替代原来的社论。他兴奋地指出:"我们将为新同学们介绍适宜的朋友,解释课程的内容,帮助注册的手续,分析教师的个性,这一切会使新同学加速地脱离孤立状态……必然将成为一支上海基督教学运的生力军。"

其四,开设的栏目有"认识周""生活漫谈""海外来鸿""剧情介绍""特写"等。陈一鸣与丁景唐70多年的"同龄·同学·同道·同志",首次在《联声》上"同框",各有文章亮相。

陈一鸣写了两篇文章,《你们必晓得真理》是一篇短论。"别怕真理得不着,真理本来就不是一次就能得到的。牢牢地记住这一句:'学习,学习,再学习!'"《我们的戏》文章构思别具一格,以剧本构思述说"上海联"将举行的四次大活动,也是李储文"新官上任三把火",与大家商量的结果。9月"认识周"——"在那伟大的天幕上,我们首先就可以看到'你们必晓得真理,真理必叫你们得自由'的几个光辉大字。"陈一鸣的《你们必晓得真理》一文正是配合这次活动。10月"国际周"——"天幕上写着几个光辉的大字:'全世界的青年拉起手来呀!'在这里开始演出着轰轰烈烈的国际运动大会,它动员了整个'上海联'31个单位,还聘请了上海许多国际友人来参加。"11月的"模范周"——"天幕上写着'争取模范'的大口号。台上演出着新鲜的各校事工展览会,把各校的成绩,用照片、图画、统计……洋洋大观地陈列出来。"12月的"圣诞周"——"现在到了我们全剧的最高潮,大喜剧结束的时候了。"

丁景唐应邀撰写了《迎着太阳——"上海联"中学夏令营杂零》一组三篇散文《迎着太阳》《夕阳会》《夜会》,从原来《联声》的热心读者转变为忠实的作者。该文与《漫谈第五届华东大学夏令会》(董培永)、《义务教师联欢会随笔》(可枷)一起归入"特写"栏目,可说是一组"文艺通讯"。丁景唐晚年批注《迎着太阳》一文:"1939年中学毕业时的作品。"这是他第一次在《联声》上正式公开发表一组散文,描写了他第一次参加"上海联"在中西女中举办的中学夏令营活动。参加活动的还有清心女中的蔡怡曾[1],陈一鸣的两个妹妹,即工部局女中的陈秀霞、陈秀煐,她们考入圣约翰大学后继续从"上海联"的活动中得到启蒙和锻炼,从此走上革命的道路。蔡怡曾后成为陈一鸣的妻子(图7),她的清心女中同学王汉玉考入东吴大学后,与丁景唐在学生工作中相知相恋,成为丁景唐的妻子。(陈庆:《同龄·同学·同道·同志——追忆父亲的挚友丁景唐伯伯》,载丁言模编《丁景唐纪念文集》,上海文艺出版社,2020年11月。)

图7 陈一鸣、蔡怡曾夫妇

这期还刊登《中国基督徒青年代表团赴荷记》一文,编者在文前写了按语:"世界基督教青年代表大会,乃本年七月廿四日始到八月二日止,在荷兰阿姆斯特朗城举行。我中国代表共廿位,中以八位为女士,代表女青年会出席者为龚普生小姐,代表上海基督教学生运动出席者为'上海联'前任主席爨孝华君。"

爨孝华后为南京基督教三自爱国运动委员会秘书长、南京市第十二中学校长。龚普生时为女青年会学生干事,担任代表团团长,她还写了一封信,也刊登于这期,即《龚普生女士的来鸿》,她兴奋地写道:"我们不是带了许多《联声》和小册子(《中国学生纪念手册》)来吗?这里的人真喜欢《联声》,到处都谈《联声》,我乐死了!我想,要是你们知道了这消息一定比我更加快乐,因为这是你们自己的刊物。快让我们更加努力来充实它,使它更活泼,更有意义!"《联声》冲出上海"孤岛",漂洋过海,第一次在国际舞台上亮相,这是鲜为人知的趣闻。同时,这也是未来著名的女外交官龚普生首次登上国际舞台,此后她又赴巴黎出席世界学生联合会会议。此文前编者加了按语,透露"龚普生女士是'上海联'和本刊的顾问老师"。翻看之前的《联声》,她发表了不少文章,不愧为燕京大学的高才生。

第2卷第2期(1939年10月18日)

革新的思路进一步体现于这一期里,不仅有许多生动有趣的各种短消息,也有较长篇幅的"特写"。

卷首语是俞沛文(歌罗茜)的《祷文》:

世界正遭遇着历史上第二次的大劫难,我们的心目中正浮现出一幅残酷的景象。在炮火怒吼的声中,又是无数人民的死亡、巨量财产的毁灭、生产事业的停顿、劳苦人民的挨饿受冻……我们认识了玩弄战争、制造战争的卑劣手段,我们更了解了消灭战争的基本方法……揭穿民主政治的假面具,推翻隐藏在它后面的独裁政治、剥削制度,在战争的火焰里,建立起合理的社会制度,永远地摆脱屠杀的战争。

此文既是愤怒控诉侵华日军的野蛮暴行,也是配合田常青的长篇通讯报道《世界基督教青年代表大会》。田文描述了大会的盛况和经过,"以轻描淡写笔法,写出大会印象,我们读了好像身临其境,感到活泼、恬逸、紧张"(《编者的话》)。文中介绍了《中国学生纪念手册》,1 500份该册子被带到大会现场,刊有《致大会代表公开信》,以及中国青年参加各种活动的小型照片,并备有空白处作为签名纪念。"每册附有致送者姓名地址,以备继续通讯,沟通国际学生关系。"

陈一鸣继续发挥他的美术特长,创作一幅老人像(软片雕刻画),作为自己撰写的《介绍一种新的艺术武器》一文插图,即介绍这种软片雕刻画的示范图。这种自己撰文且插画的形式,自《联声》创刊以来还是第一次,也是扩大读者知识面的一种手段。

这期"学校动态"栏目在目录上有两篇文章——《上医生活》(朱金声)、《清心女中宣战》(丝雨),但是正文改为《沪江花絮》和《上海医学院》,《清心女中宣战》则改为《我们宣战》夹在其他文章里。

这时丁景唐、王汉玉已经分别考入东吴大学。王汉玉曾就读于私立清心女中,因此《清心女中宣战》一文讲述的是王汉玉母校成立团契的情况。其实,《联声》第1卷第7期已经发表《回顾去年清心女中暑期服务》(错梵)一文,写了王汉玉毕业之前该校的有关情况。遗憾的是丁景唐晚年重新翻看这期《联声》时并未加以说明。

这期最后刊登"青年协会书局"的书讯,其中胡仲持、梅益翻译的《尼赫鲁自传》占据整版,注明"'上海联'同学特别优待"。胡仲持是著名编辑、翻译家,其兄为胡愈之。梅益是新闻家、翻译家,曾参加"左联",加入中国共产党,翻译《钢铁是怎样炼成的》等。丁景唐写有《追忆梅益同志二三事》,讲述梅益翻译《钢铁是怎样炼成的》,以及抗战胜利后他接受梅益委派的任务,接替姚溱(后为中共中央宣传部副部长)编辑《消息》半周刊(担负着中共中央机关报的宣传重任)等事。

这期《编者的话》写道:

> 有许多读者认为本刊过去太严肃了,这是我们不能否认的。为调节过去严肃、沉闷[的气氛]起见,我们将多载短小精悍文字,希望读者同学多多赐稿!下期起我们将特辟问讯处,为读者解答生活上、学术上种种疑难问题,望读者把骨鲠在喉的问题统统吐出来,用简明的书面写明寄到《联声》问讯处来。本期因稿挤,抽出多篇,有的将随其性质而发表在《事工园地》,有的将付印小小专册,希读者鉴谅。

第2卷第3期(1939年11月28日)

现在已无人知晓,这期悄然出现一个大新闻,大胆地公开介绍王明(陈绍禹,时为中共中央长江局书记)[2]的小册子《目前国内外形势与参政会第四次大会的成绩》。这期目录上只是列出"书报介绍"栏目,并无具体篇目,正文里则赫然登出此文的介绍,作者是林克,内情不详。

1938年7月,国民参政会第一届第一次会议在武汉开幕,王明、董必武、博古等25人被选为驻会代表。1939年9月,中共七参政员合写了《我们对于过去参政会工作和目前时局的意见》。9日至18日,王明等参加国民参政会第一届第四次会议。两天后(20日),王明(兼任《新华日报》董事长)在《新华日报》工作人员会上作《目前国内外形势与参政会第四次大会的成绩》的长篇报告,9月28日《新华日报》刊登此报告。11月7日,张闻天、吴亮平负责的中共中央机关刊物《解放》第89期转载此报告。10月、11月、12月,香港时论编译社、上海先行出版社、解放社先后出版单行本,影响很大。

依据上海先行出版社出版的小册子,林克摘录王明报告的纲目,他兴奋地说:"这是很薄的一册,一共不过四十三页,而内容分析得清楚,一目了然。"其中谈到这次大会的两个成绩和意义:一是"通过许多巩固、团结、推动、进步、加强抗战自力的决议";二是"关于定期召集国民大会,实行宪政,保障各抗日党派合法权利及集中人才、改革行政机构的这一决议"。

对于"宪政运动",中共中央发出专门指示。丁景唐接任主编《联声》后,发表的许多诗文都牵涉到"宪政运动"。

林克还认为:"作者显微镜[式]地观察国际和明确地指出了一般错误舆论的阴暗,及打起了全国人民今后应有努力的大纛,确实是本每个现代中国人不可少而需要的阅读物。出版处是先行出版社,价格很便宜,只不过一角二分。同学们!拿起这本小册子来吧。"如今,先行出版社的单行本成为孤本,难以寻觅。

这期《联声》的其他内容也值得注意,首先推出"前哨"栏目一组三篇短论(替代原来的社论),即《哀莫大于心死》(之敏)、《顾而不问吗?》(梦非)、《让我们自己先民主起来》(风)。这与林克介绍王明的报告有关联,特别是第三篇短论强调指出:"这次参政会通过召开国民大会实行民主,可算得中国抗战过程中一个大大的收获……为了独立自由平等的新中国的建立,我们要争取彻底民主政治的实现,来促进抗[日]建[设]伟业的完成。同样为了发挥一个组织的力量,我们也要使组织真正民主化。"最后尖锐地批判那些跨着"次等鹅步"的"英雄",只会装模作样,夹着皮包,到处开会,夸夸其谈,无所事事,犹如张天翼笔下的"华威先生"——小说《华威先生》刺痛了国民党顽固分子,使他们恼羞成怒。

"前哨"栏目后的一篇杂论《发辫的故事》(益坚),是纪念孙中山诞辰之作。"从发辫谈到民主问题,内容非常精彩,请读者注意。"(《编者的话》)当初孙中山设计的政治路线图为"军政、训政、宪政"三阶段理论,现在提出"宪政运动",于是该文借着辛亥革命时期反封建的标志之一剪发辫的往事,引申出一个重要问题:这次参政会"能够通过民主立宪的议案,更可算是该会本身的一大进步。可是民主的进展为什么会牛步化呢？不消说,封建和保守的势[力]把它挡住了"。最后明确表示:"我更愿意总理(孙中山)的'宪政时期,还政于民'的遗教能够切实执行起来。"此文与"前哨"栏目一组三篇短论相呼应,都是围绕王明的报告从不同角度来谈论"宪政问题",由此折射出《联声》编者策划、组稿、编排的出色能力。

这期《编者的话》提醒读者:"本刊蒙教师团契提及讨论的结果,《关于考试作弊问题》在以学生为对象的本刊披露出来,可谓对症下药。亲爱的读者同学,请问一问自己,有没有做过他们所说的种种弊……"《关于考试作弊问题》一文终于捅破了这层窗户纸,可谓一针见血,成为这期除了"宪政问题"之外的另一个重点话题。

《编者的话》还请读者关注另外两篇文章,其一,"草木君《为啥吃饭难?》介绍我们认识社会的真相,写得既通俗又活泼";其二,波兴写的《欧行漫记》,"随着作者的笔尖到当地去观光了一番,它随处给我们新鲜活泼的刺激,希望作者有暇再多告诉些欧洲情形给读者"。《欧行漫记》分为七个小节:"巴黎风光""法国革命纪念日盛况""西班牙难民集中营""一个热忱的西班牙女孩""会晤顾维钧大使""华侨[给]予祖国以莫大帮助""拉丁区里的万花楼"。这期编者给予此文很高待遇,破天荒同时刊登原英语之作,不知这位作者的背景有多厉害。

喜爱写作的同学则很关注这期刊登的《为什么要组织"上海联"的文艺沙龙》(扬缘,目录上的作者则是徐青)。该文介绍"文艺沙龙"是一种集体学习的组织,这是提出"文艺通讯"之后,举办有关学习班的衍生。"文艺沙龙"特点包括:一是增进"各个人间的互相了解和友谊";二是"它必定是座精炼思想的熔炉";三是"最经济的学习方法";四是"能够充实生活、提高学习兴趣"。其实,这也是为了培养一支作者队伍,源源不断地为《联声》提供稿件。这期推出"文艺沙龙"栏目,刊登两篇作品,即《唱》(徐青)、《返乡人》(余化),写作水准明显有所提高。

"剧评"栏目推出两篇文章:《〈明末遗恨〉观感》(吾无忌)、《观交大青年会演出〈毋宁死〉》(吕风)。

颂扬爱国主义精神的四幕历史剧《明末遗恨》(又名《碧血花》《葛嫩娘》),由中国现代文学家、剧作家、批评家、编译家阿英(钱杏邨)写于1939年,最初由于伶负责的上海剧艺社在璇宫剧场上演,"话剧皇后"唐若青主演,公演达月余之久,轰动了当时的上海。吾无忌撰文认为:"这戏每幕都有它正确的意义,这是值得一提的,像第一幕的孙克成的奋起从戎,第二幕配合反奸的意义,第三幕表现了军民合作精神和民气的可贵,而且更进一步地暴露了某些人的面谱,这正[是]灌溉了时代的肥料所生长的'戏'。"第四幕中孙克成、葛嫩娘临刑前,不畏种种威迫利诱,拒绝投降,表现了视死如归的大无畏精神,激发了上海"孤岛"民众的爱国热情。

由于种种原因,此文出现了校对差错,编者不得不在第2卷第4、5期合刊封底刊登《更正致误并郑重道歉》:"上期《联声》因为新调印刷所,不但迟延了很多时候,而且错误百出,[以]致把[标题]'明末遗恨'之'明'误排为'民'。无可讳言,一方面也是我们太疏忽的过失,敬向读者更正外,特再郑重道歉!"

《毋宁死》原为英国小说家、剧作家威廉·萨默塞特·毛姆创作,由著名文学翻译家、音乐教育家方于依据法文版译为中文,她还与丈夫李丹合译雨果著名长篇小说《悲惨世界》等。《毋宁死》最初刊登于南京的《文艺月刊》第3卷第11期(1933年5月1日),多次在上海上演。作者吕风前去观看交通大学青年会演出《毋宁死》,认为"在现阶段的中国青年,至少应该理解人类的爱是本性……我们只有坚决地相信这种伟大的爱,必定靠着我们努力,能有一天在地球上实现"。

这期《联声》短消息比较多,超过了以往,而且分为不同栏目,如"通讯""东鳞西爪""各校专电""特别消息"等,分散各处,长短文结合,打破沉闷气氛,活跃版面,令人眼花缭乱,但是一不小心就会漏掉一则重要消息。

是年8月,在昆明成立全国基督教学生团体联合会(简称"全国联"),并推举"上海联"为主席,推定江文汉、施葆真、丁光训三位为执行干事。"全国联"将出版《学联日记》,内容非常可观,将分售全国各联,希望"上海联"踊跃预订,"以争取为全国各联模范"。("东鳞西爪")

"特别消息"在目录上并未注明,是陈一鸣写的《努力,努力,再努力》,希望大家踊跃参加慈善市场,这是"我们开起来的,跑街、批货、做老板、做伙计……一手包办"。市场的每个商店都是不同学校开设的,各有特色。慈善市场的"代价券"推销越多越成功,慈善市场的钱款则用于"救济饥寒难胞,互助同学生活",因此希望大家"努力,努力,再努力"!这也是为年末"圣诞周"活动做准备,慈善与圣诞节紧密相连。

编辑部同人把这期推向"华彩乐章",高潮迭起,内容精彩纷呈。接着下一期《联声》转向"大喜剧"的欢畅节拍——"圣诞快乐"。

第2卷第4期(1939年12月20日)

这期封面改为凯伟的一幅漫画《今年圣诞老人赐予我们的礼物》。凯伟在美术界比较活跃,创作了许多漫画,刊登于其他刊物上。在此前后,他的漫画有时在《联声》上露面。

这期主要文章都围绕着圣诞节谈论,并且扉页上出现了一组不同寻常的新年贺词——

刘良模:"我们还要继续苦斗下去,直到最后胜利的那一天!"

顾以佩:"万事更新的时节来到了!同学们在这时节内更要加紧团结、互助!"

顾以佩1938年毕业于大同大学,经龚普生、大妹顾以佶介绍,参加了共产党。顾以佩时为上海女青年学生部工作人员,后改名为林如彤,参加新四军,赴延安,与陈唯实(后任南方大学第一副校长和党委副书记)结婚。1949年后,担任汕头市委书记、广州外国语学院副院长等。

俞沛文:"圣诞节又来临了,带给我们光明和希望。敬祝同学们团结、努力!"

江文汉:"孤岛不孤心。"

朱梅仙、郭荆仪、蔡昭宜、龚普生、刘宫鹨、施葆真、丁光训、邱丽英、杨怀僧、应元道、谢祖仪、应天和、诸培恩、宋福华、章申、王辛南、章文元、崔培均、张奇清:"恭贺圣诞,并祝新年进步!"

这些送上新年祝福的人大多是上海基督教青年会各部门的工作人员。此后,他们选择了不同的人生道路和信仰,再也没有机会重聚。

这期刊登了几篇文章值得注意。

蓝女士写的《老店新开》再次介绍"上海联":

> 她是上海唯一的学生总机关,并且是"全国联"的主席。她拥有三十多个学校单位,其中大多数是教会学校。"上海联"是由她的最高机关执行委员会领导着的,它的下面分作总务部、研究部、宗教部、服务部、组织部,以及几个委员会等等。她是一个前进的基督教团体,正像江文汉先生所说的,一只脚踏在《圣经》上,同时一只脚踏在世界上。

丁景唐晚年翻看这期《联声》时,注明《老店新开》介绍"上海联",并且关注微型小说《阴谋家》(立中)一文,"写到别有用心的学生捣乱"。

杨朔1939年参加八路军,转战于河北、山西抗日根据地,从事革命文艺工作。他的第一部小说《帕米尔高原的流脉》(生活书店,1939年8月),热情地颂扬了经过土改后的农民迸发的抗敌爱国的热情。如此新题材引起上海文坛的重视,各家刊物纷纷刊登评介文章,并注明这是八路军控制的西北某一乡村发生的故事。这期《联声》"书报介绍"栏目里也推荐杨朔的这篇小说,未采用"八路军控制"等敏感词语,而是换了一种口气,明确指出该小说描写了"中国最进步的政治区域——边区政府中的一般人民的生活情形"。并认为此小说"告诉我们如何来识别一个民族叛徒,一个抗战青年如何去处理他的恋爱问题等等"。

第2卷第5期(1940年1月5日)

这期封面画依然是凯伟创作《朋友:这是你的责任》——一个使者拿着一把巨大钥匙,准备交给一个踌躇满志的青年学生。这期还推出"漫画特辑"四幅作品,均出自凯伟之手。

这期出版之前,发生了震惊国内的惨案——1939年12月12日晚,汪伪76号特务在职妇会所外暗杀茅丽瑛,12月15日,身中三弹的茅丽瑛在医院身亡,时年29岁。茅丽瑛时为中国职业妇女俱乐部主席,中共党员。她领导妇女界抗日救亡活动,与各救亡团体一起发起

"联合大公演""物品慈善义卖会",以救济难民的名义,为新四军添制军衣,筹集经费。

惨案引起社会各界的强烈愤慨,一些报刊不畏反动当局的威胁利诱,刊登各种追悼文章。这期《联声》也冲破禁令,发表《纪念茅丽瑛君》(黄汝仁),追述了作者与茅丽瑛交往的难忘事情。"有一天上午的时候,碰到了她,她告诉我早上由六点钟到八点钟,已经跑了三个地方,为了义卖的事情。我问她早饭吃过没有,她的回答是'昨天晚饭也没有吃'。"作者感叹道,"她完全属于大众的!为大众生,现在,又为大众死了!这是怎样一个值得人敬重的人呀!"作者最后呼吁,"大家踏着她的血迹前进!朋友们!不要畏缩,不要中敌人的诡计,他们要打击热血的青年,毁灭大家的信念!我们偏要培养热血的青年,坚定我们的信念!"

如今,茅丽瑛烈士教育基地坐落在烈士生前就读和任教过的上海市启秀实验中学内。1990年12月12日,茅丽瑛烈士塑像建成,革命烈士永垂不朽。

临近期末大考,编辑硬是挤出宝贵的时间,"开夜车"忙于这期《联声》。加之其他原因,压缩篇幅,只有14页。这期《编后》吐露"苦经":

> 物以稀为贵,"夜车"在大考临头的当儿是不能放松的。要抽出整整三次这样宝贵的"夜车"来点字数、跑印刷所,当然有点心痛。但是毕竟这样做了,看过校样透过一口气,心事放了一半。
>
> 照最初的计划,这期预备出寒假工作特辑,结果是弄得漫天星斗,大家都忙着大考。原料缺少,这蛮好的计划就难以实现了。还有一半心事——怕挨骂——也就放不下来。
>
> 这未了的心事总是要补足的,这次只好请读者委屈一下,寒假里预备多开几次"夜车",把《联声》弄得像样些。
>
> 不过说到底这还要"上海联"全体同学帮忙,大作源源寄来,无论文艺、诗歌、短论、剧评……都好,只要切合实际,不要"花呀""悲呀"的无病呻吟。
>
> 这期的内容注重在寒假工作方面。《开荒》里告诉我们"上海联"最近的口号"自己帮助自己,自己教育自己"的深意。《怎样过寒假》是几位同学集体讨论的记录,它具体地指示我们怎样过一个有意义的寒假。《步行运动和布鞋运动》是为了配合环境而特别提出的问题,希望大家能切实执行起来。《看吧!看》是"上海联"亲切的友人刘良模君对同学正确的指导,希望大家看了以后反省一下。
>
> 茅丽瑛君是一位前进的基督徒,她牺牲在无耻者的暗杀里。为了表示我们的敬崇与哀悼,我们登了黄汝仁君的纪念文章。此外的几篇也是顶合实际的,看了以后请大家来一点批评。

"茅丽瑛君是一位前进的基督徒",如果不用这样的称呼,那么难以在《联声》上发表纪念文章。

这期有几篇短文很重要,特意插在其他文章里,"中心开花",四围镶有花边框。这是一

种编排的技巧,醒目突出,吸引读者,但在目录上并未出现。《重提》道:

> 为了免除"关心""上海联"的朋友们的误会,坚定"上海联"同学们的信仰,我们这里再把全国基督教学生代表会议宣言里的对于时代的主张,也就是"上海联"的对于时代的主张,摘要写在下面,请大家注意!
>
> (一)主张团结,反对分裂。
>
> (二)主张抗战到底,决不妥协。
>
> (三)主张建立完成民主政治制度,推行各尽所能、各取所需之社会主义经济原则。
>
> (四)主张努力辅助进行国民精神动员之事工,彻底改造个人醉生梦死之苟安生活。
>
> (五)主张加深国际友谊,联络一切维护正义力量。

文章显示了如此强烈的爱国之情,如此鲜明的时代口号,如此坚定的信念(包括"各尽所能、各取所需"),如此坚决反驳别有用心之人的"误会"(造谣、诬陷、攻击等)。而且,前面两条渗透着共产党关于抗日民族统一战线的指示精神,也是继介绍王明的小册子《目前国内外形势与参政会第四次大会的成绩》之后,积极响应中共中央领导"宪政运动"的一个先声,下期就推出"民主运动特辑"。文中重申的五条主张,以不同方式渗透在《联声》许多文章里。丁景唐接手主编该刊后,进一步加强了这方面的指导、教育、宣传。

这期的"书报介绍"刊登两篇文章,一是《介绍几本研究民主问题的书籍杂志》,作者林克,上一期也是他介绍王明的小册子《目前国内外形势与参政会第四次大会的成绩》。这次他介绍的十几本书籍杂志中有钱俊瑞的《民生的本质》、邓初民的《论民主政治》、侯外庐的《民主主义与现实》、邹韬奋翻译的《苏联的民主》等。这些社会科学专著的作者大多是杰出的专家学者,邹韬奋则是著名出版家、翻译家。

二是《怎样阅读文艺作品》(凰之愚),介绍了叶紫的《丰收》、萧红的《生死场》、萧军的《八月的乡村》,认为"这三本书把整个东北的情形献呈在读者的眼前了,我们可以看到压迫者的残暴、冰天雪地中人民的反抗"。其实,这三本书都是鲁迅生前大力推荐的,显然这位作者"凰之愚"也喜爱读鲁迅的文章。他还推荐了其他中外书籍,如杨朔的《帕米尔高原的流脉》、斯诺的《西行漫记》、端木蕻良的《科尔沁旗草原》、勃脱兰的《中国的新生》《华北前线》、齐同的《新生代》、高尔基的《母亲》、托尔斯泰的《安娜·卡列尼娜》等。如果把这些书详细介绍一下,那么会引申出许多生动的故事,其中就会涉及共产党领导的陕甘宁边区和八路军。

第2卷第6期(1940年3月26日)

这期封面画《光明已照耀大地》,画面中一位青年巨人披着万丈光芒,一手撑着铁镐,一手捂着左胸（象征着至死不渝），俯视神州山川，抗战到底，与这期"民主运动特辑"相呼应。

丁景唐晚年对这期批注："民主运动特辑，宪政运动。"这期刊登一组文章：《为什么基督徒也要求民主？》（白日）、《什么是民主政治？》（严陵）、《女同学的前途与民主》（凰之愚）、《纪念中山先生》（楠夫）、《集体讨论：民主自由与学生生活》（集体）。其实，《集体讨论：民主自由与学生生活》和同期刊登的《"三八"那天》两文都是丁景唐写的，这是他首次在同期《联声》上发表两文。

《"三八"那天》第一次出现东吴大学两个新团契"曙光""鸿印"联合活动的场景。此文中出现了两个团契主席"蓉""玉"。前者是曹友蓉，民立女中毕业，1939年秋天，与丁景唐同在东吴大学党支部，以后从事儿童福利和教育事业，后为上海机电局电气研究所负责人。"玉"即王汉玉，后为丁景唐终身伴侣。丁景唐晚年翻看这期《联声》时批注"蓉""玉"的真实姓名。

这期刊登"上海联"1940年第一次代表大会的宣言，重申了去年在昆明召开的"全国联"确定的"四大运动"——基督教认识运动、时代认识运动、国际友谊运动、立志献身运动，"争取民主的新中国的实现"。同时刊登的"上海联"执委会讨论的内容：这四大运动中以时代认识运动为中心，即积极投入抗日救亡运动。

由于内容繁多，编者苦不堪言，甚至将这期《编者后记》改为《三言该作两语》，趁机倒倒苦水，希图读者谅解。

> 每逢编好校好，喉头总是痒痒的，不指东，便指西，非说三言两语不休。这回，一打开[《联声》]，不免使你触目惊心，紧皱了双眉，埋怨几声："编者太不识相了，害得我看得头晕眼花……"哑子吃黄连，编者也有说不出的苦。本期的开门见山——目录，也没有安插的地位，当然编者的话休想有立足余地。由此可见"上海联"出版委员会的窘相，经济困难的情形了。
>
> 希望读者注重内容，稍受委屈，而加以谅解。为提高一般同学对民主运动加深认识起见，本期特辟"民主特辑"，希望读者多多注意！限于寸金地位，三言改作两语，不能把佳作一一介绍，很觉[得]抱歉。总而言之，篇篇都是佳作，希望读者自己去体会领略吧！

第2卷第7、8期合刊（1940年5月2日）

随着上一期编辑的"吐槽"，这期"画风"再次大转变——革新号。原来的封面及画作突然全部消失了，取而代之的是简约的刊头，上端为横长的红底色，衬托白色刊名。其下便是社论，取消了原来以"前哨""尖兵"为专栏卷首语的三篇短论，以此最大限度节省版面，让位于刊登之文。

社论《迎新青年运动——新中国需要新青年，新青年需要新中国》，大胆地高举鲜明的旗帜,迎接"五四"青年节。随后推出"学生论坛"的几篇文章,《"青年节"是我们检阅队伍的日子》(怡凡)、《基督教与宪政》(谢扶雅)、《分数与学问》(林轶肯)、《谁赞成读四书五经》(津津)等,从不同角度谈论青年的时代使命、理想和修养等。

这期发表了丁景唐的两篇诗文,即《稀奇吗!?》《给……》。诗歌《给……》(在这期目录上未出现)是丁景唐发表的第一首诗歌,也是他正式登上上海"孤岛"诗坛的一个宣言。

这期明显增添了文艺色彩,推出"文艺"专栏,发表两篇作品《歪胡子》(徐万古)、《友谊的献礼》(坚卫)。

坚卫,即著名美籍华裔作家董鼎山,时为圣约翰大学学生,也是一个热血青年。他以"坚卫"笔名写了随笔、散文,发表在各家报刊上。他在此文中描述了"上海联"的一次活动,大家加入了情绪高昂的大合唱,"你看各处民众已动员起来,你听他们要求民主的保障,抗战到底,坚持统一的战线……青年学生站在民主最前线"。文中的主角感叹地说:"我终于也看到'孤岛'的光明面了!"

自上期开始破天荒连载力群的小说《野姑娘的故事》,原载周扬主编的《文艺战线》第1卷第5期(1939年11月16日)。小说塑造了一个八路军女战士,讲述了其成长历程。此题材对于上海"孤岛"读者来说很陌生,也很新鲜。此小说标题后为力群文学作品选的主标题。

力群,原名郝丽春,山西灵石人,著名版画家、作家、文艺理论家。1933年参加中国左翼美术家联盟。1933年10月10日,因"木铃"事件,同曹白、叶洛一起被捕。鲁迅与牢狱中的曹白通信,并完成名篇《写于深夜里》,愤怒控诉反动当局的法西斯野蛮行径。抗战时期力群赴延安,担任鲁迅文艺学院美术系教员,后任人民美术出版社副总编辑等。

丁景唐晚年批注这期《联声》时,点出几篇文章:郭锋的《从"弑父案"谈起》,点评一则社会新闻,由此说开去;阿芳的《从〈子夜〉谈到民主》,从茅盾著名长篇小说《子夜》的审读的角度,结合"民主"话题,颇有新意;里夫的《蒋宗赵的悲哀》描写了一个贫穷青年学子无钱进大学,试图蹭课,却被无情驱逐。这三篇文章是《联声》的一种新动向,给予丁景唐不同程度的影响,体现在他此后撰写的文章里。

这期原来有《编后》《纪念"五四"青年节征文启事》《"上海联"学生生活互助社》等,但是忙中出错,印刷所漏排了。编辑部同人发觉后,只好弥补在《联声》第2卷第12期,使得这期变成了"双黄蛋"——两篇《编后》、两则版权内容。其中一则注明:"第二卷第七、八期,民国二十九年五月二日。"漏排的《编后》写道:

> 《联声》又出版了,我们觉得非常高兴,但同时我们也觉得非常惶恐。高兴的是《联声》这一期已有了显著的进步,惶恐的是我们怕它还不能满足读者的祈望。但是一个孩子的进步总是一点一滴的,在读者、同事的爱护与勉励之下,《联声》必然是会长得更大、更坚实的。

第一期预定是青年节的特辑,但总因为准备的时间不够充分,特约的稿子不及[时]交到,在内容方面还有杂乱的感觉。个别地来看文章,都是相当值得一读的。怡凡的《"青年节"是我们检阅队伍的日子》、谢扶雅先生的《基督教与宪政》、林轶肯先生的《分数与学问》、徐万古同学的《歪胡子》、津津的《谁赞成读四书五经》等,提供了我们这个时代中的各个画面。

下一期是"五四"与新民主主义特辑,《联声》已经预备用新的姿态来迎接这个伟大的季节了。除了吴耀宗先生的特约稿件、特约的创作、精隽的报告之外,我们希望读者给我们帮助,给我们稿件,因为《联声》是大家的,这需要大家来给它力,给它生命。

第2卷第9期(1940年5月28日)

这期延续上一期的"画风",简约的刊头。有社论《拳头向我们打来了》,"学生论坛"一组四篇文章《基督教学运的生长之路》(哥林)、《基督教学生与民主》(慎之)、《担心穿着羊皮的狼》(微波)、《纪念青年节是一个长期的运动》(欧德),以及《学生不该谈政治吗?》(聂流等)。这些文章还是延续着上一期的办刊思路,政论性比较浓厚。

继前两期连载《野姑娘的故事》之后,这期刊登了三篇抗战、反战题材的文学作品。《战——中国青年的战斗》(荒踪),讲述抗日女战士马淑的传奇故事,她最后壮烈牺牲。《三个俘虏的忏悔》(孙旸)描写三个被八路军俘虏的日本兵,"我"作为记者前去采访。这三个日本兵最后表示要加入八路军,"为我们的自由战斗"。

1935年,大汉奸殷汝耕等人成立"冀东防共自治政府"。1938年2月,"冀东防共自治政府"被并入日本在北平策划成立的伪中华民国临时政府(傀儡政权)。报告文学《耻辱的日子——廿九年四月廿六日的北平》(萧潇),分为"早晨""集队""牵线断了""小胡子""出发""游行与荡行",详细描述了1940年4月26日这一天北平挂上伪政权的旗帜,以及正义与罪恶的有关举动。作者联想起昔日震惊中外的"一二·九"爱国运动,"坚毅地无畏惧地向着防备的阵线冲去"。此文通过社会各界爱国民众的言行,进行辛辣讽刺,强烈谴责,尖锐抨击。最后写道:"华北被出卖了,中国被出卖了!真正有良心的人们紧紧抓起手边的武器,扑灭那些狐狸、哈巴狗、老鸹们!华北的人们还有一颗忍耐着的坚强的在压迫中的心,他们期待着,只要燎原的火引燃到这里,火花会爆发的。"

除了以上三篇,《玲她们五个》(金诺)的题材很特别,讲述1927年"四一二"反革命政变至长沙"马日事变"期间,"小鬼团"五个女孩子悄然召开了一个纪念会,"为了纪念被反革命杀[害]的志士,我们应沉默三分钟,表示致哀"。矛头直指蒋介石反动政府,"手段的野蛮和残酷是很可想象的了"。文章还反思大革命失败的原因,同时与抗日战争的现实结合起来。

第一,大革命的失败、"马日事变"的造成,是由于顽固妥协分子在革命的营垒中,而中途叛变出卖革命。因此我[们]为了抗战彻底的胜利,必须无情地打击制造摩擦及挑拨离间的民族败类和公开的汉奸。第二,大革命的失败最大原因是国共的分裂,这启示我们在抗战过程中内部一定要支持团结,反对分裂,巩固扩大统一战线。

此文作者大胆地采用了如此尖锐、敏感的题材,说出了广大爱国民众的心里话,其中渗透了共产党关于抗日民族统一战线的指示精神,这在当时报刊上很少见,令人惊叹不已。

以上四篇作品中除了《耻辱的日子》之外,其余三篇很可能是改写他人文章,甚至是摘译外国著名记者斯诺、史沫特莱等人写的有关中国报道的文章。而且,这三篇都没有出现在这期《联声》的目录上,隐藏在正文里。不知这期是否呈送给有关图书检查机构审查,也许对方"睁一只眼,闭一只眼"。

"前几天弄堂口的垃圾箱满得都溢出来了。一堆堆蚕豆壳、破布头、煤炉灰积得像小山。街沿边也这么东一塌西一堆的,难以举步。'太脏了!'大家都这样说。"这是《嗅煞哉!》(若民)一文的开头,从身边生活琐事谈起。此文标题很有意思,是继丁景唐使用方言"稀奇吗"作为标题之后,又出现的一个使用宁波方言的标题,意即臭得厉害,这是双关语,引申之意则具有深刻的哲理——如果清道夫、粪车夫这样罢工下去,那么这世界成了什么样子?"假使全世界受着老板剥削的工人、受着地主压迫的农人和一切挣扎在死亡线上的人们联合起来一个大规模的'罢',那时我想不管财主、大少爷、小老婆、官僚、小贼……只有一条路,死!"接着谈起1935年"一二·九"反帝爱国运动,"号召人民起来建立统一战线,掀起全国救亡怒潮……推动了整个民族的伟大解放战争"。此文和其他文章一样都渗透着抗日救亡的强烈意识,成为这期《联声》的标杆。而且,此文以小见大说开去的构思,以后更多地出现在丁景唐的曲笔之下。

这期《联声》增设一个新栏目"蓝女士信箱",专门解答同学们来信提出的各种问题,进行心理疏导,具有亲和力、说服力和凝聚力,这是编辑部同人共同策划的结果。

这期《编者·作者·读者》写道:

这一期是革新号,但总因人力和时间的限制,我们不能如愿以偿。

有几篇稿子在时间性上说是差一些的,但内容是非常充实的。读者同学自己可以去欣赏的。

有许多同学寄来的稿子不是不好,但不合我们的内容,这大多因为同学们还没有了解《联声》的目的所致。为着要弥补这一个缺点,编者愿在这里把《联声》的宗旨和目的重新说一说。

《联声》的目的有四个:

第一,《联声》的目的是在建立健全的人格,所谓健全的人格也就是一个时代青年,即青年朋友所应该有的人格。

第二，《联声》的目的是在提供课外知识。

第三，《联声》的目的是在反映同学，特别是我们基督教同学对于时代、对于各项问题的看法和态度。

第四，《联声》的目的是在发掘同学的写作技术。所以如果同学间有合乎以上四个目的[的]稿子寄给我们，当然是非常欢迎的。其他如各校动态、学校消息，也很欢迎。

最后因为这期稿子挤，所以有许多稿子不及登出，这是应该向有些作者道歉的。不登的稿件，我们最近就会附了意见退回同学。

给我们意见和帮忙呵，同学们！

这第一条、第二条的含义丰富，不同信仰、理想和追求的同学可以从不同角度去理解。不过要达到这期"革新号"的写作内容要求，特别是在扩大认知方面，如《玲她们五个》等四篇文章的尖锐、敏感题材，则是难以企及的。

第2卷第10期（1940年6月26日）

转眼到了本学期大考的紧张时刻，引发了一系列问题，《联声》编辑部同人还要考虑如何度过即将来临的暑假生活，这些都作为新一期的组稿内容。

首篇依然是社论，《如何度过这个闷热的暑假生活》；"学生记坛"栏目推出四篇文稿，《考试作弊是不是不道德的？》（静珍）、《女子职业和解放》（程里）、《怎样读书》（曙初）、《关于考试》（一言）。

考试历来是学生必须面对的大难关，教师也有苦难言，校方则是坚决主张严格考试制度，由此引发考试作弊问题。《联声》第2卷第3期（1939年11月28日）已经刊登《关于考试作弊问题》，这是教师团契"讨论的结果"。现在旧话重提。这期刊登的《考试作弊是不是不道德的？》一文认为："考试本身就是一种不合理，甚至是不道德的办法，由此而产生考试作弊只可以说[是]一种讨厌的病态。要免除这种变态就说它不道德，要加紧考试，那是舍本趋末的办法，是颠倒因果，把考试作为工具和手段的勾当。"此文初衷是反对不合理的考试制度，牵涉到考试作弊是否道德的问题——衡量健全人格的标准之一。对此，世人有各种不同看法，众说纷纭，有多少人赞成以上的说法呢？

这期没有上一期那么尖锐、敏感的作品，但是《玲她们五个》的作者金诺，继续发表《她的来信》（"书报介绍"栏目），公开介绍毛泽东的《新民主主义论》。"拆开一看，原来是一本小巧玲珑的书，封面上用鲜艳的红绿二色印着'新民主主义论''十年出版社'……它有趣而且清楚地写出中国革命的性质，并且对于各种有害于中国解放事业的歪曲论调加以痛快地驳斥。"此文最后写道：

它的内容非但一点也不枯燥，而且文句是非常有趣，同时还很幽默，往往使他看得大笑起来，越看下去越感到有趣，他觉得从来没有看过一篇这样活泼轻松的政治论文。在那些通俗明确的解释中，他更深入地了解了什么是民主。看到了第二十五页，他是多么失望呵！作者为什么写得这么短，他更恨编者删去了前后几段，他懊丧得好像失去了什么心爱的东西，内心是空虚和惆怅。他呆望着最后一页，几行钢笔字的评语映入了他的眼帘："用简洁的作风，刻画出新社会明确的轮廓！以幽默的笔尖，刺破了倒退顽固分子卑劣的鬼脸！"

  注意：此书亚美书店有出售，每册定价二角。

  1940年1月，为了驳斥国民党顽固派的反共叫嚣，回答中国向何处去的问题，毛泽东写了《新民主主义论》，发表于周扬主编的《解放》第98、99期合刊（1940年3月31日），引起社会各界强烈反响，随后出现了各种翻印本。

  《她的来信》是上海"孤岛"一位读者看了《新民主主义论》之后的第一印象，写下这些发自肺腑的评语。这在当时报刊杂志上很少出现，属于《联声》的独家新闻。

  1935年12月9日，北京大、中学学生数千人举行了抗日救国示威游行，即"一二·九"运动，反对华北自治，反抗日本帝国主义，要求保全中国领土的完整，掀起全国抗日救国新高潮。著名作家高滔（齐同）的小说《新生代》描写了这场运动及其中各种政治倾向的学生形象，这个热点题材的小说深受广大爱国学生的喜爱。《联声》第2卷第5期（1940年1月5日）发表的《怎样阅读文艺作品》（凰之愚）已经推荐此书。

  这期"书报介绍"栏目刊登《看〈新生代〉后想起的事》（斯明）："读完了《新生代》，好似重温了一下旧日的梦，'一二·九'是个伟大的节日，正如'五四'运动一样，在历史上同样有着划时代和不可磨灭的意义。"

  丁景唐和高中同学王韬第一次创办《蜜蜂》月刊时，转载了《新生代》作者齐同的言行。此后，丁景唐在《联声》等刊物上发表的文章中继续谈起此小说。

  丁景唐晚年批注这期《联声》时特地点出金诺、斯明两文，可惜未说明两位作者的真实姓名，否则又可引申出许多动人的故事。

  这期"在集体生活中生长"栏目共有三篇文章：《小小的十年》（田辛）、《春天》（洛丽扬）、《我的新生》（觉慧）。

  田辛的《小小的十年》记述中学、大学十年的学习和生活，他认为："我所学习到的比死的功课更生动、更丰富。"田辛，原名毕祥卿，曾用名毕镐铭，浙江鄞县人。1938年10月，他在上海之江大学文理学院就读时参加中国共产党，开展学生救亡运动。后担任上海教会学校学生委员会组织委员，领导上海大、中教会学校及市基督教学生团体联合会工作。中华人民共和国成立后为上海市静安区委书记兼任静安区区长、区政协主席，1957年任华东化工学院副书记、代理书记。丁景唐主编《联声》时，担任该刊的地下中共党支部书记，上级领导是田辛。丁景唐晚年批阅这期《联声》时注明："田辛《小小的十年》，自述性质。"填补了田辛前期学生生活的空白，是一份珍贵的资料。

丁景唐（洛丽扬）的《春天》一文理应是小说，而不是自述散文，文中的父母、姊姊都是虚构人物，因丁景唐父母早亡，只有一个妹妹。

这期还登载丁景唐的另一篇文章《我们的李先生》。此文以散点漫画式手法描写李先生（教授、牧师），将其作为讽刺对象，以此衬托学生要求民主、平等的正义呼声。此文与《稀奇吗!?》，都是《集体讨论：民主自由与学生生活》一文的延续。

第2卷第11期（1940年7月10日）

暑假来临了，编辑部同人依然繁忙，提前设法约稿、组稿，在大汗淋淋中赶出了这一期。本期有不少新变化，陈一鸣、俞沛文沉寂一阵子后，再次出山。这期目录并非在前面，而是夹在正文里，显然这是无奈中之举。

陈一鸣（岗）撰写社论《读活书》。此话题已是老生常谈，发表过不少同标题的文章。陈一鸣认为学生可以充分利用暑假，多看各种书籍，"一定能从它们当中找到更多的真理"。更重要的是去搞社会调查，包括工厂、作坊、贫民窟等，以及"向同学学习，向工作学习，这也是活的读书、活的学校"。

这期"专论"栏目里，除了《基督教青年行动吧》（柳木）、《新青年的修养》（明娜）之外，俞沛文以"罗茜"的笔名发表《怎样待人接物》，谈了三点："待人接物是要友好的，说诚恳的、互助的［话］"；"要认真的、深刻的和整个的"；"能屈能伸的"。对于第三点，俞沛文认为："这种'隐忍'是为了成就一件更大更重要的事，这种'隐忍'是一种手段，是暂时的……我们不但要同好人相处，也要能够同坏人相处。"这种生活哲理说起来简单，做起来很难，这与每个人的综合素质、个性等有关。俞沛文后来担任外交部礼宾司司长，负责重要外交事务，如负责国家对外礼仪和典礼事务，组织协调国家重要外事活动礼宾事宜，管理驻华外交机构和相关人员在华礼遇、外交特权和豁免等事宜，拟订涉外活动礼仪规则等，这篇《怎样待人接物》是一个不起眼的先声。

这期推出"通俗讲座"新栏目，刊登王心影的译文《本来都是穷光蛋》，原作者 Willard E. Hawkins，并配有两幅插画。这是一篇通俗经济学的长篇译文，《联声》仅刊登了第一章开头部分。此后改题为"人吃人的故事"，引题为"本来都是穷光蛋，为啥会有不平等"。第4、5、6章刊登于《消息》双月刊第13卷第5期，1940年10月出版。此刊物是全国青年协会校会组（中华基督教青年会全国协会校会组）办的，江文汉、俞沛文曾分别担任主任和干事。

此长篇译文与俞沛文的《怎样待人接物》都准备出版单行本。这期《联声》后面刊有《新书预告》，"新青年丛书第一批出书"：第一本是俞沛文的《新青年怎样待人接物?》（增订本),"你感到待人的苦闷吗,你希望人们脱去假面具吗,你无法和人们亲近吗";其次是王心影的译文《本来都是穷光蛋》,"用通俗、故事化的笔触,从三个漂流在孤岛上的男子汉们生活描述里,暴露现社会经济制度是怎样来的"。

显然这期《联声》组稿时间匆促,摘录现存的稿件是一个不错的选择,况且俞沛文、王心影之作也是该刊需要的,皆大欢喜,可谓双赢。

《新书预告》还介绍了两本书。一是《两个世界的故事》,"这儿收集了一大堆动人的、新奇的、可歌可泣的事实,赤裸裸地把这个地球上的两个不同新旧世界描画了出来。这是一个强烈的对照,它使我们更深地去认识世界"。二是《学运 ABC》,"这是每一个'上海联'的同学应该知道的一串常识。它告诉我们基督教和基督教的学生运动到底是怎样一回事,我们怎样做才能成为一个模范的新青年,它更介绍[给]我们许多宝贵的工作方法和经验"。

丁景唐晚年批注《新书预告》,列出四本书,显然这四本书曾产生一定影响,包括对他本人。他还特地点名一篇"穿越时空"的作品《在红马骑士的刀下》(目录上为《在红马骑士的剑下》),作者是罗狄,但不知其真实姓名。

《在红马骑士的刀下》中的红马骑士是一个杀人不眨眼的魔王——侵略者,要杀尽普罗米修斯的后代子孙——象征着带来光明火种的勇士。法西斯的统治、凶残的屠杀并未击垮千万民众的腰杆,"他把拳头挥了挥,牙齿咬得紧张,项颈里的血管像要爆裂一般……我们挂念着石狮子和积雪的原野,回到那边去……苍空下是四万万五千万个呼唤,九万万个拳头"。此作开头的引言道:"凡动刀的必死在刀下。"(《马太福音》第 26 章)随后展开天马行空的描写,任意纵横,虚构与现实相结合,形成一个穿越时空的奇瑰宏大场景。这种将浪漫主义与现实主义融为一体的奇特构思,以后也展现在丁景唐的叙事长诗《远方》中。

第 2 卷第 12 期(1940 年 9 月 30 日)

1940 年夏,陈一鸣转到"学委"大学区委工作,王楚良参与主编《联声》。

《联声》编辑部同人爱读鲁迅著作,更尊敬鲁迅,崇尚鲁迅精神,这期特地刊登《鲁迅与耶稣——为鲁迅先生六十诞辰作》(沧海)一文,配有一幅鲁迅头像的木刻作品,署名 Benio(贝尼奥),不知其真实姓名。作者开头就认为:将这相隔几千年的古今两个伟人比较,而且一个是基督教救主,一个是无神论者,"许多人必定认为是不伦不类的"。但是,这两个伟人有共同点,"简略地说出来":其一,鲁迅与耶稣"都是追求真理、拥护真理";其二,他俩"都是疾恶如仇的";其三,他俩"都是富有牺牲克己精神的";其四,他俩"都是艺术家"。这个话题也许是"前无古人,后无来者"的,至少在当时是唯一的,也是《联声》的独家新闻。作者谈论的这四点是否有道理,仁者见仁,智者见智。但至少作者的主观意图很明确,以此话题纪念鲁迅,鲁迅不仅是伟大的艺术家,也是"伟大的思想家和实践家"。

这期依然关注校园里的热点问题,卷首语为《希望计划生活》(卜伟)、《恋爱哲学谈》(志行)、《课外活动和不及格》(英子)、《新女性在生长中》(泯芬)等。

继续发表"文艺通讯",《我们是一群新青年——"上海联"男中区夏令营速写》(小全),基调是纪实,且写得生动活泼,富有朝气。此文与丁景唐写的《中学夏令会杂零》有所不同,后者过于文学化,不可避免地冲淡了真实场景的气氛。

"再会吧!先生。"孩子们温柔又残忍地向我招手告别了。

默默地,我站在校门的檐下,我不能跟他们说一声"再会"。这样温柔的又残忍的话,是可以折磨他们小小的心灵的,我只沉默地望着褴褛的孩子们[的]队伍消逝在黄昏的巷口。

…………

"再会吧!先生。"孩子们温柔又残忍地向我招手告别了。

我默然地挨在檐下的校门,抬起头,凝视一缕云烟。

以上是这期《联声》发表别样的散文《秋天,你分开了我们——生活在孩子群里的故事》的开头和结尾,此文署名"戈矛",落款时间为"八月廿八日"。丁景唐回忆说:"笔名'戈矛'的桑雅忠也为《联声》写过稿。"(《我的文艺编辑生涯》)桑雅忠,浙江宁波人,浙东中学毕业后考入暨南大学英文系,后转入英士大学政治经济系。1949年7月进入杭州新闻学校学习,参加革命工作。1950年后,先后在温州中学、杭州师范学校、杭州市教师进修学校等校任教。1980年调入杭州教育学院中文科,从事文艺理论和外国文学教学工作,任副教授。1989年离休,被聘为浙江文史馆馆员。

此文是一种大胆的尝试,力图打破各种文体的藩篱,走出一条新路。阳光与钟铃、欢笑与歌唱、鲜艳与地图、郁郁与怔视、阴暗与寂寞、秋天与檐下等,这些富有感情色彩的词语"混搭"在一起,展现出一幅幅大块油彩的现实画面,同时象征着"我"和孩子们的各种随机心理变化,投射到抗日救亡的大背景下。由此努力提升此文的思想境界和审美情趣,给人留下耳目一新的第一印象。其中既借鉴法国作家都德的著名小说《最后一课》的某些构思,也学习国内爱国作家写的作品——在课堂里挂起沦陷的东北三省地图,告诫大家千万不要忘记。此文前后呼应,文中时而点题,并且三番五次出现相似的诗句,如"钟楼下,'当'地响起了愉快的钟铃"等。这是借鉴民歌中的比兴手法和复调咏叹,以增加读者印象和行文的韵味。此文也不可避免出现一些斧凿之痕,如夹叙夹议时,有时比较勉强;有时刻意求新求变,却词不达意,影响行文的流畅性。

有意思的是以上这些也是丁景唐初期写作的特点,而且此文副标题与他后来写的《生活在孩子群间》相似。两文的内容都是述说"我"到小学里去代课,但是两文选择的角度、表述的方式截然不同。后者显得比较成熟,旨意凸显,描写聚焦,行文比较流畅。按照丁景唐的写作习惯,他不大可能采用他人使用过的标题。但是丁景唐生前未提及此文,尚待进一步考证。

这期《联声》发表了一些有特色的文章,除了首次介绍浩瀚宇宙知识的《神秘的火星》(灿)之外,还推出一组关于美国的文章。

陈一鸣(尼罗)的《解放黑奴的战歌——美国南北之战的透视》,介绍19世纪美国爆发的解放黑奴的南北战争的有关内容。最后分析了北方联邦的胜利使美国陷入了新的"两重世界",并指出:"美国黑、白劳动大众和青年大众将组成与世界人民的雄伟合唱——新世界的曙光颂。"

陈一鸣从小受到父亲陈鹤琴严格的家庭教育,"十分注意品德的教育和音乐的熏陶"。陈一鸣少年时代就会唱美国歌,知道约翰·布朗是一位受人尊敬的为解放黑奴而战斗牺牲的烈士。陈一鸣在麦伦中学读书时,读到许多进步书籍,了解美国革命历史、南北战争时期的社会历史背景和美国人民奋斗的历程。因此,他撰写《解放黑奴的战歌》是水到渠成。文章里提到约翰·布朗的斗争事迹随着《约翰·布朗的身躯》的歌声,传遍人民之中。

此文还提到美国电影《怒火之花》,陈一鸣(冈)特地写了影评,同时刊登于这期《联声》。他认为:此影片"不单画出了受难的场面,它更写出农民们朴实的本性,和他们心理感情的变化。他们怎样燃烧着怒火之花,在心头结下觉醒的蓓蕾"。

迪克写了特约长篇通讯《到美国去》。此话题有不少人写过文章,迪克却把焦点对准去美国打拼的华侨,他们艰难度日,不知有"多少血泪","主要原因却因为中国到今天还是一个半殖民地的国家"。此文分为四小节:"血和泪"——忍痛换美元,"奇妙的电烫"——侮辱性的电针检查,"领护照"——百般刁难,"天使岛"——再次赤裸体检。这是华人进入美国的四大难关。

迪克是个爱国的进步作者,视野比较开阔。他在《生活星期刊》《消息》《女青年月刊》《上海周报》《世界知识》等杂志上发表各种文章,还翻译《帝国主义的将来》(Barnes)等文。应《联声》邀约,迪克接连在该刊上发表六篇特约通讯稿——《到美国去》《赛珍珠与林语堂》《谈谈华侨》《战争气氛中的美国》《卓别林的大独裁》《谈谈留学生》。迪克还写了《自由神》《由纽约到红场》《苏俄游记》《侨胞关怀祖国团结》《介绍几个美国青年》等,发表在其他杂志上。

徐万古继发表《歪胡子》等文之后,这期又发表了摘译的一组三条海外消息《美国青年结婚狂》《"客串选举"》《萧伯纳被骂》。《美国青年结婚狂》介绍,"数千对男女集团结婚","为的是逃避行将实施的强迫兵役法案","不愿替人当炮灰"。此一组中的前两条海外消息原载于全国青年协会校会组办的《消息》第13卷第5期,同时刊登于东吴大学青年会的《广播电台》,后被《联声》第2卷第12期转载,编入"生气·活跃·迈进——校会、学联"栏目。

东吴大学青年会的《广播电台》，述说了该校青年会的宗教部、服务部、秩序部、研究部的新学期工作。

这期《联声》颇为奇特，出现"双黄蛋"——两篇《编后》、两个相同的版权内容。这期篇幅也比以前增添了许多，多达26页（过去一般为16页至18页），包括书籍广告。

第一篇《编后》是在第18页，夹在正文《秋天，你分开了我们——生活在孩子群里的故事》（戈矛）下端通栏。第二篇《编后》则在第26页（最后一页），同时刊有书籍广告，这原来是《联声》第2卷第7、8期合刊的，结果印刷所漏排了，现在弥补排上。还有其他漏排或漏印的版面，造成了这一期内容增多。

这期《编后》写道：

> 真对不起爱护《联声》[的]同学，这一期不幸又离开了我们所预期的出版日期，这不是我们故意要如此，实在因事实上的困难太多。因此，我们希望各位同学再一次地能原谅我们，下次我们一定把这个缺点克服过来。
>
> 这一期的内容如何？我们不想多说。我们要说的只有一句话，那便是：无论在文章的取材或者文章的写作技术上，我们都已经做到了通俗的初步。这一点是特别希望读者同学注意和指教的。
>
> 其次，在每一期《联声》出版的前后，使我们觉得特别困难的便是来稿的贫乏和稀少。这一点，我们迫切[希望]读者能给我们最大的帮忙。《联声》是读者同学大家的刊物，《联声》的好坏也自然是读者同学所最为关心的了。
>
> 我们在下个月，特别为解决这个困难而预备了一种作者卡，凡自愿为《联声》写稿的同学，我们都愿意给他一张，在卡上印着我们所需要的稿子的范围。希望愿意为《联声》写稿的同学写信来索取，同时也希望同学们在学校内都征求一些自愿写稿的同学来。
>
> 在以前几期，我们的发行工作做得不很好，还是因为我们所约定的代送处跟我们捣蛋所致。这问题从下期一定可以解决了，希望同学原谅。
>
> 最后，下一期起，《联声》改为半月刊了。它将以更活泼的姿态在诸位面前出现，请同学们等着吧。

总　　结

《联声》第2卷的12期至少有以下一些特点：

其一，1939年秋季新学期开学之前，新上任的"上海联"主席李储文等人已经讨论今后的工作思路、计划和实施部署等，努力产生良性的"化学反应"。

第2卷第1期初步改版，内容与形式有所变化，力求革新，作风轻巧、活泼，配合大众兴趣，取得了积极效果。大胆地公开介绍毛泽东的《新民主主义论》，以及王明的小册子《目前国内外形势与参政会第四次大会的成绩》。此后"声调"再次拔高，推出革新号，接连刊登《玲她们五个》等四篇尖锐、敏感题材的文章，不仅反思大革命失败的原因，而且与抗日战争的现实结合起来，令人刮目相看。《联声》冲破禁令，发表《纪念茅丽瑛君》（黄汝仁），丁景唐晚年批注时，特地指出此文。《鲁迅与耶稣——为鲁迅先生六十诞辰作》（沧海）所讨论的话题，至少在当时是唯一的，认为鲁迅不仅是伟大的艺术家，也是"伟大的思想家和实践家"。

其二，第 2 卷改版的重大信号往往是从"书报介绍"栏目砰然发出，不仅介绍王明的小册子，而且把时事焦点与阅读热点相结合。此栏目不与卷首语的社论争夺"话语权"，只是悄然隐藏在刊物中间，甚至不出现在前面的目录中，但又显露斗争锋芒，这是一种既务实又巧妙的办刊策略。

其三，继续第一卷的事工报道内容，如秋季新学期"认识周""国际周""模范周""圣诞周"系列活动，大多采用"文艺通讯"的生动活泼形式，抛弃枯燥乏味的说教。并且开设的"学生论坛""蓝女士信箱"等，开阔视野，关注校园生活。

其四，第 2 卷第 12 期的封面设计有起有伏，基本上还是比较低调，不事声张，其实依然暗流涌动，随时喷发。由于经济拮据，只好忍痛割爱，以简约、质朴的刊头取代封面。

凯伟的漫画柔中有刚，顺应了封面画的基本要求。第 2 卷第 3、5、12 期都发表了一组漫画，尤其最后一期漫画《父与子》，穷苦父亲以劳作的血汗钱供养儿子上学，剥削阶级则压榨、勒索穷人，纨绔子弟大肆挥霍钱财，揭示了两个阶级的天壤之别。

其五，在第 2 卷里，丁景唐发表了十几篇诗文，如第一篇散文《中学夏令会杂零》、第一首诗歌《给……》，从原来的《联声》忠实读者"上升"为积极的作者，开启了 1939 年到 1949 年的文学创作大幕。初露锋芒的阶段展现了他的写作才能，文中杂糅着跳跃性的诗句，洋溢着青春飞扬的激情、直抒胸臆的描绘，有时在文章里融进方言，增添诙谐、生动的韵味，但有时不免流露出稚嫩的笔触，形成了青涩的果实。

其六，编辑部同人尽了最大努力，设法约稿、组稿，尽量满足各方面读者的不同需求，但是有时因故力不从心。为了迎接秋季新学期，陈一鸣、俞沛文沉寂一阵子后，再次出山著文。

《联声》的经济困难已经是公开的秘密，多次呼吁"自由捐"。同时出现各种校对问题，最后一期甚至出现"双黄蛋"——两篇《编后》、两个相同的版权内容，其中之谜难以解开。

注释：

〔1〕蔡怡曾（1922—1992），1946 年获圣约翰大学教育硕士学位，1945 年 2 月参加共产党。1949 年 6 月起，负责上海市青委少年儿童工作，是上海少年先锋队建队工作的开拓者。1953 年起从事教育工作及其实践研究。曾先后担任上海市青委少年儿童工作委员会书记、共青团上海市工委少儿工作部部长、上海市第二师范学院校长、杨浦区教师进修学院院长、松江师范专科学校校长、杨浦中学校长、上海市教育

局师范教育处副处长等职。(陈一鸣、蔡怡曾夫妇的女儿陈庆提供)

〔2〕1937年11月,中共驻共产国际代表王明、康生等乘坐苏联飞机回国,抵达延安时受到毛泽东、朱德、张闻天等人欢迎。一个月后,王明担任中共中央长江局书记,其他委员有周恩来(副书记)、项英、博古、叶剑英、董必武、林伯渠等。对内称长江局,对外称中共中央代表团。由王明、周恩来、博古同蒋介石、陈立夫等谈判,讨论国共两党关系等问题。

承前启后,推陈出新

第 3 卷第 1—12 期

(1940 年 11 月 1 日—1941 年 6 月 1 日)

第 3 卷第 1 期(1940 年 11 月 1 日)

秋季开学之后,各校工作走上正轨,推迟出版的这期恢复了封面设计,不过没有刊头画,封面上的目录也很简单,省略了栏目(正文里注明)。

这期内容主要分为四大类:

其一,校园学习和生活,如社论《"功课涨价"》(卜伟),以及《"开夜车"的时候到了》(蓟平)、《不做垃圾桶,要做百宝箱》(垠川)、《幸福自由的乐园——参加新旧同学联谊会琐记》(韦敏)、《吵朋友》(幼铃)等。这期刊登田华的两组漫画《你走的是哪条路》:一是死读书,生病,考试失败;二是找朋友,集体读书,考试及格。显然这两组形成鲜明对比,希望临近期末大考的学生走第二条路。

其二,国际信息,主要是美国的报刊杂志。沪上的四所教会大学学生擅长英语,到图书馆能够直接翻看,摘译感兴趣的文章,特别是急剧变化的国际反法西斯形势,与中国抗日战争密切相关,因而更受学生关注。登载国际信息可以扩大《联声》的海外信息量,增加新稿源,吸引读者。自前几期徐万古摘译《美国青年结婚狂》等之后,摘译的范围进一步扩大,不再局限于趣闻轶事,而是聚焦急剧变化的国际形势,悄然成为《联声》的一大亮点,这与喜爱翻译的王楚良接手主编刊物有关。丁景唐接手主编此刊物后,除了继续摘译,增加译文之外,又延伸为摘录国内报刊杂志,重新编排,形成一组主题鲜明的文章,不加一字,却爱憎分明,针砭时弊,酸甜苦辣皆成为文。

这期发表的《你没有牌了吧》(栗马)摘译一组国外消息,头条便是谋求连任的美国总统罗斯福与共和党威尔逊之间针锋相对的对话。最终,罗斯福打破了美国国父华盛顿总统确立的传统,第三次当选为美国总统。由于珍珠港事件,罗斯福领导美国加入了反法西斯同盟,为打垮法西斯做出了巨大的贡献。

《莫洛托夫的面包盐》(晓霞)的标题是指苏军研发的威力无比的新型大炸弹,摘译的内容却是借此作为苏联与英国之间的外交之争的切入点,"以莫洛托夫的绝顶外交手段来作这种厉害的新武器绰号,这是最切实没有了"。

上一期刊登迪克的特约长篇通讯《到美国去》之后，这期又发表他的《赛珍珠与林语堂》，这是一个吸引眼球的话题。迪克以批判的眼光审读赛珍珠的代表作"大地三部曲"（《大地》《儿子》《分家》）之前的一部小说和林语堂的《吾国与吾民》，认为赛珍珠与林语堂的作品都是描写、陈列中国愚昧、落后的东西。迪克揶揄道："赛珍珠真不愧为'文明国家'的聪敏女儿，她知道西洋的大人先生们所喜欢的东西，于是搬了许多中国的假古董出去，结果，她自己是飞黄腾达了。"赛珍珠凭借《大地》，获得了1938年度诺贝尔文学奖。

1934年上半年，林语堂处于最倒霉的时期，他主持的杂志《人间世》严重亏损，他的闲适小品受到左翼文坛的尖锐批判。他带着家属到庐山避暑，拼命用英语写《吾国与吾民》初稿，后回沪补充修改，前后花了10个月。又应赛珍珠之邀赴美国，将书稿交给赛珍珠与丈夫开设的出版公司出版，林语堂与赛珍珠交谊急剧升温。但之后则是大转折，两人关系恶化，形成异国文化价值观和不同思维方式的大碰撞，在此不赘述。

迪克没有进一步追述林语堂与赛珍珠之间的恩怨故事，则是严肃地指出：林语堂的《吾国与吾民》是"流传很广、对欧美人士影响很大的一本书"。并且认为："他的结论是可笑而又可怜的，他希望有一个神仙似的大执法官会从天上降下来，从大湖里拿出刀来，把中国的贪官污吏尽杀光，然后建立一个法治的国家。这真是一个神话式的思想，也正代表着没落的士大夫阶级的幻想。"

对于赛珍珠的作品，鲁迅、茅盾、胡风等人都曾有精辟的批语。其实，赛珍珠处于"两个世界的冲突之中"：她在美国被视为亲华派，遭到歧视；她的作品在中国曾长期被打入冷宫。林语堂及其作品的境遇更是一波三折，世人褒贬不一，各自有理。迪克一文折射出当时中国文坛中的主流之见，受到鲁迅等人批判思想的深刻影响。

其三，上海社会百相，展开一个谈天说地的广阔天地，将历史、地理、文化与现实百态相结合，形成讽刺、针砭、"挖根"的新题材，体现在《吃角子老虎大王》（古琴心）一文里。此文的视野很开阔，从美国的钢铁、石油、汽车、军火等大亨，谈到侵入中国的赌博投机老虎机，联想到上海成为外国投机商的"冒险家的乐园"，最后引用《上海——冒险家的乐园》作者爱狄密勒的一句话："这理由很简单的，在东方，我们白种人有一面特殊的国旗在保护我们。"中国沦为列强的半殖民地，侵华日军的铁蹄已经残酷地踏遍东北、华北等地，准备吞噬南方，谁又在扯起投降卖国的旗子呢？

前几期的《联声》"文艺沙龙"栏目已经接连刊登各种题材的小说、散文，最初的改革计划正在有序实施。这期《皮鞋破了》（恭）的背景首次破例为电车、公交车工人罢工，两名学生一肚子的牢骚，只好"安步当车"。上午四节课，两节课教师不露面，其余两节课学生也是稀稀拉拉的。两名学生无法回家吃饭，便在小饭馆里就餐，一算账，吓一跳，饭菜都涨价了，这时才明白工人罢工的原因。一周步行上学，皮鞋底磨破了，要去打前后鞋掌。"三元半！"

皮鞋店店员神气地说着。小说戛然而止,余音犹在。

张宁的讽刺小品《咦 Bimetallism……》标题有些奇怪,其实看一下该文的结尾——教授上课时让学生"Explain 'bimetallism'",即"解释复本位制",学生答曰:"咦!"这一问一答本身就是一种幽默与讽刺,潜台词是教授只会问高深莫测的问题,显示自己一肚子的墨水,"博大精深"。学生天天被大考试、小测验搞得头昏脑涨,哪里有心思来回答这种所谓的"深奥"问题,只好含糊地说一声"咦",应付一下。此文到此戛然而止,让读者自己去品味。如果再联系整篇文章描写这些被大考试、小测验折腾的学生不胜其烦的心态,不时地吐槽、抱怨,讨厌教授枯燥乏味的说教,那么便会明白此文标题的含义了。

这种讽刺小品延续在丁景唐的诗文里,讽刺意味更为辛辣,并且扩大到社会新闻题材,甚至矛头指向"大发国难财"的国民党要人。

其四,"书报介绍"依然暗含机锋。

上一期刊登东吴大学青年会的《广播电台》(消息):"双十节"组织集体去观看于伶创作的《大明英烈传》。于是这期《联声》有了续文,整版介绍《大明英烈传》剧情——"刻画了刘伯温、苏皎皎、唐力行、秀姑等决心推翻元室、光复山河的起义领导者和群众的形象,在宣扬民族意识、鼓动人民反抗侵略者方面,收到了较好的效果"(唐弢主编《中国现代文学史》)。介绍剧情时,虽然不着一字点评,但是与读者达成默契,借古讽今——抗日救亡。

冯定,著名哲学家、教育家、北京大学教授,曾任中国科学院哲学社会科学学部委员、中国伦理学会名誉会长等。20世纪30年代,他用"贝叶"等笔名发表了大量有关青年思想修养的文章。1937年,他写的《青年应当怎样修养》被收入生活书店"青年自学丛书",成为最畅销的读物之一。《之大商学刊》第1卷第4期(1941年4月18日)"书橱——人生哲学参考材料"栏目推荐11本书籍中有冯定的《青年应当怎样修养》,还推荐贝尔的《怎样处世是我们所需要》《献给年青的一群》,以及柳湜的《街头讲话》、刘群的《告彷徨中的中国青年》《青年生活顾问》、李平心的《生活与思想》、向林冰的《中国哲学史纲要》、艾思奇的《大众哲学》《实践与理论》、胡绳的《新哲学的人生观》等,这些作者大多是马克思主义哲学传播者,具有深厚的造诣。其中有些人后来担任要职,如艾思奇担任中共中央高级党校副校长、中国哲学会副会长等职,柳湜担任《人民教育》总编辑、教育部副部长等职,胡绳担任中共党史研究室主任、中国社会科学院院长、全国政协副主席等职。

之江大学与沪江、东吴、圣约翰是华东地区四大教会大学。1938年,该校在上海租界里复课,与东吴大学等同在南京路慈淑大楼,与其他大学有很多来往。之江大学地下党组织由田辛(毕镐铭,丁景唐的党内上级)开辟,施瑛(邵幼青)、吴康(范树康)、金明徵考入该校后,成立了党支部,发展工作很快,开办之江夜校,成立学生会,创办校刊。因此,《之大商学刊》与《联声》也有各种关系。

《联声》"书报介绍"发表了金钢写的《从笑谈到处世——介绍〈怎样处世是我们所需要〉》。这期《联声》并未像《之大商学刊》那样同时推荐11本书籍,而且金钢一文显得很低调,只是根据自己的经验教训说了一通,最后认为:"这本书里面还有许许多多适合中国青年应该学习的处世知识,因此吃了一顿亏的我,十二万分愿意把这本书推荐给你们!"

这期《联声》还有两点值得注意。

第一,编辑部地址改为女青年会的新地址慕尔鸣路323号,并发出通知:"学校通知本刊,以便今后通讯,来信请寄到慕尔鸣路三二三号女青年会,《联声》编辑部收。"同时刊后的版权页上的编辑部地址也改为同样地址。

第二,这期同时登载三条启事:

(1)《〈联声〉第一次扩大订户竞赛运动启事》,详见《苦恼的经济难题,欣慰的各方援助》。

(2)《庆祝"上海联"廿周年纪念征文》。

内容:《我和"上海联"》,我和"上海联"的接触(如夏令营、《联声》读者参加校夜及其他各种活动)、"上海联"给我些什么(从你和"上海联"接触后得到些什么,如认识许多朋友、得到许多课外知识经验等);《我希望"上海联"》(写出你希望"上海联"前途怎样)。

字数:每一段数十字。

截稿:十月一日,来稿寄慕尔鸣路三二三号女青年会,《联声》编辑部收。

(3)《庆祝"上海联"二十周年纪念》出版预告:"《'上海联'故事》、《〈联声〉纪念专号》(三卷二期)。以上书均于十一月九日出版。"下期刊登的俞沛文(歌罗茜)写的《"上海联"的故事》的广告:"这是二十年来'上海联'的史实;告诉我们它是怎样长成的,给予了我们更多的经验与教训,提示了今后的路途。每本三角。"

显然"上海联"各部门与《联声》编辑部召开联席会议,策划、商议、部署、实施有关纪念"上海联"20周年活动事宜。

第3卷第2期(1940年11月16日)

经过一番紧张的筹备,这期隆重推出"纪念专辑"。

"二十年来它已生长,二十年来它已壮强……青年队伍坚实雄壮,冲破黑暗,光明在望。"这是陈一鸣、曹厚德合作,重新填词的《"上海联"念周年纪念歌》,改编自 John Brown's Body,即陈一鸣熟悉的美国歌曲《约翰·布朗的躯体》。当初为了纪念被杀害的著名废奴主义者约翰·布朗,人们利用该曲调重新填词,出现了第一个著名的改编版本。音乐永远没有国界,多年后,陈一鸣、曹厚德再次填词,庆贺"上海联"成立20周年,同时"冲破黑暗,光明在望"——投身抗日救亡洪流中,信心百倍地迎来抗日战争胜利的曙光。此重填歌词的歌曲刊登于这期尾页。

这期是"庆祝'上海联'廿周年纪念专辑",此行大红字出现在封面右下的要目上。其上盖有蓝色长方形章,由两行字和圆形图案组成,刻有"上海联廿周纪念""参加集体生活"。左下角圆形图案,刻有"上海联念周年"。封面上端为大红刊名,一旁小字为"基督化的青年化的兴趣化的半月刊"。右下角为一幅美术作品,画面上是父子俩的背影,画面下方注明"艰苦的历程"。这种形式的封面设计令人眼前一亮,自创刊以来是头一回,洋溢着浓郁的喜庆气氛。

卷首语为《风雨飘摇的二十年》,署名"永"。其文上端为《同声庆祝"上海联"》,由"'上海联'工作人员集作,浩流执笔",发表了丁光训的《上海联与世界学运》、斯文的《永不忘怀的画面》专题文章,其他人发表各自感想的短文夹在各篇文章中间,避免了集中"排排座"排版的呆板形式。

俞沛文以本名和笔名同时发表两文,即《什么是"上海联"》《"上海联"是我们的摇篮》,后文在目录上的署名是"罗西",正文里则是俞沛文。他在文章里确认:"上海联"是1920年11月30日下午6时"诞生在上海青年会追思厅"。

"上海联"许多同学写了感想短文,编辑将其编为《我和"上海联"特辑》,其中有丁景唐熟悉的名字:秦望川、朱青、沈佩容、郭锡洪(郭明)、张耀祥等。

目录上的庆贺诗歌有四首:莫泯的《"上海联"是我们的》、洛黎扬的《献给"上海联"廿周年》、阿芳的《你率领着青年的行列》、曹岑的《新生的友》。继发表第一首诗歌《给……》之后,一年多以来,丁景唐写作水平提高得很快。这期发表丁景唐的第二首诗歌《哦,"上海联"呀!你,你是我们的母亲——献给"上海联"廿周年》。

这期继续刊登迪克发自美国的特约通讯《谈谈华侨》,一组摘译的《具有历史性的滑稽》(柏青)。值得注意的是首次刊登评介巴金作品的文章《巴金和青年》(星星),此文指出巴金作品对青年读者的不同影响,除了"激流三部曲"《家》《春》《秋》之外,着重介绍了《海底梦》,"我们感受到一种伟大的、牺牲自己毕生幸福为奴隶而战斗的精神和热情"。随后联想到《灭亡》《新生》的故事,"把世界上最伟大的东西都写在这里了"。巴金的《海底梦》中的警语继续出现在下一期里,丁景唐晚年批阅时还特地指出这一特点。1942年9月,丁景唐由东吴大学转入沪江大学三年级,开始了治学之路,写有论文《论巴金作品的文法研究》。

第3卷第3期(1940年12月1日)

寒风凛冽,时局紧张,各种传闻满天飞,搞得人心惶惶。期末考试又将来临,学生产生厌考的抵触情绪,甚至担心学校和自己去向的现实问题。这牵涉到学校的办学思路、教育方式等,这些都以不同方式体现在新出版的《联声》里。

延续上期封面设计的思路,将这期主旨"读书与生活"贯穿要目,并在封面右下角安排一则漫画《走投无路》,画面是一个青年坐在巨大书籍上,茫然搔头,一筹莫展。

"学校怎么活下去呢?我们又怎么活下去?这二个问题是我们同学最关心不过的了。"(社论《学校怎么活下去?》)社论提出这个现实问题,并且破例配了田辛的一组漫画《遥望内地》《望"洋"兴叹》《学校关门》,合为《此路不通》。

第二篇文章《逃·出洋·内地去?》(柳央)干脆挑明了这个尖锐的问题:"全世界都没有一处安全的地方,都没有一个享乐的所在。由此可见我们现在要决定的、选择的路,不是到哪里去的问题,而是决定做些什么和怎样做。"

接着,两篇文章为《黄金堆砌的学校》(垠川)、《人格测试》(圣罗治),分别从不同角度进行正面引导和劝说。前文的结论为:"更不幸的是我们读了十几年书,到现在山尽水穷的时候,不能帮我们的忙。我们要想办法,我们要找出路,还得另起炉灶。所以我们不能读那[些]毫无用处的书。我们要找一条新的、适当的、实用的路。"并在文后摘录巴金《海底梦》的警句:"与其做一个屈服的奴隶而生存,毋宁做一个自由的战士而灭亡。"点明了以上一组文章的一个基本道理:在抗日救亡的严峻时期,每个青年学子应该勇敢地跳出狭小的书斋,投入火热的抗日救亡大潮中。永远记住自己是一个中国人,决不能做汉奸走狗。

针对学校的教育制度等问题,这期《联声》推出另一组文章《人生哲学课——新教育制度在××》(罗沙)、《"考"与"榨"》(友浔)、《控诉》(乔起)、《我为什么要逃课》(莫怀芳)、《大学第一课》(江澄)、《大学生活的片段》(栗青)、《我校的加紧功课压迫》(文渊)。这些文章大多是抨击现行的教育制度,怜悯被大小考试痛苦折磨的可怜学子,批评、讽刺不学无术的教授,无情揭露校园里混日子的纨绔子弟。其中《控诉》(乔起)、《我为什么要逃课》(莫怀芳)都是丁景唐写的。前文并未在封面要目中露面,也许是因为标题比较尖刻;后者落款为"梁秀华述,莫怀芳写",这是佯称他人口述。

除了以上这些诗文之外,还有诗歌《新木乃伊的造像》(UK),在封面的要目中也没有出现。此诗歌写道:

像一群可怜的绵羊,/被牵进了这个可怕的屠场,/不准呻吟,/也不准反抗。/像一批无辜的罪犯,/被投入了那黑暗的囚牢,/没有自由,/也没有阳光。

此诗开头立即展现一个恐怖世界,不明真相的读者还以为这是在描写被无情放逐到西伯利亚的死囚。

整天功夫,花在——翻生字,抄笔记,做报告,写论文,再加上 Quiz、Test、Examination。

最后发出怒吼的声音:

我们是勇敢善战的新青年,/我们是时代潮流的前锋队!/又粗又大的手掌,/一定会把这笨重的锁链打碎,/冲出那阴暗可怕的囚牢。/伟大的集体力量,/终能消灭这不合理的制度,/争取那灿烂美丽的新天地来到。

这雄心壮志、非凡气势、庄严誓言,分明是一个红色战士的心声,远远超出了《联声》刊载的范围。

这期刊登两篇文章值得注意,构思颇为新颖。一是《再会吧,中国的同学们——××教授的一封公开信》(晓霞译),说是译文,可能是假托的,文后没有写明译文出处。这位××教授回美国之前写了一封公开信,批评大学里的有些同学不关心自己祖国的安危——

有一次,我在英文班上对你们讲法国都德著的《最后一课》,使我记起了中国的命运,我几乎要为你们流出眼泪来。然而你们,却依然是张东望西,打不起精神来。

最后他对中国青年寄予厚望:

我希望我留下来的这一些友善的忏悔,还能激动你们,一定能激动你们,你们应该是觉悟了,你们应该从书本里解放出来了,因为你们的祖国,你们的父母,你们四万万五千万的同胞都在等待你们。中国的新生的命运,也正等待你们去迎接。

二是小说《一颗心找到了她自己》,落款时间为1940年11月26日。作者古琴心(可能是丁景唐器重的才女周绮霖)先后在《联声》上发表过不少文章,颇有才华,如《稻穗姐姐》《吃角子老虎大王》《智慧的呼唤》《读书的卫生》《兴奋和寂寞的合唱:大学毕业的前奏》《科学手相术》《米老鼠的爸爸》等。2 000多字的小说《一颗心找到了她自己》比较出色,在《联声》发表的所有文学作品中名列前茅,其题材也是很少见的。作者的写作角度不时地变换,正叙、倒叙、插叙,但层次分明,并不显得凌乱,始终有一根主线贯穿,显示了作者驾驭文字的较强能力。

"安诺德女士五天不说'我爱中国''我要帮助中国的同学'了。那一朵常在她面颊上开着的笑容也给暴躁性格劫夺了去。"小说别开生面的开头,展露了这位女教授的复杂心态和鲜明个性。安诺德是一个虔诚的上帝信徒,冲破种种阻力来华执教,"我有我自己的主张,我爱中国,我要去"。但是,她宣布这决定时屡屡遭到讥讽、歧视,甚至有的留美中国学生竟然说:"我觉得中国从来也没有向我呼唤。"来华后,安诺德满腔热忱地投入教学,但是她的善良言行往往遭到冷落:"我真奇怪你们美国人为什么要做中国的朋友?"这激起她的反感,"她恨透了违背了上帝博爱的意志"。突然接到撤退回国的通知,使她陷入困惑之中,但是她不得不服从。临走时,她邀请同学们前来寓所,她特地穿上友人送的旗袍。"她决定要给中国的同学们一个亲热的印象……再来唱一遍[《我爱中华美地》]吧,中国的同学们……安诺德女士按着白得发亮的钢琴的键子,忘记了她宠爱的乔治,向大家高声地叫了起来。"

第3卷第4、5期合刊(1941年1月中旬)

这时丁景唐已经调到"上海联"工作,参与《联声》编辑工作。这期间因发生警报(被告密),1940年冬天,丁景唐离开东吴大学(停学),原拟撤退去抗日根据地,与王汉玉提前结婚。后因警报解除而留沪,但不再担任东吴大学党支部书记。不久,王楚良调到"文委"工作,丁景唐也已转学到光华大学,接替主编《联声》,担任该刊地下党支部书记,自这期至第4卷第4期(1941年9月10日)自动停刊。这期间他发表的诗文甚为集中,每期都有三四篇诗文和编后记、补白等,初步统计共有60多篇。丁景唐回忆说:

> 虽然我在上中学、大学时也编过文艺刊物和学生刊物,但没有受到过严格的党的宣传工作的训练。参加《联声》工作以后,田辛同志对文学宣传工作有严格的要求,每期刊物都有中心要求,紧密结合形势和上海的实际情况以及学生的思想,明确每人分工负责的写作任务和组稿任务。每期出版后,他都和我们认真评刊,从大的宣传方针内容到文章的标题、文风和编排格式、校对质量都一一评析,总结经验,吸取教训,提出改进措施,等等。田辛自己在《联声》上写过一篇散文《小小的十年》,叙述了他中学时代从爱好文艺到接触社会科学的思想而投身实际工作的历程,为我们同辈人——青年学生知识分子所经历的思想历程留下一份宝贵的资料。

(《风雨长夜忆故人——怀念田辛同志》)

同时,丁景唐推荐之江大学学生郭明(郭锡洪)和青年会中学毕业生王钟秀参加《联声》编辑工作,还有董乐山(笔名麦耶,董鼎山的弟弟)等学生参与。丁景唐回忆说:"当时,我住在上海法租界福煦路明德里沿街的三层楼上,《联声》编辑部设在女青年会上的'上海联',印刷厂在我家隔壁。我们几位同学常在我家里讨论选题策划,分头写稿、审稿、发稿、校对。不久,我接替王楚良主编《联声》(第3卷第4、5期合刊)。"(《我的文艺编辑生涯》)

明德里在福煦路(今延安中路)535号、545号至547号。丁景唐住在明德里沿街35号,邻近中国艺器公司及印刷部和科学中西装订所,靠近茂名南路。"《联声》编辑部设在女青年会上的'上海联'",即慕尔鸣路(今茂名北路)323号女青年会所在地的"上海联"出版委员会(位于茂名北路、南京西路拐角处,后曾为中国纺织建设公司上海第一门市部,20世纪60年代为上海向阳妇女儿童用品商店,现新建为一幢现代化商业大楼),相距丁景唐的明德里住所不远。

这时上海学生界激烈抗日反汪斗争已经沉寂,党的学生工作已主动转为深入学生群众,通过生活化、学术化活动团结、教育群众。因此,丁景唐接手主编的《联声》和其他"学委"办的刊物一样,发表的文章从各个方面反映校园内大学生的思想、生活、学习,寓思想政治教育于其中,潜移默化地启迪广大学生,指导他们正视现实,踏上正确的人生道路,适应时代的潮流,同时避免发表敏感的政论等。这成为丁景唐主编《联声》的一种新策略。

这期《联声》版权页上的出版日期错为上一期的时间,丁景唐晚年注明应为"1941年1月中旬"。这期有一些新变化:丁景唐设计刊头和封面,首次以重组的编辑部名义答复读者来信,唯一一次发表吴康(范树康)的文章,首次推出新栏目"女同学顾问"等。

封面是丁景唐设计的,请陈有民(史毓民)绘制,他是丁景唐的青年会中学同学,与吴康、郭明一起开展抗日救亡的宣传工作。丁景唐先介绍吴康入党,此后,吴康又介绍郭明、陈有民入党。这期封面的刊名由原来的印刷字体改为立体美术字,一旁衬托的美术插画为手举火炬,整体为黑白基调,交相辉映,颇有气派。右下角的美术图案改为《新年歌》:"度过了快乐的新年,大考就在眼前,不要为分数烦恼,春天是我们的!"

这期卷首语"Merry Christmas and Happy New Year"(《圣诞快乐,新年快乐》)没有出现在封面的要目上,也许因为这期是4、5期合刊而遗漏了。此文以信的形式出现,落款为"你最亲爱的友朗,十二·十七"。此信理应是丁景唐等人起草、修订,劝说"可笑无常,发愤忧郁"的悲观青年伙伴振作起来,迎接新的一年来临,这也反映了当时悲观、消沉的气氛弥漫在校园里,直接影响了相当多的青年学生的三观(世界观、价值观、人生观)。

这期末尾刊登读者伍淑英的来信《提早结婚》,丁景唐等人以编辑部的名义答复,即《我们的意见》。"对于你的苦闷问题,我们十二分愿意帮助你,为了能给你比较完善的意见,所以我们几个人慎重地讨论了一番。像你所遇到的读书、结婚、对象等问题也正是许多别的女同学感觉到苦闷的。因为在中国,妇女并没有完全平等,完全自由。"一番劝导,最后鼓励她,"我们至诚地希望你鼓起勇气来,达到你的目的,以前的女孩子都像羔羊般被牺牲了,但以后再也不能继续这样,为着你自己的幸福,勇敢起来打出一条路。"

此答复信占据一页多,显然丁景唐很重视。"我们几个人慎重地讨论了一番",也透露了丁景唐接任主编后第一次讨论的内容,同时与这期推出新栏目"女同学顾问"相互呼应。此后,丁景唐将"妇女与文学"作为一个课题,撰写了许多文章,这并不是偶然的。

阿范的《隔断了颈脖子——看了〈春江风月〉以后的感想》一文,并未出现在封面的目录上,这是故意雪藏的。阿范,即范树康,党内用名吴康。他与丁景唐同为青年会中学高中同学,1939年2月经丁景唐介绍入党,长期从事"学委"系统党的工作。丁景唐与吴康关系甚好,互相亲昵地叫着"阿范""阿唐"。丁景唐、吴康高中毕业后,分别考上东吴大学、之江大学。为了帮助解决吴康的学费问题,丁景唐也申请基督教青年会发起的清寒学生助学金。他俩虽然同在慈淑大楼上课,但遵照党组织的规定,自觉严格执行纪律,不发生横的关系,也不再互相到对方家去串门了。因此,吴康只能作为作者投稿,还不能打招呼,丁景唐心知肚明,按照择优选稿的规定,这是唯一一次刊登他的稿件。

因为没有钱——穷。

> 虽然自己个性爱好音乐,但是不常有这福气来研究,并且家里墙壁上,也没有什么小提琴或者尤可梨梨,甚至于口琴坏了簧也修理不起。
>
> 但是,我内心的极深极深的底里,有着一丝不小的幻想——做个有名的音乐家吧!
>
> 平时,在家里、在学校、在路上,嘴巴里尽是哼!哼!哼!爸爸在唉声,妈妈在骂人,妹妹要哭闹,但是我自在地哼!哼出一个大大有名的音乐家来!

吴康的《隔断了颈脖子》的开头毫不掩饰自己的一个幻想——将来成为一个音乐家,其中却隐埋着苦涩、无奈。丁景唐与吴康在青年会中学读高中时,组织"大众歌声"歌咏团,他俩先后负责。用的是《大众歌声》歌曲集,有时也另外印发歌曲。刻写蜡纸和印刷全是吴康的工作,他刻写蜡纸的水平极高,油印件很精美。丁景唐、吴康都爱唱《大刀进行曲》《游击队之歌》《义勇军进行曲》《毕业歌》,还有姜椿芳翻译的苏联抒情歌曲《祖国进行曲》,引起他俩美好的憧憬。因此,此文开头的自白也在情理之中。

吴康的写作才华早在16岁读高中时已经显露。他的一篇《箪食壶浆迎国军》叙述1937年"八一三"淞沪抗战爆发的前一天,中国军队开赴前线,闸北一带市民夹道欢送的动人情景。此文被编辑列为《上海一日》第一辑第一篇。

吴康的《隔断了颈脖子》一文介绍了美国哀情悲剧影片《春江风月》,此影片一时风行,被称为"一首美丽而又动人的诗",真挚而动人,催人泪下。主要描写作曲家一生的遭际,他的欢乐、他的悲哀,以及他那致力于音乐的孜孜不倦的精神,一直到他忧郁而死。

吴康首先以优美的句子描写影片中的自然美景和热恋中的情侣,然而笔锋一转,击中影片悲剧的关键——"锋利的剃刀割断了细细的颈子,不合理的社会埋没了宝贵的天才。"穷困潦倒的天才作曲家的遭际激起吴康的强烈共鸣:"正像他以前和以后的无穷无尽的天才青年,文学、科学、艺术的天才青年一样,埋没在失意、潦倒、贫困、饥饿、苦痛、死亡……里。"满腔热血的吴康愤愤不平地写道:

> 他没有想到,他可以奋斗,他还有一双拳头,他应该改变自己的作风,作一些刚强的、兴奋的、唤起大众反抗、激起大众愤怒、战斗的雄壮的歌声来;他不该自杀,他不该逃避痛苦,他应该勇敢地坚决地踏入被损害的和被侮辱的(像他自己身受的一般)队伍中去! 那么他的天才,可以有更大的发展,收获。

此时的吴康已经融入自己的心声——高唱《义勇军进行曲》《大刀进行曲》,勇敢地向前冲! 这种声情并茂、昂然雄起的点评,在当时众多影评中是独一无二的。

此后,吴康又以"阿范"的署名寄来一篇稿子,因为偏激,丁景唐没有刊用,并在第3卷第7、8期合刊中刊登《代邮》。

这期推出新栏目"女同学顾问",并且破例放在封面要目的第一位。其中有五篇文章,首篇是"Christmas Carol"(《圣诞颂歌》,珞华),应是一篇译文。记录了外国青年施克罗琪准备过圣诞的言行,似乎与"女同学顾问"栏目无关,也许是王楚良留下的稿件。

"在'用功'的后头再加上'死读书',这话在女同学听起来很不顺耳,因为在语气里至少含有女孩子愚笨的意思。"《死读主义和分数观》(甄垠川)开头如此说。《恋爱也有苦闷》(锡兰)引导青年学生树立正确恋爱观,认为"学业成绩很好,而有崇高理想的C君是比较好的对象"。

丁景唐发表两篇文章:《社会和我们开玩笑》(莫怀芳)、《小鸟儿·寄生草·红花瓶》(黎容光)。后文从一个特定的角度诠释了前文,两者互为补充,形成一个整体,编入这期首个专栏"女同学顾问"。文章延续了丁景唐先前撰写的《稀奇吗!?》《我们的李先生》等文中对校园女生问题的思考,体现了丁景唐的整体策划、写作的思路。

这期还有"生活常识""圣诞""新年计划"栏目,同时保留影评栏目,即"电影随笔"。

"生活常识"栏目两篇文章的标题很有意思。《科学手相术》(古琴心)中的"科学"二字是一种讽刺,其小标题为"我们常被骗和骗人""这是像买卖中的广告""要科学地去认识一个人"。此文是在告诫学生们,在抗日战争严峻形势下,上海"孤岛"形势将恶化,青年学生要坚持做一个有骨气的中国人,分辨是非,特别是要谨慎待人处事,千万不要被许多骗人伎俩和假象所迷惑,甚至堕落。

《眼珠翻新》(生影)的标题是苏联医学院费拉托夫教授提出的一个医学术语,即如今的白内障和眼角膜手术。文章对此进行了详细的介绍,看似摘录之文,最后则笔锋一转:此手术"使在黑暗中的人能早一日得到解放",希望此后,"你将很少有机会在路上看到一个小孩牵着长者,手中叮叮当当敲着两个铁板,一步一步跟跟跄跄地在街上过着流浪的生活了"。

按照惯例,这期继续推出"圣诞"专栏,发表三篇文章《圣诞节的种种》(光明)、《"伯利恒明星"的故事》(提莫太)、《圣诞的诞生》(哥林),署名"光明"的作者是该刊编辑部的成员。这期有不少摘录的圣诞趣闻等,夹在各种文章的中间或文后,有些落款为"光明"。后两文及"电影随笔"栏目中的《银幕上的耶稣》(晚歌),给丁景唐留下较深的印象,触发了他此后创作叙事诗《一个以色列民族英雄的死》《远方》、散文《主要复活》《"你们是世界上的盐"》等。

这期首次准备连载美国著名作家辛克莱的《美国学府的秘密——一个美国作家的读书经历》(下期并未续载),方大悟翻译。此译文告诉中国青年读者,美国教育机构是被"某些强盗把持着","不是教他们智慧而是[教]他们愚蠢"。

厄普顿·辛克莱以长篇小说《屠场》登上文坛,后来成为一名享誉国际的小说家。20世纪20年代,郭沫若曾翻译辛克莱的长篇小说《石炭王》,曾一度被禁。20世纪30年代出现一个热潮,辛克莱多部长篇小说被译为中文,他被视为"大胆揭露时弊"的进步作家,曾受到中国左翼文坛的推崇。

第 3 卷第 6 期（1941 年 1 月 25 日）

1941 年春节之前，丁景唐等人赶出这一期。延续上一期的策略，避免发表敏感的政论等文章，增加曲笔之文，包括介绍苏联有关情况，揭露、讽刺希特勒、墨索里尼及其统治的德国、意大利的法西斯罪行。

柳子春的《〈池鱼遭殃〉及其他》以剧本形式出现。剧名：池鱼遭殃（见《说明书》，刊登于此文左下角）。主角兼导演：小胡子希特勒。配角：维希老人贝当上将，黑衫首相墨索里尼。地点：世界大舞台。时间：1940 年的暮冬。布景：卐旗底下，小胡子坐在写字台边发脾气，台上满堆着他的独霸全球的大计划，幕开时电话机正在叮铃铃响着。显然这是辛辣讽刺希特勒、墨索里尼的短剧，借此抨击侵华日军的狼子野心。《说明书》补充道：

在中国有个故事：有一个地方不知何故城门失了火，小百姓固然倒霉，而城门的护池里的鱼也遭了殃，莫不呜呼哀哉。

这原因据说是：官府大人追究不出犯人，便把全城的小民都做了肉蒲包来投河，可是人太多，一投给填满了，于是池鱼遭了殃。

但二十世纪的今天，毕竟要文明多了，这里不过只是一个例子：（维希二十七日合众社电）德国因法国奥兰城电话线被切断一根，遍觅罪人不得，已将出事之法国城镇，科以罚金一百万佛朗。

"城门失火，殃及池鱼"是一个成语。城门失火，大家都到护城河取水，水用完了，鱼也死了，比喻因受连累而遭到损失或祸害。这里则演变为法西斯罪行，"把全城的小民都做了肉蒲包来投河"，并引合众社电文，抨击德国侵占法国的野蛮罪行，由此隐喻侵华日军的罄竹难书的滔天罪行。这种行文与《说明书》相结合的版面构思，是《联声》创刊以来第一次，显示了丁景唐等编辑同人的集体智慧。

蒙歌丽的《小胡子卓别林》放在"摄影室"栏目里，这本身就是"障眼术"。此文"神侃"一通，其中一节"关于《大独裁者》"，这是大名鼎鼎的查理·卓别林编导、携手宝莲·高黛主演的第一部有声电影，辛辣讽刺希特勒。因此，《小胡子卓别林》借题发挥，介绍了影片情节，并指出影射的德国国徽等辛辣讽刺的艺术手法，"谁能像卓氏那样的勇敢大胆，对'混世魔王'有所讽刺，谁又能像他那样的多才多艺呢？"

这期推出的栏目有："生活漫谈""阅报室""宗教""摄影室""特写""科学小品""学校风光""图书馆""诗歌特辑"。显然这些栏目都是围绕着校园学习和生活，远离国内政局时事。

"生活漫谈"共有三篇，即丁景唐的《走投有路》、方雪飞的《新的学堂》、幼铃的《当寂寞来到的时候》，从不同角度为同学们寻找出路，并且弥补柳央的《逃·出洋·内地去？》未能具体解说的出路问题。

"特写"栏目里刊登《垃圾学校》(爱华)一文,揭露一所混乱、落后的畸形学校,以此抨击黑暗、腐败的社会,也为那些衣衫褴褛、手脸满是污垢的孩子感到惋惜,"就是沿街的乞食的流浪孩童,也绝不是生就便是低能的"。

"宗教"栏目刊登一组两篇文章,即丁光训的《我来……》、郑建业的《小摩西》。后文是改写的一则宗教故事,但是未完,下期也没有续载。郑建业是东吴大学学生,与丁景唐是校友,他担任青年会服务部部长、校外事工代表,与丁景唐在校主编《东吴团契》时有工作上来往。郑建业多才多艺,与丁景唐是诗友。数年后,丁景唐编了一组三首诗歌《友情草》——丁景唐的《有赠》、郑建业的《南风》、成幼殊的《金沙》,原载于《女声》第3卷第11期,丁景唐特地写了《编辑小语》。

这期还编有"诗歌特辑",除了《小马》(戈群),丁景唐写了三首诗歌《慈善家》《糊涂堆》《迎春曲》,最后一首没有出现在封面的目录上。《慈善家》是丁景唐发表于《联声》的第一首讽刺诗,由此开拓了创作诗歌的思维空间。他写的另一首讽刺诗《糊涂堆》与《慈善家》有相似之处,都是从不同角度来刻画丑角形象,但是题材不同。《迎春曲》轻快、欢愉,风格截然不同于同期刊登的讽刺诗《糊涂堆》《慈善家》,在两首讽刺诗的沉重基调之间抹上一道明亮的色彩。这也是这期"诗歌特辑"编排的需要。

丁景唐的《介绍你一位寒假的良伴》介绍"良友"《海沫》,并透露海沫社地址为"热河路十四号"(此处后为万升酱园),"《海沫》半月刊现已出至一卷六期,零售每册二角,全年廿四册四元八角,各大书店都有代订"。

1940年秋天,中共江苏省委的"学委"决定办一个以大学生为主要对象的刊物,由国立、私立大学区区委领导。刊名定为"海沫",1940年10月15日创刊,1941年底侵华日军占领租界时停刊,共出2卷22期。《联声》第4卷第1期(1941年7月1日)再次刊登别具一格的《海沫》广告,希望引起广大读者的喜爱和支持。

为了节省篇幅,丁景唐等人将《编辑后记》改为《片纸只字》,且夹在其他正文里,署名编委,理应是丁景唐起草的。该文写道:

一、最近我们接到了几封询问《联声》收不到的信,我们感到很大的抱歉。同学中如有同样的事,请来信可也。

二、《联声》出版日期次次脱期,这一方面因为印刷所[的]关系,同时也是因为稿件[的]关系,希望能写作的同学多多帮助。

三、这次诗歌特辑,收到的文章不少,但因为篇幅,不得不割爱了,请作者与读者原谅。洛丽扬的《慈善家》是值得向各位推荐的。

四、前曾发表意见表一张,各位写好快些寄来!

五、为了提高同学的写作兴趣,我们发起几个征文,希望大家写一些:(一)我与宗教;(二)我的……(如生活苦闷、学校生活、家庭、恋爱、将来志趣等)。

这几条反映了丁景唐与大家协商后采取的办刊措施,一是散发意见表,倾听大家的意见,群策群力,一起办好《联声》;二是发起征文活动,激励大家的写作积极性;三是推出诗歌特辑,希望得到爱好诗歌同学的共鸣,扩大读者群,增加刊物影响力。

这期还预告下一期的主要栏目和有关内容:

恋爱纠纷:普希金像前散步,诗意!《春天里的秋天》,愁煞!

读书方法:是一把[钥]匙,交给你去启开智慧的大门。

街头角落:大年夜的热闹景色,南京路上广告大观。

角落:剃头师傅关上排门,密斯小姐头发蓬蓬。

电影:再谈我为什么要看哭的电影。

阅报室:墨索里尼穷看《大独裁者》,希特勒炸毙轮船上!?

谈至话:下次开幕,欢迎同学来此便谈,心有所感,写而为文,上至吃饭,下至闲话,只要言之有物,无不乐于登载。

显然,这是丁景唐等人提前策划的结果,并且已经约稿了。这些预告的有些内容出现在下一期,也有随机应变的新内容。其一,评介巴金的小说《春天里的秋天》未能发表,改为讨论巴金的《家》,因为曹禺改编的《家》公演了。其二,"阅报室"栏目原设想继续将希特勒、墨索里尼作为抨击、讽刺的主要对象,但是与这期有些雷同,便改为其他内容。其三,"谈至话"栏目干脆让位于"自由捐"的同学稿件《我们伸出援助的手来了》。

由于各种原因,此后很少出现下期预告的启事了。

第3卷第7、8期(1941年3月1日)

春节过后,迎来新学期,丁景唐等人紧急商量接踵而来的各种事宜,设法处理,同时抓紧时间处理稿件,忙着出刊。但是偏偏遇到印刷所罢工,只好刊登《编委启事》:"编委近因认识调整,又遇印刷所罢工,致本期又脱期出版,如有稿件,请早些交来。"

这期开篇为一组三篇文章:丁景唐的两篇《又要读书了》(黎琼)、《恋爱纠纷》(梅鲁莎),以及纪英的《危险!同学们——从"大学生结识舞女"说起》。

纪英的《危险!同学们——从"大学生结识舞女"说起》无情地揭露了有些大学生自甘堕落的糜烂生活,奸淫舞女,沉迷赌博,乱搞男女关系;商学院有些同学,套外汇,囤积货物,买卖纱花,做投机生意。此歪风邪气侵蚀校园,不仅损害学生的身心健康,而且败坏学校声誉,造成恶劣的社会影响。

此后,丁景唐继续加强这方面的舆论引导,还写了《浪子回头的故事》等文,再三告诫大学生,要珍惜大好的学习时机。

曹禺将巴金的《家》改编为剧本,在辣斐剧场上演,这是著名戏剧家于伶领导的上海剧艺社演出的场所。丁景唐与编辑部同人商量,分头约稿、组稿、讨论,这期《联声》推出"《家》的特辑",垠川、萧荣炜、柳央、张诚、非人分别写了文章。张诚写了《看了〈家〉后》一文,认为:"'觉慧的时代'是过去了!我们需要创造一个新的'觉慧',他不逃避困难,在黑暗中奋斗下去。"

张诚与丁景唐是青年会中学同学,丁景唐升入初三时,张诚恰好毕业。他们这一届毕业生策划了一本《青中》刊物(详见《青年会中学1935年初三乙级级刊〈青中〉》),刊登不少同届毕业生的诗文,其中张诚的《如何救中国》一文颇有气派,"国难当头,匹夫有责"。满腔热血的张诚升入该校高中后,积极介绍丁景唐参加"学协",并引导丁景唐加入共产党。张诚高中毕业后,留校在教务处工作。

张诚的《看了〈家〉后》一文可能是丁景唐或他人设法约稿,这也是张诚与丁景唐高中毕业后的一则"续文"。丁景唐回忆这次组稿讨论,说:"通过巴金的作品,反对封建压迫,鼓励青年冲出思想牢笼,走向社会革命。"(《我的文艺编辑生涯》)

几个年轻记者还曾到辣斐剧场后台,采访夏霞(《家》女主角琴的扮演者),回来撰文《琴好不好?鸣凤呢?——夏霞访问记》(金葳)。最后写道:"在黄昏的寒风里,我们几个人也彼此交换着意见,觉得琴已经是一个落伍的女性。如果要在女同学中间找一个模范者,那么该是比琴有着更大的目标、更多勇气的女性。"

夏霞是话剧、电影演员,曾在19世纪40年代剧社演出的夏衍剧作《赛金花》中饰演顾妈。在上海剧艺社时期,夏霞和蓝兰被誉为剧艺社两大台柱。夏霞的丈夫李棐希望在上海建一座剧院,纪念夫人夏霞。2012年,他们的子女向上海师范大学教育发展基金会捐赠人民币1 500万元,其中1 000万元用于艺术剧院建设,500万元设立学生奖助学金。2015年,霞棐剧院落成。

"文艺"栏目仅有一篇作品《成绩单》(伊人),描写一个大学生因考试不及格,收到学校的警告信,学生父亲又急又气又无奈,母亲病重,家里经济拮据。"用功些?争气?把家道恢复过来?"学生严厉责问自己。同时,学生却想起另一幅"描绘着现实错综复杂的现象:失业、自杀、抢盗、路尸、饿殍、大学生告地状、投机、操纵、挥霍淫荡……一批批人走向堕落、死亡、毁灭的道路,整批整批的人苟且地活着,忍受着最残酷的榨取;而相反,另一批人却将享乐、奢华,建筑在别人的痛苦上"。从学生考试不及格联想到贫富悬殊,"这无情残忍的世界"必然引起社会尖锐的矛盾。

为了与作者沟通,丁景唐起草了《代邮》:

阿范:文章不要写得火气十足。

爱丹予、孟克珂:请示姓名及地址,以便有函寄复。

铁汗:文稿本已付印,现因[稿]挤抽出,如需要退还,请来函。

知津、言川、贺模诸君：尊稿下期可登出。

　　提莫太：请经常为《联声》写些宗教文章。

　　有民君：有暇替《联声》画些。

　　戈群、俞凡、费人诸君：多撰些稿来。

首先提及阿范（吴康），他再次寄来一篇稿子，因为偏激，没有刊用。陈一鸣、吴康编写《抗日战争时期上海学生运动史》（上海翻译出版公司，1991年7月）时，还翻找出以上《代邮》启事。丁景唐与吴康看了，哈哈大笑，却记不起"阿范"写了些什么。

1994年11月5日，吴康发病猝死。丁景唐闻讯后非常震惊，悲痛地写下了《吴康，你走得太早！》——

　　你有缜密的头脑，你有健壮的体魄，你有宽广的胸怀，你有乐观的精神，你还有许许多多要完成的工作和事业。在我的心中，一直留着这样一幅熟悉的图画：你骑着自行车来轻叩我家后窗，于是我将你引进屋内，我们侃侃而谈，然后我们握别，我目送你跨上"轻骑"，像年青的战士骑上骏马远去……

"有民君：有暇替《联声》画些。"《联声》第3卷第4、5期的封面图案是丁景唐请陈有民画的，此后刊头图案一直沿用。陈有民因故未能继续提供其他插画，因此该刊的插画只有几幅，反复使用，丁景唐很想让它焕然一新。

"知津、言川、贺模诸君：尊稿下期可登出。"下一期即第3卷第9期，作者大多使用笔名，难以辨认哪些文章是这三位作者写的。其中知津即王知津，在《妇女月刊》《消息》上发表文章，后为中共上海市普陀区委副书记。

这期末尾刊登《〈联声〉有奖征文启事》：

　　一、题目：我希望做个……（如作家、音乐家、交际家、教育家、留学生……）

　　二、字数：五〇〇—二〇〇〇。

　　三、注意点：甲，用单人称来写；乙，题目不拘（如飞机师可用"海阔天空"）；丙，写明真姓名、地址、学校。

　　四、奖品：前三名送《联声》一年及合订本一册，余各赠《联声》一册。

　　五、日期：三月底截止，连续在《联声》刊发。

这是丁景唐起草的有奖征文启事。下期推出"征文特辑"，刊登两篇文章，即《我为什么要做文学家》（岱）、《要做一个大力士》（仲会心，目录上为《体育家》）。此后，丁景唐编辑《小说月报》时，坚持恢复征文，并不是偶然的。

第3卷第9期（1941年4月1日）

1941年1月，国民党制造了震惊中外的皖南事变。周恩来义愤填膺，化用曹植《七步诗》,题写了一首著名的诗篇:"千古奇冤,江南一叶。同室操戈,相煎何急?"

丁景唐邀约女共产党员周绮霖写了一篇《曹子建怎样成了大诗人》,通过分析《七步诗》的故事,"本是同根生,相煎何太急",用隐喻的手法,抗议国民党反动派反共反人民破坏抗战和团结的罪行。此文成为这期的重头戏。

这期封面右下角刊登《圣经·箴言》第26章:

火热的嘴,奸恶的心,好像银渣包的瓦器。怨恨人的用嘴粉饰,心里却藏着诡诈。他用甜言蜜语,你不可信他,因为他心中有七样可憎恶的。他虽用诡诈遮掩自己的怨恨,他的邪恶必在会中显露。挖陷坑的,自己必掉在其中;滚石头的,石头必反滚在他身上。说谎的舌,恨他所压伤的人;谄媚的口,败坏人的事。

前几期已经刊登《箴言》,暗示每期内容的要点,这种曲笔编排方式也是该刊独有的特色,体现了丁景唐等人的策划能力和智慧。

这期还刊登丁景唐(应保罗)的《"你们是世上的盐"》,"借用盐的洁白性来反对颠倒黑白的阴谋,借用盐的结晶来反对分裂,借用盐的咸味来喻示人的灵魂之不可缺,借用盐的防腐性来反对法西斯细菌"(丁景唐《我的文艺编辑生涯》)。

好莱坞电影《民主万岁》上映后,"孤岛"反响不一,有人评价该电影"一方面暴露了政治舞台的黑暗,一方面也启示着一个青年不应仅因偶然的失败而从此放弃锦绣的前程"。初阳的《我怀念着〈民主万岁〉》一文则赞美影片中的男青年约芬,最后宁愿放弃锦绣前程,也要勇敢地揭露真相,"他是勇敢的人民的英雄"。"我爱恋《民主万岁》,我怀念《民主万岁》!因为它带给了我这样的音讯。"影片名字则成为双关语,与读者达成默契——与这期暗喻皖南事变的《曹子建怎样成了大诗人》《"你们是世上的盐"》相呼应。

古琴心在《联声》第3卷第1期至12期上发表了不少文章。这期头条便是古琴心的《读书的卫生》,标题蛮有意思。"你觉得功课忙得没有意思吗?你觉得功课没办法读好吗?这里是一个解答,一服药。"这是丁景唐或他人特意提炼的此文的要点,作为引题,这也成为丁景唐接任主编后编发文章的新模式。

接着,便是丁景唐(黎郡)的《你交得出 Report 吗?》,引言为:"一个没有在图书馆里顿(沪语,即'待')惯的同学,对看参考书与写课外报告就会不[习]惯与烦恼,在这里我要告诉你怎样看与做。"该文最后谈及建立私人图书馆,"逛逛书店,翻翻新书!这是一个很好[的]研究学问的方法和消遣"。1949年以后,丁景唐如愿以偿,这成为他后半生的生活准则之一,圆了他昔日的梦想。

社会是现实的大学校,它埋藏着无限的宝物,要我们去测量,去掘发,正如《箴言》里所说的——"智慧在街市上呼喊,在宽阔处发声,在热闹街头喊叫,在城门口、在城中发出言语。"(第1章第20—21节)"智慧岂不喊叫?聪明岂不发声?他在道旁高处的顶

> 上,在十字路口站立。在城门旁,在城门口,在城门洞,大声说:'众人哪,我喊叫你们。'"(第8章第1—4节)
>
> 这是一个呼喊,要叫我们跑出校门,亲身去体验社会生活,了解现实,获得丰富常识。本此意义,我们今后特辟"街头角落"一栏,希望把书本上的知识和现实联系起来,从狭隘的家庭、学校小圈子内移向社会,以客观事物来暴露现实,描写现实。这方面我们竭诚的希望同学们能替我们写稿——××路风景线、苏州河畔、普希金像前、小瘪三偷煤球、抢米、电焊厂、拾垃圾、死了一个小叫花、棚户访问、教堂特写、黄浦滩巡礼、文化街一瞥、小东门的鲜鱼行、香粉弄的绍兴班、黄昏中的法国公园、三月里夜的街头、霞飞路散步、二房东素描……以大上海为对象,从不同角度去观察研究,或速写或报告或访问或集体创作,来稿务请写明姓名、学校、地址,以便通信寄赠《联声》,以作谢意。

这是丁景唐以编者名义写的说明,新辟"街头角落"栏目,同时刊登丁景唐等人集体讨论、慕容超执笔的《出蒙馆看万花筒——"大世界"观光录》,以期抛砖引玉,希望广大读者踊跃投稿,讲述走出校门、家门,接触"万花筒"现实世界的感受,记载所见所闻。其实,这也是为了扩大稿源,增加五花八门的"孤岛"生活题材——揭露畸形的黑暗社会,暗喻反动当局统治,以摆脱小我的狭隘圈子,了解周围的大千世界。同时增添行文的生动性、趣味性和可读性,更接地气。

这期介绍外国影片、文学作品、音乐作品,题材各异,视野开阔,除了以上提及的《我怀念着〈民主万岁〉》一文,还有《望远镜中的美国学生生活》(慧眼)等。

> 《战地春梦》是美国作家海明威在第一次世界大战后的名著,他在自己的序文中曾喻之为今日的《罗密欧与朱丽叶》,全篇充满热情的南欧风光、明朗的地中海气氛及富有罗曼蒂克的哀赞情节。作者一度参加西班牙内战,最近同其夫人来华访问,称"中国为世界光明的地域及东方的希望"。其同情弱小民族,伸张正义,由此可见。本书已由林疑今译出,西风社出版。

这是介绍海明威的《战地春梦》之前的一则说明,丁景唐或他人写的。林疑今翻译的《战地春梦》,以后多次再版。

林疑今,著名的翻译家、作家、教授,也是我国最早翻译和研究美国文学的知名学者之一。他的父亲林玉霖也是从事翻译教学的教授,曾经执教于厦门大学外文系。他的五叔林语堂,是学贯中西的文学大师。1932年林疑今进上海圣约翰大学读书,开始翻译介绍美国现代文学。后任中国外国文学学会等协会理事、会长,翻译名著《西线平静无战事》《永别了,武器》等19种。

继上期刊登丝雨的《茅屋里的〈月光曲〉——贝多芬故事之一》之后,这期和下一期连续发表之二、之三,即《英雄交响曲》《聋子音乐家》。丝雨原为清心女中的女才子,她在该校刊物《嘤鸣》发表江文汉的演讲《基督教学生的任务》等文,也曾投稿给《联声》,在第 2 卷第 2 期发表短讯《我们宣战》,报道清心女中青年会建立小团契等。

这期与上期一样,加强透明度,及时公布各种信息。其一,这期增设"消息广播":

一、"香港联"近出《香港联月刊》,内容丰富,堪称《联声》之"姊妹"刊物。

二、之江青年会在三月二[十]九日曾举行春令会云。

三、"上海联"四大学将在复活节前假美童工学召开庆祝大会。

四、"上海联"研究部所办之图书馆已于月前成立。

五、东吴青年会主办之剧团近加紧排演以期演出云。

六、《联声》自本期决增"消息广播"栏,请各校同学义务担任报道云。

其二,《编者·作者》:

柳央、黎爱华、MC、谷风、自奋、彩恬、夏小凤、嘉清诸君:尊稿因本期篇幅过挤,皆移于下期发表。

本处尚留稿数篇,因无地址无法退还。以后来稿务注意下列数点:

(一)来稿请用稿纸誊写清楚。

(二)写明作者真实姓名、地址、学校,以便通讯。

(三)来稿如欲退还,须贴足邮票,否则本刊恕不保留。

(四)本刊"谈话室""习作园地""生活缩影",更须各位投稿,务望多多惠锡。

开头提及谷风、自奋、夏小凤三人稿件,下期编为一组,即《我的画像》。黎爱华一文借用巴金小说《海底梦》之名,谈及自己做考题的随笔,与且止介绍的苏联小册子《不夜天》编为一组,归入"介绍书报"栏目。

第 3 卷第 10 期(1941 年 4 月 16 日)

春天,山野里弥漫着雾露,橄榄树伸展着茂密的翠叶。黎明的曙光在山间的岩石上反耀出晶亮的光彩。耶稣骑着驴子,穿了褪色的旧袍,和门徒们离了伯大尼,往耶路撒冷的路上去了。

这是丁景唐(王彼得)写的散文《主要复活》开头一段,此文以春秋笔法,曲折地表达了反对内战、反对分裂的义愤之情,与上一期《"你们是世上的盐"》等都是以史喻今、借史明理,划清是非界限。

这期第二篇是丁景唐(洛丽扬)的散文《春天的忧郁》:"朋友,你要做一个有目标、有学问、乐观健全的青年!春天是没有忧郁的,年青人也不应该忧郁!"

丁景唐晚年批阅这期时,点出古琴心的小说《稻穗姐姐》。文中塑造了一个神秘的女子,又矮又胖,但是她的笑声和谈吐却大受"我"和姐姐、妈妈的欢迎。她是姐姐的闺蜜。一日晚上她和姐姐在交谈"国家""勇敢"等,"我"却冒失地闯进去,发现桌上摊了一些书籍,顿时引起她俩一阵惊慌。此后,稻穗姐姐"失踪"了。读者只有细细品味,才能悟出弦外之音,稻穗姐姐投奔抗日革命根据地,她与姐姐的交谈也是此话题。此文的曲笔与丁景唐的《主要复活》等文异曲同工,作者、编者、读者都"心有灵犀一点通"。

贝人也是一个才女,在《联声》上发表过不少文学作品,抗战胜利后,在女青年会主编的《妇女月刊》上继续发表小说、散文和译作,她还和扬帆合写《吴贻芳博士》(《妇女月刊》1947年第2卷第2期)。

这期《联声》发表贝人的《会摇动的房屋——找寻上海的多"恼"河》,这是一篇出色的纪实散文,在《联声》众多文学作品中是当之无愧的佼佼者。此文的标题出人意料,读完此文又觉得在情理之中。此文的题材属于上期推出的新栏目"街头角落",但是与上期的《出蒙馆看万花筒——"大世界"观光录》文风截然不同,摒弃了诙谐、灵活的基调,而是以冷静的现实主义描写聚焦于被人抛弃的社会底层一角——苏州河上人家。其中写道:

这里的水似乎永远是那么浑浊而不清地在船舷上下画着曲线……小孩子的尿布、破棉絮、污秽的棉袄头子,在风中飞舞着。

随着风浪,船身上下地摇动着,水面上没有静止的一刻,这些小屋子也没有稳定的时候……

舱里铺着被褥,也有缺了腿的板凳。

紧靠芦席墙,堆着煤球、火炉、锅碗,炉子上面也通着烟囱,吐出一缕缕的黑烟……

"唰,唰,唰!"船尾上有节奏地响着刷马桶声。这边呢,却正有人在用同一的水洗着面。

摇篮似的,每一座小屋子不住地摇,摇。我们已一目了然地饱览了他们的饭堂、卧室、盥洗室……

多"恼"河——

水面[上]传来阵阵的怒骂声。瞧过去——船头上一个披发赤面的女人,在指手画脚地怒骂着。

两个泥孩子搂抱着在岸边踢打着,滚过来,让过去的,小扫帚紧紧地躺在灰堆里。

一阵旋风夹着煤屑、泥土、沙灰,螺旋形地飞到半空。

不经意处冒出一句:"一百多元一担的米,他们吃得起吗?"由此在"摇动的房屋"系列画面上凸显几个大字:灰色的多"恼"河。"摇动"二字象征着社会底层广大民众处于风雨飘摇之中,无情地揭开上海"孤岛"畸形繁华景象的面纱。

"我们这次的胜利,不单是靠了军火,主要的是我们人民能团结一致。"这是介绍苏联影片《双雄复国记》的引题。此影片讲述17世纪俄国人民反抗外来势力侵略的故事。此文虽然仅仅是介绍剧情,未有任何点评,但是读者也能品味出弦外之音——在抗日救亡的严峻形势下,只有团结一致,才能打败侵华日军,取得民族解放事业的胜利。

此影片上映后,也有人撰文点评,不仅褒扬此影片的精湛艺术,还指出:"在目前的上海尽是些风花雪月、谈情说爱、恐怖神圣的好莱坞摄制的供给享受主义们娱乐的影片的时候,我们看到苏联的《双雄复国记》,该是十二分高兴和值得骄傲的。"此影片描写了"贵族权奸们是如何的凶横无耻,民众们是如何的可爱热情",叙述了"一个惊天动地、有血有肉的伟大的故事。这里面是一片炽热的血液沸腾时出自衷心的呐喊,他们为了自由平等,他们要争取全民族的解放"(高士:《新世界的影片——观〈双雄复国记〉有感》,载《知识与生活》第1卷第9期,1941年7月10日)。

第3卷第11期(1941年5月16日)

一九一九年的"五四",在中国曾经是一把火,燃起了光明的火炬,给青年带来了新生的光芒……今天,二十世纪四十年代的今天,青年,新时代的鲜花却在窒息的气压下生长,我们的生活还如在二十二年前军阀官僚统治时代一样。

这是丁景唐(黎容光)写的《纪念自己的生日——"五四"青年节》的开头,编排在这期前面。如果与该刊曾经发表的纪念"五四"文章相比较,可见此文除了青春活力四射的文字之外,最大变化是深刻的反思。同时,丁景唐从另一个角度来纪念"五四"运动精神,于同期发表了《提倡自由研究——继承"五四"精神》。

这期的卷首语是丁景唐写的第一首叙事诗《一个以色列民族英雄的死》,这是根据张仕章的《革命的木匠》和张文昌翻译的《耶稣的故事》等改编的。此诗与《"你们是世上的盐"》《主要复活》等形成一组诗文,都是以春秋笔法,曲折地表达了皖南事变后反对内战、反对分裂的义愤之情。

除了以上三篇作品之外,还刊登了丁景唐的讽刺诗《先生,我问你》,这是根据有关报刊消息,即兴写下的讽刺诗。

甄垠川和古琴心、贝人都是写作高手。丁景唐接任《联声》主编后,几乎每期都有垠川写的颇有分量的文章,一直到《联声》自动停刊(第4卷第4期)。

在夏日的海边,你曾否见过一种非常美丽的、绿色的草。它紧贴在石块上面,让潮水把它们飘过来,又飘过去的。这种草用着全力、拼着命地偷安苟活,最不喜欢有什么变动。告诉你,它就是寄生草,长得美,过得舒服,但必须依赖了别的植物才能生存。

这是垠川的《不做寄生草》开头。三幕喜剧《寄生草》的女主角——生活中的寄生草,向虾和海蜇学习。

> 仰起头来,看得远些,只要抱定了为人类服务的目标,谁也不是寄生草。只有为自己享乐、幸福打算的,不论他是闻人,是学者,是什么学家,他始终是可耻的寄生草。

丁景唐此前已经写了《小鸟儿·寄生草·红花瓶》,垠川旧话重提,扩大了外延和内涵。在局势严峻的情况下,直接牵涉到岌岌可危的上海"孤岛"状况,很有必要在此敲响警钟,告诫青年学子不要做"可耻的寄生草",积极投入抗日救亡的浪潮。在某种程度上,这也与丁景唐的第一首叙事诗《一个以色列民族英雄的死》相呼应——忠奸分明。

古琴心的《智慧的呼唤》讲述了自己求知、求智慧的感受。

> 等我进了大学,人生的、学术的、思想的范围增大了,智慧的重要[性]也由我亲身感到了,求知成了我的癖性,书本做了我的伴侣,图书馆变成了我的行宫。我不但会为书本杂志里的故事、情节、发现所陶醉,我更会把那些美好的消息带给在我周围的同学了。

"求知、求智慧"的思路也体现于丁景唐整理、提供的一大批书目中,即《中学生的一套法宝》。前面按语云:

> 《联声》对于读书的文章已刊登了很多,但缺乏行动、具体东西。这里发表一批中学同学参考的书单,算是开个头,还希望各位能帮助我们来进行。如有功课中疑难或生活问题,只要我们能力所及一定可以给圆满回答。

这批书单分为自然科学、社会科学两大部分。自然科学有数学、物理、化学、天文气象、生物学、生理学、应用技术等,书刊大多是开明、生活、光明、世界、新知等知名书店出版的。社会科学有国文文学、英文文学、历史、地理等,其中小说有鲁迅的《药》《伤逝》、姚雪垠的《差半车麦秸》、丁玲的《水》、孙席珍的《阿娥》、张天翼的《移行》,以及英文版的《鲁迅短篇小说选》《巴金短篇小说选》《林语堂小品选》等。这些文学作品列入丁景唐后半生研究左翼文艺运动史、中国现代文学史的范围,特别是鲁迅作品研究是重中之重,他收集了各种版本的作品选集。

第3卷第12期(1941年6月1日)

暮春,众多学子又要忙于大考了,丁景唐等人也挤出时间,"开夜车"忙完了这一期。这期主要策划是毕业生、新生交替,探讨在校学生如何度过一个有意义的暑期,同时要面对严峻的抗战形势。

> 瞌睡虫,整天打盹;老糊涂,吃拉困三部曲;新青年,动手动脑。

这期卷首语是丁景唐(黎敏扬)的引导文章《怎样过暑期生活》,引语已经说明了此文的旨意。此文是这期引导学生度过一个有意义的暑期的内容之一,并介绍基督教男、女青年会学生部合办的暑期大学,这些与这期《联声》同时刊登的其他文章相呼应。此文中也提出

"一群年青的战斗的行列,在火花中锻炼生长",隐喻参加抗日战争。

这期刊登《"上海联"在暑期中》的活动,其中有"夏令营""中学升学指导""团契材料",以及"征书活动"(上海联图书馆扩大征书运动)和"暑期大学"(男女青年会合办,六月廿六日上课,地点在西摩路大同里崇德女中)。

> 上海是个光怪陆离的都市,即使是生长在上海的,我们也不能了解它的百分之一;然而上海也究竟是个非常简单的城市,只要你懂得一个基本的大道理,一切也都释然了。因此我们介绍了十本性质、内容不同的书,帮助同学们了解上海概况。

这是丁景唐以编委名义写的《认识大上海》的引言。此文既是指导学生如何度过暑期,又是延续新栏目"街头角落"的思路,不过改变撰文的模式,向暑期学生推荐十本书——《大上海的一日》、《上海——冒险家的乐园》、《出卖的上海滩》(英文版)、《上海——罪恶的都市》、《上海产业与上海职工》、《金融线上》,以及夏衍的剧本《上海屋檐下》、于伶的剧本《花溅泪》、茅盾的名著《子夜》、谷斯范的《大时代的插曲》,言简意赅,透露了丁景唐的审美情趣。

古琴心的《兴奋和寂寞的合唱——大学毕业的前奏》写大学毕业生即将踏上社会,面临着各种困惑,"失业""饥饿""歧视"等灰色词语变成活生生的实情,甚至黑暗中的奸笑、敲诈、抢掠等可怕噩梦接踵而来。该怎么办?需要坚定的信念、无畏的勇气、青年敢想敢做的一股闯劲,因为"我们要做救世的主人了,然而也是救我们的土地上的人们"。

对于即将跨入大学校门的高中生来说,首先观念要转变,学习节奏加快,抓紧业余时间,深入研究。《大学入门——献给高中毕业同学》(一凡)提出忠告,特别是自由选择科目及指导老师时要慎重,否则"课程表就像鸽子巢一样,'空课'非常多"。课堂也是流动的,这边下课,马上要赶往另一个教室,走廊里就像早晨的菜市场,熙熙攘攘,都是在找课堂。这是学长对于新生的忠告,希望他们尽快适应大学的陌生环境和紧张的学习生活。

> 他没有我幻想中的那么高昂,那么神气,可是他却显得整齐、庄严、大方。高高的魁梧的身材,配着一身合体的、咖啡色的西装;整齐而并不光亮的头发配着那长方形的微黑的面孔,更显出他的有力和刚毅来;大而黑的眼睛浏览着我们,正像一个勤恳的农夫面对着方方的田地,端详着——怎样使这些小苗芽强壮丰盛起来一样。

贝人的《林汉达博士》生动地描绘熟悉的贤师良友林汉达,他的举止言行透露着正气和智慧——爱国民主人士的风骨。林汉达,著名教育家、文字学家、历史学家,浙江镇海人。毕业于杭州之江大学,后任华东大学英文系教授、教育系主任等。1945年底,他与马叙伦等共同发起成立中国民主促进会,当选为常务理事。1949年后,历任北京燕京大学教授、教务长,教育部副部长,《中国语文》杂志副总编辑、总编辑,中国民主促进会中央委员会副主席等。

这期"谈话室"刊登两篇文章。其一,天海的《ABC》,抨击、讽刺那些金钱至上的外国大老板。

> 我们对友邦的援助与同情中国的人民,当然寄予莫大的敬意的,但我们也不是这样健忘,糊涂得连近百年史都忘光了,我们还记得历史的事实是怎样写的。我们也见到天津的中国白银让他人当人情转送掉,用不到你的时候滇缅路封他几个月,到香港去也居然如到外国,伸手要买路钱(政府对于此事也曾提出抗议)。

其二,丁景唐(保罗)的《别被牵着鼻子跟人跑》(与上文有内在联系),首次引用改编的《阿Q正传》台词,由此联想到上海四所教会大学师生签名一事,不得不怀疑被人利用,标题直接点明该文主题"别被牵着鼻子跟人跑"。

这期首次刊登丁景唐的妻子王汉玉(淙漱)的译文《五十岁学吹打》,或者说是他俩第一次合作,在丁景唐的文学活动中占有特殊地位。

总　结

纵观《联声》第3卷的12期,至少有以下一些特点:

其一,自丁景唐接手主编后,改变编刊思路和策略,直接影响了刊物的内容。

当时上海学生界激烈抗日反汪斗争已经沉寂,党的学生工作已主动转为深入学生群众,通过生活化、学术化活动团结、教育群众。避免发表敏感的政论等,成为丁景唐主编《联声》的一种新策略,直接影响了刊物的内容和推出的各种栏目,增加曲笔的文章和新栏目。

其二,封面刊头焕然一新。

封面是丁景唐设计的,请陈有民作画。刊名由原来的印刷字体改为立体美术字,一旁衬托的美术插画为手举火炬,整体为黑白基调,交相辉映,颇有气派。右下角的美术图案改为基督教义等,暗喻每期刊物的重点内容,力图达到画龙点睛之效果。此刊头形式一直沿用到《联声》第3卷第12期。

其三,栏目承前启后。

王楚良参与主编《联声》前三期,有些文章锋芒毕露,其中"书报介绍"栏目办得甚好。大家群策群力,周密布置,各显其能,隆重推出"上海联"20周年纪念专辑等。王楚良是翻译高手,因此约稿、组稿的译文发表于每期,而且连载美国的特约通讯等,作为"世界之窗"的特色。"文艺沙龙"栏目刊登各种题材的小说、散文等,实施改革计划,贴近现实,小说、散文、纪实文学的水准也有所提高。

总结王楚良等人办刊的亮点及开设各种栏目的思路,丁景唐在此基础上推陈出新,挖掘其中的潜力,形成自己办刊的特色。先后推出的栏目有"宗教""女同学顾问""诗歌特辑""特写""谈话室""青年修养""电影小说""生活秘诀""科学小品"等,每期栏目并不固定,而是按照组稿的内容来设置栏目。

王楚良等人原有目击上海社会百相的文章,展开谈天说地的广阔天地,将历史、地理、文化与现实百态世相结合,形成讽刺、针砭、"挖根"的新题材。丁景唐则改版为新栏目"街头角落",积极适应"走出校门,认识社会"的办刊新思路。同时发挥编辑部的集体能量,或各自撰文,或分头约稿、组稿。此栏目以后成为该刊的一大亮点。

同时结合社会热点,如皖南事变后,丁景唐邀约女共产党员周绮霖写了一篇《曹子建怎样成了大诗人》,用隐喻的手法,抗议国民党反动派反共反人民破坏抗战和团结的罪行。曹禺改编的《家》公演了,丁景唐及时推出"《家》的特辑","通过巴金的作品,反对封建压迫,鼓励青年冲出思想牢笼,走向社会革命"(丁景唐《我的文艺编辑生涯》)。

原来王楚良等人摘译外国消息,介绍国际形势,经重新编排,突出重点,点明主旨。丁景唐加以改进,摘录国内消息,借鉴他人剪贴的经验,选择、整理、归类、编写,从不同角度反映喜怒哀乐的社会问题,表达丁景唐等人想要说的话和立场,自己却不褒贬、点评一字,这也是《联声》创刊以来的新形式。此后,丁景唐等人还将此形式运用于《在卐字旗的阴影下》等,也成为该刊后期曲笔内容的另一种形式。

其四,编排的曲笔。

曲笔已经超出了行文内容的范畴,还体现在编排上。《曹子建怎样成了大诗人》是曲笔之作,丁景唐却将此纳入"成功秘诀",表面上是讲述名人成长的故事,但是读者看到《七步诗》"本是同根生,相煎何太急",便可明了其中的寓意。有时特地把"校园"等栏目放在前面,但是下面编排的栏目和文章暗藏机锋,体现了编辑的曲笔思路,类似的例子比较多,不再赘述了。

在重要的文章前面添加导语,挑选文章的精彩句子直接引用或稍加改写,可以吸引读者的眼球,同时有个心理提示,让读者心中有数。丁景唐在自己写的文章中经常采用导语,这也是吸取了王楚良等人的编辑经验。

其五,赶写文稿补救。

由于各种因素,限制了约稿、组稿的范围,有时无法及时收到稿子。这也迫使丁景唐延长"开夜车"的时间,花费更多的精力赶写文稿进行补救,如此才能按照预定计划推出新栏目或维持原有的栏目。这既是一种挑战,也是一种机遇,由此激发了丁景唐写作的潜力,不断开拓新的写作天地,展现出众才华。有时一期刊物里同时发表三四篇诗文,促使他跃上新台阶。这在他的文学创作生涯中占有至关重要的一环,酝酿着一个质的飞跃。

丁景唐的第一首叙事诗《一个以色列民族英雄的死》,与《"你们是世上的盐"》《主要复活》等形成一组诗文,都是以春秋笔法,曲折地表达了皖南事变后反对内战、反对分裂的义愤之情。丁景唐的讽刺诗《慈善家》《糊涂堆》《先生,我问你》等,寓意丰富,富有哲理;诗句短促,节奏紧凑,层次分明,流畅无阻,代表了丁景唐那时创作讽刺诗的水准。丁景唐等人集体讨论、慕容超执笔的《出蒙馆看万花筒——"大世界"观光录》,超过了以前类似笔法创作的作品的水准。

其六,加强与作者、读者沟通。

丁景唐等人除了编辑刊物,还要应付其他烦琐事宜,大多反映在刊登的各种启事里,如公开刊物收支账目,增加透明度;刊登《向〈联声〉读者呼吁》,引起较大反响,暂时缓解经济困境;《代邮》启事,引申出许多生动故事,包括吴康与丁景唐之间的真挚友情。

策划专辑,犹恋一瞥

第 4 卷第 1—4 期

(1941 年 7 月 1 日—1941 年 9 月 10 日)

第 4 卷第 1 期(1941 年 7 月 1 日)

丁景唐等人既要紧张复习,迎接大考,又要考虑编辑新一期的刊物,里里外外忙碌了一番,终于如愿出刊了。

这期封面重新设计,底色为暗淡图案,以此衬托封面文字。其右边上端为美术字的刊名,特大,醒目。其余三分之二篇幅都是要目,分为两部分:左边上下贯通为一般目录,右边下端为重点文章目录,后为"海外特辑"目录。主次区分,易于读者挑选阅读。

这期刊登"上海《联声》出版委员会"的《告读者》(丁景唐起草),此文后面谈到艰难的经济问题:

> 经过了一个月不断地奔波和筹划,这新的一卷的第一期又呈在你们前面了。我们曾经过了一番辛苦想来满足你们的要求,虽然那成就也许是很微小的,但我们有更大的希望蕴蓄着。此后的《联声》将向实际解决问题发展,[向]广泛地贡献知识、正当地提倡娱乐的方面发展,不再从事空洞的谈论。我们要将课内知识自然地与课外知识配合起来,同时我们接受中学读者的意见,使《联声》中学化些,对于这方面尤[其]希望此后中学读者能随时批评。我们更努力要使《联声》有它的特点,有它与其他刊物不同的地方。为了达到以上几点,所以从第四卷起有长期漫画连载《北极英雄》,有知识讲座专门刊载关于自然科学、社会科学、教育和处世方面的问题,我们预备有长篇小说(正在筹划中)。

以上谈到革新号的关键,要把课内外知识相结合,即延续上一期《认识大上海》等文章的主旨——"让我们多看,多读,多想,睁开眼来认识这个世界吧!"

> 好久以前,我们就想写一些关于社会、教育、修养、科学各方面的基本知识,虽然我们知道用浅近的例子、以轻快的笔调来写这类的文章,是一件不易讨好的事,但经过几度商量,我们终于下决心来试验了。
>
> 我们希望能达到——
>
> (1)内容兴趣化:从卓别林的《摩登时代》来到讲《商品怎样生孩子》,从张伯伦老

先生的阳伞来谈起《巴力门舞台的演出》,从阿德哥参观工厂来告诉你社会的生产过程。

(2) 材料现实化:从商务的工潮谈到名义工资与实际工资,从山额夫人的谈话来讲到马尔萨斯的人口论,从跷脚部长戈培尔来告诉你第五纵队的来源。

(3) 课内、课外打成一片:把学校里的课本和课外的知识连起来,用学得的本领来分析具体的社会现象。

这是丁景唐(江水天)写的《几个人的几种看法》开场白。

这时丁景唐已经从东吴大学中文系转学到光华大学社会学系二年级,听过应成一[1]教授的课程。丁景唐将学到的社会学基本知识运用于编辑《联声》之中,包括构思、撰写此文。此文与另一文《变态心理——不愉快的人》(爱玛)组成"课余讲座"新栏目,成为这期《联声》革新号的重要标志,也是《联声》创办以来又一次新的转变,即以通俗易懂的文字宣传社会学的基本知识。

在这期里,丁景唐以不同笔名发表了三篇文章,除了以上一篇,还发表了《创造性之想象力》(应明德)。1941 年 6 月 6 日《申报》"教育消息"报道:"基督教华东六大学昨行联合毕业典礼,力宣德主教勉四百余毕业生,应各就所学发挥创造的能力。"6 月 5 日上午 10 时,在大光明大戏院举行基督教华东六大学(金陵女子文理学院、上海女子医学院、之江文理学院、东吴大学、沪江大学、圣约翰大学)毕业典礼。

丁景唐(保罗)的第三篇《浪子回头的故事》劝说一些不思进取、浑浑噩噩的在校大学生,并且向校方提出建议:"希望负教导责任的学校能从'四育'(智、德、体、群)方面给同学以平均的发展。"

继《五十岁学吹打》之后,丁景唐在《联声》上第二次发表妻子王汉玉的译文《透过了紧密的云雾》,署名"淙叔"。丁景唐在晚年整理《联声》要目时,在此译文条目旁注明"王汉玉"。

上一期(第 3 卷第 12 期)刊登下期《要目预告》:"《联声》四卷一期革新号,将以新姿态出现。《仲夏曲》(暑期生活),特写《弹震病》《书》《山水·人物·烽火》《桃色的云》(海外风光)。"这些文章大多出现在这一期里。

> 我们一队从蒲石路出发,随后走入了僻静的拉都路,路旁有梧桐,有魏然的洋房伴着郁郁的草木,空气中飘着浓厚的草香,月光从树缝中泻下,在地上画了无数斑驳陆离的影子……
>
> 我们唱着《"上海联"歌》,走出拉都路,从霞飞路进了祁齐路,在这路上我们见到一座[普希金]纪念碑……我们从石阶登上了纪念碑四周较高的草地,我们细细地去瞻仰那钉在石碑上的、铜的、浮雕的半身像,它在月光下发着庄严的古铜色。

丁景唐将垠川的《仲夏曲》一文编排在这期首篇,该文以抒情的笔调描绘了暑期的生活第一小节"小夜曲";接着是"合奏与独奏——沁人肺腑的华尔兹曲",追忆夏令营愉快的活动;最后是"小提琴独奏",介绍邹韬奋的《萍踪寄语》——"这一本书绘出了庄严和伟大,也绘出了荒淫与无耻。它更绘出了庄严、伟大的表面下所隐藏的荒淫无耻……这本书让我认识了我们所处的花花世界。"

新闻记者、出版家邹韬奋被迫流亡国外两年(1933年7月14日至1935年8月27日),先后考察了意、法、英、荷、比、德、苏、美等国家。他写了大量通讯,陆续寄回《生活》周刊,该刊连载了前面部分,后因停刊暂停。留守在上海的徐伯昕等人设法编辑结集出版为《萍踪寄语》初集、二集、三集,一共131篇,37万余字。回国后,邹韬奋又将在美国采访的材料写成《萍踪忆语》一书,十几万字,曾在《世界知识》上发表一部分。这些通讯的发表,在当时引起强烈的社会反响。

垠川的《仲夏曲》"三部曲"的内容各自独立成章,以乐曲名义串联起来,显然事前经过一番策划。第一部分既有丁景唐《认识大上海》的思路,也结合小团契在夜晚月光下活动的情况,文中提及的蒲石路(今长乐路)、拉都路(今襄阳南路)、霞飞路(今淮海中路)、祁齐路(今岳阳路),则在丁景唐后半辈子居住之处的附近。第三部分介绍《萍踪寄语》,融入了"书籍介绍"栏目的内容,形成"一箭三雕"的效果。

1935年3月,上海公演苏联纪录片《北极英雄》,此后报刊纷纷发表《苏联北极英雄归航记》《苏联科学英雄征服北极的纪实》等,一时成为众多读者的新鲜话题。丁景唐等人策划的漫画故事《北极英雄》,李却、醒之合作,并配有文字,表面上是"旧话新说",其实另有寓意,成为下一期"海外特辑"的先声。

白明璇的《弹震病》首先介绍第一次世界大战中欧美青年中产生的这种心理病症,"实在是一种战时的神经病",作战的士兵"情绪大多是抑郁的,脸容大多是憔悴的;他们怕于说话,又感到绝望和纷扰。他们在前线完全失却了作战的能力"。其有两种临床症状,一是"转形的歇斯底里",二是"忧虑的歇斯底里"。缘由是"害怕",力图"争取生存的本能"。然后由此说开去,为了民族解放事业,"我将不中止我正义的战斗"。抗日战争"是保全我们中国人不受人家压迫欺侮,是在保护我们中国人的财产不受损失,一句话,这是我们大家所需要的战争"。"'弹震病'只有在强暴的战争中才会发生,'弹震病'的灭亡也必须在消灭强暴的战争中消灭!"

"弹震病"的话题,其他人也撰文叙述,但是大多是从医学的角度去探讨,白明璇此文则是紧密结合抗日战争的惨烈现实,调子陡然高昂。同期刊登的一篇译文则是从另一角度来阐述"他山之玉",暗喻"团结一致,枪口一致对外"的现实口号。

"甘地是圣人,尼赫鲁是政治家,这两个有力的人是印度的英雄,也是印度未来的鼓励。"琼思的长篇译文《甘地与尼赫鲁》(Anup Singh 作)原拟连载,但未果,因有他人的同名译文已发表了。

郑庭椿的译文《甘地与尼赫鲁》前有按语,说明此文译自《现代史料论坛》(Current History and Forum)1941年5月号,原作者阿努普·辛克。"文中详论此两位有力的人物,对于信仰、秉性及为人之差异,而对于拯救民族事业,反能相辅相成,其'亲爱精诚'可为天下法,读之不禁使人感动至于泪下。特译之,以供国人之借镜。"(《改进》1941年第5卷第12期)此后,《西风》主编黄嘉德、风生也分别翻译《甘地与尼赫鲁》,先后刊载于《西风》第62期(1941年10月1日)、《世界知识》第3卷第3期(1941年10月)。如果把琼思与郑庭椿、黄嘉德、风生的四篇译文进行对比,那么是一个有趣的话题。丁景唐曾用黎琼、琼芳等笔名,但是无法确认琼思是何人的笔名,尚待考证。

琼思的译文最后刊登《中学生活》广告,称其为"上海唯一的中学生刊物",其内容有:"各科功课的具体指导""上海学生生活的反映""读书娱乐兴趣并重""解除苦闷方法的提供""世界各国秘密的揭穿"。

《中学生活》是中教联谊社(简称"中教联")创办的第一份刊物。中教联是上海"孤岛"时期的一个爱国进步团体,创办于1937年"八一三"爆发后,主要成员是在沪的进步教师、知名文学家。在中共上海地下党组织的领导下,麦伦中学校长沈体兰、培成女中教务长曹未风、爱国女中教师李楚材、西侨中学教师赵传家,以及中华女中、文化中学、粤东中学等中学校长和教师共同发起成立中教联,最初社址定在戈登路(今江宁路)702弄的文化中学内。文化中学是金兆梓、何炳松等人在1937年4月创办的。

《中学生活》创刊号(1939年3月25日)刊登"本刊特约撰稿者题名",其中有著名文人郑振铎、许广平、周予同、陈鹤琴、赵景深、章克标、许幸之、周建人、钱君匋、钱纳水等,也有丁景唐熟悉的地下党员作家阿英、王任叔、林淡秋、锺望阳(后为上海音乐学院党委书记)、殷扬(扬帆,后为上海市公安局局长)、陈一鸣(与父亲陈鹤琴"同框")、王楚良、萧岱(戴行恩)、蒯斯曛(后为上海文艺出版社及人民文学出版社上海分社社长、总编辑,上海译文出版社总编辑)等。因此,《联声》刊登《中学生活》广告在情理之中,或者说是陈一鸣、王楚良或他人辗转送来的。

1940年秋,中共江苏省委的"学委"决定办一个以大学生为主要对象的刊物,由国立、私立大学区区委领导,刊物为《海沫》。陈一鸣晚年撰写《〈海沫〉半月刊的回忆》,详细讲述了此刊物的有关情况。综合性的《海沫》创刊之后,丁景唐(湘云)撰写《介绍你一位寒假的良伴》(《联声》第3卷第6期,1941年1月25日),介绍该刊。第4卷第1期《联声》再次刊登《海沫》广告:

> 你要对大学生活有深切的认识吗?请读《海沫》——学府通讯、生活素描,它幽默地剖析出它的内层!

你了解你周围的事物吗？请读《海沫》——科学知识，它跟你娓娓而谈日常科学知识！

你知道社会上发生着些什么？请读《海沫》——大千世界，它生动地告诉你形形色色的新闻！

你幻想光怪陆离的海外风光吗？请读《海沫》——海外风光，它灿烂地描画出世界上的山光水色。

你惊奇伟人们天才的成功吗？请读《海沫》——名人传记、历史漫笔，它公开出他们成功的秘诀！

你要读精彩的小说来消遣吗？请读《海沫》——短篇小说，它贡献给你名家的杰作！

你有不能解决的难题吗？请告诉《海沫》——《海沫》信箱，它热诚地为你解决生活思想的苦闷！

丁景唐晚年批阅这期《联声》，点名了《中学生活》《海沫》广告，勾起他对昔日青春年华的回忆。《海沫》广告，背后还有他与陈一鸣的一段佳话，但是他俩都未对此进行详细叙述，留下难以填补的一个小小空白。

这期《联声》出版之前，蒋锡金约请关露、朱维基等几十人成立上海诗歌座谈会，后改为行列社，《诗人丛刊》改为《行列》半月刊。《诗人丛刊》第1期，用关露的诗《我歌唱》的题目作为这期刊名。

1940年3月，"行列社"决定在静安寺路的基督教女青年会的大礼堂举行诗歌朗诵会，公开卖票。著名女诗人关露提出，几个人集体朗诵瞿秋白翻译的俄国诗人普希金的长诗《茨冈》，也是为了纪念中国共产党早期领导人瞿秋白。关露还自告奋勇地翻译瞿秋白未完成的《茨冈》后面部分。

1941年12月底，丁景唐组织已停刊的《海沫》《中学生活》《联声》的编辑，向关露编辑的《女声》投稿，丁景唐从此进入了诗文创作的第二阶段，迎来质的飞跃。他第一次结识女诗人关露时，并未谈起主编的《联声》第4卷第1期刊登《行列诗丛》第1集的广告——"徐野的《仰望着这颗星辰》、芳草的《射击之歌》、荒牧的《笑的行程》，每册三角，即日出版，诗歌书店出版，各大书店经售。"这三位诗人都是朱维基、沈孟先主编的《行列》诗歌半月刊的撰稿人。

这几期《联声》的稿源还是不理想，丁景唐等人商量后决定这期刊登《特约撰稿员》：

本刊聘请写稿朋友！！！

资格：凡在校同学，喜爱写作，面试稿二次以上，即得为本刊特约撰稿员。

权利：奉送本刊每次一册。

题材：不限。最欢迎短小精悍生活报道、学校动态、文艺创作、海外创作、海外风光。字数几十到二千，长篇也可。

大家帮助！快些来参加,姓名(笔名)下期发表。

但是,美好设想未能如愿。

第4卷第2期(1941年7月27日)

1941年6月22日,苏德战争终于爆发了,这是世界反法西斯战争的重要组成部分,也是第二次世界大战中规模最庞大、战况最激烈、伤亡最惨重的战争。

为了帮助同学[加深]对世界的认识,和好些朋友要求多介绍海外风光,我们在匆促中编成这一辑。

苏德战事的发生已使今日的形势变更极多,在这里我们不愿对这期的内容多说些话,因为聪明的读者看了自然会得到一个结论的,好或坏。

本期篇幅超出预定,只得把"课余讲座"暂停一期,请各位原谅。

最后,因为经济的窘迫,我们不得不又要求各位的帮忙,介绍给你的同学、朋友。

这是丁景唐的《写在前面》,其中谈及"课余讲座"专栏,《联声》第4卷第3期续登丁景唐的《稻草人与时辰钟》,文中提到"介绍海外风光"。这期增设"海外特辑",除了继续连载上期系列漫画故事《北极英雄》之外,新刊有《斯莫伦斯克巡礼》(白明璇译)、《在卐字旗的阴影下》(编委会辑)、《爱丽丝漫游夏令营记》(李埃施)、《发明家的乐园》(译自E. M. Vasilevsky著《苏联发明家故事》,*The Land of Inventors*)。《发明家的乐园》译者按:"此书中译本现已绝版,而内容十分有趣,特不嫌抄袭,略微改编以飨读者。"

丁景唐回忆说:"为了配合苏联的反法西斯战争的宣传,《联声》从第4卷第2期起,新辟了'海外特辑'。我用编者的名义写了《写在前面》一文……正义与邪恶、是与非、爱与憎,从编辑对稿件的选取安排上,早已表现出来。"(《我的文艺编辑生涯》)

《在卐字旗的阴影下》连载两期(第4卷第2、3期),这是丁景唐等人选题、搜集、抄写、整理、编辑的。此剪贴方式已经运用于丁景唐的《社会和我们开玩笑》(《联声》第3卷第4、5期合刊)。《在卐字旗的阴影下》摘录《文明病》等书籍报刊有关内容,以揭露纳粹德国侵略各国、镇压抵抗力量的各种暴行,歌颂抵抗组织的英勇不屈的反抗精神。这成为丁景唐等人策划的"海外特辑"的主要内容之一,由此激发读者的爱国热情,愤怒谴责侵华日军烧杀抢掠的滔天罪行,希望民众奋起参加抗日救亡运动。

《文明病》,西风社1941年4月出版,发行人黄嘉音。黄嘉音,著名翻译家,笔名黄诗林,福建晋江人。早年就读于上海圣约翰大学历史系,兼修心理学、新闻学。1936年与林语堂及哥哥黄嘉德成立西风社,担任主编兼发行人,出版《西风月刊》《西风副刊》《西书精华》等,致力于介绍西方文化。1946年又创办家出版社,任《家》月刊主编兼发行人,同时兼任《大美晚报》副刊编辑、《申报·自由谈》编辑。中华人民共和国成立后,任上海文化出版社编辑室主任,兼任上海《文化报》副刊编辑。1958年被错定为右派分子,1960年去宁夏固原黑城农校劳动,翌年1月病故。"文革"后平反,恢复名誉。

为了让学生关心苏德战争,认清目前国内外的严峻形势,丁景唐等人策划了《有奖问答——常识测验》,前面注明:"请将对的答案写就,剪下寄上,全对者赠本刊一年,并文艺书三册;对十题以上皆送本刊一本,唯仅限长期订户。"

《有奖问答——常识测验》共有11大项,每个大项里1至5小项不等,除了最后一大项为"上海生活"之外,其余都是国际时事,其中大多与苏德战争有关。第二大项为"苏德大战":

希特勒已于__月__日不宣而战,破坏苏德互不侵犯条约,突然向苏进攻。

第七项是选择题:

供给日本军火料最多的国家是?

1. 美国　2. 英国　3. 德国

第八项也是选择题:

哪个国家帮助中国最多?

1. 苏联__美金　2. 美国__美金　3. 英国__美金

此类选择题,如今有多少人能回答准确呢?

第4卷第3期(1941年8月10日)

这期"海外特辑"继续连载《北极英雄》《在卐字旗的阴影下》,还有《莫斯科的航空节》(V. Vishnevsky作,今南翻译)、《希特勒和他的三个助手》(何文)、《苏联儿童的保卫者》(摘录沈秋宾译的《今日之苏俄》)、《V字运动》(海华)、《唐人街——美国三藩市的华侨》(夏之实)。

我们给我们敬爱的斯大林献花。我怎么也不能挤到他跟前。于是斯大林把我抱起来,放在桌子上……我们大家都拥抱斯大林同志,站在他的旁边,紧靠着他。大厅里大家都喧闹着,很响地拍着手。

我说:"谢谢!斯大林同志。为了我们快乐的、幸福的童年!"他微笑着,回答我说:"谢谢。"

(《苏联儿童的保卫者》)

与此截然不同的是《在卐字旗的阴影下》《希特勒和他的三个助手》两篇译文,后者写道:"阿道夫·希特勒,是世界上的一个怪物。对于他,几乎没有一个人能估计得正确,他是充满了矛盾、复杂而滑稽的人物。"希特勒及其三个助手戈林、戈培尔、希姆莱,成为恶魔、恐怖、凶残、噩梦等的可怕代名词,永远钉在历史耻辱柱上。

苏德战争爆发前后,英国等地热衷于推行"V字运动","V"即"Victory",意味着争取最后胜利。"纳粹的铁蹄蹂躏了欧洲的大陆,无数的呻吟于侵略者的卐字旗下的人民,在黑暗中举起反抗的旗帜,他们渴望'自由'与'胜利'的曙光。"海华的《V字运动》介绍了有关情况,并指出傲慢、凶残的纳粹趁机混淆视听,也选定"V"为符号,到处宣传纳粹的胜利。"德国侵苏战争的爆发把全世界划分为两大阵营,一方面是爱好和平的人民为了正义和真理搏斗着,一方面是侵略者的玩弄烽火,摧残生命。"纳粹德国的所谓"胜利",最后只有走向"死亡——地狱"。同时,《V字运动》作者海华坚定地认为:"'V'运动获得胜利的日子,我们相信是不会远的了。"

1941年12月,太平洋战争爆发,侵华日军占领上海租界。次年元旦,重庆方面专门出版《V字月刊》,"迎接伟大的战斗,并预祝反侵阵线胜利"。四年后,日本无条件投降,全国军民欢腾,有人专门写了《V字运动在上海》(洛三,载《胜利》第3期,1945年9月8日),"伟大的V字坚强而光辉地竖立了",四年前海华在《V字运动》里的预言应验了。

  在那夜,我又在伊凡诺夫老头子家里吃了罗夫娜做的俄国菜。罗夫娜还唱了一个先前被伊凡诺夫老头子认为是"赤色耗子"的《祖国进行曲》。三年来的变化的确是非常剧烈的。在罗夫娜的歌声后,伊凡诺夫老头子感到了很大兴趣似的,把我买的报纸拿到了手里,用他进步的英文看了看那个顶大的标题。

  "密斯脱杨,今天的电影也是使我非常感兴趣的。我是已经快要死去了,但是如果再能活上十年,那么我自己也许也愿意变作'赤色耗子'吧。"

  "一定的,你说是不是,密斯脱杨?"这是罗夫娜添上来的有力的一句。

  我笑了一笑,不知怎么回答,但我和他们握手而回家的路上,我总体味着伊凡诺夫老头子曾经说过的这一句:"罗夫娜的话有时真也成了预言。"

这是《联声》第4卷第2期至第4期连载小说《德苏战争的插曲:看电影的异国伴侣》(祝无量)的最后一部分,也是自《联声》创办以来第二次连载的小说。讲述一个中国小伙子"密斯脱杨",曾经借房子给苏联父女俩,由此双方结缘。小说从小伙子的角度描述流浪辗转来华的伊凡诺夫老头子的转变,以苏德战争为切入点。小说开头是中国小伙子与伊凡诺夫老头子观看电影《被开垦的处女地》时重逢,然后倒叙昔日结识往事,最后便是以上的引文。此小说的标题前半句切题,后半句则有些勉强,但这也是吸引读者的一种技巧。同时此小说与《莫斯科的航空节》《苏联儿童的保卫者》《V字运动》相呼应,这也是丁景唐等人策划的结果。

这期除了以上这些内容之外,继续推出"课余讲座"新栏目,从社会、心理、修养的不同角度,发表三篇文章:《稻草人与时辰钟》(江水天)、《你为什么不快乐》(爱玛)、《从失恋谈起——变动的世界》(李冷)。

继第一篇《几个人的几种看法》之后,丁景唐又撰写了《稻草人与时辰钟》。丁景唐的《武侠·侦探·行劫》并未出现在封面的要目里。诗歌《奔马草:我问我自己》,署名赖大重,宁波话谐音为"懒惰虫",这是丁景唐临时取的笔名。

这期没有刊登有关经济问题的启事,暂且"沉默"了,不过刊登了其他启事。

一是《〈联声〉廉卖》:"一卷二卷[各期]五分,三卷各期一角。"简单的启事并未引起诸位读者的关注,其实这是《联声》主动停刊的善后诸事的先兆,处理剩余的刊物,清空廉卖。

二是《为改正错字向〈之大商学刊〉道歉》:"上期本刊登有《之大商学刊》交换广告一件,内中《中国工合运动的展望》,误植为《中国工会运动的展望》,深恐引起误会,本刊除向《之大商学刊》之同学道歉外,并特此声明。'上海联'出版委员会启。""工合"与"工会"含义相差甚远,校对问题不能忽视。这是丁景唐接替主编以来首次为此道歉。

三是"上海联"服务部主办"义校展览会"启事,沪江大学、东吴大学、之江大学和青年会中学、圣约翰中学、清心女中"恭请各位光临指教",地点在八仙桥青年会雪赓堂,时间为8月25日、26日,内容有小朋友们的手工、图画、美丽的图标等。丁景唐再次看到了自己和妻子王汉玉曾就读的青年会中学、清心女中和东吴大学的名字,也是丁景唐主编的《联声》对此最后一瞥。

第4卷第4期(1941年9月10日)

这期是丁景唐主编的《联声》最后一期。

封面目录有:"长篇史诗《远方》,洛丽扬作。"为这期重点之作,是丁景唐新创作的,标志着这阶段诗歌创作的质的飞跃。

这期除了连载《北极英雄》《德苏战争的插曲:看电影的异国伴侣》之外,"海外特辑"栏目推出《印度支那风光》(何文)、《马尼拉·巴达维亚》(旅萍)、《南洋华侨》(黎琼,即丁景唐),暗示日军可能南下进攻南洋地区,"使广大青年认清形势"(丁景唐《我的文艺编辑生涯》)。果然三个月后太平洋战争爆发,骄横跋扈的日军击溃了驻扎在南洋地区的十几万英军,几乎占领了整个南洋。

这期还刊登了丁景唐(江水天)的《职业病(Professional Disease)》,以及《爱尔勃特·爱因斯坦》(幼文)、《心理健全术》(爱玛)、《伞兵》(方亮)。延续前几期策划的"认识社会"一组文章的思路,丁景唐写的《职业病(Professional Disease)》是续文。

这期刊登一则《紧急启事》:

> 敬启者,敝会所刊行之《联声》因近来百物飞涨,亏本甚巨,以致难以维持。现经本会议决,暂时停刊,俟解决有法,当再出版,事出有衷,尚希诸同学鉴谅。
>
> 上海基督教学生团体联合会执委会启,八月廿日

同时公布了《联声》第3卷、第4卷的总账目,亏本甚多。

本期还刊登《暂别了同学》启事,落款"上海《联声》出版委员会启",由丁景唐等人起草、

审定。同页上刊登《征求》启事:"《联声》第一卷第一、二期各数份,希望保藏的同学割爱帮助我们,愿以三卷合订本或文艺书籍交换,请来函可也。《联声》编委会启。"显然这是诸多善后事宜之一,为了保留档案,以供后世需求,颇有眼光。

总　　结

纵观最后四期,延续丁景唐接手主编《联声》以来的改版思路,出现新的亮点。

其一,封面重新设计,三分之二篇幅都是要目,并有主次区分。

其二,增加三期"海外特辑",扩大读者视野,密切关注国际反法西斯形势变化,坚信正义的"V字运动"会取得最后的胜利。先后推出一组介绍苏德有关情况的文章,爱憎分明,增加曲笔编排的含义。

其三,以不同方式、不同文体和不同题材之作,呼吁广大学生做出正确的选择,即在抗日救亡的民族危难时期,每个中国青年学生都应该做出人生选择,共同"创造出一个伟大的明天"。

其四,在经济问题愈益突出的艰难条件下,编辑部同人依然群策群力,撰写、摘编或约稿关于自然科学、历史知识、社会生活的文章,如《西瓜市场》《荧光灯》《弹震病》《发明家的乐园》《爱尔勃特·爱因斯坦》《心理健全术》《伞兵》等,在某种程度上弥补缺少译文的短板,同样可以达到扩大视野、密切关注国内外时事的效果。特别是连载的漫画故事《北极英雄》、小说《德苏战争的插曲:看电影的异国伴侣》,这是自《联声》创刊以来的唯一一次。

其五,丁景唐的写作才华再次得以彰显,除了别具一格的应用文——《告读者》等启事之外,诗文创作也有明显提升。长篇叙事诗《远方》的内容和形式都跃上一个新台阶,成为他对一年多来创作诗歌的一个小结,也是他告别《联声》之言。他将学到的社会学基本知识运用于编辑《联声》之中,包括构思、撰写"认识社会"一组文章,如《社会是什么》《职业病(Professional Disease)》等,这是他第一次尝试写作这方面的题材,令人刮目相看。

注释:

〔1〕应成一,社会学家,浙江杭州人。1921年留学美国,回国后长期任教于复旦大学,讲授社会学原理、社会问题、中国劳工问题等课程,任社会学系教授兼系主任、法学院院长、教务长等职。1949年后,先后在山东会计专科学校、山东财经学院、上海财经学院、上海社会科学院任教授,1979年被聘为上海社会科学院社会学研究所特约研究员。1983年7月26日逝世。主要著作有《社会学原理》《社会问题》《十年(1937—1947)来的中国劳工问题》等。

再生奋进,结束使命

复刊第 1—4 期

(1945 年初秋—1945 年 11 月 25 日)

复刊第 1 期(1945 年初秋)

1945 年 8 月 15 日,日本宣布无条件投降,结束战争。"我们胜利啦!"中国大地一片欢腾,军民争先恐后地走出防空洞,兴奋地摘下帽子,抛向空中。都市民众涌上街头,跳呀,唱呀,呼喊呀,尽情地宣泄多年来被蹂躏、压制的郁闷、焦虑等心情,热烈庆祝艰苦卓绝的抗日战争的伟大胜利。

《联声》! 多么漫长郁闷的时期我们不曾见到她了! 在敌伪的魔焰摧烧中许许多多热切期待着她的旧友们等待着她。他们抱了久盼的心读完了高中,进了大学,大学也快毕业了,可是同学们正义的喉舌永被阻塞着,一天更甚一天。他们几被窒息了,他们想着、期待着《联声》,多少人盼望得几乎碎了心。

但是,嘿,《联声》又来了! 同学们欢呼着:"《联声》再生了!"怎么她复刊得这么快? 被解放的同学已觉醒得这么快,她——他们的喉舌——怎能不大吼起来呢?

《联声》仍如以往一样光荣地是"上海联"的刊物,她绝不[会]使旧朋友失望,她仍是上海学生们自己的刊物,她的言论、主张完全反映着进步同学大众的思想和愿望。同学们要求民主团结,《联声》就要求民主团结;同学们要求彻底肃清汉奸,要求建设新中国,《联声》也如此要求。《联声》是同学自己的传声筒,她对民族前进的意见、对待时局的看法、对学生应负的责任及一切的见解都代表了每个进步同学自己的见解。这样的一份刊物,同学们,你们不会不欢迎的吧!

但是,由于物质的限制,我们不能以原来的面目与各位同学相见,不过这是暂时的,我们希望这一份小小的刊物会在各位同学热力的援助及督促之下渐渐强大起来。

"《联声》再生了!"这期《复刊词》充满了青春活力,激情四射,义无反顾地承担起新时期学生刊物的历史使命,憧憬着美好的明天。其中有几点值得注意:

其一,"怎么她复刊得这么快?"这是此刊创办人陈一鸣等人根据上级指示精神,在第一时间做出的决定。

1941 年 9 月 10 日《联声》第 4 卷第 4 期主动停刊时,陈一鸣担任"学委"所属的国立、私立大区委书记。次年秋撤离上海,进入淮南抗日根据地,在中共江苏省委主办的上海干部集训班学习。1944年10月,返回上海。这时成立新一届"学委",书记张本,委员有吴学谦、陈一鸣、李琦涛(胡根生)、莫振球,领导学生运动,准备贯彻里应外合解放上海的方针,后取消。

其二,这时新成立的《联声》编辑部,由陈一鸣负责联系,成员有袁鹰、陈新华(陈联,后为黄浦区卫生学校负责人)等人。

袁鹰,原名田钟洛,当代著名作家、诗人、儿童文学家、散文家。1945年夏天,袁鹰时为之江大学教育系三年级学生,由好友廖临(叶林)介绍入党。第二天,丁景唐代表党组织第一次向他传达党的声音,分析形势。丁景唐讲述了欧洲战场反法西斯战争胜利后的国际形势,讲了中共七大,讲了抗战军民力量的壮大,讲了苏联红军消灭了侵华日军"王牌"关东军及日本军国主义存在的政治、经济、军事危机,促使日本被迫无条件投降;要趁这个有利的时机,迅速壮大我们党和进步群众的力量,准备迎接新的战斗;敌人还没有放下武器,不能麻痹大意,要防止意外事变突然发生;对国民党政府和蒋介石,不能存有幻想。袁鹰听了觉得很新鲜,"而且有一种作为一名革命战士的光荣感和责任感,渴望着党分配给我们任务"。这一天是1945年7月11日,星期三,以后袁鹰填写各种表格时,就以这一天作为入党日期。(袁鹰:《上海,我的一九四五》,载《袁鹰自述》,大象出版社,2010年11月。)

按照党组织指示,袁鹰参加《联声》复刊工作,同时经党组织批准,兼任《世界晨报》记者。他既要去上课读书,又要兼顾两处工作,甚是忙碌。这期间,丁景唐在复刊后的《联声》上接连发表诗文,还有其他文章也发表于袁鹰编辑的《世界晨报》和《联合晚报》副刊。袁鹰后为《人民日报》文艺部主任,直到晚年还与丁景唐保持联系,他俩之间的情谊长达半个多世纪。

不满20岁的陈新华用"陈联"笔名写了一些小说和儿童故事。她写的《羊》得到著名女诗人关露的赏识,获得《女声》征文二等奖。她还参加丁景唐指导的《时代学生》编辑工作,此后又成为丁景唐发起、领导的上海文艺青年会的成员,发表了不少文章。"文革"后陈新华曾来探望丁景唐,谈起许多往事。

其三,复刊后的《联声》办刊思路与时俱进,在抗日战争胜利后的新形势下,按照党组织的指示,顺应民心——民主团结,彻底肃清汉奸,建设国家。同时,继续发扬《联声》"三贴近"(贴近校园、贴近时事、贴近社会)办刊精神,倾心听取青年学生的呼声和建议,尽力满足各种需求,一起办好刊物。

其四,"我们不能以原来的面目与各位同学相见"。因经济条件限制,《联声》复刊后的前3期均为小报式样的号外,第4期才恢复原样,即丁景唐接手主编后设计的刊头式样。

由于各种原因,《联声》复刊后出至第4期(1945年11月),再次主动停刊。这期间,袁鹰按照丁景唐新指示,准备迎接新四军解放上海——"天亮运动"最后的胜利,筹办《新生代》(仅出1期)。1945年10月16日,丁景唐等人创办《时代学生》,这也是上海"学委"领导的刊物。

这期《联声》为号外,16开4页小报型刊物,无时间,理应在1945年初秋开学之际,编辑部地址为:威海卫路638号基督教女青会,"上海联"办事处。

刊头简约,刊名美术字,依然采用丁景唐主编的《联声》第4卷第1期至第4期的美术字,其旁为这期要目,其下依然注明"上海联出版委员会出版"。

下面一大块文章,为《上海基督教学生团体联合会筹备恢复阶段临时组织办法》。中间镶嵌一首短诗,四周有花边围栏。此诗是丁景唐(江水)写的《旗手——"上海联"新生之献》,象征着他作为昔日主编的一种祝贺,以及交接的意味。

"上海联"的临时组织办法出台后,还需要向读者介绍昔日的"上海联":

> 上海学生界最大、最广泛的团契,是关切同学进步、争取同学权益、同学们自己的民主团结机构。"上海联"曾不断地启蒙了同学觉醒,不断地在反对一切危害同学利益的奋斗中团结了觉醒的同学们。

其中四个关键词——"启蒙""觉醒""反对""团结",不仅充分肯定了昔日"上海联"及其喉舌《联声》在上海"孤岛"时期主动承担起抗日救亡的神圣使命,以及发挥的重要作用,留下了不可磨灭的历史功绩;而且还宣告将继续发扬其中蕴含的奋斗精神,继往开来,肩负抗战胜利后时代赋予的新使命。

此文为《介绍旧友——"上海联"》,署名穆斯,可能是陈一鸣起草的。这是第2版的重要内容,其旁是《复刊词》。底部为嘉尼翻译的散文诗《基督》(屠格涅夫原作)——"与众人一样的面容——才是基督的面容。"一个月后,嘉尼此译文发表于《复旦青年》创刊号(1945年10月30日)。此刊是复旦基督教学生青年会主办,刊登丁光训等欢迎章益校长的演讲词,以及著名记者陆诒、著名经济学家吴大琨等人在女青年会的演讲。这期创刊号是"欢迎章益校长特刊"。章益与温崇信、孙寒冰被称为"复旦三杰"。他对于国民党镇压学生运动极为不满,曾多次保释被捕的进步师生,并以辞职和赞同教师罢课来抵制当局对民主人士的迫害。后组织"护校委员会",将复旦大学完好地保存下来,归还于人民。

这期《联声》第3版为短论二则:《胜利之后》(米羊方)、《论大国民风度》(溶)。思考问题的前瞻性和深度与其他报刊的文章截然不同。

《胜利之后》及时指出:

> 人民经过了八年的教训及锻炼,已不再愚昧如前了,他们心中很明白,谁是他们所爱的,谁是他们所憎恨的。所以虽然这无耻的奸商、奸徒们把自己的嘴脸粉饰得一本正经,其实他们所做的劣行都明明白白地留在人民心中。而且,狐狸虽善于幻变,不过却终藏不了一尾巴,它总会给义愤的人民捉住,给予应得的审判。

此言类似于丁景唐代表党组织第一次向袁鹰传达的党的声音。《胜利之后》一文具有重要意义,这是复刊后第一次的宣讲,引导的对象不仅是广大青年学生,也包括广大读者。

《论大国民风度》是针对当局的论调——日本无条件投降后,"中国人应当维持大国民风度,对日本人不应有种种不礼事件发生"。针对国民政府发出的所谓"训令",进行一番分析,该文义正词严地指出:"对于这次中日战争的战争罪犯,中国人民是有权利要求处办的!"并认为:"我们不要让这些战争罪犯们有机会模仿希特勒党徒的样!不要让他们秘密或公开地保存了他们侵略力量的基础!不要让他们再有死灰复燃的机会!更不要在处分这些战争首犯们时,保持大国民的风度!"这个超前意识已经被正义的审判和历史进程所证实,"丢掉幻想",继续战斗;坚决反对以中国儒家的"仁"来作挡箭牌,掩饰其不可告人的目的。

第4版"东拼西凑"为消息栏目,此后三期都是以此命名的。这期刊登"上海联"恢复的组织及其各种活动情况,介绍目前扩大队伍的"上海联":"已有大学八校、中学二十四校、女中二十二校及其他歌唱、读书、艺术等团契十余单位。唯现尚属筹备阶段,待各校正式代表选出即成立正式大会。""上海联"筹备组织"大学、男中、女中三区,每区选干事五人分任主席、总务、研究、组织、宗教服务各项工作,并另设出版委员会,发行各种丛书及《联声》期刊"。

此版下面为杨帆的微型小说《第一百朵花》,是他在8月18日夜晚匆忙赶写的。讲述为了迎接抗战胜利,一群女青年聚集在一起做纸花,唱着《义勇军进行曲》等歌曲。一位"千金小姐"也积极参加,最后大声说:"报告,我做好第一百朵花!"此文平铺直叙,有鸡肋之感,显然是命题作文。

复刊第2期(1945年9月15日)

这期头版头条是《学校民主与言论自由》(熊德深),明确指出:"学校当局对学生唯一的办法是实行民主,信任学生……给予充分的言论、集会及学习上的自由,才是乐观的、积极的办法——也便是今后教育改革的唯一办法。"最后高呼:"我们冲破黑暗奔向民主自由,我们从学习锻炼到成长强大。"其实,这是针对圣约翰大学校长沈嗣良[1]开除学生事件,虽然不点名,但是此事件已经闹大了,详见下期推出的"圣约翰开除同学事件特辑"。

《天下太平》(岂亮)讽刺那些抗战时期"曲意奉承、谄媚拍马、极尽能事"的校长,以及手下的"小混蛋","居然闷声不响过了八年"。如今则禁止高喊"打倒汉奸""欢迎抗日军",加以"训诫",勒令写悔过书,甚至开除,以儆效尤,以此求得"天下太平"。知情读者立即明白,这是针对圣约翰大学校长沈嗣良之类的汉奸。

这期刊登的其他文章也强调民主,"新的教育应是民主的、科学的、一般大众的教育"(明彦《今后教育之路》)。

梁栋的《困难仍未减少》明确"锄奸"的必要性、紧迫性,指出这些大汉奸依然逍遥法外,过着"荒淫无耻的享受生活"。

> 据某报的调查,上海汉奸拥有黄金一万条如邵某等有二十余人,拥有五千条以上的有五十余人,有一千条的有百余人,有百条的人无数……

《该入地狱了》(溶)一针见血地指出应该立即惩处卖国求荣、无恶不作的大汉奸,"上海就有数十名之多"。

> 抗战胜利后的今天,此辈汉奸有的摇身一变,依然高居要职,借口"戴罪立功""保乡安民",做官的还是做官,发财的还是发财;有的甚至改名换姓,盘踞各方重要职位,将过去之历史一笔抹销,不知者尚以为中央直接派来,于过去八年间有过不少英勇事迹的"抗战英雄"哩!

"锄奸"运动顺应民心,沈嗣良也被揭发曾巴结日伪,来往密切。此后,圣约翰大学学生整理出他的十大罪状。这期《联声》也为下期"圣约翰开除同学事件特辑"形成一种前奏。

上期复刊号是陈一鸣等人抢先出版的号外,与原来的《联声》大不相同,引起热议,编辑在第6版的《编后》里诚恳地写道:

> 《联声》终于在极艰难的物质条件下出了两期,第一期出版后,我们接到不少读者的批评,这些我们都尽心地接受了,并且从第二期都改正于它们。
>
> 第二期增加了两页,在质的方面我们自以为也充实了不少,例如《玻璃级长》,我们也一期把它登完,在"散文·小品·随笔"……登了八篇文章,自然……同学们批评的。
>
> 《联声》是……我们期待着一切"上海联"……帮忙。

引文中的"……"为空缺文字,因后被图书馆的标签覆盖。从以上的文字里可以推测读者的一些意见,如版面限制而难以多刊登一些大家喜爱的文学作品,因此这期增加了内容。

新增设的"散文·小品·随笔"栏目刊登八篇文章,除了以上提及的《天下太平》(岂亮)、《该入地狱了》(溶)等之外,还有其他杂文。

《趁"胜"打劫》《天亮了》,不点名地尖锐批判"五子登科"的国民党接收大员和形形色色的政客、奸商、投机分子,"以庆祝为号召,使自己的名、利、势兼收"。"投机囤积,操纵金融,搜刮民脂民膏",广大百姓依然受饥受寒,"受尽剥削"。广大百姓欢迎抗战胜利的这一天,"是希祈以后的和平自由平等的日子"。

《一窝蜂》(沙楠)延续上期《论大国民风度》的话题,冷嘲热讽某些国人积淀的集体无意识"奴才相",盲目崇拜"外国月亮","外国人一出来,上海人便又忙得不亦乐乎!从前在电车里曾经故意踏过别人一脚的,今天也身在慰劳队之列",生怕"招待不周,有失国体"。

这些杂文笔锋犀利,击中要害,大快人心。同时刊登的前两篇为丁景唐的散文《暖房以外》(文薇心)、《荒塚》(丁瑛),则是另一种冷峻、蕴含哲理的风格。

同期刊登丁景唐的两首诗歌《太阳又从东方升起》(江水)、《有寄》(方晓)。前者虽然没有上期的《旗手》那样激情昂扬,但是思想内涵进一步深化,显得冷静、含蓄、委婉。《有寄》以象征手法追忆昔日"孤岛"时期同学之间的友情。

以上提及的"散文·小品·随笔"栏目还刊登《谈谈"工读贷金"》(克疾)一文,称赞青年会组织曾办了一个"工读贷金",即借部分资金给清寒学生,"使他们从事某种小本营生,以营业盈余,补助自己的学费和生活费"。这些清寒同学被称为"工读生",此题材也写入小说《玻璃级长》(陈沉)。

《玻璃级长》讲述圣玛童娜女校(圣玛利亚女校)发生的新鲜事。校长很吝啬,专门设置正、副级长看管是否关紧玻璃窗,以防被风吹撞,打破玻璃,因而有"玻璃级长"称呼。青年会组织的工读团学生发起义捐,救济失学学生,校长却很满意,因确保入学率。此文与上期的命题作文《第一百朵花》相比较,题材不同,有些可读性,但仍然不尽如人意。

复刊第 3 期(1945 年 10 月 10 日)

上期《学校民主与言论自由》等文掀起前奏声浪,这期第 5 版强劲推出"圣约翰开除同学事件特辑",并在顶端出现一行醒目的粗体字:"请全上海的同学们注意这件事!"

这次圣约翰发生了不幸的事,站在同学的立场上,我们觉得有为着正义而大声疾呼的责任。《联声》原是同学的喉舌,在这里,我们想跟同学说的,是希望每一位同学都该注意这件事。我们不该把这件事看作圣约翰一部分同学的事,事情并不那么简单,这有关整个上海学生界今后自由的保障。我们不能保证我们自己的学校里绝对不会有同样的事件发生,我们也不能保证自己最起码的读书自由有绝对的保障。为此对于圣约翰的被开除的二十多位同学,我们不该仅仅是同情和惋惜而已,为了表现我们的力量,为了表现学生对正义公理的坚持,至少,广泛的援助是必需的。有全上海的同学做后盾,让我们来看着,结果谁战胜谁? 谁会在公理面前低头?

这是《编者的话》,并未说明事情真相,也未定性,而是喊出"学生要读书"的呼声(这期特辑的基调),以引起广大师生的心底共鸣。潜台词则是这些学生是无辜的,他们的言行是正义的,必须声援他们,齐心声讨制造这起事件的主谋——沈嗣良校长。《编者的话》最后义正词严警告:"结果谁战胜谁? 谁会在公理面前低头?"

《编者的话》一旁刊登《事情的真相——圣约翰被开除学生告同学书》:"奇兀的通知书判决了我们数十余同学的命运……我们仅仅在'违反校规与行为不检'的理由中[被]开除了……我们自省每日除了专心学业外,并无不法行为。据被开除同学单中,详细分析,多半是各院系负责人或会长,大半是热心义卖助学金或庆祝胜利的代表。"愤怒的学生向校方责问:"校长言辞游移闪烁,诿称汝等自省可也,又谓或有冤枉可书悔过书及保证书,即可复学。教务长毫不知情,显系校长主动。各系主任更茫然无悉,仅表称同情与惋惜。"

根据以上[校长]的答复,我们要提出几点意见:

(一)开除学生而不通过校务会议是否合法?

(二)通知书既由教务出面,为何教务长茫[然]不知情?显系有人伪造与假借名义。

(三)我们清白的名誉被玷污了将永为社会所耻,可是我们连罪名何在也得不到解释;假使一切罪行都用"自省"二字判决,要法律、律师、判决文何用?

(四)我们诚如校长所言,或有冤枉,又要悔过书何用?所悔何过?

……同学们!真理绝不容巧言花语所掩饰,更不容私下了结所能蔽欺。际此抗战胜利,再不容奴化压迫的毒害政策,我们要向同学[们]疾呼,要求正义,要求真理!

亲爱的同学们,请共同发出正义的吼声吧!给我们以真理的援助!!!

此文落款"一九四五年九月二十七日"。文中提出的几点意见,言辞犀利,大有律师辩驳的风采,也展现了该校学生的学习成果,真可谓"以子之矛,攻子之盾"。此文与《编者的话》都是据理论事,提出严正警告,"要求正义,要求真理"!

同时刊登了《后援会成立记》,记述了成立的经过,最后大家的"情绪由惋惜而愤激而到最高潮,立即由同学提出向沈校长之三项要求,并以此三点为后援会之目标"。此"三项要求"为:(1)请即收回成命,恢复被开除同学之学籍;(2)为保持被开除同学信誉起见,请校方公开登报解释此次措置失当,且以专函致各被开除同学家长郑重道歉;(3)请保证不再有同样事件之发生。

第6版继续刊登特辑文章。《"后援会"给本刊编辑的信》严厉谴责沈嗣良校长"独断独行,且法律也没有先枪毙后审查其罪行者"。并揭发沈嗣良的丑恶嘴脸,他不仅担任伪职,还"勾结日人田川大吉和坂本义者来主持学校务,剥削教授们的配给米,[给]予教授们最低微的薪金,使教授们饘粥不继,敢怒不敢言。他自己却囤积操纵,开设圣大公司,购买康脑脱路、北新泾、真如等处房地产,俨然富商大地主"。对于募捐一事,"本年暑期学校开学,学生为本校清寒同学募捐助学金,缴费结束后,尚有余款两千万,沈校长逼令保管该款之同学缪鹏交出"。此信还写道:

到了秋季开学注册的时候,沈校长又顾忌到同学们对他罪状暴露,所以就断然[做]出开除校中优秀同学的行动。查此次被开除的同学俞福良是化学会会长,四年级第一名生化奖金得奖者;叶嘉馥是庆祝胜利医学院代表,四年级第一名;阮冠三是互助基金委员英文、国文、历史三系队长;缪鹏是约大同学互助金委员会主席;钱春海是约大管弦乐队主席;周少春、陈秀煐是教育系庆祝胜利的代表;江佩衡是医预同学会会长;梁于藩是农科同学会会长。[他们]大都是各院系、各组织的中坚分子。

同版上还发表《联声》记者采写的新闻稿《"后援会"工作一斑》,披露了不少信息:

一、九月二十八日"后援会"成立,致函各报馆呼吁,请主持正义。

二、九月二十九日下午五时,在西摩路六六〇弄二十九日被开除同学王垂仍家,招待各报记者,到文汇、中美、大同、辛报等八家报馆记者及本报编辑,由"后援会"工作人员及被开除同学殷勤招待,倒咖啡、装点心、教育系女同学手制三明治,空气严肃融洽,至六时陆续尽欢而散。

三、九月三十日下午三时,在女青年会二楼会议厅招待各学校代表。首由主席致开会词,继由被开除同学钱春海、梁于藩详细报告经过,嗣后学生总会代表及之江[大学]代表致词,愿以全力支持,语多热烈,至五时散会。

四、以后工作容探得后再续志。

这一版还转载"后援会"办的《约翰呼声》创刊号的讽刺短文《受审》,署名冬妮亚。描写圣约翰大学校务委员会的五大院系负责人奉沈嗣良的指令,东奔西走,单独找来各个被开除学生,在教务室进行"审问",以"担保无事"为利诱,试图分化、拉拢,"我们不想将这件事弄大,公开道歉,这似乎有伤学校名誉……"几个被"审问"的学生出来相遇——"他们要叫我家长出一封信,证明我的品格。""哈哈哈,这究竟是什么把戏?"

8月15日日本宣布无条件投降之后,8月21日圣约翰大学的中共党总支根据"学委"的部署,组织部分学生连夜张贴庆祝抗战胜利和要求严惩汉奸的标语、横幅和宣传品。第二天上午10时,有的学生党员敲响了大钟,大家纷纷集中在钟楼前的大草坪上,几个党员和积极分子在钟楼上发表庆祝抗战胜利的演说,并号召开展锄奸活动,一些特务和三青团分子上前阻挠,双方发生冲突。校长沈嗣良匆匆赶来,强令学生进入大礼堂接受训话,他和特务及三青团分子一起攻击敲钟、演说的学生,并污蔑此是学校前所未有的"严重的事件",遭到学生们义正词严的反驳。沈嗣良随即勾结宪兵队,逮捕了演讲的施家溥等三名学生,并突然宣布提前放假(原有暑期班上课),下达"奇兀的通知书",以"行为不检""违反校规"为由开除陈震中、钱春海、陈秀煐(陈鹤琴的女儿,陈一鸣的妹妹)等18名学生。

圣约翰大学的中共党总支分析形势,认为"庆胜利,锄汉奸"顺应民心,合乎情理,校方开除学生不得人心,况且沈嗣良原来巴结日伪的汉奸行径早为广大师生所不满。经"学委"同意,党总支决定举起"锄汉奸"的旗子,发动"反沈护校"运动。先是成立被开除同学联合会,呼吁全市师生的支持和社会的同情,接着又通过各院系和团契代表成立"支持被开除同学后援会"。

后援会的包仁宝等同学拜访了圣约翰大学早年校友、著名教育家陈鹤琴,陈先生对学校无理开除进步学生感到非常愤慨。他与陈巳生(陈震中父亲)等人一同发起组织了"被开除学生家长联合会",联合致函校方,要求澄清强加给学生的"行为不检"的罪名,收回成命,广泛开展上层人士中的工作,取得社会舆论的支持,也得到该校董事会颜惠庆和一些教会人士的同情。《时代日报》《文汇报》《联合日报》等均进行了报道,并谴责沈嗣良的言行。

后援会还出版油印刊物《约翰呼声》,随时公布斗争进展情况和群众揭发材料,造成了很大的声势。9月底,国民党参政会公布《处置汉奸案件条例草案》。后援会立即整理出沈嗣良的十大罪状,正式呈文国民党淞沪警备司令部,同时将有关情况印成传单散发,最终迫使沈嗣良下台。[2]

下一期还刊登丁光训的《论基督教学生运动》,老调新弹指出三点:一是"以耶稣的人格为我们最高的标准,这也是我们的特点及[与]其他学生运动的不同点";二是"我们必须得到教会、学校当局、青年会等先进团体之同情、指导、协助,以不损害学生自觉自动的精神为限。凡是要利用它、压制它、包办它、不信任它和分散它的,就是侮辱了它的独立性格";三是"它是一个'运动',它是活的、动的,它不是死的公式或一种呆的组织系统,而是充满着生气、针对着世界中的一切现实而号召学生们自动的集体动向"。这是他以青年会学生部干事、救主堂主牧师的身份发表的言论,不点名地支持被开除学生奋起反抗的正义行动。此文在下一期封面的目录上并未出现,也许是故意低调编排。

第3期《联声》号外出版时,被捕和被开除的学生在欢迎的爆竹声中先后返校,这次"反沈护校"运动获得全胜,正如《编者的话》所言:"结果谁战胜谁?谁会在公理面前低头?"

丁景唐、陈昌谦一起领导的"学委"刊物《时代学生》第2期(1945年11月1日)发表《收回成命》(秦林)一文,直接点明"教育汉奸"圣约翰大学校长沈嗣良最终垮台了——

(1)再度证明公道之自在人心,与乎各界热心人士支持正义的热忱;(2)整个约大教职员和同学能和衷共济,在同学会、家长和教授的精诚合作团结之下,得到"收回成命"圆满的解决,无疑地会涤清沈嗣良时代存在的污疵,而获得社会一致的赞誉。

陈鹤琴和子女陈一鸣、陈秀煐都以不同方式参加这次斗争,但遗憾的是从未有人撰写专题文章,留下一个空白。而《联声》先后发表的有关文章,不知哪些出自陈一鸣的笔下,但是至少有一点可以肯定,陈一鸣指导《联声》策划这期特辑,可能他也参与修改、定稿《编者的话》。

如何报道这场斗争,陈一鸣等人很慎重,上一期是不点名严厉谴责沈嗣良独断独行的罪行,酝酿、筹备特辑,经过慎重考虑才果断出手,增辟两页出版特辑。这期其他有关文章也是围绕特辑约稿、组稿、编排,这是自《联声》创刊以来第一次,也是第一次坚决与沪上四大教会大学之一的圣约翰大学校长沈嗣良针锋相对,直接点名进行斗争,并取得了最终的胜利。

《告同学书》《"后援会"给本刊编辑的信》披露被开除同学的部分名单:叶嘉馥、钱春海、萧荣炜、周少春、俞福良、江佩衡、孙大中、梁于藩、缪鹏、陈震中、阮冠三、陈秀煐、王垂仍、鲁平等。他们后来大多在各自工作岗位上做出了杰出的贡献。

叶嘉馥,医学博士,后为江苏省血吸虫病防治研究所副所长,曾兼任江苏省血吸虫病研究委员会秘书长。

萧荣炜,医学博士,后为江苏省血吸虫病防治研究所研究员、所长。

俞福良,后为轻工业部科技局局长、科学研究院院长。

梁于藩,后为上海市外事办公室副主任、外交部国际司领导成员。

陈震中,1946年6月23日,作为上海学生代表,与马叙伦、胡厥文等11人组成"上海人民和平请愿团"赴南京请愿,亲历"下关惨案"。后来作为上海学生团体联合会主席,与父亲陈巳生共同被推选为中国人民政治协商会议第一届代表,并参加开国大典。

鲁平,曾任国务院港澳办主任、党组书记,参与"一国两制"方针政策的制定、中英关于香港前途问题的谈判、香港基本法起草、香港特别行政区筹建工作的全过程,并发挥了重要的组织领导作用。

陈秀煐,1926年生,1945年3月加入中国共产党,曾任中共上海地下党女中区区委员。1947年赴美国留学,1950年回国后入外交部工作,在国际司、外交学会、中国国际问题研究所工作至1987年离休。离休前为中国国际问题研究所副研究员。[3]

阮冠三(袁援),1945年初秋,丁景唐委托她筹办《时代学生》,她圆满完成任务。阮冠三的党内上级是夏孟英,她介绍陈秀煐、蔡怡曾(陈一鸣妻子)同时宣誓入党。阮冠三介绍成幼殊入党,成幼殊与丁景唐最初是诗友,双方友情延续到晚年,详见成幼殊《幸存的一粟》(山东画报出版社,2003年1月)。

钱春海,后改名为钱大卫。1945年12月1日昆明惨案发生后,上海地下党组织决定召开各界公祭大会,成幼殊作词、钱春海谱曲《安息吧,死难的同学》。这首歌铅印为单页,词作者署名金沙,作曲署名魏淇。20世纪50年代,钱春海作为青年工作者访问印度,成幼殊、陈鲁直在驻印度大使馆工作,双方重逢,欣喜不已。

这期有关文章围绕着民主的话题展开。头版发表《迎接民国三十四年国庆》(华心)一文,指出:"中国的革命在反帝反封建下努力着,在这大时代里的人民都有着要求合理民主政治的自觉,唯有民主政治才能使成为一自由的新中国。"但是反动分子"故意歪曲着一切来蛊惑视听,仍用着他们的暴力的压制手段……但那是可怜的,一切总将扬弃,然而我们将坚定我们的信念,同时应该展开适当的争取"。

刊登《学校真民主吗?》(李汶),愤怒谴责开除学生的校方,赞扬后援会的同学,"他们如果是一些'站在民主的最前线'的和最进步的战斗者的话,那么唯有实践……因为真理是在他们的一面"。此文还提到学校将原来的助学金会改组为全校性的组织,"准备庆祝胜利,纪念复校,同时还附带地想帮助学校办理事务及捐募助学金等",但是遭到了校方的拒绝。理由是"应该等学校方面决定原则,规定办法",言下之意,一切要听从校方安排,根本不理睬学生的正当诉求。这"非但倒退得可怕,而且花头得可怕"!显然这是针对沈嗣良的独断独行的言行有感而发。

这期还刊登其他文章,如《有望于"上海联"》(John Barr)、《学籍与甄别考试》(平光)、《关于教科书》(方芜)、《划一整齐》(烈)等。

上期编辑部第一次发出征文启事后,学生踊跃投稿,编辑部在第4版《前言》中说明:

> 从第二期出版后,我们编辑室里便塞满了同学们寄来的征文稿件,同学们对我们如此热情爱戴,使我们增加了百倍勇气,我们觉得《联声》已不是一个单纯的刊物,而已是有着无数同学在后支持[的]一块小园地。但是,抱歉得很,我们尽了最大的努力,篇幅比上期增加二页外,仍不能使这许多稿件一起登出,现在先刊出三篇,其他佳作尚待以后陆续发表。

编辑将三篇编为一组,分别为《在大场·胜利一日之一》(吴陵),讲述到飞机场欢迎空降进驻上海的国民党部队;《义卖·胜利一日之二》(令狐咸),同学以上街义卖得来的钱款"慰劳国军";《老板的庆祝·胜利一日之三》(丁正),讽刺奸商昔日发国难财,如今不法商人"满面春风,齐呼胜利万岁",原来是"发胜利之财"。

这期"文艺"栏目发表了两篇作品:小说《余芳君》(陈联)、随笔《读〈腐蚀〉》(曙)。

陈联(陈新华)先后在《女声》《莘莘》等发表许多文章。这次她作为《联声》编辑首次发表小说《余芳君》,讲述女生相约在暑假里做信封,救济失学同学。情节简单,显然是命题作文。

同版刊登被删节的短文《读〈腐蚀〉》,文中出现许多省略号。当时抗战胜利了,但是国民党特务依然无孔不入,甚至臭名昭著的大汉奸摇身一变为国民党的"接收大员"。因此此文"欲说还休",让广大读者反思抗战胜利后中国何去何从。"老实地说,我们周围有F、G老乡……那样狐鬼站着了。"该文特意提及巴金《灭亡》《新生》等小说,告诫中国进步青年选择人生道路的曲折性和复杂性,一旦不慎便会重蹈覆辙,如同《腐蚀》中女特务赵惠明那样坠入深渊,走上可怕之途。

这期第8版除了继续刊有"东拼西凑"之外,还辟有"《联声》信箱",答复学生来信,坦承"'上海联'创办之《联声》半月刊,其材料少,缺乏趣味,内容欠精彩,少科学、物理、社会新闻等文章,希增多篇幅,适合同学们的嗜好,这样定可使销路尤畅"。

新1卷新1期(复刊第4期,1945年11月25日)

经过一番紧张的筹备,终于结束了前三期号外的形式,恢复原来《联声》半月刊的模样,仍然采用丁景唐接手主编《联声》时设计、陈有民(史毓民)绘制的火炬刊头,并且特意放大,粗黑醒目。还延续原来刊物的定位,即"基督化的兴趣化的生活化的学生刊物"。左下方为要目,右下方依然是《圣经》警语。旁边刊有一行小字:"前公共租界登记证C字四二一号,现正向社会局呈请登记中。"显然,复刊的前三期号外锋芒毕露,特别是特辑,成为国民党忠实工具——社会局的眼中钉,哪里会批准继续出刊?加之其他复杂原因,虽然这一期降低"火药味",但也无济于事。

这期前面恢复曾使用的"前哨"栏目,推出两文,即《我们要读书》(伪生)、《弱者的声音》(吴启秀)。

《我们要读书》与上期刊登的《学籍与甄别考试》都坚决反对国民党当局提出的"甄审"。1945年9月26日,国民党的教育善后会议通过了《收复区中等以上学校学生甄审办法》,规定收复区专科以上的在校学生须经"甄审"并经过三个月的思想训练,交出研读蒋介石《中国之命运》的报告与学术论文两万字以上,才可以承认学籍,继续就学。上海六所大学被列为伪学校,即交通大学、上海医学院、雷士德工学院、德国医学院、上海商学院和上海音乐学院,共计学生4 000余人。这"甄审"无疑是当头一棒,令人忧心忡忡。

"学委"陈一鸣等人针对国民党当局规定,决定提出"人民无伪,学生无伪"的口号,以交大为重点开展斗争。在"学委"领导下,六所大学成立学生联合会,由交大学生自治会主席担任负责人。多次呈文,未果。11月6日,千余名被激怒的学生举行沉默游行,无声抗议迎来了广泛的同情,"抗战胜利了,为什么不让学生读书"?[4]

> 请愿,也请过了;游行,也游过了。可是我们的学校里还是冷清清的,同学们还是唉声叹气地待在家里干着急……我们要读书! （《我们要读书》）

> 我们对这样的羞辱是受不了的。我们声求取消这样[的]说法,不是为了我们[的]学籍或资格[的]问题,而是为了免除我们[的]耻辱[的]问题。试问这不和加我们以汉奸的帽子相似吗……至于考试而能得知学生是否汉奸化了,我想是不会有效果的;相反不考试即有不正确的人也会自新或淘汰的啊! （《学籍与甄别考试》）

"学委"发动师生自己办学,开展学生间的互助活动,进一步团结学生。同时组织学生向各报社投稿,召开记者招待会,向社会呼吁。南京、北平等地被列入伪校的学生也相继行动起来。在广大学生斗争和社会舆论的压力下,国民党当局不得不做出让步,将原先的"先甄别,后补习"改为"一面接收,一面上课"。"学委"立即组成临时大学补习班区委,继续领导斗争。[5]

这期分为两大版块,除了特辑、时事短论的版块之外,还加强了不同形式的文学之作。

增设的"生活圈内"栏目刊登两篇文章。一是《送报的》(海舟)。此文以小见大的构思颇有新意,通过穷学生送报一路上的所见所闻,揭示了上海滩三教九流的群相,如巡警的势利眼、少爷的派头——"送报的,明天早点!这么晚下次不要了!"看见小工厂的学徒,送报的感到一种快感,对方跑来接过报纸,面带笑意。穿过挤挤攘攘的小菜场,拐进一条弄堂,听见悠扬的琴声,但是哪有闲情欣赏,赶时间送报要紧。哎哟,轮胎没气了,不知何时被戳了,只好抹抹额头上的汗珠,拖着疲乏的身子,推着车子回家。送一份报纸才有可怜的几个钱,能买什么吃的东西塞塞牙缝吗?

二是《柴米篇》(陈列),分为六个小节,即"楔子""生煤炉""煮饭""买小菜""扫地""洗衣服",这些琐事透出浓厚的生活气息,看似随手拈来,却渗透着哲理趣味。"鲁迅也说:'石在,火种是不会灭的。'只要不断地加炭,火总是一直继续下去的。你能否认一支火柴的力量吗?"

"学府烟云录"栏目刊登《我们怎样招待新同学?》(紫珍)、《考试前后》(灵心)。"人物剪影"栏目发表《在林汉达先生课上》(静之),这是《联声》第二次介绍深受学生爱戴的林汉达先生,生动地描写了讨论式的授课内容和热烈气氛。袁鹰时为之江大学三年级学生(兼任《联声》编辑),很喜欢聆听教育系主任林汉达讲课。"对我们灌输民主观念,就非常有吸引力。"他还记得林汉达带领学生到大世界去认识光怪陆离的社会现象。

赵嘉本的《放下书本上战场——印缅前线从军记》似乎恢复了昔日"海外特辑"专栏的气息。编者按语道:"赵嘉本少校亦为青年学生,年前投笔从军,在美军中任联络工作,亲身经历缅甸、滇南、印度诸役,身经百战,死中逃生,最近由印度经昆明、重庆军地飞沪。本社记者得华君,暂介绍与赵君谈话,询问远征实情,承彼详告,并允由记者笔录后于《联声》发表。"此文原拟连载,但因停刊作罢。

袁鹰自初中起勤奋笔耕,发表了各种题材的诗文。他第一次在《世界晨报》见到夏衍时,好友在一旁介绍说他写了不少诗文,搞得袁鹰不好意思,不知说什么才好。夏衍爽朗地说:"蛮好,蛮好,业余多写点。"如今世人一般只知道袁鹰写的散文很出色,有些还被编入学生课本,但并不清楚袁鹰还写过不少短篇、中篇小说。

> 两个人默默地走着。街上的人却很惊慌,没有电车,人们急促地奔走着,碰到人也不敢多看一眼。
>
> 有一阵轧轧的声音经马路那边传过来,渐渐地声音越来越震耳了,于是在街道的转弯处出现了一辆小型坦克车,插着太阳旗,轧轧地驶了过来。
>
> 人行道的行人们沉住了悲哀,静静地看着那辆车子驶过,看着车上的几个日本兵的严厉的脸,每个人心头压抑住一股愤恨、一股幽怨。
>
> "又要尝尝亡国奴的滋味了!"人群中有一声叹息。

袁鹰的小说《寒炼》开头以抒情散文笔调写下前言——

> 你可曾度过寒冷的冬天,那一连串冰和雪的日子?冬天里没有花朵,没有欢欣。从西北吹来的寒风不住地打着凄厉的呼哨,掠过枯枝,掠过屋顶,在灰暗的天空里盘旋着,盘旋着。

"冬天"指1941年12月太平洋战争爆发后上海"孤岛"租界被侵华日军占领。《寒炼》中的两位学生得知后,上街亲眼看见了日本坦克车耀武扬威地驶入租界,他们从此开始了在日伪反动当局统治下用各种方式反抗的艰难岁月。可惜《联声》停刊了,不知续文的具体内容。此后,袁鹰写了各种回忆文章,谈及抗战时期在上海求学、编刊物、撰文等经历,可以从中寻觅小说《寒炼》的故事踪迹。

这期《后记》写道:

  我们限于经济的困难,不能即刻把《联声》恢复起来,虽然我们曾出过三期"号外"聊以酬谢同学们殷切的盼望,由于内容的贫乏,一无可言之处,抱歉之至。

  现在,在各方面爱护《联声》的新旧朋友援助之下,使我们能以旧面目与各位同学再相见,我们觉得十分欣慰。对于援助我们的,我们郑重道谢。

  《联声》的内容我们极力保[持]一贯的活泼作风,处处表现出"上海联"精神。我们辟了一栏"前哨",专门收集短小精悍的短论;一栏"学府烟云录",收集学校生活特写及学校介绍;"生活圈"是给同学们报道自己的生活的;"少年营"是"上海联"少年服务团的园地。

  这一期中,丁光训先生特地为我们写一篇《论基督教学生运动》,对于基督教的学生运动有精确的评述。"大学新闻"是内地学府最新的报道,以后这类文字常可刊出。《印缅前线从军记》是本社记者的专访,但因篇幅关系不能一次刊完。袁鹰君的长篇小说《寒炼》使《联声》增色不少。

  对于科学的文字一时无从收集,我们觉[得]十分抱歉,希望同学能帮本刊征求。我们的"文艺通讯"网已成立了,这期稿子十之六七都是"文艺通讯"的同学寄来[的],希望爱好文艺的同学踊跃参加,办法可向"上海联"办事处询问。

显然,编辑部同人接过昔日《联声》的火炬,薪火传承,并且希望扩大稿源,将刊物越办越好,因此刊载了《投稿小约》:

  一、本刊需要下列各种稿件:

  1. 基督人生观的修养文字、论文、短论、科学小品。

  2. 小说、译文、散文、诗歌、杂文、书报评介。

  3. 学府新闻、生活素描、学校人物塑像。

  4. 外埠学校通讯、特写。

  二、笔调轻松活泼,内容着重现实生活,切忌泛论空言。

  三、来稿请用直行稿笺,切勿两面誊写。

  四、稿末请详细注明学校、姓名及地址,如欲退稿请附足邮[资]。

  五、来稿请寄威海卫路六三八号"上海联"出版委员会收。

同时,策划了一个征求意见表《请你回答》:

  请你按照下列的格式再写另外一张纸上,我们会依照你的宝贵的意见去做!在本期《联声》中,你最喜欢的是哪三篇?你希望《联声》多登些哪一种稿件?

现在重温这些文字,真可谓恍如隔世。虽然几乎无人知晓,但是并非如烟,其中蕴含的大量信息和故事,应该重见天日,拂去半个多世纪的历史尘埃,展现它昔日的青春风采。

总　　结

抗战胜利后复刊的四期《联声》与昔日《联声》相比,至少有以下几个特点:

其一,一改昔日"婉约"办刊的指导思路,按照"学委"的指示精神,高举"锄汉奸"、反"甄审"的旗帜,锋芒毕露,毫不留情。这与当时准备迎接新四军解放上海的"天亮运动"有密切关系。出版三期号外之后,形势有变,准备重整旗鼓,恢复昔日《联声》的模样。但是该刊名声在外,已成为上海国民党当局的眼中钉。况且当时"学委"已经创办《莘莘》《时代学生》,面向大、中学生,"上海联"办刊的某些功能也转入中华基督教协会等合办的《消息》,加之其他复杂因素,《联声》突然结束了历史使命,画上了"心有不甘"的句号。

其二,复刊的《联声》前三期号外以时局评论为主,文艺通讯、文学作品只是作为副产品,整体水准不可与昔日相比。第4期准备恢复《联声》旧貌,刚有起色,却戛然而止。这与主编办刊的思路、特长和人脉圈等有关。

其三,复刊的《联声》与丁景唐的关系有些微妙,一方面丁景唐大力支持,"开夜车"赶写稿子;另一方面对此复刊后的办刊思路,他没有发表意见,但是从他写的诗文里可以折射出端倪,即遵循文学创作的规律,形象思维始终占据上风,拒绝"金刚怒目"的画面,拒绝"赤膊上阵"。

丁景唐指导的《莘莘》月刊吸取了《联声》的经验教训,不问政治。丁景唐还说:"刊物的内容一定要让事实说话,写得生动活泼,符合学生身份,让读者自己去体会,切忌感情冲动。"(详见《指导沈惠龙编辑〈莘莘〉月刊》)

注释:

〔1〕沈嗣良,浙江宁波人,近代体育活动家、上海圣约翰大学校长。1919年沈嗣良毕业于圣约翰大学,后赴美国留学,进修体育课程。1923年回国,应聘为圣约翰大学副校长兼教务主任。1924年,为中华全国体育协进会名誉总干事。1932年,沈嗣良以中国体育代表团领队身份,出席第10届洛杉矶奥运会。1936年,以中国体育代表团总干事的身份参加第11届柏林奥运会。抗战期间,沈嗣良任圣约翰大学校长。1945年抗战胜利后,被国民政府以汉奸罪判刑,没收财产。沈嗣良出狱后去美国定居,1967年病逝。

〔2〕中共上海市委党史研究室编:《中国共产党上海史》(下册),上海人民出版社,1999年9月,第1449—1150页。陈震中:《记陈鹤琴先生支持革命学运一二事》,载陈秀云编《我所知道的陈鹤琴》,金城出版社,2012年1月。陈秀云是陈鹤琴的三女儿,陈一鸣的妹妹。

〔3〕陈一鸣的女儿陈庆提供资料,即陈秀煐的《在父亲教导下成长》。

〔4〕中共上海市委党史研究室编:《中国共产党上海史》(下册),上海人民出版社,1999年9月,第1461—1462页。

〔5〕中共上海市委党史研究室编:《中国共产党上海史》(下册),上海人民出版社,1999年9月,第1463页。

导读一　苦恼的经济难题，欣慰的各方援助

《联声》创刊号刚问世，编辑已经在《编后记》中坦承："本刊经费拮据，希望同学们自由捐助，加以接济。"此经济问题一直困扰着历任主编。丁景唐最后接任主编时，物价飞涨，刊物的经济问题愈益突出，甚至到了山穷水尽的地步，直接威胁到刊物的生存。

在举步维艰办刊的过程中，同人的呼吁引起校园内外的各种反响，大家纷纷伸出援手，以不同方式雪中送炭，勉力维持刊物的生存。这让编辑部同人深受感动，设法提高刊物的质量，不断推出新栏目，努力满足广大读者的各种需求；设法吸引新订户，以不同方式调动大家的积极性。同时，编辑部同人觉得很内疚，自责工作没有做好，特别是发行工作滞后，使众多读者往往不能及时收到刊物。

《联声》第1卷第2期的稿子收齐了，准备编排，但是经费迟迟没有着落。"幸蒙圣约翰大学经叔平同学、交通大学蔡继初和丁世墉同学、圣玛利亚女校吴华同学等热心为本刊组织广告部"，才使得编辑部暂且渡过难关。

有的读者认为"上海联"出版部应该"征求一个或数个特约通讯员"，让他们经常撰稿，上下通气；并建议各校成立"《联声》读者会"，经常讨论该刊的文章，由此推行"订户运动"。双管齐下，效果会不错的。（康以实《让大家来滋养〈联声〉吧！》）

过了暑假，《联声》第2卷第1期（1939年9月2日）问世了，同时不得不宣布提高刊物定价，这期《编者的话》写道：

> 近来百物昂贵，纸张也难免飞涨，致本刊亏损日巨。故从本卷第一号起，征求新订户，重订新定价——半年六期三角。希望"上海联"各校同学，踊跃订阅，看哪一校[订]户最多，哪一校便是"上海联"模范，快来争取模范吧。

第2卷第11期（1940年7月10日）再次呼吁扩大订户群体：

> 使《联声》成为自己的刊物！下期起内容更活泼、新鲜！扩大订户！扩大《联声》三千户！征求自由捐！欢迎一切稿件！

几个月后，《联声》第3卷第1期（1940年11月1日）登载《〈联声〉第一次扩大订户竞赛运动启事》：

> 结束日期：十月卅一日全部结束第一次订户运动。
>
> 揭晓：十一月一日揭晓各校推销成绩、得奖校名。
>
> 发奖：十一月九日"上海联"廿周年纪念大会中发奖。
>
> 各校发行人、负责人请将《联声》订单，不论已订、未订，均在即日起下午五时至七时

交本刊发行部,以便结束。第二次扩大订户竞赛运动另发新订单,继续举行,自九月一日起未订之旧订单一律作废。

"上海联"出版委员会

显然持续扩大订户运动,还是以公布成绩和发奖为手段,这在上海"孤岛"物价飞涨的环境中,已经难以奏效。

丁景唐接任主编后,清点账目,发现收支严重不平衡,直接影响到继续办刊。因此,丁景唐等人决定在第3卷第6期(1941年1月25日)首次公布账目,向广大读者诉说实情。《向〈联声〉读者呼吁》道:

亲爱的读者:

当每一期《联声》从铅字房里传到我们手里的时候,终有两种矛盾的心理在我们心里起伏着。我们一面兴奋,另一面,我们又觉得惶恐异常,害怕我们的《联声》不能给予读者什么益处,为读者所失望。

到现在《联声》已出到三卷六期了,我们不希望把我们的努力夸张得太大,但当我们听到读者们也在我们背后说上一二声好或者坏的时候,我们愿意把《联声》在出版[中]所遭遇的经济困难(别的且不去说他)告诉读者们了。

首先,我们觉得《联声》是必须继续求进,继续充实的;尤其是在读者们的热烈爱护之下,《联声》更应该负起她的责任,在精神上满足读者们的希望和要求。但是我们也同样地觉得,要做到使《联声》充实和进步,要做到使《联声》能满足读者们的需要,除了《联声》本身的努力之外,更需要读者们的热烈的帮助。《联声》和读者,读者和《联声》,是二而一、一而二的合体,是谁也不能离开谁的,特别是在现在,当《联声》遭遇着很大的经济困难的现在。

我们知道,关于《联声》经济的事,我们已经麻烦了同学们很多,我们不应该再拿这个问题来麻烦同学。我们也不敢想象这一个呼吁可能引起你们什么反响。但,既然《联声》是你们所爱护的、精神上的伴侣,我们就不愿把事情隐瞒起来,使《联声》在前进的途程上遭遇着阻碍。

我们愿意坦白地向读者们说,每一期《联声》的出版,要花去三百五十到四百元钱。从三卷一期以来,我们的固[定]订户只有一千九百六十五位,这就是说,总共的收入也不过一千九百六十五元。每期平均拿三百七十元计算,那么我们的《联声》只能有五期半的寿命。拿每一个个别的订户来说,一元钱十二期,每一期一角钱都不到;然而《联声》的成本每一期却终在一角五分以上,也就是说每一期我们至少要赔五分,每一个订户赔六角,每千户赔六百,一千九百六十五位订户要赔一千一百七十九元。读者,《联声》不是一个营业杂志,钱既没有赚,这一笔巨大的款子怎么能赔得出来呢?

读者们也许要说，我们及早没有估计吧！关于这我们只承认一半，那一半便是：我们总是希望不要增加读者的负担，不要让读者浪费千分之一的金钱。难以维持是我们估计到的，然而纸价的激涨、印刷装订的几次涨价、订户的稀少、广告的无着，却是我们意料之外的。有些杂志的定价已经增价了几次了，有些杂志早就减少了纸张了；然而我们的《联声》却依旧是老的定价，我们的页数非但不减，而且增加。这倒并不是在夸说我们的英雄，更不是有意在缩短《联声》的生命；相反的，这一切事实都想对读者们说明，即使是在多种的困难之下，《联声》始终是在想尽一切方法地挣扎，希望愈多给一分快乐给读者，那就愈好！

但希望终究是希望，事实却终是逃不过的事实。当这一期《联声》送到你们眼前的时候，这年轻的、可爱的、我们精神上的伴侣已经负了债务，带着贫血的惨笑来见你们了。自然，她是不情愿给你们看出来的，她怕因为她而引起你们的烦恼。也许，你们看到她的时候更会觉得美丽、可爱、茁壮和丰润了。然而，读者们，当我们——一些为你们所信托而直接养护她的人员，把她内心的隐忧通知你们时，你们又有什么感觉呢？

你们只是轻轻地叹一口气？你们只是说一声"可惜"？你们只是皱一皱眉头？你们还是大声地站起来叫一声"我们要帮助《联声》"？

叹气于《联声》是无益的，说一声"可惜"救不了《联声》，皱一皱眉头反而使《联声》难过。《联声》需要的是你们站起来大声地一呼，她要你们实际的帮助！

你们就不能给她一些生活下去的力量吗？你们难道真的不感到她的消沉也就是你们的寂寞吗？别的且不去说他，当你们走遍全个上海，不能找到一些精神上的慰藉，而发现《联声》尚能在少数优秀的青年杂志中占一地位，给你们一些好处的时候，对于她的困难，你们就无动于衷吗？

不会的，我们敢说你们是不会的，我们也相信你们会说不会的。不会的，一千一万个不会的！

所以，读者们，我们迫切地祈望着你们立刻伸出温热的手掌来——

为《联声》拉广告！为《联声》自由捐！为《联声》扩大订户！

《联声》的存在是我们的幸福，读者们，我们不能让她有一天为了经济而消灭！

丁景唐起草的此文声情并茂，袒露心迹。《联声》"带着贫血的惨笑来见你们了"，希望引起大家的关注，努力延长《联声》的生命。

此文一旁是《〈联声〉第三卷账目表》，包含收入和支出的经费细目表，其中有刘良模捐款 5 美元，"合国币 83 元"。

刘良模，浙江镇海人。1932 年，毕业于沪江大学社会学系。1934 年冬天，在上海四川路基督教青年会会所发起成立了第一个民众歌咏会，教唱抗日救亡歌曲。1936 年 1 月 28 日，淞沪抗战四周年纪念日当天,上海各界救国联合会正式成立,刘良模和歌咏团成员在成立大会上领唱了《义勇军进行曲》,刘良模还被选举为救国会执委。在后来"救国会"组织的各种活动中,刘良模都带头唱《义勇军进行曲》,被沈钧儒等称为"救国会的拉拉队长"。1940年夏,被基督教青年会派赴美国求学。1941年,结识了著名歌唱家保罗·罗伯逊,保罗·罗伯逊跟着刘良模一句句用中文演唱《义勇军进行曲》。1949年后,刘良模与吴耀宗等发起基督教革新运动,实行"自治、自养、自传"。曾任中国基督教三自爱国运动委员会副主席、全国青联副主席、上海市政协副主席和市侨联副主席等职。刘良模是政协第四至六届全国委员会常委、民盟中央委员。在全国第一届政协会上,刘良模和几位委员向大会联合提出以《义勇军进行曲》为代国歌的建议,获得通过。

丁景唐等人再次适当提高《联声》价格,刊登《〈联声〉涨价启事》:

同学们:

> 为了印刷费、纸价的高涨,《联声》的定价亦不得不涨了,但我们尽可能地将价格定在最低限度,半年(十二册)二元四角,每期零售三角(十二册计三元六角)。最近征求开学新订户特别优待,半年二元。

《向〈联声〉读者呼吁》一文在部分读者中引起强烈反响,顾爱珍、朱玲凤、王妙珍、李蕊珍、曹锦焕、洪絮才、林致芬、冯秉玉、巢荻芬、蔡怡曾、张茂群、黄坚如等十几位学生积极捐款。丁景唐不仅公布这些读者的名字和捐款数额,并撰短文表示感谢:

> 自从上次我们发出呼吁以后,我们得到好多朋友们的援助,替《联声》推销、拉广告、自由捐,给了我们很大的鼓励,但是我们发了许多订单、广告单、自由捐簿,到现在还只收到零碎的一些。在这里我[们]再一次呼吁,希望大家快些交来!

此前,丁景唐等人还设法联系这些捐款读者,于是形成了集体签名、林致芬执笔的《我们伸出援助的手来了》一文:

> 当我们看完了每期《联声》的时候,我们总怀着一颗兴奋的热切的心,等待着下期的《联声》,尤其是看了[第]四、五期合刊的《联声》以后,我们等待的心更迫切了。
>
> 但是哪里知道[第]六期《联声》却带给我们一个不好的消息,我们的《联声》是患"贫血症"了。喔!那消息太可怕,如果《联声》真的为了经济拮据而停止出版,各位同学,那我们不是失去了一位精神上的伴侣、黑暗时的明灯、寂寞时的良友、迷途时[的]领路者了吗?不,我们不能让它毁灭,我们——每一个读者应该尽力援助它。
>
> 《联声》是我们的刊物,我们是《联声》的读者,正如《联声》出版委员会所说:"读者和《联声》,是二而一、一而二的合体。"我们要《联声》生长下去,我们必须时时扶助它,何况我们所订的价格实在便宜,半年只有一元,每一份只有八分多。像现在这样昂贵的印刷费、纸张,据负责《联声》发行[的]同学们说:本钱要一角五分。那我们每一个读

者,简直使《联声》多加蚀本的数目,使《联声》更短命一点,变成了《联声》的致命伤,所以捐五角钱也只不过抵偿了蚀本账。

为了要维持《联声》,我们尽能力地每人捐了一元钱,并且以后每月每人要节省三角钱贡献给《联声》。我们的力量很少,但我们的心意是重大的。我[们]期待着更多的读者响应。

在目前要找到一本适合于我们基督教学校里同学的刊物,如《联声》那样的活泼、那样的丰富,再也没有。同学们,我们要好好地保护它!

此文一是赞赏《联声》,"精神上的伴侣、黑暗时的明灯、寂寞时的良友、迷途时[的]领路者"。特别是丁景唐接任主编后改版的第4、5期合刊,得到读者的首肯。二是反映忠实读者的心声,决定"以后每月每人要节省三角钱贡献给《联声》"。在上海"孤岛"物价飞涨的艰难时期,一般工薪阶层收入仅为几十元,林致芬等人的捐献精神令人感叹不已。三是此文已经谈到刊物涨价一事,显然丁景唐等人事前与林致芬等人互相沟通、互相理解、互相支持,体现了《联声》编辑部同人以亲和力增强凝聚力。

《联声》创刊以来,不断出现自由捐者,包括俞沛文(首捐者之一)、丁光训、刘良模等知名人士。庆贺"上海联"20周年之际,也有团体和个人捐献。这期《联声》刊登鸣谢启事:"本会二十周年纪念大会承启秀女中青年会纸花义卖,计三十九元正,如数捐助本会,特此谢谢。上海联启。"

此后,丁景唐(歌青春)为启秀女中毕业班写了《毕业行——为某女校一九四五届作》,原载于《莘莘》月刊第1卷第3期(1945年6月5日)。当时,丁景唐应沪江大学中文系同学陈嫦忱(1942年毕业)之邀,到启秀女中讲授写作课,受到欢迎。于是1945届毕业生陈休徵邀请丁景唐为该届毕业生写此诗,后被谱曲作为校歌。启秀女中始建于1905年,1938年建立了中共地下党组织,中国职业妇女俱乐部主席茅丽瑛烈士曾就读和任教于该校。现该校改名为启秀实验中学,是具有深厚人文底蕴的百年老校,地处思南路,毗邻孙中山故居、复兴公园。

除了采取以上措施之外,丁景唐等人希望能够多拉广告,尽力维持刊物的出版,于是要招收广告员,并优先照顾贫困学生,刊登《清寒同学们的福音》:

《联声》现在需要几位广告员,我们从广告费中抽出百分之十五作为待遇,同学愿意的话,详情请来函或面晤。

同时确保订户的权益,刊登《发行启事》:

一、各位订户如《联声》收不到,请写信来补寄。

二、《联声》各期尚有剩余。

三、发行组办公时间是星期二、四下午四时半起。

由于微调价格,引起新旧订单交接问题,于是刊登《订单作废启事》:

> 兹因本刊订费涨价,为统一价格起见,凡同学执有订单者请于三月七、八、九日下午四时半至六时半交到女青年会,过三月九日一律作废。

第3卷第9期(1941年4月1日)继续重视发行工作。《"上海联"出版委员会启事》:

> 本刊因订户众多,发行工作事实上很困难,所以以前有许多订刊未能收到。自[第]七、八期合刊起发行工作已大加改善,以前未收到诸订户均可补偿。唯尚有不肖之徒在外造谣,言本刊欺蒙读者,收订费而不给刊物,此点实属误会,务望读者亮鉴。

《发行部启事》:

> 本部发出各号订单,务请于四月十五日前交还。因本社即将举行订户继续运动,另发新订单,恐有不慎之处,故将作废。希各校发行人及执有订单的同学注意。

《联声》第3卷第10期(1941年4月16日)继续刊登订刊等启事,让读者享有知晓权。

《〈联声〉特价征求订户》:

> 本刊自第三卷出版以来,因纸张、印刷各费不断飞涨,于经济万分困难中,读者给予支持、援助,得以照常出版。故为答谢同学爱护热忱,特于第四卷开始时,特价征求订户一月(四月十五日至五月十五日),期满即行截止。
>
> 特价预订:半年二元八角,全年五元六角。
>
> 团体订户满十份以上者:半年二元四角(十二期),全年四元八角(廿四期)。
>
> 代订处:各校青年会小团契(余见本刊末页)。
>
> 优待办法:(1)凭订单向本社约定书店购书均有折扣(书店名字下期公布);(2)订户预订本刊出版小丛书价格特廉。
>
> 注意:(1)读者填写订单时务须将订单每一项(地址、姓名、学校、经手人),全部用正体写清楚之;(2)学校团体订户请按期向各校负责人领取。

显然,丁景唐等人未雨绸缪,提前考虑"特价征求订户",以期获得周转资金,弥补手头资金的短缺,这也是众多报刊编辑部的公开秘密。刊物定价问题,在下期刊登的《告读者》中进行了解释,认为在目前物价飞涨的艰难条件下,"这实在是最低的定价"。

《联声》第3卷第11期(1941年5月16日)提起刊物经济问题,丁景唐既为大家踊跃捐款感到十分高兴,同时更感到压力巨大,还欠债400多元。丁景唐怀着复杂的心情,起草了《告读者》:

> 读者们:
>
> 第三卷的《联声》,只剩下正在编辑中的[第]十二期了,在这里我们坦白地向二千五百位与《联声》合二而一的读者们报告过去的工作。
>
> 在第六期《联声》的"呼吁"刊载以后,我们所收到的回答,的确是温热的手。自由

捐的数目已经超了六百,广告费也超过了二百(本期的广告在内)。但是《联声》还没有度过她的困难期,她还负了四百元的债(见二百页账目)。读者们,《联声》还需要您们继续援助,尤其在第四卷扩大订户的时候,我们要求每一位旧订户除自己继续订阅以外再推销一份。

同时在这里,我们向读者承认过去工作的缺点,尤其是发行工作,使许多读者感到不满,这原因是由于我们工作人员的缺乏经验。所以从第三卷开始时,看到一大堆的《联声》,想不出用什么办法发出去才妥当,我们曾经委托服务社代送,但结果成绩不良,要十天才能送完;也曾雇佣工人送,其结果也同样。因此到目前改由各校发行人分发,另一部分邮递。这当然不是最好的办法,但比较以前成绩的确好多了,各位读者一定能从事实上觉察到。

当我们接到一封读者的信,或者听到读者的话,"《联声》没有收到"的时候,常使我们非常难堪,我们觉得太对不起读者了,但因此也使我们更努力地改良。我们常为了发行、写稿或者编排的工作,忘记了读书,甚至到半夜还不睡。然而这一切我们都不在乎,我们希望的是,读者们对《联声》能更亲近,《联声》能永远地生存下去,《联声》能达到读者们的理想。你们这次热烈地响应自由捐、[拉]广告,更鼓励了我们。从第四卷起内容方面也要来一个很大的改进,我们决定服从您们的意见,从切实的、具体的一点入手,使《联声》一天天茁壮起来。

最后,关于定价方面,我们向读者特地声明一下,二元四角半年的定价与以前《联声》相比的确贵得多了,但在纸、印刷费高涨的目前,这实在是最低的定价,比起别的刊物来无疑地我们的定价最便宜了。希望读者们比较一下。

这期公布《联声》第3卷第6期至第11期的账目,收入一栏中原来"剩余282.26元",以及"自由捐658.03元",但是支出款项远多于此,只好"暂借410元"。支出一栏中"剩余241.17元",依然是寅吃卯粮的状况,大家的捐款依然没使《联声》达到收支平衡。

为感谢众多学子和团契的捐款,特意刊登了《自由捐名单》,其中有许多丁景唐熟悉的名字,还有东吴大学鸿印团契(7元7角半)、之江大学新生团契(22元),前者丁景唐、王汉玉分别担任秘书和主席,后者是吴康(范树康)、施瑛(邵幼青)、金明徽等共产党人参加的。

第3卷第12期(1941年6月1日)末尾刊登"有奖问答"活动的启事:

奖品:1. 第一名,《联声》一年、精装《圣经》一本。2. 第二名,《联声》半年、《团契歌声》一本。3. 第三名,《联声》三月、《上海联故事》一本。4. 第四名,《联声》一本、《学校的一日》一册。5. 其他,凡获奖者不论录取与否,概赠《青年团进步图》一张。

题目:金榜花旗票上,/坐着那么一位先生,/他是要人兼大爷,/从国难头上/捞到2 000 000 000大洋。/我们不问你他是谁,/因为见了2 000 000 000你就知道!/我们也不问你/他的油水怎样捞来,/因为这,/想你也早已明白!/我们要问你,/他有了这许多铜板,/怎么花法!

方法:最好参考一些过去的《联声》,再想一想,写明姓名、学校、地址、订单号码,来信内务须粘贴应征印花,否则作废。

资格:因牺牲过巨,仅限长期订户。未订者,欲享此权利,请快些来订(特价期内全年五元)。

截止[时间]:六月十五日。发表:四卷一期。

*注意下次征问题目。

显然这"有奖问答"活动是在有限手段内尽可能调动大家的积极性,进一步促销《联声》,扩大订户群体,并为第4卷第1期革新号做准备。

"须粘贴应征印花",即必须从这期《联声》上剪下粘贴。因此,这启事开头附有"应征花印",即一幅漫画:一个坐在沙发上的男子,国字脸,戴着金丝边眼镜,大腹便便,西装革履,叼着雪茄烟,跷着二郎腿,悠闲自在。这与之前刊登的讽刺诗《先生,我问你》密切相关,讽刺国民党要人。

此问答题目以诗歌形式出现,构思新颖。以其中两句粗体字的诗句"我们要问你""怎么花法"来说明这次有奖问答的主旨:大家来共同声讨这位国民党要人大发国难财的罪行。此有奖问答启事,理应是丁景唐起草的,并与讽刺诗的对象结合起来,前所未有。

这一期还刊登《联声》编辑部一则《启事》:

1. 广告单 No. 123,遗失在外,特此作废。

2. 各校《联声》负责同学:不论你们推销得怎样,请立即把订单与钱交进来,作一初步竞赛统计,我们预备在下期《联声》上把成绩最好的学校登出来。

3. 一月一稿的朋友们:我们写了好多的信给你们,很少有信和稿子寄来!在暑期里希望各位能给我们一个回答。

下一期(第4卷第1期,1941年7月1日)公布了令人失望的结果,并以粗黑醒目大字推出急电《为〈联声〉——保持原订户,扩大新订户,各校〈联声〉订户竞赛第一次揭晓》:

与各校原有订户之百分比——

大学区:第一沪江,93%;第二东吴,84%;第三约翰,50%;第四之江,3%。

男中区各校,0.2%,女中区各校……

对此,丁景唐等人指出:

同学[们],到现在为止,《联声》只收到600个订户,与原有订户数比起来,只有20.5%,没有一个学校能保持旧订户,而且男中和女中还一份未动,过去保持最高纪录(300)的之江大学只有83份。在这样的情形下,《联声》下期能否出得出,我们不敢回答。各校亲爱的同工们,你们就这样眼睁睁的让《联声》"完了"吗?!

急电文字四周有花边框,用一连串的黑色小方块和"＊"组成,两旁注明:"向努力为《联声》帮忙的同学致敬!!! 向各校的同人们要求继续援助!!!"最后疾呼:"朋友,你愿意《联声》活下去吗?"

对于困境中的《联声》,热心的读者还是大有人在,除了前几期刊登的"自由捐"的名单之外,第4卷第1期在琼思的译文《甘地与尼赫鲁》最后刊登一条信息:感谢"我们的国际友人 Mr. and Mrs. Mebel King 慨助本刊",特此致谢! 虽然仅捐一美元,但是情深义重,难能可贵。

同期还刊登一大批捐助者的名单,丁景唐晚年批阅点名其中的东吴大学曙光团契 27.12 元。此团契与丁景唐、王汉玉刚入东吴大学时新组织的鸿印团契同时出现,丁景唐(黎容光)撰写了《"三八"那天》一文,描写这两个团契联合活动的场景。

这期发表通讯报道《"上海联"的光荣》,落款"'上海联'出版委员会谨启",配有宣德主教与丁光训的合影。青年会学生部干事丁光训就任救主堂主牧师,"'上海联'同人为了庆祝这一就任典礼,发起送礼以表示一点心意。然而丁牧师为了爱护《联声》、帮助《联声》的缘故,他将这一笔礼金全部捐给在经济拮据中的《联声》了。我们在此向丁牧师表示最大的敬意和感谢,为了《联声》已经由于他的帮助而多延长一日的寿命了"。

这期还刊登丁景唐起草的《告读者》和招聘特约撰稿员启事。《告读者》后半部分(前半部分见前文)如下:

> 关于发行问题,为了达到递送迅速,第四卷起已改全部邮递。读者若有未收到情形,请直接询问本刊发行部。
>
> 读者们,四卷一期是出了,可是下一期的印刷费却还毫无着落。靠着读者们的援助,我们已渡过了难关,可是《联声》还继续在过它的负债生涯,像一个永远过着年关的穷人,说不定它随时都可能倒下来。然而我们坚信着,你们,爱护《联声》的读者们,绝不愿让它毁灭。我们重复地在这里要求你们,亲爱的读者为《联声》推销长期订户,为《联声》募广告、自由捐。只有长期订户和自由捐、拉广告才救得了《联声》。
>
> 上海《联声》出版委员会谨启

文中的最后一句话原为黑体字。"长期订户和自由捐、拉广告"这三种手段是当时仅有的切实有效的办法。

《联声》创刊以后,这三种手段不断以不同形式出现。丁景唐接替主编后起草《向〈联声〉读者呼吁》一文,刊登的广告大多是"一线"品牌,如太平洋保险公司、青年协会书局、万昌洗染公司、黑人霜牙膏、双十牌钢军牙刷、头姆表等。这些广告费比较低,因此,丁景唐等人商量后,第4卷第1期刊登《改订广告价目启事》:

近因纸张、印刷费飞涨,本刊销数又逐[渐]在增加,为维持成本起见,不得已酌情提高广告价目。自七月一日以后,所订广告合同一律依照新订价目;七月一日以前,已订广告合同照旧。事出无奈,敬希各界鉴谅。

为了配合扩大订户运动的需求,第4卷第2期刊登《征求〈联声〉服务员》:

本刊为推广非教会学校长期订户起见,特征求服务员十位,凡爱护本刊读者均可应征,且为清寒同学利益起见,将所推销十分之一订费作为酬劳。应征者请函本刊发行部,写明姓名、学校、地址,以便接洽。

《联声》发行部启

丁景唐等人想方设法,不断推陈出新,采用各种手段。然而上海"孤岛"形势岌岌可危,物价像断线的风筝还在飞涨,丁景唐等人商量后不得不接受残酷的现实,主动停刊。

第4卷第4期公布了《联声》第3卷、第4卷的总账目,依然亏本甚多。同时刊登《暂别了同学》启事,由丁景唐等人起草、审定。其文如下:

读者们:

第四卷《联声》还只出版到第四期,许多读者说:"《联声》变得更有兴趣、更活泼了。"我们的确感到格外的高兴和激动,然而这里却带给你们一个不幸消息,《联声》从三卷六期起经济问题就开始成为《联声》生命的障碍。我们焦急,我们忧虑,我们要求读者们的援助。是的,我们所受到的援助的确并不小,自由捐的数目就有一千五百多,但是目前的《联声》又到了分文不有的地步。印刷费最近又涨了百分之五十,每一本《联声》的成本也要二角多,拿各位订户二元四角半年的定价算,那么《联声》又亏本了;至于广告,《联声》早已四期没有了;而且第四卷的《联声》订户不多,这样使《联声》收入减少更不能维持下去。为了《联声》的生命,"上海联"曾开了一次特别会议,出版委员会也有代表出席参加。依照目前情形,出完第四卷十二期需要五千元左右,但这五千元钱从哪儿来呢?假使照原订价,那么多增加一份订户,只有使《联声》更加亏本(约每本二角)。自由捐过去已经举行过,假使再来一次,成绩一定不及上次,而且正当"上海联"举行大募捐的时候,反而妨碍了整个团体的利益。因此在这毫无办法之下,"上海联"决定要我们暂时停刊,一方面积极设法筹备经济。

对于这样一笔庞大的经济负担,我们出版委员会几个人力量的确够不到,因此我们不得不暂时向你们告别。但是我们还有着一颗充满了勇气和热望的心,我们深信不久以后《联声》又以它丰满的姿态与你们见面了。

上海《联声》出版委员会启

丁景唐接任主编后,清点账目,发现收支严重不平衡,直接影响到继续办刊。因此,丁景唐等人决定在第3卷第6期(1941年1月25日)首次公布账目,向广大读者诉说实情,且每期都刊登各种启事,确保与读者沟通的渠道畅通,保持透明度,增加读者信任感和凝聚力。策划、撰写《向〈联声〉读者呼吁》是比较成功的案例,这是自《联声》创刊以来的新举措。至于几次提高刊物、广告价格,推行扩大订户运动等并非简单、草率行事,而是事前策划,尽力考虑周到,加以宣传的配合、舆论的引导,以期增加读者心理上的承受能力,暂且缓解沉闷、烦躁情绪和失落感。

以上这些举措与策划刊物内容、形式一样,都体现了丁景唐等人办刊的智慧、情商。且经济问题也是办刊必不可少的重要环节,"书呆子"无法办刊,这也说明了丁景唐等人提出"认识大上海"课题的必要性。

此前,丁景唐曾与王韬合办《蜜蜂》,丁景唐充当发行人,不辞辛苦地设法拉广告,刊物才得以出版。没想到这在办刊实践中的"第一手"经验教训,几年后当他接替主编《联声》时再次实践了。其中得失成败,再次为他积累了更多的办刊经验,并且运用于今后创办的《莘莘》月刊等。

从写作的角度来观审,丁景唐耗费了大量的精力和时间,起草了《告读者》和《向〈联声〉读者呼吁》《暂别了同学》等启事,层次分明,条理清晰,有时融进诗歌的激情、散文的笔法,声情并茂,易于打动读者,形成别具一格的应用文。这是他1949年之前写作文库中的奇葩,他也是《联声》历任主编中写作这种启事最多的一位。

丁景唐从中积累的应用文写作经验,包括感性思维、理性的思辨逻辑,以及考虑问题的全面性、可行性——以理服人、以情动人,此后经过一番扬弃,体现于他在《女声》等发表的各种论文里,也有些渗透在文学创作里。最终,他在写作方面得到较全面的提升。

导读二　第一个展现创作才华的重要平台

丁景唐的前半生文学活动集中于1939年至1949年,大致分为四个阶段:

(1) 酝酿、萌芽——就读于青年会中学,与王韬合办《蜜蜂》。

(2) 继续学习,正式发表作品——编辑《东吴团契》,同时成为《联声》的热心读者,此后为该刊忠实的作者,担任主编。

(3) "量"的继续增长,"质"的飞跃——向《女声》等投稿,合办《谷音》,出版第一本书,即诗集《星底梦》。

(4) 全面提升——指导《莘莘》《新生代》《时代学生》等创刊、办刊,发起组织和领导上海青年文艺联谊会,参与组织发起民歌社,撰写各种题材诗文和论文等。

第二阶段是丁景唐前半生文学活动的起点,可圈可点。

《联声》4卷36期和复刊4期(总共40期)中,除了第1卷第8期之外,丁景唐先后发表诗文60余篇。第2卷12期中,丁景唐发表诗文十几篇。后面则是"喷发"期,撰写了约三分之二的诗文。这也是他学习和创作逐渐提高的过程。

在这期间,丁景唐不仅崭露头角,而且学习,写作,再学习,再写作,形成一个周而复始的良性循环,螺旋式上升,并将诗歌、散文作为突破口,求变、创新、灵活,直接影响到他后面两个阶段的文学活动。

第二阶段的特点如下:

(1) 学习《联声》历任主编、编辑的办刊思路,整体策划、编排文章,丁景唐担任主编后取长补短,推陈出新,抓住"灵活""创新"两个关键词。

(2)《联声》是一本特殊的编外教材,从不同时段、不同角度、不同层面提供了各种诗文的创作思路、切入角度、行文逻辑、遣词造句等,启发丁景唐不断打开新思路,拓展新天地,催促他扬长避短,吸取经验教训,承前启后,不断创新。

(3)《联声》为丁景唐提供了第一个展现创作才华的重要平台,同时为其新婚妻子王汉玉发表两篇译文,见证了他俩最初的合作。

以上三个特点往往交织在一起,其中第三个特点是本文介绍的重点,可以分为三个方面——散文、诗歌、其他各类文章加以论述。

一、散文——关注校园文化,毅然走向广阔社会,书写曲笔之作

《联声》第2卷第1期(1939年9月2日)首次发表丁景唐的《迎着太阳——"上海联"中

学夏令营杂零》的一组三篇散文,标志着他正式与《联声》结缘。

《迎着太阳》显然受到该刊曾发表的类似文章的影响,例如《一九三八圣诞夜》(支离益)。此文描写那天下午五点开始集体聚餐,突然一个光头说着宁波腔的上海话:"肚子饿死了,快拿菜来呀!"随后大家纷纷前去大礼堂观看文艺演出,"笑痛肚子"的《罗密欧与朱丽叶》,圣约翰大学的《圣诞之夜》,"辛辣味儿刺激麻木神经"。

两文相比较,《一九三八圣诞夜》抓住两个时间节点,以风趣、幽默为主。丁景唐的文章则更多采用抒情笔法,显得"正宗"些,选择了一天三个时间节点的生活场景:充满朝气的晨操,引发爱国热情的夕阳会,欢乐、热情的表演晚会。丁景唐一文的出现也与这期初步改版密切相关,内容与形式有所变化,即力求革新的轻巧、活泼作风,配合大众兴趣,取得了积极效果。这不仅符合丁景唐的激情四射的青春心理,而且这种革新的氛围,不断地激励他追求不拘一格、大胆创新的写作。

《联声》刊登的《联席会的素描》(荷尚)反映了青年学生的活跃思维和开朗性格,行文轻松诙谐,摆脱了千篇一律的报告模式,这是自创刊以来很少见的。

丁景唐的《"三八"那天》(第2卷第6期)描写两个团契联席活动的场景,类似于《联席会的素描》。但是,前文是"急就章",行文比较随意,前半段在笑声中玩游戏,嘲讽了那些达官贵人,只是一群粉墨登场的"玩偶"。

讽刺与幽默往往融合在一起。张宁的讽刺小品《唔 Bimetallism……》(第3卷第1期)描写被大考试、小测验折腾的学生不胜其烦的心态,不时地吐槽、抱怨,讨厌教授的枯燥乏味的说教。

类似的讽刺小品深受青年读者欢迎。丁景唐的《我们的李先生》(第2卷第10期)以散点漫画手法描写李先生(教授、牧师),将其作为反面对象,衬托学生要求民主、平等的呼声。此文在构思、行文、含意等方面不如张宁的讽刺小品,显得比较生硬。

学习写作的最初阶段是从模仿开始,逐渐融入自己的美学见解和写作技巧。经过一段时间的揣摩、学习、思考,丁景唐的创作"喷发"了,行文显得老成持重,既从宏观考虑问题,又着眼于校园动态的细微之处。

上海教会大学学生面临上海沦陷之后的各种现实问题,以及校园里学生谈恋爱所产生的各种问题。丁景唐的《又要读书了》(黎琼)、《恋爱纠纷》(梅鲁莎),希望同学们千万不要被敌伪口蜜腹剑的阴谋诡计所迷惑,甚至误入歧途,同流合污。此后,丁景唐继续加强这方面的舆论引导,还写了《浪子回头的故事》等文,再三告诫大学生,要珍惜大好的学习时机。

同时,丁景唐的写作题材"冲出"校园,把视线投向广阔社会。

前期《联声》已经指出要认识上海社会百相,展开一个广阔天地,将历史、地理、文化与现实百态世相结合,形成讽刺、针砭、"挖根"的新题材。这体现在《吃角子老虎大王》(古琴心)

等文里。

丁景唐接手主编第3卷第4、5期合刊后,进一步提出"认识大上海"。丁景唐等人集体讨论、慕容超执笔的《出蒙馆看万花筒——"大世界"观光录》(第3卷第9期),将上海大世界作为揭示上海"孤岛"光怪陆离的畸形社会真实情况的"冰山一角"——有钱人尽享灯红酒绿的天堂,被贫困生活所迫的弱势群体身处卖艺、卖身、乞讨的地狱,还有形形色色的三教九流,他们言行举止凸显低俗、媚俗、庸俗,浸透着乌烟瘴气的毒素。"为啥这样害人的色情玩意儿倒不取缔,而报道消息的报纸常开天窗?""将来的魔鬼世界里,色情害人的东西更要多啦。"犀利的责问,接连抛给不同文化背景的读者。后面一句更是告诫广大读者,上海"孤岛"等广大地区一旦被侵华日军占领,那么"魔鬼世界"将更为黑暗、残暴、民不聊生。此文灵活运用方言的丰富内涵,在诙谐、幽默之中暗藏机锋,成为此文的一大特色,这也体现在几个小节的标题上。文章采用章回小说的手法,时有风起云涌、悬念迭出之感;漫画式的叙事状物,抓住人物的特征,尽情渲染,犹如哈哈镜,在笑声中鞭挞,在惊异中憎恨,在悲叹中同情。

丁景唐接手主编《联声》时,上海学生界激烈抗日反汪斗争已经沉寂,党的学生工作已主动转为深入学生群众,通过生活化、学术化活动团结、教育群众。避免发表敏感的政论等,成为丁景唐主编《联声》的一种新策略,不仅大大增加了《联声》的曲笔之作,而且他也创作了许多出色的曲笔诗文。以春秋笔法阐发主旨,成为他这时期诗文创作的一道亮丽风景线。

丁景唐就读于东吴大学时,担任东吴大学地下党支部书记,主要利用团契丰富的活动形式,开展学生工作,并将自己主编的"五大校刊"之一《东吴团契》作为载体。因此,曲笔形式出现在丁景唐的笔下,并加以创新发挥,是在情理之中的事。

丁景唐回忆说:"由于刊物的性质不允许编者正面揭露国民党这一罪恶行径,我就以春秋笔法,一连写作了散文《'你们是世上的盐'》《主要复活》和叙事诗《一个以色列民族英雄的死》,曲折地表达了反对内战、反对分裂的义愤之情。"

第3卷第9期发表《"你们是世上的盐"》,"借用盐的洁白性来反对颠倒黑白的阴谋,借用盐的结晶来反对分裂,借用盐的咸味来喻示人的灵魂之不可缺,借用盐的防腐性来反对法西斯细菌"(丁景唐《我的文艺编辑生涯》)。从构思来看,此文是将基督教的教义与人生哲理结合得较好的一篇散文。首次以盐的性质、作用作为切入角度,阐述了抗日救亡只有团结一致、同仇敌忾,才能充分发挥民族统一战线的重要作用。还指出广大青春似火的年轻大学生不能再浑浑噩噩过日子,"为真理去呼喊,他就有了福,那生活也就有了盐的咸味"。此文构思比较新颖,在当时文坛中很少见,但是从未有人提及。不过此文融入论文写作的模式,即分段设置小标题,依次述说,层次分明,明显偏重于情理,疏远了散文应有的韵味之美。

《主要复活》(第3卷第10期)根据《圣经》记载耶稣之死的故事改写,割舍了"最后的晚餐"和耶稣被抓、被审判、被钉上十字架的过程,以及耶稣复活的诸多细节。此文开头以充满生命力的大自然亮丽色彩,衬托耶稣的执意追求和坚定的信念,随后浓墨重彩描写了耶稣受到城里民众热情欢迎的盛况,渲染了耶稣受到广大民众爱戴的情形。此文后半部分的叙述显得有些仓促,失去了前半部分的色彩和诸多细节的描写,不过还是凸显了此文的主题——"一时的毁灭却种下了永生的种子。真理不灭,主要复活。"

流行的散文模式被丁景唐任意打破,变化多端,构思灵活。

《控诉》(第3卷第3期)逆向构思,以反面角色为主,许多学生自甘堕落、寻找刺激的场景为虚写,只有课堂里的描写是实写。这与丁景唐的所见所闻有着密切关系,没有进一步深入开掘主旨。此文分为六个部分,犹如一首诗歌的六个小节,反映了教会大学里部分师生的腐败、堕落。以漫画手法描写不学无术的国文教师及"我"等三类学生,告诫学生们此路不通,以此点题。此文最后干脆以类似诗歌分行形式出现,不经意地点出"这几天上海的谣言真多",以此凸显教会大学里的腐败、堕落是上海"孤岛"畸形繁华没落的一个缩影,纸醉金迷的日子即将"断魂"。果然一年后太平洋战争爆发,上海全部被侵华日军占领,宣告"孤岛"沦陷了。

《我为什么要逃课》(第3卷第3期)是模仿一位女生的口气写的,说明女生不堪忍受繁重的学习负担,身心疲惫,不得不逃学,以此反对校方加重功课的"强奸教育"。并且指出人生道路并非只有读书这座独木桥。此文有些描写比较生动,如女生的心理变化和言行举止,类似微型小说(人物速写),但个别遣字造句不尽如人意。

"朋友,你要做一个有目标、有学问、乐观健全的青年!春天是没有忧郁的,年青人也不应该忧郁!"散文《春天的忧郁》(第3卷第10期)编入"生活秘诀"栏目,显然是针对学生中存在的比较普遍的现象。与其说是忧郁症的各种表现——躁郁不安、幻想妄想、情绪低落、悲观失望等,不如说是青年学生的信仰危机——悲观失望,情绪低落,试图逃避艰苦抗战的残酷现实,但是又无法拔着头发跳出地球。因此,丁景唐作为"学委"宣传干事、教会大学地下党支部书记,有针对性地提出此问题,循序诱导,努力解开这类学生的心结。此文也见证了他那时做学生思想工作的特点。

此文描述的悲观的青年学生形象,有些特点类似"多余人"的形象,即俄国19世纪前半期文学中的一组贵族青年形象。他们不满现实,却又不能挺身反抗社会;想干一番事业,却又没有实际行动;想得多,做得少,最终一事无成,成了于整个社会多余的人、无用的人。瞿秋白等人曾译介许多这方面的俄国文学作品。

丁景唐还将散文笔法渗入集体讨论、报告、书报介绍,甚至文前说明等应用文之中。

《介绍你一位寒假的良伴》(第3卷第6期)介绍"学委"办的一个以大学生为主要对象的《海沫》刊物,由陈一鸣负责。此文打破介绍书报的呆板惯例,而是以生动活泼、略带夸张的文字吸引读者。开头就说一位读者看《海沫》出神,乘坐公交车过站了才想起下车。之后笔锋一转,在无聊的寒假期间,朋友及时送上"良友"《海沫》,令人看了爱不释手。此文潜台词是此刊是地下党办的,不同于《联声》等学生刊物。

《联声》曾发表集体讨论、座谈会的文章,丁景唐别出心裁,一人扮群像。《集体讨论:民主自由与学生生活》(第2卷第6期)中的出席者多达七人,其实都出自丁景唐的笔下。此文是丁景唐根据不同形式的会谈的"碎片",加以整理、发挥、撰写的。其中既有《联声》编辑、地下党成员的身影,也有丁景唐本人的形象,这是他挑选不同学生形象,进行整合的结果。此文舒卷自如,在七人之间任意切换,但意旨明确。从校园动态切入,接着把视线扩大到校园外,由此反映抗战时期第一次宪政运动期间抗日民族统一战线上联合与斗争的复杂尖锐情况;随后再回到校园,反映了学生界参政议政的强烈意识,提出召开国民大会的要求,代表了广大爱国学生的正义呼声。文中接地气的呼声和口语化的文字,不时穿插学生的生动活泼的言语,燃烧着青春激情,犹如一出散文化的独幕剧,通过每个人的谈吐言辞,较好地显示了各自的性格爱好。此文反映了21岁的丁景唐较高的思想理论水平、敏捷灵活的思维和较高的写作技巧。

丁景唐并不满足于记录国内社会,还把目光投向国外。他写的《南洋华侨》(第4卷第4期)除了介绍地理、历史之外,还根据李长傅的《南洋华侨概况》和有关报道等资料,述说新加坡等地华侨的遭遇。结尾则是田汉的剧作《回春之曲》:

> 再会吧,南洋!/你不见尸填太行山,/血流着扬子江,/这是中华民族的存亡。/再会吧,南洋!/再会吧,南洋!/我们要去争取不远光明的希望!

文中最后提及有志青年"跑到祖国的光明地方,进了那边的女子大学",指1939年在延安创办的中国女子大学,毛泽东、周恩来等中共中央领导人出席了开学典礼并讲话。中国女子大学培养了一批妇女干部,1941年9月并入延安大学。

《联声》复刊后,丁景唐的政治素养和创作理念与以前"不可同日而语",这也体现在散文里。

复刊第2期同时刊登丁景唐的两篇散文《暖房以外》(文薇心)、《荒塚》(丁瑛),呈现了冷峻、哲理的画面,与此时报刊纷纷发表的众多热烈欢庆抗战胜利的诗文显得格格不入。这两篇散文之间有某种内在联系。作者并未被抗战胜利冲昏头脑,而是依然冷静地看待这个战后满目疮痍的社会,贫富更为悬殊——"做官的还是做官,发财的还是发财";广大百姓依然受饥受寒,"受尽剥削"。

梁小丽(梁丽娟,后为"中国体育外交第一人"何振梁的夫人、《人民日报》资深记者)的散文《暖房里的花朵》引起丁景唐的注意。他逆向构思,撰写《暖房以外》,思考更为深刻。

《暖房以外》不妨看作是延续丁景唐担任主编时主张的"认识大上海"的思路,展现暖房与阴霾、鬼脸与凄楚、流浪狗与昔日主人、乞讨与施舍。这些社会底层画面的交织和瞬间定格,告诫广大读者必须清醒地认识残酷的现实,如同他对袁鹰说的"对国民党政府和蒋介石,不能存有幻想",建设民主自由的国家"道远任重"。此文开头的"暖房"象征着自我陶醉的狭隘小天地,经过一系列社会底层场景的描写,结尾呼喊:"我要烧毁这世界,烧毁我的暖房!"形成首尾呼应。如果结尾采用具有哲理的语句,那么效果更好。

另一篇散文《荒塚》流露出孤寂、冷漠之情,凸显"无情"二字,运用象征手法,富有哲理。与其说是孤芳自赏,"独上西楼",由"孤寂的性情维系着",不如说是憎恨周遭的世态炎凉,甚至连孤坟里的孤魂也被搅得不得安宁,这世上还有什么人间温暖呢?看看上一篇《暖房以外》对于社会底层场景的描写,便可理解《荒塚》的"无情"主旨。此文的"冷色调"受到鲁迅杂文集《坟》的影响。鲁迅告诫说:"人生多苦辛,而人们有时却极容易得到安慰,又何必惜一点笔墨,给多尝些孤独的悲哀呢?"(《写在〈坟〉后面》)

丁景唐在《联声》上发表散文,进行大胆创新,尝试各种手法,融进诗歌、剧本等元素,呈现了活跃的思维、敏捷的反应、开阔的视野,为后面两个阶段的质变打下基础。

丁景唐有时兴起,把小说虚构的元素融进散文里,并以"我"的第一人称出现,增添真实性。

第2卷第10期设有"在集体生活中生长"栏目,共有三篇文章,即《小小的十年》(田辛)、《春天》(洛丽扬)、《我的新生》(觉慧)。

《春天》理应是小说,而不是自述散文,文中的父母、姊姊都是虚构人物,因丁景唐父母早亡,只有一个妹妹。文中的"我"因失恋而苦闷,这种情绪在学生中较为普遍。由于是程式化的命题之作,说教因素直接影响了人物形象的塑造。结尾采用类似曹禺的《雷雨》的环境描写,象征"我"的觉醒,但显得勉强。

此后,丁景唐继续尝试写小说《三男跟一女——一个女学生的手记》《生活在孩子群间》等,小说的构思、人物、情节等方面突飞猛进,令人刮目相看。丁景唐还与他人合作《阿秀》,在刻画人物方面可圈可点。

二、诗歌——告别青涩、稚嫩的笔触,奋笔书写长篇叙事诗,却长期淹没在历史尘埃里

在这起步阶段里,丁景唐的诗歌大致分为抒情诗、讽刺诗、叙事诗。水准迅猛提升,超过了散文、杂文、短论等,集中显示了他的创作才华。其中讽刺诗、叙事诗成为《联声》特殊平台上的奇葩,但后世几乎无人知晓,更谈不上什么研究。如今各种版本的文学史、作品选中都未曾谈及,迄今仍然是被遗忘的空白。

(一)抒情诗——大胆尝试多种艺术表现方式,一跃踏上新台阶

丁景唐(苏里叶)在《联声》上发表的第一首诗《给……》(第2卷第7、8期),是他正式登

上上海"孤岛"诗坛的一个宣言。此诗激情四射，斗志昂扬，真挚地表达了一个年轻共产党员的心声和誓言——"疾风已起了，让风暴掀得更劲吧！"该诗具有散文诗的元素，也有现代自由体格律诗的某些特点，更有模仿高尔基著名散文诗《海燕》的痕迹，同时受到基督教文学赞美诗格式的影响。诗中的"暴风雨""海燕""春天""光明""太阳"，是抗战时期诗坛流行的象征意象。此诗是丁景唐集大成的处女作。

半年后，丁景唐（洛丽扬）发表第二首诗歌《哦，上海联呀！你，你是我们的母亲——献给上海联廿周年》（第3卷第2期），令人刮目相看，写作水平明显地提高一大截。贺喜题材之诗很容易陷入俗套的表达方式——程式化、千篇一律，令人厌烦。此诗却呈现了比较新颖的构思，采用迂回周转、欲扬先抑的手法，不动声色地描写一幅幅跳跃性的画面——寒夜、荒漠、土裂、河干、黄昏，甚至是崎岖的山路等，看似与庆贺并无关联。最后是一幅温馨的画面，母亲的鼓励、孩子的害怕，对话引出故事，由此点明主旨。母亲、希望的丰富内涵赋予"上海联"更多温情，一根红线串联起前面一连串跳跃性的铺垫画面，情感顿时鲜活起来，如同电影中的蒙太奇镜头展现在众多读者面前，继而细品、回味一番，愈发感到余音绕梁，多日不息。此诗中的喜、怒、哀、乐与"时间""梦""相思""寂寞"等抽象词语，井然有序地出现，转化为形象化的表达，载体便是一幅幅跳跃性的画面。丁景唐消化和吸收了中国古典诗词丰富营养，并结合丰富的联想，尝试驾驭不同寓意的诗句，运用现代派自由体诗的形式和格律，注入自己所理解的庆贺内容和旨意。这首诗是庆贺"上海联"20周年之作。"上海联"让早年失去父母的丁景唐深切感受到"家"的温暖，诗中的母子温馨对话，既是一个传说——他热切向往的梦中一幕，也是他联想到加入共产党组织之后的深切感受，借此诗述说肺腑之声。此诗内涵丰富、深刻，并非仅仅是一首表层意义上的庆贺之诗。

丁景唐此后发表的短诗均为即兴发挥，各有不同的审美情趣。"我把手插在裤袋里，/温暖的光照在胸膛，/踏着轻快的脚步，/向枝头的新芽丢个微笑。"（《迎春曲》）轻快、欢愉，充满了年轻大学生的勃勃朝气，犹如一支春天小曲，在校园里飘荡，萦绕在学生的耳旁。

《联声》复刊后发表的几首短诗，风格陡然一转，与"孤岛"时期的曲笔形成鲜明对比，豪迈、欣喜、奔放。

> 不会忘记你/就如不会忘记/辛苦的母亲/在苦难的日子里/我怀念你，上海联/你的光辉的往昔/大地终于翻了身/你又来到我们面前/上海联，你真理的旗手/你率领着年青的行列/有千万个伙伴跟着/向前，向前，永远向前！

（《旗手——"上海联"新生之献》）

此诗分为四段，反映了丁景唐的一番感慨，既有回顾抗战时期的艰难困境，以及曲折复杂的战斗岁月，更有抗战胜利的无比自豪、扬眉吐气的兴奋之情，与全国人民一起欢欣鼓舞，充满了美好的憧憬；既抒发了对"上海联"的深厚感情，将自己融进党组织的母亲般温暖的怀抱，更有自我鞭策,继续奋斗,"永远向前"。

跋涉过漫漫的长夜/看黎明送来了曙色/太阳又从东方升起/长夜有崎岖的山路/摸索于山路的行人/曾为野狼嗥鸣震悸/失足于万丈的深渊/长夜没有一颗星星/希望是心头的光明/在夜行者面前引路/就如一盏不灭的灯

(《太阳又从东方升起》)

如果说短诗《旗手》是"急就章",那么此诗则是经过一番思考的作品。虽然没有《旗手》那样的激情昂扬,但是思想内涵进一步深化,显得冷静、含蓄、委婉,关键词"又从""韧辛""失足"等,促使人们反省。全诗的形式整齐,前后呼应,但又有变化,并不觉得突兀、生硬,反而余味绵长。

另一首诗歌《有寄》(复刊第2期)以象征手法追忆昔日"孤岛"时期同学之间友情:

踯躅着霜似的月光/让遐想野马似的奔驰/记否月色给我们/披上清皎的外衣之夜/你吹起生命的口哨/和奏着律韵的步伐/织成一支轻快的小夜曲/生命实蕴着太多的思索/风暴卷开了相聚/从此给生活拖下了陷坑/遂以沉默替代热情激昂/寂寞里开出清香的花朵/伴一束诗之苦吟/献给遥远的你了

上海"孤岛"沦陷后,"风暴卷开了相聚/从此给生活拖下了陷坑/遂以沉默替代热情激昂"。丁景唐根据党的关于敌占区的工作方针,自己不能办刊物,就组织有关作者投稿,"揳入敌人宣传阵地,写作一些既不能暴露又有内容的作品"(丁景唐《八十回忆》)。他以"歌青春"等笔名投稿给《女声》等,采用曲笔诉说心声,"寂寞里开出清香的花朵"——丁景唐以诗集《星底梦》"献给遥远的你了"。

这时期的抒情诗以《哦,上海联呀!你,你是我们的母亲》为代表,大胆尝试多种艺术表现方式,一跃踏上新台阶。此后丁景唐把创作才华集中于讽刺诗、长篇叙事诗,勇于攀登新高峰。

(二) 讽刺诗——多元化的思维和洞察事物的智慧,超出世人的想象

《联声》前期刊登的讽刺与幽默之作,集中在纪实散文、小品、随笔和通讯报道,短小精悍,辛辣搞笑。也有以一组漫画表现校园学习和生活的作品,通俗易懂,颇有情趣。

丁景唐进一步把诗的创作方向提升为讽刺诗,跳跃性的思维、精炼的诗句,以嘲讽、讥刺和夸张的手法,描述校园内外的落后、消极或罪恶的事物,寓意深刻。他发表了三首讽刺诗《慈善家》《糊涂堆》《先生,我问你》,其题材、手法、形式等方面所蕴含的哲理和内涵,在中国抗战文学史、上海"孤岛"文学史上都是很少见的,独树一帜。

慈善家,/他真是慈善家!/——他自己家里堆了米,/(那里的老鼠有三尺长!)/还替人家去呼吁:/米价不能再高涨!/——灾童院,/他是院长,/可是捐来的钱,/哪里去了……

(《慈善家》)

这是丁景唐发表于《联声》的第一首讽刺诗，由此开拓了创作诗歌的思维空间。此诗塑造了一个典型的讽刺对象——伪善、狡诈、无恶不作的奸商"慈善家"，即官商勾结的"闻人"。此诗口语化、通俗化、生活化，鲜明犀利，明快有力，或用排比句的跳跃式纪实，或用夸张的手法，却又注重人物的举止细节（一般的讽刺诗并不重视），平中出奇，渲染意境。

  慈善家把窗口的蒸汽/用绣巾（不是手巾）/揩去一块，/眯起双眼向外瞧，/"哼！这还了得，/叫花子也敢在我的墙角睡觉。"/他用胖手赶快揿起电铃，/跌跌撞撞管门老总来了。/他叫老总用桶冷水，/往叫花子的浑身直浇，/为了警戒玩忽职务，/老总的工钱扣了二元大洋。

诗中有不少精妙诗句，刻画细节时带有散文诗的痕迹。并且尝试运用阶梯式诗的形式（受到苏联诗人马雅可夫斯基的影响），诗行的排列有规律地错落成为阶梯式。这期《联声》发表此诗时，夹登了著名诗人穆木天的《怎样学习诗歌》中的两句话："只有真实的情感才能够动人。""只有用严肃的态度，才能把真实的情感在诗歌中抒发出来。"这也是丁景唐学习写诗的标杆。

  春野的蛙在/屋内闹翻了，/"哇哇"如夏天的/骤雨，/一声声的鸣叫，/一阵阵的喧闹，/模样实在真忙碌。/一个个的头/像麦浪在骚动，/一个个的人/紧贴一个个的背，/像商量要事/却又不像，/像吵架/又为何这样文雅，/哦，原来/他们/在窗槛前/找到了一个/蚂蚁窝！/他们嚷叫：/"一只黑蚂蚁进洞了！" （《糊涂堆》）

这首讽刺诗歌与《慈善家》有相似之处，都是从不同角度来刻画丑角形象，但是题材不同。丁景唐熟悉教会大学里某些纨绔子弟的言行，以及学生团体首领的无能腐败作风，以围观"蚂蚁窝"的细节为切入点，把这些广大师生所厌恶的小丑的嘴脸公布于众，入木三分，淋漓尽致，大快人心。诗歌的结尾"那真是糊涂王国"，锋芒毕露，指向管理混乱的教会大学领导层，暗喻作为大背景的黑暗社会。也正是如此，标题减弱了辛辣味，采取中性的三个字——"糊涂堆"。此诗比《慈善家》又有所提升，寓意丰富，富有哲理。诗句短促，节奏紧凑，层次分明，流畅无阻，代表了丁景唐那时创作讽刺诗的水准。

  第三首讽刺诗《先生，我问你》（第3卷第11期）的题材不同于上面两首，矛头直接对准发国难财的国民党要人。这既是《联声》中唯一一首大胆质问蒋介石身边红人之作，在全国抗战文学作品中也是很少见的。

  你，/戴起金边眼镜，/瞧不见人家死去，/但你也该知道耶稣说：/"去变卖你的，分给穷人！"/敢是你信了教，/骗人还是骗自己？/先生，/我问你，/"你翻过《圣经》没有？"耶稣，他说是："二十万万大洋该揩油？"

这是根据有关报刊消息即兴写下的讽刺诗，具有强烈的讽刺性和幽默性元素，以其矛攻其盾，即抓住"某大员"信奉基督教一事，质问他是否翻过《圣经》。此诗开头特意引用《圣经》经典之言："倚靠钱财的人进神的国，是何等的难哪。骆驼穿过针的眼，比财主进神的国，还容易呢!"其中包含了比拟象征的手法,增添此诗歌的讽刺辛辣味。此诗运用苏联未来派马雅可夫斯基阶梯式诗歌形式,努力扩展诗句的内涵与外延,引发深思,饱含哲理——发国难财的国民党要人仅仅是一人,数额巨大何止"二十万万"?

以上三首讽刺诗凸显了丁景唐的多元化的思维和洞察事物的智慧,具有强烈的政治性和战斗性,超出了世人的想象。当代诗歌评论家也未曾料到这位上海沦陷区诗坛的后起之秀,早已经显示了他创作诗歌的非凡才华,竟然创作了60多行的讽刺诗《慈善家》、80多行的《糊涂堆》,以及质问国民党要人之作《先生,我问你》,惊叹之余不得不重新端详这位熟悉又陌生的诗歌作者。

而且,丁景唐将讽刺与幽默的笔触伸向预告、生活类的短诗。

> 我问我自己,/这可怎么得了,/昏昏沉沉,/睡醒了又要/开始吃的节目!/啊哟,怎的忘记了,/"上海联"的牛医生、牛博士了。/我,我,我……/据 Dr. 牛说/是生了夏季性的懒惰病了,/这,这,这……/那可不得了。/"噢……你,/你一定包我医好。"/"什么?……什么?/只要这样一张单方。"/请——到——夏令营

(《奔马草:我问我自己》)

此为自由诗体,阶梯格式,风趣活泼,读者看到最后才知道原来是预告夏令营,颇有新意。此短诗署名"赖大重",宁波话谐音即"懒惰虫",丁景唐即兴取的笔名,与此诗的风格吻合。从整体上来看,此诗集诗歌、美术、编排于一体,扩展了讽刺与幽默的外延和内涵。

遗憾的是丁景唐因故未能续写讽刺诗,他笔下的讽刺与幽默元素转向新民歌、说唱等通俗文学,充满生活智慧与情趣的幽默,同样是一片未曾翻垦的荒地。

丁景唐晚年曾说:"我对那时(上海'孤岛'时期)写的叙事诗篇《远方》(留有鲁迅翻译俄国作家 L. 伦支《在沙漠上》的折光)和讽刺诗《先生,我问你》《慈善家》,视同稚容可掬的幼年肖像,不无眷恋之情,然而严酷的形势不允许我这样做。"(丁景唐《〈星底梦〉,我的第一本书》)。这个自谦的评语并不影响笔者重新观审、评价丁景唐在那个非常时期写的讽刺诗和叙事诗的主要思路,即从接受美学的角度来看,"一千个观众眼中有一千个哈姆雷特",这是共识,无须赘述。同时欢迎诸位各抒己见,百花齐放才是春。

(三)叙事诗——诗史般的长篇叙事诗却无人知晓、无人论述,留下一个不应忘却的空白

丁景唐时为在校大学生,并不是抗战时期诗坛的"丑恶的诅咒者",也不是"孤寂的苦叹者",更不是风花雪月的沉溺者,而是传承薪火者——坚守信念、百折不挠、不畏强暴、顽强追梦、迎接光明的勇敢使者。这生动地体现在他写的两首叙事诗《一个以色列民族英雄的死》和《远方》中。这两首诗都是根据《圣经》故事改写的,《远方》更有鲁迅的译文作为重要支柱,以免引起世人的非议。

为了残杀一个／替真理做见证的革命木匠，／法利赛人的文士、／祭司长大老爷，／外加／奴隶总管的希律王，／不管他们平常也闹／意见，现在却连成了一家，／叫声罗马爷爷，／无非想消除黑暗中的一点光亮。／又是一阵鞭打，／又是一阵嘲笑，／彼拉多吩咐／兵士把他的衣服剥掉，／用荆棘的冠冕／给他戴上，／跪在他的面前大笑庆贺——／"恭喜犹太人的王啊，／你要救人，／却自己也救不了？"

这首叙事诗《一个以色列民族英雄的死》根据张仕章的《革命的木匠》改写。以上引用的这段耶稣临刑前遭受的残酷折磨，是从敌方角度描写的，交织成一幅黑暗中昏暗灯光下群魔乱舞的场景，狰狞的嘴脸、凶残的鞭挞、挑衅的羞辱、狂笑的动姿，形成一种强烈的视觉冲击力，令人惊悚、震惊，骇人听闻。"你要救人，／却自己也救不了？"敌人恶毒的挑衅，喧嚣尘上，骄横跋扈，不可一世。"原野的风吹起了哀歌，／云彩也皱起了愁眉，／妇女们淌下眼泪，但也有人在奸笑。／四枚长钉把他钉死在髑髅地／的十字架。"爱憎分明，疾恶如仇，矛头直指一手制造皖南事变的国民党顽固派。此诗开头用诗歌常用的象征表现手法，"夜／拍着黑色的翅膀"，预示着这是一个惨痛的悲剧。结尾的怒吼"狂风"象征着强大的正义形象，"要冲破黑暗的世界"。此诗形象化地诠释了周恩来题写的诗篇："千古奇冤，江南一叶。同室操戈，相煎何急？"

丁景唐的第二首叙事诗《远方》，发表于他主编的《联声》终刊号，封面上的目录注明："长篇史诗《远方》，洛丽扬作。"《远方》除了开头说明，长达190行，分为五个部分："苦难""奔流""追兵""荒漠""远方"。犹如一出悲壮、热血、瑰丽的传奇多幕剧，此起彼伏，使读者心潮逐浪，猛然冲向全剧的高潮。这是丁景唐在《联声》上发表的最长的一首叙事诗。多年后，丁景唐回忆说："写得较好的一首诗是写于1941年太平洋战争爆发前三个月的一百几十行长诗《远方》，以《圣经》中《出埃及记》故事为题材，寄托了我对抗日战火中煎熬的人民的顽强求生的愿望，战胜异常困难，直向'横着蜜和流乳的远方'。我把这首诗列为1941年9月10日《联声》自动停刊一期（第4卷第4期）的首篇，作为向读者的告别。"（《谈谈我的笔名及其他》）丁景唐在此诗前写下散文化的说明：

"在所向的远方，是横着流乳和蜜的国土。"（伦支《在沙漠上》）

六十万以色列人从埃及出亡到迦南，是纪元前民族迁移的史诗，在《旧约》的《出埃及记》《利未记》《士师记》中都有着记载。

当时以色列人在埃及受到法老的种种欺凌，经过了烈火的锻炼，在征途上克服了不少困难。

饥饿、烈阳，动摇的人们受不了，落后的便倒在沙漠里死了。但是最后，他们在迦南建立了自由的乐园。

七月，辉煌的日子，写在中华民族的历史纪程碑上最灿烂的一页。虽然在今天还有着"我们不去了"的人们,但是我们相信在克服了更多的困难以后,像以色列人冲破黑暗一样,我们一定有一个光荣的明天。

我们相信,只要奋斗下去,流着甜蜜和乳的乐园是不远的了。

此前,丁景唐看了鲁迅翻译的小说《在沙漠上》,联想到抗日救亡的严峻形势,激起创作诗歌《远方》的强烈愿望。此诗成为他对一年多来创作诗歌的一个小结,也是他告别《联声》之言。

丁景唐在《联声》上发表的第一首诗《给……》,与一年多后创作的《远方》相比较,《远方》在内容和形式上都跃上一个新台阶,这是一首中国化《圣经》的文学作品、诗史般的长篇叙事诗,较好地改写公元前异族迁移史,叙事与抒情、哲理相结合。诗中始终流淌着不可遏制的情感,波澜起伏,迂回转折,瞬间喷发,形成一首场面宏大、气势磅礴、回肠荡气的史诗,努力向高标准攀登。其特点有:(1)视野大为扩展,从关注自我及周围生活的小圈子里跳出;(2)汇总了作者一年多来尝试的各种艺术手段,可谓是集大成之作;(3)此诗的题材、改写、阶梯形式等,生动地显示了丁景唐大胆突破自我、挑战自我、勇于创新的精神,较多地体现了现代诗擅长运用的象征、暗示、借喻、夸张、变形等艺术手段;(4)此诗反映了丁景唐快速提升的审美情趣和审美价值观,也体现在勾勒人物上。

两首叙事诗《一个以色列民族英雄的死》《远方》创作的时间分别是震惊中外的皖南事变爆发后、上海"孤岛"沦陷前夕,民族危亡的严峻形势、周遭环境的险恶剧变,强烈冲击着年轻诗人丁景唐的心灵。他选择了高难度的长篇叙事诗作为载体,调动了可能调动的一切艺术手段,猛然打开积压在心底的情感闸门,将瞬间闪现的灵感化作一行行诗句,一泻千里,势不可当,应验了"悲愤出诗人"的真谛。

此后,丁景唐还创作了120余行的叙事诗《他死在黎明——悼念一位失去了的伙伴江沨》,是继《远方》之后的又一篇诗歌力作。他还与曹予庭(玄衣)合作百余行的叙事长诗《一个少女冲喜的故事》,浸透着凄惨、悲伤、无奈的悲剧情感,几乎淹没了几许抗争的微弱呼声。这两首叙事长诗与《远方》等题材截然不同,表现手法与韵味各有千秋。可惜,丁景唐再也没有机会创作类似《远方》的叙事长诗,究其原因,一言难尽。

我们可以从另一个角度来观审丁景唐的叙事诗。中国现代文学精彩纷呈,精辟专论层出不穷,但是很少有专题论述中国作家改写的中国化宗教文学作品。其实,1949年之前已经有学者撰写论述宗教文学的专著,改革开放后也有资深学者的力作,其中就有丁景唐的恩师朱维之。

1948年,朱维之时为沪江大学中文系主任,曾掩护被国民党特务列在"黑名单"中的丁景唐,不顾反动当局的威胁,毅然诚邀丁景唐隐蔽在远离市区的沪江大学教书,躲过敌人追捕的凶残魔爪。(丁景唐《恩师朱维之先生掩护我免遭敌人毒手》)

朱维之是中国希伯来基督教文学与文化研究的开拓者之一。早在1941年出版的《基督教与文学》一书中，朱维之便指出：宗教本身便是艺术。《基督教与文学》全面论述了《圣经》的文学特质及其对欧美文学的深远影响，出版后引起学术界、宗教界广泛关注，多次再版。

1942年2月，丁景唐从东吴大学转到沪江大学中文系三年级，听过朱维之先生讲授《中国文学史》，由此开始了他的治学道路。朱维之的专著《基督教与文学》，丁景唐在一些文章里时而提及，并珍藏此书的旧版本。

丁景唐创作两首叙事诗《一个以色列民族英雄的死》《远方》和两篇散文《主要复活》《"你们是世上的盐"》时，受到教会大学的基督教氛围及相关文学作品的熏陶。《一个以色列民族英雄的死》发表于《联声》第3卷第11期（1941年5月16日），这期后面刊登一组宗教名著广告和张文昌翻译的《耶稣的故事》，并配有介绍文字："对于这一个以色列民族的英雄的故事，不论是基督徒或非基督徒，没有不对他致崇高的敬意的。这一本书就是告诉你，他也是一个人，一个民族的英雄。"此语也出现在丁景唐第一首叙事诗的标题里，也许是巧合，也许是共识。更有意思的是，《耶稣的故事》的介绍文字署名"彼得"，上一期刊登丁景唐的《主要复活》时，他用的笔名是"王彼得"，不知二者是否为同一人。

丁景唐创作叙事诗之前，翻看各种有关基督教的书籍，比较熟悉《圣经》故事。他改写了这一组中国化《圣经》的文学作品并非偶然。他精心选择了教会大学学生耳熟能详的《圣经》故事题材，最大限度地发挥曲笔之作的"正能量"和时效性，顺应了《联声》这个特殊平台的启蒙、宣传、教育的需求。同时，他在有限条件下，勇于自我挑战，大胆地开拓出一片新天地，显示了别具一格的诗文创作才华。丁景唐创作的一组中国化《圣经》文学作品，在各种版本的文学史论著中都未曾提及，更无一文专题介绍和论述，留下一个不该存在的空白。

三、其他各类文章——无所不能，渗透着政治倾向、美学情趣、秉性爱好

目前查到的丁景唐在《联声》上发表的第一篇文章是《集体讨论：民主自由与学生生活》（第2卷第6期，1940年3月26日）。此后发表的文章大致可分为两大类：校园文化、社会生活。

（一）校园文化——学习问题、学生心理，具有针对性、及时性、指导性、超前性的特点

《稀奇吗!?》（第2卷第7、8期）的前半部分主要讨论校园内的封建思想意识，并结合呼吁召开国民大会的现实要求，驳斥国民党要人歧视妇女的谬论，成为《集体讨论：民主自由与学生生活》一文的延续。后半部分以历史唯物史观展望光明的未来（这是国民大会无法达到的目标），不点名地介绍陕北抗日根据地和苏联歌曲《祖国进行曲》。此文以两个女生谈话为主，透露了丁景唐指导、开展、宣传学生工作的某些思路和要点。如今看起来这些内容并不新鲜，但是在当时则是颇为大胆，作者随时有可能被捕坐牢。不过两人谈话形式未能达

到理想效果,有些拖沓。

《走投有路》(第3卷第6期)针对性很强,除了鼓励之外,针对许多同学的困惑、焦虑、无奈的心理,进一步提出了具体意见和忠告,具有一定的前瞻性。此文既指出可操作的事宜,又不回避现实问题。没有经历过那个社会动荡和人心浮动的非常时期,无法理解此文的及时性,以及苦口婆心的文字中蕴含着的同情、热情。文章还夹着几许担忧,希望同学们都能找到理想的"出路"。

《小鸟儿·寄生草·红花瓶》(第3卷第4、5期)的标题具有递进思考的内涵和空间,深入浅出,循序渐进,因势利导。文中所举的文艺作品均为大学生所熟悉的,便于增加亲和力。此文最后提出五条建议,如今看起来比较浅薄,但是对于教会大学里相当一部分女生的"小姐"作风,已经是警钟震耳了。

"为恋爱苦闷的朋友,不必担忧,要是你有专门学问、独立能力,努力学习,爱人是不会没有的。"《恋爱纠纷》(第3卷第7、8期)针对校园里学生谈恋爱及其产生的各种问题做了正面引导,希望学生们不要误入歧途,特别是在国难当头时期。该文最后的选择题如今看起来比较简单,但在当时复杂情况下只能点到为止。

上海教会大学学生将面临上海沦陷之后的各种现实问题,《又要读书了》有针对性地提出具体办法。此文告诫平时不关心时政的学生们要清醒了,不能再浑浑噩噩地混日子,再三强调学习实用知识和技能,希望学生们要学会生存,保护自己,这也是中共地下党组织爱护学生们的一种表现。

《浪子回头的故事》(第4卷第1期)劝说一些不思进取、浑浑噩噩的在校大学生,并向校方提出建议:"希望负教导责任的学校能从'四育'方面给同学以平均的发展。"

《你交得出 Report 吗?》(第3卷第9期)指导学生如何充分利用图书馆、搜集材料、写作课外报告等,并且介绍了图书馆的图书分类、编目、卡片,以及五家图书馆的简要情况。这些都是做学问的必备功课。写作此文时是丁景唐注重做学问的最初阶段,他将自己的点滴经验与众多学生分享。

  法官 (不动气,很和蔼)阿Q,现在你没有罪了,签个名就可走出去了。

  阿Q 谢谢大人老爷!(很高兴地在看守官的文件上画个十字花)

  法官 好了,你还有什么话没有?

  阿Q (想了想)没有,老爷。

  法官 (忽变脸,把签筒一丢)绑了!

  阿Q (高兴极了,扬手击之)我手执钢鞭……(刚唱了半句,两手已背剪了。绑起来插上标子,他猛然悟到这是去杀头的,叫了一声)救命!

  (阿Q就这样糊里糊涂给拉出去枪毙了。)

《别被牵着鼻子跟人跑》(第3卷第12期)明明是短论文,开头偏偏引用改编的《阿Q正传》台词,如同开场的闹台锣。读者继续往下看才明白此文是讲述上海四所教会大学师生签名一事,由此点明该文主题——千万不要被人利用。

这阶段的短论、随笔等有如下一些特点:

其一,丁景唐的文章起点比较高,并不局限于校园文化,而是结合时事热点(依循党的指示),打破了昔日教会学校封闭式管理、学生闷头读书的状态,凸显"学校社会化"的时代潮流。

其二,有针对性地提出问题,及时提供各种参考意见,其中有些是切实可行的,有些虽然不能马上解决问题,但也有启发。如果读者细细品味,可以察觉到弦外之音,由于复杂因素,不能把话挑明了。

其三,这些文章笔法多样,务实与灵活相结合。有时开头引用《阿Q正传》的台词,迂回行文,突然点题,然后顺着常规思路继续行文;有时别出心裁地摘录文章,不加一字褒贬,却寓意深刻;有时文中夹有散文的笔法,甚至冒出几行诗句,这也符合青年读者的口味,如果一直以居高临下的教训口气说话,那么往往适得其反。

(二)社会生活——扩大"学校社会化"的外延和内涵,提出"认识大上海"的话题

《认识大上海》(第3卷第12期)向学生推荐十本书,文中点评夏衍、于伶、茅盾之作,言简意赅,透露了丁景唐的审美情趣。同时引导学生调查、研究朝夕相伴的大上海的真实情况。

《创造性之想象力》(第4卷第1期)巧妙地以力宣德主教演说词的关键词"创造性之想象力"为批判武器,矛头直指国民政府教育部统制学生思想的政策,呼吁广大学生做出选择。在抗日救亡的民族危难时期,每个中国青年学生都应该做出人生选择,共同"创造出一个伟大的明天"。同时,此文延续《认识大上海》等文章的主旨:"让我们多看、多读、多想,睁开眼来认识这个世界吧!"

丁景唐认为有必要先梳理思路,介绍一些通俗的社会科学常识,于是策划、连载"社会是什么"的文章。

> 社会吗?这是和一个人的地位差不多的,上层社会那是指社会上兜得转的洋行阿大、公司经理、银行行长、政府要人、工厂老板……坐汽车、住洋房、吃大菜的老爷、太太、少爷、小姐们。下层社会呢,那些人是无知无识的老枪瘪三、江北小六子、乡下种田佬,还有佣人、奶妈、娘姨……统统是。至于我呢,吃得饱,饿勿煞,识些字;坐电车的人呢,刚巧上勿上,下勿下,属于"中庸之道"的中等社会了。

这是《几个人的几种看法》(第4卷第1期)中的一段,通过几个上海人熟悉的市民形象——宁波裁缝、大少爷、洋行舅舅,以他们的语言、身份,从不同角度、层面来解释社会。这是颇为

新颖的构思,力图达到深入浅出的效果。后面谈到"转念头",开始触及社会存在与社会意识的辩证关系。

丁景唐(江水天)又撰写了《稻草人与时辰钟》(第4卷第3期),虽然还是按照大学丛书的《社会学原理》(孙本文著)的基本原理,但是已经开始驳斥"只谈个人改造"(竭力避开社会改造的敏感问题),认为这是"一条走不通的道路"。值得注意的是,此文并未公开引用马克思主义唯物史观,但大胆地说出了一句话:"苏联又是一个更新、更进步的社会。"

延续前几期策划的"认识社会"一组文章的思路,丁景唐(江水天)写了《职业病(Professional Disease)》(第4卷第4期)。在搜集各种材料的基础上,揭示了各行各业职业病的真相。职业病吞噬了无数下层劳动者的血肉和生命,令人毛骨悚然,不寒而栗,由此憎恨这"吃人"的社会制度。

社会热点新闻也引起丁景唐的思索,他写了《这不只是女同学的一个悲剧》(第4卷第2期)。清代遗臣梁济和北京大学学生林德扬自杀,引起《新青年》同人的关注和热议,引发了同人、师生之间的讨论和论争,由此触发了新文化运动倡导者们对于西方思潮的反思,成为促动"五四"运动的重要契机。20多年后,面对两个女学生自杀的悲剧,世人已经麻木了。丁景唐作为《联声》主编,发出正义呼声,指出其根源是"悲惨世界"的社会制度,同时认为:"自杀不是方法,要活路只有冲破黑暗的包围!"其中的潜台词不言而喻了。

丁景唐(芳琼)的《武侠·侦探·行劫》(第4卷第3期)批判报刊市场上热销的武侠小说,"播扬着封建的毒焰",并列举了几个惨痛的教训,告诫年轻学子千万不要沉迷于其中,上当受骗。最后指出应"扩大生活,认识现实,加紧学习",从而"找到一条社会改革真正的道路"。

丁景唐这阶段撰写的社会生活文章的特点有:

其一,进一步扩大"学校社会化"的外延和内涵,提出"认识大上海"的话题。这既是打破封闭的学校管理模式,启蒙、教育青年大学生,也是在上海"孤岛"局势岌岌可危时,为青年大学生提前"打预防针"——决不能被险恶环境中的利诱胁迫所吓倒,永远记住自己是堂堂正正的中国人。

其二,题材多样化。或是社会科学常识,或是新闻热点,或是引用力宣德主教演说词,或是实地调查大世界,或是推荐有关书籍,引导青年读者,认识半殖民地半封建的中国社会。

其三,灵活多变的笔法。《几个人的几种看法》打破经院式说教的刻板模式,描写上海街头巷尾的市民形象,说理通俗易懂,令人耳目一新。《出蒙馆看万花筒——"大世界"观光录》以博士、阿德哥、小郎三人的所见所闻,串联起"白相大世界"的经历,彻底抛弃同样题材的文章专注闲适和享乐的笔法,力图融合现实主义的眼光洞察"大世界"。

其四,为新婚妻子王汉玉发表两篇译文,见证了二人最初的合作。

第3卷第12期首次刊登丁景唐的妻子王汉玉(淙漱)的译文《五十岁学吹打》,这是他俩第一次合作,在丁景唐的文学活动中占有特殊地位。丁景唐回忆,此译文和《透过了紧密的云雾》是在王楚良鼓励下动手翻译的。王楚良调离工作岗位后不再过问《联声》编辑部的事情,留下了译文栏目的空白,这曾是《联声》引以为自豪的强项。因此,王楚良鼓励王汉玉翻译。此译文标题"I Went to College at Fifty",直译为"我五十岁上了大学",发表时题为"五十岁学吹打",显然是中国化、"接地气"的意译,通俗易懂,又不失原意,这理应是丁景唐修改的结果。王汉玉的英文基础比较好,丁景唐的英文略逊于王汉玉。课余时间,王汉玉经常辅导丁景唐学习英文,二人逐渐互生爱恋,终成眷属。原文作者说:"我不让一分钟浪费掉,我也不花费无谓的时间在书堆中死啃。"这是此译文的闪光点,希望在校的大学生以这位异国50岁重返大学校园的中年妇女的学习精神为榜样,不要辜负了学习的大好时光。同时这位50岁大学生重返校园后,"没有得[到]家庭的帮助",令人感到意外,也让世人刮目相看。她成为"活到老,学到老"的典范,至今仍有现实意义。

继《五十岁学吹打》之后,丁景唐在《联声》第4卷第1期上第二次发表王汉玉的译文。译介此文的目的已经在开头说清楚:不必幻想"黄金国"(美国)的求学的"幸福",作为贫穷的中国大学生,更应该"为自己找生路哩"!同时也要学习那些异国大学生勤工俭学的顽强意志和执着精神。

　　离学校后靠自己劳力周游了十二余个国家。后来我回到一个都是麻厂的小城市。在那里[的]高级学校担任了英文教师,班上有四十多个天真的年青人。

　　有时[我]对着这一班青年渐渐迷糊起来,好像有三人笑着走进门来,那是卡尔、乔和我自己。我们那时还只有十六岁。

　　课室里显得特别沉寂,几个学生极惊奇地望着我,他们不知道我在做什么。但是当我恢复了意识,教室里也恢复喃喃的读书声音了。

　　巴塞耐斯湖上的浓雾被惊消了,我向这窗外的阳光发着微笑。

最后一段弥漫着罗曼蒂克的气息,见证了丁景唐、王汉玉最后修改时的情景,也符合丁景唐创作诗文的活跃思维和丰富联想。此译文署名"淙叔",是丁景唐为王汉玉起的笔名,与丁景唐笔名"宗叔"谐音,成为他俩"夫唱妇随""景玉共赏"的极佳诠释之一。

对于这两篇译文,丁景唐一直不愿意多谈,也没有透露他俩当时互相帮助的内情,留下了永远无法弥补的空白。如今静心欣赏这两篇译文时,眼前浮现出一幅月夜水墨画——投射在窗户上的柔和灯光,映照着屋里他俩年轻的身影。

第四编

《小说月报》

参与编辑后期《小说月报》

1944年春,丁景唐经亲戚介绍,参与《小说月报》最后五期的编辑工作,即第41期至第45期(最后一期的版权页上第一次出现丁景唐的笔名"丁英"),时间为1944年5月15日到11月25日。丁景唐与投稿的作者徐开垒、郭朋、石琪、沈寂、徐慧棠(余爱渌)、林莽(王殊)等人成了好朋友,而且丁景唐设法恢复了大学、中学学生文艺奖金的征文活动,从征文来稿中发现了可以培养为革命青年的作者。

抗日战争胜利后,丁景唐开始考虑适应新形势创办新刊物,他劝说联华广告图书公司经理陆守伦,与时俱进,不再复刊《小说月报》,另创办《文坛月报》,积极适应新形势下的广大读者的需求。

三种《小说月报》

中国近现代出版史上,曾先后有三种《小说月报》问世,在不同时期产生了不同影响。"补白大王"郑逸梅曾撰写《三种〈小说月报〉》(《和平日报》1948年8月17日),这三种同名刊物均在上海创刊,分别由上海竞立社、上海商务印书馆、上海联华广告图书公司出版。

上海竞立社的《小说月报》创刊于1907年11月,开一世新风气。该刊主编彭逊之"才敏有奇气,壮岁治易",后出家当和尚,被称为"半学半僧的奇人"。他趁着晚清小说界革新浪潮,竟然包揽了两期《小说月报》的大部分篇幅,真可谓"赤膊上阵",毫不畏惧,但是终究抵挡不住经济市场"法力无边的无形掌",仅出两期,便败下阵来。

在中国现代文学史上,商务印书馆的《小说月报》产生了很大影响。该刊创办于1910年7月,起初登载的大多数是用文言文写的言情小说,迎合都市小市民趣味,情调低俗。1921年第12卷第1号起由茅盾主编,大胆改革,完全不用上海鸳鸯蝴蝶派文人的稿子,推出大批新文学作家的作品。此刊不仅成为新文化运动的一个组成部分——白话文运动的阵地,而且逐渐成为"五四"运动以来新文学建设的第一个大型文学刊物。其后,接手该刊主编的郑振铎"唱主角",他对新文学发展的功绩已载入史册。1927年大革命失败后,郑振铎被迫游历海外,叶圣陶临时代理主编一年半。叶圣陶回忆此事时,特别提及协助编务的徐调孚,"他比我熟练得多"。1932年"一·二八"事变,正在装订的《小说月报》被侵华日军炮火毁灭,留下惨重的句号。

时隔八年,1940年10月1日,联华广告图书公司经理陆守伦聘用老搭档顾冷观为主编,创办《小说月报》,名誉顾问严独鹤。严独鹤作为《新闻报》副总编,主持该报副刊长达30余年,撰文多为针砭时弊之文。抗战时期,他富有民族气节,多次拒绝汪伪的拉拢。

陆守伦是一个精明的广告商,认为:"广告与推销,乃经商之命脉,行之不得其方,则货品销路呆滞,无论生利矣。近来竞争日烈,市面又愈趋萧条,尤须以最经济而最有效之方法,以谋货物之推广。"(《广告与推销》1935年第1期)这两个"最"成为他经商的座右铭,即以最低成本、最有效的方式获取最大利润。

联华广告图书公司(以下简称"联华公司")创办于1935年,是由原来《申报》经理张竹平经营的联合广告公司与华成烟草公司合资组建的,主要经营路牌、报纸、杂志、电影等的广告和印刷业务,还时常发行广告刊物,夹在大报中免费附送。这种广告刊物是商业繁荣的产物,至今在咖啡馆、银行、机场等公共场所还能经常看到。

随着联华公司业务扩大,1937年与《新闻报》合作,严独鹤与顾冷观共同主持,由联华公司投资,出版《上海生活》月刊,作为广告刊物拉拢客户。该刊也随《新闻夜报》附送,发行量剧增,让老板喜上眉梢。顾冷观一肩挑数职,兼任《新闻夜报·烟景周刊》编辑,熟知小市民的阅读喜好,《烟景周刊》与《上海生活》互为弥补,相映成趣。当上海"孤岛"局面造成文学刊物的短缺后,严独鹤、顾冷观与联华公司经理陆守伦商议,弥补《上海生活》的不足,决定创办《小说月报》,成为联华公司的姊妹刊物,继续扩大该公司广告效应。联华公司新创办的《小说月报》脱胎于广告刊物(插登许多广告),但是趋向纯文学,既与商务印书馆改革后的同名刊物有一些相似,也与改革前有类似之处,或者说是"新老并重"。

顾冷观是二十世纪三四十年代上海有名的编辑,擅长编掌故、常识、小说类的刊物。他出生于1910年,江苏崇明人,早年半工半读,勤奋学习,被联华公司招聘为广告文学撰写人员,走上了编辑生涯。他的人脉关系甚广,结识了不少鸳鸯蝴蝶派的作家,因此《小说月报》起初撰稿人有包天笑、周瘦鹃、程小青、张恨水、秦瘦鸥、郑逸梅等名家,刊登他们的长篇、短篇言情小说和掌故、趣闻等,同时也刊登周楞伽、文宗山、钱今昔、丁谛等文学新人的短篇小说。该刊除了"新老"小说之外,也刊登不少笔记、散文、译作和报告文学等。这些作品反映了都市生活中各阶层人士生活现状和心态,适合小市民读者的口味,也有些作品曲折地反映了抗日的爱国思想。

《小说月报》创刊号首页为陆守伦、顾冷观署名的《发刊的话》:

上海自称为孤岛以来,文化中心内移,报摊上虽有不少的东西,但是正当适合口味的,似乎还显得不够。所谓"精神食粮",当然是同日常所需的面包有同等重要性,内地出版界尽管热闹,上海却无缘接触,在这迫切的条件下,我们为要提供一种新鲜的食粮……我们没有门户之见,新的旧的,各种题材都是欢迎……通俗文学作品对于在校的和从业的青年,多少可以借此得到一些帮助吧!小说,是文艺之一,我们想读小说并不是无聊的。浅近的说是消遣,然而由消遣中,它会无形养成我们正确的习惯,而有一种良好的发展。

这是模棱两可的文学功能之说,在上海"孤岛"时期的复杂尖锐环境中,也只能是如此委婉之辞了。

该刊出版了7期后,有人撰文惊呼这是"异军突起",认为该刊与原来商务印书馆的同名刊物并无"血统"关系,或者说是"堂兄"而已。此刊出版半年了,虽然没有达到美满的理想,但"值得我们注重的"是:

至少在"旧瓶新酒"的论争尚未结束前,或者说在章回小说的价值未被否认前,我们尚不敢要求旧小说应受绝对的排斥或从此绝缘于文坛。相反,正因为旧小说的形式在习惯上容易渗透于民间而被有条件地采取了。

再者于现实立场上,也不能不认清《小说月报》的"先天胎教",给予编者以相当的限制。要求一个不挂外籍发行人招牌而必须捕房登记的广告公司出版部,做革命文学的前哨,事实上也相当困难,这且不在话下。而编者能在这样一个商业性质的环境中竭力不使刊物流入"庸俗""落伍""滑稽""侦探"的命运中的努力,于最[近]数期的出版上已得到了明证。我们不再看到迹近"黑幕小说"或"青楼小说"的作品出现了。编者似乎想一手拉提旧文学予以改造,一手抓紧新文艺为之提倡。这应该是值得鼓励的工作。

(漫风《今日之〈小说月报〉》)

以上诸语如实述评,难能可贵。当时大多数报刊都"挂外籍发行人招牌",以便在租界发行。

顾冷观坚持"新旧并重"的编辑方针,没有门户之见,刊登新老作家的各种题材和不同风格的文学作品。特别是在上海沦陷之后,文学创作的空间、语境等发生了很大变动,而且抗日报刊被勒令停办,各大书局被查封,在如此恶劣的环境中,《小说月报》仍然能够艰难生存。该刊于1944年11月停刊,共出45期,成为上海"孤岛"时期和沦陷时期出版时间最长的文学期刊之一。这与顾冷观的编辑思路密切相关,即使在如今市场经济大潮中值得借鉴和研究。

丁景唐劝说恢复文学奖金

顾冷观开始主编《小说月报》时,已经注意提携文学新人。该刊第2期(1940年11月1日)刊登《〈小说月报〉举办大、中学学生文艺奖金》启事:

当然,因了"孤岛"生活的窒息,希望写好一点的文艺是很难的,而这个文艺的责任偏重过平时。曹植说:"辨时俗之得失。"又说:"定仁义之衷。"可以知道在每一个时代的无可聊赖的当儿,文艺家应该把握这怎样之笔!我们的《上海生活》刊行已经四年了,恰恰这都市撕去繁华的外衣,我们有了一番警惕,改革后的《上海生活》不敢说什么高深,只想做到"辨时俗之得失"。从各部门勾出畸形的镜头来,留着后人去认识这面目是战后的上海。可是我们又感到这个时候的文艺读物太空虚了,太难了,才发行了这本姊妹刊《小说月报》。斜阳半帘,微言在野,汇集各家之笔,直衬的或抽象的,也许给有心的读者,在烟清茶淡边,漾起一幅非常的波涛。可是我们似乎总感到"阙如",因为这意识还不够普遍。所以在《小说月报》的第二期,有文艺奖金的发起。我们在灌输伟大的意识下,寄寓着一个希望。伟大的时代建筑在一个年轻人的肩上,有勇迈的青年一定更深切感觉着:"文艺家应该把握着怎样之笔!"我们添加了"学生界"一栏,敬备微薄的奖金,供给爱好文艺青年学生迎时代而发扬相切磋的机会。取材呢,以短篇小说为主干,兼及译文、报告文学、有深长含义和言之有物的散文。盍兴乎来!

《上海生活》月刊是一本典型的广告刊物,创办于1937年1月,1941年12月因上海沦陷而终刊,这期间因爆发"八一三"战役,一度停刊,后复刊,共出版49期。上文提及"都市撕去繁华的外衣",这是与抗战爆发前上海发展进入辉煌时期相对而论。联华公司的姊妹刊物《上海生活》与《小说月报》在乱世中的上海滩同时刊行,"双轮驱动",相得益彰,继续扩大影响。这是联华公司精明之策略,乱世既使经商艰难,也蕴含着经商的机遇。

为了让刊物进一步飞入寻常百姓家,扩大市场份额,争取更多的广告客户,《小说月报》第2期(1940年11月1日)起举办大、中学学生文艺奖金征文。这本身并不是什么新思路,但是在上海"孤岛"文学界遭遇前所未有的困难时期,显示出策划者经营的魄力和勇气。策划者抓住文学青年如饥似渴地学习写作的心理和不甘于现状的活跃思路,毕竟在物价飞涨时期,文学奖金对于大多数穷学生来说具有很大诱惑力。

第2期同时登载了《文艺奖金征文简章》:

应征资格:以国内各大学及高级中学学生为限。

应征手续:应征文稿须粘贴"文艺奖金投稿印花"(是项印花每期附印于《小说月报》内),稿末注明校名、年级、本人姓名、性别、年龄、籍贯,并加盖图章。

征文体裁:以纯文艺为主体(包括小说、笔记、散文、译文、报告文学等),文言、白话不拘,唯每篇至多以四千字为限。

应征文稿请用毛笔或钢笔誊写清楚,加新式标点。来稿不录,概不退回,唯附有贴足邮票之回信信封者例外。

这个简章有两大特点:一是"文言、白话不拘",并不排斥喜欢文言文的旧文学爱好者,真可谓"穿越年代"了;二是正文必须贴有"投稿印花"(有圆形、长方形等),印花刊登于每期《小说月报》目录页里,只有购买该刊或订户才有资格投稿,这是另有玄机的商家经营思路,以此促进该刊的推销,产生广告效应。

这则简章还公布了文学奖金的具体数额,分为甲、乙、丙三个奖项,奖金分别为每千字奖国币10元、6元、4元。并规定:"奖金于发表后第五天起凭原稿印章向本公司会计科领取。"每千字的奖金已经很高了,当时每千字的稿酬仅为几元。但是,获奖名单何时公布,充满了不确定因素,这又是商家的一个"金点子"。

征文启事刊登后,果然受到众多大、中学生的欢迎,大家踊跃投稿,第4期《小说月报》(1941年1月1日)选登了三篇征文,这期《编辑室谈话》说道:

> 本刊举办的文艺奖金,有着不少佳作来应征,觉得非常欣幸。这么多的作品中,在大体上说来,都是值得发表的;不过篇幅关系,未能一起容纳,经过一番挑剔之后,只刊了三篇,其余的却要等待陆续发表了。还有一点需要提出的,就是一部的来稿上没有附地址,无法把这些不录的稿件退回去。

选登的三篇征文,第一篇是圣约翰大学附中高三学生建昭的《纪念劳勃脱夫人》,讲述临时代课的美籍女教师,是一位大学历史教员,采用启发式的授课方式,深受学生们欢迎。此文笔法老练,绘声绘色,较好地展现了美籍女教师的个性。

第二篇征文是大同大学学生柳嘉淦的《长发姑娘》。小说中"我"在香港赴沪的轮船上邂逅一位长发姑娘,后在上海商店里再次巧遇,令人想入非非。最后,长发姑娘写封信述说了自己的身世,明确地告白:"我要奋斗,我更需要光明,因为我究竟还是一个'人'!有机会,我马上会跳出这万恶的黑暗圈。"劝"我"忘记这个不幸的女子。这是一个浪漫的才子佳人言情小说,又有丁玲《莎菲女士的日记》的内心独白的现代写作手法,比较符合《小说月报》众多读者休闲的阅读习惯。

第三篇是复旦大学一年级学生沙甄的《寂寞的秋天》,讲述在外地读书的学生患病期间思念家乡的母亲,不料母亲病故,引起学生的悲伤,哀叹:"没有母亲的大地,世界是一片白茫茫了!"

顾冷观在编辑这三篇征文时,特地分别在各篇作品前加了提要的诗句,类似章回小说的模式,显露了"新旧结合"的痕迹。此后,《小说月报》在大、中学生征文的专栏里,陆续择优刊登征文,包括小说、散文和评论,并注明作者的姓名、学校和年级,其中出现了一批颇有才华的青年作者,如徐开垒、施济美、程育真、郭朋、石琪等,他们的文章常常被编排在显要的位置。

随着纸张等物价飞涨,刊物的成本也急剧增高,《小说月报》逐渐声称"稿挤",下期刊登征文。

该刊第17期(1942年2月1日)刊登《职业青年征文》启事:"本刊自举办大、中学生文艺征文以来,每期收到稿件极多,成绩颇佳。兹者扩大范围,向职业界青年征文……"但是不设奖金。该刊第26期(1942年11月1日)推出"文艺新地"栏目,无形中取代大、中学生征文,目录页也早已不刊登"投稿印花"的标识。

联华公司经理陆守伦自有苦衷,不大愿意兑现原来奖金的诺言。刊物的广告效应达到了,应验了他的经商之道,即"尤须以最经济而最有效之方法,以谋货物之推广"。严独鹤、顾冷观心领神会,保持沉默,再也不提大、中学学生征文和奖金一事。

1944年春天,世界反法西斯战争节节胜利,盟军已经进入全面的战略反攻,中共领导的各敌后战场开始局部反攻。这时,丁景唐已经参与第41期《小说月报》编辑工作,通过调查和商讨,得知该刊征文一事引起的各种反响。他利用将迎接《小说月报》创办五周年的吉日,设法说服联华公司经理陆守伦恢复征文一事,毕竟商家信用至上,理应尽快兑现原来的诺言,揭晓征文评定结果,颁发奖金。同时,陆守伦与丁景唐的亲戚是同乡、老友,碍于情面,接受了丁景唐的建议。顾冷观、严独鹤顺水推舟,于情于理默然允诺,皆大欢喜。

1944年9月15日出版《小说月报》第44期(八、九月合刊号),为下期纪念该刊创办五周年做准备,丁景唐以"英"的笔名发表了一篇诗意化的《关于重行举办"大、中学学生征文"的话》:

> 经历了无数艰苦的试炼,本刊行将跨入第五年度的门槛。当九月的风吹拂着秋阳下黄金色的果实,在这个农家忙于收获的季节里,我们也企划有一些新的开始和新的改进,以期报答每一个关怀它生长的友人的寄念。关于过去,我们得忠挚地承认我们工作中的缺陋,有负许多相识和不相识友人们的垂爱。而现在当我们走向更艰苦的前程,今后尤需读者诸君的鞭策和互助。从下期五周年号起,我们打算革新内容,重行举办"大、中学学生征文",给青年学生提供一块耕耘的园地,给读者诸君呈现丰美的鲜果——像成熟于秋野的黄金色的果实。
>
> 谨以衷心的热忱向喜爱文艺和爱护我们的友人伸出友谊的手,愿你们紧紧地跟我们挽携起来,敬请批评,指示!

这是丁景唐首次在《小说月报》上公开发表文章,他还起草了《大、中学学生文艺征文简则》,作为以上启事的附则:

(1) 凡大、中学学生均得投稿,体裁不论:小说、散文、速写、报告、译文皆欢迎。

(2) 来稿务请注明学校、年龄、姓名、地址。

(3) 为鼓励写作兴趣,除稿酬外,并设文艺奖金(详细办法下期公布)。

显然削繁就简,删除了原来征文简章中的"文言、白话不拘"和必须贴有"投稿印花"。

果然,下一期即《小说月报》第45期(1944年11月25日)评奖一事便有眉目了。丁景唐写了《学生文艺奖金的启端与希望》一文:

> 自从上期本刊揭载了重新举办学生文艺奖金的消息,不隔几天我们就接获了一封中国华恒针织厂以许晓初、蔡仁抱二先生署名的信,来响应赞助。原函云:"顷阅四十四

期贵刊,欣悉重新举办'大、中学学生征文',鼓励青年写作,法良意善,深用钦佩。敝公司兹为赞助贵刊奖励后进之旨,所有此次征文之奖金及奖品概由敝公司捐赠,借表微忱。"

[面对]这种奖掖后进、热心教育的盛情,也就是伟大公司的博爱举动,同人等不加考虑,拜领了这盛情的响应,径与蔡仁抱先生商洽,确定了具体的进行办法(详见本期《KASCO 学生文艺奖金条例》)。

文艺奖金在欧西是极盛行的事,如瑞典的诺贝尔奖奖金、美国的普利策奖奖金、法兰西的龚古尔奖奖金、苏联的国家奖奖金……或由私人捐赠,或由国家具体创设,都是规模宏大、驰名文坛而为吾人所熟知的。此次许晓初、蔡仁抱二先生代表中国华恒针织厂,为《小说月报》创刊五周年纪念特赠"KASCO"(即凯丝固,系该厂出品之名称)学生文艺奖金,虽不能说是中国创设文艺奖金的先例,但在爱护后进、鼓励青年学生写作这一点上看,无疑是社会人士关心文化的启端。

"KASCO 学生文艺奖金"是一颗丰肥的种子,愿青年的友人来殷勤地灌溉培栽,使它在贫瘠的文苑中抽长茁壮的萌芽,开放绚烂的花朵!

因此我们不但希望更能够谨慎地贯彻这次征文的计划,以报谢中国华恒诸先生赠设的盛意,并且希望能鼓舞激励起许多中国未来文艺复兴的新人,共同来奠定新文坛的始基!

KASCO(卡斯科,时译凯丝固)是中国华恒针织厂的商标。有意思的是日本 1959 年创办的一家家族企业(主营高尔夫用品研发、生产、销售),也使用了 KASCO 的名称。丁景唐晚年回忆时称为"KASCOW",这可能是今昔英文单词拼写不同造成的。

上海滩两位"闻人"许晓初、蔡仁抱热心赞助,其内情不详。许晓初 1922 年夏毕业于复旦大学经济系,历任中法制药公司襄理、总经理、董事长等职,后创设药业银行、富华银行、中法油脂化工公司、中法血清菌苗厂等 40 余家单位,成为上海六大集团企业领导人之一。当时报上经常刊登许晓初的行踪消息,他被媒体称为"海上闻人""实业界之权威"。1939 年底,许晓初等人筹资创办上海戏剧学校,校长为陈承荫,校址在法租界马浪路(今马当路)。学校招收学生 100 余人,均以正字排名,活跃在舞台上,许多老戏迷多年后还记忆犹新。

蔡仁抱早年留学日本早稻田大学,16 岁开始从事摄影研究,他与郎静山、胡伯翔、张珍侯等创建上海第一个摄影团体"中华摄影学社"。20 世纪 30 年代初,他担任《时报》特约摄影记者,他的人脉关系甚广,被称为"交际家"。上海"孤岛"时期,他兼任多种职务,新亚酒楼、美亚丝绸厂等公司董事,上海难民救济协会收容所总管理处处长,并且主持西南实业协会事务,媒体称他为"上海社会人物中后起之秀",认为:"蔡人极聪明,所学技能甚多,如摄影、驾驶汽车等种种技艺,皆有过人之处。"(《蔡仁抱干练好胜》,《品报》1940 年 8 月 3 日)

丁景唐文中提及"径与蔡仁抱先生商洽",显然是与蔡仁抱合作。《小说月报》第45期扉页上刊登一个正式启事,即《〈小说月报〉五周年纪念——中国华恒针织厂股份有限公司赠设 KASCO 学生文艺奖金条例》:

一、本学生文艺奖金由中国华恒针织厂赠设。

二、奖金:总额共计五千元,第一名奖现金二千五百元,第二名奖现金一千五百元,第三名奖现金一千元。

三、奖品:

甲,赠送中国华恒针织厂出品,第一名得"KASCO"201密兰耐丝背心一件,第二名得"KASCO"901纯丝背心一件,第三名得"KASCO"901纯丝背心一件。

乙,由万籁鸣照相馆赠送四寸美术半身照相一张,凭券由得奖者本人往摄,以便制版付刊《小说月报》。

四、资格:凡大、中学学生(包括专科、补习学校)均得应征。

五、征文:体裁不拘,唯限创作小说、散文、报告、速写皆可,文勿过长,以四五千字为宜。

六、手续:来稿务请注明学校、年级、姓名、地址,加盖本人印鉴,径寄宁波路470弄4号《小说月报》社 KASCO 文艺奖金部。

七、征文即日开始,每期在《小说月报》学生征文栏刊登,欢迎读者推选评介。

八、特请严独鹤、包天笑两先生及编辑部同人评定名次,于四十七期《小说月报》揭晓。

九、得奖者凭原印鉴及得奖通知书于揭晓后十日内至联华出版公司会计处领取奖金及奖品。

十、中国华恒针织厂赠送之奖品,陈列于南京路四四五号冠龙照相材料行、洛阳路四〇八号万籁鸣照相馆。

民国三十三年十一月订

冠龙照相材料行1931年创建于南京路445号(今南京东路190号)。1949年后,进行公私合营,十余家同行并入,后改为上海三联(集团)有限公司冠龙照相材料商店,一直是全市唯一指定的新闻照片印刷点,许多国家元首来沪访问的彩照也多由冠龙承制。"动画大师"万籁鸣曾开过万籁鸣照相馆,借助在影视界的影响,拍摄明星艺术人像照,吸引大批顾客。显然,这两家著名照相馆是由蔡仁抱牵线搭桥的,如果征文获奖者由万籁鸣照相馆拍照,那么也将留下一段佳话。

以上《奖金条例》中有关征文事项,采用了丁景唐起草的《大、中学学生文艺征文简则》有关条款,形成了与蔡仁抱等人合作的成果。丁景唐劝说恢复的征文奖金活动,所起的重要

作用和积极效果得到了陆守伦的首肯,他在《关于本刊五周年的话》(《小说月报》第45期)中写道:

> 守伦和本刊同人的力量薄弱得很。我们的经济是竭蹶地支撑着的,微光是投下了,而我们面前不断横着不如意的艰阻。这之间,有几次脱了期,甚至想不干了,可是我们何敢因艰而阻,终算我们达到五周年的成绩。从这一次特大号起,[以]我们一贯坚贞的精神把内容彻底革新,这不需啰唆地介绍,热忱的读者自然领会。
>
> 特别告诉读者[的]是本刊重行举办的学生文艺征文,获得许晓初、蔡仁抱二先生的响应,捐赠奖金与奖品。虽然不敢和苏、美的文艺奖金运动并提,但对于中国的青年学生未始不是一种激发,所谓"激发山窗夜读书"。
>
> 这一次特大号,承一羽、丁英二先生参加这坚贞工作,同时希望广大的读者继续给予爱护与指正。

这期版权页的编辑一栏里首次也是最后一次出现"一羽、丁英","一羽"据说是吕白华(资深编辑,擅长旧体诗词),主编依然是顾冷观。陆守伦说的一番话中不免发牢骚,透露"有几次脱了期,甚至想不干了",例如1943年12月15日出版第39期《小说月报》之后,竟然拖延了几个月才出版第40期(1944年4月15日)。

这期刊登六篇征文:复旦大学四年级学生欧阳芙之的《旅店的一夜》、圣约翰大学四年级学生张朝杰的《小姐生气了》、大同大学二年级王名的《复仇》、圣约翰大学二年级张若虚的《浪子的忏悔》、私立务光女中高三学生陈赞英的《窗下》、光华大学附中高二学生品芳的《旱》。对此,丁景唐进行了点评:

> 多承许多爱好文艺的友人们的协助,这次征文有了预期以外的收获,更使人喜悦的就是来稿内容的精悍。这些洋溢着青春热情的作品,给予我们一个新的启迪:"'学生征文'是一支文艺界的生力军,它带来了新的生气。"
>
> 在此,我们谨以挚诚向读者推荐这些新人的作品,同时也向这些年轻的写作者祝贺他们来日在文坛中的成就!
>
> 《旅店的一夜》暴露了社会阴暗的一面,技巧的成熟老练尤值一提。次如《小姐生气了》的跳跃轻快,《复仇》和《浪子的忏悔》的朴质流畅,《窗下》的婉约清丽,都是情感真挚、题材现实的力作。而《旱》的作者则是一个十七岁的中学生,他用粗犷雄遒的风格、惊心动魄的故事,报道了一出人间的惨剧。他有着超越于他年龄的造诣。
>
> 当然,也有些来稿描写上、内容上都还存在着许多缺点。所以在这里,我们向投稿的同学提供二点意见:
>
> (一)来稿请勿过长。一则因为篇幅有限,二则文章太长了,初学写作者就不易处理,最好先从短篇入手,比较容易取得效果。

(二) 题材最好取之于自己熟悉的事物,因为像某个文豪所曾指出过的,"求之于天花板"的空想是一定不会有良好成绩的。

因为篇幅的缘故,还有不少佳作只得待下期了。

在选稿方面,我们自信绝不会"弃之不闻"的,但要名副其实地做到像有些同学的来信提及的变成"大、中学学生自己的园地",却还有待于喜爱文艺的友人们来辛勤地耕耘。

(《征文的话》)

这是丁景唐首次公开点评文学青年的作品并指导写作。发表的这些作品中,有的不同于《小说月报》之前刊登的大、中学学生的作品,不仅拒绝无病呻吟、风花雪月之类的消遣文学,而且摆脱专注个人为半径的狭小圈子,以现实主义写作方式为主,笔锋指向广阔的社会天地和复杂的人际关系。特别是《旱》,揭示人间悲剧,针砭时弊,这是该刊过去很少见的。

"'学生征文'是一支文艺界的生力军,它带来了新的生气。"这是丁景唐吐露的真言,他从征文里发现一些写作思想内容较好的大、中学学生,约来谈话,了解情况。这与他从事的地下党工作——联系文学青年的工作结合起来,利用公开职业合法活动,使该刊成为他从事地下党工作的一个闪光点。

《学生文艺奖金条例》提及评奖结果将"于四十七期《小说月报》揭晓",但是该刊突然停刊了,其内情不详。评奖一事拖延至1945年3月11日,次日是上海隆重纪念孙中山逝世20周年,选择前一天颁奖颇有意义。

许晓初担任中法大药房总经理,征文授奖大会安排在该大药房楼上的会议室。除了许晓初,还有蔡仁抱、包天笑、严独鹤、沈禹钟等数十人,丁景唐主持会议,宣布获奖名单。前三名分别是:欧阳芙之的《旅店的一夜》、倪江松的《松树盆景》、张朝杰的《小姐生气了》。还有其他一些优秀奖获得者。第一名和第三名作品已经刊登于《小说月报》,第二名作品则刊登于丁景唐、王楚良、萧岱合办的《谷音》。

授奖会议召开时,一些党内同志以征文投稿者的名义前来参加,其中有杜淑贞(后任中国福利会党组书记、副秘书长)、苏隽(后任江苏省宣传部文艺处副处长),袁援、陆钦仪等也由此走上革命道路。抗战胜利后,陆钦仪、倪江松、张朝杰等参加了丁景唐负责组织的上海文艺青年联谊会。张朝杰创办文学刊物《时代·文艺》时,丁景唐不仅自己写稿,还发动其他青年作家投稿。

丁景唐参加《小说月报》最后五期的编辑工作,至少有以下一些特点:

其一,先后问世的三种《小说月报》,在中国近现代文学史上产生不同影响,丁景唐见证了最后一种《小说月报》的终刊。虽然他难以在短时间内改变该刊的办刊宗旨和风格,但是他积极劝说恢复大、中学学生的奖金征文,选登有活力的青年作者作品,有意识地将与时俱进的创作指导思想和勃勃生机的青春活力注入该刊的最后生命中,努力维护该刊的信誉。

抗日战争胜利后,丁景唐设法争取联华公司经理陆守伦,不再复刊《小说月报》,另办《文坛月报》,他又成为第三种《小说月报》的"终结者"。但是,丁景唐的绵薄之力淹没在浩瀚的文史长河中,从未出现在有关专著里,成为一个遗憾的空白点。

其二,将《小说月报》前后奖金征文进行比较,可以看到丁景唐强调现实主义写作方式,显然不同于过去"新旧结合"的评选标准。他首次公开点评文学青年的作品,并指导写作,这可能让顾冷观等人觉得"不顺眼"。其实,这是中国现代文学史上两种不同写作方式的短促碰撞。丁景唐代表的是左翼文学阵营所恪守的现实主义写作方式,甚至上升到意识形态的高度。顾冷观、严独鹤则是"新旧结合",既有传统的言情小说的审美情调,也有现代小说的某些美学元素。不过必须承认,丁景唐的创作主张只短暂赢得了一席之地,陆守伦等人"新旧结合"的方式暂时"退避三舍",这两者交锋的现象在《小说月报》最后一期里"昙花一现"。

其三,丁景唐从事地下党的青年学生工作,属于中共上海"学委"领导(后由"文委"领导),负责开展文艺青年工作。他利用《小说月报》编辑的公开身份,密切联系文学青年,由此打开工作新局面,使该刊成为他从事地下党工作的一个闪光点。他不仅结识了一批有才华的青年作者,而且挑选其中一些青年作者,促使他们进一步走上革命道路。

同时,丁景唐的《小说月报》的编辑工作,也为他下一步开展、推动、促进文艺青年工作打下良好基础。他时常邀请结识的青年作者供稿,以不同方式办刊或支持友人办刊,加强新老作者之间的联系,互相沟通,互相促进,逐渐凝聚为一个中心,成立上海文艺青年联谊会,成为中共"学委"联系青年、团结青年、促进青年、培育青年的外围青年团体组织,其中有许多人是共产党员或后来成为共产党员,有些人还成为著名作家或党政部门负责人。此后,在党的领导下,"文谊"逐渐联系了全国各地200余名文艺青年,开展各种活动。有人欣喜地认为:"'文谊'可能成为全国性的文艺青年团体,一如全国'文协'一样。新中国的文艺事业,一定会有很好的收获。"

"海派文化"的缩影

丁景唐参与最后五期《小说月报》时,上海已进入沦陷时期。该刊作为"亲民亲情"的综合性文学刊物依然顽强地在夹缝求生存,大前提是避免刊登刺激敌伪当局的偏激文学作品,但是决不美化、掩饰敌伪统治下的黑暗都市,以不同方式揭示市井百态、民不聊生的畸形社会。同时延续广告文学的思路,坚持"新旧并重"(兼容并包)的编辑方针,一手改造旧文学,一手提倡新文艺,声称没有门户之见,主要面向上海众多小市民读者,成为这阶段文学刊物的佼佼者。

最后五期基本上反映了该刊"新旧并重"的面貌,包天笑的言情小说和程小青的侦探小说继续压阵,他们的小说往往放置在最后。元老级学者胡朴安的自述、范烟桥的小说、谭正璧的趣谈、陈伯吹的纪事、王治心的杂记等助阵。设置"今人诗文录"专栏,为老友吟诗作赋提供亮相的平台。同时刊登文学评论、随笔、剧本、译作等,尽力迎合不同文化背景、不同层次的市民读者的阅读需求,以期扩大该刊的广告商业效应,获取文学、广告双赢的佳绩。

留沪的中生代写作好手潘予且、周楞伽、杨赫文、史美钧等,撑起该刊的半壁江山,该刊刊登了他们不少令人瞩目的作品。史美钧写的一组五篇《中国现代诗人评述》,评论徐志摩、王独清、戴望舒、于赓虞、冯乃超的诗歌,形成鲜明的个性化点评,具有开先河的重要意义。沈子成出身簪缨世族,他推崇恩师施蛰存及其水沫社,多年辛勤搜集,认真研究,撰写的两文具有较高的文史价值。锤子芒以鲁迅名言作为批评武器,"刺"向他人,也直"刺"自己,作品充溢着儿童文学作家的赤诚之情。这种双向解剖的方式,在《小说月报》乃至中国现代文坛上都是罕见的。

年轻一代的大学生作者迅即崛起,给该刊带来了激情四射的青春活力,打破原有撰稿队伍势力均衡的局面。其中有一批青年才俊,如沈寂(汪崇刚,曾用名汪波)、徐开垒(徐翙)、郭朋(萧群)、张英福(石琪)、徐慧棠(余爱渌)、王殊(林莽,后为外交部副部长)、陆克昌、唐敏之等,先后与丁景唐相识,还成了好朋友。另外,还有一支年轻的"娘子军"——东吴大学"四大才女"施济美、汤雪华、俞昭明、程育真。

丁景唐努力恢复大学、中学学生有奖征文活动,以期从中发现、培养该刊的后备力量。由于该刊停刊了,此计划未能继续展开,但是为丁景唐公开从事青年文艺活动积累了不少的经验。

由此逐渐形成了该刊老、中、青三结合的撰稿队伍,这是理想的撰稿人梯队结构,有利于持续发展。该刊发表了他们不同风格的文学作品,印证了"新旧并重"(兼容并包)的编辑方针,成为海派文化的一个缩影——既有市井文化的浓郁风味,又有都市十里洋场的现代与时尚;既有改写的传奇历史小说,又有揭示现实社会各个角落的力作;既有奇人奇事的传统写作技巧,又有现代主义小说的创作风格;既有大开大合的气派,又有短小精悍的经典。而且作品题材多样,内容广泛,凸显开放性、兼容性,趋向"海纳百川、追求卓越",即新时期海派文化的特征。

该刊拥有不少体裁的作品,其中小说是重中之重,标志着该刊的最高水准,有四大特点:"俗""情""奇""新"。

(一)"俗"

这本来就是浓郁市井文化的"专利",也是该刊鲜亮的艺术特色,渗透在新旧市井小说里。作者关注市民的琐细生活,进行构思、提炼,重视形象思维创作,从不同角度、不同层面艺术化地展现或影射社会现实,反映了都市各阶层人士生活的现状和心态,适合小市民读者的口味。这些作品大多采用富有特色的江南语汇,更为"亲民亲情""接地气"。由此"辐射"其他文体之作,促使投稿者"近朱者赤",迎合广大市民的阅读习性和喜好。

(二)"情"

在文学创作中,情感一直居于核心地位,市井小说更注重表现家庭内外的亲情,如祖孙之情、父子(母女)之情、夫妻之情、恋人之情、友人之情、师生之情等,往往是某种缘由触发长期积压在作者内心深处的情感,由此组织各种亲情的素材,贯通表象之间的联系,形成强烈的心理势能。此"情"的艺术手法区别于社会小说、政治小说、心理小说,与"俗"文化紧密相连,始终贯穿于市民的琐细生活中,犹如身边的生活场景,一幕幕自然流动在身边。在日常生活的一笑一瞥中,不经意地流露出男女主角的微妙心理,将其情感表现为一种与感觉、想象以及知觉等不同的审美心理形式,通俗易懂,流畅生动,情节曲折,悲欢哀乐牵扯着读者的情感,成为读者的第一印象。

《小说月报》尽力避免矫揉造作之情,疏远刀光剑影的血腥之情,厌恶"八股文"的官腔之情,谢绝标语口号的偏激之情,坚决排斥枯燥乏味的长篇内心独白之情(除了个别的现代主义"新感觉"之作)等,小心翼翼地恪守着创办该刊初衷和主要艺术特色。

(三)"奇"

中国古代小说中有一种常见的文学样式就是传奇,逐渐演变为市井小说中的奇人奇事。同时,"五四"以后的小说也把"奇"作为构思的特点,一时盛行,融入纷杂的写作流派之中。

《小说月报》创办初期便推崇奇人奇事,逐渐以开放姿态容纳各种表现手法的作品,由此扩大了"奇"的内涵与外延,最后几期呈现了百花齐放的多彩景象:平中见奇——胡山源的农村题材的小说《根》,怪中见奇——周楞伽的丑角小说《某校纪事》,俗中见奇——潘予且新言情小说《重圆记》,巧中见奇——陆克昌的赌王小说《么二》,史中见奇——华子改编的传奇小说《杜鹃鸟》,奇中见奇——黎柏岱的"梁上君子"小说《巨型沙发椅》,末中见奇——施瑛的"大反转"小说《试法记》,新中见奇——杨赫文的象征派"新感觉"小说《一个妇人的故事》,险中见奇——汤雪华的逃难小说《荒山上的一夜》,情中见奇——盛琴仙的女性小说《井波记》等。

(四)"新"

新人新作辈出,推动历代文学潮流,这是时代的规律。沈寂等青年才俊,多才多艺,创作兼翻译,中西贯通,从中吸取丰富养料,运用自如。体现在文学创作中,既有现实主义的严肃题材,具有剑拔弩张的紧凑情节,也有静谧、平和的纪实文风;或者运用说书先生的口气,一句一板一顿,讲述江湖奇人的故事。

张英福笔下的《五个耍笔杆的人》描写沈寂等"五虎将",勾画了漫画式人物,言行夸张,亦真亦假,嬉笑怒骂,诙谐风趣,偶露机锋,展现他们心目中的新奇。沈寂等人"脑洞大开",

无拘无束,天马行空,肆意闯荡各种文体的领域,演绎出个性化的文学作品。这彻底打破了《小说月报》固有的叙事传统和思维模式,注入青春文风和新鲜气息。

"东吴系女作家"的四大才女施济美等,以自然细腻的文笔、婉约优美的文风,捕捉身边的"美",不同于昔日言情小说,注入她们心目中生死离别的悲欢新情结、新节奏、新风尚——新的审美情趣,形成复合味的"新奇"之情。领军人物施济美的小说《花事匆匆》,在恬淡、清秀的文字中透出几分惆怅、几分哀怨、几分憧憬,又有几分勇气,随时凸显生活的哲理,不知不觉中轻抚读者的心理创伤,令读者掩卷而思,欲罢不能。这是施济美拥有众多都市读者的魅力之一。

总之,《小说月报》排斥所谓的神怪小说、玄幻小说、性欲小说等的"奇",推崇具有不同程度审美价值的奇人奇事,彰显"亲民亲情"的人生追求,并且在每个故事背后都蕴含了传统文化的主题。

胡山源、周楞伽、潘予且、杨赫文等人的小说

胡山源,原名胡三元,江苏江阴人,中国现代文坛前辈,多年来从事文学创作、编辑和翻译,著作甚多,早期小说还得到鲁迅的赞赏。

  根明走过去,俯下身,左手压在纸上,右手取了俞笃周(私塾先生)给他的笔,按着俞笃周所指定的地点,将笔尖放下去,笔尖晃荡不定,就好像风中的垂柳,被吹得忽高忽低、忽前忽后。用了极大的努力,他在纸上画了两笔,一笔直,一笔横,交叉着,也像垂柳借着的风势,在河边的浮泥上,画出了两个痕迹。

这是胡山源小说《根》中的关键一幕,50多岁的穷老汉老根(根明)被迫卖掉命根子——几亩薄田。他在如同卖命的田契上画押"十字"时,油然与阿Q临刑前画押的画面叠加在一起,老根明知画押意味着前面就是死亡线,"笔尖晃荡不定",阿Q则是还嫌画得不够圆,凸显阿Q精神。这两幅不同精神状态、心理变化的画面,瞬间交织着清醒与愚钝、无奈与傻劲、忧愁与"戏乐",但是两者都出现了色彩艳丽的幻想,希望见证一个奇迹,继续生存。两者更大的区别是老根百般乞求老爷买下自己仅有的几亩薄田,暗喻着自己把头颈伸进绳索里,还要强颜欢笑、感激涕零,这是一幅极为残酷的画面。

胡山源是一位冷静、沉着的写作高手,笔下的一切都是生活中的场景——卧床悠闲抽水烟的老爷、阴险狡诈的账房先生、亦步亦趋的私塾先生、匆匆赶来做证的保长,还有嬉笑聊天的小姐、肆意妄为的"小魔王"(孩子),他们都按照各自的生活轨迹,自然地流动在老爷的内室和厅堂里。犹如再现《红楼梦》,不着一字,却凸显"残酷"二字,时时暗伏着杀机,在谈笑风生中掩盖了"吃人"的恐怖、阴森的狰狞嘴脸,甚至"炭盆上铜壶里的水蒸气",也是拉开"吃人"序幕的前兆。

可惜胡山源此长篇小说仅刊登前两节,不知后续如何。仅从前两节内容和文风来看,"明白如话,毫不做作"确实是胡山源写作的鲜明特色,类似叶圣陶的文风。他俩也是好友,产生了许多感人的故事。

同时,此小说折射出胡山源厚积薄发的文化底蕴。他年轻时读书涉猎甚广,偏偏喜欢偷看士大夫认为"诲淫诲盗"的小说、传奇、弹词、笔记之类,却不愿意去钻研四书五经,"学而优则仕"。他从传统思想的束缚下突围出来,专好阅读和研究文艺,兴趣盎然,从不间断。杨青涛的《胡山源与小说》如此介绍,此文刊登于《茶话》第31期(1948年12月15日),《茶话》

是《小说月报》的续刊,主编依然是顾冷观,丁景唐早已离开编辑部,辗转南下避难,但也有文稿刊登于此刊。

胡山源认为:"如果真正的艺术,被现在盛行的噱头艺术'吃瘪'了,或者说打倒了,而噱头艺术又被文明戏、滑稽戏或者连环画与唱本之类打倒了,我不知道拥护噱头艺术者作何感想,而艺术的'发展'又将达到什么地步。"他认为:"艺术的成功,不能以一时的拥有大量群众作为定评,还须看看那是什么艺术、它给予观众或读者的究竟是什么。"(《艺术的成功》,《中艺》第3期,1943年4月10日)胡山源的写作经验之谈,穿越岁月,依然掷地有声,也可以从中窥见他创作长篇小说《根》等的心声。

周楞伽,原名周剑箫,江苏宜兴人,曾使用笔名周华严、王代梁、冯焰、刘诚、王易庵、苗垼、周夷等。他10岁时生病耳聋,靠自学成才,成为著名作家。1923年周楞伽跟随父亲到上海,1927年开始从事文学创作,先后在《幻洲》《红与黑》《申报·自由谈》等报刊上发表文学作品,出版小说集《旱灾》、长篇小说《炼狱》等。周楞伽毕生撰写了近千万字的作品,曾编辑多种报刊。1949年后,他转向研究古典文学及通俗小说的创作等,发表了许多作品,有的还是畅销书。20世纪30年代,周楞伽的人脉关系甚广,与左翼作家多有来往,曾与复旦大学学生刘群共同出资合办《文学青年》,成为挚友,刘群又邀请同校学生王梦野协助周楞伽编刊。

周楞伽在《小说月报》第41、45期上先后发表两篇小说《活鬼》《某校纪事》,还连载传奇小说《白燕记》(第42期至第44期)。

危月燕,中国神话中的二十八宿之一,传说是人们的守护神。周楞伽将此作为常用的笔名,也署名在传奇小说《白燕记》之上。

在莫干山隐居多年的退休法官秦立凡,恰逢生日,收下各方的寿礼,其中一件是白象牙雕刻的白燕,精美绝伦。但是,秦立凡惊慌失措,颤抖地吐露真情:这是一道催命符,仇家杀上门来了。在周楞伽"十八般武艺"中,《白燕记》是其中一例,将侦探、凶杀、言情融为一体。前半部分的悬念环环相扣、高潮迭起、引人入胜,但是真相大白后,结尾却变成好莱坞式的喜剧。当初,秦立凡恩将仇报,把海盗白燕送进牢房,自己独吞一船珍宝,展现一副贪婪、残酷的贪官污吏的嘴脸。当他的儿子被白燕杀死、女儿差点被奸淫之后,却慈悲为怀,要私下放了白燕。白燕冒充侦探,大模大样地进入秦府,一心上演"基督山恩仇记"。一波三折的情节之后,真相暴露,不打自招,秦立凡全盘托出内情,凶残的恶魔顿时变成了"乖宝宝"。他的自白占据了不少篇幅,显然这是模仿西方著名侦探小说的思路,失去了周楞伽鲜明的创作个性。

不可否认,传奇小说只要迎合《小说月报》市民读者的口味,也不在乎人物性格和事物发展的内在逻辑性。

真是活见鬼了,入赘女婿李寒溪明明投河自尽了,现在又复活了!媳妇正在装扮,准备改嫁,丈母娘忙着招待四方来客,李寒溪出现了,顿时大乱。凡是可以投掷的东西,门闩、板凳、椅子等雨点般打去,李寒溪抱头鼠窜,夺门而逃。《活鬼》的结尾是啼笑皆非的闹剧或喜剧,故事情节饶有趣味,吸引读者的眼球。其中有市井传奇小说的构思。负气的入赘女婿出走,恰巧漂来浮尸,家人误认为是他,登报告丧。女婿到上海转了一圈,又回来,于是发生了被乱打的结局。欲知后事,且听下回分解。如果此题材换作当今"敲键盘"的高手编写,那么"后事"足够写一部百万字的长篇,在古今中外任意穿越,还会标榜"毒书""一看上瘾"。

周楞伽是讲述故事的高手,善用生活化的表述("接地气"),鲜活的人物呼之欲出,甚为适合众多市民的阅读习惯。

《某校纪事》中的弄堂小学校长,眼看物价飞涨,一心想堵住家庭支出的巨大漏洞,不惜将收缴的新学期学费全部投入股市,同时对"教师生活补助金"打起歪主意,也想从中捞一把。谁知人算不如天算,到头来还是一场空,还倒贴不少钱,心疼肉疼双脚跳,最后哀叹:"此天亡我,非战之罪也!"此言出自西汉司马迁《项羽本纪》,这是精明校长的最后"光圈"——偏偏佯装英雄气短,整篇的冷嘲热讽,以此画龙点睛之言画上一个句号。

《小说月刊》第44期的头条为陆守伦的评论《关于抢救失学义勇队——感谢几位热心的友好》,提到不少热心抢救失学的朋友,他还自谦道:"我这次的代为呼吁……"第45期登载周楞伽的《某校纪事》却逆向构思,联想翩翩,塑造了吃里爬外的贪婪校长,借着教育界各种慈善活动的名义趁机大捞一把。

类似的现实题材小说以不同方式揭示市井百态、民不聊生的畸形社会。老实巴交的苦力,忍无可忍,终于爆发了,挥拳教训恶霸(丁夫的《码头上的事情》);眼看家里生计无望,女儿甘愿服毒自杀,以期暂缓父亲的病情(姚洒予的《盗粮者》);物价飞涨,逼迫教员把精力转移到股票市场,幻想捞一把(彭子仪的《割股记》)。

杨赫文读大学前后,发表了许多小说、散文等,其中小说《母亲》发表于中国现代文学家、剧作家、批评家、编译家阿英主编的《文献》创刊号(1946年3月1日)上。同期刊登戏剧家英郁的《业余剧团的发展》,在此基础上,他又撰写了《剧运该走什么路》,刊登于《文艺学习》第3期。

杨赫文也是《小说月报》的"常客",发表了《陆妈》(第30期)、《罪与罚》(第36期)、《一个妇人的故事》(第42期)、《循环》(第44期)。

《一个妇人的故事》题材很特别,力图钻进贫穷高老太的心灵深处,拼命挖掘她为何渴望死的命题。高老太抱怨有钱人为什么要活着,穷人为何要死,有时却反而思之,形成互相对流的恶性循环,时时拷问、折磨着她。有时她迫切希望速死,时而又不愿意,活在世上又觉得不耐烦,在如此恶性循环里转了一圈,又回到起点,依然继续蒙头转圈,总是跳不出去。终究还是一团乱麻,心里堵得慌,她只好一个劲地怨恨自己无用。最后,高老太竟然活到年逾七旬（当时属于高寿），躺在一个比以前更为讲究的棺材里（她的儿子发财了），人们都说她有福气，"可是，谁知高老太是抱恨而终的"。

高老太是超现实的人物，作者将其作为一个人生思考的工具、生死的符号，像一个幽灵在贫富对立之间徘徊、游荡，这似乎是在仿照俄国象征派小说,融进施蛰存的现代主义"新感觉"意味。高老太不再是作为审美对象折射于心灵中的世界，而是直接涵纳着世界投影的心灵；作家的审美取向已经不再局限于横向地观照人生，而是透视人生，即考察人的"类本质"，包括情感世界的非正常或超常状态。在这个拗口的学术理论框架中塑造的高老太形象，能够为《小说月报》的市民读者所理解和接受吗？还是说一句"忽悠"的话，高老太身上蕴含着"不确定"复杂含义，任君选择吧。

杨赫文是个写作的多面手，只是将"新感觉"小说"偶露峥嵘"，立即回归现实主义的创作思路。在他的笔下，尼姑庵变成私放高利贷的钱庄，师太坐上黑心债主的宝座，这是公开的秘密。《循环》的小说开头展现了师太娴熟操作着放高利贷的一套程序，根本不理睬穷人家百般乞求。她口念阿弥陀佛，和声和气地说道："我们出家人，最讲究良心，绝不会给你亏吃的！"转眼，师太带人去逼债，凶相毕露，哪里还顾得上一身"浅色的素服"。师太将逼债收敛来的八万块，存放在"黑老大"郑老太的那里，一心做着发财的美梦。哪知"黑老大"猝死，八万块一夜之间变成两万块，师太还拿不出"折子"凭证，苦苦哀求说："阿弥陀佛，我们出家人，不会瞎说的！""哼，你口口声声出家人，出家人不是个个好人！"那些被师太的高利贷害苦的穷人说出真相："这六万块钱，师太黑了心，利上滚利，逼穷人的血汗钱！"作者点评道："在这人吃人的世界上，这仅仅是一种循环而已。"

以"怪人"为关键词的文艺作品和各类报道层出不穷，甚至世界名著《巴黎圣母院》改编的影片也名为"钟楼怪人"，无非是为了吸引"巨大流量"，赚个盆满钵满。

黎柏岱的小说《巨型沙发椅》以信的格式，写给女主人，自称不是"透明怪人"，但又具有神秘色彩。他的一双鹰一般的眼睛，整天监控着女主人及其家里的一举一动，真可谓"奇人奇事"。这是典型的市井小说思路，但又跳出窠臼，激起读者的强烈欲望，恨不得一口气读完，不知不觉中陷入了侦探推理小说的悬念旋涡里。

这位始终不露面的"透明怪人"告诉女主人许多家里的秘密，包括女主人起居习惯。烟盒里的三支名烟莫明奇妙失踪，则是"透明怪人"憋不住偷偷地享受了。老女佣周妈每天早晨悄悄拿着一个小包，装着大米，趁着天未亮（女主人酣睡），到门外递给一个男子。难怪女主人天天喊家里米吃得那么快，跟不上物价飞涨的脚步。还有，女主人的丈夫有外遇（女主人的闺蜜），几点几分来家里商量搬家的事。包车夫与阿巧是一对情侣，周妈设法支开他俩，甚至想打开保险柜，但是不知密码，只好作罢。"透明怪人"写信的语气很亲近，很同情女主人的处境，似乎有点"爱恋"之情。最后才揭晓谜底，原来他是一个瘦小的小偷。一次，他躲进卖家具的商铺里,无奈商铺里老板得了急病,全家人闹腾起来,他只好躲进巨型沙发里。次日,此巨型沙发被女主人看中,于是连人带货一起进入女主人的家里。

此小说构思新颖,情节夸张、离奇,富有戏剧性和传奇色彩,又不失讽刺、幽默和风趣。其融合了中西新旧小说的写作手法,现实主义的写作手法披上浪漫主义的外衣,设置侦探推理小说的悬念,描绘出真实的社会市民生活,无情地曝光其中最隐秘的私情,堪称现代版的市井小说,在《小说月报》最后五期的小说阵容中名列前茅。

黎柏岱是一位深藏不露的写作高手,粗略查询他的作品仅有几篇,如《记内山完造:中国之礼赞者》(《中国周报》第128期,1944年5月21日)、《卅年前上海滩:三十年前上海的摩登女子》(《万象》第4卷第3期,1944年9月1日)。前文记述内山书店刚开张时黎柏岱便光顾,受文友汪仲贤之委托在该书店买书。汪仲贤是著名戏剧家,曾任《戏剧》月刊和《时事新报》编辑,著有《优游室剧谈》等。

有意思的是黎柏岱的小说《巨型沙发椅》提及外国影片《透明怪人》,日本著名推理小说家江户川乱步著的《透明怪人》则在其后,黎柏岱的写作思维超前了。不过,以小偷角度描写主人家的私密,在中外文学作品中已有先例,这已是题外话了。

潘予且,原名潘序祖,字子端,安徽泾县人,笔名水绕花堤馆主。早年就读于上海圣约翰大学,时值"五卅"运动,毅然转入新建的光华大学,后获该校"特届毕业生"称号。他执教于光华大学附中,教授西洋史课程,同时进行小说、散文创作。他在校内热心开展校园话剧活动,辅导学生演戏,编写过剧本、剧评和舞台理论书籍《说写做》《舞台艺术》等。后任中华书局编辑,并参与《新中华》杂志的工作。潘予且的精力旺盛,在各报刊上发表长篇、短篇通俗小说。短篇小说有《寻燕记》《移情记》《追无记》《窥月记》《劝学记》等,他计划要写"百记",这是表现都市百态、市民百图的系列创作。他被公认为二十世纪三四十年代上海"孤岛"和沦陷时期重要的通俗文学作家之一。

从《小说月报》1941年第6期至停刊,潘予且发表了许多小说,其中有《身边琐事》《求婚》《良宵》《大枫的烦恼》《舅舅治病记》《无声的悲剧》《老宗》等,并且连载中篇小说《午餐前》、长篇小说《浅水姑娘》(代表作之一)。潘予且在该刊后期发表两篇小说,《重圆记》(连载于第40期至第41期)、《秦香重》(第45期)。

《重圆记》篇幅比较长,开头采用剧本的方式,交代一家七口的名字和身份。男主人是作家,妻子含辛茹苦带着五个孩子,但是孩子一个劲地闹腾,作家无法安心写作,引出了家庭矛盾。这时作家的一位"粉丝"女青年闯进他的生活,婚外恋与老夫妻分居的两条线索各表一枝,时而交集,悲喜相遇。六年后,老夫妻破镜重圆,"粉丝"女青年又回到"起点",含泪离去。作者抓住平凡琐事,描写轻松,丝毫没有肉欲感,人物一笑一瞥和心理活动仿佛近在眼前。

《秦香重》中,青年教师把一张借条匆匆塞错了衣袋,衣服主人是女同事秦香重。后者起了恻隐之心,干脆借钱给对方,引出啼笑皆非的故事。一件简单的事,潘予且却写得有声有色,纳入他擅长的写作轨道,即刻画已婚男女的家庭生活、微妙心理。

潘予且当初投稿,迎合鸳鸯蝴蝶派刊物的需求,吸取新文学小说的各种手法,再现上海弄堂市民的众生相,折射社会现实,生活气息浓厚。他笔下的人物犹如读者的街坊邻居,触碰小市民读者的柔软之处,使读者为小说中人物的各种命运而产生悲喜哀乐。潘予且不愧为新市民小说的代表性作家,或者说是《小说月报》元老包天笑等人的接班人。

潘予且笔下的"小三"插足、男女离合悲喜二重天的传奇故事,早已被大量复制粘贴,添加诸多现代佐料,形成当下影视"流水线"的作品。但是不知各路"金牌"好手是否知晓潘予且等前辈及其作品,恐怕忙得忘了称赞一番。

鲁迅、郭沫若等人凭借深厚的文化底蕴,撰写了许多出色的历史文学作品。根据民间传说改编的各种文体作品,也同样受到坊间民众的欢迎。

蜀国望帝杜宇的民间传说寄托着川中人民的美好心愿,怀念治国治水的杜宇、鳖灵两位先贤。华子的传奇小说《杜鹃鸟》(连载于《小说月报》第41期至第42期),具有剑走偏锋的构思,将励精图治的望帝杜宇"改造"为一个昏君,不理朝廷大事,闲情逸致,游山玩水,还在大雪天糊里糊涂救了逃亡的鳖灵(改名为开明先生),由此引狼入室,故事演变为钩心斗角、尔虞我诈、酝酿宫廷政变的"宫斗戏"。开明先生依仗治水有功(小说没费什么笔墨),逼迫蜀王杜宇让位,而不是杜宇主动让贤。杜宇退而隐居西山,开明先生得意扬扬地登上蜀国王位。王后娘娘遭到诬陷,上吊自杀,接替者则是开明先生的姘妇。蜀王杜宇哀叹:"天意使我含冤负屈于深山,有什么办法呢?"从此,山谷里多了一种啼鸟,"像裂竹一般,震动着山谷",那便是子规,杜鹃鸟。如此平铺直叙、没有血腥惨斗的宫斗剧,勾画了一个无能、胆怯、奴性十足的蜀国望帝杜宇,突出了大耍阴谋诡计的开明先生(罪恶行径与他的化名形成一种辛辣的讽刺),是悲剧,抑或讽刺剧——暗喻现实社会中阴险、狡诈、虚伪的窃国大盗,以及昏聩颠顶、无能、腐败的诸多当权者。这任凭诸君自行评判,在接受美学的无限空间里自由翱翔吧。

杜鹃啼血的传说影响很大,郭沫若则公开反驳,认为"它(杜鹃)的本性非常的懒惰,而且非常残酷,是种法西斯性的鸟。所以到了现在,我们知道了这些常识,现代的文艺工作者便不会再去敬它,宣扬它的歪曲的美德了"(《文艺与科学》,《文汇报》1946年6月12日、13日)。

《小说月报》还刊登了其他各种题材的小说,如言情小说、侦探小说、社会小说、传奇小说等,但摒弃油滑、低俗之腔,写作规矩,自然流畅,手法多样,切入角度不同,构思尚有可取之处,具有较强的可读性。由于篇幅有限,不再逐一赘述。

青年才俊：石琪、徐慧棠、郭朋、王殊等

一批青年才俊，如沈寂（汪崇刚，曾用名汪波）、徐开垒（徐翙）、郭朋（萧群）、张英福（石琪）、徐慧棠（余爱渌）、王殊（林莽，后为外交部副部长）等，都是丁景唐编辑《小说月报》时认识的，还成了好朋友。

张英福的散文《乡恋（天涯篇）》，副标题"兼示大心兄"，"大心"即"丁大心"，丁景唐的笔名。此文是答复丁景唐的赠诗《异乡草》的。文章写道：

> 北国的人流浪到江南来，并没有什么稀奇，既然是没有家的人，应该到处可以为家了。然而不知由什么时候起，我竟有了乡愁，并且像一团喷出来的烟雾，轻悠缠绵地扩展开来。
>
> 旧历年的时候，有一位江南多情的诗人赠给了我一首诗，题名叫作"异乡草"。后来他大半拿到什么杂志上去发表了，不过缀上了一个小标题——"给友人"。
>
> 这位诗人的盛意是可感的，他以为这枝"异乡草"何妨移植到江南来。沉寂的夜里听着柏油路上"托托托"的馄饨担的梆子，不是也可以代替了北国陋隔巷里的柝声吗？
>
> 一缕烟，不过是一缕烟，任其怎样轻悠扩展，终究是会冲淡、寂灭的。
>
> 对于故乡，我原没有深厚的感情，偶然有所怀恋，也不过是孤独凄恻的柝声，再不然是深夜的小径里，像失群的山羊一样的叫花喊街，冷[冷]森森阴阴惨惨的一个字一个字拖长嗓子喊，悄远地划过寂空，消失在不可知的底处："修好的——老爷——太太呀——有剩的赏我点吃吧——"
>
> 我并不想回到北国去过那种仍然是孤凉凉的公寓生活。但这点却被人认为是乡愁了。
>
> 最近那位江南的多情诗人又专程来寻我，想为我介绍几位同乡的友人，企图借此减少一点乡思，他大半是太迷信了那首"独在异乡为异客，每逢佳节倍思亲"的诗句了。
>
> 友情温暖的关切是永远令我感激的，只是他并没有了解这株"异乡草"的心情，反之吃惯了异乡的水，对于乡音反倒生疏了。
>
> 我早已习惯了浦江边的洋场生活。虽然有时候独自坐在斗室里，燃起一支卷烟痴望着天花板，也许会轻渺地飘上来一点故乡儿时的回忆，却很快地便被一阵风吹送得邈远。

是不是这便叫乡愁？

我没有法子向那位温暖的友人解释，他虽然并没有深切地了解他所关切的人，至少他有着他可立得住的理由——时常我是太多沉默，太多渺想的怅惘了。

最苦恼的是不能把自己的心情解释给别人听，其实我何尝愿意沉默，何尝有过过多的渺想呢？

脑子里时常是空洞洞的，连自己也不了解自己了。有些什么呢？惆怅、怅惘！

无聊地翻出一张纸片，上面写着游人的诗句："烟波十里木兰桡，金碧楼台倚绛霄。九曲阑干三面水，夕阳一半在虹桥。湿云无际柝声遥，一穗红灯照寂寥。茶渴酒醒人不寐，嘉鱼江上雨潇潇。"

诗并不见得工整，但我由这里窥见了自己的心。孤独的流浪人什么是乡愁？无聊的惆怅是缺少一个温暖的家庭吧！

文章最后引录的一首诗作者是清代道光年间的李星沅，此诗收入潘龄皋《诗话集锦》。

丁景唐记得此文，但忘却了此文刊登在何处。有趣的是，这期《小说月报》编排此文时，恰好在其下编排丁景唐的《学生文艺奖金的启端与希望》。

张英福驾驭文字的功夫颇佳，表达委婉含蓄，缓缓道来，弦外之音任君品析，犹如他学医的精湛之道（他后为天津名医）。该文感谢"温暖的友人"丁景唐的一番好意，"江南的多情诗人"的评价既是一顶高帽子，也是一种委婉的戏笑——小题大做，没有必要"专程来寻我"，而"介绍几位同乡的友人"并不是对症的药，最重要的是抱怨丁景唐"并没有深切地了解"自己的内心世界。作者最后坦陈：自己"缺少一个温暖的家庭"，即使在上海落户成家，因为自己已经"吃惯了异乡的水"。

丁景唐则认为，张英福的孤独、沉默是小资产阶级常见的消沉、滞后、低落的思想意识，还是想从正面去引导，这毕竟是他从事学生运动所积累的工作经验。双方虽然没有最后达成共识，但是此事保存在双方的诗文唱和中，其本身就是一段佳话，忠实地记载了双方青春岁月的足迹。

张英福创作的"老本行"主要是对北京江湖艺人真实生活的观察和联想，叙事方式带有北方说书艺术的成分。他的小说《霹雳火的悲哀》（《小说月报》第 41 期）显然是迎合喜欢看章回小说的读者群体，暂且搁置纯文学的写作思路，回归讲述江湖艺人的真实生活。该小说中的昔日武林好手"霹雳火"被邀请去为地主家充当护院师，夜晚守候，准备抓几个小蟊贼。结果反被小蟊贼倒吊悬挂，几乎昏死过去。此文按照章回小说的形式，每句话占据一行，留出许多空白，便于阅读。描写风趣、生动，一字一句中晃荡着说书先生的身影，哪里还有张英福温文尔雅、孑然孤独的风格？当他与沈寂等人聚会时，必然引起一阵哄堂大笑："你这个霹雳火。"

张英福还使用笔名"唐萱"发表散文《五个耍笔杆的人》(《小说月报》第45期),首次介绍了《万象》杂志青年作家中的"五虎将",即沈寂、张英福、郭朋、沈毓刚和徐慧棠。展现的则是漫画式人物,言行夸张,亦真亦假,嬉笑怒骂,诙谐风趣,偶露机锋。

开场白道:"我倒不如把姓沈的朋友们都捆在一起来谈谈吧,反正他们都是耍笔杆的人,都是一群浪费生命的人!"文中首先出现的"是一个姓沈的(沈寂)家伙,一位坐办公室的朋友,平常喜欢耍笔杆"。他很早起来,挤进电车。"哪里去?""到写字间去,忙死人!马路上要登廿一块路牌广告,一块还没有拟好!"但是,到了写字间,他悠闲得很,"看着茶杯里的冒出来的热气,他打一个哈欠",拉开抽屉,抽出一沓稿纸,又放了进去,"一个做广告的人,无聊,无聊,无聊","多么无聊的胸怀大志的人"。其次,自我描写。"我也是一个爱耍笔杆的人,但我写文章不过是……唉,不必谈这些吧,总之我不会比他们更'有聊'!"新鲜,无聊的反义词"有聊"。第三位出场了。"姓余的两只脚整天在街上跑",他在电话里告诉沈寂,"今天下午四点钟另一个姓沈的(沈毓刚)要去看一个姓石的(石琪)人,问他去不去"。这时"姓石的便把脚翘在桌子上,燃起一支香烟来,等着清谈的时候"。"笃笃笃"敲门声。"进来!""姓余的挟着一大沓书呀纸呀的东西走进来",他把这些东西往桌子一扔,长长地舒了一口气,"四脚朝天,摆成一个大字"。又是一阵敲门声,进来的是另一个姓沈的(沈毓刚),"大家的嘴角上都挂上一丝微笑,便立刻又收敛起来,于是屋子里又沉默着"。"姓石的扔给他一支烟,他便也学着样把两脚翘到桌子上。""两支烟卷向上冒着烟,一个人枯坐在椅子里望着天,天晓得的约会,三个人肚子里也许都想笑,但是没有笑出来。"沈寂坐着黄包车,一个劲地催促,总算提前到场,他一进屋,"显出一点热闹气",各自"预告节目",东扯西拉。看看时间快六点了,大家不免发牢骚:"郭(朋)呢?"第五位终于出场了。"姓郭的是一个音乐家,但是他现在正提着琴匣子跑到琴教师那里去拉练习谱,而约好六点钟在××西餐馆等他们。""一个姓沈的(沈寂)首先发表自己的袋里仅有贰佰只洋,另一个(沈毓刚)则只摸出几张十块钱单票来,姓余的看看姓石的,姓石的拍拍胸口:'有,我有!'"大家坐在××西餐馆里,每个人都大方地点了一盆罗宋汤。这时郭朋姗姗来迟。散席了,郭朋伸个懒腰:"喔,天不早了。""暗空中飘来一点萤火虫,姓沈的(沈寂)过去招招手:'星,一颗星!'他把那颗星握在手里,这是他一天的收获。"浪漫的结尾,点缀"五虎将"的几分"星光"。

其实,"五虎将"彼此私交甚好,每个星期在震旦大学碰头一次,晚上到小饭店吃便饭,还经常合作写小说,每次都能顺利发表。《五个耍笔杆的人》中的"五虎将"已经演变为漫画中的人物,依然是聪敏、洒脱、率真,既有务实主义的精神,也有罗曼蒂克的色彩。文中诸多夸张的言行建立在大家自信、真诚、心胸开阔的基础上,彼此没有任何怨言,侈谈文学,纯真直性,否则难以出现如此和谐欢聚的场景。

张英福笔下的"五虎将"第一次亮相于公众面前,也是唯一一次。只是文中未点真名,有些读者坠入云雾,看不懂。丁景唐审稿时首次看到《五个耍笔杆的人》,自然知道内情,不免哑然失笑。但是多年后,他早已忘却此文,"五虎将"在晚年也难免淡忘了此事。

当时"五虎将"在文坛上小有名气,但是后来久负盛名的只有沈寂一人。现存一张合影照片,其中有丁景唐、沈寂、沈毓刚、徐开垒、董乐山、董鼎山、杨幼生、吴承惠、何占春,1982年7月摄于上海文艺出版社。那一年夏天,丁景唐、沈毓刚与董乐山、董鼎山兄弟俩在巴金家里聚集,留下了难忘的记忆。(详见丁言模:《书海结缘惜文字,往事倍亲茶未凉——丁景唐与巴老》,载《瞿秋白与书籍报刊——丁景唐藏书研究》,中国社会出版社,2013年9月。)

"老皮番瓜,绰号,吝啬之意。"王殊在小说《林中喜剧》文后添加了这个注释。老皮番瓜是该小说的主角,脾气暴躁,眼中揉不进半粒沙子,反派是个尽想占小便宜的"弯弯头"。一天夜里,老皮番瓜又看见"弯弯头"鬼头鬼脑的,没安好心,便追赶上去,不料中计了,被困在"弯弯头"的家院里。"抓强盗啊!""弯弯头"的老婆拼命叫喊,"弯弯头"还拼命打锣,一瞬间,惊动了全村,邻近村里人也赶来了。第二天,老皮番瓜被打成重伤,进城看病去了。

此小说乡村气息浓厚,人物对话尽是通俗的乡土之言,而且开头就是一段诗情画意,吸引读者往下看。结尾却是"大反转",彪悍、暴躁的主角落了下风,如此喜剧令人啼笑皆非。这正是作者所要表达的旨意:明枪易躲,暗箭难防。

丁景唐劝说经理陆守伦恢复举办"大、中学学生有奖征文",结果在纪念该刊创办五周年之际,《小说月报》第45期刊登六篇征文。

获得第一名的作者欧阳芙之,真名不详。他的另一篇散文《夜舱》恰巧与丁景唐的诗歌《有赠》同时刊登于关露编辑的《女声》第3卷第11期(1945年3月15日)。欧阳芙之还有一篇散文《河村——鄂行杂记》,与这次获奖的《旅店的一夜——鄂行杂记》同属一组文章,都是描述坐船和沿途难忘的经历。

《旅店的一夜》中的"我"被惊醒两次。其一,看见两个神秘人物,拼命地吸烟,"啊"的一个尖利的哭叫声,盖住了屋外"哗哗"的风雨声,一个十几岁的少年扑倒在大坑边,"分明有一根雪亮的烟签子,钉住在他的手上了"!其二,颤抖的烛光下,坐着一个魁梧的汉子,凶神恶煞,进来了一个披头散发的女孩,浮肿的眼泡,怯生生地低着头,看着阴湿的土地。"我真该当自己在噩梦里了,脸蒙在臂弯里,困难地呼吸着。""冷气在我的背脊间爬行,蚤子咬肿的头颈也停止了发痒,我躺着不敢动,动了怕惊动这一对'人鬼',手足麻木得疼痛,没命地数着:一,二,三,四……"偏远地区底层人物的"新奇"题材,加之细致的景物描写、生动的文字渲染,与作者心里微妙的感受融为一体,让读者犹如身临其境,留下深刻的印象。作者老练的笔法,令人难以相信是出自一位大学生。

获得第二名的倪江松的散文《松树盆景》发表于《谷音》。

获奖的微型小说《小姐生气了》,作者是圣约翰大学四年级学生张朝杰。该小说主要呈现小姐与男青年的对话,形成一个并不滑稽的画面,但是已有讽刺意味。

> 阿二叔又划燃了火柴,为了避风,所以两手捧着把火柴圈在手掌心中,给阿琏燃点烟卷。极微弱的火光,在昏暗里已足够把阿琏这时的面容映照看见,在急敛的笑脸上,有一丝惊悸愕然的神色,两根粗浓的眉尖相对方向地皱了一下。阿二叔目睹了这颜色,心里怔忡不已。他不明白阿琏到底为什么皱着眉,惊悸愕然的神色之理由,细心反复回想他方才所讲的话。

这是《复仇》(大同大学二年级王名)中的一个片段。显然题材不同于其他都市学生之作,整体构思尚可,不过仅从这段文字来看,作者刻意追求文字的新奇,反而产生不通顺之感,不免露出笔法稚嫩、粗糙之痕迹。而且,以上的片段是承上启下的关键之处,为下面夜晚枪杀仇家(地痞)设个伏笔,也连接着阿琏(镇上一霸)被对方徒弟报复杀害的结果。显然,此小说受到黑幕小说的影响,竭力想以情节取胜,吸引读者,但是不尽如人意。

赌徒醒悟了,说了一番话。这是圣约翰大学二年级张若虚的《浪子的忏悔》的主要情节。

清新的文字流淌着怀念之情,勾勒出一位可亲可敬的老画师,成为《窗下——忆怡庵居士》的特色,作者是私立务光女中高三学生陈赞英。

以上几篇获奖作品题材不同,但与民众的切肤之痛相比,多少有点"隔靴搔痒"。最后一篇获奖作品《旱》,出自光华大学附中高二学生品芳之手,令人刮目相看。

> "孩子,孩子,你没有罪,你没有罪啊。害死你的不是你爸爸。这……这年头……"
>
> [父亲]悲鸣着,如夜莺的凄啼。
>
> 瞥了孩子最后一眼,紧闭了眼睛,硬了硬心,迅即将孩子推入了挖成的泥坑里。
>
> 啊!孩子,孩子在泥坑里打滚,挣扎着……

旱灾荒年,民不聊生,狠心的父亲亲手活埋了婴儿,残酷的人间一幕。由于生活经验不足,该小说未能展开更多的情节,因此内容显得单薄。

以上作品各有特色,如果继续精加工,可以更上一层楼。丁景唐逐一写了鼓励之点评,特别是最后一篇:"《旱》的作者则是一个十七岁的中学生,他用粗犷雄遒的风格、惊心动魄的故事,报道了一出人间的惨剧。他有着超越于他年龄的造诣。"

丁景唐与陆克昌、施瑛、唐敏之等人的小说

陆克昌,笔名宇文洪亮。丁景唐回忆说:"(他是)《小说月报》主编顾冷观先生的学生,有时来《小说月报》编辑部送稿、领稿费,由此认识。他的作品内容较好,也为关露同志编的《女声》写过《里行散记》。他在白克路(今凤阳路)同春坊一个律师事务所当文书,而同春坊中住着一位圣约翰大学学生余阳申(笔名蓝漪)办了一份《上海诗歌丛刊》。"

陆克昌后为《杭州日报》资深编辑,被称为"一个喜欢喝点小酒、下笔千言的报人"。陆克昌的人生旅途从浙江海宁到上海,再到杭州,撰写了小说、戏剧、散文、诗歌、漫谈及新闻作品,数十万文字。他的一本厚厚的杂文集《旅痕》,记载了他一生耕耘的足迹。

1948年在苏州,陆克昌与金丽华相识,三年后喜结连理。1958年,陆克昌被下放到杭州东郊,接受劳动改造,当农夫、会计。20年的磨难,夫人金丽华不离不弃。直至1979年,陆克昌平反后重新拿起笔杆子。

陆克昌写的三篇作品《人权的保障者》《曾经困苦的人》《么二》,先后发表于《小说月报》第22期、第31期、第43期。

《么二》是一个传奇故事,类似香港影片《赌王》中精彩对决的情节——

> 我被那个老人洪亮的大笑所惊醒,他一面笑着,一面指着那做庄的没有翻出来的牌而说:"一定是十,一定是十了!"
>
> 我用疑虑的眼光去看那做庄的,我突然发觉那做庄的有一张如此难看的脸,他松弛惯了的肌肉紧张着,嘴巴格外小起来,两只眼睛可怕得发红,就像夜里的狼一样。我从他眼睛里看到了他内心的惊惶和愤怒,但他没有想说一句话,只气馁地对他的助手说:"赔钱给他们!"并没有翻开他自己手里的牌,便把牌弄糊了。

读者如果仅凭这段文字的推测,联想到陈腐烂俗的情节和结局,那么大错特错,这正是作者的魅力。

小说的主角是一位沉迷赌牌的归国华侨,在海轮上输光了多年来打拼的积蓄,准备跳海自杀,被一位神秘的老人拉住,并约定三天后在船上的赌场里见分晓。前两天,神秘老人没有多大动静,归国华侨泄气了,准备结束生命。第三天最后时刻便出现了以上抄录的一段文字,神秘的老人奇迹般地赢了,归国华侨得救了。事后,归国华侨对"我"揭开了谜底。原来神秘老人使用心理战,故意作弊,露出破绽,庄主佯装没看见。翻牌时,老人大笑说:"一定是

十了!"当场揭穿了庄主偷偷"抽老千"的把戏,暗示庄主别来耍雕虫小技,如果继续赌下去,那么庄主赔钱更多。因此,对方恼羞成怒,"把牌弄糊了"。故事似乎可以结束了,但是小说进一步揭示神秘老人为何出手救人的原因,读者这才恍然大悟,原来前面是层层铺垫,悬念一环扣一环,直到最后才揭开谜底。

小说标题是"么二",这是当时赌牌九的最小点数,偏偏这张不起眼的牌,引出了曲折复杂的情节,引人入胜,欲罢不能。而且"二"在浙江方言中是贬义词,有呆头呆脑之意。"么二"便有另一种含义,难得糊涂,笨拙也是一种力量,一种"守拙"文化。

施瑛,字慎之,浙江湖州人。1933年南京金陵大学肄业,后进入上海世界书局编辑所,担任英文助理编辑,参与《英汉字典》编校工作,同时为启明书局撰稿,并为《世界文学名著翻译本》改译原稿,后在上海《新闻报》工作。1949年后任上海文化出版社、中华书局上海编辑所编辑,负责古典文学普及读物的编审。

施瑛深受中外文学的熏陶,发表许多文章,其中三篇小说《陆先生》《试法记》《桂香》(《小说月报》第42期、第44期、第45期)笔法老练,叙述翔实、生动,平中出奇,结局大反转,让读者大呼过瘾。

《试法记》大部分笔墨集中在母亲在浙江小镇与上海之间"跑单帮"(旧时对从事异地贩运的小本生意的一种称呼)。放暑假了,懂事的儿子执意要跟母亲"跑单帮",一心想减轻母亲的重担。

> 离开上海的早晨,天下着蒙蒙细雨,虽然不便,究竟比较凉爽些。母子俩坐了一辆三轮车到车站。买票、轧票、上车,是照例的麻烦和拥挤。火车站上,简直是一阵阵人的浪潮冲上生活战线争饭吃的缩影。好容易进了车厢,挨到立脚的地方。小网篮一直是母亲提着的;架上地上,大包小包堆得满满的,找不到空隙安放。母亲的脸色很难看,一来是太吃力了,二来,她受到一点气。在上车前,有两个家伙要查她的东西。她把网篮里的东西,略略翻给他们看了一下。他们说要查个仔细。母亲很懂事的,把已经折成方块的几张钞票,悄悄地塞了过去……

原以为故事到此是高潮,有惊无险渡过难关,回家团圆了,其实这已经暗示着还有更大的灾难。母子俩抵达嘉城车站时,儿子执意要提着小网篮,母亲只好让步。到出口时,儿子被几个彪形大汉拦下,任凭母亲苦苦哀求,甚至塞钞票都不见效。结果在小网篮的夹层里被查出鸦片,要关押母亲三五年。儿子情急之中,揽下"贩卖大烟土"的罪名,小说到此戛然而止。

小网篮是小说的经典道具,犹如电影的蒙太奇镜头,在母子俩的身上时常不经意地晃动,串联着整篇情节,最后才揭晓答案。这种悬念手法在中外小说中可以找到精彩的例证。小说《试法记》标题有些平淡,如果改为神秘些的标题,那么更能夺人眼球,但是编辑拒绝了,毕竟"贩卖大烟土"是触犯法律的。

《陆先生》中,男主角当了20年的小学教师,辛劳、凄苦的生活一言难尽。20年后,他竟然被昔日小学生奚落一场,"好像卑微的属员,才听了上司的申斥一样……他悲痛地咬着嘴唇,说不出什么话"。他一怒之下,当天下午收拾简单的行李,回老家去了,留下一个灰色的背影,抛下了身后20年岁月的辛劳足迹。

另一篇小说《桂香》中的女主角从小被卖给富家,吃尽百般苦头,等她终于结婚成家后,便将昔日的怨恨发泄到花钱买来的小姑娘身上。由此演绎一出"多年的媳妇熬成了婆"的社会悲剧,并且融进了"冤冤相报何时了"的言情小说的复仇思路,贯穿于小说的始终。这复仇因子不断延伸,酿成不断发酵后的恶果,愚昧、无知、麻木,甚至残忍,由此控诉黑暗的旧社会,造成"人吃人"的悲剧。仅此一点,《桂香》便具有社会意义。《桂香》逊色于《试法记》,但是迎合了某些读者的阅读习惯,折射出《小说月报》仍然处于"新旧文化"交替的十字路口。如今众多影视作品依然是"一哭二闹三上吊"的俗套情节,屡见不鲜。

与《桂香》同期登载的曾异的小说《阿秀》,假借新加坡作为背景,讲述一个流浪女子四处乞讨和卖淫,昼夜始终处于肮脏、饥饿、贫穷、疼痛、困乏之中,环境像恶魔般死死地罩住她的一举一动。她的神经错乱了,甚至抱着一大堆的冥币疯狂奔跑,以为天上掉馅饼了。一日,她被莫须有的罪名关进牢房,受尽各种折磨、凌辱和痛苦,最后发疯,失踪了。作者的描写功底颇深,竭尽叙述之能事,好似一直在跟踪拍摄这位流浪女子,不断展现各种特写镜头,插进瞬间闪烁的美好幻想,但迅即被黑暗的残酷现实狠狠地击碎。

曾异的小说《阿秀》与施瑛的小说《试法记》,似乎与丁景唐、唐敏之合作的小说《阿秀》有某种关联,后者在几个月前刊登于《女声》第3卷第4期(1944年8月15日)。丁、唐合作的小说《阿秀》描述了濒临经济破产的乡村少女阿秀"跑单帮",热切地向往畸形繁华都市,在"善"与"恶"之间徘徊,最终酿成人生悲剧。这三篇小说都是悲剧,但是构思和写作角度不同。这也许是巧合,也许是前两者受到第三者的影响,或者各自受到某种启示后"另起炉灶",按照自己的思路去创作。

与丁景唐合作写小说的唐敏之也是一位写作好手,发表了不少作品,小说《末路》与丁景唐的诗歌《塔》同时刊登于《飙》创刊号(1944年9月)。《飙》创刊号的广告曾出现于丁景唐协助编辑的《小说月报》第45期(1944年11月25日)。《飙》创刊号还刊登了张爱玲、绍良、施济美等人的作品,值得注意的是袁鹰的散文《燕居草》、石琪的散文《没有见过海的人》、余爱渌的《解剖手记》(医学趣话)等,这些稿件理应与丁景唐有关。

唐敏之的小说《山城的阴郁》(《小说月报》第44期)是一个凄美的爱情悲剧,其写作时常进入情景交融之中(这是该小说借以抒情的鲜明特点)。小说主要从男青年的角度去叙述,笔墨大多落在他的身上。他随着一家企业迁移到闭塞山城里,与小酒店的女孩子相识相熟,总认为她是妹妹,这是浓烈的乡愁情感促使的结果。女孩子的个性倔强,与怯弱的男青年形成鲜明对比,她不愿意嫁给富裕之家的多病男方,更不愿意屈服于当地冲喜的风俗,想同男青年私奔。但是女孩子还是被抢亲了,男青年悲伤地离开这里,"带着几件破旧的行李,向离家乡更远的地方流浪去了"。这对男女青年的不同性格形成鲜明对比。类似的模式也出现在唐敏之与丁景唐合作的小说《阿秀》里,虽然与《山城的阴郁》的故事背景、情节、叙述手法等截然不同,但总有似曾相识之感。

"东吴系女作家"施济美、汤雪华、程育真

"东吴系女作家"曾是风行一时的著名女作家群体,即施济美、汤雪华、俞昭明、程育真、杨琇珍、郑家瑷等人。其中前四位女作家,除了俞昭明(曾发表《东流水》《玄武湖之梦》于《小说月报》第15期、第27期)之外,其余三人都有作品登载于该刊第41期至第45期。

"东吴系女作家"领军人物施济美,在20世纪40年代的文坛上影响仅次于张爱玲、苏青等著名女作家。施济美笔名梅子、方洋、梅寄诗、薛采蘩,祖籍浙江绍兴。其父施肇夔供职于北洋政府外交部,是顾维钧的得力助手。1937年夏天,施济美考入东吴大学经济系。她的言情小说《蓝园之恋》《紫色的罂粟花》等,讲述自身的爱情悲剧,其短篇小说《小不点儿》曾入选谭正璧编选的《当代女作家小说选》。抗战胜利后,施济美的《凤仪园》《群莺乱飞》《圣琼娜的黄昏》《井里的故事》《鬼月》等相继问世,取得了文学创作的新成就,长篇小说《莫愁巷》则是她的代表作。

施济美的《花事匆匆》(《小说月报》第44期)在恬淡、清秀的文字中透出几分惆怅、几分哀怨、几分憧憬,又有几分勇气,凸显生活的哲理,不知不觉中轻抚读者的心理创伤,令读者掩卷而思,欲罢不能。这是施济美拥有众多都市读者的魅力之一。她的名字只要出现在刊物封面的要目上,便是一块"金字招牌",刊物发行人则笑眯了眼,银子如溪水汩汩流进来。

《花事匆匆》由五个小故事串联合成,都与季节性的鲜花有关,始终联结着施济美的心灵——时开时谢,悲喜瞬间转换,暗喻年岁轮转,人生苦短,只是匆匆过客。"我"问一位患重病的姑娘:"一个人为什么不勇敢地想着生而要热烈地盼望死呢?"答曰:"为什么不?只有死才是最好的安息,强似不断的病,永久的病……"那时风华正茂的施济美,哪里料到此言竟然成为可怕的谶语。"文革"中,才华横溢的施济美作为知名教师,惨遭迫害,含冤悬梁自尽,令人扼腕痛惜。

作为"东吴系女作家"次席的汤雪华,原名计中原,浙江嘉善人。幼年时先后失去父母和唯一的姐姐,幸得胡山源(其姐姐就读于松江景贤女中时的任课教师)的帮助,她感恩胡山源,认其为继父,并在胡山源的鼓励下开始创作。她的短篇小说《山乡》曾入选谭正璧编选的《当代女作家小说选》,被评价为"作品特别多,而且好的也多,取材又广,笔调也老练,有些文章竟然不像是一个年轻的女作家写的"。她的代表作有《郭老太爷的烦闷》《死灰》《红烧猪头和小蹄髈》《烦恼丝》《墙门里的一天》,以及长篇小说《亚当的子孙》等。

流弹在我头上飞过,我一面没命地把头向草堆里钻,一面仍没命地爬着跳着。尖锐的石角和草上的小刺割痛我的皮肤、手心,我全不在乎。直到有一只粗大的脚底从我背心上踏过时,我才痛不可忍地叫了一声……

这是刻骨铭心的记忆,难怪汤雪华清晰地记得逃难时的每个细节。恐慌、惊吓、惧怕都在"逃命"二字中急剧膨胀,哪里还顾得上平时斯文、淑娴的形象?逃!逃!逃!急促的喘气声充塞于《荒山上的一夜》(《小说月报》第41期)的字里行间。终于,可怕的一夜熬过去了,山村的屋内恢复了平静,又出现了中西文化和谐相处的一幕,一边是虔诚的"阿弥陀佛",另一边响起"阿门,我的主啊"。山村的四周仍然是青山绿水,恬静幽雅,依然是一个"善"与"美"的世界。惊心动魄的惊悚夜晚与美景如画的白天叠加、交织,忽又分开,让读者如梦如幻地经历了生死两重天。读罢,长舒一口气,呷口茶,压压惊,才下眉头,却上心头,如何是好,只能怪汤雪华的笔法太神奇了。

这场飞来横祸的经历,预示着汤雪华坎坷的后半生。昔日才女汤雪华婚后中断写作,进了一家私营棉织小厂做工,生计艰难,她被迫与有历史问题的丈夫离婚,随厂内迁到江西九江。幸好争气的儿子发奋图强,成为一名建筑设计师。汤雪华终于退休回到苏州,与儿子相依为命,苦尽甘来。可惜,她未能执笔写下这后半生的经历,也无法再现一个"善"与"美"的世界。

程小青、程育真父女俩是《小说月报》的"常客",程小青更是该刊的元老。他的侦探小说和包天笑的言情小说是该刊的顶梁双柱,几乎每期必有。而且该刊也将程小青的侦探小说集作为金字招牌,及时刊登有关广告,作为一种回报,实为刊物与作者的双赢。

"介绍新出《霍桑探案》第二辑,程小青著",该集子收入了《紫信笺》《魔窟双花》《两粒珠》《灰衣人》《夜半呼声》《女首领》《龙虎斗》等,世界书局发行。这是《小说月报》第43期发表的《码头上的事情》文末的一则广告。

程小青,又名程青心,少年时到上海亨达利钟表店当学徒,1915年开始翻译《福尔摩斯探案集》。1917年从上海迁到苏州,在东吴大学附属中学担任中文教员,全力创作中国的侦探小说,代表作为《霍桑探案》。抗战前夕,他曾为上海明星影片公司和上海国华影片公司编写电影剧本,题材除侦探案件外还有古典历史剧。他先后写了电影剧本30多部,单行本发行的有《霍桑探案》袖珍丛刊30种等,共计数百万字,被称为中国侦探小说和惊险小说的鼻祖。二十世纪八九十年代,《霍桑探案》全集六册重版,并改编为系列连环画,依然受到众多读者的青睐。

程育真,程小青的女儿,东吴大学四大才女之一。程小青曾执教于东吴大学附中,因此东吴大学校史专著里也把程小青列为该校的名师,但不明说他执教于哪个科系。程育真这样描写父亲程小青:

父亲长得并不洒脱，然而相当傲岸不凡，中等身材，端正的面庞，头发虽然因年岁的摧残而开始秃落，目光却依旧灼灼有神。

年轻时父亲就从事写作、翻译和撰作，大部分是侦探小说。他已经写了三十多年，这也许可说他与笔墨结了不解之缘。

儿女了解父亲真如父亲了解儿女一样比较容易。父亲在家庭中并不是大权独揽，更不固执顽固。他有相当的家庭教育，使我们做儿女的都甘愿唯命是从。

说父亲严正吧，不错，然而有时候却比任何人都风趣。

百物飞涨，生活费用的激增，对于一切事物都无微不至地极尽节俭之能事。因着理发费用的昂贵，父亲特地自己买了一柄"轧剪"，以便自己理发。

初试的成绩，吾预卜十之八九是不大佳妙的。哥哥、弟弟是年轻人，谁都不肯轻于尝试，原因是"落剪无悔"。因此父亲愿意[把]自己的头发作样品来试验一次。哥哥权充了理发师。

第一次理发的结果，父亲的头发式样形如锅盖，我在旁边大笑不止。父亲却异常满意："这种式样很不差，既省钱又实惠，何乐不为？"亲戚们见了也无不大笑，但谁能了解父亲的用心呢？

程育真将满腔孝女纯情倾泻于笔端，恭恭敬敬地捧出《父亲》(《小说月报》第45期)一文，副标题是"虔诚垂首，愿以心香一瓣，默默地为父母祝寿"。文中披露了父亲程小青的许多趣闻轶事，既有女儿闯祸惹父亲生气的事，也有以上抄录的趣事，以及父亲为人处世的格言："求人不如求自己。"

程育真曾做了一件很有意义的事情。一日，她问父亲："今天几号？""五月六日，有什么事？"她拿出一本刚出版的《龙虎斗》，说："你不记得吗？今天是你大作出版的第一天呀！"父亲这才明白，慈祥地一笑，在明亮的月光下，程育真"隐约看见父亲的眼睫毛给泪水湿润了"。她的语言恰好触到了父亲心底柔软部位，正所谓"知父莫若女"。

胡山源把程育真的《父亲》等文编为作品集《天籁》，作为他主编的"日新文艺丛书"之一（日新出版社1947年2月初版），保存了程氏父女的第一手纪实作品。《小说月报》第41期同时发表程小青、程育真父女俩的作品，即程小青侦探小说《怪旅店》、程育真的小说《第一次的憧憬》。

"闭上眼，我默默地祈祷，但愿父神给予[竺]先生以满足的慰宁……"程育真是一位热心的基督徒，也将浓厚的宗教气息融进小说里。《第一次的憧憬》的结尾也不例外，讲述了一个凄美的悲剧。竺先生是"我"在读学校的教导主任，把"我"当作自己的女儿，每次竺师母带来美味佳肴，"我"就有口福了。一日，竺先生要介绍自己的儿子与"我"相识，"我"害羞地逃走了。"八一三"事变后，竺先生与"我"各自逃难，中断了音讯。多年后，"我"在公墓里意外地看到了一张似曾相识的面庞,这才想起好像是竺先生的儿子,他的照片"我"曾看过。这时身后传来了熟悉的竺先生的声音,他老了,一双失神的眼睛,"他伸出手来依然抚摸我的长发:'哈子,你瞧……'指着儿子的墓碑,老泪潸潸而下"。

此小说情节既有市井小说的巧合,也迎合都市读者的言情口味,但此小说的凄美悲剧并非发生在程小青的身上。她的婚姻美满,写作、事业双丰收,截然不同于施济美、汤雪华此后的人生道路。

鲜为人知的胡山源剧本《着手成春》等

都市众多读者甚为喜欢戏剧舞台和名人轶事,《小说月报》顺应潮流,陆续刊登戏剧评论,并介绍剧坛趣闻轶事。沈延义写的两则世界文人轶传《贵族脾气的奴隶——莫里哀》《近代戏剧之父——易卜生》,先后载于《小说月报》第37期、第40期至第41期。《小说月报》有时也刊登少数的剧本,其中有鲜为人知的胡山源剧本《着手成春》。

丰西泽斩白蛇、丰西泽纵徒的传说,都是美化汉高祖刘邦早年的经历。后世有人干脆将"丰西泽"作为笔名,专门写戏剧界的趣闻轶事,有时也引起纷争,如他写的《〈清宫怨〉秘辛——剧坛野史之一》《关于〈武则天〉——剧坛野史之二》(第41期、第42期)。

姚克,又名姚志伊、姚莘农,著名戏剧家、翻译家。他创作的四幕历史剧《清宫怨》(连载于《大众》第1、2期,1942年11月1日、12月2日)引起不小的反响。他写的《〈清宫怨〉后记》(《小说月报》第13期)认为此剧上演以来,"有许多善意的批评家和朋友们对于我这个仓促中写成的剧本感兴趣,给了我不少的奖励和纠正。这使我觉得非常惭愧和感激"。他强调此剧"是根据清朝的史实写的,可是它不过是个历史剧,不能当作清史看"。并对剧中的西太后、珍妃、袁世凯等人的史实与剧中人物的不同和表现,进行了必要的解释。两年后,姚克又写了《关于〈清宫怨〉》(《东方日报》1943年8月25日),认为:"假使观众们为光绪和珍妃的悲剧而流泪,那么,我希望留点眼泪给'西太后',因为《清宫怨》也是西太后的悲剧。"

《清宫怨》几次上演都引起轰动和争议,这正中丰西泽的下怀。他搜集各种资料后,拟定了吸引眼球的标题"《清宫怨》秘辛——剧坛野史之一"。他介绍说:"四年来,《清宫怨》上演两次,轰动剧坛,此次卷土重来,在'金城'演出,阵容相当齐整,又添配音乐,或许有新颖的面目出现在观众[眼前]。"此文披露了几次上演《清宫怨》的内情,包括编剧、主演等,作者显然是熟悉剧坛的知情者,但不知这位丰西泽此后的命运如何。

宋之的是著名戏剧家、小说家,他写的五幕历史剧《武则天》连载于《妇女生活》第4卷第9期至第11期(1937年5月16日、6月1日、6月16日)。如同后来的《清宫怨》,《武则天》也备受圈内人士的关注,纷争不断,其中牵涉到"国防主义""女权运动"等,甚至有的小报趁机造谣滋事,以此吸引读者的眼球。宋之的愤然写了《写作〈武则天〉的自白》(《光明》第3卷第1期,1937年6月10日),进行解释和辨正。茅盾出面说了公道话,写了《关于〈武则天〉》(《中流》第2卷第9期,1937年7月20日),认为这些牵涉到的问题"都属于次要的",该剧提出的主要问题,"就是如何使主观的目的与客观的效果成为一致",否则"不免是废话"。

对此争论,丰西泽并不感兴趣,他笔下的《关于〈武则天〉——剧坛野史之二》,特别关注几个女主演,关注导演沈西苓与女演员熊辉的趣闻,不过其中有些颇有价值。

1940年5月,上海剧艺社演出此剧,"仿佛注定是走红的戏……是应英法两国驻华使节夫人的要求的"。"这次公演,有几点很特别的地方,布景设计是一位叫 M. R. Jboez 的外国人,在第二幕布景中,还有名画家汪亚尘氏的两幅《金鱼浮萍》国画作为装饰。"1940年5月19日,"上海《法文日报》,对于这次演出曾大书特书,将导演、演员和汪氏的画都制了铜版登载出来,并介绍《武则天》的本事。我们中国的戏剧介绍给外国人,梅兰芳、程砚秋固然是大功臣,然而那只是京剧而已,话剧的交流简直是寥若晨星。《武则天》能为外国人注意,当然可称为是一件荣誉的事情"。

其实,这里有戏中戏。1934年4月,于伶调到"文总"(左翼文化总同盟)工作,在夏衍的领导下,分管"剧联"等组织的联系工作。上海"孤岛"时期,于伶团结了欧阳予倩、阿英、许幸之、李伯龙等组成青鸟剧社,演出《雷雨》《日出》等。此后,于伶和阿英、吴仞之、李健吾等人几经波折筹建了上海剧艺社,主要导演有朱端钧、吴仞之、黄佐临等,主要演员有夏霞、蓝兰、石挥等。通过演出,该社的队伍不断扩大,还和法租界当局合作开办了中法戏剧学校,培养了一批日后有名望的编剧、导演和舞台美术工作者。中法戏剧学校创办后,阿英担任教务长,教员除了上海剧艺社的于伶等骨干之外,还有郑振铎、殷扬(扬帆)、溥侗、冒舒諲等。同时,许幸之等人在筹备职业化的剧团中法剧社,冒舒諲应邀执笔写了中法剧社的开幕词《我们的愿望》,该剧社成员有吴天、吴晓邦和一些电影演员。该剧社正式成立时,原拟首演法国名剧《祖国》,因故改为排演许幸之改编的《阿Q正传》,拟定在1939年7月14日法兰西共和国国庆之日正式上演。次年春,上海剧艺社演出《武则天》,得到上海《法文日报》的重视,产生宣传效应,该剧轰动一时。这在情理之中,因为事前已经打下了良好的基础。

丰西泽写的剧坛野史是顺应《小说月报》的需求。他也撰写甚有眼光的宏观文章,如《上海剧坛的回顾与展望》(《话剧界》1943年第20期)、《抗战期中的上海剧运》(《自由中国》创刊号,1945年9月20日)等。他认为:"上海的剧运,在抗战期内,就这样一面破坏,一面建设着,一直维持到如今。抗战胜利,剧运工作当可毫无阻碍地向前迈进,何况在艰苦的时期还打下了这坚强的基础。但是我们应该注意,对于那般荒淫无耻者,现得清算一下,免得他们再混进剧坛,摇身一变而依然逍遥法外。"

以上谈及的于伶、夏衍、姚克、宋之的等剧作家和演员的动态,也出现在《小说月报》后期增设的"文坛琐闻"栏目里,如同该刊发布的商业广告,以期扩大信息量,吸引读者眼球。

航校大鹏剧团已决定举行第二度扩大演出,剧人参加者有:王人美、金焰、章曼萍、

张骏祥、舒绣文、白杨、黄宗江兄妹等。阵容堪称坚强。

中央青年剧社前月公演郭沫若之《金风剪玉衣》(《南冠草》),布景堂皇富丽,为本年度渝市演出各剧之首。

于伶、宋之的、夏衍,继《戏剧春秋》后之又一集体创作《草木皆兵》,以某种缘故,有人说:"这是迎合大众而对赚钱稳操左券的作品。"

(《小说月报》第45期)

这些剧作家和演员也知道陈治策的大名。他是中国戏剧教育家、导演,河南荥阳人。1920年毕业于北京大学文学系,后去美国,就读于华盛顿卡尼基大学戏剧系。回国后与熊佛西、余上沅等创办国立北平大学艺术学院戏剧系,并与赵元任、陈衡哲、熊佛西、余上沅等组织北平小剧院,演出《月亮上升》《茶花女》等世界名著,先后改编导演了《哑妻》《视察专员》《伪君子》等名著。

1944年春天,上海苦干话剧团在巴黎大戏院(后为淮海电影院)上演了陈治策改编的《视察专员》。"沙皇的官僚改穿了长袍马褂",已经分辨不出果戈理原作《钦差大臣》的异国情调。时间改为中国北伐以前,故事发生在一个偏僻的小县城里,县长等官僚不理政务,贪赃枉法,花天酒地,县政日趋腐败,民不聊生,怨声载道。一日,新民客栈来了两位气度非凡的年轻旅客王国章、何文善,于是上演了一出恭迎视察专员的闹剧。

上演该剧的上海苦干话剧团,成立于1942年,黄佐临领导,成员有姚克(总干事)、吴仞之、柯灵、孙浩然、石挥、黄宗江、丹尼、胡辛安、杨英梧、沈敏、林榛、上官云珠、张伐、史原,以及地下党员李德伦(后为著名音乐指挥家)、白文(刘骏仁,戏剧家)等。该剧团于1946年6月解散,在四年时间里上演了多幕剧22部、独幕剧5部。这些剧目中部分是根据外国小说或剧本改编的,如奥斯特洛夫斯基的《无辜的罪人》改编为《舞台艳后》,莎士比亚的《麦克白》改编为《乱世英雄》,高尔基的《底层》改编为《夜店》,因此该剧团上演改编的《视察专员》并不为奇。

《视察专员》上演后,激起千层浪。有人挖苦说:"现在的剧坛大多是在翻旧戏,有的似乎觉得门槛颇精,把从前所演的戏改了一个名字上演。"《钦差大臣》曾改为《爱我今宵》,又改为《视察专员》。"如此三变其名,则便是我们剧坛的怪现象。"(闲跛《从"爱恨交流"谈到"视察专员"》,《社会日报》1944年4月3日)

白榆写的《〈视察专员〉观剧记》(《小说月报》第41期)以"我"与朋友对话形式,有时"分唱红脸、白脸",各抒己见。

主角王国章的个性有一点不伦不类,他似乎很正经,一个社会问题调查者,然而也顶无聊,信口开河,色令智昏。编者很想强调他的性格,染上一点英雄色彩,但是我们只觉得一片模糊。

并且进一步认为：

> 他们是一对年青的大学生，入世未深，小客栈中穷困断炊时对付茶房的方法简直很天真，完全是一个"学生的想法"，何以一进衙门立即老于世故了，接收贿赂的手法也太成熟了。但是要一个青年大学生那样熟悉官场的现形，应付裕如，我以为绝不是什么天才的"机智的应变"，而是经验的学习了。然而王国章不能有官场的经验。

以如此对话点评此剧，生动活泼，灵活多变。两人时为补充，时为针锋相对，时而忽悠对方，突然，谈笑间亮出底牌，相视一笑。此文不仅点评编剧、介绍剧情，而且指出著名演员石挥等人的演技，认为："演赵县长的白文是成功的，演专员的石挥是熟练的，其他平平而已。"直抒己见，难能可贵。

白榆发表的各类文章比较多，其中《新作家与新丛书》(《启示》第8期，1947年8月1日)评论胡山源主编的"日新文艺丛书"，介绍胡山源早年就读于之江大学时，与钱江春、赵祖康、赵景沄、唐鸣时等在上海成立新文学社弥洒社，引起鲁迅的重视，鲁迅赞赏胡山源的短篇小说。(沈子成《记弥洒社及其社员》，《小说月报》第35期)白榆介绍：

> (胡山源是)文学界的老将，二十年来的生活，努力于文艺创作之外，还特别努力于文艺新人的发掘与栽培。许多爱好文学的青年男女，在他不断的鼓励中，数百万言成熟的作品，终究使他们列入了作家之林，而"日新文艺丛书"的出版，就是胡山源先生这一志愿、这一工作的具体说明。丛书之中，尤其沈寂先生与中原女士的小说集，内容更为充实，即使跟国内所谓第一流的作家来比较，也不会有什么逊色，他们无意地将为中国文坛上的两颗新星。

此文的上半部分便是胡山源写的《日新文艺丛书·序》，与白榆此文互为照映。这套丛书有15种，其中创作集12本，理论集2本，翻译1本，有胡山源的《我的写作生活》、沈寂的《两代图》、石琪(张英福)的《卖艺场》、萧群(郭朋)的《国境线上》、中原的《劫难》、汤雪华的《转变》、程育真的《天籁》、方培茵的《诞生》、张珞的《朦胧》、施瑛的《抗战夫人》，以及赵景深的《小说丛论》、叶德钧的《戏曲丛论》等。其中包括了《小说月报》的年轻一代作者沈寂、石琪、萧群、程育真和年长一些的施瑛等。胡山源奖掖后进的精神，值得钦佩。

胡山源多年来从事文学创作、编辑和翻译，《小说月报》发表过不少他的作品，第44期至第45期连载他的小说《根》。

老读者还记得胡山源写的剧本《风尘三侠》(弥洒社文艺丛书第三种)，系唐人小说《虬髯客》改编为剧本，风行一时，但是很少有人提起他创作的唯一现实题材的四幕六场剧本《着手成春》(连载于《小说月报》第38期至第41期)。该剧名出自唐朝司空图的《诗品·自然》："俯拾即是，不取诸邻。俱道适往，着手成春。如逢花开，如瞻岁新。"本意是主张诗歌格调要自然清新，此后常用以赞誉医家、艺术家的技艺精湛。胡山源在《着手成春·前言》中写道：

> 本来我也喜欢写剧本，只是为了其他的文字工作相当忙，一时分不出工夫来，所以屡次要想写，都没有成功。这次因为在暑[期]中学校放假，其他的文字工作人并不压逼得太甚，所以我就写了本剧。
>
> 在没有写本剧之前，我看了这几年来上海的剧坛，就有一些感想。这些感想，有些曾发表过，有些并没有，归纳起来，可以成为包括下列三点的一个意见。
>
> 一、严正的意识。我的意思，一个戏的演出，绝不是单单告诉人一些悲欢离合的故事，就可以算尽其使命。它总应该告诉人并[引]导人一些真正人生的意义，凡是有严正的意识而做喧宾夺主的演出，以致其意义不明的，我都以为不可取。
>
> 二、合理的情节、情节的发展。我要求其必然化，绝对不偶然化，如果带有偶然性的情节，我不要看。
>
> 三、重用男主角，女主角并不是不可重用。但在目前的趋势，老实说，颇有利用女主角色相的嫌疑，我不惜矫枉过正地来提倡重用男主角。何况重用女主角的戏，我们也实在看得太腻了，老是那些花花绿绿的鸳鸯和蝴蝶！
>
> 我说这是一个意见，就是说，这三点必须包括在一起而不能分开，三者缺一，就不免流入现在的戏剧队伍中去，我们要防止着。
>
> 现在的戏剧，我以为正和文学一样，大都不是艺术而只是商品。我想，商品的时代总要过去，艺术的时代总要来。我愿意等候着这艺术的时代，所以我写本剧时，就只注意着上列的三点。
>
> 当然，在上列三点之外，技巧也是应该顾到的，否则就不成其为艺术的戏剧了。可是只是顾到而已，我总不愿强调技巧，而抹杀了戏剧的真正要素和作用。
>
> 在现在的时世，一切商品化的时世，本剧的出现，其不合时宜是可想而知的。我谢谢本刊给我在纸上发表的机会。

这是秉公直言，还是超前意识，抑或痴人说梦，其中渗透着他赞同"文艺是宣传"的思路，胡山源无愧为正直、善良、执着的文坛老前辈。但后人如果知道这位老前辈的名头，也许会赞成这是一篇个性化的剧坛宣言；更多的年轻人则爱吃汉堡包，哪里顾及老前辈的颜面，任意"拍砖"，权当儿戏罢了。

胡山源说"重用男主角"，果然《着手成春》出现两个男主角陆逸士、潘牧之，分别代表正与邪。剧本前的人物表上介绍陆逸士"二十四岁，医院实习医师，后任正式医师，又任院长。为人聪明活泼，唯意志不坚定"；潘牧之"二十五岁，医院实习医师。耽于酒色，面有皱纹，存心并不恶毒，唯有时亦极刻薄。衣饰入时，口衔烟斗，花花公子与小白脸之流"。

剧情并不复杂，潘牧之引诱陆逸士到高等妓院游玩，经不起烟花女子的花言巧语，酩酊大醉,由此埋下祸根。潘牧之以此胁迫陆逸士为烟花女子(与潘牧之有染)堕胎,如果陆逸士不就范,那么他的美好前途将毁于一旦。陆逸士无奈,只好硬着头皮动手术,哪知烟花女子体弱多病,麻醉后竟然香消玉殒,死在手术台上。潘牧之拿出事先准备好的手枪,递给惊慌失措的陆逸士,伪装成烟花女子自杀的模样。

剧情此后的发展可以有多种选择,按照老作家胡山源多年创作经验,构思理应更巧妙,戏剧冲突更为激烈、紧张,剧情跌宕起伏,环环紧扣。同时,在善与恶、美与丑、真与假的矛盾碰撞之中,展现人物复杂的内心世界,不断出现新的悬念,引人入胜。但实际剧情的发展有些生硬、突兀,只是依赖奇迹,让潘牧之和另一位关键人物因故死去,陆逸士落个清白,青云直上,出任院长,再来一个迟到的忏悔。最后,出现一幕好莱坞式的喜剧,陆逸士救治的病人家属送来横匾"着手成春",并且指挥乐队奏乐,"在乐声中,陆(逸士)缓缓下"。

此剧本也许仓促草成,来不及细细斟酌,令人有点失望。幸好此剧鲜为人知,否则有损老作家胡山源的一世英名。

1949年后,胡山源担任福建师范学院中文系主任、上海师范学院(今上海师范大学)教授。1957年,胡山源返回江阴老家,埋头创作,后为第四次全国作家代表大会的名誉代表。1986年胡山源九十诞辰,也是他从事创作活动70周年,江苏省作协等为他举行了隆重的纪念会。胡山源欣然吟诗道:"有何铁垒不能销?海晏河清尽舜尧。锥处囊中终露颖,文成腕底不用描。"

盛琴仙、郭明与童星叶小珠

盛琴仙是当红的才女,与张爱玲齐名,她"能有闺秀笔墨之正,偶作游戏文字,亦殊不损高格",各类文章见诸报端,她有时也为民请命,如《减轻人民负担,"零售捐"应废除》(《力报》1945年9月7日)。她的小说被改编为电影,影响很大。在外人看来,她清高脱俗,深藏不露,避免与人打交道。有人羡慕其文笔,但是无缘一睹芳容,遗憾之极。

郭明是写作好手,丁景唐的青年会中学同学,在校时参加共产党。他与盛琴仙并不相识,但都是《小说月报》的作者,并且知晓童星叶小珠(赵丹前妻叶露茜的弟弟)。

  这件事总算告了一个段落,阿香继续着她的"活动自鸣钟"生活,对于她的丈夫,不再提及只字。
  起初奶奶的朋友还打趣着她,说:"做了太太还要帮人,你也太……太那个了。"
  阿香回答说:"奶奶们取笑了,我哪里有做太太的福气?"
  话还是这两句,语气却与以前不同了,虽然还笑着,却是苦笑。
  ……只有箱子里的那件咖啡绸旗袍还留着一些痕迹,等着它的主人凭吊。

盛琴仙的小说《井波记》(《小说月报》第44期)讲述女主角阿香一直被蒙在鼓里,一日明白自己是被丈夫抛弃了,但又心甘情愿继续住在夫家,伺候婆婆。这种离奇的故事如同小说标题——一口井水也能起波澜,诱发众多读者的好奇心。

小说结尾蛮有意思。"主人凭吊"故意渲染阿香如同黛玉葬花般内心矛盾与痛苦、细微而复杂的心理活动。但是小说的女主角阿香是个苦命女工,长期早出晚归地劳作,被称为"活动自鸣钟"。当时沪西聚集了许多日商纺织厂,那里有一座地标性的大自鸣钟(原指1926年落成的川村纪念碑,后来逐渐成为地区名),这也象征着阿秀社会底层的卑下身份。她哪里有黛玉葬花的多愁善感之情,分明是盛琴仙将小资情调注入阿秀的身心,形成一种畸形的小资式的女工形象,竭力贴合小说的标题,与《小说月报》众多市民读者口味相对接。

此小说也显现出盛琴仙的写作思路,大抵是以市民男女情感为线索,在以爱情、婚姻、职业、事业和生活等为半径的生活圈子里,演绎出悲欢离合的故事。盛琴仙的文风清新、流畅,吸取近现代小说表现手法的丰富养料,融化为自我写作的各种元素,包括古典文学之美,在平常生活琐事里逐渐渗透她的审美情趣和审美价值,触发市民心底的共鸣。她的作品与"东吴系女作家"的作品有相似之处,更有不同的构思和表现手法。她的新市民小说颇能卖座,这也是吸引影坛导演、演员的主要原因之一。

盛琴仙的小说《妻子》改编为电影《摩登女性》。1945年即将上映之际,她撰文披露此影片的剧本几经波折,最终还是"新进的导演屠光启"接手(盛琴仙《写在〈摩登女性〉开映以前》,《上海影坛》1945年第2卷第7期)。影片上映后竟然没有注明原作者,盛琴仙摇头叹息,但也无可奈何。如今重播此片,依然如此。而且此影片明明是讲述新一代女大学生拥有一个共同的奋斗目标——解放妇女权利,摆脱男尊女卑的封建传统思想;却偏偏注明此影片类型为奇幻,真是匪夷所思。

盛琴仙的才华得到世人的公认,她创作的电影剧本《义丐》一改才子佳人的创作思路。

> 这里没有唇红齿白的公子哥儿,也没有娇艳美丽的闺阁千金,所讲的只是关于一个又丑又笨的乡下人的事,甚至是一个人[们]鄙视的乞丐,可是他在一生中所完成的可歌可泣的伟大事业,却不是那些达官贵人、富商巨贾所能比拟于万一的。
>
> (盛琴仙《新片介绍〈义丐〉》,《新影坛》第3卷第3期)

《义丐》主角是清朝末年山东堂邑人武训,出身贫寒,曾随母亲靠乞讨度日。他深切地体会到穷人读书识字的必要性,几十年唱歌卖艺,积攒善款,筹办义学。此影片由张予、梁新、裴冲等主演,著名导演岳枫则看中了童星叶小珠,让他扮演少年时的武训。武训孝顺父母,待人友善,憎恨恃强凌弱者,同时受尽屈辱,善心不改。

此后,《义丐》的题材被重新拍摄,改为《武训传》,孙瑜导演,主要演员有赵丹、黄宗英、周伯勋、张翼、蒋天流、吴茵等。赵丹与叶小珠原为姐夫与内弟的关系,历史契机让他俩传递"交接棒",先后亮相于同一题材的影片。

《义丐》拍摄时,叶小珠就读于华龙小学,学名叶毓涛,家教很严。"深居闺阁"的盛琴仙作为编剧,与叶小珠没有什么来往,但是《义丐》将二人牵连在一起了。

此前,叶小珠已经在多部电影中扮演角色,得到圈内人士的赞赏,甚至认为他比姐姐、弟弟演技更为出色。1949年后,他进入北京电影学院表演学习班进修,后调到广东话剧团任导演,后来还参加《金色的梦》《非常大总统》等的拍摄。

叶小珠作为童星的好名声再次锦上添花,则是他在《苦儿天堂》中担任主角,报刊上的各种消息满天飞。

《苦儿天堂》原为鲁迅翻译的小说《表》(苏联作家班台莱耶夫的童话作品),发表于1935年3月16日出版的《译文》月刊第2卷第1期,讲述一群流浪儿经过多方面的教育后逐渐改邪归正的故事。鲁迅表示:"要将这样的崭新的童话,绍介一点进中国来,以供孩子们的父母、师长,以及教育家、童话作家来参考。"(《译者的话》)1936年,《迷途的羔羊》上映,由蔡楚生导演,郑君里、陈娟娟主演,引起轰动。十几年后(1947年4月10日),上海兰心大戏院首次上演五幕六场儿童剧《表》,这是"中国儿童戏剧运动创始人"董林肯根据鲁迅转译的

《表》改编的。宋庆龄接见了董林肯、张石流、任德耀和一批小演员。(详见丁言模:《董林肯"出格"改编〈表〉》,载《书香传情——丁景唐藏书考辨》,上海文艺出版社,2020年11月。)其实三年前,著名演员、导演舒适已经大胆尝试改编《苦儿天堂》,也表达了类似鲁迅的意见,"中国儿童教育一向是落后的……新的儿童应得新的食粮,使他们能够向这新的世界,不断地滋长和前进"。该影片"第一,可以让儿童细嚼玩味;第二,可以供给家长、师长和教育家参考"。同时,舒适将此影片改为现名,也是便于中国观众接受。法国作家埃克多·马洛的代表作长篇小说《苦儿流浪记》,也许启发了舒适改题的思路。

《苦儿天堂》是童星大显身手的舞台,叶小珠担当主演足以影响全剧。"叶小珠非常聪明,他的演出帮助戏的成功不少。""他的演技都有了高度的发挥,自然而有力。欧阳莉莉的戏也演得非常认真,其他几位童星都尽了最大的努力。"(帆《影评〈苦儿天堂〉》,《新影坛》第3卷第3期)

有意思的是,教育影片《苦儿天堂》《义丐》同时"运抵华北"上映,这是盛琴仙、叶小珠、岳枫、舒适等人未料到的。

叶小珠的锡荣别墅(今南昌路69弄,3号曾是赵丹与叶露茜1936年结婚旧居)住家附近的电影院放映《苦儿天堂》,并张贴了叶小珠主演《苦儿天堂》的宣传海报,夺人眼球。这时南昌路上出现了三个年轻人,即江芷、叶枝、郭明。

"江先生,叶先生,郭先生,怎么你们也在这儿?"一串清脆的叫声从那"勇士"堆里传来,怀疑的念头立刻充满在我们之间,但是定睛一看,立刻我们发现了说话的是小珠。一面佩服他的记忆力强,一面打量他一身齐整的中山装,捋起了裤腿,球鞋底下正被他抢着只球。

"喔,小珠,你在这儿,你妈在吗?我们来拜访你呢!"

"真对不起,劳你们驾呵!小铿,你来代我,我跟这几位先生家里坐坐。"他不等我们同意就放弃了他正在"兴高采烈"玩着的"玩意儿"(踢球),领着我们从一个门框里进去。

厨房里黑黝黝的,小珠妈正在做菜,看见我们进来,忙叫小珠开灯,然后跟着我们[从]照亮了的楼梯上去。

趁着我们正对这位"艺人"的卧室细加端详的当儿,小珠妈已经邀我们到桌边坐。那时候小珠刚从房门外头进来,把洗净了的手用挂着的毛巾揩了,倒了三杯茶给我说:"你们怎么今天有空请过来?"

"咦,今天不是礼拜天吗?所以我们特地拜访一次您这位大红大紫的灿烂童星叶小珠先生……"

"胡说!你再说,我要不跟你们好了!"他撒娇地说。

"哎,小珠这孩子老是那样顽皮,难得见的,谈些正经[事]好吗?便要胡闹,给人家看了多好笑话。"小珠妈怕小珠"顶撞"了我们,其实我们正爱他那种毫无虚伪的表情。

……………

"那么现在你几岁啦?""十二岁。"

一个十二岁的孩子已经读初中二年级了!不想小珠除了演戏天才外,还有念书的本领。正在我们惊诧当儿,眼见小珠在把他台上一本《算术习题》打开,我们便把它抢了过来,从红笔批改之间,从头到尾翻了一下,几乎都在"超""优"之间。我们会意地笑了。

"真不好意思得很。"在我们还给他的时候,在他天真无邪的脸上,禁不住飞起了两朵难得见到的羞涩的红云。为了要避免他的难堪,他故意地回过头去跟他妈咕咕唧唧地讲了两句广东话!

……………

"你演过的戏真多,演得也真好!"我们表示惊叹地说。小珠又被我们说得"哑口无言"了,倒是他妈接上去说一句:"还是你们说得好。"

"小珠,听说你是鼎鼎大名《十字街头》主角赵丹的小舅子?"随便谈谈时,我们提起了这个。

"是的,我姊姊叫叶露茜,赵丹是我姊姊的丈夫。""最近他们有消息吗?""不常有,有也是只谈些家常。"接着我们看到壁上挂着赵丹的照片,就想起要照片的事来。

"小珠,你有照片吗?能不能送我们几张?""有是有,差不多都送完了,要只有市民证照。"他找了好一会儿之后,回过头来说了这么一句,又继续找下去了。

"嗄,这里有一张,不过是从前的,比较大一点儿。""请签个名。"他躲到角落里去签好了名,再递过来。"多清秀的字迹!"看了实在使人爱不忍释,因此再向他讨一张。

抄录了以上这么多文字,只因该文鲜为人知,而且信手拈来的一笑一颦的真实细节,生动、风趣地刻画了大红大紫的童星叶小珠的可爱形象及其良好素质。这种轻松、恬适的笔调也给处于新旧交替的"十字街头"的《小说月报》带来几缕清新之风,不同于其他众多作品。

该文作者之一郭明发表了许多文章,有些是丁景唐推荐或邀约的,其中有他与江芷、叶枝合作的上文《〈苦儿天堂〉主演叶小珠访问记》。郭明写的《葡京里斯本的贼赃市场》一文,也发表于这期《小说月报》(第45期)。

郭明,又名郭锡洪,1939年加入共产党。王楚良调到"文委"工作后,组织上调郭明协助丁景唐编辑《联声》。1949年后,郭明任华东文化部副科长,1951年积劳成疾去世。丁景唐曾撰写《郭明烈士小传(1921—1950)》。详见《丁景唐文学评传(1938—1949)》第一编之《同窗之情》。

史美钧《中国现代诗人评述》等

史美钧撰写了一组五篇《中国现代诗人评述》，评论徐志摩、王独清、戴望舒、于赓虞、冯乃超的诗歌，连载于《小说月报》第40期至第45期，署名高穆。他还使用笔名"藁谟"，发表三篇小说《晚宴》《寒蝉曲》《樊笼》(《小说月报》第42期、第44期、第45期)。

史美钧，浙江省海宁人，出身于殷实之家，父亲在外经商。1922年，考上中学，读商业，后考入何世桢创办的上海持志大学。1935年至1936年间，担任上海新中国书局总编辑。1937年"八一三"事变后，辗转返回海宁，曾执教于温州瓯海中学(今温州市第四中学)。1943年4月，离温赴沪，曾在胡山源创办的集英小学工作。1944年冬，史美钧回到老家，在海宁县立中学任教，担任训育主任。抗战胜利以后至1948年间，在杭州私立三在中学(今中山中学)任教，曾任校长。此后下落不明。(方韶毅《寻找史美钧》)

史美钧，瘦高个子，有文人气质。为人似较宽容，有点诗人的浪漫气质。他的兴趣广泛，撰文甚多，曾活跃于现代文坛，出版小说集《晦涩集》《错采集》和散文集《纤轸集》《衍华集》等。他也写诗论，如《朱湘论》《诗人梦家论》《卞之琳论》等。他还写过一本通俗理论著作《怎样习作文艺》(上海中国图书编译馆，1940年3月)。他写的《我的写作经验》(署名"藁谟"，《文友》第4卷第9期，1945年3月15日)透露了自己的生平、创作和经验，可以填补世人对他不甚了解的空白。他写道：

> 我在中学里读的是商业，大学里学的是教育，文学院课程偶尔旁听几次，这并不是我意志变迁，实受环境影响所致。因之，我的写作范围甚为广泛、糅杂。同时，应用笔名过多，读者仍有陌生的感觉。
>
> 距今二十年前，我已开始练习创作，最初所著童话与小说发表于商务出版的《儿童世界》《妇女杂志》。民国十五六年间，我最喜欢翻译短篇英文故事，此时草稿虽多，可刊出者仅占十分之一二。
>
> 直至十八年春，我承亲戚徐志摩的热心指导，会见了胡适等先进，才对新诗强烈爱好，举凡近十年来的新诗结集收罗达二百多种。除教育门功课外，废食忘寝地研究诗歌，初期作品颇染上西洋格律诗派的影响，附录在后来新中国书局出版的小说《晦涩集》里。
>
> 民国二十三年十月，拙著儿童文学结集《往返集》经过艰苦历程而问世，亦为中国

[书局]版。至今看来,这第一本出版物,我似乎还不认为拙劣,为此我曾精审下笔之故。嗣后,差不多每年都有单行本刊行。不过,从业以来,限于职务,间亦著译教育用书三种。并且,战事发生,文学新著如《披荆集》小说、《纤鳞集》散文、《鱼跃集》论评等,均系由内地正中书局发行,上海较难购得。又曾主编月刊数种,凡此暂不置论。

20年前,史美钧是写小说和童话起步的,20年后,《小说月报》第42期刊登了他的小说《晚宴》。小说讲述多病妻子难以推辞,只好与前男友"晚宴"。丈夫在晚归的妻子的衣袋里发现那位前男友赠送的一张支票,在梦中愤怒地撕碎在"奸诈的友人跟前"。落款为"《理性的樊笼》序幕"。此小说插入两首新诗,与其说是增色,不如说是压倒构思平平的小说。这篇言情小说依稀留有史美钧过去在上海灯红酒绿的生活痕迹,他结婚后则一改为严肃生活,因此该小说多少有些反思的意味。

《寒蝉曲》也是以上海十里洋场为背景,女主角是驻场歌手,红极一时,招来各种色男纷纷打扰。她得罪某男后,遭到镪水恶意泼洒,酿成悲剧。按照章回小说的模式,最后点评道:"欲魔劫夺乱世男女的理智,金钱飘忽地来,疾速地去,大批赚来又尽量花完;有时候人们想走着朴实而节约的路径,事实上需要最靡费的准备。"大概原来想"诗曰",但未能如愿,只好勉强应付几句交差了。

《樊笼》呈现上海富商家庭的各种矛盾,依然有史美钧昔日奢华生活的影子。最后一句警句:"人生比如一支火柴,有的不能发亮,有的瞬间即熄灭了。"但是只说了半句话,这在小说中已经是颇有风度了,但是无法摆脱狭小的缩命论气息,可见此小说表述的内容和境界已触及他的"天花板"了。如果表述为"点燃生命的火柴,亮出人生的本色,给我所爱的人们带去光明和温暖,直至我瘦弱的身躯燃尽",则是不可能的,否则也不必题为"樊笼"了。

这三篇小说都收入了史美钧的小说集《错采集》(浙江文化书局,1948年3月)。《错采集》内有十篇小说:《儿女的憧憬》《寒蝉曲》《斯人憔悴》《豆萁吟》《穷城记》《里程之忆》《晚宴》《樊笼》《丝袜》《万世长夜》。

史美钧的这三篇小说都比较平淡。将自己过去灯红酒绿的生活,升入联想的丰富空间,注入许多酸甜苦辣的"调料",重新排列组合一番,完成应景之作,迎合《小说月报》众多小市民读者茶余饭后的悠闲需求。

史美钧写的一组五篇《中国现代诗人评述》则是下了一番功夫,厚积薄发,具有不可忽视的学术价值,特别是在现代诗歌评论圈内产生了一定影响。后来,陈青生、潘颂德等资深学者的专著中还谈及史美钧的诗论。

上文抄录的《我的写作经验》中,史美钧自述曾"废食忘寝地研究诗歌",创作诸多新诗,还曾为中学生讲授诗歌方法论、小说方法论、日记方法论。史美钧发表这一组五篇诗论之后,发表了《近二十年中国新诗概观》(《大学生》第1卷第2期,1945年6月1日),他认为:

"对于诗的理解与应用,必须分析作者思想的基础、形态的技巧与节奏的构造。否则,缺乏一种要素,简直不成为诗。"

这组五篇《中国现代诗人评述》,吸取他人诗论中的某些观点,融为自己的见解,形成鲜明的个性化点评。虽然其中有些见解偏颇,不愿顺从世人的共识,但从系列研究这五位诗人的角度来看,也具有开先河的重要意义。如果《小说月报》继续办下去,史美钧可能还会继续撰文,形成一部中国现代诗人评述专著,其重要价值和意义无须赘述。

《徐志摩论》大概是滥觞之作,其后赵景深写的《徐志摩》等文章也只有寥寥几篇。1949年秋天,陈从周编写的《徐志摩年谱》单行本悄然问世,是第一部较为完整的有关诗人生平创作资料的专著。不过,史美钧把徐志摩比为诗仙李白,这是他作为徐志摩亲戚的一种偏爱,难以撼动中国现代诗坛的格局。同时,他也没有分析徐志摩前后诗风的变化,笼统地评述一番,颇有隔靴搔痒之嫌。

史美钧推崇徐志摩为现代诗人的首席,把创造社元老王独清排列次席。他写的《王独清论》是一份旧稿,发表于王独清病逝的那一年。此文开头就贬低创造社代表诗人郭沫若,认为:"郭氏的诗颇多自我表现与社会主义的要求,由理智决定其情感,章句未脱散漫、平庸,虽然曾引起一部分人的共鸣,诗到底不能舍弃艺术手腕,另一观点他是失败了。"显然这是吸取他人的诗论,简而言之,也折射出他推崇自由吟诗,反对概念化、公式化的"八股诗作"模式,以徐志摩的诗歌为标杆。同时,此文认为创造社另一位诗人王独清的造诣较深。一方面,"他惯用华丽的辞藻,操纵色与音……抛弃任何旧式,而开辟了新诗的路径,不能不说有相当的贡献……王氏的思想既适合绮靡的形色,所以在表达上,色彩、声音、格律、动力,确然和情调相一致,而有满意成功,可代表没落贵族的普遍的悲哀"。另一方面——

> 他后来,枝枝节节目睹了无数劳动者的痛苦,内心发生激烈斗争,厌倦了肉的陶醉,忏悔过去无谓地浪费了自己。

> 无奈王氏没有科学地理解社会,乃是个感伤的个人主义的旁观者,他发现了阶级,锻炼自己的诗,散布到农工中间;他憧憬革命,却是牺牲一切的骑士式的英雄。诗人都肯定地提出"我",可以看出自己夸耀。中国目前的任务,像民族解放斗争,而这种要求,在他并未把握,仅孤立地居高临下地俯视着一切,反映出浓厚的流氓气氛,而浪漫颓废依然存在。

这基本上把握了王独清复杂思想的走向,以及前后诗风的变化,归根结底,他还是"孤立地居高临下地俯视着一切",游离于火热的现实斗争之外,自我陶醉在诗的王国里。

史美钧以唯美至上的眼光,一味贬低、苛责王独清转变后的诗风:"极多口号式'广东,广东,快红,快红'与'我希望再见你时,是血旗飘扬的一天,是血旗飘扬的一天'……又是何等抽象矛盾的论调,技术贫乏,瑕疵互见,百分之百的失败。"幸好,史美钧没有看到王独清的

《II DEC.》——中国现代文学史上唯一一篇专题歌颂广州起义的新体诗,否则不知要堆砌多少贬义词句,将其打入"冷宫"。

戴望舒是著名象征派诗人、翻译家。史美钧认为"现代诗派可推戴望舒氏为代表","他似曾受到象征派的影响,在他差不多已改了面目,仿佛还能呼吸着气息"。除了高度评价《雨巷》之外,史美钧认为:"即是确定舍弃音乐的成分后,远不及前期兼有节奏的流畅。"甚至认为:"检举戴氏的佳作,为数过少,他是为《雨巷》而惹人注意的;虽然他自己对之没有像晚期作品一般珍惜。""那种内容空虚、单纯,形式又极芜杂的作品,可以发现无数缺陷,他简直一天天走向衰亡之路了,心目中所追求的也仅是悠闲的个人主义的享乐,我们不能不表示相当遗憾。"因此,有人干脆称戴望舒为"腐败了的诗人"。

此文后有28个注释,其中"腐败了的诗人"仅注明是《思想月刊》第1卷第5期,未说明是哪个作者写的哪篇文章。经查找,原来是艾生写的《腐败了的诗人——评戴望舒等》。他的许多观点属于正统范畴,推崇郭沫若的诗作,"是新诗出现后所达到的第一阶段的顶点,这是浪漫派的最高峰。郭沫若的后期,则又推进了一步,已经由浪漫主义到'新浪漫主义',即是说已由市民的意识转到了劳苦者的意识了"。同时严厉批评"徐志摩等之落后的思想表现"。显然这些不是史美钧所需要的。但此文最后严厉批评"腐败了的诗人"戴望舒的观点,即"现在有这样一大批不关痛痒的诗人和诗作出现,同时又简直没有人去加以清算批判,这是值得惊异的事情"。这引起史美钧的强烈共鸣,于是史美钧笔下最后出现了"腐败了的诗人"戴望舒,并列举了不少戴望舒的有关诗作加以佐证。

于赓虞,著名诗人、翻译家,河南西平人。1923年6月,与赵景深、焦菊隐等人成立新文学社团绿波社。1935年4月,他赴英国伦敦大学研究欧洲文学史。1937年回国,任河南大学文史系副教授。1963年8月14日病逝于开封家中,终年61岁。于赓虞著有诗集《骷髅上的蔷薇》《魔鬼的舞蹈》《世纪的脸》等。前期与庐隐等创办华严书店,编辑《华严》月刊。他的诗作愤世嫉俗,歌颂地狱,诅咒人世,悲哀而颓废,以坟墓、疾病、荒山、古庙、长剑和幽灵为主题,被称为"恶魔派"诗人。此后,他转变诗风,极端之情逐渐淡薄。

拜伦是英国19世纪初期伟大的浪漫主义诗人,以其大胆与放肆而著称。陈甲孚翻译的《恶魔派诗人拜伦评传》(《国闻周报》1929年第6卷第47期),将惊悚的"恶魔派"带给中国读者。1937年5月19日《辛报》发表《恶魔派诗人》一文,对象是于赓虞。

> 于氏的真面目也带着浓厚的恶魔感,狞笑地瞵视着人间。一个四十多岁面孔又瘦又长又黑又黄又有皱纹的人,头发故意留得累累的,长得几乎披到肩上,一年四季除夏季外,春、秋、冬三季都穿着一身黑衣服,黑大褂、黑裤、黑皮鞋……除了一张瘦长的黄脸,全身简直再找不出别的颜色。时常不见笑容,说话声音沉重、缓慢得听着可怕,走路步子大而慢,嘴里常咬着只烟斗,高兴时挽根黑手杖,挟只黑皮包,一顶黑礼帽常戴得歪

歪地压着眉毛。

这种渲染、夸张的漫画形象,只是为"惊悚"的标题服务。

史美钧的《于赓虞论》注释中提到此文,并抄录了以上这一段,作为诗如其人的例证。他认为:

> 于氏支持信仰的唯一论据为人间残杀悲剧,且悲剧的发生再也难以逃避,因之,他主张与其丑恶地生,毋宁美丽地死,获取永恒的静息。由此基本体系发展成可感的人生哲学,处处维护彼此对立的二元论,替死海中挣扎的堕落的现代人喊出最后的丧歌,该唤起多少失意者同情,未可遽加否定呢。

如果对照陈甲孚翻译的《恶魔派诗人拜伦评传》一文,那么其中有些见解,如"极端的道德恰如极端的不道德一样",不妨作为史美钧谈及于赓虞的黑色人生哲学的一个脚注。

极端心态往往成为某些诗人追捧的热词,并加以无限延伸、演绎,变幻为无数奇幻、惊悚的诗行,成为象征派诗人的得意之作。同时也引发了类似史美钧这样的评论者的想象,铺衍出别具一格的评论文字,不同凡响,赢得圈内人士的关注。众多诗歌爱好者虽然有时如坠云雾中,但是象征派的冷奥、奇僻、诡秘、孤寂、鬼魅的诗句也会使好奇心得到满足,获得感官刺激后的心理慰藉和快感,一吐积压的某种怨气,足矣。

冯乃超属于创造社后期的年轻诗人代表。1926年3月他在《创造月刊》上发表具有象征主义色彩的组诗《幻想的窗》,1928年出版诗集《红纱灯》,收入集中的诗歌都是1926年所作。他与王独清、穆木天一起被称为象征派三大诗人。此后,他选择的人生道路与史美钧文中其他四人截然不同,坚决走上革命道路。他积极筹建"左联",担任第一任党团书记兼宣传部部长。1949年后,担任中央人事部副部长、中山大学副校长等职务。

史美钧的《冯乃超论》仅仅把"光圈"套在冯乃超前期象征派的诗作上,如代表作《红纱灯》(《创造月刊》第1卷第6期,1927年2月1日):

> 苦恼的沉默呻吟在夜影的睡眠之中/我听得魑魅魍魉的跫声舞蹈在半空/乌云丛簇地丛簇地盖着蛋白色的月亮/白练满河流若伏在夜边的裸体的尸僵

史美钧认为:"(此诗)更为朦胧的表现,冯乃超几乎使通体诗篇全按入超现实的范畴,然后徘徊在象牙之塔,吟哦,欣赏,离绝了人间之所。""此诗不仅黝黯,带有古典的气息,更废弃全部标点,使隐隐约约的极难令人把握,且篇中又充塞怪癖的词语。一切全笼罩了暗晦,甚至我们咏读的时候,会觉得突然受阻。这种不流畅的地方,也正是缺陷所在,然而也正是它的特性。""全篇音数、节拍、词句都是完全相同的对偶语法,却不陷机械,抑扬而成优美的调子,一切音律都是一种持续的曲线,统一的内容与形式,秩序井然。"

冯乃超的诗集《红纱灯》问世后便引起圈内人士的关注,邵冠华的《冯乃超的〈红纱灯〉》(《现代文学评论》第2卷第1、2期合刊,1931年8月10日)认为:"(《红纱灯》)是一幅凄凉的贵族式的'庙宇书'。它的幻想像狼嗥、像猿啼、像枭啼般反映在我们眼前,作者的笔锋像是在颤抖着、跳跃着、笑着、哭着、舞着。"十几年后,史美钧的评述略胜一筹,不仅进一步分析该诗的"庙宇书",而且按照诗人创作的思路去揭示该诗的艺术特色,这远远超出了仅仅停留在表层感受的表述。不过关于冯乃超的贵族意识和对诗歌全方位的深层次研究,如今的评述文章则发挥得淋漓尽致,毕竟拉开历史距离的审美情趣不同于80年前的评述,不必沾沾自喜,用放大镜去苛责前人。

除了徐志摩之外,以上评述的四位诗人都是典型的象征派,史美钧对此情有独钟。史美钧曾著有儿童文学集《往返集》,存有不少诗作,其中有一首小诗《失败和成功》:

> 蜘蛛悬在枝叶间来往,/开始制织生活的罗网,/不幸工作只成了一半,/又被风儿搅乱地吹碎;/但是它立志继续努力,/仍旧奋勇着十分匆忙,/到底得了最后的胜利,/光荣的结晶炫耀树上。

平时丑陋、可恶的蜘蛛在诗中成为一种励志的吉祥物,勤劳、勇敢。此诗是写给学生们看的,自然流畅,蕴含哲理,颇有象征派的意味。显然史美钧是个多面手,既可高雅深奥,也可通俗易懂,俗雅皆可,由此窥见一斑。

史美钧的散文《自剖》(《文友》第5卷第4期,1945年7月1日),讲述了自己历年来的思想变化和创作活动,最后哀叹道:

> 万里归来,弟妹生离死别已过其半,株守蜘蛛丝密布的老屋,对黑漆断墙败壁凝眸,珍藏的图书先后凋残零落,不知曾烙印上多少心血。如今所见,蛙虫寄食缀满了剥蚀斑痕,残破的楼头尽绵延恼人旧梦。
>
> 病后记忆衰退,预拟从此搁笔。奈家庭激变,再无余资可供食,终为杂志编辑邀写旅行录,才重握旧管,虽劳碌终日,依然生计动荡! 行文至此,弥增怅触,前驱无路,能不为喟叹?

此文与一年前投稿给《小说月报》时的心境恍如隔世,也彻底失去了小诗《失败和成功》中蜘蛛吉祥、激励的寓意,显露残酷现实的无情面目。由此可推想史美钧最后返乡叶落归根的凄凉结局了。

胡三葆、徐慧棠等的译作

美国著名作家杰克·伦敦曾在国际文坛上蹿红,并且得到苏联文坛的青睐,直接影响了中国左翼文坛。20世纪30年代左翼刊物纷纷刊登有关杰克·伦敦的译作和介绍之文,有些书店也乘机出版和翻印杰克·伦敦的译作单行本。

《小说月报》第42期至第43期连载胡三葆翻译的《珠还合浦》(杰克·伦敦原作),讲述在海上旅行的一段惊险经历,在珊瑚岛上遭遇可怕的飓风,千余人中仅有几百人生存。

杰克·伦敦曾在捕猎船上当水手,经过朝鲜、日本,到白令海,经历了严寒、风暴、最沉重的苦役般的锻炼。他结交了许多朋友,听到很多有趣的和可怕的故事,这些都成了他的海洋小说的宝贵素材。

惊涛骇浪中的海洋生活题材,给人冒险、奇妙、刺激的第一印象,由此产生冲击视觉的强烈效果,吸引众多读者。胡三葆翻译此小说取名"珠还合浦",这是一个成语,即失而复得之意,出自《后汉书·循吏传·孟尝》:"(合浦)郡不产谷实,而海出珠宝,与交趾比境……尝到官,革易前敝,求民病利。曾未逾岁,去珠复还,百姓皆反其业。"合浦,汉代郡名,今在广西合浦县东北。交趾,中国古代地名,地域及其文化遗迹位于今越南北部。胡三葆的译笔流畅、生动,便于吸引读者,但是未说明此作原出处,也不知其英文标题,难以继续查询。

胡三葆,浙江慈溪人,曾执教于上海复旦实验中学,与顾仲彝(著名戏剧家)、李楚岑、巢庆临等为同事,李登辉兼任校长。胡三葆发表各类文章,其中长文 The Senior Student's Section: YOUTH 连载于1927年的《中华英文周报》,还发表了译作《一个喀布尔》《舍己利人》《舐犊情深》等。

"五虎将"之一的徐慧棠(余爱渌)曾应丁景唐之邀,转译诗歌《巨哥斯拉夫之歌》。《小说月报》第42期发表徐慧棠译作《漫游烽火中的印度》,原作者为劳伦斯·科普利(Lawrence Copley)、玛格丽特·S. 赛沃(Margaret S. Thaw)。不知此原作者劳伦斯·科普利与戈弗里·科普利爵士有什么关系,后者捐赠设立的科普利奖(Copley Medal)是英国皇家学会颁发的最古老的科学奖之一,是在诺贝尔奖之前科学界最大的奖项。

《小说月报》也刊登摘译的故事趣闻,其中有史涛翻译的《落鱼的奇迹》,(Dr. E. W. Gudger 原作,第44期),此前也有人翻译为《天雨鱼》(《西洋杂志文观止》第2期,1941年7月)。现将两篇译文开头抄录如下:

天上落下鱼来的故事,就是故事大王孟巧孙男爵(Baron Munchausen)也从来没有讲过。但是有一位名叫约翰·甘德列克·彭斯(John Kendrick Bangs)者,以为故事里没有这一门很是个缺点,因此特在他所著的故事书中,于"奇事近闻"的标题下面描写了一段这样的异事。据彭斯所说,这件奇闻得自造成它的人亲口所述。那个人在幼年时,偶然得到了不少火药,于是他就拿来一起埋在一个鱼池底里。当他点着药线,爆炸之后,池中的鱼全数向天空中飞了上去,直到数天之后才纷纷下掉,使惊奇的人们看到了天空雨鱼。

(《天雨鱼》)

皮隆爵士,这位善于讲述珍闻的"故事大王",虽则从未对人说起过天降活鱼的奇事,可是一位碌碌无名的堪达立克·辨士却觉得这是一种疏忽,而为他自己写了一篇题作"新近奇闻录"的文章。辨士说当故事中的主角还只是个孩童的时候,曾经在鱼池中埋植了大量的火药。等点燃了火药,整个的池子便轰然被炸[飞]高空。隔了数天之后,池中的所有物,包括无数的鱼,就像阵雨似的落向惊骇着的人们。 (《落鱼的奇迹》)

两篇译文各有长处,前者说清楚了两个外国作者,并注明外文姓名,显然是根据英文原版的;后者表达简洁明了,但说不清两个作者,理应是转译的,只有两者"同框"才能看明白。有意思的是,后者末尾空白处是丁景唐写的《关于重行举办"大、中学学生征文"的话》,让笔者得以关注《落鱼的奇迹》的译文。此文的原作者 Dr. E. W. Gudger 最后解释说:"天上落鱼"的奇迹,原来是飓风造成的。

Dr. E. W. Gudger 曾写过考证长文,朱杰勤译为《元代马哥孛罗所见亚洲旧有之现代流行品》,载于《现代史学》第 2 卷第 3 期(1935 年 1 月 28 日)。译者在此译文后添加一则注释,说明该文中有些引语出威尼斯人马可·波罗之《东方纪奇录》(*The Book of Ser Marco Polo*,今译《马可·波罗游记》)。最后注明:"(此文为)研究马哥孛罗之短小精悍的文字,据余所知,此尚为第一篇也。"

朱杰勤,1933 年考入中山大学文史研究所,毕业后先后执教于广州美术学校、中山大学、云南大学等,"文革"后为暨南大学历史系主任、暨南大学华侨研究所所长。

13 世纪后期的意大利旅行家马可·波罗,居留元政府统治下之中国近 20 年,撰述《马可·波罗游纪》,在西方有"奇书"之誉。有关其人、其书的研究,已经成为一门国际性、综合性的显学。

据《马可·波罗游记》译者冯承钧在《序言》里介绍:"马可·波罗书的中文译本有两本。初译本是马儿斯登(Marsden)本,审其译文,可以说是一种翻译匠的事业,而不是一种考据家的成绩。第二种译本是玉耳、戈尔迭(H. Yule-H、Cordier)本,译文虽然小有舛误,译人补注亦颇多附会牵合,然而比较旧译,可以说是后来居上。唯原书凡四卷,此本仅译第一卷之强半,迄今尚未续成全帙。马可·波罗书各种文字的版本,无虑数十种,戈尔迭在他的《马可·

波罗纪念书》中业已详细胪列……"

  这里的"戈尔迭"理应是 E. W. Gudger 博士,他学识渊博,涉猎广泛,编写类似"天上落鱼"的趣闻轶事,并作出科学的解释,这只是小菜一碟。由于以上两篇译文都未注明出处,只好"兜圈子"来解释原作者的身份了。

胡朴安、范烟桥、包天笑等名流之作

胡朴安的自述、范烟桥的小说、包天笑的随笔、谭正璧（璧厂）的趣谈、陈伯吹的纪事，以及簪缨世族后人沈子成的记述文学等，这些都以不同方式保存了大量的第一手文史资料，具有较高的学术研究价值。

胡朴安，安徽泾县人，比包天笑小两岁，著名文字训诂学家、资深老报人，闻名学术界、新闻界。1910年，南社成立次年，他与胞弟胡寄尘（胡怀琛）双双入社，肩负起重要的社务工作。胡朴安先后执教于上海大学、持志大学、国民大学和群治大学等。胡寄尘的儿子胡道静成长为著名科学史学者，他的儿子胡小静甚有才华，是资深编辑，宁可贴钱也要坚持出版有价值的学术书籍，可惜英年早逝。胡道静、胡小静与丁景唐关系甚好，产生了许多动人的故事。

1937年"七七"事变后，胡朴安受命任上海《正论社》社长之职。上海沦陷后，环境日益恶劣，他闭门著述，严正不阿。此后患脑溢血，半身不遂，戏称"半边翁"。他撰写回忆录《六十年前的我》，记述了自己数十年来所走过的学术研究道路与学术思想。

《小说月报》第43期至第45期，连载胡朴安的《〈六十年前的我〉自序》（未完），暂且写到"七次应试"。他前六次没通过，最后一次院试（考秀才），首场例考杂学，胡朴安报考"算术"，入场得题："明算论"一篇，"笔算、筹算、尺算、珠算，七律诗四首"。"如此出算学题，可谓绝倒。然无论如何，敷衍成篇，交卷而出场。［正试时］愤主试人之昏，试'经意策论'，我不愿意努力，草草成篇，然竟获取。是时我年已二十六岁矣。"

胡朴安的一生充满了传奇色彩，与他仗义执言的品行、自励奋进的座右铭、独立思考的学术个性等有着密切关系。

范烟桥，吴江同里人，多才多艺，为范仲淹从侄范纯懿之后。他的一生深涉文坛、教坛。文学创作颇丰，著作等身，尤其在小说创作与研究、电影剧本和旧体诗词创作、报刊杂志编辑、地方文献收集、文物保护等方面，卓有成就，贡献很大，不愧为一代艺术宗师。他与周瘦鹃、程小青、蒋吟秋同被誉为"苏州四老"。范烟桥一生著述颇丰，有《烟丝》《中国小说史》《吴江县乡土志》《唐伯虎的故事》《鸱夷室杂缀》《林氏之杰》《离鸾记》《苏州景物事辑》等。

1940年，范烟桥任金星影业公司文书，为国华影业公司改编电影剧本《西厢记》《秦淮世家》《三笑》等，拍成电影后，连连叫座。周璇主演的《西厢记》，主题歌《拷红》《月圆花好》，流传甚广。1941年,范烟桥在东吴大学主讲小说课。次年东吴大学附中改组为正养中学,大家公推范烟桥为校长,直至1946年恢复附中,范烟桥辞去校长之职。1949年后,范烟桥担任苏州市文化局局长、江苏省文联副主席等。1960年,赴北京参加民进中央扩大会议,受到毛泽东主席的接见,在怀仁堂一起合影留念。

"五四"运动前后,早期《小说月报》以"小说俱乐部"名义,举办征文活动,大多为鸳鸯蝴蝶派的言情小说。范烟桥是"主审官"之一,也被列入此派。

陆守伦、顾冷观创办新的《小说月报》时,刊登一篇署"绢漪、烟桥"合作的译作《暮境》(马克·斯科勒 Mark Schorer 原作),理应是范烟桥帮助润笔的,但从未有人提及。该刊最后几期发表了范烟桥的《林氏三杰》(第42期)、《封面画》(第45期)。前文与他的专著《林氏之杰》有关系,最后注明:"按《林尹民传》《林觉民传》,都是出于'天啸生'的手笔,编入《广州三月二十九革命史》。觉民给意映的信,编入《血花集》。天啸生是徐血儿的笔名,在于右任主办的《民立报》撰评论的,锋厉精辟,不知激动了多少读者。民国四年在上海病故。"

陈意映是林觉民的妻子。国民党元老邹鲁编著的《广州三月二十九革命史》,由上海民智书局1926年出版。该书共十章,记述清宣统三年(1911)广州黄花岗起义事迹,前九章记起义经过,第十章收录就义烈士表及革命志士传记57篇。

徐血儿,原名大裕,字天复,出身于金坛一个教书先生家庭。其父徐鹤君早年参加同盟会,其兄徐东洲曾先后担任孙中山临时大总统府第一卫生大队队长、北伐国民革命军第33军后方医院院长等职。1912年8月,同盟会改组为国民党后,他兼任国民党上海支部文书主任。1912年12月,在袁世凯窃据中华民国临时大总统时,徐血儿在《民立报》发表多篇讨袁檄文。徐血儿的义举为袁世凯及其朋党嫉恨,他们先后三次悬赏缉拿徐血儿。1915年,徐血儿病逝于上海,年仅24岁。1927年7月,国民党政府追认徐血儿为革命烈士,在其故乡金坛建造陵园,并由于右任题书墓碑:"开国名记者徐血儿烈士之墓。"1947年8月设立"金坛私立血儿中学"(后改"天复中学"),由于右任担任名誉董事长,著名教育家徐养秋教授为董事长,王绍复教授为首任校长,并请于右任先生书写了校牌。1949年后,该校改名"红旗中学",后并入金坛县中学。

范烟桥的小说《封面画》主角"我"有一篇作品刊登于《长乐月刊》,不料同事却双眼盯着这期封面上面笑靥如花的女影星。于是大家七嘴八舌谈起这位昔日大学同学黄琪,她如今是影坛一时爆红的女影星,但是昙花一现,成了达官贵人圈子里的交际花。事后"我"挤电车,下车时恰巧与黄琪擦肩而过,"虽然仍不失为妙龄,而玉臂的光润,没有绷鼓似的青春了"。

> 回到家里,再把那本《长乐月刊》拿出来,对着封面画,看那三色版色素的调和、线条的结构,料想挂在街头的报摊上,一定能够留住许多行人的视线,寄予不相干的爱慕。

但是过了几个月,要和废纸捆在一起称着分量,卖给北京路的旧货店了,那时封面画的颜色一定萎败得和从胆瓶里投到垃圾箱里的枯憔的花朵一般。不知道她能不能再有机会给定期刊物采作封面画的资料呢?

范烟桥思路敏捷,不按常理出牌。明明是在欣赏封面画上笑靥如花的女影星黄琪,却只是说"三色版色素",佯装与自己"不搭界"。笔锋一转,讲述这位封面女郎将和废纸一起送进历史垃圾箱,不说爱慕、叹息的寻常之句,却又在传递如此浓厚的情感,使读者产生共鸣。

此作亦是小说,又不相似,文中的细节甚为真实,笔下的形象亦真亦假,应验了生活与艺术、素材与提炼、真人与形象之间的辩证关系。由此可窥见范烟桥的创作技巧。

包天笑,初名清柱,又名公毅,字朗孙,笔名天笑等,著名小说家、翻译家、报人,一生著译有100多种。他的言情小说和程小青的侦探小说是《小说月报》的顶梁双柱,几乎每期必有。包天笑在该刊上连载长篇小说《换巢鸾凤》《燕归来》,几乎贯穿该刊始末。他有时也写短文随笔,如《碧萝小餐记》(第44期),答谢友人:

> 沪西格罗希路有餐馆曰碧萝,一精美幽雅之地也。其初为西侨所开设,西名Piccolo。曾以名庖驰誉于海上,旋为吾国人接办,登报征求华名,应征者纷纷,所取之名,殆不下百数十种。陆守伦先生,乃开具应征者所拟之名,取决于愚。所拟之名,亦均以接近西名者占多数,意者以通雅而不伧俗者为贵乎?乃选"碧萝"两字,以就商于东道主人,佥曰可!于是碧萝之名遂定焉。
>
> 越数日,有友人相约,小餐于碧萝。时则夕阳西下,清风徐来,披襟当之,殊为快意。主人彬彬有礼,迓客殷勤。碧萝室虽不广,而布置则精彩越常,瓶花妥帖,瓯具优良,虽一案一椅之微,亦使人心恬而意适……碧萝!碧萝!其将海上乐园乎!

"Piccolo",意即"短笛"。此文缘自《小说月报》的老板陆守伦"开具应征者所拟之名",恭请挚友包天笑定夺。事成后,包天笑等五六人应邀前去聚餐。"主人乃命移座于园地",一钩弯月,清风徐徐,绿茵草坪上,众人"举杯相属",畅谈欢饮。如果包天笑将此场景写入现代言情小说之中,那么碧萝餐馆老板必然大为感动,说不定还会邀请陆守伦、包天笑进行一次欧洲之旅了。

谭正璧,字仲圭,笔名谭雯、佩冰、璧厂、赵璧等,一生发表的文章和出版的著作约150余种,千余万字。早年经邵力子介绍,入上海大学中文系,后去上海神州女校任教。1924年编写《中国文学史大纲》,此后编著出版著作数十种,其中有《国学概论讲话》《文学概论讲话》《新编中国文学史》《中国小说发达史》《中国文学家大辞典》等。抗战期间,他曾任中共皖江区城市工作委员会地下据点的新中国艺术学院院长。后为华东师范大学中文系古典文学兼职教授,还曾为《辞海》撰写古典文学部分条目,约10万余字。

谭正璧撰写的《闲话曹操》《闲话陆放翁》《重温旧梦话〈梅花〉——为重演〈梅花梦〉而

作》(《小说月报》第 41 期、第 43 期、第 45 期),饶有趣味。

谭正璧认为:《后汉书》与《三国志》记载和评价曹操之说大相径庭,《后汉书》"较为切实",因此曹操是一位"非常的'奸贼',非常的'奸雄'",是"治世之能臣,乱世之奸雄",而不是"不足齿的恶人"。并且引用鲁迅的一段评价,加以佐证,即曹操是"一个很有本事的人,至少是一个英雄"(《魏晋风度及文章与药及酒之关系》))。但是,"英雄难过美人关",曹操也是如此,除正妻之外,还有很多的姬妾。他怒杀杨修,"完全是为了嫉才"。同时,曹操爱英雄,推诚相待。对反对他的人,则是睚眦必报。文章最后指出:"曹操之死,乃千古一大疑案。"

谭正璧为曹操翻案,得到圈内人士的赞同,并且引开说去:"正显出我国人教育之发达,与头脑的迂腐,不能应用科学的眼光加以衡论,真是一件遗憾的事。"(岭南翁《闲话曹操》,《东方日报》1945 年 6 月 22 日)进入 21 世纪,易中天横空出世,全方位重新诠释曹操等人,在"奸雄"前添加了"可爱"二字,并认为曹操可能是历史上性格最复杂、形象最多样的人。此说大大超越了谭正璧之论。但"曹操之死,乃千古一大疑案",依然如此,可能无人解答。

"诗界千年靡靡风,兵魂尽兮国魂空!集中十九从军乐,千古男儿一放翁!"谭正璧的《闲话陆放翁》开头引用了梁启超此诗,分析一番后,转向陆游著名词作《钗头凤》及其爱情悲剧,进行了一番考证,牵涉到有关的各种记载和诗歌印证问题,得出了一些有价值的见解。一年前在沪江大学学习的丁景唐已经发表了长篇论文《陆放翁出妻事迹考——关于一个被迫于母遣去爱妻的悲剧》,引用了大量资料,做了详尽考证,并认为:

> 梦是现实生活缺陷的补偿,梦也是懦怯者逃避人世残暴生活的托蔽所。诗人落拓了一世,眼见着山河变易,人世沧桑,时光一年年流去,伊人既已成为黄土,自己的头发也白了,每当春花秋月,梦回酒醉之余,终不免时常追念起少年时的一段伤心史,把无限的愤憾发泄在诗词中。
>
> …………
>
> 唐氏代表了千万位有才干的女性,被摧残着,想到她的婆婆却代表了宗法社会传统的权威,一种对媳妇生死予夺的权威,于是又想到陆游的几首姑恶诗。

这是在搜集更多资料的基础上,爬梳名家杂说,注入现代意识,厘清脉络,努力还原历史真相;同时,批判男尊女卑的孔孟之道,令人联想到当时重庆国民党要员排斥妇女参政的谬论,由此重新诠释《钗头凤》及其爱情悲剧。无论是搜集的资料、阐述的内容,还是得出的新见解,比起一年后就事论事的谭正璧之文,似乎略胜一筹。遗憾的是谭正璧无暇顾及无名小卒丁景唐的文章,不过这也为进一步研究丁景唐的文章提供了必要的参考系数。丁景唐在《小说月报》编辑部看到谭正璧的《闲话陆放翁》时,不知是什么感受,不过他在其他论文里阐述观点时,与谭正璧的意见相左。

谭正璧(璧厂)撰写的《重温旧梦话〈梅花〉》回顾自己创作的第一个剧本《梅花梦》(《梅

魂不死》),诉说苦衷,心中却不免窃喜,因为该剧三次演出,大获成功。

[民国]三十年初秋,为了要使一家免于冻馁,开始写些已有十多年不专门写作的文艺作品,居然有小说,也有剧本。而剧本在我犹是"破天荒"——说得时髦一点,是"处女作"——第一本产物就是《梅花梦》。

说起写作这个剧本的动机,那么真有千言万语无从说起之慨。简单些说,为了那时看见魏如晦等的历史剧风行剧台,而自己要写作正没有题材,偶然翻读旧藏的一本李宗邺的《彭玉麟〈梅花文学之研究〉》,觉得彭玉麟对于梅仙"心坚金石"的恋情,在一切叙写男女恋爱的书本中,可说不易见到,尤其因为彭玉麟时在清朝曾经[是]显赫一时的中兴名臣,而两个人的"生离死别",实又含有隐秘不可告人的民族意识和[同仇]敌忾精神。那时我本人也正遭到了一生遭遇中所没有遭到过的难以排遣的苦痛,而又感念旧事,更郁悒无以自聊,于是决定"借酒浇愁",用这个题材来写成了《梅花梦》。

四幕《梅花梦》讲述彭玉麟与梅仙的爱情悲剧,富有传奇色彩。其中融入了彭玉麟在曾国藩手下充当冲锋陷阵的水师统领,率部攻打太平军。梅仙的父亲则被清军杀害,暗地里坚决反对彭玉麟率部出征,但是无法挽回,毅然出家,改名换姓为"二官"。多日后,彭玉麟偶然遇见二官,旧情复燃,也开始觉悟。这时孙中山的同盟会举起反清旗帜,彭玉麟部下反水,加入反清起义军。"他对梅仙所负的债不久即将全部抵偿,就在他伤口迸裂,大吐鲜血,含笑地在自己的营幕中闭目长逝了!"

此剧的前三幕发表于《正言文艺》,不料停刊了,最后一幕未能发表。这时著名导演费穆已看中此剧本,自己动手写了最后一幕,并将原来的《梅花不死》改为《梦花梦》,在璇宫剧场公演,引起轰动。其中重要原因之一是,该剧与钱杏邨(魏如晦)、于伶等编导的历史剧有类似的借古喻今——抗日战争期间民族意识空前觉醒,顺应广大爱国民众的心声。然而,费穆补续的最后一幕与谭正璧原来的设想完全不同。因此,谭正璧写了《〈梅花梦〉——剧本〈梅魂不死〉的本事》,做了必要的解释,并介绍了剧情,刊登于《小说月报》1942年第16期。同时,他还发表了《〈梅花梦〉主角彭玉麟及其有关人物考》(《万象》1942年第1卷第7期)。

几年后,《梅花梦》第三次公演,于是谭正璧撰写了《重温旧梦话〈梅花〉》,除了介绍许多有关史料之外,再次强调了该剧最后一幕,自己原来是"有意把这个富于文艺性的大悲剧写成寄寓民族意识的革命历史剧,而改编者却把我的革命历史剧依旧回复了原来的文艺剧"。对此,谭正璧显得很大度,并未锱铢必较,而是坦然地说:"费先生改编、导演后,上演三次,卖座不衰,即此已足以见到他改编的成绩,那么也不由我这个外行者来多饶舌了。"

叶枝曾与江芷、郭明合作《〈苦儿天堂〉主演叶小珠访问记》,叶枝又先后写了《〈梅花梦〉观感》(《海报》1944年10月10日)、《〈梅花梦〉原著与改编》(《风雨谈》第16期,1944年12月、1945年1月合刊"小说狂大号"),介绍了有关情况,不妨作为阅读谭正璧以上几篇文章的参考之作。

陈伯吹,著名儿童文学作家、翻译家、出版家、教育家,原名陈汝埙,曾用笔名夏雷。1981年创立"陈伯吹儿童文学园丁奖",后改名为"陈伯吹儿童文学奖"。

1928年,陈伯吹流亡到上海,一边教书一边写作。后攻读于大夏大学高等师范科,同时兼任上海幼稚师范学校教师。抗日战争爆发后,他先后写了《新流亡图》《缠黑布的人》等20多篇揭露和控诉侵华日军的滔天罪行、反映国难中儿童生活的散文、诗歌和小说,并致力于翻译欧美儿童文学。

> 一片白云遮住了月亮,这青灰的朦胧的月色,加深了沉思,加重了忧惧,加远了渺茫的前途,我那回忆的扁舟,满载着感慨,颠簸在风雨的大海里了。一阵凄清的犬吠声,唤回了远去的回忆,却又加深了"独在异乡为异客"的寂寞,失眠把我推入无底的哀愁的黑洞里去。
>
> …………
>
> 忽然男女们在沉寂如死的空气中,荡漾着年轻的合唱,歌咏着《天使报讯》的诗篇,是生的喜悦,男女们的颂扬,是生的意志的赞美,那庄重的音调、抑扬的旋律、动荡的节奏,洋溢着愉快的声音。我得救了,我寒冷的身体感到了温暖,我幻觉的阴霾转变为光明,我在无底的黑洞里冉冉上升,重复回到这希望与失望交并的世界上。
>
> …………
>
> 太阳普照大地,小楼上充满着阳光,我住在这充满着阳光的小楼上,从此我不怕失眠了,从此我也不失眠了,虽然我眷恋着这样可爱的失眠的夜。

陈伯吹的散文《我住在小楼上——赣城散记之一》(《小说月报》第41期),表达了自白和心理变化:悲哀与乐观、哀叹与振奋、低沉与奋起。突然触发自我救赎的念头,则是受到外界刺激,即窗外朝气蓬勃的男女们的歌声、坚定的前进步伐的时代节奏,"在沉寂如死的空气中,荡漾着年轻的合唱"。

该文谈及"《天使报讯》的诗篇",即19世纪的英国作家詹姆斯·蒙哥马利创作的诗歌《天使报佳音》(*Angels From the Realms of Glory*)。这首诗被誉为英语诗歌中的经典之作,至今仍广为传唱。《天使报佳音》的旋律多是采用英国的盲人作曲家亨利·思玛特(Henry Smart)所作的《光明处所》(*Regent Square*)一曲。自我救赎的转变终究是正能量的,不必去计较为何不是激昂振奋的抗日救亡歌曲。时在敌伪统治下,《小说月报》能够发表高唱抗日救亡歌曲的文章吗?

王治心为当时中国基督教界有较大影响的、多产的著述家之一。1934年后,王治心应刘湛恩校长之请,出任沪江大学国文系主任。王治心原在南京金陵神学院执教时,是朱维之的老师,他俩合作《耶稣基督》。1942年9月,丁景唐从东吴大学转学到沪江大学中文系三年级,聆听了王治心、朱维之、黄云眉三位先生讲课,他们分别教授中国文化史、中国文学史和国语文法、诗词作法。1948年夏天,丁景唐应恩师朱维之之邀,前去军工路的沪江大学担任了半年的中文系助教,他还抽空去看望了住在校外的王治心,尊称他为"太师"。王治心对丁景唐前来任助教感到非常高兴,并赠送了他长期任教的语文教材和备课用书,书上密密麻麻写满了注解和典故,凝聚着他长期执教的大量心血和智慧,也寄寓着对丁景唐的殷切期望,让丁景唐感动不已。

四年前,丁景唐协助编辑《小说月报》最后五期时,已经看到了王治心的散文《旅闽杂忆》(第45期)。王治心曾有六年执教于福建协和大学(今福建师范大学、福建农林大学的主要前身之一),学校原址为福建省福州市鼓山东南麓、闽江之畔的马尾区魁岐村福州制药厂(今海王福药制药有限公司)。王治心描写道:

> 协大位于马尾与福州城之中点,有二十余幢巍峨绮丽的洋楼,星星点点地散峙在山腰之间,面临闽江,北靠鼓山,风景之美,直驾全国各大学之上。每当夕阳西下的时候,散步江滨,神怡心旷。或于假日拾级登鼓山,沿途见有许多古今名人题词,刻于石壁。自山麓上升,历石级可千余,有庄严魁伟的大寺宇,有朱子读书处古迹,矮屋两间,犹保存于剑泉之旁,惜乎泉水已涸,仅存短桥涧路。极目四望,云在脚下,但见江流如带,森林密布,真是一读书胜地,缅怀前贤,不禁神往。该山之最高峰曰屴崱,路极崎岖,如欲登临,非预宿庙中不可,因此未及一登,至今犹有遗憾。

> 越鼓山约二十余里,有鼓岭,为西人避暑之地,必乘肩舆越岭度脊而往。某夏,有西人某邀往向避暑西人演讲中国文化,得寓于西友家中一星期,凉爽异常,虽在盛夏,夜必拥被以眠,与浙江的莫干、江西的牯岭,初无大异。惜乎这种胜地,国人不知利用,往往为和尚或西人所占,不无惭憾。

《旅闽杂忆》不仅是描写协和大学校园美景,还以更多的笔墨记述校园附近的情况,介绍福州特色物产、浓郁民俗风气和少数民族的趣闻。

> 我们在街上常常遇到一种肩挑负贩的女子,或者挑着一担柴,或者挑着一担山薯菜蔬等类的农作物,沿街叫卖的,大半是畲族中人。她们有一种特殊的装饰,不但所穿的衣服有些古式乡气,最显然的就是头上所挽的发髻,髻上交叉地插着长近一尺的三把刀,是用白银打成的,其形如剑,垂于脑后,剑头几及于肩,自后视之,宛如一乌龟形,或像一只巨型的蜘蛛。据当地人的述说,谓当唐朝末年的时候,王潮被任为福州节度使,与王审知从河南光州带了许多军队。这些河南兵往往杀死了本地的男子,劫掠他们的妻女,这些妇女为着自卫,暗藏着三把刀,把它插在头上,后来就渐渐地变成了一种装饰。到最近,这种装饰已经渐渐地少见了,除非是三四十岁以上的人,还有此种装饰。

王治心治学、教学多年,中西贯通,满腹经纶,也体现于《旅闽杂忆》的一个"杂"字上,此文实为集旅游、地理、风俗、历史等于一体。此文分为若干小节，层次清晰，有条不紊，加之插进的一些趣闻均交代清楚，适合中国读者的阅读习惯。此文"杂"的特点在 45 期《小说月报》中很少见，而且篇幅很长。最后一节为"厦门大学与集美中学"，仅数百字，便出现一排"×"分割段落的符号，作为结尾，意犹未尽，但是《小说月报》停刊了。

施蛰存，著名作家、翻译家，新感觉派代表人物。他早年曾执教于松江二中，有个学生沈子成。沈子成推崇恩师施蛰存及水沫社，多年辛勤搜集、认真研究，堪称这方面的专家。

沈子成在《小说月报》上发表了不少专题文章，如《中国新文艺中之性欲描写》（第 31 期）、《关于施蛰存及其著作》（第 33 期、第 34 期）、《记弥洒社及其社员》（第 35 期）、《中国新文艺中之地方色彩描述》（第 37 期）、《记早年上海的戏剧社团及其公演》（第 38 期）、《记水沫社》（第 41 期）。其中《关于施蛰存及其著作》《记水沫社》属于姊妹篇，互为补充。施蛰存等人与兰社、璎珞社、文学工场、水沫社和《现代》刊物是一门多元化、多层次、多视角的研讨课题，至今也是现代文学史研究的重点之一。如果说《现代》刊物是中国现代主义的主要策源地和 20 世纪 30 年代的文学重镇，那么水沫社作为文学社团则是施蛰存等人一生中革命色彩最为浓厚的部分，标志则是 1928 年、1929 年水沫社推出的两本文学刊物《无轨列车》《新文艺》，随后转向现代主义的文化使命，回归知识分子的岗位。（详见金理：《从兰社到〈现代〉——以施蛰存、戴望舒、杜衡及刘呐鸥为核心的社团研究》，东方出版中心，2006 年 6 月。）但是，如今很少有人知道沈子成的来历，更不清楚他写的《关于施蛰存及其著作》《记水沫社》两文，保留了同时代第一手的文学社团和人物的资料。

沈子成在《关于施蛰存及其著作》文后落款"民国三十二年清明节前二日脱稿于麟溪故居"，在祭拜先人之际，完成此文，颇有一番含义。

麟溪，浙江嘉善杨庙古称，原属嘉兴池湾，沈氏大族在麟溪宅邸筑有北山草堂（可坐下千人）。沈氏祖上沈约（字休文）历任尚书左仆射、尚书令、太子少傅，文化素养很高，是"永明体"的创始人之一，成为当时文坛领袖。沈氏家族田盈万亩，诗人辈出，与顾鼎臣、唐寅（唐伯虎）、王阳明、文徵明、沈周等名流唱和。麟溪沈氏从清代中叶渐渐式微，偌大的园林至道光初只剩一个亭子、九松堂五间，其他建筑已不复存在。昔日显赫一时的麟溪沈氏及北山草堂早已被世人遗忘了，幸好某图书馆珍藏许多有关麟溪沈氏的家谱和资料，不知是否有麟溪沈氏后代沈子成的记载。

沈子成在《关于施蛰存及其著作》一文最后说明：

> 十多年前，我已有意草一篇施蛰存论的文章，愿对其全部著述及思想做一个详尽的论述，因此，开始搜集其著作，及各方对他著作评述的文章，已及十分之九的成绩，均藏于嘉兴月河寓所中。不料江南烽火突起，我在嘉兴月河寓所的藏书大都遭毁。其时我乞食江北，事后无法南回收拾劫余，不久又兼我的双亲亡故，因此自己万念俱灰。自二

十七年夏归,栖寓沪上,搁笔已久,时光如流水,至今亦将及七年矣!在贫愁困顿中,时怀古人。今得知施氏平安归来消息,乘此假日,草此短文,以酬十年来之心愿。野心虽大,而能力太弱,又兼存书均失,无法参考,只凭记忆,故简略草劣,在所难免;尚望施氏谅我,同时对《小说月报》的编者与读者,深感抱歉与惭愧。惟文中所引各家对施氏之论评,或可供日后修中国新文学史者之参考,这就是我不愿将此文藏拙而付梓的初衷了。

月河是京杭大运河的一条支流,因其水弯曲抱城如月得名。月河历史街区旧时是嘉兴工业、商贸最为繁华之地,是嘉兴保存较好的古建筑群,沈子成居住其中。沈子成以上的说明,令人感慨不已。他从与施蛰存的师生之谊延伸为研究施蛰存,研究以现代主义小说作家为核心的文学社团和文学创作。而且,沈子成此文实属来之不易,呕心沥血,"以酬十年来之心愿",初衷只是为了"可供日后修中国新文学史者之参考"。

此文分为四个部分:(1)从水沫社说起;(2)施氏的生活及其家庭;(3)施氏创作评述,包括总述及分类、代表作《上元灯》的检讨、历史小说《将军的头》艺术研讨;(4)施氏之散文、翻译及其他。此文引用了许多有关资料,并说明出处,这显示了厚积薄发的成果,沈子成已将众多资料烂熟于胸,加之惊人的记忆力,撰文时才能左右逢源。他谦称此文"简略草劣,在所难免",其实不知熬过了多少不眠之夜,才终于完稿。足见他的毅力、执着精神非同寻常,无愧为麟溪沈氏之后人。

此文时常插入细节描写,注入几许朝气,及时调节述论的单一节奏,带来清新之风,冲淡了学究气。

> 施氏温柔和蔼,完全是一个可亲的中年人。白白的脸上架着一副眼镜,一对神采的眼瞳,笑时眯得很小,中等的身材,不胖亦不瘦瘠,完全书生本色;是聪明人,但不以聪明而自急,努力于学问,努力于事业,爱人亦自爱,虽富天才,而不以天才自诩。气质、家境、家庭生活及学校教育,使他形成这样的人。
>
> …………
>
> (施氏)家里是开织袜厂的一家中产商家,他为人很客气、谦虚,待人接物极有[条]理,无轻浮骄奢的习气。他的夫人陈慧华女士,系松江世家出身,曾受中等教育。他们结合的时候,我还在松江求学,其时我的父亲曾替我送了一副贺对,祝他们百年好合。这是十多年前的事了,现在他们是绿叶成荫果满枝了。

这些描述建立在零距离观察的基础上。文中评述施蛰存的《上元灯》集时,做了一些题外的发挥:

> 记得去年暑天,我因假期在乡家居,时适逢妻之生日,我们中午亦以面代饭,算是庆贺妻的生辰。当时我记起了这短篇,就叫妻看一遍,后问她的感想,她只是微笑着说:"与你一样。"至今我不忘记这微笑的印象,这是一个深刻的回忆!

> 《栗·芋》一篇,亦是写深沉的人生悲哀,人因了地位与环境的不同,能变换他的行为。施氏在本篇里,描写风景与人物,是非常成功的……

沈子成已将麟溪沈氏大家族的沧桑巨变与自己的心灵融入笔下,实现了文我合一,以此评述,在他心目中是最高境界了。他还谈及师生交往诸事:

> [民国]二十七年夏,我从武昌经长沙、衡阳、广州、香港而贫迫归返沪上,安定后不久,即赴金神父路拜谒胡山源师。从胡氏之谈话中,得知施氏在昆明西南联大任教,并最近因假返归沪上的消息,于是我问明了地址,赴愚园路做久别后的访问。不料施氏因事外出,未遇;乃约定下日重往,至则施氏已含笑出迎。论辈分,系生访其师;由此可见施氏之挚爱和蔼。久别重逢,倍觉感慨弥深!施氏虽久经风尘,仍极年轻而无衰容,谈锋甚健,讲他赴昆的初衷、年来生活,详尽而饶[有]兴趣。我问起他的长篇《销金窝》有否脱稿。他谦虚地谓:写长篇要魄力,因此不克完成,而搁笔。

如果《销金窝》完成,将和茅盾的《子夜》相媲美,但已成为中国现代文学史上的遗憾之事。

继《关于施蛰存及其著作》之后,沈子成又写了《记水沫社》,分为:(1)前言;(2)从璎珞社之始;(3)水沫社之起始;(4)水沫社之初期与第一线书店的成立;(5)水沫社之中期与水沫社书店之成立;(6)水沫社之后期与水沫书店改组停业;(7)水沫社同人所编行之其他丛书;(8)水沫社同人与《现代》杂志发刊;(9)现代诗派之渊源及其形成;(10)风流云散的水沫社同人。仅看这些标题设置,也可得知此文的分量和文史价值了,可以认为此文是第一次历述水沫社始末及其同人的文章。由于篇幅有限,有些情况介绍得比较简略,特别是第二节,提及《文学工场》刊物,也出现了冯雪峰、潘训(潘漠华)等名字,但只是一笔带过,暗示施蛰存等人曾有革命倾向。即使沈子成掌握了有关资料,也无法公开披露。

沈子成在此文的前言中谈起撰写此文的初衷。写了《关于施蛰存及其著作》之后,听说杨之华(并非瞿秋白妻子,而是"文化汉奸")要写有关水沫社的文章,便"退避三舍"。但是杨之华一文发表后,沈子成不甚满意,便有了《记水沫社》一文。沈子成在该文最后写道:

> 施氏曾向我述及其意愿,是希望战后能将刘(呐鸥)、穆(时英)二氏的遗作收集印行,一方面感念友情,留作永久的纪念,一方面使他俩的杰作保存,不使散失湮没;我亦希望施氏此愿日后能成事实。其他水沫社的社员如施绛年现仍在沪外,孙昆泉、潘训等均未知流浪何处,音讯久无。回忆十余年前的盛况,至今竟兴风流云散之感!水沫社已成历史的陈迹,而水沫社社员除已死者外,生者亦均天各一方了。

文中提及早期共产党人潘训,他于1933年被捕,在监狱中顽强斗争。1934年12月24日,当狱中第三次绝食斗争取得胜利之际,他遭敌人浇灌滚烫的开水而惨烈牺牲,时年32岁。

此文还提到冯雪峰。"据杂志文化报道栏内所记,谓在浙江故乡隐居,搜集并研究太平天国史料。前闻因某种牵连,有被捕拘押之讯,未知确否?"其实,1937年7月上旬,冯雪峰将中共江苏省"临委"所属党员移交给刘晓,以便重组中共江苏省委。因对王明错误主张不满,冯雪峰与中共中央负责人博古发生激烈争执。其后,他携妻返回浙江义乌家乡,撰写以长征为题材的长篇小说,约50多万字,即《卢代之死》。1941年震惊中外的皖南事变发生后,冯雪峰在义乌家乡被捕,被押往上饶集中营,次年11月设法逃出集中营。1943年6月初,奉周恩来之召,冯雪峰到重庆,向党组织汇报被捕及出狱经过,周恩来指示他在重庆争取公开活动。此后,他住在姚蓬子开设的作家书屋,直到离开重庆为止。

孙昆泉是翻译家,曾翻译《沉思》、《死之榻》(英国威廉·布莱克 William Blake 原作)、高尔基的长篇小说《奥洛甫夫妇》等。施绛年是施蛰存的妹妹,曾被戴望舒苦苦追求,最终酿成悲剧。

沈子成在此文最后写的以上一段话,充溢着惋惜、无奈、叹息之情,如同他在《关于施蛰存及其著作》中所表露的文我合一之情。不知他以后是否重逢师长施蛰存,如果叙旧话题继续扩大,也许会谈及水沫社健在成员的近况。

此后,施蛰存写过《〈现代〉杂记》《最后一个朋友冯雪峰》等,与沈子成以上两文思路完全不同。也许后者有笔误之处,应以施蛰存回忆为准。

丁景唐曾多次拜访施蛰存,请教各种问题,成为好友,并留有不少合影。丁景唐离休后,他原来所在的上海文艺出版社出版了64万字的《施蛰存七十年文选》(陈子善、徐如麒编选)。丁景唐将此书作为重要参考书籍之一,经常翻阅,并贴上有色贴纸,以示重点,其中还夹着丁景唐的一份手稿,即《九二老人话粽子——与施蛰存先生闲聊》,以及丁景唐写给《戴望舒评传》作者郑择魁的一封信,答复有关施绛年、穆丽娟的问题。穆丽娟为穆时英的妹妹、戴望舒的妻子。丁景唐经常查看的《施蛰存七十年文选》,还夹着其他许多剪报资料,使得此书超级厚实,其中也有笔者草拟的小文《一天两餐读碑版》。如果当初查看沈子成以上两文,及时登门请教施老,那么可以草成一篇很有分量的长文,披露更多鲜为人知的文史资料。

锺子芒,现代儿童文学作家,原名杨复冬,曾用笔名羊思、文海犁、易宛、马速、萧笛,生于南京,祖籍湖南长沙。他10岁时就在儿童文学刊物《小朋友》上发表诗作,1937年发表反映少年儿童抗日的小说《逃到哪里去》等。后考入复旦大学新闻系,当过报社记者、编辑。1945年出版杂文集《芒刺》(文锋出版社),经常在进步刊物上发表儿童文学作品。1949年后,他先后工作于上海华东人民出版社、少年儿童出版社、上海出版社文献资料编辑室(后并入上海辞书出版社)。他的童话代表作《孔雀的焰火》,1980年获得"1954—1979年第二次全国少年儿童文艺创作评奖"三等奖。

锺子芒比丁景唐小两岁,他俩曾同在上海出版系统工作,但不知他俩是否有机会叙旧,谈起当年的《小说月报》。

因之,对自己常常是失望的,我不怕人们对我失望。关切我的或许劝我少弄弄笔墨,可是笔墨又好似总与我有缘,一种矛盾的心情噬磨着我,也便愈使做"有希望的青年"距离得更远,同时也远疏于一些"有希望的青年"们。

(《一个"做文章的青年"的独白》)

锺子芒血气方刚,疾恶如仇,看不惯那些"浮夸于事"、操着"新文艺腔"的青年作者,即所谓"有希望的青年"。他们"缺乏思想训练",写作的"主题是那么无聊或是趋于传奇的色彩,追逐着语句的富丽"。他们的"生命年华并没有决定钻在纸张笔墨里","似乎都是脆弱的都市知识分子"。他们"自己徒然在毁损自己;或许是处处学会'学而优则仕'的途径,那么文章一成了'敲门砖',其本身的价值也就等于零,而随岁月的冲淡,这些文章在将来似不会有存在的余地"。同时,锺子芒第一次公开引用鲁迅的名言:"我现在对于作文章的青年,实在有些失望;我看有希望的青年,恐怕大抵打仗去了,至于弄弄笔墨的,却还未遇着真有几分为社会的。他们多是挂新招牌的利己主义者。"(《两地书》)

锺子芒勇于自我解剖,拷问自己的灵魂,反思自己的创作生活,挥笔写下《一个"做文章的青年"的独白——兼寄我的朋友》(第44期)。在批评他人的同时,他也坦陈:"剪拾自己写的东西,我就觉得我的文章也有时沾到一些病态——官僚气虽未必,市侩意味却带有一些。于是当清夜一梦醒来,每每想到作文章方面的事情,便有阵阵空虚幻灭的心情袭上……"锺子芒似乎还未深刻理解鲁迅的名言,即具有穿透一切的洞察力,往往会陷入无尽的痛苦。锺子芒以批评文坛青年的现状为主,包括自己在内。锺子芒特别看不惯那些装腔作势、指手画脚、自诩不凡的文学青年。他最后狠狠地"刺"了一下:"他们不承认自己有病,因为一则已急于要替'文学青年'开那文章诊断的'病方';二则,多听到的是一些恭维话,那么等于戴了一副黑眼镜,于烈日下奔走,虽有些头晕,总觉得两目清凉、飘飘欲仙似的。"

锺子芒以鲁迅名言作为批评武器,"刺"向他人,也直"刺"自己,满怀着儿童文学作家的赤诚之情。这种双向解剖的方式,在《小说月报》乃至中国现代文坛都是罕见的,尤其是在那个黑暗的年代里,食不果腹,生存堪忧。如今谁愿意这样公开双向解剖?恐怕大抵是单向的,刺眼的"聚光灯"专照他人吧。

《小说月报》还有其他较好的评述和散文等,如孙雄白的《闲话诸葛亮》(延续谭正璧的"闲话"系列)、白文的《谈艺术家的艺术与生活》、杨绚霄的《文学与天才》、灵蜨的《怀知音》等,不再逐一赘述了。

丁景唐协助编辑《小说月报》的最后五期,成为一个缩印版的"教科书",让他受益匪浅。

其一,丁景唐经亲戚介绍进入该刊编辑部,拥有微妙的说话权,虽然有一定的影响,如他能够说服老板陆守伦恢复大、中学学生的征文活动,但是未必有选用哪篇文稿的决定权,只能推荐文稿和建议采用,这与他协助审稿、改稿、校对的编辑工作有关。因此,丁景唐更大的收获是学习心得,即从这些不同风格的来稿中获取写作得失成败的经验教训。

这些来稿的写作水平之高、构思之多元、新旧手法之奇、内容之广泛、可读性之强、效应性之可鉴等,完全不同于丁景唐创办或主编的学生刊物的稿源。而且,丁景唐参与编辑《小说月报》的职责、感受和心情也截然不同,必须深入,逐字逐句认真审读,甚至斟酌推敲;周围有无数双眼睛盯着,随时在检验他的水准。这种学习的方式完全不同于平时作为读者观看文学刊物的方式,属于动手动脑的精读。可以说,该刊为他打开了"潘多拉魔盒",不断地释放大量信息,不仅有力地冲击着他的审美情趣和价值观的底线,也开启了他的创作新思维,展现一个无限扩大的新天地。

同时,丁景唐协助编辑工作,必然牵涉到编排技巧、修改争议、排版定稿、校对勘误、临时调整版面,以及出刊后发现的诸多问题,必须设法处理。这些是第一手的实践经验,难能可贵。丁景唐吸取资深老编辑的工作经验,结合他获得的第一手实践经验,取长补短,体现在此后成功办刊的思路里,甚至产生深远影响,包括他后半生从事或指导上海文艺、新闻、出版工作。

其二,该刊最后五期刊登资深学者、作家撰写的各类文章,以不同方式保存了大量的第一手文史资料,具有较高的学术研究价值,无形中为丁景唐开设了多元的进修课程,对于丁景唐此后大半生的治学道路产生了各种影响。

沈子成记述施蛰存等人及水沫社,给丁景唐研究施蛰存等人和中国现代文学史提供了必不可少的重要史料。史美钧撰写了一组五篇《中国现代诗人评述》,评论徐志摩、王独清、戴望舒、于赓虞、冯乃超的诗歌等。由于岁月剥蚀,丁景唐可能忘却这些文章,但是他作为诗歌爱好者,曾收集了几百册诗歌集(后捐给上海作家协会),其中就有徐志摩等人的诗集;他当时撰写的诗论,也多次牵涉到戴望舒、冯乃超等人。笔者还珍藏了冯乃超、夏衍、于伶等人写给丁景唐的亲笔信件,那是丁景唐多次请教关于"左联"、党史有关问题,收到对方的答复信件,很有价值。

其三,该刊提供了有关丁景唐的资料,由此产生"滚雪球"的效应。

沈寂(汪崇刚,曾用名汪波)、徐开垒(徐翙)、郭朋(萧群)、张英福(石琪)、徐慧棠(余爱渌)、王殊(林莽)等,都是丁景唐编辑《小说月报》时认识的,还成了好朋友。张英福的散文《乡恋(天涯篇)》,是答复丁景唐的赠诗《异乡草》的,其中的故事,丁景唐晚年还记忆犹新。但是他忘了此文的出处,如今找到张英福的原文,填补了一个缺憾。

郭明等人合作的《〈苦儿天堂〉主演叶小珠访问记》,不仅记载了昔日小童星叶小珠,引申出"戏外戏"的趣闻轶事,而且见证了郭明的文学活动。郭明是丁景唐的青年会中学同学,在校时参加共产党。郭明英年早逝后,丁景唐特地写了《郭明烈士小传(1921—1950)》。

其四,对于该刊的顶梁双柱,即包天笑的言情小说和程小青的侦探小说,丁景唐时为协助编辑,保持沉默。其实,他看不惯该刊将此作为办刊的主旋律,但也理解。抗战胜利后,他劝说老板陆守伦不再复刊,改出《文坛月报》,画风大为改观。其实,此前丁景唐已经撰写《武侠·侦探·行劫》,批判报刊市场上热销的武侠小说,"播扬着封建的毒焰",并点名批评"霍桑",即程小青代表作《霍桑探案》的主角。此后,丁景唐在《风雅的说教》一文中再次严肃批评假借说教的名义掩饰色情、肉欲的话题。幸好,丁景唐撰文都用化名,外人不知情,否则很是尴尬。

丁景唐心底一直感恩陆守伦提供的第一份工作,也感谢顾冷观等人不顾国民党特务来搜捕,依然刊登他的文章。那时丁景唐早已离沪,辗转南下避难。丁景唐返沪后,特地上门感谢陆守伦。多年后,丁景唐才得知陆守伦含冤去世,感慨不已。

第五编

《文坛月报》

作为"唯一编辑"的《文坛月报》

"另起炉灶"办刊

1944年春夏之际,丁景唐开始协助编辑《小说月报》。抗日战争胜利后,丁景唐属于中共上海"学委"领导,负责开展文艺青年工作,开始考虑在新形势下创办新刊物,他设法争取联华广告图书公司经理陆守伦,不再复刊《小说月报》。丁景唐与王楚良、林淡秋商量,推荐知名作家魏金枝担任主编,陆守伦做发行人,丁景唐负责具体事宜,成为"唯一编辑"。这个刊物得到"文委"诸多同志的支持,较好地贯彻了党领导的文化统一战线的方针。

该刊无愧为此后《人民文学》的前奏,撰稿人的阵容堪称豪华。他们是来自国统区和解放区第一线的著名作家或翻译家,1949年后继续活跃于全国文坛,除了少数人遭受不白之冤以外,大都担任作协要职,并兼任刊物主编,拥有大量的读者,产生了很大影响,在当代中国文学史上占据重要地位。

多年来,丁景唐精心保存着仅出版三期的《文坛月报》,并特地写了一张便条(图8),贴在《文坛月报》创刊号(1946年1月20日)扉页上:

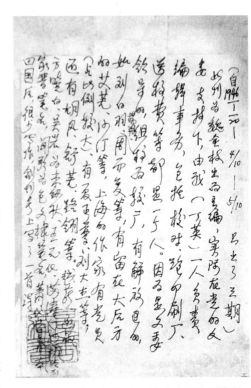

图8 丁景唐写在《文坛月报》扉页上的说明

(自1946年1月20日、4月10日、5月10日,只出了三期)

此刊为魏金枝出面主编,实际在党的"文委"支持下,由我(丁英)一人负责编辑事务,包括校对、跑印刷厂、送稿费等都是一个人。因为是"文委"领导的,组稿面较广,有解放区的,如刘白羽、杨朔、周而复等,有留在大后方的艾芜、沙汀等,上海的作家有党员(占比例较大),有夏丏尊、刘大杰等;还有胡风、舒芜、路翎等。越薪、函雨、方晓白、吴岩为束纫秋、王元化、满涛、孙家晋笔名,闻歌为包文棣笔名,萧岱自抗战前[从]日本回国后，很少写作，[在]创刊号上写了一首诗。

丁景唐等人推荐的老作家魏金枝，早年是"左联"成员，与柔石等人相熟。1930年初，魏金枝与冯雪峰、柔石协助鲁迅编辑"左联"机关刊物《萌芽月刊》，他发表的文学作品得到鲁迅的好评。魏金枝在抗日战争期间创作了许多文学作品，其中有些入选《中国新文学大系（1937—1949）》的小说卷。因此，由这样一位资深的作家出面主编《文坛月报》，办刊工作左右逢源，有能力应付各方情况，产生预期的影响。

《文坛月报》刊有小说、散文、诗歌、剧本、通讯和评论，撰稿人大多是党员作家。

图9 《文坛月报》创刊号

该刊为25开本，这是当时许多文学刊采用的一种版本。创刊号（图9）的封面设计四周为蓝底花纹，留出中间大块空白，上面为套红隶书的刊名"文坛"二字，下面为压扁字体的"创刊号"，下端为"联华图书股份有限公司发行"。内页的目录和正文均为竖排文字，目录旁注明"文坛月报创刊号特大号第一卷第一期，卅五年一月二十日"。

除了《创刊辞》（陆守伦）之外，有九篇小说——《节日》（越薪）、《发亮了的土壤》（刘白羽）、《舅爷爷》（函雨）、《人权》（路翎）、《生产的故事》（方晓白）、《伤兵的母亲》（林淡秋）、《变形记》（吴岩）、《苏秦之死》（魏金枝）、《落花时节》（艾芜），两篇评论——《读〈清明前后〉》（夏丏尊）、《思想的散步》（蒋天佐），诗歌《厄运》（萧岱），评介《关于〈士敏土〉》（董秋斯），以及四篇散文——《忆李劼人》（刘大杰）、《灯》（丁英）、《死法》（索非）、《家》（布衣），最后是董鼎山、丁景唐合作的《重庆文化界动态》，正文标题为"重庆文化出版界"。

如果推算一下，筹备此刊应该在1945年冬天，稿子来自上海作家和解放区、原"大后方"的作家之手，由茅盾、叶以群主持的中外文艺联络社供稿，上海"文委"系统的党员作家几乎全体出动。这些撰稿人中有些是著名作家、资深学者，以后还担任中国作协、中国文联、上海市委宣传部等单位的重要职务。他们首次聚集在《文坛月报》上，这让丁景唐引以为自豪，"文革"后对此刊物记忆犹新。丁景唐与束纫秋、王元化、满涛等人保持来往，直到晚年。

丁景唐校对完最后一篇文章，终于松了一口气，这本刊物既为广大读者提供了一份精神食粮，也向"文委"交出一份出色的答卷。这期创刊号的卷首《创刊辞》，署名陆守伦（可能是

丁景唐起草、魏金枝修订),写道:

> 如其要问,在这水深火热的当日,为什么不对症下药,还从事饥不可食、寒不可衣的文艺工作;这就由于我们的看法,以为文艺所能贡献于人类的,虽较渺茫而不切合实际,然亦较微妙而有积极的功效。因为文艺实为人类的精神食粮,不问其职业阶层,在这黑暗痛苦的人间,无不需要安慰和鼓励。无如物质既已有限,供应自亦有穷,只有这精神食粮,非为占有,而为贡献;非为杀戮,而为救护;非为争夺,而为了解;非为宣传,而为共鸣;故可取之无尽,用之不竭;既可以之忘却人间的黑暗与痛苦,更可进而消除人间的黑暗和痛苦。
>
> 然而,当前人们的目光,正都注视于焦头烂额的救济,而忘却了曲突徙薪的工作,即以自下的刊物而言,文艺刊物的缺乏,便是这事实的明证。虽各报副刊,已如雨后春笋,一时蜂起,然篇幅有限,鸿篇巨制必须瓜分离割,即杂文的篇幅长短也受限制。这在读者固为苦事,而作者的作品,在这洛阳纸贵的高压下,亦难有问世的机会。我们不信抗战的疮痍已经平复,人心的忧闷已经解除,而建国大计也只须以单纯的武力与政治即可迎刃而解。因此,我们愿取人所弃,而为人说不愿为,在不求有功的心情下,稍尽心力,以贡献于人类;并对我们身家所寄的祖国,在建国工作中,稍尽国民一分子的责任。
>
> 吾人既具这一见地而从事文艺,则本刊的发行,自亦为一切爱好文艺、从事文艺工作者而服务,当然不分宗派,不分门户,也不问作者的本来有无地位,唯当以其作品的能否补益于人类及国家为前提。虽在文艺的范围中,不能不有憎恶,以至于斥责和鞭笞,然而这非为个人的私事,而为人类的真理。以故在作家言,没有兼爱的怀抱,即没有憎恨罪恶的权利,没有殉道的热忱,也不能作诉诸情感的呼声;而在读者言,即亦不能以个人的好恶,而为粗忽的武断,必须对社会的环境作本源的探讨;庶几作者、读者之间能有消除隔膜的一日。惟是同人能力有限,心有余而力不足,尚望文艺先进予以匡扶与鼓励。

将原来的《小说月报》改为创办《文坛月报》,是丁景唐设法争取的结果。以上《创刊辞》中的一些看法仿佛是丁景唐向老板陆守伦进行劝说,细细品味,很有意思。

这期创刊号目录的最后注明:"提花图构"(插图)作者有池宁[1]、张乃鹄、王骊眉、戎戈[2]。

池宁时为地下党"文委"系统的,在美术界很有名气。他出身于美术世家,1945年在上海艺术剧团、上海剧艺实验团担任《雷雨》《日出》《女子公寓》和《这不过是春天》等名剧美工。他还是一个著名装帧设计师,先后为读书出版社、生活书店、辰光书店、光华书店等出版单位设计了很多书刊封面。他在时代出版社期间,负责《高尔基传》《莱蒙托夫传》《普希金传》《马雅可夫斯基传》等书籍装帧。

戎戈是一位出色的木刻家,也是丁景唐领导的"文谊"(上海文艺青年联谊会)成员,与丁景唐是同乡(浙江宁波)。他的木刻作品刀法娴熟,线条流畅,表现手法细腻。丁景唐多次请他创作,如鲁迅、瞿秋白和左联五烈士等的木刻肖像,收入丁景唐专著《左联五烈士研究资料编目》等。

20世纪50年代,国内流行一张彩色宣传画《合作有余》,表现了五个胖娃娃合力抬着一条大鲤鱼,象征着农业合作的优越性,作者便是张乃鸠(铁婴)。他还创作了许多色彩鲜艳的年画,如《骑木马》等,颇受欢迎。

池宁等人包揽了《文坛月报》的装帧、插图、提花等美术工作,使得创刊号图文并茂,美观大方。这期《编后》写道:

> 本刊内容已呈读者眼前,若妄加称褒,则有欺读者,若轻相谦逊,则有侮作家,两者都有伤于忠厚,正不如著一言,一听读者自加评骘,较为妥善。俗语有云,公道自在人心,编者固愿以这点自慰,作家所仰望于读者的想亦不过这点而已。惟以编者的立场言,对于为本刊写稿的众位作者,慨赐大作使得可集腋成裘,其盛情美意不可不加以赏扬。尤有不得已于言者,本期因为篇幅关系,不得不将若干篇大著留待下期发表,是则感激之外,还得致其歉意,请求予以鉴有。
>
> 至于本刊以后内容,仍拟以创作的小说、诗歌、散文、戏剧、理论为主,译述次之,且在可能范围内增加文艺性的通讯报告,使本刊更为生动活泼。以上各门,除仍请文艺界先进经常赐稿外,尤望文艺青年踊跃投稿。盖编者既深信抗战八年以后,经过残酷现实的孕育,定有伟大锦绣的名作在此时出现;而编者的采稿态度,尤无门户宗派的观念,唯以作品的本身价值为准,希望投稿诸君明鉴此意。

其中"尤无门户宗派的观念"的意思在《创刊辞》中已经出现,《编后》反复强调此意,自然有弦外之音。

此时,丁景唐领导的"文谊"已经开始筹备,广泛团结文艺青年,培养文艺新人。因此,以上《编后》强调"尤望文艺青年踊跃投稿",暗喻将有新信息。果然,《文坛月报》准备刊登《"上海的一角"征文》启事,丁景唐主持的《文艺学习》积极配合,希望众多读者踊跃投稿,便是一个生动的例子。由于《文坛月报》停刊,未能如愿,因此,此征文的工作便由《文艺学习》来承担。

《文坛月报》创刊号的版权页下端注明:编辑者为联华图书公司编辑部,位于上海宁波路470弄(瑞芝里)4号。经售处为五洲书报社,每册国币500元,预付户照定价八折优待。这里说的国币即法币,500元仅相当于5个鸡蛋的价钱。

编辑部所在地的东面是福建中路,北面是北京东路,西面是浙江中路,南面是宁波路,再往南是南京东路。宁波路470弄西面曾是中国华成烟草公司和顾家弄(10号为慈航仙观,20号为上海"中国济生会"慈善机构),东面是萃祥坊。进入瑞芝里,西面第一排1号为申典电化公司,2号为华美广告公司;其后一排3号为协记呢绒号,4号为联华广告图书公司。宁波路470弄靠近外滩的黄金地段,商铺鳞次栉比,商业气氛浓厚,煞是热闹,少爷、靓女流连忘返,三教九流混迹其中。丁景唐写有《一张广告的作法》《上海小姐古怪歌》《看戏有感》等讽刺诗,多年后丁景唐曾带领子女旧地重游,述说那里曾是他上班的地方。

《文坛月报》第2期(1946年4月10日)距离创刊号已有两个多月了。这期《编余》写道:

> 本期付排较迟,又逢印工罢工,辗转迁延,竟至误期一月,对于读者,实感抱歉。
>
> 自第三期起,除原有内容照旧不改外,更添国内外作家介绍、名著介绍、写作经验谈及习作园地、文艺信箱、报告征文等栏目,着重于文艺实际问题的讨论与研究,希望能与文艺青年打成一气。为了充实上项内容,以及不至再有延期事情起见,下期出版时日拟改至五月初旬出版。再则,艾芜先生的《落花时节》因已单行[本]问世,下期不再续登。

丁景唐凭借过去参与编辑《小说月报》的经验,与魏金枝等人商量增加有关栏目,"着重于文艺实际问题的讨论与研究",吸引广大青年读者。同时为"文谊"成员服务,不仅提供新老作者的写作经验,还发表青年作者的习作,互相交流写作和读书体会,以此团结广大青年,鼓励奋进,积极向上,使得"文谊"发展成地下党组织的外围组织,其中不少骨干分子先后加入共产党,做出了应有的贡献。

这期发表的作品出现了新面孔,有小说《访问》(沙汀)、《地道战》(周而复)、《小人心》(程造之)、《风暴》(杨朔)、《幼芽》(艾明之),评论《答文艺问题上的若干质疑》(胡风)、《英国文学中的战时倾向》(王楚良翻译),诗歌《好日子》(胡征),独幕剧《绯色的梦》(吴仞之改编),散文《圣经》(严文井)、《看玩把戏》(闻歌)等。同时仍然有上期撰稿人的作品,小说《俏皮的女人》(路翎),评论《为人民的与人民所爱的诗》(袁水拍)、《从〈荷兰之家庭〉想起》(刘白羽),散文《关不住了》(魏金枝)。艾芜的长篇小说除继续连载《落花时节》之外,他又写了一篇散文《聪明的皇帝》。

这期封面(图10)设计为池宁,原来负责该刊题花美术工作的四个人中王骊眉因故退出。这期封面与创刊号有所不同,删去四周蓝色花纹底,改为蓝色细框,凸显特大号印刷体的刊名。原来中间为一朵绽放花朵,改为木刻作品《嘉陵江畔》,汪刃锋作。他是著名木刻家、画家,早期木刻运动的创作者和推动者,主要作品有《高尔基像》《嘉陵纤夫》等,后为中国版画家协会副秘书长、北京画院专业画家。

这期版权页上增加了"本埠经售处":五洲书报社、上海书屋、上海书报公司、中国文化投资公司、国际书报社、作家书屋、生活书店、立达图书服务社。显然《文坛月报》受到广大读

图 10 《文坛月报》第 2、3 期

者的欢迎,促使各家书商愿意承销。其中徐伯昕和邹韬奋一起创办的生活书店声誉很高,在共产党的领导和影响下,生活书店成为发行马列主义著作和进步书刊的革命书店。徐伯昕已经参加中国共产党,负责生活书店。作家书屋是姚蓬子经营的,他也是"文协"成员。《文坛月报》刊登了作家书屋"经售文艺新书"的广告,其中有茅盾的《第一阶段的故事》、丁玲的《我在霞村的时候》、程造之的《沃土》、叶以群的《文学的基本知识》、臧克家的《泥土的歌》及丁景唐的《妇女与文学》等。因此,此刊扩大销售渠道,也离不开地下党建立的人脉关系网。

经过一番紧张的工作,组稿、改稿、校对和跑印刷厂等,丁景唐终于松了一口气,没有食言,兑现了他在《文坛月报》第 2 期《编余》的承诺,第 3 期如期出版(1946 年 5 月 10 日)。

这期最后的版权页上出现新的变化,一是增加了"编辑丁英",丁英终于亮相了,原来只有两个人的名字:发行人陆守伦、主编魏金枝。丁景唐使用丁英的笔名,次年上了国民党特务的黑名单,特务还到《文坛月报》编辑部所在的联华广告图书公司去搜寻丁英,当然是扑空了。

二是在上期增加了"本埠经售处"的基础上,这期又增加了许多外地销售网点:兰州的凯声服务社、西安的大公报分馆、长沙的凤凰什志社、广州的南光书店、长沙的文汇教育用品社、成都的四川书局、开封的民国日报馆、无锡的青鸟书店、郑州的中州书报社、宁波的开明书店和振新书局、江西的文光书店、杭州的中国文化投资公司、河南驻马店的青年书店。

这张销售名单见证了《文坛月报》不断扩大销售网点"滚雪球"的效应,壮大了声势,也是丁景唐等人付出大量精力和辛勤工作的一种回报。同时,证实了丁景唐当初劝说陆守伦的远见,即放弃原来的《小说月报》,更新思路,与时俱进,创办符合时代潮流的《文坛月报》,现在果然"形势看涨",精明的陆守伦老板乐不可支。这期正文中间还夹着刊登《文坛月报》前两期的要目,提醒读者还可以继续购买前两期,弥补未看到前两期精彩内容的遗憾。

第3期的内容依然吸引眼球,不仅有原来撰稿人的作品,如魏金枝的小说《死灰》、路翎的《幸福的人》,作家研究和论文方面有戈宝权的《罗曼·罗兰的生活与思想》、蒋天佐的《论艺术的价值与价格》等,也有著名作家、资深编辑靳以的散文《短简》、方敬的《命运·死》、舒芜的《买墨小记》等。值得注意的是首次刊登了五幕剧《粮食》,由杨文、陈荒煤、姚时晓、张水华集体创作。新作家的作品有项伊的《大年夜》、韦明的《母与子》、萧曼若的《冷老师的倔强》、次阳的《边境夜宿》,丁景唐也以"莫洛"的笔名写了诗歌《欢迎的期待》。

项伊本名陆钦仪。1945年投稿给丁景唐编辑的《小说月报》,经丁景唐介绍给郭明,发展加入中国共产党。他擅长写杂文、小说,曾得到魏金枝的称赞。陆钦仪与"文谊"的郭明、萧毅(周朴之,著名翻译家)、戎戈(著名木刻家)、梁达(范荣康)都是年轻有为的共产党员,分散居住在虹口一带。

这期的封面设计与上期相似,中间一幅木刻作品《建设》,作者是葛原。除了上期负责题花美术的三人之外,这期又增加了三人——葛原、夏子颐[3]、何鸣声,他们是丁景唐约来的。

夏子颐后为浙江美术学院(中国美术学院前身)师范系主任、副教授。著名诗人闻一多被害,激起夏子颐的满腔悲愤,赶刻了一幅《闻一多木刻像》,寄给了《中学生》主编叶圣陶,在第一时间得以发表(多家报刊转载),同时刊发了美术评论家平野撰写的《评子颐的闻师刻像》一文。"文革"后,夏子颐的错案得到彻底纠正,偶然发现《闻一多木刻像》,惊喜万分。叶老收到后立即复函,并回赠一首《浣溪沙》。

魏金枝在这期《编后》中写道:

> 这次出版日期总算没有延迟,算是可以自慰者之一。然而上期所预定的许多计划却是未能完全做到,这虽限于人事,而编者自己却不能不在此表示歉意。
>
> 《粮食》一剧,在北方颇为风行,取材、风格,多和此时此地有点异样,特为介绍,以广眼界。此外,在小说方面,这期有新人萧曼若的《冷老师的倔强》,报告方面有新人项伊的《大年夜》,均值得一读。萧君的风格颇似沙汀先生,而项伊君的风格亦活泼爽利。努力写作,将来都会有前途的。
>
> 至于名著介绍,本已排印,以篇幅关系,不得不临时抽出,亦可下期登出。创作经验,亦可于下期登出。此外,仍望各地读者多供给些具有现实性的通讯,本刊当留一相当地位予以发表。

丁景唐等人原拟增加栏目,但"限于人事","未能完全做到"。其中创作经验、名著介绍的文稿已经收到，他们满怀希望可以在下期刊登，还有其他美好计划，争取逐渐实施。但是，《文坛月报》停刊了，除了爆发内战之外，还有其他重要原因。一是陆守伦作为知名的广告商在上海商界经商多年，深知立足生存之道，更不敢得罪国民党当局，如此革命文学色彩浓厚的刊物迟早要遭到查禁。二是原来的《小说月报》是一份以通俗文学为主的期刊，适合上海众多市民读者群体的阅读口味，销售渠道宽泛，容易获得广告客户的青睐，刊物的成本不仅可以及时收回，而且容易获得较多的盈利。在权衡政治和经济因素后，加之其他种种原因，陆守伦决定终止《文坛月报》。此刊停刊后的一个月，陆守伦再次与老搭档顾冷观合作，创办《茶话》（1946年6月5日出版），基本上恢复原来《小说月报》的旨趣和内容。

丁景唐生前留下一篇未完的文稿《〈文坛月报〉（1946年1月—5月）琐谈》，内容如下：

《文坛月报》是抗日战争胜利后，党领导的一份文学刊物。不少作者是中共党员和解放区作家。我们邀请"五四"时期老作家魏金枝主编，而由我具体负责编辑、校对、印刷工作，实际编辑仅我一人。上海地下党组织"文委"系统的党员大力支持这个刊物，茅盾、叶以群主持的中外文艺联络社供给解放区和"大后方"作家的文稿。刊物较好地体现了党的文化统一战线政策。陈思和、丁言昭在《希望之孕——记丁景唐编辑生涯五十年》（收入丁景唐《犹恋风流纸墨香——六十年文集》，上海文艺出版社，2004年）中谈到《文坛月报》时，曾说……

有些书刊不了解情况，主观地说。有的同志误认为《文坛月报》是萧岱同志编辑的，也是不符合实际的。尊敬的魏老已在"文革"中被斗惨死。我是唯一的编辑人员，有责任对此据实以告。

但在这篇琐谈中，主要说明夏丏尊前辈在《文坛月报》上发表《读〈清明前后〉》和老友董鼎山与我合作以"禾田、洛生"笔名写《重庆文化出版界》《重庆的诗歌与戏剧界》，提供刊物的创办的背景和我本人在《文坛月报》编辑前后情况，供关心的朋友们参考。因此，不及详谈刊物的内容等等，容以后续写。

在[第]三期上刊出萧曼若的小说《冷老师的倔强》、[项伊的]报告《大年夜》时，魏老在《编后》中对萧曼若和项伊的作品作了鼓励，说：他们的作品"均值得一读。萧君的风格颇似沙汀先生，而项伊君的风格亦活泼爽利。努力写作，将来都会有前途的"。

插图和题花，除"文委"系统党员池宁同志之外，魏老让我组稿，我就约了张乃鸠（铁婴）、戎戈、葛原、夏子颐、何鸣声。

很遗憾，丁景唐生前未能完稿，也未能续写，《文坛月报》许多内情成为难解之谜。如《文坛月报》的三篇《编后》，虽然丁景唐明确说第3期《编后》是魏金枝写的，那么前两期呢？如果说这三期《编后》均为丁景唐起草、魏金枝修订，那么并不出乎意料。

荟萃名家的小说

《文坛月报》刊登了不少名家小说,其中一些颇有影响。

魏金枝早年以写乡土小说登上文坛,曾得到鲁迅的赞赏。在《文坛月报》创刊号上,他发表的是改写的历史小说《苏秦之死》,具有象征意味。苏秦是战国时期著名的纵横家、外交家和谋略家,游说列国,合纵诸侯抗秦,佩六国相印,名震天下。魏金枝却远离史书的记载,另起炉灶,描写苏秦之死的故事。小说中有猫捉老鼠的生动情节,充分显示了魏金枝的丰富联想的功底,由此可窥见该小说的主旨:螳螂捕蝉,黄雀在后——聪明反被聪明误。

魏金枝写的类似的小说《关不住了》,主角是小女孩,一心想走出这扇家门,但总不成功。该文最后写道:"总之一句话,人在折磨他自己,人也在教养他自己,恩怨是很难在这复杂的交错中分辨出来的。"如果这与他当初和鲁迅争辩之事联系起来,那么他现在只是哀叹,无法辩解了。

魏金枝在这两篇作品中刻意回避现实题材,委婉、曲折地表达自己的意向。也许他凭借丰富的阅历,作为《文坛月报》的主编,已经察觉到此刊物的背景是共产党,不愿意再"火上浇油",宁愿低调行事,这也是保护该刊物的一种策略。

魏金枝的小说《死灰》放置在《文坛月报》第3期的头条,回归他擅长的乡土小说题材,写作手法更为娴熟,刻画了保丁(当过土匪)的复杂性格和扭曲的心理。"他已坐在地上了,把手捧着头,把它深深地陷在两只膝踝之间。而他那拱起的方阔的背部,痉挛似的抖着,看样子他是在哭泣。"小说结尾出乎意料,原来保丁一副凶神恶煞的模样,现在成了孩子似的,说了实话,他只是奉着保长之令行事,错把"我"当成"财神"绑架。

林淡秋是老革命,曾任"左联"常委、组织部长。抗日战争期间,他奉命转移至新四军根据地与游击区,先后任《知识青年》主编、《滨海报》社长与《苏中报》《抗敌报》总编辑。抗日战争胜利后,主编上海《时代日报》,兼管副刊《新文学》。后任杭州大学副校长、中共浙江省委宣传部副部长、浙江省文联党组书记等职。

"等不得啦,同志。你血流得太多了!"

母亲似的声音、母亲似的表情、母亲似的焦急与担心!看看自己的胸门口,看看"母亲"的额角头,鲜血是一样的殷红!激动的眼泪像伤口的血水一样涌出来,涌出来,他终于趴在她的背上……

林淡秋写的小说《伤兵的母亲》最后的结尾点题。抗日前线负重伤的八路军士兵,苏醒过来发觉丢了枪,冒险背他回来的李贵英立即转身重返战场,在硝烟弥漫的阵地上拾回那支枪,额头被日军的枪弹打伤了,于是出现了以上一幕。

这是《文坛月报》创刊号里唯一一篇歌颂八路军奋勇作战及军民鱼水情的生动故事,与刘白羽写的小说《发亮了的土壤》——抗日根据地的故事，都让上海广大读者眼前一亮，耳目一新。

王元化的小说《舅爷爷》写于1944年冬天，描绘了一个旧式老人生活的无奈和精神的低迷状况，受到果戈理的小说《旧式地主》的影响。王元化回忆说：

> 我可以把这三次反思简述如下——第一次发生在抗战时期一九四〇年前后，那时我刚入党不久，受到了由日本转译过来的苏联文艺理论的影响……在四十年代读名著的诱发下，很快就识别了自己身上那种为了显得激进所形成的"左"的教条倾向……直到[上海]沦陷区时代即将结束，时间已经过去了三四年，我才取得了一些进展。当我把我写成的一篇小说《舅爷爷》和评论曹禺改编《家》的文章给一位朋友看时，这位朋友禁不住说："真的脱胎换骨了。"这时我也成为满涛所喜爱的契诃夫作品的爱好者，我们在文艺思想上则主张回到马克思的原初理论上去了。[4]

抛弃"左"倾教条主义的公式化、概念化的创作模式，回归人性高地的文学理念，这也是《文坛月报》创刊号发表其他作品的共性，由此显示地下党"文委"领导此刊物的不同凡响之处。

束纫秋在抗日战争初期从事文艺创作，曾在《文汇报》《译报》《大美晚报》《文艺阵地》等报刊上发表小说、速写、散文。太平洋战争爆发后上海成为"孤岛"，在党的领导下，他继续从事文艺创作。1949年后，束纫秋与丁景唐长期在新闻出版界里工作，彼此很熟悉。

束纫秋的中篇小说《投机家》、短篇小说《节日》，分别被收入《中国新文学大系（1937—1949）》的中篇小说卷和短篇小说卷，其中《节日》的文后注明："原载《文坛月报》一九四六年一月二十日创刊号，署名越薪。"丁景唐也许曾与他谈起往事，可以想象那是一幅动人的场景。

《节日》讲述一个店铺小伙计朱福生的幻想。他只在逢年过节时才有休息时间外出透气，玩耍一番，但是每次都被老板逼着"多做些生意"。这一回过中秋节，他下定决心，邀约几个伙计去龙华、吴淞游玩，但被浇了一盆冷水，冥落一场。有个伙计拗不过朱福生的纠缠，无奈之下承诺只打两圈麻将就陪同朱福生外出，结果麻将打了一圈又一圈，永无休止。朱福生哭了，硬生生地挤出两个字——"无聊"。

小说不动声色地叙述故事，朱福生可怜的小小五彩幻想不断被冷酷现实击碎，一次次刺痛他的单纯心灵。小说标题"节日"蕴含着一种巨大反差：有钱人家过节，吃香喝辣；贫困百姓则是揭不开锅，在生死线上煎熬。全篇没有一个脏字，但抨击黑暗社会的愤懑之情在暗地里涌动，一旦有个缺口，就犹如火山般喷涌而出，不可遏制。这里再次见证了"形象大于思维"的真谛。

著名作家、翻译家、出版家吴岩，原名孙家晋，早年毕业于暨南大学外文系，后为上海译文出版社副总编辑、社长，被誉称为"挺直了腰杆，背负着历史"。他醉心于翻译和介绍外国文学,始缘于郑振铎的启示和鼓励,潜心翻译了托尔斯泰的《哥萨克》,经吕叔湘审订,由开明书店印行,由此一发不可收拾。他的译述甚多,其中《泰戈尔抒情诗选》获全国1980年至1990年优秀外国文学图书奖一等奖。

吴岩写的小说《变形记》的标题,令人联想起契诃夫的短篇小说《变色龙》,虚伪逢迎、见风使舵的巡警的讨厌个性,同样体现在吴岩笔下的同乡、同学贾智圆的身上。从抗日救国的大事,到租房(房东是贾智圆)、吃饭的生活琐事,甚至他儿子的悲剧,贾智圆的言行都比契诃夫刻画的巡警有过之无不及。贾智圆的"变形记"是反动统治下扭曲人性的一个缩影,他有一副可悲可恨可怜的市侩嘴脸。

著名翻译家满涛,原名张逸侯,早年考入复旦大学,后留学日本、美国、法国。1949年后,在上海人民出版社、译文出版社等工作,翻译了陀思妥耶夫斯基、果戈理、契诃夫等的文学作品和文论。

满涛以"方晓白"的笔名写了小说《生产的故事》。对于难产的女子不幸的悲剧深表同情,痛斥游手好闲的男子不问临盆妻子的死活,与其说是批判大男子主义,不如说是尖锐抨击黑暗社会制度草菅人命,这是酿成妇女悲惨命运的根源。

抗战时期,艾明之在重庆任中学教员时,发表了第一部中篇小说《上海二十四小时》,深深同情沦陷区人民。抗战胜利后,他担任生活书店的编辑,出版了长篇小说《雾城秋》,后为中国作协上海分会副主席、中国电影文学学会副会长。

"走?——哪里去?——回家吗?"我吃惊地站起,问。

"不!"她想笑一下,没有成功,"跟我爸爸到一个新的地方去。"她顿了一下,然后用哭泣似的声音慢慢地接着说,"那里恐怕离家更远了!"

"那是什么地方呢?"

"我不知道。"她摇摇头说,"爸爸说以后[在]那里工作。"

这是艾明之的小说《幼芽》(《文坛月报》第2期)最后出现的一个情节,女孩是"我"执教学校的一个学生,因侵华日军铁蹄蹂躏南方,她和父亲只好背井离乡。好不容易盼来抗日战争胜利,女孩父亲所在工厂却倒闭,女孩交不起学费,要离校远赴"新的地方"——解放区。小说的字里行间充溢着浓厚的人情味,委婉哀怨,不经意中冒出一个尖锐的问题:为什么打完仗工厂反而要关门呢?顿时小说的格调不再局限于泛泛而谈的师生之谊了,而是赋予深刻的思想内涵。

除了上海的作家作品之外,外埠名家的小说也很精彩,特别是抗日战争第一线的故事,为《文坛月报》增添光彩。

抗日战争胜利后,周而复以新华社、《新华日报》特派员身份,随军调处赴各地采访,撰写了报告文学《东北横断面》《松花江上的风云》和《晋察冀行》等。此后,他担任香港中共华南分局文委委员、副书记等职务。

周而复的《地道战》可以看作是《晋察冀行》的组成部分,反映广为流传的冀中地道战故事。文章最后写道:"大麦场上遗留下四具野兽的尸体和一匹死马,大道上躺着五个负了重伤没有逃掉的日寇。够上老百姓在麦地里牵回来四个高大的枣红色的降马。三小队没有一个伤亡。"

著名作家刘白羽在这时期前后担任中华全国文艺界抗敌协会延安分会党支部书记、重庆《新华日报》副刊部主任、北平军调处执行部记者等,他在延安和重庆"大后方"采访的丰富经历,也反映在他的小说《发亮了的土地》里。该小说讲述了抗日根据地的新面貌,并通过不同村民的言行说明一个道理:"咱这边的队伍是打日本的",那些国民党"杂军""不和鬼子作战。啊!躲到我们山里来,专门要粮要款"。该小说具有散文化的诗意,这是刘白羽写作的特色之一,小说开头就写道:"西下的天眼落照在山坡上,树丛照得发亮,露出一片蓝色和黄色组成的村舍房屋。"这与小说的诗意标题相契合。

如果将此小说与刘白羽以后的散文代表作《日出》——雄伟瑰丽的日出奇景进行比较,那么会得出很有意思的结论。两者都不约而同地凸显一个"亮"字,象征着一种美好生活、光明前程,具有不同的鲜明的时代色彩、深刻的思想内涵。

1939年,杨朔参加中华全国文艺界抗敌协会组织的作家战地访问团,奔赴华北各抗日根据地,随八路军转战南北,写下许多抗日题材的优秀作品。1942年春,杨朔奉命回延安参加延安文艺座谈会,但是因故未果,他遂到延安文艺界协会,继续从事创作,后进中央党校学习。

杨朔写的《风暴》取材于华北村民英勇抗日的故事,其中有小脚村妇冒着生命危险保护区长(共产党员)的情节——"小脚女人扭着腰身走到赵区长前,把怀里的婴儿递过去,双手挽着松散的发髻说:'走吧,孩子的爹,咱们也回家吧!'"但是,凶残的鬼子和汉奸把村妇的丈夫抓走了,"赶着他走上不可知的道路"。此后,这个感人的故事多次出现在抗日题材的影视作品里,令人肃然起敬。

程造之曾参加苏北抗日游击队,后调到新四军三分区政治部的《东南晨报》《江海文化》任编辑。1944年11月被日本宪兵逮捕,次年5月获释,担任上海《大公报》编辑。后任中国作协宁夏分会副主席和名誉主席,著有长篇小说《幸福门》《黄浦春潮》《地下》《烽火天涯》、短篇小说集《草原上的黄昏》等。

> 墙头上第一个西装和尚头爬起来,向他射击,陶宝屹立不动,扣上机子,火光一闪,和尚头仰泳一般翻身落下去。
>
> 诸孙园大嚷:"反了反了,无法无天了!"
>
> 陶宝在墙内冷笑:"如果有法有天,好好的中国人绝不会弄死在自家人手内了!"

一时,墙头上探出四五杆盒子炮来一齐向他射击。

程造之的小说《小人心》讲述的是一个惊险故事,一位壮士打抱不平,为救出抗日分子,甘愿"造反"了。小说到此戛然而止,出乎意料,留下无穷的悬念。程造之的小说被公认为文笔老练、娴熟,结构紧凑,可读性很强。

1946年,重庆举办高尔基逝世十周年纪念大会,艾芜发言时说:"同时也是由于他(高尔基)从小就经历过艰难的生活,熟悉劳动人民的痛苦,明白他们的优点和长处,并热爱他们……更重要的一点是他能够把他[的]生活和笔,都拿来参加无产阶级革命事业,努力写出他们需要的东西。"果然,艾芜的笔下出现了自己熟悉的故乡,创作了《丰饶的原野》《故乡》《山野》等作品,其中《丰饶的原野》由《春天》《落花时节》《山中历险记》系列作品构成。《文坛月报》创刊号、第2期连载《落花时节》,但该刊的第3期没见到该作品的续篇了,此事鲜为人知。[5]

著名作家沙汀与艾芜齐名,都是从"左联"走向中国文坛的。1931年11月29日,他俩写信给鲁迅,求教文学创作问题,留下一段佳话。沙汀的小说作品大多取材于他熟知的四川农村社会,淋漓尽致地展现了冷峻、客观、暴露、讽刺手法和含蓄深沉的内涵思想。沙汀的小说《访问》放在《文坛月报》第2期首要位置,依然保持了这种题材的特色和写作风格。

1939年,路翎的短篇小说《要塞退出之后》,让向来挑剔的胡风刮目相看,称他"年轻、纯朴、对生活极敏感,能深入地理解生活中的人物","是一个有着文学天赋的难得的青年,如果多读一些好书,接受好的教育,是能够成为一个大作家的"。1942年后,未满20岁的路翎进入创作高峰,完成了著名的中篇小说《饥饿的郭素娥》,后收入《中国新文学大系(1937—1949)》的中篇小说卷,他被公认为20世纪40年代崛起作家中的佼佼者。

路翎写的短篇小说《人权》发表于《文坛月报》创刊号,仅仅从这标题也足以让后世的直线思维的评论家大吃一惊。此作品与路翎同时期的《谷》《旅途》等小说着眼于揭示知识分子的精神创伤与危机,在鞭挞、咆哮、呻吟、咒骂、吼叫的血淋淋的场景中,逼迫读者去思考人权的问题。因此,有的学者点评时采用了"疯狂躁动"的极端词语。《文坛月报》第2期刊登路翎的小说《俏皮的女人》,描写的对象显然与《人权》中的主角知识分子截然不同,但是前者的鲜明个性并不逊色于后者。

路翎的人生道路的成败与胡风密切相关,1955年因受胡风冤案牵连,被迫中断写作20多年,曾经一颗闪耀的文坛彗星消失了。

靳以等人的散文

《文坛月报》还刊登了不少名家散文,各具特色。

严文井被誉称为中国儿童文学泰斗,曾任延安鲁艺文学系教师、《东北日报》副总编辑,后为中国作家协会书记处常务书记、《人民文学》主编和人民文学出版社社长、总编辑等。他留下的最后一篇散文,不足300字,却整整写了20个月。

"一本《圣经》,给我,我要一本《圣经》。"作者面前是一个日本战俘,是一个基督徒,看见作者手边有一本《圣经》,便哀求道。作者感到很奇怪,问:"我们基督教的教义是反对战争的,十诫里禁止杀人同犯奸淫,当兵打仗就违反了我们的精神,为什么你要来参加这个战争呢?"回答:"(教徒)一律要服从国家的命令,到了年龄要服兵役。"被日军蹂躏的小镇上有一个在狂笑的疯子,哥哥抚养他20多年,他却不知道哥哥被日军惨杀。作者联想到那个要《圣经》的日本兵,他看到这疯子会怎样。

著名作家、资深编辑靳以早年与巴金合编文学刊物《文季月刊》,与良友图书印刷公司的赵家璧密切合作,远远超出了甲方与乙方的商业契约关系,这在同时期文艺刊物中极为少见。[6]他曾连续编辑了10种以上的大型期刊和文艺附刊,写了长篇小说《前夕》和30多本短篇小说和散文集,大多反映小市民和知识分子的生活,描写青年男女的生活和爱情。

抗日战争胜利后,靳以随同在重庆的复旦大学迁回上海,担任国文系主任,与叶圣陶等合编《中国作家》。《文坛月报》第3期发表了他写的散文《短简》,虽然还是写女青年的爱恋之情,但她写信给向她表白的男青年时述说的却是另一个男青年,他曾是她的救命恩人,上战场后突然来了一封信,打乱了女青年的思绪。整篇散文以淡雅优美的文字平静地叙述,缠绵不断,但蕴含着火山般的热烈之情,随时喷发,折射出靳以的思想变化,同时连接着他过去作品中的主旨和情感。

以书信式的"短简"述说作者内心的情感,在中国文学中比较多,巴金的《短简》便是一例,影响比较大。靳以作为巴金的挚友,他写的《短简》不免被巴金的光耀所掩盖。其实,靳以的散文创作贯穿一生,留存的散文集中便有《猫与短简》《渡家》《我们的血》等。

方敬的一组《雨景》诗歌曾刊登于靳以、巴金合编的《文季月刊》第1卷第3期,巴金还编辑出版了方敬的诗集《行吟的歌》、散文集《生之胜利》。多年后,方敬写了思念巴金的诗歌《装不进相框的头像——赠巴老》。[7]

恰巧,方敬与靳以"相聚"于《文坛月报》第3期。方敬的散文《命运·死》的标题分别是一组两篇散文的小标题,跳出过去专注个人缠绵情感的狭窄圈子,而是面对社会现实——"抗战胜利了,中国的命运将怎样呢?还要像畜牲一样无声响地死去吗?""我们要惊觉,一个国家碰着这样一个起死回生的大好转机,应该爱惜大家的生命,爱惜民族的生命,而致力于美满的生的创造。"

刘大杰是著名文史学家、作家、翻译家,曾任复旦大学教授兼中文系主任、中国作家协会上海分会副主席等职务。抗战时期,刘大杰在四川大学任教,与著名作家李劼人"共度了两年多的愉快生活"。李劼人被称为中国现代具有世界影响的文学大师之一,也是中国现代重要的法国文学翻译家。1949年后,曾任成都市副市长、四川文联副主席等职,代表作有《死水微澜》《暴风雨前》《大波》等。

刘大杰撰写的《忆李劼人》(《文坛月报》创刊号),属于名人写名人的文章,生动、传神,披露了不少趣闻轶事。文章写道:

> (李劼人)从前在成都大学教书时,因为他不能与恶势力和睦相处,他愤而辞职,自己在成都街上开一小酒馆,牌名"小雅居",太太做卓文君,他自己就是司马相如。他的学生们到馆中饮酒时,一看是老师在当堂倌,几乎坐立不安,进退维谷。劼人却从容不迫,仍是端盘、放筷、打酒、提壶。他说:"不要紧,在学校我是先生,在酒馆诸位是客人,请坐着喝酒吧。只有一点,小店本钱不多,恕不赊欠。"一时传为笑谈。劼人夫妇毕竟不是生意中人,以文学家兼教授的双重资格,经营这一个小酒馆,不到两年,就把本钱赔光而关门了……
>
> 到劼人家去喝酒,是理想的乐园:菜好、酒好、环境好。开始是浅斟低酌,继而是高谈狂饮,终而至于大醉。这时候,他无所不谈,无所不说,惊人妙论层出不穷,对于政府社会的腐败黑暗,攻击得痛快淋漓。在朋友中,谈锋无人比得上他。酒酣耳热时,脱光上衣,打着赤膊,手执蒲扇,雄辩滔滔,尽情地显露出他那种天真浪漫的面目。

舒芜的学术成就甚多。1949年后,他参与整理人民文学出版社最早出版的一批古籍。他退休后,研究鲁迅、周作人等人。他作为一个书评家,能够把理论艰涩的文章写得如同随笔和散文,形成了一种优美的文风。但是,他是一个有争议的人物,主要指他在胡风冤案中扮演了一个不光彩的角色,其中历史真相,自有公认。舒芜上高中时参加抗日救亡活动,后在胡风主编的《七月》上发表《论主观》一文,成为一场长达五年之久的文艺论争的主要焦点之一。

舒芜的《买墨小记》(《文坛月报》第3期)开头就提到周作人写的同题散文《买墨小记》,不由感叹此文"娓娓清言,令人俗虑全消,立地成'雅'"。时隔九年,自己又写同题,"恐又不免徒贻前哲之羞,而致狗尾续貂之诮吧"。舒芜稍稍"刺"一下周作人的"大隐"——曾有不光彩的文化汉奸的劣迹,就把笔锋一转,谈起自己用毛笔起草一篇中国近代史演讲稿时,毛笔竟然被蘸的墨汁"胶住了大半截",不由得埋怨奸商卖的假货——墨锭,其上有"湖南曾涤生(曾国藩)"的烫金字样。由此联想到镇压太平军的刽子手曾国藩,也是用此墨写下"进攻人民杀害同胞的方案计划",以此尖锐抨击国民党当局。这辗转联想的构思颇为新颖,自然不同于开头提及周作人的同题散文。

著名翻译家、作家包文棣,笔名辛未艾、闻歌,后任中国作家协会上海分会副主席、上海翻译家协会副会长、上海译文出版社总编辑。他一生致力于外国文学和文学理论的译介工作,成果累累。

包文棣写的散文里,出现上海滩街头"玩把戏"的,尽耍嘴皮子,每到关节眼时便要围观人扔钱,一耍二赖三吆喝,最后还是没有变出土里长出的黄瓜。围观者一哄而散,被骗去几个闲钱,却有一股阿Q精神自慰法——"老子早就看穿了,哼哼。"《看玩把戏》写得风趣、生动,读者看得有滋有味,犹临其境,结果与现场的围观人一样都被愚弄一番。其实,该文究竟要讽刺谁呢?

索非曾是无政府主义刊物《微明》半月刊主编,他与巴金等人有交往,后为开明书店的高级职员。他写的散文《死法》颇有意思,述说了个人的浪漫色彩的死法,最后冷冷地说:"我不说什么,因为我不想死。"无情地剥下了那些醉生梦死者的虚伪面具,他们无非是自我陶醉一番,正所谓"宁做石榴裙下风流鬼"。

"从杭州坐了乌篷船到蒿坝,又从蒿坝到剡溪的起点,那就是我的老家,也就是李白咏的'自爱名山入剡中'的地方。"这是《文坛月报》创刊号上刊登的散文《家》(署名布衣),作者回想起剡溪起点的老家。这里属于浙江嵊州,名人辈出,其中就有中国当代经济学家、教育学家马寅初。他性格刚毅,敢于直言,不大可能写如此娓娓道来的散文。

抗战终于胜利了,但是作者依然感叹有家归不得,友人告诉作者:老家的小小山城如今要选举会议长,结果突然冒出来一个人,"八年来无声无息的",却要来争选,闹得乌烟瘴气。"由此看来,真是天下的乌鸦一般黑,我们只有叹一声'悠悠苍天'。"显然此文的矛头直指国民党当局,"乌烟瘴气"成了腐败、黑暗的一种象征。

不同题材的剧本、诗歌

《文坛月报》先后发表了唯一一篇报告文学《边境夜宿》(次阳),以及两个剧本,来自国统区和延安边区不同作家之手,其题材和表现手法大相径庭。该刊创刊号并未出现诗歌,后面两期则有一些诗歌。

> 这是一个很奇特的村子,十几户人家中分成两部分,村东是一区,西头是一区。两区各有各的主人,犬牙交错。这儿已经是两个敌对区域的交壤的边境了,两部分的人们仍然依着旧日的习惯彼此称呼,这中间立着一垛看不见的然而很厚的墙。一面虽在暂时和解了,但各个人心目中仍然[有]泯不掉的记忆——惨痛的往日仇恨的记忆,还扎着深根。

《边境夜宿》的开头就出现了一个敌我守防各据一方且犬牙交错的画面,加之时常有土匪偷袭,一下子把读者引入一种神秘难测的气氛中。对方一见是"外区"来的三个陌生人,免不了要出现这样的程序:惊骇、怀疑、冷冰、审问。作者的笔法甚为高明,不动声色地描绘了人物的形象——

> 门外走进来的是一个高个子强壮的中年人,菜油灯下照出满脸的大麻子。一只壮

汉的粗大的右手从右肩上抬起来摸着鬃角,眼睛忧郁,但很有光彩。严肃地打量着我们,态度庄重而坚决,初看似乎要赶出我们的样子,眉头皱了一个疙瘩……透过散布在黑暗中的微弱的灯光,看见我们(八路军)臂章以后,拧在身上的紧张似乎松了些。

生动的方言给故事的情节注入了鲜活的生命,凸显了人物的鲜明个性。看似简单的夜宿,却不经意制造了一个个悬念,情节跌宕起伏,引人入胜,拍案叫绝。

"三子!三子!你呀,没出息,那么多的睡!听着,我问你一句话,你三叔不是不认得字,还能看路条子?每次……哏。"

"你啥都不懂!吓吓他们……他们又不知道咱们认得不认得,他[们]还以为咱们认得呢……况且王同志又不在家……"

"你去来,三婶在干吗——我的慰劳鞋晗没做起呢……你睡嘞吗……没出息的东西。"

"哏……哏!"小娃娃模糊地答应。

他们母子准以为我是睡了的,我把所有的话都听在耳朵里,晚间的疑团完全了然了,原来不识字的人也可以查路条子(手写的身份证、通行证)的。

最后一个悬念揭晓了,原来如此,高!这种叙述故事的手法,把人物、情景的描写融化在其中,抓住了内涵丰富的细节描写,具有浓郁的地方色彩,颇有"山药蛋派"的风味。这对于大都市的读者来说,又陌生又新奇——第一回,字里行间充满了勃勃生气,似乎都能触摸到鲜活的生命和灵魂,哪里有什么奶油、咖啡和靡靡之声。

《文坛月报》第2期刊登了独幕剧《绯色的梦》。改编者吴仞之,原名吴上千,又名吴常千,曾参加上海艺术剧院、上海剧艺社等,1939年参加编辑《剧场艺术》月刊,并成为职业导演、左翼戏剧的重要骨干。他还钻研灯光技术,很有名气。抗战时期上海沦陷为"孤岛",吴仞之与费穆、黄佐临和朱端钧一起成为"孤岛四大导演"。1949年后,他担任上海戏剧学院导演系主任、副院长等职务。他一生执导过百余部戏剧,有《人之初》《日出》《名优之死》《山河泪》等。吴仞之在改编的剧本《绯色的梦》前写了《小序》:

这是一出喜剧,是根据 Theresa Helburn 的 Enter the Hero 所改编的。

一方面描写着少女们的绯色的梦,一方面在整日整年忙着的工程师陈念英的嘴里让观众的心理上自然地反映出少女们的梦的"无聊""灰色"。这里的喜剧性愈浓厚,反映得愈明显。它好像在向观众大声疾呼:"你觉得怎样?这是社会赐给少女们的人生!灰色的人生!"

史达尼斯拉夫斯基在他的《论舞台艺术》里提出了"超主题"。他对于这个名词的解释是"作品的基本思想"。我想,这出戏的"超主题"应该就在这里。

是的,社会的进化是那么慢。一般地说,几千年来的历史造成了畸形的发展:男子们整天在忙碌着,女孩儿们在寂寞里做着绯色的梦——不,是灰色的梦。

这种梦,似乎到了现在已渐被时代的转轮所丢弃。现在的改编,应当不是对它有所留恋,也不是想用来叫醒中华的女儿。中华的女儿早已在这抗战的大时代里丢弃了这种绯色的梦、灰色的梦了。然而,我不由得记起十多年前看到的少女的梦的一页——一首词:

好把窗儿开了,好把帐儿挂了,想那梦魂儿,好趁风儿来了。悔把窗儿开了,悔把帐儿挂了,想那梦魂儿,又被风儿吹了。

是的,离今不过十多年。这丢弃是突变,不是渐变。这突变,是受敌人之赐!要渐变,才是世界的时代转轮下的觉悟!由此,这出戏的改编,也许能引起我们更深一层的自觉和愧悔吧。

Theresa Helburn 的 Enter the Hero,即特雷莎·赫尔本的《走进英雄》。史达尼斯拉夫斯基,即苏联著名导演斯坦尼斯拉夫斯基,1949年后,斯氏的演剧体系奠定了中国话剧现实主义表演的科学基础,并产生了深刻影响。"绯色的梦"作为标题早就出现在其他作家的笔下,吴仞之故意再次使用,希冀引起观众的注意,毕竟剧场票房关系到剧团的生存。

该剧主要围绕着陈念生与未婚妻之间的感情纠葛展开,二人忽而爱得死去活来,忽而冷漠绝情,在很短时间内感情大起大落,凸显"突变"二字。随着抗战胜利的形势转变,吴仞之也意识到此剧跟不上时代潮流,因此写了以上的《小序》,文字有点拖沓,其实只有两个关键词:喜剧、丢弃。

独幕剧《粮食》由洛汀、海默编剧,凌子风导演。1945年5月10日,鲁艺文工团在延安上演该剧和《合作社》《突围》。第二天,延安《解放日报》发表《〈粮食〉等剧观后记》,署名方习。"非常欣赏《粮食》中的几场戏,特别是李班长打四爷一记耳光那场,非常有声有色,处理得很干净。"同时作者认为:"《粮食》内容上比《合作社》要丰满得多,他把敌伪军队的矛盾、伪军李班长和敌人的爪牙四爷之间的矛盾、四爷和日本小队长的矛盾,纠葛在一起,用以体现出敌我在粮食问题上的斗争,用以体现出广大群众钢铁般的坚强和意志,题材的运用恰到好处。但是当作者以喜剧的手法来处理这戏的结局时,所安排装扮八路军袭击抢粮一场,在情节上显得过多了一些。这样,对于作者所要表现的严肃而残酷的粮食斗争这主题,是不是因而可能起冲淡的效果呢?这是值得考虑的一个问题。"

1945年6月24日至25日,延安《解放日报》连载独幕剧《粮食》时,署名洛汀、张凡、朱星南集体创作,显然是经过修改了。后由新华书店出版单行本,收入中国社会科学院文学研究室编辑的《中国现代独幕话剧选(1919—1949)》,1956年在莱比锡出版德文译本。

独幕剧《粮食》后改为五幕剧,由杨文、陈荒煤、姚时晓、张水华集体创作。此后,全剧收入《陈荒煤文集》第1集(中国电影出版社,2013年),并注明:"原载1946年5月10日《文坛》第 1 卷第 3 期。"此言有误,《文坛月报》第 3 期仅刊登了该剧序幕和第一幕,因故停刊,后面四幕未能刊登。

序幕讲述伪区长催促手下去收粮食,结果处处碰壁,勉强收上来的是沙子和糠皮。第一幕八路军和游击队保卫秋收粮食,投入战斗。后面的故事则是在八路军攻打日军掩护下,乡亲们抢收粮食。其中穿插了乡亲与村里的汉奸、糊涂分子进行斗争,从日军刺刀下逃出来的年老乡亲的以身说法,揭穿日伪军欺骗伎俩,教育众乡亲等情节。

这五幕剧和独幕剧《粮食》构思有相似之处,但更多的是剧情内容不同,甚至是重起炉灶。显然,陈荒煤等人吸取了以上提及的方习的意见,将原来讽刺性的喜剧改为正剧,删除了原来大受欢迎的辛辣讽刺的喜剧情节,形成一堂规规矩矩的教育课,严肃有余,生动不足,比较沉闷,情节不紧凑,戏剧冲突减弱。如果上演,难以达到预期的剧场效果。

《粮食》后来改编为电影,故事情节似乎恢复原来独幕剧的喜剧元素,在村长带领下,表面上是替日军催粮,实际上是为八路军筹粮,反映了机智、灵活的斗争策略,塑造了不怕牺牲、忍辱负重的村长等英勇的形象,辛辣地讽刺敌人的残暴与愚蠢。全剧情节紧凑,波澜起伏,语言生动,颇有喜剧性,深受观众的喜爱。

五幕剧《粮食》剧本由四人集体创作,其中陈荒煤是著名戏剧家。他在《光明》等刊物上发表剧作,1938 年秋赴延安,执教鲁迅艺术学院戏剧系、文学系。抗日战争胜利后,在晋冀鲁豫边区文联、北方大学文艺研究室工作,主编《北方文化》。1949 年后,担任文化部副部长、中国文联党组副书记等。

姚时晓,原名姚治孝,曾与陈荒煤同在上海从事左翼戏剧运动。曾在《光明》上发表剧作《别的苦女人》,并参加"移动演剧座谈会",后任延安鲁艺教员、中原军区政治部文工科科长。1949 年后,历任中国作协上海分会副秘书长、副主席等。

因此,陈荒煤、姚时晓等人的剧作在《文坛月报》刊登,首次在上海与读者见面,意义非同寻常,也意味着陈、姚二人回"娘家"。

《文坛月报》也发表了不少很有特色的诗歌,题材多样。创刊号仅有萧岱写的一首叙事诗《厄运》,长达 240 多行,分为四个部分,描述他的父亲前半生的足迹。父亲按照祖父的意愿去经商,虽然他舍不得放下书本,但可恶的盗贼偷走了父亲辛苦经商 20 年的全部积蓄。父亲无奈之下,写信给作者,"这是他第一次向我开口,要我有多余[的钱]寄些回去,声明这是出于万不得已,他知道我赚不了多少钱。还劝我不应再那样任性,只管到个人,不想想家庭"。

萧岱,原名戴行恩,早年留学日本,参加"左联",创办诗歌社,后为上海生活书店编辑、上海《联合晚报》编辑。1949 年后,担任上海文联副秘书长、《上海文学》编辑部主任、《收获》副主编。

抗战胜利前夕,萧岱与丁景唐、王楚良一起创办《译作文丛·谷音》,萧岱、王楚良都撰文点评丁景唐的第一本诗集《星底梦》,引起读者的共鸣。丁景唐称萧岱"[从]日本回国后,很少写作,[在]创刊号上写了一首诗"。萧岱首次以此叙事诗的形式披露了他的身世,《厄运》在他一生文学活动中也是仅有的一首叙事诗。他借此诗尽情地宣泄了长期积压在心底的感情,既有痛惜、焦虑、爱护父亲之言,又有无奈、苦口的劝说,呈现一幅幅不同场合中父亲形象的画面,流动、闪耀、瞬间定格,回味绵长。萧岱最后深情地说道:"我想对他这样说,父亲,放弃你的宿命论吧!也别再怨你的命运,无须再信佛,再信菩萨,你的善心也救不了多少人。这世界会用别的方法改造它。"

胡征,原名胡秋平,1938年起在延安抗日军政大学、鲁迅艺术学院学习,曾在八路军115师工作。抗战胜利后,与陈荒煤等人同在晋冀鲁豫边区文联,担任刊物编辑。后因胡风案入狱,平反后到陕西省社会科学院主持文学研究工作。

胡征的叙事诗《好日子》(《文坛月报》第2期)是逼着女儿出嫁当童养媳的"哭歌",一行行诗歌沾满了离别的泪水,愁肠百转,难于排遣。全诗以弟弟的眼光来描述:"不要回头呵/妈妈还在门口哭泣着/她瞎了的眼睛/看不见你临走时难过的脸。"忧愁、苦怨、难舍难分,姐姐今后的人生道路充满了艰辛、侮辱、冷漠和毒打,更不知道姐姐这一去不知何时再相见,生死未卜。弟弟最后看着姐姐的背影渐行渐远,悲哀地哭道:"你瘦小的影子慢慢更小了/你举起耀眼的红布在飘飘的摆/我怕看你蓬乱的头发和你破了的单衣/风呵你轻一点吹——""分离"的永恒主题在这里发挥得淋漓尽致,"穷"字逼迫天下多少女孩去当童养媳,根源在哪里呢?诗歌的主旨不言而喻了。

"我怀念这个朋友,他的名字,是写在××边境的农民的心上……"这是莫洛的诗歌《欢迎的期待》(《文坛月报》第3期),追述一位知识分子投笔从戎的故事,表达了对他的思念——

你和这铁的队伍一起/不踢响一块石子/流动在山沟和疏林之间/在现实残酷的斗争里/你学习游击战争的科目……我的怀念/喷泉一样涌着/它激冲成一条溪流了/绕着崎岖的山路/流向你那烧着篝火的/野营的旁边/使你能亲切地听到/我露魂的至诚的祝福。

各具特色的评述

《文坛月报》的各种评述都出自名家之手,其中有夏丏尊、胡风、刘白羽、戈宝权、袁水拍、蒋天佐等。

1945年6月,茅盾在重庆参加了"茅盾先生五十岁寿辰和创作活动二十年"的纪念茶会之后,忙于写作第一个剧本《清明前后》。中国艺术剧社赵丹导演此剧,王为一、顾而已、秦怡等人公演,引起轰动。

1946年1月,著名文学家、教育家、出版家夏丏尊写下了《读〈清明前后〉》一文,发表于

《文坛月报》创刊号。夏丏尊认为此剧并不像国民党中央广播电台所说的"有毒素",而且"主旨的正确和反映现实的手腕,是值得敬服的"。夏丏尊还特地作一首七律诗为茅盾祝寿,诗中写道:"待旦何时嗟子夜,驻春有愿惜清明。"不料几个月后(4月23日),夏丏尊在沪溘然长逝,茅盾被列为治丧委员会成员。6月2日,茅盾辗转赶回上海,参加了在玉佛寺举行的夏丏尊追悼会,并作了即席演讲。

丁景唐很敬重夏丏尊这位前辈,况且《文坛月报》创刊号发表过夏丏尊的文章,因此理所当然地把夏丏尊纳入自己研究的范围,并搜集了夏丏尊各种资料,其中有稀见的版本。[8]

胡风和叶以群是"文协"研究组正、副主任。胡风的《答文艺问题上的若干质疑》(《文坛月报》第2期)是一份记录稿(剑冰记录),胡风应邀参加"职业妇女"文艺座谈会,答复诸位的提问,经整理后共答复七个问题。其中有一个关于"抗战八股文"的问题,胡风认为:

> 八股,是按题作文,而且按着一定的形式作文。那就是文章内容不是从作者的血肉的要求出发,只是玩着概念的游戏,用形式来缚内容,以至抛弃内容,拒绝内容的意思。抗战八股是,用政治概念直接制造作品,成为作品的意思。政治概念,是从现实人生提炼出来的概括的说明,本来是很好的,但作家只能借着它的引导去认识现实人生,突入现实人生,那就可以认识政治概念所包含的复杂多变的人生内容和蓬勃活泼的人生纠葛。政治概念,是帮助我们向现实人生搏斗,帮助我们追求现实人生而整理的,从那里取得艺术内容或生命。而抗战八股,恰恰相反,仅仅是政治概念的演绎,从政治概念一脚跨到作品,丢掉现实人生,因而没有现实人生的真相,也就不能成为艺术了。这也是主观主义的一种,危害很大,我们非反对不可的。

抗战"八股文"显然已经成为广大读者热议的问题,包括不屑一顾的抵触,于是当场有人提出。胡风的答复还是比较通俗易解的,一改他过去佶屈聱牙的谈论。其实,近现代的"八股文"风气可以引申出许多话题。

胡风夫妇在1946年2月下旬从重庆飞抵上海,胡风为住房、刊物等问题发愁,也多次找"文协"有关人员商谈各种事情。因此,"职业妇女"文艺座谈会可能是"文协"出面邀请胡风去参加的。

"职业妇女"即中国职业妇女会,成立于1937年"八一三"事变后,次年改为中国职业妇女俱乐部(简称"职妇"),设有理事会,主席为茅丽瑛(革命烈士),该妇女团体为共产党的外围组织。

胡风夫妇飞抵上海后,上海党组织把上海广大妇女组织起来统一行动,投入各项民主运动,设法召集"职妇"等42个妇女团体举行联席会议,1946年3月6日正式成立上海妇女联谊会,选出许广平、罗叔章、胡子婴等为常务理事。3月8日,上海妇女联谊会发动各界妇女,在兆丰公园(今中山公园)举行庆祝三八妇女节的活动。如果这时胡风在"职妇"文艺座谈会进行演讲,那么也并不令人感到意外,但尚需佐证,梅志写的《胡风传》(北京十月文艺出版社,1998年)里没有提及此事。

上海民歌社是丁景唐于抗日战争胜利后组织的,发起人名单上有著名作家端木蕻良、诗人马凡陀、"红学家"魏绍昌等,还有"文谊"的青年成员,每个名字都有着生动的故事。

马凡陀,是著名诗人袁水拍的笔名。他先后发表过300多首政治讽刺诗,以嬉笑怒骂的方式揭露国民党政府的黑暗,反映人民群众的疾苦,深受广大读者欢迎。他写的《为人民的与人民所爱的诗》(《文坛月报》第2期)谈了写诗的体会,他认为:"即使个人对'好诗'的看法不一致,至少不会离开这两个判断的基本条件,第一,写给人民大众看或听;第二,为了人民大众而写。"这也是他创作这么多的政治讽刺诗的"奥秘"。他告诫喜欢写诗的朋友:"世界观可能是很清楚、正确,感情上却还没有到达自然而然的境界。我们知道这样,可是我们不能走进去。追求,可是没有结合。新的头脑,旧的心灵。于是表现在诗歌上的就是概念、抽象、说理、象征……"此文与胡风一文编排在一起,可以说明文学创作上的许多问题,都是广大读者所关心的。袁水拍此后的政治命运大起大落,不知他晚年时是否还记得当初写的以上这些话。

著名翻译家戈宝权与叔叔戈公振(著名新闻学家、中国新闻史学拓荒者)都有着传奇人生故事。戈宝权一直严守外交上的大量秘密,直到去世也未能动手撰写回忆录,令人扼腕。

戈宝权与傅雷等都是中法文化交流的使者。1935年6月30日,戈宝权时为《大公报》驻苏记者,在莫斯科红场举行全苏联体育大检阅时,看到了正在苏联访问的罗曼·罗兰夫妇,由高尔基陪同前往观礼。三年后,戈宝权初次访问巴黎。1982年,88岁高龄的罗曼·罗兰夫人,将一批丈夫与中国人通信的资料寄给戈宝权,其中有著名翻译家傅雷当年写给罗曼·罗兰的第二封信函。两年后,戈宝权应邀前往法国访问和讲学,还访问罗曼·罗兰夫人,进行了亲切的会谈。

戈宝权写的《罗曼·罗兰的生活与思想》(《文坛月报》第3期),登于魏金枝、丁景唐新增加的"国内外作家介绍"栏目,满足了广大读者的需求。戈宝权此文长达万余字,详细介绍了罗曼·罗兰的有关情况,落款为"一九四六年四月十九日改写",显然此文是在原有文章的基础上进行删改、增补的结果,并与他后来撰写的纪念罗曼·罗兰逝世40周年的文章《罗曼·罗兰和中国》有内在关系,虽然相隔近40年。

戈宝权曾赠送给丁景唐一本珍贵的单行本《殉国烈士瞿秋白》纪念册,这是1936年瞿秋白牺牲周年之际,莫斯科外国工人出版社编印的,如今国内存世极少,具有重要的历史价值。戈宝权还在纪念册扉页上写了一段话:

> 景唐同志多年来研究瞿秋白同志的生平与著作,并编有《瞿秋白著译系年目录》一书,具有参考价值。忆一九三七年旅居莫斯科时,曾购到《殉国烈士瞿秋白》一书,收藏

至今，现特转赠景唐同志，并请教研，以留纪念。

戈宝权（钤印）

一九六三年五一节于北京

字里行间流露出当年学者之间的真挚感情和至诚交往，至今读来备感亲切。

丁景唐等人发起组织的"文谊"成立大会上，莅临指导的文艺界名流中有一位面目清瘦的男子，30多岁，高个子，沉着冷静，为人谦和，他叫蒋天佐，是个有名的笔杆子——文学翻译家、评论家，在各种报刊上以不同的笔名发表文章。

蒋天佐原名刘季眉，又名刘健、刘其镠，笔名天佐、贺依、史笃、佐思、紫光等，江苏靖江人。他早年参与学潮，被南京省立一中勒令退学。1930年，他毅然加入中国共产党，曾担任中共南京市委宣传部部长，两次被捕入狱。1935年，他由家人保释出狱后，到上海从事文艺译著工作。1938年，他恢复了党的组织关系，担任上海文化界总支部负责人。

上海"孤岛"时期，蒋天佐与林淡秋、孙石灵、锺望阳、王元化等负责编辑文艺丛刊《奔流》，这是中共江苏省委"文委"办的，同年7月30日出至第6辑停刊。蒋天佐在该刊创刊号上发表《论民族形式与阶级形式》，此文同其他论文《坚持理论坚持批评》《论文学的形象》《论典型》等一起收入文学理论集《低眉集》，1947年6月列入"光明文艺丛书"，由光明书局出版发行。此书为"促进我国文学理论和创作的发展起到了积极的作用，特别是其中'文学价值论'的研究，为我国的文学批评实践寻找到了一个理论依据"。

蒋天佐写的《论艺术的价值与价格》(《文坛月报》第3期)收入《低眉集》，显然他很看重此文，将其纳入"文学价值论"的一种补充。如今再看这些论述恍如隔世，被时尚的多元化思维和价值观取向的变化所迷惑，甚至不知所措。其实，静下心来思考一番，还会觉得当年蒋天佐等人的论述有可取之处，反映了他们那个时代的论知水平。

昔日"左联"成员、翻译家董秋斯，原名董绍明，字秋士，河北静海(今天津)人。他的名字在鲁迅日记中出现时，也写为"董时雍""董君"。1929年间，董秋斯在上海编辑《世界月刊》《国际》月刊，与史沫特莱熟识。董秋斯和蔡咏裳合译苏联小说《士敏土》，1931年再版时，鲁迅曾为之校阅并译序。

十年后(1941年春)，董秋斯在旧书摊上意外地发现了英文版《士敏土》，惊喜不已，"真像发现了一个多年不见的老朋友，于是动了修改中译本的念头"。他写了《关于〈士敏土〉》发表于《文坛月报》创刊号，透露了许多内情：

> 两个人合译一本书，正如两个人合写一篇文章，结果是无法满意的。所以这一次的修改，完全以英文本为准则，不再迁就旧译本的文字；名为修改，实际是又译过一遍了。
>
> 这一次改译，在我个人看来，总算是比较满意。可是，从生意的观点来说，那一次出版却是最大的失败。译本过去出版过两次，出版者总借口环境不利，不肯爽爽气气地付

版税,但仍旧收到一些。一九四一年的再版,竟是大蚀其本了。

董秋斯的"吐槽",补充了鲁迅全集有关注释的内容,并引申出后续的修改中译本的故事。董秋斯修改的中文译本《士敏土》,1950年由海燕书店出版,圆了他的一个梦。此后,他担任上海翻译工作者协会主席、《翻译》月刊主编、《世界文学》副主编等职务。

丁景唐的老友王楚良是一位翻译家,1934年参加"左联",翻译 A. 托尔斯泰的《保卫察里津》和辛克莱的《不准敌人通过》等,后在中国外交学会工作。20世纪40年代,丁景唐曾与王楚良负责编辑上海基督教学生团体联合会会刊《联声》。

王楚良翻译的《英国文学中的战时倾向》,W. B. 考夫曼(W. B. Kaufman)原作,刊登于《文坛月报》第2期。显然是丁景唐向王楚良约稿的结果,再次见证了他俩的情谊。

《文坛月报》创刊号和后面两期刊登的文章内容丰富多彩,因篇幅关系,尚待有机会继续介绍。

丁景唐的诗文

《文坛月报》第1、3期分别刊登了丁景唐的散文《灯》、诗歌《笑容》,以及他与董鼎山合作的通讯报道,均收入《丁景唐诗文集(1938—1949)》。

丁景唐在《妇女与文学·后记》里写道:

> 自我能记忆的时候起,父亲就已离开了这个人间,而在珊妹懂得记忆的时候,终年卧病的母亲又忧苦地结束了她年轻的生命。对于他们的死,我只有一阵怅惘的感觉,也没有在他们的灵前流泪哭泣。这并非说一个失去了亲人的幼小者他没有悲哀,而是说当时的年龄使他不懂也不会凭借哭泣来泄露他蕴藏的情感。但是作为一个失去了亲人的幼小者,我是幸福的,年老的外祖母曾经是第一个负起母亲的重荷的人……对于外祖母和皑姑,她们所给予我个人的激发,以及我对于她们的敬崇与感礽,是远过我自己亲生的娘的。

因此,丁景唐深情地写下散文《灯》:

> 去年冬末,外祖母死了,患的是一种踝骨炎。临死时,她的脚也落了下来。她要看看她曾经失掉知觉而落下来的自己的脚。晚上叫舅父把全屋的灯都点亮了。可怜的星星之火的豆油灯,放在她床前。她的散光的眼睛,什么也看不出了。
>
> "洋灯没有了。"她看着七八盏像眨着眼睛的灯火。
>
> "外面打仗,洋油已经好几年买不到了。"舅父说。
>
> "要[是]有电灯就好了。"她颓然地倒了下去。
>
> 外祖母死前两天,医生说这病要[是]有太阳灯,尚有痊愈的希望。太阳灯是什么样子的呢? 他说没有见过。也许[是]从什么人嘴里探来,或者看了什么杂志上的。

"就是有了太阳灯,"舅父失望地说,"在冷落的乡下,隔山过海的,怎么能够来呢?"

外祖母在两天以后,就死在这几盏黯淡的豆油灯下了。

丁景唐首次讲述外祖母的故事,这也是目前唯一幸存的他此类题材作品。该文就像一首抒情诗歌,采用欲抑先扬的手法,最初全家人围着油灯,随着欢乐的笑语逐渐消失,取代的是黑色的压抑气氛,在文字间缓慢地流动,逐渐弥漫开来,令人喘不过气来,胸口堵得慌,甚至窒息;最终,全家人眼睁睁地看着外祖母"死在这几盏黯淡的豆油灯下了"。这是留给丁景唐的最后印象,充满了惨淡、忧伤、悲哀、惋惜的情感。

外祖母未能到"外江"去看看,更没有想到丁景唐办的刊物《文坛月报》的编辑部邻近繁华的外滩。如今那里的夜晚,灯火辉煌,璀璨夺目,这是丁景唐的外祖母生前不敢想象的蔚然壮观的场景。外祖母的家乡宁波乡下也发生了翻天覆地的巨大变化,丁景唐文中提及的"太阳灯"(医疗设备),如今也不是什么稀罕物。可惜丁景唐生前未能续写散文《灯》。

1945年8月15日,日本宣布无条件投降。9月2日,投降仪式在东京湾密苏里号军舰上举行,在包括中国在内的9个受降国代表注视下,日本代表在投降书上签字。

全中国沸腾了,上海的大街小巷响起了欢庆胜利的爆竹声,国民党军队陆续开进上海滩。丁景唐诗兴大发,眼前闪过几个画面,焦点却是一位卖饼的老媪——"给苦难深深地刻蚀成的皱纹,/难得崭露出一丝笑容,/当沸腾的爆竹震撼了市井,/卖饼的老媪也抑不住喜欢。"老媪欢天喜地,希望能早日看到自己的儿子——"她梦见久别的孩儿戎装凯旋,/她企祷面粉会像雪片那样低廉,/希望的花开在枯涩的心田,/她颤巍巍地在人群中挤。"艰苦抗战的胜利,给广大民众带来太多的期望,"团聚""幸福""安定"等温暖词语,时时诱惑着老媪和周围的民众。但是,残酷的现实无情地击碎了老媪的美梦,她始终没有见到儿子的熟悉身影。"每一辆驰飞的军车载走了她的渴望,/喃喃的默语随着庆祝声消逝,/酷寒的北风卷起阵阵的落叶,/淹没和冻冷了老媪的热心!"

丁景唐以洛黎扬的笔名发表的诗《笑容》,写于1945年12月,正值元旦新年来临之前,但标题与内容形成一个巨大反差。此诗所采用的欲抑先扬手法,类似于散文《灯》的手法,展现的一些流动画面和瞬间定格的特写镜头,清醒地告诫广大读者:欢庆胜利的鞭炮带来的并非玫瑰色的理想,很可能是黑色的噩梦,其意不言而喻了。

丁景唐搜集了不少关于《文坛月报》撰稿人的材料,放在一个纸质档案袋里,其中有他与董鼎山合作的通讯报道的复印剪报,细心地粘贴在一张白纸上,在空白处注明:"禾田、洛生是董鼎山与我临时随意写的笔名。乐山执笔,由我定稿。刊一九四六年一月《文坛月报》创刊号,上海联华图书公司出版。"此事,董鼎山生前从未谈起,即使是在他的散文随笔在国内走红之后。1982年夏天董鼎山来沪,与其弟董乐山、丁景唐等重逢,也不谈这些往事,双方好像不约而同都在回避什么。[9]

这期创刊号目录最后印有《重庆文化界动态》(以下简称《动态》),作者为董鼎山、丁景唐。由于篇幅有限,此通讯分为两处(第82页、第96页)刊登,标题也只好分为(一)(二)。

通讯的内容也与"文协"等有关,那时"文协"已经搬迁到上海,茅盾、叶以群主持的中外文艺联络社开始工作,叶以群还为"文协"设法解决了房舍问题。自重庆等地抵沪的作家逐渐增多,带来了大量的文坛消息,上海迅即成为抗战胜利后的全国文化信息中心之一,很有必要与此前的"抗战文化重镇"重庆相对接,《动态》通讯便作了一个弥补。

《动态》分为四个部分:书店与出版社、刊物巡礼、老作家不老、鲁迅的研究。

第二部分谈到胡风编的《希望》,"载的多是充满了希望的新人作品,最受人瞩目的是路翎与贾植芳"。胡风主编的《希望》创刊于1945年,培养、扶持新人是办刊的宗旨之一,发掘的新人路翎惊艳亮相,更是胡风的得意之事。贾植芳夫妇在抗战胜利后抵沪,一时难以找到住所,只好暂且栖身于胡风家里。路翎和贾植芳以后因胡风案受到牵连,造成了无法挽回的人生悲剧。

当时,胡风敏感地意识到知识分子思想改造的迫切性和严肃性,《希望》第2期便发表批评严文井、碧野、姚雪垠等左翼进步阵营的作家作品的文章,强调作家的"主观战斗精神",这牵涉到复杂尖锐的背景,《动态》也不可能去点评。

《动态》"老作家不老"中特别提及郭沫若、茅盾、老舍。自鲁迅去世后,郭沫若成为中国现代文坛的一面旗帜,抗战时期重庆进步文艺界发起郭沫若50寿辰庆贺活动,背后支持的是共产党要人。《动态》不仅介绍了郭沫若的著作情况,还列出郭沫若《十批判书》的目录,这是一种特殊待遇,与广大读者心照不宣。

丁景唐领导的"文谊"曾邀请郭沫若去演讲,地点在育才公学大礼堂里。几天后,《文汇报》(1946年6月)连载郭沫若的讲演稿,题为"文艺与科学",俞辰(第一次刊登此记录稿时未署名,续载时署名,很可能是化名)记录、整理,文后注明"文联社供稿"。这份讲演稿是一篇佚文,详见丁言模《郭沫若的"另一种"佚文〈文艺与科学〉讲演稿》(《书香传情——丁景唐藏书考辨》,上海文艺出版社,2020年)。

《动态》还介绍了茅盾著作的有关情况,提及茅盾首次创作四幕剧《清明前后》,这与《文坛月报》创刊号发表夏丏尊的《读〈清明前后〉》相呼应。

茅盾抵沪后,丁景唐、杨志诚访见茅盾,杨志诚写了专题文章。后经丁景唐修改,以他俩的名义发表,即《茅盾关心文学青年——记三十五年前的一次会见》(《青年一代》1981年第4期)。

老舍作为"文协"的总务组主任主持日常工作,新成立的"文协"上海分会给予丁景唐领导的"文谊"各种帮助。老舍、曹禺应邀赴美讲学,1946年2月18日"文协"上海分会特地在金城银行七楼餐厅举行了欢送大会,丁景唐作为"文谊"负责人也参加了。

《动态》撰写的内情,丁景唐、董鼎山生前都未透露,笔者也未能及时探寻,甚为遗憾。

《动态》中提及作家书屋,这是姚蓬子创办的,其内情为胡风等人所熟知。《文坛月报》第2期正文内夹登作家书屋"经售文艺新书"的广告,其中有茅盾的《第一阶段的故事》、丁玲的《我在霞村的时候》、叶以群的《文学的基本知识》、臧克家的《泥土的歌》,还有丁景唐的论文集《妇女与文学》。《文坛月报》第3期正文内夹登丁景唐的论文集《妇女与文学》广告:

> 本书内收《妇女与歌谣》《鲁迅作品中之女性研究》《新女性的典型创造》等论文十篇。作者以热情的笔致,描画出女性的愁苦与反抗,以及妇女文学在民间文艺的大地间如何茁壮成长,并今后的路向,均有简洁的阐明。在同类著作寥落的中国,这本书的出版该是一起关心妇女文学的人所乐于推荐的。
>
> 本公司发行,各大书店均售。每册特价八百元,欢迎函购。

丁英的论文集《妇女与文学》收入十篇文章,即《妇女与文学》《她的一生——从民歌中看中国妇女的生活》《〈诗经〉中的妇女生活·恋爱·婚姻》《陆放翁出妻事迹考》《朱淑真与元夕词》《六朝的民歌(南方篇)》《诗人秋瑾》《孟姜女传说的演变》《祥林嫂——鲁迅作品中之女性研究之一》《新女性的典型创造》。这十篇文章的时间跨度很大,从古代穿越到20世纪,除了第一篇是"开场白"式的简略综述,其他九篇文章中的六篇与古代诗歌、民谣有关,另外三篇是近现代的事情。

《祥林嫂》一文是丁景唐从事鲁迅研究工作开端的专论,在当时产生了较大的影响。当初雪声剧团编剧南薇看了丁英写的《祥林嫂——鲁迅作品中之女性研究之一》后,介绍给袁雪芬,并找来原著《祝福》,念给袁雪芬听。征得袁雪芬同意后,南薇着手改编,于是就有了越剧《祥林嫂》。雪声剧团纪念刊上还摘登了丁景唐论述祥林嫂的文章片段。丁景唐将《祥林嫂》一文收入《犹恋风流纸墨香——六十年文集》(上海文艺出版社,2004年)时,在该文后专门写了《附记》,详细叙述事情原委。

抗战胜利后,上海众多新刊物纷纷上市,《文坛月报》是在上海"文委"支持下创办的,特色鲜明,独领风骚。《文坛月报》不仅体现了党的统一政策,让国统区进步作家与延安边区作家在此刊上首次"大聚会",而且这些作品题材多样、描述生动、谈论精辟,大有纵横天下之气魄,令人耳目一新。

《文坛月报》是丁景唐向党组织呈交的一份出色的"答卷",也见证了他在抗战胜利后协助编辑文学刊物的人生足迹。

注释:

〔1〕池宁,原名池尧,曾用名池绍文、陈亮等,浙江瑞安人,出身于美术世家。1935年,担任上海亚平装潢设计部主任,次年加入上海业余剧人协会,后又参加上海文化界救亡协会,并担任青鸟剧社、上海剧

艺社的舞美设计。1942年,赴苏北革命根据地,在盐城鲁迅文艺学院任教。翌年回到上海,从事舞台美术设计工作。中华人民共和国成立后,担任上海军管会文艺处电影室副主任,后赴苏联学习考察电影美术。1956年回国,历任北京电影制片厂美术师、总美术师,兼任北京电影学院美术系主任。

〔2〕戎戈,1923年10月出生,浙江宁波人。他幼年丧父,14岁到上海当学徒,后入苏州美专沪校学画,18岁开始发表木刻作品。1946年参与"抗战八年木刻展览会"筹备工作,后当选中华全国木刻协会候补监事。1947年上海重建普希金铜像,设立普希金画像奖,他创作的木刻像获奖,原作被送往苏联的纪念馆陈列。他的木刻作品多次参加全国美展和全国版画展,部分作品被国内外美术馆及纪念馆收藏,曾获得"鲁迅版画奖",出版木刻画集。1991年荣获中国美术家协会、中国版画家协会授予的"中国新兴版画六十周年纪念奖"。他是中国美术家协会会员、中国版画家协会会员、上海老新闻工作者协会会员、上海市美术家协会版画工作委员会艺术顾问,出版《戎戈版画选集》《上海版画十五家作品集》等。

〔3〕夏子颐,别名立如,浙江温州人。1942年考入国立东南联大艺术专修科,后转学上海美专西画系。1948年在新四军浙南游击纵队任宣传队长,1949年任中共温州地委文工团艺术指导,后调中央美术学院华东分院,曾任附中校长。"文革"后,任浙江美术学院(中国美术学院前身)师范系主任、副教授。

〔4〕王元化:《沉思与反思》,上海辞书出版社,2007年6月。

〔5〕1958年到1962年,丁景唐在上海市委宣传部的工作内容之一是主持第一批20世纪30年代革命文学刊物影印,其中有《文学新地》,刊登了艾芜的短篇小说《太原船上》。此小说与沙汀的小说曾一起寄给鲁迅,鲁迅回信了,刊登于《十字街头》第3期(1932年1月5日),即《关于小说题材的通信》,产生了较大的影响。但艾芜一直未能查到《太原船上》发表于何处。此后,他听说在全国文联大楼展览《文学新地》等影印本,便请夫人王蕾嘉前去抄录《太原船上》。否则艾芜会留下一个遗憾,"对鲁迅先生表示一种尊敬和纪念"也无从谈起。详见丁言模:《鲁迅出资支持的左联后期刊物〈文学新地〉》,载《穿越岁月的文学刊物和作家》(一),中国社会出版社,2017年7月。

〔6〕详见丁言模:《巴金领衔的"三驾车"〈文季月刊〉》,载《穿越岁月的文学刊物和作家》(二),中国社会出版社,2017年11月。

〔7〕同上。

〔8〕丁言模:《左联第一本文艺理论专集〈文艺讲座〉》,载《穿越岁月的文学刊物和作家》(三),中国社会出版社,2018年9月。

〔9〕丁言模:《书海结缘惜文字,往事倍亲茶未凉——丁景唐与巴老》,载《瞿秋白与书籍报刊——丁景唐藏书研究》,中国社会出版社,2013年。此文谈及丁景唐、董鼎山等人访见巴金的情况。

第六编

《莘莘》月刊

指导沈惠龙编辑《莘莘》月刊

说是“春光无极”，小城里装满了暖洋洋的春光。柳絮任和风激荡，挣脱孩子们灵活的手，一片接连一片，萦绕在碧绿的涟漪上，像古昔的恋歌。昨夜的残梦同样飘渺又凄迷。当欧阳英回到小城，正是这个抑郁的时节。

柯群写的短篇小说《年青的时候》，发表于《莘莘》（初拟为月刊，后因故不定期）第1卷第3期（1945年6月5日）。多年后，丁景唐重新审阅此文，不仅修改了此文排印中的错字、衍字、漏字等，而且重新写上作者的真名金如霆。丁景唐特意用一张便笺（图11）贴在这期刊物扉页上，其中写道：

《莘莘月刊》自1945年2月—7月，共出4期。

这是日伪统治时期，党的学委领导的唯一公开出版的青年学生刊物。由交大学生（党员）沈惠龙主编，参加此刊工作的党员有冯大文、江沨、金如霆（笔名柯群、史亭）等。那时袁鹰（田钟洛、田复春）还不是党员，也参加编辑工作。该刊由我负责具体联系。

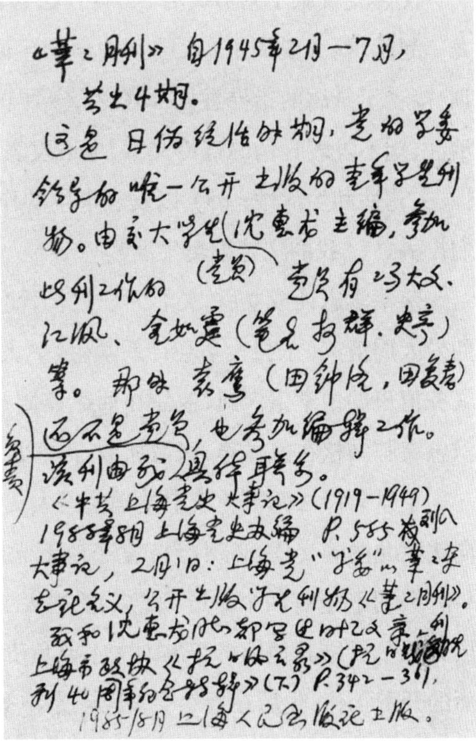
《莘莘月刊》自1945年2月—7月，共出4期。
这是日伪统治时期，党的学委领导的唯一公开出版的青年学生刊物。由交大学生（党员）沈惠龙主编，参加此刊工作的党员有冯大文、江沨、金如霆（笔名柯群、史亭）等。那时袁鹰（田钟洛、田复春）还不是党员，也参加编辑工作。该刊由我负责具体联系。
《中共上海党史大事记》（1919—1949）1988年8月上海党史办编 P.585 列入大事记，2月1日：上海党“学委”以莘莘杂志社名义，公开出版学生刊物《莘莘月刊》。
我和沈惠龙同志都写过回忆文章，刊上海市政协《抗日风云录》（抗日战争胜利40周年纪念特辑）（下）P.342—361，1985年8月上海人民出版社出版。

图11　丁景唐在《莘莘》月刊扉页上的说明

《中共上海党史大事记》（1919—1949）1988年8月上海党史办编 P.585 列入大事记，2月1日：上海党“学委”以莘莘杂志社名义，公开出版学生刊物《莘莘月刊》。

我和沈惠龙同志都写过回忆文章，刊上海市政协《抗日风云录（抗日战争胜利40周年纪念特辑）》（下）P.342—361，1985年8月上海人民出版社出版。

1944年秋冬之间，吴学谦（后为国务院副总理）从华中局学习后返沪，到丁景唐家里传达上级有关指示。这时第二次世界大战形势发生急速变化，苏联红军开始全面反攻。上海青年学生富有强烈的民族自尊心,需要有一份具有知识性、文学性的学生刊物,慰藉精神上的寂寞。犹如本文开头引用的《年青的时候》引子,大家在渴望和焦虑中期待抗日战争胜利的春天到来,但是"昨夜的残梦同样飘渺又凄迷"。

沈惠龙时为交通大学学生,因参加校外的地下党工作,他的党组织关系转移出交大支部,改由金德琴领导,很快转由丁景唐负责联系。丁景唐指示沈惠龙:尽可能利用日本人的合法关系,创办一个公开发行的学生刊物,要坚定自己的立场,提高警惕,保持清醒的头脑,努力开展群众工作,扩大影响。同时要严格执行党的秘密工作的纪律,隐蔽精干,积蓄力量,防止急躁冒进、暴露自己。沈惠龙是出头露面、在第一线展开工作的战斗员,丁景唐则是在"幕后帮他策划的参谋"。

沈惠龙说服了堂舅吴君尹(震旦法学院学生),并与圣约翰大学学生袁万钟(曾与沈惠龙一起编辑《大学周报》)、震旦大学学生陆兆琦共同商量,吸取《大学周报》被迫停办的教训,接受丁景唐的指导意见,即《莘莘》月刊的出版方针,确定三条基本原则:(1)标榜非政治性,既不发表日伪的宣传文章,也不发表刺激敌伪的"左"倾幼稚病的文章;(2)注重知识性、文艺性和生活性;(3)以发表学生的作品为主,也重视教授、学者、教师的文章,并争取他们投稿。(《我的文艺编辑生涯》)

莘莘学志社成立后,吴君尹任社长,沈惠龙等三人为编辑,由沈惠龙主持,会计是吴君尹的爱人周清英(东吴大学会计系学生)。大家都是兼职的,利用课余时间去值班。另有一个义务值班的中学生江汛,他住在西康路附近,几乎天天去。随着刊物杂务事情增多,加之江汛患有肺结核在家休养,病情加重,不能常来了,沈惠龙向丁景唐提出需要有专人值班。

丁景唐设法调来沪新中学学生冯大文,酌情给予津贴,其余人仍然是尽义务的。丁景唐向沈惠龙明确交代,必须严格遵守地下党组织的纪律,不准与冯大文发生横向关系。当时《莘莘》月刊里有四个党员:沈惠龙、冯大文、江汛、金如霆(交大学生)。沈惠龙负责有关"上层关系",团结其他编辑。冯大文主要负责下层群众工作,利用推销刊物之机,做一些中学方面的开辟工作,先后在青年会、育英、京沪等中学发展了一些通讯员。江汛有病,不幸于1946年夏天去世[1]。金如霆也是病休在家,起初由丁景唐联系,后转给沈惠龙,他不时撰稿,但从不在编辑部露面。

时为华东大学教育系学生的袁鹰(后为《人民日报》副刊部主任)主动投稿,由袁万钟接待,此后他前来帮忙,参加编辑工作。1945年7月,袁鹰由好友廖临介绍参加中国共产党,廖临通知他党组织派人第一次来联系的时间和暗号。袁鹰没想到,前来的是丁景唐(当时化名丁英),袁鹰向他如实汇报了《莘莘》月刊的有关情况。丁景唐不动声色地听完汇报,叮嘱袁鹰认真当好编辑。事后,袁鹰才知道丁景唐是领导此刊物的,完全清楚有关情况。因为组织纪律关系,丁景唐没有把事情挑明。

创刊：自信和自责

沈惠龙等四人在西康路196号（公开的莘莘学志社地址，后有变动）商量刊名时，吴君尹提议为"莘莘"，寓意丰富。

经过四个月的艰难筹备，创刊号（1945年2月1日）终于问世了，32开64页，约5万字。《创刊献词》欣喜地写道：

"莘"本为山泽中的一种野草，梗如蒲，叶如芥，像草芥这类的植物，自不为诗人所歌颂，但"它"自以为很像兰，而又像蒲，很自然地在原野中自生自灭着。这种质朴而淡泊的生活，尝使"它们"有许多游于世俗纠纷以外的愉快，丛生在高可遏云的峻岭上，凭着下面静静的溪流所掩映出暧昧的云光，一唱百和地临风齐声歌唱，那歌声渐渐送到山谷间回声的去处。这样，在"它们"团体中相互间发生诚挚的热情，在"它们"的天地里，充满了伟大的赞美。

再从"莘"的字形构造上分析一下："莘上从艹，下从辛。""艹"是象征一条荆棘的途径，据《说文解字》的解释，认为"莘"是果实将成熟的现象。我们希望一只而将成熟的果实，是甜美无比的，但是已成熟的果实便常常会乖离了我们完美的理想，若是成熟过久的则又多腐烂的危险，所以未熟的果实总比已熟的有望的多。

古人尝有"莘莘胄子，祁祁学生"之句，以比拟学生，实在很有深长隽永的意义。我们这群平素深锢在课室内的学生，来办一本刊物，从上面的释义，取古人的意见，题名为"莘莘学志"，简称"莘莘"两字，自己觉得很可为我们发抒许多未能尽言的创刊的意见，同时也就表示《莘莘学志》是一本以学生为本位，专志学生的论说、创作及生活记事等类的刊物。让我们在几行字间，找出一缕同情的维系，将我们的生活中可标榜、可诋誉的事情表达出来，作为一面自省的镜子，我们更希望《莘莘》的莘莘学志社，该是同学们诚挚的良友，同学们劝勉、责难，都是应该的。

生长在原野中的伙伴们都来到这里，陶醉在我们已有的天地中，歌唱起来吧！我们——开拓这条荆棘途径的前行者，等待着你们的回声和援手。

此文解释了"莘"字，上面是"艹"，下面是"辛"，象征着一条荆棘之途。同时充满信心，"未熟的果实总比已熟的"有更多的希望，"很可为我们发抒许多未能尽言的创刊的意见"，包括"标榜""诋誉"和"自省"。此文始终洋溢着青春活力，既有散文舒卷自如的潇洒，也有诗意的辩证元素，委婉地表达了沈惠龙等人决定"不谈政治"等三条意见。

四个月前，沈惠龙等人接受丁景唐交给的创刊一事，"怀着很大的理想和自信"，这体现于《创刊献词》。此后校对时，沈惠龙等人将四个月来的苦衷倾诉于《编辑室》（编后记），风格与《创刊献词》大相径庭，"冷热"反差甚大。《编辑室》写道：

计划《莘莘》出版的时候,我们怀着很大的理想和自信,现在小册子出版了,我们觉得恐慌忧疲,内容的贫乏、编排的拙劣,尤其与我们理想的违殊,使我们不安。我们是一群青年学生,凭了年轻人独有的一股傻劲,经过四个月来的奔波筹划,在极度艰困的物质条件下草创了这个学生刊物——《莘莘》。《莘莘》今天是诞生在荆棘丛中的一株小草;明天,在千万个伙伴们共同栽培护育下,谁能否认她有着光辉远大的前程。创刊期中不少年轻朋友为我们撰稿、写文、绘画、作图,更有许多在精神上鼓舞着我们,对于那些帮助我们、激励我们的师长、同学,我们将用什么来回答他们的热诚?他们是这样的为我们出力:申请报纸,接洽印刷,办理登记……我们不愿说更多的话,只希望再做一次努力。在大多数同学耕耘下,《莘莘》一定会一期比一期充实、活泼而富有青年的气概。我们是年轻的,我们需要学习,我们更期待同学的批评与指正!末了,谢谢田桓先生的题字。

这期封面以浅色小圆圈图案铺满底,衬托顶端的刊名,右下方为一幅钢笔画的大学校景。著名书法家田桓题写的刊名很有特色,"莘莘"两字篆体,使用不同笔法,呈现的造型各异——上宽下窄与上窄下宽,体现了中国汉字的象形意味。

田桓是著名的书法家。早年加入同盟会,曾任孙中山随从秘书,为孙中山镌刻了"大元帅印"等。1949年后,任上海市文史研究馆馆员、上海市人民政府参事室参事等职。

扉页几乎是空白,只有左下角印有竖排几行字,这是借用国画的留白来营造意境,"无字胜有字"。这几行字为:"献给同学们——用我们的手和脑来开垦这园地,只有集体的力量才能锦绣繁荣。"

这期刊登《征文小约》:

一、欢迎各种轻松活泼稿件(论说、小言、科学、学术、常识、传记、小说、散文、诗歌、杂文、小品、学校通讯、学府新闻、生活素描、教授雕塑等等)。凡学生撰稿或有关学生、学校等稿件优先刊登。

二、来稿请用直行稿笺,切勿两面誊写。

三、如系译文,请注明原作者姓名及出处,最好能附原文。

四、稿末请详细注明学校、姓名及地址,并附足邮票,以便通知。

五、来稿本社有删改之权,不愿者请注明。

六、来稿一经刊出当致薄酬,版权为本社所有。

七、来稿请寄西康路一九六号莘莘学志社编辑部收。

征文范围很大,几乎包括了综合性文学刊物的基本内容,加之学生刊物特有的内容,由此折射出沈惠龙等人的办刊思路,初步体现在创刊号里。

创刊号主要分为五大部分:长、短论,教育界动态和教师速写、学生自述,文学——小说、散文、诗歌、杂文和译介文,科学栏目,上海各校消息、编辑与读者信箱。由于内容繁杂,简短稿件居多,难以取舍,加之编辑排版时缺乏经验,造成有些凌乱。原先设想是防止重蹈覆辙,即此前办的《大学周报》政治色彩过于鲜明,因此注重淡化,增加文艺通讯和文学作品,结果不尽如人意。但是,仔细察看,梳理思路,创刊号的亮点不少。

创刊号头条为评论《支持教育之厦》(吴君尹),谈论古今教育之道,重点是民国教育状况"畸形的现象"。由于物价飞涨、滥发伪币,学费也"水涨船高",小学从最初的20元(包括书籍费),到1944年秋季开学,已高达3 000元左右;中学自40元高至4 000元;学生食宿费到9月至少26 000元,12月至少34 000元。失学的学子必然大为增多,可怕的数字难以预料。作者惊呼:"像火山啸裂一般倾圮而颓废,我们惊心这恐怖的一幕终于要到来的,以现在的形势该不能再空谈原则了,应该像抢修河堤一般急速地起来努力支持它!"

上海各校消息《集锦》透露:"本学期各校学费平均增加二倍至四倍者不等,国立大学暂定一万元,沪江、圣约翰皆四万,震旦四万五千,中学沪新三万一千五百元,南模米八斗云。"

短论《收获与代价》(柏道)进一步指出:"失学是'救学'的第一步,起步果然重要,假使没有一定的行径便会投入歧途。"这些成为下期"义卖市场特辑"的前奏。

同时,沈惠龙等人诚意帮助学生们减负,特地刊载《本社特辟旧书寄售交换服务处启事》:

开学了!同学们不但支出一笔巨款的书费,而且因为目前有许多书在书坊里买不到,还得花很多宝贵的光阴跑旧书摊,幸运地找到了自己所需要的。可是旧书摊的主人认为你是非此不行,就拼命地敲诈。而相反,许多同学却把自己暂时不用的旧书,大量地贱卖地当废纸,论斤数称给旧书摊。如此我们又受到一层非必要的市侩们的剥削。本社同人站在自己的岗位上,利用我们所有的和所能尽的最大的力量,特辟旧书服务处,为同学们忠诚服务,兹录其内容要点如下:

一、凡有大、中学校教本或参考书出售,均可亲自带来本社登记陈列,日后售出,本社仅征手续费百分之五。

二、旧书寄售自二月一日开始。

三、营业时间自每日下午二时至五时,星期日全天营业。

并且打出醒目口号:"减轻同学负担,发挥互助精神","以我所弃,易我所需","欢迎参加,章程备索"。

"义卖市场特辑"

侵华日军占领租界后,上海的经济状况急剧恶化,学生失学危机更加严重,许多学校的地下党支部积极发动同学互助自救,开展多种形式的助学活动,但是局限于学校内部。

1944年冬天,"学委"认为必须抓住救济失学的现实问题,运用各种合法条件,通过统一战线工作,组织一次全市校际较大规模的救济失学义卖运动。由男、女青年会发起,并联合

《申报》《新闻报》"社会服务栏"共同举办救济失学义卖市场。青年会利用日方派驻该会的代表,为举办这次活动向敌伪宪警机关备案。敌伪为缓和社会矛盾,未加阻拦。

1945年1月20日,报上发表消息之前,"学委"已经对各大、中学校做了布置。《莘莘》创刊号问世后,丁景唐赶到沈惠龙家里,说明这次活动的意义,商量根据刊物的特点,配合进行宣传,扩大影响。并决定以该刊记者的公开合法的身份去采访,同时联系各校通讯员约稿,专门推出一期特辑。丁景唐叮嘱:"刊物的内容一定要让事实说话,写得生动活泼,符合学生身份,让读者自己去体会,切忌感情冲动。"

因此,第2期推迟到4月才出版,为3、4月合刊,增加为96页。陈志林设计、制作封面,以美术构图的"莘莘"构成爱心图案,占据整个封面,其簇拥中心仍为一幅钢笔画的大学校景,同时衬托上端刊名,格外醒目。

这次我们收集了十六个大学以及专科学校三学期来的学费,虽不能称为完全,可是,总算表示沪上大学的一斑了。

从图表中,我们可以清楚地看到,学费在这三学期中都有显著增加,虽然增加的倍率各校不一,但一般说来,这学期(三十三年度下学期)国立或有基金的学校(如德国医专)增加倍数约为上学期的二倍半至三倍半,而普通私立学校则增加四倍半至五倍不等,就中以南通学院的七倍为最高。三十三年[度]上学期(即上学期)学费的增加以国立大学最高,约是三十二年度下学期的一百倍,同一学期的私立学校约增加三倍至四倍……

这期开头便是《三学期来的学费》,并加了以上说明文字,其下的表格显示的高低对比指数反差甚大。图示的飞涨学费直线上升的箭头,犹如狰狞的怪兽张开血盆大口,吐露着喷出火焰的毒舌,瞬间吞噬了无数失学同学亲友的血汗钱。它张牙舞爪,兴风作浪,带来了严重的社会危机:困苦、疾病、失业,民不聊生,豺狼当道,为非作歹,乌烟瘴气……这图表分明是抨击敌伪统治下的黑暗、腐败的社会。

《沪上各大学学费统计表》进一步具体地揭示了1943年下学期至1944年下学期,上海大学、国立音专、德国医学院、上海商学院、交通大学、诚正学院、华东大学、比较法学院、大夏大学、圣约翰大学、沪江书院、大同大学、复旦大学、震旦大学、南通学院、同德医学院等16所大学学费的涨价倍数,触目惊心。这正是"学委"等发起组织这次救济失学义卖运动的初衷。

1945年2月15、16日(农历正月春节初三、初四),在八仙桥青年会大厦内举行救济失学义卖市场,30多所学校分别设摊,出售各自募捐来的和自制的商品。每个摊位几乎就是一个小百货店,但又各具特色。义卖市场内还设有游艺室,有钓鱼、打枪、摸彩、测字等游戏。茶座由沪江和圣约翰两大学的学生轮流经营,供应学生自制的各种点心和饮料,并有圣约翰大学学生组成的小乐队伴奏。同德医学院和圣约翰大学医学院的学生分别开设了医务室,为顾客做心肺、血压、血型等检查,并讲解病理。此外,义卖市场内还有音乐、木偶戏、话剧、哑剧等演出和篆刻、书画等表演。几天内直接参加当售货员、招待员等的学生多达千余人,光临义卖市场的顾客约有十几万人次。

此前,各校分别成立了班级的或全校性的组织,不少学校的学生组成许多小分队,分头向各工厂、商店募捐义卖物品,向家长、亲友推销救济失学义卖市场内流通的代价券,或者自己自做各种义卖物品。各校的募捐活动得到社会各界人士和广大群众的热情支持,取得了很大的成绩。募捐到的义卖物品值 3 700 余万元,大大超过了预定的目标,各校推销的代价券共 2 200 余万元。[2]

这期特辑注明这次救济失学义卖市场的主办者、时间和地点及"参加者:上海市三十四所学校同学"。刊登文章要目:《义卖市场参观记》《二层楼上》《义卖在沪新》《大同商店浮雕》《买一只送一只》《梵皇渡商店盛观》《在血型部》《市场归来》《复旦商店花絮》《同德医药室》《劝募战术》《半天经理》《几个数字》等。沈惠龙采写的综合报道《义卖市场参观记》篇幅较长,其他文章由各个学校 12 名参加义卖活动的通讯员写作,还刊登了 11 张现场照片。《几个数字》即《各校销售代价券总额》,并作了若干说明。这些翔实、生动的报道和统计数字凝聚着沈惠龙等人的辛勤采写的心血和智慧。《三学期来的学费》《沪上各大学学费统计表》《几个数字》中的三大表格"是在培养科学精神下作成的",也是首次大胆的尝试。沈惠龙等人出色地完成了这次有组织的集体报道任务,也是各家平面媒体中唯一比较全面的报道,特别是统计数字,留下了宝贵的第一手资料。丁景唐晚年重阅《莘莘》月刊第 2 期特辑时感叹道:这些数字统计表很有历史价值,"将来如有人撰写沦陷区学生工作或沦陷区教育史,不妨可以参考《莘莘》月刊"。

排版、印刷这期刊物时,义卖助学活动引起敌伪的注意。丁景唐立即通知沈惠龙,原想撤销这期特辑,但是考虑到这么处理反而会不妥当。因此,丁景唐叮嘱沈惠龙:必须密切注意这期刊物出版后敌伪动向。结果有惊无险,安然度过这个阶段。

1945 年 6 月,华中局城工部部长刘长胜在有关会议上,对这次义卖助学给予很高的评价:"党领导上海人民在敌人残酷统治下的一次示威和重大胜利,是符合党中央指示的要求的。"

《莘莘》第 2 期还刊登了其他题材的文章,吴君尹在《编后记》中写道:

> 本期出版迟迟过久的原因,可以说完全是为了"特辑"部分的稿子,来得太迟,而且内容太庞杂,不易整理。同学们的关心、读者们的热望,现在展揭在各位之前的,并不是你们想象中的,却是一个平凡的内容。在这里,我们谨致歉意、谢意。
>
> 然而在第二期出版的过程中,本刊得到了广泛的友助,就这一点是足以使我们引为自慰的,所以与第一期相比较,似乎在各方面都有些进步,因此才使我们能勉强信守上期《编后》所给予读者们的诺言。
>
> 本期科学方面属于自然科学的有《星体的诞生,生命及死亡》一文,系上海徐家汇天

文台台长兼震旦大学工学[院]院长 R. P. Dumas 氏最近发表的学术讲演,由震旦大学子由君以速记录下后译成法文,再转译而来,并征得 R. P. Dumas 氏的原稿作为参考与发表的同意。

属于社会学科的则有敬山先生所著的《历史与地理》。本文对史地间的关系有精辟的论述,敬山先生为海上有数的史学家。为本刊撰稿时曾声明不发表原名,编者谨遵此意,本来我们景仰的是先生的学说,读者看的也是文艺的本质,我们又何必以偶像主义作为标榜呢?此后并将陆续有先生的述著发表。

麦舲君的《血型 A. B. C》是一篇以趣味笔调来介绍科学的小品,本刊对于"科学大众化"的原则极表赞同。

本期文艺方面,《向生活学习》是袁鹰君近作,他的文章诸位也许已熟见了,但是关于文艺理论的作品,今次尚属创见,这一点值得注目。《歌德重晤夏绿蒂》是叙述一位文艺大师的一段轶史,读完后有无穷的韵味。麦舲君是大家熟悉的,为学生作者群中的一柱中流。这次为本刊撰稿,我们觉得十分欣慰。其他如《故乡的海滨》是一位中学生的作品,文笔颇称流利,若再能不断地锻炼,前途是未可限量的。

至于"学府介绍通讯"方面,这一次涉及的范围已较广,但也仅只尽了报道的责任而已,就中以《被遗忘了的角落》最堪注目且极富有地方性。

末了,便是整个"特辑"。助学义卖市场是由全沪三十四校以上的学生联合参加的,同学间树起了以本身的力量来挽救自己的口号,发挥了最大的同情心,意义是伟大的,行动是盛大的。《莘莘》是纯学生的刊物,对于详志这次伟举、标榜同学的服务精神,自觉有这样的一个义务,于是我们就如此决定下来。当本社以记者的身份出勤采访的时候,曾得到当时会场中许多服务的同学热诚的接待,来助成我们的工作。也时曾遭到人家的疑忌、冷视,但无论如何碰壁,我们还是不曾转变方向。

我们向各家义卖商店所征的稿件,收到的确是相当可观,但是重复及过于琐屑或不合题材的太多,以致不能登载,真是只有十二分的抱歉。还有许多同学已允许为"特辑"写稿,累我们等候了许久,却始终没有来。这一点,本刊觉得非常遗憾,为"特辑"减色不少。

这一次,资料室"作"了两个统计,其实,仅是数字的堆砌而已,虽是这样,以后我们还想尝试尝试的。因为咱们中国是这样落后,单就自己有多少人口到现在还弄不清楚,更不必说学生、学校有若干了。《三学期来的学费》和《几个数字》是在培养科学精神下作成的,如何使统计成为科学的、有意义的工作,尚待专家等的努力。

关于下期的方针,我们以为应重视学术与译文,多介绍新鲜的东西,在学府一方面更祈望全沪的同学们和我们通力合作。让我们在今日学生界哀靡的气氛中振作起来!是自肃的、活泼的,而又是天真的。

更虚心地接受各界人士的批评和指导,作为《莘莘》的[指]南针。

再接再厉,增加征文等栏目

经过第 2 期特辑的策划、采写、组稿、编稿等,特别是沈惠龙等人第一次出色地完成了有组织的集体报道任务,激发了潜在的能力,信心百倍地筹划第 3 期(图 12)的内容。第 3 期其实为 5、6 月合刊,1945 年 6 月 5 日出版。

本社为增进同学学识及提高写作兴趣起见,特公开征文,第二期开始以来承读者惠稿十分踊跃,曷甚欣愉,唯因篇幅有限,本期仅能发表者两篇,四期以后本刊将扩大篇幅,庶不负投稿诸君之望,并希注意,兹重订简则如下:

(一)题目:(甲)暑假生活随笔(原为"我的学校生活");(乙)我所期望于学校当局者;(丙)题[目]自定,内容以学术为中心,范围不论译述者,须注明原文出处(原为"不论能增进知识、提高兴趣者最佳");(丁)读书杂感。

(二)字数:(甲)(丁)以三千字为限;(乙)以四千字为限;(丙)以五千字为限。(原一律"以五千字为限")

图 12 《莘莘》月刊

(三)稿酬:每千字自二千元起至四千元止。(原为"自八百元起至二千元止")

(四)其他:(1)尊重来稿,不滥取舍,并在可能范围中尽量登载;不合者即按地址退还,录用者预先通知。(2)来稿须用稿笺誊写清楚,并须注明作者真实姓名及地址,并加盖印鉴或签名,发表时笔名听便。(3)来稿刊后,版权归本社。(4)来稿请径寄本社,并注明征文。

继上期刊登《征文启事》之后,经过一番商量和修改,第 3 期刊登《本刊继续扩大征文》。以上引文中的"原……"与修改稿比较,显然后者考虑问题周到、仔细,多为投稿的学生着想,更人性化,特别是稿酬明显提高,但是远远跟不上物价飞涨的速度。投稿内容及时改变,扩大范围。对于征文字数,坚决纠正不合理的"一刀切"倾向,改为酌情处理。

为了解决投稿者众多、篇幅有限的难题,"本刊将扩大篇幅,庶不负投稿诸君之望"。沈惠龙等人商量后,在这期版权页上登载一则启事:"本刊于最短期内将另出综合性副刊一种,敬希读者注意。欢迎投稿,来稿请寄西康路一九六号莘莘学志社。"在地址上盖有蓝色长方形章:"本社迁移地址,来函暂寄洛阳路一三六四号冯宅代收。""冯宅"可能指冯大文,他参加该刊编辑工作,与沈惠龙出力最多。

策划、修改征文启事,理应渗入了丁景唐的指导思路。稍后,丁景唐毕业于光华大学中文系,参加编辑《小说月报》,劝说该刊老板陆守伦,重启"大、中学学生征文"和学生文艺奖金,发现和培养了不少文艺新人。

接连两期刊登征文启事,旨在提高学生的写作积极性,增加稿源,扩大影响,第3期果然刊登了两篇征文。

对于学生写作的积极性,这期特地发表了《为写作的同学们进一言》(晏文),指出:"现在许多出版物中,有很多学生的作品。上海的学生们已参加了今日的文化工作,我们该觉[得]万分的欣幸,也感到肩肩的沉重。不过,以学生的知识经验,对于面临着的这般重大的工作是难能胜任的。但是站在社会客观的立场,则这样的工作却也可能由学生们来担负,因为学生的本质是纯洁、热情的,血液中渗透了壮气、活力与正义感。从这里出发,可以把文坛上那些陈腐、颓唐、猥亵、芜杂的气象扫除出去,用这些力量造成飞扬的新气象,为新中国将来的本位文化投下一块基石。"

这既有必要的担忧,又有热情的鼓励;既正视现实问题,又对历史进程充满信心,特别是最后一句意味深长,已经预见抗战胜利的曙光,不知众多学生读者是否引起共鸣。

这期《编后记》写道:

我们终于第三次见面了。

因为出版的不能准期,这本月刊无形中变成了不定期刊物,但是我们正在努力设法,希望从下一期起,可以准期出版。

本期除论文之外,又添辟了一栏"大家谈",专收短小精悍的文字,所谓费最少劳力获最大效果,就是我们创设这一栏的动机,希望读者们能好好地利用它。

铁翁先生的《马赛曲及其他》是值得推荐的一篇,先生是海上著名史学家,在这篇文字中先生用生动的辞语,写述这两段史事轶话,读后谁再会说历史是枯燥的呢?

《电波车》是一种新发明的介绍,写得很扼要。

文艺方面,柯群的《年青的时候》是一篇力作,虽然篇幅很长,但是我们把它一次刊完。想读者们一定同意我们这样做吧。

学校生活征文方面,承蒙读者寄给我们很多稿子,但是可用的实在少得很,这一期选刊了两篇,以后还希望读者源源赐寄这一类稿件。

关于征文的范围,从这一期起,我们把它扩大了一些,在启事里面说得很详细,请读者注意。

> 最后,还是一句老话:我们虚心地等待着读者们的批评,热诚地等待着读者们的惠稿。

新增设的"大家谈"栏目,刊登四篇短文,即《到最后一分钟》(子敏)、《谈风雅之类》(谷人)、《"末路"》(艾索)、《文学至上》(林流)。征文有两篇:梁小丽(梁丽娟)的散文《暖房里的花朵》、晓洁的《女学生们在关外》。

晓洁的《女学生们在关外》讲述早已沦为日本殖民地的奉天(今沈阳)的女校生活,除了日文课程,遇到日军的陆军或海军纪念日,还要进行式操练。"很冷的天不许戴手套,手还得摆动,冻得又紫又青,又木又肿。"休假日,要上日军七四三部队去包药。这些文字看似普通,其实读者心里明白,这是控诉日本帝国主义在伪满实施法西斯的奴化教育。

《暖房里的花朵》作者梁小丽,时为崇德女中的学生,在《莘莘》第2期上已经发表《劝募战术》。《劝募战术》讲述她和同学们采取"牛皮糖"战术,用死缠烂磨的"车轮战",弄得白领经理们"头昏脑涨",才打发女生走。"我们碰过不少钉子,挨过不少骂,但是现在回想起来,我倒希望再可以一尝'大菜'的滋味了。"因为"我爱义卖市场,我挨过那种忙得不亦乐乎的日子,我爱各种新奇有趣的经验,几乎所有的都被我爱上了"。

梁小丽写的《暖房里的花朵》反映崇德女中同学丰富的课外活动,但是作者担心离校后要踏进充满罪恶、污秽、奸诈的社会。她最后写道:"柔弱的花朵、细嫩的蓓蕾怎能抵挡狂风暴雨呢?她们是暖房里长大的花儿,她们过惯了暖房里的生活,她们是属于暖房的。"

此文引起丁景唐的注意,并且反向构思,思索的问题更为深刻。"当我打开暖房的玻璃窗,外面立刻吹来一阵刺入肌骨锐利的寒风,我这才知道所谓'暖室'却原来建立在如此冷酷阴霾的大地上,每天有许多悲惨的故事接续地发生。"(《暖房以外》,署名文薇心,载《联声》复刊第2期)丁景唐晚年回忆《莘莘》月刊时还提及梁小丽的散文《暖房里的花朵》。不过梁小丽生前大概忘记了昔日之作,更不会知道丁景唐的续文。

梁小丽后为"中国体育外交第一人"何振梁的夫人、《人民日报》资深记者。1949年后,在团中央工作多年,年逾半百才开始记者工作,曾任《人民日报》驻英国记者站站长。1986年离休后仍笔耕不辍,著作颇丰,并参加了北京前后两次申奥工作。

刊物质量继续提升,可惜突然停刊

经过前三期的勤奋编辑和摸索,沈惠龙等人的编辑、写作能力有了可喜的进步。第4期(1945年7月)的质量继续提高,小说、散文、诗歌和随笔接地气,深受读者喜爱。

这期"老调新弹",把"失学救助"话题进一步展开。卷首语为《论救济失学》(原宪),理应是沈惠龙或他人撰写的,再次披露学费猛然上蹿的噩讯:"下学期各校收费,中学将为三十五万元左右,大学将为七十万元,如此巨大的数目,失学问题当然是非常严重的,同时贷金的需求也更加迫切了。"此文提出解决问题的一些建议,最后指出:"劝募工作的展开是建筑在学生们的热忱上的",建议学生还是要靠自己努力,设法勤工俭学等,争取求学的机会。如果要根治失学问题,已经远远超出了此文谈论的范围。

"大家谈"新栏目推出一组三篇文章,即丁景唐的《逃避与等待》、子敏的《何必救失学》、克疾的《下学期怎么办》。

子敏一文"反证命题",一针见血地指出"毕业即为失业"——何必救失学。社会上这么多的团体提供奖学金、助学金和贷学金,为何没有"半个有组织的救济失业的团体"?克疾一文非常担忧地认为:"目前米价已突破了八十万大关,下学期学费即以最低价四斗米计算,也要三十余万。在此百物飞涨、民不聊生之际,一般家长求生尚且不遑,如何担负起这一笔巨额的学费?"

这两篇文章与卷首语《论救济失学》相呼应,有很强的针对性,围绕着救济失学、物价飞涨、学生求学、寻找职业等现实问题,提出自己的观点。唯独丁景唐的《逃避与等待》似乎偏题,远离其他两篇文章的主旨。

艰苦卓绝的抗战将迎来胜利之日,坊间出现各种乱世传闻,引起繁杂臆想,折射出浮动的人心。"逃"与"等"成为众多民众包括青年、学生"以不变应万变"的比较普遍的心态。丁景唐既要考虑此刊的非政治性,又要对于各种乱世传闻做出导向性的分析与判断,加之其他复杂因素,他选择了"逃"与"等"的比较普遍的心态,进行形象化的批评、分析与引导。

《逃避与等待》将鸵鸟、企鹅分别作为"逃"与"等"的象征,具有感性的形象化表述,并非枯燥的抽象说教,通俗易懂。既便于青年学生接受,又容易引起共鸣,以期达到一种阅读默契。此文明确地指出:"等"与"逃"有着血缘之亲,"逃不成或无处可逃才用等待来掩饰其逃避现实的行径"。"逃避与等待并无多大距离,套句老话,原是'一只袜筒管里'的货色。"最后委婉地劝说:"人应该有所希望,有所期待,这样他才会成为生活的主人,而不是一个旁观的等待者。"

这期介绍国际知识的文章很有特色,《历史上的狂人》(铁翁)、《桥头堡——登陆的跳板》(顾黄茂译)、《如何研究国际问题》(叶明)。

第3期《编后记》提及的铁翁,在第3、4期接连发表"世界史事轶话"《马赛曲的故事》《历史上的狂人》。前文讲述法国大革命中产生的战斗歌曲《马赛曲》。它后来被定为法国国歌。1917年俄国二月革命时,被填上俄语新词,改名为"工人马赛曲",作为俄国国歌,十月革命后被《国际歌》取代。《马赛曲》在中国的影响也很大,曾于革命者集会时传唱。此文对于上海沦陷时的青年学生有启迪作用。《历史上的狂人》揭露中世纪西欧国家法庭诬指无辜妇女为女巫,加以惨杀的故事,谴责野蛮暴行,表示愤愤不平。此文暗喻日伪统治下的残暴、黑暗的上海沦陷区。丁景唐在回忆文章里点评作者铁翁,说他"历史知识丰富,文采斐然，看来是一位隐居沪上的社会科学家"。

顾黄茂翻译的《桥头堡——登陆的跳板》，原文作者是《纽约泰晤士报》军事记者享松·鲍尔特，此文是从日文《朝日周刊》转译的。此译文配有战术图，便于直观说明。令人想起1944年6月著名的诺曼底登陆战役，盟军成功在欧洲建立了第二战场，加快了第二次世界大战的进程。显然此译文从军事角度来诠释诺曼底"明星战役"，并且译者在开头特地说明："如将本文地点换成诺曼底地方，则随鲍尔特文所论和北法登陆经过战况有很多是相符合。内容实在饶有兴趣。"这足以让读者心领神会——中国抗日战争胜利之日指日可待。

叶明的《如何研究国际问题》一文画龙点睛，认为"世界上许多事都在进步的，我们要懂得世界的动向，就得紧跟时代，一步不放松地向前迈进"。并且意味深长地指出研究国际问题的四点意见：不为人所愚，不为己所愚，不损人利己，不舍己利人。丁景唐晚年翻看此译文，觉得这四点意见具有超前意识，联想起昔日风风雨雨的历史教训，不禁莞尔一笑。

沈惠龙等人编排这期文章时，还考虑了下一步的工作，刊载了《本社征求暑期特约推销员启事》："本社为谋扩大读者起见，今欲征求特约推销员数位。凡大、中学同学愿意担任者可向本社函约。"显然准备扩大发行量，保证读者的权益，扩大刊物的影响力。此前，丁景唐主编《联声》时，刊登过招聘"广告员"的启事，强调招聘对象是"清寒"的同学，一是解决刊物经济问题，二是帮助他们缓解生活困难（提成广告费）。

这期封底刊登《暑期扩大征文》启事：

> 征文内容：（甲）学费问题之吾见；（乙）读书杂感；（丙）社会特写；（丁）我的暑期生活与我的学校生活。字数：最多不得超过五千字。稿酬：每千字自三千起至一万元。

这与上期刊登的征文启事略有不同，内容有针对性地改变，特别是"学费问题之吾见"，与这期"卷首语""大家谈"论述的"失学救助"问题紧密相连。"社会特写"则是延续第2期"义卖市场特辑"的思路，进一步扩大，也体现了丁景唐原来注重的"认识大上海"话题。原来稿酬"每千字自二千元起至四千元止"，现在提高到"每千字自三千起至一万元"，其实是明升暗降，货币贬值得厉害，可怜的稿酬，能吃几碗饭？

上期版权页上登载一则启事："本刊于最短期内将另出综合性副刊一种……"在地址上盖有蓝色长方形章："本社迁移地址，来函暂寄洛阳路一三六四号冯宅代收。"这期登载《征求》启事："兹因本社社址为原主收回另作他用，是故特公开征求，凡地处赫德路、西摩路、静安寺路、康脑脱路间，有空房间一间，每日或隔日可供三小时办公用者，请函知本社，通信处洛阳路一三六四号冯宅转。"

据沈惠龙回忆："《莘莘》的通讯员会议先后开过两次。第一次是在西康路的大房间开的，约二十人。第二次是第三期《莘莘》出版后开的，约四十人，在亚尔培路当时的'日中友好协会'(即现陕西南路三十号)举行。这时莘莘学志社经济已经不那么拮据,所以会上不仅发动大家投稿和推销,还略备汽水招待。自从那次通讯员会议后,莘莘学志社的办公地点由西康路一九六号迁到了亚尔培路,对外没有公开。"文中提及的"现陕西南路三十号",即有名的马勒别墅。当时沈惠龙等人的工作很巧妙,对外刊登启事,宣称寻求出租房,其实虚晃一枪,已经开始在新地点办公了。

寻求出租房的启事成为一种预告——1945年7月,抗日战争胜利已成定局,丁景唐通知沈惠龙,《莘莘》月刊准备停刊,指示沈惠龙、冯大文和刚入党不久的袁鹰立即筹备出版一份新的刊物《新生代》。

《莘莘》月刊决定停刊时,有人提议移交给国民党的三青团,遭到大家的反对。

40年后,丁景唐重新翻阅四期《莘莘》月刊,"觉得它经得起历史的检验,没有刊登过一篇倾向敌伪的文章,也没有发表过一篇过火的'左'倾幼稚的作品。它按照我们当时确定的办刊指导思想进行工作,办得比较生动活泼,富有青年学生的特点。编排版式也较美观大方,有相当的编辑水平。每期封面为双色套印,刊名、卷期之外,是一幅钢笔画的大学校景"[3]。

文艺通讯和人物速写

文艺通讯是抗战文艺运动中的产物,在当时产生了很大的影响。丁景唐主编的《联声》趁势而上,主动改版,宣传文艺通信,并刊登这方面接地气的文章,这也延续在《莘莘》月刊里。

第1期刊登教育界的稿件不少,《交大巡礼》(小枫)介绍了有关情况,提出尖锐的问题:"交大!交大!你是个理想的学府,抑或是肺病菌的温床?"此文与沈惠龙、金如霆(在读交大)有关。其他还有《曦在震旦》(平)、《介绍市立模范中学》(袁凡)、《南模琐记》(子杭),虽然行文比较活泼,但只是限于介绍,未进行剖析。

第2期"义卖市场特辑"的众多文章大多属于文艺通讯,猛然提升,实现重大突破。这些文章绘声绘色,如临现场,充分体现了学生写作的青春活力,激情四射,犹如一团火在燃烧。

沈惠龙以莘莘学志社记者的名义,采访了负责义卖市场宣传工作的圣约翰大学代表缪鹏。他十分热情,不但为采访提供了种种方便,还提供了一组义卖市场的照片。这些照片不但充实了《义卖市场参观记》的内容,加深了形象,而且展现了义卖市场上的生动、活泼、有趣的"血型部""茶座""卖飞机"等一个个镜头,成为历史的见证。多年后沈惠龙还记忆犹新,写入回忆文章里。这种图文并茂的文艺通讯,深受读者欢迎,《义卖市场参观记》也成为第2期"义卖市场特辑"的代表作。

后两期刊登大、中学校题材的报道,延续"义卖市场特辑"系列文章的上升势头,从不同角度去观审,如同纪实散文,如《且说华东》(钟文)、《中法药专》(小统)、《交大登龙术》(沈默)、《沪江化学系二三事》(范臻、浩汤)、《互助运动在约翰》(若中)等。

> 我才来昆明时,是在二十九年,那时候每月的生活费用只需百元,就可比较舒适。然而,昆明的物价到现在为止,始终在涨的直线上,没有停留过多久。米价从四十元、七十元、一百、二百、五百、一千……到现在两千多……饭的颜色红黑交映,好看虽好看,但不能下咽,菜蔬更是一点油水都没有,[只有]一碗蔬菜。以前还是两顿稀饭,一顿干饭,现在一天三顿都是薄粥,掺一点包谷,吃了还不到两个钟点,肚里就打电话来了。因此,在昆明的学生(别的学校当然也如此)差不多都是面黄肌瘦,患着各种的疾病,"吃饭第一"成了我们的口号。

这是《在西南联大》作者杨承祖的亲身经历,揭示了侵华日军南下铁蹄凶残威逼所造成的"大后方"的生活困境。

> 虽然是在异常困苦的物质条件下,读书的精神、研究的风气,从没因此衰落,相反只有更加提高。课余之暇,到处可以看到一群衣衫褴褛的年青人聚在一起,别瞧他们像一群叫花子,也许他们在讨论希腊悲剧或者什么机械上的一个题目呢!

此文摘录的内容曾出现在丁景唐的《纪念自己的生日——"五四"青年节》(《联声》第3卷第11期)。

《且说华东》(钟文)讲述该校(之江、东吴联大)学生"见缝插针",被迫在四处各校的教室里临时上课,"寄人篱下",该文作者戏称之为"五马分尸"。"文教二院的院长黄式金先生和林汉达先生还联名贴出布告,请同学务必不要早来,四点钟上课,最好在三点五十五分至五十九分到校。"到教室的时间如此精确,前所未闻,反映了上海沦陷区高校的苦涩和无奈。由于电力不足,常在黑暗中上课,"暗中只看见一团黑影,黑影中传来教授们琅琅的音调"。林汉达先生苦笑着说:"我们不是小菜场上的摊子,我们是卖咸鸭蛋的。"作者怀念昔日在杭州的美丽校园,引用了顾敦鍒教授所作的诗词,赞美校园风光,并谈及学校承继着一种家风,即一种勤俭、忠厚、真诚的家风。

"大米要伐,大米!"上海南市地区不少家境贫寒的中、小学生,在生活重压之下,在课余从事小本生意,有的在校门口开馄饨店,有的卖花生糖、摆水果摊等,他们成为孟旭东的《被遗忘的角落》(第2期)描写的对象。作者还关注各种教师的穷酸形象。面对物价飞涨、滥发伪钞的可怕现实,有的教师的授课成了副业,主要精力花在如何谋生挣钱;有的教师只好天天吃山芋,虚弱无力;有的教师向学生借钱,说是买国文补充读物,却不见下文;有的体育教师甚至偷卖学校里的《辞源》,"这就是残酷的现实"。

岳天的《螺蛳壳学校》(第4期)是讲述无锡乡村小学的报道。

> 这些学校的外貌和私塾初无二致,大多数是"单级独教"——一、二、三、四年级[学

生]混在一教室,由教师依次教授。这位教授,上至校长,下至门房,一身兼而有之。上课的时候拉足喉咙,不要想有一分钟空闲,一年级"呀哇哇呀"地教"小猫跑,小狗跳",二年级教"3+5=8",马上三年级"仓颉发明文字",四年级却要踏着风琴教唱歌了。你教一、二年级时,三、四年级书声明朗,既清晰又响亮;教三、四年级时,小孩子却在拔拳头扳足,大喊:"先生,他打我。"

作者最后哀叹:"如此社会,如此教育,我真为之担心!"

"文艺通讯"的生动、活泼文风,也直接影响到"人物速写",特别是描绘熟悉的教师,如曾汶的《记平海澜先生》(第1期)、振宇的《沪江书院物理系教授纵横》(第2期)等。

《记平海澜先生》乃是人物速写的代表作,不仅描绘出这位著名英语教授一丝不苟的执教风格,而且勾画出他的风趣幽默的谈吐:

> 每一位大学里的教授,都有其独特的风格,即所谓"教授法"。平先生的风格温厚而又凝重,抱定"宁缺毋滥"的主意,课程尽可以教得少,却不可不精。一课本未上之前,总令学生先行在家准备,翌日上课时便令按次起立朗诵、讲解。有发音错误或讲解不确的,他则为之逐一更正细释,遇有句子结构困难的,更不惮为之作精密的文法上的分析,务使对所读能完全"消化",不容一丝"含糊"和"顽忽"存在。初进大学的人,往往会生反感,认为这简直是全无大学气派。但平先生总嫌一般学生的英文程度低落,唯有用这种"教授法"才最易使学生得益上进。

> 平先生为人风趣,往往一本正经讲解中,加插一两句幽默话,使全堂哄然,一时突破了严肃的空气。有一次先生讲述自己的一次经历,说他走在路上看见一个人被风吹落了帽子,那个人要紧去追赶帽子,迎面却来了一部汽车,轧然一声,撞个正着……顿时全室学生不约而同的连呼"哎哟",女同学更焦急人命,先生却迟迟半晌才吞吐一句:"还好,还好,仅一顶呢帽叫汽车轧扁了。"

平海澜先生抱怨自己腿不好,黄包车费又太贵,坐几回就要花去讲授几节课的薪水。"《英汉模范字典》卖上好几千元一本,我的版税却分文之无着落,自己的心血自己却得不到酬报。"只好自我解嘲:"管它吧,还是多教一点书,多获得一点精神的酬报。"

平海澜,松江叶榭镇人,著名英语教育家,造诣精深,著作等身,编辑了多部英文字典,被誉为"中国英语教学先师"。他创办海澜英文专门学校,聘请博学多才的邹韬奋、林汉达、林语堂等名家任教。1949年后,担任大同大学校长、上海市外文学会主席、上海文史馆馆长等。当时,平海澜住在建国西路194号(步高里街面房)。步高里弄内曾先后有巴金、胡怀琛(著名学者和诗人)、张辰伯(著名的艺术家和艺术教育家)等居住。

> 她(彭望荃)说着很流利的英语,也常常讲着道地的苏白,时常带着笑容,诙谐幽默……彭先生的口头语,惯常是 Nowadays(现在)和 Imagine(想象),尤其后者用得最

多,动辄就要你 Imagine 的。她同我们这一班同学感情最融洽,曾经说:"我们这班最活泼,也最用功。"课室内无论什么都谈着,可以忘形地畅所欲"论",可是正在讲授时,除了她一人的声音外,全室没有第二种声音的。记得在那年圣诞节前日,她还不失约地带来了花生米给我们大嚼呢!现在她虽然没有我们的课,可是偶然在走廊里碰到了,她还要诙谐地同我们谈笑呢!

振宇的《沪江物理系教授纵横》(第2期)以朴实无华的文字,勾画出这位著名英语教育专家彭望荃的鲜明个性。她执教于东吴大学,英文教材是原版《傲慢与偏见》,丁景唐的妻子王汉玉有幸成为她的学生。因此,丁景唐回忆《莘莘》月刊时,特地指出《沪江物理系教授纵横》一文中谈及彭望荃教授。彭望荃,苏州人,出身名门,留美回国,曾与林语堂在上海办过英文期刊。

丁景唐、江汎、金沙等的诗歌

诗歌是大学生喜好的文体,《莘莘》月刊每期都刊登诗歌,丁景唐、江汎、金沙等积极投稿,创刊号"诗之页"栏目刊登四首短诗,可见一斑。

陈叶的《小酒店》:"风尘归来的客人,囊一袋忧患,有缘地在古驿风的/小店里做有味的憩息了……用哀乐结成的故事烟样散了;有些无邪的生命在/世界的宾客之前,展开花样的笑。"哀叹人生的短暂,却有永恒的生命在天际尽头。"以前的事终离永久的,我不得不向你告别,亲爱的。"(何异译《薄暮》)这是年轻人的恋爱之歌,织成梦里的永恒主题。

也有诗人努力摆脱脆弱之梦。"说是有那么一个梦,/年青的人啊!/忘掉它吧。/谁没有一颗被毒蛇咬噬过的心呢?/牵牛花是你的,/碎石路是你的,/如今啊,晓雾里隐现了红阳,/红阳也是你的呵!"(魏上吼《晓雾》)魏上吼发表了不少诗文,颇有才气。

年轻的诗人江汎吟诵一曲《生命之歌》,努力挣脱病魔纠缠,呈现自我心灵的真实写照。"置芦笛于心灵的唇边,/吹一支生命之歌。/神妙的歌声,/漾溢着活力与爱。/似柔腮,似甘霖,似春阳,/飘散在人们的心田。/枯死的树干,/遂更生而有新绿之萌芽。/怨恨的种子,/乃茁壮以怒放爱之花朵。"江汎患有肺结核,休学在家的心境映照在这首短诗《生命之歌》之中。他并不祈求上帝的可怜眷顾,凭着顽强的意志,勇敢地迎战凶残的病魔,即使"枯死的树干,/遂更生而有新绿之萌芽"。此诗两句为一段,节奏短促有力,青春激情四射,哪有气喘吁吁的病人模样。"似柔腮,似甘霖,似春阳,/飘散在人们的心田。"奇妙遐想,显露了作者的才华。

这个阶段,江汎发表了不少短诗,大致分为两类。其一,颇有日本俳句的简洁,如"一颗流星,/在脑幕上一闪,/顷刻消逝了——/无踪;无影。我懊伤,/我惋惜,/可是啊——/何处探寻?/何处探寻"(《灵感》),又如"褪色的阳光下,/一小片淡淡的黑影,/轻捷地掠过。一眨眼:/黑影杳然,/地上添了一片落叶"(《落叶》)。诗人敏感地捕捉生活细节,丝滑地掠过,无声无息地泛起涟漪,一圈圈扩大,伸向远方。其二,自励诗歌,如《生命之歌》,又如"沉毅地,负起生活的担子,/我踏上了人生的征途。/虽然明知——征途是崎岖而又艰险;/我却庆幸——正可借此锻炼年青的身心。/不退缩,也不犹豫;/一双鹰眼总是正视着前面。/铲除荒榛,填平陷阱;/坚定的步子直向目标迈进。/用手,用脑,/配合着刚强的体魄,/我要创造一个灿烂的明朝"(《征人小唱》),"呼呼呼,飓风侵袭到陆上,/赶走了明媚的春光;/漆黑的夜空,充满了萧森萧杀,/真将永久地沉沦与灭亡?/不用忧惧也不用仓惶,且任它片刻的猖狂;看明日——/大地又布满了阳光"(《风雨夜》)。

翌年,江沨终止了"生命之歌"。丁景唐特地撰写叙事诗《他死在黎明——悼念一位失去了的伙伴江沨》:"现在我坐在窗前,/思索着怎样给你写首纪念的诗,/恍惚一年前你活着的时候,/我坐在你靠窗的病床边,/你用发烧的手指着铅笔的草稿,/以粗哑的嗓子朗诵,/因为你是喜欢诗的!"此诗与江沨的短诗《生命之歌》一明一暗,今昔映照,唱吟对话,分明又是一首咏叹调的"生命之歌"。

这夜,当弯月已经离去,/繁密的星渐渐疏落,银河黯了:/有蝙蝠飞入开着的小窗,/幸福就这样来临?/紫燕般,都(静)展起它轻捷的翼,/又如神秘的黑色大蝴蝶,/回绕于我白的眠床。/于是欲思索几行昏黄失传的词曲,/更忆及古澹的织锦花纹了。/不会是怪诞的夜游患者吗?/仰或是大胆喜悦的黑暗突击手?/……/当它已倦飞,倒悬在墙隅铅丝上,/翳动的翅,淡红的小嘴,昏昏欲睡了。/夜半唐突的借宿者呵,/将什么当酬报呢?/早秋柔如水的梦,分一半吧,/梦中更借我以翅膀。

第4期刊登诗歌《蝙蝠》,作者金沙,真名成幼殊,著名报人成舍我的女儿,时为圣约翰大学学生。她与丁景唐的友情,最初记载于丁景唐的诗歌《有赠》,"文革"后成幼殊与丁景唐恢复通讯,直到晚年。多年后,成幼殊已经忘却《蝙蝠》曾发表于《莘莘》月刊第4期,幸好老同学侯克华(旅居新加坡)精心保存了20世纪40年代成幼殊的大量诗作手稿,其中就有诗歌《蝙蝠》,落款为"1944年8月,上海浦行新邨"。此时间在《莘莘》月刊第4期出版(1945年7月)之后,因此,该诗手稿是在该刊发表之后重新誊写的,以上抄录该诗中的括号内的字便是原稿的。该诗后刊于1990年5月的北京《诗刊》,落款时间为"1944年8月26日夜"。此诗作手稿影印件和该诗均收入成幼殊的《幸存的一粟》(山东画报出版社,2003年1月)。

昔日,屠岸(蒋壁厚)与成幼殊等人成立野火诗歌会,出版《野火》,屠岸后为著名诗人、翻译家、出版家(人民文学出版社总编)。他认为:"幼殊的诗大都为自由诗。她随着意之所至,让诗句流泻而出,不受格律的束缚,而且佳作大抵为短篇,把感情浓缩在十几二十几行之内。但她的诗并非脱缰的野马,而是自有规律可循。她惜墨如金,不滥用一个字。稍长的也有,半格律体也有,都服从内容的需要。她的诗行排列参差而非无序,一切遵循感情的流向。

她的语言自然、清澈,富有内在的音乐性。"(《幸存的一粟·序言》)

短诗《蝙蝠》的主角是唯一能够真正飞翔的哺乳动物。以此为题材的文学作品,大多是令人害怕、厌恶或者"敬而远之"的形象,如今的《蝙蝠侠》则是另类形象了。成幼殊偏偏喜欢此类小动物,将仁慈之情赋予其中,甚至零距离观察它。"翳动的翅,淡红的小嘴,昏昏欲睡了。"这简直成了可爱的小精灵。在夜深人静时,成幼殊还默默祈求这位"借宿者",为她插上一对丰富联想的翅膀。这种奇思妙想,大概是年轻大学生成幼殊的专利,丁景唐也要自叹不如了。

一日,沈惠龙问丁景唐:"有人约来歌青春的一首诗,你知道吗?"丁景唐摇摇头,心想这是很有意思的对话,因为"歌青春"正是丁景唐的笔名,但必须遵守组织纪律,不准说明。而且他的诗稿经过妻子王汉玉誊写,外人自然认不出笔迹。第3期发表了这首诗歌《毕业行》:

我们来自不同的方向,我们来自不同的家,像小河的水汇集浩瀚的海洋,我们投奔慈母的门墙。

智慧的灯照亮我们的路,友情的苗随着岁月茂繁;当熏热的风烧灼榴焰融融,我们就将像带翼的种子,载着歌笑向四方播送。

莫辜负青春的年华,莫看轻自己的力量,迎接着锦绣前程,我们要为新中国的女性争荣!

"新中国"的神圣名称,四年后成为中国史上开创一个伟大时代的象征。丁景唐没有料到来得那么快,更没有想到此诗歌70多年后竟成为他去世后被人遗忘的一首佚诗。

此诗副标题是"为某女校一九四五届作",据丁景唐生前介绍,此诗是为上海启秀女中毕业班写的。当时,丁景唐应沪江大学中文系同学陈嬗忱(1942年毕业)之邀,到启秀女中讲授写作课,受到欢迎。于是1945届毕业生陈休徽邀请丁景唐为该届毕业生写此诗,后被谱曲作为校歌。启秀女中始建于1905年,1938年建立了中共地下党组织,中国职业妇女俱乐部主席茅丽瑛烈士曾就读和任教于该校。现该校改名为启秀实验中学,是具有深厚人文底蕴的百年老校,地处思南路,毗邻孙中山故居、复兴公园。

当时,沙寄生前来向丁景唐约稿时取走《毕业行》诗稿。沙寄生化名吴年,时为大同大学学生,写的散文发表于《莘莘》月刊。"文革"后,他还从南京写信给丁景唐,回忆起当年参加《莘莘》月刊、《时代学生》工作的青春伙伴。

丁景唐使用"歌青春"的笔名发表了第一本诗集《星底梦》,1945年3月,他以"上海诗歌丛刊社"名义自费出版。丁景唐生前多次谈及《星底梦》,但他不愿意谈起此诗集的有关广告。其实,除了在《谷音》中刊登广告之外,还在《莘莘》月刊第3期上刊载广告:

歌青春新著《星底梦》,现已出版!每册特价三百元。

本书系作者历年诗作之精髓,凡五辑二十八首一千数百余行,附录《诗与民歌》一篇,为近年上海诗坛稀有之收获。

　　　　经售处:上海圆明园路二〇三号(沪江书院底层)沪江实验公司。

这里说的"三百元",实为不足一角钱。当时沈惠龙不知道《星底梦》的作者歌青春是丁景唐,这则广告可能与沙寄生或他人有关。

关于"沪江实验公司",在《莘莘》创刊号报道各校信息的《集锦》中解释道:"沪江商学院以目前缺少实验之机会,期后离校服务社会势将感无从应付之苦,故在殷(明禄)教授建议之下设立'沪江实业股份有限公司',由学生出资,学生组织,学生管理,专营学生用品、文具、纸张、书籍印刷、旧书委托买卖,现已正式成立(下期将其内况忠实介绍于各同学)。"

《莘莘》第3期登载丁景唐的诗歌《毕业行》的同页上还刊登一则广告:"介绍诗刊《抒情》(诗丛刊之二)、《风铃草》(芜菁丛刊之一)。"《抒情》与《蓝百合》分别为《诗歌丛刊》第2辑、第1辑,前者刊登丁景唐的新格律诗《池边》。《风铃草》(芜菁丛刊之一)未查到。"芜菁"后为丁景唐的笔名,那时他投稿给《妇女》编辑杨志诚。丁景唐因上了反动当局的"黑名单"离开沪,杨志诚临时为他取了笔名"芜菁",发表诗歌《她们愉快地走着》《给孩子》。此前,报刊上已发表署名芜菁的文章,但是难以考证"芜菁丛刊"与丁景唐或他人之间的关系,否则可以解开《风铃草》之谜。

袁鹰等人的文学作品

本文开头提及的柯群(金如霆)的短篇小说《年青的时候》,约8 000字。丁景唐看到此小说手稿后甚为惊喜,认为作者用了抒情散文的手法,描写了一对青年男女同学,因思想不同、家庭贫富悬殊,最后被迫分手的初恋故事,结局是女同学被一个男子骗婚,流泪度日。故事有点抑郁的情调,但以情动人,受到读者的赞赏。

丁景唐回忆说:"金如霆,是病休在家的交大学生。他擅长写作,曾在《申报·白茅》《申报月刊》上用史亭的笔名写小说、报告文学和杂文。至今我记得他写的一篇关于贩大米的作品,描写劳动人民在铁丝网封锁的边沿挣扎死难的故事,用艺术的力量激起人们对日伪的仇恨。他经常戴着高度的近视眼镜,穿着粗布长衫,像'冬烘先生'。"[4]其中提及的"关于贩大米的作品",即《漕河泾之游》,署名史亭,刊登于《申报月刊》复刊第1卷第8期(1943年8月16日)。

金如霆与丁景唐同为宁波镇海同乡,后应邀为丁景唐主编的《文艺学习》撰稿,以史亭笔名发表散文《房子的纠纷及其他》。金如霆毕业于交通大学机械系,可惜他后来没有继续文学创作,而是成为有名的汽车工程专家,担任人民交通出版社总编等,译有汽车专业著作。

袁鹰时为之江大学学生,精力充沛,文思如泉涌,灵感一经闪过,迅即付诸小说、散文、诗歌、随笔等。他投稿结缘于《莘莘》月刊,也参与了该刊的编辑工作,有近水楼台的便利,他在该刊上发表了小说《小人物的故事之一：掘墓的人》（第3、4期连载，未完）。

《掘墓的人》的标题已经表明了小说中几个小人物是给自己掘墓的人，自甘堕落。已发表的部分展现了"我"与两位老同学久别重逢，没想到昔日神采飞扬的"小作家"却成了大烟鬼，他的妻子原来是富裕大家庭的千金，"我"怎么也想不明白他俩原本"八竿子打不到"的，如今怎么会生活在一起，又是如何生活的，且听下回分解。但是《莘莘》月刊停刊了，这个悬念永远无法解答。不过已发表的部分内容也展现了多面手袁鹰的才华。行文比较流畅，不同内容的衔接文字也比较自然，具有一定的可读性，反思的内涵可以告诫当下的大学生，千万不要走上自甘堕落的歧路。

对于文学创作的体会，袁鹰在首次投稿的《向生活学习》（第2期）里写道："生活的经验绝不是闭门家中坐[着]就会从天上掉下来的，更不是从书本中学习来的，丰富的生活经验是要自己去深刻地观察，去冷静地寻找搜集整理和提炼的。"这是崭露头角的袁鹰的创作经验和体会，他最后强调指出："如果在向生活学习的时候，不去想过去和未来，即使写出来的作品，也是没有什么社会价值的。"这可以作为小说《掘墓的人》的一个很好的诠释，读者尽可能展开联想，眼前会浮现出袁鹰构思该小说的遐思模样。

丁景唐晚年回忆文章里提起才女陈新华，她因家庭经济困难，读到高二休学，在家帮助父母照料小店。她用"陈联"笔名发表了不少小说和儿童故事。她写的《羊》，得到著名女诗人关露的赏识，获得《女声》征文二等奖。她还参加丁景唐指导的《时代学生》编辑工作，此后又成为丁景唐发起、领导的上海文艺青年会的成员，发表了不少文章。"文革"后，陈新华曾来探望丁景唐，谈起许多往事。

《莘莘》月刊前两期连载陈新华的小说《马燕珍》，作者以明快、幽默的风格，描写优等生马燕珍为了保持每年第一的荣誉，不幸得了急性肺病。另一位女生汪纪芳不计个人得失，以坦荡的胸怀感动了马燕珍，两人结为好朋友。以此控诉不合理的教育制度造成了同学之间的矛盾与隔膜。

一个悲剧人物黄老爹，成为萧金的小说《暮》（第1期）中的主角，他的言行举止透出凄苦、绝望、酸楚、无奈的情调，最终他无声无息地被埋葬在光秃秃的坟地里，小说呈现山沟里贫穷的黑色基调，令人窒息。不过情节简单，背景有些模糊，有"唯美至上"的感觉。

鲁迅的传世名作《阿Q正传》被田汉等人改编为舞台剧，又有人异想天开，竟然构思《阿Q的儿子》（第4期），作者蔡观。"小阿Q在学校里是最古怪的学生。他志向高，口气大。他说毕业之后，非大总统不做。夸赞自己的聪明，考试不用预备。"不愧为阿Q的儿子，竟然与大总统"排排坐"，不知讽刺的矛头指向敌伪当局哪位要人。

曾蒙的小说《下场》（第4期）刻画一个执教的"冬烘先生"——张老夫子，迂腐、刻板，被学生捉弄，遭到同人的嘲讽，吃的下酒菜是隔夜的黄花菜和一条发臭的咸鱼，墙上贴着一张泛黄的"院试"证书。妻子无法忍受他的邋遢样子，坚决提出离婚，张老夫子顿时昏厥过去，一只大花猫的头伸进那个散发臭味的咸鱼碗。小说漫画式的描写，也融进现实主义的光照，令人想起鲁迅笔下的孔乙己。只是张老夫子没有伸开五指罩住茴香豆，也没有"不多不多！多乎哉？不多也"的个性化的语言。

《莘莘》月刊发表各种题材的散文，第4期还推出"散文之页"，其中有些写得很尖锐，有些委婉，有些恬淡，有些直抒胸臆，呈现不同画风，折射出大学生的心理状态和审美情趣。

丁景唐主编《联声》时提出"认识大上海"，并编发了很有特色的文章，此思路延续在《莘莘》创刊号里。"吾见吾闻"栏目里的《车站经》，署名"黑帽子"，讥讽穿黑制服、戴黑帽子的车站工作人员。这些败类在光天化日之下敲诈勒索，耍尽五花八门的手段，并和黄牛票贩子互相勾结，沆瀣一气，坑害乘客，犹如旧日上海滩的一个缩影。

"吃心真狠"——黄牛贩卖高价票，"黑帽子"佯装不见。"缩地有术"——黄牛票贩子肆意插队，搅乱排队秩序，"黑帽子"早已拿了好处，溜走了。"杂务手的威风"——"黑帽子"抓住乡下佬小便，肆意敲竹杠。"夹心饼干"——"黑帽子"剪票时故意高声叫"满了，满了"，任意停止剪票，其实车站里面只有三四成乘客，这时递上"夹心饼干"（车票和钞票），便可放行。"买路钱"——众多乘客下车提着行李，引起"黑帽子"的贼眼"咕溜溜"转，看准目标围上去，胆小的乘客只好乖乖地递上"买路钱"。天下乌鸦一般黑，何况是活生生的"黑帽子"？

教育题材在散文里占据重要地位，其中白彦的《一根算尺》（第2期）体现了以小见大的构思。一把算尺值多少钱，文中并未交代，也未详细描述，但是竟然成为拷问一位大学生灵魂的刑具，昼夜无情地折磨他的身心，眼看要葬送他读书救国的理想。这听起来似乎是天方夜谭，却偏偏让"我"亲眼看见。老同学老柳是一位理工科大学生。一日，老柳送来一把舶来品算尺，请"我"卖掉，但是他不愿意直面"我"的质问：从哪里得到的？老柳及其家人闪烁其词，一个劲地催"我"快点卖掉。经再三逼问，老柳才承认是拾到的，想贴失物招领启事，却又马上撕掉，反复几次，老柳终于大爆发，痛苦地述说：卖掉这把算尺，可以缓解缴学费的压力，继续读书，毕业，成为专门人才，"为民族，为人类"贡献自己的一切。这虽然有些勉强，夸大了一把算尺的价值，但是作者传递的信息量很丰富，也很深刻，细心的读者可以领略一斑。

《我是一个牺牲者——一个T.B.学生的呼声》（显吁）尖锐地抨击现行教育制度，仅看副标题便是触目惊心——T.B.即肺结核，意即"我"是无药可救的"重病"学生。"我"虽然成绩名列前茅，品学兼优，却是畸形教育制度的畸形产儿，整天被灌输"分数之上，考试第一，文凭万岁"。最后"我"希望"牺牲者渐渐减少以至于无"，但这是一个无法实现之梦。

> 还是让我回头找一找自己的老伴侣，它已经转过了湾，悄悄地逆着水行进，船老板正把篙子点着我面前的坡岸。在扬子江里只能看见一片白帆的它，在这里居然也显得非常庞大而庄严了。

我回到船上,落日已洒下满河金黄,远处的一抹青山腰里,正升起浅紫色的暮霭和炊烟。船悄悄地找一个僻静的水深泊下了,我俯首于粼粼的微波……

　　今晚又得枕着流水,看满天星斗,让呜咽的水声咳碌咳碌地催人入梦。

（欧阳芙之《河村——鄂行杂记》）

　　欧阳芙之,姓潘,真名不详,复旦大学学生。丁景唐记得他是《小说月报》学生征文第一名,作品是《旅店的一夜——鄂行杂记》。此后,欧阳芙之的散文《夜舱》恰巧与丁景唐的诗歌《友情草·有赠》"同框",同时刊登于关露编辑的《女声》第3卷第11期(1945年3月15日)。欧阳芙之的两篇散文与《河村——鄂行杂记》(第2期)是"鄂行杂记"的一组散文,客观、翔实的叙事,不动声色的抒情,两者自然结合,几乎不露痕迹,老练的笔法令人难以相信是出自一位大学生。

　　唐萱,原名张英福,是震旦大学医科生,也常用笔名石琪,在《万象》《杂志》等发表小说,曾为丁景唐编辑的《小说月报》《谷音》写过稿。丁景唐曾写过一首《异乡草》相赠,安抚他孤独的心。他也写了散文《乡恋》作答。

　　张英福在《梦》(第4期)中倾诉自己的孤独、寂寞的心绪,联想起家人和温馨的场景。"时光在父亲的鬓上抹上一片银彩,你为什么这样望着我呵……那边坐着母亲,老眼里要流出泪了。大哥踏着沉稳的步子过来,拍拍我的肩膀。"但是,虚幻的梦境瞬间消失了,何时再能返回沦陷区的故乡,一梦三叹,犹如一曲昔日广泛流行的《松花江上》。

　　汤浩的《杏花·春雨·江南》(第4期)套用了常见的标题,但是文中描写家乡的美好春天和都市的灰色基调,形成巨大反差,最后含蓄地写道:"一夜春风赶走了残冬,但是春天不是我们的。"敌伪"残冬"来了,抗日战争胜利的春天还会远吗?

　　日伪统治下的上海沦陷区,民不聊生,怨声载道,变卖值钱的东西,买米填肚子,这已经不是什么新闻了。关瑜的《家的悲剧》(第4期)描写父亲做生意亏本,一夜之间坠落贫困之境,父亲只得卖掉作者心爱的留声机。"我不敢抬头,留声机的绿色的光彩,像针一般刺疼我的眼睛、我的心……"

　　庐绮兰的《交响——记梅庵》(第3期)写道:"'梅庵'这个名字,大概一般人都很生疏吧……那是一方平凡的园庭,只有两棵六朝松,还算有些声誉,其他只是几株梅树和一个四面都空的茅亭,杂在野草丛里,间或还留存着很早以前种植的若干不名贵的花枝灌木……"此文无意中成为一种档案资料。20世纪20年代,这里曾是会议、讲习场所,留下红色足迹。这里曾召开中国社会主义青年团南京地委会议(1922年5月5日)、青年团"二大"(1923年8月)。梅庵位于东南大学四牌楼校区西北角,在六朝松旁,西临进香河,北近鸡笼山。南京高等师范学校成立以后,江谦校长为纪念两江师范学堂监督李瑞清,在六朝松旁以带皮松木为梁架建起茅屋三间,取名"梅庵"。门前挂有李瑞清手书"嚼得菜根,做得大事"的校训木匾。

上文提及的沙寄生,时为大同大学学生,以"吴年"笔名发表散文《玫瑰之恋》(第1期)。文章以"我"的眼光观审姑姑的美,虽然文字尚可,但不免有些肤浅。

精彩纷呈的译文

各种内容的译文在《莘莘》月刊中占据重要地位,除了科学知识等,还有享誉世界文坛的著名作家及其作品的译作夺人眼球,深受青年读者的喜爱。

歌德,德国近代杰出的诗人、作家和思想家,曾被恩格斯称赞为"最伟大的德国人"。他的代表作《少年维特的烦恼》是以第一人称写就的书信体小说,经郭沫若翻译,与"五四"青年追求的个性解放、建立平等的人与人关系接轨,成为中国的畅销书,影响很大。该书中的人物原型少女绿蒂等及其恋情也受到世人的关注,一度成为广大文艺青年"粉丝"的热门话题。

《歌德重晤夏绿蒂》(第2期)便是一例,此译文的标题本身具有很大的卖点,足以吸引青年读者的眼球。遗憾的是此译文只在最后才简单地介绍歌德晚年时重逢昔日梦中情人绿蒂,双方已经老态龙钟,一个是平凡、臃肿的老太太,一个是身居要职的高贵老人,后者宴请了前者。译文并未交代双方重逢的详情,更多的篇幅是介绍歌德撰写《少年维特的烦恼》的初衷和见到少女绿蒂等故事。

此译文是圣约翰大学学生董乐山以"麦耶"笔名发表的,并未注明出处,显然是编译的。董乐山还为《杂志》《女声》写了不少影评。1949年后,董乐山翻译了许多外国专著,其中有与人合译的《第三帝国的兴亡》、新译的《西行漫记》。1982年夏天,董乐山(时为中国社科院研究生院美国系主任)与哥哥董鼎山来上海。7月23日,丁景唐与老友董氏兄弟一起前往巴金家里,畅谈一番。[5]

丁景唐晚年住在华东医院时,还命笔者去购买《董乐山文集》(河北教育出版社,2001年)。他翻看《董乐山文集》第1卷,其中有20世纪40年代董乐山以"麦耶"笔名写的许多剧评,以及发表在各家刊物上的短文。发表这些文章的刊物中,就有丁景唐所熟悉的著名女诗人关露主编的《女声》,丁景唐还在董乐山的几篇短文旁注明《女声》。《董乐山文集》第1卷前刊有《与命运抗争——董乐山的一生》(亦波),引起丁景唐的注意。他作为当时董乐山参加革命活动的领导人,并未在该文旁添加批语,只是在有关董乐山的文学活动的一些文字下画了红线,以示重点。

《莘莘》月刊创刊号有两篇译介文:《屠格涅夫及其作品》(黄壁)、《最后的晤面》(屠格涅夫作,齐洛翻译)。

伊凡·谢尔盖耶维奇·屠格涅夫是19世纪俄国批判现实主义作家,主要作品有长篇小说《罗亭》《贵族之家》《前夜》《父与子》《处女地》、中篇小说《阿霞》《初恋》等。

中国许多资深的学者、翻译家等先后译介、研究屠格涅夫的作品,成为热门话题。沈起予的夫人李兰依据英文版《国际文学》(1943年11月号)翻译了论文《屠格涅夫及其作品》,发表于《萌芽》创刊号(1946年7月15日)。此论文原作者是博哥斯洛夫斯基(Nicholas Bogoslovsky)。黄壁写的《屠格涅夫及其作品》的分析、见解与李兰的译文有所不同,这也见证了黄壁的独立思考。

齐洛翻译的《最后的晤面》很有意思。十几年前,冀丕扬将屠格涅夫原作翻译为《最后的会晤》,发表于《西北》第1期(1929年3月15日),但是不尽如人意。《英文知识》1939年第30期也刊登了《最后的会晤》(中英文对照),但是未署名。与齐洛的译文相对照,两者内容基本类似,但是最后一部分翻译的难度较大,两者有较多不同,如下:

> 我觉得在我们俩中间似乎坐着一个高大静默的白妇人。一件长袍把她从头到脚都罩了起来,她的深陷而带灰色的眼睛向着空间望去;没有声音从她的惨白严肃的嘴唇上发出来。
>
> 这个妇人把我们的手联了起来……她已经使我们永归和好了。
>
> 是的……死神(译者按,上文之"白夫人"即指死神)已经使我们重归和好了……
>
> (《英文知识》版)
>
> 在我看来在我们之间坐着一个高大的、静默的白衣妇人,一袭长袍裹住她的头足,她深凹的、惨黯的眼呆望着冥空;她苍白的、苦涩的唇不发一声。
>
> 这妇人联起了我们的手……她已使我们永远地和解了。
>
> 是的……死亡已使我们和解了。
>
> (齐洛译文)

显然前者更流畅,符合中国读者的阅读习惯;后者偏于直译,译文反而有些生硬。

阿尔丰斯·都德,19世纪法国著名的现实主义小说家。他的短篇小说具有委婉、曲折、富有暗示性的独特风格,《最后一课》《柏林之围》等作品都已成为世界文学的珍品,特别是《最后一课》让人联想到被侵华日军蹂躏的中国沦陷地区,激起中国广大爱国青年的强烈共鸣。

翻译家顾启源当时客居上海,发表的各种译文甚多,涉及题材广泛,深受读者青睐,代表作品《落魄的叔父》《幸福的人生》等。他翻译都德的短篇小说《县长下乡》(第4期),标题是中国化的,小说抓住了县长下乡时开始演说的片刻场景,生动地勾勒出县长的愚蠢、傲慢、庸俗的丑相。文章主题大多是通过村民的调侃对话呈现出来,幽默与讽刺的意味渗透在平易自然的文字中,形成"含泪的微笑"的画面。

俄国著名作家契诃夫的短篇小说享誉国际文坛。陶嘉周翻译他的短篇小说《贿》(第3期),文中只有两个角色的接触,一个来访者要查档案,重复说了近十遍类似的话,但是对方小官吏佯装没听见,专心致志要抓住在耳边盘旋的一只小苍蝇,终于抓住了,但又放走了。来访者心里有数,便掏出一个卢布,但是小官吏不理不睬。来访者只好再掏出一个卢布,小官吏依然冷漠。来访者准备悻悻离去,茶房悄悄告知:必须给三个卢布。果然形势急转,小官吏马上变了一个人,堆上笑脸,搬椅子,拉家常,差点跪下来。小官吏飞快地办完事,又从楼上送客到楼下,前后流水般的程序,娴熟、亲切、可爱。搞得来访者不好意思,第四次掏出一个卢布。小官吏连忙鞠躬,赔笑。"很巧妙地把那张钞票接到了手中,手法真快极了,像一个魔术家一样,只见钞票在空中一晃,就影踪全无了,早已变到了口袋里去。"

契诃夫不愧为"短篇小说之王"、文笔犀利的幽默讽刺大师,平常琐事在他的笔下成了幽默可笑的经典情节,小人物的典型形象跃然纸上。对于此译文与以上都德的《县长下乡》,丁景唐晚年点评道:"使人联想到当时汪伪官场上的卑劣行径。"其实,古今中外"鬼推磨"的故事每天都在发生,随时侵蚀着社会的每个角落。

田瑞译介的《修裴德的一生》(第10期)介绍奥地利著名作曲家弗朗茨·舒伯特(Franz Schubert)的一生。舒伯特被称为"歌曲之王",既是维也纳古典音乐传统的继承者,又是西欧浪漫主义音乐的奠基人。在他短暂的一生中,给后世留下了丰厚的音乐遗产。

译者注明主角是法郎兹·彼得·修裴德,称他是"歌谣之王"。当时对于外国人的译名并不统一,也有人称之为修裴尔德,这是各种原因造成的。丰子恺是舒伯特的"铁杆粉丝",写有《修裴尔德百年祭过后》《歌曲之王修裴尔德及其名曲:德意志浪漫乐派首领》,先后载于夏丏尊主编的《一般》第6卷第3期、第7卷第3期。前文注明修裴尔德是"歌谣曲之王"。

综上所述,至少可以得出以下一些看法:

其一,"在敌伪报刊和黄色刊物充溢市场的情况下,青年学生也需要有一份具有知识性、文学性的学生刊物,慰藉精神上的寂寞"(丁景唐语)。沈惠龙等人接受丁景唐的指导意见,即《莘莘》月刊的出版方针,确定三条基本原则:标榜非政治性,注重知识性、文艺性和生活性,以发表学生的作品为主。这是该刊利用合法关系,顺利问世和继续生存的大前提。不仅有效地避免产生"左"倾幼稚病,发表过火的文章,而且根据上级党组织的指示,顺应救济失学的社会舆论和强烈呼声,隆重推出救济失学义卖市场专题系列报道,为上海沦陷区的学生运动史留下珍贵一页。

其二,该刊"文艺通讯"的特点不仅集中体现于救济失学义卖市场专题系列报道,而且较好地分散在其他题材的文章里,延续了丁景唐主编《联声》时提出"认识大上海"的指导思路。这不仅扩大了青年学生的写作思路,激起写作的热情,而且催促大家接触社会、认识社会、分析社会,进一步提高思考能力,在实践中锻炼成长,这也是党组织培养进步青年的一个重要环节。

其三,该刊的诗文反映了当时青年学生的喜怒哀乐和不同的审美观,丁景唐、江汎、金沙等人的诗歌和袁鹰等人的小说、散文、随笔,都有可喜的亮点。每篇诗文如同"打捞历史积淀物",他们活跃的思维、大胆的尝试、燃烧的青春,甚至不成熟的各种痕迹,都鲜明地铸刻着那个时代的历史烙印。

其四,该刊发表各种内容的译文,在《莘莘》月刊中占据重要地位,除了科学知识之外,享誉世界文坛的著名作家及其作品的译作夺人眼球。其中编译者董乐山后来成为著名翻译家,《莘莘》月刊见证了他从事翻译工作的起步。当时翻译家顾启源已经成名,应邀赐稿,鲜为人知。陶嘉周翻译契诃夫的短篇小说《贿》,堪称该刊的一大亮点。其他译者的真名不详,甚为可惜。

其五,该刊保留了许多第一手资料,除了第2期救济失学特辑之外,还有不少文章生动地描绘了平海澜、彭望荃等大学教授、知名学者。记载的各所大学、中学的有关情况,也是抗战时期教育界不可多得的历史档案。庐绮兰的《交响——记梅庵》(第3期),无人会联想到这就是青年团"二大"的会址。

其六,丁景唐作为该刊的指导者、参与者,指出该刊是"党的'学委'领导的唯一公开出版的青年学生刊物",并且对该刊作出较高的评价。他在该刊发表的一诗一文,忠实地见证了他那时的心绪,只是如今再也听不到《毕业行》的歌声。梁丽娟当初发表了散文《暖房里的花朵》,丁景唐反向构思,撰写《暖房以外》。不过梁丽娟、丁景唐生前似乎都忘记了昔日之作,其他人更是无从知晓。

《莘莘》月刊幸运留存,但是谁还会研究"莘莘"二字?

注释:

〔1〕江沨生前曾热心地帮助聋哑人编辑、油印刊物《聋潜》。抗日战争胜利后,他参加了丁景唐领导的上海文艺青年联谊会的工作。他临终前,嘱咐妹妹江静托丁景唐向郭沫若请求为他写墓碑。丁景唐以"文谊会"的名义写信给郭沫若,由梁达(范荣康)转送给郭沫若。郭沫若欣然提笔写了"江沨之墓"。1949年后,丁景唐见到在上海音乐学院读书的江静,她很遗憾地说:"原件没有保留,连刻字的石碑在乡下也被人敲掉了。"详见《丁景唐诗文集(1938—1949)》第13—17页。

〔2〕中共上海市委党史资料征集委员会主编:《抗日战争时期上海学生运动史》,上海翻译出版公司,1991年7月,第118—119页。

〔3〕详见丁景唐《回忆〈莘莘〉月刊》、沈惠龙《莘莘学志社始末记》,载《上海文史资料选辑》第51辑《抗日战争风云录》,上海人民出版社,1985年。

〔4〕同上。

〔5〕详见丁言模:《书海结缘惜文字,往事倍亲茶未凉——丁景唐与巴老》,载《瞿秋白与书籍报刊——丁景唐藏书研究》,中国社会出版社,2013年。

第七编

《谷　音》

我与王楚良、萧岱合办《译作文丛·谷音》

丁景唐遗作

1938年11月,我加入共产党,创办文艺半月刊《蜜蜂》,开始我的编辑生涯。1940年冬天,我与沪江大学学生王楚良一起编辑上海基督教学生团体联合会的刊物《联声》,以后担任地下党"学委"系统的宣传调研工作。

王楚良比我大四岁,曾参加"左联",翻译 A. 托尔斯泰的《保卫察里津》和美国作家辛克莱的《不准敌人通过》等。中华人民共和国成立后,历任《上海新闻》英文版副总编辑、中国驻加拿大大使馆代办,"文革"后在中国外交学会工作。

1945年春天,我注意公开工作与秘密工作相结合,利用合法的社会关系团结积极分子,参与中共地下党员自办的两份刊物。一份是由我联系的学生刊物《莘莘》月刊,由交通大学的地下党员沈惠龙等负责,其活动后来被列为抗日战争时期中国共产党上海党史大事记之一。另一份是我与"文委"系统党员王楚良、萧岱合办的《谷音》。

记得创办《谷音》之前,德国已向盟军签署无条件投降书,欧洲反法西斯战争胜利结束,艰苦卓绝的抗战局势已转守为攻,日本无条件投降指日可待。

萧岱,原名戴行恩,比我年长七岁,大学毕业。1934年留学日本时参加东京"左联"支部,著有小说《残雪》、长诗《厄运》和译著《苏联文学》《列宁给高尔基的信》等。中华人民共和国成立后,历任上海军管会文艺处文学室主任、上海文联副秘书长、上海作协副主席、《收获》副主编等职务。

我们三人在王楚良工作的运输公司办公室里闲聊,谈起《莘莘》月刊被迫停刊(共出四期),暂且没有地下党领导的文艺刊物诸事,应该填补这个"空白",设法再办一个,尽力满足进步读者的需求。我自告奋勇来具体操办,过去办《蜜蜂》《小说月报》等刊物时积累了一定经验,还与一部分作者保持联系。

新刊物叫什么名称,既能代表编者的心境和意向,又能吸引读者,颇费脑子。王楚良、萧岱干脆用一个简单的办法——翻看《辞源》,恰巧查到黄庭坚诗句:"别后寄诗能慰我,似逃空谷听人声。"瞬间灵光闪现——"刊名就叫'谷音'!"我特地将此诗句安排在《谷音》扉页上,坦然"告示"其弦外之音,让读者自行细细品味。

大家商量结果,除了我们三人写稿之外,我负责组稿,联系恩师朱维之等人。经过一番

图13 《谷音》封面

紧张的约稿、组稿、编辑,同时通过亲朋好友拉广告、筹集资金、落实印刷厂。忙碌一阵后,我把一沓文稿送到汪伪图书审查机构(福州路、江西路的一所大楼)审查。1944年起,我曾经常送《小说月报》去审查,与审查人员混了个脸熟。由于我们事前做了周密考虑,把文稿内容控制在"纯文学研究"的界限内,因此两星期后,汪伪审查机关在送审稿上敲了审查通过的蓝色印章,我顺利取回文稿。1949年后,我工作的上海市委宣传部所在大楼改名为建设大楼,恰巧与原来汪伪图书审查机关是同一大楼。

我编辑的《谷音》32开,70页,共7万多字。封面(图13)设计简洁大方,四周围框,上端为"译作文丛第一辑",其下为刊物名称,粗黑体,醒目;下端居中为"沪江实验公司",以及创刊时间"1945"。扉页上排印黄庭坚诗句,还请中法药房职员、地下党员杨国器创作山水版画(署名"S.C."),虽然木刻刀法比较粗糙,但毕竟表达了"谷音"一些意境。

封底版权页下半部分注明"发行人兼编辑丁英"。上半部分为王楚良写的《编后》之言:

因为爱好文学,我们就想出一个纯粹是研究文学的刊物,我们并不希望出众,但我们自然也有我们的标准和水准:我们想提供一些还是有内容的文学的作品,给我们这种爱好文学的读者。

但这样的渴望是不容易完成的,现在就弄成了这么一份东西。这自然是离开我们自己的理想太远了,更不能说我们已替爱好文学的读者尽了一些什么本分。

这也许是我们对于自己所有的微薄的能力有了奢望的缘故吧。但是如果每一个读者都能够帮助我们的话,那么,有这么一个奢望自然也不是太过分的事。

我们下一期不知什么时候再发行,但如果能够再印一本的话,那么我们至少有这几篇文章是可以先向读者预告:

(一)托尔斯泰的悲剧

(二)T. S. 爱略忒论

(三)六朝的民歌(北方篇)

这几篇文章早已在我们手头了,但因为篇幅关系,我们只能留诸下次。

希望读者给我们指正和援助。

这些话语比较委婉,类似于当时创办文学刊物的《后记》的基本意思。文中谈到预告的几篇文章,前两篇译作是王楚良、萧岱的意向,第三篇是我准备继续编写《六朝的民歌(北方篇)》,但都因停刊未能写。

《译作文丛·谷音》第一辑包括中外文学理论与创作。首篇是我的恩师朱维之写的《由绘艺说到唐宋文艺思潮》,他还一起寄来一首诗歌《但她的鞋子笑了》,使用笔名"白川"。多年后,朱先生还记得我请他写稿一事,他回忆说:由于物价飞涨,工资不够付房租,不得不到其他学校兼课,"丁景唐同学办的刊物要稿,也只能写些短文"。有一次下雨,他和其他人到招租的一幢花园洋房里参观,恍如梦境,一位女士的皮鞋在雨中嘎吱作响,好像在嘲笑大家没有"枕首的地方",于是朱先生有感而发,写下《但她的鞋子笑了》一诗。(朱维之《沪江的二八年华》)

1942年,我从东吴大学转到沪江大学中文系三年级读书时,在圆明园路真光大厦有幸听到王治心、朱维之、黄云眉三位先生讲课,他们分别教授中国文化史、中国文学史和国语文法、诗词作法。

朱先生比我年长15岁,出生于浙江平阳县朱家岛村(现属苍南县),初名维志,单名智。村里百姓大多信奉基督教,因此,朱先生很早接触《圣经》,成为他以后终身研究希伯来文学的渊源。他在沪江大学执教16年,著有《李卓吾论》《中国文艺思潮史略》《基督教与文学》等。这几本书,我原来都有收藏,可惜后来遭失。1948年夏天,我在香港躲避上海特务追捕时,朱先生(时为沪江大学中文系主任)毅然邀请我回沪担任中文系助教,安排我隐居在远离市区的沪江大学助教宿舍里。当我危难时,朱先生及时伸出援手,让我终生难忘。

《谷音》第二篇是我以"丁英"笔名编写的《六朝的民歌(南方篇)》。由于当时时间紧迫,我来不及到图书馆查找,便摘录了郑振铎编写的《中国俗文学史》中一些材料,然后根据聆听朱先生教课时的体会,融会贯通,进行编写。我选择古代民歌作为研究课题并不是偶然的,那时我已经对民间文学产生兴趣。此后,我写过《她的一生——从民歌中看中国妇女的生活》《歌谣中的官》等文章,编写《怎样收集民歌》(上海沪江书屋,1947年5月)。中华人民共和国成立初,我还曾担任中国民间文艺协会理事、上海民间文艺家协会副会长。

我编排《谷音》时,校看了王楚良、萧岱等人翻译的巴尔扎克、契诃夫、普希金等的诗文和有关文论,其中有《巴尔扎克新论》《一笑之失》《高级课程》《书蠹的牺牲》《普式庚诗抄》等。

当年出名的青年作家有沈寂、张英福(石琪)、郭朋。沈寂曾为我编辑的《小说月报》写过小说,他因忙于别的写作,没有为《谷音》写稿。我邀约的其他青年作家的稿件,都发表在《谷音》上,如郭朋(萧群)《在呼鲁图克河畔》和《故居》、王殊(林茫、林莽)《山啸》、张英福《雨天》、倪江松《松树盆景》、徐慧棠(余爱渌)译诗《巨哥斯拉夫之歌》。他们都是我在编辑

《小说月报》时认识的,还成了好朋友。

郭朋、张英福都是震旦大学医科学生,我与张英福还有诗歌唱和。倪江松是复旦大学三年级学生,他的这篇散文《松树盆景》还获得我发起的《小说月报》学生征文第二名。王殊比我小四岁,江苏常熟人,原名王树平,复旦大学英国文学系学生,1948年担任新华社随军记者。中华人民共和国成立后,历任中国驻德国大使、外交部副部长、国际问题研究所所长等职务,著有《国际通讯选》《音乐之乡奥地利》等。他退休后,仍然与我有书信来往,他笔耕不已,常有散文发表于各报刊。

我编辑《谷音》时,也欣喜地看到王楚良撰写的《青春之歌——略论歌青春的诗》(署名"古道"),评价我的第一本书——诗集《星底梦》。该诗集出版时署名笔名"歌青春",留下了我的青春足迹和情感。

《星底梦》收录我前两年创作的28首新诗和序诗《有赠》一首,以及附录《诗与民歌》,1945年3月编成诗集《星底梦》。王楚良、萧岱两位学长分别以笔名"祝无量""穆逊"为《星底梦》作了跋语,以示鼓励。我以上海诗歌丛刊社名义自费出版,一切都是自己动手,从编辑、设计、校对、张罗纸张、跑印刷所,以及包扎、分发到预订的青年朋友的手中。

> 诗人在这里用的语言是多么明朗,音律又是多么自然、愉快。歌诗人的这一切成就给我们提供了一个确信,诗人歌青春的诗路是广阔的,诗人歌青春的诗感是真挚的,诗人歌青春缺少的只是实[际]生活的体验和意识上的锻炼。在经过了一番更大的努力之后,在冲出了华贵的诗的语言和诗的韵律以后,诗人歌青春就会很快地变为我们的歌手的。我们现在对于诗人歌青春的这种过分苛刻的要求和批评,也就是因为我们对诗人歌青春存在着这一种强烈的希望所致;愿诗人努力,愿诗人的诗会真正地变成我们这一时代的健康的"青春之歌"。

这是王楚良撰写的评论的最后一段,作为同学、文友和同志坦陈心底之声,既有中肯评价,又有希望寄语,至今读来仍然倍感亲切。

《星底梦》收录的诗歌,原先大都发表在关露编辑的《女声》上。诗集出版后,著名"左联"女诗人关露用"梦茵"笔名在《女声》(第4卷第2期)发表《读了〈星底梦〉》一文,开头指出:"在近来惨淡荒凉的这片诗领土中突然看见这本小小的册子《星底梦》,好像在一片黑寂的大海里看见一只有灯的渔船一样。《星底梦》虽然装订很小,页数很薄,但是仍然发生了'诗'的力量……好像渔船虽小,仍旧是一只船,星星的光虽然不强,仍然能够把宇宙照亮。"1949年后,《星底梦》的有些诗被选入《中国新文学大系》《中国四十年代诗选》等多种选本,其中诗人周良沛编选的《新诗钩沉》(湖南文艺出版社,1986年6月),共有10集,也收录我的诗集《星底梦》。《星底梦》重新面世后,得到不少现代文学研究者的积极评价。

我与王楚良、萧岱合办《译作文丛·谷音》之后,遵照党组织的指示,各自回到"学委"

"文委"的工作岗位。回想起当年我们合办的《谷音》,距今已有68年了,那时我们共同战斗,努力为现代文学留下一本值得纪念的刊物,良可欣慰。

2013年4月初
于华东医院

原载《出版博物馆》第2辑(2013年6月)。

导 读
《译作文丛·谷音》第一辑

前文是当时家父丁景唐命笔者起草,随后他修改定稿的。现在结合有关史料,具体介绍该刊,大致分为三大部分:朱维之与丁景唐的诗文,萧岱、王楚良等人的译作,郭朋、王殊等人的文学作品。

朱维之与丁景唐的诗文

1942年,丁景唐从东吴大学转到沪江大学中文系三年级读书时,走进圆明园路209号真光大楼上课。

圆明园路邻近虎丘路(西边是四川北路),与北端横向的苏州路呈丁字路口,地块狭长,集中了许多教会机构和书店。圆明园路169号为中华全国基督教鸿逸大楼,203号为基督福音书局(代销丁景唐的《星底梦》《妇女与文学》),205号为浸会书局(丁景唐的叔父丁继昌在此任职)。西面虎丘路107号有兴华实业公司、泰和行、卫懋行等单位,邵光定主编的《飙》刊物社在这里,该刊邀约并刊登丁景唐等人的稿件。128号为广学会大楼(后为青年协会书局等),130号为广学会书店,140号为大陆华行,142号为光陆大楼(曾为关露编辑的《女声》后期编辑部)。这些书店印行的书籍,曾以赞助形式在丁景唐主编的《联声》上刊登广告。丁景唐很熟悉此地的有关情况,与它们曾有直接或间接的联系。

在真光大楼里,丁景唐聆听了王治心、朱维之、黄云眉三位先生讲课,他们分别教授中国文化史、中国文学史和国语文法、诗词作法。

王治心为当时中国基督教界有较大影响的、多产的著述家之一。1934年后,王治心应刘湛恩校长之请,出任沪江大学国文系主任。他在南京金陵神学院执教时,为朱维之的老师,他俩合作《耶稣基督》。

朱维之后任沪江大学中文系主任,是丁景唐的恩师。他是学贯中西的著名学者,在中国教育界、学术界享有崇高声誉。

黄云眉,著名历史学家,明史、清史专家和史学教育家。他对《明史》的系统考证、对清初大儒全祖望的深入研究,对后世有深远影响。

这三位先生是浙江同乡,深刻地影响了丁景唐的前期治学道路。

丁景唐邀请朱维之为《谷音》撰稿,即《由绘艺说到唐宋文艺思潮》一文,这是当初朱维之为丁景唐等学生讲授中国文学史的有关内容。此后,朱维之正式完成《中国文艺思潮史略》(开明书店,1946年12月)。这是国内最早问世的一部完整的文艺思潮史,以文艺思潮为中心线索,破除了以朝代或世纪为纲要的旧体例,系统地梳理、描述了三千多年来中国文坛变迁、思潮更迭、作家辈出的历史进程,受到学术界的高度重视。

朱维之《由绘艺说到唐宋文艺思潮》一文成为他撰写、修订《中国文艺思潮史略》期间的"一朵浪花"。该文选择以小见大的角度,通俗易懂,娓娓道来:

> 绘画和文艺的关系,却没有音乐那么明显,因为绘画的发达比较晚些。但在六朝以后,即在绘画发达之后,绘画的作风便和当代文艺思潮息息相关了。现在姑将唐、宋两代的绘艺来作一个管窥吧。
>
> 唐、宋两个大朝代的精神,大不相同。一般地说来:唐朝是偏于"动的",宋朝是偏于"静的";唐朝富有青春期好斗的活气,宋朝却多老年人守成的闲逸之气。唐朝是中国音乐发达到最高峰的时候,宋朝是中国绘画发达到最高峰的时候。我们可以说唐代是"音乐的",即是"动的",宋代是"绘画的",即是"静的"。
>
> 单就绘画一方面来看,也可以看出这种时代精神来。唐代所画的东西多偏于动的,而宋朝所画的多偏于静的。前者是激烈的,后者是安舒的。
>
> ……从这个角度去看唐、宋文艺思潮,也很可得其正视。

此文虽然比较短,但是从中国文艺思潮的宏观视角俯视唐、宋绘艺,进行比较点评,由此窥见唐、宋文艺思潮的"动"与"静"。只有把控文艺思潮历史长河纵横的基本动态规律,以及抓住其中交集的鲜明特点,才能得出如此精辟的结论。这并非一朝一夕所能下定论的,足见朱维之深厚的学术造诣,以及耗费的大量精力和无数的心血。

朱维之写作的才华并非完全倾注于严谨的学术研究上,也会触景生情抓住瞬间闪烁的灵感,将心底涌上的丰富情感注入诗行:

> 我们走过漫长的街坊,/推门一望——/好一座敞朗的楼房,/厚壁坚墙,/还有华丽的装潢,/这就是我们理想的家乡:/这就是我的书房,/那是你的客堂。/一阵骤雨泻在高瓴之上,/一曲凯歌,雄浑而奔放。/但她的鞋子在地板上笑了:/吱——喀——吱——喀——/狐狸自然有洞,/飞鸟也必有巢;/但这儿未必是你们枕首的地方。

朱维之这首白话诗《但她的鞋子笑了》是少数幸存的诗歌之一,共分为三节,首节写道:"春雨打着街心,/打着两旁的园林,/奏出都会的交响乐音。/我们在雨中找寻,/我们各自理想的家庭。"突然,传来一位女郎的皮鞋在雨中嘎吱作响之声,朱维之仿佛听到"她的鞋子笑了",接着联想到"狐狸有洞,/飞鸟有巢",人却没有"枕首的地方"。在雨幕中撑着伞,置身于对外招租的一幢花园洋房,恍如在梦境,不料女郎的皮鞋声却引起朱维之的逆反心理,顿时情绪大反转,讽刺的味道油然而生。接着是以上抄录的第二小节,思路依然如同首节,结尾再次咏叹。第三小节进一步渲染了花园里的美景:

前面一片辽阔的园池,/一望碧草交织,更觉可喜。/这边有光鲜的枫树,/那边有粉红色的蔷薇。/远处篱边有柳林如烟。/还有不知名的花枝,/在春风春雨中俯仰摇曳。朱维之等人心致勃勃,"我们张伞在雨中探寻幽径,/踏过花畦,/走到园心,/在紫藤架下静听/大自然所奏的回春乐音"。一个天籁之声传来,"她说这是我们理想的园庭。/好让朋友们来围坐柳荫,/细论诗文徐调弦琴"。好端端的一幅梦境,但是犹如水中月,又一次被女郎的皮鞋声无情地打碎,"她的鞋子又笑了,虽然它的笑声不及雨声高",足以让朱维之打个寒战,立即清醒,哪里还有什么五彩美景,分明是灰色的现实。虽然"狐狸尽可以在这里挖掘洞,/飞鸟也可在这里筑巢;/只是诗人未必能在这里整理诗稿"。

如梦美景与残酷现实、五彩梦幻与无情破灭、愉快放飞与低落泄气,此诗一直在两个巨大反差的极点之间急剧摆荡,互为映照,互为反衬,加之每小节后面反复咏叹——词语稍有不同,意味递进,明确旨意,并且增加诗歌韵律和谐,回味无穷。与其暂时逍遥做美梦,不如粗茶淡饭,踏踏实实地做学问。

丁景唐的《六朝的民歌(南方篇)》写得比较匆忙,摘录了郑振铎编写的《中国俗文学史》中一些材料,结合朱维之教课时他的体会,融会贯通,进行编写。其实,当时专题研讨六朝的民歌还是一个比较新的课题,如果《六朝的民歌(北方篇)》能够续写,那会是一个不错的选题,以供后世进一步深入研究。

《六朝的民歌(南方篇)》抓住具有这阶段历史特点的大背景——"南北朝异民族对峙的新局面",江南世族"一方面沉湎于信道拜佛,一方面又荒淫酒色,喜作艳歌宫词。一方面清谈玄理,逃避现实,做着山水田园的美梦,一方面又炫博耀奇,类书数典,忙着为朝廷招隐了"。这时,"六朝的新乐府(民歌)举起了新兴的文艺旗帜,给腐朽垂灭的书写文学杀出了一条生路,从而又影响了六朝唯美浪漫的思潮"。这是受到朱维之等授课的影响。然而,此文谈论六朝民歌,还停留在搜集、梳理、归纳的初级阶段,还未寻根溯源,深入研究,分析六朝民歌内在结构和规律,如乐府歌诗的两大构成因素,即声调和歌词等。对此,复旦大学王运熙教授写有《六朝乐府与民歌》《乐府诗述论》等专著,甚有造诣和影响。从另一个角度来看,《六朝的民歌(南方篇)》见证了丁景唐对于民歌研究的浓厚兴趣,他编写《怎样收集民歌》(上海沪江书屋,1947年5月)便是一个例证。

《谷音》刊登的《六朝的民歌(南方篇)》文后附有一则报道,即《KASCO学生文艺奖金揭晓》,写道:"中国华恒针织厂许晓初、蔡仁抱二氏为《小说月报》五周年纪念赠设之'开丝固学生文艺奖金'已于三月十一日假中法大药房会议室举行给奖典礼,到许晓初、蔡仁抱、包天笑、严独鹤、沈禹钟、万卓然等及《小说月报》、华恒厂同人并来宾数十人,由许夫人、蔡夫人给奖,除华恒厂之奖金、奖品(KASCO密兰耐丝背心、围巾、手套)、《小说月报》奖状外,并由万籁鸣照相馆赠送四寸美术照十份,情况至为热烈云。"

该厂的经理蔡仁抱是地下党员蔡怡曾的父亲。他当然不知道自己的女儿是共产党员，1948年蔡怡曾被捕入狱，他向国民党保证他的女儿绝不是共产党员，是无辜被人冤屈的，把她保释出来。"近读范泉赠书，回忆说当年他被日本人抓捕后，也是蔡仁抱保释出来的。"（丁景唐《我的文艺编辑生涯》）

此前丁景唐协助编辑的《小说月报》刊登的《学生文艺奖金条例》启事中提及评奖结果将"于四十七期《小说月报》揭晓"，但是该刊突然停刊了。评奖一事拖延至1945年3月11日，次日是上海隆重纪念孙中山逝世20周年，选择前一天颁奖颇有意义。

许晓初担任中法大药房总经理，征文授奖大会安排在该大药房楼上的会议室，丁景唐主持会议，宣布获奖名单。前三名分别是欧阳芙之的《旅店的一夜》、复旦大学三年级学生倪江松的《松树盆景》、张朝杰的《小姐生气了》，还有其他一些优秀奖获得者。其中第一名和第三名作品已经刊登，第二名作品则刊登于《谷音》。

授奖会议召开时，一些党内同志以征文投稿者的名义前来参加，其中有杜淑贞（后任中国福利会党组书记、副秘书长）、苏隽（后任江苏省宣传部文艺处副处长）、袁援、陆钦仪等也由此走上革命道路。抗战胜利后，陆钦仪、倪江松、张朝杰等参加了丁景唐负责组织的上海文艺青年联谊会。张朝杰创办文学刊物《时代·文艺》时，丁景唐不仅自己写稿，还发动其他青年作家投稿。

《谷音》刊登王楚良的《青春之歌》，评论丁景唐的第一本书，即自费出版的诗集《星底梦》，已收入《丁景唐诗文集（1938—1949）》。该文后编排一则《星底梦》广告：

歌青春诗集《星底梦》现已出版！每册特价五百元。为便利本埠外埠读者购订起见，附邮五百元径函沪江公司，当即按址挂号奉寄一册。

本书系作者历年诗作之精选，凡五辑二十八首，都一千数百余行。后附《诗与民歌》论文一篇，为近年上海诗坛稀有之收获。

经售处：沪江实验公司，圆明园路二〇三号。电话：一三五二二号。

"每册特价五百元"，由于当时通货膨胀，物价飞涨，这些钱只够吃一顿简单的便饭。这则广告也是丁景唐当时的"自我介绍"，今日重见，感慨不已。此广告中的"五百元"与另一处说的"三百元"有差别，这是各种因素造成的。

丁景唐编辑的《谷音》，上端为"译作文丛第一辑"，下端居中为"沪江实验公司"，与诗集《星底梦》出版处相同。

《星底梦》的广告上半部分为："《诗歌丛刊》已出二集：1.《蓝百合》，2.《抒情》。地址：凤阳路同春坊廿五号。"其中《蓝百合》由诗歌丛刊编辑室蓝漪编辑，争荣出版社1945年3月1日出版，定价100元。

该诗集刊登丁景唐的一首新诗《池边》："晌午的阳光睡意浓重，静寂的园林微风温馨。

蜂蝶在花丛踝蹬私语,水珠迸飞作五色的彩虹。柳影掩映一个少女的脸,池面摔碎了幽远的钟声。"此诗类似新格律诗,即中国现代新诗的一种形式,亦称现代格律诗。这是"五四"以后出现的新诗中不同于自由诗,但又有别于传统诗体,没有固定格律的诗体。《池边》既有传统古诗的凝练和韵味,又有现代自由体诗的潇洒、跳跃。最后一句"池面摔碎了幽远的钟声"中的炼字——"摔碎",突显动态,反衬静态,显示诗中有画的意境——恬静、悠闲、安逸。

该诗集还收入成幼殊(金沙)的一首诗歌《羽翼》:

> 夜半里拾不起睡眠的断线,/梦——/那散落的水银珠子/毒得人心痛。/日夜跳不出这细致的/生活的锦匣;/一扇明媚的小窗/更叫人怅惘。/反侧到鸡声初啼/又不爱天亮……/不嗟怨插不上翅膀,/但恨雪亮亮的羽翼被揉断;/当一阵鸽笛/嘤啸向无垠的晴空,/剩给我的/还是冬风。

成幼殊回忆说:"原拟和何溶及冒怀昆、顾绛等一起走(去新四军第一师)的我,因清晨临行前被终于割舍不了的母亲反锁在房里而并未能成行……以后,我只得瞒着母亲离家,去新四军第七师,那时已到五月。"《羽翼》一诗便是反映当时被"母亲反锁在房里"的复杂心情。(成幼殊《幸存的一粟》)

创办《谷音》的诸事,有些史料仅供参考,如下:

其一,丁景唐与萧岱、王楚良商量创办《谷音》时,在王楚良工作的运输公司办公室里闲聊,谈起《莘莘》月刊停刊,暂时没有地下党领导的文艺刊物诸事,应该填补这个空白,设法再办一个,尽力满足进步读者的需求。

丁景唐回忆王楚良工作的运输公司在二马路(今九江路)大陆商场底层。大陆商场,即慈淑大楼。查看 20 世纪 40 年代上海老地图,该大楼位于九江路 332—336 号,后面是佛陀街。在这里有三家企业,南临街的利民银行总行(4—10 号),西临街的大东运输总公司(12—14 号),还有安康银行福大公司(10 号)。大东运输总公司可能是王楚良的工作单位,这里与大陆商场是近邻,也许大东运输总公司在慈淑大楼底层设有营业部。九江路一端的慈淑大楼东边是《正言报》营业部(330 号)、志诚证券号(326 号)、四川农工银行(322 号)等,西面是吴祥茂绍酒总发行所(338 号)、川盐银行上海分行(342 号)。慈淑大楼马路对面是外国坟山和圣保罗教堂。

此地块四周为山东中路、九江路、山西路、南京东路,原为老式石库门弄堂,1902 年被犹太地产商哈同购入。1930 年 10 月,大陆银行与哈同洋行达成协议,1931 年大楼开始动工,1932 年竣工开业,命名为大陆商场。1938 年,哈同遗孀罗迦陵向大陆银行回购大陆商场大楼,同时更名为慈淑大楼。大陆商场沿南京东路为七层,顶层 1934 年加建,中部过街楼部分为八层,而底层与二楼间还有夹层(后来新华书店将夹层算作二楼)。南京东路 353 号慈淑大楼现为 353 广场。

其二,关于《谷音》的刊名,萧岱、王楚良提议查《辞源》,恰巧查到北宋著名文学家、书法家黄庭坚的诗句:"别后寄诗能慰我,似逃空谷听人声。"此诗句出自黄庭坚的《登南禅寺怀裴仲谋》:"茅亭风人葛衣轻,坐见山河表里清。归燕略无三月事,残蝉犹占一枝鸣。天高秋树叶公邑,日暮碧云樊相城。别后寄诗能慰我,似逃空谷听人声。"丁景唐瞬间灵光闪现,把刊名定为"谷音",并将此诗句安排在《谷音》扉页上。如果通俗理解,不妨将其理解为"空谷之音",比喻极难得的言论——诗文佳作。如果进一步推敲,那么丰富的弦外之音,可让读者自行细细品味。

其三,为了配合黄庭坚诗句,丁景唐还请中法药房职员、地下党员杨国器创作山水版画。虽然木刻刀法比较粗糙,但毕竟表达了一些意境。杨国器后为丁景唐主持的"文谊"(上海文艺青年联谊会)15 名执委之一,他所在的中法药房暂且作为"文谊"会刊《文艺学习》的联络点。

其四,王楚良写的《谷音·后记》提到《托尔斯泰的悲剧》《T. S. 爱略忒论》。

《托尔斯泰的悲剧》是托尔斯泰的幼女亚历山大·托尔斯泰于 1929 年到日本游历时写的,题为"父之悲剧——托尔斯泰的隐遁与死"。先译成日文,计有 17 章,后译成英文 *The Tragedy of Tolstoy*(《托尔斯泰的悲剧》)。"这书在《批判托尔斯泰》之上,是一本极贵重的文献。因为第一,知道托尔斯泰的最后最清楚的,是本书的作者;第二,这书同是作者的唯一的回想录;第三,叙述托尔斯泰出奔后至临终的生活的,唯此一书。"(澄清:《〈托尔斯泰的悲剧〉的英译》,载《文学》1933 年第 1 卷第 1 期。)

王履箴编写的《托尔斯泰的悲剧》(《大陆》第 1 卷第 1 期,1940 年 9 月 20 日),只有几千字,理应是根据英文版《托尔斯泰的悲剧》缩写的。"王履箴"是著名漫画家王敦庆(王一榴)的笔名,他 1923 年毕业于上海圣约翰大学国学科,后长期从事中学、大学英语、美术教育工作。

显然,王楚良说是有《托尔斯泰的悲剧》稿子,可能是摘译英文版的《托尔斯泰的悲剧》章节。

关于《T. S. 爱略忒论》,叶公超、孙国华、张季同合写的书评《爱略忒的诗》(《清华学报》1934 年第 9 卷第 2 期)透露的一本书——*T. S. Eliot Study* (Thomas Mc Greevy),即《T. S. 艾略特研究》,可能是王楚良说的《T. S. 爱略忒论》。

托马斯·斯特恩斯·艾略特是英国 20 世纪影响最大的诗人,被称为"但丁最年轻的继承者之一"。艾略特自称在宗教上是英国天主教徒,政治上是保皇派,文学上是古典主义者。他于 1948 年获诺贝尔文学奖。艾略特的诗歌及其诗论陆续被翻译成中文,产生较大影响,至今仍然是翻译家热衷的话题之一。

可惜,王楚良说的两篇译稿不知所终,早已淹没在浩瀚的文史长河里了。

萧岱、王楚良等人的译作

《谷音》为《译作文丛》第一辑,译作是重头戏(图14),王楚良(精通英文)、萧岱(擅长日语)、徐慧棠(擅长英文)翻译或转译了巴尔扎克、契诃夫、普希金等人的诗文和有关论文。其中王楚良、萧岱使用笔名,暂且难以分辨哪些是他俩各自的译作。

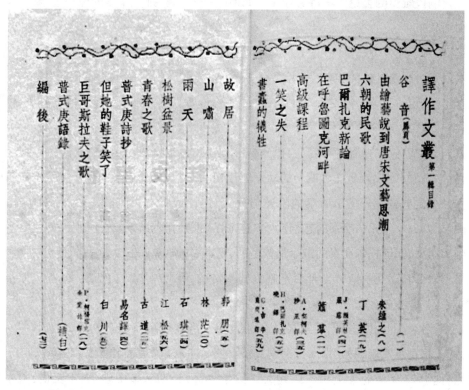

图14 《谷音》目录

詹科·拉夫林时为英国诺丁汉大学斯拉夫语文系教授,著有《易卜生预期创作》《尼采及近代心理》等书。他有不少文章被译为中文,如张梦麟翻译的《柴霍甫与莫泊三》连载于《学艺杂志》1931年第11卷,刘宗译的《俄国民族性观》载于《新中华》1948年复6卷第1期。

詹科·拉夫林著有《巴尔扎克新论》,大32开,硬精装,139页,伦敦劳特利奇出版社出版。1945年5月10日早晨,严慈译完长篇《巴尔扎克新论》,或摘译原作,分为五个部分。

对于巴尔扎克的文学创作论,昔日左翼文坛主要依据苏联文学理论动向来确定评价的基调。

1933年4月1日,瞿秋白发表《马克斯[1]、恩格斯和文学上的现实主义》,是当时相对较为全面的马克思主义经典作家的文论。马克思、恩格斯关于现实主义的深刻的革命性的见解,大大深化了瞿秋白心目中的"普洛现实主义"。这篇文章叙述了马克思、恩格斯反对席勒化的论述和对于莎士比亚、巴尔扎克、狄更斯等作家的赞赏。尤其指出巴尔扎克的创作方法使他成为"资产阶级现实主义的文学的模范",巴尔扎克的作品能够暴露资产阶级和资本主义发展的内部矛盾,这是资产阶级"革命的现实主义"的最高表现,比"自然主义"作家左拉要"伟大得多"。瞿秋白作了进一步发挥:无产阶级作家应当采取巴尔扎克等资产阶级的伟大现实主义艺术家的创作方法"精神"。此文谈及恩格斯关于巴尔扎克现实主义的论述和关于"典型"的定义,令人深受启发。

1932年,瞿秋白编写的《"现实"》和《马克斯、恩格斯和文学上的现实主义》,都是来自苏联共产主义学院的《文学遗产》。《"现实"》中的大部分文章均未发表,后由鲁迅编入瞿秋白译作《海上述林》。

严慈翻译的《巴尔扎克新论》长文彻底抛开瞿秋白等人以政治照进作家及其作品的评论模式,而是放置在欧洲文坛的大背景下,专注作者及其作品的主体论,从中剖析各个关节,揭示出一个新论,令人耳目一新,这也符合《谷音》刊名的含义。

巴尔扎克作品曾是中国书市上的"宠儿"。他的一篇小说主要描写一个野性十足的上校在决斗中杀死了另一个上校,救了炮兵队长。在众目睽睽之下,上校几声高喊,队长的妻子露西亚脸色变得惨白,终于站起来,前去以身相许,以示"报恩"。"我"不由得笑了,传染给别人。绵羊般的炮兵队长恼恨极了,一怒之下放火烧了那座耻辱的临时住处,上校"可怕的吼叫中,我们能够辨出混在里面的一个女人的柔弱的叫喊"。此小说有三个译名:"失之一笑""笑祸""一笑之失"。

陈子谷,又名陈子鹄,广东澄海人,爱国华侨。1932年秋到北平,考入中国大学经济系,次年转外国文学系。后去日本东京,参加东京"左联",编辑机关刊《东流》的诗歌部分。还参与另一机关刊《杂文》的编辑,并担任经费收集工作,他个人担负该刊所需经费的三分之一,有力地支持了刊物的出版。1937年8月,陈子谷去延安陕北公学学习,次年1月参加新四军,1939年加入共产党。1949年后,担任浙江省人民政府交际处副处长兼中共杭州市委统战部副部长、中共中央对外联络部行政处副处长等,改革开放后担任地质部教育司副司长兼武汉地质学院副院长。

陈子谷翻译的《失之一笑》连载于《晨报副刊》1924年7月6日、7日。他把巴尔扎克译为"巴尔赞",当时他还未进入中国大学外国文学系学习,能够发表此译文,而且此译文标题被水天同认可,实属不易。

水天同,国内知名的莎学专家、翻译学家和教育家。他曾以"斫冰"的笔名发表了不少文艺作品,题材多样,有短篇小说、白话诗、独幕戏剧及一些杂缀补白文字。

水天同翻译的《失之一笑》载于《北新》第3卷第4期(1929年2月16日)。文后有四个注释,第一个注释为:"《失之一笑》原名《上校的情妇》(*La Maîtresse de notre colonel*),初次出现于一八三四年三月,登载在《拿破仑杂志》第十号。其后加入许多断篇组成《女性研究之二》,出现于一八四二年,属于《人间喜剧》《个人生活》卷之二。内中的角色蒙垂懋将军(Montrivequ)重见于《十三人故事》,是 La Duchosse de Longeais 中的主角。毕燕尚医生(Dr. Bianchon)是《魔皮》中角色之一。"水天同的严谨学风也体现在这个注释里,基本上解释清楚此译文的来龙去脉,给予世人更多的有关信息,以备查用。La Duchosse de Longeais,即《朗热公爵夫人》。蒙垂懋将军、毕燕尚医生均在此译文开头出现,以便感兴趣的读者进一步去查看巴尔扎克的其他小说。

巴尔扎克的《人间喜剧》由 90 多篇独立而又有所联系的小说组成,被誉为"资本主义社会的百科全书"。第二卷为《风俗研究·私人生活场景》,第三卷为《妇女研究》,第十卷收入《十三人故事》《朗热公爵夫人》,第二十卷收入《驴皮记》,可能与水天同的注释中提及的《魔皮》同文。

恽铁樵早年考入南洋公学,攻读外语和文学。1911 年,应商务印书馆张菊生先生聘请,任商务印书馆编译。1912 年,主编《小说月报》,以翻译西洋小说而风靡一时。后因长子病故,发愤学医,曾就学于名医汪莲石,从事内、儿科,对儿科尤为擅长。创办铁樵中医函授学校,致力于理论、临床研究和人才培养。著有《群经见智录》等 24 部著作,有独特新见。竭力主张西为中用,对中医学术的发展有一定影响。恽铁樵翻译时改名为《笑祸》(《每月画报》第 2 期,1937 年 2 月 15 日),并注明原作为 Lost by a Laugh(《被笑声迷失了方向》),显然这是英文版的标题。

晓铎的译文载于《谷音》,他将此小说改名为"一笑之失",落款时间为 1945 年 5 月 12 日。设有五个脚注:(1)"一八一二年的战役",指拿破仑率大军征俄之役;(2)"查理诺狄瓯",法国小说家;(3)"浦塞斯",法国古时度量名;(4)"在他前额的中央形成了一个 Delta",即"希腊第四字母形如 A";(5)"《红手套》的马蹄这种记号",指"司各脱所著《红手套》一书中之主角,红手套系一热心的政治家,皱眉时额上现一马蹄形"。显然这是译者为了尽量便于读者理解这些名词,避免阅读障碍而写的注文。同时反映了译者在翻译过程中反复推敲每一个译名,尽力接近原文的含义,以及译者需要具备深厚的外国文学、地理文化、风俗习惯知识。

以上四人的译文各有千秋,不妨将四篇翻译文的开头、结尾抄录如下:

孟德维将军说道:"在一八一二年的战役时,我无意中曾做过一次惊人的灾祸的主动人。毕安清医士,当你研究人体的时候,同时也很留意研究人心的,或许在这故事之中你可以寻出一个解决你们所谓意志问题的门径。"

"那是我第二次的战役,那时正是一个心思单简的青年炮兵队官,我极爱冒险,不顾一切的。"

....

马塞说道:"世上没有什么比小羊的造反还可怕些的。" （陈子谷）

"在一八一二年那一次战役里,"蒙垂懋将军说,"我无意地引起了一桩可怕的不幸事件。毕燕尚医生你这位研究人身的时候,同时细心研究精神的人,也许在这件故事里可以对于你的论意志的问题,找出一种解决[办法]来。"

"那是我第二次从军。和一般简单而年青的炮兵少尉一样,我喜爱危险并且对什么事都嬉笑。"

....

"没有什么可怕的事更甚于绵羊的反抗。"马尔塞曾经这样说。 （水天同）

当一八一二年之战役时,我于无意中,遭出一场可怕的祸事来;那是我生平第二次出战,职司是炮兵副官,我心爱的就是"危险",什么事情都不在我心上。

....

我朋友麦色勒动容道:"老虎不必可怕,绵羊咬人方是人世间顶危险的事情。"

（恽铁樵）

"在一八一二年的战役期间,"蒙屈立伏将军说,"我是一个可怕的灾难的戎首。你,平勋博士,是在研究人类的躯体时把思想研究得非常仔细的,也许可以在这个故事里,找到你对于人的意志所有的一些疑问的一个答案吧。"

"这是我的第二个战役。像一个单纯的青年炮兵中尉一样,我爱危险,我爱讪笑一切。"

....

"没有东西再比一头羊的叛变更恐怖的了。"狄玛赛说。 （晓铎）

这四人译文的不同之处很明显,但是不必苛求,因为各人可能依据的英文版本不同,加之各自对于"信达雅"的翻译原则的理解、外文作品的阅读能力、翻译的功力,以及适应刊物的需求等不同,即使同一篇外国作品都会产生不同的译文风格和笔调。

契诃夫是俄国 19 世纪末期最后一位批判现实主义艺术大师,与莫泊桑和欧·亨利并称为"世界三大短篇小说家"。鲁迅、耿济之、曹靖华、赵景深、张友松等人翻译过契诃夫的作品,沈子复整理的《契诃夫作品中译本编目》(《文艺春秋》1944 年第 2 期),记载的篇目甚多。

《谷音》刊登的《高级课程》(契诃夫作,沙风译)的主角伏罗托夫是个 26 岁的大胖子,刚拿到学士学位,想做学问。"这件事太可怕! 不懂外国文,等于一只鸟没有两翼。简直非放弃工作不可。"于是出现了一位漂亮的法文女教师前来授课,每天晚上一个小时,一个卢布的报酬。伏罗托夫想入非非,哪有心思听课,只是专注观看女教师的容貌、头发、衣饰,闻着对方的香水,都是一种享受。伏罗托夫经不起单相思的诱惑,便向女教师求婚,遭到拒绝后,他依然舍不得辞退女教师。最后,"她现在仍继续着来。已经读完了四本书,但,伏罗托夫只记住了'Mémoires'(纪念品)一个字。别人问起学问上工作时,他摆了摆手,不回答这个问题,马上把谈话岔到天气方面去"。

此小说鲜明反映了契诃夫的强烈幽默感,全篇都在生动地描写双方举止的每个细节,并未讽刺伏罗托夫一个字,也未渲染女教师的贫穷,却淋漓尽致地展现双方的鲜明个性。整个小说紧凑精炼,言简意赅,却留下艺术空白——结构、情节设置和形象塑造方面,让不同文化背景的读者自己去联想和思考。

这篇小说的结尾很有意思,不知是否是翻译者故意为之,采取意译的办法,以适合中国读者的口味。这不由得令人联想起鲁迅的经典之言:"今天天气,哈哈哈……"(《作文秘诀》)不得罪人,更不用担责任,也掩盖了自己内心的真实世界。如果契诃夫与鲁迅两位大师穿越对话,讲述各自理解的"作文秘诀",那么将有一连串的妙论,势必轰动世界文坛,留下无数的话题。

在我国 George Gissing(1857—1903)是一个比较陌生的作家;非但在中国,即使在其祖国英国,他也不见得怎么走红。一般的英国文学史很少提到他。他不是一个流行的作家,而且我觉得在将来他也不像会变得怎么流行。

Gissing 是一个化学药品商的儿子,自幼家境就相当贫困。环境不允[许]他获得他的天资所应得的教育及修养。十四岁时进入 Owens College,成绩卓越,但在十九岁时因恋爱而误入歧途,自此即终身与穷困相搏斗。他写小说也就是为了要解决生活问题,所以他的作品大都是饥寒逼出来的。他的书中所描述的是一些中级贫民为生活奋斗的悲剧。他写出社会的腐化、人生的阴暗面及一些不幸者的悲惨遭遇,他的手法完全是写实的,尝被推为写实主义的先驱。他生性刚愎,不肯迎合当时一般读者的兴趣,坚拒在悲剧的结尾加上一个美满的大团圆。这或许就是他不为大众所爱好的原因吧。因为十九世纪的英国读者是喜欢 Dickens(狄更斯)的悲剧中带点幽默的小说的。他的文字并不绮丽流畅,可是很简洁有力。

他的作品很多,有 *Vevanilde*(《维瓦尼尔德》)、*Will Warburton*(《威尔·沃伯顿》)、*Demos*(《演示》)、*The Unclassed*(《未清理的》)、*The Nether World*(《幽冥世界》)、*Born in Exile*(《在流亡中诞生》)、*The Old Women*(《老妇人》)、*New Greets*(《新的问候》)、*The Private Papers of Henry Ryecroft*(《亨利·赖克罗夫特杂记》)等,其中尤以后两书最著名。除上述诸书外,他写了好些短篇小说,及一本狄更斯评传 *Charles Dickens A Critical Study*(《查尔斯·狄更斯的批判性研究》),也是一部好书。

这是《谷音》登载的《书蠹的牺牲》(G. Gissing 著,鹿闻远译)前的说明。文中英文后面括号里的中译标题是笔者冒昧添加的,仅供参考。

George Gissing,现一般称为乔治·吉辛,英国小说家、散文家,是维多利亚时代后期最出色的现实主义小说家之一。他的一生发表过23部长篇小说,主要有《新格拉布街》(1891)和《在流亡中诞生》(1892),另有游记作品《爱奥尼亚海岸游记》(1901),文学评论《狄更斯的研究》(1898)等。

《四季随笔》(《亨利·赖克罗夫特杂记》)是乔治·吉辛的散文代表作。其中叙述的隐士赖克罗夫特醉心于书籍、自然景色与回忆过去的生活。其实是作者通过赖克罗夫特的自述,抒发自己的感情,剖析自己的内心世界,因而本书是一部极富自传色彩的小品文集。本书分为春、夏、秋、冬四个部分,文笔优美,行文流畅,是英国文学中小品文的珍品之一。李霁野(南开大学外文系主任)、郑翼棠、刘荣跃等有多个《四季随笔》译本。水天同将其译为《乡居杂记》,与李霁野等的译文相比,未必逊色。不过水天同的译本并非全本,难以替代通行版本。

鹿闻远翻译的短篇小说《书蠹的牺牲》显示了乔治·吉辛写实主义的娴熟笔法,看似一件很简单的事情,却铺展出引人入胜的故事情节。"我"邂逅一位"书蠹"克立斯托否逊,克氏一时高兴,破例带着"我"去他家——

> 房间是很小的一间,在普通情形下仅足够舒适地住下,而且很明显只能供给日间工作之用。可是差不多全室的三分之一是被一堆堆的书籍占住了。整长列的书籍靠着两面墙壁一一堆高起来,有的几乎碰到了天花板。房中仅有的家具是一个圆台及二三张椅子——事实上余下的空间也不能再容纳更多的东西了。窗户是关闭着,阳光照在窗上面,屋子里的空气中弥漫了一阵不可耐的霉气。我从未给书籍的霉味闭塞得如此不舒服过。

这仅仅是"书蠹"克氏外在表露的"第一印象",随着情节逐渐展开,"我"才逐渐深入到"书蠹"克氏的内心。他原来是"吃软饭"的,全靠第二任妻子(相差20岁)辛苦挣的血汗钱,购买大量的书籍,以满足他的"购书狂"的心态。第二任妻子积劳成疾,希望到乡下去养病,这里又引申出一段故事,无情地剥开了"书蠹"克氏原来儒雅、博学的外衣,赤裸裸地暴露了他的自私、慵懒、固执的个性。同时,乔治·吉辛给予"书蠹"克氏很多同情,渗透在不经意的细节描写之中。最后给他一个自白的特写镜头:

> "这机会是错过了!"他喊着说,在那堆积得像山般的书籍所留出的狭长地上急促地踱了两步,"当然她宣称她是宁愿留在伦敦的!当然她只说些她知道会使我欢喜的话!她可曾说过什么别的呢!可是我却真残酷得可以——卑鄙得可以——让她为我牺牲一切!"他发狂似的挥动他的手臂,"然而我可明白她为这费去了多少代价呢?我可能在她的脸上看得出到乡下去住怎么的使她兴奋呢!我知道她在忍受些什么悲苦;我很明了,我对你说!可是我真像一个自私的懦夫,我由她去受苦——我让她衰萎下去,或甚至于

死——死！"

这是戏剧性的高潮，舞台上的"追光"好不容易罩住这位发狂似的"书蠹"克氏。他拼命撕开衬衫，露出瘦骨嶙峋的胸脯，伸出双臂，仰天呼喊，向慈仁的上帝忏悔。他的"残酷""卑鄙""自私的懦夫"的自白却让读者难以憎恨，反而塞满了可怜、悲凄的心绪，无从理清。这大概是乔治·吉辛写实主义的无穷魅力。

在比较文学的框架中，如果把"书蠹"克氏与鲁迅笔下的孔乙己放在一个舞台上，那么会产生怎样的中西文化强烈碰撞的景致呢？这是一个很有趣的话题，可以引申出诸多的边缘学科。

昔日，柯灵主编的《万象》杂志青年作家中有"五虎将"，其中有"粗线条"的三位作家石琪（张英福）、郭朋和沈寂，还有沈毓刚和徐慧棠，都是震旦大学医学院学生，专门翻译外国杂志文章。"五虎将"彼此私交甚好，每个星期在震旦大学碰头一次，晚上到饭店吃晚饭，还经常合作写小说，每次都能顺利发表。

丁景唐编辑《小说月报》时，与沈寂、徐慧棠等人相识。"文革"后，丁景唐与沈寂等人还有来往，并留存合影照片。

徐慧棠当时除了发表医学文章之外，还翻译了不少外国文学作品，使用的笔名众多，如余爱渌、康悌露、单庆舫、端木洪、罗薏等。1949年后，徐慧棠经由唐大郎介绍进入了《亦报》社，担任采访部主任，工作繁忙。1952年《亦报》与《新民报》（晚刊）合并，徐氏退出新闻界，转到上海信谊药厂，任厂医。

丁景唐邀约徐慧棠为《谷音》写稿，他转译诗歌《巨哥斯拉夫之歌》（俄国彼得·科扬西奇原作）：

我为你舞蹈/在家园的山头/冬天靠着古堡的大道/春日濒近田野的径陌/那儿有工作/那儿有游/那儿有幻梦/那儿有和平/那儿有美丽和满足/在家园的山头/我为你舞蹈。

由此表达了沈寂、徐慧棠等人"希望有一个公正的社会、一个富强的国家，自己能够尽点力，也希望能够有个较好的职业，养家活口"（祝淳翔《小记徐慧棠》）。

普希金是俄罗斯伟大的诗人、小说家，被誉称为"俄罗斯文学之父"，他的诗文被翻译为中文的甚多，一勺整理了《中译普希金作品编目：为普希金百忌作》（《平凡》第1卷第2期，1937年3月10日）。

丁景唐等人喜欢普希金的诗歌，《谷音》也刊登了一些。

《普式庚诗抄》两首（易名译），其一：

即使生活欺骗过你，/不要伤心，不要生气，/挨过苦难的日子，/高兴日子就近在眼前。/一心要为未来活下去，现在总是苦痛的，/一切都会很快过去，/以后会怀念起过去一切。

译者说:"这首诗是普式庚写在当时住在托里果尔村的 E. 凡里夫的贴相簿上。"这首诗流传甚广。

其二:

够了,我的朋友,够了!/我的心需要安息。/日子一天一天过去,/生命每一刻在消逝,/我一直和您生活在一起:/说不定就会被死神带走。/世上既找不到幸福,/总应该还有安静和自由。/我渴望着幸福很久,/像一个疲倦的奴隶,/我想逃出这个生活到远方去!/我渴望着劳动与安逸。

译者说:"这首诗在这里就中断了。这是普式庚对晚年的彼得堡生活表示嫌恶,这里所谓'我的朋友'是指他的妻子。"

同时,《谷音》还刊登了三则普希金语录——

年轻的作家们呵!请洗耳倾听民众的多样方言吧!在这些方言中,你们将会学习到在我国杂志中所看不到的东西吧。年轻的作家们呵!请读民众的小说——为了可明白俄罗斯语的特质。

说到文章,那是愈简洁愈好,最重要的,是真诚和诚意。　　　　　　　　　(其一)

在朴素的民众(因为民众是不会读外国书的,他们跟我们不同,难得会用发问来表现自己的思想)的会话中,也有值得深刻研究的东西……

阿尔斐利是在弗洛伦斯市场上学意大利语的,我们有时倾听一下莫斯科女贩子的谈话,也觉得不坏吧!她们的用语,是多么纯粹且正确。　　　　　　　　　(其二)

文章体是否可以同会话体完全一样呢?不,不能的,那是恰好像会话体绝不能完全和文章体相同一样。在文章体中所不可省的单语,有很多是在会话时通常必须避免的……言语的表现和句法愈丰富,在有经验的作家是愈方便。文章体是依赖会话中所产生出来的明确说法而绝不加进新鲜味的,这样说,并不是说应该抛弃由不少世纪而获得的传统。专用会话体来写——那简直是不知道言语。　　　　　(其三)

这些语录用于编排文章时的补白,分散在各篇文章后面。这些语录主要是介绍普希金关于创作的精辟见解,以及重视大众语言。丁景唐在《诗与民歌》中写道:"作家和民间文学的关系的密切,再也没有比普希金和高尔基这两大人类心灵的雕刻匠更接近的了,在普希金长篇叙事诗《奥涅金》中,普希金陈述过这样的诗句:'往诗歌的杯盏里,我掺和了许多白水。'我们不难了解这里的'白水'二字,是指他的善于融用民间的语言而说的。在他的诗歌的杯盏里,他曾经给我们留下撷集民歌丰富的形象所酿造的浓郁的美酒。"

郭朋、王殊等人的文学作品

《谷音》刊登了郭朋的《在呼鲁图克河畔》《故居》、王殊的《山啸》、张英福的《雨天》、倪江松的《松树盆景》。他们都是丁景唐在编辑《小说月报》时认识的,并成为好朋友。

> 卡琴娜毕竟走出了这浩瀚的沙漠,她安静地睡去了,依在瓦依得莱的怀里,她也许在永恒的睡梦中寻着了碧绿的村庄与清冽的甘泉。
>
> 天又将破晓了,昏沉的天幕里闪着微弱的晨星,卡琴娜被埋在沙丘里,高高隆起,但不久就为尖锐的风吹拂着摊平了。
>
> 人们不会知道那里面曾葬过一个纤弱的灵魂,她在灰沙中长大,又在灰沙中悄悄结束了一生。
>
> 遗留着的(瓦依得莱)重复跨上那匹倦怠的马向东缓缓走去。
>
> 红艳的太阳又在地平线上升起来了。

郭朋的小说《在呼鲁图克河畔》以悲剧结尾,可以推想前面叙述的故事——少女卡琴娜不甘心屈服于固执父亲的严令去嫁给富人,便与相爱的算卦者瓦依得莱私奔了。此悲剧还保留着古今中外类似诗文述说的框架,但是郭朋把故事背景放置在遥远的沙漠边缘,富有神秘色彩和玄妙力量,又赋予新的含义,"红艳的太阳"象征着一代进步青年执着的追求——光明和幸福。

如果说上述这篇小说具有剑拔弩张的紧凑情节、燃烧的浓烈爱情火焰,驱使现实主义与浪漫主义融为一体;那么郭朋的散文《故居》则是一种静谧、平和的纪实文风,舒缓、哀怨、凄恻,犹如小提琴演奏的一曲低婉、悠扬的古典旋律,每个音色渗透在他家的大院里,以及父母、伯伯等一大家人的举止言谈中。

> 我的父亲这时在庭院中踱着方步子,也有时他开启通[往]花园的门,半晌对着西沉的夕阳伫立着。暮色苍茫中望着他那伛偻的背影,我有点惆怅,他常是那么听任傍晚的冷风吹拂自己的衣襟,一直到天黑透了才钻回屋子来。

这是一幅人生晚年的夕阳之画,生与死的分界线还有些模糊,催促老人回忆昔日的"诗礼簪缨族,花柳繁华地",叹息生平未竟之事,硬生生地挤出嗟叹之音符:

> 这屋子像跌在睡梦中,连往日那苍老的唪经声及木鱼"笃笃"有规则的伴音也消失了,我想寻找一些逝去的东西,但毕竟不可能,这屋子静得真叫人发疯呢!

与郭朋的散文相比较,张英福短小的散文,哀叹无家可归的情调:

> 我原可以把酒来嘲笑江南的雨,但在流浪人的心里没有酒醉后的风雅,我是够傻的。没有家却想家。这种心情告诉谁:莫笑我,今天,天落雨。

千丝万缕的乡愁思绪网住《雨天》,也死死地缠绕着《读书》——

> 没有生活过的人莫嘲笑生活,于是我厌倦了读书,羡慕起从前孤独的流浪,失家的人没有什么好,却在友情中窃到一些温煦,不然戴起道学的假面,你的生活便被嘲笑了。

张英福是学医的,却有辩证哲理的文字,钻进乡愁思绪里,搅呀搅,并没有搅成一团乱麻,神奇地呈现一篇散文,这是他鲜明的写作特色。

张英福(石琪),后为天津名医,他来自北方,在上海生活了六七年。他笔下的《无家之歌》之类的散文,字里行间充溢着徘徊、哀叹、消沉的情绪,几乎令人窒息,这让丁景唐很是不安。1944年除夕之夜,丁景唐写了《异乡草——给石琪》,委婉地提醒他,天下无数忍饥挨饿的穷苦民众在除夕之夜哪有什么欢乐,希望他跳出小我圈子,上升为大我的境界。丁景唐考虑到石琪逢年过节不免想家,便为他介绍几个同乡朋友,便于交流、沟通。虽然丁景唐此诗未必深深地触摸到石琪的孤独心底,但石琪心存谢意,特地写了散文《乡恋》,解释自己内心的惆怅。

丁景唐的第一部诗集《星底梦》收入《异乡草——给石琪》时,增加了最后五行诗,希望石琪振作起来,也提升了全诗的格调和意境。石琪看了很受感动,赶写了《〈星底梦〉及其他》(《诗歌丛刊》第2辑《抒情》,1945年5月15日),真诚地说:"在对于人生的观点来说,我虽是一个多暮气的人,却也喜欢年青上进的心。心情上我不能和歌青春先生携手,但在他的诗集中,我愿紧握他那青春的手。"

王殊,原名王树平,比丁景唐小四岁,是复旦大学英国文学系学生,后任中国驻德国大使、外交部副部长、国际问题研究所所长等职务。他退休后,与丁景唐有书信来往。

王殊的散文《山啸》仅600余字,却别有风韵。

> 陡地有声响来自远方,若跫然的足音。来自山脚下或岭上的高岗呢,那确是弄不清楚了,须臾,那声音渐次推近而且加大起来,却像一群野兽的嗥叫了。再一会儿,整个山岗都给扰乱,合成一股狂大的呼啸,在山的上下混扰,翻滚,多像海的愤怒呢。

突然笔锋一转,置身在都市里的夜晚。

> 纵若户外也是这样的乌黑的天地。不过,能否有这样的想象呢?有力,爽朗……像要把一切都粉碎的样子。

顿时,象征意味跳跃起来,开启读者的思路,原先可怕的山啸却变成革命的狂潮,冲垮"乌黑的天地"。

王殊思维敏捷,想象力很丰富,他与丁景唐、徐开垒的三篇作品"同框",那是在《时代学生》第3期(1945年11月20日)里。他们三人早已淡忘了,但是他们的记忆中依然珍藏着那个年代的青春年华。

倪江松被誉称为上海闸北区教育科研的"铺路石",1945年从复旦经济系转读教育系,他在教育岗位上干了30多年,对于"第三世界"闸北区教育的兴衰荣辱抱有深厚的感情。他担任闸北区教育学院副院长,指导全区教学业务,他决心做"永久牌",干出一番业绩来。(齐志跃《铺路"石"的眼光——记原闸北区教育学院副院长倪江松》)"文革"后,倪江松不忘旧情,辗转一番,好不容易才找到昔日的伯乐丁景唐。双方久别重逢,欣喜不已,畅谈叙旧,好不快哉。

当初,倪江松在复旦大学读三年级时写的散文《松树盆景》得到丁景唐的青睐,获得《小说月报·学生征文》第二名,还未来得及在该刊发表,该刊便停刊了。丁景唐仍然惦记着此文,因此将《松树盆景》编排在《谷音》上。

《松树盆景》赤裸裸地暴露了"我"的内心世界,遭受了失恋的沉重打击之后,残酷地拷问"我"的灵魂。犹如莎士比亚笔下的悲剧人物的大段独白,无须什么华丽的背景、悲壮的音乐旋律,全靠主角独自在舞台上表演,痛苦、挣扎、折磨、呼喊,颓然倒下又陡然跃起。

哈哈!起了飓风,我该忧郁,我可欣喜。我经过更大的狂风,怕什么?我坦然走了出去,跳着舞着,希望乘了凤儿飞上天去。我要离开这人间,离开这人间。

"我"终于累了,乏了,高速运转的滚烫脑子终于冷静下来。昔日情人赠送的一个松树盆景,已经一怒之下摔碎了,"我"爱惜地捧起,企图浇水救活它。"我悲感地抚弄着那颓败的枝叶,好像抚弄我自己的心底创伤。我不知道从何时起夜幕弥漫了大地,月芽悬上了半空。"这时情节急转,"因为它是没有根的,它只是被人玩弄的"。一盆冷水猛地浇下,"我"彻底醒了,"小松树终于死了,我没有流眼泪"。我还记得小松树盆边的一行字:"松!愿你永远那么葱翠,永远那么雄伟。"这励志之言给此文添加了信念的光环,并不是悲剧的沉重大幕缓缓落下。

综上所述,可以得到如下一些看法:

其一,《莘莘》月刊被迫停刊后,暂时没有地下党领导的文艺刊物,丁景唐与萧岱、王楚良设法填补这个空白,尽力满足进步读者的需求。这是一个金点子,如果能够继续出刊,那么可以发表很多佳作,留下颇有价值的史料,包括丁景唐的《六朝的民歌(南方篇)》续文,以及王楚良说的《托尔斯泰的悲剧》《T. S. 爱略忒论》的两篇译稿。但是,除了丁景唐介绍《谷音》之外,并未有人进一步分析、研究该刊的具体内容,现在初步填补这个空白。

其二,译作是《谷音》的重头戏,无论是论文还是小说,均堪称惊艳佳作,不枉为"谷音"之旋律。

詹科·拉夫林的《巴尔扎克新论》,彻底抛开瞿秋白等人以政治照进作家及其作品的评论模式,专注作者及其作品的主体论,从中剖析各个关节,揭示出一个新论。

契诃夫的小说《高级课程》结尾:"他摆了摆手,不回答这个问题,马上把谈话岔到天气方面去。"译者采取意译的办法,适合中国读者的口味。令人联想起鲁迅的经典之言:"今天天气,哈哈哈……"(《作文秘诀》)不得罪人,也不用担责任,也掩盖了自己内心的真实世界。

除了普希金诗歌的译作之外,《谷音》还刊登了三则普希金语录。这些语录作为编排文章时的补白,分散在各篇文章后面。这些语录主要介绍普希金关于创作的精辟见解,以及重视大众语言。丁景唐在《诗与民歌》中摘录了普希金的诗论,将其延伸,丁景唐搜集、整理、研究民歌乃至民间文学,从中吸取丰富的创作养料,融入诗歌创作之中。

其三,朱维之的《由绘艺说到唐宋文艺思潮》是当初朱维之为丁景唐等学生讲授中国文学史的有关内容,也成为他撰写、修订《中国文艺思潮史略》期间的"一朵浪花"。

丁景唐专题研讨六朝的民歌,这还是一个新课题,如果《六朝的民歌(北方篇)》能够续写,那会是一个不错的选题,以供后世进一步深入研究。然而,此文谈论六朝民歌,还停留在搜集、梳理、归纳的初级阶段,还未寻根溯源,深入研究,分析六朝民歌内在结构和规律。

其四,丁景唐编辑《小说月报》时结识了一批青年才俊,其中有徐慧棠、郭朋、王殊、张英福、倪江松等,他们还成为好友。《谷音》是"集结号",同时发表他们的小说、散文和译作。他们的作品反映了那个年代大学生的复杂心态,既有徘徊、低沉、哀叹、迷茫的小资情调,也有执着、追求、奋斗的进步青年的勇气和胆魄;既有现实主义的写作技巧,也有罗曼蒂克的笔法;既有自我解剖的内心独白,也具有开阔视野。这些都可以在中西文化碰撞中找到飞溅的浪花和灵感,毕竟他们都在校园内外以不同方式接触到了,并从中吸取自己需要的文化养料,尝试着融入写作中,形成个性化的审美情趣和审美价值。他们文如其人,作品预示着他们将来选择的人生道路。

注释:

〔1〕马克斯,今译"马克思"。

第八编

《新生代》

《新生代》：迎接"天亮运动"

终于，"我们胜利啦"！"希望开花的良辰已经到来"，丁景唐和战友们欢呼雀跃，放声歌唱，尽情地宣泄多年来渴望的抗战胜利之情。

大街上的庆贺爆竹还在此起彼伏地震响着，丁景唐激动地向沈惠龙、袁鹰传达地下党组织的指示：紧急行动起来，准备里应外合，迎接新四军解放上海（时称迎接"天亮运动"最后的胜利），"我们的任务是尽快出一份刊物，以学生为对象，刊名叫'新生代'"。

早在几十年前，上海就有一份油印本的《新生代》半月刊，暂且只见到创刊号，其封面下端注明：国立同济大学学生自治会学术股主编，国立同济大学学生自治会理事会发行。同济大学学生会成立于1919年5月8日，是中华全国学生联合会的八个创始单位之一。自建立之日起，与国家共荣辱，与同济共风雨。《新生代：代发刊词》（何以）写道：

> 当社会面临败坏腐烂到不堪收拾时，人们常把希望寄托于新生代，希望新生代具有真、善、美的极乐境界。
>
> ……时光不断向前，新生代既不能突然产生，更不容匆促成长，它需要大家长时间的培植与保养，于是我们该把未解决与半解决的问题交给新生代继续掘发，继续解决。

此语恍如隔世，而且此刊物早已淹没在历史长河里，无人知晓。随着时代变化，"新生代"一词的外延扩大，内涵发生了质的变化。21世纪也有《新生代》，在此不赘述。

众多爱读书的读者可能还记得一部长篇小说《新生代》（重庆生活书店，1939年9月），作者为左翼作家齐同（高天行，笔名高滔），小说反映1935年北平"一二·九"反帝爱国学生运动，曾产生很大影响。1940年2月16日，茅盾主编的《文艺阵地》第4卷第8号刊载《新生代》的广告："一部反映从'一二·九'到'七七'华北青年思想变动过程的长篇小说。这是小说，同时也是活的历史书。谨以此书献给大时代中的青年们。"

丁景唐与王韬合办的第一本刊物《蜜蜂》也摘录了此书作者齐同的言行。《联声》第2卷第10期"书报介绍"栏目刊登《看〈新生代〉后想起的事》（斯明）："读完了《新生代》，好似重温了一下旧日的梦，'一二·九'是个伟大的节日，正如'五四'运动一样，在历史上同样有着划时代和不可磨灭的意义。"此后，丁景唐在《联声》等刊物上发表的文章中，热情地向青年读者推荐此小说。

1945年5月4日，有人将"新生代"与纪念"五四"运动结合起来（向锦城《新生代——纪念"五四"》)。此后,有的作者干脆把"新生代"作为青年运动的代名词,象征着肩负神圣的时代使命的青年一代,其中有巨响的《新生代——上海市学生运动报道之二》,载《群众》1947年第24期,此刊为共产党在国民党统治区公开出版的刊物。

丁景唐等人商量确定刊名为"新生代",它是上海"学委"系统最早创办的迎接抗战胜利的学生刊物。其刊名含有多种意义,其一即扬眉吐气的青年一代站在历史新的起跑线上,肩负着将建设一个光明的中国的神圣使命。

沈惠龙,交通大学学生,他主编的《莘莘》月刊是抗战胜利前"学委"领导的唯一公开出版的青年学生刊物,由丁景唐负责联系和指导。那时袁鹰还不是党员,也参加编辑工作。

丁景唐通知沈惠龙、袁鹰筹办《新生代》时,袁鹰刚入党,再次与沈惠龙合作,甚为兴奋,当时他已参加《联声》编辑工作。

抗战是胜利了,侵略者已正式向全世界宣布投降。胜利保证了民族解放,奠定了新中国建设的基石。在八年自卫战争里,沦陷区青年,除了曾经用自己的力量来解决自己生活的、学业的困难以外,对于祖国的解放事业,可说是难得参加的。为了这个缘故,我们愿以这个刊物,贡献给新生的一代,希望凭着我们青年学生过去光荣优秀的传统,在今后为祖国的复员、建设努力。

抗战是胜利了,胜利以后,我们马上需要复员,在复员的过程中,必须对战争罪犯(政治的、经济的)加以严厉的制裁,这样,赢得的胜利才能保持。为了胜利,我们应该感谢杜鲁门大总统、斯大林大元帅、阿特里(丘吉尔)首相以及他们的英勇抗敌军队和人民。没有他们的帮助,到今天,敌人恐[怕]还坚持着战争。

抗战是胜利了,胜利以后,我们要从事建设,在建设过程中,我们不能忽视这次战争的教训。中国的建设是不可违反历史的潮流的。我们应该为民主的合作的中国努力。因为,只有民主团结才能保证中国的新生,才会根绝再一次世界战争。

抗战是胜利了,青年人大家团结起来,为民主建设努力!

《新生代》的《创刊辞》铸刻了鲜明的历史烙印。

其一,传达了中共中央的指示精神。中共上海的党组织根据党的七大规定的党的路线,放手发动群众,壮大人民力量,团结一切可能团结的力量,争取和平、民主,团结自救,展开广泛的群众斗争,扩大和巩固爱国民主统一战线,为实现光明的中国之命运、光明的前途而奋斗。[1]因此,《创刊辞》简而言之提出:"只有民主团结才能保证中国的新生。"

其二,当时上海侵华日军虽然宣布无条件投降了,但是并未立即解除武装;国民党政府的党政军先遣人员争先恐后飞抵上海接手,谣言四起,社会秩序混乱。"上海人民正用惊喜、震愕、困惑、期待等种种复杂的眼神,注视着未来的日子。"

此前,丁景唐代表党组织第一次向袁鹰传达党的声音,分析形势时严肃地告知:"敌人还没有放下武器,不能麻痹大意,要防止意外事变突然发生;对国民党政府和蒋介石,不能存有幻想。"对此,《创刊辞》既不能明说,又要发出预警,便指出"中国的建设是不可违反历史的潮流的",强调"我们应该为民主的合作的中国努力",其意不言而喻了。

其三,"复员"是当时一个特定的流行语,泛指抗日战争胜利后,国家的武装力量和经济、政治、文化等各个领域由战时状态转入平时状态。国民政府陆续颁布了一系列政策法规,力图尽快地完成复员工作,以安定社会秩序与民众生活。《创刊辞》与时俱进,顺应民心,也提出"复员"。但是,此时到1947年3月国共两党彻底决裂的近两年时间内,中国还站在和平与战争的十字路口。最终,蒋介石一意孤行,挑起全国性的内战,关闭了和平谈判的大门,国民政府关于"复员"的各项政策法规名存实亡,"复员"便成了历史陈迹。

这时,中共上海市委为配合新四军解放上海,决定首先在沪西地区组织工人武装起义,并制定了以信义机器厂为据点,夺取沪西、普陀、静安日伪警察局的方案。中共中央华中局上报中央《关于发动上海武装起义报告》,根据目前主客观力量,可以发动群众武装起义。因此,华中局发出训令:上海工人、市民与近郊游击队,实行武装起义,缴除伪军、伪警武装,占领上海,建立各阶级民主联合的上海市政府。8月20日,中共中央发出批准上海起义的指示。[2]

沈惠龙又听到消息,告诉袁鹰,说是粟裕将军率领几万新四军健儿正在向上海进发,又说党中央已经任命刘长胜为上海市长。袁鹰回忆说:"我们这份刊物,既要给读者以希望、信心和力量,又不能公开表明共产党的政策和主张。"[3]在这亦明亦暗的复杂环境中,沈惠龙、袁鹰紧张又兴奋地筹办《新生代》,周围的环境似乎具有当年俄国十月革命前夜的历史性气氛,《新生代》也将纷纷扬扬散落在千万双伸出的手中,那时上海市民争先恐后涌上街头,尽情地欢呼武装起义的胜利。

> 今天,我们终于瞧见自己的力量了,我们瞧见满街跑着的、忙得一头大汗的、到处开会筹备庆祝的,都是年青人,他们是世上的光。也许在平时不被人注意,或者曾被人看作傻子,但是,当一个巨大的狂潮到来的时候,他们会不顾到一切地参加进去,尽量地贡献出自己的力量。到这时候,人们该明白、该相信,青年人不全是寄生虫,不全是堕落分子和纨绔儿。到这时候,人们才该相信,只有年青人才是国家的中坚、人类的希望。

《新生代》创刊号(图15)问世了,16开4页小报型刊物,如同复刊的《联声》号外。右边划出竖立的版块,上端为美术字的刊名,粗大醒目;其下为"新生代出版社出版",属于子虚乌有,没有印上地址和通信处;出版时间为1945年8月28日,零售价1 000元。下端为要目:《创刊辞》、《我们该做些什么?》(凌敏)、《自由法兰西的灵魂——地下军》(洛汀)、《从黑夜到天明》(史青)、《新生代进行曲》(黎扬)、《盘剥》(司马倩)、《上海颂》(沙鸥)。

以上引文为这期头版刊载的《我们该做些什么?》一文的开头。如果把"当一个巨大的

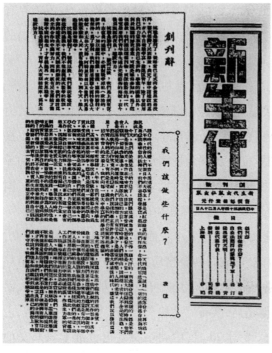

图 15 《新生代》创刊号

狂潮到来的时候"诸语看作是武装起义胜利的大背景,那么不妨把这些激情飞扬的言辞看作是丁景唐等人的心声。《我们该做些什么?》指出了四点:紧密地切实地团结;尽量地充实生活;积极地发挥力量;严正地守住岗位。体现了"和平、民族、团结"精神,从原则上强调了青年学生应该做的一些工作。抗战胜利后,整个国家满目疮痍,百废待兴,面临着大量尖锐、复杂的现实问题。随着局势发展,"学委"提出针对性的任务,这已是后话了。

出版不到三天,《新生代》便已售罄。前去书报摊查问,都说是:"卖光哉!"这让丁景唐、沈惠龙、袁鹰等人感到莫大的安慰和鼓励。

沈惠龙、袁鹰等人满怀信心准备筹备第2期稿件时,丁景唐赶来传达党组织的新决定:新四军暂不解放上海,所有地下党员要做长期隐蔽的准备。其实,早在8月23日下午4时,地下党负责人火速赶到信义机器厂,向前线指挥部传达了中央关于改变计划的决定,原先已准备起义的战斗突击队撤走,其余群众则排成队伍,以上街示威游行的形式分散。

听了丁景唐传达的党组织的新指示后,袁鹰感到有些失望,《新生代》刚问世便终止了。他起初"满以为上海即将解放,革命即将胜利",现在"不得不收起那个幼稚天真的想法,带着不免有点惆怅的情绪,走上新的岗位"[4]。

丁景唐等人的诗文

《新生代》的排版颇为正规,头版两篇文章《创刊辞》《我们该做些什么?》,具有指导性的意义。另外三版,其中之一整版刊载一篇长文《自由法兰西的灵魂——地下军》,暗喻武装起义及其胜利。其余两版都是一诗一文,互为补充,相得益彰。

> 自一九四〇年法国停战后,在巴黎有一支流动的军队组织,那就是地下军,是由法国老部队中最坚韧与灵活的战[士]与平民共同组成的,其编制有指挥部队、破坏部队、通讯部队以及工兵部队等,内部包括全国各地各种阶级与各种政治信仰的人士。
>
> ……地下军的实施上项工作,是不论代价的,它的组织深入到法国全境每一个角

落。一个地下军工作人员曾说过这样的话:"为了祖国的复兴,我们都准备流更多的血与[牺牲更多的]生命,去争取法兰西历史上的光荣。"

《自由法兰西的灵魂——地下军》,署名洛汀。丁景唐的笔名"洛黎扬",谐音"洛汀"。虽然不能确定此文是不是丁景唐摘录的,但至少与他有密切关系。此文反映了法国巴黎地下军视死如归的决心和大无畏的精神。"我们最强,强者必胜!"(当时法国最著名的口号)这一切都是为了祖国的民族解放事业。

当时组成的自由法国运动组织,领导人是戴高乐将军。1943年5月,共产党等16个团体在法国国内共同组建了全国抵抗运动委员会,戴高乐派往国内的代表让·穆旦担任第一届主席。1944年3月,法国国内各抵抗组织的武装力量联合为统一的内地军,其中就有法国巴黎地下军。

丁景唐主编的《联声》第4卷第2期至第4期增设"海外特辑",以编译、摘录的形式,揭露希特勒纳粹侵占欧洲各国后实行法西斯统治等情况,其中也有各国抵抗组织的有关介绍。他还用编者的名义写了《写在前面》一文。"正义与邪恶、是与非、爱与憎,从编辑对稿件的选取安排上,早已表现出来。"(《我的文艺编辑生涯》)这种曲笔的编排方式也同样体现在《新生代》刊载的《自由法兰西的灵魂——地下军》。如果把法国地下军暗喻为上海武装起义的地下军,那么就代表了丁景唐、沈惠龙、袁鹰等人的心声。

> 我们歌唱,歌唱胜利的节日来到,/我们歌唱,歌唱祖国新生的光芒……新生代的战士英勇健壮,/在战斗的行列间,迎接——/诞生在火花中的曙光,/把民主、自由、平等的新中国创造。

丁景唐(黎扬)的《新生代进行曲》尽情地抒发,进行曲响彻神州大地,满腔激情倾泻于每一行诗句里,奏响阔步向前的豪迈旋律,甚至标点符号都溢出喜悦之情。大家不约而同聚集在一起,憧憬着美好的明天,"把民主、自由、平等的新中国创造"。

与此诗同版刊登的《从黑夜到天明》(史青)则是一篇纪实散文,从不同角度、不同层次描写上海民众欣喜若狂地庆贺抗战胜利,留下一份不可多得的档案史料。

> ——[日本]投降了!
>
> 终于声音渐渐大起来,黑夜压不了它,就如纸团包不住熊熊的火焰。
>
> 弄堂里开始有了人声,像几十条、几百条小溪流汇聚到大海洋,人声宏亮起来,宏亮起来了。
>
> 人们在弄堂里穿来穿去,互相询问着消息。
>
> 一个年老的俄罗斯女人,被一群人围着,她显得极度兴奋,指手画脚,用并不好的英语粗声粗气地告诉人家,她怎样从俱乐部听来这个意外也是意中的消息。
>
> 弄堂[里]没有人再睡着,大大小小都在门口,东也是一堆人,西也是一堆人。

……………
欢呼着,在霞飞路上。

俄罗斯人、犹太人、中国人全成堆地挤到马路上来了,年青的、年老的男女握着手,拥抱着……

笑声、叫喊声、歌声……到处都是,到处都是。

霞飞路上光耀的电炬照着这一群欢喜得疯狂的人们,每个吃食店、酒吧间、咖啡馆,都挤满了人。

啤酒——十六万一瓶!

一个犹太人亲善地拍拍一个拉车的肩膀——明天要用老法币了。另一个说——我们都是自家人!

人们欣喜得疯狂,没人想到休息。

此文开头提及"一九四五年,八月,十日,深夜",即此文的背景。8月10日17时35分,设在重庆的盟军总部,收听到东京发出的英语国际广播,称日本接受《波茨坦宣言》,宣布无条件投降。18时,重庆中央广播电台以中波频道首先广播了日本投降的消息,并于19时、20时、22时数次重播,这个重大消息像长了翅膀立即飞传到全国各地。霞飞路附近就是侵华日军司令部,众多市民偏偏选择在这里庆祝抗战胜利,意义重大。

由于受到篇幅限制,此文选择几个人物镜头,未能描写更多的生动细节。当时其他报刊刊登的文章,详细描述了这狂欢一夜,其中有陈绁在《时代·文艺》第1期发表的《战后晚上十点钟》一组三篇通讯,署"金因""罗沉""陈晓"三个笔名。

这一诗一文的排版方式被"复制"在另一个版面上。

又是炎炎的阳光,/又是蔚蓝的苍穹。/长风万里,/千万群众。/欢呼吧!/歌唱吧!/都市复活了,/在我们/旗帜飘扬下!/今天/我们要/清算血债,/牢记教训:/世纪的仇恨,/八年的斗争,/多少鲜血,/多少牺牲,/才换来了这自由的欢呼声!/同学们,起来,/为自由的生,/热烈的爱,/做一次最后的斗争。/建立起新都市/——自由民主大上海!

这首诗歌《上海颂》(沙鸥)含义丰富,并非仅仅是热烈庆贺抗战胜利。

其一,"今天/我们要/清算血债,/牢记教训"包括"锄奸"运动,强调团结——吸收抗战时期国民党破坏统一战线的历史教训,这是该刊头版两篇文章未能说明的重要问题。虽然只是简约的弥补,但是细心读者能够领略弦外之音。对此,几乎同时出版的《联声》复刊号刊登的《胜利之后》(米羊方)、《论大国民风度》(溶),已经有针对性地提出严峻的现实问题。

其二,"做一次最后的斗争。/建立起新都市——自由民主大上海",显然这是配合武装起义,提前发出的强烈呼声。如果起义胜利捷报飞传,那么此诗则是第一个报春鸟,与《自由法兰西的灵魂——地下军》的曲笔形成一明一暗的绝妙配合,将载入史册。

其三,此诗与同版刊登的小说《盘剥》(司马倩)形成一种鲜明的反差,此诗是尽情欢庆的热闹气氛,小说则是窒息的灰色基调。

《盘剥》以小见大,凸显一个"穷"字。孩子瘦得皮包骨头,妻子都不忍心为孩子擦身子,因为毛巾又黑又破,擦在身上如同用板刷擦洗,孩子疼得哇哇叫。妻子盼望丈夫今天发工资,买几升米,打半斤肉,"先舒舒服服吃一顿"。哪知丈夫垂头丧气地空手回家,拿回一张"本票",一算账,去兑换的钱不仅没有加,反而减少近一半。丈夫气杀,妻子叹气。"房间里人和物的面目形状都模糊起来了。那张留在床上的本票在灰暗中也逐渐失去它的存在。"

市场萧条,物价飞涨,粮食紧缺,失业恐惧,民不聊生。据事后统计,抗战期间,大后方法币数量增加了 400 倍,物价翻了 1 800 倍。小说中的工钱以"万"计算,但是又能买多少粮食呢?

此后,《联声》复刊第 2 期刊登丁景唐的散文《暖房以外》(文薇心),是一种冷峻、哲理的画面,与报刊纷纷发表的众多热烈欢庆抗战胜利的诗文格格不入,即并未被抗战胜利冲昏头脑,而是依然冷静地看待这个战后满目疮痍的社会,贫富更为悬殊。此文与小说《盘剥》从不同的角度谈及一个严峻的现实问题:"做官的还是做官,发财的还是发财";广大百姓依然是受饥受寒,"受尽剥削"。

由于复杂的原因,丁景唐、沈惠龙、袁鹰撰写的各种回忆文章中,都未能披露关于《新生代》更多的内情。因此以上这些诗文,除了丁景唐的一首诗歌之外,其余的都不知作者真实姓名,甚为遗憾。

注释:

〔1〕中共上海市委党史研究室编:《中国共产党上海史(1920—1949)》,上海人民出版社,1999 年 9 月,第 1419 页。

〔2〕中共上海市委党史资料征集委员会主编:《中共上海党史大事记(1919—1949)》,知识出版社,1988 年 8 月,第 598—599 页。

〔3〕袁鹰:《上海,我的一九四五》,载《袁鹰自述》,大象出版社,2010 年 11 月。

〔4〕同上。

第九编

《时代学生》半月刊

筹办、协助《时代学生》半月刊

《时代学生》是地下党"学委"领导的学生刊物,由"学委"书记张本联系,创刊于1945年10月16日,1946年5月10日停刊,共出13期。此刊物筹备期限极短,我以《译作文丛》编辑[的]身份出面当顾问,直接找听过我讲授文学知识、受我影响的学生界的熟人朋友筹备。

> 一天,[我]到圣约翰大学去找英文系女生阮冠三……

丁景唐在《我的文艺编辑生涯》中具体地述说了筹办《时代学生》的经过。文中提及的"学委"书记张本,1949年后任上海市委青委书记、上海市团工委书记,"学委"副书记为吴学谦(后为国务院副总理、外交部部长)。由"学委"书记张本联系《时代学生》,意味着该刊是"学委"的对外窗口之一,始终贯彻执行"学委"的有关指示,围绕"学委"的中心工作展开组稿、编稿、撰稿、发稿,根据各方面的反馈信息,调整、改进下一步的编辑工作。初步显示了上海"学委"领导该刊的指导中心、信息中心、宣传中心、教育中心的一幅蓝图。

此刊历时七个多月,经历了抗战胜利后上海学生运动蓬勃开展,以及外埠学界一些重大事件。这是研究此阶段中共上海党史、上海学生运动史的重要参考资料,披露了大量史实,但是很少有人深入研究,留下一个不该有的历史空白。

1945年8月,日本宣布无条件投降,丁景唐继续在中共"学委"系统从事学生宣传、调研工作,联系了圣约翰大学的党员阮冠三、潘惠慈、成幼殊、吴宗锡等,指导、帮助他们创办新的学生刊物《时代学生》,为迎接"天亮"活动创造舆论阵地。

该刊最初由丁景唐和负责宣传工作的陈昌谦[1]一起领导,《时代学生》第3期出版后,丁景唐不再过问该刊的具体事务,集中精力筹备、主持上海文艺青年联谊会。陈昌谦直接"亲临前线",担任主编。不久,阮冠三被圣约翰大学开除,撤退到解放区,由成幼殊负责编辑。成幼殊回忆说:

> 刊物的党小组由陈昌谦(陈石础)领导。他富有编辑经验。有时夜间我们仍在印刷所一起等待校样。高大的他也会在那堆塞着模板、铅字、印张等物品的房间有限的空隙中扭起秧歌来——就在那散发着些许热气的小火炉旁,身着臃肿的冬衣。

> 《时代学生》8月间筹办,曾在同学薛庄靠近复兴公园比较宽敞的家里开会。丁景唐只比我们大几岁,但他已有三个女儿绕膝,在我们眼中像个"老夫子",是筹备组顾问。

社址起初就设在薛庄家,后因引起特务的注意一再迁址,而改到江宁路上海书屋热情的"老板"杨叔铭那里。最早投入的同学袁援(阮冠三)很快去了解放区,发行人是同学潘惠慈。她运用她哥哥、著名茶商、1930年代影星胡蝶的丈夫潘有声的社会关系办妥登记手续。编辑部门由我出面负责,其成员有组织上安排参加的中共地下党员,还有一些高校中的学运积极分子。《时代学生》是上海杂志联谊会的成员,会长是周建人,出席联谊会的主编们多为名家,群起向国民党政府争取出版民主、言论自由,并就重大时局问题表明严正立场。

《时代学生》的稿件除来自上海和各地学生界,还约请专家、学者、教授撰写,曾刊出周建人、马叙伦、郑振铎等紧扣形势和学生运动的专文。胡曲园、顾仲彝以及上述马、郑等教授曾参加"我对战后教育的意见"的专栏笔谈。刊物还曾连载老作家魏金枝的《论作文的题目》。创办时资金筹集有马叙伦、阎宝航等的捐助,也有来自学生的家长——像我得自我父亲成舍我的资助那样,体现了相当广泛的社会基础。

《时代学生》依靠地下党组织的力量,有着分布于大、中学校的通讯员网,为读者和通讯员组织过好几次热气腾腾的联欢晚会,还放映过几场进步电影。

印刷所由于形势所迫先后换了好几家。其中对我们支持最力的是女老板董竹君出资的协森印务局。他们工作极为负责,而且在纸张、印刷费用等方面都给予方便。原来协森当时是新四军第三师在上海的一个秘密联络点。在这方面,由担任经理的任百尊负责。无怪乎协森还胆敢独家连续排印了毛泽东的《新民主主义论》《论联合政府》、朱德的《论解放区战场》、刘少奇的《论共产党员的修养》等著作,形成《灯塔小丛书》,用中国灯塔出版社的名义秘密出版发行。主持这项工作的是来自解放区的程克家,陈鲁直协助他校对。近年才读到董竹君的回忆说,程是经"周总理的秘书陈家康指派"而找到协森的。

(成幼殊《幸存的一粟》)

以上提及的"上海书屋热情的'老板'杨叔铭",1939年10月参加革命工作,次年8月加入共产党。1949年后,曾任上海市商业税民主评议委员会办公室主任、上海市商业联合会副秘书长、中共上海市委统战部工商处处长、市委统战部副部长、市政协常委等。丁景唐主持的《文艺学习》和代售他的著作《妇女与文学》等都与杨叔铭有关。

《时代学生》创刊于1945年10月16日,16开,类似小报集刊,每期为16—19页,出至第13期(1946年5月10日)停刊,其中有两个合刊期,即第4、5期、第9、10期,因此只有11册。起初为半月刊,后改为旬刊或不定期。

该刊起初属于综合性刊物(后因故作家的文学稿件逐渐减少),围绕"学委"的中心工作,以报道教育界动态和评论为主。为配合国统区学生开展的各种进步民主活动——战后教育、助学金运动、昆明学生民主运动等,大造舆论,同时批判、揭露国民党在学生中进行反苏反共的破坏活动。该刊也约请文艺界、教育界的著名作家、教授撰写文化、史地等稿件,并刊有诗歌、散文、小说等文学作品。

创刊号:"学委"之窗,作家助兴

《时代学生》创刊号(1945年10月16日)版权页注明"本刊在呈请登记中",社址为莫利哀路(今香山路)马斯南路(今思南路)1弄3号,电话79287,印刷者为同康印刷制版厂。

创刊号每本法币25元,但随着物价飞涨,通货膨胀,法币疯狂贬值。该刊被迫调整价格,最后一期(1946年5月10日)价格为300元法币,其实价格极为低廉,这些钱只能吃几个大饼。

创刊号封面(图16)设计简朴大方。刊名由圣约翰大学学生何溶(后为美术评论家、《美术》编辑)绘制,套红,横排;下为竖排的要目;底端一行小字,注明出版时间及"时代学生出版社编辑发行"。

这期内容主要分为两大部分:教育界亟待解决的问题,评述、随笔、通讯、诗文等作品。

其一,评论抗战胜利后教育界面临的诸多困难,以及亟待解决的问题,这体现了"学委"的指示精神和布置的任务。

吴原的《上海学生的要求》明确指出:"物价的继续高涨,影响到广大清寒学生的学业,使他们徘徊在学校的门外,身受失学的痛苦。曾在伪校毕业或肄业的学生,遭受各方的歧视,找事不能,转学不成,以致苦闷悲叹,踯躅于饥饿线上。而一部分的教育汉奸却在'疏通'与'摇

图16 《时代学生》创刊号封面

身一变',继续为人'师表'……这些都是胜利以后的现实问题,使得广大的学生不能好好地从事自己的工作与学习,来实现国家给予他们的迫切的任务,阻碍着复员与建国的进行。"该文以较长的篇幅有针对性地提出七条意见,最后表示:"上海是全国学生最多的都市,以后还要不断增加这份力量,实在不可忽视。因此我们希望政府和社会人士好好地注视,配置和应用这些力量。建设是即刻就要着手的事情。人才的培养(在学学生的教育)和人才的分配(毕业学生的出路),是目前建国议程上总的切待解决的两大课题。"

这期设有短评,刊有三篇文章。"战后教育复员是个极其重要的课题,沦陷区存在着一大批失学和无法进学[校]的青年与儿童,怎样来培养他们、训练他们成为建国的柱石,这是

教育复员的基本的也是紧要的工作。"这是首篇《教育复员》(吴礽)提出的现实问题,还有《整理"学店"》(凤迅)、《制裁教育汉奸》(山石)两文,从不同角度提出整顿教育现状、尽快恢复战前的学校、妥善解决失学、救济清寒学生等问题。为此,丁景唐在该刊第2期发表《关于教育复员》,围绕这些问题归纳为五条意见。

另有"什论"两篇,即《别忘了流血汗的人》(时意)、《有照会的狗》(重华),针对民愤极大的肃清教育汉奸的严重问题,其导火线则在圣约翰大学燃发。

胡乃禹的《论伪校学生的学籍问题》,讨论关系到众多"伪校学生"学籍及学生家长、亲友的切身利害,这存在不可测的变数。

为了进一步了解学生的诉求和迫切心理,这期创刊号推出"学生座谈"栏目,刊登五篇文章。《几点希望》(古胜)认为当下物价飞涨,学费随之"跳上好几倍",毕业求职无望。敌伪统治时期,不准有任何自由、民主,希望政府当局考虑广大学生的切身利益,"能过真正自由、活泼、蓬蓬勃勃的学校生活"。

> 工读贷金和救济失学的呼声,在米价(暂且)跌而学费涨的矛盾下越喊越凄厉了,但同时却有几万万的钞票花在扎彩牌楼、胜利舞、胜利宴上,所以难怪有人要说中国人专爱锦上添花,不愿雪中送炭,只顾面子,而不要里子。可是烂疮疤上涂了白粉,怎么也瞒不了明眼人。
> 　　　　　　　　　　　　　　　　　　　　　(海啸《庆祝·贷金及其他》)

《问题不能解决》(陆造)愤愤不平地喊道:"胜利在彩牌上,胜利在橱窗上,胜利在装饰上!胜利解决不了一切,一切还得争取、设法、奋斗!"对此,刘汝醴深有同感,继续述说《橱窗的胜利》,将所见所闻的具体事例倾诉笔端——"这两天的物价倒又有扶摇直上之势。于是过度兴奋的民众,只好站在商店的门口,喜欢得流下泪来喝道:'胜利的橱窗,橱窗的胜利!'"同时,也有人把目光投向大部分清贫的教师——

> 他们几年来忍受饥饿逼迫,做着基层的教育工作,所得待遇,几乎不能维持个人生活,但他们却坚守本位,为的是民族后代的教养。现在黎明了,他们在欢欣之余,接着来的也还是生活的清苦。
> 　　　　　　　　　　　　　　　　　　　　　　　　(望之《救济清寒教员》)

以上这些文章既有"学委"成员之作,提纲挈领,一针见血,层次分明,有较强的逻辑性;也有阮冠三、潘惠慈、成幼殊等人写的文章,富有激情,笔法犀利,思维灵活,说出了广大学生的心声。

其二,评述、随笔、通讯、诗文等作品。

抗战时期,著名诗人蒋锡金约请关露、朱维基等几十人成立上海诗歌座谈会,后改为行列社,《诗人丛刊》改为《行列》半月刊。《诗人丛刊》第1期就是用关露一首诗的题目"我歌唱"作为这期刊名。丁景唐主编《联声》第4卷第1期时刊登《行列诗丛》第1集的广告:"徐野的《仰望着这颗星辰》、芳草的《射击之歌》、荒牧的《笑的行程》,每册三角,即日出版,诗歌书店出版,各大书店经售。"这三位诗人都是朱维基、沈孟先主编的《行列》诗歌半月刊的撰稿人。《时代学生》创刊号同时刊登锡金、朱维基的诗文,是原行列社成员约来的。

锡金的《鲁迅诗话——纪念鲁迅逝世九周年》,以诗人的角度来论述鲁迅的新诗、旧体诗,并且秉笔直书,不愿隐讳。他认为:"鲁迅对诗的态度是极端严肃的,他要求过好诗——如摩罗诗派那样的好诗——实在没有,他感觉到荒凉得可怕,但又坚持宁缺毋滥,所以不谈。直到晚年,他偶或也对当时的少数进步的诗人发表过一些关于技术上的意见,如关于用韵和用语的通俗,以及词句的上口和易于记忆等,却早失了早年对诗的热情了。"对于鲁迅《集外集》中留下的五篇新诗,锡金认为"都是不成功的作品"。《集外集》收入诗歌十几首,大多是旧体诗,不知锡金批评的五首新诗是哪些,或者在他心目中一些旧体诗形式也属于新诗。

锡金直言不讳的笔锋也体现于批评"打着重振杂文的旗帜的唐弢、文载道、周黎庵之流"。丁景唐等人审阅该刊校样时忽视了其中有"唐弢",印完后才发现此问题,立即将唐弢的名字涂黑,重印了一部分,所以流传的该刊的创刊号有两种版本。丁景唐晚年在珍藏的创刊号里对此文有批语:"涂黑'唐弢'两字,再版本改为'人'字。"

上海"孤岛"时期,出现"鲁迅风"杂文流派,主要作者有巴人(王任叔)、周木斋、唐弢、柯灵、孔另境等。1939 年 1 月,《鲁迅风》杂志问世,成为这一流派最终形成的标志,他们以继承鲁迅精神和鲁迅杂文为己任,强调以杂文为武器进行战斗,并与其他持有不同见解的作家发生了一场争执。锡金批评唐弢、文载道、周黎庵,似乎有"混搭"之嫌,即使有不同见解,也实属正常,不必苛责。

朱维基,上海人,毕业于沪江大学,后为华东大学教授、山东大学教授、华东文化部艺术教育科主任、上海新文艺出版社编辑。

朱维基与锡金是老诗友,朱维基的为人和诗歌都得到圈内人士的好评。

> 今朝的雨依然像往日一样地下着/但是在黄昏之前从西方/却出乎意外地透露了光芒,/虽然暗淡,总是超过了月亮的光线。/哦,助成好事的月亮,/我等待着你/(可不像十年前那样地)/我等待你耀亮/我祖国的整个天空。

朱维基的诗歌《在雨中过四十岁》述说了昔日上海沦陷时广大民众期盼抗战胜利的曙光。那时他曾被抓捕,遭受酷刑,因此诗歌中的"雨""月亮""耀亮"浸润着他的复杂心情,这是局外人难以理解的。

林雪明曾翻译《一个温和的提议》(斯威夫特原作,载《文章》1946 年创刊号)、《胜利之后》(罗曼·罗兰原作,载《月刊》1945 年第 1 卷第 2 期"罗曼·罗兰逝世一周年纪念特辑")。林雪明也写诗歌,如《怀念大哥》(《时代学生》创刊号):

> 大哥,你离开了我,跋涉过重山,漂渡过海洋,/只为了争取人类的正义,挽救祖国的危亡;/我却在这儿哭泣,使你英雄气短,儿女情长?/这应该羞愧,请把我原谅,请把我原谅!

诗人最后振奋精神,大声说道:

  去吧,这些忧伤的心情、痛苦的呻吟,/我也要像你一般地献出那颗赤子之心!/即使得到的只是普罗米修斯的酬报,/让我高呼:"大哥,我也来了!我也来了!"

此诗落款"一九四五·正月·二十九日·黎明五时",这时国际反法西斯的局势大好,中国也即将迎来抗战胜利。

年轻的袁鹰写作甚勤,他回忆起昔日苦命的孤儿同学,于是写下小说《何冰》。"他穿了一件灰色的大褂子,胸口处有几[点]油斑,灰白色的长脸,架着一个玳瑁边的眼镜,干燥的头发往后摆着很长。"通过几件琐碎的事情串联起何冰的形象。最后,何冰相依为命的奶奶长期患病去世了,他也走了,留下一张纸条:

  奶奶已经在十二日离开人间,我也不住在老地方了,以后不知道会怎样,也许饿死,也许仍旧会在这世界上活下去,只是,怕[是]见面的机会很少了。书还给你,以后,我要来看你的时候,我会来的。

此时日本无条件投降的消息已经迅速传播各地,大家欣喜若狂地庆贺,但是何冰和奶奶——广大受尽苦难煎熬的穷苦民众的缩影,依然无法摆脱在生死线上拼命挣扎的命运,正所谓"胜利的橱窗,橱窗的胜利"。

徐肇荣的江西通讯《黎明前的作祟》,真实地描写了日本无条件投降之前侵华日军溃败的狼狈场景,白天有美国飞机来轰炸、扫击,后面有国军追击。在这混乱之际,"我"夹在逃难的中国老百姓人流之中,"我"不仅患有疟疾,还要拼命躲避各种火力,遭受日军的最后疯狂的抢劫。文章写道:

  它们(日军)穿着中国人的破衣服,撑着一百多条插满树桠子的小渔船,日间就靠岸到四乡去抢猪、牛、鸡、鸭、米、油、盐、衣服、钞票、女人,什么都要,然而他们的日子过得也并不怎么痛快。每天一来总是好几十架[飞机]给它们一阵弹雨。

"我"和老百姓也遭殃了。日军大肆抢劫后,留下一片狼藉,"从什货堆里捡起一只破皮箱,提出一身破工装,乱纸堆里找到了我的书籍,又从一堆糠皮底下拖出了我的一条棉被,这就是鬼子留给我的全部物件了"。官方的"胜利的橱窗"拒绝类似的通讯报道,上海读者也难以想象"我"的惊险经历和遭受的苦难。

美国著名记者埃德加·斯诺撰写《西行漫记》(《红星照耀中国》)轰动国内,丁景唐等都读过此书。1942年斯诺前赴战火纷飞的苏联,归来后撰写了《战时苏联游记》,由孙承佩翻译。

  一九四二年是苏联卫国战争最紧张的阶段。他到了莫斯科,走遍了前线、后方、作坊、工厂。他利用最具体最平凡的事情,说明了苏联人民是怎样像浪潮一样准备战事,参加战斗。他不像一般记者的浮光掠影的报道新闻,他是要实实在在写出苏联人民所以能战胜法西斯的内在力量的。

由于他对苏联的了解、对法西斯的憎恨、对世界人民的爱护,他充满了热情,这种情感也流遍了全书!

我们应该读一读它,不但看到了苏联战争的各个画面,而且也真真的会了解苏联是怎样的一个民族。

这篇介绍《战时苏联游记》的短文(由之),编辑将其编入"新书介绍"栏目。《时代学生》创刊号刊登此文后,曹孟君主编的《现代妇女》第6卷第6期(1945年12月)也发表了《斯诺与苏联妇女——读〈战时苏联游记〉》(可评),篇幅比较长,内容很丰富。其中记录了斯诺在结婚登记处见到的一件趣事———一对未婚夫妇前去登记,新娘是苏联人,新郎是英国人,办理登记的老女人笑着说:"和英国人结婚,我们赞成,这也是一件好事情,你们的儿子长大了,也许还赶得上开辟第二战场呢!"这时苏联抵抗着纳粹德国大部分的军事力量,希望同盟国阵营开辟欧洲第二战场,但是"这是口头允诺而千呼万唤不出来"。斯诺将此事记录下来,"也许当时他心里不免感觉'好泼辣的讽刺'"!

王易陶的来信《印度风光》前,编辑加了按语:"王君曾随国军入印度,后又被派至缅甸。下面是王君在印时写来的一封信。"王易陶曾就读于上海教会大学,抗战期间,他作为随军翻译,曾被派去印度、缅甸。他写了有关的长篇通讯,发表于各家报刊。编辑将他的来信添加标题"印度风光",其实名不副实,信中只是闲聊自己的衣食住行、平常琐事,仅供茶余饭后的谈资。

因创刊号的版面有限,稿件过多,于是出现了同类刊物中很少见的"合二为一"的《后记——代发刊词》:

《时代学生》终于在一阵忙碌之后付印了。对于这份刊物的诞生,我们不免有些欢喜,总算是我们一群以自己的手所耕耘出来的稼禾。虽然只是这么薄薄的一本,我们对于它寄有殷切的期望。

第一,我们希望《时代学生》能广泛地散布于同学们手中,让同学们帮助、支持,甚至于加入我们的队伍,使它更能肩起报道生活情形、沟通思想情绪、提出呼喊要求的任务。使它更确切地成为全上海同学间的一个联系、一块自己的领土。

第二,我们希望《时代学生》能获得更多的社会先进人士的关注。同时,我们也将尽量敦请青年的先导们为本刊撰稿。要使《时代学生》不但成为同学们自己的会场,还能听到些知名之士针对学生种种实际问题的宏论,使本刊能在广泛的同学们中起一些领导作用。

在这样的两大目标之下,除了我们自己的努力之外,还期待着读者的援手。

至于本期的内容,也在此简单地介绍一下:

《上海学生的要求》和《论伪校学生的学籍问题》是两篇专论,提出了目前上海学生们的切身问题,要求大家来研究和讨论。评论杂感式的短文共有十篇之多,分列于《短评》《学生座谈》及《什论两篇》三个标题之下,是本期中相当着重的一项;下期也当依旧。朱维基先生《在雨中过四十岁》一诗含意深刻,实不可多得。《鲁迅诗话》是锡金先生的作品,以诗人来论述诗人,自有独到之处;特在鲁迅先生忌日前刊出,聊表纪念导师之忱。袁鹰先生刊载于各处的作品已有不少,这次特地为本刊执笔写了《何冰》,是篇学生生活的小说。《怀念大哥》一诗情感非常诚挚。还有两篇通讯——《黎明前的作祟》报告江西在日军投降前夕所遭受的末一次的灾难;另一篇是印度情形的报道,笔调清丽,描绘生动。

下期佳作可以预告的有洪祺先生的翻译小说《一个农奴怎样养活两位老爷》等等。本刊将开辟信箱一栏,为读者呼吁及解答疑难,希望读者注意。以后的内容及形式各方面更当力求充实和改进,同时我们还期待着各界的意见和指正。

末了,再郑重声明:本刊园地公开,欢迎投稿;尤其欢迎学生问题的探讨及学生生活的报道等文。

落款为"编辑室",显然这是根据"学委"有关指示,经过丁景唐、陈昌谦等人商谈、修改后定稿。其中透露了丁景唐、陈昌谦等人的编辑计划和下一步准备开展的工作,但是"下期佳作"计划落空,接连推出两期专辑,显然政治压倒一切。

这篇《后记——代发刊词》一旁刊登《征稿简约》:

一、本刊立场纯正,园地公开,一切稿件,不论短评、专论、小说、散文、诗歌、译作、评介、通讯、学校动态、漫画、木刻,均所欢迎。

二、来稿请用直行稿笺,勿书两面。

三、如译作,请附原稿或示原作者姓名及出处。

四、本社对来稿有删改权,如不愿删改者,请注明。

五、来稿一经刊出,当致薄酬,版权即归本社。

六、稿末请注明真实姓名、详细地址,并附邮票,以便通知。

七、来稿请寄上海莫利哀路一弄三号时代学生出版社编辑部。

第一条表明此刊是综合性的学生刊物,也是丁景唐、陈昌谦等人预先商量议决的,但是后来变化很大,特别是丁景唐不再过问此刊具体事务之后,此刊的"综合性"则是另一种含义,即逐渐减少诗文,成为以贯彻"学委"指示精神为主的舆论平台了。

第1卷第2期:"战后教育问题特辑"

《时代学生》第2期(1945年11月1日)重点推出事前策划的"战后教育问题特辑",这是广大学生关注的热点问题。其中有丁景唐及其恩师朱维之的文章,编排在一起,显然这是丁景唐约稿的结果。

这期内容分为三个部分:教育评论,"战后教育问题"的专题,通讯、随笔、上海及外地教育动态。

其一,继上期卷首语《上海学生的要求》之后,这期卷首语依然是吴原写的,题为"急待解决的第二期缴费问题"。此文的引文是一名中学生的一封来信,述说学费涨价的问题,有几个同学家里无法承担,只好退学了。吴原深有感触地写道:

> 根据一般统计,全市大、中、小各校的第二期学费,较第一期增加四倍以上,小学由伪币五万元增至三十万元,中学由十五万增至六十万元,大学则由二十五万元增至一百数十万元。这是一个非常惊人的数字,远较沦陷期间的费额要骤增七倍左右!
>
> 估计全市在学学生,大半是家庭经济非常困窘的。过去在敌伪的压制下,勉强支撑,他们希望胜利到来,生活可以改善,好好地来教育子女。现在胜利来了,而大部分的工厂却停止开工,商业则几乎陷于停顿,社会机关的原有职员则大都解雇,形成了广大的失业队伍。而目前全市各校的学生却大半是这般失业者的子弟,假若依照第一期费额缴付,已感吃力,现在却增加至五倍以上,叫他们到什么地方去弄钱?

文章也提出一些解决办法:"像过去的劝募贷学金一样,设法捐款和举办义卖,迅速推进抢救失学的运动。"同时,丁景唐、陈昌谦等人抓紧时间商议,策划下一期《时代学生》推出"助学运动专辑",希望形成社会舆论浪潮,取得预期成效。

这期短评有两篇:《收回成命》(秦林)、《迎接胜利》(罗文)。前文直接点明"教育汉奸"圣约翰大学校长沈嗣良最终"垮台"了,"再度证明公道之自在人心与各界热心人士支持正义的热忱"。"整个约大教职员和同学能和衷共济,在同学会、家长和教授的精诚合作团结之下,得到'收回成命'圆满的解决,无疑地会涤清沈嗣良时代存在的污疵,而获得社会一致的赞誉"。

其二,八位大学教授、教育专家谈论"战后教育问题":大夏大学教授胡曲园的《谈战后教育》、市立缉规中学校长顾惠人的《中国教育之展望》、复旦大学外文系主任顾仲彝的《战后教育改进的简议》、沪江大学国文系主任王治心的《今后的国文教学》、沪江大学化学系主任唐宁康的《对于化学教育的改革意见》、光华大学教授蔡尚思(后为沪江大学副校长、代校长)的《战后历史教育的改进》、之江大学教授林汉达的《一点意见》、沪江大学教授朱维之的《战后文学教育》。

学者们从各自学术专长的角度提出自己的见解,其中不乏精辟的观点。胡曲园认为必须反对"填鸭式的强迫灌输"教育方式,要培养学生"思想的自由运用",否则"将来在学术上不会有任何新的发展",也"根本谈不上什么爱国热情的发扬"。顾仲彝提出教育改进的三点意见:强迫国民教育、注重道德教育、删除重复课程。这三点都是长期的教育规划内容,最后一点至今仍然是教育改革的重点课题。

林汉达深受众多学生的爱戴,人气很足。他提出的《一点意见》具有针对性——

第一,教育必须在宪法上有保障。还包括:1. 建立民主的教育宗旨;2. 教师有讲学的自由;3. 保障国民(包括成人及儿童)基本的教育的权利,国民教育应该免费、普及。

第二,社会对于教育应有新的认识和信仰。这种新的认识和信仰应该建立在:1. 提高教师的社会地位;2. 改进教师的生活;3. 鼓励青年以教师作为尊重的终身职业(不仅在精神上是清高的、可尊的,在物质上也是可羡慕的);4. 各地主管机关应予私人办学的便利……

如果就这些问题展开阐述,那么足以写一本教育改进的专著。编辑故意在"保障国民(包括成人及儿童)基本的教育的权利"后面插入一幅漫画——一个巨大手掌伸出学校大门,手掌上写着"学费涨价",校门外一对男女青年吓得不知所措。显然教授、专家的善良建议与学费恶性飞涨的可怕现实猛烈碰撞。

这八位专家中,沪江大学国文系主任王治心(朱维之的老师)、教授朱维之是丁景唐熟悉的教师,特别是朱维之不仅引领丁景唐走上治学道路,而且在丁景唐生活困顿时及时伸出援手,掩护他渡过难关。朱维之的《战后文学教育》指出:"今后的新文学要因民众而得到伟大的新生命;今后的新国民也要因文学而得到精神上的饱足。以前的文学因为远离民众而奄奄无生气,民众也因为和文学绝缘而得不到精神上的滋养,只有堕落于下流的娱乐中,变成无智的国民。唯有普及的文学教育可使民众救起文学,文学也救了民众。"此番忠言穿越岁月,如今依然如雷贯耳,具有现实意义。

八位专家聚集在《时代学生》上一起"亮相",在当时类似的刊物中很少见,也反映了《时代学生》的读者、作者网络的"超能量",以及该刊编辑成幼殊等人出色的工作成效。

丁景唐以《译作丛刊》编辑名义出现,发表《关于教育复员》(编排在朱维之一文之后)。他总结了这两期有关论述的内容,归纳出五条意见:

(一)在宪法确定人民以受国民义务教育的权利,言论、结社、出版自由立法的保障。

(二)奖励学术自由研究,改良教授法,多注重实验与应用。

(三)提倡工读,培养朴淳健康的学风。

(四)改善教员待遇,使其能安心服务于教育神圣事业。

(五)没收敌伪汉奸财产,以充图书馆、文化公园、体育场、博物馆等社会教育的经费。

这五条只要看看吴原等人的论述,以及林汉达等人的意见,便可知道其中所包含的内容和深刻意义。既吸取了他人的见解,也有妥善解决的办法,并加以适当的发挥,为这两期的"战后教育"论述暂且画上一个不起眼的句号。

其三,通讯、随笔、上海及外地教育动态。

> 我是一个技术人员,眼睁睁看着这偌大的一爿工厂,就像死去一般地躺着,心里真是有说不出的难受,呈文送上去好几份了,消息还是渺然。
>
> ……上海发"胜利财"的大人先生们真不知有多少,时常他们在报纸上发表伟论,什么恢复生产呀,复兴建设呀,但是,我们复工需要的五十万元(这数目并不算大的)维持费,却就毫无办法。国庆日,满街都是牌坊(彩牌楼)、爆仗,我们却躲在这荒凉的工厂里叹气,为什么不省一些钱下来做些真正的生产事业呢?

德霖的通讯《我怎样在接受工厂》出现在《时代学生》里,似乎远离教育界,可是稍稍想一下便可明白,"读书无用论"在这庆贺抗战胜利之际变成公开的秘密。"五十万元",即一个大学生的学费,"接受大员"却置若罔闻。满腔热情想投入"复兴建设"的大学生,却只好"躲在这荒凉的工厂里叹气",报国无门。这就是"建国需要人才"的残酷现实,也是教育界的最大悲哀。

这激起丁景唐的强烈共鸣,于是结合"伪校"学生的学籍、"两头尖"橄榄核式的奸贼小人等,创作了小说《"读书救国"和"唯才"论者》。

三篇随笔很有特色,反映了广大民众十分憎恨那些教育汉奸和败类。《教育界的败类》(洪祺)抨击某学校校长悍然破坏、阻挠学生庆贺抗战胜利的丑恶行径,"他的动机的卑劣、他的手段的无耻,是无以复加的"。《打成一片》(时意)辛辣讽刺那些来自重庆"自由区"的"镀金老爷",竟然与"收复区"(原沦陷区)的民众"视同陌路",因此有人反问:"沦陷区的人难道个个汉奸,个个贪污? 自由区的人,又难道个个清白?"《时髦的橄榄核》(吟秋)冷嘲热讽那些"两头尖"橄榄核式的奸贼小人。敌伪时期,这种人钻呀钻呀,摇身一变为"富翁";抗战胜利了,又开始钻呀钻呀,又钻进"得意圈子"。有人质疑:"究竟钻进容易,退出也不难呵!"这里见不着一个脏字,却讽刺得入木三分。

上海及外地教育动态占据较多篇幅,除了《新闻网》报道上海本地大学、中学的复学等情况之外,还有其他报道,牵涉"伪校"学生的学籍问题。

金思厚的《南京的学校与学生》介绍了在南京的三所大学(中央大学、中国大学和南方大学)的有关情况,披露了失学情况也很严重,"南京各校的同学几乎减少了三分之一",主要是因为学费飞涨,于是救济失学问题被提出来了,但是这"几乎是自上而下的,没有像上海同学那样的轰轰烈烈"。其次,"南京没有一个适当的培养学生'德智体群'并进的团体组织,而这问题在受敌伪长期压制与奴化下的南京,更显得严重,所以[成立]像青年会这样的组织是非常迫切的"。这些反证了上海"学委"所做出有关决定是正确、及时的,也包括了丁景唐等人的大量工作。

这期推出"学校通讯"栏目,刊登复旦通讯(寒铨):"我们彷徨苦闷,不安心上课,为的是交不起学费。"某校通讯(民德):"向谁去呼吁!请在这里参观我们的学校——简陋的设备、汉奸的校长、敷衍的教员……"华德中学通讯(明之):"建国需要不少人才,而我们却彷徨歧途,被关在校门外!"

这期最后的重头戏为《交大教授呈教育部函》,强烈要求解决"伪校"学生的学籍问题。"学委"针对国民党当局规定,提出以"人民无伪,学生无伪"为中心的口号,以交通大学为重点开展斗争。在"学委"领导下,六所大学成立学生联合会,由交大学生自治会主席担任负责人。多次呈文,未果,11月6日千余名被激怒的学生举行沉默游行,无声抗议迎来了广泛的同情。"抗战胜利了,为什么不让学生读书?"

这期《编后》写道:

> 在物价狂涨经济困难之下,第二期终于能准时带给读者,这在我们是捏了一把汗的。因此这一期不得不改定价,否则便无法继续。我们现在已开始征求长期订户,希望全市同学能够踊跃订阅,使这小生命得以蓬勃地茁长!
>
> 本期的"战时教育特辑",多谢各位教授给我们写稿,使得同学们在这里得到了不少教益。本期特辑稿件,以先后为序。下期将揭登"怎样做个时代学生"专辑,已敦请教育专家、文化先进[人士]和各位教授执笔发表意见。
>
> 本期因稿挤,文艺作品未能刊出,以后将视情形斟酌登载。
>
> 本刊欢迎同学惠稿,第一次收到的佳作,本期已选载了三篇。诸君赐稿,最好避免空调议论,反映实际生活!
>
> 本刊迫切征求擅写美术字的同学,愿就者请速函寄本社。

但是计划推出的"怎样做个时代学生"专辑未能如愿出版,而是改为"助学运动专辑"。

丁景唐、陈昌谦等人在考虑刊物的重点内容的同时,也在寻找与之相适应的形式——美术元素,希望有美术特长的同学加入编辑部,积极适应广大读者期待的图文并茂的需求。

同时,丁景唐等人通过各种渠道,争取刊物合法化。这期版权页上注明"市党部宣传处准予备案宣字第四十九号"。这期价格增为法币40元,昔日某图书馆藏的该刊上,不知谁用蓝墨水钢笔将此40元划掉,改为50元。该刊编辑部潘惠慈等人设法拉商家赞助,减轻法币贬值的压力,这期末页开始刊登鹤鸣鞋帽商店、宝成公记银楼的广告。

这期大大减少文学作品,增加"学校通讯"栏目,并刊登《征求通讯员启事》:

> 本刊为求更普遍的反映各地同学的生活起见,向本外埠各大、中、小学之教师与同学请求踊跃参加本刊之通讯工作。其权利与义务规定如下:

义务：（一）每半月必须写通讯稿一篇；（二）有必要时得请其访问与调查。

权利：（一）免费赠阅本刊；（二）一切来稿可优先登载，略致薄酬；（三）可参加本刊编辑工作。

若愿参加，请速投函莫利哀路马斯南路一弄三号，本刊通讯处，当即专函奉复。

通讯员"可参加本刊编辑工作"，这是吸取以往办刊经验，扩大编辑部的外围力量，实行开门办刊方针，努力"三贴近"（贴近校园、贴近时事、贴近社会），将此刊办成名副其实的学生贴心刊物，针砭时弊，为他们排忧解难，呼吁社会力量一起来参与。同时办刊的视野并不局限于上海的学校和师生，而是积极扩大范围，欢迎全国各地学校通讯员加入报道队伍，由此开拓办刊新局面，扩大影响，努力让该刊成为全国同类学生刊物中的佼佼者。

第1卷第3期："助学运动专辑"

该刊第1卷第3期（1945年11月20日）重点推出"助学运动专辑"。编辑部特地赠送给鸿英图书馆等，在封面左下角注明"时代学生出版社敬赠"，还盖上了该社的长方形红色图章，这是唯一留存的钤印，甚为珍贵。

这期分为三大部分："助学运动专辑"，葛传椝、白约翰、魏金枝等名人和专家的稿件，丁景唐、徐开垒（徐翙）、王殊（林莽）的文学作品。

卷首语为《迅速抢救失学，展开助学运动》，这是丁景唐、陈昌谦等人商量、定稿的。该文指出失学洪流的严重问题："我们所估计的二万学生的即将遭受失学，还是最低限度的数目。"为此，《大公报》《立报》《联合日报》和男女青年会、上海基督教学生联合会等发起组织了助学运动委员会，"正在着手进行征募工作"。"我们认为这应该是全市助学运动的开始"，并希望"所有的社会团体，不分中外，不管性质，都迅速来响应这个号召。我们一位助学运动会所决定的义卖助学章，举行游艺日和贡献运动，这仅仅是征募办法的一部分。要扩大这个运动，求得更多的效果"。因此，提出五条建议：（1）迅速动员舆论，（2）要求各界团体开展助学贡献运动，（3）要求青年团体作为推进助学运动的中坚力量，（4）各校迅速组织助学金劝募委员会，（5）劝募方式多样化。

这是按照"学委"的指示和布置的任务进行宣传鼓动，与"学委"的组织和下达的有关通知互相配合，"双轨"并行。这时成立了上海市大、中学校发起组织的学生助学联合会（与社会各界组成的助学运动委员会相配合），陈震中任主席，聘请马叙伦、沙千里为顾问。陈震中是圣约翰大学学生，与其他同学一起向校长沈嗣良"开火"，最终获得了胜利。1946年6月23日，陈震中作为上海学生代表，与马叙伦、胡厥文等11人组成"上海人民和平请愿团"赴南京请愿，亲历"下关惨案"。他后来作为上海学生团体联合会主席，与父亲陈巳生共同被推选为中国人民政治协商会议第一届代表，还参加了开国大典。

这期本社评论一旁刊登著名学者郑振铎的短文《为助学金呼吁》：

有一个新迁来的大学，听说，这学期的学费是一万元（即伪钞二百万元）。有的大学，不甘落后，也照原来定的数目，加了一倍两倍。

一个平常商店里的职员们，已绝对没有力量可以供给一二个孩子的入学费用。

一个中学教员要想把自己的子女送入中学读书，已不是一件容易的事。

有一个大学教授，曾叹了一口气道："我们在大学里教书的，已经不会有力量叫自己的子女进大学了。"

……过去的助学金，有了不少成绩。这一次的募集，希望能够有更好的结果。

在敌伪统治之下，尚能有那么样的成绩做出来，在现在光天化日之下，难道成绩还会差吗？

"敌伪统治之下"的成绩是指 1945 年 2 月春节期间，在八仙桥青年会大厦内举行救济失学义卖市场，30 多所学校设摊，取得预期成效。丁景唐与沈惠龙等人积极配合"学委"，在《莘莘》月刊第 2 期上推出"救济失学"特辑。

丁景唐、陈昌谦等人还设法派人去采访社会名流，整理成稿，并开设"对于助学的意见"栏目。复旦大学校长李登辉的《助学与培养人才》表示："我非常赞成助学金运动，俾便救济一般失学青年；唯校内拨发助学金之时，必须严格审查，务使得助学者必是家境清寒之学生。助学之举除由校方及社会热心人士帮助之外，而同学间之互助亦甚重要。内地各校助学金之标准大致这样：（1）成绩九十分以上者全免；（2）八十分以上者半费；（3）七十分以上者，若品行优良，亦可申请。这种办法上海各校或可酌予参考之。"

复旦教授顾仲彝的《关于助学金运动》认为："（1）学校内经济宽裕的学生应帮助本校清寒的学生；（2）查验学生家境是否清寒，必须严密审查；（3）助学金的数目应[设]分数级，最大的数目应帮助学生的宿膳及书籍费。"

陈震中的父亲陈巳生也接受采访，经整理的短文为《增加学费问题》，文中明确表示："我深信这次的助学运动一定能够获得预期的成功，因为我知道青年人是有力量的，虽然一点一滴，[但]合起来可就成了一个不可思议的巨力。今春义卖助学运动超过理想的成绩，就是绝好的明证。"这里也点名 1945 年 2 月春节期间举行救济失学义卖市场一事，作为成功典范。

编辑编完这一组三文之后，写了附记："本刊为响应并推进助学运动，特走访李登辉、陈巳生、顾仲彝三位先生，承蒙发表许多宝贵的意见，由访者笔录。现因急于付梓，致李登辉先生一稿，写好后未及呈先生一阅，设有错误，当由访者负责。"

编辑还刊发了两篇短评。《学费与助学》（罗纹）再次将 1945 年 2 月春节期间举行的救济失学义卖市场一事作为成功的典范，并且认为："若能造成一个学校经济公开的普遍风气，助学运动一定更能大大地发挥作用,而不仅仅是帮助同学们得到一张学校的'入门券'而已。"这个建议难以实行,哪个学校愿意自我"曝光"呢?

上期刊登《交大教授呈教育部函》,强烈要求解决"伪校"学生的学籍问题。时任教育部部长朱家骅答复,说是要进行三个月至六个月的政治、军事训练,并以考试60分为准,才允许入学。此言传出后引起轩然大波,竟然有人说是"公平",但遭到大多数学生及其家长的坚决反对。因此,这期刊登《"公平的处分"》(李琪)反驳之文,细算学生停课接受训练的一笔账后,严厉责问:"为什么在胜利之后,还要荒废同为中国学生的一部[分]上海学生的光阴而予以停课的'处分'呢?难道这也是基于'公平待遇'的原则吗?"

这期推出"学校通讯·助学经验"栏目,圣约翰大学的《不怕他们不捐助》、新本女中的《我们是怎样胜利的?》、中德助产学校的《解决了吃饭问题》,介绍了各自的成功经验。

这期《时代学生》问世之前,11月16日,《立报》《大公报》《联合日报》等七个团体主办的助学金劝募运动,在震旦大学举行开幕典礼,呼吁各界抢救失学青年。

11月18日那天,"满街都是学生,这种资助互助的精神,实在值得我们敬佩。接下去是《申报》和《新闻报》专门开辟了助学金征募栏,代收社会各界人士的捐款,依照连日捐款的数目来看,成绩也非常可观了"。这些慷慨无私的义举,"都足以证明公道自在人心,凡是真正为了大众的服务,必能有不少人的赞助"(陈迹《想到的二三事》)。虽然国民党当局将其视为非法,逮捕义卖学生,企图扼杀助学活动;但是顺应民心的这次助学金劝募运动继续进行,形成了强大的社会舆论。

正中女子中学高二学生洪文英捐献自己的私房钱3 500元,由该校出面致函《时代学生》编辑部,表示"杯水车薪,原不足以救助失学之群,惟该生热忱可嘉。"编辑部复函答道:"还希望洪君能本着这种助人的精神将该款转致《联合日报》等七团体发起之助学委员会或其他助学机关,使得其他与他境况相似的清寒同学得以继续学业,那么也就感同身受了。同时,本刊对于洪君,谨致以无限敬意。"(《时代学生》第4、5期合刊《信箱·读者慷慨助学》)

这次助学金劝募运动,按照这期的《迅速抢救失学,展开助学运动》所提出的五条建议进行,也如同郑振铎、陈巳生等人所寄予的厚望。次年2月初,取得的"成绩超过目标一倍,共得一万万元左右。预计可帮助七千人续学,这是一个伟大的学生自助运动"。

其二,葛传椝、白约翰、魏金枝等名人和专家的稿件。

葛传椝,被学界誉为一代宗师、英语惯用法权威,是中国英语教育界先驱之一。曾编辑《英语惯用法词典》,这是为中国人编写的第一部英语惯用法词典,后参与《新英汉词典》《英汉四用词典》等工具书的编写工作。

葛传椝应约为《时代学生》写了《回忆我的英文先生》,饶有意趣。他18岁开始自修英语,小学到中学则有12位英语老师。他对这些事记忆犹新,如数家珍,还不曾忘记这些老师的教学特点及对自己的深刻影响。他记得"有一位毛西璧先生,在正课外教英文会话。这是学生自由参加的,既不强迫,也不收费。第一次全班共有七十多人,后来逐渐减少,最后只剩我一个人。每星期上课三次,但第三次毛先生往往请假,他在第二次上课的时候预告请假,老是用着 as a rule(通常)这句话,我原来不知道这个习语,因为听惯而学得了"。他最后"爆料"道:除了12个老师以外,"'一字师'是多得不胜枚举的。我随处留意,随处发问,所以随处都有'一字师'"。这是"一代宗师"成功的秘诀,令人折服。

"白约翰先生(John S. Barr),前任麦伦书院院长,留华多年,能说极流利的上海话,贡献于中国教育事业实多。'一二·八'日寇入侵,被拘集中营,胜利后仍返麦伦中学,任英文教师。本文上期不及排印,谨向作者及读者致歉。"编辑的"按语"虽然简要,也让读者肃然起敬。

白约翰的《新世界的教育方向》原为英文稿,由"本社代译",白约翰严厉谴责德国希特勒的盖世太保和日本军阀的暴力侵略罪行,十分同情中国抗战期间饱受战争苦难的广大民众。他认为:"我们要建立一个新世界,新中国","今后的教育,须引导学生自动理解并共同研究生活的宗旨,是大家认识应将知识贡献给大众,而不是仅仅为了个人的利益。"这位"能说极流利的上海话"的外国教育专家,十分理解中国学生的心理和想法。

丁景唐熟悉的老作家魏金枝,也应邀提供了《论作文的题目》一文,介绍了自己多年的写作、看书的经验:

> 因此可以断言,凡把题目定得越切实的,则到临文的时候,也便越省事。因为他们已把作文的各个步骤,思过其半,于是行文之时,只须信笔写去,正如古人所说"事豫则立""事半功倍"了……
>
> 此外,有些作者,有时故意将题目定得和文章毫不相关,但这并不是随意或是不晓得命题之法,倒是把内容绸缪得透熟了,而以幽默含蓄的方法,揭示了题旨,使读者掩卷回味,恍然大悟于题旨的奥妙,因而可以收获到更大的效果。
>
> 譬如鲁迅先生收在《彷徨》中的那篇《示众》,照题目看,似乎应以被示众的那人为主,然而在那篇文章中,却只少少的二三十字说到他,文章的百分之九十是写看示众趁热闹的那一群。倘我们抱了想在被示众者身上找得些什么的目的去看这篇文章,包你会毫无所得。但倘然我们能换一个观点,从这些无知的一群去想象那被示众者,则定可恍然大悟:原来这无知的一群,谁都有被示众的资格,谁也不明白自己所犯的究竟是什么罪。于是那被示众者的罪案,也可概见一斑了。

魏金枝与鲁迅的关系总体上是不错的,他的短篇小说集《七封书信的自传》,被鲁迅誉为"优秀之作"。1930年,加入"左联"后,他与柔石协助鲁迅编辑"左联"刊物《萌芽》月刊,后来曾与鲁迅有意见分歧,但魏金枝始终尊敬鲁迅。1949年后,魏金枝担任《上海文学》副主编、《收获》副主编、上海市作家协会书记处书记、上海市作家协会副主席等职,曾兼任上海师范学院中文系主任。

魏金枝的《论作文的题目》通俗易懂,深入浅出,特别是分析鲁迅的作品《示众》,可以开启读者的思路。这是一篇很好的辅导写作的材料,遗憾的是下期没有续登,但愿此文收入某个集子里。

其三,丁景唐、徐开垒、王殊的文学作品。

徐翊,原名徐开垒,著名作家,曾为上海《文汇报》副刊《笔会》主编、文艺部副主任。著作甚多,有《笼里》《鲜花与美酒》《徐开垒散文选》《巴金传》《巴金和他的同时代人》《家在文缘村——徐开垒散文自选集》等。徐开垒与丁景唐是宁波同乡,他投稿给《小说月报》,从此与丁景唐成为好友,直到晚年。丁景唐仙逝后,徐开垒的女婿马国平深情地撰写纪念文章《丁景唐与徐开垒的一组合影照片》,述说了他俩多年的友情。晚年相聚时,"他们年岁已近花甲,面容上留下了岁月的印痕,但是,笑容是如此年轻,简直可以说是灿烂的"。此文收入丁言模编的《丁景唐纪念文集》,上海文艺出版社2020年11月出版。

徐开垒的小说《远回》描述一对曾是恋人的男女,在抗战后的上海街上,双方相遇却不相认。"她的皱纹有多深,她的头发蓬乱着,显明她还不曾洗过脸。"她抱着一个孩子,"一个在地上牵拖着她的袍角正在啼哭的",她才三十岁,犹如四五十的衰老妇人了。男的认出了对方,但是"年岁消灭了他去招呼她的勇气",他提着小箱子,拖着沉重的脚步,没有回头,慢慢地走了,前面是"更多更艰苦的路"。这是一出瞬间的悲剧——苦难的中国民众的一个缩影,在侵华日军铁蹄蹂躏下,产生了无数的人间悲剧。作者抓住这不起眼的细节,铺开描绘,颇为震撼人心。

王殊,原名王树平,笔名林莽,后为外交部副部长。早年在复旦大学西文系读书时,与同学沈寂一样喜欢阅读和写作,在沈寂的引介下,王殊向柯灵主持的《万象》杂志投稿,继而在陈蝶衣主编的《春秋》杂志上发表杂文,在《杂志》刊物上发表小说《穷途泣》等。他把小说《村中喜剧》投稿给《小说月报》,发表在该刊第45期(1944年11月25日),同时刊登的还有丁景唐的《学生文艺奖金的启端与希望》等文。从此他俩相识相知相熟,直到晚年还保持通信,互相赠书。

这期《时代学生》发表王殊的散文《凋零》,该文描写在弄堂里扫地的伛背老人。"这样晚,他还没有睡呢。他衔着旱烟筒,猩红的火光逼在他那苍老的脸上。他咳嗽着,[身]体上薄薄的衣衫恐不能抵御深秋的夜寒了。呀,是我有什么权利要他在这样的深夜里守候在弄堂口,再从温暖的木屋里走出来给我开门呢?"三十年来老人天天如此,"他把自己的生命消耗在我们的身上了。我们给了他什么"?年轻的王殊寄寓深切的同情,同时又反思,"年年的落叶年年扫哇。就不禁替他那瘦瘠的身子寒心起来,是人扫落叶,还是落叶在扫着人。这凋零的命运"。王殊深刻的思考延续在此后的一生,拓展到国际舞台,探寻波谲云诡的现象,洞察其中的真相。

每一学期,他(A君)从报馆里,喘着气,抖着手,领来学费,再把家里可能卖去的东西,除了卧床、桌子、书以及他那块最宝贝的图画板和丁字尺以外,搬到旧货摊里去,换来了钱,交给会计处里那位先生。

"假使,不是为了受难的祖国需要我们这种专门人才,我老早把丁字尺跟板塞进炉子里去了,谁高兴……"他没有再说下去,只不过叹了一口气。

几个月前,他毕了业,虽然他还穿了那件破长衫,从学校里出来。

但是,你可以想象,他的眉头怎样打开了结,他的嘴怎样整天咧开着,中国打了胜仗,有多少工厂要开起来,有多少铁路要建造。

没有多久以前,报纸上曾特载过一篇《重建大上海》的论文……

小说《"读书救国"和"唯才"论者》署"碧容光、蓝石华合作",其实是丁景唐故意同时使用两个笔名。此小说结合前几期关于"战后教育问题"和德霖的通讯《我怎样在接受工厂》等文内容,加以提炼,进行艺术性概括。

小说倾情塑造主角A君,又以漫画手法勾勒K先生,"我"是见证人和叙述者。A君是穷困的交大学生,抱着满腔热忱想为抗战胜利后的中国复兴事业出一份绵薄之力,也可以缓解紧迫的生计困境。K先生是抗战胜利后国民党诸多接收大员的一个缩影形象,他坐在"肥缺"的位置上,趾高气扬,不可一世,但是偏偏要挤上公交车,舍不得花钱坐小轿车。他的吝啬、狭隘、虚伪、圆滑、不学无术的丑恶嘴脸,令人作呕。

"什么读书救国!'唯才'主义!放他妈的狗屁!"A君忍不住怒斥道,无情地撕下了国民党当局信誓旦旦许诺的美丽面纱,广大的善良民众翘首以盼的"中国是怎样的中国"!不过此小说的标题却是议论文惯用的,也许是为了符合这期《时代学生》宣传的需要。

这期同时出现丁景唐、徐开垒、王殊之作,鲜为人知,他们三人也早已淡忘了,但是他们的记忆中依然珍藏着那个年代的青春年华。

这期《编后》写道:

本期以助学问题为中心,承各位师长赐给我们宝贵的意见,还有白校长与魏、葛两位先生的赐稿,都一并再次致谢。

本刊为上海学生发表意见的地方,希望各校同学踊跃赐稿,短论与通讯,皆所欢迎!

本刊为应付经费困难,特征求长期订户及股东,请读者协助。本期为减低成本及售价计,改用灰报纸印刷,希望同学们原谅。

本刊第二期蔡尚思先生《战后历史教育的改进》一文中"宗旨二"项下有"中国过去的历史……皇帝即使放一个屁亦想予以记载"一句,其中"想"字为手民遗漏,特此更正。

本期本应十六日出版,[无]奈因集稿较迟,致延误四日,以后当力求争取准时付印,并向读者致歉!

"改用灰报纸印刷",降低成本,却让读者看起来很吃力。这也说明那个年代物价飞涨,像脱缰之马狂奔,民不聊生,叫苦不迭。

为了进一步扩大该刊"学校通讯"栏目的稿源和影响,刊登了《通信简约》:

1. 本刊欢迎短小精悍之实际生活报道。

2. 愿征通讯者赐稿二篇之后,即由本社正式书面聘请为通讯员。

3. 权利:(1)免费赠阅本刊;(2)一切来稿可优先登载,并略致薄酬;(3)可参加本刊各项工作。

4. 义务:(1)每半月必须写通讯稿一篇;(2)有必要得请其访问调查;(3)协助本刊发行工作。

第1卷第4、5期合刊:初步改革思路

眼看一个学年要结束了,经济等问题仍然令人头疼不已,加之印刷厂工人罢工,抗议物价飞涨等,《时代学生》的出版拖延多时,只得出版第4、5期合刊(1945年12月20日)。合刊有20页,比以前的单期多4页,定价法币75元,并且刊登好不容易拉来的几个广告,如"英得蒙"上海九福制药公司、宝成公记银楼、启明书局等。

这时丁景唐集中精力筹办、主持"文谊"及其刊物《文艺学习》,由陈昌谦独当一面,主编《时代学生》,与成幼殊等密切配合,继续按照"学委"指示精神,开展工作。

这期封面设计出现新变化,原来刊名放在顶端,现在改为左上角,刊名四字改为上下两行,形成一个版块。同时一大块绿色占据整个封面的一大半,以右下角为边,左上角与刊名交叉,颇有现代装帧美术的意味,至今还在沿用。大色块里刊登要目(仅四篇文章),将以往的众多目录削繁为简,显得整洁、醒目,此封面格局一直延续到最后一期。

更重要的是这期策划思路展现了一个初步改革的局面,内容也将发生变化。其一,加强以学校为主的本地和外埠通讯报道,扩大教育信息量;其二,发表有关指导文章,辅导学生读者投稿;其三,减少或谢绝专业作家的文学作品,增加科普文章;其四,加强沟通编辑、读者之间的关系,不定期开设"信箱"栏目;其五,为了吸引青年学生,设法采取适合他们口味的文艺通讯等。

封面要目为四篇文章:《昆明学潮惨案》《重庆大学生生活》《尸体解剖记》《我怎样在美军中当翻译官》。后面两篇是为了吸引青年读者眼球,颇有新奇色彩,却疏忽了久负盛名的鲁迅三弟周建人(后为浙江省省长、全国人大常委会副委员长)《关于自然科学》的科普之

作。这期主要还是分为三大部分：本地和外埠教育动态，其他通讯、随笔和周建人等人的科普之作，书报介绍、辅导写作、编辑与读者信箱等。

其一，本地和外埠教育动态。

昆明"一二·一"惨案那天，国立西南联合大学师范学院学生李鲁连、云南省立昆华高级工业职业学校学生张华昌殉难；已受伤的国立西南联合大学师范学院女学生潘琰，为扑救别人，遭暴徒连戳数刀，惨烈牺牲；昆明私立南菁中学教师于再，因阻止特务投弹，被特务推向手榴弹爆炸处而英勇捐躯。一天内，特务暴徒先后杀死手无寸铁、要求和平民主的师生四人，重伤六十余人。其中潘琰、于再都是共产党员。直到牺牲四十年后，他们的党员身份才得以确认。[2]

胡联的《昆明学潮惨案》转载了《大公报》的有关报道，并指出："中国历史上有多少学生流了血，'三一八'几十个学生的鲜血赶走了段祺瑞。'五卅'学生的血戳破了日本人的面孔，'一二·九'学生的血激起了向日本的宣战。事实证明，国家到了政事蜩螗的时候，无不有学生起而呼号。"该文大声疾呼："我们认为必须彻底解决这件事，除了严厉制裁凶手和探明事件真相及真正的发动人外，必须接受学生们的集会、言论自由的提议，否则以后的事情还是要发生的。"显然这是传达"学委"的指示精神，融入全国师生的抗议浪潮。

此后，该刊第6期开始报道各地纷纷举行追悼昆明学潮惨案中死难师生的集会。该刊第7期推出"追悼昆明死难师生大会特辑"，及时报道上海万人集会，发表《上海学生怒吼了》《万人大会争民主》《记一·一三大游行》《昆明殉难四烈士传》等。

陈迹的《想到的二三事》回顾了征募助学金运动委员会发起的义卖活动，并再次谈论"伪校"学生要求上课的问题。"终算教育当局现在已经改变了原先的办法，准许随班上课，并且可以追认他们以前的学籍了。我们希望政府当局，以后多多在培养人才方面着想，办法行不通，便马上改弦更张，否则徒费精力与时间，人才两失，于国家人民都无好处！"此文透露复旦大学部分学生搬到江湾校区去上课了。"据说设备非常简单，许多地方都坏了，同学们生活都很苦，在这样的环境里面要谈理想，要恢复战前的设备，要好好地实习，谈何容易。"下一期刊载了《我们回到了老家——江湾》，物理学院很幸运首先进入校舍，这是师生共同努力的结果。此文还责问政府："接收了许多敌人的文化机关和学校，应该迅速举办点公共图书馆、实验室、音乐馆、学生医院、学生食堂，以[弥]补学校设备的不够和学生们精神食粮的枯竭，并改善穷苦学生的生活。"类似的社会舆论不知有多少，但是被置若罔闻，哪位权贵会伸头瞄一眼呢？

锺杰的《彷徨——八天的日记》记述11月4日至13日期间一个"伪校"学生的所见所闻，详细地描述了交涉、请愿、游行等过程，经历了被多次训责、嘲笑，学生们看够了这些官员的冷漠的嘴脸、歧视的眼光。"人民无伪，学生无伪，科学无伪！"学生们愤怒地高声呼喊，

"啊！我们学生并没有过分的奢望,我们只要求快些让我们安心地读书,让我们早日学成,能对于国家有所贡献。难道这些都是错误的吗？"

"学生论坛"栏目发表四篇短文。其中《"伪"与"不伪"》(衡裕)严厉地抨击道:"伪立专校的汉奸头目为数不少,当日卖国求荣,为敌张目,企图教育伪化,甚至还曾经帮助敌伪逮捕爱国青年。如今,这批人有的虽被学生驱逐,但仍逍遥法外,有的则干脆摇身一变,成为建国教育家了。至于那一群群受尽欺凌的无辜学生呢？至今还不能安心地上课(除了一部分以外)。呜呼！直接伪化学生的教育汉奸不办,却只斤斤计较学生们的'伪'与'不伪',未免太使人失望了。"

《重庆大学生生活》(江天)披露了在那里的交通大学学生的衣食住等困境,其中东北流亡学生尤为艰难。伙食费涨价,每月每人由375元上涨到1 750元,最后涨到4 000元,吃的饭可谓"八宝饭","内有谷、粟、沙、石子、虫、竹片、石灰粒等等"。集体宿舍里人数甚多,一年级七八十人一间,床与床之间极小,两人不能同时下床。"我们穿的,上自西服革履,下至破衣草鞋,可谓应有尽有。"夏天,老鼠、臭虫特别多。"老鼠的身体大而胆也大,见人都不怕,有几次竟到课桌里产小鼠。"晚间学习时,点的是油灯,黑烟缭绕,"每人鼻孔四周都是黑的",室内空气极坏,因而生肺病者也特别多。每天早晨上厕所,总是客满,"许多人在内外等候,按次入内,这是因为盖不起更多的厕所的缘故"。此文作者感叹:"后方别校,大致一样。"

《落叶纷飞的北平》(雪初)真实地记录了北平"伪学生"的不幸遭遇。"在十一月十一日傍晚去向教育局请愿,他们身上都还穿着夹衣,在寒风中颤抖着,手里拿着纸旗,大都给风刮破,脸上是黄而发黑。他们都是来自各地的寄宿生,现在学校停课了,要回家,四面交通都已中断,住在校里无人照管,饿得没法了,只好向教育局局长英千里[3]去请愿,他们直站了一昼夜,总算教[育]局发了十斤面条的贷金,但是又能够维持几天呢？"

其二,其他通讯、随笔和周建人等人的科普之作。

抗战时期,中国翻译官肩负协调中美军队联合作战的使命,在实际工作中遇到了诸多问题。沈友棣的《我怎样在美军中当翻译官》,为读者打开了一扇新奇之窗,披露了许多令人瞠目的所见所闻。"有时双方发生龃龉,那么你骂他、他责你的话,都要翻译先领受。当美军官指挥作战时,翻译的责任更重了。记得有一次在缅甸我军打了败仗,中美双方军官都说自己没有错,而将错归在翻译身上,结果这一役之后枪毙了四名翻译官。从此以后我们每当翻译军事机要的时候,总请军官写下来再翻译。"而"我,一个素来崇拜美国文明的人,不禁大大地惊愕了"——"美军中也有一部分抱有很深的种族歧视的,他们对两性关系的观念似乎也跟我们有很大的差别,时常有人把年轻姑娘拖上吉普车,用大卷的钞票换取她们的贞操。有时在人烟稀少的荒村里,大概是饥不择食吧,连贫苦龌龊的老太婆也是他们硬买的对象。有时在两人同住的房里,尽管一个坐在桌前看书,另一个会公然将一个女人拖进帐去,而他的同伴看在眼里就像看见别人在吃面包一样。"一年后（1946年12月24日），两名驻华美军在北平东单操场强奸了北京大学先修班女学生沈崇，震惊全国，激起广大民众的强烈愤慨。沈友棣此文提前无情地揭开了美国丑闻的冰山一角，也对"素来崇拜美国文明"的许多读者棒喝一声。

著名作家张天翼的抗战讽刺小说《华威先生》的主人公，堪称忙碌无为的典型"开会迷"，曾引起国民党某些权贵的恼怒。袁鹰笔下的《青蛙的故事》中也出现"华威先生"的弟子，传承衣钵的"开会迷"。他是中学、大学一帆风顺的学生会头头，眼下他担任大学助学金委员会主席，开会发言总是一套陈词滥调，复制复制再复制。"我以为，目前我们迫切需要做的工作，是这几件：第一，调查清寒同学数目；第二，访问清寒同学家庭；第三⋯⋯第三⋯⋯是⋯⋯"这位"开会迷"得意扬扬地吹嘘："有人喜欢做大池塘的小青蛙。可是我，我正相反，我倒喜欢做小池塘的大青蛙。"他还补充说，"这样，容易把事情做得好！"他逐渐怠工，懒得开会了，更不愿做事，逐渐他发觉自己成了"大池塘的小青蛙"，干脆转移情趣，与委员会的女生热火起来了，他恋爱了，从而结束了他的"开会迷"身份。此小说不动声色地描述，不见一个讽刺词语，故事讲完了，却辛辣味十足，展现了讽刺小说的魅力，也是《时代学生》为数不多的文学作品中的精品之一。

周建人，生物学家，鲁迅三弟，时在生活书店、新知书店等任编辑，1945年12月与马叙伦等在上海发起成立中国民主促进会，当选为理事。《时代学生》是上海杂志联谊会的成员，会长是周建人，因此该刊邀请他撰写科普之文。早在20世纪20年代，瞿秋白担任上海大学社会学系主任，聘请周建人担任生物教员，这与周建人从小喜欢生物有关。

周建人的《关于自然科学》一文前添加编辑按语："本文作者周建人先生，对于自然科学研究有素，为商务印书馆自然科学编辑，常为《中学生》及《新少年》撰稿。近译有法国法布尔著《昆虫记》一书，在《新文化》半月刊连载。"周建人此文说是介绍自然科学，其实是告诉读者自然科学的意义和学习的方式。他回忆说："我年纪轻时，春夏之间常到山上去采集。背一只采集箱，内放一把掘根的器具及一把剪刀。较大植物，剪下带花的枝，小植物便连根掘起，放在箱子里。如果天气热，容易干掉，箱内洒点清水，再盖上盖子，带到家里。供这种用途的剪刀往往漆红漆，因为落在草地上容易看见。此外所需要的器具只是一个放大镜及一把小镊子之类，以便检视细小的花及果实等。这等采来的植物，当天或第二天可夹在旧板纸里，以后每天替换（再后数天一换），到干为止。后来可贴在台纸上。只要名字查出，写好，总算标本已经做好了。"周建人忠厚、勤奋，文如其人，朴实无华，娓娓道来，别有一番情趣。

杨永彰的《尸体解剖记》说："当尸体从池中取出来而放在解剖台以后，紧张，有意义的工作就正式开始了。这些为科学而牺牲的尸体，虽然不是我们的亲戚朋友，而且多半是所谓'下等人'，但我们绝不该对他有所歧视，连以尸体为笑料的谈话也被视为禁例的。同时我们也不必怕什么危险,因为每一具尸体都绝对消毒,根本没有传染疾病的可能的。"

此文令人联想起曾就读于广州军医学校的克锋(金帆),他竟然把学到的病理解剖知识写成一首叙事、抒情的130多行长诗《解剖尸》(《光明》第2卷第8期),也是中国现代诗坛上首例个案。开篇是叙事诗的模式,描写无名尸体的运载、拖出、扔向解剖台。这时由"小我"的悲戚、恐怖转为"大我"的同情、憎恨,由恶劣、死寂的小环境转到抗日风云的时代大背景中,产生丰富联想,奋力推开政治抒情诗殿堂的大门,由此横跨两种诗体之间的严密铁栅。诗人不拘一格,天马行空,任意挥洒,大胆"复制"郭沫若的作诗信条。最后,又回到手术台,"没人收殓,僵直地躺在这里,/全身裸露,不怕羞耻!/冻结的蓝眼直直地望着天花板——/你们在想着什么呢"。天地间一个巨大的问号,谁来揭晓答案呢?郭沫若为克锋的诗集《野火集》(香港人间书局,1948年5月)作序时指出:"作者自认为(这些诗歌)平凡,这平凡,正是他的真处。"

显然,杨永彰之文和克锋的长诗《解剖尸》的意旨和情趣不同,前者俨然是纯医学的"解剖尸"医生,后者则是"解剖社会"的兼职医生、诗人。如果将两者一起审阅,那会另有一番审美情趣。

其三,书报介绍、辅导写作等。

> 重庆中大新闻系编辑发行《大学新闻》,是内地出版的学生报纸之一种(其他还有复旦新闻系所出的《学校新闻》),是周刊,十六开本。现在已经发行至四十二期了。它是专以报道新闻为目的,凡是大后方的学校,都有他们的通讯员。因此消息的传播非常灵通……前两期登有《揭发学校贪污》《取消壁报检查》《纷纷要求东迁》等消息。近期更有北平、南京等收复区通讯,呼吁救济伪学生等文章,占了篇幅的二分之一。它现在在广泛地征求上海学校的通讯员给他们写稿。

这期"书报评价"栏目头条便是《大学新闻》,为何《时代学生》编辑部如此重视远在重庆的该刊呢?抗战时期,上海许多学校西迁大后方,受尽了战火的磨难。抗战胜利了,那里的学校强烈要求返回上海,他们毕竟是上海教育界的"王牌之师"。中共上海"学委"很重视他们的呼声,《时代学生》也需要内地的各种讯息,与对方连接,互动互助,交流信息,活跃版面,增加通讯报道,提升品质,扩大影响,与莘莘学子及其家长的需求相对接。由此双方不谋而合,惺惺相惜,"万里一线牵",希望进一步发挥优势和特长,期待形成各自的教育信息新中心,辐射所在地区的各所学校,实现互助共赢的新局面,这也是《时代学生》的改革之梦。

《时代学生》第6期转载《我从魔狱里长出来——忆童家溪中工分校生活》,文后注明:"这是最近由重庆中大大学新闻社转给我们的一篇通讯,报告大后方学校的生活。这不是单独的特殊的情形,而十分之九的学校都是如此,校舍简陋,设备全无。同学们吃不饱肚子,穿不暖衣服。校方则贪污公款,克扣公粮,剥削多少人(同学)的利益,来私肥几个人(校长、事务主任)的腰包。他们用'读书救国'来蒙蔽同学,他们用压紧功课来使同学无暇顾问他事。然而公理总会伸张,后方同学们已经广大地兴起了'反贪污'的热潮,把官僚、商人、流氓合而为一的学店老板打出去!"

第7期刊登了《这就是大后方的学生生活》,导语道:"读工科的没有摸过车床,读理科[的]没有见过试管,特务横行,思想统制,欺骗、威吓、死亡……说不完的愤怒,话不尽的怨恨……"揭露了重庆等地各校学生的苦难、困顿和受压制的现实状况,强烈控诉黑暗、腐败社会,矛头指向反动当局的统治。

年轻人的心里总存有一个美好的明天!"以后,会好起来的。"起初,我们忍耐着,期待着。但,在我们的美梦还未醒时,第二个失望又来了……接着,第三个、第四个……无穷多的失望,接连地向我们打来……学生们第一次地大声说话了,响应着后方的文化界、工商界、妇女界……我们提出了"民主"的要求。"全国学联"的组织,被提出了。如火如荼的拒检运动,在各个学校里盛行起来了,有的,自己得到了胜利。我们,还是年轻的!

此后,《时代学生》第8期推出"大特写"《〈大学新闻〉的身世》(林夕),详尽地介绍了《大学新闻》,创刊者起初就有一个梦想:"能够出一个全国性的学生周刊,让每个角落里的同学,都能够把呼吸联系[在]一起,那该是多么快意的事。"于是他们将原来的壁报改创为《大学新闻》,"他们的希望是将来办北平、汉口、南京、上海分版,再扩大篇幅,再求内容和充实。他们希望《大学新闻》改成全国学生的报纸。现在《大学新闻》的发行网已遍及全国各大都市和学校里,而且正展开征求一万纪念订户运动"。血气方刚的学生敢于做梦,也勇于追梦,但是圆梦并非仅仅依靠青春激情就能实现,"希望是开花了,可是果实呢,却有待于殷勤灌溉的来日"。这是此文最后的警句,冷静思考,面对残酷现实,才是追梦的大前提。

"书报评价"栏目的第二篇是介绍茅盾的第一部剧作《清明前后》的剧情,结尾写道:"终于,林永清对自己节节失败得到了一个绝大的教训:我国工业的前途不仅仅是技术的研究和改进,也不是他的往常说的人事关系上的下功夫,而是一个上轨道的政治——民主的政治!"此言与茅盾的看法不谋而合。

1945年6月,茅盾在重庆参加了"茅盾先生五十岁寿辰和创作活动二十年"的纪念茶会之后,忙于写作第一个剧本《清明前后》。中国艺术剧社赵丹导演此剧,王为一、顾而已、秦怡等人在重庆公演,引起轰动。甚至有些工厂老板看了此剧的演出,大受感动,慷慨解囊,包了场,招待本厂工人和职员。茅盾写此剧,试图通过一桩黄金舞弊案,"揭示官僚资本及其爪牙的卑劣与无耻,民族资本家的挣扎与幻灭,以及安分守己穷困潦倒的小职员又如何变成了替罪羊,从而向读者展示出抗战胜利前夕国民党战时首都的一幅社会缩影"。结论是:"政治不民主,工业没有出路。"(茅盾:《我走过的道路》,人民文学出版社,1988年9月,第380页)

1946年1月,著名文学家、教育家、出版家夏丏尊写下了《读〈清明前后〉》一文,发表于《文坛月报》创刊号。夏丏尊认为此剧并不像国民党中央广播电台所说的"有毒素",而且"主旨的正确和反映现实的手腕,是值得敬服的"。夏丏尊还特地作一首七律诗为茅盾祝寿,其中写道:"待旦何时嗟子夜,驻春有愿惜清明。"不料几个月后(4月23日),夏丏尊在沪溘然长逝,茅盾被列为治丧委员会成员。6月2日,茅盾辗转赶回上海,参加了在玉佛寺举行的夏丏尊追悼会,并作了即席演讲。《时代学生》第13期"评坛"特地刊登《悼丏尊先生》,评价道:"丏尊先生在敌伪统治时期一直留在上海,坚贞不贰,坚守文化岗位。[民国]三十二年曾被敌宪[兵]逮捕,遭受毒刑,以致肺疾日重,[抗战]胜利后又缺乏调养,竟致长逝!丏尊先生是个国家难得的教育人才,但终因病贫而死,今后的教育事业,仍需他帮助创造的太多了。"

通讯报道是《时代学生》初步改革的重头戏,为了帮助通讯员写稿,还特地发表《怎样写通讯——致本刊通讯员》:

> 两个月来,本刊收到近五十篇的通讯稿件,有的且来自重庆、昆明和北平;我们衷心感谢读者们的热忱与爱护,使本刊能够充分地反映和报道各地学校动态、各种的学生生活。然而在选刊的时候,我们却感到大半的通讯稿太长、太啰嗦,没有办法将它全部刊登,因此,用了很多的时间去删削。这或者是由于同学们有的还缺少作通讯的经验,我们愿在这里告诉大家一点意见,以作参考。
>
> (一)写通讯要写你所熟知的材料。譬如你亲自参加了义卖,你就写它,这一定比写跟你隔膜的东西要来得精彩动人,而且也容易写。
>
> (二)材料有了,要选择。倘若把一件事情全部写下来,每每冗繁拉杂,人家看了不免要嫌啰嗦,自己写来又吃力。要选择最精彩的镜头、最有趣的事情,要写出这件事的重心。再譬如写劝卖助学[文]章吧,不要啰啰嗦嗦地写你怎样准备,怎样上街,怎样卖,怎样回家,你得选其中最能动人的几段。就如你正在街上劝募着,忽然来了一个报贩,他满头是汗,蛮兴奋地自动要求你卖给他。你把这写下来,不是比千篇一律的叙述好得多吗?
>
> (三)写通讯要老老实实地把事实写出来,你要告诉人家什么事,就写什么事,就写什么。不要像作八股文的咬文嚼字,在文字上兜圈子。虽然你是要使得人家感动;而读者反而会感到空空洞洞,不知所云的。的确,使人感动的是活生生的内容、所写的事实本身,而不是文字上的技巧。
>
> (四)通讯可以用各种文学形式来表现。小说、速写、日记、信札、诗歌、短剧都可以,只要看是什么内容,适合什么形式。譬如说开游艺会,我们可以用速写的体裁;而某几个同学的性格非常特别,我们则可以用小说来表现。意思就是说形式应多样化,不必

千篇一律都像是写"报告"。

（五）写通讯要注意时间性。要像新闻记者一样，有什么值得记的，赶快写下，从速寄来，主要的要能够很快地反映出当时的事实。如果等到时过境迁，才写下寄到，就是稿件的本身很好，也没有什么意义了。

以上想到的五点，希望各位通讯员注意。我们提出了这些不客气的意见，想必大家总不会着恼吧。同时我们在编排和选择上一定也有着不少缺点，希望大家也严格地提出来，让我们可以改进。我想，我们只有在互相勉励、互相提供意见下，才能把通讯工作做得好。

此文具有一定的指导意义，大多至今还在延续使用。第四条"通讯可以用各种文学形式来表现"，这是指文艺通讯，当时特定情境中的灵活说法，在抗战时期流行的一种文体。

1944年春天，丁景唐开始参与编辑《小说月报》第41期，在该刊原有的"大、中学学生文艺征文"专栏的基础上，着手恢复学生文艺奖金的征文活动，以吸收、团结更多的青年学生。因此，《时代学生》发起类似的征文活动，也在情理之中，第4、5期合刊登载了《征文》启事：

一、题目

文艺：（1）学校生活一页——学校生活中最不易忘记的一页，要生动、简洁；（2）学校人物速写——先生、同学、校工都是好对象，要活泼、突出。

论说：（1）理想的学校生活；（2）关于文科和理科。

二、字数：一千至两千。

三、征稿日期：即日起—1946年1月15日截止。

四、发表日期：自1946年2月1日起于本刊陆续发表。

五、奖金：第一名2 000元，第二名1 500元，第三名1 000元，并各赠本刊半年。每题录取三名。其余佳作亦将在本刊陆续刊登，除稿费外各赠本刊三月。

来稿以语体文为限，用稿纸竖行誊写清楚，并请注明"征文"字样。

之后几期果然刊登了征文来稿，第9、10期合刊揭晓获奖名单。

这期继续刊登《征求通讯员启事》，还发表了《欢迎投稿》的启事："本刊欢迎读者及各通讯员投寄下列稿件：（1）学校人物素描，上至校长，下至校工，惟力求生动活泼；（2）课外活动报告，用速写、小说、报告文学等方式均可；（3）课外书的读后感，须简洁扼要；（4）短评及三言两语的片段杂感，都可以写来寄来。"显然，这些都是为该刊初步改革设想，扩大稿源，围绕现实大做文章。

这期最后刊登了一组各校学生的来稿：《两天的劳绩》（言晋）、《我的工读生活》（陈伟）、《"学店"风景》（胡明）、《实验室为什么不开放——苏中通讯》（炎宋）、《课外活动在南模》（丰元生）。显然这些短文符合以上《欢迎投稿》启事的范围，如果篇幅再扩大，那么就是文艺通讯的模式了。再加上《怎样写通讯——致本刊通讯员》一文,希望细心的读者能够深得三味,写出更多更好的通讯报道。

编辑与读者交流的信箱,深受众多学生读者的喜爱,大家可以在此述说自己的心声。编辑也可以此作为了解学生读者的一个窗口,谈谈自己的想法,尽力解困释疑。这期"信箱"除了以上介绍的《读者慷慨助学》之外,还刊登了一位"精神饥饿生"的读者来信:"我们——一般中学生——却只能在报摊旁翻翻,再小心地把书报放回原处。太贵了,实在太贵啦!我们是学生,连买一本《时代学生》的钱都不十分够,还能买别的杂志吗?"他希望能够借助社会各界之力办个小小的图书馆,并希望各书刊编辑部每次捐献几本,"我们希望能来一次精神食粮放赈运动的试验,所以想借贵刊一角向师长们、同学们建议"。编辑部答复:"你的建议非常有意义。我们相信这是全上海同学的共同要求,所以,它是会得到普遍的响应的……可惜本刊还在草创期间,人力的限制使我们不敢贸然出来发起这件事。不过你如需要登这个建议的本刊作为提议,并给各校同学[赠]刊的话,我们很愿意在发行时特别保留一些给你。"这一问一答足以写一篇小说了,如今读者根本不会联想到当年一位中学生会提出如此大胆的建议,并自称"精神饥饿生",提出"精神食粮放赈运动",更谈不上感同身受了。真可谓"身在福中不知福"呀。

这期《编后》写道:

> 因印刷工人罢工,致本刊出版延误多日,现只得增加篇幅,成为第四、五合刊,敬希读者鉴宥!
>
> 上期魏金枝先生《论作文的题目》一文,因本期稿挤,且本刊以后拟出集子,故不再续登,亦请作者及读者原谅!
>
> 本刊为招待订户起见,特向美国新闻处借得名贵新闻影片多种,定于本月二十三日在吕班路震旦大学放映,凡本刊订户,皆得免费入场,详细办法,请参阅本期第十一页。本刊现已开始第一次学生征文,请读者踊跃参加。
>
> 本刊第三期《内地学生界的点点滴滴》一文中有数处为手民误植,特更正如下:第一节不是"王"主任,而是"五"主任。第四节不是蒋"之"峰,而是蒋"立"峰。第六节不是自柏迁"河",而是自柏迁"沙"。
>
> 代邮:德霖、平沙、戈弢诸先生请示通讯处为盼。

为了吸引更多的长期订户,保证他们的权益,丁景唐、陈昌谦等人想了许多办法。这期刊登《招待订户》启事:

> 十二月廿三日下午五时半在吕班路震旦大学放演影片节目:《名贵新闻》、《美国大学生活》、《吉普车自传》、《情感与理智》(五彩卡通)、《托斯卡尼尼》(音乐巨片)。
>
> 办法:(1) 订阅第六、第七两期先付国币 150 元,免费赠送影片入场券一张;

(2) 长期订阅,先付国币 300 元,以后按期扣除,免费赠送影片入场券二张。

订阅处:中国文化投资公司(威海卫南路慕尔鸣路东)、立达图书公司(大同路哈同路口)、东新书店(吕班路霞飞路口)、霞飞书店(霞飞路华龙路口)、联益书店(卡德路大同路口)、新蛙书店(卡德路大同路口)、远东书店(大同路戈登路口)、宏文书店(大同路大通路东)、育新书店(赫德路福煦路北)、东新福记书局(成都路东福煦路)和本社。

吕班路,即今重庆南路。震旦大学原名震旦学院,由马相伯创办于 1903 年 2 月,是中国近代第一所私立大学。1949 年后震旦大学撤销,各个系分别并入上海第二医学院和复旦大学等。美国新闻处是美国政府对华进行宣传和文化渗透活动的主要机构,包括新闻报道、书籍出版、艺术、电影等。其总办事处设在上海,由美国驻华大使馆文化参赞费正清主持工作,有不少中国学者和翻译家参加其中的工作。放映电影是该机构的重要活动之一,经常举行免费电影招待会,放映的多为反映美国生活方式和美国精神的故事片、纪录片。

为了弥补这期合刊的遗憾,编辑部在这期上发表《启事》:"凡订阅四、五两期者,因本期合刊,另再补送第六期一本。出版后,望至本社特约之书店凭收条取书。"特约书店即以上各家书店。

第 1 卷第 6 期"新年号"

这期"新年号"(1946 年元旦)的封面上错印为"第二卷第六期",丁景唐珍藏了一套完整的《时代学生》,在这期封面(图 17)上写了批语:"这是一卷六期,'一'错作'二',未核正……"落款:"七八之春,欣见原刊归还,随记。"这是指"文革"中抄家书刊归还时,因此有"欣见"之语。

这期封面要目仍然是四篇文章:《一九四六年展望》《冼星海苦学记》《我从魔狱里长出来》《美国兵当教授》。其实,这期内容比较多,但是因故没有梳理、归纳,将有关内容报道和文章集中为一个单元,特别是追悼昆明死难师生的各种报道和评论,理应拟个总标题,便于读者阅读。也许是陈昌谦等人故意低调行事,预防带来某种后果,因为此刊已经引起国民党特务的注意。

图 17 《时代学生》"新年号"

这期内容大致分为三大部分:本地和外埠

两件大事,胡曲园自述、介绍外籍教员和怀念教师之诗,"本刊大革新"等。

其一,各地举行昆明死难师生的追悼会,欢迎马歇尔将军特使遭到暴徒袭击,并采取年轻木刻家戎戈的《木刻新闻》进行报道。

"假使说一九四五年是中国击溃日本鬼子的一年;那么一九四六年将是开始和平建国的一年。这两年在中国的历史上有着同等重要的意义。我们称一九四六年为胜利年",但是政治、经济、教育等大量问题"积重难返"。此文为《一九四六年展望》,署名苏苔,作为这期"新年号"的卷首语。

这期最后一页专设"新年新希望"栏目,各校学生和读者来信,倾诉心声:"我们希望在这新的一年里能够安心读书。然而内战一天一天地扩大,人民无辜地被杀,昆明同学为反内战而受到惨戮,我们能安心读书吗?"其他同学纷纷说:"我要一个快乐的学校生活";"我希望先生们快乐";希望有一所"新的学校";祈祷"世界和平,希望新年带幸福给全人类而不是少数的人"。但是,面临残酷的现实,昆明惨案的流血事件震惊世人,新年带来什么和平、幸福呢?

> 昆明惨案不再重演。我们以为这也可包括"大家能够安心读书",因为学生最爱自己的国家的。谁能看到内战频起、死尸遍野而不惊心?谁未得过"兄弟阋于墙,外御其侮"的教训。学生们是最纯正也是最忠心耿耿的。而一二·一昆明的学生却[遭]受了军警的枪杀,谁不痛心,谁不疾首?在上海,当学生们列队欢迎马大使的时候,也曾发生了"暴徒"向学生们丢石子的事,这些野蛮的、倒退的手段,实在使人伤心。我们希望一九四六年不再发生这些令人做梦也想不到的惨事。 (《一九四六年展望》)

这期刊登周建人的《论昆明问题》一文,他愤慨地写道:十九年前,北平学生遭到段祺瑞政府的枪杀,造成惨案,鲁迅奋笔疾书,严厉谴责,"一是当局者竟会这样凶残,一是流言家竟至如此之下劣"(《记念刘和珍君》)。这次惨案与先前不同了,以前是"学生走到段政府门口,卫队开枪的,这回是师生在学校里开会,武力攻打进去的。攻进去杀人,捣毁"。"今天上海学生去欢迎马歇尔将军时,亦有便衣人去打学生群众,想把他们打散,不过手里拿的不是枪械而是竹棒。"周建人严厉谴责:"这分明是法西斯蒂,是德日法西斯蒂气味相似的残余。它是民主、进步的大敌。"最后,他说:"欲图梗阻反法西斯蒂战争胜利后的进步","我相信这种企图一定枉然"。

张珏(后为宋庆龄秘书)写了通讯《记一个沉痛的追悼会——遵义浙江大学举行的昆明死难师生追悼会》:"三岁后,马上又卷起了捐款的热潮,这些不仅仅是给在惨案中死伤的同学,也算给那些为反内战、争民主而受迫害的千千万万兄弟姊妹们!"

《时代学生》首次采取"连环木刻"的艺术形式,这在全国学生刊物内也是前所未有的,这是一个创举。《木刻新闻》包括四则通讯报道,其中《成都学生响应一二·一昆明惨案热烈游行!》《标语口号呼应,石子与砖块齐飞》,配有新闻报道的说明,图文并茂,新颖灵活。

鲁迅很推崇比利时著名木刻家法朗士·麦绥莱勒的木刻作品,连续性木刻组画是麦氏一生最为辉煌的成就。赵家璧策划出版了麦氏的袖珍本木刻连环图画,邀请鲁迅作序。当时年轻的木刻家受到很大影响,纷纷创作具有故事情节的连续性木刻组画。戎戈也尝试连环木刻,服务于现实斗争,反映教育要闻。

戎戈与丁景唐是宁波同乡,14岁到上海进药房当学徒,刻苦自学,以坚韧的意志在木刻园地上耕耘半个多世纪。1949后,戎戈担任《文汇报》编辑。他的木刻作品多次参加全国美展,部分作品被国内外美术馆收藏,曾获得鲁迅版画奖,出版木刻画集。他的木刻作品刀法娴熟,线条流畅,表现手法细腻。丁景唐多次请他创作,如鲁迅、瞿秋白和左联五烈士等的木刻肖像,收入丁景唐专著《左联五烈士研究资料编目》。戎戈曾出版《戎戈版画选集》(文汇出版社,2001年9月),丁景唐作序,深情地介绍了戎戈的木刻生涯,并提道:"戎戈是我结交半个世纪以上的老战友。我们四十年代前后从事文艺工作的伙伴中,也只有戎戈是专长版画艺术创作的……抗战胜利以后到1947年之间,是我与戎戈交往最密切的时候,也是戎戈思想活跃、木刻创作艺术有了新的突破并与广大文艺青年相结合[的时候]。[他]成为浩浩荡荡文艺新军队伍中一名有突出成就的战士。"

这期刊登《木刻新闻》的同时,刊登《昆明惨案前后》报道,配有八幅现场照片——入殓的死难同学、教员于再之遗体、被捣毁的学校大门、入殓典礼在联大图书馆门前举行、昆明各界追悼死难师生的大会入口处、沈钧儒主持的重庆各界追悼大会等。

这些报道成为一种前奏,下期推出"追悼昆明死难师生大会特辑"。

欢迎马歇尔将军特使一事是抗战胜利后上海学生在中国共产党领导下开展的第一次全市性的政治斗争,也是学生力量的一次显示,产生了很大影响。

此前中共上海地下党根据中央关于"通过合法斗争表达人民的力量和意愿,要马歇尔公平调停内战,促使中国国内和平,建立民主政权"的指示,做出"迎马"的决定。"学委"着手准备工作,由圣约翰、之江、沪江、东吴及上海法学院等大学学生团体牵头联络,抽调圣约翰大学的地下党员黄振声、陈震中、张毓芳等负责面上的工作。1945年12月12日、14日,筹委会两次召开会议,讨论和决定了《给马歇尔特使的公开信》。会议还决定在马歇尔抵沪时,组织学生列队前往欢迎并递交公开信,聘请林汉达、吴大琨、陈巳生、周建人、郑振铎、唐弢、刘大杰等文化界知名人士作为这次活动的顾问。各个学校的地下党组织按照"学委"布置,在学生中广泛开展联合签名和每人给马歇尔写一封信的活动,以及其他呼吁和平的宣传活动。短短几天内,各校签名、写信者有5 000多人。国民党当局对学生的爱国正义活动如临大敌,破坏、捣乱筹委会的会议,并且公开歪曲报道,声称"大会已被接收"。

12月20日,马歇尔抵沪,4 000多名学生列队准备前往马歇尔下榻的华懋饭店,结果遭到数十名暴徒手持木棍袭击。他们野蛮地乱冲乱打,强令学生解散,许多学生被打倒在地,十几岁的女生也遭到毒打。[4]

地下党领导或影响的进步报刊均对"迎马"的活动进行了报道,并揭露了国民党当局策划破坏的行径。《时代学生》也加入其中,及时组稿、编稿、发稿,运用多种形式进行报道。

其二,胡曲园自述、介绍外籍教员和怀念教师之诗。

胡曲园,著名哲学家,早年参加"五四"运动,后考取北京大学文学院德国文学系。读大学时加入共产党,参加中共北京市委组织的武装暴动。1935年,参加中共地下党组织的哲学研究小组,与他的夫人陈珪如密切合作,翻译马克思主义的著作,传播马列主义。1937年赴上海,执教于上海政法学院等。1946年任复旦大学教授,同年参加上海大学教授联谊会,积极参加反对内战、争取和平民主的斗争。1949年后担任复旦大学校务委员会秘书长、法学院院长、社会学系主任、哲学系主任、工会主席和上海市哲学学会副会长等。

胡曲园应邀写了《我的学习经验》:

> 我觉得我们在读书的时候,必须对于自己所学的功课,下一番钻研探究的功夫,务必要明了这种知识之所以"发生"、所以"演变"的原委和影响,并且追究到它所牵连的学问,看看到底是什么在起着最后的作用。因此,我觉得凡是研究某种社会科学的必须对于社会的发展加以广泛的探讨,研究某种自然科学的必须对于自然的发展以及作为自然之一部分的人类社会的发展加以广泛的探讨,务必寻出一个推动一切变化的最后的作用和原则来。这样,我们的思想就可以"如线穿珠"似的把一切知识、一切问题联串起来,而不至于因为问题的复杂,使自己陷于"五色令人目乱"的境地,而后自己花费宝贵的光阴所求得的种种知识以及自己在实际生活中所体验到的宝贵经验,不致成为无谓的收获,而点点滴滴地汇成自己的真知。

只有经历了苦苦探寻答案的过程,才会求得如此真经。1957年,胡曲园著文批评联共(布)党史第四章第二节"辩证唯物主义与历史唯物主义"中的片面观点。1958年"大跃进"时,他认为"人有多大胆,地有多大产"的口号是唯心主义。如果重温他以上说的话,那么对他的评价应该添加两个词:"胆魄""勇气"。

何紫写的《冼星海苦学记》介绍了冼星海在巴黎求学的艰难历程,由于作者掌握资料甚少,此文有些内容是道听途说的,因此只能作为一种参考。著名作家茅盾曾写过《忆冼星海》,翔实生动,至今读来依然感人。著名作曲家、音乐理论家、音乐教育家、作家马可后来撰写了20万字的《冼星海传》(人民文学出版社,1980年),披露了大量的史料。丁景唐也搜集了不少冼星海的资料,有些是冼星海的手迹复印件,其中有他抄录的瞿秋白的《赤潮曲》,鲜为人知。

《美国兵当教授》标题颇为吸引青年读者的眼球,其实只是简单地介绍圣约翰大学的三位外籍教员及有趣的故事,他们都有服兵役的经历。考夫门开着吉普车闯进这所大学,要求当旁听生。教务长一听他有硕士学位,不由得跳起来,惊讶地问:"那你还当什么旁听生?"正好英文系缺教员,于是他走马上任,教授大一的学生英文版《块肉余生述》。此书是林纾与魏易合译的,林纾的译作在翻译界一直备受争议,此书作为他翻译的代表作,一直被学者们视作"不忠""不信"的典型。现在由考夫门教授英文原版,颇有趣味,可以纠正林纾中译本中众多错译、漏译之处。编辑在此文后面添加按语:"考夫门(Kaufman)先生系美国名诗人 W. H. Auden 之挚友,现除任教约大外,并在美国新闻处公干。"W. H. 奥登是公认的现代诗坛名家,尤其是诗歌的写作技巧,深受北欧主要诗歌派别的影响,被公认为艾略特之后最重要的英语诗人。第二位美国教员柯斯先生一副书呆子的模样,也教授大一学生英文。开课一周后,他向系主任抱怨学生的英文程度太差了。他对学生说:"Please close the window."(请把窗户关上)学生竟然不知所措。系主任笑着摇摇头,也许是柯斯先生说得太快了,"中国学生是听不惯机关枪似的美国腔英文的"。第三位美国教员白塞先生曾就读于耶鲁大学,体魄强壮,是个运动员,学过一年中文,能说几句中文。他和其他两位教员授课时往往跑题,详细地讲述他们在服役期间的有趣、惊险的故事,学生们听得时而哈哈大笑,时而惊怖恐惧,如临战场。如此上课,为他们三位赢得"非常有趣的人物"美称。

此为轻松闲适的报道,在这期始终充满严肃的政治气氛的《时代学生》中显得另类,而且上了封面要闻。足见陈昌谦等人也想让青年读者"心有灵犀一点通",哑然失笑。

褚实先后发表两首诗歌《我们的先生走了》《穷教员》(《时代学生》第 6 期和第 11 期),都是以教师为对象,抒发真挚之情。

"你拉起了/破夹袍子/走上讲台:/'要分别了/生活逼着我/在北京路/给人家看仓库。/这是我们最后的……'/像断了弦的琴/你的喉咙哑了/满腔的曲调/奏不出声……"一个穷教员被逼离开心爱的讲台,告别朝夕相处的 45 个学生,心里的苦涩、痛楚、无奈和怨恨上下翻腾,却无处申述,只好含泪向学生告别。"你将开花的袖口/擦了擦泪湿的眼睛。/终于提起袍子/你冲出了教室。/十月的天/西风扫着院子。/我们四十五个人,/把你/送到门口/你头也不回的走了。"(《我们的先生走了》)灰色的伛偻背影消失在拐角处。老师,我们还能再见面吗?

诗人跟踪报道,镜头逐渐推近,对准穷教员及其家庭。"一件破大褂,/两只开洞袜,/老爷坐汽车,/教员满街跑。/上课铃声响,/匆匆上讲台,/嘴在台上讲:/'中国出产真丰富。'/心往家里想/柴米油盐样样空!"怎么办呢?"忍了饥饿来讨论/带了书本去请愿/新衙门/万丈高/门内欢笑真热闹/门外细雨冷冷飘/向内走呀,/心里跳呀,/教员两面排/老爷当中坐:/'待遇要改善,/尔等稍等待/下月可加薪/明年有补贴。'"唉,穷教员"性本善",竟然糊里糊涂相信此鬼话。"可怜教员嗷嗷等/眼看物价又飞腾/派了代表去问问/推说部里难批准!"此

时幡然醒悟。"可悲可叹是教员/受骗受欺又受怨/只有大家一条心/待遇才能真改善!"(《穷教员》)

这两首诗作如诉如泣,死死地缠绕着读者的心窝,让人喘不过气来,几乎窒息,"只有大家一条心",才能带来希望的曙光。

其三,"本刊大革新"。

经陈昌谦等人商议、策划,这期"新年号"宣告将出现"大动作"。在"新年新希望"栏目下面出现醒目的大标题——"一九四六年本刊大革新",文中每个要点前面都以粗体字醒目标识——

每期刊载《学习经验》。 自本期起,每期将刊载教授及作家的《学习经验论谈》,用通俗的笔调,写出自学苦学的经过,作我们的参考。现已向郑振铎、李登辉、周建人、顾仲彝、景宋等先生征求,以后会按期与读者相见。

增辟《学生座谈》。 每期在出版前开一个座谈会,讨论些有关学习和同学生活的问题等,如"课外做些什么""我们对恋爱的态度""文科与理科孰重要"等等。采取记录式或结论式每期刊载出来,于星期前将论题公布,愿参加同学即可报名。

经常开放电影。 鉴于同学课外娱乐缺少,本社特与美国新闻处接洽,经常放映战事与知识影片,免费招待读者,节目当按期公布。

增加木刻新闻。 自本期起特商请戎戈先生为本刊经常供给富有新闻意义之连环木刻,并且另辟"学校新闻"一栏,正确报道大后方及本埠学校学生动态。

增加内地通讯。 本社已与重庆中大新闻系与复旦新闻系取得联络,后方同学消息,将有极迅速之报道。本期内地通讯稿则来自成都与贵州遵义。

征求一万基本订户。 本刊为求更普及起见,特于二卷六期(本期)起开始征求基本订户,先收订费三百元,以后当按期以最大折扣计算。并享有看电影等参与一切娱乐活动及来稿优先登载之权利。各书店及各校通讯处均可代订。

扩大学校通讯篇幅。 学校通讯一栏为本刊之中心内容,以后将以四页登载是项稿件。将学校生活,用各种文学形式表现,诗、速写、小说、报告文学、日记都可。录取后并略致薄酬。

文中提及向郑振铎、李登辉、周建人、顾仲彝、景宋等约稿,同时公布特约撰稿人——丁英、王治心、白约翰、朱维之、李登辉、周建人、胡曲园、陈巳生、崔万秋、葛传槼、魏金枝、顾仲彝、顾惠人、成舍我。丁景唐回忆,"丁英"名列其中,这是"组织上出于培养我当刊物顾问的需要"(《我的文艺编辑生涯》)。由于该刊已经引起国民党特务的注意,公布这份撰稿人的名单,有利于该刊的生存。

这个"本刊大革新"总结了前期办刊的经验,扬长避短,既要严格地执行"学委"的指示,还要努力与青年学生的需求相对接,以反映现实内容为主,大力推行文艺通讯等多样化形式。如果此计划付诸实践,再接再厉,那么此刊将是全国性的学生刊物的一面旗帜,信息网络遍及重要地区,内容更为丰富,形式也更加新颖灵活,影响更为广泛。不过,此后革新并不如意,而且篇幅有限,除了刊登极少数的文学作品之外,还删除了几期的《后记》,失去了保留该刊内情的档案记载,甚为可惜。

为了解决经济难题,进一步落实改革方案,这期刊登《本刊征求基本订户办法》:"(1)每户先付法币三百元,按期照定价八折扣除;(2)本刊出版后订户凭订单收据至指定之特约经销处领取(邮寄,邮费另加);(3)凡订户除每次赠送本刊所放映之定期科学新闻教育电影入场券一张外,并得享受一切其他权利。一旁为订户凭订单,请填写寄回编辑部。"

随着该社扩大业务,为处理繁杂事宜,专门设立营业部。这期发表《紧要启事》:"本社现暂借圆明园路一六九号六一二室作为营业部,以后各项信件、通讯、接洽及订户事项,皆请驾临该处为荷。办公时间:每日下午,星期日全日。电话:一八〇一〇(转)十二号分机。本期售价法币七十五元。"

圆明园路邻近虎丘路,西边是四川北路,与北端横向的苏州路呈丁字路口。此地块狭长,集中了许多教会机构和书店。圆明园路169号为中华全国基督教鸿逸大楼,203号为基督福音书局(代销丁景唐的《星底梦》,也是出版该诗集的沪江实验公司的联络处),205号为浸会书局(丁景唐的叔父丁继昌在此任职),209号为真光大楼(丁景唐从东吴大学转到沪江大学中文系三年级读书时,在此地听过王治心、朱维之、黄云眉三位先生讲课)。西面虎丘路107号有兴华实业公司、泰和行、卫懋行等单位,邵光定主编的《飙》刊物也在这里,该刊邀约并刊登丁景唐等人的稿件。128号为广学会大楼(后为青年协会书局),130号为广学会书店,140号为大陆华行,142号为光陆大楼(曾为关露编辑的《女声》编辑部)。这些书店印行的书籍,曾以赞助形式在丁景唐主编的《联声》上刊登广告。丁景唐很熟悉此地块的有关情况。

第1卷第7期:追悼昆明死难师生大会特辑

1946年1月13日,上海各界群众在地下党组织领导下,举行对1945年昆明"一二·一"惨案中牺牲的共产党员于再烈士的万人公祭大会和盛大的示威游行。

此前,丁景唐、袁鹰得知住在上海的于再烈士的妹妹于庚梅打算在玉佛寺做一次佛事,以祭奠被反动派杀害的胞兄,他们认为应该给予支持。于是向中共"学委"负责人报告,时任市委书记刘长胜、张承宗决定借此机会,举行全市性公祭大会,由各系统分头发动。

陈一鸣作为"学委"成员之一,晚年写了回忆文章《从建"助学义卖市场"到"公祭烈士于再"——记抗战胜利前后党领导的上海学生运动两次重大转折》,详细叙述了两次重大活动的内情。关于前次活动,可参见本书收入的《指导沈惠龙编辑〈莘莘〉月刊》。关于筹备"公祭烈士于再",陈一鸣透露:"丁景唐记得领导'祭于'行动的'学委'总指挥部即设在金瓯卜、曹宝贞夫妇家中,'学委'书记张本亲自挂帅。选这对夫妇的家是因位置合适,便于隐蔽,金瓯卜、曹宝贞分别为之江大学、圣约翰大学毕业的党员学生,分任我联系的社会青年区委的书记和委员。"(陈一鸣:《我的心在高原》,南京师范大学出版社,2014年1月。)

《时代学生》第7期(1946年1月22日)将此作为重中之重的政治任务,推出"追悼昆明死难师生大会特辑",封面上的要目为《上海学生怒吼了》《万人大会争民主》《记一·一三大游行》《昆明殉难四烈士传》,封底为戎戈的大幅木刻作品《于再先生精神不死》,具有视觉冲击力。这是该刊唯一一次采用此类封底,反映了陈昌谦等人高度重视这次大会专辑,精心策划、周密安排,取得了出色的成效。

"一月十三日,这个伟大的日子,上海学生怒吼了!""学委"负责人吴学谦(辅民)写的《上海学生怒吼了》开头如此写道。文章回顾了前阶段学生运动的有关情况,并总结了这次全市性公祭大会。其一,"只要我们团结起来,我们学生是有力量的"。国民党当局出动大批全副武装的军警,但是"在一万多人的队伍面前显得那么渺小,连负责'保护'我们的游行示威的士兵也感动地说:'我个人是完全同情你们的!'"其二,"中国要进步富强,我们的理想要实现,只有靠我们同学自己起来争取"。其三,"大家都说这次大会及游行的秩序非常好,因捣蛋分子的几次企图,都立刻被同学们所揭破"。因此,"我们应该推选能够代表我们大家意见与利益的同学,来领导我们把各校同学组织起来,只有当大家组织起来了,才能显出我们团结的力量"。其四,"这次大会及游行虽然成功了,但我们决不能自满,也决不能就此松懈,今后我们的工作的任务一点也没有减轻"。这个总结之声来自"学委"领导,直接"播放"给广大青年学生读者,鼓励大家再接再厉,继续奋斗。

《万人大会争民主——记"一·一三"玉佛寺追悼大会》(禺·华合记)详细地描写了这次万人大会,文章分为两大部分。其一,分为九个小标题:"热情流遍了槟榔路""人接着人,像一条龙""签名簿写不下了""我也要买一朵""无数的挽联,千万人的愤怒""大会开始了""血泪凝成的祭文""人心没有死""法西斯的路走不通了"。其二,各地学校代表发言。南京临时大学代表发言,内容包括:"水门汀的生活""当局的四种手段""新闻封锁,歪曲报道,这是什么'民主'"。中国新闻专校代表发言,内容包括:"我们不是阿斗了""反映汉奸为什么要受阻碍""不是人类的生活"。于再的妹妹于庚梅发言,记者没有记录,作了沉痛的简述:"她为自己的哥哥[的]不平遭遇,简直哀痛欲绝,但是有这许多人的同情与爱护,她说她不再哀伤了,她骄傲自己有这么一位可敬的哥哥!""可敬的哥哥",他是一位舍命救大众的英雄,是一名优秀的共产党员。多年后,他的光荣经历才逐渐被公开,还原他的真实的光辉形象。

这篇大特写很有特色,仅仅从以上的大小标题也能窥见一斑。抓住细节,凸显重点,侧写与正写相结合,从不同角度、不同层面反映这次万人大会的宏大场景和特写镜头,字里行间充溢着悲哀、沉痛之情,更有满腔愤怒、声讨暴行的浓烈气氛。第二部分描述"千万人民争民主的大会",由悲哀转为愤怒,"我们代表着全中国学生的声音,代表了全中国同学心里的痛苦与愤恨"!高声齐呼:"保障学生言论结社出版集会自由","立即成立民主联合政府"!

"古老的玉佛寺开口了,它吐出了数不完的人群!"一场声势浩大的游行开始了,《记一·一三大游行》(吴青)动情地写道:

中国人不打中国人,我们同样受着迫害 这要求民主是全中国每个百姓的生命和灵魂!哪可由暴力来硬压呢?

心心相印的南京路上大合奏 停在电车上的人们伸出手来,热烈地拍着手……高楼上的窗口和露台都塞满了人,有的甚至扬手大喊,向队伍招手。南京路在沸腾了!南京路在一个时间内喊出了几万声正义的口号!

大地在说话!汽车在演说! 汽车的身旁背后,都写满了许多口号,连电[线]杆和橱窗都忍不住了!沿途散满了粉笔的手迹!队伍在热情充溢中前进,却留[下]了许多痕迹!

真理打通了中美人民 We demand democracy(我们要求民主)!Down with dictatorship(打倒独裁统治)!让这些口号喊给美国士兵们听吧……愿为游行队伍摄影的美国士兵把这些事实带到本国去!

来!来!来!大家一同来! 起来!不愿做奴隶的人们……歌声随着雄壮的喇叭响了起来,它使人跳跃!使人激动!使人愤怒!使人起来!

洪流遇到小暗礁 我们不是为了拥护什么人游行,我们是为人民着想要求民主!

向一个人恐吓,向十个人敷衍,向千万人只有缩颈了! 队伍在四马路市政府门口大喊:"打倒贪官污吏!"队伍在特务机关门前高喊:"打倒狗特务!"队伍又在××报馆门前高喊:"不要脸的报纸,打倒歪曲消息的报纸!做出点良心来!"……那些平日神气活现作恶多端的东西都缩着颈不响了。

你的就是我的,大家不都一样? 清早出发参加集会和游行,大家忍饥挨饿,继续游行,前进。学生纠察和负责联络的同学掏钱买了面包、水果等,分给游行队伍里的同学,大家团结也更牢了!

这样就分散吗?不!我们还要…… 大家恋恋不舍地唱着挽歌,集合在外滩公园门口——我们要回去组织起更多的同学来!!于再先生的苗长在每个人的心田中!

以上几个小标题已经敏感地捕捉了诸多细节,将看似平常的琐事赋予了丰富的内涵,形成一幅幅群情激昂、热血沸腾的画面,串联起来组成一个流动不息的宏大场面,展现出声势浩大的万人游行盛况。

这次追悼会和万人游行还有更多的信息,编辑将其编辑汇编为《追悼会的点滴》,披露了更多的动人情景。其中写道:"唱挽歌,曲调慢而悲怆,千万人合唱时感人尤深,有好几位同学一听见歌声扬起,便禁不住泪下,无法唱了。马叙伦先生宣读祭文时,东吴[大学的]同学诵读追悼诗时,都有人大抹眼泪。"

  安息吧,死难的同学,别再为祖国担忧,你们的血照亮着路,我们会继续前走——你们真值得骄傲,更使人惋惜悲伤。冬天有凄凉的风,却是春天的摇篮。安息吧,死难的同学,别再为祖国担忧——现在是我们的责任,去争取民主自由!

这首挽歌《安息吧,死难的同学》,词作者金沙,曲作者魏淇。

在大会上散发的另一首歌曲是《自由公理在哪里?》,由同学朱良(周志毅)作词,任策作曲。这首歌以强烈的控诉激荡人心,责问凶手和反动当局,呼吁独立、民主、自由。

成幼殊(金沙)回忆说:

  在玉佛寺里如大雪覆盖般的挽联、悼词中,有宋庆龄的"为民先驱"横幅。祭文由马叙伦宣读,柳亚子等名家和纺织女工、小学教师、学生、逝者亲属等相继讲话,哀悼志士,控诉残杀。最后通过了学生提出的成立民主联合政府、保障人民自由等要求,通电蒋介石和政治协商会。主持大会的是约大同学缪鹏。这是隆冬中火热而悲壮的一课。

  再志,时光流泻到了2002年10月末,在约大一些老同学一次特别的聚会上,我所在的一桌不知怎么地话题转到五六十年前的公祭和歌。与我同桌的祝明月轻声地唱完了《安息吧……》整首歌曲,旁边有的同学也小声应和。怀着感佩,我事后才发现在聚会时得赠的一本小书《十二个》中有这样的记载——

  在参加了公祭和游行后,十二位同学都去到其中章桂荫家相聚,谈论当天很不平凡的感受。这时陈震中建议十二人结义,得到了一致赞同……书中说:"1946年1月13日晚上,一群追求光明和真理的热血青年就这样融合在一起了。"

(成幼殊《幸存的一粟》)

前文谈及的大特写《万人大会争民主》配有一张珍贵的玉佛寺公祭大会的历史照片。同时刊登了戎戈的连环木刻,一组六幅《木刻新闻》,不仅有上海万人公祭大会,也有南京学潮、青岛惨案、天津学生六千人大游行和大后方学生热烈讨论民主问题等内容。这与这期卷首语《全国学生站起来了》的报道互相配合,展现了昆明、成都、青岛、天津、广州、南京、上海等地的学潮。

这期"大会专辑"还刊登了《从一个角落里记于再先生追悼会——浜北一所义务学校参加大会记》,以及这次万人公祭大会通电蒋介石和政治协商会的《大会通电》。另外编发了特稿《热烈的生,热烈的死!——昆明四烈士传》,李鲁连、潘琰、张华昌、于再四位烈士小传,遗憾的是其中张华昌烈士误印为"苟极中"。当时昆明学生联合会编印《一二·一惨案死难四烈士荣哀录》,其中有四位烈士小传,《一二·一惨案实录》《死难四烈士入殓典礼记》《一二·一死难四烈士挽歌》,还有照片、诗文、挽联等。

第8期转载一条简讯《纪念伟大的教师,筹设于再图书馆》:"'一二·一'昆明惨案殉难之南菁中学教师于再,顷由家属于再之胞妹与社会人士发起筹设'于再图书馆',以资永久纪念。倘蒙社会人士热心赞助,惠捐基金,请交南京路二一二号大公报馆代收。凡捐赠书籍,请交海格路二六五号L3A室。"

第11期(1946年4月1日)封面要目之一《昆明四烈士出殡记》,其基本内容与昆明学生联合会编印《一二·一惨案死难四烈士荣哀录》中的《死难四烈士入殓典礼记》相关。编辑在此文前写有《前记》:"昆明惨案的四烈士已于三月十七日下葬了。其间经过了多少困难,反动者阻挡这一次出殡。但是全昆明的有良心、有血性的人们都在等待这一个日子的来到!三月十七[日],可纪念的行列,从四站一直到青云街,几百个同学抬着烈士的灵柩,下葬在联大图书馆之前。我们远在上海,谨以这一点篇幅,来作为我们衷心的纪念!"

这一期用了两个整页的篇幅刊载了几篇文章——《我们出殡了!》《哀启》《讣闻》,并且刊登一则《血的纪念——闻"一二·一"四烈士出殡而作》,但未署名,开头写道:

> 昨天,我接到昆明西南联大的同学来信,信中附来一页昆明学生联合会"一二·一"殉难烈士治丧委员会的《讣闻》。这是一张八开大小白报纸,上面印着的一面是讣告,一面是《哀启》,尤其触目的是那个"哀启·讣闻"的特大号字的"闻"字,翻过来是《发引路线》,几乎绕遍了整个昆明城。
>
> 这个"闻"轰动了全昆明,也将传遍全中国,告诉关心民主的人们,昆明"一二·一"运动的殉难者现在果真出殡了。
>
> "一二·一"运动的时候,我是在昆明的。我亲眼见到了四烈士的血淋淋的尸体,我参加了十二月二日下午三时在万人悲泣下的入殓礼,我也目睹了昆明两万多大、中学学生为坚持合法解决"一二·一"惨案的一个月罢课运动。这一个月的经过,曾经在中国学生运动史上写下了一页最光辉、最艰苦的史实。

第7期"大会专辑"很出色,在该刊13期中最为耀眼,其特点如下:

其一,将评论、大特写、各地信息、专稿与《木刻新闻》(甚至封底大幅木刻作品)融为一体,分而不散,并且各种内容互相弥补,互为映衬,相得益彰。

其二,《万人大会争民主》《记一·一三大游行》两篇大特写,运用散文、诗歌和纪实报道等各种写作手段,时而交叉,时而变通,时而凸显,时而融合,天马行空,不拘一格,将文艺通讯的特长发挥得淋漓尽致。

其三,两篇大特写与《追悼会的点滴》是一个版块的"集结号",如果说前者以多层次、多角度、多方位灵活地抒发浓烈的豪情,那么后者则以翔实的信息为主,冷静、客观地述说,两者互为补充,任由读者选择。

其四,充分显示了陈昌谦等人的集体智慧,各尽所能,展现了个性化的才华,不愧为"一群追求光明和真理的热血青年就这样融合在一起了"。

这次万人公祭大会是继"迎马"之后,中共上海市委领导的又一次全市性政治斗争,也是抗战胜利后上海各界人民的第一次大规模的联合行动,由此揭开了全市各阶层人民团结一致开展争取和平民主的群众运动的序幕,有力地配合了政协会议上共产党、民主人士与国民党的斗争。整个活动,包括示威游行,均未受到破坏,为上海党组织在领导全市性的大规模群众运动方面进一步积累了经验。[5]

陈昌谦等人精心推出的这期"大会专辑",积极配合,及时加强宣传报道的力度,图文并茂,灵活多变,其深度、广度、高度都堪称该刊创办以来的巅峰。这期《时代学生》理应与这次万人公祭大会共同载入史册,但是几乎无人知晓,更无人进一步挖掘史料和深入研究。

第1卷第8期:"助学运动特辑"

《时代学生》第8期(1946年2月16日)封面上的要目:"助学运动特辑",《反对无理开除学生》《世界在蜕变中》《开除事件最后消息》。主要内容分为两大部分:"助学运动特辑"和其他通讯报道、书报介绍等。

其一,"助学运动特辑"。

几个月前,该刊第1卷第3期已经推出"助学运动专辑",这期继续谈论此话题。《写在前面》欣喜地写道:

> 由于抗战胜利以后,物价继续高涨,全市十几万学生陷于失学的危机,而市教育局所办的教育贷金为数甚少,杯水车薪,无济于事。全市学生为了抢救这个危机,抱了"我为人人,人人为我"的精神,由大同、之江、东吴、启秀、省上中等校发起组织上海助学联合会,并聘请黄炎培、沙千里、马叙伦、许广平、林汉达、童行白、俞庆棠诸先生为顾问,开展大规模的助学运动,参加单位达九十八校之多,于二月五、六两日义卖助学章,出动二千小队,共二万余人,各界热烈响应成绩超过目标一倍,共得一万万元左右,预计可帮助七千人续学。这是一个伟大的学生自助运动,中途虽遭到各方的阻碍,但在几万同学团结的力量下面取得了伟大的胜利。本刊为反映此次自助运动起见,爰集有关稿件,并放一个特辑,往这里可以看到上海几十万学生的巨大的团结力量,这种力量将以排山倒海之势奔向民主的大道。

此文认为这是"一个伟大的学生自助运动",不仅充分肯定"学委"和陈震中等人领导这场助学运动的重要意义,以及所产生的广泛社会影响,也大为鼓舞了各所学校第一线的骨干分子,真诚感谢社会各界热心人士的大力支持和援助,因此有"各界热烈响应"的褒语。

这里汇总的有关数字,与其他报刊略有不同。1946年2月7日,《立报》登载《学生劝募助学金成绩良好,超出目标一倍》:"上海市学生助学联合会劝募运动已于昨日截止,据该会负责人称:此次劝募成绩良好,出乎意料,预定目标五千万元,现在已超出一倍余。"有15 000名劝募人员,共计3 000队,每队5人。"现已开始失学救济登记,登记处在白克路天通路口建承中学内,清寒学生可前往请求。"次日,《前线日报》进一步报道《劝募助学金所得已达一万万元,下周二将举行庆祝,市教委贷金无须归还》。

这期"助学运动特辑"头条是林汉达的《助学运动意义》,他指出:"助学运动不仅给以经济上的援助,而且还给以一种活教育的训练。"此文落款时间为1946年2月4日早晨3时,即2月5日、6日义卖助学大规模活动的前夜。这期还发表了《记助学文艺晚会》《助学花絮》等各种信息,从不同角度反映了这次活动的感人小故事。下期的《民主歌声中记助学联欢会》(姚幼华)报道助学运动的颁奖情形,画上一个圆满的句号。

《记助学文艺晚会》记述了周建人、林汉达、李健吾等出席晚会的热闹情景。晚会前就响起洪亮的歌声:"你看,各处民众已动员起来,你听,大家要求民主的保障……""汇成巨响,压没了所有的喧哗"。晚会结束时,一位音专学生跳上舞台指挥全场高唱《民主歌》,形成振奋人心的高昂主旋律,一遍,两遍,三遍,大家扯开了嗓子唱着。此歌声飘出窗外,遥遥牵连着重庆的政治协商会议,并与本刊推出的重点文章《世界在蜕变中》的主旨相结合。

周建人开场白:"站在民主的立场上来看,助学运动也是最有意义的事,我是绝对赞同的!"林汉达直言不讳地说:"助学是好的事情,只怕人不做,不怕人多做,现在竟有人怕多做,那真是怪事……木道人批占,张大师书符可以堂而皇之向人募捐,为什么救济,就不去运用呢……没有组织,就没有力量!"

著名作家、戏剧家、翻译家李健吾,著有长篇小说《心病》等,译有莫里哀、托尔斯泰、屠格涅夫等名家的作品,并著有研究专著,曾任国务院学位委员会评议组成员、法国文学研究会名誉会长。李健吾首次亮相《时代学生》,他在晚会发言时特别有感触,因为他在上大学时患肺病五年,所以他对于同学们以集体力量进行助学活动,"感到特别的兴奋"。他朗诵了两首诗歌《一个有名字的兵》和《路旁的一个死老总》(《被遗弃在路旁的死老总》),这两首诗歌的作者是一位曾经随军到缅甸的青年诗人,把中国士兵的痛苦"赤裸裸地表现了出来"。

给我一个墓,/黑馒头般的墓,/平的也可以,/像个小菜圃,/或者像一堆粪土,/都可以,都可以,/只要有个墓,/只要不暴露/像一堆牛骨,/因为我怕狗……我害怕旷野,/只有风和草的旷野,/野兽四处觅食:/它们都不怕血,/都笑得蹊跷,/尤其要是喝了血;/它们也嚼骨头,/用更尖的牙齿/比狗是更大的威胁……

(《被遗弃在路旁的死老总》)

这位青年诗人是杜运燮,九叶派诗人,笔名吴进、吴达翰,福建古田人,出生于马来西亚霹雳州,毕业于西南联合大学。大学期间曾应召入飞虎队,又在中国驻印军任翻译三年多。1949年后在新华社国际部工作。杜运燮的一组诗歌发表在郑振铎、李健吾合编的《文艺复兴》第1卷第2期(1946年2月25日),总标题为"太伟大的,都没有名字",其中有《游击队歌》《号兵》《林中鬼夜哭》《被遗弃在路旁的死老总》《无名英雄》。以上报道说是李健吾朗诵两首诗歌,第一首《一个有名字的兵》也许是《无名英雄》——

只是现象,如天地的覆载,/四时的运行,海洋的辽阔……/如一切最伟大的,没有名字,/只有行动,与遗留的成果。/你们被认出在人类胜利的/史页里,在所有的心灵深处:/被诚挚地崇敬,一天天/为感激的眼泪所洗涤,而闪出/无尽的光芒,而高高照见/人类有一个光芒的未来:/建造历史的要更深地被埋在/历史里,而后燃烧,给后来者以温暖。/啊,你们才是历史的生命,人性庄严的光荣的化身。/太伟大的,都没有名字,/有名字的才会被人忘记。

李健吾为杜运燮的这组诗歌所打动,因此大概受郑振铎的邀约前去参加晚会,朗读了其中两首诗歌,以表敬意。

"他对于自己的职业/觉得很特别,/一个巡警,不去/惩罚那些贪官污吏,/却反而奉他们的命令,/整日在街上捉弄百姓。"旷野的诗歌《一个好心肠的巡警》描写了理想化的"好心肠的巡警"。他看见大街小巷的学生义卖助学活动,起了恻隐之心,"穷人为什么跟穷人过不去"?他被小学生的义举感动了,掏出钱,"让我也买一个(助学章)",小学生高兴地笑了,赶快给他配上一张。"他是好人。"学生们叫喊着,"并且高兴地鼓着掌"。"巡警对他们笑了笑,/心里很是骄傲,/但一想到自己的职业,/就格外觉得特别。"此诗写于1946年2月7日,即两天大规模助学义卖活动结束后的第二天,诗人很有感触,欣然挥笔写下这首诗歌。

敏水的《为何阻难助学?》一针见血地指出问题的症结,认为国民党当局非但不支持,而且"横加阻碍,放纵特务捣乱,令警察拘捕学生,嘱电台勿借给助学广播,威胁建承校长不以校址借给助学办公,又复登广告,发消息告各界'切勿轻信';劝募队出动后,忽以'尚未核准'下令停止进行"。"事后若干学校竟开除热心助学的同学,这一切一切无非想使学生由热心转变为寒心,使社会由同情转为怀疑,使近万期待助学金的清寒同学与家长由希望陷入焦虑,请问这是什么居心?什么用意?"此文逐一驳斥国民党当局的各种谬论,最后指出:"没有民主,连助学都不得自由,更遑论人民生活的改善了。同时我们也认识了民主自由还得依靠人民伟大的团结联合力量去争取,而且也只有团结联合的力量才能实现在个别团体所办不到的事,才能克服少数人所克服不了的阻难!"

《为何阻难助学?》中提及"若干学校竟开除热心助学的同学"一事,这期发表《开除事件最后消息》一组文章:《助学运动的伟大教训》《反对无理开除学生》《"开除狂"》《一片"收回成命"声》《后援会消息》等,从不同角度分析问题,揭示其中内情。育英中学、大同附中二院、民立女中等学校以莫须有的罪名开除一批同学。"这些同学大都是各校的高才生,功课好,待人和气,热心公益,因此,各校同学听到这个消息都愤慨起来,难道热心公益、赞助同学,就要弄到连自己的学业都不能维持吗?"

育英中学、大同附中二院、民立女中、大德助产学校、坤范女中等学校,2月9日成立了后援会,内设主席团、总务、宣传、调查访问和联络部,开展各项工作。2月12日,在中国文化投资公司(上海地下党创办),招待各界人士和报社记者,其中有《前线日报》《时代学生》《文汇报》《文萃》《世界晨报》等,现场散发有关披露真相和交涉的印刷品,呼吁社会各界和报社主持正义。在强大的社会舆论下,各校不得不作出让步,有的收回成命。

> 这里又一次看出了集体力量的可贵,又一次证明了只要团结一致,什么困难的事情都可以解决……同学们,努力!民主运动将像排山倒海一样冲溃了黑暗、特务、封建独裁的堡垒,和林汉达先生所说的一样:"叫他们滚到海里去!"

(《一片"收回成命"声》)

其二,其他通讯报道、书报介绍等。

1946年1月30日,联合国全体大会第一次会议开幕,这是维护世界和平与合作的又一次新的尝试。可笑的是,大会是在遭受厄运的国际联盟成立26周年纪念日召开的。对此,《世界在蜕变中》(陈绯)作了报道,并进行了简要的分析。重点还是介绍国内政治局势。联合国会议开幕后不久,在重庆举行的政治协商会议历时22天也闭幕了,会议通过了《政府组织案》《国民大会案》《和平建国纲领》《军事问题案》《宪法草案》五项协议。这些虽然与中国共产党所制定的新民主主义纲领还有相当的距离,但已经从实质上否定了国民党的"一党专政,个人独裁"的政治制度和反人民的内战政策。这在当时的历史条件下基本上维护了广大人民的利益,符合广大人民要求和平、民主的愿望。因此,中国共产党决心严格遵守和忠实地履行这些协议。[6]但是,"协商会议外,反民主势力困兽挣扎",同时人民大众的民主呼声愈益高涨。《世界在蜕变中》列举了当下许多铁的事实:

> 总之,全世界人民大众旨意在哪里,世界就必须到哪里!它遵着人民的旨意在蜕变,人民督促着它蜕变——从旧世界变到新的民主、和平、幸福的世界!而为这蜕变的过程中,号召起越多的督促者,新世界的建立就越快,这登高一呼的号角手就是学生——各国的、各地的学生——时代的学生!

此文背景具有重大意义,直接关系到今后国共和谈的艰难性、复杂性、尖锐性。因此,陈昌谦等人很重视此文,将其标题放在封面要闻上,以示重要性。

曹予庭与丁景唐同为宁波老乡,关系甚好,曾一起去宁波东钱湖游玩,丁景唐写有《宁波东钱湖纪游》,并且他俩合写了叙事诗《一个少女冲喜的故事》。曹予庭写的通讯报道《参观市立实验民众学校》的引言道:"这里设备完美,有通俗的壁报、[风]雨操场、运动器具、展览室……分为儿童班、妇女班、成人班,还有托儿所。"

实验民众学校(今胶州路601号)由著名教育家俞庆棠创办,并任校长。她先后创办了140多所民众学校,被誉为"民众教育的保姆"。1949年5月,她应邀回国,作为教育界的代表出席第一届政协会议,并参加开国大典,被任命为教育部社会教育司司长。当时俞庆棠先后在东吴大学、沪江大学和震旦女大等校任教,被聘为上海助学联合会的顾问,因此便有了曹予庭写的这篇通讯报道——"我们告别出来,在途中我感到我的内心还是和清晨出发时一样兴奋,真的,谁说中国没有希望!照这样推行民众教育,几年后还怕教育不能普及么!"

这期"书报介绍"栏目发表两篇文章。其一,介绍《中国史话》。"它是一本深入浅出的历史教科书,作者在《后记》里说:'它只是写给饥渴于我们民族历史知识的广大的劳苦群众或初学者读的常识书。'但我以为它更适于中学生的读者。"其二,介绍著名翻译家曹靖华翻译的苏联小说《虹》——"曾获得一九四二年度斯大林头等文艺奖金"。曹靖华在《后记》中写道:"《虹》是用心血凝成的一部最现实的艺术上的杰作,而同时也是强有力的战斗号召。它号召爱好和平、爱好自由的人民,万众一心,有我无彼地毁灭最野蛮、最凶残、最黑暗的人类的公敌——'法西斯侵略者'。"

第1卷第9、10期合刊:揭示真相

第9、10期合刊(1946年3月16日)封面上的要目有:《对于东北问题的意见》《击垮破坏和平、团结、民主的新阴谋》《反苏罢课游行的真相》《全上海妇女站起来了》。主要内容分为四大部分:学界要闻,妇女界要闻,其他信息和书报介绍,第一次征文揭晓等。

其一,学界要闻。

上期《世界在蜕变中》指出"协商会议外,反民主势力困兽挣扎",同时人民大众的民主呼声愈益高涨。果然,蒋介石公然提出对政协协议应"就其荦荦大端,妥筹补救"。国民党内掌权的顽固分子更是肆无忌惮地攻击政协协议,叫嚷"国民党的政协代表出卖了国民党"等。同时,国民党凭借手中掌握的新闻机器,大造舆论,连篇累牍地发布反苏反共的消息和评论,扬言"以组织对组织,以宣传对宣传,以行动对行动"。

1946年2月下旬,以交大、临大部分三青团学生为骨干的一群人盗用广大学生名义,成立了"上海学生护权运动大会",用欺骗、威逼、利诱等手法,煽动部分不明真相的学生上街进行反苏反共游行。2月23日,2 000多名学生包围外白渡桥下的苏联驻沪总领事馆。2月26日,这些学生在公祭张某后,再次游行。两次游行队伍之前都有国民党的军警帮助开道,有三青团团部提供面包和橘子水,因而被进步学生和社会舆论嘲讽为"面包大游行"。

对于政协后的形势、国民党反动派可能采取的政策和种种做法,中共上海市委领导人及时做了分析和预测,刘长胜致中央电文中提出了党的对策和任务,指出:"从思想上动员和教育全体同志,务使同志能够正确地认识新环境、新任务,提高警惕,站稳立场……抓紧时机,大胆放手发动群众,造成在各种斗争中的有力阵地。"[7]

陈昌谦等人根据"学委"指示,立即撰稿、约稿、编稿、出刊,大力打造宣传舆论高地。

"我们从各方面观察,给予综合证明:这次的所谓维护主权运动,是国内法西斯分子企图破坏全国民主和统一的政治阴谋,实际上变成了反苏、反共、反民主和反政府运动。因此我们也就发觉到一部分同学因为没有弄清事实真相,而上了不真实宣传的当。"《击垮破坏和平、团结、民主的新阴谋》(苔石)列举了大量事实,驳斥国民党大肆宣扬的各种谬论,严正指出:"官办学校的上层直接参加和领导了这次运动。我们从上海一地来看,全国的所谓学生护权运动实质变成了自上而下的强迫命令的带有欺骗性的政治工具了。渲染的新闻报道,也变成了墨印的谎话!"

编辑将有关报道分为两大部分,《反苏罢课游行的真相》和《反苏·罢课·游行》,前者的编辑按语写道:"关于这次的反苏游行和罢课,我们接到各校同学不少的通讯稿件,叙说这次事件的真相;来稿有些太长,有些用了小说体裁,因限于篇幅不能一一登载。现将各稿之主题(或一段或数段抽出)集合在一起登出。这里所叙写的都是确实的事情,读者可以从中解答你们所模糊的问题。来稿者:临时大学、交通大学、震旦大学、南屏女中、建承中学。"

这些重点学校的来稿,有力地揭穿了国民党大肆渲染的歪曲的事实,还原事实真相。编辑制作的小标题也足以反映这一点。交通大学——"这就是(所谓的)罢课"——大多数学生照常上课。南屏女中——"再不参加,就要用对付《新华日报》的手段来对付你们"。×中——"我们太疲倦,回去休息吧"。震旦大学——"这样的罢课"——教务长宣布"罢课",打手们闹哄哄地大声喊着:"反对罢课的就是汉奸!"建承中学——"'命令'你'自动'参加游行"。采访同济附中初一同学:"游行,有面包吃,算爱国吗?""去白相白相的呀。""共产党到底坏吗?""也呒啥,有钱人总归不喜欢他们的。""苏联到底怎么样?""……"

《反苏·罢课·游行》汇总了各校有关的短信息,摘录其中部分内容如下:

> 南洋女中接到××团××分团来信,请校长叫同学"罢课",去参加追悼会及游行,同学们因为开过讨论会,决定不盲动,不被利用,所以坚持不去。校长先生没奈只得硬派两位高中同学,算请"公假",请她们坐了三轮车,带了挽联前去。她们回来,说是听不清讲什么游行,同时也跑不动。问问旁边一个纠察模样的人:"究竟雅尔达秘密协定规定了些什么?"那个人向她们瞪瞪眼,所以更不高兴,便回来了。

> 民生中学初中同学被迫参加二十六日反苏大游行。该日细雨蒙蒙,同学衣履尽湿,但不准离开会场,"纠察员"手持竹片,大喊:"谁要离开会场,谁就是共产党!"同学[们]非常气愤,一起冲出封锁线,回头说:"我们就是共产党,怎么样!"

游行时有卡车、麦克风、救护车,动用了不少的C. N. C(品牌),这些钱又打什么捐上面去筹呢?

吴祖光(著名戏剧家、书法家、社会活动家)在东吴大学文艺晚会上发表演说《反苏运动的另一面》,叙述他在外滩苏联总领事馆前所见的游行队伍,几乎大部分是十几岁的小学生,手拿大人写的标语,呆呆地站在那里。他感慨地说:"这就是主权运动?"

马叙伦、林汉达两先生被骂"老贼"之后,照常应广大同学之要求,赴各处阐明东北问题之真相,听众满坑满谷,可见真理自在人心!

国立××大学此次发出护权运动,曾向校方支取费用数十万元云。

重庆方面:重庆反苏游行人数总计只有数千人,而当日中央社夸大人数至二万多。数字不花钱,尽可账上多开点。

学生游行时,有某部代拟代印之《质中共书》,由特种任务交给学生分发。同学都有点莫名其妙,究竟还是反苏,抑是反共?

游行时,队伍两边全是吉普卡[车]保护着,上面坐着特种老爷,而且监视同学所呼口号。标语和宣言,是预先由人印好,交给学生们,指定他们要发的。

游行队伍过后廿分钟,民主同盟办公处和新华日报馆都遭到特种人物之袭击,损失甚多。报上说是学生"激于义愤"打的,弄得同学们哑子吃黄连,有苦说不出。

仅仅这些摘录的信息足以无情地揭露反动当局"自上而下的强迫命令的带有欺骗性的"闹剧,"渲染的新闻报道,也变成了墨印的谎话"!这种摘录信息的方式,令人想起昔日瞿秋白夫妇、鲁迅夫妇共同动手完成的小册子《萧伯纳在上海》,剪的剪、贴的贴、译的译、编的编,流水操作,充满了紧张、忙碌的气氛。丁景唐主编《联声》时,也和编辑部同人选题、搜集、整理、剪贴或编译,先后完成《社会和我们开玩笑》《在卐字旗的阴影下》等文。陈昌谦等人采用摘录、编写的方式,又加一句点评,犹如画龙点睛,凸显主旨,颇有一番新意,胜过长篇宏论。

对于国民党开动宣传机器的拙劣伎俩,萧毅写了《新闻的配给与制造——游行的另一面》加以冷嘲热讽。他写道:

不幸得很,尽管喽啰们大吹大擂,帮闲们大喊大嚷,这可怜的队伍,名之为"学生游行"的,太缺少学生的成分。照当局的预计,照通知各校"勒令"游行队伍的数量大约有十万余人(《新闻报》及其他几张报纸在游行前一日曾兴高采烈地预告)。可是游行的结果呢?《正言报》说是五万人,《申报》说是四万余人,《文汇报》说是数千人,《大公报》则是两千余人。也许当局为了"壮胆"起见而存心骗骗读者,否则那一定是近十万的学生临时捣了蛋,他们竟不稀罕糖果、饼干,他们竟不眼红汽车、分数。我以为这次"爱国游行"的唯一意义,也许就是在游行的另一面:上海学生、大众用不受利诱的气节,表示对盗用民意、欺骗大众的抗议!

这期后面设有"读者通讯"栏目,发表"一个被欺骗的学生"的自白,即《我上当了》。另一篇是一位读者将亲眼所见的事实告诉大家,即《"伪代表"自告奋勇,报告员权充"学生"》。

关于"助学运动",这期有关颁奖晚会的报道为它画上一个圆满的句号。

戎戈的"连环木刻"《团结就是力量》,一组四幅木刻,包括:"谁忍心看着几万的失学青年彷徨在学校门外""公理是掩盖不掉的""有千万人拥护我们""只有团结才能发生力量"。

这组"连环木刻"下面是一篇通讯报道《民主歌声中记助学联欢会》(姚幼华),记述了2月16日天蟾舞台(福州路701号,今天蟾京剧中心逸夫舞台)颁奖和文艺演出的盛况。

这天下午,还不到一小时,天蟾舞台外面的铁门已经拉上,只留了一条小缝,让人们一个个鱼贯进入,外面马路上挤满了黑压压的人群。路过的人睁大眼睛惊奇地问道:"发生什么事了?"场子里的三个楼层都挤满了人,麦克风传出抱歉的声音:"外面还有许多人不能进来,请大家挤一下,三个人坐两个椅子。"场外"大人"责问:"你们这种助学运动不合法呀。"学生答:"我们认为合理的事情就去做,现在合理的往往不合法,而合法的往往不合理。"大人责问:"你们是有背景的吧?"学生答:"我们的背景,便是上海无数的清寒同学……"

场子里,许广平首先演讲:"这次的成功,是同学们团结的力量。以后还要有许多的事,待这力量去做……"俞庆棠说:"今天我本来不预备演讲,但主席要我说几句,我必须服从。因为主席是大家公推的……我希望这次工作的成功作[为]一切社会服务的出发点。中国文盲遍地皆是,鉴于这次工作的成功,使我相信在不久的将来,文盲一定可以除尽。"建承中学的戴校长,为了这次借地方给"助学联"当办事处,曾受到了许多"无谓的麻烦"。他感慨地说:"我们现在将学生们的行动和目前一般官僚的行动相比,到底哪个知廉耻,哪个明礼仪?"林汉达总结了这次助学运动,提出四点意见:(1)是非自有公论;(2)团结才有力量,一个人的力量犹如一滴水,随时都有被消灭的可能,若要它不被消灭,只有把一滴水放到大海里;(3)民主必定成功,反民主的如今只有两条路——希特勒的服毒药自杀和墨索里尼的上吊;(4)自由尚需争取,历年来人民的自由债由债务人发表还债诺言,但诺言何时实现,就要看讨债人的本领如何。白发苍苍的沈钧儒在台上高呼:"团结就是力量!"主持人请圣约翰、启秀女中等校"助学英雄"登上舞台,马叙伦为大家颁奖,全场响起了热烈的掌声。

末一个节目是国立音专的大合唱《长城谣》《热血》,每颗心都兴奋发跳。散会时,不由得每个人张大了嘴,拉响了喉咙,将一腔太兴奋的情绪发泄在歌声中,指挥的人在台上舞得起劲。一万多人的歌声便像一条大的洪流在怒吼。每个人兴奋的脸,被灯光照映得那么红亮,我轧在这许许多多亲切而快乐的同学中缓缓下楼,心中想我永远做一颗落在[大]海里的小水滴。

为了这次跨年度的助学运动,陈昌谦等人费了很大的精力,精心策划,作了追踪报道,又推出两期助学运动特辑,发表了许多很有分量的文章,并与政协会议的协议及广大民众强烈要求自由、民主的呼声相结合,赋予这次助学运动重要的现实意义。加上采用戎戈的"连环木刻",图文并茂,具有直观的阅读效果。

两次刊登助学晚会或联欢会,记载了沈钧儒、马叙伦、周建人、林汉达、许广平、俞庆棠、李健吾等社会名流的现场言行,这是其他报刊避而远之的,留下了一份珍贵的史料。

其二,纪念抗战胜利后的第一个国际劳动妇女节。

1946年3月8日,是抗战胜利后的第一个国际劳动妇女节。中共上海市委决定有计划有领导地组织较大规模的三八纪念活动,借以进一步将各界妇女组织起来,投入到争取和平民主的斗争中去,同时也扫除反苏反共逆流造成的沉闷气氛,将上海的爱国民主运动推向新的高潮。

"学委"从圣约翰大学、东吴大学、之江大学、中国艺术专科等学校抽调了党员,组成临时党团组织,负责发动各个学校的女学生。3月6日,"工委""职委"等也分别通过各自系统的党组织在女工、女职员中进行了动员。3月6日晚上,在八仙桥青年会雪庵堂举行联席会议,正式成立了上海妇女联谊会,许广平、罗叔章、胡子婴、胡耐秋、王辛南等为常务理事,蒋学杰为理事会临时主席。同时,在该组织内还秘密成立了中共临时党组织。

3月8日上午,上海妇女联谊会在兆丰公园(今中山公园)隆重举行纪念三八妇女节大会,约两万人参加。大会主席团由许广平、罗叔章、王国秀、俞庆棠、沈粹缜、林汉达等组成。上午9时,大会正式开始,周建人、罗叔章、林汉达分别致辞,各界妇女代表先后发言。

大会后,举行声势浩大的游行,高唱《民主歌》《妇女歌》,高呼"反对独裁,要求民主""团结起来,争取和平、民主、自由"。队伍行经大光明电影院时,恰巧遇上国民党当局"御用"的"妇联"(达官贵人的太太们)召开的纪念三八妇女节会议结束散场,游行队伍立即喊起了口号:"参加生产劳动!不要做花瓶寄生虫!"对方散场的人群赶紧加快脚步,悄悄地溜走了。[8]

游行队伍高唱的《妇女歌》,其实是《姐妹进行曲》。"姐妹们,太阳就要出来,打断我们的锁链,抛下几千年的悲哀。我们要争取妇女彻底的解放,为建设新的社会而贡献出力。姐妹们太阳就要出来,我们联合起,走向光明的时代。"这首歌由成幼殊作词,上海音专学生陈良谱曲。成幼殊回忆说:"我写这首歌词是依据纪念三八节和成立上海妇女联谊会的要求。它正好切合我为我们女同胞倾诉咏唱的心愿,于是很快就写成交出了。"陈良当时看到这首歌的歌词很受感动,立即谱曲,油印后发给学校并到各女中、女青年会教这首歌。在三八节来临前,这首歌曲成为上海妇女联谊会成立的动员令。此后,妇女集会时都唱这首《姐妹进行曲》。(成幼殊:《幸存的一粟》,山东画报出版社,2003年1月,第115—116页。)

根据"学委"的指示,陈昌谦等人在这期《时代学生》上刊登了有关文章,其中有上海妇女联谊会的《致全国妇女电》,明确表示了联谊会的宗旨:"本会的宗旨是依靠我们自己的力量,来改善我们的生活,提高我们的知识和能力,来建设和平、民主、自由的新中国。"并提出了保障妇女就业、同工同酬、与男子享有同等参政权、拥护政协协议、彻底执行停战协定、救济失业女生和女工等十项主张。

《全上海妇女站起来了——三八妇女节花絮》(吴华)追述了那天大游行的所见所闻：

★长长的行列出发了，许广平、高君哲等先生在前做领导，上海女中的铜乐队雄赳赳地打[鼓]在前阵。

★第一队是"上海女子中学"，末了一队是"上海市幼稚园模范学院"，中间有一大段是职业妇女队，总称叫作"上海妇女联谊会"。

★游行队伍的头钻出兆丰公园是上午十点半，到尾子出来，已经整十二点了。

★林汉达先生站在行人道旁，微笑地默数着游行的人数。

★二万人的大队到处，任何人不能通过，团结是力量，就是洋老爷不顾华人死活的吉普车也不能不停止！

★大队在经过的墙上、电线杆上，贴满了正义的标语，马路上来往的电车、汽车上也写满了全上海、全中国妇女的要求。

★歌声、鼓声震撼着每个人，人们从窗口探出头了，从店铺内跑出来，三轮车、苦力者都停下来，咧开嘴笑着。他们惊讶，他们第一次认识了妇女群众的力量。

★德丰、保丰等纱厂的女工说：我们是第一次领略了做人的滋味。她们都是那么热烈地拉着女学生教她们所不会唱的歌。

★女童工喊出了凄惨的呼声："我们要饭吃！我们被压死了！"许多女学生都流下了眼泪。

★女工友中从十一二岁的童工到白头发的老女工都有，她们虽然年龄相差几倍，可是要求解放的目标却是一个。

★游行队伍手中拿的旗帜有的写得非常有力量，例如"命运抓在自己手里""我们不能再做奴隶""铲除轻视妇女者"。

★王晓籁在大光明演讲是要叫妇女进行"三从四德"，兆丰公园的无数姐妹却喊破了喉咙，争取妇女解放！

★大光明的妇女会散后，有某小姐对新闻记者说："下午请到丽都来，免费招待伴舞。"

这些一句话的新闻花絮真实地记录了那天大游行的各种细节，串联起来就是一幅幅流动的画面，映照出不同色彩的脸庞，响起不同声调的声音，汇聚成一股强大的"妇女要求解放"的时代洪流。这是如今众多回顾之文的空白，因为许多作者难以查到还有这么多的生动镜头，足以填补那些"大而空"之作。

周建人之女、圣约翰大学的周晔，丁景唐筹备"文谊"时征求过她的意见，她后为"文谊"

15位执委之一,不知《文艺学习》上哪篇文章是她以化名写的。她后来的代表作《我的伯父鲁迅先生》《鲁迅故家的败落》影响很大,至今还是研究鲁迅的必备书籍。

1923年12月26日,鲁迅在北京女子师范大学演讲《娜拉走后怎样》。时隔20多年,这期《时代学生》刊登周晔的《娜拉向哪里走?——纪念胜利后第一个"三八节"》,旧话重提却别有感触。她介绍说:"娜拉是易卜生笔下的人物,她出走,也博得许多人的同情,因为她是一个觉醒的女子,不甘心做家庭的奴隶。她的丈夫把她当作玩物,根本没有真的爱情,结果,她大胆地出走。至于出走后怎样,易卜生没有说明。"这是延续鲁迅当年演讲的思路,接着她采用甲、乙、丙三人对话的形式进行讨论。

乙:谈妇女问题,必须先要讨论社会、政治、经济,这是整个的、不可分割的。

丙:在封建的社会上,找职业要靠山,在专制的政治下,权力都在少数人的手中,不但女子,就是男子也同样受压迫,何尝不失业呢?所以先决的条件便是民主。

……

乙:一个娜拉没有力量,可是团体的娜拉便有力量!她唯一的前途是光明的——一个民主团结的前途!

此文鲜为人知,周晔也不大可能将它收入集子里。然而此文是与上海妇女纪念抗战胜利后的第一个三八节相联系的,一起留存于世。

其三,其他信息和书报介绍。

圣约翰大学的地下党组织和学生团体力量在沪上首屈一指,而且成幼殊是《时代学生》编辑部的主要成员,因此她发表文艺通讯《记约大要求减费大会》在情理之中。

二月二十一日约大交谊室楼上偌大一个会厅里黑压压的挤足了人,没有座位的就都站着,看台上边居高临下,也是一圈同学。十点半了,校长还没到,同学们便利用这时间讨论减费问题,学习《减费歌》,按着《民主歌》的调头,一两千只喉咙提高了声音:"你看约翰同学已动员起来!你听,大家要求减费的呼声:师生合作,坚持减费,募基金……"一遍,两遍……

从门外进来个气呼呼的同学:"各位同学,校长已经在校长室,先休息一下就来。"

"唱《减费歌》,唱到他进来!""要唱得响,唱得他听见!"于是歌声沸腾了,比刚才更宏亮。"我们要团结,不动摇,求一致。我们要培养人才,建设祖国……"

全场的歌声、全场的掌声,校长进来了,坐着的同学全体起立致敬,校长就穿过会场,雍容步向台前,坐在前排。

我们奔波了好几天的代表用沉着嘹亮的声音说话了:"本学期大学学费涨到七万五千元,我们要求减价。因为,第一,一般家长都无力负担;第二,势必促使其他各校增加学费,造成了上海同学普遍失学,今天到会人数比十八日大会上更多,可见得减费的要求的确是普遍的。"

掌声像狂风卷过了会场。

经过一番争论,最低费用三万元被否定。达成共识,同意校董魏希本的建议,即主张第一学期四万五千元,一次性缴付。清寒同学的不足部分,由同学进行劝募。

"河"——一片衣服被抖直的声音!全场的同学都站立了起来,这样的坚定,这样的没有犹豫!没有一个人破坏了团结,大家都用足了劲鼓起手掌,像一阵春雷,而春天,就必然会真的到来!

宣告散会了。《减费歌》一路汹涌出去。"约翰同学站在助学最前线。助学的,最前线!"

编辑在文后欣喜地写道:"约大减费问题现已圆满解决,学生付四万五千元,一次缴清。同学并于[三月]一日下午开庆祝大会,有六百人参加。"

这期"书报介绍"是一篇较长的文章《介绍大家值得阅读的:杂志·文章·新书》。其中有关于东北问题的系列文章,如《民主》第 12 期发表的郑振铎的《论中苏关系》、马叙伦的《谈谈因东北问题而起的学生运动》、沈志远的《冷静下来,注意事实》等。文艺书籍有郭沫若的历史剧《孔雀胆》《屈原》、程造之的"三部曲"《地下》《沃野》《烽火连天》、陈白尘的《岁寒图》等。两本杂文集:冯雪峰的《乡风与市风》、胡绳的《在重庆雾中》。"两位作者都是今日重要的批评家、哲学家,对生活作批评和指导,内容是非常可贵的。"除了介绍艾思奇、沈志远、胡绳等的社会科学著作之外,报告文学方面,"近来我们很好奇地看到好几本书写'解放区'、写延安的书。这应当是帮助我们解答目下最重要的'解放区'问题的材料。这里推荐其中《光荣归于民主》和《外国记者眼中的延安》两本。两本立场不同,也许可以帮我们构成更客观的观念"。

《光荣归于民主》作者李普,1937 年参加革命,次年加入共产党,后为《新华日报》记者。1945 年 2 月,他在该报的专栏里系统地向国统区的读者介绍解放区有关情况,这些文章汇编为《光荣归于民主》,上海地下党以"拂晓社"名义于 1945 年底出版。后来大量翻印,流传甚广,产生了很大的影响。1980 年,此书改为《我们的民主传统》再版。当年国统区的一位读者后来写信给李普:"感谢你写的《光荣归于民主》,使我们这些当年生活在国民党统治区的学生,知道在中国已经存在一个我们向往的理想社会,在那里人民自己当家作主,为着共同的幸福无私地贡献自己的一切。感谢这本书和另外几本书的指引,我在 1946 年 4 月参加了党组织。"

报告文学《外国记者眼中的延安》即《外国记者眼中的延安及解放区》,历史资料供应社 1946 年 2 月发行,被多家出版机构翻印。收录了《编者赘言》(齐文)、《中国共产党及其军队深得人民拥护爱戴》(鲁登)、《我所看到的陕甘宁边区》(爱泼斯坦)、《延安印象记》(白修德)、《我从陕北归来》(武道)等外国记者写的报道,附录有史沫特莱的《福尔曼的边区报告》、郁文的《盟邦友人在汾阳前线》,以及《盟邦记者来晋绥边区参观抗战日报》等。伊斯雷尔·爱泼斯坦,又名艾培。抗日战争期间,他努力向世界人民报道中国人民的英勇斗争事迹。1951年他应宋庆龄之邀,回中国参与《中国建设》杂志创刊工作。1957年加入中国籍,1964年加入中国共产党。

其四,第一次征文揭晓等。

第4、5期合刊登载了《征文》启事之后,先后发表了四篇征文作品。

李纹的小说《陈学海的妹妹》(第7期)中的妹妹是一个清纯、文雅、爱读书的女生,一副菩萨心肠,不忍心看到清寒同学失学,慷慨捐出私房钱3 000元。这是个真实事情,是《时代学生》刊登的一则来信中披露的。小说的构思框架都是围绕着近期发生的学界要闻展开的,如助学运动、昆明惨案、迎接马歇尔特使等。在铁的事实面前,妹妹终于觉醒,在日记中吐露了心声:"利用我们来欢迎马歇尔吗?利用我们反内战吗?我不再相信那种话了。啊,我真高兴,我们喊,尽情地喊,喊出了我们所要喊的。路人看看我们,我看见他们之中也有人在直着嗓子喊!"

第8期发表两篇征文小说。高辛的小说《李凌》中的女生因物价飞涨,家境拮据,被迫披上世故盔甲,走上人生的战场,并且成为助学运动的学校代表。父亲的劝说无济于事。她参加义卖助学运动,被拘留三个小时,"释放回家后,几个同学来找她,告诉她义卖惊人的成绩和无数动人的故事"。

另一篇《书中自有黄金屋》(手戈),标题是随笔式样的,却是一篇微型小说。讲述一个高个的"扬州佬"病了三天,昏睡了三天,第四天"他竟然要咬人、打人,突然似乎有着深切的愤恨,咬牙切齿,又似乎想毁灭一切,挥着拳,瞪着眼。经过一阵类似的痉挛,他就瘫痪下来,眼泪夺眶而出"。最后他生生地"疯狂死去"。原来他同宿舍的同学都是穷苦人家,每天吃三个大饼,最后只吃两个,一个娇滴滴的女生说出此原因,似乎在说:"活该!"

此小说类似鲁迅的《狂人日记》,凸显"吃人"一词,不仅仅讲述贫穷,还讽刺了"书中自有黄金屋"的古训。"灯光下,仿佛有着那个高个儿的影子,挟着一大叠书,那样沉默、坚毅。鬼影幢幢,使我觉得有点儿毛骨悚然。啊!我怕,我在想许多跟他将趋同样命运的人,那些埋头苦干,自以为'书中自有黄金屋'的人。"

第12期刊登《我们的校长》(文),是一篇讽刺之作。"校长头发是卷曲的,脸上涂着舶来品的脂粉、唇膏,身上穿了西洋料子的衣服,脚上穿着舶来品的丝袜、皮鞋。当校长口中说着英语的时候,校长全身除了一张黄黑皮肤之外,就十足是一个外国人了。"作者一口气赞赏了校长的六大"美德":"没有附逆""守贫耐苦""服务勤劳""慧眼识钱""酷爱平等""崇尚欧化"。这些词句打上醒目的引号,顿时散发着辛辣的讽刺。作者还"斗胆"点明她是"蒋夫人的秘书的姊姊,实在是教育界的一位重要人物"。"校长有这六个美德,就足够做我们的校长而有余了,只是我们既非发国难财的又非发胜利财的家长的子女,恐怕难以在高贵的校长办的高贵的学校里念下去了。"

这四篇征文,前两篇是命题作文,有些概念之感。第三篇《书中自有黄金屋》构思比较勉强,不尽如人意。《我们的校长》可谓"嬉笑怒骂皆成文章",也许原来不是专门为了征文投稿的。

征文得奖之作的名单在这期《本刊紧要启事》中揭晓:"第一次征文录取四篇(不分名次),篇名如下:《陈学海的妹妹》《李凌》《书中自有黄金屋》《我们的校长》。以上各发奖金一千元,望录取诸君自本月十五日起至二十日止,至本社营业部领取。"原来刊登征文启事时,说明奖金"第一名2 000元,第二名1 500元,第三名1 000元,并各赠本刊半年。每题录取三名"。陈昌谦等人因故无暇评出一、二、三等奖的作品,干脆选了四篇作品。况且1945年11月,大米每担暴涨为9 000元,衬衫每件涨到1 800元,皮鞋每双涨到万元。四位作者获得的千元法币只能买半件衬衫。如果获奖名单再推迟揭晓,那么随着法币疯狂贬值,千元法币奖金只能买几十张手纸了。

除了揭晓征文之外,《本刊紧要启事》还写道:"(1)本刊自下期起改为旬刊,每月一日、十日、二十日出版;(2)本刊征求各学校特约推销员,经常推销本刊,待遇从优,愿就者请至本社营业部领取推销证;(3)以后一切来稿请径寄戈登路大成商场四十六号本社营业部转编辑部。"

此启事透露几个重要信息。一是改为旬刊,比过去半月刊的工作量更多,时间更紧张,每期编稿、改稿、发稿等一环扣一环,容不得任何松懈。但是,设想是美好的,实际操作无法跟上出版旬刊的高速运转的节奏,后面三期仍然是半月刊,最终因经济困顿等原因停刊。二是营业部地址变动,而且编辑部地址早已消失,这也是一种保护编辑的措施,对外只有营业部。戈登路大成商场46号是工厂和住宅混杂区域,不同于原来的圆明园路(靠近外滩)。显然编辑部经济拮据,不得不勒紧裤腰带,收缩开支,这是物价飞涨的后果之一。三是征求各校学生做刊物推销员,直接进校推销。这是无奈之举,经济压力日趋严重,编辑部不堪承受。

这期《编后记》写道:

> ★东北问题虽已过去,但今天报载国军进入沈阳,义勇联军亦甚活跃,东北问题的危机仍然大大的存在着。这是内政问题,不是外交问题,苏联已经依约撤退。而原有的问题尚未解决,今后东北是民主抑是统治,是和平抑是内战,是人民安居乐业抑是生灵涂炭?要看政治协会的决议和停战令能不能在东北执行以为断。

> ★本期《击垮破坏和平、团结、民主的新阴谋》《放眼看东北》两篇专论,说明了东北问题的实质,希望同学去仔细研究一下。

★有许多同学参加了主权运动会,发现被骗了,纷纷来稿控诉,临大、交大大部分同学并声明退出"护委会"。本期因篇幅有限,除把各学校的情形并成《主权罢课游行的真相》外,其余都拼在"花絮"里,请来稿同学原谅。

★本刊热忱欢迎各同学投稿:论文、学校生活报告、集会速写、歌曲、小说、活报等均要,尽可能于最短期内登出。

★本刊继续征求通讯员,应征者望来营业部接洽。

★谢谢上海铅印职业工会和本刊排版的工友们,在罢工期间给我们赶排出版。

第1卷第11期:努力"回归"办刊初衷

第11期(1946年4月1日)封面要目有:《青年同学何来苦闷》《怎样编壁报》《昆明四烈士出殡记》《动荡中的沪江大学》。这期主要内容分为三大部分:南通惨案震惊全国,本市和外埠教育界动态,著名导演赵明等辅导学习。

其一,南通惨案震惊全国。

这期最后刊登了《向全国同学紧急呼吁》,落款为"省立南通中学、南通县立女子师范全体同学敬上",讲述震惊全国的南通惨案的前奏。

3月12日由中共代表韩念龙、国民党代表肖凤岐、美方代表邓克等13人组成的军调处执行部淮阴执行小组赴长江沿岸视察国共双方军事冲突地点,途经宝应,下午抵达高邮,13日赴东台。3月18日南通1 000多名爱国青年学生不顾国民党当局的禁令和军队的阻挠上街游行,至军调处执行部淮阴执行小组驻地桃之华旅馆门前递交请愿书,并高呼"要求和平,反对内战"和"要求民主,反对独裁"等口号。《向全国同学紧急呼吁》讲述了递交请愿书的经过及后续的威胁等事:

> 场外的喊声更高了,三个代表又进去,高喊要见邓克将军,结果因为闹声太大给邓将军听见了,他走出来,门外是一片 Welcome 的欢迎声。他站在台上,报告他小组执行的经过,大家要求他第二天赴女子师范的招待会上来演讲。他答应了。
>
> 第二天,在女师的操场上挤满了全南通的学生,大众喊出了痛苦的声音:"反对学校监牢化!""反对党化教育!""反对苛捐杂税!""反对半夜三更查户口!"
>
> [下午]两点钟了,邓克将军还没有来,派了三位代表去请,回复说是睡了。大家坚持要他来,"我们有许多意见要向他们控诉",但是几次都给兵士赶出来!(后来知道当日国民党当局把邓克将军用酒灌醉了。)结果,来了两位《新华日报》的随行记者。大会在五时结束,参加者有两万人。
>
> 第二天,全城谣传黑[名]单上有八十一个人,风声到处,草木皆兵,学生代表们的家门口布满了特务,就在二十二日晚上失踪了三个人(注意执行小组还没有走)。参加我

们游行的钱素凡老师在校里迭接电话:"请你吃手枪!"

现在执行小组快要离开南通,我们悲惨的命运将到了,手枪和刺刀在我们面前晃动。

我们全南通的学生紧急向全上海、全中国的同学们控诉特务分子的暴行,我们要求全中国的人民一同来注视这一个暴行!

我们处在极危险的境地了,随时随地有失踪的可能。全上海、全国的同学们,请做我们的后盾!

国民党反动当局对要求和平、民主的青年施以绑架和暗杀,制造了震惊全国的南通惨案。牺牲的八位烈士是:顾迅逸、郑英年、孙日新、孙平天、季天择、戴西青、罗镇和、钱素凡。《时代学生》下一期的追踪报道《黑暗恐怖的南通城——我们是这样逃出来的》,由南通学生能之、王凡、洪秋实、吴沂执笔。

"三一八"声势浩大的游行示威使国民党当局恼羞成怒,一〇五师谍报连、南通军统特务组织、中统特务组织及三青团南通分部,策划了这场惨无人道的屠杀。3月19日晚上,"我们从招待执行小组的茶会回来,发现有人盯梢,转了两个弯,还是紧随不放"。第二天晚上有三个人失踪,南通文艺协会负责人顾迅逸、进步青年郑英年和孙日新,24日在江上被杀害。由此全城陷入一片白色恐怖,同学们四处借宿,惶惶不可终日。3月27日,青年记者孙平天被特务残害后投入长江,遗体浮在江面被发现。4月4日,文艺协会会员季天择、记者戴西青、南通中学的进步教师钱素凡、进步青年罗镇和四人又相继被捕。残暴的特务们用刺刀剖开他们的胸膛,活活扔进了长江。4月4日深夜,"我们逃出来",途中两次遭遇险情,"脚痛死了!有两个小同学从来没有走这么长的路!然而愤恨燃烧着我们!走!我们要把冤仇带到上海去"。有人唱:"家乡有虎狼,不要哀愁,挺起胸膛,向前走!""船在一夜风浪中来到上海,我们现在以悲愤的心情,将法西斯特务的暴行,揭露在千万人民面前!"

南通惨案震惊全国,上海等地报刊纷纷发表文章,强烈谴责南通国民党当局的法西斯暴行,要求彻查幕后凶手。周建人愤怒地说:"二十世纪的中国人民竟生活在这样一个世界上……现在那些凶手们,却在任意把青年们暗暗捉来,杀掉,而且把眼睛挖出,鼻子割掉……这分明是光明与黑暗、进步与倒退、民主与法西斯两派的斗争。"(《几句关于南通惨案的话》,载《民主》第27期,1946年4月20日)著名历史学家吴晗奋笔写下《从昆明惨案到南通惨案》一文,尖锐地指出:"第一,这个政府是专门屠杀青年、屠杀人民的,和人民利益对立的,我们不要这个。我们要有一个为人民、属于人民、人民自己的政府。第二,昆明、南通,各地青年、各地人民的血,他们用生命换来的停战协定被破坏了,他们死不瞑目。继续努力,贯彻他们所争取的目标……"(《民主周刊(昆明)》第3卷第9期,1946年5月12日)陈昌谦等人怒不可遏,在第12期"评坛"专栏上发表《抗议南通惨案!》:"法西斯刽子手是杀人不眨眼的,他们以恐怖谋杀的手段来阻遏人民的呼声……特务政治如若不彻底根除,青年的生命无法保障。政府是有耳无闻,有眼无睹。"并且透露近期举行南通同学的招待会。马叙伦悲愤地说道:"民主也是要流血的!"在社会舆论强大的压力下,南通的军统等还百般狡辩,立即被新闻媒体揭穿。《"南通惨案"真相中之真相》(秦凯悝)驳斥了有些媒体编造假新闻、献媚当局的谬论,最后指出:"民主乎？反共乎？反民主乎？法西斯乎？事实明显,谁都不容否认。"

"三一八"斗争40周年之际,1986年3月18日,南通市人民政府立碑纪念。2006年,中共南通市委、市政府在烈士陵园扩建时重建纪念碑。同年,纪念"三一八"斗争60周年之际,在南通市桃坞路重建"南通三一八斗争纪念地",永志纪念。

其二,本市和外埠教育界动态。

> 西南联大组织机构是非常特别的：没有校长,代替校长的是校务委员会。校务委员会有三个委员,由以前北大、南开、清华三间大学的校长分别担任,但最高权力机关并不是校务委员会,而是教授会议——全校教授们济济一堂的会议。

《西南联大的民主》(杨子)开头如此介绍,对于不知情的读者来说这犹如天方夜谭。此文简要提出三点看法:一是学校组织机构的彻底民主化;二是联大同学继承光荣传统,始终站在民主的最前列;三是联大的国际地位高,外国学者来中国,一定要去拜访它。"因此,反动派始终不敢放胆摧残它,怕'影响国际视听',怕惹动了中国和友邦人民,因而影响到外国老板对他们的援助。"西南联大被誉称为"民主堡垒"。

"学府新闻""学校通讯"汇聚了本市和外埠教育界的各种信息。《动荡中的沪江大学》(富阳)讲述该校将要迁回杨树浦老校舍。《神父管理下的斯高中学》(戴亦祺)评论道："外国人教中国书,莫名其妙,名为孤儿院,实在收学费,名利双收!"

石啸冲是一代名师,抗战胜利后,他著有《历史转变的年代》《战后国际形势》《战后世界殖民地问题》等,影响很大。他后为中国政治学会首任副会长、上海市政治学会会长、《中国大百科全书·政治学卷》副主编,是华东师范大学政治学理论专业硕士点创始人。《在石啸冲先生课上》(鲦祺)简要地描写了石啸冲授课时的风采：

> 石先生微笑着向大家看了一眼,接着征求同学们的意见,立刻下面的手飞也似的举起来。大家都在争先发言,要求讲解"关于二中全会""丘吉尔在美[国]的演说""伊朗问题"……最后由石先生决定先讲"丘吉尔在美[国]的爆炸性演说",同学安静下来,抬着头静心地听着,生怕漏掉了一句。

> "现在该轮到诸位发问了。"石先生安详地问着,一,二,三……发言的同学,老是这几个……"能不能请同学们热烈地展开发问？"不大发言的同学也插入简单的问题,有很多问题差不多都是同学们自己代回答的。

"评坛"推出四篇文章:《展开尊师运动》(沈檀)、《两个会议》(卢洪)、《我们有无数的伙伴在！》（陈林）、《纪念昆明四烈士》（何之）。《我们有无数的伙伴在！》说："这次南通同学在消息封锁和言论统制中送来了艰苦奋战的报道，他们在极度的压制下，争自由的波浪终于突破了顽固的堤防。"

其三，著名导演赵明等辅导学习。

助学运动结束后，学生的思想、学习和生活等问题摆上陈昌谦等人的议事日程。

锺焕之的《青年学生何来苦闷！》一文列举和分析了一些老大难的问题：一是"死板的功课，读不进去"；二是"课上了，书读了，但是课后的生活该怎样处理呢"；三是"天天看报，都是些急死人的新闻"。这些苦闷的根源是"中国教育存在着很大的缺点，从战前一直到现在，都没有设法改进。学问与社会脱节，形成'所学非所用'；理想与现实矛盾，格格不入。特别是目前，物价高涨，生活困难，影响自己的学习。教育经费短绌，设施简陋。教员大半为生活忧愁，无法专心教授。内战频仍，人民心惊肉跳，团结和平每生障碍，同学为国忧愁"。怎样才能正确认识这些问题呢？作者提出建议：一是多看进步的书籍；二是要多交好朋友，"集体谈谈"；三是多参加集体的活动，"听听名人的演讲"。这些建议看似普通，其实暗示要求进步的同学，站在人生道路的十字口，"光明之路就在自己的脚下"。

《大家一起来学习》（蔡仪）提出："进步同学互助学习"，"帮助其他同学学习"。还进一步提出具体"选择道路"的方案："这样广大的互助学习，足以加强对内对外的团结，充实自己和友人的力量；使一般同学由落后而进步，由模糊而清楚。从'死读书'到'读活书'，从'书呆子'到'样样懂'。"最后呼吁："同学们，赶快来展开互助学习吧！"

同时，鼓励学生们出壁报，发布自己的声音，因此编发了《怎样编壁报》。其《前记》写道："三月六日本刊编辑部召开了一次各校壁报座谈会。到有交通、之江、东南、南模、临大等九校壁报编辑同学，就现有壁报情形，发表意见，情绪热烈，提供甚多。现特将座谈记录发表，因本期篇幅有限，只能将全部意见总结于下。"文章介绍了各校壁报概况，共同点是"写稿者太少了"，强调内容要通俗化，形式要灵活，可以多搞些征文活动。有的学生编辑提出可以介绍新颖民谣，发表针对现实的小歌曲，这比刊登万字的大文章"效果强得多"。又如"剪报"形式，整理、编贴，"可以使平时不大看报的同学，也能看到许多东西——时事、评论、报告文学、副刊杂文"，既整齐又省力，"之江、约大两个学校都已经出版好几期了"。这次座谈会，大家提出每个学校建立一个壁报联谊会，上海最好有一个总的联谊会。

陈昌谦等人召开壁报座谈会，目的是建立《时代学生》的庞大信息网络。以各校内团体的壁报为基础，巩固关系，活跃气氛，各校加强交流，实现双赢。自下而上呈现一个"金字塔"，确保该刊的质量和数量，提高品质，扩大影响。这是一个美好的设想。但是，理想与现实总是有很大的差距，甚至产生很大的矛盾，这些都随着停刊而消逝。

著名导演赵明，原名赵炳章，江苏扬州人。早年在上海一家银行当学徒，后考入上海美术专科学校,经徐韬介绍,加入左翼剧联,并担任美专剧团主要演员和公演负责人,多次参加进步演出活动,曾两次被捕入狱。抗战爆发后,加入抗敌演剧队,编演过《同心合力打东洋》《木兰从军》《放下你的鞭子》等剧目。其后,率队赴台儿庄慰问抗敌将士,徐州突围时九死一生。赴湘赣,去西南,巡回演出长达九年。1949年后,担任上海电影专科学校副校长兼导演系主任、北京电影学院副院长。他共拍摄了20多部电影,其中有影响很大的《铁道游击队》《三毛流浪记》《年青的一代》等,培养了许多著名导演,为电影事业做出了很大贡献。赵明很熟悉抗日战争期间非常流行的活报剧,而且编演过最具代表性的《放下你的鞭子》,积累了丰富的经验。他应邀整理、撰写了《谈谈活报》一文。

> 活报是比话剧更有力、更锋利、更轻便的武器,用来教育观众,使大家懂得许多事情。所以内容非常广泛,上至国家大事,下至生活问题都是好材料,形式极为简便,跟着地点环境和观众水准的不同而变化,台上台下路旁都可演。

赵明观看了学生们的活报剧,认为:"活报最近非常风行,和大家已是很熟悉的了。这些大部分由同学自己编写排演的活报,演出时一般说来相当成功。"他还指出:"由于缺乏经验,值得研究改进的地方还不少。"一是"简洁通俗,抓住中心"。"活报是用来教育观众而不是供大家饭后消遣的,所以内容非要简洁通俗、有深刻的教育意义而在布局中处处抓紧中心不可。"二是"台上台下打成一片"。"活报虽然没有布景、道具,也没有惊心动魄的伟大场面,却能更深刻地感动观众。"三是"旧瓶新酒,自由发挥"。一定要用古今中外的不同形式,"但要注意一个问题,就是选择形式的时候,要研究我们到底演给谁看"。四是"共同讨论,集体创作"。"比如我们要把这次助学运动编成一个活报,一个人无论如何编不起来",需要大家互相商量,共同努力,形成集体创作。

赵明凭借自己编剧、演出积累的丰富经验,留下了这份珍贵的总结材料。他自己恐怕早已忘却,后世也无暇搜寻,幸好《时代学生》保存了,但是有多少人知道呢?

赵明说要"共同讨论,集体创作",吴青的小说《文艺晚会》诠释了这个话题:

> "唱歌是老调,我们要编一个以我们学校为模特儿的活报。"这一提议也即刻被大家所赞成了。
>
> 接下去是七嘴八舌地诉说校方的专制、压迫、贪污:"教务长检查同学书信。""事务主任吞吃公款!""东北问题强迫同学游行。"……
>
> 房间里像乌鸦林唧唧咻咻的热闹死了,至于胡蓉在静静地写下他们的讲话,并且夹叙夹编地已经写满了一大张纸!
>
> 四五个人谈得真够劲,胡蓉在写完了最后一句话时站起来宣布:"活报大体完成了。"大家围拢起来,感到一种惊奇与兴奋。大家读着上面的字句,真好。他们当场分配了几个角色,还少的,到学校里去拖!

虽然这是理想化的"共同讨论,集体创作"的模式,但是多少透露了当时的审美情趣。

四个月前,第1卷第4、5期合刊刊登了周建人的《关于自然科学》,初步体现了该刊的改革思路。中断了好几期之后,这期再次登载《科学新话》(亦新),并且安排在第4页上,以示重视。该文摘录了一些有趣、新鲜的话题:"返老还童——注射埃克斯A. E. C血清""不锈钢丝袜""新式布景""沙漠变绿洲"等。

此文之后刊登《欢迎来稿》启事:"本栏目欢迎短小精悍之科学小品、科学新闻、消息和各种科学测验、科学游戏。最好要新鲜、有趣。"显然这是努力适应青年充满好奇心、渴望追求知识的需求。丁景唐等人编辑学生刊物也把科普之文作为办刊的一种思路,这已经形成一种共识。

这期刊登了一则不起眼的启事:"下列诸稿不拟采用:《夺魁记》(白)、《无题》(罗平)、《解散》(淙)、《同德精神》(正言)、《梦》(陈芷青)、《试师记》(群逸)、《舞台装置》(史梅)、《抗战时期的产儿——肇光中学校》(君昂)、《少年游》(辛)、《渺渺烟云》(叶可)、《上海学生声援南京被捕同学大会记》《苏联的人民和生活记》(戚七)、《一个堕落的女子》(陈懿)、《学生的又被"威胁"》(群)、《虹口教育概况》《近年乡村教育的动态》(孙向)、《回忆锡地教师生活之一页》(计竹筠)、《关公先生》(丰元生)、《两代之间》(高)。"这类不拟刊稿的启事恐怕是独一无二的,不过折射出当时来稿的一些情况,包括教育动态、校园情况和文学作品。从这些标题中,可以推测编辑部不予刊登的某些理由。

这期再次刊登《向各校同学征稿》启事:"各校喜欢写作的同学们!我们敬以最热忱的邀请,希望大家给本刊写稿,我们目前需要的是:(1)各校通讯,实实在在的学校生活报道、教授生活、同学素描、课内课外学习等;(2)有关学习、生活的意见和讨论;(3)科学新闻、科学小品;(4)具体的工作经验报道,如我是怎样办好图书馆的。来稿请寄戈登路四十六弄三十六号本刊编辑部。"此地址有误,校对有问题。这里透露两点:一是再次刊登征稿启事,反映了该刊努力回归办刊初衷;二是征稿中提及"具体的工作经验报道",这是吸取了有关信息反馈,填补原来各校通讯中的一个空白,特别是学校图书馆的工作,牵涉到许多问题。不过这征文启事未能起到立竿见影的效果,即将面临被迫停刊的无言结局。

第1卷第12期:敬师运动、学习《论联合政府》

第12期(1946年4月16日)封面要闻有:《敬师运动的感想》《把时事漫谈会开起来》《黑暗恐怖的南通城》《春山青青好旅行》。基本内容分为三大部分:"学团联"发起敬师运动,首次发表学习《论联合政府》之文等,本地、外埠教育信息和科普之作。

其一,"学团联"发起敬师运动。

"学团联"(上海学生团体联合会)是"学委"领导下的上海学生进步团体。1946年2月初,在"助学联"(上海市学生助学联合会)召开的98所学校学生团体代表会议上正式成立,陈震中担任主席。此团体于5月5日加入上海市人民团体联合会,并发表宣言。

"学委"发动的助学运动抢救了众多失学学生,但由于物价飞涨,教师的生活也十分艰难。著名教育家陶行知曾作诗自嘲:"人人呼我老夫子,生活不如老妈子。同样给人带孩子,吃不饱来饿不死。"国立交通大学教授陈大燮说:"我们这清高的职业清则清矣,〔却〕高不过茶房。"3月3日,上海市14所大学160多位教授在复旦大学组成教授会,先后函电教育部和国民参政会,要求按照生活指数调整待遇,发表宣言,呼吁各界救济贫困教授。对此,"学委"决定由"学团联"发起敬师运动,以支持教师的争生存斗争。

马叙伦的长文《敬师运动的感想》占了整整两大页,他回顾了自己亲身参加的1921年"六三"流血事件(为争取教育经费独立去教育部请愿),认为如今的敬师运动与昔日"六三"流血事件,虽然不是"异曲同工",但"我们当时得到孙(中山)先生一个电报的奖勉和赞助,便怀了无穷的希望。谁想到国民党训政了二十年,教育经费才估总预算百分之四点七。而上海教师的生活,要赖学生来发动敬师运动去维持他们。我对于'学团联'的毅勇广厚的精神和许多青年们的不辞劳瘁,只有致敬"。最后,他尖锐地指出:"只要'军事第一',真正改为'教育第一',不但教师目前的生活问题解决了,而教育各部门还有相当的发展。所以我们不得只喊增加教育经费的口号,而是要实现民主政治。"该文提及1921年"六三"流血事件,详见丁言模《马叙伦自传〈我在六十岁以前〉》(《书香传情——丁景唐藏书考辨》,上海文艺出版社,2020年11月)。

延续马叙伦的话题,这期登载《"武装第一"呢,还是"教育第一"?》(敏),披露了一系列数字:"本年度国家军费支出……其中不包括行政费项下的军事费和紧急命令支付费。支出实费包括军粮供应在内,达九千六百万万元,至一万万万元。维持十足的四百万个兵士(不是过去空头六百万,所以实际上是增兵了)。"在这直蹿飞升的惊人数字面前,"百分之四点七"的教育费用显得微不足道了,这是对蒋介石吹嘘的"建国时期,教育第一"口号的辛辣讽刺。该文强烈要求:切实大量裁兵;裁节党务与特务经费,以敌伪财产一部分用于"充足教育文化经费"。

这期"评坛"栏目头条为《第二期学费》(何之),驳斥钱大钧(蒋介石的"八大金刚"之一)市长的谬论,"尊师的募款的对象是学生的家长"。

这期《时代学生》出版之后,4月24、25日两天,"学团联"组织的920个小队,8 000余人上街义卖"敬师章"。国民党当局迫于舆论压力,发起所谓"尊师"运动,与敬师运动相抗衡。"学团联"党组研究认为,"尊师"与"敬师"目标相同,为避免学生队伍分裂,决定与教育局、学生总会合作,联合开展尊师运动。5月27日至29日,上海159所大、中学校的2.5万余名学生,分成4 000多个小分队上街尊师义卖,广大市民深受感动,35万份"尊师谢帖",三天内全部卖光,募得两亿元钱款。6月中旬,募捐基本结束,募集所得达十亿元以上。这也真实反映了疯狂的通货膨胀导致社会经济危机。

6月16日,全市100多所大、中学校,5 000多名学生代表,在天蟾舞台举行尊师庆功联欢大会。中共中央青委负责人冯文彬在上海"学委"负责人张本、吴学谦等陪同下,秘密来到会场参加大会。对于这次尊师庆功大会,各家报刊纷纷作了报道。其中《蒋家统治区教育剪影:上海学生尊师联欢大会呼吁挽救教育,反对内战》(《教育阵地》第7卷第1期,1946年7月16日)写道:

> 陈鹤琴主席,郭沫若、王造时、林汉达诸先生及各学生团体,均出席参加。大会在最后通过五项解救教育危机的决议:(一)要求立即停止内战;(二)上海学生联合起来,阻止内战,维护国家主权;(三)要求减低军费,提高教育费;(四)保障教师生活,保障教师职业;(五)救济失学同学,普及实施义务教育。并发表致政协代表书,请郭沫若先生转致各代表。
>
> 大会于九时开始,先由主席致词,说明尊师劝募的经过。次由郭沫若先生讲演。他开始就说明教育经费太低,我国教育经费仅占总预算百分之四点七,与百分之七十的军费相较,实为九牛之一毛。当时他便提出,教师生活要有保障,教育能普及,必须争取提高教育经费。"我们要求教育经费至少要提高到总预算的百分之三十。"他说,"我们首先要求减少军费,大量裁减军队,今天除了打内战,军队实在没有大量存在的必要。同时,我们要求立即停止内战,永远停止内战!"(鼓掌)"把庞大的军费用到国家建设上来,用到教育建设上来!"(大鼓掌)以后,郭先生又谈到教育自由问题说:"我们不能让剪刀的剪裁、绳索的缚束,使教师只能制造一些奇形怪状而在建设上毫无用处的东西。我们要求党团退出学校,学习教师的献身精神,巩固和平,反对内战,以促进实现民主的中国。"词毕,郭先生即领导全场高呼口号,全场连续鼓掌达三分钟之久。紧接着就是反内战的歌声[响]起来了,"反对内战,反对内战,要和平,要和平"的歌声震撼全场。随后是林汉达先生的讲演,他沉痛呼吁全体同学团结起来,继承"五四"光荣传统,"要求政府从外人手中收回一切主权","不要[让]马歇尔成为我们的太上皇"!
>
> 学生总会代表、学联代表等等也相继演说,最后由大会主席宣布全体同学对解救教育危机的综合意见,大会便在像怒潮般的反内战的歌声中结束。

这次会议主题由尊师发展到反内战、争和平,这是在场的国民党、三青团分子所始料不及的。可惜《时代学生》已经提前停刊了(5月10日),否则可以写出更为精彩的追踪报道。

其二,首次发表学习《论联合政府》之文等。

1946年6月,蒋介石撕毁了停战协定,背离政治协商会议的决议,首先向中原解放区发起进攻,悍然发动了全面内战。

这期刊登王琳介绍《窃国大盗袁世凯》一书，借古喻今，暗喻蒋介石一意孤行悍然挑起失去民心的全面内战。文章写道："袁氏自己还是失败了，他的继承者也一个个都失败了……只有人民是不死的……谁能不作'会心的微笑'啊！"

1947年交通大学、上医、中华工商和部分中学举行的纪念"五四"文艺晚会上，充满了反美反蒋的斗争气氛。交大学生自治会自编自演话剧《窃国大盗袁世凯》，结尾时口号响起："打倒卖国独裁者！"全场大、中学校学生4 000多人齐声怒吼起来，矛头指向蒋介石。

此前对于和平与内战的错综复杂的局势，众多学生犹如坠入云雾或者不闻不问。这期《时代学生》有针对性地发表《把时事漫谈会开起来》（吴楚），提出六个要点："人生活在时事浪潮中""单看新闻没有用""什么叫作时事漫谈会""如何做准备工作""怎样来谈呢""还有时事余兴"。强调指出："时事的变化很多，需要各种知识，如政治、经济、地理、历史、法律等，个人研究因碍于认识和精力有限，不能得到很大的效果。只有集体研究和讨论才能得出较正确的结论。时事漫谈会是集体学习中最好的一个方式，它较座谈会来得活泼，不拘形式，大家随意提出意见，并可用时事诗谜、拼句游戏来增加兴趣。"

《我们怎样来学习民主》（话匣子）认为：一是必须"服从大众，以大多数人的主张为主张"；二是"团结合作，合作才生力量"；三是"不要包办，要相信大众的力量"；四是"多读书，即理论与实践不可分"。

《我们的读书会》（林洁云）介绍了有关经验。纪念三八妇女节时，几位女生听到一位女工的讲演，"是多么深刻而有力"。相比之下，几位女生觉得自己太落后了，于是萌发了组织读书会的想法，联络了18个同学组织。经费大家凑，决定订阅六种刊物《民主》《周报》《文萃》《世界知识》《文汇周刊》《时代学生》和三种报纸《时代日报》《文汇报》《时事新报》。

我们[的]读书方法，一种是自由选择，大家去读，在读书会上轮流报告，把自己读过了什么、内容如何、有什么心得[讲出来]；一种是指定必读书，这是预备在读书会做讨论用的。

关于必读书，我们现在指定了《论联合政府》《社会科学基础教程》和《中国革命运动史》。现在我们先谈《论联合政府》，因为这是我们每一个中国人当前最需要正确了解的现实问题，现在讨论大纲已经做好了。我们的方法是每次讨论一章，先由一个同学报告，再按照大纲一条条地讨论，希望能以大家的见地和心得对于每一个问题都能得到正确而深刻的了解。

……《论联合政府》的第一章讨论，大家都很紧张，尤其是辩论的时候，大家深入了问题核心，愈益增加了每个人对于问题的了解和认识，同时我们大家学习了一支新歌《争取民主进行曲》。

1945年4月24日，毛泽东在中共"七大"上作《论联合政府》报告，为抗日战争的彻底胜利和解放战争在全国的胜利指明了方向,奠定了思想基础。报告共分五大部分,第一部分针对国民党独裁、卖国、反共反人民的政策,开宗明义地提出成立联合政府,"领导解放后的全国人民,将中国建设成为一个独立、自由、民主、统一和富强的新国家"。《时代学生》首次发表学习《论联合政府》的文章,尤其是学习第一章时的讨论。这与"学习了一支新歌《争取民主进行曲》"互为呼应,开掘了主旨。

《社会科学基础教程》是徐懋庸等人合著的。《中国革命运动史》则是"中国通"苏联的拉狄克所作,他曾任共产国际执委会书记、委员和主席团委员。几个女生组织的读书会阅读如此高深广博的社会科学专著,令人刮目相看。而且订阅的《时代学生》等报刊,都是地下党或知名民主人士创办的,其中《民主》《周报》《文萃》并称为国统区的三大民主刊物,在上海以至整个国统区人民中都有很大的影响。遗憾的是此文说的读书会不知是哪个学校的,也许是出于一种保护意识,陈昌谦等人故意为之,毕竟刊登学习《论联合政府》的文章大概仅此一家,需要足够的勇气和胆魄。

其三,本地、外埠教育信息和科普之作。

第9、10期合刊谈到抗战胜利后的第一个国际劳动妇女节,上海妇女在地下党组织的领导下开展了一场竞选国民大会女代表的斗争。1946年3月7日,中共中央书记处发出《关于选举或指派国大女代表问题的指示》,指出:"国民党现已布置一批女的国大代表,准备与我们做政治斗争,因此,你们在选举或指派国大代表时,应注意包括具有下列条件的女同志:(1)准备今后做公开活动者;(2)在群众中确有威信,较有政治斗争之能力或经验者。"[9]

经党组织与民主人士协商,决定上海妇女界由许广平、胡子婴、雷洁琼等出面,公开成立了上海国大女代表选举筹备委员会。经过多次讨论,决定采用不记名投票的方式来选举,先由各界妇女协商推荐350名候选人,再从中选出代表。4月16日,该筹委会组织全市各界数万名妇女,在12个投票点投票,选出了35个国大女代表,其中有不少是共产党员。开票的当天还给国民党政府发了电报,要求予以确认公布。《消息》半月刊、《生活知识》等进步刊物纷纷派出记者,采访当选的国大女代表。国民党当局对选举结果却不予承认,宣布此次选举是非法的,从而暴露了自己假民主的真面目。1946年11月15日,由国民党一手包办的"第二届国民大会"("制宪大会")在南京召开。此前,围绕代表的选举,各种说法五花八门,笑话甚多,成为人们茶余饭后的谈资。

4月16日选出35个国大女代表之前,《时代学生》刊登了两篇通讯报道,《承建的民主选举》(揭卷)报道承建中学普选的情况,《约大女同学选出了国大代表候选人》(远道)讲述了4月10日选举国大女代表候选人的经过。

> 十六位到会的候选人就高高地坐到台上,轮流着站起来说话了。第一位是医学院的叶嘉馥同学,气概很大方地说:"从前做代表是为了要做官,就是想要钱,现在我们做

代表是要想代表大会来做事情,所以竞选并不可羞。"她还列举德、日说明了没有妇女参加的政权是会失败的。末了,说:"我希望同学们都选我!"赢得了哄堂大笑,我周围的几位却在轻声地互相询问:"叶嘉馥,怎么写法?"

其次是吴励理,她的态度很温和谦逊,说:"中国的女子一向是玩物,现在我们要参加国家的管理,而且不但自己起来,还要唤醒别人,团结一致,为大家服务。"

这样一位位轮流下来,有的发表了她们的见解希望,有的报告了她们的服务经历,每一位都博得了热烈的掌声。报告完毕,投票便开始了,是用不记名投票方式,选举票是油印的,盖好了妇女联谊会及约大"女生联"的图章。二十岁以上的女同学都有选举权,每人分配到选票一张之后,就当心地填写起来。

……当天下午已由司徒先生、孙先生会同"女生联"开了票,竞选结果是叶嘉馥同学获票最多,有一百七十余张,吴励理同学第二,荣任约大女生代表。我们相信,她们必能代表我们为妇女争取应有的权利,因为她们两位的确都是由最民主的普选产生的呵!

一年前,"获票最多"的叶嘉馥与其他同学庆贺抗战胜利,却被校长沈嗣良开除,引起一场"反沈护校"运动。叶嘉馥后为江苏省血吸虫病防治研究所副所长,曾兼任江苏省血吸虫病研究委员会秘书长。

当时在国统区出现这样民主普选国大女代表候选人的方式,是前所未有的,也是国民党当局最不愿意看到的,因为他们说的"补选"其实是"指定",蛮横拒绝4月16日选出的35个国大女代表。《世界晨报》(1946年4月17日)披露的35个国大女代表中就有叶嘉馥,其他当选的有许广平、潘月英、杨刚、李德全、沈兹九、胡子婴、汤世英、顾莲英、胡耐秋、钱琴、彭子冈、廖梦醒、蒋学杰、王辛南、王知津、汤桂芬等。

《我敬佩的老师》(杨宗禹)描写一位优秀教师。"他是思想的导师!是一个可敬可爱的老师!"文章没有点名,可能是指林汉达。

《课内外学习要打成一片》(陈绯)一文开启大家学习的思路,建议把教材与课外阅读结合起来。"我们要的是:正确的、经济的、有效的、活泼的学习!"

这期发表了难得的一篇轻松之文《春山青青好旅行——昆山归来》(阿钟、小萃),讲述了去昆山游玩的经历。

除了本地信息之外,这期还登载了《介绍重庆的社会大学》(吉成)。该校是人民教育家陶行知创办的,亲任校长,知名人士李公朴担任副校长,实行全新的办学模式。"一切校务,如学校行政,一切教务,如课程等等,都是全体员生,上至校长下至学生,共同管理的,不管同学来自各个不同的职业部门,他们之间却充溢着团结与友爱。他们有的住在离城十多里的地方,可每天晚上都准时赶来上课。"60年后,曾就读于该校教育系的魏林对陶行知的崇敬、敬仰之心丝毫不减,对昔日的社会大学的热情依然如故。他撰写的《陶行知创办社会大学是其教育思想又一伟大实践》,反映了陶行知的教育思想和他"爱满天下"的博大情怀,产生了深远影响。

上期登载的《科学新话》摘录了一些有趣、新鲜的话题,这期则是惊悚的话题。《可怕的黑死病》(洛夫)控诉侵华日军曾投掷细菌弹,造成中国各地军民很大的伤亡。

由于没有《编辑后记》,无法了解此期编辑的有关情况。

第1卷第13期:遗憾的最后一瞥

国民党在积极准备发动全面内战的同时,加紧对国统区进步文化的压迫。在上海首先遭禁的是地下党组织创办的《消息》半周刊,该刊是上海地下党负责人刘长胜向姚溱(宋明志)、方行(丁北成)交代的任务,4月7日出版创刊号,5月23日被迫停刊。而《时代学生》出版第13期(1946年5月10日)时已经宣告停刊。

这期封面是黑白的,失去了往日的大块底色,要目又恢复原来多个要目的模式。编排有些凌乱,文章没有前几期那么有亮点,缺乏有特色的通讯报道,一切都显得比较仓促,留下遗憾的最后一瞥。这期主要内容分为两大部分:交大等校教授罢教,文学作品和各校通讯、信息。

其一,交大等校教授罢教。

1946年4月上旬,交大教授会因物价飞涨,要求改善教职员待遇而发动罢教。4月21日,交大教授会理事祝百英在上海国立院校教授代表联席会议上介绍了交大教授酝酿停教的经过。自此,交大、复旦、同济、暨南、上海医学院等国立院校开始了全面停教,斗争一直持续到5月上旬才告结束。

《严重的教育危机》(罗纫)愤愤不平地写道:"上海国立大学教授的停教已经有二十五天了,至今悬而未决,朱家骅部长虽然由重庆赶来,但也无具体办法!仅仅增加每人每月二万五千元的研究费,只能维持三四天的生活,连朱部长本人,也说是'意思意思'而已!相继而起的是大后方学校的连续响应和收复区各中学的怠教罢课……"该文转载了3月30日上海市大学教授会发表的宣言中披露的困境:"有许多教了二十年以上的教授,到现在不能得到一饱;有的教授家里只剩下七个煤球;有的教授家里,还是过旧历年的时候买了一斤糖的;有的教授眼望着自己可爱的儿子死去,没有钱进医院。"这一字一泪的控诉,"我们实在不忍心教师们饿了肚子给我们上课"。中学教师的生活则更加苦了,太仓的教师每月只有一万五千元,也已欠了三个月了。"同学们想想看,这还是人的待遇吗?"

百分之四点七的教育经费,与庞大的军费开支形成巨大的反差。"蒋主席几次三番说过:'教育第一,要培养建国人才!'然而说管说,现在所做的却是'内战第一'了。"直接公开点名独裁者蒋介石,这也是 13 期《时代学生》最后的犀利斗争锋芒。"在时局动荡、物价狂涨中,全国学生的生活也到了山穷水尽的阶段",同学们也在闹饥饿。解决这些教育危机的最好方法是"停止内战,实行民主政治"。

《立此存照》(小菡)采取剪贴报刊信息的方式,编写了一组讽刺短文。4 月 20 日,《文汇报》记者采访朱家骅部长:"请问部长对于目前大学教授之罢教,有何感想?"答道:"此次停教并不重要,仅交大一部分,同济大学且不在内……"呜呼,停教一部分并不重要,到什么程度才算重大了呢?"教授罢教,政府也忙了一阵:朱部长来上海,杭次长接见教授代表,然而只发表两句吃不饱的谈话,又相继走了。现在正是:空山渺渺,杳如黄莺!……四月初旬,本市学校教员罢教宣言上有谓:'呈文搁而不批,呼吁置若罔闻。'向当政者抗议。其实政府是'所呈批而难发,呼吁无力接受'!按:顾局长曾谓'政府无能'故也!"

《米要卖到五万块一担!物价又涨了——告诉你经济学上的秘密》(王又之)提出一个尖锐问题:"为什么物价在这个时期涨?"答曰:"中国的经济现状,目前有个特点,就是官僚资本决定一切(以政治力量来囤积投机,像过去的孔祥熙等),而这种资本握在几个人手里。现在国内有一股倒退的逆流,主要用内战来解决一切!因此当马歇尔再度来华斡旋和平的今天,顽固分子则用官僚资本来兴风作浪,造成高物价,来阻碍和平团结的成功,捣乱金融,焦灼民心,使和平协商难以进行。"这很有见解,一针见血地指出症结所在。

官僚资本主要是指中国国民党统治集团中的蒋介石、宋子文、孔祥熙、陈立夫四大家族,凭借国家政权的垄断力量,通过发行公债、苛捐杂税、商业投机、通货膨胀等手段巧取豪夺而建立起来的国家垄断资本主义工商企业。这在当时许多文章中不同程度地谈及,毛泽东在《目前形势和我们的任务》中明确指出,要"没收蒋介石、宋子文、孔祥熙、陈立夫为首的垄断资本归新民主主义的国家所有",这是新民主主义革命的三大经济纲领之一。

《失业·贫困·学费所用·大学生的出路问题》(苔石)"希望快快停止内战",这是解决问题的大前提。

反思教材问题,也值得教育界高度重视。《改造我们的教材》(陈绯)认为教材存在四种严重问题:一是封建思想,二是出世思想,三是狭隘的爱国主义与法西斯主义的思想,四是脱离生活的教材。"凡此种种,在今天教育家们都在为生活奔波、救死不遑的时候,教科书仍不能不将民国二十几年的版本再版、三版、五版、十版地印出来供用,纠正这些错误的唯一有效办法就是多多参考好的课外读物。"教科书的诸多问题直到 1949 年以后才逐渐解决。

其二,文学作品和各校通讯、信息。

该刊第 3 期曾刊登魏金枝的《论作文的题目》,但因故未能续载。陈昌谦等人也曾想邀约名人讲授写作经验,但未能如愿。这最后一期则旧话重提,刊登了《放手下笔,写你的生活》(戈),提出几个观点:(1)"人生下来不是文学家","不要害羞,只要大胆地写,自然会慢慢地写得好的! 有名的文学家都是从幼稚的时候写起,世界上没有一个一写就成名的"。(2)"凡是认为没有什么写的同学,必须到生活里去找。同学中哪些最特别? 敬师运动时怎样出外宣传? 如何和同学们去春游? 学校里有哪几个好先生? 这些都是材料,把它写下来就是一篇学校通讯!"(3)"不要当'文章'来作","写文章要极其自然,有什么写什么,用口语来写,世界上的好作品都是活生生的,看上去如闻其声,如睹其人"。(4)"先用新闻通讯的形式写","听说《时代学生》第二卷起极需要这种通讯稿,同学们可以大胆地试试"。(5)"集体学习,集体写作","最好能和几个志同道合的朋友在一起,看看名家的作品,再集体来写,写好后集体批评,帮助是很大的"。此文作者谈了自己的写作经验,通俗易懂,可能作者就是该刊编辑。至于"集体创作"则是抗战时期曾一度流行的写作观念,仿照了苏联文坛的模式,褒贬不一。

继前两期刊登命题小说之后,这期也同样登载类似的命题之作,即《我当了家庭教师》(小怀)。文章描述"我"当了家庭教师,每天晚上两个小时内面临不同年级的六个调皮孩子的刁难、玩耍、叫嚷,他们甚至直接挑战"我"的权威。"我"被搞得晕头转向,累得说不出话来。但是,想想一个月有一万五千元的报酬,硬着头皮教下去。东家看在眼里,到月底多给了五千元,"我"乐得屁颠屁颠的,想着去买什么新鞋、新衣,装束一番,美梦成真啦! 可是到了家里,父亲愁眉苦脸,说是要缴第二次二万五千元的学费(此事已引起公愤,许多学生再次面临失学)。"我"的美梦破碎了,文章凸显"残酷"二字。

江西路,人民疲倦地/撑着眼睛:/一队队/破黄衫的士兵。/赤了脚的/背树儿的/木壳枪/像芦柴棒/搁在肩上。/人民,/无表情的脸/向着他们……江西路/人民不再快活/不再像/胜利的那天/国旗飘着/像海,人民/欢呼自己的军队/荣誉归来! 人民/痛恨内战。/谁要打,/谁就是人民的敌人。/昨天/也许是民族英雄,/只要他/主动去内战/人民会/唾弃它/像一堆痰吐!

诗歌《往哪里去》的最后几句,说出了广大民众的心声,历史的进程得以见证。

第1卷第11期编发了《怎样编壁报》,有的学生编辑提出可以介绍新颖民谣,这比刊登万字的大文章"效果强得多"。

这期第一次发表了新儿歌《童语》:

正月正/绕龙灯/爸爸笑洋洋/妈妈把糕蒸/八年苦吃尽/生活要改正/二月二/冬已尽/妈妈心焦急/春日无夹衫/爸爸耐心等/政府要加薪/三月三/蚕上山/物价像水银/发热向上腾/爸爸日夜跑/买米不足升/四月四/儿童节/妈妈把衣当/爸爸去请愿/吾们在家等/肚饥用涎吞。

显然这是根据流传甚广的南方歌谣改编的,生动地表现了抗战胜利后广大民众依然苦苦挣扎在生死线上。

这期学校通讯有《复旦外交系速写》(鲁孙)，讽刺腐败的教育制度，以及不学无术的教师形象，学生纷纷"吐槽"。

《大学生公审特务记》(元佳)则是新鲜题材，讲述重庆某大学群情激奋，在大礼堂审讯三个特务，描写很生动，而且对话中充满了四川话的"辣"味。文章高呼："废除党化教育，取消特务组织！"不久，"反特务斗争的胜利终于发展成更巨大的请愿游行运动"。

晋元中学通讯《义卖敬师章，进了巡捕房》(木公)，说："事实是事实，我亲身遇见了——谁能说是'教育第一'？"

"女中通讯"栏目，发表市女中的《生活就像机械一样的转》(赵云)，"天天缴课卷，日日练体操"；启秀女中的《敬师献金在启秀》(秀生)，"我们敬爱师长，就为敬爱自己的父母"；《民立女中二事三》(小甲)，"费，费，费，第二期学费、制服费"。

"通信问答"栏目，搭设了编辑与读者之间的桥梁。问："我该怎样分配时间？"答："关于这个问题，启秀女中师生合作的例子倒可以作为参考。"问："要缴第二期学费怎么办？"答："原先'不征收二期学费的'，现在也要收了。现在最好的办法是和学校商议，告诉他们：大家实在缴不出。"问："怕给人笑的问题。"答："我们赞成你对谣传'置之不理'[的]态度，却更希望你去找自治会中男同学，共同用行动来击破这种谣言！"问："重复枯燥的大学课程。"答："请参看本期的'评坛'的《改造我们的教材》，这是治本的办法。其次治标的则有：（1）多去看课外书报，可以补足课内功课的枯燥无味；（2）多参加知识性的讲座，听听名人演讲！"这些答复有的切实可行，有的则比较勉强。毕竟大家都生活在物价飞涨的恶劣环境里，除了表示同情、安抚等之外，还能做什么呢？上海市实验戏剧学校几位清寒学生余乃、何炳凌、叶枫写信给编辑，"面临失学问题"，主要原因却是家长勒令他们"自动休学"。对此，编辑没有答复，这是最后一条信息。

继上期科普知识"可怕的鼠疫"话题之后，这期回归生活常识，刊登了《卓有成效的杀虫药——D.D.T.》(成吉)、《少男少女们的秘密》(胡成)。

这期最后一页刊登一组启事：

本刊暂停出版启事

本刊自去年十月创刊，至今出版十有三期，中因印刷费用迭次增价，成本日巨，而本刊又须顾及同学之购买能力，往往以本价出售。再以发行缓慢，销数日减，且近日各物飞涨，成本又行增大，本刊实无力担负，自下期起决暂停出版，待经费一有办法，再行恢复，敬请读者原谅！

本 刊 启 事

一、编辑部启事。凡是曾经有稿件投来而未及刊登的，请投稿同学在本月十五日到三十日驾临我们的营业部领稿,我们在这里向大家深深致谢并道歉,希望我们不久复刊,再请大家赐稿!

二、通讯部启事。即日起,本刊以前所发通讯员证一律作废,并谢谢各通讯员同学几个月来给我们[的]帮助。

三、营业部启事。(一)请各位推销同学在本月二十日以前驾[临]本刊营业部(江宁路三十六弄大成商场四十号上海书屋),将前数期账目一并结清。(二)本刊为纪念起见,特装帧合订本二百本,于即日起开始预约,每本一千五百元,预订同学望来营业部接洽。

这里的营业部地址又有变动,与丁景唐主持的"文谊"会刊《文艺学习》同为一个联络点——上海书屋。《时代学生》13本的合订本"每本1 500元",仅为一天粗茶淡饭的费用,如果保存至今,那么市场价将是惊人的。

编辑部的经济已经到了入不敷出的地步,陈昌谦等人被迫商谈停刊事宜。无独有偶,丁景唐主持的"文谊"会刊《文艺学习》出至第3期(1946年7月20日),也被迫停刊,这是恶劣的政治、经济环境造成的。

1949年1月15日,香港新生出版社出版《时代学生》,教育部长朱家骅题刊名,编者自称"完全没有政治或党派背景"。这与丁景唐、陈昌谦等人办的《时代学生》毫无关系。

综上所述,可以得出如下一些看法:

其一,该刊是由"学委"书记张本联系的,是"学委"的对外窗口之一,始终贯彻执行"学委"的有关指示,围绕"学委"的中心工作展开组稿、编稿、撰稿、发稿,根据各方面的反馈信息,调整、改进下一步的编辑工作。初步显示了上海"学委"领导该刊的指导中心、信息中心、宣传中心、教育中心的一幅蓝图。

其二,丁景唐联系圣约翰大学的党员阮冠三、潘惠慈、成幼殊、吴宗锡等,指导、帮助他们创办新的学生刊物《时代学生》,为迎接"天亮"活动创造舆论阵地。

该刊最初由丁景唐和陈昌谦一起领导,第3期出版后丁景唐不再过问该刊的具体事务,陈昌谦直接"亲临前线",担任主编。

其三,该刊前三期渗透着丁景唐的办刊思路,他与陈昌谦密切配合,凸显该刊综合性的特色。他们邀约社会名流撰稿,如锡金、朱维基等人,还有丁景唐熟悉的老作家魏金枝,也应邀提供了《论作文的题目》一文,介绍了自己多年的写作、看书的经验。并且接连推出两期专辑,即"战后教育问题特辑""助学运动专辑",不仅邀约八位专家,设法派人去采访社会名流人士李登辉、陈巳生、顾仲彝,整理成稿,还开设"对于助学的意见"栏目。

其四,陈昌谦独当一面主编后面十期,进行改革。(1)加强以学校为主的本地和外埠通讯报道,扩大教育信息量。(2)发表有关指导文章,辅导学生读者投稿。(3)减少或谢绝专业作家的文学作品,增加科普文章。(4)加强沟通编辑、读者之间的关系,不定期开设"信箱"栏目。(5)为了吸引青年学生订户,采取适合他们口味的文艺通讯等。

精心策划了"追悼昆明死难师生大会特辑"和"助学运动专辑"。前者最为出色,图文并茂,灵活多变,其深度、广度、高度都堪称该刊创办以来的巅峰,理应与这次万人公祭大会同载史册,但是几乎无人知晓,更无人进一步挖掘史料和深入研究。后者,陈昌谦等人费了很大的精力,进行了追踪报道,发表了许多很有分量的文章,并与政协会议的协议及广大民众强烈要求自由、民主的呼声相结合,赋予这次助学运动重要的现实意义。

对于外地学潮大事,如追踪报道昆明四烈士、南通惨案等,以不同形式进行宣传和点评,以此声援,遥相呼应。

其五,前三期与后十期相比较,各有千秋。后十期信息量大,并且记载了"学委"领导的一些重大活动,如助学运动、迎接马歇尔、公祭于再烈士、争民主反内战、敬师运动等,产生了很大影响。前三期中规中矩,谨慎行事,按照市场上类似的综合性刊物的模式,邀约社会名流撰稿,并与学生需求相对接,努力树立新形象,体现了"让事实说话"的办刊理念和"形象大于思想"的审美价值观。后十期则大胆改革,敢闯敢做敢写,充满了青春燃烧的激情。陈昌谦等人整合资源,挖掘潜力,突出校园文化,将文艺通讯作为改革的重头戏,重心倾向于学校师生的稿件,热情扶持新人,大力增加各校信息,流通互助,澄清事实,旨在提高读者辨别是非的能力。

陈昌谦等人召开壁报座谈会,目的是建立《时代学生》的庞大信息网络,实现双赢,确保该刊的质量和数量,提高品质,扩大影响,这是一个美好的设想。并与重庆等地高校连接,互动互助,交流信息,活跃版面,增加通讯报道,提升品质,扩大影响。希望双方进一步发挥优势和特长,期待形成各自的教育信息新中心,辐射所在地区的各所学校,实现互助共赢的"一盘棋"新局面,这是《时代学生》改革之梦。

其六,"书报介绍"栏目为进步青年学生开启了"光明之窗"。

第一次公开发表学习毛泽东的《论联合政府》的文章,尤其是学习第一章时进行的讨论,这与"学习了一支新歌《争取民主进行曲》"互为呼应,开掘了主旨。

介绍了郭沫若、茅盾、陈白尘等的文艺作品和曹靖华等的译作,以及冯雪峰、胡绳、艾思奇、沈志远等的社会科学书籍或杂文集,并推荐很有影响的《光荣归于民主》(李普)、《外国记者眼中的延安》(爱泼斯坦等)等报告文学,与青年学生追求民主、光明的需求相对接。

该刊"信箱"和辅导文章里经常暗示学生读者"多看课外书报","多听听名人演讲",弥补枯燥无味功课的严重不足之处。其实,"书报介绍"栏目正具有如此的针对性。

其七,保留了大量的珍贵文史资料。

该刊采访李登辉、陈巳生、顾仲彝的稿件,八位大学教授——胡曲园、顾惠人、顾仲彝、王治心、唐宁康、蔡尚思、林汉达、朱维之谈论"战后教育问题",葛传椝、郑振铎、白约翰、魏金枝等名人和专家稿件,都是珍贵的资料。马叙伦的长文《敬师运动的感想》占了整整两大页,他回顾了自己亲身参加的1921年"六三"流血事件。鲁迅三弟周建人的《关于自然科学》及几次讲话,是鲜为人知的文史资料。该刊还报道助学晚会或联欢会,记载了沈钧儒、马叙伦、周建人、林汉达、许广平、俞庆棠、李健吾等社会名流的现场言行,这是其他报刊避而远之的,留下了一份珍贵的史料。

此外,《介绍重庆的社会大学》介绍该校是人民教育家陶行知创办的,实行全新的办学模式;《约大女同学选出了国大代表候选人》讲述了4月10日选举国大女代表候选人的经过;《承建的民主选举》报道承建中学普选的情况;《在石啸冲先生课上》简要地描写了石啸冲授课时的风采;《我怎样在美军中当翻译官》为读者打开了一扇新奇之窗,披露了许多令人瞠目的所见所闻;《娜拉向哪里走?——纪念胜利后第一个"三八节"》的开头延续鲁迅当年演讲的思路,接着讨论当下"争民主"的话题。

其八,丁景唐等人的诗文。

该刊发表了丁景唐的评论《关于教育复员》、小说《"读书救国"和"唯才"论者》,必须把它们放在特定语境中才能进一步了解深刻含义和艺术概括性。《关于教育复员》总结了有关内容,归纳出五条意见。既吸取了他人的见解,也有妥善解决的办法,并加以适当发挥,为这两期的"战后教育"论述暂且画上一个不起眼的句号。小说《"读书救国"和"唯才"论者》则结合前几期内容,加以提炼,进行艺术性概括。不过此小说的标题却是议论文惯用的,也许是为了符合这期《时代学生》宣传的需要。

第3期同时出现丁景唐的小说、徐开垒的小说《远回》、王殊的散文《凋零》,鲜为人知,他们三人也早已淡忘了,但是他们的记忆中依然珍藏着那个年代的青春年华。

袁鹰的小说《青蛙的故事》中出现"华威先生"的弟子,传承衣钵的"开会迷"。此小说不动声色地描述,不见一个讽刺词语,却辛辣味十足,展现了讽刺小说的魅力,也是《时代学生》为数不多的文学作品中的精品。袁鹰回忆起昔日苦命的孤儿同学,写下小说《何冰》。当日本无条件投降的消息已经传播各地,大家欣喜若狂地庆贺,但是何冰和奶奶依然无法摆脱在生死线上拼命挣扎的命运,可谓"胜利的橱窗,橱窗的胜利"。

该刊发表有奖征文的四篇作品,前两篇是命题作文,第三篇《书中自有黄金屋》构思比较勉强,《我们的校长》则可谓"嬉笑怒骂皆成文章"。

青年读者所喜爱的诗歌,该刊发表了不少。林雪明的诗歌《怀念大哥》写于一九四五年正月,这时国际反法西斯的局势大好,即将迎来抗战胜利。褚实在《时代学生》上先后发表两首诗歌《我们的先生走了》《穷教员》,都以教师为对象,如诉如泣,死死地缠绕着读者的心,表达了"只有大家一条心"才能带来希望的曙光。旷野的诗歌《一个好心肠的巡警》描写了理想化的"好心肠的巡警"。《往哪里去》则说出了广大民众的心声,历史的进程得以见证。最后一期破例发表新儿歌《童语》,这是根据流传甚广的南方歌谣改编的,生动地表现了抗战胜利后广大民众依然苦苦挣扎在生死线上。

该刊最大的特色还是文艺通讯,除了以上两期专辑中的大特写文章之外,还有不少佳作。徐肇荣的江西通讯《黎明前的作祟》,真实地描写了日本无条件投降之前,侵华日军溃败的狼狈场景,以及"我"和民众逃难的真实经历。锺杰的《彷徨——八天的日记》记述一个"伪校"学生的所见所闻,详细地描述了交涉、请愿、游行等过程,学生们经历了多次训责、嘲笑,看够了这些官员的冷漠的嘴脸、歧视的眼光。《复旦外交系速写》讽刺腐败的教育制度,以及不学无术的教师。《重庆大学生生活》披露了在那里的交通大学学生的衣食住等困境,其中东北流亡学生尤为艰难。《我从魔狱里长出来——忆童家溪中工分校生活》揭露校方的腐败、反动,强烈呼吁"把官僚、商人、流氓合而为一的学店老板打出去"。《大学生公审特务记》讲述重庆某大学群情激奋,在大礼堂审讯三个特务,描写很生动,而且对话中充满了四川话的"辣味"。杨永彰的科普之文《尸体解剖记》,以纯医学角度观审此事,令人联想起克锋的叙事、抒情长诗《解剖尸》。

青年读者也喜爱笔锋犀利的随笔,特别是冷嘲热讽那些教育汉奸和败类的文章,《教育界的败类》《打成一片》《时髦的橄榄核》等,不着一个脏字,却讽刺得入木三分。更为解气的是把犀利的锋芒对准独裁者蒋介石及其吹嘘的"建国时期,教育第一"的口号,公开点名抨击中饱私囊的孔祥熙、"儒雅""狡诈"的教育部部长朱家骅、炙手可热的上海市市长钱大钧等国民党要人。

由于众多文章使用笔名,无法辨认哪些是"学委"领导吴学谦和陈昌谦、成幼殊等人写的,甚为遗憾。

《时代学生》忠实记载了抗战胜利后的学生运动及几次高潮,汇聚澎湃力量,传递信心和力量,播送光明之声。《时代学生》深深地打上丁景唐、陈昌谦等人激情燃烧的历史烙印。

注释:

[1] 陈昌谦,生于江苏海门。上中学时在南通组织战时青年救亡宣传队,后就读于上海光华大学。1939年加入中国共产党,担任《时代学生》主编、《群众》周刊编辑。1947年进入新华社,1949年后任新华社摄影部副主任、《大众摄影》杂志主编等。2006年中国摄影家协会成立50周年之际,陈昌谦被授予"杰出贡献摄影家"称号;2009年荣获"中国摄影金像奖终身成就奖"。

[2] 朱良:《反内战烈士于再的生前身后》,《档案春秋》2013年第10期。

[3] 英千里,名骥良,北京人。1924年,英千里自英国伦敦大学毕业后回国,协助父亲筹办辅仁大学。从此,他投身教育事业,一生致力于哲学、逻辑学的研究。他精通英、法、西班牙、拉丁四种语言,尤

其是英语。1927年起,任辅仁大学教授兼秘书长。抗日战争胜利后,任北平教育局局长及社会教育司司长。抗战期间,北平沦陷。英千里和沈兼士等人秘密组织炎武学社,热情宣传抗日救国主张,积极掩护优秀青年潜赴后方。曾两次被日伪当局逮捕,受尽酷刑,但坚贞不屈。

〔4〕中共上海市委党史研究室编:《中国共产党上海史(1920—1949)》,上海人民出版社,1999年9月,第1483—1486页。

〔5〕同上书,第1491页。

〔6〕同上书,第1492页。

〔7〕同上书,第1492—1495页。

〔8〕同上书,第1497—1501页。

〔9〕同上书,第1501—1502页。

第十编

《文艺学习》

主持"文谊"及其《文艺学习》

筹备、主持"文谊"

1946年2月10日,上海南京东路劝工大楼工会俱乐部很热闹,原来这里成立了上海文艺青年联谊会(简称"文谊"),这是中共地下党"学委"负责宣传的丁景唐与郭明、廖临、袁鹰、杨志诚(陆以真)等人组织,中华全国文艺协会(简称"文协")上海分会指导下宣告成立的。郑振铎、许杰、许广平、赵景深、蒋天佐、叶以群、陈烟桥、朱维基悉数到场,还有各报记者和"文谊"成员百余人。筹备委员会报告筹备经过和修订的简章,宣读了大会宣言,许广平、赵景深、许杰代表"文协"致辞,博得阵阵掌声。

许杰的致辞《我们要怎样从事文艺工作》,经廖临记录,刊登于《文艺学习》创刊号。许杰认为:

> 目前的民主运动和"五四"时代相比,有了更新的内容、更大的规模。但现在新的反动势力强得多了,他们的手段是军阀和封建官僚所没有的,他们多方面地摧残文学。因为它促使千万人民向社会改革的斗争,我们从事文艺也就是以斗争方式改进社会。这应该是我们对文艺共同的认识。

> ……我们现在的文学因此不再是单纯文学,而是同文学关联的社会改造工作,是千千万万人心的相联精神的结合。于是我们就得在实践中使文学普遍地打进社会的每一个角落里去。人们的愚昧无知会使他们被反动势力利用,成为他们的工具。文学可以改变它……

> 为了产生好的作品,我们要"心贴心",去了解广大民众的内心的痛苦。我们更要从个人生活的斗争——要求生活严肃就是一个斗争——从事文学。只有这样我们[才]可以使文学完成它的任务,作为光明面的力量和黑暗面的力量斗争。

随后选举15人为执行委员。经与会者一致通过,以大会的名义致函大后方的作家们及当时居住在海外的胡愈之、王任叔、沈兹九等遥致慰问。上海音专同学表演节目,赵景深也来了兴致,客串表演戏曲选段。最后,在全场热烈的民主歌声中结束了上海"文谊"青年第一次的大集合。

后来经丁景唐、袁鹰等人回忆,整理、核实出一份执行委员名单:文化界——闻歌(包文棣、辛未艾)、丁英(丁景唐)、郭明、袁鹰(田钟洛)、戎戈;职业界——田英(杨国器)、鲍久(鲍士用、席明)、陈雪帆、刘铁夫、戴容;学生和教师——金沙(成幼殊)、周晔、胡序华(胡德华)、齐洛(陆兆琦)、蒋文治(李大达)。其中闻歌被提名为理事,是蒋天佐介绍丁景唐去邀请他的,但他没有来参加"文谊"。蒋天佐也介绍丁景唐到古拔公寓49号去认识王元化,王元化以"函雨"笔名为丁景唐协助编辑的《文坛月报》创刊号写了《舅爷爷》。以上这些及更多的情况,丁景唐都写入《上海文艺青年联谊会的成立和活动》一文,收入丁景唐的《犹恋风流纸墨香——六十年文集》(续),上海文艺出版社2015年1月出版。

各家报纸纷纷报道"文谊"成立的消息。"上海文艺青年联谊会已于二月十日在全国文协上海分会赞助下正式成立,到郑振铎、许广平、许杰、蒋天佐、叶以群、赵景深、陈烟桥、朱维基诸先生,各报记者及文谊会友有百数十人。"(《青年联谊会欢迎叶圣陶》,《前线日报》1946年2月16日)

"文谊"成立后,丁景唐特地写了《上海文艺青年联谊会的诞生和成长》(《文艺学习》创刊号):

> 我们的心头久久地蕴藏着一个愿望,企求集合许多爱好文艺的年轻友人,共同学习文艺和从事写作。
>
> …………
>
> (一)为了筹募经费,承"文协"赞助和音专、爱弥儿剧团的客串,举办了一次文艺晚会。
>
> (二)增进会友之间的友谊,举办过几次联谊会。
>
> (三)提高文艺知识,举办了短期的星期文艺讲座,叶圣陶、许杰、胡风诸先生都给了我们宝贵的指示。
>
> (四)聘请"文协"的诸位先生为顾问,先后成立了文艺理论、小说、戏剧、诗歌、漫画木刻五种研究组。
>
> (五)应各职工学校团体的请求,曾由修养较佳的会友帮助他们举办文艺座谈、戏剧编导。
>
> …………
>
> "好高骛远""妄自尊大",这些都是脱离群众、闭门学习的文艺青年最易犯的毛病。我们希望我们自己这个年轻的文艺团体,能虚心地多接近大众,用集体的力量克服各种困难和阻挠,改造自己,学习,学习,再学习!

这既是一则报道,也是一个宣言,表明了"文谊"的宗旨、志向、组织、任务和活动。其中有几点值得注意:

其一,最后说的"文艺青年最易犯的毛病"使人联想起16年前鲁迅在"左联"成立大会上的讲话《对于左翼作家联盟的意见》。鲁迅强调革命作家一定要接触实际的社会斗争,并对"左联"工作提出四点意见,其中就有"应当造出大群的新的战士"和"如果目的都在工农大众,那当然战线也就统一了"等。丁景唐遵循鲁迅昔日指导精神,再三强调学习,意味深长,经得起历史的检验,这也是他学习鲁迅及其作品的心得体会。

其二,"文谊"是丁景唐从事地下党的学生运动以来,第一次公开露面组织全市性的青年文艺团体,并且大有面向全国各地成立分会的发展趋势,这既是对他综合素质的严峻考验,也是磨炼他、使他成长的机遇,充分展现他的才华。同时,他作为公众人物亮相,随时可能遭到逮捕。"文谊"接受"文协"上海分会的指导,宗旨、志向、组织、任务等仿照后者,强调团结、教育、培养、提高。这是丁景唐有意为之,也是公开合法化的必然结果,免得引起某种后果。

其三,"文谊"的活动不同凡响,产生名人效应,既能扩大影响,吸引更多的文艺青年前来参加,壮大队伍,又能提高大家的写作水平,旨在团结大批文艺青年。此后,在党的领导下,"文谊"逐渐联系了全国各地200余个文艺青年,开展各种活动,搞得有声有色。《文艺学习》先后进行了报道,并在第4版专门开设了专栏,刊登《心的交流——"文谊"往来》等消息和来信,留下了珍贵的历史资料,有助于后世了解、分析、研究"文谊"。

其四,此文未提到创办"文谊"会刊《文艺学习》,但是后者办刊的指导思想,即团结、教育、培养文学青年及开展进步的文艺活动等,已经包含在此文中。因此,此文发表于《文艺学习》创刊号头版并非偶然,细心的读者只需稍加注意即可了然。

其五,"叶圣陶、许杰、胡风诸先生都给了我们宝贵的指示"可参见《世界晨报》的报道。1946年2月18日《世界晨报》第4版《"文谊"欢迎叶圣陶、赵丹》报道:

> 上海文艺青年联谊会昨晨(上午)在青年会十楼举行第一次联欢大会,并欢迎最近由渝来沪的叶圣陶和赵丹。读宣言及该会各部部长报告今后工作计划后,即由赵丹报告五年来羁留新疆情形,讲到所受各种酷刑时,大家感动得几乎落泪。十一时余,叶圣陶开完欢迎沈钧儒先生大会后赶到,当即略致训词,对文艺青年勉励有加。最后由之江文艺团契孙嬗娟小姐朗诵艾青诗《复活的土地》,散会。闻该会定于二十三日举行第一次文艺晚会云。

1946年3月16日《世界晨报》第4版《"文谊"明日文艺讲座,许杰胡风演讲》报道:

> 上海文艺青年联谊会举办之首次文艺系统讲座,定明日(十七日)下午二时在南京路慈淑大楼七二六号举行,有名文艺理论家及批评家许杰、胡风二氏出席演讲,将对文艺青年之写作态度及方向,作初步基本之指示及阐述云。

创办《文艺学习》

当时丁景唐的公开身份是《文坛月报》编辑,这便于公开出面主持"文谊"及其会刊《文艺学习》的日常工作。袁鹰负责编辑《文艺学习》,丁景唐、朱烈、廖临参与看大样等工作,丁景唐尤其重视发表文学创作理论和评论、活动的报道,以及老作家指导青年写作的文章。

丁景唐单线联系和间接领导的党员有郭明、朱烈、廖临、杨志诚、袁鹰、项伊、茹荻、吴宗锡、戎戈、陆子淳、梁达、屠岸等,他们既是"文谊"的骨干成员,也是《文艺学习》的撰稿人。

"文谊"成立后,创办《文艺学习》一事摆到丁景唐等人的议事日程上。由于"文谊"成立大会的消息不胫而走,吸引了一些报馆记者,也提前披露了创办《文艺学习》的消息。

文艺青年联谊会合刊《文艺学习》,创刊号将于四月十日出版,有"文协"及青年作家经常执笔,现普遍征求预约,原价每份二百元,预约只收一百五十元。预约处:中国文化投资公司、上海书屋、生活书店或江西路三五三号一楼戴天、新世界中法药房杨国器。

戴天,即戴顺义;杨国器,即田英,"文谊"15名执委之一,曾为《谷音》创作山水版画(署名"S.C.")。以上消息为《〈文艺学习〉创刊》,刊登于《前线日报》1946年3月28日第4版。

《文艺学习》原拟4月10日创刊,结果创刊号延迟问世。五天后,丁景唐同时编辑的《文坛月报》第1卷第3期(1946年5月10日)刊登一则消息:

上海文艺青年联谊会编印
《文艺学习》诞生号出版

《文艺学习》是一份培养青年写作,增进文艺修养的新型读物。第一期已于五·四出版,有洛黎扬的《上海文艺青年联谊会的诞生和成长》,戈宝权的《献给〈文艺学习〉者》(译诗),许杰、蒋天佐的文艺理论,项伊的小说,史亭的杂文,水夫的《纪念马雅可夫斯基》,并集体写作、"文谊"动态、诗歌散文、报告文学、书评信箱多篇。欢迎各地爱好文艺的友人投稿、订阅和联络,每册仅收取成本一百五十元,十份以上七折优待。

上海威海路五八七号中国文化投资公司总经销

那时国民党当局滥发纸币,物价飞涨,100法币只能买一个鸡蛋。《文艺学习》一份零售价150法币,相当于一个半鸡蛋的价钱。

此文可能是丁景唐起草的。《文艺学习》特意在五月四日这一天创刊,即弘扬"五四"运动精神,争当时代"弄潮儿"。显然这消息比《前线日报》的报道具体,点明戈宝权等著名作家的文章,以期增加该刊的知名度,扩大影响。

《文艺学习》为小报型,8开,4版。一个月后,第2期(1946年6月6日)出版。出至第3期(1946年7月20日),被迫停刊。

当时国民党在积极准备发动全面内战的同时,加紧对国统区进步文化的压迫。在上海首先遭禁的是地下党组织创办的《消息》半周刊,该刊是上海地下党负责人刘长胜向姚溱(宋明志)、方行(丁北成)交代的任务,4月7日出版创刊号,5月23日被迫停刊。1949年后,姚溱任上海市委宣传部副部长,向部长夏衍推荐,让丁景唐"重归队伍",到市委宣传部报到。方行后任上海市检察署副检察长、文化局副局长等职务,与丁景唐合编《瞿秋白著译系年目录》,上海人民出版社 1959 年 1 月出版。(详见丁言模:《丁景唐、文操合编〈瞿秋白著译系年目录〉》,载《瞿秋白与书籍报刊——丁景唐藏书研究》,中国社会出版社,2013 年 9 月。)

第一版的刊头放在右上端,横排(自右向左),套红底色(后面两期分别为绿色、蓝色底色),衬托白色的繁体字刊名,其下注明"诞生号",由上海文艺青年联谊会编印。通讯处为威海路 587 号,即中国文化投资公司所在地,这是 1945 年 10 月由中共上海地下党领导创办的,公司印刷部的地下党组织由工委领导。此处后为富通印刷公司,不久被查封,丁景唐熟悉此处。

刊名旁刊载《征稿简约》:

1. 我们欢迎一切反映现实生活的来稿:小说、诗歌、杂文、报告、通讯、作家研究、书报评介、生活记录、影剧批评。

2. 为了篇幅有限,文长以二千字为宜,长的稿子,我们可以介绍到旁的文艺刊物去。

3. 稿末请注明姓名地址,以便通讯。

4. 来稿请加标点,并用稿纸按格直行书写,这样编排校对,可以方便不少。

5. 来稿发表后,略致薄酬。

6. 投稿请寄:戈登路大成商场上海书屋转,威海路 587 号中国文化投资公司转。

上海书屋是姚蓬子创办的,他曾加入"左联",创办《文学月报》,后由周起应(周扬)接替。抗战时期,姚蓬子在重庆创办作家书屋,后迁移上海,姚蓬子是"文协"成员,人脉关系甚广。上海书屋还有一位热情的"老板"杨叔铭,他起了主要作用。杨叔铭于 1939 年 10 月参加革命工作,次年 8 月加入共产党,后为中共上海市委统战部副部长、市政协常委等。《文艺学习》将此作为"转稿处",也在这里代销。丁景唐同时在编辑《文坛月报》,也刊登作家书屋"经售文艺新书"的广告,其中有茅盾、丁玲、叶以群、臧克家等人的新书,也有丁景唐的《妇女与文学》一书,售价 800 元,茅盾的《第一阶段的故事》售价 2 600 元。

创刊号头版刊登四篇诗文。丁景唐的《上海文艺青年联谊会的诞生和成长》,标题前有引言:"'文谊'是一支年轻的文艺新军,它出现于文艺的大地上,立刻得到了许多爱好者热情的关切和殷切的期望。"此定性之言,也出现于丁景唐与田钟洛合作之文。

许杰的《我们要怎样从事文艺工作》是在"文谊"成立大会上的发言。

著名翻译家戈宝权特地翻译一首诗《生活的法则》(俄国巴尔蒙特原作)"译呈《文艺学习》创刊号":

> 我问过那自由自在的风:/"我想变得年轻,就应该怎样?"/嬉戏的风这样回答我:/"愿你变成空气,像风,像烟一样。"/我问过那有威力的大海:/"什么是生活的伟大的法则?"/喧嚷的大海这样回答我:/"愿你永远充满了声响,像我一样。"/我问过那高高的

> 太阳:/"我怎样才能比朝霞更明亮?"/太阳什么都没有回答,/但是我们的心听见了"燃烧吧"/这几个字样。

此短诗富有哲理,呈给"文谊",既有希望,又有告诫,更有远大理想,让不同审美情趣的文艺青年可以"各取所需,各有所得"。巴尔蒙特是俄国著名诗人、评论家、翻译家,在 20 世纪初的俄国诗坛中占有重要地位,是象征派领袖人物之一。他自称为"太阳的歌手",以太阳为题材的作品成为他创作的高峰。他追求音乐性强、辞藻优美、意境深远的诗风。

戈宝权与丁景唐一见如故,此后"逾半个世纪的介于师友情分交往",丁景唐将此写入《追思戈宝权同志》(收录于丁景唐《犹恋风流纸墨香——六十年文集》)。戈宝权在苏联购买中文版《殉国烈士瞿秋白》纪念册,赠送给丁景唐,并写了赠语和说明。这是 1936 年瞿秋白牺牲周年之际,莫斯科外国工人出版社编印的,如今国内极少,具有重要的历史价值。

"文谊"成立大会上,莅临指导的文艺界名流中有一位面目清瘦的男子,30 多岁,高个子,沉着冷静,为人谦和。他叫蒋天佐,是个有名的笔杆子——文学翻译家、评论家,在各种报刊上以不同的笔名发表文章。

蒋天佐,原名刘季眉,又名刘健、刘其镠,笔名天佐、贺依、史笃、佐思、紫光等,江苏靖江人。他早年参与学潮,被南京省立一中勒令退学。1930 年,他毅然加入中国共产党,曾担任中共南京市委宣传部部长,两次被捕入狱。1935 年,他由家人保释出狱后,到上海从事文艺译著工作。1938 年,他恢复了党的组织关系,担任上海文化界总支部负责人。此后,蒋天佐奉命到苏北抗日根据地阜宁担任鲁迅艺术学院教授,从事教学、编辑和新四军军部的宣教工作。他授课时,右手拿着烟斗,左手插在棉大衣口袋内,来回踱步,滔滔不绝,讲得生动又形象。1943 年反扫荡的战斗中,蒋天佐腿部被敌军机枪击伤致残,随后回到上海,从事党的秘密工作。抗日战争胜利后,他从事统战工作,与郑振铎、徐伯昕等创办《民主》周刊,并以此公开身份参加了"文谊"成立大会。1949 年后,蒋天佐曾任人民文学出版社副社长、文化部办公厅副主任、《文艺报》编委等。丁景唐珍藏蒋天佐的《低眉集》,敬重这位文艺界前辈。蒋天佐的经历很丰富,人脉关系广泛,从中可以探究中国现代文学史上的许多人事。

《文艺学习》创刊号上发表蒋天佐的《至诚与至勇》,副标题为"献给《文艺学习》,作为文艺节的礼物"。"首先是作者为真理而战的至诚和至勇。至诚是敏锐的是非感,至勇是热烈的爱和憎。这世界实在太黑暗太卑污了,每一个有志气有骨头的人,谁都不甘于和它妥协。"他没有说主义和信仰,但是"为真理而战"则包含了一切,使人联想起《国际歌》的歌词和雄壮庄严的旋律,穿越岁月,响彻寰宇。蒋天佐还列举叶挺将军著名的《囚歌》——"我希望有一天,地下的烈火,将我连这活棺材一齐烧掉,我应该在烈火和热血中得到永生!"他高度评价道:"当我用遏制不住悲痛的模糊泪眼读叶将军这首遗诗的时候,我更深地领悟了文艺的真谛。伟大的作品出自伟大胸怀!谁也没有说叶挺将军是个'作家',但是谁也不能否认他这首诗应该永垂不朽。"他曾在苏北抗日根据地鲁迅艺术学院授课,眼下这篇《至诚与至勇》的一番讲述,分明还具有昔日授课时抑制不住的激情。

《文艺学习》创刊号的诗文从不同角度诠释了刊名,这在同时期的文学刊物中很少见。丁景唐提出的殷切期望——"学习,学习,再学习",至今也是广大读者的座右铭。

创刊号问世后,在众多文艺青年中引起强烈反响,读者纷纷来信赞赏,丁景唐、袁鹰等人很受鼓舞,便在第2期第4版的《心的交流——"文谊"往来》开头添加了按语:"自第一期《文艺学习》出版后,我们收到了不少从各地、从每个职业部门的文艺爱好者寄来的信,或则加以鼓励,或则加以赞扬,或则给以建议与批判,都使我们感到无上的温暖,得到更大的鼓舞。我们都是青年,都是文艺的学徒,希望以后能大家携起手来,来扩展并加强我们的阵营。"

各地读者纷纷投稿,丁景唐、袁鹰等人既高兴又有些担忧,在第2期《编余随笔》写道:

第二期终于又和读者诸君见面了,应该特别提出的是最近收到许多友人的稿件,这一种热诚,我们是永远感谢的,但是有些为下面的原因,只得割爱了:

一、不是过于尖锐,招惹不必要的恶感;便是无病呻吟,内容过于空洞;或者徒有美丽的文字而缺乏灵魂——中心意义。

二、论文并没有特殊的见解。

三、旧体诗歌词很难表现真切的情绪。

我们再一次地声明,《文艺学习》是青年们自己的园地,我们欢迎一切能够表现大众生活、反映现实的稿件。

为了解决经济问题,我们广泛地征求订户和认股,同时我们愿意和各学校、社团、图书馆交换刊物。我们欢迎会员和爱好文艺的非会员对我们提供意见,以便作不断地改进,希望朋友们能够时常来函询问和建议。

最后,上一次文艺晚会及《文艺学习》有少数账目未清,希即来函以便早日结束。

我们永远在等待着鼓励和援助。

前两期出版后,文艺青年提出越来越多的要求,特别是外地读者和作者,迫切希望得到答复和解决,丁景唐与袁鹰、廖临、朱烈等人商量后,干脆将问题一并回答,于是第3期刊登了《向读者们回答》:

读了本外埠许多友人来信,有几个问题要答复:

(一)首先是要求加入"文谊"的朋友很多。"会友二人以上介绍",是会章里的规定。但倘若你(不论本埠、外埠)不认识我们的会友怎么办呢?这很简单,本埠的,只要你认为与我们兴趣相合,可附邮百元,先向我们通讯处函索申请书,填好了再寄给我们,我们自当通知你来参加我们的集会,以后大家熟了,就可约两个会员做你的介绍人。外埠的,我们希望能经常通信,做"文谊"的友人,随时对文艺切磋研究。若当地已有"文谊"或个别的友人(详见"文谊之友",全国已有四十余个地区),我们即可介绍认识(各地友人如愿与异地友人通讯或迁居旅行,也可申请介绍);各地有各地特殊的情形,不能成立"文谊"的,最好是聚集几位兴趣相同的友人一起阅读、写作。再,本外埠友人如欲购买各种书刊,本会现已与上海书屋接洽,可享受八折—八五折优待。

(二)对于这小小的刊物,读者们提供了种种宝贵的意见,有的指出编排形式不合理想,有的以为作品内容还不够和日常生活贴得紧。许多读者要求能讨论些问题,对每期刊载作品有所批评或检讨,而更多的读者说:"篇幅太小了,一个月出一期太少了。"但在这大型文艺刊物,如《文坛》《文联》《文章》《新文学》都陆续停刊的时候,《文艺学习》维持一个月出一期,确实已经感到困难。眼前我们还只能在内容方面力求改善。就说《上海的一角》里几篇作品,免不了粗糙或不够洗练,但它们是有血有肉的。多刊载一点研究性的作品,有系统地介绍书报,这种种我们正逐步努力地做去。

(三)为了使《文艺学习》能经常出版并减少大家的负担,现特发起:(1)认股,分二千、五千、一万—十万、廿万,近承会友曹玄衣君慨认十五万,可作我们的模范;(2)订户,预收一千元按期七折优待;(3)代销,十份以上八折,廿份以上七五折,五十份以上七折,一百份以上六五折,五百份以上六折。希望各地友人伸出援手来,多多介绍,多多帮忙。尤盼前两期书款未清的友人早日汇下。

(四)今后一切信件、来稿、订阅《文艺学习》、索取会章及申请书、代购书刊或拟请本会、约聘文艺讲员、木刻漫画指导、戏剧编导、诗歌朗诵、游艺节目并其他询问等事,务祈改寄上海戈登路大成商场上海书屋转交"文谊"可也。

文中提及的曹玄衣即曹予庭,与丁景唐的关系不错,经济条件也不错。《文艺学习》第3期刊登他写的新民歌《菖蒲人孩活剥田鸡》。曹予庭后为副编审,1989年从学林出版社退休,2000年去世。他原任职于上海文献出版社,1982年进学林出版社,属于比较早的编辑,参与编辑《出版史料》丛刊,后来主要从事图书的编辑工作,在这方面颇多建树。曹予庭也是民歌社、"文谊"成员,他曾陪同丁景唐等人前去宁波东钱湖游玩,事后丁景唐撰写《宁波东钱湖纪游》。他俩还合作百余行的叙事长诗《一个少女冲喜的故事》。

以上的《向读者们回答》提出四个问题,反映了丁景唐等人的下一步计划,他们准备开展一系列的工作,展开一个大有作为的美好前景。遗憾的是随着停刊,一切美好的期望都消逝了。但是,"文谊"及《文艺学习》留存世间,至今日终于有机会重新梳理、介绍给诸位,以告慰丁景唐等人的在天之灵。

郭沫若、茅盾、叶圣陶等悉数亮相

1946年5月,郭沫若一家风尘仆仆抵达上海,住在狄思威路719号(今溧阳路1269号)

一幢两层楼的旧式花园洋房。不远处是大陆新村的茅盾住处,因此,许多文友看望郭沫若之后便顺脚到茅盾家里。那时郭沫若几乎天天在上海各处参加活动,忙得不亦乐乎。

5月24日上午,下着蒙蒙细雨,《文艺学习》记者前往北四川路(今四川北路)850号群益出版社,这里距离郭沫若的临时住处并不远。郭沫若趿着拖鞋缓步下楼,他的精神不错,给记者一个年轻的印象。为了不浪费郭沫若的宝贵时间,记者开门见山就提出了郭沫若当初为何从学医改为从事文艺创作的话题。这个话题并不陌生,但是郭沫若还是认真地答复。记者又提出广大文艺青年迫切想解决的一个现实问题:"写作应该特别注意哪一些事?"郭沫若沉吟了一会儿,断然地回答:"应该充实自己的生活。"此答复既简单又复杂,他认为:"文艺是生活的反映,要反映生活必须求教于生活专家,例如要写农民就要拜农民为老师,要写工人便要拜工人为老师,其余类推。"这是一个大文豪总结出来的宝贵经验,足以写一部文艺理论专著。

这次采访达到预期目的,记者赶写了《郭沫若先生访问记》,十几天后发表于《文艺学习》第2期,署名本刊记者高粱(梁达)。此文有几点值得注意:

其一,郭沫若最后谈到上海文坛情况时,认为上海的刊物很多,但从事写作者的圈子仍旧狭小得很,而且在眼前读者购买力薄弱,书报刊物的销数不多,是一个值得注意的问题。这是丁景唐撰写《上海文坛漫步》《上海诗坛漫步》两文的动机之一,因为有必要介绍一下上海文坛的情况,特别是面对物价飞涨、读者购买力下降、书刊销数减少等培养文艺新军所面临的严峻问题,这也是"文谊"及其会刊《文艺学习》需要认真思考的。

其二,记者告辞前,郭沫若答应为"文谊"第三届文艺晚会演讲,题目是"文艺与科学"。果然,郭沫若如约出现在育才公学大礼堂里,在一片热烈的掌声中,郭沫若开始演讲。几天后,《文汇报》连载郭沫若的讲演稿《文艺与科学》,俞辰(第一次刊登此记录稿时未署名,续载时署名,很可能是化名)记录、整理。文后注明"文联社供稿",即叶以群主持的中外文艺联络社供稿。

40多年后,丁景唐在郭沫若的杂感、论文集《天地玄黄·序》周边空白处写道:"此书一时找不到,托小张(安庆)向社里借来一本,现在却从乱书堆中找到了。核对第331页《文艺与科学》!"丁景唐意犹未尽,在该书目录的"1946年"上方注明"1946年郭老为'文谊'作过报告,《文汇报》有记录发表"。他还在《文艺与科学》标题上注明"与此不同"。

经核对,《文汇报》发表的演讲记录稿与收入《天地玄黄》的一文标题相同,内容相似,但是先后次序、讲述侧重点等不同。但是有一点可以肯定,后者写于1946年3月17日,前者是在后者的基础上即兴发挥。

其三,采访结束前,郭沫若应记者请求,当场为《文艺学习》题词。但是刊登记者一文时,"因字迹模糊,制版不便",未能与文章同时刊登,甚为可惜。迄今也不知题词的内容,更难以追寻其下落。

丁景唐晚年在茅盾的散文集《时间的纪录》扉页上写了一段说明:"本书原想送掉的,翻过以后,却要留存下来。本书编辑时,正是我同'文谊'一位同志到大陆新村访问茅盾先生之时。另外,本书的《后记的后记》记下了一些时代的痕迹,也是我们这一代所曾经经历过了的。于是乎,收入藏书。景玉记。""'文谊'一位同志"即杨志诚。

同年5月下旬,茅盾从重庆经香港到上海,丁景唐等人奔走相告,不久借育才中学召开欢迎会,茅盾欣然到场。有人致欢迎词,也有人用宁波方言朗诵《欢迎茅盾先生》的献词,有的表演短小的文艺节目。在一片热烈的掌声中,茅盾发表讲话,表示不敢接受"献词"这样的歌颂。他从青年的学习、生活谈到青年的创作,谈得那样诚恳、亲切而又风趣,很快拉近了与在场文艺青年的距离,气氛很融洽。

通过叶以群联系介绍,6月的一天上午,丁景唐与杨志诚前去大陆新村6号,这里与原来鲁迅先生的住处仅相隔几间房屋。敲开二楼房门,茅盾和夫人孔德沚亲自迎了出来,就像长辈一样把丁、杨二人领进房间,招呼坐下,使得丁、杨二人的紧张心情很快平静下来。茅盾夫妇的住处不大,除了睡床、沙发和书桌之外,空余地并不多,窗外飘进楼下居民生煤炉的浓烟味,很快弥漫在房间里。

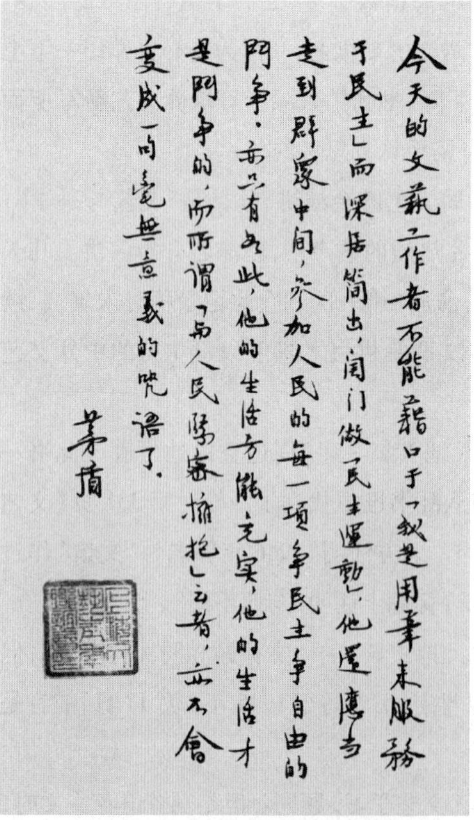

那天,丁、杨二人还带去两本"文谊"刊物《文艺学习》,茅盾兴致勃勃地翻了一下,语重心长地说:"为了培植文艺新军,光是刊载几篇青年作者的作品还是不够的,应该对这些作品进行评介。要收集读者的意见,最好在第二期上刊登出来。还可以选刊优秀的作品,并且好好地解释一下它们的内容怎样、修辞怎样……"丁、杨二人拿出早已准备好的米色道林纸,请茅盾挥毫为"文谊"题词,茅盾欣然写道:"今天的文艺工作者不能借口于'我是用笔来服务于民主'而深居简出,关门做'民主运动',他还应当走到群众中间,参加人民的每一项争民主争自由的斗争。亦只有如此,他的生活方能充实,他的生活才是斗争的,而所谓'与人民紧密拥抱'云者,亦不会变成一句毫无意义的咒语了。"(图18)此题词左下方为一方朱色钤印"上海文艺青年联谊会印"。后由杨志诚交给丁景唐,而

图18 茅盾为《文艺学习》题词

后捐献给"左联"会址纪念馆,珍藏至今。

《文艺学习》第3期刊登了《和茅盾先生在一起》(陆以真)。"文革"后,丁景唐、杨志诚(陆以真)合作写就《茅盾关心文学青年——记三十五年前的一次会见》,发表于《青年一代》1981年第4期,后收入《犹恋风流纸墨香——六十年文集》(上海文艺出版社,2004年)。

《文艺学习》第2期刊登《郭沫若先生访问记》,一旁编排魏金枝的《"文谊"的主要工作》。第3期发表《和茅盾先生在一起》,同时登载叶圣陶的《谈学习文艺》的短论。这前后两组文章互为补充,相得益彰,以飨读者。

当时丁景唐等人邀约魏金枝担任《文坛月报》主编,丁景唐协助工作,其实是包揽了所有的具体事务。他邀约魏金枝为《文艺学习》撰文。魏金枝认为:

> 对于"文谊"的任务,我早已向"文谊"的负责人提供过意见,主张应把从事写作当为每个"文谊"会员最主要的工作。因为必须以此为机枢,每个会员才会在文艺工作上发生种种内容、技巧上的疑难,而后再发生研究、讨论的需要与兴趣。而离开写作,也实际上很难以从空洞的理论与说教中,得到真实的对于写作的体会和亲切的对于同工的友爱。
>
> 自然,文艺是离不开生活的,而生活又必须有其向上和斗争的性格,才能在文艺作品中反映出作品的灵活的健康性;不然,则所谓从事写作,还只是一种消遣。不过,我们的所以必须具有这一忠实于文艺工作的基本要求,打个比方来说,也就是用以解剖的刀、用以烛照的灯、用以分析的化学药品,只用以解剖、烛照分析围在我们周遭的现实生活,于是拣取了这许多现实生活中的若干点线或场面作为写作的题材,而其实也就是我们文艺工作者生活意志的表现,却并不是运用我们矫揉造作的某种空泛的概念,而使这概念成为空文。因此我以为,做一个人,我们就应脚踏实地地去做;而从事文艺,也就应该忠实地去写。

此文中开头提及"我早已向'文谊'的负责人提供过意见",即与丁景唐交谈。丁景唐很重视写作,积极把此重要意见精神渗透在《上海文艺青年联谊会的诞生和成长》等文里。同时,魏金枝对写作与生活等的重要见解,凝聚着他长期从事文学创作的切身体会和经验教训,较好地诠释了《郭沫若先生访问记》一文中未能展开的话题。特别是坚决拒绝空文,再三强调脚踏实地,与郭沫若说的不约而同,即"千万不能好高骛远,必须脚踏实地细心地不要放过生活中有意义的事物"。

叶圣陶的短论《谈学习文艺》,提出两个问题,一是学习阅读文艺,二是学习写作文艺,都"需要生活经验作底子"。他最后指出:

> 提起笔来人人可以写作品,但是不能人人写起来像个样儿。那些学不像个样儿的人就吃亏在自己的生活经验太差,好比一样缺乏养料的草本,机能不旺,无论如何开不

出茂美的花,结不出丰满的果来。

  这样说来,学习文艺绝非随便玩玩的事情。随便玩玩当然不犯什么法,没有人来阻止,坏处就在玩不出什么道理来,倒不如索性丢开,认认真真去干旁的事情。

  惟有生活经验充实的人、唯有认认真真生活的人,才能学习文艺而有所得。

叶圣陶不愧为"优秀的语言艺术家",这篇短论通俗易懂,却含义深刻,特别是最后两个"惟有",说出了从事文艺工作者的最高境界——欲写作美文,先做一个脚踏实地的正直的人。

  如果把以上四篇文章结合起来,那么便是一组杰出的辅导文艺青年的教材,更难得的是这四篇文章都未出现在其他有关专著里。其中采访茅盾一文,虽然后来丁景唐执笔重新写,补充了不少材料,但是失去了"原味",这是研究、分析作者修改稿的大前提,可以从中悟出许多话题。

追忆叶紫、郑定文

  《文艺学习》开设"失去了的伙伴"专栏,发表了追忆英年早逝的作家叶紫、郑定文的两篇文章,成为该刊的一大亮点。

  叶紫,原名余昭明,又名余鹤林、余繁等,湖南益阳人。大革命失败前后他和亲友一起经历了血和火的斗争考验,这为他以后创作小说《王伯伯》(又名《电网外》)等提供了丰富的生活素材。1933年6月,叶紫加入"左联",不久加入共产党,成为颇有影响的左翼作家。鲁迅对叶紫帮助很大,他亲自给叶紫修改小说稿,往往逐字逐句地斟酌,其中就有《王伯伯》。叶紫很重视,立即遵嘱修改,形成了最初发表在《文学新地》上的修改稿《王伯伯》,最后一句完全是按照鲁迅修改的。鲁迅还把《文学新地》与《国际文学》联系起来,含蓄地指出叶紫的短篇小说《王伯伯》"得到世界的读者",以此奖掖后进,鼓励叶紫等"左联"年轻作家继续文学创作。

  著名小说家、戏剧家鲍雨,原名钦鲍雨,又名钦国祥(钦国贤),江苏宜兴人。他19岁开始发表作品,被上海"徐哲身小说函授社"录为助理编辑。鲍雨因笔缘结识了"左联"作家叶紫,结下深厚友谊,在叶紫的引荐下,鲍雨成为聂绀弩主编的《中华日报·动向》的特约撰述员。抗战胜利后,他编剧的电影《一帆风顺》,由著名导演应云卫、吴天联合执导,冯喆、束夤主演,在沪隆重上映,引起上海各界的强烈震动。1964年,国庆15周年之际,鲍雨荣幸地成为国庆观礼代表,登上天安门城楼,并受到党和国家领导人的亲切接见。

  当时鲍雨是镇江的"文谊"成员,将一腔深情倾泻于笔端,写下《忆叶紫》一文,这是不可多得的第一手资料。叶雪芬编的《叶紫研究资料》(湖南人民出版社,1985年10月)也未收入或提及此文。《忆叶紫》写道:

  有这样的一段因缘关系,我和他格外接近了,他的文章谦虚地送给我看,我的文稿也诚恳地请他指正。虽然我们通了一百封信以上,但我们一直没有见面;虽然没有见面,可是在信上经常见的,都是赤裸裸的话句。

"你这篇小说,写得不深入……"

"纯恋爱的题材,以后不要写,写了要打手心的。"

他直率地给我指示,我都一一接受了。

在一个秋天,我到上海去看他,他在《中华日报》编副刊《动向》,预先知道我要到,特地关照茶房在门口等候,当我见了他的时候,他一把抱住我:"哦,你这样年轻啊!"

他的身子瘦瘦的,不高也不矮,脸色暂白,一双大眼睛,穿了一身并不新的西装,佩了一条紫色领带。

那时他三十三四岁,相当年轻,但在我的面前,可以摆出老大哥的样子,当陪我上书局和杂志社,给人介绍时,总称我"小作家"。

"人家是小作家,你是大作家了吗?"有人故意和他开玩笑。

"不是的,因为他的年龄过小啊。"他回答。

他的住屋距报馆有一里路,是一间亭子间,他的妻已回家生产,他就邀我住在他屋里。他每天工作很忙,白天在家写稿,晚上上报馆编副刊,总要到夜深才回家。回家后,有的时候躺在床上和我谈他计划中的长篇小说,谈得我非常感动;有的时候,他叫我先睡,自己还要继续写稿,一直写到什么时候,我也不清楚,因为我睡着了。

他的生活沉静而严肃,只一次——他在一家小饭店吃饭,靠近天厨味精厂,每天有不少女工在吃面条。当他吃过饭走到账柜前付钞时,他特地把邻桌上一个女工的面钱也付掉了。以后我老把这件事提起来,和他开玩笑。

叶紫协助聂绀弩编辑的《中华日报》副刊《动向》,一度成为"左联"成员的共同园地,并得到鲁迅的支持和帮助。

巴金为英年早逝的郑定文编辑出版其遗作集《大姊》时叹息道:"作者是不应该早死的。他有写作的才能,也有艺术的良心。要是他不落在那种贫苦的境遇里,让他好好地发展自己的才能;要是他有个较安定的环境让他自由地、安静地写作,他的成就一定不止这一点点,这一册《大姊》不过是一个开端,可是他却没有机会'发展下去'了。"(《关于〈大姊〉》)

郑定文,原名蔡达君,浙江宁波人。上海"孤岛"时期,他在麦伦中学读书,开始走上文学道路。他居住在贫民区,熟悉周遭市民生活,以此为题材,创作小说《大姊》,曾在《万象》杂志上发表。中学毕业后,郑定文在麦伦、储能中学担任庶务员,继续刻苦地学习和创作。1945年3月,郑定文赴苏皖根据地学习,不久加入共产党。同年8月,学习结束,他被分配到苏南区党委城工部工作。在南京郊区,不幸溺水身亡,年仅23岁,后被追认为烈士。对此,丁景唐在《写在〈郑定文〉后面的话》(《小说界》1981年第4期)进行了详尽的介绍。《郑定文》是赵自写的传记体小说,丁景唐认为"用传记文学的形式来刻画这些先烈和英雄,是今天作家义不容辞的职责。这也是革命历史通过文学形象来教育青年一代的一个重要方面"。

1946年春,"知音之友"赵自积极参与筹备郑定文追悼事宜,丁景唐前去参加了麦伦中学师生办的追悼会,魏金枝致悼词。此后,赵自和丁景唐商议,为郑定文编一本小说集,以作纪念。由赵自负责收集,丁景唐陪同赵自去见魏绍昌,托他设法找一家出版社出版。魏绍昌也搜集了郑定文的几篇遗作,托文化出版社转给巴金。巴金把它们编为小说集《大姊》,文化生活出版社1948年1月出版。书末附上尚钧(王元化)写的回忆文章《纪达君》,他认为:"达君不是驾临在他的人物之上来观察、发掘,而是站在他们中间,和他们一同悲哀,一同快乐。他对于所描写的人物太熟悉了,他和他们的悲剧太接近了,所不同的是他从腐蚀他们的庸俗、麻痹中把自己解放出来。因此,他比他们更了解他们自己。"

丁景唐约赵自撰写《关于郑定文》(第2期)。赵自,原名赵家璘,笔名小诃,浙江余姚人。1948年毕业于南通纺织学院,后为《生活知识》《劳动报》《工人日报》记者,《上海文学》编辑部负责人。赵自的《关于郑定文》与柯灵写的回忆文章(《文艺春秋副刊》1947年第1卷第1期)标题相同,但是内容不同。赵自悲痛地写道:

> 他在这冷冷的世间凄凉地度过了廿三个春秋,数年来他又写了许多辛酸悲戚的小说,而今他又这般凄凉地死去了。开追悼会时,布置简单的会场上冷冷落落地只来了四五十位他的师友和学生,哀乐低奏出凄凉的音律。定文生前死后都那样的凄凉呀!

此文高度评价郑定文的小说,"是近年荒芜的上海文坛上的宝贵的收获",他的小说有四个特点:其一,真切——他写的都是身边发生的或者遭遇的事情,"他好像不费什么想象,朴素地把手头的事实组织起来。他实在是一个道地的新写实主义者";其二,观察深刻——他有一双"天生的万分敏锐"的眼睛,能够发现一切平凡中包含着"现实意义的现象","他又从这样的材料中去发掘,往往发掘得很深,而且表现得十分生动";其三,情感丰富——"读他的作品,往往会读得潸然泪下","会感到心头很沉重,很难过的";其四,文字口语化——"他在作品中应用了大量的口语,而且应用得十分适切,此外用字既锤炼,语气又丰富,就是有些老作家也及他不上,细细读他的文字,有一种特殊的甘味,可说是青年作家们的模范"。

叶紫、郑定文是年轻有为、有影响的作家,也是共产党员。丁景唐等人编发纪念他俩的文章,并专设栏目,显然是早已策划的。如果《文艺学习》继续办下去,那么类似的纪念文章将为后世留下更多的珍贵资料。

苏金伞、项伊等人的诗文

《文艺学习》先后刊登了不少作品,有小说、诗歌、散文、杂文、人物速写等,其中有乡土诗派的代表人物苏金伞的诗作,还有项伊、杨志诚、麦野青等人之作。

1945年项伊投稿给丁景唐编辑的《小说月报》,经丁景唐介绍给郭明,发展加入中国共产党。他擅长写杂文、小说,曾得到魏金枝的称赞。《文艺学习》创刊号发表项伊的《小红那家伙》,题材很特别,强烈吸引追求新奇的年轻人的眼球,也容易引起争论。

《小红那家伙》讲述在一次打鬼子的战斗中,老霍冒着生命危险救下了一只小狗,不知被谁用红颜料在小狗鼻子上涂抹了一下,再也洗不掉了,于是小狗的外号叫小红。老霍不听从指导员的批评,坚持要留下小红,并且把小红当作宠物,甚至睡在一个被窝里,小红成了全连的"开心果"。但是,在一次袭击鬼子和伪军据点时,老霍亲手杀死了小红,因为小红叫个不停,会影响战斗计划。同志们高度赞扬老霍,老霍脸上带着笑,却流下"晶莹的眼泪",真可谓笑中带泪,泪与笑交织的复杂心情,令人难以释怀,可叹、可悲、可恨、可怜……故事严厉拷问每个人的灵魂。

项伊可能受到《文坛月报》刊登的有关抗日根据地小说的影响,构思了这个战地浪漫英雄主义的故事,在抗战时期众多文学作品中也是很少见的。此小说类似著名翻译家曹靖华翻译的中篇小说《第四十一个》(苏联作家拉甫列涅夫原著),善良人性与无情战火的残酷碰撞,激发出心底灵魂的最后呼声。此后项伊未能大红大紫,否则《小红那家伙》将被无情卷入争论不休的人性论巨大旋涡里,在大起大落的浪潮中沉浮,永不安宁。

"雨丝从窗外飘了进来,窗外,还是一片灰暗的天地。做母亲的在呜咽,做儿子的眼里满是泪水。这回,谷青第一次尝到了真正的郁悒和哀愁。"骆陀(袁鹰)的小说《谷青和他的故事》(第2期)中的年轻大学生沉迷于写作之中,甘愿放弃去银行就职的机会,这也是许多有才华的文艺青年的一个缩影,他面临着贫困、焦虑、无奈的困境。

杨志诚与丁景唐是多年的老友,她在《疾病使我接近了文艺》中坦陈自己曾经是被医生判处"重刑"的病人,必须卧床休养几年。"几年"是一个可怕的时间,震撼了她的灵魂。在乡下休养时,她整天被孤独、寂寞、无聊的阴影笼罩着,友人劝她振作起来,提到了苏联作家尼古拉·奥斯特洛夫斯基的名字,推荐她看看他写的《钢铁是怎样炼成的》。"于是,我开始爱好了文艺,文艺就成了转变我生活的契机。在它的广阔领域里,我认识了各种丑恶和善良的东西,我也看见了人们是如何的在同不幸的命运斗争。"杨志诚凭着顽强的意志在写作上找到了生命的价值,她才有机会与丁景唐一起去采访茅盾,逐渐显露出她的写作才华。

麦野青,真名胡育琦,宁海人,浙东左翼作家。1946年春,他与新婚妻子李瑞华一同到上海,结识了丁景唐,被吸收为上海文艺青年联谊会会员。同年10月,他返回家乡,仿照上海模式,联络了《宁海民报》协理竺仁静及旅外同乡胡敦行等17人,筹备组织"宁海文艺青年联谊会",他主编《文谊》旬刊,作为会员发表园地,但被国民党政府查禁。他在《宁海"文谊"结束宣言》最后写道:"我们希望各爱护文化、关心桑梓的同人们都能以以往精神,继续予我们以支持,与可恶的黑暗势力斗争下去!"详见《丁景唐文学评传(1938—1949)》第三编之《浙东才子,麦野青之情》。

麦野青主编的宁波《四明周报》第 14 期(1947 年 3 月 23 日)发表丁景唐的诗歌《春雷》。《文艺学习》第 3 期刊登麦野青写的散文《人的生活》,透露了他的编辑工作状况,以及周围同事的各种形象。他写道:

> 下午七八点钟,我们就睡,因为准备在十一点钟起来工作。可是我的卧室的窗口外就是黄溜溜的大江,整晚澎呀澎的响着浪涛。也许这里会有什么诗趣,但我的心里可就觉得漠然,甚至于厌恶它的扰人清梦。睡觉原比什么都重要。坐在方桌前,拿起红笔圈点,眼皮却只往下垂。那滋味也许又是什么伤感之类吧?
>
> ……地板上多产臭虫。我们坐着编稿,它就沿脚跟爬上来,咬了一口,又爬回去。脚上就肿成许多块。友人吃惊道:胖起来了。然而我却少有这样的兴致,把自己的苦病当玩笑。
>
> ……我们却总还是在半夜里爬起来,听方头同事的笑话,让臭虫咬。有人说被虫豸们围攻一阵也是一种诗趣。这真是太罗曼蒂克,太令人费解的话。

麦野青的秉性、心理、爱好等,后世都不了解,这篇自述可以窥见一斑,也可以想象他是怎么编辑丁景唐等人诗文的,这是一个很有意思的画面。

散文《嘉陵江上》(第 2 期)文笔不错,但是未署名,最后写道:"西边浮起了几堆黑云,遮盖着闪耀的星光,我的心微微地跳动着。几阵大雨将救活多少人呵!但是那极少数的剥削者,就会让我们安安静静地享受这大雨给我们的收获吗?"

《文艺学习》刊登的诗歌、新民歌并不多,但是很有特色。

> 以后/只有野风是你的亲人了。/要是想我,就望那颗黄昏星。/——那是我的心,/不管走到哪里,/总担心的看着你!/你没有了妈妈,/送你的是一条老黄狗。/那狗跟你走了十几里地,/你屡次用土块投掷它,/才勉强赶了回去。

这是著名诗人苏金伞的诗作《你走了》(第 3 期)。苦难的家乡是写不尽哀怨、悲痛的诗行,这是从心里流出来的,朴质的诗语渗透着丰富的情感,信手拈来的家乡事物被赋予了诗歌的韵味,吸取民歌的丰富营养,化为他自己的诗歌创作理念。

苏金伞原名苏鹤田,河南睢县人,是中国"五四"运动以来最杰出的诗人之一,1927 年加入共产党,1932 年开始发表作品。1946 年,《大公报》介绍苏金伞时说:"他的诗讽刺深刻得体,当世无第二人。"后任河南省文联第一届主席,著有诗集《地层下》《窗外》《鹁鸪鸟》《苏金伞诗选》《苏金伞诗文集》等。丁景唐珍藏苏金伞的诗集《鹁鸪鸟》(作家出版社,1957 年 1 月),扉页上盖有椭圆形的朱色钤印"景唐藏书",以此纪念昔日的老友。

时在开封的苏金伞不仅是外地"文谊"成员,也是丁景唐等人成立的民歌社成员,并接受丁景唐等人的委托,发布和宣传《征求各地民歌启事》。

杭州的夏之华也是外地"文谊"成员,他写了诗歌《我们开垦了春天》(创刊号):"三月天,/空气和鲜乳一般,/芋花处处开,/檐前鸽儿轻吻,/土墩上猫儿假寐……"看似寻常的闲适、恬淡之诗,突然画风一转,年轻的母亲们"回过头来——/对着起伏的地面上/的坟堆,/流出感激的眼泪,/在这些坟堆上,/已加满了红色/的野玫瑰"。春天与坟堆、少妇与野玫瑰、孩子与寂寥,两组反差鲜明的画面,蕴含着多少辛酸、悲凄的故事,令人感慨不已。

"为了一个理想/为了一点希望/走吧!/不要回头看——/后面/一个黑影跟着你——/因为,你是走向光明的。"荆棘的诗歌《访友》(第2期),将象征派的手法与现实画面交融,说不尽的话语浓缩在最后:"推开门——/天上一颗星/闪灼着/指给夜行人,/光辉的前程。"

丁景唐等人热衷于搜集各地民歌,也催生了新民谣的产生,并且与寓言、宁波方言"混搭"。诗人朗里曾在欢迎茅盾等著名作家的场合中,用舟山方言朗诵莎士比亚的诗《来在碧绿葱翠的树下头》,引起一阵欢悦的笑声和歌声。他也尝试写了寓言诗《打老虎》(第2期):

阿三搭阿四/大家作戏文

(第一场)阿三扮武松/阿四扮老虎/武松打老虎/阿三打阿四/阿三拼命打/阿四放命叫/"着会介厉害/我要打煞雷"/"你莫叫——/武松打老虎/武松应份打/老虎不许响"

(第二场)阿四扮武松/阿三扮老虎/武松打老虎/阿四打阿三/阿四还即打/阿三就回手/"着会侬回手/侬是老虎嘛"/"侬有晓得伐/现在啥时势/武松打老虎/老虎好反抗"

此寓言诗大多用宁波方言写成,不妨将其中有些句子尝试转为普通话:"阿三搭阿四/大家作戏文"转为"阿三和阿四/一起来演戏","着会介厉害/我要打煞雷"转为"这时好厉害/我要被打死了","阿四还即打/阿三就回手"转为"阿四开始打/阿三就还手"。其实,"厉害"不是方言,用宁波话说是"煞伯",沪语则是"结棍"。

"只打苍蝇,不打老虎"是当时上海大街小巷的流行语,并且"打老虎"成为一些有胆量的报刊上的"热搜流行语",反映了广大民众对于政府派来的各种"清查团"的强烈不满和怨恨(蒋经国奉命来沪"打老虎"则是几年后的事)。有些作者乘势而上,将笔下的文艺作品公开冠名为"打老虎",甚至有人斗胆写了《打老虎开篇》(署名虎痴,《沪报》1947年3月9日),对于皇亲国戚带领的"清查团"进行辛辣嘲讽,还公开点名这些权贵。

寓言诗《打老虎》于次年再次发表于《中国工人》周刊第10期(总第78期),朱学范为该刊发行人,顾锡章为主编。朱学范后为全国总工会领导人、全国人大常委会副委员长、中国国民党革命委员会中央主席。顾锡章曾当选为全国总工会执委、第一届中国人民政治协商会议候补代表。

一般来说寓言诗是用诗的语言来讲述故事,篇幅短小,情节单一,常用讽刺与夸张的手法,突出漫画式人物形象。《打老虎》则是奇思妙想的"混搭",融进民谣、戏剧等多种表述元素,兼而有之,既有简明朴实、平易近人、生动灵活的形式特点,又富于哲理,耐人寻味,而且表现很生活化,便于传唱。此诗分为上下两部分,并非单一的颠倒歌,平中出奇。"武松打老虎/老虎好反抗",究竟谁是武松,谁是老虎,孰轻孰重,形成一场闹剧,真可谓"反复颠倒之歌",让读者自己去联想、分析,使人哑然失笑。

丁景唐等人意犹未尽,第3期继续刊登新民歌《菖蒲人孩活剥田鸡》,也具有强烈的讽刺意味,猛烈抨击"两脚畜生"。

菖蒲人孩,活剥田鸡/阿哥唉,来看哪来看哪/吭看该浮尸,有介坏/行业勿寻,赌场撤绳/夜到末头,钻轧姘头/穿仔号衣,独想捞铜钿/人家勿肯,一变了脸/摸出手枪,问吭响勿响/"妈特皮",口气石骨铁硬/格则推辣锅里,翻辣河里/菖蒲人孩,活剥田鸡/阿哥唉,严嵩势道也会过/簇新衣帽也会破/格拉人总要做落直眼/像介奥格两脚畜生总吭好结果

不妨改为普通话:菖蒲孩子,活剥田鸡/阿哥哎,来看看/你看这调皮孩子,有多坏/行业不用说了,骗人把戏/到了夜晚,专门调戏女人/穿着官府制服,只想独自捞外快/人家不愿意,马上变脸/摸出手枪,恐吓对方不准多嘴/"他妈的",口气还很硬/要么推到锅里,要么扔进河里/菖蒲孩子,活剥青蛙/阿哥哎,严嵩势力也会衰败/崭新衣帽也会破/做人总要做正直/像这个两只脚的畜生终将没有好下场。

此新民歌作者是曹玄衣。开头采用比兴的手法,借助"菖蒲人孩,活剥田鸡"的残酷画面,引出作者尖锐抨击的黑暗、腐败的社会现象,这种起兴的手法在诗文里使用得比较多。中间再次点明"菖蒲人孩,活剥田鸡",凸显主旨,"像介奥格两脚畜生总吭好结果"。而这也是借鉴古典诗词中顶针连环艺术手法,饶有趣味。

延续"认识大上海"的诗文

《文艺学习》前两期的三篇纪实散文,形成启动"上海的一角"征文活动的前奏,延续丁景唐昔日提出的"认识大上海"的办刊指导思想。

史亭(金如霆)的《房子的纠纷及其他》讲述"我"的一家栖身于篱下,忍气吞声当房客,与女房东、"代理人"(女佣)发生冲突。原先女房东的丈夫飞到重庆去,现在抗战胜利了,将飞回上海,摇身一变为"接收大员",女房东趾高气扬,"代理人"(女佣)更是狐假虎威,气焰嚣张,使出各种"下三滥"的手段。刁难、讥笑、责骂一直包围着"我"的一家。作者笔法老到,真实可信,看似描述读者所熟悉的生活琐事,却是以小见大,勾勒出抗战时期及胜利后上海底层市民的艰难生活的真实场景,浸淫着说不尽的苦难、屈辱、怨楚、仇恨,严厉谴责女房东、"代理人"(女佣)的丑恶嘴脸、卑劣行径,也可作为上海沦陷区日伪"主子与奴才"的绝妙

画像。同时也给读者留下无穷的想象——如果女房东的丈夫衣锦还乡,那么"我"的一家(众多上海底层的穷苦群体)又将面临怎样的大劫难呢?这正是该文的主旨之一。

更使他感到焦灼的是:到家以后,太太的愁容和孩子们饥馑的脸。大学教授呵!请看他们过的是什么生活呀?金太太在房门口用力扇风炉,被煤烟熏迷了眼,而他的那几位公子和千金,全挤在一张方桌子上在做功课,满房间充溢着一股难闻的味道。

金教授皱眉头,可是,不等他坐下,他太太走过来,把顶小的毛头朝他手里一塞,说:"抱一抱!家琦,跟我买柴去!"

"我要做几何题目!"那个孩子叽咕着。

"算了,有什么做头!你爹做了几十年题目,有屁用!"

袁鹰笔下的《大学教授》(创刊号)狠狠地抛出这句话:"有屁用!"积压了多年的怨恨、忧烦、苦闷瞬间爆发。事前,这位教授刚刚参加了一个罢教的招待会,看到两个反差鲜明的场景——主办者笑脸送走一帮记者,请他们在笔下多多美言,宣传罢教的理由;另一帮官员则是"喉咙里打着饱嗝,牙签仔细地挑剔着牙缝里的渣滓",事不关己,无所事事。教授回到家里,又看到上文中这个场景,实在忍不住,大声吼道:"停教,停教!非停教不行!"

《发光的渣滓》(沉浮)讲述一个疏通阴沟的工人,看见天真活泼的孩子去公园玩乐,自己的孩子则在拾垃圾,"在腥臭的垃圾堆上",孩子们用"机械般的熟练的手法,在黑黝黝的龌龊的垃圾里面掏着,拣着,用力扯着那些破布啦,烂袜子啦,套鞋等"。孩子们被称为"小瘪三""小赤佬","好像一群苍蝇似的飞来飞去"。但是物价飞涨,收破烂的价格却直线下降……这些破烂经过二度加工,成为人们喜欢的商品,谁会联想到那些拾垃圾的孩子们?

"一次,我没有地方睡,借在一家旅馆。那家旅馆是三等吧,墙上全是些臭虫的血迹,红而夹紫,仿佛是种土制的花纸。空气沉闷而肮脏……"何紫写的《夜的故事》无情地揭开了上海深夜里肮脏交易的一角。做生意、跑单帮、偷窃、殴打、猥亵,旅馆女老板上去几个巴掌,顿时房间里安静了。这种丑陋、罪恶的勾当随时发生在抗战胜利后的都市每个角落里。

这种纪实散文情节琐碎,文笔朴实,抒写自然,诉说作者自己和周围人的痛苦,由此控诉黑暗的社会,揭示不合理、变态、悲惨的生活。这也是丁景唐等人要启动"上海的一角"征文活动的初衷之一。

丁景唐主编《联声》时,积极提出"认识大上海"的办刊指导思想,编排了不少精彩的文章,他也与同人集体创作。几年后,此指导思想又延续在《莘莘》月刊里。《莘莘》月刊停刊一年后,《文艺学习》第2期刊登《"上海的一角"征文》启事:

这里是一个好消息,"文谊"承魏金枝先生的襄助,在先生主编的《文坛》上,发起了"上海的一角"的征文,我们热切企待每个爱好文艺的青年朋友不要放过这一机会,好好地来响应这个征文的号召。现在将《征文的简约》录在下面:

一、本刊为反映现实生活,鼓励青年写作,以"上海的一角"为题征文,希望从事文艺工作的青年,以报告文学的格式,描写自己熟悉的生活,投稿本刊,每期当特留篇幅,登载此项稿件。

二、来稿写清姓名、地址,径寄宁波路470弄四号《文坛》编辑部。

三、稿酬千字四—六千元。

"上海的一角"依然是延续昔日丁景唐"认识大上海"的办刊指导思想。这期编辑在《编余随笔》中明确表示:"我们欢迎一切能够表现大众生活、反映现实的稿件。"有的读者来信说该刊"作品内容还不够和日常生活贴得紧",加之郭沫若、茅盾、叶圣陶、魏金枝都再三告诫作者"充实自己的生活",讲述文艺与生活的关系,这些都与丁景唐原来的指导思想不谋而合。因此,刊登以上这则启事并非偶然,必须高举现实主义创作旗帜,使之成为广大文艺青年写作的主要目标之一。

丁景唐协助魏金枝主编的《文坛月报》发起了"上海的一角"的征文,但是《文坛月报》第3期并没有这则启事,显然是准备在该刊第4期上发表,但是停刊了,未能如愿。因此,此征文的工作便由《文艺学习》来承担。丁景唐晚年回忆时未曾提起,显然忘却了。

"宁波路470弄四号《文坛》编辑部"即原来的《小说月报》编辑部。丁景唐自华光大学中文系毕业后,经亲戚介绍,进入《小说月报》编辑部。抗日战争胜利后,丁景唐开始考虑在新形势下创办新刊物,他劝说联华广告图书公司经理陆守伦,不再复刊《小说月报》,另创办《文坛月报》,积极适应新形势下的广大读者的需求。"稿酬千字四—六千元",这是当时底层劳动群体月薪的一半左右,有一定的吸引力,但实际可能会减少一些稿酬。

第3期第2版果然推出"上海的一角"栏目,发表四篇文章,但并不是报告文学,而是小说和纪实散文,署名都是笔名,不知作者真实姓名,很可能是编辑部同人所作。

《煎熬》(斐穆)讲述南市狭小工场的繁忙场景,从住在工场上面的徒弟的角度来描写。每个月仅有可怜的工资,却要忍受下面工场的震耳的嘈杂声,还要上夜班,根本没有时间休息,由此点明小说主题"煎熬"。

《码头上》(司马琴)以"我"的所见所闻,讲述码头上的苦力、穷孩子、守卫、巡警各自的苦难生活。"生活等于牢狱!我们每月只领到一万多元,可是家中妻子儿女五六人现在开销就要两万。""我有个大儿子在高中读书,下期学费要涨到一万多了。"码头巡警的形象大多是灰色的,而这里的码头巡警却是社会底层群体之一。"我"看问题的角度与众不同,甚至码头守卫者也是"一个高大的天神",因为他说出了"我"想说的话:"只要还有人活着没有自由,那我们大家都是有罪的。"

物价飞涨,民不聊生,怨声载道,引起罢工、罢教,社会动乱,这成为小说《办公厅一景》(劳碌)中争论的导火线。血气方刚的小职员愤愤不平地说道:"建国!内战是建国?把天文数字的军费省下来,把敌伪物资涓滴归公,我们用不着吃苦呀!"当大家商议为何不罢工时,厅长趾高气扬地跨进办公室,大家一下子安静下来,懒洋洋地把公事摊在面前,"呆坐着,各自想着不同的念头"。

《我摆香蕉摊》(吟蛩)中"我"白天念书,晚上在外滩摆摊卖香蕉,赚几个小钱,补贴家用,因父亲失业。夜幕降临,我放下书生的架子,堆着笑脸,低声下气,乞求外国水兵来光顾生意。但是,外国水兵声东击西,趁机偷走香蕉,甚至恐吓、殴打"我",扬长而去。"日间我读书的时候,时常因打呵欠被教师们责罚,谁了解我内心的痛苦啊!"

这四篇作品的文笔都不错,行文老练,从不同角度描写了不同职业的场景,内容有些单薄。如果仅从这四篇文章的标题来看,初步达到了"上海的一角"专栏的要求,但是挑剔的读者不满意,纷纷吐槽。该刊第3期编辑写的《向读者们回答》一文中坦陈:这几篇作品"免不了粗糙或不够洗练,但它们是有血有肉的"。

可惜《文艺学习》停刊了,"上海的一角"专栏也戛然而止。

丁景唐等人的文章

除了以上诗文之外,《文艺学习》还刊登一些短论、评书、译介等,其目的主要还是辅导文艺青年。

> 有一位在酱产业任事的友人向我们提出了这样的一个问题:"请介绍一些浅近的现实文艺作品,因为我们没有时间也不知如何选择!"同时他更建议我们将上海的文艺刊物作一番评介,推荐几篇适宜阅读的作品。

丁景唐在《文艺学习》上发表的第一篇文章《上海文坛漫步》如是开头,显然这代表了大多数文艺青年的迫切需求。此文介绍了上海一些比较重要的进步文艺刊物,重点推荐了《文坛月报》《希望》等发表的小说,点评了其中一些作品,反映了丁景唐的思想倾向和审美情趣。值得注意的是丁景唐谈及文艺与大众相结合的问题,折射出毛泽东《在延安文艺座谈会上的讲话》的精神。

> 有些友人常爱提出哪个诗[人]写得最好的问题来,其实这样的提法并不妥帖。由名望的大小来评断或作为选择读物的准绳,在诗歌方面尤其困难,有时甚至是有害的。柯仲平、艾青、何其芳、臧克家、田间、袁水拍、任钧等比较为我们所熟知,但是否他们的作品一点也没有缺陷的地方了呢?

这是丁景唐写的《上海诗坛漫步》的开头,此文与《上海文坛漫步》是姊妹篇。此文点评诗作多于介绍。丁景唐在以往积累的基础上,阅读了许多新老作家的诗歌,并进行个性化的点评,反映了他当时的审美情趣和价值观。他还根据所掌握的诗坛情况,介绍了新近呈现的诗歌佳作和诗歌组织的新活动,特别是默默耕耘的作者及其诗作,留下了一份珍贵的文坛资料,其中许多线索可供世人进一步追寻和研究参考。

"文谊"还承担辅导文艺青年写作、介绍读物的任务,《文艺学习》前两期先后刊登两篇相关文章。

"想从事写作而没有人修改指导,阅读而缺乏选择书刊的能力,这是初学文艺者最感痛苦的事。《文艺学习》今后愿意尽我们共同的努力来系统地介绍些书,刊登研究大纲和讨论记录,来提高学习的兴趣。"《介绍初学文艺的几本读物》(丁景唐)开宗明义介绍道,随后简要地谈了"写作的方法""文艺的知识",并推荐十本书:沈起予的《怎样阅读文艺作品》、佛朗和黎夫合著的《怎样自学文学》、蒋天佐的《海沫文坛》、林焕平的《活的文学》、胡风的《文学与生活》、徐懋庸的《街头文谈》《怎样从事文艺修养》、维诺格拉多夫的《新文学教程》、叶以群的《文学的基本知识》、王任叔的《文学读本》。除了苏联作者之外,其余作者都是共产党人。维诺格拉多夫的《新文学教程》有两种译本,译者分别为楼逸夫(楼适夷)和叶以群,1949年后曾一度成为全国高等院校的文科教材。

考虑到自学的青年有很多,丁景唐等人编发了有针对性的文章《怎样自习写作》(石文),"多读多写"就是关键词。多读,即"从你读过的这些作品里,你吸取了学习了它们的结构和造句的方法"。多写,即经历由生硬到通畅再到圆熟的过程,这牵涉到许多复杂的问题,坚持写必有成果,不存在"一句成功的侥幸心理"。

华绍扬的《谨防"士风"》引开说去,认为"'士风'译成语言就是'文人腔'",并指出"这种'腔'顶大的缺点就是和群众脱节"。"每一个文人担负起来的任务应是,把群众的生活表现出来,再把群众需要的带给他们,但这就必需要求每一个文人走到大众里面去,熟悉他们,了解他们,不要把自己看成一个'文人',自己不过[是]大众的一分子而已。"这是遵照毛泽东的《在延安文艺座谈会上的讲话》精神,用浅近的话语教导文艺青年。

评介接地气的书籍的文章还有徐为的《重读〈彷徨〉》:"鲁迅先生确是有着异常深刻的观察力,用沉着而有力的笔调,将被压迫人们的生活,活现在我们面前。而给我印象最深的是《祝福》《在酒楼上》《弟兄》。如《祝福》里的祥林嫂,鲁迅先生是以深挚的同情,将封建社会里的女佣的悲苦凄惨生活,典型地描写了出来,祥林嫂就在这样的封建礼教的压迫下,残酷地牺牲了。"

此前,丁景唐撰写了第一篇研究鲁迅的文章《祥林嫂——鲁迅作品中之女性研究之一》,收入论文集《妇女与文学》(沪江书屋,1946年2月)。《文艺学习》第2期刊登此书的广告:

《妇女与文学》

丁英著

内收《歌谣中的妇女生活》《鲁迅作品中之女性研究》《新女性的典型创造》等论文十篇。作者以热情的笔触,描画出被压迫的女性大众如何经历艰苦的路程。在同类著作寥落的中国,本书的出版,是每个关心妇女文学者所乐闻的。

优待会友及读者,谨收七百元,请径函本刊。

丁景唐从事诗歌创作时,曾受到苏联著名诗人马雅可夫斯基的影响,使用阶梯式的音节,体现"重音诗体"的韵味。"文谊"其他年轻人都爱写诗歌,熟知马氏名字,《文艺学习》创刊号第2版刊登《纪念伟大的诗人马雅可夫斯基》译介之文(署名水夫,应署名朱烈),配有戎戈创作的马氏木刻剪影,以及朱烈翻译的马氏诗歌《你们!》。文章里介绍《你们!》,"他以诗人的炯眼,看到了第一次世界大战的恐怖和罪恶而写的。在那次战斗中,马氏在后方看到了资产阶级投机家怎样靠战争自己肥[起来],怎样在酒馆舞场里花天酒地过快乐日子。"

钱英郁,曾名钱善根,话剧艺名殷忧、英郁,笔名孟度、马前,越剧艺名方隼,浙江舟山人。读书时受到左翼剧联的影响,与同学们办起了青钟剧社。抗日战争时期,参加中共上海"文委"领导的外围组织"小演出"的工作。1941年10月,考进上海剧艺社,开始话剧职业演员的生涯。不久,加入中国共产党。1947年秋,进少壮越剧团任导演。翌年初,转至玉兰越剧团为特约编导。1949年后,历任上海市委宣传部文艺处科长、中国戏剧家协会上海分会工作委员会副主任。

当时钱英郁与"文谊"戏剧组有联系,在"文谊"第三次文艺晚会上,出现了他导演的独幕剧《女秘书》。他发表了文章《业余剧团的发展》,刊登于《文献》创刊号(1946年3月1日)。在此基础上,他又撰写了《剧运该走什么路》,刊登于《文艺学习》第3期。他认为:"学生与职业青年们自动组织演剧给自己看,一方面训练自己成为一个演剧者,另一方面训练大家成为一批新观众,自己教育,教育别人,真合生活的教育与学习之旨趣。故演出剧目,内容题材必须配合动荡战斗的生活,形式演技必采取明快简朴的手法,务求演剧之普及化、大众化、生动化、生活化。"并坦陈:"今日的剧运赖业余运动之支持、推进、扩大,已成自然趋向。业余剧运之再建与改造成为刻不容缓之工作。"其中提出的"四化",在此后戏剧运动中,不知经历了多少风雨,可撰写一部皇皇巨著了。

"文谊"大家庭

"文谊"大家庭的亮相平台是《文艺学习》,该刊第4版设有"心的交流"专栏,传递"文谊"大家庭的温暖、友好、团结之情。袁鹰回忆说:

> 当时我们这群人,只有郭明稍长几岁,其余都是二十上下,青春年少,在歌青春(丁景唐)带领下,很有初生牛犊的劲头。参加联谊会的成员,来自各个方面,有工厂商店的职工,有报纸刊物的编辑记者,有大、中学校学生,还有些失学失业青年。一到集会的日子,从四面八方聚到一起,个个兴高采烈,笑逐颜开。一九四六年六月二十三日,我们还组织会员分散到所在的各个群众团体去,到火车站参加上海各界人民欢送马叙伦等和

平代表去南京向国民党政府递交反对内战要求和平请愿书的大会和随之举行的大游行,文艺青年朋友们都经受了一次大规模政治斗争的洗礼。下半年,上海政治形势渐渐恶化,二三百人的集会难以举行。景唐同志决定改变活动方式,化整为零,按住处地区分成几个小组,定期聚会,交流读书心得,讨论写作得失,谈人生谈理想,从而加深了友谊。有一次在江湾路萧毅(周朴之)姐姐家聚会,景唐兄也来参加。有人问他:你不是我们这个组的,怎么老远跑到虹口来?他说,他来看看萧毅的病好些了没有。萧毅一听,苍白的脸上泛起红晕,连忙说:"谢谢你,我最近好多了。"

(《犹恋风流纸墨香·序二》)

萧毅是很有才华的青年诗人和翻译人才,参加"文谊"前已经加入共产党。1949 年后担任上海《青年报》记者,后调到编译所和上海译文出版社工作,曾担任巴金翻译的赫尔岑《往事与随想》的责任编辑,制作了许多卡片,详细校订,袁鹰说"如此尽力的责任编辑真是少有"。丁景唐时常带领子女到南京西路的萧毅家里做客,谈笑风生,亲如一家。"文革"期间,萧毅不幸病逝。丁景唐在文章中常常提及萧毅,赞赏他的才华,但是未能写专题回忆文章,否则可以留下更多"文谊"的史料。

"文谊"外地成员的名单最初刊登于《文艺学习》第 2 期,即《"文谊"之友》:

自"文谊"在"文协"赞助下成立,《文艺学习》出版以来,曾经得到各地爱好文艺的年轻朋友的帮助和爱护,或来稿,或通信,或代销,或拟成立各地"文谊",在这里我们谨致兄弟的敬礼!我们深信中国之大,爱好文艺的友人之多,如果我们能进一步携手合作,共同来从事新中国文艺工程的耕耘,那么,它一定会有美满的丰收。

敬爱的友人们,我们期待你们经常通讯联络,将你们的近况和各地"文谊"动态告诉我们,将你们现实生活[中]的不平的遭遇、你们的痛苦和企求用各种文艺形式写下来,告诉大家,希望各地更多的友人来写信联络。这样在文艺的"王国"里,也许不久的将来,会有一个全国性的"文谊"诞生。

让我们大家握手!

1. 北平:王勤本等。2. 天津:刘涤年、赵征等。3. 开封:苏金伞、蓝洪蔚、刘易士等。4. 长沙:申奥等。5. 重庆:黄贞训、申甫等。6. 成都:周泽之、唐隆刚等。7. 南京:王宜、汪剑平等。8. 苏州:侯炜、杨波、姚爱仁等。9. 平湖:王守洇等。10. 黎里:平静人等。11. 绍兴:赵坚、杨起等。12. 余姚:周天鸣、楼聚楠等。13. 杭州:夏之华、林培茵、徐景、吴祖埙等。14. 长兴:丁泽民等。15. 东阳:王达英等。16. 建德:许为通等。17. 宁海:吴鼎等。18. 定海:麦野青等。19. 奉化:平山等。20. 镇江:鲍雨等。21. 常熟:梁毅等。22. 宁波:谷正、胡回、江静、童琇针、华宣圭等。

这是一张最初"文谊"各地成员的名单,每个名字背后都有着许多生动的故事。浙东和苏南地区的年轻作家较多,其中麦野青、平山、谷正等人与丁景唐有直接或间接的关系。

名单披露后,立即引起反响,也有人趁机假冒。第3期立即刊登"上海文谊谨启"的声明《平湖两个"文谊"》:"平湖会友王守沺等曾通过本会组织平湖'文谊',孰料在报端披露该项消息后,该地嘉师附属民众教育馆翁某亦来一广告,自谓受本会之托,组织分会云云,但本会对此翁某本毫不相识。区区'文谊',亦遭觊觎,可云奇事。本会除已去函更正外,用特声明,请平湖青年切勿受愚[弄]。"

最初名单公布后,外地的文艺青年"闻风而动",也纷纷表示要加入"文谊"。第3期第4版再次刊登名单,即《"文谊"之友》:

> 自"文谊"在"文协"赞助下成立,《文艺学习》出版以来,曾经得到各地友人的帮助和爱戴,或已(拟)成立各地"文谊"(如宁波、无锡、开封、龙游、青浦、南京、定海等地),或以已成[立]的文艺团体跟我们联络(如武进、黎里、郯县等地),或通讯,或来稿,或代销,在此谨致兄弟的敬礼!我们深信以中国之大、爱好文艺的友人之多,如果我们能进一步携手合作,共同来从事新中国文艺工程的耕耘,那么,它一定会有美满的丰收。愿年轻的伙伴们,经历多种的磨难,锻炼得更强壮。让我们大家握手!
>
> 23. 昆明:姜志辰、王大宗等。24. 福州:成寂等。25. 嘉善:潘世美等。26. 太仓:邵沅、黄锡、朱佩霞等。27. 江山:邵伯周等。28. 龙游:路夫等。29. 辉县:侯庸等。30. 钟祥:丁树香等。31. 汉口:邓英烈等。32. 安阳:李林慧等。33. 洪江:明淑珍等。34. 诸暨:何波光等。35. 无锡:印敏之等。36. 武进:蓓蕾文艺社。37. 蒙城:张祖运等。38. 江阴:顾载欣、石英等。39. 吴兴:王惟洪等。40. 松江:周励我等。41. 青浦:郁漫云、沈梦熊等。42. 郯县:艺兵社。(待续)

第二份名单明显的特点是文艺小团体整体加入"文谊"分会,这是集体的行动;并且地域扩大,说明加入"文谊"的信息传播之广、速度之快,促进了各地队伍的发展。这超过了丁景唐等人的预想,再次证实了"文谊"具有潜在的强大生命力——不可估量的凝聚力、团结力和影响力。

丁景唐曾委托杨志诚搜集、抄录、整理一份比较完整的"文谊"各地成员的名单,共计有200余人,可惜后来因故遭失。

《文艺学习》虽然仅出三期,却汇聚了众多的文史资料,这是其他"短命"刊物所无法企及的。

第3期刊登的《六月的"文谊"》(萌·华)竟然在有限的篇幅里出现不少文坛"大咖",如郭沫若、茅盾、田汉、戈宝权、马凡陀、唐弢等。"文谊"得到地下党组织的大力支持,调动了人脉圈里的各种关系,有利于"文谊"与名人的良性连接,实现双赢,扩大了影响力,增加了凝聚力,更有助于丁景唐等人开展"文谊"工作,努力满足文艺青年的需求,实现他们学习的愿望。

此文作者善于抓住现场人物言行举止的细节，寥寥几笔便让这些著名作家、翻译家的形象跃然纸上：

> 郭沫若先生在久久不息的热烈的掌声里出现在台上。虽然郭先生近日有些劳顿，但他由低沉而到高亢的声调，激动了每一个到会的友人，这是人民的声音。郭先生讲完了《文艺与科学》，热烈的掌声又是久久不息。
>
> ……
>
> 接着是田汉先生的演讲，微带湘音的田先生的声音，我们是熟悉的。他的话使我们青年的心感到温暖和兴奋。
>
> ……
>
> （茅盾）首先谦虚地表示不敢接受歌颂；随后就讲到今日的文艺界军长师长的作家已不少，但是营连排长的作者则缺少，希望"文谊"的成长能够弥补这个缺憾。

《六月的"文谊"》还记载了"文谊"各种活动，保留了一些珍贵的文史资料，是一篇较好的文艺通讯。

随着"文谊"丰富多彩的活动逐渐增多，《文艺学习》及时推出"心的交流"（"文谊"往来）专版，发表了几篇文章和《"文谊"短讯》。

> 从戈登路和南京路上集合来的人每个脸绯红的。
>
> 在笑声和喧嚷声中，八十一个男生和十五位女的，便在树影下团团围坐下来，先拍了两张照，于是便由廖临报告。他告诉我们今天主要是联欢，来找寻春天的快乐，让会友们尽情地游乐一下。朱烈提出了谁先出来唱一支歌的提议，"灾难"也立刻降临到他头上，大家嚷着要他先来表演。他跑到场中先不唱，却开了个条件，一定要大家跟着他唱，大家答应了，于是：
>
> "文艺青年呀，联谊会，来到虹口公园呀！哎！真开心呀！呀，呀！"

此为《春天和我们同在——记"文谊"第一次郊游》，由谷戈、茹荻（戴顺义）、戴蓉（戴顺义的姐姐）、叶馥合写。陆谷戈，即陆钦仪，笔名项伊，创作小说、散文等多篇。

《春天和我们同在》中首先作报告的廖临（叶林），是袁鹰的入党介绍人，也是丁景唐的老友。1947年4月，丁景唐突然接到上级领导唐守愚的紧急通知，他已被国民党当局列入"黑名单"，要求他立刻撤离上海滩，注意隐蔽。第二天，丁景唐离沪到嘉定，隐居在廖临家中。廖家是嘉定名门之后，大院前五进被国民党占为县党部和县政府，最后小院三间留给廖临居住。在敌人的眼皮下，这里却成为中共上海郊区的一个地下秘密联络点。

《春天和我们同在》中领唱的朱烈，当时与丁景唐、袁鹰一起编辑《文艺学习》，很活跃，写了不少文章。此后，进入《时代日报》工作。多年后才与丁景唐恢复联系。

《春天和我们同在》还描写了这次集会的即性表演节目。田烽第一个被推出来，唱了电影《夜半歌声》的插曲。诗人朗里依然用舟山方言朗诵俄国著名诗人莱蒙托夫的诗歌及莎士比亚的诗《在碧绿青翠树下头》。另一位诗人,马烽先朗诵了俄国作家的爱国诗《清算》,在一片热烈的掌声中,又朗诵了他自己创作的讽刺诗《塑像》:"原来是有头有脚有身体,只是缺少一样东西,心肝唉!"

这次"文谊"在虹口公园举行的游园活动引来大群围观市民,也引起其他读者的羡慕。"一个暗中自学的人史纹"写信给《文艺学习》编辑部:"我是一个爱好文艺的职业青年,自从在报上看到了贵会举行文艺晚会热烈的盛况和开办各种文艺研究组,我就喜欢得像重逢了一位久别的自远方归来的好友,我捏着手中的报纸呆了刻把钟。"丁景唐、袁鹰等人看到此信,添加标题"文艺与我们无缘似的",发表于创刊号。丁景唐亲自回信:

史纹先生并其他许多爱好文艺的友人:

我们怀着无比的感动,接到你们的来信。我们感谢你们给我们的鼓励和期待。歉憾的是我们限于经济的困难,至今还没有固定的会址,而我们又都是缺乏经验的一群,因此由通讯处转来的函件难免搁延或遗失,有时想回信却连回信的地址都给丢了。像史纹先生提出来的问题是极实际的,"文艺与我们无缘似的",这的确是职业青年间一个严重的难题,职业时间剥夺了他们接近学习的机会,但是如果我们能集合许多的友人来共同解决困难,那么我们不仅可以学习到许多新的知识,同时也会在集体生活中改造了自己。"文谊"的成立也正是为了这样的目的,我们欢迎史纹先生跟其他有着同样的"苦衷"的友人参加到"文谊"里来,就像小小的雨点汇集成为浩瀚的海。

以后有了这份小刊物,你们有困难或疑问、建议或质询,请你们直接写信来好了。

握手!

英

落款"英",即丁英,是当时丁景唐对外的笔名。此回信透露了一些内情,也表明了"文谊"成立的宗旨和职责,并且欢迎广大文艺青年加入"文谊"这个大家庭,"就像小小的雨点汇集成为浩瀚的海"。

同时刊登的《"文谊"短讯》信息不少:"本会第二次文艺晚会已定于四月廿八日晚七时假育才中学举行,节目有文艺及诗歌朗诵,并有《拿破仑在后台》独幕趣剧等节目,票价荣誉券一千元,非会员为五百元,会员二百元……研究部戏剧组连日积极排练《拿破仑在后台》,由剧作者包蕾先生亲自指导。"包蕾,原名倪庆秩,笔名叶超,浙江镇海人,现代剧作家、童话作家、儿童文学家。

茹荻是丁景唐单线联系的地下党员,与他人合写《春天和我们同在》一文之后,又与岳萌合写《五月的"文谊"》,记录了"文谊"三次活动。其一为第二次文艺晚会:

会场里拥挤着人,每个人的手中拿着诞生的《文艺学习》在细读,前面几排坐着许杰、戈宝权、柯灵诸位先生和文化界新闻记者及来宾。

"文谊"戏剧组演出了最现实的"活剧"《十字街头》,获得了观众的好评,好像我们就站在十字街头,那些烂醉的异国水手,在一阵苍凉的胡琴声夹着嚣杂的卖报声、叫喊声中,跟着东歪西斜地胡唱着洋歌出场……

其二,讲述了大家选择"五四"这一天去祭扫鲁迅之墓:

祭礼开始,大家在墓前依次站好,恭敬地鞠了一躬,接着便由伊嘉小姐献花——一些路上亲手采来的黄色小花,然而我们注入了最大的敬意与最深的悲悼。花用《文艺学习》诞生号包着,假如鲁迅先生有灵,他应该欣然接受我们这份礼物的吧!

其三,"文艺周会"已经举办了三次,这一次是在周日下午,"有着相当浓厚的文艺气息"。先是几位会友合唱两首歌,接着由《文艺学习》记者梁达报告采访郭沫若先生的经过,"讲得有声有色"。诗人朗里朗诵了两首寓言诗,"趣味隽永,含义深刻",他提出了"方言诗运用的问题",引起大家的兴趣。经过讨论,大家认为:"方言诗在中国有其开拓的重要性,但必须深入浅出,通俗明白,用字口语,方始能达到使人民由愚昧而苏醒的目的。"

不少外地的读者纷纷投书,述说自己的心里话,让《文艺学习》编辑深受感动,第3期《心的交流——"文谊"往来》加以汇总、摘要,欣喜地写了按语:"外埠的信,越来越多,一种可贵的友情在我们中间建立起来了。有了这种友情灌输,我们相信一块荒瘠的土地也会变得丰饶。埋在地下的种子,在许多朋友的爱护下,一定会抽芽而长得枝叶茂盛。"外地读者来信摘录如下:

我建议"文谊"出一个周刊,一个月出一次太少了。经费困难,可以都集股资。可惜我不名一文,我真想认一股。(开封:刘易士)

《文艺学习》编排印刷都好,它是一个年轻的刊物。如果续出,请寄来。并于推销事,我想和天津的文联社谈谈,如果能交换经售,自称两便。(北平:王勤本)

借着《文艺学习》,能把千万颗赤热的心联结起来。目前,在社会的每一个角落里都有着火的苗种,让这许多星散的火种烧起来,《文艺学习》应该不折不扣地完成这个任务。我认为刊物的内容还不够充实,我们需要更针对现实的作品,描写学校生活的、各阶层青年生活动态的……(无锡:杨聿政)

当我读到《文艺学习》的时候,我的喜悦是没有法子说得出来的。我的生活里充满了折磨,过去写的东西,都在炮火里毁弃了。我要把这条生命献给某些人。加入这个文艺的园地要我卖点力气的话,我愿意挑水、锄地、放牛,这些工作我从小做惯了的。我要和你们一起学习。我有几位爱好文艺的朋友,想请你们把《文艺学习》寄给他们。(南京:谭尚)

你所希望的"无锡文艺青年联谊会"成立了筹备会,开始进行会务,定计划。虽然离理想还远,我们不会半途气馁的。成立一个团体,我们遭遇的阻挠太多了,但我们决不因此灰心,"文谊"是我们有力的援手,帮助我们,指导我们。(无锡:侯炜)

我对你们的努力热忱和毅力,感到由衷的敬仰和愉悦。镇江的文化是荒芜的。如果我在上海,我一定要参加你们的团体,做一点切实的工作。(镇江:陈念云)

我们读了"文谊"的成立宣言,而《文苑》正是把这些当作宗旨愿望的。希望我们能在同一的基础上携起手来。(天津:文苑社)

兹叩询贵社外埠文艺青年集团入会手续,并请予以本会联络为感。(武进:蓓蕾文艺研究会)

我希望"文谊"能扩大组织范围,普遍全国各省、各都市,《文艺学习》则利用来沟通消息(篇幅最好是现在大三四倍,经费不够,不妨征股收订户)。并希望:一、每期检讨上期作品优劣点;二、提出一个问题,收集读者意见,整理后加以刊登。(鄞县:向一)

"文谊"现在有多少会员,我们很想知道,同时我们想介绍几个在上海的朋友加入你们的团体。(绍兴:杨起、赵坚)

我们是同一目标、同一道路,虽然你们是走在我们的前面,我们有联络、握手的必要……我们想用这团体的名字(翳桑文艺研究社)和你们联系。不,是加入你们的集团。(黎里:丁铎)

我是一个喜爱文艺的年轻人,但为了生活,我不得不从事和自己兴趣完全不合的工作。我虽然爱好文艺,却感到"文艺与我们无缘似的"。独个儿摸索着,却更要时时受到冷嘲和热讽……读完了《文艺学习》,我知道有着热情的友人们,在给学习道路上摸索着的生人以鼓励和指导。请你们给我以帮助吧。告诉我加入"文谊"的手续和订阅《文艺学习》的办法。(江山:邵伯周)

我是一个文学的嗜好者。受着生活的煎熬,我很少有机会看书和写作,每次看到报端"文协"和"文谊"的集会消息和演讲记录,我羡慕而想象着种种事情。因为到上海不久,说是加入"文谊"要两个会员的介绍,我不认识你们的会友,却一心想加入你们的团体。(本埠:裘过昌)

这些陌生年轻人心底的呼喊、滚烫的字眼、迫切的期望、兴奋的心情诉诸纸上,我们面前仿佛浮现出一张张憔悴的面容,投射出一双双渴望的眼神,伸出一条条瘦弱的手臂,千言万语汇成两句话:"我要加入温暖的大家庭'文谊'。我要看《文艺学习》。"

这些来信人后来走上不同的人生道路,事业有成,其中有的成为有名的学者,如浙江江山的邵伯周。他在《前线日报》等发表许多文章,后担任上海师大中文系现代文学教研室主任、文学研究所研究员,以及中国鲁迅研究会理事、中国茅盾研究会副会长。邵伯周与丁景唐是学术圈里的同行,不知他俩通信时是否谈起往事,可能淡忘了以上这则敞开心扉的来信。信中谈及"文艺与我们无缘似的",这正是一位读者来信说的。

有位女读者姜志辰从遥远的昆明寄来航空快信:

> 我是结婚八年的主妇,整天的生活浸沉在"开门七件事"和孩子们的叫喊中。我要学习文艺就和小孩子要登天的奢望一样,可是我从不灰心。邻居们以为我很孤僻,因为我从不和他们唠叨家常,也不像长舌妇整天谈论人家的长短。做完了繁琐的家务,我把所有的时间放在书本上。有时候手里拿着针,脑里还不时做着"白日梦"。我常常觉得自己像失群的雁般彷徨在暮霞之间。但我相信只要忍受,终有破晓的时候的……现在"文谊"给了我引导和相助的同伴。

《文艺学习》编辑则让上海的"文谊"成员金谨回信:

> 当我读完你的信之后,想到你能在繁琐的家务的围困里,抽出时间来读书、学习,使我钦佩万分。你是我理想中的一位姐姐……我和你一样,这几年来我也是在暗中摸索着学习,我没有进过任何学校,小时候家里请了位老先生教了我数年国文而已,但我终于深深地爱上了文艺。没有一个相互讨论的同伴,我是何等苦恼啊……现在我把她们两位(也是"文谊"的会友)介绍给你,让我们大家把手紧紧地握起来吧。

姜志辰很快回信:

> 你的来信,使我的心感到慌乱,做事常常失措。每样东西都显得可爱,看见人家的女佣,我也想和她谈谈。友情缠绕在我的四周,我感到脸上有了光彩,心里有了温暖……你不但和我有着同样的爱好,更可贵的是还有一个同样的环境。一种教诲在鼓励着我,我们对文艺的学习应该更迈进一步。

《文艺学习》编辑将双方来信编在一组,题为"一个主妇的来信——这是从遥远的昆明寄来的一封航快信"。这是丁景唐、袁鹰等人商量的一个金点子,让"文谊"成员之间互动更为亲近,效果也更好,毕竟编辑的回信总有隔靴搔痒之感。而且该刊发表这样一组来信,对于其他"文谊"成员和众多读者来说,也是一个接地气的活教材,胜过宏观大论。同时也为"心的交流"栏目增添了新形式、新内容,与其他形式的交流文章一起凸显此栏目的宗旨。

有些外地的读者也想通过《文艺学习》发布当地文艺信息,如前文名单中的黄贞训、申甫、周泽之、唐隆刚等。四川的《青城文运》(芜鸣)稿件可能是他们介绍或从其他途径辗转来的,这是把《文艺学习》视为可信赖的一个平台。该文介绍抗战时期当地办了两份刊物《挥戈文艺》《文艺堡垒》,除了本社的作者之外,也发表不少名家的稿件,每期2 000份,在当地灌县和成都、重庆三地发售,销路不错,影响较大。但是,突然停刊(被查封),引起读者强烈不满。"为着人民的痛苦,为着打击敌人,为什么我们的刊物要被迫停刊呢?"众多读者纷纷写了500多封声援的信,这让两刊负责人深受感动,不由得流下热泪。虽然停刊了,但是两刊编辑手中的笔没有停止,"大量的作品送出去发表了,所得的稿酬,他们捐助贫苦作家。后来他们中间有的被捉进监狱去,但他们却丝毫不气馁而放下了工作"。其中最活跃的是吕人、许伽、亚明等。抗战胜利后,当地文艺青年重新组织起来,创办《人民文艺》,"是一支不可忽视的强有力的新军"。

《文艺学习》停刊后,次年4月,丁景唐因上了反动当局的"黑名单",离沪辗转南下避难。"文谊"也逐渐停止活动,有的小组改换名称继续活动。

综上所述,《文艺学习》有以下一些特点:

其一,该刊与"文谊"是"一家人"。前者是后者的喉舌,后者是前者的支柱,两者都以丁景唐等共产党人为核心,接受地下党"学委"的领导。丁景唐对该刊发挥了重要指导性作用,凭借已积累的从事青年工作的丰富经验,重视发挥袁鹰等人的才华,充分调动大家的积极性,群策群力,齐心协力,而且他有时亲力亲为,解答疑难问题。因此,该刊视野比较开阔,内容丰富多彩,形式灵活多变,针对性较强,受到众多青年读者的青睐。

其二,该刊留下许多宝贵的文史资料,如采访郭沫若、茅盾的文章,配有茅盾的亲笔题词,加上叶圣陶、魏金枝的短论,这四篇文章是一组杰出的辅导文艺青年的教材。更可贵的是这四篇文章都未曾出现在其他有关专著里。第3期刊登的《六月的"文谊"》在有限的篇幅里出现不少的文坛"大咖",如郭沫若、茅盾、田汉、戈宝权、马凡陀、唐弢等,还记载了"文谊"各种活动,保留了一些珍贵的文史资料。另外,苏金伞、项伊等人的诗文,追忆叶紫、郑定文的文章,以及"文谊"重要成员丁景唐、袁鹰等人的文章,都是鲜为人知的文史资料。

其三,该刊记录了丁景唐的青春年华。"文谊"是丁景唐从事地下党的学生运动以来,第一次公开露面组织全市性的青年文艺团体,并且大有在全国各地成立分会的发展趋势,这既是对他综合素质的严峻考验,也是磨炼他、使他成长的机遇。该刊不仅刊登丁景唐的两文,还发表他唯一一封答复读者的来信。重视与读者互动沟通,这是在他主编《联声》时形成的良好传统。

其四,"文谊"的两批名单、各种活动报道和书信来往等史料,可以引申出许多话题,如该刊与"文谊"为何深受青年喜爱、为何发展迅猛。除了集结各方面的能量之外,还有一个重要因素:"文谊"及其会刊《文艺学习》填补了"文协"及各地分会难以全力顾及的一个巨大空白,即广大文艺青年、业余作者希望有一个自己的文艺组织,各处分散的文艺小团体也不满足小圈子,期盼能够归入统一的权威性的文艺组织——具有号召力、凝聚力、亲和力,能够得到切实具体的指导,自己的习作有发表的园地,与诸多文友交流写作经验,吐露心声。对此,丁景唐等人经过策划,做出具有前瞻性的决定,付诸实践,并且初步达到了预期效果,大有发展为全国性的组织的趋势。其会刊《文艺学习》随之扩大影响,办刊的宗旨所呈现的指导性、通俗性、亲和性的特点,则是其他同类刊物难以企及的。"文谊"及其会刊《文艺学习》尽力满足广大文艺青年的各种需求,释放出巨大能力,也引起国民党的恐慌,暗地里把丁景唐列入"黑名单",准备实施抓捕。这也反映了丁景唐等人的出色工作取得了令人瞩目的成绩,在这阶段的中共上海党史、上海现代文学史、上海新闻出版史上留下光辉一页。

其五,该刊揭示了其与丁景唐协助编辑的《文坛月报》之间的关系,该刊第2期刊登《"上海的一角"征文》便是一个生动的例子。由于《文坛月报》停刊,征文工作便由《文艺学习》来承担。"文谊"分为若干研究小组,有的小组把《文坛月报》第1、2期发表的诗文作为讨论的内容。

其六,该刊的文学作品闪光点不少,值得关注。项伊的短篇小说《小红那家伙》讲述战地浪漫英雄主义的故事,在抗战时期众多文学作品中很少见。"文谊"诗人朗里的寓言诗,是奇思妙想的"混搭",融进民谣、戏剧等多种表述元素。曹玄衣的新民歌《菖蒲人孩活剥田鸡》,具有强烈的讽刺意味,猛烈抨击"两脚畜生"。此新民歌开头采用比兴的手法,借助"菖蒲人孩,活剥田鸡"的残酷画面,引出作者尖锐抨击的黑暗、腐败的社会现象。虽然这些诗文难以进入大雅之堂,但真实的记录留下历史印记,与其他大量默默无闻的作品成为中国现代文学史的铺路石。

图19 纪念"文谊"诞生60周年签名册

以上的一切连同"会有一个全国性的'文谊'诞生"的美好愿望,留存在丁景唐等人的心底。"文革"后,丁景唐等人劫后余生,霜染鬓发,终于有机会重逢,十几个人欢聚一堂,回想起往事,感慨一番,如今留存的一些照片还记载着他们晚年的"夕阳红"。2006年是"文谊"诞生60周年,在北京的一些耄耋老人相约小聚,并制作了精美的圆形签名册(图19),上书"上海文艺青年联谊会成立六十周年,在京旧友小聚"。袁鹰、项伊、吕林等签名。朱烈欣喜地写上外文贺词。成幼殊题词:"太好了!Det er Godt!"著名诗人、翻译家、原人民文学出版社总编屠岸写道:"诗是人类灵魂的声音。"签名册上的手写粗黑大字"六十年后,还是青年"说出了大家的心声。这份珍贵的礼物寄给在上海的86岁的丁景唐,作为两地老友心心相印的历史记载。如今圆形签名册依然挂在丁景唐夫妇遗像旁,述说着那个时代的青春年华。没有欢呼和掌声,也没有泪水和遗憾,只有昔日"文谊"大家庭的温暖、友好、团结之情在此重新汇聚、交融、绽放。

附录一　郭沫若先生访问记

高　梁

五月廿四日的上午，冒着蒙蒙的细雨，跨进了群益出版社。

郭沫若先生——过去是，现在是，并且将来也必然是每个青年人所景仰着、崇拜着的导师，缓步地趿着拖鞋从楼上走下来。

原在"五四"时代便活跃在文坛上的郭沫若先生显得是那么年轻，出乎想象之外的年轻。可是这年轻并不是说他生活在享乐安逸的环境中；这年轻的气息从他健康的体魄中、充满着活力的谈吐里，给我们最大的感动的力量。他——郭沫若先生是用自己不屈的毅力、坚定的信心、无畏的战斗的精神抵抗了，并且是战胜了威胁着每一个人的身体和事业的顽敌——衰老和疲惫，他像一个巨人似的屹立在这动荡的大时代里，捍卫着真理，号召着更广大的群众团结在真理的面前。

围着小小的圆桌，我们坐下来开始谈话。

首先向郭沫若先生介绍了"文谊"组织的宗旨，接着拿出一份《文艺学习》创刊号，怀着急切的心境，希望能得到郭沫若先生的指教。

"《文艺学习》？我看到过……"郭先生抚弄着纸角，慈仁地说着。

为了不愿意耗费宝贵的时间，我们没有进行不必要的寒暄，开门见山地提出了蕴藏在心中的不能明了及不能解决的问题。

"在日本的时候，郭先生怎样从学医而转变到从事文艺工作这一方面来？"

郭先生低下了头，用手支撑着，沉浸在回忆中。

"是这样的——"郭先生具体地、有系统地回答，"学医的时候科目中最重要的是德文和英文，其他都是次要的，当时日本外国语的教法和我们中国是两样的，它着重于阅读。教材也是不同的，它将外国著名的作品当作教本，譬如歌德的作品，我是当教本读的。三年预科之后在这种情形之下，当然很受影响，增强了对文艺更深切的爱好。进了医科之后，因为听觉不便，觉得不适当，所以两年之后便搞文艺了。"

"那个时候，日本的文艺刊物很多，而且总有一半以上的篇幅刊载创作。报纸的副刊长篇小说连载是不可少的，同时整个的文艺气息也很浓厚，新闻方面对文化报道也很重视，这对于我从事文艺工作是有很大的影响的。"

"你怎么开始写作生活的？"对于一个从事了几十年的文艺工作者，这是一个极有趣的问题。

郭先生的脸上浮起了一阵笑容："起初我是用白话文写些诗,并没有拿出来发表。后来在'五四'的时候,北方蓬勃着新文化运动,提倡白话文,上海也有《时事新报》的[副刊]《学灯》,经常刊载着白话文的诗歌等。于是我便将自己以往所作的诗投去,登出来,这样便开始了所谓写作生活。"

接着,又向郭先生提出一个庞大的最切身的问题,尤其是我们文艺青年最急须得到明确解答的问题:"写作应该特别注意哪一些事?"

郭先生沉吟了一会儿,断然地回答:"应该充实自己的生活。"

"许多青年写作的动机,大都是对自己的生活感到特别的意义,便将它写下来。所以,充实生活,使自己对生活感到有特别的意义,是写作的必要的条件。"

"然而怎样来充实生活,使它成为有意义的呢?"

"应该指出有意义的生活,并不是到什么地方去找寻,只要将注意力集中,在自己的生活中去发现,必然会收获到预期的成绩——发现生活的意义,也便是找到写作必要的条件。"

"但是该抱着怎样的态度去发现生活中的意义呢?"郭先生又自己提出这样一个问题,"千万不能好高骛远,必须脚踏实地细心地不要放过生活中有意义的事物。"

同时郭先生又指出:"文艺是生活的反映,要反映生活必须求教于生活专家,例如要写农民就要拜农民为老师,要写工人便要拜工人为老师,其余类推。"

最后,对于上海文艺界,郭先生发表一点一般的意见。他说到上海还只十几天,仅有一个笼统的概念,他认为上海的刊物很多,但从事写作者的圈子仍旧狭小得很,而且在眼前读者购买力薄弱,书报刊物的销数不多,是一个值得注意的问题。他以为,文艺界应该将所有的力量集中起来。

在告辞之前,郭先生答应为"文谊"第三届文艺晚会演讲,题目是"文艺与科学"。

走出群益出版社,外面雨停止了,一丝阳光透露出来,天色显然明亮了许多!

(本文因时间关系,未经郭先生过目,如有错误,由笔者负责。)

原载《文艺学习》第 2 期(1946 年 6 月 6 日)。

附录二　和茅盾先生在一起

陆以真

我们怀着无比的敬意，去访问了新近来沪的茅盾先生。

就在鲁迅先生故居的邻屋里，茅盾先生和他的夫人像慈祥的长辈迎了我们进去。一间小小的前楼，都被卧床、沙发、桌子、写字台挤住了，楼下人家煤炉的烟一阵阵上来，而茅盾先生和我们坐在桌前谈话。

中国多的是小兵

茅盾先生高兴地看着《文艺学习》的读者通讯（"心的交流"），感慨地说："在中国，爱好文艺的年轻人是那么的多，他们是文艺阵地中的小士兵；而作家呢，在中国也不少，他们好像是部队里的军长和师长。但是，缺少的是连排长啊！没有连排长，师长和小兵之间就脱了节。这军队还怎样去作战？"说到这里，大家都笑了起来。

"我们这些小兵，就希望各位师长多多指导啊！"我们说出了我们衷心的愿望。

"不，你们不是小兵，你们恐怕已经是连排长，甚至营长了呢！"茅盾先生带着慈爱和微笑，面向着我们这年青的一群。

"朋友们，我们将怎样来回答他的殷切的期望？"

一个理想的问题，因为没有间断的工作，茅盾先生的目力衰退了，但是我们还是固执地把《文艺学习》放在他面前，并且求他给以批评和指正。

对于它，茅盾先生怀着莫大的热望，希望它成为一个理想的刊物。同时以一个文艺老斗士的经验，给了我们弥足珍贵的指示。

"一种刊物，"茅盾先生举例说，"它为了培植文艺新军，光是刊载了几篇青年作者的作品还是不够的，它应该对这作品作个简单批评，并且收集读者的意见，在第二期上刊登出来。同时这个刊物还可以选刊各种优良的文学作品，并且把它们好好地解释：它的内容是怎样，它的修辞是怎样……一个刊物的编者，他还应该尽可能地回答读者询问的大小问题。"

至于书报介绍，茅盾先生特别强调"简单扼要"这四个字。"最近看到的这一类文章，都是抄书的部分多。为了要稿费才去找文章，这是要不得的——把读者看得太笨了呀！"茅盾先生诙谐地说了这句中肯的笑话。

（朋友们，在这里让我们来检讨一下自己的刊物吧。）

抓紧学习吧!

这个当儿,茅盾先生着重地向我们指出,作为一个文艺青年,"学习"是千万不能放松的。为了应付实际上的种种困难,学习的时候,就必须运用各种不同的活泼的方式。

"办个讲座,"茅盾先生举了个例子,但是他特别提出警告,"演讲会,可千万不要让演讲者做独角戏,一定要准备问题,提出来讨论,然后寻求解决。"

接着,他又介绍了座谈和集体写作练习两个方式。他说这是比演讲会之类更切实的,但是"一定要集体批判,集体讨论。讨论一篇作品,可以在事前各自写下百余字的意见,拿出来相互比较,争论产生了,更多的意见和问题也产生了"。茅盾先生鼓励我们去争论,去找寻问题,他认为:"这是一个起步,只有读人家的作品,学习和赏鉴别人的作品,才能使自己的理解力和欣赏力增强,因此也就加强了自己写作的能力。"

"至于年轻人对作家呢,"茅盾先生含笑地提出了这个问题,"年轻人固然要尊重作家,可不能依赖他,盲从他。作家的意见有对的,可也有不对的。因此我们要研究——真理是从一点一滴的研究中获得的。"

要多和文艺朋友通讯

茅盾先生站起来,看了看窗外的阳光回忆着,告诉我们在广州沦陷之前,香港曾经有过文艺通讯社的设立,但是后来因为缺乏人手,终于不能继续下去。

"通讯这件事情是有很大的社会意义的,然而做这工作的人却很少。"茅盾先生把通讯这件事情比喻为训练士兵,把做通讯工作的人比喻作连排长,并且把操练的技术向我们作了个明白详尽的讲解。

当中午的汽笛高鸣的当儿,我们请茅盾先生给《文艺学习》题了字,然后满载着珍贵的收获向他辞别。茅盾先生的每一句话、每一个字,在我们心里都是有力的号召,我们将依遵他的指示不断地努力!

原载《文艺学习》第 3 期(1946 年 7 月 20 日)。

附录三 六月的"文谊"

萌·华

文艺晚会

第三次的文艺晚会的会场,深蓝色的帷幕低垂着,场子里已经"客满"了,人还在涌进来。帷幕终于在掌声中揭开了。

人民作家、出众的学者、青年的导师郭沫若先生在久久不息的热烈的掌声里出现在台上。虽然郭先生近日有些劳顿,但他由低沉而到高亢的声调,激动了每一个到会的友人,这是人民的声音。郭先生讲完了《文艺与科学》,热烈的掌声又是久久不息。

接着是田汉先生的演讲,微带湘音的田先生的声音,我们是熟悉的。他的话使我们青年的心感到温暖和兴奋。

人太多了,空气使人头脑有点发涨,但,还是支持着。

接着是兴奋热烈的歌咏,方言诗歌的朗诵……独幕剧《封锁线上》[1]的演出,给大家重温敌伪时代的一幕。

压轴又是独幕剧《女秘书》,由英郁[2]先生导演。演员都很认真,导演也着实费了一番苦心,虽然在可怜的物质条件下,没有好的灯光,没有像样的道具,能有如此的成绩的确是难能可贵的。

希望第四次的晚会有更好的节目。

文艺周会

没有一个固定的地址,增加了我们无数的困难,我们是靠了大家努力才使文艺周会没有中断停顿。第二次的文艺周会由戈宝权先生演讲《写作的三个问题》:"为谁写?写什么?怎样写?"同时他提出要到现实生活中去找材料。他号召我们发起一个写作运动,这立刻得到大家的共鸣,觉得这是写作和反映现实的好方法。每个人脸上兴奋的表情都显露出跃跃欲试的心境。

第三次的周会由马凡陀先生出席指导,他详细地讲述诗歌的道路——大众化,用朴美的言语来表现真实的感情,这是他给我们的明确的指示。[3]

热烈地讨论会务是第四次、第五次文艺周会的特色,由于会友善意的责问,干事会来了一次彻底的改组。

第六次文艺周会在一个小学校里。风发狂地吹着,可是会友的兴致却异常地热烈,互相报告自己的生活和讨论交换图书的问题,最后在《你这个坏东西》[4]的歌声中走出了这小学校。

"文谊"的环境是困难的,然而在困难中,"文谊"是在苦干。我们相信,苦干是会把困难克服的。

欢迎茅盾先生

"文艺演讲会"在暮色苍茫中开始了。主席略讲了这次文艺演讲会的意义,并且表示是欢迎茅盾先生的,附带的报告是门券收入作为科学小品作家高士其先生的疗养费,表示了我们同情的心。

方言诗人朗里朗诵他的作品《歌颂茅盾先生》,博得了满堂的[喝]彩声。

接着就是我们文坛的旗手——茅盾先生的演讲。

他首先谦虚地表示不敢接受歌颂;随后就讲到今日的文艺界军长师长的作家已不少,但是营连排长的作者则缺少,希望"文谊"的成长能够弥补这个缺憾。

最后,他说:"不体验生活,表现还是空洞的。"

茅盾先生讲完了,还得赶到别处演讲。

李小姐朗诵了任钧先生的《旗》[5],赞扬茅盾的名字是中国文坛上的一面旗帜,也获得热烈的掌声。

接下去是朗里方言诗朗诵《呒再打了》,内容和朗诵的悲愤激越,大有使人声泪俱下之感。

掌声[欢]迎着唐弢先生的演讲,他的警句是:"没有和平,中国不得了。"和善的唐先生眼看着创伤的祖国还在"兄弟阋墙",说到这里他不觉愤慨起来。这些话像铁似的压着我们的心。

窗外,天空里星在闪烁,明天该是一个晴天吧?!

"平凡"种种

最近"文谊"以会员住址远近分了几个研究小组,我们的"平凡"小组就是其中的一个。

第一次集会,我们讨论程造之先生《小人心》[6]时,大家都很少发言;接着第二[次]讨论诗篇《好日子》[7]时,大家发言多了,我们还添加助兴,情绪非常热烈。现在我们在讨论时大家都争着发言,而且对于任何小问题,谁都不放松,一定要打碎砂锅问到底。但空气是很活泼的,你可以随时收集许多笑料,我们的手抄本刊物《平凡》创刊号已经诞生了。

在这里,我们要向"文谊"其他朋友们挑战!

(启)

原载《文艺学习》第3期(1946年7月20日)。

导读：

　　此文在有限的篇幅里出现不少文坛"大咖"，如郭沫若、茅盾、田汉、戈宝权、马凡陀、唐弢等。还记载了"文谊"各种活动，保留了一些珍贵的文史资料。这是一篇较好的文艺通讯。

　　文章署名"萌·华"，遗憾的是不知这位作者的真实姓名，否则还可引申出许多故事。

　　此文最后一节说有的"文谊"研究小组把《文坛月报》第1、2期的诗文作为讨论的内容，折射出"文谊"与《文坛月报》之间的内在关系。

注释：

　　〔1〕著名剧作家周彦的独幕剧《封锁线上》写了抗战时期一个50多岁的农民潘二爷被日军指定在封锁线上看守，以防游击队员经过，由此发生的曲折故事。1949年后，周彦为筹创上海翻译片厂做出贡献。1950年他被推荐为文艺界代表，出席上海首届文代会。

　　〔2〕钱英郁，曾名钱善根，浙江舟山人。1949年后，历任上海市委宣传部文艺处科长、中国戏剧家协会上海分会工作委员会副主任。《文艺学习》第3期发表他的《剧运该走什么路》。

　　〔3〕参见袁水拍：《为人民的与人民所爱的诗》，《文坛月报》第2期。

　　〔4〕舒模谱曲、填词的歌曲《你这个坏东西》："你你你你这个坏东西/市面上日常用品不够用/你一大批一大批囤积在家里/只管你发财肥自己……想一想你自己/死要钱做什么/到头来/你一个钱也带不进棺材里/你这个坏东西/真是该枪毙。"

　　舒模，原名蒋树模，江苏南京人，著名的音乐家、戏剧家。抗战时期，被编入抗战演剧队第一队，1938年加入共产党。他在桂林目睹国民党统治者搜刮民脂民膏，尽情享受，而无数难民无家可归的现状，毅然拿起笔写下了这首流传至今的歌曲——《你这个坏东西》。1949年后，舒模历任中国音协浙江分会主席、中国戏曲研究院艺术研究室主任、中国剧协第三届常务理事等。

　　〔5〕可能是任钧的诗歌《三面黑旗：北平归客谈》，发表于《当代文艺》第1卷第4期（1944年4月1日）。

　　〔6〕程造之的小说《小人心》（《文坛月报》创刊号）讲述了一个惊险的故事，一位壮士打抱不平，为救出抗日分子，甘愿"造反"。

　　〔7〕胡征的叙事诗《好日子》（《文坛月报》第2期）是逼着女儿出嫁当童养媳的"哭歌"，一行行诗歌沾满了离别的泪水，愁肠百转，难以排遣。

第十一编

《时代·文艺》

周幼海出资、张朝杰编辑的《时代·文艺》

丁景唐大力支持创办《时代·文艺》

1945年8月至9月,在上海的周佛海之子周幼海提议并出资创办《时代·文艺》,圣约翰大学学生张朝杰、董乐山商议,由张朝杰出面编辑。此刊物得到丁景唐的大力支持,邀约他认识的青年作者投稿,丁景唐回忆说:"我们还支持圣约翰大学毕业的张朝杰创办的《时代·文艺》,郭明、董乐山、董鼎山、陈给(成寂)和我都写了稿子。董鼎山用笔名翻译了苏联小说《一个女英雄之死》和美国威尔基的《世界一家》,陈绁写了《战后晚上十点钟》的报告文学,郭明写的是关于鲁迅诗创作的论文。1994年,张朝杰在《上海滩》上撰文纪念周之友(周幼海),首次披露周之友也为《时代·文艺》撰写过论文。"(丁景唐《上海文艺青年联谊会的成立和活动》)张朝杰晚年撰文《丁景唐、董乐山和我》(《档案春秋》2015年第2期,后删改为《我和70年老友丁景唐》,载《虹口报》2014年10月23日),披露丁景唐谈起"周幼海用笔名杨学伯写《现阶段的中国革命与民主运动》"。

抗战胜利前,张朝杰为圣约翰大学四年级学生,写的短篇小说《小姐生气了》荣获《小说月报》征文三等奖。这个征文活动曾中断,后由丁景唐设法劝说联华广告图书公司经理陆守伦,才得以恢复。时隔多年,丁景唐不仅保存了张朝杰编辑的两期《时代·文艺》半月刊,还特地说明:"我们还与友人办过《时代·文艺》。"

张朝杰与丁景唐同岁,有关他的生平,查找其他资料(陶柏康:《无名亦英雄——战斗在隐蔽战线的田云樵及其战友们》,上海三联书店,2009年)才略知一些情况。

张朝杰的父亲是上海富商,家境殷实。张家有八个聪颖的子女,有的学有所成,成为技术尖子,也有的走上了革命道路。其中张朝素在渭风小学住读,后进入启明女中,初中毕业后考入人和助产学校。除了受到当时抗日救亡运动的影响外,张朝素还直接受到二哥张朝杰的影响。张朝杰在校期间,政治上倾向革命,通过各种途径阅读了大量进步书刊,并且把书带给妹妹张朝素阅读,其中有《时代》《新生代》等。得知苏北的新四军鲁艺学院正在招生,张朝杰和张朝素设计了离家出走的计划……一个月后,17岁的张朝素只身前往苏北,进入抗大五分校女生队。她加入共产党,改名为方寺,与党内传奇人物田云樵结为夫妇。1945年9月,田云樵接受新的任务,前往上海,从事党内秘密战线的艰巨、危险的工作。他在顾叔平(上海"江北大亨"顾竹轩的侄子,后为上海市轻工部副部长)等协助下,逐渐打开局面。

田云樵第一次去见张朝杰,他住在善钟路善钟里81号(今常熟路常熟里81号),详细询问了他的家庭等情况。1946年元旦,田云樵带着已有身孕的妻子张朝素再次赴沪,住在董竹君(锦江饭店创始人)的家里。他让张朝杰去参加一个读书会,其中有圣约翰大学同学阮仁祥、黄森、陈宝森、许福根等,成为田云樵培养的对象。

1948年8月,张执一(后为中共中央统战部顾问、全国政协副秘书长等)根据上级指示,决定成立策反委员会,张执一为书记,委员有王锡珍、李正文、田云樵。张执一责成田云樵解决机关房子问题。恰巧张朝杰、叶佩仪准备结婚,张朝杰跑了几天,终于在重庆路、复兴路找到公寓房(今复兴中路485弄11号三楼)。经过田云樵审查,张执一批准,成为策反委员会的秘密机关。张朝杰结婚后才秘密搬来住在这里。张朝杰在1946年就打了入党报告,但是田云樵说是亲戚未同意,最后还是张执一提出来,田云樵才同意,张朝杰于1948年11月入党。张朝杰的妻子是圣约翰大学教育系学生,也是张执一介绍入党的。张执一还成为张朝杰、叶佩仪的证婚人。策反委员会机关支部委员有张朝杰、叶佩仪夫妇和张朝素等。策反委员会还有一个编外的特殊成员周幼海,他发挥了独特作用。起初,周幼海经张朝杰介绍与田云樵见面,后者向张执一详细汇报。1946年6月,田云樵告诉周幼海,上级批准他去苏北解放区。在那里,周幼海改名为周之友,被批准为中共特别党员。

张朝杰就读于香港岭南中学时,与周幼海、周慧海兄妹同校,与周幼海是同年级、同寝室的同学,成为知交。1945年8月,日本帝国主义宣布无条件投降,周幼海到上海,想出资办一份刊物,找到张朝杰商议。这时张朝杰想起圣约翰大学同学董乐山,其兄长为董鼎山,都与丁景唐相识。

当初丁景唐主持《小说月报》征文颁奖时,张朝杰作为征文三等奖获得者前去参加了,初识丁景唐,发觉他是宁波人,宁波口音很重,感到他很热情、很随和,于是很愿意和他交朋友。事后,张朝杰经常到《小说月报》编辑部去看丁景唐。在交谈中,丁景唐认为张朝杰是一个要求进步的大学生,不时给予一些有益的指导。

不久,丁景唐为张朝杰介绍了董乐山,他曾是丁景唐单线联系的中共地下党员。董乐山在圣约翰大学外国文学系主修英国文学,受教于莎士比亚研究专家王文显教授、欧洲戏剧专家姚克教授及专授新闻写作的彭望荃教授等。他以"麦耶"的笔名写了许多剧评,在上海戏剧评论界里出名。他的第一首诗被《大美晚报》副刊《浅草》主编柯灵看中,并在副刊上刊出。1948年底,丁景唐调到宋庆龄主持的中国福利基金会工作,董乐山因故一时未能找到合适的工作,曾去找过丁景唐。丁景唐劝他耐心等待,他帮助该机构的儿童剧团做些工作,不久离开。1949年后,董乐山先后进入新华社翻译部、北京第二外国语学院、中国社会科学院美国研究所,成为很有造诣的美国文学翻译家。1994年与杨宪益、沙博理、赵萝蕤、李文俊等同获"中美文学交流奖"。董乐山的译作颇丰,如《第三帝国的兴亡》《巴黎烧了吗?》《西行漫记》《一九八四》等。

当初,张朝杰认识董乐山后,还投稿给后者编的一份刊物。这使张朝杰提高了写作的积极性,课堂里的作文总是得 A。

董乐山住在延安中路四明村里,张朝杰见到董乐山,说明办刊的来意,他一口答应。此时《小说月报》已停刊,张朝杰、董乐山都想请丁景唐帮忙。丁景唐欣然同意,不仅自己写稿,还邀约相识的王殊、徐开垒等青年作者投稿。

张朝杰等人商议决定刊物名为"时代·文艺"。其实之前已有两种《时代文艺》,一种是蒋光慈主编的,创刊于1928年10月1日。另一种于1937年1月创刊(仅出1期),扉页上称是"站在时代最前哨的文艺月刊",邵英、黄旭编辑,张丹秋、谢旭辉为发行人,刊登鲁迅、欧阳山、辛劳、魏金枝、陈烟桥、王亚平、许幸之等人的文章,发刊词《时代的行进》写道:"我们这一群,是文艺的爱好者。同时,我们也有着一个很单纯的、很坚决的念头:不愿做亡国奴。所以,我们不甘眼看国贼汉奸屈辱偷生地把中华民族轻轻断送!为自身,为全民族,我们要争取生存!""时代是行进的,黑暗的后面就是光明。我们接受历史决定了的神圣使命,等待着新的时代到来吧!"不知周幼海等人是否知道这两种同名刊物,也许是历史的巧合,他们创办的《时代·文艺》承接这两种刊物的历史使命,刊名中间多了一个圆点,以彰显抗战胜利后的新时代文艺精神。

1945年9月15日,综合性的文艺刊物《时代·文艺》问世,16开,16页。封面设计简约大方,左边为上下竖立的大红底色,衬托白色粗大刊名,右边白色底,左上方为"创刊号",中间为要目:《迎接时代》(代刊词)、《现阶段的中国革命与民主运动》(时论)、《中国与苏联》(专论)、《世界一家》(译作)、《战后晚上十点钟》(报告文学)、《末日》(小说)、《一个女英雄之死》(译作)。其下为木刻作品——上海外滩钟楼等建筑图案,背后放射光芒和礼花;下面的图案为民众游行,高举横幅"庆祝抗战胜利"。

正文中间夹着《征稿条例》启事:"(1)本刊地盘公开,欢迎外稿;(2)来稿须誊写清楚,并附姓名、地址,笔名听便;(3)本刊欢迎各项稿件,唯以三千字为度;(4)稿件一经刊载,略致薄酬。"

该刊没有版权页,只在最后一页的左下角有一小块文字,竖排,四周有黑框。"《时代·文艺》半月刊,第一期民国三十四年九月十五日。编辑者时代文艺社,发行者张朝杰。通讯处:湖北路迎春坊十号。本刊已向中国国民党上海特别市执行委员会宣传处呈请备案中。暂售蓄券四千元。"

张朝杰暗地邀请丁景唐为主编,但一直没有声张,守口如瓶。主要原因是周佛海之子周幼海出资,他不仅对该刊拥有发言权,而且发表文章,张朝杰担心此事会给丁景唐带来说不尽的后果。因此,丁景唐在不知情的情况下依然大力支持张朝杰办刊,成为不挂名的主编。

后来丁景唐才得知原委,对张朝杰钦佩不已,感叹道:"历史的多变性和复杂性,常常出人意料,回首一份杂志的创办,可以为我们评价历史人物多一点真实佐证,这可是难得的文坛史料啊!"(丁言昭:《丁景唐传》,上海文艺出版社,2020年10月,第67页。)

蓄券,即中储券。日伪在沦陷区进行财政搜刮,施行通货膨胀政策,疯狂滥发毫无准备金的纸币。后来,国民党发行法币,又成为搜刮广大民众的一场浩劫。《时代·文艺》"暂售蓄券四千元",价格极为低廉,只够勉强吃一顿便饭。

"湖北路迎春坊十号"附近是四马路(今福州路),三教九流的杂居区。1910年2月,失意的胡适曾到湖北路迎春坊喝醉酒,被巡捕房拘押,事后奋发考取留美官费生,彻底改变人生道路。上海滩"江北大亨"顾竹轩曾住在湖北路迎春坊15号,抗战时期,他掩护过共产党干部,还在家里设宴洗尘。

该刊是在富通印刷厂(前身为中国文化投资公司印刷厂)印刷的,该厂位于今延安中路成都路,董乐山带着张朝杰去过几次。丁景唐主持的上海文艺青年联谊会,1946年2月10日假南京东路劝工大楼中国国货公司职工俱乐部召开成立大会。事前负责起草宣言的董乐山突然托人转给丁景唐一封信,说是因故不能起草了。丁景唐赶紧起草了两份文件(宣言和告文学青年书),骑着自行车赶到中国文化投资公司印刷厂,找人突击赶印出来。

《时代·文艺》创刊号出版后,董乐山告诉张朝杰,当局下令出版报刊须先取得许可证。于是张朝杰去找南模中学和圣约翰大学的同学好友宓剑青帮忙,其父亲宓季方是老报人,与国民党要人潘公展关系不错。不久,董乐山告诉张朝杰,许可证拿到了。不过,《时代·文艺》第2期最后一页仍然印着"本刊已向中国国民党上海特别市执行委员会呈请登记中"。

20天后(10月5日)出版第2期《时代·文艺》,主题是要求严惩汉奸卖国贼。封面木刻作品《夜哨》,署名田英,画面上是月夜里一个战士扛着枪在山岭上站岗放哨。封面要目:《严惩战犯与汉奸》(短论)、《今后文艺工作的路向》(评论)、《鲁迅的诗及其他》(评述)、《世界一家》(译作)、《胜利的合唱》(诗选)、《集中营一日》(文化消息)、《黑夜不再》(小说)。

这期问世的第六天,丁景唐、陈昌谦领导的《时代学生》创刊号(1946年10月16日)封底刊出一则简短讯息:"异军突起的文艺刊物,《时代·文艺》第二期业已出版。"显然,张朝杰已经与丁景唐沟通过了,这是从未有人提起的往事,具有特殊意义,表明丁景唐与张朝杰的联系并没有中断。

这期刊登张朝杰等人起草的《编者小言》:

我们是一群知识浅陋的青年,有的刚踏出学校的大门,有的仍在求学中,而我们竟大胆地、很不自量其力地出版这一本刊物。我们这本刊物并不完美,离完美的路还有很远。这不完美是想象之中的,因为它不过[是]我们平时学习所得(当然,那是非常有限的所得)的东西而已。将来的完美,尚待大家的帮助和指导。我们有充实自己和充实这本刊物内容的决心,所以一切的不完美或错误,都将尽力以严正的态度纠正它,希望读者们随时能给我们善意的批评。当然,更积极地以投稿来支持这份刊物,是我们最欢迎的。

同时刊登《向收复区的读者征稿启事》：

经过八年艰苦的抗战,中国终于获得了自由解放；沦陷了已有十数年的东北与数十年的台湾,也终于重新投到了祖国的怀抱。这是何等令人欢喜与兴奋的事！

现在为了要暴露一下过去敌人统治下沦陷区生活的惨况,我们特发起向收复区同胞——特别是沦陷最久的东北、台湾同胞——征文,文体不拘,凡是反映这许多年来在敌伪统治下的生活、内容并不空虚者,一概欢迎。

周幼海与张朝杰重新审看此刊创刊号的内容,觉得不尽如人意,因此提出"这本刊物并不完美,离完美的路还有很远",还要继续努力的奋斗目标。同时策划了下一步计划,准备扩充刊物内容,包括沦陷区东北、台湾的稿件,由此吸引全国的读者,扩大刊物的影响,于是有了以上的征文启事。这些都是抗战胜利后文学工作者必须正视的现实内容,也是面临的新课题,这是颇有眼光的。绝不能一味地沉浸在胜利歌声之中,艰苦卓绝的抗战给全国读者带来了无数思考,这与周幼海撰写的十几万字的专著《中国革命之研究》有着密切关系。

此刊第2期正式出版之前(9月底),周幼海与母亲被军统特务头子戴笠强行送到重庆,关在白公馆,导致《时代·文艺》资金链断裂,该刊戛然而止。原来预告下一期为"美国文摘特辑",还有连载的郭明的《鲁迅的诗及其他》、萧群的《胜利的那天》、袁栩的《田间的故事》等,也无法与读者见面了。

此后,董乐山与张朝杰各奔东西,再也没有见面。丁景唐曾告诉张朝杰,如要找董乐山,可到延安中路、陕西北路东边的金门大戏院斜对面一家服装店去。张朝杰去过几次,从大玻璃门朝里看,他不在。

张朝杰曾与田云樵谈起周幼海的情况,包括出版《时代·文艺》的事。1947年秋,富通印刷厂被查封,多人被捕,史称"富通事件",田云樵关照张朝杰不要去那家服装店。这使张朝杰意识到丁景唐很可能是中共地下党员。几天后,张朝杰有意到金门大戏院看了一场电影,散场后过马路时看见那家服装店大玻璃门贴着封条。

1949年5月上海解放,张朝杰进《青年报》编辑部工作,有一天因公到市委宣传部去,突然看见丁景唐,大喜不惊。大喜是因为"踏破铁鞋无觅处,得来全不费工夫",不惊是因为张朝杰已经料到他是老党员。丁景唐也很高兴,告诉他自己的真名、住家地址和电话号码。张朝杰到丁景唐家去过几次。后来,丁景唐去过张朝杰家里。1957年张朝杰被错划为右派,1980年才从新疆农场调回。张朝杰去看望丁景唐,久别重逢,双方增添白发,可以互称老丁、老张。张朝杰称,丁景唐这位老书生,两袖清风,仍住在那幢老房子里,卧室的面积显得小了,因被杂乱的报刊书籍蚕食了,楼梯上也堆了不少书刊。丁景唐回忆起往事说,《时代·文艺》的撰稿人都用化名,有他自己,还有董乐山、董鼎山等。张朝杰遗憾地说,原来珍藏的两册《时代·文艺》几经搬家找不到了,丁景唐便翻找出两本复印本,赠给张朝杰。

丁景唐将董乐山在北京的地址给了张朝杰。张朝杰回家后写信去,董乐山回信说自己也曾被错划为右派。他签名寄赠张朝杰一本《西行漫记》,还寄来刊有他照片的一家媒体的专访文章。不幸的是,董乐山年纪比张朝杰小,却先走了,此噩耗是丁景唐打电话告诉张朝杰的。

2000年,张朝杰夫妇入住松江社会福利院,张朝杰还打电话向丁景唐拜年。此后,张朝杰听觉骤降,很少打电话给丁景唐了。张朝杰的夫人叶佩仪于2001年去世,2018年张朝杰驾鹤西去。丁景唐曾签名寄赠张朝杰一本精装《犹恋风流纸墨香——六十年文集》(上海文艺出版社,2004年1月),足足有四指厚,这是丁景唐从一生的众多文章中精心挑选的汇编本。张朝杰要用放大镜看书,看得不多,福利院多位老人借去看,说此书太精彩了!

如今《时代·文艺》的当事人都已相继仙逝,仅存此刊物还忠实地记载着他们当年的青春风采。遗憾的是有关专题著文都不曾提及周幼海、张朝杰、董乐山合办《时代·文艺》一事,幸好张朝杰曾撰文纪念周幼海,并在晚年撰文披露有关情况。

周幼海、成寂等人的评述

《时代·文艺》创刊号(1945年9月15日)卷首《迎接时代——代刊词》写道:

一个新的时代,已经随着民族解放战争的胜利而来临了。这是一个光明的、自由的、和平的、幸福的时代;然而也是一个更艰苦的时代,因为要从毁灭了的旧废墟上,重新建设一个新的国家。

自从"五四"起,中国的新文艺运动,一开始就为着争取民族解放而不断地斗争着。一个民族的前进活跃的艺术与文化,必然是这个民族全心灵所要争取的伟大目标以及这争取过程中的种种英勇斗争的反映。"九一八""七七"以至于"八一三",我们艰苦卓绝的文艺工作者,始终为着民族解放斗争而在努力奋斗着。许多作者上前线,许多作者下乡村,这一切事实都说明了文艺工作者无时放弃了他们对民族的艰巨的任务。

而在这抗战八年过程中,上海文艺界却呈现了一个特殊畸形的状态。法西斯蒂没有文化,在他们的统治底下,进步的、健全的文化统统被摧残了;而畸形的、颓废的、有毒素的文化,却在他们有意的扶育下,迅速地在蔓延着。尤其是言论的不自由,逼使人民连一点点生活压迫的呼声也被抑制着。上海的文艺工作者,深深地感到了失去了自由的痛苦,因此面对着这个要解放了的新时代的到来,我们所唯一要求的便是:自由! 这不仅是我们文艺的要求,我们相信这也是全上海、全中国的人民大众的要求。

> 现在民族解放战争是胜利了,放在我们民族面前的一个大课题便是:怎样建立一个进步的民主自由幸福的新中国。我们相信全中国的文艺工作者、全中国的人民,都是以此为他们努力的目标。本刊创刊于此新时代到临之际,深感责任之艰巨,愿竭尽绵薄[之力]为发展中国新文艺运动,以求达到建设一个进步的民主自由幸福的国家之目的而努力。我们的力量是微薄的,然而我们都很年轻,我们都有热情,我们愿意贡献出我们的全部力量。正如鲁迅先生给引滥了的名言:"有一分力,发一分光。"如果说我们有什么目标,则这就是我们的目标;如果说我们有什么企图,则这就是我们的企图。
>
> 文艺是脱离不了时代的,一个民主自由的现代国家正需要我们文艺工作者参加建设并完成!

此番言论洋溢着青年学子的朦胧憧憬,与运用得并不成熟的政治术语杂糅在一起,满腔热忱地向往"光明的、自由的、和平的、幸福的时代",愿意奉献绵薄之力,积极投入新时代的新文艺运动的建设之中。虽然知道前面有大量未知的艰难困苦,但是仍沉浸在美好的幻想之中。

次年,周幼海、张朝杰、董乐山各自经历了青春飞扬和动荡不安的生活之后,走上了不同的人生道路,直接影响了他们三人今后的政治命运。这也是抗战胜利后,大批青春骚动的大学生选择不同人生道路的一个缩影,足够写一本专著,《时代·文艺》便是一个新旧变化的历史见证。如果他们晚年重新观审以上这篇代刊词,那么他们又会写下怎样的眉批和感叹呢?

周幼海以杨学伯的笔名写的《现阶段的中国革命与民主运动》一文与代刊词的编排位置一上一下,也可视为卷首语。前面有一段说明:

> 本文写于日本接受《波茨坦宣言》之前两日,现在不顾时间上多少失去了一点价值而将本文发表的原因,在于目前这一个混乱的时期更证明作者的信念没有错误。作者更将继续根据这一信念,从事一切理论的研究。抗战胜利了,中国革命经过这关键,进入另一阶段。当全国老百姓,从欢乐和兴奋的心情冷静以后,当全国,尤其是沦陷区的秩序,进入常规以后,作者相信,新阶段中国革命之重要将被人了解,已经了解其重要的人,将具体开始努力,所有的人们,也更将知道:努力,是必须继续不断的!

此文有五个小标题:"现阶段中国革命之特质""民主运动蓬勃的原因""民主革命民主政治与民主运动""全国人民与民主运动""结论"。作者希望"三种势力"(国共两党和重庆的民主大同盟)携手并进,一起建设抗战胜利后的中国。文中以"目前这一个混乱的时期"替代国共两党不同政见,这是应付国民党当局的审查。

1945年5月,国民党召开了"六大",蒋介石声称:"今天的中心工作,在于消灭共产党!""只有消灭中共,才能达成我们的任务。"日本宣布无条件投降后,中国共产党主张团结一切爱国民主力量,把中国建设成一个独立、自由、民主、统一、富强的新国家。这一主张得到民主党派和人民团体的广泛响应,纷纷发出结束一党专政、成立联合政府、反对内战独裁的呼吁。以蒋介石为首的国民党在美国的支持下，采取一系列军事调动和部署，暴露了假和平、真内战的面目。共产党提出"针锋相对，寸土必争"，以军事自卫对付蒋介石的军事进攻。

次年12月11日，周幼海以杨学伯的笔名写的长文《中国初步民主革命思潮之发展》，在《国民午报》上开始连载，着重谈三民主义与民主革命的历史联系。此文引起上海小报的浓厚兴趣，认为杨学伯是周幼海的化名，该报道说："去年胜利后，他曾集合几个友人办了一本刊物，想把他自己的大批文章发出去，可是读者不多，这本刊物也就无形而终。"这是指创办《时代·文艺》。该报道还认为：周幼海的"思想相对'左'倾"，"最近有人发现他在本市某报任事，这份报纸是最近出版的……他的文章又是'左'倾的'民主理论'，读者可去翻该报，他的化名是杨学伯"。（《在某市报工作，周幼海化名杨学伯》，《星光》1946年12月18日）

周幼海的"思想相对'左'倾"，此言并非空穴来风。他写过不少政论文章，如《论和平区域的中国人》《现阶段中日关子之新认识》《中国革命之考察——〈中国革命之研究〉绪论》，这三篇文章都刊登于1944年至1945年的《申报月刊》，特别是最后一篇，文前开头说明："近一年的大部分时间都用在中国革命之研究上，虽然没有什么了不起的成绩，但前后也写了约十二万字。在目前是否预备将这十二万多字出版或客观环境是否允许出版，连我自己都不知道。我只是写了再说。有许多前辈及友人知道我在做这一件工作，希望我能先将一部分发表出来；经自己再三考虑结果，先发表序论于后。"如果将这篇序论与周幼海的《现阶段的中国革命与民主运动》一文进行对比，那么就会发现有许多观点和文字很相似。序论谈道："中国民主革命所具[有]的反封建与反帝的两个任务是互相融洽的，具有辩证的关系。在进展的阶段上会表现量的不平衡，反帝有时会过重于反封建，反封建有时会过重于反帝……"《现阶段的中国革命与民主运动》一文第一小节"现阶段中国革命之特质"也明确认为："中国革命的特质是反帝和反封建，现阶段中国革命的特质则是反帝超过了反封建，反帝的任务已发展到表面，而反封建的任务则隐没在里面。"

以上引用的这些政治观点，后世很难相信是出自入党前的周幼海之手，也表明当时周幼海已经阅读了大量的政治书籍，才形成这种激进观点。

周幼海不仅倡议、出资办刊，而且撰写了《时代·文艺》的卷首语。我们可以进一步推论：周幼海撰写了十几万字的专著《中国革命之研究》，在正式出版之前，他想先发表一些章节，这成为他创办《时代·文艺》的初衷，首篇便是他化名为杨学伯在该刊创刊号上发表的文章。如果他没有被押送重庆，此刊继续办下去，很有可能他会继续选登《中国革命之研究》的章节。次年，周幼海把《中国革命之研究》的其他章节交给《国民午报》连载。

《时代·文艺》第2期策划的主旨正如首篇的大标题"严惩战犯与汉奸"，周幼海直接向自己的父亲大汉奸周佛海"开火"。该文开头严正指出："自从日本投降至今，除了麦克阿瑟元帅下令逮捕日战争罪犯及我军捕获褚民谊等少数汉奸外，关于侵略我国的战罪负责者以及自'九一八'以来的大小汉奸的黑单,迄今未见公布。我们全中国人民在胜利后所唯一关切的,便是怎样惩罚杀人魔王的侵略者以及那批为虎作伥、丧尽天良的无耻汉奸。"并且指出:"溥仪与褚民谊只是无数卖国汉奸中少数几个,大多数仍旧逍遥法外,我们要求政府立即颁布黑单逮捕,组织特别法庭(人民代表出席)加以审判惩罚!"此文没有点名头号汉奸周佛海,当时他已经投靠蒋介石,并被任命为国民党军委上海行动总队总指挥,负责维护上海、杭州一带治安,阻止新四军武装收复沪杭地区。周佛海摇身一变成为抗战有功之臣,这让广大老百姓觉得莫名其妙。周幼海出资办的《时代·文艺》则是顺应民心,要求严惩汉奸,包括他的父亲周佛海。但是当时众多读者不知内情,后世更是少有人提及。

《胜利后的上海文化界》的头条便是公布文化汉奸的名单:

历届"大东亚文学者大会中国代表"名单如下:

第一届——待考。

第二届——一九四三年八月二十五日,地点东京。周越然、鲁风、陶亢德、丘石木、柳雨生、陈蓼士、关露、沈启无、陈绵、张我军、徐白林、柳宠光、谢希平、陈璞、包崇新、潘予且。

第三届——一九四四年十一月十二日,地点南京。周越然、包天笑、陶晶孙、傅彦长、张若谷、潘予且、路易士、柳雨生、杨之华、章克标、杨光政、汪正禾、梅娘、钱稻孙、雷妍、陈辛棠、梁山丁、王介人、杨丙辰、林榕、丁丁、赵荫棠、龙沐勋、陈学稼、顾凤城、徐公美、高天栖、纪果庵、何海鸣、许锡庆、周雨人、萧艾、谢希平。

有学者指出:1941年底太平洋战争爆发后,日本文艺界为了配合战争需要和"大东亚共荣"的口号,加紧对沦陷区的文艺家和作家进行渗透洗脑。1942年至1944年间,日本情报局指导、监督下的"文学报国会",先后炮制了三次"大东亚文学者大会"(李冉:《吴瑛与"大东亚文学者大会"》,《汉语言文学研究》2015年第2期)。

第一届是1942年11月3日至10日在东京召开的。后两届的"大东亚文学者大会中国代表"名单中有些名字曾公布在有关报刊上,如今汇总在一起,这与周幼海有关,他的父亲周佛海很了解内幕。名单中的每个人都有不同的经历。关露、陶晶孙是"潜伏者",肩负着党组织交给的特殊任务,在有关他俩的传记和研究专著中都有翔实述说,澄清史实真相。除了因故被迫参加"大东亚文学者大会"的部分作家、学者之外,其中也有死心塌地甘愿充当文化汉奸的人,他们以不同方式鼓吹"大东亚共荣",已被钉在历史的耻辱柱上。

这期开头的《严惩战犯与汉奸》一文之后,便是陈绐(曾与丁景唐同在中共"学委"搞宣传工作)以成寂的笔名发表的《今后文艺工作的路向》,是从文学的角度来谈抗战胜利后的文学问题,很有见解。对于昔日"两个口号"("国防文学"与"民族革命战争的大众文学")论争情况比较熟悉,陈绐在此文中总结了"民族革命战争的大众文学"的重要历史意义,却一字不提"国防文学"。他认为:"从九一八起到昨日为止,我们的文艺工作主要是以国防救亡为目标,'民族革命战争的大众文学'的口号就在这情势下提出了,'民族革命战争的大众文学'这口号完全是把握了十四年中现实的情势来发展一向的新文学传统的。"此口号是胡风撰文提出的,事前经过冯雪峰与鲁迅商议,不过此口号来源还是瞿秋白。在"九一八"事变后,发生了"一·二八"淞沪抗战,瞿秋白在《上海战争和战争文学》中进行了相关阐述。因此,陈给能够在抗战胜利后,再次旧话重提,赋予时代意义,眼光不同寻常。

陈给的文章得到张朝杰等人的高度重视,甚至将原来一篇《写什么——太多的题材》(宇文宙)毫不留情地删去大半,腾出版面给陈给的文章。结果形成宇文宙的文章只有前面一些述说,而且该文竖排的最后文字已经到底,连个句号都无法排下。为了区分陈给与宇文宙的两篇文章,编辑故意在两文之间画了一条粗线,示意隔开。

《时代·文艺》创刊号预告下一期的文章,开头两篇是邹明的《日本战败之原因》、杨学伯的《胜利以后》。但经过商议后,决定改换《严惩战犯与汉奸》为首篇,陈给的《今后文艺工作的路向》也取代了原来设想的文章。这个改动既是顺应民心,也是突出创办《时代·文艺》的初衷,突出了对于广大爱好文学者的指导性意义。

宇文宙的《写什么——太多的题材》认为:抗战时期,沦陷的文坛受到了恶意摧残,只有汉奸文人"跟着主子狂吠几声","在这批文丑们跳挑之下,上海变成一个没有文化的城了"。抗战胜利了,要写作的题材太多了,"对于八年来政治与经济的机构之尖锐的倾向畸形,敌人的猖獗与各种魑魅魍魉的飞扬跋扈,人民的被虐杀、迫害、榨取、蹂躏,以及群众的期待争取黎明,暨志士的严肃工作,甚至小资产阶级不满现实深感苦闷"。这些题材的内容可以展现出一幅宏伟的抗战历史画卷。抗战胜利之初,宇文宙的文章代表了进步文学工作者的一种心声——向往光明、自由、幸福彼岸时发出的肺腑之言。虽然"题材决定论"曾在特定历史阶段影响了中国文坛,但如今重新观审宇文宙的观点,颇有先见之明。

丁景唐等人的诗文

《时代·文艺》发表的诗文作品中有一些作者使用的是化名,其中有些已经由丁景唐确认了。

《时代·文艺》第2期发表一组三首诗歌《胜利的合唱》,作者分别是蓝漪(余阳申)和黎扬、蓝石华(丁景唐的两个笔名)。

第一首《胜利之歌》:

红美的花/绣在旗上/青春的凯歌/在蓝天而飘扬/火样的热情/燃烧在战斗的紫胸膛/胜利的交响/全人类的歌声嘹亮/四千年的古国/展开年青的雄强/八月里升起了春光/四万万同胞得到了解放/前进!前进!光辉的/自由的火把举起在东方/勇往!勇

往！中华民国走上民主大道。

此诗歌作者蓝漪，即圣约翰大学学生余阳申，他是张朝杰、董乐山的大学同学，住在白克路（今凤阳路）同春坊里。1945年3月至10月，余阳申等人办了一份《上海诗歌丛刊》，先后出版三辑（《蓝百合》《抒情》《自由的火炬》），蓝漪编辑，争荣出版社（凤阳路同春坊廿五号）出版。丁景唐与王楚良、萧岱合办的《译作文丛·谷音》刊登过《上海诗歌丛刊》的广告，因为《谷音》也是以《上海诗歌丛刊》的名义出版的。[1]

丁景唐以黎扬、蓝石华两个笔名分别发表了两首诗歌。《诗的纪念日》：

雄伟的筑物道旁峙立，/广亮的路面上车辆飞驰，/汽笛在河上急彻叫啸，/行人的步伐节奏轻捷。/荒僻的乡土烟囱矗立，/像森林般举起了手臂。/无星的黑夜已经消失，/曙光中诞生了一个诗的纪念日。

此诗与蓝漪的诗歌有所不同，并没有涨红脸的激情呼喊，也没有将政治术语直接输入诗行里，而是将跳跃性的形象事物串联起来，在意象的引领下，赋予每行诗句含义，促使读者结合自身的经验、想法、情绪，产生丰富的联想，展现出一个万众雀跃欢庆抗战胜利的宏大场面。丁景唐曾说："诗不是实物的写生画，它张起想象的翅膀，让写诗的人加以时空的自由的调动，抒发美的情操，引发读者以美的共鸣，聆听青春年华的乐章。"

与此诗截然不同的是丁景唐的《打落水狗歌》：

打蛇要打七寸地，/打落水狗要打得伊死，/什么"菩萨心肠""宽宏大量"，/不是白痴就[是]不怀好意。/垂死的恶兽顶阴险，/狐假虎威没有顾忌；/如今树倒猢狲散，/号啕忏悔勿要面皮。/花言巧语骗勿了我你，冬天里吃冰水滴滴在心底；/我你要打得你叭儿狗永不翻身，/阴谋诡计都可以休矣！

丁景唐喜爱民歌民谣，不断从中吸取写作诗歌的养分，诗歌的发展也证实了民谣与现代诗歌的结合是"黄金搭档"。丁景唐在抗日战争胜利后组织民歌社，他写的《怎样收集民歌》小册子后面附有《征求各地民歌启事》，并列有该社成员名单，其中有诗人马凡陀（袁水拍）、红学家魏绍昌等。

丁景唐用两种笔墨写诗歌。他以"歌青春"的笔名书写青春抒情诗歌，《星底梦》为代表作。他用其他笔名写过不少类似《打落水狗歌》的诗歌，融进许多歌谣元素，通俗易懂，同时犀利、幽默、风趣，类似当时闻名诗坛的马凡陀创作的讽刺性山歌。

《时代·文艺》第2期刊登郭明的长文《鲁迅的诗及其他》，取代了原来预告的沈遂的《建立世界真正的永久的和平》一文。

郭明，又名郭锡洪，原来是丁景唐组织的读书会成员，家境条件比较好，大家怂恿他去问他父亲要钱，用8元钱预订了一部普及本《鲁迅全集》。当郭明拿着红色封面布脊的20卷《鲁迅全集》时，大家真是喜出望外，竞相传阅。1939年郭明加入共产党，王楚良调到"文委"

工作后,组织上调郭明协助丁景唐编辑《联声》。1949年后,郭明任华东文化部副科长,1950年积劳成疾病故。[2]

郭明是丁景唐推荐的,他撰写长文《鲁迅的诗及其他》并非偶然。郭明此文的整体构思是以李平心的《论鲁迅思想》的主线(由进化论跨向阶级论)为框架,从鲁迅诗歌(打油诗、律诗、新诗、歌谣)角度来探讨,这些诗歌"表现(鲁迅)文章不能或不许表现的社会的和政治的见解"。他把鲁迅的诗歌作为研究鲁迅思想发展的一个切入角度,并非侧重研究鲁迅诗歌的背景、内容、艺术特点。此文按照鲁迅思想发展的三个阶段——辛亥革命前后、1921年至1927年、大革命失败后至逝世(上海十年)展开,前两个阶段的评述已经发表于《时代·文艺》第2期,第三阶段则因停刊未能续完,成为一件憾事。如今看起来此文还停留在某种程式上,有些表述还不成熟,或者说比较肤浅、表面化,但是从鲁迅的诗歌来探讨鲁迅思想发展,则是一个比较新的角度,此前很少有人尝试。仅从这点上说,郭明此文具有一定的价值和意义。郭明最后写道:"自然,我们还不能从这些(诗歌)作品中探摸到血淋淋的东西,可是他(鲁迅)已步上了企图寻求和劳苦大众在一起的道路。这样,结束了他的发展的第二时期,而开始灿烂辉煌的第三时期。"

李平心的《论鲁迅思想》一书出版后,中共上海地下党办的《学习》半月刊第5卷第2期(1941年10月16日)"纪念鲁迅先生逝世五周年特辑"刊登了介绍。开头就引用了毛泽东的《新民主主义论》对于鲁迅的高度评价:"鲁迅是中国文化革命的主将,他不但是伟大的文学家,而且是伟大的思想家和伟大的革命家。"郭明文章的开头写道:"鲁迅先生是中国划时代的文豪,同时也是一代'思想革命家和革命思想家'。"并注明这是引自李平心的《论鲁迅思想》评价之言。如果认为这是丁景唐或他人建议郭明写此文,那么也在情理之中,因为《时代·文艺》计划连载时,恰好是鲁迅逝世九周年之际。

丁景唐提及地下党员陈绁曾与马飞海、王楚良等人翻译《红色中国的挑战》,在上海由中共地下组织领导的中国文化投资公司(富通印刷公司的前身)以晨社的名义印行出版。此书是《西行漫记》的姊妹篇,由英国记者根室·史坦因撰写,为30多万字的长篇纪实。

《时代·文艺》第1期上发表《战后晚上十点钟》一组三篇通讯,署"金因""罗沉""陈晓"三个笔名。这三篇通讯形成一个报告文学的框架,从不同角度反映了8月11日子夜,上海市民欢庆抗战胜利的情形。

> 在睡梦里被弄[堂]里的一片嘈声惊醒,许多人往来行走声和嚅嚅谈论。隐隐约约听见在说:"胜利了!""胜利了!"来得太快太突然叫人不敢相信,心里想:这会是真的吗?穿上衣服出了门,杂在马路上的人群中向前走去……向西走,午夜的街道挤满了人,冷饮店的食品早就卖完,苏联人拉着手在唱着,喝着酒。

这是金因的第一印象。文章继续写道:"到处是歌声,是兴高采烈……只有十三层楼前面黑洞洞的,一个日本哨兵静静地拿着步枪,独自枯立在门前。"鲜明的对比衬托出欢庆抗战胜利的喜悦场景。"奈更加困不着哉。"(沪语,现在更加睡不着了)"勿要紧,现在电灯尽管开好啦,呒啥防空啦!"(沪语,现在尽管开灯好啦,不用担心防空警报了)艰苦卓绝的抗战终于胜利了,广大老百姓可以松口气了。

午夜过了,马路上像闹市一样,大弄堂口徘徊着许多男男女女。罗沉也在马路上,发觉"亚尔培路、霞飞路是中心,许多人穿着拖鞋'踢踢拖拖'地往这里赶"。因为这附近就是侵华日军司令部,众多市民偏偏选择在这里庆祝抗战胜利,意义重大。路口有两个俄国侨民,在大声说话,围着好些中国群众。一个俄国人说着生硬的上海话:"统——统——好啦!侬晓得伐?"一辆自行车驰过,是一个中国青年,后面坐着一个女青年,青年忽然举起手,高喊:"庆祝中国胜利!"沿街有一列一列的中国青年和俄国青年,手臂挽着手臂,唱着歌朝前走,阻挡了半条马路。有一个中国人唱着:"起来,不愿做奴隶的人们,把我们的血肉……"金神父路(今瑞金二路)转角的花店破例开门,里面亮着电灯,一个穿纺绸小衫裤的男子抱着一大束喇叭花出来,站住了。罗沉的报道戛然而止,抓住了一个细节——"一大束喇叭花",意味深长。

陈晓的报道显得很冷静,跳出了欢乐的海洋,责问:"鬼子兵还是雄赳赳地站在那里,这是怎么回事?""多傻,我们的军队还没有来呢。"当天下午,路口加派了守卫的哨兵。"铁丝网从人行道上一直架到马路当中,形势好像反而更严重了。"两个日本兵推着车出来,却在"微笑",更加令人看不懂。一些大报并未刊登抗战胜利的消息。这时一个卖报的孩子,在街心飞跑,高声叫喊:"小报夜报,和平消息!"他的喊声惊醒了路人,是的,和平的消息!胜利的消息!"特号的黑色铅字印着,每一个铅字都在向人们大声嚷着。"

这组报道很有特色,从不同角度报道了上海的这个不眠之夜,机敏地捕捉了各种真实的细节,一个个特写镜头如同蒙太奇,剪辑成欣喜若狂的欢乐场景。

8月11日,抗战胜利消息传到沪上,金融市场一片混乱。驻沪日军最高指挥官发布告,严禁新闻媒介传播敌国消息,严禁民众在电影院、剧院及街头等场所"揭扬敌性旗帜或呼不稳口号"。违禁则严惩。伪市警察局"为适应局势及工作之需要",今起实行特别戒严,必要时实行宵禁。蒋介石连下三道命令,要解放区的抗日军队"就地驻防待命",不得向日伪"擅自行动";要国民党军队"积极推进","勿稍松懈";要伪军"切实负责维持地方治安",抵抗人民军队,拒绝投降。8月13日,八路军总司令朱德、副总司令彭德怀致电蒋介石,表示坚决拒绝错误命令。同一天,国民政府任命钱大钧为上海市市长。中共地下党布置各级党组织在各界爱国人士中酝酿成立庆祝抗日胜利筹备会,开展"天亮运动"。

以上这组报道不畏各种禁令,提前冲破新闻封锁,大胆地进行现场报道,顺应民心和时代潮流。遗憾的是不知道这组报道的三位作者的真实姓名,他们应该与张朝杰等人有密切关系,张朝杰生前也未透露,留下一个不解之谜。

小说、剧本、译作和文化消息

《时代·文艺》刊登了剑群的两篇小说,其中《末日》是"急就章",及时配合抗战胜利的时局变化。该小说的主角李道明是一个暴发户,看到股市大涨,心情极好,又与主动投入怀抱的女子卿卿我我,但是女子扔下一句话:"一切明天算数。"李道明哪里听得进,赶到阔佬俱乐部,趁着酒兴与他人豪赌:日本是否接受和平条约。次日消息传来,股市大跌,豪赌输了,情场失利,李道明气得暴跳如雷,两个孩子则跑出去庆祝抗战胜利,露出了灿烂的笑容。

剑群写的另一篇小说《海劫》,讲述广州与潮汕之间的一艘大帆船,装载百姓紧缺的火油和面粉,不幸被日军兵舰发现。18个中国人被赶到日军兵舰上,冲洗甲板。日军抢走火油和面粉,还开枪打死反抗者。最后将其他中国人赶到大帆船上,随着几声炮响,一船人惨遭杀害,大帆船沉入海底。"海在怒吼,他淹灭了敌人残酷狞笑。"

《时代·文艺》还刊登了唯一的独幕剧《黑夜不再》(李素),也是配合抗战胜利的。剧中的一个抗日青年为了躲避被敌伪特务抓捕,无意中闯进了敌伪警察局局长的家里,谁知局长的太太是抗日青年昔日的恋人。警察局局长回到家中,也觉得良心不安,不满敌伪统治,于是与太太、革命青年商议,设法阻挡前来搜查的敌伪特务。但是,这已经引起敌伪特务的怀疑,四周设下埋伏。这时剧情大转变,日本宣布无条件投降,革命青年与警察局局长一家都松了一口气,"不用逃了","无线电送出胜利之歌渐次高扬"。此剧本和剑群的两篇小说都直奔主题,匆忙写作过程中留下较明显的斧凿之痕,稚嫩的笔触中凝聚着作者的青春激情,同时浮现出庆贺抗战胜利的兴奋笑脸,强烈控诉侵华日军残暴蹂躏中国百姓的滔天罪行。

《时代·文艺》的译作有数篇。董鼎山摘译了威尔基的名作《世界一家·中国之章》,译作前有编者按:"《世界一家》作者即系一年前逝世的美国落选总统威尔基。他是当年罗斯福的竞选劲敌。虽然是个共和党,因在野关系,某些地方非常进步开明。当时罗斯福鉴于反法西斯战争必须国内团结一致,特聘威尔基为私人特使,访问欧陆、近东、苏联,最后取道新疆来华。他归国后便写这本《世界一家》(One World),记述并评价此行所见所闻,有些地方见解甚为确当透彻,为一九四三年的美国最畅销书。如果威尔基不死,特鲁曼今日的地位恐不会如此稳固。此书在内地已有译本,上海因邮递不便,无福看到。本刊侥幸弄到了一本原文,特请朱萨先生漏夜赶译一章,以飨读者,以后每期当再择精彩处陆续译出。"

威尔基,美国共和党领袖,第一次世界大战时曾出任志愿军司令,赴法参战。第二次世界大战时,他积极拥护罗斯福的新政政策,并为罗氏执政的重要助手。1942年他以罗斯福的特使资格,访问苏联、中国、中东及北非等地,回国后著《世界一家》一书,提倡国际合作,该书成为畅销书。1942年9月底至10月中旬,威尔基访华,飞抵重庆,受到蒋介石夫妇的欢迎。

他在《世界一家·中国之章》中谈到周恩来:

> 在宋子文博士的家里跟人会面是很便利的,我的好奇心极重。中国人愿和我来会谈的诚意也是无限的。
>
> 比如,就是在那里,我曾趁空单独而不被扰乱地和中国共产党领袖之一周恩来谈过话。这位出色的庄重而诚恳的人物显示出过人的能力,使我尊敬他。他住在重庆,帮助主持共产党报《新华日报》的编务。同时也参加国民参政会,这是目前中国最代表人民意见的集会,周氏及其夫人都是参政会代表之一。
>
> 我又在孔祥熙博士的宴会席上第一次会见了周恩来氏,他和他的夫人是由我建议去请来的。后来听人讲,这在他还是第一次被中国的官吏家属款待。看着曾经和他斗争过的人们以一种和悦但是谨慎的态度去迎候他,又看着十年前曾经在汉口和他碰过面的斯迪威尔将军以明显的尊敬向他致意,是很有趣的一件事。
>
> 周氏穿了一套蓝色斜纹布普通中国样式的看来好像一个熟练工人的衣服。他有一张坦白的脸、张大的严肃的眼睛,他缓缓地说着英语。他告诉我关于中国联合战线的性质。他认为他确是为中国内政改革的缓慢而焦躁,但又向我保证联合战线一定会保持到击败日本为止。当我问他这样会不会在战后使国共旧梦复活,他显然不愿预言。

这一段董鼎山赶译之文未被当时各种书评提及,淹没在浩瀚历史资料之中。

刘尊棋翻译的《天下一家》(重庆中外出版社,1943年8月)共有14章,另有原作者的引言,后有译者的跋。董鼎山赶译的《世界一家·中国之章》分为上、下两部分,为《自由中国用什么抗战?》中的部分内容。

当时国内各家报纸纷纷发表关于此书的评论,甚至称其"是一本值得读而且必须读的伟大著作……具有优美而生动的文笔"(静园:《书评〈天下一家〉》,《读者导报》1943年第37期)。动辄高谈"伟大",未免言过其实,以一个倾向掩盖另一个倾向。该书的政治倾向很鲜明,作者代表着那些关心国际贸易和金融的美国资本家集团,执行美国战时外交政策。《时代·文艺》第2期继续连载董鼎山的译文《世界一家·中国之章》,在译文最后刊登一则启事《注意:出版消息》:"《世界一家》全译本上海版已出版,译名为'天下一家',刘尊棋译,重庆中外出版社出版,上海生活书店总经售。本刊自下期起,决中止译载,以节精力物力,希读者注意。"其实该书还有两个译本,一是《天下一家》,由沈炼之、郑庭椿、刘邦琛合译,福建研究院社会科学研究所1943年11月印行;二是《四海一家》,由陈尧圣、钱能欣合译,时代生活出版社1945年12月出版。

董鼎山还以"铁穆太"的笔名翻译了苏联小说《一个女英雄之死》(尤利·史摩力支原著)。小说讲述一个游击队的女性领导人在一次战斗中负了重伤,临死前还在策划一个战斗计划,以她的"口供"引诱德军中尉军官带领士兵前来抓捕。残忍的德军中尉下令砍断了送信人(游击队员)的双臂,抬着他在前面带路。小说描述了女英雄临死前面对德军中尉的场景,德军中尉拿着女英雄年轻时的照片进行对比,女英雄前后形象的巨大反差让读者感到一阵阵刺心的疼痛。突然,一声剧烈爆炸,女英雄与德军同归于尽。同时,游击队攻占了德军驻地,从而圆满地完成了女英雄交给的最后一次任务。生死离别是文学的永恒主题,在这里达到了一个英雄主义的新境界,与其说是浪漫主义的旗帜在高高飘扬,不如说是大力弘扬女英雄视死如归的革命精神——苏联人民抗击疯狂入侵的德军的一个生动缩影。

伊玛翻译的《集中营一日》(史密斯夫人原作)仅数千字,文中描述的粗陋住所、恶劣环境、一天只有一顿少得可怜的饭,每个细节都令人揪心。这还能活下去吗?

《时代·文艺》创刊号刊登了两组文化信息:《胜利后的上海文化界》《苏联文坛近讯》。前者除了前文谈及的文化汉奸名单之外,还刊登了其他消息。

其一,"苏商时代出版社除刊行《苏联文艺》、《时代》周刊、英文《每日战讯》外,复刊九月一日起改出《时代日报》"。这与姜椿芳密切相关。

姜椿芳,笔名林陵、什之、蔡云、贺青等,1936年到上海,先后在亚洲影艺公司做苏联影片的发行和宣传工作,创办中文《时代》周刊,任主编。1945年8月16日,姜椿芳在上海创办《新生活报》,同年9月1日改为《时代日报》,任总编辑和时代出版社社长。该报以苏商名义向上海民众宣传中国共产党在抗日战争胜利后的立场、主张。1948年6月3日,国民党当局以"歪曲军情,煽动工潮、学潮,破坏金融"为名,勒令停刊。1949年后,姜椿芳创办上海俄文学校(今上海外国语大学),任校长和党委书记。1952年调北京,先后任中宣部斯大林著作翻译室主任、中共中央马恩列斯著作编译局副局长。1978年主持创建中国大百科全书出版社,任总编辑。

其二,"正在筹备中的刊物有《诗歌丛刊》三辑、《自由的火炬》、《新流》文艺刊、《新生代》三日刊、《自由中国》、《上海人》等"。《诗歌丛刊》共出《蓝百合》《抒情》和《自由的火炬》3辑。《新生代》仅出一期(1945年8月28日),是抗日战争胜利后最早出版的一份学生刊物。

其三,"上海基督教学生团契联合会刊《联声》已复刊"。1940年底至1941年秋,丁景唐任中共《联声》独立支部书记和主编,直至自动停刊(1941年9月)。1945年9月,抗日战争胜利后,《联声》恢复出版,陈一鸣主持,田钟洛、陈联等编辑。

《胜利后的上海文化界》还刊登了其他文化消息。"闻《革新日报》副刊《海风》编者为小姐作家郑家瑗。第二号上有小姐作家程育真一文,语多激昂慷慨,一变过去《上帝的女儿》作风。"程育真是著名侦探小说家程小青的女儿。1939年秋天,丁景唐考入东吴大学,担任该校地下党支部书记,开展学生工作,编辑学生刊物《东吴团契》。不久,东吴大学涌现出一批才女,如施济美、汤雪华、俞昭明、邢禾丽、郑家瑗、杨依芙、练元秀、程育真等,被称为"东吴派女作家群"。为首的施济美是一位才华横溢的传奇女子,曾是丁景唐编辑《小说月报》时的"座上宾"。

另一组文化消息《苏联文坛近讯》,其中有新书讯、文坛动态和1943年苏联斯大林文艺奖金获得者名单等。最后一条是:"中国作家、学者郭沫若为出席苏联学术院周年大会,特于七月初赴苏联游历,一度曾在斯大林格勒。"此消息是辗转获悉,有误。1945年5月,苏联科学院邀请郭沫若、丁西林作为中国科学文化界的代表出席苏联科学院建院220周年大会。6月9日,郭沫若乘坐美国军用飞机离开重庆,6月25日抵达莫斯科。郭沫若游览了斯大林格勒、列宁格勒、塔什干等地,在科学院、东方大学等机构开展了学术交流,并和苏联政府工作人员、科学家、作家、艺术家及鲍罗廷、李立三等各界人士进行了广泛接触。8月16日,郭沫若乘飞机回国。郭沫若根据6月9日至8月16日的日记,整理成《苏联纪行》(中外出版社,1946年10月)。苏联学者罗果夫将它翻译成俄文,郭沫若写了序言。俄文版删去途中部分,改为《苏联五十天》。1959年,郭沫若将其修改,收入《沫若文集》。

综上所述,至少可以得出以下几点看法:

其一,周幼海提议并出资创办《时代·文艺》,圣约翰大学学生张朝杰、董乐山商议由张朝杰出面编辑。此事在有关周幼海、董乐山的生平专著或文章中从未被提起,留下一个被遗忘的空白。

杨学伯是周幼海的笔名,但是从未有人考证过,也从未引起史学家的关注。《时代·文艺》创刊号发表杨学伯的《现阶段的中国革命与民主运动》,原拟该刊第2期刊登杨学伯的《胜利以后》等文,这也可以作为杨学伯是周幼海笔名的一个旁证,毕竟接连两期都出现杨学伯的文章,并非偶然。

其二,长期以来,丁景唐与张朝杰、董乐山的关系不为外界所知,幸好张朝杰晚年写了回忆文章,才初步披露了一些史实,但是留下了更多的谜团。

丁景唐介绍了哪些作者、提供了哪些文章,则是一个难解之谜,因为这些作者都取的笔名。陈给的《今后文艺工作的路向》立意很高,眼光远大,见解比较深刻,具有重要的指导性和现实意义。如果说此文出自中共党内文艺理论家之手,那么也不令人意外。由于丁景唐的大力支持,《时代·文艺》发生了微妙的变化,如陈给的文章取代原拟发表的文章,第2期为了突出严惩汉奸卖国贼的主旨,周幼海、张朝杰等人毫不犹豫地删除了原拟刊登的文章。这也鲜明体现了周幼海与父亲周佛海是冤家对头,此后周幼海加入共产党便是顺理成章。

其三,《时代·文艺》发表的时事专论、文学作品和译作,都鲜明地体现了追求抗战胜利,建立自由、民主的中国之梦,为苏联、美国反法西斯的立场雀跃欢呼。除了发表威尔基《世界一家》的摘要,还刊登了《中国与苏联》的专论,以及苏联反法西斯的英雄主义小说等。反映了中国广大民众的心声,既有庆贺抗战胜利的兴奋笑脸,更有对于侵华日军残暴蹂躏中国百姓滔天罪行的强烈控诉。

其四,丁景唐还写诗歌支持《时代·文艺》,该刊第2期发表三首一组诗歌《胜利之歌》《诗的纪念日》《打落水狗歌》,即《胜利的合唱》。

注释:

〔1〕丁景唐回忆说:"我和董乐山(麦耶)、董鼎山(桑紫)、白文、金沙、宇文洪亮、李君维(东方蝃蝀)为《诗歌丛刊》写诗、译诗,戎戈也用笔名星光为该刊刻英国诗人拜伦的木刻像,老党员范纪美同志也在上面写诗。"

第2辑《抒情》(1945年5月15日)刊登了丁景唐的一首新诗《池边》。1990年3月,丁景唐、王汉玉夫妇金婚纪念之际,丁景唐特意将此诗抄赠陈漱渝(原北京鲁迅博物馆副馆长)。丁景唐说:"诗不是实物的写生画,它张起想象的翅膀,让写诗的人加以时空的自由的调动,抒发美的情操,引发读者美的共鸣,聆听青春年华的乐章。"

〔2〕丁景唐曾撰写《郭明烈士小传(1921—1950)》:

郭明(1921年3月—1950年6月),本名郭锡洪,原籍福建上杭,定居上海。

1938年在上海青年会中学读书时,参加党领导的上海市学生界救亡协会,与同学一起组织读书会、歌咏队等,阅读《西行漫记》《论持久战》和《抗战三日刊》《译讯》《文献》等书刊,并购买《鲁迅全集》供同学借阅。1939年任上海青年会中学学生团契青年会主席,参加上海基督教学生团体联合会("上海联")活动。同年7月,由吴康(范树康)介绍加入中国共产党。不久,原支部书记丁景唐和吴康毕业离校,郭明继任支部书记。

1940年夏,中学毕业后考入之江大学,参加学生工作。

1941年春,调往"上海联"刊物《联声》任编辑,后又协助编辑青年会会讯。此后,从事学生宣传文艺工作。1946年调中共上海市文委系统工作,在党领导下与丁景唐、陆以真、袁鹰等发起组织上海市文艺青年联谊会,任执行委员,主持文艺晚会和文艺讲座,约请郭沫若、茅盾、叶圣陶、田汉等演讲,团结教育文艺青年,发展党员,参加争取和平民主自由、反对美蒋的政治斗争。曾为《小说月报》《时代·文艺》等刊写稿,其所作《鲁迅的诗及其他》(刊1945年10月《时代·文艺》第二期),受到好评。

上海解放前,曾在上海地下党组织领导创办的华东模范中学任教。1949年春,奉调到戏曲界进行地下活动,领导一个党小组,联系沪剧、滑稽和评弹工作。上海解放后,调上海市文管会文艺处工作,与汪培联合编导揭露国民党特务阴谋活动而最终将其破获的大型滑稽戏《大快人心》,由程笑亭、裴扬华、文彬彬演于金国剧场,为中华人民共和国成立后新文艺工作者参与改革而编创的第一出滑稽戏。郭明同志为团结教育滑稽界艺人、改革剧目和表演艺术、维护艺人权利等工作做出贡献。

郭明同志因在旧社会经常失业,生活贫困,积劳成疾,染上肺病。1949年后工作繁忙,不幸于

1950年6月22日医治无效,英年早逝。时已调华东文化部戏曲改进处辅导科任副科长。7月12日,华东部和上海戏曲界假上海市军管会文艺处礼堂举行郭明同志追悼会。出席的有华东文化部、上海市军管会文艺处及各剧种、剧院来宾和友好180余人。首由中共上海市委宣传部文艺处丁景唐致悼词,继由华东文化部戏曲改进处伊兵副处长、上海军管会文艺处陆万美副处长以及戏曲界代表董天民、杨华生讲话,一致赞扬郭明同志忠诚于党和人民革命事业、对文艺工作所做出的贡献,并对他英年早逝表示深深的哀悼。上海《戏曲报》第2卷第9期对郭明同志追悼会作了报道。此后,上海市人民政府批准郭明同志为因公牺牲的烈士,中央人民政府民政部为郭明同志颁发了统一的烈士证明书,称:"郭明同志在革命工作中壮烈牺牲,经批准为革命烈士。特发此证,以资褒扬。"

郭明同志的家属遵照郭明同志生前的意愿,将他历年购置的珍贵书刊捐赠中共"一大"会址纪念馆。

1988年初稿,1996年修改定稿

第十二编

《妇女》月刊

回忆《妇女》月刊（资料性，仅作参考）

杨志诚（陆以真）遗稿

一

1946年夏，我和陆子淳两人应邀参加了上海基督教女青年会主办的《妇女》月刊的工作。月刊由女青年会干事徐学海具体负责。我以陆以真、陆珍等笔名，担任编辑、写稿和组稿等工作。陆子淳以紫沉、子纯等笔名写稿，并担任发行工作。1948年后，由耿月琴接替陆子淳的工作。我们当时都是爱好文艺的青年，同时为上海各种报刊写稿，并参加文艺青年的一些进步活动。

当时正值抗战胜利后，人民群众欢欣鼓舞，切盼建立和平民主的新中国。《妇女》月刊就是在1945年10月全国欢庆抗战胜利声中诞生的。它宣传和动员上海妇女争取建立和平民主的新中国，宣传和动员妇女争取自身的彻底解放和做人的权利，并为这样的目标而贡献自己的力量。

从抗战胜利到上海解放的三年八个月时间里，《妇女》一共出版了40期，基本上每月中出版一期。它用言论、通讯、特写、诗歌、散文、花絮、信箱、图片等形式，回忆了妇女们在抗战中艰辛的岁月，歌颂了抗战的胜利。它反映了在抗战胜利以后，许多妇女继续处在痛苦生活中的情景，以及她们满怀希望争取和平民主新中国的早日出现。它还反映了妇女们为了谋求祖国的新生和自身的彻底解放，正在恪尽自己应尽的义务，明确努力的途径。

《妇女》在三年多来，以它无声的语言，联络和团结着大批妇女们。她们有：职业妇女、女学生、家庭妇女、女工、女科学家、教育家、社会工作者、文艺工作者……《妇女》沟通着她们的心，在共同的理想、目标下，经常提出和探讨在争取建设新中国和自身的彻底解放过程中，妇女们迫切需要了解的问题和担负的责任，并努力去身体力行。《妇女》月刊奉行着这个宗旨，因此受到了许多妇女的真诚欢迎。《妇女》没有专业的作者队伍，也没有专门的发行机构，但是它经常得到各方面的来稿来信和各种形式的支持。刊物出版以后，妇女们争相传阅，每期发行的数量达到两三千以上。

二

《妇女》的主要报道形式有：言论、通讯、特写、访问记、小说、散文、各种专刊、工作报道、信箱等。它们的内容如下：

（1）言论：妇女们关心的国内外形势简介和评论，妇女和新中国建设的关系和任务，妇女的真正解放和应负的责任，妇女的学习、工作、职业、家庭、婚姻等问题，妇女的呼声、要求、希望和建设，国际妇女运动的介绍。

言论的主要形式是短论和《一月妇女》专栏。1949年以前，刊物上没有言论自由，但是《一月妇女》还是经常报道国内外妇女活动的动态，包括著名的社会活动家、妇女运动先行者、科技名人、文化艺术家的动态和有关妇女大众的各项活动。通过简短的评述，把一月内发生的有关情况和问题介绍给读者，并加以评析。每期约三四篇。三年多来，妇女界的重大事情，在《一月妇女》中都有评述。例如当时上海还没有解放，妇女们生活在米珠薪桂、物价飞涨的痛苦生活中，失业多、自杀多，这种时代悲剧在《一月妇女》中经常有所揭露和评析。又如，[针对]美国驻军在北京、武汉等地强奸我国妇女的案件，《一月妇女》都及时提出了强烈的抗议。还有，上海当局突然"禁舞"，使许多生活在痛苦深渊中的舞女生活遭到了绝路[1]，《一月妇女》及时为她们呼吁，并揭露问题的实质，配合通讯、特写等报道，以引起社会的注意。《一月妇女》既是新闻报道，也是妇女们的心声。它揭露黑暗，指点光明，成为广大妇女的知音。

（2）反映妇女生活的通讯、特写、访问、座谈和动态报道、资料展览等。

反映职业妇女、女学生、家庭妇女等的生活，以及国内各地妇女的生活，社会主义国家、资本主义国家的妇女生活。主要是介绍在社会活动中的先进妇女、科学技术上的杰出人物，以及教卫方面的辛勤耕耘者。也反映生活在半封建半殖民地痛苦深渊中的各地妇女的各种不幸和她们对幸福的期望。有一期上刊登了生活展览会资料，即《请看今日的妇女，究竟解放了没有》。

人物介绍，基本上每期一人。其中有上海的社会活动家、科技工作者、教育工作者、文化艺术工作者、实业家等等，如《中国妇女联谊会上海分会主席许广平先生》《从事民主运动的新妇女李德全女士》《茅盾夫人孔德沚女士》《纪念一位女烈士茅丽瑛女士》《妇女运动先行者王国秀女士》《献身于民众教育事业的俞庆棠先生》《儿童问题专家陈行夫人》《金陵女子大学校长吴贻芳博士》《成长中的中国居利夫人何泽慧女士》《热心发展民族工业的女厂长王辛南先生》《女事业家酆云鹏博士》《青年女厂长闵淑芬》《现代教育用品社创办人汤萼小姐》《小儿科医师苏祖燮女士》。从事文学艺术工作，奔向文学艺术新道路的人物介绍有：《袁雪芬女士谈越剧》《反抗传统的新女性杨刚》《活跃在银坛文坛的凤子女士》《音乐播种者喻宜萱女士》《松花江上的名演员张瑞芳女士》《青年女演员沙莉》《病卧二十年的绿洲女士》。《妇女》还介绍了好几位国际上的中国人民之友、从事妇女解放运动的先进人物，如《妇女节的创始人克拉拉·蔡特金》。

（3）《妇女》每期都有小说、散文、诗歌等文艺形式，反映抗战胜利后上海妇女的生活，以及对和平民主的新中国的向往。在文艺园地里，大量反映了当时还是被压迫、受束缚的妇女的痛苦和她们的呼声，也大量介绍了先进妇女们在社会活动中、在科学技术领域里不断对社会的发展做出的贡献。《妇女》还经常刊载或介绍国内外名人名著（短篇或章节或译文）等。

《妇女》举办过两次以描述妇女生活为题材的短篇小说征文。共收到应征稿一百多篇，每次选登其中的一、二、三名和其余佳作。1946年的征文：第一名《毛嫂》，作者陈芷青；第二名《忆一个女教师》，作者文子；第三名《小玲》，作者石英。1947年的征文：第一名《怨恨谁》，作者是南京照相馆女职员苏宁；第二名《重婚的女人》，作者是苏州一位重婚妇女友人；第三名《神圣的职业》，作者是上海小学教员觉吾。

《妇女》上经常把有益妇女学习和欣赏的书刊、戏剧、电影等介绍给读者。例如越剧演出鲁迅先生的著作《祥林嫂》时，《妇女》曾热情地予以推荐介绍；女作家丁玲的《我在霞村的时候》、冰心的《关于女人》等著作，也作了介绍。

《妇女》还辟有"青草地"专栏，发表新人新作，培养写作人才。

（4）《妇女》曾出过好几个专刊。

每年的"三八"国际劳动妇女节都出了专刊或特大号，着重介绍"三八节"的来历和目前世界各国劳动妇女的情况——妇女争取生活和地位、权利的斗争。由社会上著名的妇女界民主人士谈"三八节"的意义和希望。参加的有颜惠庆夫人、俞庆棠、王国秀、耿丽淑（Miss Gerlach）、胡绣枫、高君哲、杨志光、陆朱兰贞、沈德均、金枫、朱绮、陈善祥、蔡葵、周瑜等十几位女士。1948年3月8日的"三八特辑"的内容是：从婚姻、文化教育看今日妇女的状况。

1946年12月28日出版"圣诞特大号"，献辞中表达了抗战胜利一年多了，没有真正获得胜利与和平，人们都企盼着天亮，渴望着真正的和平和幸福的到来。

"婚姻特辑"里介绍了我国和国际妇女婚姻的现状和存在的问题，提出正确的恋爱观，还有人物介绍《茅盾夫人孔德沚女士》等。这期的主要题目是：王国清《美满的婚姻》，为和平民主流过血的雷洁琼教授谈婚姻问题，凤子《从交友说起》，以真《自由·恋爱》，玄衣、丁英《一个少女冲喜的故事》（诗）。

"托儿所专刊"介绍当时托儿所的情况和社会对托儿事业的迫切需要，呼吁各界重视和支持托儿所的创办，以解除有幼小子女的职业妇女的后顾之忧，使她们能够积极参加新中国的建设事业。由儿童教育工作者、医师、热心社会幼儿工作的著名人士撰写文章。

在庆祝上海解放的日子里，《妇女》月刊兴高采烈地出版了"庆祝解放"专刊。一面诉述过去在国民党反动派统治下广大妇女的痛苦生活，一面强烈歌颂今天的真正解放，号召妇女们进一步团结起来，与全国人民一起来完成新中国的建设事业。这一期的内容有：《全国妇女第一次代表会议的决议》《迎接新时代》《向邓颖超同志学习》等。还介绍了老解放区的几种名著、秧歌等。

上海解放后的第二期《妇女》,也是最后一期,主题是"三百万姊妹团结起来,参加新上海的建设工作",并介绍上海妇女代表大会集会情况,民主妇联成立的盛况。还有参加南下服务团的几位妇女同志写的豪迈语言和行动。这期还介绍了好小说《白求恩大夫》和解放区的故事等。

(5)《妇女》上每期都刊登一个版面以上的女青年会工作活动的报道,有协会的、教会的、本会的。本会的活动中,职业妇女部、劳工部、少女部、学生部、家庭妇女部、会员部、总务部等[的]活动都及时有所报道,例如劳工部举办的女工夜校、劳工托儿所、劳动福利实验站、女工生活成绩展览等等,职业妇女部举办的托儿所、英文会话班、口琴班、职业妇女食堂、俱乐部、妇女服务社等等,少女部举办的团契、少年服务团、英语班、舞蹈班、篮球班等等,一群大学生组织友集(U. G. F)举办的夏令营、春秋季旅行等等。在"五一"国际劳动节、"三八"国际妇女节等等节日,各部门开展的活动都在《妇女》上有所报道。

(6)《妇女》里还辟有"信箱"。读者提出的有关妇女的思想、学习、工作、就业、家庭、婚姻、医药和法律等等问题,都请有关专家或在这方面有经验的、有见解的人士帮助解答。每期一两篇,受到读者欢迎。

三、《妇女》月刊的作者队伍

《妇女》没有专职的作者队伍,但却有几十位社会活动家,[有]教育、文艺、科学、医药工作者,[有]年轻的诗人、文艺爱好者,经常为它写稿和提供材料。作者的地区有:浙江、江苏、安徽、江西、湖南、湖北、河南等省以及北京、青岛、上海等城市。

许广平先生在1945年12月1日出版的《妇女》上写了《话旧谋新》的文章,具名景宋。陶行知先生在1946年8月1日出版的《妇女》上写了《赠女工夜校毕业典礼》的诗。陈鹤琴先生在1946年9月1日出版的《妇女》上写了《苏联的托儿所》。作家茅盾讲的《苏联的家庭》刊在1947年6月20日《妇女》第二卷第三期上。冰心女士谈《对于日本妇女的印象》刊在《妇女》第二卷第五期上。林汉达先生为《妇女》写过《职业妇女的苦闷》。女作家安娥、白薇、海尼等都为《妇女》撰写和翻译过文章。

还有一些作者,当时还是文艺青年,后来有的成了作家、诗人、画家或专业文艺、新闻工作者。其中有丁景唐、田钟洛、廖临、成寂、章丽华、夏子颐、陆谷戈、黄贞训、雷兰、夏月仙、张敬棣、林慧、罗纹、屠岸、夏苇、芜菁、方牧、施雁冰、汪里纹、童丽娟、陈擅忱、耿月琴、姜辰等。

我和陆子淳也写了不少文章,主要是写《一月妇女》专稿和通讯、特写、人物访问等。

女青年会好几位董事也热情地为《妇女》写稿,在专刊一项里已介绍了。女青年会的干事徐学海、邢泽、王知津、沈佩蓉、尹寰等也曾为《妇女》写稿。

四、《妇女》月刊的组织活动

《妇女》和广大读者除了通过刊物保持经常的联系外,还时常举办各种文艺活动,以加强联系,增进友谊,共同为办好《妇女》月刊而努力。

(1) 文艺团契是本刊协助下举办的一个小小的团契。通过这个团契,开展广泛的通讯活动。《妇女》把经常写稿又喜欢交友的几位作者,如黎文、黎华、叶琴等的情况在刊物上公开介绍,读者们和他们开展通讯活动。信的内容可以探讨有关妇女们的问题,也可以谈谈个人的事情或者是研究写作等。

(2) 文艺系统讲座是本刊与青年会图书馆合办的讲座,地址在八仙桥青年会交谊厅。

(3) 各种座谈会,按问题邀请有关人士进行座谈,有的专题已在前面"专刊"一项内介绍了。

(4) 联欢活动,一般是在女青年会各部举办联欢活动时,邀约《妇女》的作者、读者一起参加。

《妇女》月刊的出版离现在已经整整四十年了。由于时间久远,手头又没有完整的材料可详细查考,加以记忆力减退,有的事情记忆不清或不完整,只能根据现有材料和回忆记录这些。有差错或不完整的地方,请补充修正。

1986 年 9 月 15 日
(上海女青年会史料组征求意见稿)

注释:

[1] 1948 年 1 月底,上海在三天内接连爆发了三起重大斗争。1 月 29 日,同济大学学生罢课;1 月 30 日,申新九厂工人罢工;1 月 31 日,舞女到社会局请愿,并捣毁了该局办公室。学潮、工潮、舞潮"三潮并发",遭到残酷镇压。

导读　丁景唐等人与《妇女》月刊

丁景唐的诗文

杨志诚此文为手稿复印件,其标题右上方有丁景唐的批语:"存(补改),丁,1986年10月。"(图20)

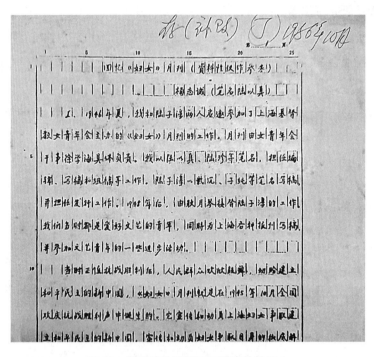

图20　杨志诚的手稿和丁景唐的批语1

文章谈到"还有一些作者"的名单时,列有"芜菁",丁景唐在一旁写了批语:"也是丁(景唐)的笔名,而且是本文执笔人(杨志诚)代为取的。用芜菁写过一诗《她们三个在路上走着》、一文《香港的'阻街女郎'》(香港通讯),已是我流亡香港寄来的,也是由杨志诚经手发排的。人的记忆真易忘却!"(图21)丁景唐在《谈谈我的笔名及其他》中再次提及此事:"为《妇女》月刊写《新女性的典型创造》(论文),署名'洛黎扬'。还写过诗《嘉陵江畔的悲剧》,后来该刊编辑、我的老战友杨志诚替我取了'芜菁'(上海俗称'大头菜',是一种富有营养的蔬菜)的笔名,署在诗《她们愉快地走着》旁……1947年4月间,我因被国民党当局列入黑名单,出走宁波镇海乡间,旋即去香港、广州……为《妇女》月刊写《香港的'阻街女郎'》,署名'芜菁'。"

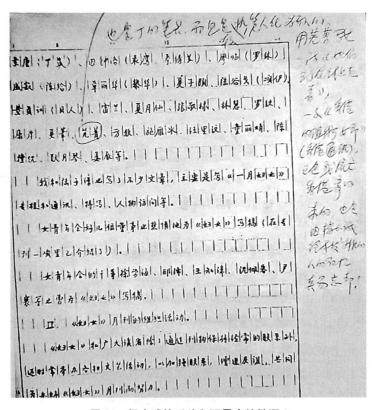

图21　杨志诚的手稿和丁景唐的批语2

丁景唐在《妇女》月刊上发表七篇诗文：《新女性的典型创造》《一个少女冲喜的故事》《嘉陵江畔的悲剧》《"颠倒歌"》，以及《她们愉快地走着》《给孩子》《香港的"阻街女郎"》。后面三篇诗文均署名"芜菁"，是杨志诚临时代为取的。其实，事前已经有人使用"芜菁"笔名在报刊上发表随笔等，杨志诚采用此笔名，并不引人注意，这也是一种掩护的策略。这七篇诗文中，《新女性的典型创造》《香港的"阻街女郎"》收入《犹恋风流纸墨香——六十年文集》，其余均收入《丁景唐诗文集（1938—1949）》。

《新女性的典型创造》写于1945年10月8日深夜，载《妇女》月刊第1卷第2期（1945年12月1日），后略作修改，并删除最后一句说明："本文临笔匆促，所举各书仅凭记忆，容或有误，幸希读者纠正之。"后收入丁景唐的论文集《妇女与文学》。显然此文是应杨志诚约稿赶写的。同期刊登的还有许广平的《话旧谋新》、陈给的《提倡妇女四大运动》、署名"鸣"的《纪念一位女烈士茅丽瑛女士》等。《新女性的典型创造》收入《犹恋风流纸墨香——六十年文集》时，丁景唐将此文误写为"原载上海《时代·文艺》第2期"，该刊出版时间也误为"1945年10月15日"，应为"1945年10月5日"，也有可能是该刊印错时间了。

此文列举的鲁迅、茅盾、张天翼、曹禺等人著译之作，丁景唐早已烂熟于心。其中有两点值得注意。其一，提及《时代·文艺》创刊号刊登的一篇译文《一个女英雄的死》，铁穆太翻译。《犹恋风流纸墨香——六十年文集》添加脚注:"《时代·文艺》创刊于一九四五年九月十五日,张朝杰编辑、发行。作者有郭明、陈长歌(陈绐)、董鼎山、董乐山、丁景唐等。'铁穆太'是董鼎山的笔名,《时代·文艺》第二期出版后停刊。"据此推测《新女性的典型创造》可能原载于该刊第 2 期。其二,此文列举鲁迅作品时提及祥林嫂等农妇形象。稍后,丁景唐写完《祥林嫂——鲁迅作品中之女性研究之一》,最初刊登于《前进妇女》第 2 期(1945 年 11 月 10 日),后收入《妇女与文学》。丁景唐的《妇女与文学》出版后,赠予吴康一本,吴康即介绍给他的妹夫——雪声剧团编剧南薇。他看了后,介绍给袁雪芬,并找来原著《祝福》,念给袁雪芬听。征得袁雪芬同意后,南薇着手改编,便有了上演的越剧《祥林嫂》,雪声剧团纪念刊上还摘登了丁景唐的那篇论述祥林嫂的文章片段。后来《文汇报》连载《袁雪芬的艺术道路》,提到 1946 年雪声剧团把鲁迅的小说《祝福》改编为《祥林嫂》并上演的史实,这才撞开了丁景唐的记忆大门。

当时杨志诚采访了袁雪芬,赶写了《和袁雪芬小姐谈越剧》,载于《妇女》月刊第 2 卷第 8 期(1947 年 11 月 10 日)。此后,南薇首次将《祥林嫂》搬上银幕,再次引起轰动。杨志诚撰写了《越剧电影〈祥林嫂〉》,载于《妇女》月刊第 3 卷第 7 期(1948 年 10 月 15 日)。她认为:"《祥林嫂》被搬上银幕的确是一个非常可喜而大胆的尝试……敢于从现实社会的真实面撷取题材,利用越剧的表演方法,把一个单纯的故事叙述得细腻周到——越剧的本身就是善于表现悲剧的艺术。"并指出:"南薇先生的改编,很能保持原著的精神……他们(演员)的扮相和演技已经算是尽了最大的努力,尤其是袁雪芬演'祥林嫂'、张桂凤演卫癞子、范瑞娟演牛少奶,简直把这些典型人物的个性发挥无遗。"此文一旁是夏娥的《〈祥林嫂〉观后》一文,认为:"这部戏,是旧瓶装新酒的初试,是新文学与所谓'地方戏'的初度结合,是越剧走入新天地的开始。"陆琚写的《祥林嫂》一文比较全面地分析此片,认为:"袁雪芬的确是一位伟大的、有天才的人民艺人。她不但有纯熟的演技,而且她能体验角色的内在性格与思想。祥林嫂真被她演活了。尤其是祥林嫂的中年与老年,表现得深刻细微。透过袁雪芬,我们看到了苦难重重的祥林嫂,受苦受难的农村妇女的典型。"他还强调指出:"应云卫先生的导演给这部片子增色不少。祥林嫂病重时,卫癞子来提到贺老六的亲事时的卫癞子的背影;少爷发脾气时的摔花瓶;抢亲时,祥林嫂看见船来了,一回头,卫癞子已站在背后;以及用唱词及镜头来叙述祥林嫂的焦急的情形,都是很美妙的手法。"(《现代妇女》第 12 卷第 5 期,1948 年 1 月 10 日)至于这些文章是否受到丁景唐写的《祥林嫂——鲁迅作品中之女性研究之一》的影响,在此不赘述了。

> 又是石榴花红嫣/五月的天气/却是这般的凄迷/姊姊/江南的风/拂得你墓上的草/也已碧绿生青。/昨夜我不能安眠/看着月亮的上升沉落/你少年的弟弟/充满了天真/还以为月亮里有你的倩影。

这是一首百余行的叙事长诗《一个少女冲喜的故事》中的一段,载《妇女》月刊第 1 卷第 8 期(1946 年 10 月 10 日),曹予庭原作,丁景唐修订。曹予庭与丁景唐关系不错,他不仅参加了丁景唐主持的"文谊",为会刊《文艺学习》捐款、撰稿,还与丁景唐等去宁波,一起游玩宁波东钱湖。叙事长诗《一个少女冲喜的故事》浸溢着凄惨、悲伤、无奈的情感,几乎淹没了几许抗争的微弱呼声。几千年封建意识沉淀在浙东乡民集体无意识的心底,无形的镣铐冷漠地锁住了冲喜、殉葬的女孩,身心被死死地拴住了,不敢有逃跑的念头,生怕触动了三纲五常的法网,使全家及其亲友遭到无妄之灾,女孩被迫投潭。此悲剧发生在 20 世纪一名 17 岁花季少女身上,令人震惊,激起读者的愤恨和反思。如今重读此叙事诗,依然触目惊心,难以释怀。

这期《妇女》月刊为"婚姻特辑",其中有雷洁琼谈论婚姻问题、凤子的《从交友说起》、陆以真的《自由·恋爱》等文。这期编辑的《我们的话》写道:

> 虽然我们不能同意托尔斯泰所说过的一句话"世上最大的悲剧莫过于床笫间的悲剧",因为我们觉得恋爱只不过是人生的一部分,除这以外我们的生活有更重大的意义,世上发生的事也还比这种悲剧史惨痛千百倍,但是我们不能不承认,在今天确有许多姊妹们陷在恋爱或婚姻的痛苦中。在这女子被歧视、男性中心的社会里,我们是有痛苦的,而旧势力有形无形地也在以不平等、不自由的恋爱或婚姻来束缚我们,我们的思想感情也残存着屈辱和软弱。这些常阻碍了我们生活中更重要的一面——我们造福人群的事业,叫我们女子屈服,站不起来。所以为了使我们生活得更好、更有力,我们需要重新反省我们对恋爱婚姻的态度,了解我们的苦闷,发掘痛苦的根源,追究改正的途径,来获得生活的快乐,来增进生活的活力!

丁景唐的抒情诗《嘉陵江畔的悲剧》,载于《妇女》第 1 卷第 9 期(1946 年 11 月 25 日),融入叙事诗的元素,颇为新颖。此诗大概根据真实事件有感而发,十分同情苦难的女性。诗中的投江女性不同于昔日殉情的烈女,而是受过教育的知识女性,以死抗争黑暗社会。但是,她期望留下一件"温暖的绒线衫","温暖丈夫包围在冷酷中的心胸",这也只是天真、幼稚的美丽幻想。

这期《妇女》还破例同时刊登丁景唐的论文《"颠倒歌"》。

> 这里我们再拿一首揶揄官老爷出巡的歌来看看吧!
>
> 号号号,官来到!骑着板,提着轿,吹铜鼓,打喇叭,门楼拴在马底下。东西胡同南北走,十字路上人咬狗,拾起狗来就投砖,布袋驮驴一溜烟。
>
> 前有听差开锣喝道,中间坐着老爷,后面跟着许多跟班的官员,真是威风凛凛,莫可睥睨,但给顽皮的孩子一唱,犹之乎给漫画化了,变成了非常可笑的一幅速写。

丁景唐回忆说:"'颠倒歌',宁波儿歌,编写者以逆向思维启示儿童,如'我从外婆家里过,看见舅母摇外婆','倒唱歌,顺唱歌,河里石头滚上坡'。此歌流行甚广,解放战争时期,国统区民众即据此意,改编为《古怪歌》,以讽刺颠倒是非、混淆黑白的国民党反动当局。"在当时黑暗的社会里,"颠倒歌"演变为广大民众讽刺畸形社会现象的新手段,丁景唐高度评价的宋扬的《古怪歌》便是代表,针砭时局,矛头直指反动当局,反映了广大民众的不满情绪,看似颠倒,其实是说老实话。

  她们三个在土径上走着,/淘气的风/在麦垄间跳跃藏匿,/一畦一畦肥嫩的苗芽……她们三个在泥路上走着,/顽皮的风/戏弄着她们的头发……她们三个并肩在路上/愉快地歌唱。

此诗反复出现"她们三个",怪不得在丁景唐记忆中的此诗为《她们三个走在路上》,但其实是《她们愉快地走着》。丁景唐与三位女子自城郊归来,心情愉悦,乘兴赋诗。此诗洋溢着青春的活力,流淌着轻快、流畅的韵律,令人暂且忘却了尘世的烦恼。

  冬天有寒冷的风,/冬天有霜雪冰冻,/你不肯好好地换衣洗澡,/怕伤风又怕受冻。/孩子,你的袖已破了,/你看,领也腻了,/衬衫是那么的肮脏……孩子,你要听话,/让妈妈替你洗澡,/换上新的衣衫,/嗳,明天是一个幸福的节日,/背起书包,妈妈陪你上学堂,/有那么多的小朋友和你一伙,/学习认字,做游戏,唱歌。

这是一首新儿歌《给孩子》,载于《妇女》第 2 卷第 7 期(1947 年 10 月)。此诗以朴实的大白话抒写,第二部分则拙中见巧,"红猛的日头也在天空洗澡,/嗳,肥皂的白沫是朵朵的云",信手拈来,却见韵味。此诗与《寒园》《囚狮》《一只小小的蜜蜂》形成一组教育孩子的诗歌,丁景唐描写妻子和孩子的生活情景,显露似水柔情。

  1948 年 2 月 26 日,远在香港的丁景唐寄出《香港的"阻街女郎"》,载于《妇女》第 2 卷第 12 期(1948 年 3 月)。这是丁景唐在该刊上发表的最后一文。前几天报载美国兵舰抵达香港,水兵上街寻乐,"香港警方出动扫荡",仅在湾仔区内就拘捕"阻街女郎"六名,破获淫窝两所。此文由此引开说去,最后写道:

  然而奇妙的倒还在日夜企盼别人恩施的那一种人,据云这批舞客(美国水兵)的光临"除增加本港之一时繁荣(这繁荣自然大半得归功于'阻街女郎'——引者)外,且使本港套取不少美元",其耗用估计"约达廿万美元之巨"。言下似乎颇有不胜其美慕之至。

  但不知怎样,这可怜的调子却令人想起沦陷时期为皇军张罗慰问所的奸谄的脸嘴。

此报载新闻激发丁景唐的灵感,针砭时局。丁景唐主编《联声》时多次采用此方式,效果颇佳,而且也能体现他敏捷的思维、灵动的笔法、深思的内涵,如引文中最后一句。真可谓神来之笔,提升了全文的格调和内涵。

  次年,也有人撰写了同题的《香港的"阻街女郎"》,署名祝联,发表于《现代妇女》1949 年第 13 卷第 3 期。此文将"阻街女郎"直指妓女,还介绍"阻海女郎",认为她们"长期的卖笑生涯,剥削了她们的青春,毁灭了她们的美丽"。"人间地狱,血泪纵横的账,试问如何算得清呢?"此文与丁景唐的文章构思、笔法等截然不同。

细细品味以上七篇诗文,至少可以得出如下一些看法:

其一,应杨志诚约稿,丁景唐积极配合,多次撰文供稿,生动地体现了党内同志的深厚感情,以及义不容辞的职责。从该刊第1卷第2期至第2卷第12期,平均两期便有一篇,丁景唐的稿件从未中断,即使辗转南下避难,生计发生问题,也念念不忘撰文。杨志诚多次与丁景唐配合,了解他为人处世的哲学和出色的写作水平,其作必然为《妇女》增光添彩。杨志诚临时代为取的笔名"芜菁",体现了双方互相信赖、互相帮助的细节。

其二,这七篇诗文题材以妇女、儿童为主,贴近《妇女》月刊的主旨,从未跑题,并杜绝敏感的话题,以免给杨志诚添乱。也反映了丁景唐作为作者、编辑,设身处地,将心比心,为他人着想。

其三,每篇稿件的构思、角度、手法大不相同,体裁也不同,但各有鲜明的特色。即兴撰写的学术之作《新女性的典型创造》,产生了深远的影响。丁景唐与曹予庭合作的叙事长诗《一个少女冲喜的故事》,具有鲜明的民歌特色,水平颇高。采用抒情与叙事相结合手法撰写的《嘉陵江畔的悲剧》,与《一个少女冲喜的故事》有相似之处,但更多的是不同的节奏、韵律。风趣幽默的《"颠倒歌"》既有回忆孩提时代的欢乐,也有讽刺现实的辛辣味。轻松、欢乐的《她们愉快地走着》,带来阳光明媚、青春飞扬的气息,给《妇女》月刊注入了清新之风。亲情似水的《给孩子》,难得披露父女之情、夫妻之情,鲜为人知。嬉笑怒骂的《香港的"阻街女郎"》,添加神来之笔的结尾。

佚文《苏联的家庭——茅盾先生讲》

《妇女》月刊由上海中华基督教女青年会编辑部主办,编辑部在上海戈登路(今江宁路)495号,总经售处为学林书店,位于静安寺路1561号,一旁为《现代家庭》编辑部,马路对面是南京西路1569号中法大药房。

《妇女》月刊《征稿简约》:

一、本刊园地公开,欢迎外稿,其范围如下:1. 国外妇女动态之报道;2. 国内各地妇女生活报道及通讯;3. 妇女界人物素描或特写;4. 有关女青年会活动之事工特写;5. 家庭、儿童生活常识;6. 有关妇女生活之文艺创作及诗歌民谣;7. 妇女问题之书报、剧艺评介。

…………

六、来稿请寄上海戈登路495号女青年会《妇女》编辑部。本刊另辟妇女信箱及医药问答各一栏,凡有关妇女生活之各项问题或医药上之问题,欢迎读者垂询,如需直接函复者,请附足复信邮票。

戈登路 495 号位于江宁路与康定路十字路口的西南处,女青年会占据较大一片地块,西面为狭长的顺泰里,南面为大康里等。江宁路 495 号右边是永进机器工程公司,左边是一排商铺。

杨志诚、陆子淳时为该刊编辑,包揽了该刊《一月妇女》等重要文章。杨志诚于 1939 年加入共产党,她是丁景唐主持的上海文艺青年联谊会的骨干,曾一起去采访茅盾。杨志诚工作认真、负责,经常外出采访。

1946 年 12 月上旬,茅盾、孔德沚夫妇离沪赴苏联,次年 4 月 25 日下午返沪,立即被一群记者围堵采访。此后各大学和文化团体邀请的聚会、演讲,茅盾应接不暇,持续了相当长的一段时间。茅盾在半年之内陆续写了 22 篇宣传苏联的文章,绝大部分收入《苏联见闻录》,这些文章侧重于介绍苏联的文学艺术。茅盾各种讲演的记录稿,有些刊登于报刊,有些则长期湮没在文史长河里,其中就有陆以真、夏苇记录的茅盾演讲稿,即《苏联的家庭——茅盾先生讲》(《妇女》第 2 卷第 3 期,1947 年 6 月 20 日)。此文后注明:"这篇文字是根据茅盾先生二次的演讲记录摘录而成的,如有遗漏或错误,容待下期补正,敬请各位读者原宥。"茅盾演讲的地点和时间暂时难以查证,不过当时有两篇相关文章。

《苏联怎么会没有妇女问题——茅盾夫妇谈》(一珠),载于《现代妇女》第 9 卷第 2 期(1947 年 5 月 5 日)。该文开头写道:

> 茅盾先生和夫人应邀赴苏联参观四个多月,在四月廿五日回国了。当他们被欢迎者拥回家去后,其中一个女记者问起苏联的妇女问题,茅盾夫人回答得很干脆:"妇女在苏联没有问题,所以你们不要问我苏联的妇女问题。"
>
> 苏联怎能没有妇女问题呢?这虽然在书报上已有介绍,但最近亲眼看见的总更为真实。因此,笔者就在茅盾先生他们回国后的第二天下午前去拜访,再把这问题提出来。
>
> 得到的是同样[的]答复:"苏联已没有妇女问题了。"茅盾夫人说:"我才到苏联时,提出这个问题,苏联人听了都觉得好笑了。"
>
> 苏联的女孩子听到这两位中国客人提出生产问题,觉得惊奇:她们以为凡是有生产能力的人都应该可以获得参加生产工作的机会,为什么还有生产问题呢?她们听到"妇女运动"这名词,更觉得莫名其妙,她们不能理解这对妇女们为什么会有必要。
>
> 在社会上遭到歧视,在经济上受压迫,在家庭中被虐待,再加上孩子的拖累,没有任何行动的自由。这是我们妇女们一般都身受到的痛苦。苏联社会凭什么来解决了妇女问题呢?

作者整理了采访茅盾的记录稿后评述各个问题,并非实录。此文设置了几个小标题:"同样是国家的公民""托儿所给予的保障""苏联的家庭妇女""苏联的女佣""远大的前程"。该文写道:"谈到这里,茅盾先生告诉我们一个总的印象:'所以在苏联每一个男女青年都想到自己未来有远大的前程而快乐非常,不像别的国家的青年,有了力量没有地方发挥!'这时,又有客人来访,笔者也觉得已找不出问题而告辞出来。"

此前已有不少类似的专题文章发表于报端,因此,苏联妇女问题也成为采访茅盾夫妇的热点问题,以满足广大妇女读者的好奇心,大家想听听茅盾夫妇亲眼所见的神秘苏联。对此,茅盾在各种场合演讲时都涉及苏联妇女问题,此后干脆写了《苏联的妇女与家庭》,刊登于《读书与出版》第3卷第5期(1948年5月15日),后收入《杂谈苏联》。

茅盾的《苏联的妇女与家庭》开头似乎在回答《苏联怎么会没有妇女问题》一文开头提出的问题。

> 苏联妇女在政治上和经济上和男子完全平等,妇女得到全面发挥其才能与创造力的机会。在苏联,已经没有"妇女问题",而"妇女运动"这一个名词有些苏联的青年男女听了会觉得很奇怪。当然,这些幸运的青年男女完全生活在平等自由的空气中,如果不读他们本国革命以前的历史,不读现在各国人民革命斗争的书籍,就很难理解社会上会有"妇女问题"而革命运动中也要有"妇女运动"这一个专题。

茅盾驳斥西方媒体对苏联妇女的歧视和谬论,列举了大量的事实,如妇女就业、不同工作岗位、夫妇在家庭里的分工、子女与父母关系,也谈及"家庭女工"。最后写道:

> 总之,苏维埃妇女是一种新的女性。这是女性、母性再加上任何方面与男子一样的品性。这样的新女性一方面是社会主义社会的骨干,一方面也是社会主义社会内幸福、温暖的新家庭的骨干,是和平、勤劳、正直男子的好伴侣,是活泼可爱的儿童们的崇高、伟大、慈爱的母亲。

陆以真、夏苇记录的茅盾两次演讲稿,与以上两文比较,可谓"大异小同"。

其一,《苏联怎么会没有妇女问题》谈苏联妇女问题,却与陆、夏一文截然不同,不过后者也注意到"女记者提问"一事。陆以真撰写的《"苏联没有妇女问题"》说:

> 茅盾夫妇从苏联回来了,大家盼望着聆悉异国的音讯,特别是[在]这个世界上唯一的社会主义制度的苏联人们是怎样生活着的。一个女记者向茅盾夫人问起苏联的妇女问题时,夫人却不加思索地回答:"妇女在苏联没有问题。"
>
> 初初听来,似乎觉得很奇怪,在我们所熟悉的世界里,尤其是中国,妇女问题始终是社会问题中严重的一环,然而苏联却是一个例外。这使我们想起苏德战争中苏联妇女对她们祖国赤诚的牺牲精神,以及那些雄赳赳站在生产岗位上的妇女的形象来了。如果妇女在经济上能够独立,文化政治各方面能广泛地开放,妇女地位的提高确是有了基本的保障,加之托儿所的普遍建立、母性保健能被重视、公共食堂的实施等等,就更为妇女解脱了许多不必要的羁绊,这样妇女还需要争取什么呢? 除了与男子从事国家的繁荣以外。

此文发表于《妇女》月刊第2卷第2期(1947年5月20日),距离《苏联怎么会没有妇女问题》一文发表仅隔半个月。

其二,茅盾一文在陆、夏一文之后,很可能是前者看到后者的文章,重新起草,在整理、归纳、提高的过程中,还引用了有关苏联妇女的许多数据和资料作为支撑论点的坚实基础。而且全文采用比较正规的书面语言,并非演讲时的口语。陆、夏一文是实录茅盾演讲时的口语,即兴、生动、随意,反而更为亲切、接地气,如"老妈子""佣人",这是上海市民熟悉的,而在茅盾的文章里则称为"家庭女工"。陆、夏一文讲述苏联妇女日常生活中琐碎的事情,如结婚、离婚、孩子读书和费用等事,如同拉家常,信手拈来,左右逢源,讲述具体,可读性很强。同时也反映了茅盾作为文学大师的演讲风采——敏捷思维、灵活机动、胸有成竹,一切都在掌控之中。因此,陆、夏实录之作与茅盾的文章互为弥补,相得益彰,可以扩大信息量,由此加深读者印象。

1946年初夏,杨志诚与丁景唐一起去采访茅盾。几个月后,《妇女》月刊刊登了一则采访短稿《访茅盾夫人孔德沚女士》,署名"邢"(邢泺,女青年会干事),载于《妇女》月刊第1卷第8期(1946年10月10日)。

> 茅盾夫人说:"家庭生活的幸福建筑在夫妇两人的自我牺牲精神上。两个人生活在一起,不管思想与兴趣、个性如何相合,多少总有小冲突的地方,那就需要忍耐、爱心,自我牺牲地容忍对方、帮助对方。"
>
> 有人说作家们大多有着古怪脾气,看他们的文章很伟大、满意,可是私生活往往就是另外一种人,做一个作家的太太常常是很痛苦的。我这次去拜访茅盾夫人孔德沚女士,征求她对于婚姻问题的见解,顺便也问起她做一个作家太太的感想,尤其茅盾先生是蜚声中外、执中国文坛牛耳的第一流作家。
>
> 她笑了,没有因为我坦白的询问而生气。她说着道地的吴州话:"一个真正为人民大众说话的作家是不会有怪脾气或不通人情的。我们结婚三十年来相处无事,主要是因为彼此都有自我牺牲的精神。我觉得他从事的是一件伟大的工作。我为他管理家务、整顿文稿,帮助了他的工作,什么事情我们都一起筹划,卅年来我们同甘共苦地跑遍了全国各地,到过各种不同的地区。"她的谈话使我这样认识:做一个作家的太太和普通人并无两样,只是她需要准备更艰苦的生活。

这则短文,连同以上陆、夏实录之作,都从未有人提及,更没有进入众多茅盾研究者的"法眼"。现将其抄录于此,以此告慰丁景唐、杨志诚等人在天之灵。

陆子淳、袁鹰、屠岸、曹予庭等人的诗文

《妇女》月刊发表了大量的诗文,其中撰稿人杨志诚、陆子淳、袁鹰、廖临、成寂、屠岸、玄衣、陆谷戈等人,均为丁景唐主持的上海文艺青年联谊会的成员。

陆子淳作为《妇女》月刊编辑、发行人,以"紫沉"等笔名在该刊上发表了不少文章,其中《职业生活:采访生活第一页》(第2卷第8期,1947年11月10日)讲述了第一次外出采访的经历。且不说劳累、烦恼,还费了不少周折,才最终写成稿件。陆子淳充满信心地写道:"我喜欢我的职业。在波涛万丈的人海里,能够看到那一个个由于激烈的矛盾而迸激起的浪花,借此认识社会,也使我对人类的明天有更强烈的向往和追求。"这也是陆子淳、杨志诚等《妇女》月刊编辑部同人的心声。

陆子淳写的《在活动房子里》(《妇女》第3卷第1期,1948年4月20日),填补了丁景唐自述文章里的诸多空白,帮助进一步研究丁景唐这段工作时期的情况。

1948年圣诞节前夕,按照党组织的指示,丁景唐辞去沪江大学助教工作,担任中国福利基金会创办的第三儿童福利站站长,这是宋庆龄创办的面向贫困儿童的文化福利机构。次年初,丁景唐兼任上海临时联合救济会儿童救济小组负责人之一,同年冬天离开中国福利基金会,前后工作了一年时间。丁景唐晚年时写过有关回忆文章,但是有些情况写得比较简略。"儿童艺术剧院的前身儿童剧团,最早也是在三站成立的。在这小小的天地里,又读书,又唱歌,又舞蹈,又演戏,真是丰富多彩,热闹极了。"他还写了一首诗《我们的家——祝贺中国福利会成立二十周年》。

据有关文章记载,1946年10月,中国福利基金会开始在沪西、沪东、虹口的贫民区建立儿童福利站,它们融教育、保健、救济工作为一体,内设识字班、图书室、保健室和营养站,旨在救助贫困儿童、培育未来新人。第一儿童福利站设于沪西胶州路725号晋元小学,第二儿童福利站设于沪东许昌路811号通北公园。1947年11月7日,建立第三儿童福利站,设于虹口乍浦路245号昆山花园一角,后为虹口图书馆所在地。第一任站长为教育家马侣贤,曾长期担任育才学校(今行知中学)校长。第二任为戏剧家于伶的妻子柏李,1948年秋天,他们夫妇离沪赴香港。丁景唐继任后,副站长正是陆子淳,负责教育工作,后为上海教育出版社总编辑。这三个儿童福利站接受中国福利基金会儿童工作组直接领导,其中第一任组长为俞志英,1947年11月顾锦心接任。宋庆龄很重视这三个儿童福利站的工作,亲临检查、指导,丁景唐就是在儿童福利站工作时首次见到宋庆龄。三年内,在儿童福利站得到免费识字教育、医疗和免费配给营养品的贫困儿童已达数万人次。

陆子淳的文章首次较全面地报道了第三儿童福利站的情况,包括福利站各个部门的分布、工作时间和特点,以及采访邻近地区的就学儿童及其家庭等。这些在很大程度上弥补了丁景唐回忆文章的不足之处,而且是陆子淳亲身经历的第一手资料,弥足珍贵。

袁鹰在他工作的《世界晨报》停刊后,执教于广肇女中,位于虹口区横浜桥弄堂里。但是他并不知道这里曾是"左联"的前身"中国著作者协会"成立之处。袁鹰精力旺盛,奋笔疾书,亦为谋生,"开夜车"赶写文稿。以"秦绣兰"的笔名在《妇女》月刊上发表的文章有一组

"倚窗断想"随笔——《是人生最重要的一幕吗?》《为陈思珍抱不平》《女人是弱者吗?》,还有《他们带来边土的风情:迎新疆歌舞访问团》《写给〈万家灯火〉里的女性们》《发锈的日子:石思湄的日记》《清宫秘史》《写〈丽人行〉里的女性》等,涉及内容比较多,体裁有散文、书评、影评等。袁鹰真名为田钟洛,以"钟洛"的笔名发表在该刊上的文章也有两篇——《戴爱莲和她的舞蹈:以此迎接戴爱莲女士归国》《一九四八年夏上海》,后者展现了这一年上海物价飞涨的真实画面。

六月,是涨的季节。

涨,涨,涨,每天报上看得最多的是"涨"字,排字工人排得最多、编辑先生写得最多的是"涨"字,上海五百万人的脑筋里想得最多、嘴里说得最多、心里担忧得最多的是"涨"字。

公用事业,首先涨了;米,跟着赶上来:六百万、七百万、九百万、一千五、一千八、两千五、三千、三千二……

六月份生活总指数发表了:工人生活费总指数七十一万倍,较五月份增加三十七万三千倍。职员生活费总指数五十六万倍,较五月份增加二十七万五千倍……

《一九四八年夏上海》分为十个部分:(1)热浪和涨风、(2)白色恐怖(米价疯涨)、(3)"杨妹"的喜剧、(4)"我们不是杨妹"、(5)新闻剪辑(一)、(6)新闻剪辑(二)、(7)新闻剪辑(三)、(8)救济特辑、(9)交响乐、(10)尾声。一连串飞涨的可怕数字,凸显一个张牙舞爪的巨大怪兽,张开血盆大口,疯狂地吞噬着无数百姓的身心。这时袁鹰已经离开报社,但是办报的思维敏感性、社会热点的捕捉、视野的扩大等依然如故。他在该文中列举了大量的报载数字和众多新闻,勾勒出中国经济濒临崩溃的恐怖画面。在这疯狂"涨"声的浪潮中,达官贵人依然"朱门酒肉臭",百姓涂炭,民不聊生,怨声载道,此文矛头直指反动当局和腐败的社会制度。袁鹰在尾声中愤愤不平地写道:"寒暑表也才在八十度上下盘旋,可是人们已经为热浪和涨风压得喘不过一口气来了。于是,千万个人有一个奢望——来一场暴风雨吧!"次年春,上海的解放炮声隆隆,都市广大民众迎来了硝烟弥漫中的胜利旗帜。

陆钦仪写的小说《小兰》(《妇女》第1卷第11期,1947年2月15日):

突然地,门"咿呀"一声被推开来了,我警觉地回过头来,那儿立着的却是小兰,泪眼哭得红红的,乌黑的头发蓬松着,身上披了件新做的棉袍子,畏缩地倚门口立着,眼望着我,恳切地,似乎在请求着什么。

"啊!小兰!半夜三更的,你爬起来干什么啊?不冷吗?"我惊慌地把她拉了起来,关上了门。

她没开口,在我书桌旁的椅子上坐下了,又低声地啜泣起来,十分委屈似的,胸脯起伏地抽摇着,两手捧住了脸,将脸埋在手里。

这画面令人惊慌,不知将会发生什么事,不过这已经暗示一场悲剧拉开了序幕。果然随着情节展开,小兰硬生生地一步一步被推向深渊,她挣扎、哭叫,但是逃不出可怕的魔爪。"忽然,高太太号啕大哭的声音又震动了全屋子,原来小兰在一清早失踪了!小兰走了,她走了,她懂得太多……"

年轻有为的曹予庭富有诗人的热情奔放之情,与丁景唐有许多共同话题,他们合作写过百余行的叙事长诗《一个少女冲喜的故事》。曹予庭也创作了新民歌《菖蒲人孩活剥田鸡》,具有强烈的讽刺意味,猛烈抨击"两脚畜生"。

就让这河水/载着我诉不尽的怨苦/向前流吧,/向前流!/流到那/白云浮漾下的家屋,/我妈妈正依着杨柳树/立在那河埠头上,/揩她的泪眼。

这首叙事诗《妈妈做的主张》(《妇女》"三八特大号",1947年3月8日),曹予庭融入抒情诗的元素,合二为一。诗中一贫如洗的妈妈狠心将九岁的女儿卖给他人当童养媳,惨苦的命运如同鬼魅始终死死地跟随着她成长。妈妈何曾不思念卖到远方的女儿,"立在那河埠头上,/揩她的泪眼"。

前天是/雪花纷飞的日子,/我蹲在河边的石堍/汰那/满脚桶满脚桶的衣裤。/冷冰冰的河水不留情,/咬得我指头像那萝卜,/才洗得的衣裤转瞬冻成冰。/啊,妈妈!/我冷得人发抖,/我抬起头呆看那/乌阴阴的天也在为我忧愁。

今天,妈妈突然托人捎来"十个鸡蛋糖一斤",原来是"我"的20岁的生日。

汰衣裳的时候我映着河水,/河水里照出我的脸,/皱纹多得像老太婆一样。/拾柴的时候我抚摸着手掌,/手糙得比柴刺还硬。/我是刚过二十岁的人吗?/但是妈妈明明送来了/十个鸡蛋糖一斤,/我也是看着绿草红花/鱼游在柳叶下发呆!

封建社会遗留下来的童养媳畸形现象,依然在贫穷地区盛行,此诗歌依然具有重要的社会意义。

2016年4月,由媒体知屠岸先生将来沪出席《莎士比亚十四行诗》线装精藏本的首发式,我萌生了让他与老丁见上一面的想法。两位前辈虽无个人间的亲密交往,但都是20世纪40年代在上海学界从事文化工作的地下党人,"文革"后,又分别在北京人文社和上海文艺社任领导,神往已久。联系王为松社长后,27日下午,屠岸先生在儿子蒋宇平和韦泱的陪同下到了病房。那天的老丁,让护工邢阿姨扶着,清爽精神。屠岸先生上前握手第一句:"你是我的老领导啊。"老丁则念出了屠岸的旧诗。两位九旬老者,双目对视着忆起共同的青春岁月。那场景,于我,永永远远地挥之不去。谁料想,仅年余,他们相继在一周内离我们而去。

林丽成时为出版博物馆筹建负责人,与丁景唐、屠岸等人很熟悉,以上是她写的回忆文章《老丁家的饭桌》,文笔清新、生动,讲述了昔日许多往事。当年丁景唐主持上海文艺青年联谊会时,屠岸、金沙等人是骨干成员。屠岸比丁景唐小三岁,同为当代出版界的名人,有共同的熟悉朋友。他俩仙逝仅相隔五天,"相聚"在天堂。

屠岸,本名蒋璧厚,曾用笔名李通由、赵任远、叔牟、社芳、花刹、张志镳、碧鸥等,江苏常州人,著名诗人、翻译家、出版家。1946年肄业于上海交通大学,后为人民文学出版社总编。当时,屠岸在床头放了纸笔,一有灵感就记录下来,写诗与译诗齐头并进,译诗凭悟性,写诗凭灵感,"两条腿走路"。他的诗歌集有《萱荫阁诗抄》《屠岸十四行诗》《哑歌人的自白——屠岸诗选》《诗爱者的自白——屠岸的散文和散文诗》等,译著有《鼓声》《莎士比亚十四行诗集》《约翰王》《鲁克丽斯失贞记》《一个孩子的诗国》《我听见亚美利加在歌唱——美国诗选》《济慈诗选》《英国诗选》等。

  那末,我们别再徘徊了,/向着如此深沉的夜晚,/虽然心是依然在爱着,/月亮是依然灿烂。/因为宝剑会磨损了皮鞘,/灵魂会用旧了肉体,/心也必须停下来透气,/"爱"本身也要有休息。/虽然夜是为了爱而设的,/而且立刻就会回到白天,/可是我们别再徘徊了,/在这月光下面。

这是屠岸早年翻译的《那末,我们别再徘徊了》(《妇女》月刊第2卷第4期,1947年7月20日),原作者为英国著名诗人拜伦。拜伦是英国19世纪初期伟大的浪漫主义诗人,代表作品有《恰尔德·哈洛尔德游记》《唐璜》等。

廖临是袁鹰的入党介绍人,也是丁景唐的老友。1947年4月,丁景唐被列入"黑名单",离沪到嘉定,隐居在廖临家中,这里成为上海郊区的一个中共地下秘密联络点。

当时,年轻的廖临从事业余戏剧活动多年,作为《时事新报》影剧特约记者,撰写了许多影评。袁雪芬演出《祥林嫂》大获成功后,廖临也撰文支持上演,并称这是"越剧改革的里程碑"。丁景唐将《祥林嫂——鲁迅作品中之女性研究之一》一文收入《犹恋风流纸墨香——六十年文集》时,特地补写了很长的一篇《附记》,并且精心挑选了自己与袁雪芬、廖临等的合影作为插图。

廖临以"罗林"的笔名撰写《新年看新戏》(《妇女》第1卷第11期,1947年2月15日),对于上映的各种中外影片,贬多褒少,赞赏的有《左拉传》《居里夫人》等。这时丁景唐远在南方,次年翻译了左拉的《三次战争的回忆》,连载于《宁波时事公报》。对于影片《居里夫人》,廖临给予很高的评价,认为:"我们又看见了一个伟大的女性的典型居里夫人,她是一个虔诚的科学工作者,她一生做着探索真理的工作。每一个科学工作者指望着人类的生活变得更美好,像居里夫人,她连浪费一点一滴的精力都不舍得,她百折不挠地做千百次的实验。为了要发现镭锭,她牺牲了自己的健康,这是一种崇高的殉道者的精神啊!"

陈给曾与丁景唐同在中共"学委"搞宣传工作,他以成寂的笔名发表了不少有分量的文章。他写的《今后文艺工作的路向》是从文学的角度来谈抗战胜利后的文学问题,很有见解。

抗战胜利后,丁景唐的大学同学潘照南受刘承干的儿子、儿媳妇之托,为他们创办的《前进妇女》写稿、拉稿,丁景唐便让袁鹰、周绮霖、赵自等去占领这个阵地。该刊创刊号(1945年10月10日)刊登文章的作者大多使用化名。发表的作品有陈芷青的《铁蹄下的女人们》、杨志诚的《为了孩子的缘故》、戴容的《典礼》、金沙的一组六首诗歌《芦花之什》、罗纹的《她死在黎明前》等,同时发表了陈给的《中国妇女生活的回顾与展望》。还刊登《时代·文艺》第2期要目广告,其中有陈给的《今后文艺工作的路向》,真是无巧不成书。

陈给的《提倡妇女四大运动》与丁景唐的《新女性的典型创造》同时发表于《妇女》月刊第1卷第2期(1945年12月1日)。如果把陈给的《提倡妇女四大运动》《中国妇女生活的回顾与展望》两篇文章一起观审,那么会得出很有意思的看法。

《提倡妇女四大运动》认为,抗战胜利后,已不是空谈、讨论的时候,而是动手实干的时候,因此"对于复兴与建设的重任"提出"妇女界四大运动的建议":(1)争求生活保障,"这也是从根本上要求与男子平等的社会地位";(2)妇女界社会保险运动,"这是具体的提议";(3)职业进修运动,"我们不但要求解放平等,而且要使自己成为社会上有用的分子";(4)"严肃日常生活",决不赌博,对自己的职业工作负责任,"不做下流无耻的举动和装饰","业余的时间做职业进修和正当娱乐,严拒一切无耻的利诱"。该文认为:"这是简单的四项运动,但已经包括了大半的妇女问题,而且给以具体的解决办法。"此文的四项建议,经过删改后为《今日的妇运》,发表于1948年8月10日《时事新报晚刊》。

《中国妇女生活的回顾与展望》一文则不是仅仅停留在表层分析日常生活中的妇女问题,提出一些解决问题的思路和具体办法,而是站在宏观大局的高度,审视历代妇女。文章认为现在位于历史十字路口,"妇女的解放完全与整个的人民大众的解放密切相合","没有第二条路,只有实行真正的民主","彻底消灭专制","因为这是人民几百年来的最迫切的要求",必须铲除"腐败的官僚专制和帝国主义"在华势力。文章中渗透着上级党组织的有关指示精神,结合作者的深刻思考,得出结论。现在看起来很平常,但是在当时是很少见的。

"文谊"最初只有丁景唐、郭明、袁鹰、江沨四位党员,后来转来杨志诚、朱烈、廖临、吴宗锡,从小学教师系统转来陆子淳、章丽华等,最多时党员有23位。

章丽华以"黎华"的笔名在《妇女》月刊上发表了许多文章,如《在教员休息室》《祝寿记》《访劳工托儿所》《教育不再为妆奁》《集体谈话:知识妇女的缺点》《她们的胜利:记一个女校的教员怎样维持了学校》等。

《妇女》第4卷第4期(1949年7月25日)画风大转变,展现了新社会、新人物、新面貌、新风尚。这期内容精彩纷呈,有梅妮的《展开慰劳的热潮》、陈齐平的《全国妇女代表大会师》、戴容的《从新政协筹委会的成立谈到妇女的前途》,以及一组"真实的故事"——《一篇血债》《从传家宝说起》《劳动改造了他们》《渡江女英雄》《洗血衣》《还是自己作主好》等。

其中章丽华的《三百万姊妹团结组织起来,参加新上海的建设工作——上海妇女代表大集会、民主妇联筹委会成立》:

> 歌声布满中国大戏院的每一个角落,《你是灯塔》《解放区的天》《东方红》《打得好》《团结起来》这些熟识雄壮的歌词,激动着每个人的心弦,高亢的声浪震动屋宇,淹没了屋外的雨声,在这里二千多姊妹就像一个人……

中国大戏院位于上海市牛庄路704号,毗邻浙江中路、广西北路、芝罘路,曾与文明大舞台、天蟾舞台、共舞台并称为"上海四大京剧舞台"。现为上海市优秀历史建筑,众多观众哪里会知道曾在这里举行上海市民主妇联筹委会成立大会。

陈毅到会讲话,他代表中共上海市委和市政府向曾在国民党压迫下坚持斗争的上海妇女致敬。他着重指出:"妇女问题是整个人民革命运动中的一部分,新中国的问题解决了,妇女问题即可解决。"章丽华写道:"陈市长讲话的态度和蔼、随便,就像在跟我们谈家常,没有丝毫首长的'架子',但他的讲词很生动有力,一句句都能摄住听众的注意。"

"真巧,中华全国民主妇联副主席邓颖超同志前一天刚到上海,赶上我们这次大会,她是我们敬慕已久的妇女领袖。"邓颖超登上讲台,全场响起雷鸣般的掌声,经久不息。"这时我们心里的高兴,是没法用言语文字来形容的,尤其像我那样第一次见着她的人。""邓同志以清晰明朗的语调告诉我们,中华全国民主妇联最近决定组织了一个工作组,到上海来和我们上海姊妹一起工作,一起学习。"四天后瞿秋白的夫人杨之华作为中华全国民主妇联常务委员带领工作组到上海国棉十七厂,帮助建立基层工会,整顿地下党组织。此后,杨之华与昔日的老战友朱英如久别重逢,引申出一段生动的故事。(详见丁言模、陈福康:《杨之华评传》,上海社会科学院出版社,2005年5月。)

许广平、汤桂芬等讲话后,大会主席团主席章蕴最后发言。"建设新上海,妇女要在统一机构领导下,才能发挥大力量。今天到会代表包括各阶层的妇女,具备广大的代表性,所以提议成立上海民主妇女联合会,来迎接建设新上海的任务。"全场与会代表一致同意,产生上海民主妇女联合会筹备委员会名单,共87人。

> 大会两位代表在庄严愉快的乐声中,向陈市长和刘晓同志献旗,一面绣着"你是灯塔",一面是"人民解放军到哪里,妇女解放到哪里"。全场追随着音乐,重复唱着《你是灯塔》,一直欢送陈市长等步出会场。大会通电向毛主席、朱总司令致敬,电贺新政协筹委会、中华全国民主妇女联合会。

杨志诚、章丽华等人亲眼见证了这次上海妇女界历史性的大会,《妇女》月刊也随之完成了历史使命,她们分别走上新的工作岗位。

附录一 苏联的家庭——茅盾先生讲

陆以真 夏苇

在苏联，男女是完全平等的。要做到真正的平等，第一步在减轻家务的负担，第二步在教育机会的均等，这两步他们都做到了。托儿所、公共食堂等的普遍设立，使妇女得以从家务的羁绊中解放出来。至于教育机会是完全均等的，只要你愿意，一个女子照样的可以学航空，做飞机师，从事科学研究，以及那些在别国认为不适宜于女性的工作。不过由于体质上的不同，他们也主张分工，妇女最主要的责任在于培养健全的下一代，即注重儿童福利工作。

苏联妇女部属于职工委员会。一提到妇女部，大家一定以为它的工作是属于妇女福利的，其实不然，因为在苏联没有妇女问题，男女是真正完全平等的，妇女的问题是一般的问题，并不需要有特殊的工作机关。他们妇女部的工作全在儿童福利方面，注意儿童的教育、营养、卫生等等，旨在培养健全的儿童，使他们的伟大事业能有健全的后继人。

大概特别需要体力的劳动，如矿工等，多半由男子从事，不过妇女也有参加的。像战前莫斯科地下铁道建筑时，主管机关说"我们有人，不需要妇女参加"这一句话，就提起了妇女的自尊心，结果她们特别努力，创造了特别高的工作纪录。在军队中也有很多妇女，并不是始于战时，有许多在战前就参加了的，她们所从事的大概是无线电、通讯、联络以及救护方面的。

从莫斯科到高加索去有几昼夜的旅程，坐的是卧车，那餐车上的经理是一个女的。因为听说是政府请来游玩的外国人，所以特别客气，时常过来闲谈。因此知道她在战前从军，战时一直在军队中服务，现在战事一结束，就退伍而担任这餐车经理的职务。

在最高苏维埃中，有五分之一是女委员（相当于他国的议员），其他教育机关、政府机关也占着相当数目的百分比，尤其是图书馆和博物馆，大多是女职员。她们的地位完全和男子一样。尤其在战时，苏联妇女负担了双重繁重的工作，她们不但负担母亲的责任，并且因为父亲上战场去了，她们还担负了父亲遗下的责任。

当然，在苏联，男女是完全平等的，但同时在需要的时候，男女却也分工的。苏联的男女分校就是根据这个原则确立的。在女校里，就有家务、缝纫、怎样做母亲等科目。

苏联的母亲虽然可把孩子寄放在托儿所，但是托儿所方面为了避免孩子失去母爱所可能发生的心理不正常发展，因此除了有特殊理由外，每星期日仍将孩子交给他的母亲领回去。

因此，苏联的家庭关系是巩固的，不如革命时期薄弱，不主张破坏家庭。结婚和离婚都是自由的,结婚仪式也不受习俗的拘束,要简单、隆重尽可随自己的主意去安排。离婚虽然也不成问题,可是凡遇离婚案件总尽量劝他们和解,因为虽说平等,离婚到底是女的要比较吃亏的,如果和解不成,那么不能勉强只好离婚了。离婚后小的小孩总由女的带去,而由男的负担生活费用。离婚后的男子当他们再结婚时,往往要受到严厉的询问,问到他离婚的原因,如果离婚两次,要再结婚是更困难了。

家庭妇女是很少的,但也有。因为有的妇女欢喜自己带孩子,同时她的丈夫收入可以维持他们一家的生活,于是她就在家里住了下来。假使孩子多、丈夫收入多的,也可以用女佣人。不过他们的女佣人和别国不同,她们的薪水由女佣人公会厘定,只能多,不能少。工作时间也是每天八小时,饭食由主人负责,不过主人可通知主管机关,领取配给物,同时主要的是女佣人和主人要平等待遇,可以分桌吃饭,但小菜则是每人一份。主人如果有侮辱佣人的地方,佣人就可以去告发。

到现在为止,苏联的私有财产还是没有限制,同时有保护的,不论动产或不动产。他们可以自己造房子,但不能出租,出卖、送人则是可以,总之不能利用财产以生利。

苏联人民要不要储蓄呢?按照苏联一般人民来说,他们没有储蓄——也不必储蓄。他们不会失业,薪水会不断增加,生病求医不要花钱。现在虽然要付钱,但是很便宜,只是象征的一点点,比买巧克力便宜得多,因为所有医院都是国家办的。

有儿女的人,当然他是有负担的,但是现在有规定,生到第三个孩子后,国家就有津贴给他们,五个以上的还可以得到"母亲英雄"的尊号。

有一次在阿美尼亚访问科学院的时候,听许多人讲到,那里的一个女科学家不但是母亲,并且还是[有]七个孩子的"母亲英雄"呢!(欧美研究科学的女子大多是独身的。)

普通家庭如有孩子的,孩子的教育费也是非常轻微。七岁起的七年内,他们可受义务教育(连书籍都是奉送),等于中国的初中毕业。毕业后如果不进大学则可以进职业学校,这种职业学校学费也很少,家庭收入不足的还可免费,功课好的有奖励金。毕业之后就可工作。义务学校毕业后,再读三年高中,就可考大学,大学都是公费的,膳食、零用[钱]和衣服是由父母负责,比较困难,不过也有奖励金可得的。

娱乐在他们每一个人都很重视的,他们有"娱乐最重要"的口号,工作时他们认真工作,游玩时就尽量游玩。一般的娱乐大概是跳舞、[看]电影、[听]音乐会……各工厂、机关、学校都有俱乐部,由工会举办,每一部门工作人员到自己的俱乐部去都不必花钱,俱乐部里并且还有晚会、图书馆、打球等,所以他们的业余生活是愉快的。

(这篇文字是根据茅盾先生二次的演讲记录摘录而成的,如有遗漏或错误,容待下期补正,敬请各位读者原宥。——陆以真、夏苇记)

原载《妇女》月刊第 2 卷第 3 期(1947 年 6 月 20 日)。

附录二　在活动房子里

紫　沉

四月,是儿童的季节[1],眼望着生活在贫苦和愚昧里的孩子们,我们怎能没有感慨呢?

如果你没有到过我们的办公处,你无论如何不会想象得出,在一幢半单层的活动房子里,能够供给每天两百多个儿童读书,每月近千病人诊病,以及五百多个婴孩领取牛奶或奶粉。

这里是中国福利基金会主办的第三儿童福利站,依靠了过去的联总、英美的援华会和加拿大、纽西兰等国外捐助的物质与捐款,而从事儿童福利工作的机关。

在窄小而荒漠的昆山花园一角,竹篱笆咨啬地范围了它的天地,然而,从早上八点钟到傍晚七点,人一直像关不住的水源,川流不息。一旦你为了好奇心的驱使,跨进我们那扇摇摇欲坠的大门来,那么说不定会被一个奔逐着的孩子撞个满怀或是被那扛着大木箱的扛运夫阻塞了道路,在这十一个钟头里要找安静的片刻是很不容易的。

早晨,悠扬的琴声配合着孩子们轻快的歌唱,从活动房子特有的低低的窗户里散布出来。有时你又可能被突然袭来的吆喝声或哭笑声惊住,那正是儿童戏剧训练班[2]的活动时间,他们——多个富有天才的贫苦儿童,在上音乐课,在练习舞蹈,不然就在排演他们自编的活报。最近为了赶排从四四儿童节起一个星期的轮回演出,更是苦心孤诣地排练着《小马戏班》[3]……红鼻子涂错了油彩,一变而为蓝鼻子,把每个人的腰都笑弯了,小羊被班主抽打着哀求地哭个不休……

在屋子的左旁有着一条狭长的走廊,沿着这里走,可以到屋子的后半部去。那儿一角是工作人员的办公室,另外较大的一间是作为三种用途而设立着。每逢星期二、四、六的上午,这里照例是"发奶处",背上驮着孩子的母亲、满脸皱纹的老祖父、穿得破烂烂的姑娘都拿了空罐头、空锅子或者手巾布,凭着一块圆牌子来领取婴孩一星期的食料——一听牛奶或一磅代乳粉。因为人数众多,避免秩序的紊乱,少不了要像领户口米一样排成一条单人的长蛇阵。下午,在一点半到四点半的时间里,这儿是识字班儿童图书馆,靠墙三个书橱里存着四百多本故事书,孩子们可以坐在那些低矮的小桌子前,静静地阅读他们所中意的书本。四点半以后这地方又成了特别的教室,充满朗朗的读书声了。

现在让我们还是回到屋子前面,仔细地看一下吧!

占去整幢活动屋子三分之二的一间,是识字班唯一的大教室,那些被社会剥夺了知识权利的贫苦孩子可以在这里享受文化的滋润。每天下午从一点半到六点,分成初、中、高三种程度,挨次在这教室[里]上课。每班学生数要有五十人左右,也许你会说一班这么多的人是不合教育原则的,但是我们又怎能忍看闪着希望之光的小眼睛为了我们的拒绝而变得黯然失色,任他们回破烂的生活中去呢?因此我们以为只要在不十分影响空气流通的条件下尽量多招生,教学上的不足用小先生制度来弥补。你可以看到,当教师讲解时有两三个较大的高班学生散布在学生座位的四周,练习开始时,就由他们协同着先生为小学生们解释和指导。而且在我们的积极培植下,更产生了能够独当一面的"小教师",他们能够讲授国文和算术等主要科目。

就在这一幢屋子的右面,有着半幢建筑轻简的房子。我们说半幢,是因为它的宽度只有活动房子的一半,是狭而长的,门口上贴着"诊疗室"与"教室"的纸张,顾名思义这是医务兼课堂了。不错,前面一大半排着几列小课桌,壁上排着小黑板,四点半以后是四十几个初级班学生上课的所在呢!但是在这时间之前,它都是做了病人们的候诊处。里面一方屋子,正是我们的小医院。每天下午有医生或护士为患病的孩子诊疗。凡是在门口挂号处登记过,拿到了一张挂号牌的可以挨着次序走进这垂着白布的门去,由医生为之检查,并给以免费的药品。万一病状严重而必须较复杂的诊治,那么我们就设法介绍到别的公立医院去,同样享受免费的优待。[每]天来诊病的约有三十几个,天气一天天热起来,病人也跟着一天天增多,最近又开始播种牛痘,小医院也就显得更为拥挤了。

我还忘了告诉你,在这些整幢的屋子后面更有着我们的小小牙医院。许多孩子为贪吃劣质的糖果而蛀坏了牙齿,可以坐在那只小巧的靠椅上,由医生为他们滴滴止痛药水或上了麻药剂取掉,安全而无痛楚。[拥有]像这些医疗方面的设备,即使附近贫寒的成人也同样可请求应诊。

好了,到这儿,你可说已知道了我们环境的大概,也许你希望进一步了解我们的实际工作,那好,我愿意告诉你。每一个到站里来的读书或者领奶粉的人,对于他们的家庭,我们必须经常访问。一方面调查他们是否适合我们服务与帮助的标准,同时从实际情况的了解中,可以考虑是否能为他们做更进一步的帮助。因此,在上午,教育与医务方面的负责人大都是到贫民区去访视的。

说起来,这一带正是虹口的商业区,沿着四川路走,你可能为橱窗里五花八门的装潢而感到目不暇接,高大而华丽的大厦比比皆是。但是当你转入一条横马路,跑进那些古旧的弄堂时,情形就完全不同了,肮脏与破败相[暂]且不必说,一幢二层的房子里住上十几家的情形是普遍不过的。我们要访问的家庭常常是在一间暗无天日的后半间或是转不过身子的灶披间里,否则就在踏上颤危危的小扶梯、弯着腰走进去的那间阁楼里。

上午,正逢他们煮饭,满屋子的烟尘,顷刻间就叫你眼泪直流,那个蓬首垢面、忙忙碌碌的主妇就是孩子的母亲。有时推开门看不见一个大人,我们的学生——一个八九岁的女孩子,手里抱了小弟妹,一面还在照顾屋角里的炉子,正在煮饭烧菜呢。在访问中,我们发现百分之四十五的家长是苦力和工人,百分之三十五是小贩,其他也有入不敷出的小职员与公务员等。但是偶然也会跑进一家很像样的商店或陈设颇为讲究的洋行职员家里去,他们的孩子都是在别的学校读书,只是为了贪一些小便宜,把福利站作为补习功课的地方。当我们发觉这情形后,就得下一番说服功夫,要他们的孩子自动停学。绝大多数的家庭只有一个生产者,却有着众多的孩子;也有许多[家庭],丈夫失业了,靠妻子做工来维持生计,孩子们在家帮做家务或是轧米、轧油、包包糖果,略作小补。满十四五岁的大多在等机会出去学生意了,因此也就造成高班学生流动性特别大。

领奶的家庭情形就更复杂,有在郊区种田的农夫,也有被丈夫遗弃而居住在妇孺救济会的母亲,地区也较广,北到江湾,南至南市都有。每次当领奶登记开始的告示贴出后,闻风而来申请的人就像潮涌,有的还乘了三轮车,从老远地方赶来,但是我们的对象是贫苦而无力购买代乳粉的体弱需要滋补的孩子。有些穿得很体面,手指上还套着金戒指的,只有拒绝了,但这是件费力的工作。有些不明事理的还会责骂你几句,好像非如此不足以出气似的。

在站里读书的孩子,经常也有物质发给,每星期有三天每人吃一杯牛奶,两次分发花生米或糖。最近运到一批救济衣服,酌量孩子的身材,每人发给一套,参加巡察员小先生或服务生工作的多发一套,作为工作的酬劳。这天跑出福利站的门口,孩子们手里都捧了一件绒线衫或是小西装,脸上都泛起了由衷的欢笑,他们忙着奔回家去告诉自己的母亲。第二天,破的布衫裤外面都加了一件像样的外套。

我们推行的教育是两年制。第一年是基本教育,包括识字和简单的算术四则。第二年是生活教育,像简易应用文、珠算、记账等,他们所迫切需要的技能。限于经济与条件,我们的教育只得到此为止。但是在这两年中间,尽量把教学的强度提高,就是说当他们离开站时,该具有普通初小学生的程度。而站对他们都有同样的企求,就是能把自己学到的知识,尽可能地传递给别的失学的人们,所谓"既知即传",每个人都须负起做小先生[的]责任。

在今天,中国正是哀鸿遍地、饿殍载道的时候,活着的人们每天就像走在钢丝绳上,一不留神就可能倾倒、毁灭,谁还能如心所愿地来照顾自己的孩子呢?厄运就这样掌握了我们年幼的一代。福利基金会在孙夫人宋庆龄女士的支持下,注意挽救儿童的工作,在上海设有三个儿童福利站(第一站在沪西,第二站在杨树浦),教育了八百多个孩子,帮助了二千多户家庭。但是从整个比数上看,还不是杯水车薪,微乎其微吗?

四月是儿童的季节,眼望着生活在贫病和愚昧里的孩子们,我们怎能没有感慨呢?

原载《妇女》第 3 卷第 1 期(1948 年 4 月 20 日)。

注释:

〔1〕1925年8月,54个国家在瑞士日内瓦举行儿童幸福国际大会,同时联合国亦向世界各国发出呼吁,爱护和关怀儿童,并确定4月4日为儿童节。1949年11月,国际民主妇女联合会在莫斯科召开执委会,为保障全世界儿童的生存权、保健权和受教育权,以及反对战争虐杀和毒害儿童,决定设立6月1日国际儿童节。

〔2〕当时中国福利会有一个儿童剧团(儿童艺术剧院的前身),借第三儿童福利站活动。教授戏剧、舞蹈的老师有任德耀(后为儿童艺术剧院院长)、张石流(后为上海淮剧团副团长)、游惠海(后为中国舞蹈家协会负责人)等。

〔3〕《小马戏班》,四幕六场儿童剧,张石流编剧。

附录三 我们的家

——祝贺中国福利会成立二十周年

苏州河水慢慢流,
苏州河上架长桥,
过桥朝北走,
昆山花园旁,
小小两座屋,
就是我们的家。

黑色竹篱隔两开,
那是花园这是屋;
花园不是我们的,
铁屋里面歌声乐。
铁皮房子十尺阔,
好似狭长一旱船。
旱船旁边一小屋,
好似舢板靠旱船。
旱船前舱是教室,
后舱还要摆图书。
舢板虽小用处多,
上面设有诊疗所。

黑漆门儿朝东开,
一片阳光进屋来。
老师来了,孩子来,
你也来,我也来,
来读书,来唱歌。
课本老师编,
图书自己做;

"儿童剧团"排戏又教歌。
"三毛"演得好,
孩子拍手笑。
秧歌扭得妙,
"沙拉沙拉多拉多"……

黑漆门儿朝东开,
一片阳光进屋来。
医生来了,病人来,
妈妈抱着婴儿来。
护士都是好学生,
你挂号,我递药,
她替宝宝换纱布,
他在屋外管秩序,
宝宝妈妈夸说好。

水有源头树有根,
"福利"三站是乐园,
"儿童剧团"一母生,
多少桃李共春风,
风雨同舟齐渡过。
百万雄师下江南,
红旗飘飘迎新生,
五月上海庆解放,
快乐的歌声唱不完,
"东方红,
太阳升,

中国出了一个毛泽东，
他为人民谋幸福，
他是人民大救星……"
党的光芒赛太阳，
我们的家闪闪亮，
走出小小铁皮房，
有的进学堂，
有的进工厂，
有的参了军[1]，
有的去南下……

苏州河水慢慢流，

往日的回想似水长，
苦难的日子永不回，
社会主义喜洋洋。
带翼种子春风吹，
我们的家在哪厢？
"少年宫"是我们的家，
"儿童剧院"也是家，
"儿童时代"也是家，
葵花朵朵向太阳，
有了党和毛主席，
儿童幸福万年长。

附记：1948年到1949年，我曾在宋庆龄先生主持的中国福利基金会（中华人民共和国成立后改名为中国福利会）工作了一年。我参加中国福利基金会第三儿童福利站的儿童社会教育和福利工作。第三儿童福利站，在苏州河北岸昆山花园旁的一座铁皮活动房子里。儿童艺术剧院的前身儿童剧团，最早也是在三站成立的。在这小小的天地里，又读书，又唱歌，又舞蹈，又演戏，真是丰富多彩、热闹极了。

当时，国民党的反动统治使人民日益贫困，来站学习的孩子，小的十一二岁，大的十七八岁，他们都是贫困的劳动人民的子女。他们一边学习，一边当小先生，到棚户、里弄去教小弟弟、小妹妹识字。也有当小护士的。国民党反动派是敌视人民、敌视革命的，它限制中国福利基金会的活动范围。然而，在党的领导下，我们也做了不少工作。工作人员和孩子在党的培养下成长着，现在他们都走上了祖国所需要的工作岗位了。在纪念中国福利会二十周年的时候，我们为此而感到特别欣慰，在欣慰之余，回顾过去，特写诗一篇，以资庆贺。[2]

原载《儿童时代》第11期[3]（1958年6月1日），署名：丁景唐。

注释：

〔1〕著名学者王观泉曾是第三福利站短暂的学生和"小先生"，之后参军，走上新的人生道路。他与丁景唐的师生之情延续到晚年，来往书信特别多。

王观泉，别名伊之美，上海人，擅长美术史论。1946年毕业于上海同德中学，1950年1月参军，1958年转业。1962年调入黑龙江省文联，1978年调黑龙江省社会科学院文学研究所，成为研究员、硕士生导师,享受国务院专家特殊津贴。著有《"天火"在中国燃烧》《人,在历史漩涡中》《欧洲美术中的神话和传说》《一个人和一个时代——瞿秋白》《颓废中隐现辉煌——郁达夫》《席卷在最后的黑暗中——郁达夫传》等,编写了《达夫书简》《鲁迅年谱》《鲁迅与美术》《鲁迅美术系年》等。

〔2〕此诗是丁景唐1949年后写的少数诗歌之一,也是唯一一首庆贺中国福利会成立20周年的诗歌。此诗借鉴、吸取了民歌、儿歌的某些表现手法,集叙述、议论、抒情为一体,字里行间充溢着欢快、温馨、和睦之情,留下一份珍贵的档案资料。

丁景唐担任第三福利站站长期间,荣幸地首次见到宋庆龄,引出一些生动的故事。丁景唐先后撰写了《在伟大人格感召下的纪念——宋庆龄和鲁迅的二三事》《宋庆龄的一幅藏画——兼谈一九三六年苏联版画展览会赠鲁迅的七幅版画》《在宋庆龄同志领导下工作的日子》《我在宋庆龄老宅迎接了上海的解放》等(收入《犹恋风流纸墨香——六十年文集》,上海文艺出版社,2004年1月),以纪念伟大女性宋庆龄。

〔3〕这期《儿童时代》是祝贺中国福利会成立20周年的特辑。首页刊登宋庆龄近照,一旁说明:"宋庆龄副委员长为庆祝'六一'国际儿童节题词。"其下是宋庆龄的亲笔题词(套红影印):"新中国的儿童是幸福的,这幸福是你们的长辈用血汗创造出来的。你们绝不能满足于享福,要用你们的劳动为社会创造更多的幸福!"落款"宋庆龄一九五八年四月廿六日"。这期还刊登了《在幸福中谈谈苦日子——纪念祝贺中国福利会成立二十周年》(邹尚录写,张乐平画)、《几段回忆》(陈维博)、《地下少先队》等。

同年6月13日《解放日报》头版发表《中国福利会成立20周年——今天起举行展览会等各项庆祝活动》报道,配有宋庆龄和儿童在一起的照片。次日该报头版发表宋庆龄的《救济福利工作的两种概念》,文中插有周恩来于1958年5月25日的题词,第3版刊登董必武的《祝中国福利会成立二十周年》一文。

第十三编

《沪江文艺》

《沪江文艺》创刊号

创办《沪江文艺》

1948年秋天至年底,沪江大学"一报一刊"(《沪江新闻》《沪江文艺》)见证了丁景唐在该校执教、进修、学习和生活的足迹。

"百万雄师过大江"(渡江战役)之前,1949年元旦,上海大街小巷笼罩着紧张的气氛。远离市区的沪江大学中文系师生共同创办的《沪江文艺》创刊号(图22)问世了。该刊32开,正文99页,后面几页为广告。封面朴实无华,刊名美术字,位于中间,竖排,"顶天立地",上下各有粗线条作为封面的唯一装饰。

《沪江文艺》最后的版权页注明:编辑是戴光晰[1],高扶霄负责出版,宋梅凤拉广告,印务和校对均为潘大树,发行为唐佩弦,顾问是朱维之[2]、韦瀚章[3](时为上海沪江大学秘书、教授)。其中唐佩弦写有散文《残废者》,宋梅凤也许以"小凤"的笔名发表小说《别》。

该刊后面有四则广告:中国钟表厂的"三五牌十五天钟"、徐锦记营造"赠登"广告(注明"本刊谨致无限谢忱")、公兴昌德记五金号、上海拆船公司。可见宋梅凤招揽广告的能量很大,也许与她的家庭背景有关。

图22 《沪江文艺》创刊号

1948年夏天,丁景唐应恩师朱维之(沪江大学中文系主任)之邀,前去军工路的沪江大学担任了半年的中文系助教,为一年级新生上语文课,帮助朱维之老师批改学生作文。

那年夏天入学的新生中有17岁的女生戴光晰,她与丁景唐是老乡(浙江镇海)。她原来就读于上海市第一女中,高中语文老师是施济美(丁景唐就读于东吴大学时的同学)。戴光晰高中时开始写文章,"非常悲天悯人",被称为"小施济美",被施济美推荐到刊物上发表。而且,她俩的作品先后两次同时出现于《今日妇女》第1卷第2、3期合刊(1946年7月15

日)、第1卷第4期(1946年11月15日),戴光晰的两篇文章《念亡兄》《写在重逢之前》均被列入"女学生园地"栏目,已经成名的施济美的《大喜和罢了》《紫色的罂粟花》则放在显要位置。有趣的是朱维之先生的《文艺和结婚生活》一文也位列其中(第4卷第1期),戴光晰提前与朱维之先生"相遇"了。

戴光晰高中毕业后,没有选择沪江大学商业院(当时名声最好),而是进入该校中文系,认为这里"带洋气",比较现代。戴光晰进校后很活跃,不仅记录了刘大杰教授的讲演,负责编辑《沪江文艺》创刊号,并与其他同学设法邀请中文系老师朱维之、徐中玉、廉建中、丁景唐等写文章。她在《沪江文艺·编者的话》中写道:

> 编者谨以腼腆与惶恐的心情接办了这本《沪江文艺》,幸亏作者们能扶持这本小小的刊物的诞生,惠赐我们不少的佳作,十分感激。
>
> 尤其使我们庆幸的是,每一位国文系的教授都有杰作赐给本刊,使嫩芽似的本刊受到了雨露的灌溉,在波折垒起的环境中生长、茂盛。
>
> 这一期的来稿,以本系的教授及同学们的投稿占绝对多数,然而也有几篇佳作是编者特约他系或他校的同学写的,这也是本刊的幸运和光荣。
>
> 在这儿,编者很高兴能为读者们介绍几篇难得的佳作。
>
> 朱维之先生的《名歌试译》的确是精湛的译作了,译者非但能保存原作幽美而超然的情调,同时更尽了介绍世界文化的使命,使它成为中国的文艺作品。廉建中先生的《感时二首勉励沪大诸同学》是两首富有警惕意味的诗,也是不多得的。周继善先生以令人向往的笔调描绘了《马思聪的提琴演奏》,会使你耳畔飘扬起断续而轻美的提琴声……
>
> 徐中玉先生的《中国文艺批评研究的材料方法与趋势》是一篇谨严的文艺理论,对于研究中国文学的人,的确是一个宝贵的启示。丁宗叔先生的《谈民歌的收集》,以轻松的笔调告诉我们民歌的重要性和收集法。
>
> 《文艺与现代生活》是暨南大学文学院院长刘大杰教授的讲词,是由编者笔录的。在这儿,编者要向刘教授致歉,因为拙劣的记录,已使刘教授辉煌的讲词减色不少。
>
> 李士珍的《灯塔》是一篇文笔生动、含义深长的小说。望月的《黑街》让你看到了下层社会的缩影。小凤的《别》会带给你温馨而可贵的友情。
>
> 童一秀的《窗下》、彬的《山城之雾》、尚汉华的《哭与笑》,都像是轻描淡写的中国山水画,有着梦一般的情调。
>
> 《望月怀友》是略带感伤与孤寂的七言绝句,能使人起共鸣。
>
> 蒋凡的《尝试短曲》、也方的《聆奇》、朝露的《朝露集》等,都是清隽、蕴蓄的诗歌。还有,那文锦的《谈书法》也是一篇富有学术研究性的文艺理论。

虽然，还有不少的佳作，然而，为了篇幅的有限，不能把每一篇都加以介绍。

这是戴光晰唯一一次介绍丁景唐的《谈民歌的收集》一文。可惜后来二人没有任何联络，否则可以留下关于沪江大学的一些故事。

2008年戴光晰在家里接受采访，谈起沪江大学中文系主任朱维之、教授徐中玉和著名戏剧家余上沅、历史学家蔡尚思，却遗忘了自己编辑的《沪江文艺》。[4]

戴光晰《编者的话》偏向介绍其心目中的理想佳作，并非按照文章的类型来介绍，该刊的目录（图23）编排也是如此，将各种文体杂糅在一起，显得稚嫩，令读者有些懵圈。

朱维之精通英语、日语、俄语等多国语言。1928年翻译出版爱尔兰著名作家叶芝的诗剧《心所向往的国土》，此后有多部译作问世。他翻译、研究弥尔顿的诗歌作品，数量之多、质量之高，国内无人能够匹敌。

朱维之的《名歌试译》一文理所当然地被编排在这期《沪江文艺》的首位，该文认为："翻译诗歌的最大任务是要把原诗的内容和形式两方面的美都由另外一国的国语去表达出来，因为诗歌是文学的冠冕，它的特色不仅在于情调上的美、思想上的美，也在于形式上的美。"朱维之介绍了自己翻译的三首诗：亨利·沃兹沃斯·朗费罗（19世纪美国最伟大的浪漫主义诗人之一）的《拉斯本曲》、阿尔弗雷德·丁尼生

图23 《沪江文艺》创刊号目录

（英国维多利亚时代最受欢迎及最具特色的诗人）的绝笔《济渡彼岸歌》、杰出的爱尔兰民族诗人托马斯·穆尔的《相信我》。朱维之分别作了具体分析，给诗歌爱好者上了一堂生动的课。这三位外国著名诗人的作品多次出现于国内各种版本的诗歌选集和外国文学史的专著中，诗人及其作品的译名略有不同。

徐中玉原来在山东大学任教，因公开支持当地"反内战，反饥饿"的学生运动，被迫南下上海。他回忆自己是在1947年暑假后到沪江大学中文系任教，丁景唐则回忆是1948年暑假的事情。那时朱维之原拟委托丁景唐邀请魏金枝、许杰来沪江大学中文系，可惜魏、许两位已经就聘于麦伦中学和暨南大学。经许杰写信介绍，丁景唐前去见徐中玉，后者欣然允诺应聘，朱维之得知后很高兴。

徐中玉是一位出色的文艺批评家,写过许多专题文章。他写的《中国文艺批评研究的材料方法与趋势》是一篇讲演稿的简要,他在文后注明:"这篇短文原是前年在山东大学一次讲演的提要,所说都极简略,仓促间又无暇改写,自知草率,敬请读者教正。"落款时间为"十二月廿二日",一周后《沪江文艺》出刊了。徐中玉仓促交稿,便写下这段附记。

戴光晞记录刘大杰的讲演《文艺与现代生活》,可能是邀请的结果,如果能够确证,那么这将为沪江大学中文系增添一则佳话,可惜其中内情未能查到。

"负笈莘莘到沪江,几多千里别乡邦。潮声又共书声起,笔力还凭学力扛。且缓腾骧游海国,务先刻苦伏芸牕。自知原壤无称述,羞对青年气欲降。"(《秋感》)这是沪江大学教授、诗人廉建中对入学新生的期望,诗中的"潮声"指沪江大学靠近黄浦江吴淞口,师生都能听到潮起潮落之声。廉建中一生从事教育事业,曾任乐天诗社理事长,与柳亚子、黄炎培、周瘦鹃、吴昌硕等时有唱酬。廉建中的夫人惠毓明,擅长国画,他们夫妇都是无锡人,后来皆为上海文史馆馆员。

《沪江文艺》创刊号登载的小说、诗歌、散文、随笔等,作者都是沪江大学或外校的学生。除了戴光晞赞赏的作品之外,还有她自己写的短篇小说《蝶蝶》,落款时间为1948年5月2日,那时戴光晞面临高中毕业,即将参加高考,她还有闲情逸致写小说。蝶蝶是小说中的女主角,漂亮、高贵、富有才华,因爱上年长的男子,陷入单相思的旋涡里。戴光晞的文笔清秀、细腻,字里行间飘逸着几分韵味,溢出多愁善感的小资情调。她在《编者的话》里不好意思提及此小说,此后她也遗忘了这段青春少女的心思。

戴光晞没有点评这期刊物最后的两篇随笔《酒阑人散》《昙花的礼赞》,这两篇文章恰好可作为戴光晞笔下的蝶蝶失恋后惆怅的两个注解——"没有一个人能预先想到酒阑人散后的凄凉";"在这孤灯独挑的夜晚,我更渴念着昙花一现似的故人"。

《沪江文艺》并非昙花一现,《沪江文艺》还出版了第2期(1949年4月),内容和形式焕然一新,与创刊号大不相同。[5]

丁景唐"二进沪江"的足迹

1942年,丁景唐从东吴大学转学到圆明园路真光大厦的沪江大学读三年级,聆听了三位老师的授课,王治心先生讲授中国文化史,朱维之先生讲授中国文学史、中国文法,黄云眉先生讲授诗词作法。在沪江大学学习的一年时间,是丁景唐学习中国古典文学作品最多的一年,也是写作比较勤快的一年,除了写诗歌、散文,还从事民间文学和古典文学的研究。1947年,丁景唐出版了论著《怎样收集民歌》。

1947年4月,丁景唐被国民党反动当局列入"黑名单"。接到党内紧急通知后,他与妻子王汉玉离沪,辗转南下。几个月后,丁景唐临时工作的一家洋行因故被迫停业,生活陷入困境。一天突然接到叔父丁继昌从上海寄来的信,附有朱维之的亲笔信,嘱咐昔日学生丁景唐回沪,聘任他为沪江大学中文系助教,真是雪中送炭,危难之际见真情。丁景唐惊喜万分,铭刻在心间。

丁景唐回沪后,立即去沪江大学,向恩师朱维之报到,述说感恩之情,朱维之吩咐丁景唐为该校暑期招收的新生批阅语文试卷。丁景唐暂且住在已故的刘湛恩校长的住所,挥汗批阅新生语文试卷。

中文系主任朱维之很少召开会议,以营造一个宽松、和谐的环境。他分配丁景唐负责大一国文 E 班课程,批改大一语文公共必修功课的作文。朱维之很重视丁景唐的备课,了解他执教的课堂效果后,勉励有加。朱维之的老伴对待丁景唐亲如家人,得知丁景唐的妻子将养育第四个孩子时,她特地缝制一件五颜六色的百衲衣赠送给丁景唐。在恩师朱维之夫妇的掩护、关怀和帮助下,丁景唐安然渡过难关,没有被敌人发现。

秋季开学后,丁景唐等几位助教分散住在大四年级学生宿舍的顶层,每人一间,互不来往,颇为清静。昔日战友王楚良与丁景唐单线联系,告诫他只可从事教学,停止一切社会活动。

1948 年 10 月 15 日晚上 7 时,著名小提琴演奏家、作曲家马思聪应沪江大学音乐协会的邀请,来校举行小提琴独奏会,他的夫人王慕理担任钢琴伴奏。丁景唐多年后回忆说:"独奏会很成功,师生情绪热烈,一再鼓掌要求重演。至今我的耳际还会响起富有民族风韵的《思乡曲》的旋律。"对此,周继善的《马思聪的提琴演奏》一文加以证实,并由此说开去,介绍了马思聪的音乐天赋,称他为"大众的乐手、全中国人民所爱戴的乐师"。周继善一文发表于《沪江文艺》创刊号,得到戴光晰的赞赏,也为丁景唐在沪江大学的业余生活增添了一份历史记录。

丁景唐在《二进沪江》(《沪江大学纪念集》)回忆文章里也提及马思聪夫妇演奏一事。他还清楚地记得一些其他情况,文章写道:

> 我出席过一次中文系师生联欢会,看了同学们的文娱节目,其中有一两位女同学颇有音乐舞蹈才能。中文系同学办了一期《沪江文艺》,朱维之、徐中玉、廉建中和我都写了文章。近年,我从上海旧书店觅到一本,编辑戴光晰等都不认识,只有看了"朝露"写的九首诗,才朦胧地记起她曾将精心手抄的《朝露诗抄》送我看过,似乎她就是联欢会上的活跃分子。

戴光晰在《编者的话》里赞赏《朝露集》九首诗歌,称之"清隽、蕴蓄"。其中一首《梦!》写道:

> 那幅柠檬月下,/浸着水的普希金纪念塔,/润润的树,/软软的风,/的画,/如今,还在你心灵的纸上吗?/我们的眸子都溢着水,/像梦里的流溪,/你发觉,/梦一般的情景,/又如梦一般地无形,无影,/没有痕迹……

普希金纪念塔在丁景唐家附近,即岳阳路、汾阳路、桃江路交会的街心,俗称"三角花园"。1937年2月10日,俄国侨民建立了一座普希金纪念碑,曾经是上海地标建筑之一。丁景唐曾多次带领子女或朋友在那里合影留念。普希金著名的爱情诗《我曾经爱过你》,也许启发了这首《梦!》的构思。

丁景唐不仅提前仔细看了《朝露诗抄》(《朝露集》),还专门写了评价之文《"梦"与"泪"——由朝露的诗所想起的》,落款为"一九四八年十一月中于沪望天听风楼",发表于《沪江新闻》第14期(1948年12月8日)第3版《潮汐》副刊,署名雨峰。"望天听风楼"是丁景唐为宿舍起的雅号。"极目远眺黄浦江吴淞口的浩瀚海面,海轮劈波溅浪,海鸟自由飞翔,远处点点帆影;江边一带,垂柳织成绿墙。风雨之夜,风声时而呼号,时而悠扬。在日复一日的望天听风气氛中,我徜徉在书林之中。"(丁景唐《恩师朱维之掩护我免遭敌人毒手》)

> 朝露同学的小诗,纤柔清秀,真像沾在草叶上的朝露一样,她那文字的安排中,表露出对于写作技术驾驭的熟练,只要作者不满现有的造诣和深入地体验去生活,是不难有成就的。正是如此,我们站在求进步的立场上,便不得不指出她诗中不健康的感伤情调,将如何严厉地横阻作者广阔的前程。
>
> 统观小诗九章,以梦和泪所编织的诗章倒占了半数,为了篇幅所限,这里只能挑《昨夜的梦里》《梦!》和《口哨》三首来谈。 (《"梦"与"泪"——由朝露的诗所想起的》)

丁景唐以"歌青春"诗人的身份出现在上海沦陷区文坛上,此前已经创作了百余行的讽刺诗、诗史般的长篇叙事诗,成为《联声》特殊平台上的两朵奇葩,但后世几乎无人知晓,成为迄今仍然被遗忘的空白。丁景唐以自己的审美眼光点评"朝露同学的小诗",语重心长地指出诗歌的伤感情调,希望她"割弃了梦与泪的抒写,摆脱市上流行的有害影响"。这时解放战争的炮火逼近长江,半年后解放上海。因此,丁景唐写此文也是告诫还沉浸在伤感的个人狭小圈子里的青年学子要认清当下形势,振作起来,主动迎接广阔的"诗人之路"。朝露的真实姓名不详。她也许暂时无法接受丁景唐的严厉批评,毕竟在戴光晰等文友小圈子里已经得到认可。她也许遗忘了此事,走上自己选择的人生道路。

丁景唐在《沪江新闻》第3版《潮汐》副刊上发表了不少诗文,有时竟然刊登了三四篇。其中一首旧诗《秋》写道:"秋雨潇潇,/似离人的泪水缥缈,/又如哀悼催人的年华/无情地随流水西去。"这原是对故乡的思念,当下则是反映在沪江大学的隐居生活。他还怀念昔日"以笔为武器"的战友,身在远离市区"无诗的日子"里,自己"心底潜藏的浪花"从未停息,坚信"春天带来阳光和鲜花",自己将重新大声歌唱,又是一个生气勃勃的"歌青春"形象。此诗为《无诗的日子——有赠》,最初刊登于《女声》,后收入《星底梦》。

《沪江新闻》第15期(1949年1月12日)同时刊登丁景唐的四篇诗文,除了《无诗的日子——有赠》之外,还有《生命颂》《民间文学和民间文学的研究者》《巴金作品的语文研究》。

丁景唐研究巴金的作品,还是第一次跨入沪江大学校门时的事情。丁景唐回忆说:"我由东吴大学转入沪江大学三年级,在这里开始了我的治学之路。我师从朱维之老师学习国语文法时,曾依朱先生的布置,制作读书卡片,对巴金的作品作文法研究。到了学年结束时,我便利用平时做的卡片,写成了论文《论巴金作品的文法研究》。1948年我应中文系主任朱维之之约,二进沪江大学任教时,对该文又作了修改,写了二万字,陆续在校刊上发表。"[6]

"花谢了,/丢了它!/叶落了,/扫了它!/把衰老的全都廓清。/在冬日的阳光里,/培植起新生的潜力;/来春,/花更美,/叶更绿,/生命更盛!"这首《生命颂》署名D. Y,即丁英(丁景唐的笔名)的拼音首字母。此诗虽短,但富有张力,音节紧凑,充满激情,告别昨天,展望新生的明天。这时丁景唐已离开沪江大学"望天听风楼",奉命调至宋庆龄领导的中国福利基金会(后改为中国福利会)任第三儿童福利站站长,走上新的工作岗位,心情放飞,欣喜不已。

临走前,丁景唐很难为情地向恩师朱维之提出辞职,朱维之则以长者风范答应了,勉励丁景唐在宋庆龄领导下努力工作。此后,朱维之前去南开大学中文系执教,"文革"期间,他被横加罪名,备受凌辱。"文革"后,专案组派人外出调查丁景唐等人,才得知朱维之曾在沪江大学掩护和帮助过地下党员、革命学生,国民党当局为此要解聘朱维之的职务。丁景唐晚年回想起这些往事,十分感谢恩师朱维之,同时也很愧疚,为了掩护、帮助自己,恩师差点被解聘。丁景唐将这些事情写进《恩师朱维之掩护我免遭敌人毒手》,铭刻于世间。

三易其稿《怎样搜集民歌》

戴光晰在《编者的话》里点评道:"丁宗叔先生的《谈民歌的收集》,以轻松的笔调告诉我们民歌的重要性和收集法。"哪有什么"轻松的笔调",丁景唐其实费了很大的精力和心血,三易其稿,三改标题,增删多处。对此,笔者也颇费周折,才逐渐搞清楚。

> 在一个星期日的午后假期魏绍昌兄家中约集十余位友人,那就是吴越、项伊、袁鹰、陆以真、徐淑芩、薛汕、叶平、刘岚山、廖晓帆、魏绍昌诸兄(马凡陀先生和沙鸥兄因事缺席),作了一次初步的商谈。谈话间,大家都感觉到要使民歌研究工作能经常展开,有成立一个专门收集、整理并出版的学术团体的必要,一致同意民歌社的组织。不过,同时我们也保留并不一定要有固定的严格的形式的建议,所以也没有章程和负责人那一套的拘束;只想每月来次友谊性的座谈,交换心得和意见。

这是丁景唐作为当事人唯一留下的史料。资深学者刘锡诚先生在皇皇巨著《二十世纪中国民间文学学术史》(中国文联出版社,2014年12月)里首次比较完整地介绍丁景唐和民歌社的关系,但是没有引用以上这则史料。

这则史料首次出现在丁景唐写的《谈民间歌谣的收集》里,发表于《海燕文艺丛刊·青春》第1期(1947年2月10日)。此文收入丁景唐的《怎样收集民歌》(上海沪江书屋,1947

年5月)之前,丁景唐作了较大的修改,不仅删除了以上这段文字,还删改多处。经核对,修改稿增补了许多文字,如"直接向民间(主要是农村)进行收集材料的工作,需要解决一些思想、态度、技术的问题",多达千余字。最后部分的文字也是修改的,并增加了一大段文字:

> 搜集是走向改造的第一步,先熟悉它,然后才能做精密的深入的研究,吸收它刚健清新的养料、充满人民智慧的洗练的语言,逐渐获得结论,解决我们怎样接受旧有的民间文艺遗产,创造出新的风格、新的形式,而为人民所喜闻乐见的优秀作品。现在还尚是播种耕耘的时期,不必忙着先下结论,"大麦还未熟,小麦先要吃"的急躁和"瞎子摸象"满足于片面的主观愿望,都不合实事求是的做学问精神的。

这段文字遵循毛泽东的有关指示精神。1938年10月,毛泽东写下了《中国共产党在民族战争中的地位》一文,对中国共产党的各方面建设提出要求。批判"洋八股"时,毛泽东提出"为中国老百姓所喜闻乐见的中国作风和中国气派",后融入延安文艺座谈会精神,成为毛泽东文艺思想的重要组成。此前,丁景唐的笔下已经出现"中国作风""中国气派"诸语,详见《民间文学和民间文学的研究者》(《沪江新闻》第15期,1949年1月12日)。丁景唐等人发起成立民歌社时,积极贯彻毛泽东的指示精神,这从未有人提及,更无人研究,也难怪被年轻的大学生戴光晰误解为"轻松的笔调"。

丁景唐修改时,将原来的标题"谈民间歌谣的收集"改为"怎样收集民歌",并将此作为小册子的名称,慎重地在修改稿后落款:"一九四六年十二月初稿,一九四七年三月重写。"

1948年夏天,丁景唐第二次进入沪江大学,住在"望天听风楼",在备课进修之余,他抓紧时间阅读鲁迅作品,整理历年来收集的民歌,编成一本《浙东民歌》。这期间,应该校中文系学生约稿,丁景唐便结合这阶段的学习心得体会,修改《怎样收集民歌》,改为《谈民歌的收集》,发表于《沪江文艺》创刊号。

笔者原以为此文与《怎样收集民歌》是一回事,混为一谈,造成笔误,在此谨致歉意。经核对,此文开头增加了800多字的内容,如下:

> 说到中国民间歌谣搜集的历史倒也是由来已久的,正如鲁迅先生在《门外文谈》所谓:就是《诗经》的《国风》里的东西,许多也是不识字的无名氏作品,因为比较的优秀,大家口口相传,王官们检出它可作行政上参考的记录了下来……东晋到齐、陈的《子夜歌》和《读曲歌》之类,唐朝的《竹枝词》和《柳枝词》之类,原都是无名氏的创作,经文人的采录和润色之后,留传下来。这一润色,留传固然留传了,但可惜的是一定失去了许多本来面目。明清之际,纂辑歌谣专集的文人较多,若明杨慎的《古今风谣》、冯梦龙的《挂枝儿》及《山歌》,清李调元的《粤风》、杜文澜的《古谣谚》、华广生的《白雪遗音》、招子庸的《粤讴》,诗人、首创"我手写我口"的黄遵宪,也曾搜集及拟了一些《梅县情歌》(以上均请参看郑振铎先生的《中国俗文学史》)。不过他们搜集的目的,大抵旨在存古

好奇,几经删改,复又窜入自己或朋友们的拟作一类游戏笔墨,不复是民间本色。比较忠实客观地保存民歌的真相的,倒是意大利人韦大列在一八九六年出版的《北京歌谣》和稍后美国何德兰女士的《孺子歌图》,前者是外交官,后者是传教士,这和第一本中国文学史出自英国牧师 Giles 的手笔,同样令我们惭愧不已。民国七年北大的歌谣征集处发出《征求全国近世歌谣简章》,并曾于民[国]十一年十二月起出版《歌谣周刊》,后来继续着它的是广州中山大学的民俗学会,刊行了《民间文艺》(后改[为]《民俗周刊》)及丛书数十种。影响所及,宁波、厦门、福州各地均有民俗学会及《民俗周刊》《民俗旬刊》的出版,形成民国十八年至十九年间研究民间文艺的繁盛期。回顾他们先后搜集的成绩,根据现存不完全的统计,数量不能算少。但以情歌和儿歌居多,而真实地反映人民的生活、思想、感情的优秀作品,反不及最近二三年丰富。最大的症结还在当时学院式的研究态度,满足于小摆设的装缀或仅为个人的鉴赏。

开头引用鲁迅《门外文谈》的观点,说明民歌收集活动早已产生,《诗经·国风》便是一个杰作。这不仅见证了丁景唐在这期间进一步学习鲁迅著作,也是他梳理历年来收集民歌成果时的一种深刻反思。然后简要介绍了民歌收集的历史,直至 20 世纪 40 年代,举出过去未曾提起的搜集民歌的中外学者,其中意大利人韦大列的《北京歌谣》、美国何德兰女士的《孺子歌图》,引起中外学者的关注。1918 年新文化运动风起云涌,北大歌谣征集处和北大歌谣研究会团结了一批文学家和语言学家,做出了杰出的历史贡献,逐渐使民间文学艺术成为一门独立的学科。

如今有人惊呼:"一百多年前一个外国人竟收集了 170 首北京童谣","对于研究老北京的历史、文化、语言、民俗等有着相当大的参考价值,也涉及社会学、民俗学、语言学、心理学等多学科领域研究"。于是精心策划出版了装帧精美的注释本《北京童谣》等读物,吸引了可观的流量。

丁景唐特别重视郑振铎的专著《中国俗文学史》,上起先秦,下迄清代,所包甚广,为一本划时代的名著,是丁景唐在沪江大学"望天听风楼"进修学习时的重要参考资料。

丁景唐认为:"在这个苦难的国土上,学术的花朵是常被当作野草般践踏的,近些年民歌的研究工作益发显得沉寂了,即使有些可敬的先导者在静默地耕耘,除为生活的负荷所胁迫外,还得忍受孤独的寂寞。"此番见解穿越时空,远远超出了民歌的研究和收集的范围。

丁景唐三易其稿,充分体现了严谨治学的学风,这贯穿了他的一生。此文不仅遵循毛泽东的指示精神,而且在前人深入研究和大量实践的基础上,融合自己搜集和研究民歌的心得体会,作了一个较好的历史性总结,具有较强的现实性、指导性、操作性和前瞻性,为丁景唐的民歌研究暂且画上一个阶段性的句号。在此要感谢《沪江文艺》的策划者、创办者、赞助者和编辑戴光晰等人,让丁景唐的《怎样搜集民歌》终稿能够完整发表,也为他"二进沪江"留下一个美好的回忆。

注释：

〔1〕戴光晰，1931年出生。1950年9月，她与沪江大学的欧琳、高纮（后为演员）、郦子柏（后为国家一级导演）考入中央电影局表演艺术研究所。1951年4月，戴光晰到中央电影局艺术委员会编译组工作，后成为资深的电影翻译家，担任中国电影艺术研究中心外国电影研究室研究员。她翻译的电影文学剧本有《未完成的故事》《巴宁上尉》《花开季节》等，与马德波合著《电影导演论》，与他人合作编写《苏联电影史》等。

〔2〕朱维之，浙江苍南人。1930年赴日本中央大学和早稻田大学学习、进修，回国后在福建协和大学、上海沪江大学任教，任沪江大学中文系主任。1952年调任南开大学教授，担任南开大学中文系外国文学教研室主任、中文系主任等职，并当选为天津外国文学学会会长、天津比较文学研究会会长。朱维之是学贯中西的著名学者，从教60多年，桃李满园，著作等身，在中国教育界、学术界享有崇高声誉。一生著述30多种，近千万字，主要著作有《希伯来文化》《文艺宗教论集》《中国文艺思潮史略》《圣经文学十二讲》等。

〔3〕韦瀚章，祖籍珠海。1929年毕业于上海沪江大学，担任上海国立音专注册主任、商务印书馆编辑等。1950年定居香港后，担任香港基督教文艺出版社编辑、香港音专监督兼教授，后赴马来西亚，出任婆罗洲文化局代理局长、华文编辑主任暨出版主任。韦瀚章是我国第一代从事现代歌曲创作的歌词大师，首先提出"歌词"术语。他一生共创作了500多首歌词，其中有抗日歌曲《旗正飘飘》《白云故乡》、艺术歌曲《采莲谣》《五月蔷薇处处开》、清唱剧《长恨歌》等。

〔4〕启之、黎煜、李镇：《戴光晰访谈录》，《当代电影》2009年第3期。

〔5〕《沪江文艺》第2期没有封面，上端刊名为美术字，横排，左边注明由该校学生团体"中国文学会"编辑，下面为"第二期"，底端为"一九四九年四月"，中间为目录，四周有装饰花边围框。目录：《理发的故事》（朱锡琴）、《麻皮老王》（夏望）、《逃难》（也方）、《读私塾记》（约金）、《螺蛳壳里》（蒲石）、《做自己的主人》（Y.C）、《高贵的学府》（佚名）、《夜静的时候》（吕雨）、《中国，我们的祖国》（萧兵）、《幻想》（克潜）、《佘山行》（集体创作）、《藏第斯的家》（海鸥译）、《试谈音乐的两种分野》（师广）。

〔6〕丁景唐口述、朱守芬整理：《八十回忆（1920—1949）》，《史林》2001年第1期。

第十四编

其他

瞿秋白文学著作、翻译书目[1]

这个书目,以文学的著作和翻译单印本为主,是我一九五四年五月以来,在阅读和研究瞿秋白同志文学著作和译文过程中陆续编集起来的。现在由上海市人民图书馆油印五十份,供有关同志参考,并希望大家补充、校正。

丁景唐
一九五五年四月一日

一、瞿秋白同志文学著作、翻译书目

《托尔斯泰短篇小说集》,为共学社俄罗斯文学丛书之一。与耿济之合译,全书计收《三死》《风雪》《丽城小纪》《伊拉司》《呆伊凡故事》《三问题》《难道这是应该的吗?》《阿撒哈顿》《人依何为生》《野果》等十篇。瞿译《三死》《伊拉司》《阿撒哈顿》《人依何为生》四篇[2],一九二二年商务印书馆出版。

《新俄国游记》(《饿乡纪程》),卅二开本,二一〇页,书前有一九二一年五月十三日所写的耿济之之序,为文学研究丛书之一。一九二二年九月初版,一九二三年五月再版。三十二开本,一百三十一页,商务印书馆出版。

《赤都心史》,为文学研究会丛书之一,一九二四年六月商务印书馆出版。

《俄国文学史略》,郑振铎编著,其中第十四章《劳农俄国的新作家》系瞿秋白同志所写,全书应经瞿秋白校阅。一九二四年三月商务印书馆初版,一九二八年八月再版,一九三三年十一月国难第一版。

郑振铎在《俄国文学史略》(一九二四年三月商务印书馆初版)的跋里说明:"本书的第十四章,为瞿秋白君所作,全书写成后,又曾经他的校阅。这是应该向他道谢的。本书似乎太简单,又是匆匆写成,一切的疏误之处,俱待以后再补正。瞿秋白君最近亦编好了一部《俄罗斯文学》,将在商务印书馆出版(为百科小丛书之一),其编制与本书不同,读者很可以拿来参看。本书的许多插图是为了本书而特制的,有许多是外间向来没有见过的。"[3]原书所署写跋的日期错作"十三,一,八二",一九三三年十一月国难后第一版犹未改正,也可见商务印书馆当时对出版物校对工作的疏忽了。

《犯罪》，契诃夫著，瞿秋白等译，一九二四年十二月商务印书馆初版。内收柴霍甫小说五篇：《犯罪》（济之译）、《法文课》（凤生译）、《戏言》（济之译）、《一个医生的出诊》（耿勉之译）、《好人》（瞿秋白译）。本书为《小说月报》丛刊第十二种，袖珍本计七十八页。

《俄罗斯文学》，蒋光慈编，一九二七年十二月十一日上海创造社出版部初版，三十二开本，二五五页，倪贻德作封面画。

正文前有俄罗斯文学家像二十二幅，包括托尔斯泰、普希金、歌歌里（今通译作果戈理）、柴霍甫（今通译作契诃夫）、歌尔基（今通译作高尔基）、布洛克、爱莲堡（今通译作爱伦堡）、阿列克·托尔斯泰（今通译作亚历山大·托尔斯泰）及白德内宜（今通译作别德内依）等。本书分上、下两卷，上卷为《十月革命与俄罗斯文学》，系蒋光慈编写，占一二四页；下卷为《十月革命前的俄罗斯文学》，系瞿秋白编写（曾经蒋光慈删改），占一三〇页，现收入《瞿秋白文集》第二集第三卷中。蒋光慈在书前曾有说明：

> 作者老早就想把俄罗斯文学详细地向国人介绍一下，时至今日，作者方能献给读者这一本小书，这实在是应当向读者告罪的。本书分上下两卷，上卷为《十月革命与俄罗斯文学》，下卷为《十月革命前的俄罗斯文学》。作者以为十月革命后的俄罗斯文学比较重要而且读者有兴趣些，故特将它列在前面。关于本书的下卷，我要深深地感谢我的朋友屈维它君，因为这是他的原稿，得着他的同意，经我删改而成的。本书当然是简单概括的很，不过读者也可由于此得知俄国文学与俄国社会运动的关系。
>
> 一九二七，一〇，三〇于上海

《俄国文学概论》（前书改名），华维素编，一九二九年六月泰东书局出版。

《中国拉丁化的字母》，一九三〇年莫斯科出版。

一九五三年十二月人民文学出版社出版的《瞿秋白文集》第二集中录有《新中国文草案》（一九三三年十二月）。瞿秋白文集编辑委员会对《新中国文草案》有简单的注释："作者留下两份稿，一份是初稿，一份是订正稿，内容相同，只是后者更系统化一些，现在发表的就是订正稿。又在此初稿与订正稿之前，尚有最初的草案，曾以'中国拉丁化的字母'的书名在一九三〇年出版于莫斯科。"

另据倪海曙编的《中国字拉丁化运动年表》（一九四一年五月中国拉丁化书店初版）的记载，瞿秋白同志"是拉丁化中国字的创制人"。瞿秋白同志一九二一年在苏联时，因受到苏维埃政府大规模扫除文盲运动的影响，开始研究中国文字拉丁化问题，写成最早一部分的初稿。一九二八年七月间中国共产党召开第六次全国代表大会后，瞿秋白同志被推为驻第三国际的中国代表，再度到苏联，除负责党的工作外，继续研究中国文字拉丁化，而在一九二九年开始草拟拉丁化中国字的方案。第一份的《北方话拉丁化中国字》的草案，便刊载在瞿秋白同志和一位俄国人合著的一本讨论拉丁化中国字问题的小册子中。按《中国字拉丁化运动年表》的说法,《北方话拉丁化中国字》的草案系一九二九年在莫斯科出版。录此,仅供有关同志参考,并希有关方面加以判断。

《解放了的董吉诃德》,苏联卢那察尔斯基剧作,一九三四年上海联华书店出版。

本书第一场曾由鲁迅根据日、德文本译出,在一九三二年《北斗》一卷三期发表,后由瞿秋白同志以易嘉笔名由俄文译出,在《北斗》一卷四期起连续发表了第二至四场。不久因《北斗》被禁,遂由鲁迅将全剧交上海联华书店出版,一九三六年由鲁迅编入《海上述林》。

联华书店出版的《解放了的董吉诃德》系二十五开本,横排,一六四页。鲁迅写后记并译《作者传略》。书前有拉武莱夫所绘的彩色作者画像,毕斯凯莱夫木刻插画十一幅。

《解放了的董吉诃德》,三十二开本,一六九页。外鲁迅《解放了的董吉诃德·后记》八页,书前有卢那察尔斯基照片一幅。(一九四八年八月哈尔滨生活书店出版,光华书店发行。)[4]

《茨冈》,普希金诗作,一九四〇年三月十五日上海万叶书店出版。三十二开本,正文四十八页,四号字排印。另有锡金后记及《普希金,俄国文学语之创造者》(苏联 R. 高甫曼作,铁弦译)、《普希金怎样写作》(苏联 N. 阿胥金作,陈冥译)三文,共四十四页。扉页有上海靖江路、东平路间的普希金纪念铜像照片和译稿手迹各一。[5]

普希金此诗作于一八二四年,瞿秋白同志于一九三三年冬季着手译此诗。因即离上海赴瑞金,最后一小部分尚未译完。现收集在《瞿秋白文集》第八卷内的《茨冈》及人民文学出版社的单行本,已由李何[6]补译完全。

《不平常的故事》,高尔基著,史铁儿译,三十二开本,八十六页。一九三二年十一月上海合众书店出版,另有龙虎书店版。

《一天的工作》,鲁迅编译,其中绥拉菲摩维支《一天的工作》和《岔道夫》为瞿秋白同志新译。一九三三年三月良友图书公司出版。

《高尔基创作选集》,署名萧参译,一九三三年十月生活书店出版,三十二开本,三一〇页。书前有高尔基照片四幅。内收:《海燕》《同志!》《大灾星》《坟场》《莫尔多姑娘》《笑话》《不平常的故事》等七篇译文及《高尔基自传》《马克西谟·高尔基》《作家与政治家》。出版不久后即被国民党反动政府禁止出售。

《二十六个和一个》,高尔基等著,陈节等译,一九三五年生活书店出版。内收:《二十六个和一个》(俄国高尔基著,陈节译)、《严加管束》(俄国 E. 契里加夫著,郑振铎译)、《伊凡的不幸》(L. 莱奥诺夫著,周觅译)、《硫卡狄思》(德 J. 瓦塞漫著,傅东华译)、《谛尔西的缝工》(德 E. 格莱塞著,徐懋庸译)、《合唱》(日本须井一著,黄源译)、《牧场道上》(日本永井荷风著,方光涛译)、《复本》(爱尔兰 J. 乔伊斯著,傅东华译)、《速》(美国 S. 刘易斯著,傅东华译)、《嘉烈与烈翁朵》(法国杜亚默尔著,马崇融译)、《改变》(荷兰 I. 普提巴哈著,芬君译)、《山中笛韵》(西班牙巴哈罗著,张禄如译)、《两个世界》(丹麦 J. 约珂勃生著,伍蠡甫译)。[7]

按:本书系选《文学》第二卷第三号翻译专号内译文十三篇印成的单印本。张禄如是鲁迅笔名,《山中笛韵》后改《山民牧唱》,现收《鲁迅全集》第十八册中。

《坟场》,高尔基著,署名史杰译,一九三六年八月生活书店初版。三十二开本,正文三二〇页,目次一页,另刊一九二六年春、一八九六年、一九二〇年及一九三二年的高尔基肖像四幅,共收译文《坟场》《海燕》《同志》《大灾星》《莫尔多姑娘》《笑话》《不平常的故事》七篇,译文前有《高尔基自传》。此书实即一九三三年生活书店出版的《高尔基创作选集》,因被国民党反动政府禁止出售,故改书名和译者署名,并删去《马克西谟·高尔基》《作家与政治家》及后记。

《高尔基作品选》,汪伦编,三十二开本,七百二十页。共收译文、书目等十六篇,其中瞿秋白同志译作六篇,为《海燕》(萧参)、《二十六个和一个》(陈节)、《大灾星》(萧参)、《坟场》(萧参)、《马尔华》(陈节)、《笑话》(萧参)。一九三七年二月十日良友图书公司出版,一九四九年七月上海惠民书店翻版。

《海上述林》,鲁迅辑集瞿秋白同志关于马克思、恩格斯、列宁、普列哈诺夫、拉法格等文艺理论的译作,及高尔基的论文、创作,卢那察尔斯基的剧作《解放了的董吉诃德》等,以诸夏怀霜社刊行。二十五开本,横排。一九三六年五月上卷印成,十月下卷印成,内山书店代售。卷上《辨林》,卷下《藻林》。印造上、下卷各五百部,内皮脊一百部,蓝绒布面四百部。

上卷正文六八四页,序言及目次六百页,外收恩格斯、拉法格、普列哈诺夫、《我们的路》、《演说时的左拉》(马尔德夫画)、《列夫·托尔斯泰》(N. N. GE 画)、《马克西谟·高尔基》(克拉甫兼珂木刻)、《少年歌德》(法复尔斯基木刻)、《祝高尔基创作四十周年纪念画像》(勃洛特斯基石刻)等图片。

下卷正文六三一页,下卷文字订正一页,上卷插图正误一页,序言及目次五页,《没工夫唾骂》台尼插图五幅,《解放了的董吉诃德》,毕斯凯莱夫木刻饰画十一幅,《二十六个和一个》插画四幅和《马尔华》插画四幅,均[为]B. A. 雷赫台莱夫插画。

帕甫伦珂《第十三篇关于列尔孟托夫的小说》译文在《译文》第二卷第二期发表时,R. 巴尔多插画原附三幅,《海上述林》增为四幅。鲁迅编《海上述林》有简注说:"这里计有四幅,第二幅为原书封面,《译文》未收,第一幅即本书主角列尔孟托夫画像。"(《海上述林》下卷第 572 页)

《海上述林》(东北书店重印本),东北书店印行。三十二开本,横排,上卷五七七页,下卷未见出版。银灰色绢丝硬纸封面及书脊均无 STR[8] 字样,扉页作"海上述林"(系鲁迅书写体)。瞿秋白译,鲁迅编,无插画。序言内容悉遵依鲁迅编校本。

《海上述林》(三联书店重印本),一九四九年十月生活·读书·新知三联书店沪初版。二十五开本,横排,全书篇目、内容、插画及下卷文末附文字订正均同鲁迅校印本,唯插图说明已加改正,封面用鲁迅手写"海上述林"。瞿秋白译,鲁迅编,生活·读书·新知三联书店印行。无 STR 署名,书脊仍留 STR 字样。扉页也仿鲁迅核印本,仍作"诸夏怀霜社核印"。

一九五〇年三联再版本,因故将 L. 卡美尼夫《歌德和我们》、M. 列伦陀夫《伯纳萧的戏剧》、A. S. 布勃诺夫《高尔基的文化伦》(上卷)及史铁斯基《马克西谟·高尔基》(下卷)四篇抽去(《瞿秋白文集》中也不录以上四篇)。

《乱弹及其他》,一九三八年五月五日上海霞社印行,一九四〇年七月十五日四版。二十五开本,横排,四百六十八页,封面以作者手迹《乱弹》代序衬底。扉页有作者剪影一幅。

上篇收乱弹《世纪末的悲哀》《吉诃德的时代》《一种云》《菲洲鬼话》《苦力的翻译》《民族的灵魂》《流氓尼德》《鹦哥儿》《沉默》《暴风雨之前》《新鲜活死人的诗》《"不可多得之将才"》《拉块司令》《小诸葛》《老虎皮》《"匪徒"》《英雄的言语》《财神的神通》《狗道主义》《红萝卜》《"忏悔"》《反财神》《小白龙》《哑巴文学》《画狗罢》,以及诗《"向光明"》、小说《"矛盾"的继续》。

下篇论中国文学革命《学阀万岁》《鬼门关以外的战争》《罗马字的中国文还是肉麻中国文》《普通中国话的字眼的研究》《中国文学的古物陈列馆》,论大众文艺《大众文艺的问题》《再论大众文艺答止敬》《我们是谁?》《欧化文艺和大众化》,论文辑存《请脱弃"五四"的衣衫》《"自由人"的文化运动》《文艺的自由和文学家的不自由》《革命浪漫谛克》《战争文学》《斯大林和文学》《苏俄文学的新的阶段》《同路人和同盟军》《表现五年计划的英雄》《文学冲锋队运动》《论弗理契》《〈鲁迅杂感选集〉序言》《谈谈〈三人行〉》《美国的真正悲剧》《满洲的〈毁灭〉》《〈铁流〉在巴黎》《论翻译》《再论翻译答鲁迅》,译文补遗《高尔基和第二次的世界大战》《新土地》。

《乱弹及其他》(应为《乱弹》,山东新华书店版),一九四九年六月山东新华书店根据晋察冀一九四六年版订正后翻印。二十五开本,横排,四七七页,后记三页。除将瞿秋白同志逝世十年改作十三年外,悉同一九四六年六月十八日的东北书店印行本。

《乱弹及其他》(东北书店版),三十二开本,横排,正文连后记共三八三页,一九四六年东北书店印行。

书末附《一点声明》说:"这本书因辗转传阅,封面脱落,末页也脱落,又因原书在解放区再没有发现第二部,只付阙如,将来找着了另一部原书,再补印一页,特此声明,并向读者深致歉意。"东北书店和山东新华书店的后记指出这本书的重要意义,认为"是新文学运动的最重要文献之一","是革命前驱者的丰碑",并论述了瞿秋白同志的战斗精神,但是后记中说《乱弹及其他》是由鲁迅编辑出版而流布的不符合事实。瞿秋白文集编辑委员会在《瞿秋白文集》的《乱弹》中有注:"一九三八年五月霞社印行的《乱弹及其他》系由谢澹如保存并出版的,而鲁迅逝世于一九三六年十月十九日,当然不可能在一九三八年来印行他的战友的作品了。"

《街头集》(大众文艺论著及大众文艺作品),二十八开本,横排九十二页,封面为作者手迹。录有大众文艺论文《大众文艺的问题》(附止敬《问题中的大众文艺》等三篇),大众文艺作品《英雄巧计献上海》《江北人拆姘头》《五月调》《上海打仗景致》《东洋人出兵》《可恶的日本》等。

因出版时上海已成为"孤岛",书中提及日本帝国主义和蒋介石卖国集团的字句均以"××"代替。现收集在《瞿秋白文集》第一集第二卷《文艺杂著续辑》。

《街头集》中《大众文艺的问题》及《英雄巧计献上海》《江北人拆姘头》二文及集内注明"原文佚"的《五月调》《上海打仗景致》《可恶的日本》等,现在的《瞿秋白文集》未录。(但这本集子中注明"原文佚"的几篇作品,其实并未散佚,而保存着。)

《为了人类》,高尔基政论集,瞿秋白等译,一九四六年上海挣扎社出版,潮峰书店经售,三十二开本,二二〇页。

全书收高尔基论文:《论劳动个人主义与第三种战士》《论个人与大众》《论第二次世界大战》《论农村妇女生活》《论妇女》《论小孩子》《论知识分子》《论仇敌》《论叛徒》《论文化》《论文化、哲学、恋爱及死亡》《论真实的教育》《论文艺及其他》《论人道主义》等十四篇。另有序言和安特里的《世界文化界的怆痛》、罗曼·罗兰的《直接地从民间来的——有力的、坚实的》、曼代尔支威格的《为人类幸福而生活》三篇追悼高尔基的文章。其中《论第二次世界大战》(《瞿秋白文集》第四集中的《关于第二次世界大战的问题的答复》)、《论妇女》(《瞿秋白文集》第四集中的《关于妇女》)、《论小孩子》(《瞿秋白文集》第四集中的《关于小孩子》)、《论知识分子》中的《复知识分子》(《瞿秋白文集》第四集中的《答复知识分子》)、《论仇敌》(《瞿秋白文集》第四集中的《如果敌人不投降——那就消灭他》)、《论叛徒》、《论文化》(《瞿秋白文集》第四集中的《说文化》)、《论真实的教育》(《瞿秋白文集》第四集中的《关于真实的教育》)、《论人道主义》(《瞿秋白文集》第四集中的《给人道主义者》)等九篇系瞿秋白同志所译,并均收录于鲁迅校印的《海上述林》中。其他几篇及序言均系另一个译者吕伯勤所译。

吕在序言中说明把瞿译一并编入的理由是因为他"曾陆续地译出了高尔基的论文十几篇,在武汉各大报及杂志上部分地发表过,一时搜不及,出版者却又急欲把它出版",他擅自主张把瞿译的文章一并编入。"在篇数上,两方面差不多,勉强得很的称为合译。付印后,要我写一点序言,不得已,就此忠实地说述一下,以免剽刮之诮。"显然,这是出版者串通这一个译者窃取他人劳动成果的行径,是不能逃却"剽刮之诮"的。

《论中国文学革命》,一九四七年香港海洋书屋初版,瞿秋白著,冯乃超编,三十二开本,一四二页,外后记一页。内收《〈鲁迅杂感选集〉序言》《学阀万岁》《鬼门关以外的战争》《大众文艺的问题》《再论大众文艺答止敬》《我们是谁?》《欧化文艺和大众化》等七篇文艺论文。末附冯乃超写的后记,对瞿秋白同志在文艺战线上的成就作了评价:

> 瞿秋白先生对于建立中国文艺理论做了很多的工作。他翻译了不少马列主义关于文艺理论的文献,这个介绍工作清除了当时许多错误的文艺理论的影响。他的文艺批评文字纠正了当时不少作家及文艺理论工作者的错误倾向。他对于中国的新文字运动,留下了很宝贵的意见。他又是最先用马列主义的方法来处理中国文艺问题者之一。这里特别搜集他总结中国文学革命和讨论大众文艺的七篇文章。

《〈鲁迅杂感选集〉序言》分析了中国知识分子——作家的发展过程,指出"五四"以来各个论争的意义和鲁迅先生在思想斗争史上的重要地位,总结了新文艺运动以来到一九三二年间的文艺思想斗争的经验。这一篇文章成为中国文艺理论上的光辉瑰宝。其他各篇分析了"五四"文学革命的发展过程,指出了文学革命的狭隘性,从理论上解决了大众文艺的问题。今天大众文艺的问题,在某些地区已经逐步得到具体的解决,而其他地区仍须继续努力探讨,有时得回顾过去的足迹,检查旧日的资料。因此,把秋白先生的几篇文章从那本散布不很广泛的《乱弹》中抽出来刊行,以普及于青年读者,对于发展文艺的大众化是有必要的。

二、解放后的新版本

《瞿秋白文集》,八卷四大册,瞿秋白文集编辑委员会编辑。《文集》第一集(册),一九五三年十月印成。《文集》第二集(册),一九五三年十二月印成。《文集》第三集(册),一九五三年十一月印成。《文集》第四集(册),一九五四年二月印成。二十五开本,全书共二四三〇页,约一百六十万字,每二卷成一册,每卷刊有纪念瞿秋白同志的照片及著作、翻译、通讯手迹等照片十九幅。

《瞿秋白文集》收集了瞿秋白同志在文学方面全部的著作和翻译,总目为:

卷一:《序》《饿乡纪程——新俄国游记》《赤都心史》《一九二三年由俄归国后所作短文二篇》。

卷二:《文艺杂著》《乱弹》《文艺杂著续辑》。

卷三:《十月革命前的俄罗斯文学》《关于俄罗斯文学和苏联文学的片段》《论文学革命及语言文字问题》《新中国文草案》《论大众文艺》《文艺论辑》。

卷四:《现实——马克思主义文艺论文集》《列宁论托尔斯泰》《译论辑存》。

卷五:《初期译作八篇》(果戈理《仆御室》、托尔斯泰《三死》《伊拉司》《阿撒哈顿》《人依何为生》、契诃夫《好人》、高尔基《劳动的汗》《时代的牺牲》)。

卷六：《高尔基早年创作二篇》(《二十六个和一个》《马尔华》)、《高尔基创作选集》(《高尔基自传》《作家与政治家》《海燕》《同志!》《大灾星》《坟场》《莫尔多姑娘》《笑话》《不平常的故事》)、《克里慕·萨慕京的生活》。

卷七：《高尔基论文选集》。

卷八：普希金《茨冈》、高尔基《市侩颂》、别德内依《没工夫唾骂》、卢那察尔斯基《解放了的董吉诃德》、绥拉菲摩维支《一天的工作》《岔道夫》、葛拉特柯夫《新土地》(残稿)、帕甫伦珂《第十三篇关于列尔孟托夫的小说》、马尔赫维察《爱森的袭击》。

《茨冈》，普希金诗作，一九五三年二月人民文学出版社出版。三十二开本，五十二页，正文前有普希金原稿手迹和翻译稿手迹各一，书中有克莱曼杰娃所作石版画插图五幅。

《高尔基论文选集》，一九五四年一月人民文学出版社出版。二十五开本，二四五页，文前有别什科娃和乌兰诺娃所作的高尔基画像。

《爱森的袭击》(小说)，德国马尔赫维察作，一九五四年四月人民文学出版社出版，二十五开本，一三一页。

三、瞿秋白编选作序、译序书目

《俄罗斯名家短篇小说集》，为沈颖所译的《驿站监察史》(《驿站御夫》)作序《论普希金的〈别尔金小说集〉》。一九二〇年七月北京《新中国》杂志社出版。

《铁流》，一九二一年十一月以"三闲书屋"名义出版。苏联绥拉菲摩维支作，曹靖华译。翻译 G. 涅拉陀夫的《绥拉菲摩维支〈铁流〉序言》。

《萧伯纳在上海》，一九三三年三月上海野草书屋出版。署乐雯剪贴、翻译并编校，鲁迅序。

按：乐雯原系鲁迅所用笔名之一，这里系瞿秋白借用，当时瞿秋白同志正避居鲁迅家中。

《鲁迅杂感选集》，何凝(瞿秋白)编选并作序，一九三三年七月青光书局出版，一九五〇年十月上海出版公司出版，一九五一年上海出版公司出版。

《引玉集》，鲁迅所编的苏联木刻选集，一九三四年三月良友图书公司出版。译 A. D. 楷戈达耶夫《苏联十五年来的书籍版画和单行本》，为《引玉集》代序，署名陈节。

《俄罗斯短篇小说》，第一集，沈颖、耿匡等译。序一瞿秋白、序二郑振铎《普希金小传》、《驿站御夫》(普希金作，沈颖译)、《雪媒》(《风雪》，普希金作，沈颖译)、《马车》(果戈理作，耿匡译)、《盖尔岑传》、《雀贼》(盖尔岑作，耿匡译)、《屠格涅夫小传》、《九封书》(《法乌司特》，屠格涅夫作，沈颖译)、《薛塞姆斯奇小传》、《木工的伙伴》(薛塞姆斯奇作，谢义行译)、《芮斯可甫小传》、《守岗兵》(芮斯可甫作，耿匡译)、《斯坦奴可维慈小传》、《舰头琐语》

(《夜》,斯坦奴可维慈作,安寿颐译)、《一瞥》(斯坦奴可维慈作,安雍译)。

《林啸》(小说集,珂罗连科作,北岗译),内收《林啸》《老钟手》《伏尔加河上》。[9]

导读：

《瞿秋白文学著作、翻译书目》(下文简称"《书目》",图24)是丁景唐、文操合编的《瞿秋白著译系年目录》(上海人民出版社,1959年1月)的前奏。虽然前者的内容和条目只是后者的一部分,但是经过核对、研究,前者已经显露了1949年后丁景唐研究瞿秋白、鲁迅的严谨、执着的学风。他怀着对革命先烈的崇敬之情,以填补重大历史课题的空白为目标,发扬筚路蓝缕、不畏艰辛的开拓精神,在紧张工作之余,甘愿枯坐冷板凳,满腔热忱地倾注于每一条资料的搜集、筛选、考证、归纳、整理,月积年累,成为研究瞿秋白、鲁迅等人的权威专家和资深学者。他追梦的脚步永不停息,直至燃尽他的生命之火。

此《书目》提到的所有书籍,丁景唐生前都曾四处搜集、购买,成为他的珍贵藏书。丁言模十几年前开始整理父亲丁景唐的藏书,最初的研究成果收入《瞿秋白与书籍报刊——丁景唐藏书研究》(中国社会出版社,2013年9月),其中有《瞿秋白、耿济之合译〈托尔斯泰短篇小说集〉》《瞿秋白散文集〈俄乡纪程〉〈赤都心史〉》

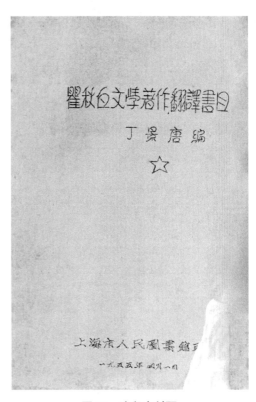

图24 油印本封面

《俞颂华〈游记第二集〉收录瞿秋白两篇通讯等》《瞿秋白协助郑振铎两本书》《瞿秋白、蒋光慈合著〈俄罗斯文学〉》《"文尹"译作与鲁迅编译集》《瞿秋白译作〈爱森的袭击〉》《瞿秋白、鲁迅合作出版〈鲁迅杂感选集〉》《瞿秋白译作〈高尔基创作选集〉》《瞿秋白译作〈解放了的董吉诃德〉》《鲁迅编校〈海上述林〉》《第一本纪念册〈殉国烈士瞿秋白〉》《瞿秋白遗著〈乱弹及其他〉》《瞿秋白等合译高尔基论文集〈为了人类〉》《瞿秋白著、冯乃超编辑〈论中国文学革命〉》《胡绳〈读秋白遗文〉等》等。

注释：

〔1〕丁景唐编,上海市人民图书馆1954年4月1日印行。这是丁景唐编写的第一本专题研究瞿秋

白的小册子,见证了他那时的治学活动。

丁景唐的忘年交金峰从网上购买珍贵油印本,当时仅印 50 本,如今存世极少。金峰将此带到华东医院,丁景唐看到很高兴,叮嘱丁言模认真阅读。丁言模在《丁景唐、文操合编〈瞿秋白著译系年目录〉》一文前面新添加了一段文字,首次介绍这本书。2020 年 12 月,丁言模请金峰为《书目》拍照,他设法抽出宝贵时间,分好几次认真拍照,最终完成。

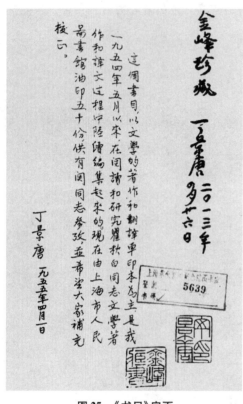

图 25 《书目》扉页

《书目》22 页,6 000 多字,16 开,竖排刻字,繁体行书,流畅美观,堪称典范。封面上刻有书名、编者、油印单位及时间,均为横排。前言右下方有长方形蓝色印章"上海革命历史纪念馆图书室",登记号 5639。扉页(图 25)上有丁景唐题词:"金峰珍藏""丁景唐,二〇一三年四月廿六日"。盖有两枚钤印:"丁景唐印""金峰藏书"。

〔2〕此处有误,丁景唐此后多次撰文纠正。参见丁景唐:《为〈瞿秋白文集〉订误》,《新民晚报》1961 年 9 月 7 日。

〔3〕郑振铎此说有误,见丁景唐:《为〈瞿秋白与《文学大纲》〉一文订误》,《新民晚报》1961 年 8 月 27 日。丁景唐、文操合编的《瞿秋白著译系年目录》(上海人民出版社,1959 年 1 月)已将此条目删去。

〔4〕括号里的补充文字,根据丁景唐、文操合编的《瞿秋白著译系年目录》添加。

〔5〕此条目在丁景唐、文操合编的《瞿秋白著译系年目录》里删除。这与 1955 年胡风案有关。

〔6〕李何,杨之华的女婿,瞿独伊的丈夫。

〔7〕此条目在丁景唐、文操合编的《瞿秋白著译系年目录》里删除郑振铎、徐懋庸等译者名字,仅保留"本书内收:《二十六个和一个》(高尔基著,陈节译)、《山中笛韵》(西班牙巴哈罗著,张禄如译)等",以及按语。显然,这受到当时国内政治形势的影响。

〔8〕STR,"史铁尔"(瞿秋白的笔名)的拉丁字母缩写。

〔9〕小说集《林啸》内收《林啸》《老钟手》《伏尔加河上》,于 1929 年 7 月一般书店出版单行本,注明"北冈重译",扉页刊登珂罗连科图像。

附录　蒋锡金等与《茨冈》

《茨冈》长诗的留存和发表与蒋锡金等人有关。

彭玲《难忘的星期三——回忆秋白、之华夫妇》回忆：

> 校对完一大沓稿子以后，他将稿子清理成两大扎，放入抽屉中，又拿出一本黑色的漆布软面的簿子，放在我面前。这是普希金诗歌中的名篇《茨冈》的译文，是他在旧病复发前夕译的，还剩下一点儿没有译完。他一面打开译文，一面背诵起原文来，很快就沉浸在原作的意境之中……我翻开译文，虽然他说是试译的草稿，可是疏疏的诗行匀净工整，诗句是用纯白话翻译的，有的地方还拼注着拉丁化新文字，后半部分有好几种格式，都写在这个本子里。他说："同一节诗，用几种格式翻译，放在一起，以后有机会，可以征求其他同志的意见，研究品评，抛砖引玉。"我试着读一读，觉得辞句清丽，音韵和谐，不论哪种译法都琅琅上口，优婉动人……临走，秋白把一些稿子给了我，其中就有那本《茨冈》。"你喜欢，你就拿去吧，作为你研究苏俄文学之助。"这就是他临别的话……《茨冈》诗稿，我一直珍藏着。一九三五年当我得知秋白被害的消息，重新捧读这珍贵的遗稿，禁不住泪如雨下。封面有些坏了，簿子散了，我一张也不让它散失，后来出版传世的《茨冈》译文就是从这份遗稿中整理出来的。

《茨冈》译文最初刊于20世纪30年代穆木天（彭玲姐夫）等主办的诗歌丛刊《五月》，首页上印着瞿秋白遗稿的第一页手迹。编者蒋锡金在诗后附记中将《茨冈》故事结局作了简要介绍。（参见丁言模、刘小中编著：《瞿秋白年谱详编》，中央文献出版社，2008年12月，第406页。）当时，蒋锡金说："我在木天处看到这部手稿，那时我们正预备编《时调》，打算把它编入。但这部稿子是不完全的，当秋白先生离开上海到江西去时，把这部未完的译稿交给从他学俄文的彭玲小姐。后来，'历史的误会'使得这位光辉的革命者的天才的生命不久便牺牲了。彭小姐把这部稿子给了木天，那是秋白抄在一本黑布软面的硬抄本上的……《时调》没有刊载这部稿子……但我们终于决意把它在《五月》上刊出。"

抗战时期，蒋锡金在上海组织行列社，编辑《行列》诗歌半月刊和《上海诗歌丛刊》。此前，蒋锡金约请著名女诗人关露等几十人成立上海诗歌座谈会，后改为行列社。1940年3月，行列社决定在静安寺路（今南京西路）的基督教女青年会的大礼堂举行诗歌朗诵会，公开卖票，关露等人准备朗诵《茨冈》。关露不仅翻译《茨冈》中瞿秋白未来得及翻译的剩余部分诗歌，而且扮演《茨冈》中的主角之一真妃儿，蒋锡金等人则扮演该长诗中的其他角色。（柯兴：《魂归京都——关露传》，群众出版社，1999年3月，第238—240页。）

此后,《茨冈》诗稿曾转到著名翻译家戈宝权的手里,他回忆说:"抗战胜利后我回到了上海,一九四七年为《时代》出版社编辑《普希金文集》,其中收了瞿秋白翻译的叙事诗《茨冈》,我当时采用的是蒋锡金整编的译稿。"他又说:

> 穆木天在一九四七年到了上海,我记得在一九四八年夏秋之交,到北四川路的一条里弄里去拜访他,当打开大门时,在客堂里我受到穆木天和他的夫人彭慧的亲切接待。我们谈到秋白先生的手稿,他们立刻把这本珍藏着的手稿拿给我看。那是一本黑色的英文练习本,在里面写着"策冈曲",而且用拉丁化字母写了一句话——"这是一个第一次用最普通的白话写诗的尝试",但在正文的第一面他又把题名改写成"茨冈"。当我看到这部手稿,心情无限激动。我当即同《时代》出版社的负责人罗果夫商量,准备把这本珍贵的手稿影印出版,同时由我把未译完的部分补齐。在征得穆木天夫妇的同意之后,我就带着这部手稿,到苏州河北面一家熟识的制版厂去,当即一面面拍摄下来制成锌版,共二十四面,这些锌版都存放在我的办公室的一个书柜里。当时正是淮海战役时期,我解放大军正准备南下,上海局势已很紧张,我也在一九四九年初秘密离开上海,这部手稿就没有能刊印出版,手边仅留下一份从锌版印下来的存稿,现在可以说是"海内孤本"了。

1961年12月,丁景唐在上海市出版局工作,与来沪的戈宝权见面。戈宝权谈及1949年初潜离上海时,曾在上海家中保存了一份根据瞿秋白手稿摄制的《茨冈》印样本,并说过几天到旧家去找出来后赠送。几天后,他俩在锦江饭店相见,戈宝权郑重地在《茨冈》印样本上签名,署上日期。他在《茨冈》第一页的背面上写着一段题词:

> 一九四八年底,在罗果夫同志赞助之下,曾拟影印瞿秋白同志所译普希金长诗《茨冈》。当时由余自北四川路穆木天、彭慧处借得原稿,送至苏州河北一制版厂摄制铜锌版。后因白色恐怖日烈,不得不潜赴外地,影印工作遂亦暂告中断。所幸当时曾就制成之铜锌版拓印数份,此次返沪,在家藏旧书堆中偶觅得一份,特奉赠丁景唐同志珍藏。
>
> 戈宝权
一九六一年十二月十五日于上海锦江饭店

详见丁言模、陈福康合著:《杨之华评传》,上海社会科学院出版社,2005年5月,第251—252页。

怎样开展工人业余文艺活动

丁景唐、修孟千编,文化生活出版社 1954 年 12 月出版(图 26)

图 26 《怎样开展工人业余文艺活动》封面

内 容 提 要

正常地开展工人业余文艺活动,对丰富工人群众的文化生活与鼓舞工人群众的生产劳动热情是有很大作用的。本书选编的一些文章,就上海开展工人业余文艺活动中的演唱活动、文学写作、文学阅读等问题都作了评述,明确地提出了工人业余文艺活动的方针,批判了若干偏向,介绍了一些良好经验,也提出了若干有益的建议。附录《介绍〈苏联的业余艺术活动〉》,虽是一篇图书介绍,但我们从这篇文章中也可看出苏联业余艺术活动的情况,对开展我们的业余文艺活动是有帮助的。

目 次

写在前面(丁景唐)

加强对上海工人业余文艺活动的领导(《解放日报》社论)

谈谈工人业余文艺活动的方针(丁景唐)

上海工人业余文艺活动中的几个问题(丁景唐、修孟千)

谈谈工人业余文艺活动为生产、为政治服务的问题(修孟千)

介绍上海市第一期工人业余艺术训练班(王敢泊)

加强对工人业余戏剧活动的辅导(何慢)

纠正脱离实际的文艺辅导方法(修孟千、徐啸)

丰富多样的文化生活(修孟千)

和工人同志们谈谈阅读文学作品的态度和方法问题(丁景唐)

关于工人文学写作的一些问题(修孟千)

一个工人文学写作小组(友枚、修孟千、景贤、葛杰)

介绍《苏联的业余艺术活动》(丁景唐)

导　　读

1953年1月,中共中央华东局文艺工作委员会和中共上海市委宣传部召开了关于工人文艺工作的专门会议,讨论与研究了当前工人文艺活动的情况和存在的问题,提出工人业余文艺活动的基本方针:在业余、自愿、群众性的原则下,密切配合党的政治任务,以群众喜闻乐见的形式进行宣传教育,鼓舞和发挥工人的劳动热忱和创作能力,活跃工人的文化生活,以达到推动生产、发展生产的目的。

同时,1953年春节全市各区工人文艺表演中暴露出来不少问题,在汇总各方面有关材料的基础上,并经过有关调查和研究,丁景唐(上海市委宣传部文艺处负责人)、修孟千(上海市委宣传部文艺处的科长)合作写了《上海工人业余文艺活动中的几个问题》调查报告。同年上半年,中共上海市委宣传部研究了上海工人文艺活动的情况,同年11月中共上海市委发出《关于加强工人群众文化娱乐活动领导的指示》,确定了工人文化活动方针,逐步加强领导。

对此,丁景唐、修孟千等人与其他有关部门做了大量的具体工作,写了许多有关书面材料。丁景唐、修孟千等人挑选了一些有关文章,汇编为《怎样开展工人业余文艺活动》小册子,反映了1949年后上海工人业余文艺活动的各方面情况,以及按照上海市委宣传部领导的指示精神,提出解决各种问题的思路和举措,具有鲜明的时代特征。

同时,丁景唐与修孟千一起编选的这本小册子,也是指导上海工人业余文艺活动的一个工作小结,从一个侧面见证了丁景唐进入宣传部四年来搞宣传教育工作的足迹,也是他今后继续从事出版宣传工作的一个新起点。

经过几年的整顿和发展,上海工人业余文艺活动得到显著发展,呈现欣欣向荣的可喜景象。1958年2月,中共上海市委成立群众文艺工作委员会,市、区先后召开群众文艺活动分子大会,加强了领导,特别是扭转了戏剧脱离政治的偏向。其中上海工人戏剧活动是在密切结合整风和总路线宣传两大政治高潮中繁荣起来的。1958年6月,举行上海工人话剧展览周前,演出了400多个节目。而且,据1957年第三季度统计,全市有1 300多个工人业余剧团。因此,再回想四年前上海市委宣传部领导和丁景唐、修孟千等人所做的有关工作,包括出版的《怎样开展工人业余文艺活动》小册子,具有拨乱反正、指导和推动的重要意义。

写 在 前 面

文化艺术工作是对广大工人群众进行共产主义宣传教育的强大武器之一。充分地发挥这个武器的作用,有领导地、有计划地开展工人群众业余文化艺术活动,就能逐步满足工人群众日益增长的文化娱乐要求,并进一步提高工人群众的社会主义觉悟和生产劳动热情,为国家的社会主义工业化的伟大任务而奋斗。由于遵循了毛主席的为工农兵服务的文艺方针,由于政府文化部门、工会和团的组织及文艺团体的协同配合工作,更由于广大工人群众热烈地参加了文艺活动,上海的工人文艺活动不断向前发展,质量也有所提高,并获得了不少成绩。但是,我们的工作还远远落后于生产的发展和工人群众的要求,专业文艺团体中间还有不少的人仍以冷淡的态度对待工人群众的要求和工人群众的创作与艺术表演;工厂企业中的党、团和工会组织也还有部分干部对文化艺术工作的重要性缺乏认识,甚至错误地把文艺活动与生产任务相对立起来,认为文艺活动妨碍生产,因而消极地限制文艺活动,或者机械地要求唱"生产"的歌、跳"生产"的舞、演"生产"的戏,大大地削弱了文艺活动的积极作用,有了这些错误的指导思想,就必然对工人群众文艺活动采取放任自流的或者粗暴的态度。

加强对工人群众业余文艺活动的领导,关键在加强思想领导。

第一,使有关干部明确认识文化艺术工作在社会主义建设中的重要性。毛主席在《在延安文艺座谈会上的讲话》中曾指示我们:"无产阶级的文学艺术是无产阶级整个革命事业的一部分,如同列宁所说,是整个革命机器中的'齿轮和螺丝钉'[1]。因此,党的文艺工作,在党的整个革命工作中的位置,是确定了的,摆好了的;是服从党在一定革命时期内所规定的革命任务的。"又说:"我们不赞成把文艺的重要性过分强调到错误的程度,但也不赞成把文艺的重要性估计不足。文艺是从属政治的,但又反转来给予伟大的影响于政治。革命文艺是整个革命事业的一部分,是齿轮和螺丝钉,和别的更重要的部分比较起来,自然有轻重缓急第一第二之分,但它是对于整个机器不可缺少的齿轮和螺丝钉,对于整个革命事业不可缺少的一部分。如果连最广义最普通的文学艺术也没有,那革命运动就不能进行,就不能胜利。

不认识这一点,是不对的。"

工人业余文艺活动是工厂思想工作一个组成部分,它应当为工厂思想工作和生产任务而服务。但是这种服务又必须根据文艺的特点和工人文艺活动的方针。我们同样反对把工人文艺活动重要性过分强调到错误的程度,也反对对它估计不足,抹杀其重要性。同时还要纠正两种片面认识——既要纠正不根据文艺特点,生硬结合政治任务、生产任务的粗暴态度;又要纠正脱离当前党的政治要求,孤立地"为文娱而文娱"的做法。

第二,继续认真学习一九五四年六月九日《人民日报》社论《进一步开展工矿文化工作》,中央人民政府文化部、中华全国总工会《关于加强厂矿、工地、企业中文化艺术工作的指示》和中共上海市委《关于加强工人群众文化娱乐活动领导的指示》,贯彻工人群众业余文艺活动的方针,并向广大的工人文艺活动积极分子进行宣传教育,以便使党的文艺方针、政策为他们所理解,成为他们思想的武器。

第三,对资产阶级通过文艺活动向工人群众传播资产阶级思想和腐朽的生活方式,必须进行坚决的斗争。上海曾是百余年来帝国主义、封建主义和官僚买办资产阶级的集中地,目前又是全国资产阶级比较集中的地方。过渡时期的激烈而复杂的阶级斗争,不能不反映到思想战线上来。很多事实都说明,由于我们工作中的缺点和错误,工人文艺活动受到资产阶级思想和生活方式的侵蚀与影响是严重的。譬如不少工厂中领导不重视文艺活动,有些工人就到一些尚未经过改造的下流的娱乐场所去找娱乐;有些工人还在看一些旧的有毒素的书籍和图画;有些工厂、企业乱搞交谊舞,播放黄色音乐……这些都败坏了工人群众的思想,助长了工人群众中的经济主义思想和对国家计划、劳动纪律、生产任务等的非社会主义态度。社会主义思想的削弱就意味着资本主义思想的增长,工人文艺活动作为思想战线的一翼,迫切地要求我们提高阶级警惕,加强具体的思想领导,维护社会主义的思想阵地。

不朽的先烈瞿秋白同志在二十多年前曾经对革命的大众文艺运动进行了理论的和实际的指导工作。他在《大众文艺的问题》中对革命的大众文艺寄予了殷切的希望:"革命的大众文艺的创造是一个伟大的艰难的长期的斗争,应当和极广泛的劳动民众联系着,应当争取广大的公开的可能,应当造成劳动者的文艺运动的干部(主要是要工人阶级来领导),开始可以是口头文学的干部,随后一定能够进到书面文学的干部。这都需要长期的刻苦的切实的有组织有系统的工作。"在一九三一年"九一八"以后,瞿秋白同志曾写作了通俗文艺杰作《东洋人出兵》,这个作品是到今天仍然值得我们好好学习的通俗文艺作品的范例。当时中国文坛旗手鲁迅也很重视革命的大众文艺,并曾主编过通俗周刊《十字街头》,创作了《好东西歌》《公民科歌》《南京民谣》《言词争执歌》等通俗讽刺诗篇。在一九三〇年三月左翼作家联盟成立后,进步的作家创作了一些反映工人生活的剧本,并辅导和协助建立了工人蓝衫剧团,在沪东、沪西和浦东的工厂区域中间开展了工人的戏剧活动和为工人服务的演剧活动。

(关于蓝衫剧团的活动,参见《瞿秋白文集》第一册第三〇五页《反财神》一文,及一九三一年一月的《北斗》二卷一期《一九三〇——九三一年中国戏剧运动发展的鸟瞰》。)

在我们编辑这本概略地反映近两年来的上海工人文艺运动的述评集子时,就自然地联想起无数革命先烈和文艺战士的创造性劳动和业绩,正是因为中国人民群众和革命先烈在党的领导下为中国人民的美好理想同敌人做不屈不挠的斗争,甚至以自己的生命和鲜血写下了中国人民解放斗争的历史(也写下了工人文艺运动的历史),才有我们的现在!我们现在有了自己的政权,有了党和人民政府对文艺的关心和鼓励,有了开展工人文艺运动[的]一切有利条件,文艺已经极广泛地和劳动人民发生了密切的联系,在工人群众中间将要培养出文艺战线上的新战士来。

但是,我们的努力十分不够,工人文艺工作中还存在很多问题。当我们一想到文艺工作在社会主义建设中的重大作用,一想到工人群众的热烈要求,一想到文艺战线上先驱者们的光辉事迹和他们对革命、对人民的无限忠诚与献身精神,就会鞭策我们尽最大的努力,以不断克服目前工作中存在的缺点和错误。我们希望这本简陋的集子将会得到同志们的批评和帮助。

丁景唐　一九五四年十月十一日

导读:

此文最初发表于1954年12月17日的《新民报晚刊》,题为"加强工人业余文艺活动思想领导——《怎样开展工人业余文艺活动》代序"。文后有按语:"《怎样开展工人业余文艺活动》一书不久即将由上海文化生活出版社出版,本文即系那本书的代序。这篇文章中所提及的一些问题可供目前参加工人文艺观摩演出的同志们的参考。"

值得注意的是此文除了重申毛泽东《在延安文艺座谈会上的讲话》的重要指示,还强调瞿秋白、鲁迅的大众文艺作品依然可以作为开展工人业余文艺活动的一种创作典范,这与丁景唐开始研究瞿秋白、鲁迅的学术活动密切相关。

注释:

〔1〕此语的历史缘由,详见丁言模:《冯雪峰与〈文化月报〉和〈世界文化〉第2期》,载《穿越岁月的文学刊物和作家》(四),中国社会出版社,2019年12月。

加强对上海工人业余文艺活动的领导

1954年6月4日《解放日报》社论

工人群众业余文艺活动是工厂的政治工作的一个重要方面。有领导地开展工人文艺活动,对鼓舞和发挥工人群众的劳动热情和创造能力,活跃工人文化生活,使之成为身心健康的自觉的生产战士,保证完成国家生产任务,具有重大的作用。自一九五三年十一月中共上海市委员会向各级党委发出《关于加强工人群众文化娱乐活动领导的指示》,逐步加强对工人文艺活动的领导以来,上海的工人文艺活动又向前推进了一步。根据一九五三年底的统计,全市现有市、区工人文化宫、俱乐部十个,工厂俱乐部八百三十多个,音乐、舞蹈、美术、戏剧等文艺组织五千六百余个,参加人数达十一万人。通过全市和各区的会演,出现了不少富有艺术表现能力的人才,显示出工人群众在文艺战线上和生产战线上同样具有丰富的创造能力。上海参加文艺活动的工人群众,已成为一支联系上海工人、为广大工人群众所热爱的业余文艺队伍。这支业余文艺队伍,蕴藏着极其丰富的创造力量,它的潜在力量的不断发挥,不仅有利于工厂工人业余文艺活动的开展,也将有助于上海文学艺术的繁荣。

一年多来,由于党委加强了对工厂文艺活动的领导和各有关部门的具体分工指导,上海工人业余文艺活动已克服了过去长期停留于分散自流的状态,初步贯彻了工人文艺活动的方针,基本上纠正了铺张浪费、形式主义、影响生产的混乱现象。有许多工厂过去逢年过节才搞文娱活动,现在已开始做到比较经常、深入、开展多样性的活动了。如国营上海第二纺织机械厂虽然活动场地受到限制,但由于领导重视和工会文教干部的努力,他们适应各种不同对象的不同需要,广泛地开展歌咏、舞蹈、美术、戏剧、讲故事及车间"红角"等活动。该厂的工人写作小组还经常结合政治宣传任务,编写快板、唱词等演唱材料,及时表扬先进人物、先进思想,有力地鼓舞了工人劳动热情,有利于生产任务的完成。

但是,在工人文艺活动中还存在不少缺点。首先,尚有不少工厂的党、团和工会组织漠视工人文艺活动的重要意义,不关心工人的文化娱乐生活,以致有不少工人在业余时间得不到正当的文化娱乐,甚至有些工人去找寻不正当的消遣,使资产阶级思想和封建迷信思想侵蚀到工人队伍中来,引起败坏工人思想意识、妨碍生产的严重恶果。其次,工人文艺活动开展还很不平衡,还极不深入,没有在一两个基础较好的工厂中以工厂俱乐部为主创造出一套密切配合政治任务并与生产相结合的较为完整的文艺活动的经验,以指导全市工人文艺活动的普遍开展和逐步提高。再次,专业文艺团体对工人文艺的辅导还不够密切,不够经常,缺乏统一的计划和具体的安排,工厂文娱材料的供应仍远远落后于工人群众的需要。

为了在现有的基础上把上海的工人业余文艺活动逐步地提高,必须采取积极的办法加强对工人文艺活动的领导。

第一,应当继续贯彻市委的指示,大力宣传工人文艺活动的方针,即"在业余、自愿、群众性的原则下,密切配合党的政治任务,以群众喜闻乐见的形式进行宣传教育,鼓舞和发挥工人的劳动热忱和创造能力,活跃工人群众的文化生活,以达到推动生产、发展生产的目的"。所谓业余的,就是因为工人的基本任务是搞好生产,必须在业余时间开展文艺活动,工人文艺活动要适应生产的条件并为生产服务。所谓自愿的,就是要积极地加强领导,组织群众自觉地参加他们所喜爱的各类文艺活动,不能借口自愿而放弃领导。我们反对有些干部平时对文娱活动不闻不问,运动来了,就强迫命令工人连夜排演舞蹈、戏剧等违反自愿原则的错误做法。而群众性,就是要根据群众的需要和爱好,开展多样性的活动,吸引广大工人群众参加到活动中来,以短小精悍的形式表现正确的思想和健康的内容,如此既适宜于工厂的生产条件,又为群众所喜闻乐见。业余、自愿、群众性三者密切联系,不可偏废。我们要牢牢地掌握这个正确的方针来指导工作,凡是和这个方针相违背的都应该加以批判和纠正。

第二,在已经开始关心工人群众文艺活动的工厂中,需要进一步解决文艺活动如何正确地配合党的政治任务和为生产服务的问题。在这方面,我们既要反对那种脱离政治、脱离实际、为文娱而文娱的做法,又要反对不顾文艺特点,生硬地和机械地结合政治任务的粗暴态度和做法。

现在有些工厂的干部以交谊舞作为唯一的文娱活动,甚至有的以黄色音乐伴奏,传播资产阶级的腐朽生活方式,以至发生妨碍生产、败坏思想意识的现象,应予以纠正。我们的文艺活动是有它严肃的目的性的,即通过文艺活动教育和鼓舞工人劳动热忱,活跃工人文化生活,以为生产服务。因此必须保证文艺活动内容一定是正确的、健康的。必须在工人文艺活动中确保社会主义思想的领导,不能容许在工人文艺活动中传播资产阶级的思想和生活方式。

另外,又有些工厂的党、团、工会干部认为,工厂中的文艺活动只能唱"生产"的歌,跳"生产"的舞,演"生产"的戏。他们忘记了工人与机器的根本差别,不了解文艺的特点主要是借助形象来表达人们的生活和思想感情,以之感染和打动人心。在这种思想的指导下,就产生了生硬地、机械地配合政治任务的偏向,把政治庸俗化了,因而既不能感动人,也收不到政治效果,其结果是降低了群众对文艺活动的兴趣和信心。

工人的文艺活动也不可能成为狭窄的"车间文学",而要有广阔的社会内容,它既可以反映本厂的先进人物、先进思想,也可以唱抒情的歌曲,表演优美的民间舞蹈,尤其是要提倡表现现代生活的戏剧,但也不应因此而反对演出人民性、艺术性较强的古典小戏。在具备一定条件的工厂中,也可以组织业余的合唱队、器乐队。要认识到,只要有利于身心健康,就是有利于生产。

为了很好地解决文艺活动配合政治任务、为生产服务的问题,必需组织力量,选择几个在文艺活动上已有一定基础的工厂,创造和总结这方面的经验,以实际事例来树立榜样,指导全市工人文艺活动健康地开展。这是当前工人文艺活动中的一个重要任务。

第三,工人群众业余文艺活动是专业的作家、艺术家活动的基础的一部分。工人业余艺术活动除了活跃工人文化生活、鼓舞工人群众劳动热忱、积极为生产服务的任务之外,还可以为专业文艺[队伍]培养出雄厚的后备力量;而后一个任务的完成,必须得到专业文艺工作者的帮助,在提高的指导下进行普及,而又在普及的基础上进行提高。工人群众的政治水平和文化水平在不断提高,他们对文艺的欣赏水平也在不断提高,工人文艺活动的广泛开展,不能不要求在普及的基础上逐步提高。为此,专业文艺工作者要进一步关心和帮助工人业余文艺活动。上海工会应当会同上海市人民政府文化事业管理局和上海市文学艺术界联合会,选择几个较有基础的工厂与专业文艺工作者建立经常性的联系和辅导制度,并做出具体计划,加以实行。这样既可使专业的文艺工作者在接近工人群众的过程中得到锻炼,提高自己的创作和表演艺术水平,又可以使工人文艺活动在现有的基础上逐步提高。

第四,必须系统地培养一批既懂得文艺方针又有一定业务能力的文艺活动干部,以进一步开展工人文艺活动。去年十一月由上海总工会等举办的上海市工人业余艺术训练班,已经结业或即将结业,学员经过学习,明确了工人文艺方针,具有了一定的业务水平。他们在学习期间的努力,使担任教课的专业文艺工作者受到很大的感动和教育。工人业余艺术训练班在培养工人文艺活动骨干方面取得了不少的经验。他们学习回厂后,将在实践中进一步巩固学习成果和提高自己的工作能力。上海市工人业余艺术训练班将不断积累教学经验,在一定时期内逐渐发展为工人业余艺术学校,培养训练更多的工人文艺活动干部,以适应工人文艺活动广泛开展的需要。此外,随着工人文艺活动的开展,供给工人文娱演唱材料的问题必须相应地获得解决。因此希望专业作者多多创作短小精悍、通俗活泼的演唱材料,有关的报纸刊物和出版社也应当注意多刊登和出版这方面的材料。

为了进一步展开工人群众文艺活动,必须保证工人文艺活动在党的正确方针指导下开展,防止资产阶级思想和封建迷信思想通过文艺活动来侵蚀和危害工人阶级。各工厂的党的组织应该把工人业余文艺活动当作党在工厂中的政治工作一个重要组成部分,给予殷切的关怀和具体的领导;工会和青年团的组织应该把它作为组织群众文化工作的一个重要方面,在党的统一领导下进行工作,并取得行政的支持和帮助;政府的文化部门和专业文艺团体必须以对工人群众负责的态度,关心和辅导工人的业余文艺活动。只有在党的统一领导下,经过各有关方面的共同努力,才能保证工人文艺活动健康地顺利地开展,把上海市的工人文艺活动在现有基础上逐步提高,为伟大的社会主义建设服务。

导读:

  该社论在丁景唐、修孟千等人文章的基础上,进一步整理、归纳和提高,经过上海市委宣传部和《解放日报》领导等修订、审核,作为上海市委机关报的社论公开发表。该社论正式明确地指出了工人业余文艺活动的基本方针、任务和目的,以及纠正偏差的举措。

谈谈工人业余文艺活动的方针

丁景唐

上海是中国大都市之一，是工业和文化发达的都市。上海的工人阶级在中国共产党领导下，有着光荣的革命斗争历史，上海在中国的文艺发展史上也有它光辉的历史。有了党所领导的工人运动，又有了党所领导的文艺运动，也就有了党所领导的工人文艺运动以配合党的革命斗争任务。早在一九二五年，上海工人阶级在党的领导下，发动了反对帝国主义压迫的"五卅"运动。现在根据当年参加反帝斗争的老年女工施小妹的背诵而记录下来的"五卅"歌曲《十二月花名》[1]（收入群益出版社出版的"工农兵文艺小丛书"），即系"五卅"运动时在工人群众中流行的革命歌曲。这支歌曲以工人群众喜闻乐见的形式歌唱了工人群众的斗争热情和革命的要求。在第二次国内革命战争期间，中国革命文坛的旗手鲁迅先生和瞿秋白同志曾一起在上海领导了"左翼作家联盟"[2]，同帝国主义和国民党的反动文艺进行了尖锐的斗争。虽然由于敌人以牢狱、暗杀、逮捕等反革命阴谋手段来加以摧残，但进步的文化战士，依然团结在中国共产党的旗帜下，以锐利的文艺武器和敌人做了坚韧的斗争，团结教育人民，鼓励人民前进。一九三一年"九一八"后，瞿秋白同志曾以普通话和上海话写作了通俗文艺作品《东洋人出兵》，揭露国民党投降日本帝国主义的卖国政策，指出："国民党原本是地主、买办、官僚资本家的党，他们宁可把国家送给日本帝国主义，送给美国帝国主义，送给国际联盟的帝国主义。"[他]号召"全国的工农兵，大家起来大革命，革命才能打退日本人"，"打倒国民党，救自己的命"。

在抗日战争和人民解放战争中，有些工厂的工人也用初级的文艺形式，如墙报、漫画、小调、歌曲做武器，以打击敌人、讽刺敌人，团结教育工人群众，鼓舞斗争情绪，为人民解放事业的胜利而奋斗。一九四八年[发生]申新九厂"二二"事件[3]时，工人群众高唱《团结就是力量》等歌曲反抗蒋匪帮军警胁迫，就是动人事例之一。甚至当工人、学生们被国民党反动军警逮捕关入牢狱时，人们勇敢地唱出"坐牢算什么，出来还要干"的歌声，表示他们为革命献身的决心。

1949年前这些进步的文艺活动，不能不受到很大程度的限制。国民党反动派不许工人接触进步文艺，并用黄色、有毒素的"文艺"麻醉和毒害工人。工人群众真正能够广泛地带有群众性地直接参加文艺活动还是在1949年以后的事。由于党和人民政府的不断关怀，以及工会、团和文化部门的具体工作,上海的工人文艺活动自 1949 年以来随着生产的逐步恢复、发展和工人物质生活、政治文化水平的不断提高,已比较广泛地开展起来。据上海总工会宣传部一九五三年底的统计,全市有基层俱乐部八百三十多个,各种音乐、舞蹈、美术、戏剧等组织共五千六百余个,参加人数达十一万人。出现了不少比较优秀的文学艺术创作和表演人才。四年来,通过各项文娱活动,在配合政治宣传、鼓舞工人群众劳动热情、满足广大工人群众文化生活要求、推动生产等方面有了一定的成绩。但过去因为各个方面忙于生产的恢复、发展和改革、改造运动,对工人文艺活动没有很好过问,因此上海工人文艺活动中的潜在力量还没有充分发掘,工作中存在的问题也很多,没有得到适当解决。为改进和加强领导起见,一九五三年上半年,中共上海市委宣传部研究了上海工人文艺活动的情况,同年十一月中共上海市委发出《关于加强工人群众文化娱乐活动领导的指示》,确定了工人文化活动方针,逐步加强领导。

工人业余文艺活动是工厂政治工作和丰富与活跃工人文化生活的一个重要组成部分。有领导地开展文艺活动不仅可以满足工人日益增长的文化娱乐要求,而且能进一步提高工人群众的社会主义觉悟,鼓舞工人的劳动热情,[使工人]为国家的社会主义工业化的伟大任务而奋斗。因此搞好文艺活动是有利于推动生产、发展生产的,也是符合总路线[4]的要求,为总路线服务的。

根据中共上海市委指示,工人业余文艺活动的基本方针是:"在业余、自愿、群众性的原则下,密切配合党的政治任务,以群众喜闻乐见的形式进行宣传教育,鼓舞和发挥工人的劳动热忱和创造能力,活跃工人群众的文化生活,以达到推动生产、发展生产的目的。"

这里需要说明三个问题。

第一个问题是工人文艺活动的业余、自愿、群众性的原则问题。

工人的职责是创造社会物质财富,把我们伟大的祖国建设成自由幸福的社会主义国家。搞好生产是工人的根本任务,而工人所从事的生产工作又极紧张,需要在业余有适当的休息和文艺活动以消除疲劳,恢复体力,调剂身心,为明天迎接新的生产任务做好准备。因此工人文艺活动必须在业余时间进行,并且不能使群众感到疲劳,过分消耗体力而损害健康。当然在工人中间也有一些文艺上有才能的人,如话剧《不是蝉》的作者魏连珍[5]就是个铁路工人,电影《六号门》[6]里有许多角色由搬运工人自己扮演,上海的《劳动报》经常刊载工人的画稿,上海的《解放日报》和北京的《人民日报》《工人日报》《中国青年报》《人民文学》上也不断刊登上海工人的优秀文艺作品。但这些在文艺上有一定才能的人究竟是少数,而且需要长期培养和艰苦的持久的劳动,才可能成为一个在文艺方面有成就的人。就个别有杰出的文艺才能的工人(当然,他们的才能也是热烈爱好、刻苦钻研获得的)来讲,他们有可能经过长期培养和艰苦的持久劳动成为专业文艺工作者,然而,这是一个特殊的问题,不能要求每个工人都朝这个方向努力。由于过去对工人业余文艺活动方针的宣传教育工作做得不够,有许多工人同志不了解工人文艺活动必须坚持业余原则,往往占用生产时间搞活动,或没有节制地搞活动,开夜车,闹通宵,弄得白天打盹,生产没有劲。也有些人参加某些文艺学习班学习后,自以为有一套,不愿在本厂搞文艺活动,独想参加市一级、区一级文艺团体(当然适当地与其他工厂交流文娱节目,参加市、区的观摩演出,对提高表演艺术、推广优秀节目是必要的)。由于这些同志违背了业余原则,劳动纪律松弛,影响生产,因而引起党委批评,行政、工会提出意见,群众不满,结果必然脱离群众,把厂里的文艺活动搞垮。

  既然工人文艺活动是业余性质的活动,就必须在活动中贯彻自愿原则。所谓自愿,就是不能用强迫命令的方法强制群众来参加活动,而是主动积极地领导,设法吸引群众自愿地来参加活动。但自愿并不等于放弃领导,任其自流。正是为了要很好地贯彻自愿原则,更应该积极领导,加强领导。领导上应该运用各种方法在文艺活动积极分子中进行组织工作,加强他们的责任心,发挥他们的积极性,同时通过文娱活动鼓励群众的兴趣,吸引群众参加。有许多工厂的领导同志由于既不了解文艺的特点,也不了解自愿原则,平时不管,政治运动或观摩演出来了,就命令负责文艺工作的干部限定几天赶排一个戏,弄得大家思想上背包袱。如国棉六厂的唐克新[7]同志,因为他在报上发表了《车间里的春天》等作品,工会文教干部知道他会写作,就交给他一个工资改革的文件,限其在三小时内赶写一个剧本,因为他写不好(事实上,在工资改革开始前,如何能写好一个剧本呢?)就受到批评。像这样违反文艺创作规律的强迫命令做法,其不能令人满意是必然的了。某厂行政上平时对文艺活动不闻不问,一次有人来参观工厂,就赶忙将工人从车间调出来练习军乐、舞蹈。结果因时间匆促,搞得不像样。参观者一走,领导上对文艺活动照样不闻不问。所以,工人称之为"运动来了一阵风,运动过去一场空"。一九五三年春节,全市工人文艺汇演中发现某工厂,勉强要怀孕的女工上台演戏,致晕倒台上。有的工厂不尊重老年工人,硬拉老年工人跳舞,不跳就批评他们落后。以上这些违反自愿原则的现象,大大减低了工人群众对文艺活动的兴趣,使愉快的心情加上重重的压力,结果也就窒息了文娱活动。

  为了很好地贯彻业余、自愿原则,还必须顾及群众性的原则。所谓群众性,就是通过多种多样的方式吸引不同对象参加他们所喜爱的活动,达到"百花齐放"。有些人以参加活动的人数多少作为群众性的标准,这样理解是不够全面的。有的工厂由于没有很好掌握群众性原则,造成一些混乱现象。如有些爱好文艺活动的职工,光想自己出风头,爱排演大戏,不当主角就不干,不愿为本厂群众服务;有的工厂花钱请了一些不三不四的人来辅导,专教少数人,讲究形式,讲究行头,排出一些歪曲政策的戏,群众大不满意;又有一些工厂的文艺组织闹小圈子,不团结,搞越剧的工人互分宗派,你说某人好,他说某人好,各取一派,甚至因此相互争吵。这类违反群众性原则的现象也是影响工厂业余文艺活动开展的。

业余、自愿和群众性这三个原则是一个统一体,不能分割开来。我们应当在工作中牢牢地掌握这些原则。

第二个问题是文艺活动如何配合政治任务的问题。

工人文艺活动应当密切配合党的政治任务,以群众喜闻乐见的形式进行宣传教育,鼓舞和发挥工人的劳动热忱和创造能力,活跃工人群众的文化生活,以达到推动生产、发展生产的目的。我们反对脱离党的领导,不管群众的兴趣爱好,孤立地凭个别文艺活动分子的癖好去搞所谓文艺活动。但是文艺活动又不能生硬地、机械地结合政治任务,因为文艺不是政治,政治自然也并非文艺。毛主席说:"政治并不等于艺术,一般的宇宙观也并不等于艺术创作和艺术批评的方法。"(《在延安文艺座谈会上的讲话》)硬要把文艺编成政治口号、说教的条文,也就毁坏了文艺感动人的力量,因而也很难通过文艺的形象完成政治的任务。文艺活动有各种各样的形式,应当根据各种不同文艺形式的特点为政治服务。歌咏、说唱、美术等作为文艺形式,比较能够紧密配合政治宣传,特别是漫画、快板等短小形式,可以配合黑板报、大字报等宣传工具起一定的宣传教育作用。至于舞蹈、杂技等,只要它们的演出能鼓舞工人的劳动热情和培养工人机智、敏捷的性格,使工人看了之后身心愉快,生产有劲,也就达到为生产服务的目的了。

国营上海第二纺织机械厂在这一方面做得比较好。该厂的文娱组织经常配合党委布置的各项任务和生产工作开展文娱活动,但又不是机械地配合,而是根据各种文艺形式的特点适当地予以配合。该厂的写作小组经常结合政治运动编写快板、小调、唱词等演唱材料,及时表扬生产上的先进人物、先进思想,有力地鼓舞了工人[的]生产热情;也演出民间小戏和演唱优美的民间歌曲。美术小组经常结合运动,绘制漫画,表扬优秀工作者,批判生产中的各种不正确思想,成为宣传工作的锋利武器。如他们为了超额完成生产任务,在墙报上画了一列火车,生产完成得好的先进小组代表已进入头等、二等车厢,而生产落后的小组代表还在候车室里坐着。又如,有些工人兄弟,在离下班五六分钟之前,就挤在理发室前排队等候理发。漫画组的同志第二天就在墙报上画了一幅漫画,画上一只钟,短针在五时,长针在十一时上,理发室前排了十几个人在等。工人看了这幅画,就相互批判了不遵守按时下班的错误,加强了劳动纪律。同时他们又广泛地开展了歌咏、舞蹈、戏剧、讲故事及车间"红角"等多种多样的文艺活动,以适应各种不同对象的不同需要。国营上海第二纺织机械厂的经验值得我们参考。

有些单位由于不了解各种文艺形式的特点,就发生生硬配合政治任务的现象。某银行表演流水作业舞,用舞蹈动作表现领款手续简化过程;某工厂跳集体舞时每人戴一个纸帽子,每顶帽子上写一个很大的字,凑成几条标语,以配合各个时期不同的政治任务。以上这些做法既破坏了艺术的表现,也把政治庸俗化了,因而既不能感动人,也达不到政治效果,其结果是降低了群众对文艺活动的兴趣和信心。工人文艺活动兼有宣传教育作用和娱乐作用,而两者又密切结合在一起。这是我们理解文艺活动配合政治任务所应当明确的。因为通过健康的娱乐性活动,也同样能促使大家更加奋发地努力生产,也即达到了为政治服务的目的。

第三个问题是关于工人文艺活动的内容和形式的问题。

工人文艺活动的内容应该是健康的,题材也应当是广阔的,使工人群众受到教育和鼓舞,身心愉快地积极参加生产。工人文艺活动的内容不能太狭窄,不可"关闭在一个工厂范围内",不可作"车间的文学",参见俄共(布)中央一九二五年《关于党在文学方面的政策》(《苏联文学艺术问题》第七页)。有人认为在工人群众中只能唱"反映生产"的歌,跳"反映生产动作"的舞蹈,表演"反映生产过程"的戏剧,这种理解是忘记了人与机器的根本差别,漠视文学艺术的根本特点是借助形象来表达人的高贵品质、思想和情感来感染和打动人心。这种错误的认识必然会对文艺采取粗暴的态度,使文艺的花朵萎谢。工人文艺活动的内容既可以表现本厂工人中的先进人物、先进思想和他的家庭、社会生活,也可以演唱祖国各个战线上的先进人物、先进思想和先进事物(包括歌颂人民军队、工农联盟等),自然也可以练习健康优美的抒情歌曲和民间的舞蹈。一九五三年春节,全市工人文艺汇演中发现不少内容散播资产阶级腐朽思想和封建迷信、色情低级趣味的文艺节目,如跳黄色的舞蹈、表演恐怖的杂技、演出歪曲政策的滑稽戏等。这些东西对工人的身心健康有损,是应该坚决予以批判的。上海曾是帝国主义、封建主义、买办官僚资本主义及其代理人——国民党统治中国人民的据点,而目前我们又处在社会主义革命即社会主义改造的阶段,因此在工人文艺活动中反对资产阶级思想和封建迷信思想的侵蚀,是一个极为重要的任务。我们必须以高度的阶级警惕性密切注意这个问题,在工人文艺活动中确保社会主义思想阵地,一定要以社会主义思想教育工人群众。

在工人文艺活动中,应当提倡短小精悍、生动活泼、为工人群众所喜闻乐见的形式,诸如歌咏、舞蹈、快板、漫画、独幕剧(特别要提倡能表现现代生活的话剧)等。文艺活动的形式也要符合目前生产情况,为工人群众所欢迎。有些工厂不顾时间、经济、业务水平等条件盲目地排演全本大戏,如《梁山伯与祝英台》等,这是不符合工人文艺方针的。今天苏联的工人业余剧团在演出高尔基的《夜店》、奥斯特洛夫斯基的《大雷雨》、果戈理的《钦差大臣》[8]等古典剧,也表演芭蕾舞和大型歌舞,学习大幅油画、壁画(参见上海市中苏友好协会译《苏联的业余艺术活动》),这正是我们明天美好的远景。但中国目前生产条件和物质条件不够,我们的文化水平和艺术水平也还不高,因此暂时还缺乏条件排演大型的优秀的古典戏。可是我们也不是为普及而普及,老是停留在原有水平上。工人群众文化水平在不断提高,欣赏水平也在不断提高,如果不在普及的基础上进行相应的提高也是不对的。我们要切实地争取政府文化部门和专业文艺工作者的辅导、帮助,使工人的业余文艺活动逐步丰富。在具备足够条件的工厂中,是可以排演《赵小兰》《妇女代表》等话剧或组织合唱团、管弦乐队的。并且也要有领导地组织工厂之间的节目交流,区俱乐部、工人文化宫应该定期演出各厂的优秀节目,以推动和提高工厂文艺活动。在经过充分的筹备工作以后,全市也可以每年举行工人文艺观摩演出。在原来的地方停滞不前,同样也是脱离群众。

此外,我们也不能忘记,工人群众业余文艺活动是专业的作家、艺术家的活动的基础的一部分。工人业余活动除了活跃工人的文化生活、鼓舞工人的劳动热忱、积极为生产服务的任务之外,还有一个为专业文艺[队伍]培养文艺后备军的任务;而这些任务的完成是必须得到专业文艺工作者的帮助和辅导的。工人业余文艺活动的蓬勃开展,同样也会促使专业文艺的前进。争取文学艺术的繁荣,是要各个方面的共同努力才能达到的。

一九五三年十一月九日
在上海市第一期工人业余艺术训练班上讲
一九五四年十月十日重写

导读:

此文初稿为《工人业余文艺活动的方针——上海工人业余艺术训练班第一讲》,1953年11月初讲,1954年4月10日至12日根据记录修改。本文为1954年10月10日重写,发表于1954年12月25日《文艺月报》第12月号第24期。

据王敢泊的《介绍上海市第一期工人业余艺术训练班》一文介绍,上海市工人业余艺术训练班是在总结上海过去办班的经验的基础上,吸收北京市业余艺术学校的经验,由上海总工会宣传部、上海市文化事业管理局、上海市文联、青年团上海市委宣传部联合组成班务委员会试办的。第一期招收的学员来自126个工厂,通过保送和测试相结合的方式录取318人,其中青年团员占60%,学员们的学习热情很高。

工人业余艺术训练班第一期共设音乐、舞蹈、戏剧、美术四门课,于1953年11月分别在全市中区、东区、西区开班教学,1954年5月结束。这四门课程第一讲均为《工人文艺方针》的报告,由中共上海市委宣传部文艺处丁景唐主讲,帮助学员树立正确的思想认识。这是丁景唐首次面对全市300多人公开讲课。后根据讲课记录稿屡次修改,最终定稿,编入《怎样开展工人业余文艺活动》小册子。

注释:

〔1〕《十二月花名》,即《孟姜女》,是一首江苏民歌,在长江中下游流传甚广。"五卅"时期,瞿秋白将其改写为《救国十二月花名》,刊登于瞿秋白主编的《热血日报》。后发行《十二月花名》小册子(施小

妹等著),群益出版社将其列入"工农兵文艺丛书",1950年7月出版。此小册子第一篇便是《十二月花名》(与瞿秋白改写的《救国十二月花名》基本相同,一些用词略有不同),还有《机器歌》(申新十九厂张政达)、《翻身歌》(秦云程、刘玉福等)、《国际和平斗争日》(新华印刷厂一厂集体创作)、《新山歌》(丁力)等。

〔2〕这是丁景唐首次公开提出鲁迅、瞿秋白共同领导"左联"的观点,并作为一个新课题加以研究。他根据上海鲁迅纪念馆副馆长谢旦如口述,与杨之华交谈,并实地考察后,撰写了第一篇关于瞿秋白20世纪30年代初在上海活动的文章,即《瞿秋白同志在上海紫霞路的时候》(《新观察》1955年第12期,后经修改,收入丁景唐等人合作的《瞿秋白研究文选》,天津人民出版社,1984年)。1954年底,他写了考证文章《从〈鲁迅日记〉看鲁迅和瞿秋白的友谊》(修改后收入他的专著《学习鲁迅作品的札记》,上海文艺出版社,1983年),创建了"鲁迅与瞿秋白"的研究新项目。多年后,茅盾晚年书写赠给丁景唐的七绝:"左翼文台两领导,瞿霜鲁迅各千秋。文章烟海待研证,捷足何人踽上游。"此后,丁景唐长期搜集左翼文艺运动史的资料,汇编成籍,并进行开拓性的研究,为这方面的学术研究打下了良好基础。详见丁言模:《丁景唐、文操合编〈瞿秋白著译系年目录〉》《丁景唐〈学习鲁迅和瞿秋白作品的札记〉》《丁景唐、王保林合著〈鲁迅和瞿秋白合作的杂文及其它〉》,载《瞿秋白与书籍报刊——丁景唐藏书研究》,中国社会出版社,2013年9月。

〔3〕1948年1月底,上海在三天内接连爆发了三起重大斗争。1月29日,同济大学学生罢课;1月30日,申新九厂工人罢工;1月31日,舞女到社会局请愿,并捣毁了该局办公室。学潮、工潮、舞潮"三潮并发",遭到残酷镇压。申新九厂"二二"惨案中,有3人牺牲,40多人重伤,100多人轻伤,236人被捕(其中26人被判刑),365人被开除,这在上海工人运动史上是十分罕见的。(详见郑庆声:《1948年上海申新九厂大罢工真相》,《世纪》2004年第1期。)

〔4〕1952年底,国民经济恢复任务已基本完成,根据毛泽东的建议,党中央根据中国的实际情况,提出了党在过渡时期的总路线,作为过渡时期各项工作的指南。1953年9月25日,《人民日报》正式公布了这条总路线。

〔5〕魏连珍,1919年出生,河北鹿泉人,读过小学,后为技术工人。1947年参加土改,次年成为石家庄车辆段工会宣传委员,1949年当选为石家庄市人民代表,1950年调任石家庄铁路分局工会宣传干事,先后在北京、合肥、济南等地铁路系统从事文艺创作或指导工作。主要作品有多幕剧《解放乐》《归来》《不是蝉》。

九幕话剧《不是蝉》,讲述中华人民共和国成立初期石家庄铁路工人促先进、帮后进,齐心协力进行劳动竞赛的故事。该剧展示了中国工人戏剧创作的高水平,在中国戏剧史上留下浓重的印记。

〔6〕电影《六号门》根据天津搬运工人集体创作的同名舞台剧改编,吕班导演,郭振清、谢添、李紫平、李晓功等主演,1953年上映。影片主要讲述天津码头工人在地下党的领导下与货场把头进行坚决斗争的故事。

〔7〕唐克新,原名唐克舜,江苏无锡人。曾做过童工、伙夫、工人,1954年后历任国营上海第六棉纺织厂工会干部、《萌芽》杂志编辑、中国作协上海分会专业作家。著有长篇小说《夜海飘流记》、短篇小说

集《车间里的春天》《种子》《我们的师傅》、中篇小说集《失去了威信的父亲》等。

〔8〕这几部经典话剧,早在左翼文艺运动中已经译介,并改编后搬上上海等地舞台。详见丁言模:《第一本左翼综合性文艺刊物〈艺术〉月刊》《〈艺术〉月刊的"续篇"〈沙仑〉月刊》《鲁迅观看王莹等演戏》,载《穿越岁月的文学刊物和作家》(三)(四),中国社会出版社,2018年8月、2019年12月。

上海工人业余文艺活动中的几个问题

丁景唐、修孟千

工人业余文艺活动,在配合党的政治思想教育、鼓舞工人的劳动热忱和创造能力、活跃工人文化生活等方面,有很大作用。拿上海来说,据一九五二年九月份的统计,全市共有工人业余文艺组织六千四百三十个,参加的职工近十一万人,活动的形式多种多样,有歌咏、舞蹈、快板、相声、拉洋片、口琴、民乐、杂技、漫画及话剧、地方戏等。节目内容有的密切配合当前的政治任务,有的反映工人群众在生产建设中的劳动热忱和日常生活中的欢乐情绪,一般都能表现出工人群众丰富多彩的生活和健康、明朗的精神面貌。这说明了工人群众不但在生产战线上是生产能手,而且在文艺活动上也有丰富的创造力和艺术才能。

但是,上海的工人业余文艺活动由于过去相当长期内缺乏正常的领导和明确的方针,以致不少基层单位的业余文艺活动陷于自流,甚至产生了铺张浪费、脱离群众、影响生产的严重情况。根据各方面的调查及一九五三年春节全市各区工人文艺表演中所暴露出来的情况,主要有如下几个问题:

第一,各区委、各产业党委及基层单位普遍地缺乏对工人业余文艺活动应有的领导,工厂基层单位党、工会、团的领导干部,大都对工人文娱活动采取不闻不问的态度。很多基层单位党、工会、团的领导干部,从来没有研究过工厂文娱工作,使文娱活动的积极分子在开展文娱活动上摸不清方向,陷于自流状态。有的因为得不到领导的支持和专业文艺部门的辅助,就花钱到厂外聘请未经思想改造的艺人来厂教戏、魔术和杂技,许多庸俗、形象恶劣、低级趣味、不健康甚至有害的东西便侵蚀工人文艺活动了。如在各区的春节文艺活动中,就有不少单位表演吞火棒、咬电灯泡等恐怖野蛮的杂技,将优美健康的民间舞蹈表演成黄色舞,在戏曲中出现了一些形象恶劣、侮辱劳动妇女的节目。而这些单位的领导干部对这些危害工人思想意识的现象,往往熟视无睹,放弃领导,放弃了维护工人阶级先进思想不受资产阶级、小资产阶级思想侵害的神圣职责。也有一些基层单位的文艺活动积极分子从极少数人的偏爱出发,专想演大戏,向专业剧团看齐。他们不是面向本厂、面向车间,而是面向厂外。如有些工厂常演大型古装多幕剧《梁山伯与祝英台》《西厢记》《白蛇传》等,花几百万元购置华丽的服装道具,有时还对外演出,致劳动纪律松弛,影响生产。

多数基层单位的领导干部之所以对工人文艺活动放松领导以至放弃领导,主要因为他们对工厂文娱活动的方针、目的及文艺对生产的作用缺乏正确的认识。概括起来有两种思想表现。一种是不关心工人的文化生活，根本轻视甚至取消工人的文娱活动，认为唱歌、舞蹈对生产没什么作用。有一个国营工厂党委会的宣传部部长曾说："我就认为文娱活动不过是蹦蹦跳跳，没有什么政治意义。"有许多工厂的文娱活动，因为得不到领导上的支持而陷于自流，陷于停顿，以致工人在业余时间得不到正常的文化娱乐活动，到厂外去寻求不正当的娱乐，沾染了不良习气。如上海钢铁公司第三厂由于领导不重视，原有的文娱组织都垮了台，不少工人在业余时间聚赌，有的把手表、脚踏车都输掉，引起工人家庭不睦，情绪不安，不但危害工人身心健康，对生产也不利。另一种是不了解文艺活动的特性，片面地、机械地理解文艺活动要密切配合政治宣传和生产任务。有的工厂遇到政治运动，就机械地规定内容，硬性分配节目。不少工厂的领导同志，往往在运动开始时甚至在运动开始之前，就出题目，指定题材，限负责文娱活动的干部于最短期内编写文娱材料或表演节目。如某厂在民主改革工作开始前，要求文娱活动配合任务。搞文娱活动的干部就花钱请了一个既对民主改革毫无认识，又缺乏政治常识的旧剧编导来编曲艺。工人排演了半月，预演时，军代表看了，指出有原则性错误，但已经浪费了不少人力、物力，并引起工人的愤慨。在这种以强迫命令来代替细致的思想领导的情况下，在工人文艺活动中，较普遍地出现了教条概念、标语口号的东西。群众反映："内行的不爱看，外行的看不懂。"又说："运动来了一阵风，运动去了一场空。"这样，不但未起到文艺活动应有的作用，反而降低了工人对文娱活动的兴趣，使工人不但不能减少疲劳，反而增加了疲劳，因而也就得到和这些领导干部的主观愿望恰恰相反的效果。

同时，有不少的基层单位又把工厂的文艺活动与宣传工作分割开来。如国营上海第二纺织机械厂的车间文教工作，只搞政治学习、读报，与文娱活动互不联系，互不配合。虽然有不少的党员、团员及党的宣传员参加了文娱组织，而党委的领导上却很少注意通过党、团组织及宣传员加强对文娱活动的领导，使得工厂的文娱活动和宣传工作分割开来，不能密切结合展开宣传。

工厂的业余文艺活动是工人群众自我教育的有效方式之一。基层领导干部应充分认识工厂文娱活动的作用和意义，加强对文娱活动的组织领导和思想领导，才能使工厂文艺活动正常地开展，发挥其特有的积极作用。

第二，在培养开展工人业余文艺活动的干部问题上，缺乏明确的方针和目的。1949年以来，上海总工会、上海市人民政府文化事业管理局、上海市文学艺术界联合会、新民主主义青年团上海市工作委员会等有关部门，曾先后举办过五十多次包括音乐、舞蹈、美术、戏曲、写作等项目的工人文艺训练班，培养了工人业余文艺活动的积极分子四千四百多人，在开展工人业余文艺活动上曾起了不少推动作用。但是各种工人文艺训练班长期缺乏明确的方针和目的，缺乏思想领导。在教学内容上，不从实际需要及学员的现有水平出发，也不重视思想内容，只单纯注意技术，甚至以资产阶级、小资产阶级的纯技术观点来进行所谓"提高"。有的工人写作班抽象地讲"文艺要素""高潮""低潮""焦点"，这就使受到"训练"的文艺活动积极分子产生了各种不正确的思想。有的回厂之后骄傲自满，脱离群众，对工厂文娱活动不感兴趣，袖手旁观。有的不安心生产，想做专业文艺干部，热衷于向厂外活动。有的把在训练班内学到的一套生硬地搬到厂内来，排演大戏，讲究服装华丽、布景堂皇。教歌喜欢教几[声]部合唱，或是教一些难唱的歌曲，结果是教的群众不爱唱，群众爱唱的不教。有的专为报纸、杂志写稿，却不愿意替本厂编写一些短小的演出材料。所有这些，都引起群众的反感，同时，也严重地影响到工人业余文艺活动的正常开展。

另一方面，各单位在举办工人文艺训练班的问题上，也缺乏统一的计划与领导，各搞一套，互不联系。有时一个区内同时开办了两个性质相同的训练班，造成人力、物力上的浪费。训练班在招收学员方面也不和基层组织联系，结果这些文艺活动积极分子学完回厂以后，在工厂开展文艺活动时，得不到领导方面任何的支持，有的便情绪低落。如国营上海第二纺织机械厂三年多来共有六十多个文艺活动的积极分子参加过十七个文艺训练班，但该厂领导对他们很少关心和帮助，有的人便放弃厂内的文艺活动，到厂外参加文艺活动去了。

在群众的文化娱乐活动中，选拔一批优秀的、富有创造才能的文艺活动积极分子，利用业余时间适当地加以训练，对开展工厂业余文艺活动是有重要意义的。但首先应当明确认识，训练的目的不是把他们培养成为专业文艺干部，而是经过训练与培养之后使他们成为群众性的业余文艺活动的骨干。因此，在教学内容上，必须密切结合工厂文艺活动的实际需要及从文艺活动分子的现有水平出发，加强思想领导与工人文艺活动的方针教育，任何脱离实际的教学内容与方法都是有害的。

第三，专业文艺团体在下厂进行辅导工作时，往往采取脱离实际的辅导方法。1949年以来，某些专业文艺团体在对工人业余文艺活动的辅导工作上曾做了不少工作。据统计，仅一九五二年内就有近二百个专业文艺工作者下过六十个工厂进行辅导。但是，有不少人对辅导工作的目的和要求不明确，因而在辅导方法上脱离实际，追求形式，不照顾工厂的实际情况，把专业文艺团体的一套东西搬到厂内去。对工人普遍喜爱的歌咏、舞蹈活动不加理睬，对短小精悍的群众性的文艺形式不感兴趣，醉心于排演多幕话剧和大型古装戏，助长了工人演大戏的偏向。另外，有些专业文艺工作者，在辅导工作上包办代替，不注意培养工厂文艺活动积极分子。当他们离开工厂之后，文艺活动便很快消沉下去。有的追求表面成绩，要求轰轰烈烈，不照顾工厂的具体条件，主观地建立各种文娱组织。在一个工厂里，下厂的专业文艺工作者仅戏剧方面就组织了六个剧团，实际上是徒具形式，毫无活动内容与条件。这样就更加造成开展文娱活动的困难。

上海市的工人业余文艺活动在以前相当长时期内之所以存在着以上各种混乱现象，主要是由于缺乏工人业余文艺活动的明确方针和强有力的领导。因此，明确工人业余文艺活动的方针，加强党对工人业余文艺活动的领导，是正确开展工人业余文艺活动的关键。

中共中央华东局文艺工作委员会和中共上海市委宣传部在一九五三年一月间，曾召开了工人文艺工作的专门会议，讨论与研究了当前工人文艺活动的情况和存在的问题，提出工人业余文艺活动的基本方针应当是：在业余、自愿、群众性的原则下，密切配合党的政治任务，以群众喜闻乐见的形式进行宣传教育，鼓舞和发挥工人的劳动热忱和创作能力，活跃工人的文化生活，以达到推动生产、发展生产的目的。所谓业余的，就必须强调以不妨碍生产为原则。因为工人最根本的任务就是搞好生产，应当使工人文艺活动服从于生产，服务于生产，一切不利于生产的活动方式都是不对的。所谓自愿的，就不能是勉强的，过去有些基层工会文教干部，单凭个人或少数人的爱好，强迫群众（特别是老年工人）参加文艺活动，甚至勉强怀孕的女工参加动作剧烈的舞蹈，都是违反这一原则的。有的老工人反映："老年人腰腿不灵活，参加看看倒是高兴，让我跳跳唱唱就难做到。"这就要求我们针对不同对象的特点，以适合他们要求的不同方式来组织他们参加文艺活动。所谓群众性，就是活动的广泛和普遍。这就应当要求以多种多样的形式来开展文娱活动，适当提倡短小精悍、生动活泼、为工人群众所喜闻乐见的形式，反对演大戏、向专业剧团看齐等脱离群众、铺张浪费的做法。应当使工人文艺活动面向工厂、面向车间，而不是面向厂外。只有把这三个原则密切融合在一起，才有可能吸引工人群众参加到各种文艺活动中来。目前上海市的工人文艺活动由于领导机关的重视，已明确了方针，统一了力量，加强了领导。通过最近举行的全市工人文艺观摩会演，挑选了符合工人文艺活动的方针的节目，树立活的榜样，纠正偏向，进一步向干部进行正确的宣传教育，把正确的方针坚决予以贯彻。

随着国家大规模经济建设的进展，随着工人阶级的劳动热忱的不断高涨，随着工人对文化生活要求的增长，我们应当加强对工人文艺活动的领导，给以应有的重视。我们应当循着领导指出的、已经明确了的方向，有计划地训练一定数量的基层工人文艺活动积极分子，组织专业文艺工作者进行重点辅导，把工人业余文艺活动正常地开展起来，以充分发挥其积极作用，更好地为国家大规模经济建设服务。

导读：

此文首次透露了1953年1月中共中央华东局文艺工作委员会和中共上海市委宣传部召开工人文艺工作的专门会议。

此文是一篇较好的调查报告，视野比较开阔，密切联系实际问题，情理兼顾，并未"一棍子打死"，在肯定成绩的同时指出问题所在。该文认为："多数基层单位的领导干部之所以对工人文艺活动放松领导以至放弃领导，主要因为他们对工厂文娱活动的方针、目的及文艺对

图 27　20 世纪 50 年代丁景唐（右）与修孟千在外滩公园

生产的作用缺乏正确的认识。"然后对有关部门举办工人文艺训练班的问题提出严肃批评,一针见血地指出:"在培养开展工人业余文艺活动的干部问题上,缺乏明确的方针和目的。"对于专业文艺团体下基层辅导,也同样指出存在错误认识等问题。公开严肃批评几个有关部门和"多数基层单位的领导干部",牵涉范围较广,批评力度较强,指出问题较多,这在当时是很少见的。不过文中有时"业余文艺活动"与"业余文娱活动"两个概念同时出现,让读者一时不能理解。这大概是丁景唐、修孟千(图27)合作留下的痕迹,反而显出该文合作的真实性。

此后经过整顿、学习和反思,上海市工人业余文艺活动走上正轨,取得了出色的成果。1954 年 12 月 19 日《劳动报》第 4 版整版报道《工人业余艺术队伍的大会师》,文章写道:

上海工人业余艺术活动日益丰富和活跃了,这可以从本市工人文艺观摩演出中看出来。单单参加今年文艺观摩演出的音乐、舞蹈、说唱、杂技、戏曲和话剧节目就有二百四十三个,在数量上比去年增加了将近一倍。

这次观摩演出的节目,在内容方面和形式方面都比去年有了显著的提高。在舞蹈节目中出现了民族形式的舞蹈《狮子舞》和《剑舞》,在说唱节目中也出现了群众喜闻乐见的大鼓、快板和谐剧等形式。在内容方面,已初步扭转了过去那些脱离政治和生硬结合政治的倾向。一般演员的表演态度也比过去严肃认真,基本上肃清了那些庸俗和不健康的东西。

更可贵的是,在这次观摩演出中涌现了许多新人才。这些新人才大部分是上海工人业余艺术训练班、上海工人文化宫和各区工人俱乐部培养出来的。

今年的工人文艺观摩演出是几年来规模最大的一次,是上海工人业余艺术队伍的大会师。通过这次观摩演出,上海工人业余艺术活动在党和工会领导下,将会更加蓬勃地开展起来。

这些高度评价,既见证了中共上海市委宣传部领导和丁景唐、修孟千等人有关工作的卓有成效,也是大家所热切希望达到的目标。

介绍《苏联的业余艺术活动》

上海市中苏友好协会译,新文艺出版社出版

研究和介绍苏联文学艺术,是学习苏联的一部分,也是我们文学艺术工作者的一个重要任务。《苏联的业余艺术活动》[1]一书根据苏联对外文化协会供给的稿件译成中文,它以生动的笔调、优美的图画介绍了苏联人民丰富多彩的业余艺术活动。

苏联的人民热烈地爱好文学艺术。苏维埃人在工厂车间里,在集体农庄田野上,在实验室里,在矿坑内和铁道上,把自己的工作和对艺术的深切爱好结合在一起。艺术对他们不是单纯的消遣,而是日常生活需要,是极端重要、热烈爱好的事业。苏联的业余艺术活动对人民建设最幸福的共产主义社会起着巨大的鼓舞作用。

在苏联各个城市和乡村的无数文化宫、俱乐部、"红角"里,经常挤满了业余艺术活动的爱好者。他们包括各种不同的民族、不同的年龄和不同的职业,有工人和职员,有集体农庄庄员,也有学生。合唱团、音乐组、舞蹈队、戏剧组、美术组等多种多样的业余艺术小组,分布在苏联的城市和乡村。参加业余艺术活动的人数每年都在增加。一九四六年在工人俱乐部、文化之家、文化宫和"红角"里总共有六万两千个业余艺术小组,参加这些小组的有九十万人;到一九五一年已增加到十一万四千个小组,参加的人数超过了两百万人。在农村中参加业余艺术活动的人数也大致相等。这支人数众多的业余艺术队伍进行着艺术的实践,仅在一九五〇年内,在俱乐部、文化宫、花园和公园中便举行过五十万次以上的业余艺术团体的表演会,观众超过了一万万人。(以上数字均引自该书第二—三页)

《苏联的业余艺术活动》一书充分说明了党和国家对人民的业余艺术活动给以极深切的关怀,并采取种种措施以满足人民的文化生活需要,以及人民的热烈爱好。

这本书给我们在开展业余艺术的实践中以多方面的启发。

首先,是关于工农群众艺术活动的业余性问题。

周扬同志在中国文学艺术工作者第二次代表大会上的报告中曾指出:"专业的文艺工作者在辅导工农群众的业余艺术活动的时候,又必须十分注意这种活动的业余的性质,必须明确,业余艺术活动的目的是提高劳动者的文化,而不是使业余艺术活动分子脱离他们基本的生产的活动。"但是在我们上海的工人文艺活动中,有些文艺工作者和工人文艺活动积极分子并不是都已明确了这一基本特点,而是存在着将业余的艺术活动不适当地从生产中抽出来使之专业化的想法和做法,因而妨碍了工人业余艺术活动正常发展。

苏联的业余艺术活动有高度的艺术水平,并且教学非常严肃认真,而他们却是严格地遵守业余的原则。乌克兰克拉马托尔斯克"奥尔忠尼启则"工厂工人符·维尔恭写道:

> 我的职业是钳工。我爱我的工厂,我在工厂里工作了好多年,我们工厂向全国各地供应了品质优良的机器,我因此感到自豪。因为在这些机器中,也有我的一份平凡的劳动。但是我另外还有一个很大的爱好,我把所有的业余时间都交给了它。我爱好艺术。
> 四年以前我们厂里成立合唱队的时候,我就十分高兴地开始学唱歌了。(该书第五页)

这位钳工的自述,是一个很好的例子,说明苏联的工人既尊重自己的劳动,[以]为国家和人民制造优良的机器而感到自豪,同时又热烈爱艺术,充分利用业余时间练习唱歌。因而他们的业余艺术活动就有明显的目的性,通过业余的艺术活动丰富了文化生活,提高了劳动热情,使生产任务能顺利完成。

其次,是专业艺术团体和业余艺术团体的密切联系。

苏联的业余艺术活动的开展,得到文化、艺术各个有关方面的帮助。许多出版社,如艺术出版社、青年近卫军出版社、国家音乐出版社、工会出版社等都出版戏剧论文集、剧本、歌集、舞蹈材料、合唱队指挥员手册、民间舞蹈演出者手册、导演手册,以及关于舞台布景和化妆术等等书籍。各种报纸杂志经常刊载论述业余艺术活动和观摩演出的文章。

在苏联,许多剧院和艺术团体,都在创作方面和业务方面给予业余艺术活动以切实的帮助。许多演员和导演帮助业余戏剧团体演出新的剧本,音乐家、芭蕾舞专家向业余音乐、歌唱、舞蹈等团体提供意见,美术家、雕刻家指导油画、墨水画、雕刻以及民间实用艺术——石刻、骨刻、木刻等的业余艺术小组的工作。苏联的艺术大师们还应邀在文化宫、俱乐部中与业余艺术活动分子见面,对各种艺术问题作讲演报告,讨论新的作品。譬如,著名的莫斯科小剧院创作室的工作人员们以极大的热情帮助莫斯科十四个业余活动小组以及"镰刀与锤子"工厂俱乐部的业余艺术活动。

苏联的艺术家和艺术团体和群众业余艺术活动之间的紧密的联系,大大促进了业余艺术活动的蓬勃的发展,而业余艺术活动的蓬勃发展又使专业艺术队伍不断增添新的力量,"业余艺术活动是职业艺术的取之不尽的后备力量"(该书第十七页),它们相互充实着,显示出苏联艺术的繁荣光景。坚持群众艺术活动的业余原则,并不否认在广泛开展的活动中发现和培养劳动人民中杰出的艺术人才,以扩充专业艺术的队伍。许多苏联著名的剧场和音乐剧院的演员们,都是在业余艺术活动中接受初期教育和艺术的训练的。

几年来,上海的工人业余艺术活动有了相当的发展,工人群众在艺术上也如他们在生产战线上同样表现出丰富的创造力。上海的专业文艺工作者在辅导工人群众开展业余艺术活动,在培养工人业余艺术活动的积极分子的工作中,是曾经做了不少工作的。但是我们应当承认这种工作还做得不够系统,不够经常,相互之间的联系是不够密切的。根据我们工作的具体条件,学习苏联专业艺术团体辅导群众业余艺术活动的经验,对繁荣艺术、活跃工人群众文化生活是会有很大的帮助的。

再次,苏联的经验证明:定期举行业余艺术活动的观摩会和竞赛会对开展业余艺术活动起着特别重大的作用。

观摩会促进了业余艺术活动的思想与艺术水平的提高,吸引了更多的人来参加业余艺术活动。在苏联每一个村、每一个城市、每一个州、每一个共和国都有观摩会和竞赛会。在举行观摩会的时候,由艺术家、业余艺术活动领导人,以及人民创作宫、工会组织、艺术事业委员会和管理局的代表等组成专门委员会负责领导。观摩会的节目极为丰富,有各种各样的音乐、舞蹈和戏剧,其中包括古典的和民间的创作。它总是吸引大量的观众,成为全村、全市或全共和国生活中的重大事件。如一九五〇——一九五一年度的全苏职工业余艺术活动观摩大会,参加者达一百五十万人,包括两万个合唱团,无数个戏剧的、歌剧的、舞蹈的艺术小组,民族歌舞团、民间乐器乐队及交响乐队等。一九五四年四月一日在莫斯科大剧院举行的俄罗斯联邦共和国农村业余艺术会演,参加会演的达几十万人,以马林科夫同志为首的党和政府领袖们都曾出席观看。(见四月二十日新华社消息)

这些业余艺术观摩大会的表演节目,充分显示了苏联人民业余艺术活动的广泛群众性和高度思想水平。

《苏联的业余艺术活动》一书帮助我们了解苏联业余艺术活动的真实情况,对我们正在从事群众业余艺术活动的工会干部和辅导工人群众业余艺术活动的文艺工作者,将是一种很大的鼓舞。我们应当根据中国的实际情况和具体条件来学习苏联业余艺术活动的先进经验,把自己的工作在现有基础上逐步提高。

原载 1954 年 5 月 17 日《解放日报》第 3 版。

导读:

丁景唐此文收入《怎样开展工人业余文艺活动》小册子,与其他文章相互映衬,成为借鉴学习的一个典范。此文最后强调"我们应当根据中国的实际情况和具体条件来学习苏联业余艺术活动的先进经验",并非全盘吸收和生硬照搬。

注释:

〔1〕上海市中苏友好协会翻译:《苏联的业余艺术活动》,上海新文艺出版社,1954 年。

附录　寄撰稿人

敬爱的各位撰稿人同志们：

《胶东大众》复刊快到一年了，在这一年当中，承您不断地热情赐稿，使本刊逐渐充实、进步，在广大读者中生根，这不仅是本刊读者和本社同人非常欢迎的事，各位同志也当很兴奋吧。

一年来，由于我们人力的不足，和各位只做了一般的联系，至于把刊物中心和读者要求及时联系，做得就很不够。因此有的同志很想给本刊写稿，但不知写什么稿子；有的因为不了解读者要求，写起来感到漫无标的，便不写了；还有的调换了工作，因为联系不够，失掉了联系。这使本刊的进步多少也受到影响。为了把刊物办好，为了更好地为广大读者服务，我们除了坚决克服过去的缺点以外，希望各位同志仍本以往精神，不断为本刊撰稿。如果调换工作与本社失掉联系者，亦请迅速来信，以便今后加强联系。

此致

敬礼

胶东大众社

本刊撰稿人名单

（次序：按撰稿人名第一个字笔画多少排列）

丁英、丁洁、丁剑萍、于生、于吉、岫东、于建勋、于泽浮、于公民、于沛年、于香亭、于保仁、于源、王雁、王俊超、王志让、王方明、王本贤、王吉福、王星五、王杰三……修孟千……罗竹风、铁丁、乐澄、乐少山。

原载《胶东大众》半月刊第46期（1946年11月30日）。

导读：

《胶东大众》半月刊，综合性杂志，1941年1月创刊，出至26期休刊，1946年1月复刊，由第27期出至第63期，于1948年12月停刊。胶东文化界救亡协会（后为胶东文协）、胶东大众社编辑，联合社出版，联合社各地大众报分销处发行，主要编辑者为韩蠡、包干夫。此刊最初为了适应胶东人民日益发展的抗日斗争的需要，对胶东人民的革命斗争起到一定的推动作用。

丁景唐的笔名"丁英"出现在这里,他生前没有提起过,也许属于启事中说的"失掉了联系",这就不难理解了。丁景唐主持的上海文艺青年联谊会是党领导的群众性文艺团体,1946年2月10日正式成立,得到中华全国文艺界协会的指导,因此,《胶东大众》编辑部将他列为撰稿人,也在情理之中。

撰稿人名单中的修孟千与丁景唐曾在上海市委宣传部共事,密切合作。罗竹风是上海市出版局的老领导,与丁景唐相识,曾共同参加会议。

修孟千,山东海阳人,中共党员。1942年毕业于山东抗战建国研究院文学系。1949年后,担任中共上海市委宣传部文艺处干事、科长,《展望周刊》主编等。著有长篇小说《决战》《路迢迢》《神鸽》《风雨之舟》。

罗竹风,山东平度人,中共党员。1937年"七七"事变后,回到家乡,领导开展抗日斗争,被当地民众称为"老县长"。1943年,任胶东文化协会研究部部长、胶东公学教务长。1949年后,历任山东大学教务长、上海市宗教事务处处长、上海市出版局代局长、上海市社联主席、《辞海》常务副主编、《汉语大词典》主编等。1996年11月4日,罗竹风不幸病逝。1997年11月,上海辞书出版社出版《罗竹风纪念文集》,赵朴初等领导题词,李储文作序,丁光训、夏征农、于光远等人撰文。

后　　记

父母的背影,还留存在记忆中吗?

二十年前的一个深夜,突然,慈祥、善良的老母亲在睡梦中脑梗,不省人事。在附近三甲医院急诊室里躺了一周多,最后被"委婉"地推出医院大门,"流落"至社区医院拥挤的病房里。一日,老母亲被翻了个身,掀开雪白的纱布,露出了暗红的大窟窿——碗大的褥疮……

五年前,窗外刺眼的阳光扫进了窗子,华东医院19楼的走廊尽头分外耀眼,老父亲躬着背,推着轮椅,蹒跚地走进那片光亮里,被裹住了,融化了……

我幻想明天,还有明天的明天……老母亲的碗大的褥疮消失了,她抬起头,仰望着21世纪的蓝天白云。老父亲伛偻的背影又挺直了,从那片光亮里走出来,神气活现,"稀奇勿真稀奇",浓厚的宁波话飘过来。

弄堂里空荡荡的,四周邻居自觉地躲在家里,外面拉起了一道道疫情防控的警戒线。我坐在电脑前,摊开泛黄的旧报刊——老父亲昔日的宝贝,字里行间又活跃着熟悉而陌生的身影——郎才女貌的年轻父母,传递着他俩的嘱托和信念。

一

本书介绍的这些文学刊物和有关读物中,有些"戏外戏"的话题很有意思。

1938年秋,我和同学王韬(1921—1943)筹办一份《蜜蜂》文艺半月刊,开始了文艺编辑生涯,走上了奔向真理的光明之路。

老父亲仅保存了《蜜蜂》一张封面,凭着记忆中的碎片,希冀凑成一个青春"拼图",还有些模糊印象,但是淡忘了具体内容。我的运气不错,如今还能"捡漏",买到合订本《蜜蜂》(影印本),梳理一番,发现了许多鲜为人知的内容,于是写了专题长文。原想顺藤摸瓜,继续搜索关于王韬烈士的资料,文友徐煊闻讯后多次热心帮助,但是我的能力有限,因故未果,只好作罢。欣慰的是意外地查到"青年会中学1935年初三乙级级刊《青中》",其中有父亲就读青年会中学时的许多资料,包括陈起英先生写的序言,以及他当时执教时的年轻照片。再加上父亲的两篇回忆文章,这才组成一个反映师生之谊的框架。

犹豫好长时间,才决定硬着头皮弥补一个空白,即父亲编辑的第二种刊物《东吴团契》。虽然经过多方探询查找,但是依然未能看到该刊的片纸只言。只好设法"迂回包抄",多次得到青云君等人的无私帮助,小心翼翼地翻看了硕果仅存的《东吴通讯》,由此发现有关《东吴团契》的蛛丝马迹,也值得兴奋一时。加之搜集的其他有关资料,东拼西凑,草拟专题文章,披露了许多鲜为人知的资料,得出一些建设性的看法。如果说此文是开先河的案例,那也只能是抛砖引玉,仅供参考。

陈庆写的《同龄·同学·同道·同志——追忆父亲的挚友丁景唐伯伯》,标题足以说明她的父亲和我的父亲之间"四同"的密切关系。她还寄借一本《怀念吴康同志》,让我得知许多内情。我父亲与吴康是中学同学,并介绍他入党,他后来担任上海市委统战部副部长、上海市仪表局党委书记等职。查看有关资料才得知,陈庆的父亲陈一鸣是创办"上海联"(上海基督教学生团体联合会)会刊《联声》的负责人之一,是地下党"学委"的重要成员。陈庆和姐姐耗费了多年心血,整理、编辑了皇皇一本《我的心在高原——陈一鸣文集》(南京师范大学出版社,2014年1月),搜集、整理了大量的文章和珍贵的历史照片,从中可以继续寻找许多很有价值的线索,进一步研究。我多次向陈庆请教有关问题,填补了许多空白,由此增添了我撰写《联声》专题的信心。毕竟这是首次比较全面地介绍该刊,填补一项重要空白,牵涉到上海"孤岛"时期学生状况和抗战胜利后的学生运动、中共上海党史等重要问题。

随着搜集资料的范围扩大,繁多庞杂的内容搅成一团乱麻,越是梳理,越是头疼。凭借我撰写研究丛书《穿越岁月的文学刊物和作家》的浅薄经验,还是难以展现《联声》的全貌。一日深夜,辗转难眠,拍拍脑袋,想通了,还是采用最笨、最慢、最费事的方案——按照每卷每期的顺序,逐一介绍,再进行阶段性的小结,最后统揽全局,进行汇总,由此形成梳理、筛选、整理、递增、提炼、归纳的流程,以及拾级攀高的"金字塔"形式。有识者莫见笑,我学识疏浅,只能如此了。

如此细嚼慢咽心如焚,费事费力不讨好,却也将"嘴里淡出个味来",发现了大量"戏外戏"的内容。诸位只需看看此长文的前几节便会恍然大悟,原来他们大都出身豪门之家,却是共产主义信仰者,《联声》成为一个培养他们的摇篮。而《联声》具有教会学校复杂背景,竟然大胆地公开介绍毛泽东的《新民主主义论》和王明的《目前国内外形势与参政会第四次大会的成绩》,这是怎么一回事呢?请诸君关注此长文的有关内容,说不定也可以成为"半个专家"。

重新修改《莘莘》月刊等文时,我还惦记着很头疼的《联声》长文的某些疑问,总觉得两只脚悬空,还缺少一块"着落地",决定外出调查一番。

2022年2月2日(正月初二)晚上,飘洒一阵一阵的冷雨,两只手湿漉漉的,几乎冻僵,难以掌控雨伞,衣袖已被风雨扫湿。我和妻子还是决定一起步行去探访南京西路、茂名北路拐角处的建筑物,那里早已大变样,哪里还有旧貌?雨点扑面而来,擦擦被打湿的眼镜,瞪大眼睛,借着路灯,才发觉隔壁弄堂是丰盛里(茂名北路303弄7—19号)。这里曾是《联声》编辑部、"上海联"办事处（原慕尔鸣路323号），后为中国纺织建设公司上海第一门市部。20世纪60年代辟为上海向阳妇女儿童用品商店，现为一幢现代化商业大楼。1940年底，父亲已经接替主编《联声》，担任该刊地下党支部书记。他还推荐之江大学学生郭明（郭锡洪）和青年会中学毕业生王钟秀参加《联声》编辑工作，另有董乐山等学生参与。丁景唐回忆说："当时，我住在上海法租界福煦路明德里沿街的三层楼上，《联声》编辑部设在女青年会上的'上海联'，印刷厂在我家隔壁。我们几位同学常在我家里讨论选题策划，分头写稿、审稿、发稿、校对。"（《我的文艺编辑生涯》）明德里往东便是余庆里，一旁面临慕尔鸣路（今茂名南路）、中正西路（今延安中路）的十字路口。

这天晚上，我们又前往陕西南路30号查看，我提着潮湿的裤腿，一不小心踩进了水洼里。在路灯的照映下，才发现那里原来是大名鼎鼎的马勒别墅。这里曾召开父亲指导下的《莘莘》月刊通讯员会议，约40人参加。"莘莘学志社经济已经不那么拮据，所以会上不仅发动大家投稿和推销，还略备汽水招待。"当时沈惠龙等人的操作很巧妙，对外刊登启事，宣称寻求出租房，其实虚晃一枪，已经开始在新地点办公了。重新翻看《莘莘》月刊时，才发现昔日对于刊名的理解错了，只好在原有旧稿的基础上重写，并且增加了许多内容。

1944年春，父亲经亲戚介绍，参与《小说月报》最后五期的编辑工作，这是他大学毕业后的第一份工作。我原想偷懒省事，仅仅介绍父亲的最大亮点，即劝说老板陆守伦恢复学生征文活动，以及他在该刊上发表的诗文。突然半夜惊醒，猛然想到父亲编辑此刊时看到哪些作品、最大收获是什么，惭愧，无言以答。好不容易让浮躁的心态平稳了，静下心来，慢慢梳理。糟了，一股糊焦味钻进鼻孔，才想起煤气灶上煮的东西，赶紧处理，折腾了半晌，偏偏电脑又出了问题，刚才敲打的好几千字"失踪"了，真要命！仔细查看，如此众多名家名作，丰富多彩，应接不暇，没料到《小说月报》最后五期还有如此大的诱惑力。此前，我竟然是"井蛙谈天"。

本书介绍《时代学生》半月刊时，也采用类似介绍《联声》的审读办法，费时费力，并不讨巧。梳理一番，有很多收获，也显示了父亲参与编辑的前三期与陈昌谦主编的后面十期之间的异同，得出他俩不同的编辑风格。回头想想，这也是父亲以后长期从事出版宣传工作特点之一——谨慎再谨慎。原来还设有此文的附录，即准备抄录其他手稿资料，那是父亲多年来一直珍藏的。几年前，我费了好大的精力和时间，从杂乱无章的旧纸堆里翻拣出来，但是要抄录时，又找不到了。唉，老年痴呆的前兆，无可救药。

父亲一直珍藏着老战友杨志诚（陆以真）的手稿《回忆〈妇女〉月刊》，并在上面写有批语。《妇女》月刊的期数多达40期，也是本书介绍的十几种刊物中唯一一种迎来解放上海胜利旗帜的妇女刊物，内容丰富，但是篇幅有限，难以详细介绍，我只好采取特殊方式，即抄录杨志诚的手稿，然后冒昧地导读。同时，意外地发现陆以真、夏苇记录的茅盾演讲稿《苏联的家庭——茅盾先生讲》,与茅盾的《苏联的妇女与家庭》一文互为弥补,相得益彰。类似情况也发生在郭沫若的身上,他也有同一主题的演讲稿和书面之文。

本书分为三部分,前两部分是父亲编辑的文学刊物和与他关系密切的刊物(并不是他亲自编辑的),第三部分收入两种书籍,在父亲后半生的治学道路和宣传工作中占有特殊地位。

其一,油印本《瞿秋白文学著作、翻译书目》,上海市人民图书馆1955年4月1日印行。这是父亲编写的第一本专题研究瞿秋白的小册子,见证了1949年后他的初期治学活动。该小册子是我父亲和文操合编《瞿秋白著译系年目录》(上海人民出版社,1959年1月)的前身。后者是第一部研究瞿秋白的学术专著,长期以来一直是海内外学者研究瞿秋白和搜检有关资料的重要工具书之一,奠定了父亲在新时期瞿秋白研究上的开拓者、指导者、宣传者、解读者的重要地位。(详见丁言模:《丁景唐、文操合编〈瞿秋白著译系年目录〉》,载《瞿秋白与书籍报刊——丁景唐藏书研究》,中国社会出版社,2013年9月。)

其二,我父亲与修晓林的父亲修孟千合编的《怎样开展工人业余文艺活动》。此宣传册子反映了1949年后上海工人业余文艺活动的情况,并按照上海市委宣传部领导的指示精神,提出解决各种问题的思路和举措,具有鲜明的时代特征。同时,这本小册子也是指导上海工人业余文艺活动的一个工作小结,从一个侧面见证了丁景唐进入上海市委宣传部四年来搞宣传教育工作的足迹,也是他今后继续从事出版宣传工作的一个新起点。(图28)

图28　1956年春,摄于中共上海市委宣传部所在地瑞金花园
(左起:罗淑芬、丁景唐、石西民、陶静逸、蒋文杰、杨瑾琤、周天)

我原拟抄录此小册子的全部内容,无奈篇幅过长,忍痛割爱。不过增添了一则作为附录的《寄撰稿人》及撰稿人名单,名单上有丁英(丁景唐)、修孟千、罗竹风等。他们三人"同框",极为罕见。他们三人生前也许不知晓,也许早已淡忘。

修晓林后来进入上海文艺出版社,我父亲与修晓林成为上下级。因此,我父亲特地赠送一张老照片给修晓林,即我父亲与谢旦如、修孟千的一张合影,父亲在此照片背后的题词蕴含了丰富的内容。

本书大多数内容以填补空白为主,并将《我的文艺编辑生涯》视为写作指南,经搜集、筛选、整理、归纳,以不同方式、不同角度介绍了各种刊物和读物,点评了父亲阶段性的创作活动,得出一些比较有价值的见解。同时,将其视为一个整体,并力图揭示各个刊物之间的内在联系,凸显父亲与时俱进的指导思想,促进刊物"接地气",积极适应众多读者的需求,渗透着党组织的有关指示精神,接触现实,关心现实,表现现实,评价现实,发挥启蒙、教育、宣传、团结的作用,揭开黑暗社会的面纱,批判、谴责反动当局的反动统治。

二

本书介绍的这些文学刊物,见证了1940年至1949年父亲的文学创作活动及其重要特点。大致分为四个阶段:

(1)酝酿、萌芽——就读青年会中学,与王韬合办《蜜蜂》。

(2)继续学习,正式发表作品——编辑《东吴团契》,同时成为《联声》的读者,此后为该刊忠实的作者,担任主编。

(3)量的继续增长,质的飞跃——投稿给《女声》等,合办《谷音》,出版第一本书,即诗集《星底梦》。

(4)全面提升——指导《莘莘》《新生代》《时代学生》等。

第二阶段是父亲前半生文学活动的起点,不仅崭露头角,而且学习、写作、再学习、再写作,形成一个周而复始的良性循环,螺旋式上升,并将诗歌、散文作为突破口——求变、创新、灵活,直接影响到他后面两个阶段的文学活动。

本书收入的《联声》导读二《第一个展现创作才华的重要平台》中的内容和观点都是"新鲜货",第一次问世。文中难免有疏漏和不妥之处,敬请有识者不吝指教,以便进一步研究此棘手的课题。

关注父亲的作品,有三点值得注意:

其一,父亲的许多文章不能孤立、简单地去审读,必须放置在社会背景和具体语境中,才能发现其中的"密码"。

《莘莘》月刊第3期刊登的征文中,有一篇《暖房里的花朵》,作者梁小丽(梁丽娟),时为崇德女中的 17 岁学生。此文反映崇德女中同学丰富的课外活动,但是作者担心离校后要踏进充满罪恶、污秽、奸诈的社会。她最后写道:"柔弱的花朵、细嫩的蓓蕾怎能抵挡狂风暴雨呢?她们是暖房里长大的花儿,她们过惯了暖房里的生活,她们是属于暖房的。"此文引起丁景唐的注意,写了《暖房以外》:"当我打开暖房的玻璃窗,外面立刻吹来一阵刺入肌骨锐利的寒风,我这才知道所谓'暖室'却原来建立在如此冷酷阴霾的大地上,每天有许多悲惨的故事接续地发生。"丁景唐晚年回忆《莘莘》月刊时还提及梁小丽的散文《暖房里的花朵》。丁景唐的散文《荒塚》与同期刊登的《暖房以外》之间有某种内在联系,即并未被抗战胜利冲昏头脑,而是依然冷静地看待这个战后满目疮痍的社会。

《莘莘》月刊第 4 期与第 2 期"助学义卖市场特辑"相呼应,主要文章有很强的针对性,围绕着救济失学、物价飞涨、学生求学、寻找职业等现实问题,唯独丁景唐的《逃避与等待》似乎偏题,这是为什么呢?这时,艰苦卓绝的抗战即将迎来胜利之日,坊间出现各种乱世传闻,引起繁杂臆想,折射出浮动的人心。"逃"与"等"成为众多民众的心态。《逃避与等待》将鸵鸟、企鹅分别作为"逃"与"等"的象征,进行形象化的表述,并非枯燥的抽象说教,通俗易懂,既便于青年、学生接受,又容易引起共鸣。此文反常规的丰富联想,得益于丁景唐作为诗人的广阔思维。鸵鸟、企鹅是生活环境、习性等完全不同的动物,丁景唐却以它们类比人类社会中"逃"与"等"的群体,这种反常规的联想,带来了一种新颖的构思和指向,在两者的巨大反差中发现两者的共性,鲜明地体现于对鸵鸟、企鹅的细节描写和心理刻画中。

其二,父亲有些文章比较超前,引起圈内人士的关注,有的模仿主旨,变换写作角度,或者好心续写,父亲却早已淡忘了。

《诗与民歌》写于 1944 年 12 月,原载于《诗歌丛刊》第 1 辑《蓝百合》(1945 年 3 月 1 日),亦为《星底梦》(1945 年 3 月)附录,均署名歌青春。五个多月后,有人发表了《民歌与诗》,载于《前线日报》(1945 年 8 月 24 日),又载于《文汇报·世纪风》(1946 年 10 月 31 日),均署名扬风。《民歌与诗》与《诗与民歌》标题相仿,基本内容和观点相似,类似"双黄蛋"。前者举了涅克拉索夫、普希金和高尔基,后者更为详细,显然前者是看到后者受到启发后改写的。总之,前者显得比较匆忙,留下不少"急就章"的痕迹,排字时还有一些错字、漏字和衍字,校对比较马虎,甚至一些文字"不知所云"。后者修改得比较通畅,但是也有校对上的少数疏漏之处。

丁景唐珍藏《活路》月刊 8 册,该刊由活路社主办。第 7 期(1947 年 2 月 15 日)刊登他的新民歌《四季相思》,既有"金嗓子"周璇唱红的《四季歌》(田汉作词、贺绿汀作曲)的形式和格律,也"嫁接"了电影《十字街头》的主题曲《春天里》(关露作词、贺绿汀作曲)的开首词"春天里来百花香"。但是,丁景唐逆向思维,彻底抛弃了以上两者的欢快、轻松和情调,而是注入愤懑、悲哀、沉痛之情,强烈抨击、鞭挞黑暗社会制度,为受尽煎熬的无数乡民申冤诉苦。

《活路》第8期(1947年4月15日)发表庄稼写的新民歌《四季想思》,是《四季相思》的续篇,长达42行。庄稼是丁景唐等发起组织的民歌社的成员,民歌社成立时,丁景唐等人委托各地朋友发布和宣传《征求各地民歌启事》,其中有重庆活路社的老粗等。

其三,以比较文学的思路,审看父亲诗文的初稿与修改稿的异同。

父亲曾写过比较类的文章和专著,如《搜集鲁迅著作版本的乐趣——兼谈建立鲁迅著作版本目录学的一点设想》《鲁迅著译版本研究编目·序》等文章,还与王保林合作《鲁迅和瞿秋白合作的杂文及其它》(陕西人民出版社,1986年10月)。父亲的诗集《星底梦》中有许多诗初稿与收入该诗集的修改稿相比,后者修改之处比较多,甚至"乾坤挪移",努力趋向完美。父亲反复修改的《谈民歌的收集》,发表于《沪江文艺》创刊号,体现了他早期恪守的严谨、认真治学的信条,坚信文章是"磨"出来的,这贯穿了他一生的治学道路。

类似的例子相当多,读者如果感兴趣,可以先查看前面的目录,择文而读,必有点滴意外的收获。

三

本书介绍的这些文学刊物,也见证了父亲策划、执行的各种出版经营方式。

喊咚喊咚锵,锣鼓拷(敲)一场。今朝天气好,大家去白相(玩玩)。跑到南京路,先到立兴祥。花色交关(很)多,价钿(钱)又蛮强(便宜)。买件衣料送拨(给)娘舅,拉个小姑娘!

头戴西瓜帽,身穿长衫,时而吆喝,时而说唱,出现在鳞次栉比的商铺前,露出职业性笑脸,殷勤招呼过往行人,成为光怪陆离的十里洋场的一道风景线。如今读者怎么也想不到,这是当初父亲创办《蜜蜂》时拉来的立兴祥绸缎局的一则广告,是一首沪语歌谣《兴祥歌》,通俗易懂,朗朗上口,便于传播。类似的通俗歌谣形式后来多次出现在父亲的笔下,如《打落水狗歌》《看戏有感》《戏迷赞》《穷夫妇过年》《四季相思》《清乡兵》等。

《蜜蜂》还刊有上海鸿康电料行的整版广告。该行是将父亲抚养大的丁瑞顺的丈夫袁永定等经营的,位于南京东路,风水甚佳,人群流量很大,商机甚多。这些广告都是父亲充当发行人的成绩,成为创办《蜜蜂》的启动资金,显示了他的出版经营头脑。

父亲称辛记书报摊的主人"是一位有阶级觉悟和抗日爱国心的青年",笔名弋人,在《蜜蜂》第2期封面要目上特地推出他写的《散文三章》,并刊登了一则广告:"康脑脱路小沙渡路辛记书报摊,太乙堂国药店门口,经售各种中西书报杂志,代送各种中西早晚两报。"显然这是答谢弋人帮助发行《蜜蜂》的,在文艺刊物上刊登报摊广告是前所未有的。

本书收入的《联声》导读—《苦恼的经济难题,欣慰的各方援助》,详细介绍了父亲主编该刊的经营方式。简而言之,"长期订户和自由捐、拉广告"这三种手段是当时仅有的切实有效的办法,不断地以不同形式出现,至于几次提高刊物、广告价格,推行扩大订户运动等,并非简单、草率行事,而是事前策划,尽力考虑周到,加以宣传的配合、舆论的引导,以增强读者心理上的承受能力。

以上这些举措与策划刊物内容、形式一样,都体现了父亲等人办刊的智慧、情商。经济问题也是办刊时不能不面对的,书呆子的思路无法办刊。这也生动地诠释了父亲等人提出"认识大上海"课题的必要性。

父亲首次充当《蜜蜂》发行人,在实践中积累了经验教训,在主编《联声》时再次实践,积累了更多的办刊经验,并且运用于今后创办的《莘莘》月刊等。

四

父亲仙逝两年后,著名作家孙颙(上海市新闻出版局原局长)创作了长篇小说《风眼》,好评如潮。他塑造出版社老社长形象时最为动情,他说:"当然,他不是我的前任丁景唐,但精神层面有他们那一代人的影子。我写的是正在离我们远去的那代人,越是离得远了,越感到珍贵。写这部小说前,我写了几篇悼念文章,包括我的老师钱谷融、人民文学出版社的屠岸,我一直觉得他们是我的人生导航。我写知识分子,笔墨的重点不在于他们的经历如何坎坷,更希望写他们不放弃的精神。"

漫长的文化历史长河里,每逢新旧交替的十字路口,骤然生成变幻莫测的"风眼",扯开惊骇、惨烈、深邃的历史画面,涌现了千千万万的追求者、奋斗者、跋涉者、落难者,凤凰涅槃,生生不息。父辈一代既是抗战时期都市地下党的优秀代表,又是江南才子,中国正直、执着、热情的知识分子的生动缩影,他们拥有共同的庄严誓言,传承永不放弃的精神。

孙颙笔下的大都市中一批资深出版人,处在改革开放的"风眼"中,他们无论扮演什么角色,都要面临工作岗位上的严峻挑战。精神层面的导向和表露,是昔日心底意识积淀的必然反映和结果。其中就有父辈一代的"正能量",这也体现在本书的有关章节里。

父亲仙逝后,众多亲友前往殡仪馆告别。孙颙在百忙之中也赶到了,虔诚地献上一株白菊花,向我父亲遗体鞠躬致哀:一路走好,老社长!

蒙蒙细雨的灰色天幕,无声无息覆盖了大地。我用手机拍下了一个瞬间——灵车钻进雨幕里的背影,如同15年前悲痛地送走慈爱的母亲。

雨点密了,头发淋湿了,我还能感觉到父母的心声——"注意保存","这个有价值,可以去找"……父亲用毛笔蘸着红墨水画的大小圈圈,标示重点;蓝色钢笔字迹,竖写的,横写的,甚至拐弯的;字迹有的从容、清晰,他好像在斟酌,反复思考;有的字迹匆匆忙忙,好像后面是省略号,好像有什么重要工作紧接在后面。这些成为我和父亲无声交流的媒介。

顺着父亲的眉批和其他各种线索,我四处寻找,在脑海里重新排列组合,输入电脑时,我灵感乍现，立即钻到网上搜索。哈哈，"密码"被破解了，"惊喜"二字成为我的最大收获。原来父亲早就发现了，只是没有成文，而且他的每一个新发现都是天然的"脑白金"，都可以成为一本本专著的先导，拓展了思考的空间，妙不可言。当然这是我这个书呆子的自娱自乐，旁人还以为我刚到彩票奖池里"泡"了一回。

父亲珍藏的影印本和其他发黄、变脆纸张等大量资料里，不断跳出我熟悉的一个个著名作家的名字，他们都曾是我老父亲长期研究的重要对象。"子承父业"，这是沉重的职责，自我加压，自我挑战，自讨苦吃，只有大量心血的付出，无须回报，清贫和枯寂将继续伴随我度过余生。孝心并非只是物质的专利，捧出新成果是对父母的最大孝心，这是自命不凡的"孔方兄"后裔永远无法理解的。著名学者陈漱渝曾与我谈起"子承父业"的话题，深表同情和理解，其实酸甜苦辣无须吐槽，捧出更多的新成果才是硬道理。

由衷地感谢孙颙的长篇小说《风眼》，艺术性地演绎了父辈一代出版人的精神生活，填补了当代文学创作题材中一个不该被忘却的空白，延续了出版界的血脉和基因。我整理、编注和撰写的这一套三本研究专著，展现了父辈一代真实的历史画面——激情燃烧的青春岁月、开拓进取的坚定脚步、踏实认真的工作作风、随机应变的思维方式、不同凡响的写作才华、灵活务实的策划方案等。

父亲仙逝后，我日夜赶写，交出了《丁景唐纪念文集》《书香传情——丁景唐藏书考辨》两部书稿，并继续赶写父亲生前与我策划的系列丛书《穿越岁月的文学刊物和作家》。此后马不停蹄，又耗费了三年多的时间和大量精力，绞杀无数脑细胞，即将完成这套专著，这是我向父母交出的又一份200多万文字的试卷，也是"子承父业"的又一个新成果。

时间过得真快，今年是父亲仙逝五周年——2017年12月11日晚上8时40分，母亲则离世二十周年——2002年1月19日清晨8时许，显然"8"并非吉利数字，我辈始终与财神无缘。

著名女诗人成幼殊《幸存的一粟》（山东画报出版社，2003年1月）收入《永嘉路上——陪老丁散步》：

> 初冬披着太阳，/穿过石库门弄堂，/我们说，"别再送了，老丁"，/"散散步嘛"，他讲，/"那我们陪你散步"，/于是一同来到永嘉路上，/告别老丁登车，/回首处，只见他已转身，/不再相望……
>
> 　　　　　　　　　　2001年11月19日，上海百合花苑
> 　　　　按丁景唐同志所说"陪老丁散步，写首诗吧"而作。鲁直同行

成幼殊在诗后又补充写道："丁又志：9月11日接读校样，不觉王汉玉老师早已于1月4日发信后半月（即1月19日）永离人间矣！老丁2002年9月11日。"

每年清明节，我和妻子、女儿、女婿、外孙对着父亲、母亲的遗像鞠躬。年年岁岁似相识，

年年岁岁话不同,今年要说:"感谢复旦大学出版社领导,感谢陈思和、孙颙二位老师的大力推荐,感谢上海图书馆历史文献中心主任黄显功的无私支持和热情帮助,感谢认真负责的编辑胡欣轩、高原等,这套书明年有望出版,请父母放心。"

本书如有遗珠之憾或有误之处,敬请有识者指正。撰写过程中,上海图书馆的黄显功、刁青云、刘明辉、邓昉、葛蔼丽、王艳等,以及陈漱渝、何瑛、王锡荣、陈福康、陈叔骐、葛昆元、徐煊、乐融、何昊佩、王璐、韦泱、戴建国、李良倬、李良吾、亚男、允毅等人,提供了各种热情帮助,本书稿承蒙复旦出版社编辑胡欣轩、高原等同人花费了大量的精力、时间和心血认真校改,谨表谢忱。

本书还得到丁言文、丁言仪、丁言昭、丁言穗(已故)、丁言模、丁言伟、丁言勇及其亲属不同方式的大力支持,以此祭拜父母在天之灵——今年,母亲、父亲先后仙逝二十周年、五周年了。

草于2022年清明节之际"封家"的七步居

图书在版编目(CIP)数据

丁景唐编辑文艺刊物:1938—1946/丁景唐著;丁言模编. —上海:复旦大学出版社,2024.9
(丁景唐研究丛书三种;2)
ISBN 978-7-309-17135-8

Ⅰ.①丁…　Ⅱ.①丁…②丁…　Ⅲ.①丁景唐(1920-2017)-文艺-期刊编辑　Ⅳ.①I0

中国国家版本馆 CIP 数据核字(2023)第 251720 号

本书列入上海文化基金会2022年度第一期资助项目

丁景唐研究丛书三种

丁景唐文学评传（1938—1949）

丁景唐 著
丁言模 编

复旦大学出版社

目　录

八十回忆(1920—1949) ·· 1

第一编　萌发·入党·《蜜蜂》(1920—1938)

乡愁之情 ·· 3
都市之情 ·· 10
师生之情 ·· 17
同窗之情 ·· 22
　　附录一　"学协"及《学生生活》 ·· 34
　　附录二　革命摇篮育新人——记江苏省委办的一次大、中学学生
　　　　　　支部书记训练班 ··· 47
书刊之情 ·· 53

第二编　大学·跃进·鼎盛(1939—1944)

第一章　大学篇 ··· 69

东吴大学：国文校训，英文从严 ·· 69
光华大学：跨系学习，中西贯通 ·· 77
沪江大学：结缘名师，治学起步 ·· 88
　　附录　诱病请假的前"沪江书院"院长郑章成 ····································· 97
二进光华：综合提升，圆满句号 ·· 101
　　附录　白薇的五妹黄九如：被遗忘的"三合一"女才子 ······················· 111

第二章　创作篇 ··· 136

《联声》：展现创作才华的第一个平台 ·· 136

诗集《星底梦》的代表作 …………………………………… 159
　　小说：大胆"跳级"，尝试突破 ……………………………… 178
　　古典文学：起点较高，责疑权威 …………………………… 193
　　诗文"伯乐"寓心声，犹恋风流纸墨香——丁景唐与关露亦师亦友 … 210
　　　附录一　鲁迅的故事——献给鲁迅[逝世]三周[年]纪念期诵 … 239
　　　附录二　一个可纪念的日子——鲁迅先生逝世七周年纪念 … 241
　　　附录三　夜行的人 …………………………………………… 242

第三编　多元·避难·民风（1944—1949）

第一章　活动篇 …………………………………………………… 247

　　首次亮相：主持"文谊"（上） ……………………………… 247
　　　附录一　文艺新人联谊 ……………………………………… 289
　　　附录二　沪文艺青年联谊会成立　发表宣言号召共同努力 … 291
　　　附录三　上海，文艺新军的结合 …………………………… 293
　　　附录四　上海文艺青年联谊会致爱好文艺的年轻朋友书 … 296
　　　附录五　民权与官僚制度 …………………………………… 298
　　　附录六　介绍初学文艺的几本读物 ………………………… 301
　　首次亮相：主持"文谊"（下） ……………………………… 304
　　　附录　浙东才子，麦野青之情 ……………………………… 324
　　《妇女与文学》连接的故事 …………………………………… 334
　　民歌社·评述民歌 …………………………………………… 346
　　辗转南下避难 ………………………………………………… 364
　　二进沪江大学 ………………………………………………… 387
　　在宋庆龄领导下工作 ………………………………………… 399

第二章　创作篇 …………………………………………………… 420

　　潇洒回归，"民风"为主 …………………………………… 420

附录　他的薪水结了冻 ································· 434

　散文、杂文、评述 ································· 436

第三章　生活篇 ································· 443

　同窗结缘，景玉共赏（上） ································· 443

　　附录一　我家邻近的人文景点 ································· 452

　　附录二　西爱咸斯路慎成里六十四号 ································· 455

　　附录三　萧军、萧红在上海的故址 ································· 458

　　附录四　风雨长夜忆故人——怀念田辛同志 ································· 465

　同窗结缘，景玉共赏（下） ································· 468

　　附录　珍闻一则·与狮为友 ································· 485

尾声·综述 ································· 486

后记 ································· 503

八十回忆[1](1920—1949)

丁景唐(图1)是现当代研究瞿秋白和鲁迅的学者,长期从事新文学书刊考据研究等工作,20世纪30年代后期从事党的地下工作。1949年后,在上海长期从事党的新闻出版和文艺工作,离休前曾任上海文艺出版社社长兼总编辑。他对上海社会科学院历史研究所安排的口述史研究课题倍加赞赏,说:"口述史研究课题的功德,将不亚于建国后影印的三十年代的文学刊物。"

图1 丁景唐(赵家圭摄)

我的少年时代

我的祖父丁德清是浙江镇海桥头下新屋(今宁波市北仑区)人。这是一个疏落的小村,不少人家外出谋生,有的漂洋过海到日本出卖劳力。祖父一代弃农去上海南市开了一爿小茶馆,与走贩卖浆者为伍。父亲丁方骏由祖父从乡下带到上海学手艺,当裁缝,俗称奉帮裁缝[2]。

母亲胡彩庭是农家女,文盲。1919年,父母因家庭贫困,随亲友闯关东[3],这在浙东是少有的。父亲任吉林殖边银行庶务——所谓"茶房"。1920年4月25日,我生于松花江边的吉林,族名、学名"训尧"。1923年,殖边银行倒闭,父亲失业,全家南归镇海乡下。

1926年,父亲去世。在宁波的一个小学教书的姑姑(丁秀珍)把我带到宁波,寄托在宁波教会办的鼓楼幼儿园[4],这是一所设备比较完善的实施幼儿教育的幼儿园。宁波因为是近代最早与外国通商的口岸之一,外国人创办的文教医药机构较多,如20年代很有名气的华美医院[5]。不久北伐战争开始,姑姑和她的女伴去武汉,投奔宋庆龄主持的妇女运动训练班[6],我又回到了镇海乡下,和母亲、外祖母生活在一起。

我在镇海的童年,在我前半生中不过是一个短镜头,但儿时的记忆至今难忘。比如我能唱《三只老虎》[7]《颠倒歌》[8]《宁波马灯调》等民间歌曲。记得1981年,我参加文艺工作者代表团去香港,在开联欢会时,唐弢介绍说:老丁会唱宁波儿歌。我就唱了这则《三只老虎》:"三只老虎,三只老虎,两只没有尾巴,一只没有耳朵,真奇怪,真奇怪。"我儿时还唱当时流行的《孟姜女寻夫》"十二花名小调"[9],那是刻印在木刻土纸簿本上的。在宁波,我很少看戏,我只知道当时有地方上很出名的老大鸿寿徽班[10]唱戏。我童年曾随寡母到附近裴将军庙[11]烧香,管理庙务的是一个老堕民[12]。途中要经过一座小山,山下也有一座小庙,庙中只有一个管事的,也是堕民。宁波地区也有与各地不同的习俗,如中秋节是在旧历八月十六[13]。我在乡下读过私塾,受到儿歌、民谣、民间故事的熏陶。少年时的我曾在开明街书摊买过一折八扣的《七侠五义》和《小五义》等书。在私塾时,我曾因将沙土灌入同学的颈内,被先生关入黑屋子里,这叫"关禁闭"。我也尝过先生的无理打骂。一次,一个小朋友遗失了一个铜笔套,冬烘先生无法"破案",于是除了这个小朋友外,其他所有的小学生都被先生用戒尺打了三下手心。私塾先生粗暴惩罚学生的封建教育方法给我留下了难以忘却的印象。

1931年,姑姑回到上海。

夏天,镇海发大水,河水漫上稻场,涌入屋内。多病的母亲流着泪把我托付给外祖母家唯一的帮工,我和他睡着轮船的"白鸽笼"(轮船的统舱),来到了上海,[他把我]交给姑姑。从此,我依叔父丁继昌、姑姑丁秀珍为生。

叔父是一家基督教书店的职员。姑姑是宁波城内最早反对缠脚和买卖婚姻的反封建的新女性,有着一双放大的脚。她当过多年的小学教师,曾在北伐战争时期到武汉参加过宋庆龄主持的妇女运动训练班。她给我以民主思想的教育。我到上海时,她正失业,寄居在三升里[14]她学生家的亭子间。三升里是一条"赤膊"弄堂,比石库门弄堂房子低一档,它的门窗"赤膊",外边没有石库门"包装"。砖木结构的二层楼房,亭子间的开间很小,约六平方米,仅容一床一桌一椅。在这条弄堂里,住着几十户人家,居民中有小职员、菜场小贩、小商人,还有外轮水手等。我寄寓的朱家为洋行职员,他们中有宁波人、广东人、扬州人等,五方杂处,邻里之间倒也能和睦相处。三升里弄内狭隘,小孩子仅有打玻璃弹子的余地;沿街开设卖各种日常生活用品的小商店,弄堂口有换糖转圆圈的、抛套泥人的、吹糖面人儿的;街上有外地流亡到上海的乞丐和走江湖的耍猴儿、卖膏药的流浪汉。残疾人叫花子口喊:"娘娘、太太、老爷、伯伯做做好事。"算命排八字的盲人带着号哭的凄惨喊声和关店大拍卖的刺耳的喇叭声,交织成一片喧闹的街声。

年少的我曾看到下海庙菩萨出巡的赛会,一些赤着上身的汉子,手臂皮肉中用铁钩钩着沉重的香炉,还有人用木棍抬着许愿人的手臂。三升里附近有中山大戏院(后为梧桐路150号)和万国大戏院(后为长治路367号),这两家电影院都只有三四百个座位,有时大门也不关闭,买票不限时,随到随看,坐满了,站着看,也可以连续看。场内秩序混乱,空气污浊,放映机声音夹着小贩叫卖五香茶叶蛋、小吃点心等声音,嘈杂不堪,但观众不论大人、小孩处之泰然。看到银幕上侠客口吐白光、双方交剑,观众大声喝彩、拍手、跺脚,有时银幕前台边也有人仰头看得起劲。我最初看电影就是在虹口这一带电影院看的。

姑姑送我到她女友任校长的尊孔小学读书,这是我在上海就学的第一所小学,是一所"下只角"常见的弄堂小学[15],在元芳路(今商丘路)一条石库门弄堂里,没有操场,不上体育课,也没有乒乓桌、图书室等设备。教师连校长在内不满四五位,灶披间、亭子间也被辟为教室,采用复式教学。读书不久,发生了民族大屈辱的"九一八"事件,东北三省沦为日本帝国主义铁蹄下的殖民地。

1932年5月,姑姑、昌叔和我一起住在四卡子桥(今鸭绿江桥)的东面狄思威路常乐里[16]30号,[我]入金陵公学读小学四年级。这所学校名为"公学",实际只有小学部,学校前门面向梧州路小菜场,后门濒临沙泾路粪码头。校长姓黄,毕业于南京的金陵大学,故在上海开设金陵公学,以资号召。这个学校的师资不差,有一个小小的图书室,陈列着一柜子商务印书馆的《小学生文库》,我借阅了不少儿童读物,喜读郑振铎编的《儿童世界》《小学生文库》。我在简陋的乒乓桌上学会了打乒乓,初学了英语,读了《古文观止》。

常乐里建于1931年,约有五十几号门牌,是虹口比较有代表性的石库门弄堂,全为二层砖木结构楼房。常乐里与三升里都具有上海移民社会五方杂处的共同特点。常乐里还具有中外杂处的国际都市的另一特点——这里有各地移居上海的中国同胞,也居住着日本人、印度人、犹太人和意大利人、菲律宾人,中外居民之间也未发生过冲突。在日本帝国主义发动侵略战争时,激起了中国人民的民族仇恨和反抗,而对一般和平相处的日本居民,我们并没有采取报复的行动。这里的人们对温柔有礼的日本妇女、俭朴勤学的日本儿童,常投以善意的目光。在我居住的阳台上可望见对面二楼日本少妇怀抱婴孩席地坐在榻榻米上,丈夫回家,她深深地鞠躬的情景。常乐里比较安静,弄口是一条石子路,四周除沙泾路边的上海最大的屠宰场不时传来牛、猪牲畜的垂死嘶叫声外,只有在终年流淌着[的]乌黑发臭的苏州河支流对面"工部局验尸所"传来载着尸体的救命车的刺耳声。弄堂口的街面没有商店,街车也很少。弄堂北边是木材堆栈,南边是竹子和煤块堆栈,臭河浜里也浸着木材和竹筏,小孩子还赤脚下水到木竹上游耍,捉臭河浜中的小螃蟹,大人见了就大声叱责,驱赶小孩子上来。弄内能让小孩子们踢小皮球和手拿竹竿靠墙学跳高。夏秋之际,小孩子们结伴爬越墙头,到堆放木材、竹头、煤堆的旷地里捉蟋蟀;春秋之际,扎起纸鹞到旷地上放风筝。孩子们还有高兴的玩意儿,那就是顺着鸭绿江桥塬学踏脚踏车,那时脚踏车行有专供人学车的出租车,一毛钱一个钟点。[17]

姑姑常带我到海宁路、乍浦路上的虹口大戏院、威利大戏院(今胜利电影院)看电影。我最喜欢看卓别林、冷面滑稽著名的斐斯开登、劳莱和哈台的喜剧电影,也喜欢看《人猿泰山》等,却不喜欢看《腊像陈列馆》那类恐怖片。姑姑还带我到提篮桥新开的东海电影院看高占非、王人美主演的《都会的早晨》,到北京路、贵州路新落成的金城电影院看王人美主演的《渔光曲》[18]。

昌叔是中华浸会书局下一家基督教办的书店的职员。他和几位好友组织了一个"励青自省社"的松散的读书会,集体订阅了《小说月报》《语丝》《创造季刊》《创造月刊》《中学生》《新月》《文学》等新文化杂志,我可以随便取阅。姑姑也鼓励我阅读课外读物,练习作文,并让我每周一次电影,这一切培养了我对新文学的爱好,为我以后从事革命文学活动打下了基础。

不久,传来年仅三十余岁的母亲不堪贫病交迫服毒自尽的丧信,我随姑姑到镇海乡下奔丧,后又回上海。

1933年,姑姑出嫁,嫁给在上海南京路上开电料行的比她大十几岁的姑丈。但她仍肩负着亡母的抚养重任,在长期的岁月中,我没有孤儿的失落感,姑母依旧以慈母的关怀抚育着我。

1934年,我越级考入四川路桥南的上海基督教青年会中学初中二年级读书。该校师资力量雄厚,校风淳朴,设备齐全,教育家、原孙中山[的]英文秘书韦悫[19]任校长,编辑家、出版家邹韬奋和戏剧家洪深曾担任教职。

我能够读毕中学,以后又考入大学,全赖姑母的资助。姑母施与的母爱和开明的熏陶,对我后来参加革命,走上文艺工作的岗位,用笔鞭挞旧社会"吃人"制度鲸噬妇女儿童的罪恶,是有影响的。

我对新文学产生了兴趣

在上海,我目睹千奇百怪的繁华而又罪恶累累的众生相。此间,我接触了文艺,尤其爱看创造社和左翼作家的作品,流连忘返,于申报图书馆[20]、蚂蚁图书馆[21]、中华业余图书馆借书,并常到北四川路横浜桥一带的书店和旧书摊看书。此时,大量阅读了创造社和左翼作家的文学作品,开始阅读《自修大学》《大众生活》《读书生活》、艾思奇的《哲学讲话》(后改为《大众哲学》)、钱亦石的《中国怎样降到"半殖民地"》等书刊。那时候,我几乎天天往返于四卡子桥和四川路桥之间的大街小巷,又向南京路大陆商场的申报流通图书馆、蚂蚁图书馆借还图书,到福州路、南市城隍庙、爱文义路王家沙、北四川路横浜桥一带逛书店、旧书摊,沿着狄思威路西北走向虹口公园观看田径和球类比赛,我的足迹几乎遍及虹口地区。我从新文艺书刊中了解到,北四川路一带是中国现代文学史、文化史上的一条文化人群集,创造社、艺术剧社、"左联"作家活动众多的文化街,也领略了虹口富有日本东洋风采的人文景观。

1936年9月,我考入上海青年会中学读高中,首次读到茅盾小说《蚀》和《创作的准备》。

1937年,因未读全初中六学期,学校示意我改名。叔父为我改名"景唐",即继承祖父命名"训尧"的含义,又赋以学当堂堂正正中国人的深意。

我参加的一次军事训练

1937年5月至7月,依照当局的规定,高中一年级和大学一年级学生集中在上海华漕泾"中正营"集中军训。此时我才有机会过集体生活,增进了不少社会见识。

我是第三届上海大、中学学生集训于沪郊华漕泾"中正营"的学员。该届集训由驻扎[在]上海外围的八十七师王敬久[22]部的中下级军官担任教练。记得这次军训共有6个大队,32个中队,其中有单独编制的女生中队一个。大队部由上校任大队长,中队由中校、少校任队长。中学队受排、班的列队训练,还有空弹射击、紧急集合、夜行军等。面临日本帝国主义频频侵犯我国领土、民族危机日深的现状,学生拥护军训,教官也倾向抗日爱国,与学生关系也较融洽。但是,我也看到有些教官粗暴地惩罚学生,严重损害了学生的自尊心。有一个中队在野外操练时,教官无理处罚学生,要学生双腿叉开下蹲,手举枪托,还大声叱责学员。这种侮辱学生的暴戾行为激起了学生罢操的风潮,结果好几个学生被关禁闭。

"中正营"中禁止学生阅读《光明》《中流》《作家》等进步文学刊物和抗日救亡杂志,教官常常进行搜查,抄出者统统被没收并加训斥。

教三民主义课的教官既反动又愚蠢。我所在的中队,三民主义教官大放美化德意法西斯的谬论,学生们以沉默相抗。"八一三"战争以后,我第二次从虹口逃难到英租界小沙渡路、武定路一石库门底层,竟遇见一位借住这楼亭子间、身穿西服的教官,原来这位教官是复旦大学政治系四年级的大学生,却不知其如何混进"中正营"充当三民主义教官的。

原定8月底结业的集中军训,因7月7日日本军队向北平卢沟桥守卫部队进攻而终止。当我们军训营中的学生听到卢沟桥消息后,群起要求政府全民动员抗战,发给枪械,武装起来,开赴平津前线,参加神圣的抗日战争。教官们也表示保家卫国是军人天职的决心。"中正营"总队长、八十七师师长王敬久被迫在广场上召开全营大会,表示抗日爱国不落人后,劝告集训学生服从命令、遵守纪律,听候政府处置。当局为预防日军在上海的挑衅,也为了防止学生冲动,滋生意外事故,这一届军训在一场台风过境之后,于7月底提前结束,军营解散,学生回家。

军训的空弹练习,至今使我得益匪浅。90年代,我在杭州参加中国现代文学研究会,会务部组织与会者到富阳郁达夫故居参观,我在街头参加射击,大获胜利。1966年春节,我在大洋山慰问解放军,在海边实弹射击,我的成绩也相当不错。

我参加了革命

1937年冬,我参加了革命——在同学张诚的介绍下,参加了中国共产党领导的外围组织上海学生界救亡协会,简称"学协",立志在中国共产党的领导下,以实际行动打倒日本帝国主义,争取中华民族的解放。时任"学协"刊物《学生生活》的通讯员和发行员。

1938年,这是我终生难忘的一年。

春,我改任上海学生界救亡协会("学协")的中学区干事,联系青年会中学、华东基督教联合中学、难童中学、立达学园[23]、育英中学,以及基督教浸会办的沪江附中、晏摩士女中、明强中学(也称浸会联中或申联中学)等"学协"小组,开展抗日爱国活动,如读书会、歌咏队、办壁报、募寒衣等。我的母校青年会中学也组织了读书会、歌咏队,开展劝募寒衣等活动。

大同大学毕业的数学老师陈起英在每堂课上花将近一半的时间给学生分析时事形势,他是我思想上的启蒙老师。陈老师还是一位业余话剧导演,组织过同学和戏剧界进步人士参加演出田汉的《一致》和法国都德的《阿莱城的姑娘》。青年会中学的许多教师都富有爱国主义和正义感,学生开展的各种抗日爱国活动得到了他们的支持和帮助。我在"学协"的读书会上,从斯诺的《西行漫记》等书刊中,初步知道了中国共产党领导的中国工农红军二万五千里长征、党的领袖们艰苦卓绝的革命生涯、党的光辉历史、党的抗日民族统一战线政策。我曾和几位同学想去寻找党的关系,到延安的"抗大""陕公""鲁艺"去学习。

张诚看到我不安心在上海"孤岛"搞学生的抗日救亡工作,就问我:"为什么要到延安去?"我答:"为了革命。"张又问:"难道在上海就不能干革命吗?"我终于透露了心底的秘密:"我要找党!"张说:"那好,我们一起分头去找党。"我在参加"学协"的工作中锻炼了群众工作的能力。

区干事都有秘密党员带领工作,并负责联系几个中学,开展抗日救亡活动。我在上海青年会中学读高二时,因在青年会少年部的墙报上写的一篇杂文中引用了鲁迅的话——"在可诅咒的地方击退了可诅咒的时代",被指责为"不轨"。

不久,张诚说有个"学协"的朋友愿意介绍我入党,让我写自传,写对党的认识,写对党的抗日民族统一战线的认识等。我在劳勃生路草鞋浜的一间小阁楼上第一次向伟大的中国共产党倾吐了一个十八岁青年学生的决心、追求、理想。

十月革命节前,张诚约我到九江路中央商场附近一家西餐馆的阁楼里,上级派领导俞沛文[24]为我举行了入党仪式。就这样,我这个读高中三年级的学生被光荣地吸收为中国共产党党员,党名"萧扬"。

中共江苏省委在我家举办了一期大、中学学生支部书记训练班

1939年1月,中共江苏省委在我家举办了一期大、中学学生支部书记训练班,由江苏省委书记刘晓[25]和另一位领导人陈修良主讲。寒假前,俞沛文对我说:"上级党组织决定办一期支部书记训练班,有六七个人,组织上决定让你参加。"他还说:"从各方面因素考虑,训练班就设在你家里。"接着,俞沛文又向我详细布置了同志们来我家开会的接头暗语、安全的暗号,以及地下秘密工作必须严格遵守的纪律。

训练班开始的第一天,清晨天还墨黑,我心里热乎乎的,早已激动得睡不着了。我没有表,只能不停地睁开眼睛,看着老虎窗外的曙光慢慢地驱散黑暗,透进窗来。当时,我家住在戈登路[26]1243弄内俭德村37号平房,地处劳勃生路[27]和澳门路中间一个被叫作"草鞋浜"的平民区内,周围都是污泥和石子铺的小路,坑坑洼洼,到处都是积水。这条一二里长的小路与劳勃生路平行,其中弄堂与弄堂相通,小路与小路相连,沿着泥泞的又长又窄的小路,可从戈登路通到小沙渡路[28]。从劳勃生路的时耕里进去,也可通达戈登路1243弄,往北转弯,有两排简陋的平房,这便是俭德村。坐北朝南,每排四间,一共八间,我家37号就在第二排东边第一家。我父母早亡,家里就只有叔父、妹妹、我和一个老年的女佣。下面前间约12平方米,是叔叔的住房;上面搭一间阁楼,约10平方米,开一个老虎窗,阁楼被一隔为二,后面住着在小学读书的妹妹和老女佣,我住在前半间,老虎窗就在我的床上方。我家四周住着好多中华印刷厂的工人,四周邻里群众条件较好。另外,我家所在地通道较多,训练班的同志每次听课结束,可从三个方向分散出去:一条往南穿过时耕里到劳勃生路,一条往东通戈登路,一条往西通小沙渡路,旁边还有不少小弄堂可穿梭进出。

那天,天刚蒙蒙亮,我听到老女佣起身走下楼去,我就悄悄地起床,好容易等到叔父、妹妹一起吃好泡饭,叔叔到外滩附近一家教会书局上班去了,妹妹也被我打发到她的小朋友家去玩。我在晨光中把约定的安全暗号——一双湿袜子挂在老虎窗外,并对女佣说:"今朝,阿拉有几个同学来补习功课,阿拉会招呼的,侬只管自己汰菜弄饭好了。"我把老女佣也安顿好。具体讲课地方就安排在叔叔住的前房,到时,同志们坐着就像是在补习功课。我渴望着同志们快快到来。

参加训练班的同志们是十七八岁的六七位男同学,此外就是先后来讲课的一男一女两位领导同志。我现在已记不清具体的接头暗号,大约是每人带一本教科书,问:"你是××吗?"这是临时用的假名,答:"×先生介绍我来补习功课。"对上暗号,便请他们进来。训练班每次上午8时到齐,一周两次,每次两个半小时左右,先后共讲四次。

前两次由身穿西装大衣、中等身材、健壮结实的三十多岁的男领导用夹着外省口音的普通话讲中共党史和政治形势分析,他自称"陈先生"。后来我才知道"陈先生"是假名,他在麦伦中学教书,使用"林赓汉"的化名,他就是刘晓。他刚坐下,坐在我旁边的同学就叫了声"林先生",但"陈先生"却未答话。第一课,他从中国社会性质和革命性质、任务、动力、对象谈到中国共产党的诞生、党的纲领和第一次大革命失败的主客观原因、立三"左"倾路线,总结了"左""右"倾错误路线的教训。第二次上课,他专门谈确立以毛泽东为首的党中央的路线、方针、政策,重点谈了抗日民族统一战线。我原来只从《西行漫记》等书中知道一些党的历史,经过"陈先生"两次系统的讲解,才对党的历史有了初步的认识。"陈先生"第二次讲课结束后对我说,下次将由一位女先生来上课,谈支部工作问题,并约好接头的暗号。

后两次来的是一位小个子、戴眼镜、穿旗袍、一口宁波话的女领导,1949年后我才知道,她[是]曾任中共南京市委书记和中共上海市委组织部副部长[的]陈修良。"女先生"讲了两次,使我这个第一次担任中学党支部书记的中学生,初步懂得了党支部的性质[及]任务、支部书记的职责和群众工作、秘密工作的方法,如要以身作则、组织群众、向群众宣传党的主张、发现和培养积极分子、发展新党员,以及在秘密环境中的共产党人的革命气节等问题。这次训练班虽然只听了四次党课,却给我留下了深刻的教育。

这年的秋天,我中学毕业,按照党的指示,考入抗战时从苏州迁沪的东吴大学,开展学生工作,编辑学生刊物《东吴团契》,并任东吴大学地下党支部书记,曾以"蒲柳"等笔名在《东吴团契》上发表文章。

我 与 关 露

1942年5月15日,《女声》杂志在上海创刊,由日本著名女作家佐俊子任社长。关露由潘汉年派遣,深入敌营。她的公开身份是《女声》编辑,实际上担负着极为重要的秘密工作的特殊任务。

在日军全部占领上海期间,我仍坚持在沦陷区做地下工作,负责宣传调研工作。我根据党的关于敌占区的工作方针,自己不能办刊物,就组织我领导的原《海沫》《中学生》《联声》的编辑向敌伪办的刊物或商办的刊物投稿,揳入敌人宣传阵地,写作一些既不能暴露又有内容的作品。

我曾借用锺恕的笔名"微萍"[29],还有笔名"歌青春""乐未央""辛夕照""乐无恙""戈庆春""包不平""秦月""宗叔"等为《女声》写稿。自《女声》第1卷第8期至第4卷第2期（自1942年12月15日至1945年7月15日），发表小说《三男跟一女——一个女学生的手记》《阿秀》、诗《敏子，你还正年轻》《星底梦》《向日葵》《我爱》《春天的雪花》《春日杂诗》等、散文《青春》《烛光》《杏花·春雨·江南》等、论文《诗人秋瑾》《陆放翁出妻事迹考》《朱淑真与〈元夕词〉》《她的一生——从民歌中看中国妇女的生活》《妇女与文学》等、速写《一场辩论》等、杂文《不祥与祸水》《风雅的说教》和儿童生活故事《生活在孩子群间》等，还有两篇译文。

我为我的第一本书诗集《星底梦》[30]署名"歌青春"。在诗里，我追寻着早晨的阳光、明朗的春天、灯火的光亮、满缀花朵的田野，追寻着"星光下的梦，会在未来的日子中开花"。这个未来的开花的日子，象征着人民胜利的节日。关露用笔名"梦茵"在同年7月出版的《女声》第4卷第2期上撰写了书评《读了〈星底梦〉》，给我以热情的鼓励和希望："在近来惨淡荒凉的这片诗领土中突然看见这本小小的册子《星底梦》，好像在一片黑寂的大海里看见一只有灯的渔船一样。《星底梦》虽然装订很小，页数很薄，但是仍然发生了'诗'的力量——好像渔船虽小，仍旧是一只船，星星的光虽然不强，仍然能够把宇宙照亮。"关露在日军占领的严酷岁月里，倾注着同志的相濡以沫的深情和真切的关怀，给我以慰藉和鞭策，使我终生难忘。

我和关露早在《女声》时期因写稿相识[31]，但彼此都不知道对方是共产党员。1949年后，她才知道我[是]，她对我说："当时都用你的稿子，是因为发现你的稿子有一股新鲜的气氛。"

我 与 巴 金

我由东吴大学转入沪江大学三年级，在这里开始了我的治学之路。

我师从朱维之老师学习国语文法时，曾依朱先生的布置，制作读书卡片，研究巴金的作品文法。到了学年结束时，我便利用平时做的卡片，写成了论文《论巴金作品的文法研究》。1948年我应中文系主任朱维之之约，二进沪江大学任教时，对该文又作了修改，写了二万字，陆续在校刊上发表。

在沪江大学的一年，是我学习中国古典文学最多最勤也是写作最多的一年。平时，我一有时间就钻进设在大学附近的原工部局图书馆看书，到了晚上则伏案写诗、写散文，并从事民间文学和古典文学的研究。我还留意收集了上百本新诗集，1949年后，我将这些当时已不易找到的新诗集捐赠给了上海作家协会资料室。

1982年5月27日，巴金为上海文艺出版社成立三十周年作《对默默无闻者的极大敬意》，这是前不久我专门上门约写的。我知道巴金有病，一坐下就说明来意，希望他为出版社成立三十周年讲几句话。巴金谦逊地说："我行动不便，少出门，不能到会祝贺。"我就说：

"你写三五百字鼓励鼓励吧。"我们谈到上海文艺出版社的前身,是由几家小出版社合并组成的,巴金曾在其中的平明出版社做了十几年的编辑和校对工作。我说:"出版社能取得今天的成绩,这里面也有你十几年的甘苦和心血,你总得讲两句。"巴金"本来决定不写什么,但是想到了自己过去的工作就有点坐立不安,不能沉默下去了"(《对默默无闻者的极大敬意》)。就这样,巴金写了一篇长达三四千字的祝贺文章《对默默无闻者的极大敬意》,在《解放日报》上发表,后收入《随想录》。

1985年2月17日,巴金应我之请,又为我编辑的《文艺日记》写了题词:"人为什么需要文学?需要它来扫除我们心灵中的垃圾,需要它给我们带来希望,带来勇气,带来力量,让我们看见更多的光明。我五十几年的文学生活可以说明:我不曾玩弄人生,不曾装饰人生,也不曾美化人生,我是在作品中生活,在作品中奋斗。巴金,一九八五年二月十七日。"巴金的题词是写在中国作家协会浙江分会15乘16的240[字]的稿子背面,分七行书写。巴金署名之后,写明"一九八五年二月十七日",即我看望他的当天,这真是不易。

翌年,新版的《文艺日记》送到巴金手中,巴金称赞地说:"长远没有看到这样精美的日记了。"我告知巴金:"我这里还有你的一些版本书,还有萧珊(巴金已故的夫人)译的屠格涅夫《初恋》,都送给你作纪念,好吗?"巴金听说还保留着萧珊译的书,似乎动了感情,说:"我收下来看看,将来还是要捐献出来的。"(图2)

图2 丁景唐与巴金

我 与 茅 盾

1946年6月,茅盾刚从重庆经香港到上海,我主持的上海文艺青年联谊会借育才中学召开了一次欢迎会。在致欢迎词后,会员朗里用宁波方言朗诵《欢迎茅盾先生》的献诗,表演短小的文艺节目,会场气氛十分热烈。茅盾在一片掌声中发表了讲话。参加会议的都是20岁左右的青年人,茅盾便从青年的学习、生活谈到青年的创作。

几天后,我和陆以真从北四川路折入山阴路,到大陆新村6号二楼茅盾的住处。茅盾先询问了文艺青年联谊会的情况,又谈起文学青年的问题。他感慨地说:"在中国,爱好文艺的年轻人是那么的多,他们是文艺阵地中的小士兵;而作家呢,在中国也不少,他们好像是部队里的军长和师长。但是,缺少的是连排长啊!没有连排长,师长和小兵之间就脱了节。这军队还怎样去作战?"这生动又浅显的比喻,说得大家都笑了起来。茅盾鼓励文艺青年联谊会要多做连排长的工作。他还特别强调地提出:文艺青年的学习是很重要的。要学政治,也要学艺术技巧。平时要多读别人的作品,要不断提高自己的鉴赏能力。怎样才能学得生动活泼呢?他建议大家办文学讲座,召开座谈会,多多练习写作,在学习中还要开动脑筋。年轻人既要尊重老一辈作家,但也不能盲从,重要的是自己的研究,真理是从一点一滴的研究中获得的。

那天,我带去了两份文艺青年联谊会的会刊《文艺学习》,上面除刊有约请老作家叶圣陶、魏金枝指导青年写作的文章外,刊登的都是会员的习作。茅盾虽视力已衰退,但仍兴致勃勃地把刊物翻了一遍。他说:"为培植文艺新军,光是刊载几篇青年作者的作品还是不够的,应该对这些作品进行评介。要收集读者的评论,最好在第二期上刊登出来。还可以选刊优秀的作品,并且好好地解释一下它们的内容怎样,修辞怎样。"他在翻到刊物中"心的交流"专栏(专登各地通讯)时赞赏地说:"通讯这件事情是有很大的社会意义的,你们要多做这方面的工作,把文学青年团结起来。"临别时,茅盾还为文艺青年联谊会题词:"今天的文艺工作者不可能借口于'我是用笔来服务于民主'而深居简出,关门做'民主运动',他还应当走到群众中间,参加人民的每一项争民主、争自由的斗争,亦只有如此,他的生活方能充实,他的生活才是斗争的,而所谓'与人民紧密拥抱'云者,亦不会变成一句毫无意义的咒语了。"这一茅盾亲签题词,经会员陆以真保存下来,于1990年捐赠给中国"左联"旧址纪念馆。

1980年10月,我在中央党校学习。一天,我们去看望茅公。茅公在病中又为我写了:"左翼文台两领导,瞿霜鲁迅各千秋。文章烟海待研证,捷足何人蹈上游。"原来茅盾打算写成条幅,后因病情恶化而终未完成,只留下了草稿。茅盾逝世后,韦韬在整理父亲的遗物时,在一本64开的普通笔记本上发现了它。韦韬根据父亲生前的愿望,将手迹拍照后就把原件寄赠给我,作为永久纪念。现在这首茅盾《赠丁景唐》诗已收入《茅盾诗词集》和《茅盾全集》

第十卷。

1985年5月23日,得韦韬5月21日来信,对茅盾赠我一诗有所说明:"先父赠您的七绝,是对您常年不懈研究秋白同志的赞扬,有人对第四句理解错了,以为'何人'是指秋白和鲁迅,其实只要一看题目'赠丁景唐'就明白了。所以您的这篇大作[32]对于匡正这种谬误也很有必要。"

我与鲁迅作品《祝福》

1946年2月,我的第二本书一本学术性的论文集《妇女与文学》,由上海沪江书屋出版,以当时公开的名字"丁英"署名。该书收入了十篇长短论文,研究诗经、六朝的民歌、歌谣,以及民间传说中的妇女形象,也有几篇是关于陆游、朱淑真、秋瑾等人的研究,其中有一篇是论述鲁迅笔下的祥林嫂的文章《祥林嫂——鲁迅作品中的女性研究之一》,这是我从事鲁迅研究工作开端的专论,在当时产生了较大的影响。

书出版后,我赠予吴康一本,吴康即介绍给他的妹夫——雪声剧团编剧南薇。南薇看到书中的一篇《祥林嫂——鲁迅作品中的女性研究之一》,认为可以改编为越剧,于是向袁雪芬介绍鲁迅的小说《祝福》,征求袁雪芬同意后,南薇试编为越剧《祥林嫂》。我又设法介绍当时与我一起工作的廖临(时为《时事新报》影剧特约记者)与南薇交朋友。后来,田汉要了解越剧情况,我安排廖临约袁雪芬、南薇去见田汉……[33]田汉、许广平看了越剧《祥林嫂》的演出。

4月28日,廖临以"罗平"的笔名在《时事新报·六艺》上以头条位置对袁雪芬主演的《祥林嫂》作了较高的评价。文章在引述了丁英关于祥林嫂的分析后称:"《祥林嫂》应该不仅是雪声剧团,而是整个越剧界的一座纪程碑。"他又用"罗平"的笔名写了《田汉与袁雪芬、南薇谈改良越剧》(《时事新报》1946年5月10日)。由我领导的在《世界晨报》工作的袁鹰等,也在报上为《祥林嫂》上演撰写评介文章。这就是当时中共地下党与越剧《祥林嫂》的关系。

5月,《雪声纪念刊》中的《袁雪芬与新越剧》摘登了我的论文,也详细作了记载。

1981年1月8日,《文汇报·影剧版》刊登了《袁雪芬的艺术道路》(九)与《许广平谈〈祝福〉的改编》后,我才在《艺术世界》上首次撰文,撰述了丁英的文章和越剧《祥林嫂》的因缘。

我与宋庆龄

1947年4月,我被国民党当局列入黑名单。我接到上海地下党组织领导"文委"工作的上级唐守愚紧急通知:"你已被国民党反动派列入黑名单,速离沪隐蔽。"接到通知后,第二天我即离沪到嘉定,避居在廖临家中。廖临的家就是嘉定城内著名的廖家大院。据清光绪《嘉定县志》记载,廖家是嘉定城内的望族,清咸丰、同治年间,廖家的廖寿丰、廖寿恒兄弟官至浙江巡抚、礼部尚书、总理各国事务大臣、军机大臣,在朝野上下显赫一时;但进入20世纪时,这个世代钟鼎之家也受到"五四"新文化运动的洗礼和共产主义思潮的影响,出现了几个"逆子叛臣",廖临便是其中的一位。此时的廖家大院正被国民党占为县政府,廖家就在县政府边门进出。我与廖临在这所楼房里,在敌人的眼皮底下朝夕相处,纵谈国际、国内的形势变化。在廖家大院里,我避居了十天,又转赴宁波。

11月中旬,岳父为我安排去香港、广州谋职,我和夫人王汉玉一起南下香港、广州,寄居香港一建筑公司宿舍,以后又在广州一家洋行就业。一天,在九龙街头巧遇叶以群,交谈中知悉宋庆龄主持的中秋游园会的盛况。

这次中秋游园会是中共地下党组织筹划,于伶、叶以群参与策划,通过廖梦醒、许广平与宋庆龄商洽,请宋庆龄出面主持,用中国福利基金会[34]名义筹募文化界、艺术界医药救济基金举办的一次大规模的义演、义卖活动[35]。1947年10月1日晚7时,宋庆龄亲临陆家路(今淮海西路338号)中央俱乐部(旧称西郊虹桥高尔夫球场)[主]持中秋游园会。来客中除文化界[人士]、企业家、银行家等各界人士外,还有解放区救济总会驻沪办事处的代表和外籍人士,人数达四五千人。与会的文艺界人士,每人都参加一项或多项活动——郭沫若义卖签名图书,茅盾夫人与胡蝶劝买纪念章,熊佛西与欧阳予倩为书画定价,洪深与应云卫轮流在露天的戏剧舞台上报幕,麒派名角高百岁演《徐策跑城》,金素琴演《苏三起解》,尹桂芳、袁雪芬合演《新梁祝传》,另有音乐、舞蹈、活报剧等节目,十分精彩。

为积累中秋游园会的资料,1949年后我访问过于伶,于伶说:"我在干杂差,在露天舞台的后台忙着为化妆、卸装的演员们倒换洗脸水,许广平、廖梦醒大姐热心地在观众中义卖节目单与说明书哩。"于伶还深情地回忆:宋庆龄一到场,就受到全场热烈的鼓掌,舞台上的表演也停了一下。记者们围了上去,她婉言谢绝说:"今晚勿讲闲话。"她一开始就致了简短的开幕词,还给周围涌上来的人们签名,签一个10万元(相当于人民币30元),为了救济贫苦的文人,她签了一个又一个。

会上,宋庆龄捐赠义卖珍品——孙中山的遗物——团扇、明朝石狮、通心古瓶和三本英文原版《建国方略》,由宋庆龄在扉页上签名,每册以400万义卖成交。许广平捐献一部印数绝少的皮面烫金的《鲁迅全集》初版特藏纪念本,附有精致木箱装置,以1 500万元拍板。郭沫若捐献了自己的著作《中国古代研究》《青铜时代》《十批判书》《革命春秋》《历史人物》等,并为读者在书上签名。梅兰芳、周信芳、俞振飞捐赠了国画的扇面,郑振铎捐的是元朝版画,张善子捐[的]一幅虎画以1 500万元成交,还有茅盾、郭沫若、熊佛西、柳亚子、叶圣陶、许广平写的条幅等。

晚上十点半义演剧目结束,人群涌向义卖场所——音乐厅。音乐声中,拍卖开始。义卖叫价拍板的主持人是身穿深蓝色长袖旗袍的黄宗英,白杨捧着一只明蓝瓷瓶,秦怡双手举着一号拍卖品——团扇。黄宗英介绍:"这把扇子是国父生前使用的,非常贵重,这只明蓝花瓶也是国父珍藏的,现在由孙夫人捐献义卖。哪位大善人开价?"于是白杨在前,秦怡在后,绕场一周。结果团扇以6 000万元成交,是当天的最高价,明瓷瓶以2 500万元拍卖。总计义卖所得达1.53亿元,折合美金4 000元。这次游园会不仅支援了贫穷的作家和艺术家,而且也是一次上海文艺界同舟共济、团结奋进、渡过黑暗的难关、迎接新中国的早日来临的誓师大会。

1948年圣诞节前夕,党组织让王楚良通知我,把我从上海沪江大学中文系的教学岗位调至宋庆龄领导下的中国福利基金会,任第三儿童福利站站长,由罗明(1949年任嘉定县副县长)去上海沪江大学中文系为我代课。

第三儿童福利站设在虹口乍浦路245号昆山儿童公园的东北面沿街(今虹口图书馆的一部分),搭着一座半圆形的铁皮活动房子,面积二十几平方米,三分之二用作课堂,三分之一用作图书室和教师办公室,后面还搭出一个小间用作牙医诊所,另外有半间狭长的活动房子辟为卫生室。就在这小小的天地里,我第一次见到宋庆龄。

宋庆龄指示工作者:儿童福利站既要从物质上救济穷苦孩子,又要为他们提供精神食粮。根据这一指示,儿童福利站为进不起学校的贫穷儿童开设识字班,从小学三年级到高小程度,由工作人员担任教师,轮流在活动房里上课。我们还挑选年龄稍大、热心服务的高年级学生当小先生,分散到里弄中教一、二年级小学生识字、演算术,图书馆也推选大孩子负责。福利站还为缺乏营养的婴儿免费供给黄豆、奶粉,向贫困妇婴发放救济物资,如棉衣、鞋、帽等。诊疗所还为孩子们免费治疗、打防疫针预防疾病。宋庆龄十分关心儿童福利站的工作,常到站里来看孩子们活动,询问孩子们的学习和健康状况,有时还同孩子们一起看图书,听孩子们讲故事、唱歌。

宋庆龄不仅关心孩子,也关心工作人员,除采取一些措施保障职工在币值暴跌、物价飞涨时能过好日常生活外,还关心职工的身体健康。有一天,她陪一位外籍医生到儿童福利站来,给孩子们和工作人员检查身体。我在这小小的活动房里第一次见到了宋庆龄。她问:"你从沪江大学调来搞儿童教育工作有什么不习惯的地方?"我激动得只说了一句:"很好!"当时我患严重的鼻炎,经常鼻塞,呼吸不畅,还流淌浓涕。宋庆龄知道后,亲切地问我病情,并要这位医生给我诊治。医生检查后,用英文写了一张条子,让我到霞飞路、善钟路路口(今淮海中路、常熟路路口)大楼里的一家诊所去治疗。这是一家高级诊所,设备新式,室内宽敞明亮,但收费昂贵,因我是中国福利基金会的工作人员,受到手术费和医药费全部豁免的优待。经过治疗,我的鼻炎得到根治。

1949年春节后,我住进西摩路[36]369号宋庆龄老宅为掩蔽。这座古老的花园洋房曾经居住过宋氏父母和他们的子女。当年,宋庆龄虽然住在靖江路(今桃江路),却常来老宅。

10月,中华人民共和国成立。宋庆龄参加开国大典后,回到上海淮海中路1843号(今宋庆龄故居)。举行了一次家宴,我也应邀参加。那天晚上参加家宴的有金仲华、赵朴初、王安娜、沈粹缜等人,共一桌。宴会上,宋庆龄笑容可掬地告诉大家:"毛主席和周总理身体很健康!"并感谢大家在中国福利基金会的工作。宴会后,宋庆龄把一只从北京带来的铜匙送给我留作纪念,我一直保存着。

1958年6月13日,我出席宋庆龄举办的晚餐。请帖上写:"订于一九五八年六月十三日(星期五)下午六时半敬备便餐恭候/光临/宋庆龄"。

中国福利会成立二十周年时,我为《儿童时代》写了一首诗《我们的家》[37]。其中有一段回忆了当年在宋庆龄领导下的上海第三儿童福利站的情景:

> 铁皮房子十尺宽,/好似狭长一旱船;/旱船旁边一小屋,/好似舢板靠旱船。/旱船前舱是教室,/后舱还摆图书室。/舢板虽小用处多,/上面设有诊疗所。/黑漆门儿朝东开,/一片阳光进屋来。/老师来了,孩子来,/你也来,我也来,/来读书,来唱歌。/课本老师编,/图书自己做,/儿童剧团排戏又教歌。/"三毛"演得好,/孩子拍手笑。/秧歌扭得妙,/"沙拉沙拉多拉多"……

诗写得很实,一一列举当年的情景,也许是因为我始终不能忘怀这一段和孩子们天天在一起的生活吧!

1983年5月,我花了一年多时间,为宋庆龄收藏、上海[孙]中山故居二楼陈列的苏联著名版画家的一幅画《第聂伯河水电站建设图》进行了多方考证,并与实物对证,写了一份鉴定书,分送各有关领导部门,得到了确认。自此,上海[孙]中山故居的讲解员按照我的考证鉴定进行讲解。

我结束了地下党员的身份

1949年11月,夏衍和姚溱[38]提名,拟将我调回宣传工作岗位。当时任中共上海市委组织部副部长的张承宗[39]找我谈话,我来到党的华东兼上海的最高领导机关福州路、江西路路口的中共中央华东局兼中共上海市委机关驻地——建设大厦,第一次见到张承宗。张承宗紧握着我的手,开门见山地说:"组织上调你到市委宣传部工作,想听听你的意见。"我说:"感谢党对我的关怀,我要刻苦学习,努力工作,完成党交给我的新任务。"

张承宗又和我商量如何妥善做好中福会的工作移交,物色一位党员接替我的工作。考虑到中福会的特殊情况,他决定我将尚未公开的中福会支部和另一个社会福利团体的联合支部关系,直接移交给上海市委组织处的强毅,并介绍强毅与我见面。张承宗嘱我12月月底前完成工作,然后到宣传部报到。我妥善地做好了中福会的工作移交,怀着依恋的心情告别了孩子们和同事们,走向新的战斗岗位。

1950年1月2日,我拿着夏衍签名的上海市委宣传部正式调令和由原中共上海地下党文委书记陈虞孙签名的党员证明信,第二次踏进二楼组织部张承宗的办公室,然后再持市委组织部的证明文件,到三楼宣传部正式报到,由姚溱向我交代了工作任务。至此,我由地下党员的身份转为公开党员的身份,这是我一生中一件难忘的大事。(图3)

图3　20世纪60年代初,丁景唐(右)在国庆观礼台

原载《史林》2001年第1期,署:丁景唐口述、朱守芬[40]整理。

导读:

丁景唐回忆往事时,思路清晰,记忆力不减当年,留下了一份珍贵的史料,包括上海虹口昔日民俗、地理文化。文章内容纵横交错,时时穿越时空,依稀可辨当年思维灵活的风采。

此文原有注释近60条,文字多达近8 000字,而且注明出处,显然丁景唐希望留下一份比较完整的往事回忆,留存后世,以备他人参考,这是他长期的思维惯性和作风。其中注释〔9〕有关孟姜女的民间故事,内容翔实,是所有注释中最长的。丁景唐昔日一度热衷于从事民间文学的研究,半个世纪前写过《关于孟姜女传说的演变》等文,成为他美好的记忆。

抄录者丁言模(图4)添加部分注释,标题增加"(1920—1949)"。

图4　杨之英(中)与丁景唐(右)、丁言模

注释：

〔1〕《八十回忆》为丁景唐口述八十年的生平活动，共八万字。本书收录其中一部分，并加注释。

〔2〕从19世纪初开始，奉化裁缝就已有较高的知名度。他们靠一把剪刀、一把尺、一只熨斗走天下，做出了我国第一件西装、第一件中山装，还在上海开出了第一家西装店，奉帮成为在全国有影响的特色服装流派。

〔3〕1911年（清宣统三年）颁布《东三省移民实边章程》，辛亥革命后继续实行。葛剑雄等著《移民与中国传统文化》中有民国初年移民纪录：黑龙江移民1912年—1917年平均每年不过五六万人，1918年—1922年增加到平均每年十四万；吉林在输入移民的同时，也有一部分人转至黑龙江。

〔4〕鼓楼幼儿园，中国较早的由外国传教士创办的幼儿园，现为宁波第一幼儿园。

〔5〕华美医院，美国浸礼会所办医院。1843年该会传教士马高温在宁波北门开设诊所，并出售药品。1883年在北门江边建造浸会医院，以兰雅谷为院长，首任中国院长是该院出生的任莘耕医生。1926年向国内外募捐经费，利用当时拆除城墙、修建马路的部分条石和城砖盖起四层楼园舍和三层楼护士学校各一幢。宁波沦陷时期，该院一度改名华华医院。中华人民共和国成立后，更名为宁波市第二医院。

〔6〕妇女运动训练班，即妇女党务训练班，1927年2月宋庆龄在汉口创办，宋庆龄任班主任，聘请恽代英、张太雷等任教员。1927年1月20日，宋庆龄为创办妇女党务训练班发表《敬告全国妇女同胞书》，内称创办妇女党务训练班的目的是"指导你们党务政治一切实用知识，以求本身的利益、民族的利益"。并说："我用最诚恳的意见，来希望你们大家起来，一同奋斗，再不要观望自谈了。有志的女同胞，可以自由前来受训练。"2月12日，训练班在汉口四维路举行开学典礼，"学员有103名，正取94名，备取9名"。宋庆龄出席并发表《妇女应参加国民革命》的演说，指出："妇女是国民一分子，妇女解放运动是中国国民革命的一部分，所以为求全民族的自由平等，妇女应当参加国民革命，为求妇女自身的自由平等，妇女也应当参加国民革命，这个党务训练班就是妇女国民革命军的预备……（妇女）在社会上的责任，不仅是在家庭里面做一个贤母良妻，她同时要为国家做一个良好的国民革命的妇女。总理（孙中山）说：'国是一

个大家庭。'我们应当先努力于这个大家庭的革命工作,然后才有小家庭存在的希望。只知道做贤母良妻、不去尽国民革命天职的妇女,结果必定做帝国主义与军阀的'奴才的奴才'……妇女要求平等,应当先以平等待同类,打破富贵贫贱的界限,团结全国乃至全世界的妇女成一个革命的大同盟,这就是党务训练班所努力的目标,深愿诸位同学从此努力地奋斗,完成国民革命。"举行开学典礼后,宋庆龄与参加典礼的董必武、蒋作宾及训练班的学员合影留念。

〔7〕又有《两只老虎》,歌词与《三只老虎》稍有不同:"两只老虎,一只没有尾巴,一只没有耳朵,真奇怪,真奇怪。"据称,蒋经国儿时即唱此歌。抗战初期,他在赣南,"最爱唱此歌,每逢联欢,令其表演节目,即唱此歌助兴"。

〔8〕《颠倒歌》,宁波儿歌,编写者以逆向思维启示儿童,如"我从外婆家里过,看见舅母摇外婆","倒唱歌,顺唱歌,河里石头滚上坡"。此歌流行甚广,解放战争时期,国统区民众据此改编为《古怪歌》,以讽刺颠倒是非、混淆黑白的国民党反动当局。

〔9〕孟姜女的故事自春秋源起,两千余年来流传于黄河、长江和珠江流域,且按各地民俗改编为各种流派的艺术作品。钱南扬考证,金院本有《孟姜女》,元杂剧有《孟姜女送寒衣》,明有《孟姜女宝卷》。近代更甚,北京大鼓有《孟姜女寻夫》,又有《哭长城牌子曲》。昆明的孟姜女故事唱词分三种:卖唱瞎子唱的《孟姜女寻夫》、小孩子唱的《孟姜女哭夫》、弹词《孟姜女全传》。在江苏南部通行《孟姜女唱春调十二月》和《四季唱春调》,浙江绍兴流行的目连戏中有孟姜女戏,如《孟姜女纺花》,平湖皮影戏有《孟姜女送衣》。浙东流行的是唱春调的《孟姜女十二月花名》或《四季花名》,歌中全是闺怨之调,乃借孟姜女之名写思妇悲哀,如:"正月里来是新春,家家户户点红灯,人家丈夫团圆聚,孟姜女丈夫去造长城!二月里来暖洋洋,燕子双双到南方,新巢做得端端正,对对成双在画梁。三月里来是清明,桃红柳绿正当景。人家坟上飘白纸,孟姜坟上冷清清。七月里来秋风吹,孟姜女送寒衣,哭崩长城八百里,不见范郎来穿衣。"此类歌调颇为盛行,几乎人人会唱,坊间刻印成风,凡大小书坊、地摊、小贩多有出售。何植三说他在绍兴读书时,"这首情歌,似乎城内的孩子们没有一个不会唱的"。徐光熙也称:"近年来十分盛行,小儿女们十个中有九个会唱的。到夏天的晚上,出外走一趟,总可以听到几处尖锐可爱的小孩声音歌唱着。"

〔10〕老大鸿寿徽班,宁波地区著名的京剧戏班。20世纪初至30年代,宁波京剧戏班有两大家,另一为大连升班,两家主要活动在浙东地区,成员达两百余人。老大鸿寿徽班曾在宁波天然舞台演出有抗日救亡色彩的《梁红玉》《新雁门关》和改良京剧《打渔杀家》《年羹尧》《明末遗恨》。30年代,宁波文化界戏剧改革时,改编《岳传》《包公案》等有民族意识的脚本。

〔11〕裴将军庙,即裴晋公祠,俗称裴将军庙。据乾隆《镇海县志》,裴将军系唐将裴肃,治明州有功,东钱湖乡村多庙祀之。

〔12〕堕民,宋以来江浙地区的贱民。相传南宋初期金人南侵,宋将焦光瓒率部投降,正逢金人北撤,其部卒不及跟从,乃被贬,子孙被称为"堕民"。元灭南宋,将南宋俘虏及若干降人集中于浙东,贬为贱民,又称"乐户"。明初朱元璋沿袭,将陈友谅、张士诚、方国珍等部署安置于浙东,罚他们世世代代为奴役。此类堕民几百年来居住船上,不准上岸定居,不许与一般平民通婚,不许参加科举考试,其职业多为杂役,如抬轿、打铁。清雍正时,虽有削书籍之议,得以与平民同列,但多未执行。1905年宁波巨商卢

鸿昶之子留学日本,醉心自由平等之说,回国后即劝其父为堕民谋解放,呈由浙江巡抚奏请光绪帝解放堕民。光绪帝降谕浙江废止堕民奴役制,准其考试经商,与平民一律看待。卢又出资开办小学一所,供堕民子弟读书,大多数人并不欢迎。堕民问题在1949年中华人民共和国成立后才得到根本解决。

〔13〕各地多以旧历八月十五为中秋节,只有浙江宁波及周边地区以八月十六为中秋节。据称,南宋史弥远告老还乡,欲在家中赏中秋之月,不料中途因事耽搁,到家适在十六,不得已向全城每户送月饼一包、鸭一只,命其重过中秋,从此相沿成习。当地有"天下中秋皆十五,唯独宁波在十六"之说。

〔14〕三升里,位于虹口鸭绿江桥东边靠周家嘴路,已毁于日本侵略上海的战火中。

〔15〕弄堂小学,私人开办的小学,大部分是在弄堂里的石库门房子,有六个班级的教室,教师在亭子间、灶披间里备课,没有操场,有的学校干脆不设体育课,有的则在弄堂里搞一些体育活动。

〔16〕狄思威路常乐里,今溧阳路637弄。狄思威路初以1870年任公共租界工部局总董的Dixweell的名字命名,1843年改以江苏溧阳命名。

〔17〕旧时我国大、中城市都有出租脚踏车的。出租的车辆通常是流行的26寸两轮脚踏车,规模较大的车行也备有24寸、28寸的脚踏车和专供少年儿童学习用的小脚踏车和三轮脚踏车。沈寂说:"此行业上海在30年代汪伪时期已有。当时因战事紧张,汽油严格控制,即使仅有的公共汽车也多用木炭为动力,民间更无力购置自备汽车。而脚踏车也因资源困难,价钱极贵,很少为私家占有,于是脚踏车行租赁业应运而生。开始车行租赁有论小时和天数计算,后也有包月租赁,所付押金不等。渐而形成一大行业,此类车行在1955年私营资本主义改造前仍有。"

〔18〕《渔光曲》,上海联华影业公司出品的故事片,王人美主演,描写沿海渔民的苦难生活。1934年在上海首映,后参加在莫斯科举办的影展,获得荣誉奖。而由安娥作词、任光谱曲的主题歌《渔光曲》,更以它那深沉的情感和动人的艺术魅力赢得人们的喜爱,在群众中广泛流传。1938年,延安广播电台还以它为序幕曲。

〔19〕韦悫,著名教育家,广东香山人,同盟会成员。1914年赴英、美留学,1920年于美国芝加哥大学毕业,获哲学博士学位。1921年回国,任广州岭南大学教职。后出任广东护法军政府外交部秘书兼孙中山秘书,代表中国出席太平洋教育会议,并在会上发言。1925年,任外交部秘书兼国际司司长。1928年,任上海特别市教育局局长,主张用科学的方法办教育,建立视导制,实行学校健康计划,创办各种社会教育事业,提倡"行验教学方法",即以行动为学习方法,学习为行动的试验。1929年,任中央大学教育学院院长、上海青年会干事兼青年会中学校长,在青年会中推行"行验法",改革课程设置,增添职业训练,使该校成为当时上海最完备的中学。抗日战争爆发后,接办《译报》,创办《上海周报》。1942年赴苏北皖南解放区,创办江淮大学,任校长。1948年,创办华东大学,任校长。1949年后,历任上海市副市长、教育部副部长兼文字改革委员会副主任、华侨大学代理校长等,著有《韦悫言论集》《新中国的教育》《文字改革和汉字简化》等。

〔20〕申报图书馆,1932年12月1日设立,《申报》董事长史量才聘任李公朴为馆长,其目的是:"提倡鼓励一般店员学徒与工友们的读书兴趣,同时更热烈地盼望一般的青年们都互相勉励,利用宝贵的闲暇,在书本上求得宝贵的知识。"该馆开办时有书4 000册,1935年增至6 000册。史量才被害后改名为

"量才图书馆"。

〔21〕蚂蚁图书馆,1933年3月上海蚂蚁社创办,该图书馆借阅图书不收任何费用。开设时藏书为700本,翌年藏书达1 800本。

〔22〕王敬久,国民党将领,江苏丰县人,黄埔军校第一期毕业。毕业后参加东征,任连长,北伐时任营长。1931年任国民政府警卫军第一师副师长,后任师长。1935年授陆军少将,同年移驻上海近郊,兼任全国第一届高中学生集训上海市总队长。翌年升陆军中将,兼任江苏省高中学生集训队总队长。1937年抗战爆发,与日军战于淞沪地区,升任国民革命军第71军军长。1947年孟良崮战役失败后,去职居苏州,后赴台湾。

〔23〕1925年春季,匡互生等在上海创立立达中学。初仅有初中,学生五十余人。秋季,立达中学于江湾自建校舍,增设高中部及艺术专门部,改名立达学园。同时,在南翔租地创办农场,设立农村教育科。立达的宗旨是:修养健全人格,实行互助生活,以改造社会,促进文化。"立达"源于"己欲立而立人,已欲达而达人","学园"则表明不同于当时一般的学校。当年参与创办立达学园的同人及先后在校任职的教师有:匡互生、夏丏尊、朱光潜、丰子恺、刘薰宇、方光涛、刘淑琴、夏衍、陈望道、许杰、茅盾、叶圣陶、郑振铎、胡愈之、朱自清、刘大白、卢前、赵景深、周予同等。

〔24〕俞沛文,江苏太仓人。1938年加入中国共产党,翌年于沪江大学化学系毕业,在上海从事学生工作。1946年赴美国,在哥伦比亚大学研究院和迈阿密大学学习。1948年回国,任全国学生救济委员会总干事。1949年后,历任上海市外事处处长,外交部美澳司副司长、礼宾司司长,驻苏丹、埃塞俄比亚、奥地利大使,常驻联合国日内瓦办事处和瑞士其他国际组织代表(大使衔)。

〔25〕刘晓,湖南辰溪人。1926年加入中国共产党。土地革命期间,历任中共江苏奉贤县委书记、江苏省委秘书长、福建省委组织部部长、粤赣省委书记。参加长征,任工农红军一军团政治部地方工作部部长。1937年,负责上海党组织的重建工作,任华中局城工部部长、上海局书记。1949年,任上海市委第二书记。1955年,任驻苏联大使,后任外交部常务副部长、驻阿尔巴尼亚大使。

〔26〕戈登路,今江宁路。1900年辟筑,初以镇压太平天国起义的英国人Charles George Gordon的名字命名,1943年改以江苏江宁命名。(《上海通史》第15卷,上海人民出版社,1999年9月)

〔27〕劳勃生路,1926年日本人曾在路中心建造川村纪念塔,上嵌大钟报时。1943年改以四川长寿命名。

〔28〕小沙渡路,今西康路。1900年辟筑,初以附近原有的苏州河渡口命名,1943年改以原西康省命名。

〔29〕微萍,原是丁景唐的友人、《海沫》编辑锺恕的笔名。她用此笔名写了一篇小说《青色的恋》向《女声》投稿,试探是否采用外稿,不久被刊出。丁景唐借用"微萍"笔名写了两文投稿,也均被录用,于是丁景唐和友人们为之写稿。

〔30〕《星底梦》,集丁景唐在《女声》上发表的诗作而成,出版于1945年3月。丁景唐用了一个虚设的"诗歌丛刊社"名义,自费出版。

〔31〕丁景唐自《女声》第1卷第8期至第4卷第2期,共发表作品56篇,其中诗歌26首、小说2篇、

散文13篇、速写1篇、论文8篇、杂文4篇、译文2篇。用的全是笔名,有"微萍""歌青春""乐未央""辛夕照""乐无恙""戈庆春""包不平""秦月""宗叔"等。

〔32〕指《茅盾悼念瞿秋白同志的一首遗诗——兼论茅盾对瞿秋白的崇高评价》。

〔33〕此处删去一段文字,以免引起非议。

〔34〕宋庆龄于1938年6月在香港创立保卫中国同盟。1941年迁至重庆,当时主要任务是支援抗战。1946年迁至上海,改名为中国福利基金会,给中国人民解放军以道义和物质上的支援,救济国民党统治区的贫病交困的文化、教育界人士,在上海兴办儿童福利和儿童保障事业。中华人民共和国成立后,该组织一直从事妇幼保健和儿童文化工作,并继续进行国际宣传,逐步发展创办了国际和平妇幼保健院、托儿所、幼儿园、少年宫、儿童艺术剧院,出版《儿童时代》半月刊和《中国建设》杂志。

〔35〕当时上海报刊对此进行了报道,如《申报》之《中国福利基金会月下园游——蛱蝶穿花群里出动,百戏杂陈鼓乐喧阗》称:"上海文化、戏剧、音乐、艺术各界均有精彩节目参加。此次园艺会中之图案布置,系出丁聪之手,设计别具匠心,进门处为一对大和合,作笑脸迎人状。跳舞厅之四壁上,则挂有八仙过海之摄影,似对'火山'上之男女作会心之微笑。其右邻游戏厅中,设有月里嫦娥,高悬该厅。"又称:"是日,宋庆龄穿蓝底百花实袖旗袍,精神似颇愉快。舞台之前,草坪之上,时见其匆匆来去。"报道中说游园布置"系出丁聪之手",有误。著名版画家郑野夫撰写的《木刻手册》记载:

中国福利会定于十月一日假中央银行俱乐部举行"中秋园游大会",为上海文艺界筹募医药救济基金,函约"木协"参加筹办工作,"木协"派延年、麦秆、永玉、余白墅、阿扬、克萍、野夫、夏子颐、吴彭年、许逸帆、郑光耀等连日前往分别担任绘图、布置会场等工作,情绪异常紧张……十二月初,福利基金会将"中秋游园会"所得的医药救济金分派各文艺团体,"木协"得数千万元,这自然是加强"木协"许多力量,"木协"获此有力资助后,工作更形活跃,首批得到救济的是卢鸿基、葛克俭、陈烟桥等。

中华全国木刻协会派出协助"中秋游园会"的人员中陈烟桥、杨可扬等人与丁景唐很熟悉。那时黄永玉还年轻,风华正茂,这段人生插曲,不知他晚年还记得否,至少在李辉的《传奇黄永玉》里未提及,成为鲜为人知的轶事。

〔36〕西摩路,今陕西北路。1914年前辟筑,初新闸路以南段以镇压义和团的英国东亚舰队总司令Seymour的名字命名,1946年改用今名。

〔37〕《我们的家——祝贺中国福利会成立二十周年》发表于《儿童时代》第11期(1958年6月1日)。

〔38〕姚溱,曾名姚静,笔名秦上校、丁静,江苏南通人。1938年加入中国共产党,曾任新华通讯社华中二分社社长、华中总分社副编辑主任。1945年后,参加中共上海中央局"文委"领导工作,并在《上海周报》《时代日报》《文萃》《展望》等上海进步刊物上撰写时事分析、军事评论和政治性论文。1949年后,历任中共上海市委宣传部副部长、中共中央宣传部副部长等。

〔39〕丁景唐曾写《纪念张承宗同志二三事》,收入《犹恋风流纸墨香——六十年文集》(上海文艺出版社,2004年1月)。

〔40〕朱守芬,时为上海社科院历史研究所助理研究员。

第一编

萌发·入党·《蜜蜂》

（1920—1938）

乡愁之情

  我欢喜朋友们亲热地称我"老宁波"的雅号,尽管我因父亲随舅舅闯关东而出生在松花江边的吉林。三年后,父亲(丁方骏)失业,南归宁波乡下一个荒疏的小村,不久病贫逝世,遗下孤儿寡女。我十一岁("九一八"那年)投奔上海当小学教师的姑姑(丁瑞顺)和在教会书店当职员的叔叔(丁继昌)为生。

(丁景唐《飘落在银杏巷的梦片》)

  东北的春天姗姗来迟,1920年4月25日,松花江畔的吉林诞生了一位江南才子——阿毛,族名、学名训尧。小名阿毛一直使用到16岁,这时才正式改名为"丁景唐"。

  父母和舅舅闯关东诸事,在丁景唐的记忆中未曾留下什么印象,却记得宁波镇海江桥头下新屋村。这是一个疏落的小村,地处老市区东北甬江北岸,今属宁波市北仑区小港街道,村域面积1.1平方公里,由江桥头、李家、张家、下新屋、元九房、钱家、堰头丁、高车头等八个自然庄组成。如今,丁景唐老家下新屋属于下邵社区,附近有宁波中国港口博物馆、北仑九峰山、九峰山网岙、宁波凤凰山主题乐园、小浃江碶闸群、宏远炮台等旅游景点,拥有宁波走书、宁波传统造像技艺、新碶民间剪纸、绿茶制作技艺、水浒名拳、宁波唱新闻等民俗文化,以及宁波金柑、镇海棘螈、火踵全鸡、冰糖甲鱼、塔峙桂花、龙凤金团等美食特产。

  塔——/矗立于甬江的滩脚/像刚迈的老人镇守着田野/汹湃的江水似奔跳的孩子/日夜吹嘹亮的口哨/风爱赶卷路途的尘沙/搭一幅雾山般的灰纱/而频经霜雪的塔铃/遂以嘶衰的苍嗓伴随/暴风狂啸的秋潮,以/迎迓来自远方的风沙……

(丁景唐《塔》)

  三江口是宁波的标志,是姚江、奉化江汇合成甬江的交叉口,为历代商贾云集之地,见证了宁波的沧桑岁月。25岁的丁景唐写此诗,以三江口甬江滩脚的塔为家乡的标志,倾述了真挚的乡愁,叹息家乡的衰败。诗中的灰色词语——"鸦群"与"荒原"、"暗影"与"断塔"、"土地"与"垂死",哪里有浙东明亮的诗情画意。

  苦难深重的故乡,依然牵挂着游子的心,荒僻的小村也有欢乐的时光,不过更多的美好记忆还是停留在邻村外祖母家。丁景唐、妹妹与大一岁的表姐去"撒野"疯玩,河边钓虾,下水捉泥鳅、钩黄鳝,黄鳝尾巴一甩,溅起泥水,飞到孩子们的脸上,顿时激起一阵银铃般的欢乐笑声。他们还和小伙伴一起去看木偶戏、放鸭子,扬起脖子,抬起头,眯着眼,望着天上随风飘曳的风筝,有时跑着、喊叫着,生怕风筝被风"拐"跑了。

  回想到外祖母家那间古屋的廊檐下所送别了的童年,一股明亮的太阳光时常便会在我的忆念里耀放,而小河、禾苗、丛树、瓜田,以及夏晚微微的薰风和晚风中的山歌民谣遂作了我同年的教本。自然,幼小的心是不会理解透农村隐匿在和平静谧背后的贫穷与饥馑的真实的面容。

(丁景唐《妇女与文学·后记》)

浙东地区流传着大量的民歌民谣,丁景唐晚年时还记得《三只老虎》《颠倒歌》《宁波马灯调》等民间歌曲,背景依然是色彩斑斓的童年。丁景唐专门写了论述文《"颠倒歌"》:

如果没有外来的乌风猛雹,乡村的生活是平静的,灰暗的茅屋,机械的劳作,连青山绿水也是平静的。因为平静,就显得单调,除了庙会过节,就很少有娱乐的调剂,只有民歌小调播扬着歌娱和哀愁来冲破乡土的冷落。于是以诙谐机智为特色的"颠倒歌"就非常受宠地给单调的农家生活润饰了明亮的色彩。

一群稚气可掬的小孩子,在稻场上或堂前跳着拍着,两手做起敲锣摇篮的姿势,一边高唱"颠倒歌"的时候,会给成人们带来多少的欢悦和愉快!

丁景唐回忆说:"我儿时还唱当时流行的《孟姜女寻夫》'十二花名小调',那是刻印在木刻土纸簿本上的。"孟姜女的故事自春秋源起,两千余年流传于黄河、长江和珠江流域,且按各地民俗改编为各种流派的艺术作品。浙东流行的是唱春调的《孟姜女十二月花名》或《四季花名》,歌中全是闺怨之调,乃借孟姜女之名写思妇悲哀。此类歌调颇为盛行,几乎人人会唱,坊间刻印成风,凡大小书坊、地摊、小贩多有出售。此后,丁景唐等人组织成立民歌社,热衷于搜集民歌民谣,除了吸取其中丰富艺术养料以便创作新诗歌外,也与他儿时的美好记忆有关,毕竟"一方水土养一方人"。

时光倒退到20世纪20年代,丁景唐孩提时家计困顿,很少有钱买票去看戏,不过他听说当时的老大鸿寿徽班很出名。老大鸿寿徽班是宁波地区著名的京剧戏班,曾在宁波天然舞台演出有抗日救亡色彩的《梁红玉》《新雁门关》和改良京剧《打渔杀家》《年羹尧》《明末遗恨》,还改编了《岳传》《包公案》等有民族意识的剧本。

中秋赏月吃月饼,阖家团圆,这是一幅充满诗情画意的温馨画面,但是在丁景唐记忆中则是灰色、黯淡的。中秋节在旧历八月十六,只有浙江宁波及周边地区如此。据说南宋史弥远告老还乡,欲在家中赏中秋之月,不料中途因事耽搁,到家适在十六,不得已向全城每户送月饼一包、鸭一只,命其重赏中秋,从此相沿成习。当地有"天下中秋皆十五,唯独宁波在十六"之说。也有其他说法,不尽相同。关于中秋节的诗文,丁景唐也写了不少:

夜已深沉,可是今宵却没有明月,连星星也藏了起来,而远处却飘来几声如诉如泣,[是]谁家流落街头的儿女的哀哭声?思绪已乱,因也胡诌了一首不像样的七绝,向读者献丑,以博一笑。

"月照孤城不夜天,长空万里碧无烟。笙歌达旦庆佳节,门外苦儿更尠怜。"

这首《中秋谈月》(《女声》第2卷第5期)写于1943年秋夜,文中看不到一点怀念儿时过中秋的欢乐。那时孤儿寡母"空对月",眼下面对都市贫富悬殊的场景,"门外苦儿"也晃动着丁景唐昔日孩提时的孤寂、悲凄、冷落的身影。

每个孩子都喜欢过年,在幼小的心里留下难以磨灭的印象。丁景唐大学毕业后还写道:

> 待在都市中的人,对于岁序变易的感觉是较为迟钝的,不像乡村里的农民那样重视。旧历年在我的印象中颇为淡薄,我只依稀记得童年时代在外祖母家过年的情形,在腊月初就热闹起来。在浙东的乡间,冬至是一个仅次于新年的日子,每姓的祠堂前全打扫得干干净净,用几张八仙桌拼拢,再并列起搁几,搁几上摆放着沉重的"五事"(铜锡的烛器),桌案上置着鸡、鹅、鱼及猪头等牺牲,大姓的则还有全猪、全羊架在红漆的猪羊架上。祭祀跪拜时,焚香点烛(不点红烛,是特备的绿烛),一边放爆仗鸣乐。这类鸣乐的鼓吹手大抵是堕户(一种流落在浙东早已[被]同化了的少数民族)组成的。有首儿歌:"冬至大如年,家家吃汤团,先生不放学,学生不把钱。"别的地方想来也差不多。有时灵峰山脚麓的姚氏庙里有一场冬至戏,我们乡下叫"冻杀大王",似乎在私塾时也有歌谣唱述,现在记不起来了。演"冻杀大王"的冬至戏有一幕赤膊露胸的戏文人[物]拉断活鸡的颈子洒血的场面非常恐怖,吓得胆子小的[人]暂避一旁。据说这乌鸡血洒了可以驱邪平鬼。可能这是农村里的一种谢神戏也说不定。
>
> 冬至一过,忙着谢年、送灶,新年的脚步在人们热烈的憧憬中姗姗而来。最高兴的是孩子,换新衣,放甩爆,嘴里愉快地唱着:"新年新年,无端又是一年,换了新衣出来拜祖先,恭恭敬敬走到长辈前,拜了新年,叫了恭喜,就要压岁钱。"
>
> 新年是属于孩子们的欢乐的节日,但也是孩子们最容易"受灾"的节日,吃坏了肚子还是小事,成人们疯狂的赌博给孩子们的影响尤坏,时常一些不好的习惯便都是从过年、过节染上的。
>
> 旧历年,在农业社会的中国依旧是一个隆重的节日。农民们胼手胝足,辛苦了一年,好容易从春天[的]播种、薅草、刈禾[中]获得一些收获,趁岁序更替的当口,欢乐吃喝一番抒散抒散一年的劳苦,以为来年新的事业的开始。农妇们吃苦了一年,平时连洗梳的功夫也没有,到了新年时期方始有暇梳头擦粉,戴起花来。
>
> "隔壁大娘做人家,吃苦吃到三十夜,梳梳头,戴戴花,胭脂点点粉擦擦,豆腐吃吃肉叉叉,米屑团子糖做沙,白馒头满把抓,叫声婶婶和妈妈:'明朝请到我家来耍耍!'"
>
> 于是,新年便在人们的热望中被歌咏着:"新年到,男孩儿放炮,女孩儿插花,老太太吃糕,老老头穿新袍。" (《旧历年与歌谣》)

多年后,丁景唐回忆起熟悉的乡音、熟悉的小调、熟悉的年味儿,一下子把他拉回儿时的宁波老家。但是沉迷的怀念并非只是甜滋滋的味道,浸透了快乐、嬉笑、幸福的情感,一旦被扑面而来的一阵寒风刺疼了脸颊,发热的头脑顿时清醒了。

如果说儿歌、民谣、戏曲、民间传说等浓郁的地方传统文化,自然地牵着孩提时的丁景唐的一只手,那么他的另一只手则触及西方教会的儿童教育文化。

丁景唐6岁丧父,父亲的二妹丁瑞顺(丁秀珍)时在宁波的一个小学教书,把侄子丁景唐从乡下带到宁波城里,寄托在宁波的美国教会办的鼓楼幼儿园。这是中国较早的由外国传教士创办的幼儿园,课目有礼仪法、识字、识数、唱歌、手技等。教会的教育给丁景唐人生的前期带来各种影响。他青少年时就读于基督教青年会中学,此后辗转于三所教会大学课堂之间,留下了许多精彩的诗文,见证了他青涩、追梦的少年和激情燃烧的青春。

丁景唐年幼时哪里知道自己已经学贯中西了。一面是民间小调、风趣诙谐的儿歌,还有听得入迷的传奇故事;另一面是西方儿童教育,剪贴外国刊物上的人像、动物或器物,这是外来文化的新思维、学习方式。可惜其他新鲜事物,丁景唐晚年早已忘却。

同时,私塾文化与新式小学教育同样"混搭"在丁景唐的记忆中。

丁景唐上幼儿园后,姑姑与女友赴武汉,丁景唐被送回乡下,随母亲住在下邵胡家外祖母家里。

下邵村邻近丁景唐的老家江桥头村下新屋,今属宁波北仑区小港街道,位于通途路以北兴邵公路两旁,与鄞东平原紧紧相连。那里有东钱湖来水,形成一条通向大海的小浃江。临江的下邵村四面环水,撑船去宁波四小时,去镇海两小时。这是丁景唐乡下老家自然环境的优势,但在丁景唐的记忆中却是发大水的悲剧,被迫投靠上海的姑姑。不过后来他有机会重游东钱湖,留下美好的印象。下邵村周围有十几个村:姚墅村、五盟村、合兴村、钟家桥村、湖芳村、江桥头村、鲍家洋村、下周隘村、东岗碶村、丁家山村、顾家桥村等。下邵村成为这些村子的政治、经济、文化中心,当时约有200多户人家,逐渐形成一条长四五十米的街道。

丁景唐记得读过私塾和老家下新屋永裕小学。进入私塾的第一天,7岁的丁景唐和十几个孩子在大红毯上跪拜塾师,他还请塾师和同学喝糖茶。那时已经时兴新式小学识字课文。其实《三字经》《百家姓》《千字文》之类的识字本,句子短小整齐,四声清楚,平仄互对,音节易读,朗朗上口,句子读熟了,字也记牢了。这些或新或旧的识字课本,或可为丁景唐之后的诗歌创作打下最初的蒙学基础。

老学究的塾师独自摇头晃脑,陶醉其中,底下的顽童却在玩游戏,嬉闹打趣,这是留在后人心目中的糟糕形象。在丁景唐的晚年记忆中,这位塾师是一位糊涂、迂腐的冬烘先生,蛮不讲理。一次,一个女生遗失了一个铜笔套,冬烘先生无法"破案",于是除了这个女生之外,其他所有的孩童都被先生用戒尺打了三下手心,小手又红又肿。这是丁景唐生平中第一次遭受人格侮辱,晚年时还记忆犹新:"私塾先生粗暴惩罚学生的封建教育方法给我留下了难以忘却的印象。"无缘无故地挨打,自尊心受到损害,激起丁景唐强烈的逆反心理,第二天坚决"罢课",不愿意去私塾。母亲左劝右说,都无法撼动他的决定,只好把他送到下邵村的初级小学读书。

该校最初于1925年由当地士绅和在外经商的热心教育事业人士集资建成,名为学达小学。拥有五间平房,被称为"老学堂"。村中邵姓子弟家庭困难的可以免费入学。小学毕业后升入中学的不多,大多前往城市"学生意",走经商之途。孩提时的丁景唐在此就读时间不长,没有留下什么印象。

1932年"一·二八"淞沪战争爆发后,舅母带领十几岁的丁景唐等老老少少逃难回到宁波城里,栖身于江东泥瓦弄(又名砚瓦弄)。丁景唐与表姐到附近的江东小学借读,即四眼碶小学,创建于1913年2月,始名鄞县第二高等小学校。这是一所有着厚重历史底蕴的学校,历来以办学严谨、质量较高而著称。现为江东实验小学,坐落在宁波市鄞州区新河路上。这里严谨的教学与上海弄堂小学大不一样,便于学生集中精力学习,促使提高求知的欲望。丁景唐还没有读完一学期,姑姑不放心,上海战事一停,就亲自到宁波把他接回上海。

乡村私塾、简陋的"老学堂"衔接现代新式小学,不仅仅要减少土话俚语,更重要的是"穿越"于两个不同历史时期,愚昧与文明、滞后与进步、守旧与现代交融。

不愿意听到的可怕事还是发生了,丁景唐返回上海仅半年,传来了母亲不堪贫病交加、服毒自杀的噩耗。丁景唐跟随姑姑抵达乡下老家时,河埠头的招魂幡上飘着纸钱的幌子,河岸烧尽的草鞋、纸锭堆扬起飞尘,堂屋前停放着已经入殓的棺材,棺材里躺着可怜的母亲。她只有30岁出头!

> 柔和的阳光徘徊在屋顶,/青青的小草葡匐在墙际,/巷子里虽依然是/幽静的一片,/冷风中意识着秋天的踪迹来近。
>
> 秋雨潇潇,/似离人的泪水缥缈,/又如哀悼催人的年华/无情地随流水西去。/愣看墙外的黄叶下坠,/在秋风的怀中诉说秋意深了。
>
> 鲜艳的红叶挂向枝尖,/嫩黄的丛菊开遍篱笆;/薄暮里,老年人/以低唱来追思消逝的童年/寒江露白,/而秋天却又要匆匆地走了。 (《秋》)

丁景唐此诗以"鲜艳的红叶"和"嫩黄的丛菊"反衬"消逝的童年",叹息人生苦短,寄托哀思。此诗流露出丁景唐思念病逝的父母,特别是苦命的母亲。

> 旧时的泥瓦弄是一条普普通通的狭窄巷子,舅母出面租赁的是巷子尽头一所旧屋的东厢房,她和表姐住在前间,外祖母陪伴我久病的母亲(胡彩庭)与我、我的弱妹(丁训娴)住在后间。室内是黯淡的,我的寡母蜷缩卧床,不时发出幽幽的病痛的悲鸣。如今,定格在我眼前的是母亲久久地蹲在裹器上熬着极大痛苦的身影,蜡黄的脸上淌着冷汗。她只有三十岁,却比年老的外祖母还显得衰老。
>
> (《飘落在银杏巷的梦片》)

泥瓦弄(后改为银杏巷)埋葬了母亲一生最后痛苦呻吟的日子。丁景唐曾在泥瓦弄的旧居墙外徘徊、凭吊，心目中留下无法抹去的痛楚。泥瓦弄在宁波市区三江口附近，现在这里发生了翻天覆地的巨变，早已成为宁波市区的繁华地段，素有"宁波外滩"之称。"浙东第一街"中山东路商业街横贯其中，商厦、服装专卖店鳞次栉比，夜色下霓虹闪烁，车水马龙，繁华无限。

昔日苦难深重的故乡，在"老宁波"丁景唐记忆中形成斑驳的碎片，时隐时现，串联起他十几岁以前的生命，以及天真无邪的朦胧之梦。虽然烙印着一大块一大块的斑驳杂色，浸透着岁月剥蚀的泪水，但这也是苦难童年换来的一笔宝贵财富。

1936年暑假，丁景唐于青年会中学初中毕业，经宁波回下邵村外祖母家过暑假，与小三岁的妹妹丁训娴重逢，妹妹非常高兴。丁景唐依然关注时事，看报得知高尔基逝世，引起一阵感叹。他从表姐的女友处借阅茅盾、苏雪林的小说，在油灯下翻看，度过了美好的酷暑夜晚。暑假结束了，他要带着已上小学的妹妹离开故土赴沪。母亲去世后，哥哥丁景唐远赴上海，年幼的妹妹孤苦伶仃，幸好有外祖母的照顾，她俩相依为命，感情深厚，现在要分别，很是伤心，不知哪年哪月才能再见到慈祥的外祖母。

十年后，丁景唐写了感人至深的散文《灯》（《文坛月报》创刊号，1946年1月20日），追思已故的外祖母。几个月后的清明节，丁景唐夫妇携带两个女儿和妹妹丁训娴，回宁波乡下，赴黄梅堰扫墓。往事历历在目，大家悲伤不已，点着成堆的纸锭，青烟袅袅，灰烬闪着暗红，寄托着无限的哀思。黄梅堰距离丁景唐老家江桥头有不少路程，今属宁波江北区庄桥街道洪家村，物华天宝，气候宜人，人好水美，交通方便。

1991年3月，年逾七旬的丁景唐夫妇应邀与上海"左联"纪念馆金茄等赴象山参加左联五烈士之一殷夫八十诞辰纪念会。返沪途经宁波停留，住在友人家里。

丁景唐"聊发少年狂"，脚劲十足，还特地买了一张宁波地图，在宁波城里四处游览，什么药行街、东渡路、开明街、中山路，还有鼓楼、月湖、城隍庙，都去看看。他还到"缸鸭狗"甜食店实地考察，此店名是店主名字江阿狗的宁波方言谐音，刚开业时在店外挂了"一缸一鸭一狗"之画。丁景唐饶有兴趣去同心素食馆买了素鸡、素鸭，并到宁波现代化的华联商厦转了个遍，说这是鲁迅所谓的"阅街"。他去了升阳泰，顺便买了两包四明绿茶和一些上海随处可见的点心，自嘲道："讲讲上海人，我还从不晓得自选商场是怎么回事，这下算是开眼界了，还进去买东西，哈哈！"七八天不停地转下来，他得意地说："这次，我这个宁波人总算看到了宁波，下次再来，可以给人当导游了。"这时丁景唐年逾古稀，记忆力依然惊人，出门兜转从不会迷失方向，让友人惊叹不已。有一次，友人与他中途分手去办事，结果搭错车，走了许多冤枉路才摸到家里。

丁景唐几乎逛遍宁波城里的大小书店，甚至光顾了东渡路个体户开的超越书店。路过东门口书店，他的眼睛一亮，发现橱窗里摆放着《潘汉年传记》，哪知恰巧卖完了。一位女营业员看到丁景唐求书心切的神情,破例取出橱窗里的陈列书,丁景唐顿时心花怒放。购买后,他还与女营业员拉起了家常。

丁景唐还去了鼓楼幼儿园,向门房老伯打听情况,喜笑颜开,并拍照留念——一手拿着蒲扇,两腿分开,面作幼儿嬉笑状。他还向拍摄者一再交代,要把身后的小朋友一起摄入镜头,由此留住孩提时的记忆。同时,丁景唐记得当时在幼儿园里,他顽皮地将一把沙土扔在小朋友的头上,结果被关入暗间反省。这在他的心中是一道抹不去的岁月痕迹,并未随风飘逝。

挤上闷热的公交车,大汗淋漓,哪里还有空座位,丁景唐与友人"吊"在人群中。他却兴致勃勃地打听泥瓦弄,竟然有数人抢着答话,其中一个中年妇女还热情地表示一起下车后带领前去(张沂南:《老丁还乡记——景唐先生在宁波》,《文学港》1991年第2期)。"少小离家老大回,乡音无改鬓毛衰。"听着大家都说着"贼骨铁硬"的家乡话,丁景唐置身于浓浓的乡情之中,感到分外亲切,在丁景唐的心目中,宁波人个个都是"活雷锋"。

丁景唐后来写了一篇散文《飘落在银杏巷的梦片》(《宁波日报》1993年9月15日),追思往事,最后动情地说:"宁波是我的故乡。我的思乡之情和对宁波父老乡亲的眷恋之情总是萦绕在心头,我寄托于宁波鼓楼幼儿园的童年的梦和就读于江东小学的忆念也常浮现。面对祖国在改革开放大潮中的灿烂前景,我日日夜夜谛听着宁波三江口和北仑港的汹涌澎湃的改革开放的浪涛巨声。"

丁景唐的众多诗文里,不时呈现乡愁之情,绵延不断,不仅注入他此后的每一段经历,而且继续向前铺展,伸向远方。虽然存在诸多不确定因素,但是始终不渝地伴随着他的人生道路。

乡愁是一朵花、一杯水、一缕炊烟、一个问候,更是一种思念。犹如写不完的叙事诗,化作清冽的小溪,汩汩流淌在"老宁波"丁景唐的心间。

都 市 之 情

　　1931年夏,乡下发大水,母亲含泪把12岁(虚岁,下同)的丁景唐托付给娘家唯一的帮工,乘坐宁波轮船前去上海,投靠姑姑。他俩蜷缩在轮船最底层(人称"白鸽笼"),男女老少挤在一起,空气混浊,声音嘈杂,互相争抢仅容一人的睡位,甚至腿也伸不直。丁景唐首次出远门的磨难滋味和情景,深深地铭刻在心间。多年后,丁景唐与光华大学同学唐敏之合作的小说《阿秀》(《女声》第3卷第4期,1944年8月15日)生动地"再现"了轮船"白鸽笼"的情景。

　　上海十六铺码头,嘈杂纷乱的叫声,黑压压的拥挤人群,白发的黄包车夫吃力地拉着肥胖太太……一脸稚气的丁景唐,吃惊地睁大眼睛,立即被推入上海社会底层。

　　　　三升里是一条"赤膊"弄堂,比石库门弄堂房子低一档,它的门窗"赤膊",外边没有石库门"包装"。砖木结构的二层楼房,亭子间的开间很小,约六平方米,仅容一床一桌一椅。在这条弄堂里,住着几十户人家,居民中有小职员、菜场小贩、小商人,还有外轮水手等。我寄寓的朱家为洋行职员,他们中有宁波人、广东人、扬州人等,五方杂处,邻里之间倒也能和睦相处。三升里弄内狭隘,小孩子仅有打玻璃弹子的余地;沿街开设卖各种日常生活用品的小商店,弄堂口有换糖转圆圈的、抛套泥人的、吹糖面人儿的;街上有外地流亡到上海的乞丐和走江湖的耍猴儿、卖膏药的流浪汉。残疾人叫花子口喊:"娘娘、太太、老爷、伯伯做做好事。"算命排八字的盲人带着号哭的凄惨喊声和关店大拍卖的刺耳的喇叭声,交织成一片喧闹的街声。
　　　　　　　　　　　　　　　　　　　　　　　　　　　　(《八十回忆》)

　　"赤膊弄堂",多新鲜的词语,这是丁景唐晚年从脑子里即兴蹦出来的,形象化地描述了上海典型的"下只角"里一幅低档弄堂文化的风俗画。这里充塞着各地方言,流动着形形色色的小人物,晚上挤进逼仄、黑暗的栖身之处,蜷缩一夜。次日天还未亮,他们纷纷钻出来,再次卷入灰色的人流里。

　　当小学教师的姑姑失业了,正处于困境之中,寄居在一个女学生家的亭子间里,仅六平方,一床一桌一椅。现在再挤进来瘦弱的丁景唐,狭小的空间更为逼仄,一不小心,转身都会碰到物什。"当心!"姑姑总是提醒初次来大都市的"小宁波"丁景唐。

　　姑姑与热心肠的女学生家长朱家孃孃结为干姊妹,危难之间见真情。朱家孃孃家里并不宽裕,全靠朱家伯伯的一点收入,但是依然慷慨无私为姑姑与丁景唐提供食宿,这是如今"富二代"俊男靓女根本无法理解的"穷帮穷"的淳朴境界。平时朱家孃孃和辍学在家的大女儿操劳着干不完的家务,姑姑也帮着做。这些在丁景唐的心里留下深深的烙印,影响了他此后为人处世的基本准则。

1924年建起的三升里大部分房屋毁于1937年"八一三"的炮火。20世纪40年代,鸭绿江路151号三升里还幸存一排五间房子,只有单号(3、5、7、9、11号),前面是一排沿街的商铺,后面10号是"福泰栈"。弄口一边是元和坊(139号),另一边是大康兴记木行(153号)、锦生记营造厂(161号)等。

1994年底,丁景唐与三女儿丁言昭前去实地查看,三升里还剩下一排沿街弄堂壳子,瓦砾场上搭着几间简陋的矮平房。丁景唐在四周徘徊时,居民们生煤球炉、刷马桶,似乎与60年前的生活场景相差无几。年逾七旬的丁景唐还记得当年往事:"我的一位小学同学的父亲开了一家理发店,同学放学后也在店内学剃头手艺。我们有几位同学们的头就是他实习的成绩,东一块,西一块,同学们时常被他剃得'哇哇'乱叫。"(丁景唐:《我小时候的弄堂生活》,《上海滩》2008年第3期。)1991年8月20日《新民晚报》刊登一则报道《鸭绿江路沿线出现住宅开发热》,丁景唐开心一笑,随手剪下,夹在书中,并写批语:"从'赤膊弄堂'到八车道。"

当初12岁的"小宁波"丁景唐紧跟着姑姑,七拐八抹,进入一条小马路元芳路(今商丘路)。它北起周家嘴路,南至东长治路,十几米宽,两旁小店铺鳞次栉比。不少大弄堂里又有"弄中弄",一转向就头晕了。其中隐藏着私人开办的尊孔小学,这是丁景唐在上海就读的第一所小学。

典型的老式石库门房"三上三下",楼上楼下的正间及其左右两边的厢房。这是学校吗?丁景唐的小脑袋里冒出无数的问号。"三上三下"作为六个班级的教室,传出朗朗的读书声,与弄堂里的噪杂声混在一起。不知谁家收音机开着,传来嗲声嗲气的苏州评弹唱腔,还夹着诱人的菜肴香味。突然,爆发一阵粗俗的吵骂,"乒乒乓乓",随着哗啦一声,激起女子的凄厉尖叫,孩子"哇哇"大哭。而这里读书声依然,一抹阳光撒落,悄然无声。

弄堂小学的亭子间、灶披间也被辟为教室,高、中、低年级的学生混在一起,各种声调此起彼伏。只有一名教师忙得团团转,顾前顾后,左右开弓,声嘶力竭——"复式教学",这是上海弄堂小学的一道奇特风景线。狭小的天井难以容下众多调皮的学生,干脆不设体育课,更没有乒乓桌、图书室等设备。全校教师连校长在内不过四五位,紧缩开支,也符合上海人精打细算的鲜明性格,亦为受挤压、受排挤的结果。

丁景唐在尊孔小学读了半年,他还记得女校长(姑姑当初去武汉时的结伴女友)喜欢戴着绒线帽,架着一副玻璃瓶一般厚的眼镜,颇有威严模样,其实她有一副菩萨心。姑姑和丁景唐每次前去看望女校长时,女校长总是热情地把"小宁波"丁景唐搂在身边,露出欣喜的神情,上下打量着"小宁波",羡慕地对姑姑说:"你真是好福气,有这么聪敏的侄儿。"原来女校长和丈夫的孩子在侵华日军的炮火中不幸遇难了,触景生情,总想起自己的孩子,并把失去骨肉的悲痛化作强烈的爱国之情,融进平时教育小学生的演讲中。

第二年(1932)5月,终于搬家了,丁景唐与姑姑、昌叔(丁继昌)以及方姓朋友一起住进狄思威路常乐里30号,距离原来东边的三升里并不远。1931年建起的常乐里在溧阳路与沙泾路的拐角处,弄口是一条石子路,其后两边建有三排二层砖木结构楼房,30号是第二排的第一家,进出很方便。

> 常乐里与三升里都具有上海移民社会五方杂处的共同特点。常乐里还具有中外杂处的国际都市的另一特点——这里有各地移居上海的中国同胞,也居住着日本人、印度人、犹太人和意大利人、菲律宾人,中外居民之间也未发生过冲突。在日本帝国主义发动侵略战争时,激起了中国人民的民族仇恨和反抗,而对一般和平相处的日本居民,我们并没有采取报复的行动。这里的人们对温柔有礼的日本妇女、俭朴勤学的日本儿童,常投以善意的目光。在我居住的阳台上可望见对面二楼日本少妇怀抱婴孩席地坐在榻榻米上,丈夫回家,她深深地鞠躬的情景。
>
> (《八十回忆》)

狄思威路、沙泾路的另一端是上海最大的屠宰场,不时传来宰杀牛、猪时牲畜的垂死嘶叫声。常乐里附近是弯曲的苏州河支流,终年流淌着乌黑发臭的河水,支流拐弯处设有"工部局验尸所",时常响起载着尸体的救命车刺耳声。弄堂口的两边没有店铺,来往街车也很少;弄堂北边是木材堆栈,南边是竹子和煤块堆栈。弯曲的臭河浜里也浸着木材和竹筏,胆大的小孩子还赤脚下水,爬到木竹上游耍,捉臭河浜中的小螃蟹,大人大声叱责,驱赶小孩子。

常乐里平时比较安静,管理方却同意小孩子们踢皮球,有的孩子还在学跳高。夏秋之际,小孩子们结伴爬越墙头,到堆放木材、竹头、煤堆的旷地里捉蟋蟀;春秋之际,扎起纸鹞到旷地上放风筝,这让丁景唐心里一阵欢乐,在乡村放风筝那才叫个爽,尽情地跑呀跳呀叫呀。

有一件新鲜事让丁景唐大开眼界——孩子学习骑自行车,那是在鸭绿江桥堍前。在一阵欢呼声中,一个孩子终于独自骑上车,歪歪扭扭,如同醉小子,笨重的脚踏车根本不听使唤,"轰"的一声,摔倒了。其他孩子争先恐后跑过去,抢着扶起车子,又开始新一轮学车表演了。时间紧张,一毛钱一个钟点,这是大家一分一分钱凑起来的。那时脚踏车行有专供人学车的出租车,也有专供少年儿童学习用的小脚踏车和三轮脚踏车。

这些充满童趣的生动画面,如同在乡村里下河掏泥鳅、捉小鱼,深深地烙印在丁景唐的脑海里。他也许动心了,但不敢"撒野",因被姑姑、叔父严格管教着。丁景唐以后写的许多诗文里并未将此作为素材。他晚年回忆起这些昔日玩耍童趣时,追寻着泛黄的画面,心里荡漾着一阵阵漪涟,似乎又回到那个天真无邪的儿童时代。

沙泾路邻近的梧州路,中间有一个三角形地块的小菜场,面对着金陵公学(学校后门濒临沙泾路粪码头)。这是丁景唐到上海就读的第二所小学。丁景唐回忆:"校长姓黄,毕业于

南京的金陵大学,故在上海开设金陵公学,以资号召。"现查到一则报道:

> 本埠梧州路上海金陵大学同学会第一公学,即向日之基督公学改组而成,内容外誉,日益臻善,颇得当地人士之赞许。本学期因重视学生之体育起见,故特请北四川路厚德里卓景泰医学士及广西路黄子静医学士,为该校义务校医,于每星期三,至校检验学生体格。日昨适逢阴雨(该校星期三上午有二小时体操课程,天雨改为演讲或检验身体),由卓景泰医学士到校检查学生沙眼疾(Trachoma)分别逐一验视,详为记载。倘便为该传染疾,设法扫除,有利于各生眼目卫生及社会公益,至为伟大。该校医诚不愧为热心服务者也。并闻该校学生家属就诊,并不取费,只取号金一角云云。
>
> (《上海金陵大学同学会第一公学消息》,《兴华》第 20 卷第 44 期)

金陵公学前身是基督公学(今存四则史料[1]),后由上海金陵大学同学会接手,全名为上海金陵大学同学会第一公学,简称金陵公学。

早年,英美基督教将上海作为传教事业的重要基地,在上海开办学校、医院、出版机构等。美国教会创办汇文书院,这是金陵大学的源头。1910 年,美国教会合并汇文书院、宏育书院成立金陵大学堂,1915 年改名为金陵大学校,在美国纽约州教育局立案,以美国大学教育制度为蓝本,逐步发展成为一所具有一定规模的综合性大学。南京汇文书院开办后,20 世纪初上海的基督公学也开办了,其毕业生可以免试升入南京金陵大学"中学科""或入该校英算专科肄业"。这样两地的学校形成递接关系,或者说前者是后者的"附属小学"。基督公学的级别很高,由江苏省交涉署的许秋帆直接分管,该校毕业考试时,还委派代表刘云舫前去视察监办。"五四"运动前,王焕文担任该校校长。1915 年 5 月 9 日,袁世凯政府接受丧权辱国的《二十一条》,这一天被称为"国耻纪念日"。基督公学也举行纪念活动,师生发表演说,并决定吃素一天,"所节省之费,作赎路储金之用"。

因受到社会动荡、政治风波等影响,基督公学由上海金陵大学同学会接手,改为金陵公学(只有小学部),仍然与基督教机构保持各种关系,人脉甚广。以上报道里提及的卓景泰、黄子静两位大夫,颇有名气,黄子静后为新闸路红十字会医院医务主任,并于西藏中路泥城桥附近的中法大药房坐诊。金陵公学继承了原来基督公学的"遗产",除了继续从事慈善活动之外,还重视体育、卫生、美术,为"小小图书馆"添置新图书等。

在十几岁的丁景唐的眼里,该校的一切都是新鲜的,带来了许多第一次。该校的师资力量等方面都远高于原来简陋的弄堂小学,而且英语是该校的强项。陌生的 26 个字母犹如乡下小河的泥鳅,丁景唐并不害怕,反而有一种亲近感。此后,英语一直伴随着他成长,度过了中学、大学的美好时光,大学毕业后,他还翻译法国著名小说家左拉的《三次战争的回忆》。

丁景唐的眼前一亮,第一次看到这么多的图书,特别是陈列着一柜子的《小学生文库》。这是商务印书馆出版的一套文库性质的小学生读物,王云五主编,汇集了近两百位教育家、文学家等各领域专家,涵盖自然、社会、文化、生活等方方面面,共有45类,多达500册,产生了巨大的社会影响。一个小小的图书室让丁景唐看到了未来,一个广博、神奇、深邃的书刊世界。多年后,他主持上海出版工作时,不知经手了多少厚实的图书,但他还记得当年第一次看到《小学生文库》的心情,惊喜、兴奋。他甚至保留着一张《小学生文库》的照片,乐滋滋地向亲友展示,额头皱纹舒展,洋溢着孩童般的纯情。

丁景唐先后借阅了不少儿童读物,记住了郑振铎及其编的《儿童世界》。此刊物是为了满足儿童的精神文化生活,也是中国现代意义上最早的儿童文学刊物,其中有童话、故事、诗歌、寓言、生化、儿童小说,对于当时及后来的儿童文学创作产生了重大影响。丁景唐后来写了不少生动、有趣的各种题材的儿童诗,既满足了读者,也留下了他和贤惠妻子的生活资料,供子女长大后品味。

在丁景唐的记忆中,当时他还"奇迹般"地读了《古文观止》。该古文选本的内容上起东周,下迄明末,共选文章220篇,分为12卷,兼顾各种体裁和风格,具有一定代表性,每篇有简要评论,故流传甚广。这对于十几岁的小学生来说过于深奥了。他当时翻看此书,是延续昔日上私塾读识字课本的兴趣,诱发了他的好奇心。

丁景唐还第一次见到粗陋的乒乓球台,觉得很新鲜、好玩、有趣,挥动粗糙的木头球拍,就有不服输的求胜欲望,也满足了他十几岁活泼好动的秉性。

金陵公学的黄校长夫妇给少年丁景唐留下了不良印象:

> 校长夫妇为了剥削师生的钱,压低教师的待遇,向学生乱收费。学店老板太太,每天早上拎着菜篮子,到各班去搜取储蓄金,然后到菜场买鱼买肉。校长的弟弟,在学校的前门旁边,开了一爿做小学生生意的商店。校长规定,学生每人都要储蓄,并发给每人一本储蓄本,那是用白报纸折成的小本。学生凭存折到商店买文具、糖果之类。这是"黄记"学店的生财之道。
>
> (陆石浩整理《丁景唐自传》)

金陵公学的一旁是上海最大的屠宰场,丁景唐和小伙伴们听惯了牛、猪被宰杀前的垂死嘶叫声。十几年后,屠宰场似乎更像模像样了,但是相邻的金陵公学荡然无存,取而代之的是上海市工务局梧州路营造厂、上海市清洁总队第六中队,以及泰兴煤号、源丰木行、森昌木行等,哪里还有昔日莘莘学子就读的学校模样。

> 姑姑常带我到海宁路、乍浦路上的虹口大戏院(今虹口文化娱乐厅)、威利大戏院(今胜利艺术电影院)看电影。我最喜欢看卓别林、冷面滑稽著名的斐斯开登、劳莱和哈台的喜剧电影,也喜欢看《人猿泰山》等,却不喜欢看《腊象陈列馆》那类恐怖片。姑姑还带我到提篮桥新开的东海电影院看高占非、王人美主演的《都会的早晨》,到北京路、贵州路新落成的金城电影院看王人美主演的《渔光曲》。
>
> (《八十回忆》)

银幕上的人物鲜活起来了,一言一瞥,就像在身边,尤其是高鼻子、蓝眼珠的洋人,稀奇、滑稽。

姑姑思想开放,很乐意接受新鲜事物,她把十几岁的侄子丁景唐带进了上海十里洋场的另一个艺术文化世界。姑姑曾是反封建的新女性,宁波城内最早反对缠脚和买卖婚姻的,有着一双"解放脚",并远赴武汉——大革命后期中心。

1927年2月,宋庆龄在汉口创办妇女党务训练班(妇女运动训练班),聘请恽代英、张太雷等任教员。此前宋庆龄发表《敬告全国妇女同胞书》,表明创办妇女党务训练班的目的是"指导你们党务政治一切实用知识,以求本身的利益、民族的利益"。2月12日,训练班在汉口举行开学典礼,宋庆龄出席并发表《妇女应参加国民革命》的演说,指出:"妇女是国民一分子,妇女解放运动是中国国民革命的一部分,所以为求全民族的自由平等,妇女应当参加国民革命,为求妇女自身的自由平等,妇女也应当参加国民革命。"宋庆龄与参加典礼的董必武、蒋作宾及训练班的女学员合影留念。革命老人王一知将照片捐献给常州张太雷纪念馆,由于年代久远,难以辨清合影上的每个女学员。但是她们青春依然,一身军服装束,英姿飒爽,散发着新时代女性的气息。

姑姑给予丁景唐民主思想教育,不仅鼓励他阅读课外读物,练习写作,并让他每周看一次电影。姑姑缩衣节食省下来的零花钱,花在他的身上。现代都市的诸多平面读物与舶来影视作品交融贯通,必然产生大于"1+1"的效应,不仅开启了丁景唐的新思维,也促使他产生了更多的新奇追求。

1933年,姑姑出嫁,嫁给比她大十几岁的姑丈(上海南京路电料行老板)。"但她仍肩负着亡母的抚养重任,在长期的岁月中,我没有孤儿的失落感,姑母依旧以慈母的关怀抚育着我。"(《八十回忆》)此后,丁景唐与同学王韬合办《蜜蜂》,大学毕业后进入《小说月报》,这是他的第一份工作,他还说服老板陆守论改出《文坛月报》,其中都有姑姑劝说姑丈投资、姑丈的商界人脉的功劳。

20世纪30年代,上海滩不同层面、不同角度呈现不时变幻的斑驳色彩,这些投射在十几岁孩子的心灵上,产生的个体印象截然不同于教科书的枯燥表述。60多年后,在丁景唐的记忆中依然富有鲜活的生命力。昔日"小宁波"纯真的情趣、率真的反应、无邪的心理,无论美与丑、善与恶、实与虚,在此后风雨中辩证地转换,成为丁景唐在上海长期生活经历的奇妙变数。但是,"都市之情"始终不渝,因为这里是他投身革命道路的起点,也是他大半辈子治学、编辑、出版之途的始发点,更是他学习写作、从事文学创作的起点,并且渗透在每篇诗文里。

注释:

[1] 1917年基督公学校长王焕文声称:"本公学开始已十余年之久,专为培植少年之道学三育而设商业一门,英文尤特别注意。近又添招新班,有志向学者盍问津焉。本校又特别请啼鹃先生教授美术

云。"(《基督公学招插班生》,《兴华》第 14 卷第 7 期)

"虹口梧州路基督公学日昨举行毕业试验,由江苏交涉公署秘书刘云舫君代表交涉使许秋帆到校监视,并致训辞。考取诸生,将直接升入南京金陵大学中学科,或入该校英算专科肄业。毕业典礼则将于三四月间举行。该校春季始业期,定于阴历正月十六日。刻下报名入校者,甚为踊跃云。"(《基督公学毕业试验记》,《兴华》第 20 卷第 7 期)

"梧州路基督公学日夜校,于是日皆未休息,特于课毕开国耻纪念会:(1) 宣布今日不休课之理由;(2) 唱《国耻歌》;(3) 教职[员]演说;(4) 学生演说;(5) 公决吃素一天,所节省之费,作赎路储金之用。亦足见该校对于国耻纪念日之举动,与他校不同也。"(《基督公学国耻之纪闻》,《兴华》第 20 卷第 18 期)

"梧州路基督公学日夜校部,曾于日昨举行毕业试验,并有该校董事长许秋帆君之代表刘云舫君到校视察,并致训辞。刘君对于该校之各种设施,颇为满意。按照该校定章,该校毕业生可径升入南京金陵大学各课肄业,免除入学之试验云。"(《基督公学毕业试验》,《兴华》第 20 卷第 27 期)

师 生 之 情

  1992年5月8日,是"青中"——浦光中学创立的九十周年纪念日。我们几位老同学——我、吴康(学名范树康)、程文骐、陈子军、张耀英、单意基、张耀祥、张耀忠都早早相约到母校参加校庆大会,同时也向我们尊敬的陈起英老师致敬和慰问。

  陈起英老师红光满面、意气风发,在校庆大会上发表了充满激情的讲话,历述了他十六年半在"青中"执教的经历。八十七岁的老人,声音洪亮,说到兴奋处,情不自禁,从主席台上走下台来,一一报出坐在台下倾听着先生热情讲话的"青中"老学生的姓名以及他们的工作岗位。我们这些双鬓染霜的老学生循着先生手势的指点,唤回了半个世纪前坐在课堂上,全神贯注地聆听先生精辟的时事形势分析,如春雨滋润心田,获得了思想上的养料。

  先生说得起劲之际,忽然伸出苍劲有力的手点到了我,我赶紧站立起来,紧紧地用双手握住先生温暖的手。照相机闪光灯闪亮,为我们师生摄下这一动人心弦的镜头。它现在放在我写字桌的玻璃板下,我常常看着它,总会联想起鲁迅先生写的《藤野先生》。八十七岁的起英老师的身教言教,使我这个七十三岁的老学生总也不敢懈怠。

(丁景唐《我和我们的启蒙老师陈起英先生》)

1992年5月8日,基督教青年会中学(简称"青中",后改名为浦光中学)创立90周年纪念日,浦光中学隆重举行纪念大会,师生久别重逢,叙旧情真,感人至深。事后,丁景唐写下万余字的长文《我和我们的启蒙老师陈起英先生》,这是他晚年比较详细地描述和褒扬民主人士形象的唯一一文。

"青中"创办于1901年,与上海基督教青年会同在四川中路599号,北为香港路、苏州路,西为江西中路,南为北京东路。青年会后迁移到八仙桥,称为总会,原来四川中路的会所则为分会。1939年夏天,丁景唐毕业于青年会中学。《教育季刊》第15卷第3期(1939年9月)报道:

  上海青年会中学,创办迄今,三十有八载。先后早就人才以千百计。"八一三"以前,学生人数恒在四百左右。及"八一三"事起,顿然减少,仅二百余人。幸得校董会与教职员之通力合作,勉予维持,未几即复旧观。上学期共有学生四百十三人,毕业者计有初中科廿七人,高中普通科四十二人。除少数就业外,初中毕业生多在该校继续求学,高中毕业生则升学于之江、震旦、南通纺织等各大学。本学期开学后,人数益见增多,共四百五十七人……

丁景唐这一届高中毕业生42人,他考入东吴大学,从此离开了他学习五年的上海青年会中学。如今青年会中学早已改为浦光中学,丁景唐曾为上海青年会中学、浦光中学校友会名誉会长。

1934年夏,姑姑、叔父鼓励丁景唐越级报考上海青年会中学初中二年级(图5),以此追回曾耽误的读书时间。直至1939年夏,丁景唐从该校高中毕业,前后经历五年。他属于偏科的文科生,不大喜欢数学,因此陈起英作为数学老师,起初并未引起丁景唐的关注。

图5 上海青年会中学初二插班生丁景唐

课余时间,丁景唐经常到四川北路横浜桥一带的书店和旧书摊去兜兜,翻看各种旧书,徜徉在求知的海洋里。一日,丁景唐在四川路青年会门口瞥见一张海报:青钟剧团将在青年会大礼堂演出《阿莱城的姑娘》,"导演陈起英"。这让丁景唐大惑不解,数学老师竟会导演法国名作家都德的名剧。

1935年3月31日《申报》刊登一则报道《青钟剧社公演〈阿莱城的姑娘〉》:"青钟剧社定于本月三十日及三十一日下午及晚上两场公演世界名剧《阿莱城的姑娘》,地点在四川路青年会大礼堂。"虽然是一条寥寥数语的短消息,但是能够登上大名鼎鼎的《申报》,足以说明此次公演非同寻常。青钟剧社筹备演出时,陈起英曾请左翼剧联的徐韬、陈波儿来校帮助,徐韬还代为物色演员,约来了朱铭仙、洪逗等,参加演出的还有王策禧、杜小鹃、周鹃飞、顾而已、田炳耕、葛朝祉、宋华生等。除了演出《阿莱城的姑娘》之外,青钟剧团还演出了田汉的《一致》和契诃夫短剧《蠢货》。演出盛况空前,场场爆满,报纸上刊有报道和评论,1938年上海世界书局出版的《中国戏剧史》第十一章中也有记载。《阿莱城的姑娘》剧本最初由张志渊翻译,开明书店1930年5月出版。1923年,曹靖华翻译的第一部作品即契诃夫的剧本《蠢货》,发表于瞿秋白主编的《新青年》季刊上。

在20世纪30年代左翼戏剧运动史中,上演《阿莱城的姑娘》只是"一朵浪花",但是展现了陈起英的多才多艺,不仅改变了丁景唐对于理工科的偏见,还深刻影响了他的审美情趣。此后,他撰写的众多诗文中经常出现戏剧形式,构思比较新颖,不落俗套,令人刮目相看,其源头之一便是"青中"的戏剧活动。

从弄堂小学到金陵公学,再到"青中",丁景唐在上海求学实现了"三级跳",包括学校的综合条件和文化教育水平。后两校都与基督教机构有关,意味着连接西方的教育文化。

"青中"的声誉比较好,师资力量雄厚,校风淳朴,设备齐全,教育家、原孙中山英文秘书韦悫[1]曾任校长,编辑家、出版家邹韬奋和戏剧家洪深等任教。[2]

真不愧为青年会中学,这是多么高大的房屋啊!房屋可分为六层楼,而又可分为前后两进,前面是青年会的会址,后面就是我们的学校,校内设备很是周到,每一层都有富丽精彩的设备,第一层有一个很大的游泳池,池内水清洁,可以很透彻地望见池底绿色大理石铺的条纹。又有健身房、浴室、厕所等,都很宽大,而合于卫生。二楼为膳堂、图书馆、事务处及校长室等,又因今年学校内部略有改变,故加设会客室等。三楼、四楼为教室、打字室、化学实验室、美术室、物理实验室,以及生物研究室、手工室等等。五楼为教师和学生的卧室,每一个室内有床六只,每只床的上面都铺着雪白的被单,有三只长方形的小书台,而上面又有绿色的台灯放着。六楼为屋顶花园,最高处飘着国旗与本校的旗帜。本校的教授法尊重科学,所以现在结果收效极大。

倘使我们到各处去走走的时候,则见到各处的墙上贴着许多格言及标语。这种字原不很稀罕,无论在什么地方都可看见,不过那些字,慢说都是合理化,就是每一字眼,也足使我们触目惊心而触景生情呢! （柳涧泉《我们的学校》）

丁景唐"越级"考进"青中",第二年升入初三时,初三毕业生破天荒办了级刊《青中》,作为自赠的毕业大礼。此刊物披露了青年会中学的许多情况,填补了丁景唐有关回忆青年会中学之文的空白,其中有陈起英的照片和他写的序言、青年会中学初三的一些任教老师的照片,以及张诚写的《如何救中国》、柳涧泉写的《我们的学校》等文章,为进一步了解丁景唐就读该校时的情况提供了第一手资料。

《青中》前面刊有留美博士曹炎申(接替韦悫任校长)的题词"力行"。他编写的《美国教育》被商务印书馆列入王云五、韦悫主编的"比较教育丛书",1937年5月出版。曹炎申在此书序言中写道:"多仗青年协会编辑部干事张仕章先生与上海青年会教员汤兆松先生赞助之力,以此声明,以表谢忱。"落款:"中华民国二十五年冬月,番禺曹炎申识于上海青年会中学。"

《本刊顾问指导表》中陈起英为本级首席顾问,显然他在本级同学中的威信很高,办事又踏实,深受学生喜爱。《青中》邀请了四位顾问:陆松荫(教务主任)、蔡炎(训育主任)、周六平(国文讲师)、陈起英(数学讲师)。陈起英还是该刊的主要策划者、指导者之一。除了周六平之外,另外三人分别为该小册子写了序言,陈起英写道:

稽古国家政治,三年考绩,三年报最,千载流传。今吾学校亦三年毕业为限期者,所以考程度纪阶段,给证书以示奖励,非限人以进步也。《礼记·学记》有云,敬业乐群,务须乐道人善,乐多贤友,敬职业,常存服膺弗失之戒,切勿以毕业自书也。韩愈《进学解》传又云,业精于勤,务须精益求精,勤愈加勤,勤学业,恒存惟日不足之思,切勿以毕业自囿也。从此益当虚怀若谷,孜孜勤勉,坚牢吾人之基础,固定吾人之抱负,然后可以兼善天下,愿与诸同学共勉之。

陈先生此番赠言既是对这一届初三毕业生及下一届丁景唐等学生的殷切希望——"敬业乐

群""业精于勤",也是陈先生自勉的座右铭。

陈起英比丁景唐年长14岁(1906年1月8日出生),出生于横沙岛文兴镇,是长江口外一个小岛。该岛南涨北坍,几经沧桑,文兴镇早已坍入长江口外激流之中,不复存在。他是横沙岛上的第一位大学毕业生。从小目睹横沙人民遭受的种种苦难,又受父辈严格训诲,形成了热爱人民、疾恶如仇、坚强不屈的性格。

陈起英早年时,家庭生活富裕,但并未继父业经商。1920年毕业于川沙高等小学,考入上海大同大学附中,1924年升入大学部。1925年5月,他与其他同学发表演说,抗议日本帝国主义枪杀顾正红的暴行,组织同学们去南京路示威游行,亲身经历了"五卅"惨案。1928年,他毕业于大同大学,执教于敬业中学。1930年8月,他应邀到"青中"任教,历经七次更易校长。1947年夏,他反对校长将学生奖学金移作电化教学之用,竟被辞退,离开了执教十六年半的"青中"。

丁景唐进校后,华北抗日形势日益严峻,陈起英教授数学课时,往往抽出一刻钟或半小时为同学们讲解抗日战争形势、国际时事和青年修养,勉励同学们参加爱国活动。他的精辟的见解、富有说服力的思辨语言,让丁景唐等同学很受教育,彻底改变了以前认为学数学、理工科的人缺乏热情的幼稚的偏见。

陈起英在数学课上讲解时事,学校教务处、训育处并未前来干涉,这有利于该校进一步开展学生爱国活动,更重要的是孕育了丁景唐等一批将从事学生运动的骨干,产生了不少学生党员,并成立了中共地下党组织,顺应了全国掀起抗日高潮的历史进程。陈起英讲解纷杂时局时,并未意识到所产生的影响如此之大,如此之深远。他责无旁贷地延续着"五卅"运动时期强烈的爱国激情,诠释了"国家有难,匹夫有责"的古训。当时"青中"同学编辑的毕业纪念刊,在陈起英老师的照片下写有赞词:"凡是关切大众的人,永远为大众拥护着。"表达了同学们对陈起英老师的尊敬和爱戴,这也是丁景唐等历届学生的心声。

1938年夏天,陈起英住在蒲石路356号(今长乐路344号,邻近瑞金一路)。不速之客前来拜访,原来是丁景唐和同学王韬。他们准备办一份文摘和创作并重的文艺刊物《蜜蜂》,但面对申请、登记、组稿、编辑、校对、出刊等,他俩茫然无措,不知如何着手。陈起英见这两名学生大汗淋漓,神情着急,希望马上得到明示,他便好生安抚,指点迷津。

丁景唐与王韬有分工,丁景唐担任发行人,负责拉广告、筹资,王韬负责刊物的具体事宜,但分工不分家,他俩共同商量选题、编辑、校对。因此,陈起英介绍丁景唐去工部局警务处找一位青年会中学的校友帮忙,办理公开出版刊物的登记手续。对方也是陈起英的学生,帮助学弟办理,"一路绿灯",颇为顺利。陈起英又介绍一位老报人,让丁景唐、王韬前去请教编辑、印刷、校对等业务。经老报人指点一番,受益匪浅。随后按照老报人的介绍,前去一家小印刷所。丁景唐、王韬虚心向印刷所老师傅学习,才知道如何选用字体、添加校对的专用符号。

丁景唐、王韬创办《蜜蜂》,经历了一个学习的过程。最初指点迷津的老师是陈起英,为他俩解难释疑,如同他在课堂上讲解数学难题,首先指出解题的思路,为学生提供捷径,避免走弯路。丁景唐、王韬很幸运,遇到了这么一位良师益友,无论校园内外,一贯如此。

创办《蜜蜂》是丁景唐前期编辑文学刊物的开端,更是他后半生从事出版事业的起点。陈起英也未料到眼前这位诚恳求教的学生,后来成为现代出版界的权威之一。这对师生回首往事时,不由得抚掌称快,"那个夏天可真热呀"……

注释:

〔1〕韦悫,见《八十回忆》注释〔19〕。

〔2〕2011年10月,上海市浦光中学编印建校110周年纪念文集《浦光记忆》(张惠娟主编),丁景唐在序言中写道:

浦光,历史悠久。她创办于1901年,前身为上海青年会中学,现在我们尚能体悟20世纪之初中国现代教育西学东渐的办学踪迹。1938年学校建立第一个中共支部,是全市中学中最早建立中共党支部的学校之一。浦光是一所有着丰富文化底蕴和光荣革命传统的学校。

浦光,名师荟萃。韦悫、洪深、邹韬奋、沈雁冰、郭沫若、陶行知、江泽民等一些名人曾在校任教或讲学……

浦光,人才辈出。建校以来,学校始终坚持以人为本的办学思想,为国家培养了大批高素质人才。著名校友有中国早期油画家陈抱一,电影制作家、慈善家邵逸夫,获建筑普利兹克奖的现代建筑大师贝聿铭,音乐指挥家司徒汉,乒乓球世界冠军李振恃,视觉艺术家陈逸飞,著名劳动模范陈燕飞等。而科学家、文学家、学者、社会活动家更是遍布海内外。一代又一代的优秀学子,以他们的名字和业绩为浦光增添了光彩。

同 窗 之 情

张诚:"你为什么要到延安去?"

"你为什么要到延安去?"高三年级的张诚低声问道。丁景唐坚定地说:"为了革命。""难道在上海就不能干革命吗?"丁景唐终于透露了心底的秘密:"我要找党!"

张诚,江苏武进人,曾住在上海北四川路横浜桥永乐里64号。他在学校里很活跃,还是本校篮球队主力,在篮球队员的合影中,他拿着篮球,坐在前排中间。张诚初三毕业时写了《如何救中国》一文:"在这国难临头、千钧一发的时候,我们人民不是都负有挽救的责任吗?尤其是我们的青年,这是绝对应负的责任。"他提出四条建议:"服用国货""多量建设""军事教育""教导民众"。"总之一切的责任,都是负在我们的肩上,我们应自己先准备起来,然后联合我国四万万的同胞共同奋斗……我们一班青年更应踏着先烈的血,向光明路上努力前进。"(《青年会中学1935年初三乙级级刊〈青中〉》)张诚升入该校高中前后,已经参加"学协"。

"学协",即上海市学生界救亡协会(后改称"上海市学生协会"),党团书记张英。这是中国共产党在学生运动工作中的外围组织,加强对各校学生运动的领导。"学协"通过召开时事座谈会、读书会等活动,从中发现、团结和培养积极分子,为建立中共党组织做准备。"学协"有严密的党组织和纪律,宣传号召是公开的,但党组织联系是秘密的。"学协"由党团领导,各区干事会也有秘密的共产党员具体领导,带领工作。在中共上海党史、上海学生运动史上,"学协"及《学生生活》曾发挥了历史性的作用,但是如今对"学协"只是简略介绍,《学生生活》更是鲜为人知,加之复杂的历史因素、《学生生活》残缺等原因,对"学协"及《学生生活》的研究成为一个不该遗留的历史空白,甚为遗憾。

1937年冬天,丁景唐经高年级的张诚介绍,参加"学协",担任"学协"刊物《学生生活》的通讯员和发行员。当时,"学协"还处于不稳定的状态,这是由于负责"学协"的一半同学离沪。上海沦为"孤岛"后,各方面开始恢复,"上层转为下层,集中转向分散",工作渐渐开展起来,"到寒假时,已弄得有点基础了"。而且"上层负责的光杆"(不是民主选举的,不能代表学校的同学)逐渐"被一班同学所不满",大家要求改组。

1938年春改组时,丁景唐改任"学协"中学区的干事。此时有三个中学区,丁景唐联络的中学比较多,有青年会中学、华东基督教联合中学(简称"华东联中")、难童中学、立达学园、育英中学,以及基督教浸会办的沪江附中、晏摩士女中、明强中学合办的浸会联中或申联中学等。开展抗日爱国活动,如读书会、歌咏队、办墙报、开展劝募寒衣等活动。丁景唐坦陈:"我在参加'学协'的工作中锻炼了群众工作的能力。"(《八十回忆》)丁景唐作为"学协"中学区干事,加入"学协"三人领导小组,组长俞正平是"学委"沪中区委派的,另一位成员是华华中学的寿彬。他们三人小组不与其他区干事发生横向关系,只有俞正平与外区有联系。丁景唐曾写过一份材料,介绍了"学协"党团组织等情况。

"学协"的各种活动提供了一个学习、培育、锻炼的氛围,会刊《学生生活》则是一本综合性的课外教科书。两者理论与实践内外分工,同时两者紧密结合,互为渗透,互为弥补,都让丁景唐受益匪浅,产生了系列"第一次":第一次接受抗日民族统一战线的理论,第一次知道开展学生工作的具体办法,第一次参加名家讲授的培训班,第一次看到其他学校从事学生工作的经验介绍,第一次担任刊物的通讯员和发行者,第一次见到众多年龄相仿的学生的诗文,第一次看到办刊人员的自我评判等。这些"第一次"见证了丁景唐参加革命的足迹,值得珍惜和研究,有助于梳理、归纳他当时各方面的起点,包括思想境界、觉悟程度、心理状态等。

丁景唐担任"青中"歌咏队队长,组织大家高唱抗日救亡歌曲,他教的歌曲都是来自孟波编的《大众歌声》,如《毕业歌》《义勇军进行曲》《大刀进行曲》《游击队之歌》《五月的鲜花》《松花江上》等。其中《大刀进行曲》直到丁景唐晚年住在华东医院时还在哼唱,回想起昔日抗日救亡的难忘岁月,以及青春飞扬的激情。

"长征""共产党""延安"等一个个神秘、令人向往的词语,悄悄地在丁景唐与几个思想进步的同学之间流传,大家不约而同地谈到斯诺的《西行漫记》、舒湮的《战斗中的陕北》等,这是读书小组筹钱购买的。丁景唐私下与几个志同道合的同学萌生了一个大胆的想法:远赴西北的延安,进入"抗大""陕公""鲁艺"学习。他们根本没有想到途中的艰辛和危险,甚至要掉脑袋,他们只有一个美好的愿望。但是如何实现呢?

张诚几次与丁景唐商谈"学协"工作,丁景唐显得心不在焉,闪烁其词,于是发生了本文开头的一幕。张诚毕竟年长几岁,见识也多,了解学弟丁景唐的迫切心情,也暗暗赞赏他出色的工作能力,心里升腾起一个念头,但不能暴露自己的真实身份。他一面劝说丁景唐安心干好"学协"工作,一面委婉地说:"那好,我们一起分头去找党。"不久,张诚私下邀约丁景唐,说是有个"学协"的朋友愿意介绍丁景唐入党。丁景唐有点不相信自己的耳朵,"是吗?"张诚略微点点头,并要求丁景唐写一份自传,谈谈对共产党及党的抗日民族统一战线的认识。

这时,丁景唐和妹妹、叔父丁继昌已经搬到草鞋浜的平民区,在戈登路(今江宁路)1243弄内俭德村37号。此屋前间是叔父的住房,上面搭一间阁楼,阁楼被一隔为二,后面住着在小学读书的妹妹和老女佣,丁景唐住在前半间,床的上方是一个老虎窗。夜深了,秋风吹进老虎窗,有点寒意,弄堂里偶尔传来婴儿哭啼声,打破四周的安静氛围。丁景唐在小阁楼上,摊开纸张,耳边似乎响起熟悉的歌声:"起来,不愿做奴隶的人们,把我们的血肉筑成新的长城……"在这高亢的旋律中,迭影着延安的宝塔山、"抗大""陕公""鲁艺"的校门、"学协"的各种活动场景,《学生生活》上关于抗日民族统一战线的指导文章等。

九江路是上海滩有名的二马路,四通八达连着周围的马路。九江路东起外滩,西到西藏路,1500多米的狭长小马路煞是热闹,两旁各种商铺、酒店和咖啡馆、西餐馆"中西并存",如今依然是热门商圈,特别是中央商场和美伦、新康、华侨大楼等经典老建筑,一起承载着好几代人的记忆。九江路、四川中路拐角处的一条狭长的弄堂,便是昔日有名的中央商场,通向北面的新康路,西边是中央路。当初只是流动小商贩聚集处,摆设地摊,出售日用品。此弄堂东边是钱庄、银号、商号,一家挨着一家。西边有广明制鞋厂、新康百货商店、中央西茶社、华新公司、东亚书社等,其中101号中央西茶社是一家不起眼的小咖啡馆,很可能是丁景唐记忆中的"九江路中央商场附近一家西餐馆"。

张诚将丁景唐带到阁楼里,狭小的空间充溢着庄严气氛,一旁是主持入党仪式的俞沛文[1]。"我志愿加入中国共产党……"丁景唐举起右拳宣誓,眼前仿佛飘动着无数的鲜红党旗,汇聚排山倒海之势,前仆后继,奋勇向前,永不停息。

这是十月革命节前的一天,通常党内都要纪念这个特殊纪念日。18岁的高三学生丁景唐将此时此刻永远铭刻在心间,庄严的宣誓穿越80多年的岁月,一直到生命的最后的一刻。

张诚高中毕业后留校工作。丁景唐主编《联声》之后,上海"孤岛"上演曹禺改编的巴金名著《家》,丁景唐等人组织专栏讨论,张诚也应邀写了《看了〈家〉后》一文,认为:"'觉慧的时代'是过去了!我们需要创造一个新的'觉慧',他不逃避困难,在黑暗中奋斗下去。"

阿范,文章不要写得火气十足

1937年11月江苏省委建立"学委"(学生运动委员会),统一领导各大、中学校学生秘密党组织和"学协"党团。"学委"最初仅有40多名党员,上海沦为"孤岛"后,三分之二党员调往延安、内地或游击区。在省委领导下,"学委"通过举办骨干训练班,先建立综合区委,后按中学(男中)、女中、大学等系统设立区委。1939年底,"学委"系统有60多个秘密支部,200多名党员。

1938年11月上旬,丁景唐加入共产党,使用"萧扬""丁文辉"等化名,由此展开党内工作。1939年1月,在丁景唐家里举办了一次党内训练班,由江苏省委书记刘晓和另一位领导人陈修良主讲。这是党组织对他的高度信任,也是他第一次接受这样的特殊任务。

丁景唐首先介绍挚友、同学吴康(原名范树康)入党,此后,吴康又介绍郭明(郭锡洪)、陈有民(史毓民)入党,组成青年会中学党支部的坚强核心,开展抗日救亡的各种活动。从建立党支部到1941年底,青年会中学先后共有13名党员,由于毕业、转学等原因,最后留下5名,历任党支部书记为丁景唐、郭明、顾渊、单意基。[2]

"阿范！""阿唐！"丁景唐与吴康是宁波同乡、青年会中学同学，以同乡风俗的习惯，互相称呼都以"阿"字为首，亲密无间。丁景唐、吴康高中毕业后，分别考上东吴大学、之江大学。为了帮助解决吴康的学费问题，丁景唐也报考基督教青年会发起的清寒学生助学金。他俩虽然同在慈淑大楼（大陆商场）上课，但遵照党组织的规定，自觉严格执行纪律，不发生横的关系，也不再到对方家去串门了。因此，吴康只能作为作者投稿，还不能打招呼，丁景唐作为《联声》主编心知肚明。按照择优选稿的规定，第3卷第4期唯一一次发表吴康的自述稿件《隔断了颈脖子——看了〈春江风月〉以后的感想》：

> 因为没有钱——穷。
>
> 虽然自己个性爱好音乐，但是不常有这福气来研究，并且家里墙壁上也没有什么小提琴或者尤可梨梨，甚至于口琴坏了簧也修理不起。
>
> 但是，我内心的极深极深的底里，有着一丝不小的幻想——做个有名的音乐家吧！
>
> 平时，在家里、在学校、在路上，嘴巴里尽是哼！哼！哼！爸爸在唉声，妈妈在骂人，妹妹要哭闹，但是我自在地哼！哼他出一个大大的有名的音乐家来！

此文开头毫不掩饰自己的一个幻想——将来成为一个音乐家，其中却隐藏着苦涩、无奈。丁景唐与吴康在"青中"读高中时，组织大众歌声歌咏团，他俩先后负责。用的是《大众歌声》歌曲集，有时也另外印发歌曲。刻写蜡纸和印刷由吴康包揽，他的刻写蜡纸的水平极高，油印件很精美。丁景唐、吴康都爱唱《大刀进行曲》《游击队之歌》《义勇军进行曲》《毕业歌》，还有姜椿芳翻译的苏联抒情歌曲《祖国进行曲》，引起他俩美好的憧憬。因此，以上的自白也在情理之中。

吴康的写作才华早在16岁读高中时已经显露。他的一篇《箪食壶浆迎国军》叙述1937年"八一三"淞沪抗战爆发的前一天，中国军队开赴前线，闸北一带市民夹道欢送的动人情景。此文被编辑列为《上海一日》第1辑的第一篇。

吴康的《隔断了颈脖子——看了〈春江风月〉以后的感想》并未出现在这期《联声》的目录上，这是丁景唐故意"雪藏"。

此文介绍美国哀情悲剧影片《春江风月》。该影片一时风行，被称为"一首美丽而又动人的诗"，真挚动人，催人泪下。主要描写作曲家一生的遭际，他的欢乐、他的悲哀，以及他那致力于音乐的孜孜不倦的精神，一直到他忧郁而死。

吴康首先以优美的句子描写影片中的自然美景和热恋中的情侣，然而笔锋一转，击中影片悲剧的关节——"锋利的剃刀割断了细细的颈子，不合理的社会埋没了宝贵的天才"。穷困潦倒的天才作曲家的遭际激起吴康的强烈共鸣："正像他以前和以后的无穷无尽的天才青年，文学、科学、艺术的天才青年一样，埋没在失意、潦倒、贫困、饥饿、苦痛、死亡……里。"满腔热血的吴康愤愤不平地写道："他没有想到，他可以奋斗，他还有一双拳头。他应该改变自己的作风,作一些刚强的、兴奋的、唤起大众反抗、激起大众愤怒、战斗的雄壮的歌声来。他不该自杀,他不该逃避痛苦,他应该勇敢地坚决地踏入被损害的和被侮辱的(像他自己身受的一般)队伍中去!那么他的天才,可以有更大的发展、收获。"此时的吴康已经融入自己的心声——高唱《义勇军进行曲》《大刀进行曲》,勇敢地向前冲!这种声情并茂、昂然雄起的点评,在当时众多影评中是很少见的。

此后,吴康又以"阿范"的笔名寄来一篇稿子,因为偏激,丁景唐没有刊用,并在第3卷第7、8期合刊中刊登他起草的《代邮》:

> 阿范:文章不要写得火气十足。
>
> 爱丹予、孟克珂:请示姓名及地址,以便有函寄复。
>
> 铁汗:文稿本已付印,现因[稿]挤抽出,如需要退还,请来函。
>
> 知津、言川、贺模诸君:尊稿下期可注销。
>
> 提莫太:请经常为《联声》写些宗教文章。
>
> 有民君:有暇替《联声》画些。
>
> 戈群、俞凡、费人诸君:多撰些稿来。

首先提及的阿范即吴康。40多年后,陈一鸣、吴康编写《抗日战争时期上海学生运动史》(上海翻译公司,1991年7月)时,还翻找出以上启事。丁景唐与吴康看后哈哈大笑,却记不起阿范写了些什么。

1994年11月5日,吴康突然发病猝死。丁景唐闻讯后非常震惊,悲痛地写下了《吴康,你走得太早!》:

> 你有缜密的头脑,你有健壮的体魄,你有宽广的胸怀,你有乐观的精神,你还有许许多多要完成的工作和事业。在我的心中,一直留着这样一幅熟悉的图画:你骑着自行车来轻叩我家后窗,于是我将你引进屋内。我们侃侃而谈。然后,我们握别。我目送你跨上"轻骑",像年轻的战士骑上骏马远去……

丁景唐《郭明烈士小传》

郭明,又名郭锡洪,是丁景唐组织的青年会中学读书会成员,家境条件比较好。1939年7月,郭明由吴康介绍加入共产党,继任青年会中学党支部书记、该校学生团契青年会主席。王楚良调到"文委"工作后,丁景唐接手主编《联声》,请调郭明前来协助。

郭明撰写了许多文章,《我生长在"上海联"的》(《联声》第3卷第2期,1940年11月16日)写道:

> 我是在"上海联"中生长的,我参与了差不多每一次的会,我兴奋和欢欣,而尤其令我得好感的是《联声》月刊。《联声》月刊是"上海联"的喉舌,当然我是每期必看。然而

我失望了,在开头的数期,内容是相当的贫乏和空虚,不着边际。接着我又更和它[加]深了一层关系,那就是我有时为它写稿,以后我更是每期看它,并且还介绍一下。到了不久以前,《联声》是成长了,内容是有了飞跃的进步,我疯狂了,我咀嚼着每一个字。我把它介绍给我所有的友人,的确《联声》是太好了,看吧,我随手抓起一本二卷十二期我就能说出篇名和它的内容。

虽然,我离开了中学生活,但我还在回味着由它给我的启示。我将永远站在"上海联"一边,为它工作,为它尽力,我希望这是一个新的开始!

这段自白透露了不少信息:其一,他和丁景唐在青年会中学时就已成为《联声》的忠实读者,每期必看;其二,他对《联声》前数期并不满意,"内容是相当的贫乏和空虚,不着边际",这也是丁景唐等读书小组成员的共识;其三,《联声》改版后,"内容是有了飞跃的进步",丁景唐等人也有同感,特别是《联声》第2卷第12期,其中刊登《鲁迅与耶稣——为鲁迅先生六十诞辰作》一文,这是该刊首次刊登纪念鲁迅的文章,角度也新颖,从未有人写过;其四,郭明有时为《联声》写稿,可能受到丁景唐的影响,但是未找到他的其他文章。

1939年秋季新学期开学之前,新上任的"上海联"主席李储文等人讨论今后的工作思路、计划和实施部署等,努力产生良性的"化学反应"。第2卷第1期初步改版,内容与形式有所变化,力求革新,作风轻巧、活泼,配合大众兴趣,取得了积极效果。

此后,经丁景唐推荐,郭明撰写长文《鲁迅的诗及其作品》(《时代·文艺》第2期,1945年10月)。此文的整体构思是以李平心的《论鲁迅思想》主线("由进化论跨向阶级论")为框架,从鲁迅诗歌(打油诗、律诗、新诗、歌谣)角度来探讨,这些诗歌"表现(鲁迅)文章不能或不许表现的社会的和政治的见解",或者说鲁迅的诗歌是研究鲁迅思想发展的一个切入角度,并非侧重研究鲁迅诗歌的背景、内容、艺术特点。

郭明英年早逝,丁景唐撰写《郭明烈士小传(1921—1950)》:

郭明(1921年3月—1950年6月),本名郭锡洪,原籍福建上杭,定居上海。

1938年在上海青年会中学读书时,参加党领导的上海市学生界救亡协会,与同学一起组织读书会、歌咏队等,阅读《西行漫记》《论持久战》和《抗战三日刊》《译讯》《文献》等书刊,并购买《鲁迅全集》,供同学借阅。1939年任上海青年会中学学生团契青年会主席,参加上海基督教学生团体联合会("上海联")活动。同年7月,由吴康(范树康)介绍加入中国共产党。不久,原支部书记丁景唐和吴康毕业离校,郭明继任支部书记。

1940年夏,中学毕业后考入之江大学,参加学生工作。

1941年春,调往"上海联"刊物《联声》任编辑,后又协助编辑《青年会会讯》。此后,从事学生宣传文艺工作。1946年调中共上海市文委系统工作,在党领导下与丁景唐、陆以真、袁鹰等发起组织上海市文艺青年联谊会,任执行委员,主持文艺晚会和文艺讲座,约请郭沫若、茅盾、叶圣陶、田汉等演讲，团结教育文艺青年，发展党员，参加争取和平、民主、自由，反对美蒋的政治斗争。曾为《小说月报》《时代·文艺》等刊写稿，其所作《鲁迅的诗及他》(刊1945年10月《时代·文艺》第二期)，受到好评。

上海解放前，曾在上海地下党组织领导创办的华东模范中学任教。1949年春，奉调到戏曲界进行地下活动，领导一个党小组，联系沪剧、滑稽和评弹工作。上海解放后，调上海市文管会文艺处工作，与汪培联合编导揭露国民党特务阴谋活动而最终将其破获的大型滑稽戏《大快人心》，由程笑亭、裴扬华、文彬彬演于金国剧场，为中华人民共和国成立后新文艺工作者参与改革而编创的第一出滑稽戏。郭明同志为团结教育滑稽界艺人、改革剧目和表演艺术、维护艺人权利等工作做出贡献。

郭明同志因在旧社会经常失业，生活贫困，积劳成疾，染上肺病，1949年后工作繁忙，不幸于1950年6月22日医治无效，英年早逝。时已调华东文化部戏曲改进处辅导科任副科长。7月12日，华东部和上海戏曲界假上海市军管会文艺处礼堂举行郭明同志追悼会。出席的有华东文化部、上海市军管会文艺处及各剧种、剧院来宾和友好180余人。首由中共上海市委宣传部文艺处丁景唐致悼词，继由华东文化部戏曲改进处伊兵副处长、上海军管会文艺处副处长陆万美及戏曲界代表董天民、杨华生讲话，一致赞扬郭明同志忠诚于党和人民革命事业，对文艺工作所做出的贡献，并对他英年早逝表示深深的哀悼。上海《戏曲报》第2卷第9期对郭明同志追悼会作了报道。此后，上海市人民政府批准郭明同志为因公牺牲的烈士，中央人民政府民政部为郭明同志颁发了统一的烈士证明书，称："郭明同志在革命工作中壮烈牺牲，经批准为革命烈士。特发此证，以资褒扬。"

郭明同志的家属遵照郭明同志生前的意愿，将他历年购置的珍贵书刊捐赠中共"一大"会址纪念馆。

1988年初稿，1996年修改定稿

此文再做修改，发表于《上海文化史志通讯》第41期，1996年6月25日出版。

王韬："我有一个主意"

丁景唐搬到劳勃生路草鞋浜之前，住在小沙渡路(今西康路)420弄武定坊，往西去，便是小沙渡路、康脑脱路(今康定路)十字路口。

1938年夏，热浪滚滚，丁景唐在小沙渡路上，突然愣住了几秒钟，对面走来一位稍微矮一点的男生，戴着眼镜，穿着竹布长衫，脚上一双破皮鞋，显得老成沉着。"王一飞！"对方也认出了丁景唐，双方紧紧地握手，对视了一阵，好像要从对方的身上看出分手几年后的各种信息。

王韬，原名王瑞鹏，笔名王韬、扬戈、王弢等，出身于青浦城内的一个店员家庭，中国共产党党员，革命烈士。1935年在上海读高中时，他与丁景唐是同班同学，改名王一飞。由于家贫，王韬读了高中一年级上学期之后就停学回到青浦家乡自学。1937年"八一三"上海抗战时，他在家乡和当地青年搞过一阵抗日救亡活动，参加歌咏、墙报等工作。后来，上海四周沦陷，他才逃难到成为"孤岛"的上海市区来。

一聊起来，双方有许多共同话题，没完没了，王韬便邀约丁景唐到他家去。原来他住在康脑脱路519弄3号，邻近小沙渡路、康脑脱路十字路口。

王韬失学失业，试着向《大美晚报·夜光》等投稿，丁景唐甚为同情。谈起林林总总的文学刊物，不知谁先说了一句"自己办刊物"，犹如火星飞溅到油锅里。是啊，为什么不呢？他俩越说越有劲，但马上遇到一个棘手的问题：办刊的稿源是个大问题，自己还未"出茅庐"，哪来的人脉关系？毕竟是年轻人，脑子转得快，先从文摘着手，逐步增加创作方面的稿件，扩大影响，为下一步约稿打下基础。同时，搞一些"作家行踪""作家近讯""补白"，这是借鉴其他办报刊的经验，扩大信息量，适应不同层次读者的阅读需求。由此初步打开局面，产生了一定影响，积累了必要的经验，再实施第二步计划——征稿、约稿，开设新栏目，结交新老文友等。这是高中生丁景唐、王韬凭着青春飞扬的激情和勇往直前的闯劲，进行大胆的尝试，开始社会实践，但因故中止，留下了无畏创业的青涩足迹。

文摘说起来很轻松，但是哪来这么多文学刊物，花钱买不可能，穷学生嘛，囊中羞涩。"我有一个主意。"王韬一说，丁景唐感兴趣了。丁景唐跟随王韬出了弄堂口，往前步行五六分钟，转角处正是著名的太乙堂，其肇始于1874年，与北京同仁堂、杭州胡庆余堂齐名。现今上海太乙堂中医门诊部在安业路40号（近临汾路）。太乙堂一排三大开间，前有一块空地，一旁摆是辛记书报摊。年轻的报摊主笔名弋人，为人热情，乐意助人。还有刻字摊，王韬绘制的《蜜蜂》刊名是在此刻的。弋人一听丁景唐、王韬的来意，点点头，表示愿意提供帮助，丁、王一听大喜。"这些刊物好卖吗？""马马虎虎。"丁、王对视一下，不由得哑然一笑。

此后，王韬又约丁景唐一起到弋人的家里，爱文义路（今北京西路）、小沙渡路之间的一间灶披间。丁景唐敏感地发现弋人是一位有阶级觉悟和抗日爱国心的青年，他愿意提供武汉、广州和香港的报刊（如汉口的《新华日报》、香港的《大公报》等），并帮助刊物的发行工作。随着话题扩大，大家谈起文学话题，原来弋人也是一个文学爱好者。"不吝赐稿吗？""给谁？"丁、王笑了。"请教，请教！"弋人客气答道，哪里像个锱铢必较的报摊主。其实，他也是一位从事救亡活动的青年，之后参加了新四军，失却了联系。

丁景唐到王韬家里很近，商量办刊很方便。桌上摊开了各种文学刊物，其中茅盾主编的《文艺阵地》引起他俩的重视。"这篇如何？"他俩逐渐确定了挑选文章的基本原则，强调"精少精悍为原则"，适应不同文化层次读者的口味。

此前已有《蜜蜂》书画刊物，创办于1930年3月11日，每逢周一出刊。第1卷第12期刊登沪江大学国语教员吴一峰的篆刻作品。十几年后，他与丁景唐成为沪江大学中文系同事，但几乎没有机会相遇。当时报刊上发表的名为"蜜蜂"的诗文比较多，丁景唐、王韬受到影响，决定刊名为"蜜蜂"，意即"我们是小小的文艺新兵，但我们辛勤劳动，博采百花之精华，经我们努力酿成乳蜜，做一个百花园中有益于人民的小蜜蜂"（丁景唐语）。

16开的《蜜蜂》先后出版两期（1938年11月日25日、1938年12月10日），零售价6分、5分，两期正文总共40页，5万多字。《蜜蜂》放在同时期的文学刊物中并不起眼，但是引申的内容很丰富，信息量很大，特别是对于丁景唐、王韬来说更是具有特殊意义。这两期内容有如下一些特点：

其一，突出一个"新"字。两期《蜜蜂》属于文摘性质，录载的小说、散文、诗歌、报告文学、独幕剧、评论等大多是名家之作，以贴近现实的新作为主，即使是文坛旗手鲁迅的昔日信件及茅盾对于研究鲁迅的论述等，也突出一个"新"字。

其二，留下弥足珍贵的文史资料，折射出丁景唐、王韬的审美情趣和审美价值观。面对杂多的文艺作品和论文等，丁景唐、王韬慧眼识宝，这是如今同龄的高中生无法想象的。如果仔细品味这些诗文，那么可以发现丁景唐、王韬是在努力举起现实主义旗帜，喜爱构思新颖、真情实感、行文流畅、有力度的文学作品，钟情于"形象大于思想"的表达方式。同时，拒绝标签、机械式的"八股文"，唾弃无病呻吟、矫揉造作之作。这种审美情趣和审美价值观延续在丁景唐、王韬此后的文学创作和有关论述里，推崇清新、纯美、灵气的民歌形式，创作大众化、通俗化的文艺作品。

其三，见证丁景唐、王韬思想发展的轨迹。丁景唐、王韬创办《蜜蜂》时，正是他俩追求真理的人生转折时期。这时丁景唐已经参加共产党，并担任青年会中学支部书记。王韬也已经参加抗日救亡活动，是一个爱好文学的热血青年。《蜜蜂》停刊后，丁景唐曾建议王韬参加新四军，此后他去苏中抗日根据地，加入共产党。因此，《蜜蜂》录载的各种文艺作品和信息，既要适合爱国青年的阅读喜好，又要体现共产党关于抗日民族统一战线的方针政策，采用春秋笔法。这种灵活的办刊思路，以后更加鲜明地体现于丁景唐主编的《联声》，他还娴熟地运用春秋笔法写诗文，投稿给关露编辑的《女声》，取得了预期效果。

其四，经历了一个学习的过程。丁景唐、王韬创办《蜜蜂》，经历了筛选、归纳、整理、抄录、校对的过程，这不仅是一个学习、揣摩、鉴赏诸多优秀作品的过程，成为他俩今后创作活动的良好前奏，也是他俩走出书斋的一次社会实践活动，抛弃书呆子的思维，大开眼界。

其五，预示丁景唐今后治学的方向。《蜜蜂》录载鲁迅、茅盾、郭沫若、郁达夫、欧阳山、丁玲等人的作品，关注他们的行踪，预示丁景唐今后治学的方向。丁景唐敬仰鲁迅，学习鲁迅作品，走上研究鲁迅的治学道路，并不是偶然的。《蜜蜂》录载的文学作品和信息大多出自茅盾主编的《文艺阵地》，将其看作是反映全国文学界抗日救亡动态和文学创作的窗口，同时也反映了他俩对于茅盾的尊敬和信任。

最初，丁景唐与王韬内外分工，丁景唐出面当发行人，到工部局警务处办理刊物登记手续，"通过同情革命救亡工作的姑母向姑丈拉了一张封底广告，解决刊物的经费"。创刊号封底整版广告为"上海鸿康电料行"（丁景唐的姑丈袁永定等经营）；第2期封底整版广告为"绪纶大同行立兴祥绸缎局冬季大减价"，内容是一首沪语歌谣《兴祥歌》，通俗易懂，朗朗上口，便于传播。

王韬与丁景唐一起创刊《蜜蜂》半月刊，办了两期，停刊了，因丁景唐奉命回校从事地下党的学生工作。

此后，王韬被聘为《亦报》副编，担任小学国文教师，薪水很低，生病也不到医院去，忍受着病魔的折磨和痛苦。王韬身居斗室，潜心写作杂文、散文、小小说、诗歌、政论文等百余篇。这期间，王韬还经常参加进步学生组织的歌咏会、剧团演出活动，结交了许多热爱戏剧的进步青年。他极力主张上海的作家写一些通俗读物，深入开展通俗化运动，以此教育人民大众。

1940年7月，王韬去苏中抗日根据地，进入阜宁鲁迅艺术学院学习，学习勤勉，表现优异，加入了中国共产党，结业后，被分派到新四军中任文化教员。《新四军的艺术摇篮》（江苏文艺出版社，1992年4月）多次提及王韬参加文艺创作活动等情况。

1941年12月，太平洋战争爆发，上海"孤岛"沦陷。王韬奉命辗转回沪，开展地下抗日斗争，曾住在上海格罗希路（今延庆路）大德里。他白天写稿，晚上外出活动，机智地完成党的任务。1943年4月20日晚上，被叛徒出卖，王韬不幸被捕，在狱中备受酷刑，坚贞不屈。6月6日，被秘密杀害于上海江湾，年仅23岁。1949年5月上海解放后，出卖王韬烈士的叛徒被人民司法机关拘获处决。青浦博物馆曾陈列王韬烈士的革命事迹，该馆负责人陈菊兴写了《以笔为武器的"孤岛赤子"——王韬》，披露了多年来搜集的大量资料。

丁景唐晚年追忆昔日中学同学王韬时说："1938年也是我与王韬合办《蜜蜂》文艺半月刊，走上文艺编辑生活道路的起点。1996年是我与王韬的母校上海青年会中学成立95周年校庆纪念会。我为王韬烈士，我们的同学、我们的同志、我们的文艺战士，先写下这些回忆，以寄托深沉悼念之情。"（《追记1938年与王韬合办〈蜜蜂〉文艺半月刊》）

张诚、吴康、郭明、王韬是丁景唐在青年会中学的同学，也是丁景唐一生中参加革命、入党这转折性的"第一个台阶"的见证人。他们之间的同学、同志的双重情谊，延续下去，也是促进丁景唐文学创作的重要因素之一。

丁景唐青少年时期已经体现了革命与文学联姻的关系，此后这两者关系更为密切、更为清晰，并且互相促进，成为他前期文学创作活动的一根红线——以笔为武器，其源头的各个分支正是与张诚、吴康、郭明、王韬等人不同寻常的情谊，汇聚成川——理智与情感，映照出丁景唐的革命与文学的形象。

注释：

〔1〕俞沛文，见本书《八十回忆》注释〔24〕。

〔2〕任民鉴《根据青年会学校特点开展党的工作——记中共青年会中学支部》（中共上海市委党史资料征集委员会选编：《火红的青春——上海解放前中学学生运动史实选编》，上海外语教育出版社，1994年11月），还写道：

  1938年上半年，张诚在"学协"入党，舒忻经他在职业界"华联同乐会"工作的哥哥介绍，也入了党。青年会中学开始有了两个共产党员。1938年秋，张诚介绍丁景唐入党，成立了青年会中学第一届党支部，由丁景唐担任支部书记。以后丁景唐介绍吴康入党，吴康介绍郭明、史毓民等入党。

  党支部建立后，利用当时上海租界当局和日本帝国主义之间的矛盾，以及抗日救亡活动的公开合法性，大胆放手地发动和积极引导群众，开展多种多样的抗日救亡活动。

  （1）组织读书会。介绍阅读《译报周刊》《新生代》《西行漫记》《续西行漫记》《大众哲学》和苏联小说等进步书刊，启发教育同学，和同学交朋友。暑期组织流动图书馆，继续活动。

  （2）举行演讲会。邀请救国会、译报社等社会知名人士来校作演讲，让同学了解国内外形势。

  （3）广泛组织同学订阅"上海联"机关刊物《联声》。丁景唐为《联声》写稿。

  （4）发动参加"上海联"组织的活动。参加夏令营、圣诞节之夜的联欢活动，参加"天国能否建立在人间"的讨论会，通过讨论，大家认为"天国"是可以在人间建立的。同时，适时介绍苏联社会主义革命和建设情况，启发同学向往美好的将来。

  （5）由学生自治会出面组织同学去胶州公园慰问坚守四行仓库、后撤入租界的八百壮士和团长谢晋元，以激发同学爱国抗日的热情。

  （6）组织进步同学阅读苏联领事馆出版的英文版《每日战讯》(*Daily War News*)、《上海周报》和苏商出版的《时代周报》，获得苏德战况的重要信息来源。观看苏联电影和新闻电影，让同学了解反法西斯战争的真实情况，鼓舞抗日必胜的信心。

  （7）由青年会和团契出面，组织并帮助积极分子和清寒同学参加"上海联"主办的申请清寒学生救济金考试，进行爱国主义和团结互助的教育，并帮助他们取得继续求学的机会。对家境实在贫困、生活又有困难的同学，利用暑期组织他们为基督教青年会做社会调查（由基督教青年会供给午餐），在调查实践中，同学们提高了社会活动的能力，体验了人生。青中青年会和团契，也进一步得到了这些同学的拥护和爱戴。

  （8）组织"大众歌声"歌咏团，请马铁丁（由"学协"俞正平介绍）教唱救亡歌曲，如《大刀进行曲》《游击队之歌》《义勇军进行曲》《毕业歌》《祖国进行曲》等。

  （9）发挥大多数党员学习成绩好、待人热情、作风淳朴的长处，由高级班与低级班同学交朋友，辅导功课。

（10）1938年寒假,取得学校和青年会的支持,由郭明负责,创办"青中邻童义务小学",发动同学向亲戚朋友募捐,筹集办学经费,专门招收学校附近失学儿童入学,不收任何费用,免费供给学生书籍簿本、文具用品。教师由热心参加的同学担任,党支部安排高年级的党员和积极分子担任各年级班主任,带领低年级同学进行教学活动。这个义务小学是党联系、教育、锻炼群众和考察积极分子的合法阵地。第一任校长是郭明,以后是曾任过学生会主席的黄志坚,后来党员张耀忠、徐英俊、任民鉴都相继担任过校长,学校一直办到1946年。参加义务小学工作的同学,通过与失学儿童接触和家庭访问,亲眼看到失学儿童家庭的贫困、生活条件的恶劣,住的是"滚地龙",吃的是糠菜饭,衣衫褴褛,一家合盖一条破棉絮等等非人的生活,深感社会的不公平,劳动人民的痛苦,激起心中的义愤和救国救民的愿望。

此文作者任民鉴,广东鹤山人,职业教育家、优秀共产党员。1941年考入上海青年会中学,后就读光华大学、上海法学院。1948年8月28日,因从事和领导学生运动逮捕入狱,坚贞不屈。1949年后,担任中华职业教育社上海分社主任、上海协商教委副主任等职。

附录一 "学协"及《学生生活》

当时至少有三种《学生生活》。其一,1938年至1939年,南京的《学生生活》,是国民党、三青团的衙门作风,按部就班,死气沉沉。其二,上海"学协"会刊《学生生活》,主要掌握在共产党的手中。其三,1940年1月1日,著名编辑、作家范泉创办《学生生活》,是综合性文学半月刊,共出7期,撰稿人茅盾、巴金、萧军、端木蕻良、陈荒煤、李广田、曹靖华、艾思奇、李励文等。

在中共上海党史、上海学生运动史上,"学协"及《学生生活》半月刊曾发挥了极为重要的宣传、教育作用,积极指导学生抗日救亡运动,但是如今介绍"学协"只有简略的介绍,《学生生活》更是鲜为人知,甚为遗憾。现根据有关的史料,作一些简略的介绍。

"学协"即上海市学生界救亡协会(后改称"上海市学生协会"),是中国共产党在学生运动工作中的外围组织,加强对各校学生运动的领导。"学协"通过召开时事座谈会、读书会等活动,从中发现、团结和培养积极分子,为建立中共党组织做准备。

陈一鸣回忆说:

> 1937年8、9月间,(陈)伟达同志除负责暨大党和群众的工作外,还参与建立并领导"学协"的秘密党团。"学协"秘密党团最初隶属于以王尧山同志任书记的"群委"中的学生工作委员会,"群委"委员分管学运的沙文汉同志和"学委"书记刘峰同志领导。1937年11月,中共中央批准成立江苏省委后,"学协"党团仍由沙文汉同志(省委宣传部部长)和"学委"领导。第一任"学协"党团书记为黄文荃(后名张英、大夏大学学生),委员有周平(留日归国学生)、顾德欢(平津流亡同学会)、王经纬(陈伟达)。
>
> "学协"是在激战的炮火中筹建的。1937年8月,党通过八个学生界的进步救亡团体的代表发起筹备,主要有以王经纬为代表的暨南大学(包括暨大附中)、以黄文荃为代表的大夏大学的学生团体、以王明远为代表的平津流亡同学会、以周平为代表的留日同学会等。为正式成立"学协",经历了一场冲破国民党当局的控制、垄断的斗争。9月间,黄文荃、王经纬、王明远、顾德欢等同志,以学生代表身份向国民党政府当局申请登记成立"学协",国民党社会局先是拒绝,后又提出改期成立。但筹备会仍按原定日期召开成立大会,国民党得知后派来一批人捣乱,致使大会流产。此后,经多次交涉,加以前线告急,群众救亡运动势不可当,社会局被迫同意"学协"成立。10月28日召开了"学协"成立大会,经过民主选举,产生了理事会,17名理事中大多数是我党党员和政治上进步骨干,"学协"实际工作和领导权都掌握在我党手中。为了免遭敌人的破坏,除上层

理事外,"学协"内部的组织系统是秘密的。

11月间,国民党军队撤离上海,"学协"工作转向各校内发展。1938年初,根据党的指示,整顿和民主改选"学协"上层机构。国民党指派的学生代表竭力反对并退出了"学协"。于是在3月15日召开了"学协"第二次代表大会,产生了新的执委会,建立联系各校的若干区干事会。

1937年10月,我由王明远同志介绍加入"学协",并代表麦伦中学担任理事……我在"学协"担任宣传部的干事,在周平同志的带领下,除麦伦中学校内的活动外,还负责联系几所中学的"学协"成员,传达"学协"的宣传工作指示,分送发售"学协"的刊物《学生生活》。
(陈一鸣《我的心在高原——陈一鸣文集》)

"学协"有严密的党组织和纪律,宣传号召是公开的,但党组织联系是秘密的,各区干事会也由秘密的共产党员具体领导,带领工作。丁景唐曾写过一份材料[1],介绍了"学协"党团组织等情况。

中共江苏省委宣传部部长沙文汉、"学委"书记刘峰很重视"学协"会刊《学生生活》,刘峰还亲自写文章。该刊主编先后有周平、王明远、许革夫、孟湘林(李浩澧),"学协"党团书记黄文荃以"莫高芳"的笔名撰文指导。

《学生生活》主要宣传党的抗日民族统一战线、全民抗战到底等各项政治主张,分析介绍国内外形势及上海教育界等状况,主张鲜明,立意高远,针对学生遇到的各种现实问题,提出解决方法,大有指导全国学生抗日救亡运动的气势。

由于局势变化,该刊引起敌伪注意,为免遭破坏,"学委"决定于1939年上半年停刊,共出37期。接着曾一度以《海声》名义出版几期,随后创办新的《青年生活》,1939年5月在租界登记后公开发行,主编许革夫,主要反映青年学生的学习、生活和要求,发表短评、专论和报告文学、杂文等文艺作品,具有鲜明的思想性和政治性。特别是对敌伪的倒行逆施和国民党顽固派的反共倒退,进行针锋相对的揭露和批判。同年12月,该刊被租界吊销执照,共出版8期。1940年3月,许革夫、许淦主编,孟湘林、陈裕年协助出版《青年知识》,着重反映学生生活和辅导学习理论,以比较隐蔽的形式继续对青年进行宣传教育。同年11月,租界环境恶化,"学委"决定自动停刊。

《学生生活》由"学协"的组织系统和进步书刊的交通发行网发给各校学生,发行量多达5 000份。1938年8月,曾发生总交通朱君武被租界巡捕房拘留后驱逐出境的事件,那期《学生生活》刊登了纪念"八一三"一周年的文章,在分送途中被巡捕发现,扣留了一批学生,次日释放。此后,"学协"进一步严密组织,加强了交通发行网,并调来张臣栋接任总交通。[2]

1937年冬天,丁景唐经高年级学生张诚介绍,参加"学协",担任《学生生活》的通讯员和发行员。1938年春,丁景唐改任"学协"的中学区干事,同学吴康、陈子军接任发行工作。

1938年11月丁景唐入党,此后不再担任"学协"中学区干事工作,回到青年会中学开展抗日救亡的学生工作。

丁景唐改任"学协"中学区干事时,所在的"学协"三人小组的组长俞正平是"学委"沪中区委派的,他还到黄炎培创办的中华职业教育社第四中华职业补习学校(中华职校)开展工作,并帮助建立第一个中共党支部,领导该校的学生运动。当时中华职校已经迁移到上海浦东大厦内,此大楼是浦东同乡会鼎盛时期的标志,不仅对同乡会事业提供了极大的帮助,也是共产党的抗日民族统一战线的重要平台。大楼里设有不少抗日救亡团体的总部,如难民救济委员会上海市分会(上海市救济委员会)、上海市学生战时服务团、上海市作家救亡协会、上海市电影制片业同业公会、上海市文化界救亡协会及其机关报《救亡日报》(郭沫若任社长,夏衍任总编辑)、上海市教育界救亡协会等,这些团体都为抗日救亡做了大量的工作。

丁景唐所在的"学协"三人小组中另一位是华华中学的寿彬。华华中学创办于1923年,后由上海大学留沪同学会接手,昔日上海大学社会学系主任瞿秋白的学生高尔柏、林钧先后担任校长,后由茅盾的内弟孔另境任教导主任。林钧以学校为基地,开展抗日救亡宣传教育活动,掩护革命进步人士。抗日战争爆发后,开设上海华华中学学习班,输送爱国青年去组织或参加地方抗日武装。

俞正平、丁景唐、寿彬组成的"学协"三人小组不与其他区干事发生横向关系,只有俞正平与外区有联系。

上海"学协"会刊《学生生活》半月刊创刊号至第22期暂缺,难以寻觅,现存第23期—第37期(1938年10月1日—1939年5月1日),也可窥见一斑。

一、关于"学协"成立和开展工作

第24期(1938年10月16日)刊登关于"学协"成立周年纪念的四篇文章,即《"学协"是怎样成立的》(苏燮菲)、《几个重要的演变过程》(钢铁)、《做了些什么,这一年》(丽芬)、《一年来的经验教训前瞻》(薛谊华),披露了"学协"成立的曲折过程,以及一年来开展的主要工作、经验教训等。

1937年8月底,天气炎热,北平、天津流亡同学会在上海举行成立大会,上海九个学生团体的代表也参加了,提出了成立"学协"。9月3日,成立"学协"筹委会,并邀请各界抗战后援会、文化界、教育界、新闻记者等参加,当场选出14个单位,组成筹备委员会。但是,9月14日成立大会遭到阻扰,被迫流产。10月28日,经过一番努力,"学协"终于成立了,"十年来上海学生运动的不统一在这时达到了空前的团结"。"学协"的组织法、人数的分配、"成立大会的布置及立案等,在最后一次谈判完全解决了"。不久时局急遽变化,上海沦为"孤岛"。1938年3月,"学协"改组,将上海"孤岛"划为三个区,每区设若干名干事,负责该区的

"学协"工作。"这时期可以说已走向正规,一切工作都是有计划地执行,而且大部分都能按照计划去实现。"

由于第三阶段工作入了正轨,"学协"威信逐渐增高,于是学校单位由卅六个增加到六十四个,而且每个单位都是起码由十人以上所组成的。单位既增多,三区已不复分配,在暑假开始时便重新划区,为方便计而划成七区。在这时期,我们得了一些有趣的材料,就是有极少数同学为了扩张自己的势力,竟假借"学协"的名义来做招牌去号召同学;有一些同学因没读到《学生生活》或者看到《学生生活》比较迟一点,竟对"学协"表示不满;有一些同学为了要到内地去找工作,竟要求"学协"发证明书给他。这第四阶段可以说完全取得了各校同学的信赖。

暑假自划成七区后,一直到现在,便是"学协"的第五阶段。在这一阶段里,虽然因同学被捕受到破坏一次,但不久就恢复了而且又扩大了。现在的单位已增到八十余个就是明证。这时期我们做了一件轰轰烈烈的事,就是护校运动。因了护校运动的成功,教育界也和我们合作起来了。目前正在展开献金运动和募集寒衣的工作呢。

(《几个重要的演变过程》)

当时的护校运动影响很大。"今年暑期敌人及其走狗伪组织曾疯狂地向我们学校进攻,接受学校和向伪组织登记的事闹得满城风雨。这时挺身出来反抗的就是我们同学的护校运动。"在强大的社会舆论的压力下,"最后竟有七八十个学校登报"声明,由此证明护校运动的成功。除了以上提及的护校运动和献金捐寒衣等之外,还为"被难同胞服务",创办义务学校。"好些同学被介绍到难民收容所"去工作,代卖难民的各种产品,帮助解决一些实际问题。

"学协"开展工作的第一步是召开座谈会,畅所欲言,但是同学们对此褒贬不一。"学协"认为:"座谈会不仅是一个自我教育,提高各人的认识,而且由于大家聚在一块,情绪更为增高……更重要的是它有组织性,用座谈会把同学组织起来。"现在"学协"组织的座谈会停止了,改为训练班,其中有救亡理论、民众教育、戏剧、唱歌等,一直到"八一三"事变之前一些同学被捕时才停止。训练班"多少训练了一些干部出来,他们是更老练、更坚强起来了"。

后来类似的训练班继续举办,丁景唐参加过"学协"在培成中学一个教室内办的学习班,见到"学协"负责人莫高芳,王任叔、郑振铎来讲课,还进行时事讨论。丁景唐写有《王任叔》(《世界晨报》1946年10月3日),但是有许多事情不能明说。1986年清明前夕,丁景唐重写此文,补充许多资料和内容,改为《难忘的一面——忆王任叔同志》,先后收入上海鲁迅纪念馆编《巴人先生纪念集》(人民文学出版社,2001年10月)、丁景唐《犹恋风流纸墨香——六十年文集》(上海文艺出版社,2004年1月)。

"学协"还在南阳路南阳儿童公园附近的滨海中学办学习班,丁景唐与吴康去听了一次钱铁如(钱纳水)的报告。当时钱纳水与张宗麟、王任叔、平心、许广平等创办了《每日译报》,担任总主笔和总编辑。他坚信只要坚持抗战,日本必将失败。

校内工作也是"学协"的重要工作之一。"争取和健全各校的全校性自治会的组织和其他的小团体,永远成了巩固同学组织的必要和起码工作。为了这,'学协'尽了很大的力量。许多全校性和小团体的组织在'学协'推动下组织起来了",从原来30多个增加到80多个,全校性组织原来仅9个,现在增加到20多个。

随着抗战一天天深入和扩大,"战区工作就变成了我们的主要工作之一"。"学协"发动40多名同学到战区去,"自然这是很小的数目,可是谁能担保星星之火不可以燎原呢"?

对于一年来的工作,"学协"还做了认真总结和反思,主要强调团结,即抗日民族统一战线,"不分彼此的都要团结起来,在共同抗日的目标下去努力"。同时,"大家必须出以至诚、坦白,在工作中相互帮助,相互批判"。

> 上学期我们各校的工作有些开展得不好,大部分原因是没有取得学校当局的合作。有些同学,甚至不但不和学校当局合作,还和学校对立起来。这个毛病,这学期的开始已经一般地纠正过来了。比如说现在有四五个学校的工作就大大地开展起来,学校的态度可以说百分[之]八十业已改变。

《学生生活》第37期(1939年5月1日)刊登一组文件:《上海市学生协会第三次代表大会宣言》(1939年4月23日召开第三次代表大会),以及《十八个月工作的总结》《本刊的一个综合报告》《第三次代表大会提案》《上海市学生协会简章》《工作纲领》等。这些文件反映了"学协"成立一年半来的工作情况,包括成立宗旨、工作重点、成绩和不足等,具有较高的研究价值。

二、切实指导,渗透着共产党的抗日救亡的方针政策

(一) 时事评论,理论上的指导

时事评论的文章比较多,紧密联系现实,进行分析、评论,旨在教育和引导。《认清环境与准备力量》(社论)分析了上海"孤岛"特殊环境,指出:"环境的恶劣并不是急遽直下的,就是说可以用力量获取而改好点。因为租界毕竟是中立区域,英法当局也绝不会完全不顾中国人民的利益。环境的恶劣,救亡工作固然免不了受一点影响,但它也给予我们开展工作的有利条件。这主要因为环境逼得每个有血性的青年不能再忍耐下去……他们会自觉起来,走向我们救亡的队伍中来。再说已经站在救亡岗位的青年更会感到自身责任的重大,因而警觉起来,坚强起来,百倍地努力。"此言触及丁景唐等进步学生的心底敏感之处,他们的逐渐成长也有力地验证了这一点。

"小讲坛"《民族问题》(谢刎)讲述了民族问题的历史,深入浅出,通俗易懂,并结合中国抗日救亡的现实问题,指出:"摆在眼前的民族问题是被压迫民族的解放,即殖民地半殖民地

民族解放的课题。我国的抗战,就是殖民地半殖民地民族解放最主要的一环。"

(二) 学生工作的指导

"学协"负责人、党团书记张英编写的工作方法,连载多期,如《好像一粒春天的种子》《怎样布置工作》《真的要我闭户读书了?》《经验的臭皮囊》《组织自治的前哨战——级会》《组织起来做什么》《我们需要怎样的作风?》《抓住中心》《春节查账》《打倒清谈家》等。《抓住中心》指出:"举一反三,我们在学校里做救亡工作也是一样。比如这个学校里可以组织各班级会、全校性的自治会、全校的节约献金运动、全校的戏剧社、歌咏班等,那么,我们也必须选择其中一二项重要的做我们的中心工作。级会和自治会那就是这几件工作中最重要的中心工作,其他的节约运动、戏剧社、歌咏班等工作并不是放弃,而是配合级会和自治会做,充实和丰富级会与自治会。所谓抓住中心,就是这个意思。"

1939年5月以前,"学协"编了一本《五月史话》,内有"学协"工作报告、张英写的学生工作方法等,丁景唐在青年会中学组织过义卖此书。1947年6月出版《新五月史话》,内收上海交通大学、复旦、同济等大学学生文章。

(三) 战时教育的指导

该刊第34期(1939年3月16日)特地推出"改善教育问题特辑",其中有《今日上海中等教育的透视》《彻底改善训育方针和充实课外活动》《我们需要的教学方法》《怎样改进中等学校自然学科》《如何改善社会科学》《关于"添设课程"的意见》《对于中等学校外国语文科的意见》《全国舆论一致要求改造教育》《上海各校课程内容调查表》等。

第33期(1939年3月1日)发表《今天我们所需要的教育》,指出:"我们要争取抗战建国纲领在教育部门内的实施,我们要使教育也必须服役于抗战。""改变教材,改善教授方法,开放同学团体活动,鼓励同学爱国行动。"

同时,"学协"草拟了一份《改善中等学校教育草案》(简称《草案》),开场白写道:"抗战已经十九个月多了,无论在政治上、经济上已经有了很大的改进,可是在教育方面,仍然滞留在从前那种状态中,尤其是在上海,甚至有个别学校还有意地开起倒车来,你看是正在励行续经、加紧授课时间、增繁课外作业、禁止学生做救亡活动、盛唱'读书就是救国'的论调吗?这与抗战有什么关系!这正是想把我们从二十世纪拉回到十八世纪。我们愿意去吗?不!十二万个不,我们要提出改善教育的方案,我们要求我们所需要的课程!"

这期《编辑室》说明:"本刊出版时,正值重庆举行全国教育会议的日期,这事对整个国家的教育、每个同学的前途都有切身的关系。因此,本刊特地刊出《改善中等学校教育草案》一文,它就是我们对目前改善教育提出的一个大纲,以供全国教育界的一个参考,同时还热望全国同学、教育界加以探讨及补充,更祈望上海的同学立即展开讨论本草案的运动。"

《草案》分为三大部分:(1) 课内教材,"教材偏重实际,以时事文论、一般论文及抗战文艺为主"等；(2)教授方法，"反对灌注式的方法，反对死记和背诵，注重启发、集体讨论等方法，培养同学自动学习的能力"；(3)课外活动，强调"养育同学思想之自由发展为原则，反对用高压手段维持纪律，反对记过开除等消极处罚"，"组织各种自治、学术、娱乐等团体"等。

《草案》"自然不是十分完全的，大学和民众教育我们没有提到，提出的文式也是较一般了点，我们还未能对上海特殊环境予以充分注意——上海的环境是特殊一点，这当然不应是反对改善的借口，但各校当局的苦衷、困难，我们是了解的，我们也是同情的。在技术方面，我们同学愿予以充分的注意，也希望各校贤明的当局，爱国的师长给予热烈的真诚的合作。"只需看看以上抄录的特辑目录，便可得知《草案》并非关门造车，而是开放式的，广泛听取各位教育专家的意见，集思广益，归纳、斟酌、整理成文，希望进一步听取各方反馈信息，在实践中修改。

"学协"有关人员谦说《草案》是"匆促起草"，也坦承此《草案》"较难完全实现"。但是，不得不承认《草案》具有超前意识，很有远见。上海沦为"孤岛"之后，各地迁来的学校大增，远在重庆的国民政府的教育部门哪里会想到上海"孤岛"特殊环境中的战时教育问题，"学协"却已提前考虑到。几年后，丁景唐等人主编的《联声》时，结合上海"孤岛"战时教育问题，提出相似的灵活教授方法，提出"养育同学思想之自由发展为原则"，以此组稿、编发稿件，进行启蒙、宣传、教育。

(四) 读书、写作和生活等指导

"我党杰出的理论宣传家"凯丰(何克全)时任中共中央宣传部部长，发表十万字的《抗日民族统一战线教程》(延安解放社，1938 年 5 月)。分为四部分："民族危机下之中国""抗日民族统一战线的产生、发展和形成""抗日民族统一战线的意义、内容和前途""争取中国抗日战争的胜利"。这与毛泽东等有关论述紧密相连，对我党制定抗日民族统一战线方针进行了全面阐述，为全国军民坚定抗战必胜的信心起到了重要作用，具有极为重要的指导意义。

《学生生活》"书评"栏目不仅配有这本书的简要广告，而且做了专题介绍，最后指出："统一战线为的是民族解放，那么她的前途也就是中华民族独立自由解放的胜利的前途。统一战线与民主政治是一个东西的两面，所以一定要'在抗日民族统一战线胜利的过程中产生新式的民主共和国'。"此理论是丁景唐等广大年轻共产党人必须认真学习和研究的，也为广大社会各界爱国人士指明方向，提供了抗日救亡的正确方针策略。

为了满足众多写作爱好者的需求，发表《关于写作》(血炬)一文，弥补学校教材的不足。该文如同授课，侃侃而谈，从如何观察生活说起，然后要学会做人，学会表达，多读名人作品，那是最好的老师。可惜不知作者的真实姓名，理应是一个有经验的作家。该文举例说明写作问题时，举例俄国作家涅克拉索夫的《严寒，通红的鼻子》(孟十还翻译，上海文化生活社，

1936年）。也许是巧合，丁景唐在《诗与民歌》中也举出同样的例子，不过是从民间文学的角度谈论涅克拉索夫为"俄罗斯乡村生活的记录者"。

《学生生活》以"漫谈生活""信箱"等栏目答复来信，解难释疑，疏导男女学生的青春期心理，如学习、交友、恋爱等产生的骄傲、苦闷、消沉、惊慌、颓废等问题。同时针对学校当局压制学生抗日救亡活动，提出正义呼声。

（五）学生工作经验交流，发挥启发、借鉴和学习的作用

《学生生活》编辑部经常向"学协"骨干同学约稿，让大家交流学生工作的经验。编辑徐某认为此刊虽然和其他刊物有相同之处，但是仅仅启蒙工作还不够，"它还是我们学生的联系物，尤其是尽着各校同学工作的联络，并且报告工作也不一定需要文笔优美，只要把事实显露出来，可作为大家的经验就够了"。

一所教会学校的一位学生组织者介绍了开展工作的经验：起初组织了一个寒假修养班，分为学术座谈会、时事讨论会等，参加人数百余人，效果不错。寒假结束后，却被校方勒令解散，理由是"救亡为名，散毒是实"。学生组织者又另想办法，首先健全学生组织，开展自我批评，查找不足之处，团结同学，因势利导，将死读《圣经》和英文的同学设法拉出来，加入流通图书馆（汇集150多名学生的私藏书，加之大家筹钱购买新书，现有两千多册图书），大家互相交流看书心得体会。虽然不知道这位同学的名字，但是他们的做法具有普遍意义，丁景唐等人所在的教会学校里大多成立了读书会，由此逐渐物色、培养了一批学生骨干，有的还发展为党员。

三、刊登译文、文艺通讯和纪念鲁迅之文等

鲁迅逝世两周年之际，《学生生活》第24期（1938年10月16日）刊登两篇纪念文章《纪念鲁迅先生》（银生）、《关于鲁迅先生》（南桌）。这期《编辑室》写道："本期的出版，正逢鲁迅先生逝世两周年纪念，在抗战十五个月的今天，我们来纪念这位伟大的导师、坚毅的战士，使各地悲痛与兴奋！这里，我们转载了《文艺阵地》上南桌先生的一篇关于鲁迅先生[的文章]，并未得[到]原作者同意，谨向原作者道歉！"

编辑在银生一文前面写有说明："中华人民伟大的导师、民族解放的先驱——鲁迅，离开我们已经两年了！先生的伟大不是几句话所能道尽，更不是我们这浅陋的人所能说出，先生的精神与思想永远在中国千百万为生存而斗争的大众的心头里活跃着！先生的呐喊，为的是抗战，先生的战策是韧性的持久战。我们今天纪念先生，要千百倍地加强抗战的意识，为整个的民族解放战争而奋斗！继续着我们导师的精神而奋斗！"

李南桌，湖南湘潭人，高中毕业后，考入北师大英文系。他约了臧云远等同学一起办文艺刊物《晓声》。1932年冬，鲁迅北返探亲，在北师大操场讲演时，李南桌拉着臧云远一起去

听讲。抗战爆发后,李南桌回到了湖南长沙。武汉沦陷前夕,李南桌夫妇专门从长沙赶到汉口,向臧云远(与中共办事处有联系)提出要到抗战前线去,未果。稍后,李南桌在长沙结识了茅盾。8月,全家移居香港。

1938年2月,李南桌在长沙听了茅盾的一次公开讲演,会后,他慕名前去拜访,他俩谈话很投机。4月16日,茅盾主编的《文艺阵地》创刊号刊登了李南桌的论文《广现实主义》。《文艺阵地》前13期总共发表了文艺论文20篇,李南桌的文章就占了8篇,其中有《关于"文艺大众化"》《评曹禺的〈原野〉》《论"差不多"和"差得多"》《抗战与戏剧》《再广现实主义》《论典型》等。最后一篇《关于鲁迅先生》发表于《文艺阵地》第2卷第1期(1938年10月16日)"纪念鲁迅先生逝世两周年专辑",同时刊登许广平、王任叔、楼适夷、郑振铎等的文章。但是,李南桌未能见到此刊物,便在10月13日因盲肠炎不及诊治而病逝,那时他的女儿刚生下两个月。李南桌生前也没有料到最后一篇《关于鲁迅先生》,转载于远在上海的《学生生活》,不知是何人推荐,其中理应有生动的故事。

晚年的茅盾写回忆录时说:"李南桌不过二十五六岁,然而他知识渊博却使人惊讶,尤其使人敬佩的是他善于把所学的原理、原则融为自己的血肉,又用来衡量现实,剖析现实中的矛盾。因此他写的论文没有'洋八股'的浊气,却处处透出新颖独到的见解。"茅盾高度评价李南桌,说:"在我的一生中发现过不少优秀的青年作家,然而发现卓越的青年文艺理论家,李南桌却是第一个。他的艺术生命是那样的短暂——只有六个月,然而他闪耀的光辉却是不容我们忘记的……他直到弥留之际神智仍旧清醒,念念不忘他的治学作文的计划。他最后的凄厉呼声是:'我就要死了吗?我要活,要活,我还有许多事要做呢!'"

这期《学生生活》出版后,丁景唐、王韬合作的《蜜蜂》创刊号破例全文录载了唯一一篇文学理论文章《论典型——个性、类型、人性》,作者正是李南桌。此文原载巴金、茅盾合作的《文艺阵地》第1卷第12期(1938年10月1日),并在目录编排上放在鲁迅、茅盾之作后的第三篇,以示纪念和尊重,并在此文前添加编者按语。如果说丁景唐在《学生生活》上也读到李南桌的《关于鲁迅先生》一文,然后按图索骥,在茅盾主编的《文艺阵地》上找到李南桌写的颇有分量的《论典型——个性、类型、人性》,那么并不令人感到意外。《学生生活》编辑也不曾料到会有如此效果,丁景唐也未与编辑联系,这成为一件永远沉积的不起眼的"化石角料"。

《学生生活》刊登各种译文,作为学生课外阅读物,如连载的《托尔斯泰与祖国》(苏联N.顾德齐作,米译)、《伟大的世界公民》(亚历山大·詹以契作,林白译)等。文学作品有《黎明之前》《墓前》《爱的激流》《谁杀死你的父亲》《给远征友人》《一个富于诗意的爱》《张老爸的死》《妇女》等。学校通讯比较多,如《我们的献金》《他们在战斗着》《激昂的歌声》《向前进吧》。也有内地通讯《放哨的初夜》《故乡在怒吼中》,主要围绕着学生各种活动,有的文笔活泼生动,近于散文,这是该刊编辑积极倡导的。

有一次刊登了两首诗歌,立即引起读者的反响,毕竟年轻学生的浪漫情怀倾述于笔端,诗歌便是最佳载体之一。编者不得不出面说明:"好的诗歌难得。现特请两位对诗歌有素养的同学批改了诗歌来稿,并设专栏,满足大家的需求。"

《学生生活》是综合性的学生刊物,旨在"三贴近"(贴近校园、贴近学生、贴近时事),内容很丰富,具有鲜明的指导性,以上只是简略的介绍。"学协"成立周年之际,编辑部也发表了《自我批评与自白》(第24期,1938年10月16日):

> 十月廿八日是"学协"成立的一周年,同时也是本刊发行的一周年,在这大家都忙着检讨过去与勉励将来的时候,我们也来一下自我批评,作为以后的警戒!
>
> 一年来,人事变迁,本刊编辑几经更易。我们这一年的试办,不过在最近的几期,综合过去与现在,我们觉得它的缺点实数不胜数,具体来说,是:
>
> 一、太死板而不活泼。也就是太偏重工作方面而缺乏生活方面与文艺方面的文字,因之读者觉得"苦涩"与"无味"。同时,同学生活上的疑问,得不到正确的解答与指导。
>
> 二、错误与脱期。每期里,有许多错字与错排,尤其是廿二期,简直是满纸错误,令人发噱。每期都不能按期出版,到现在几乎差出一期,读者尤其是许多订户会感到"等得不耐烦",说不定还要骂声"编辑先生太不负责任了"!
>
> 以上两点是我们觉得最大缺点,同时我们相信也是诸位读者所共[同]感到的缺点,但是这并不是不可克服的困难,同时也正在逐渐地改正着。就像第一点,我们在第廿三期已经把谈工作的文章减少了许多,而偏重同学的生活方面与文艺方面,以后我们更要多注重同学的生活问题与文学上的修养。我们绝不愿意"仍是那么一套",以耗费同学们的宝贵的时间与金钱,我们要尽可能地把它变得活泼,有生趣,能切实地符合同学胃口,尽可能地作为同学的美味的精神食粮。
>
> ……关于过去的错误,编者固脱不了责任,但印刷所与我们捣蛋,实在是最大的原因。他们知道我们的缺点,所以诚心与我们开玩笑,他们拣利大的活作,故意把我们的东西放在最后,我们与他们定期限,他们阳奉阴违,校对的样子他们扔掉不理,所以每期延期,每期错误。这种原因并不是我们"不多留一点心"与"在校对时想入非非",希望作者读者多多宽宥!
>
> 我们这一群是学识浅薄、孤陋寡闻、没有经验,但绝不是"刚愎自用""不受赐教"。"既不能会,又不受命",是我们时相警惕的,所以我们非常而竭诚地欢迎各位作者、读者的批评与指教。但是我们希望大家能明了我们的立场,我们现在办《学生生活》,纯粹是为大家服务,绝不是为某党某派宣传,即把《学生生活》作成我们的地盘,也没有借此而

得一笔津贴,我们为大家服务,纯粹出自责任心,并没有"吃力讨好"的意思。至于种种错误与缺点,正是我们能力的不足,但我们没有一个人不在尽心竭力地工作。对于来稿,总要细心地看过,偶尔因字不清楚、意思的不充足,也要改正与补充,这自然按照原作者的意思,绝不敢不顾原作而自出心裁地乱改一气。所以对于来稿的修改,正是我们的义务,假如作者不愿被改时,便注写明白,我们并不是要自露聪明而故出风头也!我们也并没有"以为做一位编辑先生一定要修改一下人家的稿子,才算尽了责"。

编辑部的执笔者心胸坦荡,毫无遮掩,既披露了脱期、错字等"硬伤"的主要原因,也坦承自己的能力不足,缺乏经验。编辑部人员几经变动,每次都要另起炉灶,绞尽脑汁,尽量为大家提供美味的精神食粮,实属不易。不过此文没有涉及办刊的经费问题,这似乎不是问题。然而对于其他学生刊物来说,经费则是非常头疼的事情,最终不得不停刊。

如果丁景唐等人仔细阅读此文,那么也会提前"打预防针",今后办刊时引以为戒,取长补短,大有益处。

综上所述,可以大致梳理一下丁景唐与"学协"及《学生生活》之间的关系:

其一,1937年冬天丁景唐参加"学协"时,该组织还处于不稳定状态,这是由于负责"学协"的一半同学离沪等原因。上海沦为"孤岛"后,各方面开始恢复,"上层转为下层,集中转向分散",工作渐渐开展起来,"到寒假时,已弄得有点基础了"。而且"上层负责的光杆"(不是民主选举的,不能代表学校的同学)逐渐被同学所不满,且"学协"组织机构不灵活,大家要求改组。1938年春改组时,丁景唐改任"学协"中学区的干事,他"在参加'学协'的工作中锻炼了群众工作的能力"(《八十回忆》)。在抗日浪潮中,青年会中学校方默许学生的抗日救亡活动,也不阻拦陈起英老师上课时讲解时局,形成"天时地利人和"的小环境,有利于丁景唐等人开展"学协"布置的各项任务。

其二,"学协"的各种活动提供了一个学习、培育、锻炼的氛围,会刊《学生生活》则是一本综合性的课外教科书,两者"内外分工"(理论与实践),同时两者紧密结合,让丁景唐受益匪浅,产生了系列"第一次":第一次接受抗日民族统一战线的理论,第一次知道开展学生工作的具体办法,第一次参加名家讲授的培训班,第一次看到其他学校从事学生工作的经验介绍,第一次担任刊物的通讯员和发行者,第一次见到众多年龄相仿的学生的诗文,第一次看到办刊人员的自我评判等。这些"第一次"见证了丁景唐参加革命的足迹,值得珍惜和研究,有助于梳理、归纳他当时各方面的起点,包括思想境界、觉悟程度、心理状态等。

其三,丁景唐在青年会中学五年期间,从青葱少年到加入革命队伍,站在鲜艳的党旗下宣誓,这是他人生中的第一个重要台阶,实现质的飞跃。其中重要因素之一便是"学协"及《学生生活》的双重影响。对此,丁景唐晚年没有多谈,但这是无可争辩的事实,也是一个学习成长的过程。

其四,《学生生活》是一个综合性的学生刊物,因残缺不齐,未能找到丁景唐投稿的蛛丝马迹,但是折射出他当时所处的课外学习、活动的背景和足迹,特别是"学协"起草的《改善中等教育草案》,以及该刊推出的"改善教育问题特辑",给丁景唐等人留下深刻印象。丁景唐等人主编的《联声》时,结合上海"孤岛"战时教育问题,提出相似的教授方法,提出"养育同学思想之自由发展为原则",以此组稿、编发稿件,进行启蒙、宣传、教育。

注释:

〔1〕20世纪80年代,丁景唐应邀撰写回忆"学协"的文章(未刊稿),以下为第一部分摘要:

上海学生界救亡协会("学协")

可惜,现在记不清当时我联系各校"学协"的同学的姓名了。"文革"中有人来外调过一些人,记得"立达学园"有个姓陶的女同学是参加"学协"的。我后来(1939年秋)在东吴大学读书时的同学郑建业对我说过,他也是"立达学园"的"学协"活动分子。还记得华东基督教联合中学有一个姓单的同学。

我1938年11月"十月革命节"前入党,入党后就不再担任"学协"中学区干事工作,回到学校里开辟工作。我1938年(记不起具体时候)参加过"学协"在培成中学(小沙渡路静安寺路路口)一个教室内办的学习班,见到"学协"负责人莫高芳(张英)、一个女同志等主持会议,王任叔、郑振铎来讲课,还进行时事讨论。有位比我们年纪大的同学专从反面提问题,为张伯伦的绥靖政策辩护,最后同意正面意见,印象比较突出。还有那位年纪大的主持会议的女同志身体不太好。三年前,我见到一位老同志关于"学协"的回忆,她的记忆有些模糊,她说她是"学委"负责人之一,暨南大学学生。看来,可能就是我当年见到的那位女同志。后来,"学协"还在南阳路南阳儿童公园附近的滨海中学办学习班,我曾与吴康去听了一次钱铁如(钱纳水)的报告。1983年1月,浙江省广播局党组副书记周思义同志去世,悼词中提他1934年参加C.Y,1937年抗战后参加"学协",与周一萍、尹素琴、刘峰、张英一起工作,受张登(沙文汉)领导。

1939年5月以前,"学协"编了一本《五月史话》,我在校内也组织过义卖此书。此书内有"学协"工作报告、莫高芳写的学生工作方法等。

"学协"的工作方法和内容较暴露,团结面不够广泛。但,不少同志都从"学协"接受了教育,后来入党。1949年以后,特别是粉碎"四人帮"以后,大家谈起"学协"都很有感情,并从相互谈话中知道了不少同志参加"学协"活动。现将归纳如下:

(1) 现在北京工作的,有张英(老王)、小王(王明远,原团中央书记)、林修德(中侨委副主任)、李绮涛、张本、雷树萱(麦伦中学毕业,1939年秋和我在东吴大学一个支部)、吴学谦等。

(2) 天津市委书记陈伟达也是"学协"负责人之一。

(3) 上海的,有季梅先、陈向明(启秀女中毕业)、曹友蓉(民立女中毕业,1939年秋和我在东吴大学一个支部,现任上海机电局电气研究所负责人),两位林德旺都是,一为暨南附中学生,一为大同大学学生,朱可常、俞正平、吴康、施宜等,陈一鸣同志似也为"学协"干部,王元化是"学协"宣传部副部长。

我记得《学生生活》停刊后,还办过《青年生活》和《青年知识》,陈一鸣同志可能负责后二本学生刊物的工作。

附　录

在《上海教师运动回忆录》中有刘峰同志写的《教联在量才补习学校的活动及学委、教委纪略》,提到1937年抗战以后,"学委"刚成立时,只有二三十个党员。党员人数虽少,但都是救亡运动中的骨干,如陈伟达就是上海学生界救亡协会(以救国会为基础的救亡组织,在"八一三"事变后改称"救亡协会")的负责人之一……"学委"建立后,经过一年多工作,不但大学有党组织,大多数中学都发展了党员,有的还建立了支部。1938年冬天,大、中学的党支部基本上都建立了……1938年,抗日救亡活动转入秘密状态。学校以党员或党的组织为核心,以救亡协会名义团结一部分进步青年,设救亡协会小组。这时,学生救亡协会已是党的外围组织。

〔2〕中共上海市委党史资料征集委员会选编:《抗日战争时期上海学生运动史》,上海翻译出版公司,1991年7月,第50—51页。

附录二　革命摇篮育新人

——记江苏省委办的一次大、中学学生支部书记训练班

一九三九年一月，江苏省委曾在我家办过一期大、中学学生支部书记训练班，由江苏省委书记刘晓[1]同志和另一位领导人陈修良[2]同志主讲。他们的姓名和党内职务，我当时并不知道，也不可能知道，直到1949年后，由于种种机缘，才知道他们的姓名和当时的职务。现将这一段史实记录如下：

一九三八年春，我担任党领导的上海学生界救亡协会（简称"学协"）中学区干事。经过半年实际工作的锻炼，于一九三八年十一月"十月革命节"前，在上海青年会中学[3]入党。当时我是高中三年级学生，校中有三个党员——张诚、舒鸿泉（舒忻）[4]和我，成立支部，我任支部书记。我的第一个领导人是俞沛文[5]同志（现在外交部工作），一九三九年一月寒假前，他对我说，上级党组织决定办一个支部书记训练班，有八九个人，组织上决定让我参加。他还说，从各方面因素考虑，训练班就设在我家里。接着，俞沛文同志又向我详细布置了同志们来我家开会的接头暗语、安全暗号，以及地下秘密工作必须严格遵守的纪律。

一月份的上海，天气阴冷，寒风凛冽。训练班开始的第一天清晨，天还墨黑，我心里热乎乎的，早已激动得睡不着了。我没有表，只能不时睁开眼，看着"老虎窗"[6]外的曙光慢慢驱散黑暗，透进窗来。

当时我家住在戈登路（今江宁路）1243弄俭德里18号，地处劳勃生路（今长寿路）和澳门路中间一个叫"草鞋浜"的贫民区，周围都是污泥路或石子铺缀的小路，坑坑洼洼，到处都是积水。俭德里有两排简陋的平房，坐北朝南，每排四间，一共八间，我家就在第二排东边第一家。[7]我父母早亡，家里就只四个人：叔父、我和妹妹[8]，还有一个老年女佣。下面一间约十二平方，是我叔叔的住房；上面搭一间阁楼，约十平方，一隔为二，后面是我在小学读书的妹妹和女佣住着，我住在前半间，"老虎窗"就在我床外。四周住着好多中华印刷厂的工人，群众条件较好。另外，我家所在地通道较多，训练班每次讲课结束，可从三个方向分散出去，一是往南穿过时耕里到劳勃生路，二是往东通戈登路，三是往西通小沙渡路，旁边还有不少小弄堂可穿梭进出，正像一条河流有许多港汊相互可通。

那天一早蒙蒙亮，听到女佣起身走下楼去，我就悄悄地起来。好容易等到叔父、妹妹和我一起吃过泡饭，叔叔到外滩附近一家教会书局上班去了，妹妹也被我打发到她小朋友家去玩，我在晨光中，把约定的安全暗号——一双湿袜子挂在"老虎窗"外，并对女佣说："今朝，阿拉有几个同学来补习功课，阿拉会招呼的，侬只管自己汰菜弄饭好了。"我把女佣也安顿

好,就渴望着同志们快快到来。

参加训练班的同志连我在内八九个人,都是十七八岁到二十岁左右的男同学,此外就是两位先后来讲课的一男一女领导同志。我现在记不清具体接头暗号,大致是每人都带一本教科书,问:"你是××(我临时用的假名,现在连自己也忘了)吗?×先生介绍我来补习功课。"对上暗号,便请他们进来。训练班每次上午八时到齐,一周两次,每次两个半小时左右,先后共讲了四次。前两次由男的领导同志讲中共党史和政治形势分析,后两次由女的领导同志讲党支部性质、任务、支部书记职责和群众工作方法。

讲课就在我叔叔住的房间,同志们围坐着,像是在补习功课。第一天来讲课的是一位三十多岁的男同志,穿西装大衣,中等身材,健壮坚实,外省口音,讲普通话,自称"陈先生"。他刚一坐下,想不到坐在我旁边的和我年龄相仿的同学叫了一声"林先生"[9](虽然是轻轻的一声,却给我留下了突出的印象),但"陈先生"没有答话。第一课,他从中国社会性质和革命性质、任务、动力、对象,谈到中国共产党的诞生、党的纲领、陈独秀的"右"倾机会主义路线和第一次大革命失败的主客观原因、立三"左"倾路线,还总结了"左""右"倾错误路线的教训。第二次上课,他专门谈确立毛泽东同志为首的党中央的路线、方针、政策,重点是谈抗日民族统一战线。我原来只从《西行漫记》[10]等书中知道一些党的历史,经"陈先生"两次系统讲解,才对党的历史有了初步的认识。"陈先生"第二次讲课结束后,对我说,下次将由一位女先生来上课,谈支部工作问题,并与我约好接头的暗号。

第三次来的一位领导同志是三十出头的女先生,瘦个子,穿旗袍,戴眼镜,一开口就听出她是我的宁波同乡。她当时用的假姓已记不起来,但这位领导同志的神态、说话样子却给我留下难忘的印象。女先生讲了两次,使我这个第一次担任支部书记的中学生,初步懂得了支部的性质及任务、支部书记的职责和群众工作方法,如要以身作则、组织群众、向群众宣传党的主张、发现和培养积极分子,还有发展新党员等等。

这次寒假支部书记训练班的学习,虽然只听了四次课,却给了我深刻的教育。在那四周都是日本侵略者包围的"孤岛",党的阳光雨露时时哺育我们革命后代茁壮成长,党是多么重视对新党员的教育、培养啊!

这次大、中学生支部书记训练班终于顺利地结束了。在领导的关怀下,大家自觉地遵守地下党组织的严格纪律,用的都是临时取的代名(包括我本人在内),不用说,我们都不知讲课的领导同志是谁,连听课的党员也互相不认识。但两位领导同志的形象却深深印在我的脑际,使我在上海解放后重新见到他们时,很快就认出来了。当时听课的党员中有两位同志[11],后来偶然见到过,却没有工作上的联系。有一位比我大二三岁,二十开外,中等身材,戴眼镜,穿西装。一年后,我在[上海基督教]学生团体联合会举办的一次联欢会上见到他,他代表上海医学院的学生团体参加。那时我任上海东吴大学(从苏州迁沪)支部书记,是和东吴大学的同学们一起去参加联欢会的,我没有同他[打]招呼。还有那位在训练班上喊过一声"林先生"的党员,一年后我在东吴大学搞学生工作时,有天领导我的田辛[12]同志("文革"前任华东化工学院党委书记,十年内乱期间遭迫害致死)对我说,有位同志要脱产专搞学生工作,要设法为他找一个家庭教师职业,以掩护身份并维持生活。田辛对我说,这位同志我见过。后来,我托爱人介绍他到她的亲戚家教两个小学生。现在我记不清怎么会知道他是麦伦中学[13]支部书记的,可能是因为田辛要我替他[找]职业,就告诉我他是麦伦中学毕业生的学历。一九八二年春天,龚肇源同志陪我和曹宝贞[14]同志等去金山石化总厂参观,同车的有上海市规划局施宜[15]同志,以前也是麦伦中学地下党员。我同老施闲谈,说起四十多年前的往事,他根据我谈的介绍职业的情况,认为那位党员就是朱育勤同志,比他高两个班级。

大、中学学生支部书记训练班举办十年之后,上海解放了。组织上调我到华东局暨上海市委宣传部工作。那时华东局暨上海市委宣传部机关设在建设大楼[16](今冶金局大楼),组织部在二楼,宣传部在三楼,书记处在四楼。有天,我在四楼会议室里见到了十年不见的"陈先生",原来就是上海市委第二书记刘晓同志。革命中间有巧事,当时刚从市委党校分配来市委办公厅工作、任刘晓同志秘书的沈忆琴同志,是一九四八年我在沪江大学教大一国文时的学生,不久,刘晓同志的夫人张毅同志也调来市委宣传部文化处与我共事。又过了一段时间,我有事上三楼,听到了一口熟悉的带有宁波乡音的普通话从办公室内传出来,推开门,见到一张似曾相识的戴眼镜的女同志的脸,脑际一闪,很快就认出新来的市委组织部副部长陈修良同志就是十年前来我家教课的"女先生"。

一九三九年一月的支部书记训练班至今已有四十年了。1949年以后,我很少回忆这些往事,同志之间也"相忘于江湖"。如今,经过十年浩劫,却常会回忆起四十多年前奋斗过的革命历程、共同战斗过的同志和"相濡以沫"的情景。

那次训练班的情形,至今记忆犹新,久久不能忘怀。[17]

原载《上海文史资料选辑》第44辑(上海人民出版社,1983年10月)。

注释:

[1] 刘晓,见本书《八十回忆》注释[25]。

[2] 陈修良,浙江宁波人,1926年加入共青团,1927年由向警予介绍转为正式党员,后入苏联莫斯科中国劳动者共产主义大学。回国后,长期从事地下党工作,担任江苏省委妇委书记、南京地下市委书记等。1949年后,历任中共上海市委组织部副部长、浙江省委宣传部代部长等。1938年底,中共江苏省委决定专门成立基督教学校学生运动委员会(简称"教会学校学委"),陈修良奉命领导该学委工作。

1938年和1939年,是上海基督教青年会所属学生团契、工人夜校和教会学校中进步力量大发展的阶段。教会学校中的党支部领导党员广泛团结学生群众,开展国内外学生界的抗日统一战线工作,宣传抗日救国,保存和发展了党的力量。1939年底,上海的教会大学和主要的教会中学中都建立了党的组织,成为上海"孤岛"时期抗日救亡的一支"生力军"。(马福龙、沈忆琴主编:《沙文汉陈修良年谱》,上海社会科学院出版社,2007年11月,第88页。)

〔3〕上海青年会中学,后为上海市浦光中学,创建于1901年,坐落于黄浦江苏州河交汇处,为上海最早创办的中学之一。学校教学楼是上海市优秀历史建筑,环境优雅,教学设施一流。1938年,该校建立第一个中共支部,成为上海最早拥有党组织的学校之一。洪深、邹韬奋、沈雁冰、郭沫若、陶行知、冼星海等曾于该校任教或讲学。

〔4〕张诚,丁景唐的青年会中学同学,介绍丁景唐加入共产党。

舒鸿泉(舒忻),1939年转到华华中学,后就读私立南通学院。1937年"七七"事变后,南通沦陷,南通学院迁往上海租界江西路451号,农科、纺科复课(医科则在湖南沅陵与江苏省立医政学院合并,建立国立江苏医学院)。上海地下党派曲苇到该校开辟工作,至1945年抗战胜利。期间曾四次建立地下党支部,首任支部书记曲苇,第二任支部书记舒鸿泉,后两届支部书记分别为胡瑞瑛、尹敏和翁大钧。抗日战争期间,该校地下党组织先后发动学生参加"学生抗日救亡协会""苏北同乡会"等群众性进步组织,排演《放下你的鞭子》等进步戏剧,教唱《五月的鲜花》等救亡歌曲。在学生运动被迫转入地下以后,则以学术团体等形式开展活动。组织的学术团体有"澄社""农科农学会""绿野农学会""绿野体会""读书会"。

〔5〕俞沛文,见本书《八十回忆》注释〔24〕。

〔6〕老虎窗,舶来语roof的沪语谐音读法,为斜屋顶上凸出的窗,用以实现房屋顶部的采光和通风。历史上中国房屋顶层不住人,是隔热层,其最低处可能不足半尺,仅堆放杂物。有些两层楼的石库门房子在设计时就考虑将屋顶上的天窗开成老虎窗。三层阁夏天非常炎热,早年上海人还曾嘲笑"赤膊的人"是住三层阁的。

〔7〕丁景唐原注:1982年秋天,我和一位同志重访四十多年前的旧居,那条窄长的小路已铺成水泥路,俭德里前面一排平房已拆掉,我家旧居那一排四间还留着,已翻造为两层楼房。

〔8〕叔父丁继昌,妹妹丁训娴。

〔9〕丁景唐原注:1949年后,有次林淡秋、王楚良同志对我谈起刘晓同志在麦伦中学任教的情况。林淡秋同志与刘晓同志是麦伦中学同事,王楚良同志是麦伦中学老学生。他们告诉我,刘晓同志在麦伦中学教国文时,用了"林赓汉"的化名。后来,我又问过张毅同志(刘晓的夫人),得到了证实。二十多年后,我已忘了"林先生"的名字,最近问了施宜同志,才又记起刘晓同志这个化名。

〔10〕美国著名记者斯诺报道专著《西行漫记》(《红星照耀中国》),起初有各种节译的中文版本。1938年初,在胡愈之组织筹划和部分中共党员推动下,由林淡秋、梅益等12人集体翻译,以"复社"名义出版第一个全译本,书名改定为"西行漫记",产生巨大反响,成千上万的中国青年纷纷走上革命道路。

〔11〕一位是计苏华,是北京医院的领导人;另一位是清心中学的郭世毅。

计苏华,江苏苏州人,1935年9月就读于上海医学院,1938年9月加入共产党,任上海医学院党支部书记。1947年至1949年在美国芝加哥大学毕林氏医院进修,被聘为博士后进修生。1949年3月,回国参加中华自然科学工作者协会筹备工作,后调任卫生部北京医院副院长、卫生部保健局副局长兼北京医院副院长。《不朽的白衣战士:计苏华纪念集》,由上海人民出版社2002年2月出版。

上海医学院,即国立第四中山大学医学院,是中国创办的第一所国立大学医学院。1932年独立为国立上海医学院,为当时中国唯一的国立医学院。1952年更名为上海第一医学院,后定名为上海医科大学,现为复旦大学上海医学院。

清心中学,原名娄离华学堂,创办于1860年,后改为清心书院、清心中学,是中国最早传授近代科学文化知识的学校之一,而且外语分量很重,高年级已使用外语教学。1949年后,更名为上海市市南中学。1937年"八一三"淞沪抗战爆发后,该校学生在"学协"领导下积极开展抗日救亡运动。1938年2月28日,清心中学全福读书会正式成立,由孙燮文任会长,郭世毅任副会长,带领全校学生开展救亡运动。1938年8月,该校成立地下党支部,郭世毅为支部书记,委员有沈治、周龙飞等。

〔12〕田辛,原名毕祥卿,曾用名毕镐铭,浙江宁波人。1938年10月,在上海之江大学文理学院就读时参加共产党,开展学生救亡运动。次年冬天,任之江大学文理学院党支部书记。后奉命先后转学沪江商学院、大夏大学,担任上海教会学校学生委员会组织委员,领导上海大、中教会学校及市基督教学生团体联合会工作。此后,担任中共华中局城工部交通科长、组织科长,组织近千名干部出入敌伪封锁线,从未发生过重大事故,人称"地下交通尖兵"。1948年7月,任中共上海市委驻华中工作委员会书记。1949年后,担任上海市委组织部干部处副处长、中共静安区委书记,兼任静安区区长、区政治协商委员会主席。

〔13〕麦伦中学,前身是英国教会伦敦会于1898年在沪创办的麦伦书院,1927年改名麦伦中学,现为继光高级中学。1931年,沈体兰担任校长,该校逐渐成为民主革命的教育基地,将学生培养成"为公道牺牲、为大众奋斗的勇士,成为有爱国精神和救国能力之公民"。

〔14〕曹宝贞,1937年参加革命工作,曾是上海学运和统战工作的负责人之一,后为国务院财贸小组副局长,1983年离休。曹宝贞被中组部授予全国老干部先进个人的光荣称号,她的家庭被评为第五届全国五好文明家庭、全国最美家庭。

〔15〕施宜,1921年出生于上海,1939年加入共产党,1941年进入圣约翰大学。经舅舅介绍,施宜进入英租界内的警察局任职,秘密搜集情报。2015年9月3日,作为抗战支前模范代表,参加纪念抗日战争胜利70周年大阅兵。

〔16〕建设大楼,全称中国建设银公司大楼,位于上海市黄浦区江西中路181号,是上海市第二批优秀历史建筑。1934年,中国通商银行投资建楼,次年中国通商银行因滥发银行券而发生挤兑,由中央银行垫资平息挤兑风潮,通商银行只得将即将竣工的大厦以150万元卖给国民政府财政部控制的中国建设银公司,大楼定名"建设大厦"。

〔17〕此文后被丁景唐摘录写入《我在上海"孤岛"和沦陷时期的经历》(《新四军研究》2016年第8辑)。办训练班一事也被写入马福龙、沈忆琴主编的《沙文汉陈修良年谱》(上海社会科学院出版社,2007

年11月)。

此文是在张承宗的鼓励下写作的,后经补充,收入中共上海市委党史征集委员会主编的《抗日战争时期上海学生运动》(上海翻译出版公司,1991年7月)。

此文原题为"中共江苏省委在我家办学生支部训练班,由省委书记刘晓和省委宣传部干事、分管'学委'工作的陈修良上课",丁景唐口述,丁言昭整理。初稿开头后被删改,现抄录如下:

1937年8月13日,日本帝国主义入侵上海,全面抗战开始。当时处于"孤岛"状况的上海租界地区兴起了蓬蓬勃勃的抗日救亡运动,学生界成立了上海学生界救亡协会(简称"学协"),把一批爱国青年学生组织起来,开展各种抗日救亡活动。在抗日救亡活动的影响下,我在青年会中学(简称"青中")读书,就和李明、范树康(吴康)等一批高二同学自发组织了读书会,阅读《西行漫记》《战斗中的陕北》等进步书籍。1937年冬,我参加了"学协",任《学生生活》通讯员、发行员,1938年春任中学区干事,与国光中学的俞正平、华华中学的寿彬组成三人小组。我分工负责从外滩到静安寺的申联中学(沪江大学附中、明强中学、晏摩士女中联合中学)、青年会中学、华东基督教联合中学(由江浙一带迁沪的几所基督教办的中学相联合)、立达学园、难童中学、育英中学等"学协"小组织,在这些学校的学生中开展救亡活动,如组织读书会、歌咏队、戏剧组、出壁报,发行"学协"的机关刊物《学生生活》,组织义卖、救济难民等活动。

1938年秋,"青中"建立了地下党组织。那时,学校里有两位党员。一位是舒鸿泉(舒忻),他是1938年7月由他在职业界工人哥哥介绍入党的,1937年9月进"青中"读高一。另一位是张诚,是由"学协"的一名党员(姓名不详)介绍入党的。他于1938年7月从"青中"毕业后,留校在教务处当职员。先是张诚介绍我参加"学协",后又介绍我入党。1938年11月初,即"十月革命节"前,成立了"青中"第一个地下党支部,由中共上海基督教学生工作委员会书记俞沛文(中华人民共和国成立后从事外交工作)领导,指定我任党支部书记。

书刊之情

"追逐"群书，上下求索

　　除暴安良的一代大侠，一身白衣，一柄长剑，施展绝世武功，打败恶贯满盈的坏人；济公，疯疯癫癫，神通广大，略施妙计，戏耍恶霸、官府。这些流传甚广的虚幻世界里的英雄人物，老百姓觉得很亲切、具有人情味，加之情节曲折，引人入胜，欲罢不能，也让少年丁景唐沉迷于其中。他曾在开明街书摊买过打折的《七侠五义》《小五义》等书，心里满是欢喜。但是，新文学作品无情地撕碎了少年丁景唐朦胧的审美观，从虚幻世界里返回现实生活，一举甩开了武侠和济公故事一类旧小说的羁绊，轻拂身上的尘埃，钻进新文学的新天地——新思想、新构思、新情节、新手法，追求新的目标，缪斯——文艺之神，成为文艺少年丁景唐心目中的圣洁女神。

　　丁景唐对于文艺作品产生浓厚兴趣，"近水楼台先得月"，翻看书刊的机会则是来自家里。

　　昌叔（丁继昌）是中华浸会书局下一家基督教办的书店的职员，自学外语，也喜爱文学。他和几位好友组织了一个"励青自省社"的松散读书会，大家出钱订阅了不少热门的新文学刊物，让丁景唐随意取阅。其中有茅盾大胆改革的《小说月报》，鲁迅、周作人支持孙伏园办的《语丝》，红极文坛的创造社主办的《创造季刊》《创造月刊》，著名教育家夏丏尊、叶圣陶创办的《中学生》，胡适、徐志摩、闻一多、梁实秋等人创办的《新月》月刊，以及鲁迅、陈望道、郁达夫、郑振铎、叶圣陶等参编的大型文学刊物《文学》。

　　"新月派"诗歌对于丁景唐的最初诗歌创作产生过影响。商务印书馆的《小说月报》停刊后，又有新的同名文学刊物问世。丁景唐大学毕业后，经亲戚介绍，有幸进入该刊物编辑部工作。抗战胜利后，他又说服老板另出《文坛月报》，这期间产生了许多故事。至于《语丝》和《创造季刊》《创造月刊》，此后成为丁景唐治学的研究对象。这些新文化杂志几乎撑起了现代文坛的半壁江山，内容精彩，题材广泛，文体多元，不仅是丁景唐文学创作的最佳导师，也直接影响了他的审美情趣和价值观。丁景唐坦陈道：姑姑和叔父的大力支持和帮助"培养了我对新文学的爱好，为我以后从事革命文学活动打下了基础"（《八十回忆》）。

　　北四川路横浜桥一带很热闹，商铺一家挨着一家，中间夹着不少小书店，狭小的空间里塞满了各种旧书刊，门外摆着旧书摊，书名都是陌生、新奇的，这里成为许多文人骚客光顾之处。十几岁的丁景唐也夹着其中"轧闹猛"（凑热闹），东看看，西瞧瞧，好像这里比"白相"大世界还有趣，中西文学作品都要拿来翻翻，好奇心总是占据上风。耳濡目染，无形中扩大了视野,甚至法国著名作家都德的名篇《最后一课》《柏林之围》也逐渐进入他的阅读范围。

随着生理的发育、心智的发展,他的足迹蔓延到其他卖书刊之处,几乎天天往返于住处的四卡子桥和四川路桥之间的大街小巷,又不知疲倦地走向四马路(今福州路)、望平街(今山东路)一带,还有南市城隍庙、爱文义路(今北京西路)、王家沙一带。哪里有旧书店,哪里就有他的瘦弱身影。他是一个永不满足的求知者、勤奋的探索者、执着的钻研者,贯穿着独立思考、灵活创新的一根红线,一直到晚年。"老来多新知,英彦终可喜。"他手书陆放翁的诗句,贴在三楼的书橱玻璃门上,自赏自乐,心底宽广,安逸晚年。那时他的口袋里空空的,无钱买书,便站着看,腿酸了,换个姿势,恨不得把书刊内容都装到脑子里。有时招徕老板的白眼,指桑骂槐:"小赤佬,又来了。"

丁景唐所在的青年会中学也成立了"学协"小组,办起了一个读书会,每人每月出几角钱,铢寸累积,陆续购买斯诺的《西行漫记》、舒湮的《战斗中的陕北》和生活书店的《青年自学丛书》等。

舒湮,著名剧作家、影评家,其父冒广生(鹤亭)是一代诗词大家。舒湮天资聪颖,深受冒氏世家学风的影响,才学出众,风流倜傥,酷爱戏剧。他毕业于暨南大学政治经济系,曾任上海《晨报·每日电影》编辑,因写作《〈铁板红泪录〉评》一文闻名影坛。抗日战争时期,舒湮创作了一批爱国历史话剧,如《董小宛》《正气歌》《精忠报国》《梅花梦》等,借古喻今,唤起民众民族意识,积极投身抗日运动,其中《董小宛》还有为先人冒辟疆和董小宛辩诬的因素。舒湮曾被称为"中国的斯诺",那是接受委托,前往延安采访的结果。他出版了《战斗中的陕北》《万里风云》等报告文学集,其中有采访毛泽东、朱德、张闻天等人的报道,引起广泛的关注。1949年后,舒湮担任中国人民银行总行编辑主任、研究员。

斯诺的《西行漫记》、舒湮的《战斗中的陕北》首次向广大读者介绍了延安的真实情况,引起丁景唐的热切向往——到延安"抗大"、陕北公学去学习,足见这两本书对他的影响之深。丁景唐珍藏着《西行漫记》的各种版本,但是因故未存有舒湮的《战斗中的陕北》,如今此书很少有人介绍,成为一个遗憾的空白。

生活书店的《青年自学丛书》是一套大型社会科学丛书,由各位专家各自撰写专题辅导书,其中有章汉夫的《政治常识讲话》、艾思奇的《思想方法论》、潘梓年(后为中国社会科学院哲学研究所所长)的《逻辑与逻辑学》、钱亦石的《产业革命讲话》、周钢鸣的《报告文学写作法》、茅盾的《创作的准备》、思慕的《中国边疆问题讲话》、陈原的《民国三十八年变革中的东方》等。这套丛书如果认真学习,再结合"学协"及其会刊《学生生活》,那么综合素质能够逐渐提升。毕竟文学创作需要各方面的修养,即所谓"功夫在诗外"。

丁景唐回忆,考入上海青年会中学高中时,他开始阅读茅盾小说和《创作的准备》。后者分为八章:学习与模仿、基本学习、收集材料、关于"人物"、从"人物"到"环境"、写大纲、自己检查自己、几个疑问。茅盾根据自己丰富的创作经验,借鉴国内外作家的创作经验,个性化地诠释了文学创作的一些基本问题。对于初学者来说,具有鲜明的指导性、较多的操作性和预判性。丁景唐的《介绍初学文艺的几本读物》(《文艺学习》第1期,1946年5月4日)一文指出:"这本书曾经鼓励了和切实帮助了我们许多爱好文艺的友人,从摸索的黑暗中带到了正确的道路上来,打开了文艺的门径……看了这本书,没有一个人不被感动,而且也懂得了如何从自己最熟悉的生活中收集材料,描写人物、环境,订立写作大纲,记笔记等的基本训练。"此书是入门的教科书,登堂入室则要看各人的勤奋、感悟和天赋,加上机遇和运气等,才能创作出自己比较满意的诗文作品。至于外界如何评价,则充满了不确定因素,不是自己能掌控的。

扑面书香,借书窍门

随着无限扩张的眼界,在马路边的旧书摊前站着翻看已经不过瘾,丁景唐挤进了十里洋场的南京路,登上大陆商场三楼,进入申报流通图书馆。

1930年10月,大陆银行与哈同洋行达成协议,1931年大楼开始动工,1932年竣工开业,命名为大陆商场。1938年,哈同遗孀罗迦陵向大陆银行回购大陆商场大楼,同时更名为慈淑大楼,现为南京东路353号353广场。

大名鼎鼎的申报流通图书馆是1932年12月1日设立的,为纪念《申报》创办60周年,由董事长史量才聘任李公朴为馆长。其目的是:"提倡鼓励一般店员学徒与工友们的读书兴趣,同时更热烈地盼望一般的青年们都互相勉励,利用宝贵的闲暇,在书本上求得宝贵的知识。"该馆开办时有书4 000册,1935年增至6 000册。史量才被害后,改名为量才图书馆,后为新亚图书馆。该馆规定读者交付保证金3元(退出时返还),图书免费出借。

丁景唐还去蚂蚁图书馆借书。该馆于1933年3月由上海蚂蚁社创办,开设时藏书为700本,翌年藏书达1 800本。规模比申报流通图书馆小得多,但是借阅图书不收任何费用,这正合穷学生之意。

中华业余图书馆是上海市工人文化宫图书馆的前身。最初由沙千里、许德良、李伯龙等举办,后隶属于民主人士黄炎培主持的中华职教社。馆址设在爱多亚路(今延安东路)浦东大厦七楼。抗战期间,中共上海地下党职委在中华业余图书馆建立党的基层组织,利用图书馆的合法地位,团结读者,发展党员。

丁景唐晚年回忆时只谈到以上三家图书馆,其实还有西藏路八仙桥青年会图书馆,国内外书报杂志甚为丰富,在馆内阅览每年2元,若出借则另需保证金3元。该会所由于具有一定的规模和完善的设施,使青年社团活动增多。这里经常举办介绍科学、新文化的讲座、美术展览、音乐会和各种讲习班。20世纪30年代抗日救亡运动期间,鲁迅多次来这里向青年发表演讲,爱国民主人士郑振铎、许广平、赵朴初和地下党员梅益、胡愈之等经常在这里活动。现为上海青年会大酒店。

上大学时,丁景唐又去北京路外滩工作图书馆(S. M. C. Library),那里多为西洋书报、杂志,为研究外国文化场所。但需要工部局纳税人作保,每年纳阅览费15元,如有学校证明仅6元。

这些图书馆给丁景唐留下深刻印象。他主编《联声》时特地撰写《你交得出Report吗?》一文,进行了具体介绍,并介绍了借书的小窍门,否则新人会一头雾水。

丁景唐仔细观察后发现,每家图书馆都有一本卡片目录,有的放在门前的书橱里,分成许多抽屉,每一只里面放有图书的类码。书背上有按性质而分的书的分类号码,各图书馆里都有一定的分法,最普通的是十进法,用一定的数字替代一种学科的书,如总类010—099、哲学100—199、宗教200—299、社会科学300—399、语音学400—499、自然科学500—599、应用科学600—699、艺术700—799、文学800—899、史地传记900—999。在各类中再分各科,如文学分诗(811)、戏剧(812)、小说(813);而各科中再分细目,如小说(813)下分小说作法(813.01)、长篇小说(813.11)、短篇小说(813.12)、小说史(813.9)。在书的分类号码后面的数字是什么呢?那是作者的号码,中文书一般都依四角号码,如巴金(7780)、郭沫若(0734)、茅盾(4472)。

懂得原理后查书就容易了,如果要找巴金的《家》,《家》是长篇小说,所以分类书码是813.11,作者是7780,那么合起来就是813.11-7780。只要写了这号码,图书馆管理员就会把书找来。如果没有看过巴金写的书,也不晓得他的书叫什么,朋友间却常常提到巴金写得如何热情,于是想借来看看。那只要数"巴"是几画,到类名索引的卡片箱里去查,这样就可以找到巴金的名著《家》《春》《秋》《海底梦》,或者在小说或散文类那里也可以找到。每个图书馆,当然也有各自特别的分类法,就要看一下图书馆的馆章。

这是丁景唐多年周转各家图书馆的经验,与众多学生分享。文中提到图书馆编目的常识,笔者作为上海图书馆的老读者(长达半个多世纪)甚为羞愧,看了家父丁景唐《你交得出Report吗?》一文,才知道原来书籍作者的名字是用四角号码数字编入作者索引的,至今仍在使用。不知还有多少新老读者不知此常识,至少不会使用四角号码。

丁景唐回忆说:"今天想起来,我对新文学书刊和鲁迅、瞿秋白等人著译版本能有一些鉴别能力,大半得自那时的经历。到图书馆查书目、借书,是熟悉各种版本的好机会;到旧书摊翻书、淘书,听听那些内行人的议论,更是增长知识的途径。偶尔遇到心爱的廉价书,也买得一两本,不久,倒也收集了一些鲁迅的著作。"(《八十回忆》)

丁景唐晚年还记得当年经常光顾山东路的麦家圈、卡德路(今石门二路)等处旧书摊,专门瞄准店主人不在只有看店的人的时候,以便趁机捡漏。有一次,他慧眼识宝,淘到一本便宜货——日本画家的《蕗谷虹儿画选》，鲁迅编的，朝花社1929年出版。当时他只花了2角钱，颇为得意，多年后捐献给上海鲁迅纪念馆(图6)。如今此画选的豪华版，售价高达四位数，初版本更是无价之宝。

青年时期的丁景唐并非只学习、重视鲁迅的著作，而是扩大范围，凡是与鲁迅有关的书刊都是他关注的对象。这种爱屋及乌的思路延续到他后半辈子的治学生涯里，往往是抓住一个课题，不断地搜集史料，反复修改一篇文章，补充新资料，修订观点，有时一篇文章修改长达数年之久。他还以"滚雪球"的方式，连接其他相关的课题，日积月累，便是一本专题文集。文集出版后，他继续修订、增补，始终贯穿着严谨、认真、执着的治学精神，经得起历史的检验。

图6　丁景唐与上海鲁迅纪念馆"朝花文库·丁景唐专库"

鲁迅情结，影响终身

1980年11月，茅盾仙逝之前赠诗与丁景唐："左翼文台两领导，瞿霜鲁迅各千秋。文章烟海待研证，捷足何人踞上游。"对于丁景唐长期研究鲁迅、瞿秋白的杰出贡献作出高度评价。

丁景唐是公认的研究鲁迅、瞿秋白的权威，专著甚多。《学习鲁迅和瞿秋白作品的札记》是1949年后第一部研究鲁迅、瞿秋白及二人交往的论文集，打破了当时侧重于政治层面和回忆表述的模式，使用以研究对象的日记、著作等第一手资料为重点的学术思维方式，首次挖掘了大量新资料，变换视角，融会贯通，不断扩展鲁迅、瞿秋白之间关系的课题外延，积极开拓和丰富了其内涵，得出令人耳目一新的重要结论，至今仍有权威性的指导意义。（详见丁言模:《丁景唐〈学习鲁迅和瞿秋白作品的札记〉》，载《瞿秋白与书籍报刊——丁景唐藏书研究》，中国社会出版社，2013年。）

丁景唐怀有深沉、浓烈的鲁迅情结，早在上初中时已经萌发。

胡愈之、王任叔等人精心编辑的20卷本《鲁迅全集》，以复社名义出版，生活书店刊登广告，开始预约。但是哪里来的钱购买呢？读书会的一个同学郭锡洪（郭明）家境条件比较好，丁景唐等人怂恿他去问他父亲要钱，用8元钱预定了一部普及本《鲁迅全集》。当郭锡洪拿着红色封面布脊的20卷《鲁迅全集》时，大家喜出望外，竞相传阅。

鲁迅的深邃思想、博学多闻的学识，特别是杂文中精妙警句，入木三分。丁景唐看了很受启发,也喜爱引用。

一次,丁景唐在基督教青年会少年部的墙报上写的一篇杂文中引用了鲁迅的名言"在可诅咒的地方击痛了可诅咒的时代",被指责为"不轨"。这是他回忆中提起的唯一一次为青年会撰稿,也是第一次引用鲁迅的警句,同时第一次受到训斥,直到晚年还记忆犹新。

鲁迅这句名言原为:"世上如果还有真要活下去的人们,就先该敢说、敢笑、敢哭、敢怒、敢骂、敢打,在这可诅咒的地方击退了可诅咒的时代!"(《华盖集·忽然想到》)由此可见丁景唐的那篇杂文具有强烈的抗日救亡之情,触犯了青年会少年部的敏感神经,生怕带来租界当局的严厉指责,当时凡是"抗日""日军"等词语都必须以"×"替代"日"。这对于满腔爱国热情的青年学生来说,难以忍受,只能更大地激发爱国救亡之情。此后,丁景唐的120行的长篇叙事诗《他死在黎明——悼念一位失去了的伙伴江沨》里也写道:"安息吧,年青的伙伴,/如今因为你的离开,/我们将加倍地战斗,/在可诅咒的地方击毁可诅咒的时代!"

崇敬鲁迅、爱好鲁迅的作品,首次集中体现在丁景唐与王韬合作的第一本刊物《蜜蜂》里,两期里摘录了三封鲁迅书简、三篇鲁迅研究的文章。

选录的鲁迅三封信是分别写给曹聚仁(一封)、唐英伟(两封)的信件,原载茅盾主编的《文艺阵地》第2卷第1期"鲁迅先生逝世两周年纪念特辑"(1938年10月16日)。

1933年6月18日,鲁迅获悉中国民权保障同盟总干事杨铨被暗杀,悲愤交集,不能自已。同一天,他写信给曹聚仁,愤怒谴责白色恐怖,比起明朝奸臣魏忠贤陷害忠良的残酷手段,"比较的绵密而且恶辣"。还谈到做学问的艰难,即使在"飞机投掷范围之外,也难得数年粮食、一屋图书"。丁景唐、王韬选录此鲁迅信件,意图显而易见,无须赘言。

唐英伟是中国第一代现代版画家、藏书票艺术的先驱,1935年至1936年期间,他的名字多次出现在鲁迅的日记里,而且来往书信比较多。鲁迅逝世后,他将其中两封信交给当时征集鲁迅书信的许广平。1935年6月29日、1936年3月23日,鲁迅先后写信给唐英伟,牵涉到唐英伟个人木刻集处女作《青空集》,以及唐英伟主编《木刻界》月刊时,邀请鲁迅写稿,被委婉谢绝。鲁迅回信说:"《木刻界》的出版是极有意义的。不过我还是不写文章好。因为官老爷痛恨我的一切,只看名字,不管内容,登载我的文字,我既为了顾全出版物的推行,句句小心,而结果仍于推销有碍,真是不值得。"此后,《木刻界》每期出版后,唐英伟都寄赠鲁迅一本,并用钢笔在封面空白处题:"鲁迅先生校正,英伟敬赠。"

丁景唐、王韬选录此两封信,除了表达愤慨之外,还有未说的故事:唐英伟协助李桦筹备"第二回全国木刻流动展览会",10月6日至8日假上海基督教青年会九楼会场举行。10月8日展览举办的最后一天,鲁迅突然造访。遗憾的是,唐英伟已于上海开展后返回广州,鲁迅则于11天后病逝,唐英伟永远错过了当面请教鲁迅的机会。丁景唐一直珍藏唐英伟的《中国现代美术史》,也是作为研究鲁迅的重要参考资料之一。

1938年10月19日下午1时30分,重庆文化界25个团体、2 000多人在社交会堂举行鲁迅先生逝世两周年纪念大会,老舍作了演讲,即《蜜蜂》创刊号刊登老舍的《讲鲁迅先生》。"今天大家来纪念鲁迅先生,不是限鲁迅先生关起文艺的大门,使大家休息,而是要学习其精神,把水面上的油要浸到泥里去,要为中华民族创造血的铁的粗壮的文艺!"多年后,张桂兴编撰的《老舍年谱》(上海文艺出版社,1997年12月)载入此条,并注明摘自《蜜蜂》第1卷第1期,但未注明是丁景唐、王韬编辑的,也许是不知道。

1938年10月,在香港孔圣堂举行鲁迅逝世两周年纪念大会,茅盾负责报告鲁迅事迹。同月22日,茅盾应香港《文艺》编辑之约,撰写《鲁迅逝世二周年纪念——关于"鲁迅研究"的一点意见》,发表于《大公报》。有人把鲁迅思想的源流归之为龚定庵(龚自珍)的思想,茅盾加以批评,认为:研究鲁迅不应该忘记"一丝不苟的科学精神,贯彻于他的全生涯全事业";"鲁迅曾从章太炎先生研究朴学,但是,有了近代论和近代科学方法为思想基础的他,不为朴学家法所囿";"鲁迅先生虽然绝不'搬弄辩证法或社会科学的术语',但是他所读的这方面的书籍恐怕比'搬弄者'要多得多"。

1938年8月21日武汉沦陷前,翻译家蔡鸿轩写信给在汉口的胡愈之,即《蜜蜂》第2期"补白"栏目刊登的《〈鲁迅全集〉的一个错误》,原载茅盾主编的《文艺阵地》第2卷第1期"鲁迅先生逝世两周年纪念特辑"(1938年10月16日)。

对于《鲁迅全集》收入《〈月界旅行〉辨言》时的注释"疑'浆'字为'奖'字之误",蔡鸿轩有不同看法,认为:"原有印本,殆印'帆'为'讽',印'桨'为'浆'。"《蜜蜂》仅录载了此信,其实《文艺阵地》还附有《鲁迅全集》编辑的复信,认为蔡鸿轩的意见是对的,"再版时我们已经给它改正了",并将注释改为:"'浆'字疑是'桨'字之误,'讽'字疑是为'帆'字之误。"最后诚恳地表示:"我们非常感谢蔡先生的好意,希望每一个《鲁迅全集》的读者,能如蔡先生那样指正我们,使我们得弥补我们的错。"落款为《鲁迅全集》编者之一W敬上,九月廿一日",W理应是王任叔,他是负责初版《鲁迅全集》的终校者之一。此来回两封信,对于研究初版《鲁迅全集》有着不可或缺的参考价值。如今《鲁迅全集》收入鲁迅此文时,已经删除王任叔等人当年特地添加的"疑注"。因此此事鲜为人知,有关专著几乎没有提及。蔡鸿轩对于一字之误的考辨,犹如清乾嘉考据学(朴学)之风,也延续在丁景唐后来长期的严谨治学里。

这些选录的文章和信件,是从不同角度纪念鲁迅、诠释鲁迅、学习鲁迅精神,这在当时众多文学刊物中是罕见的,鲜明地体现了丁景唐、王韬灵活的头脑、机敏的思维、过人的胆识、勤奋的毅力。如今的高中生有如此挑选的能力和眼光吗?

此后,丁景唐上大学时撰写的各种文章,或引用鲁迅的警句,或摘录《阿Q正传》的戏文,或借鉴发挥鲁迅的经典描写。

> 小鸟儿飞了,娜拉走了,到哪里去呢?
>
> "……娜拉或者也只有两条路:不是堕落,就是回来。"从原来的海尔茂到新的海尔茂,从第一个傀儡家庭到第二个傀儡家庭,从小的牢笼飞入大的牢笼,那又何苦呢?
>
> 曹禺的《日出》里[的]陈白露和小东西的命运不是注脚吗?
>
> "这并未改革的社会里,一切单独的新花样,都不过是一块招牌,实际上和先前并无两样。拿一只小鸟关在笼中,或给站在竿子上,地位好像改变了,其实还只是一样的在给别人做玩意……"
>
> 在目下的社会里,整个人类没有获得解放以前,出了家庭的小鸟儿在社会[里]难免一变而为"红花瓶",做机关公司的点缀品,或者倒在经理大班、什么"长"之类的怀中,回到第二个海尔茂那里去。更何况已婚的妻子就连在公立机关中也"享闭门羹"。(你看过《职业妇女》吗?)

撰写这篇《小鸟儿·寄生草·红花瓶》之前,丁景唐仔细阅读了鲁迅的两篇文章:

> 但从事理上推论起来,娜拉或者也实在只有两条路:不是堕落,就是回来。因为如果是一匹小鸟,则笼子里固然不自由,而一出笼门,外面便又有鹰,有猫,以及别的什么东西之类;倘使已经关得麻痹了翅子,忘却了飞翔,也诚然是无路可以走。
>
> 　　　　　　　　　　　　　　　　　(《娜拉走后怎样》)
>
> 这并未改革的社会里,一切单独的新花样,都不过一块招牌,实际上和先前并无两样。拿一匹小鸟关在笼中,或给站在竿子上,地位好像改变了,其实还只是一样的在给别人做玩意,一饮一啄,都听命于别人。
>
> 　　　　　　　　　　　　　　　　　　(《关于妇女解放》)

丁景唐还查看了当时报刊发表的有关洪深改编的三幕喜剧《寄生草》、张石川和郑小秋导演的悲剧电影《红花瓶》等文章,并结合教会大学校园里的具体情况,撰写了杂文《小鸟儿·寄生草·红花瓶》。此标题具有递进思考的内涵和空间,深入浅出,循序渐进,因势利导,批评教会大学里相当一部分女生的小姐作风,并指出她们将面临的无数陷阱。鲁迅的两段权威之言支撑起此文的论点,丁景唐又进一步引用了"妇女的前途是和中华民族新生不会分离的"的观点。

> "妈妈的……我手执钢鞭将你打——锵锵锵!"
>
> "阿Q"复活了。
>
> 他穿起了西装,拿着司获克,口衔飞机运来的雪茄,坐着汽车,走进了衙门改造的法院,现在是神气邪气了。头后拖着的一条"猪尾巴",早已演化成为飞机式或菲律宾式的西洋头了。
>
> 辫子剃掉了! 时代进步了!
>
> 老爷们丢掉了马蹄袖、红缨帽,改穿了大礼服、高帽子了。磕头也改为"鞠躬如

也"了。

请客也学洋派,少不得开香槟、吃大菜。还有人别出心裁,用放有维他命的豆腐渣招待新闻记者,发表谈话了。

妇女地位也居然在旁听席上高涨起来,太太改称密斯,上电车少不得也要Ladies First 了。

"妈妈的……我手执钢鞭将你打——锵锵锵!"这是阿Q形象的符号,犹如他的绍兴乌毡帽。不知情的读者起初看到"'阿Q'剃掉了辫子"一语,怎么也想不到与《纪念自己的生日——"五四"青年节》联系起来,这正是丁景唐别出心裁的构思。

1919年爆发了反帝反封建的"五四"运动,但是22年后,"五四"运动的神圣使命并未完成,"古老的国度像蜗牛般地挨日子,在黑暗中走着"。此文以形象化的语言,列举了大量光怪陆离的畸形现实事例,即形形色色的现代版的阿Q,虽然穿戴现代衣饰,但是骨子里依然是守旧愚昧的一套,依然沿袭几千年积淀的阿Q精神和扭曲的心理。由此深刻地揭示"张果老倒骑驴子""'阿Q'剃掉了辫子"等历史演变进程的辩证哲理,"时代的列车在五月的原野里跃进",必将碾碎一切不自量力的"螳螂之臂"。

阿Q的经典形象为中外广大读者展现了一个无限想象的二度创作空间,丁景唐灵活变换角度进行诠释。

"你们这瞎眼领路的有祸了。"狱门边设着公案。

典狱官携着一卷文件与看守长及看守A、B等上。兵士迅即集合在公案旁,法官升座。

(阿Q站在公案前)

法　官　你叫什么名字?

阿　Q　我叫阿Q,你记性真坏,不是问过几次吗?

法　官　(不动气,很和蔼)阿Q,现在你没有罪了,签个名就可走出去了。

阿　Q　谢谢大人老爷!(很高兴地在看守官的文件上画个十字花)

法　官　好了,你还有什么话没有?

阿　Q　(想了想)没有,老爷。

法　官　(忽变脸,把签筒一丢)绑了!

阿　Q　(高兴极了,扬手击之)我手执钢鞭……(刚唱了半句,两手已背剪了。绑起来插上标子,他猛然悟到这是去杀头的,叫了一声)救命!

(阿Q就这样糊里糊涂给拉出去枪毙了。)

丁景唐的《别被牵着鼻子跟人跑》一文发表于他主编的《联声》第3卷第12期(1941年6月1日)。明明是新闻评论,却用了如上与众不同的开头,很有可能是丁景唐自行改编的《阿Q

正传》末尾简化版的描写,集中表现了阿Q"精神胜利法"。这显然不同于许幸之改编、导演的剧本《阿Q正传》,也不同于田汉改编的五幕剧《阿Q正传》。如此改编的《阿Q正传》与当时教会大学学生喜欢组织话剧演出有关,而丁景唐原来就读的青年会中学就有青钟剧团(陈起英老师组织)。而且丁景唐时常敢于打破各种文体藩篱,并将其融为一体,为己所用。

此文引用一则新闻,即上海四所教会大学师生签名一事,可能是被人利用,因此丁景唐直接点明该文主题"别被牵着鼻子跟人跑"。丁景唐接着写道:

> "闻函件将由托事部总干事起草,而由沪寄美者,仅为师生之签名。"这是什么话?人家到底写些什么,我们不知道。葫芦里卖的什么药?是毒药,还是良药?要是那位先生是"故张伯伦"首相的得意弟子,或者他是顽固的死硬派,他拿这一套"签名",也像中国某些别有用心的人一样,来成就个人的地位;或者他这样写呢——"立刻枪毙!!!!"那你也像阿Q一样喊一声"救命"吗?

此文旨在说明:教育是教人明是非,不是像牛一般被牵着鼻子跟人跑的,教育告诉大家要科学地去观察分析,不是盲目地随声附和,否则就像阿Q那样糊里糊涂地被"立刻枪毙"。丁景唐特地使用了四个惊叹号加重语气,表示此事刻不容缓。这将鲁迅塑造的阿Q转化为一个活生生的现实人物,就在读者身边,或者说就是读者本人。别看读者都是接受过高等教育的天之骄子,其实骨子里还无意识积淀着几千年来的阿Q式精神的根底。与其傻傻地喊一声"救命",不如及时觉醒,独立自主,决定自己的命运。

丁景唐主编的这期《联声》封面右下角刊载鲁迅之语:"我想,无论是学文学的,学科学的,他应该先看一部关于历史的简明而可靠的书。但如果他专讲天王星、海王星,或蛤蟆的神经细胞,或只咏梅、叫妹妹,不发关于社会的议论,那么,自然,不看也可以的。"(《且介亭杂文·随便翻翻》)意即读书要先读史,对整个学科有一个清晰全面的认识,这与以上丁景唐之文有内在联系。

对于鲁迅的《狂人日记》,丁景唐很熟悉。《女声》第2卷第10期开始连载丁景唐的《朱淑真与元夕词》长文,其中写道:

> 正如被称作中国现代"圣人"的周豫才先生在《狂人日记》中以锐利的笔锋猛烈抨击旧制度的罪恶时所说的一般:"我翻开历史一查,这历史没有年代,歪歪斜斜的每页上都写着'仁义道德'几个字。我横竖睡不着,仔细看了半夜,才从字缝里看出字来,满本都写着两个字是'吃人'!"
>
> 在一页页过去了历史的记事册上,封建的魔鬼已吃掉和虐杀掉无数的男女。朱淑真,我们女性文学之花,和李清照同为中国妇女文学双璧的作家,也是如江海[里]的一滴,做了旧制度轮齿下的牺牲品!

丁景唐经常阅读鲁迅的著作,有些名句信手拈来,他写的《从女子二十四孝谈起》(《女

声》第 3 卷第 8 期,1944 年 12 月 15 日)便是其中一例。他写道:

> 譬如"臂血和丸"一条中云:"明韩太祖妻刘氏,孝于姑,姑有风疾,卧病日久,肉腐生蛆,刘氏拾而嚼之。又尝刺臂或斩指出血,和入丸中,以供姑食,其孝思如何。"我们怀疑这家药厂广告上叫"女学生尤需必读"的本意,不知是否就是这类"割肉拾蛆"式的孝道。
>
> 不知有否记错,《热风》(?)上曾有段批评迷信与科学的话:"现在有一班好讲鬼话的人,最恨科学,因为科学能教道理明白,能教人思路清楚,不许鬼混,所以自然而然的成了讲鬼话的人的对头。于是讲鬼话的人,便须想一个方法排除它。"

经查阅得知,此语出自鲁迅《热风·随感录三十三》,原载《新青年》第 5 卷第 4 号(1918 年 10 月 15 日),署名唐俟。丁景唐的引文竟然与原文几乎相同,出处完全正确,如说这是他惊人的记忆,不如说是他把鲁迅的名句铭记在心间,随时可使用。

1944 年 5 月 15 日,《女声》发表的散文《目疾记》,是丁景唐坚持学习、反复揣摩鲁迅著作的必然成果,也是活学活用鲁迅经典名句的成功例子和重要收获,在丁景唐前半生文学创作中占据特殊地位,还未有类似的第二个例子。

"老子毫无动静地坐着,好像一段呆木头。""一过就是三个月。老子仍旧毫无动静地坐着,好像一段呆木头。"鲁迅的名篇《过关》生动地描述了老子与孔子会面的情形,多次出现"好像一段呆木头"的静态描写,在不同语境里又有不同用意,给读者留下一个丰富的想象空间,创造了一个神形一致的老子人物形象。丁景唐第一次见到这样拙中见巧的描写,觉得很新奇,如同鲁迅笔下的两棵枣树——"在我的后园,可以看见墙外有两棵树,一株是枣树,还有一株也是枣树。"(《秋夜》)其实这也是静态描写的一种手法,融入自身的情感,读者可以联想鲁迅站在后园里缓慢转移目光,逐一审视两株枣树的感觉。

"好像一段呆木头"的静态描写,给予丁景唐的印象太深了,熟稔于胸,信手拈来,不露痕迹地插入散文《目疾记》之中:

> 妹妹替我在诊疗所的号房里付了一笔足够我熬夜速写几天的款子,于是我就依着妹妹的指使像一截枯木倒在座椅里待诊。时间走得为什么竟是一年一月地迟慢,数千年前老聃骑着青牛出函谷关,恐怕也未必比这一刻还缓慢吧?鲁迅先生《出关》中写老子,一连用上十几个的"枯木"字眼来形容他的"龙钟",而我年轻的身子现在也似一截枯木地坐着。那数千年前的哲人的心,也许还比我要年轻得多呢。

此文第一次披露自己当时卖文谋生,首次就诊要付出几个月赶稿的酬劳。如果动手术,至少要花费他几年的稿费,这让 27 岁的丁景唐难以承受。如果不动手术,那么将面临黑暗世界,对于酷爱学习和写作的他来说,今后人生道路的艰难不容细想。这种两难选择形成了此文难以述说的复杂心情。

当时丁景唐"似一截枯木地坐着"（静态描写），沉溺于哀叹、愁苦、萎靡、颓废的心潮旋涡之中（动态的内心世界），联想到鲁迅笔下的老子，竟然一连用十几个的"枯木"字眼来形容"龙钟"。其实，丁景唐此时此刻的心情糟透了，远远比老子的"龙钟"形象更为"龙钟"，几乎到了痛不欲生的极限，这是常人无法想象的。只好自我解嘲地说："那数千年前的哲人的心，也许还比我要年轻得多呢。"这段动静结合的描写是点睛之笔，借鉴鲁迅的经典描写，将全文推向高潮。然后大反转，经受了生理和心理的双重折磨后，最终展现了战胜自我的顽强意志，使此文成为激励、奋起之文。如果没有借鉴使用鲁迅的"枯木"的经典描写，那么仅仅停留在自我的"似一截枯木地坐着"的外表静态描写上，那么会逊色不少，难以使读者产生更为丰富的联想，也难以较好地完成二度创作的自我形象和"死灰般"的极限心态。

此文与其说是与读者分享，不如说是丁景唐自我记录的第一次青春磨难——死而复生，好像从鬼门关转了一圈，"额骨头碰到天花板"（沪语，幸运之意）。庆幸之余，也要感谢鲁迅经典描写的启示，使丁景唐在文学创作"武器库"里增添了新成果。

鲁迅批评现代诗歌缺点的名言，丁景唐在《诗与民歌》一文中作为论述的支撑基点，即"诗歌虽有眼看的和嘴唱的两种，也究以后一种为好；可惜中国的新诗大概是前一种。没有节调，没有韵，它唱不来；唱不来，就记不住，记不住，就不能在人们的脑子里将旧诗挤出，占了它的地位。"丁景唐进一步发挥："要医治诗只能看、不能读的病症，口头创作通俗化的民歌是一帖对症的药，可以用来医治诗歌的'哑症'，恢复它的健康的生命的歌唱。"

此后，丁景唐在《诗放谈》中依然以鲁迅的诗论为基准，除了引用以上的见解之外，还摘录了鲁迅其他的话："我以为内容且不说，新诗先要有节调，押大致相近的韵，给大家容易记，又顺口，唱得出来。""诗须有形式，要易记，易懂，易唱，易听，但格式不要太严。要有韵，但不必依旧诗韵，只要顺口就好。"并且注明其在《鲁迅书简》中的页码，后一段话摘自1935年9月20日鲁迅写给蔡斐君（蔡健）的信。丁景唐继续说道："我们倘以如此的标准来评论时下的诗，连可以'眼'看懂得的，就已不多，欲求'易记，易懂，易唱，易听'的更非容易。彩色的美丽的花蛇是更毒的，徒以技巧炫耀人前的病态的诗也是一样，毒害人的心灵，颓唐人的意志。"显然，丁景唐以鲁迅的诗论作为权威之言，透露了他喜欢现实主义诗风的诗人及其作品，以及民歌、民谣与新诗创作之间的联姻关系。

以上谈及一些例子，引用鲁迅的警句，摘录鲁迅书简，研究鲁迅的文章，改编《阿Q正传》片段，借鉴发挥鲁迅的经典描写和构思，将鲁迅的精辟见解作为阐述论点的主要支柱，这些从不同角度反映了丁景唐敬仰鲁迅、学习鲁迅、研究鲁迅——形成了深沉的鲁迅情结——一种学习的楷模、写作的典范、治学的标杆，或者说是丁景唐的书刊之情的延续、提升、深化。（图7）

1981年12月，丁景唐作为中国作家代表团成员，在"四十年代中国文学研讨会"上宣读

图7 谢旦如(后排右二)、丁继昌、丁景唐和王汉玉夫妇及部分子女等在上海鲁迅纪念馆

了论文《四十年代上海的鲁迅研究工作》。文章以大量的史实介绍了有关情况,指出:"四十年代初期和后期的上海,是鲁迅研究工作的中心之一,在全国范围内具有重大的影响。这项研究工作,由于上海在四十年代处于特定的历史时期而自然地形成三个阶段。"1938年夏天,胡愈之、王任叔、郑振铎、许广平、胡仲持、张宗麟等负责编辑出版第一套20册《鲁迅全集》;1941年出版《论〈阿Q正传〉》,收有艾芜、张天翼、周立波、邵荃麟、王冶秋、许钦文等的文章,第一次结集了论述《阿Q正传》的资料;1946年10月19日,中华全国文艺协会等12个文化团体隆重举行纪念鲁迅逝世10周年大会,周恩来等人讲话。

再来回顾以上介绍的丁景唐早期具有鲁迅情结的一些例子,那么30多年后的《四十年代上海的鲁迅研究工作》长文,则是他长期以来形成鲁迅情结的延伸,既是一种梳理、归纳、升华,也是一种深沉的回顾。只是无人知晓,更无人研究他早年鲁迅情结形成的初衷、运用、发展的历程。

第二编

大学·跃进·鼎盛

（1939—1944）

第一章 大 学 篇

东吴大学：国文校训，英文从严

慈淑大楼，大一课堂

东吴大学是中国第一所西制大学，由美国基督教监理会于1900年创办，前身是苏州的博习书院、宫巷书院和上海中西书院。首任校长为孙乐文（美籍），1927年杨永清博士当选为首位中国籍校长。

东吴大学设文、理、法三个学院。其中文学院设中文系、历史系、经济系、政治系、社会系、教育系；理学院设物理系、化学系、化工系、生物系、体育系，并附设医学预科、神学预科、化学研究所、生物研究所及生物材料处。东吴大学的附属学校有苏州的第一中学、上海的第二中学、湖州的第二中学、无锡的第四中学、松江圣经学校，以及二十几所附属小学。东吴大学培养了许多著名学者和社会知名人士。

1952年，东吴大学文理学院、苏南文化教育学院和江南大学数理系合并组建苏南师范学院，同年更名为江苏师范学院，1982年更名为苏州大学。

1939年初秋，丁景唐（图8）得到姑姑的资助，同时考上之江大学、东吴大学，最终选择后者的中文系，在南京东路慈淑大楼二楼、三楼上课。

慈淑大楼位于山东中路、九江路、山西路、南京东路之间。该地块1902年被犹太地产商哈同购入，1930年10月大陆银行与哈同洋行达成协议，1931年大楼开始动工，1932年竣工开业，命名为大陆商场。1938年，哈同遗孀罗迦陵向大陆银行回购大陆商场大楼，同时更名为慈淑大楼。大陆商场沿南京路为七层，顶层1934年加建，中部过街楼部分为八层，底层与二楼间还有夹层（后来新华书店将夹层算作二楼），现为353广场。

图8 就读于东吴大学的丁景唐

当时慈淑大楼集中了华东著名的四所教会大学：圣约翰大学、沪江大学（五楼，大部分在圆明园路真光大楼）、东吴大学、之江大学（六楼，从杭州迁来部分专业）。五楼和六楼的图书馆和会场是四所大学公用的,体育活动则借用八仙桥青年会底层的健身房。

开学前,9月5日、6日、7日三天,学校举办新生入学周活动,由教职员和老同学组织新生入学周委员会,拟定程序,筹划一切。9月5日下午,召开全体大会,由沈青来(新生主任、数学教授)主持,杨永清校长讲话并介绍本校行政人员,美籍文乃史博士(第三任校长)讲述校史,最后新生学唱校歌。6日下午,举行分组谈话,讲述学校生活与各系情况。继而召开各系大会,钱长本任主席,包文骏女士介绍学生领袖,裘翠英、杨祺祚演讲《怎样做大学生》。随后,张培扬报告各种学会,陆时万报告各种团契,周锡恩报告宗教工作,最后"略有余兴表演节目"。7日下午,分组讨论,指导新生填写表格。随后开大会,东吴大学附中校长周泽甫担任主席,潘慎明教务长(兼文学院代理院长,后为苏州市副市长)介绍各院系,文理学院教务长徐景韩介绍教务规程,注册主任李庆贤指导注册手续,辅导委员会主席黄式金讲解规程。最后举行茶话会,"师生咸尽欢而散"。

10月21日,西藏中路、汉口路出现了大批东吴大学、附中的新生和教师,陆续进入慕尔堂大礼堂,共计千余人,济济一堂,这是该校迁址后首次举行新生入学典礼。文乃史博士致开幕词,继由葛贲恩博士祈祷,留学美国的牧师李道荣独唱赞美诗歌。杨永清校长介绍青年会全国协会总干事梁小初,梁小初演讲时勉励大家追求知识,运用思想,刻苦耐劳,锻炼生活,勿忘大学生之机会与责任。接着举行授、接钥匙的仪式,潘慎明教务长校务长说明钥匙的意义,即代表权利和自由,又表示一种机会,"且为升堂入室之利器"。大四学生代表张培扬授钥匙,大一新生李孔骅接受钥匙,他俩分别致词。最后文理学院校务长徐景韩、法学院代理教务长孙晓楼博士、附中校长周泽甫先后报告上学期成绩优良学生。这次典礼直到中午11时30分才结束。

对于东吴大学欢迎新生入学的各项活动,丁景唐早已淡忘,也无从谈起什么感受。

根据上级党组织指示,1941年春,丁景唐从东吴大学中文系转学到光华大学社会学系二年级。因此,他在东吴大学待了一年多,即1939年秋季至1940年12月。他读完大一课程,秋天大二开课,同年冬天情况突变,发生警报(有人扬言丁景唐是共产党员),丁景唐不得不停学。

国文名师,通贯经史

丁景唐就读东吴大学中文系一年级时,课程很紧张,除了国文和英文之外,还有自然科学、哲学概论、经济学、政治学、中国通史等基础课,大多是名师授课。

东吴大学是一所教会大学,偏重英文,也很重视国文教学,创办之初就提出"国文乃立国之本,无国文则无以自立",而且规定国文是文理各系学生必修课。杨永清校长1909年毕业于东吴大学,获得文学学士学位,并被选送到美国多所大学深造进修,获得硕士和博士学位,他的博士论文主题是"四书"中《大学》所论述的"大学之道,在明明德",受到很高的评价。杨永清担任校长时,兼任文学院院长,改校训为"养天地正气,法古今完人",形成学习国文的浓厚气氛。

该校成立学生团体国语促进会,因抗战时局骤变被迫停办,1938年1月12日正式恢复,一切遵照旧章。促进会分为两部分,除了国语研究组之外,增设戏剧研究组,"以增加兴趣,辅助国语提倡工作之进行"。国语促进会会长杨兆辑,副会长陆时万,会计沈曾蓓,干事孙元泰、王鸿瑞、曲万方,书记卓觊来。国语研究组分为甲、乙、丙三班,每班每星期活动两个小时,由沈曾蓓、王鸿瑞、孙元泰三同学担任负责人,"依会中编定之讲义教授"。戏剧研究组"已选定剧本,积极排演,校中之爱好戏剧者,如李惠真、锺佩玉、吴德音等同学亦加入"。其中沈曾蓓为东吴大学青年会秩序部部长(组织唱诗班、球队、戏剧团等),卓觊来是青年会书记。丁景唐编辑的五大校刊之一《东吴团契》,由青年会研究部负责,因此他与青年会打交道比较多。但是,他是否参加国语研究组有关活动,尚待佐证。

中文系大一新生学习的国文先难后易,先学习深奥难懂的古代文史典籍,到高年级才学习近代易懂的文章,以体现校训的宗旨。丁景唐就读青年会中学时也接触过古代文史典籍,但属于粗读,现在则要求精读、细读,还要记笔记、交作业,迫使自己集中精力,抓紧时间刻苦学习。

丁景唐刚进校时,"为鼓励学生读书兴趣,及促进课外作业",学校举办文、理、法各系论文竞赛。中文系学生论文获奖者,前三名奖金分别为30元、20元、10元。法学院学生论文奖金则比较高,分别为50元、30元、10元。这些奖金对于贫困学生来说是一笔不菲的数额,但题目比较难,中文系题目有:论齐桓晋文在民族史上之地位、史迁尊孔子为至圣论、《诗经·国风》之史地考证及感想。对此,有人还会产生疑问:"齐桓晋文"属于哪部古代典籍?"史迁"是何人?《诗经·国风》出自何人手笔?其实,这些已经是给专业研究生的命题,足够学习、钻研一年半载的,还要全身心钻进故纸堆里,最终结果可能是一本皇皇学术专著了。同时,这也反映了东吴大学严格要求新生必须精读、细读古代文史典籍,而且对于中文系教授的专业水平和授课能力也提出高标准。

丁景唐进校后,该校校刊《东吴通讯》报道中文系两位满腹经纶的老先生龚隐轩、薛灌英执教的信息。

龚隐轩老先生主编该校《大一国文》《大二国文》。不料次年春天传出龚隐轩患病的消息:"因用脑过度,致神经衰弱,现在请假调养之中。"几年后,他撒手西去,挚友、同事蒋吟秋悲痛地写道:"先生为中国文学系主任,乐育英才,贤劳卓著。工诗能文,尤擅书画,有郑虔三绝之誉。平居襟怀潇洒,怡然自得;自返故里,遽传谢世,玉楼赴召,定已升天。"(蒋吟秋:《东吴感逝》,《永安月刊》1942年第43期。)

蒋吟秋还悼念另一位老先生薛灌英："先生道貌岸然,令人起敬,任国文教授四十年,资历最深。平时写作,尤多砥砺志节之文。于今岁初夏,病逝沪寓。"薛灌英是前清贡生,门下弟子无数,其中有赵朴初、梅达君、孙起孟、张梦白等。薛灌英评价赵朴初："能写一手好字,作文也写得精彩。"

丁景唐进校之前,校方聘请了朱文叔、王佩诤两位博学先生。

朱文叔,浙江桐乡人,就读杭州省立第一师范学校,与丰子恺、杨贤江同学,毕业后赴日本深造。回国后,进上海中华书局,任中小学教科书编辑,参与编纂、修订《辞海》。1949年后去北京,进入中央人民政府教科书编审机构,先后任教科书编审委员会委员、出版总署编审局编审、人民教育出版社副总编辑。他审校《现代汉语词典》时,务求完善。他为中央马恩列斯著作编译局所译的《斯大林全集》校读,对译稿文字进行了缜密校正。

王佩诤,江苏吴县人,著名的藏书家、历史学家。1915年东吴大学毕业,曾加入章太炎的国学讲习会,商讨史事文艺。王佩诤曾执教于震旦大学、大同大学、东吴大学,后为华东师范大学教授。其藏书多为乡邦历史文献、清人词集、清人传记、金石拓本及名人字画。

王佩诤还推荐好友陈子彝执教东吴大学中文系。陈子彝,原名华鼎,江苏昆山人,现代藏书家、学者,后为上海师范学院图书馆馆长。他是全国知名的图书馆学专家之一,创造整套中国图书分类索引管理方法,擅长鉴别古籍版本,主持编纂馆藏古籍丛书和专题、个人著述、地方文献等书目多种。

丁景唐进校后,中文系新聘国文教授钱卓英。他是北京大学文学士、前南开大学教授、外交部佥事,担任历史课程。

同时,中文系教授、《东吴通讯》主编凌景埏(凌敬言,舅舅柳亚子)则暂且离校,北上执教燕京大学,后返回东吴大学,担任中文系主任。凌景埏的学术水平很高,"先生雅好度曲,尤精散曲,著《全清散曲》一书,开近世治散曲蔚然成风之先声。中国雅文学与通俗文学,合为一家。"(钱仲联《东吴之人文学术传统·序言》)

这些老先生学识渊博,善诗能文,通贯经史,博涉百家,各领风骚,而且大多是吴地英才,与东吴大学校名相符。

世人心目中颇负盛名的还是执教东吴大学国文的著名作家、翻译家胡山源和"东南才子"范烟桥(讲授小说、《古诗源》等),以及兼教东吴大学附中的侦探小说家程小青和著名书法家、金石学家、图书馆学家蒋吟秋(后执教东吴大学)。而且,范烟桥与周瘦鹃、程小青、蒋吟秋被誉为"苏州四老",名气很大。

目前尚未查到以上这些老先生的授课教材,甚为遗憾,只好以现有的史料作为旁证,窥见他们授课的内容给予丁景唐的各种影响。

其一,后为中文系主任的凌景埏给大一学生讲授《诗经》,甚为精彩,他不但介绍毛亨、朱熹等古代名家对各诗篇的旧注,还介绍近代学者的新见解,特别是闻一多先生的研究成果,如《七月》《东山》等。讲授时很有感情,引人入胜,而且他还让学生读倪海曙的《苏州话〈诗经〉》,以开阔思路。(陆亨俊:《当年我在东吴大学求学》,载东吴大学上海校友会编《东吴春秋——东吴大学建校百十周年纪念》,苏州大学出版社,2010年4月。)

如果结合前文介绍的中文系学生论文三个命题,那么可以勾勒出丁景唐学习主课国文(古代典籍)的基本框架。这是他先后就读三所大学的第一课,为今后进一步学习、钻研国文,走上治学道路打下良好基础。此后,丁景唐撰写的一系列论文,如《〈诗经〉中反映的妇女生活·恋爱·婚姻》《从"子见南子"谈到儒家的妇女观》等,如果要追溯源头,那么其中便有东吴大学第一站的学习内容。

其二,胡山源、范烟桥具有丰富的文学创作经验,授课时旁征博引,也会牵涉到写作的问题。

范烟桥祖上为范仲淹从侄范纯懿。他多才多艺,尤其在小说创作与研究、电影剧本和旧体诗词创作、报刊杂志编辑、地方文献收集、文物保护等方面,卓有成就,贡献很大。范烟桥个头较高大,短发花白,视力不好,总戴着一副茶色墨镜,显出老态。冬天戴着一顶土耳其式的高高黑羊羔皮帽子,围着一条鼻烟色围巾,上课时总提着一只装得鼓鼓的公事包。调皮的学生在课前唱起他填词的流行歌曲《夜上海》,范烟桥进教室无可奈何地笑笑,引起一阵哄堂大笑。

范烟桥为中文系大二学生讲授小说,特地撰写了十万字的《民国旧派小说史略》作为授课的讲义。他把小说分为两大类:一类是旧派小说,包括鸳鸯蝴蝶派、武侠小说,代表人物周瘦鹃等;一类是新派小说,即政治小说、平民小说,鲁迅等人为代表人物。1961年整理定稿后,魏绍昌将其编入《中国现代文学资料丛刊》(甲种),这是东吴大学现存的少数文科教材之一。可惜,丁景唐仅上了几个月的大二课程。不过他后来创作的几篇小说,包括与他人合作小说,多少得益于当初在东吴大学学习的结果。丁景唐大学毕业后,参与编辑《小说月报》,曾审校胡山源、范烟桥、程小青等人的文稿。

周瘦鹃、范烟桥、程小青、郑逸梅等人的文学、书画作品有时集中亮相于程小青编辑的综合性文艺刊物《橄榄》,有程小青、蒋吟秋、陈子彝等合作的册页,也有范烟桥写的随笔《橄榄茶》,趣味妙生,令人发噱。丁景唐也写了《橄榄》短文(《社会日报》1943年2月4日),谈及细嚼橄榄的滋味,以此为切入点,说明人生苦尽甘来的常理。如果把范烟桥的《橄榄茶》与丁景唐的《橄榄》进行比较,那么可以得出令人感兴趣的结论。

其三,中文系教授陈子彝创造整套中国图书分类索引管理方法,即"十进分类法",是当时国内最先进的古籍图书分类法,从而被广泛采用。他参照美国图书馆学者杜威的《十进分类法》,结合苏州图书馆藏书的实际情况,对从前沿用的经、史、子、集、丛、新六部分类法进行了大胆改革,编制了苏州图书馆"十进分类法"。曾任苏州图书馆馆长的蒋吟秋给予高度评价:"间采各家著述,遵循十进之规范,容纳《四库》之精神,因本馆所宜,清理积存两万八千余册,悉以十类编目,使图书既各守其类,阅者得究其学。"同时,陈子彝又结合中国文字学、目录学、版本学,发表了《图书编目法》《图书分类法》《汉字检字法》《中文常用工具书目录》《中国纪元通检》等图书管理学专著。

丁景唐写的《你交得出 Report 吗?》(《联声》第 3 卷第 9 期,1941 年 4 月 1 日)介绍了图书馆的分类法,引导学生利用图书馆资源,查找资料,撰写论文,这时丁景唐离开东吴大学仅四个月。当初,陈子彝授课时也许会提及"十进分类法",加之丁景唐喜爱课外阅读,受到陈子彝的影响,也在情理之中。

英文从严,英版教材

东吴大学英文教师大多是外籍教员,该校高年级毕业生多年后还记得其中一些外籍英文教师的音容笑貌。虽然执教风格不一,但都突出一个"严"字。

美籍英文老师德丽霞看到有些同学贪玩不用功,就很生气,甚至在课堂上严厉批评:"你们年轻人怎么常到观前街吃点心,白相?"那时东吴大学文理学院在苏州东南角的天赐庄,观前街则是城里闹市区里著名的小吃街、商业街,相当于南京的夫子庙、上海的城隍庙。丁景唐进校时,这位严厉的老师德丽霞颁奖给英文演讲会演讲获奖者,担任演讲评委的有梅乃魁、佛托教授、安迪生牧师和魏廉士夫人。

美籍英文老师费德乐授课时,讲台上放一个闹钟,开始上课,叫两三个学生上来,面对黑板,规定在几分钟内要做完练习,闹钟一响即令学生停止写,老师当场评分。评分分为六个档次,前四为优、良、中、庸,如果评为五和六则不及格,俗称"吃鱼肉"(沪语五六的谐音)。迫使学生必须认真学习,力求进步。(许葆均《回忆母校东吴大学》)费德乐曾回美国休假两年,后回校执教,那时丁景唐已进校了。

丁景唐进校后,1939 年 12 月 17 日,在慈淑大楼 450 号教室举行上海各大学英文演说竞赛,有来自东吴、交通、圣约翰、之江、沪江、光华、复旦、大夏的高才生,结果东吴大学法学院学生罗会章荣登榜首。"罗君英文纯熟,发挥伟论,精神奕奕,口如悬河,此次荣获优胜,故足为罗君庆,亦本校之光荣也。"严师出高徒,这只是其中一例。

丁景唐使用的英文教材是《从一个黑奴到一个教育家》,由一位讲授《圣经》的老先生(可能是牧师李道荣)授课。此教材讲述乔治·华盛顿·卡佛艰苦奋斗的传奇一生,他是美国著名的黑人教育家、农学家、植物学家。这本传记即《黑人科学家乔治·华盛顿·卡佛尔传》(*Dr. George Washington Carver, scientist*),著者格累姆·沙利(Graham Sirley)、乔治力斯可·利普斯科姆(George D. Lipscomb)等,由聂淼翻译,连载于《女铎》第 33 卷第 10 期至第

34卷第1期(未完),1949年8月出版单行本。

第二学期,丁景唐的英文教材是改写的英文版著名长篇小说《悲惨世界》(法国作家维克多·雨果代表作),由周先生讲授,他毕业于清华大学英国文学系。

其实,以外国文学作品作为教材教授外语的授课方式,早就存在。1923年秋天,精通俄语的瞿秋白教授丁玲、王剑虹俄文时,便是读俄文的普希金的诗,先学习字母拼音,就直接读诗,在诗句中讲文法、讲变格、讲俄文用语的特点、讲普希金用词的美丽。"为了读一首诗,我们得读二百多个生字、得记熟许多文法。但这二百多个生字、文法,由于诗,就好像完全吃进去了。当时我们读了三四首诗以后,我们自己简直以为已经掌握了俄文了。"(丁玲:《我所认识的瞿秋白同志》,载《忆秋白》,人民文学出版社,1981年8月。)

1940年冬天,发生警报,丁景唐被迫停学,原拟撤退去抗日根据地,与王汉玉提前结婚,后因警报解除,丁景唐留沪,但不再担任东吴大学党支部书记,调任"上海联"工作,后接任主编《联声》。

东吴大学是丁景唐先后就读三所大学的第一站,受益匪浅,并且在开展工作和学习中首次尝到了甜蜜爱情的滋味,找到了终身伴侣,该大学成为他的学习和爱情双丰收的福地。归纳起来,至少有以下几点值得注意:

其一,东吴大学是一所教会大学,偏重英文,也很重视国文教学,创办之初就提出"国文乃立国之本,无国文则无以自立",而且规定国文是文理各系学生必修课。杨永清校长兼任文学院院长,改校训为"养天地正气,法古今完人",形成学习国文的浓厚气氛。

中文系新生学习国文先难后易,先学习深奥难懂的古代文史典籍,到高年级才学习近代易懂的文章。校方严格要求中文系新生学习主课国文,必须精读、细读古代文史典籍,打下扎实基础,由此体现校训的宗旨。

其二,中文系国文教授都是饱学之士,学识渊博,善诗能文,通贯经史,博涉百家,各领风骚,而且大多是吴地英才,与东吴大学校名相符。他们以不同方式给予丁景唐各方面的影响,为他进一步学习、钻研国文,走上治学道路打下良好基础。此后,丁景唐撰写的一系列论文,如果要追溯源头,那么其中便有东吴大学的学习内容。

其三,东吴大学英文教师大多是外籍教员,该校高年级毕业生多年后还记得其中一些外籍英文教师的音容笑貌。虽然执教风格不一,但都突出一个"严"字。

其四,丁景唐就读东吴大学时丰富多彩的学习和生活,为他提供了大量的写作素材,作品大多刊登于"上海联"会刊《联声》,并且多少影响了后面继续写作的思路。

其五,1939年秋季,丁景唐刚跨进东吴大学校门时,文学系注册新生16名,男女各8名(上学期男生5人,女生11人,共计16人)。但不知这些同学的名字,无法进一步了解丁景唐更多的学习情况。

当时"东吴系女作家"是风行一时的著名女作家群体,其中有施济美、汤雪华、俞昭明、程育真、杨琇珍、郑家瑗、邢禾丽、曾庆嘉等人。她们或前或后在东吴大学学习,并未与丁景唐同堂听课。其中前四位女作家,俞昭明曾发表《东流水》《玄武湖之梦》(《小说月报》1941年第15期、1942年第27期),其余三人也有作品刊登于丁景唐协助编辑的该刊第41期至第45期。

　　其六,丁景唐担任东吴大学地下党支部书记时,利用团契丰富的活动形式,开展学生工作,包括编辑《东吴团契》。

光华大学：跨系学习，中西贯通

1941年春，丁景唐从东吴大学中文系第一次转学到光华大学社会学系二年级之前，接手主编《联声》，直至该刊主动停刊。《联声》成为他展现创作才华的第一个平台。丁景唐就读光华大学社会学系，跨系参加西洋文学研究组，成为他写作道路上的又一个"加油站"。《联声》停刊之前，他发表的有些文章，已经体现了他活学活用在光华大学学到的各种文化知识。

光华大学创办人、首任校长张寿镛，字伯颂，号泳霓，别号约园，宁波人。他是教育家、藏书家、财政经济家，为明末抗清就义的民族英雄张苍水（煌言）的后裔。

1925年"五卅"惨案之际，张寿镛为地方长官（沪海道尹），鼎力相助学生们的爱国行为。6月，他捐资3 000元，资助圣约翰大学"六三"离校师生筹办光华大学，并担任筹备会会长。"光华"二字出自《卿云歌》："日月光华，旦复旦兮。"

张寿镛注重师资力量，延请名师硕儒来光华任教，其中有朱经农、张歆海、张东荪、钱基博、王造时、蒋维乔、吕思勉、孟宪承、潘光旦、章乃器、罗隆基、徐志摩、胡适、田汉、何炳松、李石岑、萧公权、梁实秋、黄炎培、钱锺书、周有光、吴梅、李石岑等。

1937年"八一三"淞沪抗战爆发，光华大学校舍由于邻近战场，被迫迁入愚园路教学。11月中旬，光华大西路校舍沦为战区，惨遭日军炮火焚毁，仅剩一校门。按1946年币值计算，总计损失达30亿元。张寿镛闻讯，伫立于大西路铁轨旁，遥望战火，潸然泪下，后又破涕而笑曰："我校为抗战而牺牲，自当随抗战胜利而复兴也。"

光华大学几经搬迁后，租借闹市区汉口路证券交易所上课。证券交易所大楼位于汉口路422号，丁景唐等学生在八楼上课。该交易所左右两边为国信银行（418号、426号），后面为上海证券交易所股份有限公司（面临九江路）。此地块西面为福建路，北面为九江路，东面为山西路，证券大楼两边商铺甚多。山西路往东去便是圣保罗教堂、外国坟山，张寿镛校长仙逝后安葬在此地，1949年7月遭到国民党飞机轰炸，引起公愤。

国信银行于1935年3月11日开幕，董事长张寿镛，总经理张文焕，总资金国币一百万元。国信银行与证券交易所关系密切。"国信所有资本，闻咸出之证券交易所中有关系之人，而行中业务，亦多以经纪人之出入为交易，以故行址亦与证券交易所毗邻，盖有在利之关系。国信平常营业，以稳固胜，行中且兼做公债。"（波罗：《专做多头公债之国信银行》，《时代日报》1935年11月12日。）因此，张寿镛凭借良好的人脉关系，光华大学能够借用证券大楼上课，在情理之中。

1941年9月4日起，光华大学大学生、附中学生都挤在该大楼轮流上课，男女学生上下楼时,有时叽叽喳喳,自命清高,瞧不起擦肩而过的形形色色的人流。每天进出该大楼的人员甚为杂乱,经纪商号人员穿戴笔挺,见到熟人打个招呼,行色匆匆离去,时间就是金钱。

丁景唐等同学登上大楼顶层八楼,中间长方形是上下贯通的空间,可以看到底层的动态。八楼的一边是隔开的 16 个小间,中间有一个厕所;另一边是大礼堂,可以作为临时课堂,一旁是厨房。这是 1947 年的大楼布置情况,如果此前厨房已存在,飘出诱人的饭菜香味,这是考验饥肠辘辘学生的心理承受能力。

名师授课,受益匪浅

在丁景唐的记忆中,他听过三位老师的课程。社会学系主任应成一[1](兼任复旦大学社会学系主任)讲授社会学原理、社会问题、中国劳工问题等课程,心理学专家张耀翔讲授社会心理学课程,外国语文学系主任周其勋[2]讲授世界文学名著选读等。

现存应成一早年留学美国时的一张照片,英姿勃发,博学多才,前途无量。《光华大学十六周年纪念特刊》(1941 年 6 月 3 日)刊登各系主任的文章,其中应成一的《充实社会学系之意见》一文认为:

  本系人数甚少,距离充实之标准当然尚远,就其问题之最切要者而言之,则为课程之应更求其实际化。

  社会学学者多应注重者为实验而非为理想,在研究而不在记诵。近来学生之课室工作虽已密实,而于实习机会则可称全无,此于异日学成后,恐尚不足称为适合时代需要之人才。惟以目前学校之设备与管理方面而言,实皆有使社会实际工作发生困难之处,此乃有待于异日之善为调剂而徐图补救者。

  此外则成立一处研究室以搜集各种研究材料,似亦为本系在设备上当务之急。

"本系人数甚少",丁景唐则记不清还有哪些同学,不过应成一说的社会学系应注重实践,丁景唐深有同感。他主编《联声》时提出"认识大上海",将学到的社会学基本知识,结合孙本文的《社会学原理》,通过几个上海市民形象,以他们的语言、身份(不同角度、层面)来解释"社会"。这是颇新颖的构思,力图达到深入浅出的课余讲座效果。

丁景唐又撰写了《职业病(Professional Disease)》(《联声》第 4 卷第 4 期,1941 年 9 月 10 日)长文,延续"认识大上海"的思路,在搜集各种材料的基础上,揭示了各行各业职业病的真相,令人毛骨悚然,不寒而栗。丁景唐就读光华社会学系时,撰写这些文章,见证了应成一强调的社会学系应注重实践的理念。

心理学专家张耀翔资格老,趣闻甚多。他早年担任北大心理学教授时,撰写《反对宗教》,比较激进,此文发表于北大马克思学说研究会罗章龙等编辑的《非宗教论》。该书有罗章龙写的序言,落款时间为 1922 年 5 月 1 日。书里共收入 20 篇论文,其中有蔡元培、李大钊、陈独秀、吴虞、李石曾、王抚五(王星拱)、汪精卫、朱执信、萧子升和英国著名学者罗素等人文章,都是风流人物,名气很大,张耀翔"忝陪末座",跻身其中。

1924年4月,张耀翔发表《新诗人之情绪》(中华心理学会会刊《心理》第3卷第2号),嘲讽胡适白话诗集《尝试集》、郭沫若诗集《女神》等,并制作一张诸多感叹号频繁出现的统计表格,"感叹符车载斗量"。最后得出结论:"中国现在流行之白话诗,平均每四行有一叹号,或每千行有二百三十二叹号。公认之外国好诗平均每二十五行始有一叹号,或每千行有三十九叹号。中国白话诗比外国好诗叹号多六倍,中国新诗人比外国大诗家六倍易于动叹号。子夏《毛诗序》云:'治世之音安以乐,其政和;乱世之音怨以怒,其政乖;亡国之音哀以思,其民困。'若今之白话诗,可谓亡国之音矣。"张耀翔闲暇之余制作统计表格,耗费了不少心血和煤油灯的油费,其精细之极,今人不堪效仿。但是最后一句"可谓亡国之音矣",揭示全文主旨,激怒了章衣萍。章衣萍发表《感叹符号与新诗》(《晨报副刊》1924年9月15日),用辛辣反语"请愿政府明令禁止"作白话诗、用感叹号:"凡作一首白话诗者打十板屁股";"凡用一个感叹号者罚洋一元";"凡出版一本白话诗集或用一百个感叹号者,处以三年的监禁或三年有期徒刑;出版三四本的白话诗集或用一千个以上的感叹号者,即枪毙或杀头"。章衣萍用讽刺手法对守旧派进行反击,鲁迅赞同,接连撰写了《又是"古已有之"》《文学救国法》(《晨报副刊》1924年9月28日、10月2日),讥讽张耀翔的言论,并由此说开去,以小见大,针砭时政。

张耀翔在上海暨南大学担任教务长时,发表《伟人成功之秘诀》。还传说他"以手枪求婚",一度成为各家报刊热议的对象。也有比较客观的报道,如拱枢写的《心理学家张耀翔》(《社会日报》1936年9月16日):

中国研究心理学的专家似乎不多,名气较大的有两个:一个是做过浙江大学校长的郭任远氏,一个就是张耀翔。其实张氏的声名早在郭氏之前。

张耀翔氏早年留美归国后,起初似乎在北方各大学当教授,后来编过《心理》杂志,接着又遍游江南各大学教书。上海各大学的心理学课程,几乎大半是他教授过的。

张氏是个大胖子,架眼镜,穿西装,修饰得很整洁,年龄上看来已是个四十岁左右的人了。

他从前统计过吾国新诗集中的惊叹号,与外国诗集里惊叹号的数目相比较,发现中国诗集里的惊叹号多过外国六倍,便以为这样的惊叹号是一种亡国之音,就作文发表。后来被那位摸屁股的诗人章衣萍氏看见了,便撰文驳斥了一顿。

张氏教书的口才很不错,上他的课不大会打瞌睡。他的课程是自编讲义的。他教书虽教了很多年,而且教过的大学也不少,但所用的心理学讲义总老是那么几种,十年来不得改动。而且他的讲义乃是极简单的大纲,有时一节学理在他大纲里只是一二十个字,所以他的大纲倒是真正的简单的大纲,若不听他的讲课而单看他的大纲,是不会懂的。

他的心理学举例是很多而且很有趣。有一次他说一个守财奴一天到晚好睡觉,有一回他熟睡得很长久,人家用了许多方法都弄不醒他。后来有人用两个金元宝放到他耳朵边摇了几下,他便从床上霍的跳了起来了。

他上课还有一个特点,就是早退。他的课是不等学生有催促早退的表示,他总是自动早退五分钟或十分钟的,或谓由此可见其对学生心理有深切之了解云。

张耀翔天资聪颖,有真才实学,撰写《中国心理学的发展史略》等文,颇有分量,并提出建设中国心理学的九条建议,如"恢复各大学原有心理系或教育心理系,并酌设心理学院及心理研究所,使斯学日益推广";"编纂《中国心理学辞典》,使学者便于自修"等。他淡泊名利,不拘小节,同时有些疏懒,没有创新突破,不如"做过浙江大学校长的郭任远"。郭任远早年毕业于复旦,赴美留学,挑起了关于本能问题的论战,轰动了美国心理学界。1922年回国后致力于中国心理学启蒙和发展活动,被称为"中国的华生"。

张耀翔在《光华大学十六周年纪念特刊》上没有发表专题文章,因不是系主任,只是在教师名单上出现。他实为教育学系教师,教授普通心理学、教育心理。由于社会学系人数少,该系并不在学系名单上,除了应成一作为系主任之外,其他任教老师是兼职上公共课的。因此,张耀翔也为社会学系的丁景唐等学生讲授社会心理学。

1915年张耀翔毕业于清华,担任北大心理学教授、北京高师心理教育科主任,住在北京宣武门外校场五条20号,对于北京商业、市场、学校等做过调查。他为丁景唐等学生上课时,举例北京的商店招牌,分析商人的心理动态,还列举说明局势动荡引起的社会各种病态心理,说得活灵活现,学生忍俊不禁。

张耀翔还在青年会等处演讲《如何解除青年的苦闷》和分析抗战社会问题等,因此,他在课堂上即兴讲授社会心理学,牵涉范围很广,让丁景唐等学生受益匪浅。丁景唐从事学生运动,必须随时掌握青年人的心理动态,有针对性地提出措施。他主编《联声》时也涉及学生青春期的各种心理问题,他撰写有关教育学生的文章也多少渗透着张耀翔授课的内容。

外国语文学系主任周其勋是英国文学研究专家、教育家、翻译家,被誉为20世纪一代学人、师者的典范和缩影。(邝启漳:《一代名师周其勋》,漓江出版社,2020年9月。)当时已有人称周其勋为"专门研究文学的人,教学有年,对于译事尤其有特别的心得"(《寄稿的人们》,《是非公论》1936年第25期)。

周其勋写的《充实外国语文学系之意见》(《光华大学十六周年纪念特刊》)透露,1937年秋天,副校长张歆海博士赴英国留学,周其勋代理外国语文学系主任。他认为:

英文为研究西方学术之门径,故本校一、二年级学生均须必修基本英文。现一年级英文共分七班,由钱学熙、陈醒庵、夏济安三先生分别担任,讲授短篇小说,注重文法原则,每两星期作文一次。二年级英文现共分四班,由陆寿长、陈醒庵、钱学熙先生分别担任,以英美散文为教材。另设大二修辞学四班,注重写作练习,由钱学熙先生教授,郑之骧先生助之。如此循序渐进,诸生如真能勤勉向学,则经两年训练之后,阅读一切参考书报,当无多大困难,即写作普通文字,亦必通顺可读亦。

至于本系专门学程,本学期共设英文名著选读、十九世纪散文、十九世纪诗歌、莎士比亚、英美小说、英国文学史六门,由周煦良先生、孙大雨先生及周其勋分别教授。讲授范围不限于字句意义及文学欣赏,即各大家之哲学思想及时代背景,亦必详为说明,且开列参考书,令诸生自动阅读。盖文学本为文化之一部门,如何由英国文学入手,而使诸生明了整个西洋文化,是本系之职责所在也。又为训练诸生音调期间,特设口述英文学一门,请美籍姚莘农夫人教授。

……本校同学又有英语研究组之组织,组友约得数十人,虽规模不大,然诸生求学之热心已灼然可见。年来举办演说、竞赛、壁报、刊物等,努力可嘉。六三纪念日,且闻有英文戏剧表演之举。该组组友多为一、二年级同学,已有如此成绩,颇为不易。更望诸同学更能于高深文学多做潜心研究,于普通基本文法等等。在学初级各国文字时,立定始基,渐渐上进,乃能充实。至用充实教材,就图书馆所有者,诸同学能尽量利用,亦已不少,进而扩充,随时添置,固尤要也。

这里提到陆寿长(校长室秘书兼领事务)、陈醒庵、钱学熙(讲授英文修辞学,后为北大西语系代理主任)、郑之骧,以及三位名师周煦良(讲授十九世纪散文、英文名著选读)、孙大雨(讲授莎士比亚、十九世纪诗歌)、周其勋(讲授英美小说、英国文学史、英文诗选等),他们大多是丁景唐就读光华大学时的英文老师。

周其勋也讲授公共课世界名著选读,讲解列夫·托尔斯泰、莎士比亚、雨果、左拉等世界著名作家的名篇,也介绍他们生平、写作等有关情况。这引起丁景唐的浓烈兴趣,并在此教材上签名,以示自用。恰巧此书后被厦门大学图书馆收购,经历了多少风雨岁月。1978年,执教该校的应锦襄教授(应成一的女儿)在中国现代文学史教材讨论会上与丁景唐相识,谈起签名本一事,丁景唐惊喜不已,"稀奇真稀奇",可惜未能拍照留念。

周其勋提及的姚莘农,即姚克,原名姚志伊,著名文坛活动家、翻译家。毕业于东吴大学文科,后致力于优秀外国文学作品的介绍和翻译,翻译了鲁迅《短篇小说选集》的英译本,且与鲁迅交往密切。姚莘农夫人在光华大学教授英文口语,丁景唐理应听过她的授课,毕竟这门课也属于公共课。

跨系学习,资料齐全

丁景唐就读的社会学系二年级,除了公共课英文之外,他对外国文学是否产生浓厚兴

趣,与英语研究组有联系吗?《光华学报》创刊号(1941年冬)中有一则记载:

西洋文学研究组

主任周其勋编纂、徐燕谋参加研究,学生郑伯山、高崇狱、宋孟光、甘大吕、陈霖堂、吴绍遂、辛桂成、林德音、周足珍、莫企萃、黄绍艾、葛培元、张光成、黄家驹、费新宝、傅学有、王兆五、张鹤松、游建勋、赵福权、汪绍曾、郑正伟、武余芳、谢锡芳、徐骥、张钦懋、林可任、黄佩秋、钱霞君、张义棠、曹夏谟、于竹潭、郑乃森、费云宝、姚谷音、郭松镠、李再耘、黄耀东、丁景唐、陈蕙芬、徐润箕、胡肖苏、梁燊华、宏基、傅娜丽、蔡益均、刘国瑞等四十七人。于十月十二日开讲,共讲六次。

按照《光华西洋文学研究组规程》[3](简称《规程》)规定,研究组设定成员50人,前30人由学校指定,后20人无论哪个系学生均可报名参加,不过规定应为在校二年级学生及以上者,一年级必须是优等生,而且严格规定必须参加一学期,途中不得退出。经校方批准,允许校外人员旁听(至多五人),另发旁听证。每周日在证券大楼八楼第17室(大礼堂)举行演讲,没有特殊情况,该教室不得他用。由学校编定听讲座位,与平时上课一样,并且每次点名清查。每次演讲后,讲授者要指导学生阅读参考书籍,学生可以随时造访研究组主任住处请教。学生的阅读笔记交给主任核阅,评定分数。每一学期结束,由校方计算给予若干学分,奖励优等生。

西洋文学研究组与周其勋的文章里提及的英语研究组是否为一回事,或者说前者成员能否涵盖后者,如果这能确认,那么后者的活动值得关注。丁景唐可能参加了后者,由此填补了他在光华大学不起眼的活动空白。还得挖掘这时期光华大学中共党支部的史料,才能彻底解开此谜团。

西洋文学研究组中第一次出现丁景唐的名字,他的名字靠后(排名第39位),毕竟是跨系的社会学系学生。

这张学生名单中的郑伯山、王兆五,在校时获得英文竞赛第二名、第三名。有的学生当时已经是"网红",如傅娜丽是当红舞星,受到各家报刊的热捧。此后,这些学生走上不同的人生道路,在不同的工作岗位上,也有不少人利用业余时间翻译各种文章。排名在丁景唐之前的郑乃森翻译了高科技的文章,如《高能量的物理》《原子能的将来》《气体扩散作用在实际上的应用》《放射化学在实际上的用途》等。排名在丁景唐之后的女生胡肖苏比较突出,翻译了长篇小说《莱勃卡》[4],于上海《学风》半月刊的创刊号(1947年4月1日)起开始陆续连载多期(未完)。

以上《校闻》报道西洋文学研究组共讲六次,一并刊登于《光华学报》创刊号(1941年冬)。简要内容如下:

其一,1941年10月12日,张寿镛校长的开场白讲研究西洋文学之大概(依据这期《光华学报》目录,下同),周其勋说明,黄绍文、郑伯山记录。

张寿镛道:"今日西洋文学研究组第一次开会,诸生参加踊跃,不胜愉快,关于和本组今后一切皆请周其勋、容启兆、徐燕谋三先生主持计划,余不过借此机会聊贡刍议。"他简要谈了五点精辟之见:(1)西洋文学与国学。"中西文学各有所长,吾人应将中西文学互相沟通,取精用宏,以期养成新中国之国魂。"(2)西洋文学与文化。"研究范围不宜限于纯文学,而应为广义的文化,包括政治、经济、社会等在内。余生平最怕居文人之名。"(3)西洋文学与文治。"以西洋为借镜,西洋各国之兴衰可从其文化窥见其变迁。""诸生研究西洋文学当以文治为中心,而文治之范围又应包括一切科学在内。"(4)研究之方法。"以美洲葡萄制法国葡萄酿",即他山之玉可以攻石。"写生贵在传神,不在摹拟为工,研究西洋文学亦当遗貌取神,否则必不免浮浅之讥。"(5)组织办法。"诸生不应仅以听讲为目的,应有良好组织以从事研究……分组,就各同学性之所近分若干组,以收事倍功半之效。导友制,从五十人中推定十人为导友,一人领导五人。演讲,每星期由周先生分请本校教授或校外专家演讲一次,讲毕即就演讲材料中提出问题,供诸生研究。"

随后,周其勋说明:"关于西洋文学研究之方法,张校长已经讲得很详细,将来在张校长领导之下,兄弟当尽力使本组各同学获得进益。组织方面,当与容、徐两先生讨论。在张校长所述之外,兄弟略有补充。古语云'工欲善其事必先利其器',各位研究西洋文学,应从多读多做多讲入手,无论读书听讲均应做笔记,更应按照计划努力研究。"

其二,1941年10月19日,周其勋主讲希腊文学,由黄绍艾、傅学有、郑乃森记录。主要讲授古希腊文艺、历史、哲学等,其中夹进许多英文作者及其原著,引用大段原文,这已经是研究生的课程了。由此催促丁景唐抓紧时间"恶补"英语,否则英文水平跟不上,难以继续听下去。

其三,1941年10月26日,容启兆主讲成语与俗语,但是全篇都是英语,不知情者还以为是编辑误排了。容启兆,广东珠海人,早年留学英美,获得化学博士。回国后任上海光华大学副校长,后为英语教授。他曾作为中国国家足球队的领队,率队参加了第十四届伦敦奥运会,队中有赫赫有名的一代球王李惠堂。由这样一位兼为体育专家的容启兆为大学生讲授西洋文学中的英语成语与俗语,这在中国现代教育史上是前所未有的。其实,容启兆精通英语,参加外事活动都使用流畅的英语对话,为何不能授课呢?

其四,1941年11月2日,徐燕谋主讲论援引,西洋文学研究组记录。此讲蛮有趣味,讲述了古今中外诗文中引用名人名句的问题,这是从事学术研究者经常遇到的难题。他举例说明时,既有古代典籍,也有西洋文学作品,真可谓中西贯通。他强调指出援引有三忌:一是滥用耳熟能详的语句,二是割裂增损,三是张冠李戴。"援引的技巧只有精读的人才有,[否则]读书虽多,往往记忆模糊,不能确切。"最后,他引用了18世纪英国作家奥利弗·戈德史密斯(Oliver Goldsmith)的警语:"在谈话时,我真像有一千镑存在银行的人,反比不上袋里有六便士的人。"他认为"此语足发深省"。

其五,1941年11月13日,钱学熙[5]主讲给研究英国文学的学生,西洋文学研究组记录。

钱学熙自学成才,熟背英国《韦氏大辞典》,饱览文学和哲学名著,他用英文翻译《韩非子全集》《明夷待访录》,又为北大教授熊十力翻译《论老子〈道德经〉》。1938年,经汤用彤、吴宓推荐,钱学熙执教上海光华大学。几年后,他返回无锡,办英语补习学校。后任北大西语系代理主任,与沈从文、朱光潜、冯至、卞之琳等名师过从甚密。丁景唐等同学很幸运,遇到这么一位有真才实学的良师。

钱学熙是个典型的中西贯通的饱学之士,这次演讲属于漫谈形式。他谈到文学引导读者,展示生命的"物我一体"最高境界,寓意丰富的哲理内涵。他举了陆游的著名诗句"小楼一夜听春雨,深巷明朝卖杏花"(《临安春雨初霁》),说:"这两句简单的诗,你若深深体味它的情趣,你就进入了春雨的怀抱而与大地的春意发生同情了。"

> 怎样是创新我们的生命呢?我们的生命或丰富或贫乏渺小或伟大,不过是我们情感的深浅、同情的大小的分别,我们的感受力量加深一分同情,心扩大一分,我们的生命也就拓展一分,我们就添了一分新的生命,所以我们能好好体会过一首好诗、一篇好文章,我们的生命就顿时丰富了一些,顿时有了新的增益。我们未读时是这般人,既读后,其实已另是一般人。譬如我们在未读 Shelley(雪莱)那段诗时,听见百灵鸟叫,看见雨中的花草或者无动于衷;在读之后,再听见鸟叫,再看见雨里的花草,就感到花草的愉快、春雨的清鲜。这就是我们的生命被创新了,被拓展了。

> 文学如何引我们达到"物我一体"的最高境界呢?这不过使我们的感受力日益深彻起来,使我们的同情心日益扩充起来,使我们真是能"通天下之志"(《周易·同人卦第十三》),"知性情之极"(《孟子·尽心上》),则因而真正融入自然,觉得"民吾同胞,物吾同兴"(孔子云),也"反身而诚,乐莫大焉"(《孟子·尽心上》),这就是文学引我们达到"物我一体"的境界。

引文中古文的出处是笔者贸然添加的。钱学熙这一番话看似引用古代典籍,其实又蕴含着西学的哲理,"知性情之极"即"尽其心者,知其性也,知其性则知天矣"。"知性"原本是德国古典哲学常用的术语,康德认为知性是介于感性和理性之间的一种认知能力。

钱学熙说的"物我一体",可以从接受美学的角度去理解。优秀的文学作品给读者提供二度创作的空间,显然这与读者的审美情趣和鉴赏能力有密切关系,因此,钱学熙解释为"我们情感的深浅、同情的大小的分别"。至于达到阅读的最高境界,不妨通俗地理解为"书呆子"的境界。钱学熙早年自学时发疯似的看书学习,废寝忘食,昼夜不分,已经达到如此的"物我一体",让世人难以理解。如果将此如醉如痴的状态移植为写作时的"物我一体",那么"创新我们的生命"便又有了新的内涵和外延了。其实,无论是阅读、写作、治学或工作,都需要一种"物我一体"的状态,心无旁骛,物我两忘,集中精力,专心致志。

丁景唐理应从钱学熙说的"物我一体"一席话中得到深刻启示,甚至醍醐灌顶。他此后的写作、编辑、治学正是遵循这个理念,自我培养持久的集中注意力,逐渐养成执着、严谨、认真的文风,才有出色的成果——创新生命。

其六,1941年12月7日,陈醒庵主讲英国文字之起源,郑伯山记录。英文字母渊源于拉丁字母,拉丁字母渊源于希腊字母,而希腊字母则是由腓尼基字母演变而来的,此话题属于外国语言学的研究范畴。对于大学一、二年级学生来说有些深奥了,也难以引起兴趣,而且还需要理解这一大堆的英文术语和一些表格。不过这对于攻读英语专业或西洋文学的本科生则是必修课,这大概是周其勋等人与张寿镛校长的初衷,促使研究组的学生扩大视野,增加文化知识,提高综合素质。

综上所述,可以得到如下一些看法:

其一,张寿镛校长办学很有一套,他的开场白倡导一种新的教育模式,不是单一的"灌注式",而是集中授课与分组讨论相结合;不是仅限于研究纯西洋文学,而是将其作为中西贯通的一个学习途径,他山之玉可以攻石,"以期养成新中国之国魂"。如此大胆的办学魄力、前瞻性的眼光和非凡勇气,令人敬佩。同时,张寿镛等决定开设国学、西洋文学、经济学三个研究组,专门制定研究组组织规程及奖励办法。并且将这三个研究组的演讲一起刊登于《光华学报》创刊号(1941年冬),留下了宝贵的教学档案资料,其中这些名师讲授的记录稿,值得后世认真研究。

其二,丁景唐很幸运地抓住这个学习良机,一边学习社会学专业,一边进修西洋文学,互为启示,互为促进,互为弥补,将两者融为一体,共同提高。容启兆主讲的英文成语与俗语、陈醒庵主讲的英国文字之起源,为丁景唐打开了英文文化新知识之窗。而张寿镛的开场白、周其勋主讲的古希腊文学、徐燕谋主讲的治学的论援引、钱学熙说的阅读"物我一体",这些精彩内容和精辟见解,都对丁景唐产生了深远影响。同时也解开了一些谜团:丁景唐为何能在此后翻译左拉的自传,为何几年后在治学方面突飞猛进,为何在诗文写作上得以全面提升。其中重要因素之一是他在华光大学得到英文、西洋文学的进修机会,进一步更新学习、写作、治学观念,拓展思路,扩大视野,自我催促,勤学苦练,融会贯通,综合素质潜移默化地提升。

其三,丁景唐的名字唯一一次出现于《光华学报》创刊号上,他第一次参加光华大学西洋文学研究组活动,第一次出现在西洋文学研究组全体学生名单上。这填补了丁景唐的生平空白,对于进一步研究他的学习、写作、治学具有重要参考价值。

丁景唐在光华大学学习两个学期,1942年秋天才转学。上海"孤岛"沦陷后,不知该校1942年上半年的西洋文学研究组等是否继续办下去。按照《规程》,西洋文学研究组还要继续学习有关西洋文学的重要科目,如散文、诗词、小说、戏剧及实用英文各种西洋史等。研究组积极鼓励学生充分利用该校图书馆的2万余册中西图书资源,每学期收取费用3元(原为5元)。如果能够继续学习,那么丁景唐的学习收获难以估量。遗憾的是未能找到《光华学报》以后几期,无法探寻1942年上半年的该校有关情况,包括丁景唐的学习动态。

注释:

〔1〕应成一,社会学家,浙江杭州人。1921年留学美国,回国后,长期任教于复旦大学,讲授社会学原理、社会问题、中国劳工问题等课程,任社会学系教授兼系主任、法学院院长、教务长等职。1949年后,先后在山东会计专科学校、山东财经学院、上海财经学院、上海社会科学院任教授,1979年被聘为上海社会科学院社会学研究所特约研究员。主要著作有《社会学原理》《社会问题》《十年(1937—1947)来的中国劳工问题》等。

〔2〕周其勋,浙江杭州人,英国文学研究专家、教育家、翻译家。1924年赴美国留学,获哥伦比亚大学英国文学硕士学位。回国后先后任东北大学外文系教授、英文学系主任,国立编译馆人文组主任兼中央大学外文系教授,光华大学、复旦大学外文系教授,中山大学、岭南大学外文系教授、系主任,以及广西大学外文系教授、首任系主任等。

〔3〕《光华西洋文学研究组规程》(《光华学报》创刊号,1941年冬):

第一条 本大学为研究西洋文学起见,创设西洋文学研究组,以资用于深造双方并进为宗旨。

第二条 本组置主任一人,聘请本校英文教授、学望优隆者兼任之,总持本组一切研究事宜;置编纂一人,聘本校英文教师兼任之,掌理编取资材及整齐讲稿、笔札诸务。

第三条 本组研究一切有关西洋文学之重要科目,如散文、诗词、小说、戏剧及实用英文各种西洋史等等,就上列各科目切实循序指导,以使学生得深识西方之精神及情致、理想与实际之政治教育,俾能宏通深厚而适合时宜为主义。

第四条 每星期讲演一次,讲演既毕指导学生阅读及参考之书籍,诸生就题研究得随时造[访]主任学舍,或于次星期讲演时提出问题请求解答(但以所讲之范围为限),并得于阅读参考书中作成笔记,呈主任核阅,经主任评定分数。每一学期终了,由学校计算给予积分若干,其最优等、优等,学校给予特别奖励。其奖励办法另定之。

第五条 本组暂以五十人为定额,由学校指定者三十人,诸生自请参加二十人,均由学校登记之,但既经参加非至一学期终了不得退出。

第六条 参加之资格,无论何系均得指定及请求,但以大学二年级以上为限,其一年级生各种比赛三名前及平日成绩总平均在七十分以上者,得由学校特别许其加入,以示优异。

第七条 校外有请求旁听者,由主任介绍,亦得允许入旁听席(另发旁听证),但至多以五人为限。

第八条 凡听讲者由学校编定座位,适用学校上课规则。每次由点名员查点之。

第九条　讲演之记录,由主任指定三人或五人各别记录之,记录既毕,即汇合编成讲稿,交编纂核阅,编纂转送主任,由校印发之。

第十条　指定八楼十七号教室为本组星期日讲演之地,除遇全体比赛及月考、大考外,每遇星期日均不作他用。

第十一条　每一月中,得请本校或校外精深西洋文学者来校讲演本组各种科目范围内之各问题,其人选经主任介绍,得校长之同意,由校[方]延聘之。

第十二条　凡研究之次第及详细方法,并应备书籍等等,由主任随时拟定,送经校长。分别执行之前项,书籍由本大学图书馆别度书架,以便诸生阅览。

第十三条　本规程如有未尽事宜,得随时修改之。

第十四条　本规程经校长核定公布施行。

〔4〕Daphne du Maurier,达夫妮·杜穆里埃,英国悬念浪漫女作家,英国皇家文学会会员,写过17部长篇小说。她受到19世纪以神秘、恐怖等为主要特点的哥特派小说的影响,同时研究、模仿勃朗特姐妹的小说创作手法,因此,她笔下的小说情节比较曲折,女主人公刻画比较细腻,在渲染神秘气氛的同时,带有宿命论色彩。她的代表作《莱勃卡》于1938年问世,成为世界名著,先后被译成20多种文字,再版40多次,经年不衰,还被电影大师阿尔弗雷德·希区柯克改编成电影《蝴蝶梦》。

胡肖苏可能是第一个翻译达夫妮·杜穆里埃著名小说《莱勃卡》的人。当时《诚报》记者李宛苓采写了《刻苦耐劳的胡肖苏——热心教育事业,兼任新闻记者》(《诚报》1946年9月22日),透露胡肖苏毕业于光华大学教育系,曾担任南市大东中小学校长,兼任沪光通讯社记者。"凭着胡小姐的才调,与从事教育的精神,更加她那丰富的社会经验,以及浓厚的兴趣,她干新闻工作,将来必能出人头地。"

沪光通讯社成立于1935年6月5日,地下党员吴苏中负责。"八一三"后,因宣传抗战,遭到敌伪摧残,被迫停刊。抗战胜利后,1946年2月15日开始恢复发稿。"所有报道消息,素抱灵敏正确为主,兹因原址不敷办公,于今日迁移至宁波路六二○弄一七号新址。"(《沪光通讯社迁址》,《前线日报》1947年12月11日)

〔5〕钱学熙,江苏无锡人,世代书香。父亲钱六箴是江苏无锡早期赴日本留学生,诗文兼善。钱学熙的儿子钱绍武是中央美术学院最早留苏学生之一,当代著名的教育家、雕塑家,中央美术学院雕塑系主任。钱学熙自学成才。早年随母亲许同英到苏州,就读一家教会学校桃坞中学。喜爱上了英国文学,自学钻研,竟然背熟英国《韦氏大辞典》,饱览文学和哲学名著,成为一个饱学之士。钱学熙编了《英文文法原理》一书,翻译《韩非子全集》《明夷待访录》《论老子〈道德经〉》。1938年,至上海光华大学任教。几年后,回无锡办英语补习学校。后任西南联大外文系讲师,北大加聘,讲授英国文学批评。用英文写了《文学评论十讲》作为教学讲义,受到朱光潜教授的赞誉和推崇,升任北大外文系副教授。抗日战争胜利后随北大师生回到北京,先后写了十多篇关于英国文学理论的文章,在《学原》等刊物发表。1950年入华北人民革命大学学习,同年升任教授,任北大西语系代理主任,与沈从文、朱光潜、冯至、卞之琳等过从甚密。1952年,奉调赴朝鲜,参加板门店朝鲜战争停战谈判工作。1978年7月10日,钱学熙病逝于老家无锡。

沪江大学：结缘名师，治学起步

转学大三，《夕阳》试题

1942年初秋，丁景唐转学到沪江大学中文系三年级（图9），读了两个学期。1943年初秋，丁景唐第二次转学光华大学中文系四年级，直至毕业。

图9 就读于沪江大学时的丁景唐

沪江大学创办于1906年，是一所具有浸信会背景的综合性大学，位于黄浦江畔的杨树浦军工路516号，今为上海理工大学。

1928年1月，31岁的刘湛恩博士为首任华人校长，主张沪江大学"更为中国化"，他为学校题词："沪大的新方针：学术化、人格化、职业化、平民化。"1932年，刘湛恩校长在圆明园路209号真光大楼创办了沪江商学院，这是沪江大学最负盛名的学院。

1937年抗日战争爆发后，军工路的沪江大学校址遭日军占为兵营，沪江大学本部迁至城中的商学院，与东吴大学、圣约翰大学等校组成上海基督教联合大学。1941年12月太平洋战争爆发后，日军占领上海租界，教会联合大学解散，沪江书院成立，郑章成主持教务。1944年至1945年，郑章成接替朱博泉代理沪江书院院长。

抗战胜利后，丁景唐以"沪江生"笔名发表《诿病请假的前"沪江书院"院长郑章成》，这是他前期诗文中唯一一篇针对就读大学校长的尖锐批判之文，首次大胆地披露了上海沦陷时期沪江大学改名为沪江书院的许多内情，并且指名道姓地揭发某些卑下行径，这在当时很少见。如今更是闭口不谈，究其原因既简单又复杂。

沪江书院所在的圆明园路紧靠上海黄金地块的外滩，"躲"在繁华、拥挤的十里洋场后面，显得宁静、典雅。此处有许多近代优秀的历史建筑，述说着历史的沧桑岁月。圆明园路是一条南北向460多米的小马路，南面为北京东路，西面是虎丘路、四川北路，北端为苏州河南岸（邻近外白渡桥），横向的苏州路呈丁字路口，圆明园路东面原为英国总领事馆。圆明园路所处的地块狭长，集中了许多教会机构和书店。圆明园路北端第一条小马路，即自东向西至四川北路的香港路，仅300多米。59号上海银行公会大楼，当时叱咤风云，见证了上海这个远东金融中心诸多风风雨雨。两年前（1940年12月），该大楼五楼大礼堂曾经举办丁景唐、王汉玉的婚礼。如今丁景唐在邻近的真光大楼读书，往西眺望可以看到上海银行公会大楼，或者路过那里旧地重游，一番感慨。

沪江书院所在的真光大楼（209号）隔壁是浸会书局（205号，丁景唐的叔父丁继昌在此任职),203 号为基督福音书局(代销丁景唐的《星底梦》《妇女与文学》)。133 号为中华基督教女青年会全国协会,九层钢筋混凝土结构,大楼外貌受到装饰艺术派风格的影响,具有中国传统特色。真光大楼背靠广学会大楼,面临虎丘路,附近有广学会书店、大陆华行、光陆大楼(后为关露编辑《女声》的编辑部)。虎丘路短短 300 多米,如今为外滩源,东起圆明园路,西到江西中路。

当时,拉斯洛·邬达克(匈牙利籍斯洛伐克人)先后设计了国际饭店、大光明电影院等诸多老上海建筑,成为上海最有名望、最活跃的建筑师,几乎垄断了当时上海的经典建筑设计,其中就有教会的有名建筑,如息焉堂、慕尔堂、真光大楼、新福音堂、中西女中、震旦女子文理学院附小等。

真光大楼十层,原为中华浸信会联合会办公楼,1930 年建成。建筑面积 3347 平方米,坐西朝东,钢筋混凝土结构,上半部分尤为奇特,凹凸波折。整幢大楼外表呈现深褐色竖线条风格,颇具上海地标建筑国际饭店的风范。

1937 年"八一三"事变后,沪江大学及其附中先后迁入真光大楼,大门口面临的街上大多是西装革履的教授、夹着书包学生,进进出出,很是热闹。沪江大学附中课堂集中在二楼、三楼,上课时间为上午 8 时 25 分至中午 12 时,共上 4 节课,每节课 50 分钟,其间休息 5 分钟。教室里采光欠缺,只好开灯,学生像挤在罐头里的沙丁鱼。走廊仅一米多宽,下课时人声鼎沸,你挤我推,嘻嘻哈哈。中午,中学生下楼放学,吵吵嚷嚷,迎面而来的大学生陆续进入大门(上午也有大学各系课程)。他们文质彬彬,遇到熟人,喜欢用英文打招呼。"蹬蹬"上楼,再上楼,图书馆、教室是他们的大本营,有的预备功课,有的浏览杂志、书报,有的高谈阔论。当教授讲得有滋有味的时候,楼下会传来几声叫卖广东"伦教糕"的声音。学生埋头紧张做笔记时,却偏偏传来几声清脆的卖报声。还有黄浦江的轮船的汽笛声,楼下马路上的车马声,都会随时打破教室里的安静气氛。

丁景唐是转学来的三年级中文系学生,按照规定,要考英文和中文两门功课。(图 10)作文题目是"夕阳",他写了一篇抒情散文,借唐朝诗人李商隐的诗句"夕阳无限好,只是近黄昏"(《登乐游原》),以及巴金的中篇小说《死去的太阳》中的话,抒写了夕阳下的黄昏景色,期待"死去的太阳"明天将重新升起,给人间带来欢愉的曙光。

巴金的小说以"五卅"惨案为背景,穿插一对青年男女的感情纠葛。最后作者评价:一位革命青年之死不过是一个死去的太阳,"依然会和第二天的黎明同升起来,以它的新生的光辉普照人间"。此小说未能摆脱流行的"革命加恋爱"的窠臼,巴金称它是"失败之作"。不过,他又承认此小说表达了一部分青年挣扎着前进的声音,"虽然幼稚,但它们又是多么真诚"。

丁景唐把巴金笔下富有哲理的"死去的太阳"与李商隐的诗句结合起来,这是比较新颖的构思,而且是考试时随机应变,即兴"穿越"的结果,折射出他主编《联声》之后创作了众多诗文的一种审美情趣和写作心态。如果此文能保存下来,则是一份研究他学习写作的第一手珍贵史料。丁景唐晚年时点评:"我写的这篇散文,当然还很幼稚,但它确实寄寓着我早已郁积在胸中对日本侵略者的愤慨,也蕴藏着我对民族前途的信心和希望。"(《二进沪江》)

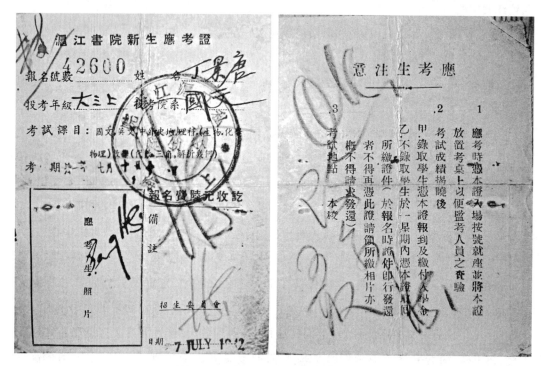

图10　丁景唐大三入学考试的准考证

名师指导,治学起步

丁景唐听过王治心、朱维之、黄云眉三位先生讲课,他们分别教授中国文化史、中国文学史、国语文法、诗词作法。

王治心为当时中国基督教界有较大影响的、多产的著述家之一。王治心,名树声,浙江湖州人,清末考取禀生。1921年任南京金陵神学院国文和中国哲学教授,编辑《神学志》。1926年至1928年间,担任中华基督教文社主任编辑。1934年后,王治心应刘湛恩校长之请,出任沪江大学国文系主任。

王治心曾作《中国史学概说》(《华东联中期刊》1941年第6期),从中可以窥见他讲授中国文化史的一斑。前者包括:史的定义和起源、史的分类、纪传体、编年史、纪事本末史、政书、史评、新史学的确立(推崇梁启超的历史研究方法)等。他最后指出:"中国国民应该读中国历史,可以激起爱国思想。帝国主义要灭亡一个国家,第一是消灭这国家的历史,就像朝鲜在现在已没有读史的自由。我们读了本国历史,可以知道本国历史的悠久、民族的优秀、文化价值的高尚、古人功绩的伟大,所以中国人都应该研究中国历史,目的是爱中国!"
"爱中国"是抗战时期千千万万中国人的共同心声,如果他当初审看丁景唐转学时的考试作文《夕阳》,那么一定会给予高分。

王治心也应邀撰写了不少散文,披露自己的足迹和家庭情况等。说起贤内助,他笔下的文字生动起来:"一灯相对,有说不出的乐趣,我则批改文卷或阅读专籍,妻则旁坐阅读小说,每逢午夜,毫无倦意。有时偶尔写作,商量意见,在不经意中或有脱漏笔误,往往得其指出,启予实多。有时且纠正我思想上道德的错误,闺房之内,不啻面对严师益友,读书兴趣,便日愈浓厚起来。后来妻要求随我赴校补修英文,得校长同意,许聘为算学教员,一面教,一面学,于是我二人朝则同出,晚则同归,途必经市区,见我们相挽而行,莫不投以惊羡之目,有相识者,故意呼我名而调笑之。"(《结婚与读书》,《大众》1945 年第 32 期)

王治心写的散文也与丁景唐有缘。1944 年春,丁景唐大学毕业后,经亲戚介绍,参与《小说月报》最后四期的编辑工作,看到了王治心的散文《旅闽杂忆》。王治心治学、教学多年,中西贯通,满腹经纶,小试牛刀,也体现于《旅闽杂忆》的一个"杂"字上,实为集旅游、地理、风俗、历史等于一体。

丁景唐尊称年长近 40 岁的王治心为"太师",因为丁景唐的恩师朱维之就读南京金陵神学院时,执教老师中有王治心。此后王治心、朱维之的师生之谊并未中断。1929 年初,福建协和大学(福建师范大学前身)来上海招聘教员,朱维之拿着两年前发表的长篇论文《十年来的中国文学》前去应聘成功,随即南下去该校讲授中国新文学课程,王治心正是该校国文系主任。随后,朱维之有机会被学校派往日本早稻田大学和中央大学进修,从事日本文学与中国文艺思潮史研究。抗战期间,朱维之再次与王治心共事,执教于沪江大学,成为丁景唐等人的老师。这期间,朱维之先后出版了《中国文艺思潮史略》《基督教与文学》《文艺宗教论集》等学术专著。朱维之回忆说:

> 卢沟桥的烽火一起,眼见军工路就要卷入火线之中,只能迁进"孤岛"暂避战火。这困居的八年生活也有前后两个四年的不同。前四年比较平静,经过三迁,租得一个三楼通楼单元,我个人有一间亭子间,每天在那斗室里花半天时间来写我的《中国文艺思潮史略》和《基督教与文学》,这两本书为我留下抗战初期的生活痕迹。太平洋战火起后,情形就不同了,侵略军一进租界,再也不得安宁了。沪江大学为了不染污名,改称"沪江书院"。教师生活顿时恶化,物价飞涨,工资不够付房租。为了一家四口的生活,只得多兼课,除光华大学外,还兼顾惠中和格致两个中学的课,再也不能坐下来写书了。

(《沪江的二八年华》)

王治心、朱维之师生的学术研究有相同之处,都是将基督教文化与中国传统文化研究相结合,学贯中西。王治心偏向于基督教文化与中国古代哲学,著有《孔子哲学》《孟子研究》《道家哲学》《基督徒之佛学研究》等。朱维之精通英语、日语、俄语等多国语言,发挥翻译的特长,深入研究,成为中国希伯来基督教文学与文化研究的开拓者之一。他于1941年出版的《基督教与文学》,全面论述了《圣经》的文学特质及其对欧美文学的深远影响,出版后引起学术界、宗教界广泛关注,多次再版。此后,朱维之完成《中国文艺思潮史略》(开明书店,1946年12月),这是国内最早问世的一部完整的文艺思潮史,以文艺思潮为中心线索,破除了以朝代或世纪为纲要的旧体例,系统地梳理、描述了三千多年来中国文坛变迁、思潮更迭、作家辈出的历史进程,受到学术界的高度重视。

王治心、朱维之为丁景唐等学生分别讲授中国文化史和中国文学史,促使丁景唐钻入故纸堆,研究古代典籍,也引起学习古代汉语的浓厚兴趣。王治心、朱维之的授课内容互为弥补,相得益彰,展现了中国文化史和文学史的纵向宏观发展脉络、横切面的断代史。同时催促丁景唐阅读的范围进一步扩大,如古代典籍的"四书五经"及《水经注》《楚辞》《中国历代文选》《词综》《历代诗词歌赋》等,夯实了丁景唐治学的基础,逐渐构建起他的"金字塔"学术成果。

丁景唐最初选择了"妇女与文学"的研究角度,以现代意识进行审视、诠释,大胆地挑战、质疑昔日权威论点,直言不讳地提出自己的新观点,先后撰写了许多专题文章,发表于《女声》等刊物上,形成他的第二本专著《妇女与文学》的学术研究框架和主要内容。其源头之一便是受到王治心、朱维之授课内容的深刻影响。丁景唐回忆说:"我由东吴大学转入沪江大学三年级,在这里开始了我的治学之路。"(《八十回忆》)

朱维之讲授的国语文法是以黎锦熙的专著《新著国语文法》(商务印书馆,1924年2月)为教科书。黎锦熙是著名汉语言文字学家、词典编纂家、文字改革家、教育家,他坚决捍卫"五四"新文化运动。针对当时"国粹派"等的白话文"有文无法"的谬论,他的《新著国语文法》首创以句本位为中心的完整体系,第一次科学系统地揭示了汉语白话文的语法规律,产生很大的影响。据此,朱维之指点得意门生丁景唐制作读书卡片,研究巴金作品的文法,写成两万多字的论文《巴金作品的语文研究》。

除了王治心、朱维之外,黄云眉为丁景唐等学生教授诗词作法。黄云眉比朱维之年长七岁,是著名历史学家,明史、清史专家和史学教育家。他系统考证《明史》、深入研究清初大儒全祖望,产生深远影响。他是浙江余姚人,家境贫寒,15岁进余姚小学,17岁毕业留校任教。后执教宁波中学,完成《邵二云先生年谱》。邵二云即邵晋涵,清代乾嘉时期著名的史学家,与经学家戴震齐名。但是邵晋涵身后声名萧索,黄云眉填补了一项重要空白。此年谱出版一波三折,1933年作为金陵大学中国文化研究所丛刊甲种本印行,这时黄云眉担任该研究所研究员及教授。他后受聘于上海世界书局,世界书局曾与商务印书馆、中华书局并列为"掌握中国文化之三大书局",但是"八一三"时遭到战火毁灭,大伤元气。1949年后,他担任山东大学古史研究室主任、图书馆馆长等,并任民盟中央候补委员,1961年9月加入共产党。

上海沦陷后,黄云眉为丁景唐等学生讲授诗词作法,包括讲解古代诗词、写作和鉴赏。这有利于丁景唐扩大古诗词的文化知识范围,提高鉴赏水平。遗憾的是未能查找到黄云眉讲授的类似内容。现抄录他当年写的三首旧体诗,可以窥见他的诗词功底:

是谁摩笛倚高楼,吹坠吴绵烂不收。
竹外好枝归冷客,门前清思落寒流。
小窗但有书声入,幽径应无屐印留。
从此平添新活计,晚来自煮玉三瓯。　　　　　　　　　　(《飞雪寄兴》)

汛汛木兰船,娟娟秋可怜。
月烘千树影,入浸一湖烟。
薄醉因风解,清愁与水连。
前朝城堞在,回首总茫然。　　　　　　　　　　　　　　(《玄武湖》)

海边穷饿客,破帽走景华。
白损怀中纸,黄余脚底沙。
野容怜土著,高屋认官衙。
一事提防苦,风驰显者车。　　　　　　　　　　　　(《中山道中自写》)

此三首诗均刊登于《国学论衡》1933年第2期,反映了他在金陵大学中国文化研究所生活的片段,细细品味,凸显"清苦"二字,特别是第三首愤懑之情跃然纸上。他饱读经书,活学活用,善于将古诗词化为己有,甚至不拘一格采用大白话,浑然一体,足见他的活跃思维。由此可见他为丁景唐等学生授课时,引经据典,信手拈来,拓宽思路,灵活多变,集分析、鉴赏、写作于一体,让丁景唐等学生受益匪浅。

丁景唐的兴趣是创作现代自由新体诗,但是常常显露古典诗词意境的精妙之处,他的《星底梦》诗集便是最好的见证。他还创作新格律诗《池边》,既有传统古诗的凝练和韵味,又有现代自由体诗的潇洒、跳跃,是中西贯通的成果之一。

沪江大学中文系学生很少,往往是一个教授面对几个学生。丁景唐选修黄云眉教授的诗选(陆游的《剑南诗钞》)、戏曲选(孔尚任的《桃花扇》),只剩下他一人,形成一对一的画面,一个悉心指导,一个洗耳恭听,忙着记笔记,机会难得。学期考试时,丁景唐一看考题"论陆游的诗""论孔尚任的《桃花扇》",不由得一乐,倾情发挥。黄云眉批改考卷时,点头称是,给予最高分A+。

关于孔尚任的《桃花扇》,丁景唐后来撰文时也时常提及,不过印象最深的还是陆游的诗歌。此后,他变换角度,进一步研究,撰写了《陆放翁出妻事迹考——关于一个被迫于母遭去爱妻的悲剧》(《女声》第2卷第4、6期,1943年8月15日、10月15日)。丁景唐晚年还提笔书写陆放翁的诗句"老见异书犹眼明""老来多新知,英彦终可喜",并盖上"春风又绿江南岸""景玉共赏"等多枚朱钤印,配列有序,贴在自家石库门三楼的书橱玻璃门上,自赏自乐,心底宽广,安逸晚年。

当时黄云眉临时执教于沪江大学,理应是替代朱荣泉教授。1921年朱荣泉毕业于上海沪江大学文学系,即留校任教。1941年《沪江年刊》将他的照片与王治心并列。他曾回余姚与黄云眉等办战时学生补习班,安置失学青年,拒绝去沪江大学复职。

同学交往,爱好文学

朱荣泉执教于沪江大学中文系时,精心扶持该校的学生团体文学会,他辞职后,文学会的同学依然怀念他,尊称他为"元老"。文学会多达30人,分为文艺、编辑、图书和交往四个小组,办有校刊《天籁》,后改为《沪江半月刊》《文学期刊》。丁景唐的学长王楚良曾是该校文学会的骨干,他还写了小文,发表于"我与文学会"专栏(《沪江》1939年第2卷第6期)。

丁景唐转学之前,该校文学会由陈嬗忱(中共党员)、孙海运等主持。陈嬗忱于1942年毕业,丁景唐则刚刚转学进校。此后,应陈嬗忱之邀,丁景唐到启秀女中讲授写作课,受到欢迎;丁景唐约请陈嬗忱撰文,投稿给《女声》。1945届毕业生陈休徵邀请丁景唐为该届毕业生写了《毕业行——为某女校一九四五届作》,后被谱曲作为校歌。

丁景唐转学到沪江大学中文系后,同学有虞和敏、刘庆增、冯家礼、石义高、居滋春、夏绿漪、王德平、徐新莲。按理中文系只有几个人,不可能有这么多的同学,很可能是该校文学会的成员。其中冯家礼、石义高原来就是中文系大二学生。石义高毕业于宁波浙东学校,喜欢文学和写作,后在上海第二医学院工作。徐新莲以后在上海科技大学教英文,他和石义高在校友会上与丁景唐相遇。夏绿漪、王德平均为女同学。夏绿漪毕业于启秀女中,她的语文老师是著名女诗人关露,她住在关露家的对门。王德平后去香港,曾是香港沪江大学同学会会长。虞和敏、刘庆增也都是女同学,爱好戏剧。虞和敏曾担任《戏剧报》记者。刘庆增在剧团演过话剧,20世纪50年代,丁景唐介绍刘庆增到上海戏剧家协会工作。刘庆增的英文水平颇佳,曾以"辛薤"的笔名发表两篇文章,翻译的《一位女舞蹈家的自述》、译介的《艺术剧场重演〈三姊妹〉》,一并刊登于《文章》第1卷第4期(1946年7月15日)。

《一位女舞蹈家的自述》,原作者叶凯娣瑞娜·捷色。她是苏联著名芭蕾舞演员,她的师友瓦西里·德米特罗维奇·蒂霍米洛夫"至今仍不断地陪伴和督促"她。该文透露她主演了《埃及女王》《堂吉诃德》《天鹅湖》等,其中1927年创作的《红罂粟花》是苏联第一部现代革命题材的芭蕾舞剧,"我才是以全部生命去发挥我创作灵感的"。她还感谢著名文学家卢那察尔斯基,"他教我们如何使舞蹈艺术由少数人的特享品进而为实际广大人群的艺术——具有伟大理想和目的"。当时中国媒体也纷纷报道新鲜事物《红罂粟花》,把女主角的名字译为捷尔色,《良友》1933年第80期刊登许多剧照,由著名翻译家戈宝权提供。十几年后,刘庆增的译文首次介绍昔日《红罂粟花》的女主角给中国读者。

刘庆增另一篇译介短文《艺术剧场重演〈三姊妹〉》,介绍俄国著名作家契诃夫的名剧《三姊妹》在莫斯科艺术剧场上演。该剧场全称苏联莫斯科高尔基模范艺术剧院,斯坦尼斯拉夫斯基和聂米罗维奇-丹钦科于1898年创建。建院初期,剧团由两部分人员组成,即斯坦尼斯拉夫斯基领导的业余剧团成员和聂米罗维奇-丹钦科的戏剧学校的成员,稍后加入的有卡恰洛夫和列奥尼多夫。刘庆增介绍的重演《三姊妹》一剧由卡恰洛夫导演。该文还介绍了艺术剧院的简史和斯坦尼斯拉夫斯基等人。此文是根据英文杂志上有关信息转译的,比较短,却作为《文章》"剧场风景线"专栏的压轴之文,可能是编辑邀约的结果。

其实,介绍莫斯科艺术剧场的文章比较多,"左联"骨干邢桐华曾翻译《契诃夫与莫斯科艺术剧场》(伊夫洛斯原作,《时事类编》1936年第4卷第8期)。刘庆增一文发表后,苏联大使馆新闻处编辑的《新闻类编》第1534期(1946年9月21日)发表西洛夫的《莫斯科艺术剧场》。

刘庆增两文发表于综合性文艺刊物《文章》,该刊刊登戏剧、文学、美术等文章,由著名戏剧家吴天编辑,丁景唐在《上海文坛漫步》(《文艺学习》第2期,1946年6月6日)中介绍过此刊物。《文章》的撰稿人大多是文坛名人,如第1卷第4期刊登史东山的《戏剧导演简论》、吴祖光的《宵禁解除之夜》、林焕平的《莎士比亚为什么成功?》、李健吾的剧本《王德明》、陈烟桥的《上海画坛一感》,以及郭沫若、田汉的诗等。刘庆增两文跻身于其中,给丁景唐留下良好的印象,不过他误以为"刘庆增为《艺术剧场》翻译过戏剧理论文章"。

综上所述,至少可以得出如下一些看法:

其一,沪江大学中文系王治心、朱维之、黄云眉三位先生学富五车。王治心、朱维之授课内容互补,相得益彰,展现了中国文化史和文学史的发展脉络,夯实了丁景唐治学基础。黄云眉授课时注重拓宽思路,灵活多变,集分析、鉴赏、写作为一体,渗透在丁景唐的现代自由新体诗里。在沪江大学学习的一年时间,既是丁景唐学习中国古典文学作品最多的一年,也是他写作比较勤快的一年,除了写诗歌、散文,还从事民间文学和古典文学的研究。

其二,丁景唐有幸与王治心、朱维之老师结缘,特别是恩师朱维之,为丁景唐第二次进入沪江大学担任助教,摆脱家庭经济困境,打下了良好的基础。

其三,沪江大学的英文老师大都是外籍教员,也有一位名声很高的中国女教授彭望荃。丁景唐的妻子王汉玉昔日就读东吴大学时,有幸成为她的学生。这些英文教员授课时很严格,经常当场提问,搞小测验,而且一直问到底,直到同学回答不出为止。在如此严格的授课气氛中,催逼丁景唐勤奋学习,不敢有丝毫松懈,他的英文水平继续得到提升,他的同学刘庆增便是一个很好的旁证。此后,丁景唐也翻译了一些文章,并不令人感到意外。

其四,除了主课之外,丁景唐还要选修其他公共课,才能拿到足够的学分,如中文(国学)8学分、英文8学分、伦理3学分、哲学3学分、体育6学分,除了前两项之外,丁景唐从未谈起选修的后面三门课程。他回忆选修诗选、戏曲选,不知诗选是否就是黄云眉讲授的诗词作法。如果确认,那么他们师生是一对一上课。戏曲选不知由哪位老师讲授,此内容也很重要,在丁景唐这时期写的文章里也提起明清戏曲,如《红叶题诗的故事》引用"御沟拾叶"一节戏文,很有意味。

其五,丁景唐晚年时,未提及与沪江大学文学会的关系,也不知他在校还参加了其他什么活动,这有待挖掘史料,早日填补这些空白。

附录 诿病请假的前"沪江书院"院长郑章成

  鼻架墨镜,身穿长袍,外罩马甲,足登皮鞋,魁梧的身材,老是紧张着脸,一副威严的模样,活像龙华寺的金刚菩萨,这是 C. C. 郑[1]在"自任"沪江书院第二任,也是末一任的院长时代的画像。说是"自任"而不写"荣任",这是有原因的。当"一二·八"日寇进据上海的时候,上海各教会大学,东吴、之江,因与盟邦教会有关,都相率停课,而独约大沈嗣良[2]不惜卖身投靠,为了个人的利益,竟至参与"反英美协会",公开演讲"打倒英美",大放厥词。还有沪江自樊校长[3]告退,我们的 C. C. 郑先生也就乘机而起,以校友会之名,发掘(后以汉奸罪被捕之)朱博泉[4]为院长,而自己以朱之老师地位屈居代理院长。一年后,为了过过院长的瘾,就自任院长,以朱为董事长,直至日本投降、沪江大学复校才诿请病假,恋恋难舍地离去。

  C. C. 郑苦心孤诣地维持书院,对他个人的地位而论,的确有着良好的成绩,但对于沪江而论,有些则未免成为耻辱的污点——

  (1) 在各大学中沪江教员的待遇最低,以家长制对付同人,派事务员,点教员的名,如果缺席即克扣薪金,员生之间引为莫大笑话。

  (2) 以希特勒式的个人独裁制代替故刘湛恩[5]校长手创的公开的校务会议,蔑视系主任教授的人格。

  (3) 沪江教授、学生认为最大的"耻辱"是一九四三年冬天,书院当局请伪"市教育会主任委员""大东亚理论家"周化人[6](已被逮捕)在新天安堂演讲青年思想问题,周逆引以为光荣,即以其稿发表于第二天敌"陆军报道部"机关报《新申报》上,还堂皇地写着在沪江大学的讲题。该报俱存,足资考证。

  (4) 取消中国文学系和音乐系,而降低程度滥收学生,弄得沪江声誉日下。因为我们的 C. C. 郑先生虽是一个生物学起家的人,却富于理财本事,他的教薪(除了院长薪金之外)比旁的教授要多一倍,譬如别的教授跟他同样是博士、硕士的,每小时伪币五千元,而他却要支伪币一万元,不知根据哪条经济原理。至于取消国、音二系的事,尤其滑稽。因为这二系的人数比较少,据说要蚀本。这除了说明他是市侩,对教育无知之外,还能说什么话呢?但即使"在商言商",以经济学的眼光来看,当时沪江人数较少的计有三系,音乐系三人,生物系七人,国文系十五人。如果不谈教育,专讲"生意",则应三系全部取消,不是更合乎"生财之道"的吗?这中间,"耶稣自有道理"。原来 C. C. 郑是兼生物系主任的,普通一个人尚且不肯丢弃自己的本行,而我们聪明的 C. C. 郑又哪能舍得割爱?何况"文学是外国的好",国文有何用途,毕业出来既不能留学"国文",也不能跟外国人交易通商!所以也就难怪旁人闲话他是在拿书院当自己的私有财产了。

这里附笔一提的是《福尔摩斯》报曾经揭登的"青少年团检阅"的"胡祖荫博士"[7]，在书院时一度做过教育系主任，而原任的林立[8]升任为林教务长，对于C. C.郑所有以上沪江书院重大的成绩是竭力推行的合作者，犹如希特勒之与戈培尔一样。现在二位是"失势"了，一个降为教师，一个则退出教务室，腆颜和过去受过林教务长点名扣薪的"恩典"的教授们，一起挤在教员休息室中。

我们期望新的沪江能一刷C. C.郑书院时代的污点，恢复以前的声誉。

原载《学生界》半月刊"复刊号"（1945年11月17日），署名：沪江生。

导读：

丁景唐珍藏两份《学生界》半月刊"复刊号"，目录上注明"复刊号"。该刊编辑者为上海学生总会宣传处，印刷者为中共上海地下党创办的"中投"（中国文化投资公司，对外接受印刷业务），并注明："本刊已呈登记中。"该刊16开，共8页，仅出一期。

这两份刊物中夹着丁景唐写的纸条："这是利用国民党[三青团]学生总会的刊物，经党同意，陈给同志利用社会关系打入编辑[部]。只出一期，其中'沪江生'署名[的文章]是我所写。丁景唐，六月廿五日。"陈给与丁景唐同为"学委"系统的地下党员，关系密切，多次合作，陈给后为上海社会科学院科研处负责人。

此文是丁景唐前期十年诗文中唯一一篇针对就读大学校长的尖锐批判之文，首次大胆地披露了上海沦陷时期沪江大学改名为沪江书院的许多内情，并且指名道姓地揭发某些卑下行径，这在当时很少见。

此文特点如下：

其一，抗战胜利后，"严惩汉奸"的社会舆论、民众呼声日益强烈。而国民党"大员"只顾疯狂地抢夺抗战胜利果实，"五子登科"或"七子登科"的各种丑闻不绝于耳，百般宽恕罪恶累累的大汉奸，激起广大民众的强烈愤慨。

郑章成作为沪上四大教会名校之一的沪江书院的代理院长，干了某些卑下行径，沪江书院爱国师生有目共睹，敢怒不敢言。此文中的郑章成是反面教材，隐射熟视无睹的国民党当局。丁景唐此文紧跟时代潮流，顺应民心，说出了昔日沪江书院爱国师生的心声。

其二，圣约翰大学校长沈嗣良是教育汉奸的典型，该校地下党组织针锋相对，直接点名进行斗争，并取得了最终的胜利。丁景唐此文是与圣约翰大学坚决批判沈嗣良的斗争相呼应的，并且以大义凛然的烈士刘湛恩校长的光辉形象、樊正康校长"告退"的抵制策略，与郑章成的某些卑下行径形成鲜明对比，如个人独裁制、"自任"院长、专营"生财之道"、克扣教授薪金、吹捧教育汉奸等。

其三,此文并未对郑章成的历史问题一刀切,简单地将他列入教育汉奸的名单中,而是有理有节地进行批判,摆事实,讲道理。同时指出:"郑苦心孤诣地维持书院,对他个人的地位而论,的确有着良好的成绩……"这既有揶揄意味,也有些肯定的语气,毕竟在上海沦陷时期尖锐复杂的环境中,要竭力维持一个高等学府的生存,实属不易。

沪江校友会会刊《校讯》第4期(1946年9月1日)介绍郑章成博士时,认为他主持沪江书院时,"所有经济以量入为出为原则。一切教职员及开学程,一仍旧业,未稍变动。其最大贡献,厥为维持教职员之生活及同学之学业,直至胜利为止。"此讲述的立意、角度不同,与丁景唐之文大相径庭,但也反映了"所有经济以量入为出为原则"的某些真情。

其四,此文首次大胆地披露了上海沦陷时期沪江大学改名为沪江书院后的某些内情,除了批判、揭发郑章成某些行径,还列举了他的得力助手教务长林立、曾任教育系主任胡祖荫,虽然寥寥数语,也足以说明问题了。其中必然有大量鲜为人知的交易内幕,外界难以了解。

其五,丁景唐就读的中文系突然被取消,迫使他转学"二进光华"。中文系有15名同学,遗憾的是不知他们的姓名,否则可以查到更多的线索,填补许多空白。

其六,由于此文是投稿给国民党办的学生刊物,丁景唐构思时斟酌一番,较好地把握了一个度,将尖锐批判与灵活笔法相结合,其中有些人事问题点到为止。而且此文语言形象,充分利用词语的内在含义和外延的张力,努力拓展这篇千余字文章的价值,留下许多弦外之音。这是丁景唐吸取了过去著文的经验得失,堪称其讽刺杂文的一个亮点。

注释:

〔1〕郑章成,福建闽侯人,生物学家、教育家。1913年沪江大学毕业,1919年获美国耶鲁大学哲学博士。曾任沪江大学教授、副校长,沪江书院代理院长、理学院院长和生物系主任,著有《大学生物学》等书。

〔2〕沈嗣良,浙江宁波人,近代体育活动家,上海圣约翰大学校长。1919年毕业于圣约翰大学,赴美国留学,进修体育课程。回国后被聘为圣约翰大学体育部主任,后为圣约翰大学副校长兼教务主任。抗战期间,沈嗣良任圣约翰大学校长。1945年抗战胜利后,被国民政府以汉奸罪判刑,没收财产。沈嗣良出狱后去美国定居,1967年病逝。

〔3〕樊正康,留美学者,个性鲜明,视教育为生命。曾担任沪江大学第一任中国籍教务长,成为该校首任校长刘湛恩的得力助手。刘湛恩不幸遇难后,他继任校长,被称为"沪江大学的忠诚守卫者"。对此,上海理工大学档案馆馆长章华明曾写有专题文章。丁景唐的第二本书——论文集《妇女与文学》"承沪江大学樊正康校长题署,谨致诚挚的谢忱"。

〔4〕朱博泉,浙江杭州人,民国时期上海金融界、教育界、娱乐界大亨。1932年,沪江大学校长刘湛

恩在圆明园路真光大楼创办了沪江商学院,又称城中区商学院,这是沪江大学最负盛名的学院,朱博泉任院长。抗战期间,出任上海金融界各种伪职。

〔5〕刘湛恩,湖北阳新人,教育家、爱国志士和社会活动家。1918年赴美留学,1922年回国,1928年起任上海沪江大学校长。1931年"九一八"事变后,积极参加抗日救亡运动,被推为上海各界救亡协会主席。抗战时期,刘湛恩拒绝出任伪政府教育部部长。1938年4月7日,刘湛恩和家人乘车外出时,遭日伪特务暗杀身亡。1984年被上海市民政局追认为革命烈士。如今上海理工大学校园内建有刘湛恩烈士塑像,刘湛恩故居被辟为红色文化主题馆。1948年夏,丁景唐"二进沪江"执教时,一度住在刘湛恩校长故居小洋楼。

〔6〕周化人,广东化州人,民国时期政客。抗日战争全面爆发后,追随汪精卫叛国投敌,沦为汉奸。1945年抗战胜利后,仓皇逃到香港,1976年病死。

〔7〕达明《教育界败类胡祖荫匿迹》(《福尔摩斯》1945年10月22日):

战前曾任原工部局荆州路小学校长的胡祖荫,在敌伪占领上海的当儿,是献足殷勤、拍足了敌伪马屁的。

胡逆是在抗战开始时出洋渡美的,回国时是教育硕士的学位,不知怎样,到了上海以后就做起"博士"来了。这位好好的"博士"先生,不安本分,又大肆活动。除了在"沪江大学"教育处授课之外,居然想奴化起青年来了。

他领导了上海市的青少年团,为了献媚起见,在民国三十二年的双十节曾经作了一次大规模的检阅演出,地点是在沪西胶州公园。当时参加"大检阅"的有第一号大汉奸陈逆公博等,胡"博士"殷勤招待。今天再翻出那年胡"博士"与陈逆并肩而行的照片来,还能想起他那时的威风和得意忘形的姿态。然而,可惜得很,昔日威风,而今安在?

〔8〕林立,字卓然,湖北夏口人。早年留学美国,1927年秋应聘沪江大学,历任教育系教授、教育学院院长、文学院院长,1938年起任教务长。抗战期间,校务诸事"不绝如缕,而撑持艰巨,维持校誉于不堕者,先生实利赖焉。胜利以后,本以历年劳瘁,有志将息;乃凌宪扬校长,数度邀请,继长教务,固辞不获,因蝉联斯职"(《林卓然博士》,沪江校友会会刊《校讯》第5期,1946年10月1日)。1948年,沪江大学教务长林立退休,余日宣兼任教务长。

二进光华：综合提升，圆满句号

学校变样，名师更新

1943年秋，按照组织上的指示，丁景唐第二次转学光华大学，就读中文系四年级，次年初夏，毕业于该校，从而结束了就读三所教会大学的四年求学历程。

丁景唐第二次进光华大学时，该校大变样。1941年12月8日，上海"孤岛"沦陷，张寿镛校长为了抵制日伪的奴化教育，对外宣称光华大学停办，改为三个学社。一名"诚正文学社"（原文学院），由蒋维乔主持；一名"格致理商学社"（原理学院利商学院），由唐庆增主持；壬午补习班（原附属中学）则由毛仲磐主持。这三社分散几个地方上课，维系学校命脉，均向重庆国民政府教育部报批备案，对于毕业生，仍颁发光华大学学位证书。

蒋维乔，字竹庄，江苏常州人，晚清秀才。曾入商务印书馆编译所，编辑中国小学成套教材，在教育界影响巨大。蔡元培任中华民国临时政府教育总长时，蒋维乔应邀任教育部秘书长，1916年出任江苏省教育厅厅长。1929年，任上海光华大学文学院院长兼国文系主任。1938年，担任诚正文学院院长，兼鸿英图书馆馆长、《人文月刊》社社长。蒋维乔撰写的《中国近三百年哲学史》，对于哲学、佛学很有研究，学术造诣深厚。他曾提出中文系的规划，并与张寿镛校长联手推出国学、西洋文学、经济学三个研究组，专门制定三个研究组组织规程及奖励办法。丁景唐抱着浓厚兴趣参加了西洋文学研究组，成为他第一次就读光华大学的重要收获之一。

蒋维乔坚决拒绝出任汪伪要职，在1942年岁尾的日记中写道："是岁为环境最恶劣之年。诚正、诚明（正风文学院）两学校，因对付敌伪，煞费苦心；鸿英图书馆两次遭敌，幸皆应付过去。而敌伪对我个人之威胁利诱，尤咄咄逼人，我以平素刚直之态度对之，彼亦无如我何。"丁景唐和同学去蒋维乔院长家里听课，发现他的生活颇为清苦。他年事已高，请不起保姆，自己料理日常生活。丁景唐等同学在他家客堂间里，围坐在一张粗木桌旁，师生交谈，亲密无间。

对于蒋维乔兼任馆长的鸿英图书馆，丁景唐情有独钟，不仅经常去查阅资料，而且把自己撰写的前两本书《星底梦》《妇女与文学》，以及与萧岱、王楚良合作的《谷音》都赠送给鸿英图书馆。丁景唐与俞沛文、陈一鸣等人编辑的"上海联"会刊《联声》也曾赠送给该图书馆，现在成为上海图书馆珍藏的历史文档之一。

当时蒋维乔甚为忙碌，兼任诚明文学院院长，并利用该学校的师资力量，为丁景唐等学生授课，朱香晚先生便是其中之一。

平时,丁景唐等同学上课分别在九江路证券大楼八楼和新大沽路蒋维乔先生的寓所。蒋维乔的老同学朱香晚的文字学课则假借北京路盐业银行大楼四楼。在20世纪40年代的地图上,盐业银行大楼东北角一小块名为盐业大楼。

盐业银行成立于1915年3月,总部设在北京。当初盐业银行还在上海建造了著名的国际饭店、四行储蓄会、四行仓库等几栋建筑。盐业银行的背景历来为政界要人,内情很复杂。张寿镛校长设法将上海盐业银行大楼作为临时校舍,也是凭借各方人脉关系,实属不易。盐业银行大楼共七层,坐北朝南,由英商通和洋行设计,建造于1931年,总面积6 607平方米。建筑风格为简化的新古典主义,外观简洁,构图严整。盐业银行大楼位于北京东路280号,左右大多是金融机构,如右边为中华银行、华茂银行、统原银行,左边依次为中一信托股份有限公司、四明保险公司、四民银行等。盐业银行大楼所在地块,东为江西中路、四川中路,南邻河南中路(南京东路商圈),北近苏州河,这个地块还有荣毅仁主持的申新纺织厂总公司和荣氏兄弟创办的茂新、福新面粉总公司等。丁景唐熟悉此地,不远处是他曾就读的青年会中学(四川中路599号),以及东吴大学(南京东路慈淑大楼)、沪江大学(圆明园路真光大楼),甚至他大学毕业后参加《小说月报》(宁波路470弄4号),都在以南京东路为轴心的闹市区的黄金地段里。

朱香晚,字湘帆,江苏宜兴人,著名文字学家、音韵学家和训诂学家。他"博学不倦,于音韵学尤多创见,与顾、江、戴、段、钱、章诸家说,互有发明"。他曾在北京清华学堂(后为清华大学)任教,来沪后,与胡敦复、华绾言、曹惠群、顾养吾、平海澜、赵师曾等组成立达学社,研讨学术,编辑书籍,兴办学校。后执教于大同大学、正风文学院,担任国语系主任。朱香晚为人处世被人们称道,"先生事亲孝,待人诚。四十七岁,始戒杀,作《食解篇》以明志。操守狷介,生活俭约,平时蛰居斗室,藜藿自甘。子凤美之成婚也,实行以俭救奢,与订婚难成婚易之主张,黄任之先生为文记之以风世。能酒而不过量,善昆曲而不轻发,偶或抗音高歌,苍凉悲壮,令人作振木遏云之感。此先生立身行谊之大概也。先生晚年筑室杭州吴山下,奉亲讲学,拟终老焉。"(沈佩畦:《已故国学名师朱香晚先生》,《苏讯》第71期,1946年9月30日。)

朱香晚早年曾担任江苏省立第二师范学校教务主任,平时非常俭朴,总是穿着粗布衣服,也不愿意坐人力车去学校。"授课时,除课文外,必涉以滑稽词令,故同学闻先生授课,无有缺席者,盖欲聆先生之诙谐语也。"一日,家里被小偷光顾,朱香晚写了一首《被窃诗》:"贼骨头,走错路,寒舍门开休枉顾。穿的粗布吃的素,尽你搜去也无补……穷朋友,你莫羞,不是生成贼骨头。烽火白骨满神州,小民生计要自谋。一碗苦饭争上流,莫羡逸乐封王侯。"(尤亚:《朱香晚〈被窃诗〉》,《社会日报》1934年1月24日。)

朱香晚为丁景唐等学生授课时,他已年逾花甲,一头白发,身体虚弱,面色枯黄,穿着褪色的蓝布长袍,手里的一把旧雨伞权作手杖。由于电力紧张,大楼电梯停开,他只得缓慢拾级而上,气喘吁吁,好不容易走进教室,把夹着的包袱放在讲台上,坐下来稍稍喘口气,便开始授课。这时朱香晚老先生已经失去了昔日的风采,也不见机灵、诙谐的习性,但是授课依然生动、详细、清楚。丁景唐等学生很幸运,成为朱香晚的一批关门弟子。1944年初夏,丁景唐大学毕业,朱香晚的虚弱身躯又苦苦支撑了一年多,驾驭秋风西去,"遗命火葬,不开丧"。

"文字学,古称小学,是读古书的启蒙学课,不识字,何能读书?中国有几千年的悠久历史,倘连本国的文字都不认识,不懂,几千年的中华文明古国的典章制度将失传了。"多年后,丁景唐依然清晰地记得朱香晚第一次授课的开场白。

朱香晚介绍了中国文字的源流和发展趋势,也比较客观地谈到汉语拼音和拉丁化问题,并未持有社会上某些守旧派攻击汉字改革的激进论调。十几年前,瞿秋白隐居上海时,坚持研究汉字拉丁化改革的精神,有重要成果,并与"左联"倡导的文艺大众化运动相结合,由此推动左翼文艺运动发展。当时多家报刊也纷纷推出大众化语言专题讨论,众说纷纭。朱香晚作为全国研究文字学的为数不多的老专家之一,却有如此兼容并包的海派学术精神,令人肃然起敬,也为他外表形象"一袭竹布长衫、布鞋布袜"增添了魅力。

"请带笔墨纸砚。"事前,教务处发的通知让丁景唐等同学大惑不解:朱香晚还要教授书法?距离下课还有一点时间,朱香晚请丁景唐等同学拿出笔墨纸砚,用毛笔写下自己的姓名、籍贯的篆文及其本意,这是要参考段玉裁对于《说文解字》的注释。丁景唐就读东吴大学、沪江大学时,对于古代文史典籍已打下较好的基础,但是对于《说文解字》以及段玉裁的注解还从未仔细研读。听了朱香晚深入浅出讲授的第一堂课,激发了丁景唐对文字学的兴趣。

朱香晚讲授第二堂课时,丁景唐接过作业本,看到红笔批改之处,不由得脸红。朱香晚有针对性地讲解,答复了丁景唐等同学的疑惑,他要求大家必须严格按照《说文解字》以及段玉裁的注解进行学习,包括汉字的结构和笔画,一笔都不能偷懒、马虎。再看看朱香晚的板书,也是端端正正的楷书,犹如他的为人处世。

丁景唐不敢懈怠,无论是聆听朱香晚授课时的笔记,还是课后作功课时,他都一笔一画地写着。对于《说文解字》540个篆字,他在竖写八行的笺本上,足足写了十几本,呈现了他执着学习的精神。如今保存的他起草的文稿和信笺上的正楷毛笔字体,即使是蝇头小字,依然整洁、清晰、美观,折射出当年朱香晚的严格要求和殷切教诲。1987年4月11日,丁景唐写了《缅怀朱香晚先生》(《光华校友通讯》第6期,1988年5月),回忆了当年聆听朱香晚先生授课等情况。

光华大学国文系曾有不少名师,如金松岑、吕思勉等,但是上海沦陷后,他们纷纷离校或病逝。因此丁景唐第二次就读光华大学时,无缘聆听他们讲课。抗战胜利后,吕思勉重返光华大学时,国文系名师中还出现了郭绍虞。[1]

丁景唐第二次就读光华大学时,除了继续学习英语之外,还选修第二门外语日语,老师是黄九如,她是著名女作家白薇的五妹。

黄九如是自编多种教材的资深教师,维护女权的斗士,颇有才华的女作家,为"三合一"(教育界、妇女界、文学界)女才子。她不畏反动专制的压迫和威胁,机灵地游走在社会、社团、学校之间,有意或无意地探寻写作、治学、道德的"边缘"地带,开拓属于自己的广阔处女地,显示了湖南妹子的鲜明个性,又融进她的灵气、学识和才华。但是,她的名字及其诗文鲜为人知,早已淹没在浩瀚的文史档案里。

此前,黄九如已经兼教麦伦中学的国语(史地文化)和日语。上海沦陷后,日伪强制中、小学开设日语课,且大多由日本人教课。为了搪塞日本人,免遭奴化教育,南屏中学校长曾季肃(《孽海花》作者曾孟朴的妹妹)先后邀请夏衍夫人蔡淑馨(曾就读浙江省女子师范学校,后留学日本)和黄九如来校教授日语。黄九如也为光华大学学生丁景唐等教授日语。在敌伪的高压之下,语言与政治的关系,师生心知肚明,于是马虎应付,犹如走过场。

说起麦伦中学,丁景唐的"四同"(同龄、同学、同道、同志)陈一鸣、学长王楚良等都是该校校友,他们听过黄九如讲授史地课程。关于麦伦中学校长沈体兰,以及该校的地下党组织活动情况,陈一鸣等人写过专题文章《继承发扬沈体兰先生的献身精神》《民主革命的教育基地——抗战爆发前后的麦伦中学》等。黄九如与著名作家魏金枝同时应聘于麦伦中学,此后魏金枝与丁景唐合编《文坛月报》。该校的外籍教员白约翰后为丁景唐和陈昌谦合编《时代学生》的撰稿人之一。

对于麦伦中学发生的各种事情,黄九如有所见闻,除了她感兴趣的戏剧活动、每周学术讲座之外,特别是对于学生运动"敬而远之",恪守"两点一线"(课堂与住处)准则。她知道曾执教的上海工部局女子中学是著名教育家陈鹤琴创办的,但不一定了解陈鹤琴的两个女儿陈秀霞、陈秀煐(陈一鸣的妹妹)也在该校读书。

同学情谊,校长仙逝

黄九如应邀为光华大学开设日语课,属于选修课。当时中文系学生约有十人,四年级生只有丁景唐一人,因此大家经常在一起上课。丁景唐回忆说:

> 记得1943年一起听朱香晚先生文字学课的有郭若愚、潘照南、唐敏之等同窗好友。惜敏之不幸于"文革"中罹难,闻者唏嘘!若愚对甲骨、钟鼎古文学深有造诣,为上海博物馆的专家。照南现任广州中国银行高级经济师,也精于书法篆刻,斐然有成。此皆得力于香晚老师谆谆教导和二位自强不息。
>
> 1987年3月,照南自穗来沪,约我与友仁、若愚、绍昌诸同窗相会于梅陇镇酒家,学

长王辛笛和青年女作家程乃珊夫妇等亦来叙晤。在叙旧中,我才知道照南曾在净业社缮写佛经维持生计,怪不得他练就一手好字。也谈到香晚老师,大家不胜悼念!若愚、照南和我回忆了香晚老师讲解"为"字、"法"字等篆文的形、音、义事,恍似时光倒流,四十几年前香晚老师音容宛在眼前(现限于印刷条件,未能排成篆文详述为憾)。数日后,友仁和照南相偕来访,送来《大同大学校友通讯》,所述朱香晚先生事迹如次:

朱香晚先生,生于1872年,殁于1946年,江苏宜兴人。少年时,与蒋竹庄(蒋维乔)先生负笈南菁书院,后入北京清华学堂(清华大学前身)。当时反帝反封建思潮正日益高涨,旧政权和外国教会把清华学堂当作奴化的"赔偿学堂",引起师生的强烈不满。抗议无效,1911年,清华学堂的十一位教师愤然辞职南下,艰巨创业,筹组立达学社。翌年,成立大同学堂。到1922年9月,正式改称为大同大学。在这十一位教师中即有朱香晚老师在内。其他如胡敦复、曹惠群、平海澜、吴在渊、叶上之等,亦均为国内著名的学者。香晚老师在大同大学执教甚久。

又据郑逸梅先生告知,香晚先生也尝执教于龙门师范(省上中前身)和江苏省立上海中学,而教薪则捐助该校图书馆。

蒋竹庄先生自订年谱中曾有一节记载香晚老师,史实珍贵。经沈北宗校友抄赠,特转录于后,以作本文的结尾:

"1946年,民国卅五年,1月20日,老同学朱君香晚,于是夕12时逝世,年七十有五。忆少年时君与余同学于南菁书院,君团扇轻衫,翩翩美少,多风流韵事,志远才高,擅小学词章,尤精声韵。'八一三'战前,君以一生笔耕所积筑室于西湖之滨,将以终老。不料战火猝起,住宅全毁,书籍荡然,尤可惜者,其精心撰写之声韵学稿,众遭兵焚,既无副本,无法复写。君率眷避难,由汉口而长沙,而衡阳,间关至香港,仍返上海,旅囊既空,依旧执教鞭于各校,以维生活。老年性益狷介,俭约刻苦,一介不取,形容枯槁,或以滋养品赠之,则坚却不受。殁时遗命,一切赙仪,即如挽联亦不许受,遗体则用火葬云。"

(丁景唐《缅怀朱香晚先生》)

此文发表于《光华的足迹》,该刊编辑注释:"据郭若愚校友告知,朱香晚先生的《音韵学讲课笔记》,或存中科院语言研究所管燮初校友处;《香晚文稿》,郭若愚有藏本。"

郭若愚比丁景唐小一岁,早年师从郭沫若、郑振铎、邓散木、阮性山等大师名家,学习古文字、文物考古、金石篆刻等。具有深厚的国学根底,并对钱币、紫砂陶、文房四宝、篆刻等研究,多有建树。

潘照南无形中为丁景唐打开了一扇窗——《前进妇女》首次发表《祥林嫂——鲁迅作品中之女性研究之一》一文,那是他俩自光华大学毕业后的事。丁景唐晚年时一个偶然的机会,才回想起此文与袁雪芬主演的越剧《祥林嫂》有一段姻缘,欣然挥笔写了一篇很长的附记,说明了事由,其中特意提及老同学潘照南,并与《祥林嫂——鲁迅作品中之女性研究之一》一起收入《犹恋风流纸墨香——六十年文集》(上海文艺出版社,2004年1月)。

潘照南接受著名藏书家嘉业堂刘承干的儿子、儿媳妇的委托,请老同学丁景唐为他们创办的《前进妇女》写稿、拉稿。当时丁景唐联系的学生刊物都缺乏经费,随办随停。现在有这个机会,丁景唐便联系了田钟洛(袁鹰)、周绮霖、赵自、陈绐、戴容等人撰文,先后发表于《前进妇女》上。该刊第3期还刊登东吴大学才女施济美的小说《小城的夜风雨》(未完),可惜后来被迫停刊了。

潘照南是一位金石学家,擅长篆刻书法。1987年3月,他与丁景唐重逢,感慨万分,按照丁景唐之意,欣然赠刻一方印章"又遣春温上笔端"(鲁迅《亥年残秋偶作》"敢遣春温上笔端")。潘照南在刻印的边款中云:"与景唐兄不相见三十年,今春重晤于沪,景唐梦影感慨万千,嘱刻此语以作留念。"落款"广东印人"。潘照南时任广东肇庆市会宁同乡会会长,多次接待海外侨胞。

老同学唐敏之也喜欢写作,大学毕业前后,接连发表了不少小说,有些与丁景唐(时为《小说月报》编辑)有关。唐敏之的小说《末路》与丁景唐的诗歌《塔》,同时刊登于《飙》创刊号(1944年12月10日)。丁景唐校审了唐敏之的小说《山城的阴郁》,发表于《小说月报》第44期(1944年9月15日)。唐敏之与丁景唐还合作小说《阿秀》,发表于关露编辑的《女声》第3卷第4期(1944年8月15日),署胡生权、辛夕照"集作"。此小说表现了濒临经济破产的乡村少女阿秀热切向往畸形繁华都市,在"善"与"恶"之间徘徊,最终酿成人生悲剧。如果说此小说是唐敏之写的初稿,丁景唐修改,那么也合情合理。其中多次出现上海方言,并且借用四川经商的行话"利子",这些理应是丁景唐修改的结果,因为在唐敏之的笔下从未出现上海方言。

1944年8月又是一个酷暑,国内抗日战争和国际反法西斯运动不断传来令人振奋的消息。同时,美军飞机在黄浦江上投掷炸弹,轰炸日军军事设施和日本军舰,市内不时拉响防空警报。

丁景唐和同学们喜笑颜开,出现在北京西路1400弄觉园的张寿镛校长的宽敞住宅。觉园原为南洋兄弟烟草公司简照南、简玉阶兄弟所建,初取名南园,占地约22.5亩,有池石亭榭、简氏家祠。后因在南园创立佛教净业社,改园名为觉园,新建佛寺。1931年部分出售,建花园住宅、新式里弄、学校、教堂等。太平洋战争爆发后,觉园被侵华日军占作兵营,遂废。

丁景唐和同学们纷纷穿上学士礼服,头戴学士帽,向张寿镛校长等致敬,接过毕业证书,待抗战胜利后,另换正式的毕业文凭。"咔嚓",一张大学毕业照(图11),为丁景唐四年大学学习生活画上一个圆满的句号。

张寿镛曾任浙江、湖北、江苏、山东等省财政厅厅长和国民政府财政部次长等职,毅然弃官办学,亲自授课,弘扬"光华"精神。面对又一批毕业生,张寿镛校长欣喜不已,自 1925 年创办光华大学以来,殚精竭虑,兼收并蓄,"赓续二十年,培植人才,得以万计,可谓伟矣"。他是晚清举人,国学底子深厚,著有《诗文初稿》《经学大纲》《诸子大纲》《文学大纲》《约园杂著》等。他嗜好藏书,逾 16 万卷,刊刻有《四明丛书》,共 8 集 178 种,1 000 余卷。

图 11　丁景唐大学毕业照

丁景唐和同学们兴奋地交谈着,但是没有注意到张寿镛校长消瘦的脸颊、虚弱的身子,大家也根本没有料到自己竟然成为张寿镛校长亲手送走的最后一批毕业生。第二年 7 月 15 日,沉疴难愈的张寿镛校长驾鹤西去。仅过了 20 多天,日本宣布无条件投降,举国欢庆,张寿镛含笑于九泉之下。

丁景唐就读三所大学的四年大学学习生活,在他前期写作、编辑、治学中占据极为重要的地位。

其一,精读古代文史典籍,进一步扩大学习范围,夯实治学基础,逐渐构建起他的"金字塔"学术成果。

在东吴大学中文系学习国文时先难后易,大一先学习深奥难懂的古代文史典籍,到高年级才学习近代易懂的文章,由此体现校训的宗旨"养天地正气,法古今完人"。

沪江大学的王治心讲授中国文化史,促使丁景唐钻入故纸堆,研究古代典籍,也引起学习古代汉语的浓厚兴趣。朱维之讲授中国文学史,此后正式完成《中国文艺思潮史略》(开明书店,1946 年 12 月),这是国内最早问世的一部完整的文艺思潮史著作。王治心、朱维之授课内容互补,相得益彰,展现了中国文化史和文学史的发展脉络,同时催促丁景唐阅读的范围进一步扩大。黄云眉授课时注重拓宽思路,灵活多变,集分析、鉴赏、写作为一体,渗透在丁景唐的现代自由新体诗里。

光华大学的朱香晚是著名文字学家、音韵学家和训诂学家,他深入浅出讲授的第一堂课激发了丁景唐对文字学的兴趣。

丁景唐撰写的一系列论文《〈诗经〉中反映的妇女生活·恋爱·婚姻》《从"子见南子"谈到儒家的妇女观》等,便是聆听这些导师的精彩讲授和精读国文的成果之一。

其二,学习西洋文学,接受中西贯通的新思维,受益匪浅。

光华大学国语文学系主任周其勋讲授世界名著选读,讲解列夫·托尔斯泰、莎士比亚、雨果、左拉等世界著名作家的名篇,也介绍他们生平、写作等有关情况。同时,周其勋与张寿镛校长合作,开办西洋文学研究组,不是仅限于研究纯西洋文学,而是将其作为中西贯通的一个学习途经,他山之玉可以攻石,"以期养成新中国之国魂"。这些博学导师讲授的精彩内容和精辟见解,特别是中西贯通的新思维,进一步促使丁景唐更新学习、写作、治学观念,拓展思路,扩大视野,自我催促,勤学苦练,融会贯通,综合素质潜移默化地提升。

丁景唐最初选择了"妇女与文学"的研究角度,以现代意识进行审视、诠释,大胆地挑战、质疑昔日权威论点,直言不讳地提出自己的新观点,先后撰写了许多专题文章发表于《女声》等刊物上,形成他的第二本专著《妇女与文学》的学术研究框架和主要内容。其源头之一便是受到以上这些导师授课内容的深刻影响。

丁景唐改变原有的文学创作思路,叙述基督教故事,巧妙地引用《圣经》中的警句,用曲笔表达的叙事诗,痛击国民党顽固派的反共逆流,谴责租界的黑暗、畸形社会,进行启蒙、宣传、教育。这也可以在恩师朱维之的授课和专著里找到原始诠释。

其三,学习现代社会学和现代心理学,观审、分析纷乱复杂的社会现象,探究社会本质和社会发展的规律,培育超前意识。

第一次进光华大学时,社会学系主任应成一讲授社会学原理、社会问题、中国劳工问题等课程。应成一说社会学系应注重实践,丁景唐主编《联声》时提出"认识大上海",用学到的社会学基本知识解释社会。应成一主张"成立一处研究室以搜集各种研究材料",丁景唐则撰写了《职业病(Professional Disease)》长文,延续"认识大上海"的思路,在搜集各种材料的基础上,揭示了各行各业职业病的真相,体现了注重实践的理念。

心理学专家张耀翔在课堂上即兴讲授社会心理学,牵涉范围很广,让丁景唐等学生受益匪浅。丁景唐从事学生运动,必须随时掌握青年人的心理动态,有针对性地提出措施。他主编《联声》时也涉及学生青春期的各种心理问题,他写的一些教育学生的文章,多少渗透着张耀翔授课的内容。

丁景唐继续学习,运用于实践中,逐渐提高认知、分析、判断能力,培育超前意识。这是一个需要长期磨炼的过程,其基础之一还是在校学习的课程内容。

其四,"恶补"英语,喜结良缘,学业、爱情双丰收。

东吴大学、沪江大学的英文教师大多是外籍教员,光华大学英文名师也是以外国文学作品为教材,虽然执教风格不一,但都突出一个"严"字。

丁景唐参加的光华大学西洋文学研究组,导师讲授时往往夹进许多英文作品,引用大段原文,这已经是研究生的课程了。由此催促丁景唐抓紧时间"恶补"英语,否则英文水平跟不上,难以继续听下去。容启兆主讲的英文成语与俗语、陈醒庵主讲的英国文字之起源,为丁景唐打开了英文文化新知识之窗。他后来翻译了左拉的自述长文等,并且审读、修改新婚妻子王汉玉的译作。

丁景唐原来就读青年会中学时,已经有英文基础。但刚进入东吴大学上英文课时,除了中国老师有时夹进几句中文之外，外籍教师"满堂灌"，一口美国腔英文，而且学习的都是英文版的文学作品教材，丁景唐难以马上适应，感到学习很吃力，就去请教同校女同学王汉玉。于是"英文结缘，景玉共赏"，王汉玉成为丁景唐的终身伴侣。

其五，学习、写作、编刊"三合一"，贯穿着从事地下党的学生工作——启蒙、宣传、教育。

1939年至1944年期间，丁景唐就读三所大学，精力旺盛，思维敏捷，记忆力非凡，既要紧张地学习，又要写稿、投稿，同时编辑"上海联"会刊《联声》。学习、写作、编刊形成一个双向流动的良性循环，互为促进，互为弥补，互为提高，并且不断扬弃，相得益彰。

根据编刊反馈的信息，丁景唐有意识地扩大学习范围，不断灵活运用，及时变换角度，撰写各种文章，努力满足办刊需求，即贯彻执行党组织的指示，积极适应时局变化，发挥了不同程度启蒙、团结、教育、激励广大教会学校学生的作用，以推动全市学生抗日救亡工作。

其六，丰富多彩的大学生活，提供了大量的创作素材，逐渐形成他的审美情趣和审美价值观。

三所大学的丰富多彩的学习和生活，为丁景唐提供了大量的写作素材。作品大多刊登于"上海联"会刊《联声》、关露编辑的《女声》。不过这两种刊物发表的诗文题材有明显的不同，曲笔形象化的表达形式也有所变化，逐渐形成他的创作风格。同时形成的审美情趣和审美价值观，鲜明地体现于他的评述、诗论等专题文章里。

其七，师生之谊，形成人脉圈子，影响深远。对此，请参见本书各章节有关内容，不再逐一赘述。

注释：

[1] 两年前，丁景唐第一次进光华大学时，张寿镛校长等联手推出国学、西洋文学、经济学三个研究组。张寿镛校长在国学研究组第一次讲学时，指出："我不盼望光华有光华派而盼望开风气之先，实实在在研究出各种问题之答案，以尽光华二字责任。在金先生领导之下，以光大本组即光大我光华。本组之事务甚多，待金先生演讲后，诸君自行讨论之。"

"金先生"即金松岑，原名懋基，江苏吴江人，清末民初国学大师。他与陈衍等组织中国国学会，邀请章太炎到苏州讲学。他的门下弟子有柳亚子、王佩诤、王大隆、潘光旦、金国宝、严宝礼、费孝通、王绍鏊、蒋吟秋、范烟桥等，他的学识和气节，在他的学生身上得到发扬和光大。其中有些名师，如王佩诤、蒋吟秋、范烟桥等，先后执教于东吴大学。推算起来，金松岑是丁景唐的太师，可惜丁景唐第二次转学光华大学时，金松岑已经返回苏州濂溪坊了。

那次国学研究组讲学，除了张寿镛、金松岑讲学之外，还有两位饱学之士，吕思勉、汪柏年。吕思勉，江苏常州人，近代历史学家、国学大师，与钱穆、陈垣、陈寅恪并称为"现代中国四大史学家"。上海沦陷后，他回常州，抗战胜利后才回光华大学执教。因此，丁景唐二次就读光华大学时，昔日名师因故纷纷离校。

吕思勉重返光华大学时，国文系名师中还出现了郭绍虞。郭绍虞，著名教育家、古典文学家、语言学家、书法家。后为复旦大学中文系教授兼主任、图书馆馆长、文学研究室主任，复旦大学首批博士生导师之一。

丁景唐晚年时写了《星光照汗青——记郭绍虞纪念秋白同志一首诗》，发表于1985年6月23日《解放日报》第4版，后收入王保林编的《怀霜诗钞》（天津人民出版社，1991年2月）。瞿秋白第一次赴苏俄采访前，郭绍虞曾送瞿秋白一首诗："君说思潮如壅水，我因君去比流星，迷芳壅水幸归海，不及星光照汗青。"郭绍虞89岁时，欣然将此诗书赠丁景唐。丁景唐转赠给瞿秋白纪念馆，可谓慷慨献宝，以表心意。1989年常州举办纪念瞿秋白90诞辰学术讨论会，同时举办纪念瞿秋白90诞辰书画展，郭绍虞此书法作品挂在常州瞿秋白纪念馆内瞿秋白书房的门壁上，甚为醒目。

年逾七旬的丁景唐翻检郭绍虞等人书画时，已是1989年5月下旬。春末夏初，上海天气开始闷热，常州瞿秋白纪念馆馆长赵庚林看到丁景唐翻箱倒柜，甚至坐在三楼地板上查看，于心不忍，生怕他过于劳累，但又不便插手，便劝他休息。丁景唐说："勿要紧，我做做鲁迅、瞿秋白的事体，王老师（指老伴王汉玉）交关支持，交关开心。"事后，赵庚林得知丁景唐在翻箱倒柜时扭伤了腰。丁景唐的腰伤最初是"文革"时在奉贤五七干校劳动时扭伤的，每逢天气变化或不注意保养，就会复发，因此他的腰里一直佩着一根超宽的皮带。（详见丁言模：《丁景唐及其子女与常州瞿秋白纪念馆》，载《瞿秋白、鲁迅等人往事探觅》，中国社会出版社，2015年10月。）

附录　白薇的五妹黄九如：被遗忘的"三合一"女才子

黄九如,原名黄颂,笔名碧遥、黄碧遥、碧、遥等,1900年11月5日出生,湖南省资兴市白廊乡秀流村人,著名女作家黄白薇的五妹。她是自编多种教材的资深教师,维护女权的斗士和爱国主义者,以及颇有才华的女作家,无愧为"三合一"(教育界、妇女界、文学界)女才子。但是,她的名字及其诗文鲜为人知,早已淹没在浩瀚的文史档案里。

抗日战争之前,黄九如参加刘王立明(上海沪江大学校长、革命烈士刘湛恩的夫人)主持的上海妇女节制会(隶属于世界基督教妇女节制会),是我国最早反对封建包办婚姻、娼妓制度,最先倡导节制生育、妇婴卫生的组织,其宗旨是促进妇女品德和生活习惯的自我完善,从而达到改进家庭和社会的目的。黄九如成为《妇女生活》(刘王立明为发行人、沈兹九[1]主编)和女青年会会刊《女声》(刘王立明为社长、王伊蔚主编)等妇女刊物的主要撰稿人之一。

1937年3月8日,成立了陆礼华主持的妇女联谊社,此后正式成立妇女运动促进会。同年10月23日,张湘纹、陆礼华、史良、蒋逸霄、沈兹九、王汝琪、罗叔章、朱文英、胡兰畦、李守真、金秉英、郁风、凌集熙、胡子婴、董竹君、黄九如、蒋瑛、钱剑秋等33人当选为理事。沈兹九、黄九如等15人当选为常务理事,沈兹九担任宣传主任,黄九如担任训练副主任(《妇运会改选常务理事》《妇运会推定各股主任》,《大公报》1937年11月5日、8日)。以上33名理事中,除了极少数人之外,大多在抗战之后继续以不同方式追求光明和真理。有的富有传奇色彩,有的事业有成,有的担任国家机关要职,有的人生道路坎坷,有的不幸含冤去世……

抗战时期,妇女运动促进会以抗战服务为宗旨,贡献自己的力量。沈兹九主编的《妇女生活》宣传共产党的抗日方针,揭露和抨击国民党反动统治,号召妇女抗日救亡。黄九如以这两个妇女组织成员的身份参加各种座谈会,发表演说,撰写大量诗文,她的爱国、进步、民主、敬业的思想都与这两个妇女组织宗旨密切相关。至于她的创作思想、教育理念和审美情趣等则来自各个方面,以下简略介绍。

一、执教大半辈子的资深教师,自编多种教材

黄九如早年随大姐黄白薇、四姐黄九思就读于衡州第三女师范、长沙女一师。后被父母逼嫁给一个军阀,怀孕后逃出。东渡日本,入东京高等女子师范学校(与大姐黄白薇同校),主学地理等。黄九如回国后,执教于浙江省立女子中学校(原为杭州女子师范学堂、浙江省立女子师范学校,现为杭州第十四中学)、浙江省立高中(前身为浙江两级师范、省立一师

等),短暂执教于长沙的湖南省立高级中学(由省立第一师范与私立妙高峰中学合并)、江苏省立松江女中(今松江二中)、上海工部局女子中学(今上海第一中学)、麦伦中学(今继光中学)、南屏女中(后为胶州中学,并入上海市培进中学)、光华大学等。1953年4月,执教于华东速成实验学校。次年9月,执教于上海师专(上海师大前身)地理系,1964年退休,约在1988—1989年之间去世。黄九如执教各校情况,后文都有不同程度的介绍,唯独缺少她执教于江苏省立松江女中时的情况。

1927年7月,江苏省教育厅改组省立松江第三中学,将其分为两校:松江女中与松江学校。松江女中校长江学珠,浙江嘉善人,早年毕业于北京女高师,该校在省内享有"模范女子中学"的声誉。黄九如早年的"闺蜜"沈九兹(沈慕兰)毕业于东京高等女子师范学校,回国后担任浙江省立女子中学校"高中艺术主任、南京金陵大学附中艺术教员",继而执教松江女中,担任"家事教员兼学级训导员"。沈九兹与著名画家丰子恺、著名摄影家郎静山离校后,1932年上半年,32岁的黄九如应邀前来执教,"地理教员兼学级训导员",她的简履表注明:"东京高等女师毕业,曾任浙江省立女中史地教员七年,兼浙江自治专修地理讲师一年,浙江高中地理教员二年。"(《松江女中校刊》第33—34期,1932年11月15日)由此梳理了黄九如自日本留学回国后到杭州执教的情况。黄九如执教松江女中时,还有两个曾就读于东京高等女师的同事:黄涵秋(后为著名口琴家,中国口琴著作第一人)、顾踵骅(顾仲超,后为苏州中学校长)。

黄九如进校后,2月11日寒假结束,举行招收插班生入学试验,旧生专科考试。次日开学,学生开始报到。2月15日9时,举行年度第二学期开学式,下午开始正式上课。2月24日,"全体师生将捐得之白米炒熟,以接济十九路军"。7月11日,开始放暑假,举行第十次事务会议。同年初秋开学时,适逢校庆五周年暨第二届运动会,甚为热闹。次年春节寒假,黄九如离校了。

此后,黄九如执教于上海工部局女子中学,发表《浙江学术源流考》(《大陆》第1卷第2期,1932年8月1日),该文的标题令人惊讶,足够写一本皇皇专著。这理应是黄九如"兼浙江自治专修地理讲师一年"期间撰写的。

黄九如认为:"要不断学习。毕业不是学完了之谓,只是求学的方式换了另一种方式。小学是传授的学习,中学是传授与研究的学习,大学是自动研究居多的学习,出了大学以后便完全是自动研究的学习了。也有人受过初等的教育,便入于自动研究的阶段,这是特别努力的人,这种人成功者多。""我以为'人生'的真义,便是一天天地'生活',一天天地'进步',此外便是行尸[走肉]。"(《毕业的话》,《上海妇女》第1卷第5期,1938年6月20日)不断学习,不断进步,成为黄九如一生的座右铭,其精神也体现于《浙江学术源流考》一文中。

《浙江学术源流考》开头简述一番之后,举出丁文江(北大教授,后为中央研究院总干事)的历史人物的地理分配表,由此显示黄九如治学的思路。她认为:"丁文江氏之统计,浙江省实居全国的百分之二十而有奇,自此以后,浙省常握文化中心,本篇所述,即自南宋以及近代,浙省学术演进的一般形态。"宋代之后,浙江就有十多个中国学术史上占有重要地位的学术流派,其中朱熹理学的后世影响、清朝中期朴学的形成、经史研究大师的辉煌成就等,先后出现在黄九如的笔下。黄九如也谈到文学方面的诗词、元曲、小说、散文等兴衰演变及社会诸多影响,如数家珍,娓娓道来。介绍宋代的浙江文学重点之一的词学时,列举陆游等人及其所处的历史时期,特别提及女词人朱淑真,"为南宋唯一女词家"。分析近代浙江时局动荡等之后,此文最后指出:"今日浙省教育,远不及苏、燕,而将来的隐忧,犹有未可言者。"

此前,黄九如执教于浙江省立女子中学校、江苏省立松江女中时,抓紧业余时间,除了备课和批改作业等之外,还要熬夜爬疏剔抉,博览群书,研究思考此文课题,从而形成综合性学术成果,同时进一步夯实文史、地理文化的基础,体现于《浙江省文化地理概要讲义》等。后来她应邀为中华书局"中学生文库"编写《中国十大名城游记》《中国名胜游记》《外国十大名城游记》《中国女名人列传》《祖国的山岳》等。《中国十大名城游记》(中华书局,1936年)问世后,友人专门写了长文介绍:此书假托一个生长在香港的小朋友跟随一位博通古今、见多识广的周先生游历祖国十大名城,"给予吾人丰富的知识,和莫大的奋勉"。"作者不仅叙述了各地的风景名胜和重要古迹,她还插入许多活动的地理教材,使我们读了能了解各地的风土人情和特殊状况……还告诉我们许多历史的事实,如广州、南京等城的建置和沿革,圣教序碑和大秦景教碑的来历,五卅沙基惨案的经过,黄花岗之役和辛亥革命的革命史,九一八和一·二八的伤心史……作者又随意地引用些饶有趣味的文学故事和古代名人的诗词作品……作者的生动的笔调和巧妙的安排,更使这本游记文学化了……恰巧这位作者还有一部《中国名胜游记》和一部《外国十大名城游记》,都是用这样的体裁和笔调来写的,也都收在中华书局的中学生文库里,请你们径向图书馆去借阅吧。"(卓:《书报介绍〈中国十大名城游记〉》,《严中校刊》第30期,1936年3月16日。)

早在1912年元旦,陆费逵等人创办中华书局之后,陆费逵就提出"用教科书革命"和"完全华商自办"的口号,首先发行中华小学和中学教科书,与同行展开激烈竞争,并且取得巨大成功,与商务印书馆、世界书局并列为"掌握中国文化之三大书局"。黄九如应邀为中华书局"中学生文库"编写教材,是中华书局长远规划中的"一朵浪花",应运而生。

以上对于《中国十大名城游记》的介绍,也展现了黄九如在各校授课时的基本内容,集地理、历史、文学、人物、游记等为一体,旁征博引,不拘一格,生动活泼,受到学生们的喜爱。

1926年至1936年,一晃十年,黄九如不由得感叹一番,撕掉写好的七八页稿子,因不满意写的流水账——自述十年执教女校的经历,从此荡然无存。距离"交卷大限只剩下三个钟头了",打起精神,梳理思路,反思女校教育,提笔重写《女校十年》(《妇女生活》第3卷第4

期,1936年9月1日),总结了三次不同历史时期的女校教育状况。

"民国十六年在湖南,那时学生就像生龙活虎,在校内分师生,在校外师生是同事,是同志。"1931年"九一八"事变之后,"那时早已回到江浙,回到以前那温文尔雅的女学堂。可是那些天真稚气的女孩,在校外多开了几次会,居然要求先生们讲演时事,讨论中国的出路,排演宣传剧本,停课募捐,并自动罢课游行,赴京请愿"。1935年"一二·九"以来,"民众救亡运动,各地的女学生又纷纷踏出校门,杂入群众的阵中。这使我脱离了女校之身,只在为她们鼓舞庆幸。然而不幸的是学堂当局压迫她们的消息时有所闻,这是非常痛心"!最后,黄九如哀叹失败的女校教育。"最近踏入了男学校(麦伦中学)后,更觉得女学堂的同学的可爱可怜。她们的脑筋太过纯洁,以至于什么话都坦白地接受。叫她们死用课本工夫,她们就不再翻一下杂志书报;叫她们保守操行的洁白,她们就避免一切可以得益的和男性接触的机会;叫她们信任学堂是最神圣高尚的地方,她们就闭眼不看尘世和时代相。这种可爱可怜的天使似的孩童,一旦入人间,怎能还不迷途?"

这些看法也透露了不少私密。其一,对于如火如荼的学生运动,黄九如"敬而远之",一旦学校里放不下一张平静的课桌时,她宁愿辞职,但又"为她们鼓舞庆幸"。这也是她为何多次跳槽、执教多所女校的重要原因之一。其二,黄九如因故未能投身于实际斗争,更多的是拿起笔杆子呐喊,方显湖南辣妹子的聪敏才气,尽绵薄之力。其三,以上谈及失败的女校教育,这是亲身感受,同时无形中与自己早年逃出夫家的大胆举动相比较,她强调女校教育更应重视培养学生的独立思考能力。但是这并不包括投身于学生运动,因为这已超出了黄九如心目中的师生守则。这不是一个悖论吗?其四,民国十六年(1927)北伐军进入杭州,黄九如执教的浙江省立女子中学校暂时停办,她返回湖南长沙,短暂执教于长沙的湖南省立高级中学,后又返回浙江省立女子中学校。

十年后,黄九如撰写《黑板年年》(《妇女生活》第4卷第1期"新年特大号",1946年1月10日),透露了她20年来执教各校的更多情况,并留下了许多第一印象,填补了多方面的空白。

> 最早插足的是西子湖边的省立女中。那时乘澎湃的解放运动的朝气,省女中换了刚从美国回来的郑晓沧[2]校长。他那时很年轻,想用新人物,教员多数在三十岁以下,我和沈兹九、聂月卿,是那时新加入的。
>
> ……团体娱乐使我们一批年轻的教员都瞎起劲,因为大家还在贪玩的年龄;演戏、歌唱、舞蹈,便成日搅个不清。每学期学校里起码做二三十套五颜六色的舞装,把女孩们打扮得天使似的。不错,现在回想起来,我们那时的教育,实在是隔绝尘寰的天使教育;我们的学校,是隔绝尘寰的伊甸乐园。

黄九如与沈兹九有缘多次交集,成为知心知己的"闺蜜",黄九如成为沈兹九主编的《妇女生活》的"铁杆"撰稿人,经常同期发表几篇文章,"摇旗呐喊",沈兹九则是策划的主帅。此后,沈兹九投身于妇女运动实践斗争,并加入中国共产党,与黄九如渐行渐远。

湖南省立高级中学开学初期有20多个班级,近千名学生。

> 我那时的生活情形不得不教书,高中方面有好几位职员是熟人,都来劝我去……最难得的是历史教员。历史要用唯物史观的观点,摒弃原有的教科书而新编教材,这简直是骇倒人。教员中听过唯物史观的名词的人尚且不多,何况应用这观点来编讲义? 老实说我对这名词,那时也仅耳边听过,实际却早中了弥漫于东京的新浪漫主义的潮流。对唯物史观全不感兴趣。然而学校方面需要的是历史教员,而我之于职业相等于"饥不择食";在求生的欲望之下,我贸然担任了这门功课。我原想我的老师徐(特立)老先生,会寄给我一个大纲;不巧那时长沙学生有一场农运……
>
> 好在我那时年富力壮,硬着头皮开早车、开夜车,准备了两个星期,才到那如针毡的讲台上去了。战战兢兢,一天天地过去;过了一个多月,"马日事变"发生了,学校陷于半停顿,我也离开了湖南。　　　　　　　　　　　　　　　　　　　(《黑板年年》)

迫于生计,黄九如临时"客串"历史教员,"硬着头皮开早车、开夜车","生吞活剥"编写了陌生的以唯物史观贯穿的历史教材。虽然她并不情愿钻进去,但是唯物史观的思维方式印在她的心底,受到较多较深的影响,体现于她撰写的大量国内外妇女问题的系列文章及转译的《社会进化与妇女的地位》(美国拉巴波特原著)中,成为没有头衔的妇女问题研究专家。

1930年后,黄九如和著名女作家庐隐不约而同执教于上海工部局女子中学。1933年冬天,"日本东京高等师范学校毕业生"黄九如已兼任麦伦中学国语(史地文化)和日语老师,同时被聘用的还有著名作家魏金枝和留学美国、英国的文学硕士等"海归派"。(《上海麦伦中学:添聘新教员》,《中华基督教教育季刊》第9卷第4期,1933年12月。)

黄九如在麦伦中学校刊《麦伦》第2期(1935年7月)上发表《关于钱塘江(河流杂话之一)》,此文理应是《浙江省文化地理概要讲义》中的一节内容,也是她在麦伦中学授课的内容之一。该刊最后《本校教职员通讯处》注明黄九如与曹亮(中共地下党员,讲授历史等)、魏金枝、陈其德等通讯处为"本校"。

麦伦中学的戏剧活动是上海学生进步戏剧运动中的主力之一,自1934年学生成立"白光剧社"(后为"未名剧社"),至1937年抗战全面爆发,共演出30多个剧本。经曹亮介绍,与当时左翼的"剧联""音联"联系,得到田汉、张庚、丁星、崔嵬等的帮助,以及校内教师魏金枝、黄九如、茹枚和吴上千(导演)的指导。许多剧本深刻地揭露了民族的灾难和社会的黑暗,培育了学生的社会意识和民族精神。麦伦中学每周举行一次学术讲座,除了校内讲师演讲之外,还邀请李公朴、章乃器、王造时、沈钧儒、陶行知、陈鹤琴、刘良模、张仲实、钱亦石、陈望道、沈兹九,以及田汉、陈波儿、安娥、严独鹤等。(陈一鸣、蓝田芳、施宜:《民主革命的教育基地——抗战爆发前后的麦伦中学》,载《抗日战争时期上海学生运动史》,上海翻译公司,1991年7月。)

上海沦陷后,黄九如继续执教于麦伦中学。原校舍在虹口兆丰路、岳州路,被侵华日军炮火毁灭大半,不得已迁移到武定路940号。教职员生活拮据,黄九如兼教南屏女中、光华大学等的日语课。

南屏女中是1938年曾季肃等创办的私立学校,后为上海胶州中学,并入上海市培进中学。曾季肃,江苏常熟人,晚清小说《孽海花》作者曾孟朴的妹妹。1931年于金陵女子大学毕业,在浙江杭州女子中学任语文教师和教导主任。抗日战争爆发后,避难来沪,执教于培成女中。1938年春,取得振粹小学的支持,借用该校校舍下午上课,登报招收杭州女中在沪失学学生,取名上海私立杭州女子中学。次年春,得到沈亦云资助4.5万元,购置胶州路445号一幢3层楼房作校舍,建立南屏中学,自任校长,聘请夏丏尊、魏金枝等任教。上海沦陷后,日伪强制中、小学开设日语课,且大多由日本人教课。为了搪塞日本人,免遭奴化教育,曾季肃先后邀请夏衍夫人蔡淑馨(曾就读于浙江省女子师范学校,后留学日本)和黄九如来校教授日语。

同时,黄九如也为光华大学学生丁景唐等教授日语。在敌伪的高压之下,语言与政治的关系,师生心知肚明,于是马虎应付,犹如走过场。

> 上海由"孤岛"而变为纯由敌伪统治,在此期间,学生的精神与物质都受严重的打击。然而百分九十都在忍受饥寒,都以胜利的信念相慰勉。眼看他们或她们的大多数,营养不足,自修时间不够,书籍用具不齐,服饰破缺不整,就觉得这是面对一般社会的一角,不复是面对上帝宠幸的儿女或天之骄子。怜悯之情油然而生,亲密之感也自然而至。固然其他百分之十的学生特别阔绰华丽,有的来自新贵或奸商的家庭,有的自己学得了投机致富之道;然而他们毕竟是少数,不足以搅乱整个教室的情绪。他们的阔绰,似乎足以压倒寒酸的教师;然寒酸的教师有寒酸的学生作后盾,虽然在敌伪的高压之下,师生共同挣扎,使得课堂还是一个真理与正义的探讨之场。这时拿了不大白的劣质粉笔,在不大黑的褪了漆的黑板前写字,心里有另一种的愉快。

(《黑板年年》)

黄九如面对学生,"怜悯之情油然而生,亲密之感也自然而至"。虽然,丁景唐等学生从未提及黄九如的此番感情,但在黄九如心里则一直存留着,毕竟大家都属于"忍受饥寒"的百分之九十,"都以胜利的信念相慰勉","使得课堂还是一个真理与正义的探讨之场"。

抗战胜利后,黄九如继续执教于麦伦中学。有关报道记载:

> 麦伦中学成立于民[国]前十三年,校址在上海虹口高阳路六九〇号。八一三沪战爆发,因校址迫近战区,乃租赁西区武定路临时校舍,继续开学。抗战期间,校舍大都被

毁,仅剩三层科学馆一座。胜利后,迁回原址,加以修葺;近又添建二层学生宿舍一座,工程正在进行中,暑期后可望落成。现设高中三级、初中三级,共九班,有学生三百七十人。内女生约占十分之二,皆系通学。校长沈体兰氏已任职十余年,教职员有白约翰、陈其德、余之介、黄九如、魏金枝、邱汉生、吴逸民等二十余人。凡专任教职员,皆住校内,管理认真。本届暑期,高中毕业生四十余人,多数投考大学继续升学云。

(《大会实录:浙江大会的麦伦中学》)

这十几年间,如果黄九如没有跳槽,那么麦伦中学是她执教时间最长的一所学校。

总之,黄九如是一位高水平的优秀教师,自编多种教材,独立思考、勤学钻研、认真授课,同时密切关注社会动态,但因故未能投身于斗争第一线。

二、维护女权的斗士,妇女问题研究专家

现存黄九如的百余篇诗文,一半以上谈及妇女问题,大多发表于沈兹九主编的《妇女生活》、女青年会会刊《女声》(王伊蔚编辑),以及《上海妇女》《战时妇女》《前进妇女》《新妇女》等刊物。黄九如有时同期发表几篇文章,是公认的妇女问题研究专家,而且时常与大姐白薇的诗文同期发表,这是一个很有趣的话题。

黄九如撰写妇女问题的文章内容范围广泛,包括古今中外的妇女问题,介绍妇女英杰名人形象,牵涉到政治、经济、文化,以及妇女的教育、就业、婚姻、家庭等,大致分为如下几个方面:

其一,站在历史发展趋势的宏观高度进行分析、研究、总结妇女问题。

黄九如在《妇女生活》(1935年第1卷第1期—第3期)上发表前三篇《娜拉三态》《"薇薇"与"娜拉"》《谈谈林黛玉》,此后一发不可收拾,不仅继续以文艺作品中的女性形象为切入角度,关注、分析历史背景和社会现象,而且努力站在历史发展趋势的高度,以宏观视野审视国内妇女问题,分析现实,总结经验,展望前景,如《略谈女子中国教育史:从创办学校开始》(《妇女生活》1936年第3卷第7期)、《百年来中国的妇女》(《上海妇女》1938年第2卷第1、2期)、《一年来上海妇女读物总检讨》(《上海妇女》1939年第2卷第6期)、《五月与中国妇女》(《时代论坛》1936年第1卷第4期)等。

黄九如第一次公开亮相演讲《廿四年来中国妇女运动走过的路程》,发表于沈兹九主编的《妇女生活》第1卷第4期(1935年10月1日)"通俗演讲坛",沈兹九作为"演讲坛"主持人在文前介绍黄九如:"这次我们请得的讲师是黄碧遥先生,黄先生曾毕业[于]日本东京女子高等师范文科,归国后,在浙江省立女中、省立高中、江苏松江女中、上海麦伦中学等,担任教职,课余更从事写作,作品散见各报章及杂志中。所以她不但是个教育家,而且是个著作家。"

黄九如此演讲颇有指点江山的豪迈气魄,讲述了辛亥革命前后、"五四"运动、大革命时期及其后的妇女运动。这期《妇女生活》还刊登她的另外两文《知识阶级妇女三种不同的人生观》《柯伦泰的"盖尼亚"》。这一组三文足以体现了黄九如作为女权维护者的鲜明个性和思想现状,她是现代妇女运动的研究者、宣传者。

"七七"卢沟桥事变发生后,胡兰畦、蒋逸霄、姜平、朱文英、王汝琪、郁风等人组成《战时妇女》编辑部,该刊第7期(1937年10月10日)发表黄九如的《中国妇女在革命过程中的贡献》。

该文从晚清各地起义说起,推崇巾帼英雄秋瑾的慷慨就义,写下"秋雨秋风愁煞人"绝命诗,"绝对不肯吐露一句同党的秘密,这是可以鼓舞一切青年们的热血,催落一切有心人的热泪,她的名字传遍了省市穷乡。妇孺不知有谭嗣同、徐锡麟,却知有秋瑾。"这是黄九如执意要创作独幕剧《杀秋瑾》的初衷之一。

"五四"运动中的妇女"居然上演出家的《娜拉》,主张离婚结婚绝对自由,实行男女社交公开,她们把贞操的锁链一脚踢到天外。这种胆大的彻底的举动,不仅是解放了她们本身,而且是推动了当时的整个解放运动"。五卅时期,"上海数十万的男女工人变成了这一运动的主力","这一斗争的影响非常大,下层大众都知要求解放。在这广大的解放运动中,反资本帝国主义的色彩日更加强"。北伐时期,"广大的男女农工大众,都有了政治的、经济的、社会的、民族的觉悟,使整个机构前进了数十百步,我们既承认这一事实,便不能不承认妇女在此期间担负过的工作"。"九一八""一·二八"事变以来,"各地男女大众的救国运动日趋热烈","日本帝国主义侵略的大本营上海,所属纱厂的女工男工,接连来不断地发生罢工运动",逼迫平时骄横跋扈的日本资本家及其走狗"不得不对我们觉醒了的男女工人低头"。该文最后坚信:"将来由我们在民族解放运动中的贡献去换取我们妇女的解放。"

其二,关注国际妇女运动动向,与国内妇女运动相呼应,如《世界妇女的参政运动与现实》《世界妇女在争普选》《日本妇女解放运动的过程》《日本菊池宽的"新女性观"》《日本结婚解除问题》等。

黄九如从日文转译的《社会进化与妇女的地位》,拉巴波特原著,连载于《上海妇女》第3卷第12期—第4卷5期(1939年12月10日—1940年6月1日)。前面有一段说明:"这是美[国]人菲列浦·拉巴波特所著,与恩格斯的《家族、私有财产及国家起源》、倍倍尔的《妇人论》、柯伦泰的《新妇人论》,同为关于妇女地位的分析的名著。其余三书我国都已有译本,独此书尚未有人介绍;因此不揣冒昧,聊作试译工作如下……"此译作仅刊登了第一章绪论部分:科学的历史观察、太古的社会组织——氏族制度、男女关系的五形态、一夫一妻制度的发生。

此前,《上海妇女》读者会邀请主编蒋逸霄、姜平(孙兰)做指导老师,并提出建议:"我们还觉得近两期的《上海妇女》,多偏重在描写方面,最好要多加入些理论的文章,务使理论和描写在分量上占同等重要的地位。"(林珍:《筹组〈上海妇女〉读者会》,《上海妇女》第3卷第2期,1939年5月25日。)蒋逸霄等人接受此意见,于是黄九如转译了以上一文。《上海妇女》首次刊登此译作时,蒋逸霄在《编后记》中介绍说:"《社会进化与妇女的地位》以后想继续在本刊登载。这是一部关于妇女问题的世界名著,值得留心阅读。全书有三四万字。登完以后,假如本社经济力量允许的话,也许要印成单行本。"

《上海妇女》1938年4月20日问世,由锦江饭店的创始人董竹君和上海进步女记者蒋逸霄、许广平、王季愚(于伶前妻,后任上海外国语学院院长)、黄九如等人自筹资金创办的,社会反响良好。几乎每期都有黄九如的文章,共约有40多篇,占据现存百余篇诗文的三分之一以上,而且大多是有分量的文章。但是迫于各方压力,《上海妇女》不得不停刊。黄九如转译的此文也戛然而止,而且未能出版单行本。如今各家出版社也没有兴趣邀请他人重译出版,留下了一个遗憾的空白。

其三,密切关注妇女维权问题,无论是日常问题还是社会热点、难点问题,随时出现在黄九如的笔下,或劝喻,或泄恨,或呐喊,或发人深思,如《不要把自己看作女人》《圣诞节与妇孺》《关于男女分校》《青年男女》《看自杀》《短旗袍》《市府规定:妓女舞女拆帐办法》《舞女暴动》《我们是女人》《房东奶奶与乞丐小姐》《鱼钩换妻》《由之江解聘女教员纠纷说起》《社会应保护妇婴》《国大代表名额分配》《论杀妻案》等。

黄九如的第一本随笔、散文集《长舌两年》(生活书店,1936年6月),收入了她近两年写的短文,其中有《后浪》《谈瓦》《谈女学生》《媚圣班昭论》《悼庐隐柱死》《为劳动孕妇请命》《排"可怜"》《投水消息》《评橡皮底鞋击毙丈夫案》《自我批判与批判认识》《凉秋九月》《监狱天堂》《欢迎妇女团体请愿归来》《刑法通奸条修正以后》《妇女在过去一年》等。《长舌两年》的标题故意采用贬义词"长舌",即爱扯闲话、搬弄是非的人等,黄九如偏偏逆向思维,任意挥洒湖南妹子的浓郁辣味,针对持有男权中心论的当权者,狠狠地刺激他们麻木的神经,引起他们的反感。因此,有人评价:"(作者)在过去两年之间,采取社会上实际现象,加以解剖或分析,以发挥其妇女解放的言论。每一事只用一两千字,而主要的部分大致包藏无遗,简单扼要,读者易于明了。"(子罕:《介绍〈长舌两年〉》,《妇女生活》1936年第3卷第8期。)

对于权威人士的言论,一旦不合时宜,黄九如便会毫不客气地显示湖南辣妹子的刚烈本性。"读了潘先生这两篇宏论,觉得潘先生对于妇女问题,大有抱负。第一,潘先生是有意引导妇运,控制妇运,一句话扭转妇运。第二,潘先生是有意为妇女确立一种人生观,使之安天立命。"黄九如的归谬法充满了湖南妹子的辣味。这篇《读潘光旦先生妇女问题的论文后》(《观察》第5卷第8期,1948年10月16日)的开场白直接质问大名鼎鼎的清华教授潘光旦。

潘光旦,著名社会学家、优生学家、民族学家,清华百年历史上四大哲人之一(另外三位是叶企孙、陈寅恪、梅贻琦),著有《优生学》《人文生物学论丛》《中国之家庭问题》等,译著

《性心理学》等。二十世纪二三十年代,潘光旦已经发表《关于妇女问题的讨论》《妇女问题总检讨》等文。十几年后为了答复各方不同意见,潘光旦发表《妇女问题的一个总答复》(《观察》1948年第5卷第3期),还撰写了《家庭·事业·子女》(《新妇女》1948年第20期),其中谈到"妇女回到家庭去"等问题,一石激起千层浪,引起妇女界等各方人士的密切关注,罗季荣、胡子婴、李超、彭慧(著名诗人穆木天的夫人)等纷纷撰文批驳,甚至远在大西北的兰州妇女界也召开专题座谈会讨论。

黄九如在文章里采用归谬法,引出两个要点,随后逐一加以驳斥,"潘先生是有意把妇运扭转到它原来的出发点以前"。辛亥革命后出现妇女运动,强烈提出妇女走出家门,"放弃家务,专心注视政治舞台,谋社会国家的解放"。列举中外近代妇女运动时,黄九如特别提到巾帼英雄秋瑾。

> 现在潘先生主张引导妇女重视家庭,以家庭中教育子女为自己的事业,背弃社会国家的大舞台,重新局促于丈夫、儿女的小天地。使她们第一是看到家,第二也是看到家,第三,第四……一直是看到家。再以家庭做成妇女的樊笼,而以广大的社会让男子单独驰骋,这当然要回到潘先生所说的"男子独占的局面",回到男主外、女主内的世界。所以潘先生是有意将妇运扭转到出发点以前。

黄九如最后总结时,一口气谈了十点意见:"……第八,我们妇女要从世界观来建立我们的人生观,不要误听盲从。第九,眼光看到广大的社会,于社会有益的事才是光荣的事业;给'维持现状论'者添一个支柱,不是聪明的办法。第十,大胆地从事社会工作,于社会、于妇女本身,都是莫大的利益。苏联社会的进步,是一个铁的事实。"

黄九如20多年来坚决维护女权、主动地为妇女解放运动大声疾呼,再次鲜明地反映在以上一文里。此文得到圈内人士的好评,《新妇女》第21期(1948年12月)转载此文时,特地删改标题为"读潘先生妇女问题的论文后",并且删除了前面很大篇幅的咄咄逼人的驳斥之言,仅保留最后总结的十点意见。显然想冲淡一下湖南辣妹子的辣味,为潘光旦先生保留一些颜面。潘光旦发表《妇女问题的一个总答复》等文,初衷还是从学术层面上去思考,没有顾及当时急遽变化的政治局势,在不合时宜的时机谈及不合时宜的老话题。如果要梳理这场争论的来龙去脉,足以写一本专著了。

其四,介绍古今中外妇女名人和文学作品中的女性形象。

黄九如编写的教材《中国女名人列传》(中华书局,1936年),汇集了众多古代女杰英豪,如鲁漆室女、聂䓨、柳下惠妻、孟母仉氏、卓文君、王嫱(王昭君)、王婕妤、蔡琰(蔡文姬)、苏若兰、武则天、杨贵妃、宋若莘姐妹、蜀花蕊夫人、南唐周后、辽萧后、李清照、朱淑真、管道升、冯小青、秦良玉、黄媛介、汪端、秋瑾等。这张名单经过一番斟酌,并未求全责备,但是坚决剔除了不为人齿的慈禧太后等人。黄九如还写了其他类似的文章,如《媚圣班昭》《阴山下的青冢:昭君与昭君墓》《娘子军和娘子关》《太平天国的妇女》《"圣母"冼氏:历史上的女英雄之四》,以及写外国妇女名人形象的《柯伦泰的"盖尼亚"》《波娃莉夫人》《兰姑娘的悲剧》《茶花女》,译介《维里尼亚和安尼西亚》《日本各时代的妇女生活和妇女作家》等。

对于文学作品中的女性形象,黄九如以不同方式着重介绍,并与现实生活结合起来。

今日……兵灾声、水患声,甚至洋人的飞机声、枪炮声……而且这形势,多愁多病的姑娘,不但不得人的怜爱,反会叫人恐慌。所以在今日资本主义衰颓期的女性,若再想去学习……贵族小姐黛玉,那必然落在"画虎不成反类犬"的状态。

(《谈谈林黛玉》)

武则天无疑地是一位杰出的女人,她能战胜许多许多的仇敌得到至尊的宝座,开前古未有的女性宰制天下的端例。可是这与妇女解放毫无姻缘。所谓解放事业,是全体大众得到解放,全体大众得到平等,而非有一人特别有权。我们要求男女社会人人解放,而不要求有一个特殊人物如武则天、拿破仑。 (《看"武则天"以后》)

对于通俗文艺作品中经常使用"国骂",黄九如也进行尖锐批评:

总之,"他妈的"暴露了社会的两重黑暗,暴露了社会有私有财产制和男性中心的两个暴君。在这两个暴君的统治下,女性是属于最受压迫的一层,她是全然等于物品;虽然是被压迫的男人,还能向她施行强暴、摧残、侮辱。同时又暴露了那种状态下被压迫阶层的毫无前途;他们不能正正堂堂地对压迫者大张讨伐的旗鼓,而且野兽似的向更受压迫的女性无礼地欺凌。

"他妈的"是过去的社会被压迫的男性喝过了生活的苦酒,而吐出的毫无意味的唾沫和渣滓。

我们固然希望黑暗的现实能早日改变,希望卑恶的暴君能早日铲除,以求于男女平等的生活之中,产生男女平等的意识。但在光明的时代未到来以前,也希望前进的人们,领导大众渐渐地改变他们的意识,改变他们的泄愤的方向。渣滓的"他妈的",应使它渐渐地、静悄悄地沉淀,渐渐地、静悄悄死去,不让它混浊了大众意识的溪流。

十几年前,鲁迅也曾写过《论"他妈的"》,考据"国骂"的来历,讽喻一些御用文人和政客的本质,写得比较委婉。十几年后,黄九如再次写下同样的标题,变化角度,言辞犀利,毫不留情,矛头直指"黑暗的现实""卑恶的暴君"。黄九如可能看过鲁迅的文章,黄九如文章中"被压迫、被剥削的一无所有的男人"只好在女性身上发泄怨恨,形成"精神上却有另一种的胜利",正是"阿Q精神"。

关于通俗文艺作品中的"国骂",也有人表示不同的意见(在此不赘述),但是并未注意到黄九如写此文的立意和初衷,即坚决站在广大受欺凌、受压迫妇女的立场上,有针对性地"炮轰",理直气壮地呐喊,显然辣味十足的黄九如豁出去了。

黄九如的《中国女名人列传》，并未将李师师等名妓列入其中，但是，她大胆地写了《中国娼妓文学》(《妇女生活》1936年第2卷第4、5期)，遗憾的是仅叙述了东晋、唐朝时期的，未完。按照此叙述框架，这是一本专著，却因故搁笔而止。

此前已有王书奴的专著《中国娼妓史》(生活书店，1935年3月)。有人点评此书道:"此书目的在提供一些历史资料，为近日留意娼妓问题者参考，其意甚善。书中收集的材料亦丰富，可以为中国妇女问题的另一种读物。不过取材稍嫌不大严格，所举书名出处又不注明卷页。此外唐以前的妓(伎)，据我们看，似乎与现在的娼妓专以卖淫为生的不大同。"(东《新书介绍〈中国娼妓史〉》)如今，此书依然"走俏"，多次再版。也有不少学者撰写了洋洋可观的专题文章和专著，但是从未有人提及黄九如的《中国娼妓文学》长文，以及黄九如作为女权维护者为何要选择此课题。

三、颇有才华的女作家

现存黄九如的百余篇散文、随笔、诗歌，还有独幕剧《秦良玉》《杀秋瑾》和随笔集《长舌两年》，译有《社会进化与妇女的地位》及菊池宽的论文《艺术无阶级》《菊池宽戏曲集》等。

其一，《悼四姐九思》《归思》，引申出诸多话题。

> (四姐黄九思)小时候在我们姊妹中最是活泼，那时维新的空气吹到了南岭山间，我父亲在姊妹中选定了给她读书。原想等她满了五岁就送到省城里的周南女学。不幸父亲的教材太不适合，四姊的个性又太好动，一部《诗经》教了很久也读不纯熟，就作罢了。后来宣统元年父亲从日本回来，正兴办小学，她和大姊白薇才一同入学。
>
> 她初进学校就尝到了辛酸。那个学校有数十个男生，只有她和大姊两个女生，当然处处要受男生的戏弄和虐待。那时她的未婚夫和她同学，但功课远不及她，男同学便常将她未婚夫的写作，偷偷地塞在四姊的抽屉，引得她掩面哭泣。
>
> 中学的时候，同学们虽不敢公然自行选择结婚的对象，但对于父母做主的婚约，已有人敢于抗拒。四姊在学校中既以活泼、美丽引人注目，她背人常常啜泣，也被同学注意和同情，就有好些人劝她趁早解除痛苦。可是她的性格过于善良，以为此种违背礼教的举动将使父母伤心，将使故乡培植女孩的事中辍。因此她宁愿牺牲一己，不作解约之想。
>
> ……回想她少年时的那种姿态、那种歌声、那种热情，大可以贡献于社会以愉快。特别她教育儿童时，是一个慈祥的教师，无情的思想的顽石却胡乱地碾碎了她。
>
> 现在她的肉体是离开了人世的灾难，但灾难并没有离开人生。以她那样热情善感的人物，但愿死后无知，免得再为世人流下同情之泪。

这篇《悼四姐九思》(《女声》第4卷第10期，1948年1月1日)鲜为人知，有几点值得注意：一是披露了四姐黄九思的悲剧，"四姊九思，去世两月余了；想起她那悲惨的生涯，对于她的死不知应该号哭还是应该为她庆幸?她是戊戌政变那年生的,这灾难的五十年",此言为全篇定下了基调,怜惜、无奈、怨恨、郁闷,欲哭无泪,说不尽的姊妹手足之情。如果黄九如当初顺从命运安排,没有勇气逃出夫家,那么她的结局很可能与四姊的悲剧相似,因此,此文也是黄九如同病相怜的真实写照。二是为了不辜负父亲"开女禁"上学的先例,四姊宁愿牺牲个人幸福,也不解除婚约。三是此文披露了大姐白薇和四姊黄九思就读女子师范学校的一些情况,鲜为人知。

黄九如写的《归思》(《知难》1928年第49期)披露了家里姐妹和母亲的一些情况。

> 电灯许久还没有亮,我仰望天上的光点,清浅的银河,载着千万颗小星,像是和乌云退后的月姐庆寿。左方七颗北斗星,也整整齐齐地排着。我呆呆地瞧了一会儿,忽然记起小儿时候,有一次我的姨妈到我家里来过中秋,晚上大家在院子里吃月饼,我们姊妹嚷着叫她讲故事,她就指着北斗星,对我们说道:"那是天上的七个姊妹,正和你们姊妹一样。不过你们姊妹个个都聪秀,个个都乖巧。她们的七姊妹,第四颗星是不大亮的。"大家抬头一望,果然第四颗星不大闪亮,就问姨妈,这是什么原因。她说:"因为第四颗星,她下了一次凡,所以就不亮了。"我们又问她什么叫作下凡。她说:"下凡就是嫁人,嫁了人,她的光就小了。"于是我们都望着第四个姊姊笑。因为她那时候,已经许了人,是指腹为婚的。口齿犀锐的三姊,当时就说:"呵呀,四妹,不得了!光要小的呢!"大家哄然大笑,四姊大声哭了起来,弄得我们严肃的父亲,也从他独有的书斋走了出来,大家见了他才算了事。自从那晚以后,这位流丽好动的四姊,在姊妹面前多不得一点事,稍有点口角,大家就说别同不亮的星子讲话。这样一来,四姊定低头走了。

> 如今想起来……谁亮着呢?啊!灿烂的星儿,早已摇落,摇落到幽暗的深渊了!深渊里不少鱼族虾族,龙族蛇族,只有七颗星儿,各散处一地,孤单单地,任流水的冲击,咸味的煎熬,不特光辉没了,连它的质地也日久销磨呵!如何得在它们毁灭之前,紧紧地互相拥抱,各吐出屡积的悲伤,即使不是光辉,也得有最后一次的温热!

文中说的"七姊妹"是形象化比喻而已,不必拘泥现实中黄家六女一子,况且此文刊登时,目录上注明是小说。

美丽、活泼的四姊黄九思原来还有这么一个典故,无法摆脱悲剧的命运。再回看《悼四姐九思》,真可谓"才下眉头,又上心头"。如果期盼姊妹们有朝一日大团圆,"紧紧地互相拥抱",那么只能是五彩的梦幻了。

> 和衣而卧,觉得身上怪热,原来是母亲紧紧地抱住我!我忽然感着我这无能的废物,如何配受母亲的慈爱?"妈妈!不要抱我!"我随声淌出了眼泪。母亲手放松了,她的脸青白了,额上的筋露出了,呼吸沉滞了,半晌,她说:"玉儿!你这样恼我?八九年不回家,回来了也不肯和我亲热。"沉默了一会儿,她又继续说道:"那时候,有时候的时势,

我们的想头,何尝错了?而且你父亲对于你这末尾的一个,多少关心?辛辛苦苦做下来,仍旧不合你的意,这岂不是天命?凡事都有天命,比如我现在六十岁了,你们姊妹,没有快快活活地说句话,这不也是天命?"她伤感极了。她青年时候,生女不生男,饱受翁姑的虐待。又加上家境自促,日夜忧着这些女儿大了,短少了妆奁,要受人家的冷遇。因此节衣缩食,加倍操作,吞愁饮泪,到如今只博得一场冷落。

我怕母亲太伤感了,又要犯吐血的毛病,想伸手抱住她,使她安慰安慰。但当我看见自己又枯又瘦,毫无能力的空手,我知道这是痛打我母亲的双弹,也是我自身的莫大的悲哀和耻辱,我没有勇气向她伸出。

自慢着蝼蚁大小的气力,东奔西逐,总想挣出运命的罗网,绝望和愤懑,不展开我一些睿智,只损坏了父母的遗体。我没有勇气将我又枯又瘦、毫无能力的空手向母亲伸出,我终于不能伸出。

黄如九独自倚靠栏杆,任由夜幕包裹,低声吟诵:"倦眼望窗外,桑枝摇摇,疑似故园的绿竹,忽瞥见杆上的刀痕斑斑,徒记起茧里的春蚕,正似我困居绮罗的城里……"她挥笔写下《归思》,落款"一九二六,重九,碧"。重阳节又是敬老节,黄九如回想起遥远的湖南家乡和父母,往事历历在目,中秋欢聚一堂,姨妈讲述传奇故事,姊妹们的笑声,以及"可怜天下父母心"都一起涌上心头。浓重的伤感叹息中夹着几许悔恨,残酷自我拷问中又怜惜母亲,尽力保持清醒头脑,又不免卷入复杂情感的旋涡之中。与其说这是一份迟到的忏悔,不如说是宣泄积压多年的怨恨、怜惜、思念之情。

当初,年轻的黄九如受到妇女解放思潮的影响,涌起青春逆反心理,仗着刚烈性子和辣味十足的勇气,怀孕逃出夫家,辜负了父母的一片苦心和殷切期望。黄九如回首想起苦命的母亲,在重男轻女的磐石般的重压之下,忍气吞声挣扎,生育七个子女(六女一男),几乎没有喘气之时,黄九如不由得热泪夺眶。但是,她只有一双"又枯又瘦,毫无能力的空手"——勉强图个温饱,怎么报答父母的养育之恩呢?

黄九如憎恨这个男女不平等的黑暗社会制度及罪恶势力,这促使她成为维护女权的斗士和妇女解放运动的宣传者、研究者。

如果继续查寻白薇、黄九思、黄九如和她们的母亲等生平史料,那么黄九如的《悼四姐九思》《归思》便是重要的参考资料之一。黄九如还写有《我的母亲》(《女声》第4卷第5期,1946年12月),可惜暂且未能寻觅到原文。

白薇写有《我的生长和发落》(《文学月报》第1卷第1期,1932年6月10日),简略讲述父母的往事:"母亲姓何,名娇苓,是峻岭重山中富族兼名门的闺秀。身高大,有健康美,以高妇人著称。性刚,极精明,贤惠,善理家政。父长年在外不顾家,母亲独操持家中产业大小一切事,善良厚道,但有时性情燥极,长言语,会处世。"母亲的遗传基因也体现在黄九如的身上,如"性刚,极精明,贤惠……但有时性情燥极,长言语,会处世"。

黄九如《归思》一直未能发表,两年后才发表于《知难》周刊(1928 年第 49 期"纪念周年特刊")。这期《知难》前面刊登了不少照片,既有吴子重、徐庆誉、沈体兰、张慎庵等发起人,也有这期作者的照片,如沈兹九,她这期发表《资本家之女》一文。有意思的是这期《知难》周刊还刊登王治心的照片,王治心是丁景唐的太师,黄九如则是丁景唐的日文老师。王治心与黄九如在《知难》上首次同框,此后还在其他刊物上同时发表文章。这期《知难》刊登的黄九如的照片(图 12)比较大,美感十足,黄九如一袭浅色旗袍,短发,瓜子脸,并非端坐着,而是一手倚靠着椅背,与另一手配合,低头翻看书,露出最佳角度的青春娇容,显得秀美惊艳,端庄清雅,好一幅新潮"虞美人"之图。如果与黄九如其他照片相比较,愈发显得此照出自摄影高手。

图 12　黄九如

其二,散文《悼庐隐枉死》《庐隐的印象》,披露了许多第一手史料。

庐隐,"五四"时期著名的作家,与冰心、林徽因齐名并被称为"福州三大才女",与萧红、苏雪林和石评梅等人并列为 18 个重要的现代中国女作家之一。对于庐隐及其作品的评价相当多,但黄九如作为庐隐的同事,以一个经历过逃婚、被迫怀孕苦难的外柔内刚女子的心理,描写和分析、点评女作家庐隐,则是罕见的。

黄九如与庐隐曾共同执教于上海工部局女子中学。该校由著名教育家陈鹤琴创办于 1931 年 9 月,聘请留美的金陵女大毕业生杨聂灵瑜任校长。

1934 年 5 月 20 日,黄九如挥泪写下《悼庐隐枉死》,收入随笔、散文集《长舌两年》。

　　五月十二日晨到了工部局女子中学,走过校长室的门前,见里面立的、坐的、斜倚的十几位女先生,都拉长了脸。我顿时像着了电,机械似的跨进室内。这时除太息声以外,有人断断续续地诉说庐隐的生平。说她是一位孤零零的惨淡的小孩,是一位中学毕业后即就食四方积资升学的刻苦青年,是一位和已婚的男子恋爱同居的反旧礼教的战士,是一位为孤苦的遗雏擎起生活的十字架的慈母……她们的声调是那般悲凉,仿佛雨夜在听人读蔡文姬的诗句。

　　钟响了,得进课堂,劈头一件事是学生们问我庐隐的病状。我垂下头用沉默向她们回答,她们也便垂下头用沉默来领会。忽然校长开了课堂的后门,向这静寂的课堂里发出声音,她说:"黄庐隐先生病危了,诸位最好给她祈祷!"这声音恰当心情紧凑之时飞来,我虽绝不是基督教徒,不由心底下也流出一句"愿斯人长寿"的反应。

第二天星期日,红艳的太阳从东边出来,正跛入青空的当中,这在文坛有过声誉的庐隐,却已带了精神的、肉体的痛苦,闭目而去。

"死"是何时何地何人也不能免的,所差的是她未能遭逢平正和公允。回想数年以前,她刚产下婴孩,因为几百里以外的地方找到了一个位置,不得不在未满月之中,仓皇地奔去。其后接受了职业,因不能长期请假,一连堕了三胎。这次又因生产期间没有薪金可得,为节省经费起见,只请附近校医院医士接生,于是便被这庸医施行恶劣的手术,剪伤了子宫而丧了生命。自十余岁以至死刑,二十余年之中,辛勤惨淡地活着,到最后还是冤枉死去,怎得不是生有余痛,死有余哀呢?

枉死在中国固不算一回大事。随处有飞机,有流弹,有铁鞭;也随处有饿鬼,有疫神;一切轨外噬人的东西,刻刻在抓取生人的性命。然如庐隐之死,则实为职业妇女枉死的典型。

去矣,庐隐! 不合理的社会制度葬送了你的生命,你的饮恨刺进了许多人的心,尤其刺进了劳动职业妇女的心,总有一天打出光明的境域为你雪恨。

此文犹如舒展的画卷,"仿佛雨夜在听人读蔡文姬的诗句",无尽悲哀之情尽在不言之中。"愿斯人长寿"的祈祷未能感动上帝,残酷的现状犹如锋利的匕首,深深地"刺进了劳动职业妇女的心",逼迫发出最后的吼声:"总有一天打出光明的境域为你雪恨。"黄九如深知怀孕和堕胎之痛苦,何况是死在庸医手中。她愤恨地写下"枉死"二字,强烈控诉"不合理的社会制度",将维护女权推向政治高度。

上海女青年会刊物《女声》编辑王伊蔚,邀约黄九如追忆不幸去世的庐隐。王伊蔚已决定写《庐隐之死》,抨击黑暗社会。因此黄九如思考一番后,变换角度写了《庐隐的印象》(《女声》第 2 卷第 16 期,1934 年 5 月 25 日)。

当初黄九如带着儿子在日本留学,生活清苦。1923 年初夏,黄九如就读东京女高师时,在该校中国同学欢迎会上,她首次见到来校参观的庐隐,"身材矮小,穿一条嵌了百花边的蓝纺绸裙"。"她给我的第一印象,是很胆大,很豪放,好像甚么也满不在乎。这时的我,不知有多少怯弱,在这会上没有出过一点声音。就是后来陪她们那一行到各处参观了数日,也不曾和谁道过姓字。"

六七年以后,我和她都漂到了上海,在一家姓舒的朋友家碰见,她在打牌,全副精神用在作战上。舒太太给我们介绍(其实我还认识她),我静静地望着她,她眼睛向上一翻,点了一下头,马上又工作去了。我细看她的眼角、她的鬓边,确已添了一些人间酸味。这一日直到夜深才散,没有听到她一句朗朗的话声,似乎不是以前爱发表意见的那人。

我们常常在朋友家碰着,有时会连见面的招呼都省略下来。可是半个钟头或一个钟头之后,她会无意之间,拉了你的手同坐在一条沙发上。我心里常想,这人说不出她是骄傲,也说不出她是和气,总之她有着她的特殊的个性。

和她来往多一点以后,知道她这人大约是因有过了许多身世的感伤,现在极力在求愉快和平静。她日常有一句口头禅,无论是大的事理或是小的物件,总爱用"那玩意"来代替。这种极微小的地方,很可以看出一个人处世的态度。一次她到了舒家,肚子很大,拿了筷子在饭碗上敲着,嘴里乱嚷:"我要吃那玩意,我要吃那玩意!"一会儿舒家拿出了又酸又辣的四川泡菜来了,她便笑嘻嘻地尽管吃"那玩意"。别人说她该为小国民留点心,少吃些刺激的东西,她说:"那玩意我不在乎。"她就是这么毫不拘泥的。

黄九如曾在该校春假期间,为同事庐隐代课。"在她改的作文课本或她给学生题的字句上面,都可以看出她的豪爽不拘的个性,小的地方她简直可以任他疏忽。"黄九如和大姐白薇都有敏感心理,不着一个"怨"字,却生动地描写出个性鲜明的庐隐;不着一个"惜"字,暗指她大大咧咧性格,不在乎怀孕一事;不着一个"乐"字,却勾画出她与庐隐之间的情谊,若即若离,不用大块浓烈的油彩,足矣。黄九如如果学习美术,那么必定是一个"墨分五色"的丹青高手。

此文的最后却注入一些辛辣味,委婉地批评庐隐:

这是很可惜的事:一个很好的个性而没有给她好好地发展。前天我还同她的一个好友谈论,说她比她同时的女作家是进步了一些。比方某处一座精雅的旧邸,有些女作家只关在那邸内的茜纱窗下谈家常,而庐隐已经跑下楼来在院子里和男男女女捉迷藏。她的世面已经比那些女作家宽阔。可是她年来愉快的平静的生活,在她的生涯中,可谓枯木逢春,勃勃朝气;然而因此也便使她陶醉在庭院里的蔷薇花下,不愿走出庭院的墙外来。她还是在旧邸的墙内打圈子,没有踏进社会。她对于民族的存亡、社会的矛盾等等问题,都轻轻松松地拿"那玩意"的意识滑了过去。

这其实不能完完全全怪她,大概人总是生活决定意识形态。假如她更遭了许多蹶蹶,她对社会当更有一番认识。所以有时一个人失掉了一个舒适的环境,于他可以说是"塞翁失马,安知非福"。庐隐的情形,就使人有这种感想。

这番分析、批评颇有哲理,并未使用极端词语,而是形象化的点评,在温婉之中渗透着湖南妹子的辣味,无声无息地侵入读者的肺腑之间,呈现现代知性女作家的细腻笔法。以此告慰好友的在天之灵,这才是最好的纪念方式。

其三,独幕剧"姊妹篇"《秦良玉》《杀秋瑾》,体现了浓烈的爱国之情。

黄九如译有菊池宽的论文《艺术无阶级》《菊池宽戏曲集》,后者收入《藤十郎的恋》《玄宗的心情》《义民基兵卫》《丸桥忠弥》四部剧本,中华书局1934年9月出版。菊池宽,日本小说家，戏剧家。1916年毕业于京都大学英文科。读书期间潜心研究英国近代戏剧，并与芥川龙之介等主办《新思潮》杂志，成为新思潮派代表作家。但是，在第二次世界大战期间，鼓吹军国主义，堕落为反华分子。

黄九如还从"稗官野史中博采精撷"，编写了上、下两册初中教材《中国女名人列传》（中华书局，1936年6月），坚决打破几千年沿袭的男权中心论，理直气壮地为历来女名人树碑立传，其中有明末女将秦良玉、清末巾帼英雄秋瑾等。此书后几次再版，其体例被出版商稍稍改换，增加女名人的条例，整理归类，扩大篇幅，豪华包装，十分畅销。

黄九如创作了两个独幕剧《秦良玉》《杀秋瑾》，均署名碧遥，接连发表于沈兹九主编的《妇女生活》第3卷第1、2期（1936年7月16日、8月1日）。

黄九如赞扬秦良玉"得以成为奇女子，名冠古今妇女界，实是桎梏女子的社会的莫大威胁"。她写的《秦良玉》截取秦良玉出师之前的一段准备事宜，发挥丰富的想象力，力图塑造一个民族女英雄的形象，"为人胆智，善骑射，兼通词翰，仪度娴雅，而驭下严峻"（《中国女名人列传·秦良玉》）。但是该剧以对话为主，剧情简单化，未有戏剧性冲突，权为处女作。

刊登此剧本的这期《妇女生活》正值创刊一周年，卷头语清醒地指出当下抗日救亡的严峻局势，同时推出"国防与妇女特辑"，发表何香凝的《我们的目标》、君羊的《建立全中国妇女的国防阵线》、沈兹九的《国防与妇女》等文，也有独幕剧《秦良玉》，其意义不言而喻了。

黄九如创作的另一个独幕剧《杀秋瑾》则比《秦良玉》大有改观，颇有戏剧意味，塑造了一个广为传颂的清末巾帼英雄秋瑾。

秋　瑾　个人的荣耀算得什么？全国民的荣耀和舒服才是可贵了。你们把土地向外国人送，把银子向外国人送，弄得中国人越弱越穷就越畏缩，在外国人眼里狗都不如。而你们这些贪官污吏还只管发财，不管国民的死活，所有的国民都该革命……

贵　福　（急得大敲醒木）贱妇，贱妇，我即可要你的性命！

秋　瑾　（带笑）可以！

贵　福　我要给你腰斩！（取下朱笔欲书）

秋　瑾　（仍含笑）可以！

贵　福　我要给你五马分尸！

秋　瑾　可以！无论什么都可以。我只活了三十三岁，为祖国尽的力太少，但是我如果死得残酷，留给同胞的印象会很深的，他们纪念我的时候，也会纪念我走过的革命之路。（文案又附贵福耳边说话）

贵　福　是，是！我要你的名誉，叫什么人也不再纪念你。

秋　瑾　（颇惊）你用什么方法？

贵　福　我判你是乱党而兼淫妇，淫妇教大家看来就是粪土！（得意地笑。秋瑾凝思了一会儿，忽然显得坚决）

秋　瑾　谢谢你提醒我，到最后我还悟到了一层真理：一切的权利从你们手里拿过来，革命成功以后，什么事的看法都得改样。那时大清的"清"字和淫荡的"淫"字，一样会葬在地下。

黄九如毅然摆脱了过去描写秋瑾的各种文艺作品的旧模式，依据所掌握的一些史料，加以艺术加工、提炼，以个性化的审美情趣，呈现一个富有时代气息的巾帼英雄——秋瑾。此剧推出两组不同层面对立的人物，代表了美丑善恶，即宁死不屈的大通学生程毅与汉奸告密者胡道南，羞愧自杀的山阴知县李钟狱与残暴凶悍的绍兴知府贵福。以正、反人物形象为铺垫，最后展现秋瑾临刑前的光辉形象，大义凛然，令人肃然起敬。

黄九如高度评价秋瑾："她的一生，在行动方面是勇敢的革命家，在文学方面也是崭新的创作家。""她尝自己以秦良玉自况，故也以秦良玉来勉人，可惜她还没有走上轰轰烈烈的战场，先便沥血在轩亭之下，读她的'秋风秋雨愁煞人'的绝命词，知她是死不瞑目的。她的墓现在西湖[与]岳坟相近，左旁有风雨亭一所，是吴志瑛所题字，右旁有一祠名曰'秋社'，是她的故友建立以纪念她的地方，每年六月，都有一番祭奠。"（《中国女名人列传·秋瑾》）黄九如在《秋瑾的事迹与作品》（《上海妇女》第1卷第4期，1938年6月5日）长文中进一步指出："秋瑾女士是以一生贡献给了革命，全心全力注于打倒满清，救亡图存，从她的遗作中可以发现强烈的民族主义的色彩来……她的才力、勇敢、牺牲，始终可做我们妇女的明灯。目前西湖的秋墓浸在血泊之中，民族全体正在死里挣扎。我们应如何万众一心，扫灭丑虏，以慰生者，并慰先烈？"

这揭示了黄九如为何选择秦良玉、秋瑾作为创作的"姊妹篇"，或者说《秦良玉》也是为《杀秋瑾》的一种铺垫，在此基础上完成后者。

秋瑾是黄九如敬仰、学习的巾帼英雄偶像和楷模，也是黄九如大力宣传的妇女解放的近代先驱，并且她所掌握的秋瑾的史料要比秦良玉多（有些史料不免有误），在感情上也更为贴近秋瑾（黄九如在杭州浙江省立女子中学校时，也去西湖边秋瑾墓祭奠），更多地寄寓自己的执着追求、坚定信念和理想。其实，两个独幕剧都是应邀创作的讽喻史剧，与抗日救亡的局势紧密结合。

当时华北局势日益严重，侵华日军狼子野心，虎视眈眈，企图南下扩大侵华战争，进一步吞并中国疆土，第二年爆发了"七七"事变。因此，以上引录的《杀秋瑾》台词"你们把土地向外国人送"，鲜明体现了讽喻史剧的宗旨，尖锐抨击国民党当局施行不抵抗政策，卖国求荣，"一切的权利从你们手里拿过来"。《杀秋瑾》的剧名摒弃了文艺性的意味，而是开门见山，一个"杀"字直接捅破了窗户纸——国民党当局"攘外必先安内"的血淋淋屠刀政策。

这期《妇女生活》发表独幕剧《杀秋瑾》,其实是一组纪念秋瑾文章之一,正值秋瑾慷慨就义30周年之际。其他文章有张若英(阿英)的《被忘却的秋瑾政治活动》、梧凤的《秋瑾传略》、玫姑的《秋瑾遗著中的民族主义》、沈兹九的《我们为什么要纪念秋瑾》,不约而同地谈到华北严峻局势,以不同方式批判国民党当局卖国求荣、"攘外必先安内"的反动政策。沈兹九在文中还指出:过去以秋瑾为"模特儿"创作的文艺作品,"都是观点歪曲的",呼吁文艺家写出好的作品,"使这位反帝反封建的女战士的英勇姿态,走进每个人的心胸。使她们知道怎样迈上为自己为同胞求解放的正当道路"。显然,沈兹九等人邀约黄九如创作独幕剧《杀秋瑾》,初衷是不满意原来各种描写秋瑾的文艺作品,让黄九如大胆尝试,塑造秋瑾的巾帼英雄形象,体现讽喻史剧的宗旨。

四个月后,夏衍发表了三幕五场剧本《自由魂》(后改为《秋瑾传》),连载于《光明》第2卷第1、2期。此剧的艺术水准、产生的影响,完全遮掩了黄九如的独幕剧《杀秋瑾》,后者再也无人问津了。

其四,《鸦噪》等诗歌和诗论,融进了她的审美情趣和审美价值。现存的黄九如自由体新诗并不多,颇有特色。

鸦　噪

一个病态重重的都市,/永远也听不到一声五更鸡叫;/黄昏破晓,/打搅人们的老是刺耳的鸦噪。

一下就腾满天空,/当它们感觉着白日将到;/白日要扫射丑黑,/大伙儿计议赶早寻个醉饱。

这种没落的感觉,/也发为惶恐绝望的悲叫:/血呀!肉呀!腐尸呀!/仿佛颓废诗人的口调。

当那傍晚黑夜将到,/来一阵欢欣踊跃的喧嚣:/夜呀!黑暗呀!我主呀!/围绕着半个天空舞蹈。

爱混在黑夜的颓废诗人,/也跟着乌鸦兴奋地扶醉鼓噪:/"烟斗呀!手杖呀!吉布色呀!/来!来把那'鸳鸯蝴蝶'打倒!"

对这无能的疲兵弱卒,/"鸳鸯蝴蝶"也学着乌鸦鼓噪:/醉鬼呀!瘪三呀!小白脸呀!/来!打得倒我们算你英豪!

一个病态重重的都市,/永远也听不到一声五更鸡叫;/黄昏,破晓,打搅人们的老是不详的,吃腐尸的,乌鸦的狂噪。

注:民国三十二年十月前,一个老哼"烟斗呀!手杖呀!吉布色呀!"的路易士的诗人,在《中华日报》的屁股上对"鸳鸯蝴蝶派"放屁了一阵,该派则动员海滩上各小报,"瘪三!小白脸"地回敬了一阵,闹得乌烟瘴气。现在时过境迁,这首诗可当作一段历史

记载。

没有阳光的日子

没有阳光的日子/只是一圈影儿,/一团影儿!/伸手捉摸它,/捉摸它,/捉到手里/一场空白!

饥饿,威迫……/有限的精力,/制作生活的介壳,/拖在自己的背脊。/拖呀!/爬呀!/紧缩呀!/我们被迫作软体动物,/在这二十世纪将近半百!

民国三十四年三月

打 相 打

"叫你送到大西路,/就得送到大西路!"/"你说的善钟路,/送你到了善钟路。"/"现在叫你送大西路,/现在!"/"大西路加钱!"/"不加钱!"/"不加钱不送!/大西路是大西路的钱!"

"送不送?"/"加钱不加钱?"/"不加!"/"不送!"/"送不送?"/"不送!"/"送不送?/你这混蛋!"/"你打人!/小开!/你狠!"/"打!打了又怎样?/打了又怎样?"/"不要脸!/凭什么打人?"

"凭啥?还要我说出来?/凭我的来头,/凭我的洋房,/凭我的西装,/凭我的钱,/凭我的皮鞋,/踢你这[穷]光蛋!"

"凭罢!/打就大家打!/我是三轮车夫!/是被剥削的[穷]光蛋。/打就大家打!/来!凭!凭!凭!/凭呀!凭!凭!凭!/凭呀!/凭我的拳头,/凭我的理由,/凭我的侮辱,/打你这不要脸的东西!/打你像条狗!"

民国三十五年五月

这三首诗发表于《青年文艺》创刊号(1946年6月15日),诗前有段说明:"逸影同学来函索稿,因事未得动笔,为抄旧作数首于后。"

第一首诗后的说明提及路易士,即著名现代派诗人纪弦,原名路逾。上海沦陷后,路易士再次返沪,写有《滞沪诗钞》,发表于《中华副刊》。此后,他组织了"诗领土社",创办了《诗领土》刊物。他的诗歌斑杂多变,时常遭人诟病,也有杜衡、施蛰存等人为他叫好,认为"他不是光明的歌颂者,但他是丑恶的诅咒者"。黄九如将路易士与蝴蝶鸳鸯派之争视为上海沦陷区文坛的奇形怪状的典型例子,以备后世查看。

第二首诗则是在上海沦陷区敌伪统治下的忍气吞声生活的一种自白,也是广大民众屈辱生活的缩影。但是,诗人过于悲观,未能预见抗战胜利的曙光。此诗的构思和表达有闪光点,在平朴的诗句中融入象征派的手法,顿时鲜活起来,富有韵味,"淡妆浓抹总相宜"。

第三首比第一首诗更为激进,干脆抛弃任何诗意,直接采用大白话,看似无技巧,却生动地勾勒出双方争吵的形象。借鉴古典诗词中顶针连环艺术手法,用上句末尾的字词移作下句开头的字,类似戏曲舞台上常见的花脸说白,一字一顿,反复吟诵,"有秩序地组成一种谐音",犹如连珠炮,形成步步紧逼、环环相扣的快板音乐节奏。这种简明朴实、平易近人、生动灵活诗歌形式,类似街头活报剧,是抗日战争中流行的大众化艺术形式。"打相打"是沪语,并非黄九如熟悉的湖南话。此诗写于1946年5月,即抗战胜利后。国统区老百姓并未迎来幸福日子,还是民不聊生,贫富悬殊,社会矛盾尖锐,各种棘手问题接踵而来,鲜明地反映在此诗里,由此表达诗人爱憎分明之情。

抗日战争胜利后,王伊蔚主编的《女声》特地推出第3卷第23期复刊号(1945年11月1日),黄九如同时发表了《站在妇女地位庆祝胜利》《八年来的上海妇女》和诗歌《致上海姊妹》,扬眉吐气,尽情欢呼。

> 姊妹们!/我们曾经/和上海共亡存。/这期间,/我们失去了祖国,/失去了自由,/失去了生活的资源,/威胁时刻加在我们的生命,/而更,/更时刻加在我们女性的自尊,/我们在这恶兽咆哮的黑夜,/喘息、挣扎、爬行;/度日如年,/挨过了三千天,/直到而今!/而今,/光明重新来临;/我们要跳,要笑,要叫,/而也要挺直颈子做人。/我们要充实自身,/锻炼自身,/磨砺自身;/而更,/更要创造完好的环境。/铲除杂草,/剪去腐败的枝叶,/阻止野兽来侵。/我们要生存于这样的乐园,/更以之传给我们/无穷无穷的子孙!

这四首诗的内容、形式都不同,体现了黄九如的敏捷思维和灵活手法,并不拘泥于固定不变的模式。

黄九如推崇秋瑾的巾帼英雄气概、高远的志向、坚贞不屈的精神,也推崇她的文风,认为秋瑾在文学方面"也是崭新的创作家"。"明清以来的诗词作者,大抵都是陈腐抄袭,非前人说的话不敢说,非前人用的字不敢用,东偷西挪,凑成繁辞句的东西,没有一点生命。但她的诗词,却全是说她自己要说的话,叫人读来觉得一股真实的热烈的情感钻人心胸。"(《中国女名人列传·秋瑾》)这类似"我手写我口"(晚清诗人黄遵宪的"诗界革命"理念),然而又有黄九如个性化的审美情趣和审美价值,也受到著名象征派诗人王独清的影响。

黄九如曾与王独清热恋同居,这是公开的秘密,曾一度成为各种小报炒作的"卖点"。王独清的思想很复杂,众说纷纭,各执一词。1928年曾创作了赞颂广州起义的新体诗《II DEC.》,他对诗歌有独特见解。王独清病逝后,黄九如还曾请郑超麟写纪念文章。对于王独清等人的诗歌,黄九如认为:

> 许多接受了修文学的熏陶的新兴诗人,如徐志摩、郭沫若、王独清之流,他们的诗大都用韵。不过所用的韵与旧诗的用韵完全不同,旧诗的音韵限制太严,平仄必须划分;而许多同韵的中原古音此时已不相近,反而可以通用;而押韵的次序也有一定。这在作诗时束缚太多,上举诸诗人完全打破了这种束缚,对于新诗的基业,贡献良多。

……艾青的诗是很少用韵的,他只是在口语之中,保持一种相当的和谐而已。

新诗用不用韵,现在已经是一个问题。

我是以为:诗还是要有韵。诗要有韵,才可以保持它的音乐的效果。散文存在于日常生活,没有经过矫揉造作,有一种天真朴素的美丽,但不能说这就是诗。诗是一种包涵音乐的艺术,要将天真素朴的口语,组织成一种声音和谐的韵文,才得是诗,不过用韵要极其自由活泼,不能有所限制。《诗经》里的诗都有韵……

……反复划一的声音,有秩序地组成一种谐音,这在含有"艺术的"性质的诗,是不可缺少的。

黄九如的《新诗与韵》(《寒光》第 1 卷第 2 期,1946 年 10 月 25 日)是她创作诗歌的经验之谈,也反映了她的审美情趣和审美价值,"一言以蔽之,曰'思无邪'"。以上引录的四首诗,便可在此找到最佳注释了。

八年自炊的生活,使我和诗结了一点因缘。

我把柴炉安置在楼梯的拐弯,左边放一大堆干柴,右边挂一只竹篮。篮里放一部木刻"蓝本《诗经》"、一盒火柴和一把济公的蒲扇……

第一,这些作于周代以前的诗,无论形式或内容,都非常活泼、新鲜、自由,读起来叫人自然而然心弦跳跃。这是真正的诗、有生命的诗……

第二,我觉得好诗必须是在工作时也能唱,如同山歌、牧歌之类,人们的耳目心思,尽管用在工作上面,仍就能够歌唱。《国风》原是民间的歌谣,无论何种体力劳作,它都不妨碍,反而能起发奋工作的效力。《诗经》里的"颂"就不同了,那是堂皇富丽、装腔作势的官样文章,我小时候读了背不出,常挨先生的呵责;现在来看,还是上句接不起下句,常常叫人光火……

第三,政治不民主,一切的思想、学术,都会跟着不民主。像上面举出的《狡童》《褰裳》这类明显的平民恋爱诗,汉儒也会拉扯到统治阶层身上去。能如此地"指鹿为马",学术与真理完全背道而驰,还有什么价值?

黄九如一手拿着蒲扇,扇着柴火,一手捧着《诗经》,诱人的饭菜香味扑鼻而来。奇怪的是呛人的烟味,不仅没有影响诗人的心情,反而催生了诗意般的《炉边读诗心得》(《女声》第 4 卷第 2 期,1946 年 3 月)。此文有几点值得注意:

一是黄九如看的《诗经》是朱熹注释的版本,自诩"合我的口味",她认为朱熹提出的读诗方法是很好的。"今欲观诗,不若置小序及旧说,只将原诗虚心熟读,徐徐玩味,见个诗人本意。"

二是黄九如果真"将原诗虚心熟读",并且将《狡童》《褰裳》译为白话诗,这是进一步"虚心熟读"的方式,能够深入领会原诗,探研原诗的初衷和本意,而不受"小序及旧说"的束缚。

同时,更加坚定了她创作诗歌、鉴赏诗歌的基本原则"思无邪",也进一步明确了她的审美情趣和审美价值的基点。

三是黄九如认为"好诗必须是在工作时也能唱",这类似鲁迅的诗歌观点:"诗须有形式,要易记,易懂,易唱,易听,但格式不要太严。要有韵,但不必依旧诗韵,只要顺口就好。"(《致蔡斐君》)但是,黄九如从不提鲁迅,这是受到创造社元老王独清的影响。

四是"政治不民主"严重阻碍"一切的思想、学术"的健康发展,这是古今中外的真谛。但是,"指鹿为马"的势力依然长期泛滥成灾,大有愈演愈烈的趋势,黄九如无可奈何地哀叹:"还有什么价值?"

五是黄九如与姐姐一样从小就接触《诗经》等古代文史典籍,教书先生管教严厉,多年后她还记忆犹新。

黄九如无愧为横跨教育界、妇女界、文学界的"三合一"女才子,不畏反动专制的压迫和威胁,机灵地游走在社会、社团、学校之间,有意或无意地探寻写作、治学、道德的边缘地带,开拓属于自己的广阔处女地,显示湖南妹子的鲜明个性,又融进她的灵气、学识和才华。与其说是社会动荡、四处谋生的命运逼迫她做出这样的选择,不如说是"思无邪"的执着追求、个性化的信念催促她的自由驰骋,形成她的爱国、进步、民主、敬业的思想,渗透在她的笔端,化作大量活生生的文字。

在中国现代教育界、妇女界、文学界里,涌现出大量女杰英豪,但类似黄九如这样"三合一"的女才子,则屈指可数,特别是其中始终贯穿着一根红线,即有意识地成为维护女权的斗士,一旦触犯她的底线,那么火力全开,咄咄逼人,哪里还有温婉的女性影子。她撰文涉及范围之广,言辞之犀利,气势之逼人,数量之多,持续时间之长,即使在权威的妇女问题专家中也是很少见的。

值得赞赏的是黄九如的文人骨气,她以秋瑾作为敬仰的巾帼英雄偶像和学习楷模。黄九如前半生曾与无数的社会名流打交道,但是她不愿意附势趋炎。凭着她的才貌,却不甘心依傍豪门,放弃享乐奢华的生活,甘愿清贫,自创未来。她更不愿意打着大姐白薇的旗号,结交文坛大师,名利双收,青云直上。

黄九如生前未写回忆录,其中的复杂原因,则是一个说不尽的话题。

注释:

〔1〕沈兹九,名慕兰,浙江德清人,沈西苓的姐姐。早年毕业于浙江女子师范学校,1921年秋东渡日本,就读于女子高等师范学校艺术科。回国后在浙江女子师范学校、江苏松江女中、南京汇文女中任教。1932年夏,入中山文化教育馆上海分馆,任《时事类编》助编。1934年主编《申报》副刊《妇女园地》。1935年7月创办并主编《妇女生活》杂志,宣传中国共产党的抗日方针,揭露和抨击国民党反动统治,号

召妇女抗日救亡,培养了子冈、罗琼等一批优秀的名记者和编辑。同年12月,参与和发起成立上海妇女救国联合会。1936年发起成立上海各界救国联合会,任执行委员。同年11月,爱国会沈钧儒等"七君子"被捕,参加宋庆龄、何香凝带头签名发表的《救国入狱》宣言,随宋庆龄等人赴苏州,要求国民党高等法院羁押。1939年加入中国共产党。1941年,被派往新加坡,协助胡愈之开拓工作。他们结为夫妇后,胡愈之主编《南洋商报》,她主编《妇女》副刊。1949年后,担任全国妇联常委,兼任《新中国妇女》的第一任主编,同时任民盟中央委员、全国人大代表、全国政协委员等。

〔2〕郑晓沧,又名宗海,浙江海宁人。1912年毕业于浙江高等学堂。1914年,北京清华学校文科毕业后赴美留学。回国后历任南京高等师范学校和东南大学教授、浙江省立女子中学校长、中央大学教育学院院长等。1949年后,任浙江师范学院院长、全国政协委员、浙江省政协常委等。

第二章 创 作 篇

《联声》：展现创作才华的第一个平台

《联声》是"上海联"（上海基督教学生团体联合会）的会刊。"上海联"原来是由各教会学校青年会和团体联合集成的校际学生团体，受基督教男女青年会的指导，它通过社会服务和文体活动等，活跃学生生活，锻炼学生能力。在淞沪抗战炮火中，教会学校的一些进步青年，竭力主张"上海联"应根据抗战形势，积极参加救难扶伤等爱国工作。他们的愿望得到爱国人士吴耀宗、沈体兰、江文汉、刘良模、邓裕志等的支持。

1938年10月"上海联"召开抗日战争以来第一次各校代表大会，有27个学校的团体代表参加，选举沪江大学、圣约翰大学、东吴大学、之江大学和麦伦中学、清心女中、中西女中七所学校的代表组成了"上海联"领导机构执委会，下设联络、研究、服务、问题、宗教五个部门，这与基督教青年会部门接轨。各部门经常与各校青年会和团契联合会的相关部门联系，布置工作，交流工作经验，这些都在不久后问世的《联声》中得以报道宣传。

《联声》于1938年11月26日创刊，先为月刊，第3卷起改为半月刊，后来因故成为不定期刊物。在上海沦陷之前，出至4卷第4期自动停刊，这期间共出4卷36期。抗日战争胜利后，时任"学委"委员的陈一鸣负责联系恢复活动的"上海联"（此后成立上海学生团体联合会，简称"学团联"），《联声》得以复刊，出至第4期（1945年11月），先后共出版40期。

《联声》是一份综合性、文艺性的学生刊物，主要面向大、中教会学校学生，开设栏目甚多，撰稿人大多是教会学校师生和社会名流，是上海"孤岛"时期进步学生刊物中存在时间最长的一份刊物。最初由社会名流后代、教会大学学生俞沛文、顾以佶、陈一鸣等创刊，逐渐发挥了不同程度启蒙、团结、教育、激励广大教会学校学生的历史作用，推动全市学生抗日救亡工作，影响比较大。先后负责《联声》的有顾以佶、陈一鸣、周绮霖、王楚良、丁景唐等，他们都是先后入党的大学生，从事校园学生工作。

《联声》是丁景唐展现创作才华的第一个平台，也是丁景唐前期文学创作活动的起点，可圈可点。《联声》4卷36期和复刊4期（总共40期）中，除了第1卷第8期之外，丁景唐先后发表诗文60余篇。其中第2卷第12期中丁景唐发表的诗文有十几篇，后面则是猛然"喷发",撰写了占据三分之二的诗文,这也见证了他在东吴大学和光华大学时,学习和创作逐渐提高的过程。

在这期间,丁景唐不仅崭露头角,而且学习,写作,再学习,再写作,形成一个周而复始的良性循环,他将诗歌、散文作为突破口——求变、创新、灵活,直接影响到他后面的文学活动。其特点有:(1) 学习《联声》历任主编、编辑的办刊思路,整体策划、编排文章,丁景唐担任主编后取长补短,推陈出新,抓住"灵活""创新"等关键词;(2)《联声》是一本特殊的编外教材,从不同时段、不同角度、不同层面提供了各种诗文的创作思路、切入角度、行文逻辑、遣词造句等,启发丁景唐不断地打开新思路,拓展新天地,催促他扬长避短,吸取经验教训,承前启后,不断创新;(3) 丁景唐担任《联声》主编时,为新婚妻子王汉玉发表译文,鲜为人知,见证了他俩最初的合作。以上三点内容不妨视为一个整体,往往交织在一起,难以分割。以下将详细介绍这时期(包括《联声》复刊4期)的散文、诗作、小说等。

其一,散文,转向关注学生学习和生活,尝试各种写法。

1939年夏天,丁景唐参加了"上海联"在中西女中(今市三女中)举办的中学夏令营。丁景唐应邀写了一组三篇散文,成为他前期文学创作道路上的第一个音符,充满了诗情画意。

七月的清晨。

天,迷蒙地带着雾气,露着稀微的白曙。

树丛间有着鸟类的振羽和鸣着的吱喳,枝叶间萋草上凝着晶莹的朝露,慢慢地东方渲染了金红色的光芒,太阳怕羞地红着脸爬上了上来。

朝晨里渢溢着清爽鲜凉的青草气。

(《"上海联"中学夏令营杂零·迎着太阳》)

《"上海联"中学夏令营杂零》(《联声》第2卷第1期)一组三篇散文,选择了一天三个节点的生活场景——充满朝气的晨操,引发爱国热情的夕阳会,欢乐、热情的表演晚会,杂糅着跳跃性的诗句,洋溢着青春飞扬的激情、直抒胸臆的描绘。

夜风,松柔地轻笑,带走了灼热和烦闷。

天际没有星,也没有月,只是漆黑的一片。

是夜会的时候。

礼堂里多闷,周遭荡漾着年青人的活力和热忱,嬉笑叫喊的骚声在飞扬,壁炉空洞洞张大了口,灯火照着这广大的屋子,像夜泊在河流间的渔火,显得昏黄。

像吉卜赛的流浪曲,又似晓风中远远飘来的牧笛。凡娥铃和着披亚娜,乐音悠扬优美地飘在空间,奏出人生的美好、流浪的凄凉。

掌声一阵又一阵迎着每一个献演者,欢笑爬上每个人的眉尖。

丁景唐发表此文时特地同时使用了三个笔名——金子、唐突、姚里,充满了青春时期浪漫蒂克的色彩,执意让美丽的幻想飘飘洒洒"软着陆",也折射出他的灵活思维、"语不惊人誓不休"的写作特点。

此文是丁景唐对青年会中学时代的最后一瞥,暑假后,他考入东吴大学。青年会中学的五年学习和生活是他一生中参加革命、入党的转折性的第一个台阶,除了紧张的学习之外,还阅读《学生生活》等大量的课外读物,劳累、疲乏和紧张情绪等都在这最后一瞥,借着夏令营的题材尽情地释放。

如果此文与《联声》发表的同类题材的散文相比较,那么还是能看到学习、借鉴的痕迹,不过更多的是丁景唐"化为自我"的个性化描写。此文始终是"掌声""叫喊""飞扬"等谱写年轻人欢乐节奏、跳跃、舞动的音符,肆意宣泄的情感流露于表象,暂且湮没了冷静的理智。此后,欢乐的节奏逐渐消失,取而代之的是理智的思考、深化的感情。感情越深厚,理智越成熟,感情升华,诗文越有感染力。

丁景唐学习写作的最初阶段从模仿、借鉴开始,逐渐融入自己的美学见解和写作技巧。

学校里开了学。

"得好好地念些书了。"抱着一颗希望的心,如虔敬的宗教徒,我庆幸于自己能进学府之宫。

爸说:"阿谦进了大学,用功地读四年,将来有机会还可到美国去一趟。你得答应我,别再像中学时的孩子气。"我点点头。

妈说:"孩子长大了,也该找个姑娘。"

洋装书、留学、M. A. 学者风味的教授、自由研究的气象、同学间的互爱,还有像妈说的找一个姑娘……

我每天满足地笑着,脸上常开了花,像晴天里的鸽子。把思绪织成了图画,我每天映着美妙的来日。墙上的女神也正似在羡慕着:"瞧,大学生呀!"

哈,谁稀奇呢? 大学生,只是一个"实现"了的梦。

《控诉》(第3卷第3期)一文的画风转变了,抛弃了原来生硬的表层记述,开始进入"我"的角色,增加亲近感。此文近两千字,却分为六个小节,如同诗歌分行的跳跃性节奏,每个小节之间有内在联系。此文反映了教会大学里部分师生的腐败、堕落的情景,其中以漫画手法描写的不学无术的国文教师,以及"我"等三类学生,告诫学生们此路不通,以此点题。此文以反面角色为主,许多学生自甘堕落、寻找刺激的场景皆为虚写,只有课堂里的描写是实写,这与丁景唐的所见所闻有着密切关系。文中穿插英文单词,增加一种幽默感,这与教会大学学生擅长英语有关,也是当时创造社等"海归派"撰文的一种模式。

刊登《控诉》时,文后补白为臧克家有名的诗歌《自白》:"百炼的钢条铸成了我的骨头,那么坚韧,又那么多的锋棱,不受生活的贿赂去为它低头……"这恰好成为《控诉》中"我"等人的鲜明对照。臧克家是丁景唐喜爱的著名诗人之一,丁景唐后来撰文时多次提及臧克家,并珍藏他的旧版本诗集。

"笃笃笃"高跟鞋在 Floor 上响,我的心悬空地在海波上荡秋千,随着"笃笃"起落。愈急愈想不出,眼珠好像要脱离我的目腔了,拿了笔,苦苦地在脑壳中搜索答案,白纸展开了阔脸对着我的窘形威胁:"快写,快写!"抬头望望她们都低了头在沉思迅写。"嗖嗖""嗖嗖"的声音似利刃的锐锋在我周遭晃摇,我感到一阵寒栗,额角渗透了汗水,瞧瞧蕙,也是一副阴天的脸色。

…………

"瞧!逃学!""逃学!""不要脸,逃学!""学分要吗?"

讥笑、鄙视,在背后不时射来。地皮似乎在动,四周旋转得有些晕……倒在床上,我只会张白着眼珠。那钟又在说了:"嘀嗒嘀死读书,嗒嘀嗒逃学精;嘀嗒嘀……"

"逃学,是的,为什么我要逃学呢?"

(《我为什么要逃课》)

上一篇《控诉》写"我"进大学后的堕落;同期刊登的此篇《我为什么要逃课》则变换角度,故意落款为"梁秀华述,莫怀芳写",佯称他人口述,实为丁景唐撰写的,颇有意思。此文开头是"我"做了一场考试噩梦,并且首尾都出现闹钟"嘀嗒",反复强调,犹如诗歌的重音,以此说明不堪忍受繁重的学习负担,身心疲惫,不得不逃学,反对校方加重功课的"强奸教育"的做法,并且指出人生道路并非只有"唯有读书高"这一座独木桥。此文有些描写比较生动,如女生心理变化和言行举止,类似人物速写,但有些遣字造句不尽如人意。几年后,丁景唐散文写作水准明显提高了。

南洋,这岛屿的世界,有明朗的阳光,也有蔚蓝的海天。

在它的田野里长满着热带特有的产物:椰子、可可、香蕉、甘蔗、菠萝蜜……散发着芬芳。也有树胶、棉花、烟草、咖啡、香料……近代工业所迫需的原料。还有那丰饶的宝藏:石油、铁、锡等矿产与燃料。

在海港里,却停泊着一艘艘异族灰色的军舰,热带风吹着水兵们的深蓝服装与白圈帽的飘带。堡垒、炮台、新式的建筑物间飞扬着各色旗子。但是今日南洋几百个岛屿上的繁荣,却是流遍着我们民族的血汗,建立在数千万华侨的背上。

(《南洋华侨》)

为了说明抗战形势,暗示日军南下企图侵占繁荣的南洋群岛,丁景唐写了《南洋华侨》(第4卷第4期),除了介绍地理、历史之外,还根据李长傅的《南洋华侨概况》和有关报道等资料,述说新加坡等地华侨的遭遇,最后结尾却是田汉的剧作《回春之曲》的插曲:"再会吧,南洋!/你不见尸填太行山,/血流着扬子江,/这是中国民族的存亡。/再会吧,南洋!/再会吧,南洋!/我们要去争取不远光明的希望!"

《联声》复刊后,丁景唐的政治素养和创作理念与以前"不可同日而语",也体现在散文里。复刊第 2 期同时刊登丁景唐的两篇散文。

  卖烂东西的叫声多沉闷,灰沉沉的天气,风凄凄地惨叫着,大地寂静得如死一样可怕。

  我低垂了头在街上急急地走着,但是走近一小群疏落地站着的路人时,我不由驻足了。

  那是两个戴了鬼脸的人,他们做着各种滑稽的姿态,蹦着跳着,引人发笑。我看了那怪模样也禁不住想笑,但是笑声没有出口时已被另一种声音哽住了,我摇摇头走开了,没有人能领会我站在这一会儿时间所得到的异样凄楚的感觉。

这篇《暖房以外》不妨看作是延续丁景唐担任主编时主张的"认识大上海"的思路,展现暖房与阴霾、鬼脸与凄楚、流浪狗与昔日主人、乞讨与施舍。这些社会底层画面的交织和瞬间定格,告诫广大读者必须清醒地认识残酷的现实,如同他对新党员袁鹰说的"对国民党政府和蒋介石,不能存有幻想",建设民主自由的中国"道远任重"(袁鹰:《上海,我的一九四五》,载《袁鹰自述》,大象出版社,2010 年 11 月)。此文开头的"暖房"象征着自我陶醉的狭隘小天地,经过一系列社会底层场景的描写,结尾呼喊:"我要烧毁这世界,烧毁我的暖房!"形成首尾呼应。如果结尾采用具有哲理性内涵的语句,那么效果更好。

此文与梁小丽的散文《暖房里的花朵》(《莘莘》月刊第 1 卷第 3 期,1945 年 6 月 5 日)有关联,《暖房里的花朵》最后写道:"柔弱的花朵,细嫩的蓓蕾怎能抵挡狂风暴雨呢,她们是暖房里长大的花儿,她们过惯了暖房里的生活,她们是属于暖房的。"这与此文开头衔接,但丁景唐逆向构思,思索的问题更为深刻。

此文与散文《荒塚》编排在"散文·小品·随笔"栏目里前两位,显然两文之间有某种内在联系,即并未被抗战胜利冲昏头脑,而是依然冷静地看待这个战后满目疮痍的社会,贫富更为悬殊,"做官的还是做官,发财的还是发财",广大百姓依然是受饥受寒,"受尽剥削"。

  操场的一角,有个荒坟,它显得那么不调和,没有人来关怀它,也没有谁来忆念它,终年处在冷漠里……

  春天! 荒坟的顶上,茁生起一些野草,陪伴着那死去的灵魂,想来它是不该再寂寞的了!

  当初辟操场的时候,大致谁都怀着一个恐怖的心,也或者在[意]识上浮现起一个聊斋的故事,于是对于谁都怀着禁心,连看一眼也是那般警惕!

  年青人,总是好奇的! 终于有一天一小队的人,怀着像探险般的心情,爬上了那荒坟的顶端,想探寻一些奇迹,结果,当然是失望的……

一次,两次,三次……那荒坟在青年人的眼里渐渐地显得平凡了,于是,有人把它当作是勤读的好去处,也有人把它当作是"障碍的堡垒",体育教师也曾立在它的顶端发号施令……

平凡……平凡……平凡……谁都把它当作一个平凡的土堆了!骸骨、鬼……也在一些人的脑里淡忘了。

年青人的有力的脚尖,践踏光了那些野草的嫩芽,坟秃了顶,坟里的灵魂又孤寂了,伴着的,是那些年青人的顽皮的脚步和呼喊,坟仍是整年整月地静躺着,没有人理睬,没有人关怀,没有人追忆……

总有那一天,那地方会被踏平了的!我想。

短文《荒塚》仅有450多字,但是代表了丁景唐在《联声》时期散文的最高水准。此文展现了一种冷峻、哲理的画面,流露出孤寂、冷漠之情,凸显"无情"二字,具有象征手法的寓言哲理。与其说是孤芳自赏,由"孤寂的性情维系着",不如说是憎恨周遭的世态炎凉,甚至连孤坟里的孤魂也被搅得不得安宁,这世上还有什么人间温暖呢?这与报刊纷纷发表的热烈欢庆抗战胜利,迫切过上安宁、和平、美好日子的众多诗文格格不入。此文的"冷色调"受到鲁迅杂文集《坟》的影响,鲁迅告诫说:"人生多苦辛,而人们有时却极容易得到安慰,又何必惜一点笔墨,给多尝些孤独的悲哀呢?"(《写在〈坟〉后面》)

丁景唐在《联声》上发表散文,进行大胆创新,尝试各种写法,融进诗歌、剧本等元素,呈现了活跃的思维、敏捷的反应、开阔的视野,为后面的质变、全面提升打下基础。

其二,主编《联声》时,从宏观考虑问题,着眼于校园动态的细微之处,纪实散文《出蒙馆看万花筒——大世界观光录》(第3卷第9期)是一个质的飞跃。

1940年冬天,因发生警报,丁景唐离开东吴大学,调到"上海联"工作,参与《联声》编辑工作。不久,王楚良调到"文委"工作,丁景唐已转学到光华大学,接替主编《联声》,担任该刊地下党支部书记,自第3卷第4、5期合刊(1940年1月中旬)至第4卷第4期(1941年9月10日)自动停刊。这期间他发表的诗文甚为集中,每期都有三四篇诗文和编后记、补白等。同时,丁景唐推荐之江大学学生郭明(郭锡洪)和青年会中学毕业生王钟秀参加《联声》编辑工作,还有董乐山(麦耶)等学生参与。丁景唐回忆说:"当时,我住在上海法租界福煦路明德里沿街的三层楼上,《联声》编辑部设在女青年会上的'上海联',印刷厂在我家隔壁。我们几位同学常在我家里讨论选题规划,分头写稿、审稿、发稿、校对。不久,我接替王楚良主编《联声》。"(《我的文艺编辑生涯》)

这时上海学生界激烈抗日反汪斗争已经沉寂,党的学生工作已主动转为深入学生群众,通过生活化、学术化团结、教育群众。因此,丁景唐接手主编的《联声》和其他"学委"办的刊物一样,发表的文章从各个方面反映校园内大学生的思想、生活、学习,寓思想政治教育于其中,潜移默化地启迪广大学生,指导他们正视现实,踏上正确的人生道路,适应时代的潮流,同时避免发表敏感的政论等,这成为丁景唐主编《联声》的一种新策略。

经过一段时间的揣摩、学习、思考,丁景唐"喷发"了,行文显得老成持重,从大局的宏观考虑问题,着眼于校园动态的细微之处。

> 他们都是些心理上不健全的青年,有着一个病态的瘦弱的身子,谈话对于他是一种难受的刑罚,又爱吞吞吐吐地说话,爱孤独地同寂寞做伴侣。时常为学校的功课费了很多的时间,还是一个不好的分数。在街上远远望到同学就心跳,急促地避入小巷,上电影院老是低了头,一个人坐在边畔的一角,对着弟弟妹妹总爱骂"小鬼"。
>
> 在日间,怀着满腔的烈焰,静沉地[选]择寂寥的街路,数着碎石散步。要是有一对恋人的影子在身边掠过,就勾引他的不安,他会用充满着忌妒与愤懑的眼光憎恨地瞧一下过去的背影。回来,他的自尊心给刺痛了,呆呆地望着窗外的苍空与街景,默默地让阳光在墙上投个长影。在胸怀中他描画着异性的面影,堕在痛苦的深渊里,人间对他似乎只是一片没有希望与生命的荒漠。他隔绝一切友伴间的亲热,生活对他仅有幻想与不满。他不看报,也不爱好书籍。健忘、悲愁、疲劳是他的特征,[对]事物的反响也失去了。

散文《春天的忧郁》(第3卷第10期)编入"生活秘诀"栏目,显然是针对校园里学生中存在的比较普遍的现象,即青年学生的信仰危机,试图逃避艰苦抗战的残酷现实,但是又无法拔着头发跳出地球。丁景唐有针对性地提出此问题,循序诱导,努力解开这类学生的心结,同时见证了他那时做学生思想工作的特点。此文描述的悲观情绪的青年学生形象,有些特点类似"多余人"的形象,即俄国19世纪前半期文学中的一组贵族青年形象。他们不满现实,却又不能挺身反抗社会;想干一番事业,却又没有实际行动;想得多,做得少,最终一事无成,成了整个社会里多余的人、无用的人。瞿秋白等人曾译介许多这方面的俄国文学作品。

> 中国,这古老的国度,二十二年来像"张果老"般生存着。"张果老"捧着旱烟管,倒骑着时代的驴子,拖着衰老的影子,在一条飞扬尘土的山道上漫步。遥长的旅程对他是一件苦事,从旱烟管上[冒出]丝微蓝烟。他怀念着古代三皇五帝的生涯,他留恋着破旧的骨骸,他舍不得丢掉消逝了的事迹,拼命顽固地抽打着驴子,想把时代拉回头去。
>
> 但,他很失望,时代的驴子,他已无力能够控制了。
>
> 他很悲伤,倒骑在驴子上,"张果老"向着苍茫的黄昏前进。终有一天,"张果老"被抛下驴背,跌得"呜呼哀哉"!
>
> 历史是残酷的,不进步便倒退。

(《纪念自己的生日——"五四"青年节》)

1919年爆发了反帝反封建的"五四"运动,但是22年后,"五四"运动的神圣使命并未完成,

"古老的国度像蜗牛般地挨日子,在黑暗中走着"。此文以形象化的语言,列举了大量光怪陆离的畸形现实事例,说明"历史是残酷的,不进步便倒退"。此文既有散文舒卷自如的特点,也有学习鲁迅杂文的犀利笔锋,还有诗意般的喷涌激情。最后是一首抒情诗歌,将此文纪念"五四"运动的青春张力推向高潮,戛然而止,余音绕梁。此文鲜明地体现了时为大学生的丁景唐的灵动、敏捷思维,坚持求新、求变、求突破的创作精神。

与其说丁景唐怀着一种对"五四"运动敬畏的自觉意识,不如说此文蕴含着他的严肃、崇高、执着的思想追求和精神寄托,尤为鲜明地呈现在最后那首诗歌里——"我们是怒吼的雷声,/向顽强的旧世纪/轰轰轰"。这颇有郭沫若《雷电颂》的豪迈气魄和浪漫主义诗风。丁景唐晚年整理《联声》文章要目时,在此诗标题一旁特地注明"《团契歌声》有此歌乐",遗憾的是未能找到乐谱。《团契歌声》道:"以轻快的步伐向前进,/我们不怕任何障碍,/像鸟一样飞行在天空,/像鱼一样浮沉在水中,/我们大家高声歌唱,/更勇敢地向前迈进——青春似火。"

同时,丁景唐的写作题材冲出校园,把视线投向广阔社会。他认为要认识上海社会百相,展开一个谈天说地的广阔天地,将历史、地理、文化与现实百态世相结合,形成讽刺、针砭、"挖根"的新题材。

《出蒙馆看万花筒——大世界观光录》(第3卷第9期)标题中的"蒙馆"指对儿童进行启蒙教育的私塾,此处泛指学校,契合该刊新辟"街头角落"栏目旨意。此文以博士、阿德哥、小郎三人的所见所闻,串联起"白相大世界"的经历,彻底抛弃同类题材专注闲适和享乐的笔法,力图融合现实主义的眼光洞察"大世界"。

嗑着瓜子,慢慢地喝着茶,大声地吆喝叫好。台上的"艺人"们怪声怪气地尖起了嗓子,穿了五颜六色奇异服装,移动着幽灵似的身子,做着鬼脸。"啊哟,我的好亲人呀。"哭呀叫的向台下飞了一个媚眼,那些年青的看客便连声叫起好来,场子内轰扬着口哨、叫骂、大喊的声音,人们沉迷在低级的色情的刺激里发泄生活的烦闷,拿毒素的意识来麻醉自己的精神。

"我们还是到露天走走。"阿德的脸泛着红,额角上冒起雾来,博士也感到有些闷热。他们在露天的栏杆边走了一圈,上了三楼,只见墙上歪斜地写着"YS光"三个大字,一个年纪约莫十三四岁的男孩挖出两毛钱,用充满贪婪的细眼向涂着厚厚铅粉的卖票[女人]看了一眼,换了票子挤了进去,那女人就俏骂:"小鬼,呆看你老娘作啥哉!"

小郎看了墙上含有引诱性的字眼说:"我倒想起一个问题来了,为啥这样害人的色情玩意儿倒不取缔,而报道消息的报纸常开天窗?博士,你说这是什么道理呀!"阿德从旁边插入:"小福尔摩斯真傻瓜,Mighty is truth 也不懂吗?"

博士抓抓头皮,说道:"我们到那边走廊墙边去再说。"小郎真聪明,一提就明白了:

"将来的魔鬼世界里,色情害人的东西更要多啦,博士你说对吗?"博士微微地点点头。

大家默默不响地登上四楼去。

犀利的责问接连抛给不同文化背景的读者,后面一句更是告诫广大读者,上海"孤岛"等广大地区一旦被侵华日军占领,那么"魔鬼世界"更为黑暗、残暴、民不聊生。"嬉笑怒骂皆文章",此文灵活运用方言的丰富内涵,在诙谐、幽默之中暗藏机锋,成为一大特色。

此文采用章回小说的手法,时有风起云涌、悬念迭出之感。文中漫画式的叙事状物,抓住人物的特征,尽情渲染,犹如哈哈镜,在笑声中鞭挞,在惊异中憎恨,在悲叹中同情。显然,此文是一个质的飞跃,内容、形式、行文等与从前"不可同日而语",特别是对于文学形象的理解,形象大于思想。这一点此后一直贯穿在他指导、参与编辑的刊物中,杜绝"赤膊上阵"——标语化、标签化、机械化、偏平化等。

其三,述说基督教的故事,以曲笔行文。

丁景唐接手主编《联声》第3卷第4、5期后,再次启用《联声》早期开设的宗教栏目,积极适应上海"孤岛"时期教会大学师生的需求。这是一种挑战,也是一种机遇,必须改变原有的文学创作思路。叙述基督教故事,巧妙地引用《圣经》中的警句,用曲笔的方式,痛击国民党顽固派的反共逆流,谴责租界的黑暗、畸形社会,进行启蒙、宣传、教育,以便充分利用《联声》的特殊平台,重新梳理和整合各种稿源。因地制宜,与过去"左"倾的一刀切的做法截然不同,有理、有节、有情地开展教会大学的学生工作,这正是丁景唐等人商量的结果。

丁景唐回忆说:"在我主编刊物不久,江南爆发了震惊中外的皖南事变,由于刊物的性质不允许编者正面揭露国民党这一罪恶行径,我就以春秋笔法,一连写作了散文《'你们是世上的盐'》《主要复活》和诗《一个以色列民族英雄的死》,曲折地表达了反对内战,反对分裂的义愤之情。在《'你们是世上的盐'》中,我借用盐的洁白性,来反对颠倒黑白的阴谋;借盐的结晶,来反对分裂;借盐的咸味,来喻示人的灵魂之不可缺;借盐的防腐性,来反对法西斯细菌。"(《我的文艺编辑生涯》)

《"你们是世上的盐"》是将基督教的教义与人生哲理结合得较好的一篇散文。以盐的性质、作用作为切入角度,阐述了抗日救亡必须团结一致、同仇敌忾,这样才能充分发挥民族统一战线的重要作用。文章指出,广大青春似火的年轻大学生不能再浑浑噩噩过日子,"为真理去呼喊,他就有了福,那生活也就有了盐的咸味"。文章构思比较新颖,这在当时文坛中很少见。不过此文保留论文的模式,依次叙说,层次过于分明,明显偏重于情理,疏远了散文"散"的一种韵味之美。

> 春天,山野里弥漫着雾露,橄榄树伸展着茂密的翠叶。黎明的曙光在山间的岩石上反耀出晶亮的光彩。耶稣骑着驴子,穿了褪色的旧袍,和门徒们离了伯大尼往耶路撒冷的路上去了。

> 耶路撒冷的城里已经燃起了阴谋的烈火，预备抹杀上帝的真理，并且要谋害真理的宣扬者。可是耶稣已经决定要把自己的身体作为最大的牺牲，去鼓励那无数的人民为真理奋斗，所以勇敢地走了。他越过新绿的旷野，天际浮飘着云块，晓风带着清凉的晨光吹拂着山岩，飘过了丛树的叶子，又吹动了耶稣的衣角。远远地在苍空下耸立着古老的城头——耶路撒冷。近了，渐渐地可以瞧见巍峨的石城、玫瑰色的房子，连着宫殿与堡垒。金碧辉煌的圣殿，像在朝霞中向他招手欢迎。　　　　　　（《主要复活》）

此文根据《圣经》记载耶稣之死的故事改写。开头以充满生命力的大自然靓丽色彩衬托耶稣的执着追求和坚定信念，随后浓墨重彩描写了耶稣受到城里民众热情欢迎的盛况，渲染了耶稣受到广大民众爱戴的情形。此文后半部分的叙述显得有些仓促，失去了前半部分的色彩和诸多细节的描写，不过还是凸显了此文的主题："一时的毁灭却种下了永生的种子。真理不灭，主要复活。"以曲笔表达了反对内战、反对分裂的义愤之情。

其四，散文笔法渗入其他文体，别具一格，颇有新意。

丁景唐大胆地打破各种文体的藩篱，将散文笔法渗入集体讨论、报告、介绍书报、文前说明等应用文之中，服从编刊的主旨。

> 煤　婴　喂！喂！请静一点。现在是正一点钟，开始讨论，上次我们决定的题目是"民主自由与学生生活"。希望大家多多发挥，要具体，要切实，配合我们学校里的实际生活，给予善意[的]批判、合理的建议。想一想，不要空发牢骚！
>
> 江　风　我记得自己的中学时代，学校生活过得真是修道院一样苓寂，在分数和考试里消磨了整个的少年，没有自由，也没有课外组织的权利。（大家笑了，诗人又在作诗啦！）在祖国的烽火中，进了这所教会大学，虽说是比较自由，可是考试科目都是脱离现实的东西。国文是诗云子曰的骨骸，还得课外阅读《诗经》《礼记》等守旧复古、封建意识的古董，把注释训诂等抄它半打草簿交进去；政治法律多是做官门径；经济、银行则是发财之道。
>
> 苏　东　由于一般教会学校的同学经济状况较好，以及传统的落后性，大多数是和现实隔阂了的。因此不容否认，有好多地方是不合于教育原则和不民主、不自由、有碍抗战、有妨青年思想自由发展的现象……
>
> 夏　兰　真的，[在]教会学校受的教育是很不民主与不自由的，我们女同学所受的更多。在中学时，[被]关在"外国尼姑"的"学监"里，进了教大，男女同学固多隔膜，而一般 Gentlemen 更把神圣的学校当作"花瓶装造所"，常时做些无聊举动。每周二十四小时的课，还得加上些 Reference Report Quiz Question 及大小考试，功课的繁重已够叫人透不过气。
>
> 周　平　夏姑娘方才提起男女隔膜，这实在不稀奇。我加入了一个团契，连十几个契友

都不相识,别说要充实它的内容。这并非我阿平交际手段不灵(大家都笑了),实在是"领袖"(又笑了)们在那里玩把戏。总计半年来聚餐一次、集会一次。"领袖"据说是实在忙,学会、系会、青年会……都得去"领导"。当然,你想除了选职员、负责人外,"领袖"的时间哪能抽得出。

夏　兰　怪不得,我初进学校,好似处在小胡子希特勒的国度里!(大笑)很不幸的,不但"领袖"多,而且应用文教科书里还有什么"江西剿匪总司令"。

江　风　阿平,你真是少见多怪。一年,两年,甚至三年,碰头叫不出姓名[的人]真多着。姑娘们倒好,还有一间比灶披间小了些的休息室,男同学可倒霉,休息室也没有,一下课不是在走廊上荡荡,就是回家。要有空课的话,那就只好在国货公司荡圈子。图书馆是华东教会区四大学联合的,没有报纸,更没有杂志,有的只是"金光骨辣得"的原版西书!(大家又笑了)

《联声》曾发表关于集体讨论、座谈会的文章,丁景唐则别出心裁,一人扮群像。他在该刊上发表的第一篇文章《集体讨论:民主自由与学生生活》(第2卷第6期)中,出席者多达七人,其实都出自丁景唐笔下。此文是丁景唐根据不同形式的会谈的碎片,加以整理、发挥、撰写的,其中既有《联声》编辑、地下党成员的身影,也有丁景唐本人的形象,这是挑选不同学生形象,进行整合的结果。文章舒卷自如,在七人之间任意切换。从校园动态着手,接着把视线扩大到校园外,由此反映抗战时期第一次宪政运动期间民族统一战线上联合与斗争的复杂尖锐情况。随后再回到校园,反映了学生界参政议政的强烈意识,提出召开国民大会的要求,代表广大爱国学生的正义呼声。文中接地气的呼声和口语化的文字,不时穿插学生的生动活泼的言语,燃烧着青春激情,犹如一出散文化的独幕剧,通过每个人的谈吐言辞,较好地显示了各自的性格爱好。此文反映了21岁的丁景唐较高的思想理论水平、敏捷灵活的思维和写作技巧。

　　你在公共汽车的角落里,见到一个人独个儿拿起书,脸上不时地浮着笑容,等到过了站,才匆忙地掩起书下去,那我对你说:"他一定在看《海沫》。"

　　冬天的寒风打着窗子,迟暮的夜间不感到寂寥与清静吗?

　　学校放了假,整天望着天边看蓝天里的云絮,聊天呢,却找不到一个熟稔的友伴。

　　哟,无味的日子!

　　…………

　　"我不信,哪有电影好看。"

　　真怪,他知道你在转念头,他又说了:"谁骗你,来,我来讲给你听。"他把《海沫》的新年号放到你手里,"不信,你自己瞧。"

　　…………

> 告别时,我猜你会这样说:"喂,别忘掉,给我写封信到热河路十四号海沫社,订一年《海沫》!"
> （《介绍你一位寒假的良伴》）

此文介绍《海沫》刊物,打破介绍书报的呆板惯例,以生动活泼、略带夸张的文字吸引读者,融进了小说的元素。开头就说一位读者看《海沫》出神,乘坐公交车过站了,才想起下车。此后笔锋一转,在无聊的寒假期间,朋友及时送上"良友"《海沫》,令人看了爱不释手。

《联声》时期与后期散文创作不同,丁景唐尝试各种写法,大胆创新是主旋律,进一步吸取经验教训,不断反思,扬长避短,为下一阶段的散文打下良好基础。

> 写作在我是一种愉快,也是一种重负,有时岂竟是重负,简直是苦刑,但是我熬受着这苦刑,因为我有许多"不甘寂寞"的感受。
> （《我的自省》）

《联声》时期是丁景唐写诗起步的阶段,大致分为抒情诗、讽刺诗、叙事诗,迅猛提升的水准,超过了散文、杂文、短论等之作,集中显示了他的创作才华。其中讽刺诗、叙事诗成为《联声》特殊平台上的两朵奇葩,但是,后世几乎无人知晓,更谈不上什么研究。

其一,抒情诗,大胆尝试多元艺术表现方式,一跃而上新台阶。

诗歌是年轻人的青春专利符号,众说纷纭,各有各理。丁景唐的文学创作起步,验证了这一点:

> 疾风已起了,让风暴掀得更劲吧!/"个人的眼泪向着虚空的愤恨是应当结束了"/对的。/我不能再歌唱。/"哦!漫漫的长夜呀!永远的风暴!"/我不能老是向着空虚,/望着遥远的地域,/那里有太阳,有热力,有光明,/更有年青人活跃的生命的恋歌!/青春的恋歌!

1939年9月,丁景唐在《联声》上发表第一篇散文《"上海联"中学夏令营杂零·迎着太阳》,这是他告别中学时代的最后一瞥。次年春天,21岁丁景唐就读东吴大学时,发表的第一首新诗《给……》(《联声》第2卷第7、8期),也是他准备登上上海"孤岛"诗坛的一个先声,激情四射,斗志昂扬,真挚地表达了一个年轻共产党员的心声和誓言——"疾风已起了,让风暴掀得更劲吧!"此前,他已加入中国共产党,中共江苏省委在他家里举办了一期大、中学生支部书记训练班,由江苏省委书记刘晓和陈修良主讲。

此诗还依稀可辨丁景唐第一篇散文的痕迹,既具有散文诗的元素,也有现代自由体格律诗的某些特点,更有模仿高尔基著名散文诗《海燕》的痕迹,同时受到基督教文学赞美诗格式的影响。诗中的"暴风雨""海燕""春天""光明""太阳"是抗战时期诗坛流行的象征和寓意之词,因此,此诗是集大成的处女作。值得注意的是该诗中的"青春的恋歌",以后演变为他的主要笔名之一"歌青春",正式敲开了上海沦陷时期的诗坛大门,诗作灵感不断地喷涌,创作了令人耳目一新的众多诗歌。

> 山野,寒夜,/吠声里,旅人走过荒漠的山地。/冬天,雪山在溪流的上面,/有时有冰

裂开,/是走过了野兽的脚步。/冬天,终日终夜,/旷野里降大雪,/村庄被云掩盖了,/溪流停止了歌唱,/还有那道路呢?/只是茫茫的一片。/白,白色的大地间,/找不到罗盘针。/而你,上海联呀,/却惯于赶夜路的庄稼人……　　　　　　　　(《哦,上海联呀!》)

丁景唐发表第一首诗歌《给……》半年后,写作水平突飞猛进。这首《哦,上海联呀!》(《联声》第3卷第2期,1940年11月16日)便是一个突出的例子,脱离了青涩、稚嫩、模仿的初级阶段,迅猛跳过过渡阶段,跃上诗歌创作的新台阶,令人刮目相看。

此诗题材是常见的贺喜之事,很容易陷入俗套的表达方式——程式化,千篇一律,令人厌烦。此诗却呈现了比较新颖的构思,采用迂回辗转、欲扬先抑的手法,不动声色地描写一幅幅跳跃性的画面——寒夜、荒漠、土裂、河干、黄昏,甚至是崎岖的山路等,看似与庆贺并无关联。最后出现一幅温馨的画面——

"妈,我怕,我怕那/黑夜里狼嗥枭叫,/妈,我怕,光明会忘掉了我们,/光明离得那么远,/哎,远远的又如望不到边岸的大海,/今宵,月姊姊呢,哪儿去了,/还有星弟弟?/妈,你说呀,太阳要起来吗?"/"宝贝莫着急,/那夜,就要过去你瞧呀,那边不就是……"

母亲的鼓励、孩子的害怕,以对话引出故事,由此点明主旨。母亲、希望的丰富内涵寓意于"上海联",一根红线串联起前面一连串跳跃性的铺垫画面,顿时鲜活起来,如同电影中的蒙太奇镜头展现在众多读者面前,继而细品、回味一番,愈发感到余音绕梁,多日不息。

此诗中的喜、怒、哀、乐与表示时间、梦、相思、寂寞等的抽象词语,井然有序地出现,转化为形象化的表达,载体便是一幅幅跳跃性的画面。这是丁景唐消化、吸收了中国古典诗词关于形象化表达的各种方式,并结合丰富的联想,尝试驾驭不同寓意的诗句,运用现代派自由体诗的形式和格律,注入自己所理解的庆贺内容和旨意。诗中的母子温馨对话既是一个传说——他热切向往的梦中一幕,也是他联想到加入共产党组织之后的深切感受,借此诗述说肺腑之声。此诗内涵丰富、深切,并非仅仅是一首表层意义上的庆贺之诗。

丁景唐此后发表的短诗均为即兴发挥,有不同题材的审美情趣,包括发表在其他刊物上的诗作。

我把手插在裤袋里,/温暖的光照在胸膛,/踏着轻快的脚步,/向枝头的新芽丢个微笑。/梅花犹含红苞,/鸟雀在墙头吱喳,/电线上的和风/像孩子在奔跑;/初春的云/在和太阳逗笑,/小草也从石阶中/探出头来,/和春光答礼:/"欢迎呀!/春天,/你又来哩!"

这首《迎春曲》(《联声》第3卷第6期,1941年1月25日),并没有出现在《联声》封面的目录上,这时丁景唐已经接手主编《联声》。如果说《哦,上海联呀!》的创作水平,使出了十八般武艺,那么此诗则呈现轻快、欢愉的节奏,潇洒雀跃,直抒胸臆,尽情地释放青春活力。自我享受诗歌的韵律美,不必张开联想的翅膀,也无须向读者再证明什么,反而显得趋向成熟。此诗充满了年轻大学生的勃勃朝气,犹如一支春天小曲,在校园里飘荡,萦绕在学生的耳旁,友善地提醒:一年之计在于春,请脱下厚重的冬衣,深深地吸口气,伸展有些麻木的肢体,啊!春天属于我们年轻人。

其二,讽刺诗,多元化的思维和洞察事物的智慧,超出了世人的想象。

《联声》前期刊登的讽刺与幽默之作,集中在纪实散文、小品、随笔和通讯报道,短小精练,辛辣嬉笑。也有以一组漫画表现校园学习和生活的主题,通俗易懂,颇有情趣。丁景唐则进一步提升为讽刺诗,跳跃性的思维、精炼的诗句,以嘲讽、讥刺和夸张的手法,描述校园内外的落后、消极或罪恶的事物,寓意深刻。他发表了三首讽刺诗《慈善家》《糊涂堆》《先生,我问你》,蕴含丰富的哲理和内涵,在中国抗战文学史、上海"孤岛"文学史上都是很少见的,甚至是独树一帜。

> 慈善家坐在暖室中打盹,/因为午后的阳光实在太好了。/(太阳下睡息最是醉蒙蒙)/慈善家,/他是海上的闻人,/——剪彩需要他,/——开幕需要他,/——募款需要他,/——女明星需要他,/(叫他作干爹)/慈善家,/他又是创造家,/——他创跳舞可以健身的学说/——他替经济学增加一条原理:/救难可以当进账!/——他又替幸福的人们创了个先例,/多雇几个新闻记者替自己捧场……

丁景唐的第一首60多行的讽刺诗《慈善家》(《联声》第3卷第6期),出手不凡,堪称一鸣惊人,由此开拓了创作诗歌的思维空间。

一是打破短小精悍的讽刺诗的惯例,以叙事诗任意扩张的篇幅,大大增加讽刺诗的容量。通过精练的文字,串联起不同的画面——打盹、剪彩、募款、女明星、跳舞、记者,聚焦上海闻人的奢侈生活,特别是仗着权势,"救难可以当进账",大发国难财。如此冒天下之大不韪,却当作下酒小菜,仅仅是"替经济学增加一条原理"一行诗,便已剥下这位骄横跋扈、贪婪无厌的"慈善家"的所有华丽衣饰。

二是大胆革新讽刺诗一般不注重人物和情节的观念,开头就勾画出"慈善家"的虚伪形象,同时保持夸张的手法塑造讽刺形象,凸显人物举止细节,产生似曾相识的情节——

> 慈善家把窗口的蒸汽/用绣巾(不是手巾)揩去一块,/眯起双眼向外瞧,/"哼!这还了得,/叫花子也敢在我的墙角睡觉。"/他用胖手赶快揿起电铃,/跌跌撞撞管门老总来了。/他叫老总用桶冷水,/往叫花子的浑身直浇,/为了警戒玩忽职务,/老总的工钱扣了二元大洋。

此故事情节可当作话剧中的一幕或者小说中的精彩一节或者戏曲舞台上的一出折子戏,叙事诗的功能在此得以尽情释放。

三是逆向思维,采用"颠倒歌"的特殊手法,讽刺所谓的慈善家——

> 慈善家,/他真的是慈善家!/——他自己家里堆了米/(那里的老鼠有三尺长!)/还替人家去呼吁:/米价不能再高涨……

> 慈善家醒来了,/他揉揉眼睛,/张开口又笑了,/因为今天的报上说/米价又涨了……
>
> 慈善家,/他现在怨天了,/要是来个雪花飞天,/那就好了/因为街头的/老枪、小瘪三,/一个个活像/黑土螟/淹没在雪堆里/睡不醒了,/那么,/这些讨厌的东西/可以去掉不少,/而慈善家也可以/做他的慈善事业,/好捞些钞票!

慈善家一面假惺惺呼吁"米价不能再高涨",一面拼命囤积粮食,巴不得米价天天飞涨。他抱怨老天冷得还不够,甚至咒骂乞丐还不快点饿死、冻死,那么他可以多捞些钞票,"慈善事业"兴旺发达。这正是"颠倒歌"讽刺畸形社会里的畸形心态的新手段,揭示颠倒的真实现状,辛辣无比,入木三分,无须多加评述。丁景唐后来专门写了《"颠倒歌"》(《妇女》第9期,1946年11月25日),主张借鉴运用宁波等地坊间流传的颠倒歌的特殊形式,去伪存真,去糟粕存精华,创造出大众喜闻乐见的新诗歌。由此反映了广大民众的不满情绪,看似是"颠倒歌",其实是说老实话。

《慈善家》塑造了一个典型的讽刺对象——伪善、狡诈、无恶不作的奸商"慈善家",即官商勾结的"闻人"。此诗口语化、通俗化、生活化,鲜明犀利,明快有力,或用排比句的跳跃式纪实,或用夸张的手法,平中出奇,渲染意境。其中有不少精妙诗句,刻画细节时带有散文诗的痕迹。并且尝试运用阶梯式诗的形式,诗行的排列有规律地错落成为阶梯式。

这期《联声》发表此诗时,夹登了著名诗人穆木天的《怎样学习诗歌》中的两句话:"只有真实的情感才能够动人。""只有用严肃的态度,才能把真实的情感在诗歌中抒发出来。"这也是丁景唐学习写诗的标杆。

同期还发表了丁景唐另一首讽刺诗《糊涂堆》:

> 诗人用轻巧的手,/打开桃红的记事册/写了:/"是紫丁香的忧郁哩!/十二月的季节风,/驮载着我的/飞着的灵魂,/在那百叶窗畔的/蚂蚁背上。"/胖子抹着弥陀脸,/淌着汗,/又在喘气——/"真真无聊,/时光又去了!"/他倒在太师椅[上]睡着了。/小矮子见了直跳/这情形太混账之极,/然而他又管不了,/还是剥着粟子吃一饱,/别回到家里饭又吃不到。/"等一等,/我要同密斯们说几句话。"/负责人怎么也忙不了。/Speaking、Smiling、Sitting、Eating,/一个人/摇摇头,/又叹气了——/"小姐们,真是吃不消,/一点点的事,就要/大哭小叫,/又来问我,/叫我怎么得了?"/可是姑娘们不睬他,/她们管她们说话:/"玛丽·璧克馥可惜早没落,/还是琴逑·罗吉斯不差!"

此讽刺诗与同期发表的《慈善家》有相似之处,从不同角度来刻画丑角形象,但是题材不同。丁景唐熟悉教会大学里某些纨绔子弟的举止言行,以及学生团体首领的无能、腐败作风,将这些广大师生所厌恶的小丑公布于众,入木三分,淋漓尽致,大快人心。难能可贵的是诗中出现的四个丑角形象,不同于《慈善家》聚焦一个丑角对象,笔墨分散,更需要精炼的诗语,凸显四个丑角的鲜明个性,否则雷同,混为一谈,湮没在扁平、单一的堆砌诗语中。对于四个丑角形象,分别采用不同的艺术手段,如同欧洲的古典舞台诗剧。诗歌中首先登场的诗人仿佛莎士比亚笔下的浪漫人物,以"优美"的欧化诗句包装自我,显示不凡身份,却反衬出低俗、无聊。最后一个团体负责人,作者干脆以系列英语点缀这位高傲、无能、空虚的形象。这也是一种中西贯通的尝试(创造社王独清等人尝试过),并不觉得勉强、生硬。中间两位胖子、小矮子形象,则以生活化的诗句刻画,绘声绘色。这需要较高的艺术表现力,把握一个度,否则失之油滑。这四个形象将整首诗歌的节奏推向高潮,具有画龙点睛之妙。

> 春野的蛙在/屋内闹翻了,/"哇哇"如夏天的/骤雨/一声声的鸣叫,/一阵阵的喧闹,/模样实在真忙碌。/一个个的头/像麦浪在骚动,/一个个的人/紧贴一个个的背,/像商量要事/却又不像,/像吵架/又为何这样文雅,/哦,原来/他们/在窗槛前/找到了一个/蚂蚁窝!/他们嚷叫:/"一只黑蚂蚁进洞了。"

《糊涂堆》的开头采用迂回辗转的手法,将围观"蚂蚁窝"的细节作为切入点,形象化地表现了这些"糊涂虫"纨绔子弟无聊、庸俗的形象。这与诗歌的结尾"那真是糊涂王国"相呼应。开头委婉,结尾锋芒毕露,如同古代讽喻诗之"首句标其目,卒章显其志",指向管理混乱的某教会大学领导层,暗喻大背景的黑暗社会。丁景唐觉得此讽刺诗辛辣无比,必将刺痛某些人的敏感神经,于是采取中性的标题。

此诗比丁景唐的第一首讽刺诗《慈善家》整体水准有所提升,寓意丰富,富有哲理。《糊涂堆》诗句短促,节奏紧凑,层次分明,自然流畅,代表了丁景唐这阶段创作讽刺诗的水准。

> 先生,/我问你,/你说——/你是耶稣的信徒,/你可曾翻过《圣经》,/说是:/"二十万万大洋该揩油?"……
>
> 我想,或者是你,/二十万万大洋无从花去!/先生,/你,/戴起金边眼镜,/瞧不见人家死去,/但你也该知道耶稣说:/"去变卖你的,分给穷人!"/敢是你信了教,/骗人还是骗自己?/先生,/我问你,/"你翻过《圣经》没有?"/耶稣,他说是:"二十万万大洋该揩油!?"

第三首讽刺诗《先生,我问你》(《联声》第3卷第11期)的题材不同于上面两首,矛头直接对准发国难财的国民党要人,并结合《圣经》教义。这是《联声》中唯一一首大胆拷问蒋介石身边红人之作,在抗战文学史中很少见。

丁景唐根据有关报刊消息,即兴写下这首讽刺诗,具有强烈的讽刺性和幽默性,以其矛攻其盾,即抓住"某大员"信奉基督教一事,质问他是否翻过《圣经》。此诗开头特意引用《圣经》经典之言,其中包含了比拟象征的手法,增添此诗歌讽刺的辛辣味。此诗运用阶梯式诗歌形式,努力扩展诗句的内涵与外延,引发深思,饱含哲理。

以上三首讽刺诗凸显了丁景唐的多元化的思维和洞察事物的智慧,具有强烈的政治性和战斗性,超出了世人的想象。丁景唐的三首讽刺新诗,选材真实、典型,主题明确,运用多种手段段塑造各种人物形象。但是,诗中有时过于直白,减少诗歌的韵味;有时"卒章显志",有画蛇添足之嫌。《糊涂堆》的结尾"这现象——/乱七八糟,/要是事实,/那真是糊涂王国",可以采用其他艺术手段作为"豹鞭",则警示的余味悠长。

丁景唐还将讽刺与幽默的笔触伸向预告、生活类的短诗。

> 我问我自己,/这可怎么得了,/昏昏沉沉,/睡醒了又要/开始吃的节目!/啊哟,怎的忘记了,/"上海联"的牛医生、牛博士了。/我,我,我……/据 Dr. 牛说/是生了夏季性的懒惰病了,/这,这,这……/那可不得了。/"噢……你,/你一定包我医好。"/"什么?……什么?/只要这样一张单方。"/请——到——夏令营……
>
> (《奔马草:我问我自己》)

此为自由诗体,阶梯格式,风趣活泼,读者看到最后才知道原来是预告夏令营,颇有新意。此诗以下是一则夏令营预告的具体内容,四周围有黑色细框,一旁还有一帧漫画——一男子在淋喷头下洗澡。此短诗署名"赖大重",宁波话谐音"懒惰虫",是丁景唐即兴取的笔名,与此诗的风格吻合。从整体上来看,此诗集诗歌、美术、编排于一体,打破了中国讽喻诗歌的界限,趋向西洋讽刺诗的黑色幽默。

遗憾的是丁景唐因故未能续写讽刺诗,他笔下的讽刺与幽默的多重元素转向新民歌、说唱等通俗文学,充满生活智慧与情趣的幽默。这是一个未曾翻垦的"生荒地"。

当初,任钧的讽刺诗集《冷热集》(诗人俱乐部,1936 年 11 月)出版后,著名评论家阿英写了评论《评任钧的讽刺诗——介绍中国第一本讽刺新诗〈冷热集〉》(《笔》创刊号,1946 年 6 月 20 日):

> 在中国的诗的活动上,是一件极可嘉的事。不仅使我们了解到讽刺诗在现阶段的重要与其效能,也是给这一向被忽视了的荒园,以一种新的开拓。以诗的技能来暴露从政治一直到社会的黑暗,以疾恶如仇的情感来刺这些丑恶。《冷热集》里所收的诗以"暴露"的居多,有时也走着"讽喻"的路,如《将军还乡》便是讽喻作中的一个代表。
>
> ……我敢预言:中国的新讽刺诗,将因此书的产生,而广泛地得到开展。这部诗集,将实际地成为中国新讽刺诗的奠基石。许多的诗人将突破他们固有的范围,走向这一块新的草原,更有力地在政治上完成作为新诗人的任务。

阿英评论之文延迟十年后才发表。一个月后,丁景唐在《上海诗坛漫步》中点评了何其芳、臧克家、艾青等人的诗作,认为上海诗坛"十全十美的诗作,是很少有的","任钧的诗集明浅有之,深刻不够,似尚不及《冷热集》时代的泼辣"(《文艺学习》第 3 期,1946 年 7 月 20 日)。显然任钧的《冷热集》给丁景唐留下深刻印象。

如果按照阿英的评论来观照丁景唐的三首新讽刺诗,那么属于讽喻与暴露兼而有之,更重要的是丁景唐大胆地尝试将各种文体元素融为一体，打上了鲜明的个性化创作的烙印，是上海"孤岛"时期的开创性个案。其辛辣讽刺的矛头，上至国民党要人，下至"糊涂虫"纨绔子弟，题材多样化。其手法多元化，酣畅下笔，遵循"路是人走出来的"信念，并不局限于固有的清规戒律，显示了丁景唐燃烧的青春激情，不畏达官贵人的权势，大胆创作的胆魄和非凡勇气。他不愿意循规蹈矩、亦步亦趋，并未一直走抒情诗之路，而是"走向这一块新的草原"——讽刺新诗，按照自己的理解的方式，在"这一向被忽视了的荒园，以一种新的开拓"，"刷"自己作为"并不被公认"的诗人的"存在感"。至于阿英提出的"更有力地在政治上完成作为新诗人的任务"，马凡陀（袁水拍）的山歌等则出色地完成了这个任务。

很遗憾的是至今丁景唐的新讽刺诗依然"并不被公认"，也没有被绝大部分的文学评论家确认。其中主要原因之一是丁景唐晚年提及其中两首（遗忘了另一首），并没有机会让这三首新讽刺诗重见天日。如今应该拂去长期蒙着的厚厚的历史尘埃，以此告慰丁景唐、王汉玉夫妇在天之灵。

其三，叙事诗，中国化《圣经》文学作品，英雄史诗般的长篇叙事诗，即"西方故事，东方表达"。对此几乎无人知晓，无人论述，留下一个不应忘却的空白。

丁景唐时为在校大学生，并不是抗战时期诗坛的"丑恶的诅咒者"，也不是"孤寂的苦叹者"，更不是风雪花月的沉溺者，而是"传承薪火者"——坚守信念、百折不挠、不畏强暴、执着追梦、迎接光明的勇敢使者，生动地体现在他写的两首叙事诗《一个以色列民族英雄的死》（《联声》第3卷第11期）、《远方》（《联声》第4卷第4期）。这两首诗都是根据《圣经》故事改写的，《远方》更有鲁迅的译文作为重要支柱，免得引起世人的非议。

> 夜/拍着黑色的翅膀，/停留在/客西马尼果树园上。/门徒们/（除了那个出卖人主的/加略人犹大）/忍不住倦劳，/睡倒在地上。/耶稣，/他，/做完了祷告，/起来说：/"时候到了，你们总要警醒祷告，/免得被人迷惑。/看哪！［出］卖我的人近了。"

《一个以色列民族英雄的死》大致分为六大段。开头就用象征派诗歌常用的手法，喻示整首诗是一出悲剧。犹如舞台拉开序幕，在黑暗中众人倒在地上睡着了，一束聚光灯照射耶稣的头像，冷静地说道："时候到了……"

> 小径上闪着凌乱的人影/夹着疏密的火光，/走来了/领路的犹大，/跟着祭司长、法利赛人的差役/和兵士。/加略人的眼角里充满着畏缩，/近拢来和他亲嘴，/还说：/"请拉比安。"/但他却瞧出他的欺诈，/"你用亲嘴的暗号/出卖人主吗？"/这简直是一把锋利的刺刀，/插入犹大的胸膛。/"拿撒勒人耶稣在哪里？"/带着刀棍的敌人一齐喊叫，/他用手指一指自己的胸脯——/"他，就是我！"

叛徒发出暗号，敌人迫近，耶稣当众揭穿叛徒勾结敌人的阴谋诡计，大义凛然地挺身而出——"他，就是我！"凸显耶稣的性格，同时展现抓捕的场面。

天一亮，/长老祭司长和文士/聚会在大祭司的屋里，/把他绑在柱旁，/用鞭子抽打，/轻蔑地吐唾沫在他身上，/还商量如何弄死他的勾当，/有一个文士贡献一条恶毒的计策，/"我看，还是借手罗马巡督的好，/这样死掉，/同老百姓也有话可讲，/因为要处死他的，/是那罗马的彼拉多，/我们，/我们就可回答不知道。"/大家点点头，/都觉得巧妙，/命令兵士推他/到彼拉多面前去受审判。

在阴森的刑室里，充满血腥味，耶稣遭受侮辱、拷打。敌人迫于舆论压力，商议如何下毒手。诡计多端的"文士"献上借刀杀人之计，立即获得赞同。

　　外邦人跷起脚坐在高位上，/摸着胡子打官腔：/"哼！拿撒勒人，/你真好大的胆，/妖言惑众，/说什么犹太的弥赛亚，/说什么折毁恺撒的殿宇，/在三天内又造起你自己的，/你，/岂不是想造反！"/祭司长和长老心中/开了一朵朵的花，/连忙野狗般地乱叫：/"钉死他，/钉死他，/把他快快/钉在十字架！"

形同虚设的审判，按照事前定下的几条死罪，信口雌黄，颠倒黑白，群魔兴奋地乱舞，异口同声地狂叫："钉死他！"

　　为了残杀一个/替真理做见证的革命木匠，/法利赛人的文士、祭司长大老爷/外加/奴隶总管的希律王，/不管他们平常也闹/意见，现在却连成了一家，/叫声罗马爷爷，/无非想消除黑暗中的一点光亮。

历史镜头瞬间凝固，每个狰狞的嘴脸，揭示他们之间的矛盾，此时为了残杀真理的共同利益，暂且订守同盟，"无非想消除黑暗中的一点光亮"。

　　又是一阵鞭打，/又是一阵嘲笑，/彼拉多吩咐/兵士把他的衣服剥掉，/用荆棘的冠冕/给他戴上，/跪在他的面前大笑庆贺——/"恭喜犹太人的王啊，/你要救人，/却自己也救不了？"/原野的风吹起了哀歌，/云彩也皱起了愁眉，/妇女们淌下眼泪，/但也有人在奸笑。/四枚长钉把他钉死在髑髅地/的十字架。/他，/以色列民族英雄，/死的罪状是这样：/"耶稣，犹太人的王。"

百般侮辱，严刑拷打，恶毒嘲讽："你要救人，却自己也救不了？"群魔的一阵阵狞笑震动威严的殿堂，甚至"跪在他的面前大笑庆贺"，留下罪恶的一页。原野哀歌、云彩愁眉、妇女们流下伤心的泪水。刺耳的敲击长钉之声传来，无人注意耶稣的痛苦扭曲的脸庞，但是他拒绝屈膝求饶，保持沉默，以藐视奴隶总管和群魔们。

　　落日失去了光辉，/黑暗统治了世界，/只有那狂风/在怒吼，/要冲破黑暗的世界！

悲壮一幕落下了，沉重的悲剧旋律奏响高潮的音符，"要冲破黑暗的世界"！

　　此诗是根据张仕章的《革命的木匠》改写的。前两大段出现耶稣的形象，此后耶稣临刑前遭受的残酷折磨是从敌方角度写的，交织着一幅黑暗中昏暗灯光中群魔乱舞的场景。狰狞的嘴脸、凶残的鞭挞、挑衅的羞辱、狂笑的动姿，形成一种强烈的视觉冲击力，令人惊悚、震惊,骇人听闻。

"你要救人,却自己也救不了?"敌人恶毒的挑衅喧嚣尘上,骄横跋扈,不可一世,"原野的风吹起了哀歌,/云彩也皱起了愁眉,/妇女们淌下眼泪,但也有人在奸笑。"爱憎分明,疾恶如仇,矛头指向一手制造皖南事变的国民党顽固派。此诗开头预示着这是一个惨痛的悲剧,结尾的怒吼狂风象征着强大的正义形象,"要冲破黑暗的世界"!形象化地诠释了周恩来题写的诗篇:"千古奇冤,江南一叶。同室操戈,相煎何急?"

此诗与散文《主要复活》内容相似,都引用了《圣经》的经典之言:"一粒麦子不落在地里死了,仍旧是一粒;若是死了,就结出许多粒来。"画龙点睛,以便广大读者更深入地理解该诗的内容和弦外之音。

此诗情节虽然比较完整、集中,但是出于某些顾忌,没有始终把耶稣作为主角,而且叙事中蕴含诗的韵味也少,未能达到情景交融的最佳效果,最后的虚写只是一种弥补。丁景唐回忆说:"在我主编刊物不久,江南爆发了震惊中外的'皖南事变',由于刊物的性质不允许编者正面揭露国民党这一罪恶行径,我就以春秋笔法,一连写作了散文《'你们是世上的盐'》《主要复活》和诗《一个以色列民族英雄的死》,曲折地表达了反对内战,反对分裂的义愤之情。"(《我的文艺编辑生涯》)

丁景唐的第二首叙事诗《远方》,发表于他主编的《联声》终刊号。除了开头说明,长达近190行,分为五个部分。

> 生命直像随风打转的飞尘,/人祸、天灾,一双离不开的爱侣。/泥河干得像是一块破裂的瓦片,/露出了灰白的肚子,/仅是向着天边的一圈火焰。/跟着大旱,来了/沙土似的虱和苍蝇,/死亡的路上连接了瘟病的桥梁,/所有的牲畜,/马、牛、驴、羊和骆驼/都走向死亡的桥梁。
> (《苦难》)

> "到远方去,/到横着蜜和流乳的远方去!"这呼唤传遍了埃及的大地,/这呼唤鼓励着和埃及人去作战!/以色列民族的战士,摩西,/他把反抗的旗帜举起,/就在逾越节的晚间,/六十万雅各的苗裔,/(带着老人、女人、孩子、羊羔,/还有无酵饼、葡萄和牲畜)/结成了一支饥饿的奔流,/向着远方的乐园行进!
> (《奔流》)

> 被恐怖凝住了的巨流,/又活动了起来,/像一条受惊的巨蟒,/游向海的对岸去。/但是,法老的追兵,/来迟了一步,/才踏在红海的半途,/潮水爆发了怒吼,/喷出了浪涛,/几十万埃及的追兵,/跟着马匹都变成了食料,/送进了大海的嘴巴。
> (《追兵》)

> 向前,/向前,/像沙漠中的走兽,/驮着倦怠与创伤,/爬着向前!/时光是无息止的河流,/吃掉了牛羊、饼饵、葡萄,/又把驴马杀了分掉,/谁又能忍得下口渴的威胁呢?/没有,就只好喝着牲畜的尿和血。/天上烧着一团烈火,/脚下烙着铁的沙砾,/在角笛的悲鸣里,/旷野间又添了人们的哭声。
> (《荒漠》)

白天换了黑夜,/黑夜又换了白天,/恐怖、饥饿、忧虑,/跟从年岁的足迹消逝,/孩子们,新的人物/全在死难中茁壮生长。/明晃晃的粒沙,/洋溢着希望的光彩,/以色列的民族忍受着/饥饿的火焰,顾不了/太阳的煎逼,/炙焦了背脊,/烧穿了肠子,/这一支饥饿的奔流,/驱除了/荒漠里的寂寞和黑暗,/望见了明天。(《远方》)

此叙事长诗犹如一出悲壮、热血、瑰丽的传奇、励志多幕剧,此起彼伏,心潮逐浪,猛然推向全剧的高潮。这是丁景唐在《联声》上发表的,乃至他一生诗歌创作中,最长的一首叙事诗。

多年后,丁景唐回忆说:"写得较好的一首诗,是写于1941年太平洋战争爆发前三个月的一百几十行长诗《远方》,以《圣经》中摩西《出埃及记》故事为题材,寄托了我对抗日战火中煎熬的人民的顽强的求生愿望,战胜异常困难,直向'横着蜜和流乳的远方'。我把这首诗列为1941年9月10日《联声》自动停刊一期的首篇,作为向读者的告别。"(《谈谈我的笔名及其他》)这正如当年丁景唐在此诗前写下的散文化的说明:

六十万以色列人从埃及出亡到迦南,是纪元前民族迁移的史诗,在《旧约》的《出埃及记》《利未记》《士师记》中都有着记载。

当时以色列人在埃及受到法老的种种欺凌,经过了烈火的锻炼,在征途上克服了不少的困难。

饥饿、烈阳,动摇的人们受不了,落后的便倒在沙漠里死了。但是最后,他们在迦南建立了自由的乐园。

七月,辉煌的日子,写在中华民族的历史纪程碑上最灿烂的一页,虽然在今天还有着"我们不去了"的人们,但是我们相信在克服了更多的困难以后,像以色列人冲破黑暗一样,我们一定有一个光荣的明天。

我们相信,只要奋斗下去,流着甜蜜和乳的乐园是不远的了。

此前,丁景唐看了鲁迅翻译的小说《在沙漠上》(伦支原作),联想到抗日救亡的严峻形势,激起创作诗歌《远方》的强烈愿望。此诗成为他对一年多来创作诗歌的一个小结,也是他告别《联声》之言。丁景唐在《联声》第2卷第7、8期上发表第一首诗《给……》,一年多后创作的《远方》与之相比较,在内容和形式上都跃上一个新台阶。这是一首中国化《圣经》文学作品、史诗般的长篇叙事诗,较好地改写公元前异族迁移史的叙事与抒情、哲理相结合的诗。诗中始终流淌着不可遏制的情感,波澜起伏,迂回转折,瞬间喷发,形成一首场面宏大、气势磅礴、回肠荡气的史诗,努力向高标准攀登。

《远方》的特点如下:

一是视野大为扩展,从关注自我及周围生活的小圈子里跳出。以诗歌体裁改写《出埃及记》的难度比较大,既不能违背史实,又要再现几千年前的"饥饿巨流"的陌生场面,以及描绘那个特定时空中的众人言行举止、心态变化等。这需要能够掌控政治和历史的宏观大局,以及插上丰富联想的翅膀,还需要善于驾驭丰富内涵和韵味诗句的出众能力。对此,年轻有为的丁景唐敢于自我挑战,不满足亦步亦趋的现状,毅然跳出创作小圈子,大胆地创造一个前所未有的新天地。这来自他的坚定信念、创作的胆魄和灵活的思维,以及多年学习的心得体会和已有的写作经验,伺机寻找一个突破口,尝试付诸写作实践,留下一个值得永久纪念的青春足迹。

二是汇总了作者一年多来尝试的各种艺术手段。除了继续较好地运用阶梯式诗的形式,采用多种抒情方式,如直抒胸臆、借景抒情、寓情于景、情景相生等之外,较多地采用了各种表达方式,如动静结合、虚实结合、点面结合、正反结合、远近结合等,多角度、全方位地描写,不时夹叙夹议,构成一个悲壮、惨烈的诗史画面。

三是此诗的题材、改写、阶梯形式等,生动地显示了丁景唐大胆突破自我、挑战自我、勇于创新的精神,较多地体现了现代诗擅长运用的象征、暗示、借喻、夸张、变形等艺术手段。该诗本身就是一个美丽的诠释,给广大诗歌爱好者留下无限想象的巨大空间。

四是此诗反映了丁景唐迅即提升的审美情趣和审美价值观,也体现在勾勒人物上。诗歌中的摩西成为浩浩荡荡60万大军的精神领袖,在最艰难、最关键时刻,挺身而出,振臂高呼,唤起信心和勇气,成为丁景唐笔下的历史英雄人物。不过诗中未能进一步描写摩西的举止,仅凸显了他大声呼吁的几个特写镜头,适可而止,毕竟《旧约》中的摩西形象绝不能轻易改动。

两首叙事诗《一个以色列民族英雄的死》《远方》创作的时间节点分别是震惊中外的皖南事变和上海"孤岛"即将沦陷的前夕。在民族危亡的严峻时刻,周遭环境的险恶剧变强烈冲击着年轻诗人丁景唐的心灵。他选择了高难度的长篇叙事诗作为载体,调动了可能调动的一切艺术手段,猛然打开积压在心底的情感闸门,瞬间闪现的灵感化作一行行诗句,一泻千里,势不可当,应验了"悲愤出诗人"的真谛。

此后,丁景唐还创作了120余行的叙事诗《他死在黎明——悼念一位失去了的伙伴江沨》(《文汇报·世纪风》1946年10月6日),是继《远方》之后的又一篇诗歌力作。他还与曹予庭合作百余行的叙事长诗《一个少女冲喜的故事》(《妇女》第8期,1946年10月10日),浸溢着凄惨、悲伤、无奈的悲剧情感,几乎淹没了几许抗争的微弱呼声。这两首叙事长诗与《远方》等题材截然不同,表现手法与韵味各有千秋。可惜,丁景唐此后再也没有机会创作类似《远方》题材的叙事长诗,究其原因,一言难尽。

我们可以从另一个角度来观审丁景唐的叙事诗。中国现代文学史精彩纷呈,但是由于复杂因素,很少有专题论述中国作家改写的中国化宗教文学作品。其实,1949年之前已经有学者撰写论述宗教文学的专著,之后也有资深学者的力作,其中就有丁景唐的恩师朱维之。朱维之是中国希伯来基督教文学与文化研究的开拓者之一。早在1941年出版的《基督教与文学》中就全面论述了《圣经》的文学特质及其对欧美文学的深远影响,出版后引起学术界、宗教界广泛关注,多次再版。1942年2月,丁景唐从光华大学转到沪江大学中文系三年级,听过朱维之讲授中国文学史,由此开始了他的治学道路。关于朱维之的专著《基督教与文学》,丁景唐在一些文章里时而提及,并珍藏此书的旧版本。

丁景唐创作两首叙事诗《一个以色列民族英雄的死》《远方》和两篇散文《主的复活》《"你们是世上的盐"》时,受到教会大学的基督教及其文学的熏陶,这与他孩提时耳濡目染、就读青年会中学时的基督文化氛围的影响相接轨。丁景唐创作叙事诗之前,翻看各种有关基督教的书籍,比较熟悉《圣经》故事,因此,他创作这一组中国化《圣经》文学作品并非偶然。他精心选择了教会大学里学生读者耳熟能详的《圣经》故事题材,最大限度地发挥了曲笔之作的"正能量"和时效性,顺应了《联声》特殊平台的启蒙、宣传、教育的需求。同时,他在这特殊的有限条件下,勇于自我挑战,大胆地开拓出一片新天地,显示了别具一格的诗文创作的才华。其提升水准之快,令人刮目相看。

在上海"孤岛"时期,诗坛中留名的诗人大多沉迷于个人小圈子里,孤芳自赏,自命不凡,引起后世有些研究者的关注,研究者却很少把视线投向"孤岛"时期的叙事诗。如果说"孤岛"时期的叙事诗屈指可数,那么丁景唐创作的中国化《圣经》文学作品的叙事诗便是稀有珍品。从未有人大胆地尝试运用如此曲笔的艺术手段,为复杂尖锐的抗日民族统一战线服务。因长期因故被湮没(丁景唐晚年时简略提及),各种版本的现代文学史、抗战文学史、上海"孤岛"文学史中难见记载,更无一文专题介绍和论述,遗留下一个不应忘却的空白。

诗集《星底梦》的代表作

上海"孤岛"的《联声》时期,丁景唐的抒情诗、讽刺诗、叙事诗创作迅猛提升,集中显示了他的创作才华。在此基础上,进入《女声》时期,丁景唐的自由体诗创作进入"自由王国",在某种程度上再次实现质的飞跃,集中体现于诗集《星底梦》。《星底梦》奠定了他作为诗坛新人在上海沦陷区诗坛上的历史地位,但是长期湮没在中国现代文学史的长河里。

改革开放后,上海"孤岛"和沦陷时期文学史成为一个新课题。一些有识者根据丁景唐自述等重要线索,发现《星底梦》等诗作与众不同,认为"在沦陷时期所有初露头角的上海诗歌新人中,歌青春的诗作数量最多,也唯独他出版过诗集。"(陈青生:《抗战时期的上海文学》,上海人民出版社,1995年2月)将此作为研究上海"孤岛"和沦陷时期文学史的特殊个案。

1986年6月,湖南文艺出版社出版《袖珍诗丛·新诗钩沉》,收入俞平伯、朱湘、梁宗岱、金克木、覃子豪、袁水拍、杜岩、阿垄、郑敏等人的旧作,也选了丁景唐的《星底梦》。但此次重印因篇幅有限,仅收入1945年版本29首诗中的18首诗,萧岱、王楚良的跋和丁景唐写的《诗与民歌》均未收入。著名诗人周良沛为这本重印本写了后记。同年9月14日、9月24日《人民日报》作了报道,称十本诗集为"从历史的沉积层中打捞出来的佳作"。此后,逐渐形成共识,初步奠定了丁景唐及其诗集《星底梦》在上海沦陷区诗坛上的历史地位。但是,并未继续挖掘史料,也未深入研究,因此仅停留在"上海诗歌新人"和简略点评的层面上,实属正常,不必苛责。

《星底梦》共收入29首诗,暂且介绍其中一半诗作,以飨读者。

《敏子,你还正年青》,一炮打响,改动较大

21岁的大学生丁景唐正值青春浪漫时期,融入信仰和激情,动情地吟诵:"望着遥远的地域,/那里有太阳,有热力,有光明,/更有年青人活跃的生命的恋歌!青春的恋歌!"这是丁景唐发表的第一首诗歌《给……》(《联声》第2卷第7、8期),其中"青春的恋歌"的基调,奠定了两年后他的主要笔名之一"歌青春"的内涵,成为正式登上上海沦陷时期诗坛的一个宣言。他在《女声》上发表的26首诗歌,大多署名"歌青春",逐渐被新老读者所熟悉。《女声》主编左俊芝、编辑关露有时干脆称他为"歌诗人",但从不过问他的真实姓名,双方心照不宣。

夜晚的雨丝又叩着窗子,/风挟着它在枕边奏出一支/一支幽郁的曲子。/微弱的灯

盖映着古怪的影子,/阖上眼,/被回忆的葛藤所缚住的/你的面容、你的瞳子/闪烁于眼帘,/翻开了一页页过去的历史。

这类似日本的俳句,轻快优雅,吸引了左俊芝、关露的视线,很快刊发了丁景唐的第一首诗歌《敏子,你还正年青》(《女声》第1卷第9期,1943年1月15日)。如果翻看"新月派"的诗歌,那么会发现此诗已在追求和谐与均齐的审美特征,同时又有新奇的现代派某些特征,演绎平凡人的诗意人生。

读了开头,读者还无法确认下面诗句的内容。"回望古罗马的城堞/盘旋着凶狞的苍鹰,/你更该当像一堵山石/兀立在战栗的大地!"插进这一段是象征派诗人常用的手法,似乎令人感到有些突兀,继续读下去,便会释然。

敢是你对于我们的友谊/不愿再提?/敢是你已习惯于/都市灰色的生涯!/但我回来的夜晚,/我抑制不下汹涌的激动,/秋天的花朵会凋零萎落,/但是不能叫我相信/你会像一条蚕蛹吐着愁丝/将自己紧缚在茧中。/那纷乱的杂发黏贴在前额,/苍白的脸已找不回青春的热情。/敏子,/这是你……你站在/我面前……!/这是你,曾经洋溢着青春的光泽/燃烧着生[命]的火焰。/这是你,/曾经被称为热情的象征,/一朵六月天的蔷薇。

这并不是"演绎平凡人的诗意人生",而是涂抹冷色油彩,反衬昔日鲜艳光亮的青春,同情、惋惜的咏叹调中夹着许多怜爱,也有几分责备,更希望她能够重拾信心,回到我们中间来,沐浴在集体的阳光下。

冬天的风雪包藏着/未来温暖的春色,/灰堆里埋没了的/火种将会燃红那天宇。/六十岁的老人还常常说:/"到死都是年青。"/敏子,你/血液里还不是沸腾着热情,/死去的太阳明天要升,/停滞的水流也有/泛滥浪花的一天。/何况是你,/敏子,你还正年青!

"死去的太阳明天要升"原为巴金的中篇小说《死去的太阳》评价一位革命青年之死,"依然会和第二天的黎明同升起来,以它的新生的光辉普照人间"。

如果按照此诗开头的思维惯性,大可写成一首缠绵绻绻遣的爱情诗,然而超现实的浪漫,已被剔除在丁景唐的诗歌辞典之外,他的立意、构思和格调截然不同于上海沦陷时期的诗坛靡靡之风。"敏子"泛指聪敏的女子,丁景唐起这个称谓有着抓典型的含义。此诗委婉劝诫落伍的聪敏女生,为她叹息的同时,又迫切希望她振作起来。此劝诫之言类似于丁景唐之前在《联声》上发表的诗文,对象都是青年学子。

关露为左翼女诗人,自然知道此诗的弦外之音,不动声色,继续给予关注。丁景唐此诗一炮打响,后面写的诗稿接连发表,从不同角度接触现实的题材不断增加、扩大。

此诗收入《星底梦》时做了残酷手术,改动较大,包括分行格式、字句斟酌、标点推敲等,甚至出现 20 行诗句整体移动。这是一把"双刃剑",有利有弊。弊端在于导致原来诗行之间内在的联系出现中断;好处是后面通畅了,增加了逻辑性,但似乎顾此失彼。这反映了丁景唐希望通过精心修改,使第一本诗集"更上一层楼",问心无愧地向呈现给广大读者。

《弃婴》,惨不忍睹,震撼人心

1942 年初春,丁景唐就读于光华大学社会学系二年级,社会学系主任应成一讲授社会学原理、社会问题、中国劳工问题等课程,并强调社会学系学生应注重实践,"成立一处研究室以搜集各种研究材料"。

> 教堂的尖顶耀着金色的波光,/慈悲的上帝/已厌倦于人间的祈祷。/十字架的围墙外,/今天我又见到了一个/被弃掉的小小的生命!

丁景唐路过一座教堂时,发现一个弃婴(当时屡见不鲜),引起他的思索。回家后,挥笔写了一首《弃婴》,但是总觉得缺少了什么,便放置一边。次年春节前,他已转学沪江大学中文系三年级,重新拿出来审读,发现许多问题,重新修改。这是他投稿给《女声》的第二首诗歌,发表于该刊第 1 卷第 11 期(1943 年 2 月 15 日)。

> 只是你,/弃在墙脚边,/静静的没人理睬你!/你——/小小的生命/僵卧在潮湿的角落里,/像墙角跟的苔藓,/"从污秽里,污秽里/你生出;在污秽里,污秽里/你灭亡。"/你——/小小的生命/僵卧在露天中间,/乌霉的沙砾是你的摇篮,/苍蝇和你结成了友侣;/而蚂蚁,这可恶的小东西/却把你当作精美的食品。

此诗采用叙事诗的元素,不断变换描述角度,形成鲜明的对比——明媚春光与霉湿的小巷、呵护的宝宝与赤裸的婴儿、白胖甜笑与腐烂污秽,以及牛奶、撒娇与苍蝇、野狗吞噬,丑与美颠倒的画面,死与生交错的镜头,惨不忍睹,震撼人心。

> 你没有那样的权利——/可以喂着牛奶,/养得又白又胖。/一如那些公园中/在奶妈胸怀撒娇的"小把戏"!/你没有那样的幸福——/可以坐在黑篷的卧车里,/旁边还放着成堆的玩具。/你,小小的生命/像狂风卷走一粒埃尘。/你刚降临这人间,/但人间竟不能让你留住。/唉,世界是这样的大/竟不能让你呼吸一口气。/(是的,世界是这样的大,/岂多了你一条小生命!)

此诗标题已经无情撕开畸形繁华都市的纱巾,尖锐地抨击背后的严重社会问题,矛头直指上海沦陷区的敌伪政权,残暴野蛮、草菅人命。同时,同情广大被蹂躏、被损害的民众,狠心的母亲被迫抛弃亲生骨肉,只是为了苟延求生,这分明是法西斯野蛮统治下逼迫产生的"人吃人"的残忍、畸形现状,哪里还有"人性"二字。

> 今天,我又走过这霉湿的小巷,/你的衣服已给人剥掉,/露着小小的肢体,/让风雨吹打,/让污泥浆浸渗。/于是明天太阳煎干了死水,/你的身子发着腐烂,/于是给野狗

拖去!/没有一个人会记你/——除了你母亲。/也没有一个空闲的人/会对你可怜。/因为人间的残苛已教会了人,/怜悯救不了你,/眼泪也成就不了大事,/眼前的画面要求他们/忍受更艰苦的来临!

由此激起世人的仇恨和愤懑,与其求乞仁慈的上帝,不如靠自己奋起,推翻这"吃人"的社会制度——抗日救亡,开创美好的明天。

此诗收入《星底梦》时改动比较大,原有副标题"小小的生命"和落款被删除。

《向日葵》,暗喻革命者光辉形象

1943年夏秋之际,丁景唐第二次转学光华大学中文系四年级。一天,他按照地下党组织的指示,趁着夜幕掩护,冒着大风雨,前去看望一位地下党员,触景生情,瞬间产生灵感,回家挥笔写就《向日葵》(《女声》第2卷第6期,1943年10月15日)。

风雨之夜,/我怀念着荒郊中,/那野生的葵花。

那野生的葵花,/生就有一副倔强的性格,/——钢铁铸成的脊骨。/在荒郊中,它撑住了黑暗;/在风雨中,它喜爱逞斗!

在风雨中,它喜爱逞斗!/任狂风在林梢咆吼,/暴雨在泥土上爆炸,/向日葵迎着风暴的袭击。/等待雨过天明,/炎阳中它又绽花,/向日葵,这英勇的硬汉!

向日葵,这英勇的硬汉!/在荒郊中,它撑住了黑暗;/在风雨中,它喜爱逞斗!/掩不灭的是一颗热切地/面向太阳的葵心!

此诗是丁景唐"私心偏爱的诗章"之一,也是唯一一首赞颂共产党形象的诗作。此诗与《风筝与小草》都是将常见植物或物品拟人化。《向日葵》的英雄形象很鲜明,"在荒郊中,它撑住了黑暗",暗喻延安抗日根据地和共产党领导的八路军,歌颂那里的共产党领导和军民的优秀品质和崇高思想境界,"生就有一副倔强的性格,/——钢铁铸成的脊骨",勇猛顽强,更是在风雨中"喜爱逞斗"。这也是丁景唐追求的一个革命者光辉形象,肩负使命,不忘初心——"面向太阳的葵心"。

此诗采用古典诗词中顶针连环的技法,如诗中"那野生的葵花""在风雨中,它喜爱逞斗",均用上句末尾的诗句移作下面一段开头的诗句,使得上下文重复回环,音调谐美,具有民歌风味。他写的诗歌《江上》(下见文)、《五月的雨》等也有类似的顶针连环的运用技法,不过已经有了新的变化——首尾呼应,不如《向日葵》这么"典型"。

《西子湖边》《秋瑾墓前》姊妹篇,以古讽今,表达人民心声

1944年春夏之际,丁景唐毕业于光华大学,经亲友介绍,进入《小说月报》当编辑。当时上海和杭州都处在敌伪政府的统治下。有一天,丁景唐按照党组织的指示,从上海到杭州去

领导浙江大学的几位地下党员开展工作。同行的还有一位地下党员老俞,他是去杭州领导汪伪政府办的军官学校中的地下党员开展策反工作的。

到了杭州,丁景唐和老俞到城里一家尼姑庵中落脚,以便第二天各自分散去执行任务。西冷桥畔通往岳坟的路上都用铁丝网封锁着,丁景唐在这种情况下凭吊了秋瑾墓,心中的悲愤真是难以用言语形容,便构思了《秋瑾墓前》。

蓁蓁的蔓草绕遍墓道,/风雨亭的废址前我沉思彷徨/霏霏的雨丝润湿我的眼眶,/雨雾中的西子湖蒙罩金色的光芒。/那岂是雨水反照的落日光?/那是你,秋瑾碧血汇聚的河荡!

此诗的最后写道:"暴风雨吹奏夜之葬曲,/'完工的日子近来'/秋瑾的英名——/将如长空的日月,/照彻黎明期的桑叶地,/——永远地辉煌!"记录了丁景唐作为一个年轻的共产党员对秋瑾的崇敬之情。

第二天,丁景唐睡在西冷饭店附近的蝶来饭店里,房内因久未有旅客而散发着霉气,晚上鼠类奔驰,彻夜难寐。他从南宋的历史想到党领导的抗日战争和沦陷区人民盼望黎明的心情,构思了另一首《西子湖边》。

当黄昏停落窗棂,/我离去冷寂的旅舍/走下山道,站立/在西冷桥畔凭眺/隐入于苍蔼的湖山。

消逝了,苏堤六桥间/凄淡的几点红绿。/消逝了,往年歌舞不夜的盛况。/艳丽的昔日,眼前/只残剩幽微的浮光,/如垂暮的老人深夜自悼,/晚风中的湖水低唔沉叹。

描述暮色四起的景色,以象征性暗喻手法作为铺垫,遭受侵华日军铁蹄蹂躏的凄惨场景不堪忍睹,"黄昏""冷寂""残剩""自悼""低唔",一连串的沉郁、哀婉之词,令人窒息。决不能在"沉默中死亡",势必要"爆发",曙光就在前面。

何处飘来尘马驰骋的蹄声,/从茫茫的湖心将我唤醒。/我仰起头来向四方寻找,/却发现蓝空闪亮着一颗星,/冲破铁汁般的天颜高升,/从童年起,我就认识它,/——那是落日光后的长庚!

突然,耳边仿佛传来抗日军民"驰骋的蹄声",尘土扬起,瞬间远逝,抬头望见"长庚"(启明星)——象征共产党,顿生勇气和信心。由此表达了广大民众迫切渴望抗日战争胜利的心声。

《西子湖边》与《秋瑾墓前》为姊妹篇,同时写初稿,同时修改,落款几乎相同。前者发表于《女声》第3卷第4期(1944年8月15日),后者发表于《九月的海上》[1](1944年9月15日),修改后收入《星底梦》。

多年后,丁景唐提笔写了《四十年前西湖客》(《浙江画报》1985年第1期),回忆说:"(《西子湖边》)曾得老党员、左翼女诗人关露的赞赏……重访秋瑾旧址,重游西子湖,一种安详的、自豪的、夹杂着历史记忆的心情,使我不能自已"。

丁景唐写了《西子湖边》《秋瑾墓前》之后,意犹未尽,又写了长篇论文《诗人秋瑾》,发表于《女声》第 3 卷第 6 期(1944 年 10 月 15 日),与两首诗形成一组借古喻今、敬仰秋瑾之作。

《诗人秋瑾》高度评价了秋瑾的短暂一生:"顶住几十年传统因袭的习俗,在古国沉沦黑黯无光的时代里,秋瑾女侠却像阴霾密集的天际闪射出眩人的电光,透露了激越的歌声。秋瑾是诗人,秋瑾又是战士。"该文最后写道:"作为诗人,秋瑾,中华优秀的女儿也就像驱逐了旧时代的枯叶般,促起了后一代为争取自由人权新生的萌芽!就在秋瑾殉难的后四年来了'辛亥'的步伐。那么,就让秋瑾,以先知的喇叭响彻祖国的长空,像西风一样给沉睡的世界吹起烬火吧!"

该文落款:"一九四四年秋风秋雨开始时节。"缘自"篱前黄菊未开花,寂寞清樽冷怀抱。秋风秋雨愁煞人,寒宵独坐心如捣",这是秋瑾的遗言,广为传诵。丁景唐特意落款"秋风秋雨开始时节",意即在日伪军的血淋淋刺刀下纪念秋瑾,使得悲秋更添上悲凉肃杀色彩,以古喻今,更具有现实意义。多年后,丁景唐认为此论文是"当年写得既有史识又充满激情的一篇作品"(《谈谈我的笔名及其他》)。"悲秋"的深刻含义,也体现于两首诗歌《西子湖边》《秋瑾墓前》中,丁景唐在《〈星底梦〉,我的第一本书》里进行了解读。

《春天的雪花》,暗喻向往延安,切盼抗战胜利

春天的雪花/飘落在/二月的原野,/二月的原野/僵卧在银灰色的酷寒中,/是寂寞而又荒寥,/阴黯的天穹/遮覆着浓密的乌云,/依旧是十二月的北风/吹冻了河水、泥土。/寒冷侵袭入人的肌肤,/生起一阵寒颤,/谁若跑向大野/……连呼吸都变得窒促。

寒冷的冬天,身居上海的蜗居里,思绪却飞到遥远的北方"二月的原野"。

隔着个窗/看翩翩的雪花坠下,/怀乡者思念起遥远的故家。/渴望明天上大街浴一身春光。/远方的春天温暖了年青的心,/梦寐中找得了失去的欢喜,/醒来却又怪不该笑得太傻。

怀念"遥远的故家",渴望"浴一身春光",暗喻什么呢?

但是节季早已葬送掉冬天,/春天的雪花再也落得不能久长,/苏生的春风荡漾大地,/用温暖的手拂绿了田野山峦。/在阳光的照耀下,/怀乡的青年人离去狭隘的小室,/踏上乌黑而又泞猾的大街,/跨向田野去寻求春的影迹。/瞧——/黄金色的太阳下,/枯草的田间不是/已经有人在耕耘!

《春天的雪花》(《女声》第 1 卷第 11 期,1943 年 3 月 15 日)是一篇旧作,落款为:"一九四二年春作,一九四三新春重改。"相隔一年,中国抗日战争与国际形势发生很大变化,斯大林格勒战役取得伟大胜利,成为国际反法西斯战争大转折的标志性事件。

此诗以象征、暗喻的手法,以怀乡者的口吻盼望早日收复侵华日军占领的中国土地,中国抗日战争早日取得最终胜利。虽然眼下依然是灰暗、寒冷的"春雪",以及带来可怕的灾难,但是"节季早已葬送掉冬天"。而且进步青年向往的延安抗日根据地——"远方的春天温暖了年青的心",在"黄金的太阳"下,"已经有人在耕耘"。

这是丁景唐首次在《女声》上发表此类象征、暗喻现实题材的诗作,《女声》编辑关露等未尝不理解"弦外之音",但还是刊登了。

《红叶》,较好构思,深刻寓意,形成质的飞跃

红叶蕴含着诗的丰富韵味,丁景唐也深受影响,撰写了《红叶》(《文友》第2卷第7期,1944年2月15日)。

> 当秋天/七角枫又红艳了的时节,/我惦记着你。/扉页上的字句虽/依旧俱在,/褪了色的枫叶时节,/早已飘失。/而你,虽也关山万里隔着重峦,/却好像还在我跟前——/闪耀着温暖友情的光焰,/照彻我沉郁的胸怀;/放射着青春的热力,/燃烧起我生命的火焰。/你是盏路台灯,照亮了我青春的道路。/于是我将你授予我的爱,/去分授予需要爱的人。

"红叶"本身就是充满诗情画意的命题,诗作佳句信手拈来,丁景唐吸取其中精华,三步两叹一回眸,将眷恋之情发挥得淋漓尽致。在余韵绕梁之际,悄然插入反季节的画风。"度过寒冷的冬天,/当春天/雁来红红遍江南的时节,/我会回来!"由秋天的枫树红叶,变幻为春天大雁飞回,枫叶奇迹般地"红遍江南"。顿时,细心的读者便"心有灵犀一点通",原来这已不是一首缠绵的恋情诗作,而是期盼革命胜利的红旗插遍江南。这坚定的信念、乐观的精神、殷切的期待,却是在侵华日军和汪伪政府统治的"铁汁般的黑夜里"。《红叶》,特别是副标题"纪念一位北国的姑娘",显露出较好的构思和深刻寓意。

丁景唐具有"红叶"情结,寄寓理想的审美情趣和美好愿望,先后写了三篇诗文,即《红叶诗话》《红叶题诗的故事》《红叶》。如果将三者结合起来观审,那么前两者是《红叶》的铺垫,逐渐扩大内涵和外延,最终《红叶》摆脱古典文学的思路,与现实形势紧密结合,形成质的可喜飞跃。

《红叶》发表时,第二次世界大战已经发生转折,丁景唐的《红叶》犹如报春鸟,"你一定会回来,/你将伴着春天一同回来"。

《红叶》是一首抒情与色彩、画面与寓意、友情与象征、变幻与哲理相结合得较好的诗作,抛弃了过去象征派诗人的颓废没落的灰色形象,而是展现了大块油彩般的绚丽色调、鲜亮壮美的诗歌画面。这违背了《文友》发表文艺作品的灰色基调,也许该刊编辑有所察觉,在该刊第2卷第10期(1944年10月1日)发表《红叶谈》(沙青)一文,以遮盖前期刊登诗歌《红叶》

的艳丽色彩。

《星底梦》,追寻纯真的童心和纯洁崇高的理想

  晶莹的是漫天的星星,/纯真的是无邪的童心。/黑夜中的孩子伸手向天:/"星星,给我!"/惹得母亲笑:/"宝宝睡觉,妈摘给你!"

  孩子的脸/满溢着笑靥,/喜悦满天的星粒跌落胸兜里,/学姊姊栽花把来撒在黑土地:/"星星——开花!"

  "愿孩子,你多福!/星光下的梦,/会在未来的日子中开花!"/于是母亲关上窗,/便也有一个星光的梦,/依偎作长夜的温存。

这首《星底梦》(《女声》第2卷第8期,1943年12月15日),标题的"星"暗喻"心",借用古代民歌谐声双关的技法。此诗是丁景唐"私心偏爱的诗章"之一,其他几首诗是《我爱》《向日葵》《风筝与小草》《弃婴》。此诗题又作为自费出版的诗集的标题,更加显出丁景唐的重视。究其原因有三:

其一,丁景唐在《风筝与小草》《生活在孩子群间》等诗文里都在追寻纯真的童心和纯洁崇高的理想,从不同角度赋予不同的含义。由此联想起瞿秋白的杂文《"儿时"》,曲折地表达真实思想感情感,强烈地呼唤"儿时",想念"儿时"的奋发意气,祈求返璞归真的心灵。丁景唐曾特地写了专题文章,认为《"儿时"》"篇幅甚小,但容量很大,思想深刻,发人深思……儿童有强烈的求知欲,有探求真理的精神,这正是作者观点深刻的表现"。

其二,《星底梦》表现手法灵动、飘逸、舒展、流畅,从孩子的天真无邪之梦跳跃到母亲的憧憬"星光"之梦,从姊姊浪漫的"栽花"之梦变幻为母子"依偎"的幸福"长夜"之梦,在现实与憧憬之间穿越,沉浸在丁景唐追寻的幸福之梦中,寓意着从小失去父母的孤儿梦寐以求的一种精神"温存"和寄托。《星底梦》鲜明地体现了这时期丁景唐诗歌创作的特色。既不同于纯技巧见长的风景诗《江上》,也不同于象征意味浓厚的抒情诗《红叶》,更不同于悲壮、厚重的叙事长诗《远方》,而是犹如一位可爱的春天姑娘,戴着花环,穿着花裙,赤着双脚,挥动着双手,洒下一路的银铃般笑声,欢快地钻进金色太阳的光晕里,笑声在天际回荡,生生不息。

其三,在穿越与憧憬、浪漫与现实、追求与斗争中,以象征、暗喻等多种现代派诗歌表现手法,将"小我"与"大我"巧妙地结合,较好地袒露了诗人的心愿。为此,必须做出不懈的努力和奋斗。

《我爱》,一生自勉的座右铭

  我爱我自己的文章小诗,/犹如我爱我庭院中的花卉。/我把它/一个字一个字写

下,/我把花卉/一棵棵地栽植培养。

笔是我的犁耙,/我掌握着它,/把贫瘠的土地来耕耕。我愿化作生命的落红,/助长鲜花的开张;/譬如"地之子"的农夫,/爱自己的土壤一样。

我满怀着喜悦的心情,/去亲近光亮;/爱灯蛾扑火,/殉葬它的志向。

我爱——/母亲哺喂自己的婴孩,/受尽辛劳的折磨;/每一个婴孩,/都充满了母亲私心的偏爱。

我艰苦地耕耘,/不问明天的收获怎样;/我沉默地灌溉,/(用我生命的点滴)/像雪一样地融化在地下,/滋润沙砾中的花卉,/愿化作蚯蚓/把贫瘠的土壤变[成]沃野!

时雨时阴、闷热的梅雨季节,并未打断丁景唐吟诗作赋的雅兴,他踏着梅雨淅淅沥沥的音韵节奏,写下这首"私心偏爱的诗章"之一《我爱》(《女声》第2卷第3期),落款为"一九四三,梅雨之夕"。

此诗成为丁景唐自勉的座右铭,他誓言将笔作"犁耙","掌握着它,/把贫瘠的土地来耕耕","变成沃野"。含义丰富,也是他70多年辛勤写作、严谨治学、悉心编辑、认真负责出版工作的硕果累累的真实写照。他所付出的毕生心血,浓缩在"默沉地灌溉"等字里行间,不事张扬,淡泊人生,问心无愧。

《风筝与小草》,综合性的大胆尝试

《女声》编辑赵菡曾负责"儿童"等栏目,她编发了儿童歌曲《放风筝》(第1卷第9期,1943年1月15日):"风吹吹,草青青,湖边上放风筝;慢慢地把线放,当心些拉住绳;小鸟儿、大蜈蚣、白兔子、黄金鱼、花蝴蝶、轰炸机,齐高升。你瞧瞧呀!我笑笑呀!比比着啊!谁放得最高?"此歌词为简洁版,还有略增歌词的不同版本,如今重新包装为豪华版的视听作品,传播天真无邪的童声,令人回想起快乐的童年。

这期《女声》同时刊登丁景唐的第一首诗歌《敏子,你还正年青》,因此他对这首儿童歌曲《放风筝》有深刻的印象,但是构思《风筝与小草》时逆向思维,颠覆了原来儿童歌曲《放风筝》的意境,创作了此儿童寓言诗《风筝与小草》(《女声》第2卷第1期)。

风筝(忽然瞥见小草,顿呈轻蔑脸色):/呼呼呼 我的身子自由地在高空飘扬,/连鸟儿也羡慕我高翔。/呼呼呼 你地下卑贱的小东西!/只会俯仰在人的脚底下/……/呼呼呼 我可和你们完全两个样,/呼呼呼 我的身子自由地在高空徜徉,/呼呼呼 地面的一切都在我的脚底下。

此寓言儿童诗以对话形式,勾画各自截然不同的形象和立场。

小草:/风雨中我们萌芽,/艰苦中我们壮大。/我们平凡地活着,/靠自己的力量!/你,高高在上的风筝先生/你倚着人力,仗着风势,/因此你才能在天空浮飘。/并非你和

鸟儿一样，/有翅膀可以自己翱翔。/你，高高在上的风筝先生，/且莫得意洋洋，如此骄横，/别忘掉你身背后的线，/可还牵在别人手掌中央！

此诗是丁景唐"私心偏爱的诗章"之一，他说："(《风筝与小草》)是我寻求新意的儿童诗。它以对话和旁白的形式，颂扬野火烧不尽的平凡而潜藏着无穷活力的小草，讽刺飞扬跋扈、骄横不可一世的风筝，揭穿它的真相：原来是有根线牵在别人手掌中央的纸鸢式的傀儡。这原来是一首容易理解作者意图的、主题突出的讽刺诗。但在颠倒黑白的'文革'期间，它却被某些人斥责为宣扬'卖国投降'的毒草！"(《〈星底梦〉，我的第一本书》)

古今中外的寓言故事深受广大读者青睐，含有讽喻或明显教训意义，属于文学体裁的一种。《风筝与小草》作为儿童寓言诗，抓住儿童视角的特点，借鉴寓言故事的特点——结构简短、浅显易懂，将儿童熟悉的植物和物品拟人化。不过此诗逆向思维，将儿童喜爱的风筝比喻为反面角色，小草却成为英雄形象的代言人，以借喻手法昭示富有教育意义的主题。

如果扩展此诗的内涵和外延，结合当时抗战局势，那么此诗具有鲜明的辛辣讽刺意味。此诗揭示抗战时期汉奸走狗的卖国求荣、骄横跋扈的丑相，一旦失势，那么便是古今中外奴才的可耻下场。同时热情褒扬爱国将士和广大民众，同仇敌忾，义无反顾地担负起抗日救亡的时代重任，前仆后继，甘洒热血，在残酷、艰难的持久战中锻炼成长，不断壮大力量。

此诗是博采众长的结果，诗人勇于打破各种藩篱，集寓言、儿歌、民歌、自由新诗为一体，融入朗诵、舞台剧等艺术形式因素，形成一种综合性的大胆尝试，在丁景唐诗歌创作中属于创新之作，比较突出。

延伸创新思维，不妨将此诗看作是一部儿童朗诵情景剧，由两个小朋友分别扮演风筝与小草，加上群体朗诵和肢体表演，以及灯光、舞美、投影背景等综合舞台艺术手段烘托和渲染气氛，将大大增加艺术感染力。

此诗易于开拓思维空间，进行多角度、多元素的艺术二度创作。在中国现代文学史上，不知有多少类似《风筝与小草》的儿童寓言诗。如果此诗出自哪位大文豪之手，那么此诗早已进入各种艺术领域，被追捧为"网红"了。

《江上》，展现开阔、深沉、灵动的意境

头顶——/灰色的天，/眼前——/混沌的水，/白蒙蒙的雾在江上撒起罗网，/罗网中依稀有/几片白帆远移。/一轮红日在水天的交界升起/射穿浓雾，/放万道金光/跳跃在水面。/人在江心，心在江岸，/小船在沉听江水絮语不休。/抬起头忽见雾气消失，/若隐若现/村舍的屋脊浮在江岸。/头顶——/晴朗的天，/眼前——/浩瀚的水，/迎着风浪，/划破江面，/趁朝霞满帆，/正好撑过江去！

这首《江上》(《女声》第2卷第2期)犹如一幅舒展的水墨画卷——江水与渔船、朝霞和浓

雾、渔翁和村舍。唯美的诗情画意,"淡妆浓抹总相宜"。妙在"人在江心,心在江岸"两句诗,画龙点睛,将诗中各个画面串联起来,融汇一体,同时凸显全诗意趣,跃然而出。同时,移植古典诗词中常见的顶针连环的技法,不过已经有了新的变化——首尾呼应,如"头顶""眼前",赋予不同的含义。这是丁景唐在沪江大学学习古典文学的又一个杰作。

著名诗人朱湘的散文名篇《江行的晨暮》对于晨与暮的不同特点渲染色彩,无论是风、天、江、星星之类的自然景物,还是渔船、房屋、电灯等人工景观,均以晦暗的形象浮现,凸显深秋浓重的凄凉特色。丁景唐的《江上》借鉴《江行的晨暮》某种构思,但是摒弃了凄凉沉郁的气氛。同时,《江上》脱胎于古诗词中的类似意境,又融汇了现代散文的笔法,舒卷自如,潇洒吟诵。但抛弃了古典诗词孤独、悲叹、思念、离愁的诸多灰色情调,倾力注入朝气蓬勃的青春活力,将抽象的感情寄寓于各个活跃的画面中,将其具体化、形象化,增强了诗歌的表现力和感染力,展现开阔、深沉、灵动的意境。

《病中吟》,"小我"与"大我"的默契结合

一些些微的失慎,/(许是受了秋风的簸颠)/招来了病魔的降临,/囚禁在床间,更要跟它去亲近。

第一次,我发现自己跌落/囚禁在床间,更要跟它去亲近。/天花板紧盯着我的眼,/我认识它/那张不怀好意的凶脸!

我躺着,忍受病菌的袭击,/"冷"和"热"流传在体内奔驰。/四周是冷冷的壁,/雨的足迹揉踏成/一幅剥蚀的画面——肮脏而又拙劣。

病魔侵袭,迫使丁景唐孤零零地躺在床上,任凭窗外一阵阵秋风的"嘲笑",以及弄堂里嘈杂声的无情打扰。

蓦地,街里中响起/一片噪杂的扰声:/是噼啪在打牌,无线电开得哗啦哗啦;是"鸭膀鸭舌头"的叫卖!/谁家女人在咒骂;/还是对门的婆媳又在吵架?/——这扰声交织成一股汹涛,/直如昏迷中当头一声吆喝。/随着街车辘辘驶过床前,/和着耳鸣在枕畔,/卷来一阵骤雨急泻。

这首《病中吟》(《女声》第2卷第5期)构思比较新颖,以遭受病魔折磨的心境进入诗歌的高雅殿堂,将身边的日常生活琐事神奇地转化为韵律诗行,并且在东拉西扯中留下都市角落里的一幅幅浓郁的生活场景,感叹、哀婉、无奈的复杂情感融为一体。

突然,悲秋情调陡然提升,在病榻上怀念沦陷的北方:"呵,黑土地的动脉,/几时我能重驾扁舟,/横渡过你的胸膛!"敏感的闪光瞬间消逝,又回到现实生活中,"冀求快一些起床,/挣扎出死[神]的怀抱,/走向好久不见了的街道。"

"病中吟"是文学创作的老题材,一般是病榻呻吟,试图博得读者的廉价同情。丁景唐笔

下同样题材的诗作,视线豁然开阔,跳出病榻的狭小圈子,摆脱低沉、忧郁的呻吟。此诗将小我(患病的挣扎)与大我(国家危亡、民族解放事业)默契结合,不动声色,暗伏急流,期望与广大爱国读者取得一种默契,进行心灵交流。

发表此诗之前,丁景唐接受党组织的委派的任务,赶印、寄发油印《评〈中国之命运〉》。因此,《病中吟》中的暗喻"几时我能重驾扁舟",含义丰富。

此诗与诗歌《开学》为一组诗歌同期刊登,题材和内涵截然不同,但都是跳跃性思维,甚至都以括号里的诗行含蓄地说明,点到为止,这也是一种新的尝试。

此诗收入《星底梦》时,所有诗句并未改动,但是调整了较多的诗行格式,有些改动比较合理,有些不如原诗。"囚禁在床间,更要跟它去亲近""一幅剥蚀的画面——肮脏而又拙劣"等,原来都是分为两行,看起来节奏分明、干净利落,具有形式美。现改为一行,虽然上下诗行衔接紧凑,但显得有些拖沓、迟缓。

《桃色的云絮》,递进的内心世界,色彩和谐的诗意

对于鲁迅博大精深的作品,丁景唐上中学时就非常喜爱,并且在各种诗文里多次引用鲁迅的精辟之言,甚至改写戏剧《阿Q正传》的片段台词。鲁迅与苏联诗人爱罗先珂之间的友情,已被世人所熟悉。1922年7月,鲁迅翻译了爱罗先珂用日文写的三幕童话剧《桃色的云》。此后该剧名逐渐演变为作家笔下富有诗意之名,并且从短诗发展为较长的诗,甚至是叙事诗。[2]

丁景唐不愿意炒冷饭,便把"桃色的云"后添加一个字,变成"桃色的云絮",作为一组三首短诗的总标题。既保留诗意,又比较切题,而且立意、表达、内容和思想倾向也发生蜕变。更可喜的是三首短诗中没有出现"桃色的云"四个字,这是借鉴中国古典文学中的传统技法。

1943年春天,丁景唐继续就读沪江大学,中国古代诗词及西洋文学中的浪漫诗歌,一并与他喜爱新体诗创作相对接,意境、格律、炼字等纳入中西贯通的观念里,如同小溪汩汩地流淌在他的笔下,其中就有《桃色的云絮》一组三首短诗《夜雨》《朝雾》《阳光》(《女声》第2卷第1期)。

我的心/静静的似蓝色的海,/没有风也不起浪。/突然,/在海天的辽空间,/浮漾起桃色的云絮。

六月的夜雨/踏着——/滴……滴……滴的步子/走进了——/在窗畔弹奏一支/轻佻的曲子,/在记忆中撩起/一声轻微温柔的喊声! （《夜雨》）

昨天,/我又见到了那个人/在梧桐树的路街边,/低着头默默地跑过。/是天际飞来的一支金箭/向我心窝射过。

我回来了,/我懊丧地回来了。/我诅咒我自己——/为什么?/我不敢昂起了头向

前走去!

我回来了,/我懊丧地回来了。/默默地把粉红的玫瑰小粒,/秘密地埋葬于心底海。/(呵,但愿不让人知晓)/我知道,/在我和人之间/有着一层冬天的浓雾。

(《朝雾》)

千万匹的骏马在跟着思索跑,/矛盾的浪潮在心海里掀起汹涛。/我爱雨夜/听着诉不尽恋意的雨水。/但是,我又怕它/给人带入于远去的回想。/呵,雨丝,灰色的网呀!/会把人的心扣紧。

我也爱雾一似的爱恋,/像夹着一层蓝烟。/(哦,雾一般的蓝烟/充满了诗意。)/但是,/我又怕坠在蓝色的雾里,/望不见阳光的美丽。/呀!黄金色的阳光!/是火的烈焰,/钢铁的锻炼!

终于,/矛盾的心底战场里,/我战胜了私利。/在黄金色的太阳前,/我挥动理智的宝剑,/划破雾一般的蓝烟,/扬一扬手——/"再见,亲爱的朋友!" (《阳光》)

丁景唐的学长、挚友王楚良称赞道:"在《夜雨》里,诗人让我们看到了'蓝色的海'和'桃色的云絮'在色彩上的调和,更听到了'夜雨'的脚步所奏出的曲子,那音响的感觉也充满了美感。在《朝雾》里,除了题目显得不大适切以外,诗人所描写的少女钟情的羞涩怯懦的心理,还有在《阳光》里诗人所描写的一对恋人离别时的心理的矛盾,又是多么细致,多么美丽。"(王楚良《青春之歌——略论歌青春的诗》)

其实,《阳光》并非单纯的离别恋情,不妨看作是借此常见的青春题材,表达追求光明和真理的信念。丁景唐决心摆脱矛盾、彷徨的心理阴影,战胜狭隘的私利,毅然"挥动理智的宝剑,/划破雾一般的蓝烟"——小资浪漫情调,潇洒地挥挥手——截然不同于徐志摩《再别康桥》的空灵情趣——"再见,亲爱的朋友",迎着太阳,走向人生的新战场。

《桃色的云絮》一组三首短诗,呈现一种内在的递进连接关系。首篇《夜雨》抒发小我的灵动、敏感心理,突然眼前一亮,置身于辽阔无际的天地间,随即猛然坠入现实大地,静听窗外的夜雨声。这一动一静的巨大反差,产生强烈的内在张力,此时的小我已经非同一般。天亮了,出现了"朝雾",这是冬天的浓雾,无情地隔离了"我和人之间"的距离,犹如暗恋的少男或少女,难以启唇捅破这层窗纸。这也意味着走出聆听夜雨的小屋子,步入凶吉难测的社会,人际关系的不确定因素远比小我天马行空的遐想思绪复杂得多。但这是短暂的,如同大雾必然散去,"我"将经过磨炼,逐渐成长。随后的《阳光》在前两首短诗的铺垫之上,产生质的飞跃,豁然开朗,坚定不移地朝着既定方向走去。

这组三首短诗的标题都具有鲜明的象征意味。"我"递进的心态——内心世界的微妙变化,特别是在不同时空里捕捉瞬间灵光,展现在色彩和谐的充满诗意的笔端,饶有趣味。

《窗》《瓶花》，愉悦与告诫，不同的画面和情调

1944年春，丁景唐就读光华大学中文系四年级，毕业之前，他写了一组三首诗《鸽铃》《瓶花》《窗》，落款时间相同"一九四四年三月"，总题为"三春抄"，发表于《女声》第2卷第12期。这组诗后来略有修改，收入《星底梦》时删去落款时间，并且将《鸽铃》独立成篇，另两首短诗则合并为《窗·瓶花》。

  窗开向着街，/三月的晨风掀起帷帘，/溜入室内巡逻溜达。/阳光饰几缕稀疏的枝影横窗，/教堂的晨钟响起金属的钝音，/抑扬如中世纪的乐队/鸣奏出一天安好的祝词，/清晨的春雾于是便悄悄地告辞。
（《窗》）

  鲜艳的瓶花，/每在暖室中寂寞地枯萎。/为的失去了阳光和露水。/浸蚀于生之苦刑，/连梦中也不见芬芳的花，/绵病的姑娘可甘心将自己/譬喻作无风自坠的瓶花？
（《瓶花》）

这两首短诗在诗集《星底梦》29首诗中看似属于小资情调的伤感之叹，融进现代象征派诗歌的意味，犹如现代版的元曲小令。其实，细细品味，也许会改变第一印象。

  丁景唐的《窗》并非离别愁思，而是抒发愉悦之情，即将结束四年转学三所大学的学业，由此聊发春天早晨的好心情，恬适、休闲、舒怡，渗透在诗句里。"教堂的晨钟""中世纪的乐队"也变得富有人情味，犹如春天的祝词，也是对自己的美好祝愿，这不妨作为丁景唐大学毕业前的心态花絮。该诗的形式排列和节奏有些出人意料，前半部分为三行，后半部分则是五行，也许这是刻意打破常规，做一个小小的尝试。

  "瓶花"（花瓶）的题材多见于不同的诗文，大多将其比喻为孤傲、冷漠的"冻美人"。此诗将"瓶花"比拟为一个"浸蚀于生之苦刑"中的姑娘，告诫"绵病的姑娘"奋起，不能自甘堕落，摆脱宿命论。此立意类似于叙事诗《敏子，你还正年轻》。

《鸽铃》，电光一闪，产生丰富联想

  如果说《瓶花》《窗》是信手拈来，那么《鸽铃》则是费了一番功夫，三首诗的构思也不尽相同。

  我惯于伴随一身的影子，/择洁净的路街低思踯躅,/爱对爬满苍藤的古教堂，/虔念钉死于十字架上的木匠;/或伫立三叉路间面向诗人铜像，/比拟作先知的化身来瞻仰。

  黄昏的前路时有星火闪烁，/银笛一般的鸽铃高空嘹亮，/唤回我那遥远的遐想——/仿佛/黑夜中梦见普罗米修斯的火把;/又如银幕前浮映快乐的人们，/伴着青春的歌声飞扬，/五月的阳光下银色的铁翼吼响，/我的心随向辽阔的远天翱翔！

"钉死于十字架上的木匠"指耶稣；"三叉路间面向诗人铜像"指俄国文学之父普希金的铜

像,坐落在上海汾阳路、岳阳路和桃江路的街心三角地带;"普罗米修斯的火把"指希腊神话故事中的英雄普罗米修斯,他因盗火给人类受到最严厉的惩罚,在西方文学中,普罗米修斯成为"伟大的殉难者"的同义词。这三个人物的典故提升了《鸽铃》的意境,具有文化修养的读者会理解此诗的深刻含义。

《鸽铃》的焦点并不是描写鸽铃的外形,而是采用暗喻性象征手法。在僻静的黄昏小街上"低思踯躅",突然被高空"银笛一般的鸽铃"所惊醒,顿时电光一闪,继而产生丰富联想,在"黑夜中梦见普罗米修斯的火把",又仿佛看见五月的鲜花——热烈庆贺抗日战争胜利的欢乐海洋。

以"鸽铃"为题材的诗文也不少,著名诗人袁水柏曾写过小说《鸽铃》(《文艺阵地》1939年第3卷第9期),讲述抗战时期苦民众的苦难生活,"鸽铃"寓意着美好的生活、光明的前景。也有的诗文以"鸽铃"作为的切入角度,看似意境空灵,实为无病呻吟,或者幽幽地抒发孤独、惆怅之情,溢满诗间,唯恐不足以打动读者,辜负了自己作为"断肠人"的一片痴情。[3]相比之下,丁景唐笔下的《鸽铃》的立意、构思、角度等略胜一筹。

以上十几首诗是丁景唐第一本书——诗集《星底梦》的29首诗中的部分作品,可以窥见该诗集的两大特征——无意不作诗、无新不成诗。

无意不作诗,大致分为两个方面:

其一,曲笔深意。由于上海沦陷时期的险恶环境、《女声》的特殊需求等客观因素,丁景唐延续曲笔、含蓄和春秋笔法,同时逼迫自己挖掘自身潜力,最大限度地发挥这方面的才华,成为这一时期诗文创作的鲜明特点。有些诗作的曲笔深意,让众多读者在第一时间难以理解和接受,其实只需多读几遍,便能品味弦外之音。

《向日葵》暗喻延安抗日根据地和共产党领导的八路军,歌颂那里的共产党领导和军民的优秀品质和崇高思想境界,也是丁景唐追求的一个革命者光辉形象。《西子湖边》《秋瑾墓前》《春天的雪花》《红叶》《鸽铃》等,曲折表达广大民众迫切渴望抗日战争胜利的心声,前两首还以暗喻手法,揭示遭受侵华日军铁蹄蹂躏的凄惨场景。《红叶》并不是一首缠绵的恋情诗作,而是期盼革命胜利的红旗插遍江南,这坚定的信念、乐观的精神、殷切的期待,却是在侵华日军和汪伪政府统治的"铁汁般的黑夜里"。儿童寓言诗《风筝与小草》颂扬野火烧不尽的平凡而潜藏着无穷活力的小草(广大民众),讽刺飞扬跋扈、骄横不可一世的风筝(伪政权的傀儡、汉奸)。《弃婴》揭示在上海沦陷区的敌伪政权法西斯野蛮统治下,产生"人吃人"的残忍、畸形现状。《敏子,你还正年青》委婉劝诫落伍的女生,迫切希望她振作起来。《病中吟》将小我(患病的挣扎)与大我(国家危亡、民族解放事业)悄然结合。这些诗作在诗集《星底梦》中并不多,但是囊括该诗集中所有的较长诗作,占据近一半篇幅,这是一个被疏忽的数字细节,见证了该诗集潜伏的主旋律——曲笔深意,这是无意不作诗的首要特点。

其二,直抒表意。《星底梦》《我爱》《江上》,以及一组三首短诗的《桃色的云絮》《三春抄》等,是丁景唐善于捕捉瞬间飞掠的灵感,触景生情,倾泻于笔端,表达了他某时某刻的心绪和情感,或是人生的哲理思考,或是写作座右铭,或是学习古典文学的心得,或是校园生活点滴。直抒表意的诗作属于"一种清新和明澈的风格,与战时大上海消沉与萎靡的风气进行抗争"(吴晓东),很容易引起新老读者的共鸣。

这一类短诗很适合《女声》办刊特点,在风花雪月华美辞藻掩饰下,注入自己青春期的某些思想意识,在某种程度上代表了上海沦陷区广大进步青年不甘寂寞的复杂心态。

1949年后,关露才知道丁景唐的真实身份,她对丁景唐说:"当时都用你的稿子,是因为发现你的稿子有一股新鲜的气氛。"(丁景唐的《八十回忆》)《星底梦》无新不成诗的特征体现在三个方面:

其一,不断创新,集中体现了无新不成诗,这是严苛、无情的高标准。

丁景唐《联声》时期将诗歌、散文作为突破口,求变、创新、灵活,在此基础上,《女声》时期以《星底梦》为阶段性代表作,延伸创新的思路,提高创新的水准。只有不断吐故纳新,才能持续蓬勃旺盛的生命力。以上介绍的这些诗歌都有创新的特点,都有令人耳目一新的闪光点,坚决摒弃亦步亦趋的固定模式,没有同一的构思、立意和一成不变的表达方式。

《敏子,你还正年青》采用舒卷自如的散文手法,较好地切换时空。《弃婴》借鉴叙事诗的元素,即细节、情节和故事。《星底梦》中母子对话的隽永画面富有亲和性、哲理性。《病中吟》将身边的日常生活琐事神奇地转化为韵律诗行。《桃色的云絮》延伸鲁迅译作标题的含义。《红叶》是一首抒情与色彩、画面与寓意、友情与象征、变幻与哲理相结合的较好诗作,抛弃了过去象征派诗人的颓废没落的灰色形象,而是展现了大块油彩般的绚丽色调、鲜亮壮美的诗歌画面。

这是继续自我挑战、勇于突破的选择,甚至是严苛、无情的高标准,不断地挖掘、激发自身的潜能,如同苦行僧般艰难负重前行,却乐在其中。这是世人无法理解的创作境界。

其二,随机灵动,贯穿诗歌始末,变化多端。

有的诗歌开头有个悬念,具有吸引力,中途转折,最后揭晓结果,犹如章回小说的手法。《敏子,你还正年青》开头类似日本的俳句,轻快优雅,又插进一段象征派诗人常用的手法,似乎令人感到有些突兀,继续读下去,便会释然。与其说这是丁景唐随机灵动手法的一例,不拘一格,变化多端,不如说是基于对外物感受和理解的能力。

教堂外出现一个弃婴引起丁景唐的思索,他写下《弃婴》,站在政治高度,审视光怪陆离的社会现象,不断变换描述角度,形成鲜明对比的系列画面,产生令人震惊的艺术效果。

《桃色的云絮》一组三首短诗,每首短诗的标题都具有鲜明的象征意味,表现递进的心态,特别是在不同时空里捕捉瞬间灵光,展露在色彩和谐的诗意的笔端,饶有趣味。

都市角落里的一幅幅浓郁的生活场景移植为《病中吟》的诗行,在东拉西扯中留下感叹、哀婉、无奈的复杂情感。突然,悲秋情调陡然提升,在病榻上怀念沦陷的北方。平中见奇,拙中见巧,俗中见雅,真可谓"风云暗淡藏灵气,月露庄严有异姿"(吴承恩《画松》)。

丁景唐一生低调处世行事,从来不愿意承认具有写诗的天赋,更不愿顺带提及自己聪慧的气质,比起诗坛众多大师,他自谦是小学生。诗作是众多读者二度创作的对象,那么品味其中的灵动之气,则是由读者的认知程度所能感受和理解的,至少对于变化多端的特点,读者看得见,摸得着。

其三,集大成,融会贯通,综合性的提升。

集大成可分为狭义和广义,前者指诗歌创作的内容和形式,后者即为"功夫在诗外"。

《风筝与小草》打破各种文体的藩篱,集寓言、儿歌、民歌、自由新诗为一体,融入朗诵、舞台剧等艺术形式因素,形成一种综合性的大胆尝试。《江上》脱胎于古诗词,又融汇了现代散文的笔法,舒卷自如,潇洒吟诵。同时抛弃了古典诗词孤独、悲叹、思念、离愁的诸多灰色情调,倾力注入朝气蓬勃的青春活力,将抽象的感情寄寓于各个活跃的画面中,将其具体化、形象化,增强了诗歌的表现力和感染力,展现开阔、深沉、灵动的意境。《星底梦》在穿越与憧憬、浪漫与现实、追求与斗争中,以象征、暗喻等多种现代派诗歌表现手法,将小我与大我巧妙地结合,较好地袒露了诗人的心愿。《向日葵》采用古典诗词中顶针连环的技法,上下文重复回环,音调谐美,具有民歌风味,并有了新的变化——首尾呼应。《敏子,你还正年青》既有日本俳句的轻快优雅,也有新月派诗歌追求的和谐与均齐的审美特征,更有新奇的现代派某些特征,演绎平凡人的诗意人生。

丁景唐设法提高创作技巧,灵活运用浪漫主义、象征派的唯美主义等多变手法,从不同角度不断尝试创新,在诗歌创作实践中化为己有。以上介绍的十几首诗作都是比较短的,不像前期的叙事诗《远方》集中了丁景唐一年多来尝试的各种艺术手段,而是比较分散,时隐时现,有时依然保留着阶梯式诗的形式,有时采用不同的抒情方式,如直抒胸臆、借景抒情、寓情于景、情景相生等,并且不时夹叙夹议,构成一幅幅社会动态的画面。

丁景唐就读沪江大学,精读、研究中国古代诗词,加上原来就读光华大学学习的西洋浪漫诗歌,参加西洋文学研究组,中西贯通,形成自己的风格。

《弃婴》开头就是教堂、十字架和上帝,这是丁景唐学习恩师朱维之的课程基督教文学时经常遇到的,在这里则是割舍基督教赞美诗的意味,逆向思维,暗喻这出悲剧的深刻内涵和鲜明反差的形象。诗中引用瑞典作家史特林堡的诗句,并与苏北方言"小把戏"(小孩子的昵称)结缘,融入整首诗的节奏,并不觉得生硬突兀。看似信手拈来,其实是平时学习烂熟于胸,才能左右逢源。

《西子湖边》《秋瑾墓前》是比较典型的借古喻今的姊妹篇。前者以现代派象征性的暗喻手法作为铺垫,突然笔锋一转,又将中国传统的长庚(启明星)传说赋予新的内涵。《秋瑾墓前》引用《圣经》的教义"动刀的必死在刀下",以及国外传奇女杰形象——"是法兰西那骏马铁甲/击溃强敌的圣女贞德?/还是那'不自由毋宁死'/而殉身断头台上的罗兰夫人",中西巾帼英雄携手,驰骋在丁景唐的笔下。这幅对比画面颇有新意,较好地解读悲秋的深刻含义。

《桃色的云絮》的标题既保留鲁迅译作的诗意,又比较切题,而且三首短诗中没有出现"桃色的云"四个字,这是借鉴中国古典文学中的传统技法。

这些融会贯通的例子在丁景唐的笔下经常出现,不经意处显现他的智慧和灵气,如果追寻源头,那么与他就读几所大学的课程内容紧密相连。同时,丁景唐从事地下党"学委"的调研、宣传工作,加之上海沦陷区的险恶背景,《女声》等刊物的特殊需求,逼迫他最大限度地挖掘自己的潜能,学习,写作,再学习,再写作,周尔复始,螺旋式上升,提高写作水准。他尽力避免出现敏感诗句,大多采用象征、暗喻现代派表现手法,以曲笔寄寓自己的思想倾向。

以上初步概括了诗集《星底梦》两大特征——无意不作诗、无新不成诗。如果说"丁景唐是华中沦陷区独树一帜的诗人",那么必须扩展研究范围,至少可以说诗集《星底梦》并不仅仅是"一种清新和明澈的风格",也有雄浑、深沉的诗风,如果结合诗集《星底梦》之外的这时期诗作(包括讽刺诗),那么还有明快、朴实的格调。因此,不妨称之为多元化的诗风。吴晓东先生说:"它们更大的价值在于忠实记录了一个艰难时世中不甘坠落的个体心灵的坚忍的挣扎和对'未来的日子'带有乐观主义色彩的预言和展望。"[4]不妨冒昧地改为:"它们更大的价值在于忠实记录了一个艰难时世中不甘寂寞的个体心灵的坚韧抗争,由信仰、意志筑成的乐观主义,以出众才华谱写的不断创新的诗作,努力呈现真善美的'原始热能',警世寓意,吐露'未来的日子'的群体心声。"

以上简略的介绍与初步点评与众不同,至少没有人做过这样的尝试,原因既简单又复杂,仁者见仁,智者见智,各尽所能,各有"捅破窗户纸"的智慧和能力。

注释:

〔1〕《九月的海上》,以《碧流丛书》第1册的名义出版,以此避免到日伪有关新闻检查处备案(往往借故拖延不准办理)。书店有权自行出版丛刊类丛书,这是沦陷后上海的一种潜规则。郑兆年等创办的《碧流》半月刊,1943年8月在上海创刊,同年12月停刊。他们宣称这是一本以青年为中心的综合性刊物,努力要"献给青年一点精神的食量",将此作为自己"最大的责任"。

丁景唐作为地下党"学委"的宣传调研工作者,很重视这份刊物。1943年底,《碧流》半月刊被迫停刊。次年春夏之际,丁景唐自光华大学中文系毕业后,参加《小说月报》工作,以不同方式联络青年、学生,充分利用"大、中学学生文艺征文"专栏,发现和培养了不少青年作者,影响很大。

郑兆年等人改换方式筹办《碧流丛书》第1册《九月的海上》时,该刊与普通刊物并无差别,同样登载了各种文艺作品,刊登的一些科普文章是该刊综合性的一种掩护。丁景唐以《小说月报》编辑的公开身份给予支持(投稿)。郑兆年作为编辑当然知道诗歌《秋瑾墓前》的弦外之音,这也是沦陷地区广大爱国青年、学生的心声。因此,郑兆年在这期《九月的海上·编后》中特别感谢丁景唐。

〔2〕《桃色的云》诗如:

桃色的云在晴空中流动,/反衬出长天绯红;/哦,我想飞也,/飞上白云端,/在那儿,也许可解除我的苦痛? （玄玄女士《桃色的云》）

在昨夜,静寂的深夜里,/我梦见你——/眼光中仍溢着热情,/谈话里充满着真诚。/仿佛我们失去的可爱的童年复活了……/我醒来了,/——飞散了桃色的云,/消失了美丽的梦;/但——残余的琼液还留载我的唇边,/唇边依旧泛着甜蜜的浅笑。 （陵湘《桃色的云》）

第三天,/朝霞印红了嘉陵江的水,/车子从修理厂里健康地走出来/渡过江,向剑门关而去。/头上顶着一朵桃色的云,/我们又恢复了紧张。 （程康定《桃色的云》）

〔3〕《鸽铃》诗文如下:

如归航之帆的,蓝海里浮一群白羽,鸽铃清越地溜滑而过。像吹一个轻的泡沫,我噓远了无谓的忧郁。/小庭墙高,云从一边划到对边。琅然的铃声却是永久的,直至它们倦游而去。/记忆不会如淡烟之渺,我默然无语。心灵已随声远飞,几何学的线条原是无限的。 （史蒂《鸽铃》）

鸽铃敲碎了一片灵思,晨阳偷照去了遗痕……一片泡影几滴清泪,不知何时星月已逝去,一个年青青的人,被抛在天涯海角,没有春天,更看不到小鸟飞来,怅惘,看天角斜挂些星火,眼前涌起无边的黑暗。 （紫琳《鸽铃》）

〔4〕吴晓东:《抗战时期中国诗歌的历史流向》,《文学评论》1995年第5期。此文后扩写为钱理群主编的《中国沦陷区文学大系·诗歌卷》(广西教育出版社,1998年)之导言。

小说：大胆"跳级"，尝试突破

小说创作并不是丁景唐文学创作的强项，但是很有特点，如多次采用第一人称"我"，大胆地"跳级"，尝试突破。由于受到鲁迅小说《孔乙己》《在酒楼上》等的多重影响，丁景唐特意将"我"安排在每篇小说里，扮演不同角色，形成一种惯例，这也是一种学习经验和反映。

如果说诗集《星底梦》是"从历史的沉积层中打捞出来"，那么丁景唐大量诗文，特别是小说，依然"深藏闺楼"，无人问津。

1940年至1945年期间，几乎每年一篇，共发表五篇小说：《春天》《三男跟一女——一个女学生的手记》《生活在孩子群间》《阿秀》《"读书救国"和"唯才"论者》。中间三篇发表于《女声》，一头一尾两篇分别刊登于《联声》《现代学生》。

《春天》，即兴小说

《春天》是丁景唐在《联声》（第2卷第10期）上发表的第一篇几千字的即兴小说。

> 日子一天天暖热起来，住在这窒息的都市里也差不多有了一年了。像一个梦，真不知从哪里说起。家里没一个可谈得上的，父亲终日消闲在家，伴在鬼火的灯旁，整天抽着烟。母亲呢，挂着念佛珠，把希望寄托在命运的掌握中。姊姊，终日跑在外面，迷恋在繁荣的享乐中。

小说中的"我"失恋的苦闷情绪是学生中较为普遍的现象。由于是程式化的命题之作，说教因素直接影响了人物形象的展现。

> 晚风起了，黑暗中奔腾着暴风雨的呼驰，电光闪破了黑暗，我见到光明的一闪。我知道总得在两路间选择一条，我要在艰苦中使自己锻炼得坚强起来，我要用行动来创造民主自由幸福和快乐的明天。
>
> 我希望病快些好，回到朋友中间去。

此结尾采用类似曹禺《雷雨》的背景，象征"我"的觉醒，但显得勉强。

《三男跟一女——一个女学生的手记》，突飞猛进

此后的两年里，丁景唐就读光华大学、沪江大学，学识、写作与从前不可同日而语。他并非以诗人的角色敲开《女声》大门，而是以小说《三男跟一女——一个女学生的手记》（《女声》第1卷第8期），出人意料。

"微萍"，原是我的战友钟恕的笔名。1941年，她编学生刊物《海沫》时，曾写过长篇

小说《密斯脱罗贵福》（未完）。她是我们中间小说写得最好的一位同志。1941年12月8日后，她曾为《万象》写过小说。我们在向《女声》投稿之前，先由她用"微萍"的笔名写了一篇小说《春色的恋》，试探该刊是否采用外稿。《春色的恋》隔期（第1卷第6期，1942年10月15日）就刊出了。于是，我也借用"微萍"的笔名写了小说《三男跟一女——一个女学生的手记》，也在《女声》第1卷第8期上刊出，时间是1942年12月15日。以后其他党员也用笔名分散投稿，很快刊出。

（丁景唐《谈谈我的笔名及其他》）

《三男跟一女》比起两年前在《联声》上首次发表的小说《青春》，突飞猛进，令人刮目相看。

此小说是丁景唐首次投稿给《女声》，六千多字，花费了一番工夫，结果如愿，实现"开门红"。此后屡投屡中，且与该刊的关露等人相识。丁景唐就读教会大学，主编《联声》时接触到大量校园外的学生生活，在此基础上筛选、提炼，发挥了艺术想象力，精心构思了这篇小说，讲述男女生之间的恋情故事。

我转过头去[问]："你贵姓？""王。"简单的一个字，连头也没抬。"古怪，"我心里想，"多么冷淡的回答呀！"既然讨了个没趣，也就不愿再开口，免得再讨没趣，我为什么要平白地讨人没趣呢？正在独个儿咀嚼着人间的冷淡和疏远的时候，忽然背后给什么东西（大约是纸镖）刺了一下，飞来一声粗鲁的说话："阿陈，好！有妙头！"

我自然地回转身去，坐在后面靠窗的男同学们中又爆发了一阵哄笑，还夹杂着："阿陈，努力啊，瞧她看着你呢！"于是几十条贪婪的眼光利剑一般地投射到我的身旁，又是一阵高声的哄笑，夹杂着零落而无聊的说笑。如陷在豺狼群里的羔羊，无援地单独地遭受他们的难堪侮辱。哭[是]弱者的表示，而泪珠又洗不掉所受的侮辱，但这样的处境下，我真有些想哭了；然而我又不敢，要是哭了那一定更糟，会被他们留为笑柄，人家以后会拿它来当作讽刺讥笑你的资料。

此事在校园里经常发生，也有不少人写作类似题材。读者看到这里，并不知道标题早已经显露端倪。此文介绍了三男——"泡妞"高手阿陈（陈家俊）、王古怪（王云标）、小广东（林文清），"我"是个外貌清丽的柔弱女子，任人欺负。随着剧情展开，立即颠覆了"我"的形象，原来并不是婉温可亲的窈窕淑女，而是聪明机灵的"促狭鬼"——用坏点子捉弄人的人。

当我们踏上戈登路的时候，我紧挨着大哥的身子，装作挺亲密的样子，像一对青年的爱侣似的神气地夸耀地走着。

在大都会前面已能清楚地望得见：瘦弱的王云标不安地在门前侧着身来回地踱着；一只手插在西装裤的袋里的是陈家俊，背靠着墙在抽烟。

映着苍黄的灯光，王云标的苍白的脸庞像抹着一层浓霜，变成灰白了，神色惨淡而又颓丧。我微微地对他点点头。

　　王云标和陈家俊心想上前同我说话,可是见到了我身旁已经有"保镖",就狼狈地站住了,沮丧地对瞧着,好像在说:"原来你也约了她!"

　　我现在看清了小广东是远远地[站在]墙边的暗头里,好像一段硬木头,因为意外的打击,脸子都让忌妒和怨恨的火烧红了。

读者看到这里才恍然大悟,哦,原来如此,会心一笑,一扫先前的郁闷之气,心胸瞬间舒坦,这正是作者所要的阅读效果。

该小说有几个鲜明的特点:

其一,以第一人称的女生口气述说,便于直接宣泄心中的复杂感情,尽情渲染气氛,大大增添艺术真实性,既延续了署名"微萍"的女性作者写作特点,也符合《女声》的需求,淡化政治色彩,追求轻喜剧的审美情趣。

其二,丁玲的《莎菲女士的日记》曾风靡现代文坛,大胆地剖析女性的复杂内心世界。丁景唐首次写女生题材的小说也不能不受到影响,不过此"我"非彼"我",打上了不同时代的烙印。此"我"也是集善、恶于一身,具有倔强的鲜明个性和反叛精神,不满传统习俗和社会偏见,尤其是对女性的歧视。但是"我"截然不同于昔日"五四"青年一味追求个性解放,最终形成的人生悲剧,而是轻松幽默地反击,以"促狭鬼"的点子,"以其人之道还治其人之身",狠狠地教训了那些想入非非的纨绔子弟。借此辛辣地讽刺校园里的歪风邪气——不愿读书,游手好闲,以追逐女生为乐,寻求生理、心理上的刺激。

其三,小说还塑造了三个男生,各有个性,有些描述比较生动,特别是刻画王云标的言行举止(这与丁景唐所接触的类似在校男生有关),反映了丁景唐善于观察生活,捕捉人物特征的细节,表现了他的敏锐文学感觉和比较细腻的叙述风格。如果说前半部分是"我"的悲剧,那么后半部分则是一出喜剧,但对于三个男生来说恰好相反。

其四,"恋爱可以成为喜剧,恋爱也可以成为悲剧"。整部小说将悲、喜剧融汇一体,激起众多读者的心理和情绪的大起大落,直击年轻男女学子的心底柔软之处,便于形成较多的共鸣。

该小说采用先抑后扬的手法,前面"我"遭受侮辱的情景越是压抑,越成为后面报复的一个很好铺垫,越大快人心。小说并未追求欧化小说的跳跃手法,讲述的故事有头有尾,情节起伏跌宕,吸引读者的眼球,这也符合中国广大读者的阅读习惯。后面报复的场景描写比较巧妙,先是描写"我"在家里感受的天气寒冷,这与黄宝珠等人看到的王云标等人在寒风冷雨的现场,形成两个画面交叉和重叠,互为呼应,侧写与正写交融为一体。

小说有些表述还比较稚嫩,有时出现概念化的语言,详略的处理不够老练,语言有时略嫌拖沓。但是第二篇小说写得如此精彩,实属不易。此后,除了与他人合作的小说之外,丁景唐似乎再也没有超过此小说的水准。

由于各种因素,此小说博得《女声》编辑的青睐,破例配了一幅漫画,占据较大篇幅。画面上几个男生衣冠楚楚,嬉皮笑脸,对着椅子上的一个时髦女生指手画脚,露出得意洋洋的神情。

《生活在孩子群间》,以小见大

一年后的暑期,丁景唐再次投稿小说《生活在孩子群间》(《女声》第2卷第4期)。

当我回忆起第一次踏进教室,现在已觉得模糊了。只是有一件[事]还清晰的——

暗昏的屋子中,嘈杂的小朋友东倒西斜坐着谈笑私语。靠墙的一个暗角里有一个女孩文静地睁大了眼,端正地坐着,看见我跨进教室,就站了起来喊:"起来! 鞠躬!坐!"是那么纯熟和富有韵律,四五十个孩子就跟着她一起动作。

休息的时候,在走廊里我遇见那个可爱的孩子和她的同伴在跳绳,我便站住了看她们玩。小朋友大概怕我去干涉,就忸怩地红着脸跑掉。我想在她们天真的头脑中也许以为我是一个严厉的老师啊!

"我"代他人去教小学生,"暗昏的屋子中"的每个细节都显现"真实"二字。也许丁景唐回想自己十几岁就读上海弄堂小学的情景,琅琅读书声与弄堂里的嘈杂声混在一起。

学校里的课本只告诉我:黑板最好用绿色,光线要明亮,屋子要宽敞,桌椅要适合儿童的发育……于是我也运用了这一套向小朋友讲日常卫生:"小朋友呀,现在夏天到咧,吃东西要小心,不可滥吃,尤其是冷食,隔夜小菜更吃不得。衣服要每天换,流了汗要洗澡……"

可是一位头上长着疮疤的小朋友举手打断了我的话:"老师,冷食是什么呀?"另一位拖鼻涕的也站起来[说]:"我们家里小菜也不吃,衣服也只有一件,洗澡也没有自来水。老师,你教我如何卫生呀?""哎哟,王小狗真是龌龊得咪,一点也不卫生!"一位脚上穿洋皮鞋,身上打扮得"小公子"[模]样的小朋友指着说话的[小朋友]嚷了起来。

我窘住了,这叫我这个拙劣的"老师"怎样来替小朋友解释呢?

教书先生的思维跟不上小学生的说话节奏,于是小说冲出了逼仄的课堂,把视线投向广阔的社会现实生活。

有一件事却使我惊讶,来上课的孩子一天天减少,一星期中缺课的总有十多个,而尤其叫我猜不透的是,连小玲这个可爱的孩子也常常缺席。这很令我灰心,我想也许是我教授法不良的结果。我承认我是失败了,我怎配够得上孩子叫我"老师"呢?

我又感到稀奇,别级的情形最近也是这样。

有一天,我终于发现了这个不可解的"谜",我自己也忍不住好笑起来。我是一个生长于"饭来张口,衣来伸手"的家里,而孩子们却大都是家境清贫,每天在和生活搏斗着的。这一生活的情形成[为]我和小朋友间的某种距离。

"杜米耍伐……杜米。"那不是小玲的声音吗?

于是我乃了然。生活是一根残酷的鞭子,它驱使孩子离开了知识的园圃。自从我在里街中瞧见小玲同着一群男女背着大米为生活而奔波之后,我开始懂得教育是为哪种子弟设立的,我怀疑街头的野孩子的愚蠢和污秽也不会是与生俱来的。

这是"我"作为教书先生接受残酷生活的第一课,油然产生的自省自责,甚至拷问自己的灵魂,便成为贯穿于小说的一根红线,将小说的立意、构思推向一个新境界。随着小说诸多生动细节的逐一描写、故事情节的展开,"我"与小学生的形象顿时活跃起来。

此小说写得较为生动,凸显以小见大的构思。开头讲述代课老师的艰辛,"我"将前去代课的心情,忐忑不安,担心会出洋相。突然,笔锋一转,孩子缺课,折射出沦陷区民不聊生的现实生活,给"我"上了一堂真实的现实之课。这验证了原来的伏笔——不能胜任教学的担心并非多余,并且跳出了狭窄的课堂,视野豁然开朗,扩展了思想内涵——开掘"缺课""失学"的深层次社会原因,打破了同类题材文章的窠臼,别具一格。

为了安慰孩子的心,我无奈地只得欺骗他们,说次谎:"会回来!"

当我离开那所弄堂小学的时候,孩子们还跑来送我,和往常放学时一样向我说:"老师,再见!"我抚摸一下小玲的头,挥一挥手[说]:"去吧!小朋友。去吧,小玲!再见,再见!"于是我拖着沉重的脚步,缓缓地向远[处]走去。

该文的结尾颇有诗的韵味,类似徐志摩的《再别康桥》,但是并非潇洒地挥手走了,而是带着沉重的心情、拖着无奈的步履、强作笑颜离去,身后留下无数的问号:孩子们将来的命运如何?"我"将走向何方?给广大读者留下一个谜。

代课的题材出现在诸多诗文里,屡见不鲜。戈矛的《秋天,你分开了我们——生活在孩子群里的故事》(《联声》第 2 卷第 11 期),其副标题与丁景唐的《生活在孩子群间》相似。两文的内容都是述说"我"到小学里去代课,但是两文选择的角度、表述的方式截然不同,后者显得比较成熟,旨意凸显,行文比较流畅。

《秋天,你分开了我们》一文中,阳光与钟铃、欢笑与歌唱、鲜艳与地图、郁郁与怔视、阴暗与寂寞、秋天与檐下等,这些富有感情色彩的词语混搭在一起,展现出一幅幅大块油彩的现实画面,同时象征着"我"和孩子们的各种随机心理变化,投射到抗日救亡的大背景下。努力提升此文的思想境界和审美情趣,给人留下耳目一新的第一印象。既借鉴了法国作家都德的著名小说《最后一课》的某些构思,也学习国内爱国作家的作品——在课堂里挂起沦陷的东北三省地图,告诫大家千万不要忘记。

此文前后呼应,时而点题,并且三番几次出现相似的诗句,如"'当'地响起了愉快的钟铃"等,这是借鉴民歌中的比兴手法和复调咏叹,以增加读者印象和行文的韵味。此文也不可避免出现一些斧凿之痕,如夹叙夹议有时比较勉强,有时刻意求新求变却词不达意,影响行文的流畅性。

有意思的是以上这些也是丁景唐初期写作的特点,而且此文结尾与丁景唐的《生活在孩子群间》结尾相似。按照丁景唐的写作习惯,他不大可能采用他人使用过的标题。但是,丁景唐生前未提及《秋天,你分开了我们》一文,尚待进一步考证。

《阿秀》,善恶沉沦

相隔一年,又迎来一个暑期,丁景唐大学毕业了,参加《小说月报》的编辑工作。这时《女声》第3卷第4期发表了丁景唐与大学同学唐敏之合作的小说《阿秀》,署为胡生权、辛夕照"集作"。小说塑造了女单帮——乡村少女阿秀的形象。

丁景唐就读光华大学中文系大四时,日语老师黄九如曾写《八年来的上海妇女》(《女声》第3卷第23期"复刊号"),其中专门列出一节"女单帮":

> 女单帮是近几年的特殊现象。在沦陷的初期,虽有老妇或女孩偷出封锁线贩米,但那不过来往于上海近郊,偷运的数量极微,多数是以米粒缝入特殊的背心之内。后来日军和伪组织的军警对于偷运的小贩稍稍予以便利,使其渐渐发达而便于从中取利,而日伪对于女性另有目的,态度比较和缓,所以单帮事业多属于女性。她们的足迹不复限于四郊,凡敌伪火车、轮船所及之处,往来不绝。贩运的货物,由日用品进而至于军需、医药,规模有时极大。她们假借敌伪的关系,获利颇多,但有时也遭敌伪的毒手。黑帽子踢死女单帮一案,曾经轰动海上。这类妇女,无论已婚、未婚,桃色事件极多。已婚者的丈夫常跟在她们的身后做伕役,所以曾经流行着"帮夫运"的雅号。

"女单帮"一时成为各家报刊的热点新闻,如《伪装贩毒品》《"肉票"奇闻》《人财两丧失》《受辱记》等,也有作者以此题材著文,如《女单帮自述》《假使我是女单帮》等。丁景唐编辑《小说月报》第44期(1944年9月15日)时,发表施瑛的小说《试法记》,讲述母亲在浙江小镇与上海之间跑单帮,放暑假了,懂事的儿子执意要跟母亲跑单帮,一心想减轻母亲的重担,结果发生了悲剧。

丁景唐与大学同学唐敏之合作的小说《阿秀》则是另一种构思和立意。

> 我回过头去,看到一个近廿岁的少女在喊着我。她的左手提着一只网篮,右手提着一只小皮箱,肩胛上还背着用两只网袋结起来的满满的包裹,里面塞着的东西显得很凌乱,有纸包的都被撕破了。也许是吃力的缘故,她的肩胛歪着,看样子这两只网袋快要丢到地上来。她看我立定脚步,喘着气露出笑容说:"先生,接接力……肩胛上……"
>
> 我没理由不答应她,默默地把压在她肩上的重负移到我的肩上。她的被雨冲洗去

脂粉的苍白的脸透出红色来,在怩忸中表示着歉意。

"出门全靠好人相逢,尤其现在……走一步,讨厌极了。"

因为一时好的舱位买不到,我也是搭四等舱的。好在我认得一个茶房,他早已替我预备好一张高铺。她跟着我走进低矮而气闷的统舱,里面已经挤满了人,连通道都铺起床位来。她哭丧着脸。我是读过好几年书的,知道尊敬女人[是]怎么一回事,何况她是在客地奔波的同乡人,于是我对她这样说:"我的让给你,好不好?"

她嘴里咬着一缕头发沉吟着,红了脸回答:"没有什么地方了……我们挤挤?""我们挤挤?"这使我吃惊,和我的道德观念及生活习惯是多么合不上呵!

她看了我一眼,抿着嘴笑出声来:"先生是君子人,没关系的。现在是……"

阿秀,妙龄少女跑单帮,一亮相就显示出她的鲜明个性,既有乡村姑娘的大胆、泼辣的特点,又不失少女青春期的羞涩、撒娇、天真的本能。

船身晃动了几下,嘟嘟地响着,知道是将靠岸的时候了。客人们都忙碌地整理着行李,她也埋着头收拾着自己的东西。她把一只塞了满满的网篮交给我,这样嘱咐着:"你走在后面,看我检查好,你就紧紧地跟着我走,不必再让他们翻!"

"这样可以吗?"

"你不必管,我自有门槛!"

下船时,我照着她这样办,我不敢抬头看一眼,我的身子略微有些战栗。跟着她走出码头的木栅,我才吐出一口气。

她从我的手里拿去了她的网篮,笑着说:"看你脸都变了色,吓得这样……难道我阿秀会给你当上?你看,有了全国通行证,还怕什么?"她拿[出]一卷钞票在我的面前一扬,哈哈地笑出声来。

等我喊好车子,她说隔天来拜访我的母亲,于是挥挥手就分别了。

故事情节的发展,并未落入才子佳人的窠臼,而是笔锋一转,"我"与阿秀的恋情戛然而止,此后双方在充满脂粉、黑幕重重的旅店里见面了,阿秀与黑老大(码头恶霸)亲密无间,展现了"女单帮"的生活花絮——

我打着哈欠,我是疲乏得不能不回学校去了。在我刚踏出旅馆门,迎面来了两个人:阿秀和一个不认识的男人。

阿秀的装饰更加都市化了,蓬松松的头发簪着一枚蜡质的红色的小花。挽着她手臂的男人,歪戴的帽子压得很低,没法看清他的眉目,嘴角里吊着的一支香烟在发着光。他见到阿秀跟我打招呼,用上海话向她问:"狄个人啥格路道,侬认得?"她笑了笑,替我介绍。

我们一起走进房间。我跟阿秀谈着话,拜托她将这些钱带给母亲。这个男人把一只脚搁在椅上,打量着我,呼呼地抽着香烟。

我受不住他眼光的威逼,一说完我要说的话,就离开了这间房间。阿秀送我出门口,告诉我:"你不知道吗,他在上海码头是很讲得起的,大小事情一把抓,小弟兄多得邪气!他就是从前问我要照片的一个。"

小说的悲剧结尾不如前面的叙述生动、自然,再次借鉴曹禺的《雷雨》中推向高潮的背景效果——

她的不幸激起我潜在心底的热情,我有崇高的理想,我想改变她的生活,使她再变成一个天真无瑕的女子!我靠近了她,我伸出手,想抱着她说几句我心中要说的话,但是她惊叫了起来:"尧臣哥,你……你……"

"我……我……"

她推开了我,放声哭了:"我的一生完了,我不能够再害人,再害人……妈已经不认我[这个]女儿了,谁还[会]收留我呢?"

"我收留你!"这句话在我的喉头打着转,然而我[仿佛]见到许多人在讥笑我,母亲也扳起了脸……活在这社会里,有几件事容许我聪明地处理呢?有几件[事]容许我自己决定呢?我颓然倒在椅上,两手封住了脸……不知什么时候,天下起倾盆的雷雨,也不知是什么时候,阿秀已黯然告辞!黑暗,无边的黑暗,闷人的雷雨的晚上啊!

此结尾完全可以改为其他方式,更能显示阿秀和"我"悲剧的震撼力。

小说表现了濒临经济破产的乡村少女阿秀热切向往畸形繁华都市,甚至模仿都市廉价摩登女郎的举止。她为了追求幸福、美好的明天,竟然孤身跑单帮,勇敢地闯码头。她的自由恋爱受到"我"的无情拒绝,一赌气走向另一个极端,投靠她原本厌恶的码头恶霸,幻想融入畸形城市,结果受骗上当。这既是她不择手段盲目追求幸福的恶果,也是一个乡村少女禁不住金钱、物质诱惑的自甘堕落的悲剧。

小说对于阿秀言行举止的描写比较动人,特别是她首次与"我"邂逅的举动,惟妙惟肖。此后的故事情节发展却不尽如人意,小说结尾也显得匆忙(首尾文风不统一),主角变成了"我",为了凸显主旨——企盼挣脱黑暗社会残酷压抑人性的桎梏,以"雷雨"象征人物内心的复杂世界,力图达到无声胜有声的效果。

小说中的"我"代表一种"善",却带有几千年积淀的无意识封建礼纲传统观念与新时期自由恋爱观杂糅的思想意识。"我"念过几年书,身为教师,却找出自以为是的充足理由,说服自己,拒绝少女阿秀纯真的爱情,并认为阿秀"放浪、欺诈、虚荣",但是喜欢她身上散发的乡村气息,紧紧拴住"我"的乡愁思念。听完阿秀痛哭流涕诉说受骗的苦难经历,虽然想做出一个"崇高"的举动,接受这位受骗少女的忏悔,但是最终抵挡不住顽固传统观念的严厉教戒,只能无可奈何抱头哀叹,任阿秀悲伤地离去,没有扮演一个"救美人"的英雄。这正是小说的成功之处,符合"我"——一个小知识分子的怯弱、自卑、自私的性格。

小说中的母亲和姨妈的形象只是陪衬,描写的笔墨少。其实母亲是个比较重要的角色,作者原拟表现母亲是一个"无名无份"的苦难女人,曾被抛弃,受尽心理上的百般折磨,因此看见儿子要与阿秀谈恋爱,不由得想起往事,不希望儿子重蹈覆辙。但是,小说没有任何简单的伏笔和必要的铺垫,使读者一下子有点懵,只有细细回味,才能猜透其中的含义。这也是"我"最终拒绝阿秀"回归"的重要原因之一。

小说中"恶"的代表是那个歪戴帽子的码头恶霸、流氓头子。小说有些细节描写比较生动,但是此人物仍有扁平之嫌,并未深刻揭示他的罪恶、无耻、卑劣的灵魂,这与作者所接触到的有限生活素材有关。

此小说有可取之处。阿秀和"我"的刻画令人回味,以此努力开掘主题,并不是概念化的模式。小说中出现的人物和故事情节多少有点民国时期流行的表哥、表妹恋爱(新版的才子佳人)的模式,而且是两位作者合作,难以形成"一加一等于二"的化学反应,出现一些问题实属正常。而且投稿给《女声》,不可能表现"高大上"的人物,世人不必苛责。

此小说为唐敏之、丁景唐合作。唐敏之擅长细腻刻画青年男女的心理和性格,行文流畅,流露出伤感、忧郁的情调。唐敏之的小说《山城的阴郁》故事情节也是讲述一个流浪书生在陌生的小山城的雨天里邂逅一个落难的少女,拒绝了少女的求情,结果可怜的少女被"抢亲"了,书生倒在床上昏厥过去。此情节与《阿秀》有些相似,不过对于唐敏之来说,阿秀和"我"的比较复杂的性格则是首次出现在作品中,超越了同时期笔下青年男女比较单一的性格。这是他俩合作的可喜收获。如果说此小说是唐敏之写的初稿,丁景唐修改,那么也合情合理。其中多次出现上海方言,并且借用四川经商的行话"利子",这些理应是丁景唐修改的结果之一,因为在唐敏之的笔下从未出现上海方言。

《"读书救国"和"唯才"论者》,可圈可点

丁景唐的最后一篇小说《"读书救国"和"唯才"论者》原载《现代学生》第3期(1945年11月20日),标题并没有文学意味,如同论述文的模式,但是开头的文字一下子活跃起来——

在电车里。

把肚皮跟胸脯在可能范围内向里收缩,脚渐渐立在足尖上。这时候,只要我那捏牢皮圈的手一松,我就不知会被挤到什么地方去。

我的同伴A君局促在角落里,在前一站,他还只跟我隔开两个人,现在,假使容许我们伸出手臂的话,我们也无法携起手来。他一上电车,眉梢就打起了结,此刻,因为我讲了一句笑话,他把嘴撇了一下——一种啼笑皆非的表情。

丁景唐曾就读于市内的几所教会大学，几乎每次上学都要拼命挤上电车，赶去学校。熟悉的场景、熟悉的人物、熟悉的言行举止，一起集中在流动社会——车厢里。不仅描绘生动，而且此构思颇有新意。

　　我这位同伴，如果你，读者先生，尚未请教过他的学历的话，那就是说，你不知道他是前几月还被中学毕业生景仰、社会人士器重的"交大毕业生"！不是万不得已——譬如，在电车里——你总要设法远而避之的，你看见那双露出大脚趾的布鞋，那两只袖口起油光（自然，你不会知道，这里积了四年美国货铅笔的铅粉），下襟全是小洞（自然，你也不会知道，这个洞是给硫酸，那个洞是给盐酸烧成的）的长裤子，你一定当他要拦住你。

　　…………

　　每一学期将要开始的时候，在汉口路那两家报馆门口的列队里，你准会找着我这位同学。他把那以正楷填书清楚的申请书紧紧抓在手里。如果那时候，你板起脸，突然把他拉出来，像有些办贷学金的先生一样，他一定会朝你叩头，以他那么二十几岁的大学生，他会毫不觉得难为情地哭起来。

　　每一学期，他从报馆里，喘着气，抖着手，领来学费，再把家里可能卖去的东西，除了卧床、桌子、书以及他那块最宝贝的图画板和丁字尺以外，搬到旧货摊里去，换来了钱，交给会计处里那位先生。

A君，一副穷学生的模样，丁景唐太熟悉了，即使闭上眼睛，听听他的脚步声，都能分辨出他是哪一位。现在信手拈来，活灵活现在丁景唐的笔下，读者似曾相识。哦，A君是上海众多大学生中一个生动的缩影。

　　A君还没有把嘴巴回复原状，突然我的身上感到正在增大的压力。[电车]门开了，拥在站台上的人们，拼命想尽各种办法，把自己塞进车厢里去，就在这时候，门口爆发起争吵的声音——

　　"快点！快点！"一个人命令道。

　　"要快，坐自备汽车！"另一个人骂道。

　　"你骂谁？我要问你，你骂谁？"他大概掏出什么委任状或者卡片，拿在人眼前："我坐不起自备汽车！你看清，我是哪里的人……"

　　这一下子，四周的乘客，连起先骂他的那个在内，都投以敬畏的眼光，让开一条缝，给他钻进来。

　　……他一手挟着公事包，谁知道那里面藏的是他夫人的新雨衣还是丝袜。

　　"我坐不起自备汽车？"他坐在人家让给他的座位里，气嘘嘘地说着，"不是我的车子坏了，为着嫌三轮车慢，我会到这倒霉的电车里来？"

我静静注视着我们这位电车里的大人物，臃肿的身材，胖胖的脸，我不禁失口喊起来："K老师！"

没有错，这是我们中学时候的公民先生，兼训育主任，K先生！

丁景唐曾就读于青年会中学，熟悉初中、高中的各位老师，训育主任属于学校领导班子成员。K先生走入丁景唐的笔下，汇总了其他学校各个训育主任的不同五官，加之讽喻语言，竟然神通广大，如同"驾驭"空气，一弹一跳，跳入抗战胜利的"接收大员"的圈子里。他贪赃枉法、脑满肠肥，民愤极大。

那时候在中学里，夏日午后第一课，他喝了点酒，红着脸，竟会让同学们念书给念得瞌睡起来。于是头一沉，撞在讲台上，在同学的哄笑声中兀地跳起来发火，讷讷地喷着酒气：

"你们，你们有什么好笑？"我们知道，他又有一番宏论发表了，"你们好笑什么？你们，呃……就只会笑，呃……呃，这还像读书吗？现在国难时期，你们不好好读书，不闹，就笑！不笑，就闹！中国就坏在你们这班学生手里！"我们大笑起来，他于是火得更厉害，"笑什么？有什么好笑？不知道好好地读书救国，只知道开会呀！喊口号呀！写文章呀！靠你们写两篇似通非通的文章，国就救了吗？爱国要爱在心里，救国只需读书，你看哪一个国府要人，不是有大学问的？譬如说，蒋委员长，他是括括叫（沪语，出色）日本留学生……"

发了一通读书救国论之后，他就放我们早退，自己蹒跚走进训育处去。

此小说倾情塑造主角A君，又以漫画手法勾勒K先生，"我"是见证人和叙述者。A君是穷困大学生，抱着满腔热忱想为抗战胜利后的中国复兴事业出一份绵薄之力，也可以缓解紧迫的生计困境。K先生是抗战胜利后国民党诸多"接收大员"的一个缩影，他坐在肥缺上，趾高气扬，不可一世，但是偏偏要挤上公交车，舍不得花钱坐小轿车。他的吝啬和狭隘、虚伪和圆滑，以及不学无术的丑恶嘴脸，令人作呕。

K先生接收一家工厂，急需A君这样的人才，电车上的邂逅，双方一拍即合。但是几天后，A君怒气冲冲，闯到"我"的住处——

"但是，他有个什么小舅子做大官呀！"

"就是这么点裙带关系！"A君叫道，"中国就坏在这种人手里！你知道他们干些什么公事？那位K胖子搁起脚在打瞌睡！还是那么一个睡猪！"他惨笑起来，"另外两位在打扑克。我去了，他们领着我，到厂房里兜了一转。真伤心，机器的零件都给日本人拆毁了，他们这些宝贝，屁也不知道，等我指给他们看。"他停了停，"全是莫名其妙，天晓得他们接收点什么？除了搁银箱，他们又知道什么？"

"这'唯才'主义得加上个'贝'傍才对！"我插嘴说。

"什么读书救国!'唯才'主义!放他妈的狗屁!"A君忍不住怒斥,无情地撕下了国民党当局信誓旦旦许诺的美丽面纱,这并不是广大的善良民众翘首以盼的复兴中国。

前几篇小说结尾不理想,这次丁景唐想改变一下——

> 室内的光线逐渐变得黯淡,黄昏悄悄蹑来,我伴送他到街头,出乎意外,A君竟问我这样的一句话:"你可喜欢夜吗?"
>
> 我摇摇头没有回答,而他也不等我的回答,就撒开脚步朝向夜的街市走去,路灯照着他。

诗意似乎有了,但是有些玄乎,"夜"的象征意味,是要考验读者的理解能力的。其实,这是指A君要勇敢地向"夜"——黑暗势力挑战,采用了诗歌的跳跃思维。小说往往需要对于夜进行具体描写和暗示,作为必要的铺垫,否则勉强地拉扯了诗歌与小说的联姻关系。

此小说是丁景唐发表的最后一篇小说,整体构思可圈可点,前面部分描写比较生动,尤其挤在电车里的各种细节,犹如身临其境。讲述过程时,采用正写、倒叙、插曲、侧写多种手法,跳进跳出,恣意洒脱。如果这种描述延续在后面部分,那么甚佳,可惜过多的侧写(借A君的叙述),留下说教之嫌。

此小说署碧容光、蓝石华合作,其实是丁景唐一人,这是为了迷惑国民党审查机关。《时代学生》是地下党"学委"领导的学生刊物,由"学委"书记张本联系。该刊第2期(1945年11月1日)重点推出"战后教育问题特辑",这是广大学生关注的热点问题,其中有丁景唐的《关于教育复员》等文章,与第3期发表的小说《"读书救国"和"唯才"论者》互为呼应。为了统一前后的宣传口径,丁景唐宁愿割舍小说的文艺性标题,也不愿意有丝毫出格之处,这也反映了他的一丝不苟的工作作风,避免产生各种后果。此小说的讽刺意味很鲜明,矛头直指国民党的反动政策。此后,该刊果然被国民党特务盯上了。

以上介绍的五篇小说,至少有如下一些特点:

其一,五篇小说都有一个"我",四男一女,扮演不同角色,大多是主角,也有见证人和叙述者,是不可或缺的配角。

写作《春天》时丁景唐是在校大学生,初次登台亮相,不免露出男生青春羞涩的神色,即使插上联想的翅膀,也未飞多远,便直奔主题——在集体生活中生长。原本可以形象化展示"我"失恋的苦闷情绪,却变得简单化,承载过多的说教因素,被贴上程式化命题的标签。

第二篇小说《三男跟一女——一个女学生的手记》的主角"我",彻底颠覆了首篇小说男主角的形象,袒露被男生骚扰和侮辱的心迹,做出个性化的强烈反应。从一个婉温可亲的柔弱女子,摇身一变为聪明机灵的"促狭鬼",大胆泼辣,果断出手,狠狠地教训了纨绔子弟,大快人心。女生的"我"比起前一个男生的"我"大幅超越,从原本程式化的男生跳跃为以形象思维刻画的女生,而且与丁景唐以前写的《我为什么要逃课》的女生形象有所不同,难度更大。丁景唐甘愿自我挑战,自我加压,大胆地塑造有鲜明个性的女生新形象,并且较为生动地展示她的微妙、细腻、多变的心理,实属不易,令人刮目相看。

《生活在孩子群间》的"我"是代课先生,一笑一瞥都是本色出演,展现一个爱憎分明的正直知识分子。他面对残酷的现实之课,自省自责,甚至拷问自己的灵魂,成为贯穿于小说的一根红线,将小说的立意、构思推向一个新境界。

丁景唐与唐敏之合作的小说《阿秀》中的"我",比起代课先生更多地呈现复杂的一面,即几千年积淀的无意识封建礼纲传统观念与新时期自由恋爱观杂糅的思想意识。"我"虽然有正义感,也想做出一个崇高的举动,接受这位受骗少女的忏悔,但是没有足够的勇气,由此展现了一个小知识分子的怯弱、自卑、自私的性格。

最后出场的"我"(《"读书救国"和"唯才"论者》)与前面几个主角有所不同,是作为见证人和叙述者的不可或缺的配角。小说的正写、倒叙、插曲、侧写等都是他的"汗马功劳",有了"我"才得以显示小说的诸多情节和整体结构的鲜明特点,跳进跳出,恣意洒脱。

以上小说人物中女生形象尤为突出,难度系数大为增加,虽然险招能够出奇制胜,但是不免也露出不成熟之处。最后出场的"我"虽然是配角,但是可以作为"最佳男配角",没有喧宾夺主,也没有直接站在读者面前充当导师,较好地完成了自己作为配角的戏份。

这些形象各有不同的个性,虽然经过艺术加工,并非现实生活中的作者本人,但是多少都晃动着丁景唐的身影。丁景唐笔下的"我"直接表达个体感受,随意切换,采用对比、反衬、正衬、插叙、倒叙的艺术手法,无须任何遮掩,拒绝故作玄乎,拉近与读者的距离,促膝而谈,娓娓动听,以增加真实性和亲和力,同时宜于敞开胸襟,表达作者的思想情感。但是,"我"的形象有较多的局限性,不如小说采用第三人称那么自由,视野无所不至,笔触无所不到,宜于表现广阔和复杂的生活。因此,五篇小说的社会背景实实虚虚,故事情节的交代有时不甚清晰,多少影响了人物形象的刻画,似乎游走在朦胧意境与现实间。

其二,其他人物的刻画也很精彩。

《阿秀》的女主角阿秀作为妙龄少女"跑单帮",集善、"恶"于一身,具有鲜明个性和反叛精神,不满传统习俗和社会偏见,尤其是对女性的歧视。阿秀一亮相就显示出她的鲜明性格,既有乡村姑娘的大胆、泼辣的特点,又不失少女青春期的羞涩、撒娇、天真的本能。但是,随着一波三折故事的发展,阿秀的性格却未能随之跟进,以揭示她更为复杂的心理,反映在她的言行举止的细节上;否则她的形象更为丰满,甚至有可能占据文学作品中"女单帮"系列人物长廊中的一席之地。

《"读书救国"和"唯才"论者》中的 A 君、K 先生是刻画得比较生动的两个人物。A 君一副失意落魄的穷酸相,但是依然胸怀大志,跳动着一颗炽热的爱国之心,这是千千万万爱国学生的生动缩影。K 先生则是特殊时期特殊人物群体——抗战胜利后"接收大员"中的一员,他具有骄横跋扈、颐指气使的衙门官僚嘴脸,兼有贪赃枉法、徇私舞弊的贪官污吏的身份,开口便是不学无术、脑满肠肥的商人腔调,虽然外表是鲜亮的西装革履,却裹着上海小市民的自私、狭窄心理。K先生集多种丑恶为一身,成为丁景唐笔下的典型反面人物,这是继叙事诗《慈善家》《先生,我问你》之后的又一个辛辣讽刺的"要人"对象。如果以K先生作为小说主角,那么一定会引起热议,甚至一炮走红,丁景唐的小说也有可能与诗集《星底梦》齐名。

其三,构思、立意和描写具有特色。

生动描写成为五篇小说的最大亮点,各有侧重点,与丁景唐熟悉的人物、场景密切相关,《生活在孩子群间》《"读书救国"和"唯才"论者》是比较典型的例子。《生活在孩子群间》小说写得较为生动,凸显以小见大的构思,开掘缺课、失学的深层次社会原因,打破了同类题材之文的窠臼,别具一格。《"读书救国"和"唯才"论者》整体构思可圈可点,立意比起其他四篇小说略胜一筹,但是挑剔的读者对此有些疏远。如今的年轻读者也是如此,宁愿翻看休闲愉悦的"快餐文化",如《三男跟一女——一个女学生的手记》那样的轻喜剧。

整体构思尤为突出的还是《三男跟一女——一个女学生的手记》,将悲、喜剧融汇一体,激起众多读者情绪的大起大落,直击年轻男女学子的心底柔软之处,宜于形成较多的共鸣。该小说采用先抑后扬的手法,前面"我"遭受侮辱的情景越是压抑,越能为后面报复做铺垫,越是大快人心。小说讲述的故事有头有尾,情节起伏跌宕,吸引读者的眼球,这也符合中国广大读者的阅读习惯。

《阿秀》的立意超过了同时期"女单帮"题材的诗文,描写了一个乡村少女禁不住金钱、物质诱惑的自甘堕落的悲剧。其构思——"我"与妙龄女子相恋、断交、悔恨的曲折情节,不仅提供了巨大的想象空间,而且外部强烈刺激投射到心灵感应的描写,便于挖掘、揭示人物内心世界。

其四,小说与诗歌联姻。

丁景唐就读于几所大学,研读《诗经》《楚辞》等古典文学作品,有重点地了解诗、词、曲、小说等文学体裁的代表作者和代表作品,吸取精华,融会贯通,转化为诗文创作。

丁景唐选择的突破口是诗歌,大胆地打破条条框框,尤其是诗集《星底梦》,具有两大特征——无意不作诗、无新不成诗。有的诗作打破各种文体的藩篱,集寓言、儿歌、民歌、自由新诗为一体,融入朗诵、舞台剧等艺术形式,形成一种综合性的大胆尝试;有的诗歌开头设置悬念,具有吸引力,中途转折,最后揭晓结果,犹如章回小说;有的采用舒卷自如的散文手法,较好地切换时空。这些已形成一种创作思维惯性,为何不能运用于小说的创作之中呢?

小说是一种相当解放、相当自由、包容性很大的文体——综合的语言艺术文体,能够综合运用叙述、描写、抒情、议论等各种艺术表现手法,这为作者提供了无限的创作空间。

丁景唐在传承古典小说传统的过程中，不断吸收其他文学体裁的内在特征。虽然小说并非他的强项，但是他不甘心亦步亦趋，大胆地"跳级"，站在较高的起点上，尝试突破。

诗歌跳跃性的思维，很大程度上有助于整体构思，灵活地调度故事情节的先后次序，不再是平铺直叙，而是正写、倒叙、插叙、侧写等肆意穿插，舒卷自如。这不同程度地反映在以上五篇小说里。

诗意化的人物塑造，既有纯洁心理的描写，也有真善美的折射写照，如阿秀、A君和代课先生等，赋予他们作者心目中的理想光彩。这五篇小说中的"我"，也不妨视为原本不出场的诗歌作者，潇洒抒情，嬉笑怒骂，灵活叙事，无所不能，并且联想丰富，自由翱翔，大胆闯入各种文体。这些正是"隐藏歌手"——诗人的特长。

诗歌的跳跃思维和象征、暗喻等现代派手法，运用于创作小说之中，是一把双刃剑，既有尝试突破的成功之处，也有牵强附会的斧凿之痕（学习写作的必然过程）。《春天》《阿秀》的结尾，模仿曹禺《雷雨》的高潮，并未达到预期效果。《"读书救国"和"唯才"论者》的结尾突然出现"夜"的象征意味，这是考验读者的理解能力。

丁景唐的小说从来不被世人所知，也从未有人谈起丁景唐创作小说时大胆尝试突破，将小说与诗歌联姻。

第二编 大学·跃进·鼎盛(1939—1944)

古典文学：起点较高，责疑权威

告别《联声》时期，进入《女声》时期，丁景唐坚持古典文学的治学要求——独立思考，驳斥、责疑权威之言，提出新观点，恪守学术道德，秉持学术良知，执着学习求知。

丁景唐读大学时，夯实了古典文学基础，提升了研读古典文学作品的水平。一些博学导师讲授的精彩内容和精辟见解，特别是中西贯通的新思维，进一步促使丁景唐更新学习、写作、治学观念，拓展思路，扩大视野，自我催促，勤学苦练，融会贯通，综合素质潜移默化地提升。

丁景唐钻进浩瀚古籍文献里，撰写了关于《诗经》、秋瑾、陆游、朱淑真等的论文。他在写作过程中，爬梳名家杂说，厘清脉络，努力还原历史真相。同时，批判男尊女卑的孔孟之道，令人联想到重庆国民党要员排斥"妇女参政"的谬论，以古讽今，将历史与现实相结合。他以现代意识进行审视、诠释，大胆地挑战、质疑昔日权威论点，直言不讳地提出自己的新观点，先后撰写了许多专题文章，发表于《女声》等刊物上，形成他的第二本专著《妇女与文学》的学术研究框架和主要内容。

丁景唐撰写的古典文学论文、述评、散文14篇，先后发表于《女声》等刊物，集中在1943年至1945年期间，正是他转学沪江大学、光华大学期间。这14篇文章大致分为五类：(1) 钻研典籍，质疑建论，如《〈诗经〉中反映的妇女生活·恋爱·婚姻》《从"子见南子"谈到儒家的妇女观》《"不祥"与"祸水"》；(2) "出妻"悲剧，溯源掘根，如《陆放翁出妻事迹考——关于一个被迫于母遣去爱妻的悲剧》《出妻史话》；(3) 红叶情结，凄苦诗意，如《红叶诗话》《红叶题诗的故事》《红叶》；(4) 才女新词，澄清史实，如《朱淑真与元夕词》《人面桃花及其他》《美人迟暮》；(5) 江南春秋，穿越古今，如《六朝的民歌（南方篇）》《杏花·春雨·江南》《中秋谈月》。

一、钻研典籍，质疑建论

世界各民族，都有表现他们独特文化式样的古代文学总集流传下来，西方有《伊利亚特》(Iliad)、《奥德赛》(Odyssey)，而东方在印度有《吠陀》(Vead)及《摩诃婆罗多》(Mahabbarata)，在中国有《诗经》，在日本则有《万叶集》。《诗经》不仅是一部中国古代最初的诗歌总集，而且它是产生于民间，反映着民间的痛苦与呼吁、欢乐与烦闷、恋爱的享受与别离的愁叹……它替当时的社会留下了爱与恨的烙印。

丁景唐出手不凡，将《诗经》放置在世界文学的广阔背景中，凸显中西贯通的新思维。

《〈诗经〉中反映的妇女生活·恋爱·婚姻》(《女声》第 1 卷第 11 期)是"妇女与文学"系列研究的首篇,丁景唐由此走上了漫长的治学之途。此长文分为《诗经》与妇女、健美的女性、恋爱的对象及追求方式、恋爱的烦恼、婚姻的不自由五部分。

丁景唐参考谢晋青(开我国《诗经》女性研究之先河)等人研究《诗经》的专著,并且仔细研读《诗经》,探讨古代妇女的爱情、婚姻生活和心理,追溯妇女问题的根源,颠覆了世人的认知。他的研究角度颇为新颖,发现了许多问题,大胆质疑大学教授汪静之[1]等人的权威观点,得出了许多颇有价值的结论:

(1) 名字的误解。"君子"为什么一定只好是"国君之子"……"君子"是可以解作贵族地主的(如《伐檀》),但是在当时也是一般的尊称。

(2) 至于说"士"是武士也未尝不可,但若说"解作一般男子的通称,误"的话,这也不尽然……

(3) 当时阶级的严格。一个奴隶的女儿居然梦想高攀贵族,那不是发痴了吗……

(4) 当时女子因为自己也是从事生产的一员,且社交公开,男女相与歌舞,自由选择对象的机会极多,为何要高攀不可就的贵族呢?何况女子并不一定"爱钱"的,绝不会势利得像现代都市太太、小姐一样,而自由却是宝贵的东西呀!

所以我们可以肯定地说,当时女子"最满意的情人",既不是贵族的地主,也非特权阶级的武士,乃是体强力壮,能从事田事、打猎的劳动青年。

丁景唐鉴赏、品味《诗经》中的古老诗歌,不由得惊呼:"简直有'一唱三叹'之妙。"他吸取其中的艺术表现手法,加以借鉴使用,化为己有,创作了诸多自由体新诗歌。

这期《女声》编辑在《先声》中特意介绍了丁景唐此文,认为:"《诗经》是中国顶古的文学,也是最纯朴的能够反映各种不同的人们生活的诗。当时的妇女不能公开发表言谈,更不能发表文字,古圣贤的礼教把她们封锁得不能呼吸。但是《诗经》上却有一些描写恋爱与关于女性生活的诗,从这些诗里我们可以窥见一点当时所不容易透露的女性的生活与心理。因此乐未央先生的这篇关于《诗经》与妇女的文章是很有趣的,而且可以使我们从这篇文章里看出当时妇女的[被]压迫与苦闷,是篇有价值的文章。"

丁景唐精读古籍的范围逐渐扩大,发现历来许多所谓庙堂名流的权威之言,都在为孔圣人遮羞。

"子见南子"是一个微妙而有趣的故事,流传了几千年了,历来众多著名注疏家都竭力为孔圣人的名声"洗白",司马迁的增删文字、朱熹的臆想发挥、崔东壁的两难悖论、孔安国的质疑辩解,产生深远影响,至今仍有学者沿用这些注疏家的看法,进一步发挥。遗憾的是他们不愿提及其根源,仿佛割裂历史。70 多年前,丁景唐的《从"子见南子"谈到儒家的妇女观》(《女声》第 2 卷第 7 期)已经大胆挑战这些注疏家的演绎之说,拒绝盲从,坚持独立思考,依理据情,条剖缕析,把笔锋指向名流康有为等人。

然而最使人烦厌的乃是抹杀既不可能,否认又不足证。所以降及近代,初有康圣人南海先生倡"子见南子"为孔子早行西俗,男女社交公开的文明礼,近乎"大同",而大加赞美;复有朱谦之先生称孔子主张男女平等、恋爱自由于后(此说见《大同书》及《一个唯情论者的宇宙观及人生观》)。可谓先后辉映,"吾道不孤"。但总觉得有些不自然的感觉或者如普通人所说的"肉麻",容易叫人想到那是"捧"场,或者是在讲笑话(甚至是神话),和说《易经》早已有相对论的思想不差上下。

更有趣的,"子见南子"还害二千九百年后的子孙闹了一场有趣的官司。1928年林语堂写了一个独幕剧《子见南子》,发表于鲁迅、郁达夫主办的《奔流》第1卷第6期(1928年11月)。1929年《子见南子》被山东省立第二师范学校搬上舞台,引起一场轩然大波,工商部长孔祥熙力主严办。教育部派人前去山东曲阜调查,发现孔子族人所呈状纸与事实根本不符,完全是小题大做。教育部长蒋梦麟和监察院长蔡元培不支持孔子族人,新闻媒体也"呐喊助威",表示声援。林语堂写了《关于"子见南子"的话——答赵誉船先生》一文,还对宋还吾校长所受的不白之冤表示歉意。鲁迅将这场风波有关材料编辑成《关于〈子见南子〉》一文(《语丝》第5卷第24期),认为宋校长被调离乃"所谓'息事宁人'之举,也还是'强宗大姓'的完全胜利也"。

丁景唐继续写道:

大概由于"子见南子"的富有戏剧意味,这些年来不仅没有被人遗忘,反而被采作广泛的文艺题材。它不但曾在舞台上演出,也[被]写成历史小品,甚至外国作家如日本著名文学家谷崎润一郎也把它创作为小说《麒麟》(田汉译),并且银幕上的孔夫子似乎也没有放过这一有趣的"插曲"。

这些都只能算作"闲话"。归根结底,问题的中心戳穿了,骨子里不过是儒家重男轻女的妇女观在背后作祟。

所谓儒家的妇女观是产生于自然经济的基础上而服役于宗法社会男权中心的生殖本位的一种典型思想——一种蔑视女性的思想。

儒家的妇女观有四种表现:(1)男尊女卑是自然现象;(2)男女有别,"夫为妻纲";(3)妇女是男子的附属品;(4)女子应该守在家内。最后结论:"所有儒家的妇女观实可以拿一句话来包含,那就是出于孔子之口而成为后世文人常常引用的话:'惟女子与小人为难养也,近之则不孙,远之则怨。'"

"子见南子"的历来注释家之说,犹如舞台上的生、旦、净、末、丑,踩着不同的节奏,舒展身手,各显其能。丁景唐便是年轻有为的这场戏的导演,最后挖掘其根源——儒家蔑视女性的妇女观。丁景唐明知权威之言不容侵犯,但是他依然坚持学术为本,走近历史真相,逐一梳理,正本清源,澄清史实。

此文搜集材料之翔实、思辨能力之强、逻辑思维之清晰、点评之到位、任意穿越时空之潇洒,颇有天马行空之气势,堪称丁景唐就读大学时的一篇考据范文,奋勇跃上一个新台阶。

此文被列入这期《女声》的"读书随感录",编辑写的《先声》点评道:"乐未央是一个广读中国古典诗书的作者,但他绝不是一位'秀才',他能用现代的脑子去阅读古代的书籍。许多人读过'四书'知道'子见南山'的圣人逸事,望爱好古典的读者注意这篇文章。"

以上两篇文章都谈及儒家蔑视女性的妇女观,丁景唐意犹未尽,另写了述评之文《"不祥"与"祸水"》(《女声》第2卷第6期)。

> 酷苛的袭习对于"被侮辱与被损害"的女性,除了使她们肩受了黑暗家族制度的迫害以外,还得承负一切加诸身的"不祥"罪名,而被轻蔑地冠以"祸水"的谑衔,在史籍上非但是"世不绝书",且也"时引为戒"的。

此文体现了中西贯通的思维,不仅引用《左传》《列女传》《汉书》《中庸》的言论和事例,还举出西洋名人叔本华的《论女人》、亚里士多德的《政治学》中关于"女人是祸水"的言论。中外事例说明"女祸"的顽固、腐朽观念和偏见是中外的共性,其根源是不公平的男女对立社会,这是阶级社会存在的一种普遍现象,特别是男尊女卑的中国,腐朽没落的封建思想根深蒂固于人们的潜意识中。此文也是借古喻今,暗喻重庆国民党竭力阻扰"女子参政"。

二、"出妻"悲剧,溯源掘根

丁景唐就读沪江大学中文系时,选修黄云眉教授的诗选(陆游的《剑南诗钞》)、戏曲选(孔尚任的《桃花扇》)。显然,陆游的诗歌及其生平引起丁景唐的浓厚兴趣,将此列入自研的"妇女与文学"课题中。此后,撰写了《陆放翁出妻事迹考——关于一个被迫于母遣去爱妻的悲剧》,连载于《女声》第2卷第4、6期(1943年8月15日、10月15日)。

对于"陆放翁休妻",先要确认其妻唐氏是否为后人杜撰的。历来众说纷纭,丁景唐以海宁吴骞纂《拜经楼诗话》之说为例,逐一剖析,旁征博引,叙述详尽。接着,又换了一个角度,引用袁枚的《随园诗话》、周密的《齐东野语》和周作人的《夜读抄》、黄逸之的《陆游诗选·序文》等,求证"陆放翁休妻"一事,也牵涉到陆游的词《钗头凤》及幽会的沈园。最后写道:

> 我忽然想到唐氏代表了千万位有才干的女性,被摧残着,想到她的婆婆却代表了宗法社会传统的权威,一种对媳妇生死予夺的权威,于是又想到陆游的几首姑恶诗。
>
> …………
>
> 夜阑人静,流泊异乡的诗人听了这首姑恶诗,一段少年时被迫出妻的往事浮上心来,身处悲剧中的他对于"姑恶"自有一番深沉的感慨,于是也作了三首姑恶诗,而自注"夜闻姑恶诗,虽非《禽言》而意特悲凉",并非没有因头。今借此作本文的结束……

传说有个妇人,受婆婆虐待,死后化为姑恶鸟,常常"姑恶""姑恶"地鸣叫不休。苏轼《五禽言·咏姑恶》自注:"姑恶,水鸟也。俗云妇以姑虐死,故其声云。"陆游写有14首姑恶诗,有的学者认为都是感于前妻唐氏被逐;有的学者认为这些姑恶诗的思想主题并非单一,既有爱国情怀的体现,也有用姑恶鸟的哀鸣声进行感情环境的渲染。丁景唐最后引用陆游写的三首姑恶诗,旨在说明陆游"一段少年时被迫出妻的往事"。

此文考据详尽,在某种程度上超过了《从"子见南子"谈到儒家的妇女观》,其他方面则略逊一筹。但是,丁景唐"私心偏爱"此文,收入《犹恋风流纸墨香——六十年文集》(上海文艺出版社,2004年1月)。

> 记得在第六期本刊上发表过乐无恙君的《出妻事迹考》,后来美华戏院又演出了《钗头凤》。在《钗头凤》的上演中每天都是客满,并且,为着同情那位少妇的遭遇,观众竟有许多在剧场中流下眼泪的。这证明中国妇女一向在婚姻史上演着悲剧,这种悲剧到现在还博得人们的同情和关心。为着使读者更多知道在"家法条条不殉情"的旧礼之下,有多少个被出的妻子和冤屈的妇女们,我们现在又刊载一篇乐无恙先生的《出妻史话》,这篇文章作者是根据了很多史册的记载而写的。

连载《出妻史话》(《女声》第2卷第8、9期)时,编辑在《先声》中点评了丁景唐的《陆放翁出妻事迹考》,恰巧上演《钗头凤》,让编辑更为开心。

陆游的词《钗头凤》流传甚广,多次被改编搬上舞台,荀慧生主演的京戏《钗头凤》影响很大,后有香港粤剧电影《钗头凤》。1943年秋美华戏院演出的话剧《钗头凤》,由魏于潜编剧,朱瑞钧导演,蒋天流主演唐氏,吴漾、苏丹分别扮演少年、老年陆游。各家报刊纷纷报载讯息和点评,但未谈丁景唐的《陆放翁出妻事迹考》中有与该剧相似的结论,即"唐氏代表了千万位有才干的女性,被摧残着","她的婆婆却代表了宗法社会传统的权威"。

于是丁景唐续写了《出妻史话》:

> "出妻"是中国历史舞台——封建剧场上所演出许多凄惨欲绝剧目中的一项特殊插曲。和在其他的封建惨剧中的角色一样,妇女再度串扮了被损害与被侮辱的一员。
>
> 揭开历史舞台的帷幕,第一出被编排成的节目,似乎是老天有意和后世圣贤的偶像崇拜者开玩笑,站在舞台上的不是那个——套一句旧小说中的写法——"俺乃孔丘是也!"
>
> ……………
>
> 满口忠孝、仁义、廉耻,举措道貌岸然,行必奉礼的圣贤君子,揭穿了来看,却原来还是二千余年前任意出妻的"始(?)作俑者"。
>
> 这是历史的揶揄!
>
> 于是也就不免引起一班"圣贤之徒"们来替其掩迹辩护,混淆真相。此犹舞台之需

插科打诨以博观众一笑,我们历史上尤不乏这种作风的"帮忙"人物。

有一种《孔子家语》的伪书,它的序文中也提到孔氏三世出妻的"古迹",不过内中已换了"室":"自叔梁纥始出妻,及伯鱼亦出妻,至子思又出妻,故称孔氏三世出妻。"

替古人辩护的人,大都因为"热心"过分,常时不免有些"热昏",由于"热昏"失掉理智,也就管不到(或忘掉)别人也会拿它作把柄,"以子之矛攻子之盾"来反身还击,中国有句俗语"弄巧成拙"。

此文已经摆脱了详尽考据的文绉绉行文,驾驭杂文式"骏马",按照明快通晓的节奏,尖锐地批判"行必奉礼的圣贤君子",辛辣地讽刺"热昏"的卫道士。文章进一步揭示"出妻不但和婚丧一样具有一定的仪式,更附有'七出'的明文与法律化的规条",从而无情地撕下蒙在礼教上的温情面纱,显露出摧残人性的残酷本质。

可见时代的潮流也终没洗去封建的霉菌,从《大戴礼记》的"七出"而蜕变作民国的法律出现,时间已经过了千百余年,但旧制度的幽灵还是借尸还魂,在光天化日下高视阔步。在名义上,由"名正言顺"的出妻到"诉诸法律"的离婚,妇女似乎也挣得不少的地位。惟如绣花枕头,外表好看,里子草包,恐今日男权社会之下,尽管"七出"的条文不复存在,但女子是否实际上已脱离掉出妻这悲惨的罗网呢?

不!一千个、一万个不!!!

往昔的出妻不正是现今遗弃的前身吗?

这是一篇哀悼"被损害与被侮辱"的妇女的凄婉祭文,更是一篇愤怒声讨今昔"圣贤君子"的檄文,矛头直指借尸还魂的反动社会制度。

此长文选择了出妻的角度,无情揭开了血淋淋的"吃人"真相——在中国古代封建礼教"三纲五常""三从四德"强大舆论和"洗脑"控制下,加之历代法律的"野蛮"规定、官府强制执行等诸多因素,女性长期处于被压迫、被奴役的地位,成为封建伦理道德的自觉遵行者和殉道者。

文中列举了大量触目惊心的史实,也挖掘了部分社会制度和社会心理的根源。此文不仅无情地撕下古代圣贤先知孔子、孟子等伪君子的面具,鞭挞皇亲国戚和官府恃强凌弱的霸道行径,而且结合民国初期的法典,尖锐地指出:"旧制度的幽灵还是借尸还魂,在光天化日下高视阔步。"广大中国妇女依然无法摆脱现代版的出妻罗网——更多的是变换了形式,蒙上时髦的外包装,其核心更换为现代商品市场上的五花八门各种交易——灵与肉、权与钱、名与命的肮脏买卖。

鲁迅小说《祝福》的主人公祥林嫂是一个被封建思想束缚和压迫的典型,她自己也是造成她悲剧命运的帮凶。《出妻史话》则缺乏这方面的揭示和告诫,更多的是关注和深切同情妇女的悲惨命运,强烈抨击男子的特权——任意出妻,但未能进一步解剖"负情郎"的复杂心理和社会根源。

此长文与《陆放翁出妻事迹考——关于一个被迫于母遣去爱妻的悲剧》有内在联系,属于姊妹篇。前者是在历史纵向长河中去考察古代、民国初的出妻问题,后者则是"横切面",互为补充,相得益彰。但前者未与后者同时收入论文集《妇女与文学》(沪江书屋,1946年2月),原因之一是前者言辞犀利,可能会带来不良后果,只好作罢。

三、红叶情结,凄苦诗意

> 曾经有过一个时期,我爱过红叶。因为爱好红叶就连带地也爱看描写红叶的诗文,其中印象最深的恐怕要算是杜牧那首《山行》了。《山行》之所以一度引起我夙夜吟赏而留连于诗境的意象中,是由我那孤寂的性情维系着的。
>
> 在乡间,我很少[有]朋友,终年陪伴着我多病的身子[的]就是几箱破旧的古书,有的已经被蠹鱼啮为纸末,连字迹也都不大清晰了。在散佚的卷籍中我被一篇明人的《过枫林记》的散文所吸引了……

《红叶诗话》(《女声》第2卷第6期)以解读红叶的古典诗词为切入角度,叙述却是一波三折:欣赏—质疑—反思—顿悟。

此前,丁景唐抱着"冀求的是好胜与智慧"的心绪,探求历来赞美红叶的诗句。读得多了便有反思:"缺乏绿色素的残叶,为何要被人推崇咏哦呢?"丁景唐心里有答案,但是不便明说,只好淡淡地说:"也许是诗人故作多情,也许是人们生活在萧瑟的秋风下,需要鲜艳的颜色来排遣烦扰的生涯。"进一步挖掘哲理,指向那些病态的审美观念的持有者,"大抵染着爱华丽而厌恶淳朴的习气,喜爱侈乐的享受而厌倦平凡的耘耕"。这分明是鞭挞那些终日灯红酒绿的诸多达官贵人和堕落的文人。

由于上海沦陷区的恶劣环境,此文解读一些古典诗词时难以畅所欲言,提到的两首诗的作者锺人杰、张炎[2],他俩的政治背景非同寻常,《女声》编辑难道分辨不出此文的弦外之音吗?更有意思的是,《女声》刊登此文时,中间夹登丁景唐两首诗歌《向日葵》《雁》,其中《向日葵》被公认为上海沦陷区诗坛中的亮点。如此编排,以此诗映衬《红叶诗话》,不知读者是否能体会到其中"三昧"。

> 然而这出戏剧的"本事"却不是可以使人快意的。在未讲及红叶题诗的故事以前,假使先来考察一下产生红叶题诗故事的背景,就更可帮助我们去了解这实在是一件涂满着宫人血泪的悲剧,不过经过文人的改编成为喜剧罢了。

《红叶题诗的故事》(《女声》第2卷第7期)与《红叶诗话》为姊妹篇,开头提及《红叶诗话》,并说:"现在有一个机会让我另外再撰这篇涉及宫怨逸事的文章来补漏遗溯,是很高兴的。"

此文较早地有系统地搜集、梳理、归纳各种版本的红叶诗话的浪漫故事,抽丝剥茧,层次分明,注入现代意识,拒绝人云亦云。文章揭开红叶诗话的温情面纱:"喜作文章的文人就设身处地,把才子佳人的美满幻想放了进去,于是原本是一出道地的悲剧,一变而成才子配佳人大团圆的喜剧。而在红叶题诗的背后,封建魔王蹂躏女性的悲剧反给掩饰了起来。""大团圆"的审美情趣及其根底,鲁迅早已将其铸刻在国民劣根性的历史耻辱柱上。

红叶诗话曾广泛流传,至今仍然被"好事者"津津乐道,迎合市场经济大潮中出现的"三俗"(庸俗、低俗、媚俗)现象,给社会带来了诸多负面效应。但这些现代传播者热衷于"戏说"的"戏说",不想触及病根,生怕影响"流量"。他们不知道半个多世纪前已经有此文寻根溯源;也不如当年这期《女声》编辑的慧眼识人,认为丁景唐"是一个广读中国古典诗书的作者,但他绝不是一位'秀才',他能用现代的脑子去阅读古代的书籍"。

在众多的关于红叶题诗的记载中,倒还是戏曲中的叙述来得比较有些艺术的色彩,描写的技术也较优胜。《红叶记·韩许自叹》写愁困内宫的失宠者的对白,别有风趣。"(江头金桂,旦)……奴身沉在寂寞中,因春减玉容。正是姿容反被姿容误,又未知何日里见重瞳? 不能勾浑如春梦,奴家看将起来,倒不如民间丑妇苦乐相同,终身靠着田舍翁。(前腔,贴)听说罢,愁怀越重,多愁填我胸。好教我意懒心慵,一似鸳鸯在碧笼。云雨隔巫峰,襄王未知何日逢。怕遇东风。渐觉腰肢瘦损,罗带宽松,鸳衾日夜愁半空。"

以"一似鸳鸯在碧笼",来比喻不自由的宫人生活,这给人的印象很为明晰,而"怕遇东风"句更能传达出宫人在春花如锦,恼人天气中的愁怀,"倒不如民间丑妇,苦乐相同,终身靠着田舍翁",直截地道中了民间自由的生活比[判]了长期徒刑的宫中生涯要美满真实。

在各种文艺之作中,丁景唐青睐坊间戏曲《红叶记·韩许自叹》,大段引用。如果细细品味,会发现此对白包含了现代诗文写作的诸多艺术手段,较好地凸显人物的复杂心理、瞬变的情绪、冷热气氛、寂寞环境等一场人生悲剧的诸多特写镜头。

四、才女新词,澄清史实

《女声》第2卷第10、11期(1944年2月15日、3月15日)连载丁景唐的《朱淑真与元夕词》长文时,该刊编辑写的《先声》中说明:"因为元夕在即,我们又特约了乐无恙先生撰写了一篇与元夜有关的风趣的文章,使读者们读了之后有一段古旧的新年之感。这篇文章就是《朱淑真与元夕词》。这篇文章因篇幅过长,不能一期登完,现在[登]的是一部分,望读者仔细阅读,看我们古代的女性是多么缠绵而多情!"编辑不便点明此文的深刻含义,顺应刊物读者的需求说了"我们古代的女性是多么缠绵而多情"。

1944年1月24日除夕之夜,夜深人静,丁景唐心潮逐浪高,在灯下奋笔疾书:

这半年来,自己正也是"不长进",放着别的事不干,钻在故纸堆中做"书虫"。对于《生查子·元夕》词的作者朱淑真身世的凄凉与遭遇的坎坷,也产生了探究的兴趣——不,更确当地说,与其说是兴趣,毋宁谓是同情,以及因同情而引起的对摧残我们女作家的制度的愤懑。

正如被称作中国现代"圣人"的周豫才先生在《狂人日记》中以锐利的笔锋猛烈抨击旧制度的罪恶时所说的一般:"我翻开历史一查,这历史没有年代,歪歪斜斜的每页上都写着'仁义道德'几个字。我横竖睡不着,仔细看了半夜,才从字缝里看出字来,满本都写着两个字是'吃人'!"

在一页页过去了历史的记事册上,封建的魔鬼已吃掉和虐杀掉无数的男女。朱淑真,我们女性文学之花,和李清照同为中国妇女文学双璧的作家,也是如江海[里]的一滴,做了旧制度轮齿下的牺牲品!

朱淑真,号幽栖居士,籍贯身世历来说法不一。关于流传甚广的词作《生查子·元夕》究竟是朱淑真之作还是欧阳修写的,自明朝以来就有争论,延续至今。因此,撰写此文的"辩诬"难度很大,各种舆论压力也会随之而来,牵涉的问题很多,而且有不少是长期被推崇为权威之论。如果辩正之文稍有不慎,很容易陷入越理越乱的泥淖里,那么到头来还是一团乱麻,留下茶余饭后的话柄,随时会被奚落一番。

此前,丁景唐已经在《女声》上发表了《从"子见南子"谈到儒家的妇女观》,《朱淑真与元夕词》一文不仅延续了前文的初衷,为遭受几千年封建制度摧残的妇女,尤其是有才华的女词人,疾声呐喊,大胆挑战权威之见,并且颇有信心和胆略主动加入旷日持久的真伪纷争之中,敢于捅一下"马蜂窝",甘愿"引火烧身"。此文机敏地捕捉诸文的破绽,据理列事,层次清晰,娓娓道来。同时并非停留在学术考据层面上,而且直击关节要害,挖掘历来"好意"辩诬的心态和男尊女卑顽固观念的社会根源。

此文经过一番引经据典和详细剖析,运用了逻辑学的基本原理(同一律、排中律、矛盾律、因果律)进行质疑、分析、反证、举例,最后给予致命一击——"如果有人为了爱护朱淑真,热心替她辩诬,连带也否定了《生查子·元夕》词是朱淑真的作品,实在不是真心爱[护]她的人。因为《生查子·元夕》固可假定是欧阳修的作品,但《元夕》诗又如何来否定呢?'娇痴不怕人猜,和衣睡倒人怀'更如何来辩诬呢?"由此得出比较客观的结论:"《生查子·元夕》词是朱淑真的作品,而且是少女时代初恋的烙印,也是她一生的分水岭。"

初恋的悲剧终于开始了。

从暴风雨前的一声轰雷,礼教的电光粉碎了少男少女的热爱。男的受不住闲人的诱迫胁逼,为了一己的前途,不得不移学去赴试以避嫌,于是也不得不疏远了自己恋爱过的女郎。可是多情的女郎还不知底细,还热情地写了诗去贺他——《贺人移学东轩》。

但是男的胆怯,不敢回她,因此我们多情的女郎就只得"待封一罨伤心泪,寄与南楼薄幸人",暂将满腔热泪泄透到字里行间去,以春花秋月来抒写她的愁肠。

············

中间,我们该当插入这样的假定,即朱淑真写《生查子·元夕》的时期似应在这一苦闷彷徨的前后。但这一苦闷彷徨的期间很快就结束了,紧接而来的是断肠生涯的开始!

做父母的为了顾及女儿的日长惹事,以及顾虑旁人的恶言谣传,不得不急急忙忙替她随便嫁了个市井庸夫。并且由《断肠集》中的诗词推测,一定还嫁到远远的地方。

《舟行即事》的几首诗是最好的说明:"扁舟欲发意何如,回望乡关万里余。谁识此情肠断处,白云遥处有亲庐!满江流水万重波,未似幽怀别恨多。目断亲闱瞻不到,临风挥泪独悲歌。"思亲怀乡之情活跃纸上,如非亲身经历,何能发此一字一句的血肉之文?载着扁舟,远离了万里外的故乡和亲人,也再无机缘和自己的恋人(那位胆怯的年青人)重见。满江是浩瀚的流水,辽空是冉冉的白云,望断白云深处的远乡,就只有向着波涛临风挥泪来表露她的别恨。

············

也许就因为她这种倔强的举措,不顾习俗的束缚与凌受一切恶毒的唾咀,独自地脱离了夫家单居,过着以泪洗面、愁病相仍的非人生活。这简直是一种叛亲背道的行径,像一块岩石投入死静的湖水,汹涌的波浪惊骇了湖中的鱼虾似的激起了利箭般的毒舌,难堪的言辞混合着詈咒射放到我们的女词人的身上,也抛掷到她父母的身上。

正因为这样,当朱淑真寂寞孤苦地在病愁的交迫中走尽了短促的一生,到死之后,她的尸骨和一捆"劳什子"的作品也遭受投诸烈火的命运,化作了一缕灰尘。是故宛陵魏仲恭于其《〈断肠集〉序》中有云:"其死也,不能葬骨于地下,如青塚之可吊,并其诗为父母一火焚之。"在《西湖游览志》里也有相似的记述:"淑真抑郁不得志……报忐而死。父母复以佛法并其生平著作茶毗之。"

母家对已出嫁了的女儿死后还加以火葬,也许有难以说明的苦衷,恐怕再招惹旁人的攻讦,而借"佛法"为名,一方面给女儿一个超脱的洗涤,一方面随手烧灭她的诗词,省得在[她]死后还得凌受他人的恶意的指摘和辱骂。

丁景唐强调朱淑真"绝不是一位普通的多愁善病的女子,她有哀怨,也有愤激的与雄伟的气魄"。

例如在《苦热闻田夫语有感》[中]写:"日轮推火烧长空,正是六月三伏中。旱云万叠赤不雨,地裂河枯尘起风。农忧田亩死禾黍,车水救田无暂处。日长饥渴喉咙焦,汗血勤劳谁与语?播插耕耘功已足,尚愁秋晚无成熟。云霓不至空自忙,恨不抬头向天哭!寄语豪家轻薄儿,纶巾羽扇将何为。田中青稻半黄槁,安坐高堂知不知?"作者在诗句中发挥了崇高的同情,并指出坐安在农民的背脊上寄生者的逍遥自得。当饥馑的农人在赤地十里的田亩中挥洒汗血的炎夏时节,她也画绘下"赤日炎炎似火烧……公孙王子把扇摇"一般深刻的画面。

又如《春日亭上观鱼》:"春暖长江水正清,洋洋得意漾波生。非无欲透龙门志,只待新雷震一声!"可以瞥见朱淑真不凡的抱负,只是旧制度像铁栅水闸似的拦住了她的前途,纵使朱淑真有美好的理想、积极的人生观,凭着一个女子的孤单力量又怎样突破这一传统的铁闸,好让她像鲤鱼似的在洋洋的江浪中游跃!

所以她在《自责》中愤激地说道:"女子弄文诚可罪,那堪咏月更吟风。磨穿铁砚非吾事,绣折金针却有功。闷无消遣只看诗,又见诗中话别离。添得情怀转萧索,始知伶俐不如痴。"这是一种大胆的抗言,也是向旧教的挑战,无疑是针对着当时那批创议"女子无才便是德"的腐儒的谬说而发的。司马光这位宋朝的名儒不就说过如下的话:"今人或教女子以作歌诗,执俗乐,殊非所宜也。"(《家范》)

如今对于《生查子·元夕》依然争论不休,各不相让,但是从未有人提到此文,早已被淹没在浩瀚的文史故纸堆中,蒙上了厚厚的历史尘埃,甚为遗憾。

妹妹的一位朋友,知道我曾经在《女声》上写过几篇类似学术性的"大文章",有次跑到我家来找妹妹聊天,却碰上妹妹出外去了。于是这位顽皮的女孩子就向我嚷着:"你为什么不写些可爱的故事呢?"我被这突兀的问话弄得有些失措!"你!……""我是说你为什么老是写些老套的'古文',叫人看也看不大懂?"

这才弄清了,她是在以读者的立场向我贡献她的意见。她把我那些文章称作"古文",在习惯上是有些语病的,但无论如何她的话是值得尊重的,因为当我写作的时候,自己也曾有过同样的感觉。

"你说你不大懂?"我就问她。"唔。"她摇摇头,有意扮了个鬼脸,说:"真是山东人吃麦冬——一懂也勿懂!"我又愣住了,不知用怎样的话来打发她,可是妹妹"解"了我的"围",她捧着新出的《女声》正由门外进来呢!

在聆听了她友人的诉说以后,妹妹笑着打开《女声》来,指着铜板纸上的照片和编者按的字句[说]:"不是正巧吗?你就写个'人面桃花'的故事好啦!"

(《人面桃花及其他》)

丁景唐的妹妹丁训娴拿的《女声》大概是第2卷第11期(1944年3月15日),刊登了丁景唐的《朱淑真与元夕词》。

丁景唐发表的古典文学之作,在读者中引起反响,虽然一些女生不理解,但是《女声》编辑则是脸上有光彩,需要这类稿件。编辑在这期《余声》中说明:"歌青春先生因眼疾很久,不能为我们多多写作。现在眼疾已[痊]愈,又能替我们撰稿了,我们非常欣慰。"眼疾痊愈,心情大悦，信手拈来，以轻松的散文笔调谈天说地。丁景唐认为"人面桃花"的故事只是杜撰的浪漫小说，但也符合那个时代的审美情趣，寄托了人们的美好理想。

> 最后也让我提醒你，别以为我尽爱说些"煞风景"的话，"人面桃花"的故事虽则充满了诗意的画面、动人的情节，但这不过是几世纪前虚构的离奇"小说"，正如明朝孟称舜取了那故事的情节，撰了出《人面桃花》的传奇一样，只能算是舞台上的才子佳人的故事（世间何来有这么巧的"艳遇"）。
>
> 要是你不信，再让我来寻几首诗给你。先引一段和"人面不知何处去。桃花依旧笑春风"类似的佳作。赵嘏[的诗]："独上江楼思渺然，月光如水水如天。同来望月人何处？风景依稀似去年。"刘希夷的《白头吟》："今年花落颜色改，明年花开复谁在……年年岁岁花相似，岁岁年年人不同。"相传后来他舅父宋之问爱上后一联句，要想夺为己有，而外甥不允，竟致老羞成怒，闹出叫家仆将希夷用土囊压死的惨事。
>
> （《人面桃花及其他》）

稍后，丁景唐又续写了《美人迟暮》（《女声》第3卷第2期）。

> 有人说女人的人一生是一出悲剧，作为女人的美人，又何能例外。以美貌姿色取悦于男子的美人，临到人老珠黄的迟暮，也就难免色衰爱弛，见弃于人，遭受以泪洗面的厄运。班婕妤的《怨歌行》就是很好的例子："新裂齐纨素，皎洁如霜雪。裁为合欢扇，团团似明月。出入君怀袖，动摇微风发。常恐秋节至，凉风夺炎热。弃捐箧笥中，恩情中道绝。"

此文依然是采用穿越的手法，借古讽今。这期《女声》编辑已看出几分："辛夕照先生的《美人迟暮》虽是一篇轻松的杂文，好像只是为着少女们发一些牢骚，使人沉闷的时候当作消遣的文字，但是细读起来却是有着无限的意义。对于靠着肉体美而赚得光荣的悲哀女人是一篇很好的启示。摩登少女们该好好地看一下。"

> 女性的可悲倒并不在于美人迟暮，个人的见弃也不在于秋分迟暮、青春的消逝。世间最可悲痛的乃是同类的相残——乃是女性对于女性的嫉视与倾轧，乃是利用一己的美貌姿色来博取男子的"爱情"（?）而促成另一个女性的悲剧。其次可悲的就是有些女子被人操纵掌握，做了阴谋家策士们钩心斗角的"香饵"，还故作媚眼，暗送秋波，以冀博得主顾的青睐，历史上这类不自觉的女性是举不尽的。其实又何必去翻史籍，放眼看看目前的周遭就已足令人目眩，蔚为奇观了。

如果将美女被宠幸与迟暮失宠作为抗日战争时期忠与奸的一种象征，那么此文告诫的意味更为深长，毕竟此文发表已是1944年暮春，国内外形势已经开始转好，距离抗日战胜利只有一年多。

将《朱淑真与元夕词》与《人面桃花及其他》《美人迟暮》暂且放置在一起，首文是导读，指出妇女问题的历史根源,后两文则是延伸铺开的续文,借古讽今;首文显得大气、严谨、丝丝入扣,后两文则是恣意潇洒,娓娓道来,引人入胜。此三文互为补充,相得益彰。

五、江南春秋,穿越古今

《六朝的民歌(南方篇)》(《谷音》第1辑)在历史大背景中审读六朝的新乐府民歌——在中国古代文学史上占有重要地位。将其与《杏花·春雨·江南》《中秋谈月》两文放置在一起,以便介绍。

丁景唐的《六朝的民歌(南方篇)》写得比较匆忙,并且摘录了郑振铎编写的《中国俗文学史》中的一些材料,结合听朱维之教课时的体会,融会贯通,进行编写。其实,当时六朝的民歌还是一个比较新的课题,如果此文能够续写,那么会是一个不错的选题,可供后世进一步深入研究。[3]

《六朝的民歌(南方篇)》抓住历史大背景——"南北朝异民族对峙的新局面",江南世族"一方面沉湎于信道拜佛;一方面又荒淫酒色,喜作艳歌宫词。一方面清谈玄理,逃避现实,做着山水田园的美梦;一方面又炫博耀奇,类书数典,忙着为朝廷招隐了"。这时,"六朝的新乐府(民歌)举起了新兴的文艺旗帜,给腐朽垂灭的书写文学杀出了一条生路,从而又影响了六朝唯美浪漫的思潮"。

然而,此文谈论六朝的民歌,还停留在搜集、梳理、归纳的初级阶段,未寻根溯源,深入研究,分析六朝的民歌内在结构和规律,如乐府歌诗的两大构成因素声调和歌词等。

> 除了这一类纯粹歌颂爱的诗歌以外,吴声歌曲中又多哀情的歌曲,如"自从别欢来,何日不相思。常恐秋叶零,无复连条时"(《子夜秋歌》)、"懊恼奈何许。夜闻家中论,不得侬与汝"(《懊侬曲》)、"不能久长离,中夜忆欢时,抱被空中啼"(《华山畿》)、"相送劳劳渚,长江不应满,是侬泪成许"(《华山畿》)。或刻画相思,或描画离愁,无不动人心弦。"长江不应满,是侬泪成许"两句设想得奥妙,比喻得自然,更是艺术作品中的异宝!
>
> 《子夜变歌》三首写失恋的苦闷,其中有一首将子夜赋予人格化的形象,一语双关,语言的运用尤为巧妙——"人传欢负情,我自未尝见。三更开门去,始知子夜变。岁月如流迈,春尽秋已至。荧荧条上花,零落何乃驶。岁月如流迈,行已及素秋。蟋蟀吟堂前,惆怅使侬愁。"对着似水年华的流逝,也无怪要"惆怅使侬愁"了。情感偏激一些的,就用泪水来解愁,[如]"啼着曙,泪落枕将浮,身沉被流去"(《华山畿》)、"啼相忆,泪如漏刻水,昼夜流不休"(《华山畿》);更甚一些的[如]"腹中如汤灌,肝肠寸寸断,教侬底聊赖"(《华山畿》)、"腹中如乱丝,愤愤适得去,愁毒已复来"(《华山畿》);竟至于想以自杀来结束生命,"恼懊不堪止,上床解腰绳,自经屏风里"(《华山畿》)。

《懊侬曲》和《华山畿》中的歌词确然有些"声过哀苦",语气变得急躁,反映了女性爱情生活阴暗的另一面。

尚有一点颇饶文学兴味的,这些美丽的民歌还包含着许多有趣的故事和神话,最著名的是《华山畿》(事见《古今乐录》)和《青溪小姑曲》(事见吴均《续齐谐记》)。

丁景唐鉴赏、点评这些民歌,三言两语,颇有心得,折射出他的审美情趣,融入他创作的诸多诗文。这是他写此文"无心插柳柳成荫"的另一个重要收获。

从另一个角度来看,《六朝的民歌(南方篇)》见证了丁景唐对于民歌研究的浓厚兴趣,他编写《怎样收集民歌》便是一个例证。加之其他因素,最终促成他的诗风转变。

春天原来[是]花的季节,而江南又是多雨的水乡。正如杜牧在《江南春》中所写的"千里莺啼绿映红,水村山郭酒旗风。南朝四百八十寺,多少楼台烟雨中",那种"千里莺啼绿映红""多少楼台烟雨中"的风光确是江南特有的景色。

《杏花·春雨·江南》(《女声》第3卷第12期)大半部分是引经据典述说杏花,似乎平淡无奇,其实为铺垫。

韦庄诗云:"霏微红雨杏花天。"陈简齐诗云:"客子光阴诗卷里,杏花消息雨声中。"[此二诗]最能写真杏花春雨的幽趣,可以算得和陆放翁的诗句"小楼一夜听春雨,深巷明朝卖杏花"有异曲同工之妙。江南的乡城,多的是长长弄巷,在雨中撑着伞,踏着石缝间绽放小草的路,假使无心间抬起头来瞧见一枝带雨的杏花斜倚在墙石上探出头,不就是叶靖逸诗中所描绘过的一幅素描吗——"春色满园关不住,一枝红杏出墙来。"

春雨润泽了杏花,而杏花又点缀了江南的春天。"红杏枝头春意闹",王国维曾谓着一"闹"字,意境自在,也可见杏花给人印象的美妙了。

此文是"顺口溜",历数关于杏花的诗篇,左右逢源,悠然自得。接着笔锋一转,将杏花与春雨、江南连成一幅江南诗画,别有一番深意。

等到"江南细雨又蒙蒙"的暮春,合是"细锦全机卸作茵"的落花时节了。是春雨湿润了春花,又是春雨带走了春花。用不同的心境来欣赏春花的盛衰、春雨的缥缈,也就唤起人们不同的感触。前人在"暮春三月,江南草长,杂花生树,群莺翻飞"的时候,会"见故国之旗旌,感平生于畴昔",而油然生起思江南的乡恋。亦宜乎我们的大诗人杜甫要在《春望》的诗篇[里]抒泄他的幽思了——"国破山河在,城春草木深。感时花溅泪,恨别鸟惊心。"春雨在这里已经失去了"小楼一夜听春雨"的幽趣,变得情调凄凉,意味深长,"别是一般滋味在心头"了。

要是你有着远隔千山万水的友人在遥遥的天涯外,在你徘徊吟诵杜甫的另一杰作《江南逢李龟年》——"岐王宅里寻常见,崔九堂前几度闻。正是江南好风景,落花时节又逢君",那时候你不也有太多的感动和思念吗?

无须捅破窗户纸,广大爱国读者深知杜甫的《春望》与《江南逢李龟年》的不同含义。三个月后,终于迎来抗战胜利的那一天,全国千万民众沸腾了,含泪感慨"国破山河在"的抗战,尽情欢呼,"正是江南好风景"。

丁景唐的散文《中秋谈月》(《女声》第 2 卷第 5 期)最后写道:

夜已深沉,可是今宵没有明月,连星星也藏了起来,而远处却飘来几声如诉如泣,[是]谁家流落街头的儿女的哀哭声?思绪已乱,因也胡诌了一首不像样的七绝,向读者献丑,以博一笑。

月照孤城不夜天,长空万里碧无烟。笙歌达旦庆佳节,门外苦儿更孰怜。

这期《女声》编辑在《先声》中写道:"秋在酷暑之后,而在严冬之前,有着不热不冷的天气,我对秋有特别的好感。'秋收冬藏'一句千字文,明明写出秋是人类[的]一个收获的季节,我对秋更不能漫视。可是,古[代]的诗人墨客,偏要对秋发生恶感,硬生生将秋形容得悲哀惨淡,这又何苦来呢?"丁景唐此文偏偏与编辑的旨意大唱反调,先扬后抑,开头以鉴赏古代诗人名作的口吻出现,最后却穿越到上海沦陷后的现实生活中,还写了一首七绝,将今夕的悲苦哀愁情调融汇一体,而非一味陷入怀古的旋涡里。

如果读者细细回味此文所举的古代诗人名作,那么便会发现以古讽今的笔锋暗藏其中,特别是"何日平胡虏,良人罢远征"(李白《子夜秋歌》)、"有弟皆分散,无家问死生。寄书长不达,况乃未休兵"(杜甫《月夜忆舍弟》)等。同时,"商女不知亡国恨,隔江犹唱《后庭花》"(杜牧《泊秦淮》)与丁景唐自拟的七绝"笙歌达旦庆佳节,门外苦儿更孰怜"画面叠加起来。这些诗词展开的是一幅上海"孤岛"时期众多民众的苦难、怨恨、愁伤等国破家亡、妻离子散的苦难长卷,尽管蒙上了一层"中秋谈月"的薄纱,但是哪里还有花好月圆、良辰美景的踪影。

《六朝的民歌(南方篇)》《杏花·春雨·江南》《中秋谈月》写于不同时期,具有不同文体、内容和初衷,将其暂且归纳为"江南春秋"。

综上所述,至少可以得出如下一些看法:

其一,治学与现实斗争。

丁景唐发表的专题论文《〈诗经〉中反映的妇女生活·恋爱·婚姻》《从"子见南子"谈到儒家的妇女观》《陆放翁出妻事迹考——关于一个被迫于母遣去爱妻的悲剧》《朱淑真与元夕词》等,标志着他最初治学的成果。文章切入的角度是男尊女卑,由此追根溯源,正本清源,挖掘历史根源的孔孟之道,如同鲁迅将其铸刻在国民"劣根性"的历史耻辱柱上。丁景唐走上治学之途,选择"妇女与文学"作为课题,在上海沦陷的险恶环境中积极适应《女声》的特殊需求,采取以古讽今的方式,将历史与现实相结合。

丁景唐从不同角度列举了大量触目惊心的史实,挖掘社会制度和社会心理的根源。不仅无情地撕下古代圣贤的面具,鞭挞皇亲国戚和官府恃强凌弱的霸道行径,而且结合民国初期的法典,尖锐地指出:"旧制度的幽灵还是借尸还魂,在光天化日下高视阔步。"广大中国妇女依然无法摆脱悲剧的命运,在商品市场上被迫做五花八门各种交易——灵与肉、权与钱、名与命的买卖。

丁景唐还引用中外事例说明广大妇女被诬为"女祸"的顽固、腐朽观念和偏见是中外的共性,其根源是"不公平的男女对立社会",这是阶级社会存在的一种普遍现象。

其二,治学的出色成果标志着丁景唐抽象思维的初步胜利,与他的形象思维的写作形成"双轮驱动",这是前所未有的可喜动向。

丁景唐读大学时,将博学导师的授课内容,融会贯通,化为己有,对于浩瀚古籍文献的感性认知逐渐上升为理性认识,凭借自己所理解的抽象概念,爬梳、归纳,在分析、综合、比较的基础上,先后挑选了《诗经》、秋瑾、陆游、朱淑真等作为首批治学对象。这些专题论文运用概念、判断、推理等思维形式,抓住了男尊女卑的本质,舍弃枝枝蔓蔓的非本质属性,初步体现了"科学的、合乎逻辑的抽象思维",显得大气、严谨,逐一剖析,旁征博引,评述详尽。

这些述评、散文反映了丁景唐的形象思维与抽象思维相结合,两者同样具有创造性,都是创造性思维的组成部分,互相依存。《"不祥"与"祸水"》《出妻史话》等列举一系列史实,抓住其鲜明的特征,伴随着形象、情感以及联想和想象,将原来专题论文中的术语、符号、理论、概念等抽象材料,化为"生动的直观"。这种形象思维能力的大小往往取决于丁景唐当时的审美水平。这种专题论文与述评、散文"双轮驱动"的现象,出现在丁景唐读大学期间。此后类似的情况也出现,不过没有这么集中,具有鲜明的特点。

其三,坚持独立思考,驳斥、责疑权威之言,提出新观点。

丁景唐在撰文过程中,爬梳名家杂说,厘清脉络,努力还原历史真相。他凭借青春的激情、无畏的勇气,以现代意识进行审视、诠释,大胆地挑战、质疑昔日权威论点,直言不讳地提出自己的新观点。

"子见南子"是一件"微妙而有趣的故事",众说纷纭,丁景唐的压力很大。他恪守学术道德,秉持学术良知,执着学习求知,不断提高认知水平,以严谨、科学的学术精神,大胆地挑战昔日注疏家的演绎之说,拒绝盲从,坚持独立思考,依理据情,条剖缕析,并把笔锋指向名流康有为等人。

其四,治学起点比较高,体现了学习成果。

1943年至1945年期间,丁景唐转学沪江大学、光华大学,一些博学导师讲授的精彩内容和精辟见解,特别是中西贯通的新思维,进一步促使丁景唐更新学习、写作、治学观念。

丁景唐的这些专题论文的质量比较高,一举打破了长期以来的各种权威之说的霸主地位,提出的一些新观点在当时属于首次,至今依然振聋发聩。同时,折射出他的审美情趣不断提升,融入他的各种写作活动。遗憾的是这些学术成果,至今大多鲜为人知,也无人问津。

以上14篇专题论文和述评、散文并未全部收入丁景唐的论文集《妇女与文学》,此书收入十篇文章:《妇女与文学》《她的一生——从民歌中看中国妇女的生活》《〈诗经〉中的妇女生活·恋爱·婚姻》《陆放翁出妻事迹考》《朱淑真与元夕词》《六朝的民歌(南方篇)》《诗人秋瑾》《孟姜女传说的演变》《祥林嫂——鲁迅作品中之女性研究之一》《新女性的典型创造》。这十篇文章的时间跨度很大,从古代穿越到20世纪,除了第一篇是简略综述,其他九篇文章中的六篇与古代诗歌、民谣有关,另外三篇是近现代的事情。其中《妇女与文学》《她的一生——从民歌中看中国妇女的生活》《陆放翁出妻事迹考》《诗人秋瑾》《祥林嫂——鲁迅作品中之女性研究之一》《新女性的典型创造》后来收入《犹恋风流纸墨香——六十年文集》(上海文艺出版社,2004年1月),其余文章均收入《丁景唐诗文集(1938—1949)》。

注释:

〔1〕汪静之,安徽绩溪人。早年与潘漠华、应修人、冯雪峰创立湖畔诗社,担任上海建设大学、安徽大学、暨南大学中文系教授,商务印书馆特约编辑,后为复旦大学中文系教授、人民文学出版社编辑等。

〔2〕锺人杰,又名锺九,湖北崇阳人,秀才,家贫,以教书为业。他为人耿直,不畏强暴。1842年,他与陈宝铭等率领3 000多人,攻入县城,开仓济贫,破狱纵囚,杀知县,被拥为勤王大元帅。几个月后战败被俘,就义于北京。

张炎,字叔夏,号玉田,晚年号乐笑翁。其六世祖张俊为宋朝著名将领。其父张枢为"西湖吟社"重要成员,妙解音律,与著名词人周密相交。宋亡后,家道中落,晚年漂泊落拓。著有《山中白云词》,存词约30首。张炎撰写了中国最早的词论专著《词源》,总结了宋末雅词一派的主要艺术思想与成就。《绮罗香·红叶》大约作于元武宗至元二十七年(1290)冬。其时张炎年43岁,应元政府写经之召而被迫北行。行至大都(今北京),张炎感伤亡国之情顿上心头,遂借眼前之红叶抒发其漂浮不定的身世和忠贞爱国的情操。

〔3〕当时,萧涤非已经撰写《汉魏六朝乐府文学史》,出版于1943年。第五编"南朝乐府"的内容有:论南朝新乐府发达之原因、南朝前期之民间乐府、南朝后期之文人乐府、汉乐府大作家鲍照。第六编"北朝乐府"的内容有:北朝民间乐府、北朝文人乐府、南北朝乐府之比较观、隋乐府。

诗文"伯乐"寓心声,犹恋风流纸墨香
——丁景唐与关露亦师亦友

丁景唐与关露亦师亦友。此话题有很大的拓展空间和研究价值,过去仅仅满足于扫描性的介绍,浅尝辄止,缺乏必要的广度、深度和高度。本文试图从不同角度观审,做了一些探讨和延伸,包括关露秘密从事地下党工作时的心态、关露甘当丁景唐诗文伯乐的诸多原因、关露点评《星底梦》、丁景唐与关露借题发挥的论争等,引用了关露的不少诗文加以印证,旨在抛砖引玉。

关露是一位外柔内刚的奇女子、才华横溢的女作家、忠诚的共产党员、富有传奇色彩的红色特工。"戎马从来喜战场,驰驱不为世留芳。文章兴祸成冤狱,犹恋风流纸墨香。"(《盼望写作》)这是关露的遗诗之一,寓意丰富,余音绕梁,引起丁景唐的强烈共鸣,特别是"犹恋风流纸墨香",丁景唐将其作为自己文集的书名,以示自勉,更是对关露表示极大的敬意,深情缅怀。

丁景唐多次在回忆文章中谈起关露,说她是一位可敬可亲可爱的文坛名家、编辑老师(伯乐),以及一位值得敬佩的有特殊使命的地下党员。丁景唐晚年还写了专题文章《关露同志与〈女声〉》《记一九四三年关露约我到她住处的一次会见》。

初进编辑部

我替一位友人去《女声》社领过一笔稿费,而我的学校离当时的《女声》社只不过一条马路。于是我也在旧稿堆中挑择出一首诗寄到《女声》社去碰碰"命运",这就是那首《敏子,你还正年青》的诗。(丁景唐《我的自省》)

其实,丁景唐并非以诗人的角色敲开《女声》大门,而是以发表的第一篇小说《三男跟一女——一个女学生的手记》(第1卷第8期)。

丁景唐代人领取稿费,前去香港路117号《女声》编辑部。那时,他已经从东吴大学转学沪江大学社会系二年级,在圆明园路209号真光大楼上课。圆明园路背后是虎丘路,中间一条小马路便是香港路,其中59号为上海银行公会大楼,两年前(1940年12月)丁景唐、王汉玉在此举办婚礼。香港路117号后面便是丁景唐曾就读的青年会中学,丁景唐很熟悉那里。

丁景唐第一次去《女声》编辑部,不知是否遇见日本女作家左俊芝、编辑关露。丁景唐替一位友人去那里领一笔稿费,友人大概是光华大学同学锺恕,曾与其爱人王涵钟编辑《海沫》,后为《新少年报》总编、中央人民广播电台少年部主任。她曾投稿给《女声》,得以发表。

丁景唐回忆说:

> "微萍",原是我的战友锺恕的笔名。1941年,她编学生刊物《海沫》时,曾写过长篇小说《密斯脱罗贵福》(未完)。她是我们中间小说写得最好的一位同志。1941年12月8日后,她曾为《万象》写过小说。我们在向《女声》投稿之前,先由她用"微萍"的笔名写了一篇小说《春色的恋》,试探该刊是否采用外稿。《春色的恋》隔期(第1卷第6期,1942年10月15日)就刊出了。于是,我也借用"微萍"的笔名写了小说《三男跟一女——一个女学生的手记》,也在《女声》第1卷第8期上刊出,时间是1942年12月15日。以后其他党员也用笔名分散投稿,很快刊出。1949年后,了解到别的系统的地下党员也曾向《女声》投稿,发表过不少作品。   (《谈谈我的笔名及其他》)

关露原名胡寿楣,又名胡楣,祖籍河北宣化,生于山西,幼年丧父,母亲对她管教很严格。

关露早年考入南京中央大学文学系,后赴上海谋生。1932年参与发起中华妇女解放促进会,并加入"左联",担任党的地下交通员。1936年参加上海抗日救亡协会(后改称"救国会"),曾任理事。1937年曾与诗人王亚平编辑诗刊《高射炮》。1930年初,关露发表第一篇短篇小说《她的故乡》。她写作勤奋,成为20世纪30年代著名作家,与潘柳黛、张爱玲、苏青并称为"民国四大才女",关于她的各种报道很多。[1] 1937年卢沟桥事变爆发后,关露撰写了很多抗日救亡诗歌,以及散文、杂文、译文、连载小说等,发表于沈兹九主编的《妇女生活》等报刊。

那时关露住在拉都路(今襄阳路)龙德村,她的妹妹胡绣枫住在西爱咸斯路(今永嘉路)慎成里,她几乎每天都到妹妹家里,与如约而至的地下党员接头。1939年准备撤离上海的德国人王安娜把刘少文介绍给关露。刘少文曾任远东局翻译、中共中央秘书处翻译科科长等职,1930年8月下旬,瞿秋白从苏联返回上海时曾暂住他那里。抗战时期,刘少文接替潘汉年担任八路军驻上海办事处主任(负责"文委"的上层统战关系)等。此后,关露接受秘密任务时,潘汉年强调指出:"千万要注意,你在那里要多用眼睛和耳朵,少用嘴巴。"并再三告诫,"今后要有人说你是汉奸,你可不能辩护,要辩护,就糟了。"(胡绣枫《回忆的我的姐姐关露》)

关露设法打入上海沪西极司菲尔路(今万航渡路)76号魔窟汪伪机关,从事极其危险的秘密工作,由此走上了红色特工之途,成为她一生命运的转折点。她机智勇敢、冷静果断、巧妙周旋,获取各种情报,出色地完成上级交给的任务。同时,惊恐、痛苦、焦虑、无奈如同阴霾一直追随着她,其中酸甜苦辣,她深深地埋在心底,无法透露和辩解。她长期独身一人,一无所有,最后只剩下无可依偎的孤苦心灵。21世纪,根据麦家同名小说改编拍摄的电影《风声》中,女特工顾晓梦的原型便是关露。关露曾写恋情小说《终究没有吃安眠药》(《妇女生活》第1卷第2期,1935年8月1日),多年后她终究还是吃了一把安眠药,安静地离世。她哪里料到几十年后热映的电影《风声》,其中依稀晃动着她昔日的身影。

当初关露接受党组织的安排,进入《女声》编辑部,这是她的公开身份,以掩护从事党的秘密工作,产生了许多感人的事迹,以及惊心动魄的遭遇。关露晚年曾向友人叙述,但是讲完后,双方沉默,因为许多事情都是不能诉诸笔墨,见诸报章的。(沈凯《关露形象》)1943年8月,关露作为华中代表之一参加了在日本东京召开的第二届"大东亚文学者代表大会",利用开会的机会,为党做了大量情报工作。但是,此事经报刊连篇累牍地报道,她成了人所皆知的"文化汉奸"(而且各种后续消息漫天飞,严重损伤了关露的心灵),昔日的诗友许幸之、锡金等断绝了与她来往。关露严守地下党的组织纪律,一直保持沉默。她晚年时吟诗道:"云沉日落雁声哀,疑有惊风暴雨来。换得江山春色好,丹心不怯断头台。"(《秋夜》)

根据党组织"隐蔽精干,长期埋伏,积蓄力量,以待时机"的方针,遵循周恩来的指示"勤业、勤学、交朋友",丁景唐等地下党员坚守在上海沦陷区。丁景唐回忆:

> 在党内,这一时期在学生部门工作,先后领导我的有李琦涛(1942年—1943年初,对外文委工作)、俞正平(1942年秋—1944年夏,李领导时,俞是我们的小组长,以后李不来,由俞领导,教育局工作)、金同志(1944年秋冬,1956年是电业局党委办公室主任)、吴学谦(1944年底—1945年春,中联部工作)、金瓯卜(1945年春—1946年2月)。
>
> 1942年秋,李、俞领导时,曾希望我们原来搞学生刊物工作的党员可以向敌伪刊物投稿,要有些意义,注意不要暴露。李曾说过《女声》编辑关露原来是"进步文人",要我们向《女声》投稿,试试是否录用外稿。我就猜测关露可能是地下党员……
>
> 我在李布置后,就要我领导的钟恕和陈绬(上海化工专科学校工作)向《女声》投稿。钟用"微萍"的笔名写了《青色的恋》(1942年10月),陈用"罗纹"的笔名写了《知识女子心目中的理想对象》(1942年11月)。我和郭明(之江大学学生,1950年病故)也借用"微萍"的笔名写了《三男跟一女——一个女学生手记》(1942年12月)和《寒窗琐语忆之江》,也陆续刊出。
>
> 前三文登出时,都在李琦涛领导期间,李是知道的。以后,我和我领导的党员陆续去投稿,领导我的几位领导人一般也是知道的。不过我没有向他们作过详细的汇报,他们也没有对这方面问题作过详细的检查。

丁景唐以"散兵作战"的方式投稿给《女声》(事后才知道也有其他地下党员分别投稿),以笔做刀枪,并与地下党员关露形成一种默契,互不打听对方底细,从而形成一个上海沦陷时期的奇特现象——日本方面出资的《女声》半月刊,竟然由两个中共地下党员一投一编,互相配合,悄然将《女声》作为曲笔著文的阵地之一。即使后来关露被戴上"文化汉奸"的可怕帽子,默默忍受孤独、枯寂、凄苦,丁景唐等人依然毫不顾忌,继续投稿,发布自己的声音。不妨将此事视为另一种版本的"无间道",其中有大量鲜为人知的故事,可惜无人将其写入文艺作品,作为那个非常时期的一个生动的注脚。丁景唐晚年写道:"回顾敌占区的地下工作,我们以极大的敬意深深地怀念关露同志。她是1932年入党,在1940年接受党的决定深入敌阵,做出特殊贡献的著名左翼女诗人。她凭着非凡的眼力,选用了不少年轻共产党员的稿件。"(《关露同志与〈女声〉》)

"春天里来百花香,郎里格朗里格朗里格朗,和暖的太阳在天空照,照到了我的破衣裳……向前进,莫彷徨,黑暗尽处有曙光。"此为关露作词、贺绿汀作曲的《春天里》歌词。1937年沈西苓拍摄电影《十字街头》,22岁的赵丹、17岁的白杨主演。赵丹唱着主题曲《春天里》出现在银幕上,立即获得广大观众的青睐。此歌曲节奏明快,充满了青春活力,流传甚广。

那时丁景唐还是高中生,六年后,他在《女声》发表第四首诗《当春天蜇近我的身旁》:"我把手插在腰际,/在三月的街头打着呼哨:/'春天里来百花香……'"在上海沦陷时期的诗坛弥漫着消沉、萎靡的气氛,此诗以"一种清新和明澈的风格",让《女声》编辑关露眼前一亮,而且此诗里叠加着赵丹的青春身影——"手插在腰际","打着呼哨",更是激起关露心底的强烈共鸣。正如她后来评价《星底梦》时说道:"好像在一片黑寂的大海里看见一只有灯的渔船一样……星星的光虽然不强,仍然能够把宇宙照亮。"此最后点评之言与《当春天蜇近我的身旁》中的诗句"三月的太阳,/给宇宙涂层明亮的光彩",具有异曲同工之妙。此诗加深了丁景唐给予关露的印象,此后双方逐渐熟悉。左俊芝、关露称他为"歌诗人",但从不过问他的真实姓名,双方心照不宣。

不"争"不相识

丁景唐与关露曾有一场借题发挥的论争,并未实质性地激烈论争,各自坚持述说了自己的见解。现在再重温一番,饶有趣味。

关露担任《女声》编辑工作相当繁杂,还要撰写散文、小说、诗歌和各种评述以各种笔名在该刊上发表,其中有《中国妇女求学问题》《青年妇女的缺点》《唐代的宫闱才人——江采苹》《中国的女圣人曹大家》《怎样做一个新妇女》《一个伟大的妇人——武则天》《结婚以后的妇女与社会的关系》《从娼妓说起》《贞操与恋爱之上》《托尔斯泰宗教艺术与妇女》等一组系列文章,已经牵涉到妇女与文学的问题。关露进一步撰写了《从关于女性的文艺讲到妇女》一文,发表于《女声》第1卷第12期(1943年4月15日),署名芳君,主要谈了三个问题:文艺对于妇女的关系、妇女如何从事创作、妇女如何开展自己的文艺活动。

此文的理论武器依然是关露曾在"左联"接触过的文艺工具论,主要体现在该文述说的第一个问题"文艺对于妇女的关系"上,毫不犹豫地指出"文艺是在许多解决社会问题的工具里的一种很好的工具"。同时强调,只有亲身经历苦难和折磨的妇女才有资格去创作反映妇女现实生活的文艺作品。这是一种片面的主体论。昔日"左联"倡导大众文学时,有的论者强调劳动大众自己写自己的生活——无形中排斥了小知识分子作家("左联"的大部分成员),关露旧话重提,将大众改为妇女,演绎一番。在此大前提下,简述后面两个问题。

对于妇女与文学的理论探讨,关露撰写此文时就感到很棘手。如果分开谈妇女与文学,这不是一篇文章的容量所能承受的,因此只能泛泛而谈。关露写完后发觉"写得太简单了,有些地方也很草率"。这也反证了丁景唐研究妇女与文学的课题,并非易事。

关露此文引起丁景唐的思索,认为其中有些表述不妥,便写了《妇女与文学——〈从关于女性的文艺讲到妇女〉读后》(《女声》第2卷第3期,1943年7月15日):

几个月以前,当我读到了关露女士的《从关于女性的文艺讲到妇女》后,就预备写一篇《妇女与文学》的文章,后来忙着别事就搁了下来,可是抽空也随手写了些,觉得还有些"不尽雷同"的意见,于是又继写了些,现在好容易总算完篇,寄与《女声》,以敢求征于关露女士和读者诸君。

妇女与文学关系的密切是一件显而易见的事实,一方面妇女的本身对于文学作品供给了不少的题材,[另]一方面妇女也在文学部门中产生了一些作家。

此文后删除副标题,以及开头第一大段,并略作修改,作为首篇收入《妇女与文学》。丁景唐晚年再次审读时批阅:"此文系与关露商榷,她收到文后,约我到她家面谈,说并无分歧。"

那时丁景唐已转学到沪江大学中文系三年级,开始治学之路,起初重点恰好是古典文学与妇女关系的探讨和研究,他已经掌握了大量的素材,具有独到见解。他在文章开头指出关露文章的不足之处,认为:"在文学史上女性作家之稀少和缺乏代表时代的作品,这也是生活上的事实,但不能因而得出妇女根本没有著作的才能,妇女根本不配从事文艺活动的结论而说妇女的能力生来就不及男子!"这是看了关露一文之后得出的印象即为一种推论,并非关露直接述说的原话和结论。

然后,丁景唐借题发挥,述说自己开始治学后的独到见解,最后得出四个结论:

(1)妇女文学这一奇葩异卉,虽然处在社会传统的势力和习俗的磐石下,却在暗地里默默成长起来。也许它生得不够茁壮,但总在向上,展开未来的灿烂的一页。

(2)我们历代女性作家的作品,也许有严重的缺陷,但人原不是生下就会走路的,[随着]量的开展,一定会提炼出质的精美。

(3)文学是生活的反映,从那些历代妇女的作品中也可给我们了解一些女性生活的实况及女性痛苦的生涯。

(4)在妇女很少受到教育机会的过去时代里,已产生了许多富有才华的女作家;如果将来妇女能获得社会的平等待遇,能受教育运用文字,那么她们的成就一定会更大,作品一定会更加优秀,称为作家的女性也一定会更多。

> "罗马非一日所成",历史也绝不是几个英雄所能创造成的。妇女文学的开展固[然]与妇女自觉起来争取幸福、挣脱传统的桎梏的问题有关,唯[有]提高和加强女性的自尊心和自信力,培养写作的技能更是当务之要。然而请也莫忘掉传统的围墙外尚有一民间妇女文学的宝藏!

这在很大程度上弥补了关露一文未能说清楚之处,是在帮助关露"补台",而不是"拆台"。

对此,机敏的关露心领神会,写信给丁景唐,认为丁文与她的意见没有什么不同,并邀约丁景唐到她家里一谈,以示重视此文的"补台"观点。丁景唐回忆说:

> 那是一个星期天,推算已是五月仲春或暮春。我家离关露住处约隔两条马路。关露居处原是王炳南和他德国夫人王安娜的家。这在王安娜写的《中国——我的第二故乡》中有记载。一九三八年,关露就住在他们家里。"孤岛"时期,王炳南离开上海,关露和王安娜住在一起。半年以后,王安娜也到大后方重庆去了,这房子就让给关露住。
>
> 龙德村为二层楼房,关露住在搭建的假三层,这是一种变相的阁楼。房子坐北朝南,朝南斜坡有四扇木窗,阳光可以直照室内。
>
> 我敲门后,关露来开门。进屋后,室内已有一对青年男女客人。假三层约十四平方米,床靠西,门旁有一留声机。最醒目的是床头那张蔡若虹(蔡继齐白石、徐悲鸿后任中国美协主席)绘的关露炭画像,比她本人漂亮。南边靠窗的斜坡下三把木椅围着一个矮圆桌,床边有一张旧沙发。关露为我们双方作了介绍,我记得女的姓杨,男的未记住。20世纪80年代我指导女儿丁言昭写《关露传》,根据我回忆的线索,她采访关露妹妹胡绣枫,才知道当年的小杨真名叫杨欧珍,后改名杨丰(曾任上海市中苏友协办公室主任、上海市园林管理局办公室主任);男青年是杨的朋友,他们后来结为夫妇。
>
> 当时通过关露介绍,我知道他们是关露的朋友,在太平洋印刷公司任职。大家略为寒暄后,关露挪一把椅子让我坐在她对面,就谈起了我那篇文章。她向我解释,我们对妇女与文学的看法并没有分歧。她打算先把我的文章编发,然后她续写一篇文章,再作说明。
>
> 关露的普通话说得特别悦耳,我则用带着浓重宁波口音的上海话和她交谈。关露是负责特殊任务的"老"共产党员,我是有着五年党龄的年轻地下工作者,当时彼此都不知晓,这都是1949年后才知道的。我从未把关露视作"文化汉奸",而是把她当作我姑妈与姨妈一类的知识分子。当时谈话是编辑与作者平等商量稿件。后来关露问了我一些中文系课程,她也说起她曾在中央大学念过中文系,聊谈中她问起我最近写些什么,鼓励我继续为《女声》写稿。
>
> 见面约半小时后,我起身告辞。

关露住在拉都路(今襄阳南路)、辣斐德路(今复兴中路)的龙德村,与丁景唐的慎成里住处仅相隔两条马路。丁景唐是24岁的沪江大学学生,在中共"学委"负责宣传调研工作。关露比丁景唐年长十几岁,已经是有名的女诗人、作家、编辑,具有丰富的地下党工作经验。文中提及的王炳南,后为外交部副部长、人民对外友好协会会长等。关露不幸离世后,文化部和作协召开悼念关露的座谈会,夏衍、王炳南等人谈了许多关于关露的情况,令人感慨不已。

关露与丁景唐约谈之后,果然编发了丁景唐的文章,并且在赴日本开会之前,赶写了答复文章《再论女性的文艺跟妇女》(《女声》第2卷第5期),署名芳君。

> 辛夕照先生因为读过了《女声》十二期里的拙作《从关于女性的文艺讲到妇女》,觉着在本文里有与他的意见"不尽雷同"的地方,于是他就写了这篇《妇女与文学》。现在我读过了他写的文章,我并不觉得他的意见与我有"不尽雷同"的地方,于是我想到他说"不尽雷同"的这句话是对我的文章发生了误解,因此奴家不免要在这里申述一番,以释怅然!

关露在赴日本参加第二届"大东亚文学者大会"之前仓促写成答复之文,不吐不快,体现了自我洗刷一番的迫切心情。毕竟她是新女性作家代表之一,更有必要为女性作家及其作品长期以来处于弱势地位说几句心里话。此文有几个鲜明特点:

其一,诚恳地检讨自己,坦陈自己首篇文章"非常潦草","不免含糊其辞",而且"不善写这样大题目的文章"。该文列举了"一些悲观的证据",未能进一步指出历史、社会的根源,造成丁景唐的误解,但是否认该文存在丁景唐所批评的"妇女根本没有著作才能"之说。关露的这番坦陈让人肃然起敬,以她的资历、创作水平和文坛地位,且时任《女声》编辑,掌握作者来稿生死予夺的权力,她完全可以仗势欺人、强词夺理,但是,关露依然礼下贤士,始终保持谦谦君子之风度,与作者平等对话。

其二,关露敏感地察觉到丁景唐借题发挥之意,于是提出"挽救妇女与文学之间的这么一种危亡的命运"的两条建议:一是要认识、把握"现实当中的某些问题的关键",二是要具备"创作的大胆与魄力"。

其三,关露在该文中并未牵涉到敏感的政治问题,只是提出"要解决自身的问题","先得培植自己的技能,技能就是工具"。这是重复第一篇文章的观点,似乎又回到了"五四"时期"娜拉出走后"的老问题,必须先解决经济独立和自我生存的问题。

其四,关露也是借题发挥,进一步提出两条建议:一是女性作家的综合素质亟待提高,才能认识、把握现实社会发展的潮流;二是女性作家的创作魄力,包括个性化的创新道路,顺应文学创作发展趋势,与时俱进。这两条建议高瞻远瞩,具有战略性意义,至今仍然是中国文坛必须面临的现实问题。

其五,关露肩负秘密使命,她的一切言行举止必须采取韬光养晦的策略,行文小心谨慎,以免留下把柄,带来严重后果,对外始终保持一个不懂政治的小资产阶级知识女性的形象,但也有出格言论。关露的两篇文章先后提及抗日战争给中国广大妇女带来的饥饿与恐慌,公开谈论高尔基的作品和精辟见解,甚至赞赏丁景唐一文,持有"进步的唯物论者"之言,"这种见解是正确的而无疵的"。不知这是关露的偶然疏忽,还是故意为之。

从以上双方论争的文章来审看,有一点需要说明——当时对于"文艺"与"文学"的两个概念,有时为了图省事而简单化,并非时时严格区分,甚至有时互相取代,众多读者也并不计较。关露和丁景唐的文章都未在此术语问题上较真。

有意思的是丁景唐一文把关露归入出名的现代女性作家之列,而且本文开头直呼关露,并不是称她为"芳君"(发表时的笔名)。关露很大度,不仅刊登此文,还对此文四周加以花线围框,以示重要。关露答复一文还是称对方为"辛夕照先生",并未直呼"歌青春",而且还俏皮地写道:"奴家不免要在这里申述一番,以释怅然!"这无疑冲淡了论争的严肃气氛,犹如姐弟俩的公开谈话和商榷,坦坦荡荡,毫无遮掩。

现在回想起来,关露和丁景唐都应该互相感谢对方。他们根据各自所掌握的材料、创作经验和独到见解,分别作了一次阶段性的概括小结,袒露了心迹,留下了珍贵的第一手资料。但是,各种版本的关露传记和有关研究专论或者不提关露与丁景唐论争一事,或者一笔带过,从未深入探究、叙述一番,留下遗憾的空白。

也许世人无暇查找昔日《女声》,也许根本不感兴趣,而只是把焦点对着关露肩负秘密使命、打入敌阵的传奇故事,一些改编的影视剧本也只是发挥丰富联想而已。显然,如果要走近真实的关露,那么必须花费大量的时间和精力,长期枯坐冷板凳,甘愿忍受寂寞和清贫,并非喝咖啡、侃大山、敲键盘、只图赚取"流量"所能轻易解决的。

再次访见关露等

丁景唐署名"歌青春"的诗作接连在《女声》上发表,引起许多读者的关注和好奇,《女声》编辑公开约请"歌青春"答辩,丁景唐诚惶诚恐。

> 在无可奈何之中,我便怀着一颗惶然忐忑的心跑到《女声》社去访关露先生,我向她陈述了我的窘讶,承蒙她给予我不少的鼓励与珍贵的指点。"对于一个外县陌生者好意的询问,是不应该使她失望的。"她这话深深地感动了我。 (《我的自省》)

这是丁景唐在文章里透露的再次进入《女声》编辑部时的情况。这时编辑部已搬迁到博物院路(今虎丘路)142号光陆大楼内49室。光陆大楼是一座集剧院、办公楼、公寓于一身的建筑,属于巴黎式的布局,由匈牙利籍建筑师鸿达设计,在上海乃至全国都十分少见。该大楼主要部分高八层,部分区域高六层,为钢筋混凝土结构,平面为扇形,顶部设有一座塔楼。光陆大戏院占据底部的两层,与大光明、大上海、奥提翁、夏令匹克等都是申城的头等影剧院。

这时丁景唐已经第二次转学光华大学,就读于中文系四年级,在盐业银行大楼(北京东路280号)上课,距离虎丘路的光陆大楼有一段路程,不过丁景唐很熟悉那里,因他一年前作为沪江大学大二学生还在圆明园路209号真光大楼上课。

丁景唐尊称关露为"诗歌前辈",自己在她面前是班门弄斧。半年前,丁景唐已经登门拜访关露,这次则是到《女声》编辑部去拜访关露,诉说自己的苦衷,生怕引起不必要的后果。

丁景唐再次与关露零距离交谈时的具体内容,并未出现在《我的自省》一文里。但我们知道,关露很理解面前这位年轻大学生忐忑不安的心情,以及初出茅庐的年轻诗人将面临的各种压力,她以历经风雨的老大姐的身份,给予丁景唐"不少的鼓励与珍贵的指点",其中理应包含了她的诗论见解和思想开导。由此促使丁景唐鼓起勇气,小心翼翼地斟酌一番,写下《我的自省》一文。

丁景唐与关露零距离的交谈不止一次,他也和《女声》主编左俊芝交谈过(还有两个中国编辑凌大嵝、赵蕴华[2])。

> 近年来,多承师友的缪爱与关切——尤其是《女声》社的几位先生的鼓励——曾促使我写下并不算少的文字。譬如左俊芝先生每逢会面的时候,总热忱地嘱命执笔为文,虽因言语不通,自己又拙于言辞,不能运用第三者语言来奉答,但关怀之意是可以感验的。
>
> (《目疾记》)

怪脾气的老太太左俊芝与年轻的大学生丁景唐交谈,会出现一幅奇特的画面——双方比划着手势,试图表达自己的意见,同时费心猜测对方的意思。这样的交流只能是寒暄的表层,无法扩大和深入。如果关露在场翻译,那么这三人谈话就很有意思。

左俊芝,即田村俊子、佐藤俊子,日本著名女作家,《女声》社长兼主编。1884年出生于日本东京一个米商家庭,就读日本女子大学,作品颇受好评。随后弃文从艺,成为一名演员,1909年加入著名的女性解放运动组织青鞜社。后来又回归文学写作,她的代表作《生血》《木乃伊的口红》备受日本文坛关注。她与献身工人运动的《朝日新闻》记者铃木悦同居,并追随其到北美,共同生活18年。她曾主持日文《大陆日报》妇女专栏,探讨国际妇女运动问题,成为一名国际社会主义运动者。1935年铃木悦回日本,不久猝死。次年,她重回日本文坛。1938年她以中央公论社特派员身份来华,原计划访问两个月,结果将生命的最后七年留在中国。1945年4月,她应《女声》撰稿人陶晶孙之邀,去施高塔路(今山阴路)陶晶孙家里吃晚饭。饭后从北四川路坐黄包车回家,路过昆山路时突发脑溢血,抢救无效去世。

《女声》第4卷第1期"纪念特大号"(1945年6月15日)刊登五篇纪念左俊芝的文章,最后一篇是关露的《我和佐藤俊子女士》:

> 佐藤女士在生前,也像许多有怪脾气的文艺作家一样,很有一种怪脾气。这种怪脾气,不懂得她的人就说,她有"怪脾气"。因为她有怪脾气,好些人就怕她,在她面前不敢

多说话。她的意见和言论别人都不敢违反。这些不敢违反她的人,当她的面就笑嘻嘻地说:"你对,你的意见真好,真对,我们都赞成你!"而背过她就板起脸来:"这位老太太的脾气真怪!"脾气怪,大家都不跟她说真话。

我认识了她三年,和她在一起工作了三年,和她住在一起共同生活了一年零七个月。人人都说她怪脾气,我以为只有像她这种怪脾气,才是最近人情的人。

……她常常和我一起走在街上;看见一群肮脏的流浪孩子,她却在他们的脸上发现了天真和纯洁,她望望他们,笑一笑。孩子走过去了,她又回过头,笑一笑,像一个母亲。

清早上,看见报上战事的消息,她皱着眉,跟我说:"文化摧毁了!"

朋友失业了,她忧愁地跟我说:"怎么好?怎么办?"

晚上,吃过饭,空了跟我闲谈,她常说:"生活的滋味不是甜的,是苦的。但是我们必须要去经验。但是希望大多数人的生活都是甜的!"

她常和我谈到艺术和人生的问题。她懂得音乐、戏剧、跳舞、绘画。她说:"艺术的成功是建筑在最艰苦的努力和最丰富的生活经验上。"

她读过很多的世界名著。她懂得许多大思想家和文艺家的生活。她了解世界。她懂得资本主义发展最高的美国,也懂得有"东安市场"和"天桥"艺术的古都北平。有一次她和我谈到"天桥",她就要去逛上海的"大世界"。她说:"我们不管哪一种生活都要看。要往上看,也要往下看。"

她还说,她很爱中国,她爱穿中国旗袍,吃中国东西,交中国朋友。她说:"中国的妇女痛苦得很,因为她们的知识太浅,我们应该多多帮助她们。"

"但是,日本的妇女也一样。"她又说。

佐藤女士是一位在日本文坛负过盛名的女作家。她出过全集,看过世界,懂得艺术和人生。但是她没有一点现代流行作家的习气。她不时刻想着她与一般的妇女有什么不同,她不把自己安放在一般妇女的上面。因为她所以成为一个成名的女作家,不是为着自己的;她的与人不同,也不是为着自己的。

她白日里干她编辑的工作,晚上回家做饭。早上,有太阳的时候,她站在看得见太阳的窗子面前洗衣服。

冬天里,她的两只手泡在冰冷的自来水里洗米,然后在一块小木板上切冰冻了的牛肉和白萝卜。她的手冻僵了,红了,肿胀了,她就自己生一个小炭炉,把烧红的炭夹在一个小火缸里,然后她就坐在火缸面前的沙发上,一面烤手,一面吃自己做好的晚饭。如果这时候我走进她的房去,她就会问我:"你冷吗?你有开水吗?从我这里夹些火去吧!"

有时候,黄昏或晚上,她敲敲我的门,拿一包糖果和一些配给的东西递给我。我就知道,她是从外面回来。

晚上,电力超过的时候,她就在空大而黑暗的房间里燃起一支白蜡烛,靠在沙发里看书。这时候我就会想:"她多么寂寞而孤单啊!"

她老了!按照一般人的生活标准,她是该有一个热闹的家庭,该有好几个夹着书包上学堂的孩子和孙女了。但是她没有,而且连一个简单的家庭也没有。用一般人的眼睛去看,她的生活实在太荒凉,太寂寞了!但情形并不如此,闲空的人才会感到寂寞,她不寂寞,因为她太忙了。她想的太多,爱的太多,希望的也太多;太多,但是得不到,因此她就苦闷了!

因为这样,她会有怪脾气,因为有怪脾气,她才有人类的真情。

她是富于人性的人,是一个有思想的人,一个真正的艺人。

每天经过她房外的甬道,我就起一种孤独的感觉:我再也听不见那种热烘烘的言语了!今年冬天我也听不见"你冷吗?从我这里夹些火去吧"的声音了!

关露笔下的62岁老太太左俊芝鲜活起来,她的怪脾气让许多人对她敬而远之,关露则认为左俊芝"有怪脾气,她才有人类的真情"。特别是描述左俊芝怀才不遇的孤独,"她想的太多,爱的太多,希望的也太多;太多,但是得不到,因此她就苦闷了"。这竟然成了一种谶言,关露孤寂临终前正是这样的心理状态。

左俊芝晚年思想比较复杂,关露知道底细,加之左俊芝的怪脾气,关露从不争辩,也无法争辩。至于左俊芝是否帮助关露搞情报,众说纷纭。

丁景唐非常谨慎,除了昔日《目疾记》一文之外,再也不谈左俊芝,免得惹上各种后果。这与他敬仰关露之情截然不同,毕竟他俩属于亦师亦友的特殊关系,更何况关露是肩负特殊使命的中共地下党员。

诗 文 伯 乐

关露是一位出色的伯乐,慧眼识珠——丁景唐曲笔诗文的社会意义和美学价值。

其一,丁景唐投稿给《女声》的思路,博得关露的好感。

《女声》发表的丁景唐的第一篇文学作品是小说《三男跟一女——一个女学生的手记》。丁景唐下了一番功夫,精心构思,反复修改,抓住女大学生被迫恋爱的"卖点"话题,讲述女性巧妙捉弄纨绔子弟的故事。悲、喜剧元素交融,情节比较曲折,可读性比较强,宜于吸引读者的眼球,在这期《女声》中此小说也是独一无二的。而且丁景唐化名为"微萍",像是女性作者,更加引起《女声》编辑左俊芝、关露的好感。该小说一炮打响也在情理之中。

同时,丁景唐明示郭明也使用"微萍"笔名投稿散文《寒窗琐语忆之江》,与丁景唐的第一篇小说发表时间相隔一期。此两文属于投石问路,共同点都是淡化政治,寓教于乐,题材都取自大学校园生活,可读性较强,雅俗共赏,宜于引起年轻读者的阅读兴趣。这些特点足以让《女声》编辑左俊芝、关露安心编排,以为投稿者是一位爱好写作的清纯大学生。

接着,丁景唐改用"歌青春"的笔名,连续投去诗稿。《女声》编辑关露心领神会,接连每期都发表他的一首诗,即《敏子,你还正年青》《弃婴》《春天的雪花》《当春天莅近我的身旁》。由此"歌青春"闪亮登上上海沦陷时期的诗坛。这四首诗题材不同,黑暗与光明、徘徊与憧憬、青春与激情交织,而且表现手法多元化,并非一成不变的固定模式,抒情的节奏快慢相结合,便于吟诵。容易引起关露的共鸣,眼前一亮,特别是《当春天莅近我的身旁》,更引起她的会心一笑。关露曾写过一首诗《我歌唱》(《诗人丛刊》1939 年第 1 辑):"后来,我歌唱青春。/青春,她有着许多幸福的同伴;/有健壮与美丽,/有艳丽的阳光,/有芬芳的花朵。"也许是冥冥之中的缘分,引起关露对"歌青春"的好感,回想起自己曾拥有的美好青春,开始了双方默契合作的良好关系。

丁景唐又投去研究古典文学的论文,距离第一篇小说发表仅相隔两期,即《女声》第 1 卷第 11 期(1943 年 3 月 15 日),而且这期同时刊登丁景唐三篇诗文,即旧作散文《青春》、新论文《〈诗经〉中反映的妇女生活·恋爱·婚姻》、诗歌《春天的雪花》。此三篇诗文属于不同的文体,有不同的内容、不同的文风,使用不同的笔名,让读者一时难以分辨是否出自一人之手。如果丁景唐都是自己誊写,那么聪慧的关露作为第一读者,一眼就能识别;如果丁景唐让新婚妻子王汉玉誊写,那么关露起初恐怕一时难以适应,但是也能从中发现端倪,毕竟同时发表一人三篇诗文,自《女声》创刊以来还是第一次(除了关露之外)。

此后,丁景唐一发不可收拾。关露大力推荐,热情扶持,经常在同一期上发表丁景唐三四篇诗文(不同署名),她也逐渐熟悉了丁景唐使用的"歌青春""戈庆春""辛夕照""秦月""乐未央""乐无恙""包不平"等笔名。丁景唐与关露见面后,双方更加熟悉,关露有时干脆让丁景唐自己组诗稿,如"友情草"为一组三首诗的总标题,前面《编辑小语》为丁景唐之作,作为这一组诗前的说明,这是丁景唐在《女声》上发表的所有诗文中唯一一例。这本应是关露作为编辑的分内事,但是她太忙了,无暇顾及,大胆放手让丁景唐去处理,因为她坚信丁景唐恪守的道德底线,并且欣赏丁景唐的组稿能力和写稿才华。

1945 年 4 月 13 日,左俊芝突然去世,关露接替主编《女声》。丁景唐已经大学毕业,工作忙碌,但是他依然继续投稿,诗作《雨天——赠一群女孩子们》发表于《女声》终刊号。丁景唐以"歌青春"笔名的诗作由此画上一个圆满的句号,也标志着他与关露的默契合作中止了。

其二,关露甘当伯乐,心领神会丁景唐的曲笔诗文。

关露的诗文甚佳,数量也很可观,不愧为享誉当时文坛的"四大才女"之一。她的文学修养、鉴赏水平和美学情趣也不同凡响,她多次在不同场合讲授诗歌,分析诗作。

记得高尔基在他的创作经验里说:"最难得的是开始,就是第一句。如同在音乐上一样,全曲的音调都是它给予的……"
…………

"早晨,黄金路上的丈长人影。"这句诗是朱湘的。它的题目叫"早晨",这一句便是这诗的全首。这一首可以对于早晨描写得充分而具体,朱湘把握了一个清晨的情绪,而运用了这样一个简单的句子表现了它。唯有早上和下午的太阳才是金黄色的,也唯有在早晨和下午人影子是长的。但是下午的马路是繁杂的,在繁杂的路上,人是没有情绪去注意黄金色的阳光、丈长的人影子。使人能够注意和欣赏金色的阳光和人影子的,唯有寂寞的清晨。清晨的路上是安静而岑寂的,除开阳光和人影子以外,几乎不会使人感到别的什么。

"早晨,黄金路上的丈长人影。"它的字句表现出了一幅清晨的路景,它的情绪表现出了一种清晨的感情。 (《诗的表现方法》,《生活知识》第1卷第7期)

此番分析的文字略长,反映了关露观察事物细微之处的敏感性,以及个性化的审美情趣。丁景唐也喜欢朱湘的诗作,有意或无意融入笔下,留下借鉴、学习和消化朱湘诗篇的写作痕迹,与关露的审美情趣不谋而合。

关露甘当伯乐,赏识、扶持新人丁景唐,其中原因之一便是不谋而合的审美情趣,找到了知音。加之其他原因,她愿意最大限度地提供《女声》平台,并且佯装不知丁景唐诗文的弦外之音,不动声色按照编辑的常规程序,特别眷顾,甚至同时刊发他的多篇诗文。1949年后,关露才知道丁景唐的真实身份,她对丁景唐说:"当时都用你的稿子,是因为发现你的稿子有一股新鲜的气氛。"

丁景唐在《女声》上发表之作主要分为三大类:诗作、古典文学论文和散文、随笔。其中相当一部分采用暗喻的曲笔,特别是诗作,无意不作诗,无新不成诗。前面投稿的几首诗属于投石问路,大多是直抒表意,通晓浅近,《春天的雪花》则露出几许端倪。

《女声》第2卷第1期同时发表丁景唐的《桃色的云絮》(《夜雨》《朝雾》《阳光》)、儿童寓言诗《风筝与小草——献给童年时代的幼小者》,以及散文《烛光》《她的一生》。其中最为突出的是儿童寓言诗《风筝与小草》,说是曲笔,其实稍有文化修养的读者一眼便能读懂其中的含义,何况是聪慧的女才子关露。她熟悉《女声》曾刊登的儿童歌曲《放风筝》,丁景唐此诗作则是逆向思维,颠覆了原来《放风筝》的意境,她很容易悟出该诗的弦外之音——颂扬野火烧不尽的平凡而潜藏着无穷活力的小草,讽刺飞扬跋扈、骄横不可一世的风筝,揭穿它原来是有根线牵在别人手掌中央的纸鸢式的傀儡。当时关露已有汉奸嫌疑,为日本人做事,报刊上各种消息对她产生很大压力。如果她的心理产生微妙波澜,完全可以"冷处理",借故拖延刊登《风筝与小草》。但是,关露心胸坦荡,反而为之暗暗叫好,一是欣赏此诗比较巧妙的构思,令人耳目一新;二是此诗弦外之音说出了她的心底话;三是《女声》终于有了新现象,推陈出新,颠覆旧知;四是此诗属于儿童题材,切合《女声》曾开设的儿童栏目的宗旨,即使外界追问,也难以找到破绽。丁景唐构思《风筝与小草》时也已考虑到《女声》的承受能力和底线,这是在前面几首诗作刊登的基础上得出的印象,关露理应很容易读懂此诗,引起某种共鸣。这些猜测和推理都在《女声》刊登此诗和其他诗文时得到印证。如果说这些诗文"一拥而上",大获全胜,不如说是丁景唐与关露"心照不宣"的默契配合登上一个新台阶。

丁景唐并未因此头脑发热,乘胜出击,而是选择了其他恬适题材的诗歌,故意冷却了约四个月。暑假后开学了,丁景唐才小心翼翼地投出诗作《开学》《病中吟》,以及《中秋谈月》《一场争辩》,同时刊登于《女声》第2卷第5期(1943年9月15日)。

《病中吟》将患病的挣扎与国家危亡、民族解放事业相结合,希冀与广大爱国读者取得一种默契,进行心灵交流。

> 远方的黑土地带:/那照耀于秋阳下的家园,/山顶苍鹰的翅膀缀上寒星几粒。/荡荡的河水向我的眼帘涌耀而来。/(呵,黑土地的动脉,/几时我能重驾扁舟,/横渡过你的胸膈!)

发表此诗之前,丁景唐接受党组织委派的任务,赶印、寄发油印《评〈中国之命运〉》长文。《病中吟》中的暗喻"几时我能重驾扁舟"含义丰富。

沦陷的北方是一个敏感的沉重话题,关露在诗作《故乡,我不让你沦亡》(《光明》第1卷第10期)中写道:"梦见你净绿的池塘/梦见你二月的冰山/在院落里喜抗着阳光。"美丽的家园被侵华日军铁蹄蹂躏,不愿做奴隶的人们,奋起反抗,"我愿意以我的热血和体温,/做你战斗的矢镞,/我不能在这破碎的河山里/重温那《后庭花》/隔江歌唱"。

此诗与《病中吟》表现的手法不同,一明一暗,一直一曲。前者流露的怀念之情更为强烈,更为鲜明。关露也曾以象征、暗喻手法写过曲笔诗作《夜莺》(《文艺新潮》第2卷第2期):

> 夜莺,昨夜你飞过我的窗户,/掠过离我的窗户很远很远的树枝,/在月光底下。/你飞着,也在歌唱。/从我惯听的你那歌唱的声音里/——带着我故园的草香的——/我知道你是从/苦难的土地飞来。
>
> 夜莺,昨夜你飞过我的窗户,/掠过离我的窗户很远很远的树枝,/在月光底下。/你飞着,也在歌唱。/你歌唱的声音里带着/垂边的草原里的音节,/你的翅膀带着血的闪光。
>
> 夜莺,你飞,也在歌唱。/你飞得那样勇敢,但是/歌唱得那样悲哀。/从你那歌唱的声音里,我辨别出来/你在报告我些苦难和秋色,哪些是/在我的失去了的故园里的。
>
> 夜莺,你飞,也在歌唱。/你那响亮的音节跟/有着血的闪光的翅膀,/让我知道,你不是在悲哀,/也不是逃亡,你是在把消息报告我/并且要让我知道你是在/战斗中飞着。

夜莺,具有鲜明的象征意味,是坚守在抗日前线的勇敢信使,披着战场的硝烟,出生入死。"你那响亮的音节跟/有着血的闪光的翅膀"(丁景唐《病中吟》"山顶苍鹰的翅膀缀上寒星几粒","翅膀"象征着圣洁、善良、正直),不断传播来自第一线的信息,"你在报告我些苦难和秋色,哪些是/在我的失去了的故园里的"。但是,夜莺只能活跃在夜晚,勇敢地冲破敌伪的严密封锁,同时驳斥国民党顽固派的谎言。此诗具有高亢回转的特点,节奏分明,余韵绕梁,与丁景唐的诗作有许多共同语言。

丁景唐投去诗作《病中吟》后,关露从东京开会回来,被戴上"文化汉奸"的可怕帽子。当她看到此诗稿时,耳边回响起昔日的呼喊:"故乡,我不让你沦亡!"心头一热,压制着心中的激情,佯装不知此诗的曲笔之意,依然与其他诗文一并刊发了。

丁景唐觉得时机成熟,大胆地投出《向日葵》。此诗是第一首也是唯一一首正面赞颂共产党形象的诗作,"面向太阳的葵心","在荒郊中,它撑住了黑暗"。

关露也曾写过诗作《向日葵》:

> 看着你发芽,/看着你开花,/看着你向着太阳,/在艳丽中长大。/你曾经受过风雨,/你也曾经晒过太阳,/太阳是你欢喜的,/风雨却遭了你的抗拒。/现在,你被移植在多雨的地方,/使你逼近了风雨,/隔远了太阳;/莫让那曾经被你抗拒过的风雨/吹落在你的枝上。

此诗作收入关露有名的诗集《太平洋上的歌声》(生活书店,1936年11月)。七年后,关露再次看到熟悉的诗作标题,怦然心动,联想起她此时承受"文化汉奸"的巨大压力,原来诗作中的"风雨""太阳"已被赋予新的内涵,而且竟然与丁景唐的同名诗作不期而遇,惊人的历史巧合,令人感慨不已。

关露还曾描写一位东北革命志士英勇就义的悲壮场景:

> 你临刑时自由地涌出的鲜血。/自由的鲜血,/在你急流着的鲜血里,/有海样的英勇的波浪,/有春天早晨一样的暖热的阳光,/有赶着不断前程的/急切步伐的节奏,/有鸣着钢铁一样的/坚实与清脆的声音。
>
> (《临刑》)

惊人相似的两首诗作《向日葵》和《临刑》,都是颂扬革命者的大无畏精神,有着异曲同工之妙。关露作为一个中共地下党员,在危机四伏的环境里,见惯了刀光剑影,耳边充塞《后庭花》之类的靡靡之音,一旦看到久违的诗作《向日葵》,眼前一亮,欣喜不已,又逢知音——"知否,知否,应是'面向太阳的葵心'"。

1944年春夏之际,国内抗战形势出现胜利曙光。丁景唐杭州之行后,接连写了《西子湖边》《秋瑾墓前》姊妹篇诗作,前一首投给《女声》,发表于第3卷第4期。以象征性暗喻手法,描述遭受侵华日军铁蹄蹂躏的凄惨场景。抬头望见"长庚"(启明星)——象征共产党,顿生勇气和信心,由此表达了广大民众迫切渴望抗日战争胜利的心声。巾帼英雄秋瑾的英勇事迹广为流传,在《女声》上发表此题材的诗作还是第一回。后来还刊登丁景唐的长篇论文《诗人秋瑾》(《女声》第 3 卷第 6 期),与两首诗《西子湖边》《秋瑾墓前》形成一组借古喻今、敬仰秋瑾之作。

关露也曾以借古喻今的手法,写下诗篇《风波亭》(《光明》第 1 卷第 6 期),颂扬精忠报国的岳飞,严厉鞭挞卖国求荣的奸臣秦桧。

> 我看见血染的英雄的背影,/看见屈膝而谄媚的奸臣。/知道绞刑架赛过十字架的光荣,/知道曾经在敌人面前跪过的秦桧/还在岳王墓上/跪到如今!

岳飞与秋瑾都是大众心目中的民族英雄,借古喻今寄寓深厚的爱国之情。抗日战争的胜利,是全国爱国军民共同的愿望,关露更是盼望已久,早日跳出这险恶的环境,尽情地沐浴在阳光下,仰起头,微微合上双目,舒展双臂,深深地吸一口自由的空气,再次"梦见故乡"……

见好就收,丁景唐的曲笔诗篇戛然而止,画上一个休止符号。此后三首诗作,画风陡然一变。

> 嗨,少爷,/请别看轻我是个女子,/——爱情岂是慈善,/青春也可廉价出售?!/你,生长在臭铜堆里的公子,/难怪你把钱崇拜作万能的皇帝/以为女人如今全是商品/可拿钞票购取她的自由。
>
> 你灵魂都发了霉的少爷/干什么这般忸怩装腔/莫不是玩腻了舞女/又想另外换换口味!
>
> 看看路旁吧,少爷!/那个跪在路街旁的"老枪"/就是你明天的榜样,/昨天的他还不是跟你一样?

这首讽刺诗《别看错我是个女子》(《女声》第 3 卷第 9 期),与《女声》刊登的第一篇小说《三男跟一女——一个女学生的手记》相呼应,全然没有以上曲笔诗作那样深沉、悲壮的格调,而是以轻快畅达的节奏,连珠炮似的质问,辛辣讽刺味道尽在其中。如果关露还记得那篇小说,那么此诗大概在暗示有头有尾的结局。

最后两首诗,即《友情草》(《女声》第 3 卷第 11 期)、《雨天——赠一群女孩子们》(《女声》第 4 卷第 2 期),均以友情为主,恰好也是暗示曲终人散,友情依旧。但是这一别就是几十年,双方重逢,不知从何说起。

对于抗战诗歌,关露有自己的看法,认为诗人"不只是要忠实地表现一些自身的生活和思想,却是要先从现实发展中去寻得自己的生活,然后用诗去表现现实发展中的生活的真实"(《诗歌的精神动员》)。此言虽然有些拗口,但是关键词"现实发展"旨意比较明确。因此,关露眷顾、理解、推出丁景唐的许多曲笔诗篇,并非一时冲动,毕竟她曾经热血沸腾,大声呼喊抗日救亡,并且一直有"左联"情结——大众文学与革命的联姻。

《女声》的特殊背景成了一种"护身符",掩饰着关露与丁景唐一投一编双向流动的良性循环，取得预期的传递信息效果，达到双赢的结果。《女声》很少发表其他作者的诗篇，凸显丁景唐精心构思的诗篇占据该刊的重要地位，也丰富了该刊的文艺形式，内容多元化，以适应不同文化层次读者的需求。

大多数读者仅仅从第一印象去观赏丁景唐的诗作，引起某些共鸣。读者来信谈起"歌青春"的诗作，关露趁机公开要求"歌青春"答复，这就形成了作者、读者与编辑三者之间的互动交流，这正是关露等人办刊所追求的最佳效果。

关露点评《星底梦》

丁景唐对于在《女声》发表的 26 诗，晚年时还记忆犹新，毕竟那些诗作都收入他的第一本诗集《星底梦》，由此奠定了丁景唐在上海沦陷时期的诗坛地位。

萧岱、王楚良以党内同志的关系，第一次评价丁景唐的诗集《星底梦》。关露与丁景唐互相不知对方真实身份，属于编辑与作者亦师亦友的关系，继萧岱、王楚良之后，关露点评诗集《星底梦》，体现了甘愿"为他人做嫁衣"的无私精神，令人敬佩。其点评文章《读了〈星底梦〉》如下：

在近来惨淡荒凉的这片诗领土中突然看见这本小小的册子《星底梦》，好像在一片黑寂的大海里看见一只有灯的渔船一样。《星底梦》虽然装订很小，页数很薄，但是仍然发生了"诗"的力量——世界上有好些诗在我们看起来不能够发生诗的力量，在文艺批评家看起来不是诗——好像渔船虽小，仍旧是一只船；星星的光虽然不强，仍然能够把宇宙照亮。我们这样说，是替作者站在谦虚的一方面的。我们不愿意瞎捧场，刚出了一本诗集就说他像拜伦，像雪莱，像普希金，像谁，像谁谁。好像有些人把出了一本小说的人就拿去比托尔斯泰，比高尔基，比鲁迅，这一来对作者不但不是恭维，反倒是讽刺了。

读过《星底梦》以后在我心里起的第一个感觉，就是我们所希望着的人间的爱在心里出现了。这里所谓"人间的爱"并非像一个伟大的革命家说的，对于全人类或是整个世界的那个"爱"，这里所指的是一种温暖而细微的东西。《星底梦》里边："晶莹的是满天的星星，/纯真的是无邪的童心……'愿孩子，你多福！/星光下的梦，/会在未来的日子中开花的！'于是母亲关上窗，/便也有一个星光的梦，/依偎作长夜的温存。"这是表现儿童的纯真和母亲的爱的。《初夏夜之风》里："奏《小夜曲》的人，可也在/以生命的音符排遣她的黄昏；/当初夏夜之风，/飘来玉兰花香阵阵。"这是一般青年人，在他生命的过程重被美的外界激荡起来的情感，也是这位少年诗人所有的情感。其他如《风筝与小草》《桃色的云絮》《蓝色的海》这几首诗，都在生命的旋律上给了我们以温存和美的感觉。

不过上面说的并不是《星底梦》的特长，在《星底梦》这本诗集里更能唤起我们的爱好和热情的,是作者对于火、对于光、对于白日、对于明日和太阳的追索,以及他那种不可遏止的、蓬勃的生命的力量。《当春天楚近我的身旁》中:"让汗水滴淌向泥土吧!/在生命的太阳前,/挺起胸,用我的健壮的脚步,/和着春并肩一起,/朝向满缀花朵的田野走去!"《瓶花》中:"鲜艳的瓶花,/每在暖室中寂寞地枯萎。/为的失去了阳光和露水。"《向日葵》中:"在风雨中,它喜爱逗斗!/掩不灭的是一颗热切地/面向太阳的葵心!"《红叶》中:"雁来红,/是热情的火焰,/这火焰燃烧着青春的生涯!"这些句子,作者怎么表现了他对于来日和亮光的要求!

几乎作者大部分诗里都充满青春和早晨的气息,而且向着未来的生命去奋斗,为自己奋斗,也为着别人去奋斗,这已经成为作者诗的使命了。在《我爱》里,他说:"我满怀着喜悦的心情,/去亲近光亮;/爱灯蛾拍火,/殉葬它的志向……愿化作蚯蚓/把贫瘠的土壤变[成]沃野!"《春天的雪花》里说:"枯草的田间不是/已经有人在耕耘!"这些都是作者的年轻的情感的表现!

《星底梦》的作者歌青春是一位年轻而有希望的诗人,他的诗和人都是年轻而有无限的朝气。我们爱好诗歌,我们希望他更加努力!

此文署名"梦茵",刊登于《女声》第 4 卷第 2 期(1945 年 7 月 15 日)。丁景唐很重视,不仅多次撰文提及此文,引用其中经典之言,而且将此文收入自己的文集中。

关露点评之文属于"自产自销",因为丁景唐的诗集《星底梦》收入的 29 首诗大多出自《女声》。而关露作为伯乐和第一读者,悉心编发,倾注了知音之情。这种默契配合只有在上海沦陷环境中具有特殊背景的《女声》上才会发生。关露点评之文是厚积薄发的一次亮相,含有多重层次。

其一,关露很聪敏、机警,点评时只是从鉴赏诗歌的角度来谈论,抓住《星底梦》中的诗歌凸显"爱"的主题——"温暖而细微的东西",这既是大多数读者的共性感觉——打动心底柔软的部位,也符合《女声》办刊的宗旨。接着进一步提出"温存和美的感觉",将第一印象的内容与形式相结合,由此构成点评文章的基本框架。

其二,关露点评一文的开头奠定了全文的基调。这与以上谈的第一点相吻合,而且成为点评诗集《星底梦》的经典之言,这让丁景唐念念不忘,直到晚年。细品"星星的光虽然不强,仍然能够把宇宙照亮""(《星底梦》)是作者对于火、对于光、对于白日、对于明日和太阳的追索,以及他那种不可遏止的、蓬勃的生命的力量"中的弦外之音,而不是仅仅从诗歌创作艺术的角度去理解,可以突破目前点评诗集《星底梦》的瓶颈,得出令人刮目相看的新结论。

关露在文中列举一些诗歌时,点评道:"几乎作者大部分诗里都充满青春和早晨的气息,而且向着未来的生命去奋斗,为自己奋斗,也为着别人去奋斗,这已经成为作者诗的使命了。"这里的"奋斗"已经不是泛泛而谈了,只有为信仰而奋斗的革命者才具有如此崇高的情愫和博大的胸怀。关露故意采用了正话反说的表述方式,她说:"这里所谓'人间的爱'并非像一个伟大的革命家说的,对于全人类或是整个世界的那个'爱'……"这是反喻革命者才具有的广博深厚的胸怀——"人间的爱"。这也可以从关露在文中列举的诗句得到证实,特别是最后引用的《向日葵》《红叶》《我爱》《春天的雪花》中的诗句,也透露了关露从事秘密工作深藏不露的心迹——"在风雨中,它喜爱逗斗!/掩不灭的是一颗热切地/面向太阳的葵心!"(《向日葵》)

其三,在上海沦陷区里,"在诗坛荒芜的荆棘丛中",时而泛起奢华、粉饰、消极、萎靡等声浪,肆意侵蚀着众多读者的头脑。当关露看到歌青春的诗歌"充满着青春和早晨的气息",不由得惊呼,睁大了眼睛,欣喜地呼喊。这既唤起她对于昔日"左联"战斗热情的回忆,也从心底涌起久违的知音感觉——同为诗人的强烈共鸣。因此,她遏制不住激情,在文中开头写下这段经典之言:"好像在一片黑寂的大海里看见一只有灯的渔船一样。"

其四,关露此点评之文并不为现代诗歌研究者所重视,仅作为点评丁景唐《星底梦》的附录出现。究其原因,很大程度上与关露的大量诗文至今也未整理出版,也根本谈不上较有系统地研究有关。

关露在这期《女声》的《编后记》中指出:"歌青春是一位目前难得的青年诗人,我们在这里介绍他的《星底梦》,并非因为《星底梦》当中好些诗都是为我们写的,而原因是他的诗很有青年的气息,很能吸引我们来看。"

不约而同的话题

关露与丁景唐虽然没有机会深入交流关于文学创作的经验,但是他们有许多不约而同的话题。

(一)尊仰鲁迅之情

关露曾接替丁玲负责"左联"创作委员会的工作,鲁迅是公认的"左联""盟主"。翻看鲁迅日记,没有找到关露与鲁迅交往的记载,这与周扬等人有某种关系,但不可否认,关露一直尊仰鲁迅。

> 为了要用他的笔去解放奴隶,他长远地离开了他那美丽的村庄,他永远地离开了那村庄。
>
> 到如今,那钱塘江的潮水、天目山的雪、鉴湖的月光、龙山的枫叶,都不在他的坟上!

关露的《鲁迅的故事》写于1939年10月18日,即鲁迅逝世三周年忌日前一天,刊登于茅盾主编的《文艺阵地》(第4卷第1期,1939年11月1日)。关露借鉴希腊先知传说和《圣经》故事,以象征、暗喻手法讲述一个故事——鲁迅小时候与小伙伴做游戏,有钱人的孩子责令贫穷孩子做奴隶,鲁迅坚决拒绝,"走到开着花朵的树林里",呐喊着:"优秀的子孙不做奴隶。来到我的面前,不愿做奴隶的。""于是,在他那黑得像夜似的手的挥动下,奴隶们解放了。"

关露此文与丁景唐的儿童寓言诗《风筝与小草》有相似之处,但是前者的大胆构思有些"脑洞大开",在悼念鲁迅的大量诗文中属于另类,一般读者难以理解其中的深刻含义。如果把希腊先知传说与鲁迅如椽之笔"解放奴隶"(挖掘国民劣根性)结合起来,那么也许可以深得其中"三昧"。这也反映了关露评价鲁迅之高,代表了广大民众的心声。

这期《文艺阵地》是"鲁迅先生逝世三周年纪念特辑",除了关露的作品之外,还发表许广平、穆木天、萧红、巴人(王任叔)、楼适夷、欧阳凡海等人的悼念文章。这大概是关露最后一次与许广平和昔日"左联"成员"同框"纪念鲁迅了。

此前,关露长篇小说《新旧时代》在蒋逸霄主编的《上海妇女》上连载,自第1卷第5期开始,其中第8期(1938年8月5日)她因故未能将小说稿及时交给该刊编辑部,蒋逸霄在《编后语》开头作了说明:"《新旧时代》作者关露女士,因病没有能够把续稿整理送来,只得暂停一期。下期当照常继续刊载,请读者原谅!"偏偏这期刊登了许广平的《〈鲁迅全集〉编校后记》,关露失去了与"亲切的大姐"许广平"同框"的机会,而且是与《鲁迅全集》有关的文章。当时双方不以为意,但是现在回想一下,总感觉有几分遗憾,再也无法弥补了。

1939年,关露决定接受潘汉年的秘密任务,随时准备牺牲自己的一切,她特地约许广平作一次不能解释的特别告别。周海婴回忆说:

> 我想起另一位女士关露,这位1949年后长期蒙冤的革命者,当年给我的印象大约在二十五岁左右,高挑身材,烫发,面貌一般,态度和蔼可亲,看不出是个能够单身深入虎穴的人。她常来我家,跟母亲很谈得来。
>
> 有一天上午,母亲带领我去探望她,路程不远,步行去的。她居住在一幢弄堂房子的三楼,刚上楼梯,她已经迎了下来,身边有一位小姑娘,比我年长两岁光景,十三四岁吧。脚下跟着一只卷毛白色巴儿狗,调教得颇驯顺。关露住的房间朝阳,铺陈简单,却有一般住宅少见的双人沙发。据母亲讲,这个小姑娘是关露收养的,算是养女……这次她和母亲相晤,似有告别的意思,表面欢愉的交谈中含有一丝凄楚的意思,这是我所不能明白的。
>
> …………
>
> 去年底,为了撰写回忆录,我翻阅旧年的相册,发现其中一张照片中的人似曾相识。那是一位年青的女士与一个少女相拥而坐,膝上有一只长毛哈巴狗——这不是三四十年代有名的女作家关露吗?翻过背面,上有"广平先生,梅魂敬赠"字样,落款的日期是"二十八年中秋节",我持此照片去请教梅益老。他看了毫不犹豫地回答:不错,这人正是关露。并说这张照片很珍贵,值得附在我的回忆录里发表……

原来关露之打入敌伪机构,是梅益老所亲自派遣的,她的一切活动全由他掌握。抗战胜利后,群情激奋要求清算汉奸罪行,关露自然也成为进步文化界唾弃的人物。地下党为保护关露,仍由梅益出面,交给交通员二百元路费,专门护送她到苏北新四军根据地去……因此梅益老斩钉截铁地说:"关于关露的所作所为,包括她在照片背面题的字,都是我熟悉的,我绝不会认错。"

(周海婴《鲁迅与我七十年》)

图13 关露赠给许广平的照片

1939年中秋节,关露赠送照片(图13)给许广平时,丁景唐已经进入大学校园,他在《联声》上发表的许多文章中引用鲁迅的经典之言,作为支撑文章的骨架。关露编发的丁景唐的《朱淑真与元夕词》长文(《女声》第2卷第10—11期)中写道:"被称作中国现代圣人的周豫才先生在《狂人日记》中以锐利的笔锋……"丁景唐的《从女子二十四孝谈起》(《女声》第3卷第8期)也提及鲁迅的经典之言。关露看到丁景唐文中的这些鲁迅之言,感慨万分,自己似乎已经失去了公开发表纪念鲁迅文章的机会。

关露写过《一个可纪念的日子》,发表于《太平洋周报》第1卷第86期(1943年10月23日),她追忆了七年前参加鲁迅出殡活动,尊称鲁迅为"中国的文豪和我们青年们的导师",并指出:"现在距离鲁迅的死已经七年了,七年的光阴多么悠久又多么短促啊!然而鲁迅的精神和灵魂、事业和光辉永久地存留在下一代人们的心里,不管时间的长短,他总是永存不朽的!"

"七年的光阴多么悠久又多么短促啊!"这期间关露已经从昔日左翼作家、高呼抗日救亡的女诗人,到被外界误当作"文化汉奸",天壤之别的身份变化,关露积压在心底的苦衷、痛楚借此吐露。她在该文开头就感叹道:"提到一个纪念的日子,总会引起人们一点伤感,因为'纪念'总是想着过去,过去的遗迹不可追返,光阴不会再来,纪念永远是使人带着缅怀和留恋的情绪来追忆的。"这是她最后一次纪念鲁迅时袒露心迹,有多重含义,不知情人难以理解,也从未进入研究关露的学者的"法眼"。

这期《太平洋周报》推出"鲁迅先生逝世七周年纪念特辑",还刊登了陶晶孙、柳雨生、内山完造等的文章,与四年前《文学阵地》纪念鲁迅逝世三周年的文章作者名单不同。但是无论出于何种动机,该周报在上海沦陷时期公开纪念鲁迅,有些出乎人们意料。

丁景唐以后成为鲁迅研究的权威学者,著述甚多,但是没有机会与关露谈起鲁迅的话题,否则他可以挖掘大量资料和珍贵线索。

(二) 诗文"同框"

关露的《一个可纪念的日子》发表于《太平洋周报》,一年后,关露推荐丁景唐的诗作《异乡草》给《太平洋周报》,发表于该刊第96期(1944年2月7日),同时刊登关露的小说《夜行的人》。这种"同框"是唯一一次在《女声》之外出现。

《异乡草》后经增改,收入诗集《星底梦》,成为其中的特殊个案。

> 谁家的灯火辉煌,/谁家的儿郎夜啼,/谁家人还欢乐地/围聚红烛守岁在一堂?/稀疏乏力的几声锣鼓,/撩不了街头的饥啼哀号。
>
> 黑夜的北风猖狂,/夹阵急雨紧打在异乡人的心上。/睡梦中遍游了受难的家园,/眨眨眼,邻家未灭的灯火,/犹且衔接着天光。
>
> [听]远处的晨鸡报出了破晓,/昂头看朦胧的雾层外/已可以瞧到——/新的一年跳跃着轻快的步子,/在曙光中走近!

石琪是震旦大学医科学生,来自北方,在上海生活了六七年。他笔下的《无家》等散文,字里行间充溢着徘徊、哀叹、消沉的情绪,几乎令人窒息,这让丁景唐很是不安。1944年除夕之夜,丁景唐写了以上诗歌,委婉地提醒石琪,天下无数忍饥挨饿的穷苦民众,在除夕之夜哪有什么欢乐,希望石琪跳出小我,上升为大我的境界。丁景唐考虑到石琪逢年过节不免想家的孤独感,便为石琪介绍几个同乡朋友,便于交流、沟通。虽然,丁景唐此诗未必深深地触摸到石琪的孤独心底,但是,石琪心存谢意,特地写了散文《乡恋》,解释自己内心的惆怅。

丁景唐的第一部诗集《星底梦》收入《异乡草——给石琪》时,增加了最后五行诗,希望石琪振作起来,也提升了全诗的格调和意境。石琪看了很感动,赶写了《〈星底梦〉及其他》,真诚地说:"在对于人生的观点来说,我虽是一个多暮气的人,却也喜欢年青上进的心,心情上我不能和歌青春先生携手,但在他的诗集中,我愿紧握着他那青春的手。"

"独在异乡为异客,每逢佳节倍思亲。"《异乡草》的开头触动关露长期积压在心底的孤寂之情,强烈的共鸣促使她推荐此诗,而不是推迟编排在自己编辑的《女声》上。

关露的散文《夜行的人》时而驾驭诗中常见的间隔分号和独立的句号,凸显此文的散文诗特色,无拘无束,冲破文体的藩篱,天马行空,尽情地抒发心中一直压抑的情感,不管读者是否能够理解。文中的"我"镇定自如地亮相,即使被聚光灯罩住,依然口若悬河,一吐为快。

关露在该文中娴熟地运用象征、暗喻的手法,如同丁景唐的曲笔之作,描写黄昏、夜幕降临、夜色渐浓的景色,作为每个部分转换时的过渡文字。有时突然"起狂风",暗喻历史重大事件的发生,串联起整篇文章的主旨——"夜行的人",赋予寓言含义。文中呈现的意象分为群体和个体,既简单又复杂,并不拘泥于特定的具体形象。

其一,群体。漫漫历史之途上不同"夜行的人",属于社会不同的阶层,"他们有各色各样的面貌和声音,有不同的姿态和言语,有不同的行走方法。但是他们之间有共同的一点,就是他们的心都染了疾病"。其中有安逸享乐的达官贵人、嗜血如命的"好战的武士",以及"温存而妩媚"的艳女。

其二,个体。文中出现的"我"折射关露的心迹,分为两层:一是"我"作为历史的审判者,长夜漫漫——上海沦陷,"难以上下而求索","但是,在黑得像海底一样的天幕上显出一颗星星,这是一颗永远不灭、不被月光掩暗、不被云雾遮没的分外明亮的星星。她告诉人[们]:现在是黑夜旅行中最后的时期"。"明亮的星星"即启明星,如同此后丁景唐的《西子湖边》中以"启明星'长庚'来象征我党,这是渴望解放的中国人民的心声",可谓不约而同。关露、丁景唐先后采用同样的构思,信手拈来,融入自己的笔下,寄托坚定的信念和真挚的感情。二是"我"作为孤零零地夜行的人,"觉着恐怖,一个人走在路上,没有车马,没有纱帐,我是孤单的"。关露作为秘密地下工作者,必须忍受孤寂、委屈、焦虑、痛楚的严苛考验,急切盼望早日返回革命队伍,投入党的怀抱,这是埋在心底苦苦追求的最大愿望和幸福。关露情不自禁地写道:"这时又过来大队大队的人,并且在一大队人中我看见有我所熟悉的。于是我快活而勇敢了,我知道也有一个队伍,而且我所参加的是人马最多、最健壮而最年轻的一队!"

为了筑梦、追梦、圆梦,关露艰难跋涉人生之途,牺牲了所有的一切。她晚年时暗暗地吟诗:"莫道浮生若梦乡,且看史册写诗行。强教落叶潇潇雨,夺取林园红粉妆。"(《无题》)如果仅仅从"孤独"的角度审视,那么关露的《夜行的人》与丁景唐的《异乡草》有相似之处。

(三) 相似的诗论

关露以女诗人的身份著称于上海文坛,对于诗歌很有见解,她认为:

> 诗是从民歌中发展出来的,形式上比较含蓄一点的一种韵文。在诗的音乐性上说起来,诗是和歌一样地要有能合于歌颂的音节,可以谱入音乐的调子。诗和散文、小说最大的不同便是:第一诗要有最丰富的感情的表现,其次便是诗有显著的调和的、可以与音乐配合的音节。中国古代的许多诗都是可以被读者拿来任意地歌唱和吟诵,或者和上音乐去配舞。外国的诗剧也是配上音乐演的。
>
> …………
>
> 这种诗的音节,是诗的作者当他们写诗的时候,在文字上表现出来的,经过某一种艺术提炼的感情的声音。所以诗不是给人看的,而是听和吟诵的。因此诗的音乐性是内在的,是和诗的本身同时产生的,因为诗有内在的音乐性,才可以与音乐去配合。
>
> (《诗的音乐性》)

此见解既有关露写诗的丰富经验和深切体会,也有类似于鲁迅对于诗歌的见解,即"诗歌虽有眼看的和嘴唱的两种,也究以后一种为好;可惜中国的新诗大概是前一种。没有节调,没有韵,它唱不来;唱不来,就记不住,记不住,就不能在人们的脑子里将旧诗挤出,占了它的地位","内容且不说,新诗先要有节调,押大致相近的韵,给大家容易记,又顺口,唱得出来","诗须有形式,要易记,易懂,易唱,易听,但格式不要太严。要有韵,但不必依旧诗韵,只要顺口就好"(《致蔡斐君》)。

丁景唐在上高中时也许不知道关露此文,没想到七年后,他能够与关露零距离交流,而且自己所追求的诗作目标也与关露不谋而合,并将类似的诗论见解写入《星底梦·诗与民歌》《诗放谈》。

丁景唐认为:

> 在文艺的王国里,和语言同时降生的诗歌,远在人类的原始期已同音乐和谣舞结合一体,伴随着人类共同的操作而产生了。《吕氏春秋·仲夏纪·古乐篇》中谓:"昔葛天氏之乐,三人操牛尾,投足以歌八阕。"反映了当时诗、乐、舞合体的真相。中国《诗经》中的《国风》、印度的《摩诃婆罗多》、希腊的《伊利亚特》和《奥德赛》,以及后一些阿拉伯民族的《天方夜谭》、日本的《万叶集》,这些矗立在世界文学史上最初的丰碑,都是在古代民间艺术(诗歌)的苑园里获得养料培栽出来的。
>
> (《星底梦·诗与民歌》)

以中西贯通的思维和学识来谈论诗歌,关露也是如此,她认为:

> 在欧洲在莎士比亚和歌德以前亦然。当十七—十八世纪,封建社会之经济上制度对于人民的反映是要求自由的产业革命。这反映到文学上,就产生了浪漫主义。浪漫主义文学之内容自然是反对贵族的专横,在形式上也打破旧的死板的规律。莎士比亚是当时最著名的浪漫主义者的代表,他就打破了古典主义的"三一律",在诗上面也产生了自由诗的形式。
>
> 中国直到廿世纪,辛亥革命后,"五四"学生运动展开时,才随着革命斗争的浪潮而诞生了新的自由形式的诗。可是当时一部分有着封建意识的文学者,在假保守"国粹"的美名下,干着阻止时代进展、摧残"文学交给大众"与深入民间的反动勾当。新诗的发展与一切文化一样,在进步中受着不断的摧残。
>
> (《什么是诗》)

关露借鉴昔日就读中央大学中文系时的听课内容,并深受"左联"时期宣传的唯物史观、大众文学等影响,写了《什么是诗》,分为五个部分:要用语言化的文句,要用表现的笔法,要有音乐性(音节),要有丰富而真实的感情,要以正确的世界观去表现诗的主题。结论是:"诗是一种有着丰富感情跟音乐性的文品。"这些内容现在看起来很平常,但是在那个时代迫切求知的青年心目中则是一门深入浅出的辅导课。关露强调指出:

> 白话诗虽然内容和形式是解放了,可是只是供给一群智力劳动者看的(包括小市民层跟知识分子)。其内容又是一些与劳苦大众生活脱离关系的,歌唱"青春""爱情"与

"风花""雪月"的"个人主义"的自由(参看《徐志摩诗集》商务版,他是新月派的领袖)。他们只不过从专制者的手里夺回自己的自由,只走到小资产阶级的(自我享乐)阶段,而没有再进一步地跨进广大的人类自由的道路!他们虽然不去歌颂王权,而他们是歌唱"风花""雪月"和"青春""爱情"(幻想的),他们是逃避现实而重美丽(唯美至上)。

由于这班小资产阶级革命诗人的生活的悠闲与安逸,所以他们有多余的时间,去幻想个人的幸福和自由。

关露曾作为"左联"创作委员会负责人,大众诗歌的理念深深地烙印在她的诗论里,虽然有"一刀切"的机械论之嫌,但是她竭力主张新诗健康发展的主旋律,这是应当充分肯定的。对此,丁景唐深有同感,不谋而合地认为:

在新诗的成长过程中,虽也产生了一些优秀的诗人和作品,但真实地反映中国人民所喜闻乐见的中国气派的诗篇却并不多见,至少在我们的周围——城市的报刊上所表现的,多数是带有病态的、唯美的、朦胧的甚至梦呓式的连自己都不知在说些什么的东西。这是些有害的毒菌,常又作为诗歌爱好者的食物,直接或间接地影响了诗的健康,形成诗与人群间的离心力。鲁迅先生生前曾不只一次地提起新诗的病症,如诗应有歌唱的机能……

(《诗放谈》)

毛泽东在《中国共产党在民族战争中的地位》中提出:"把国际主义的内容和民族形式"紧密结合起来,建立"新鲜活泼的、为中国老百姓所喜闻乐见的中国作风和中国气派"。经过延安文艺座谈会,"中国人民所喜闻乐见的中国气派"成为广大文艺工作者的创作宗旨和追求的目标,丁景唐也将此写进文章里,对诗的内容和形式提出更高的要求。这时与关露写作《什么是诗》已相隔八年之久了。

连载关露的《什么是诗》的《学习》半月刊与上海社会科学讲习所密切相关。该讲习所是上海"孤岛"时期在中共上海"文委"领导下开办的一所传播马克思主义思想的干部学校,在半年左右时间内共办了四期,培养了一大批革命干部,并为上海周围地区的抗日游击战输送了干部。胡愈之、王任叔先后主办,郑振铎、周予同、严景耀、杨帆等主讲,还多次邀请孙冶方、陈望道、张宗麟、刘少文、林淡秋等社会名流演讲。讲习所学员大多是上海各界抗日救亡群众团体的负责人和骨干,其中有许多共产党员,办起了星星书报流通社。刘冠芳主动担任了该社的负责人,不久又兼任《学习》半月刊的会计和发行人,多处奔走借募,保证按期出刊。

《学习》编辑部设在爱多亚路(今延安东路)浦东大厦422号,编辑柳静,发行人王方舟。大楼里设有不少抗日救亡团体的总部,如难民救济委员会上海市分会(上海市救济委员会)、上海市学生战时服务团、上海市作家救亡协会、上海市电影制片业同业公会、上海市文化界救亡协会、上海市教育界救亡协会等,这些团体都为抗日救亡做了大量的工作。丁景唐就读青年会中学时,改任"学协"中学区干事,所在的"学协"三人小组组长俞正平是"学委"沪中区委派的,他还到浦东大厦内开展各种工作。

《学习》半月刊传递地下党的声音,撰稿人大都使用化名。关露的《什么是诗》连载三期,结尾注明"慕熹记"。

关露曾在上海第二中华职业补习夜校讲授文艺学,还讲革命道理,介绍大家读《大众哲学》《西行漫记》《包身工》《华北前线》《中国的新生》和鲁迅著作等,受到众多学员的热烈欢迎,称关露是"我们的启蒙老师"。(萧阳《关露在"孤岛"》)

(四) 诗与民谣

关露和丁景唐都很重视诗与民谣的关系,关露认为:

> 谁都知道,最早的诗,是由于许多劳动人们,在劳动以后或劳动的当时,顺着感情的驱使而歌唱出来的。这许多人当他们感情喷发的时候,便歌唱出激昂的调子;悲哀的时候,便歌唱出沉郁的调子;需要爱情的时候,便歌唱出舒缓而温和的调子。顺着各种不同的起伏的感情的调子,在他们的声音中形成了许多不同的自己的音节,把这种由感情表现出来的音节融和在字句当中,便成了诗。因此诗是可以表现人们的生活和感情的一种文学作品。现在我们可以看一点所谓歌谣的民间的诗——
>
> "捐税又甚重,民债还不清!官府不出钱,养起百万兵,一年打几回,哪得太平春!江山打得稀巴烂,百姓震得光零零!"这是[从]一首四川的民歌中截下来的。人们苦于苛捐杂税和战争发出这样的愤慨。从这诗里我们可以了解他们是过着怎么一种痛苦不堪的生活。
>
> "小姑小姑你莫嘘,做人媳妇不稀奇。白天把你当牛马,夜晚把你当母鸡。"这也是一首四川的民歌。这是由一个乡村中的少妇唱出来的。她告诉我们:在封建的社会里,妇人是过着什么生活,被人看作是一种什么东西——白天为人劳动,晚上给人作性的满足的对象。

关露的《大众诗话·诗的起源和它在文学作品中的地位》(《生活知识》第 1 卷第 6 期,1935 年 12 月 20 日)讲述了诗的起源与民谣的联姻关系。丁景唐进一步深入研究,探索诗与民谣的关系,他认为:

> 诗是语言、文字的艺术。作为一个诗歌的爱好者,应该有决心从活人的口头撷集活的语汇,提炼活的字藻,而不应该也不能躲在象牙塔式的暖室中,紧闭了房门,对天花板出神。历史上伟大的诗人的光辉的业绩曾经昭示着这一点真理:艺术不能离开活的人群,诗歌不能离开现实的人生。这并非过奢地冀求诗人,写出永垂诗史的杰作。但一个诗人或一个诗歌的爱好者,倘若不愿毫无诚意地装腔作势,徒以书写梦呓式的文字游戏为满足,那么他必将不负责任的"胡作"认作诗人的耻辱!
>
> 批判地接受人类历史的文学遗产,和提炼并发掘民间艺术(歌谣)的宝藏,是新诗创

作的两大课题。但不论前者或后者,同样地需要诗人诚意地学习和研究。

当诗由口头的语言创作而远离民间、蜕演为书写的文字游戏,也就是诗的歌唱机能萎缩趋向死灭的时代,民间歌谣的研究尤值得我们新诗人的注意。

(《诗与民歌》)

为此,丁景唐积极发起组织民歌社,发出《征求歌谣》启事,编写《怎样收集民歌》小册子,撰写了专题文章《民间文学和民间文学的研究者》《谈民歌的鉴定、歌谣体创作——从〈愤怒的谣〉想起》等,而且身体力行,创作了新民谣、说唱等通俗文学作品。

如果说关露是先行者,提出诗的起源与民谣的话题;那么丁景唐则是后继者,不断开拓研究的空间,采取各种方式,取得多元化的成果。

综上所述,至少可以得出以下一些看法:

其一,关露甘当伯乐,赏识、扶持新人丁景唐,其中原因之一便是二人不谋而合的审美情趣,找到了知音。加之其他原因,她愿意最大限度地提供《女声》平台,并且佯装不知丁景唐诗文的弦外之音,不动声色按照编辑的常规程序,对丁景唐特别眷顾,甚至同时刊发他的多篇诗文。丁景唐与关露亦师亦友,虽然没有机会互相深入交流文学创作经验,但是他们有许多共同话题,如尊仰鲁迅之情、相似的诗论等。

其二,丁景唐投稿给《女声》的思路,博得关露的好感。前面投稿的几首诗属于投石问路,大多直抒表意,通晓浅近,《春天的雪花》则露出几许端倪。接着,丁景唐改用"歌青春"的笔名,连续投去诗稿,关露心领神会,接连每期都发表一首诗。此后,丁景唐一发不可收拾,关露大力推荐,热情扶持,经常在同一期上发表丁景唐三四篇诗文。丁景唐与关露见面后,双方更加熟悉,关露有时干脆让丁景唐自己组诗稿,她坚信丁景唐恪守的道德底线,并且欣赏丁景唐的组稿能力和写稿才华。

其三,关露的诗文甚佳,数量也很可观,不愧为享誉当时文坛的"四大才女"之一。她的文学修养、鉴赏水平和美学情趣也不同凡响,她多次在不同场合中讲授诗歌。关露慧眼识珠——丁景唐曲笔诗文的社会意义和美学价值,往往引起她的共鸣。丁景唐的头脑也未发热,投稿的曲笔之文是间隔性的,有冷却停顿,选择了其他题材的诗歌,随后再突击。

其四,坚守在上海沦陷区的丁景唐以"散兵作战"的方式投稿给《女声》,以笔为刀枪,并与地下党员关露形成一种默契,互不打听对方底细,从而形成一个上海沦陷时期的奇特现象——日本方面出资的《女声》半月刊,竟然由两个中共地下党员一投一编,互相配合,悄然将《女声》作为发布正义之声的阵地之一。即使后来关露被戴上"文化汉奸"的可怕帽子,默默忍受众叛亲离的凄苦后果,丁景唐等人依然毫不顾忌,继续投稿,发布自己的声音。

其五,关露点评丁景唐诗集《星底梦》一文的开头奠定了全文的基调,而且成为点评诗集《星底梦》的经典之言,这让丁景唐念念不忘,直到晚年。如果与关露读懂丁景唐曲笔诗作结合起来观照,那么就能进一步深刻理解她的点评,可以突破目前点评诗集《星底梦》的瓶颈,得出令人刮目相看的新结论。

其六,丁景唐与关露曾有一场借题发挥的论争,并未实质性地激烈论争,各自坚持述说了自己的见解。丁景唐之文在很大程度上弥补了关露一文未能说清楚之处,是在帮助关露"补台",而不是"拆台"。对此,机敏的关露心领神会,写信给丁景唐,认为丁文与她的意见没有什么不同,并邀约丁景唐到她家里一谈,以示重视此文的观点。

其七,丁景唐与关露零距离的交谈不止一次,他也和《女声》主编左俊芝交谈过。左俊芝晚年思想比较复杂。因此,丁景唐非常谨慎,除了昔日《目疾记》一文之外,再也不谈左俊芝,故意疏远。这与他敬仰关露之情截然不同,毕竟他俩属于亦师亦友的特殊关系,更何况关露是肩负特殊使命的中共地下党员。

总之,丁景唐坚持认为关露是一位值得敬佩的富有特殊使命的地下党员、才华横溢的女作家。

本章附录关露三篇作品,也是作为一种"不可忘却"的纪念。关露纪念鲁迅的两文很少有人提及,寓言式的散文《夜行的人》折射出关露被戴上"文化汉奸"后的复杂心理和盼望重归革命队伍的美好愿望,但这些早已湮没在浩瀚的文史长河里。

注释:

[1] 耐冬的《播音与浓妆》(《世界晨报》1937年6月3日):

关露,这一位正义感的女诗人,近年来写下了不少的诗作,如《赛金花像》《故乡,我不能让你沦亡》等等,皆传诵一时。

她在写作以外,对社会交际上,很活跃的样子,她担任了量才歌咏会的导师,最近,又为那女青年会播音演讲。

前天,她在福音电台演讲离婚对于妇女的影响,发音很清朗。

听说,关露小姐定每星期二晚上九时,在该台作家庭问题讲座。

不过,你假如瞧见了关露小姐的风姿,则她是那么漂亮,那么娇贵,杏红的脸,画眉,手指涂蔻丹,裸肩、裸脚,一身浓妆,你准会当她是什么"交际花"之类。

璇玲的《关露印象记》(《中华周报》第1卷第5期,1944年10月22日):

也许因为她是习惯于写作的人,她顶会说话,会讲故事,她在行为[方面]的表现,没有一点浮躁气,沉着的,娴静的,言语中时时透着伟大的魄力。

过去在写作上有着很大的努力,在创作的劳苦中,也有过很好的成绩。在上海的作家群中,相当的活跃,但确是一个无言者。

她对生活的趣味是多方面的,喜欢音乐,喜欢旅行,喜欢坐吃茶点,也喜欢吸烟和喝酒,很爱听戏,然而也是一个感伤主义很浓厚的人,她没有女人的娇揉造作的脾气,很大方的,不会表示自己是一个作家。

不是好多说话的人,说起话来,像是有点刻薄,但是也很爽快。内在美丽是超过她的仪表的,不是一见她的人所能知道的。

很诚实也很真挚,和她能说得来的人在一起时,她会把炽热的感情完全捧出来。

〔2〕凌大嵘,复旦大学社会学系的高才生,深受社会学系主任应成一的赏识。据说她一口地道京腔,人也漂亮,《女声》杂志曾在图片栏用一版登过凌大嵘的照片。凌大嵘主持"所见所闻"采访栏目,她用"方媚""荣""韫辉"等笔名,写了不少文章,她采访过陈燕燕、陈友仁夫人、李香兰等社会名流,也写过《节电即生产》(《女声》第3卷第4期)等应景文章。进《女声》之前,她在基督教青年会工作,1944年7月左右离开《女声》杂志社。

赵蕴华,负责《女声》的儿童栏目,1943年9月她离开《女声》后,儿童栏目曾暂停。1949年后,她与丈夫在上海基督教青年会工作。她可能使用笔名"华""纯黎""菡"等,写过很多关于儿童、家政方面的介绍文章。菡在《女声》创刊号上曾为《街头顽皮的流浪儿》照片配文字:"不要笑我穿的破烂,年纪轻,天气热了既省衣服,又卫生。"

附录一 鲁迅的故事

——献给鲁迅[逝世]三周[年]纪念期诵

关 露

好几十年前,中华民族有一位子孙,当时谁也不知道他的姓氏,后来人都叫他鲁迅。

他的家乡是一个温柔的省份。这省份的风景在全世界都有名。那里,有钱塘江的潮水,有天目山的雪,有鉴湖里的月光,有龙山上的枫叶。他便生在这样一个有着富丽风景的地方的乡村里,他的乡村也很富丽。

不跟生长他的乡村一样,他的家里却很贫穷,他贫穷。在他的幼年,他穿过褴褛的衣裳,进过种菜的田园,他饿着肚子,也上过当店。是这样贫穷的他的幼年。

因此他的乡村很温柔,他的性情却很刚健,他厌恨贫穷,但是他不为贫穷屈节。

有一天,他跟许多孩子们玩游戏,在一个长者红绿果子的果树园里。那些孩子们,有些是有钱的子弟,有些是贫穷的,他跟贫穷的孩子们在一起。

他们在一起游戏。一个有钱的向着贫穷的孩子说:"现在我们做戏。我们扮做主人,你们扮作奴隶。"鲁迅说:"这是什么道理?"那孩子说:"因为你们的衣冠都不整齐。"鲁迅说:"什么叫'衣冠不整齐'?脱掉衣裳,我们的身体都是一样。"

大家要去脱衣裳,那孩子说:"不可以,做游戏还要化妆,化妆的费用你们担当不起。"于是穷孩子们说:"我们没有钱,我们就做奴隶吧。"

他们开始演戏。有钱的孩子们说:"奴隶,你们去搬砖头。"他们就去搬砖头,有钱的孩子们说:"趴下来,给我们做马匹!"他们就趴下来做马匹。有钱孩子们说:"去睡到马棚里!"他们就去睡到马棚里。

鲁迅说:"这是什么道理?"他们说:"这叫作奴隶。"鲁迅说:"这不是做戏。"他们说:"好戏就是真的。"鲁迅说:"啊,我可不跟你们在一起。"

于是,他走开。走到开着花朵的树林里。他挺着身体,举出一只黑得像夜似的手,呐喊着:"优秀的子孙不做奴隶。来到我的面前,不愿做奴隶的。"于是,在他那黑得像夜似的手的挥动下,奴隶们解放了。

从此,他还是贫穷,但是他知道了许多事情,他知道世界上有压迫与被压迫的人。压迫的人靠金钱的势力,被压迫的人靠战斗的精神。

鲁迅长大了,他离开了美丽的乡村。但是在他自己的美丽的村庄以外,他来到了一个新的果树园。这园里也有许多主人跟奴隶,奴隶是中国的民族,主人就是帝国主义。

这时大家不是做戏。可是也有像那些穷孩子似的人们,去给敌人做马匹。这时,鲁迅换了武器。他不使用那黑得像夜晚似的拳头,他用的是一支笔。

　　他的笔像刀枪一样锐利。用他的笔他说:"优秀的人种不做奴隶。"于是人们都站在他的面前。为了要用他的笔去解放奴隶,他长远地离开了他那美丽的村庄,他永远地离开了那村庄。

　　到如今,那钱塘江的潮水、天目山的雪、鉴湖的月光、龙山的枫叶,都不在他的坟上!

一九三九一〇一八作

　　原载《文艺阵地》第 4 卷第 1 期,1939 年 11 月 1 日。

附录二 一个可纪念的日子

——鲁迅先生逝世七周年纪念

关 露

提到一个纪念的日子,总会引起人们一点伤感,因为"纪念"总是想着过去,过去的遗迹不可追返,光阴不会再来,纪念永远是使人带着缅怀和留恋的情绪来追忆的。

尤其是秋天,在青草变成黄色、落叶遮着街道、露水很快要凝结成霜的时候,去追忆一个死者死去的日子,这是多么撩人烦恼、撩人惆怅的事啊!现在我们要带着同样的心情来追忆我们这位中国的文豪和我们青年们的导师鲁迅先生逝世的纪念日子!

我们是用着感伤来追念鲁迅先生的,然而我们不因为感伤就变颓唐;因为在悲伤他的死之外,我们还想着在他死后还留到现在的光荣。他为着争取人们的幸福与自由而生。他曾把他的生命作为战场,文章作他的武器,为着后一代的子孙,他努力地生存;也为后一代的子孙,他劳瘁地死!他死了,但是展开在我们眼前的不是灰暗,而是光辉。

记得七年前的一个日子,也像现在一样的一个秋天,那是十月十九日以后鲁迅先生的殡葬的日子。万国殡仪馆和胶州路上都挤满了青年作家和男女学生们。在丧队出发之前,殡仪馆的附近就阻止了交通,排列了像军队一样整齐的队伍。队伍中的人,臂上都缠着黑纱,脸上显着悲戚但是勇敢的容貌,也像准备去上战场一样,都准备着去参加鲁迅先生的丧队。那天没有下雨,太阳照着光辉的灵车和队伍的旗子,浩荡地驱向墓地而去。我们带着太阳去墓地,带着星光回来,我们唱着挽歌,述说鲁迅先生生前的光辉的故事,忘记了露草染湿我们的衣服和饥饿致使我们的身体疲乏了。是一个多么可追忆,多么使人们感到悲伤同时也感到兴奋和愉悦的日子啊!悲伤的是为着鲁迅先生的死,兴奋和愉悦的是因为他有这么多读者和爱戴他的人们!

现在距离鲁迅的死已经七年了,七年的光阴多么悠久又多么短促啊!然而鲁迅的精神和灵魂、事业和光辉永久地存留在下一代人们的心里,不管时间的长短,他总是永存不朽的!

原载《太平洋周报》第1卷第86期,1943年10月23日。

附录三 夜 行 的 人

关 露

有一次我走过一条马路,我遇见许多夜行的人。

我忘记了我遇见那些夜行人的日子,也忘记了属于哪一个季候;总之是在一个可纪念的一天,一个在夏天里最凉、在冬天里最暖的日子。

在这个日子,太阳刚刚逝去,黑夜还没有到来的时候,我独行在一条路上。我不记得这条路的名字,只仿佛听人谈到。我也不知道它有多少宽广,只知道道两旁有着房屋;也不知道它有多少长,只知道我愿意达到的时候,它就有一个尽头。我不知道这条路的颜色,路上究竟有些什么,我只从它的两旁嗅到青草和树林的气息,听见车马的声音,看见从我所辨别不出的方向透出一些灯光和活动着的人的影子。为什么我要走上这条道路,我也不知道;我只知道每一个人都走过,而且在跟我所踏上的不同的地带每一个都正在走。

这天我没有戴表,不知道从我出门起走了多少时候,只是从我身体所感受的疲乏和我在路上所遇见的不同而多样的景象,我知道在这条路上我走得很长。

路是宽广的,但是崎岖而弯曲。因为我是一个人,没有言语分占我的心脑,除开走路以外,我的工作就是看望和思想。

黑夜渐渐揭去了黄昏的帘幕。天像一块蓝色的纱,遮盖着人们所不知的宇宙。星星静寂地散布在蓝纱上,显示着与黑夜的抗争。

于是,不同的景象展开在我的面前了。我看见一大批的人马,马拉着四轮或是二轮的车子,现代和古代的样式。车上坐着男人和女人,老年的、壮年的、少年的。他们中间有的在嬉笑,那是表现他们的快乐。他们的快乐是由于有锦茵似的车马的舒适,轻快而迅速地行驰。他们的车子里卧垫和烟雾一样的帘幕,车里有灯温暖和迷人的闪亮。因为温暖,他们不觉得夜的寒凉,因为眼前的明亮,他们看不见远方的暗黑。也有的人在颓丧和悲哀,那是他们患着神经衰弱,[迷]感到车子的动荡。他们的身体安适,但是神志迷离。他们知道自己坐在车里,但不知道载着他们的车会走多么遥远。他们知道他们的车子坚固,他们的马匹驯服,但是不能肯定道路是永远平滑而无阻。他们的身体安适,但是听见夜风在呼,看见疲劳的马匹在颤抖。因为他们安适,就害怕夜风,不能驾驭自己的马匹。

我还看见大堆的人,有男人和女人,有少壮和衰老的。他们没有坐车,跟前也没有马匹。他们在步行,但是他们的周围有轻纱一样的帐幕,有像晚霞一样的软柔的红灯,有像鲜花一样的芬芳的气息。

这些人中有许多年轻的女人,她们温存而妩媚。她们有明亮的眼睛,整齐的牙齿,纤妙的手指;有端正的脸颊,洁白而丰满的身体。她们在年轻的时候是这样,老了还是这样。因为她[们]有特殊的本能,她们从来只知道笑,不会哭泣,因为在她们身上的只有快乐,没有痛苦。她们只知道享乐,从来没有劳动过,因为她们只登过生命的宝殿,没进过田野。她们只会走平滑而安康的道路,因为她们没有越过山,也没有渡过海。然而她们也有悲哀的时候,就是在有风的黑夜里。她们的眼睛虽然明亮,但是不能远视;她们的手指虽然纤美,但是不能缝织;她们的身体虽然洁白而丰满,但是不能挺直。

黑色的天幕降下来,晚风开始了呼啸。轻纱一样的帐幕穿了破孔,晚霞一样的光为着它历史上的循环而消逝。香花没有了,因为没有栽种的人们去扶植。于是,这批有着洁白身体的女人悲哀了。她们用曾经为她们的幸福而笑过的眼睛现在开始为幸福而哭泣!

于是,在恐惧而徘徊、缠绵而凄怨的声音里过来另外一批人物。他们有冷静的容颜、骄傲的步伐,腰上挂着宝刀,身上穿着金甲。这是一批好战的武士。他们曾经用他们的铠甲席卷过别人的船只,用他们的宝刀斩过无辜的头颅,用他们武勇而贪欲的臂膀搂抱过别人的妻子。现在黑夜到来,巨风与嚎哭、复仇和愤怒震撼了他们。他们尚武而贪欲的心感到疲劳,善战而习于刀剑的手感到颤抖。于是他们从像西班牙斗牛场一样的地方退下来,来寻找休息的土地,寻找被他们自己的手所毁损过的他们的家乡。

大队的人过去了,男人和女人,老年的和少年的人。他们中有矜骄和嬉笑、沮丧和悲伤。

我看见许多许多大队的人,这些人都是来旅行的。

他们有各色各样的面貌和声音,有不同的姿态和言语,有不同的行走方法。但是他们之间有共同的一点,就是他们的心都染了疾病。因此,虽然他们在不断地走,而且都要从道路的起点走到边缘,可是都把自己的边缘和邻人的分开,把自己的路和别人的弄反了。他们的人马是大队的,而心还是孤单的;他们的身体健壮,而灵魂是衰老的;他们的行路不曾停止,但是入了迷途了。

这时,天幕从蓝的颜色变成黑的,狂风从四面吹起,黄沙遮盖了人们的头发和眼珠。如果人们不挣扎着去探视,那就会变为一个路倒的[人]!多么悲哀啊!一个路倒的[人]!但是,在黑得像海底一样的天幕上显出一颗星星,这是一颗永远不灭、不被月光掩暗、不被云雾遮没的分外明亮的星星。她告诉人[们]:现在是黑夜旅行中最后的时期。

我觉着恐怖,一个人走在路上,没有车马,没有纱帐,我是孤单的。

这时又过来大队大队的人,并且在一大队人中我看见有我所熟悉的。于是我快活而勇敢了,我知道也有一个队伍,而且我所参加的是人马最多、最健壮而最年轻的一队!

原载《太平洋周报》第96期,1944年2月7日。

第三编

多元·避难·民风

(1944—1949)

第一章 活动篇

首次亮相：主持"文谊"（上）

"文谊"（上海青年文艺联谊会）是丁景唐从事地下党的学生运动以来，第一次也是最后一次公开露面组织全市性的青年团体，大有面向全国各地成立分会的发展趋势。丁景唐还创办、主持会刊《文艺学习》，这既是对他综合素质的严峻考验，也是磨炼他成长的机遇，充分展现才华。他作为"文谊"的代表亮相，扩大"文谊"的影响，但也引起国民党特务的注意，随时可能遭到逮捕，机遇与风险并存。他以"丁英"化名出现，大多数人都只知此名，却不知他的真实姓名，甚至"文谊"执委陆兆琦（笔名齐洛，后为上海宝钢总工程师）40年后才知道丁英即丁景唐。

为了加强党对文化舆论宣传工作的领导。1946年1月，上海地下党成立了宣传委员会，由姚溱、陈虞孙、艾寒松组成。4月，唐守愚[1]回沪后，刘晓即嘱他负责领导文化工作。

1946年2月10日"文谊"正式成立，两个月后，征得"学委"领导人同意，丁景唐和直接联系的党员转至唐守愚领导的"文委"系统。丁景唐结束了自1938年11月入党以来长达七年多在"学委"系统从事学生运动的工作，开始接受"文委"负责人的领导。1947年4月，唐守愚突然出现在宁波路470弄4号原《小说月报》《文坛月报》编辑部，紧急通知丁景唐他已被国民党列入黑名单，叮嘱马上离沪隐蔽。1950年1月，丁景唐前往中共中央华东局兼上海市委宣传部正式报到，公开了共产党员的真实身份。

单线联系，奔波筹备

刺骨寒风呼呼作响，光秃秃的树枝惊颤摇晃，27岁的丁景唐裹紧围巾，眯着眼，往前赶路。他的脑子里都装满了筹备"文谊"的诸多事宜。

丁景唐经过茂名北路、延安中路的十字路口，无暇往西张望，那里曾是他的住处。继续顶着呼呼北风，赶到下一个十字路口，往右拐十几步，便是威海卫路587号。隔壁是583号云兰坊，呈L型，另一个出口在茂名北路，恰好把587号、595号（后为大众文化服务社）、603号（后为民智初中、中华职业补习学校）分割为独立地块，进出很方便。对于587号，丁景唐比较熟悉,这里是中共上海地下党创办的中国文化投资公司(简称"中投"),公司印刷部的地下党由江苏省委"工委"领导,积极传播党的主张,闻名一时的"灯塔小丛书"中有毛泽东的《新民主主义论》《论联合政府》,还印刷出版了许多进步书刊,丁景唐主持"文谊"会刊《文艺学习》也是在这里印刷出版的。

1946年7月,中投经理等上了国民党的"黑名单"后,中共党组织决定改组董事会,撤销公司的出版、书报、阅览等部门,保留印刷业务,并在1946年11月改名为富通印刷公司。1947年9月,中统特务持枪冲入富通公司,进行全面搜查,并且伺机"张网捕鱼",扣留、关押前来送稿的各家单位的数十人,造成了震动全市的"富通事件"。

丁景唐推开中投的玻璃门,搓搓冻僵的手,进入开会的办公室,与先后赶来的杨志诚等熟人打招呼。然后介绍前来的三位知名人士——著名作家许杰、赵景深和年轻有为的电影导演张骏祥,与"文谊"骨干杨志诚等见面,确定指导关系。许杰、赵景深在中国现代文学史上占有一席之地,并与鲁迅等人有关联,日后成为丁景唐研究的对象。丁景唐多次拜访许杰,请教诸多事宜,并撰写《明日书店综述——并贺许杰先生九十寿辰》。赵景深是现代文坛有名的多面手,一直很活跃。丁景唐的论文集《妇女与文学》得到他的帮助,并与他在不同场合中相遇。

除了许杰、赵景深等之外,事前,党组织已经委派中共代表团上海办事处的叶以群[2]、蒋天佐[3]协助丁景唐筹备"文谊"。叶以群的公开身份是中外文艺联络社专职负责人,《文联》月刊主编,他提供稿件给丁景唐协助编辑的《文坛月刊》。蒋天佐为《民主》周刊编辑、《大公报》文艺副刊编辑。丁景唐对叶以群、蒋天佐等人都很尊重,有各种接触。后来,叶以群担任《收获》副主编时,发表丁景唐的诗作《小石子赞》(《收获》1965年第3期),此诗是丁景唐在1949年后写的极少数诗作之一,也是"文革"前写的最后一首诗。

因为叶以群、蒋天佐的大力协助,对接"文协",请出不少名家援手压阵,有力地推动了丁景唐筹备"文谊"事宜。以上提及的许杰、赵景深等的见面会,便是落实的诸多环节之一,而且"文协"重要成员郑振铎等人还出席了"文谊"成立大会。

同时,丁景唐草拟一个"文谊"骨干成员名单,核心成员是他所掌握的党员,征得"学委"领导人的同意,除了此前转走党组织关系的陈绐、陈联和沈惠龙、金如霆等之外,还留下郭明、董乐山、江汎、田钟洛(袁鹰)。因单线联系(地下党组织纪律规定),不可能集体讨论,丁景唐不辞辛苦,来回奔波,分别与他们单独商量、研究筹备"文谊"具体事宜,然后汇集信息,筛选、归纳、整理,考虑下一步的筹备工作。

另一部分"文谊"骨干名单,丁景唐心中也初步形成——鲍士用、杨国器、杨志诚、戎戈、成幼殊、周晔、周朴之等人,征求他们的意见,酝酿"文谊"执委名单。事后,丁景唐才知道鲍士用、杨国器、周朴之已经是中共党员了。按照党内纪律,地下工作者不能暴露各自的身份,这种垂直领导而非横向关系是现在年轻人难以理解的。

鲍士用,又名鲍良佐、鲍子堃。他1936年来上海当学徒,1939年参加益友社,次年加入中国共产党。益友社是中国共产党领导的以商业系统店职员为主体的进步团体,培养骨干,发展党员。中共上海党史资料委员会出版的《益友社十二年》中有详细介绍,其中有鲍士用、刘燕如(电影《51号兵站》中"小老大"原型之一)等人撰写的回忆文章。鲍士用曾帮助丁景唐自费出版的第一本诗集《星底梦》。

丁景唐与杨志诚相识颇有戏剧性。经关露介绍,丁景唐到四明医院去看望杨志诚,见她正在床上写作,深受感动。以后二人熟悉了,丁景唐主动提出要介绍她入党,她说一周后答复。原来她去请示党组织,得到同意后,才告诉丁景唐,几年前她已入党,党的关系在宁波。丁景唐的组织关系转入"文委"后,杨志诚的组织关系也如愿转过来了。杨志诚写作能力很强,多次与丁景唐合作,成为丁景唐主持"文谊"时的得力助手。此后,丁景唐转辗南下避难时,杨志诚作为《妇女》编辑,多次发表丁景唐的诗文,并帮他临时起笔名"芜菁"。

筹备工作的框架逐渐清晰了,得到"学委"领导同意,丁景唐与几个党员明确分工。春节后召开"文谊"成立大会,郭明主持会议,丁景唐作筹备工作报告并提出15个执委名单,董乐山负责起草"文谊"成立宣言和《告文艺青年的一封信》,江沨负责整理会员名单和联系部分会员,田钟洛(袁鹰)负责新闻报道等。"文协"方面也传来好消息,将委派郑振铎、许广平(景宋)、朱维基等人前来出席成立大会。

丁景唐又一次推开威海卫路587号玻璃大门,刺骨寒风减弱了,一抹太阳光穿透层层厚云,马路上行人依然稀少。他长长地松了一口气,几个月来的忙碌即将有了成果。

1946年2月1日大年三十,丁景唐一家欢声笑语,喜庆新年到来。春节的鞭炮声还未散去,"恭贺新禧"的拜年声还在耳边不时响起。突然,董乐山撂担子,委托他人给丁景唐捎来一信,说是因故无法起草"文谊"的两个重要文件。丁景唐愣了几秒钟,摇摇头,"勿话来"(宁波话,意即无话可说)。回过神后,他立即挥笔动手起草,凭着多年的写作功底,以及亲身经历的大量筹备工作,加以提炼、概括,倾注于笔端。一番修改后,怀揣着两份文件,骑着自行车,赶到威海卫路587号,找到熟人印出来,32开两面印刷,将在两天后"文谊"成立大会上散发给"文协"各位贵宾和其他与会者。

隆重成立,名流增辉

十里洋场南京路,丁景唐记不得来过多少次了。1938年深秋,他还是高中生,已经是一名年轻的共产党员。他与同学王韬合办《蜜蜂》半月刊时,幸亏姑丈出手相助,才没有夭折。姑丈开设的鸿康电料行位于南京东路314号。今天,丁景唐路过那里,瞥了一眼,继续快步往前走,前面马路对面是熟悉的慈淑大楼。走过南京东路、山东中路的丁字路口,便是劝工大楼,左边是中华劝工银行、温馨里、达仁堂,右边是华德钟表眼镜店、亲仁里。

此前,经杨国器介绍,丁景唐认识了新药业联谊会的杨织裳,由她出面请中国国货公司职工俱乐部的负责人陈雪帆借用劝工大楼俱乐部场所。为了彰显陈雪帆的特殊功劳,丁景唐等人特地把他列入"文谊"15位执委的名单。"文谊"会刊创办后,刊登陈雪帆主持的国货公司职工俱乐部活动:"国货公司同人联谊会曾于上月底举行木刻、漫画、图画习作展览,内中有不少佳作。"当时国货公司的职工柴之英(后改名为唐铁海),成为著名工人作家,长期在上海作协工作,协助魏金枝等编辑《文艺月报》,丁景唐曾撰文点评过他的文艺作品。新药业联谊会的杨织裳,此后作为妇女界代表出席上海市首届各界人民代表会议,同时出席会议的妇女界代表还有赵先(曾任江苏省委组织部部长王尧山的夫人)、曹孟君(曾任全国妇联常委、副秘书长)、章蕴(曾任上海妇联主任)等。

不久前(1946年1月31日),国共两党及民主党派的代表召开的政治协商会议闭幕,会议通过了五项协议,蒋介石作出四项承诺,影响很大。因此,丁景唐等人选择这时机召开"文谊"成立大会,上海国民党当局一时难以阻扰和破坏。

上海南京路劝工大楼三楼工会俱乐部场面很宽大,拥有小型的戏台和帷幕,如同戏院模样。1946年2月10日,那里很热闹,丁景唐提前到达,与熟人不时打招呼,关切地询问郭明等人准备情况。陆续进场的各报记者、"文谊"成员百余人,拿到了丁景唐起草的《"文谊"成立宣言》和《告文艺青年的一封信》,低头看起来。郑振铎、许广平等人一露面,丁景唐热情地迎上去。

许广平是周晔(周建人的女儿)介绍来的。周晔曾就读于之江大学,与圣约翰大学的阮冠三、成幼殊等帮助推销丁景唐自费出版的诗集《星底梦》,丁景唐也曾到四明村找过周晔。现在,许广平如约而来,初次见到丁景唐,双方热情地握手。此后,丁景唐写了《忆许广平同志二三事》(《鲁迅研究月刊》1995年第6期),记述了许多往事,并认为:"(许广平)是抗战胜利后上海妇女界的领导人之一,受人民尊敬的民主运动的著名社会活动家。"

大会临时主席郭明宣布大会正式开始,"首先请丁先生作报告"。丁景唐说着一口宁波话,汇报了筹备"文谊"的经过,并向大家逐一介绍"文协"来宾——郑振铎、许杰、许广平、赵景深、蒋天佐、叶以群、陈烟桥、朱维基,全场响起热烈掌声。丁景唐特地提到许广平、朱维基曾在上海沦陷期间,被日军宪兵队逮捕入狱,遭受毒刑(郑振铎等人也遭受各种迫害),激起与会者的愤慨。上海音乐专科学校的瞿希贤(后为著名女作曲家)宣读向作家的致敬信和宣言:

> 在现今中国迈向和平建设,人类春天开始的时候,我们一群上海的年轻的文艺学习者,因着文艺的共同爱好和对于新中国文艺的热忱,我们深深地感觉到在我们中间有一个组织机构的必要。如此我们团结起来,以冀在文艺的领域内相互学习,相互鼓励,而想对新中国的文艺工程有所贡献。

丁景唐环顾台下与会者,心里泛起一阵漪涟。他从事青年学生工作已有八年了,今天终于有了一个亲手筹备的公开的青年文艺团体,第一次把大家聚集一堂,"以冀在文艺的领域内相互学习,相互鼓励"。

许广平代表"文协"首先登台讲话,感慨万千。六年前,鲁迅逝世两周年之际,她对青年团体演讲时指出:"从先生的一生,他告诉我们应该要刻苦艰难奋斗,才能得到前途的解放,唯有奋斗才能生存。"(《鲁迅先生二年祭》,《众生》第2卷第2期)1946年10月,迎来鲁迅逝世十周年,许广平再次强调:"坚定步武,决不怠懈,紧随真理,执着存在。民族自由,是所信赖,必期有成,再行告慰!魂兮有知,鉴此寸在。"(《十周年祭》,《文艺复兴》第2卷第3期)现在,许广平身上还留有日军宪兵队拷打的伤疤,她写的长文《遭遇前后》连载于郑振铎主编的《民主》。她明确地指出今后青年文艺工作者应该走的路,就是为推进民主运动而奋斗。她还特别指出:"文艺不能脱离政治,也不能离开时代和环境,文艺青年们应该认清自己所走的路,不要去管任何笑骂,因为人民的力量永远会克服一切的阻碍。"这番话也体现了鲁迅生前教诲文艺青年的一种精神,可以追溯到鲁迅在"左联"大会上的讲话,对此丁景唐深有同感。

然后赵景深讲话,他劝大家把所看到、听到、想到的都反映到文艺上,"文艺是不能脱时代的"。他重复一遍许广平说的话。此前赵景深与丁景唐等人已经见过面,商谈指导诸多事宜,并且当场看了丁景唐起草的两个"文谊"文件。他讲话时表示非常赞同"文谊"简章里所定的各种经常工作,例如文学讲座、出版刊物、文艺座谈。这也意味着他和其他作家将履行指导的职责,完成"文协"委派的任务。

第三个上台讲话的是许杰,廖临记录为《我们要怎样从事文艺工作》,刊登于丁景唐主编的《文艺学习》创刊号。许杰认为:

> 目前的民主运动,和"五四"时代相比,有了更新的内容、更大的规模。但现在新的反动势力强得多了,他们的手段是军阀和封建官僚所没有的,他们多方面地摧残文学。因为它促使千万人民向社会改革的斗争,我们从事文艺也就是以斗争方式改进社会。这应该是我们对文艺共同的认识。

> ……我们现在的文学因此不再是单纯文学,而是同文学关联的社会改造工作,是千千万万人心的相联精神的结合。于是我们就得在实践中使文学普遍地打进社会的每一个角落里去。人们的愚昧无知会使他们被反动势力利用,成为他们的工具。文学可以改变它……

> 为了产生好的作品,我们要"心贴心",去了解广大民众的内心的痛苦。我们更要从个人生活的斗争——要求生活严肃就是一个斗争——从事文学。只有这样我们可以使文学完成它的任务,作为光明面的力量和黑暗面的力量斗争。

随后开始选举15人为执委。经与会者一致通过,以大会的名义致函大后方的作家们及现居海外的胡愈之、王任叔、沈兹九等,遥致慰问。

由于时间有限,不得不压缩助兴的表演节目,瞿希贤指挥上海音专同学们合唱了两首流传甚广的抗日歌曲,即贺绿汀的《游击队之歌》和《长城谣》。

"万里长城万里长,长城外面是故乡……"《长城谣》由潘子农填词,刘雪庵谱曲。19岁的青年歌唱家周小燕在武汉合唱团领唱这首歌曲,次年她去法国留学,途经新加坡,应百代唱片公司邀请,演唱灌制了《长城谣》唱片。这首歌广为传唱,感动了广大侨胞,踊跃捐款、捐物,有的毅然回国参加抗战。丁景唐的妻子王汉玉的高中同学路明主演电影《红嘴唇》时演唱《长城谣》,影响很大,她的丈夫是著名编导陈西禾。《长城谣》哀婉的歌声也让丁景唐等人仿佛回到昔日上海沦陷时期,此歌词也曾出现在丁景唐等人的笔下,发出"最后的吼声"。

多才多艺的赵景深在大学里授课时,经常即兴表演戏曲。现在他的演唱成为压轴戏,唱了一段昆剧《刺虎》。他"宽宏的声调犹如北方的彪形大汉"。

最后,全场唱起热烈的民主歌声,结束了上海文艺青年第一次的大集合。丁景唐与郑振铎等人热烈握手,希冀得到更多的各方面指导,扶持年幼的"文谊"成长。

这次会议选举15人为执委,后来经丁景唐、袁鹰等人回忆,整理、核实出一份名单:文化界——闻歌(包文棣,后为上海译文出版社总编辑)、丁英(丁景唐)、郭明(后为华东文化部副科长)、袁鹰(田钟洛,后为《人民日报》副刊部主任)、戎戈(戎维域,后为著名版画家),职业界——田英(杨国器,后为上海市药物管理局副局长)、鲍久(鲍士用,后为上海市静安区政协主席)、陈雪帆、刘铁夫、戴容,学生和教师——金沙(成幼殊,后从事外交工作)、周晔(后任上海译文出版社社长)、胡序华、齐洛(陆兆琦,后为上海宝钢总工程师)、蒋文治(李大达,后任香港新华社副总编辑)。闻歌是蒋天佐介绍丁景唐去邀请他的,但他没有来参加会议。蒋天佐也介绍丁景唐到古拔公寓49号去认识王元化,他以"函雨"笔名为丁景唐协助编辑的《文坛月报》创刊号写了《舅爷爷》。更多相关情况,丁景唐都写入《上海文艺青年联谊会的成立和活动》(《文艺学习》创刊号)。

各家报纸纷纷报道"文谊"成立的消息:"上海文艺青年联谊会已于二月十日在全国文协上海分会赞助下正式成立,到郑振铎、许广平、许杰、蒋天佐、叶以群、赵景深、陈烟桥、朱维基诸先生,各报记者及文谊会友有百数十人。"(《青年联谊会欢迎叶圣陶》,《前线日报》1946年2月16日第9版)丁景唐与田钟洛完成了关于这次大会成立的三篇报道。

"文谊"成立后,丁景唐特地写了《上海文艺青年联谊会的诞生和成长》,指出:

> 我们的心头久久地蕴藏着一个愿望,企求集合许多爱好文艺的年轻友人,共同学习文艺和从事写作。
>
> ……"好高骛远""妄自尊大",这些都是脱离群众,闭门学习的文艺青年最易犯的毛病。我们希望我们自己这个年轻的文艺团体,能虚心地多接近大众,用集体的力量克

服各种困难和阻扰,改造自己,学习,学习,再学习!

此番忠告使人联想起16年前鲁迅在"左联"成立大会上的讲话《对于左翼作家联盟的意见》,强调革命作家一定要接触实际的社会斗争,并对"左联"工作提出四点意见,其中就有"应当造出大群的新的战士","如果目的都在工农大众,那当然战线也就统一了"。丁景唐遵循鲁迅昔日指导精神,再三强调学习,意味深长,经得起历史的检验。这也是他学习鲁迅及其作品的心得体会。

首次抗议,鲜为人知

"文谊"成立大会顺利召开,十天后第一次提出强烈抗议,起草《我们的抗议》。参加成立大会的"文协"大部分贵宾也同时发表文章,强烈谴责重庆国民党当局制造骇人听闻的"二一〇"较场口惨案。

1946年1月31日,政治协商会议闭幕,会议通过了五项协议,即《政府组织案》《国民大会案》《和平建国纲领》《军事问题案》《宪法草案》。这些协议虽然与中国共产党所制定的新民主主义纲领还有相当的距离,但已经从实质上否定了国民党的一党专政、个人独裁的政治制度和反人民的内战政策,这在当时的历史条件下维护了广大人民的利益,符合广大人民要求和平、民主的愿望,也曾一度给全国人民带来了新的希望。但是,政协闭幕才过了10天,2月10日("文谊"成立的同一天),国民党重庆市党部一手策划指挥数百名凶手冲击较场口召开的陪都各界庆祝政协会议成功的群众集会,打伤郭沫若、李公朴、陶行知、马寅初等民主人士及60余名记者和与会群众,制造了震惊全国的较场口惨案,事件策划者的罪恶矛头显然是指向政协会议通过的协议。

2月11日,上海的民主人士、文艺界的知名人士分别联名致电郭沫若、李公朴等人表示慰问,同时致电国民政府要求严惩肇事凶手。上海地下党领导的《文萃》发表慰问电,一些进步报刊纷纷发表了控诉、抗议文章,反击破坏政协协议的逆流。

3月中旬,在地下党组织的推动下,各进步杂志成立了上海杂志界联谊会,由《民主》《周报》《文萃》《新文化》《世界知识》等组成理事会,代表上海杂志界、图书出版界对时局发表意见,呼吁和平民主,抗议国民党反动派非法查禁书刊,并声援上海与外地受迫害的童星,维护言论和出版的自由。该联谊会员最初有40余家杂志,后发展至80家(国民党办的刊物则被排斥在外),两星期聚餐一次,商讨言论和出版自由、官价白报纸配售、新闻纸邮资、对当局的无理查禁报刊进行抗议和相互声援等问题。直到1949年5月下旬上海解放,停止活动。

五家杂志组成的理事会,除了金仲华在抗战中创办的《世界知识》之外,其余四家都是抗战胜利后创办的。其中《民主》《周报》《文萃》被称为国统区的三大民主刊物,在上海乃至整个国统区人民中都有很大的影响。郑振铎主编的《民主》,编委有马叙伦、周建人、许广平、董秋斯等，地下党组织委派蒋天佐、郑森禹、艾寒松担任该刊具体编辑工作。唐弢、柯灵办的《周报》，撰稿人有郑振铎、马叙伦、茅盾、夏衍、吴晗等。《文萃》创刊后，地下党员孟秋江和梅益、徐迈进逐渐影响该刊，确定该刊的主要内容。后由黎澍接任主编，实际上已由中共中央南京局上海工委领导。《新文化》是上海地下党创办的，张执一（后为中共中央统战部副部长）为该刊确定编辑方针和每期的中心内容，并推荐周建人为主编，先后具体负责编辑工作的为方行、李正文等人。

上海杂志界联谊会成立后第一个大动作便是严厉谴责较场口惨案的肇事者，提出强烈抗议，积极组稿，出版《为陪都血案争取人权联合增刊》（版权页上注明1946年3月15日出版，可能正式出版时间延迟一些）。封面设计比较特别，将上海杂志界联谊会所属的一些杂志名称列出（以撰稿者所在的杂志社为主），组成一个众志成城、强烈抗议的阵图，汇聚着强烈呼声和强大力量。增刊由上海杂志联谊会编辑发行，上海地下党组织创办的"中投"印刷，生活书店经销。显然，增刊得到地下党"文委""学委"的大力支持，其中有些文章是赶写的，如许杰一文写于2月18日，《民主》周刊丕强的《论二月十日重庆较场口暴行》落款为2月19日，"文谊"一文写于2月20日，同日许广平也在撰写抗议之文，著名诗人朱维基的诗作《寄郭沫若先生》则是3月9日最后赶写的。增刊收入章乃器、李公朴、梁柯平、姚雪垠、周建人、林汉达、孟秋江、范泉等的文章，以及出席"文谊"成立大会的大部分"文协"贵宾的诗文，这些诗文大多鲜为人知。

较场口惨案发生的第二天晚上，中国民主促进会的郑振铎等40多人聚集在爱麦虞限路（今绍兴路）中国科学社召开会议，联名发电，慰问郭沫若等受伤人员。郑振铎立即写了《民权到底有保障没有》，发表于他主编的《民主》第12期（1946年2月16日），强烈谴责较场口惨案的肇事者，表示"四万万五千万人民的悲愤是无可抵御的"！这期《民主》还刊登了郑振铎等人的联名电文，以及政治协商会议通过的《政府组织案》《国民大会案》《和平建国纲领》、较场口召开的陪都各界庆祝政协会议成功大会的《告全国同胞书》。增刊收入《民主》周刊社郑振铎的《民权与官僚制度》作为《民权到底有保障没有》的续文，进一步揭示较场口惨案的社会和历史根源——官僚制度，矛头直指"一人之下，万人之上"的"帮治"阶级，"他们必立即被推倒，被唾弃"。并且义正词严地指出："官僚制度不扑灭，不铲除，民权永远是不会得到充分的保障的。但民权不充分实行，官僚制度也永远的不会被扑灭、被铲除"。这既是代表"千千万万的老百姓们"的正义呼声，更是讨伐的战斗檄文。

许广平（景宋）的《从陪都惨案说起》愤怒地指出："中国究竟是处在什么的时代？这次几百个打手的公然侮辱，不啻主使者们想用血来洗去政治协商会的条文，要捣毁它的成立。我却以为还是一件愚蠢至极的举动。因为倘使武力可以镇压，遂行一切私图的话——那么德国的强大、纳粹镇压的周密，应该绝不至于倒败了；而秦始皇的严刑苛法、武力称强，也绝不应会让陈涉之徒,赤手空拳而能揭竿起义,终于暴尽了独夫的贪残,消削了万人的公敌。因为这不是武力的问题,是'是非''向背'的问题。如果不是有赖于'是非''向背'给予人民的一种明确的信念,那么,历史上的革命,绝不会成功!"

许杰清醒地指出:"我们要准备着,并且时时要警惕着,这只是一个信号,预防更大的反拨力量的到来。"(《我们的警惕与准备》)

叶以群以《文联》半月刊的名义发表《根绝暴行》一文,指出:"我们希望的是最高政府当局对这事件有一个严明的处置,根据这种暴行,因为受这类行为损失最大的还是政府的威信。政府用三年赢来的人民的信任,只要五分钟就可被他们破坏无存!他们,是人民的敌人,更是政府的敌人。"

陈烟桥创作两幅漫画,并配两首讽刺诗,其一《给中央社记者》:

> 你总该懂点道理吧,/怎么这样万人目睹的事情/竟敢随便混淆?/但是你也实在可怜,/看,摆在你的跟前的/不是清爽的墨水/而是连手也玷污了的"专用黑漆"!/我问你应该怎样写好呢?/你于是把笔尖调转来/说是非这样不可,/为了自己的职务。/嘘!

其二《无法无天之徒》:

> 哦!你们原来是撑腰的人的/难怪敢这样无法无天!/打死了一个做主席的人/多那点钱,/不用害怕/庇护在后面;就是被宪兵抓了去/交保费五万元。还有你们得随时装假伤/以便在起草告民众书时/作为严正的立言!

陈烟桥是叶以群介绍给丁景唐的,在"文谊"成立大会上首次相识,给丁景唐留下"纯朴、谦和、可亲可敬的印象"。多年后,丁景唐在《忆念陈烟桥同志——写在陈烟桥同志一百岁诞辰》一文里,指出陈烟桥是"'直接受到鲁迅先生教诲与器重'的中国第一代木刻运动倡导者与实践者",并且是"木刻艺术理论的探索者","一位美术教育家(他是陶行知育才学校绘画组主任、广西艺术学院创始人)"。

著名诗人朱维基的诗作《寄郭沫若先生》:

> 在万目睽睽的堂堂陪都,/竟会演出一出全武行——/许多人民最优秀的代表者,/如你先生,还有李公朴、施复亮,/有的额上打起了一块红肿,/有的拖下台来拳足交加,/铁棍木棒到处乱舞高扬;/你被打落了眼镜,被打肿了额角,/被拖在地上还不算,更要用脚践你的胸膛。

> 现在,离开这惨痛的血案,/已有一个多月的时光,/政府似乎变成了哑巴,/假痴假呆,一声都不响。/彻底调查真相,赔偿惩凶,/依旧是我们坚决的主张。/你身受痛苦的郭沫若先生,/尤其要合力把我们人民的要求宣扬:/若是不把种种未了的惨案血案,/得到明白结束,我们决不会就此收场!

增刊收入的诗文除了以上老作家、学者之作以外,还收入了时代学生社编辑成幼殊的

《我们的抗议》、麦籽社(无署名)的《不胜利人民决不放下斗争》等文。

  假如说昆明惨案掀动了全国反内战的巨浪,获得了政治协商会的成就,那么这次重庆较场口的血案,将鼓动了全国各阶层争取民主,争取诺言实施,争取执行和平建国纲领的运动,而全国学生必须成为运动的先导和中坚。我们相信这运动一定能够成功!

  我们学生也一定可以负起这种的任务!民主也一定能够到达很快的实现。

成幼殊以诗人的激情写下此文。文中提到昆明惨案,她和陈昌谦等共同编辑的《时代学生》第7期(1946年1月22日)将此作为重中之重的政治任务,推出"追悼昆明死难师生大会特辑"。成幼殊是"文谊"15名执委之一,而且她的此文与"文谊"一文标题同为"我们的抗议"——同仇敌忾,站在同一战壕里。

  我们不甘默视着在重庆较场口各界先进和爱好和平的民众被无耻者殴打,我们不甘默视着打了人还要用"国定新闻"来造谣诬赖欺骗人民。我们要向全国人民唤起反抗民主逆流的呼声,我们要向别有用心的阴谋家提出严重的抗议。

  我们怀疑我们所处的已不是一个民国卅五年的中国,而只是一个打手、流氓、军阀、法西斯余孽横行不法,帮闲文人捏造谣言、出卖良心的腐败集团!他们妒恨政治协商会议的成功、政治协商会议的决议案、蒋主席的四项诺言,他们竟还妄想用铁棍石块来打定天下。当这一暴行的消息传来时,我们禁不住愤怒与热泪交流,我们要坚决争取在人民世纪里每个人民应有的自由权利;但那时我们仍还期待着横行暴徒的合理惩罚,然而我们的执政官——衮衮诸公却有目无睹,有耳不闻,同时反而变本加厉,竟有卑鄙的造谣专家,反咬起被打的李公朴、施复亮、朱学范诸先生是"祸首",必须"严惩"了!

  难道披着民主新装的大人物们的血液和良心都冷凝了吗?难道铁棍与板凳齐飞便被默许为中国历史上空前的伟大成就——政治协商会议成功够"发挥民意"的国策吗?我们不能理解这些。然而顽固分子、官僚集团和反动势力是会最后来一个死前的挣扎。如果我们再沉默等待,这预感是可能再发生的,但是倘若我们能集合一切进步的民主力量做一个反击,我们一定能够粉碎他们危害大众的企图,促使中国走上民主的大道!我们是年轻的文艺学习者,我们曾经长长的八年生活在敌伪的刺刀底下,我们对于较场口这一比敌伪暴力统治还要横戾的行动,提出我们的抗议,提出我们正义的控诉!

  我们愿和全国进步的民主集团紧站在一起,督促政府必须真正实现蒋主席的四项诺言、政协会的决议案,并保证不再发生这类毫无人性的暴行;同时我们要严惩凶犯,并对为庆祝政协会胜利而被反动分子打伤的诸位先生致崇高的敬礼和诚意的慰问!

上海文艺青年联谊会
二.廿日

"二.廿日"(2月20日)正是"文谊"成立后第十天。由于"文谊"会刊还未创刊,暂且破例纳入上海杂志界联谊会,文章被收入增刊。

1946年3月20日,上海杂志界联谊会致函国民参政会电文,再次重申:"政治协商会议五项决议必须彻底而充分实施,反对任何一切违法歪曲政协会决议之举动。"落款为所属的20多家杂志社,最后一个是丁景唐协助编辑的《文坛月报》。此电文刊登于《文萃》1946年第23期、《周报》1946年第29期、《鲁迅文艺月刊》1946年第1卷第2期。

丁景唐与袁鹰合作的《上海文艺新军的结合》全文发表于《人民文艺》第4期(1946年4月20日)。这期还发表上海杂志界联谊会《为抗议摧残言论、出版、发行、自由声援重庆、西安、北平、广州被压迫同业宣言》,落款仍然是这些杂志社,最后依然是《文坛月报》。可见,丁景唐知道上海杂志界联谊会的有关活动。遗憾的是关于《我们的抗议》,丁景唐的回忆文章《上海文艺青年联谊会的成立和活动》和他人回忆文章都未提及。此文可以弥补丁景唐主持"文谊"系列重要事宜中的第一个空白。

现在有一个旁证。丁景唐、田钟洛合作的《上海,文艺新军的结合》发表于茅盾、叶以群主编的《文联》第1卷第4期(1946年2月25日)时,文后有一则报道:"二月十日重庆较场口血案发生之后,全国文协总会曾致函郭沫若先生慰问,大意说:'政治协商会议成功后全国人民欢腾鼓舞,国家地位与人民生活将随民主政治之奠基与展开而逐渐提高,但在一国威望所在的首都,人民四大自由刚刚得到保障诺言的现在,居然发生此种不幸现象,使世界知名的作家如先生者受辱受伤,本会同人以为舆论界有保持严正态度的义务,政府有彻查内幕,依法处办的责任。'"显然,丁景唐知道文协总会致函慰问郭沫若一事,而且此致函严厉谴责的措辞是经过反复修改的,这与"文谊"公开发表的《我们的抗议》保持统一口径。

《我们的抗议》是丁景唐或他人起草的,丁景唐至少审校过。其中有些词语引人注目,如"狄伪",这是上海沦陷时期特殊用词,以谐音"狄"替代"敌",丁景唐的诗文中也曾使用。此时已是抗战胜利后,为何继续使用"狄伪"呢?或习惯了,或故意的,以此讽刺国民党当局如同敌伪横行不法的统治,同时把矛头指向言而无信的蒋介石所谓的"四项承诺"——"人民之自由,人民享有身体、信仰、言论、出版、集会、结社之自由,现行法令,依此原则分别予以废止或修正。司法与警察以外机关,不得拘捕、审讯及处罚人民"等。此文既有尖锐抨击的严厉语气,又有不点名的行文策略,如"一个打手、流氓、军阀、法西斯余孽横行不法,帮闲文人捏造谣言、出卖良心的腐败集团",这个定性的前置语经过一番认真思考和斟酌,没有直接点名国民党当局,因为必须严格遵守党的纪律,拥护政协会议的决议,不能立即与国民党当局彻底撕破脸,但是读者一看就明白。

"文协"群星,跻身其中

"文谊"成立前后,丁景唐与"文协"关系逐渐密切,叶以群成为重要联系人。

1946年2月,丁景唐接到叶以群的通知,参加了"文协"一次重要活动。对此,赵景深写了《一个作家集会》长文,开头写道:

> 老舍和曹禺接受美国国务院的邀请,在民国三十五年三月二号动身赴美,把我们中国的新文艺,介绍给美国的作家,这在中美文化沟通上是有很大的意义的。中华全国文艺协会上海分会特地在二月十八日下午四时举行了一个会员大会欢送他们,同时还欢迎新近从重庆、厦门等地来沪的会员戈宝权、宋之的、吴祖光、柳亚子、施蛰存、袁水拍、许杰、华林、叶绍钧、赵太侔等。柳亚子因病未到,赵太侔则已离沪,其余八位都到了。此外我们在签名簿上可以看到签名的会员有下列这些人:凤子、杨云慧、赵清阁、余所亚、许广平、王辛笛、赵景深、魏金枝、严敦易、蒋天佐、葛一虹、任钧、孔另境、徐调孚、周予同、钱君匋、冯亦代、郭绍虞、叶以群、陈烟桥、夏衍、吴天、顾仲彝、唐弢、柯灵、李健吾、曹未风、郑振铎、姚蓬子、张骏祥、黄佐临、徐蔚南、朱雯、罗洪、赵家璧、陈西禾、董秋斯、崔万秋、熊佛西、曹聚仁等。杨云慧是成都文协的理事,冯亦代也是总会的会员。新闻记者也到了不少。
>
> 老舍到得很早,接着又来了四位外宾。其中一位个子最高的是费正清(Dr. K. Fairbank),他曾任北平、清华大学教授,现任美国新闻处的文化部主任,就是他介绍老舍、曹禺到美国去。还有一位是新闻记者。
>
> 有人提议要一个纪念,敦易就拿了一张大纸来,圣陶在前面题了几句:"文协上海分会欢送舒舍予、万家宝两先生赴美讲学,宣扬我国新文艺,到会者咸签名于此纸,永留纪念,时为三十五年二月十八日下午四时,会场为金联食堂。叶圣陶书端。"他签了名,老舍接着笔写了一个极小的名字,他幽默而且谦虚地说:"大人物写大字,小人物写小字。"第三个写名字的是郑振铎。
>
> 外国记者拍过几张照片后,五时一刻欢迎会开始。

在这群星璀璨的聚会里,27岁的丁景唐归于"等"的名单里,但是,他在记者拍摄的照片里出现了,照片印制在赵景深编辑的自选集《文坛忆旧》(北新书局,1948年4月)扉页上。这是一张很有历史意义的超长照片,有许多著名作家同框。照片下面注明名字的有30多位,其中也有丁景唐的化名"丁英"。他站在吴祖光、李健吾的后面,露出比较模糊的脸。这是1949年前,他唯一一次在书刊的合影照片里亮相。

到场的许多著名作家在中国现代文学史上占有重要的地位,以后都成为丁景唐研究的对象,其中许广平、郑振铎、叶圣陶、夏衍等人的生平和作品还是重点研究课题。上海刚解放时,夏衍一纸调令,让丁景唐重新"归队",从此他在上海宣传出版系统干了30多年,直至离休。丁景唐还与赵家璧、曹聚仁、王辛笛、孔另境、陈烟桥等人的子女保持联系,有许多动人的故事。

赵景深在《一个作家集会》里还透露了许多有趣的情节。欢迎会由郑振铎主持,他首先讲话之后,老舍幽默地说:"报上都说我去讲学;要是讲学,我就不去了;因为我的英文不行,只是二把刀(Second Knife)。美国朋友希望我们说话,我们实在是去学习的。"徐蔚南趁机拿了一本刊物,其中载有老舍的长篇小说《骆驼祥子》的译文片段,请老舍题词。曹禺接着话题说:"老舍说是向美国作家学习,自然我们要从美国得到一些东西。另外我们还有一个使命,就是如何把现代变化中的中国告诉美国民众。老舍的《骆驼祥子》英译本封面[上]拉车的人还有一根猪尾巴,可见美国人对中国还认识得不够。"费正清打圆场说:"老舍、曹禺二位不但做了中国代表,也帮助了美国人。美国人一定要负责。可惜美国人对中国的学问情形还了解得不够。美国人不懂得中国的事情,那是有危险的。美国对别国事情办得不好,就要失败。这虽是我个人的意思,却知道好多美国人也有此感想。"吴祖光则不客气地说:"方才费正清先生说,现在已经进入原子时代,但我们中国实际上却已回到石器或铁器时代。美国人在黄包车夫背后画猪尾巴并没有画错,本已剪掉,现在又有人给挂上。希望老舍、曹禺向美国人说,我们中国人还是有猪尾巴的。"

"猪尾巴"即清朝遗留的小辫子,辛亥革命已经剪掉了——鲁迅在《阿Q正传》里有深刻的描述,其象征着中国几千年封建社会积淀的国民劣根性。以上围绕"猪尾巴"的即席发言,显示了他们各自的鲜明个性。

其实,"猪尾巴"一事还是茅盾首先提出来的,那是一个多月前(1946年1月20日)重庆"文协"(中华全国文艺协会)为老舍、曹禺举行欢送酒会,这是抗日战争胜利后第一次送中国文化使者出国,茅盾、巴金、胡风、阳翰笙、聂绀弩、邵荃麟等50多人欢聚一堂。茅盾首先发言:"我看到美国的《骆驼祥子》这本书的广告,那广告上面画的一个中国人,脑袋后面拖着一条长长的辫子,那辫子还翘得高高的。现在美国人是怎样地看我们中国人啊!"他还说:"吃黄油的洋人对于中国的小辫子和三寸金莲未免太隔膜了。现在要让美国人知道,中国人如今不仅在形式上没有了小辫子,在精神上也没有了小辫子了。这样对于中美两国文化的沟通,才会有真正的帮助。"此前,曹禺曾去请教茅盾,这次出国讲学要讲些哪些内容。茅盾讲了很多,其中两点是:实事求是讲学;文学是有社会意义的,不只是娱乐。曹禺记住了,到美国就是这么说的,他还记住了"猪尾巴"的事情。

绮才玉貌的女作家、戏剧家凤子登台亮相。她在曹禺四大名剧《雷雨》《日出》《原野》《北京人》中先后担任女主角的首位扮演者,后任中国剧协书记处书记。赵景深记录了凤子"朗诵了四十多位外埠作家的慰问信",故意没有点名"外埠作家"。这些其实是苏北解放区作家致上海"文协"的信,也带来了解放区的消息,引起了与会者的极大兴趣。赵景深只好摘录了致信的前半部分,隐去了后面的内容,如"我们应该加强团结,互相取得联系,建立华中解放区域上海及各大城市的文化工作上的交流……欢迎你们到解放区来参观,你们被禁止出版的书籍和被禁止上演的剧本,解放区愿替你们出版和上演"。这是1946年4月2日延安《解放日报》刊登的《上海文艺界欢送老舍曹禺赴美》中透露的,弥补了赵景深长文的缺憾。

那天欢送会的最后,由郑振铎报告了上海"文协"的会务情况,并通过了有关议案,大家开始聚餐,摆开五桌酒席,很是热闹。老舍特别高兴,与人握手敬酒。姚蓬子来了兴致,上前与老舍猜拳,顿时响起"七巧八仙"的猜拳声音。老舍趁着酒兴站起来,大声说道:"现在我向诸位挑战,请来猜拳!"北方人的豪爽性格,促使他干脆走到每桌前去挑战。曹禺(或李健吾)不会猜拳的口令,便与老舍像老小孩似的,同时喊着"刺、刺、刺",快速出拳,煞是有趣。结果老舍略胜一筹,少喝一杯酒。

觥筹交错一番,散席之后,老舍等人兴致未减,又到隔壁小间里。老舍亮嗓唱戏,接着曹禺、吴祖光、顾仲彝、陈西禾、赵景深都尽兴唱了一段。吴祖光还爆料说,那年冬天在江安,有一只大老鼠钻到曹禺的丝绵袍里去,曹禺还以为是胃病犯了。吴祖光拿出说戏的看家底子,绘声绘色地再现场景,引得众人哄然大笑。余兴之中,戈宝权唱了一段北方秧歌,很有民族气息,大家觉得很新鲜,可惜戈宝权只唱了一段,众人觉得不过瘾。最后,赵景深唱了一段昆曲《紫钗记》中的"折柳阳关"选段,作为送别。压轴节目是老舍唱的京剧《草桥关》的选段。在依依惜别中,众人散去。

笔者曾问过老父亲丁景唐:"那天晚上,你吃大餐吗?""没有,我已经走了。"丁景唐摆摆手,又去整理他心爱的旧书了。

丁景唐珍藏的赵景深的初版本《文坛忆旧》,在重要的内容一旁特地制作了便签,便于今后查找。此版本是特制的瘦长的32开,1983年12月上海书店出版的影印本是普通的32开本,但是文字和照片依然如旧,页码也相同,并保留封底的版权页。2015年又有新版本《文坛忆旧》出版,那时丁景唐已经住进华东医院,高寿95岁了,如果他得知,还会叫家人去购买,因为这本书里记载了他昔日激情燃烧的往事。

各部活动,高潮迭起

按照丁景唐等人的设想,"文谊"由15位执委集体领导,经大会推举产生,但是执委们各有各的原因,不能全力以赴投入"文谊"各项工作,也难以经常集中讨论问题。不久,鲍士用因故退出,改由茹荻接任,即戴顺义,是丁景唐单线联系的地下党员。

1985年6月8日,原"文谊"执委陆兆琦写信给丁景唐时回忆:

在1945年,抗战胜利后,在学生活动中,我有很长(至少半年以上)时间在你领导下搞组织文艺青年的活动。真如你在信中说的,你在"后台"指挥,我在前面执行,几乎每星期有一半时间在一起。一直到在南京路劝业大楼我们召开一次晚会,被国民党冲散,我们将"联谊会"("文谊")解散,《文艺学习》停刊为止,我一直和你在一起。时隔四十年多了,可能大家会忘了。

我记得我们相识是在青年会,以后便筹办起"上海文艺青年联谊会",我记得成立会是在八仙桥青年会底层篮球房开的。我们被选上执委或干事之类职务,以后凡是公开的会议终是分工由你我操办了。我记得我们召开过很多演讲会,邀请在沪的文艺界的名人演讲,吸引了很多进步青年。例如我们请过赵丹,讲他在新疆被盛世才迫害的经过,请过凤子、叶圣陶等先生作演讲,地点是在八仙桥青年会。另外,在鲁迅先生逝世(或诞辰)纪念时,在青年会礼堂开过一次纪念会,请了唐弢先生演讲,他还是你嘱我到他在徐家汇的家中去邀请的。

记得否,"文谊"还征求过"会歌",结果只我一人用俄国工人运动时期流行的一首《华沙工人歌》的曲调填了一首会歌,配曲请瞿希贤同志帮改了一下。记得歌中有一句"拿起我们的刀笔向黑暗投枪",你说在那情况下恐怕太明显了。[会]歌以后也没流传开来,但《华沙工人歌》这歌在1949年后经常听见了。我当时是从在震旦大学同学苏联籍人手中要来的一本旧小册子中抽来的。原来的曲子是用俄文及波兰文写的。由于这个契机,你介绍我与安娥同志合作谱曲,但说过之后,没有实际进行,安娥同志我也没见过。

关于《文艺学习》是一张像现在的《参考消息》那样的小报,成立会我记得是在一所小学里开的,到会的人不多,你主持,我参加了……在此刊物中,我除参与编辑外,还负责答读者来信的工作。因为在"上海联"(上海基督教学生团体联合会),接触的人比较多,好像我们也召开过一次读者座谈会。

随着"文谊"队伍扩大,各项活动逐渐增多,新老成员的需求也逐渐增加,负责各个部门的理事和骨干承担起策划、组织活动的职责。丁景唐作为主持者,提出原则性的意见,放手让大家去干,并非事必躬亲。

丁景唐等人原拟"文谊"执行委员会下分设总务、研究、出版、联络、康乐五个部,15位理事如何分工未有记载。给外界形成一种印象:"文谊"是一个比较松散的群众性青年文艺团体,以学习、交友、娱乐为主。这有利于掩护丁景唐等人开展地下党活动,物色和培养积极分子,输送给革命队伍,进一步发展为中共党员。

联络部负责人是杨志诚。她与丁景唐一起去采访茅盾,还应丁景唐委托,起草写信给中国福利基金会,请求帮助解决经济问题。

康乐部由田英负责。"文谊"成员江毅"素有肺病,现因生活奔波,病卧红十字医院,朋友们曾推康乐部田英持函前往,向他表示慰问"。

袁鹰负责"文谊"出版部。除了出版《文艺学习》之外,原拟出版丛书,第1辑8册,收入集体创作的《文艺学习》、中篇和长篇小说、诗歌、杂文、妇女文学、译文,均为会员的作品,其中理应包括已经在《文艺学习》上发表的一些较好作品。后因经济困扰,只好作罢。出版丛书的思路是当时报刊惯用的经营方式。首先运用报刊发表作品的先导作用,继而通过各种方式销售,造成一定的声势,收回部分成本,再投入,再结集,再销售,希冀形成一个良性循环的经营模式。但是一旦资金链断裂,便会戛然而止。可惜丁景唐等人的计划只在美好的愿望之中,未能实现,否则将为"文谊"留下新的一页。

研究部最为活跃,成立了文艺理论、小说、戏剧、诗歌、漫画木刻五个研究组。对此,丁景唐的《上海文艺青年联谊会的诞生和成长》(《文艺学习》创刊号)中透露了一些情况:

（一）为了筹募经费,承"文协"赞助和音专、爱弥儿剧团的客串,举办了一次文艺晚会。

（二）增进会友之间的友谊,举办过几次联谊会。

（三）提高文艺知识,举办了短期的星期文艺讲座,叶圣陶、许杰、胡风诸先生都给了我们宝贵的指示。

（四）聘请"文协"的诸位先生为顾问,先后成立了文艺理论、小说、戏剧、诗歌、漫画木刻五种研究组。

（五）应各职工学校团体的请求,曾由修养较佳的会友帮助他们举办文艺座谈、戏剧编导。

其中"叶圣陶、许杰、胡风诸先生都给了我们宝贵的指示"所指的那次会议是八仙桥青年会大楼十楼举行的,由郭明主持。1946年2月18日《世界晨报》第4版《"文谊"欢迎叶圣陶、赵丹》报道:

上海文艺青年联谊会昨晨在青年会十楼举行第一次联欢大会,并欢迎最近由渝来沪的叶圣陶和赵丹。首先读宣言及该会各部部长报告今后工作计划后,即由赵丹报告五年来羁留新疆情形,讲到所受各种酷刑时,大家感动得几乎落泪。十一时余,叶圣陶开完欢迎沈钧儒先生大会后赶到,当即略致训词,对文艺青年勉励有加。最后由之江[大学]文艺团契孙嬗娟小姐朗诵艾青诗《复活的土地》,散会。闻该会定于二十三日举行第一次文艺晚会云。

1946年3月16日《世界晨报》第4版《"文谊"明日文艺讲座,许杰胡风演讲》报道:"上海文艺青年联谊会举办之首次文艺系统讲座,定明日下午二时在南京路慈淑大楼七二六号举行,有名文艺理论家及批评家许杰、胡风二氏出席演讲,将对文艺青年之写作态度及方向,作初步基本之指示及阐述云。"

研究部的五个组分散活动。诗歌组的指导老师是朱维基,认真负责。该组22岁的王牧群是惠恒小学教师,由袁鹰和周朴之介绍参加"文谊"。诗人朗里曾在欢迎茅盾等著名作家的场合中,用舟山方言朗诵莎士比亚的诗《来在碧绿葱翠的树下头》,他是诗歌组的"网红"。戏剧研究组原拟请张骏祥指导,但未果,设法另请钱英郁指导。钱英郁,曾名钱善根,浙江舟山人,1949年后,历任上海市委宣传部文艺处科长、中国戏剧家协会上海分会工作委员会副主任。戏剧组克服种种困难,找场地排演,抓住各种机会演出。产生影响后,"各学校团体先后约请本会("文谊")协助文艺座谈、戏剧编导,有崇德女中、中国中学、沪江大学附中、南洋中学、衣联等团体。"漫画木刻研究组,由戎戈负责,主要联络上海美专的几位学生夏子颐、张怀江、葛克俭、陈沙兵等人。《文艺学习》也报道戎戈有关消息和文章。曾为"文谊"执委之一的鲍士用与戎戈均为益友社成员,益友社是中国共产党领导的以商业系统店职员为主体的进步团体,培养骨干,发展党员。

陆志仁(时任中共上海职员界运动委员会书记,后为上海社科院副院长、党委副书记)创办的《人人周刊》第3卷第2期刊登《〈文谊〉开办"文艺研究组"》:

> 上海文艺青年联谊会自成立以来,各界爱好文艺人士加入甚众,近该会为便利中区职业青年学习文艺知识起见,特于四月一日起,假六合路大新公司侧宁波同乡会第十小学内开办"文艺研究组",聘请"文协"许杰、胡风、以群、魏金枝诸先生为顾问,凡爱好文艺者(不论会员、非会员均欢迎)可以申请参加,参加者可向江西路宁波路广东银行大楼一楼大通公司戴天君接洽,或于每晚七时半来宁波同乡会第十小学,费用完全免收云。
>
> 星期一　文艺理论组
> 星期二　小说组
> 星期三　戏剧组
> 星期四　诗歌组
> 星期五　木刻漫画组
> 星期六　杂文、报告文学组
> 时　间　每晚七时至八时半

此文落款为"寅"。文中的戴天即戴顺义,1945年11月至1949年5月,他先后在私营中雍无线电机厂、私营大通证券所等工作,利用社会职业为掩护,担任地下交通员,从事党的地下宣传、情报工作。宁波同乡会第十小学位于西藏中路480号宁波同乡会的背后,即六合路59号宁波里,属于闹市的范围,校长是胡静园。1927年大革命时期,胡静园担任宁波镇海县农民协会农民部长,此后遭到国民党反动派通缉,逃到南通、上海等地避难。他在上海担任由宁波同乡会开办的第十学校校长,多次聘用共产党员来校任教,先后动员60余名学生参加革命,他还送他的三个儿子参加八路军和新四军,成为高级将领。

"文谊"开展各项活动,其中文艺晚会(文艺演出)、文艺周会(名人演讲和助兴的文艺节目)影响很大,这是精心策划的活动,成为"文谊"的两个文化品牌。文艺晚会截然不同于市面上流行的"三俗"（低俗、庸俗、媚俗）文艺活动，而是为了联络感情，增加凝聚力，扩大影响，尽力满足文艺青年的需求。但是有哪些经办人，则难以考证，他们甘做"铺路石"。

关于历次文艺晚会详情，除了第一次，其他几次在"文谊"会刊《文艺学习》上有所披露。第一次文艺晚会于1946年2月23日（星期六）举办，田钟洛写有通讯报道：

> 充满边疆气味的"达坂城的石路硬又平啊"那支青海情歌揭开了晚会的序幕。会场里挤着的一千多个少男少女们和着唱了。
>
> 唱了一首民谣，又是一首民谣，那是《青春舞曲》歌声嘹亮："密得儿呀得儿密得呀得儿呀，我的青春小鸟一样不回来！"
>
> 朗诵第一首，宁波土语的莎士比亚和莱蒙托夫的译诗，人们都觉得地方口语比国语更亲切，也更有味。
>
> 朗诵第二首，艾青的《复活的土地》。第三首，何其芳的《为少男少女们歌唱》。诗是轻松的，也是有力的，春天来了，两首诗为我们带来了温暖和希望。
>
> 朗诵第四首博得掌声如雷，那是高尔基的《海燕》，声音高低徐疾，钢琴的伴奏更丝丝地扣住心弦。
>
> 独唱两支，是大家一致要求的，《长城谣》和《嘉陵江上》。
>
> 李健吾先生赶来了，为大家作了近一小时的演讲。他讲得很多，他讲到内容和形式，他讲到戏剧和诗。最后，他向大家介绍了一本不被人注意的小说《脱缰的马》。
>
> 之江[大学]文艺团契参加一个文艺游戏《路易士是怎样做诗的？》引起全场一连串的掌声和笑声，你别看它只是个游戏，它告诉你写诗到底应当注意什么。
>
> 本来答应来的作家们临时都被苏联领事馆拉到兰心[戏院]去了，只来了赵景深和许杰。
>
> 赵景深表演方言，他讲了四川、湖南、宁波、山东、山西、海丰、潮州、芜湖、无锡、江阴、苏州、扬州、合肥、桐城……的土语。
>
> 许杰说："文艺工作者们是艰苦的，然而使命是重大的。他们吃的是草，挤出的是牛奶。"他并且举了鲁迅先生做例子。他说，鲁迅先生为了不愿意做资本家[的]"奴才"，不愿意卖给资本家做"姨太太"，而死于贫，死于病，死于多重压迫。然而，鲁迅的战斗精神始终是文艺青年们该学习的。
>
> 十点三刻，独幕剧《破旧的别墅》垂下了幕，少男少女们唱着走上了黑暗的马路。

此文《为少男少女们歌唱——在"文谊"的文艺晚会上》（1946年2月25日《世界晨报》）落款"本报记者钟洛"，原文每段前面都有"△"符号。前面两首民歌均为王洛宾创作的，即《达坂城的姑娘》《青春舞曲》。朗诵的第一首诗是"文谊"诗歌组的朗里用宁波话朗诵的。朗诵的第四首是高尔基的散文诗《海燕》，有瞿秋白、张西曼、戈宝权等人不同的译本，瞿秋白的译本影响比较大。李健吾推荐的乔穗青中篇小说《脱缰的马》,描写抗战初期青年农民重新归队参加抗战的故事。李建吾的文学评论名著《咀华二集》特地评介三位青年作家的作品,即乔穗青的《脱缰的马》、郁茹的《遥远的爱》、路翎的《饥饿的郭素娥》。《脱缰的马》最初发表在茅盾主编的《新绿丛辑》第一辑(1943年12月),得到高度评价,叶以群、姚雪垠也写了很长的读后感予以推荐。叶以群的长篇评论《评〈脱缰的马〉》,发表于《抗战文艺》第9卷第1、2期合刊(1944年2月1日)。此后,著名剧作家吴祖光将《脱缰的马》改编为电影剧本《山河泪》,白杨、陶金、吕恩等出演,永华影业公司1948年出品。许杰学习鲁迅精神的一段话,要结合许杰撰写的许多有关鲁迅的文章,才能进一步理解这些深刻含义。压轴独幕剧《破旧的别墅》是苏联剧作家雅鲁纳尔创作的,描写苏联卫国战争期间的一场反间谍斗争,只有两个人物登场,结构严谨,情节曲折,结尾出乎意料。

原拟1946年4月28日晚上7时在育才中学大礼堂举办第二次文艺晚会,结果延迟。对此,戴顺义、岳萌合写《五月的"文谊"》(《文艺学习》第2期):

> 第二次的文艺晚会在蔚蓝的晚雾笼罩之下拉开了淡蓝帷幕。会场里拥挤着人,每个人的手中拿着诞生的《文艺学习》在细读,前面几排坐着许杰、戈宝权、柯灵诸位先生和文化界新闻记者及来宾。
>
> "文谊"戏剧组演出了最现实的"活剧"《十字街头》,获得了观众的好评。好像我们就站在十字街头,那些烂醉的异国水手,在一阵苍凉的胡琴声夹着嚣杂的卖报声、叫喊声中,跟着东歪西斜地胡唱着洋歌出场,一辆从街上租来的黄包车放在台中,于是一幕Sketchy展开了,卖古董的上前兜售生意,一个女学生受到调戏,接着是酗酒殴人……故事没有一句说教,只拿每天亲眼能见到的事实留待每个人去体会,这一点是颇可供搞戏剧的友人参考的。
>
> 这次所听的歌唱,也有点簇新的,如山东小调和"茶馆小调",似乎更是民间的更是亲切有味。
>
> 公济小学四十人的大合唱是最兴奋最紧张的,他们从很远地坐了电车来,坐在前排的地板上,挨到歌唱时爬上去,看了真叫人觉得天真、活泼、可爱。在观众一致热烈的鼓掌中,Encore了三次。
>
> 会友朗里的宁波口语朗诵西蒙诺夫的《等一等》。这本是一首好诗,现在用方言念来,倒也是别开生面的。会友陆小姐朗诵屠格涅夫的散文诗《门槛》。
>
> 看完了压轴戏《[拿破仑]在后台》后,我们在夜色苍茫中步出会场时,每个人怀着兴奋和满意的心情。

晚会上演出周朴之执笔的活报剧《十字街头》,由钱英郁导演,"文谊"研究部戏剧组演出,以北平"沈崇事件"为素材——美国士兵殴打我国黄包车夫,调戏女学生,最后引起群众的公愤,起而反抗。那天演出时,舞台上出现真的黄包车,是会员汪里汶从街上租来的。

周朴之是很有才华的青年诗人和翻译人才,他创作的独幕剧《十字街头》鲜为人知。1946年3月1日,他撰写了短评《新闻的配给与制造:游行的另一面》(《时代学生(上海)》第1卷第9、10合刊期),署名"萧毅",这是周朴之和丁景唐都遗忘的一文。周朴之参加"文谊"前已经加入共产党。1949年后担任上海《青年报》记者,以后调到编译所和上海译文出版社工作,曾担任巴金翻译赫尔岑《往事与随想》的责任编辑,制作了许多卡片,从俄文原版为译文一一作详细校订,"如此尽力的责任编辑真是少有"(袁鹰之语)。"文革"前,丁景唐时常带领子女到南京西路周朴之家里做客,谈笑风生,亲如一家。"文革"期间,周朴之不幸病逝。丁景唐写的有关文章中常常提及周朴之,赞赏他的才华。

《拿破仑在后台》是由包蕾执笔、导演的独幕剧。当时没有尼龙袜,扮演拿破仑的演员就穿了一条白色棉毛裤上台演出。包蕾,原名倪庆秩,笔名叶超,浙江镇海人,现代剧作家、童话作家、儿童文学家。

这次晚会对外售票,"票价荣誉券一千元,非会员为五百元,会员二百元"。这是为了筹募资金,维持文艺晚会各项开支。当时物价飞涨,100法币只能买一个鸡蛋。

后来举办了第三次文艺晚会,萌·华写的《六月的"文谊"》(《文艺学习》第3期)进行了报道:

> 第三次的"文艺晚会"的会场,深蓝色的帷幕低垂着,场子里已经客满了,人还在涌进来。
>
> 帷幕终于在掌声中揭开了。
>
> 人民作家、出众的学者、青年的导师郭沫若先生在久久不息的热烈的掌声里出现在台上。虽然郭先生近日有些劳顿,但他由低沉而到高亢的声调,激动了每一个到会的友人,这是人民的声音。郭先生讲完了《文艺与科学》,热烈的掌声又是久久不息。
>
> 接着是田汉先生的演讲,微带湘音的田先生的声音,我们是熟悉的。他的话使我们青年的心感到温暖和兴奋。
>
> 人太多了,空气使人头脑有点发胀,但,还是支持着。
>
> 接着是兴奋热烈的歌咏、方言诗歌的朗诵……独幕剧《封锁线上》的演出,给大家重温敌伪时代的一幕。
>
> 压轴又是独幕剧《女秘书》,由英郁先生导演。演员都很认真,导演也着实费了一番苦心,虽然在可怜的物质条件下,没有好的灯光,没有像样的道具,能有如此的成绩的确是难能可贵的。
>
> 希望第四次的晚会有更好的节目。

此前,"文谊"记者前去采访郭沫若,并邀请郭沫若参加第三次文艺晚会。独幕剧《封锁线上》是著名剧作家周彦创作的,收入他的剧本集《正式结婚》(华中图书公司,1941年6月)。抗战时期,一位50多岁的农民潘二爷被日军指定在封锁线上看守,以防游击队员经过,由此发生了一系列故事。1949年后,周彦为筹创上海翻译片厂做出贡献。1950年他被推荐为文艺界代表,出席上海首届文代会。

萌·华写的《六月的"文谊"》还记载了欢迎茅盾先生的活动:

"文艺演讲会"在暮色苍茫中开始了。主席略讲了这次文艺演讲会的意义,并且表示是欢迎茅盾先生的,附带的报告是门券收入作为科学小品作家高士其先生的疗养费,表示了我们同情的心。

方言诗人朗里朗诵他的作品《歌颂茅盾先生》,博得了满堂的[喝]彩声。

接着就是我们文坛的旗手——茅盾先生的演讲。

他首先谦虚地表示不敢接受歌颂。随后以就讲到今日的文艺界军长师长的作家已不少,但是营连排长的作者则缺少,希望"文谊"的成长能够弥补这个缺憾。最后,他说:"不体验生活,表现还是空洞的。"

茅盾先生讲完了,还得赶到别处演讲。

李小姐朗诵了任钧先生的《旗》,赞扬茅盾的名字是中国文坛上的一面旗帜,也获得热烈的掌声。

接下去是朗里方言诗朗诵《吭再打了》,内容和朗诵的悲愤激越,大有使人声泪俱下之感。

掌声[欢]迎着唐弢先生的演讲,他的警句是:"没有和平,中国不得了。"和善的唐先生眼看着创伤的祖国还在"兄弟阋墙",说到这里他不觉愤慨起来。这些话像铁似的压着我们的心。

窗外,天空里星在闪烁,明天该是一个晴天吧?!

这次文艺晚会大概是临时增加的。事后,丁景唐与杨志诚一起去采访了茅盾。"任钧先生的《旗》"可能指诗歌《三面黑旗:北平归客谈》,发表于《当代文艺》第1卷第4期(1944年4月1日)。

文艺晚会的周期比较长,一个月办一次。文艺周会则是"短平快",大概是由原来文艺座谈会演变来的。

(文艺周会)没有一个固定的地址,增加了我们无数的困难,我们是靠了大家努力才使文艺周会没有中断停顿。第二次的文艺周会由戈宝权先生演讲《写作的三个问题》——为谁写?写什么?怎样写?同时他提出要到现实生活中去找材料。他号召我们发起一个写作运动,这立刻得到大家的共鸣,觉得这是写作和反映现实的好方法。每个人脸上兴奋的表情都显露出跃跃欲试的心境。

第三次的周会是由马凡陀先生出席指导,他详细地讲述诗歌的道路——大众化,用朴美的言语来表现真实的感情,这是他给我们的明确的指示。

热烈地讨论会务是第四次[4]、第五次文艺周会的特色,由于会友善意的责问,干事会来了一次彻底的改组。

第六次文艺周会,在一个小学校里。风发狂地吹着,可是会友的兴致却异常热烈,互相地报告自己的生活和讨论交换图书的问题,最后在《你这个坏东西》的歌声中走出了这小学校。

"文谊"的环境是困难的,然而在困难中,"文谊"是在苦干。我们相信,苦干是会把困难克服的。
（《六月的"文谊"》）

丁景唐回忆说:"戈宝权同志是我师友一辈的著名作家、翻译家,他对我和我们文艺青年的关心、爱护、栽培,是十分令人感动的。他工作很忙,他在苏联塔斯社和生活书店、时代出版社负责编辑、翻译工作。他曾带我到生活书店编辑部,送了《苏联文艺》给我。"戈宝权与丁景唐一见如故,此后有"逾半个世纪的介于师友情分交往"。戈宝权在苏联购买中文版《殉国烈士瞿秋白》纪念册,赠送给丁景唐,并写了赠语和说明。这是1936年瞿秋白牺牲周年之际,莫斯科外国工人出版社编印的第一本,如今国内存世的极少,具有重要的历史价值。

马凡陀是著名诗人袁水拍的笔名,他先后发表过300多首政治讽刺诗,以嬉笑怒骂方式揭露国民政府的黑暗,反映人民群众的疾苦,深受广大读者欢迎。

上文中最后提及舒模谱曲、填词的歌曲《你这个坏东西》:

你你你你这个坏东西/市面上日常用品不够用/你一大批一大批囤积在家里/只管你发财肥自己……想一想你自己/死要钱做什么/到头来/你一个钱也带不进棺材里/你这个坏东西/真是该枪毙。

舒模,原名蒋树模,江苏南京人,著名的音乐家、戏剧家,抗战时期,被编入抗战演剧队第一队,1938年加入共产党。他在桂林目睹国民党统治者搜刮民脂民膏,尽情享受,而无数难民无家可归的现状,毅然拿起笔,写下了这首流传至今的歌曲《你这个坏东西》。1949年后,舒模历任中国音协浙江分会主席、中国戏曲研究院艺术研究室主任、中国剧协第三届常务理事等。

富有特色的文艺晚会、文艺周会,特别是前者,给丁景唐留下深刻印象,晚年还记忆犹新,并提及其中的一些细节。他回忆说:

在文艺晚会上演讲的都是当时的著名作家,如茅盾、叶圣陶、郭沫若等。这些作家是通过戈宝权、叶以群的关系去约请的。郭沫若是由住在山阴路留青小筑的梁达到对面四达里群益出版社雇了一辆三轮车,两人同乘到山海关路育才中学礼堂的。

我们还通过叶以群约请胡风,在同孚路新大沽路路口同德医学院教室演讲有关文艺问题。我当时在场,胡风到来,我托廖临主持会议,我有事先走了。我们还请戈宝权和袁水拍在大世界附近的红棉酒家楼上,向"文谊"会员演讲苏联文学和诗歌的写作与欣赏。那时,袁水拍写的《马凡陀山歌》最受文艺青年的欢迎,社会影响很大。那两次活动是由在上元企业公司任事的会员盛吉甫安排会场的。

(《上海文艺青年联谊会的成立和活动》)

为了进一步促进学习,丁景唐凭借多年从事青年学生工作的经验,提出化整为零的组织方案,以会员住址远近分了若干研究小组。袁鹰回忆说:

当时我们这群人,只有郭明稍长几岁,其余都是二十上下,青春年少,在歌青春带领下,很有初生牛犊的劲头。参加联谊会的成员,来自各个方面,有工厂商店的职工,有报纸刊物的编辑记者,有大、中学校学生,还有些失学、失业青年。一到集会的日子,从四面八方聚到一起,个个兴高采烈,笑逐颜开⋯⋯

下半年,上海政治形势渐渐恶化,二三百人的集会难以举行,景唐同志决定改变活动方式,化整为零,按住处地区分成几个小组,定期聚会,交流读书心得,讨论写作得失,谈人生谈理想,从而加深了友谊。有一次在江湾路萧毅姐姐家聚会,景唐兄也来参加。有人问他:你不是我们这个组的,怎么老远跑到虹口来?他说,他来看看萧毅的病好些了没有。萧毅一听,苍白的脸上泛起红晕,连忙说:"谢谢你,我最近好多了。"

(《犹恋风流纸墨香·序二》)

每个小组成员具有不同文化层次,学习内容也有不同的侧重点,《六月的"文谊"》报道最后一节透露了一个小组的学习内容:

最近"文谊"以会员在住址远近分了几个研究小组,我们的"平凡"小组就是其中的一个。

第一次集会,我们讨论程造之先生《小人心》时,大家都很少发言;接着第二讨论诗篇《好日子》时,大家发言多了,我们还添加助兴,情绪非常热烈。现在我们讨论时大家都争着发言,而且对于任何小问题,谁都不放松,一定要打碎砂锅问到底。但空气是很活泼的,你可以随时收集许多笑料,我们的手抄本刊物《平凡》创刊号已经诞生了。

在这里,我们要向"文谊"其他朋友们挑战!

此文提到程造之的小说《小人心》(《文坛月报》创刊号),讲述一个惊险故事:一位壮士打抱不平,为救出抗日分子,甘愿造反。胡征的叙事诗《好日子》(《文坛月报》第2期)却是逼着女儿出嫁当童养媳的"哭歌",一行行诗歌沾满了离别的泪水,愁肠百转,难以排遣。

这里引申出一个很有意思的话题,丁景唐协助编辑的《文坛月报》发表的诗文成为"文谊"学习小组的讨论内容,或者说是作为学习写作的教材之一。由此折射出"文谊"与《文坛月报》之间的内在关系,即丁景唐将"文谊"与《文坛月报》视为互通有无的整体。《文坛月报》的征文活动因停刊未开展,却由《文艺学习》来承担。

《文艺学习》,精彩纷呈

"文谊"成立后,创办《文艺学习》一事摆到丁景唐等人的议事日程上。由于"文谊"成立大会的消息不胫而走,吸引了一些报馆记者,也提前披露了创办《文艺学习》的消息。[5]

当时丁景唐的公开身份是《文坛月报》编辑,这便于公开出面主持"文谊"和《文艺学习》的日常工作。袁鹰负责编辑《文艺学习》,陆兆琦等参与编辑,丁景唐和朱烈、廖临参与看大样等工作,丁景唐尤其重视发表文学创作和评论、活动的报道,以及老作家指导青年写作的文章。

《文艺学习》为小报型,8开,4版。1946年5月4日创刊一个月后,第2期出版。出至第3期(1946年7月20日),因经济等原因被迫停刊。1946年6月21日,丁景唐委托杨志诚致信给中国福利基金会领导人宋庆龄,请求经济援助,但未果。

创刊号(亦名"诞生号")头版刊登四篇诗文。丁景唐的《上海文艺青年联谊会的诞生和成长》,标题前有引言:"'文谊'是一支年轻的文艺新军,它的出现于文艺的大地上,立刻得到了许多爱好者热情的关切和殷切的期望。"此开头的定性之言,也出现于丁景唐与袁鹰合作之文。许杰的《我们要怎样从事文艺工作》,是"文谊"成立大会上的发言。

著名翻译家戈宝权特地翻译一首诗《生活的法则》(原作者俄国巴尔蒙特[6]),"译呈《文艺学习》创刊号":

> 我问过那自由自在的风:/"我想变得年轻,就应该怎样?"/嬉戏的风这样回答我:/"愿你变成空气,像风,像烟一样。"/我问过那有威力的大海:/"什么是生活的伟大的法则?"/喧嚷的大海这样回答我:/"愿你永远充满了声响,像我一样。"/我问过那高高的太阳:/"我怎样才能比朝霞更明亮?"/太阳什么都没有回答,/但是我们的心听见了"燃烧吧"/这几个字样。

此短诗富有哲理,呈给"文谊",既有希望,又有告诫,更有远大理想,具有不同审美情趣的文艺青年可以"各取所需,各有所得"。

"文谊"成立大会上,莅临指导的文艺界名流中有一位面目清瘦的男子,30多岁,高个子,沉着冷静,为人谦和,他叫蒋天佐,是个有名的笔杆子——文学翻译家、评论家,在各种报刊上以不同的笔名发表文章。《文艺学习》创刊号上发表蒋天佐的《至诚与至勇——献给〈文艺学习〉,作为文艺节的礼物》。蒋天佐列举叶挺将军著名的《囚歌》:"我希望有一天,地下的烈火,将我连这活棺材一齐烧掉,我应该在烈火和热血中得到永生!"他高度评价道:"当我用遏制不住悲痛的模糊泪眼读叶将军这首遗诗的时候,我更深地领悟了文艺的真谛。伟大的作品出自伟大胸怀!谁也没有说叶挺将军是个'作家',但是谁也不能否认他这首诗应该永垂不朽。"

丁景唐从事诗歌创作时,曾受到苏联著名诗人马雅可夫斯基的影响,阶梯式的音节体现"重音诗体"的韵味。"文谊"其他年轻人都爱写诗歌,熟知马氏名字,因此《文艺学习》创刊号第 2 版刊登《纪念伟大的诗人马雅可夫斯基》,配有戎戈创作的马氏木刻剪影,以及马氏的诗歌《你们!》,文章里介绍此诗歌,此文作者为朱烈。当时丁景唐校看这期大样时,临时添加此文作者"水夫"。这期报纸印出后,朱烈指出错误,丁景唐表示歉意。丁景唐晚年整理三期《文艺学习》目录时加以纠正,"并向叶水夫和朱烈同志致歉"。

创刊号问世后,在众多文艺青年中引起强烈反响,纷纷来信称赞,丁景唐、袁鹰等人很受鼓舞。

(一) 郭沫若、茅盾、魏金枝、叶圣陶

1946 年 5 月,郭沫若一家风尘仆仆抵达上海,住在狄思威路 719 号(今溧阳路 1269 号)。这是一幢两层楼的旧式花园洋房,不远处是大陆新村的茅盾住处(相邻是鲁迅故居),因此许多文友看望郭沫若之后便顺脚到茅盾家里。那时郭沫若几乎天天在上海各处参加活动,忙得不亦乐乎。

5 月 24 日上午,下着蒙蒙细雨,《文艺学习》记者梁达(范荣康)前往北四川路(今四川北路)850 号群益出版社,这里距离郭沫若的临时住处并不远。

郭沫若趿着拖鞋缓步下楼,他的精神不错,给记者一个年轻的好印象。为了不浪费郭沫若的宝贵时间,记者开门见山就提出了郭沫若当初为何从学医改为从事文艺创作这个话题,郭沫若认真地答复。记者提前准备了提问的要点,便提出广大文艺青年迫切想解决的一个现实问题:"写作应该特别注意哪一些事?"郭沫若沉吟了一会儿,断然地回答:"应该充实自己的生活。"此答复既简单又复杂,他认为:"文艺是生活的反映,要反映生活必须求教于生活专家,例如要写农民就要拜农民为老师,要写工人便要拜工人为老师,其余类推。"这是一个大文豪总结出来的宝贵经验,足以写一部文艺理论专著。

这次采访达到预期目的,记者赶写了《郭沫若先生访问记》,十几天后发表于《文艺学习》第 2 期,署名高梁。此文有几点值得注意:其一,郭沫若最后谈到上海文坛情况时,认为上海的刊物很多,但从事写作者的圈子仍旧狭小得很,而且在眼前读者购买力薄弱,书报刊物的销数不多,是一个值得注意的问题。其二,记者告辞之前,郭沫若答应为"文谊"第三届文艺晚会演讲,题目是"文艺与科学"。几天后,《文汇报》连载郭沫若的讲演稿《文艺与科学》,俞辰记录、整理。其三,采访结束前,郭沫若应记者请求,当场为《文艺学习》题词。但是刊登时"因字迹模糊,制版不便",未能与文章同时刊登,甚为惋惜。迄今也不知题词的内容,更难以追寻其下落。

丁景唐晚年在茅盾的杂论集《时间的记录》扉页上写了一段说明:"本书原想送掉的,翻过以后,却要留存下来。本书编辑时,正是我同'文谊'一位同志到大陆新村访问茅盾先生之时。另外,本书的《后记的后记》记下了一些时代的痕迹,也是我们这一代所曾经经历过了的。于是乎,收入藏书。景玉记。"

1946年5月下旬,茅盾从重庆经香港到上海,丁景唐等人奔走相告,不久借育才中学召开欢迎会,茅盾欣然到场。

通过叶以群联系介绍,6月的一天上午,丁景唐与杨志诚前去大陆新村6号,敲开二楼房门,茅盾和夫人孔德沚亲自迎了出来,就像长辈一样把丁、杨二人领进房间,招呼坐下,使得丁、杨二人的紧张心情很快平静下来。茅盾夫妇的住处不大,除了睡床、沙发和书桌之外,空余地并不多,窗外飘进楼下居民生煤炉的浓烟味,很快弥漫在房间里。

那天,丁、杨二人还带去两份"文谊"刊物《文艺学习》,茅盾兴致勃勃地翻了一下,语重心长地说:"为了培植文艺新军,光是刊载几篇青年作者的作品还是不够的,应该对这些作品进行评介。要收集读者的意见,最好在第二期上刊登出来。还可以选刊优秀的作品,并且好好地解释一下它们的内容怎样、修辞怎样……"丁、杨二人拿出早已准备好的米色道林纸,请茅盾挥毫为"文谊"题词,茅盾欣然写道:"今天的文艺工作者不能借口于'我是用笔来服务于民主'而深居简出,关门做'民主运动',他还应当走到群众中间,参加人民的每一项争民主争自由的斗争。亦只有如此,他的生活方能充实,他的生活方是斗争的,而所谓'与人民紧密拥抱'云者,亦不会变成一句毫无意义的咒语。"题词左下方为一方朱色钤印"上海文艺青年联谊会"(图14)。题词由杨志诚珍藏,后转给丁景唐,捐献给"左联"会址纪念馆,珍藏至今。

图14 "上海青年联谊会"印章

《文艺学习》第3期刊登了《和茅盾先生在一起》。"文革"后,丁景唐、杨志诚合作写就《茅盾关心文学青年——记三十五年前的一次会见》,发表于《青年一代》1981年第4期。

《文艺学习》第2期刊登《郭沫若先生访问记》时,一旁编排魏金枝的《"文谊"的主要工作》。第3期发表《和茅盾先生在一起》时,同时登载叶圣陶的《谈学习文艺》的短论。前后两组文章互为补充,相得益彰,以飨读者。

当时丁景唐等人邀约魏金枝担任《文坛月报》主编,丁景唐协助工作,于是邀约魏金枝为《文艺学习》撰文。魏金枝一文开头提及"我早已向'文谊'的负责人提供过意见",丁景唐很重视写作,便将此重要意见精神渗透在《上海文艺青年联谊会的诞生和成长》等文里。同时,魏金枝对写作与生活的重要见解,凝聚着他长期从事文学创作的切身体会和经验教训,较好地诠释了《郭沫若先生访问记》一文中未能展开的话题,特别是坚决拒绝空文,再三强调脚踏实地,这与郭沫若所言不约而同,即"千万不能好高骛远,必须脚踏实地细心地不要放过生活中有意义的事物"。

叶圣陶的短论《谈学习文艺》,提出两个问题,一是学习阅读文艺,二是学习写作文艺,都"需要生活经验做底子"。此文通俗易懂,却含义深刻。

如果把以上四篇文章结合起来,那么便是一组辅导文艺青年的出色教材。这四篇文章都未出现在其他有关专著里,其中采访茅盾一文,虽然后来丁景唐执笔重新写,补充了不少材料,但是失去了"原味"。

(二)追忆叶紫、郑定文

《文艺学习》开设"失去了的伙伴"专栏,发表了追忆英年早逝的作家叶紫、郑定文的两篇文章,成为该刊的一大亮点。

1933年6月,叶紫加入"左联",不久加入共产党,成为颇有影响的左翼作家。著名小说家、戏剧家鲍雨,因笔缘结识了"左联"作家叶紫,结下深厚友谊,在叶紫的引荐下,鲍雨成为聂绀弩主编的《中华日报·动向》的特约撰述员。抗战胜利后,他编剧的电影《一帆风顺》,由著名导演应云卫、吴天联合执导,冯喆、束荑主演,在沪隆重上映,引起上海各界的强烈震动。1964年,国庆15周年之际,鲍雨荣幸地成为国庆观礼代表,登上天安门城楼,并受到党和国家领导人的亲切接见。当时鲍雨是镇江的"文谊"成员,将一腔深情倾泻于笔端,写下《忆叶紫》一文,这是不可多得的第一手资料。

郑定文,原名蔡达君,浙江宁波人。上海"孤岛"时期,他在麦伦中学读书,开始走上文学道路。他居住在贫民区,熟悉周遭市民生活,以此为题材,创作小说《大姊》,曾在《万象》杂志上发表。中学毕业后,郑定文在麦伦、储能中学担任庶务员,继续刻苦地学习和创作。1945年3月,郑定文赴苏皖根据地学习,不久加入共产党。同年8月,学习结束,他被分配到苏南区党委城工部工作。在南京郊区,救人时不幸溺水身亡,年仅22岁,后被追认为烈士。

1946年春,"知音之友"赵自积极参与筹备郑定文追悼事宜,丁景唐前去参加了麦伦中学师生办的追悼会,魏金枝致悼词。此后,赵自和丁景唐商议,为郑定文编一本小说集,以作纪念,由赵自负责收集,丁景唐陪同赵自去见魏绍昌,委托设法找一家出版社出版。魏绍昌也搜集了郑定文的几篇遗作,托文化出版社转给巴金。巴金编为小说集《大姊》,文化生活出版社1948年1月出版,书末附上尚钧(王元化)写的回忆文章《纪达君》。巴金为英年早逝的郑定文编辑出版其遗作集《大姊》时叹息道:"作者是不应该早死的。他有写作的才能,也有艺术的良心。要是他不落在那种贫苦的境遇里,让他好好地发展自己的才能;要是他有个较安定的环境让他自由地,安静地写作,他的成就一定不止这一点点,这一册《大姊》不过是一个开端,可是他却没有机会'发展下去'了。"(《关于〈大姊〉》)

丁景唐约赵自撰写《关于郑定文》(《文艺学习》第2期)。赵自,原名赵家璇,笔名小诃,后为《生活知识》《劳动报》《工人日报》记者,《上海文学》编辑部负责人。赵自的《关于郑定文》一文与柯灵写的回忆文章标题相同,但是内容不同。赵自一文高度评价郑定文的小说,"是近年荒芜的上海文坛上的宝贵的收获"。

20世纪80年代,赵自完成了传记体小说《郑定文》,请丁景唐提些意见。于是丁景唐欣然写了《写在〈郑定文〉后面的话》(《小说界》1981年第4期),认为:"用传记文学的形式来刻画这些先烈和英雄,是今天作家义不容辞的职责。这也是革命历史通过文学形象来教育青年一代的一个重要方面。"

叶紫、郑定文是年轻有为、有影响的作家,也是共产党员。丁景唐等人编发纪念他俩的文章,并专设栏目,显然是早已策划的。如果《文艺学习》继续办下去,那么类似的纪念文章将为后世留下更多的珍贵资料。

(三)苏金伞、项伊等人的诗文

《文艺学习》先后刊登了不少作品,有小说、诗歌、散文、杂文、人物速写等,其中有乡土诗派的代表人物苏金伞的诗作,还有项伊、杨志诚、麦野青等人之作。

1945年,项伊投稿给丁景唐编辑的《小说月报》,经丁景唐介绍给郭明,发展加入中国共产党。他擅长写杂文、小说,曾得到魏金枝的称赞。《文艺学习》创刊号发表项伊的《小红那家伙》,题材很特别,强烈吸引追求新奇的年轻人的眼球,也容易引起争论。

《小红那家伙》讲述在一次战斗中,老霍冒着生命危险救下了一只小狗,不知被谁用红颜料在小狗鼻子上捺抹了一下,再也洗不掉了,于是小狗的外号叫小红。老霍不听从指导员的批评,坚持要留下小红当宠物,甚至睡在一个被窝里,小红成了全连的"开心果"。但是,在一次袭击鬼子和伪军据点时,老霍亲手杀死了小红,因为小红叫个不停,会影响战斗计划。同志们高度赞扬老霍,老霍脸上带着笑,却流下"晶莹的眼泪"。

项伊可能受到《文坛月报》刊登的有关抗日根据地小说的影响,构思了这个战地浪漫英雄主义的故事,在抗战时期众多文学作品中也是很少见的。此小说类似著名翻译家曹靖华翻译的中篇小说《第四十一个》(苏联作家拉甫列涅夫原著),善良人性与无情战火的残酷碰撞,激发出心底灵魂的最后呼声。

杨志诚与丁景唐是多年的老友,她的自述散文《疾病使我接近了文艺》填补了她生平中的一个空白。她在文中坦陈自己曾经是被医生判处"重刑"的病人,必须卧床休养几年。"几年"是一个可怕的数字,震撼了她的灵魂。在乡下休养时,她整天被孤独、寂寞、无聊的阴影笼罩着,友人劝她振作起来,谈起苏联作家尼古拉·奥斯特洛夫斯基的名字,让她看看《钢铁是怎样炼成的》。"于是,我开始爱好了文艺,文艺就成了转变我生活的契机。在它的广阔领域里,我认识了各种丑恶和善良的东西,我也看见了人们是如何的在同不幸的命运斗争。"杨志诚凭着顽强的意志在写作上找到了生命的价值,她后来才有机会与丁景唐一起去采访茅盾,逐渐显露出她的写作才华,一直伴随着她的一生。

散文《嘉陵江上》文笔不错,但是未署名,最后写道:"西边浮起了几堆黑云,遮盖着闪耀的星光,我的心微微地跳动着。几阵大雨将救活多少人呵!但是那极少数的剥削者,就会让我们安安静静地享受这大雨给我们的收获吗?"丁景唐的诗作《嘉陵江畔的悲剧》也取材于嘉陵江畔,似乎与散文《嘉陵江上》有某种内在联系,尚待探索。

《文艺学习》刊登的诗歌、新民歌并不多,但是很有特色。

> 以后/只有野风是你的亲人了。/要是想我,就望那项黄昏星。/——那是我的心,/不管走到哪里,/总担心的看着你的!/你没有了妈妈,/送你的是一条老黄狗。/那狗跟你走了十几里地,/你屡次用土块投掷它,/才勉强赶了回去。

这是著名诗人苏金伞的诗作《你走了》。苦难的家乡是写不尽哀怨、悲痛的诗行,这是从心里流出来的,朴质的诗语渗透着丰富的情感,信手拈来的家乡事物被赋予了诗歌的韵味,吸取民歌的丰富营养,化为他自己的诗歌创作理念。

苏金伞原名苏鹤田,河南睢县人,是中国"五四"运动以来最杰出的诗人之一,1927年加入共产党,1932年开始发表作品。1946年,《大公报》介绍苏金伞时说:"他的诗讽刺深刻得体,当世无第二人。"后任河南省文联第一届主席,著有诗集《地层下》《窗外》《鹁鸪鸟》《苏金伞诗选》《苏金伞诗文集》等。丁景唐珍藏苏金伞的诗集《鹁鸪鸟》(作家出版社,1957年1月),扉页上盖有橄榄形的朱色钤印"景唐藏书",以此纪念昔日的老友。

时在开封的苏金伞不仅是外地"文谊"骨干成员,也是丁景唐等人成立的民歌社成员,并接受丁景唐等人的委托,发布和宣传《征求各地民歌启事》。

杭州的夏之华也是外地"文谊"成员,他写的诗歌《我们开垦了春天》,呈现春天与坟堆、少妇与野玫瑰、孩子与寂寥等反差鲜明的画面,蕴含着多少心酸、悲凄的故事,令人感慨不已。

"为了一个理想/为了一点希望/走吧!/不要回头看——/后面/一个黑影跟着你——/因为,你是走向光明的。"荆棘的诗歌《访友》将象征派的手法与现实画面交融,说不尽的话语浓缩在最后:"推开门——/天上一颗星/闪灼着/指给夜行人,/光辉的前程。"此诗似乎是丁景唐的诗作《向日葵》的续篇。《向日葵》以象征手法歌颂共产党员,是丁景唐在一个大风雨之夜去看望一位地下党员,触景生情,挥笔写就的。《访友》则是正面描写两个人对话,相似的表述也出现在丁景唐的诗作里。难以考证《访友》作者荆棘是何人,否则又可置于比较文学的框架中评述了。

丁景唐等人热衷于搜集各地民歌,也催生了新民谣的产生,并且与寓言、宁波方言"混搭"。诗人朗里也尝试写了寓言诗《打老虎》:

> 阿三搭阿四/大家作戏文

（第一场）阿三扮武松/阿四扮老虎/武松打老虎/阿三打阿四/阿三拼命打/阿四放命叫/"着会介厉害/我要打煞雷"/"你莫叫——/武松打老虎/武松应份打/老虎不许响"

　　（第二场）阿四扮武松/阿三扮老虎/武松打老虎/阿四打阿三/阿四还即打/阿三就回手/"着会侬回手/侬是老虎嘛"/"侬有晓得伐/现在啥时势/武松打老虎/老虎好反抗"

"只打苍蝇，不打老虎"是当时上海大街小巷的流行语，且"打老虎"成为一些有胆量的报刊上的"热搜"流行语，反映了广大民众对于政府派来的各种"清查团"的强烈不满和怨恨。朗里的寓言诗分为上下两部分，并非单一的颠倒歌，平中出奇。"武松打老虎/老虎好反抗"，究竟谁是武松，谁是老虎，孰轻孰重，形成混战一场的闹剧，真可谓"反复颠倒之歌"，让读者自己去联想、分析，哑然一笑。

丁景唐等人意犹未尽，第3期继续刊登新民歌《菖蒲人孩活剥田鸡》，也具有强烈的讽刺意味，猛烈抨击"两脚畜生"。

　　菖蒲人孩，活剥田鸡/阿哥唉，来看哪来看哪/吓看该浮尸，有介坏/行业勿寻，赌场撤绳/夜到末头，钻轧妍头/穿仔号衣，独想捞铜钿/人家勿肯，一变了脸/摸出手枪，问吓响勿响/"妈特皮"，口气石骨铁硬/格则推辣锅里，翻辣河里/菖蒲人孩，活剥田鸡/阿哥唉，严嵩势道也会过/簇新衣帽也会破/格拉人总要做落直眼/像介奥格两脚畜生总吓好结果。

此新民歌作者是曹玄衣。开头采用比兴的手法，借助"菖蒲人孩，活剥田鸡"的残酷画面，引出作者尖锐抨击的黑暗、腐败的社会现象，这种起兴的手法在诗文里使用得比较多。中间再次点明"菖蒲人孩，活剥田鸡"，凸显主旨，借鉴古典诗词中顶针连环艺术手法，饶有趣味。

（四）延续"认识大上海"的诗文

《文艺学习》前两期的三篇纪实散文，形成启动"上海的一角"征文活动的前奏，延续丁景唐昔日提出的"认识大上海"的办刊指导思想。

史亭（金如霆）的《房子的纠纷及其他》讲述"我"的一家栖身于篱下，忍气吞声当房客，与女房东、"代理人"（女佣）发生冲突。作者笔法老到，真实可信，看似描述读者所熟悉的生活琐事，却以小见大，勾勒出抗战时期及胜利后上海底层市民的艰难生活真实场景，浸淫着说不尽的苦难、屈辱、怨楚、仇恨，严厉谴责女房东、"代理人"（女佣）的丑恶嘴脸、卑劣行径，也可作为上海沦陷区日伪"主子与奴才"的绝妙画像。同时也给读者留下无穷的想象——如果女房东的丈夫"衣锦还乡"，那么"我"的一家（众多上海底层的穷苦群体）又将面临怎样的大劫难呢？

袁鹰笔下的《大学教授》狠狠地抛出一句话："有屁用！"积压了多年的怨恨、忧烦、苦闷瞬间爆发。此前,这位教授刚刚参加了一个罢教的招待会,看到鲜明反差的两个画景——主办者笑脸送走一帮记者,请他们在笔下多多美言,宣传罢教的理由;另一帮官员则是"喉咙里打着饱嗝,牙签仔细地挑剔着牙缝里的渣滓",事不关己,无所事事。教授回到家里,又看到以上这个场景,实在忍不住,大声吼道:"停教,停教!非停教不行!"

"一次,我没有地方睡,借在一家旅馆。那家旅馆是三等吧,墙上全是些臭虫的血迹,红而夹紫,仿佛是种土制的花纸。空气沉闷而肮脏……"何紫(陈昌谦)写的《夜的故事》无情地揭开了上海深夜里肮脏交易的一角——做生意、跑单帮、偷窃、殴打、猥亵,旅馆女老板上去几个巴掌,顿时房间里安静了。这种丑陋、罪恶的勾当随时发生在抗战胜利后的都市每个角落里。

《莘莘》月刊停刊的一年后,《文艺学习》第2期刊登《"上海的一角"征文》启事:

> 这里是一个好消息,"文谊"承魏金枝先生的襄助,在先生主编的《文坛》上,发起了"上海的一角"的征文,我们热切企待我们每个爱好文艺的青年朋友不要放过这一机会,好好地来响应这个征文的号召。现在将《征文的简约》录在下面:
>
> 一、本刊为反映现实生活,鼓励青年写作,以"上海的一角"为题征文,希望从事文艺工作的青年,以报告文学的格式,描写自己熟悉的生活,投稿本刊,每期当特留篇幅,登载此项稿件。
>
> 二、来稿写清姓名地址,径寄宁波路470弄四号《文坛》编辑部。
>
> 三、稿酬千字四—六千元。

"上海的一角"依然是延续昔日丁景唐"认识大上海"的办刊指导思想。这期编辑在《编余随笔》明确表示:"我们欢迎一切能够表现大众生活,反映现实的稿件。"有的读者来信说该刊"作品内容还不够和日常生活贴得紧",加之郭沫若、茅盾、叶圣陶、魏金枝都再三告诫"充实自己的生活",讲述文艺与生活的关系,这些都与丁景唐原来的指导思想不谋而合。因此,刊登以上这则启事并非偶然,必须高举现实主义创作旗帜,成为广大文艺青年写作的主要目标之一。

《文艺学习》第3期第2版果然推出"上海的一角"栏目,发表四篇文章:《煎熬》(斐穆)、《码头上》(司马琴)、《办公厅一景》(劳碌)、《我摆香蕉摊》(吟蛰)。署名都是笔名,不知其真实姓名,很可能是编辑部同人。这四篇作品的文笔都不错,行文老练,从不同角度描写了不同职业的场景,内容有些单薄。如果仅从这四篇文章的标题来看,初步达到了"上海的一角"专栏的要求,但是挑剔的读者不满意,纷纷"吐槽"。该刊第3期编辑写的《向读者们回答》一文中坦陈:"(这几篇作品)免不了粗糙或不够洗练,但它们是有血有肉的。"

(五)丁景唐等人的文章

除了以上诗文之外,《文艺学习》还刊登一些短论、评书、译介等,其目的主要还是辅导文艺青年。

丁景唐在《文艺学习》上发表的第一篇文章《上海文坛漫步》，介绍了上海一些比较重要的进步文艺刊物，重点推荐了《文坛月报》《希望》等发表的小说，点评了其中一些作品，反映了丁景唐的思想倾向和审美情趣。值得注意的是丁景唐谈及文艺与大众相结合的问题，折射出毛泽东《在延安文艺座谈会上的讲话》的精神。

> 有些友人常爱提出哪个诗[人]写得最好的问题来，其实这样的提法并不妥帖。由名望的大小来评断或作为选择读物的准绳，在诗歌方面尤其困难，有时甚至是有害的。柯仲平、艾青、何其芳、臧克家、田间、袁水拍、任钧等比较为我们所熟知，但是否他们的作品一点也没有缺陷的地方了呢？

这是丁景唐写的《上海诗坛漫步》开头，此文与《上海文坛漫步》是姊妹篇，此文点评诗作多于介绍。丁景唐在以往积累的基础上，阅读了许多新老作家的诗歌，并进行个性化的点评。他还根据所掌握的诗坛情况，介绍了新近呈现的诗歌佳作和诗歌组织的新活动，特别是默默耕耘的作者及其诗作，从而留下了一份珍贵的文坛资料，其中许多线索可供世人进一步追寻和研究参考。

"文谊"还承担辅导文艺青年写作、介绍读物的任务，《文艺学习》前两期先后刊登两篇相关文章。丁景唐的《介绍初学文艺的几本读物》开宗明义，随后简要地谈了"写作的方法""文艺的知识"，并推荐十本书。考虑到自学的青年占据很大数量，丁景唐等人编发了有针对性的文章《怎样自习写作》（石文），"多读多写"是关键词。多读，即"从你读过的这些作品里，你吸取了学习了它们的结构和造句的方法"。多写，即经历生硬、通畅、圆熟的过程，这牵涉到许多复杂的问题，坚持写去必有成果，不存在"一举成功的侥幸心理"。

钱英郁与"文谊"戏剧组有联系，在"文谊"第三次文艺晚会上，出现他导演的独幕剧《女秘书》。他还发表文章，其中《业余剧团的发展》刊登于《文献》创刊号，在此基础上他又撰写了《剧运该走什么路》，刊登于《文艺学习》第3期。他认为："务求演剧之普及化、大众化、生动化、生活化。"

（六）"文谊"大家庭

"文谊"大家庭的亮相平台是《文艺学习》，该刊第4版设有"心的交流"专栏，传递"文谊"大家庭的温暖、友好、团结之情。

> 从戈登路和南京路上集合来的人每个脸绯红的。
>
> 在笑声和喧嚷声中，八十一个男生和十五位女的，便在树影下团团围坐下来，先拍了两张照，于是便由廖临报告。他告诉我们今天主要是联欢，来找寻春天的快乐，让会友们尽情地游乐一下。朱烈提出了谁先出来唱一支歌的提议，"灾难"也立刻降临到他头上，大家嚷着要他先来表演。他跑到场中先不唱，却开了个条件，一定要大家跟着他

唱,大家答应了,于是:

"文艺青年呀,联谊会,来到虹口公园呀!哎!真开心呀!呀,呀!"

此为《春天和我们同在——记"文谊"第一次郊游》,由陆钦仪、戴顺义、戴蓉、叶馥合写。廖临是袁鹰的入党介绍人,也是丁景唐的老友,延续到晚年。朱烈当时与丁景唐、袁鹰一起编辑《文艺学习》,很活跃,写了不少文章,后来进入《时代日报》工作,多年后才与丁景唐恢复联系。文中还描写了这次集会的即兴表演节目。田烽第一个被推出来,唱了电影《夜半歌声》的插曲。诗人朗里依然用舟山方言朗诵俄国著名诗人莱蒙托夫的诗及莎士比亚的诗《在碧绿青翠树下头》。另一位诗人马蜂,先朗诵了俄国作家的爱国诗《清算》,在一片热烈掌声中又朗诵了他自己创作的讽刺诗《塑像》:"原来是有头有脚有身体,只是缺少一样东西,心肝唉!"

"文谊"在虹口公园举行的这场游园活动引起众多市民围观,也引起其他读者的羡慕。"一个暗中自学的人史纹"写信给《文艺学习》编辑部:"我是一个爱好文艺的职业青年,自从在报上看到了贵会举行文艺晚会热烈的盛况和开办各种文艺研究组,我就喜欢得像重逢了一位久别的自远方归来的好友,我捏着手中的报纸呆了刻把钟。"丁景唐、袁鹰等人看到此信,添加标题"文艺与我们无缘似的"发表于创刊号。丁景唐亲自回信:

史纹先生并其他许多爱好文艺的友人:

我们怀着无比的感动,接到你们的来信。我们感谢你们给我们的鼓励和期待。歉憾的是我们限于经济的困难,至今还没有固定的会址,而我们又都是缺乏经验的一群,因此由通讯处转来的函件,难免延搁或遗失,有时想回信,却连回信的地址都给丢了。像史纹先生提出来的问题是极实际的,"文艺与我们无缘似的",这的确是职业青年间一个严重的难题,职业时间剥夺了他们接近学习的机会,但是如果我们能集合许多的友人来共同解决困难,那么我们不仅可以学习到许多新的知识,同时也会在集体生活中改造了自己。"文谊"的成立也正是为了这样的目的,我们欢迎史纹先生跟其他有着同样的"苦衷"的友人参加到"文谊"里来,就像小小的雨点汇集成为浩瀚的海。

以后有了这份小刊物,你们有困难或疑问,建议或质询,请你们直接写信来好了。

握手!

英

此回信透露一些内情,也表明了"文谊"成立的宗旨和职责,并且欢迎广大文艺青年加入"文谊"这个大家庭,"就像小小的雨点汇集成为浩瀚的海"。

不少外地读者纷纷投书,述说自己的心里话,让《文艺学习》编辑袁鹰、陆兆琦等人深受感动,第3期《交流的心——"文谊"往来》加以汇总,编辑欣喜地写了按语:"外埠的信,越来越多,一种可贵的友情在我们中间建立起来了。有了这种友情灌输,我们相信一块荒瘠的土地也会变得丰饶。埋在地下的种籽,在许多朋友的爱护下,一定会抽芽而长得枝叶茂盛的。"《文艺学习》摘登各地来函,传达了陌生年轻人心底的呼喊、滚烫的字眼、迫切的期望、兴奋的心情,浮现出一张张憔悴的面容,投射出一双双渴望的眼神,伸出一条条瘦弱的手臂。千言万语汇成两句话:我要加入温暖的大家庭"文谊",我要看《文艺学习》。

　　这些来信中有些人后来走上不同的人生道路,事业有成,其中有的成为有名学者,如浙江江山的邵伯周。他在《前线日报》等发表许多文章,后担任上海师大中文系现代文学教研室主任、文学研究所研究员,以及中国鲁迅研究会理事、中国茅盾研究会副会长。

　　　　我是一个喜爱文艺的年轻人,但为了生活,我不得不从事和自己兴趣完全不合的工作。我虽然爱好文艺,却感到"文艺与我们无缘似的"。独个儿摸索着,却更要时时受到冷嘲和热讽……

　　　　读完了《文艺学习》,我知道有着热情的友人们,在给学习道路上摸索着的生人以鼓励和指导。请你们给我以帮助吧。告诉我加入"文谊"的手续和订阅《文艺学习》的办法。

多年后,邵伯周淡忘了以上这则敞开心扉的来信。邵伯周与丁景唐是现代文学研究圈里的同行。2004年3月3日,邵伯周复信给丁景唐:"我高中毕业后,从1946年初到江山一个小镇的萃文初中任职员,当时比较爱好文艺。但当时那个学校没有图书馆,期刊没有,报纸也只能看到杭州出版的《东南日报》和上海的《申报》,很可能就是在《申报》上看到关于上海文艺青年联谊会的报道后写信联系的。联系结果如何,都再也记不起来了。1947年9月到上海来读书,没有再与联谊会联系,现在回想起来,还很懊悔。"

办刊困顿,致信求援

　　办刊的经济问题是一个棘手的问题,曾一直困扰着丁景唐。丁景唐与王韬首次合办《蜜蜂》时,丁景唐设法解决,首次尝到了四处请求赞助的苦涩滋味。他主编《联声》时,物价飞涨,刊物的经济问题愈益突出,甚至到了山穷水尽的地步,直接威胁到刊物的生存,丁景唐绞尽脑汁,千方百计竭力挽救。

　　现在创办《文艺学习》,丁景唐已经有一种预感,这又是一次举步维艰的办刊经历。丁景唐、袁鹰等人商量后,第2期《编余随笔》写道:"为了解决经济问题,我们广泛地征求订户和认股,同时我们愿意和各学校、社团、图书馆交换刊物。"第3期刊登的《向读者们回答》,再次提出经济问题:"为了使《文艺学习》能经常出版并减少大家的负担,现特发起(1)认股,分二千、五千、一万、十万、廿万,近承会友曹玄衣君慨认十五万,可作我们的模范;(2)订户,预收一千元按期七折优待;(3)代销,十份以上八折,廿份以上七五折,五十份以上七折,一百份以上六五折,五百份以上六折。希望各地友人伸出援手来,多多介绍,多多帮忙。尤盼前两期书款未清的友人早日汇下。"

其实,第2期出版之后,第3期出版之前,丁景唐已经考虑到"两条腿走路",除了挖掘自身的潜力——招股、认股集资等办法,还设法争取外援。此前,党组织曾通知丁景唐,如有经济困难,可以向中国福利基金会请求帮助。丁景唐的《上海文艺青年联谊会的成立和活动》提及此事[7],并抄录来往信件。1946年6月21日,杨志诚起草致中国福利基金会领导人宋庆龄的信:

宋庆龄先生:

我们是一群爱好文艺的青年,在中华文艺协会上海分会的赞助下,于本年的2月10日成立了上海文艺青年联谊会,进行文艺的学习和研究的工作。其间承叶圣陶、许杰、戈宝权、袁水拍、叶以群、张骏祥、胡风诸先生出席指导,并郭沫若、田汉、李健吾诸先生来会演讲,会务得以迅速开展,会友也日渐增加。然而因为我们大半都是穷困的职业青年和学生,因此在经济方面感到非常的支绌,会务的进行也遭到了许多困难。我们素仰先生以及先生所支持下的福利基金委员会对于各种文化团体赞助扶掖不遗余力,所以我们怀着莫大的敬意,写这封信给先生,把我们这个文艺青年的团体作一个简单的介绍,盼望先生随时给我们以指示;同时更望福利基金委员会的各位先生,在爱护文化团体的原则下,给我们以有力的援助,使我们的工作能够顺利开展,在为文化而工作的道路上,贡献出我们一份小小的力量。

我们以万分的诚意期待先生的答复,并祝颂先生永远健康。

上海文艺青年联谊会敬启

卅五年六月二十一日

附奉本会简章及会刊两份,敬请指正

两个多月后(1946年8月11日),宋庆龄的秘书廖梦醒(廖仲恺的女儿)回信:

径启者:6月21日大函敬悉一切,关于贵会工作,敝会拟作更深一步的研究,请派负责人一位到苏州路175号201室一谈,时间则请先来电(15988)约定,以免到时失迎为盼。

苏州路175号颐中大楼,丁景唐很熟悉,就在他曾就读的沪江大学的真光大楼(圆明园路209号)背面。颐中大楼于1920年由英美颐中烟草股份有限公司建造,新古典主义风格。丁景唐等人收到廖梦醒复信后,8月26日开了介绍信,委派杨志诚带着新出版的第3期《文艺学习》前去联系工作。介绍信写道:"兹派敝会负责人带同最近工作报告及计划书前来,务请接见为盼。"但杨志诚去洽谈的情况及回来如何向丁景唐汇报等,都未有下文。而且,"本会简章"和"最近工作报告及计划书"都未能保存下来,否则可以增加许多"文谊"的珍贵资料,并提供进一步研究的大量线索。

经济问题是《文艺学习》被迫停刊的诸多原因之一,还有变幻多端的政治因素等。当时国民党在积极准备发动全面内战的同时,加紧对国统区进步文化的压迫。在上海首先遭禁的是地下党组织创办的《消息》半周刊,该刊是上海地下党负责人刘长胜向姚溱、方行交代的任务,1946年4月7日出版创刊号,5月23日被迫停刊。

"文谊"之友,公布名单

丁景唐曾委托杨志诚搜集、抄录、整理一份比较完整的"文谊"各地成员的名单,共计有200余人,可惜后来因故遭失。

丁景唐等人回忆,上海"文谊"成员有:丁景唐、郭明、廖临、杨志诚、袁鹰、朱烈、成幼殊、蒋璧厚、章丽华、陆子淳、左弦、范荣康、徐益、田英、陆钦仪、戴顺义、戴容、汪里汶、夏田、苏隽、周晔、唐铁海、马积先、陈新华、张香还、王牧群、萧毅、曹玄衣、江汎、江静、马蜂、凌镇涛、凌逸飞、倪江松、李佩华、陆国英、朗里等。其中缺少"文谊"15名执委中的部分成员,如鲍久、陈雪帆、刘铁夫、胡序华、陆兆琦、蒋文治。

"文谊"秘密建有党组织,丁景唐负责,一直不为外界所了解,丁景唐回忆说:

> 一九四六年二月十日"文谊"成立时,仅有我、郭明、袁鹰、江汎四位党员,一九四六年六月转至唐守愚领导的"文委"系统,逐步从宁波转来杨志诚,从《时代日报》转来朱烈,从"学委"转来廖临、吴宗锡(左弦),从小教转来陆子淳、章黎华,从苏州美专转来陆国英。
>
> 我们自己也发展了戎戈、陆钦仪、梁达(向前,后改名范荣康)、吕林(徐益)、戴顺义(茹荻)和江静,还有田钟洛联系的唐启绅、廖临联系的蒋锡仍,陆钦仪联系的蒋璧厚(屠岸,中华人民共和国成立后曾任人民文学出版社总编辑)。戎戈、陆钦仪、梁达都是由郭明发展入党的,戴顺义、戴容、吕林由金如霆发展,江汎介绍他的妹妹江静入党。最盛时期,党员人数达二十三位。 (《上海文艺青年联谊会的成立和活动》)

戴容、戴顺义姐弟俩同时入党,戴容是弟弟戴顺义的战友和良师。戴顺义与袁鹰是南光中学同学,后为公安部上海消防研究所副所长。戴顺义在《开封集》(香港雨丝出版社,2000年8月)中有一篇深情悼念姐姐戴容的散文《生死之间》,"颀长的身影,明澈的大眼,凝聚的热情,挺拔的脊梁",默默地、无私地为党和人民鞠躬尽瘁,奉献一生。戴容曾任上海市黄浦区委宣传部部长。她身患多种疾病,遭到极左思潮长期迫害,她坚持原则,无所畏惧,坚持韧性斗争。不幸患病过早去世,"我们谨此敬悼我们的战友"。2003年12月14日,丁景唐为戴顺义《千字文集》作序时,在附注中特地写了以上这段文字。并且在序言里提及《文艺学习》创刊号上的通讯《春天和我们同在》,此文是丁景唐在尘封已久的书堆中发现的,寄给戴顺义,编入《千字文集》。丁景唐感叹道:"当年的众多青春面容、身影、欢声笑语,如今仍映在记忆的屏幕上。"

"文谊"的这些党员流动性比较大,大多分散在"文谊"各个部门和学习小组,发挥了各自的作用。丁景唐深情地说:"在'文谊'存在的短短两年中,培养和影响了不少文学青年,他们当中有很多人走上了革命的道路,先后参加了无产阶级先锋队的队伍。至今,还有不少会员继续活跃在文化、教育、新闻、出版战线上。当昔日参加过'文谊'活动的老朋友相聚一起时,仍深情地回想起我们年轻时的文艺新军青春焕发的美好时光!"

"文谊"外地成员的名单,最初刊登于《文艺学习》第2期《"文谊"之友》:

> 自"文谊"在"文协"赞助下成立,《文艺学习》出版以来,曾经得到各地爱好文艺的年轻朋友的帮助和爱护,或来稿,或通信,或代销,或拟成立各地"文谊",在这里我们谨致兄弟的敬礼!我们深信以中国之大、爱好文艺的友人之多,如果我们能进一步携手合作,共同来从事新中国文艺工程的耕耘,那么,它一定会有美满的丰收。
>
> 敬爱的友人们,我们期待你们经常通讯联络,将你们的近况和各地"文谊"动态告诉我们,将你们现实生活[中]的不平的遭遇、你们的痛苦和企求用各种文艺形式写下来,告诉大家,希望各地更多的友人来写信联络。这样在文艺的"王国"里,也许不久的将来,会有一个全国性的"文谊"诞生。
>
> 让我们大家握手!
>
> 1. 北平:王勤本等。2. 天津:刘涤年、赵征等。3. 开封:苏金伞、蓝洪蔚、刘易士等。4. 长沙:申奥等。5. 重庆:黄贞训、申甫等。6. 成都:周泽之、唐隆刚等。7. 南京:王宜、汪剑平等。8. 苏州:侯炜、杨波、姚爱仁等。9. 平湖:王守汩等。10. 黎里:平静人等。11. 绍兴:赵坚、杨起等。12. 余姚:周天鸣、楼聚楠等。13. 杭州:夏之华、林培茵、徐景、吴祖埙等。14. 长兴:丁泽民等。15. 东阳:王达英等。16. 建德:许为通等。17. 宁海:吴鼎等。18. 定海:麦野青等。19. 奉化:平山等。20. 镇江:鲍雨等。21. 常熟:梁毅等。22. 宁波:谷正、胡回、江静、童琇针、华宣圭等。

这是一张最初的"文谊"各地成员的名单,每个名字背后都有着许多生动故事。

最初名单公布后,外地的文艺青年闻风而动,也纷纷表示要加入"文谊"。第3期第4版再次刊登名单:

> 自"文谊"在"文协"赞助下成立,《文艺学习》出版以来,曾经得到各地友人的帮助和爱戴,或已(拟)成立各地"文谊"(如宁波、无锡、开封、龙游、青浦、南京、定海等地),或以已成[立]的文艺团体跟我们联络(如武进、黎里、郸县等地),或通讯,或来稿,或代销,在此谨致兄弟的敬礼!我们深信以中国之大、爱好文艺的友人之多,如果我们能进一步携手合作,共同来从事新中国文艺工程的耕耘,那么,它一定会有美满的丰收。愿年轻的伙伴们,经历多种的磨难,锻炼得更强壮。让我们大家握手!

23. 昆明：姜志辰、王大宗等。24. 福州：成寂等。25. 嘉善：潘世美等。26. 太仓：邵沅、黄锡、朱佩霞等。27. 江山：邵伯周等。28. 龙游：路夫等。29. 辉县：侯庸等。30. 钟祥：丁树香等。31. 汉口：邓英烈等。32. 安阳：李林慧等。33. 洪江：明淑珍等。34. 诸暨：何波光等。35. 无锡：印敏之等。36. 武进：蓓蕾文艺社。37. 蒙城：张祖运等。38. 江阴：顾载欣、石英等。39. 吴兴：王惟洪等。40. 松江：周励我等。41. 青浦：郁漫云、沈梦熊等。42. 鄞县：艺兵社。（待续）

第二份名单明显的特点是文艺小团体整体加入"文谊"分会，这是集体的行动，并且地域扩大，说明加入"文谊"的信息传播之广、速度之快，促进了各地队伍的发展。这超过了丁景唐等人的预想，再次证实了"文谊"具有潜在的强大生命力——不可估量的凝聚力、团结力和影响力。

《文艺学习》停刊后，次年4月，丁景唐因上了反动当局的"黑名单"，离沪辗转南下避难。同年底，"文谊"自动停止集中和小组活动，改为党员分散团结文艺爱好者。

《文艺学习》的影响比较大，停刊后，依然有人怀念。1947年出现油印刊物《文艺联习》，曹玄衣为发行人，杜权孙主编，自费出版。刊有《怎样才是好文学》（耕研）、《成功与成仁》（潜为）、《自由的追求》（枫林）、《种子落在土里——祝〈文艺联习〉诞生》（史谛）、《梦里的世界》（云翔）、《电车里》（玄衣）、《沙漠的足音》（行之）等。

综上所述，《文艺学习》有以下一些特点：

其一，该刊与"文谊"是"一家人"。前者是后者的喉舌，后者是前者的支柱，两者都以丁景唐等共产党人为核心，接受地下党"学委"的领导。丁景唐对该刊发挥了重要指导性作用，凭借已积累的从事青年工作的丰富经验，注重发挥袁鹰等人的才华，充分调动大家的积极性，群策群力，齐心协力，而且他有时亲力亲为，解答疑难问题。因此，该刊视野比较开阔，内容丰富多彩，形式灵活多变，针对性较强，受到众多青年读者的青睐。

其二，该刊留下许多宝贵的文史资料，如采访郭沫若、茅盾的文章，配有茅盾的亲笔题词，加上叶圣陶、魏金枝的短论，这四篇文章是一组辅导文艺青年的杰出教材。第3期刊登的《六月的"文谊"》在有限的篇幅里出现不少的文坛"大咖"，如郭沫若、茅盾、田汉、戈宝权、马凡陀、唐弢等，还记载了"文谊"各种活动，保留了一些珍贵的文史资料。

其三，该刊记录了丁景唐的青春年华。"文谊"是丁景唐从事地下党的学生运动以来，第一次公开露面组织全市性的青年文艺团体，并且大有在全国各地成立分会的发展趋势，这既是对他综合素质的严峻考验，也是磨炼他成长的机遇。该刊不仅刊登丁景唐的两文，还发表他唯一一封答复读者的来信，重视与读者互动与沟通。这是在他主编《联声》时形成的良好传统。

其四，"文谊"的两批名单、各种活动报道和书信来往等史料，可以引申出许多话题，如该刊与"文谊"为何深受青年喜爱、为何发展迅猛。除了集结各方面的能量之外,还有一个重要因素:"文谊"及其会刊《文艺学习》填补了"文协"及各地分会难以全力顾及的一个巨大空白,即广大文艺青年、业余作者希望有一个自己的文艺组织,各处分散的文艺小团体也不满足小圈子,期盼能够归入统一的权威性的文艺组织——具有号召力、凝聚力、亲和力,能够得到切实具体的指导,自己的习作有发表的园地,与诸多文友交流写作经验,吐露心声。对此,丁景唐等人经过策划,做出具有前瞻性的决定,付诸实践,并且初步达到了预期效果。《文艺学习》扩大影响,办刊的宗旨所呈现的指导性、通俗性、亲和性的特点是其他同类刊物难以企及的。"文谊"及其会刊《文艺学习》尽力满足广大文艺青年的各种需求,释放出巨大能量,也引起国民党的恐慌,暗地里把丁景唐列入"黑名单",准备实施抓捕。这也反映了丁景唐等人的出色工作取得了令人瞩目的成绩,在这阶段的中共上海党史、上海现代文学史、上海新闻出版史上留下光辉一页。

其五,该刊揭示了其与丁景唐协助编辑的《文坛月报》之间的关系,该刊第2期刊登《"上海的一角"征文》便是一个生动的例子,由于《文坛月报》停刊,此征文的工作便由《文艺学习》来承担。"文谊"分为若干研究小组,有的小组把《文坛月报》第1、2期发表的诗文作为讨论的内容。

其六,该刊的文学作品闪光点不少,值得关注,如陆钦仪短篇小说《小红那家伙》,讲述战地浪漫英雄主义的故事,在抗战时期众多文学作品中是很少见的。"文谊"诗人朗里的寓言诗则是奇思妙想的"混搭",融进民谣、戏剧等多种表述元素。曹玄衣的新民歌《菖蒲人孩活剥田鸡》具有强烈的讽刺意味,猛烈抨击"两脚畜生"。此开头采用比兴的手法,借助"菖蒲人孩,活剥田鸡"的残酷画面,引出作者尖锐抨击的黑暗、腐败的社会现象。虽然这些诗文难以进入大雅之堂,但是它们真实的记录留下历史印记,与其他大量默默无闻的作品成为中国现代文学史的铺路石。

以上的一切连同"会有一个全国性的'文谊'诞生"的美好愿望,留存在丁景唐等人的心底。"文革"后,丁景唐等人劫后余生,霜染鬓发,终于有机会重逢,十几个人欢聚一堂,回想起往事,感慨一番,如今留存的一些照片还记载着他们晚年的"夕阳红"。

半个世纪后,"文谊"迎来了诞生50周年。1995年1月16日,76岁的丁景唐在离休前工作的上海文艺出版社召开"上海文艺青年联谊会忆旧座谈会",袁鹰、戎戈、杨志诚、杨国器、陆子淳、陆钦仪、鲍士用、戴顺义、凌镇涛、马积先、陶稼耘等出席。会后丁景唐等人联名发出《致上海文艺青年联谊会旧友的信》,"上海市委党史办公室正在征集解放前上海党史各种有关史料",希望大家的回忆文章能在1995年6月底以前写成,寄给在北京的袁鹰和上海的马积先。2001年12月底,经过修改、增补,丁景唐终于完成《上海文艺青年联谊会的成立和活动》。

2006年是"文谊"诞生60周年,在北京的一些耄耋老人相约小聚,并制作了精美的圆形签名册,上书"上海文艺青年联谊会成立六十周年,在京旧友小聚"。袁鹰、陆钦仪、吕林等亲笔签名,朱烈欣喜地写上外文贺词,成幼殊、屠岸题词。签名册上的手写粗黑大字"六十年后,还是青年",说出了大家的心声。这张珍贵的礼物寄给上海的86岁的丁景唐,作为两地老友心心相印的历史记载。

如今圆形签名册依然挂在丁景唐夫妇遗像旁,述说着那个时代的青春年华。没有欢呼、鲜花和掌声,也没有泪水、伤感和遗憾,只有昔日"文谊"大家庭的温暖、友好、团结之情在此重新汇聚、交融、绽放。

注释：

〔1〕唐守愚,山东梁山人。1935年毕业于北京大学,曾任中共江北特区委员会书记、中共中央上海局"文委"书记、华东军政委员会教育部副部长、北京图书馆副馆长。

〔2〕叶以群,原名叶灿,笔名以群,安徽歙县人,著名文艺理论家。曾留学日本,就读于东京法政大学经济系。1931年回国,参加"左联",任"左联"秘书处干事,次年同丁玲、田汉等人一起加入共产党,被推为"左联"组织部部长,主编"左联"机关刊物《十字街头》,负责组建"左联"安徽分会,主编《安徽学生》。1938年参加中华全国文艺界抗敌协会,任该会机关刊物《抗战文艺》编委。后经周恩来安排,赴重庆协助茅盾,做了大量文艺领导和组织工作,有"茅盾的参谋长"之誉。1946年赴上海创办新群出版社,出版文艺丛书。1948年被派往香港主持文艺通讯社,开展对海外华侨文艺社团和报刊的文艺通讯及联络活动。1949年后,担任文化部对外文化联络局副局长。1952年调上海,任华东局和上海中苏友好协会副总干事、上海电影制片厂副厂长、上海市文联副主席、上海市作家协会副主席、上海市文学研究所副所长、《上海文学》《收获》副主编等职,协助巴金主编刊物。

〔3〕蒋天佐,原名刘健,笔名天佐、贺依、史笃、佐思、紫光等,江苏靖江人。他早年参与学潮,被南京省立一中勒令退学。1930年加入中国共产党,曾担任中共南京市委宣传部部长,两次被捕入狱。1935年他由家人保释出狱后,到上海从事文艺翻译工作。1938年,他恢复了党的组织关系,担任上海文化界总支部负责人。此后,蒋天佐奉命到苏北抗日根据地担任鲁迅艺术学院教授,从事教学、编辑和新四军军部的宣教工作。他授课时,右手拿着烟斗,左手插在棉大衣口袋内,来回踱步,滔滔不绝,讲得生动又形象。1943年反"扫荡"的战斗中,蒋天佐腿部被敌军机枪击伤致残,随后回到上海,从事党的秘密工作。抗日战争胜利后,他从事统战工作,与郑振铎、徐伯昕等创办《民主》周刊。

1941年初上海"孤岛"时期,蒋天佐与林淡秋、孙石灵、锺望阳、王元化等负责编辑文艺丛刊《奔流》,这是中共江苏省委"文委"办的,出至第6辑停刊。蒋天佐在该刊创刊号上发表《论民族形式与阶级形式》,收入文学理论集《低眉集》,1947年6月列入"光明文艺丛书",由光明书局出版发行。此书为"促进我国文学理论和创作的发展起到了积极的作用,特别是其中'文学价值论'的研究,为我国的文学批评实践寻找到了一个理论依据。"

〔4〕关于第四次文艺周会,戴顺义、岳萌合写的《五月的"文谊"》记载:

爱文艺的人总想得到一些进修,作他或她以后从事文艺生活的养料。"文谊"虽然因为没有固定会址的困难,但始终没有忘怀怎样帮助"文谊"友人学习文艺。经过了许多的努力,我们总算有了每周聚首大家谈谈叙叙的机会了。

文艺周会已经举行了三次,虽然受着职业的限制(有些朋友连晚上和星期天都给店堂的职务困住了,不能抽身出来),许多人还是不能常来,但大家都高高兴兴地谈些文学上的问题。

一个晴朗的星期日下午,我们怀着愉快的心情去参加文艺周会。这一次的文艺周会带着相当浓厚的文艺气息,稍微有一点会务,但也很快就滑过了。接着是由几位会友合唱两只歌,替大家提提神。再由《文艺学习》记者报告访问郭沫若先生的经过,讲得有趣而且简明,主席凑趣地说:"欲知详情如何,请阅第二期《文艺学习》。"报告完了之后,穿插了一两只歌。由会友朗里朗诵了两首寓言诗,趣味隽永,含义深刻,跟着提出了"方言诗运用的问题"。讨论结果认为:"方言诗在中国有其开拓的重要性,但必须深入浅出,通俗明白,用字口语,方始能达到使人民由愚昧而苏醒的目的。"

夕阳无限好,已是近黄昏。大家在热烈的文艺的空气对流中,决定了下次周会的研究题目和接洽去请我们的顾问马凡陀先生出席指导。

我们在愉快的跳跃的心情中踱出了会场。我们虔诚地祝福文艺周会能在大伙儿的努力下找到固定的地点,让它"生根"起来,不再像浮萍样的飘荡。

我们是在广大的温煦的人间里受到文艺先进[影响],正像《时事新报》上所说的:"'文谊'的一切,都很年轻、有力、健康,我相信,这支文艺新军一定会在大地上生长,坚固庞大,而成为文艺军的新的血液和源泉。"辛勤的播耘下,我们也有理由这样确信!

〔5〕《〈文艺学习〉创刊》(《前线日报》1946年3月28日第4版):

文艺青年联谊会合刊《文艺学习》创刊号将于四月十日出版,有"文协"及青年作家经常执笔,现普遍征求预约,原价每份二百元,预约只收一百五十元。预约处:中国文化投资公司、上海书屋、生活书店,或江西路三五三号一楼戴天、新世界中法药房杨国器。

戴天即戴顺义,杨国器即田英。原拟4月10日创刊,结果《文艺学习》创刊号延迟问世了(1946年5月4日)。丁景唐编辑的《文坛月报》第1卷第3期(1946年5月10日)也刊登一则消息:

《文艺学习》是一份培养青年写作、增进文艺修养的新型读物。第一期已于五四出版,有洛黎扬的《上海文艺青年联谊会的诞生和成长》,戈宝权的《献给〈文艺学习〉者》(译诗),许杰、蒋天佐的文艺理论,项伊的小说,史亭的杂文,水夫的《纪念马雅可夫斯基》,并集体写作、"文谊"动态、诗歌散文、报告文学、书评信箱多篇。欢迎各地爱好文艺的友人投稿、订阅和联络,每册仅收取成本一百五十元,十份以上七折优待。

那时国民党当局滥发纸币,物价飞涨,100法币只能买一个鸡蛋,《文艺学习》一份零售价150法币,相当于一个半鸡蛋的价钱。"第一期已于五四出版",这是特意放在这一天创刊,弘扬"五四"精神,争当时代弄潮儿。显然这消息比《前线日报》的报道具体,点明戈宝权等著名作家的文章,以期增加该刊的知名度,扩大影响。

〔6〕巴尔蒙特,俄国著名诗人、评论家、翻译家,在20世纪初的俄国诗坛中占有重要地位,象征派领袖人物之一。他自称为"太阳的歌手",以太阳为题材的作品成为他创作的高峰。他追求音乐性强、辞藻优美、意境深远的诗风。

〔7〕1982年10月28日,丁景唐收到中国福利会吴之恒的信,信中说:

> 我们在整理中福会历史资料中,看到在基金会时期有一卷关于上海文艺青年联谊会的资料,主要是来信要求中国福利基金会给予经济支援。该会联系人陆以真,廖梦醒同志有复信约面谈,但是否给予帮助没有记录或材料。此卷资料有该会出版的《文艺学习》三期。据冯秉序同志说,该会是地下党搞的,是你组织的。
>
> 我们在整理基金会当时帮助文艺界的资料,有不少对文学、戏剧、翻译等经济支援资料,但青年文艺联谊会只有要求,没有结果。请回忆一下,是否可以提供一些情况。

丁景唐应约前去鉴定陆以真(杨志诚)的信,确定是她的笔迹,但是后续的事情则记不清了。

1949年8月7日,中共中国福利基金会支部委员会建立,丁景唐为首任支部书记。下设5个党小组,有15名党员。写信的吴之恒在丁景唐调走后继任党支部书记,后担任总支副书记等。信中提及的冯秉序,1922年出生,1939年参加革命,曾在地下党办的中国文化投资公司书报部工作。1949年后任新文艺出版社经理部副经理、中国福利会儿童时代社社长等。

附录一　文艺新人联谊

到老作家：郑振铎、许杰、景宋、赵景深、叶以群、蒋天佐、朱维基。

文艺青年们，团结开始，这就是昨天成立的上海文艺青年联谊会。他们（刊物编辑、学生、中小学教师、话剧从业演员、工厂学徒、公司商店小职员、记者、看护、药剂师和失业者）紧紧坐在一起。

主席报告筹备经过后，"文协"的代表们一位位发言了。（在这以前，郑振铎、许杰、许广平、赵景深、叶以群、蒋天佐、朱维基等各位先生都被个别介绍给大家。）首先说话的是许广平。她强调了文艺不能脱离政治，也不能离开时代和环境。

接着是赵景深，他非常赞同"文谊"简章里所定的各种经常工作，例如文学讲座、出版刊物、文艺座谈。

第三个上台讲话的是许杰。他说，青年们是可爱的，有力的；在社会上磨炼出来的青年特别有力量。为此，他希望"文协"和"文谊"特别能注意在各职业部门的文艺青年，因为他们一直在暗中摸索。

随着，从文化、学校、职业三个部门里，选出了十五位执行委员：闻歌、丁英、郭明、刘铁夫、胡序华、袁鹰、金沙、周晔、齐洛、蒋文治、戎戈、田英、陈雪帆、鲍久、戴容。

余兴节目减少，然而也仍然是精彩的。

音专的同学们合唱了两只歌，使大家拍手又拍手的是《长城谣》，哀婉的空气沉在会场里。

赵景深先生唱了一节《刺虎》，又唱了一节《山东朱买臣》，宽宏的声调犹如北方的彪形大汉。

"文谊"以后是准备共同学习的。昨天他们就上了第一课，那是音乐课，他们一起歌唱，学会一只民间歌谣，青海的情歌。

是的，这是第一课，一个开始，以后他们会永远地一块儿生活下去，学习下去的。

本报记者钟洛

原载《世界晨报》1946年2月11日第4版。

导读：

丁景唐回忆说："从图书馆和档案中查到了一些一九六四年二月十日党领导的上海文艺

青年联谊会举行成立大会的史料,其中有我和袁鹰写的三篇文章,都记载了当天成立大会情况。"(《忆许广平同志二三事》,《鲁迅研究月刊》1995年第6期)田钟洛(袁鹰)作为《世界晨报》记者,首先发表此文。此文是记述"文谊"成立大会的三篇报道之一,侧重于新闻通讯,不同于附录二的简讯和附录三丁景唐重新修订的文章。

附录二　沪文艺青年联谊会成立发表宣言号召共同努力

在全国"文协"上海分会赞助下的上海文艺青年联谊会(简称"文谊"),已于二月十日正式成立。那天"文协"作家郑振铎、许广平、许杰、蒋天佐、叶以群、赵景深、陈烟桥、朱维基诸先生均参与盛会。筹备委员会报告了筹备经过,修订了简章,宣读了大会宣言,即由许广平、赵景深、许杰三先生代表"文协"致词,对于新文艺的路向和文艺青年的学习,皆有深切的阐述。经大会动议致函慰问大后方作家及现居海外的胡愈之、王任叔、沈兹九诸先生。选举完竣,余兴开始,音专之合唱、赵景深先生之昆曲相声、青海之民歌表演之后,在热烈的民主歌声中结束了上海文艺青年会首次的大集合。今将"文谊"之宣言附后,藉告爱好文艺之青年们。(按:"文谊"之通讯处为威海卫路五八七号。)

在现今中国迈向和平建设、人类春天开始的时候,我们一群上海的年轻的文艺学习者,因着文艺的共同爱好和对于中国文艺的热忱,我们深深地感觉到在我们中间有一个组织机构的必要。如此我们团结起来,以冀在文艺的领域内相互学习,相互鼓励,而想对中国的文艺工程有所贡献。

八年的民族解放战争给我们带来了胜利的荣光和民主力量的增长,使我们年轻的后一代能获得言论、集会、结社这类基本民权初步的保障。我们得向无数为争取这一民族解放、民主自由而奉献了他们的鲜血与生命的战士,那些忠实于祖国和人民利益的作家,致我们诚挚的敬意。然而我们也绝不会遗忘这八年中,在敌伪刺刀底下我们所曾经遭遇的一切残酷的迫害。在那些黑暗屈辱的日子里,上海文化界遭到空前的劫难,优秀的作者惨遭杀戮和监禁,大批正义的书刊被销毁,检查制度的横行不法,特务的恐怖威胁,生命失去了保障,言论、出版、集会、结社等自由更是绝对地被剥夺着。而民族败类、无耻文人,他们所干的卖国殃民的勾当,以及帮同敌人摧残文化的罪行,也是我们所牢记着的。我们遍受了生活的煎熬、疾病的困扰、饥寒的追逐,一个无星的黑夜笼罩在我们的头上。但就在这样的黑暗中,我们仍旧燃烧着对祖国胜利和人类幸福的信心,我们也没有放松我们对文艺和写作的学习。正因为我们是在黑暗中摸索过来的,我们才更懂得在黑暗中孤独地摸索的痛苦。

过去,我们是孤独的散漫的,从今天起我们应该而且必须团结一致,用集体的力量来进行文艺的学习和从事写作,我们相信集体的力量一定能克服各种困难和阻扰。让我们集合在民主自由的旗帜下,努力为展开中国文艺运动新的一页而奋斗!

三十五年二月十日
原载《时代日报》1946年2月14日第2版。

导读：

　　此文未署名，其实是丁景唐和袁鹰合作的记述"文谊"成立大会的三篇报道之一，侧重于简讯，并附有"文谊"宣言（此体例是当时通用的）。此文有如下特点：

　　其一，前面的简讯是在袁鹰的新闻稿的基础上缩写的。此文落款"三十五年二月十日"为"文谊"成立大会这一天。

　　其二，公开"文谊"的通讯地址"威海卫路五八七号"，即地下党创办的中国文化投资公司。丁景唐很熟悉这里，"文谊"筹备会有时也在这里召开，此后创办的"文谊"会刊《文艺学习》也由该公司承印。

　　其三，此文附有"文谊"宣言，是丁景唐起草的，并在"文谊"成立大会上散发，由上海音乐专科学校瞿希贤宣读。此宣言是全文，附录三引用的宣言则删去前面第一大段，其余文字和标点符号略有改动。

　　其四，此文发表于《时代日报》，该报是以苏商名义创办的。姜椿芳（总编辑）与苏联塔斯社远东分社社长罗果夫磋商，罗果夫推荐苏侨匠开莫为发行人，并表示全部经费由苏联方面承当。姜椿芳经常秘密联系中共上海局"文委"成员姚溱，研究怎样充分利用该报的宣传阵地，在可能范围内用比较巧妙的方式报道政治、军事、经济、工运、学运等真实情况。《时代日报》编辑部设在上海北成都路973号，编辑、记者有林淡秋、陈冰夷、叶水夫、许磊然、满涛、陆诒、严玉华、王元化等，不足20人。该报4开一大张，第1版要闻，第2版是副刊和市政新闻，办有综合性副刊《星空》《语文》《妇女》《艺术》等。1947年该报停刊，此后改版为8开小报，第1版是要闻，第2版综合性副刊，第3版轮流刊登专栏，供初学者发表短小的文学作品，聘请胡风、叶以群、蒋天佐、魏金枝为顾问，第4版是市政新闻、来函、广告等。内战全面爆发后，《时代日报》开设"半周军事述评"，姚溱以"秦上校""马可宁""萨利根"等笔名写军事述评，至1948年6月2日被迫停刊前。姚溱连续写了一年零五个月，共发表约130篇军事述评和综述，对中国大变动时期最激烈的军事斗争情况做了一份真实记录。

附录三　上海，文艺新军的结合

这是一个上海文艺青年觉得喜悦的日子，在这一天"上海文艺青年联谊会"在全国"文协"上海分会的赞助下正式成立。过去他们是散漫地、孤独地、个别地在文艺的道路上暗中摸索着，而现在他们是团结起来了，用集体的力量来解决自学的苦楚和困难。不是吗？你看他们坐在一起，陌生的很快变成熟朋友了。他们朗笑着，用热切和企求的眼光迎接着每一个进来的可敬的我们文艺界的先辈——郑振铎、许广平（景宋）、许杰、蒋天佐、叶以群、陈烟桥、赵景深、朱维基诸位先生。临时主席宣布了开会，这热心指导后进的几位先生就在鼓掌声中，一个个给介绍让大家认识。

在筹备委员会报告了筹备经过之后，许广平、赵景深、许杰三位先生代表"文协"致词。

首先登台说话的是许广平先生，她明确地指出今后青年文艺工作者应该走的路就是：为推进民主运动而奋斗。她特别提出，文艺不能脱离政治，也不能脱离时代和环境，文艺青年们应该认清自己所走的路，不要去管任何笑骂，因为人民的力量永远会克服一切的阻碍的。

赵景深先生叫大家把所看到、听到、想到的都反映到文艺上，"文艺是不能脱离时代的"，他再重复一遍景宋先生的话。他并且代表"文协"表示，以后对上海文艺青年联谊会经常保持密切的关系和帮助。赵先生也非常同意"文谊"会章订下的各种经常工作，文艺青年们确是应该在一起共同学习的。

第三个讲话的是许杰先生，他一直是热诚地致力于培养文艺新军的工作的。他说，青年们是可爱的，而在社会经过磨炼出来的青年们更有力量，为此，在社会上的文艺青年们也最有希望，因为他们不但在写作里实践，也在生活里实践。他期望"文谊"能在黑暗弥漫里竖起鲜明的旗帜，和反民主、伪民主的恶势力斗争，好好地发展下去。

"文协"其他出席参加的还有郑振铎、陈烟桥、叶以群、蒋天佐、朱维基等几位先生，他们都兴奋地瞧着这一群文艺新军，有这一群生力军在文艺的领域里继续为中国的新文艺运动而努力，他们应该感到欣慰的。

大家静静地听着瞿（希贤）小姐读出的"上海文艺青年联谊会"的宣言：

　　八年的民族解放战争给我们带来了胜利的荣光和民主力量的增长，使我们年轻的后一代能获得了言论、集会、结社这类基本民权的初步的保障；我们得向无数为争取这一民族解放、民主自由而奉献了他们的鲜血与生命的战士，我们也得向那些忠实于祖国和人民利益的作家，致我们诚挚的敬礼。然而我们也绝不会遗忘这八年中在敌伪刺刀底下的我们所曾经遭遇的一切残酷的迫害,在那些黑暗屈辱的日子里,上海文化界遭到空前的劫难,优秀的作者惨遭杀戮和监禁,大批正义的书籍刊物被销毁,检查制度的横行不法,特务的恐怖威胁,生命失去了保障,言论、出版、集会、结社的权利更是绝对地被剥夺着。而民族败类、无耻文人,他们所干的卖国殃民的勾当,以及帮同敌人摧残文化的罪行,也是我们所牢记着的。我们遍受了生活的煎熬、疾病的困扰、饥寒的追逐,一个无星的黑夜笼罩在我们的头上,但就在这样的黑暗中,我们仍旧燃烧着对祖国胜利和人类幸福的信心,我们也没有放松我们对文艺的写作和学习。正因为我们是在黑暗中摸索过来的,我们更懂得在黑暗中孤独地摸索的痛苦。

过去我们是孤独的散漫的,从今天起我们应该而且必须团结一致,用集体的力量来进行文艺的学习和从事写作,我们相信集体的力量一定能克服各种困难和阻扰。让我们集合在民主自由的旗帜下,努力为展开中国文艺运动新的一页而奋斗!

这一串明晰、简洁、有力的句子,把每个人心头的话都说完了。

"文谊"的组织是简单的,在执行委员会下分总务、研究、出版、联络、康乐五部,分担了各项工作。

"文谊"原是一切爱好文艺的青年们的团体,她欢迎不断地有新的朋友参加进来,生活在一起,一起学习所要学习的东西。

执行委员会选举出来了,他们是由文化、学校、职业三个部门分别推选出来的。他们的名字是:闻歌、丁英、郭明、刘铁夫、胡序华、袁鹰、金沙、周晔、齐洛、蒋文治、戎戈、戴容、陈雪帆、田英、茹荻。

为了时间的关系,余兴节目只好减去了许多,然而,即使减少,余下的也是精彩的。

音专的合唱队为大家唱了两只歌:《游击队[之歌]》和《长城谣》。赵景深先生唱了一节昆剧《刺虎》。接着,大家又共同地上了第一课,一起学会一支民间歌谣,是青海的情歌。大家轻松地唱着,并发出青春的欢笑。最后,在民主歌声中,这年轻的一群怀着无边的希望和热忱结束了这八年来第一次上海文艺青年的大集合。

(按:文谊会通讯地址为上海圆明园路一六九号上海文化企业公司转,凡爱好文艺的青年朋友,如愿参加或联络,可直接函洽。)

导读:

本文前半部分原载中外文艺联络社的机关刊物《文联》第1卷第4期(1946年2月25日)。此刊由茅盾、叶以群主编,1946年1月5日在上海创刊,出至第7期(6月10日),被迫停刊。本文全文载于地下党支持创办的《人民文艺》第4期(1946年4月20日),题为"上海通讯:上海文艺新军的结合",署名洛田,分别为洛黎扬(丁景唐)和田钟洛(袁鹰)的第一字。

丁景唐回忆，此文是与袁鹰合作完成的，有些内容也出现在相关文章里(参见附录一、二)，以及丁景唐写的《上海文艺青年联谊会的诞生和成长》。丁景唐晚年记得此文刊登于《文联》，却忘了还转载于《人民文艺》，而且前者是后者的删节之文。

本文后半部分与《文艺新人联谊》后半段相似，但修改比较多，显然出自丁景唐笔下。以下几点值得注意：

其一，15位执行委员的排列顺序不同，而且删除了原来的鲍久，不知是笔误，还是鲍久事务太忙，无法分身，改为茹荻(戴顺义)，他是丁景唐单线联系的地下党员。1945年11月至1949年5月，他先后在私营中雍无线电机厂、私营大通证券所等工作，利用社会职业为掩护，担任地下交通员，从事党的地下宣传、情报工作。

其二，删改文字较多，注重详略内容。原来只提上海音乐专科学校合唱的两只歌之一《长城谣》，现在补充第一首歌是《游击队之歌》，这首在北方传播更为广泛。其中原因之一是此文发表于北方出版的刊物，由此可见丁景唐修改时的缜密思维，小事见大局。

其三，此文结尾提升了原来的格调，凸显抗战胜利后"第一次上海文艺青年的大集合"，这是丁景唐撰写"文谊"宣言时强调的重点，由此翻开历史的新一页，具有鲜明的时代性。

其四，文后注明的联络方式不同于附录二。上海圆明园路一六九号上海文化企业公司是丁景唐很熟悉的，为中华全国基督教机构所在地，邻近沪江大学的真光大楼(圆明园路209号)。注明此联络方式，意味着丁景唐等人筹备"文谊"时，已经展望远景，准备向全国范围发展，今后发展进程得以验证。此文公开的通讯地址不同于附录二中的通讯地址"威海卫路五八七号"，即地下党创办的中国文化投资公司。丁景唐很熟悉这里，"文谊"筹备会有时也在这里召开，此后创办的"文谊"会刊《文艺学习》也由该公司承印。

转载此文的《人民文艺》半月刊，1946年1月20日在北平创办，北平人民文艺社编辑兼发行。同年9月10日第6期(终刊号)改署中华全国文艺协会北平分会编辑。创刊号发表老舍、茅盾、朱自清、刘白羽等人的文章。第2期首篇为光未然的《人性的艺术和奴性的艺术》。第3期头条为《人民文艺问题谈话》的座谈会记录，发言者为周扬、周而复、席零、光未然、马彦祥、舒扬。《人民文艺》第4期发表此文，这期首篇为叶以群的《新民主运动中的文艺工作》，还有茅盾的《生活之一页》等，后面刊登一组来函《上海杂志界联谊会为抗议摧残言论、出版、发行、自由声援重庆、西安、北平、广州被压迫同业宣言》《中华全国文艺协会北平分会致总会贺电》等。显然，叶以群等与"文协"北平分会有联系，向《人民文艺》推荐此文。

附录四　上海文艺青年联谊会致爱好文艺的年轻朋友书

爱好文艺的年轻朋友们：

上海文艺青年联谊会(简称"文谊")已于2月10日，在全国"文协"上海分会赞助下正式成立了，参加这天大会的有郑振铎、许广平、许杰、蒋天佐、叶以群、赵景深、陈烟桥、朱维基诸先生，各报记者及"文谊"会员100多人，在筹备委员会报告筹备经过、修订简章和宣读了大会宣言(附后)后，即由许广平、赵景深、许杰三位先生代表"文协"致词，对于今后文艺青年的学习与文艺运动的路向，都有深切的阐明和指示。接着开始选举了15人为执行委员。并经全体一致通过，用大会的名义致函大后方的作家们及现居海外的胡愈之、王任叔、沈滋九诸先生慰问。以后由音专同学及赵景深先生客串余兴节目，最后，在热烈的民主歌声中结束了上海文艺青年们第一次的大集会。

已经参加"文谊"的朋友们来自各个不同角落，这中间有大、中学学生，有公司、银行、商店的职员，有中小学教师，有刊物编辑、新闻记者，有药剂师和护士，也有休养在家或从事写作[的人]……但，为了使"文谊"能真正成为爱好文艺或从事写作的年青朋友们的团体，我们热切地期待着所有爱好文艺的年青朋友们参加进来。不论你是学生、职员、文化从业员、教员，或休养在家的，也不论你是否跟我们熟识的或陌生的，你可以用通信或向我们的会员联络，我们一定会给你满意的回答。

也许你是一个人在暗中摸索着学习，你曾有许多学习上的困难，你希望在写作方面有人来加以指导，你也希望有爱好文艺的年青友人跟你一起学习讨论……这一切苦楚和困难，我们都是暗中摸索过来的人，是衷心地了解着的。"文谊"的成立，就是解决这些困难。

"文协"的诸位先生已允和我们经常联络，我们有文艺座谈、写作指导、编行刊物、文艺晚会、集体郊游……我们可以为你们代请作家演讲、修改习作，如果有好的作品还可负责在刊物和报纸上发表，我们也可以替你们介绍导演、音乐指挥或木刻指导，同时也可以供给各种文艺节目或学习材料。不论什么，只要我们能相帮，我们都愿意而且一定为你们服务。

年青的朋友们！让我们在一起学习，在一起生活吧，我们在热诚地期待着你们。

握手！

上海文艺青年联谊会　1946年2月

通讯地址：

（1）圆明园路169号621室上海文化企业公司

（2）威海卫路587号中国文化投资公司

（3）戈登路大成商场内46号上海书屋

导读：

　　此文后收入金炳华、荆位祜主编的《上海文化界："奋战在第二条战线"上史料集》，上海人民出版社1999年11月出版。丁景唐将其复印数份，并注明出处。

　　此文有几点值得注意：其一，文中出现"年轻朋友们"和"年青朋友们"，丁景唐那个年代几乎都使用后者，可见此文已经被转录者改过了。其二，此文原载何处不详。其三，此文是丁景唐在附录二、三的基础上修订的，类似他后来修订的《上海文艺青年联谊会的诞生和成长》部分内容。文中说"大会宣言（附后）"，而收入者并未抄录，也许因篇幅过长，原本就已删除，未刊登。其四，丁景唐曾在"文谊"成立大会之前，赶写两份文件——《"文谊"成立宣言》和《告文艺青年的一封信》，后者则至今未查到原文。此文后半部分有些内容可能是后者。其五，这次公开三个联络处，前两个在附录二、三中已经出现，第三个则是其他报纸透露的。其六，"用大会的名义致函大后方的作家们及现居海外的胡愈之、王任叔、沈滋九诸先生慰问"，此事与丁景唐密切相关。丁景唐在《王任叔》（《世界晨报》1946年10月3日）一文里写道："（1941年）十二月八号之前先生离沪赴南洋，只有烽火遍地，海天暌隔，好久没有讯息。去秋在《周报》上读到悼胡愈之、悼郁达夫先生的悼文时，更挂念着任叔先生的下落。后来消息渐畅，才确信郁达夫先生遭难，而胡、王先生继续在战斗。祝福这些文化战士，像青翠的松柏一样健壮。"此后，丁景唐补充许多史料，改为《难忘的一面——忆王任叔同志》，后收入上海鲁迅纪念馆编《巴人先生纪念集》（人民文学出版社，2001年10月）。

附录五　民权与官僚制度

《民主》周刊社　郑振铎

官僚制度与民权是站在敌对的地位的。官僚制度和一切附属于这个制度的事物都是反民权的。我们要建设自由民主的新中国,民权必须第一步充分地获得保障;欲保障民权,则第一步必须扑灭官僚制度。但换言之,欲扑灭官僚制度,必须实行民权。

官僚制度是建立在"一人之下,万人之上"的"帮治"阶级的根本观念之上的。他们做"官"的人,只知道有"上",却没有看见千千万万的老百姓们。他们只知道奉承"上司",却不注意到千千万万的老百姓们的舆论与主张。他们的用处,在帮助那"一人",来统治千千万万的老百姓们。他们替"一人"去剥削、去镇压、去统治千千万万的老百姓们,他们夺取了千千万万的老百姓们的"赋税""财产",来供养那"一人",同时,也养肥了他们自己。韩愈在《原道》里说道:"民者出赋税以事其上者也。"这诚是一针见血的老实的供状。

他们所有一切的措置,都是从上至下的;一切都布置好了,然后叫千千万万的老百姓们乖乖地服从着做。一有反抗,便加剪除。"民可使由之,不可使知之。"所以,他们的一切措施都是愚民的政策。特别的有一种考试制度,在一个特殊的阶级里,所谓"士"也即所谓"读书人"的里面,选拔出若干人来,帮助他们来统治那千千万万的老百姓们。这考试制度年年举行,俾那"帮治阶级"或"官僚阶层",得以永远地继续下去,不至中断。

最好的官僚,只能做到"清廉"两个字。但清廉的官僚,不是轻易得见的。所有的官僚们差不多全是额外剥削,以养肥自己和他们的一家一族的。史书上特立一栏"廉吏"传,地方志里特立一栏"名官"传——"名官"还不一定是清廉的!可见廉吏之不多见!

官僚们是牧人,替那"一人"来"抚字"老百姓们,正如那牧人替其主人来养羊、看羊似的,养肥了便好杀,便好剪羊毛食肉。其实,大多数的牧人们,又何曾注意到羊的肥瘦,他们只是当作一种"职业"而已。

这官僚制度,在中国历史上根深蒂固地存在着。虽然改作了中华民国,然而民贼们还是盗窃国柄,官僚们还是在帮助着他们在剥削、在镇压、在统治着千千万万的老百姓们。有共和之名,而全无共和之实。

有一个时期,仿佛见到了一点光明,然而很快的便又为官僚制度的重重的阴雾所遮蔽了。

在现在光天化日之下,一切妖魔均无所遁形。必须把他们的"狐狸尾巴"显现出来。

在自由民主的新中国绝对不允许那历代相传的"官僚制度"和"官僚手法"再度出现,再度在政治上作祟。

真正的民主制度的实现,必须是以"民"为"主"的,那便是要彻底地实行民权。所有行政人员们必须是千千万万的老百姓们的代表,是从千千万万的老百姓们里推举出来的,是千千万万的老百姓们委托他们去处置某某行政机构的。他们不再是过去的"官僚",而是崭新的人民们的代表、人民们的自己人。他们是受老百姓们的委托,而不是来统治、镇压、剥削老百姓们的。

他们在群众中生长出来受群众的选举与委托,而不再是什么"一人之下,万人之上"的一个"帮治阶级"。

他们的一切措施必须听命于老百姓们,他们必须为他们所代表的千千万万的老百姓们谋福利。民权是高于一切的。一有违反民权或人民福利的事件发生,他们必立即被推倒、被唾弃,永远不能再在政治上露面。

这制度正和旧的官僚制度绝对地相反。旧的官僚制度不根本铲除,新的局面便永远不会展开。旧的余毒还很深地存在着。我们今日所见到的种种现象,像所见的"亦言告示"、所听得的什么"宣慰"云云的,全都是可怕的疮疤,非从根本上治疗不可。而要根本治疗这可怕的疮疤,便非实行民权不可。民权初步,便是普遍地实行人民自由的保障,普遍地实行人民的普选;凡非经由真正的人民普选的,便为人民们所不相信,便非真正的人民的代表。一切旧的恶劣的作风和制度,必须用此"普选"制度或实行民权,而从根铲除之。

官僚制度不扑灭、不铲除,民权永远是不会得到充分的保障的。但民权不充分实行,官僚制度也永远不会被扑灭、被铲除的。

原载上海杂志界联谊会编《为陪都血案争取人权联合增刊》(1946年3月15日),中国文化投资公司印刷,生活书店经销。

导读:

郑振铎的《民权到底有保障没有》(《民主》第12期,1946年2月16日)开头写道:

《大公报》重庆十日发加急专电云:

陪都政治协商会议、协进会、民主建国会等二十余团体,预定今晨九时在较场口广场举行庆祝政治协商会议成功大会。八时以后,各界[人士]纷纷赶到,约达万人。至八时四十五分,即有少数人要求立即开会。主席团以政协会政府代表未到,请略等片刻。此批人不容分说,推刘野樵上台,抓住广播机宣布奏乐唱党歌。李公朴等出来劝解,竟被殴打。此时场内秩序大乱,场中五六百人手持铁条长凳,飞舞呼打,受伤者凡五六十人。宪警多人在场,不加制止,反将参加开会之工人捕去。失踪者闻亦不少。现因伤入市民医院者有李公朴、郭沫若、陈培志、梁永思、冉瑞武、顾铸衡等。周恩来、廖承志、茅盾、史良及文化界十余人闻讯赴市民医院慰问。今晨在场之新闻记者多人亦被打。《新民报》记者邓蜀生重伤,《大公报》记者高学逵面部挨了几拳。在纷乱中各正式团体人士被打时,尚被宪兵紧捉,继续挨打。李公朴额部被铁条击伤,伤口宽两公分,流血不止。郭沫若面部被打数拳,胸部亦被脚踢,当场晕倒。章乃器亦被殴。施复亮受伤最重,有生命危险。市参议会议长胡子昂之子因护施氏,亦被打,旋由乃父驾车将其载运离场。场内剩下数百打手,自行开会。是时邵力子氏赶到,被打手等包围要求演讲。邵氏未上台,亦被嘲骂云。

政治协商会议刚刚闭幕,和平建国纲领刚刚公布,墨迹还没有干,而政府所在地之重庆,竟发生了这样有组织的可怕的凶殴惨剧,凡关心中国前途的人恐怕没有一个不悲愤欲绝的!我们除了向被殴受伤的各界人士们敬致慰问之意外,不能不严重地质问政府:民权到底有保障没有?手持铁条长凳的打手们到底有何背景?受谁的指使?宪兵警察所司何事?为何不出来逮捕打手们?为何在纷乱中各正式团体人士被打时,尚被宪兵紧捉,继续挨打?难道他们竟是帮凶?我们疑问重重,不能不质问政府当局,要求明白答复。

郑振铎一连串的质问,击中幕后指使者的要害。在愤愤不平之余,继续"挖根",写了《民权与官僚制度》。

《民权与官僚制度》进一步揭示较场口惨案的社会和历史根源——官僚制度,矛头直指"一人之下,万人之上"的"帮治"阶级,"他们必立即被推倒、被唾弃"。文中借用《圣经》中"坏牧人",引申为穷凶极恶、腐败、反动的庞大官僚阶层,他们替那"一人"卖命,欺凌、剥削和镇压老百姓,"养肥了便好杀,便好剪羊毛食肉",一针见血,击中要害。该文多次出现"千千万万的老百姓们",强调"民权"的重要性,义正词严地指出:"官僚制度不扑灭、不铲除,民权永远是不会得到充分的保障的。但民权不充分实行,官僚制度也永远不会被扑灭、被铲除。"

《民权与官僚制度》与《民权到底有保障没有》是姊妹篇,既是代表"千千万万的老百姓们"的正义呼声,更是讨伐的战斗檄文。

附录六　介绍初学文艺的几本读物

想从事写作而没有人修改、指导,阅读而缺乏选择书刊的能力,这是初学文艺者最感[到]痛苦的事。《文艺学习》今后愿意尽我们共同的努力来系统地介绍些书,刊登研究大纲和讨论记录,来提高学习的兴趣。

现在先来介绍几本基础的读物。

写作的方法

我们愿以最大的敬爱来推荐茅盾先生的《创作的准备》,这本书曾经鼓励了和切实帮助了我们许多爱好文艺的友人,从摸索的黑暗中带到了正确的道路上来,打开了文艺的门径。茅盾先生以自身从事写作十余年的经验,具体地阐明写作的方法和创作应该有的准备。他用亲热的笔触,很有趣,像一篇生动的小说,举了许多文艺巨匠如何坚韧地努力,来作为青年学习的模范。正是因为茅盾先生全心贯注地关切新人的培养,看了这本书,没有一个人不被感动,而且也懂得了如何从自己最熟悉的生活中收集材料,描写人物、环境,订立写作大纲,记笔记等的基本训练。

对创作的准备,有了一般的理解,如果时间、经济不顶困难,同时能参考——张仲贤译《给初学写作者的一封信》,夏丏尊、叶圣陶两先生的《文心》,孙起孟的《写作方法入门》,唐弢的《文章修养》等书。一边再订立讨论大纲,放胆写作,将自己的文章在读书会上朗读,征求友人的意见,经过多番的删改,慢慢就会进步的。

文艺的知识

一般的文艺理论,都偏于空泛,没有初步的社会科学知识,看后反而糊涂,倒还不如多看创作(小说、剧本、诗歌)得益,这错处还在写理论的人不具体接近现实生活的结果。但也有几本颇适于初学者阅读的书,如沈起予著《怎样阅读文艺作品》,佛朗、黎夫合著《怎样自学文学》,蒋天佐著《海沫文坛》,林焕平著《活的文学》,胡风著《文学与生活》,徐懋庸著《街头文谈》《怎样从事文艺修养》,维诺格拉多夫著《新文学教程》,叶以群著《文学的基本知识》,王任叔著《文学读本》(正、续二册)。

以上诸书各有各的特点,也各有各的欠缺,且因多半在战前出版,除徐著、叶著、叶译三书外,都已绝版,只能向私人或图书馆借阅。一、二两书最切实用,篇页不多,供给一般没有时间、职务繁杂的职工阅读,比较合宜,沈著告诉了初学者阅读文艺作品的方法;佛著简洁地说明自学文学的态度和方法,全文仅只一万余字,书后附订了一份文学自学的书目,包括理论、创作、译本、作家传记。其余楼(适夷)译的《新文学教程》与王任叔先生的《文学读本》也都被许多文艺学习团体采为讨论的课本,然根据我们读书会以前的经验,《新文学教程》颇合于讨论的进程,但书中的例子因为是苏联的居多,有时不免茫然。《文学读本》据任叔先生序中自称,章节次序均系根据维诺格拉多夫的书加以中国化,很有许多创见,但对初学者而论,看这本好书,是需要列入学习第一阶段,不是一开始就能阅读的。叶著系最近新书,多了一些抗战的新材料(不过秧歌等民间艺术还是忽略了),每章后附有问题及参考书,在没有更好的书和上列的书大都已绝版的现在,也不失为一本基础读物,虽然这本书还是偏于理论的探求,写得也并不比《街头文谈》通俗。如果将三本现有的书互相配合来读,也多少可以有个概念。各位在学习中有何问题,"文谊"当尽力帮助解答或展开讨论。

原载《文艺学习》第 1 期第 2 版(1946 年 5 月 4 日),署名:芳丁。

导读：

此文是丁景唐撰写的,他在晚年整理三期《文艺学习》目录时,特地注明"《介绍初学文艺的几本读物》,芳丁(丁景唐)"。

此文有如下特点:

其一,介绍文艺的知识的十本书中,除了《新文学教程》之外,其余都是共产党人写的文学理论书籍,其中有些是畅销书,多次再版,影响很大,特别是后面三种。维诺格拉多夫的《新文学教程》有两种译本,译者分别为楼适夷和叶以群,1949 年后曾一度成为全国高等院校的文科教材。

其二,此文介绍的名家撰写的关于写作和文学理论的书,丁景唐都看过,曾帮助自己写作,深有体会。他作为"走过来"的文艺青年作者,不仅介绍自己的学习方法,与读者分享,如"如果将三本现有的书互相配合来读,也多少可以有个概念"。而且将自己学习的体会融入点评之中,言简意赅,具有提示和辅导作用,引导读者入门,怎样去读这些书。

其三,此文与丁景唐在《文艺学习》上发表的其他文章,如《上海文坛漫步》《上海诗坛漫步》等,形成一组辅导文章,各有侧重点,尽力满足不同文化层次的文艺青年的需求,激起和促进学习的浓厚兴趣,帮助大家提高写作水平。这正是丁景唐等人将"文谊"及《文艺学习》作为一个"大课堂"的宗旨,也是丁景唐等人的初衷。

其四,文中提到读书会,并且介绍在一起学习的方式,其中有丁景唐昔日在校组织读书会的经验,"一边再订立讨论大纲,放胆写作,将自己的文章在读书会上朗读,征求友人的意见,经过多番的删改,慢慢就会进步的"。同时,传达指导学习的信息。此后,丁景唐要求"文谊"成员化整为零，分为若干学习小组，根据自己的兴趣和爱好进一步扩大学习范围，不局限于是以上这些专题之作，结合《文坛月报》等文学刊物交流阅读经验。

充分利用书刊阵地，开展宣传和教育、学习和辅导等不同形式的诸多活动，成为丁景唐1949年后长期担任宣传、出版部门领导工作的主要职责。如果要追溯源头，那么此文便是其中"一朵浪花"。

首次亮相：主持"文谊"（下）

社会活动，掀开史页

除了强烈抗议"二一〇"较场口惨案之外，"文谊"（或集体或分散）还至少参加四次重要活动：端午诗人节、鲁迅逝世十周年祭、"六二三"大游行、抗议"二九事件"暴行。

（一）参加抗战胜利后第一次端午诗人节

1946年6月4日上午8时许，复兴中路321号辣斐大戏院（后为长城电影院，现已拆除）大门前人头攒动，几乎堵住了狭窄的马路，热闹非凡。这里即将举行抗战胜利后第一次端午诗人节的文艺欣赏会，由"文协"上海分会和诗歌音乐工作者协会筹划，"文谊"也积极加入了筹备工作。这是又一次文艺界人士大聚会，郑振铎等人讲话后，影剧明星表演诗歌朗诵等文艺节目，其中有"文谊"诗人朗里用宁波方言朗诵讽刺诗。

"屈原是我们中国历来最伟大的诗人，我们要向屈原学习，因为他不仅是个诗人，他更和社会发生了不可分割的关系，他看到了祖国的衰弱和腐败，愤然起来奋斗和反抗，甚至献出了他的生命。"郑振铎首先登台讲话，慷慨激昂，掷地有声，"我们现在的诗人要学习屈原，现在再不是唱靡靡之音的时候，要唱出大众的诗章，写出多灾多难的现实。"

田汉穿着长袍，很兴奋地上台说："诗歌是'五四'运动中最先产生效果的一支新军。在抗战开始时，文学中表现得最好的也是诗歌。中国的文艺，一直保留着不脱离现实的特点。屈原是这样，杜甫是这样，现在的马凡陀也是这样，就是献给人民，为人民而歌，诗人需要负起表现人民痛苦的使命。"田汉带着浓郁的长沙口音，别有一番效果，"今天，我们要追寻着屈原的道路，扭转局势，把错误的无病呻吟的假诗人打倒！中国的人民并不是不会表情，没有诗的性格，而是受着几千年的专制压迫，不敢表情，不敢喊出他们的情感，这是可怕的麻木。诗人有着他们的呐喊、表情的责任，直到他们自己能说话、敢说话为止。"

茅盾刚刚回沪，还未消除旅途疲劳，但依然有精神，在热烈的掌声中登台，他说自己刚从香港回来，自抗战胜利后"复员"快一年了，而到上海还是没有"复员"好，所以他的作品还是不能产生出来。他的话说得很轻松，也比较短。他说："诗歌的唯一好处，可以不受印刷的限制，可以靠嘴巴来流传，这样可以流传的很广，而且统治者要把口封锁起来，倒不很容易。"同一天，茅盾发表《献给诗人节》，文后附言："这篇小文是在广州时为《中国诗坛》写的，今值'诗人节'，初来上海，心绪未宁，不能为《世纪风》另写，特以此旧作充数，并改题为今名。"

热情奔放的郭沫若亮相了，激起每个文艺青年人的心潮。他提出一个大家都熟悉的问题：为何要以屈原投江的日子来作诗人节？他认为：只有屈原才是中国历史上唯一的人民诗人。诗人的诗完全是从古代的民间歌谣中扩大而加以组织。郭沫若表示,我们纪念各位民间诗人,要以屈原的精神为精神,要以人民的感情为感情。郭沫若鼓励大家说:"言论自由不是天皇赐予的,是靠自己争取来的。"此言正是当下的热门话题,立即博得全场的热烈掌声。

"风!你咆哮吧!咆哮吧!尽力地咆哮吧!在这暗无天日的时候,一切都睡着了,都沉在梦里,都死了的时候,正是应该你咆哮的时候了……"赵丹以金属般的磁性嗓音,朗诵郭沫若写的《屈原》剧中的《雷电颂》,凸显"诗人节"的主旨。

公济小学合唱团是"文谊"举办文艺晚会的常客,他们合唱了的《五块钱钞票》和《你这个坏东西》,揭示了物价飞涨、民不聊生的黑暗社会现实,辛辣讽刺贪官污吏为非作歹的丑恶行径,非常接地气,大受欢迎。"这证明着音乐也是要和人民生活联合在一起一回,才能博得许多人的认识和欣赏。"

深受读者喜爱的著名诗人马凡陀登台了,朗诵自己创作的讽刺诗《主人要辞职》:"我亲爱的公仆大人!蒙你赐我主人公的名字,我感到了极大的惶恐,同时我也觉得你在寻开心!明明你是高高在上的大人,明明我是低低在下的百姓。你发命……"讽刺诗矛头直指国民党当局,与会者心照不宣。

主办方巧妙地缓和一下气氛,邀请小提琴家马思聪独奏《思乡曲》,这是马思聪创作的中国第一首堪称世界精品小提琴曲的杰作,能与其媲美的是后来大家熟知的小提琴协奏曲《梁祝》。《思乡曲》创作于抗战时期,由一首绥远民歌引发灵感,拨动了广大中华儿女的心弦,流传甚广,并且引起了一代代爱国爱乡的炎黄子孙的强烈共鸣。

这次"诗人节"会议直到中午才结束,千余人走出会场时,依然很兴奋。"这是人民的集会,呼喊出了人民自己的话。'言论自由,是要靠我们自己去争取的!'我们需要更多的这种文艺欣赏会。"

晚上6时,"文协"上海分会等在金城银行七楼举行聚餐,摆了九桌,仍然不够,临时又增添了一桌,"这是上海未有过的文化人大集会",并为柳亚子补庆60寿辰,郭沫若、茅盾、叶圣陶、田汉、巴金、胡风、马思聪、许广平等出席。大家当场还决定10日下午4时在梅龙镇饭店召开筹备上海文艺界团体联谊会,推定郑振铎("文协")、曹石正("音协")、张光宇("漫协")、丁聪("美协")、陈烟桥("木协")、田汉和顾仲彝("戏协")、司徒慧敏("电协")、马凡陀和李美选("诗音协")。此筹备会及其结果则未有下文,如果成立,那么"文谊"也将列入其中。

俞晨特地写了通讯报道《诗人节在上海》(落款"文联社供稿",即叶以群主持的中外文艺联络社供稿,《人民文艺》第1卷第6期,1946年9月10日),文前透露有"方言诗、翻译诗等等的朗诵",但是没有介绍"文谊"诗人朗里用宁波方言朗诵赵方拂的讽刺诗《我们来自大后方》。赵方拂也是"文谊"成员,先后用笔名"马蜂"撰写了不少犀利的文章,如《中国大众的民主与科学:为"五四"运动二十六年纪念而作》(《文化周报》第1卷第4、5期合刊,1945年5月24日)、《关于"万世师表"》(《年青人》半月刊诞生号,1946年5月25日)、《必须继续倔强——读〈离离草〉后》(《前线日报》1946年1月27日)等。

丁景唐晚年特意提及:"每逢什么纪念日或传统节日,'文谊'还专门组织活动。如一九四六年的端午节,在上海的拉斐剧场举行过一次规模不小的纪念'诗人节'的活动。主持会议的是戈宝权,茅盾来了,文艺界不少同志都来了。会上,赵丹朗诵了郭沫若的《雷电颂》,'文谊'会员朗里朗诵了赵方拂的讽刺诗《我们来自大后方》。"(《上海文艺青年联谊会的成立和活动》)

(二)参加纪念鲁迅逝世十周年大会,祭扫鲁迅之墓

1946年10月19日,是鲁迅逝世十周年忌日。同年5月4日,"文谊"首次组织会员前去祭扫鲁迅之墓,留下值得纪念的一页。

"五四"文艺节在我们爱好文艺的青年心中,是伟大的日子。为了纪念这一个重要的日子,我们向新文艺的导师鲁迅先生[之墓]祭扫,以示我们的敬意。

我们,青年的一群,踏着坚实的步子,穿越了林森路,行进在一条沿臭浜的柏油路上。路很长,走出了市区,绿野呈现在眼前,小麦已经成熟了,金黄色的麦穗发散着清香,向大自然歌唱……

走了不少的时候,我们到了万国公墓的大门。进了大门,由管园人领路,我们到达了鲁迅先生墓前,生满着春草的土坟,没有大理石的墓盖,和四周富丽堂皇的坟一比似嫌凋零,但从这里,我们正见到了鲁迅先生的"野草"精神,这些野草也正是为鲁迅先生而生的。大画像附着短短的墓碑上,炯炯的眼似乎还在发光,面对着我们年轻的一群,我隐隐听到了:"横眉冷对千夫指,俯首甘为孺子牛!"

祭礼开始,大家在墓前依次站好,恭敬地鞠了一躬,接着便由伊嘉小姐献花——一些路上亲手采来的黄色小花,然而我们注入了最大的敬意与最深的悲悼。花用《文艺学习》诞生号包着,倘若鲁迅先生有灵,他应该欣然接受我们这份礼物的吧!献花完毕后,大家静默三分钟。想到十年前鲁迅先生不辞一切的战斗精神,那时奋斗的目标是解放、自由,现在已获得部分的成功,但前途困难正多,假如我们真要纪念鲁迅先生,更先该学习这种战斗精神,不断地工作、学习、学习、工作!

就在鲁迅墓前,大家团团围坐拢来,先由陆小姐朗诵鲁迅先生的杂文《难行和不信》,把里面充满着人类爱的热情的讽刺完全表现了出来。可悲的是十年前值得讽刺的现实,到今天依旧有用!这不就是证明了鲁迅先生的杂文还没到达失效的时代吗?接着,大家唱了一只追悼歌。

午餐后,开始了余兴。最后,我们离开了公墓时,再回到鲁迅墓前告了别,才在歌声中走出了墓园。　　　　　　　　　　　　　　（茹荻、岳萌《五月的"文谊"·扫鲁迅墓》）

前一年(1945)"文协"把"五四"这一天定为文艺节。现在又逢"五四"青年节,郑振铎撰写了《迎"文艺节"》《前事不忘——记"五四"运动》《论"文艺节"》等文。那时万国公墓(今虹桥路1290号宋庆龄陵园)属于比较冷僻之处,鲁迅墓地处万国公墓东侧下区。鲁迅墓碑由许广平亲自设计图样,后有水泥碑立于墓穴之后,墓碑呈梯形,瓷像嵌在墓碑上部。1937年"八一三"战火中,公墓遭到破坏,鲁迅墓地杂草丛生,瓷像破裂缺损,树木稀疏不齐。1944年,有关人士设法重新制作和更换瓷像。

上引文字真实地描写了当时鲁迅墓地的某些场景。值得注意的是大家沿途采集的黄色小花"用《文艺学习》诞生号包着,倘若鲁迅先生有灵,他应该欣然接受我们这份礼物的吧"。这个历史镜头,如果请热心的画家绘制,放置在上海鲁迅纪念馆,颇有纪念意义。同时也透露一个细节,《文艺学习》诞生号是5月4日出版,"用《文艺学习》诞生号包着",那么这至少有两种可能,一是出版时间提前,二是这次活动并不是5月4日。

此文凸显鲁迅的"野草"精神,驱散了鲁迅墓地的荒芜之感。当场"朗诵鲁迅先生的杂文《难行和不信》",这是如今大多数读者不大理解的。《难行和不信》写于1934年7月1日,发表于《新语林》半月刊第2期(1934年7月20日),后收入《且介亭杂文》。此文针对当时一些人借"儿童年"之名,极力向儿童宣传"囊萤照读""凿壁偷光""奇童杀敌"之类的"模范"故事而发的。此文认为:"这些故事,作为闲谈来听听是不算很坏的,但万一有谁相信了,照办了,那就会成为乳臭未干的吉诃德。"指出:"'不相信'就是'愚民'的远害的堑壕,也是使他们成为散沙的毒素。"此文还讽刺说教的"士大夫"——国民党政客戴季陶之流,"相信自己和别人的,现在也未必有多少。例如既尊孔子,又拜活佛者,也就是恰如将他的钱试买各种股票、分存许多银行一样,其实是哪一面都不相信的"。《五月的"文谊"·扫鲁迅墓》点评道:"把里面充满着人类爱的热情的讽刺完全表现了出来。可悲的是十年前值得讽刺的现实,到今天依旧有用!""文谊"成员如此深刻地理解鲁迅的"野草"精神,继续发扬光大,这是丁景唐等人应引以为骄傲和欣慰的,这支"文艺新军"的前途不可估量。丁景唐曾写过《从女子二十四孝谈起》(《女声》第3卷第8期,1944年12月15日),引用鲁迅《热风·随感录三十三》批评迷信与科学的话:"现在有一班好讲鬼话的人,最恨科学……"换个角度来看,其批判愚民的思路也类似于鲁迅的《难行和不信》。

对于"文谊"成员第一次祭扫鲁迅之墓,丁景唐记忆犹新,他写道:"同年十月十九日下午,中华全国文艺界协等十二个文化团体参加了在上海辣斐大戏院追悼鲁迅逝世十周年纪念大会,大家兴奋地聆听了周恩来的讲话。翌日早晨,我和文协、各团体、文化界人士、青年学生等又步行参加鲁迅墓祭,见到了沈钧儒、郭沫若(图15)、茅盾(图16)、许广平(图17)、

图 15　郭沫若

图 16　茅盾

图 17　许广平

冯雪峰(图 18)、洪深、田汉等著名人士,聆听了他们的讲话。一位之江大学女学生,将他们演说时的形象摄影了下来。田钟洛曾送了我两套,我将一套捐赠给上海鲁迅纪念馆,幸得完整地保存下来,成为珍贵的文献资料。"那天,丁景唐赶到万国公墓时,思南路周公馆送小松树一行已经走了。他说的"之江大学女学生"是陶漪文,刚学会拍照,兴趣很浓,那天借了一台照相机,在墓园拍摄了许多照片,特别是将那几位演讲者一一摄入镜头(图 19)。

对于这次纪念大会和祭扫活动,袁鹰在《鲁迅逝世十周年祭在上海》中有生动的描写:

> 纪念大会 10 月 19 日下午假复兴中路原名辣斐大戏院(今名长城电影院)举行。那是个中型电影院,大约也就是六七百座位,早早就坐满了。文化界以外,更多的是青年学生、教师、职工。这就是鲁迅逝世十年来第一次正式地、隆重地举行纪念活动……
>
> 舞台后方悬挂了巨幅的鲁迅木刻像,最突出的是两道浓眉和炯炯有神的双眼。那是中华木刻协会的丁聪、沈同衡、麦秆等几位画家集体创作的。他们参考叶浅予前几年在香港进步文化界纪念鲁迅时画的一幅像,放大到一大幅白布上,日夜赶制,汗水和墨汁一起挥洒,在 19 日大会举行前完成,使每个列会的人,一进会场就迎来两道剑似的横眉,也会立即想起"横眉冷对千夫指"那句诗。

图 18　冯雪峰

图 19　周建人

主办者可能出于保证纪念大会安全进行的考虑,请国民政府内开明人士邵力子先生和德高望重的文化界前辈叶圣陶先生出面主持大会。郭沫若先生首先登台讲话。在上海公开纪念鲁迅大会,是十年来头一次,因而他特别兴奋和激动,激昂慷慨,声如洪钟。他热情赞颂鲁迅不朽,斥责周作人,说他还活着,可是已经死了;而闻一多虽然死了,但他为民主牺牲,永远活在人民心中。那时正值闻一多遇害不久,这段话更激起热烈的掌声。接着,几位作家、理论家按预定次序陆续上台发言,以自己的感受阐述鲁迅的伟大精神、崇高品德和对中国现代文化的巨大功绩。他们讲得都比较平和实在,没有激烈的言辞。柳亚子、马叙伦、邓初民这几位那一时期经常在群众集会上发表鼓动性演说的民主战士,那天并没有上台讲话。夏衍、冯乃超、于伶等地下党文艺战线负责人,虽然到场,也只是以文艺界一员的身份出现。也许在他们看来,能够让纪念大会顺利开成,不给反动军警和特务分子找到借口捣乱破坏,就是胜利。像我这样天真幼稚的青年,虽然对几个演说感到不够劲,但是生平第一次参加这样的纪念会,也就心满意足了。

突然,正当叶圣陶先生用他那苏州口音演说的时候,坐在台上的大会主持人邵力子先生站起来,走向台口,伸手向剧场后边招呼。会场里的人顺着他的手回头望入场口,只见一位穿浅灰色西服的中年人正沿着场边过道快步走向台阶。定睛一看,竟是当时正在上海的中国共产党代表团团长周恩来!这位意外的出席者,使会场顿时轰动起来,但是既不能鼓掌表示欢迎,更不能欢呼,只好屏住呼吸,看着他一步跨上并不高的舞台,同邵先生握握手,然后坐在舞台右侧内一张椅子上。叶圣陶先生讲完,大会主席就宣布:"现在请周恩来先生致辞。"

周恩来同志迎着全场渴望的眼神走到舞台中央,浓眉下闪动的炯炯的目光,平静地环顾会场,等掌声平息,他就开始讲话。他讲得并不长,一共不过十几分钟时间,字字句句都扣在人们的心弦上……

在他以后,还有几位人士讲话,会场一直保持安静而热烈的气氛,直到散会,人们还兴奋地议论周恩来讲话的内容和风度。第二天上海进步报纸上,都详尽地报道纪念大会,也都突出叙述周恩来的讲话。

第二天早晨,袁鹰和几个大学同学约好在虹桥路铁路边会齐,一起去万国公墓。

沪西虹桥路上一清早就有络绎不绝的人群,从四面八方涌向万国公墓。他们大多是青年知识分子、高校学生、职员和文化工作者。除了极少数人以外,绝大部分都是闻讯自发而来的。上海的国民党军警当局,倒也没有什么阻拦,也未戒备森严,如临大敌,当然便衣特务是少不了的。8时左右,墓地周围就已站满了人。

墓后竖起昨天纪念大会台上的那副巨像。墓碑前堆着大大小小的花篮和一束束鲜花。公祭时间尚未到,人们都在静静地等待着。突然,一辆旧汽车开进公墓大门,停在墓地不远处，从车里下来两三个人，抬了一棵小松树，还带着一把铁锹。来到墓后，挖开土，将小松树栽下，动作迅速利落，几分钟就栽好了。然后，同站在人群中的沈钧儒、郭沫若、许广平等几位先生握手招呼，说几句话，又匆匆登车而去。人们用耳语传开从知情人士处得到的消息：他们是思南路"周公馆"的人员，那个戴礼帽的是华岗。他们栽下小松树，也栽下共产党人热爱鲁迅的心。

扫墓的仪式很简单。宣布仪式开始后，大家庄严地行三鞠躬礼，一位接着一位讲话。讲话的人比昨天纪念会多，也简短。沈钧儒、郭沫若、茅盾、冯雪峰、胡风、田汉、曹靖华，还有几位，记不清了。人们都知道他们的名字，却很少见到过他们的庐山真面目，更未曾听到过他们讲话。茅盾、冯雪峰的浙江口音还好懂些，胡风的湖北口音和曹靖华的豫西口音就比较陌生了。不过大家还是静静地听着，从中更深切地接近鲁迅，认识鲁迅。许广平先生扶着海婴，默默地站在一旁流泪。整整十个年头了，她没有离开上海一步，却不能年年到墓地来祭扫，一度还曾身陷日本宪兵队牢狱中。在场的人大都知道她这段坚贞不屈的经历，因而都向她投去崇敬和赞佩的目光。许广平在墓地上没有发表讲话，但是人们似乎听到她激动和欣慰的情怀。

讲话结束，人们又向墓碑行礼，才缓缓地陆续散去。

此文回忆当时许广平未发言，其实她致答词，有当时照片为证。事前，袁鹰也写过回忆文章《祭扫鲁迅墓》，与此文的后半部分基本相同，但有笔误之处，纪念会和祭扫时间记忆错了。

（三）参加欢送上海人民代表去南京请愿的"六二三"大游行

1946年6月23日，早晨，五万多工人、学生、教师、职员以及工商、文化等各界群众打着旗帜、标语，从四面八方赶到上海老北站，欢送马叙伦为团长的上海人民和平请愿团，在老北站外的广场上举行了隆重的欢送大会。工人队伍到达时，复旦大学的学生们热情地欢呼："工人队伍来了，大家欢迎！"不久，各行各业的队伍像潮水般涌进广场，顿时，掌声、欢呼声、锣鼓声、爆竹声、歌声、口号声响成一片，整个广场沸腾起来。

7时40分，欢送大会开始，主席台由两辆大卡车临时拼成，大会主席团由王绍鏊、陶行知、林汉达组成，蒉延芳、雷洁琼、陈震中、陈立复、陶行知、林汉达、吴晗等先后讲话。

欢送会即将结束之际，传来了不准列车启动的消息，群众被激怒了。有人高喊："站上不开，自己开！"宣传队立即以《打倒列强》的曲调，配上自编的歌词，带领大家高唱："为啥不开，为啥不开？真奇怪、真奇怪！我们是工人，我们有技术，自己开，自己开！"11时整，在"只许成功，不许失败"的欢呼声中，火车徐徐启动。

送走代表后，五万各界群众以学生队伍带头开始了空前规模的"反内战"大游行。按照事先定下的次序和路线，队伍从北站出发，由天目路经北浙江路、北京路折回江西路，经市政府到爱多亚路（今延安东路），过大世界，由霞飞路（今淮海中路）到法国公园（今复兴公园）

解散,前后长达五个小时。王绍鏊、周建人、沙千里、陶行知、林汉达、叶圣陶、许广平、严景耀、吴晗、田汉等知名人士也参加了游行。队伍边行进边宣传,马路两侧的墙上、电线杆上都贴着红红绿绿的标语纸或书写着"停止内战""要求和平"等大字,口号声、歌声此起彼伏,接连不断。沿途房屋的门口、窗口和屋顶上都拥挤着观看的人。各家商店除了事前约好供应茶水之外,许多店员主动为游行者提供凉水,药店还捐出仁丹、急救药水,由此充分说明了反对内战是民心所向!

中共上海市委在北站附近设立了现场指挥总部,刘长胜、张执一、张承宗、张本、吴学谦、李琦涛等集中在此,刘晓也亲临现场。指挥总部与游行队伍的指挥之间设立了专门的联络员。

当天国民党派出了600多个行动小组进行破坏,但始终无法得逞,反而被游行队伍派人抓住了特务。游行队伍抵达复兴公园后,以群众公审特务而结束游行。

上海人民和平请愿团抵达南京下关车站时,遭到国民党特务的毒打,造成震惊全国的"下关惨案",上海更是一片抗议暴行的呼声。刘晓总结"六二三"运动时说:"它揭开了上海各阶层人民团结起来反对美蒋统治的爱国民主运动的序幕,是上海人民从抗战胜利初期对美蒋存在幻想,到识破其反动面目的一个大转折。"

丁景唐回忆说:"'文谊'除了搞文艺活动外,还积极参加社会上进步活动。如人员分散参加了欢送上海人民代表去南京请愿的'六二三'大游行等。"(《上海文艺青年联谊会的成立和活动》)其中既体现了党组织通知精神,又有文艺青年积极参加爱国民主运动的激情,由此融入这场共产党领导,各民主党派、各群众团体公开出面的一次全市性的大规模群众运动。不过《文艺学习》第3期(1946年7月20日)并未透露"人员分散参加"的任何信息,以免带来严重后果。

"六二三"运动的主角之一马叙伦,是中国近现代著名民主人士、著名经学家、文字学家、书法家、诗词家、政论家和教育家,1949年后第一任教育部部长。丁景唐对他一直怀有敬意,不仅知道马叙伦曾蛰居在附近拉都路(今襄阳南路)383弄,并且珍藏着马叙伦的自传《我在六十岁以前》。

(四)抗议"二九事件"暴行

"文谊"成立大会在劝工大楼召开,因此,丁景唐等人对于该大楼怀有特殊感情。

抗战胜利后,美国政府将大量战时剩余物资向中国倾销,使尚未恢复元气的上海民族工业又遭摧残,许多工厂纷纷减产以至停工倒闭,大批职工失业。在地下党组织领导下,上海三区百货业工会向职工和工商业者提出"挽救工商危机,反对美货倾销"的口号,得到广大职工和工商业者的广泛响应。

大会筹委会得知国民党当局的破坏阴谋,决定改在劝工大楼里召开"爱用国货抵制美货委员会"成立大会。1947年2月9日上午,上海各界代表400余人参加,并邀请郭沫若、邓初民、马叙伦、马寅初等到会演讲。9时30分,大会正要开始,国民党当局事先组织的大批流氓和打手数百人,突然挥动凶器,野蛮殴打与会代表,打伤群众百余人,永安公司职工梁仁达伤重致死,造成震惊全国的"二九惨案"(又称"劝工大楼惨案")。

"二九惨案"发生的当天晚上,国民党的市长吴国桢打电话给《文汇报》,必须刊登中央通讯社"统发稿",采访部主任、地下党员孟秋江当场拒绝。第二天《文汇报》头版头条刊出醒目标题"较场口事件上海重演,呼吁爱用国货有罪,暴徒开打劝工大楼",并配一幅梁仁达伤重致死的遗照。

地下党创办的《文萃》第2卷第19期(1947年2月13日)发表时事评论文章(姚溱或胡绳撰写),指出:"在较场口血案周年的前夕,上海又发生了劝工大楼惨案。当全国战火若狂,物价高涨,金融混乱的今天,当人们从沧白堂、较场口事件以来一年的流血奋斗中已看透了反动派的真面目之后,'暴徒'在上海再一次出现……国民党政府今天已确实临到了山穷水尽的边缘,大风浪在前,且看好战分子怎样支持这一场打不完的内战吧!"

《评论报》第14期(1947年2月18日)推出一组专栏文章,总题为"劝工大楼惨案,打到何时?山穷水尽的绝境",发表马叙伦、施复亮、周建人等人的文章。上海各界人士成立"二九惨案"后援会,上海人民团体联合会、民盟、民进等分别发表宣言,沈钧儒、史良、沙千里等十名律师组成"二九惨案"律师团,声援爱用国货斗争。

1947年2月21日"文谊"油印、散发抗议书:

我们站在文化工作学习者的立场上,对2月9日劝工大楼事件表示抗议。

胜利后一年半以来,由于好战分子的日益长久猖獗和整个社会经济基础因美国货倾销及官僚资本的垄断而引起的不稳和紊乱,已使全民族遭受到更大的苦难。就文化事业而言,言论出版自由没有兑现,大批进步出版物遭到直接或间接的打击,作家的生活失去保障,好莱坞影片的汹涌,文化事业受到扼杀、统制,民营报纸相继夭折……凡此种种,我们认为不但是文化事业的厄运,也是整个民族的危机。

上海百货业(三区)工会发起的爱用国货运动,我们认为是挽救祖国命运、维护民族尊严的振兴民族正义的呼声。

我们终于又亲眼见到了号称民主模范的国际都市残害无辜人民达四十分钟之久的血的惨案,而事后在一切御用报纸中我们更看到了罪恶势力蒙蔽真相、制造谎言的无耻嘴脸。在伟大的死去英雄身上,这批苍蝇嗡嗡地叫着,并且撒粪。这是每一个有良心的人所不能容忍的。鲁迅先生说过:墨写的谎语绝掩不住血写的事实。

我们相信,每个爱好文艺的,也热爱正义;我们相信,所有对文艺事业有热忱的人士包括在报社里有良心的新闻工作者,都有正视血淋淋现实的勇气,并且,把自己的命运和梁仁达烈士的命运连接在一起。死者和伤者的血照亮了路,我们要冲破黑暗前进,我们的要求是和广大人士的要求一致的,我们也一定和爱国人士在一起,为死者申冤,为伤者泄恨,用我们的笔向全国文艺的爱好者宣扬真相,戳破黑暗制造者的无耻面目,踏着先烈的血迹,去迎接黎明的来临!

薛汕、袁鹰、朱烈、包蕾、方拭、洛黎扬、金沙、徐淑岑、陆海、戎戈、葛原、张香还、沙鸥、项伊、黄水、马蜂、英郁、以真、史亭、席明、泥□、田英、子淳、萧禺、刘岚山、徐益、周晔、谭林、罗林、里汶、魏绍昌、凌铸、□□、沙□、鸣声、牧群、廖晓帆、向前、罗马、沙龙、郭明、李洁、江松、□平、齐洛、□□、高□、叶平、小诃、茹荻、罗平、唐炜、徐渡、唐棣、玄衣、容戈、史华、李志耕、黎华、萧毅。

这是继一年前"文谊"提出第一次抗议书之后,又一次奋笔书写抗议书。不过此文由何人起草,难以考证。大概时间匆促,文中有些句子不大通畅,但是表达了大家的激愤之情,在某种程度上代表了"文协"上海分会的心声。

"墨写的谎语绝掩不住血写的事实",出自鲁迅的名篇《无花的蔷薇之二》。该文严厉谴责段祺瑞悍然下令卫队开枪射击,并用大刀铁棍追打砍杀前来请愿的北京各界民众,造成1926年"三一八"惨案。鲁迅愤怒地指出这是"民国以来最黑暗的一天"。"实弹打出来的却是青年的血。血不但不掩于墨写的谎语,不醉于墨写的挽歌;威力也压它不住,因为它已经骗不过,打不死了。"

此抗议书是"文谊"会员张香还[1]珍藏的,留下一则宝贵的档案资料。原来并未分段,现尝试梳理层次内容。丁景唐的《上海文艺青年联谊会的成立和活动》抄录此文,并注明"我用洛黎扬的笔名签名",并且说明:"这些签名人中,大部分是'文谊'的会员,少数是他们联系的文艺界人士。"他还保留了《震惊全国"二九"抗暴斗争》(《上海滩》1998年第12期),此文作者卓超是当时永安公司地下党总支委员,在百货业地下党负责人周炳坤领导下参加了"二九"抗暴斗争,此文还配有三张照片——《文汇报》头版头条报道《较场口事件上海重演》、设在永安公司饭堂内的梁仁达烈士灵堂和梁仁达、高绍姗夫妇合影。

抗议书后的签名,首位是薛汕,他后为丁景唐组织的民歌社成员。第五位签名的方拭,曾撰写讽刺文《立此存照》,发表于地下党创办的《消息》半周刊1946年第8期,讽刺上海某校不准学生罢课罢考,以此阻扰学生民主运动。他还有一篇《立此存照》短文,辛辣讽刺某些右派青年及策划者公开破坏和平、团结、民主的言行,刊登于金沙编辑的《时代学生》第9、10期合刊(1946年3月16日)。因此,方拭理应是一位学生骨干,与金沙等人相识。此文油印件不清处用"□"标明。

"二九惨案"发生十几天后,"文谊"才油印、散发抗议书,这是事出有因。

梁仁达烈士大殓之前,百货业的不少职工提出要在大殓之后,抬着烈士灵柩搞一次大出丧,向国民党反动派示威。上海地下党负责人张承宗得知后,对百货业地下党负责人周炳坤说:抬棺大出丧的要求显示了群众高涨的情绪,应该予以支持。同时强调:此事关系重大,"要根据事态发展趋势,根据'有理、有利、有节'的原则,由上级做最后决定"。他又说:"大出丧的准备工作还是可以先做起来,各民主工会和学生界已通过各自系统把情况通报下去,你们可以工会的名义去联系,争取统一行动,造成更大声势。"大出丧的各项准备工作有条不紊地进行期间,"文谊"也积极加入,于是赶写了抗议书,并进行油印,准备到时散发。对此,丁景唐记不清其中详情,未能留下更多史料。

此后形势恶化,2月27日、28日国民党政府派出军警包围中共代表团驻上海、南京、重庆的联络处,宣布国共谈判完全破裂。2月28日,中共中央发出由周恩来起草的《在白区对国民党对策》的指示,指出:"在行动上,我们应避免在不利的条件下去硬碰,这不是保守,而是领导的变换方式,绕过暗礁。"中共中央上海分局经过形势分析后认为:这次斗争已经有力地揭露了敌人的罪行,基本上达到了预期的目的,因此决定不进行大出丧,另择日举行公祭日期。3月15日,梁仁达烈士牺牲的五七之日,治丧委员会在成都路南弥陀寺举行公祭,历时35天的斗争告一段落。

加上第一次抗议活动,"文谊"至少参加了五次重要活动,生动地反映了丁景唐主持的"文谊"是一支学习、战斗的青年文艺新军,他们青春飞扬,激情澎湃,多才多艺,具有强烈的爱国主义情怀。而且"文谊"是一个吸引人才、培养人才、输送人才的"青年高地","他们当中有很多人走上了革命的道路,先后参加了无产阶级先锋队的队伍"(丁景唐语)。

在抗战胜利后复杂尖锐的历史大背景中,"歌青春"(丁景唐)激情飞扬,挥动双臂,站在"文谊"的大舞台上,指挥众多会员高唱"青年战斗进行曲"——"努力为展开中国文艺运动新的一页而奋斗"("文谊"《宣言》)!

以文会友,宁波之行

> 上海会友丁英、曹玄衣等定十月初来甬,本会准备欢迎,闻丁英友并将带新著诗集同来云。

宁波文艺青年联谊会的会刊《宁波文谊》油印本第3期(1946年8月28日),借鉴上海的《文艺学习》办刊经验,设有"文谊短讯"专栏,欣喜地刊登如上一则消息。

宁波"文谊"的发起、组织者孙绍是一个爱好文艺的青年、小学教员。他见到上海"文谊"会刊《文艺学习》创刊号,马上被吸引了,"它不但有一般的民生进步刊物共同的启发人的特点,更有民主、文艺青年迫切需要的精神食粮,读这杂志,只感到是可亲的朋友,而不是高高在上的'指导者'"。显然,丁景唐指导《文艺学习》的思路是成功的,抓住了不同文化层次读者的需求,特别是办刊的通俗性、亲和性的特点,是其他同类刊物难以企及的。而且《文艺学习》创刊号上有丁景唐答复众多读者的回信:"以后有了这份小刊物,你们有困难或疑问,建议或质询,请你们直接写信来好了。"孙绍心头一热,伏案写信给上海《文艺学习》编辑部,谈起自己对社会现实的看法、感想,以及文艺青年的呼声等。

不久,孙绍收到回信,是以一见如故的朋友交谈语气,鼓励他多读书、学习和关心文艺、社会等,还关切地问起宁波青年文艺的情况。显然丁景唐很关心家乡的文艺情况,热切扶持也在情理之中。从此,孙绍与丁景唐及其主持的上海"文谊"结下不解之缘,丁景唐还介绍一位宁波青年诗人曹玄衣寄刊物给孙绍。老乡见老乡有说不完的话,他们之间的友情一直保持到晚年。

孙绍很高兴地将上述情况告诉姐姐孙瑞、哥哥孙婴,并把《文艺学习》给他们看。姐姐翻看后,鼓励孙绍说:"这可能是一个真正进步的团体,你要多和他们联系。"孙绍在众多文友中宣传,做了上海《文艺学习》的义务宣传员。《文艺学习》第2期《"文谊"之友》中已刊登"宁波:谷正、胡回、江静、童琇针、华宣圭等",意味着有人捷足先登。可惜的是《文艺学习》停刊了,《"文谊"之友》的名单也未有下文,否则孙绍等人肯定榜上有名,还会发表他们的诗文。

经过一段时间的交往,18岁的孙绍萌发了成立宁波"文谊"的想法,写信给上海"文谊"。不久,他收到回信,同意成立"上海文艺青年联谊会宁波分会",并介绍一些开展各种活动的方式,信上盖有方形篆刻公章,以示正式通知。随后各地纷纷要求成立分会,丁景唐等人商量后决定采取谨慎的保护措施,通知各地文友,建议他们成立独立的文艺青年团体,与上海的"文谊"是朋友关系。因此,孙绍等人改为宁波"文谊"。

孙绍等人设法筹资,借鉴《文艺学习》办刊模式,1946年8月14日创办了会刊《宁波文谊》。这是一张油印的16开小报,先为周刊,后改为半月刊,共出刊6期,主要刊登会员诗文,以及"文谊"活动的通讯报道。

丁景唐等人获悉,发去贺信:"我们相信有您们这许多热心的友人在宁波为'文谊'而努力,对我们今后新中国的文艺事业定有很大的贡献,在此谨向您们致衷心的敬礼。""新中国的文艺事业"呼应丁景唐起草的宣言,即"努力为展开中国文艺运动新的一页而奋斗"。孙绍等人收到丁景唐等人贺信,甚为高兴,便把各处的贺信、贺电编为一组"'文谊'往来"。

出乎意料,300份的《宁波文谊》创刊号,"卖光哉"!孙绍等人惊喜万分,设法又赶印了一批,看着这份散发油墨香的小报,浮现灿烂笑容,心里甜滋滋的,好像完成了生平一件大事。丁景唐等人也时常寄去文稿,支持这"破土而出"的家乡小报。

> 呵,嘉陵江,你为何郁缩地凝住不动?/是因为被迫于生活的女人,她的葬殉,/曾使你胸怀激起一阵不平的波涌。/嘉陵江!愿你将这平凡的悲剧向人间申诉!/呵,嘉陵江,愿你冲破顽固的岩崖,/载着生之波涛向前流奔!

丁景唐这首新诗《嘉陵江畔的悲剧》,发表于《宁波文谊》第3期(1946年8月28日),署名丁英。历经多年风霜,丁景唐再次看到油印的《宁波文谊》,这首诗的不少字迹已模糊不清。其实,此诗还刊登于《妇女》第9期(1946年11月25日)。

金秋十月,丁景唐与曹玄衣如约来宁波,受到孙绍和姐姐孙瑞等人热烈欢迎。"交关好,交关好!"浓郁的宁波乡音一下子拉近了彼此的距离,也引起少小离家的丁景唐的无限感慨。

孙绍介绍了文友吕漠野、邱建民等人。

吕漠野,浙江嵊州人,比丁景唐大8岁,早年在上海就读上海美术专门学校,后在杭州盐务中学、宁波中学担任国文教员。1949年后在浙江师范学院、杭州大学中文系担任教学工作,曾任中国民主促进会浙江省委副主任委员。他自学世界语,后为全国世协理事、浙江省世协副理事长,从世界语书刊中翻译了许多文学作品。他也是一位诗人,写了诗论《语言音乐性》《给有志诗歌的青年们》等,在宁波当地颇有影响。

20岁出头的邱建民与丁景唐是"跌跌刮刮"(正宗)的宁波镇海同乡,他俩一见如故。他后来成为丁景唐主持上海出版工作时的同事,历任上海《展望》杂志、新知识出版社、上海市新闻出版处干部,以及上海人民出版社、上海教育出版社编辑和编审。邱建民笔名鲁克、洛菲、萧彦,20世纪40年代开始文学创作,并与友人合编《诗站》副刊,创办青苗新闻社。此后侧重儿童文学、科学文艺作品创作,出版集子数十种,是"科学童话十家"之一,他的儿童作品多次获得全国奖项。他主编大型选集《童话选》《科学童话选》《365夜知识童话》《中国童话精品》等,产生很大影响。

沪、甬两地文友交谈甚欢,遗憾的是孙绍等人办的《宁波文谊》因故停刊了,没有留下双方文友交谈的详情。

此前,丁景唐特地将专著《妇女与文学》、协助编辑的《文坛月报》寄给孙绍等人,供大家传阅。《文艺学习》第2期(1946年6月6日)刊登丁景唐的《妇女与文学》(上海沪江书屋,1946年2月)的广告,引起孙绍等人的浓厚兴趣,不约而同投稿给《宁波文谊》,但是篇幅有限,仅刊登了孙绍写的一文。孙绍认为:"(《妇女与文学》)精选民间流传的歌谣,暴露残余的封建社会里妇女悲惨的遭遇、各时代女性的画像,并指示妇女应走的路向——秋瑾女士的斗争等。作者寄予热烈的情感在书本里,愿大家以最真挚的眼光来接受它。"此文后还有编辑按:"《妇女与文学》是丁英君的近著,自出版以来颇受一般前进妇女、关心妇女文学的朋友们所欢迎。此次本刊共收到同样稿件三篇,因本刊篇幅短小,不堪容纳,只选一篇,特向读者及其他二位作者致歉。"

丁景唐与曹玄衣宁波此行的下一站是去曹玄衣家乡的东钱湖。丁景唐返沪途经宁波,再次与孙绍相见。孙绍热情地邀请丁景唐到家里做客,当晚同住一屋,两人促膝长谈。丁景唐告诫说:要辨别文艺界的一些真假民主的言行,观察、分析社会上"岂有此理"的丑恶事情,进一步摸索改革这种不合理社会的道理。孙绍听后醍醐灌顶,觉得这是对自己政治思想上的一次重要启发和帮助。

丁景唐乘轮船返沪时,与孙绍边走边谈。连日劳顿,丁景唐的脚上旧袜子"出洋相"了,竟然"萎缩"到脚尖,疼痛难忍,只好去买了一双新袜子。这个生活细节,让孙绍难以忘却,颠覆了他对上海"十里洋场"文人的印象,感叹道:"这个上海人这么清贫,却专志于进步文艺事业。"

1947年春,随着丁景唐辗转南下避难,孙绍失去了与丁景唐的联系。他还记得"文谊"宗旨——"学习,学习,再学习",一直保存着上海文化函授学校的有关证件等。1949年夏天,孙绍考入宁波干校,后分在义工团音乐股工作。退伍后,他执教于宁波市各所中学,不幸被错划为"右派"。"文革"后,孙绍写信给丁景唐、曹玄衣等,希望能提供帮助,早日摘去"右派"帽子,并寄来许多有关材料,包括《渡海大合唱》等。

丁景唐将这些信件和孙绍的日记、手稿等一起放在一个藤条小箱子里。历经岁月沧桑,简陋的铁丝搭扣上挂着的一把铁锁和钥匙已经锈迹斑斑。里面存有众多资料,其中有文工团编印的《渡海大合唱》(庄超、甬牛合作),载有《向舟山群岛推进》《人民水兵》等曲谱,分为油印初稿、正稿两种版本,设计、装帧美观大方。在众多资料中,还夹着一本保存完好的《城甬木刻纪念集》。

昔日风华正茂的文艺青年卷入了政治风波中,晚年得以平反,但是美好的年华付诸一言难尽的岁月里,连同他的理想,最后归于一个不起眼的藤条小箱子里。安息吧,曾经一个鲜活的英魂。

邀约畅游,绘东钱湖

> 对于故乡这样一个名胜的中心地东钱湖,笔者向往甚久,但因蛰居都市,一向无缘往游。这次应友人曹玄衣君的邀约,到东钱湖上的陶公山做了十天的客人,总算得偿夙愿。我们一起十余个人于一个晴朗的秋晨,乘江亚轮来到了睽别十年的宁波,由轮船码头乘人力车到钟惠桥,挤上了到莫枝堰去的小火轮。约莫不过两个钟点的光景,就到了东钱湖的堤坝边。

1946年10月10日"双十节"前,应聂中函公学学生曹玄衣的邀请前往东钱湖,一同去了十几人,做客十天。有上海华成烟草公司和相邻的联华图书广告公司的合作背景,加上丁景唐与文友曹玄衣的私交甚好,因此,此行的规格比较高。事后,丁景唐撰写了《宁波东钱湖纪游》,落款"卅五年十一月中旬追记于沪上",长达近九千字,洒洒洋洋,引经据典,南腔北调述说一通。对此,休闲刊物《茶话》主编顾冷观心领神会,"领首"将该文编排在《茶话》第7期(1946年12月5日),并配上曹玄衣的精彩照片,破例占据整整十页的篇幅,甚是少见。

曹予庭,笔名曹玄衣,生于1929年3月5日,1989年从学林出版社退休,2000年去世。他原任职于上海文献出版社,1982年进学林出版社,属于比较早的编辑,参与编辑《出版史料》丛刊,后来主要从事图书编辑工作,在这方面建树颇多。曾参与学林出版社出版的朱联保的《近现代上海出版业印象记》、吉少甫主编的《中国出版简史》等书的撰写工作。他还为孙树松主编的《中国现代编辑学词典》撰写了不少条目,是六位撰稿者之一。业余编著出版了《绘图学生成语词典》《中国古代格言小词典》等。

东钱湖在宁波东南乡,是一个世外桃源的风景区,风光明媚,碧波生青,环湖山峦回抱,湖上烟柳飞鸥,扁舟轻漾,岛屿星布。春夏之际,漫山遍野盛开杜鹃花,桃梨硕果累累,浮萍织成一片绿野,给湖光山色装扮一新,美不胜收。

丁景唐查阅了不少文献资料,得知这里历来文人骚客留下许多诗篇。"尽说西湖足胜游,东湖谁信更清幽。一百五十客舟过,七十二溪春水流。白鸟影边霞屿寺,翠微深处月波楼。天然景物谁能状,千古诗人咏不休。"(袁士元《寒食过东钱湖》)杭州西湖并不是山水比宁波的东钱湖秀丽,而在于交通的便利、名人的鼓吹,以及曾经在历史上开建为南宋都城的关系,因此,西湖很早就是一个名闻天下的风景区。

东钱湖边流传着的一首竹枝词:"家在东湖一画图,不将西子比西湖,西湖风景东湖有,西子从来天下无。"此言并非夸张,西湖的湖心亭、苏堤、白堤、孤山……从东钱湖的角度来看,"真是一些平凡的点缀。一个似都市化了的现代女郎,一个似健壮朴实的村姑,这就是两者的不同点"。

除了江浙交界处的太湖以外,宁波东钱湖是浙江省最大的湖泊,广约 80 里,容纳七十二溪水汇集而成,宁波《鄞县志》和《东钱湖志》有详尽的记述。北宋著名的思想家、政治家、文学家、改革家王安石担任鄞县知县时,清理过东钱湖的陂塘,筑造起堤堰,据说经纶阁及广利寺、崇法寺曾筑有祀祠纪念他。

丁景唐一行抵达东钱湖的堤坝边,游览了莫枝堰——鄞东的大镇集,镇上靠河建起规模相当宏大的普济医院和志芳学堂。这些都是上海华成烟草公司和联华广告公司原董事李志芳先生对本乡公益事业的贡献,为粗陋、偏僻的乡村带来了科学和文化的种子,受到了四乡农民的赞扬。

"莫枝堰在东南乡,人多业渔飘外洋,胆泼心粗少顾虑,风气此处最顽强。"(李世培《竹枝词》)东钱湖四围的居民大都依靠到外洋捕鱼为生,过了渔季就回到这里,安度渔樵的清闲日子。

曹予庭带领丁景唐走上莫枝堰的堤坝,眺望一片金黄色的田间。晚稻沉重地俯卧地面,芋艿和茭白的绿干交杂,点缀晚稻的黄色画面,老牛在河塘沿悠闲地吃草,瓦屋拥挤地挨着,窄长的街上不时出现闲散的行人。一道高大的堤坝拦住了向东钱湖流淌的清水,也仿佛静静地横卧在秋阳下,养精蓄锐。

经曹予庭热情安排,丁景唐一行乘坐前往陶公山曹家的渡船。湖面浮映着山光水色,一座座山列队笑迎来自上海都市的客人,芦荻的水汀上有鸟类在晒太阳,泅在水面的小岛屿和垂柳织成了一幅清新的刺绣图案,遮掩着三三两两的庄屋。由于湖面甚为开阔,来往船只变成一点一簇的船影,显得有些疏朗,若是在杭州西湖,一定会拥挤不堪。

抗战期间,侵华日军铁蹄蹂躏中国无数的锦绣山河,宁波的城厢四郊也受到奸淫掳掠。但是,东钱湖以莫枝堰的堤坝为界,整个湖山始终像一块神圣之地,幸免劫难,依旧是自由的天地。其中有诸多原因,如起伏的峰峦、交错纵横的港汊、浩荡的湖水,以及剽悍的湖山子民等。

突然,对面的芦花荡中摇出一只船,丁景唐等众人顿时大吃一惊,莫非置身于现代版《水浒传》梁山泊,"强人打劫"?曹予庭急忙笑着说明,打消了众人的紧张心理。"曹生泰老板,上海发财人客到喽。"站在船头的"老大"(船夫),指点着前边的河埠头,大声呼喊道。

渡船搁在西边的湖滩边,"呼喇喇",一群孩子和妇女从里巷中奔跑出来,交头接耳,窃窃私语,不时发出笑声。在对方妇孺好奇的眼光中,丁景唐一行则成了一出大戏中的各种角色。

丰盛的晚饭后,丁景唐作为贵宾,被热情、和善的曹老伯一家安顿在他们大宅子中最舒适的套间里。走进一看,原来是一间书房和一间卧室,装修一新。丁景唐躺在宽大的簇新铜床上,听着窗外东钱湖水碰溅着岸石,浅吟低诵,屋后静卧着美丽传说的陶公山。丁景唐在此山脚下安然入睡,做了第一夜的美梦。

第二天早晨,丁景唐推开门,才发觉这里是一个湖中的半岛。据说吴越时,陶朱公范蠡曾在此隐居。陶公山的名声很大,其实是一座高不过数百尺的山岛,山上竟然没有高耸的大树,从曹家的屋后山坡翻上去,不用花费多大力气就可爬到山巅。俯瞰湖山,但见远山碧,近山青,柳汀如带,诸小岛如同散浮的水鸟。其中蚌壳山孤浮湖心,上面纵横交叉的田畦犹如棋盘上的纵横格子,远处一艘艘的船只撑起风帆,时隐时现,在广阔的湖面上,飘忽前进。丁景唐身披霞光,抬头仰望,白云变幻,流霞飞天,俯视湖波荡漾,几疑置身桃源仙境,飘飘然若玄化而登天一样。有诗证曰:"扁舟去稳似乘槎,瞥眼轻鸥掠浪花。绝爱陶公山尽处,淡烟斜日几渔家。"(史弥宁《东湖泛舟》)"陶公山下路,一过一婆娑。旧麦青三寸,新莎绿一窝。近村闻笛牧,隔屿听渔歌。"(张幼学《忻氏草堂》)

曹予庭带着照相机,拍摄了不少出色的风景照片。遗憾的是那时缺乏彩照制版条件,印制在《茶话》刊物上的四张照片都是黑白的,难以呈现丰富层次感、光和影的艺术效果。其中一张是从陶公山顶俯摄的照片——稠密的楼房(这里平屋和泥房是没有的),整齐的瓦楞,从湖畔像生着百脚的蜈蚣一节节爬上来。隔河一条狭长的柳汀舒展在湖水上面,几条大型船只侧转身子,等待修理。往右面观看,那里有一家碾米厂、一家染织厂,马达声隆隆,打破了寂寥。横街上开着双开间假三层的棉布号、三家理发店,以及药材店、肉铺、鞋店、杂货店、糕饼店、牙医局、邮政代办处……形成热闹的市面。

这里每天都有集市,菜贩、鱼摊及小本生意的洋货摊,搭乘渡船,从邻近各乡汇集到这里。丁景唐一行运气真不错,恰巧赶上庙会和龙舟盛会的好日子,家家户户喜气洋洋,配菜备酒,预备款待客人,显示一片太平盛世的气象。上海真如、龙华市镇的市面,似乎还不及这里乡镇的繁盛。

这里的土特产引起丁景唐一行的浓厚兴趣,东钱湖除了鱼虾、菱藕等之外,还有一种名产,叫虾痴,色褐身小,巨口细鳞,长五至十公分。每当黄梅时节,群聚溪间,迎着湍水逆流,结队前进,一遇微雨,即不复可求,故有"一别经年无消息,黄梅时节又逢君"的谚语。据说虾痴原为宋朝御厨珍品,后为卫王史弥远盗得,私蓄于故乡溪间,繁殖至今,但是依然娇贵。东钱湖之大,也仅下水一隅才有寄生,便为奇物了。虾痴的烹调方法尤为奇特,盛于箕中,撒食盐少许,去其细鳞,置虾痴于嫩豆腐锅中,文火煮之,待水沸揭而视之,则虾痴已皆钻入豆腐内,加以酱油,即成鲜美的珍味。可惜丁景唐一行没有口福,已是暮秋,哪里还有虾痴的踪影?

抗战胜利后,上海物价飞涨,穷苦老百姓的餐桌上难以见到鱼虾之类的鲜货,但在这里满眼皆是。丁景唐一打听,发觉这里物价低廉,鱼虾一类湖鲜更是便宜得叫上海人吃惊。在市集上,丁景唐遇见一个农民,怨气冲天地诉苦,对番薯价格低表达不满。但上海食客闻风赶来,大大刺激平静的物价,呼呼地往上窜,鱼虾价格"翻了几个跟斗",只有水菱角还是便宜的,花费一碗浇头面的价格可以吃一面盆。

曹予庭陪同丁景唐一行在小街上兜兜转转,发现各种不同摊贩上也出现形形色色的美国货,如Sunkist(新奇士)的花旗蜜橘、Camel(骆驼)香烟、Everyday(天天)电池,以及花巧的玻璃梳子、玻璃裤带挂在小摊子上,招徕顾客。寺院、庙堂、义庄、住屋的墙上,凡是可以张贴的空隙,都粘涂着宁波绸布店、南货号、银楼、香烟,花红花绿的招贴纸,或用黑漆写着巨大的广告文字,左下方还神气地署上了某某作的题名,令人啼笑皆非。丁景唐则叹息,这些"烂膏药"硬生生地玷污了东钱湖的秀丽画面。

同时,这里古老的文明生态,也逐渐被城市化的趋势所侵蚀。每年的九月半庙会,出门经商的大户人家,如忻桂泉、忻行成、曹生泰、曹兰彬、曹兰馨等巨贾回来撑市面。现在大批大批的青年都跑向沪、甬城去漂泊,留下的虽然"靠湖吃饭",捉虾捕鱼、摇船,维持温饱,可也比不得抗战之前的惬意自在。昔日"烟火湖中九九天,家家儿女赛貂婵。寒衣不管催刀尺,唯唤卿卿买翠钿"的盛世风光,慢慢地在消失了。

如果遍游东钱湖的各种景色,绝不是十天半月的短时期所能做到的,丁景唐还是袭用习称"东湖十景"逐一介绍:陶公钓矶、月波书楼、上林晓钟、白石仙枰、二灵夕照、霞屿寺岚、殷湾渔火、芦汀宿雁、百步耸翠、双虹落彩。由于年代久远,东钱湖面积又大,沧海桑田变化多端,有些名胜古迹因无人修葺,任其毁灭,不可稽考的地方也不少。

湖东有擂鼓山及月波山,擂鼓山下有十八户居民,俗称"擂鼓十八份"。乡人传说当年东钱湖本系桑田,田主杨苗[在]擂鼓山擂鼓为号,调度数万田奴做工。山岸有三开间洋房面湖而筑,还是抗战之前一个美国[传]教士造的。月波寺前有一门形的石柱,苔藓斑驳,字迹不可识。

月波书楼即余文敏公读书处,楼阁连影子也找不到。倒是月波寺深处幽篁修竹林中,黄墙绿瓦,红鱼清馨,颇有幽胜。据谓该寺系宋代王浩所建,垒石成岩,名遇宝院,至明洪武十九年始改称月波寺,寺内有梵音洞,乡里呼作仙人洞。湖志载月波山另有两[个]石洞,为宋二代丞相史弥远凿以娱母的,名补陀洞天,明李堂游补陀洞天诗云:"相公惊擂宋山河,凿石穿云见补陀。若见崖山还好景,慈云宫殿碧嵯峨。"然询诸山僧,则瞠目不知所答。未知如今之梵音洞否?

"咔嚓",按下照相机快门,拍下了一张月波寺大门前两人站立的合影。其中一人穿着深色西装,露出浅色衬衣,系着深色领带,他双手叉腰,正面对着镜头。另一人侧着身子,也是双手叉腰,脱了外套,穿着浅色衬衣。此照夹在丁景唐《宁波东钱湖纪游》一文中间,然而《茶话》印制的效果不甚理想,两人面目模糊,难以辨认。

丁景唐此番游览,受到热情接待,享受贵宾待遇。他暂且摆脱喧嚣都市的噪杂之音以及各种繁忙的事务,故乡的山水令人流连忘返,不亦乐乎。特别是久违的浓郁乡音,倍感亲切,犹如孩提时重回母亲的怀抱。

《宁波东钱湖纪游》一文集散文游记、历史文化、风土人情、民间传说、地理风貌等为一体,是丁景唐文学生涯中唯一一篇如此综合文体之作,加之经济(物价)、教育(小学)、美食(土产)等,构成一幅抗战胜利后的东钱湖及其周边地区的历史画卷,留下一份不可多得的档案资料。此文描写名胜古迹,有声有色,娓娓道来,犹临其境。文中引用不少古诗词,增添文采,渲染气氛,加深印象。同时采用对比手法,将东钱湖与杭州西自然风景对比——"远较西湖大过近廿倍的东湖是占有优胜的";将上海郊区小镇与当地城镇对比——"似乎还不及这个小镇的繁盛";将上海市场物价与当地对比——"鱼虾一类湖鲜更是便宜得叫上海人吃惊";将抗战前后的当地市场进行对比,尤其是外国五光十色的商品猛烈冲击当地市场,不断摧残昔日自给自足的自然经济,也带来了新的消费观念和亦真亦假的时髦商品。该文尝试杂糅多种文体的表现手法,既是一种灵活的写作方式,也顺应了《茶话》这类休闲刊物众多读者的需求。

注释:

[1] 张香还,1929年出生,江苏苏州人,笔名黎南、黄土。1948年毕业于上海同济大学中国文学系,由中共地下党组织安排去安徽大别山解放区工作,后参加抗美援朝,曾担任上海《文汇报》编辑,著有《中国儿童文学史》《叶圣陶和他的世界》《逝去的昼夜》等。

附录 浙东才子,麦野青之情

宁海"文谊"及其会刊

20世纪50年代,丁景唐已经开始研究左联五烈士。他和瞿光熙合作的专著《左联五烈士研究资料编目》(上海文艺出版社,1961年7月),具有奠基石的重要意义。

图20 麦野青

左联五烈士之一柔石,原名赵平复,浙江宁海人,著名作家、翻译家、革命家。后来浙江宁海又出现一位左翼作家麦野青(图20),真名胡育琦。多年后他的儿子李鸿祥四处查找资料,好不容易编成《风雨留痕——麦野青遗文掇集》[1],寄赠并附信给住院的97岁丁景唐。其中的前言、后记和薛家栓的《浙东左翼作家麦野青传略》,生动地记述了麦野青的短暂一生。薛家栓为发掘和传承宁海地方文化做出重要贡献,他认为:"麦野青是我县民国时期继柔石之后在县内外具有影响的左翼作家和优秀的文化工作者……尤其在结识了共产党人丁景唐和庄禹梅之后,其倾向性更为明显。最后,他彻底背叛了本阶级,已成为一名优秀的无产阶级战士。"柔石是丁景唐后半生研究的对象之一,年轻的麦野青则先与丁景唐结缘,双方在上海会面相识,此后保持通讯联系。

> 弱小的同胞们!/你们不要老是这样哀鸣,/应该赶快振作起你的精神,/消灭这万恶的暴行,/使人类得到永远的和平!世界达到永远的和平!

这是12岁小学生麦野青的小诗《呼声》,发表于1933年5月1日《宁海民报》。

1934年,麦野青以优异成绩考入宁海中学,宁中校刊和校友办的《三门湾》刊物上都有他写的诗文。此后,他考入黄岩中学,得到班主任兼语文老师干人俊悉心指点,写作大有进步,开始以"麦野青"笔名投稿。20岁麦野青高中毕业后,宁海民报社社长胡慕青不拘一格,大胆聘用他担任主编。后来报社调来一位女青年李瑞华,与麦野青相识相爱。

抗战胜利后,麦野青因故离开《宁海民报》社,应奉化中学校长毛翼虎之邀,担任校长室秘书,主编奉中校刊《芒种》。翌年春,与李瑞华结婚。他俩一同到上海,结识了丁景唐,被吸收为上海"文谊"会员,麦野青参加了一些活动,同时一心想搞文学创作。

这期间麦野青写了不少作品,其中散文《墨绿色的散唱》,经他人介绍,发表于《少女》创刊号(1946年6月1日),这是著名出版家、作家陈蝶衣主编的娱乐刊物。麦野青写道:

> 当敌人以它的枪,刺向我们追逐的时候,当我打起简陋而寒酸的行囊,走过一条不

得不走的长途的时候,我背起警报袋,在胸袋上插上我的牙刷与铅笔,并且束紧了我的裤脚。这些,在我是显得那么习惯,就如同一个人必须吃饭一样。

于是我举起壮阔的步伐……

这么着,我走了八年,从城市走向山乡,从这一个城市走到别一个城市,从沙漠上走到繁杂的人间,也从黑夜走向拂晓……

麦野青根据自己的经历和所见所闻,1944年至1946年期间创作了长篇小说《七年间》,连载于《宁海民报》。小说主要描写抗战期间三位青年学生,深入农村宣传,发动抗日救亡运动,以及各种遭遇,牵涉到农村各种势力之间的斗争,被称为"一部带有浓郁乡土气息的救亡文学,具有鲜明的思想性和时代性"。

丁景唐主持的《文艺学习》第3期(1946年7月20日)刊登麦野青写的散文《人的生活》,透露了他的编辑工作状况,以及周围同事的各种形象。他写道:

下午七八点钟,我们就睡,因为准备在十一点钟起来工作。可是我的卧室的窗口外就是黄溜溜的大江,整晚澎呀澎的响着浪涛。也许这里会有什么诗趣,但我的心里可就觉得漠然,甚至于厌恶它的扰人清梦。睡觉原比什么都重要。坐在方桌前,拿起红笔圈点,眼皮却只往下垂。那滋味也许又是什么伤感之类吧?

…………

地板上多产臭虫。我们坐着编稿,它就沿脚跟爬上来,咬了一口,又爬回去。脚上就肿成许多块。友人吃惊道:胖起来了。然而我却少有这样的兴致,把自己的苦病当玩笑。

…………

我们却总还是在半夜里爬起来,听方头同事的笑话,让臭虫咬。有人说被虫豸们围攻一阵也是一种诗趣。这真是太罗曼蒂克、太令人费解的话。

此文披露了麦野青在《宁海民报》勤奋工作的情况。该报纸一度从周刊改为了三日刊,后改为日报。报社人员少,经费紧张,麦野青往往是兼干几个人的工作。自己还要写稿,弥补版面,熬夜工作。同时遭受恶劣环境的折磨,也磨炼了他的刚强意志和疾恶如仇的鲜明个性。后世对于麦野青的秉性、心理、爱好等都不甚了解,这篇自述可以窥见一斑,也可以想象他此后如何编辑丁景唐等人的诗文,很有画面感。

1946年8月4日,麦野青自定海再次来沪,写下《漫步黄浦江滨》(《宁海民报》1946年9月13日),真实地记述了所见所闻。10月,麦野青返回家乡,仿照上海"文谊"模式,联络了《宁海民报》协理竺仁静及旅外同乡胡敦行等17人,筹备组织"宁海文艺青年联谊会",创办会刊《文谊》(附于《宁海民报》随送)。10月19日,麦野青和竺仁静等人借宁海民报社(宁海中街70号)召开"鲁迅先生逝世十周年纪念会"。野青等人在《文谊》上发表有关学习和研究鲁迅的文章,第3期(1946年11月15日)刊有两篇文章。

其一,非尹的《走!踏上鲁迅先生的路》。开头便是鲁迅的名言"横眉冷对千夫指,俯首甘为孺子牛",接着写道:"'吃的是草,挤出来的是牛奶和血',鲁迅先生的一生就是一条牛的生活:挤出来的是牛奶,甚至挤出了血去喂养迫害的同类。鲁迅先生仅仅是一条驯服的'牛'吗?"文章指出鲁迅的"投枪"和"匕首"的战斗精神,还特地写道:"一位革命家说:'鲁迅的路即是中国人民的路。'"如果麦野青在上海参加了"文谊"第一次文艺晚会,那么也会听到许杰的发言:"文艺工作者们是艰苦的,然而使命是重大的。他们吃的是草,挤出的是牛奶。"并且举了鲁迅先生做例子,以此说明"鲁迅的战斗精神始终是文艺青年们应该学习的"。因此,也不排除"非尹"是麦野青的笔名的可能。

其二,连载麦野青的长文《鲁迅先生的杰作:〈阿Q正传〉的研究》。此文不仅谈论该小说的社会意义和讽刺艺术,而且力图以阶级斗争的眼光去分析农村贫富阶层之间的尖锐矛盾和斗争,折射出他前期学习、写作的思想状况,冷静地面对和分析不合理的残酷现实,彻底抛弃了唯美至上的审美观点。

起初,麦野青创办、主编会刊《文谊》,刊登各种诗文和会友动态等,每期仅为一个版面。但油墨过重,印刷效果欠佳,印字不清楚,报端上的时间也难以辨别。该刊现存10期,第2期至第17期之间残缺不齐,其中第2期刊登《"文谊"结束前后》等文。

1946年11月3日,麦野青离开宁海后,《文谊》第3期署名戴无涯(化名)主编,宁海文艺学会发行,该学会是原宁海"文谊"改组而来的。当时各地纷纷要求成立"文谊"分会,丁景唐等人商量后,决定采取谨慎的保护措施,通知各地文友,建议他们成立独立的文艺青年团体,与上海的"文谊"是朋友关系。因此,宁海"文谊"改组为宁海文艺学会,却被国民党县政府派员趁机把持。改组前后50天,麦野青理应参加前期筹备工作,但因意见分歧而退出。

此前,麦野青等人召开"鲁迅先生逝世十周年纪念会"时,国民党县政府临时派人列席会议,从中嗅出该"文谊"里有共产党插足的气息,便借口该协会未获县政府登记核准,今后不准集会,不准出版刊物,而且必须在国民党县党部和三青团监督下开展活动。对此,麦野青决不能接受,在《"文谊"结束前后》最后写道:"我们希望各爱护文化关心桑梓的同人们都能以本往精神,继续予我们以支持,对可恶的黑暗势力斗争下去!"

1946年11月24日下午1时,在城镇第一中心学校举行宁海文艺学会成立大会,除了竺仁静、胡敦行等人之外,麦野青的中学恩师干人俊也赶来参加。胡慕青为临时主席,干人俊讲述本县以往文化工作情形及对本会成立的感想,竺仁静报告筹备、改组经过。在大会出席人员、选举理事等有关报道中,并未出现麦野青的名字。这次大会通过的章程,共分六章二十二条,该章程和有关报道均发表在《文谊》第6期上,即《本会同人沉着奋斗,终于完成筹备任务》。《文谊》地址注明为宁海中街70号(宁海民报社),显然是依托竺仁静、胡慕青主持的《宁海民报》有利条件。

编发丁景唐的文章

《文谊》第6期出版时,麦野青夫妇早已离开宁海,应宁波《四明周报》经理孔祥辉的邀约,麦野青担任该报主编。

> 今晚,/我从睡梦中醒来,/眼前挂着电光闪射的火花,/倾听人类春天启程的信号,/从漠北隆隆而来,/近了,平地的一声春雷,/轰隆!/这是大地甩着虎跳在翻身,/这是奴隶获得解放的呼声。/风呵!雨呵!/让苦难的祖国早些度过阵痛的生辰,/用你们的手洗净世间的愁脸。

丁景唐这首《春雷》为"1941年旧作,1947年改",麦野青收到此诗稿,编排在《四明周报》第14期(1947年3月23日),署名丁英。此诗含义深刻,从大我角度来看,渴望"平地的一声春雷",解放全中国,成立中华人民共和国! 从小我的角度观审,坚定信念,继续斗争,也包含了劝慰麦野青之意,"早些度过阵痛的生辰,/用你们的手洗净世间的愁脸"。

丁景唐寄出此诗稿时,信中顺便问起原宁海会刊《文谊》的情况。于是麦野青在这期《四明周报》最后刊登启事:"宁海竺仁静兄:请告知《文谊》近况,以及今后动态。弟野青启。"竺仁静为《宁海民报》协理,也是当初发起成立宁海"文谊"的骨干,并且知道改组为宁海文艺学会的内幕。此启事有多重含义:一是公开询问,免得宁海县政府疑神疑鬼;二是麦野青因故疏远宁海的会刊《文谊》,一言难尽;三是此刊物寄给丁景唐,让他自己分辨其中的潜台词,麦野青在回信中不便多解释。

此后,麦野青编发了丁景唐的诗论《诗放谈》(《四明周报》第15期,1947年3月30日)。此文以鲁迅的诗论作为权威之言,透露了丁景唐喜欢现实主义诗风的诗人及其作品,以及民歌、民谣与新诗创作之间的联姻关系。这引起麦野青的共鸣,产生了诸多的共同语言。麦野青将丁景唐一文与臧洛克的散文《杭州·静的城》编排在最后,这时麦野青、臧洛克已经加入丁景唐等发起、组织的民歌社,他们三人在《四明周报》上"握手",这也是一个很有意思的话题。

这期还刊登《忆杨潮》(敏夫),作者曾采访狱中46岁的杨潮,他"形容颇为瘦削,头发□松,据说曾受过多次刑讯。狱中生活极坏,睡在稻草堆中,与白虱为伍,每天两顿'钢珠饭'。可是,他虽在狱中却仍没有放弃他的工作,这部《我的爸爸》就是他在狱中的一部可资纪念的最后译作"。杨潮在监狱里翻译《我的爸爸》(美国作家克拉伦斯·谢波德·戴原著),由生活书店1946年9月出版,发行人徐伯昕(后任三联书店总店总经理)。丁景唐在该书扉页上敬重地写道:"向杨潮烈士致敬!"昔日"左联"骨干和作家、中共党员杨潮是被蒋介石身边的"红人"、陆军总司令顾祝同下令以"莫须有"的罪名关押致死的,引起全国文艺界的强烈抗议。麦野青敢于刊登此文,也不怕"丢饭碗",甚至被捕坐牢。

麦野青曾在《编辑三年》(《四明周报》第12期,1947年3月6日)中写道:

> 固然,报纸或者任何新闻报道,都脱不了政治,新闻也脱不了为政治而服务,但不应为某些政客们所服务、所奴役。即做一个人也不能脱离政治,何况是报纸。但也仍然应有所选择。这种选择就应该根据客观环境中大多数人民的一致要求。在现阶段,最大多数人民的要求是民主,不是形式上的民主,而是要求实质上的民主。反民主的论客必然被一般人所唾弃。

麦野青公开为民请命,刚正不阿,秉书直言,融入全国争取和平民主运动潮流中,这也是丁景唐起草的"文谊"宣言的宗旨。

在这期间,麦野青的思想激进,还在《宁波日报》《宁波晨报》《春风》等发表各类文章,并与丁景唐"相遇"。丁景唐晚年在《我与宁波》(未刊稿)中写道:1946年10月10日"双十节"前,应聂中函公学学生曹玄衣之邀,游览宁波东钱湖,"又为宁波《春风》写稿"。经查找,该刊登载的有些诗文可能出自丁景唐的笔下。[2]

陈载主编的《春风》半月刊前身为《春风文艺》,负责人庄禹梅(社长)、陈载(总编)、俞梦魁(发行人)。编委成员徐吹,原名汪诚功,后改名徐朗,中共地下党员;吕倩如,中共党员,从上饶集中营逃出来后在《宁波时事公报》工作。其刊名来自"野火烧不尽,春风吹又生",其意不言而喻。主编陈载,原名戴礼尧,曾主编《四明周报》《流亡青年》等刊物,后在《宁波时报》工作。他曾去上海拜访郭沫若等人,与上海的"文协"取得联系,得到许多著名作家的鼓励和支持,其中有茅盾、郭沫若、邵荃麟、叶圣陶、冯雪峰、谷斯范、王统照、臧克家、许杰、唐弢等。

《春风》创办周年之际,该刊第2卷第1期(1947年6月24日)推出庆贺专版,其中有郭沫若、胡风、许广平等人发来的题词、贺信等,麦野青同时发表两文。其一,《多事的西北角》,大胆地质疑中央社的有关报道,指出"幻想苏美冲突的人只有说明他自己的神经衰弱"。其二,《我们需要群众路线:兼以纪念〈春风〉周年》,打破一般庆贺之文的陈词滥调,"捅马蜂窝"。他写道:

> 近来对于文艺问题很有一些论争,最初是为了布特莱尔的倾向问题,那是陈敬容先生的诗所引起的。其次是李健吾先生的《女人与和平》。据说对于《女人与和平》的公正批评的文章还曾经无故地甚至可说是恶意地被"笔会"的编者唐弢先生抽压了许多时候。唐弢先生为什么这样做,颇不可解。在需要民主,特别是正在为民主而呼号的文艺界总不至于囿于卑劣的门户之见。最近在《大公报》的"星期文艺"上又见到批判臧克家先生们的文章……

文中提及的这些著名诗人、学者、作家均为当时文坛上有影响的人物,而且李健吾、唐弢还曾为上海"文谊"晚会演讲,深受欢迎。如果要辨清这些论争的是非曲直,即使撰写一篇长文,也不一定能够达到预期目的。麦野青秉公直言,不吐不快,趁着庆贺《春风》创刊周年之际,借题发挥,指出现代文坛中的不正之风,最后指出:"在肯定客观的前提下,我们要求作家们逃脱小资产阶级的传统,走向群众的生活中间去,理解并批判他们;向他们学习,再教育自己。请我们的作家诚恳地脱下洁白的手套,脱下投机者的虚伪的面具。到农村去,到工厂去!我们需要采取群众的路线!"此文同样渗透了共产党文艺方针政策的精神,也是丁景唐起草的"文谊"宣言所强调的。麦野青的胆魄和勇气令人敬佩,他已经站在革命旗帜下,参加共产党组织只是时间问题。

麦野青为民请命的激进言论和刚正不阿的鲜明性格,成为反动政客的眼中钉。麦野青编发丁景唐的《诗放谈》后,丁景唐上了反动派的"黑名单",辗转南下避难。不久,《四明周报》言论过激,被当局明令停办。

民歌社的骨干

民歌社是丁景唐等人在抗日战争胜利后组织的,麦野青加入民歌社后,积极奔走宣传。丁景唐的《征求歌谣小启》发表于麦野青主编的《四明周报》第5期(1946年11月29日)第6版副刊:

爱好民歌的乡友们:

在这里我至诚地向你们请求协助收集各地歌谣——

(一)直接录自口头的;(二)间接自报纸刊物转录或剪贴的;(三)各种有关歌谣的集子或研究论文的著作,倘能割爱出让的最好,不然即借阅也可。

本人愿以拙作《妇女与文学》(价二千元)及《星底梦》(诗集价八百元)作为酬谢。如需现金或其他条件也可来函书明。

丁英 一九四六年十一月

来函请寄上海宁波路四七〇弄四号

联华图书公司本人可也

丁景唐"求知"(收集各地歌谣)心切,诚言至情,溢于言表,一介书生,以书换"知",以表心愿。他的两本书《星底梦》《妇女与文学》是成名之作,虽说是"价二千元""价八百元",在当时也不过是一斤活鸡、四两河鲫鱼的价格。

麦野青在《青春》上发表系列研究民歌的文章,颇有见解。负责该刊语言类文章的正是宁波"文谊"骨干吕漠野,他在《青春》上经常与麦野青"同框"。

民歌为什么会被这样欢迎呢?第一个因素是它文字的浅鲜口语化,第二个因素是它题材的现实性,第三个因素是它刻画得深刻。当然,这是单就大部分好的民歌来说的,除这些以外,民歌当中也含有许多落后的成分。这原因是在于社会的落后,广大农村的生产技术还在极原始的状况中,农村社会上封建的剥削关系也依然存在。非但是存在,而且和新的反动力量勾搭了起来,对农民的剥削是更厉害了。这些都影响他们的意识,"放勿开"这一部分迷信灰暗思想的缘故。但中国已经有了农民翻身的事实存在,在这样伟大的革命浪潮滚到他们的面前的刹那,他们自会醒来加入战斗的。这是题外的话。

1947年8月26日,麦野青写下这篇《向民歌学习》(《春风》第2卷第4、5期合刊,1947年9月1日),丁景唐已经南下广州、香港避难,暂且失去联系。此文的观点类似丁景唐写的《怎样搜集民歌》等专题文章,或者说丁景唐的《怎样搜集民歌》小册子委托他人寄赠给麦野青,供他学习参考。

此文还列举了不少当地民歌民谣的例子。"长衫夹短衫/中央(官府)住(是)抢犯/抢犯抢大家/官兵要来捉/抢抢要犯法/勿抢要饥煞。"此为宁波方言民谣,括号里为普通话注释。辛辣讽刺官府鱼肉百姓,官逼民反,于是"黄胖吴阿尧/晒盐无人要/欧仔(饿煞)一班卖盐佬/落海做强盗"。靠海吃海的晒盐工,被逼得"落海做强盗",麦野青气愤地写道:"这是非常现实的题材,非常深沉的刻画。不但有血有泪,而且有愤怒,有反抗,有行动。"

丁景唐等人发起、组织民歌社,初衷是收集民歌民谣,但是往往接触到大量讽刺官府、激起民愤民怨的现实题材,这是活生生的现实教科书,更加激起麦野青强烈的反抗意识,以及对于广大穷苦民众的真挚同情,进一步提高他的政治思想觉悟。这是他参加民歌社的最大收获。

此后,麦野青撰写了《宿命观念支配着——学习民歌研究报告之一》《饥饿了的姑娘:民歌研究报告之二》《向劳动人民学习:民歌研究报告之三》,载于《春风》1948年第3卷第1、2、5期。仅仅看此三文的标题,也可以知道相互关联,呈现递进状态。前两文是在《向民歌学习》的基础上,进一步深化主题内涵,扩大研究范围,提升学术水准。第三篇虽然侧重于《向民歌学习》的内容,但是进一步提出民歌的阶级性、民歌蕴含的战斗性、学习民歌的必要性。他认为:

> 我们却在民歌里看到了工农的坚强,他们虽然还没有被组织起来,但他们分明已在精神上接受了战斗。正如干柴虽没有被点着火,但已蕴藏了引燃的性能了。有的,那种堆积得过久的干柴,即使没有人点火,也是会自燃的。
>
> 民歌在目前,是真正来自民间,为人民所创作,并为人民所喜爱的唯一的文学。因为生活的直接影响,在他们的作品里也有了最恰当的反映,那深沉的刻画和直率的叙写,已成了文艺道路上的新方向,是人民作家们体验了这样的现实以后的果实。民歌能被人[们]普遍注意,有如黑夜中能有一点光亮一样。

此文中的"坚强""战斗""人民作家"等关键词,足以说明麦野青的思想已经焕然一新,民歌研究只是他借此作为一个"呐喊"的平台,发出战斗的檄文。

编发丁景唐的译稿

麦野青夫妇应邀担任《宁波时事公报》编辑。《时事公报》于1920年6月1日由金臻庠创办,社址在江北岸同兴街。1940年冬,《时事公报》发行量达到1.5万份,创下当时浙东报纸发行记录。1941年4月宁波沦陷后,《时事公报》被日伪劫夺。1946年2月11日复刊,改为《宁波时事公报》继续出刊。该报副刊《四明山》主编为庄禹梅,原名继良,笔名病骸、醒公、平青等,浙江镇海人。1945年初,赴四明山革命根据地,在中共浙东区党委城工委领导下办报,同年10月浙东游击纵队北撤后回宁波,1947年复任《宁波时事公报》主编。庄禹梅招来的编辑都是麦野青等进步青年,结成一个战斗群体,在报上发表了大量富有战斗性的文章,他们阅读进步书刊和解放区出版的小册子,一起唱革命歌曲。

1948年春天,经年逾六旬的庄禹梅发起,陈载等60多位文友参加宁波文艺协会成立大会,陈载为大会主席,宁波浙东中学资深教师林世堂首先发言。大会选出九位理事:林世堂、麦野青、吕漠野、陈载、庄禹梅、路萍(蔡志达)、俞梦魁、徐吹、王兴汉。苏菲、翁亭、董振丕为监事,吕倩如为候补监事。在签到簿上也有原宁波"文谊"骨干孙瑞、孙绍姐弟俩,加上麦野青、吕漠野,恰巧组成了原宁波、宁海两地"文谊"发起人的"大团圆",这是丁景唐未料到也从未听说过的喜事。而且麦野青为仅次于林世堂之后的第二位,足见他得到的选票很多。

陈载主编的《春风》文丛第2辑(1948年4月16日)刊登了两文。一是《春天里的消息——记宁波文艺协会成立大会》,署名水深(《春风》编委),详细报道了这次成立大会的盛况。二是《春风》编委张泰烈写的《有望于宁波文艺协会》,寄予厚望。该协会广泛联系了宁波文化界人士,以不同方式批判腐朽没落的国民党政权。

突然,麦野青收到久无音讯的丁景唐的信件,以及译稿《三次战争的回忆》,于是将其分为十部分,连载于《宁波时事公报》(图21),1948年6月25日至7月底,均为

图21 《宁波时事公报》刊载《三次战争的回忆》

第4版。该译文署"左拉原作,卫理重译",原英文版未查到,"卫理"即捍卫真理之意,丁景唐的笔名。本文是由英文版转译为中文的。现存此连载译文七节,每节后有序号,因该报遭失,遗漏了二、三、九节,但是大致可以看出此译文的概况。

麦野青编发丁景唐的译稿之后,1948年10月24日,《宁波时事公报》被鄞县县政府以"报纸刊载不实消息,谣惑人心影响社会治安"的罪名,勒令停刊,引起上海各团体纷纷声援抗议。

庄禹梅等人也上了国民党宁波当局的"黑名单",庄禹梅被迫离开报社,转移到乡下。同时,麦野青等八位报社同人在中共党员毛重耀带领下到四明山"三五"支队根据地,参加了革命队伍。他在那里编辑《四明通讯》和各种宣传资料,为迎接浙江解放做准备。麦野青在四明山参加了中国共产党(一说在《宁波时事公报》时加入),成为一位无产阶级文化战士。可惜在20世纪50年代的"肃反"扩大化中,麦野青被打成"托派"分子,回乡务农。1962年2月,一个大雪飘飞的寒夜,他在家乡老屋里与世长辞,年仅41岁。

丁景唐晚年谈到昔日各地"文谊"和民歌社时,都要提及麦野青等人。1990年7月8日晨,丁景唐写给柔石的儿子赵德鲲的信中说:"我非常怀念1947年在宁波见到孙绍、麦野青。可惜我不知麦野青的下落,现见《〈春风〉之忆》,可能俞梦魁同志是了解的,请转告他,希他将麦野青的情况告诉我……(我)也在宁波看过吕漠野同志,他至今仍与我有通信。"丁景唐还写道:"请为我提供柔石烈士文章篇目和日文复印件,希能早日寄下,谢谢!"此后,麦野青的儿子、女儿与丁景唐联系上了,并寄来新著《风雨留痕——麦野青遗文掇集》。

丁景唐与昔日"宁波文艺协会"理事之一徐吹保持通讯联系,笔者曾受家父丁景唐委托前去杭州看望徐老,赠送拙书《杨之华评传》(与陈福康合作),可惜未能详谈。

注释:

〔1〕李鸿祥编的《风雨留痕——麦野青遗文掇集》搜集了59篇诗文,包括长篇小说《七年间》的残稿。他在后记中写道:

> 从有记忆起,我与父亲一起生活的时间前后不足八年。父亲是小个子,穿一身黄军装,戴一副厚厚的酒瓶底似的近视眼镜,走起路来却大步流星,两手摆动,标准的军人姿势。刚复员时,常听他在老家楼上大声唱歌,好听的男中音。唱的歌有《打靶归来》《二郎山》等军营歌曲,也有《莫斯科郊外的晚上》《柳堡的故事》等较为抒情的歌曲。还听见他大声读外语,祖母告诉我,你爸在学俄语呢。他在县财政局助征时,会带上我上县政府大院去看看,告诉我那里曾是县衙大堂,是县官老爷审犯人的地方。
>
> …………
>
> 父亲1957年回农村,开始挣工分吃饭。一介文弱书生,几曾干过农活?当时正劳力一天10个

工分,合 6 毛钱左右,父亲只够半劳力,一天最多 6 个工分,难以维持生计,幸有姑母接济,窘迫中得以解厄。那时的父亲,上身一件黄色的旧军棉衣,有时腰间还束了军皮带,下面是黄色的旧军裤、军胶鞋,戴着那副断了腿用胶布包着的 1 000 多度的近视眼镜,肩上扛把锄头,跟着社员们出工干农活,听凭着壮劳力们吆来喝去。

…………

十余年后,我们从父亲的表弟媳处得知南京军区曾来人代表组织告知为父亲平反一事。虽说终还了他一个清白,可遗憾的是我们直系亲属都在外,未能当面接受这一结果。

〔2〕散文诗《灯下小集》(1948 年第 3 卷第 2 期),署名"未央",应是丁景唐之作。该诗已收入《丁景唐诗文集(1938—1949)》。

《妇女与文学》连接的故事

> 晶莹的是满天的星星,/纯真的是无邪的童心。/黑夜中的孩子伸手向天:/"星星,给我!"/惹得母亲笑:/"宝宝睡觉,妈摘给你!"
> （《星底梦》）

憧憬"星光"之梦的诗意与残酷的现实形成巨大反差。在丁景唐的记忆中,宁波泥瓦弄埋葬了母亲一生最后痛苦呻吟的日子,乡下老家河埠头的招魂幡上飘着纸钱的幌子,堂屋前停放着已经入殓的棺材,年仅30岁的母亲,呜呼!

天下无数凄惨、苦命的母亲(妇女形象),被古今中外的文艺家注入鲜活的艺术生命,穿越人类文明史的漫长岁月,再现于历代文学长廊,激起青年丁景唐的强烈共鸣。丁景唐还发现大量民歌民谣,"带着泥土的香气、质朴的风味,更富有生命的活力",展现了一个充满无限生机的新天地。

就读于沪江大学三年级的一年时间,是丁景唐学习中国古典文学作品最多的一年,也是写作比较勤快的一年。除了写诗歌、散文,还从事民间文学和古典文学的研究,由此走上了漫长的治学之途。

22岁的丁景唐最初选择了妇女与文学的研究角度,以现代意识进行审视、诠释,大胆地挑战、质疑权威论点,直言不讳地提出自己的新观点。在民歌民谣广袤田野上采集妇女题材的大量鲜活的素材,撰写了许多专题文章,发表于《女声》等刊物上,形成他的第二本专著《妇女与文学》的学术研究框架和主要内容。

双璧生辉,丁景唐的第一本诗集《星底梦》与第一本论文集《妇女与文学》,成为丁景唐前期写作鼎盛时期的重要标志,见证了这时期诗歌创作和治学水准。《妇女与文学》收入十篇论文,以下先介绍该书最后的姊妹篇《祥林嫂——鲁迅作品中之女性研究之一》(简称《祥林嫂》)、《新女性的典型创造》。

茅盾启示·祥林嫂·袁雪芬

> 我提议我们的理论家和批评家做一件烦琐的工作:把新文学中几部优秀作品的各色"人物"各以类聚,先列一个表,然后再比较研究同属一社会阶层的那些"人物"在不同作家的笔下有什么不同的"面目"……如果做成了,实在是功德无量。

1941年5月,茅盾在香港赶写著名小说《腐蚀》,连载于邹韬奋主编的《大众生活》。此后撰写了随笔《大题小解》,发表于香港《时代文学》,转载于上海《文综》。[1]丁景唐等人看到茅盾此文大受启发:"激励我们几位友人的兴趣。但真的要从事'人物表'的研究可得好好地花些功夫,多读几本书。自以[为]与其高谈空论,还不如切实地先择短篇入手分析,也算是读书之余的一点琐感或札记。这里,谈不到'小题大解'的研究,只能说是'大题小解'的笔录。"

几年后,丁景唐大学学业修满,翻看了无数中外书刊,思维、写作、研究等综合素质大为提高,并且迎来了盼望已久的抗战胜利。他感到时机成熟,便于1945年10月撰写了《祥林嫂》,最初刊登于《前进妇女》第2期(1945年11月)。丁景唐就读中学时,爱读鲁迅的著作,这期间有许多生动的故事。他主编《联声》时期,撰文多次引用鲁迅的经典之言。因此,《祥林嫂》是丁景唐厚积薄发的结果——第一篇专论,由此拉开了他大半辈子从事鲁迅研究工作的序幕。

此文开头引用了茅盾《大题小解》的一段话:"倘能将文学作品中各种人物的类型,按照行业、出身、阶层列表做一比较分析的研究,未始不是一桩学术的大事,其意义和效用并不次于创作。"由此说明此文最初的由来,反映了丁景唐踏实、严谨的作风,此后贯穿于他的60多年学术生涯。

  幸灾乐祸,以他人的痛苦为喜乐的"异象"是过去世纪中普遍的"现象"。高尔基有篇《为了单调的缘故》的小说,也替我们讲述了一个人言可畏的悲剧,阿利娜和祥林嫂她们都是旧时代的被难者,她们都是平凡的小人物,像尘芥似的无声地生存着,饱受无理的嘲弄和轻蔑。所不同的,祥林嫂还得担负"一女事二大"败坏风俗的罪名,而阿利娜则抑郁自杀。为了赎回来世虚幻的"幸福",祥林嫂听从柳妈[之言]支取了历年积存的工钱,到土地庙里捐一条门槛,"给千人踏万人跨"来抵挡死后的受苦。

历来有许多评论鲁迅著名小说《祝福》之文,与高尔基笔下的小说女主角进行比较,至少可以说明丁景唐的《祥林嫂》一文运用中西贯通的思维是比较早的,这得益于他曾参加光华大学西洋文学研究组活动等。

1981年春节前,三女儿丁言昭拿了一份《文汇报》的周末版问父亲丁景唐:"爸爸,你怎么和越剧《祥林嫂》有一些关系?"原来该报连载《袁雪芬的艺术道路》,其中提到1946年雪声剧团把鲁迅的小说《祝福》改编为《祥林嫂》并上演的史实。雪声剧团纪念刊上还摘登了丁英那篇论述祥林嫂的文章片段,但《袁雪芬的艺术道路》的作者并不知道丁英是何人。

此文一下子撞开了丁景唐的记忆大门——丁英是他的笔名之一。此后,丁景唐的老战友廖临写信给丁言昭,加之丁景唐的回忆,才逐渐完成了这件往事的"拼图"。丁景唐把《祥林嫂》收入《学习鲁迅作品的札记》(上海文艺出版社,1982年),写了比较长的附记,叙述了这件往事的具体情况。该文后收入丁景唐的《犹恋风流纸墨香——六十年文集》(上海文艺出版社,2004年1月),还刊登了丁景唐与廖临夫妇、袁雪芬的合影,画上了一个圆满的句号。

丁景唐在附记中坦陈道:"回想起来,当时自己写这些文章,虽然目的性很明确,也有激情,但毕竟年纪还轻,理论修养还浅,写出来的是一些不成熟的习作。关于《祝福》的这篇文章,同情祥林嫂的悲惨遭遇,却未对封建势力的代表者鲁四老爷之流做出有力的抨击,便是一个缺陷。这篇文章竟能在读者中引起反响,并能激发南薇、袁雪芬同志改编上演《祥林嫂》,这是出乎我意料的。"丁景唐还回忆说:

  1946年2月,我的第二本书是一本学术性的论文集《妇女与文学》,由上海沪江书屋出版,以当时公开的名字"丁英"署名……

  书出版后,我赠与吴康(后为上海市委统战部副部长)一本,吴康即介绍给他的妹夫——雪声剧团编剧南薇。南薇看到书中的一篇《祥林嫂——鲁迅作品中的女性研究之一》,认为可以将《祥林嫂》改编为越剧,于是向袁雪芬介绍鲁迅的《祝福》小说,征求袁雪芬同意后,南薇试编为越剧《祥林嫂》。我又设法介绍当时与我一起工作的廖临(时为《时事新报》影剧特约记者)与南薇交朋友。后来,田汉要了解越剧情况,我安排廖临约袁雪芬、南薇去见田汉……田汉、许广平看了越剧《祥林嫂》的演出。

  4月28日,廖临以"罗平"的笔名在《时事新报·六艺》上,以头条位置对袁雪芬主演的《祥林嫂》作了较高的评价。文章在引述了丁英关于祥林嫂的分析后称:"《祥林嫂》应该不仅是雪声剧团,而是整个越剧界的一座纪程碑。"他又用"罗平"的笔名写了《田汉与袁雪芬南薇谈改良越剧》(《时事新报》1946年5月10日)摘登了我的论文,由我领导的在《世界晨报》工作的袁鹰等也在报上为《祥林嫂》上演撰写评介文章。这就是当时中共地下党与越剧《祥林嫂》的关系。

  5月,《雪声纪念刊》中的《袁雪芬与新越剧》摘登了我的论文,也详细作了记载。

  1981年1月8日,《文汇报·影剧版》刊登了《袁雪芬的艺术道路(九)》与《许广平谈〈祝福〉的改编》后,我才在《艺术世界》上首次撰文,撰述了丁英的文章和越剧《祥林嫂》的因缘。

这段文字摘自丁景唐的《八十回忆》。他曾保存着一本连环画摄影本《祥林嫂》(上海美术出版社,1979年8月),这是拍摄、整理袁雪芬主演的越剧《祥林嫂》剧照所编成的。

《新女性的典型创造》写于1945年10月8日深夜,《祥林嫂》则写于其后,属于姊妹篇。前文是综合性的"面",后文则是一个"点",着重于剖析。

《新女性的典型创造》原载《时代·文艺》第2期(1945年10月15日),署名洛黎扬。文章写道:

  诚如茅盾先生的《大题小解》的短论中所说,"五四"以来新文学之作的"人物的画廊"里也曾挂着多彩的肖像,单挑女性来观察,"自老祖母以至于小孙女,自'三从四德'的'奴隶'以至'叛逆的女性',可谓应有尽有,实在替数百年来甚至在文学作品亦处于不平等地位的中国女性,大大吐一口气"。但与旧小说中国极少很好的普通女性的描写一样,新文学作品中也缺乏坚强却又真实的新女性典型的出现,这同是一件颇堪玩味的事。

从鲁迅先生遗留的工笔间,我们得以欣赏乡村妇女层:自赵妈、祥林嫂、庄七姑一类的农夫,以及赵秀才夫人、四铭太太、鲁婶一类的家庭主妇,还有小城市知识分子女性的子君,为婚姻的自由跟家庭决绝而终于重回母家的中国式"娜拉"。

显然,昔日茅盾在《大题小解》中的重要提示,催发丁景唐准备搞一个新课题,研究鲁迅笔下的系列女性形象。如果看一下《祥林嫂》的副标题"鲁迅作品中之女性研究之一",那么可以发现这仅仅是开始,即一组系列"人物的画廊"的首篇。按照以上引文的介绍,可以分为三大类——农妇、家庭主妇、城市女性知识分子,而且可以探寻鲁迅笔下的具体篇目。但是,丁景唐未能继续撰写,否则可以成为第一本研究鲁迅笔下系列女性形象的专著,截然不同于他后来大半辈子所从事的研究鲁迅与左翼文艺运动为主的课题和思路。

《新女性的典型创造》还介绍其他作家笔下的女性形象,如茅盾、冰心、丁玲、华汉、萧军、曹禺等人的作品,以及国外反法西斯战争的女性英雄形象等。显然,丁景唐的研究视野开阔,他曾计划连续写一些有关中国现代文学作品中的妇女形象的文章,汇集成册,也是一个很好的选题。他还进一步指出:

以女性的画像而论,沦陷区的、大后方的各类妇女(自达官显宦的太太以致跑单帮的小姑娘)反映得最少;写黑暗地带满怀着眷爱人类、祖国的信念,默默地遍尝生活的艰辛和折磨,顽强不休地从集体间成长的新的女性更属绝无仅有,这是一个颇可注意的现象。历史要求文艺家的笔,转向现实的深处来掘发新的人物和新的故事。

丁景唐向众多进步文艺家提出新的要求,而且认为"从集体间成长的新的女性更属绝无仅有"。当时他并未有很多机会接触共产党领导的抗日根据地文艺作品,加之其他原因,才说了这番话。同时也展示了自己研究系列女性形象课题的广泛性、持续性和美好发展的愿景,希望有更多的同人一起研究作家笔下"人物的画廊"的课题。

"双璧"之一《妇女与文学》

1945年12月,夜晚的寒风肆意钻入窗户缝隙,暗黄的灯光投射在墙上照出人影,不时一晃一动。桌上摊着各种文稿和刊物,丁景唐搓搓手,喝口浓茶,拿起刚写完的短稿,仔细地看看,又改了几个字,画上一个句号。不久,杨志诚编辑的《妇女》第3期(1946年1月1日)刊登了以下一则预告:

丁英近作《妇女与文学》不日出版

本书系作者继《星底梦》(诗集)后的第二本集子,内收:《妇女与文学》《她的一生》《〈诗经〉中的妇女生活·恋爱·婚姻》《陆放翁出妻事迹考》《朱淑真与元夕词》《红叶题诗的故事》《杏花·春雨·江南》《孟姜女传说的演变》《诗人秋瑾》《鲁迅作品中之女性研究》等论文十余篇。作者以诗人之热情,运用新的观点,从事中国学术的探讨,指出中国女性文学在旧时代的重重压制下,如何成长而开放光辉的星花。凡爱好文艺者,洵宜人手一册。

宁波路四七弄四号联华图书公司出版
电话:九七六九一号

这则预告透露了丁景唐的近作《妇女与文学》的最初设想。

其一,原拟收入十余篇,结果删除了《红叶题诗的故事》《杏花·春雨·江南》。预告中的《她的一生》即《她的一生——从民歌中看中国妇女的生活》。《鲁迅作品中之女性研究》原拟为一组文章,来不及写了,先交出《祥林嫂——鲁迅作品中之女性研究之一》。意犹未尽,增补了《新女性的典型创造》。因篇幅有限,其他有关文章均未收入。经过删增,《妇女与文学》收入十篇论文。篇目为:《妇女与文学》《她的一生——从民歌中看中国妇女的生活》《〈诗经〉中的妇女生活·恋爱·婚姻》《陆放翁出妻事迹考》《朱淑真与元夕词》《六朝的民歌(南方篇)》《诗人秋瑾》《孟姜女传说的演变》《祥林嫂》《新女性的典型创造》。减少趣闻轶事,增加学术价值,力求在类似的论文集中独树一帜。

其二,预告中的点评,寥寥数语,但比较客观。几个关键词"诗人""新的观点""探讨",说出了此书的学术价值。

其三,原拟由丁景唐任职的联华图书公司出版,结果改为沪江书屋,其内情不详,丁景唐生前未透露。推想起来,其中原因之一是为了避嫌,免得他人嚼舌根,坚持恪守学术道德。改为沪江书屋,具有学者的书卷气,况且是敬请沪江大学校长樊正康题写书名。但是,联华图书公司老板陆守伦依然大力支持,承担印制此论文集的工作,这让丁景唐感激不尽,写入此书后记。

正式出版的《妇女与文学》收入的十篇文章的时间跨度很大,从古代穿越到20世纪。除了第一篇是开场白比较特殊之外,其他九篇文章中的六篇与古代诗歌、民谣有关,另外三篇是近现代的事情。

首篇《妇女与文学》原有副标题"《从关于女性的文艺讲到妇女》读后",原载《女声》第2卷第3期(1943年7月15日),署名辛夕照。丁景唐晚年再次审读时批阅:"此文系与关露商榷,她收到文后,约我到她家面谈,说并无分歧。"《她的一生——从民歌中看中国妇女的生活》《〈诗经〉中反映的妇女生活·恋爱·婚姻》《陆放翁出妻事迹考》《朱淑真与元夕词》《六朝的民歌(南方篇)》五篇,详见本书其他章节。以下简略介绍其余两篇,即《诗人秋瑾》《孟姜女传说的演变》。

《诗人秋瑾》原载《女声》第3卷第6期(1944年10月15日)。秋瑾是浙江绍兴人,辛亥三杰之一,她的英勇事迹在当地广为流传,丁景唐从小耳濡目染。他从女诗人的角度去研究秋瑾,在当时敌伪刊物上发表,与众多读者达成某种默契。在民族存亡的危急时刻,便于联想到辛亥革命的重大历史意义,正如丁景唐在该文最后说道:"就在秋瑾殉难的后四年来了'辛亥'的步伐。那么,就让秋瑾,以先知的喇叭响彻祖国的长空,像西风一样给沉睡的世界吹起烬火吧!"此文与丁景唐此前写的诗歌《西子湖边》《秋瑾墓前》形成一组借古喻今之作。

丁景唐撰写《祥林嫂》之后,还关注上海舞台上演的《孟姜女》,撰文介绍。

1945年11月26日下午5时,中国第一部现代意义上的音乐剧《孟姜女》在上海兰心大戏院正式上演,产生了一连串的故事,轰动一时。此剧触动国民党特务的敏感神经,要追查此剧与共产党的关系。美国驻华的魏德迈将军及留沪各将领被邀请观看,大为赞赏,魏德迈将军要求制定一份赴美演出计划书。宋庆龄通过中国福利会基金会名义支持该剧公演,票款收入用于援助贫困作家、艺术家等。

《孟姜女》(又名《万里长城》)为六幕十景音乐歌舞剧,是由俄籍犹太人阿甫夏洛穆夫导演并作曲的最重要的作品。他是中国现代音乐的开拓者之一,与聂耳、冼星海、贺绿汀等中国作曲家交往颇多,他创作的几十部作品均以中国故事为题材,带有浓重的中西合璧的独特风格。更重要的是他首次为《义勇军进行曲》进行管弦乐配器,那是1935年的事情。那时聂耳主动请缨,为田汉创作的《风云儿女》电影剧本作曲,曲谱定稿后,由贺绿汀出面邀请阿甫夏洛穆夫。

《孟姜女》的编剧是共产党人贺一青(姜椿芳,曾任中共上海局"文委"委员等),剧本以民间传说孟姜女万里寻夫故事为蓝本,鼓舞人民起来反抗专制压迫。阿氏在此剧本的基础上进行了再创作,大胆地采用中国广大观众所熟悉的《孟姜女十二月花名》为音乐素材,形成中西合璧的音乐作品。

此剧上演之前,已经宣传什么是音乐剧,也是为该剧公演制造舆论。应王鼎成(后任上海文化出版社首任社长)之邀,丁景唐也撰写了《孟姜女传说的演变》,发表于1945年11月26日的《文汇报·世纪风》,正是《孟姜女》公演的那一天。丁景唐凭借自己平时收集的众多史料,经过一番梳理、分析之后,认为:"《孟姜女》是一支民间叙事诗典型的代表作:有大众所熟知的丰富内容和各式各样通俗的形式。这次阿甫夏洛穆夫先生以一个外国音乐家的身份,给我们古老的美丽的孟姜女故事赋以新型歌剧的演出,不仅是件意义深长的工作,也且开辟一条采撷民间艺术、铸创一种新形式的途径。愿它尝试成功!"

中国歌舞剧社公演《孟姜女》后,国民党特务多次去纠缠、捣乱,剧社社长袁励康、姜椿芳等人设法派人去联系宋庆龄,恳求给予支持,宋庆龄很快答应了,并要求以她主持的中国福利基金会名义举行义演。1946年3月27日晚上在兰心大戏院举行义演,宋庆龄与宋美龄、孔祥熙、美军高级将领、苏联驻华大使馆武官和各界名流出席观看。结束后,中国福利基金会向参演人员每人赠送一枚《孟姜女》演出纪念章,以及一本48页《万里长城》英文说明书,上有宋庆龄英文亲笔签名。此后,国民党特务再也不来捣乱了。

"文革"后,姜椿芳担任大百科全书出版社总编辑,被称为"中国大百科全书之父",他与丁景唐有各种交往。姜椿芳因病去世后,丁景唐在《妇女与文学》收入的《孟姜女传说的演变》文后注明:"可依姜椿芳文章和中国福利会会史资料写一附记,谈这次演出与宋庆龄、中国福利会的义演。一九九六年十二月记。"但是,丁景唐没有撰写附记,否则可以留下更多的资料。

丁景唐选择妇女与文学课题之前,中华书局曾印行《中国妇女文学史》(梓潼、谢无量编,1916年10月出版),主要讲述上古至明代的妇女文学问题。陶秋英写的《中国妇女与文学》(北新书局,1933年4月)主要论述历朝妇女教育和对于文学的兴趣等问题,以及"各种文体的代表作家",如赋、书牍、诗词、散文和弹词小说等,远离近、现代妇女文学的问题。丁景唐的《妇女与文学》显然与此不同,并不是纵向历史的思路,而是以各篇文章的"横切面"为主,时而变换文章切入的角度,勾勒了一个粗线条的古今妇女文学的长廊,包括抗日战争及其胜利后的妇女文学新动向。

古今妇女形象为何进入丁景唐的研究视线呢?他在《妇女与文学·后记》里写道:

> 自我能记忆的时候起,父亲就已离开了这个人间,而在珊妹懂得记忆的时候,终年卧病的母亲,又忧苦地结束了她年轻的生命。对于他们的死,我只有一阵怅惘的感觉,也没有在他们的灵前流泪哭泣。这并非说一个失去了亲人的幼小者他没有悲哀,而是说当时的年龄使他不懂也不会凭借哭泣来泄露他蕴藏的情感。但是作为一个失去了亲人的幼小者,我是幸福的,年老的外祖母曾经是第一个负起母亲的重荷的人。回想到外祖母家那间古屋的廊檐下所送别了的童年,一股明亮的太阳光时常便会在我的忆念里耀放,而小河、禾苗、丛树、瓜田,以及夏晚微微的薰风和晚风中的山歌民谣遂成了我童年的教本。自然,幼小的心是不会理解透农村隐匿在和平静谧背后的贫穷与饥馑的真实的面容。有一年秋天,当大水涨弥了河沿、稻场也变成了河面的清晨,因为歉收的缘故,我终于随着外祖母家唯一的长工坐着航船离开了乡野。和长工紧挤在火轮船的白鸽笼——底舱间朦胧了一夜。我们来到了上海,就在一间仅能放一张床与一张小小的单人桌的亭子间中,我开始在皑姑的辅导下学习新的课程——被送入她曾经担任过教职的小学校去读书。
>
> 有些友人曾经好意地询问我为什么爱写有关妇女与文学一类的文章,我现在就将上面的一段经历来代替我的回答。罗曼·罗兰在意大利游学期间,有一个被他崇扬为"第二母亲"的德国老妇人玛尔微达·封·迈森堡(Malwida von Meysenbug)启发和鼓励了他从事创作事业的努力。对于外祖母和皑姑,她们所给予我个人的激发,以及我对

于她们的敬崇与感纫,是远过我自己亲生的娘的,她们是同样可以借用这一尊敬的称呼的。倘若这本书也能引起一些人的谬爱,那应是所有可敬的长辈的赐与。

文中提及的玛尔微达·封·迈森堡,今译为玛尔维达·冯·梅森堡。1889年夏天,23岁的罗曼·罗兰通过历史教授蒙诺的介绍,认识了年逾七旬的梅森堡,形成了十分真诚的友谊。罗兰晚年撰写的自传《内心的历程》中,尊称她为自己的"第二个母亲"。

丁景唐无意将自己比拟为罗曼·罗兰那样的著名作家,他只是举例说明外祖母和皑姑对他的养育之恩,终生难忘,犹如"第二个母亲"。这种浓烈、真挚的情感一直萦绕在他的脑海里,时而浮现在他的眼前。丁景唐回忆说:"我能够读毕中学,以后又考入大学,全赖姑母的资助。姑母施与的母爱和开明的熏陶,对我后来参加革命,走上文艺工作的岗位,用笔鞭挞旧社会'吃人'制度鲸噬妇女儿童的罪恶,是有影响的。"(《八十回忆》)年逾九旬的丁景唐住在华东医院,逢年过节与子女大聚会时,谈起自己小时候受到长辈哺育的往事,依然很激动,不由得声泪俱下。

《妇女与文学》收入的文章中有些是在上海沦陷之后写的。那时丁景唐转学沪江大学中文系三年级,开始治学之路,常去大学附近的原工部局图书馆看书。同时,他坚持做党的地下工作,负责宣传调研工作。根据党的关于敌占区的工作方针,自己不能办刊物,他就组织原《海沫》《中学生》《联声》的编辑向敌伪办的刊物投稿,丁景唐也使用各种笔名为《女声》写稿。《女声》创刊于1942年5月15日,由日本著名女作家佐藤俊子任社长,中国著名女作家关露的公开身份是该刊编辑,其实她由潘汉年派遣打入敌人内部,担负着重要的秘密工作。丁景唐写的《妇女与文学》《她的一生——从民歌中看中国妇女的生活》《〈诗经〉中的妇女生活·恋爱·婚姻》《陆放翁出妻事迹考》《朱淑真与元夕词》《诗人秋瑾》等文,都发表于《女声》,属于"能暴露又有内容的作品"(丁景唐语)。

《妇女与文学》中的《〈诗经〉中的妇女生活·恋爱·婚姻》《朱淑真与元夕词》《六朝的民歌(南方篇)》未能收入他晚年整理出版的《犹恋风流纸墨香——六十年文集》,主要原因是篇幅有限,丁景唐还特意删除了其他许多文章,最大的理由是绝不能超过《巴金六十年文选》(上海文艺出版社,1996年)的篇幅。

丁景唐在《妇女与文学·后记》最后写道:

> 承沪江大学樊正康校长题署,谨致诚挚的谢忱。此外,我也得重复地向帮助这本书出版的皑姑、昌叔、守伦先生,以及许多师友表示我的敬意。
>
> 歉仄的是自己既为学识见闻所限,又未能遍读群籍,错讹之处想来一定不少,在此期待着熟悉的和陌生的友人们的批评与指正。
>
> 一九四六年二月于上海

樊正康是个留美学者、基督徒,个性鲜明,视教育为生命,曾担任沪江大学第一任中国籍教务长,成为该校首任校长刘湛恩的得力助手。刘湛恩不幸遇难后,他继任校长,被称为"沪江大学的忠诚守卫者"。对此,上海理工大学档案馆馆长章华明曾写有专题文章。丁景唐的《妇女与文学》集子出版时(1946年2月),沪江大学校董会决议聘请凌宪扬为代校长,以五个月为试用期,同时批准樊正康的辞职请求。因此,《妇女与文学》也见证了那段校史。

《妇女与文学》问世也得到了陆守伦的热情支持。他曾是民国时期广告、出版巨头之一,1940年10月创办32开本的《小说月报》,由联华广告公司出版部发行。1944年春夏之际,丁景唐经姑丈向陆守伦推荐,参加《小说月报》编辑工作。

丁景唐很重视《妇女与文学》,不仅自拟广告,刊登于《妇女》和《文艺学习》第2期(1946年6月6日),而且寄赠新老文友,期望得以流传和批评指正。

丁景唐还保存了另一个版本《妇女与文学》,署名"丁宗叔"(丁景唐的笔名之一)。其正文版式与初版本相同,但是没有封面,以绛红色的硬厚纸替代,也没有版权页;内封设计大致相同,不过书名、作者、出版社和时间的字体均为手写,大概是最终的校样本。

丁景唐在初版《妇女与文学》封面上写批语"拟再版",在收入的文章和目录上都有修改的笔迹,特别是在目录上删去了卷首《妇女与文学》,把后记改为"再版后记","另有抨击孔子关于贱视女性的文章可编入",即《从"子见南子"谈到儒家的妇女观》(《女声》第2卷第7期,1943年11月15日)。但因故未能如愿再版《妇女与文学》。

"借鸡生蛋"《前进妇女》

光华大学同学潘照南无形中为丁景唐打开了一扇窗——《前进妇女》首次发表《祥林嫂——鲁迅作品中之女性研究之一》一文,那是他俩大学毕业后的事。潘照南接受著名藏书家嘉业堂刘承干的儿子、儿媳妇的委托,请老同学丁景唐为他们创办的《前进妇女》写稿、拉稿。抗战前夕,已有人创办《前进妇女》周刊,发挥了历史作用。抗战胜利后,继续沿用此刊名,给外界印象是复刊了,这也是一种办刊的策略,可以省却不少麻烦。

刘承干家住在爱文义路(今北京西路)899号,鲁迅曾两次去买新刻本"禁书",都被拒之门外。只好托人辗转买来,发现"每种书的末尾,都有嘉业堂刘承干先生的跋文,他对于明季的遗老很有同情,对于清初的文祸也颇不满。但奇怪的是他自己的文章却满是前清遗老的口风"。其实,鲁迅对于刘承干还是敬重的,"对于这种刻书家,我是很感激的,因为他传授给我许多知识"。

当时丁景唐联系的学生刊物都缺乏经费,随办随夭折。现在有这个机会,丁景唐便联系了袁鹰、周绮霖、赵自、陈给、戴容等人撰文。前三期是丁景唐等人"包办",不料却被"重庆飞来的国民党市党部一位女委员"指责该刊被人利用,宣传"赤化"。这让丁景唐的那位老同学极为难堪,终于辞职离去。刘氏夫妇勉强弄出第4期《前进妇女》,宣告打烊收摊了。现存该刊前三期,可以窥见丁景唐等人"借鸡生蛋"的成果。

1945年抗战胜利后的第一个双十节——为了纪念辛亥革命武昌起义,1912年订下的民国国庆——《前进妇女》创刊了,版权页注明:社长兼发行人为程习明,总干事为张彤箴。张彤箴实为主编,她是实业家张静民的长女,毕业于圣约翰大学,"中西文学,都很有根底","沉静好学,非常聪明"。她是一位出众的国画家,曾从顾青瑶学山水画,又师从陈小翠学仕女花鸟,"落笔超逸,画如其人",她的画作参加历届中国女子画会展览,博得各界人士一致好评。(章恕:《张彤箴略历》,《美》1947年第5期。)《前进妇女》创刊号推出"画叶"专栏,刊登顾青瑶、陈小翠、张彤箴、李秋君的四幅国画,呈现师生之作"大团圆"。此后,张彤箴的画作还出现在拍卖会上。

《前进妇女》社址在上海静安寺路(今南京西路)417号,即黄陂北路与南京西路丁字路西边,邻近跑马场。第2期出版之前,迁址胶州路450号一座花园洋房里,斜对面是夏丏尊、魏金枝教书的南屏女子中学(胶州路445号)。

> 我们集合了几个同志,出版这本刊物,把它贡献给我们占四万万同胞半数的姊妹们,希望它因为耕耘而开出花朵,结成果实。在研究讨论之余,而对重要的妇女问题有相当的认识,由认识而完成实际的贡献——负荷起建设复兴的重任,跟随时代前进!
>
> (《前进妇女·发刊词》)

综合性的《前进妇女》创刊号的内容比较丰富,推出"论什""职业妇女问题""音乐""画叶"等专栏。芝兰的《民主政治与妇女前途》、柯萍的《严惩"文奸"》等抓住热点问题,凸显"前进"二字。有成寂(陈给)的论述《中国妇女生活的回顾与展望》、陆以真的小说《为了孩子的缘故》、罗纹的小说《她死在黎明》、陈芷青的报告文学《铁蹄下的女人们》、戴容的散文《奠礼》、杨帆的独幕剧《喜事》,以及杜若撰文介绍茅盾的近作《腐蚀》和几篇译作等,还有许多文章都是署为笔名,难以辨清真实姓名。其中成幼殊的组诗《芦花之什》有六首——《芦花》《赠别》《寄》《期待》《斫伐》《误会》,后收入成幼殊的诗集《幸存一粟》(山东画报出版社,2003年1月),文字略有不同,第二首《赠别》改为《你带走》。这期还特地刊登《时代·文艺》第2期的要目,策划的主旨正如首篇的标题"严惩战犯与汉奸",该刊也是丁景唐大力支持的。

《前进妇女》2期(11月10日)的"前进"锋芒有所减弱,除了《"不容等待的事!"》《迎胜利》少数诗文之外,其他文章趋向中和,原来的"画叶"专栏改为一组英国抗敌的照片。编排在后面的丁景唐论述《祥林嫂》反而显得有些特别,文前的茅盾之言四周围有黑色细框,以示重点。编辑在《编后》中写道:

> 《前进妇女》诞生以来,爱好她的人给了我们许多鼓励和希望,使我们觉得这一个工作,并不是没有意义的事,更且觉得这是一个巨重的责任……

>因为纸张、印刷、制版费的暴涨，使这一期不得不临时缩减篇幅，因此有许多佳作，都只得移在下期刊载，对于作者和读者，我们实在感到遗憾。这是我们所预想不到的打击，相信读者和作者们一定能够原谅我们吧！

显然，策划、组稿的创刊号获得预想效果，受到广大读者的喜爱。但是物价飞涨，"不得不临时缩减篇幅"，正文只有16页，比创刊号减少29页（原为45页），几乎减少三分之二。

压缩为16页的篇幅，反映了可怕的物价飞涨，并且延续在该刊第3期（12月10日）。丁景唐等人也设法拉广告，帮助解决经济问题，这期版权页刊登了中国文化投资公司的广告："生也有涯，知也无涯，书报部、印刷部、阅览部。地址：威海卫路五七八号。电话：三九八九一。欢迎参观。"丁景唐与该公司比较熟悉，他主持的"文谊"会刊《文艺学习》也是在这里印刷的。

第3期《前进妇女》又显露锋芒，其中有戴容的短评《拿出我们的力量来》：

>抗战胜利之后应该是积极实行民主政治的时候了，只有彻底的实现民主，才能达到建国必成的道路，在这个民主运动萌芽的阶段，我们人民必须加紧地推动，在短期内完成民主建国的任务。我们要使全国的人民都动员起来，因为只有决定关于全人民的道路，才是新中国的道路。

由此反映了全国争取和平民主运动的潮流不可阻挡。

慧娴的《小意见——献给妇女运动的工作者》毫不留情地指出：

>大多数的姐妹们还是处在封建势力下呻吟，被压迫在男人的脚下挨苦，大多数，绝对的大多数。这足证我们的妇女[工作]没有做好。
>
>目前的社会和八年前似乎没有什么异样，说是平等，平等的还是最少的一部分人……我们得有两万万的力量去争取平等，自由和幸福。

矛头直指国民党那些所谓从事妇女运动的炙手可热当权者。

抗战胜利后，国民党"接收大员"贪赃枉法，疯狂收敛钱财，引起广大民众的怨恨，流行"五子登科"，即房子、条子（金条）、车子、女子和面子（一说票子），从而失去了全国的民心，成为国民党在内战中溃败的重要原因之一。相吾的《"五子登科"论女子》辛辣地讽刺"五子登科"，"'女子'奉送后，也能交换得一纸委任书，而一步登'科'了。一步登'科'，便是榜上有名的'一甲一名'之类吧！由'五子'因此而'登科'了"。相吾在该刊前两期分别刊登了短论《新时代与新女性》《"不容等待的事"》，《"五子登科"论女子》则是犀利之言，显然是得到编辑的首肯。

虽然这期扉页上照例还是刊登国民党大员及夫人照片等，但是以上这些前进言论，让"重庆飞来的国民党市党部一位女委员"浑身难受，耿耿于怀，竭力羁绊《前进妇女》的前进脚步。丁景唐晚年时未点明这位女委员的大名（钱剑秋），显然是笔下留情了。

注释：

〔1〕茅盾撰写《大题小解》,先刊登于香港《时代文学》第1卷第2期(1941年7月1日),后发表于桂林的《文化杂志》创刊号(1941年8月10日),并附信给编辑,解释一稿两投的原因,此信鲜为人知。此文后转载于上海《文综》第2卷第2期(1941年10月15日)。此即《大题小解之二》。《大题小解之一》为1941年夏作于香港,发表于桂林《野草》第2卷第3期(1941年5月1日),该刊由宋灵彬、孟超、秦似、聂绀弩编辑。《大题小解之一》列举抗战文艺创作中的公式化、概念化的倾向,并认为这种倾向像与作家的创作仍然受到种种限制有关。

民歌社·评述民歌

发起、组织民歌社

批判地接受人类历史的文学遗产和提炼并发掘民间艺术(歌谣)的宝藏,是新诗的创作两大课题。但不论前者或后者,同样地需待诗人诚意的学习和研究。

丁景唐作为抗战时期的"歌青春"诗人,第一本诗集《星底梦》并不仅仅是"一种清新和明澈的风格",也有雄浑、深沉诗风。在上海沦陷时期诗坛上,他敢于凸显鲜明个性的新诗风和审美情趣,奋笔书写反抗姿态、独立人格,截然不同于沉醉于无病呻吟、靡靡之音的小我或标榜孤傲、奇崛、冷奥的唯美诗风。

《星底梦》中大部分诗作都是《女声》编辑关露编发的,多年后,她对丁景唐说:"当时都用你的稿子,是因为发现你的稿子有一股新鲜的气氛。"(丁景唐《八十回忆》)"新鲜的气氛"正是丁景唐主动将新诗创作与民歌民谣联姻的结果,这可以追溯到他在大学里钻研中国古典文学的足迹和心得。

要医治诗只能看、不能读的病症,口头创作通俗化的民歌是一帖对症的药,可以用来医治诗歌的"哑症",恢复它的健康的生命的歌唱,因为民歌的药料中含有一大堆好的成分:

(一)内容通俗,反映民间现实的生活,替民间留下爱与恨的烙印;

(二)活人的口头创作,为民间所传转诵咏,是口语化的产物;

(三)经过无数人的修正和补充,表现了民间心声一致的集体情致。

当然民歌是生长在乡村泥土间的野花。唯其是野花,所以也沉沾上许多鄙俗粗糙的斑点,同时也溅染着传统陋习的污点。我们正不必将它看成神圣的东西,也不必抹杀它的缺陷。但总之,民歌的优点:内容现实、情感真挚、口语化、可歌唱性……应是新诗一条健全发展的康庄大道。

1944年12月,丁景唐写的《诗与民歌》[1]以鲁迅经典之言为论点的主要支柱,提出根治新诗发展的顽症,"当诗由口头的语言创作而远离民间,蜕演为书写的文字游戏,也就是诗的歌唱机能萎缩趋向死灭的时代,民间歌谣的研究尤值得我们新诗人的注意"。《诗与民歌》既是丁景唐酝酿的正式"战书",也是追求目标的宣言。

从宏观背景来看,中国现代文学史上的前两次有名的民歌潮流,即20世纪20年代的歌谣征集运动和抗战时期通俗化诗歌潮流,促进民歌诗体导入新诗阵营中,同时"民族形式讨论"也积极推动诗歌发展。因此,抗战胜利后,丁景唐与同人决定发起组织民歌社并非偶然。

丁景唐写道：

> 在一个星期日的午后假期魏绍昌兄家中约集十余位友人，那就是吴越、项伊、袁鹰、陆以真、徐淑岑、薛汕、叶平、刘岚山、廖晓帆、魏绍昌诸兄（马凡陀先生和沙鸥兄因事缺席），做了一次初步的商谈。谈话间，大家都感觉到要使民歌研究工作能经常展开，有成立一个专门收集、整理并出版的学术团体的必要，一致同意民歌社的组织。不过，同时我们也保留并不一定要有固定的严格的形式的建议，所以也没有章程和负责人那一套的拘束；只想每月来次友谊性的座谈，交换心得和意见。

《谈民间歌谣的收集》初稿写于1946年12月，原载《海燕文艺丛刊·青春》第1期（1947年2月10日），署名丁英，落款"民歌社"。引文已经明确了民歌社的性质，即"一个专门收集、整理并出版的学术团体"，并且没有"章程和负责人"，或者说是一个以上海为中心、辐射全国的自发、松散的民间学术团体，不受官方的任何约束，与丁景唐接受党组织委托发起组织的"文谊"截然不同。但是，丁景唐仍然被民歌社诸多发起者视为一个中心，不妨说是主要发起者之一，以及主要策划者、宣传者、组织者、指导者，这些以不同方式体现在《谈民间歌谣的收集》和民歌征集启事里。

《海燕文艺丛刊·青春》主编为登临，仅编了一期，便无下文。登临发表了不少文章，其中《诗与美》发表于姜庆湘[2]编辑的《侨声报》副刊。

《海燕文艺丛刊》第1期还刊登了民歌社的默之、沙鸥等的诗歌，并在丁景唐的《谈民间歌谣的收集》之后，接着刊登了《各地民歌特辑》，文前有《编者附识》："诗歌至今日也已走向大众，而真能道出人民之疾苦与意志者，厥唯当地之歌谣。本刊承民歌社丁英君之协助，每辑特辟民歌一辑，专事收集各地歌谣。自下期起，将做有系统之归纳，以飨读者。"这期特辑刊登：庄稼辑的渠河（四川）民歌、臧洛克辑的河南民谣、朱观成辑的永康（浙江）民歌、申国椿辑的客家（广东）民歌、王伯季辑的陕西民歌、单颜辑的菏泽（山东）民谣、陈诺基辑的南京（江苏）民歌、潘仲卿辑的皖江（安徽）民歌。显然这些是丁景唐等人发出《征求歌谣》启事后，丁景唐作为公开联系人收到的各地诗友寄来歌谣的一部分，也被丁景唐写入整理、修改后的小册子《怎样搜集民歌》。

民歌社成立前后，丁景唐等人以不同方式发出征求歌谣的启事，他也撰写启事，并以《小说月报》编辑的公开身份发表启事，愿意以《星底梦》《妇女与文学》两本书与广大读者交换搜集民歌民谣的信息。同时，丁景唐也发函给四川重庆活路社老粗，发表于《活路》第6期（1946年1月10）封底的《征求各地歌谣小启》：

> 兹征求各地歌谣，凡（一）直接录自乡村口头的、（二）间接自报纸刊物转录或剪贴的、（三）各种有关歌谣的集子或研究论文的各类单行本，如能割爱出让最好，不然即借阅也可。本人愿以拙作《妇女与文学》（定价二千元）及《星底梦》（价八百元）作为酬谢。

如需现金或其他条件,也可来函注明。

丁英　一九四六年十一月

　　来函请寄：上海宁波路470弄4号联华图书公司本人可也。

此与麦野青编发的《征求歌谣小启》略有不同,前者略加修改,后者则是原汁原味的。丁景唐时为《小说月报》编辑,编辑部在上海宁波路470号联华图书公司。

　　为了加强新诗的创作道路,同时也为扩大研究全国各省、各民族的歌谣,俾便整理、保存并加发扬,特向同情给我们这一工作的朋友们,能给予我们以帮助。如有该项材料,不论新旧、手抄本、铅印本或录自口头的,均请赐函至：上海宁波路四七〇号联华图书公司丁英接洽。

此《征求歌谣》启事由薛汕、丁英、袁鹰联名,落款时间"十一月廿五日",刊登于 1946 年 12 月 12 日《侨声报》第 6 版。

薛汕,原名黄谷隆,笔名雷宁,广东潮州人。早年与碧野、梅益、饶宗颐、陈辛仁就读潮州金山中学。1935 年参加"一二·九"运动,不久参加中国共产党。1946 年到上海,执教于震旦大学。薛汕后任北京市图书馆馆长、中国俗文学会常务副会长等。薛汕笔耕勤奋,编有民歌集《愤怒的谣》,引起丁景唐的不同意见,他专门写文章评述歌谣集《愤怒的谣》。

袁鹰,原名田钟洛,比丁景唐小四岁,是当代著名作家。袁鹰时为上海《联合晚报》副刊编辑,写了很多杂文、散文、小说、诗歌,人脉比较广。

上海《侨声报》刊登《征求歌谣》启事的第 6 版为"诗学"专栏,同时刊登劳辛(原名劳家顺,民歌社成员,后为上海诗歌工作者联谊会主席、《人民诗歌》月刊主编等)翻译的《诗论译片》、赵易林(赵景深之子)翻译的《罗钦华》和安娥的评述《武训传》,还刊登康定的《馄饨担子》、吕剑(民歌社成员)的《海边三章》、青勃的《巨人》、杭约赫的《落潮——给徐仁存兄》等诗作。

对于各地新老文友的大力支持,丁景唐深表谢忱：

　　为了使一代的民间歌谣能够得到保存与发展,以便做有系统的整理研究,并加以吸收扬弃成为新的歌谣创作,从事人民文艺的改造工作；我们曾用几位友人共同的署名,分别在上海各报刊刊登了征求全国民间歌谣的启事,同时又转托了丁东兄在北平,苏金伞兄在开封,重庆活路社的老粗兄,青年创作社的雷韧兄,南京的默之兄,四川岳池的庄稼儿,宁波的麦野青兄,镇海的臧洛克兄,台湾的罗沉兄,福州的欧坦生、成寂兄……以及各地其他友好的协助发布了消息。很快我们收到了远自甘肃、陕西、台湾、梅县,全国各地陌生友人寄来的热忱的信和材料,以致连整天回信都来不及,这可证明全国同好的众多和大家对于民歌的关怀。

(《怎样收集民歌》)

罗沉指陈给的哥哥陈絑,成寂即陈给,经丁景唐介绍加入共产党,后与丁景唐合作《诗人殷夫的生平及其作品》(浙江人民出版社,1981年)。1946年,许杰到上海,写信为丁景唐介绍福州青年作家郭风、欧坦生,请他们帮助搜集福建民歌。丁景唐将许杰介绍信寄给在福州养病的陈给,陈给持信找到欧坦生,后来欧坦生遵嘱寄来他搜集的福建民歌。2001年8月31日,欧坦生从台湾写信给丁景唐[3],证实此事。

三易其稿《怎样搜集民歌》

丁景唐修改初稿时,将原来的标题"谈民间歌谣的收集"改为"怎样收集民歌",并将此作为小册子的名称,在修改稿后落款:"一九四六年十二月初稿,一九四七年三月重写。"

现将初稿与修改稿进行核对,发觉后者增补许多文字,甚至是几大段文字。删除上引"魏绍昌兄家中约集十余位友人"开会一段话,以免被反动当局抓住把柄,带来后果。特别是第二部分第二大段谈到直接向民间进行收集材料的工作需要解决的八个问题,都是增补或删改的,多达千余字。最后部分的文字也是修改的,并增加了倒数第二段,如下:

> 搜集是走向改造的第一步,先熟悉它,然后才能做精密的深入的研究,吸收它刚健清新的养料、充满人民智慧的洗练的语言,逐渐获得结论,接受旧有的民间文艺遗产,创造出新的风格、新的形式而为人民所喜闻乐见的优秀作品。现在还尚是播种耕耘的时期,不必忙着先下结论,"大麦还未熟,小麦先要吃"的急躁和"瞎子摸象"满足于片面的主观愿望,都不合实事求是的做学问的精神。

这段文字遵循毛泽东的有关指示精神。此前,丁景唐的笔下已经出现"中国作风""中国气派"诸语。丁景唐爱好搜集民歌,与他人发起成立民歌社时,积极贯彻毛泽东的指示精神,与延安文艺座谈会精神(民族化、中国化、大众化)相呼应。

1948年夏天,丁景唐第二次进入沪江大学,住在"望天听风楼"。在备课进修之余,他抓紧时间阅读鲁迅作品,整理历年来收集的民歌,编成一本《浙东民歌》(未刊)。这期间,应该校中文系学生约稿,丁景唐便根据这阶段的学习心得体会,再次修改《怎样收集民歌》,改为《谈民歌的收集》,发表于《沪江文艺》创刊号(1949年元旦)。

笔者原以为《谈民歌的收集》与《怎样收集民歌》是一回事,便混为一谈,贸然地写入《书香传情——丁景唐藏书考辨》(上海文艺出版社,2020年11月),造成语焉不详,在此谨致歉意。经核对,第三稿有些地方略作修改,而且开头增加了800多字的内容,如下:

> 说到中国民间歌谣搜集的历史倒也是由来已久的,正如鲁迅先生在《门外文谈》所谓:就是《诗经》的《国风》里的东西,好许多也是不识字的无名氏作品,因为比较的优秀,大家口口相传,王官们检出它可作行政上参考的记录了下来……东晋到齐陈的《子夜歌》和《读曲歌》之类,唐朝的《竹枝词》和《柳枝词》之类,原都是无名氏的创作,经文人的采录和润色之后,留传下来的。这一润色,留传固然留传了,但可惜的是一定失去

了许多本来面目。明清之际,纂辑歌谣专集的文人较多,若明杨慎的《古今风谣》、冯梦龙的《树枝儿》及《山歌》、清李调元的《粤风》、杜文澜的《古谣谚》、华广生的《白雪遗音》、招子庸的《粤讴》,诗人、首创"我手写我口"的黄遵宪,也曾搜集及拟了一些《梅县情歌》(以上均请参看郑振铎先生的《中国俗文学史》)。不过他们搜集的目的,大抵旨在存古好奇,几经删改,复又窜入自己或朋友们的拟作一类游戏笔墨,不复是民间本色。比较忠实于客观地保存民歌的真相的,倒是意大利人的韦大列在一八九六年出版的《北京歌谣》和稍后美国何德兰女士的《孺子歌图》,前者是外交官,后者是传教士,这和第一本的中国文学史出自英国牧师 Giles 的手笔,同样令我们惭愧不已。民国七年北大的歌谣征集处发出《征求全国近世歌谣简章》,并曾于民[国]十一年十二月起出版《歌谣周刊》,后来继续着它的是广州中山大学的民俗学会,刊行了《民间文艺》(后改《民俗周刊》)及丛书数十种。影响所及,宁波、厦门、福州各地均有民俗学会及《民俗周刊》《民俗旬刊》的出版,形成民国十八年至十九年间研究民间文艺的繁盛期。回顾他们先后搜集的成绩,和根据现存不完全的统计,数量不能算少。但以情歌和儿歌的居多,而真实地反映人民的生活、思想、感情的优秀作品,反不及最近二三年丰富。最大的症结还在当时学院式的研究态度,满足于小摆设的装缀或仅在个人的鉴赏。

开头引用鲁迅《门外文谈》的观点,说明民歌收集活动早已产生,《诗经·国风》便是一个杰作。这不仅见证了丁景唐这期间进一步学习鲁迅著作,也是他梳理历年来收集民歌成果时的一种深刻反思。然后简要介绍了民歌收集的历史,直至20世纪40年代,举出过去未曾提起的搜集民歌的中外学者,其中意大利人韦大列的《北京歌谣》、美国何德兰女士的《孺子歌图》,引起中外学者的关注。1918年新文化运动风起云涌,北大歌谣征集处和北大歌谣研究会团结了一批文学家和语言学,做出了杰出的历史贡献,逐渐将民间文学艺术作为一门独立的学科。

丁景唐特别重视郑振铎的专著《中国俗文学史》,上起先秦,下迄清代,所包甚广,为俗文学史上一本划时代的名著,是丁景唐在沪江大学"望天听风楼"进修学习的重要参考资料,其中有些资料被丁景唐引入论文《六朝的民歌(南方篇)》。

在初稿《谈民间歌谣的收集》的基础上,后两稿修改时都认为:"在这个苦难的国土上,学术的花朵是常被当作野草般践踏的。近些年民歌的研究工作益发显得沉寂了,即使有些可敬的先导者在静默地耕耘,除为生活的负荷所胁迫外,还得忍受孤独的寂寞。"此番见解穿越时空,延续至今,远远超出了民歌的研究和收集的范围。

丁景唐三易其稿,充分体现了严谨治学的学风,贯穿了他的一生。此文不仅遵循毛泽东的指示精神,而且在前人深入研究和大量实践的良好基础上,融合自己搜集和研究民歌的心得体会,作了一个较好的历史性总结,具有较强的现实性、指导性、操作性和前瞻性,为丁景唐的民歌研究画上一个阶段性的句号。也要感谢《沪江文艺》的策划者、创办者、赞助者和编辑戴光晰等人，让丁景唐三易其稿的《怎样搜集民歌》终稿能够完整地发表，也为他"二进沪江"留下一个美好的记忆。

"紧急撤离"前留下的《怎样收集民歌》

1947年4月，丁景唐的秘密身份是上海地下党"文委"系统宣传工作人员，对外是"文谊"负责人，先后编辑《文艺学习》《文坛月报》等刊物。突然，丁景唐接到上级领导唐守愚的紧急通知：已被国民党当局列入"黑名单"，立刻撤离上海滩，注意隐蔽。

丁景唐离沪了，旁人不知所踪。他留下的《怎样收集民歌》等文稿，继续得到昌叔（丁继昌）和好友袁鹰等人的热情帮助，按照预定计划出版了。丁景唐在《编后小记》中写道：

忽迫中，编好这本寒伧的小册子，像在暑天跋涉一阵山程，停歇在苍松下迎向凉风。感谢昌叔帮助我完成蕴藏心底的小小的愿望，他就是那山间的苍松，以它茂荣的枝叶披挡烈日风霜，整整的廿年间，荫护一个幼失怙恃的孩子的成长。

草拟的书目初稿，虽是一篇备忘录的流水账，花的工夫却也不少。曾经有劳赵景深先生及薛汕、庄稼、千鹤年、居滋春诸兄校正和补充，惟因极大部分书目系间接引自各图书目录或其他书刊，极难见到原书，错误遗漏明知多得非凡，也无法求全，在此期望海内先进、各地友好的指教。并祈藏有各类民歌、小调、俗曲书刊或直接收录流传口头材料的先生们能借阅、出让、交换，请径函上海邮箱一五八一号，笔者当以拙作或依来函所开条件酬答，以示谢忱。

临末，得谢谢代我为这本小书奔走、校对、发行、印刷的模善、江松、淙漱、勉之、袁鹰诸位朋友。

显然这是接到紧急撤离通知时发生的事情。丁景唐把书稿交给时为基督教书店职员的昌叔，并联想起多年来的荫护，感激之情油然而生，情不自禁地称他为"山间的苍松"。

"淙漱"是丁景唐为新婚妻子王汉玉起的化名（后作为笔名），用于丁景唐主编《联声》时编发王汉玉的两篇译作《五十岁学吹打》《透过了紧密的云雾》。显然，丁景唐到嘉定隐蔽时是只身前去，妻子还留在上海家里。贤惠的妻子王汉玉帮助丁景唐整理、誊写文稿，让几个女儿安稳睡了，她才有机会在灯下摊开稿子抄写，这是一幅感人的画面。

赵景深曾在上海《神州日报》、南京《中央日报》编辑《俗文学》周刊，还编辑《大晚报·通俗文学》周刊，掌握了大量俗文学资料，他也曾帮助丁景唐的小册子校正和补充。此事未曾见到有关文字的记载，甚为遗憾。

《编后小记》提到的千鹤年、居滋春、勉之、模善等均为化名，不知真实姓名。民歌社是丁景唐于抗日战争胜利后组织的，幸好《怎样收集民歌》附有《征求各地民歌启事》，并列有该社成员名单,保留一则宝贵资料——

> 爱好民歌的朋友们:
>
> 　　为了加强与开拓诗的创造道路,必须注意民间的文艺宝藏——歌谣。因此,特恳切地希望各地的朋友们,代为大量地搜集,好让我们整理、保存、研究和出版。这工作,我们相信是有意义的。现将征求的内容列项如下:
>
> 　　(一)直接录自口头的歌谣、曲调、谜谚等,特别是反映现实生活的,如各种职业——渔夫、乞丐、工匠、流浪人等,如农村的破落、穷苦、灾荒、饥寒、兵燹、保甲长的政风,如妇女的被压迫以及一切不平和反抗等。
>
> 　　(二)间接转录自报纸上的各类歌谣、介绍文字或研究论文等。
>
> 　　(三)全国各省、各县、各旗、各设治区的歌谣,各少数民族,如满、蒙、藏、苗、瑶、僮、羌等,尤其需要,不论是汉文、少数民族文字(最好请翻译出来),并标明流传的年代、地区。
>
> 　　(四)各地如已有出版的歌谣集,不论何种性质,不论新旧,不论大小,不要存"也许我们已有"心理,请转让与我们,要不借抄也好,若需酬劳,也望开一个最低的价格。
>
> 　　请帮助我们!如果你们也有这份兴趣,更盼共同合作,做友谊的通讯与联络,我们当引以为荣。敬候佳音。
>
> 　　并致
>
> 　　热烈的握手礼!
>
> 　　民歌社:丁英、王采、吕剑、郭明、席零、黎明、李凌、沙鸥、吴越、李索开、徐淑苓、劳辛、袁鹰、项伊、陆以真、陆[子]淳、谭林、向前、霞巴、赵小诃、孙慎、林慧、叶友秋、张文纲、陆素、麦野青、徐渡、萌竹、廖晓帆、叶平、庄稼、默之、刘岚山、魏绍昌、薛汕、张周、洛汀、苏金伞、马凡陀、廖逊人、端木蕻良同启。

这个启事的口气犹如权威机构发布的,如果删除落款和时间,如今众多读者还真难以分辨是哪个时期的启事。

丁景唐等人委托各地文友设法在各地报刊发布和宣传。薛汕与李凌、沙鸥编的《新诗歌》[4]创刊号(1947年2月15日)刊登以上全文,即《民歌社:征求民歌》,最后还注明:"通信处:上海邮政信箱2409号交民歌社薛汕收转。"这是目前查到的唯一刊登启事全文的一则资料。

启事的名单中有著名作家端木蕻良、诗人马凡陀(袁水拍)、红学家魏绍昌等,还有"文谊"的青年成员,每个名字都有着生动的故事。其中郭明、席零(鲍士用)、项伊(陆钦仪)、陆以真、陆子淳、向前(范用康)、赵小诃(赵自)、麦野青(胡育琦)、苏金伞等均为丁景唐发起、主持的"文谊"成员。

此名单藏龙卧虎。李凌,音乐评论家,原名李树连,曾用名李绿永,广东台山人。1938年赴延安,入鲁迅艺术学院音乐系学习,同年任音乐系高级研究班研究员。1939年赴重庆组建新音乐社,任《新音乐》月刊主编。1946年在上海创办中华星期音乐学校。此后到香港,与赵沨等人创办中华音乐院。1949年后,任中国音乐学院院长,兼《中国音乐》主编。

著名诗人沙鸥,原名王世达,重庆人,是著名学者止庵(原名王进文)的父亲。1946年大学毕业后,到上海参与主编《新诗歌》《春草诗丛》。1949年后,与王亚平主编《大众诗歌》,后担任《诗刊》编委、《北方文学》副总编辑等,出版诗集《农村的歌》《故乡》《初雪》等。

劳辛,原名劳家顺,广西合浦人。早年毕业于中山大学哲学系。1937年参加革命工作,抗日战争胜利后,在上海从事中共地下工作。1949年后,担任上海诗歌工作者联谊会主席、《人民诗歌》月刊主编等。

《怎样收集民歌》小册子64开,仅巴掌大,共32页,竟然引申出许多故事,足以写一本专著。封面上注明"歌谣小丛书之一",封底标明印数2 000本,这是一个不小的数字,不过每册的价格则未标明。

《怎样收集民歌》正文主要介绍了民歌收集的两个具体问题。一是收集些什么,即收集的范围,"广义的民间文艺(包括民俗、地方戏、神话、故事、传说、童话、谚语、谜语及歌谣)"其中"民歌是我们的中心,其他地方戏、时调、小曲、唱本、谚语、谜语、歇后语等也附带收集"。

  匪如梳,兵如蓖,团丁来了犹如剃刀剃。(四川)

  去时牛拉车,回来车拉牛。牛死哩,车卖哩,拿个牛铃回来哩!(河南)

  乡长买田起屋,保长吃鱼吃肉,甲长头五头六,户长抱头大哭。(宁波)

  捐税重,捐税重,十只黄狗九只雄,十个差人九个凶,十只箱子九只空。(无锡)

  太阳出来照东山,去年水灾今年干,老板要粮七分半,纳税附加"祝寿"捐。(东山)

民歌民谣中的大量反抗、怨恨、苦闷的内容和思想情绪,真实地反映了民生的现状、民声的呼喊。总之,汇集了丁景唐所见所闻的最大限度的范围。

其他报纸副刊,一般杂志中也有,如方敬发表在《笔会》上的一篇散文,曾录反映农村穷苦的两首歌谣,[又如]徐嘉瑞的《云南民歌介绍》(《国文月刊》)、庄稼收集的渠河民歌(《大公晚刊》)、萌竹的青海民歌、王亚平的西北民歌(《大公报》)、薛汕在《文萃》上写的《米乡吟》和歌谣工作介绍、丁英在《妇女》月刊上写的"巅倒歌"研究等都是可供参考的材料。

二是收集的方法,即怎样收集。丁景唐认为:

  在直接向民间(主要是农村)进行收集材料的工作,需要解决一些思想、态度、技术的问题:

  (1)与对象(歌手)的生活打成一片,要熟悉他们的生活习俗、性格,[以及]农村时令的特点。譬如在农忙时节不能硬求他们坐下来唱歌,有时大家很陌生,即使是孩子也得不到什么东西。以前笔者与友人共游东钱湖时,曾用糖果去诱引孩子唱山歌,结果一哄而散,空无所获。第二次再想请他们来玩就大不容易。另据庄稼兄收集渠河民歌的经验,他因与民间歌手混熟之故,得到非常便利的帮助。

(2) 态度要诚挚认真,摆脱文人的架子,切忌满脸孔的学者神气。既是向他们讨教,就得耐心,尊重他们,丢开烦躁轻率,然后才能有丰满的收获。早前曾经有一[段]时间,各文教机关也注意到乡土教材的收集,然而他们下一道行政的命令叫人去征收,不用说这种征粮式的强制行动不但征不到好的东西,恐怕更会惹起烦感和怕麻烦的恐惧心理。

丁景唐结合自己和他人的经验教训,告诫同人搜集民歌时的注意事项,这是验证了"著文先做人"的真谛。

正如抗战期间文艺界提出的"文章下乡"一样,作家要做人民的先生,必须先做人民的学生;一个民歌的搜集者,他也应该这样。倘使我们从事民间歌谣的研究,不是为着炫奇来装饰自己贫弱的作品,也不是为着追求民歌中的落后成分,而是为了保存并发扬这一代人民心灵的杰作,也为了改造它成为新的更高级的艺术作品,不是在口头上而是在事实上向它学习的话;那么只要我们有决心甘愿做民歌的学生,"不耻下问",向那些民歌的传授者——老年人、老妈子、农民、农妇、脚夫、鱼贩、工匠……各式人学习活的口头作品,我们不难有丰盛的收获。箭是应该当作放射利器的,光对它赞叹或集邮家似的秘藏,这都是对人民文艺的一种罪恶。翻开中国文学史可以发现,无数民间的新兴艺术常被统治者的御用文人掠夺去供奉庙堂,剽窃成为少数特权者的玩物。这是人民的不幸,也是民间文学的大劫。

这已经渗透了延安文艺座谈会的精神了,如果移植到1949年后丁景唐的有关专题宣传文章里也并不令人感到意外。

丁景唐最后认为:"搜集是走向改造的第一步,先熟悉它,然后才能做精密的深入的研究,吸收它刚健清新的养料、充满人民智慧的洗练的语言,逐渐获得结论,接受旧有的民间文艺遗产,创造出新的风格、新的形式而为人民所喜闻乐见的优秀作品。"传承中国几千年博大精深的文艺遗产,长期以来既有欣喜的成功又有惨痛失败的教训,毋庸赘述。

小册子附有《民歌书目初稿》,列出七大类。(1) 概论类(附俗文学),有17部专著,如郑振铎的《中国俗文学史》、阿英的《中国俗文学研究》、杨荫深的《中国俗文学概论》等,最后列有丁景唐的《怎样收集民歌》。(2) 15部全国性歌谣集,如陈增善、顾惠民的《中国民谣千首》,朱雨尊的《民间歌谣全集》,胡怀琛、杨荫深的《民歌选集》。其中何中孚的《民谣集》,丁景唐特地注明"郭沫若序"。(3) 地方性歌谣集,多达53部,包括浙江、江苏、北京、广西、福建、湖北、陕西、山东、台湾等地。其中有民歌社成员李凌的《绥远民歌》、丁景唐的《新编宁波歌谣初集》等。此后,丁景唐在浙东避难时又搜集当地大量的歌谣和唱本。另外四大类为：少数民族的歌谣,儿歌童谣,外国民歌中译本,民间文学、民俗、歌谣的各种刊物。其中有"五四"运动时期北京大学编辑、发行的《歌谣周刊》,锺敬文等编辑的《民俗学集镌》,以及薛汕、李凌、沙鸥编辑的月刊《新诗歌》,此三人都是民歌社成员。

丁景唐很重视《怎样收集民歌》小册子。他和妻子南下辗转到香港后,委托联华图书公司把小册子寄给昔日宁波"文谊"骨干孙瑞、孙绍姐弟俩,公司特地附有一信："遵作者所嘱,寄上20本,希代为介绍销售。"丁景唐还寄赠小册子给其他文友,希望扩大影响,延续民歌社的活力。但是,民歌社逐渐被人淡忘,淹没在浩瀚的文史档案里,半个世纪后才被热心的有识者逐渐打捞出"历史的沉积层"。

著名学者刘锡诚曾与丁景唐通信,深入探讨丁景唐当年发起、组织民歌社的诸多事宜,并提出民歌社"几乎可称得上是国民党统治区里唯一一个民间文学团体"(详见《丁景唐与刘锡诚通信(八则)》,载丁言模编《丁景唐纪念文集》,上海文艺出版社,2020年11月)。刘锡诚在皇皇论著《20世纪中国民间文学学术史》(中国文联出版社,2014年12月)中专门谈论"丁英和上海民歌社",给予很高的评价,认为："这种文化背景下,上海没有出现过民间文学的研究团体,'民歌社'的成立是重要的。"虽然这种表述会引起争议,因为也有其他关注民间文学的研究团体存在,只是各自的特色不同。但是,没有像丁景唐等人发起组织的民歌社那样有规模地、广泛地搜集民歌民谣和民间文学故事,并以上海为中心辐射全国,竖起一面大书"民间文学"的旗帜。

民歌社不仅延续了北京大学《歌谣》周刊的良好传统,而且丁景唐作为中共地下党员有意识地贯彻延安文艺座谈会精神,与时俱进,主动搜集、探讨民歌,同时针砭时弊,击中要害。这种鲜明的思想倾向足以确立民歌社潜在的性质和前景——奋战在"第二条战线"上,与成立民歌社时纯粹学术性的初衷不同。

评 述 民 歌

丁景唐发起、组织民歌社前后,在广泛收集民歌的同时,还撰写了不少评述民歌的文章,既是一种梳理思路的小结,也是与时俱进,不断反思,查找问题。

(一) 评述文章

《她的一生——从民歌中看中国妇女的生活》,连载于《女声》第2卷第1—3期(1943年5月15日—7月15日),署名乐未央。后略作修改,收入《犹恋风流纸墨香——六十年文集》。

此文切入的角度颇为新颖,从民歌中探求古今妇女的不幸婚姻、公婆的虐待、小丈夫的荒唐生活、被迫出家当尼姑等一系列血与泪的遭遇。丁景唐写道：

> 民歌这一株被弃于文苑而不为一般文人所注意到的奇葩,却与妇女的生活有着密切的关系。受着层层束缚的妇女,她们给歌谣写下了许多生活的故事。她们用爱和泪养育了它,它也为那些生活于黯淡的境遇中的妇女得到些温暖和安慰,给她们生活着的冷酷的人间添加一份同情。
>
> 歌谣告诉了我们许多生活的故事、许多凄苦的历史,尤其那些涂满了血与泪交织着的女性的悲愤和压抑的故事。这些故事,不,也许是一部女性生活的历史,虽然已流传了好久,但即使在二十世纪四十年代的今天,在大都市的上海,在我们的四周,你也能见到歌谣中所反映着的女性被压迫的影子,好像那些故事真实地在我们的眼前展开。

当时许多关于妇女与文学的专题文章,大多是从正统文学史中摘录有关诗文,作为阐述的论据,或者涨红脸直接站在读者面前高呼"妇女解放"的口号,简单省事地疏远民歌民谣等民间文学,或者说不甚了解,也谈不上有什么研究。丁景唐则将其作为一个取之不尽、用之不竭的巨大宝库,列举各地许多民歌民谣作为支撑论点的坚实基础,真实淳朴,活灵活现,一语中的,具有丰富的形象语言、很高的可信度,令人耳目一新。

各地流传非人性的"小女婿"制——

> 十八娘娘九岁郎,夜晚点灯抱上床;三更半夜哭食奶,我是你妻不是娘!
>
> 老公细小不着跟,没系铜钱换个文,合似街头人点秤,秤锤细细坠千筋。

丁景唐点评道:"这首描写得也极别致,用细细的秤锤和千筋来比喻男女年龄的悬殊,还叙明了嫁'小老公'的缘由——'没系铜钱换个文',女子被视作货物买卖,此又是一个例子。"

一旦遇上灾荒年,大批农民流离失所,鬻妻卖子,惨不忍睹。

> 阿妈娘,硬心肠,卖我出去做梅香;着个破衣裳,吃个咸菜汤,困个无脚床,走个暗弄堂,打个冤屈棒。东家贪财心肠硬,再卖出去做偏房,大娘做凶多管束,时常闲气塞胸膛。

此长文最后还注明:"本文所引歌谣,除直接由口头采录以外,余或引自下列各书……"其中有钟敬文编的《歌谣论集》、刘经庵编的《歌谣与妇女》、朱雨尊编的《民间歌谣全集》等。这些都是丁景唐的重要参考书,他还收集其他歌谣集,如郭沫若作序的《民谣集》、"摇啊摇,摇到外婆桥"的《各省童谣集》、胡怀琛的"国难后第一版"《中国民歌研究》、郑振铎等人作序的《岭东情歌集》、横穿湘黔滇三省的《西南采风录》、"鲁艺"与王洛宾等作品的《民歌初集》等。

评述民歌的同时,丁景唐还扩大视野,及时总结,写下《民间文学和民间文学的研究者》一文,发表于1946年9月27日《世界晨报》第3版,署名乐生,后载《沪江新闻》第15期(1949年1月12日),署名雨峰。

此文看似波澜不惊,但是在这千余字的短文里高度概括了"五四"以来的民间文学研究和实践的历程,凸显其中的重要节点,并且首次将共产党领导的延安革命根据地开展大众文艺活动纳入27年来的历程,尽管没有点明具体剧目。"经过集体的加工锻炼,成为新的人民文艺(最显著的如秧歌剧、木刻、音乐),而民间文学的研究也便由个人的兴趣所好,遂变成为集体的创造和教育人民大众的武器了!产生中国江布尔的时代也已成熟了!"这段话足以说明问题了。

同时,此文还提及两个重要信息:丁玲领导的西北战地服务团和"中国作风""中国气派"。西北战地服务团为综合性文艺团体,1937年8月中旬在延安成立,主任丁玲,副主任吴奚如。毛泽东曾先后几次找丁玲谈话,做出重要指示,抗日宣传必须大众化。据不完全统计,西战团在晋察冀边区五年半时间,创作了大约300多首(部)歌曲和剧本,还组织演唱了冼星海的《黄河大合唱》,完成了新歌剧《白毛女》的创作等,取得了卓著的成绩。1938年10月,毛泽东写下了《中国共产党在民族战争中的地位》一文,对中国共产党的各方面建设提出要求。批判"洋八股"时,毛泽东提出并倡导"为中国老百姓所喜闻乐见的中国作风和中国气派"。这一思想后来融入延安文艺座谈会精神,成为毛泽东文艺思想大辞典的重要组成部分。

因此,丁景唐此文最后的闪光点非同寻常,大胆地将中国民间文学研究者和实践者推向新台阶,摆脱了单纯的学术藩篱,并与毛泽东指示和现实政治斗争紧密结合,注入了崭新的时代内容和伟大创新精神,大大提升了此文的内在张力。但是,此文长期被淹没在浩瀚的文史长河里,鲜为人知,更无人知道此文的历史意义。

1947年1月底,丁景唐再次撰写专题长文《歌谣中的官》,载于薛汕、李凌、沙鸥编辑的《新诗歌》月刊第2期(1947年3月15日)。《新诗歌》月刊是抗战后的第一份综合性诗刊,集学术性、现实性、战斗性为一体,具有鲜明的时代特征,主要栏目有论文、诗、译诗、歌谣、歌曲、通信、民歌选辑等。该刊以薛汕等三位编辑为主,吸引了众多文友投稿,其中包括了民歌社一些成员,如吕剑、苏金伞、庄稼、默之、刘岚山、袁鹰等,在某种程度上,该刊成为民歌社发表作品的主要阵地。《新诗歌》第5期(1947年8月)刊登丁景唐的诗作《他的薪水结了冻》。此诗属于这时期丁景唐的民风之作,与民歌社的宗旨相符。

当时正是春节后,国民党政府加紧内战,面临巨额财政赤字、庞大军费开支,疯狂搜括各阶层民众,引起金融动荡,物价暴涨,民不聊生,怨声载道,激化社会矛盾。报刊上各种诗文以不同形式将矛头对准国民党反动、腐败统治。

> 中国官吏的贪污,连美国反动派的报纸也公开指摘过,成为被人民攻讦的诟病。贪官污吏的溯源与中国历史上的"鬻官纳爵"有着血缘关系,做官也莫非是一桩血本买卖,先得放本钱,然后得以行使职权,向人民搾血……
>
> 民国卅一二年间,当时还是国府所驻的重庆出了桩有名的粮贷案,牵涉了许多要人大爷。在大后方各地,盛行着一首刮钱谣的民歌,讽刺政界的贪污风气,有力地暴露出中国的新官场现形记——

>为"正"不如从"良",从"良"不如当"娟",当"娟"不如下"堂",下"堂"不如高秉坊。
>
>"正"是财政部,"良"是粮食部,"娟"是营仓库者,"堂"是财政部的糖业专卖局,高秉坊当时任财政部长直接税署的署长。这首歌谣假谐音、隐语、双关语、连锁体表现的手法,一句逼紧一句,一层深入一层,最能表露出中国民间歌谣迅速反映现实变动的显著成效。

《歌谣中的官》旨意不言而喻。丁景唐的点评折射出他的审美情趣,化为他同时期创作新民歌的美学元素。此文借古喻今的犀利锋芒,直指黑暗现实。

>刚在胜利的时候,转辗在日本侵略者铁蹄下的人民,好容易透出一口气,却又遭遇着更残酷的"劫收",因此便产生了许多嘲笑咒骂来自天上地下的接受大员的歌谣。
>
>如天津的童谣有:"胜利万岁,棒子面太贵。沦陷八年,怨声载道。接受四月,有口皆悲。"

国民党大员"劫收"后,依然是更为残酷的现实,丁景唐此后写的诗作《他的薪水结了冻》便是一个例证。

>甚至连中国最富饶的江南地带也充满了荒凉和凄惨的画面,如素以"小上海"闻名的无锡乡间流传着两首我们熟悉的歌谣:
>
>"捐税重,捐税重,十只黄狗九只雄,十个差人九个凶,十个农民九个穷,十只箱子九只空。捐税重,捐税重,好男卖掉分家饭,好女当掉嫁时衣,老鼠剩下一张皮。"
>
>我们的口语中有个常用的形容词,叫"刮皮"的,借以比喻一般贪官污吏的善于搜括。看了《捐税重》的"老鼠剩下一张皮",也可以推想"收复区"内的"天下太贫""有口皆悲"等谚语的流行实非偶然的了。

如果说"从民歌中看中国妇女的生活"隐喻现实生活中的妇女悲剧,那么《歌谣中的官》"从歌谣中看古今官吏"则揭示黑暗、丑陋的社会现实,尖锐地抨击反动统治者,并指出:"人民的容忍是有限度的,我们在人民歌谣中已隐隐然听见了这样的召唤——反抗。"

(二)探求歌谣与地理、风俗文化紧密结合的文章,具有浓郁的地方色彩

>旧历年,在农业社会的中国,依旧是一个隆重的节日。农民们胼手胝足,辛苦了一年,好容易从春天[的]播种、薅草、刈禾[中]获得一些收获,趁岁序更替的当口,欢乐吃喝一番抒散抒散一年的劳苦,以为来年新的事业的开始。农妇们吃苦了一年,平时连洗梳的功夫也没有,到了新年时期方始有暇梳头擦粉,戴起花来:
>
>隔壁大娘做人家,吃苦吃到三十夜,梳梳头,戴戴花,胭脂点点粉擦擦,豆腐吃吃肉叉叉,米屑团子糖做沙,白馒头满把抓,叫声婶婶和妈妈:"明朝请到我家来耍耍!"
>
>于是,新年便在人们的热望中被歌咏着:"新年到,男孩儿放炮,女孩儿插花,老太太吃糕,老老头穿新袍。"

熟悉的乡音、熟悉的小调、熟悉的过年味儿，一下子把丁景唐拉回儿时的宁波老家，但是沉迷的怀念并非浸透了快乐、嬉笑、幸福的情感，一旦被扑面而来的一阵寒风刺疼了脸颊，发热的头脑顿时清醒了。

然而这类平静的欢乐的美梦在遍地灾荒苦难的土地上早已像希望的青鸟那样在现实里折断了翅膀，远远地消失。新年变成一重磨难的关阙，挡住这些善良的农人们的进路。在他们的面前，穷困再度来纠缠他们不肯放手，让他们也抒散一下积郁的心绪——

年来了，是冤家，儿要帽，女要花，媳妇要勒子走人家，婆婆要糯米做糍粑，爹爹要肉敬菩萨，一屋大小都吃他。（武昌）

儿子要帽，女儿要花，媳妇要礼物，婆婆要糯米，爹爹又要肉，真是难为了当家的，生活的负担已经是够累了，再加上意外的负担，贫穷的[人]眼见别人堂前挂起天官赐福的新匾，凤尾天竺装缀着庭院，不免触景生情起来，感觉到人间的坎坷与不平——

堂前天官赐福，天井凤尾天竺，锅里无米煮粥，屋里大小都哭。（海门）

床上无被席无边，也没柴米与油盐，鱼肉勿见面。人人来拜年，孩儿来喊娘，肚里苦黄莲。（南汇）

两者对照，这是多么凄惨的画面。

这篇《旧历年与歌谣》写于过年之际，发表于《茶话》第 9 期（1947 年 2 月 10 日），此文是丁景唐回想儿时家乡的少数文章之一，并将民歌凝聚的百姓心声结合在一起，作为此文的整体构思。文中的喜怒情调的转折比较自然，出现了前后截然不同的民歌内容和情调，尖锐地抨击"吃人"的社会制度，憧憬幸福的生活。

(三) 别具特色的"颠倒歌"

怪唱歌，奇唱歌。鱼儿咬死鸭大哥，水缸里面起大波，大河石子滚上坡，山顶上面虾鱼多。

倒唱歌，反唱歌。日出西方东方落，猫对老鼠笑呵呵。憨鸭五更来报晓，雄鸡下水觅田螺。（宁波）

奇唱歌来怪唱歌，听我唱个说谎歌：早上看见驴生蛋，晚上看见马做巢，螃蟹洞里斑鸠叫，高高山上摸田螺，田螺摸出没多大，挑出肉来九斤多。我是从来不说谎，看见咸鱼跳下河。（江宁）

反唱歌，倒起头。我家园里菜吃牛，芦花公鸡咬黄狗，姐在房中头梳手，老鼠吊着狸猫走。李家厨子杀螃蟹，鲜血淹死王二姐。（南京）

从来不说谎，三天到湖广，湖广楼上歇，伸手摸着月，隔壁杀螃蟹，溅我一身血。

姐在房中头梳手，忽听门外人咬狗。拿起狗来掷砖头，又怕砖头咬了手。从来不说颠倒话，口袋驮着驴子行。

丁景唐的《"颠倒歌"》原载于杨志诚编辑的《妇女》第9期（1946年11月25日），后转载于《马来亚少年》第11期（1947年3月5日）。

《"颠倒歌"》一文含义至少有这样几层：其一，"颠倒歌"开拓研究教育者和天下父母教育孩子的逆向思路，即纠正儿童错误观念的新方式；其二，文艺工作者借鉴运用这类"颠倒歌"的特殊形式，去伪存真，去糟粕存精华，创造出大众喜闻乐见的新诗歌；其三，在当时黑暗社会里，"颠倒歌"演变为广大民众讽刺畸形社会现象的新手段。宋扬[5]的《古怪歌》便是代表作，讽刺颠倒是非、混淆黑白的国民党反动当局，反映了广大民众的不满情绪的心声，看似"颠倒歌"，其实是实话实说。

往年古怪少啊，今年古怪多啊。板凳爬上了墙，打草打破了锅呵。月亮西边出呵，太阳东边落呵。天上绫罗天下裁呀，河里的石头滚上坡。

半夜三更哟，老虎闯上了门哪。我问它来干什么，它说保护小绵羊呵。清早走进城呵，看见狗咬人哪，只许他们汪汪叫哇，不许人用嘴来说话。

田里种石头呵，土里生青草哇，人向老鼠讨米吃，秀才做了强盗啊。喜鹊号啕哭呵，猫头鹰笑哈哈呵。城隍庙里的小鬼哟，白天也唱起了古怪歌。

（四）民歌民谣的题材丰富多彩

丁景唐介绍《叫花子的歌》：

在中国多苦多难的土地上，灾荒、饥馑、兵燹和种种人为的祸患，像融解了的雪块似的，到处横流，不论在繁华的都市或僻远的乡村，那些被饥寒驱逐着的流民，成群地奔向死亡的边缘。叫花子愈来愈多，在穷街陋巷，我们时时遇见褴褛的行乞者伸出枯柴般的手，用嘶涩的苍嗓向行人苦求着一点微薄的舍施。唱莲花落、敲花鼓的乞食者在都市里已快绝迹，我不知道农村里是否还有头戴稻草索、手里挥着两端系有响铃的竹棒挨户卖唱求乞的叫花子。

自己年来因与友人搜集各地山歌、民谣、俗曲，发现乞丐这一特殊"行业"（？），也有他们一套求乞的歌，那就是莲花落、四教歌、数来宝、道情、花鼓和其他的谣歌小调。但叫花子的歌，在他们是一种行乞的辅助，和纯粹以卖唱为职业的走江湖艺人微有区分。中国流传广泛的民间求乞的歌，历来都是被列入卑微、下贱的末流，却被丁景唐掸去污垢泥尘，还原真相，甚至让它们登上文学殿堂，逐一介绍。不过丁景唐这番盛情并不孤独，还有其他痴迷民间文学的学者或爱好者撰文介绍，只是范围、角度、层次有所差异。

在烽火依旧、遍地灾难的今日，正如凤阳花鼓所唱，"大户人家卖地田，小户人家卖儿郎"，流落在饥饿道上驱向死亡的人群一天比一天繁多。当一般人也活不下去的时候，即使乞丐的喉声嘶叫得更为涩哑，谁还有多余的怜悯和舍施分给他们呢？痛苦使人冷酷，饥饿逼人沉默，乞丐们的歌声有一天恐怕也将似《广陵散》的亡佚，成为明日黄花了。

《叫花子的歌》凸显"真实"二字,将视角转向社会最下层的乞丐群体,借此尖锐抨击反动统治,揭示民不聊生的社会底层角落。此文写于1947年3月中旬,发表于《茶话》第11期(1947年4月10日)。

此后,丁景唐被列入反动派当局的"黑名单",辗转南下,在香港等地避难之际,他依然关心搜集、研究民歌民谣的动态,并写了《谈民歌的鉴定、歌谣体创作——从〈愤怒的谣〉想起》。

综上所述,至少可以得出以下一些看法:

其一,丁景唐等人发起、组织的民歌社是一个以上海为中心、辐射全国的自发、松散的民间学术团体,不受官方的任何约束。丁景唐被民歌社诸多发起者视为一个中心。

其二,民歌社不仅延续了北京大学《歌谣》周刊的良好传统,而且丁景唐作为中共地下党员有意识地贯彻延安文艺座谈会精神,与时俱进,主动搜集、探讨民歌,同时针砭时弊,击中要害。这种鲜明的思想倾向足以确立民歌社潜在的性质和前景——奋战在"第二条战线"上。

其三,丁景唐三易其稿的《怎样搜集民歌》长文,充分体现了严谨治学的学风,这贯穿了他的一生。此文不仅遵循毛泽东的指示精神,而且在前人深入研究和大量实践的良好基础上,融合自己搜集和研究民歌的心得体会,做了一个较好的历史性总结,具有较强的现实性、指导性、操作性和前瞻性,为丁景唐的民歌研究画上一个阶段性的句号。

其四,丁景唐发起、组织民歌社前后,在广泛收集民歌的同时,也撰写了不少评述民歌的文章,既是一种梳理思路的小结,也是与时俱进,不断反思,查找问题。他创作的新民歌、说唱等,与民歌社、评述形成三位一体,三者不可分割,是一个有内在联系的有机整体,这是他的新诗创作延伸、转变的重要标志,即以"民风"(民族化、中国化、大众化)为主。

其五,薛汕、李凌、沙鸥编辑的《新诗歌》月刊,是抗战后的第一份诗刊,集学术性、现实性、战斗性为一体,具有鲜明的时代特征。该刊以薛汕等三位编辑为主,吸引了众多文友投稿,其中包括民歌社的一些成员,如吕剑、苏金伞、庄稼、默之、刘岚山、袁鹰等,该刊还发表了丁景唐的述评《歌谣中的官》、诗作《他的薪水结了冻》。在某种程度上,该刊成为民歌社发表作品的主要阵地。

其六,随着岁月流逝,民歌社早已被人淡忘,淹没在浩瀚的文史档案里。半个世纪后才被热心的有识者逐渐打捞出"历史的沉积层"。著名学者刘锡诚曾与丁景唐通信,深入探讨丁景唐当年发起、组织民歌社的诸多事宜,并提出民歌社"几乎可称得上是国民党统治区里唯一一个民间文学团体"。刘锡诚在《20世纪中国民间文学学术史》中专门谈论"丁英和上海民歌社",给予很高的评价。

注释:

〔1〕丁景唐的《诗与民歌》发表后,扬风也写了《民歌与诗》一文,原载《前线日报》(1945年8月24日),后载《文汇报·世纪风》(1946年10月31日),前后相隔一年多。前者是初稿,后者修改多处。在形式上,前者分为两大部分,后者则分为三大部分。扬风一文与丁景唐的《诗与民歌》(1945年3月1日)时间相差五个多月,标题相仿,基本内容和观点相似。前者举涅克拉索夫、普希金和高尔基,后者更为详细,显然前者是看到后者受到启发后改写的。

《前线日报》是一份从军报转向企业化的国民党报纸,在安徽屯溪创刊,后迁移到江西上饶、福建建阳等地出版,1945年8月24日迁至上海发行,第7版"战地"副刊上首篇便是《民歌与诗》。1947年该报成立董事会,社长为马树礼,总经理先后为任矜苹、赵家璧,总主笔为钱纳水,主笔有曹聚仁、许杰等。扬风在《前线日报》上发表一些文章,其中有《略谈历史小说的写作》《〈我的旅伴〉的艺术手法》《作品中的人物描写》《从接受文学遗产说起》等。

〔2〕姜庆湘,字蒋莱,浙江瑞安人。早年就读于上海大夏大学商学院,曾参加上海文化界救国会、救亡协会,从事抗日救亡活动。1938年9月到皖南,任新四军《抗敌报》编辑、国际新闻社东战场特派记者。1941年到广西,任《力报》编辑、《柳州日报》总主笔等。1946年7月,在上海任《侨声报》经济主笔和《经济日报》总主笔。1949年后,执教于大夏大学、复旦大学、上海财经学院等。

〔3〕欧坦生从台湾写给丁景唐的信如下:

丁景唐先生:

谢谢您的回信并为我复印陈给先生的手迹寄下。我详读这片断文字之余,隐约记起他当年确曾携介绍函过访这回事,不过其时的情景还是他记得比我真切。至于他称我曾寄给他一篇小说一节,则可能是他记忆有误。因为我此生写过的小说篇数有限,所以每篇的情节内容大略都还记得,我确实不曾写过内容如他所述的那样一篇小说。我倒是也见过当年旅居福州的作家王西彦先生,那是经由许杰老师介绍的。我也曾在王先生主编的文艺副刊上发表过一篇《鼻屎小事》的小说,只是人物及情节与陈先生所述的大相径庭。不过话说回来,这些陈年往事,记忆谁是谁非已不重要。闻陈给先生已逝世,不禁内心为之黯然。我和他有一面之雅,也算是缘分。1946年距今半世纪有余,当年充满青春活力的我们这一辈人,时至今日,纵未凋零,也都进入了耄耋晚境,彼此唯有以各自多加保重来互勉了。

专函申盼。敬祝健康长寿!

欧坦生握上

2001年8月31日

〔4〕《新诗歌》月刊为诗歌、民歌、歌曲综合性刊物,联合编译社出版,学林书店经销。1947年2月15日在上海创刊,是《现代文摘》的副刊,第6期改为独立的丛刊,至第9期(1948年6月)停刊。每期丛刊都有一个主题,除了第8期缺失,其他分别为"黑色的诅咒""晴天一声雷""血染红了的华山"。该刊由薛汕、李凌、沙鸥编辑,薛汕热衷于搜集民谣,李凌致力于编发歌曲,沙鸥以写诗为主。该刊是抗战后第一份诗刊,集学术性、现实性、战斗性为一体,具有鲜明的时代特征。主要栏目有论文、诗、译诗、歌谣、歌

曲、通信、民歌选辑等,以薛汕等三位编辑为主,成为民歌社成员发表作品的主要阵地。

〔5〕宋扬,本名赵扬,浙江宁波人,笔名不扬、韦韦、李昂等,曾被沪上诗坛誉为"浙东才子"。1937年"七七"事变后,参加中共上海地下党外围组织——钱庄业业余联谊会,次年加入共产党,兼任《银钱庄报》副刊、《新文丛》编辑,经常为进步刊物《奔流》《草原》《职工生活》撰写诗词、杂文。1942年11月,他转移到新四军淮南津浦路东抗日根据地,弃文从戎,后任华中解放区《新华日报》、山东解放区《大众日报》、山东解放区《新潍坊报》秘书主任、副社长。1945年5月,随军南下杭州,接管伪《东南日报》,参与改创《浙江日报》,任副社长兼总编辑,后改任浙江省工业厅副厅长。

辗转南下避难

周信芳夫人裘丽琳仗义相救

"文革"刚结束,家父丁景唐兴致勃勃地带着笔者去拜访三位名人。先到著名经济学家孙冶方的临时住处,恰巧孙冶方出来,他的个子不高,双眼里透出洞见秋毫的锐利目光,与他的白发很相称,精神矍铄。笔者上前搀扶,却被他婉言谢绝。随后,我们结伴去著名剧作家于伶的住处。那是长乐路上一幢别墅小楼,拥有一个草木荒芜的大院子。小楼里空荡荡的,二楼的空间有规则地横穿几根长绳,挂满了许多名家书写的条幅,琳琅满目,于伶陪同我们欣赏,感叹不已。"那里,现在怎么样?"丁景唐站在阳台上,指指隔壁788号京剧大师周信芳的花园洋房。于伶笑笑说:"有时很热闹。"丁景唐若有所思,沉默一会儿。最后,大家一起去上海音乐学院,探望著名音乐家贺绿汀。

不久,丁景唐在上海文艺出版社接待市妇联工作人员,她们是为了征集上海妇女运动史的资料。"哎呀,丁英就是我呀!"他指着丁毓珠(曾为周信芳的家庭教师)的回忆文章,不由得惊叫起来。"是吗?"对方惊讶地瞪大眼睛,引起了浓厚的兴趣。他回去后,立即告诉了丁毓珠,并安排了双方见面,由此引出一段生动的往事——周信芳的夫人裘丽琳曾仗义救助丁景唐,阴差阳错,让丁景唐逃过一劫。

裘丽琳出身于一个大户人家,父母双方家世显赫。20世纪20年代,裘丽琳凭借美貌和超凡魅力,成为上海社交圈中的首席名媛。她24岁那年,与梨园大师周信芳私奔,引起一场轩然大波,成为各家报刊拼命追捧的热点新闻。裘丽琳是周信芳一生的至爱,也是他的知己、经纪人以及全方位的助手。裘丽琳爱憎分明,厌恶一切不公平的事,以"义"字作为人生信条,得到圈内人士的由衷敬佩。

1936年夏天,裘丽琳第一次见到19岁的家庭教师丁毓珠,"笑容满面的脸,高高的个子,爽快的谈吐,使人立刻感到她的坦白和热心"。丁毓珠是培明女校的高才生,"办事干练,很有男子汉的气魄,待人却又极其和蔼可亲,逢人有为难的事,总是不遗余力地上去帮人家"。"丁毓珠平日不施脂粉,打扮得非常朴素,常见她穿了布衣服,骑着自行车来去,身体也十分健美!"(李宛苓:《丁毓珠热心社会事业,妇女生活互助社发起人》,《诚报》1946年9月26日。)丁毓珠的这种性格很快博得裘丽琳的好感,成为至交。裘丽琳甚至让丁毓珠为周家管账,足见对她的高度信任。丁毓珠执着追求真理,加入革命队伍,以平时的言行潜移默化地影响了裘丽琳。

1946年春节后,报上刊登《妇女生活互助社成立花絮》(《市民日报》1946年3月6日),

报道前天在上海南京路劝工大楼三楼工会俱乐部举行妇女生活互助社成立大会,丁毓珠作为会议主席,"操着国语,报告妇女生活互助会的发起经过和宗言"。她说:"时代是进步了,妇女不应落后,我们不要老关闭在家里,要来替妇女大众谋解放。本社的任务,是为妇女生活求互助,希望是大家来努力奋斗!"

其实,丁毓珠积极筹备成立妇女生活互助社,是按照地下党组织的指示,把求学、失业和部分职业妇女组织起来,以生产自救为名,提高妇女的思想觉悟,发展进步力量。为了扩大影响,丁毓珠邀请裘丽琳担任名誉理事。裘丽琳听说互助社还帮助妇女学习文化,欣然同意,而且每月从家庭开支中抽出部分钱款赞助互助社开展活动。热心的裘丽琳动员丈夫周信芳,特地义演爱国抗日名剧《钦徽二帝》,为互助社筹集了一笔款子。周信芳设法腾出位于黄金地段的黄金大戏院中的一个房间,作为互助社的临时社址,这些义举令人动容。"文革"后,丁毓珠写有《姜椿芳和周信芳的一家》(《麒艺》丛编第3辑,学林出版社,2002年1月),披露了许多内情。此后,报刊上陆续发表了关于互助社的追踪报道,有时还配有丁毓珠的近照。丁毓珠出名了,她组织的互助社各种活动很受欢迎,引起国民党特务的注意。

1947年初,突然,一个陌生的男子(特务)闯进周信芳住处,不怀好意地追问丁毓珠属于哪个党派?机灵的裘丽琳答道:"她是个读书人,从来没有参加过什么党派。"晚上,裘丽琳越想越感到不对劲,联想到白天发生的另一件事——襄理何永麟无意中透露,国民党警备司令部的一个官员私下给他看一份黑名单,其中有一个叫丁英的。丁英与丁毓珠之间是否有关系,或者是否为同一人呢?裘丽琳心里一阵紧张,立即驱车赶到丁毓珠家里。"丁小姐回来,请她一定来我家一趟。"裘丽琳再三叮嘱丁母。子夜时分,丁毓珠带着一身的疲劳,匆忙赶到长乐路788号。

"外面风声紧,你快走吧。"裘丽琳低声催促丁毓珠。"为什么?"丁毓珠不解地问道。裘丽琳只好简单地解释,急促的语气里充满了关爱之情,让丁毓珠心里涌上一股暖流,眼前的裘丽琳既熟悉又陌生。

大写的"义"字又促使裘丽琳做出更为慷慨的举动,从自己私房钱里拿出二两黄金,设法买通特务,把"丁英"从黑名单上划走。这种情节似乎只在文艺作品里才会出现,还会遭到挑剔评论家的苛责,但这是现实生活中的真人真事,这在丁毓珠的回忆文章叙述更为详细。多年后,丁毓珠还在打听"丁英"是何人。

裘丽琳的"义"字当头的生动故事很多,流传甚广,可惜迄今还未出现一部精彩的文艺作品,表现这位传奇女性。

1985年4月5日清明节,丁景唐和三女儿丁言昭赶到长乐路788号,缠上黑纱,佩戴小黄花。沉重的气氛压抑着每个前来参加裘丽琳追悼会的人,大家都知道裘丽琳在"文革"中含冤惨死的悲剧。阴雨绵绵,化作无尽的缕缕哀思,丁景唐等众人向裘丽琳遗像三鞠躬,默默致哀,安息吧,周信芳夫人裘丽琳。

廖临,廖家大院"逆子叛臣"

1947年初春,不断传来国民党政府加紧扩大内战的消息,重点进攻山东和陕甘宁解放区,蒋介石迫令中共驻京、沪、渝代表及工作人员撤离。国民党三中全会,确定对共产党的新态度,公开反共,反对民主党派和民主人士。

北京反动当局首先动手,进行大规模搜捕,午夜闯进民宅,几天里逮捕2 000余人,其中有大批学生和社会名流,罪名是"背景可疑"。上海军警也接到密令,准备搜捕行动,暗中开列各界人士的"黑名单"。市面上的风声紧,流传着许多进步青年接连失踪的消息。

突然,丁景唐接到上级领导唐守愚的紧急通知:已被国民党当局列入"黑名单",立刻撤离上海滩,注意隐蔽。丁景唐早有心理准备,冷静下来,处理各种善后事宜,把掌握的"文谊"党员关系转给王楚良、萧岱和刘厚生,廖临回老家嘉定,组织关系转出,由沪郊工委罗明(时名罗致荣)负责联系。

"我有事体,到嘉定去一趟。"丁景唐对妻子王汉玉认真地说道。平时,王汉玉总是等丈夫熟悉的脚步踏进家门,才把悬着的心放下来,随后他俩说起宁波家乡话,扯开话题。王汉玉看看28岁的丁景唐,并不想从他的脸上神情里找到什么答案,默默地为他收拾简单的行李。虽然她并不清楚丈夫的真实身份,也从不打听,但是相信他的为人处事,总觉得他干什么事都有道理。

第二天,丁景唐告别妻子和孩子,坐上开往嘉定的老爷车,一个小时后到达嘉定老城外的车站。

廖临见到丁景唐登门拜访,甚为高兴,热情地将丁景唐引进廖家大院。

廖氏是嘉定城里赫赫有名的簪缨世家,廖家先后出过六位进士,《嘉定县志》载四位:廖文锦嘉庆十六年进士;廖惟勋道光十三年进士;廖寿恒同治二年进士,累官至礼部尚书、太子少保、总理各国事务大臣、军机大臣;廖寿丰同治十年进士,终任浙江巡抚。廖世承是著名教育家,《辞海》有记载,曾任光华大学校长、华东师范大学副校长、上海师范学院院长等。1919年"五四"运动后,廖家出现了"逆子叛臣",除了廖临之外,还有廖家大少爷廖家礽(又名廖家沈),嘉定最早的共青团小组成员之一,后任中共嘉定县委委员兼共青团嘉定县工委书记。1928年春"五抗"斗争领导人之一,牺牲时年仅19岁,后迁葬于嘉定烈士陵园。

廖家大院为晚清权臣廖氏兄弟的宅院,位于嘉定城孩儿桥西北侧人民街60—76号。[1]

廖家大院是一所具有典型晚清建筑特色的深宅大院,有大小124间房子,是一个庞大的建筑群,为嘉定名宅显第之冠。抗日战争胜利后,廖家大院被国民党占作县政府,留下一座小院10间楼房给房主使用,廖家称这座小院为"洋书房"。小院和大宅院中间隔一条从前院一直通到后门的过道。出后门小街时对面是花园,因园内遍植梅花,故名"梅园"。当年"嘉定四先生"中的唐时升在此筑园读书。小院前面是花厅,后面是一排平房还有厨房、柴间等。小院的门开在过道中间。进门有一天井,楼上楼下6间房,过月洞门又一天井,楼上、楼下4间房,楼上的房间有回廊相连,把小院门一关就和大院隔绝,但上街必须经过大宅院的大门,经常可以看到出出进进的国民党县政府官员。

丁景唐被廖临安排在后院的楼上。他与廖临在敌人的眼皮下朝夕相处,纵谈国际国内的形势变化,阅读廖临家藏的书刊,偶尔也到老街走走。暮春的嘉定桃红柳绿、莺飞草长,老街长长、小巷深深、练水潺潺。迎着江南的和风,他呼吸着水乡那潮润温馨的空气,他的感情融入了这个江南古镇。　　　　　　　　　(陶继明《悠悠练水情》)

廖家大院——嘉定县政府,成为一张特殊的"护身符"。1948年10月,中共中央上海局外县工作委员会成立了嘉太工作委员会,这里成为一个秘密联络点(廖临夫妇负责),直至嘉定解放。在敌人眼皮下,列入"黑名单"的丁景唐安然度过了十天。他与廖临朝夕相处,纵谈国际国内的形势变化。

廖临,亦名廖有为,与袁鹰是南光中学高中三年级同学,毕业后他考入圣约翰大学,袁鹰则进入之江大学。课余时间他俩经常来往,成为知心朋友。高中毕业时,袁鹰就已向廖临提出加入共产党的要求,廖临虽然没有明确表态,但一直支持和鼓励他。大学期间,袁鹰再次提出入党要求,几天后廖临要袁鹰写一份入党申请书,还教给他一种特殊方法,用钢笔尖蘸米汤或淀粉代水写在白纸上,表面上看不出来,只要用火一烤,就会现出淡褐色字迹。袁鹰将入党申请书交给廖临,忐忑不安地度过了好几天。廖临悄悄通知他,组织上已经批准了,他的眉宇间充满了祝贺的神色,并用力拍几下袁鹰的肩膀,代替了千言万语。袁鹰没有多说话,"只是紧紧握住他的手,凝望着他点点头,无声地交流了心底的波澜"。廖临还同袁鹰约定时间和见面时的暗号,说到时在家等着,会有人来同他联系。多年后,袁鹰还记得当时的情景,"宛如前几天发生的事"。(袁鹰:《袁鹰自述》,大象出版社,2010年11月,第99—100页。)等到约定的那一天,上门来接头的正是丁景唐,成为袁鹰的第一位党内上级。

显然,廖临在高中时已经入党,具有比较丰富的地下党工作经验。丁景唐与廖临最初合作还是在"文谊"期间,廖临的组织关系从"学委"转给丁景唐,参加了"文谊"的重要工作。廖临、朱烈配合丁景唐校看"文谊"会刊《文艺学习》大样,如同终审,承担重要责任。在该刊上,廖临用笔名发表文章,但难以考证。正式署名廖临的文章是他记录、整理"文谊"成立大会上许杰的发言记录稿,这个难度比较大,也很辛苦,往往是吃力不讨好。廖临智商、情商都很高,也很活跃,参加"文谊"的各种活动,并且作为主持人,出现于陆钦仪等人合写的《春天和我们同在——记"文谊"第一次郊游》(《文艺学习》创刊号)中。"在笑声和喧嚷声中,八十一个男生和十五位女的,便在树影下团团围坐下来,先拍了两张照,于是便由廖临报告。他告诉我们今天主要是联欢,来找寻春天的快乐,让会友们尽情地游乐一下。朱烈提出了谁先出来唱一支歌的提议……"

丁景唐的《祥林嫂——鲁迅作品中之女性研究之一》引发了袁雪芬主演《祥林嫂》,成为越剧改革的先声。当时廖临时任《时事新报》影剧特约记者,加之他曾参加地下党领导的一青剧团的历史剧《党人魂》的演剧,开展业余话剧活动,尤其对越剧有浓厚兴趣,因此知道此事的经过。多年后,丁景唐已经淡忘了,幸好老战友廖临写信告知当年情况,触动丁景唐的回忆,才逐渐完成了上演越剧《祥林嫂》这件往事的"拼图"。

在越剧《祥林嫂》正式公演之前,丁景唐根据上级指示,介绍廖临陪同袁雪芬等去同孚路大中里 108 号于伶家访田汉。那时,田汉刚到上海不久,住在于伶家中。会见时,于伶、柏李(周尔贤,于伶夫人)有事,招呼一下就走了,田汉和廖临、袁雪芬进行了长谈。《祥林嫂》彩排那天,雪声剧团安排召集一些文化界的知名人士去看戏。廖临夫妇陪同田汉、许广平坐在二楼第一排的中间一起观剧。演出结束后,许广平还到后台去向演员表示祝贺。

廖临思维敏捷,下笔很快,撰写了许多影剧报道。1946 年 4 月 28 日,廖临用"罗林"的笔名发表《鲁迅名著搬上越剧舞台——袁雪芬主演〈祥林嫂〉创记录改良旧规则》(《时事新报·六艺》),引述了丁景唐关于祥林嫂的分析,并写道:"《祥林嫂》的演出,应该充分地发挥通俗教育的意义,并且不损毁原作者的精神……现在袁雪芬要把这样一个文学典型变成一个活生生的舞台人物,是遇到了一个重大的考验。"最重要的是此文作出了前瞻性的重要评价:"《祥林嫂》应该不仅是雪声剧团而且是整个越剧界的一座里程碑。"5 月 10 日,廖临在《时事新报》上发表《田汉与袁雪芬、南薇谈改良越剧》。廖临在另一篇《〈祥林嫂〉评》(《时事新报》1946 年 5 月 27 日)中指出:"《祥林嫂》的公演毕竟有它严正的意义。地方戏已经摸索地一步步跨向前去,这是谁也不能否认的事实……希望《祥林嫂》的演出能影响各种地方戏,使担负起更大的教育任务。"由此奠定了袁雪芬主演的《祥林嫂》在现代越剧改革史上的历史地位,在 20 世纪中国戏剧界与时俱进的发展道路上掀开新的一页。

袁雪芬主演《祥林嫂》遭到国民党特务、黑幕流氓的各种威胁、侮辱、勒索,外界流传闲言碎语,廖临及时站出来为她鸣不平:

> 袁雪芬如今是一个新闻人物了,《祥林嫂》的演出,她受到了外界的称誉,接着又是她受人侮辱、抛弃之外,据说还要用手枪和硝镪水谋害她,最近又是被人勒索,逼她借十天包银,结果只是逼她涉讼。事情接踵发生,报纸上独多关于袁伶的记载,也有以很大的篇幅刊出访问一类的文字。这些访问记事的发表,当然也有凑热闹的,但绝对多数是同情她、为她向外界人士控诉。
>
> 我们相信袁雪芬有她个性的弱点,说她骄傲、自负,这些都免不了是同行忌妒之类。五六年来献身越剧,谁都不能不承认她的成就,这些成就是从刻苦、肯虚心学习得来

的……说袁雪芬一心挣钱而不努力演戏,她也不可能有今日的成就,要是她能去外边广事交际,拜过房娘,谁能保证她不比现在更红呢?

袁雪芬不肯这样做,她把全力放在她的艺事上面,她对于她的事业异常虔诚,因此她也就有了那份自安的心情。她从来不唱堂会,不肯答应剪彩的邀请,她怕一破例,就不能不到处应酬。这样她的行为就免不了有点偏执,至少别人看来是偏执,甚至是自傲……

遭遇了若干不快意的事情,虽然袁雪芬是绝对能博取人民同情的,而且她也确实得到了所谓法律的保障,可是我相信她内心总存着几分疑惧。以单枪匹马对付周围的恶势力是困难的,袁雪芬现在应该能了解这一点,但,她的面前依旧是艰途,认真演戏以外,她还得具有更大的生活的勇气。

廖临写的《越剧界的新闻人物·袁雪芬纵横谈》(《前线日报》1946年12月1日)一文颇有水平,看似平稳叙述,并未金刚怒目,但蕴含着张力,并举事说理,点评到位,很有说服力,特别是最后几句,包含着地下党组织的关心、爱护和鼓励之情,反映了广大戏迷的正义呼声。

廖临写的以上一组前瞻性的系列评介之文,具有重要的导向性,构成袁雪芬主演《祥林嫂》的场外重头戏,闪耀在中国戏剧界的舆论阵地上。此后,诸多关于袁雪芬越剧改革的文章和专著,很少提及廖临写的文章,绝大多数读者也是前所未闻,特别是最后一文鸣不平之谈,更是无人谈起。其实,丁景唐的《祥林嫂——鲁迅作品中之女性研究之一》也被逐渐疏远,世人懒得提起此文引发的越剧改革。至于此文产生的缘由早就被抛置云外,哪里还会有人去探究丁景唐与廖临曾是黄金搭档及诸多往事。

当初,在大名鼎鼎的嘉定廖家大院内,"躲"在后院的僻静小楼里,丁景唐与廖临朝夕相处,促膝畅谈,共同的话题实在太多。为了防止窗外有耳,有些话题只能绕弯子,点到为止。也许二人曾谈起越剧《祥林嫂》的花絮,增添乐趣。

几十年后,丁景唐几次到嘉定检查新华书店的工作,忘不了到廖家大院走走。这时廖家大院成为县财政局的办公用房,丁景唐还打听到廖临夫妇都在福建工作,但不知他们的境况如何。这些难得的资料都被热心人陶继明[2]记录在案,他写道:

1978年夏天,丁景唐赴厦门出席由北京大学、南京大学、厦门大学等8所高校联合召开的"中国现代文学史教材讨论会"。他在会上的精彩发言激起了与会代表的热烈掌声。会议结束后,他乘长途汽车到福州,与散文家郭风、何为等老朋友会面,朋友们在福州西湖宾馆为丁景唐接风洗尘。一到福州,丁景唐就打听廖临的消息,大家都茫然不知。同桌中有一位将军的夫人缪柳西,是北京教育学院的中文教师。缪柳西因丈夫的关系,与福州部队的领导十分熟悉。缪柳西是个有心人,回京后立即写信给福州部队。福州部队很快就有了回音:廖临在1957年的那场政治风暴中被错划,此时已离开干部队伍,转到地方工作。丁景唐终于与廖临取得了联系。不久,廖临的错划得到了纠正。

....

1992年10月,丹桂飘香,菊花初绽,江南秋意正浓。

嘉定县文化局邀请丁景唐夫妇到嘉定做客。凑巧廖临、童礼娟夫妇恰好从福州到上海,受袁雪芬邀请,参加上海越剧改革50周年学术研讨会。丁景唐、王汉玉及廖临、童礼娟一行四人,受到县文化局的热情接待。丁景唐的文友、战友陆象贤(列车)、潘世和(史伍)等也在嘉定。故人相逢、故地重游,犹如一幕大团圆的喜剧,然而人世已几经沧桑。他们饶有兴趣地参观孔庙,观看汇龙潭菊展,寻访廖家大院。此时,廖家大院的建筑已一分为二,一部分迁至汇龙潭公园;一部分迁至浏岛风景区,遗址上已造起了新型的办公大楼,当年的风景不再。

练水潺潺,白云苍狗,45年过去了,他们在这里沉思和徘徊,回忆当年难忘的日日夜夜,还在廖家大院遗址按动快门,留下了值得纪念的瞬间。

....

在前不久嘉定区文化局召开的一次会议上,丁景唐动情地说:"十年动乱时期,我作为一个'走资派'和'反动学术权威',在上海市郊的其他9个县轮番批斗,但唯独与我关系最多的嘉定没有批斗我。奇怪!嘉定人真是不一般、不一般……"

(陶继明《悠悠连水情》)

避居乡间,搜集民歌民谣

睁开眼,十天过去了,丁景唐生怕时间一久引起旁人怀疑,便告辞廖临,只身出了嘉定西门,经过娄塘老镇,沿着蜿蜒的街巷前行,两旁均为江南地方传统民宅群落。幸好丁景唐走路习惯了,并不觉得累,过了刘河桥,便是太仓。

此地有位青年曾向丁景唐编辑的《小说月报》投稿,互相通信多次。"他不在,去大上海了。"丁景唐有点失望,但是他的家人非常热情,硬是挽留丁景唐吃饭,住了一宿。

丁景唐只得返回嘉定,此后,按照事前与王汉玉通信时的预定方案,前往岳父王法镐的老家。如今从宁波体育馆起点站乘坐公交车,第六站便是孔墅岭。当初只能徒步,然后前往白石庙,此处邻近岳父老家,今宁波市北仑区西南部的大碶街道先锋村、山下王村。距宁波市区24.5公里,属于北仑区交通枢纽之一,贯穿329国道,交通十分便捷,北仑港至宁波专用铁路设有大碶站。大碶西南有灵峰山脉绵延,南部为山区,西北接小港镇(江桥头,丁景唐老家)。先锋村周边村庄有钱家、郑家、俞家、山下王、孝思桥、灵山路、夏家、小张家等。山下王村地处太白山下,邻近著名的阿育王寺,属于广义上的九峰山旅游区。

几个月前,丁景唐还在著文回忆小时候在乡间过年的情景,现在果真置身于太白山下偏僻的村庄。山清水秀，与世隔绝，淳厚善良的乡亲，加之熟悉的乡音、炉灶、炊烟，即使粗茶淡饭，也蕴含着浓郁的乡情。

丁景唐一下子脱离了快节奏的都市工作和熬夜写作，起初还真不习惯，特别是夜深人静时，脑子还在不停地转动，想念上海的亲友，心里不免有些烦闷，也很着急。但是必须服从上级安排，既来之则安之，于是强迫自己安下心来，趁这难得的机会，就地收集民歌，重温孩提时的纯情，延续上海民歌社的工作。

> 如果没有外来的乌风猛雷，乡村的生活是平静的，灰暗的茅屋，机械的劳作，连青山绿水也是平静的。因为平静，就显得单调，除了庙会过节，就很少有娱乐的调剂，只有民歌小调播扬着歌娱和哀愁来冲破乡土的冷落。于是以诙谐机智为特色的"颠倒歌"就非常受宠地给单调的农家生活润饰了明亮的色彩。

> 一群稚气可掬的小孩子，在稻场上或堂前跳着拍着，两手做起敲锣摇篮的姿势，一边高唱"颠倒歌"的时候，会给成人们带来多少的欢悦和愉快！

此前，丁景唐在上海想象小时候的场景，写下《"颠倒歌"》，现在置身于日出而作、日落而息的单调农家生活，很想从中发掘"润饰了明亮的色彩"的民歌民谣等。离沪临行前，丁景唐在上海写了《怎样搜集民歌》，现在正好付诸实践。

> 廿岁大姐嫁七岁郎，日里穿衣穿鞋送书房，夜里脱衣脱鞋送上床，关在头边没商量，关在脚后，又恐老鼠跑过墙，长长竹竿晒衣裳，短短竹竿作文章，不怪爷来不怪娘，也不怪那小郎君，只怪我自己命不祥，只得瞒了人家暗泣到天光！

清纯朴实的民歌民谣、明快清亮的节奏、浑然天成的韵律，让丁景唐听到久违的乡土之音，流连忘返，沉醉其中。

丁景唐笑眯眯，善于交际，与左邻右舍拉家常，很快融入村前村后的乡音群体。他的宁波话也愈发说得"贼骨铁硬"（正宗），听起来甚为惬意。他逐渐扩大采风的范围，四处打听、搜集，逐一记录在案。乡亲们打趣说："这个上海姑爷，咋介有趣，听听山歌，鸡叫鸭叫的，开心煞了。"

春天清洌河水欢快地流淌，夏天稻田里蛙声一片，转眼"天凉好个秋"，丁景唐的本子上写得密密麻麻，记录了当地和外地流传的大量民歌民谣和小调、唱本，还搜集了不少宝卷、唱本。

1948年夏天回沪后，丁景唐将搜集到的宝卷、唱本赠送给赵景深，后被编入胡士莹的《弹词宝卷书目》（古典文学出版社，1957年3月）。赵景深投桃报李，回赠丁景唐一本1940年史社重版的《民族解放前驱》（瞿秋白烈士纪念集）。

丁景唐在沪整理、筛选出350多首，编成一本《岭东民歌》，可惜没有机会发表。其中一部分，如以上抄录的民谣，选入《南北方民谣选》，1950年11月出版。另有部分民歌民谣入选《新文艺》1954年第3辑、《民间文学选辑》第5集,即《浙东民歌》,署名丁宗叔。其中有《光棍苦》《婆婆铜钿多》和江桥头、钟家桥等流传的民歌民谣,如下:

衙门挂起太阳旗,人人走过要行礼,勿去行礼打侬死,吃亏同胞做奴隶。

(《衙门挂起太阳旗》)

种起田来一大阪,收起谷子几十石,地主走来一次担,弄得农民无夜饭。

(《农民无夜饭》)

婆婆铜钿多,阿弟讨点买糖果,婆婆倒说:"果果虫吃过。"阿哥讨点买陀螺,婆婆倒说:"挪和陀螺背要驼。"阿姊讨点买布衣来做,婆婆倒说:"买来布容易破。"叮咛锵锵,和尚走来念弥陀,婆婆给钱三千多,情愿自家肚皮饿。 (《婆婆铜钿多》)

买阿洪棺材,宁势(宁愿)被黄狗拖开!买阿二下饭(小菜),宁势(宁愿)筷节头(筷子)掼掼(掉)!买宝泰馒头,宁势(宁愿)亲眷回头!买新源成蜡烛,宁势(宁愿)暗进暗出! (《买阿洪棺材》)

丁景唐原注:"阿洪,人名,这首民歌以四种事情说明四家店铺物价高,刻画奸商面目。"

钟家桥,亮门亮户算头挑,有谷,谷勿赊,有米,米勿赊,宁势(宁愿)关了墙门火着掉。 (《钟家桥》)

光棍做人好伤心,自带钥匙自开门,自炒冷饭自搭凳,冷粥冷饭冷被困,有病有痛无人问,眼泪流到脚后跟。 (《光棍苦》)

亦为:"光棍头老受苦辛,自拿钥匙自开门,自热冷饭自拿灯,夜里困得冷清清,想起大人弗讨亲,眼泪流到脚后跟(光棍固然是苦,有老婆的何尝不苦)。"

《买阿洪棺材》流行于"镇南江桥头",这是目前看到的丁景唐在老家江桥头搜集的唯一一首民谣。《婆婆铜钿多》流传于"鄞东邱隘",如今为宁波市鄞州区邱隘镇。丁景唐老家的邻村为钟家桥,如今钟家桥村地处小港街道的西南部,村庄位于鄞州区龙山至江桥东,村域面积两平方公里,由江底张、后洋漕、大屋里、钟家桥四个自然庄组成。

在宁波避难期间,上级曾安排丁景唐前去四明山革命根据地,这正合他的心意——他就读中学时曾想去延安。一天,根据组织上的安排,丁景唐跟随一位村姑打扮的妇女上了船,可是到了约定时间,联络员还没有出现。丁景唐凭借多年从事地下党工作的经验,有一种不好的预感,便返身上岸,由此与四明山根据地失之交臂,否则可能改变他的人生轨迹。

放暑假了,灵峰山下的灵头小学简陋教室里传出英文教学的声音,夹着浓重的宁波口音。年轻的丁景唐利用自己曾当过代课教师的经验,为宁波、镇海放暑假的中学生补习英文,虽然有些大材小用,但是毕竟能补贴生活费用,也可掩护自己避难乡间的真实身份。

暮色四合,远山横卧,从阿育王寺传来阵阵钟鸣。阿育王寺(太白山麓华顶峰下)为国内现存唯一以印度阿育王命名的千年古寺,因寺内珍藏佛国珍宝释迦牟尼真身舍利而闻名中外。

夜幕下,白昼暑气逐渐消散,几许凉风,大殿里烛光微微摇晃,菩萨肃穆,响起诵经念佛声,夹着有节奏的敲木鱼声,花格纸窗映照着纹丝不动的和尚身影。一位亲戚在寺庙中当会计,丁景唐投宿此寺禅室,在烛烟袅袅的梵音氛围中安然入眠,为他四处搜集民歌民谣、了解地方风俗风情增添一则花絮。

炎热盛夏,性情好动的丁景唐却不安分,去大碶头敲开昔日宁波"文谊"骨干邱建明的家门,畅谈甚欢。他又去宁波几次,住在江东舅公家、西门外的妻舅家,还到宁波"文谊"发起人孙瑞、孙绍姐弟家借住一宿。次日,心血来潮,前去洪塘小学找孙绍,但未遇。丁景唐写信给孙瑞,委托她在宁波找一份中学老师的工作,并且在信中告诫:"我的学历是……其他请勿吹嘘。"孙瑞自然心里明白,以免带来严重后果。后来,丁景唐辗转南下,此愿望未能实现。

填补空白,一封鲁迅书信

"额骨头碰到天花板",运道邪起好(很幸运),尤其是在偏僻的乡间遇到知音。

"交关(非常)谢谢!"丁景唐双手接过借阅的北京大学《歌谣周刊》合订本,说着宁波话,连连致谢。对方是热心的天津资深学者于鹤年,对于民俗文化很有研究,被称为"新文学运动名人",喜欢收藏《中国古代婚姻史》等大量书刊。于鹤年与丁景唐邂逅之前,他还书写《我们需要再来一次"五四"运动》,投给《观察》编辑部,认为:"'五四'运动着重在新知的输入和普及,我们这次运动要着重在道德的实践。"(《观察》第1卷第13期,1946年11月23日)

盛夏末,丁景唐避居下邵胡家外祖母家里。"碧绿树绽放着红色的花,圮墙上的小草也抽得嫩绿,从木窗的格子望出去,可以看到茅棚搭成的柴间里有几只才离开娘胎的小狗在静静地酣睡。"(丁景唐《一封信》)

乡村的明亮光线透过木窗的格子,撒落在靠窗的小桌上,丁景唐全神贯注翻看《歌谣周刊》合订本[3],其中有大量的各地民歌民谣,也有浙江各地的,让丁景唐爱不释手。突然,丁景唐眼前一亮,抚掌称快,"哈哈,精彩,交关(非常)精彩!"

对于已经出版的《鲁迅全集》(1938年)、《鲁迅书简》和《〈鲁迅全集〉补遗》(1946年),丁景唐烂熟于心,但是从未见到眼前此信,即鲁迅写给刘策奇[4]的一封信,发表于《歌谣周刊》第87期(1925年4月19日)第5版"通讯"栏目。再仔细看看这期首页右下角注明"通讯Ⅰ、Ⅱ(鲁迅)(王森然)"[5]。顺藤摸瓜,再往前查看,原来《歌谣周刊》第85期(1925年4月5日)首页第二篇便是刘策奇《明贤遗歌》一文,落款为"十四.二.十四晚脱稿于战鼓喧天之后"。首页右下角目录注明"《明贤遗歌》(刘策奇)",甚为醒目,这些很容易引起鲁迅的关注,于是提笔写信给刘策奇。

丁景唐欣喜之余,思考一番,欣然写道:

> 据刘策奇先生的文中所述,《击筑遗音》数则是他"作客于穗,偶在旧书摊中,买得《砭群》一册(第二册,编辑者悲盒,发行处广州城贤藏街阜成实业研究所,出版期大约是宣统元年三月),里面载有《击筑遗音》数则……可惜首尾不具"。即由他抄录的六、七、八、九等四节看来,文辞气魄均极豪迈,充分表露出一种亡国惨痛的悲愤悱恻的情感,虽则内中不免有伴狂学颠的书迂气。
>
> 《万古愁曲》有两个特点:第一,在写作方面采用了比较接近口语的白话文,在当时不能不说是难得的进步了;第二,在内容方面,非常猛烈地攻击着封建政治制度的不良。它指斥旧礼教的偶像孔老二"好一似鸦鸣蝉噪,斫不尽的葛藤,骗杀人弄猢狲的圈套"(第六);又大胆地揭发中国历代的帝皇暴君(本国的和异族的统治者)是一批"马前牛后的翁和媼",弄得天下"乱纷纷,好一似蝼蚁成桥,豚蚁随桥,鸠鹊争巢"。
>
> 鲁迅的这封信不仅提供了《万古愁曲》的出处,而更重要的是使我们可以瞥见先生一贯"知无不言"的诚恳态度,而且也表明了先生对歌谣搜集工作的关怀。

丁景唐对鲁迅的敬仰之情言于溢表。鲁迅此信是对丁景唐正在搜集浙东民歌的一种莫大的鼓励。

鲁迅写给刘策奇的信指出:"您在《砭群》上所见的《击筑遗音》,就是《万古愁曲》,叶德辉有刻本,题'昆山归庄玄恭'著,在《双梅景闇丛书》中,但删节太多,即如指斥孔老二的一段,即完全没有……"丁景唐抄录鲁迅此信时,特意添加"('斥')《歌谣周刊》误印作'尺'",显然看书很仔细,这是他编辑多种刊物时养成的良好习惯。

也许是巧合,刘策奇在广州旧书摊上淘书。丁景唐此后辗转南下广州、香港时,也喜欢四处淘书,不亦乐乎。

> 秋风日紧,海浪方掀,流光骎骎,不觉半年已过。古屋前的碧桃花早由落红化为浅泥,草蓬里的小狗也早已各自去找活路去了。从篋底重新理出这篇短文,我有太多的感触。十月就要到来,想到十一年前鲁迅先生的死,又顾念当前的种种,我草草结束了这篇短文。一以奉献给从事先生辑佚工作的许广平、杨霁云、唐弢诸先生,并其他研究者;二则也算替自己的一点意外发现,留下一片小小的回忆。
>
> (丁景唐《一封信》)

起草此短文后,丁景唐并未急于寄出投稿,而是冷处理。这是吸取了他人的写作经验。"不觉半年已过",将迎来鲁迅逝世11周年的纪念,因此,他的落款为:"写于一九四七年九月一个可纪念的日子。"同时,他也想离开这个避居的宁波乡下老屋,去看看外面的精彩世界。老屋与木窗、桃花与浅泥、草蓬与小狗、短文与纪念,这些构成一个个避难日子的蒙太奇镜头。

丁景唐原拟短文标题"全集、书简、补遗未收录的鲁迅先生的一封信",署名"于封"。他修改完短文的最后一个字,长舒一口气。此文是他第一次填补了鲁迅书信中的重要空白("填补空白"成为他治学生涯执着追求的重要目标之一),也是他离沪避难乡间时写的第一篇学术短文。

考虑到《一封信》短文不适合刊登于杨志诚编辑的《妇女》,便请她转给《时代日报》记者朱烈(原"文谊"骨干,后为《世界知识》社长兼总编),再转给该报的副刊编辑,发表于1947年9月19日《时代日报》第3版。

此前有同名的《时代日报》,1932年由来岚声与冯若梅、锺吉宇、胡雄飞、杨术初等创办《时代日报》,后因故人事变动,来岚声写有《〈时代日报〉之去来今》。第二种面世的《时代日报》可以追溯到俄国《新生活报》,1905年11月9日创办,这是俄国社会民主工党布尔什维克派在国内公开出版的第一家合法日报。1945年8月16日,即日本帝国主义宣告无条件投降的第二天,《新生活报》在上海创刊。9月1日起,改名《时代日报》,这是共产党领导的,以苏商名义出版的一张报纸。《时代日报》编辑部设在上海北成都路973号,编辑、记者有林淡秋、陈冰夷、叶水夫、许磊然、满涛、陆诒、严玉华、王元化等,不足20人。该报4开一大张,第1版要闻,第2版是副刊和市政新闻,办有综合性副刊《星空》《语文》《妇女》《艺术》等。1947年1月16日至2月7日,该报停刊,此后改版为8开小报,第1版是要闻,第2版综合性副刊,第3版轮流刊登专栏,如"新园地"供初学者发表短小的文学作品,聘请胡风、叶以群、蒋天佐、魏金枝为顾问,还有"新语文"(倪海曙主持)、"新木刻"(李桦主持)、"新妇女"(李健主持)、"新音乐"(孙慎主持)、"新美术"(艾中信主持)。第4版是市政新闻、来函、广告等。

2021年春节前,笔者打电话给年逾九旬的朱烈,请教有关往事。他表示丁景唐当年与《时代日报》副刊编辑来往多,可能还刊登过其他稿件。笔者经过一番查找,发现该报第2版"新园地"发表一些诗文,疑似丁景唐之作,从中挑选了诗《星》《完得慢来去得快(滑稽对唱)》收入《丁景唐诗文集(1938—1949)》。

丁景唐的《一封信》并未画上一个句号,还有意想不到的续文。1949年后,丁景唐请教唐弢,答复也未见过此信。丁景唐与人民出版社鲁迅全集编辑部通信,知道他们也未见到,便抄录寄去,16卷本《鲁迅全集》第11卷收录了此信,并添加了有关注解,了却丁景唐一件心事。

不过有的学者撰文,以为鲁迅写给刘策奇的信是尚未发现的佚信(《民间文学》1961年第9期)。丁景唐写信去澄清事实,发表于《民间文学》1961年第11期。有意思的是《鲁迅诗歌研究》重新刊用了《民间文学》1961年第9期载文的"佚信"之说。对此,丁景唐认为:

《鲁迅诗歌研究》是很有特色的书,收集各方面不同观点的文章,开展百家争鸣的讨论。那位学者是民间文学研究的前辈,是受到我的尊重的。我在这里提出这个问题,乃是有感于我国现代文学、鲁迅研究工作中资料情报工作的极大缺点。我自己也有失误的经验。一个人的时间、精力总是有限的,特别是进入老年时期以后,更无法一一亲自了解各方面的研究成果和新发现的资料。由于上述的情况,重复撰文自是难免。当然,我们坚决反对有些人自己不下苦功,见到前人和同时代人的研究成果,便反复"炒冷饭"等等不良学风。更有下矣者,则以"心造的幻想"故作耸人听闻的"新发明","制造史料",实应受到舆论的批评!

反复"炒冷饭"等不良学风与普遍的浮躁心态结为姻缘,但是丁景唐晚年不再发表任何意见,实在"勿话来"(没话说)。

"文革"后,丁景唐重操旧业,增补许多史料,改为《关于鲁迅论〈万古愁曲〉的一封信》,收入他的论文集《学习鲁迅作品的札记》(增订本),上海文艺出版社1983年12月出版。后来,连同原文《一封信》一并收入丁景唐的《犹恋风流纸墨香——六十年文集》,上海文艺出版社2004年1月出版。

"呒告话头!"南下香港

在闭塞的乡村生活了半年多,丁景唐很想出去看看外面的世界。终于,加之其他因素,丁景唐决意离开这里,与妻子王汉玉结伴,辗转南下,到香港、广州谋生,这一切都是岳父悉心安排的。王汉玉将三个小女儿托付给昌叔和小姑子丁训娴。虽然王汉玉也放心不下三个小女儿——可爱的小脸蛋、银铃般的笑声和尖叫声,但这次是充满未知的陌生远行,哪里舍得夫君独自南下,况且他们夫妻已经分离了半年多。"景唐,走吧。"

原想乘坐前往香港的英商客船头等舱是一件美事,去开开眼界,多少弥补一下丁景唐夫妇未曾蜜月旅游的遗憾。可是一上船傻眼了,走道里横七竖八躺着跑单帮的人群,像篮筐里的鱼儿挤成一堆。浓烈的阿摩尼亚臭气,从堆满箱笼什物的厕所里散发出来,弥漫在走廊里,一不小心钻进舱房,许多旅客甚至不敢大口呼吸,生怕污染了心肺器官。

"呒告噢(没关系)。"丁景唐好言安抚妻子王汉玉。突然,他指指硬邦邦的铺位,空空如也,被褥呢?"呒告话头(没话说,糟糕透了)!"丁景唐苦笑一下,想想还不如宁波大亨虞洽卿开办沪甬线的客船二等舱。经打听才得知,这美其名曰的"头等",其实是"中国头等",与"外国头等""外国二等"有所区别,循次而论,"中国头等"只好沦为三等舱。丁景唐哀叹:可见大英帝国对华人歧视的遗风了。

同舱的另两位乘客是青年军人,六年前,他俩从南洋怀着满腔的爱国热忱跑到抗战中的祖国来,但是,抗战胜利后的黑暗现实无情地撕破了他俩的美丽期望,于是他俩带着请假证返回南洋。双方靠着手势和变腔的国语进行交谈,很快成为旅途中的同伴。在舱房里闷得头晕脑胀的时候,他们一起跑到睡满了人的甲板上去透风。

头顶晴朗的天,浮云自由地徜徉,不时掠过几只海鸥,带来几许生机。一望无际的海洋,起伏的波涛闪着湖蓝色的亮光,船尾巨大的螺旋桨飞溅起跳跃的浪花,化作纯白色的泡沫,织成一长条素练。

四天三夜的航程,经受了风浪的颠簸,丁景唐夫妇不由得晕船,恶心呕吐,加上恶劣的环境,真所谓加倍"勿话来"!终于,熬到头了,却出现了几个陌生的茶房(服务员),脸上堆着职业性笑容,托着面盆——并不夸张,便于存放索取旅客的茶房钱,天晓得,这无非是敲竹杠,留下"买路钱",否则……丁景唐夫妇和同舱的两个青年军人愤愤不平,一则他们自己已经很拮据了,青年军人还需要留下到南洋去的旅费;二则茶房根本不曾招待过什么,旅客还得自己去倒茶喝。但是,又不得不按照历来的规矩,很不情愿地掏出一笔钱——在上海可以买只老母鸡和一些鱼虾,美美地大吃一顿。

香港给我们的初次印象,和我们想象中的是同样美好,在船上,远远地透过破晓前的暗雾,香港闪耀着未熄的灯光浮现在海中。天逐渐微亮,太阳的金光落在海面闪烁,现在可以望见山岛上悬挂着一幢幢的洋房,海中罗列着大大小小的船舰。气候热了起来,同四五月似的温暖,在上海穿的厚重冬大衣根本用不着,那令人缩手冻足的西北风也没有了。船靠码头,起重机又开始了工作,海关的港务员气派都很大方,不像上海那么小心眼儿,专以挑剔来为难旅客,没有什么检查我们就上岸。

(丁景唐《香港的侧面——香港航讯》)

丁景唐夫妇摆脱了臭气熏天的舱房,深深地呼吸一口新鲜的空气,香港的第一印象真不赖——道路清洁,交通便利,用电绝不限制,到店家去借打电话无须出一个钱。

精明的上海佬打错了算盘,这里的东西一点都不便宜,除了奢侈品之外,日用品尤其是食品贵得吓人,丁景唐还抄写了一张价格表,其中有米、油、肉、鱼、蛋、菜蔬等,上海读者一看就明白。这个实地调查的习惯,已经体现于他的长文《宁波东钱湖纪游》。

贵一些且不用提(只能怪法币贬值),最令人厌恶的是一切店铺,连大新、永安、先施那么大公司在内,都有讨价还价,得费力展开一番"拉锯战",伤脑筋之至。给我印象顶坏[的]是香港最热闹的皇后大道和德辅道,人声嘈杂,街道狭仄,像上海的日升楼一段挤聚着人。你得留意你的脚,更得留意口袋的被窃。

由于一般生活水准的拉高,工资非常昂贵。W做了一件夹大衣,料子算八十元,做工(连夹里)倒要一百十元,加起来和上海也就差不了多少。便宜的是衣料,吃亏的是做工(比上海贵好几倍!),裁缝的技术尤劣,不是式样太呆,便是身裁不合。我在一位亲友家中,曾见到两位上海来的阔太太对香港裁缝大发雷霆,懊悔打错了算盘。

(丁景唐《香港的侧面——香港航讯》)

W 即王汉玉。此文透露了丁景唐夫妇在香港的生活细节。丁景唐注意到香港的畸形经济怪圈,以及灯红酒绿背后的黑市。"黄牛党"在香港叫"炒票友"。广九路火车站的"炒客"竟将卖不出去的旧票涂改日期,印上当天日期出售,增加旅客许多麻烦和损失。有一位上海太太曾说:"有了钱在上海也是一样可以享福,何必跑那么远的路到香港来作'洋盘'(傻瓜)呢?"丁景唐点评道:"我想她的话是对的,吃腻了山珍海味的中菜,换换口味吃西菜原是一样需要钱的,但苦恼的是那些存着'发洋财'念头到香港来的人们,其不免失望倒是必然的。"

1947年12月20日,丁景唐来香港不久写下这篇《香港的侧面——香港航讯》,发表于《茶话》第20期(1948年1月10日),配有三幅照片——面对九龙的香港花园、自浅水湾道山顶远眺香港、香港深水湾风景,显然都是丁景唐夫妇游览之处。此文署"卫理撰文,菊潭摄影",遗憾的是这三幅照片印制效果很差,或模糊或墨黑一片。刊登此文的《茶话》是丁景唐协助编辑的《文坛月报》停刊后,原《小说月报》主编顾冷观与老板陆守伦再次联手创办的,以闲适风格为主。该刊还发表丁景唐的《宁波东钱湖纪游》《旧历年与歌谣》《叫花子的歌》等。

丁景唐此文集纪实性、可读性和地方文化为一体,折射出香港的方方面面,后入选《国共内战时期(1945—1949)香港文学资料选》,由郑树森、黄继持、卢玮銮[6]合作编选。卢玮銮教授签名后寄赠给丁景唐,并说明:"这篇文章原刊于上海的刊物,实际上作者丁景唐那时已身在香港,文中充分看到一个外来者如何观察当时香港的社会情况,所以破例选取了。"1981年12月,香港中文大学举办"四十年代中国现代文学研讨会",丁景唐作为中国作家团成员前去参加,与卢玮銮等人在会上先后宣读论文。

《香港的侧面——香港航讯》还产生了意外的掩护作用。1948年是人民解放军向国民党军队发起战略反攻的一年,也是国民党政府全面崩溃的开始,仍然疯狂挣扎。11月11日淞沪警备司令部颁布《戒严令》,申城上空阴霾密布。12月底的一个深夜,大街上响起刺耳的警报声,上海国民党军警急匆匆前去宁波路470弄4号联华图书公司,准备捉拿嫌疑分子丁英。"早去香港了。"宿舍的职工异口同声地答道,并拿出同年1月出版的《茶话》第20期,"这是他在香港写的通讯《香港的侧面》。"第二天,陆守伦闻讯后,打电话向有关部门,说明丁英早去香港洋行做事。

丁景唐夫妇在香港过第一个圣诞节、第一个元旦、第一个春节,这里没有刺骨的寒风,主要街道的商店门口张灯结彩,气氛很热闹,游客很多,说着粤语,有说有笑,有时行人冒出几句北方话,引起丁景唐夫妇的注意。不少年轻夫妇带着孩子对着装扮一新的橱窗指指点点,在霓虹灯下映照着脸上的兴奋神情。每逢佳节倍思亲,丁景唐安慰有些伤感的妻子王汉玉,故意把话题扯开,谈起他们在东吴大学里欢度圣诞节的情景。

这时丁景唐夫妇收到来自上海的信和照片。照片上昌叔抱着刚满周岁的三女儿丁言昭，两旁分别站着6岁的丁言文、4岁的丁言仪，三个女儿都穿着大花棉袄，一派喜庆、吉祥的传统过年味道。这是在永嘉路石库门住宅的天井里拍摄的，意即家里一切安好，无须担心，同时恭贺新禧，万事如意。三个女儿穿的三件大花棉袄，凝聚着阿婶朱瑞兴的辛勤劳作的心血，孩子们都称她为阿婆。昌叔丁继昌、阿婶朱瑞兴在家悉心操劳，远在香港的丁景唐夫妇心里宽慰多了，遥祝大家新年好！

1948年春节后的2月26日，丁景唐又写下了《香港的"阻街女郎"》，寄给在上海的战友杨志诚，发表在她编辑的《妇女》第2卷第12期（1948年3月），署名芜菁。此笔名是杨志诚临时取的，之前也有人使用此笔名，避免引起他人的猜疑。此文根据前几天报载新闻——美国兵舰抵达香港，水兵上街寻乐，"香港警方出动扫荡"，仅在湾仔区内就拘捕"阻街女郎"六名，破获淫窝两所，引开说去。最后写道：

> 然而奇妙的倒还在日夜企盼别人恩施的那一种人，据云这批舞客（美国水兵）的光临"除增加本港之一时繁荣（这繁荣自然大半得归功于'阻街女郎'——引者）外，且使本港套取不少美元"，其耗用估计"约达廿万美元之巨"。言下似乎颇有不胜其羡慕之至。
>
> 但不知怎样，这可怜的调子，却令人想起沦陷时期为皇军张罗慰问所的奸谄的脸嘴。

此报载新闻激发丁景唐的灵感，撰文针砭时局。丁景唐主编《联声》时多次采用此方式，效果颇佳，而且也能体现他敏捷的思维、灵动的笔法、深思的内涵，如引文最后一句可谓神来之笔，一石数鸟，提升了全文的格调和内涵。此文后被选入《中国新文艺大系（1937—1949）散文、杂文卷》，由田仲济、蒋心焕主编，中国文联出版社1996年6月出版。

田仲济是当代著名的作家和文艺理论评论家，现代文学学科和现代文学研究的奠基者与开拓者之一，曾任山东文联主席、山东师范大学副校长等。丁景唐尊称他为"田老公公"，双方常有书信来往。田仲济仙逝后，丁景唐写有《追思田仲济先生》，披露了诸多往事，如田仲济帮助丁言昭的《中国木偶史》提供资料的生动往事，点评笔者的第一本专著《鲍罗廷与中国大革命》。笔者奉家父丁景唐之命，起草《逆向思维的魅力》一文，分析《田仲济杂文集》是学习鲁迅逆向思维方式的艺术创作的硕果，合署丁氏父子名字，此文收入研究田仲济杂文的《百家论杂文》（山东教育出版社，1993年12月）。

丁景唐的《香港的"阻街女郎"》发表后，次年也有人撰写了同题的文章，署名祝联，发表于曹孟君主编的《现代妇女》第13卷第3期（1949年3月1日）。此文已将"阻街女郎"直指妓女，还介绍"阻海女郎"，认为她们"长期的卖笑生涯，剥削了她们的青春，毁灭了她们的美丽"。"人间地狱，血泪纵横的账，试问如何算得清呢？"此文与丁景唐同题之文的构思、笔法等截然不同。

从灯红酒绿的闹市回来,丁景唐夫妇拐进一家建筑公司的宿舍,这里成了他俩来香港的第一个落脚点,这也是岳父的面子,托朋友帮忙。此后,岳父又设法介绍丁景唐去广州沙面的英商泰和洋行(图22)做事,生活暂且安定下来。沙面,曾称拾翠洲,是广州重要商埠,历经百年,曾有十多个国家在沙面设立领事馆,九家外国银行、四十多家洋行在沙面经营,这里成为中国近代史与租界史的缩影。沙面岛上欧陆风情建筑形成了独特的建筑博物馆。

图22　英商泰和洋行广州分行

丁景唐精心梳理了头发,西装革履,脚蹬皮鞋,昔日"恶补"的英文现在大显身手。他走进沙面的西北部,眼前是东西走向的复兴路(后为沙面大街)与百米长小道交叉的丁字路口,有一座三层砖混结构建筑物,建于清末民初,坐东朝西,占地面积330平方米,前檐口高近15米,总高17米多,四坡屋顶,南北对称,但没有外走廊。其正立面造型简洁,檐口、天花饰线等保持古典装饰风格,二、三层设外挑式阳台,外刷奶绿色,这是沙面建筑群中常见的一种色调。拐角墙上吊挂一弯钩的铁罩路灯,由此能窥见英国老式建筑的风味。这是英商泰和洋行广州分行,位于博爱路8号,如今大门一旁还镶有一块中英文铭牌(图23),注明"沙面五街4号,文物建筑"。

图23　泰和洋行铭牌

推开洋行大门,里面宽敞,一排高大的窗户,采光和通风都不错。迎面是一个面积较大的楼梯间,木楼梯扶手、望柱雕工精美,房间里有造型别致的欧式壁炉。

该广州分行经营范围较广,除了经理室、账室(财务)之外,还设有保险部、进口布匹部等。"Good Morning!"丁景唐马上进入临时雇员的角色,昔日就读光华大学社会学系时学习的经济内容,现在则迅即上升为主项。几个月前,他还在淳朴的宁波乡村里,现在则一下子跃入洋行商业贸易的浓厚氛围。丁景唐说着带有宁波腔的英文,翻阅质地不错的财务表格,激活了他原来脑子里库存的英文,并加以高速运转。况且,他回到住处,还有王汉玉——昔日的英文"师姐",可以请教。

丁景唐夫妇在广州沙面生活了五个多月,那里有个小小的图书馆,有不少书是英文版,丁景唐满心欢喜,抽空翻译了法国著名作家左拉的《三次战争的回忆》(英译本)。在译书的闲暇,他经常与妻子坐在枝叶茂盛的大榕树下,说文解字、切磋词意。这里四周环绕着珠江,属于珠江三段河道的交汇处,南端面临白鹅潭,拥有羊城八景之一"鹅潭夜月",月色倒映,舟影绰绰,江天四望,景色迷人,充满诗情画意。

丁景唐将译稿《三次战争的回忆》寄给宁波文友麦野青,分为十次,连载于《宁波时事公报》1948年6月25日至7月底,均为第4版。因该报遭失,遗漏了三节,但是大致可以看出此译文的概况。此译作体现了左拉自然主义文学最高品格真实性,塑造路易士、裘利孪生兄弟形象,即狂热的战争鼓吹者、拥护者和厌战、消极分子,他们是看似截然不同的两种形象符号,但是战争悲剧的无情延伸和残酷性,恰恰发生在裘利身上——替代阵亡的哥哥上战场。与其说是这对孪生兄弟血脉关系催促的,不如说是他俩被战争扭曲的畸形人性的自然流露。

在香港、广州时,丁景唐经常去地摊上淘书,其中多种外文字典,后来送给翻译家吴元坎,他的妻子杨之英是瞿秋白夫人杨之华的妹妹。吴元坎、杨之英的女儿吴幼英、女婿钱世锦写有《忆丁伯伯》,生动地追述了许多往事。此文收入丁言模编的《丁景唐纪念文集》,上海文艺出版社2020年11月出版。

"哈哈,'孤本'!"丁景唐眼睛一亮,意外地发现英文原版《远东前线》(*Far Eastern Front*),作者是著名美国记者、作家斯诺,这是他的首部著作,1933年9月在美国出版,1934年斯诺兼任燕京大学新闻系讲师。《远东前线》是最早介绍日本侵略中国、国共合作及斗争的专著,配有47幅抗日战争时期老照片。1934年起,国内有人开始介绍斯诺及此书,傅成镛、宾符等先后摘译此书有关章节为中文,连载于《外交月报》《杂志》《文心》等。丁景唐对此书爱不释手,翻翻看看,了解了许多内情。离港返沪之前,恰巧天公不作美,大风大雨,丁景唐依然怀揣此书,赶到时任中共香港"文委"书记冯乃超的寓所,赠送此书,作为留念之礼。

多年后,丁景唐研究"左联"成立诸事,致信请教冯乃超,双方飞鸿来往。笔者好不容易翻检出他们的信札,以及夏衍等人亲笔信,经整理、考证、注释,写成长文《丁景唐修订补充

〈左联名单〉一文和10则来往信札》,以纪念"左联"成立90周年,载于笔者写的《穿越岁月文学刊物和作家》(第4集),中国社会出版社2019年12月出版。

评述歌谣集《愤怒的谣》

丁景唐在沙面小小图书馆里还翻看了夏衍的长篇小说《春寒》。小说描述抗战初期一群知识分子在广东参加抗日救亡运动的经历,反映日军入侵前后广东社会与政治生活状况,1947年由香港人间书屋列为"人间文丛"的第一部作品出版。丁景唐翻看此书时,联想起上海"孤岛"和沦陷时期的众多青年学生抗日救亡的经历,由此引起强烈的共鸣,认为此小说犹如一部长篇抒情诗,如果改编为电影,一定非常好看。

夏衍写《春寒》时,已经在香港《华商报》工作,该报是公认的中共喉舌。

《华商报》1941年4月8日创办,当年12月12日停刊。抗日战争胜利后,1945年10月开始筹备复刊,这是党中央、南方局决定的,周恩来派出章汉夫、胡绳、乔冠华、冯乃超、廖沫沙等,从重庆赶往香港,会同广东党组织的张枫(饶彰枫)、连贯等。次年《华商报》复刊,刘思慕出任总编辑,廖沫沙为总编辑兼主笔。在香港主管文艺工作的邵荃麟、冯乃超积极支持《华商报》,并给予指导。1946年12月,以《华商报》的名义召开文艺工作座谈会,随后开展了关于马凡陀山歌的讨论、关于粗野和通俗的高低之争,后来发展成为方言地区是否需要方言文艺的论争,薛汕等人也参与其中。

当时夏衍在香港负责统战工作,捎带为《华商报》《群众》撰稿。《华商报》副刊《热风》编辑华嘉(邝剑平,后任广东省文化局党组书记、广州市委宣传部副部长、广东省文联副主席等)向夏衍请教,把《热风》编成一个通俗的综合性文艺副刊。夏衍不仅为该副刊撰写文章,还挤出时间,几乎每天晚上到《华商报》编辑部,审看清样,包括丁景唐以"洛黎扬"笔名写的连载之文《谈民歌的鉴定、歌谣体创作——从〈愤怒的谣〉想起》。1949年11月,夏衍特意提名丁景唐,将他调回上海宣传工作岗位,并不是偶然的。

丁景唐(图24)在香港时很注意翻看《华商报》,从中了解香港文坛动态。他写的5 000多字的评述《愤怒的谣》的长文,连载于《华商报·热风》(1948年5月22日、23日)。5月23日的这期还刊登郭沫若的《悲剧的解放》、吴广的《人命如草芥》、琳清的《这朵花儿红又红》等。

图24 1948年6月在香港的丁景唐

薛汕编辑的歌谣集《愤怒的谣》,1948年4月出版,生活书店总经销。该集子收入江苏、浙江、福建、广东、云南、湖北、四川、安徽、广西、山东、山西、甘肃、河北、台湾等全国各地近270多首歌谣。薛汕在香港时担任中华全国文艺协会香港分会民间文艺组潮汕方言组组长,积极提倡方言文学,创作小说、论文等。

在香港的中共"文委"书记冯乃超以香港分会研究部的名义写了《愤怒的谣·前言》,指出该集子的不足之处,提及"这里面的作品未必如是'惨胜'后的作品,有些是抗战期中的,也有更旧的,我们是来不及鉴定了"。

丁景唐仅凭着头脑里的记忆,以及此前自己编写的《怎样搜集民歌》小册子的有关资料,便发现该集子里有不少明显的硬伤,即使是前言中赞赏的"老天爷,你年纪大",其实也是胡适从《豆棚闲话》中抄录的。

丁景唐又看了该集子中薛汕写的附记,其中透露辛辛苦苦收集、整理的"政治谣"展现了"近百年来中国人民忍受双重压迫","从鸦片战争失败起至今代人民解放战争展开止的歌谣实录",真实地反映了中国人民的心声,被迫"喊出'你塌了吧!'的粗壮呼声",表达了坚决要求推翻黑暗社会和独裁政府的强烈呼声。

丁景唐很是感慨,非常理解薛汕等人的心情,撰文评述时首先指出:"这一二年来,整个中国进行着惊天动地的大变革……我的怀念是深切的,像捏着一团火似的,我时常记惦着许多在同一岗位上工作着的战友和那些远道寄赠民歌的同好,以及他们辛勤收集得来的材料的下落。"

薛汕等人把尖锐抨击蒋介石独裁政府的"政治谣",限定为抗日战争胜利之后的两年内。这时国民政府已经发布《后方共产党处置办法》,有2 000多人上了黑名单,郭沫若、茅盾等著名人士在地下党组织的安排下,先后离沪去香港。解放战争进入全国性反攻,将战争引向国民党统治区。这时《愤怒的谣》及时问世,积极反映了全国人民的呼声,这是敏感的政治嗅觉产生的结果。但是,不能顾此失彼,把限定时段的歌谣与"更旧的歌谣"相混淆,这不仅在某种程度上授人以柄,而且大大削弱了《愤怒的谣》的预期效应,降低了在广大读者心目中的地位。

丁景唐坐不住了,提笔疾书,说出了自己的意见:

其一,"母歌所滋生的子歌"的歌谣历史演变的问题。这抓住了《愤怒的谣》存在的关键问题,不能被当下许多流行歌谣的表象所迷惑。必须开拓视野,多看、多想、多写、多调查,追踪寻源,才能辨别、鉴定众多歌谣的时段性,拿出令人信服的成果。

其二,薛汕等人的标准之一:"文人"润色的歌谣作品一概加以拒绝,力图保持歌谣——民间文艺的纯净性。对此,丁景唐不同意。丁景唐以鲁迅的精辟见解为大前提,并建议收集研究文人润色的歌谣作品。丁景唐认为:"可以注明作者附在书后或另集专书,以便比较研究参考。""我愿有人能编一本各种运用旧形式的改造了的创作,如以上所提的民谣体作品……包括诗、剧、小说各方面加工改造了的作品。"他还指出:《愤怒的谣》"仍混有"许多"文人"创作的歌谣和打油诗,包括"比较完整而成就颇高的作品"。其中既有丁景唐所熟悉的文友的作品,也有他本人的作品,即《清乡兵》,但薛汕却误为民间流传的歌谣。

其三,丁景唐严肃地批评了薛汕等人缺乏民主作风。他认为:民间歌谣的搜集、整理、鉴定、研究的工作,是靠大家共同努力来做的事业,"这里最应该警惕有意无意的个人主义的作风"。"既不在书中提及这些材料的来源和经过,更没有一一将投寄歌谣来的友人们[列出以]表示尊重他人劳力的诚意。这种态度不仅反映知识分子'好大喜功''掠人之美人'的偏向,也妨碍歌谣搜集工作的开展。"此言分量很重,不知薛汕等人看了心里啥滋味。毕竟他们付出了辛勤劳动,相当吃力,丁景唐的批评是否过分了?如果薛汕等人理解丁景唐的良苦用心——提醒大家必须从政治大局出发,着眼于搜集、整理、研究歌谣,以促进民间文艺事业的发展和未来前景,那么与其被外人嘲笑、批评,不如自己先反思,多做自我批评,以被动变为主动,这也是一种斗争策略,尤其是在香港复杂环境之中。

同时,反映了丁景唐自入党之后,经过党组织的培养和教育,他的政治敏感性、思想素质、斗争策略等方面都有了明显的变化和提高。他也知道《愤怒的谣》"编起来也不是一件简单的容易事,倘详详细细将歌谣来源出处和收集者的姓名一一标明,对方言中疑难加以注解,自然不胜麻烦与烦琐"。他并未轻易地抹杀薛汕等人的辛勤劳动,毕竟丁景唐自己也从事过这方面的工作,对于其中的酸甜苦辣深有体会。

丁景唐在严肃地批评时,还特地捅破了一层窗纸,即《愤怒的谣·前言》中未说明白的话——"薛汕先生和好几位热心搜集民间歌谣的朋友共同努力的成绩。"丁景唐说:"这本《愤怒的谣》的搜集工作还得归功于庄稼、活路社诸位友朋——臧洛克、默之、金河、朱观成、丁柏威,以及无数姓名被忘掉了的同好。"丁景唐最后写道:"好在编者也是熟人,想不以这些话为过分的。"显然,他与薛汕的关系不错。

值得注意的是丁景唐在撰文评述时,特地举了"旧瓶装新酒"的典范,即运用民间文艺形式进行创作的可喜成果,如李有才板话、马凡陀山歌、宋扬《古怪歌》、费克《茶馆小调》,以及"东方红,太阳升"等,"这类民歌化了的崭新作品,给新诗开拓了一条与人民结合的新路"。其中老粗的"金钱板"很有特色,他也参与了重庆活路社的有关活动。

丁景唐此文也反映了他的严谨学风、博闻强记、严于律己、尊重作者和读者等良好作风,延续在他后半生从事宣传出版工作和治学著述里,得到圈内人士的认可。

注释:

〔1〕据廖氏后人整理、编写的族谱记载:廖家大院为晚清权臣廖氏兄弟的宅院,位于嘉定城孩儿桥西北侧人民街60—76号,南至练祁河,北濒花园弄。占地面积10.09亩(6 727平方米)的廖家大院,始建于清光绪十一年,廖寿丰、廖寿恒共同赎买世忠堂遗址建造此廖家大院。内有诒安堂、敬德堂、勤补堂等,共有砖木结构房屋124间,其中楼房56间,平屋68间,合计建筑面积3 100平方米。廖家大院总体布

置为庭院型,南北向,前后七进深,以南二进、北五进布局在人民街两侧。大院内正中三间为大厅,东西两侧为书房,小青瓦盖顶,重椽飞檐,后堂设隔扇屏风,堂正中悬翁同书"诒安堂"匾额。花厅正中悬冯熙书"敬德堂"匾额。花厅房屋前有假山,旁有立峰,其结构、门、窗等装饰与大厅基本相同,最可贵之处是精美的木雕艺术。花厅为主人读书、作文和会友之处。除花厅外,还有藏书楼,月洞门墙。藏书楼后部是两埭砖木结构平屋,为灶披间和杂物间。

廖家大院1949年起为嘉定县人民政府办公用房。1982年因城区建设需要,原大院房屋拆除,将大厅和花厅移建至汇龙潭公园。移建时全国人大副委员长胡厥文书"诒安堂",将"诒"写为"怡",上海市副市长宋日昌将"敬德堂"改题为"缀华堂"。正宅走马楼移建至唐行乡双塘村浏河风景区内。

〔2〕2000年初冬,陶继明出版了第一本散文随笔集《疁城漫笔》,收录了56篇文章,于光远题笺,丁景唐作序。丁景唐在序言中写道:

20世纪60年代中期,我在上海市出版局短期训练班讲授出版发行的业务知识。在这个训练班上,我认识了嘉定新华书店的陶继明,生得文气,白净脸皮。接触中,知道他生于1947年,当时还不到20岁,是市郊嘉定人。

…………

继明长于人物传记,曾参与多部地方志书的编撰,谙熟嘉定的历史文化,他的笔触几乎涉及了嘉定文化的方方面面,名胜古迹如法华塔、孔子庙、古猗园、秋霞圃,人物如归有光、李流芳、钱大昕、顾维钧、浦熙修。他研究问题喜欢详尽地占有资料,厚积薄发。文章中有较多的文化反思和理性思考,如《归有光在安亭》《李流芳的人格与艺术风格》《林则徐在震川书院》《顾维钧的乡土情结》等,都是无人触及过的题材,见解新颖,文笔独到。人物描写简约传神,有六朝小品之神韵。

继明还长于散文和文史小品,风格潇洒清丽。随着年岁的增长,近年来,他的文章中多了一丝沧凉和沉郁,笔力更加老到,《疁城赋》《老街的音符》《消逝的竹林》《龙潭春汛》等可视为这方面的代表作,风格师法柯灵,直逼黄裳。

…………

继明长期从事书店工作,好学深思,看过的书不计其数。更热心为读者寻觅书,为作者推广好书。

不久前,陶继明寄赠笔者一本精装本《嘉定区文化志(1997—2015)》(上海科学普及出版社,2021年9月),收入丁景唐《疁城漫笔·序》,以及郭沫若、田汉、周谷城、许广平等人的文章,在此谨表谢忱,祝愿陶继明晚年安康。

〔3〕1962年12月,上海文艺出版社出版《歌谣周刊》合订影印本共六册(原有150期)。丁景唐珍藏其中四本,在一旁批语:"此处只四册,尚有二册呢?"鲁迅写给刘策奇的信收入《歌谣周刊》合订本第四册,即《歌谣周刊》第87期(1925年4月19日)。

〔4〕刘策奇,广西象州人,壮族,又名小珍,笔名啸真,革命烈士,象州最早的共产党员和青年运动、农民运动的先导者。1917年毕业于柳郡中学堂,后考入南宁国语讲习班。1923年至1925年,在县立第一小学当教员,开始从事民俗学的研究工作,搜集、整理了大量的民间歌谣,对广西各族方言、民谣和少

数民族的婚姻习俗,进行多方面的考察和探索,撰写有关民俗、方言研究的论述文章十多篇。1927年冬天,他调到广西省农民部工作。被叛徒出卖,他在南宁被捕,后曾一度获保出狱,不久再次被捕,12月17日被杀害于南宁第二监狱。1928年4月6日,北京大学教授钟敬文在《民俗》第6期发表《纪念早死的民俗学致力者——白启明先生与刘策奇先生》一文,写道:"刘策奇这样绝早地死去,在中国民俗学的工程上,是一种可惜的损失!"1980年2月,经广西壮族自治区革命委员会批准,追认刘策奇为革命烈士。

〔5〕"通讯Ⅱ"是王森然写给常维钧的信,其中提到"我这半年除了听几点钟的功课——鲁迅的《苦闷的象征》——作几篇不重要的文章以外没有一些杂事"。

王森然,原名王樾,著名的教育家、革命思想家、社会活动家、史学家、美术家。1917年考入定直隶高等师范国文专修科,汇编《河北民歌》。1925年回到北京,在文化大学、四存中学任教,同时到北大听课,与鲁迅结下了深厚的友谊,还与齐白石结为忘年之交。

常维钧,名常惠,字维钧。他在北京大学求学时选修了鲁迅讲授的中国小说史,鲁迅日记中有与他交往的不少记载,鲁迅曾赠他《中国小说史略》《小说旧闻钞》。

〔6〕卢玮銮,笔名小思、明川、卢帆等,1939年生于香港,原籍广东番禺,著名散文家、教育家,师承哲学家唐君毅。1981年获得硕士学位,2011年获得香港中文大学荣誉院士。曾编纂《香港的忧郁——文人笔下的香港(1925—1941)》,与人合编《茅盾香港文辑》,研究论文集有《香港文纵》等。

二进沪江大学

首次执教大一国文

沙面的英商洋行建筑的奶绿色外表,并非总是英国乡村的温馨气息,随着解放战争炮火逐渐南下,响彻中原大地,远在广州沙面的英商泰和洋行买办感到几分恐慌。加之世界商贸经济变化等复杂原因,洋行对外宣称停业,辞退了丁景唐等雇员。

丁景唐与王汉玉面面相觑,一夜之间跌入社会底层,只得再赴香港,投靠亲友,寄人篱下,囊中羞涩的滋味真是一言难尽。上海的亲友闻讯后,也很焦急,想方设法,最终决定回沪。

"汉玉,好消息!"一天,突然接到昌叔从上海寄来的信,附有恩师朱维之(图25)的亲笔信,嘱咐昔日学生丁景唐回沪,聘任为沪江大学中文系助教。这真是雪中送炭,危难之际见真情,丁景唐惊喜万分。

处理完各种善后事宜,告别亲友,丁景唐、王汉玉夫妇乘上客轮,归心似箭,"呜——"汽笛长鸣,船尾泛起混杂的泡沫。

十几年后,丁景唐重返广州沙面,特地拍照留念,他穿着深色服装,神采奕奕,笑眯眯地对着镜头,一旁是风景如画的珠江堤岸。可惜他未能赋诗一首,感慨岁月如梭,今非昔比。

清晨的一缕阳光洒在吴淞口,泛起无数道金光,丁景唐、王汉玉夫妇乘轮返沪途经此处,远眺沪江大学校园。"每一艘开往上海的轮船都必须在这所大学的视线内经过;在这样一个校园里,任何有思想的学生都不能不感到自己生活在一个大的世界里。"沪江

图25 朱维之教授

大学第一任化学系主任梅佩礼的这句话,至今依然承载着该校学子追梦、筑梦、圆梦的时代重任。

悄悄返沪后,匆忙安顿一番,丁景唐便急忙赶到都市东北角偏远的沪江大学。沪江大学位于黄浦江畔的杨树浦,今为上海理工大学。抗战胜利后,沪江大学于1945年10月1日正式复校,1946年2月迁回杨树浦军工路原址。

"朱先生!"丁景唐与恩师朱维之重逢,快步上前紧紧地握手,顿时一股温暖在心底升起。面对恩师慈祥的面容、睿智的双眼,却一时不知说什么才好,一个劲地说"谢谢"。朱维之很理解眼前这位年轻人的激动心情,无须多说安抚之言,便吩咐丁景唐为该校暑期招收新生批阅语文试卷,暂且住在老校长刘湛恩的小楼里。

两年前,此小楼作为同学会招待所,楼下是会客室、餐厅、书房、厨房,楼上是六间极精致的卧室和浴室,卧室有单人的、双人的。"欢迎同学携带眷属去住,床铺及卧具俱全,进膳可由学校的厨房供给,洗浴不但冷热水都备,连大小毛巾和肥皂都是现成的。"因校友众多,铺位有限,必须提前一周预约,每次住宿不得超过四天。招待所内的87套餐具由聂光坻同学捐助,凌宪扬校长捐献三套沙发等。[1]

这是一幢西洋式样的两层小楼,建于1922年,具有美国弗吉尼亚建筑风格,左右两边对称的乳白色一排大窗户,任凭金色阳光洒入。其上为红瓦坡顶,左右对称,中间连接,形成工字形,俯视着面前的小道。正面中间几扇上下隔开的白色落地玻璃门,欢迎每一位来客。小楼给人留下的第一印象是稳重、雅致、静娴,见证了沪江大学的崛起、巅峰和战乱、复兴的沧桑岁月。

1928年,刘湛恩担任沪江大学首任华人校长后,全家在此居住长达十年。当时东邻107号为第三任校长魏馥兰的住宅,西邻109号为理学院院长郑章成的住处。刘湛恩一家曾坐在大门台阶上、欢聚在窗户前,留下幸福的合影,度过美好的时光。其中有一张照片——刘湛恩自信地站在大门一旁,他前庭饱满,头发向后梳理,戴着一副圆形眼镜,穿着浅色长袍,外罩对襟的黑色马褂——中国传统知识分子的典型形象,忠实地践行"信、义、勤、爱"的校训。他含笑看着前方,密切关注校园里每个欣喜的变化——"更为中国化",同时运筹帷幄,志向远大,接轨国际教育潮流。

1938年4月7日,"砰砰",日伪特务暗杀的罪恶枪声响起,杰出的爱国教育家刘湛恩倒在血泊中,以身殉国,留下正气满乾坤。如今,校园里的教员住宅108号成为刘湛恩烈士故居红色文化主题馆,校方还筑起宽敞的湛恩大道、湛恩纪念图书馆和刘湛恩烈士塑像,校园里到处都能感受到老校长刘湛恩的气息和魅力。上海理工大学档案馆已编辑出版"沪江文化"丛书,其中有《刘湛恩纪念集》《刘湛恩文集》。

老校长刘湛恩不幸遇难时,丁景唐还在就读青年会中学。1942年秋,丁景唐转学到沪江大学中文系三年级,在圆明园路209号真光大楼上课,这是刘湛恩校长生前创办的沪江商学院,也是沪江大学最负盛名的学院。六年后,丁景唐跨进杨树浦的沪江大学大门,绿茵遍地,风景幽雅,置身于美丽校园,并且很荣幸地栖身于老校长的故居小洋楼,这里曾留下老校长及其家人的欢声笑语,让丁景唐负有一种特殊使命感,与几个月前在广州沙面的心情截然不同。

按照惯例,秋季新生两次入学考试安排在7月21日至23日和8月25日至26日。这期间正值酷暑,丁景唐在老校长故居小洋楼里,睡于斯,食于斯,挥汗批阅新生语文试卷。

夜晚,校园四周沉浸在静谧夜色中,几许微风悄然侵入屋内,柔和的灯光安抚着丁景唐的身影,他还在认真批改试卷,似乎忘记了搁在一旁的扇子。他时而点头,时而不满意摇头,拿起笔又放下,含糊几声。清晨,一缕阳光透过浓密的香樟树叶,洒落在清水红砖的哥特式建筑群上,丁景唐还在梦乡中,四个小时前他刚刚躺下。

眼看要开学了,中文系主任朱维之要招兵买马,加强师资力量。丁景唐按照恩师的吩咐,邀请魏金枝、许杰前来沪江大学中文系执教,可惜魏、许两位已经就聘于麦伦中学和暨南大学。经许杰写信介绍,丁景唐前去见徐中玉,后者欣然允诺应聘,朱维之得知后很高兴。徐中玉原来在青岛的山东大学任教,因公开支持当地"反内战,反饥饿"的学生运动,被迫南下上海。他回忆是在1947年暑假后到沪江大学中文系任教,丁景唐则回忆是1948年暑假的事情。

校园迎来了第一批入学的男、女新生,9月7日至8日,新生入学注册。9月9日,正式上课。这一切都似曾相识,学生时代的酸甜苦辣滋味都是值得留恋的。丁景唐现在的身份变了,接受恩师朱维之分配的助教工作,负责大一国文E班课程,批改大一学生的作文。

这届社会学系新生中有一位沈忆琴(时为中共沪江大学党支部组织委员),并不惹人注意,选修国文作为公共课,她听过丁景唐的授课。两年后,丁景唐调到建设大厦三楼中共上海市委宣传部工作,有时到四楼市委书记处请示工作,没想到意外地见到沈忆琴。她刚从市委党校分配来市委办公厅工作,担任上海市委第二书记刘晓的秘书,真是无巧不成书,这是后话了。

当初,丁景唐还特地去拜访已退休的王治心先生,他住在校外,是朱维之的老师、上一届沪江大学中文系主任,丁景唐尊称他为"太师",曾听过他的授课。王治心得知丁景唐前来应聘为助教,甚为高兴,翻找出他的宝贝——长期任教用的语文教材和备课用书,书上密密麻麻写满了注解和典故,凝聚着他长期执教的心血和智慧,也寄托着对后继者丁景唐的殷切期望。丁景唐捧着这些宝贝连连道谢。

这时,执教沪江大学中文系共有五人,除了主任朱维之,还有徐中玉、廉建中、丁景唐和一位难得见面的教师,可能是周继善,东南大学肄业,上海艺术大学毕业,1947年至1950年执教。他是画家,1938年出版《水彩画的实际研究》。

按照学校规定,国语为大一、大二选修课。"本课授以国学初步,使知标准音拼读译注及语言的组合、语调的缓急,以养成其直接听讲和答话的习惯。"这是丁景唐授课的主要内容,每周讲授两个小时。并且规定凡是"新生入学试验,国文程度较逊,应补习国文者",授课时间加倍,即每周四个小时。丁景唐珍藏了一册老版本的《私立沪江大学一览——民国三十六年度》,详细地记载了有关情况。

丁景唐批改这届新生国文入学试卷时,已经将有关情况记录在案,呈交给恩师朱维之,并且有针对性地为大一国文E班授课。同时,丁景唐主动进修、研究、撰写几万字论文《巴金作品的语文研究》,以期提高教学素养。巴金的小说影响很大,深受广大青年学生的喜爱,因此,丁景唐将其作为授课时列举的例子,便于说明,穿插在讲授枯燥语法课程之中,由此注入授课的活力,深入浅出,容易被学生接受。

恩师朱维之很少召开会议,营造一个宽松、和谐环境。他很重视丁景唐的备课,了解他执教的课堂效果后,勉励有加。朱维之的老伴对待丁景唐亲如家人,得知丁景唐的妻子将养育第四个孩子时,她特地缝制一件五颜六色的百衲衣(襁褓包),赠送给丁景唐。在恩师朱维之夫妇的掩护、关怀和帮助下,丁景唐安然渡过难关,没有被敌人发现。

秋季开学后,丁景唐和几位助教分散住在大四年级学生宿舍的顶层,每人一间,互不来往,颇为清静。昔日战友王楚良与丁景唐单线联系,告诫他只可从事教学,停止一切社会活动。

中秋之夜,几家欢喜几家愁,丁景唐的思念之情涌上心头,回想起一年多来与妻子王汉玉辗转南下避难,颠沛流离,煎熬度日,共克艰难。现在他与家人又不得不分开,孤身过节,思绪万千,便挥笔写下一组散文诗《灯下小集》。《灯下小集》以象征、暗喻等表现手法,较好地袒露了诗人的心愿。不妨将此诗视为丁景唐前半生文学创作的一个小结,以小见大,呈现他博采众长、融入个性的创作,开拓了他文学创作的空间。

沪江大学制定各项严格规定,教员批阅学生试卷成绩分为一、二、三、四、五等,五等成绩为不及格。"教员于记分时,以比较一般内之成绩分配等第得一等者应占全级百分之五,二等者之二十,三等者百分之五十,四等者百分之二十,五等者百分之五。"显然是"两头尖,中间宽",一等者优先申请奖学金,不过五等者末位淘汰制很残酷,催促学生钻进书堆里,努力学习。

考试分为三种,一是周试:"教员得随时察验学生成绩作为短期间之笔答,是项合口合答(随时抽查),成绩作为平日成绩。"二是月试:"开学后第六星期嗣后,每隔四星期,由教员分别举行月试,日期不先公布,缺席不准补考,并给予五等。"三是学期考试:"每学期终举行学期考试,时间及地点由教务处指定。"这三种考试,丁景唐很熟悉,主编《联声》时曾撰文或组稿提出尖锐批评。前两种考试是丁景唐教学工作的内容之一,第三种学期考试之前,丁景唐接到上级通知,离开沪江大学了。

学校还规定:"学生均须赴每周二次之朝会及学校名义所召集之学术演讲会,凡缺席逾四次者不得参与学期考试,因病请假而缺席者,经医生之证明并经校医批准得住校者。""每周二次之朝会"即宗教大学都设有的祈祷晨课,丁景唐写有散文《"上海联"中学夏令营杂零》,进行了翔实的生动描写。值得注意的是"学校名义所召集之学术演讲会",如有恩师朱维之讲演,丁景唐理应参加。

开学后,学校举行了一场音乐会,丁景唐挤在近千名师生中,享受了两个小时的听觉盛宴。1948年10月15日晚上7时,著名小提琴演奏家、作曲家马思聪和夫人王慕理应沪江大学音乐协会的邀请,来校举行小提琴独奏会,王慕理钢琴伴奏。丁景唐多年后回忆说:"那次演出很成功,博得全场师生的热烈掌声,一再要求重演,我也被深深感染了,至今耳边仿佛还回响起充满民族风格的《思乡曲》的旋律。"(《恩师朱维之先生掩护我免遭敌人毒手》)

潇潇的几阵秋雨下过,就颇有寒意了。生物园的荷花池里浮着枯萎的荷盖,绯色的花瓣早也凋落,秋风像一把刷子把江边的树都涂染得萎黄,只有几棵斜欹的乌桕树躲在丛树中还透露出点点的红叶,像不会喝酒的孩子泛着淡淡的酒酡。可是这乌桕树的红叶正是衰弱了缺乏叶绿素的征象,恐怕不久也将如西去的夕阳转瞬就要凋谢的,紧接着而来的是"秋风萧瑟天气凉,草木摇落露为霜"的迟暮时节。

窗外紧洒着秋雨,我孤守在望天楼的阁仓里批改文卷,我的脑际不知怎的忽然掠过"迟暮"这两个字的阴影,我在一篇文卷上见到了这样的一段叙述:

"人所以能活下去,就是他有过去,他有将来,而我却正在制造未来的过去。本来世间一切变故、悲欢离合,当用审慎的眼光观察,人生本来就像是一个愚蠢的笑话,感情就是一种负债。十八年的时光已飞过去了,不留一丝痕迹。而未来,未来的四年光阴在现在看来,是一条长的路程,但逝去后,你所感到的,将更为空虚、无聊。"

这位年轻的同学,简直像垂暮的老年人,"对过去是无限的思慕和怀恋,对将来是怀疑和恐惧,而对现实却是厌倦和逃避。"在灯火下,我像猛淋着寒冷的雨水,差一点抖颤起来,我揉了揉握着沙笔的手,默然了。

丁景唐此文为《迟暮——改卷随感》,原载《沪江新闻》第12期(1948年10月25日)。此文透露了他执教时批改学生作文的情景和心绪。前面一段景色描写还能分辨出昔日"歌青春"的笔触。文章引用了三国时期诗人曹丕的《燕歌行》的开首两句诗,"秋风萧瑟天气凉,草木摇落露为霜",由此折射出丁景唐的几许着急、郁闷、惆怅的心情——隐蔽在远离市区的校园,暂且脱离地下党的工作,学生作文触动"迟暮"之情,特别是秋风秋雨侵扰人心,"孤守在望天楼"。

"望天听风楼"是丁景唐为自己住处起的雅号。"极目远眺黄浦江吴淞口的浩瀚海面,海轮劈波溅浪,海鸟自由飞翔,远处点点帆影;江边一带,垂柳织成绿墙。风雨之夜,风声时而呼号,时而悠扬。在日复一日的望天听风气候中,我徜徉在书林之中。备课进修之余,我抓紧时间阅读鲁迅作品,整理我历年来收集的民歌,编成一本《浙东民歌》。"(《恩师朱维之先生掩护我免遭敌人毒手》)

沪江大学图书馆由老校长刘湛恩生前主持建造。1928年2月25日,刘湛恩博士就职典礼结束后,紧接着就为图书馆举行破土仪式,建造花费了四万美元,近一半在国内筹集,次年竣工。1948年图书馆向东扩建,费用由校友和师生募捐,次年竣工。图书馆建成后,起初有八名管理人员,平均每天阅览人数300人。抗战胜利后,许寅恭、樊隆德、吴贤弼等清点统计，中文图书损失30%，现有编目图书八千余册，未编目的图书两万余册；西文图书损失20%，现有编目和未编目的图书各万余册。为了满足莘莘学子渴望求知的需求，陆续添补中西文图书、报刊，增加工作人员，因为"阅览人数异常踊跃，平均每日先后到馆阅览者约为690人，尤以晚间来馆之读者为多"。后统计图书馆有中文图书58 874卷，英文22 265卷，杂志464种，"仍逐年添购"。《图书馆简则》规定开放时间：(1)星期一至星期五早晨8时至12时，下午1时至5时，晚上7时至9时45分；(2)星期六早晨8时至12时，下午1时至3时，晚上7时至9时；(3)星期日不开放；(4)放假日时间另订。

学校图书馆为砖木结构，长条形平面轴线对称，清水红砖外墙，上坡红瓦顶。丁景唐抬头看看正面中部凸出部分——城堡式的塔楼，走进下面的尖券门洞。久违的书香气息，安静的阅览气氛，琳琅满目的书籍报刊，令人目不暇接。丁景唐是市区里各家图书馆的老读者，知道各家图书馆查阅方式大同小异，很快查到了有关巴金著作的条目。

丁景唐研究巴金的作品，还是第一次跨入沪江大学校门时的事情。他回忆说："我由东吴大学转入沪江大学三年级，在这里开始了我的治学之路。我师从朱维之老师学习国语文法时，曾依朱先生的布置，制作读书卡片，研究巴金的作品文法。到了学年结束时，我便利用平时做的卡片，写成了论文《论巴金作品的文法研究》。1948年我应中文系主任朱维之之约，二进沪江大学任教时，对该文又作了修改，写了二万字，陆续在校刊上发表。"(《八十回忆》)校刊指《沪江新闻》，因该刊缺少几期，因此该文残缺，甚为遗憾。

此文以黎锦熙的《新著国语文法》为导向，结合青年学生喜爱看巴金小说的特点，以巴金笔下的语法作为切入角度，构思颇为新颖，至今仍有鉴赏、研究的启示和参考作用，尤其是此文最后"语汇的四个特征"。同时，此文无意中透露了巴金小说畅销的原因之一，便是巴金作为意识超前的语言大师，有胆量采用中西语法相结合的新式白话文(本身就是中国现代汉语发展史上的一份珍贵资料)，不仅得到当时喜欢新鲜事物的青年学子的青睐，而且至今看起来仍符合广大读者的阅读习惯。这期间白话文的语法变化非常大，不断推陈出新，与时俱进，因此，仅就此角度而言，巴金的小说的确非同寻常。

学校图书馆丰富的藏书和报刊，也吸引丁景唐继续关注民歌、民谣等民间文学的动向。然而他无暇再写研究探索性的长文，于是旧话重提，翻出两年前的旧稿《民间文学和民间文学的研究者》。如果将此文与《怎样搜集民歌》结合起来，那么便能进一步理解丁景唐强调的"中国作风和中国气派"的延安文艺精神。

沪江大学校报《沪江新闻》创办于1948年3月16日，每月一期，但有时因故拖延出版。因该刊残缺，否则还能查到更多丁景唐的诗文和有关活动。

丁景唐在《沪江新闻·潮汐》上发表不少诗文，其中一首旧诗《秋》为再次发表(原载《女声》)。"秋雨潇潇，/似离人的泪水缥缈。/又如哀悼催人的年华/无情地随流水西去。"这原是对故乡的思念,当下则是写沪江大学的"隐居"生活,悲秋的心绪则有另一番诠释。此诗署名郭汶依,即丁景唐教授大一国文 E 班的谐音。

丁景唐还怀念昔日以笔为武器的战友之情,身在远离市区"无诗的日子"里,自己"心底潜藏的浪花"从未停息,坚信"春天带来阳光和鲜花",自己将重新大声歌唱,又是一个生气勃勃的"歌青春"形象。此诗为《无诗的日子——有赠》,最初刊登于《女声》,后收入《星底梦》。此诗与同时刊登的《生命颂》形成自问自答,煞有趣味。

终于,丁景唐要放飞了,欣喜地吟诵道:"花谢了,/丢了它!/叶落了,/扫了它!/把衰老的全都廓清。/在冬日的阳光里,/培植起新生的潜力;/来春,/花更美,/叶更绿,/生命更盛!"这首诗《生命颂》发表于《沪江新闻》第 15 期(1949 年 1 月 12 日)。此诗虽短,但富有张力,音节紧凑,充满激情,告别昨天,展望新生的明天。这时丁景唐已走出"隐居"沪江大学的校门,奉命调至宋庆龄领导的中国福利基金会(后改为中国福利会),任第三儿童福利站站长。

《沪江文艺》创刊号

1948 年秋天至年底,沪江大学的一报一刊(《沪江新闻》《沪江文艺》)见证了丁景唐在该校执教、进修、学习和生活的足迹。

1949 年元旦,上海大街小巷笼罩着紧张的气氛,远离市区的沪江大学中文系师生共同创办的《沪江文艺》创刊号问世了。该刊 32 开,正文 99 页,后面几页为广告。封面朴实无华,刊名美术字,位于中间,竖排,顶天立地,上下各有粗线条作为封面的唯一装饰。该刊顾问是朱维之、韦瀚章[2](时为上海沪江大学秘书、教授)。

1948 年夏天,丁景唐批改新生入学试卷,其中有 17 岁的女生戴光晰[3]的。她与丁景唐是老乡,原来就读于上海市第一女中,高中语文老师是施济美(丁景唐就读东吴大学时的同学)。戴光晰高中时开始写文章,"非常悲天悯人",被称为"小施济美",作品被施济美推荐到刊物上发表。戴光晰高中毕业后,没有选择沪江大学商业院(当时名声最好),而是进入该校中文系,认为该系"带洋气",比较现代。戴光晰进校后很活跃,不仅记录了刘大杰教授的讲演,负责编辑《沪江文艺》创刊号,还与其他同学设法邀请中文系老师朱维之、徐中玉、廉建中、丁景唐等写文章。

朱维之精通英语、日语、俄语等多国语言。1928 年翻译出版爱尔兰著名作家叶芝的诗剧《心所向往的国土》,此后多有译作问世。他翻译、研究弥尔顿的诗歌作品,数量之多、质量之高,国内无人能够匹敌,皇皇巨著《失乐园》12 卷 1 万多行,是国内最早一部全译本。朱维之的《名歌试译》一文理所当然地被编排在这期《沪江文艺》的首位,该文认为:"翻译诗歌的最大任务是要把原诗的内容和形式两方面的美都由另外一国的国语去表达出来,因为诗歌是文学的冠冕,它的特色不仅在于情调上的美、思想上的美,也在于形式上的美。"朱维之介绍了自己翻译的三首诗:其一,亨利·沃兹沃斯·朗费罗(19世纪美国最伟大的浪漫主义诗人之一)的一首诗《拉斯本曲》;其二,阿尔弗雷德·丁尼生(英国维多利亚时代最受欢迎、最具特色的诗人)的绝笔诗《济渡彼岸歌》;其三,杰出的爱尔兰民族诗人托马斯·穆尔写的抒情诗《相信我》。朱维之分别作了具体分析,给诗歌爱好者上了一堂生动的课。这三位外国著名诗人的作品先后出现于国内各种版本的诗歌选集和外国文学史的专著中,诗人及其作品的译名略有不同。

徐中玉是一位出色的文艺批评家,写过许多专题文章,他写的《中国文艺批评研究的材料方法与趋势》其实是一篇讲演稿的简要,他在文后注明:"这篇短文原是前年在山东大学一次讲演的提要,所说都极简略,仓卒间又无暇改写,自知草率,敬请读者教正。"落款时间为"十二月廿二日",即1948年12月22日,一周后《沪江文艺》出刊了。徐中玉交稿的时间仓促,便写下这段附记。

戴光晰记录刘大杰的讲演《文艺与现代生活》,可能是邀请的结果,如果能够确证,那么会为沪江大学中文系增添一则佳话。

"负笈莘莘到沪江,几多千里别乡邦。潮声又共书声起,笔力还凭学力扛。且缓腾骧游海国,务先刻苦伏芸牕。自知原壤无称述,羞对青年气欲降。"(《秋感》)这是沪江大学教授、诗人廉建中对入学新生的期望。诗中的"潮声"指沪江大学靠近黄浦江吴淞口,师生都能听到潮起潮落之声。廉建中一生从事教育事业,曾任乐天诗社理事长,与柳亚子、黄炎培、周瘦鹃、吴昌硕等时有唱酬。廉建中的夫人惠毓明擅长国画,他们夫妇都是无锡人,后来皆为上海文史馆馆员。

《沪江文艺》创刊号登载的小说、诗歌、散文、随笔等,作者都是沪江大学和外校的学生。除了戴光晰赞赏的作品之外,还有她自己写的短篇小说《蹀蝶》,落款时间为1948年5月2日。

《沪江文艺》创刊号并非昙花一现,《沪江文艺》还出版了第2期[4](1949年4月),内容和形式焕然一新,与创刊号大不相同。

丁景唐在《二进沪江》中写道:

> 我出席过一次中文系师生联欢会,看了同学们的文娱节目,其中有一两位女同学颇有音乐舞蹈才能。中文系同学办了一期《沪江文艺》,朱维之、徐中玉、廉建中和我都写了文章。近年,我从上海旧书店觅到一本,编辑戴光晰等都不认识,只有看了"朝露"写的九首诗,才朦胧地记起她曾将精心手抄的《朝露诗抄》送我看过,似乎她就是联欢会上的活跃分子。

戴光晰在《编者的话》里赞赏《朝露诗抄》九首诗歌,称之"清隽、蕴蓄"。其中一首《梦!》写道:"那幅柠檬月下,/浸着水的普希金纪念塔,/润润的树,/软软的风,/的画,/如今,还在你心灵的纸上吗?/我们的眸子都溢着水,/像梦里的流溪,/你发觉,/梦一般的情景,/又如梦一般地无形,无影,/没有痕迹……"

经查找,原来丁景唐不仅提前仔细看了《朝露诗抄》,还专门写了评价之文《"梦"与"泪"——由朝露的诗所想起的》,落款为"一九四八年十一月中于沪望天听风楼",发表于《沪江新闻》第14期第3版。

> 朝露同学的小诗,纤柔清秀,真像沾在草叶上的朝露一样,从她那文字的安排中,表露出对于写作技术驾驭的熟练,只要作者不满现有的造诣和深入地体验去生活,是不难有成就的。正是如此,我们站在求进步的立场上,便不得不指出她诗中不健康的感伤情调,将如何严厉地横阻作者广阔的前程。
>
> 统观小诗九章,以梦和泪所编织的诗章倒占了半数,为了篇幅所限,这里只能挑《昨夜的梦里》《梦!》和《口哨》三首来谈。

丁景唐以"歌青春"诗人的身份出现在上海沦陷区文坛上,现在以自己的审美眼光点评"朝露同学的小诗",语重心长地指出朝露诗作的伤感情调,希望她"割弃了梦与泪的抒写,摆脱市上流行的有害影响"。这时解放战争的炮火逼近长江,半年后解放上海。因此,丁景唐写此文也是告诫还沉浸在伤感个人狭小圈子里的青年学子要认清当下形势,振作起来,主动迎接广阔的"诗人之路"。朝露即戴士珍,毕业于东吴大学中文系。她也许暂且无法接受丁景唐的严厉批评,毕竟在戴光晰等文友小圈子里已经得到认可。她也许遗忘了此事,走上自己选择的人生道路。

戴光晰在《编者的话》里点评道:"丁宗叔先生的《谈民歌的收集》,是以轻松的笔调告诉我们民歌的重要性和收集法。"其实,哪有什么"轻松的笔调",丁景唐费了很大的精力和心血,三易其稿,三改标题,增删多处。在此要感谢《沪江文艺》的策划者、创办者、赞助者和编辑戴光晰等人,让丁景唐三易其稿的《怎样搜集民歌》终稿能够完整地发表,也为他"二进沪江"留下一个美好的记忆。

师生之情悠悠长

一日,寒冷西北风有所减弱,冰冷的灌木丛迎来了久违的和煦阳光。王楚良通知丁景唐前去宋庆龄领导的中国福利基金会工作,丁景唐欣喜万分,王楚良作为学长、多年战友很理解他的激动心情,冷静地交代了有关事项。党组织还决定由罗明顶替丁景唐,前去沪江大学中文系代课。

1948年10月,中共中央上海局外县工作委员会成立了嘉太工作委员会,徐嘉(时名徐联珠)任书记,罗明(时名罗致荣)等任委员,直接领导嘉定地下党的工作。(陶继明:《打卡嘉定红色地图,走一趟革命之旅》,《嘉定报》2019年8月27日。)因此,罗明前去沪江大学代课也是权宜之计。有意思的是《沪江大学教师名录》上记载了"罗国维,1949—1950助教",却不见丁景唐的名字。丁景唐在一旁批语:"罗明替我代课。"如果此记载是有史料依据的,那么罗明并未立即返回嘉定工作,而是继续执教。

丁景唐执教的这个学期还未结束,也没有等到沪江大学的一项重要活动——圣诞节,就要离开了。临走前,丁景唐很为难,犹豫一时,还是开口向恩师朱维之提出辞职。朱维之并不觉得意外,以长者风范答应了,勉励丁景唐在宋庆龄领导下努力工作。

再见了,黄浦江畔的沪江大学,令人敬仰的老校长旧居,徜徉知识海洋的图书馆,灯下勤奋学习和写作的"望天听风楼",认真执教的大一国文E班。再见了,危难之际伸出援手的恩师朱维之。丁景唐回头看看校园大门,挥挥手,带走"一股暖流",又有些惭愧,一时难以报答。

丁景唐珍藏两份半月刊《人民沪江》(前身为《沪江新闻》),小报型,正反8版。一份是创刊号(1951年10月16日),第二版上有中文系主任朱维之撰写的《中文系的教学计划是怎样订出执行的》;另一份是新4期(1951年12月6日),全部套红,庆贺沪江大学诞辰45周年。这两份资料内容很丰富,可以填补1949年后沪江大学校史的一些空白。

此后,朱维之北上前去南开大学中文系执教。"文革"期间,他被横加罪名,备受凌辱,大有被置于死地之趋势。"文革"后,专案组派人外出调查丁景唐等人,才得知朱维之曾在沪江大学帮助过中共地下党员、革命学生,国民党当局为此要解聘朱维之的职务。对此,丁景唐事后才知道,晚年回想起这些往事,十分感谢恩师朱维之,同时也很愧疚,为了掩护、帮助自己,恩师差点被解聘了。丁景唐将这些事情写进《恩师朱维之掩护我免遭敌人毒手》一文,铭刻于世间。

上海理工大学《沪江校友通讯》第97期(2011年6月)刊登该校有关部门负责人前去华东医院探望年逾九旬的校友陈一鸣、丁景唐的纪实报道,配有照片,同时发表丁景唐的两篇文章《二进沪江》《迎春献词——记朱维之师二十四年前兔年贺卡和书信》。(图26)

1987年1月26日,在苏州"客居华家休养"的丁景唐收到恩师朱维之的兔年贺卡。正面是一幅远山烟雾中一老翁驾扁舟独钓寒江的国画,朱师写下"迎兔年新春跳跃活泼的生气",祝弟子丁景唐全家快乐,万事如意!落款为朱师和朱师母范德莹的共同署名。

朱师的信充满了长辈对弟子的关怀与垂爱。信的开端关切地询问丁景唐的健康状况,并说已收到丁景唐寄去的《沪江大学八十周年(1906—1988)纪念集》,其中有丁景唐写的《二进沪江》,称之"热情洋溢,犹如晤面"。他在信中还谈起自己的著译情况,"去年写了一册《希伯来文学简史》近三十万字,已交人民文学出版社,起初说可以快出,近来又听说出版界不景气,要压缩出书计划,不知能出否"。后来丁景唐见到《古希伯来文学史》,2001年出

图 26　丁景唐委托二女儿丁言仪参加建校 105 周年庆典

版,但不知是否即是该书。朱师还写道:"今年八十二了,已自动退休,但身体尚可,又被返聘带研究所——三名都是以希伯来文学为方向的。暇时也编编教材。还希望能把弥尔顿的杂诗也译出来,完成弥氏诗作全集译功,希能如愿。"

1983 年,朱师以 78 岁高龄加入中国共产党,1999 年仙逝。十几年后(2011 年 1 月 16 日),丁景唐在华东医院里写下《迎春献词》一文:

> 展读二十四年前朱师的信末的话:"今迎兔年之新春来临。"二十四年过去了,现今又到了兔年新春来临之际,病院大草坪郁郁葱葱的乔木杂树丛中已有迎春花向着和煦的阳光探首开放,护士室案头的水仙花散发清香。"迎着兔年跳跃活泼的生气",爰作《迎春献词》,愿大家新春幸福、快乐、和谐!

2023 年又是兔年,朱师与弟子丁景唐在天堂上互祝新春快乐,共赋一首《新春献词》,献给黄浦江畔的百年沪江大学(上海理工大学):"来春,/花更美,/叶更绿,/生命更盛!"

注释:

〔1〕沪江校友会会刊《校讯》第 4 期(1946 年 9 月 1 日)刊登《同学会消息汇志·同学会招待所开幕》:

> 本校于杨树浦校内设立同学会招待所之消息,迭志前期《校讯》。兹业于八月十日正式开幕。
> ……

同学招待所设在一〇八号一幢小洋房里面,楼下是会客室、餐厅、书房、厨房,楼上是六间极精致的卧室和浴室,卧室有单人的、双人的,欢迎同学携带眷属去住,床铺及卧具俱全,进膳可由学校的厨房供给,洗浴不但冷热水都备,连大小毛巾和肥皂都是现成的。

…………

管理招待所的是郑章成夫人郑盛纽新女士,襄助她的是许璀和张春江,她们竭诚欢迎同学去住,只要事前和她们接洽,来往可以搭乘校车。除预留卧室之外,如果希望和哪位老师见面,她们也可以代约时间,或是供给其他的各项消息。

〔2〕韦瀚章,广东珠海人。1929年毕业于上海沪江大学,后担任上海国立音专注册主任、商务印书馆编辑等。1950年定居香港,担任香港基督教文艺出版社编辑、香港音专监督兼教授。后赴马来西亚,出任婆罗洲文化代理局长、华文编辑主任暨出版主任。韦瀚章是我国第一代从事现代歌曲创作的歌词大师,首先提出"歌词"术语。他一生共创作了500多首歌词,其中有抗日歌曲《旗正飘飘》《白云故乡》、艺术歌曲《采莲谣》《五月蔷薇处处开》、清唱剧《长恨歌》等。

〔3〕戴光晰,1931年出生。1950年9月,她与沪江大学的欧琳、高纮、郦子柏考入中央电影局表演艺术研究所。1951年4月,戴光晰到中央电影局艺术委员会编译组工作,后成为资深的电影翻译家,担任中国电影艺术研究中心外国电影研究室研究员。她翻译的电影文学剧本有《未完成的故事》《巴宁上尉》《花开季节》等,与马德波合著《电影导演论》,与他人合作编写《苏联电影史》等。2008年,戴光晰在家里接受采访,谈起沪江大学中文系主任朱维之、教授徐中玉和著名戏剧家余上沅、著名历史学家蔡尚思,却遗忘了自己编辑的《沪江文艺》诸事。

〔4〕《沪江文艺》第2期没有封面,上端刊名仍然是原来的美术字,横排,左边注明由该校学生团体中国文学会编辑,下面为"第二期",底端为"一九四九年四月",中间为目录,四周有装饰花边围框。目录为:《理发的故事》(朱锡琴)、《麻皮老王》(夏望)、《逃难》(也方)、《读私塾记》(约金)、《螺蛳壳里》(蒲石)、《做自己的主人》(Y.C)、《高贵的学府》(佚名)、《夜静的时候》(吕雨)、《中国,我们的祖国》(萧兵)、《幻想》(克潜)、《佘山行》(集体创作)、《藏第斯的家》(海鸥译)、《试谈音乐的两种分野》(师广)。

在宋庆龄领导下工作

我们的家——第三儿童福利站

两年前(1946年6月21日),丁景唐主持"文谊"及其会刊《文艺学习》时,因经济困难,难以维持会刊,委托杨志诚写信给中国福利基金会领导人宋庆龄,请求经济援助,但未果。

一年前,丁景唐和妻子王汉玉辗转南下,在香港九龙街头巧遇叶以群,才得知宋庆龄在上海主持中秋园游大会,进行筹募一事。此后,丁景唐又补充了许多资料,起草、修订了《宋庆龄和1947年中秋游园会》(《上海文化史志通讯》第36期,1995年3月25日)。

转眼到了1948年圣诞节,丁景唐没料到即将去宋庆龄主持的中国福利基金会工作。他回忆说:

> 有一天,她(宋庆龄)陪一位外籍医生到儿童福利站来,给孩子们和工作人员检查身体。我在这小小的活动房里第一次见到了宋庆龄。她问:"你从沪江大学调来搞儿童教育工作有什么不习惯的地方?"我激动得只说了一句:"很好!" (《八十回忆》)

中国福利基金会创办的第三儿童福利站,丁景唐任站长,这是宋庆龄创办的面向贫困儿童的文化福利机构。1949年初,丁景唐兼任上海临时联合救济会儿童救济小组负责人之一,同年冬天离开中国福利基金会,前后工作了一年时间。

1946年10月,中国福利基金会开始在沪西、沪东、虹口的贫民区建立儿童福利站,是融教育、保健、救济工作为一体的文化福利机构,内设识字班、图书室、保健室和营养站,旨在救助贫困儿童、培育未来新人。1946年5月,在沪西胶州路725号晋元小学内设立了一所儿童图书馆,接着扩充为两幢活动房屋,建起了第一儿童福利站。第二年10月,第二儿童福利站设于沪东许昌路811号通北公园。

一个月后(11月7日),建立第三儿童福利站,设于虹口乍浦路昆山花园一侧,后为虹口图书馆所在地。第一任站长为教育家马侣贤,曾长期担任育才学校(后改为行知中学)校长。第二任为著名戏剧家于伶的妻子柏李,1948年秋天,他们夫妇离沪赴香港,丁景唐继任,有两个重要帮手陆子淳、田野,是王楚良将两人组织关系转给丁景唐的。陆子淳为副站长,负责教育工作。陆子淳原为"文谊"骨干,1946年夏,她与杨志诚同时进入上海基督教女青年会主办的《妇女》月刊编辑部,后为上海教育出版社总编辑。田野,湖南人,抗战时期上海演剧九队成员,曾在田汉的《丽人行》中扮演三个女性之一。联系地址是杨浦区许昌路811号,福利基金会的工作人员杨克忠、朱文秀也住在那里,现为上海市总工会沪东职工技术交流站(沪东工人文化宫分部)。

昆山花园周围曾发生许多故事，有些还进入多年后丁景唐研究鲁迅和左翼文艺运动史的范围。鲁迅日记里唯一记载游玩的儿童公园就是昆山花园，那是1932年10月9日上午，鲁迅陪同许广平、周海婴前往医院就诊，顺便去那里散散心，看看周海婴玩乐的兴奋模样。

就读中学时，丁景唐、王韬合办的《蜜蜂》摘录丁玲的论文《略谈改良平剧》，并且在后记中提到此论文的缘由。昔日左翼作家丁玲被捕、软禁、辗转奔赴延安的故事，已经广泛传播。1933年2月至5月，丁玲在失去了爱人胡也频整整两年后，租下了昆山花园路7号的房间。1933年5月14日中午，丁玲被捕。当日下午，中共江苏省委秘书长、宣传部部长应修人前来这里，与守候的特务发生了搏斗，不幸坠楼身亡，消息登载在《申报》5月15日第12版上。

如今从四川北路、昆山花园路步行数分钟便到了昆山路13号昆山花园。昆山花园建于1897年，初名虹口公园，后更名为昆山公园、昆山儿童花园，专供儿童游乐，占地面积九亩多，小巧玲珑，景色优美，被称为"英伦伯爵家的后花园"。昆山花园坐东朝西，位于昆山路、乍浦路、塘沽路、百官街的中间。昆山花园西面的中间地块背靠一排浓密的树荫，面临乍浦路，盖起了临时活动房子，这就是丁景唐工作的第三儿童福利站。

> 搭着一座半圆形的铁皮活动房子，面积二十几平方米，三分之二用作课堂，三分之一用作图书室和教师办公室，后面还搭出一个小间用作牙医诊所，另外有半间狭长的活动房子辟为卫生室。
> （《八十回忆》）

有意思的是，马路对面是国民党的虹口宪兵队，反动当局万万没有想到要抓捕的"嫌疑分子"丁景唐就在眼前。

昆山花园往北，沿着乍浦路，拐进昆山路，不远处便是146号东吴大学法学院。当初丁景唐就读东吴大学时，与法学院师生并无来往。顺着乍浦路继续往北，靠近海宁路是虹口越剧场，舞台上情意真切地唱不停，丁景唐则无暇去观赏，现在则建起了现代化的大酒店。

第三儿童福利站每天很热闹，人来人往，丁景唐既是教育贫困儿童的指导者，又是救助贫困儿童的"光明使者"，有时还亲自给孩子们上社会课，启发他们认识这个不合理的社会。

> 如果你没有到过我们的办公处，你无论如何不会想象得出，在一幢半单层的活动房子里，能够供给每天两百多个儿童读书，每月近千病人诊病，以及五百多个婴孩领取牛奶或奶粉。

这里是中国福利基金会主办的第三儿童福利站，依靠了过去的联总、英美的援华会和加拿大、纽西兰等国外捐助的物质与捐款，而从事儿童福利工作的机关。

> 在窄小而荒漠的昆山花园一角，竹篱笆吝啬地范围了它的天地，然而，从早上八点钟到傍晚七点，人一直像关不住的水源，川流不息。一旦你为了好奇心的驱使，跨进我们那扇摇摇欲坠的大门来，那么说不定会被一个奔逐着的孩子撞个满怀或是被那肩着大木箱的扛运夫阻塞了道路，在这十一个钟头里要找安静的片刻是很不容易的。

早晨,悠扬的琴声配合着孩子们轻快的歌唱,从活动房子特有的低低的窗户里散布出来。有时你又可能被突然袭来的吆喝声或哭笑声惊住,那正是儿童戏剧训练班的活动时间,他们——多个富有天才的贫苦儿童,在上音乐课,在练习舞蹈,不然就在排演他们自编的活报。最近为了赶排从四四儿童节起一个星期的轮回演出,更是苦心孤诣地排练着《小马戏班》……红鼻子涂错了油彩,一变而为蓝鼻子,把每个人的腰都笑弯了,小羊被班主抽打着哀求地哭个不休……

在屋子的左旁有着一条狭长的走廊,沿着这里走,可以到屋子的后半部去。那儿一角是工作人员的办公室,另外较大的一间是作为三种用途而设立着。每逢星期二、四、六的上午,这里照例是"发奶处",背上驮着孩子的母亲、满脸皱纹的老祖父、穿得破烂烂的姑娘都拿了空罐头、空锅子或者手巾布,凭着一块圆牌子来领取婴孩一星期的食料——一听牛奶或一磅代乳粉。因为人数众多,避免秩序的紊乱,少不了要像领户口米一样排成一条单人的长蛇阵。下午,在一点半到四点半的时间里,这儿是识字班儿童图书馆,靠墙三个书橱里存着四百多本故事书,孩子们可以坐在那些低矮的小桌子前,静静地阅读他们所中意的书本。四点半以后这地方又成了特别的教室,充满郎朗的读书声了。

现在让我们还是回到屋子前面,仔细的看一下吧!

占去整幢活动屋子三分之二的一间,是识字班唯一的大教室,那些被社会剥夺了知识权利的贫苦孩子可以在这里享受文化的滋润。每天下午从一点半到六点,分成初、中、高三种程度,挨次在这教室[里]上课。每班学生数要有五十人左右,也许你会说一班这么多的人是不合教育原则的,但是我们又怎能忍看闪着希望之光的小眼睛为了我们的拒绝而变得黯然失色,任他们回破烂的生活中去呢?因此我们以为只要在不十分影响空气流通的条件下尽量多招生,教学上的不足用小先生制度来弥补。你可以看到当教师讲解时有两三个较大的高班学生散布在学生座位的四周,练习开始时,就由他们协同着先生为小学生们解释和指导。而且在我们的积极培植下,更产生了能够独当一面的"小教师",他们能够讲授国文和算术等主要科目。

就在这一幢屋子的右面,有着半幢建筑轻简的房子。我们说半幢,是因为它的宽度只有活动房子的一半,是狭而长的,门口上贴着"诊疗室"与"教室"的纸张,顾名思义这是医务兼课堂了。不错,前面一大半排着几列小课桌,壁上排着小黑板,四点半以后是四十几个初级班学生上课的所在呢!但是在这时间之前,它都是做了病人们的候诊处。里面一方屋子,正是我们的小医院。每天下午有医生或护士为患病的孩子诊疗。凡是在门口挂号处登记过,拿到一张挂号牌的可以挨着次序走进这垂着白布的门去,由医生为之检查,并给以免费的药品。万一病状严重而必须较复杂的诊治,那么我们就设法

> 介绍到别的公立医院去,同样享受免费的优待。[每]天来诊病的约有三十几个,天气一天天热起来,病人也跟着一天天增多,最近又开始播种牛痘,小医院也就显得更为拥挤了。
>
> 我还忘了告诉你,在这些整幢的屋子后面更有着我们的小小牙医院。许多孩子为贪吃劣质的糖果而蛀坏了牙齿,可以坐在那只小巧的靠椅上,由医生为他们滴滴止痛药水或上了麻药剂取掉,安全而无痛楚。[拥有]像这些医疗方面的设备,即使附近贫寒的成人也同样可请求应诊。

陆子淳(紫沉)写的《在活动房子里》(《妇女》第3卷第1期,1948年4月20日)填补了丁景唐自述文章里的诸多空白,便于进一步研究丁景唐这段工作时期的情况。

当时中国福利会有一个儿童剧团(儿童艺术剧院的前身),借第三儿童福利站活动。教授戏剧、舞蹈的老师有任德耀、张石流、游惠海等。《小马戏班》为四幕六场儿童剧,张石流编剧。此前,儿童剧团还排演了五幕六场儿童剧《表》,是"中国儿童戏剧运动创始人"董林肯根据鲁迅转译的《表》改编的。1947年4月10日,上海兰心大戏院首次上演时,宋庆龄前来接见董林肯、张石流、任德耀和一批小演员。

对于需要进一步救治的儿童,儿童福利站"设法介绍到别的公立医院去",与上海市第四、第五医院和时疫医院建立了良好的协作关系。第三儿童福利站的"小先生"张学恕(后为中共江苏省委党校经济学教授),家境贫困,患有贫血症等多种疾病,第三儿童福利站与第四医院联系办理住院手续,并写了一则公函:

> 上海市第四医院顾院长:
>
> 经孙夫人宋庆龄同贵院联系,承蒙贵院同意为清寒儿童免费治病,现有敝站学生张学恕因患病前来贵院医治,请援引前例予以照顾,免费治疗。即颂近祺!
>
> 中国福利金会第三儿童福利站

上海市第四医院后为同济大学附属上海市第四人民医院,其前身原为1921年日本人开办的福民医院,鲁迅常去该院就诊。该院院长顾南奎,江苏启东人,原为国民党空军第一医院院长、军委航空委员会卫生处副处长。顾院长因故提出辞职,由王鹏万接任。1948年11月2日《益世报》《大众夜报》等刊登此消息。因此,以上一则公函开具时间理应是在1948年11月2日之前,丁景唐并未到任,还在沪江大学执教。

后来丁景唐写了一首诗《我们的家——祝贺中国福利会成立二十周年》(《儿童时代》第11期,1958年6月1日):

> 苏州河水慢慢流,/苏州河上架长桥,/过桥朝北走,/昆山花园旁,/小小两座屋,/就是我们的家。
>
> 黑色竹篱隔两开,/那是花园这是屋;/花园不是我们的,/铁屋里面歌声乐。/铁皮

房子十尺阔,/好似狭长一旱船。/旱船旁边一小屋,/好似舢板靠旱船。/旱船前舱是教室,/后舱还要摆图书。/舢板虽小用处多,/上面设有诊疗所。

黑漆门儿朝东开,/一片阳光进屋来。/老师来了,孩子来,/你也来,我也来,/来读书,来唱歌。/课本老师编,/图书自己做;/"儿童剧团"排戏又教歌。/"三毛"演得好,/孩子拍手笑。/秧歌扭得妙,/"沙拉沙拉多拉多"……

黑漆门儿朝东开,/一片阳光进屋来。/医生来了,病人来,/妈妈抱着婴儿来。/护士都是好学生,/你挂号,我递药,/她替宝宝换纱布,/他在屋外管秩序,/宝宝妈妈夸说好。

丁景唐在诗后写了附记:

1948年到1949年,我曾在宋庆龄先生主持的中国福利基金会(中华人民共和国成立后改名为中国福利会)工作了一年。我参加中国福利基金会第三儿童福利站的儿童社会教育和福利工作。第三儿童福利站,在苏州河北岸昆山花园旁的一座铁皮活动房子里。儿童艺术剧院的前身儿童剧团,最早也是在三站成立的。在这小小的天地里,又读书,又唱歌,又舞蹈,又演戏,真实丰富多彩,热闹极了。

当时,国民党的反动统治使人民日益贫困,来站学习的孩子,小的十一二岁,大的十七八岁,他们都是贫困的劳动人民的子女。他们一边学习,一边当小先生,到棚户、里弄去教小弟弟、小妹妹识字。也有当小护士的。国民党反动派是敌视人民、敌视革命的,它限制中国福利基金会的活动范围。然而,在党的领导下,我们也做了不少工作。工作人员和孩子在党的培养下成长着,现在他们都走上了祖国所需要的工作岗位了。在纪念中国福利会二十周年的时候,我们为此而感到特别欣慰,在欣慰之余,回顾过去,特写诗一篇,以资庆贺。

此诗是丁景唐1949年后写的少数诗歌之一,也是唯一一首庆贺中国福利会20周年的诗作。此诗借鉴、吸取了民歌、儿歌的某些表现手法,集叙述、议论、抒情为一体,字里行间充溢着欢快、温馨、和睦之情,并且留下一份珍贵的档案资料。

宋庆龄采用陶行知的"小先生制",第三儿童福利站第一任站长教育家马侣贤始终积极推行,后任的丁景唐则成为传承者。孩子们在课堂里学文化、学知识、学医护常理,他们走出课堂到棚户区去,当"小先生""小护士""小卫生员",他们在创造性劳动中发挥自己的才能,得到锻炼。1948年10月10日,中国福利基金会儿童工作组组长顾锦心发表《中国的扫盲工作》。为了扩大对外宣传,中国福利基金会翻印了此文,发往国外。该文介绍"小先生"经验,具有很大的灵活性,教学方法甚至教科书的内容都需要重新编写。第一儿童福利站先是从附近公立小学的学生中挑选"小先生",第二、第三儿童福利站还采用了其他灵活方式,有利于进一步开展扫盲工作。

著名学者王观泉[1]曾是第三儿童福利站短暂的学生和"小先生",后来参军,走上新的人生道路。他与丁景唐的师生之情延续到晚年,来往书信特别多。当时王观泉住在七浦路,邻近昆山花园的第三儿童福利站。那里周围一片都是拥挤的居民住宅,也是陆之淳等人重点调查的对象。

  每一个到站里来的读书或者领奶粉的人,对于他们的家庭,我们必须经常访问。一方面调查他们是否适合我们服务与帮助的标准,同时从实际情况的了解中,可以考虑是否能为他们做更进一步的帮助。因此,在上午,教育与医务方面的负责人大都是到贫民区去访视的。

  说起来,这一带正是虹口的商业区,沿着四川路走,你可能为橱窗里五花八门的装潢而感到目不暇接,高大而华丽的大厦比比皆是。但是当你转入一条横马路,跑进那些古旧的弄堂时,情形就完全不同了,肮脏与破败相[暂]且不必说,一幢二层的房子里住上十几家的情形是普遍不过的。我们要访问的家庭常常是在一间暗无天日的后半间或是转不过身子的灶披间里,否则就在踏上颤危危的小扶梯、弯着腰走进去的那间阁楼里。

  上午,正逢他们煮饭,满屋子的烟尘,顷刻间就叫你眼泪直流,那个蓬首垢面、忙忙碌碌的主妇就是孩子的母亲。有时推开门看不见一个大人,我们的学生——一个八九岁的女孩子,手里抱了小弟妹,一面还在照顾屋角里的炉子,正在煮饭烧菜呢。在访问中,我们发现百分之四十五的家长是苦力和工人,百分之三十五是小贩,其他也有入不敷出的小职员与公务员等。但是偶然也会跑进一家很像样的商店或陈设颇为讲究的洋行职员家里去,他们的孩子都是在别的学校读书,只是为了贪一些小便宜,把福利站作为补习功课的地方。当我们发觉这情形后,就得下一番说服功夫,要他们的孩子自动停学。绝大多数的家庭只有一个生产者,却有着众多的孩子;也有许多[家庭],丈夫失业了,靠妻子做工来维持生计,孩子们在家帮做家务或是轧米、轧油、包包糖果,略作小补。满十四五岁的大多在等机会出去学生意了,因此也就造成高班学生流动性特别大。

  领奶的家庭情形就更复杂,有在郊区种田的农夫,也有被丈夫遗弃而居住在妇孺救济会的母亲,地区也较广,北到江湾,南至南市都有。每次当领奶登记开始的告示贴出后,闻风而来申请的人就像潮涌,有的还乘了三轮车,从老远地方赶来,但是我们的对象是贫苦而无力购买代乳粉的体弱需要滋补的孩子。有些穿得很体面,手指上还套着金戒指,只有拒绝了,但这却是件费力的工作。有些不明事理的还会责骂你几句,好像非如此不足以出气似的。

  在站里读书的孩子,经常也有物质发给,每星期有三天每人吃一杯牛奶,两次分发花生米或糖。最近运到一批救济衣服,酌量孩子的身材,每人发给一套,参加巡察员小先生或服务生工作的多发一套,作为工作的酬劳。这天跑出福利站的门口,孩子们手里都捧了一件绒线衫或是小西装,脸上都泛起了由衷的欢笑,他们忙着奔回家去告诉自己的母亲。第二天,破的布衫裤外面都加了一件像样的外套。

我们推行的教育是两年制,第一年是基本教育,包括识字和简单的算术四则。第二年是生活教育,像简易应用文、珠算、记账等,他们所迫切需要的技能。限于经济与条件,我们的教育只得到此为止。但是在这两年中间,尽量把教学的强度提高,就是说当他们离开站时,该具有普通初小学生的程度。而站对他们都有同样的企求,就是能把自己学到的知识,尽可能地传递给别的失学的人们,所谓"既知即传",每个人都须负起做小先生责任。

(陆子淳《在活动房子里》)

丁景唐并不经常在第三儿童福利站抛头露面,"长计划,短安排",主要是听取陆子淳、田野等人汇报,商量制定下一步计划,布置各项任务,商量、处理繁杂的事务。丁景唐还处于"半隐蔽"状态。在某种程度上说,在此工作要比原来执教于远离市区的沪江大学增加了危险系数,以后的事实果然证实了这一点。

宋庆龄,伟大的女性

丁景唐早年就读于青年会中学时,阅读进步书刊,"就知道宋庆龄同志是为祖国解放和人类进步事业而奋斗的伟大女性,是和鲁迅一样具有英勇无畏的斗争精神的'真正的英雄'。能在宋庆龄同志的领导下工作,我是深感荣幸的"(丁景唐《在宋庆龄同志的领导下工作的日子》,《人物》第4期)。

少年儿童的文化福利工作是宋庆龄伟大事业中重要的组成部分。建起三个儿童福利站和一个儿童剧团,需要大量经费、物资,宋庆龄殚精竭虑,千方百计筹集儿童福利基金。自1946年开始,宋庆龄主持的中国福利基金会举办了三届儿童福利舞会,筹募儿童福利基金。其中第三届儿童福利舞会于1948年11月20日在大西路6号英商嘉道理爵士私邸(大理石大厦,今延安西路64号中国福利会少年宫)举行,比前两次舞会规模更盛大,气氛更热烈。三年内,在儿童福利站得到免费识字教育、医疗和营养品的贫困儿童已达数万人次。

1948年初,宋庆龄向上海的中外女界名流发出邀请,组建一个"永久性的儿童福利委员会","委员会的目的是协助我会促进直接照顾的约五千名儿童和间接照顾成千上万其他儿童的工作"。很快成立了中国福利基金会儿童福利委员会,范沈颂萱(沈露茜)任主席,多林·伦诺克斯任副主席,委员由贺耀祖夫人倪斐君等35位贵夫人和江兆菊(江亢虎长女,后为国际和平妇幼保健院院长)等两位女医生组成。每逢义演、义卖,她们都积极推销入场券和到现场服务,还参加义卖。

此委员会下设儿童工作组,指导三个儿童福利站工作。宋庆龄编辑、出版的对外宣传画册《上海儿童工作组》的卷首语中写道:"本会的工作,在1946年10月已经开始。从那时以后,我们的三所儿童福利站就成为它们附近居民中不可缺少的一部分,因为不管他们遭遇个人的疾病或火灾的祸害,想读书或做一个舞台演员,无论他有怎样的要求,他们知道他们都会从福利站方面得到同情合作和可能的解决的办法。"

儿童工作组第一任组长为俞志英,浙江海盐人,1938年毕业于南京金陵女子大学,次年3月加入共产党,1947年经周恩来、邓颖超推荐给宋庆龄。俞志英持宋庆龄的便函,找国民党社会局局长要求拨给贫民区附近公园内的空地,先后建起三个儿童福利站。俞志英后任中共中央对外联络部七局局长等职务。丁景唐担任第三儿童福利站站长,接受第二任儿童工作组组长顾锦心的指导。顾锦心,又名顾铎,浙江慈溪人。1947年毕业于东吴大学,次年10月加入共产党。后任中国红十字会副会长、宋庆龄基金会理事等。

宋庆龄作为中国福利基金会主席,十分关心儿童福利站的工作,亲临检查、指导,常到站里来看孩子们活动,询问孩子们的学习和健康状况,有时还同孩子们一起看图书,听孩子们讲故事、唱歌。宋庆龄不仅关心孩子,也关心工作人员。除采取一些措施保障职工在币值暴跌、物价飞涨时能维持日常生活外,还关心职工的身体健康。

一日,宋庆龄陪同一位著名的外籍耳鼻科医生到第三儿童福利站来,为孩子们和工作人员检查身体。宋庆龄充当临时翻译,一面用英语和医生交谈,一面用带着浦东口音的上海话,翻译给大家听。丁景唐回忆说:

> 当时我患严重的鼻炎,经常鼻塞,呼吸不畅,还流淌浓涕。宋庆龄知道后,亲切地问我病情,并要这位医生给我诊治。医生检查后,用英文写了一张条子,让我到霞飞路、善钟路路口(今淮海中路、常熟路路口)大楼里的一家诊所去治疗。这是一家高级诊所,设备新式,室内宽敞明亮,但收费昂贵,因我是中国福利基金会的工作人员,受到手术费和医药费全部豁免的优待。经过治疗,我的鼻炎得到根治。 (《八十回忆》)

丁景唐从家里去虹口乍浦路第三儿童福利站,途经兰维纳公园(今襄阳公园)。附近的虹桥疗养院(今淮海中路、陕西南路路口)一块空地上,建起两幢草顶竹木结构的房子,约100平方米,这是中国福利基金会总部。在富有乡村风味的茅舍中,宋庆龄的办公室仅为八九平方米,陈设俭朴。靠北边的窗前,宋庆龄面向南,坐着木圈椅,面前一张办公桌,桌前有一把椅子供来客或工作人员谈话、请示。桌边有一只小茶几,两把椅子,茶几上经常放着一台英文打字机,宋庆龄写信或撰文时,就将其搬到办公桌上使用。丁景唐有时经过她的窗前,可以看到她聚精会神地打字,发出"哒哒"的清脆声音。

1948年9月9日《时事新报晚刊》刊登《中国福利基金会新址开幕》:

> 孙夫人主办之福利基金会已于日前迁往林森中路九八八号办公,现定于本月十日举行开幕典礼,届时将有该会主持下之福利工作成绩展览,共计下列三种。

中国福利基金会儿童工作部展览,计有惠及二千余贫苦儿童之民众识字班成绩,及深入于五千余儿童生活中之医疗营养工作的统计与图表。

第二种展览是中国福利基金会儿童剧团之成绩,这部分之特点,在乎如何利用独幕剧来表现卫生教育及识字运动之重要,使贫苦大众更易于了解识字及卫生对他们的生活上是如何的重要。展览中尚有儿童剧团将来的愿望。此外,方从上海近郊的乡村为二千五百余乡人表演过回来的十六个儿童剧团团员,将跳几种舞作为实际工作成绩的表演。

第三种是战灾儿童义养会的展览。这部分的工作是援助个别贫苦孤儿,替他们找寻义父母,由他们担负孩子的教养费用等。该会援助下的中国儿童在全国各地都有。

开幕典礼在星期五下午四时至七时举行。

1948年12月圣诞节之前,宋庆龄更加繁忙,设法筹募更多的基金。

那时,瑞士、美国联合拍摄的电影《乱世孤雏》(*The Search*)在沪首度上演。影片主人公是一个寡言的九岁捷克男孩,他是奥斯维斯集中营的幸存者。在战后的德国,他逃离难民营,被一个美国兵士发现。同时,他的母亲也在多个难民营中苦苦寻找儿子。宋庆龄主持的中国福利基金会举行该影片的义演,为贫苦儿童呼吁救济,该片主角的"流浪生活及其艰苦经历一如中国在战争中数千万儿童之所遭遇"。同时,"将于大华大戏院内展览上海儿童福利工作之详细图照,至于首度献演(《乱世孤雏》),将由该会上海儿童福利委员会代理主席巴顿夫人发出请柬,请本市名流参加"(《中国福利基金会义映〈乱世孤雏〉为贫苦儿童呼吁救济》,《中华时报》1948年12月10日)。

圣诞节后的三天,中国福利基金会在兰心大戏院举行义演"全沪游艺大会串"。12月26日,袁雪芬、吴筱楼合演《祥林嫂》中的"同房"一段。12月28日,范瑞娟、张云霞合演《祥林嫂》,"最高票价定为五百元一张,所得之款作为筹募贫苦儿童之福利基金云"(《袁雪芬范瑞娟参加中国福利基金会大会串》,《罗宾汉》1949年1月18日)。丁景唐无暇前去观看,否则又可以增添一则"戏外戏"的佳话——在袁雪芬、范瑞娟等主演的越剧《祥林嫂》后,几人首次相见。

中国福利基金会有四五十位工作人员,每年在总部召开年会,有几十人参加,会后聚餐,互祝新年快乐。

1949年新年伊始,全家人又长了一岁,几个女儿叽叽喳喳,年轻的母亲王汉玉忙来忙去,阿婆在厨房里嘀咕:"女孩子怎么这样。"丁景唐的心情不错,忙着写工作小结,又要展望新的一年工作计划,这是他第一次写此类文章。

几天后,丁景唐怀揣着小结和计划,走进中国福利基金会总部。会场布置一新,充满了新年的热烈气氛,宋庆龄和蔼地与大家打招呼,示意大家坐下,欢聚一堂。丁景唐第一次参加这样的年会,第一次当众向宋庆龄汇报,他列举不少数字,以此反映第三儿童福利站的有关情况和问题。他说的宁波话,宋庆龄还是能听懂。宋庆龄的社会地位很高,身负重任,依然平等待人,尊重人,她认真地倾听每一个工作人员的发言,有时还亲切地插几句,问大家工作和生活上有什么问题和困难。多年后,丁景唐还记得有个医务工作人员提出了节制生育的问题,认为这样既可保护母亲和孩子的身体健康,又可减轻负担,宋庆龄当场深表赞许。

会后,大家一起合影留念,宋庆龄坐在中间,慈祥地对着镜头,这是一张值得纪念的历史照片,丁景唐曾一直珍藏着,可惜这张照片已在"文革"中丢失。

按照惯例,年会结束后大家聚餐,充满了大家庭欢乐的气氛。每人面前放着一个不锈钢格子盘,盛着几样菜,宋庆龄和大家一起围桌用餐。丁景唐尝尝味道,不错,有广东风味,类似他一年前在香港、广州吃过的味道。这些可口的菜肴是宋庆龄盼咐保姆李燕娥在家里烹调,然后派车送来的。

丁景唐还记得与顾锦心、陈维博等几位工作人员一起到徐汇区武康路一个僻静的场所去看苏联电影。在放映室里,宋庆龄微笑地与大家一一握手。宋庆龄和大家一起观看了苏联电影《第三次打击》。其背景是苏联红军在斯大林格勒战役取得胜利后,迫使德军由战略进攻转入战略防守。克罗地亚是德军重点防守区域,修建了当时最坚固的防线,企图阻止苏联红军前进。斯大林命令不惜一切代价,必须攻破该防线,彻底打垮敌人。于是激烈的战斗打响了,双方各出动了三千辆坦克、一千多架飞机和20多万人参加战斗。苏联红军把这次战役称作第三次打击,是第二次世界大战中著名的战役之一。电影中硝烟弥漫,炮声隆隆,机关枪"嘎嘎"响个不停,双方惨烈的战斗大场面,丁景唐等人还从未见过,惊心动魄,难以忘怀。苏联红军浴血奋战,前仆后继,最终高举胜利的旗帜。"乌拉"喊声震天动地时,大家似乎也听到了解放大军南下的炮声,兴奋极了。

这是丁景唐在上海解放前最后一次见到宋庆龄,并荣幸地一起观看苏联电影。多年后,丁景唐依然记忆犹新。

上海解放了!

丁景唐离开沪江大学之前,意外地遇到了联华图书公司经理陆守伦的女儿,她已是该校的学生,相互寒暄了一番。因此,新春佳节期间,丁景唐作为晚辈前往陆守伦家去拜年,也是感谢陆守伦曾给予的各种关照,当初《文坛月报》停刊后,丁景唐依然挂着闲职。

"恭喜,恭喜!"双方行礼,坐定后,陆守伦低声说道:"你从香港回来了,好险呀!"丁景唐心里"咯噔"一下,表面上依然不动声色,陆守伦继续说道:"一个月前夜里十二点,国民党警备司令部开了红色警车到'联华'来捉你呢!"

同座的还有联华公司的同事,他也插话说:"你真是额骨头高,幸好那天夜里住在公司里的同事都为你证明,你两年前就离开上海到香港任职去了。陆先生在上海人头熟,兜得转,

第二天就打电话给某人,说你是陆先生的学生,要捉你怕是误会了。"

陆守伦看看年轻的丁景唐有些不自然的神色,便缓和语气,宽慰地说:"我已向某方为你担保开脱了,说你早已不在上海了,离开联华公司,到香港外国洋行就职去了。"陆守伦呷口茶,以长辈的口气劝说,"你自己千万要小心,不要到外边走动。"他还叮嘱在座的同事,不要在联华公司里说丁景唐在上海,免得发生意外。

丁景唐向他们连连致谢,并去见过陆师母,她也再三劝说:"千万要当心,外头很乱。"多年后,陆守伦命运多舛,遭受不公正的待遇,丁景唐为之叹息。

春节的鞭炮还在欢快地炸响,孩子们嘻嘻哈哈地玩耍,丁景唐则在冷静地思考下一步怎么办。回家后,他暂时住到岳父家里。

其实,沪江大学校园还有一位熟人——1949年初复职的总务长冯家声,原为东吴大学鸿印团契的导师、总务长,六年前丁景唐、王汉玉结婚时,他也前去送花篮祝贺。如果丁景唐继续待在沪江大学,那么难免遇到总务长冯家声,充满了许多未知变数。

丁景唐向王楚良汇报了遇到陆守伦女儿的特殊情况,随后共同分析了形势。北平已经和平解放,淮海大战快结束,国民党军队在上海四郊构筑工事……为了应付事变,上海各社会救济福利宗教团体和中国福利基金会已经组成上海临时联合救济委员会,由社会著名人士颜惠庆出面担任主任委员,赵朴初任总干事。该委员会下设难童救济小组,由顾锦心(组长)、陈维博、王诏贤和丁景唐组成。

这时大场构筑军事工事,山海关学团的一批儿童因家毁,疏散到市区来。于是宋庆龄提供西摩路(今陕西北路)369号宋氏老宅,收容了这批难童。王楚良建议丁景唐与顾锦心商量,那里正需要难童救济小组负责人,协调照顾难童的工作。丁景唐欣然前往,暂且脱离第三儿童福利站的工作,但仍与那里的工作人员女教师章桓、医生蒋野萍保持联系。

宋氏老宅是一幢英国乡村式花园别墅住宅,一共有三层楼,三楼为尖顶半层。其建于1908年,主人原为约翰逊·伊索。1918年5月,宋庆龄的父亲宋耀如逝世后,由宋母倪桂珍购置。这里曾经居住宋母及其子女,隔壁是基督教怀恩堂,宋母等人曾去做礼拜。1945年11月,宋庆龄从重庆返沪,住在靖江路(今桃江路)45号。1949年春,宋庆龄迁居林森中路(淮海中路)1843号,常来宋氏老宅。

丁景唐走过一条小马路南洋路(今南阳路),沿着外围黑色竹篱笆墙走过去,敲开大铁门一旁的小门,脚下是一条不长的水泥甬道,通向别墅的石台阶,拾级而上,便是一楼大客厅。里面四周镶嵌着彩色玻璃的门窗,铺木地板,陈设庄重,客厅东边的拱形内室装有活门,这里曾是宾客盈门的会客室。二楼是起居室、卧室。底层有地下室,主屋西边还有若干附属居室。整幢楼宇前面是一大片弦月形的大草坪,筑有花棚,种植四时不谢的花木。东边有一棵百余年的玉兰树,花开时节,满树盛开着洁白的玉兰花,花枝一直伸到篱笆墙外。大草坪的西边是一座爬满青翠苍藤的高高烽火墙,与邻屋相隔。

1949年春节后,宋家老宅一下子热闹起来,涌进了百余名难童。他们惊喜地打量着周围的一切,什么都是新鲜的。随同来的一位女教师,身体健壮,办事干练;还配备女管理员,为孩子们调理伙食。中国福利基金会为孩子们准备了毛毯、被褥、衣服和营养品,孩子们瞪大了眼睛,顿时欢呼起来,又蹦又跳,看看这个,比划那个,恨不得把这一切都搂在怀里。

孩子们的生活得很有秩序,每天照例做早操,上文化课,玩游戏,讲故事,学会扭秧歌。"解放区的天是明朗的天,解放区的人民好喜欢,民主政府爱人民呀,党的恩情说不完。呀呼嗨嗨伊咳呀嗨……"孩子们哼着哼着,兴奋劲上来了。刚出声,女教师立即做个手势,懂事的孩子们立即安静下来,有的还学着女教师的模样,把小手放在嘴唇上,发出"嘘嘘"声。

夜晚,孩子们席地铺着被褥,睡在大客厅的嵌木地板上。他们梦见解放大军打进上海,他们高兴地返回家乡,与父母欢聚,扭起秧歌欢迎解放大军,大声地唱着《解放区的天是明朗的天》《朱大嫂送鸡蛋》。他们还梦见自己重新坐进课堂,聆听老师讲课,讲述解放大军战斗英雄的故事。

大客厅东边的外间,顾锦心和陈邦藩(第一儿童福利站站长)两位女同志搭起帆布床,关闭移动活门。丁景唐和王诏贤(第二儿童福利站站长)在后间搭设临时床铺。三个站长和儿童工作组组长同时隐蔽在这里,共同盼望上海历史性的第一抹曙光。

深夜,大家哪里睡得着,兴奋地收听新华社电讯,全神贯注,生怕遗漏一个字。电波中不断传来党中央和毛主席的声音,百万大军在无数支前民工的支援下,结束了淮海大战,解放了济南,在隆隆的炮声中,长江北岸的大地在震撼着。终于,百万雄师过大江,胜利的旗帜插上了南京总统府大楼。快了,快了,解放大军的炮声已迫近上海四郊。

1949年5月25日凌晨,丁景唐、王诏贤再也睡不着了,互相低声招呼,悄悄地走出宋氏老宅。凭着直觉,解放大军先遣队可能从西郊进入市区,他俩沿着西摩路朝南向静安寺路(今南京西路)走去。"呦——"他俩不约而同地朝着十字路口两边望去,平安电影院、沧州饭店附近的墙上出现了《中国人民解放军宣言》《三大纪律八项注意》的公告,这是朱德总司令和毛泽东主席签署的,解放大军进入上海市区了!

天蒙蒙亮了,丁景唐深深地吸了一口带着凉意的空气,终于盼来了这一天。"忍受着漫漫的长夜,/度过寒冷的冬天,/当春天,/雁来红红遍江南的时节,我会回来!"(丁景唐《红叶》)

清晨,上海街头异常宁静,都市的上空异常明亮,丁景唐、王诏贤没有见到解放大军,猜想他们露宿街头后,又执行命令,追歼国民党败军残敌了。

"上海解放了!""解放大军进城了!"丁景唐、王诏贤几乎是小跑步回到宋氏老宅,推开黑色大铁门,兴奋地大声呼喊。大家立即涌出房屋,在大草坪上尽情地欢呼,热血沸腾,激情澎湃,孩子们扭起了秧歌。"我们的队伍来了,浩浩荡荡,饮马长江……""伟大的中国共产党,你就是核心,你就是方向,我们永远跟着你走……"大家一遍又一遍地唱着,大草坪成了欢乐的海洋,兴奋地跳呀唱呀,每一张脸都写满了"幸福"二字,有的还流下了激动的泪水。

其实,这天早晨,顾渊、邹凡扬、夏其言、陈尚平等匆忙赶到大西路(今延安西路)电台,按照原先安排,钱乃立、徐炜兴奋地播出了解放军胜利进入上海市区、上海解放的消息,并庄严地宣读《中国人民解放军入城布告》。

上海解放已经四十六年了。每当我走过三六九号或进去看望住在里面的陈维博、张珏、邹尚录(邹绿芷,已不幸去世)同志,我总会回忆起在四十五年前临近上海解放、反动派总崩溃前夕最黑暗的日子里,这所宋氏老宅曾经庇护过我,以及我们和孩子们、教师们共同迎接解放的无比兴奋的心情和热烈的情景。

我曾几次率领我的亲人、子女们到三六九号来瞻仰这幢古老的屋宇。我并不清楚这所古老的屋宇中往昔曾经经历过多少历史的沧桑,但是,对我本人和曾经一度聚集在三六九号的孩子们、朋友们来说,我们永远不会忘记这所宋氏老宅是我们迎接上海解放、迎接新生活开始的历史见证人。

图27　丁景唐晚年在宋氏老宅留影

1994年11月1日,丁景唐写下《我在宋庆龄老宅迎接了上海的解放》,详细地叙述了45年前的往事,历历在目,心情难以平复。(图27)1995年12月8日,丁景唐又将此文修改定稿,发表于中国福利会《中国福利会史志资料》第2期(1996年5月)"纪念宋庆龄同志逝世十五周年"特辑。丁景唐在修改稿末增加了两点说明:

一、关于西摩路三六九号宋庆龄老宅的历史情况,我不清楚。一九九五年,我曾查阅过有关的宋氏史料,托老友、前静安区政协主席鲍士用同志向静安区房管部门查找房屋材料,还向现在住在三六九号的张珏、陈维博同志咨询交谈。可是,我找不到笔记本,也无须在文中作详细介绍,我只在文中略作补充。如有机会,以后可为这所历经沧桑的宋氏老宅另撰一文。

二、关于一九四七年我被反动派列入黑名单的事,在上海民主妇联史料选集和周信芳女儿回忆中也有记载。周信芳夫人裘丽琳女士曾以为"丁英"是她主持的一个妇女团体的秘书丁毓珠同志的化名,周夫人也曾给她素不认识的"丁英"其人间接的帮助。在国民党反动派与人民为敌的黑暗残暴统治下,凡是善良的有正义感的人都对反动派残杀人民的反革命行为不满,而向被反动派迫害的人伸出援手。我至今仍然感谢已故的陆守伦先生、周信芳先生的夫人裘丽琳女士和我"联华"的一位同事(似姓龚)。我对宋庆龄同志为中国革命事业和全世界进步人类所做出的伟大贡献,更充满了崇高的敬意和深切的怀念!

1949年6月初前后,百余名难童和教师恋恋不舍地告别了宋氏老宅,也许他们再也没有机会重返这里,但是他们的心中永远铭记着避难的日日夜夜,以及欢庆胜利的歌声和欢呼声。

丁景唐感叹这些孩子们真幸福,自己小时候哪有这么好的条件。宋氏老宅距离永嘉路并不很远,但是他无暇分身回家看望妻子和孩子,要干的事情太多了。他始终牵挂着第三儿童福利站的师生,因那时还有国民党的散兵游勇,随时可能去侵扰。

"大家好!"丁景唐兴奋地踏进了半圆形的铁皮活动房子,见到了熟悉的同事和孩子们。进进出出的人们都是笑逐颜开,好像过节,屋里洋溢着欢庆胜利的喜悦。少数孩子跟着张石渠老师,随同横浜桥附近的儿童剧团(平时在第三福利站排练),弄到一辆大卡车,到外滩街头打花鼓,欢迎解放大军,师生们还忙着写标语、贴传单,到附近贫民区宣传。他们上课和讲话也没有什么顾忌,把福利站当作自己的家。

教师、医务人员恢复正常工作,铁皮房子里又传出朗朗读书声。课余时间,师生们还忙着开展宣传活动,"小先生"深入周围地区,教唱革命歌曲。医务人员为军管会文艺单位同志送上就诊服务,大家还为一些亟需营养的残病同志发放补助营养品。

上海解放后的头两个月,工作千头万绪。丁景唐接受新任务,兼任北四川路区、虹口区、闸北区（该地区难民相当集中）遣送难民中心站站长，副站长戴辉[2]，还调集了十几位工会干部和义务人员（其中有第三儿童福利站的"小先生"）。该机构附设于第三儿童福利站，组织遣送大量外地难民回乡生产自救，这被列为上海新政府的一项重大任务。

上海曾是一座供资产阶级奢侈腐化的消费型城市，回到人民手中的上海应该成为一座为人民服务的生产型城市。这时，上海有500万人，其中处于失业、无业状态的人口（包括家庭主妇、老人和小孩）近300万。根据改造规划，上海新政府需要将这些人口大量遣送出上海市区，尽可能减少不直接从事生产劳动的人口。各种报刊也积极宣传这项烦琐、艰难的工作。"为使居住上海的难民回乡生产，政务委员会连日正积极办理遣送工作，并与铁道处商妥……日来已遣送了数批，民政[部门]拟将遣送难民情形每周作综合报告一次。闻当局对疏散本市人口亦有妥善计划。短期间将成立新机构负责处理，推动疏散事项。俾使城市中之消费者回乡去变成生产者。"（艾伦：《遣送难民直到蚌埠》，《大报》1949年7月18日。）

成立的新机构即类似丁景唐担任站长的遣送难民中心站。丁景唐领导诸多工作人员，深入贫民区域，排查摸底，清理造册，劝说疏散，组织安排，并且多方联系。集中难民在北四川路的一个大仓库，同铁路局协商车辆，分发安家费，然后再护送到火车站。这些工作一环扣一环，只要中间掉链子，工作就得重新做起。他们耗费了大量精力、时间和人力、物力，一整天跑下来，唇干舌苦，肚里空空，两腿像灌铅似的，脑子里还盘算着要写的报告、统计的数字，及时汇报。

这时国民党飞机还来偷袭，在闸北交通路、沪太路、中兴路等处投掷炸弹，造成几百人伤亡，炸毁各种房屋300多间，扰乱民心。7月27日又遭到台风、暴雨袭击，居民房屋倒塌多处，灾情严重。丁景唐与同事们风雨无阻，夜以继日，每天都有干不完的事情，任务十分繁重。

丁景唐暂时不回家，住在中国福利基金会在武进路的一所住房里，同住的还有儿童剧团的孟远（后导演著名儿童剧《马兰花》）。此处为武进路453号，邻近北四川路，旧称"赵家花园"，也称"宸虹园"，为富商赵岐峰于20世纪初建造。外廊式建筑，前后共有四进，曾是清末民初时达官显贵与社会名流社交的重要场所之一，孙中山曾多次来到这里。此宅后为中国福利基金会托儿所等，如今仅存主楼遗迹。

丁景唐生平第一次接手这样烦琐的工作，案头上堆着一大摞各种表格和文件，刚处理完一些事务，更多琐事接踵而来，每天工作的压力很大，几乎喘不过气来。这是一种前所未有的挑战，必须迎难而上，没有任何退路。人瘦了，撑着空荡荡的衣服，嗓子哑了，有时眼睛布满了血丝，那是熬夜的结果。丁景唐经受了严峻的考验，无愧为有十年党龄的中共党员。

这一年夏天的骄阳、秋天的风雨、冬天的寒风，始终忠实地陪伴着忙忙碌碌的丁景唐。他的脑子里整天装满着难民、收容所、遣送人员的各种统计数字，并在不断更新。

同年 11 月,中共上海市委宣传部部长夏衍、宣传处处长姚溱提名,拟将丁景唐调回宣传工作岗位。

丁景唐接到通知,甚为兴奋,梳洗头发,西装革履,焕然一新,兴冲冲地走向福州路、江西路的十字路口。三四年前,他还是作为《小说月报》《谷音》的编辑前来这里。现在,他抬头看看十字路口的三幢大楼——汉弥尔登大厦(今福州大楼)、都城饭店、建设大厦,整整领带,快步走向建设大厦。如今此大楼"天翻地覆慨而慷",成为中共中央华东局兼中共上海市委机关驻地,丁景唐的身份也完全变了,可惜他未能赋诗一首,留下珍贵的纪念。

丁景唐登上二楼,走进组织部办公室,第一次见到昔日上海地下党领导张承宗(时任中共上海市委组织部副部长)。张承宗紧握着丁景唐的手,开门见山地说:"组织上调你到市委宣传部工作,想听听你的意见。"丁景唐一听大喜,立即答道:"感谢党对我的关怀,我要刻苦学习,努力工作,完成党交给我的新任务。"

张承宗示意丁景唐坐下来,商量如何妥善做好中福会的工作移交,物色一位党员接替工作。考虑到中福会的特殊情况,张承宗决定丁景唐将尚未公开的中福会支部和另一个社会福利团体的联合支部关系,直接移交给上海市委组织处的强毅,并介绍强毅见面。张承宗叮嘱丁景唐在 12 月底前完成工作,然后到宣传部报到。

1949 年 8 月 7 日已经建立了中共中国福利基金会支部委员会,丁景唐为首任支部书记,下设 5 个党小组,有 15 名党员。丁景唐调走后,吴之恒继任党支部书记。1982 年 10 月 28 日,丁景唐收到吴之恒的来信,触动了往事的回忆,即关于他主持"文谊"时向中国福利基金会求援的事情。

丁景唐妥善地做好了中福会的移交工作,怀着恋恋不舍的心情告别了孩子们和同事们,走向新的工作岗位。

1950 年元旦后(1 月 2 日),丁景唐拿着夏衍签名的上海市委宣传部正式调令,以及党员证明信(原中共上海地下党"文委"书记陈虞孙签名),第二次踏进建设大厦二楼组织部张承宗的办公室。然后再持市委组织部的证明文件,到三楼宣传部正式报到,姚溱向丁景唐交代了工作任务。至此,丁景唐由地下党员的身份转为公开党员的身份,这是他终生难忘的一件大事。

下班了,略带疲色的丁景唐走出建设大厦,还在思考着第二天要交的有关报告,晚上又要加班了。他不由得加快脚步,身影很快消失在十字路口。

宋庆龄故事的续文

丁景唐在中国福利基金会工作一年(包括在第三儿童福利站工作、避难于宋氏老宅),大多是在宋庆龄亲自领导下工作,他深切感受到宋庆龄作为 20 世纪最伟大的女性之一,所表现的崇高人格和伟大精神。丁景唐作为当事人多次撰文回忆,并且进一步研究宋庆龄有关事项。

当初,丁景唐主持第三儿童福利站时,师生们还紧张地投入慰劳解放和宣传工作。丁景唐等人动员一批"小先生""小护士"参军,欢送他们入伍,其中有的成为开国少尉,有的锻炼成长为炮兵团长。

一天,丁景唐陪同中国儿童福利基金会的一位外国友人,前来福利站视察。外国友人用半生不熟的汉语对大家说:"孙夫人现在很忙,如果有空一定来看望大家。"

1949年9月,北京传来喜讯,宋庆龄当选为中华人民共和国中央人民政府副主席。清早,丁景唐赶到第三儿童福利站,上课时,他大声宣布这个好消息,顿时师生们欢呼雷动,连铁皮房子也几乎晃动起来,这是激动人心的历史时刻。

以什么方式向宋庆龄表示祝贺呢?写信、拍电报、送礼物……大家七嘴八舌,议论纷纷。"送匾额!"一个清脆的声音传过来,原来是"小先生"王观泉,"我们要自己动手制作。"怎么做?"用邮票贴成'祖国万岁!'"这个想法很新颖,一下子吸引了大家的注意力。王观泉自告奋勇承担这项光荣任务,并说明匾额的上题:"祝贺宋庆龄同志当选为中华人民共和国中央人民政府副主席。"落款:"中国福利基金会第三福利站全体师生。"丁景唐一听乐了,这完全可以表达大家的激动心情。散会时,丁景唐叮嘱大家:"请大家保守秘密,勿要让其他人晓得哇。"王观泉心灵手巧,果然拿出这份厚礼,粘贴"祖国万岁"的大部分邮票都是孙中山肖像,极少部分是烈士纪念邮票。丁景唐频频点头称道:"交关好,交关好!"下课时,丁景唐将此匾额向师生们展示,得到大家的一致称赞,王观泉也咧开嘴笑了。

一周后,丁景唐把王观泉叫到办公室,欣喜地告诉他:"中国福利基金总会收到'祖国万岁'的礼物,在众多贺礼中尤为突出。"他还交给王观泉一个信封,吩咐他去找一位老先生,会得到一份礼物。当他拿到那份神秘的礼物时,不由得惊叫起来,原来是丁景唐托人买的精美外国邮票。王观泉看了爱不释手,一直珍藏到晚年,这时王观泉已经是著名学者、作家、美术评论家,与美术界的王朝闻(《美术》主编、中国美术家协会副主席)等有来往。多年后,王观泉与丁景唐这对师生久别重逢,鬓发染霜,谈起往事,津津乐道,抚掌大笑。而且,他俩多次合著长文,特别是关于美术方面的,丁景唐都要请王观泉撰写和把关。

"中华人民共和国中央人民政府成立了!"1949年10月1日下午3时,中华人民共和国开国大典在北京天安门广场隆重举行,毛泽东主席向全世界庄严宣告。宋庆龄在天安门城楼上目睹了这伟大历史时刻,观看了北京30万军民参加的开国大典阅兵式和群众游行,历时三个小时。

宋庆龄参加开国大典后,回到上海淮海中路1843号(今宋庆龄故居)。一天晚上举行了一次家宴,丁景唐也应邀参加。

这里是一个花园别墅，靠近武康路，斜对面即是武康大楼。丁景唐进入后，发觉这里很大（总面积4 300多平方米），在花园正中坐落着红顶白墙的小洋房，前面是一片大草坪，南面是花园，四周环绕着几十株香樟、雪松等绿树。此处几易其主，曾是中央信托局的招待所，一度成为蒋纬国的私寓。由于宋庆龄把香山路7号寓所用作"国父纪念馆"，宋氏老宅暂且他用，她在上海居无定所，蒋介石便令其子蒋纬国搬出，此处迎来它的新主人——后来的中华人民共和国名誉主席宋庆龄。

小楼是砖木结构的西式假三层楼房，丁景唐走进底层宽敞的客厅，已有不少社会名流到场了，大家谈笑风生，其中有金仲华（后任上海市副市长）、赵朴初（著名佛教学者、中国现代社会活动家）、王安娜（德国人，因嫁给中国人王炳南改姓王）、谭宁邦（美国人，中国福利基金会总干事）、顾锦心、沈粹缜（邹韬奋夫人）、陈维博等十几人。大家走进西边的餐厅，分为两桌。宴会上，宋庆龄笑容可掬地告诉大家："毛主席和周总理身体很健康！"并感谢大家在中国福利基金会的工作。宴会后，宋庆龄把一只从北京带来的铜匙送给丁景唐留作纪念，丁景唐一直珍藏着。

在宋庆龄的亲切关怀和指导下，丁景唐曾与顾锦心、陈维博、王诏贤几经讨论，丁景唐执笔起草了一份工作发展的初步规划，这是他离开中国福利基金会之前的事情。

不久中国福利基金会改组为中国福利会。根据宋庆龄和周总理共同商定的方针，中国福利会在妇幼保健和少年儿童文化教育方面，进行实验性、示范性工作。宋庆龄亲自主持开会讨论，确定几件大事：在原有的三个儿童福利站的基础上，合并成立上海市少年宫（全国最早的少年宫）；儿童剧团发展成为儿童艺术剧院（我国第一个儿童剧院）；成立幼儿园、托儿所，建立妇幼保健站（后发展为国际和平妇幼保健院），出版儿童刊物《儿童时代》等。1953年起，丁景唐被上海市委宣传部指定专门联系中国福利会，参加有关重要活动。

1958年6月，迎来了中国福利会成立20周年大喜日子，国内主要媒体纷纷刊登董必武等人的庆贺文章，《儿童时代》推出一组诗文，其中有丁景唐写的一首诗《我们的家——祝贺中国福利会成立二十周年》。中国福利会出版庆贺20周年纪念册，举行系列庆贺活动。6月14日，隆重举行庆祝大会，到会有党和政府的负责人及各界人士千余人，大会陈列了周恩来、邓颖超、柯庆施等送的超大花篮。宋庆龄在会上发表《永远和党在一起》的讲话。

6月15日、16日，在上海中苏友好大厦友谊电影院举办中国福利会20周年展览会。宋庆龄十分高兴，参加了各项重要活动，还在家里举办晚餐，邀请各位挚友，其中有特地从北京赴沪的何香凝、廖承志、齐燕铭、康克清等，陈丕显、许建国、金仲华等也应邀出席。

丁景唐也接到一份请帖，其写道："订于一九五八年六月十三日（星期五）下午六时半敬备便餐恭候／光临／宋庆龄"。夜幕将要降临，丁景唐第二次走进淮海中路1843号。八年前的热闹情景历历在目，会客厅里依然欢声笑语，各位谈起各种往事，以及共同关心的话题。

随后大家陆续走进餐厅,在柔和灯光下,四壁呈现奶黄色,多功能橱柜紧靠走廊,欧式壁炉静候一旁,各位笑逐颜开,频频举杯,共祝中国福利会成立20周年,并祝将来取得更大的胜利。

宋庆龄90年的生命历程中,有一半以上是在上海度过的。相比北京后海醇亲王府(宋庆龄在北京的寓所),上海的这座小洋楼留下她更多的从容优雅气息。宋庆龄喜欢设家宴款待来访的各国贵宾和亲朋好友,如今餐厅内摆放着各国友人赠送的纪念品,追述着昔日宾客满座的美好时光,以及和谐的气氛,无声无息地镶嵌四壁,迎来慕名前来的参观者,其中有丁景唐陪同的海内外朋友们。

1981年,宋庆龄担任鲁迅百年诞辰纪念委员会主任,可惜她不幸于当年5月29日病逝。丁景唐主持的上海文艺出版社办的《中国现代文艺资料丛刊》第7辑推出"宋庆龄与鲁迅"专栏,编辑按指出:"宋庆龄与鲁迅,是中国现代革命史上的两位伟人,他们生前为中华民族的解放事业奔走操劳、呕心沥血,并结下了深厚的革命友谊。可惜的是,关于他们生前交往的文字材料流传下来的很少……这里,我们汇集了宋庆龄和鲁迅的有关史料,在此发表,以表示对这两位伟人的纪念。"

这期专栏刊登宋庆龄写给鲁迅的信件(1936年6月5日);1936年10月22日,宋庆龄在上海万国公墓鲁迅葬仪上的简短讲话;1956年10月14日,宋庆龄和许广平在鲁迅灵柩迁葬仪式上的历史照片,以及第二天《文艺报》刊登宋庆龄的短文《让鲁迅精神鼓舞着我们前进!》;应上海文艺出版社邀约,宋庆龄写的《追忆鲁迅先生》;1980年9月27日,宋庆龄写的《序〈鲁迅画传〉》;1979年5月至1981年春,宋庆龄三次题词。这些珍贵资料是丁景唐等人努力搜集的,并为丁景唐此后撰写《在伟大人格感召下的纪念——宋庆龄和鲁迅的二三事》长文打下一定的基础。

宋庆龄逝世十周年之际,年逾七旬的丁景唐从不同角度撰写纪念文章。

一九九一年四月,在苏州召开的叶圣陶研究第一次研讨会上,中国民主促进会(民进)中央主办的《民主》杂志的朋友们知道我四十年代末曾在宋庆龄创办的中国福利基金会(五十年代初改称"中国福利会")工作过,又因我从事鲁迅研究,约我为《民主》杂志写稿。《在伟大人格感召下的纪念》一文写成后,该刊以篇幅所限,于十月号节选发表。文章刊出后,我两次去中国福利会核对材料,查阅了一些有关宋庆龄的史实,发现一些史料错讹,连权威性的报刊书籍中也有互相矛盾之处。翻翻鲁迅史料也有出错的地方。因此,我很想改写一篇长文,对宋庆龄与鲁迅交往的史实加以考证核实。但考虑到体力不济、时间不足,我听从朋友们的劝告,还是先补充、修改《在伟大人格感召下的纪念》,个别的补正在注解中略加指出,详细的考证正误留待以后再写。

我感谢中国福利会和《民主》杂志社的朋友们的关心和帮助,将补充修改后的第二稿在《中国福利会会史资料》上发表。

此文介绍了宋庆龄、鲁迅参加中国民权保障同盟、远东大会等有关情况，以及鲁迅逝世前后，宋庆龄关心鲁迅健康和参加追悼、纪念鲁迅的许多活动。此文后收入丁景唐的《犹恋风流纸墨香——六十年文集》（上海文艺出版社，2004年1月）。

丁景唐撰写、修改《在伟大人格感召下的纪念》长文之前，1983年5月，丁景唐花了一年多时间，对宋庆龄收藏、上海孙中山故居（香山路7号）二楼陈列的苏联著名版画家的一幅画《第聂伯河水电站建设图》进行了多方考证，并与实物对证，写了一份鉴定书，分送各有关领导部门，得到了确认。自此，上海孙中山故居的讲解员按照丁景唐的考证鉴定进行讲解。

原来一年前，1982年7月，美籍华人作家董鼎山、董乐山来沪访问。丁景唐以上海出版工作者协会代表及多年老友身份陪同董氏兄弟，前去拜访巴金家等处。7月21日，丁景唐与董氏兄弟先去访问了宋庆龄故居，又参观了孙中山故居，在故居二楼小会客室的墙上挂着一幅苏联美术家创作的《第聂伯河水电站建设图》，讲解员说是宋庆龄于1929年从苏联带回来的，是苏联作家赠送的。丁景唐在这幅画前停步，凝视了片刻，胸间升起一个疑问：不大可能是从苏联带回来的。回来查阅有关资料，果然证实了最初的推测。

1936年2月，苏联对外文化协会和中苏文化协会等在上海八仙桥青年会举办苏联版画展览会，主办单位通过茅盾将这次展出的苏联版画家原拓的45幅版画，以及展览会目录曾送给鲁迅，并请鲁迅为展览会撰文介绍。丁景唐翻看珍藏的《苏联版画展览会目录》，发现290多幅展品中反映第聂伯河水电站建筑的有5位美术家的10幅作品。最后确定哈尔科夫美术家卡西安创作的麻胶版画《尼泊尔江上之建设图》（《第聂伯河水电站建设图》）在苏联版画展览会结束后，赠送给宋庆龄，挂在孙中山故居墙上。鲁迅编选的《苏联版画集》未曾收入此画作。

历时一年多的考证，四处收集资料，得到许多人的热情帮助，丁景唐终于完成了《宋庆龄的一幅藏画——兼谈一九三六年苏联版画展览会赠鲁迅的七幅版画》。文章最后写道："我应当向孙中山故居、宋庆龄故居、中国福利会和上海鲁迅纪念馆与我愉快合作的诸位，表示我的谢意。同时也要感谢远在哈尔滨的王观泉同志，他为我解释了不少美术专门名词。"此文反映了丁景唐严谨治学的一贯作风，也凝聚着他对于宋庆龄和鲁迅两位伟人的崇敬之情。

注释：

〔1〕王观泉，别名伊之美，上海人，擅长美术史论。1946年毕业于上海同德中学。1950年1月参军，1958年转业。1962年调入黑龙江省文联，1978年调黑龙江省社会科学院文学研究所，成为研究员、硕士生导师，享受国务院专家特殊津贴。著有《"天火"在中国燃烧》《欧洲美术中的神话和传说》《一个人和一个时代——瞿秋白》《颓废中隐现辉煌——郁达夫》《席卷在最后的黑暗中——郁达夫传》等，编写《怀念肖红》《达夫书简》《鲁迅年谱》《鲁迅与美术》《鲁迅美术系年》等。

〔2〕丁景唐回忆说:"据戴辉同志告诉我,1949年冬,我离开第三儿童福利站后,1950年3月,在乍浦路245号福利站原址筹建中国福利基金会少年儿童图书馆,5月5日正式成立。1951年6月扩大规模,迁至北京西路1647号,8月1日开幕,乍浦路245号改为该馆的虹口阅览室,戴辉任主任。1952年12月为筹划少年宫,虹口阅览室也随少年儿童图书馆并入中国福利会少年宫。"(《喜相叙——宋庆龄创办的第三儿童福利站到虹口区图书馆》,《中国福利会史志资料》1997年第5期)此文后修改、补充,改为《难忘的一九四九年——在乍浦路245号中国福利基金会第三儿童福利站》,刊于《绿地》1999年5月号、6月号,转载于《中国福利会史志资料》1999年第3期。

戴辉后为上海市少年宫负责人,他与毛用坤合作出版《周恩来在少年宫》(上海人民美术出版社,1961年9月)。

第二章 创 作 篇

潇洒回归,"民风"为主

抗战胜利前后,丁景唐先后指导、创办、主持、协助各种文学刊物,如《小说月报》《莘莘》《谷音》《新生代》《时代·文艺》《时代学生》《文坛月报》等。而且,丁景唐还是撰稿人,在这些刊物发表了许多诗文,精彩纷呈。

昔日,"小宁波"丁景唐在乡村老家撒野疯玩,河边钓虾,下水捉泥鳅、钓黄鳝,扬起脖子,望着天上随风飘曳的风筝,跑着喊叫着,生怕风筝被风"拐"跑了。浙东地区流传着大量的民歌民谣,丁景唐晚年还记得《三只老虎》《颠倒歌》《宁波马灯调》等民间歌谣。"一大呃大小顽(孩),筹动(坐着)高高矮凳,捺部(拿把)厚厚薄刀,切仔昂昂(硬硬)软糕,榷(吃)哪火热冷饭……"他以"贼骨铁硬"的宁波话吟唱,引起众人一阵哄笑,浮现出色彩斑斓的童年画面。

"小宁波"丁景唐被姑姑带进入上海都市,怯生生地看着周围陌生的一切。他很幸运,逐渐接受阶梯式现代文明教育。进入大学时,原先孩提时的清新明亮的画面,有意或无意地融入多元化文化的斑驳色彩——源远流长的中国古典诗歌、应接不暇的诸多西洋诗歌流派,还有"五四"新文化运动之后涌现的诸多现代诗歌流派。

丁景唐敲开神圣的诗歌殿堂大门,兴奋地四处张望,尊仰中外文学长廊中的诗歌前辈,惊叹大量奇妙的诗文作品。他先后搜集了几百本诗集(后捐献给上海作协),沉浸其中,流连忘返,并在诗歌创作实践中不断筛选心仪的诗歌流派,但是拒绝一味的简单模仿,而是以智慧、才气凝聚的创作心血将其浇灌、滋润、培植,将其化为己有,博采众长,吸取精华,推陈出新,自成一家。

丁景唐大胆尝试创作抒情诗、讽刺诗、叙事诗,水准迅猛提升,超过了散文、杂文、短论等,集中显示了他的创作才华。他创作了百余行的讽刺诗《慈善家》和进一步提升的《糊涂虫》,以及近190行的叙事诗《远方》,成为《联声》特殊平台上的奇葩。第一本诗集《星底梦》奠定了丁景唐作为新人在上海沦陷时期诗坛上的历史地位,其有两大特征:无意不作诗、无新不成诗。

有人评论丁景唐的部分诗作倾向于新月派风格——"理性节制情感"的美学原则,提倡格律诗,主张诗歌的色彩美和意境美,讲究文辞修饰,追求炼字炼意。著名诗人朱湘的第二部诗集《草莽集》形式工整,音调柔婉,风格清丽,《摇篮歌》《采莲曲》节奏清缓,这些也影响了丁景唐的创作思路,如《星底梦》《江上》《红叶》等。其实,丁景唐也曾受到苏联著名诗人马雅可夫斯基的影响,阶梯式的音节,体现"重音诗体"的韵味。诸多诗歌流派,都在丁景唐的诗作中留下影响,为他初步修筑了诗歌创作之路。如果他埋头继续走下去,那么他将创作更多的精彩诗作。但是,丁景唐并不满足,不愿意被自己亲手制作的新模式所束缚,还想追求新的目标,执着寻找新的创作途径。

> 世界各民族,都有表现他们独特文化式样的古代文学总集流传下来……《诗经》不仅是一部中国古代最初的诗歌总集,而且它是产生于民间,反映着民间的痛苦与呼吁、欢乐与烦闷、恋爱的享受与别离的愁叹……它替当时的社会留下了爱与恨的烙印。
>
> (《〈诗经〉中反映的妇女生活·恋爱·婚姻》)

丁景唐就读大学时一头钻进故纸堆里,惊喜地发现原来苦苦寻觅的目标近在咫尺。随着综合素质的提升,他也逐渐深刻了解《诗经》对于塑造中华民族文化的重要意义,并与鲁迅的名言"越是民族的,就越是世界的"相连接。

丁景唐的视野豁然开朗,孩提时清新明亮的画面、淳朴悠扬的民歌民谣、富有浓郁的地方色彩,一下子扑面而来,这是新诗创作的根,由此引申、提升、艺术再加工,触动灵魂深处。丁景唐感叹:

> 民间文学留存中国文学史上的绩业,它不仅赋予正统的书写文学以新的内容[和]新的生命,并且当书写文学在庙堂濒向窒息的时候,它又以新的姿态出现,创造了和发展了书写文学各种各色新形式,挽救了正统文学的垂亡。
>
> 《诗经》时代的《国风》、汉初五言诗的起源,以及文学史各朝代文体,如汉代的乐府、六朝的新乐府、唐五代的词、元明的曲、宋金的诸宫调,无不由民间文学所滋养而成长起来。它占据了中国文学史主要的篇页,创造了小说、戏曲、变文、小令曲、弹词、唱本……各种重要的文体。
>
> (《诗与民歌》)

《诗与民歌》既是丁景唐酝酿制定命题的正式战书,也是追求目标的宣言,主动将新诗创作与民歌民谣联姻。

从宏观背景来看,中国现代文学史上的前两次有名的民歌潮流,即20世纪20年代的歌谣征集运动和抗战时期通俗化诗歌潮流,促进民歌诗体导入新诗阵营中。加上"民族形式讨论"的积极推动等因素,抗战胜利后,丁景唐与同人决定发起组织民歌社。丁景唐是民歌社的主要策划者、宣传者、组织者、指导者,这体现于《怎样搜集民歌》和民歌征集启事等。并且,他积极贯彻毛泽东的有关指示精神,与延安文艺座谈会精神相呼应,履行自己的职责——一个从事"学委""文委"宣传工作的共产党员。

丁景唐发起、组织民歌社前后,在广泛收集民歌的同时,也撰写了不少评述民歌的文章,既是一种梳理思路的小结,也是与时俱进,不断反思,查找问题。加上他创作的新民歌、说唱等,与民歌社、评述形成"三位一体",三者不可分割,是一个有内在联系的有机整体。这是他的新诗创作延伸、转变的重要标志。

历史与机遇、爱好与时代、追求与潮流等交集在一起,促成丁景唐的诗风转变,以"民风"(民族化、中国化、大众化)为主。他如果回眸查看自己昔日的诗作,那么会恍然大悟,原来"民风"早已有意无意地以不同方式渗透在诗作里,这与他转变诗风的呼声密切相关。我们不必苛求机械化、简单化的直线思维,拘泥于"一刀切"的时间表格,以下介绍抗战胜利前后,丁景唐创作的叙事诗、新民歌、说唱和新儿歌。

一、叙事诗吸取民歌元素,有新民歌的特点

1941年9月10日,丁景唐发表近190行的叙事诗《远方》,达到他的诗歌创作高峰。相隔五年后,丁景唐接连发表两首叙事诗,即120余行的叙事诗《他死在黎明——悼念一位失去了的伙伴江沨》(《文汇报·世纪风》1946年10月6日)和《一个少女冲喜的故事》(《妇女》第8期,1946年10月10日)。只需略加对比,便可反映丁景唐诗作风格的转变。

> 现在我坐在窗前,/思索着怎样给你写首纪念的诗,/恍惚一年前你活着的时候,/我坐在你靠窗的病床边,/你用发烧的手指着铅笔的草稿,/以粗哑的嗓子朗诵,/因为你是喜欢诗的! (《他死在黎明》)

此诗开头以平实的语气叙述,没有五年前《远方》的一大段抒情诗行。《远方》以常用的比兴手法起首:"岁月是一棵枯树,/苦难是一根鞭子,/在以色列人的面前,/所有的日子,/都织成了愁丝。"相比之下,《他死在黎明》更接近口语,娓娓道来,无须炫耀诗作技巧,而且注重刻画诗中主角"你"(江沨)的形象。

> 多年的痔漏病使你烦扰,/在你能够起床的清晨,/你带着笔携着书,/踱向邻近的儿童公园,/有时和江静在一起,/但更多的时间我见到你/却在和陌生的邻居聊天。/就像花丛间终日采蜜的蜂,/你不信天才和骗人的灵感,/只管一字一行地写诗。/你还爱和孩子做朋友,/给幼小者说故事和编歌,/作她们玩跷跷板的评判,/因此你变成他们中间的一个。
>
> 你也是个天真的大孩子,/你有颗赤子的心,/你为不幸的聋哑的友人,/深夜里改卷修稿,/在你辛勤的栽培底下,/诞生了《聋哑》的新芽…… (《他死在黎明》)

"天真的大孩子"凸显"你"的鲜明个性,并成为前半部分的诗眼。这与《远方》截然不同,无须瑰丽壮观的史诗般宏大场面,也没有精心策划的一波三折、惊心动魄的曲折情节,"你"只

是一个默默无闻的小人物,挣扎在社会底层的患病学生。将原来供奉的英雄转变聚焦于平民形象,可以追溯到"五四"时期倡导的平民文学,表现广大普通民众的生活和真挚感情。丁景唐则是站在螺旋上升的新起点上,《他死在黎明》描写的"你"是一个年轻的共产党员,怀有炽热的爱国主义情感。

  强大的苏维埃军队,/终于击溃了远东的狼狗,/解放的旗帜飞遍松花江畔长白山旁。/"八一五"的战后晚上,/你在发烧的晕眠中,/得知日本宣布投降,/立刻如同瞎眼重见阳光,/兴奋地走街道,/忘掉结核菌已穿透你的肠膜!

  胜利直似一阵神怪小说中的罡风,/它卷走了日本法西斯皇军,/吹来了天上地下的英雄。/"房子、条子、酗酒、女人,/还厚脸说什么廉义礼耻,/这批吮血的臭虫,/比异种的狼狗还要凶狠!"/怀着海样的愤恨,/流着疼痛的泪和汗,/你在病床打滚呼诉,/黑暗依旧霸占着这东方的海港,/曙光照不到你阴沉的三等病房,/结核菌疯狂地啃蚀你生命的根,/在一个早春的黎明时分,/你走尽了短促的人生的路,/以廿岁的年龄永别了一切亲人。
                           (《他死在黎明》)

由此揭示《他死在黎明》的深刻含义,凝聚着"你"的兴奋与愤恨,围绕着病魔与黎明,还有"你"的未竟事业,都倾注在这些诗行间,尽情地宣泄和抒发,将舒缓、平和的节奏猛然推向高潮,如同交响乐的乐章,鼓乐齐鸣,声震大地,响彻云霄,穿越岁月。

  丁景唐将此诗"给叶以群同志,在他编的《世纪风》文艺副刊上发表",并认为"写得蛮有感情的"。

  "安息吧,年青的伙伴,/如今因为你的离开,/我们将加倍地战斗,/在可诅咒的地方击毁可诅咒的时代!"这最后一句是鲁迅的名言,原话为:"世上如果还有真要活下去的人们,就先该敢说、敢笑、敢哭、敢怒、敢骂、敢打,在这可诅咒的地方击退了可诅咒的时代!"(《华盖集·忽然想到》)

  1946年初夏,江汎不幸去世。垂危之际,他嘱妹妹江静转托丁景唐请郭沫若为他写一墓碑。丁景唐用上海文艺青年联谊会名义写信给郭老,交给18岁的梁达面呈郭沫若。郭沫若看信后,即在一张宣纸上写了"江汎之墓"四个大字,可惜在"文革"中遭到劫难,连墓碑都被砸掉。

  《他死在黎明》发表后,仅相隔四天,丁景唐修订的曹予庭的《一个少女冲喜的故事》,在杨志诚编辑的《妇女》上刊登,显然这两首诗作有着内在联系——都以"民风"(民族化、中国化、大众化)为主,都聚焦社会底层的青少年。《一个少女冲喜的故事》更具有鲜明的民歌特色,类似延安诗歌创作中最有成就的民歌体叙事诗。[1]

  又是石榴花红嫣/五月的天气/却是这般的凄迷/姊姊/江南的风/拂得你墓上的草/也已碧绿生青。

  昨夜我不能安眠/看着月亮的上升沉落/你少年的弟弟/充满了天真/还以为月亮里

>有你的倩影/可是,那亲切的语音/浅浅的笑,如今/只能在梦中相寻。
>
> (《一个少女冲喜的故事》)

此诗与《他死在黎明》开头相似,都是以回忆起首,但是此诗的第一印象具有很强的冲击力,截然不同于都市流行的诗作,带来一股清新的气息,以及诱人的野草芳香,摒弃了水泥森林中的陈词滥调。

此诗呈现了鲜明的民歌特色,句式较短,清新、明快的节奏贯穿始末,首尾呼应,犹如隔山对唱,再现凄凉、悲哀。诗歌以鲜艳的石榴花"红嫣"与枯褪的"萎谢"比拟形象,凸显悲喜两重天,构成巨大反差,由此开掘诗作悲剧的深刻主题。

>然而,五年前的夏天/当榴火红焰/雷峰塔的悲剧搬演到我的眼前/这个做祭品的却轮着了你——/为我讲述过反抗与挣扎的故事的姊姊。
>
>这犹是拿生命开玩笑的儿戏/你因为未婚夫的病/奉了婆婆的命令去冲喜/舅母给你送上了新衣/在后面哭着送着你/十七岁的女郎/[从]此拖入了封建的魔掌。/丈夫明明是给痨病缠死的/却要你来担负克夫的罪名/从此你带上贤惠和贞节的锁铐/像一朵鲜艳的花/葬殉在污泥的潭底。
>
> (《一个少女冲喜的故事》)

姐弟对话犹如即景对唱,起初充溢着天真、欢愉的气氛,后来则是如泣如诉,充满悲怨、忍辱、无奈。加上愚昧、屈辱的父母——几千年封建思想集体无意识奴化的牺牲品,还有未露面的道貌岸然的公婆"当仁不让"地充当"刽子手",振振有词地逼死了17岁的花季少女。展现了不同人性——善与恶、真与伪、美与丑,犹如柔石笔下的《为奴隶的母亲》移化为叙事诗形式出现。远离现代文明社会的花季少女的悲剧故事,令人可凄、可悲、可怜、可叹、可恨,真所谓"哀其不幸,怒其不争,恨其不为"。

>河畔/绿桑树长得多高/春天里我们玩蚕/到桑葚发紫/我们嬉笑树梢/如今我来了/王大婶碰见我/"外甥孩劝劝你舅爹爹/劝劝你们舅妈也不要再悲伤/人已经死了/哭着也没用场。"
>
>姊姊/今朝又是榴花红了的季节/可是你已死去了三年/三年的岁月是倍外的悠长/五月的榴花萎谢了又开/只有你/却永远也不再回来。
>
> (《一个少女冲喜的故事》)

此诗浸溢着凄惨、悲伤、无奈的情感,几乎淹没了几许抗争的微弱呼声。几千年封建意识沉淀在浙东乡民集体无意识的心底,无形的镣铐冷漠地锁住了"冲喜"的女孩,她的身心无情地被死死地拴住了,不敢有逃跑的念头,生怕触动了三纲五常的法网,使全家遭到无妄之灾。此悲剧发生在20世纪一个17岁花季少女身上,令人震惊,激起读者的愤恨和反思。如今重读此叙事诗,依然触目惊心,难以释怀。

此诗比较成功地塑造了悲剧女主角,主要以弟弟的眼光进行审读,这个构思可以扬长避短,既有小说、散文的舒卷自如,集中笔墨述说所熟悉的姊姊短暂的17年的生动情节,也回避了其所不知的姊姊在公婆家的事情,应验了选择和提炼生活的创作理念。

曹予庭描写家乡的诗文都富有浓郁的乡土气息,蕴含着丰富的感情。继《一个少女冲喜的故事》之后,曹予庭还写了《妈妈做的主张》(《妇女》"三八特大号",1947年3月8日),主角是农村贫困少女,她被迫服从母亲的旨意,远嫁当童养媳。此诗重点却是描写少女思念母亲:"就让这河水／载着我诉不尽的怨苦／向前流吧,／向前流！流到那／白云浮漾下的家屋,我妈妈正依着杨柳树／立在那河埠头上,揩她的泪眼。"曹予庭也是民歌社和"文谊"骨干,曾邀请丁景唐去他家乡东钱湖游玩,他俩关系甚好,有许多共同话题。他俩合作《一个少女冲喜的故事》在情理之中。

一年后,丁景唐避难宁波乡间,他一面搜集民歌,一面创作了新诗《他的薪水结了冻》,依然关心时事。此诗并不是简单地模仿乡间的民歌民谣,而是融进了自己的认知因素,题材依然是自己熟悉的都市居民生活场景。《他的薪水结了冻》描写下班的丈夫拖着疲乏的脚步回家,妻子抱怨物价飞涨,难以维持生计——

> 他平板地坐着不能开腔,／但心里[比]谁也雪亮——／政府外汇放长百分之三百,／国营公用样样看涨,／却硬叫他的薪水结冻,／连东洋人来咧也没／这种不通的经济紧急措置办法！

1947年春节过后,国民党政府面对经济、政治危机,采取多种措施压制人民。在军事上加紧进攻解放区,2月16日发布《经济紧急措施方案》,一切为内战政策的庞大军费让路,加紧搜括各阶层人民。2月上旬,物价已经成倍上涨,但是强硬规定生活指数要冻结在1月份。中共中央上海分局把解冻生活指数作为动员群众、准备力量进行政治斗争的前奏。这个斗争愈深入,愈能揭示国民党的反动本质,愈能提高群众的政治觉悟,愈能动员广大职工群众投入斗争。"反饥饿,反内战"为斗争的总口号,响彻全国各地。丁景唐将其艺术化地概括为诗作的标题,并且指出:"他和她,他们的孩子要活,／过一个像人的最低生活！"愤怒的矛头直指反动、腐败的国民党当局,"连东洋人来咧也没／这种不通的经济紧急措置办法！"

此诗犹如一篇散文,截取了家庭困境的一帧画面,这是都市千万民众艰难度日的一个缩影,其中既有丁景唐平时积累的生活素材,也晃动着丁景唐家庭的影子。此诗吸取民歌体叙事诗的某些元素,又有大众化新民歌的特点——口语化、世俗化、生活化,通俗易懂,说出了广大都市民众的心声。

二、通俗文学题材多样,嬉笑怒骂

著名诗人袁水拍以马凡陀为笔名,出版《马凡陀的山歌》。大多采用山歌、民谣形式,语言通俗,形式活泼,主要题材为抗日战争后期和解放战争时期国民党统治区的市民生活,以嬉笑怒骂方式揭露国民党政府的黑暗,反映人民群众的疾苦,深受广大读者欢迎。

袁水拍曾为"文谊"讲授指导,也是民歌社成员。袁水拍写的《为人民的与人民所爱的诗》,发表于丁景唐协助编辑的《文坛月报》第2期(1946年4月10日)。他谈了写诗的体会,他认为:"即使个人对'好诗'的看法不一致,至少不会离开这两个判断的基本条件:第一,写给人民大众看或听;第二,为了人民大众而写。"

丁景唐转变诗风时,也受到《马凡陀的山歌》的影响,特别是通俗文艺的唱词《穷夫妇过年》(《联合晚报·夕拾》1946年12月31日),这在丁景唐一生的文学创作中十分罕见。此作采用夫妻对唱的形式,类似上海说唱、东北二人转,融合了民间文艺的多种技法,既唱又表演,也可以打竹板表演(有些像数来宝),通俗易懂,宜于传唱,不受任何硬件限制,具有深厚的群众基础。北方则有延安新秧歌剧《夫妻识字》,影响广泛,传到国民党统治区,引起很多进步人士的高度评价。

《穷夫妇过年》写于元旦之前,随后春季即将来临,富人喜笑颜开,忙着购置年货,穷人家里则是一幅凄惨景象。

> 过了一关又一关,犯关犯关近年关,/近年关来近年关,家中米缸朝天翻!/团团吓,过了阳关又阴关,/阳关已落地狱门,阴关赛过探阴监。/有钱的孩童狐皮袍,吾家穷人破棉袄,/油米柴盐都涨升,年夜卅边债逼凶。/忏念爹爹公司发双薪,宝贝团团也好吃糖尝尝新!

妻子盼望丈夫带来好消息,但还是一场空欢喜。丈夫恼恨不已,无处出气,竟然伸手打了哭闹孩子的三巴掌。

> 拖了一天又一天,年关就在眼门前,/一年四季做牛马,老板年赏变了卦。/听见家中孩儿哭,不由伸手三巴掌。/团团,不是为爹的拿你泄气,哪有自己的骨头不心疼。/只因为老牛耕田啃草根,吸血的人儿肥又胖,/你爹爹[一年]三百六十天,天天像爬尖刀山,/一家老少还挨饿,这种日子怎好过?

如果演员施展表演才能,拓展想象空间,结合平时的所见所闻,来一段即兴表演,融进各种唱腔和不同方言,又唱又说又舞蹈,那么可以演绎为一个出色的街头剧,类似抗战时期广泛流传的《放下你的鞭子》。高潮之处,形成几个典型的造型,亮相于城镇街头、乡间稻场上。

> 不怨天来不怨地,只恨杀星高照放火人,/征粮征税又征兵,抓去壮丁打啥人?/常言道:天上星多月勿明,地下人多心不平,/瓦片石头要翻身,哪有千年坐龙庭?/有朝一日时辰到,屠伯归阴立时应。/团团吓,到那时,孩儿穿起新衣帽,天下父母全开心,/兄弟姊妹齐欢唱,锣鼓咚咚迎新年,共庆自由享太平!

这里大胆地运用犀利言辞,猛然抨击反动当局,分明是坊间流传的造反歌。

丁景唐还以新民歌、新民谣等形式进行创作,嬉笑怒骂,信手拈来,题材多样,无所不能。

草儿青又青!/隔壁银哥去当兵。/卖国奸贼汪兆铭,/好像白面美书生,/哪知暗藏一副黑良心,/卖我国家跟土地,/教我银哥恨在心!

溪水青又青!/银哥入伍去战争。/可恶汪逆降日本,/卖国求荣肥自身,/热血同胞谁能忍?/打得汪逆不翻身!/银哥誓把性命拼。

这首《讨汪谣》是丁景唐首次尝试写作的新民谣,共分为四段,每段开头均为"××青又青",以此作为四个层次(不同历史阶段),向往抗战胜利。此作融合了云南民歌、儿歌等形式,通俗易懂,老少咸宜,便于传唱。

抗战胜利后,"严惩汉奸"的呼声日益高涨,丁景唐写下《打落水狗歌》。

打蛇要打七寸地,/打落水狗要打得伊死,/什么"菩萨心肠""宽宏大量",/不是白痴就不怀好意。

垂死的恶兽顶阴险,/狐假虎威没有顾忌;/如今树倒猢狲散,/号啕忏悔勿要面皮。

花言巧语骗勿了我,/冬天里吃冰水滴滴在心底;/我要打得你叭儿狗永不翻身,/阴谋诡计都可以休矣!

此作载于《时代·文艺》第2期(1945年10月5日)。这期《时代·文艺》策划的主旨正如首篇的标题"严惩战犯与汉奸",这是该刊直接向周幼海的父亲大汉奸周佛海等开火。以上这首讽刺诗的主题正是"打落水狗"——严厉惩办汉奸,而且这是承接鲁迅的名言"痛打落水狗"之意。

《打落水狗歌》融进许多歌谣元素,或者说是歌谣与诗歌的结合体,通俗易懂,做到了"三贴近"(贴近现实,贴近生活,贴近民声),即接地气,同时犀利、幽默、风趣,既有大白话,又有方言和俗语,融为一体,这也是丁景唐的一种尝试。

相比之下,一年多后写的新民歌《四季相思》显得比较正规。

春季里来百花香/鸳鸯对对戏水旁/姐妮结识田家郎/千般恩情不相忘

夏季里来热难挡/恶毒日头煎田庄/我郎日夜忙割稻/一心只想配成双

秋季里来西风起/收得谷来征粮去/县里派人又抓丁/狼心狗肺黑良心

冬季里来雪纷飞/我那反绑当壮丁/千家万户哭号啕/只为内战动刀兵

此为"旧瓶装新酒"的新民歌,既有"金嗓子"周璇唱红的《四季歌》(田汉作词、贺绿汀作曲)的形式和格律,也"嫁接"电影《十字街头》的主题曲《春天里》(关露作词、贺绿汀作曲)的开头"春季里来百花香"。但是,丁景唐逆向思维,彻底抛弃了以上两者的欢快、轻松和情调,而是注入愤懑、悲哀、沉痛之情,强烈抨击、鞭挞黑暗社会制度,为受尽煎熬的无数乡民申冤诉苦。

《四季相思》以苦命的田家女的口气述说,最初幻想一个甜蜜的春梦,心疼"田家郎"大汗淋漓干活,"一心只想配成双"。但是残酷的现实却是一个噩梦,"田家郎"被抓壮丁,去充当打内战的炮灰,"千家万户哭号啕"。前后鲜明的对比和反衬,凸显主旨——推翻这"吃人"的旧社会制度。此作令人联想起杜甫的名作《石壕吏》《兵车行》,以及鲁迅的七言绝句《无题》:"万家墨面没蒿莱,敢有歌吟动地哀。心事浩茫连广宇,于无声处听惊雷。"

《活路》第7期发表丁景唐的《四季相思》,第8期则发表庄稼写的新民歌《四季想思》(标题仅一字之差)。《四季想思》是续篇,篇幅也扩展,多达42行,其中写道:"自从去年打内仗,拉兵拉去我的郎,庄稼活路没人做,田里土里草长长!炎热夏天日子长,炎热夏天妹想郎……"庄稼是丁景唐等人发起组织的民歌社的成员,民歌社成立时,丁景唐等人委托各地朋友发布和宣传《征求各地民歌启事》,其中有庄稼和重庆活路社的老粗等。

《四季相思》发表后,仅相隔十几天,《联合晚报》副刊《夕拾》编辑袁鹰编发了丁景唐的新民谣《清乡兵》。

> 清乡兵,洋枪兵,/逼军米,抓壮丁,/跨进屋落翻东西,/看见钞票狗眼开,/勿拨灰钿勿走开,/拍拍家伙喉咙响,/有仔钞票好商量,/米缸翻向,/鸡飞上墙,/清乡兵,洋枪兵,/若要命,只有拼。

丁景唐是宁波镇海人,此作采用宁波方言写成,抨击反动当局以"清乡""剿匪"为名,穷凶极恶地掠夺民众财产,呼吁民众起来反抗,"若要命,只有拼"。

薛汕将此作误当作坊间流传的歌谣,不知"洛黎扬"是丁景唐的笔名,便顺手抄录此民歌,编入《愤怒的谣》集子。此事也见证了丁景唐创作的新民谣达到了较高的水准。

《联合晚报》副刊《夕拾》还发表了丁景唐不少诗文,如《看戏有感》:

> 好啊好,/铜鼓咚咚敲,/八十岁老翁头场闹,/两旁皂隶齐喝道。/汽油灯三盏晃晃亮,/花腔大而老虎豹,/文武开打柴结棍。

此为打油诗,不满意草台班子的粗劣演出,愚弄观众,以糟蹋国粹京剧。又如《戏迷赞》:

> 铜锣闹/脚底痒,/两只眼睛红映映/不分皇妃与大将,/鼻端抹粉忘跳梁/只消戏文做一场,/沐猴而冠骑绵羊。

此作揶揄众多如痴如呆的戏迷。《戏迷赞》与《看戏有感》同时写成,都与观剧有关,折射出丁景唐的幽默情趣,难得心情放松。事后想想"好白相",欣然挥笔而就,在轻松、随意和游离中获得创作自由。

丁景唐疼爱妻子和女儿,写了不少新儿歌,还有关于时事的题材,如《颠倒歌》(《世界晨报》1946年9月26日):

> 倒唱歌,/顺唱歌,/听我唱只颠倒歌:/庙院和尚忙请愿,/小偷扒手罚游行,/考场出现护航队,/买得试题登龙门!

此作实为"旧瓶装新酒"的讽刺诗,与《新儿歌——咏汉奸二首》为一组新儿歌,均署名"骆黎洋",即丁景唐笔名"洛黎扬"的谐音。

几个月后,丁景唐写了长文《颠倒歌》,引录了不少颠倒歌,其中一首道:"倒唱歌,顺唱歌,河里石头滚上坡,我搭弟弟门前过,看见舅母摇外婆!"开头两句与上引儿歌开头两句相同,显然丁景唐写时回想起许多往事,并对现实生活中大量欺诈、腐败现象,深痛恶绝,同时又觉得有些丑闻令人啼笑皆非。于是利用颠倒歌的形式,寥寥数语,便击中丑闻的关节,鲜明的几幅对比画面,足矣,无须赘述。

《新儿歌——咏汉奸二首》(《世界晨报》1946年9月27日):

斗斗虫,/虫虫飞,/飞上天,/飞下地,/小汉奸坐牢监,/大汉奸嘟的飞去?

斗斗虫,/虫虫飞,/飞上天,/飞下地,/大汉奸乘飞机,/小汉奸打仗去!

报载周佛海、罗君强、丁默邨等汉奸巨子,乘飞机解京,仆从、厨司、看护数人偕行。

而在不久之前,汪记军政部长任援道就任司令,熊逆剑东在苏北前线毙命,因有感矣。"虫虫飞"之语可能源于江南,后流传到南北各地。有首绍兴儿歌唱道:"斗斗虫,虫虫飞,飞到何里去?飞到高山吃白米,吱吱哉!"生动有趣,外婆或祖母常常唱着,带着幼儿玩此游戏,念到"飞"时,两手同时向左右摆开,像鸟儿飞出去。

此作以传统儿歌为基调,创作新儿歌,简明易懂,节奏轻快,便于上口,迅即流传。副标题中的"咏"字,反其之道用之,讽刺辛辣,连小孩子都恨透这些大小汉奸。丁景唐还添加说明,将报载新闻的原出处交代清楚,这是他治学的习惯。

丁景唐写道:"第一首的上海儿歌'孙中山活转来,东洋乌龟死脱哉',早在'八一三'炮声一响后就产生了,而[上海]孤岛时期的'汪精卫,油余烩'的童谣一起盛行,在当时这正是民心向上的呼声,上海的儿童个个会唱,虽然简单,在他们的幼小的心田里种下对敌伪仇恨的种子,收获民族教育的效果。"(详见本书第三编《辗转南下避难·评述歌谣集〈愤怒的谣〉》)

《世界晨报》,1931年7月来岚声、陈灵犀等人创办的小型报。抗战胜利后,《世界晨报》的登记证转让给冯亦代使用。冯亦代担任该报经理,姚苏凤为总编辑。1945年12月,袁鹰进入该报当记者,后为头版编辑,与冯亦代、姚苏凤熟悉,并且认识了夏衍、陈白尘、袁水拍、徐迟、叶以群、戈宝权、吴祖光、金近、丁聪、凤子、黄苗子、郁风等。多年后,袁鹰写有回忆文章,披露了他们之间的友情。《世界晨报》第3版刊登各种短小诗文和文化信息,先后发表丁景唐的《关于茅盾的几本著作》《颠倒歌》《新儿歌》《民间文学和民间文学的研究者》《王任叔》等。

三、讽刺诗、寓言诗,融入民歌民谣元素

丁景唐曾创作了百余行的讽刺诗《慈善家》和《糊涂虫》,体现了很高的水准。四五年后,他笔下的讽刺诗更多地融入民歌民谣元素,颇有市井文化的味道。

别看错我是个女子/以为有了钱就可以轻易获取/对不起,你高贵的公子/你有那么多的空间/装饱了肚子/紧跟在女人的背后/像雄狗一样的垂涎无耻。/但你可没曾睁开眼珠/用镜子照一下你/自己的一副脸嘴!

我不是没有眼睛的瞎子,/我又不是/用糖粒可以骗得的孩子,/哪个傻瓜不晓得你这花花公子,/谁又不知道你糟蹋多少的女子。

这首讽刺诗《别看错我是个女子》(《女声》第3卷第9期)延续《慈善家》《糊涂虫》辛辣讽刺的锋芒,也是丁景唐发表于《女声》的唯一一首讽刺诗。此后,丁景唐将此讽刺诗演变为大众文学作品,更接地气,如以上介绍的《打落水狗》《新儿歌——咏汉奸二首》等。

你灵魂都发了霉的少爷/干什么这般忸怩装腔/莫不是玩腻了舞女/又想另外换换口味!

看看路旁吧,少爷!/那个跪在路街旁的"老枪"/就是你明天的榜样,/昨天的他还不是跟你一样?

嗨,少爷,/你,大爷的公子啊!/你有那么多的空间,/装饱了肚子,/紧跟在女人的背后/像雄狗一样地垂涎无耻,/何不用镜子去详细地/照一下你自己的脸嘴,/可别没睁开眼珠,/错看我也是个女子!

讽刺诗《别看错我是个女子》52行,一气呵成,首尾呼应。此诗标题甚佳,运用形式逻辑的反证法,将其意贯穿始末——"别看错我是个女子",展现了觉醒女性的刚烈性格,代表广大妇女勇敢地站在现代法庭上,严词训斥被告——怙恶不悛的"少爷"。此讽刺诗借此喷发平时积压的不平之气,不吐不快。影射反动、腐败的敌伪当局,包括无恶不作、骄横跋扈的侵华日军和趋炎附势的狗汉奸等,警告"昨天的他还不是跟你一样"。

如果说《别看错我是个女子》展现了觉醒女性的刚烈性格,那么一年后写的《上海小姐古怪歌》(《联合晚报·夕拾》1946年11月14日)则是借鉴宁波特有的颠倒歌形式创作的,讽刺上海滩十里洋场的时髦女子,由此揭示灯红酒绿的畸形时尚都市一斑。

稀奇夹古怪,/苍蝇咬碗破。/脚头金子打,/锁链宝石镶;/寇丹揩在脚趾上,/奶油烫辣头发上,/跳舞是其必修课,/花钱赛过水片过。/鸳鸯颠倒西装着,/大学文聘嫁肚押。

此诗运用沪语方言,与宁波方言的颠倒歌"嫁接",别有风味。

稀奇夹古怪,/尼姑要花带。/开口谈影星,/闭口夸 Darling,/上海小姐要学美国样,/学煞学死学勿像,/学到恰有三分像,/美国早已变花样。

稀奇夹古怪,/猫见老鼠怕。/恋爱讲"斤头",/"亲善"约街头,/双脚生来不走路,/出出入入有人扶,/尼龙旗袍玻璃袜,/忘恩负义哈罗琼!

上文提及的说唱《穷夫妇过年》是关于过年前夕"过鬼门关"的题材,丁景唐的《一张广告的作法》(《联合晚报·夕拾》1946年12月4日)则是聚焦商铺。

> 本店择吉开张,业经登报在先。/减价日期已过,自难过限展期。/现因敝董提议,请求延长日期。/本店向抱薄利,是应从长计议。/兹特特别放宽,限到本月月底。/顾客尽速购选,机会错过难遇。/逾此宽放期限,兹难通融办理。/本店货真价实,样样包君满意。/依照零钱数目,新旧一律无欺,/唯因外汇关系,支票贴水面议。/倘使错过最后限期,俾搭强货后悔莫迟!

此诗讽刺年底的各个商家不择手段,拼命兜售生意,希冀"捞一把"或挽回经营的亏损。丁景唐时在联华图书公司编辑部(宁波路470弄4号)工作,靠近外滩的黄金地段,每天上下班都经过各个商铺,因此产生了此首讽刺诗,描写了都市年底的光怪陆离的"生意经"。

新格律诗是中国现代新诗的一种形式,亦称现代格律诗,没有固定格律。丁景唐写过新格律诗《池边》,献给妻子王汉玉,既有传统古诗的凝练和韵味,又有现代自由体诗的潇洒、跳跃。《一张广告的作法》借鉴新格律诗的形式,注入新民歌民谣的某些元素,既有经营买卖的术语,又巧妙地融进沪语方言。此诗讽刺意味浓厚,兼有上海滩"冷面滑稽"的味道,但是并不油滑,抛弃金刚怒目、咄咄逼人的激烈语气,而且诗句形式工整,节奏紧凑,抑扬顿挫。

其实,丁景唐与王韬首次办刊物《蜜蜂》时已经刊登一则商业广告,即一首沪语歌谣《兴祥歌》:"喊咚喊咚锵,锣鼓拷(敲)一场。今朝天气好,大家去白相。跑到南京路,先到立兴祥。花色交关(很)多,价钿(钱)又蛮强(便宜)……"这是商铺伙计大声吆喝的推销之作,与《一张广告的作法》截然不同。

丁景唐以前写过儿童寓言诗《风筝与小草》,时隔四年,他再次运用寓言诗的形式,写了《豪门的狗》。

> 豪门的客厅中豢养着一群狗类,/有佩着勋章的猪狗,/有爪牙锐利的狼狗,/有向着空气狂吠的看门狗,/有颈项挂着响铃自信力很强的落水狗,/有被太太们牵着好玩的哈巴狗,/也有被教师爷从街头物色来的野狗……

此诗运用比兴手法,讽刺辛辣,通俗易懂,无须多余的解释。此诗抨击的各种走狗,都是广大老百姓所憎恨、厌恶的,借此为老百姓发泄心头之恨。

> 它们天天叫嚣,/它们天天演习,/它们也为着一根骨头、一杯残羹,/自伙淘里动武式噪架,/但只要主子的司蒂克挥动,/或预先嗅到主子的脚[步]声,/立刻会[像]绅士那样的有礼貌和驯顺,/它们是动物园中的贵宾,/它们装饰了豪门的客厅。

这些走狗的丑恶嘴脸,令人联想到鲁迅笔下的"乏走狗"——"凡走狗,虽或为一个资本家所豢养,其实是属于所有的资本家的,所以它遇见所有的阔人都驯良,遇见所有的穷人都狂吠。不知道谁是它的主子,正是它遇见所有阔人都驯良的原因,也就是属于所有的资本家的证据。即使无人豢养,饿的精瘦,变成野狗了,但还是遇见所有的阔人都驯良,遇见所有的穷人都狂吠的,不过这时它就愈不明白谁是主子了。"(《"丧家的""资本家的乏走狗"》)《豪门的狗》寓言诗由此受到启发,构思草拟而成。

综上所述,至少可以得出如下一些看法:

其一,丁景唐自幼生长在乡村,零距离接受原汁原味的民歌民谣,耳濡目染,日积月累,积淀在心底。经历了前面三个时期的发展,进入多元时期,指导、编辑、写作"三箭齐发",全面提升。诗歌风格转变,以"民风"(民族化、中国化、大众化)为主,潇洒回归。在螺旋上升中不断吸取多元化因素,催促质的提升。潇洒回归是执着追求、创新求变的必然结果;"民风"为主,注入新的审美情趣和审美价值,这是主动探求、确证民间文学是新诗创作的"根"的必然结果。

其二,昔日的"小宁波"丁景唐逐渐成长为俊才诗人、出色编辑、严谨治学者,更是一位从事青年学生运动的共产党人,具有良好的综合素质,随着认知水平不断提升,诗文创作的立意、构思等不同凡响。潇洒回归并非易事,看似"顺口溜",其实是精心构思,选择切入角度,重视立意,摒弃俗套,百余行的叙事诗《他死在黎明》、合作的《一个少女冲喜的故事》便是典型例子。讽刺诗《上海小姐古怪歌》仿照颠倒歌的形式,别开生面。《一张广告的作法》借鉴新格律诗的形式,既有经营买卖的术语,又巧妙地融进沪语方言,两者和谐搭配,在上海乃至全国诗坛中实属罕见的。

其三,丁景唐回归后的诗作鲜明地体现了审美情趣和审美价值的变化,残忍地告别过去,毅然放弃已经熟悉的创作思路,摆脱写作惯性,打碎固有模式,进入新的提升轨道,坚决走自己的新诗创作之路,重新审视周围的一切,开拓一片新天地。这一切都意味着从零开始,自我加压,调整审美的心态,建立新的写作秩序,迎接新的挑战。这需要很大的勇气和非凡的胆魄,并非旁人想象的那么简单。如果一旦失败,那么意味着前功尽弃。

其四,潇洒回归的大前提是前瞻性的判断和分析,包括对政治、时局和现代诗坛新的发展方向等方面。虽然,丁景唐没有经历如火如荼的延安民歌改造的火热场景,亲身感受浓烈气氛,也没有聆听毛泽东在延安文艺座谈会上的讲话,但是他义无反顾地走上这条道路——以"民风"(民族化、中国化、大众化)为主,坚定地认为这才是新诗发展的康庄大道,朝气蓬勃,充满活力,大有发展前途。

在中国现代诗坛上,类似丁景唐这样潇洒回归的例子并不多,长期以来无人提及此话题,留下不该有的历史空白。

遗憾的是,1949年后,丁景唐最初还兴致勃勃地搜集民歌,但是后来因故停止新民歌民谣的创作。丁景唐无暇思索,也从未提及这一点,究其原因,既简单又复杂,无须赘言。

注释：

〔1〕有的学者认为,当时延安等解放区的诗人在广泛挖掘并吸收民歌艺术营养的基础上开创了诗歌新风,李季的《王贵与李香香》、阮章竞的《漳河水》等被称为民歌体叙事诗,把诗歌改造成融合民间形式和叙事功能的新诗体,标志着延安文艺诗歌创作的突出成就。这些诗在表现形式和语言运用上,带有民族化、群众化的特点,主要采用了陕北民间流传的信天游等形式和大量比兴手法,节奏流畅明快,和谐自然,语言有形象美、音乐美的特点,具有淳厚而又清新、刚健而又柔婉的艺术风格。这些新诗体承载着政治重任,积极适应形势发展的需求,得以快速发展,以不同方式流传到国统区,影响了众多诗人的创作风格。

附录 他的薪水结了冻

天快黑,他下办公室回家,
等因奉此磨得他头晕眼花,
像牛刚卸下肩头的轭架,
又赶进电车做一次沙丁鱼的罐头食物。

喘息着,他敲门,
迎来太太一副愁哭着的脸容,
他问她:"是不是孩子病了,
还是你自己的心境不愉快?"
她平板地煽着煤炉生火,
半晌没有开腔。

煤烟也似乎跟他发脾气,
横蛮地从楼梯脚跟窜入小小的前厢,
逼得屋子的主人在它气势下咳呛。
沉睡的孩子惊醒嚎哭挣扎,
他连忙帮着换尿布调奶糕。

她蓬头散发,
红着火眼,一阵咳呛,
择好碗筷,叫他喝口薄粥,
她这才向他打开话匣:
"豆芽涨了八百,
青菜讨一千一把,
煤球肥皂统统涨价,

房东太太吵闹,
房钿要加百分之一百……"

这一下,情势完全改样,
他平板地坐着不能开腔,
但心里[比]谁也雪亮——
政府外汇放长百分之三百,
国营公用样样看涨,
却硬叫他的薪水结冻,
连东洋人来咧也没
这种不通的经济紧急措置办法!

他和她不懂美丽的谎话,
他和她不懂诺言和宪法,
他和她并不奢望汽车、洋房,
也不奢望大菜[1]、跳舞、礼服……
他需要休息、酣睡,
她需要安心当家做活,
不必天天过年三十夜[2],
不必为油盐柴火焦急着想,
他们的孩子需要阳光、营养,
长得茁壮活泼。
一句话,简单明白——
他和她、他们的孩子要活,
过一个像人的最低生活!

原载《新诗歌》第 5 期(1947 年 8 月),署名:洛黎扬。

导读：

丁景唐写此诗时，已经辗转南下避难，但依然关心时事，并且已经转变诗风，以"民风"（民族化、中国化、大众化）为主，与民歌社的宗旨、评述民歌等相配套。

注释：

〔1〕大菜，沪语，指美味佳肴、丰盛宴席。

〔2〕旧时穷人害怕过年，即使大年三十也会有债主上门逼债，时常发生人间惨剧，如同《白毛女》中的杨白劳被逼得饮毒自尽。

散文、杂文、评述

《女声》后期散文、杂文

《联声》时期(第二时期)是丁景唐前期文学创作道路上学习、借鉴的最初阶段,发表的第一篇散文充满了抒情的诗意。此后,从关注校园文化,毅然走向广阔社会,书写灵活曲笔之作。

进入《女声》时期(第三时期),散文、随笔、杂文起点比较高,一开始就坚决摒弃了"掌声""叫喊""飞扬"等谱写的年轻人欢乐节奏及跳跃、舞动的音符,延续冷静的理智思索,直面沦陷后的上海社会。以变换角度的方式思辨险恶环境中的人生哲理,解剖生活繁杂现象,辛辣讽刺、严厉批评丑恶的社会畸形现象。

《联声》时期与《女声》时期之间有一段空白,时间为1942年5月至1944年11月。这期间的创作加上《女声》后期的散文,总共有十几篇,大致分为四组。

(一)咀嚼人生,五味杂陈

丁景唐在《社会日报》上发表三篇短文。《生活》(1942年5月10日)反映上海沦陷后的社会底层百姓的艰难生计,具有普遍性和代表性。《沉默》(1942年5月21日)描写公园里的"她"呆坐着,丝毫感受不到春天阳光的温暖,只有被磐石般的黑暗社会紧紧包裹的寒冷,遭受了难以述说的沉重打击和痛苦折磨,麻木不仁的心灵沉重地折射出"沉默"二字。《橄榄》(1943年2月4日),构思、立意不同于闲适之作,也不图过春节时品"元宝茶"的吉利,而是以橄榄味作为切入点,说明人生苦尽甘来的常理。

《女声》除了刊登丁景唐的诗歌、古典文学论文之外,也发表他的散文。《青春》(1943年3月15日)借鉴诗歌的象征、暗喻手法撰写,如果与当时残酷艰难的抗日战争形势联系起来,就不难分辨"青春"的内涵和外延,凸显爱憎分明的界限。《谈人生》(1944年7月15日)首次公开严肃告诫中国广大青年,以中外名人事例和箴言指出"爱和恨"的人生观。

(二)坦露心迹,倾吐挚爱

《烛光》(《女声》第2卷第1期,1943年5月15日)是丁景唐思念母爱的极少数文章之一,可与《星底梦》一诗及相关回忆文章结合起来阅读,那么便可理解其中的寓意。

《目疾记》(《女声》第3卷第1期,1944年5月15日)留下了一份不可多得的自述体资料,第一次披露自己当时卖文谋生;第一次描写妹妹(丁训娴)陪同自己去眼科诊所;第一次从"眼睛"的角度点评早逝父母的短促一生,将他俩放置于众多社会底层民众之间,拷问"幸福在哪里";第一次透露自己曾与《女生》主编左俊芝交谈,成为促使自己继续写作的动力之一；第一次将眼疾作为散文题材，并大胆地打破此类题材的写作模式，左突右闪，穿越时空，将看似毫不相干的中外诗篇串联起来，为己所用。

（三）校苑拾贝，美丑分明

纪实散文《改卷散记》（《女声》第3卷第2期，1944年6月15日）层层推进，洋洋洒洒，舒卷自如。从任课教师的烦恼谈起，谈到批改高中生的作文，举出"宝贝大作"的例子，足见"半文半白"的主要原因之一是食古不化，并非几十年前提倡白话文的罪过。接着笔锋一转，指出高中生的颓丧、消沉的思想情绪是一个通病，即使作文结构尚可，文句通畅，但是沉迷于卿卿我我的言情小说之中，不能自拔，批判矛头对准"有钱请进来"的腐败教育制度，这怎么培养中国"生命的芽"一代代人才呢？

《一场争辩》（《女声》第2卷第5期，1943年9月15日）谈及"男尊女卑""男女平等"问题，竟然是从"一袭白麻布长衫"的W先生（暗喻讽刺"女子参政"的重庆国民党要人）"狮子吼"般说出，好似冠冕堂皇，其实是偷换概念，蛊惑人心，掩盖历史和社会根源（私有制和阶级剥削等），将诸多表面的现象混淆一谈。其中充满了辛辣讽刺的意味，并与编辑、读者达成默契，成为饭后茶余的谈资笑柄。

（四）辛辣讽刺，严厉批评

《风雅的说教》（《女声》第2卷第10期，1944年11月15日）分为两个部分："肉体美"与"良人的爱"、"肉感政策"与"神秘路线"。引用两篇文章的"肉体美"的谬论，最后才轻轻地捅破脆弱的窗户纸，无须用"牛刀"剖析。"肉体美"一时成为报刊上的流行语，被持有不同审美价值观的作者从不同角度演绎发挥，吸引读者眼球和"流量"。

《从女子二十四孝谈起》（《女声》第3卷第8期，1944年12月15日）谴责古代女性的愚昧、忠孝等封建伦理道德。药厂打着"道德尚旧，科学唯新"旗号，拉扯"风马牛不相及"的古代孝道故事，移花接木，大做药品广告，诱惑读者前去购买。此类名人效应的广告促销手段，如今花样翻新，层出不穷。

以上四组文章至少有如下一些特点：

其一，这时期丁景唐的主要精力放在治学方面，提高思辨能力的同时，并未放弃形象思维的写作，如前文介绍的学术文章与配套的散文相结合，形成"双轮驱动"的可喜动向。以上四组文章则相对独立，即兴发挥比较多，构思、立意也比较随意，并不拘泥于配套的模式。

其二，上海沦陷环境不同于原来"孤岛"时期，《社会日报》《女声》办刊旨意都与原来的《联声》大相径庭。发表在《女声》上的文章题材都必须与妇女问题有关，在有限的范围里努力扩展此题材的外延，灵活地打"擦边球"，巧妙地处理敏感的话题，具有可读性，呈现一定的社会意义。同时积极挖掘自身的潜力，采取更为灵活的曲笔形式，展现新的写作才能，适应非常时期险恶环境中的《女声》办刊需求。

其三,以上四组文章长短不一,《社会日报》发表的文章短小精悍,虽然没有匕首那么锋利,但也有针砭时弊的机锋;虽然没有振聋发聩的社会效应(也不可能),但也有春雨润物的警语。《女声》发表的一些文章,手法不一,既有曲笔的辛辣讽刺,不着一个脏字,也有公开严厉指责,如《风雅的说教》引用两篇文章的"肉体美"的谬论,指明是北方某地官员所作所为,暗喻那里的敌伪政权的腐败、黑暗,南方类似的例子则无须捅破窗户纸了。

其四,在《女声》发表的文章中,丁景唐首次袒露心迹,文笔也不错。《烛光》是思念母爱的极少数文章之一,也是一首富有哲理的诗歌。《目疾记》述说第一次青春磨难所产生的强烈反应——复杂情感和心理状态,形成自我剖析的散文,在丁景唐的文学生涯中很少见。

其五,纪实散文《改卷散记》是丁景唐四年大学生活期间的校园外花絮,透露了有关情况,包括他的学习、写作。学生"悼念亡母的小诗"触及丁景唐最为敏感的柔软部位,不由得泛起早年失去母爱的痛楚。

丁景唐将所见所闻的点滴素材经过筛选、提炼,成为他的心灵影像,投射在稿纸上,形成以上四组文章。在原来《联声》时期诸多散文的写作基础上,继续保持自然流畅、舒卷自如的特点。

《沉默》的写作手法比较突出,丁景唐抓住两组人物、色彩、氛围多元化的强烈对比,形成动与静、亮与暗、活与死的鲜明反差,聚焦于一个无名无姓的少女"她",其中凝聚了丁景唐写诗的技巧,犹如一首小诗的韵律。在他前期十年散文创作中,此文当属佼佼者。

抗战胜利后的散文、随笔、评述

对于这个时期的诗文的介绍,已经散见以上各个章节,不再赘述。以下六篇文章属于拾遗补阙,构思、立意、行文等达到较高水准,可以以小见大,窥见一斑。

(一)思念故人,真挚感人

抗战胜利前后,丁景唐协助编辑《小说月报》《文坛月报》等,进一步扩大人脉关系,有关刊物编辑纷纷前来约稿。因此,丁景唐撰写的散文、随笔等(大多署名丁英),适应对方编刊的要求,与以前的《联声》时期、《女声》时期有所不同。

> 走到那一条被爬墙虎和古槐遮盖着的冷巷里,我在一扇黑漆的门前停下了脚步,我就敲着门。半晌,出来开门的是一个年老的苍头。
>
> 当我穿过荒芜的庭院,踏进一间书房的时候,主人从藤椅上跳起来:"喔,你回来了?"
>
> "回来了……你看,战火使我们老了多少?"
>
> "我知道你会回来的。从我们分别的那一天起,我就知道你会回来的!"
>
> 接着,别后的寒暄,主人告诉我不少故人的事,我的情愫也跟着他的消息渐渐地变

得伤感起来。

> 一个,二个,三个……十几个热心的年青人在敌人的鞭子和刺刀下悄悄地死去,没有人知道他们,甚至没有人知道他们的墓地。

《故人》(《文艺青年》创刊号,1946年元旦)以小城为背景,展开联想,浮现出昔日知心的青年朋友,包括他昔日的同窗学友。结尾格调陡起,联想起这些同学在各地的战斗和生活。

巴山主编的《文艺青年》,编辑部设在上海天潼路宝庆路39号。这期发表丁景唐的散文《故人》、袁鹰的散文《归来曲》和周建人的大女儿周晔的诗歌《故乡!我怀念你》等。《编后杂谈》说道:"本刊所以能够提早出版者,首先要感谢蒋振湛、沈莘贤、张雄飞、朱季安、马丁抒几位先生于精神上与物质上之鼎力帮助。其次应感谢的是孔另境、范泉、钱君匋三位先生,他们都给我指导,特别是钱君匋先生,百忙之中为本刊设计封面。最后要感谢的是丁英、舒扬、联熏、品良、伟明、仁杰、文亮、歌隐、翠青等各位好友之热忱赞助,并赐佳作,惟以篇幅有限,不能尽量刊出为歉。"

思念故人的题材也同样体现在丁景唐的散文《灯》(《文坛月报》创刊号,1946年1月20日)中,讲述外祖母的故事,也是目前唯一幸存的此类题材的文章,字里行间充溢着对外祖母的深厚感情。丁景唐在《妇女与文学·后记》里写道:"作为一个失去了亲人的幼小者,我是幸福的,年老的外祖母曾经是第一个负起母亲的重荷的人。""对于外祖母和皑姑,她们所给予我个人的激发,以及我对于她们的敬崇与感纫,是远过我自己亲生的娘的。"

《灯》就像一首抒情诗歌,采用欲扬先抑的手法。最初全家人围着油灯,随着欢乐的笑语逐渐消失,取而代之的是黑色的压抑气氛,在文字间缓慢地流动,逐渐弥漫开来,令人喘不过气来,胸口堵得慌,甚至窒息。

> 去年冬末,外祖母死了。患的是一种踝骨炎。临死时,她的脚也落了下来。她要看看她曾经失掉知觉而落下来的自己的脚。晚上叫舅父把全屋的灯都点亮了。可怜的星星之火的豆油灯,放在她床前。她的散光的眼睛,什么也看不出了。
> "洋灯没有了。"她看着七八盏像眨着眼睛的灯火。
> "外面打仗,洋油已经好几年买不到了。"舅父说。
> "要有电灯就好了。"她颓然地倒了下去。
> 外祖母死前二天,医生说这病要有太阳灯,尚有痊愈的希望。太阳灯是什么样子的呢?他说没有见过。也许从什么人嘴里探来,或者看了什么杂志上的。
> "就是有了太阳灯,"舅父失望地说:"在冷落的乡下,隔山过海的怎么能够来呢?"
> 外祖母在二天以后,就死在这几盏黯淡的豆油灯下了。

最终,全家人眼睁睁地看着外祖母"死在这几盏黯淡的豆油灯下了"。这是留给丁景唐的最后印象,充满了惨淡、忧伤、悲哀、痛惜的情感。

丁景唐协助编辑的《文坛月报》仍然属于联华图书公司,地址是上海宁波路470弄4号(原《小说月报》编辑部)。如今这里是靠近外滩的黄金地段,周围大变样了。夜晚的外滩,灯火辉煌,璀璨夺目,这是丁景唐的外祖母生前不敢想象的蔚然壮观的场景。外祖母的家乡宁波乡下也发生了翻天覆地的巨大变化。曾经传说中的"太阳灯"(医疗设备),如今也不是什么稀罕物,可惜丁景唐生前未能续写类似《灯》的题材之文。

(二)一组两文,格格不入

《联声》复刊第2期同时刊登丁景唐的两篇散文《暖房以外》《荒塚》,呈现一种冷峻、富有哲理的画面,与报刊纷纷发表的众多热烈欢庆抗战胜利的诗文格格不入。

这两篇散文之间有某种内在联系,即并未被抗战胜利冲昏头脑,而是依然冷静地看待这个战后满目疮痍的社会,贫富悬殊,"做官的还是做官,发财的还是发财",广大百姓依然受饥受寒,受尽剥削。

梁小丽写的散文《暖房里的花朵》(《莘莘》月刊第2期,1944年4月)引起丁景唐的注意,逆向构思,撰写《暖房以外》,思考更为深刻。《暖房以外》开头的"暖房"象征着自我陶醉的狭隘小天地,随后展现暖房与阴霾、鬼脸与凄楚、流浪狗与昔日主人、乞讨与施舍,这些社会底层画面的交织和瞬间定格,告诫广大读者必须清醒地认识残酷的现实。结尾呼喊:"我要烧毁这世界,烧毁我的暖房!"形成首尾呼应。

另一篇散文《荒塚》流露出孤寂、冷漠之情,凸显"无情"二字,具有象征手法的寓言哲理。与其说是孤芳自赏,"独上西楼",由"孤寂的性情维系着",不如说是憎恨周遭的世态炎凉,甚至连孤坟里的孤魂也被搅得不得安宁,这世上还有什么人间温暖呢?看看上一篇《暖房以外》对于社会底层场景的描写,便可理解《荒塚》的"无情"主旨。此文的冷色调受到鲁迅杂文集《坟》的影响。鲁迅告诫说:"人生多苦辛,而人们有时却极容易得到安慰,又何必惜一点笔墨,给多尝些孤独的悲哀呢?"(《写在〈坟〉后面》)

(三)评述新颖,锋芒毕露

丁景唐指导的《莘莘》月刊第4期(1945年7月5日)发表他写的杂文《逃避与等待》,展现反常规的丰富联想,得益于丁景唐作为诗人的广阔思维天地。文中的鸵鸟、企鹅是生活环境、习性等完全不同的动物,丁景唐却将这风马牛不相及的动物类比人类社会中"逃"与"等"的群体。这种反常规的联想,带来了一种新颖的构思和指向,在两者个性的巨大反差中发现两者共性的相通,鲜明地体现于对鸵鸟、企鹅的细节描写和心理刻画。对于鸵鸟、企鹅的形象化描写,诸多细节颇为生动传神,特别是企鹅"白胖的胸腹,吱吱喳喳",趾高气昂,"颇有些绅士的气派",并在风平浪静与风暴来临的不同时空里,演绎着活灵活现的言行。作者点睛道:"如果是人,它也一定还用些漂亮的辞藻来掩饰哩!"由此推出社会形象,有助于读者对于身边"逃"与"等"的类似社会群体的把握与理解。

丁景唐的《"得分的唯一希望"》是将政治与体育紧密联系,进行思考的结果。此文载于1947年3月22日《联合晚报·夕拾》。此前,《申报》接连发表吴邦伟的《谈参加世运》(1947年3月13日)、王征君的《从世运谈到全运》(1947年3月19日、20日),3月15日还刊登了国民党六届三中全会开幕的消息,以及国民党军队进攻陕甘宁边区等报道,这些引起丁景唐的思索。对于中国体育代表团再次组团去参加世运会(奥运会),广大体育爱好者都不抱希望,因为前车之鉴——上一届得个"鸭蛋"成绩,事后证明这次还是如此。庄铭咸[1]热心推荐张星贤[2],期望能打破"鸭蛋"耻辱记录,但是推荐的言辞引起质疑。丁景唐此文引开说去,尖锐抨击国民党当局穷兵黩武打内战,"在枪声密集中制造一片太平风光",不惜耗费千万百姓的税收。文章以昔日国民党军政"慷慨之士"实行不抵抗主义,丢失东北热土,以及侵华日军战犯"冈村宁次的留任"的现实,尖锐抨击国民党当局姑息养奸的反动本质和卑劣行径。

创作活动中唯一一组散文诗《灯下小集》

丁景唐早期诗文创作凸显创新、灵活的特点,他的形象思维往往在诗与散文之间自由穿梭。他写下散文诗《灯下小集》在情理之中,这是他一生创作活动中唯一一组散文诗,填补了他"二进沪江"初期写作生活的空白。

1948年秋天,为了躲避国民党追铺,丁景唐在远离市区的沪江大学执教。新学期开学不久,恰逢中秋节,丁景唐触景生情,回想起一年多来与妻子王汉玉辗转南下避难,颠沛流离,煎熬度日,共克艰难。现在他与家人又不得不分开,孤身过节,思绪万千,便挥笔写下这组散文诗。每节短小精悍,灵活多变,不拘一格,或一个情景,或一个事物,或一个片段,或一则短简,或一首小诗,联想翩翩,寄托了丰富的情感和远大志向。

《灯下》对自己前半生进行反思,"默诵着我的誓言",串联起《向日葵》之"在风雨中,它喜爱逞斗",象征着共产党人的光辉形象和坚定信念。《星星》怀着童贞情结,让人联想到《星底梦》,纯真唯美,超凡脱俗,决不容许被庸俗的观念玷污。《憎恶》爱憎分明,叠加《弃婴》中美丑颠倒的画面、生死交错的镜头,无情地撕开畸形繁华都市的面纱。终有一天,"人的社会将是无限美的社会"。《寄语》述说真挚友情,希望发展为志同道合的挚交,与《有赠》心声相通,"我也将你歌唱而祝福","因为我的心也在开着光明的花"。《眼泪》先是痛苦、忧郁、无助和焦虑,突然调子升高,变得乐观、奋起、坚强和韧性,哲理寓于其中,"我还能有眼泪的骄傲"。《怀念》中团圆的中秋节并未团圆,思念之情涌上心头,浓缩为一句话:"幸好今夜只是满城的风风雨雨。"《希望》"是一面多彩的旗"。丁景唐曾以不同视角、不同方式表述"希望",也曾借古喻今写作叙事诗《远方》——"我们相信,只要奋斗下去,流着甜蜜和乳的乐园是不远的了。"《爱情》并非才子佳人,而是"我爱你!土地"。浓烈的情感浓缩为21个字,深情地追念外祖母和父母。《明天》中昨天、今天、明天之间的辩证哲理,归结为"呱呱落地的初生的婴儿"——创造新的生命、新的世界、新的未来。

这组散文诗达到了散文与诗相结合的预期效应,既有《红叶》等诗作抒情与色彩、画面与寓意、友情与象征、变幻与哲理相结合的特点,也有散文《暖房以外》等的冷峻的特写镜头,更有多元的表述形式——在穿越与憧憬、浪漫与现实、追求与斗争中,以象征、暗喻等多种现代派表现手法,较好地袒露了诗人的心愿。总之,这组散文诗不妨视为丁景唐前半生文学创作的一个小结,以小见大,呈现博采众长的特点,融入个性化创作,开拓了文学新空间。

注释:

[1] 庄铭咸,嘉定南翔人,毕业于江南体专,"平生爱田径若命",因患骨炎住院治疗三年。他"致力各报之田径著述,喜收藏名人函札、古物等,对考古有相当兴趣"。他的姐姐、二哥都是田径好手。

[2] 张星贤,其祖父为福建漳州人,父亲张启明曾经在台中担任过教师,后来改行做生意。1910年,张星贤出生于台中。1930年张星贤参加在台湾举行的第九届远东运动会预选赛,在三级跳远比赛中,张星贤夺冠,刷新了当时中国的全国纪录。张星贤从台中商业学校毕业后,受到杨肇嘉资助,得以入读日本早稻田大学。1931年张星贤打破日本400米栏全国纪录,获得1932年奥运会400米栏及1 600米接力参赛资格,成为第一位参加奥运会的华人。此后,张星贤担任北京车站副站长,参与华北地区的田径比赛。1945年8月日本无条件投降后,张星贤辗转回到台湾。

第三章 生 活 篇

同窗结缘,景玉共赏(上)

一、老宅老话,如数家珍

弄堂与石库门住宅融为一个整体,每家每户都拥有半凸出的门脸,其上有精雕细琢的西式弧券,两旁为人工黑色大理石镶边框,衬托对称的竖形灰色麻石(各有四条凹沟)。门脸正中为乌漆厚木大门,中间镶嵌对称的两个铜扣环和铜底座,以供来访者"怦怦"敲门,颇有弄堂民俗风味。三层楼房为砖木结构,清水红砖墙,黑瓦斜坡屋顶,见证了昔日簇新、精致和气派的中西结合的建筑文化。

一钩弯月,疏密相间的星星,深墨色的神秘夜空,被切割为不规则的几何图形,或开阔,自由翱翔;或狭长,再变为多边形;或短促,缺胳膊断腿,这些都是石库门老宅屋檐的作为。石库门述说着一个城市的来历和沧桑、辉煌与尊严,甚至是宽宏、凛冽的历史。

清淡的月光试图渗透浓密的葡萄架,一颗、两颗、三颗、四颗……成熟的葡萄掉在地上,"噗噗",瞬间发出轻吻的细微声,流出紫红色的甜汁,侵蚀小方格的水门汀(水泥地)。一棵葡萄老藤,老劲硬朗,扭动身姿,坚守在天井墙隅一角,始终陪伴着一张小圆桌、两个鼓形凳子——均有彩色花纹图案,以示吉祥如意。突然,一道黑影电闪般掠过,"喵喵"叫一声,打破子夜的寂静,蹑手蹑脚,潇洒穿过天井围墙,消失在夜幕里。天井的阴暗墙角里,不知名的小虫还在抒情低吟,哼哼唧唧,肆意侵入老宅主人的梦乡。

葡萄架或伸出的嫩枝,逐渐延伸、舒展,肆意肢剪飘拂的大朵白云。或浓密茂盛,遮阳挡雨,获得荫凉,夹着几分野趣,闲适和散淡;或果实累累,爱意满满,孩子抬头睁大纯真、明亮的双眸,呀呀嘟噜着,小手指着,有些馋嘴;或稀疏凌乱,任凭雪花飘散,但是并不忌妒屋内的炭缸,吐露着暗红色的火息,暖洋洋的。这些都留下不断更新的许多话题,来往宾客,家长里短,没完没了……

"做羹饭喽——"这是江浙一带祭奠逝世长辈的饭菜。

勤快的阿婆围着蓝色土布围兜,端着一碗热气腾腾的汤碗菜肴,进入客堂间,面前是两张方桌拼成的长桌,摆满了沪、甬两地的各种美味佳肴。长桌两旁摆着碗筷、盅碟,精美的瓷器调羹放进小碟子里,"当啷"清脆一声。"滋滋",锡制酒壶嘴倾斜,琥珀色的黄酒注入嵌蓝边的酒盅,泛起诱人的小泡沫,散发醇香的酒味,"格得(这里)少一只酒盅,勿话来(很糟糕)。"

长桌另一端尽头,搁着一只黑色花纹香炉,插着一丛土黄色的香,一股青烟袅袅升腾,飘散着有些刺鼻的香味。烧香掉下的灰白色灰烬,几乎积满了香炉,有几截残短的灰烬,散落在香炉外边,不甘心地躺在长桌上。香炉两旁的台架上,竖起两支大红粗蜡烛,点着了,"滋滋"作响,火焰欢快地腾跃。

长桌前摆放着圆形棉垫,几个女孩子挨个乖乖地跪着,磕头,双掌合十,念念有词,祈祷老祖宗保佑。一旁的墙上挂着丁景唐父母的遗像,默默地看着丰盛的羹饭,好像闻到了久违的家乡味道。"交关(非常)香!"

"汉玉,阿毛呢?"阿婶朱瑞兴,孩子们都称她为阿婆,她习惯叫着丁景唐的小名。有时突然想起宁波规矩,改口称作"姑爷"。

抗战胜利后,42岁的阿婆从宁波乡下到上海丁宅,她的裁缝手艺堪称上乘,为丁宅老小(鼎盛时多达十几人)几乎都做过不同式样的衣裤等,有时她还帮忙烧饭、炒菜,其中葱油芋艿软绵、喷香,是她改良的宁波菜肴。

每年临近春节,阿婆总是里里外外忙着张罗,操着"贼骨铁硬"(地道)的宁波话,夹着宁波汤团的甜糯味,满脸笑容,跑进跑出,四处去借笨重的石磨(磨糯米)、捣臼和石锤(捣芝麻),洋溢着如同宁波乡下过年的热闹气氛。一阵锅碗瓢盆乒乓响后,"新年好"十几张嘴同时欢乐地喊道,纷纷举起筷子,争先恐后地抢吃美味佳肴。阿婆只是笑着,这是她一年中最惬意的时光,她还没解下围兜,刚坐下,忽然想起什么,又转身走进厨房。

吃完年夜饭,弄堂里响起零星的鞭炮声,阿婆戴上老花镜,带着几个女孩,围着客堂间的圆台面,七嘴八舌,天南地北,扯开了话匣子。她们几双手冻红了,还在不停地搓着,出现了一个个可爱的宁波汤团,白白胖胖、圆圆鼓鼓的,在灯光下反射着点点水亮光,逐渐铺满了几大盘,准备第二天一早供大家享用,图个大吉大利——阖家团圆,幸福安康。

阿婆在丁宅勤勤恳恳操劳了28年,直到年逾七旬。她见证了丁宅大起大落的命运——兴旺、快乐、幸福,以及磨难、低沉、困惑。最终,她再也没有精力对着镜子,蘸着刨花浸泡的黏糊糊汁水(类似发胶),精心梳洗头发,挽起发髻,套上黑色网兜。岁月催促她的鬓发染霜,有些散乱,瘦小身子支撑着一套玄色布衣,背影弯躬着,一双小脚踽踽慢行。她没有回首再看看生活了多年的老宅,也没有留恋什么,夹着简单的行李包袱,逐渐消失在弄堂外面。她没有遗留只言片语,如同永嘉路慎成里的匆匆过客,却留下了诗一般的中国妇女传统美德——心美手巧、任劳任怨、勤俭持家,用血汗书写了一首后半生的叙事诗。

1942年2月15日大年初一,丁景唐一家自明德里35号迁至新住处西爱咸斯路(今永嘉路)慎成里,七个子女中有六个是在迁入这里后陆续出生的。

这里的原住户是董景安[1],沪江大学第一个中国籍教授,曾担任副校长、代校长。丁景唐与该校有缘分,他晚年在纸条上写有批语:"董牧师原房主为沪大副校长,从赤膊弄堂(三升里)到慎成里××号。"此纸条夹在朱博泉写的《沪江大学校史述略》(《上海文史资料选集》第47辑,上海人民出版社,1984年6月)一文里,文中介绍了有关董景安诸多往事。董景安的后代移居美国后,还记得原住房的三楼地板上有一个烫焦的浅凹印迹,那是冬天用炭火取暖时不小心留下的印记。笔者小时候还经常在此地板上打玻璃弹,以此浅凹印迹为焦点。

慎成里由缪苏骏建筑师设计。缪苏骏,字凯伯,江苏溧阳人,毕业于上海南洋路矿学校,1924年创办凯泰建筑公司,1932年自办缪凯伯建筑师事务所。慎成里于1928年动工,曾有15排三层石库房,红砖清水墙,曾是旧时法租界西爱咸斯路上最大的一条石库门里弄。慎成里的另一个出口在拉都路(今襄阳南路),往南去是肇嘉浜和一块一块菜地,四周空荡荡,人车稀少,进出很方便。哪像现在慎成里龟缩在四周杂七杂八的新旧建筑物里,"七十二家房客"比比皆是,尽管号称为沪上迄今保留得比较完整的石库门建筑的老弄堂。

丁景唐夫妇在这石库门老宅里,一晃度过了半个多世纪,深有感情。丁景唐很熟悉周围的情况,信手拈来,常说起紧邻的中共江苏省委机关旧址(图28),以及与鲁迅、田汉、萧军、萧红等来往,说到紧要处,眉飞色舞,如数家珍,随后拉着亲朋好友去合影留念,尽地主之谊。他晚年时特地写了《我家邻近的人文景点》《田汉创办南国艺术学院——上海西爱咸斯路二百七十一号》,笔者也起草了《萧军、萧红在上海的故址》。

昔日天井里的葡萄架已荡然无存,墙角野草顽强地钻出缝隙。"羹饭"早已是陈旧的名词,连同两张方桌和考究的仿太师椅都

图28 丁景唐在中共江苏省委机关旧址

消失在历史尘埃里。如今客堂间汇聚了昔日丁景唐钟爱的众多新旧书刊,无声无息地蔓延到各个角落,还爬上了顶着天花板的一排简易书架。书架上挂着丁景唐、王汉玉的遗像,还有他俩年轻时的照片,默默地注视着这幢老宅的各种变化。幸好,他们还与昔日钟爱的书刊相伴,化为一体,这些书刊倾注了昔日"景玉共赏"的欢乐之情和温馨的私语,忠实地记载着众多宾客的高谈阔论,以及他们儒雅博学、不经意间指点江山的生动形象。

二、不速之客,突击任务

1943年8月暑期,一天早晨,丁景唐(在地下党"学委"从事宣传工作)党内的上级领导田辛又一次出现,他那时已调任华中局城工部工作。

田辛穿着西装短裤,拿着一把扇子,跟着丁景唐上楼,坐定后,连饮两杯凉开水,说:"这次又一个突击任务,怕耽误时间,组织上让我直接来找你,你再向上级汇报,同时我逐级下达。"指示丁景唐尽快完成一项突击性任务,即印发油印件《评〈中国之命运〉》小册子。

田辛与丁景唐详细地研究了这项任务可能遇到的困难,并且确定了印发工作的具体原则。临走时,他把手中的纸扇和一本伪装成旧小说的《评〈中国之命运〉》交给丁景唐,叮嘱说:"扇子的夹层有份文件,取出后,可用碘酒显印,你们看后,交给上级。"

1943年1月,英、美分别与国民党政府签订了《平等新约》,同年5月,第三国际解散,蒋介石企图趁机取消共产党,由陶希圣执笔以蒋介石名义撰写《中国之命运》,大肆污蔑中共领导的八路军、新四军,要在两年内消灭共产党。这是蒋介石为发动内战大搞舆论准备,国民党中央要求其干部人手一册《中国之命运》。陶希圣得意洋洋地撰文《读〈中国之命运〉》,吹捧此书。其他御用文人也纷纷撰文,鼓唇摇舌,大肆攻击共产党及其武装力量。

同时,中共中央对《中国之命运》进行了有力的批判,艾思奇、范文澜、胡乔木等人撰文驳斥,其中《评〈中国之命运〉》发表于7月21日的延安《解放日报》,影响很大。新华书店晋察冀分店出版的集子《评〈中国之命运〉》收入此文章,随后出现各种版本,丁景唐曾珍藏一种版本,留作纪念。

批判《中国之命运》是国共两党在抗战期间意识形态之争的重大事件。毛泽东决定公布《评〈中国之命运〉》,指示"设法秘密印译成中、英文小册子,在中外人士散布。"因此,田辛交给丁景唐的突击任务是执行毛泽东和中共中央的指示,是一项严肃的政治任务。

丁景唐接受田辛交办的任务之后,立即赶到俞正平家里,作了详细汇报,共同商量了有关事宜。俞正平在丁景唐就读青年会中学时改任"学协"中学区干事,是丁景唐所在的"学协"三人小组组长。他俩商量决定:一面由俞正平向上级汇报,一面确定参加这一次突击任务的几位党员。其中徐祖德是原大同附中支部书记,暑假里已考取复旦实验中学;华东联合中学党员张燮文和梁仁阶已分别考取杭州的浙江大学和上海的大夏大学;另外还有大同附中学生叶学章,以及临时抽调的常瑛、裘民山,这些人员都由徐祖德统一安排。丁景唐直接安排大同大学党员陈某刻写蜡纸,陈某曾参加《中学生活》的编辑工作。同时,丁景唐请党组织调吴康(擅长刻印)指导刻印工作,吴康时任"学委"男中区委领导,他的入党介绍人是丁景唐,他俩是青年会中学同学。

经过一番油印的紧张工作之后,寄发油印件《评〈中国之命运〉》又成了大问题。张燮文、梁仁阶向丁景唐建议,仿制一个日本同盟国经常寄发宣传品的大信封,把油印文件伪装起来投寄,丁景唐表示同意。

关于分发对象,丁景唐还记得除了一大部分是由组织上提供之外,还从电话簿上抄录文教、科技和大工厂、商店的个人和单位信息。丁景唐与张燮文约定暗号,到静安寺路一条弄堂去取收件人名单,然后与梁仁阶一起把名单贴在大信封上。

丁景唐仔细研究了上海地图,骑自行车实地察看了全市几个邮电支局和邮筒的分布情况,以及附近日军和汪伪警察的岗哨位置。在油印和散发之前,丁景唐几次检查保密工作,安排徐祖德完成任务后,暂时住在陈某家里。丁景唐到陈某家去听取徐祖德的汇报,又骑车到苏州河北梁仁阶住的弄堂附近,察看安全信号。随后到法大马路(今金陵东路)一条弄堂口,察看了张贴的一张小纸条:"天皇皇,地皇皇,我家有个夜啼郎……"这表明张燮文顺利完成任务后,已离沪去杭州的浙江大学报到了。[2]

三、传达指示,自己办刊

1944年秋冬之间,一阵寒风刮落了一地枯叶,丁景唐在家里迎来了一位党内领导人吴学谦。

吴学谦比丁景唐小一岁。丁景唐就读青年会中学高中时,担任"学协"中学区干事,吴学谦则是"学协"格致中学小组负责人,后任该校党支部书记。格致中学有着悠久的历史,吴学谦、锺沛漳、张征泰等在该校建立党组织,开辟学生工作。章增写有《润物无声,潜移默化——格致中学党支部群众工作片段》,收入《火红的青春——上海解放前中学学生运动史实选编》(上海外语教育出版社,1994年11月),吴学谦为此书题词:"发扬爱国主义传统,把青春献给人民。"并撰写总结性的卷首语《解放前夜的上海学生运动》。

1944年5月,吴学谦从淮南抗日根据地中共中央华中局学习后返沪,历任地下党"学委"委员和领导人,后为外交部部长、国务院副总理。这次吴学谦敲开丁景唐的家门(陈向明[3]也在座,后为上海少年儿童出版社社长),传达上级有关指示,要从思想上、组织上准备夺取抗日战争的最后胜利。

这时第二次世界大战形势发生急速变化,苏联红军开始全面反攻。上海青年学生富有强烈民族自尊心,需要有一份具有知识性、文学性的学生刊物,慰藉精神上的寂寞。丁景唐接受组织上的安排,帮助沈惠龙,"由我们自己来办一份学生刊物",即《莘莘》月刊。

丁景唐晚年重新审校《莘莘》第1卷第3期(1945年6月5日),特意用一张便笺贴在这期刊物扉页上,其中写道:

《莘莘》月刊1945年2月—7月,共出4期。

党的"学委"领导的唯一公开出版的青年学生刊物。由交大学生(党员)沈惠龙主编,参加此刊工作的党员有冯大文、江沨、金如霆(笔名柯群、史亭)等。那时袁鹰(田钟洛、田复春)还不是党员,也参加编辑工作。该刊由我负责具体联系。

《中共上海党史大事记(1919—1949)》,1988年8月上海党史办编(知识出版社,1988年),第585页列入大事记。2月1日:上海党"学委"以莘莘学志社名义,公开出版学生刊物《莘莘》月刊。

我和沈惠龙同志都写过回忆文章,刊上海市政协编的《抗日风云录——抗日战争胜利40周年纪念特辑》(下)第342—361页,1985年8月,上海人民出版社出版。

四、紧急通知,接手未果

1945年5月,丁景唐等人已经创办《文艺学习》,策划下一期的报道内容。

一天,学长王楚良敲开丁景唐的家门,寒暄几句后,低声通知丁景唐:"梅益有紧急事情,要与你接头。"

对于梅益的名字,丁景唐早有耳闻。梅益(原名陈少卿)比丁景唐大7岁,广东潮州人,1929年考入上海中国公学大学,两年后到北平从事报刊的编译工作,并参加"左联",加入共产党。后南下抵沪,为中共"文委"成员,后任书记。丁景唐读中学时,喜欢翻看"左联"刊物《文学界》,以及《光明》刊登的《文艺家协会成立之日》一组文章,其中有梅益、郑伯奇、艾思奇、关露等人写的文章。

梅益作为新闻家、翻译家的杰出代表,抗战时期在上海与林淡秋、姜椿芳等人创办中共地下组织领导的《译报》(后改为《每日译报》),并与其他同志编辑《华美周刊》《求知文丛》《上海一日》等。对此,梅益写有回忆文章《抗战时期上海地下党领导的文化工作》(《党史资料丛刊》1981年第3辑)。梅益曾躲在新知书店上海办事处的狭窄仓库里,夜以继日地翻译英文版《钢铁是怎样炼成的》,其中第三、四章还请姜椿芳对照俄文原版,加以核阅。书稿完成后,梅益按照上级指示,撤退到淮南根据地。丁景唐珍藏梅益译本的再版本,那是抗战胜利后,梅益回到上海,对译作略作修改,交给新知书店,1947年12月在哈尔滨生活·读书·新知三联书店出版。

丁景唐得知梅益返沪,心头一喜,这时他已从地下党"学委"转入"文委"系统,改由唐守愚领导。时间紧迫,王楚良没有多说话,示意丁景唐抓紧时间出门。为了赶时间,他俩一起乘坐公共汽车,来到市区的祥生饭店。这里是三教九流聚集处,经常爆出花边新闻,也是地下党接头之处。

梅益早就等候了,待丁景唐、王楚良入座后,低声对丁景唐说道:"情况紧急,来不及经过老唐(唐守愚)再通知你了。"梅益严肃地说:"今天约你来,是因为姚溱生病,需要你立即接替他的《消息》半月刊编辑工作。"

丁景唐听取了梅益交代的任务,便告辞了,匆匆出了饭店,按照梅益的指点,赶到五马路(今广东路),拐进一条弄堂,找到一家报摊,得知姚溱到印刷厂去了。《消息》在《联合晚报》印刷厂印刷,印刷厂在爱多亚路(今延安东路)、河南路路口。幸好丁景唐熟悉这周围情况,又急忙赶过去,一打听才知道,《消息》已被通知停刊,姚溱也早已隐蔽了。

事后,唐守愚通知丁景唐:《消息》已被查禁,党组织另有筹划,要求丁景唐继续负责"文谊",协助出版《文坛月报》。

《消息》最初是梅益、姚溱、唐守愚商量决定创刊的。当时姚溱从淮南根据地回沪,住在法租界古拔路古拔新村,梅益去看望他,唐守愚也在场。他们三人一起研究"文委"工作,设法利用有利条件开展工作,其中包括创办《消息》半周刊,缩短刊期,容纳更多的信息,宣传效果和经济效益会更好。刘长胜、张执一和方行都赞成这个主意。方行回忆说:

> 姚溱和我是在"孤岛"时期编辑《学习》半月刊的老搭档,他才思敏捷,写作路子很广,向以"快笔"著称。我们初作研究后,认为首先要解决资金问题。经与贾进者商量,他赞成办这个刊物,并称可从家里私自取出一根大条(黄金十两)来。资金来源有了,就建立了一个没有固定地址的编辑室,参加工作的有范秉义、华封,又请驼根清、温崇实任专职记者。请谢开夏(后改名薛江)负责发行工作,因他一向在农业书局工作,与福州路的书报社及很多报贩相识,有利开展发行工作。还借谢设在广东路三百二十二弄荣吉里十一号与人合伙经营的文具店作为对外发行处。同时由谢出面去向当时的社会局办理刊物登记手续,争取合法出版。筹备工作即将就绪,我们就向张执一汇报。他认为可以,并谓他已和徐伯昕商妥,韬奋遗著《患难余生记》可在这个刊物上发表,使之更为生色。向夏衍请教的事,都是他叫姚溱去找的。由姚溱和我分头接洽,金仲华、周建人、叶圣陶、蔡尚思等知名人士均允为本刊经常撰稿,米谷和张文元等皆允经常提供漫画。刊物的封面是托梅益去请池宁设计的。

(《一支文化小游击队办的刊物——〈消息〉半周刊》)

1946年4月7日,《消息》创刊号问世,编辑为宋明志、丁北成,这分别是姚溱、方行临时起的化名,刊物设有"时事述评""专访""社会新闻""小品""杂文"等。"时事述评"多为夏衍、胡绳撰写,十分尖锐,寥寥数语,一针见血。"专访"栏目发表了采访黄炎培、陶行知、胡厥文、朱学范、马寅初、许广平等的稿件。章伯钧、梁漱溟、郭沫若、施复亮等到上海后,《消息》记者也及时采访,请他们为该刊题词。《消息》还发表《曾生将军印象记》《中原参谋长王震》的专访,以及《塞北解放区真相》《延安的市容》《举国关心的中原军区》等通讯,让上海读者真切了解共产党的军队、共产党领导下的根据地。同时,《消息》大胆揭露国民党的黑暗统治和反动政策,针对国民党发动内战造成通货膨胀、民不聊生,以及国民党当局大人物的种种丑行,发表犀利评击短文,受到广大读者的欢迎。

因此,国民党将《消息》视为眼中钉,乱窜到书报摊和书店去没收、撕毁《消息》。上海社会局多次将《消息》发行人找去谈话,告知不准登记,并威胁说:如不停刊,就要采取断然措施。同时,对承印《消息》的印刷所施加压力,迫使其不敢再承印。

张执一对姚溱、方行说:《消息》办得很好,达到了组织上的要求,但是斗争要有理、有利、有节,由于形势变化,要改变斗争方式,不要硬顶,以免造成不必要的损失。因此,《消息》出至第14期(5月23日)停刊了。当时国民党在积极准备发动全面内战的同时,加紧对国统区进步文化的压迫,《消息》成为在上海首先遭禁的地下党组织创办的刊物,也给丁景唐等人提出一个重要警示。

《消息》前后历时一个半月,在社会上造成了相当大的影响。"文革"后,夏衍来上海,见到方行,还提及《消息》,很想再看看。方行把劫后仅存的一册送去,夏衍翻看后"仍感惊奇",并回忆起"文革"中被迫害致死的金仲华、姚溱,不胜唏嘘!他说这几位同志都是值得我们永远怀念的。

丁景唐如果当时接手编辑《消息》,那么也要承受很大的压力,同时提前与姚溱、方行等一起工作。

1949年后,姚溱为上海市宣传部处长(后为副部长),与部长夏衍共同推荐,让丁景唐重归队伍,到市委宣传部报到。丁景唐珍藏《姚溱纪念文集》(国际文化出版公司,2000年9月),收有刘晓、林默涵、梅益、姜椿芳等人写的纪念文章。

方行后任上海市检察署副检察长、文化局副局长等职务,与丁景唐合编《瞿秋白著译系年目录》,上海人民出版社1959年1月出版。

注释:

〔1〕董景安,1875年出生于浙江宁波一个书香门第,是清末宁波有名的秀才。他既是教师,又是医师,还是一个虔诚的基督教徒。他编写了600个常用字的识字读本,包括知识入门、卫生、伦理、移风易俗、书信等章节,深受欢迎,在全国不少地方的夜校推广。刘鸿生、刘宝余等旅沪商董在美国教士赫培德的陪同下,邀请董景安出任舟山中学首任校长。董景安毅然放弃沪江大学代理校长的优厚待遇,到舟山开创教育事业。在他的引领下,定海公学很快就成为东南名校。1927年董景安离校时,题写"博爱"两字,为学校教育奠定了思想基础。师生树立博爱碑表达对董校长的永久怀念。

〔2〕徐祖德《一九四三年夏,一次突击的战斗任务——大同附中党员秘密印发〈评中国之命运〉纪略》(征求意见稿),丁景唐珍藏。此稿文后附记道:

一九四三年夏,以大同附中党支部几位党员为主,大同大学、华联中学三位党员参加,机智地完成了秘密印发《评〈中国之命运〉》一次突击工作,离现在已有四十五年。为了比较全面地了解这一史实,大同中学党支部曾于一九八六年十月十五日,邀请当时参加这一工作的同志座谈。参加座谈会的有：徐祖德(原大同附中党支部书记)、裘民山(原大同附中党支部书记)、常瑛(原大同附中一院党员)、张燮文(原大同附中一院党员,后转学华联中学)、丁景唐(原"学委"系统宣传调研工作负责人,直接领导这次突击工作)、吴康(原男中区委领导人之一)、李德鸿(原大同附中党支部书记)、沈焕琦(原大同附中一院党员)、梁仁阶(原华联中学党员)、董为琨(原浙江大学党员)。叶学章不知他在何处工作,曾多次打听不到,无法请他到会。现在整理的这份材料综合了大家回顾的史实。

〔3〕陈向明,原名陈寿萱,又名陈子英、陈黎洲,福建闽侯人。1939年5月,在上海启秀女中读书时加入共产党。毕业后,先后担任上海光华大学、大同大学、大夏大学的中共地下党支部书记、中共杭州工委书记等职。1949年后,曾任上海少年儿童出版社副社长兼总编辑。1959年被错划为右派,党的十一届三中全会后改正。此后,担任上海少年儿童出版社社长兼总编辑,曾荣获为纪念宋庆龄而设立的"中国福利会妇幼事业樟树奖"。

附录一 我家邻近的人文景点

丁景唐

我家住在上海1928年建造的慎城里已有56年了。主弄面向永嘉路(今291弄),另有两个支弄通向襄阳南路和嘉善路,从前叫西爱咸斯路、拉都路和甘世东路,是人文景观荟萃之地。附近住过许多文化人和一些文化机构。每次国内外的朋友来,我总是兴致勃勃地带他们去观光一番。

萧军、萧红故居

我领朋友先看了弄堂里66号的中国共产党江苏省委机关(1939年—1942年)和木刻家温涛、郑野夫住过的房子,然后就朝通往襄阳南路的后弄堂走去,在351号门口停住。

"这里就是萧军和萧红住过的房子,1935年5月2日上午,鲁迅和许广平带着周海婴到这儿来看望两位年轻的东北作家。"我对朋友们介绍道。"啊!"听到朋友们的惊呼声,我说:"鲁迅全家的突然来到,使萧军和萧红感到极大的兴奋和激动。他们在家里休息了约一个小时后,鲁迅邀'两萧'一起出去吃午饭。饭后,萧军和萧红送鲁迅、许广平和小海婴上了电车后,步行回家。有当天的鲁迅日记为证。1986年萧军偕夫人、女儿来我家做客,我陪同他们重临一别50年的旧居,不胜沧桑之感。"

萧军和萧红在拉都路上一共住过三个地方,另两处是拉都路283号和411弄22号。

敦和里的文学、太白、译文社

出了后弄堂,我们沿着襄阳南路往北走,穿过永嘉路,就到了敦和里。这是一条大里弄,在襄阳南路上有三个出入口——286弄、306弄和326弄,现在只有306弄是通道,其他两个改为居民住房和商店。

三十年代中,生活书店出版发行的三大著名文学杂志——郑振铎、傅东华主编的大型文学杂志《文学》月刊;陈望道主编,丘东平、夏征农先后助编的小品文大众语文刊物《太白》半月刊;鲁迅主持、黄源编辑的《译文》月刊的编辑部都设在敦和里。

文学社在敦和里11号,太白社在59号(今79号)。几年前,黄源到上海来开会,我陪他来这儿旧地重游时,还兴致勃勃地谈到当年的情况。他说,《文学》和《太白》都是上海生活书店发行的,陈望道既是《太白》的主编,又是《文学》的编委,编辑部就设在他家的亭子间,文学社在我家的客堂间,隔壁住着傅东华。

《文学》集中了当时全国最优秀的进步作家及其作品。除鲁迅、茅盾、叶圣陶、郑振铎、王统照、郁达夫、洪深、许杰、朱自清等一批"五四"时期的老作家外,巴金、老舍、沈从文、张天翼、沙汀、艾芜、吴组缃、陈白尘、周扬、夏衍、阿英、胡风等,也是《文学》主要作者。

此外,1933年秋起,在21号(今22号)里,住着刚从法国归来的翻译家马宗融、罗淑夫妇。1936年秋,马氏夫妇去广西大学任教,就让给巴金住,直到1937年抗战前夕。

南国艺术学院

现在我们去看看60多年前田汉创办的南国艺术学院。离开敦和里,朝西一拐弯,就可以望见永嘉路371弄的石库门大宅院。当年南国艺术学院的院部所在地,另外还有沿马路的378号、379号和381号。

南国艺术学院诞生于1928年1月,但在政治和经济的双重压迫下,同年秋天停办。在这所新型的艺术学院里,曾培养了一批杰出的艺术家,有金焰、陈凝秋(塞克)、左明、唐叔明、郑君里、陈白尘、赵铭彝、马宁(黄曼岛)、张曙、吴作人等,在中国现代艺术史上留下一个闪亮点。

南国艺术学院有文学、戏剧、绘画三个系,由田汉任院长兼文学系主任,欧阳予倩和徐悲鸿分任戏剧系和绘画系的主任。黄裳(芝冈)和陈子展分任教务主任和总务主任。洪深、徐志摩、孙师毅、王礼锡、叶鼎洛、芳信等也来讲课。

沿街381号,当年曾掀去一半屋顶,装上玻璃,为徐悲鸿布置了一间画室。371号大院西厢房的楼上是小剧场,供排练和演出。楼下是田汉和教师的办公室。田汉亲笔书写了校牌,上面是法文,下面是中文。在371弄过街楼门穹上,我们还能隐约看出挂校牌的两个钉脚洞。

对马路的376号,从前是赵铭彝、陈白尘办的《摩登》杂志的编辑部。

普希金铜像

今日上海有许多中外艺术家的雕塑,如聂耳、熊佛西、田汉和贝多芬、普希金等,其中普希金的铜像因铸建在旧中国,它也最为多灾多难。

从永嘉路再往西走,到岳阳路右拐,在汾阳路、桃江路、东平路、岳阳路的四岔口的街心,耸立着普希金的半身铜像(图29)。

七十多年前,1937年,为纪念伟大的俄罗斯诗人普希金的百年忌日,建立了诗人的半身铜像。抗日战争爆发后,日本侵略军把上海一些大楼的水汀、铁门、钢窗等金属设施,抢去熔化成制造杀人武器的原料,普希金铜像也在劫难逃,惨遭销毁。抗战胜利后,于1947年,由苏侨出资再建。可惜在史无前例的"文化大革命"中,又被当作"封资修",毁于一旦。现在

图29　丁景唐、王汉玉夫妇和子女们在普希金铜像前

的这座铜像是八十年代重建的,是放在大理石柱子上的一尊胸像。1989年戈尔巴乔夫访华时,特地到普希金像前敬献鲜花。

我家周围的人文景点还真不少,除了前面提到的外,附近还有瞿秋白[1]、吴炳南、关露、丰子恺、胡风[2]、冯宾符、唐槐秋、唐若青、王礼锡和陆晶清等文化名人的故居,[有]天一电影厂、上海艺术剧社、上海音乐专科学校等。

原载《社会科学报》1998年2月19日第4版。

注释:

〔1〕1932年"一·二八"淞沪抗战爆发后,瞿秋白、杨之华随房东谢旦如(后为鲁迅纪念馆负责人)一家到毕勋路(今汾阳路)毕勋坊10号避难,瞿秋白夫妇住在三楼,5月份与谢旦如一家一起搬回南市紫霞路68号。

〔2〕20世纪40年代,著名文学理论家、诗人、翻译家胡风曾住在永康路141弄6号,邻近襄阳南路。

附录二　西爱咸斯路慎成里六十四号

赵　先[1]

一九三九年三月,我在跑狗场(现文化广场)附近看到有招顶房子的招贴,就去看房子,即现在的永嘉路二九一弄六十六号,房主是个三十多岁有文化的妇女。这是一幢三层楼的房子,有三大间,还有两个亭子间和灶间。客堂里有大小沙发、写字桌、圆台,二楼是卧室,有整套柳木的卧室家具,连家具在内顶费一千二百元法币。最大的好处是没有三房客。那时租界的房租正在天天涨价,租出去的房子已不像过去那样容易收回。我计算一下,如果顶下来,自己住一大间,其他两层出租,不用两年功夫,就能把顶费收回来,很是合算。但不知老王(王尧山)[2]、刘晓[3]两人是否同意。因那时法币还没有贬值,一千二百元是个很大的数目,心里有些拿不定主意。我看房东倒很愿意和我成交,于是我对房主说:"先付给你拾元定洋,请将房子保留到第二天中午。"房主答应了。

回家向老王谈了这情况,后来向刘晓汇报了,他们也认为好。第二天我和老王去付了款,又到大房东的账房那里花了些费用,办了过户手续。

一九三九年四月,我们请人先把房子粉刷一新,然后搬了进去,刘晓夫妇带了他们的长女松英住在二楼,算是我们招来的三房客。三楼租给一般的群众,每月收房租费四十元,已足够我们付大房东的房租之需。省委会议就在我们住的楼下客厅举行。由于刘长胜是单身汉,租房不便,由刘宁一出面在拉都路(现襄阳南路)顶了一幢二层楼房,和刘长胜合住一起,假充是兄弟。省委会议有时也在刘宁一家里开。

在慎成里居住时期,我已不再担任"妇委"的工作,除掩护机关外,经常和负责党刊发行工作的刘建初(何孟雄烈士的弟弟)保持联系,在党刊上发表的稿件都由我送去。此外,还当省委委员间的内交,并和情报系统的交通经常联系,互送情报(主要是情报系统供给省委的情报)。由于老王是省委组织[部]部长,有一个时期,凡新四军负责干部到上海来治病,如刘炎、李坚真、杨斌等,他都要为之安排住处,以及到医院去探望。皖南事变中突围出来,经过上海归队,交通路线都要老王去安排。在老王忙不过来时,我得帮他的忙,常常用老王的日本式自行车代步外出。老王在机关附近开了爿文具店,兼卖杂货,家里还请了一个保姆兼做店里的烧饭、送饭工作,店务由老王的二哥负责。这样左邻右舍以为我们夫妇俩在忙于做生意,这就使省委更社会化、合法化了。

一九四一年初,刘长胜和郑玉颜结婚,于是刘长胜从刘宁一家搬出,租房另住。这时,刘宁一的爱人李玲春(现名李淑英)和郑玉颜两人被调离原来的工作,专职掩护机关。我们三人就建立了机关小组,在一起学习和过组织生活。

虽说我们自从住进慎成里之后,房子内部的安全是能主动掌握了,但仍然发生过两起不安全的事件。一件是在我们住下不久,有次早晨在熟睡中被敲门声惊醒,只看到房门的气窗上,有个碧眼黄发的外国人正在向室内窥视。我招呼老王要他注意气窗,并问他有什么东西需要收拾,因那时常常有些党员要从这一系统调到另一系统去工作,调动者的地址、姓名、碰头暗号等情况分散记在书籍或杂志里,有时大意,也会写在小纸片上夹在书里。老王想了想,示意可以去开门。两个法国巡捕进来,拉开床头的小柜看了看,又打开大柜、箱子翻了翻。然后又到二楼刘晓房间里转了一圈。法国殖民地者任意侵犯居民住宅,这是司空见惯的。我们当天就买来了油漆,将气窗上的玻璃漆成和房间墙壁一样的蓝色。

另一次是在一九四一年,刘晓应周恩来的调遣,和爱人张毅去了重庆。我们二楼的房子就出租给一个自称开厂的老板。老板一家有大小七口人,男的早出晚归,没有什么异样的举动。忽然有一天半夜里听到前门外有皮鞋踩地的声音,接着又传来敲门声。我扭亮了电灯,老王守在通后门的房间前,万一有事,他可从后门溜走,或上三楼阳台,从那里可越墙到隔壁的阳台去,这是平时早已做好的应急的打算。我穿过天井开了门,一个中国巡捕急速地走了进来,说是在外面快冻死了。原来我们二楼自称老板的人,是个汉奸,太平洋事件一发生,他就走马上任,做了伪法院的院长,这个巡捕是来保护他的安全的。我对华捕说:"他住在二楼,你可以上楼去!"华捕走到楼梯口,伸头看了看灶间说:"我就在这里!"灶间离我们的房间仅二尺远近。在以后的几天里,灶间里夜夜坐着一个巡捕。过了几天,汉奸就搬走了。

在这幢房子里,我们住到一九四二年十一月初,江苏省委撤退到新四军淮南地区才告结束。[4]

一九八四年四月

摘自赵先回忆文章《江苏省委机关工作点滴》(《党史资料丛刊》1984年第3辑)。

注释:

〔1〕赵先,江苏溧阳人。1933年加入共青团,次年转为中共党员。曾任中共江苏省委妇委委员、中共中央华中局组织部干事、中共中央华东局城工部科长。1949年后,历任上海市妇联组织部部长、中共上海市委妇女书记、上海市妇联主任等。

〔2〕王尧山,江苏溧阳人。1931年加入中国共产党,曾任"左联"的中共党团组织部部长、上海"教联"党团书记,后任中共江苏省委组织部部长、中共华中局组织部科长、华东局城工部副部长等职。1949年后,任上海市委组织部副部长、部长,上海市委常委、秘书长。"文革"时被迫退休。1979年恢复党籍,后任上海市纪委书记、中央纪委委员等。

1937年6月,刘晓受党中央委派到上海,全面主持上海党的工作。7月初,根据中央指示,王尧山与刘晓、冯雪峰组成了中共上海"三人团",王尧山协助刘晓开展工作,并担任群众工作委员会书记。1937年11月,中共江苏省委在上海正式成立,王尧山担任组织部部长,负责党员管理、干部调配、联系"职委"等,同时做动员党员、群众支援新四军和各抗日根据地以及建立地下交通的工作。

〔3〕刘晓,见本书《八十回忆》注释〔25〕。

〔4〕王尧山夫妇离沪撤退之前,丁景唐一家已搬进慎成里,与王尧山夫妇住处相隔不远。多年后,丁景唐才知道昔日党内上级领导——江苏省委机关近在咫尺,他还曾听过刘晓讲授的党课。

丁景唐是左翼文艺运动史的资深研究专家,特别是对"左联"的研究,他长期搜集了大量资料,其中也有新出版的《王尧山文稿选》(上海科学普及出版社,2000年)。该书收入王尧山部分昔日文稿,包括他在"左联"时期撰写的作品,是以"式加""奴天""卢天""路丁"等笔名在《中流》《海燕》《文学》等左翼报刊上发表的。对此,可以参考丁言模《穿越岁月的文学刊物和作家》的有关章节,其中除了点评王尧山的文学作品之外,还谈到1936年春党中央决定派冯雪峰回上海重新组织与中央失去联系的上海地下党,王尧山曾积极协助。

附录三　萧军、萧红在上海的故址

20世纪80年代,逐渐形成"两萧热",萧军、萧红的作品集和有关研究著作先后出现在书店里。资深学者王观泉自豪地说,他为重新发掘、推出萧红及其作品,做出了开拓性的贡献。在父亲丁景唐的悉心指导下,丁言昭先后撰写了几种萧红传记及许多有关论文,成为颇有名气的研究萧红的专家。

丁言昭曾写信给萧军,请教他和萧红在上海居住过的地方,这一下子轰开了年逾古稀的萧军的记忆大门,他写下了《在上海拉都路我们曾经住过的故址和三张照片》,成为研究"两萧"的珍贵资料。1986年10月,萧军夫妇光临笔者家里,与笔者父母合影留念,并到笔者家后弄堂口的旧居探访,勾起对许多往事的回忆。几年前,报刊上又刮起一阵风,把萧军的《延安日记》炒作一番,其实只需看看《萧军全集》第18卷,便可知道内情。

经父亲指点,笔者在1935年11月1日《文艺群众》第2期上发现萧军佚作小说《十月》,对"两萧"也产生兴趣。有趣的是萧军回忆的上海拉都路(今襄阳南路)三个故址都在笔者家附近,第一个位于40多年前笔者就读的五十一中学(今位育中学)时天天必经之路上;第二个在笔者外婆家的对面弄堂里;第三个在笔者家的后弄堂口,鲁迅全家三口也曾去过,笔者父亲经常带来客去拍照,成为追念文坛前辈的一个景点。因此,一种特殊感情油然而生,于是我和妻子曾一起去拍了一组"两萧"在上海故址的照片,存放在我家的档案袋里。

1934年11月至12月,拉都路283号二楼亭子间

上海,在"两萧"的一生中占有转折性的重要地位,成为他俩在中国文坛上名声大振的新起点,这些都与一个伟大的名字——鲁迅有关。

1934年秋,在青岛的萧军与徐玉诺相识后,第一次与鲁迅通信,并得到鲁迅的回信。同年11月2日,"两萧"和梅林乘坐日本轮船"共同丸"的四等舱抵达上海。"两萧"住进一家公寓,在法租界的蒲柏路(今太仓路),同年夏天萧军从青岛来上海时曾在这里住过(一说住在一家小客栈)。此后,"两萧"在上海一起住过不少地方,目前所知道的至少有七处,其中三处在拉都路。1937年9月上旬,"两萧"离开上海前往武汉,结束了旅居上海近三年的日子。

"两萧"最初到上海住在蒲柏路公寓,但是难以承受昂贵的租房费,必须另找一处。也许是一种缘分,萧军往南走的脚步停留在拉都路283号"永生泰"文具店门前,上面贴着一张招租的纸条,说是小店后面二楼上有个大亭子间要出租。萧军进去察看一番,这是一个南北向

的长亭子间,较大一些,与前厢房不相连,独立的,另外有一个单独的侧门进出,不必经过小店,只是南面没有采光,东面有两个窗户。萧军得知房租每月9元,外加水电费等,总共十几元。但是对于"两萧"来说还是一笔可观的开支,因为口袋里只剩下18元5角,但是这里总比公寓房租要便宜得多,萧军还是决定租下来。

来上海之前,萧军已有一种戒备意识,听闻了"刁狡""厉害"之类的上海人的外在形象。因此,他交了房租,并说明搬进来的具体日期之后,特地请二房东开了一个收据。回到公寓,梅林也正好在,萧军把租房一事说了,第二天就搬过去。

拉都路筑于1918年至1921年,1943年10月改为襄阳。"两萧"搬过去时,路面还是弹格石,高低不平,以后才改为沥青浇灌的路面。

萧军在新居做的第一件事就是加紧修改《八月的乡村》。这里没有阳光,刺骨的寒风肆无忌惮地钻进窗缝。萧红披着大衣,一字一句抄着萧军的小说,她流着清鼻涕,时时搓着冻僵的手指,或者跺跺脚,以此取暖。她以中国女性的非凡毅力,让东北汉子萧军多年后仍然难以忘怀。

同年11月3日,鲁迅接到"两萧"的第一封信,以后双方又通了几封信。11月30日,"两萧"终于如愿以偿与鲁迅见面,地点在虹口内山书店,随后一起去了一家外国人开设的咖啡店。萧军把《八月的乡村》手稿交给鲁迅,希望鲁迅给予指导,并帮助寻找书店出版。当时许广平、周海婴也在座,"两萧"还是当面接过鲁迅借给的20元,这是"两萧"在事前的信中提出的不得已的请求,他俩的生活很艰苦。租下的拉都路亭子间很寒冷,只有一只泥火炉、几副碗筷和盐、醋,"两萧"没有钱买食用油,每天的食谱就是白水煮面片,飘着几根菠菜。梅林来看望"两萧"时,都不忍心在那里吃饭,因为"两萧"仅有的一袋面粉也快见底了。

12月19日,萧军身着新礼服,亲热地挽着萧红,第一次应邀参加鲁迅做东的饭局,那是在梁园豫菜馆。鲁迅在信上详细说明了该菜馆的地址在广西路332号。在这次饭局上经由鲁迅介绍,"两萧"开始进入上海文坛。赴宴前,为了包装萧军,萧红在亭子间里不吃不喝地缝制了十几个小时,将一块7角5分买回的布料——黑白纵横的方格绒布,缝制成一件衬衣——高加索立领,套头,掩襟。"快穿上,试试!"萧红一声令下,十几秒钟后,萧军兴奋地抱起萧红……寒冷的亭子间顿时成了欢乐的二人世界。

20世纪40年代的上海老地图上,拉都路283号还叫"永生泰"文具店,一旁为拉都路283号A、B,店名分别为"水顺兴""水电工程",沿街都是店铺,有的一直保存到20世纪末。如今拉都路283号旧址在永嘉路、襄阳南路路口往北一点,原来的沿街旧房子已拆除,建起新楼房,底层依然是一排店铺。幸好三姐丁言昭在拆除沿街旧房之前拍摄了照片,但是后面的亭子间早已无踪影了。

1934年12月至1935年2月，拉都路411弄22号二楼前房

1935年1月2日，萧军写信给鲁迅，说是又要搬家了，仍然在拉都路。这次"两萧"住在拉都路411弄福显坊22号，进弄堂口，右拐，最后一排房子的第一幢。福显坊总共20多幢石库门房子，但是22号没有石库门房子常有的天井和显著标志的石库门装饰，面积也比较小，大概房产商想充分利用地块，因地制宜，多盖几幢楼房。弄堂里还住着几户俄国人，分别是看门人、查票员和巡捕房的包打听（暗探）等。因此，好心的朋友提醒"两萧"，"万不可以跟他们说俄国话"，防备因告密而带来严重后果。

新居距离原来旧处并不很远，但是已经处于市区边缘，比较偏僻，没有什么醒目的建筑，只有两片菜地，围着竹篱笆，还有种菜人住的一些破烂平房。

新居房东是一对青年夫妇，男的是小学教员，女的无工作。他们挤在小亭子间里，让出前楼给"两萧"，每月房租11元，水电费除外。从南窗望出去，可以看到一片青绿菜地，绿油油、青嫩嫩，让"两萧"甚为惊奇，因为在东北的家乡，这时仍然是严冬，所能看到的不是白茫茫的，就是灰沉沉一片。住处的南面尽头是一条臭水沟（上海有名的肇家浜，现为车水马龙的肇家浜路），沟的对面也是一片菜地。

对于新居及其周围环境，萧军还是很满意的。鲁迅回信中也称道："知道已经搬了房子，好极好极，但搬来搬去，不出拉都路，正如我总是在北四川路兜圈子。有大草地可看，在上海要算新年幸福……"[1]萧军还把从东北带来的一幅自己头像油画挂在墙上，作者是一位年轻画家金剑啸（后为烈士），正是他建议"两萧"到上海来发展的。萧军还想把另一个画片（画中一个意大利女郎抱着四弦琴，坐在长廊里，眺望远方）挂上墙时，萧红认为此画庸俗，太难看了。但是，她越是反对，萧军越是要挂，"两萧"的审美情趣截然不同，碰撞的火花暂时压抑在各自的心底。

突然，浪漫的"两萧"才发现新居没有床，口袋里的钱所剩无几，只有硬着头皮去借。经由叶紫透露、鲁迅指点，"两萧"前往吕班路（今重庆南路）木刻家黄新波住处。黄新波是萧军《八月的乡村》、叶紫《丰收》的封面设计者。他一听是鲁迅介绍的，当场借给"两萧"两张铁床（这是同租一室的其他青年闲置的床），并叫了两辆黄包车，送走"两萧"。

新居也给"两萧"带来了创作激情，每天都有相对稳定的时间，坐下来安心写作。萧军接连写了一些短篇小说，如《职业》《樱花》《货船》《初秋的风》《军中》等等。其中《职业》经由鲁迅介绍，刊登在《文学》第4卷第3号上，这是他在上海发表的第一篇短篇小说，拿到38元稿费，足足可以交三个月的房租。萧红也开始在上海进行文学活动，创作了《小六》《过夜》等散文。其中《小六》经由鲁迅介绍，发表于陈望道主编的《太白》上。

搬到新居后不久迎来了除夕之夜。窗外欢快的鞭炮响起来，热情的房东邀请"两萧"一

起吃年夜饭,大家吃着喝着聊着笑着,感情一下子拉近了。这是"两萧"第一次在上海过春节,漂泊在异乡过年的感觉,只有他俩心里最清楚——酸甜苦辣一锅煮。

一日,门外响起山东口音的叫声,原来是几位青岛朋友来上海闯天下。这些热情的朋友对"两萧"新居大发一通意见,表示要租一幢阔气一些的房子,而且还不收"两萧"的房租。萧军起初不愿再搬迁,一是这里周围环境和房东已经熟悉,舍不得离开;二是不愿让朋友知道自己与鲁迅的联系,免得产生什么后果;三是和朋友住在一起的时间长了,自己的身份难免暴露;四是不愿占朋友的便宜……谁知谈了几次,几个朋友见"两萧"不领情,竟然翻脸了,"两萧"只好提出最后的底线:必须承担房租,并且随时搬走。几个朋友面面相觑,叹口气,勉强答应了。临搬家之前,二房东还主动提出降低房租2元,希望"两萧"继续住下去,"两萧"显得很无奈,只好谢绝,跟着朋友搬走了。幸好新居与福显坊相距并不远,往北走五六分钟;如果再往北走五六分钟,就是他们此前居住的亭子间。

1935年2月底至6月,拉都路351号三楼

拉都路349号、351号、353号、355号组成了整幢三层西式楼房,坐北朝南,红砖砌筑,大门和外窗有石料装饰的图案,呈现西洋风格。临街是349号,向里拐的第一个门是351号,临街有一扇宽大的铁栅门,里面有一块空地,墙边和门边还有花坛。此楼房紧邻当时新式里弄的典型代表之一永安别业(拉都路357弄)。

"两萧"住在351号三楼,几个朋友分住在底层和二楼。这里房间的外观和内部条件都比福显坊要优越得多,包括建筑构造和房间分布、装修、设施等等,不过每月的房租也随之抬高,三层楼总共56元,每层近19元。几个朋友还租来一批家具,大家似乎进入贵族阶层,这让"两萧"心里很不安,反而更加怀念福显坊的窗外大草地。

早晨,萧红有时到拉都路斜对面的弄堂口一旁的早点摊,买大饼、油条作为早餐。这个摊点的另一半是老虎灶(卖开水),都是由王姓夫妇开设,他俩住在二楼。

有一次,萧红在那里买油条时,竟然发现包油条的纸竟然是鲁迅翻译班苔莱夫的中篇童话小说《表》(该译文发表于1935年3月16日出版的《译文》月刊第2卷第1期)的手稿,感到非常意外。随后"两萧"把手稿寄给鲁迅,表示愤懑,并请他把手稿催讨回来。鲁迅却并不以为然,认为自己手稿的境遇似乎有点悲哀,但是满足的,居然还可以包油条,可见还有一些用处。鲁迅自己用的是中国纸,比洋纸还吸水。以后,萧军在鲁迅家里确实发现用手稿擦桌子的现象,在厕所里还有剪裁整齐的手稿。许广平却很悲哀,认为这是一种讽刺。[2]

鲁迅的手稿怎么会流落到摊点上呢?原来拉都路324弄敦和里是一条四通八达的大弄堂,仅在拉都路上就有三个弄堂出口,通向西爱咸斯路(今永嘉路)、雷米路(今永康路)。敦和里有《文学》《译文》《太白》三家编辑部,都和鲁迅关系密切。《译文》曾由鲁迅主编,后由

黄源接手,鲁迅的翻译手稿正是从该编辑部流散出去的。黄源后来得知,懊悔不已。

搬进新居后,"两萧"立即写信给鲁迅,想请鲁迅全家来做客。无奈鲁迅太忙了,脱不开身,很抱歉地回信说:"七日信早到;我们常想来看你们,孩子的脚也好了,但结果总是我打发了许多琐事之后,就没有力气了,一天一天的拖,到后来,又不过是写信。"[3]

1935年5月2日上午,拉都路351号楼梯上突然响起了脚步声,"两萧"打开房门一看,鲁迅先生一家三口都来了。这让"两萧"惊喜不已,急忙请鲁迅一家进屋。鲁迅点起香烟,并带来了欢乐和说不尽的话题,以及满屋子的明媚春光。

一小时后,鲁迅邀请"两萧"外出吃饭,"两萧"对视一笑。在前往霞飞路(今淮海中路)的路上,壮实的萧军紧跟在鲁迅的左侧,就像《列宁在一九一八》中保卫列宁的瓦西里。他发觉鲁迅的身高到他的耳尖,鲁迅的脸色不好——青黄色,黑浓的胡须未修剪,双颊消瘦,眼眶深凹,身子瘦弱。萧军心里一阵酸楚,眼前有些模糊……

在霞飞路一家西餐馆里,"两萧"和鲁迅一家边吃边聊,随后"两萧"送鲁迅一家上了电车。当天,鲁迅在日记里写道:"晴。上午同广平携海婴往拉都路访萧军及悄吟,在盛福午饭。"[4] "盛福"在哪里?笔者察看20世纪40年代有关资料,得知在拉都路与霞飞路路口向东拐四五十米(今襄阳公园斜对面)有一家"德盛福食物号",门牌为1013号。虽然此店名比鲁迅说的多了一个"德"字,但是很有可能就是这一家。如今这一带建筑大变样,难以寻找旧址,当年的"老克勒"也许还记得。

"两萧"回家后,分别忙着自己的事情。萧红赶写一组回忆散文《商市街》,十几天后完成。商市街是哈尔滨的街名,"两萧"曾住在那里,贫穷和饥饿的可怕阴影一直追随着他们。

鲁迅来访引起"两萧"的几个朋友的不满。当晚,一个朋友责怪萧军怎么不把鲁迅介绍给他们,而且很不理解"两萧"的苦衷。后来这几个朋友所托的几件事情,萧军也没有办成,于是双方的关系冷淡下来,促使"两萧"永远搬离拉都路。

1936年夏至1937年夏,吕班路256弄7号

"两萧"搬离拉都路后,先是住在萨坡赛路(今淡水路)190号,那里是唐豪律师事务所。唐豪,字范生,是"两萧"的朋友,与史良同在上海大学法科学习,曾为"七君子"辩护。

1936年3月,"两萧"干脆搬到北四川路底的永乐里(可能是永乐坊,今四川北路1774弄及海伦路73弄),距离鲁迅家更近了,几乎每天晚饭后都要去大陆新村鲁迅家。那时,"两萧"已经是上海滩有名的作家夫妇,分别以《八月的乡村》《生死场》出名。

几个月后,"两萧"搬到吕班路(今重庆南路)256弄7号,在拉都路的东北方向,相距并不远。这是由接连几个门牌号组成的整幢两层西班牙式建筑,上有老虎窗(假三层)。当时房客多为俄国人,东北作家也曾聚居在此。有台阶、弧形拱门窗、半圆石柱装饰,挺气派的,

周围多为花园住宅。在旧地图上,256弄拐进去,前面有2号至7号,7号一旁是公利医院。256弄南面紧邻教会的味增爵会坟地、法国华侨集资创建的伯多禄教堂和震旦大学运动场。256弄朝西出口可通到有名的周公馆,弄堂口朝东出口的斜对面是邹韬奋故居。

如今这里为了建造高架道路,已经拆除不少建筑,原来的2号至4号建筑已不存在,只剩下5号至7号,5号已临街。这里往北一点就是复兴中路,对面是复兴公园(图30)。该公园原址为法军兵营,后辟建顾家花园,俗称法国花园,萧军回忆中还常提到。

图30　丁景唐(右一)与三个女儿等人在复兴公园

鲁迅1936年4月13日的日记里出现了萧军、悄吟(萧红)的名字,他们一起去上海大戏院(今四川北路1408号)观看苏联影片《夏伯阳》。此后在鲁迅的日记中"两萧"的名字消失了,他俩已搬到吕班路公寓。直到同年7月7日,鲁迅的日记里才出现萧军一人的名字,他是前来还50元钱。

原来"两萧"之间的感情出现了裂缝,终于,萧红准备前往日本休养。1936年7月15日,鲁迅设家宴,为萧红饯行。两天后,萧红走了。此后"两萧"鸿燕来往,在信上互诉衷肠……

当"两萧"再次在上海吕班路256弄7号相聚时,敬爱的鲁迅先生已去世,他俩再也无法共同聆听鲁迅先生的教诲了,同时他俩也经历了悲欢离合。离开上海前,"两萧"曾在7号公寓门前合影留念,这是他俩在上海住处的最后一张合影,照片背面还标明是1937年夏6月20日,是萧军的笔迹。此照片由孔罗荪夫妇和子女保存了65年,后在萧军女儿夫妇编著的《萧军与萧红》(团结出版社,2003年)中首次披露,虽有残缺,但弥足珍贵。此照片中"两萧"

已不是往常那样肩并肩亲密无间,而是一前一后。萧军戴着白帽,短裤短袖衫,穿着皮鞋,坐在台阶上,拿着一把吉他,头歪向一边,好像在弹唱,全然不顾眼前的照相机镜头。萧红则站立,靠在门旁,穿着背带连衣裙,上着条纹衬衫,脚上穿着袜子、皮鞋,上下穿戴整齐。她的头发梳得整齐,眼睛盯着相机镜头,嘴唇好像刚刚合上,欲说却罢。她背后的墙上镶着一块门牌——7号。

关于"两萧"在7号公寓的生活,留下的资料并不多。萧军曾说了一件事:萧红在这公寓里曾用炭笔画了一副萧军"写作时的背影",那时她在白鹅画会里学画,使用炭条、画纸很方便。此画起因是她一时写不出文章,而看着萧军光着上身在大写特写,心里很忌妒,也很生气,一怒之下就画了这幅速写。事后,萧红将此原因告诉了萧军,此画一直被萧军保存,其中所蕴含的丰富情感和那段难忘的岁月,都让萧军感慨不已。

年逾古稀的萧军接到丁言昭请教上海故址的信后,曾写下一首诗:

梦里依稀忆故巢,拉都路上几春宵。

双双人影偕来去,蔼蔼停云瞰暮朝。

缘结缘分终一幻,说盟说誓了成嘲。

闲将白发窥明镜,又是东风曳柳条。

注释:

〔1〕鲁迅:《鲁迅全集》(第13卷),人民文学出版社,2005年,第328—329页。

〔2〕萧军:《鲁迅给萧军萧红信简注释录》,黑龙江人民出版社,1981年,第128、174页。

〔3〕鲁迅:《鲁迅全集》(第13卷),人民文学出版社,2005年,第438页。

〔4〕鲁迅:《鲁迅全集》(第16卷),人民文学出版社,2005年,第531页。

附录四　风雨长夜忆故人
——怀念田辛同志

丁景唐

在抗日战争的熔炉中锤炼成长起来的同辈人中,最使我难忘的是田辛同志。我们都经历了抗日战争到中华人民共和国诞生的战斗岁月,都在那漫漫风月长夜下度过了人生最宝贵的青春年华。而今,当我们这一批两鬓添霜的老战友欢聚在一起,回忆那革命岁月的战斗经历时,田辛同志却不在了。真想不到,这么一位生龙活虎似的出入于虎穴魔窟的党的忠诚战士,没有牺牲在日本侵略者的刺刀下,没有牺牲在国民党反动派的枪口之下,却惨死在"十年浩劫"期间,林彪、"四人帮"的法西斯迫害之中。二十余年一晃而过,一九六七年八月他被迫害致死的那一年,正当四十八岁大有可为的年龄。

田辛同志是我在抗战初期上海沦为"孤岛"后,从事党的地下工作的上级领导。一九三九年秋,我担任中共东吴大学(从苏州迁沪)党支部书记。那时支部才建立一个多月,几个党员又都是刚刚从中学考入东吴大学的学生,大学的环境和工作对象都是陌生的,工作开展后碰到了不少困难。就在这一年十月的一个细雨飘忽之夜,我第一次见到田辛同志,他是中共上海基督教学生工作委员会负责人之一,身上披着雨衣,按党组织约定的暗号在大光明电影院的走廊里,与我接上了关系。那时候,我们两个是十九、二十岁的青年人,又是同乡人,一旦知道对方是自己的同志时,两双手早已紧紧地握在一起,心中的热情驱散了四周灰蒙蒙秋雨带来的阴寒。我们沿着静安寺路,走过一条街又一条街,他向我传达党的指示和对形势的分析,我向他汇报着我们学校工作的情况……自那以后,田辛同志经常与我们支委会一起分析研究实际情况,解决同志们思想上的急躁畏难情绪,使支部工作很快地开展起来。到一九四〇年年底我和雷树萱同志调离东吴大学支部时,这个大学的工作已经有了比较广泛的群众基础,学生团体、民校,以及全校性的团体联合会——青年会都有了发展,还办起了一份《东吴团契》的学生刊物(我曾任这个刊物的编辑)。

一九四〇年年底,我离开大学基层工作岗位,调任"学委"系统的宣传工作,我参加上海基督教学生团体联合会(简称"上海联")的会刊《联声》的编辑工作,田辛同志仍然是我们的上级领导。《联声》原由王楚良同志主编,他调"文委"系统工作后,由我接替他的工作。

虽然我在上中学、大学时也编过文艺刊物和学生刊物,但没有受到过严格的党的宣传工作的训练。参加《联声》工作以后,田辛同志对文学宣传工作有严格的要求,每期刊物都有中心要求,紧密结合形势和上海的实际情况以及学生的思想,明确每人分工负责的写作任务和组稿任务。每期出版后,他都和我们认真评刊,从大的宣传方针内容到文章的标题、文风和编排格式、校对质量都一一评析,总结经验,吸取教训,提出改进措施等等。田辛自己在《联声》上写过一篇散文《小小十年》,叙述了他中学时代从爱好文艺到接触社会科学的思想而投身实际工作的历程,为我们同辈人——青年学生知识分子所经历的思想历程留下了宝贵的资料。

《联声》在上海学生刊物中是一份出版时间较长的刊物,存在了三年时间。我们怀着对党的事业的忠诚和对革命理想的向往,一边学习鲁迅、韬奋、高尔基等革命文学前辈的精神,一边办刊物,为宣传党的抗日政策方针,用革命理论来解决当时一些青年学生的思想苦闷,做了大量的工作。今天回想起来,又怎能忘记田辛同志为我们掌舵的一片心血呢?

学生工作是通向社会各阶层各行各业的桥梁,它体现了我们党长远的战略眼光。党领导和教育我们从事学生工作的党员,深入群众,一点一滴用革命思想去影响、教育、团结大批大、中学生,在他们中间传播革命的火种。当我们把受过革命影响的青年学生一批批送离学校,走向社会,深入分布到各个行业中间,就不仅扩大了当时的抗日战线,也为中华人民共和国成立以后,培养了大批有用的人才。在今天,当我们看到大批从抗日战争时期成长起来的革命知识分子在各个领域做出卓越贡献时,总会想起那个风雨如磐的岁月中党给我们的培养教育,也自然会联想起和我们在战斗中一起锤炼成长的田辛同志。他不会死,他的生命延续在我们为之奋斗的共同事业里,在我们的行动中……

太平洋战争爆发后,日军占领苏州河以南的全部租界,结束了上海"孤岛"的特殊政治环境。一九四二年八月,党在上海的领导机关——江苏省委,奉中央之名撤退到淮南抗日根据地,一部分党员干部也随之撤退到抗日根据地,一部分党员留在上海坚持地下斗争。党领导我们深入群众,贯彻"隐蔽精干,长期埋伏,积蓄力量,以待时机"的敌占区地下工作方针,分散在各个方面,深入细致进行"勤学,勤业,交朋友"的工作。我当时仍在"学委"系统,主要搞宣传调研工作,联系几位过去办学生刊物的党员,团结一批积极分子开展文艺学习、练习写作的活动和分析研究敌伪报刊的工作。

记得是一九四三年八月的一天早晨,田辛同志又一次出现在我面前,他那时已调任华中局城工部工作。我与他已有两年没见面了。这一次,他突然来访,脸晒得黑黑的,手握一把纸扇。看他这副模样,我猜想他刚刚从敌后根据地有事出来。果然,他从根据地带来了一个突击性任务,是要在上海组织力量印发驳斥蒋介石《中国之命运》的小册子,向敌占区的广大人民宣传党的政策。他详细地与我研究了这项任务可能遇到的困难,并且确定了印发工作的具体原则。临走时,他把手中的纸扇和一本伪装成旧小说的《评〈中国之命运〉》交给我,叮嘱说:"扇子的夹层有份文件,取出后,可用碘酒显印,你们看后,交给上级。"后来由我与俞正平同志商量,从大同附中、华联中学和大同大学抽调几位党员分别负责油印、寄发,在日本侵略军刺刀统治下,克服种种困难,完成了这次突击的任务。

这以后一直到全国解放,我再也没有见过田辛同志。后来我从《党史资料》和《文史资料》上才知道,田辛同志在一九四二年秋天以后,随江苏省委撤退到淮南抗日根据地,在中共中央华中局城市工作部工作,在刘晓、刘长胜、沙文汉及张承宗同志的领导下,参与负责上海与根据地之间的政治交通工作,组织力量护送大批上海的党员干部和著名的文化教育界人士进入抗日根据地,并负责上海干部的培训工作。有些同志经过培训留下工作,为根据地输送了大量的干部;也有些同志仍送回上海从事秘密工作,把在根据地直接受到党的教育成果带回敌占区。解放战争期间,他曾受命组织干部力量,密切配合上海市委(地下)向华东解放区撤退二千名干部的紧急任务,他被任命为中共上海市委(地下)驻华中解放区工作委员会书记,在紧迫的短时间内,组织力量将战斗在国民党心脏地区的大批干部,从敌人疯狂镇压和大逮捕的虎口下抢救出来,撤退到解放区,为解放上海保存了力量。在那不平常的岁月里,田辛同志就是这样,以共产党员的大智大勇,周旋于虎穴魔窟,出入于日寇敌伪占领区,保证了革命交通线的畅通无阻。田辛同志在党的领导下,和其他同志战斗在一起,在抗战后期和解放战争时的华东解放区与上海敌占区之间的漫长交通线上,出色地完成了任务。

今年是抗日战争胜利五十周年。在纪念这一伟大胜利的日子里,更令人怀念田辛同志,也更令人怀念抗日战争和解放战争中牺牲的千千万万的烈士。正是他们用自己的生命换得了抗日战争的胜利,换得了中国的解放,他们永远是我们幸存者学习的榜样。

原载《静安文史》1995年第10辑,后收入《犹恋风流纸墨香》(续集)(上海文艺出版社,2015年1月)。

导读:

　　此文主要回顾了丁景唐的党内上级领导田辛。1949年后,田辛历任中共静安区委书记、静安区区长、中共华东化工学院党委副书记等。此文最后谈及田辛出生入死护送大批党员干部等故事,前面则谈了两个内容。其一,田辛指导丁景唐担任中共东吴大学党支部书记的工作。当时东吴大学党支部成员除了丁景唐,还有雷树萱、曹友蓉等。雷树萱,麦伦中学毕业,后为"学委"社会青年区委书记,1946年初参与领导中国技术协会。曹友蓉,民立女中毕业,后为上海机电局电气研究所负责人。其二,田辛指导丁景唐主编《联声》。

同窗结缘,景玉共赏(下)

一、英文团契,喜结良缘

1939年金秋(10月21日),西藏中路、汉口路出现了大批东吴大学、附中的新生和教师。其中有20岁的丁景唐,他心底潜伏着一行行浪漫诗句;还有私立清心女中(今上海市第八中学)毕业生王汉玉(图31),美丽贤淑。这对郎才女貌的男女当时互不相识,他们随着人群,进入慕尔堂大礼堂。师生共计千余人,济济一堂,这是该校迁址后首次举行新生入学典礼。

丁景唐、王汉玉分别同时考取两所大学,却偏偏都选择了东吴大学,命中注定,牵定情缘。

丁景唐、王汉玉(图32)同为东吴大学鸿印团契成员,分别担任秘书和主席,头衔有高低区分,但是实权则在丁秘书的手里,他的灵活脑子里随时会蹦出一个金点子。"那时,你妈妈一切都听我的。我们组织大家歌咏、参观、读书小组、公益活动,还参加上海基督教学生团体联合会的夏令营、参加教会大学校际进步团体联欢

图31 中学生王汉玉

等,搞得挺热闹的。"丁景唐晚年时对子女欣喜地说道,无意中泄密,脸上露出几许得意的神情。

王汉玉晚年回忆说:"在东吴大学的两年是我思想和人生观转变的时期。这是抗日战争期间国民党反动派已退出上海的所谓'孤岛'时期。上海的抗日群众运动,在中国共产党的地下组织领导下,开展着日常的生活斗争。"

王汉玉11岁进启明女校(今上海市第四中学)读书,后入私立清心女中(今上海市第八中学),现存两张老照片。其一,王汉玉、高芝兰读高一时外出旅游,坐在石凳上休息合影,她俩剪着短发,身着白衬衫、蓝色背带裤,脚上穿着一双白色跑鞋,带着少女的羞涩。高芝兰后为上海音乐学院声乐教授,她的门下有胡晓平、江燕燕、孙秀苇等,在20世纪80年代国际声乐比赛中获奖。高芝兰曾来慎成里访见老同学王汉玉和丁景唐,交谈甚欢。后来王汉玉将这张合影翻拍后赠给高芝兰。其二,1939年夏,假上海电影院舞台,由王开照相馆摄影师拍摄,在棕色天鹅绒幕布前,清心女中学62位毕业生分为三排,王汉玉为前排右边第六人。她们身着阴丹士林旗袍的校服,胸前佩戴鲜花,个个花季少女,青春焕发,露出幸福的微笑,其中有陈国容、蔡惠芳、于惠芬、陆子英等。众人前面摆放着一只花团锦簇的大花篮,是同班同学路明(小名薇官,学名徐茂漪)赠送的。这时路明跟着姐姐徐琴芳登上影坛,崭露头角,十

年间拍摄了《弹性女儿》《红嘴唇》等 30 多部电影，她的丈夫是著名编导陈西禾。丁景唐、王汉玉曾去看望路明，回忆诸多往事。（丁言昭：《妈妈中学时代的照片》，《上海滩》2000 年第 10 期。）

1939 年夏，王汉玉同时考入沪江大学、东吴大学，她选择了后者的化学系，次年因病转到经济系，便与丁景唐同属该校的文理学院。1949 年后，王汉玉执教于上海市第四女中，教授俄语，后教授英语，兼任学校工会主席，曾被评为徐汇区三八红旗手。

踏进东吴大学之前，王汉玉还是一个思想单纯的大姑娘，只知钻进书本里，融进自己的智慧和才干，在校园与家庭之间画出"两点一线"的简单图形，牵连起她的纯真少女的童话般美梦。

抗战时期，团契成为东吴大学校园内一种流行的学生组织，学生自由参加，且团契内部宗教色彩并不浓厚，活动内容丰富。据鸿印团契成员魏嵩寿（经济系 44 届）回忆：

图 32　大学生王汉玉

> 我参加的一个团契，有同学近 20 人，其中有丁景唐、汪禅琴、张杏英、汪闻韶、袁铭等，这些同学我至今还记得。每逢团契活动便有契友组织多种文娱节目，唱歌、舞蹈，最后聚餐话别。这些活动生动、活泼、欢乐，饶有兴趣，增进了同学间的了解和友谊，丰富了学生生活。
>
> 特别需要提到的，我参加团契活动时还和丁景唐等同学一起编写我们的团契刊物。这些刊物不定期油印出版，在同学们中传阅。我们引用基督教《圣经》的语录、故事，以耶稣基督主的名义，宣传必须支持正义的事业——坚持抗战，反对投降；坚持团结，反对分裂；坚持进步，反对倒退，增强正义事业必胜、光明便在眼前的信心。
>
> （《东吴春秋》）

丁景唐担任东吴大学地下党支部书记时，利用团契开展的丰富多彩活动，从事学生工作，以不同形式宣传抗日救亡的爱国思想，如歌咏、座谈、参观、课外阅读、看电影、观摩话剧等，推开了丰富多彩的新天地，贯穿着抗日救亡的红线。同时打乱了王汉玉原来"两点一线"的生活轨迹，催促她冲出禁锢的狭小"鸟笼"，豁然开朗，撞击着她的心房。而且，贴心秘书丁景唐的金点子往往很有趣，效果也不错，潜移默化，王汉玉逐渐接受他的进步思想和宣传的观点。

"英格里希",浓重宁波腔的英文单词,一个个生硬地蹦出嘴来,丁景唐自己也觉得有点不好意思,特别是面对"小老师"王汉玉,善良又严格。

王汉玉的英文基础很不错,上私立女中时,除了英语之外,还学习第二外语法语。在东吴大学,教材大多是英文版的,王汉玉读的英文教材是原版著名小说《傲慢与偏见》,由著名英语教育专家彭望荃讲授(她兼教几所学校英文)。彭望荃,苏州人,出身名门,留美回国,曾与林语堂在上海办过英文期刊。

(彭望荃)说着很流利的英文,也常常讲着道地的苏白,时常带着笑容,诙谐幽默……彭先生的口头语,惯常是Nowadays和Imagine,尤其后者用得最多,动辄就要你Imagine的。她同我们这一班同学感情最融洽,曾经说我们这班最活泼也最用功。课室内无论什么都谈着,可以忘形地畅所欲"论",可是正在讲授时,除了她一人的声音外,全室没有第二种声音的。记得在那年圣诞节前日,她还不失约地带来了花生米给我们大嚼呢!现在她虽然没有我们的课,可是偶然在走廊里碰到了,她还要诙谐地同我们谈笑呢!

(振宇《沪江物理系教授纵横》)

严师出高徒,王汉玉的英文听、读、写的水平提升很快,显然比丁景唐高出一筹。这时王汉玉与贴心秘书丁景唐的主从位置恰好颠倒过来,她俨然是一个谆谆诱导的"小老师",并且有求必应,解惑释疑。她不断地纠正丁景唐的发音,她的每一个发音都蕴含着温馨的气息,不知不觉地渗进丁景唐的脑子里,沉淀在心间,化作一股清澈泉水,汩汩流淌……比丘尼的箭矢悄然飞奔而来。

一来一往,一瞥一笑,一言一行,牵动着"景玉",渐生情愫。终于,丁景唐捅破了窗户纸,相约王汉玉游园定情。

丁景唐晚年住进华东医院高楼,能够眺望不远处的华山医院大楼。华山医院前身是1910年5月竣工的大清红十字会总医院及附设医学堂,被当时中外人士赞誉为"沪上之冠"。该院邻近海格路(今华山路)周家花园,这里便是当年丁景唐、王汉玉游园定情之处。

周家花园原主人是上海滩地产大王周纯卿,占地40亩,亦名"纯庐花园"。进入花园,视野豁然开阔,一大块绿茵大草坪,慕名而来的社会各界人士纷纷在此拍照留念。孩子们看到了园中其他景色,又蹦又跳,四处散开去玩耍。大草坪后面有假山,竹径曲回通幽处。如果登上几个小土丘,则有茅亭瓦榭,供游客小憩。俯视下面的绿荷池塘,随风摇动,散发荷花清香味,如果荷花盛开,那是有眼福了。驻足大厅前的走廊,叫一杯绿茶,小坐品茗,随意观赏花草绿树之美景,时而东南西北侃大山,好不惬意。

周家花园的休闲时尚氛围吸引了众多市民前来游览。某个教会学校的青年团契学生40余人,乘兴春游踏青,带来馄饨、大饼作为午餐,在大草坪上席地而坐,玩游戏和球类等,青春活力四射。不多时肚子又叫了,分食茶叶蛋,乘着太阳余晖,尽兴离去。

流动人群中,晃动着丁景唐、王汉玉的身影,窃窃私语,时而会心一笑,洋溢着甜蜜、幸福的神情。天公不作美,飘落蒙蒙细雨,不经意扑在脸上,有些凉意,却增添了几许"雨中情"的浪漫诗意。丁景唐、王汉玉的发梢沾上细小雨珠,两人说说笑笑,但是不敢牵手,生怕被人取笑。这段路程原本要走半个多小时,现在则好像特别短,不知不觉走到拉都路(今襄阳南路),丁景唐作为"毛脚女婿"首次拜见岳父、岳母大人。

此前,丁景唐已经得知王汉玉是宁波镇海人,二人是同乡,都说着"贼骨铁硬"(地道)的宁波话,都喜欢吃宁波猪油汤团。他俩同乡、同学、同团契,拥有许多共同话题,真是天结良缘。

王汉玉的母亲潘瑞香,裹小脚,烧香拜佛,怀有菩萨心,她的善良、温和的美德传给了大女儿王汉玉。但是,王汉玉没有一味地禁锢自我,主动接受现代女性的秉性爱好。

王汉玉的父亲王法镐,继承其父亲的木匠手艺,头脑灵活,视野开阔,颇有经营头脑,逐渐成为建筑业老板。王汉玉作为"富二代",却没有大小姐的坏脾气,依然保持冰洁如玉的情操。王法镐积累了相当的资产后,急流勇退,赋闲在家,经常去靠近外滩的香港路59号上海银行公会大楼四楼银行俱乐部,打打落袋台球,悠然自得,结识了不少圈内人士。此后,丁景唐、王汉玉辗转南下香港、广州,避难时的生活和工作,都是王法镐一揽子包办解决的。

银行俱乐部于1925年4月2日成立,"其宗旨专以谋上海实业界之联络,俾便互通声气,交换知识,固不仅限于金融界便利聚集已也"。起初有60多会员,一年后发展为近300人,第一次开年会时,由著名银行家陈光甫担任主席并致词。假借银行俱乐部举行各种活动的社会团体有留美同学会、银行公会、美国康奈尔大学等同学会、拒毒会、工程协会、中国基督教男女青年会(《上海银行俱乐部年会记》,《银行周报》1926年第10卷第12期)。后两者是岳父王法镐与女婿丁景唐熟悉的团体,如果聊起来,那么理应成为双方的共同话题。丁景唐以后成为研究"左联"和左翼文艺运动史的资深专家,不过忽视了一个历史细节,银行俱乐部曾召开"左联"全体会议。[1]

丁景唐、王汉玉正式确定恋人关系后,经常双双外出,并非逛街,出入各家商店,而是进出书店,徜徉在书香世界里,沉浸在爱河之中。

"阿毛!"(丁景唐小名)黄包车上的一位小姐差点喊出声,起初还不相信,再回头仔细看看,才确认是熟悉的表弟丁景唐和一位陌生的美丽女子。这位表姐心中一乐,干脆不办事了,立即叫车夫调头回家,报告喜讯。"交关好,交关好!"姑母大喜,得知悉心抚养的侄子丁景唐有女朋友了,意味将成家立业,延续丁氏香火,以告慰九泉下早逝的兄长,"叫伊拉过来,让阿拉看看!"丁景唐闻讯后抚掌笑了,王汉玉的脸上飞起红晕,丁景唐急忙向她解释,顺便谈起姑母、昌叔如何抚养自己的故事。

约定的那一天,丁景唐和妹妹邀约王汉玉一起先去青云路的青鸟书店。妹妹丁训娴性情开朗,说话节奏很快,很想与未来嫂子王汉玉多说说话。王汉玉则是听得多,说得少,因为插不上嘴。他们一行三人进了书店,挑选了几本书,像完成一件重要事情,随后前去姑母、姑父家。

刚进门,妹妹就抢先介绍:"这是阿哥的同学和朋友。"姑母早就猜到了,端详着面前这位端庄美丽的姑娘,越看越喜欢,拉住她的手,热情地说:"自家人,坐哪,冒(勿)客气。"地道的宁波话,一下子消除了陌生感,拉近了彼此的距离。热气腾腾的菜肴摆满了一桌子,姑母还一个劲地说没有什么菜肴,让王汉玉不要客气。妹妹毫不客气地伸出筷子,丁景唐夹了一筷子菜放到王汉玉的碗里,双目对视一笑,姑母看在眼里,甜在心里。

经双方长辈商量决定,丁景唐、王汉玉大学毕业后举办婚礼。突然,传来一个不好消息,有人在东吴大学图书馆里扬言,说丁景唐是共产党。这立即引起地下党组织的警惕,指示丁景唐公开举行婚礼,然后撤退到抗日根据地。不料事情又有反转,那个扬言者不辞而别,投奔后方国统区。地下党组织及时获悉,决定丁景唐、王汉玉婚后留沪,丁景唐必须转学,王汉玉则继续留校学习。一波三折,有惊无险。丁景唐、王汉玉也松了一口气,此后顺利通过第二学期的考试,放寒假了,欢度蜜月,安心与家人一起过春节。

双方长辈忙碌着为这对新人筹备婚礼,王汉玉父亲王法镐利用自己的人脉关系,将婚礼举办处设在熟悉的银行俱乐部(香港路59号)。闻名沪上的银行俱乐部早已举办了不少婚礼,大家无非是想沾沾财气,图个吉利。1946年12月21日,戴文葆(上海《大公报》副编辑主任)的婚礼也在这里举办,证婚人是大名鼎鼎的总经理胡政之。多年后,戴文葆与丁景唐是出版界的同行,都是著名编辑家、出版家,但是无暇谈起昔日婚礼往事。

丁景唐、王汉玉双方家长发出大红请柬,或者委托人送上门,传个喜讯。1940年12月1日下午四时之前,诸多宾客提前赶来,衣冠鲜亮,笑逐颜开,相聚在香港路59号银行公会大楼里。

香港路仅300多米,东起圆明园路(不远处是外滩),西到江西中路,中间与虎丘路、四川中路交汇。与外滩华丽的建筑群相比,香港路59号上海银行公会大楼毫不逊色。上海银行公会大楼,古典主义风格,前部有三层,中间五层,后部七层。正面底层为五开间科林斯式立柱构成的柱廊,柱高两层,很气派,象征着上海银行公会的尊贵、富裕、至信。上海银行公会是上海诸多同业公会中成立最早、机构完整、影响最大的同业组织,曾叱咤风云,经历了上海这个远东金融中心诸多的风风雨雨。

怀揣着大红请柬的亲朋挚友进入此大楼,带着仰慕的神情,不由得挺起腰杆,打量着眼前的鲜亮场景。

底楼是闻名沪上的中央大厅(银行票据交换所),乃古典主义风格装饰,顶部以拱形玻璃天棚自然采光。二楼为上海市银行业同业公会、银行学会、银行周报发行部、环球企业公司、环球信托银行等。三楼驻有多家公司和律师事务所。四楼一侧为弹子房(落袋台球),那是王汉玉父亲王法镐经常光顾之处。两旁分别为浴室和厕所,中间为银行俱乐部事务室。另一端为俱乐部图书馆,隔壁便是大餐室。亲朋挚友如果感兴趣,乘电梯到四楼参观一下,然后沿着宽大的楼梯,拾级而上,脚下是昂贵的大理石台阶,木质扶手,拐角处的接缝严密,显示精巧技术。

"恭喜,恭喜!"亲朋挚友陆续亮相。"请——"恭候多时的接待人员做出优雅手势,笑脸相迎。

五楼一旁是理发室、会客堂,丁景唐、王汉玉早已装扮一新,在那里与长辈谈笑风生。另两边设有两个大礼堂,早已布置一新,喜气洋洋。洁白的桌布、高昂的酒杯、锃亮的刀叉、叠成三角形的餐巾,一切按照西式婚礼仪式进行。

双方家长乐不可支,互说道喜吉言。王汉玉的母校清心女中、东吴大学同学,以及东吴大学鸿印团契的导师——总务长冯家声(后为沪江大学总务长)都前来祝贺,并送来喜庆花篮,花团锦簇,吉祥如意。

留声机的唱片转动了,播放《婚礼进行曲》,回荡着欢快激情的优美旋律。在众人祝福的目光中,丁景唐西装革履,挽着一袭梦幻般婚纱裙的王汉玉,洋溢着幸福的笑容,款款出现。来宾挚友啧啧称道,真是郎才女貌、天生一对,频频举杯,送上美好的祝福。但是,没有耀眼的闪光灯,也没有前后忙碌的摄影师,更没有留下这对新人美好时刻的结婚照,甚至结婚证书上,王汉玉也署上化名"王淙漱"(另见本文附录)。这一切都是按照丁景唐的意思办理的,因要严格执行地下党的纪律。

丁景唐、王汉玉的结婚证书(图33),深绿色底,顶端中间为大红美术字的"结婚证书",两旁为可爱的小天使,站在大红双喜字上,臂膀上挽着爱神之箭,手执金色爱恋丝带(插有合欢绿枝叶图案),环绕至画面的底端,恰好在中间相连为合欢结,由两个鲜红爱心衬托,意即"有缘千里一线牵"。结婚证书上的文字竖排,自右向左为:

丁景唐,浙江省镇海县人,年廿一岁,民国九年三月初七日吉时生。王淙漱,浙江省镇海县人,年廿四岁,民国六年十月初八日吉时生。

今由袁永定、顾丕善两先生介绍,于中华民国二十九年十二日一日下午四时,在上海银行公会礼堂结婚,恭请蔡六乘先生征婚,宜其家室,齐眉合欢,此证。

订婚人:丁景唐、王淙漱。

证婚人:蔡六乘。

介绍人:袁永定、顾丕善。

主婚人:丁继昌、王法镐。

中华民国二十九年十二月一日

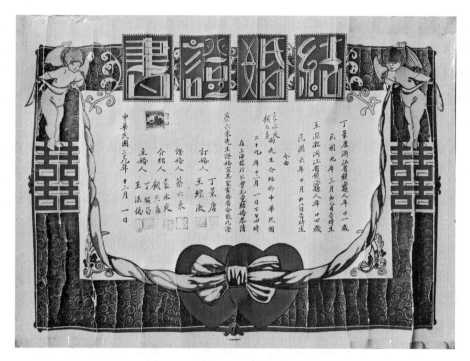

图33 丁景唐、王汉玉的结婚证书

其中透露了许多珍贵史料：

其一，丁景唐与王汉玉结婚时间为1940年12月1日星期日，在上海银行俱乐部礼堂。同时反映了他俩结婚比较仓促，从发生警报到举行结婚仪式，相隔时间比较短，也是丁景唐坚决执行地下党组织的指示，提前公开结婚，澄清嫌疑。不过丁景唐怎样说服王汉玉和双方家长，不露破绽，皆大欢喜，其中内情是一个永远不解之谜。

其二，王汉玉出生于1917年11月22日，恰好是基督教的感恩节。1938年11月上旬，丁景唐加入共产党，是纪念俄国十月革命胜利。

其三，王汉玉比丁景唐大三岁，以后他俩相濡以沫，恩爱如初，应验了"女大三，抱金砖"的坊间真言。

其四，丁景唐、王汉玉名字下面的印章是他俩生平第一枚，而且王汉玉化名王淙漱的印章仅见于此，很有纪念意义。后来丁景唐拥有许多出色印章，其中有钱君匋等大家之作。2013年夏秋之际，上海师范大学孙言、沈爱良与秋石印社部分成员共同努力，把年逾九旬的丁景唐的六十七方印章，整理成一本印谱《景玉常用印选》，深得丁景唐喜爱，笑眯眯地签名赠送，不亦乐乎。丁景唐仙逝后，孙言还写了悼念文章《文化老人丁爷爷》，收入丁言模编的《丁景唐纪念文集》（上海文艺出版社，2020年11月）。

这张结婚证书很大，相当于如今对开大报的整版，长52.1厘米，宽37.8厘米，是当时统一规格，由商务印刷馆印制，福州路专们喜事店家出售。内容与如今不同，除了结婚新人之外,还写有介绍人(新人各自的姑丈)、主婚人(新人各自家长)、证婚人(蔡六乘,上海滩上显赫的大律师)。证书上还贴有壹元的印花税票(加盖蔡六乘的骑缝章,以示明证),这是每对新人必须缴纳的结婚税。

此证书兼有婚礼请柬的内容,包括请柬上的祝福语:"宜其家室,齐眉合欢"。前一句源自《诗经·周南·桃夭》:"桃之夭夭,灼灼其华。之子于归,宜其室家。""齐眉合欢"比喻夫妇相敬如宾,永远恩爱,有诗证曰:"举案齐眉比翼飞,笑对共饮莲花酒。百年共枕鸳鸯恋,堂前开满合欢花"。这些因袭惯例的喜庆俗语,充满着美好的祝福和誓言。

多年后,丁景唐大量钟爱的书刊资料因故遭遇悲剧命运,这张结婚证书却奇迹般地生存下来。也许是因为证书"躲"在瘦长的外壳里,材质是纸盒外面贴布,而且大红色也是非常年代流行的,无形中起到一种护身符的作用。

丁景唐晚年时拿起放大镜,笑眯眯地反复观赏多年前的结婚证书,忍不住喊道:"汉玉,交关(很)时髦,侬来看看那。"最后,丁景唐还是忍痛割爱,将举世无双的孤品、具有特殊历史价值的结婚证书,捐赠给中国近现代新闻出版博物馆,于私于公都是它的理想归宿之处。

丁景唐、王汉玉结婚后,收到一份特殊的礼物,即史沫特莱的自传体小说英文版《大地的女儿》,扉页上有作者亲笔签名,弥足珍贵。丁景唐回忆说:

> 一九三二年,我从申报流通图书馆借到《大地的女儿》的第一个中译本阅读,我为作者献身于人类壮丽的解放事业而奋斗的精神所感动。我想,要是自己有一本《大地的女儿》,能经常亲近它就好了。
>
> 万万没有想到,几年后我成长为革命队伍中的一名新人,由我联系工作的东吴大学同学潘惠慈将她珍藏的史沫特莱亲笔签名《大地的女儿》原版本赠予我和爱人。惠慈对我说:"你爱好文学,这本书原是震旦女子文理学院教英文的外国老师送的,现在我将它送给你们,比放在我这里更可发挥作用。"惠慈是一九三八年上海启秀女校学生中的第一个共产党员,后来介绍李宝球、陈向明(早几年去世的少年儿童出版社社长)入党,成为该校的第一任支部书记。她出身富家,受该校教师——一九三二年老共产党员、左翼女诗人关露和一九三八年党员教师茅丽瑛烈士的思想教育和进步书刊的影响,摆脱了家庭影响,选择走"大地的女儿"的道路。她的哥哥潘有声娶了著名电影明星胡蝶为妻。她从不在人面前闲谈,更没有以此炫耀,她后来在"文革"中受到极大的凌辱,在苦难与冤屈中死去。这本《大地的女儿》签名本则留给了我无限的哀思。

(丁景唐《我有史沫特莱自传〈大地的女儿〉的签名本——兼怀东吴大学学友潘惠慈》)如今这本《大地的女儿》的红色封面已染上沧桑岁月的痕迹,有些褪色,角边有些磨损,但是依然完整无缺,还能分辨出当年精装本的风采。(详见丁言模:《史沫特莱的签名本〈大地的女儿〉》,载《书香传情——丁景唐藏书考辨》,上海文艺出版社,2020年11月。)

丁景唐结婚两年后(1942年秋)，丁景唐转学到沪江大学中文系三年级，在圆明园路209号真光大楼上课。如果往西眺望，可以看到上海银行公会大楼，他有时路过那里，却没有进去，从此那幢大楼只是留在记忆中。

二、创作素材，合作译文

"人生到处知何似，应似飞鸿踏雪泥。"(苏轼《和子由渑池怀旧》)"鸿爪雪泥"指往事留下的痕迹，引起丁景唐、王汉玉等莘莘学子的共鸣，为团契取名鸿印。

鸿印团契隶属东吴大学基督教青年会，各校基督教青年会组成全市性的上海基督教学生团体联合会，简称"上海联"，并创办会刊《联声》。丁景唐接替学长王楚良主编《联声》第3卷第4、5合刊，直至第4卷第4期(1941年9月10日)。

丁景唐在《联声》发表许多文章，其中有些创作素材与王汉玉的学习生活和鸿印团契有关。《"三八"那天》(《联声》第2卷第6期)是他唯一一次记述"鸿印、曙光二团契联席会"，即纪念三八节活动，因此更显得别有意义。

丁景唐的笔下还出现女生的体育老师和参加体育表演等场景。当时东吴大学上体育课，男生在八仙桥男青年会的健身房，女生则是借用静安寺路999号女青年会的场地，由女生体育部主任李怀菜指导。她后赴美国南加利福尼亚大学留学，专攻体育卫生，其父李天禄教授在该校讲授中国哲学。1940年5月25日，在星嘉坡路工部局女中举行全市大、中学女生体育表演，女生体育部主任李怀菜和附中女生体育教员抓紧时间排练，组织女生前去参加。表演的节目有步法、丹麦操、沙底士兵舞、体操、技巧运动、玩纱舞、游戏、棍棒操、叠罗汉、捷克舞、滑稽舞，以及可爱的春天、五月竹竿舞等。这些名堂繁多的表演节目，在丁景唐笔下则是夸张、变形的，体育老师也变成讽刺性的漫画式人物(绝不能与现实中的教师画等号)。

"对不起得很！今天又有体操练习。"

"什么？不是已经表演过了吗？"

"上次是跟别的学校联合起来表演的，这一次是和附中联合单独的表演。"我知道王一定和我同样的气愤。

他呆了半天才说："这到底为了什么呢？"

"还不是[李]先生自己想出风头吗？"我冷笑了两声。

"我真不知道你们能练出什么东西来？"

"花样可多着呢！什么媒婆舞(Mazpole Dance)、自嫁夫舞(Searg Dance)、形……"我有意开玩笑地计算着。

"够了，够了。这简直是'非洲马戏团'了。"

"谁说不是呢?可是,又有什么法子呢?"我无可奈何地说。

丁景唐发表的讽刺散文《我们的李先生》(《联声》第2卷第10期,1940年6月26日),恰巧在5月25日体育表演之后,显然此文是有感而作。

> 远地黑教堂敲了两下钟,我像半死的僵体倒在被窝里了。一天,唔,又是一天!
>
> 头有些昏沉,我有了寒热,但还得上课去。
>
> 赶着半小时的车,在冷风中又吹了一息。在实验室里,睡眠不时地袭击着我,胸口有些发毛,北风丝丝地从窗口追来,室内流散阿摩尼亚气味,好容易站着三小时总算过了。
>
> 第四节是英文。"喂!瑛,你英文一定预备得很有把握,等会儿给我讲一遍。真讨厌,老太婆'花头'多,今朝又是两篇Essay,还要到台上去演说。"一颗颗、一个个如来福枪的子弹向我射来,蕙对瑛[说]的话,将我一炮轰醒。要命,昨夜预备了一夜,英文忘得精光,上台献丑,多难堪。

丁景唐写的《我为什么要逃课》(《联声》第3卷第3期,1940年12月1日),是模仿一位女生的口气写的,说明女生不堪忍受繁重的学习负担,身心疲惫,不得不逃学,以此反对校方加重功课的"强奸教育"做法。

以上三文在不同角度、不同层次晃动着王汉玉等同学和老师的身影,但绝不能与现实生活中的人物画等号。除了第一篇文章《"三八"那天》之外,后两文根据丁景唐、王汉玉的所见所闻,丁景唐再插上丰富联想的翅膀进行创作。

丁景唐主编《联声》时,为新婚妻子王汉玉发表两篇译文。第一篇是《五十岁学吹打》(第3卷第12期),这是丁景唐夫妇第一次合作,在丁景唐的文学活动中占有特殊地位。

> 我决定去进大学的社会系。虽不能把握书本与听讲能否给我所需的判断力,不过我想,这是值得尝试的。
>
> 由于精细的预算,我能付出学费,但不能供给我在外生活的费用。就是经济充裕的话,我也踌躇是否要有十八个月的长时期,别离我的丈夫和女儿。在这两年之中,可[以]肯定地说:我是没有得[到]家庭的帮助的。
>
> 五十年的生活使我对人类发生了兴趣。我要了解人们间不同的心理关系,所以选读了初步心理学。
>
> 要多知道些关于资本与劳力的问题,和现世界的失业、贫穷的原因,我读了几[门]课经济。
>
> 和别的美国人一样,我也曾注意到因离婚而发生儿童无保障的悲剧,我要知道在这工业社会中现在的家庭方式是否是最好的制度。为了这个缘故,就要研究古代社会情形,所以在社会系里也选了几[门]课。

当我宣布我在大学读书,以致不能像从前一样的参加集会时,我的朋友都很惊奇地问我:"离校了这么久,像你这样年龄再求学,不感到困难吗?"

丁景唐回忆,此译文和《透过了紧密的云雾》是在学长王楚良鼓励下动手翻译的。王楚良调离工作岗位,不再过问《联声》编辑部的诸事,留下了译文栏目的空白,这曾是《联声》引以为自豪的强项。因此,王楚良鼓励王汉玉翻译。此译文标题"I Went to College at Fifty"直译为"我五十岁上了大学",发表时题为"五十岁学吹打",显然是中国化的意译,通俗易懂,又不失原意,这理应是丁景唐修改的结果。

原文作者说:"我不让一分钟浪费掉,我也不花费无谓的时间在书堆中死啃。"这是此译文励志的闪光点,希望在校的大学学生以这位异国 50 岁重返大学校园的中年妇女的学习精神为榜样,不要辜负了学习的大好时光。这位 50 岁大学生重返校园后,"没有得[到]家庭的帮助的",令人感到意外,也让世人刮目相看。她成为"活到老,学到老"的典范,至今仍有现实意义。

继《五十岁学吹打》之后,丁景唐在《联声》上第二次发表王汉玉的译文《透过了紧密的云雾》,两者原文都是出自美国《论坛》。介绍此文的目的已经在开头说清楚:不必幻想在"黄金国"(美国)求学的"幸福",作为贫穷的中国大学生,更应该"为自己找生路哩"。同时也要学习那些异国大学生勤工俭学的顽强意志和执着精神。

离学校后靠自己劳力周游了十二个国家。后来我回到一个都是麻厂的小城市。在那里[的]高级学校担任了英文教师,班上有四十多个天真的年轻人。

有时对着这一班青年渐渐迷糊起来,好像有三人笑着走进门来,那是卡尔、乔和我自己。我们那时还只有十六岁。

课室里显得特别沉寂,几个学生极惊奇地望着我,他们不知道我在做什么。但是当我恢复了意识,教室里也恢复喃喃的读书声音了。

巴塞耐斯湖上的浓雾被惊消了,我向这窗外的阳光发着微笑。

最后一段弥漫着浪漫的气息,见证着丁景唐、王汉玉会心一笑的最后一笔修改,这也符合丁景唐创作诗文的活跃思维和丰富联想的特点。

此译文署名"淙叔",是丁景唐为王汉玉起的笔名,与丁景唐笔名"宗叔"谐音。丁景唐还将"淙漱"作为自己的笔名,发表文章,成为他俩夫唱妇随、"景玉共赏"(晚年印章)的极佳诠释。丁景唐在晚年整理《联声》要目时,在此译文条目旁注明"王汉玉"。

对于这两篇译文,丁景唐一直不愿意多谈,也没有透露他俩当时如何互相帮助的内情。如今静心欣赏这两篇译文时,眼前浮现出一幅月夜水墨画——投射在窗户上的柔和灯光,映照着屋里他俩伏案学习的身影。

三、母女印象,化为诗行

丁景唐、王汉玉的爱情结晶——几个女儿先后诞生了,家里负担陡然加重。丁景唐还在上大学,除了作功课之外,常常熬夜伏案写稿,四处投稿,奉收薄酬,补贴家用。但是,依然寅吃卯粮,入不敷出,哪里抵得上物价飞涨的速度。贤惠淑德的王汉玉很着急,只要孩子一断奶,顾不得"大小姐"的身份,出去找工作,曾在大安保险公司任职,又到亲戚家里帮忙记账。回家后,她还要忙着照顾孩子,抽空上街"轧米"。当时米价疯涨,上海市民争相排队买米,沪语称"轧米"。

家里日常生活中的场景,点点滴滴,化作诗行,出现在丁景唐的笔下,也代表了在特定情境下的一种只可意会、不可言传的心境。

日子似绷紧了的乐弦,/难得有余暇的间隙。/可喜孩子的几双小手,/牵引我到冷落的枯园。

青翠的松盖垂作屏障,/孩子指着它,嚷是/神话中仙人的胡须。/搁住顽鸷的北风,/松伯伯吼一声叱斥。

折一枝芦苇算作戈矛,/遍地枯草权当它是沙场。/忆周郎赤壁的风云气概,/我席地看草坪上的鏖战。/笑马上的豪雄从人背上倒下,/败北的孩子这回做了,/火烧连营时的曹操。

这首《寒园》原载《女声》第2卷第10期(1944年2月15日),此诗原标题为"寒园集"。1933年8月,上海市立动物园开放,是上海最早的动物园,属市教育局管辖。1937年"八一三"淞沪抗战爆发后,园内动物迁至位于法租界的顾家宅公园(今复兴公园)寄养。这时,丁景唐夫妇已有两个女儿了。此诗富有童趣,联想《三国演义》中的赤壁大战情景,与孩子戏玩情境重叠,即刻又拉回现实。此嬉笑气氛却与标题"寒园"的冷意形成鲜明对比,余音绕梁,留待读者思索。

此诗与另一首《囚狮》为一组。

囚狮/在铁栅前站住,/孩子,你用怔着的眼光,/鉴赏樊笼间的雄狮。/像倾听你妈妈睡前给你/讲述老虎精的故事,/你为雄狮的威容所慑住。

"它不是凶猛的兽中之王?/它不是会怒吼叫看客惊骇?"/孩子,你问得也真出奇,/但是,眼前的它在四周/已围住了铁栅,它有怒愤/也只得像猫一样地蹲着。/"那么,它已把樊笼错认作家,/它不会施展出雄力冲破铁栅?"/孩子你胆怯,怕它/用锐利的齿爪撕碎你的肋骨?

"不,我为什么要胆怯?/山林中的兽王囚落在樊笼/它的遭遇是公平的吗?"/孩子,是谁启示你这些/富有智慧的话。/谁能说风雷不会卷起灾难,/而铁栅有一天竟要折断!

《囚狮》的标题令人想起两篇小说,一是鲁迅的译作《捕狮》,原作者是法国查理路易·腓立普,鲁迅是根据日译本转译的。小说讲述法国巴黎大街上,几个人围捕一只逃出笼子的狮子,因狮子是"熟悉的",很听话,杜绝"吃牛肉",只需用面包引进笼子。小说最后画龙点睛,认为凶狠的看守犬如果逃走,一定要咬人的,绝不像那头听话的狮子。二是巴金短篇小说《狮子》,小说刻画了绰号"狮子"的莫勒地耶,是全校学生所最不喜欢的人。其中写道:"狮子饿了的时候,它会怒吼起来"。如果将《囚狮》与鲁迅译作《捕狮》、巴金短篇小说《狮子》进行比较,那么这是一个很有意思的话题。

《囚狮》的结尾,丁景唐暂且想不出满意的诗句,后来听旁人点拨才完成,他写道:

在灯下阅读了朱湘——这位葬身于大江,离开了这尘世已经十年——的诗集。忽触思绪,感到他的作风颇适于写这种小诗,因积数日夜间之酝酿,终算写成了一章。可是《囚狮》的结尾却又拖延了好几天,后来不知怎的在闲谈中有一位友人贡献了意见,以为眼睁睁去看紧闭在铁笼间的雄狮子不免有些"英雄末路"的感慨。这样一说,我倒记起了几年前南市文庙动物园中猛虎挣扎出铁笼的事,于是我就拿"谁能说风雷不会卷起灾难,/而铁栅有一天竟要折断"来作诗的"尾巴"(?)

1944年元旦前夕,丁景唐带领女儿去参观动物园,以父女对话形式,引开说去,提升思想含义。前一首《寒园》专题描写父女同乐的场景,与《囚狮》的立意、构思有所不同。

丁景唐还以母女为题材,创作新儿歌,描写其间情愫。

一只小小的蜜蜂迷失了路,/飞近窗口向光滑的玻璃发怒,/无知的小女孩当它是可欺的蝴蝶,/蜜蜂在她手中挣扎飞逸,/小女孩哭了,她的手受到刺激。/母亲以舌尖吮吸她的肿痛,/叮嘱着蜜蜂不是好惹:/等你长大起来你要牢牢地记着,/当你受到人的侵辱,/你也要和蜜蜂一样抗争,/不管损害你的敌人是怎样强大;/当你工作的时候,/你也要学它认真干活,/记住长着大胡子的先知公公,/曾经如何地赞扬蜂巢的精巧,/为公众建造美好的房舍……/现在你先停止了哭,/流泪是多么可羞的事啊!

《一只小小的蜜蜂》原载1947年4月4日《联合晚报·夕拾》。不妨将此视为新儿歌,虽然有成年人的味道,但其间充溢童趣,流露出慈祥的母爱之情,更有深刻的教育意义。

在丁景唐诗歌创作活动中,此诗是唯一一次引用马克思的经典之言,以此显示蜜蜂的出众天赋和坚韧的抗争。马克思的《资本论》中赞美"蜜蜂建筑的蜂房使人间的许多建筑师感到惭愧。但是,最蹩脚的建筑师从一开始就比最灵巧的蜜蜂高明的地方是,他在用蜂蜡建筑蜂房以前,已经在自己的头脑中把它建成了。"

丁景唐完全可以从正面去描写和歌咏蜜蜂的伟大精神,但是偏偏抓住生活细节,用母爱的眼光去开掘主旨,赞扬蜜蜂。此构思也许是丁景唐想起第一次与王韬合办的刊物《蜜蜂》,感慨不已;也许是他看到爱女被蜜蜂蜇了一下,母亲显露出爱惜之情,触发诗人的灵感。

被列入国民党的黑名单后,丁景唐避难在宁波农村。9月29日中秋节时身在异地,明月、故乡牵连起浓烈的思念之情,妻子、女儿安好吗?在此前后,他不免回想起一家人温馨、快乐的生活(虽然生活拮据),触发诗情,挥笔写下新儿歌《给孩子》:

冬天有寒冷的风,/冬天有霜雪冰冻,/你不肯好好地换衣洗澡,/怕伤风又怕受冻。/孩子,你的袖已破了,/你看,领也腻了,/衬衫是那么的肮脏,/孩子,你不能尽学/整天在地上打滚的野小孩,/其实谁甘愿养虱子做窠?——/他们的爹娘挨饿吃不饱啰!

结冰的日子已经消融,/风雪也已葬送,/春天给你生起炉火,/红猛的日头也在天空洗澡,/嗳,肥皂的白沫是朵朵的云,/空气是这样的馨醇,/风是这样的温驯,/孩子,你要听话,/让妈妈替你洗澡,/换上新的衣袄,/嗳,明天是一个幸福的节日,/背起书包,妈妈陪你上学堂,/有那么多的小朋友和你一伙,/学习认字,做游戏,唱歌。

此诗作以朴实的大白话书写。第二部分则拙中见巧,联想翩翩,"红猛的日头也在天空洗澡,/嗳,肥皂的白沫是朵朵的云",信手拈来,却见韵味。

此诗与以上介绍的诗作形成一组教育孩子的主题之作,都叠印着丁景唐描写妻子和孩子的生活情景,显露似水柔情。如今读来,依然能深切地感受到丁景唐丰富的内心世界,涌动着眷爱的暖流。

丁景唐悉心描写妻子王汉玉的诗作仅一首《池边》,采用象征、暗喻,并非直接表白。

晌午的阳光睡意浓重,/静寂的园林微风温馨。/蜂蝶在花丛踩跶私语,/水珠飞迸作五色的彩虹。/柳影掩映一个少女的脸,/池面摔碎了幽远的钟声。

此诗类似新格律诗,即中国现代新诗的一种形式,亦称现代格律诗,是"五四"以后出现的新诗中不同于自由诗,但又有别于传统诗体,没有固定格律的诗体。《池边》既有传统古诗的凝练和韵味,又有现代自由体诗的潇洒、跳跃,特别是最后一句"池面摔碎了幽远的钟声"中的练字——"摔碎",突显动态,反衬静态,显示诗中有画的意境,恬静、悠闲、安逸。

1999年12月,丁景唐回忆说:"汉玉(淙漱)的相册中有张少女时在池边柳荫中的肖像。我们有了女儿以后,携女儿到旧时兰维纳儿童公园散步,归来写《池边》。"(丁

图34　王汉玉肖像

景唐《犹恋风流纸墨香——六十年文集》,图34)

丁景唐夫妇金婚纪念之际,丁景唐特意将此诗抄赠给鲁迅研究专家陈漱渝,并作了文字说明。

往事悠悠,岁月如流。丁景唐、王汉玉恩爱如初,相濡以沫,风雨兼程。1972年,丁景唐的老伴王汉玉退休时,收到著名篆刻家钱君匋的厚礼,即"景玉共赏"印章。四年后,钱君匋又赠送同样四个字的一枚印章,不过是细纹章。丁景唐笑眯眯地解释道:"这是各取我们两个人名字中的一个字,合二为一,拥抱在一起,哈哈哈!"丁景唐经常乐呵呵地将"景玉共赏"印在赠送友人的新书扉页上,以表心迹,真可谓"英文团契喜结缘,景玉共赏鬓染霜"。

四、留香纸墨,永嘉阳光

"文革"后丁景唐复出,担任上海文艺出版社社长兼总编、党组书记。永嘉路慎成里的石库门老宅也迎来了"第二春",新老朋友纷纷前来探望这位昔日"歌青春"诗人、资深学者和老党员,尊称他为"老丁"。

"这是非常老的楼梯,上来时要注意啊。请,这里是书房,书很多很乱,住了60多年了。"年逾七旬的老丁笑眯眯地提醒每一位中外来访者。老宅楼梯也老了,发出轻微的咯吱声响,楼梯的灯光比较暗淡,来客都要小心翼翼地登上一人宽的木楼梯(坡度近40度)。一只手扶着一旁的木扶手,由此借力,慢慢拾级而上。好不容易登上三楼,喘口气,定神跨进多功能的房间,卧室——一张大床占据了较大面积;待客室——人来多了,几把高低不一的旧椅不够了,只好坐在大床边沿;书房——四处堆满报刊,不时悄悄地溢出角落,逐渐蔓延到老式翻板桌下。老式翻板桌也将多功能发挥到极致,上面有各种摊开的书,写了一半的信,随手记录的小纸片,有时在这些上面摊开新旧报刊。饭菜飘香,一只小的钢精锅饭菜出现在这张桌上,还经常伴有半截小酱瓜或者半块红腐乳,味道好极了。其他一切杂物暂且靠边站,被随意搁置在旧椅子、小板凳和床上,甚至蔓延到地板上。有时恰巧客人来访,只好请来客屈尊坐在床边,并不介意老丁边吃边聊,双方感兴趣的话题则是增添一道"美味佳肴"。主客无拘无束,潇洒脱俗,都很惬意。

石库门老宅里时常高朋满座,南腔北调,畅所欲言,指点江山,妙语连珠,陪伴老丁度过了幸福、愉快的晚年时光。

初冬披着太阳,/穿过石库门弄堂,/我们说"别再送了,老丁",/"散散步嘛"他讲,/"那我们陪你散步",/于是一同来到永嘉路上。/告别老丁登车,/回首处,只见他已转身,/不再相望。/阳光、树影、背影,/见他不忍见故人跟踉?/方才扶栏探步下楼,/他说我不再是当年大姑娘。/呵,那时我三步两步/轻跨而下,/如今才觉得楼梯好窄、好陡,/还要拐弯。/再一想,他不再是/紫燕成双。/初识时,他那小女儿们像圆球,/又滚又抱,/如今她们的母亲高卧言笑难……/神驰,车驰,路转,/转眼地北天南。/何必叹人事沧桑?/伴随留香纸墨,/永嘉路上阳光。

(成幼殊《永嘉路上——陪老丁散步》)

2001年11月19日,年逾七旬的成幼殊与丈夫陈鲁直自京赴杭州开会。返京路过上海,下榻于徐汇康健浦北路百合花苑,特地到永嘉路慎成里来看望丁景唐。丁景唐陪同成幼殊夫妇下楼,开灯,扶栏,"探步"而下。"老丁,别送了,留步。"成幼殊夫妇再三劝说。"陪老丁散步,写首诗吧。"丁景唐提出了最后一个要求,令人难以谢绝。成幼殊回到住处,便信笔写诗一首。

成幼殊,1924年生于北京,曾用名成修平,笔名金沙等。1942年考入上海圣约翰大学。1946年春与屠岸、卢世光、吴宗锡、陈鲁直等共建野火诗歌会。自1946年冬进入报界,先后在上海、香港、广州当外勤记者。1953年春到北京参加外交工作直至离休。曾外驻于新德里、纽约、哥本哈根等地。[2]

喜讯传来,成幼殊的诗集《幸存的一粟》获大奖了,其中就有以上引录的诗作《永嘉路上——陪老丁散步》。丁景唐欣喜地写道:"年届八十的女诗人成幼殊的六十年诗集《幸存的一粟》荣获2004年第三届鲁迅文学奖的诗歌奖,她是新中国的第一人,值得庆贺。"并且欣然写下《金色年华,迎来晚霞满天》(《读者导报》2005年4月22日),此文后于2005年4月、6月两次修改,增补许多内容,刊于《上海作家》第3期,后收入《犹恋风流纸墨香——六十年文集》(续集)。

2007年12月,内蒙古文化出版社出版《成幼殊诗歌选》。成幼殊将此诗集赠送给丁景唐,在该书扉页上写道:"恭贺景玉公寿诞,感谢早年就得到您的领导,以及迄今六十多年来的关怀。奉上2007年岁末问世的诗选一册留作纪念,并请赐教。这书是在蒙古国和内蒙古的朋友们推动下出版的,可供一笑。"但是,丁景唐的老伴王汉玉已于六年前不幸去世。《永嘉路上——陪老丁散步》原拟慰问卧床不起的王汉玉。丁景唐于2002年1月4日写信给成幼殊、陈鲁直后,1月19日,相濡以沫的老伴"永离人间矣"!

"伴随留香纸墨,永嘉路上阳光",穿越岁月,余韵绵长,永存友情。"老丁!""陪我散步吧!"

注释:

〔1〕上海银行公会俱乐部曾召开"左联"全体会议,那是1930年5月底,著名戏剧家洪深联系借的场所,鲁迅、茅盾、冯乃超等前去参加,会议是为了准备第二天的五卅纪念示威活动,以及出席苏维埃代表大会代表的报告。鲁迅认为,国民党报纸对"左联"的攻击没有什么了不起的,主要是"左联"的每个成员思想上要坚定。他说:"我们有些人恐怕现在从左边上来,将来要从右边下去的。"这话很尖锐,给茅

盾留下深刻印象。散会时,茅盾和胡也频乘电梯下楼,阳翰笙为他俩作了介绍。茅盾没想到次年1月,胡也频等左联五烈士英勇就义了。(茅盾《我走过的道路》)茅盾回忆上海银行公会俱乐部的有些细节有误。

〔2〕1982年10月13日,成幼殊写信给丁景唐:

丁英同志:

　　去年春天在上海相会,并在府上重温上海"文艺青年"的经历,转眼已成为一两年前的事了,一直没有写信,照片也没有寄,真是抱歉。前些时接到许果复同志的来信,国庆节的招待会上,又见到董鼎山、董乐山兄弟,都谈到与您的相会。果复还谈到您仍很关心我的诗,感激之余,真是拖不下去了。

　　对于您的行踪,我还是在注意着的。去年在香港《大公报》上看到您和一些同志在香港活动的报道。当时很高兴,庆幸您终于成行了。可是以后的情况就又不知道了。而我自己在去年七月底意外地得到因公回国的机会,并在北京待了八个月,直至今年三月底才回到纽约。只可惜未能有机会再去上海……工作之余,有时候也会想到,现在连"文艺青年"也当不上了。对于阁下仍以"文艺青年"称我,也就感到更受宠若惊,而值得珍惜了。

　　在京期间,曾见到林莽同志——就是王殊,他说,有时仍和您通信的。

　　现在,您的情况怎样?有些什么新的著作,"金花们"都好吧,仍给您许多帮助和安慰吧。夫人身体仍好吧,真抱歉我没有口福。去年还曾见到了路过纽约的令亲小陈同志,他现在仍在美进修吧?

　　就写到这里了。

　　附上照片两张,好像还可以吧。

　　此请

　　秋安

　　夫人、千金们均此问好。

幼殊　82.10.13

此信中提及的许果复是中东问题资深专家。1982年7月,美籍华人作家董鼎山、董乐山来沪访问,丁景唐陪同前去拜访巴金。"在香港活动的报道",指1981年12月丁景唐等中国作家在香港大学参加"四十年代中国文学研讨会"。王殊曾投稿给丁景唐协助编辑的《小说月报》《时代学生》等,后为外交部副部长。"金花们"指丁景唐、王汉玉的四个女儿。

附录　珍闻一则·与狮为友

南非洲的布希曼人[1]专持狩猎为生,年轻人往往以捕捉活兽来博取女性的喜悦,因而有卖弄自己的本领,送终于猛兽的血口下的。但奇怪的是他们对于狮子却有一种好感,认它为人类的良友。然而这原因是极简单的,盖狮子攫获野兽之后,每常有食余的兽肉,遗弃林莽之间,给布希曼人受用。这也就难怪尚在野蛮人时代的布希曼人要认狮为友,相约不许杀害猛狮的了。

原载《社会日报》[2]1944年9月26日第4版"宇宙周刊",署名:淙漱。

导读:

此短文系编译之作,暂未找到原出处。"淙漱"为王汉玉的化名,最初写在她与丁景唐的结婚证书上,这是按照丁景唐之意起的,因要执行地下党的严格纪律。此化名后作为她的笔名,发表两篇译文,又作为丁景唐自己的笔名,发表以上短文。

注释:

[1] 布希曼人,现译为布须曼人,是生活于南非、博茨瓦纳、纳米比亚与安哥拉的一个原住民族,一直过着狩猎和采集生活,大多仍处在原始社会的不同阶段。

[2]《社会日报》创刊于1928年10月,由胡雄飞发起并邀请陈灵犀、姚吉光、冯若梅、锺吉宇、黄转向、吴农花等十人,集资500元作为开办费。因故只问世一个月便停刊。1930年4月,胡雄飞与陈灵犀再度合作,《社会日报》复刊,由陈灵犀主编,改为四开小型报,从原来两个版面扩充为四版,第一版为新闻,其余三版为副刊。经过多次改革实践,成为当时最具影响的小报,成为大报的缩影,新闻选材、评论立场都向大报看齐,注重时政新闻和言论,成为一大亮点,由此带动了上海众多小报的转型。该报至1945年停刊,共办了16年。

丁景唐曾在该报发表散文《生活》(1942年5月10日)、《沉默》(1942年5月21日)、《橄榄》(1943年2月4日)等,均署名"辛夕照"。

尾声·综述

纵观丁景唐前期十年写作、治学、编辑活动,大致分为四个时期:

(1) 1939年之前,酝酿、萌发时期——起点不凡,首办刊物。就读青年会中学,加入共产党,首次与王韬合办《蜜蜂》半月刊。

(2) 1939年至1941年,《联声》时期——就读东吴大学,编辑《东吴团契》,先后成为《联声》的读者、作者、主编。以诗文作为突破口,大胆进行各种尝试,讽刺诗、叙事诗成为《联声》特殊平台上的两朵奇葩,却鲜为人知。

(3) 1941年至1945年,《女声》时期(包括《联声》停刊与投稿给《女声》之间的衔接时间)——创作与治学并驾齐驱,以《女声》为投稿的主要对象。诗文实现量的增扩,质的飞跃,进入鼎盛时期。转学沪江大学,开始走上治学道路,接受中西贯通理念,发表古典文学论文,标志着抽象思维的初步胜利。投稿《女声》等,合办《谷音》,出版第一本书——诗集《星底梦》,初步形成第二本书《妇女与文学》论文集的框架。

(4) 1945年至1949年,多元时期——大学毕业后,指导、编辑、写作"三箭齐发",综合素质全面提升。特别是诗作风格转变,以"民风"(民族化、中国化、大众化)为主,潇洒回归,通俗易懂,进一步加强现实意义。指导《莘莘》《新生代》《时代学生》等创刊、办刊,发起组织和领导上海青年文艺联谊会,参与组织发起民歌社,治学重点转为民间文学,撰写各种题材的诗文和论文等。

这四个时期各有鲜明的特点,并且互相联系、影响、促进、提升,形成一个有机整体。

丁景唐的写作活动主要集中在后面三个时期,为了便于叙述,除了第一时期,后面三个时期按照不同文体依次介绍。

第一时期: 起点不凡,学习鲁迅

昔日"小宁波"丁景唐踏上上海滩,海派文化既古老又现代,既传统又时尚,触发了他心底的朦胧追求——追逐群书,上下求索。哪里有旧书店,哪里就有他的瘦弱身影;哪里有图书馆,哪里就有他的明澈眼睛;哪里有新书预购的信息,哪里就有他四处打听的灵敏耳朵。

丁景唐就读中学时,已经显露出不凡,逐渐显露出一个鲜明的特点——永不满足的求知者、勤奋的探索者、执着的钻研者,延续在他的一生中,并且贯穿着独立思考、灵活创新的一根红线。他在青少年读书、学习、追求的过程中,凭着好奇心、浓厚兴趣接受多元化斑驳文化的同时,坚定地选择了学习鲁迅、研究鲁迅的正确道路,逐渐形成了深沉的鲁迅情结——一种学习的楷模、写作的典范、治学的标杆。

鲁迅的深邃思想、博学多闻的学识,杂文中有许多精妙警句,入木三分。丁景唐看了很受启发。他读中学时在墙报上写的一篇杂文中,已经引用了鲁迅的名言。这个与众不同的起点,引向美好的前景。此后,丁景唐摘录鲁迅书简和研究鲁迅的文章,尝试改编剧本《阿Q正传》的片段,借鉴发挥鲁迅的经典描写和构思,引用鲁迅的警句,特别是以鲁迅的诗论作为权威之言,进一步思考民歌、民谣与新诗创作之间的联姻关系,最终促成诗作风格转变,潇洒回归。

丁景唐一生敬仰鲁迅、学习鲁迅、研究鲁迅,成为学界公认的资深学者、研究权威。遗憾的是无人研究他早年鲁迅情结形成的初衷、运用、发展的历程。

第二至第四时期:各有千秋,高潮迭起,潇洒回归

(一)散文:活跃思维,大胆创新

《联声》时期,丁景唐不仅崭露头角,而且进入大学后,学习、写作、再学习、再写作,形成一个周而复始的良性循环,螺旋式上升。他将诗歌、散文作为突破口,其中散文一马当先。

踏进大学校门前后,丁景唐以《联声》为主要阵地,正式发表的第一篇散文《迎着太阳——"上海联"中学夏令营杂零》,充满了青春时期浪漫色彩,执意让美丽的幻想飘飘洒洒"软着陆",显露出学习、模仿、借鉴的痕迹,不过更多的是丁景唐的个性化描写。此后,转向关注校园现实题材,尝试各种写法,大胆创新,融进诗歌、剧本等元素,呈现了活跃的思维、敏捷的反应、开阔的视野,融入自己的美学见解,为后面的质变、全面提升打下了良好基础。

丁景唐的写作题材冲出校园,把视线投向广阔社会,比较突出的当属叙事纪实散文,如《出蒙馆看万花筒——大世界观光录》,将历史、地理文化与现实百态世相结合,形成讽刺、针砭的新题材。此文以博士、阿德哥、小郎三人的所见所闻,串联起"白相大世界"的经历,彻底抛弃同类题材专注闲适和享乐的笔法,力图融合现实主义的眼光洞察"大世界"。此文灵活运用方言的丰富内涵,在诙谐、幽默之中暗藏机锋,成为一大特色。

1941年发生震惊中外的皖南事变,丁景唐以春秋笔法,接连写了散文《"你们是世上的盐"》《主要复活》等,曲折地表达了反对内战、反对分裂的义愤之情,形成这时期散文创作的一个小高潮。《"你们是世上的盐"》以盐的性质、作用作为切入角度,阐述了抗日救亡必须团结一致、同仇敌忾的必要性,才能充分发挥民族统一战线的重要作用。此文构思比较新颖,这在当时文坛中很少见。

丁景唐前期散文激情奔放,呈现整体多元化的斑斓色彩,这是丁景唐昔日追逐群书的初

步消化、吸收和运用的结果。进入《女声》时期，散文则主旨突出，笔墨集中，色彩趋向中和，大多采用曲笔手法或其他特殊形式。这是上海沦陷时期《女声》等报刊的特殊背景，加之其他复杂因素造成的。

《女声》时期丁景唐的散文具有四个特点。其一，延续冷静的理智思索，直面沦陷上海的社会，以变换角度的方式思辨险恶环境中的人生哲理，解剖生活繁杂现象，辛辣讽刺、严厉批评丑恶的社会畸形现象。其二，捕捉日常生活细节。《目疾记》堪称这时期纪实散文的代表作，并留下了一份不可多得的资料。思念母爱的《烛光》、怀念同学的《故人》两篇散文，都是丁景唐思念故人的专题散文，感情真挚，叙述生动。其三，描述古典文学的散文与古典文学论文相配套，出现述评、散文"双轮驱动"的现象。其四，在《社会日报》上发表的几篇短文《生活》《沉默》《橄榄》等，短小精悍，富有哲理，余味绵长。这些散文在原来《联声》时期诸多散文的基础上，继续保持自然流畅、舒卷自如的特点，并且趋向成熟。

抗战胜利后，丁景唐的写作进入第四时期。由于从事"学委""文委"的工作相当繁忙，包括指导、筹刊、编刊等，留给写作的时间并不多，但是熬夜写作的成果颇丰。自从被列入国民党特务的"黑名单"，丁景唐不得不辗转南下避难，这反而为他提供了写作的新素材。返沪执教于沪江大学，除了教学，还集中精力写作、治学，但是散文偏少。

追述外祖母的《灯》与一年前思念母爱的散文《烛光》有所不同。《烛光》多采用象征、暗喻的手法，具有象征派诗人的浪漫气氛。《灯》以现实主义写作手法，抓住外祖母的外表特征进行生动描写，由此表现她的个性。外祖母弥留之际的遗言："要有电灯就好了。"既贴近又遥远，既朴实又有哲理，其间凝聚着痛苦、怨恨和无奈之情，说出了广大贫穷乡民的心声，企盼光明、幸福的生活。在不足千字的有限篇幅里，却具有神奇的张力——情理交融，人、事和谐地结合，深深地打上了历史烙印，而且平中求变，拙中见巧，稳中见奇，不经意中引人入胜，符合现代读者的阅读习惯。此文堪称丁景唐前十年创作的短篇散文代表作，是对昔日散文经验得失的一个完美小结和升华的结果，但也画上了一个不该停留的遗憾句号，戛然而止。此后，他再也没有写过如此出色的散文。

《宁波东钱湖纪游》长文近9 000字，集散文游记、历史文化、风土人情、民间传说、地理风貌等为一体，是丁景唐文学生涯中唯一一篇如此综合文体之作。此文尝试杂糅多种文体的表现手法，既是一种灵活的写作方式，也顺应了《茶话》这类休闲刊物的众多读者的需求。

1947年丁景唐辗转南下避难，抵达香港不久写下《香港的侧面——香港航讯》，发表于《茶话》第20期。此文集纪实性、可读性和地方文化为一体，开头部分描写了丁景唐、王汉玉夫妇乘船离沪南下的经历，随后以纪实报道形式介绍了香港的经济、文化等各个方面，留下不可多得的历史资料。

这种集大成的思路和写作手段，丁景唐曾多次采用，如《出蒙馆看万花筒——大世界观光录》《宁波东钱湖纪游》等,各有千秋,但是立意、构思都有一个共同点,即思路开阔,冲出就事论事的狭窄空间,任由思绪飞翔,将宏观与微观相结合,还原一个整体的历史情景。这既是他灵活求变、大胆尝试的生动反映,也是他严谨治学的一种延伸——力求真实可靠,言有可据,言可必信。

二进沪江大学后,丁景唐写的最后一篇散文《迟暮——改卷随感》,透露了他执教时批改学生作文的情景和心绪。前面一段景色描写还能分辨出昔日"歌青春"的笔触。最后写道:"秋天是收获的季节,秋天也是迟暮的季节。春天是下秧的季节,春天也是堕落和腐蚀的季节。"这富有哲理之言折射出丁景唐避难沪江大学时的复杂心情,既不甘心远离昔日火热的斗争第一线,但又不得不服从党组织的安排。他感叹内在辩证变化的春秋,也象征着人生最宝贵的青春岁月,"不在沉默中爆发,就在沉默中灭亡"(鲁迅《记念刘和珍君》)。

散文既是丁景唐写作的出发点,也是不断夯实的写作基础,并以不同方式渗透在其他文体里,其他文体又影响散文的写作思路和艺术手段。二者互相影响,互相渗透,互相促进,互相提高,由此见证丁景唐前期十年写作的特色。

(二) 诗歌: 创作巅峰,潇洒回归

《联声》时期是丁景唐写诗的起步、提升时期,大致分为抒情诗、讽刺诗、叙事诗,水准迅猛提升,超过了散文、杂文、短论等,集中显示了他的创作才华。

其一,抒情诗——大胆尝试多元化艺术表现方式,一跃而上新台阶。

继发表第一篇散文之后,次年(1940)丁景唐发表第一首新诗《给……》。此诗是集大成的处女作,既具有散文诗的元素,也有现代自由体格律诗的某些特点,更有模仿高尔基著名散文诗《海燕》的痕迹,同时受到基督教文学赞美诗格式的影响。值得注意的是该诗中的"青春的恋歌",以后演变为他的主要笔名之一"歌青春",正式敲开了上海沦陷时期的诗坛大门。

半年后,丁景唐写作水平突飞猛进,《哦……》便是一个突出的例子,脱离了青涩、稚嫩、模仿的初级阶段,迅猛跳过过渡时期,跃上诗歌创作的新台阶,令人刮目相看。

进入《女声》时期,丁景唐的抒情诗创作进入"自由王国",在某种程度上再次实现质的飞跃,集中体现于诗集《星底梦》。《星底梦》奠定了他作为诗坛新人在上海沦陷区诗坛上的历史地位,但是长期湮没在现代文学史的长河里。

抗战胜利后,丁景唐的抒情诗数量减少,但也有比较出色的,如《笑容》。此诗采用欲抑先扬的手法,类似于散文《灯》的手法。诗中展现的一些流动画面和瞬间定格的特写镜头,清醒地告诫广大读者:欢庆抗战胜利的鞭炮带来的并非都是玫瑰色的理想,很可能是黑色的噩梦。

《嘉陵江畔的悲剧》吸取叙事诗的某些元素,颇为新颖。诗中的投江女性不同于昔日殉道的少女(《一个少女冲喜的故事》),而是受过教育的知识女性,却因贫苦生活逼迫,以死抗争黑暗社会。此诗指出:"她以中国女性的崇穆的传统"舍身维护无意识中的男权论,酿成悲剧的社会根源则是万恶的旧社会制度。

短诗《生命颂》展现了丁景唐终于要放飞的心情,即离开避难的沪江大学,重新投入火热的斗争中去。他欣喜地吟诵道:"来春,/花更美,/叶更绿,/生命更盛!"此诗虽短,但富有张力,音节紧凑,充满激情,从中依稀可辨昔日《星底梦》短诗的风采。

其二,讽刺诗——多元化的思维和洞察事物的智慧,超出了世人的想象。

《联声》时期,丁景唐发表了三首讽刺诗,其题材、手法、形式等方面很有特点,特别是与基督教教义相结合,所寓意的哲理和内涵在中国抗战文学史、上海"孤岛"文学中都很少见,甚至是独树一帜。

60多行的《慈善家》逆向思维,采用"颠倒歌"的特殊手法,讽刺所谓的慈善家。其中有不少精妙诗句,刻画细节时带有散文诗的痕迹。80多行的《糊涂虫》讽刺四个丑角形象,分别采用不同的艺术手段,如同欧洲的古典舞台诗剧。此诗与《慈善家》同样融进叙事诗的元素,整体水准又有所提升,寓意丰富,富有哲理,诗句短促,节奏紧凑,层次分明,自然流畅,代表了丁景唐这时期创作讽刺诗的水准。《先生,我问你》矛头直接对准发国难财的国民党要人,并结合《圣经》教义。此诗更多地运用阶梯式诗歌形式,努力扩展诗句的内涵与外延,饱含哲理。

这三首讽刺诗具有强烈的政治性和战斗性,超出了世人的想象。当代诗歌评论家也未曾料到丁景唐这位上海沦陷区诗坛的后起之秀,几年前已经显示了他创作诗歌的非凡才华,令人惊叹之余,不得不重新端详这位熟悉又陌生的诗歌作者。

几年后,丁景唐创作的讽刺诗《别看错我是个女子》延续《慈善家》《糊涂虫》辛辣讽刺的锋芒。此诗也是丁景唐发表于《女声》中的唯一一首讽刺诗,同时为"歌青春"留下最后一瞥。遗憾的是丁景唐因故未能续写讽刺诗,他笔下的讽刺与幽默的多重元素转向新民歌、说唱等通俗文学,充满生活智慧与幽默。

其三,叙事诗——中国化《圣经》文学作品,英雄史诗般的长篇叙事诗。

丁景唐的第一首叙事诗《一个以色列民族英雄的死》开头运用象征派诗歌常用的手法,喻示整首诗是一出悲剧。舞台拉开序幕,在黑暗中众人倒在地上睡着了,一束聚光灯照射民族英雄耶稣,他冷静地说道:"时候到了……"结尾的怒吼狂风象征着强大的正义形象,"要冲破黑暗的世界"。此诗形象地诠释了周恩来题写的诗篇:"千古奇冤,江南一叶。同室操戈,相煎何急?"

第二首近190行的叙事诗《远方》犹如一出悲壮、热血、瑰丽的传奇、励志多幕剧,此起彼伏,心潮逐浪,猛然推向全剧的高潮。这是丁景唐一生诗歌创作中最长的一首叙事诗。此诗汇总了作者一年多来尝试的各种艺术手段，除了继续较好地运用阶梯式诗的形式，还采用多种抒情方式，不时夹叙夹议，构成一个悲壮、惨烈的诗史画面。

以上这些讽刺诗、叙事诗成为《联声》特殊平台上的两朵奇葩，但后世几乎无人知晓，更谈不上什么研究。

抗战胜利后，历史与机遇、爱好与时代、追求与潮流等交织在一起，促成丁景唐的诗风转变，站在螺旋上升的新起点上，潇洒回归，以"民风"（民族化、中国化、大众化）为主。丁景唐笔下的讽刺诗更多地融入民歌民谣元素，颇有市井文化的味道。

丁景唐的讽刺诗《别看错我是个女子》展现了觉醒女性的刚烈性格，四年后写的《上海小姐古怪歌》借鉴宁波特有的"颠倒歌"形式创作，讽刺上海滩十里洋场的时髦女子，由此揭示灯红酒绿的畸形时尚都市。

丁景唐又写了《一张广告的作法》，聚焦商铺。此诗借鉴新格律诗的形式，六字一行，节奏紧凑，抑扬顿挫，而且注入新民歌民谣的某些元素，既有经营买卖的术语，又巧妙地融进沪语方言。此诗讽刺意味浓厚，兼有上海滩"冷面滑稽"的味道。

丁景唐以前写过儿童寓言诗《风筝与小草》，时隔四年，他再次运用寓言诗的形式写了《豪门的狗》。此诗运用比兴手法，讽刺辛辣，通俗易懂，无须多余的解释。

潇洒回归后，丁景唐接连发表两首叙事诗，即《他死在黎明——悼念一位失去了的伙伴江沨》《一个少女冲喜的故事》。《他死在黎明》接近口语，娓娓道来，无须炫耀诗作技巧，而是注重刻画诗中主角的形象——普通患病学生（共产党人），而不是史诗般的英雄。此诗与《一个少女冲喜的故事》有着内在联系，都以"民风"（民族化、中国化、大众化）为主，聚焦社会底层青少年。《一个少女冲喜的故事》更具有鲜明的民歌特色，类似延安诗歌创作中最有成就的民歌体叙事诗。

一年后，丁景唐避难宁波乡间时，一面搜集民歌，一面创作了新诗《他的薪水结了冻》。此诗并非简单地模仿乡间的民歌民谣，而是融进了自己的认知因素，题材依然是自己熟悉的都市居民生活场景。此诗吸取民歌体叙事诗的某些元素，又有大众化新民歌的特点——口语化、世俗化、生活化，通俗易懂，说出了广大都市民众的心声。

（三）说唱、新歌谣、新儿歌：嬉笑怒骂，鲜为人知

丁景唐转变诗风时，也受到《马凡陀的山歌》的影响，特别是通俗文艺的唱词《穷夫妇过年》，这在丁景唐一生文学创作中十分罕见。此作采用夫妻对唱的形式，类似上海说唱、东北二人转，融合了民间文艺的多种技法，既唱又表演，也可以打竹板表演，通俗易懂，宜于传唱。

丁景唐还以新民歌、新民谣等形式进行创作，嬉笑怒骂，信手拈来，题材多样，无所不能。《讨汪谣》是丁景唐首次发表的尝试写作的新民谣。抗战胜利后，严惩汉奸的呼声日益高涨，丁景唐写下了《打落水狗歌》，融进许多歌谣元素，或者说是歌谣与诗作的结合体，通俗易懂。

一年多后,丁景唐写的新民歌《四季相思》为"旧瓶装新酒"之新民歌。以反向思维创作,彻底抛弃了昔日此类民歌的欢快、轻松,而是注入愤懑、悲哀、沉痛之情,强烈抨击、鞭挞黑暗社会制度,为受尽煎熬的无数乡民申冤诉苦。

仅相隔十几天,《联合晚报》副刊《夕拾》编辑袁鹰编发了丁景唐的新民谣《清乡兵》,具有较高的水准。此作采用宁波方言写成,抨击反动当局以"清乡""剿匪"为名,穷凶极恶地掠夺民众财产,呼吁民众起来反抗,"若要命,只有拼"。《夕拾》还发表了丁景唐不少诗文,如《看戏有感》《戏迷赞》,折射出丁景唐的"冷滑稽"(幽默)。

丁景唐写了不少新儿歌,其中有关于时事的题材,如《颠倒歌》实为"酒瓶装新酒"的讽刺诗。另一首《新儿歌——咏汉奸二首》以传统儿歌为基调,创作新儿歌,简明易懂,节奏轻快,便于上口,迅即流传。其副标题中的"咏"字反其道而用之,讽刺辛辣。

丁景唐疼爱妻子和女儿,先后写了几首新儿歌,鲜为人知。《寒园》富有童趣,让人联想到《三国演义》中赤壁大战的情景,与孩子戏玩情境互相叠影,即刻又拉回现实。此嬉笑气氛却与标题的冷意形成鲜明对比,余音绕梁,留待读者思索。此诗与另一首《囚狮》为一组。《囚狮》以父女对话形式引开说去,提升思想境界。《寒园》则专题描写父女同乐的场景,与《囚狮》的立意、构思有所不同。丁景唐还以母女为题材创作新儿歌,描写其间情愫。《一只小小的蜜蜂》虽然有成年人的痕迹,但其间充溢童趣,流露出慈祥的母爱之情,更有深刻的教育意义。

被列入国民党特务黑名单后,丁景唐避难在宁波农村,触发诗情,挥笔写下新儿歌《给孩子》。此诗作以朴实的大白话抒写,第二部分拙中见巧,联想翩翩,"红猛的日头也在天空洗澡,嗳,肥皂的白沫是朵朵的云",信手拈来,却见韵味。此诗与以上介绍的诗作形成一组教育孩子的主题之作,都叠印着丁景唐描写妻子和孩子的生活情景,显露似水柔情。如今读来,依然能深切地感受到丁景唐丰富的内心世界,涌动着眷爱的暖流。

(四)小说:大胆跳级,尝试突破

小说创作并不是丁景唐文学创作的强项,但是很有特点,多次采用第一人称"我",大胆跳级,尝试突破。1940年至1945年,几乎每年一篇,共发表五篇小说。

《春天》中"我"失恋的苦闷情绪是学生中的较为普遍现象。由于是程式化的命题之作,说教因素直接影响了人物形象的展现。

此后的两年里,丁景唐就读光华大学、沪江大学,学识、写作与此前不可同日而语。他并非以诗人的角色"敲开"《女声》大门,而是凭借小说《三男跟一女——一个女学生的手记》。比起两年前在《联声》上首次发表的小说《青春》,《三男跟一女》水平突飞猛进,令人刮目相看。该小说有六千多字,采用先抑后扬的手法,前面"我"遭受侮辱的情景越是压抑,后面报复的情节越是大快人心。小说以第一人称的女生口气述说,便于直接宣泄心中的复杂感情,尽情渲染气氛,大大增添艺术真实性。小说还塑造了三个男生,各有个性,有些描述比较生动。由此反映了丁景唐善于观察生活,捕捉人物特征,表现了他的敏锐文学感觉和比较细腻的叙述风格。此后,除了与他人合作的小说之外,丁景唐似乎再也没有超过此小说的水准。

《生活在孩子群间》写得较为生动,以小见大。开头讲述代课老师的艰辛,"我"将前去代课的心情,忐忑不安,担心会出洋相。突然,笔锋一转,孩子缺课,折射出沦陷区的民不聊生现实生活。随着小说诸多生动细节的描写、故事情节的展开,"我"与小学生的形象顿时活跃起来。

相隔一年,又迎来一个暑期,丁景唐大学毕业了,参加《小说月报》的编辑工作。《女声》第3卷第4期发表了丁景唐与大学同学唐敏之合作的小说《阿秀》,塑造了女单帮乡村少女阿秀的形象。她的自由恋爱受到"我"的无情拒绝,一赌气走向另一个极端,投靠她原本厌恶的码头恶霸,幻想融入畸形城市的圈子,结果受骗上当,酿成悲剧。阿秀和"我"比较复杂的性格则是首次在丁景唐的作品中出现,超越了同时期文学作品中对青年男女比较单一的性格描写,包括《阿秀》旨意的开掘,这些都是丁景唐与唐敏之合作的可喜收获。

抗战胜利后,丁景唐创作了最后一篇小说《"读书救国"和"唯才"论者》,发表于《现代学生》第3期。标题并没有文学意味,如同论述文的模式(必须符合这期《现代学生》的主旨),但是开头的文字一下子活跃起来。小说倾情塑造主角A君,又以漫画手法勾勒K先生,"我"是见证人和叙述者。A君是穷困大学生,抱着满腔热忱想为抗战胜利后的中国复兴事业出一份绵薄之力,也可以缓解紧迫的生计困境。K先生是抗战胜利后国民党诸多"接收大员"的一个缩影形象,他坐在肥缺上,趾高气扬,不可一世,但是偏偏要挤上公交车,舍不得花钱坐小轿车。他的吝啬和狭隘、虚伪和圆滑的丑恶嘴脸,令人作呕。

以上五篇小说具有以下特点:其一,生动描写成为最大亮点,各有侧重点。这与丁景唐熟悉的人物、场景密切相关,《生活在孩子群间》《"读书救国"和"唯才"论者》等是比较典型的例子。其二,整体构思尤为突出。《三男跟一女——一个女学生的手记》将悲、喜剧融为一体,激起众多读者的心理和情绪的大起大落,直击年轻男女学子的心底柔软之处,宜于形成较多的共鸣。其三,五篇小说中的"我"不妨视为原本不出场的诗歌作者丁景唐,潇洒抒情、嬉笑怒骂、灵活叙事等,无所不能,并且联想丰富,自由翱翔,大胆闯入各种文体的边缘地带。这些正是隐藏歌手——诗人的特长。

可惜,此后丁景唐中断了小说的创作。如果按照以上五篇小说已经呈现的可喜趋向——小说与散文、诗歌联姻的思路继续发展,那么将出现丁景唐别具一格的小说风格。

(五)治学之论:起点较高,"双轮驱动"

丁景唐就读几所大学,夯实了古典文学基础,提升了研读古典文学作品的水平。其治学特点在于：独立思考，驳斥、责疑权威之言，提出新观点，治学起点比较高，并且恪守学术道德，秉持学术良知，执着学习求知。而且，丁景唐别出心裁，将描述古典文学的散文与抽象思维的论文相配套，出现述评、散文"双轮驱动"的现象，一深一浅，一雅一俗，一横一纵，互为弥补，相得益彰。这既是他治学时广泛阅读、四处搜集资料的"副产品"，也是他的形象思维与抽象思维相结合的结果。同时，顺从《女声》编刊的旨意，适应不同文化层次的读者需求。

丁景唐先后撰写了许多专题文章，发表于《女声》等刊物上，形成他的第二本专著《妇女与文学》的学术研究框架和主要内容。其源头则是受到大学导师授课内容的深刻影响。丁景唐撰写的古典文学专题或述评、散文14篇，集中在1943年至1945年，正是他转学沪江大学、光华大学期间。这14篇文章大致分为五大类。

其一，探询典籍，质疑建论。

《〈诗经〉中反映的妇女生活·恋爱·婚姻》追溯妇女问题的根源，并且颠覆了世人的认知。此研究角度颇为新颖，发现了许多问题，大胆质疑大学教授汪静之等人的权威观点，从而得出了许多颇有价值的结论。同时，丁景唐鉴赏、品味《诗经》的古老诗歌等，不由得惊呼："简直有'一唱三叹'之妙。"他吸取其中的艺术表现手法，加以借鉴使用，化为己有，以便创作自由体新诗歌。

"子见南子"是一个"微妙而有趣的故事"，流传了几千年了，历来众多著名注疏家都竭力为孔圣人的名声"洗白"。丁景唐《从"子见南子"谈到儒家的妇女观》大胆挑战这些注疏家的演绎之说，拒绝盲从，坚持独立思考，依理据情，条剖缕析，并把笔锋指向名流康有为等人。此文搜集材料翔实，思辨能力较强，逻辑思维清晰，点评到位，任意穿越时空，颇有天马行空之气势，堪称丁景唐就读大学时的一篇考据范文，奋勇跃上一个新台阶。多年后，他研究左翼运动史的系列文章里继续凸显当年严谨治学的精神和深厚功底。

丁景唐意犹未尽，另写了述评之文《"不祥"与"祸水"》，以中外事例说明"女祸"的顽固、腐朽观念和偏见是中外的共性，其根源则是"不公平的男女对立社会"，这是阶级社会存在的一种普遍现象，特别是"男尊女卑"的中国腐朽没落的封建思想根深蒂固于人们的潜意识中。此文也借古喻今，暗喻重庆国民党竭力阻挠"女子参政"。

其二，"出妻"悲剧，溯源掘根。

对于"陆放翁出妻"先要确认前妻唐氏是否为杜撰的，历来众说纷纭。丁景唐的《陆放翁出妻事迹考——关于一个被迫于母遣去爱妻的悲剧》长文，以海宁吴骞纂《拜经楼诗话》之说为例，逐一剖析，旁征博引，叙述详尽。此文的考据之详尽，在某种程度上超过了《从"子见南子"谈到儒家的妇女观》，其他方面则略逊一筹。此文与《出妻史话》为姊妹篇，前者是"横切面"，后者是在历史纵向长河中去考察出妻问题，互为补充，相得益彰。

其三,红叶情结,凄苦诗意。

《红叶诗话》以解读枫树红叶古典诗词为切入角度,叙述一波三折。散文《红叶题诗的故事》较早地有系统地搜集、梳理、归纳、各种版本的红叶诗话的浪漫故事,抽丝剥茧,层次分明,注入现代意识,拒绝人云亦云。此文与《红叶诗话》为姊妹篇,出现述评、散文"双轮驱动"的可喜现象。

其四,才女新词,澄清史实。

《朱淑真与元夕词》长文经过一番引经据典和详细剖析,交叉运用了逻辑学的基本原理(同一律、排中律、矛盾律、因果律),进行质疑、分析、反证、举例,最后给予致命一击——"如果有人为了爱护朱淑真,热心替父辩诬连带也否定了《生查子·元夕》词是朱淑真的作品,实在不是真心爱护她的人。"该长文机敏地捕捉其他论文的破绽,据理列事,层次清晰,娓娓道来。同时并非停留在学术考据层面,而且直击关节要害,挖掘历来"好意"辩诬的心态和男尊女卑顽固观念的社会根源。

丁景唐发表的古典文学之作,在读者中引起反响。于是他以轻松的散文笔调谈天说地,写了《人面桃花及其他》。他认为:"人面桃花"的故事,原来只是杜撰的浪漫小说,但也符合那个时代的审美情趣,寄托了人们的美好理想。

稍后,丁景唐又续写了《美人迟暮》,依然采用穿越的手法,借古讽今。如果将美女"幸宠"与"迟暮"失宠作为抗日战争时期"忠与奸"的戏剧性演变的一种象征,那么此文告诫的意味更为深长。

其五,江南春秋,穿越古今。

《六朝的民歌(南方篇)》在历史大背景中审读六朝的新乐府民歌。该文鉴赏、点评不少民歌,三言两语,颇有心得,折射出丁景唐的审美情趣,融入他创作的诸多诗文,也见证了丁景唐对于民歌研究的浓厚兴趣。

丁景唐还撰写了散文《杏花·春雨·江南》。大半部分是引经据典述说杏花,似乎平淡无奇,其实为铺垫。其中引用的杜甫的《春望》《江南逢李龟年》有不同的含义,被广大爱国读者深知。三个月后,终于迎来抗战胜利的那一天。

《中秋谈月》先扬后抑,开头以鉴赏古代诗人名作的口吻出现,最后穿越到上海沦陷后的现实生活中。丁景唐还写了一首七绝,将今夕的悲苦哀愁情调融为一体,并不是一味陷入"怀古幽情"的旋涡里。

(六)研究巴金论文:切入新角度,因材施教

除了以上古典文学之外,丁景唐还写了两万多字的论文《论巴金作品的文法研究》。1942年秋丁景唐转学到沪江大学中文系三年级,开始了治学之路。他师从朱维之老师学习《国语文法》时,按照朱师的布置,制作读书卡片,研究巴金的作品文法,写成了此论文。1948

年初秋,丁景唐应中文系主任朱维之之约,二进沪江大学任教,对该文又作了修改。分为五个部分:位次语与句本位的文法;"的""底""地"的区别;句子的变式和倒装,附加成分的后附;巴金作品语法的特点;论巴金的语汇。

此文以黎锦熙的《新著国语文法》为导向,结合青年学生喜爱看巴金小说的特点,以巴金笔下的语法作为切入角度,构思颇为新颖,至今仍有提供鉴赏、研究的启示和参考作用,尤其是此文最后"语汇的四个特征"——

(1) 作者语汇来源最多的是《圣经》(他差不多每本著作中都引了《圣经》的话,而且有时他也模仿《圣经》语法)中[的]文句。

(2) 外来语,法文、日文、英文等名词常见。

(3) 最喜用叠字重句,如血泪、爱与恨、平民、挣扎、灭亡、哭泣……

(4) 与他本人思想有关的虚伪主义的术语。

此文无意中透露了巴金小说畅销的原因之一,便是巴金作为意识超前的语言大师有胆量采用中西语法相结合的新式白话文(此本身就是中国现代汉语发展史上的一份珍贵资料)。巴金的作品不仅得到当时喜欢新鲜事物的青年学子的青睐,而且至今看起来也符合广大读者的阅读习惯。这期间白话文的语法变化非常大,不断推陈出新,与时俱进。仅就此角度而言,巴金的小说的确非同寻常。

丁景唐有针对性地为大一国文 E 班授课,主动进修、研究、撰写此论文,以期提高教学素养,并将其作为授课时列举的例子,穿插在讲授枯燥语法课程之中,为授课注入活力,深入浅出,容易被学生接受。

以上这些长篇论文鲜明地反映了丁景唐出色的抽象思维,与形象思维(诗文创作)并驾齐驱,见证了丁景唐前期十年写作、治学的巅峰时期。

(七)诗论、民歌论述:坦陈心迹,转变审美情趣

丁景唐署名"歌青春"的诗作接连在《女声》上发表,引起许多读者的关注和好奇。应该刊编辑邀约,丁景唐鼓起勇气,小心翼翼地斟酌一番,低调述说,写下《我的自省》一文,发表于《女声》第2卷第8期。此文是丁景唐首次公开坦陈心迹,自我点评诗作,"不溢美,不隐丑",注重"文"德,实话实说。他点评的16首诗歌都收入此后的第一本诗集《星底梦》,恰好为后世研究此诗集提供了第一手资料,也直接影响到他酝酿出版第一本诗集《星底梦》的前期编辑工作。同时,他首次披露了对于诗歌的审美情趣和审美价值,渗透在笼罩着谦恭氛围的文字里。丁景唐博采众长,像一只勤劳的蜜蜂,吸收古今中外许多诗歌作品的精华养分,化为己有。他还回顾了自己学习写诗的简要,"还在做各种表现方式的尝试,尤其是民间的歌谣给予我很大的刺激","学取它优美的独特风格,趋向通俗化的方向"。

1944年12月,丁景唐写的《诗与民歌》以鲁迅经典之言为论点,试图根治新诗发展的顽

症。"当诗由口头的语言创作而远离民间、蜕演为书写的文字游戏,也就是诗的歌唱机能萎缩趋向死灭的时代,民间歌谣的研究尤值得我们新诗人的注意。"《诗与民歌》既是丁景唐酝酿制定命题的正式战书,也是追求目标的宣言,主动将新诗创作与民歌民谣"联姻"。

丁景唐是民歌社的主要策划者、宣传者、组织者、指导者,这以不同方式体现于《怎样搜集民歌》和民歌征集启事等。反复修改的《怎样搜集民歌》充分体现了丁景唐严谨治学的学风,这贯穿了他的一生。此文不仅遵循毛泽东的指示精神,而且在前人深入研究和大量实践的良好基础上,融合自己搜集和研究民歌的心得体会,做了一个较好的历史性总结,具有较强的现实性、指导性、操作性和前瞻性,为丁景唐的民歌研究画上一个阶段性的句号。

此前丁景唐撰写了《她的一生——从民歌中看中国妇女的生活》。此文切入的角度颇为新颖,从民歌中探求古今妇女的不幸婚姻、公婆的虐待、小丈夫的荒唐生活、被迫出家当尼姑等一系列血与泪的遭遇。

评述民歌的同时,丁景唐还扩大视野,及时总结,写下《民间文学和民间文学的研究者》一文。此文看似波澜不惊,但是在这千余字的短文里高度概括了"五四"以来的民间文学研究和实践的历程,凸显其中的重要节点,并且首次将共产党领导的延安革命根据地开展大众文艺活动纳入27年来的历程。

1947年1月底,丁景唐撰写专题长文《歌谣中的官》,借古喻今,直指黑暗现实。同时点评有关歌谣,折射出他的审美情趣,化为他同时期创作新民歌的美学元素。

两个月后,丁景唐的《旧历年与歌谣》发表。此文是追忆儿时家乡的少数文章之一,将民歌凝聚的百姓心声结合在一起,作为此文的整体构思。文中的喜怒情调的转折比较自然,出现了前后截然不同的民歌内容和情调,尖锐地抨击"吃人"的社会制度,憧憬幸福的生活。

在宁波乡村搜集民歌期间,丁景唐有感而发,创作《诗放谈》。此文以鲁迅的诗论作为权威之言,透露了他喜欢现实主义诗风的诗人及其作品,以及民歌、民谣与新诗创作之间的联姻关系。

5 000多字的评述《愤怒的谣》连载于香港《华商报·热风》。文中特地举了"旧瓶装新酒"的典范,即运用民间文艺形式进行创作的可喜成果,如李有才板话、马凡陀山歌、宋扬的《古怪歌》、费克的《茶馆小调》,以及"东方红,太阳升"等,"这类民歌化了的崭新作品,给新诗开拓了一条与人民结合的新路"。此文也反映了丁景唐的严谨学风、博闻强记、严于律己等良好作风,延续在他后半生从事的宣传出版工作和治学著述里,得到圈内人士的公认。

丁景唐的诗论、民歌论述与发起的民歌社,加上他创作的新民歌、说唱等,形成"三位一体",三者是一个有内在联系的有机组成的整体。这是他的新诗创作延伸、转变的重要标志。

(八)专论、杂文、通讯等:填补空白,集大成

丁景唐的短篇专论《全集、书简、补遗未收录的鲁迅先生的一封信》发表于1947年9月

19日《时代日报》,此文在他前期十年写作、治学、编辑活动中占据重要地位——填补鲁迅书信的一个重要空白,此后成为他治学生涯执着追求的重要目标之一。丁景唐指出:"鲁迅的这封信不仅提供了《万古愁曲》的出处,而更重要的是使我们可以瞥见先生一贯'知无不言'的诚恳态度,而且也表明了先生对歌谣搜集工作的关怀。"丁景唐对鲁迅的敬仰之情言于溢表,特别是最后两句,是对丁景唐搜集浙东民歌——延续上海民歌社工作的一种莫大的鼓励。

丁景唐的其他专论、杂文、通讯大多发表于他主编的《联声》,但是难以明确分类,因为丁景唐的这些文章大多是集大成之作,即杂糅散文、诗歌、杂文、随笔等元素,甚至还有戏剧台词,由此形成可读性、时效性、现实性的特点,适应青年学生读者不同的阅读心理。

"橙黄的太阳正在向西的高楼上,放了学,苇和苓出了校门,为了学校里没有地方可谈,图书馆里人又太杂,打算在路上谈一个团契里的事。"这篇《稀奇吗!?》开头是散文笔调,主要形式却是两个女生的谈话,透露了丁景唐指导、开展、宣传学生工作的某些思路和要点。

"瞧瞧街头的树枝还秃着头在寒风中打颤,人们还穿着棉衣叫冷,黑云满布,阳光敛色,周遭没有一点儿春的气息。本打算在寒假中玩一爽快,但学校却忙着缴费上课。"《又要读书了》也是散文开头,内容却是针对上海教会大学学生将面临上海沦陷之后的各种现实问题,有针对地提出具体办法。

  法 官 (忽变脸,把签筒一丢)绑了!
  阿 Q (高兴极了,扬手击之)我手执钢鞭……(刚唱了半句,两手已背剪了。绑起来插上标子,他猛然悟到这是去杀头的,叫了一声)救命!
      (阿Q就这样糊里糊涂给拉出去枪毙了。)

丁景唐的《别被牵着鼻子跟人跑》一文发表于《联声》第3卷第12期,明明是新闻评论,却是如上与众不同的开头,很有可能是丁景唐自行改编的鲁迅的《阿Q正传》简化版的剧本形式,集中表现了阿Q"精神胜利法"的准则。

丁景唐的文章起点比较高,并不局限于校园文化,而是结合时事热点(依循地下党的指示),打破了昔日教会学校封闭式管理、学生闷头读书的状态,凸显学校社会化的时代潮流。

丁景唐还利用座谈会形式写文章。《集体讨论:民主自由与学生生活》列出七个人的名字,注明日期,增加真实性,围绕主旨,从不同角度畅所欲言。此文中有不少敏感话语,并且毫无顾忌地揶揄蒋介石及其追随者,丁景唐修改时并未删除。此文以校园动态作为切入角度,接着把视线扩大到校园外,由此反映抗战时期第一次宪政运动期间民族统一战线上"联合与斗争"的复杂尖锐情况,随后再回到校园。文章表达了学生界参政议政的强烈意识,提出召开国民大会的要求,代表广大爱国学生的正义呼声。此文不仅传达了共产党关于开展宪政运动的指示精神,并且"以其人之道还治其人之身",驳斥了国民党顽固派蓄意破坏、造谣滋事的言行。该文"接地气"的呼声和口语化的文字,不时穿插学生的生动活泼的言语,燃烧着青春激情,犹如一出独幕剧,通过每个人的言谈吐言辞,较好地显示了各自的性格爱好。此文反映了22岁丁景唐的较高思想理论水平、敏捷灵活的思维和各种写作技巧,也见证了他曾在东吴大学担任党支部书记从事学生工作的历史足迹。

以上文章有的反映校园文化——学习问题、学生心理,具有针对性、及时性和指导性、超前性的鲜明特点。有的反映社会生活——进一步扩大"学校社会化"的外延和内涵,提出"认识大上海"的话题,力图达到深入浅出的"课余讲座"效果。

丁景唐认为有必要先梳理思路,介绍一些通俗的社会科学常识,于是策划、连载讨论"社会是什么"的文章。

> 社会是什么? 这是一个意见极不一致的答案。
>
> 隔壁的宁波裁缝说:"社会就是地方,譬如上海社会就是上海地方,宁波地方也可叫宁波社会。"
>
> 对面三层楼的大少爷说:"社会是许多人的总称,如商业社会、学生社会,不过社会有大有小,大的像全人类,小的像大世界里的看客……"
>
> (《几个人的几种看法》)

此文打破经院式说教的刻板模式,而是"召集"上海街头巷尾的市民,而且说理通俗易懂,令人耳目一新。此类文章已经将论述与散文、小说等元素杂糅,打破各种文体的藩篱,天马行空,潇洒纵横。

延续前几期策划的"认识社会"一组文章的思路,丁景唐写的《职业病(Professional Disease)》则是续文。

> 讲到住所,如果你到过沪西,在苏州河南岸、劳勃生路、小沙渡路、曹家渡、五角场的那些破碎的草棚中间,当你的头碰着泥污旁的屋檐的时候,你会看见:在几根竹竿撑直的破芦席或旧铅皮底下,有许多人挤在破棉絮里睡着,光着屁股的孩子在污泥里打滚,屋子的周旁终日流不尽烂泥水。遇着大风大雨,草棚便在风雨中抖颤着,雨水从壁檐下淌着。屋子又矮又低,街上的泥水便往屋子里流,连床板都浮了起来。

这既是纪实性的报告文学,又是社会调查报告,两者结合,揭示了各行各业职业病的"血盆大口"吞噬了无数下层劳动者的血肉和生命,令人毛骨悚然,不寒而栗,由此憎恨这"吃人"的社会制度。

丁景唐还抓住社会新闻,加以评述。《这不只是女同学的一个悲剧》指出悲剧根源是"悲惨世界"的社会制度。同时认为:"自杀不是方法,要活路的只有冲破黑暗的包围!"其中潜台词不言而喻了。

以上各类文章,务实与灵活相结合,符合青年读者的口味。如果一直绷着脸,以居高临下的教训口气说话,那么往往适得其反。

丁景唐"二进"沪江大学后,写了唯一一篇诗评《"梦"与"泪"——由朝露的诗所想起的》。丁景唐以自己的审美眼光点评"朝露同学的小诗",语重心长地指出朝露诗歌的伤感情调的根源,希望她"割弃了梦与泪的抒写,摆脱市上流行的有害影响"。这时解放战争的炮火逼近长江,半年后解放上海。因此,丁景唐写此文也是告诫还沉浸在伤感个人狭小圈子里的青年学子要认清当下形势,振作起来,主动迎接广阔的诗人之路。

(九)应用文:灵活多变,绝妙构思

在神圣文学殿堂中,应用文似乎会被人"不屑一顾"。丁景唐主编《联声》时,为了解决迫在眉睫的经济问题,他耗费了大量的精力和时间,撰写许多别具一格的应用文,灵活多变,绝妙构思,有时与诗歌、美术、时事测验、广告融为一体。这是他在1949年之前写作文库中的一朵奇葩,他也是《联声》历任主编中写作有关启事最多的一位。

其一,撰写各种启事,以理服人,以情动人,以实告人,确保与读者沟通的渠道畅通,保持透明度,增加读者的信任感和凝聚力。

《联声》第3卷第6期首次公布账目,向广大读者诉说实情,并发布《向〈联声〉读者呼吁》。此文犹如一首诗歌,兼有散文的笔法,舒缓开场,节奏缓和,层层铺垫,进入正题,因势利导,猛然爆发,慷慨激昂,戛然而止。形象化的语言串联起一根情感的红线,此起彼伏,抑扬顿挫,时时击中读者心底敏感的软弱部位,激起强烈的共鸣,甘愿与刊物同甘苦、共命运,义不容辞,不约而同地伸出援助之手。

最终,丁景唐等人扛不住了,不得不接受残酷的现实,主动停刊。刊登《暂别了同学》启事,由丁景唐等人起草、审定。该文犹如一曲"折柳送君":Ade,《联声》!Ade,可爱的读者们!Ade,编辑部的同人们!历史终将记载这一页。

其二,"两条腿走路"的举措,不断出新招。

时事测验问答卷与赠送刊物相结合,是前所未有、后无来者的绝妙构思。《联声》第3卷第12期末尾刊登有奖问答活动的启事,煞费心思,在有限手段范围内尽可能调动大家的积极性。有三个特点:(1)问答的唯一题目是丁景唐写的一首讽刺诗歌《先生,我问你》。题目越简单,越能扩大影响。问答与讽刺诗互为载体,互相促进,相得益彰,取得双赢效果。(2)这次有奖问答"须粘贴应征印花",即必须从这期《联声》上剪下粘贴一幅漫画。只要看了讽刺诗《先生,我问你》,便可明白这幅漫画是配诗的插图,两者合二为一,形成完美的形式。(3)有奖问答本身以诗歌形式出现,构思新颖。以其中两句粗体字的诗句"我们要问你""怎么花法"说明这次有奖问答的主旨——大家来共同声讨这位国民党要人大发国难财的罪行。有奖问答兼有多种功能,为《联声》做广告,与诗歌、美术、时事测验融为一体。

其他启事比较多,不再逐一列举。从写作的角度来观审,丁景唐从中积累的应用文写作经验,无论是感性思维或者理性的思辨逻辑,还是考虑问题的全面性、可行性、时效性(以理服人,以情动人,以实告人),此后经过一番扬弃,体现在他发表的各种论文里,也有些渗透在文学创作里。最终使他在写作方面得到综合性提升。

(十)译作、编译

丁景唐主编《联声》时,为新婚妻子王汉玉发表两篇译文,是在学长王楚良鼓励下动手翻译的。

第一篇是《五十岁学吹打》,这是丁景唐夫妇第一次合作,在丁景唐前期的文学活动中占有特殊地位。此译文标题"I Went to College at Fifty"直译为"我五十岁上了大学",发表时的题为"五十岁学吹打",显然是中国化的意译,通俗易懂,又不失原意,这理应是丁景唐修改的结果。

继《五十岁学吹打》之后,丁景唐在《联声》上第二次发表王汉玉的译文《透过了紧密的云雾》,两者原文都是出自美国《论坛》。介绍此文的目的已经在开头说清楚:不必幻想在"黄金国"(美国)的求学的"幸福",作为贫穷的中国大学生,更应该"为自己找生路哩"。同时也要学习那些异国大学生勤工俭学时的顽强意志和执着精神。此译文署名"淙叔",是丁景唐为王汉玉起的笔名,与丁景唐笔名"宗叔"谐音。丁景唐还将"淙漱"作为自己的笔名,发表文章。

丁景唐就读几所大学,使用的教材是英文原版的小说,大多是外籍教师执教,加之各种因素,丁景唐"恶补"英语,并尝试翻译《女性中心的蚂蚁》《"世纪的花园"——日本》。丁景唐翻译《女性中心的蚂蚁》初衷是为了驳斥国内不准女子参政的国民党要人的论调,而且爱尔兰裔日本作家小泉八云的奋斗经历也是一个生动的激励故事。小泉八云是爱尔兰裔日本作家,是近代史上有名的日本通、现代怪谈文学的鼻祖,主要作品有《怪谈》《来自东方》等。《"世纪的花园"——日本》摘自 House Beautiful(《靓舍》)。原作者菲利甫到日本友人家去做客,以散文笔调赞叹友人家的玲珑花园,那里有"池塘、假山、湖石、青翠的树、花蕾盛放的灌木丛,以及烂漫的樱花、水池里的白莲和稀见的金鱼"。这两篇译文也不妨认为是一种"景玉共赏"的诠释,妻子王汉玉昔日是解答丁景唐英文疑难问题的"小先生",现在作为"第一读者",拥有重要的发言权。

1947 年 11 月,丁景唐夫妇南下,在广州沙面生活了五个多月,那里有个小小的图书馆,其中有不少英文版书刊,丁景唐满心欢喜,抽空翻译了左拉的《三次战争的回忆》。在译书的闲暇,他经常与夫人坐在枝叶茂盛的大榕树下,说文解字,切磋词意。丁景唐将译稿《三次战争的回忆》寄给宁波文友麦野青,分为十次连载于《宁波时事公报》。

此作体现了左拉自然主义文学最高品格真实性,塑造了路易士、裘利孪生兄弟形象,即狂热的战争鼓吹者、拥护者和厌战、消极分子。他们看似是截然不同的两种形象,但是战争悲剧的无情延伸和残酷性,恰恰发生在裘利身上——替代阵亡的哥哥上战场。与其说是这对孪生兄弟血脉关系催促的,不如说是他俩被战争扭曲的畸形人性的自然流露。如果进一步了解这三场战争始作俑者英、法、俄等列强争霸夺权的反动性质,那么左拉此文所产生的真实性,足以让读者获得更多的深刻思索。

丁景唐主编《联声》时,组织编辑部同人编译有关文章,其中《在卍字旗的阴影下》连载于《联声》第4卷第2、3期,署"编委会辑"。当时参加《联声》编辑工作的有郭明、周绮霖、王钟秀、董乐山等。丁景唐等人选题、搜集、整理、编译此文,以揭露纳粹德国侵略他国、镇压抵抗力量的各种暴行,歌颂抵抗组织的英勇不屈的反抗精神。这成为丁景唐等人策划的"海外特辑"的主要内容之一,由此激发读者的爱国热情,愤怒谴责侵华日军烧杀抢掠的滔天罪行,鼓励民众奋起参加抗日救亡运动。

以上介绍的几篇译文反映了丁景唐就读大学时"恶补"英语的成效,不仅开阔视野,中西贯通,活跃思维,而且有利于他的写作水平提升,包括立意、构思、描绘、塑造人物等。丁景唐晚年还记得《三次大战的回忆》和妻子王汉玉的两篇译文,却遗忘了发表于《女声》的两篇译文。

以上大致梳理丁景唐前期十年写作、治学活动,两者时而交织,互相影响,互相促进,互相提高。如果概括丁景唐前期十年的经历,不妨分别用一个字作为核心——写作"灵",治学"严",编辑"变",革命"忠",家庭"爱"。

后　　记

2022年,父亲、母亲分别仙逝五年和二十年(图35),应该献上一份厚礼祭拜父母。

继《丁景唐纪念文集》《书香传情——丁景唐藏书考辨》之后,现在终于完成了"丁景唐研究丛书"——《丁景唐诗文集(1938—1949)》《丁景唐编辑文艺刊物(1938—1946)》《丁景唐文学评传(1938—1949)》。这三本书较有系统地整理了父亲前期的诗文、编辑经历和写作、治学、革命活动等,以不同方式,从不同角度、不同层次进行评介,得出诸多令人感兴趣的新观点,再现父母昔日的青春风采,一笑一颦、一言一行,既熟悉又陌生。并且披露了大量新史料,或以附录、注释形式出现,令人耳目一新。

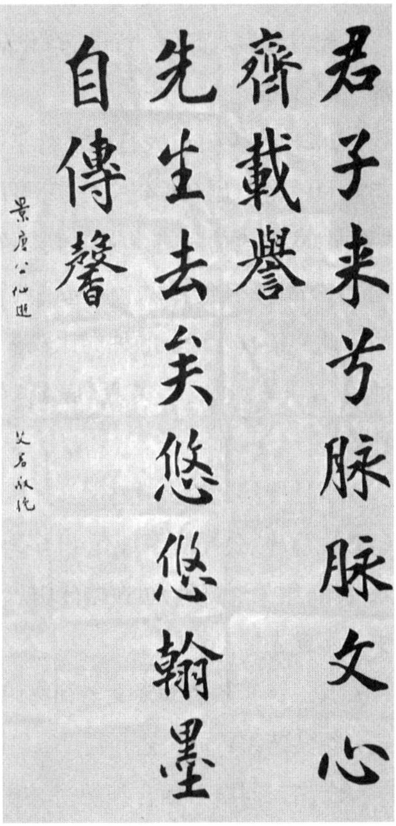

五年前,小心翼翼地翻看父亲遗留的大量资料和书刊,不由得惊叹:理解、了解父母的过去吗?四处搜寻、抄录、整理、甄辨父亲的诗文,很累很苦,忠实地陪伴我的依然是寂寞、清贫。几个春秋后,突然产生一个疑问:父母的背影,留存在记忆中,还有吗?揉一揉发花的眼睛,搓一搓隐隐不适的太阳穴,打起精神,反复梳理思路,敲打键盘。终于,面对电脑屏幕,可以与父母"零距离"交谈。

图35　周扬之子周艾若悼念丁景唐

父亲生前一直以填补空白作为治学的重要目标,现在奉献这一套三册"丁景唐研究丛书",加上《书香传情——丁景唐藏书考辨》,填补一项关于父亲的重要空白,并且纠正了许多以讹传讹之说。

一

这一套三册"丁景唐研究丛书"的策划、构思、布局和重点、特点等,简单介绍如下——

三本书前面分别载有父亲的导语,即《谈谈我的笔名及其他》《我的文艺编辑生涯

（1938—1946）》《八十回忆（1920—1949）》，作为每本书的基本线索，以及整理、甄辨、点评等最初依据，也给予读者第一印象。读者可以进一步查看目录和后记，参考附录资料和专题文章，扩大视野，由此顺藤摸瓜，翻看感兴趣的有关章节，青菜萝卜各有所好，任君选择。

上海市新闻出版局原局长孙颙、资深学者陈思和欣然应诺，分别从不同角度撰写总序，为这一套"丁景唐研究丛书"增光添彩，在此表示衷心感谢。

其一，《丁景唐诗文集（1938—1949）》大多是从"历史的沉积层"中打捞上来的，第一次掸去历史尘埃，露出昔日风采，牵涉到中共党史、青年学生运动史、现代期刊出版史、现代文学史（抗战文学史）、鲁迅研究史等领域。其学术价值尚待诸位读者审核、鉴定。

此书分为八部分：诗歌、诗论、小说、散文和其他文章、古典文学、民间文学、翻译和编译、存疑诗文。

2021年春节前，我打电话给年逾九旬的朱烈老先生，请教有关往事。他表示丁景唐当年与《时代日报》副刊编辑来往多，可能还刊登过其他稿件。我经过一番查找，发现该报第2版"新园地"发表的一些诗文疑似父亲之作，从中挑选了诗《星》和《完得慢来去得快（滑稽对唱）》，另外从其他刊物上筛选了两篇译文，一并收入"存疑诗文"。

此文集收入诗歌的种类比较多，有叙事诗、讽刺诗、抒情诗、新格律诗和新民谣、说唱、打油诗、新儿歌，以及诗集《星底梦》（包括大部分诗的初稿和修改稿，原有的序跋和今昔点评等）。

暂且搜集到以上这些诗文，其中诗歌60多篇，各类文章百余篇，另外还有许多应用文（宣言、启事、公开信等），有40多万字。每篇诗文后，都有笔者写的导读，包括注解、点评、背景介绍、相关资料等，意在抛砖引玉，便于读者理解。这是"子解父文"的一种尝试，这在古今中外不乏先例。

其二，《丁景唐编辑文艺刊物（1938—1946）》，从不同阶段、不同角度、不同层次、不同形式介绍父亲编辑的文艺刊物。

父亲与同学王韬合编第一本刊物《蜜蜂》，第二本是就读东吴大学时编辑的《东吴团契》，第三本是"上海联"会刊《联声》，父亲先后是该刊的读者、作者、主编。

抗战胜利前后，父亲先后指导、创办、主持、协助多种文学刊物。参与编辑后期《小说月报》，新的起点；指导沈惠龙编辑《莘莘》月刊，经得起历史的检验；父亲与王楚良、萧岱合办《译作文丛·谷音》，填补空白；指导《新生代》，"卖光哉"；协助《时代学生》半月刊，激情燃烧的历史烙印；作为"唯一编辑"的《文坛月报》，刊登上海、延安等地名家之作……父亲主持的"文谊"及其会刊《文艺学习》，成为他前期主持、编辑多种文艺刊物的"绝唱"。

另外，还介绍了父亲支持、投稿的重要刊物，如周幼海出资、张朝杰编辑的《时代·文艺》、杨志诚编辑的《妇女》月刊，父亲"二进"沪江大学时的《沪江文艺》创刊号。

后　记

父亲前期十年的写作、治学、编辑活动,连接 1949 年后的宣传、出版工作(长达近半个世纪,成为权威学者、硕果累累的著名出版家,图 36),前者对后者来说是一种基础和前奏,两者之间有着不可割裂的因果联系,理应视为一个整体。因此,此书特地收入了 1949 年后的最初两本小册子,由此可窥见一斑。1955 年父亲编写了《瞿秋白文学著作、翻译书目》。父亲与修孟千同在上海市委宣传部工作时,合编《怎样开展工人业余文艺活动》,其中有父亲与修孟千等人文章。读者如果感兴趣,可以进一步翻看父亲的《犹恋风流纸墨香——六十年文集》和有关学术著作,那么便可知道这两本小册子作为中间环节的历史价值,即一手牵着父亲前期十年,一手拉着 1949 年后的宣传、出版工作和治学重要活动。

其三,《丁景唐文学评传(1938—1949)》在前两本书的基础上,进一步较有系统地梳理、归纳、提升,并借鉴父亲自述(未刊稿)、丁言昭《丁景唐传》(上海文艺出版社,2020 年 10 月)有关内容。为了便于述评,将父亲前期十年的写作、治学、编辑分为三部分,第一部分主要叙述父亲青少年时的生活和学习,第二、第三部分主要是父亲生平足迹和写作、评述。其中第二部分为父亲就读三所大学阶段,写作突飞猛进,达到巅峰。第三部分为抗战胜利前后,父亲的各种活动大为增加,但是仍然写了许多诗文,最为突出的是诗作风格转变,以"民风"(民族化、中国化、大众化)为主,潇洒回归。

图 36　上海图书馆老馆长顾廷龙题赠丁景唐"书海求珠"

父亲前期写作、治学、编辑活动时间为 1939 年至 1949 年,故又可以再细分为四个时期:(1)1939 年之前,酝酿、萌发时期;(2)1939 年至 1941 年,《联声》时期;(3)1941 年至 1945 年,《女声》时期,包括《联声》停刊与投稿给《女声》之间的衔接时间;(4)1945 年至 1949 年,"多元"时期。这四个时期各有鲜明的特点,而且互相联系、影响、弥补、提升,形成一个有机整体。

第三本书中有些内容不免与前两本书重叠,大多是从整体重新观审、评述、探究,依据增补的大量新资料,得出许多令人耳目一新的重要观点。

《诗文"伯乐"寓心声,犹恋风流纸墨香——丁景唐与关露"亦师亦友"》不仅比较全面地梳理了父亲(作者)与关露(编辑)之间的诸事,并且揭示了父亲投稿给《女声》的策略,引起关露共鸣,甘当"伯乐"。此文后的三个附录均为首次披露的关露诗文,展现关露的创作才华,以及蒙受"文化汉奸"罪名时的复杂心态,也是纪念关露这位冤屈逝世的传奇女子,有助于读者进一步了解此文的缘由。

父亲主持的"文谊"和会刊《文艺学习》的相关内容,在第三本书中有比较系统的叙述,并且增补了许多新资料,如"文谊"成立时的有关报道,大多与父亲有直接关系,现作为附录。"文谊"成立十天后,第一次提出强烈抗议,即《我们的抗议》。此文与其他抗议文章的内容很精彩,其中有郑振铎等人文章,大多是佚文,很少有人提起,由此初步填补了一个空白,揭示了一个长期被人忽视的谜底。

本书附录中值得关注的是专题事件和人物介绍,如《"学协"及〈学生生活〉》《白薇的五妹黄九如:被遗忘的"三合一"女才子》《浙东才子,麦野青之情》等,均为填补空白,而且与我父亲密切相关,值得一看。

本书的压轴戏《同窗结缘,景玉共赏》,叙述 1949 年之前的父母故事,并与石库门老宅、地下党领导人、父母的文章、父母家人等结合起来,展现特定历史大背景下的一幅幅黑白画面,凸显一对年轻大学生夫妇的鲜明个性,象征着父母一代人曾经走过的艰难人生道路。其中披露了许多新史料,包括父母结婚日期、南下广州避难的场所等,弥补许多因故遗留的空白,向父母在天之灵交出一份额外的试卷。

同时,本书初步揭示了父母宁波老家的有关情况,并填补了许多人生足迹空白,如父亲避难于宁波乡间产生的许多生活细节和四处搜集民歌民谣的情况。其中大量史实来自父亲的许多信件和未刊稿,父亲生前随写随藏,东丢西落,杂乱无章,曾在亭子间占据"半壁江山",因故又散落在阁楼的各个角落里,蒙上了厚厚的灰尘。我多次整理,搞得太阳穴一跳一跳的,腰酸背疼,精疲力竭,直至"两股战战十指黑",竟然被灰尘无情地磨蚀了指纹。但是每次整理都有新的收获,即使片纸只言,也是指点迷津的"秘籍"。

撰写本书时,我发现抗战胜利后父亲的故事内容很丰富,便沉醉其中,只顾埋头"拉车",无暇顾及路旁的"里程碑"。猛然抬头一看,超过 80 万字,紧急刹车,否则百万文字的规模有点吓人了。无奈之下,删除了 20 万字。幸好得到编辑胡欣轩等同人的理解,才鼓起勇气重新整理,控制后面撰写的字数,"减速"冲过终点。

本书原拟勾勒出父亲前期十年的写作、治学、编辑和革命活动四个时期基本情况,由于埋头"拉车",导致删除 20 万字,其中就有父亲在抗战胜利前后的编辑经历,造成第三编中缺少了这部分的大多数内容,只好烦请诸位再去翻看第二本书。虽然各种刊物是独立的,未能联成一个有机整体,但是也能了解许多情况,有些是鲜为人知的。而且,第三编的创作部分,因压缩文字,仅仅介绍第四时期拾遗补阙的散文、杂文、评述,敬请诸位谅解。

父亲前期十年的写作、治学基本情况,可以参见本书最后的综述。如果诸位感兴趣,再去翻看这一套三册书的有关章节。

这次撰写、编辑这套三册书,此前三十多年的写作、治学打下了较好的基础,如《穿越岁月文学刊物和作家》系列丛书、《书香传情——丁景唐藏书考辨》等,牵涉到中共党史、中国现代革命史、中国现代文学史、中国现代出版编辑史、中国现代美学史等,这些往往交织在一起,体现于众多作家身上(父亲是其中之一),成为特有的历史现象。除了纵向历史之外,还呈现不同色彩的横切面——众多作家的生平足迹、创作个性、美学情趣,以及说不尽的复杂人际关系等,我都尝试作了不同程度的评述,积累了许多经验教训。在此大前提下,我集中精力,花费大量时间,搜集、编辑、评述父亲的诗文时,努力避免走昔日弯路,不断调整思路,没完没了地敲打键盘,终于完成了这套研究丛书,了却了父亲的遗愿——虽然他生前从未说过,但是留下大量的生平资料,希冀后人来整理、归纳——走近一个真实的父亲形象。

自父亲仙逝五年来,我反复阅读父亲的书籍,不知多少回接触父亲的大量手稿,总觉得一股父爱之情力透纸背。眼前时时浮现出父亲的熟悉脸庞,他带着浓厚的宁波口音指点道:"心冒(不要)急,多长几只眼睛,多看看书,动动脑筋。"(图37)

叩首,谢谢!

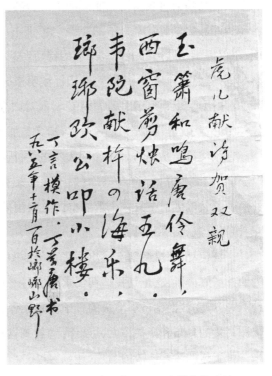

图 37 丁景唐手书儿子丁言模作的小诗

二

这套"丁景唐研究丛书"200多万字,经历了三年多,除了前两本书后记中提到的许多感人故事之外,这第三本书继续得到许多新老朋友的无私帮助。

父亲曾与杨志诚前去大陆新村6号采访茅盾。丁、杨二人拿出早已准备好的米色道林纸,请茅盾挥毫为"文谊"题词,此题词左下方为一方朱色钤印"上海文艺青年联谊会"。杨志诚珍藏此题词,后转给我父亲,割爱捐献给"左联"会址纪念馆,珍藏至今。我请何瑛馆长设法找出茅盾题词,她托人翻找出来,请高手拍摄好几次,将清晰的题词照片发过来。我还不知这位摄影高手的大名,真不好意思。

"这些照片是您父亲丁景唐捐赠的吗?"上海鲁迅纪念馆某部门负责人何昊佩在微信中

和善地问道,指我父亲曾捐赠的一套珍贵的历史照片。1946年10月19日鲁迅逝世十周年忌日,父亲等人前去万国公墓参加鲁迅墓祭。沈钧儒、郭沫若、茅盾、许广平、冯雪峰、洪深、田汉等著名人士讲话时,一位之江大学女学生陶漪文主动拍照。袁鹰曾送了两套给我父亲,他将其中一套捐赠给上海鲁迅纪念馆,"幸得完整地保存下来,成为珍贵的文献资料"。我很想得到这套照片,为本书见证难忘的历史时刻。此事得到纪念馆领导人的批准,我及时收到了何昊佩发过来的这套照片,并有注解,以免我搞错。她办事认真细致,令人佩服。

父母结婚诸事我始终未能搞清楚,只好向《新闻出版博物馆》编辑部主任张霞老师求援,希望她能够提供我父亲捐赠的一张结婚证书的照片。她的本职工作甚为忙碌,硬是挤出时间,不仅提供了结婚证书每个细节的特写照片,还耐心地答复我唠唠叨叨的诸多问题。我都感到不好意思,再三表示感谢,希望她注明摄影作者的名字,但是她婉言谢绝,明确表示应该注明"中国近现代新闻出版博物馆"。面对如今商潮汹涌、名利主义泛滥的现状,她依然尊崇集体主义至上,显得那么陌生、遥远,却又是那么珍贵。还有多少人甘愿如此办事呢?

这张父母结婚证书尺寸如同大报的一个整版,隐藏了许多"达芬奇密码",我经过一番"破译",得到惊喜的"谜底"。原来此证书兼有婚礼请柬的内容,包括结婚时间、地点等,由此填补了父母生平中的一个重要空白。顺藤摸瓜,我又作了一番考证,接连得出更多的新观点,惊喜连连,出乎意料。

一日,我的手机微信上跳出一张电子地图,注明"广州沙面旅游区(沙面五街)",还有系列照片。好极了,这正是我迫切渴求的资料——当年父母南下避难,父亲在沙面洋行打工的地点,父母在沙面度过了愉快的日子。我还想进一步搞清楚具体方位,看不明白。"有定位,请用高贵的食指和拇指撑大,可以清楚看到这房子处于沙面什么方位。"党史专家黄穗生发来一张美味的菠萝炒饭的图片,还调侃道,"请过来品尝,我埋单!"

黄穗生和老伴冒着酷暑高温,花费了一个多小时,赶到沙面旅游景区。"众里寻他千百度",好不容易找到沙面五街4号小洋房,围着转圈,上下逐一拍照,不免"汗透罗衫",在树荫下擦擦汗珠。然后屈坐板凳,仅吃一份菠萝炒饭,如果再加上来回车马费,年逾七旬的他和老伴都是高知,出场劳务费该拿多少呢?君子之交淡如水,不谈钱,但是我欠下人情债,暂且记账,等有机会偿还。

疫情袭来,许多图书馆闭馆,无法前去查阅资料,我只好烦请新老朋友上网查找。"左联"纪念馆馆长何瑛、上师大戴建国老师、上海理工大学王细荣老师、上海辞书出版社编辑王圣良、郑超麟侄孙女郑晓方和资深专家沈海平等,以不同方式提供了许多鲜为人知的资料。还有宁波图书馆戎老师,帮助解决了不少难题,实属不易。她是年逾八旬的乒乓高手蒋兆兆介绍的,热心肠的蒋先生还动用了其他人脉关系,继续帮我查找鲜为人知的资料。他办事认真、负责、执着,并且运用打球时的灵活战术,凸显不服输、永争胜利的顽强精神,勇往直前,令人钦佩,祝他健康长寿。

有时,我提供了错误的线索,小刘、青云只好一张一张查看报纸,浪费了许多宝贵时间和精力,最终查到档案史料。更多的是不愿透露姓名的高手,以不同方式热情地提供各种资料,帮助解决了许多棘手的难题,让我长舒一口气,打通阻隔的思路,得以继续敲打键盘。

撰写父亲二进沪江大学的章节时,希望联系父亲执教时的一位新生沈忆琴,便请教曹力奋(退休前为上海市委党史研究室某部门负责人)。她立即告知沈忆琴的通讯方式,并说:"她住在××医院,几乎每天发微信。"

拨通沈忆琴老人的手机,听到了一个久违的声音。她当年是沪江大学地下党支部的组织委员,后为上海市委第二书记刘晓的秘书,有着说不尽的精彩故事。

经王圣思(著名诗人王辛笛的女儿)介绍,我有幸多次请教南开大学俄国文学研究专家王志耕教授。他揭开了一个谜团,即我父亲珍藏的一本俄文书籍,原来是一位苏联著名的鲁迅研究专家波兹德涅耶娃的第一本专著《鲁迅》。此后一发不可收拾,我多次厚颜请教各种难题,王志耕教授始终如一,有求必应,耐心地释疑解惑。不仅第一时间提供许多中外史料,而且详尽地解释一些俄文单词的意思,生怕我这个门外汉搞不明白,一旦写入文章里产生某种后果。王教授的思虑缜密,治学有方,造诣很深,不愧为中俄文化交流的资深使者。

疫情以来的第三个春节,我继续不知趣地打扰王志耕教授,微信频繁,他还是热情地打开电脑,浪费了他大量宝贵的休暇时间,一时半刻都不得安宁。我一再表示歉意和衷心感谢,让我这个"井底之蛙"大开眼界,见到了许多难得的各种史料,填补了许多空白。宝兔乖乖,年味重还,乡叟拱手,拜大年喽,王教授!

本书即将"杀青"时,意外地发现新资料线索,立即向一位热心老师求援。"可能要下周帮您查,这几天不在馆里。"对方微信传递了一个微笑表情,是喜是忧或"踢皮球"?一周后,对方突然发来几则新资料,超棒。经过七八回合的问答,她又发来有关资料,我欣喜地写道:"非常感谢!你立了大功,为本书画上一个圆满的句号!"对方回了一个"不客气"的表情。她不愿透露姓名,据说被尊称为"豆姐"。

父亲珍藏两份半月刊《人民沪江》,内容很丰富,可以填补1949年后沪江大学校史的一些空白。"王老师,您见过此报刊吗?"上海理工大学图书馆采编部主任王细年答曰:否!他将我的微信转给该校档案馆馆长孔娜。"谢谢!欢迎来我校参观。"电话另一端传来孔馆长的柔和声音。是啊,应该去看看父亲当年栖身的老校长刘湛恩的故居小洋楼,还有造型别致的老图书馆(现公共服务中心)、教师宿舍。还有鲜为人知的故事,孙中山、陈独秀、瞿秋白、恽代英等人曾在思晏堂底层大礼堂讲演,这一切都在美丽的校园里留下深深浅浅的历史足迹。

言模侬好,秋凉安康,阖府安好!经常思念景唐恩师!老照片:1996年春,文艺社老干部市郊春游,茴子、钱舜娟、李苍鹰、傅月华、老丁(丁景唐)、母亲苏茹。

1990.10,母亲苏茹、父亲修孟千留影于嘉兴南湖烟雨楼
修晓林的父亲修孟千与我父亲曾是上海市委宣传部同事,修晓林进入上海文艺出版社,与我父亲又多了一层上下级的关系,他退休前晋升为编审。他保存了许多老照片,时常发来,不断给我惊喜。

"1980年冬,老丁邀请王蒙来文艺社谈文学创作。"修晓林不仅发来这张难得的老照片(图38),还解释,"那时王蒙刚刚平反,老丁(丁景唐)就以前瞻性眼光,邀请王蒙前来作报告。"此后,王蒙逐渐进入"高光"时期,难以邀请到他来作报告了。

图38 丁景唐邀请王蒙到上海文艺出版社谈文学创作(后排中为修晓林)

聪慧、机灵的才女秦玉兰(竹子)、刘琼曾是我父亲重点培养的对象,交往甚多。关于英语,我完全是门外汉,她俩却能信手拈来,如同悠闲地逛街。今年中秋节,秦玉兰发来一则微信:"顺丰寄了一箱猕猴桃到你家,是朋友承包的陕西果园,纯天然。记得丁老喜爱猕猴桃,前两日我路过慎成里,忽忆往昔,心中感怀。祝全家中秋快乐!丁老曾对我说,他最喜欢的一句词是苏轼'但愿人长久,千里共婵娟'。十方三界,今日朗朗,诸君清秋共徘徊,同赏一轮明月。"

唏嘘,有诗叹曰:

　　清辉桂酒仁,对影舞三人。岁月一帘梦,无霜古井痕。(一)

似火枫千树,竹篇锁万山。香茗《星底梦》,醉问远方杉。(二)

三春绿永嘉,夏夜遣文佳。错愕中秋至,冬风不识家。(三)

韦泱的长文《一言难尽话〈女声〉》(《出版史料》2009年第4期),原拟作为附录一并收入本书,但是篇幅有限,只好割爱,敬请韦泱兄谅解。

我写有《拂去80多年的历史尘埃,填补多项史学研究的空白——重现瞿秋白夫人杨之华的长篇小说手稿〈隔离〉》长文,载《穿越岁月的文学刊物和作家》(四)(中国社会出版社,2019年12月)。小说《隔离》的女主角原型为朱英如,在1925年"五卅"运动期间,她经杨之华、张琴秋等人培养,入团、入党,并参加上海工人第三次武装起义等革命活动,此后受到周恩来总理的亲切接见。如今朱英如的大女儿沈依洪年逾八旬,还记得我父亲和方行等人,她和老伴热心地提供各种资料和信息,帮助我解决不少难题。

我很幸运,遇到了这么多的热心人(其中有些人未曾谋面,也不知大名),他们是这套丛书的强大后盾,在此表示衷心感谢:"好人一生平安!"

三

"苦哇!"京戏大花脸,拂袖,捋须,伸出二指,并拢,乱颤,念此京白,很有韵味。

年逾九旬的石库门老弄堂被列入"历史保护建筑",因疫情拖延大修工程。如今轮到我家厨房装修,冲击钻猛烈的"突突"声响不停地强烈刺激大脑神经。天井后门又在刷油漆,刺鼻味道毫无顾忌地侵袭键盘,直冲脑门。前后轮番夹攻,脆弱神经阵地顿时溃败破防,疼痛不已,狼狈不堪。

父亲仙逝五年了,我先后编辑、撰写关于父亲的五本书,大约350万字。另外得到神通广大的何瑛的大力支持,完成了60多万字的专著《穿越岁月的文学刊物和作家》(五)和一些小册子。从大年初一忙到除夕,哪里还心思念一声有韵味的"苦哇"!

昔日天井里的葡萄架荡然无存,墙角野草顽强地钻出缝隙。"羹饭"早已是陈旧的名词,连同两张方桌和考究的仿太师椅都消失在历史尘埃里。如今客堂间汇聚了昔日父亲钟爱的众多新旧书刊,它们无声无息地蔓延到各个角落,还"爬"上了顶着天花板的一排简易书架。书架上挂着父母的遗像,还有他俩年轻时的照片,默默地注视着这幢老宅的各种变化。

父亲仙逝五年了,仍然还有许多人思念这位"老宁波"文化老人,还惦记着他的提携、指点以及赠书、题词等,点点滴滴珍藏在心底,无须张扬。

"'丁景唐研究丛书'列入上海图书出版专项基金资助项目。"编辑胡欣轩第一时间发来喜讯,次日报上刊登了这则消息。阿弥陀佛,双手合十,祈谢各位领导、专家,如果我父母在天之灵有感,也会拍手称道:"交关(非常)好!谢谢大家!"

"请欣赏诗二首《星底梦》《江上》,作者丁景唐,朗诵者魏红。"1949年以后,从未有人朗诵父亲的代表诗作,我辗转邀请魏红老师一展身手,她答道:"为前辈干活,不能提条件!"掷地有声,令人钦佩。魏红笔名黎华,是上海朗诵圈子里的佼佼者。她喜欢文字的风采,喜欢声音的魅力,喜欢置身于诵读时对文化的享受。她多次获奖,2021年荣获上海市红色故事演讲大赛"百名优秀'红色故事传讲人'"称号,第三届中华经典诵读大赛全国总决赛二等奖、上海赛区一等奖。她的小师妹沈英曾生动地描写道:

> 在大剧院的聚光灯下,魏红显得端庄大方,黑白相间的短发、亲切的眼神、挺拔的身姿,她以业余朗诵者的身份展示出专业水准。她字正腔圆,亲切自然,嗓音略沙,节奏分明,吐字清晰……

2016年春节前,电视台重播了这台演出,让大家重温了魏红演出的风采。"台上一分钟,台下十年功",魏红每次成功的演出,都付出了艰辛的努力。

魏红老师的朗诵之作,经"睁眼瞎"(高度近视)沈英半年的反复修改,最终完成了精彩的朗诵视频。以二姐丁言仪的扬琴演奏《春到清江》作为配乐(感谢闵惠芬的儿子将此演奏带转化为数字码),与魏红老师的朗诵珠联璧合,相得益彰。二姐是著名二胡演奏家闵惠芬在上海音乐学院的同学,1964年二姐与闵惠芬首度合作,为陈毅元帅演奏《江河水》《赛马》,自此开始了长达30多年的合作,成为当代民乐坛的黄金搭档。

朗诵视频的开头和结尾以我家弄堂大修后的红色墙壁作为背景,象征着父母勤劳奋斗的一生,父母在此石库门老房子里生活了大半辈子。背景音乐节录了柴可夫斯基《G小调第一交响曲冬日之梦》中的一段(特意放慢节奏,与视频同步。感谢资深编辑徐煊提供音乐资料),暗喻大雪压城的冬天孕育着明媚春天之梦——父亲当初在上海沦陷区坚持地下党的工作,与广大抗战民众同仇敌忾,众志成城,怀着抗战必胜的坚定信念。那时,父亲英姿勃发,以青春诗人之笔做刀枪,创作多篇叙事诗、讽刺诗和隽永的抒情诗,填补了抗战时期沦陷区文学的空白,但是至今鲜为人知。

朗诵视频完成后,我在兴奋之余,信手"涂鸦"几句发给沈英:"劳累半年,瞪眼半年,折腾半年,怨恨半年,半饥半年。前所未有,呕心沥血,耗时费脑,扔钱习艺,手脚并用。吟诗、画面、配乐浑然一体,节奏恰到好处,但谁识Helen君?"(沈英坚持在视频最后署名"Helen"。)

二姐收到朗诵视频后,第一时间发给张韧等亲朋好友,获得点赞多多。二姐感叹:"我出生于1943年11月,这首《星底梦》发表于1943年12月,现在读来倍感亲切温暖,就像父亲在我耳边说话,祝我们这些孩子健康成长。我父亲曾战斗在隐蔽战线上,那时他还常常发表诗歌、文章,反映了他对党的忠诚和追求真理的执着精神,盼望早日迎来人民当家作主的幸福生活。"

国乐经典《旱天雷》轻快、优美的旋律,再次在二姐丁言仪演奏的扬琴上流淌,穿越岁月,融进黑漆漆的丁氏"大宅门",时常渗透在父亲的笔下。父亲曾怀有浓厚的红叶情结,撰写了散文《红叶诗话》《红叶题诗的故事》和抒情诗《红叶》。红叶蕴含着丰富韵味,秋天枫树叶奇迹般地"红遍江南"。细心的读者"心有灵犀一点通",原来这不是一首缠绵的恋情诗,而是期盼革命胜利的红旗"插遍江南"。

魏红老师和沈英合作之后,为何不能再锦上添花呢?于是我分别邀约秋汐与小胡合作《红叶》视频。

董萍孝,笔名秋汐,富有诗意,"宿云如待曙,归汐解藏灵"。晚秋,枫叶红了,倒映于清澈流水中,经风儿神助,产生天籁和谐之节奏韵律,飞入她那识辨美的耳朵里。无巧不成书,秋汐与《红叶》结缘。她反复推敲诗句,斟酌发音,把控节奏,练习了十几遍。"你觉得还要录一遍吗?"她的举止言谈积淀着多年来艺术氛围的熏陶。一旦激发了她潜意识中的神秘第六感,再现昔日业余超模优雅脱俗的气质,倾情聚焦于抑扬顿挫的朗诵里。柔和灯光洒在一行行诗句上,闪闪发亮,变幻为一幅幅绽放红叶的画面,融进绵绵不断的《沉思曲》。突然,无数红叶雀跃欢动,漫天飞舞,织成激情燃烧的青春岁月。"世界是我们的",耳边回荡着《红旗颂》高亢、雄浑的旋律,冲出夜窗,飘荡在浩瀚的星空里。吐芳缕缕鼓笙韵,欲舞嫦娥桂花宫;情到浓时方恨少,窗含红叶论秋功。

小胡(胡兴民),聪敏、热忱、善良、真挚,为人处世低调、不张扬。他自学成才,是一位深藏不露的电脑高手。他有求必应,不图回报,可谓"闹市素颜无人识,躲进小楼伴百度"。他上有老下有小,每天围着沉重的生活"石磨"拼命地推呀推,迫使瘦弱的身子迸发超能力,追求幸福、和睦、小康的生活之梦。他是千千万万勤劳、智慧的小哥的缩影,与脑满肠肥、自命不凡者形成鲜明对立。锦瑟年华和氏璧,肃杀落木绿生春;铅华褪尽一斗米,沧海横流万古存。

在此非常感谢复旦大学出版社领导和责任编辑胡欣轩、高原等老师,特意在此书的封面制作二维码,传播配乐诗朗诵的视频,增加视听效果,扩大影响。

本书如有遗珠之憾或有误之处,敬请有识者指正。撰写过程中,上海图书馆的黄显功、刁青云、刘明辉、邓昉、刘巍、葛蔼丽、王艳等,以及陈漱渝、何瑛、王锡荣、陈福康、陈叔骐、葛昆元、徐煊、乐融、何昊佩、王璐、韦泱、戴建国、陈韵、牟援朝、李良倬、李良吾、亚男、允毅等人提供了各种热情帮助,本书稿承蒙复旦大学出版社编辑胡欣轩、高原等同人花费了大量的精力、时间和心血认真校改,谨表谢忱。

本书还得到丁言文、丁言仪、丁言昭、丁言穗(已故)、丁言模、丁言伟、丁言勇及其亲属不同方式的大力支持,以此祭拜父母在天之灵——今年,母亲、父亲先后仙逝二十周年、五周年了。(图39、图40)

图39　丁景唐、王汉玉夫妇

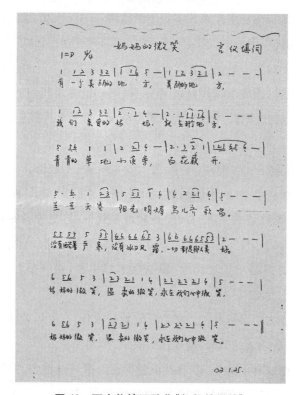

图40　丁言仪填词歌曲《妈妈的微笑》

草于2022年金秋十月

修改于次年同季

图书在版编目(CIP)数据

丁景唐文学评传:1938—1949/丁景唐著;丁言模编. —上海:复旦大学出版社,2024.9
(丁景唐研究丛书三种;3)
ISBN 978-7-309-17135-8

Ⅰ.①丁… Ⅱ.①丁…②丁… Ⅲ.①丁景唐(1920-2017)-文学评论 Ⅳ.①I206.6

中国国家版本馆 CIP 数据核字(2023)第 250378 号

丁景唐文学评传:1938—1949
(丁景唐研究丛书三种)
丁景唐　著
丁言模　编
责任编辑/高　原

复旦大学出版社有限公司出版发行
上海市国权路 579 号　邮编:200433
网址:fupnet@fudanpress.com　http://www.fudanpress.com
门市零售:86-21-65102580　团体订购:86-21-65104505
出版部电话:86-21-65642845
江阴市机关印刷服务有限公司

开本 787 毫米×1092 毫米　1/16　印张 115.75　字数 2 311 千字
2024 年 9 月第 1 版
2024 年 9 月第 1 版第 1 次印刷

ISBN 978-7-309-17135-8/I·1386
定价:720.00 元

如有印装质量问题,请向复旦大学出版社有限公司出版部调换。
版权所有　　侵权必究